RAYMOND CHANDLER

雷蒙德·钱德勒作品

FAREWELL, MY LOVELY

再见，宝贝

〔美〕雷蒙德·钱德勒 著 宋佥 译

上海译文出版社

1

中央大道上有几个种族混杂的街区，这些地方还没有完全被黑人所占据，此处就是其中之一。我刚刚从一家店面大小只有三把椅子的理发店里出来；某家代理行认为一个名叫德米特里·阿莱蒂斯的代班理发师就在那里工作。这是笔小生意。他的老婆说，她愿意付一小笔钱，只要能让他回家。

我一直没能找到他，可阿莱蒂斯太太也一直没有付我钱。

那天很暖和，此时已经接近三月底了，我站在理发店外，抬头看着一块伸在外面的霓虹灯广告牌，那属于二楼一家叫弗洛里安的餐厅兼赌场。一个男人也在抬头看着那广告牌。他仰望着那些落满灰尘的窗户，脸上现出一种凝固的狂喜神色，就好像是一个匈牙利移民第一眼看到自由女神像一般。他是个大个子，但身高不超过六英尺五英寸，肩宽也不超过一辆啤酒货车。他离我大概有十英尺远。他的胳膊松弛地垂在身体两侧，一支被遗忘的雪茄在他粗大的手指后面冒着烟。

纤瘦安静的黑人在街上来来往往，不时瞪眼向他投去匆匆的一瞥。这个男人值得细看。他头戴一顶起毛的博尔萨利诺帽，身着一件粗陋的灰色运动夹克，上面挂着白色的高尔夫球充作纽扣；他的行头还包括一件褐衬衫，一条黄领带，一条打褶的灰色法兰绒便裤和一双短吻鳄皮鞋，脚趾处绽开了白色的大洞。从他的外套贴胸口袋里，一条演出用的手帕钻了出来，垂在外面，颜色是与他的领带一样的亮黄色。他的帽檐上还别着几根五颜六色的羽毛，但这真的已经没有必要了。中央大道绝非这世上衣着最低调的地方，可即便是在这里，他看上去也招摇得像是一只大狼蛛落在了白蛋糕上。

他的肤色苍白，胡子也该刮一刮了。他的这把胡子永远都该刮。他长着蜷曲的黑发，眉毛长得都快碰到那只宽鼻子了。对于这样一个大块头的男人来说，他的耳朵却细小匀称，眼睛中闪着泪珠般的光芒——灰眼睛似乎经常给人这种感觉。他的站姿像尊雕像，过了许久，他露出了一丝微笑。

他慢慢地穿过人行道，走到那扇双开式弹簧门跟前，紧闭的门后就是通往二楼的楼梯。他一把把门推开，朝街道的左右两边投去面无表情的冷冷一瞥，然后走了进去。要是他只是个小个子，而且穿得较为低调的话，那我可能会以为他打算持枪抢劫呢。但这样的衣服，这样的帽子，这样的块头——绝不可能。

弹簧门向外摆了回来，然后渐渐不动了。可就在它完全停下之前，门又突然间猛地被朝外撞开了。某个东西飞过人行道，落在了阴沟里，刚好掉在两辆停在路边的汽车中间。那东西手膝着地，发出一声尖利的叫声，就像一只被逼进角落的老鼠。它慢慢地爬了起来，找回了一顶帽子，然后跨回到人行道上。那是个瘦骨嶙峋、肩膀窄窄的棕肤年轻人，穿着件淡紫色的套装，上面别着一支康乃馨。它长着一头光溜溜的黑发。它张开嘴，叫唤了一阵子。路人们茫然地盯着它。随后它重新快快活活地戴好帽子，悄无声息地走到墙边上，迈着外八字的步子顺着沿街的一排房屋默默地走开了。

沉寂。人流如旧。我走到那扇双开门边上，站在门前。两片门板现在已经一动不动了。这不关我的事。于是我把门推开，朝里面张望。

黑暗中伸出一只手来，手掌大得可以让我坐在上面。那只手一把抓住我的一只肩膀，几乎把它捏得粉碎。然后这只手把我从门里拖了进来，轻轻松松地将我提上了一级台阶。一张巨大的脸孔正盯着我看。一个低沉的声音对我开了口，语调很平静：

“这里有黑鬼，是吧？帮我把那个捆起来，伙计。”

屋里面很暗，很安静。头顶上隐隐传来人声，可楼梯上只有我们两个人。这大个子一脸严肃地盯着我，继续用那只手摧残着我的肩膀。

“一个黑人，”他说，“我刚刚把他扔出去了。你看到我把他扔出去了？”

他松开了我的肩膀。骨头好像还没碎，但整只胳膊都麻了。

“这本来就是那种地方，”我边说边揉着肩膀，“你还能指望怎么样？”

“别这么说，伙计。”那大个子轻轻地发出咕噜噜的喉音，就像是四只老虎刚刚用完餐。“维尔玛以前在这里工作。小维尔玛。”

他再度伸手去抓我的肩膀。我想要躲闪，可他的动作快得就像只猫。他又一次开始用那些钢铁般的手指折磨我的肌肉。

“没错，”他继续说，“小维尔玛。我已经有八年没有见到她了。你说这是家黑人店？”

我用低哑的声音说了声是。

他又把我向上提了两级台阶。我奋力地挣脱开来，试图获得一点周旋的空间。我没带枪。寻找德米特里·阿莱蒂斯似乎不需要枪。但我怀疑就算有枪也没什么用。这大个子说不定会一把将它从我手里夺走，然后塞进嘴里。

“你上楼自己看看吧。”我努力不让自己的声音透露出身体所承受的剧痛。

他再次放开了我。他用那双灰眼睛看着我，眼神中流露出某种哀伤。“我现在感觉很好，”他说，“我可不想让什么人来烦我。你跟我一起上楼吧，也许我们可以喝上两杯。”

“他们不会招待你的。我跟你说了，这是家黑人店。”

“我已经有八年没见到维尔玛了，”他用他那低沉悲伤的嗓音说着，“从我说再见起到现在，已经有八年了。她有六年没给我写信了。可她一定有她的理由。她以前在这里工作。她很可爱。你跟我上楼去，咋样？”

“好，”我大声喊道，“我跟你走。只是别扛着我。让我自己走。我很健康。我完全是个成年人了。我可以自己上厕所，自己料理一切。只是请你别扛着我。”

“小维尔玛以前在这里工作。”他轻声说着。他根本没听我说话。

我们朝楼上走去。他允许我自己走路。我的肩膀生疼，脖子后面全湿了。

2

又有一扇弹簧门挡在了楼梯顶端，不知紧闭的门后面究竟有什么。大个子用两根拇指轻轻地把门推开，随后我们进了房间。这是一间狭长的屋子，不太干净，不太明亮，也不太欢乐。

角落里，一道光锥下，一群黑人围在一张双骰儿赌桌边唱着歌，聊着天。紧挨着右手边那面墙的是一个吧台。房间里剩余的地方差不多摆满了一张张小圆桌。屋里有几个顾客，男男女女，全都是黑人。

赌桌边的歌声顿时停了下来，桌前的亮光也忽的一下灭了。一阵突然的沉寂，沉重得就像一条进水的船。一双双眼睛望着我们，栗色的眼睛，嵌在一张张肤色从暗灰到深黑的脸孔上。一颗颗脑袋慢慢地转向我们，脑袋上的眼睛在一片属于异族的、怪异的死寂中闪着光，瞪视着。

一个脖颈粗实的黑人正靠在吧台的一端，他的衬衫袖筒上缠着粉色的吊袖带，宽阔的后背上背着粉白两色的吊裤带。此人浑身上下都写着两个字：保镖。他慢慢地把那只抬着的脚放下，然后慢慢地扭头盯着我们，一边把两脚缓缓张开，伸出一条宽大的舌头舔了舔嘴唇。他长着一张几乎报废的脸，看上去好像被人用各种物品轮番砸过一遍，就差掘土机的铲斗了。它曾被人划上疤痕，被砸扁，再碾粗，脸上的口子有的一格一格，有的一条一条。这是一张无需再有恐惧的脸。它已然经受了所有你可以想象得到的摧残。

他的一头短发皱巴巴的，发色中带着一抹灰。一只耳朵缺了耳垂。

这黑人生得肩宽体阔。他两腿粗壮，看上去有一点罗圈，这在黑人当中可不太常见。他又舔了舔嘴唇，露出一个微笑，然后身子动了起来。他以一种放松的、拳击手式的半蹲姿势朝我们走了过来。大个子一言不发地等着他。

这个胳膊上缠着粉色吊袖带的黑人伸出一只巨大的棕色手掌贴在大个子的胸膛前。这手虽大，可这样看起来却显得像根大头针。大个子一动不动。保镖挤出一个温和的微笑。

“白人不能进，伙计。这是给有色人种的。对不起。”

大个子转动着那双小小的、哀伤的灰眼睛，往房间里四下张望着。他的脸颊微微泛红。“臭擦鞋的。”他压低了嗓子，愤怒地说了一句。然后他又提高了音量。“维尔玛在哪儿？”他问那保镖。

保镖没有放肆地大笑。他端详着大个子的衣服——他的褐衬衫和黄领带、他粗陋的灰外套，还有上面的白色高尔夫球。他微微地转动着那颗厚实的脑袋，从各个角度审视着这一切。他又低头看了看那双短吻鳄皮鞋，轻轻地笑出声来，像是被逗乐了。我有一点为他感到难过。这时他又轻声地开了口。

“维尔玛你说？这里没有维尔玛，伙计。没有婊子，没有马子，什么都没有。这里是饭馆儿，伙计，这里是饭馆儿。”

“维尔玛以前在这儿工作的。”大个子说。他的语调像是在做梦，就好像他正独自一人在树林里采着野紫罗兰。我掏出手帕，又擦了擦脖子后面的汗。

保镖突然放声大笑。“没错，”他边说边飞快地扭头瞅了一眼身后的人群，“维尔玛以前在这儿工作。可维尔玛现在不在这儿工作了。她退休了。呵呵……呵呵。”

“麻烦把你那只该死的手从我衬衫上拿开。”大个子说。

保镖皱了皱眉。他可不习惯听别人这么跟他说话。他把手从衬衫上拿开，握成了拳头，它的大小和颜色都像极了一只巨大的茄子。他得考虑他的饭碗、他好勇斗狠的名声，还有他的公众信誉。这些问题他考虑了一秒钟，然后犯下了一个错误。他又狠又快地挥了一记拳，胳膊肘猛地向外一抽，拳头落在了大个子的下巴一侧。房间里四下传出一阵轻轻的喘气声。

这可是结结实实的一拳。大个子肩膀一垂，身子紧跟着晃了一下。这一拳力道十足，挥出此拳的这个人平时一定没少练过。大个子的脑袋只歪了不到一英寸。他没有试图招架。他承受了这一击，微微抖了抖身子，喉咙里轻轻地哼了一声，然后一把抓住了保镖的喉咙。

保镖想要用膝盖顶他的裆部。大个子让他在半空中转了个身，他那双花里胡哨的鞋一下子在粗糙的油地毡上滑脱了。他把保镖的身体向后一弯，腾出右手去抓他的腰带。那腰带就像绑肉绳一样一下子断了。大个子伸出一只巨大的手掌，直直抵住保镖的脊柱，然后奋力一推。他直接把保镖扔到房间那头去了，这家伙在空中转着圈，左摇右摆，两手乱舞。三个人跳起身来躲开他。保镖翻身倒地时带翻了一张桌子，接着狠狠地砸在了踢脚板上，声音响得你在丹佛都能听得见。他两腿抽搐了一下，然后就躺倒不动了。

“有些家伙，”大个子开口道，“总是不知道什么时候不该狠。”他朝我扭过头来。“对了，”他说，“你跟我喝一杯吧。”

我们走到吧台前。那些顾客或单身或三三两两，全都成了一言不发的影子，他们无声地从地板上飘过，又无声地从楼梯尽头的那扇门里飘了出去。无声如草地上的黑影。他们甚至都没有让弹簧门摇摆。

我们在吧台上倚着身子。“酸威士忌，”大个子说，“你的自己点。”

“酸威士忌。”我说。

于是我们拿到了酸威士忌。

大个子顺着又厚又矮的玻璃杯壁面无表情地把酸威士忌舔下肚去。他严肃地盯着酒吧招待——这是个愁眉苦脸的瘦小黑人，穿着一件白外套，脚痛般地动来动去的。

“你知道维尔玛在哪儿吗？”

“维尔玛，是吗？”酒保哼哼唧唧地说，“我最近没在这块儿瞅见她。最近没见着，没有，先生。”

“你来这儿多久了？”

“让我瞧瞧，”酒保放下毛巾，额头上现出一条条皱纹，然后扳起了手指头，“大概十个月吧，我猜。大概一年。大概—”

“到底是多久？”大个子说。

酒保两眼瞪得像铜铃，喉结上上下下地扑腾着，像只没头的母鸡。

“你们这笼子变成黑人夜店有多久啦？”大个子粗声盘问道。

“谁说是？”

大个子的手捏成了拳头，手中那只装着酸威士忌的玻璃杯几乎顿时消失在了无形之中。

“五年吧，”我说，“至于这个叫维尔玛的白人姑娘，这家伙肯定什么也不知道。这里没人知道。”

大个子看我的眼神就好像我刚刚从蛋里孵出来一样。那杯酸威士忌好像没有让他高兴起来。

“混蛋，谁让你来插一脚的？”他问我。

我挤出一个微笑，一个大大的、温暖的、友好的微笑。“我就是那个跟你一起进来的家伙。想起来了吗？”

他咧嘴回了我一个笑容，一个干巴巴的笑，只见白牙，没有意义。

“酸威士忌，”他吩咐酒保，“把你裤裆里的跳蚤抖干净。上快点儿。”

酒保迈着小碎步子跑前跑后，骨碌碌地翻着白眼。我背靠吧台，抬眼看着房间。屋里现在空了，只剩下了酒保、大个子和我自己，当然还有那个一头撞在墙上的保镖。那保镖开始动弹了。他慢慢地挪着身子，像是忍着剧痛、十分吃力的样子。他沿着踢脚板不声不响地爬着，像缺了一只翅膀的苍蝇。他挪到了桌子后头，精疲力竭的样子就像一个人突然之间苍老了、幻灭了。我看着他挪动身子。酒保这时又拿来了两杯酸威士忌。我朝吧台转过身子。大个子漫不经心地瞥了一眼那个在地上爬行的保镖，然后就不再留意他了。

“这夜店里现在什么都没有留下了，”他抱怨道，“以前这儿有一个小舞台，有乐队，还有一个个漂亮的小房间，男人可以进去找些乐子。维尔玛在这儿唱过歌。她是个红头发，媚得就像蕾丝内裤。我们那时都要结婚了，结果他们陷害了我。”

我喝下了第二杯酸威士忌。这场冒险已经快让我受够了。“怎么陷害的？”我问道。

“你以为我这八年都上哪儿去了？”

“捉蝴蝶。”

他用一根粗得像香蕉的食指戳着自己的胸膛。“蹲在牢里呐。我叫马洛伊。他们叫我驼鹿马洛伊，因为我个儿大。大本德银行劫案。四万大洋。我一个人干的。厉不厉害？”

“你现在打算把钱花掉对吧？”

他狠狠瞪了我一眼。这时我们身后传来一阵声响。那保镖站起身来了，左摇右晃地走了几步，伸手握住赌桌后面一扇黑门的把手。他打开门，几乎是摔进去的。门哐的一声关上了，然后咔哒一声上了锁。

“那是什么地方？”驼鹿马洛伊厉声问道。

酒保的眼珠在脑壳里飘忽不定，然后才费力地定睛望着那扇门，保镖刚刚跌跌撞撞地从那里钻了进去。

“那——那是蒙哥马利先生的办公室，先生。他是老板。他的办公室就在那后面。”

“他说不定知道。”大个子说。他把杯里的酒一饮而尽。“他最好不要也跟我说笑话。已经碰着两个这样的人了。”

他慢悠悠地穿过房间，步履轻快，心中没有一丝顾虑。他巨人般的后背遮住了那扇门。门锁着。他拉住门摇了摇，一块门板飞到了一边。他走了进去，门在他身后关上了。

一阵沉默。我看着酒保。酒保看着我。他的眼神若有所思。他擦了擦柜台，叹了口气，右臂撑在台面上趴了下来。

我伸手越过柜台，一把抓住他的胳膊。这只胳膊又瘦又脆。我捏着它，对他微笑。

“你那底下藏着什么东西，伙计？”

他舔了舔嘴唇，抵着我的胳膊，一言不发。一抹灰色爬上了他那张发亮的脸膛。

“这是个狠角儿，”我说，“而且他很容易发飙。他喝了酒就这样。他正在找一个他以前认识的姑娘。这地方以前是家白人店。懂了没有？”

酒保舔了舔嘴唇。

“他离开这里好久了，”我接着说，“八年了。他好像没有意识到八年究竟有多久，但我估计在他看来那就是一辈子。他觉得这儿的人应该知道他的姑娘在哪里。懂了没有？”

酒保慢吞吞地说：“我以为你跟他是一伙儿的。”

“我身不由己啊。他在楼下问了我一个问题，然后就把我拖上来了。我以前从没有见过他。但我可不想让人给扔到房子的那头去。你那底下藏着什么？”

“我弄了一把锯短的猎枪。”酒保说。

“啧啧，那是违法的，”我低声说，“听着，你跟我是一伙儿的。还有别的吗？”

“我还弄了一把左轮，”酒保说，“在雪茄盒里。放开我的胳膊。”

“很好，”我说，“你可以走开了。悠着点儿，侧着身走。现在不是开大炮的时候。”

“你算老几，”酒保冷笑着，用他疲倦的身体顶着我的胳膊，“你算——”

他突然打住了。他的眼珠在滴溜溜地转。他的脑袋猛地一抖。

屋后传来一声直直的闷响，声音就来自赌桌旁边那扇紧闭的门后面。也许那只是摔门的声音。但我觉得不像。酒保也觉得不像。

他此刻呆若木鸡，嘴角流着口水。我竖起耳朵听着。再没有别的动静了。于是我猛地朝柜台的那头扑去。我已经听得太久了。

屋后的那扇门砰地一声开了，驼鹿马洛伊一个箭步冲出门来，动作流畅又凶猛，接着又突然刹住了，双脚就像在地上生了根一样，脸上浮现出一个咧开大嘴的苍白笑容。

一支柯尔特点四五手枪攥在他手里，就像把玩具枪。

“谁都不许摸裤子，”他懒洋洋地说，“把手老老实实地放在吧台上。”

酒保和我都把手放了下来。

驼鹿马洛伊迅速地将房间扫视了一遍。他那紧绷的笑容就像是钉在脸上似的。他移动脚步，无声地穿过房间。他看上去确实像是能单枪匹马抢劫银行——哪怕是穿成这样。

马洛伊走到了吧台前。“站起来，黑鬼。”他轻声说。酒保把两手高高地举在半空中。大个子走到我背后，仔仔细细地用左手把我身上摸了个遍。他火辣辣的气息喷在我的脖子上——然后挪开了。

“蒙哥马利先生也不知道维尔玛在哪儿，”他说，“他想要——用这个——告诉我。”他用结实的大手拍着那支枪。我慢慢地转过身来看着他。“没错，”他说，“你会了解我的。你不会忘了我的，伙计。我只要你告诉那些小子们：不要乱来。”他扭了扭枪。“好啦，拜拜了，你们两个小阿飞。我得去赶电车了。”

他开始朝楼梯的顶端走去。

“你还没付酒钱呢。”我说。

他停住了，认认真真地看着我。

“也许你那里有两个钱，”他说，“但我不想捏得太狠了。”

他继续往前走，穿过了那扇弹簧门，随后远处传来了他走下楼梯的脚步声。

酒保俯下身子。我一跃而起，绕到了柜台的后面，一把将他挤开。一支枪管被锯短的猎枪躺在吧台下的一层架子上，枪上盖着毛巾。猎枪旁边是一只雪茄盒，里面是一把点三八口径自动手枪。我将两把枪全都拿在了手里。酒保向后退去，抵着吧台后面的那排玻璃酒架。

我转身绕过吧台的一头，穿过房间，来到赌桌后面那扇洞开的房门前。门后是一条走道，呈L形，几乎没有照明。保镖烂泥般地趴在走道的地板上，不省人事，手里握着一把刀。我俯下身，把刀拽了出来，从后楼梯上扔了下去。保镖喘着粗气，他的手软弱无力。

我跨过他的身体，打开了一扇用剥落的黑漆刷着“办公室”字样的房门。

一张有划痕的小书桌紧挨着一扇用木板封了一半的窗户。一个男人的躯干直挺挺地坐在椅子上。椅子的靠背很高，刚好抵着这个男人的后颈。他的脑袋沿着椅子的靠背向后折叠，角度大得刚好让他的鼻子指着那扇钉着木板的窗户[①]。它就这么折着，像是一块手帕，或是一块装着铰链的板子。

---

① 按照这里的描述，此人应当是背靠窗户。

此人右手边的一只书桌抽屉开着。抽屉里面是一张报纸，中间有一片油污。那支枪一定就是从这里来的。这么做在他当时看来似乎是一个好主意，但蒙哥马利先生的脑袋目前所处的位置证明，这是一个馊主意。

桌上有部电话。我把那支锯短的猎枪放下，走过去把门锁上，这才打电话报警。这样让我感觉安全些，而且蒙哥马利先生似乎也不在意。

等到巡逻车里的小子们咚咚咚地奔上楼梯的时候，保镖和酒保都已经不见了，这地方只有我一个人了。

3

一个叫纳尔蒂的人接了这个案子，这个下巴精瘦、板着面孔的家伙在跟我说话的时候，大部分时间里都把那双蜡黄细长的手叠在膝盖骨上。他是一名警督探员，隶属于七十七街分局；我们说话的这间屋子里光秃秃的，只有面对面的两面墙边上的两张小桌子，还有从两张桌子中间走过的空间——但一次只能容一人通过。地板上铺着肮脏的灰油地毡，空气中弥漫着一股陈雪茄烟蒂的味道。纳尔蒂的衬衫已经磨破，外套的袖子在袖口处打起了褶。他看上去挺穷，应该还算正直，但他不像是个能对付驼鹿马洛伊的人。

他点上了半截雪茄，把火柴扔在了地板上，它的许多伙伴已经在那儿等着它了。他用苦涩的声音说道：

“黑人。又一起黑人谋杀案。我在这个人的警局里干了十八年，结果就让我摊上这么个案子。没法发照片，没法登文章，甚至都不能在报纸的分类广告栏里登上四行字。”

我一言不发。他拿起我的名片又看了一遍，然后把它放下。

“菲利普·马洛，私人侦探。你也是干这一行的，是吧？天啊，你看上去确实够结实的。那段时间里你都在干吗？”

“哪段时间？”

“马洛伊在拧这个黑鬼脖子的时候。”

“哦，我在另一间房间里，”我说，“马洛伊没有向我承诺过他会拧断哪个人的脖子。”

“你就逗我玩儿吧，”纳尔蒂苦涩地说，“没问题，继续，接着逗我。反正每个人都逗我玩儿。再多一个又怎样？可怜的老纳尔蒂。上帝啊，可劲儿地取笑他！他可真好笑，这老纳尔蒂。”

“我没打算骗任何人，”我说，“事情就是这样的——我在另一间房间里。”

“对，没错，”纳尔蒂隔着一片难闻的雪茄烟雾对我说，“我也在场，我看到了，是吧？你没带枪吗？”

“接这种活儿的时候不带。”

“哪种活儿？”

“我在找一个从老婆身边出逃的理发师。她觉得我们可以说服他回家。”

“你说的是个黑人？”

“不，一个希腊人。”

“好吧，”纳尔蒂说着，往废纸篓里啐了一口。“好吧。你怎么见着这大个子的？”

“我已经跟你说过了。我碰巧在那儿。他把一个黑人从弗洛里安的门里给扔了出来，我很不明智地把脑袋伸了进去，想瞧瞧是怎么回事。结果他就把我架上楼了。”

“你是说他拿枪抵着你？”

“不，他那时没有枪。至少，他没掏出枪来。他的枪是从蒙哥马利那儿拿的，大概是吧。他就是勾搭上我了。我有时候挺可爱的。”

"这我就不知道了，"纳尔蒂说，"你好像挺容易勾搭上的。"

"行了，"我说，"你跟我争什么呢？我见过这家伙，你没有。他可以把你我当怀表挂在身上。我不知道他杀了人，直到他离开以后。我听见了一声枪响，但我以为是有人被惊动了，朝马洛伊开了一枪，然后马洛伊把枪从这人的手里给抢走了。"

"你为什么会有这样的想法？"纳尔蒂用一种近乎温文尔雅的语调问道，"他曾经持枪抢了那家银行，对不对？"

"想想他当时穿的那套衣服吧。他不是上那儿去杀人的；不然不可能穿成那样。他上那儿去是为了找这个叫维尔玛的姑娘，她曾经是他的马子，在他因为那起银行的案子给抓起来以前。她那时在弗洛里安上班，不管那里过去叫什么；那会儿它是一家白人夜店。他当时就是在那儿被抓的。你会逮到他的，别担心。"

"当然了，"纳尔蒂说，"那样的块头，那样的衣服，小菜一碟。"

"他说不定还有一套衣服，"我说，"还有一辆车，一个藏身地，一点钱和几个朋友。不过你会逮到他的。"

纳尔蒂又朝废纸篓里啐了一口。"我会逮到他的，"他说，"等我长出第三副牙的时候。你知道办这个案子的有几个人？一个。听好了，你知道为什么吗？因为报上不登。有一次五个黑人在东街八十四号用刀子在彼此的身上画'哈勒姆日落'[①]。一个人的身子已经凉了。家具上是血，墙上是血，连天花板上都是血。我去了现场，门外面有个《纪事报》的家伙——一个新闻记者，他刚从门廊里走出来，正往车里钻。他朝我们做了个鬼脸，说了句'啊，该死，黑人'，然后钻进他那辆车子就开走了。他甚至都没有进门。"

"说不定他是个违反假释条例的假释犯，"我说，"那样你就可以让他

---

① 指致命的刀伤。哈勒姆是纽约著名的黑人贫民窟，暴力横行。

配合你了。但你逮他的时候要稳妥点，不然他非给你掀翻两辆警车不可。然后你就可以登报了。”

“然后这案子也就不是我的了。”纳尔蒂冷笑道。

他桌上的电话响了。他对着听筒听了一会儿，然后露出了哀伤的微笑。他挂断电话，在一张便笺上草草写下了点什么，眼中现出一丝微弱的闪光，就像是在一条落满灰尘的走道深处点亮的一盏灯。

“天啊，他们找到他了。打电话的是雷科兹。他们弄到了他的指纹，还有那把枪，所有的东西都找到了。”他读着便笺上的内容。“天啊，这家伙。六英尺五高，半英尺宽，一百六十四磅重——不算他的领带。天，好家伙。让他见鬼去吧。他们现在开始广播通缉他了。估计要等播完了被盗车辆清单以后。现在也只有等着了。”他把雪茄扔进了一只痰盂里。

“试着找找那个姑娘吧，”我说，“维尔玛。马洛伊正在找她。整件事情都是因她而起的。试试维尔玛这条线索。”

“你去试吧，”纳尔蒂说，“我有二十年没进过妓院了。”

我站起身来。“好吧。”说完我就朝门口走去。

“嘿，等等，”纳尔蒂说，“我在开玩笑呢。你手头不是特别忙，对不对？”

我用手指搓着一根香烟，站在门口看着他。

“我是说，你有时间过去瞧瞧这个女人对吧？你的主意很好。说不定你会发现点儿什么的。你可以秘密地去做这件事。”

“我能从中得到点儿什么？”

他悲哀地摊开那双蜡黄的手。他的笑容就跟一只坏掉的捕鼠夹一样机灵。“你以前跟我们的人有过麻烦。别跟我说没有。我听说了。你要是能交个朋友，对你将来也没什么坏处。”

“可这又能给我带来什么好处？”

“听着，”纳尔蒂竭力劝我，“我只不过是个低调的人。但局里的任何一个人都能给你一大把的好处。”

“我这是去为了爱而奋斗——还是说你打算怎么着都付我点钱？”

“没钱，”纳尔蒂说完，皱了皱那只哀伤的黄鼻子，“可我眼下真的非常非常需要一点儿业绩。自从上次局里重组过以后，我日子就真的很不好过。我绝不会忘了这个人情的，兄弟，永远不会。”

我看了看表。“好吧，我要是发现了什么，就告诉你。等你拿到那把枪的时候，我会替你鉴定的。等我吃了午饭。”我们握了握手，随后我走过烂泥色的走廊和楼梯，来到我停在房子前面的汽车前。

这时距离驼鹿马洛伊拿着那把军用柯尔特手枪离开弗洛里安已经过去了两个钟头。我在一家杂货店里吃了午饭，买了一品脱波旁威士忌，然后开车向东来到中央大道，再沿着大道往北开。我的直觉就像漂浮在人行道上的蒸汽一样缥缈。

我没有任何理由去管这件事情，除了好奇。但严格来讲，我反正已经有一个月没接到一笔生意了。哪怕是无酬的生意也是生意。

4

弗洛里安当然已经关门了。一个明显是便衣的男人坐在门前的车里，用一只眼睛读着报纸。我不知道他们干吗要在这里费工夫。这里没人知道有关驼鹿马洛伊的丁点儿情况。那个保镖和那个酒保一直没有被找到。这个街区里没有人知道关于他们的任何信息。

我慢慢地开过店门，把车停在了街角，坐在车上看着一家黑人旅馆。这家店和弗洛里安正好在街区的对角线两端，过了离我最近的那个十字路口。这地方叫“圣苏西旅馆”。我下了车，步行穿过十字路口，进了这家旅馆。两排空荡荡的硬板椅隔着在一长条棕黄色的纤维地毯彼此相望。房间后面的昏暗处有一张桌子，桌子后面一个秃顶的男人正闭着眼睛，两只柔软的棕手安逸地放在面前的桌子上。他在打盹儿，或者像是在打盹儿。他打着一条爱斯科领带，它看上去仿佛是在1880年前后就系在那里了。他那只领带夹上的绿色宝石比苹果小了那么一点儿。他把松弛的大下巴轻轻地贴在领带上打了一个褶，交叠的双手平和又整洁，指甲修剪过，紫色的指甲盖上面现出灰色的半月。

一块在他肘边的金属牌上有一行浮凸的铭文："本旅馆受国际联合代理有限公司之保护。"

这个平和的棕肤男子睁开了一只眼睛若有所思地看着我，这时我指了指那块牌子。

"H．P．D．，过来瞧瞧的。这里有没有麻烦？"

H．P．D．指的是"旅馆保护部"，那是一家大型代理下设的一个部门，负责关照收银台保镖，还有那些留下一堆未付账单和装满砖头的二手手提箱，然后从后楼梯溜走的人。

"兄弟，'麻烦'，"这名职员用洪亮的高音说道，"我们这里刚刚卖光了。"他把声音降了八度，又问了一句："你叫什么来着？"

"马洛。菲利普·马洛——"

"好名字啊，兄弟。清爽又好听。你今天看上去气色真不错。"然后他再次压低了声音。"可你不是什么H．P．D．的人。我有好几年没看到他们了。"他伸出一只手，倦怠地指了指那块牌子。"我买的这块是二手的，兄弟，只是拿来吓唬人的。"

"好吧。"我说道。我倚着柜台，在光秃秃的、满是划痕的木头台面上转起了一枚半美元的硬币。

"你听说了今天上午弗洛里安那边出事儿了吗？"

"兄弟，我忘了。"他的两只眼睛现在睁开了，此刻正望着那枚旋转的硬币投出的一片模糊的闪光。

“那里的老板给人做掉了，”我说，“就是那个叫蒙哥马利的家伙。有人拧断了他的脖子。”

“愿主收下他的灵魂，兄弟。”他的声音又轻了下来。“你是条子？”

“私家侦探——秘密行事。我一眼就能看出一个人能不能保守秘密。”

他打量着我，然后闭上了眼睛，开始思考。他小心翼翼地重新睁开眼，盯着那枚旋转的硬币。他没法不去看它。

“谁干的？”他轻声问道，“谁搞定了山姆？”

“一个从牢里出来的狠角儿，他很生气，因为那里不是白人店了。以前是，好像是。你也许有印象？”

他一言不发。那枚硬币倒下了，轻轻地发出一声嗡嗡的鸣响，然后就一动不动了。

“你选吧，”我说，“我可以给你读一章《圣经》，或者请你喝杯酒。你说了算。”

“兄弟，我一般只喜欢和家人在一起读《圣经》。”他的眼睛闪着光，像只蛤蟆，目不转睛。

“也许你刚刚吃过午饭。”我说。

“午饭，”他开口道，“像我这种个头和习性的人通常是不吃的。”他又压低了声音。“从桌子这边绕进来。”

我绕了进去，从口袋里掏出那一品脱装的扁瓶保税威士忌，把它放在架子上。然后我又回到了桌子前面。他俯下身，仔细看了看那瓶酒。他的表情看上去很满意。

“兄弟，你靠这个可买不来什么，”他说道，“不过我很乐意陪你抿上一小口。”

他打开酒瓶，从桌子里拿出两只小玻璃杯，不动声色地把两只杯子都斟得满满的。他举起一杯酒，仔细地闻了闻，然后翘着兰花指把整杯酒灌下了喉咙。

他一边回味着，一边若有所思地点点头说："这瓶酒很正，兄弟。我能如何为你效劳呢？这附近的小巷里没有一道缝是我不熟的。一点儿没错，这瓶酒算是找对人了。"他又倒满了一杯。

我把在弗洛里安发生的事情以及原委都和他说了一遍。他一本正经地凝视着我，摇了摇那颗秃脑袋。

"山姆经营的那家店是个安静的好地方，"他说，"这一个月都没有人在那里被捅过。"

"弗洛里安以前是家白人夜店——那大概是六年前或是八年前的样子吧——那会儿它叫什么？"

"电子招牌挂得有点儿高啊，兄弟。"

我点点头。"我刚才还在揣摩，那会儿它应该还叫这个名字。要是名字改过的话，马洛伊应该会说的。但那会儿是谁在经营这家店？"

"你有点儿让我吃惊，兄弟。那个可怜的罪人就叫弗洛里安。迈克·弗洛里安——"

"迈克·弗洛里安后来怎么啦？"

这黑人摊开了那双文静的棕手。他的音调很高，很悲伤。"死了，兄弟。回到了我主身边。1934年，或者是1935年。我这方面不是很精。一条命就这么给酒毁了，兄弟，两只肾都泡在酒精里了，我听说的；愿他在天国那边寻得怜悯。"他的声音又降回了谈生意的音调。"鬼知道为什么要怜悯他。"

"他身后有没有留下什么人？再倒一杯吧。"

他用力地把瓶盖塞上，把酒瓶推过了柜台。"两杯够了，兄弟——日落之前。我感谢你。你接近我的方式抚慰了一个男人的尊严……留下了一个寡妇。名字叫杰西。"

"她后来怎么了？"

"对知识的追寻，兄弟，就是问许多的问题。可我没听到。试试那本号码簿吧。”

门厅的一角，昏暗中有一间电话亭。我走了过去，把门关上但没关死，门的位置刚好能让灯打开。我在一本破破烂烂、用链子拴住的号码簿里翻找着。可是里面根本找不到弗洛里安。我回到了桌子边。

“没有。”我说。

那黑人抱歉地弓下身子，从桌子上举起一本全市电话通讯录，朝我推了过来。他又闭上了眼睛。他已经开始感到厌倦了。电话簿上确实有一个杰西·弗洛里安，是个寡妇。她住在西五十四街 1644 号。我纳闷自己这辈子究竟是怎么用脑子的。

我在一张纸上记下了地址，然后把通讯录从桌上推了回去。那黑人把它放回到原先的位置上，和我握了握手，然后又把双手交叠在了桌子上，两手的位置就和我刚进门的时候一模一样。他的眼睛慢慢地垂了下来，人看起来像是睡着了。

对他来说这个插曲已经结束了。我朝门口走去，走到半道的时候回头朝他飞快地瞥了一眼。他的眼睛闭着，呼吸轻柔规律，每呼吸完一次嘴唇还会轻轻地吹口气。他的秃顶在闪闪发亮。

我走出圣苏西旅馆，穿过街道回到我的车里。这似乎轻而易举。似乎太轻而易举了。

5

西五十四街 1644 号是一栋黯淡的褐砂石洋房，门前有片黯淡的褐色草坪。一棵生命力似乎很顽强的棕榈树周围是一大块赤裸的地皮。门廊上有一把孤零零的摇椅，午后的微风吹动了几株去年的圣诞花，未经修剪的新枝轻轻地拍打着现出裂缝的灰泥墙。一串发硬发黄、洗得马马虎虎的衣服在院子里一根生锈的钢丝绳上抖动着。

我又往前开了四分之一个街区，把车停在了街对面，然后走了回来。

门铃不响，所以我只能叩了叩网格门的木框。有人拖着步子慢吞吞地走了过来，门开了，我往昏暗的屋内看去，看见一个邋遢的女人边开门边擤着鼻子。她面色发灰，脸上浮肿，一头杂草般的头发，颜色难以名状，既不是灰色，也不是金色，既缺乏姜黄色的活力，也没有灰色的纯净。她厚实的身体套在一件不成样子的户外法兰绒浴袍里——好多个月之前这衣服就已经褪色过时了。这只不过就是件围在她身上的遮羞物罢了。她的脚趾粗大，套着一双破旧的、显然是男式的灰色皮质拖鞋。

我开口道："弗洛里安太太？杰西·弗洛里安？"

"嗯——哼，"那声音从她喉咙里费劲地钻了出来，就像是一个生病的人从床上爬起来一样。

"您的丈夫弗洛里安曾经在中央大道上经营一家娱乐场所对吗？他叫迈克·弗洛里安？"

她把一缕头发梳到了她那只大耳朵的后面。她的眼中闪着诧异的光。她用厚重、哽塞的声音说：

"什——什么？苍天大地呀。迈克已经去了五年了。你刚才说你是谁来着？"

那扇网格门依然锁着，而且上了门扣。

"我是一名侦探，"我说，"我想要一点信息。"

她盯着我，就这样过了漫长乏味的一分钟。然后她费力地解开了门扣，转过身去。

"那就请进吧。我还没时间把屋里收拾一下呢，"她抱怨道，"警察，是吧？"

我跨过门槛，然后把网格门的门扣又给搭上了。屋里进门左手边的一个角落里，一台体积庞大、样式漂亮的柜式收音机正嗡嗡作响。这是房间里唯一一件像样的家具。它看上去还是崭新的。其他的东西就全是垃圾了：脏兮兮、胀鼓鼓的座垫；一把木摇椅，和门廊里的那把能配成一对；一道方拱门通向餐厅，餐厅里面放着一张脏兮兮的桌子；一扇弹簧门通向外面的厨房，门上面满是指印；两盏破旧的台灯，曾经花哨俗丽的灯罩如今就像人老珠黄的站街女一样漂亮。

这妇人在摇椅上坐下，踩着拖鞋的双脚啪的一声落地，两眼看着我。我看着那台收音机，在一张长沙发的一角上坐下。她看到了我关注那收音机的目光。一股虚假的热情——淡得就像中国人的茶——爬上了她的脸庞，渗入了她的声音。“我就这么一个伴儿了。”她说道。接着她又哧哧地笑了。“迈克没又犯什么事儿吧？我现在不怎么接到警察的电话了。”

她的傻笑中有一股淡淡的酒味儿。我身子往后靠的时候抵住了一样硬物，于是伸手去摸，结果抓起了一个一夸脱装的空杜松子酒瓶。这妇人又哧哧地笑了。

“开个玩笑，”她说，“不过我向上天祈愿，他现在待的地方最好有许多便宜的金发女郎，多到管够。他在这儿的时候从来没玩够过。”

“我更在意的是一个红头发的。”我说。

“我猜他也可以来几个红头发的。”此刻她的眼光在我看来似乎不再那么模糊了。“我想不起来了。有哪个红头发姑娘比较特别吗？”

“有。一个叫维尔玛的姑娘。我不知道她用的是什么姓，但那肯定不是她的真姓。我正忙着替她的家人找她。你们在中央大道上的那个地儿现在是一家有色人种的店了，虽然他们没有改店名，但那里的人都从没有听说过她。所以我想到了你。”

“她家里的人对这事儿可真是不急啊——一点儿也不急着找她。”妇人若有所思地说。

“这涉及到一小笔钱。不是很多。我猜他们只有找到了她才能拿到这钱。钱能激活记忆。”

“还有酒也是，”妇人说道，“今儿个有点热啊，对不对？不过你刚才说了，你是个警察。”狡猾的眼，沉稳专注的脸。那双踩着男式拖鞋的脚纹丝不动。

我举起那个阵亡的士兵摇了摇，然后把它甩到了一边，伸手去摸后屁股兜上的那一品脱保税波旁威士忌，刚才旅馆里的那个黑人职员和我都只喝了一丁点儿。我把酒瓶伸了出来，放在膝盖上。妇人用狐疑的眼光直直盯着酒瓶。怀疑的神色随即爬满了她的整张脸，那脸就像一只猫，但毫无戏耍的意味。

“你不是警察，”她轻声说道，“没哪个警察会买这种酒。你在玩儿什么把戏，先生？”

她又擤了把鼻涕，用的是一块我所见过的最肮脏的手帕。她的目光还落在那瓶酒上。怀疑在与饥渴做着抗争，最后饥渴胜利了。结果向来如此。

“这个维尔玛是个舞女，是个歌手。你真的不认识她？我猜你大概不常去那里吧。”

那双海草色的眼睛依然盯着酒瓶。一条布满舌苔的舌头卷过她的嘴唇。

“天，这酒真带劲，”她叹了口气，“我他娘的才不在乎你是谁呢。你给我把它拿稳了，先生。现在可不是打翻瓶子的时候。”

她站起身来，一摇一摆地走出房间，回来的时候手里拿着两只脏兮兮的厚玻璃杯。

“我就不放开喝了。你带的这瓶就够了。”她说。

我给她倒上了一大杯，这点儿量足够让我飞过墙头了。她迫不及待地伸手抓起酒杯，顺着嗓子眼儿把酒灌了下去，仿佛只是吞下了一片阿司匹林，然后继续看着酒瓶。我又给她倒了一杯，然后给我自己倒了一小杯。她拿着酒杯回到了摇椅边，眼睛里的棕色已经比刚才深了两分。

“天，这玩意儿无知无觉地就死在我肚子里了，”她边说边坐了下来，“它都不知道自己是怎么死的。我们刚才在扯什么来着？”

“一个叫维尔玛的红头发姑娘，以前在你们那家中央大道上的店里工作。”

“对。”她这时又打发了第二杯酒。我走过去，把酒瓶放在她身边的一只茶几上。她一把抓起酒瓶。“没错。你说你是谁来着？”

我拿出一张名片递给她。她用舌头和嘴唇读了读名片，把它扔在了身旁的一张桌子上，然后把空酒杯放在上面。

“哦，私人侦探。你刚才可没说啊，先生。”她伸出一根手指头在我眼前晃了晃，开玩笑似的对我表示责备。“不过你的酒告诉我说，你这人还是不错的。这杯敬违法犯罪。”她给自己倒上了第三杯酒，然后一饮而尽。

我坐了下来，用手指搓着一根香烟，等着她开口。她要么知道，要么不知道。如果她知道点什么，她要么会告诉我，要么不会。就这么简单。

“可爱的红头发小妞儿，”她用缓慢厚重的声音说道。“没错，我记得她。又唱歌又跳舞的。一双腿生得漂亮，而且对那些人挺大方。她跑到别的地方去了。我怎么会知道这种婊子现在在干啥呢？”

“哦，我没有真的以为你会知道，”我说。“可我过来向你打听一下也是很自然的一件事，弗洛里安太太。想喝威士忌的话请自便——我可以出门再弄些来，如果需要的话。”

“你没有喝。”她突然说道。

我伸手握住玻璃杯，把杯里的酒满满地咽了下去，好让这点酒看上去显得更多一些。

“她的家人在哪儿？”她突然问。

“这有关系吗？”

“好吧，”她冷笑道，“所有的警察都一样。好吧，帅哥。请我喝酒的人就是我的朋友。”她伸手拿起酒瓶，倒满了第四杯。“我不该跟你侃大山的。可我喜欢上一个人的时候，我就能侃到天花板上去。”她又哧哧地笑了。她的模样妩媚得就像只洗衣盆。“在椅子上坐牢了，可别踩着蛇了，”她说，“我有主意了。”

她从摇椅上站起身来，打了个喷嚏，身上的浴袍险些掉了，她伸手拍了一把这件袍子，让它贴回肚皮，然后冷冷地盯着我。

“不许偷看。”她说完边再度走出了房间，出门的时候肩膀撞着了门框。

我听见她拖着笨重的脚步走进了后屋。

圣诞花的新枝啪啪地拍打着屋前的泥墙，发出沉闷的声响，那条晾衣服的绳子在房子的一侧依稀吱吱作响。卖冰激凌的小贩摇着铃铛从门前走过。角落里那台又大又新又漂亮的收音机用深沉轻柔的跳动性音符低声诉说着舞蹈与爱情，就像是一个歌手在唱着感伤的恋歌。又是一阵笨重的脚步声，还有乒乒乓乓的声响。一只盘子掉在了地上。我从长沙发上站起身来，悄悄地溜进餐厅，再从那里进入一条短短的走廊。一扇门开着，我顺着门缝往里看去。

她正站在一只大箱子前面左摇右晃的，一把一把地抓着里面的东西，然后愤怒地把头发从额头上甩开。她醉得比她自己以为的要厉害。她俯身靠在箱子上稳了稳自己，又是咳嗽又是深呼吸。随后她弯下厚实的双膝跪倒在地，猛地把两只手都埋进了箱子里，开始四处摸索。

此刻只见这双手举了起来，颤巍巍地拿着一样东西。那时一只厚实的包裹，上面系着褪色的粉红丝带。她缓缓地，笨拙地解开了丝带。她从包裹里抽出了一只信封，然后再度俯下身子，把信封塞进箱子的右侧藏了起来。随后她用笨拙的手指把丝带重新系上。

我原路溜回原位，在长沙发上坐好。带着打鼾般的喘气声，这妇人回到了起居室，她摇摇晃晃地站在门口，手里拿着那只系着丝带的包裹。

她咧开嘴，对我露出胜利的笑容，然后一把将那包裹扔了过来，落在了我的脚边。她一摇一摆地回到摇椅边坐了下来，伸手抓起那瓶威士忌。

我从地上捡起包裹，解开了那条褪色的粉红丝带。

“仔细看看这些东西，”妇人咕哝了一句，“照片。报纸上的照片。这些婊子平时可上不了报纸，除非是进了警察的记录簿。他们都是那家夜店里的人。这些就是那个混蛋留给我的所有东西了——这些，还有他的旧衣服。”

我飞快地翻过这堆发亮的照片，上面都是些摆着职业造型的男人和女人。男人们长着狐狸般的脸，穿着赛马服或是抹着荒诞不经的小丑式妆容。一群加油站巡演团里的舞蹈家和喜剧演员。他们中很少有人能打入梅因大街以西的地方。你会看见他们出现在小镇上的歌舞杂耍表演里，然后被警察撵走，或是出现在廉价的滑稽歌舞杂剧场里，表演淫秽得直逼法律允许的底线，时不时地还会越过底线，引来一次警方突袭和一场吵吵闹闹的治安法庭审判，然而事后他们还会重登舞台，咧开大嘴一脸笑容，肮脏下流到变态的地步，散发着一股馊汗般的恶臭。女人们的腿型都不错，她们展示大腿内侧曲线的方式一定会令威尔·海斯[①]坐立不安。不过她们的脸却如同会计的工作服一般磨得脱线。金发的，褐发的，全都睁着一双母牛般的大眼睛，眼里透着一股农民般的愚钝。其中有一两张面孔显然很邪恶。这些女人当中可能有一两个红头发的。但你从照片上看不出来。我漫不经心地把她们看了一遍，不露声色地把丝带重新系好。

---

① 威尔·海斯（1879—1954），美国政客，曾为美国电影业制定自我审查制度，反对有伤风化的内容。

“这些人我一个都不认识，”我说，“干吗给我看这个？”

她从瓶口上方朝我抛了个媚眼，那只瓶子正摇摇晃晃地握在她的右手里。“你不是在找维尔玛吗？”

“她是其中之一？”

一丝笨重的狡黠蜻蜓点水般地落在她脸上，发现这里并不好玩，于是飞走了。“你没有拿到她的照片吗——从她家人那里？”

“没有。”

这下她有些不安了。每个姑娘都会有一张照片，哪怕照片上的她还穿着小裙子，头上扎着一个蝴蝶结。我应该有的。

“我不会再喜欢你一次了，”这妇人几乎是在低语。

我拿着玻璃杯站起身来，走过去把杯子放在她身边的茶几上。

“赶在你把这瓶干空前，给我倒一杯吧。”

她伸手去拿玻璃杯，我转过身飞快地穿过方拱门走进餐厅，进入走廊，然后跨进那间乱糟糟的卧室，里面躺着那只敞开的大箱子和掉落的盘子。一个声音在我身后大叫大嚷。我伸手直插箱子的右侧内壁，摸到了一个信封，然后迅速地把它掏了出来。

我回到起居室的时候她已从椅子上站起身来，但只走了两三步远。她的眼中显出一种奇怪的木然神色，像是蒙了一层玻璃。一层暗藏杀机的玻璃。

“坐下，”我故意朝她咆哮，“这回你可不是在跟一个像驼鹿马洛伊那样头脑简单的笨蛋打交道。”

我这是闭着眼睛蒙了一枪，可这一枪什么也没打中。她眨了眨眼睛，努力用上唇抬起鼻子。几颗脏牙从这副兔子般的怪笑中露了出来。

“驼鹿？那个驼鹿？他怎么了？”她倒吸了一口气。

“他出来了，”我说，“从监狱里出来了。他正在四处游荡，手里拿着一把点四五的枪。今天上午他在中央大道上杀了一个黑鬼，因为他没有告诉他维尔玛在哪儿。现在他正在找那个八年前告发他的家伙。”

一抹苍白的神色爬上了这妇人的脸。她把瓶口贴在嘴唇上，咕咚咕咚地大口喝着。威士忌顺着她的下巴流了出来。

“那些警察正在找他，”她说完便笑开了，“警察。没错！”

真是个可爱的老太婆。我喜欢和她在一起。我喜欢出于我个人肮脏的目的把她灌醉。我真是个了不起的家伙。我喜欢做我自己。干我这一行，几乎什么样的事情都会让你碰上，但此刻我的胃里开始有点翻腾了。

我打开手里攥着的信封，抽出一张上了膜的照片。它看上去很像其他几张，但却不一样。这张漂亮多了。照片上的姑娘腰部以上穿着白衣丑角皮耶罗的戏服。在那顶挂着一只黑绒球的白色锥帽下，她的头发做成了蓬松的发型，发色中透出一抹深色，可能是红色。她的脸是侧着的，但那只出现在照片上的眼睛里透着欢快。我不敢说这张脸很可爱或是天生丽质，判断脸蛋不是我的长项。不过这张脸很漂亮。对这张脸蛋人们会比较客气，或者说对她那个圈子而言算是客气的了。但话说回来，这还是一张挺常见的脸，它的漂亮完全是流水线式的。在正午时分的某个城内街区里，你可以在一小时内看见一打这样的面孔。

而在腰部以下，照片上显现出的几乎就全是大腿了，而且是非常漂亮的大腿。照片的右下角有一行签名：“永远是你的——维尔玛·瓦兰多。”

我把照片举到这姓弗洛里安的妇人面前，但同时又不让她够到。她猛地一扑，但没扑着。

“为什么把它藏起来？”我问道。

她没吭声，只听见她沉重的呼吸声。我把照片塞回信封，然后把信封放进口袋。

“为什么把它藏起来？”我又问了一遍。“这张和其他几张有什么不一样？她在哪儿？”

“她死了，”这妇人说，“她是个好孩子，但现在她已经死了，警察。快滚吧。”

她那副不成样子的淡褐色眉毛一上一下地抽动着。她的手一松，那瓶威士忌滑落在了地毯上，汩汩直往外冒。我弯腰把它捡了起来。她想要踢我的脸。但我从她身边跨开了。

“可这还是没有解释你为什么要把它藏起来，”我对她说，“她什么时候死的？怎么死的？”

“我只是个可怜的病老太婆，”她咕哝道，“别烦我了，你这狗娘养的。”

我站在那里打量着她，一言不发，脑子里也没有想出什么特别的话要说。片刻之后我上前一步走到她身侧，把那只几乎空了的酒瓶放在了她身边的桌子上。

她低头盯着地毯。收音机在角落里发出令人愉快的嗡嗡声。一辆车从门外开过。一只苍蝇在一扇窗户上嗡嗡响。许久之后她挪动一片嘴唇盖住了另一片，对着地板开始说话：那是一堆杂乱无章的词语，产生不了任何意义。然后她又大笑起来，仰起头，嘴里流出了口水。她伸出右手抓起瓶子，把剩下的酒一口喝干，瓶口在她的牙齿上碰得格格直响。酒瓶空了，她举起它，晃了晃，朝我扔了过来。瓶子飞到了角落里的什么地方，然后滑过地毯，砰的一声撞在了踢脚板上。

她又斜着眼睛看了我一眼，随后眼皮闭了起来——她打起了呼噜。

这说不定是装的，但我已经不在乎了。忽然间我感到自己对这一幕已经受够了，真的是够了，实在是够了。

我从长沙发上拿起帽子，走到门边，打开大门，从网格门里走了出去。收音机还在角落里嗡嗡地响，这妇人还坐在椅子里轻轻地打着鼾。我朝她飞快地瞥了一眼，关上门，关紧了，然后再轻轻地把门打开，又看了她一眼。

她的眼睛依然闭着，不过眼皮下有一丝闪光。我走下台阶，沿着路面开裂的小径走上街道。

隔壁家的一道窗帘拉开了，一张专注的窄脸正凑近玻璃窗朝外窥探——一张老太婆脸，白头发，尖鼻子。

爱管闲事的老太太正在调查邻居呢。每个街区里至少都有一个像她这样的家伙。我朝她挥挥手。窗帘落下了。

我回到车边，钻进车里，开回七十七街分局，然后爬上楼梯钻进纳尔蒂在二楼的那间办公室——那个烟味刺鼻的小小单间。

6

纳尔蒂似乎都没有挪过位置。他依然带着那副在闷闷不乐中煎熬忍耐的姿态坐在椅子上。不过他的烟灰缸里多了两支雪茄烟蒂，地板上又多铺了一层划过的火柴。

我在那张空桌子边坐定，纳尔蒂把桌子上一张脸朝下的照片翻过来递给了我。那是一张警局拍的大头照，有正面照和侧面照，底下还有一个指纹鉴定。没错，这就是马洛伊，照片是在强光下拍的，他的眉毛看上去不比法式小面包的浓。

"就是这小子。"我把照片推了回去。

"我们收到一份俄勒冈州监狱发来的电报，关于他的，"纳尔蒂说。"所有人都服满了刑期，除了告发他的那人。事情现在有了转机。我们把他困住了。一辆巡逻车和第七大街线路终点站上的一个售票员通上了话。售票员说他看到一个那样块头的家伙，看上去像他。他在第三大街和亚历山德里亚街的路口下了车。他接下来就会闯进一座没有人的大房子。那里有许多这种房子，而老式的出租房都在市中心，现在对他来说太远了，而且很难租。他肯定会闯进一座这样的房子，然后我们就能瓮中捉鳖了。你刚才在干吗？”

“他有没有戴着一顶花哨的帽子，夹克上有没有挂高尔夫球？”

纳尔蒂皱了皱眉，两手在膝盖上扭来扭去。“没有，他穿着一套蓝色西服。也有可能是棕色的。”

“你确定不是马来亚式的纱笼？”

“唔？哦，呵呵，真好笑。记得提醒我在休假时笑上一笑。”

我说：“那不是驼鹿。他不会乘电车的。他有钱。看看他穿的那些衣服。他根本穿不下普通尺码的。那些一定都是量身定做的。”

“好吧，你就取笑我吧，”纳尔蒂的面孔一沉，“你刚才在干吗？”

“做你应该做的事。那个叫弗洛里安的地方以前是家白人夜店的时候也是叫这个名字。我跟一个看旅馆的黑人聊了聊，他对这片街区很熟悉。那块广告牌很值钱，所以那些黑人接手这家店的时候没有把它换掉。以前的店主叫迈克·弗洛里安。他死了有些年了，不过他留下的那个寡妇还活着。她住在西五十四街 1644 号，名字叫杰西·弗洛里安。她不在号码簿上，但却在全市电话通讯录上。”

“哦，那我该怎么做——跟她约会吗？”纳尔蒂问。

“我替你约过了。我身上带了一品脱波旁威士忌。她是个迷人的中年女士，脸长得就像一桶泥巴；另外，要是她从柯立芝总统的第二任任期①到现在洗过一次头的话，我就把我的备用轮胎给吃了，一点儿也不剩。”

“别耍嘴皮子。”纳尔蒂说。

“我向弗洛里安太太打听了维尔玛的事。你还记得吗，纳尔蒂先生，驼鹿马洛伊正在找一个叫维尔玛的红头发姑娘？我没有累着你吧，纳尔

① 柯立芝总统第二任任期始于 1924 年。

蒂先生？”

“你急什么呐？”

“你理解不了的。弗洛里安太太说她不记得维尔玛了。她的家里非常寒酸，只有一台崭新的收音机，大概值七八十美金吧。”

“你还是没有告诉我为什么这件事值得我激动得大呼小叫。”

“弗洛里安太太——对我来说就是杰西——说她丈夫什么都没有留给她，除了他的旧衣服，还有一堆照片，照片上的都是陆续曾经在他店里工作过的那伙人。我用酒撬她的嘴——这个姑娘为了喝上一口酒，可以把你打翻在地，如果为了抢到酒瓶她不得不这么干的话。在灌下第三杯或者是第四杯的时候，她走进她那间简朴的卧室，翻箱倒柜地从一只旧箱子底下挖出了一捆照片来。她虽不知道，但我却在看着她：她从那捆照片里面抽出一张藏了起来。于是过了一会儿工夫，我偷偷溜进去把它拿了出来。”

我把手伸进口袋，将那张扮成皮耶罗的姑娘照片放在他桌上。他拿起照片，盯着它看，嘴角抽动了一下。

“真漂亮，”他说道。“够漂亮的。这样的货色我也可以时不时地来上一个，哈哈。维尔玛·瓦兰多，呃？这洋娃娃怎么了？”

“弗洛里安太太说她死了——可这并不能解释她为什么要把这张照片藏起来。”

“确实解释不了。她为什么要这么干呢？”

“她不肯告诉我。最后，我告诉她驼鹿出来了，这时她好像开始讨厌我了。这听上去挺不可思议的，是不是？”

“继续往下说。”纳尔蒂说。

“就这些了。我已经把所有的事实都放在你面前，让你一览无余了。如果你不能凭这些东西有所斩获的话，那我说什么都没用了。”

“可我能斩获什么呢？这还是一起黑人谋杀案。等我们抓到驼鹿吧。

天，他已经有八年没见到这姑娘了，除非她去监狱探视过他。”

“好吧，”我说，“但你可别忘了，他正在找她，而且他可是个会豁出去的家伙。顺便说一句，他当年是因为一起银行劫案给抓进去的，那也就意味着有人领到了赏金。那个人是谁？”

“我不知道，”纳尔蒂说，“也许我可以查出来。怎么啦？”

“有人告发了他。说不定他知道是谁。这是又一项他会花功夫去做的工作。”我站起身来。“好了，再见，祝你好运。”

“你就这么从我这儿开溜了？”

我已经走到了门口。“我得回家洗个澡，漱个喉咙，剪剪指甲。”

“你没生病吧？”

“我只是太脏了，”我说，“非常，非常脏。”

“哦，那你急什么呢？再坐一会儿。”他身子向后靠去，大拇指钩住背心内侧——这让他看起来稍许像个警察了，尽管他的魅力并没有因此而增加分毫。

“不急，”我说，“一点儿也不急。反正是没我什么事儿了。看来这个维尔玛是死了，如果弗洛里安太太所说属实的话——我现在是想不出来她有什么理由要撒谎。这就是我全部的注意力所在了。”

“没错。”纳尔蒂说道，带着狐疑的口吻——这纯粹是出于习惯。

“再说你们反正已经把装驼鹿马洛伊的口袋给缝紧了，那么问题就解决了。所以我现在就跑路回家了，我得努力操持我的谋生大计了。”

“我们也许会让马洛伊给溜掉的，”纳尔蒂说，“有些鱼时不时地会漏网。哪怕是大鱼。”他的眼睛中也闪着狐疑——如果说它们透露出了任何表情的话。“她给你塞了多少钱？”

“什么？”

“这老太太给你塞了多少钱，让你撒手？”

“从什么事情上撒手？”

"你从现在起打算撒手不干的那件事，不论那究竟是什么。"他把两只大拇指从腋窝底下抽了出来，贴在背心的胸前，抵在一起。他露出了一个微笑。

"噢，老天爷啊。"我说完便走出了办公室，留下他一个人张着嘴。

我朝门外走了一码远的时候，又折返回去，悄悄地推开门，朝里望去。他还用同样的姿势坐在那里，两只大拇指抵在一起。可微笑已经从他的脸上消失了。他看上去一脸愁容，嘴巴依然张着。

他没有动，也没有抬头张望。我不知道他有没有听到我的动静。我又把门关上，然后走开了。

7

那年他们在挂历上印了伦勃朗——一张脏兮兮的自画像，都怪彩色印版没有套准。画面上伦勃朗伸出一只脏兮兮的大拇指捏着一块脏兮兮的调色板，头上的那顶无檐圆帽也不怎么干净。他的另一只手握着一支停在半空中的画笔，仿佛他打算休息片刻再稍事工作——如果有人给他一笔预付金的话。他的脸苍老、松垂，充满了对生活的厌恶和酒精作用下的沉重呆滞。不过这张脸看上去有一种苦中作乐的神情，这一点我很喜欢，而且那双眼睛就像露珠一样闪亮。

此刻大约是下午四点半，就在我抬眼望着办公桌对面的伦勃朗时，电话铃响了，我听到一个冰冷傲慢的声音，让人感觉说话的此人似乎自视甚高。我接起电话后，这声音拖着长腔问道："你是私人侦探菲利普·马洛吗？"

"对头。"

"哦——我明白你想说'是的'。有人向我推荐了你，说你是个能守口如瓶的人。我想请你今晚七点钟来我家。有件事情我们可以讨论一下。我的名字叫林赛·马里奥特，我住在蒙特马尔维斯塔，卡布里罗街4212号。你知道这个地方的位置吧？”

“我知道蒙特马尔维斯塔在哪儿，马里奥特先生。”

“好的。对了，卡布里罗街可不太好找。这里的街道布局虽然十分有趣，但却是由一条条错综复杂的曲线构成的。我建议你从人行道边的那家咖啡馆那里上台阶。这样的话，你经过的第三条街道就是卡布罗里街，我家是那片街区里的唯一一座房子。这么说，我们就定七点钟？”

“这份工作的性质是怎样的，马里奥特先生？”

“我不太希望在电话里讨论这件事。”

“你不能给我一点儿概念吗？蒙特马尔维斯塔离这儿可是有点远的。”

“我将很乐意补偿你的开支，如果我们不能达成协议的话。你对于工作性质有什么特别要求吗？”

“没有要求，只要合法就行。”

那个声音变得如同冰柱一般。“如果不合法的话，我现在就不会给你打电话了。”

哈佛生一个。虚拟语态用得真好。我的脚指头开始发痒，可我的银行存款这时缩水得都快钻到鸭屁股底下去了。于是我用抹上蜜糖的声音对他说道：“非常感谢您给我打电话，马里奥特先生。我会来的。”

他挂上了电话，通话到此为止。我觉得伦勃朗先生的脸上浮现出了一丝淡淡的冷笑。我从桌子最底下的抽屉里拿出那瓶办公用酒，抿上了一小口。这让伦勃朗先生的冷笑瞬间就消失了。

一缕阳光滑过桌子的边缘，无声地落在了地毯上。窗外大街上的红绿灯当当地响着；往返于城镇间的汽车隆隆地驶过；隔墙那头的律师办公室里一名打字员单调地发出咔哒咔哒的打字声。我刚刚装好烟斗点上，电话铃就又响了。

这回是纳尔蒂。他的声音听上去就像烤熟的土豆。“哎，我想这事儿我办得不怎么聪明，”当他弄明白电话这头是谁时，他这样说道，“我漏了一件事。马洛伊去见那个弗洛里安家的娘们儿了。”

我把话筒握得紧紧的，几乎都要把它捏碎了。我的上唇突然感到一丝寒意。“继续往下说。我以为你们把他困住了呢。”

“那是另外一个人。马洛伊根本就不在那附近。我们接到一个管闲事的老家伙从西五十四街打来的电话，说有两个家伙跑去见过了那个弗洛里安家的娘们儿。一号把车停在了街对面，动作鬼鬼祟祟的，进屋之前把那个鬼地方仔仔细细检查了个遍。他在里面待了大概半个钟头。这人六英尺高，深色头发，中等魁梧的身材。出门的时候静悄悄的。”

“他的嘴里还带着酒气。”我说。

“嗯，没错。那人就是你，对吗？哎，二号就是驼鹿。这家伙身上的衣服花里胡哨的，尺寸大得就像背着一座房子。他也是开车来的，但老太太没有记下牌照，因为离得太远，她看不清数字。这时距你离开大约有一个小时，老太太说。他飞快地进了门，在里面只待了大概五分钟。就在他回到车里前，他掏出了一把大尺寸的左轮手枪，转了转枪膛。我想那老太太看到了这个动作，所以给我们打电话。不过她没有听见房子里面传来枪声。”

“那一定让她大失所望了。”我说道。

“啊。你真会开玩笑。记得提醒我休假时笑上一笑。那老太太也漏了一件事。巡逻的小伙子们到了那里，结果没人开门，于是他们就走了进去——正门反正没锁。没人死在地板上。也没人在家。那弗洛里安家的娘们儿溜走了。于是他们就顺路来到隔壁，把情况告诉了那老太太，她难受得就像生了疖子一样，因为她没能看到弗洛里安家的娘们儿溜出门。于是巡警们就返回警局，继续他们的工作。这样过了约莫一个钟头——也许是一个半钟头——那老太太又打电话来了，说弗洛里安太太回家了。所以他们就把电话转给了我，我问她这事儿有什么要紧的，她当场就把电话给挂了。”

纳尔蒂停下喘了口气，等着我评论。但我无可奉告。片刻之后他又开始嘟囔了。

“你怎么看这件事？”

“没什么好多说的。驼鹿的确有可能上那儿去，毫无疑问。他肯定曾一度跟弗洛里安太太很熟。当然了，他不会在那儿待太久。他肯定担心执法部门已经发现了弗洛里安太太。”

“我也是这么想的，“纳尔蒂平静地说道，”也许我应该上她那儿瞧瞧——看看她上哪儿去了。“好主意，”我说，“如果你能找到一个人把你从椅子上扶起来的话。”

“唔？哦，又是句俏皮话。不过现在已经没有关系了。我想我已经不在乎了。”

“好吧，”我说，“你有什么话就尽管说吧。”

他咯咯地笑了。“我们给马洛伊全布置好了。这次我们可真要逮住他了。我们在吉拉德发现了他，他正开着一辆租来的车往北走。他在那里加了油，加油站的小子根据我们之前广播的体貌特征认出了他。他说所有特征全都吻合，除了一点：马洛伊换了一件黑套装。我们已经让县级和州级的执法部门去处理了。如果他继续往北开，我们就在文图拉的地界上抓住他；如果他溜上里奇公路，那他就得在卡斯泰克停车取票。如果他不停，那他们就会给前面的人打电话，通知封路。我们可不想让警察挨枪子儿，只要我们有办法。这计划听上去还不错吧？”

“听上去还行，”我说，“如果那真的是马洛伊，如果他完全按照你的预料行事的话。”

纳尔蒂小心翼翼地清了清喉咙。“没错。那你打算为这个案子做些什么呢——为了以防万一？”

“什么也不做。我为什么要做？”

“你跟那个弗洛里安家的娘们儿处得挺好。说不定她又会有些新的想法。”

“你只需弄上满满一瓶的酒。”我说。

“你对付她时表现得很好。也许你应该在她身上再多花一会儿功夫。”

“我还以为这是警察的工作呢。”

“哦，当然了。不过那姑娘的事却是你的主意。”

“那条线看来是断了——除非这弗洛里安太太在撒谎。”

“这些娘们儿什么事情都爱撒谎——权当练习，”纳尔蒂沉着脸说道，“你又不是特别忙，对不对？”

“我有一桩活儿要干，就是在我见过你以后接到的。这桩生意我可是有报酬拿的。对不起了。”

“你要拍屁股走人了，是吗？”

“话不能这么说。我不过是得为生计忙碌罢了。”

“好吧，伙计。你要是这么想的话，那就算了。”

“我没有什么想法，”我几乎吼了出来，“我只是没时间给你或是任何一个警察当奴才罢了。”

“好好，想发火便发吧。”纳尔蒂说着便挂上了电话。

我握着断了线的话筒，继续朝着里面咆哮：“这座城里有 1750 个警察，可他们居然还要我来替这些人跑腿。”

我把话筒挂回听筒架，又对着那瓶办公用酒喝了一口。

片刻之后我下楼去大楼的门厅里买了一份晚报。纳尔蒂至少说中了一件事。蒙哥马利谋杀案到目前为止甚至都没有登上分类广告栏。

我又一次离开了办公室，正赶得上赴一场早早的晚宴。

8

我来到了蒙特马尔维斯塔时，天色已经渐暗，不过水面上还残留着点点闪烁的余晖；拍岸的浪涛碎裂开来，远远地形成一道道平滑的长曲线。一群鹈鹕排着轰炸机队形刚好从海浪那泛着白沫的唇下飞过。一条孤零零的游艇正驶向贝城的游艇码头。远处，空旷无垠的太平洋一片紫灰。

蒙特马尔维斯塔由十几座大小形状各异的房子构成，这些房屋紧紧巴在一处山嘴上，用牙咬着，用眉毛挂着，仿佛只要狠狠地打个喷嚏，它们就会从山上给吹下去，掉落在海滩上的那些午餐盒中间。

海滩上方，高速公路从一座宽阔的混凝土拱门下穿过，那道拱门事实上是一座人行天桥。一段混凝土台阶从天桥靠里的一端起始，沿着山体一侧像一把尺子一样笔直地通上山去，台阶边上还有镀锌的粗栏杆。过了拱桥就是我的主顾提到的那家街边咖啡馆，这家店屋里敞亮热闹，可屋外的条纹遮阳伞下那些桌面铺着瓷砖的桌子边上却空空如也，只有一个孤零零的、穿着宽松裤的棕肤女子在那里抽烟，脸朝外闷闷不乐地凝视着大海，面前摆着一瓶啤酒。一条猎狐犬拿一把铁椅子当撒尿的灯柱。就在她心不在焉地训斥着那条狗的时候，我开车从她身边经过，然后向这家街边咖啡馆解释了我此行的目的；我的话不多不少，刚好说得店家允许我使用他们的停车位。

我回头从拱桥下穿过，开始沿着台阶向上爬。你要是喜欢哼哧哼哧喘粗气的话，来这儿散步倒不错。你得爬上两百八十级台阶才到卡布里罗街。台阶上到处都是风吹来的沙子，栏杆又冷又湿，就像癞蛤蟆的肚皮。

等我爬上了山顶，水面上的余晖已经消失了，一只断了一条腿的海鸥拖着伤腿，在微微的海风中扭动着身躯。我在最后一级又冷又湿的台阶上坐下，抖掉鞋里的沙子，等待我的脉搏回到一百五十以内。当我的呼吸多少恢复了正常时，我把粘在背上的衬衫揭了下来，然后朝那座亮着灯火的房子走去——在距离台阶一箭之遥的范围内，它是唯一的一座。

那是一座漂亮的小房子，一段螺旋形的楼梯通向上方的正门和一盏仿马车灯的廊灯，楼梯因接触海盐而失去了光泽。车库位于正门下方的一侧。车库门开着，向上卷起，廊灯的光斜射在一辆黑色轿车上，庞大的车体俨然一艘战列舰，镶着铬金边，水箱盖上的胜利女神像上系着一根郊狼尾巴，原本应当是汽车公司徽章的地方却铭刻着车主的姓名首字母。这辆车的驾驶座在右手位上①，它看上去比这栋房子还值钱。

我爬上螺旋阶梯，开始想找门铃，最后拍了拍一只虎头形状的门环。敲门声被一片傍晚的雾霭所吞没。我没有听见房间里有脚步声。我的湿衬衫像冰袋一样贴在背上。门悄然无声地开了，我抬眼望着一位高大的金发男子，只见他身穿一件白色法兰绒西装，脖子上系着一条紫色的缎子围巾。

一朵蓝色的矢车菊别在他那件白外套的翻领上，相形之下他淡蓝色的眼睛似乎失去了色彩。那条紫围巾系得很松，围巾下面可以看出他没有打领带，而且他的脖子很粗，呈淡棕色，像一个健壮女人的脖子。他的五官有一点偏粗大，但很英俊；他个头比我高一英寸，在六英尺一英寸上下。他的一头金发精确地分成了金色的三级——不论是天然的还是有意为之，这让我想起了台阶，所以我不喜欢这发型。不过我本来也不会喜欢它的。除此以外，他看上去大体上就像一个穿着法兰绒白套装、脖子上系着紫围巾、翻领上别一朵矢车菊的小子。

他轻轻地清了清喉咙，目光越过我的肩膀望着逐渐暗去的大海。他

---

① 美国的汽车是右行的，这意味着这辆车是进口的。

用冷冷的、傲慢的声音问道："什么事？"

"七点钟，"我说，"正正好好。"

"噢，没错。让我想想，你的名字是——"他顿住了，皱着眉头，努力回忆着。这演技就跟一辆二手车的来源一样虚假。我让他想了一分钟，然后说：

"菲利普·马洛。跟今天下午的时候一样。"

他飞快地向我投来一个不满的神色，仿佛应当对此采取什么措施似的。然后他后退一步，冷冷地说：

"啊，是的。一点没错。进来吧，马洛。我的男仆今晚走开了。"

他用一根指尖顶开了门，仿佛亲自开门多少有些脏了他的手一样。

我从他身边走进房间，闻到了一股香水味。他关上门。进门之后我们站在了一个有金属护栏的低矮楼厅上，楼厅三面环绕一间宽敞的书房客厅。构成第四面的是一个大壁炉和两扇门。一堆炉火正在壁炉里劈啪作响。书架布满了楼厅的边沿，几件闪着光泽、有金属质感的雕塑摆放在底座上。

我们走下三级台阶，来到客厅主区。地毯几乎挠到了我的膝盖。这里有一架气派的大三角钢琴，琴盖合上了。钢琴的一角，一只高高的银花瓶立在一块桃红色的天鹅绒布上，瓶里插着一朵黄玫瑰。房间里摆着许多漂亮柔软的家具，地上还放着不少软垫，有些有金色的流苏，有些光秃秃的。这是一间挺不错的房间，如果你不做出什么粗野举动的话。一个阴影中的角落里有一只宽大的、盖着织花布的矮沙发，就像是选角指导潜规则女演员时用的沙发。在这样的房间里，人们会正襟危坐，抿着加了糖块的苦艾酒，用装腔作势的尖嗓子聊着天，有时仅仅是尖叫。在这样的房间里，一切皆可发生，除了工作。

林赛·马里奥特先生置身于三角钢琴的弧线中，俯身闻了闻那朵黄玫瑰，然后打开一只法国造的珐琅香烟盒，抽出一支长长的、金头褐身的香烟点上。我在一把粉红色的椅子上坐下，暗中希冀自己不会在椅子上留下什么印记。我点上一支骆驼牌，鼻孔里喷着烟，看着摆在架子上的一块亮闪闪、黑乎乎的金属。它呈现出一条饱满、光滑的曲线，中间有一道浅浅的褶子，曲线上有两块凸起的包。我盯着它看。马里奥特注意到了我的目光。

“一件很有意思的作品，”他随意地说道，“我前两天刚碰巧买来的。阿斯塔·戴尔的《拂晓之灵》。”

“我还以为是克劳布斯坦的《一只屁股两个瘤》呢。”我说。

林赛·马里奥特先生的脸看上去就好像他吞了一只蜜蜂似的。他费了好大力气才把它捋平。

“你的幽默感有些奇特。”他说。

“不奇特，”我说，“只是不受抑制。”

“没错，”他冰冷地说，“没错——当然了。毫无疑问……哦，这次见面我想和你谈的是，老实说，是一件非常微不足道的事。几乎不值得让你来跑一趟。我今晚要见两个人，然后付他们些钱。我想我不妨身边带一个人。你带枪吗？”

“有时带。是的。”我说。我看着他宽宽的肥下巴上的那个凹坑。你可以在那里放进一个弹子。

“我不想要你带枪。根本不是那样的事情。这是一次纯粹的事务性交易。”

“我几乎没有开枪打过谁，”我说，“碰上勒索了？”

“最好的好人也会碰上这样的事情。我也许应该说，最好的好人尤其会碰上。”

他晃了晃香烟。他那双海蓝色的眼睛里透出一丝淡淡的、若有所思的神情，可他的嘴唇却在微笑。这样的微笑背后通常都藏着一个丝质的圈套。

他吐了几口烟，把头向后仰去。这突出了他喉部的那些既柔软又坚实的线条。他缓缓地垂下眼睛，仔细审度着我。

“我和这些人见面，很可能是在一个相当偏僻的地点。我还不知道是在哪里。我在等一个电话，到时会知道细节。我必须做好可以立刻动身的准备。那地方不会离这里太远。我们有默契的。”

“你们安排这次交易已经有些时间？”

“三四天吧，老实讲。”

“你对保镖的问题考虑得有些晚啊。”

他考虑了一会儿。他从香烟上掐了些黑色的烟灰下来。“没错。我之前有些犹疑不决。按说我最好是一个人去，虽然我们没有最后说定我是不是带一个人。不过话说回来，我不是什么英雄。”

“他们能凭相貌认出你来，是吗？”

“我——我不敢说。我身上要带一大笔钱，而且那不是我的钱。我是代一位朋友行事。我觉得让这笔钱脱离我的掌控是不妥当的，这毫无疑问。”

我掐灭了烟头，身子向后靠在粉红的椅子上，搓着拇指。“多少钱——为了什么？”

“嗯，说真的——”他现在笑得十分好看了，但我还是不喜欢，“这我不能说。”

“你就想要我跟去帮你拿帽子？”

他的手又抽了一下，一些烟灰落在了他的白袖口上。他抖落烟灰，眼睛却依然盯着刚才沾灰的地方不放。

“我恐怕不太喜欢你的态度。”他用露出锋芒的语调说道。

“的确有人向我抱怨过这一点，”我说，“不过好像从来没用。让我们再稍稍研究一下这项工作。你要一个保镖，可他不能带枪。你要一个帮手，可他却不应该知道自己应该干什么。你要我冒丢掉小命儿的危险，却既不让我知道为什么冒险，也不让我知道危险是什么。如此说来，你打算怎么开价？”

“我真还没有花功夫去想这些呢。”他的颧骨现出一片暗红。

“那你可不可以花点功夫去想想呢？”

他身子优雅地向前一倾，透过齿缝向我微笑。“你觉得鼻子上的一记飞拳怎么样？”

我咧嘴一笑，站起身来，戴上帽子。我迈步穿过地毯，朝正门走去，但步伐并不算快。

他的声音在我背后猛地响起。“我给你开价一百美元，只需占用你几个钟头的时间。如果不够，你尽管讲。我的一个朋友在一次抢劫中被抢走了几件珠宝——我现在要去把它们赎回来。坐下，别那么小心眼儿。”

我回到了那把粉红色的椅子边，重新坐下。

“好吧，”我说，“有话便讲。”

我俩你瞪着我，我瞪着你，足足瞪了十秒钟。“你听说过‘翡翠’玉吗？”他慢悠悠地问道，接着又点了一支深色的香烟。

“没有。”

“那是唯一一种真正值钱的玉。其他品种的材质本身多少也值些钱，但它们主要靠的是工艺。翡翠本身就十分贵重。所有已知的矿藏在几百年前就已耗尽。我的一位朋友拥有一串六十珠的项链，每珠重约六克拉，精雕细琢。这根项链价值八万到九万美元。中国政府拥有一串比这略大一些的项链，价值十二万五千美元。几年前我朋友的项链在一次抢劫中被盗。我当时在场，但无能为力。我那天开车送我朋友去参加一场晚会，随后又去了特罗卡德罗舞厅，当时我们已离开舞厅，正在回她家的路上。一辆车擦了一下我们的车上左前位置的挡泥板，然后停下了，我以为他是要道歉呢。然而这不是道歉，而是一场异常迅速、干净利落的抢劫。他们有三四个人，我只亲眼看到两个，但我能肯定方向盘后面的那个人留在了车上，我想我还瞥见了后车窗边上的第四个人。我朋友当时正戴着那串翡翠项链。他们抢走了项链，外加两只戒指和一只手镯。那个看起来像是头儿的人似乎是不慌不忙地用一只小手电筒把这些东西检查了一遍。然后他把一只戒指递还我们，说这下我们该明白是在跟什么样的人打交道了，还叫我们在决定报警或是通知保险公司之前先等一个电话。于是我们听从了他的指令。当然，这类事情现在很常见。你遇事之后不能声张，而是要支付赎金，否则你就再也见不到你的珠宝了。如果这些珠宝投了全额保险，那你也许并不在乎，但如果它们碰巧极其珍贵，那你宁可支付赎金。”

我点点头。“而这串翡翠项链可不是你每天都能碰上的。”

他的手指以一种梦幻般的表达方式滑过抛光的钢琴表面，仿佛触摸光滑的物体能够给他带来愉悦。

“一点不错。它不可替代。她不该戴那串项链出门的——永远都不该戴。可她是个粗心大意的女人。另外几件珠宝也还不错，但都很平常。”

“嗯哼。你打算付多少钱？”

“八千美元。这金额不值一提。可如果连我的朋友都再买不到一串像那样的项链，那么这些恶棍也没法轻易地将它出手。它在整个国内的这一行当里大概是尽人皆知的。”

“你的这位朋友——她有名字吧？”

“我现在不太乐意说。”

“怎么安排交接？”

他用那双浅色的眼睛望着我。我觉得他有一点儿害怕，但我并不十分了解他。也许那只是宿醉。那只夹着深色香烟的手抖个不停。

“我们已经在电话里谈判了好几天了——通过我。一切都已敲定，除了见面的时间和地点。应该是在今晚的某个时间。我应当很快会接到一个电话，告诉我这些信息。那地方不会太远，他们说，我必须准备好立刻动身。我想这是为了防止策划安插什么人。警察，我是说。”

“嗯哼。钱上面做标记了吗？我猜你准备的是真钱吧？”

“现钞，那还用说。都是二十美元的钞票。没做标记，为什么要那样做？”

“可以在上面做上只有放在黑光灯下才能侦测到的标记。没有理由——除非是警察有消灭这些匪帮的打算——如果他们能得到些配合的话。有些钱也许会出现在某个有警局记录的小子身上。”

他若有所思地皱了皱眉。“恐怕我不太清楚黑光是什么。”

“紫外线。可以让某些含金属的墨水在黑暗中闪光。我可以替你搞定。”

“恐怕现在已经没有时间了。”他不耐烦地说。

“这也是让我不安的一件事情。”

“为什么？”

“为什么你到了今天下午才给我打电话？为什么你单单挑了我？是谁跟你说起我的？”

他哈哈大笑。他的笑很孩子气，但并不是小男孩儿的笑。“啊，事实上，我必须坦言，我只是从号码簿当中随机地挑中了你的名字。你瞧，我原本没打算让谁陪我一起去的。后来，到了今天下午，我又转念一想：带一个人又何妨呢？”

我点了一支身上被压扁的香烟，观察着他喉部的肌肉。“你有什么计划？”

他两手一摊。“就是去他们让我去的地方，交给他们一袋钱，然后拿回翡翠项链。”

“嗯哼。”

“你好像特别喜欢用这个词。”

“什么词？”

“嗯哼。”

“那我待在哪里——车后排吗？”

“我想是的。那辆车很大。你可以很轻易地藏在后面。”

“听着，”我缓缓说道，“你计划让我藏在你车后面，去一个你今晚不知什么时候会在电话里得知的目的地。你身上会带着八千现钞，你打算用这笔钱赎回一串价值是其十到十二倍的翡翠项链。你会拿到一个你不允许打开看的包裹——假如你能拿到任何东西的话。他们也有可能只是拿走你的钱，然后上一个别的地方去数钱，最后再把项链邮寄给你——如果他们很慷慨仁慈的话。我们没有办法阻止他们欺骗你。我肯定是没招儿的。这些家伙是强盗。他们是狠角儿。他们甚至有可能给你脑袋上来一下——并不下狠劲儿——只是让你在他们逃跑的时候没法碍事。”

“哎，其实，我也有点儿担心这样的事，”他平静地说，眼皮跳了一下，“我想这就是我想要带一个人的真正原因。”

“他们动手抢劫前有没有拿手电筒照过你？”

他摇了摇头；没有。

“这无关紧要。他们事后有足够的机会仔仔细细打量你。说不定他们之前就已经把你研究了个透。这些活儿都是事先探查好的。就像牙医在给你镶金牙前，要先探查你的牙齿一样。你经常和这个娘们儿一起出去吗？”

“呃——不太经常。”他生硬地说。

“结婚了吗？”

“听着，”他不高兴地说，“我们就让这位女士置身事外吧。”

“好吧，”我说，“不过我知道得越多，我犯的错越少。我应该从这件活儿当中抽身的，马里奥特。我真的应该抽身。如果那群伙计想按规矩玩儿，那你就不需要我。如果他们不想守规矩，那我也没法子。”

“我只需要你的陪同。”他飞快地说。

我耸耸肩，两手一摊。“好吧——不过得让我来开车，我来拿钱——你只需躲在车后面。我们身高差不多。如果他们有疑问，那我们就说实话。我们也不会因此损失什么。”

“不行。”他咬了咬嘴唇。

“我一样事情不做，却平白赚了一百美元。如果有人要给敲晕脑袋的话，那个人应该是我。”

他皱着眉，摇了摇头，不过许久之后，他脸上的阴云慢慢散去，然后他笑了。

“很好，”他慢吞吞地说，“我想这也没关系。我们反正在一起。想来口白兰地吗？”

“嗯哼。你还可以把我的一百美元拿过来。我喜欢摸钱。”

他像个舞者一样挪开了，腰部以上的身体几乎纹丝不动。

就在他往外走的时候，电话响了。它放在一个小壁龛里，不在客厅主区，而是缩在楼厅的墙体里。不过那不是我们在等的电话。他听上去太含情脉脉了。

片刻之后，他跳着舞回来了，手里拿着一瓶五星马爹利，还有五张漂亮挺括的二十美元钞票。它们成就了一个美好的夜晚——到目前为止。

9

房间里十分安静。远方隐约传来波涛的拍打声或是汽车在公路上疾驰的声音，还有松林间的风声。山下远远传来的，当然是海水在岸边碎开的声音。我坐在那里，听着这声音，编织着长长的、缜密的思绪。

在接下来的一个半小时里，电话响了四次。那个重量级的是在十点零八分打来的。马里奥特简短地说了几句，声音压得很低，说完后一声不响地把话机挂上，然后悄无声息地站起身来。他的脸看上去很紧张。这时他换上了一套黑衣。他静悄悄地走进房来，拿起一只白兰地杯给自己倒了一整杯的烈酒。他举杯对着灯火，脸上挂着一丝怪怪的、忧愁的微笑，过了半晌他飞快地摇了摇杯子，然后仰起脖子把酒灌进了喉咙。

“好了——一切就绪，马洛。准备好了吗？”

“我今天整晚都时刻准备着呢。我们去哪儿？”

“一个叫普里西马谷的地方。”

“我从没听说过。”

“我去拿张地图。”他拿过一张来，飞快地铺开，他在地图前弯下腰去的时候，灯光在他黄铜色的头发间闪烁。这地方是距离那条山麓大道——就是从贝城以北的海岸公路拐进镇里的那条——不远的众多峡谷之一。我大概了解它的方位，但仅此而已。它似乎是在一条叫做卡米诺·德·拉·科斯塔的街道的尽头处。

“从这里到那边应该最多只需十二分钟，”马里奥特匆匆地说，“我们最好马上动身。我们只有二十分钟的游戏时间。”

他递给我一件浅色大衣，这能让我成为一个醒目的目标。衣服很合身。我戴上自己的帽子。我腋下藏着一把枪，但我还没对他说。

就在我穿大衣的时候，他还在用紧张的声音低声说着话，两手摆弄着那只厚厚的马尼拉纸信封，里面装着八千美钞。

“普里西马谷的里面一头有块平整的突石，他们说的。一道四乘四的白围栏把它跟主路隔开了，不过你可以正好挤进去。一条土路会蜿蜒通向一块洼地，我们就在那里灭了灯等着。那里附近没有房屋。”

“我们？”

“呃，我是说‘我’——理论上讲。”

“哦。”

他把那只马尼拉纸信封递给我，我打开来看了看里面。没错，里面是钱，一大沓现钞。我没去数。我啪的一声把橡皮筋重新箍上，然后把包裹塞进大衣里面。它差点把我的肋骨给压塌了。

我们走到门口，马里奥特关上了所有的灯。他小心翼翼地打开正门，朝门外雾蒙蒙的空气中瞥了一眼。我们出了门，走下那段被海盐夺去光泽的螺旋阶梯，下到与街面同高的车库跟前。

天这时下着一点小雾，这里夜间永远都是这个样子。我只能开了一会儿挡风玻璃上的刮雨刷。

这辆庞大的进口车自动行驶着，但我还是把着方向盘，权当装装样子。

我们的车沿着山体的坡面来来回回地跳了两分钟的8字舞，然后正正好好从那家路边咖啡馆边上钻了出来。我现在能够理解为什么马里奥特之前让我爬台阶了。不然我很可能会开着车在这些蜿蜒曲折的街道上兜上几个钟头，却没有向前半码，就像一只饵钩上的蚯蚓。

公路上，车流的灯光在正反两个方向上都汇成了一道几乎可以触摸的光束。那些大号的爆米花机正隆隆地朝北驶去，浑身挂满了彩灯般的黄灯和绿灯。这样的景象持续了三分钟，之后我们拐弯向内陆的方向开去，经过了一座大加油站，然后沿着山麓的侧面曲折前行。四下里很安静。只有孤寂、海藻味和山上鼠尾草的味道。冷不丁会看见一扇黄色的窗户挂在那里，孤零零的，就像是最后一只橘子。汽车从边上驶过，在路面上撒下冷冷的白光，然后再度隆隆地消失在黑暗之中。一缕缕的雾气将星星从天空中逐走。

马里奥特从黑暗中的后排座椅上向前倚着身子说：

“右边的那些灯光是贝尔维迪尔海滨俱乐部。下一道峡谷是拉斯·帕尔格斯，再下一道就是普里西马。我们上到第二个坡顶的时候右拐。”他压低的嗓音绷得很紧。

我咕哝了一声，继续开车。“把头低下，”我扭头说道，“说不定这一路上都有人在看着我们。这辆车就像出现在艾奥瓦野餐会上的鞋罩一样扎眼。也许这帮家伙不乐意看到你是我的双胞胎。”

我们在一道峡谷的靠里一头一个下坡开进了洼地，接着又爬上了高地，片刻之后又是下坡，然后又是上坡。这时马里奥特那绷紧的声音在我耳中响起：

“下一条街，右手边。那座有方塔楼的房子。在那里拐弯。”

“该不是你帮他们挑的这个地方吧？”

“谈不上。”说完，他严肃地笑了。“我只是碰巧对这些峡谷很熟。”

我经过街角一座竖着方塔楼，塔楼顶上铺着圆瓦的大房子后，猛地把车转向右边。车头灯在一块街边路牌上一闪而过，路牌上写着：卡米诺·德·拉·科斯塔。我们沿着一条宽阔的街道无声地行驶着，街道两边是未完工的枝形路灯架和生满野草的人行道。某位地产经纪人的梦想在这里变成了一场宿醉。蟋蟀唧唧地叫着，杂草丛生的人行道后面，牛蛙躲在黑暗中大声鸣叫。马里奥特的车就是那么安静。

起先是一片街区里只有一栋房子，接下来是两片街区一栋，最后一栋都没有了。一两扇模糊的窗里依然有灯光，但这里的人似乎是抱着小鸡上床的。这时铺过的路面戛然而止，取而代之的是一条土路，压得就像干燥天气里的水泥一样硬。土路越变越窄，缓缓地向山下延伸，两边是灌木丛的围墙。贝尔维迪尔海滨俱乐部的灯火悬在右边的半空中，前方远远地出现了一丝流水的闪烁。鼠尾草刺鼻的气味充斥着夜晚的空气。这时一道漆成白色的路障横亘在土路上，马里奥特又一次凑到我肩膀后面说道：

“我觉得你过不去，”他说，“那空间看上去不够宽。”

我关上无声的引擎，调暗车灯，坐在那里，仔细听着。没有声音。我把车灯关掉，钻出汽车。蟋蟀停止了鸣叫。有那么一会会儿功夫，四下里是如此安静，我甚至都能听见一公里开外的悬崖脚下，公路上轮胎驶过的声音。这时，一只接一只的，那些蟋蟀又嚯嚯开了，直到夜色里盛满了它们的叫声。

"好好坐着。我去那边看一眼。"我悄悄地对车后排说道。

我摸了摸大衣里面的枪把，迈步向前。灌木丛和那道白路障一头之间的距离比从车上看起来的样子要宽。有人砍掉了一些灌木，泥土里还有车印。也许有些年轻人会在温暖的夜晚上那里去搂脖子亲嘴。我从路障边挤了过去。路的前方是个下坡，然后拐了个弯。下面是一片漆黑，远处隐约传来海浪的声音。还有公路上汽车的灯光。我继续向前走。道路的尽头处是一个浅坑，四周完全被灌木所包围。坑里什么也没有。除了我刚刚走的这条路外，似乎没有别的法子能进来。我默默地站在那儿，留神听着声响。

一分钟缓慢地过去了，又是一分钟，但我继续等待着，看看有没有动静。什么也没有。这个坑里似乎只有我一个人。

我朝那家亮着灯光的海滨俱乐部投去一瞥。一个人拿着一副优质的夜用望远镜，站在俱乐部楼上的窗户边，也许可以相当清楚地监视这个位置。他可以看到一辆车来了又去，看到钻出汽车的是谁，是一群人还是一个人。拿着一副优质的夜用望远镜坐在小黑屋里，你可以观察到比你想象的要多得多的细节。

我转身往回走，重新爬上小山。一只蟋蟀躲在一丛灌木底下唧唧地叫，声音响得让我一惊。我爬上坡，拐过弯儿，挤过那道白路障。还是静悄悄的。那辆黑色轿车停在那里，在一片既非漆黑也非亮光的灰色背景中闪着微光。我走到车旁，一只脚踩上驾驶座旁的踏板。

"看上去像是个考验，"我压低了嗓音说，但足以让车后排的马里奥特听到，“只是看看你有没有听从指令。”

后面响起一声微弱的动静，但他没有应答。我继续往前走，想要看看那边除了灌木还有没有别的什么东西。

不知是谁给我的后脑勺结结实实地来了一下。事后我想我听到了棍子的嗖嗖声。一般你总是能听到这声音——总是在事后。

10

“四分钟，”一个声音说。“五分钟，说不定是六分钟。他们一定动作很快而且没有声响。他甚至都没有叫一声。”

我睁开眼睛，头昏脑涨地望着一颗冰冷的星星。我正仰面朝天。一阵恶心。

那声音又说：“也许更久些。说不定总共八分钟。他们一定待在灌木丛里，就在那辆车停下的地方。这家伙很容易就吓住了。他们肯定拿了盏小灯照着他脸，然后他就晕过去了——就是吓的。这娘娘腔。”

一阵沉默。我爬起身来，一只膝盖跪地。疼痛从我的后脑勺一路涌到我的膝盖。

“然后一个人钻进了汽车，”那声音说，“等着你回来。其他人又躲起来了。他们一定猜到了他不敢一个人来。或者是他的声音让他们起了疑心，就在他们给他打电话的时候。”

我头晕眼花地用手掌撑着身子，仔细聆听着。

“没错，大概就是那么回事。”那个声音说。

那是我自己的声音。我正在稀里糊涂地自言自语。我在下意识地试图弄明白这件事情。

“闭嘴，傻瓜。”我说道，然后停止了自言自语。

远处传来引擎的突突声，近处是蟋蟀的唧唧声，还有树蛙那特有的叫声——一声声拖长了的“噫－噫－噫”。我想我以后再也不会乐意听见这些声音了。

我把一只手从地面上抬起，努力甩掉上面黏糊糊的鼠尾草汁，然后在外套的一侧上擦了擦。干得不错，值这一百美元了。我的手跳进大衣内侧的口袋里。马尼拉纸信封自然是不见了。这只手接着又跳进我自己的套装里。我的钱夹还在那儿。不知道我那一百块钱还在不在里面。估计是没了。有样东西抵着我的左肋，感觉沉甸甸的。是那把套在腋下枪套里的枪。

这真是个周到的细节。他们没动我的枪。周到得像什么似的——就像捅完一个人以后，替他合上眼睛。

我摸了摸后脑勺。我的帽子还在。我把它摘了下来——这个过程可不太舒服，然后摸了摸帽子下面的脑袋。这是颗好脑袋，我顶着它有好些时日了。它现在有一点软，有一点浆糊，另外疼得可不止一点点。不过这一记闷棒敲得还算挺轻。这顶帽子也帮忙了。这颗脑袋我还有用。至少我还可以再用一年。

我重新用右手撑地，然后抬起左手，扭动手肘，直到我能看清手表。发光的指针显示的是 10 点 56 分，其准确性取决于我的眼睛这时能够聚焦的程度。电话是 10 点 08 分打来的。马里奥特在电话里说了大概两分钟。我们出门又花了四分钟。当你真的在做某件事情的时候，时间过得非常慢。我的意思是说，你可以在短短的几分钟里完成许多动作。我的真的是这个意思吗？我他娘的干吗要在乎我到底是什么意思？行了，比我强的人也说过比这更没意思的话。行了，我的意思是说，这时是 10 点 15 分，差不多吧。那地方距离我们大概十二分钟的车程。10 点 27 分。我下了车，走进那个坑，花了最多八分钟的时间东游西逛，然后爬上来让人给敲了脑袋。10 点 35 分。再给我一分钟时间趴下，摔个嘴啃泥。我之所以摔个嘴啃泥，是因为我的下巴给刮破了。那里很疼。感觉像是刮破了。所以我知道它给刮破了。我不需要去看它。那是我的下巴，我自己知道刮破了没有。你大概是想小题大做吧。行了，闭嘴，让我想想。想什么？……

手表现在显示的是晚上 10 点 56 分。这意味着我晕了二十分钟。

一觉睡了二十分钟。不过是舒舒服服地打了个盹儿。在此期间，我搞砸了一桩生意，丢了八千美元。好吧，那又怎样？在二十分钟的时间里，你可以击沉一艘战列舰，打下三四架飞机，执行两起死刑。你可以死去，可以结婚，可以先被开除然后找到一份新工作，可以让牙医拔下一颗牙，可以做扁桃腺切除。在二十分钟的时间里，你甚至都可以起床了。你还可以在一家夜总会里喝一杯水——也许吧。

一觉睡了二十分钟。真漫长。尤其是在一个寒冷的夜晚，睡在旷野里。我开始发抖了。

我这时依然双膝着地。鼠尾草的气味开始让我很不舒服了。这些黏糊糊的汁液，野蜂的蜜就是从这里来的。蜜很甜，实在太甜了。我的胃里一阵翻江倒海。我牙关紧锁，勉强将那股酸水压下了嗓子眼。我的额头上渗出了大滴的冷汗，而我的身体却依然在打战。我站起身来，先是一只脚，接着是双脚，然后挺直了这时依然在微微摇晃的身子。我感觉自己就像一条被锯下来的腿。

我慢慢转过身去。那辆车不见了。空无一人的土路绵延着爬回矮丘，通向那条铺了路面的街道。左边，那道刷着白漆的四乘四路障在一片黑暗中白得惹眼。在那道灌木丛组成的矮墙外，天空中显现出一片苍白的闪光，那一定是贝城的灯火了。再向右看，贝尔维迪尔俱乐部的灯光就在近前。

我走到刚才停车的地方，从口袋里掏出一支钢笔手电筒，用那道微弱的光束指着地面。这里的土质是红土，在干燥的天气里非常硬实，不过今天的天气并非干得冒烟。空气里这时有一点雾气，这点水分粘在地表上，足以显示出刚才停车的位置了。我可以看到那些 Vogue 重型十层轮胎留下的胎痕，虽然这痕迹非常细微。我用手电筒照着它们，弯下腰来，一阵疼痛让我头晕目眩。我开始追踪这道车痕。它笔直地向前延伸了十几英尺，然后突然拐向左边。它没有转弯。它直奔白路障左端的那道空隙而去，然后就消失不见了。

我走到路障边，用那道小小的光束照着灌木丛。刚刚折断的树枝。我钻过空隙，沿着那条打弯的小路继续往下走。这里的土质更松软。更多的胎痕，重型轮胎的。我继续往下走，拐过那道弯，来到了浅坑的边缘，四周被灌木丛所环绕。

没错，它就在那里，铬边和亮闪闪的喷漆甚至在黑暗中也发着微光，尾灯的红色反光玻璃反射着钢笔手电筒的光束。它就在那里，静悄悄的，车灯全熄，车门紧锁。我慢慢地走上前去，每走一步都紧咬牙关。我打开一扇后门，把光束投进车里。里面空无一人。前排也是空的。发动机熄火了。钥匙用一根细链条挂在锁里。椅套没有撕破，玻璃没有裂痕，没有血迹，没有尸体。一切都井井有条。我关上车门，绕着车身缓缓地走了一圈，寻找着蛛丝马迹，但却一无所获。

一个声音突然让我怔住了。

引擎的震动声在灌木丛边响起。我跳开一步，步伐不到一英尺。我手里的电筒灭了。一支枪自动滑进了我手里。接着我看到两道车头灯的光束先是斜向上指向天空，接着又斜向下指向地面。根据引擎的声音判断，这似乎是辆小汽车。空气里此刻含着湿气，引擎因此发出似乎是心满意足的咕隆声。

光束这时向下压得更低了，灯光也变亮了。一辆汽车正顺着土路的弯道下来。它走了三分之二的距离，然后停住了。一盏探照灯啪的一声亮了，灯光扫向路边一侧，在那儿停留了许久，然后又灭了。汽车继续驶下山来。我把枪摸出口袋，蹲在马里奥特这辆车的引擎后面。

一辆外形和色彩都没有什么特别的双座小汽车滑进了浅坑，然后拐了个弯，它的车头灯把这辆大轿车从头到尾扫了一遍。我急忙把头低下。灯光就像一把剑一样从我头上扫过。小汽车这时停了下来。马达熄火了。车头灯灭了。一阵沉寂。然后一扇车门开了，一只轻盈的脚落在了地上。又是一阵沉寂。甚至连蟋蟀也噤了声。这时一道光一下子把黑暗斩断了大半截，光束与地面平行，离地只有几英寸高。光束横扫而来，我的脚踝根本没时间躲闪。光束停在了我的脚上。沉寂。接着光束抬起，将引擎盖又扫了一遍。

一阵笑声。那是姑娘的笑声。声音很紧张，绷得像曼陀林琴弦一样紧。在这样一个地方，这声音显得很奇怪。那道白光再一次射向轿车下方，然后落在我的脚上不动了。

那声音说话了，音调不算太尖利："行了，你呀。从那儿钻出来，举起手，手里给我干干净净的。我的枪瞄着你呢。"

我一动不动。

那道光有一点儿摇晃，就好像举它的那只手这时也有一点摇晃似的。光束再次沿着引擎盖缓缓扫过。那声音又一次逼向了我。

"听着，陌生人。我手里拿着一支十响的连发枪。我枪法也准。你的两只脚都有危险。你打算怎么着？"

"把枪举起来——不然我就把它从你手里轰掉！"我咆哮道。我的声音听上去就像是有人在猛地扯开鸡舍的板条。

"噢——一位硬汉先生。"她的声音中有一丝颤抖，一丝微妙的小小颤抖。然后这声音又一次坚定了起来。"你出不出来？我数到三。看看我给了你多少机会吧——十二根粗粗的气缸，说不定是十六根。不过你的脚可是会疼的。踝骨要好多年、好多年才能长好；有时候它们永远也长不好——"

我慢慢地直起身来，直视手电筒的光束。

“我害怕的时候，话也会很多。”我说道。

“不许——不许再靠近一步！你是谁？”

我绕过轿车的前端，朝她走去。我在距离手电筒后面那个纤细的黑影六英尺远的地方停了下来。手电筒稳稳地向我射来刺目的光。

“你就站在那儿别动，”我停下脚步后，姑娘怒喝道，“你是谁？”

“让我们瞧瞧你的枪。”

她把枪伸进光束里。枪口对着我的肚子。那是一把小枪，看上去像是把小口径的柯尔特袖珍自动手枪。

“哦，那个呀，”我说道，“那个玩具。它也装不下十发子弹。它只有六发。那只是把小不点儿枪，蝴蝶枪。他们用它射蝴蝶的。你真不害臊，故意扯了一个这样的谎。”

“你疯了吗？”

“我？我让一个强盗给敲了一记闷棍。我现在大概是有一点点疯疯傻傻的。”

“那——那是你的车吗？”

“不是。”

“你是谁？”

“你刚才在那里用探照灯在看什么？”

“我明白了。问问题的人该是你。你是条汉子。我刚才在看一个男人。”

“他有一头波浪状的金发吗？”

“现在没有了，”她平静地说，“也许他有过——曾经有过。”

这话让我大吃一惊。我还真没有料到这个。“我没见着他，”我有气无力地说，“我刚才在打着手电筒追踪胎痕，一路走下坡来。他伤得厉害吗？”我又朝她靠近了一步。那把小枪枪口一跳，正指着我，手电筒稳稳地握在她手里。

“别激动，”她平静地说，“千万别激动。你的朋友死了。”

我半晌没有说话。然后我开口道：“好吧，让我们过去瞧瞧他。”

“我们就站在这里，不要乱动，告诉我你是谁，发生了什么事。”她的声音干脆利落。里面没有一丝害怕。这样的语气表明她打算说到做到。

“马洛。菲利普·马洛。侦探。私家侦探。”

“这就是你的身份喽——如果你说的是真话。证明给我看。”

“我要掏我的钱夹了。”

“我看算了。把你的手放在原处。我们暂时跳过证明身份这一环节吧。发生了什么事？”

“那个男人也许没死。”

“行了，他死了。脑浆都流到他脸上了。刚才是怎么回事，先生。讲快点。”

“我刚才说了——他也许还没死。我们过去瞧瞧他吧。”我又朝前挪了一步。

“再走我就在你身上打个洞！”她喝道。

我抬起另一只脚，向前迈了一步。那只手电筒微微一抖。我想她往后退了一步。

“你冒了个很大的险，先生，”她平静地说，“好吧，你往前走，我跟在后面。你看上去像个病人。要不是因为这个——”

“你早就给我一枪了。我给人打了闷棍。碰到这种事情，我眼睛下面总是有点儿发黑。”

“真幽默——像个管太平间的。”她几乎是在尖叫着抗议。

我转过身去，背对手电筒，它立刻就照在了我前方的地面上。我从那辆双座小汽车旁边走过——那是辆普通的小车，干干净净的，在雾蒙蒙的星光下闪着光。我沿着土路，继续往前走，拐过了那道弯。脚步声在我身后如影相随，手电筒的光指引着我。四下里鸦雀无声，只有我们的脚步和那姑娘的呼吸声。我没有听见我自己的呼吸。

11

上坡上到半道的时候，我朝右看去，看见了他的一只脚。她把光束打了过来。于是我看到了他的全身。我下坡的时候本该看到他的，但我那时正弓着腰，打着钢笔手电筒，盯着地面，努力凭借一块25美分硬币大小的光斑辨识胎痕。

“把手电筒给我。”我说完便把手伸向身后。

她把电筒放进我手里，一言不发。我单膝跪地。地面又冷又湿，寒气渗透了布料。

他瘫倒在地，仰面朝天，靠在一丛灌木的脚下，那种好似一包衣服扔在地上的姿势永远意味着同样一件事情。他的脸此刻是一张我这辈子从未见过的脸孔。他的头发被血染成了深色，那三级漂亮的金色台阶缠成了乱糟糟的一团，上面沾着血水，还有黏糊糊的灰色黏液，像是远古的淤泥。

那姑娘在我身后发出沉重的呼吸声，但她没有说话。我用电筒照着他的脸。他已经被人打成了烂泥。他的一只手以一种僵直的姿态伸在外面，五指蜷曲。他的外套半边被他卷在身下，就好像他倒下的时候就地打了个滚。他的两腿交叉。他的嘴角有一道黑如污油的血迹。

“拿好电筒照着他，”我边说便把电筒递还给她，“如果这不会让你感到恶心的话。”

她拿了电筒，一言不发地举着，手稳得像一个凶杀重案组的老手。我重新掏出钢笔手电筒，开始翻他的口袋，同时尽量不去挪动他。

“你不该这么干的，”她紧张地说，“在警察赶到前，你不该碰他。”

“没错，”我说。“然后，开巡逻车的小子们不能碰他，直到凶杀组的人赶到；而他们也不能碰他，直到验尸官看过他，摄影师拍过他，指纹师取过他的指纹以后。你知道这些可能要花多久吗？几个小时。”

“好吧，”她说，“我想你大概是永远正确的。我猜你一定是那种人。有人一定非常恨他，才会像这样砸烂他的脑袋。”

“我觉得这不是私人恩怨，”我悻悻地咕哝道，“有人就是喜欢砸烂脑袋。”

“我不知道这一切都是因为什么，所以我无从猜测，”她尖刻地说。

我翻遍了他的衣服。他一只裤兜里有些硬币和纸钞，另一只裤兜里有一只手工压花的皮钥匙包，还有一把小刀。我还从他的左后裤兜里摸出一只皮夹子，里面有更多的钞票、保险卡、驾照，还有几张收据。他的外套里有散火柴夹，别在一只口袋里的一支金笔，两条薄薄的细纺手帕，又细又白，如同粉末状的干雪。再有就是那只珐琅烟盒，我之前见到他从里面掏出那些金头褐身的香烟来。这些是南美烟，蒙得维的亚产的。他的另一只贴身口袋里还有一只烟盒，我之前没有见过。这只是用刺绣的丝绸做的，两面上各绣着一条龙，还镶着一个轻薄得若隐若现的仿玳瑁边框。我把搭扣拨开，看见里面有三支特大尺寸的俄国香烟，用一根橡皮筋箍着。它们摸上去年代久远、干燥松软，上面都有中空的烟嘴。

“他抽的是另外那盒烟，”我回过头说道，“这些一定是给一位女性朋友的。这小子一定有许多女性朋友。”

姑娘弯下腰，她的气息此刻正拂着我的脖子。“你不认识他吗？”

“我今晚才见到他的。他雇了我做保镖。”

“好一个保镖。”

对此我一言不发。

“对不起，”她几乎是在耳语，“当然，我并不了解情况。你觉得这些会是大麻卷烟吗？我能看看不？”

我把那只刺绣烟盒递给她。

“我曾经认识一个抽大麻卷烟的家伙，”她说，“三杯高杯酒外加三支大麻卷烟，你就得掏出扳手才能把他从天花板吊灯上砸下来。”

“手电筒拿稳了。”

一阵窸窣声中，她沉默了片刻。然后她又开口了。

“对不起。”她递还了烟盒，我把它塞回他的口袋里。这些就是全部的物品了。它们只证明了一点：他没有被扒光财物。

我站起身来，掏出自己的钱夹。那五张二十美元还在里面。

“这些上流社会的小子们，”我开口道，“他们只拿大钞。”

手电筒的光垂到了地上。我收好钱夹，把我自己的小手电别回口袋，然后猛地伸手去夺她手里的那把小枪——她拿枪的手里同时也握着手电筒。她的电筒掉了，但我拿到了枪。她猛地后退了一步，我伸手抓起电筒。我拿光束在她脸上照了片刻，然后啪的关上了电筒。

“你没必要这么粗鲁，”她一边说，一边把两只手插进外衣口袋——那是一件毛糙的长外套，肩膀部位做成喇叭形样式，“我认为你没有杀他。”

我喜欢她声音当中的那份冷静和沉着。我喜欢她的胆量。我们就这样站在黑暗中，面对面，一言不发地过了半晌。我能看到灌木丛和天空中的光亮。

我又把电筒光打在她脸上，她眨了眨眼。那是一张干净小巧、充满活力的脸，脸上一双大大的眼睛。皮肤下的骨骼把这张脸绷得紧紧的，就像一把克雷莫纳小提琴。一张非常漂亮的脸。

“你头发是红的，”我说，“看上去像爱尔兰人。”

“我叫赖尔登[1]。那又怎样？把那电筒收起来。我头发不是红的，是

---

① 这确实是一个爱尔兰姓氏。

赤褐的。”

我收起电筒。“那你的名呢？”

“安。别叫我安妮。”

“你在这里做什么？”

“晚上我有时候会开车出来。就是坐不住。我一个人住。我是个孤儿。我对这个街区了如指掌。我刚才碰巧开车经过这里时，注意到那个坑里有光闪烁。对小情侣来说，这天好像有些太冷了。再说他们也不开灯，对不对？”

“我反正从来不开。你冒了个很大的险，赖尔登小姐。”

“我想我刚才对你说过一模一样的话。我有枪。我不害怕。没有哪条法律禁止我到这儿来。”

“嗯——哼。除了自我保护的法则。这个给你。今晚不是我脑子最好使的时候。我猜你是有持枪许可的。”我把枪递还给她——枪把朝前。

她接过枪，塞进口袋。“想想也挺奇怪的，有时候人就是这么好奇，你说是不？我偶尔写点东西。特写文章。”

“有钱吗？”

“少得可怜。你刚才在找什么——翻他口袋的时候？”

“没什么特别的东西。我可喜欢到处乱翻了。我们带了八千美元，打算替一位女士赎回一件被盗的珠宝。我们被打劫了。至于他们为什么要杀他，我不明白。我觉得他不像一个会激烈反抗的家伙。而且我也没有听到打斗声。他遇袭的时候我正在下面那个坑里。他在上面，坐在车里。我们本该把车开进坑里的，但那里好像没有在不把车刮伤的条件下停车的空间。所以我就步行下到那里去，他们一定就趁这个时候把他给劫了。然后其中一个人钻进汽车，把我打晕了。当然了，我那时以为他还在车里呢。”

“听上去你也没有表现得特别笨。”她说。

“这笔生意从一开始就有些不对劲儿。我能感觉得到。但我缺钱。现在我得上警察那儿去忍气吞声了。你能开车送我去蒙特马尔维斯塔吗？我把我的车停在那儿了。他住在那里。”

“没问题。可是难道没有人跟他同住吗？你可以开我的车——或者我可以去叫警察。”

我看了下手表。发着微光的指针显示，现在已接近午夜。

“不用。”

“为什么？”

“我不知道为什么。只是一种感觉。我一个人来玩儿吧。”

她什么也没说。我们沿着原路走下山坡，钻进她的小汽车，她把车发动起来，掉转车头——不开车灯，然后按原路开上山坡，小心翼翼地从路障边驶过。车子开出一个街区的路程后，她这才啪地打开车灯。

我的脑袋生疼。我们没有说话，直到我们的车驶上那段铺了路面的街道，与那里的第一栋房子齐肩。这时她说道：

“你需要喝一杯。为什么不回我家来一杯呢？你可以在那儿给警察打电话。反正他们得从西洛杉矶赶过来。这儿只有一座消防站。”

“你只管一路开到海岸就好。我来唱独角戏。”

“可为什么呢？我又不怕他们。我的描述可以帮你的忙。”

“我不需要任何帮助。我得想想。我想要一个人待一会儿。”

“我——好吧。”她说。

她喉咙里含糊不清地咕哝了一声，然后拐上了大道。我们来到海岸公路上的那座加油站，接着转而朝北开进蒙特马尔维斯塔，并且找到了那家路边咖啡店。店里面灯火通明，如同豪华游轮一般。姑娘把车停在了路肩上，我钻出汽车，扶着车门站在那儿。

我笨手笨脚地从钱包里摸出一张名片递给她。“哪天你需要一条壮汉的时候，”我说，“联系我好了。不过如果是脑力劳动，就别给我打电话了。”

她拿着名片在方向盘上叩了叩，然后幽幽地说：“你可以在贝城电话簿上找到我。第二十五街 819 号。哪天过来坐坐，在我身上别一个橡皮奖章，以此嘉奖我不管闲事吧。我猜你脑袋上挨的那一下敲得你现在还糊里糊涂呢。”

她飞快地把车在公路上调个头，我目送着那辆车的一双尾灯消失在黑暗之中。

我走过拱门和路边咖啡店，进入停车场，钻进了我自己的车。一家酒吧就在我的正前方，而我这时又在发抖了。不过此刻，走进西洛杉矶警局似乎是个更明智的作法——二十分钟后我也正是这样做的；我身上冰凉得就像一只蛤蟆，脸绿得就像一张崭新美钞的背面。

12

时间过去了一个半小时。尸体运走了，地面筛查过了，我的故事也已讲了三四遍。我们坐在西洛杉矶警局当日副巡官的办公室里——连我一共四个人。警局大楼里十分安静，除了一间牢里的一个醉汉不停地发出澳洲丛林里的呼喊——他正等着进城，在清晨的法庭上受审呢。

玻璃反光罩里的一盏刺眼的白灯照射着下方一张平整的桌面，桌上铺着从林赛 · 马里奥特的口袋里取出的那些东西，它们如今就像它们的主人一样死气沉沉，无家可归。桌子对面的那个男人叫兰德尔，来自洛城中央凶杀重案组。他是个瘦削安静的男人，五十岁上下，一头光滑的米灰色头发，冷冷的眼睛，举止拒人于千里之外。他打着一条带黑色斑点的深红色领带，那些斑点不停地在我眼前跳啊跳。在他身后，在灯光的光锥之外，两个魁梧的男人像保镖一样懒洋洋地倚在那里，其中一个正盯着我的一只耳朵。

我笨拙地用手指把一支香烟转了个个儿，点上，结果发现我不喜欢它的味道。我坐在那儿，看着它在我的指间燃烧。我觉得自己像是已经八十岁了，而且还在迅速地衰老。

兰德尔冷冷地说："你的故事每多讲一遍，它听上去就显得越蠢。为了付这笔赎金，这个叫马里奥特的男人显然已经和他们谈判了有好几天了，这时，就在距离最终的会面只有几个钟头的时候，他打电话给一个彻头彻尾的陌生人，雇他做保镖，陪自己一同前往。"

"严格来讲并不是保镖，"我说，"我甚至没有告诉他我有枪。只是让我做个伴儿。"

"他是从哪里听说你的？"

"他先是说通过一个共同的朋友。后来又说是从电话簿里随便挑中了我的名字。"

兰德尔轻轻地翻弄着桌上的那堆东西，然后抽出了一张白色的卡片，神情好似在触摸某种不洁的物品。他沿着木头桌面把卡片推了过来。

"他有你的卡片。你的业务名片。"

我瞥了一眼那张名片。那是从他的皮夹子里抽出来的，夹在一堆其他的卡片当中，我之前在普里西马谷的那个坑里没有费神去查看它们。不错，这是我的名片。对于一个像马里奥特这样的男人来说，它显得有些太脏了。名片的一角上有块圆形的污迹。

"没错，"我说，"我平时一有机会就会发这些东西。这是当然的了。"

"马里奥特让你拿着钱，"兰德尔说，"八千美元。他对别人可真是信任啊。"

我吸了一口烟，朝天花板喷去。这灯光刺得我眼睛生疼。我的后脑勺也隐隐作痛。

"我现在没有这八千美元了，"我说，"对不起。"

"你是没有了。不然的话，你就不会在这儿了。你说呢？"他的脸上这时挂着一丝冷笑，但这笑容看上去是挤出来的。

“为了八千块钱，我是愿意做很多事情，”我说，“可我如果要用棒子打死一个人，那我最多只用打他两下——打后脑勺。”

他微微点了点头。他身后的一个条子朝废纸篓里啐了一口。

“这的确是几个疑点之一。这看起来像是外行干的，不过当然了，也许他们有意要让这看起来像是外行干的。那笔钱不是马里奥特的，对不对？”

“我不知道。我感觉好像不是，但那只是感觉。他不肯告诉我这件事涉及到的那位女士是谁。”

“我们对马里奥特一无所知——目前为止，”兰德尔慢悠悠地说，“我猜他至少有可能打算将这八千块钱偷偷地占为己有。”

“唔？”我心中吃了一惊。说不定这吃惊也写在了我脸上。可兰德尔那张光滑的脸上却波澜不惊。

“你数过那沓钱吗？”

“当然没有。他只是给了我一个包裹。包裹里面有钱，看上去像是一大笔钱。他说里面有八千大洋。他为什么要从我这里把钱偷走呢？毕竟在我出现之前他就已经拿到这笔钱了。”

兰德尔看着天花板的一角，嘴角向下一撇。他耸耸肩。

“我们稍稍往前倒推一下，”他说，“有人抢劫了马里奥特和一位女士，拿了这串翡翠项链还有别的东西，之后又提议以相对于珠宝的应有价值而言微不足道的开价把项链卖回给他们。马里奥特负责赎回珠宝。他考虑过一个人去交接，我们不知道另一方是否对此有明确的要求，也不知道他们是否提到过这一点。通常来讲，在处理这类情况时，他们都会很不厌其烦的。不过马里奥特显然认定，带上你也没有问题。你俩都觉得，你们是在跟一个有组织的团伙打交道，而且他们会遵守行规，按理出牌。马里奥特很害怕。这很自然。他需要陪同。你就是那个陪同者。可你对他来说是个彻头彻尾的陌生人，你只是某个未知的第三方——据他说是一个共同的朋友——递给他的一张名片上的一个名字。然后，到了最后一分钟，马里奥特决定让你拿着钱，和他们对话，而他自己则躲在车里。你说这是你的主意，可他也许正巴望着你这么说，如果你没有说出来，他也会自己想出这个主意的。”

“他一开始不怎么喜欢这个主意。”我说。

“他装作不喜欢——可他还是妥协了。所以，最后他接了个电话，然后你们就出发去了他说的这个地方。这一切都是从马里奥特嘴里说出来的。这当中没有一件事是你单独得知的。你们到了那儿以后，发现四周好像一个人也没有。你本应该把车开进那个坑的，可那里的空间似乎不够一辆大轿车通过。事实也确实如此，因为车子的左侧后来被严重刮伤了。所以你就下了车，步行下到那个坑里，什么也没看见，什么也没听见；你等了几分钟，又回到了车子边上，这时车里的某个人照着你的后脑来了一下。现在，假设马里奥特想要这笔钱，想要让你当替死鬼——他实际的行事方式难道不正应了这样的假设吗？”

“这理论真不错，”我说，“马里奥特一棒子打闷了我，拿了钱，然后他后悔了，就把自己的脑子砸了出来，在此之前还先把钱埋在了一丛灌木下面。”

兰德尔木然地看着我。“他当然有一个同伙。你们俩本该都挨一闷棍的，然后这个同伙可以卷钱跑路。只是，他出卖了马里奥特，把他杀了。他不需要杀你，因为你不认识他。”

我用钦佩的眼神望着他，把我手里的烟屁股在一只木烟灰缸里掐灭——这只烟灰缸曾经有一层玻璃衬里，可如今玻璃已经不见了。

“这假设符合事实——就我们掌握的事实而言，”兰德尔说，“它不比我们目前能够想出的任何理论傻。”

“它不符合一个事实——我被人从车里打了闷棍，对不对？这就会让我怀疑是马里奥特打昏了我——在其他条件相同的情况下。尽管我后来没有怀疑他，因为他被杀了。”

“你被人打闷棍的方式是最符合这理论的，”兰德尔说，“你没有告诉马里奥特你带着枪，但他也许看出了你腋下鼓出了一块儿，或者至少他怀疑你有枪。那样的话，他就会在你没有疑心的时候对你下手。而你是不会怀疑汽车后排的任何情况的。”

“好吧，”我说，“你赢了。这是个很好的理论，你总是假定那钱不是马里奥特的，而且他打算偷走这笔钱，而且他还有一个同伙。所以，他的计划就是：我俩醒来后，顶着一头的包，发现钱不见了，我俩说声真糟糕，然后我打道回府，把整件事忘个一干二净。这就是结局对吗？我是说，他预计这件事会如何收场？这结局必须在他看来也还不错，对不对？”

兰德尔苦笑了一下。“我自己也不喜欢这个假设。我只是在对它进行测试。但它与事实吻合——就我们掌握的事实而言，而我们掌握的并不是很多。”

“我们掌握的东西根本就不足以用来进行理论假设，”我说，“为什么不假定他说的实话呢？他也许认出了其中一个劫匪。”

“你说你没有听见打斗声和叫喊声？”

“没有。但他也许当即就被抓住了喉咙。或者说，他们袭击他的时候，他也许吓得叫不出声来。假设他们躲在灌木丛里观察我们，看见我走下坡去。我走了有一段距离，你知道的。一百多步呢。于是他们走上前来，朝车里张望，看见了马里奥特。有人拿枪指着他的脸，让他出来——悄无声息地。然后他就被人用棒子砸倒了。可他说的某句话——或者是他的某种姿态——让他们觉得他认出了某个人。”

“在黑暗中？”

“是的，”我说，“一定是发生了类似的情况。有些人的声音会停留在你的脑海里。即使是在黑暗中，你也能认出有些人。”

兰德尔摇摇头。“如果这是一个有组织的珠宝盗窃团伙，他们不会在没有受到严重挑衅的情况下杀人。”他说到一半忽然停住了，目光像是凝滞了一般。他非常缓慢，非常用力地抿紧了嘴巴。他有了一个新思路。“劫持。”他说。

我点点头。“我觉得这是一个不错的思路。”

“还有一件事，”他说，“你是怎么来这儿的？”

“我开自己的车来的。”

“你的车当时停在哪儿？”

“在蒙特马尔维斯塔，停在路边咖啡店的停车场里。”

他若有所思地看着我。他身后的那两个条子也用狐疑的眼光看着我。牢房里的那个醉汉想要唱岳得尔山歌，但他的嗓子哑了，这下他泄了气。他开始大哭。

“我走回到公路边，”我说，“拦下了一辆车。一个姑娘独自驾车。她停下车，把我带上了。”

“了不起的姑娘，”兰德尔说，“深更半夜的，又是在一条偏僻的路上，她居然停车了。”

“没错。有些人会这么做的。我没能认识上她，不过她看上去挺不错的。”我盯着他们，心里知道他们不相信我的话，同时我自己也在纳闷：我究竟为什么要撒谎。

“那是辆小汽车，”我说，“一辆雪佛兰双门小汽车。我没有记车牌号。”

“哈，他没有记车牌号，”一个条子说完，又朝废纸篓里啐了一口。

兰德尔向前倾着身子，认认真真地盯着我。“如果你在隐瞒任何东西，打算私自处理这个案子，好给你自己挣点儿知名度的话，你最好放弃这个想法，马洛。你故事中的所有关键点我都不喜欢，我打算给你一个晚上再好好想想。明天我也许会要求你做一份宣誓证词。在此期间，让我给你一点小提示。这是一起谋杀案，属于警方的工作，我们不需要你的帮助，哪怕你真的很行。我们只要你提供事实。听明白了吗？”

“当然。我现在能回家了吗？我感觉不太舒服。”

“你现在可以回家了。”他的眼神冰冷。

我站起身来，在死一般的沉寂中朝门口走去。我刚走了四步，兰德尔清了清喉咙，又用不经意的语调说：

“哦，还有件小事。你有没有注意到马里奥特抽的是哪种香烟？”

我转过身去。“有。褐色的香烟。南美烟，装在一只法国产的珐琅烟盒里。”

他身子往前一倾，把那只刺绣的丝绸烟盒从桌上的那堆垃圾中间推了出来，然后拨到自己跟前。

“你看到过这只烟盒吗？”

“当然了。我刚才就在看它。”

“我是说，今晚早些时候。”

“我相信我看到过，”我说，“被乱丢在了不知什么地方。怎么了？”

“你没有搜过尸体吗？”

“好吧，”我说。“没错，我翻过他的口袋。那玩意儿就在其中一只口袋里。对不起。只是出于职业好奇。我没有打乱任何东西。毕竟他是我的客户。”

兰德尔双手握住刺绣烟盒，将它打开。他坐在那儿，盯着烟盒里面看。空的。那三支香烟不见了。

我紧咬牙关，努力地保持脸上困倦的神情。这不是件容易的事。

“你看到过他从这里面拿烟出来抽吗？”

“没有。”

兰德尔冷静地点了点头。“这里面是空的，你也看见了。可它依然放在他的口袋里。烟盒里面有一点粉末。我打算让他们用显微镜检查一下。我不敢肯定，但我怀疑那是大麻。”

我回应道：“如果他有那玩意儿，我想他今晚一定抽了两根。他需要来点儿东西，好振作起来。”

兰德尔小心翼翼地关上烟盒，把它推开。

“就这样吧，”他说，“还有，别惹麻烦。”

我走出了房间。

外面的雾已经消散了，星星亮得就像是铬片做的假星星，挂在一片黑天鹅绒做的天空中。我把车开得飞快。我实在是需要来一杯，而酒吧已经关门了。

13

我九点钟从床上爬起来，喝下三杯清咖啡，用冰水洗了头，读了两份扔在公寓门前的晨报。报上有一段文字，轻描淡写地提到了驼鹿马洛伊，在第二版上，但没有提纳尔蒂的名字。没有任何关于林赛·马里奥特的消息，除了在社会新闻版块里。

我穿好衣服，吃了两只溏心蛋，喝下第四杯咖啡，然后照了照镜子。我眼睛下面还是有一点儿发黑。就在我拉开门准备出去的时候，电话响了。

是纳尔蒂。他听上去脾气很不好。

“马洛？”

“是。你们抓到他了吗？”

“哦，当然了，我们抓到他了。”他顿了顿，然后怒气冲冲地往下说道。“就在文图拉的地界上，像我说的那样。天啊，我们玩儿的可真是开心！这家伙六英尺六的个子，身胚像只潜水箱，正开着车去旧金山赶集。他的车是租来的，前排座位上放着五瓶一夸脱装的烈酒，他正一面开着车，一面喝着第六瓶，车速不声不响地飙到了七十。我们能派去对付他就只有两个带着枪和棒子的县警。”

他打住了，几句俏皮话从我脑子里闪过，但此时此刻似乎没有一句让人觉得好笑。纳尔蒂接着往下说：

“就这样，他跟那两个警察做起了运动，等到他俩累得都快趴下了，他扯下了警车的半边车身，把无线电扔进了水沟，又开了一瓶烈酒，然后顾自睡着了。过了一会儿，那两个小子回过神来，掏出棒子在他脑袋上乒乒乓乓一阵乱打，直打了十分钟才让他察觉到。等到他开始发飙了，他们就给他铐上了手铐。真是太顺利了。我们现在把他关进单人牢房了，罪名是：醉酒驾车、车内醉酒、袭击执勤警官——两项、恶意损坏官方财产、逃离拘留所未遂、未达严重伤害程度的人身攻击、扰乱治安，还有在州级公路上停车。真有意思，你说呢？”

“你在卖什么噱头？”我问道，“你跟我说了这么多，不是就为了沾沾自喜吧。”

“我们抓错人了，”纳尔蒂恶狠狠地说，“这家伙叫斯塔耶拿夫斯基，住在赫米特，在圣杰克隧道里做隧道工，刚刚下班。他有一个老婆和四个孩子。天，他老婆气炸了。你在为马洛伊的案子做什么？”

“什么也没做。我头疼。”

“你要是什么时候能抽出一点点时间来——”

“我没有时间，”我说，“不管怎样，多谢器重。那个黑鬼的验尸结果什么时候出来？”

“你何必在乎呢？”纳尔蒂冷笑一声，挂上了电话。

我开着车进了好莱坞大道，把车停进大楼旁边的停车场，然后坐电梯上了我的楼层。我推开那间小接待室的房门——这扇门我从来不锁，以备我有一位来访的顾客，而且这位顾客还打算等待。

安·赖尔登小姐从一本杂志里抬起头来，朝我微笑。

她穿着一件烟草色的套装，里面是一件白色的高领毛衣。日光下，她的头发是纯赤褐色的，头发上面罩着一顶帽子，帽顶大小如一只威士忌酒杯，帽檐却大得能把你一周的衣服都裹进去。她以四十五度角斜戴着帽子，这样帽檐的边缘刚好碰不着肩膀。尽管如此，这帽子看上去依然很时髦。也许那恰恰是时髦的地方。

她的年龄在二十八岁上下。她的额头很窄，而且高得超出了优雅的标准。她的鼻子很小，给人一种爱四处打探的感觉；她的上唇稍稍长了一点，嘴巴宽得则不止一点点。她的眼睛是蓝灰色的，里面透着点点的金色。她微笑的样子很可爱。她看上去似乎睡眠很好。这是一张漂亮的脸蛋儿，一张你会喜欢上的脸蛋儿。漂亮，但没有漂亮得需要你每次随身藏好暗器才敢带这张脸蛋出门。

“我不知道你的办公时间究竟是怎样的，”她说，“所以我在这儿等着。我猜你的秘书今天没来上班吧。”

“我没秘书。”

我穿过房间，打开里面的一扇门，然后接通了装在外面那扇门上的门铃。“我们进我的私人冥想室吧。”

她从我面前走过，带着一股淡淡的香气——是很干的檀香木的味道，然后站在那里，看着五只绿色的文件柜，一条破旧的锈红色小地毯，有一阵子没掸灰的家具，还有几条不怎么干净的窗幔。

“我想你应该乐意找一个人来替你接电话，”她说，“另外偶尔还能帮你把窗帘送去洗衣店。”

“等到圣斯威辛日那天，我会把它们送去的。坐吧。我也许会因此错过几笔不怎么重要的生意。还会错过许多大腿照。但我要省钱。”

“我明白了。”她故作端庄地说道，然后把一只绒面革做的大手提袋小心翼翼地放在办公桌玻璃台面的一角上。她身子向后倚着，拿了我的一支香烟。我用纸火柴给她点烟的时候烧到了手指。

她吐出一片扇状的烟雾，透过烟雾朝我微笑。她的牙齿挺漂亮，而且很大。

“你大概没想到会这么快又见到我。你的脑袋怎么样了？”

“很糟糕。没错，我是没想到。”

“警察对你好吗？”

“一如既往。”

“我没有耽误你的什么要紧事吧？”

“没有。”

“不过，我觉得你见到我不是很高兴。”

我装了一只烟斗，伸手去拿那盒纸火柴。我小心翼翼地点着烟斗。她用赞许的眼神观察着这一切。抽烟斗的都是可靠的男人。她要对我感到失望了。

“我努力地让你置身事外，”我说，“我不知道究竟是为了什么。不过这事儿反正也跟我无关了。昨晚我忍气吞声了一回，灌下一瓶酒后倒头就睡，如今这案子已经归警察了：他们警告过我不要插手。”

“你让我置身事外的原因是，”她平静地说，“你觉得警察不会相信我昨晚纯粹是出于无聊的好奇心才跑到那个坑里去的。他们会怀疑这当中有某种不可告人的原因，然后把我敲打成残废。”

“你怎么知道我就没有相同的想法呢？”

“警察也只是人。”她说了句毫不相干的话。

“他们一开始是人，我是这么听说的。”

“呀——一大早就开始愤世嫉俗了。”她用一种倦怠但刨根究底的目光将办公室扫视了一遍。“你在这里干得很好吗？我是说，从财务方面讲？我是说，你钱挣得多吗？瞧你的家具。”

我哼了一声。

"或者是说，我应该少管闲事，不再提无关的问题？"

"问题是，你提了有用吗？"

"这下我俩都在提了。告诉我，昨晚你为什么要替我遮掩？是因为我有一头红发，还有一副漂亮的身材吗？"

我一言不发。

"让我们换个问法，"她用愉快的语调说，"你想不想知道那串翡翠项链是谁的？"

我能感觉得到自己的脸变僵了。我努力地回想，但无法确切地回忆出来。突然之间，我想起来了。关于那串翡翠项链，我没有对她提过一个字。

我伸手拿起火柴，把烟斗点上。"不是特别想。怎么了？"

"因为我知道。"

"嗯——哼。"

"你乐意多说话的时候有什么表现——扭脚指头？"

"行了，"我没好气地嘟囔着，"你过来就是为了告诉我答案的。那就说来给我听听吧。"

她睁大了那双蓝眼睛，有那么一会儿工夫我觉得它们似乎有一点湿润。她把下唇放在齿间，就这样咬着嘴唇，低头盯着桌子。接着她耸了耸肩，松开嘴唇，真诚地朝我微笑。

"哎，我知道我只是个爱多管闲事的傻妞。可我的身体里确实有侦探的血脉。我的父亲是个警察。他名叫克利夫·赖尔登，当了七年的贝城警察局长。我想这就是根源了。"

"我好像想起来了。他后来怎么样了？"

"他被解雇了。这件事让他的心都碎了。一个叫莱尔德·布伦特的男人率领一群赌徒选了一个他们中意的市长。然后他们就让老爸负责档案与鉴定局，这在贝城大概只有一包袋泡茶大小。老爸于是不干了，他又混了几年，然后就死了。妈妈没过多久也随他去了。所以过去的两年我是一个人过的。”

“我很难过。”我说。

她碾灭了香烟。烟嘴上没有留下口红印。“我说这件事来烦你的唯一原因是，这一点让我很容易跟警察相处。我想我昨晚就应该告诉你了。所以，今天早上，我弄清了是谁在负责这个案子，然后跑去见他。他一开始对你有些恼火。”

“没关系，”我说，“就算我当时把真相一五一十地全告诉了他，他还是不会相信我的。他只会咬掉我的一只耳朵。”

她看上去有些伤心。我站起身，打开了另一扇窗户。大道上车流发出的噪音一浪接一浪地飘进来，就像晕船时的恶心。我感觉很糟糕。我拉开桌子的深抽屉，掏出那瓶办公用酒，给我自己倒了一杯。

赖尔登小姐用不认可的眼光观察着我。我不再是一个可靠的男人了。她一言不发。我一杯酒下肚后收好瓶子，坐了下来。

“你没请我喝一杯。”她冷冷地说。

“对不起。现在只有十一点钟，甚至还不到。我觉得你看上去不像那种人。”

她眼角一皱。“这算是恭维吗？”

“在我的圈子里，是的。”

她仔细想了想。这话在她听来没有任何意义。我想了一想，发现它对我而言也没有意义。不过那杯酒让我感觉好多了。

她向前倾着身子，手套缓缓擦过桌面玻璃。“你不打算雇一个助手，是吗？哪怕这只需要你时不时地说句好话？”

“不。”

她点点头。“我想你大概是没这意愿。我最好还是把我的信息告诉你，然后就回家吧。”

我一言不发。我又点上了烟斗。它能让你显得深思熟虑，尽管你这时并不在思考。

“首先，我想到的是，这样一串翡翠项链可能是博物馆藏品，而且知名度很高。”她说。

我在半空中捏着仍在燃烧的火柴，看着火焰朝我的手指越爬越近。然后我轻轻地吹灭火柴，把它扔进烟灰缸，对她说道：

“我从没跟你提过翡翠项链的事。”

“你没有，但兰德尔警督说了。”

“应该有人去把他的嘴缝上。”

“他认识我父亲。我保证过不对别人说。”

“你现在就在对我说。”

“你本来就已经知道了，傻瓜。”

她的手突然向上一举，仿佛是要举到嘴边，可刚抬到半道就慢慢地落回了原处；她的双眼也睁大了。她演得很像，可我对她还有些别的了解，这表演的效果因此大打折扣。

“你确实本来就知道，对不对？”她压低了嗓子轻声问道。

“我以为是些钻石首饰。一只手镯，一对耳环，一条吊坠，三只戒指，其中一只上面也许还有翡翠。”

“这笑话一点儿也不好笑，”她说，“而且也蒙不了人。”

“翡翠玉。非常稀有。精雕细琢的玉珠，每粒六克拉左右，一共六十粒。值八万美元。”

“你有双这么漂亮的棕眼睛，”她说，“可你却觉得自己是硬汉。”

“呃，项链是谁的，你又是怎么查出来的？”

“很简单。我想城里的头号珠宝商也许知道，所以我就去问了布洛克珠宝店的经理。我对他说，我是一名作家，想写一篇关于稀世翡翠的文章——后面的话你懂的。”

“于是他相信了你的一头红发和你漂亮的身材。”

她的脸刷地一下红到了鬓角。“嗯，不管怎样他告诉我了。项链属于一位家住贝城的富有女士，她的别墅位于峡谷区。卢因·洛克里奇·格雷尔太太。她的丈夫大概是一名投资银行家，腰缠万贯，身家大概在两千万上下。他曾经在贝弗里山上拥有一座广播电台——KFDK电台，格雷尔太太以前就在那里工作。他五年前娶了她。她是个令人销魂的金发尤物。格雷尔先生则是个脾气暴躁的老头儿，常常待在家里吞甘汞片[1]，这时格雷尔太太就会四处走走，享受美好时光。”

“这个布洛克的经理，”我说，“这家伙倒是挺好哄的。”

“哦，我不是从他一个人身上套出所有这些信息的，傻瓜。我只问了他那串项链的事。剩下的我是从吉迪·格蒂·阿博加斯特那儿问来的。”

我把手伸进深抽屉，又掏出了那瓶办公用酒。

“你不会闹了半天也是个酒鬼侦探吧？”她不安地问。

“是又如何？他们总能解决手头的案子，眼睛甚至都不眨一下。继续讲故事。”

“吉迪·格蒂是《纪事报》的社会版编辑。我认识他有些年了。他体重两百，留着撮希特勒式的小胡子。他调出了格雷尔夫妇的资料。看。”

她把手伸进手袋，一张照片从桌子那头滑了过来——一张五乘三的覆膜照。

那是一个金发女郎。一个足以让主教一脚把彩色玻璃窗踹个洞的金发女郎。她穿着看似黑白两色的休闲装，戴一顶与之相配的帽子，神情有一点高傲，但不过分。不管你要什么，不管你碰巧喜欢哪一类——她都符合。年龄在三十岁上下。

---

① 甘汞片在那个年代被用于治疗梅毒，后来因其毒性早已停用。

我一口闷掉了手里的那杯酒，酒精灌下喉咙的时候烧得我嗓子眼儿直疼。“快拿走，”我说，“我都要跳起来了。”

“怎么啦，我是替你弄到的。你会乐意见她的，对不对？”

我又看了看照片，然后把它塞到记事簿底下。“今晚 11 点怎么样？”

“听着，这事儿可不是说笑的，马洛先生。我给她打过电话了。她答应见你。谈生意。”

“一开始也许是。”

她做了一个不耐烦的手势，于是我停止了装疯卖傻，脸上重新挂起那个饱经历练的皱眉表情。“她见我是为了什么事？”

“当然是她的项链啦。事情是这样的。我给她打了电话，费了好大力气才跟她通上话——这是很自然的，可最后我还是成功了。然后我把我跟布洛克珠宝店的那个男人表演的那套把戏又演了一遍，可是这次不管用。她听上去像是有宿醉。她说了句什么让我跟她的秘书谈，但我设法在电话上留住了她，问她是不是真有一串翡翠玉项链。过了一会儿，她说：有。我问她，我能不能见见那串项链。她说，为什么？我又把我的故事说了一遍，效果一点儿也不比第一次好。我能听见她在打哈欠，还在大声训斥话筒旁边的某个人，怪他不该替我接通。这时我说，我替菲利普 · 马洛工作。她说了句，‘那又怎么着？’就像这样。”

“难以置信。不过，如今的社交女性说起话来都跟荡妇一个样。”

“这我就不知道了，”赖尔登小姐甜甜地说，“也许她们中的有些人本来就是荡妇。于是我问她，她有没有直线电话，她说这跟我有什么关系。可滑稽的是，她一直没有挂断我的电话。”

“她脑子里想着那串翡翠，而她又不知道你的葫芦里卖的是什么药。再说，她可能已经接到兰德尔的电话了。”

赖尔登小姐摇摇头。“没有。我后来给他打电话时，他不知道那串项链的主人是谁，直到我告诉他。他很惊讶地发现我打探出了这一点。”

“他会习惯你的，”我说，“他说不定已经习惯了。后来呢？”

“于是我对格雷尔太太说：‘你还想要回项链，对不对？’就像这样。我不知道还能怎么说。我必须说点儿什么能震她一震的话。这话起效果了。她连忙给了我另一个号码。我拨了那个电话，说我想见她。她好像很吃惊。所以我只能把事情告诉了她。她听了可不高兴。可她确实一直在纳闷：马里奥特为什么一直没有联系她。我猜她在想马里奥特已经卷钱逃走了，或者是出了类似的事情。于是，我定好在两点钟见她。然后我跟她说起了你，说你多么棒，多么谨慎，在帮她取回项链的事情上你会是个多么合适的人选——只要还有一线机会，就这样说了一通诸如此类的话。她已经有了兴趣。”

我一言不发，只是盯着她看。她看上去很受伤。“怎么了？我做得对吗？”

“有件事情难道你就是想不通吗？这已经是警方的案子了，我也已经被人警告过不要插手了。”

“格雷尔太太完全有权雇用你，只要她想。”

“做什么呢？”

她不耐烦地把手袋咔哒咔哒地打开又扣上。“哦天哪——那样的一个女人——那样的容貌——你难道不明白吗——”她打住了，咬了咬嘴唇，“马里奥特是个怎样的男人？”

“我几乎不认识他。我觉得他是个娘娘腔。我不是特别喜欢他。”

“他是一个对女人有吸引力的男人吗？”

“对有些女人。其他女人会想吐口水。”

“哦，不过看上去他可能对格雷尔太太有吸引力。她跟他一起出去过。”

“她大概跟一百个男人出去过。现在拿回项链的机会已经很渺茫了。”

“为什么？”

我起身走到办公室的一头，用手掌拍着墙，狠狠地拍。墙那边传来的咔哒咔哒的打字声停了一会儿，然后又响了起来。我透过那扇打开的窗户俯视夹在我这栋楼和豪邸酒店间的那道天井。咖啡馆的气味冲天，这强度都够在上面加盖一个车库了。我回到桌子边，把那瓶威士忌放回原处，关上抽屉，重新坐好。我第八次或是第九次点上烟斗，目光越过有段时间没掸灰的玻璃桌面，认认真真地看着赖尔登小姐那张严肃诚实的小脸蛋儿。

这是一张你会渐渐喜欢上的脸蛋，喜欢到无法自已。光彩照人的金发女郎到处都是，可这张脸却很耐看。我对着它微笑。

“听着，安。杀死马里奥特是个愚蠢的错误。策划这次抢劫的团伙绝不会干出这样的事来。事情的经过一定是这样的：某个嗑药嗑昏了头的矬蛋拿了把枪，跟着他们一起去跑场，结果这家伙昏了头。马里奥特乱动了一下，某个小阿飞就把他打倒在地了，一切都发生得非常突然，根本来不及阻止。这是一个有组织的团伙，他们有内幕消息，了解珠宝和珠宝女主人的动向。他们只要适度的利润，而且他们会遵守规则。可这场猥琐的谋杀却与之完全不符。我的猜测是，不管是谁干的这件事，他在几个钟头前就已经是一具死尸了：脚踝上绑着石头，沉入大西洋深处。那串翡翠要么和他一起沉了下去，要么——如果他们大概了解其真实价值的话——就被他们藏在了某个地方，并且会在那里雪藏很长一段时间——也许是几年，直到他们敢把它再拿出来为止。或者——如果这个团伙够大的话——这项链也许会出现在世界的另一边。如果他们真的了解这串翡翠的价值，那这八千美元的开价就显得太低了。不过要卖掉它确实很困难。有一件事我很肯定。他们绝不是有意要害谁的命。”

安·赖尔登听着我的话，双唇微张，一脸着了迷般的神情，仿佛她正在看着达赖喇嘛。

她慢慢地闭上嘴，点了一下头。“你真了不起，”她柔声说道，“可你是个疯子。”

她站起身来，拾起手袋。“你到底愿不愿意去见她？”

“兰德尔阻止不了我——如果邀请是她发出的。”

“好吧。我还要去见一个社会版编辑，再尽可能地收集一些有关格雷尔夫妇的内幕消息。有关她的爱情生活。她应该会有的，你说呢？”

她那镶在一头红发中的脸蛋上写满了惆怅。

“谁没有？”我冷笑道。

“我从没有过。不算真有过。”

我抬起手，捂紧嘴巴。她严厉地看了我一眼，朝门口走去。

“你忘了件东西，”我说。

她停下脚步，转过身来。“什么？”她把桌面上下扫视了一遍。

“你少跟我装蒜。”

她回到桌旁，郑重地从桌子对面探过身来。“他们为什么要杀那个杀了马里奥特的人，如果他们不喜欢谋杀的话？”

“因为那个人终有一天会被人拖走，然后被撬开嘴巴——只要他们把他的药给拿走。我的意思是说，他们不会杀一位客户。”

“你为什么认定那杀手嗑药？”

“我没有认定。我只是这么说。大部分小阿飞都嗑药。”

“哦。”她直起身，点点头，朝我微笑。“我猜你说的是这些。”她边说边麻利地把手伸进手袋，将一袋用绵纸包裹的东西放在桌上。

我伸手抓起这包东西，小心翼翼地把上面的橡皮绳拿掉，然后打开纸袋。三根又粗又长、带纸烟嘴的俄国香烟躺在里面。我看看她，一言不发。

“我知道我不该拿的，”她几乎是在上气不接下气地说，“可我知道这些是大麻烟。它们一般包在普通的纸里面，可最近在贝城这块儿，他们开始像这样包装这些东西。我见过几根。我当时觉得，要是让人发现这个可怜虫不但挺了尸，而且口袋里还装着大麻烟的话，那就太残忍了些。”

“你应该把烟盒也拿走的，”我平静地说，“那里面有粉末。而且空烟盒显得很可疑。”

“我不能——有你在场。我——我差点回去拿了。但我没这个胆子。给你惹麻烦了吗？”

“没有，”我撒了个谎，“能有什么麻烦？”

“那我就放心了。”她惆怅地说。

“你为什么不把它们扔掉？”

她思考着这个问题，一面抓紧那只手袋贴在身侧；她那顶可笑的宽边帽斜戴在头上，遮住了她的一只眼睛。

“我想着一定是因为我是警察的女儿，”她随后终于开口了，“你再怎么着也不能丢掉证据。”她的微笑很勉强，而且透着心虚，她的面颊红了。我耸耸肩。

“哎——”这个字悬浮在空气中，就像一缕烟飘在门窗紧闭的屋子里。吐出这声“哎”后，她的双唇依然张着。我任由它悬浮在那里。她脸上的红晕更深了。

“我非常抱歉。我不该这么干的。”

这句话我同样没有接。

她快步走到门口，出了房间。

14

我用手指戳了戳这几根长长的俄国香烟，把它们整齐地排成一排，一根挨着一根，接着吱呀一声往椅子上一靠。你再怎么着也不能丢掉证据。这么说它们是证据。可证明什么呢？证明一个男人偶尔吸过大麻烟，证明任何新奇的滋味似乎都会对他产生吸引。另一方面，许多好勇斗狠之徒也吸过大麻，还有许多乐队里的乐师和高中生，以及那些不再想守规矩的好姑娘。美国版的印度草。一种哪里都能生长的烟草。如今种植这种东西是不合法的。对于一个像美国这么大的国家而言，这意味着很多事情。

我坐在那里，吸着烟斗，听着打字机在办公室隔墙后面发出咔哒咔哒声，听着好莱坞大道上交通灯变换时的当当声，还有空气中沙沙的春天的声音，就像一只纸袋在水泥人行道上一路迎风簌簌。

这几支香烟个头挺大，不过很多俄国烟都是这样，而且大麻是一种质地粗糙的烟叶。印度大麻。美国版的印度草。证据。天啊，女人们戴的都是什么帽子啊。我的脑袋疼。疯子。

我拿出小折刀，展开一片锋利的小刀片——那片我没有用来清过烟斗的，然后伸手拿起一根香烟。警方化验师就是这么做的。沿着中线划开，放在显微镜下观察里面的东西，这是开始。说不定这里头就有什么不寻常的东西。可能性不大，可那又怎么着呢，反正他按月领工资。

我沿着中线划开了一根。烟嘴部分很硬，要划开不太容易。好吧，我是个硬汉，不管怎样我还是划开了。想要拦我你就试试。

一张薄薄的、卷成卷的硬纸片被切成亮闪闪的几截，从烟嘴里部分伸展开来，露出了上面的印刷文字。我坐直了身子，笨拙地伸手去抓。我努力地想把它们按次序在桌子上展平，可它们老是滑来滑去的。我又抓了一根香烟，眯起眼睛往烟嘴里看。然后我开始用一种截然不同的方式使用刀片。我把香烟的烟嘴那截从上到下捏了个遍。这一部分的纸壁都很薄，你能感觉到下面的质感颗粒。于是我小心翼翼地切下烟嘴，然后再用加倍的小心沿着它的纵轴往下切，不过仅仅是到位即止。切开的烟嘴下面露出了又一张卡片，卷成一个卷，这次完好无损。

我如获至宝般地将它展开。那是一张男人的名片。淡淡的象牙色，和白色只有一步之遥。名片上面镌刻着颜色很浅的文字。左下角上有一个谧林高地的电话号码。右下角上镌刻着："只见预约访客。"名片中间的文字字体稍大，但同样很不起眼："朱尔斯 · 亚姆瑟。"下方，一行稍小的文字："精神医师。"

我拿起第三根香烟。这次，我没有动刀，而是费了九牛二虎之力把那张卡片掏了出来。两张卡片一模一样。我又把它塞回了原位。

我看了看表，把烟斗放进烟灰缸，然后为了确定时间，又看了回表。我用一部分绵纸卷了那两根切开的香烟和那张割开的名片，又用另一部分绵纸卷了那支完整的、里面塞着卡片的香烟，然后把两包东西都锁在了桌子里。

我坐下来，看着名片。朱尔斯 · 亚姆瑟，精神医师，只见预约访客，谧林高地的电话号码，没有地址。三张这样的名片卷在三支大麻烟里，装在一只中国或日本丝绸做的烟盒里，烟盒上还镶着仿玳瑁框，这样一件外贸商品大概值三十五到七十五美分，可能来自任何一家东方商店——"会飞星"、"朗星通"，诸如此类的地方，店里面一个彬彬有礼的小日本对着你嘶嘶作声，你如果对他说，那种叫"阿拉伯之月"的香料闻上去跟青楼后堂里的姑娘一样，他也会对你开怀大笑。

而这一切都装在一个翘了辫子的男人口袋里，他还有另一只货真价实，极其昂贵的香烟盒，里面装着他实际享用的香烟。

他一定把这只烟盒给忘了。这说不通。也许这根本就不是他的。也许这是他在哪家旅馆的门厅里捡到的。然后忘了自己身上还有这么件东西。忘了把它上交了。朱尔斯 · 亚姆瑟。精神医师。

电话响了，我心不在焉地接了起来。话筒里传来一个冷静坚毅的声音，像是一个对自己充满信心的警察。是兰德尔打来的。他声音不大。他是那种冷若冰霜的类型。

"这么说，你不知道昨晚那个姑娘是谁？她在大道上让你搭了车，而且你还是步行到那里的。你谎撒得真好，马洛。”

“也许你有女儿，那样的话你也不会乐意见到扛着相机的记者从灌木丛里跳出来，拿闪光灯往她脸上招呼。”

“你对我撒谎了。”

“不客气。”

他沉默了半晌，仿佛是在就某件事拿定主意。“这件事儿就算了，”他说，“我见过她了。她进屋来，跟我讲了她的故事。她的父亲是一个我认识而且尊敬的人——真是碰巧。”

“她告诉你了，”我说，“然后你也告诉她了。”

“我告诉了她一丁点信息，”他冷冷地说，“出于某个原因。我给你打电话，也是出于相同的原因。这项调查会秘密进行。我们有机会摧毁这个珠宝盗窃团伙，而且我们打算抓住这个机会。”

“哦，今天早上的案子是一桩团伙谋杀。好吧，你说了算。”

“顺便说一句，那只怪怪的香烟盒里有大麻粉末——就是那只上面有龙的烟盒。你确定没有看到他从那里拿烟出来抽？”

“非常确定。我在场的时候，他只抽过另外一只烟盒里的烟。不过他并没有一直跟我在一起。”

“明白了。嗯，就这样吧。记住我昨晚对你说的话。不要打这个案子的主意。我们要你做的就是保持沉默。否则——”

他顿了一下。我对着话筒打了个哈欠。

“我听到了，”他厉声说道，“也许你以为我没办法说到做到。可我做得到。你只要乱动一下，我就把你作为重要证人关起来。”

“你是说，报纸不会得到这个案子的消息？”

“他们会知道谋杀案——但他们不会知道这背后的事情。”

“你也不知道。”我说。

“我已经警告过你两遍了，”他说，“不会有第三遍了。”

“你的话真多，”我说，“对于一个手里捏着所有王牌的人而言。”

这话一出口，那头的电话就毫不客气地挂上了。好吧，见鬼去吧，让他自己办这个案子吧。

我在办公室里四下走了几步，好冷静下来，然后给自己买了一小杯烈酒；我又看了看表，看不出时间来，于是又一次在桌子前面坐下。

朱尔斯·亚姆瑟，精神医师。只见预约访客。给他足够的时间，付他足够的金钱，他就能治愈一切——从了无兴致的丈夫，到一场蝗灾。他会是一个专家，专业领域包括受挫的婚外恋，独守空闺、寂寞难耐的女人，四处漂泊、不给家里写信的少男少女，同时还擅长解答“房产到底是现在卖还是再等一年”，“这个角色是会损害我的公众形象还是让我显得多才多艺”之类的问题。男人们也会偷偷摸摸去找他——那些强壮的大块头，在办公室里像狮子一样咆哮，可马甲之下却全是一群软蛋。不过找他的主要是女人——喘着粗气儿的胖女人，脸颊通红的瘦女人，爱做梦的老女人，还有自认为可能有恋父情结的小女人：各种大小，尺寸，年龄的女人，但都有一个共同点：有钱。朱尔斯·亚姆瑟先生可不去县医院值周四的班。他的服务都是现场付现钞。那些有钱的婊子连牛奶账单都要上门去催，却乐意当场掏钱给他。

一个坑蒙拐骗的艺术家，一个满嘴谎话的喇叭筒，一个把名片卷在大麻烟里的小子，最终这张卡片出现在了一个死人身上。

这会是一场好戏。我伸手抓起电话，请接线员转接那个谧林高地的号码。

15

接电话的是一个女人的声音，一个干巴巴的、听上去有些沙哑的外国口音：“你—嗷（好）。”

“我能和亚姆瑟先生通话吗？”

“啊不。我抱歉。我非——非常抱——歉。亚姆瑟从不位于电话上说话。我是他——的秘书。我愿意记下留言？”

“你们这儿的地址是什么？我想见他。”

“啊，你想专业咨询亚姆瑟？他会非——常高兴的。但是他是非——常忙的。你什么时候想见他？”

“立刻。就今天什么时候。”

“啊，”那声音抱歉地说，“那不可能。下周也——与（许）吧。我会看一下本子。”

“听着，”我说，“别管本子了。你偶（有）铅笔吗？”

“可当然，我偶铅笔。我——”

“记下我的话。我的名字是菲利普·马洛。我的地址是卡胡安佳大楼615，好莱坞，位于好莱坞大道近伊瓦尔街处。我的电话是格伦维尤7537。”我把那几个复杂的词拼了出来，然后等待回音。

“是的，马洛先森。我偶了。”

“我想和亚姆瑟先生当面谈谈一个叫马里奥特的男人。”我把这个名字也拼了出来。“非常紧急。事关生死。我想立刻见他。L-i 立——K-e 刻。马上，换句话说。明白了吗？”

“你说话非——常奇怪，”那个外国口音说。

“不。”我抓住电话座摇了摇。“我没事儿。我说话一直这样。这是一桩非常奇怪的事情。亚姆瑟先生铁定想要见我。我是个私家侦探。但我在见他之前，不打算去见警察。”

“啊，”那声音变得像自助餐厅里的饭食一样冷，“你是警察，对不？”

“听着，”我说，“我是警察——不对。我是个私家侦探。秘密的。不过这事儿照样非常紧急。你会给我回电，对不？你偶电话号码，是吗？”

“是。我偶电话号码。马里奥特先森——他是病了？”

“哎，他现在确实爬不起来了，”我说，“这么说你认识他？”

“可是不。你说一件事事关生死。亚姆瑟他治好很多人——”

“这次他搞砸了，”我说。“我在这儿等着电话。”

我挂上话筒，猛地扑向那瓶办公用酒。我觉得自己像是经历了一台绞肉机的折磨。十分钟过去了。电话响了。那个声音说：

“亚姆瑟他会在六点钟见你。”

“可以。地址呢？”

“他会派一辆车。”

“我自己有车。你就给我——”

“他会派一辆车。”那个声音冷冷地说，接着听筒里传来咔哒一声电话挂上的声音。

我又看了看表。午饭时间已经过了。最后那杯酒把我的胃烧得火辣辣的。我不饿。我点了一支烟。那味道就像水管工的手帕。我冲着办公室那头的伦勃朗先生点点头，伸手抓起帽子，出了房间。我走向电梯，走到半道上时，一个想法突然落进了我的脑海。它的出现没有原因也没有道理，就像一块砖头那样落了下来。我停下脚步，倚在大理石墙面上，转着我脑袋上的帽子；突然，我哈哈大笑。

一个从电梯里出来的姑娘正要回去工作，从我身边经过时她朝我投来那种眼神就好像要让你的脊柱有长筒袜抽丝一般的感觉。我朝她挥挥手，走回我的办公室，一把抓起电话。我要联系一个我认识的男人，此人在一家产权公司管地产登记簿。

“你能单凭地址查到某处地产吗？”我问他。

“当然了。我们有交叉索引。哪个地址？”

“西五十四街 1644。关于这处产权的状况，我想了解一点信息。”

“我最好过会儿给你回电。你的号码是多少？”

约摸过了三分钟，他的回电来了。

“拿出笔来，”他说，“这个地址是梅普尔伍德地产 4 号，卡拉狄附加区，11 街区，8 号地块。记录中的所有人是——受某些条件的制约——杰西 · 皮尔斯 · 弗洛里安，一名寡妇。”

“哦。什么条件？”

“下半年的房产税，两份十年期街道改良债券，一份暴雨排水系统评估债券——同样十年期，不得拖欠还款，还有一份金额为两千六百美元的一级信托契书。”

“你说的是那种允许他们只需提早十分钟通知你，然后就可以把你的房子强制出售抵债的东西？”

“不见得有那么快，但确实比按揭贷款的要来得快。这件事并没有什么奇怪的，除了信托契书的金额。这对于那片社区来说太高了些，除非是新房。”

“那是栋很老的房子，而且破旧，”我说，“要我说，一千五百块就能买下来。”

“那这就很不寻常了，因为再融资发生在四年前。”

“好吧，契书持有人是谁？某家投资公司？”

“不。一个个人。一个叫林赛 · 马里奥特的男人，单身汉。弄清了吗？”

我忘了自己对他说了什么或是表达了怎样的感谢之词。它们大概听上去还像是人话。我坐在那里，面墙呆望着。

我的胃突然感觉好了。我饿了。我下楼进了大楼咖啡厅，吃了午饭，然后把我的车开出了大楼边上的停车场。

我驾着车，先朝南，再向东，一路驶向西五十四街。这次我身上没带酒。

16

这片街区看上去和前一天一模一样。街道上空空如也，除了一辆运冰车，私家车道上的两辆福特，还有街角里的一团尘土在打旋。我缓缓驶过 1644 号，往前开过一点距离后停好车，然后仔细研究起左右两边的几栋房子来。我扭头往回走，在那栋房子的门前停下脚步，看着那棵坚强的棕榈树和那一小块枯黄的、无人浇水的草坪。房子里似乎没有人，但也说不定。它看上去就是这副模样。前廊里那把孤独的摇椅还趴在昨天的位置上。人行道上扔着一张宣传报纸。我把它捡起来，在大腿上拍了拍，随即看到隔壁的窗帘动了一下，就在靠近前窗那里。

又是那爱管闲事的老太婆。我打了个哈欠，把帽檐往下压了压。一只尖鼻子贴在窗玻璃的内侧上，几乎都快被挤扁了。鼻子上头是白发，还有一双从我现在的位置看上去似乎并不奇特的眼睛。我慢悠悠地走过人行道，那双眼睛注视着我。我朝里一拐弯，朝她家走去。我爬上木头台阶，揿响了门铃。

门啪嗒一声开了，就像是安在弹簧上的一样。这是一个高个儿的老家伙，下巴长得像兔子。从近处看，她的眼神犀利得就像灯光映在平静的水面上。我脱下帽子。

“您是那位就弗洛里安太太的状况打电话给警方的女士吗？”

她冷静地盯着我，没有放过我身上的一分一厘，说不定连我右肩胛上的胎记也看了个清楚。

“我不说我是，小伙子，我也不说我不是。你是谁？”她的嗓音尖尖的，带着鼻音，正适合打八线合用的电话。

“我是一名侦探。”

“老天。你怎么不早说？她现在又干了啥？我什么也没看到，我也什么都没漏掉。购物的事情现在全部由亨利来替我做。那里到现在连个声儿都没有呢。”

她啪嗒一声解下网格门上的门钩，把我拉了进去。门厅里有股家具油的味道。这里放着许多深色的家具，它们曾经一度很时髦——镶板上有镶饰，角上有扇形饰边。我们走进一间客厅，这里的所有东西，但凡能插进一根大头针的，就全都用针别着一块蕾丝棉罩布盖在上面。

“我说，我以前没见过你吗？”她突然发问，语气中透着一丝狐疑。“我肯定见过。你就是那个——”

“没错。但我还是侦探。亨利是谁？”

“哦，他只是个给我跑腿的小男孩儿，有色人种。行了，你想要什么，小伙子？”她拍着一条干干净净的红白围裙，瞪着又圆又亮的眼珠打量着我。她咔哒咔哒地咬了两下假牙，权当操练。

“昨天那几个警官去过弗洛里安太太家以后，有没有上你这儿来过？”

“什么警官？”

“穿制服的警官。”我耐心地说。

“来过，他们待了一会会儿。他们啥也不知道。”

“跟我描述一下那个大个子男人——那个拿着手枪，因而促使你打电话报警的男人。”

她描述了他的相貌，细节分毫不差。没错，那就是马洛伊。

“他开的是什么样的车？”

“一辆小车。他几乎都钻不进去。”

“就这些吗？这名男子是谋杀犯！”

她大张着嘴巴，但眼神中却透着喜悦。“天啊，真希望我能告诉你更多信息的，小伙子。但我对汽车了解得不多。谋杀，是吧？这镇子里的人现在连一分钟都不得安生了。二十一年前我刚来这儿的时候，我们几乎都不锁门。现在那群黑帮、坏警察还有政治家都在拿机关枪互相突突呢，我听说是这样的。简直是不成体统，小伙子。”

“是啊。关于弗洛里安太太，你都知道些什么？”

那张小嘴巴噘了起来。“她不是个好邻居。晚上收音机放得很响。还唱歌。她跟谁都不说话。”她身子往前微微一倾。“我不是很确定，但我认为她喝酒。”

“她有很多来访者吗？”

“她根本就没有来访者。”

“如果有的话，您一定会知道的，太太您——”

“莫里森太太。天啊，那是当然。除了朝窗户外边张望，我还有什么事情好做呢？”

“我敢打赌，这一定是件很有趣的事。弗洛里安太太在这儿住了很长时间了？”

“十年吧，我想。一度有过丈夫。在我看来像是个坏丈夫。他死了。”她顿了一下，想了想。“我猜他是自然死亡的，”她补充道。“我没听到过别的说法。”

“有钱留给她吗？”

她的眼珠子往后一缩，接着是她的下巴。她用力地抽了抽鼻子。“你在喝酒。”她冷冷地说。

“我刚刚拔过牙。牙医开给我的。”

“我不赞成喝酒。”

“酒是不好，药用的除外。”我说。

“我也不赞成喝药用的酒。”

“我想你是对的，”我说，“他有没有留钱给她？她丈夫，我是说。”

“我怎么知道？”她的嘴大小和平滑程度都如一块梅干。我已经失宠了。

“自从那几个警官来过以后，还有没有其他任何人上那里去过？”

“没见过。”

“非常感谢，莫里斯太太。我现在不打算继续麻烦您了。您非常友善，而且给了我很大帮助。”

我走出房间，推开正门。她跟着我走到门口，清了清喉咙，又咔哒咔哒地咬了两下牙齿。

“我该打哪个电话？”她问道，语气缓和了一些。

“大学区 4-5000。请纳尔蒂警督接听。她靠什么过活——救助金？”

“这片小区可不是吃救助金的。”她冷冷地说。

“我敢打赌，这只橱柜当年一定引得整个苏福尔斯市羡慕不已呢。”我边说边盯着门厅里的一只有雕饰的餐具柜说道——它放在这里是因为餐厅太小了，塞不进去。餐具柜的两端做成弧形，四条腿上有雕纹，通体布满嵌饰，正面上画着一篮水果。

“是梅森市，”她温和地说，“一点儿不错，我们曾经有过一个美好的家，我和乔治。最好的家。”

我推开网格门，抬脚跨了出去，并再次对她表示感谢。她现在开始微笑了。她的微笑和她的眼神一样犀利。

“每个月的头一天，有一封挂号信。”她突然说。

我转过身去，等着她往下说。她身子朝我这边一倾。“我看到邮递员走到那扇门前，让她签字。每个月的头一天。然后就精心打扮一番，出门去了。不到很晚不回家。半夜还唱歌。有时唱得太响，我可能还叫过警察。”

我轻轻拍了拍那条纤瘦歹毒的胳膊。

“您真是千里挑一的好人，莫里斯太太。”我说。我戴上帽子，朝她扶扶帽檐，转身离开。在人行道上走到半路的时候，我忽然想起了什么，赶紧折返。她这时还站在网格门后面，房门在她身后开着。我又一次爬上台阶。

“明天是第一天，”我说，“四月一号。四月傻瓜日。请务必留意她是否依然收到挂号信，好吗，莫里斯太太？”

那双眼睛朝我闪着光。她开始大笑——老太婆的尖声大笑。“四月傻瓜日，”她哧哧地笑，“也许她收不到了。”

我留下她一个人在那里笑。那声音就像是母鸡在打嗝儿。

17

到了隔壁，不论我是敲门，还是摁门铃，都没有人应。我又试了一次。网格门没挂门钩。我又试了试房门。没锁。我走了进去。

一切照旧，甚至是那股杜松子酒味儿。地板上还是没有尸体。昨天弗洛里安太太坐过的椅子旁边还放着那张小桌子，桌上有一只脏玻璃杯。收音机关了。我走到那张长沙发边上，伸手去摸座垫后面——还是那位阵亡的士兵，只是现在又多出了一位战友和它躺在一起了。

我喊了一嗓子。没有应答。这时我隐约听到了一阵缓慢悠长、闷闷不乐的呼吸声，有那么点像是呻吟。我穿过那道拱门，偷偷溜进那间小门厅。卧室的门半开着，呻吟声就是从门后面传出的。我把脑袋伸进去，看了一眼。

弗洛里安太太在床上。她直挺挺地仰面躺着，一条棉盖被拉到下巴。盖被上的一只绒球几乎都被她含进嘴里了。她那张蜡黄的长脸松松垮垮的，像个半死的人。脏兮兮的头发披散在枕头上。她的眼睛慢慢地睁开了，没有表情地看着我。房间里，睡眠、烈酒和脏衣服的气味混在一起，令人作呕。一只六十九美分的闹钟在梳妆台那剥落的灰白漆面上滴答作响。这声音响得足以撼动房间的四壁。闹钟的上方有一面镜子，照着这女人的脸庞，现出一幅扭曲的映像。那只大箱子还开着——她之前就是从那里面拿照片的。

我开口道："下午好，弗洛里安太太。你病了？"

她慢吞吞地翕动着两片嘴唇，一片磨着另一片，然后伸出舌头，往嘴唇上抹了点口水，下巴也开始抽动。从她嘴里冒出的声音就像一张走调的留声机唱片。她的眼睛此刻显露出认出我的表情，但这表情里没有愉悦。

"你们抓到他了？"

"驼鹿？"

"当然了。"

"还没有。快了，希望如此。"

她用力眯起眼睛，然后忽地一下睁开眼皮，就像是从眼珠子上揭下两片膜一样。

"你应该锁门的，"我说，"他说不定会回来。"

"你以为我怕驼鹿，是不？"

"我昨天跟你说话的时候，你表现得像是那么回事。"

她想了一想。思考是门累活儿。"有酒不？"

"没有，我今天没带，弗洛里安太太。我手头有点儿紧。"

"杜松子酒便宜。而且有劲儿。"

"我过会儿说不定会出门去弄一点。这么说，你不怕马洛伊？"

"我干吗要怕？"

"好吧，你不怕。那你怕什么？"

她的眼睛忽地一下亮起来了，但那亮光只维持了片刻，随即又消失了。"啊，快给我滚。你们条子让我屁股疼。"

我一言不发。我靠着门框，往嘴里塞了一支烟，猛地往上一抖，想让它碰着我鼻子。不过这动作看起来容易做起来难。

"条子，"她慢吞吞地说，好像是在自言自语，"永远抓不住那小子。他有本事，有钞票，他还有朋友。你们是在浪费时间，条子。"

“我们只是照章行事，”我说，“反正那事情几乎都可以算是自卫。他会上哪儿去呢？”

她咻咻一笑，用那条棉盖被擦着嘴巴。

“开始来软的了，”她说，“软乎乎的东西。条子的小聪明。你们这些家伙居然还以为这一套能管用。”

“我喜欢驼鹿。”我说。

她的眼睛里闪过一丝关注的火花。“你认识他？”

“我昨天和他在一起——就是他在中央大道上杀了那黑人的时候。”

她张大嘴巴，简直把脑袋都要笑掉了，那笑声的音量最多也就能把面包棒给震裂吧。眼泪从她眼睛里流了出来，顺着她的脸盘往下淌。

“他是个强壮的大块头，”我说，“在有些方面却又柔情满满。他心急火燎地想要他的维尔玛。”

那双眼睛上又蒙起了一层纱。“我还以为是她家里头的人在找她呢。”她轻声说。

“他们是在找她。可她已经死了，你说的。所以没戏了。她在哪儿死的？”

“达尔哈特，得克萨斯。害了伤寒，寒气进了胸腔，她就去了。”

“你在场？”

“天啊，没有。我只是听说的。”

“哦。谁告诉你的，弗洛里安太太？”

“一个舞女。我一时忘了名字了。说不定来一杯带劲儿的东西能帮助我回忆。我渴得就像死亡谷①。”

“而且你看上去就像死骡子。”我心中默想，但没有说出口。“还有最后一件事，”我说，“等我问完，我说不定就会出门弄点儿杜松子酒。我

① 死亡谷属于莫哈韦沙漠的一部分，亦为北美洲地势最低、最干旱的地区，拥有全球最高气温的观测纪录。

查了查你的房屋所有权，我也不知道我为什么要这么干。”

她被褥下面的身体变得又僵又硬，就像一个木雕的女人。甚至连她的眼皮都冻住了——它们耷拉在那里，半遮着眼珠当中凝固的虹膜。她的呼吸声也沉寂了。

“这栋房子还涉及一份金额很大的信托契书，”我说，“就周边地区低廉的地产价格而言。持有人是一个叫林赛·马里奥特的男人。”

她的眼睛飞快地眨着，但身子一动不动。她直勾勾地盯着我。

“我以前为他工作过，”她终于开口了，“我以前是他家里的一个仆人。他有时候会给我那么一点儿照顾。”

我抽出嘴里那根没有点过的香烟，漫无目的地看着它，然后又把它塞回了嘴里。

“昨天下午，在我见到你的数小时后，马里奥特先生打电话到我办公室来。他给了我一桩活儿。”

“什么样的活儿？”她的声音这时变得低哑——非常低哑。

我耸耸肩。“这我不能告诉你。机密。昨晚我去见了他。”

“你是个聪明的狗娘养的。”她用浑浊的嗓音说，被褥下面一只手在挪动。

我盯着她，一言不发。

“条子的小聪明。”她冷笑道。

我用一只手上上下下地摸着门框。它摸上去黏糊糊的。光是碰着这东西就让我想洗个澡。

“嗯，我问完了，”我平和地说，“我当时只是想弄明白为什么会这样。也许根本就没什么吧。不过是巧合。只是当时觉得这里头可能有点儿什么。”

“条子的小聪明，”她空洞地说，“而且还不是真的条子。不过是个不值钱的私家探子。”

“恐怕是这样的，”我说，“好了，再见吧，弗洛里安太太。顺便说一句，我想你明天早上是收不到挂号信了。”

她一下子掀开被褥，猛地坐了起来，眼里喷着火。她的右手里有一样东西在闪着寒光。一支小左轮，班克特制款。这枪虽说又老又旧，但看上去很有威力。

“说，”她咆哮道，“快点儿说。”

我望着枪，枪也望着我。不怎么稳。握着它的那只手开始发抖，但那双眼睛依然在喷火。唾沫在她嘴角边冒着泡。

“你跟我可以一起干。”我说。

她的枪和她的下巴同时落下了。我离门只有几寸的距离。趁着枪口越垂越低的当儿，我钻过门缝，从门洞里溜了出去。

“仔细想想。”我回头喊了一句。

里头没有声音，什么样的声音都没有。

我飞快地按原路穿过门厅和餐厅，出了大门。我走在人行道上的时候，后背有种怪怪的感觉。那块肌肉里像是有东西在爬。

什么都没有发生。我走过街道，钻进汽车，驶离了那个地方。

这是三月的最后一天，热得简直像夏天。我开车的时候很想把外套脱掉。七十七街警局门前，两个开巡逻车的警察正对着一块撞弯的前挡泥板怒目而视。我推开弹簧门走进警局，看见一个穿制服的警督正在栏杆后面浏览案件记录。我问他：纳尔蒂是不是在楼上。他说应该是，我是他的朋友吗。我说是。他说行，上去吧，于是我爬上那段陈旧的楼梯，穿过走廊，敲了敲房门。有人叫了一声，我推门进屋。

他正坐在一把椅子上，剔着牙，两只脚架在另一把椅子上。他看着左手大拇指，把它举到眼睛跟前，伸着胳膊。那只大拇指在我看来好像没有问题，可纳尔蒂的凝视中却透着忧郁，仿佛他心里头觉得它好不了了。

他让大拇指落回大腿的位置，两脚一荡踩上地面，眼睛从大拇指上挪开，转而看着我。他穿着一件深灰色的套装，一根被嚼得惨不忍睹的雪茄烟蒂正躺在桌子上，等待他先结果了牙签。

我把另一把椅子上的毛毡椅套翻转过来——椅套上的带子根本没有系到椅子上，坐下，往我自己的嘴里塞了一根香烟。

“你。”纳尔蒂说着，又看了一眼牙签，瞧瞧自己嚼得彻底不彻底。

“有收获吗？”

“马洛伊？我不跟这案子了。”

“那谁在跟？”

“没人跟。怎么了？这家伙跑了。我们把他发上电传了，他们发出了通缉令。天，他不多久就能跑到墨西哥去，到时候早没影了。”

“哎，反正他也不过是杀了一个黑人，”我说，“我猜这也就算是行为不端吧。”

“你还有兴趣？我以为你有活儿干了？”他那双淡色的眼睛没精打采地打量着我的脸。

“我昨晚接了个活儿，结果黄了。你还有那张丑角皮埃罗的照片吗？”

他把手伸向背后，在那本记事簿下面摸索着。他把那张照片伸到我面前。她看上去依然很漂亮。我盯着那张脸。

“这其实是我的，”我说，“如果你不需要把它归档，那就让我拿着吧。”

“应该要归档的，我想，”纳尔蒂说，“我忘了。好吧，把它藏在你帽子底下吧。我的文档已经上交了。”

我把照片塞进胸前的口袋里，站起身来。“好了，我看就这样吧。”我说道，语气有一点过于摆架子了。

“我好像嗅到了点什么。”纳尔蒂冷冷地说。

我看着他桌子边缘上的一截绳子。他的眼睛追踪着我的视线。他把牙签扔在地上，把那截嚼烂的雪茄塞进嘴里。

“这个不行。”他说。

“只是一种模糊的直觉。如果有了什么确凿的进展，我不会忘记告诉你的。”

“现在事情很难做。我需要好运，伙计。”

“像你这么努力地工作的男人是该撞上好运。”我说。

他用大拇指的指甲划了一根火柴，脸上露出愉悦的神情，因为第一下就着了；接着他开始就着那根雪茄喷云吐雾。

“我在笑呢。”我出门的时候，纳尔蒂哀伤地说。

走廊里一片寂静，整栋大楼一片寂静。楼下，大门前，那两个巡警还在看着那块撞弯的挡泥板。我驱车返回好莱坞。

我走进办公室的时候，电话铃正好在响。我俯身倚在桌子上，应了声：“喂？”

“我是在同菲利普 · 马洛先生通话吗？”

“是的，我是马洛。”

“这里是格雷尔太太的家宅。卢因 · 洛克里奇 · 格雷尔太太。格雷尔太太想在您方便的时候尽快与您会面。”

“在哪儿？”

“这里的地址是紫苑路 862 号，贝城。请问您是否能在一个小时内赶到？”

“你是格雷尔先生？”

“当然不是，先生。我是管家。”

“你听到有人按门铃的话，那就是我了。”我说。

18

这里紧邻大海，你能感觉到空气中的海的气息，但你从房子的正面是看不到海水的。紫苑路在这里画出了一道长长的、平滑的曲线，曲线靠内陆一侧的房子还算是漂亮，但靠峡谷一侧的却是一座座宏伟静谧的豪宅，有十二英尺高的围墙、锻铁大门和美观的树篱；圈在围墙里面的——如果你能进到里面的话——则是一种品质独特的阳光，宁静幽谧，盛在静音的容器里，仅供上流社会享用。

一个男人身穿深蓝色的俄国短上衣和喇叭裤，打着黑得发亮的绑腿，站在半开的大门当中。这是个黝黑英俊的小伙子，肩膀很宽，头发光泽柔顺；他头上歪戴着一顶帽子，帽檐投下一道柔和的阴影，遮住了他的眼睛。他嘴角里叼着一支香烟，脑袋微斜，仿佛是想让鼻孔避开烟雾。他的一只手上戴着光滑的黑手套，另一只手裸露着，中指上有一只沉甸甸的戒指。

我看不到门牌号，不过这里就应该是862号。我停下车，探出身去问他。他过了好久才回答我的问题。他先得非常仔细地把我打量一番。还有我开的这辆车。他走上前来，边走边不经意地让那只没戴手套的手垂向臀部。这是那种故意要引起你注意的不经意。

他在距离我的车几尺远的地方停下脚步，对我又是一番打量。

“我在找格雷尔家宅。”我说。

“这里就是。没人在家。”

“我有预约。”

他点点头。他的眼睛像水一样闪着光。“叫什么？”

“菲利普·马洛。”

“在这儿等着。”他迈开步子，不紧不慢地走到大门边，打开一扇铁门——铁门嵌在一根巨大的石柱里面。门后面有一部电话。他简短地对着话筒说了两句，然后砰地一下关上门，回到我面前。

“你有证件吗？”

我让他看了看转向柱上的驾照。“这证明不了什么，”他说，“我怎么知道这是你的车？”我把钥匙从点火开关上拔下来，甩开车门，钻出汽车。这时我离他大概有一英尺。他的口气很好闻。最起码也是“黑格与黑格”威士忌。

“你又碰酒柜了。”我说。

他笑了。他用眼睛掂量着我。我接着说道：

“听着，我可以用那边的电话跟管家通话，他能听出我的声音。那样你该可以放我进去了吧，还是说我得骑在你背上进去？”

“我只是在这儿工作，”他的语气软了，“如果我不这么——”他把剩下的半句话悬在了半空中，然后接着微笑。

“你是个好孩子，”说完我拍了拍他的肩膀，“达特默斯的还是丹尼莫拉的[①]？”

“老天爷啊，”他说，“你怎么不早说你是警察？”

我俩都咧嘴笑了。他挥了挥手，我从半开的大门里钻了进去。车道是一条延展的曲线，两排高高的深绿色树篱像是用模子浇出来的，将车道与街面和房子都隔离开来。穿过一扇绿色的大门后，我看见一个日本园丁在给一大片草坪除草。他从那广袤的紫罗兰海洋里拔出一根杂草，然后以日本园丁的独特方式对着它冷笑。这时高大的树篱再次夹住了车道，我就这样往前走了一百多码，两边什么也看不见。最后树篱在尽头处围成了一个宽敞的圆圈，里面停着五六辆汽车。

其中一辆是部双门小轿车。另有两三辆非常漂亮的最新款双色别克车，很适合开着去取邮包。我还见到一辆黑色的豪华轿车，装着镀锌的亚光散热器百叶窗和自行车轮胎般大小的毂盖。此外还有一辆长车身的运动型观光车，顶篷收了起来。一条长度很短、路面极宽的全天候混凝土车道从停车场径直通向屋宅的边门。

---

① 达特默斯在马萨诸塞州，丹尼莫拉在纽约州；在那个年代，两地都各有一处关押重刑犯的监狱。

左边不远处，过了停车场，你能看到一座下沉花园，四角各有一座喷泉。一扇锻铁大门拦在了花园入口处，大门中央有一个飞翔的丘比特。花园里的灯柱上有半身雕像，两只蹲伏的狮鹫守在一尊石座的两头。一朵朵石荷花点缀着一个椭圆形的池塘，一只硕大的石头牛蛙坐在一片荷叶上。更远处，一道玫瑰柱廊通向一个像是祭坛的物体，祭坛的两侧被树篱所遮蔽，但并非遮得密不透风，阳光因此得以透过树篱，沿着祭坛前的台阶洒下一片阿拉伯花饰般的图案。再往左去，一座蛮荒风格的花园映入眼帘；花园不大，园里的一角放着一个日冕，靠近一处做成废墟模样的墙角。除了这些，还有花。一百万朵花。

屋宅本身也就不过尔尔。它比白金汉宫小，对于加利福尼亚来说颜色过于灰暗，而且窗户大概比克莱斯勒大厦要少。

我不声不响地溜到边门前，按了一下门铃，不知何处一组排钟发出一阵低沉柔美的乐音，就像教堂的钟声。

一个条纹背心上绣着镀金纽扣的男人打开门，鞠了一躬，拿了我的帽子——他今天工作也就结束了。在他身后，一个身穿一条裤缝笔挺如刀削的条纹裤子和一件黑外套、戴着硬领、打一条灰条纹领带的男人朝我颔首——幅度在半英寸左右——然后问我："马洛先生？请这边走——"

我们沿着一条过道往前走。这是一条非常安静的过道。没有一只苍蝇在这里嗡嗡。地板上覆盖着东方地毯，一幅幅画作挂在墙上。我们转过一个弯，前面还是过道。远方海水的一抹蓝色的闪光透过一扇落地窗映入眼帘，这时我想起我们正站在太平洋边，而这座屋宇就建在某道峡谷的峭壁上，心中不由微微一震。

管家伸手打开了一扇门，然后站在一旁；屋里传来人声，我走了进去。这是一个漂亮的房间，几张宽大的浅黄色皮制长沙发和同样材质的躺椅围着壁炉摆放；壁炉前，光亮但不易打滑的地板上铺着一块薄如丝绸的小地毯，古旧得就像伊索他姨。一件花束形状的煤玉在一个角落里闪着光，另一件放在一张矮桌上；墙上贴着亚光着色的仿羊皮纸；这里有舒适，有空间，有温馨，还有一丝非常现代的气息和一丝非常古老的气息，与此同时坐在座位上的三个人在一阵突兀的沉默中看着我穿过房间走了过来。

其中一人就是安·赖尔登，她的模样和我上次见到她时没有一点儿变化，只是手里多出了一杯琥珀色的酒水。第二个人是一名瘦高的男子，一脸忧伤，下巴硬得像石头，眼睛深邃，整张脸上除了病殃殃的蜡黄，没有其他颜色。他的年龄已经过了六十岁大关，而他的健康状况却并不过关。他穿着一套深色西装，上面插一支红康乃馨，整个人看上去很抑郁。

第三个人是一位金发女郎。她穿着外出的服装——一套淡蓝色的衣裙，带着些许的嫩绿。我没有太注意她的衣着。她穿什么都是那老伙计为她安排的，好让她穿着合适的衣服去见合适的男人。这套服装的效果是让她看上去非常年轻，并且使她那双天青石色的眼睛显得湛蓝。她的头发是古画中的那种金色，发型经过了精心打理，但不至于过分繁琐。她的整副身材曲线毕露，无可挑剔。她的服饰相当普通，除了脖子上的一件钻石搭扣。她的手不怎么娇小，但手型很好，指甲则照例扮演了那个色调中的不和谐音符——接近于品红。此刻她正向我投来一个微笑。她笑的样子似乎很放松，但她那双定格的眼睛却像是在缓慢细致地思考。还有，她的嘴很肉感。

“你能来真是太好了，”她说。“这是我丈夫。给马洛先生调杯酒，宝贝儿。”

格雷尔先生同我握手。他的手很冷，而且有点湿乎乎的。他的眼神很哀伤。他调了一杯苏格兰威士忌加苏打水，然后把杯子递给我。

调完酒，他在角落里坐下，之后就一言不发了。我喝了半杯酒，朝赖尔登小姐咧嘴一笑。她带着一种像是心不在焉的神情看着我，仿佛是又想到了一条线索。

“你看你是不是能帮我们一个忙？”金发女郎慢吞吞地问道，一面低头往手中的酒杯里看，“如果你觉得你能行，那我可就太高兴了。不过我们的损失也不大——相较于继续同这群黑帮、这群吓人的家伙打交道而言。”

“我心里真的不是特别有数。”我说。

“噢，我希望你能行。”她给了我一个我能放在后裤兜里摸的微笑。

我喝干了剩下的半杯酒。我开始觉得精神焕发了。格雷尔太太按响了嵌在皮沙发扶手里的电铃，一个男仆走了进来。她懒洋洋地朝托盘的方向一指。男仆转过身去，又调了两杯酒。赖尔登小姐还拿着刚才的那杯酒玩腔调，而格雷尔先生看样子不喝酒。男仆走出了房间。

格雷尔太太和我端着各自的玻璃杯。格雷尔太太两腿交叠，样子有一点儿随意。

“我不知道我是否能帮上忙，”我说，“我对此表示怀疑。有什么头绪吗？”

“我相信你能行。”她又给了我一个微笑。“林·马里奥特向你吐露了多少实情？”

她斜着眼睛看着赖尔登小姐。赖尔登小姐没能领会眼色。她依然直挺挺地坐着。格雷尔太太又斜着眼睛看着另一边。她正望着自己的丈夫。“你真的非要操心这件事吗，宝贝儿？”

格雷尔先生站起身来，说他很高兴见到我，但现在他得找个地方躺上一会儿。他感觉不太舒服。他希望我不要介意。他真是太礼貌了，我简直想把他背出房间，好表达我的谢意。

他走了；关门的时候轻手轻脚的，仿佛是害怕惊醒某个睡梦中的人。格雷尔太太盯着那扇门看了片刻，然后脸上重新挂起那副微笑，再把目光转向我。

“你自然是充分信任赖尔登小姐的了。”

“我从不充分信任任何人，格雷尔太太。她只是碰巧知道这个案子——或者说是知道我们能够知道的那点儿信息。”

“没错。”她举着那杯酒啜了一两口，然后一饮而尽，将空杯子放在一旁。

“我真讨厌那种文绉绉的喝法，”她突然说，“我俩都放开了喝吧。你在混你这一行的人当中算是个英俊潇洒的男人了。”

“我这行当确实够乱七八糟的。”

“我不是这个意思。干这行有钱吗——我这么问是不是太无礼？”

“这行的钱不多。麻烦挺多。不过乐子也挺多的。而且还总有机会能碰到一桩大案子。”

“怎样才能成为一名私家侦探？你不介意我稍微掂掂你的斤两吧？另外把那张桌子推过来，好吗？这样我好够着酒杯。”

我起身推着那只顶着大银盘的托架滑过光亮的地板，停在她的身边。她又调了两杯酒。我手里的第二杯酒还剩半杯。

“我们中的大部分人以前都做过警察，”我说，“我给地方检察官工作过一段时间。后来我给炒鱿鱼了。”

她露出一个友善的微笑。“一定不是因为不称职，我敢打赌。”

“不是的，是因为顶嘴。你后来还接到过什么电话吗？”

“嗯——”她看着安·赖尔登。她等待着。她的眼神在说话。

安·赖尔登站起身来。她拿着那杯她一滴未沾的酒走到托盘边，把杯子放下。“你们大概是不会缺酒的，”她说，“不过万一你们没酒了——另外非常感谢你与我谈话，格雷尔太太。我不会泄露一个字的。我向你保证。”

“天啊，你不会是想走吧？”格雷尔太太带着那副微笑说。

安·赖尔登把下唇塞进齿间，就这样咬了片刻，像是在决定究竟是把它咬下来、吐出去，还是再多留它一会儿。

“不好意思，我怕是得走了。我不在马洛先生手下工作，你知道的。我只是他的朋友。再见，格雷尔太太。”

金发女郎朝她露出灿烂的神情。“希望你很快能再来坐坐。随时都可以来。”她按了两下铃。管家应声出现，拉开门，用手扶着。

赖尔登小姐快步走出了房间，门随即关上了。格雷尔太太盯着关上的房门看了好一会儿，脸上挂着一丝淡淡的微笑。“这下好多了，你说呢？”一阵长久的沉默过后，她终于说道。我点点头。“你也许正在纳闷：她如果只是我的一个朋友，怎么会知道这么多，”我说，“她是个好奇的小姑娘。有些事情是她自己查出来的，比如说你是谁，那串项链的主人是谁。还有些事情是纯属巧合。昨晚她路过马里奥特被杀的那个小山谷。当时她正开着车在外面跑。她碰巧看到一盏灯光，就把车开下了坡。”

“哦。”格雷尔太太利索地拿起一杯酒，做了个苦脸。“这件事想想真可怕。可怜的林。他是挺混球的。不过我的大多数朋友也都是混球。可那种死法真的是太糟糕了。”她打了个冷战，一双眼睛睁得大大的，目光黯淡。

“总之，赖尔登小姐那里没问题。她不会说出去的。她父亲做过很长一段时间的警察局长。”我说。

“没错。她也告诉过我。你没在喝酒。”

“我在以我的方式喝。”

“你跟我应该挺合得来。林——马里奥特先生——有没有告诉过你劫案发生的经过？”

“你们是在这里和托卡蒂洛之间的某个地方被抢的。他没有具体说。打劫的是三四个男人。”

她点了点那颗金灿灿的脑袋。“是的。你知道不，抢劫过程中发生了一件很奇怪的事情。他们把我的一只戒指还给了我，而且是一只很不错的戒指。”

“他跟我说过。”

“还有，我几乎不怎么戴那串翡翠。毕竟，它是一件博物馆藏品，像这样的珠宝留存在世的估计也不会很多，因为它是用一种非常罕见的翡翠做的。我原本以为他们是不会觉得这项链值很多钱的，你说呢？”

“他们知道如果项链不值钱的话，你就不会戴了。谁知道它的价值？”

她想了一想。她想事情的样子很好看。她的两条腿依然交叠着，依然是很随意的样子。

“各种各样的人，我想。”

“可他们不知道那天晚上你会戴它，是吗？谁知道？”

她耸了耸那副淡蓝色的香肩。我努力管住自己的眼睛，不去乱瞟。

“我的女仆。可她之前已经有过许多次下手的机会了。而且我信任她——”

“为什么？”

“我不知道。我就是信任有些人。我信任你。”

“你信任马里奥特吗？”

她的脸稍稍绷紧了些。她的眼里多了一丝警觉。“在有些事情上信不过。另外一些事情嘛，我信他。这里有尺度。”她说话的方式很可爱——冷静，有那么一点儿看破红尘，但还不至于铁石心肠。而且她很会自圆其说。

“好吧——排除女仆。司机呢？”

她摇摇头：不可能。“林那晚开车送我的，用他自己的车。我想乔治那晚根本就不在。那天是周四吧？”

“我又不在场。马里奥特说是在他告诉我这件事之前的四到五天。

星期四距离昨晚刚好整整一周。”

“嗯，那就是周四。”她伸手拿起我的玻璃杯，我俩的手指轻轻碰在一起——她的手指摸上去很软。“乔治周四晚上请假。你要知道，他通常都是那天请假。”她往我的杯子里倒了满满一大口分量的苏格兰威士忌，又往里注了点儿带气的水。这种酒会让你觉得自己能一杯接一杯地喝下去，结果一不留神就喝高了。她给自己也倒上了同样的分量。

“林告诉过你我的名字吗？”她轻声细语地问，眼睛里依然透着警觉。

“他特意对我保密了。”

“那他也许在时间的问题上对你稍稍有些误导。让我们瞧瞧现在我们掌握了些什么。女仆和司机已经排除了。从共谋的嫌疑名单中排除，我是说。”

“我可没有排除他们。”

“哎，至少我在努力排除，”她大笑起来，“然后就是管家牛顿了。也许那天晚上他看到了我脖子上戴着翡翠。不过那串项链垂得很低，而且我当时披着一条白色的狐皮晚礼服披肩；不，我认为他不可能看得到。”

“我敢打赌，你当时一定看上去像个仙女。”我说。

“你该不是有点儿喝晕了吧？”

“我确实有过比现在更清醒的时候。”

她脑袋向后一仰，发出一串洪亮的大笑。我一生中只认识四个女人可以一边这样笑，一边依然美丽不减。她就是其中之一。

“牛顿没问题了，”我说，“他这种人是不会和流氓串通一气的。不过，这只是猜测。男仆呢？”

她想了一下，回忆起了什么，然后又摇了摇头。“他没有见到我。”

“有人叫你戴上那串翡翠吗？”

她的眼神突然变得更加谨慎了。“你一丁点儿也别想耍我。”她说。

她伸手拿起我的杯子，给我添酒。我没有反对，尽管我杯子里的酒离杯底还有一英寸。我研究着她脖子上那些可爱的线条。

等到她添完酒，我们又拿起杯子把玩的时候，我开口道：“让我们先搞清楚事情的经过，然后我再跟你说说我的想法。描述一下那个晚上。”

她看了看腕表——为了配合这个动作，她把整个袖管都捋了起来。“我应该——”

“让他等着。”

这话让她的眼睛闪了一下。我喜欢她眼睛闪光的样子。“直率也会有稍稍过度的时候。”她说。

“在我这一行里没这么回事儿。描述一下那个晚上。或者拎着我的耳朵把我扔出去。二选一。用你那颗可爱的小脑瓜做决定吧。”

“你最好坐过来，坐我旁边。”

“这想法已经在我脑子里转了好久了，”我说，“自打你跷起腿的那刻起，确切地讲。”

她把裙子往下拉了拉。“这些该死的衣服总是缠住你的脖子，不肯下去。”

我挨着她在那张黄色的皮制长沙发上坐下。“你进展好快啊。”她轻声说。

我没有接茬。

“你经常这么干吗？”她瞟了我一眼，一边问道。

“几乎没有过。我是个西藏喇嘛——在我的业余时间里。”

“只是你没有业余时间。”

“让我们集中注意力吧，”我说，“把我们剩下的精力——或者说，我剩下的精力——放在解决问题上。你打算付我多少钱？”

“唉，这就是问题所在。我本以为你会帮我把项链拿回来的。或者说至少你会去努力。”

“我必须以我的方式工作。以这种方式。”我仰着脖子喝了一大口酒，酒杯差点都在我脑袋上立稳了。我吞下一小口空气。

“同时调查一桩凶案。”我说。

“那案子跟这件事一点关系都没有。我是说，那现在是警方的案子了，不是吗？”

“没错——只是那可怜的伙计付过我一百块钱，让我看护好他——可我没有。这让我挺内疚的。让我想哭。我能哭吗？”

“喝一杯吧。”她又给我倒了点苏格兰威士忌。这酒对她的影响好像不比水对博耳德水坝的影响大。

“哎，我们刚才说哪儿啦？”我边说边努力地握住酒杯，好让威士忌继续待在玻璃杯里。“没有女仆，没有司机，没有管家，没有男仆。接下来我们就该自己洗衣服了。抢劫是怎么发生的？你的版本也许会有一些马里奥特没告诉我的细节。”

她向前倾着身子，一只手托着下巴。她能作出严肃的模样，同时并不因此显得傻头傻脑。

“我们去布伦特伍德高地参加了一个聚会。然后林建议我们去特罗卡德罗喝上几杯，再跳几支舞。于是我们就去了。日落大道上正在施工，上面尘土飞扬。所以回来的时候，林就拐上了圣莫妮卡大道。我们因此经过了一家模样破破烂烂的旅馆，店名叫‘印第奥旅馆’，我不知怎的就莫名其妙地留意到了这件事。一家低档啤酒吧和旅馆隔着街道面对面，酒吧门前停着一辆车。”

“只有一辆车——停在一家啤酒吧门前？”

“是的。只有一辆。那是个脏得吓人的地方。然后，这辆车就发动起来，跟着我们，当然我当时根本没有在意。我没有理由在意。然后就在我们开到圣莫妮卡大道与阿奎略大道的交会口时，林说：‘我们走另外一条道吧。’然后就拐上了一条弯弯曲曲的住宅街。这时，突然，一辆车猛地从我们身边窜过，刮到了我们的挡泥板，然后靠边停下了。一个穿着大衣，围着围巾，压低的帽檐遮住脸庞的男人走过来道歉。那是一条隆起的白围巾，它立刻吸引了我的注意。要说他的模样，这大概就是我看到的全部了，除了他很高很瘦外。结果他一靠近我们——我事后记得，他根本就没有走进我们前灯的灯光中——”

“这很自然。没有人喜欢直视前灯。喝一杯吧。这次我请。”

她身子向前靠着，一双精细的眉毛——不是画出来的——拧在一起，做颦眉思考状。我调了两杯酒。她继续往下说道：

“他一靠近林坐的那一边车门，就猛地把围巾往上一拉，遮到鼻子，一把枪亮闪闪地对着我们。“打劫，”他说，“一气儿也别吭，你们就啥事儿也没有。”这时第二个男人从车子的另一边靠了上来。”

“那地方是在贝弗里山，”我说，“全加利福尼亚州警力最充足的四平方英里。”

她耸耸肩。“可事情还是发生了。他们要我交出珠宝和手提包。那个裹着围巾的男人开口的。我边上的那个人自始至终没有说话。说话的这人要我先等一段时间，不要马上给警察和保险公司打电话。他们会跟我们做一笔合算轻松又顺利的交易。他说，他们发现按货值的一个固定比例做交易相对简单些。他好像一丁点儿也不着急。他说他们可以通过保险公司交易，但如果非这么做的话，那就意味要多出一个滑头来分成，他们宁可不要这样。他听上去像是个受过点儿教育的人。”

“那说不定是‘衣冠楚楚的艾迪’，只是他已经在芝加哥给人做掉了。”

她耸耸肩。我们又喝了一杯。她继续往下说。

“然后他们就走了，我们到家后，我让林不要声张。第二天我接到了一个电话。我们有两部电话，一部有分机号，我卧室里还有一部没分机号的。电话就是打到了卧室里的这部上。这个号码在电话簿上自然是找不到的。”

我点点头。“他们花上几美元就能买到。一直都有人这么干。电影圈里的有些人每个月都换号码。”

我们又喝了一杯。

“我叫那个打电话的男人和林谈——林会代表我；只要他们不是过于蛮不讲理，我们应该会成交。他说行，这件事过后我猜他们只是稍稍等了一段时间，观察了我们一会儿。最后，如你所知，我们同意以八千美元成交，后来的事情就不用说了。”

“你能认出他们当中的哪个人吗？”

“肯定不行。”

“兰德尔知道这些吗？”

“当然了。我们真的非得继续说这件事吗？我都厌了。”她又给了我一个可爱的微笑。

“他有没有什么看法？”

她打了个哈欠。“也许吧。我忘了。”

我手里拿着空玻璃杯，坐在那里思考。她拿走我的杯子，又开始斟酒。

我从她手里接过添了酒的玻璃杯，把它换到左手上，然后用我的右手握住她的左手。这只手摸上去细滑温软，令人销魂。它捏了我的手一下。她手上的肌肉很有力。她是个体格健康的女人，不是一朵纸花。

“我觉得他心里面有想法，”她说，“可他不肯说。”

“听了这件事，任谁都会有想法的。”我说。

她慢慢地扭过头来看着我。然后她点了点头。“想视而不见都没门儿，是吧？”

“你认识他多久了？”

“哎，好几年了。他以前在我丈夫名下的电台做播音员。KFDK。我就是在那儿遇见他的。我也是在那儿遇见我丈夫的。”

“这我知道。可马里奥特的生活方式像是有钱人过的日子。不算大富大贵，但也家底殷实。”

“他弄到了一笔钱，然后辞了电台的工作。”

“你十分肯定他弄到了一笔钱——还是说，这只是从他嘴里听到的？”

她耸耸肩，然后又捏了我的手一下。

“或者说，那笔钱其实并不多，他很快就把钱给烧光了。”我也礼尚往来地捏了捏她的手。“他有没有问你借过钱？”

“你有一点老派了，是不是？”她低头看着那只握在我掌心中的手。

“我还在工作呢。另外你的苏格兰威士忌真是棒极了，让我半糊涂半清醒的。这倒不是说我非得喝醉了才——”

“没错。”她从我的掌中抽出玉手，搓了两下。“相信你的握力一定不错——在你的业余时间里。林·马里奥特肯定以敲诈为生，而且是个高级货。这一点是显而易见的。他是个吃软饭的。”

“他抓住你的把柄了？”

“我应该告诉你吗？”

“这么做也许不太明智。”

她哈哈大笑。“可我就是要说。我有一次在他家里喝得有点儿高了，结果晕了过去。我很少遇到这样的事情。他拍了几张我的照片——拍照前先把我的衣服掀到了脖子这儿。”

“这条狗杂种，”我说道，“你手头有没有那些照片？”

她打了一下我的手腕，然后温柔地说：

“你叫什么名字？”

“菲尔。你呢？”

“海伦。吻我。”

她软绵绵地横卧在我的大腿上，我俯下身去凑近了她的脸蛋儿，就像牛儿趴在了草场上。她抽动睫毛，给我的脸颊送上了几个“蝴蝶之吻”。我吻到她的嘴时，发现她火热的双唇微微张开，舌头就像一条迅捷的蛇，在她的齿间游走。

门开了，格雷尔先生无声无息地走进房间。此刻我正抱着她，根本没机会收手。我抬起脸来看着他。我感觉身上冷得就像芬尼根的双脚——他下葬那天的双脚。

我怀里的金发女郎一动不动，她甚至都没有闭上双唇。她的脸上浮现出一个半梦幻、半讽刺的表情。

格雷尔先生小声地清了清喉咙，然后说："很抱歉，真对不起。"然后无声无息地走出了房间。他的眼睛里透着无尽的哀伤。

我把她推开，起身掏出手帕，开始揩脸。

她斜卧在长沙发上，姿势和我起身时一模一样，一只长筒袜上方露出了一大截满满的春色。

"谁呀？"她口齿含糊地问道。

"格雷尔先生。"

"别管他。"

我从她身边走开，坐在了我刚进房间时坐的那把椅子上。

片刻之后，她伸直了身子，坐了起来，镇定地看着我。

"没关系的。他理解。该死的，他还能指望怎么着？"

"我想他知道了。"

"哎，我跟你说了，没关系的。这还不够吗？他是个病人。该死的——"

"别对我扯着嗓子叫。我不喜欢扯着嗓子的女人。"

她拉开放在身边的一只手袋，掏出一块手帕，擦了擦嘴唇，又用一面小镜子照着脸蛋儿。

"我想你说得对，"她说，"只是威士忌喝多了吧。今晚，贝尔维迪尔俱乐部。十点。"她的眼睛没有看我。她的呼吸变得急促。

“那是个好地方吗？”

“莱尔德·布伦特是那儿的老板。我跟他很熟。”

“好的。”我说。我身上依然发冷。我感觉很糟糕，就像是摸了一个穷光蛋的口袋。

她掏出一支口红，蜻蜓点水般地碰了碰嘴唇，然后瞟了我一眼。她丢开了镜子，我却将它接住，照着自己的脸。我用手帕打理了一番面孔，起身把镜子还给她。

她身子向后靠着，裸露的颈部一览无余，一双眼睛低垂着，懒洋洋地看着我。

“怎么啦？”

“没什么。十点钟，贝尔维迪尔俱乐部见。别太光彩照人了。我只有一套小礼服。在酒吧区吗？”

她点点头，眼神依然懒洋洋的。

我穿过房间，走了出去，没有回头。男仆在走道里迎候我，递来我的帽子，模样就像巨石脸。

19

我走过那条曲线形的车道，两排高高的、修建得整整齐齐的树篱投下一段阴影，让我藏匿其间，直到我走到大门前。这时把守堡垒的是另一个人了——一个穿着便装的壮汉，明显是个保镖。他点了下头就放我出去了。

车喇叭嘟嘟地响了。赖尔登小姐的双座小轿车就停在我的车后面。我走上前，朝车里面看了她一眼。她看上去冷冰冰的，一脸讥讽。

她坐在那里，放在方向盘上的一双纤手戴着手套。她对我微笑。

“我等了一会儿。我想这不干我的事。你觉得她怎么样？”

“我敢打赌，她脱起吊袜带来肯定是一把好手。”

“你非得总是说这种话不可吗？”她的脸烧得通红。“有时候我真恨男人。老男人，小男人，足球运动员，男高音，时髦的百万富翁，做小白脸的漂亮男人，还有那些比恶棍好不了多少的家伙，他们的名字叫——私家侦探。”

我哀伤地朝她咧嘴一笑。“我知道我说起话来太俏皮了。如今时兴这样。谁跟你说他是个小白脸的？”

“谁是小白脸？”

“别那么迟钝。马里奥特。”

“哦，这不是明摆着的嘛。对不起。我不是故意要对你摆脸色。我猜只要你想，你随时都可以解开她的吊袜带，不费吹灰之力。但有一件事你可以百分百确定——在这场演出中，你是个迟到的观众。”

宽阔弯曲的街道在阳光下宁静地打着盹儿。一辆车身刷得漂漂亮亮的送货车稳稳当当地开到街对面一栋房子前，悄无声息地停下车，然后又向后倒了一小段距离，再沿着私家车道来到边门前。送货车的另一侧车身上刷着一行字：“贝城婴儿服务。”

安·赖尔登朝我探过身来，一双灰蓝的眼睛里满是伤心与忧郁。她稍显过长的上唇噘着，然后向后收起，贴着牙齿。她吐了一口气，轻轻地发出一声尖尖的声响。

“你大概是想让我别管闲事，对不对？而且我还不能想到什么你没先想到的主意。我还以为我多少是在帮你的忙呢。”

“我不需要人帮忙。警察也不需要我帮忙。对于格雷尔太太，我爱莫能助。她扯了一个故事，说一辆车从一家啤酒吧门前发动起来，跟着他们，可那又怎样？那地方是圣莫妮卡路上的一家脏兮兮的下三滥酒馆，而这帮人是有档次的黑帮。他们当中甚至有一个人能一眼认出翡翠玉。”

“如果不是因为有人给他通风报信的话。”

“那也是一种可能，”我边说边从一包烟里笨手笨脚地摸出一支来，“不论是哪种情况，这里头都没我的事儿了。”

“连精神师那里也没线索吗？”

我一脸茫然地瞪着她。“精神师？”

“天啊，”她轻声说，“我原以为你真是侦探呢。”

“这件事情有人想捂着，”我说，“我最好当心点儿。这个格雷尔的裤兜里可是塞了不少绿票子的。在这个镇子里，法律就是任你花钱买的。瞧瞧那些警察的做法有多古怪。没有报道，没有媒体喂料，因此也就没有可能走出一个无辜的陌生人，带来那条看似细微，事实上却至关重要的线索。除了沉默和让我罢手的警告外，什么都没有。我一点儿也不喜欢这样。”

“你脸上的大部分口红都擦掉了，”安·赖尔登说，“我刚才提到了精神师。行了，再见吧。认识你我很高兴——有限度的高兴。”

她按下启动开关，给车子挂上挡，然后消失在了在一团尘土的漩涡中。

我目送着她离去。等到她终于不见了，我扭头朝街对面望去。从“贝城婴儿服务”家的送货车上下来的那个人从那栋房子的边门里出来了，他身上的那套制服又白又挺，闪着光泽，光看一眼就让我觉得自己也干净起来了。他手里拿着一个像是纸箱的东西。他钻进货车，驾车离去了。

我猜他刚刚给孩子换了块尿布吧。

我钻进自己的车，发动前先看了下表。快五点了。

刚才的那几杯苏格兰威士忌——就像够档次的苏格兰威士忌应该做的那样——在返回好莱坞的路上一直陪伴着我。我一路碰着红灯就闯。

“那是个好姑娘，”我坐在车里，自言自语道，“该配一个喜欢好姑娘的小伙子。”没人搭理我。“可我不喜欢好姑娘。”我说。这句话同样没人搭理。“十点钟，贝尔维迪尔俱乐部。”我说。这时有人说了句：“呸。”

那听上去像是我的声音。

我回到办公室的时候，已经是五点四十五了。大楼里静悄悄的。界墙那头的打字员没声儿了。我点了一根烟斗，坐下来等着。

20

这印第安人身上的味道真重。他摁响门铃的时候，我就能隔着小接待室明显闻到他那股味儿了；我应声拉开办公室和接待室中间的那扇门，看看那究竟是谁。他刚好站在通向走廊的那扇门里面，看上去就像是用青铜浇铸出来的。他腰部以上的体格很魁梧，胸膛宽阔。他看上去像个流浪汉。

他穿着一身褐色的套装，套装的外衣对他的肩膀来说显得太小了，而他那条裤子的腰身似乎也稍紧了一些。他的帽子至少小了两码，上面满是汗渍——某个比他更适应这顶帽子尺码的人曾经戴着它尽情地挥洒汗水。他脑袋上顶着帽子的模样就像屋顶上插着一根风向标一样。他的衣领紧紧地贴在脖子周围，就像马轭套在马颈上，而且颜色也一样，都是脏兮兮的褐色。一根领带在他扣着纽扣的夹克外面晃荡——一根黑领带，被他用一把钳子在上面打了个豌豆粒大小的领带结。在他那裸露而健美的脖颈上——在那只脏衣领上方的位置——围着一条宽宽的黑丝带，那模样就像一个想让自己的脖子魅力重现的老太婆。

他长着一张大饼脸，脸上一个高鼻梁，肉乎乎的鼻子就像巡洋舰的舰首一样坚硬。他的一双眼睛像是没有眼睑，下巴上的赘肉直往下垂，肩膀的模样像个铁匠，一双看似笨拙的短腿则像黑猩猩的后肢。我后来发现，它们只是短而已。

如果他能稍稍梳洗一番，再套上一件白色的睡袍，那他看上去一定就像一个非常邪恶的罗马元老。

他的体味是那种原始人身上的土腥气，而非城市里的烂泥味。

“嘿，”他说，“快快来。现在来。”

我退回办公室，朝他晃晃指头，他一路紧跟，脚下发出的声响不比苍蝇在墙上爬的动静更大。我在桌子后面坐下来，很专业地让转椅发出咯吱一声响，然后指了指对面的客户专座。他没有坐。他那双小小的黑眼睛里充满了敌意。

“哪里来？”我说。

“嘿。我——‘二次栽种’。我，好莱坞印第安人。”

“请坐，栽种先生。”

他鼻子里哼了一声，鼻孔张得非常大。它们还没张的时候就大得足够做老鼠洞了。

“名字，二次栽种。名字不是栽种先生。”

“我能为你做什么？”

他提高了嗓门儿，开始用胸腔发出深沉洪亮的嗓音。“他说快来。白人大酋长说快来。他说我用火战车带你来。他说——”

“行了。别装模作样了，”我说，“我可不是头一回看印第安蛇舞的女家庭教师。”

“神经病。”这印第安人说。

我们隔着桌子冲着彼此冷笑。他比我更会冷笑。笑完之后，他带着无法掩饰的鄙夷脱下帽子，顶朝下放在桌子上。他用手指沿着吸汗带下面摸了一圈。这就把吸汗带给翻了上来，我因此得以一窥其真容——“吸汗带”这名字真是太贴切了。他从边缝上取下一个回形针，然后将一张折叠起来的绵纸扔在了桌子上。他气呼呼地指了指绵纸，指尖上的指甲满是齿痕。他油乎乎的头发靠近头顶的那一圈被压得又扁又平，这都要归功于那顶紧过头的帽子。

我展开那张绵纸，发现里面有一张卡片。那卡片对我来说一点儿也不新鲜。我已经从那三支看似俄国产的香烟烟嘴里掏出三张和它一模一样的卡片了。

我摆弄着烟斗，盯着这个印第安人，试图用我的凝视镇住他。他的脸紧张得就像一堵砖墙。

“行了，他想怎么样？”

“他要你快来。现在来。坐上火战——”

“神经病。”我说。

这印第安人乐了。他慢吞吞地闭上嘴巴，庄重地眨了眨一只眼睛，然后露出一个类似于咧嘴一笑的表情。

“那他得支付一百美元作为定金。”我补充道，一面放松神情，就好像我说的是五分钱一样。

“嘿？”他又起疑心了。好吧，只说基础英语。

“一百美元，”我说，“铁人。鱼。钞票，金额是一百。我没钱，我不来。明白？”我开始用两只手数到一百。

“嘿。大人物。”印第安人冷笑道。

他在那根油腻腻的吸汗带下面摸开了，然后往桌子上又甩了一张叠好的绵纸。我拿起绵纸，打开一看：里面是一张崭新的百元大钞。

印第安人把帽子扣回脑袋上，没有费神去把吸汗带塞回原处。这个细节不过是稍稍增强了帽子的喜剧效果。我坐在那里，瞪着这张百元大钞，嘴巴张得老大。

“果然是精神大师，”我最后终于开口了，“这么聪明的伙计，我很害怕。”

“没空磨蹭。”印第安人发话了，一如既往地健谈。

我拉开桌子，掏出一把柯尔特点三八自动手枪——这个型号又叫

"超级大火柴"。我去见卢因·洛克里奇·格雷尔太太的时候没有带它。我脱掉上衣，系上皮背带，把手枪插在里面，把下面的一条皮带系上，再重新穿好上衣。

我的这个动作对于这个印第安人而言和我挠脖子没有任何差别。

"有一车，"他说，"大车。"

"我现在不喜欢大车了，"我说，"我有一辆自己的车。"

"你来我的车。"印第安人用威胁的口吻说。

"我来你的车。"我说。

我锁好桌子和办公室的门，关掉门铃，走出房间——接待室的门同往常一样，依然没上锁。

我们穿过走廊，坐电梯下楼。印第安人身上的气味真重。连电梯操作员都注意到了。

21

那是一辆深蓝色的七座大轿车——最新款的帕卡德，定制车型。这就是那种你会戴上珍珠项链坐在里面的车。车停在一个消防栓边上，一个皮肤黝黑，模样像外国人的司机坐在方向盘后面，一张脸就像是木雕。轿车内部用带软夹层的灰色绳绒布作装潢布面。印第安人让我坐后排。一个人坐在这里，我感觉就像是一具高级死尸，由一名很有品味的殡葬师来为我入殓。

印第安人钻进轿车，坐在司机边上，车子在街区正中央拐了个弯，街对面的一个警察叫了声"喂"，声音很弱，就好像他不是故意要叫的，然后赶快弯下腰去系鞋带。

我一路往西，开上了山下的日落大道，然后无声无息地沿着这条路平稳地疾驰。印第安人一动不动地坐在司机边上。偶尔，一缕充满他个性特征的气息会飘到后排，飘进我的鼻孔里。司机看上去像是快睡着了，可他从那些开着敞篷双座快车的小子们身边超车时，却让他们的车看起来慢得像是挂在拖车后面的。他们一定给他开了一路的绿灯。有些司机就有这本事。他没有吃一个红灯。

我们的车沿着一道弧形的轨迹，穿过那灯火通明，绵延一两英里的繁华地带；我们驶过几家古玩店——店门前挂着它们在电影中尽人皆知的化名；驶过几家灯光闪闪，新近开张的夜总会（这些店里有大名鼎鼎的厨子和同样出名的赌博室，由“紫衣帮”里那些个颇有教养的大学生经营）；驶过乔治王－殖民地风格的时尚建筑——它们现在已经过时了；驶过几栋现代主义风格的漂亮房子——那里面的好莱坞演员代理们总在一刻不停地谈论钞票；驶过一家汽车午餐厅（它在这里似乎显得有些格格不入，虽然里面的女孩都穿着丝质的白短衫和军乐女领队的圆筒军帽，屁股以下的部位则毫无遮拦，除了一双闪着光泽的小山羊皮长筒靴）。我们驶过所有这些店铺，沿着一条宽阔平滑的曲线来到了贝弗里山上的马道，城市的点点灯火就在南面，在这样一个没有雾气的夜晚，它们涵盖了光谱上的全部色彩，而且光芒清澈通透；我们从北面山坡上的那些豪宅下方驶过——它们此刻正矗立在阴影之中；驶过整个贝弗里山城区，然后一个上坡，开上蜿蜒曲折的山麓大道，驶入突然降临的清凉薄暮和游荡至此的海风之中。

下午时分的天气暖洋洋的，但此刻热气已经散去。我们飞快地将远处一簇亮着灯火的房屋抛在身后，驶过一栋接着一栋，似乎永无止境的豪宅——它们也都灯火通明，距离路面有些距离。这时我们先是一个下坡，绕过一大片绿草茵茵的马球场——马球场边上是一大片面积相同的练习场——再猛地攀上一座小丘的丘顶，然后一个急转弯，沿着一条贫混凝土路面的山道爬上山去，一路上经过了好几片橘子林——它们显然是某个有钱人的玩物，因为当地并不产橘子；接着，一点一点的，那些百万富翁家里亮着灯火的窗户渐次消失不见了，路面开始变窄——谧林高地到了。

鼠尾草的味道从一条峡谷里飘了过来，让我想起某个死人和一片不见月亮的天空。东一座西一座的灰泥房子紧贴着山体一侧，就像一幅幅浅浮雕。再往前，房子就全都不见了，只有一座座山麓小丘的黑影在那里一动不动，一两颗早早出现的星星挂在它们的头顶上，除此之外我们的眼前就只有一条丝带般的混凝土公路和路面一侧的一道陡坡，坡下面是一片盘根错节的矮栎与石兰灌木——你若是在这样的树丛里停下脚步，静静等待，有时能听见鹌鹑的叫声。道路的另一侧是一座生黏土的路堤，几朵顽强的野花紧紧巴住路堤的边缘，就像淘气的孩子不肯上床。

这时公路扭成了一个 U 字形弯道，大轮胎刮擦着从松散的砾石上滚过，打破了之前的寂静，带动我们的轿车一路飞奔着爬上一条长车道，道路两边是一株接着一株的天竺葵花。车道的尽头，山顶之上，矗立着一座灯火昏黄、孤寂如灯塔的高山城堡，一座鹰巢，一栋灰泥与玻璃砖的棱角分明的建筑；它未经雕琢，散发着现代主义气息，但却并不丑陋，对于一名精神师而言，把招牌挂在这个地方应该是个超级棒的选择。没人能听到里面的尖叫。

汽车在那栋房子边上转了个弯，这时，在嵌入厚重外墙的一扇黑门上方，一盏灯忽地亮了。印第安人哼哼着钻出轿车，打开后门。司机用电打火机点了一支香烟，一股烟草的冲鼻气味在夜色中静悄悄地向后飘进了我的鼻孔。我下了车。

我们走到那扇黑门前。门自己开了，慢悠悠的，几乎带着一种威胁感。门里面是一条探入房子内部的狭窄过道。灯光在玻璃砖墙上闪烁。

印第安人粗声大气地说："嘿。你进去。大人物。"

"你先请，栽种先生。"

他先是怒目而视，然后第一个走了进去，门在我们身后关上了，就像它刚才打开时那样悄无声息、匪夷所思。在那条狭窄过道的尽头，我们挤进了一部小电梯，印第安人关上门，按了一个按钮。我们平稳地上升，听不到一点儿声响。这印第安人之前的气味和现在比起来，简直就像是月光下的淡影了。

电梯停了，门开了。外面有光，我走出电梯，步入一个塔楼间——在这里，对白昼的记忆依然没有消退。房间四周全都是窗户。远方，海面在闪烁。黑暗缓缓地逼近一座座山丘。房间里有几面嵌着镶板、没有开窗的墙壁，几块铺在地板上的小地毯，柔和的色彩就像古老的波斯地毯，还有一张接待台，上面的雕刻装饰仿佛是从某座古老的教堂里偷来的。接待台后面，一个女人坐在那里对我微笑——一丝干涩、紧绷、枯萎的微笑；只要你伸手一碰，它就会化为齑粉。

她长着一头光亮的卷发和一张又黑又瘦、一脸病相的亚洲脸。她的耳朵上挂着沉甸甸的彩石，手指上戴着沉甸甸的戒指，其中一只是月长石的，还有一只是嵌在银座里的翡翠，看上去像是真翡翠，但不知怎的却给人一种假货的感觉，就像是五分钱店里的手链。

她说话了。这声音听上去很耳熟。“啊，马洛先森，非……常高兴你能来。亚姆瑟，他会非……常高兴的。”

我把印第安人给我的那张百元大钞放在台子上。我扭头看了看身后。印第安人已经坐电梯回楼下了。

“对不起。心意领了，但这钱我不能收。”

“亚姆瑟他……他斯（希）望雇用你，不是吗？”她又笑了。她的两片嘴唇就像绵纸一样沙沙作响。

“我得先弄清楚这份工作是怎样的。”

她点点头，慢慢地从桌子后面站起身来。她穿着一件紧身衣裙，嗖的一声从我面前走过，那衣服就像一张美人鱼皮一样贴在她身上，凸显出下面的火爆身材——如果你喜欢腰部以下的比例比正常体型大四码的女人，那你一定会管她的身材叫“火爆”。

“我会引导你。”她说。

她按下镶板上的一个按钮，一扇门悄无声息地滑开了。门后面闪着一片奶白色的光。我回头看了看她脸上的微笑，然后走了进去。那笑容现在比埃及金字塔都古老了。门在我身后无声地关上。

房间里空无一人。

这是一个八角形的房间，从地板到天花板都覆盖着黑天鹅绒；黑色的天花板高高在上，远离地面，本身可能也是天鹅绒材质的。一块无光泽的炭黑色地毯中央放着一张八角形的白桌子，上面只够摆两双手肘，桌面正中央是一个放在黑色支架上的奶白色球体。光就是从这里来的。至于是怎么来的，我就不知道了。桌子的两边各摆着一把八角形的白凳子，它们就是桌子本身的缩小版。紧挨着一面墙的地方也放着一把这样的凳子。房间里没有窗户。除了这些摆设，屋子里就什么也没有了——空无一物。墙上甚至连一件灯具也没有。如果这里还有第二扇门的话，那我是肯定没有看到。我回头去瞧我刚刚进来的那扇门。它也不见了。

我在那里站了大概十五秒，隐隐有一种说不出的感觉，好像我正在被人观察。也许这里面什么地方开了个观察孔，但我发现不了。我也放弃了这种企图。我听着自己的呼吸声。房间里是这么安静，我甚至能听见气息穿过我的鼻孔，轻轻地，就像窗帘细微的沙沙声。

这时，一扇隐蔽的房门在房间的另一头滑开了，一个男人走了出来，门随即在他身后关上。这个男人低着头，径直走到桌子边上，坐进了其中一把八角形的凳子，然后用一只我此生见过的最美的手打了个手势，在空中划出一道大圆弧。

“请坐。坐我对面。不要吸烟，不要乱动。努力放松，彻底放松。好了，我能为你做些什么？”

我坐了下来，往嘴里塞了一支香烟，用嘴唇滚了滚，但没有点着。我把他上下打量了一番。他个子又瘦又高又直，就像一根钢铁杆子。他的头发是我所见过的颜色最浅、发质最细的白发，简直像是用绸纱滤出来的。他的气色红润得就像玫瑰花瓣。他的年龄也许在三十五六岁上下。岁月没有在他身上留下任何痕迹。他的头发简单地朝脑后一梳，显出一个完美如巴里摩尔①昔日容颜的侧影。他的眉毛黑如炭，就像墙壁、天花板和地板的颜色。他的眼睛很深，深得过分。那是一双梦游者的眼睛——深不见底，神情恍惚，就像一口我曾经在书里读到过的井。那口井有九百年的历史，挖在一座古老的城堡里。你可以往里面扔块石头，然后在一边等着。你一边听，一边等，最后哈哈一笑，准备放弃；这时，就在你刚刚想要转身的时候，一声细小微弱的“扑通”却从井底一路向上传回你的耳中——那声音是如此渺小，如此遥远，你甚至不敢相信世上真会有这样的一口井。

他的两只眼睛就有这么深。而且它们没有神情，没有灵魂——它们可以看着狮群将一个人撕成碎片，却自始至终毫无变化；它们也可以看着一个人被木桩穿身，在烈日下尖叫，哪怕你剥去这双眼睛上面的眼睑。

他穿着一身黑色的双排扣职业套装，衣服的裁切像是经过了艺术家之手。他面无表情地盯着我的手指。

“不要乱动，”他说，“那样会阻挡波浪，干扰我的注意力。”

“那样会让冰融化，让黄油流淌，让猫咪尖叫。”我说。

他露出了一个这世上最若有若无的微笑。“你来这里不是为了无理取闹的，我想。”

“你好像忘了我为什么还是来了。顺便说一句，我把那一百美元还

---

① 巴里摩尔 (Barrymore，1882—1942)，美国演员。

给你的秘书了。我来——也许你还记得——是为了几根香烟的事情。塞了大麻的俄国香烟。空心的烟嘴里面卷着你的名片。”

“你希望查出其中的原因？”

“是的。应该是我付你一百美元的。”

“那不必了。答案很简单。有些事情我也不知道。这就是其中之一。”

有那么片刻工夫，我几乎相信了他。他的脸就像天使翅膀一样光滑。

“那你为什么要给我送来一百美元——还有一个身上冒臭气的印第安人——还有一辆车？顺便问一句，印第安人的身上就一定要发臭吗？如果他是在为你工作，那你为什么不能让他洗个澡什么的？”

“他是一个天然的灵媒。这样的人十分罕见——就像钻石，有时要在肮脏的地方才能找到。据我所知，你是一名私家侦探？”

“是的。”

“我觉得你是个蠢人。你看上去很蠢。你的行当很蠢。而且你还来带着一个很蠢的任务来到这里。”

“我明白了，”我说，“我很蠢。我要费点儿功夫才能悟透这句话。”

“那依我看，我就不需要再继续耽搁你了。”

“你没有耽搁我，”我说，“我在耽搁你。我想知道你的名片为什么会在那几支香烟里。”

他耸了耸肩——这是世界上幅度最小的耸肩。“我的名片人人都可以拿到。我不向我的朋友们提供大麻烟。你的问题依然愚蠢。”

“不知道我的下一句话会不会让它明朗一点儿。那几支烟装在一只廉价的日本或中国烟盒里，烟盒是用仿玳瑁做的。见过这样的烟盒吗？”

“没有。在我的记忆里没有。”

“我可以让这问题再稍稍明朗一点儿。那只烟盒装在一个男人的口袋里，此人名叫林赛·马里奥特。听说过他吗？”

他想了想。“是的。我有一次试图治疗他面对镜头时的羞怯情绪。

他当时想要进入电影界。这纯属浪费时间。电影界不想要他。”

“这个我能猜到，”我说，“他上镜头的模样一定就像伊莎多拉·邓肯。我还剩下一个大问题——为什么给我送来一张百元大钞。”

“我亲爱的马洛先生，”他冷冰冰地说，“我不是傻瓜。我所从事的是一个非常敏感的职业。我是个江湖游医。换句话说，我做的事情是那些大夫们完成不了的，他们只会待在他们那畏畏缩缩、自私自利的小行会里。我无时无刻不处在危险之中——来自你这种人的危险。我只希望在处理危险前先对其进行评估。”

“我带来的危险简直微不足道，是吧？”

“几乎不存在。”他礼貌地说，然后用左手打了一个奇特的手势，猛地一下抓住了我的目光。随后他极其缓慢地把手落在那张白桌子上，低头看着它。这时他又一次抬起了那双深不见底的眼睛，双臂交叉。

“你的听力——”

“我这会儿闻到了，”我说，“我刚才脑子里没在想他。”

我把头扭向左边。印第安人坐在第三把白凳子上，倚着黑天鹅绒墙面。

他这会儿在身上的其他衣物上面披了一件像是白罩衫的东西。他坐在那里，一动不动，双眼紧闭，脑袋向前微垂，那模样就像是已经打了一个钟头的盹儿了。他那张黝黑健壮的脸上布满了阴影。

我回头看看亚姆瑟。他又挤出了一丝微弱的笑容。

“我敢打赌，他肯定能让那些老贵妇们嘴张得把假牙掉出来，”我说，“他到底是靠什么挣工钱的——坐在你的膝盖上唱法国歌？”

他打了个不耐烦的手势。“有话直说，拜托了。”

“昨天晚上，马里奥特雇我陪他做了趟远足——我们要付钱给几个坏蛋，而且要在一个他们选定的地点。我让人敲了脑袋。等我醒过来的时候，马里奥特已经被谋杀了。”

亚姆瑟的脸上没有起太大变化。他既没有尖叫，也没有跳上墙头。但对他而言，他的反应是很剧烈的。他分开双臂，又换了种姿势重新把它们抱在一起。他的嘴看上去很阴沉。他坐在那里，就像公共图书馆门外的一尊石狮。

“那几支香烟是在他身上找到的。”我说。

他冷静地看着我。“不是被警察找到的，如果我没理解错的话。因为警察没有来过这里。”

“没错。”

“那一百美元，”他用非常轻柔的语调说，“怕是不够的。”

“那取决于你打算用它买什么。”

“你带着那几根香烟吗？”

“带了一根。可它们证明不了什么。你刚才说了，任何人都能拿到你的名片。我只是想知道，它们为什么会出现在它们实际出现的地方。你有什么头绪吗？”

“你和马里奥特先生有多熟？”他轻声问道。

“一点儿也不熟。不过我对他有些猜想。它们实在是太显而易见了，简直是在向我招手。”

亚姆瑟轻轻地叩了叩那张白桌子。印第安人还在睡觉，下巴搁在那副宽厚的胸膛上，一双长着厚眼睑的眼睛紧闭着。

“顺便问一句，你有没有见过一位叫格雷尔太太的富有女士？她住在贝城。”

他心不在焉地点点头。“是的，我治疗过她的语言中枢。她患有轻度的语言障碍。”

“你把她治得那可真叫没得说，”我说，“她现在话说得跟我一样溜了。”

这话没能博他一笑。他依然叩着那张桌子。我听着这一声声的叩击。对这声音我有种说不出来的厌恶。它们听上去像是某种暗码。他终于停了下来，双臂再次交叉，身体后仰，靠着空气。

“关于这桩生意，有一点我非常喜欢：所有人都互相认识，”我说，“格雷尔太太也认识马里奥特。”

“你是怎么知道的？”他慢吞吞地问道。

我一言不发。

“你肯定是要去告诉警察了——关于那几支香烟。”他说。

我耸耸肩。

“你这会儿一定在想，为什么我不把你扔出门外，”亚姆瑟用令人愉悦的语调说，“二次栽种可以像拧断芹菜秆一样拧断你的脖子。我自己也在想这个问题。你似乎想出了某种理论。对于敲诈者，我是不会付一分钱。付钱买不到任何东西——另外我有许多朋友。不过，自然是有许多势力很想丑化我。精神分析师、性专家、神经科医生，一群讨厌的小人物，手里拿着橡胶锤，书架上摆满了关于变态行为的文献。当然了，他们全部是——医生。而我依然是一个——江湖游医。你的理论是什么？”

我盯着他，努力地想用我的目光慑服他，但这不管用。我发现我自己开始舔嘴唇了。

他微微耸了耸肩。“你不想说，这我不怪你。这件事情我也必须想一想。也许你比我一开始想的要聪明得多。我也会犯错误。与此同时——”他身子向前一探，把两只手放在那只奶白色球体的两侧。

“我觉得马里奥特是个专门敲诈女人的家伙，”我说，“也是一伙珠宝劫犯的眼线。可是谁告诉他该结交哪些女人的呢——然后他才好跟踪她们的行踪，跟她们发展亲密关系，向她们求爱，让她们身上挂满亮闪闪的宝贝，带她们出去，再偷偷溜到电话机旁，告诉那些小子们该在哪里下手？”

“那，”亚姆瑟谨慎地说，“是你对马里奥特——还有我——的想象。我对此稍稍有些反感。”

我的身子也向前一探，直到我的脸离他的脸只有不到一英尺远。“你也是个混黑道的。你尽可以给它涂脂抹粉，但它依然是黑道。而且有问题的不单单是那几张名片，亚姆瑟。如你所说，任何人都可以弄到它们。也不是那些大麻烟。你不会去干这么低级的营生——否则就浪费了你的大好机会。不过，每张卡片的背面都有一块空白。而在这些空白的地方，甚至在有字的地方，有时候都有肉眼看不见的字迹。”

他露出了一个阴郁的微笑，但我几乎没能看见。他的手盖住了那只奶白色的球体。

灯灭了。房间里黑得就像卡丽·内申的女帽。

22

我一脚把凳子朝身后踢了出去，站起身，猛地把枪从胳膊底下的枪套里拔了出来。可这没用。我的上衣扣了扣子，我的动作也太慢了。再者，如果我真的要朝一个人开枪的话，那我的动作总归是会慢半拍的。

我感觉到一阵无声的气流，闻到了泥土的气味。在一片漆黑中，印第安人从背后给了我一下，把我的双臂按在体侧。他开始把我举向空中。我这时依然可以把枪掏出来，闭着眼睛朝房间里四处乱射，可我的身边这时一个朋友都没有。这么做似乎没有任何意义。

我丢下枪，抓住他的手腕。它们油腻腻的，很难抓牢。印第安人从喉咙里吐出一口气来，把我撂在地上，冲击力大得几乎掀开了我的头顶。现在是他抓住了我的手腕，而不是我抓着他的。他一下子就将我的两只手腕反扭在身后，一只膝盖像墙角石一样顶住了我的背。他把我压弯了。我能被压弯。我不是市政厅。他把我压弯了。

我想要喊叫，虽然这么做毫无理由。一口气憋在我的喉咙里上上下下，可就是出不去。印第安人把我朝一边扔了出去，我落地时身体摆出一个剪刀造型。他把我捏在手心里了。他的两只手伸向我的脖子。如今，我有时还会在半夜醒来。我能感觉到那双手就在那里，我能闻到他的味道。我依然觉得那口气挣扎着却怎么也出不去，觉得那十根油腻腻的手指正越勒越深。这时我会爬起来喝上一杯，再拧开收音机。

眼看我就快没气儿了，那盏灯忽然又亮了，灯光血红血红的，这都是因为我眼球里面的充血——还有眼球背后的淤血。一张脸在那里飘来飘去，一只手轻巧地在我身上摸索；可另外那两只手依然按在我的喉咙上。

一个声音轻轻地说："让他透透气——就一小口。"

那十根指头放松了。我奋力从它们的钳制中挣脱开来。一件亮闪闪的东西打在了我的一侧下巴上。

那声音轻轻地说："让他站起来。"

印第安人拎着我站了起来。他抓住我的两只反扭的手腕，把我朝后拖，让我背靠墙壁。

"真业余。"那声音轻轻地说，那件闪光的东西又打中了我，这次抽在脸上——这玩意儿的滋味又硬又苦，就像死亡。一股暖暖的东西淌了下来。我舔了舔，尝到了铁和盐的滋味。

一只手探查着我的钱包。另一只手探查着我所有的口袋。那支绵纸包着的香烟露了出来，随即被打开。它进入了我眼前的一片雾霭之中，接着就不知所终了。

"一共有三支香烟？"那声音柔和地问道，接着那闪光的东西又砸中了我的下巴。

"三支。"我嗓子一哽。

"你刚才说其余两支在哪儿来着？"

"在我的桌子里——在办公室。"

那闪光的东西又打了我一下。"你也许在撒谎——但我会弄清楚的。"一串钥匙在我面前闪烁——一个个古怪的小红点。那声音接着说道："再稍稍掐他一会儿。"

钢铁般的十指又勒进了我的脖子。我身子被向后拉扯，绷得紧紧的，直抵着他的身体、他的气味，还有他肚子上硬邦邦的肌肉。我伸手够着了他的一根手指，拼命地想拧弯它。

那声音又轻轻地说："不得了。他在长进。"

那亮闪闪的东西又从空中挥落，打中了我的下巴——或者说，那个曾经是我下巴的玩意儿。

"放开他吧。他老实了。"那声音说。

那副强壮的臂膀落下了，我身子朝前一歪，脚下赶紧跨了一步，好稳住重心。亚姆瑟站在那里，脸上挂着一丝极淡的微笑，几乎是如梦似幻般的出现在我面前。他那只纤细可爱的手里拿着我的枪。他用枪口指着我的胸膛。

"我可以教你，"他用他那轻柔的嗓音说，"可为了什么目的呢？一个肮脏的小人物，在一个肮脏的小世界里。就算照一束光点在你身上，你依然还会是那样。难道不是吗？"他微笑着，笑得这么美。

我用我身上仅存的全部气力对着他的微笑挥出了一拳。

总得来说，这一拳打得真不赖。他身子一个趔趄，血从两只鼻孔里流了出来。然后他恢复了平衡，直起身子，再次举起了枪。

"坐下，我的孩子，"他轻声说，"我有访客了。我很高兴你打了我。这帮了我大忙。"

我摸寻着那只白凳子，坐了下去，脑袋放在白桌子上，挨着那只奶白色的球体——它现在又开始发出柔和的光了。我斜着眼睛盯着它，脸贴着桌子。那光让我着魔。美好的光，美好的、柔和的光。

在我的身后和四周，除了寂静，别无他物。

我想我这时突然就睡着了——一张鲜血淋漓的脸搁在桌子上，一个瘦削而美丽的魔鬼手里拿着我的枪，监视着我，脸上挂着微笑。

23

“行了，”那个大个子说，“你现在可以挪挪身子了。”

我睁开眼睛，坐了起来。

“到外面那间房里去，哥们儿。”

我站了起来，依然感觉在梦中。我们走进了什么地方，穿过了一扇门。然后我看清了这是哪里——这就是那间四周全是窗户的接待室。窗外现在已是一片漆黑。

那个女人还戴着那几只不太对劲儿的戒指坐在桌子后面。一个男人站在她身边。

“坐这儿，哥们儿。”

他一把将我按了下去。那是一把好椅子，靠背很直，但很舒服，只是我这时没心情去体验它。桌子后面的女人拿着一本摊开的笔记本，这时正大声地读着上面的内容。一个留着一撮灰色的小胡子，面无表情的矮个子老人正听着她念。

亚姆瑟站在一扇窗边，背对房间，看着窗外大海那宁静的线条——远处，越过码头灯光，越过天边。他看它的眼神仿佛是爱上了它。他稍稍转过头来，看了我一眼，我能看清他脸上的血已经洗掉了，可他的鼻子不再是我初次见到他时的样子了，前后的尺寸差了不止两码。这让我咧嘴一笑，嘴唇什么的都跟着劈啪裂开了。

“碰着什么好笑的了，哥们儿？”

我看着这声音的来源——那个站在我前方，帮着我走到座位上的人。他是朵风摧的鲜花，体重约两百磅，一嘴黄斑牙，嗓音圆润如马戏团门前拉客的活喇叭。他狠勇，他迅捷，他爱吃红肉。没人能摆布得了他。他是那种每天晚上不做晚祷，而是朝大头棒上啐唾沫的条子。可他有一双幽默的眼睛。

他站在我面前，撇着一双内八字腿，手里拿着我敞开的钱包，右手的拇指指甲在皮革上刻着划痕，一副他就是喜欢毁坏东西的模样。毁坏小东西，比方说——如果他手头只有小东西的话。但人脸也许会给他带来更多的乐趣。

“爱偷窥的私家侦探，是吧，哥们儿？从满是大坏蛋的城里头来的，是吧？玩儿了两下敲诈勒索，是吧？”

他的帽子扣在后脑勺上。他长着浅棕色的头发，额头上的汗水让发色显得更暗。他那双幽默的眼睛里满是斑斑点点的红血丝。

我的喉咙有一种刚被碾压机碾过的感觉。我抬起手，摸了摸那里。那个印第安人。他的手指就像工具钢。

那个肤色浅黑的女人停止了朗读，合上了笔记本。那个留着灰八字须的小老头儿点点头，走过来站在跟我说话的这个人身后。

“警察？”我边搓着下巴边问他。

“你说呢，哥们儿？”

警察的幽默。那小个子的一只眼睛有点儿斜视，像是半瞎了。

“不是洛城的，”我看着他说，“要是在洛城，那只眼睛就得让他退休了。”

大个子把我的钱包递给我。我仔细检查了一遍。里面的钱都还在。所有的名片也都在。每一样原本属于那里的东西都在里面。我很吃惊。

“说点什么，哥们儿，”大个子说，“说点什么能让我们喜欢上你的东西。”

“把我的枪还给我。”

他身子向前微微一探，大脑思考了一下。我能看出他脑子在转。这让他脚上的鸡眼生疼。“哦，你想要回你的枪，哥们儿？”他斜眼瞅着那个留着灰八字须的人。“他想要回他的枪，”他对他说。然后他又看着我。“你要用你的枪做什么，哥们儿？”

“我要用它打死一个印第安人。”

“哦，你要用它打死一个印第安人，哥们儿。”

“是的——就一个印第安人，大叔。”

他又看了看那个留胡子的家伙。“这伙计挺狠的，”他对他说，“他想要打死一个印第安人。”

“听着，海明威，不要重复我说的每一句话。”我说。

“我觉得这家伙是个神经病，”大个子说，“他刚刚叫我海明威。你觉得他是神经病吗？”

那个留小胡子的家伙咬着一支雪茄，一言不发。站在窗边的那个美丽高挑的男人缓缓地转过身来，轻声说：“我想他可能有一点情绪不稳。”

“我一点儿也想不明白他为什么要叫我海明威，”大个子说，“我的名字不是海明威。”

那个年纪较大的男人说：“我看不到哪里有枪。”

他们看着亚姆瑟。亚姆瑟说：“在里面。我那儿有。我这就给你，布兰先生。”

大个子俯下腰，膝盖稍稍弯曲，呼出的气喷在我脸上。“你刚才为什么要叫我海明威，哥们儿？”

“这里有女士在场。”

他直起身子。“你看到了。”他看着小胡子。小胡子点点头，然后转身离开，穿过房间。滑门开了。他走了进去，亚姆瑟紧随其后。

一片沉寂。那个肤色黝黑的女人低头看着桌面，皱了皱眉。大个子看着我的右眉毛，缓缓地摇了摇头，一副困惑的神情。

滑门又开了，小胡子回到了原处。他不知从哪里拿出一顶帽子递给我。他从口袋里掏出我的枪，也递给了我。我凭分量就知道子弹已经给掏空了。我把枪塞在胳膊下面，站起身来。大个子说："我们走吧，哥们儿。离开这里。我想，来点儿新鲜空气说不定能帮你清醒清醒。"

"行啊，海明威。"

"他又来了，"大个子哀伤地说，"因为有女士在场，就叫我海明威。你觉得这在他的脑子里会不会是什么黄段子？"

小胡子说："快点儿。"

大个子抓住我的胳膊，我们走到那部小电梯旁。电梯上来了。我们钻了进去。

24

我们在电梯井底出了电梯，穿过狭窄的过道，从那扇黑门里走了出去。外面的空气凉爽清新，而且这个地方的地势很高，从海面上飘来的雾气也够不着这里。我深深地吸了一口气。

大个子这时还抓着我的胳膊。一辆车停在那里——一辆模样普通的黑色双座小汽车，挂着私人车牌。

大个子打开前门，抱怨道："这车不是特别符合你的身份，哥们儿。不过呼吸一点儿新鲜空气能让你精神起来。你对此没意见吧？我们可不想做任何你不想要我们做的事，哥们儿。"

"那个印第安人在哪儿？"

他微微摇了摇头，把我推进汽车。我坐进了前排右手边的座位。"啊，没错，那个印第安人，"他说，"你得用弓箭射他。这是法律。我们把他塞在汽车后面呢。"

我朝后面看了看。空无一物。

“该死，他不见了，”大个子说。“一定是有人把他给偷走了。这年头，你真不能把东西落在没锁的车里。”

“快点儿。”小胡子说着便钻进了汽车后座。海明威绕到驾驶座上，用他那硬邦邦的肚子顶着方向盘。他发动了引擎。我们拐了个弯，沿着两边都是野天竺葵的私家车道徐徐驶离。海面上起了一阵冷风。天上的星星是那么遥远。那么沉默。

我们来到车道的尽头后，拐弯上了那条混凝土山道，然后不紧不慢地沿着这条路向前开。

“你怎么没有开车，哥们儿？”

“亚姆瑟派了一辆车接我的。”

“那是为什么，哥们儿？”

“一定是因为他想见我。”

“这家伙不错，”海明威说，“他脑子清楚。”

他朝车窗外面啐了一口，然后一个漂亮的拐弯，让汽车自己驾着发动机溜下山去。“他说你给他打了个电话，想要敲他的竹杠。于是他想，他最好先看看这个要和他做交易的人是个什么样——如果他打算做交易的话。于是他派了自己的车来接你。”

“他还考虑到了他会叫来几个他认识的警察，而我是不需要开自己的车回家的，”我说，“没错，海明威。”

“啊，又来了。没错。对了，他在自己的桌子下面装了部口述留声机，他的秘书给整场对话做了笔录，我们到了以后她全都读给这位布兰先生听了。”

我转过身，看着布兰先生。他正抽着一支雪茄，气定神闲得就像是穿着拖鞋。他没有看我。

“笔录她个头，”我说，“我看是一堆现成的稿子，就是他们专为这种事情量身定制的。”

“也许你可以告诉我们你为什么想要见这个家伙。”海明威礼貌地提示道。

“你的意思是说，趁着我现在还有半张脸的时候？”

“天，我们可不是那种人。”他边说边打了一个夸张的手势。

“你跟亚姆瑟很熟——是吧，海明威？”

“布兰先生算是认识他吧。我——我只是听令行事。”

“布兰先生到底是谁？”

“就是坐在后排的那位先生。”

“除了坐在后排外，他到底是什么人？”

“哎哟，老天爷啊，没有人不认识布兰先生啊。”

“好吧。”我说——我忽然间感到累极了。

又是一小阵沉默，一段段弯曲的道路，一条条蜿蜒的混凝土丝带，还有更多的黑暗，更多的疼痛。

大个子说：“既然现在没有女士在场，就我们几个哥们儿了，那我们也不太在乎你刚才为什么要上那儿去了，可你老叫我海明威。这可真让我不舒服。”

“一个笑话，”我说，“一个很老很老的笑话。”

“这个叫海明威的家伙到底是谁？”

“他老是不停地说着同样的话，一遍又一遍，直到让你相信他的话很妙为止。”

“那肯定要花上好一阵子了，”大个子说，“作为一个私家侦探来说，你的思路还真挺跳跃的。你嘴里还有你自己的牙吗？”

“有，只是当中塞了几块填料。”

“哦，那你真的很走运，哥们儿。”

后排的那个男人说：“这挺好。下一个路口右拐。”

“明白。”

海明威一个急转弯，把车开进了一条狭窄的土路，土路沿着山体一侧的边缘延展。我们沿着这条路开了一英里左右。鼠尾草的气味越来越浓，异常刺鼻。

“就这里。”后排的那个人说。

海明威停下汽车，拉上手刹。他探过身来，隔着我打开了车门。

“好了，很高兴见到你，哥们儿。不过别回来了。至少不能是为了谈生意。下去。”

“我从这里走回家？”

后排那人说：“快点儿。”

“是的，你从这儿走回家，哥们儿。你对此没意见吧？”

“没问题，这样能给我点儿时间把几件事情想清楚。比如说，你们这两个家伙不是洛城的警察。可你们当中的一个是警察，说不定你们两个都是。我敢说你们是贝城的警察。我就想知道，你们为什么要走出自己的地界。”

“这证明起来是不是有点儿难啊，哥们儿？”

“晚安。海明威。”

他没有应我。两人都没有说话。我开始往车门外钻，脚踩在踏板上，身子向外探——我的头这时依然有点儿晕乎乎的。

后排那人突然做了一个快如闪电的动作，与其说我是看到的，倒不如说是感觉到的。一个阴暗的湖泊在我脚下张开大口，湖水比最黑的夜都要深得多得多。

25

房间里满是烟雾。

烟雾直直地悬在空气中——一缕缕细细的线条，直上直下，就像一道用透明的小珠子串成的帘子。一面墙上的两扇窗户开着，可烟雾却纹丝不动。我以前从未见过这间房。窗户上封着铁条。

我昏昏沉沉的，大脑一片空白。我觉得我好像已经睡了整整一年了。可那片烟雾让我很烦心。我仰面躺着，思考着这个问题。过了许久，我深深地吸了一口气，把我的肺胀得生疼。

我大声喊道："着火了！"

喊完我就笑了起来。我不知道这有什么好笑的，可我还是笑了。我躺在床上，哈哈大笑。我不喜欢这笑声。这是疯子的笑声。

这一声喊就足够了。门外噔噔噔地响起了重重的脚步声，钥匙插进了门锁里，门一下子开了。一个男人侧着身子跳了进来，随手把门关上。他的右手伸向后臀。

这是个粗短身材的男人，穿着一件白上衣。他的眼睛看上去很奇怪——又黑又扁。眼角外围的灰皮上长着一个个肉瘤。

我扭了扭搁在硬枕头上的脑袋，打了个哈欠。

"不用管它了，伙计。火灭了。"我说。

他站在那里，怒目而视，右手飘向右臀处。恶毒的绿脸，又黑又扁的眼睛，灰白色的皮肤，还有一只像是只有一层壳的鼻子。

"你是不是还想穿约束衣啊。"他冷笑道。

"我没事儿了，伙计。没事儿了。刚刚打了个长盹儿。做了点小梦，大概是吧。我在哪儿？"

"在你该在的地方。"

"看上去是个好地儿，"我说，"人好，氛围好。我想我还是再打个小盹儿吧。"

"你最好这么着。"他恶狠狠地说。

他走了出去。门关上了。锁咔哒一声合上了。低沉的脚步声也渐渐消失了。

他一点儿都没有解决这烟雾的问题。它依然悬在房间的半空中，布满了整间屋子。像一道帘子。它既不消散，也不飘走，甚至连动都不动一下。房间里有微风，我脸上能感觉得到。可这片烟雾感觉不到。它是一千只蜘蛛织出的一张灰网。我很想知道它们是怎么合作的。

棉法兰绒睡衣。县医院里用的那种。睡衣没有前胸，没有多余的一针一线。简陋粗糙的材质。领子磨得我前颈痛。我的前颈依然生疼。我开始想起了点儿什么。我抬起手，摸了摸前颈上的肌肉。那里依然生疼。就一个印第安人，大叔。好的，海明威。这么说你想当侦探？大把挣钱。九节课，很容易。我们提供徽章。再加五毛钱，我们还送你一条疝带。

我的前脖颈生疼，可摸它的手指却一点儿知觉也没有。它们说不定就是一串香蕉。我看着它们。它们像是手指。真没用。邮购的手指。它们一定是跟徽章还有疝带一起寄来的。还有文凭。

现在是晚上。窗外的世界是一片漆黑的世界。天花板正中间用三根黄铜链条挂着一只玻璃瓷碗。里面有光。瓷碗的边缘起了一圈彩色的小包，橙色的和蓝色的交替出现。我凝视着它们。这烟雾让我感到厌倦。在我凝视的目光下，它们开始张开小孔，就像一个个小舷窗，许多只脑袋从里面伸了出来。小脑袋，但很活跃；小洋娃娃似的脑袋，但很活跃。我看到一个长着约翰尼·沃克式的鼻子、戴着鸭舌帽的男人，一个戴着阔边帽、一头蓬松金发的女郎，还有一个蝴蝶结打歪了的瘦男人。他看上去像某家专宰游客的海滨餐厅里的侍者。他张开嘴，冷笑着问我："您的牛排想要三分熟还是五分熟，先生？"

我紧紧地闭上眼睛，用力地眨了眨，等我重新睁开眼睛的时候，我只看到一只假瓷碗，吊在三根黄铜链子上。

可烟雾依然一动不动地悬在流动的空气中。

我捏住一条粗布床单的一角，用麻木的手指擦掉脸上的汗水——这些手指头就是那家函授学校寄给我的，之前还上了九节简易的课程，开课前需缴纳一半的预付金——艾奥瓦州，锡达城，邮箱号2468924。神经病。完全是神经病。

我在床上坐了起来，过了一会儿我用脚够着了地面。我的脚光着，里面扎着别针和缝衣针。针线柜台在左面，女士。超大安全别针在右面。我的脚开始感觉到了地面。我站起身来。太高了。我蹲下来，拼命地喘气，手扶着床沿；一个声音似乎从床底下钻了出来，一遍又一遍地重复着："你拿到了侦探证……你拿到了侦探证……你拿到了侦探证。"

我开始走了起来，摇摇晃晃得像个醉汉。那两扇封着铁条的窗户中间有一张白釉面的小桌子，上面放着一瓶威士忌。酒瓶的外形看起来不错。里面似乎半满。我走了过去。这世上有许多好人，尽管——你会边读晨报边发牢骚，会在电影院里踢邻座那人的小腿肚子，会郁闷，会沮丧，会对着政客们冷嘲热讽，可这世界上还是有许多好人。就说那个留下这半瓶威士忌的伙计吧。他的心胸宽广得就像梅·韦斯特小姐的屁股。

我走到酒瓶跟前，用两只依然半麻的手扑了上去，把瓶口举到嘴巴跟前，浑身大汗淋漓，就好像我正在举起的是金门大桥的一头。

我咕咚咕咚地喝了一大口，酒淌得脸上到处都是，然后用十二万分的小心把瓶子放回原处。我甚至伸出舌头，想要舔舔下巴。

这瓶威士忌的味道很奇怪。就在我意识到它有一种怪味道的同时，我看到墙角里塞着一个洗脸池。我冲了过去。再迟一秒就来不及了。我吐了。"迪奇"·迪安的投球都没有我吐的劲道大。

那阵劲儿过去了。我踉踉跄跄地走回床边，再次仰面躺倒，喘着粗气，看着那片烟雾。这烟不怎么透明。不怎么真实。也许那只是我眼珠后面的什么东西。这时，突然之间，它消失了，天花板上那盏瓷灯的灯光将整间屋子的情形鲜明地勾勒了出来。

我又坐了起来。靠门的那面墙边上放着一把沉甸甸的木椅。除了那个穿白上衣的男人刚刚进来的那扇门外，房间里还有一扇门。也许是壁橱的橱门。里面说不定还有我的衣服。地板上盖着一块块绿色和灰色的油毡布。四面墙上刷着白漆。一间干净的屋子。我坐的这张床是一张窄窄的医院铁床，但比那种床通常的高度更低，床两边安着带搭扣的粗皮带，大致安在人的手腕和脚踝的位置。

这是间很棒的屋子——如果能逃出去的话。

现在我浑身上下都有了感觉——脑袋疼，颈子疼，胳膊疼。我不记得我的胳膊究竟是怎么了。我卷起那件破棉睡衣的袖口，睁着蒙眬的双眼看着它：我整条胳膊的皮肤上面遍布着针眼，从肘部一直延伸到肩部。每个针眼周围都有一小块变色的区域，差不多有四分之一个 25 美分硬币那么大。

麻药。我身体里一定注满了麻药，好让我保持安静。说不定还有天仙子碱，好撬开我的嘴。他们在短短的时间里给我打了太多的麻药。害得我发起了震颤性谵妄。有的人会发，有的人不会。这都取决于你的体质。麻药。

这就解释了那烟雾和顶灯边缘的那一圈小脑袋是怎么回事，还有那些声音、那些疯疯傻傻的念头、那些皮带与铁条，以及麻木的手指和脚趾。那瓶威士忌也许是某人的“四十八小时戒酒疗法”的一个组成部分。他们故意把它扔在那里，免得我错过。①

我站了起来，肚子几乎撞上了对面的那堵墙。这让我又躺了下来，非常轻柔地呼吸了好一会儿。这时我浑身上下都在一边刺痛，一边冒

---

① 最常见的用于戒除酒瘾的药物是美沙酮之类的麻醉剂，也就是“麻药”。

汗。我能感觉得到小滴的汗珠在我额头上凝结，然后顺着鼻翼一步一步、小心翼翼地滑向嘴角。我的舌头愚蠢地伸过去舔了舔。

我又一次坐起身来，两脚牢牢地踏在地上，站了起来。

“行了，马洛，”我透过齿缝对自己说，“你是条硬汉。六英尺个头的铁打男儿。体重一百九十磅——脱光衣服，洗过脸后。你肌肉结实，下巴也不是玻璃做的。你受得了这个。你挨了两记闷棍，喉咙让人掐过，被一根抽中下巴的枪管敲得半傻。你身体里让人注满了麻药，药效在你体内持续发作，直到你疯狂得就像两只跳华尔兹的老鼠。而这一切又都如何呢？例行公事罢了。现在，让我们瞧瞧你能不能干点儿真正了不起的事情——比如说穿上裤子。”

我又在床上躺了下来。

时间又哗哗地过去了。我不知道过了多久。我没有手表。反正他们也不在手表上标出这样的时间。

我坐了起来。这里面开始有点儿闷了。我站起身来，开始走路。走路一点儿也不好玩。你的心跳得就像一只紧张兮兮的猫。最好还是躺下，再睡一觉。最好还是先缓一缓。你的身体情况很糟糕，哥们儿。没错，海明威，我很虚弱。我甚至都打翻不了一只花瓶。我甚至都剪不了一片指甲。

没门儿。我走起来了。我是条硬汉。我要从这里出去。

我又在床上躺下了。

第四次的情况稍好一些。我在房间里走了两个来回。我走到洗脸池边，冲洗了一下池子，然后靠在上面，用手掌接水喝。我把水憋在肚子里。我等了一会儿，然后又喝了点儿水。感觉好多了。

我迈步。我迈步。我迈步。

走了半小时后，我的膝盖开始打战，可我的头脑清醒了。我又喝了些水——许多水。我喝水的时候，几乎对着洗脸池吼了出来。

我走回床边。那是一张可爱的床。玫瑰叶做的。它是全世界最美丽的床。他们从大美人卡洛尔·隆巴德那儿拿来的。这床对她来说太软了。在上面躺两分钟抵得上我的整个余生了。美丽的、松软的床，美丽的睡眠，美丽的眼睛合上，睫毛落下，轻柔的呼吸声，黑暗，还有休憩沉入深深的枕头。

我迈步。

他们造好金字塔就厌倦了，于是把塔拆掉，把石头磨碎，做成混凝土，拿来建起了顽石坝；他们造好大坝，把水引到了阳光明媚的南部，掀起了一场大洪水。

我走过了这一切。我根本就不在意。

我停下了脚步。我做好跟某人谈一谈的准备了。

26

橱门上了锁。那把沉沉的椅子对我来说太重了。他们就是要它这么重。我扯掉床单和褥子，把床垫拖到一边。床垫下面露出了一张弹簧网，网的顶部与底部通过一根根螺旋弹簧与床联结在一起；这些弹簧长约 9 英寸，黑色金属材质，表面光泽坚硬。我开始动手处理其中的一根。这是我这辈子做过的最艰巨的工作。十分钟后，我得到了两根血淋淋的手指和一根卸下的弹簧。我挥了挥它。手感不错。很沉。抽起来很有力道。

干完了这件事后，我的目光落在了房间那头的威士忌酒瓶上——它也应该能派上同样的用场，而我刚才却彻底把它给忘了。

我又喝了点水。我坐在光秃秃的弹簧边上，稍稍休息了一会儿。然后我走到门口，嘴贴在门轴边上，大声喊道：

“着火了！着火了！着火了！”

紧接着是一阵短暂而愉快的等待。他步伐沉重地跑过门外的走廊，钥匙恶狠狠地插进锁眼里，用力一扭。

门猛地开了。我紧紧地贴在门后面的墙上。这次他亮出了大头棒——一件漂亮的小器械，长约5英寸，外面包着褐色的织皮。看到那张被剥得露出骨架的床，他的眼珠子惊讶得突了出来，然后开始左右扫视。

我咯咯一笑，狠狠地给了他一下。我的螺旋弹簧打在了他的半边脑袋上，他向前栽倒了。趁着他跪在地上的当儿，我俯身压了上去，又给了他两下。他呻吟了一声。我把大头棒从他绵软无力的手里拿走。他哼哼了一下。

我用膝盖抵着他的脸。这让我的膝盖生疼。他没有告诉我他的脸疼不疼。他这时还在呻吟，我用大头棒一下把他敲晕了过去。

我从房门靠外一侧的门锁上拿到钥匙，从里面把门锁上，然后把他身上搜了个遍。他还有钥匙。其中一把正好能开我的橱柜。我的衣服就挂在里面。我翻了翻我的口袋。钱包里的钱不见了。我回到那个白衣男人身边。就他的这份工作而言，他身上的钱太多了。我拿了一开始我身上就有的金额，把他抬到床上，用皮带绑了他的手腕和脚踝，再拿半码床单塞住他的嘴。我等了一会儿，直到确认他能透过床单呼吸为止。

我很是为他难过。一个工作勤奋的朴实小子，努力地想保住饭碗，拿到周薪。说不定还有老婆和孩子。太糟糕了。而他得到的全部帮助就是一记闷棍。这似乎不太公平。我把那瓶下了药的威士忌放在他本来能够着的地方——如果不是因为他的手被绑住的话。

我拍了拍他的肩膀。我几乎要为他落泪了。

我所有的衣物——甚至包括我的枪套和退了子弹的手枪——都挂在壁橱里。我用笨拙的手指穿上衣服，一边打了无数通的哈欠。

床上的男人在安睡。我把他留在了那里，然后把房门锁上。

门外是一条寂静宽敞的走道，里面有三扇紧闭的房门。每扇门后面都鸦雀无声。一条酒红色的地毯沿着走道正中央一路铺开——它与这栋房子的其余部分一样安静。地毯的尽头是一处凸墙，接着又是一条走道，与之前的那条成直角，然后是一段楼梯的顶端——楼梯庞大老式，边上有白橡木扶手。它划出一道优雅的曲线，通向下方一条阴暗的走道。底层走道的两端各有一扇彩色玻璃内门。楼梯台阶上镶嵌着马赛克，上面铺着厚厚的小地毯。一缕光从一扇留了一道缝的门里漏了出来。但我听不到一丁点儿声音。

一栋老宅——过去的人造的房子是什么模样，它就是什么模样，只是如今的人已经不造这样的房子了。它也许坐落在一条安静的街道上，边上有一个玫瑰棚架，门前还有许多鲜花——优雅，凉爽，安静，沐浴在明亮的加州阳光下。至于房子里面是什么情形——鬼才在乎，只要别让尖叫声太吵人就行。

我迈出一只脚，走下楼梯，就在这时我听到一个男人在咳嗽。这声音惊得我猛一转身；我看到走道尽头处的另一条走道上有一扇半开的门。我踮着脚从长地毯上走过。我等了一会儿，身子贴近那扇半掩的门，但没有钻进去。一道楔形的光束投在我脚边的地毯上。那个男人又咳嗽了——深沉的咳嗽声，发自深沉的胸腔。它听上去安宁又平和。这不关我的事。我的当务之急是离开这里。可在这栋房子里，任何一个能让房门开着的人都能引起我极大的兴趣。他应该是一个有地位的人，值得你向他脱帽致敬。我偷偷地往那道楔形的光束里挪了一小步。屋里响起报纸的沙沙声。

我能看到房间的局部——里面的陈设确实像个房间，而不是牢房。我看到一张深色的书桌，上面放着一顶帽子和几本杂志。窗户上拉着花边窗帘，地上铺着一条不错的地毯。

床垫弹簧发出响亮的嘎吱声。这家伙的块头挺大——就像他的咳嗽。我伸出指尖，把门推开一两英寸。什么也没有发生。我慢慢地把脑袋探了进去——这世上再没有什么能比我的动作更慢了。这下我看清了整个房间——一张床，床上的男人，一只烟灰缸，里面的烟头堆得溢到了床头柜上，又从床头柜溢到了地毯上。一打残缺不全的杂志扔得床上到处都是。其中一本捏在一双巨大的手中，摊在一张巨大的脸孔前面。我看到了绿纸边缘上方的头发。深色，卷曲——近乎黑色——而且非常浓密。头发下面是一长条白色的皮肤。那张纸又稍稍挪了一下，我没有呼吸，床上的男人也没有抬眼。

他需要刮个胡子。他的这把胡子永远都该刮。我以前见过他——在中央大道上，一家叫弗洛里安的黑人夜店。我曾见过他穿着一套招摇的衣服，上衣上挂着高尔夫球，手里捏着一杯酸威士忌。我曾见过他拿着一把军用柯尔特手枪，就像拳头里握着一件玩具，一边步履轻盈地跨过一扇破门。我曾见过他的某些壮举，某些一锤定音的壮举。

他又咳嗽了一下，在床上翻滚了一下屁股，闷闷不乐地打了个哈欠，然后伸手去拿旁边床头柜上的一只皱巴巴的烟盒，烟盒里面装着几支香烟。其中一支进了他的嘴里。火光在他指端闪现。烟雾从他鼻孔中喷出。

“啊！”他说了一声，接着那张纸又被举到了他的脸盘前面。

我留下他一个人待在那里，沿着侧走道一路折返。驼鹿马洛伊先生似乎被照料得很好。我回到楼梯口，沿着台阶走了下去。

那扇只留了一道缝的门背后传来一阵咕哝声。我等待着应答的声音。可是没有。那是有人在打电话。我走过去，贴近那扇门，竖起耳朵。那声音很轻，不过是一阵咕哝。没有一个字能清楚地传到我的耳朵里，让我听出意思来。最后我听到一声冷冰冰的“咔哒”声。房间里随即又恢复了寂静。

是时候离开这里了，走得远远的。我推开那扇门，悄悄地跨了进去。

27

那是一间办公室，不太小也不太大，给人一种整洁专业的感觉。一只带玻璃门的书柜，里面摆着沉甸甸的书本；一只挂在墙上的急救箱；一个白色搪瓷与玻璃材质的消毒柜，里面有许多正在处理的皮下注射针头和注射器；一张又宽又扁的办公桌，上面放着一张吸墨纸、一把青铜裁纸刀、一套笔具、一本记事簿，除此以外别无他物——如果不算一个男人的两只胳膊肘的话。此人正坐在那里沉思，脸埋在手掌中。

透过那几根张开的蜡黄色手指，我能看到他的头发，颜色像潮湿的棕色砂砾，顺滑得仿佛是画在头颅上的。我又向前走了三步，他的目光一定越过了桌子，看到了我脚上的鞋子在逼近。他的头抬了起来，眼睛看着我。无色凹陷的眼珠，嵌在一张羊皮纸一般的脸上。他松开手，慢慢地向后靠去，面无表情地看着我。

接着他两手一摊，做了一个半似无助半似责备的手势，等到它们重新落下时，其中一只已经离桌子的一角非常近了。

我又上前两步，向他亮出了大头棒。可他的食指依然在朝桌角挪去。

“警报器，”我说，“今晚帮不上你的忙。我把你的猛男手下送进了梦乡。”

他的眼睛里此刻满是困倦。“你病得很厉害，先生。你是个重病号。我不建议你现在就起床走动。”

我说了声：“右手。”大头棒随即啪的一声落在他右手边上。那只手蜷了起来，就像一条受伤的蛇。

我绕过桌子，一面咧着嘴笑，尽管这里并没有什么值得笑的东西。他肯定在抽屉里放了一把枪。他们总是在抽屉里放把枪，然后拿枪的时候永远迟了一步，或者根本连枪都摸不到。我掏出了那把枪。一把点三八的自动手枪，标准型号，不如我的枪好，不过我可以用它里面的子弹。抽屉里似乎没有其他东西了。我开始卸他这把枪里的弹匣。

他茫然地挪了挪身子，那双凹陷的眼睛依然满是忧伤。

“说不定你在地毯下面也藏了个警报器，”我说，“说不定连着你们老大在总部的办公室。别按。我接下来会做一小时的铁血硬汉。不管是谁，只要从那扇门里进来，就等于是进了棺材。”

“地毯下面没有警报器。”他说。他的声音带着一丝不易察觉的外国口音。

我卸下他的弹匣和我的空弹匣，将二者互换。我把他枪膛里的子弹退膛，然后放下那把枪。我给我的枪膛上了一颗子弹，回到桌子对面。

门上有一把弹簧锁。我向后退到门口，用力一推，把门关紧，听到门锁咔哒一声就位。门上还有一个门闩，也被我插上了。

我回到桌旁，坐进一把椅子。这消耗了我最后一丝气力。

“威士忌。”我说。

他的两只手开始四处乱摸。

“威士忌。”我说。

他走到药柜边上，拿出一个贴了绿印花税票的扁瓶和一只玻璃杯。

“两杯，”我说，“我之前尝过你的威士忌。它差点儿没把我送到圣卡塔利娜岛上去。”

他拿出两只小玻璃杯，撕开封条，满满地倒了两杯。

“你先请。”我说。

他淡淡一笑，举起一只杯子。

“为你的健康干杯，先生——不论它现在是何等凋零。”他一饮而尽。我也一饮而尽。我伸手抓起酒瓶，放在身边，等着暖流涌上心窝。我的心脏开始怦怦乱跳，但至少它又回到了我的胸膛里，而不是悬在一根鞋带上。

“我做了个噩梦，”我说，“一通胡思乱想。我梦见自己被绑在一张小床上，关在一间门窗封死的屋子里，身体里被人注满了麻药。我非常虚弱。我昏睡着。我没东西吃。我是个病人。我让人敲了脑袋，被他们带到了一个地方，就是在那儿他们对我干了这些事情。他们可真是大费周折。我没那么重要。”

他一言不发。他观察着我。他的眼睛里隐约有一种揣测的神色，仿佛他是在想我还能活多久。

“我醒过来的时候，房间里全是烟雾，”我说，“但那只是幻觉——视神经炎，或者你们这行发明的其他什么叫法。但我看到的不是粉红的蛇，而是烟。于是我大喊了一声，一个穿白上衣的猛男走了进来，朝我亮了亮大头棒。我花了好长时间才准备好从他手里夺走棒子。我拿了他的钥匙和我的衣服，甚至从他口袋里拿回了我的钱。然后我就上这儿来了。病也全好了。你刚才说什么来着？”

“我没有发表评论。”他说。

“但评论要求你发表它们。”我说。“它们伸着舌头，等着你把它们说出口呢。这件东西——”我轻轻地挥了挥大头棒，“很有说服力。我不得不问一个人借用一下。”

“请现在就把它给我。”他说这话的时候带着一丝微笑——你会爱上这微笑的。它就像刽子手来到你的牢房前打量你时的微笑——此刻他正在脑子里测算该用多长的绳子绞死你。它同时带着一点友好，一点父爱，一点谨慎。你会爱上它的——假使你有法子活到爱意绽放的那一天。

我把大头棒放进他的手掌——他的左掌。

“接下来请交出枪，”他轻声说，“你病得很厉害，马洛先生。我想我不得不坚持要求你回到床上。”

我瞪着他。

“我是索德伯格大夫，”他说，“我可不会允许你胡闹。”

他把大头棒放在面前的桌子上。他的微笑僵硬得就像一条冷冻的鱼。他纤长的手指颤动着，就像濒死的蝴蝶。

“请交出枪，”他轻声说，“我强烈建议——”

“现在几点了，典狱长？”

他看上去稍稍有些吃惊。我这时戴着手表，但发条已经松了。

“将近午夜。怎么了？”

“星期几？”

“嗨，我说先生啊——当然是星期天晚上了。”

我靠在桌子上稳住身子，努力思考，一边把枪伸到离他很近的位置，好引诱他动手来抢。

“这么说都过了四十八个小时了。难怪我会发病。谁把我带到这儿来的？”

他瞪着我，左手开始一点点地朝那把枪挪去。他是“魔手情圣协会”的人。姑娘们有他在一定会很开心的。

“别逼我发飙，”我嘀咕道，“别逼我抛下我那完美的礼仪和无可挑剔的英语。你就告诉我吧：我是怎么来这儿的？”

他很勇敢。他伸手去抓我手里的枪。可他扑了个空。我向后一靠，把枪放在大腿上。

他满脸通红，伸手抓起那瓶威士忌，给自己又倒了一杯，咕咚咕咚地灌了下去。他深吸了一口气，打了个战。他不喜欢酒精的味道。嗑药的人从来不喜欢酒。

“如果你离开这里，你会立刻遭到逮捕，”他严厉地说，“你是被一名执法官员按正规程序送入医院的——”

“执法官员不能这么做。”

这话震了他一下——轻轻的一震。他那张蜡黄的脸开始抽动。

"快把你肚子里卖的药给我吐出来，"我说，"是谁送我进来的，为什么，以何种方式？今晚我情绪很不稳定。我想在泡沫里跳舞。我听到女鬼在呼唤。我有一个礼拜没开枪杀人了。快说，费尔大夫。拨响那只古老的六弦琴，让柔美的音乐飘奏吧。

"你患上了麻醉品中毒症，"他冷冷地说，"你差一点点丢掉性命。我不得不给你开了三剂强心剂。你又是挣扎，又是尖叫，我们只能把你束缚起来。"他飞快地从嘴里吐出一串话来，每一个字都仿佛是从前一个字的背上跳过的。"如果你在目前这种身体状况下离开医院，你会有大麻烦的。"

"你刚才说你是大夫——是医生？"

"当然。我是索德伯格大夫，我告诉过你了。"

"麻醉品中毒不会让你又是挣扎又是尖叫，大夫。你只陷入昏迷。换个故事吧。另外请你讲得简短点。我只要关键点。谁把我送进了你这座怪里怪气的私宅？"

"可是——"

"别跟我来'可是'。我要把你变成落汤鸡。我要用一桶马姆齐甜酒淹死你。真希望我能用一桶马姆齐甜酒淹死自己。莎士比亚。他也很懂酒。我们再服一点药吧。"我伸手拿起他的杯子，又给我俩倒了两杯。"快说，卡尔洛夫。"

"是一个警察送你进来的。"

"什么警察？"

"自然是贝城警察了。"他那几根蜡黄的手指不安地扭动着杯子。"这里是贝城。"

"哦。这个警察有名字吗？"

"似乎是一个叫加尔布雷思的警司。不是开巡逻车的普通警官。周五晚上，他和另一名警官发现你正在这所房子外面神志不清地游荡。他们把你送进这里来，是因为这里离得近。我当时以为你是一名吸毒过量的瘾君子。但也许我错了。”

“这故事还不错。我没法证明它不是真的。可你为什么要把我留在这里？”

他摊开那双不安的手。“我已经一遍又一遍地告诉过你：你当时病得很厉害，现在依然是这样。你说我该怎么做？”

“这么说我一定欠你钱了。”

他耸耸肩。“当然了。两百美元。”

我把椅子稍稍往后一推。“太便宜了。有种你就来拿吧。”

“如果你离开这里，”他严厉地说，“你会立刻遭到逮捕。”

我把身体探过桌子，呼出的气息喷在他脸上。“不单单是要从这里出去，卡尔洛夫。打开那只壁式保险箱。”

他忽地一下站了起来，步伐平稳流畅。“你闹得实在是过分了。”

“你不愿意打开它？”

“我绝无这么做的可能。”

“我手里拿的可是一把枪啊。”

他笑了，笑得勉强又苦涩。

“那是只挺大的保险柜，”我说，“而且还是新的。这是一把好枪。你真不愿意打开它？”

他脸上的神色没有任何变化。

“该死，”我说，“你手里有枪的时候，照理说你叫别人做什么，别人就该做什么的。可这条规律现在失灵了，对吗？”

他笑了。他的微笑里透着一种施虐狂般的愉悦。我的身体在一点点地向后滑。我眼看就要瘫倒了。

我摇摇晃晃地站在桌子边上；他等待着，双唇微张。

我倚着桌子站了好长一会儿，一边盯着他的眼睛。然后我咧嘴一笑。他脸上的微笑就像一块脏抹布一样掉落了。汗珠从他额头上渗了出来。

“拜拜，”我说，“我把你留给那些比我更难缠的家伙。”

我退到门口，打开门，走了出去。

前门的锁开着。门口有一道带顶的门廊。花园里满是鲜花，一片盎然，外面有一圈白木桩篱笆和一扇进出的大门。这栋房子位于一处街角。清凉潮湿的夜空中见不到月亮。

街角的路牌上写着“德斯坎索街”。街区两边的一栋栋房子都亮着灯光。我竖起耳朵，留意着警笛声。但警笛一直没有响起。另一块路牌上写着“第二十三街”。我拖着沉重的步子走上第二十五街，然后开始朝 800 街区行进。安·赖尔登的地址是 819 号。避难所。

我走了好长一段路后才意识到我的手里依然握着那把枪。而我也一直没有听到警笛声。

我继续往前走。这空气让我感觉好些了，但威士忌的效力快消退了，此刻在我的体内作垂死挣扎。街区的两边有成排的冷杉，还有砖瓦房——它们看起来更像是西雅图国会山区里的房子，而不是南加州的建筑。

819 号里依然亮着一盏灯。门前有一条白色的停车门廊，非常窄，紧贴着一道高高的柏树篱。屋前种着几丛玫瑰。我沿着人行道走上前去。我先听了听动静，这才按响门铃。依然没有警笛呼啸而来。门铃叮咚，过了片刻传来一个电子装置（就是那种允许你在不开大门的情况下和门外通话的装置）中的沙哑声音。

“请问是哪位？”

“马洛。”

也许她倒抽了一口气，也许那只是电子设备关闭时发出的噪音。

大门洞开，身着一套淡绿色宽松便装的安·赖尔登小姐站在那里，看着我。她的双眼睁得大大的，满是惊恐。她的脸在门廊灯的强光下突然变得煞白。

“上帝啊，”她尖叫道，“你真像哈姆雷特的父亲。”

28

客厅里布置着一条棕黄色的花纹小地毯，几把白色和玫瑰色的椅子，一座黑大理石壁炉（配有高高的黄铜薪架），凹进墙里的高大书架，还有米色粗窗帘，遮着拉下的软百叶窗。

这间房里没有任何女人味的东西——除了一面大穿衣镜，镜子前面的地板上留出了一道空位。

我半坐半躺地陷在一把深椅里，两腿搁在一只脚凳上。刚才我喝下了两杯清咖啡，接着是一杯酒，接着吃了两只溏心蛋，并且插入了一片吐司作为两只蛋的间奏，接着又是一杯掺了白兰地的清咖啡。我是在早餐室里吞下所有这些东西的，但我已经记不得早餐室的样子了。那已经是很久很久以前的事了。

我的身体现在又状态良好了。我差不多清醒了，我的胃也直冲三垒，而非扭扭捏捏地瞄着中外场旗杆。

安·赖尔登坐在我对面，向前探着身子，标致的手托着标致的下巴，做成蓬松发型的红褐色秀发下面，一双黯淡的眼睛上罩着阴霾。她看上去很忧虑。我刚才告诉了她一些事情，但不是全部。驼鹿马洛伊的事情我特地没有跟她说。

“我以为你喝醉了，”她说，“我以为你只有喝醉了才会来见我。我以为你和那个金发女郎在外面呢。我以为——我不知道我都以为了些什么。”

“我敢打赌，你不是靠写作换来这个好地方的，”我边说边左顾右盼，“就算有人花钱买你的那串‘你以为’，那也还是不够。”

“这里也不是靠我爸爸收警察的贿赂换来的，”她说，“可不像他们如今弄上去的那个肥猪警察局长。”

“这不关我的事。”我说。

她说：“我们在德尔雷伊有些地产。买地的人骗他说，那些只是沙地。结果是油田。”

“这里可以住进来一个小伙子，”我说，“直接搬来就行。一切都为他备妥了。”

“如果他真是个棒小伙子的话。而且还得有人要他进来。”她说。

“没有管家，”我说，“这就有点难办了。”

她脸红了。“可是你——你宁可让人把你的脑袋打成肉酱，在你的胳膊上扎满麻药针头，拿你的下巴当球篮板。我的天啊，这实在是够你受的。”

我一言不发。我实在是太累了。

“至少，”她说，“你还想到了去检查那几只烟嘴。就凭你之前在紫苑路上说的那些话，我还以为你根本是一头雾水呢。”

“那几张名片没有任何意义。”

她狠狠地瞪了我一眼。“那人叫两个坏警察揍了你一顿，还把你扔进一家两日戒酒诊所，以此教训你不要多管闲事，可你现在却坐在那里，对我说出这种话？这件事明显得就像一根棍子高高地戳在外面，就算是把它截掉一码，你也还是可以拿剩下的半截当棒球棍。”

“这话应该是我来说的，”我说，“完全是我的风格。粗俗。哪件事这么明显？”

“这位优雅的精神大师不过就是个高级匪徒罢了。他挑选有利可图的目标，榨取她们头脑里的信息，然后让那些打手出门抢劫珠宝。”

“你真觉得是这么回事？”

她瞪着我。我喝干了杯里的酒，脸上又摆出那副无能的神情。她看也不看。

“我当然这么觉得，”她说，“你也这么觉得。”

“我觉得事情比这要复杂。”

她露出一个既温馨又尖刻的微笑。“对不起。我一时忘了你是位侦探。事情必须复杂，对吗？我猜简单的案子也许对你而言是有失体面的。”

“事情比这要复杂。”我说。

“没错。我洗耳恭听。”

“我也不清楚。我只是这么觉得。我能再来一杯吗？”

她站起身来。“我说，你总得时不时地喝杯水吧，哪怕只是为了换换口味，寻点刺激。”她出了房间，不知从哪里传来了冰块的叮当声；我闭上眼睛，听着这些细小琐碎的声音。我来这里毫无道理。如果他们对我的了解真有我怀疑的那么多，那他们说不定会来这里找我。真要那样的话，事情可就一团糟了。

她拿着杯子回来了，握着杯子的手指碰到了我的手指——冰凉的玻璃杯把它们也冻得冰凉；我将它们放在手中，握了一会儿，然后缓缓放开，就像放开一个梦，一个你在撒满脸庞的阳光下、在一片魔幻山谷中苏醒时放开的梦。

她脸一红，回到自己的座位上坐下，然后煞有介事地摆了好半天的坐姿。

她点了一支烟，看着我喝酒。

“亚姆瑟是个挺心狠手辣的家伙，”我说，“可我就是觉得他不像是一个珠宝盗窃团伙的幕后策划者。也许我错了。假使他是的话，假如他认为我抓到了他的把柄，那依我看，我是不可能活着逃出那家麻药医院的。可有些事情让他害怕。他起初没有来硬的，直到我开始胡说什么肉眼看不见的字迹。”

她平静地看着我。“真有什么字迹吗？”

我咧嘴一笑。“就算有，我也没能辨认出来。”

“在一个人背后写上几句坏话，然后用这种方式藏起来，这真的是很奇怪，你说呢？居然藏在香烟的烟嘴里。要是没人发现它们的话，那又会怎么样呢。”

“我认为，这件事的关键在于马里奥特害怕某件事情，如果他遭遇了不测，那么这些名片就会被人发现。警察会用一把细细的梳子把他的口袋梳理个遍。这就是让我困惑的地方。如果亚姆瑟是坏蛋，那他是不会留下任何东西让人去发现的。”

“你的意思是说，如果亚姆瑟谋杀了他——或者让人谋杀了他？可马里奥特对亚姆瑟的了解也许和这起谋杀没有直接关系。”

我身子向后一靠，背贴着椅子，喝干了杯里的酒，然后做出我正在思考这个问题的样子。我点点头。

“可是这场珠宝劫案和谋杀案有关联。而且我们目前认为亚姆瑟与珠宝劫案有关联。”

她的眼神有一点羞涩，“我看你一定是累了，”她说，“你不想上床休息吗？”

“在这里？”

她的脸刷地一下红到了发根。她倔强地昂起下巴。“正是此意。我又不是小孩子。鬼才管得了我做什么，何时做，怎么做呢。”

我放下酒杯，站了起来。“我难得有拘谨的时刻，但这样的一刻却恰好降临了，”我说，“你能开车送我去最近的出租汽车站吗，如果你不是感觉太累的话？”

“你这该死的傻瓜，”她生气地说，“你被人打成了一团烂泥，身体里还注满了天知道多少种麻药，我觉得你需要的正是好好睡上一觉，这样你第二天才能精神抖擞地早早爬起来，重新做你的侦探。”

“我想我会迟一点睡觉。”

“你应该待在医院里，死呆子！”

我耸耸肩。“听着，”我说，“我今晚头脑不是很清醒，我想我不该在这儿逗留得太久。关于那些人，我还没有抓到一件我可以证明的把柄，可他们似乎都非常讨厌我。不管我说什么，那都会是以我的话同法律对抗，而这座小城的法律似乎是烂透了。”

“这是座挺不错的小城，”她不高兴地说，呼吸有一点急促，“你不能仅凭——”

“好啦好啦，这是座挺不错的小城。芝加哥也挺不错的。你可以在那儿住上好久都撞不见一挺汤普森冲锋枪。没错，这是座挺不错的小城。也许这里也不比洛杉矶更黑。可在一座大城市里，你只能买到一小块地皮。而这种规模的小城，你却可以把它整个儿买下来，连同原装盒子外加包装绵纸。这就是差别。而正是这一点让我想要退出。”

她站起身来，扬起下巴对着我。“你现在就给我上床去，就睡这里。我有一间空卧室，你直接就可以睡进去，另外——”

“你保证会锁门？”

她脸一红，咬了咬嘴唇。“有时候我觉得你是个真正了不起的人物，”她说，“另一些时候我又觉得你是我遇见过的最可恶的混蛋。”

“不管是哪种情况，你能不能把我送到一个我能招到出租车的地方？”

“你给我留下，”她厉声说，“你的身体状况很不好。你是个病人。”

“我的病没有重到让某人不撬我的脑袋瓜。”我没好气地说。

她冲出房间，脚步飞快，险些在联结客厅和门厅的两级台阶上绊倒。一眨眼的工夫，她就已经回来了，宽松便装上披了一件长法兰绒外套，头上没戴帽子，一头红发看上去疯狂得就像她的面庞。她打开一扇侧门，一把将门甩开，猛地冲了出去，车道上随即传来她噔噔噔的脚步声。我隐约听到了升起车库门的声音。一扇车门打开，又砰的一声关上。点火器吱吱作响，引擎启动，车灯亮起，强光透过一扇敞开的落地窗射进客厅。

我拿起椅子上的帽子，关掉两盏灯，发现落地窗上有一把耶尔锁。我回头看了一眼，然后关上窗户。这是一间美好的房间。在这样的房间里悠然地穿着拖鞋会是一件很美好的事。

我关上房门，那辆小轿车平稳地开到了我的身边；我从车尾绕到另一边，钻进汽车。

她直接把我送回了家，一路上双唇紧闭，一脸怒容。她开车开得飞快，仿佛胸中怀着一团怒火。我在自己的公寓门前下车时，她只是用冷若冰霜的声音说了声再见，紧接着那辆小汽车就在街道正中央忽地掉了个头，不等我从口袋里掏出钥匙，它就已经消失在了视线中。

门厅大门十一点钟就锁了。我打开门锁，走进那间永远散发着霉味的门厅，然后沿着门厅直走到楼梯和电梯前。我乘电梯来到了自己的楼层。惨淡的灯光照着整条走道。服务门前放着一只只牛奶瓶。后头的红色防火门隐约可见。门上面有一扇打开的纱窗，一丝空气慵懒地透过纱窗渗了进来，但永远不足以驱散里面那股做饭的味道。我回家了，回到了这个沉睡的世界——它无害得就像一只打盹的猫。

我打开自己这间公寓的房门，走了进去，闻着里面的味道——我呆立在那里，靠着门站了一小会儿，这才打开电灯。一股家的味道，一股灰尘与烟草的味道，一股男人世界的味道——他们在这里生活，并将继续生活下去。

我脱掉衣服，爬上床去。我做了些噩梦，从梦中醒来时惊出了一身汗水。可到了第二天早上，我又是一条好汉了。

29

我穿着睡衣坐在床沿上，想着要起床，但还没有付诸实施。我感觉不是特别舒服，但并没有像我预期的那样难受，也抵不上坐班拿工资带给我的折磨——如果我有朝一日会去坐班的话。我有点头疼，感觉头大脑热；我的舌头发干，上面起了舌苔；我的喉咙肿痛；我的下巴也没有一声不吭。不过我以前还经历过比这更难熬的早晨。

这是一个灰色的早晨，雾气高高地挂在空中，此刻空气里还没有暖意，但它很快就会到来。我把身子从床上拖了起来，揉揉昨天吐得发酸的肚子窝。我的左脚感觉还行。一点儿不疼。所以我只能用它踢了一下床脚。

就在我骂娘的时候，传来了一阵急促的敲门声——这种专横跋扈的敲门方式让你想要拉开一道两英寸的门缝，伸出红如樱桃的舌头给他一声水灵灵的"呸"，再砰地一声把门关上。

但我开门的幅度还是稍稍超过了两英寸。警督侦探兰德尔站在那里，身穿一件棕色的华达呢套装，头戴一顶轻便的馅饼毡帽，模样整洁挺括又严肃，眼中透着凶巴巴的目光。

他轻轻地推开门，我随即从门口站开。他走进屋来，关上门，四下张望了一番。"这两天我一直都在找你。"他说话的时候眼睛没有看我，而是在估量房间的尺寸。

"我生病了。"

他迈着轻快的步伐在房间里四处走动，米灰色的头发亮闪闪的，帽子这时夹在了胳膊底下，两手插在口袋里。作为一名警察，他不算是个真正的大块头。这时他从口袋里抽出一只手来，把帽子放在几本杂志上面。

“不是在这里。”他说。

“在一家医院里。”

“哪家医院？”

“宠物医院。”

他的脸抽了一下，就好像我给了他一巴掌似的，皮肤下面隐隐泛红。

“这时辰有点儿早啊，你说呢——大清早的说这种胡话？”

我一言不发。我点了一支烟，抽了一口，重新在床上坐下，动作飞快。

“你这样的小子是没救了，你说呢？”他说，“唯一的办法是把你扔进大牢。”

“我是个病号，而且到现在都还没喝上早咖啡。你不能指望我妙语连珠。”

“我叫你别插手这个案子。”

“你不是上帝。你甚至都不是耶稣基督。”我又抽了一口烟。我身体里面的某个地方感觉生疼，但我还是多少更喜欢现在这种感觉。

“你要是知道了我能给你制造多少麻烦的话，保准会大吃一惊的。”

“也许吧。”

“那你知道我为什么到现在还没有动手吗？”

“知道。”

“为什么？”他稍稍往前一探身，模样机警得就像一只小猎犬，眼睛里射出冷冰冰的目光——它们或早或迟，最终都会变成这副模样。

“因为你找不到我。”

他身子向后一仰，踮着脚跟摇晃了两下。他的脸色这下明朗了些。“我还以为你会说一句别的话呢，”他说，“你要是说了，我就一拳砸在你下巴上。”

“两千万美元也吓不倒你。不过你说不定会接到上头的命令。[①]”

他喘着粗气，嘴巴微张。他从口袋里掏出一包香烟，撕掉包装纸，动作慢得出奇。他的手指在微微颤抖。他用嘴唇夹住一支香烟，伸手从我放杂志的桌子上拿起一包火柴。他小心翼翼地点着香烟，把火柴放在烟灰缸里，而不是扔在地上，然后吸了一口烟。

“我前两天在电话上给过你几条忠告，”他说，“周四。”

“周五。”

“没错——周五。可那不管用。我现在能理解为什么了。但我那时不知道你在隐藏证据；我只是在建议你就这件事采取一种在当时看来似乎明智的做法。”

“什么证据？”

他默默地瞪着我。

“想来点儿咖啡吗？”我问他，“咖啡说不定能让你有点人情味。”

“不用。”

“我要喝。”我起身朝小厨房走去。

“坐下，”兰德尔厉声说，“我的话还远远没有讲完呢。”

我继续走出房间，进了小厨房，往水壶里倒了点儿水，再把壶放在炉子上。我从水龙头里接了一杯水喝，接着又是一杯。我拿着第三杯水往回走，站在门道里看着他。他的姿势没有任何变化。香烟的烟幕像一件有形的固体一般挂在他的身侧。他的眼睛正望着地板。

“格雷尔太太差人来请我的时候，为什么我不应该去她家？”我问他。

“我说的不是这件事。”

“没错，可你前面刚刚说起过。”

“她没有差人来请你。”他抬起眼睛，目光依旧冷冰冰的，突出的颧

---

① 注意：前文曾提到格雷尔先生身家在两千万上下。这几句隐晦的对话都围绕着他。

骨上依旧染着那片绯红。“你不请自来地出现在她面前，提起了那件丑闻，几乎是用敲诈的手段拿到了一份工作。”

“真滑稽。在我的记忆里，我们根本就没有谈什么工作。我觉得她的故事里面什么都没有。我的意思是说，没有什么我能咬得住的东西。根本无处下手。当然，我猜她也一定把那故事讲给你听过了。”

“她讲了。圣莫妮卡大道上的那家啤酒馆是个贼窝。可这没有任何意义。我在那里找不到任何线索。街对面的那家旅馆也不干净。可没有一个我们想要的人。净是些小混混。”

“是她跟你说我不请自来的？”

他的目光微微一垂。“不是。”

我咧嘴一笑。“来点儿咖啡？”

“不用。”

我回到小厨房，煮上咖啡豆，等着咖啡滴进壶里。兰德尔这次跟在我后面，自己站在门道里。

“那个珠宝抢劫团伙已经在好莱坞及周边地区活跃了至少十来年了——据我所知。”他说。“这次他们干得实在是太过分了。他们杀了一个人。我想知道为什么。”

“嗯，如果这是一起团伙作案，而你最后能成功破案的话，那这将是自打我搬进这座小城以来首次有团伙谋杀案告破。而我至少可以说出一打这样的案子，并且给出案情。”

“你这话说得真好，马洛。”

“要是我说错了，敬请指正。”

“该死，”他没好气地说，“你没说错。记录上面有两起告破的案子，可它们其实是冤案。小混混为大老板顶缸罢了。”

“没错。来点儿咖啡？”

“如果我喝上一杯，你愿意正正经经、男人对男人地跟我谈谈，不耍嘴皮子吗？”

“我试试吧。但我不能保证我会倒出脑子里所有的想法。”

“有些想法我不听也罢。”他尖刻地说。

“你身上这套正装真不错。”

他的脸又被染红了。“这套衣服值二十七块半。”他凶巴巴地说。

“哦天啊，一个敏感的警察。”我说完又回到了炉子边上。

“闻上去不错。你是怎么煮的咖啡？”

我倒了一杯。“法式滴滤壶。粗磨咖啡。不用滤纸。”我从壁柜里拿出白糖，又从冰箱里取了奶精。我们面对面在墙角的两边坐下。

“你刚才是在说笑话吗？你说你生病了，待在医院里？”

“不是笑话。我遇到了一点小麻烦——在贝城那边。他们把我关进去了。不是牢房，而是一家私人酒毒戒除所。”

他的目光变得有点儿恍惚。“贝城，是吧？你喜欢吃苦头，是吧，马洛？”

“不是说我喜欢吃苦头。而是苦头喜欢找上我。但我以前也从来没有碰到过这样的事情。我挨了两记闷棍，第二记来自一名警官，或者说是一个不但看上去像警官，而且还自称是警官的人。我被人用我自己的枪殴打，被一个凶悍的印第安人掐得半死。我人事不省地被他们扔进这家戒毒医院，关在里面，有段时间还被绑住手脚。但我没法证明这当中的任何一件事情，除了我身上确实布满了数量丰富的瘀伤，而且我的左胳膊上还有许多针眼。”

他紧紧盯着桌子一角。“在贝城。”他慢吞吞地说。

“这名字就像一首歌。一首脏澡盆里的歌。”

“你在那儿做什么？”

“我没有上那儿去。那些警察把我带过了地界。我之前去谧林高地见了一个伙计。那是在洛城。”

“一个叫朱尔斯·亚姆瑟的男人，”他平静地说，“你为什么要偷那几根香烟？”

我的目光落进了杯子里。那个该死的小傻瓜。“我觉得这事情有点儿怪：他——马里奥特——带了只多余的烟盒。里面装着大麻烟。看来他们在贝城的做法是把这类东西制成俄国香烟的模样——空心烟嘴，罗曼诺夫纹章，一应俱全。”

他把手中的空杯子朝我跟前一推，我把杯子重新加满。他的目光审度着我的脸，一根线条接一根线条，一个细胞接一个细胞，就像夏洛克·福尔摩斯拿着放大镜，或是桑代克医生拿着手持透镜。

“你应该告诉我的。”他愤愤地说。他啜了一口咖啡，用一块带流苏边的东西抹了抹嘴——公寓楼总是给你这种玩意儿当做餐巾。“可那几支烟不是你偷的。那姑娘告诉我了。”

“啊——好吧，该死，”我说，“爷们儿在这个国度里再也干不成一件事了。出头的永远是女人。”

“她喜欢你，”兰德尔说，语气就像电影里某个彬彬有礼的联邦调查局探员，有一点哀伤，但男人气十足。“她家老爷子正直得就像任何一个丢掉工作的好警察。她没有理由去拿那几支烟。她喜欢你。”

“她是个好姑娘。不是我喜欢的类型。”

“你不喜欢好姑娘？”他又点了一支香烟，挥手把烟雾从面前扇开。

“我喜欢圆滑闪亮的姑娘——铁石心肠，罪孽深重。”

“她们会把你的口袋掏空。”兰德尔无动于衷地说。

“没错。我的口袋什么时候不是空的？我们这是在扯什么呀？”

他的脸上今天头一次露出了微笑。他也许给自己设定了四次的限额。

“我没从你嘴里得到太多东西，”他说。

“我来给你讲一个我的推测吧，但你也许在这方面已经远远地领先于我了。这位马里奥特是个专门敲诈女人的家伙，因为这是格雷尔太太告诉我的。可他还有别的营生。他是这个珠宝抢劫团伙的眼线。社交界的眼线。这小子会与受害人结交，为作案创造条件。他会先结交那些他打算约出去玩的女人，和她们打得火热。就拿上周四的这桩劫案来说吧。这案子很可疑。如果不是马里奥特开的车，如果他没有把格雷尔太太带到特罗卡德罗去，如果他回家时走的不是那条经过啤酒吧的路线，劫案就根本没法实施了。”

“开车的也有可能会是司机，”兰德尔头脑清晰地说道。“可就算那样，事情也不会有多少变化。司机才不会冒着吃一脸枪子儿的风险去挡劫匪呢——一个月九十块钱不值得他这么干。但是，马里奥特一个人不能把太多的女人领进抢劫的圈套，不然人们就要开始在背后说话了。”

“这类黑局的关键就在于没人说话，”我说，“因为赃物会以低廉的价格卖还给苦主。”

兰德尔身子向后一靠，摇了摇头。“你得拿出比这像样的理论来才能引起我的兴趣。女人们什么都说。最后大家肯定都会知道：跟这个马里奥特出门是件不太靠谱的事情。”

“也许吧。这就是为什么他们把他干掉。”

兰德尔木然地盯着我。他的勺子在空茶杯里搅着空气。我伸手过去添咖啡，可他挥手让我把咖啡壶拿开。“继续往下讲。”他说。

“他们把他用空了。他的利用价值被榨干了。的确，是时候有人在背后议论他两句了，就像你说的那样。可一个人一旦上了这条贼船，就没法下船了，而且也没有暂停时间。所以，这最后一次抢劫就成了他真正意义上的‘最后一次’。你瞧，就这串翡翠的价值而言，他们的要价真的很低。马里奥特和他们全都联络好了。可马里奥特还是吓坏了。到了最后一刻，他觉得自己最好不要一个人去。另外他想出了一个小花招：如果他遭遇不测的话，那他身上的某件东西就会指向一个人——一个冷酷无情，但十分聪明的人，聪明得足以成为这类团伙的幕后决策者，而且此人所处的特殊地位还使得他能够方便地从富婆身上套取信息。这是个很幼稚的把戏，可它确实成功了。”

兰德尔摇了摇头。“如果是团伙作案，那他们一定会把他剥个精光的，说不定还会把尸体拖到海上，扔进海里。”

“不。他们想让这起案子的手法显得很业余。他们还想继续干这一行呢。他们说不定已经找好了下一个眼线了。”我说。

兰德尔还是摇头。“这三根香烟指向一个不像是会干出这种事情的男人。他有一条属于自己的贼船。我打听过了。你怎么看他？”

他的眼神一片漠然——漠然得过分。我答道：“他在我眼里真是毒辣透了。再说了，钱这东西永远也不嫌多，你说是不？毕竟，他那精神治疗的把戏在任何一个地方都只能玩儿上一阵子。他一开始能掀起一阵风，这时候所有人都会去找他，可过一阵子，风头过去了，这生意可就惨淡了。如果他仅仅是个精神大师，不干别的，那就是这个结果。就像电影明星。给他五年时间吧。他也就能玩儿那么久。可他要是能找到些许法子利用那些信息——那些他必然会从女客户嘴里套出来的信息，那他就能赚大钱了。”

“我会对他做更彻底的调查，”兰德尔说，眼神依然那么漠然，“不过，我现在更感兴趣的是马里奥特。让我们继续往前倒推——好好地倒推。说说你是怎么认识他的。”

“他就给我打了个电话。他从电话簿里挑中了我的名字。至少他是这么说的。”

“他有你的名片。”

我做出吃惊的模样。“没错。这件事我给忘了。”

“暂且撇开你的坏记性不谈，你有没有想过他为什么要挑你的名字？”

我的目光越过手中的咖啡杯，停留在对面的兰德尔身上。我开始喜欢上他了。他那件背心后面除了衬衫，还有许多别的东西。

“所以，这才是你来这里的真正原因？”我问道。

他点点头。“剩下的，你知道，都只是聊天。”他礼貌地冲我微笑，等着我开口。

我又倒了点儿咖啡。

兰德尔侧身靠了过来，目光与米色的桌面对齐。“有点儿积灰了。”他心不在焉地说，接着直起身子，直视我的眼睛。“也许我应该略微调整一下这个案子的处理方式，”他说，“比方讲，我认为你对马里奥特的直觉或许是准确的。他的保险柜里有两万三千美元现钞——我们费了好一阵工夫才找到这只保险柜的，顺便说一句。那里面还有些金额挺可观的债券和一份信托契书，契书指向一处位于西五十四街的房产。”

他拿起一把勺子，轻轻叩着咖啡碟的边缘，一面对我微笑。“感兴趣了吗？”他温和地问我。“地址是西五十四街 1644 号。”

“是的。”我口齿不清地答道。

“哦，马里奥特的柜子里还有许多珠宝——都是很值钱的东西。但我认为这些不是他偷来的。我觉得它们很有可能是送给他的礼物。你得了一分。他不敢卖这些珠宝——由于他自己头脑中的某种联想。”

我点点头。“他会觉得它们就像是偷来的。”

“是的。起初，那份信托契书并没有引起我的兴趣，可这也是事出有因。这就是你在警察工作里要面对的事。我们会从边远地区收到各种凶杀与可疑死亡报告。我们按规矩应该在当天读完报告。这是一条规定，就像你没有搜查令就不能搜查，没有合理依据就不能搜别人身上的枪一样。可我们会违反规定。我们必须这么做。有些报告我直到今天早上才读到。然后我就读到了这么一份东西，说的是上周四中央大道上一名黑人被杀的事情。凶手是一个凶悍的前科犯，名叫“驼鹿马洛伊”。这起案子还有一个目击证人。我敢打赌，那个目击证人就是你。”

他露出一个柔和的微笑——他的第三个微笑。“喜欢这故事吗？”

"我听着哪。"

"这就是今天早上的事，请你理解。于是我看了一眼是谁打的这份报告，结果发现我认识这个人。纳尔蒂。于是我知道这案子是破不了了。纳尔蒂这种人——呃，你去过克里斯特林吗？"

"去过。"

"哦，就在某个离克里斯特林不远的地方停放着许多节改造成小棚屋的铁路棚车。我自己就在那儿有一间棚屋，但不是棚车改的。这些棚车是用卡车拖来的——信不信由你——然后拿掉轮子就这么搁在那里。你瞧，纳尔蒂这种人能够在这样一节棚车里成为一名了不起的司闸员。"

"这话可不太客气，"我说，"他可是你的警察弟兄啊。"

"于是我给纳尔蒂打了个电话，他哼哼哈哈了一阵子，啐了几口痰，然后告诉我说，你对一个叫维尔玛什么的姑娘有点儿了解，马洛伊很久以前喜欢这个姑娘，还说发生凶案的那家餐馆以前是家白人夜店，马洛伊和那姑娘当时都在那里工作，你于是跑去见了老店主家的寡妇。她的住址是西五十四街，正是马里奥特的信托契书指向的那处房子。"

"然后呢？"

"于是我想，这一个早上我碰到了太多的巧合，"兰德尔说，"接着我就上这儿来了。到目前为止，我说这件事情的方式都还是相当客气的。"

"问题是，"我开口道，"这件事的表象大于实质。这个叫维尔玛的姑娘已经死了——据弗洛里安太太说。我有她的照片。"

我走进卧室，把手伸进套装上衣；我的手伸到半空中时，忽然有一种奇怪的预感，似乎摸到了空气。还好，关我的那些家伙甚至连照片也没拿走。我将它们取了出来，拿进厨房，然后把那张小丑姑娘扔到兰德尔面前。他仔细端详着照片。

"我没见过她，"他说。"另外一张呢？"

"不是的，这张是格雷尔太太的一张登报照片。安·赖尔登拿到的。"

他看着照片，点了点头。“为了那两千万美元，我自己也愿意娶她。”

“有件事我得告诉你，”我说，“昨晚我简直气疯了，脑子里闪过些疯狂的念头：我想一个人上那儿去，把那地方给一锅端了。那家医院在贝城的二十三街和德斯坎索街路口。经营那地方的是一个叫索德伯格的男人，他说他是医生。他还在暗地里为罪犯提供藏身窝点。我昨晚在那儿看到了驼鹿马洛伊。在一个房间里。”

兰德尔静如磐石地坐在那里看着我。“你确定？”

“你不可能把他认错。他是个大块头，是个巨人。他的模样不像你曾经见过的任何一个人。”

他依然坐在那里，看着我，一动不动。然后，慢慢地，他从桌子后面挪出身子，站了起来。

“我们去见见这个姓弗洛里安的女人吧。”

“那马洛伊呢？”

他又坐了下来。“告诉我事情的来龙去脉，讲得仔细点儿。”

我跟他说了一遍。他在听我讲述的整个过程中，目光一直没有从我脸上挪开过。我觉得他甚至都没有眨过眼睛。他呼吸时嘴巴微张，身体纹丝不动。他用手指轻轻地叩着桌子边缘。我的故事讲完了，这时他开口道：

“这位索德伯格大夫——他长得什么模样？”

“像条毒虫，说不定还是个毒贩子。”我尽己所能地向兰德尔描述了他的外貌。

他悄无声息地走进另一间房间，在电话机旁坐下。他拨了个号码，轻声细语地对着话筒说了好长时间。打完电话后他回到了我的身边。我这时刚刚又煮好了咖啡，还煮了两只鸡蛋，烤了两片吐司，抹上了奶油。我坐了下来，开始吃东西。

兰德尔在我对面坐下，一只手托着下巴。“我让州局缉毒组的一个伙计拿了一份假投诉单上那儿去了，他会要求在里面四处看看。说不定他会找到点儿线索。但他抓不到马洛伊。你昨晚离开后不出十分钟，马洛伊就跑了。对此你可以百分百肯定。”

“为什么不找贝城的警察？”我往鸡蛋上撒了点儿盐。

兰德尔一言不发。我抬头看他时，发现他满脸通红，表情尴尬。

“作为一名警察，”我说，“你是我见过的最敏感的家伙。”

“快点吃。我们得走了。”

“吃完以后我还得冲个澡，刮刮胡子，穿上衣服。”

“你不能就穿这件睡衣出门吗？”他尖酸地问道。

“这么说，那座小城真的黑成了这样？”我问他。

“那里是莱尔德·布伦特的地盘。他们说他出了三万块钱选了个市长。”

“就是坐拥贝尔维迪尔俱乐部的那家伙吗？”

“还有两条赌博游轮。”

“可贝城就在我们县啊。”我说。

他低头看着自己整洁闪亮的指甲。

“我们一会儿在你办公室楼下停车，带上另外那两根大麻烟卷。”他说。“如果它们还在那儿的话。”他打了个响指。“你要是愿意把你的钥匙借给我，我可以趁你刮胡子、穿衣服的功夫去替你拿来。”

“我们一起去，”我说，“我说不定还有邮件。”

他点点头，片刻之后坐了下来，点了支烟。我刮了胡子，穿好衣服，然后我俩坐着兰德尔的车离开了。

我确实收到了一封信，但那不值一读。办公桌抽屉里的两支切开的香烟没被人动过。办公室不像是有人搜过的样子。

兰德尔拿了那两支俄国香烟，闻了闻烟叶，然后把它们放进口袋。

“他从你身上拿走了一张名片，”他若有所思道，“名片背后不可能有什么花样，所以他也就没去操心剩下的两张了。我猜亚姆瑟并不怎么害怕——他只是觉得你想耍什么花招。我们走吧。”

30

爱管闲事的老太婆把鼻子从前门里往外伸出一英寸，一本正经地嗅了嗅，就好像闻到了早早开花的紫罗兰似的；接着她抬起头，用扫视的目光朝街道两边张望了一番，这才点了点那颗雪白的脑袋。兰德尔和我摘掉帽子。在这片社区里，这个动作也许就能让你与时尚大师华伦天奴相提并论。她似乎还认得我。

“早上好，莫里森太太，”我说，“我们能进来坐一会儿吗？这位是总部来的兰德尔警司。”

“天啊，我这会儿忙坏了。我还有许多衣服要熨呢。”她说。

“我们不会耽误您很久。”

她从门边上站开了，我们从她身边溜进门厅——门厅里还放着那只从梅森市或者管它什么地方运来的餐具柜，接着从那里走进一间整洁的卧室，卧室的窗户上挂着花边窗帘。后堂传来一股熨斗的味道。她关上隔在中间的那扇门，小心翼翼得就好像门是用酥馅饼皮做的一样。

这天早上她系着一条蓝白色的围裙。她的目光还是那么锐利，下巴也没有多长出一寸来。

她在离我一英尺远的地方站定，脸往前一伸，直直地看着我的眼睛。

“她没收到。”

我做出心领神会的表情。我点点头，看着兰德尔，兰德尔也点了点头。他走到一扇窗户前面，看着弗洛里安太太家的房屋侧面。回来的时候他脚步轻柔，胳膊底下夹着那顶馅饼帽，气质洒脱得就像校园话剧里的法国伯爵。

“她没有收到。”我说。

“没错，她没收到。周六是一号。四月傻瓜节。呵呵！”她的笑声停了；她正要用围裙擦眼睛的时候，突然想起这条是橡胶做的。这多少有点儿坏了她的兴致。她的嘴巴又皱成了一块梅干。

“邮递员来了以后，没有上她家的走道，她跑了出来，对着他叫。他摇摇头，继续往前走。然后她就回屋里去了。她摔门的时候用足了力气，我还以为窗户都要给震碎了呢。她就像是疯了一样。”

“天哪！”

爱管闲事的老太婆很不客气地对兰德尔说：“给我看看你的警徽，小伙子。这个年轻人前两天来我这儿的时候，嘴里有股威士忌的味道。我可没法再真心信任他了。”

兰德尔从口袋里掏出一枚金蓝相间的珐琅警徽，拿给她看。

“看上去确实像是真警徽，”她不太情愿地认可道，“嗯，周日什么也没有发生。她出去买酒了。回来的时候拿着两只方瓶。”

“杜松子酒，”我说，“这能让你明白她是什么样的人。好人从不喝杜松子酒。”

“好人什么酒也不喝。”爱管闲事的老太婆尖锐地说。

“没错，”我说，“邮递员周一又来了——今天就是周一——然后又从她门口走过去了。这次她真的很生气。”

“你倒挺会猜的，是不是，年轻人？别人嘴还没张，你这边就等不及了。”

“对不起，莫里森太太。这件事情对我们非常重要——”

“这边这个年轻人好像就从不张嘴插话。”

“他结婚了，”我说，“他有经验。”

她的脸上滑过一抹紫色，让我不太愉快地联想到了发绀。“从我家里滚出去，不然我叫警察了！”她吼道。

“你面前就站着一位警官，太太，”兰德尔不耐烦地说，“你没有危险。”

“倒还真是的。”她承认道。那抹紫色渐渐从她脸上消失了。“这个人我不喜欢。”

“在这一点上你并不孤单，太太。弗洛里安太太今天也没有收到挂号信——是吗？”

“是的。”她的声音尖锐短促，眼神鬼鬼祟祟的。她开始说话，语速飞快——实在是太快了些。“昨晚有人上那儿去。我没有看到他们。家里人带我去看电影。就在我们回来的时候——不，就在他们开车离开以后——一辆车从隔壁家门口开走了。开得飞快，没有开灯。我没有看见车牌号。”

她用那双鬼鬼祟祟的眼睛瞟了我一眼，目光尖锐。我心中纳闷，不知它们为什么这么鬼鬼祟祟。我信步走到窗户边上，拉起花边窗帘。一套蓝灰色的公务制服正朝这栋房子靠近。穿着这套制服的男人肩上背着一只沉甸甸的皮包，头戴一顶遮阳帽。

我从窗口转过身来，咧嘴一笑。

“你的水平在退步啊，”我粗鲁地对她说，“这样下去明年你就该进C级联赛当游击手了。”

“这话一点儿也不机灵。”兰德尔冷冷地说。

“你朝窗户外面看一眼。”

他照做了，脸上的神情随即凝重了起来。他静静地站在那里，看着莫里森太太。他在等待——等待一个世上独一无二的声音。他很快就等到了。

那是有人往正门的邮箱里投了件东西的声音。换做别的情形，那也有可能是张广告传单，但这一件肯定不是。外面传来有人沿着走道转身离去，走上街面的脚步声，兰德尔随即再度走到窗边。邮递员没有在弗洛里安太太的门前停下。他走了过去，蓝灰色的脊背在皮包的重压下平稳镇定。

兰德尔扭过头来，用无可挑剔的礼貌态度问道："邮局每天上午在这个地区投递多少次邮件，莫里森太太？"

她还想要硬撑到底。"就一次，"她没好气地说，"上午一次，下午一次。"

她的目光飘忽不定。那只兔下巴颤抖着，眼看着就要失控了。她用两只手紧紧抓住那条蓝白色围裙的橡胶褶边。

"今天上午的投递员刚刚走过去了，"兰德尔用心不在焉的语调说，"挂号信也是平常的这个投递员送的吗？"

"那些都是用特种快递交到她手里的。"老太婆的嗓子哑了。

"哦。可上周六邮递员没有在她家门口停下的时候，她冲出去找他问话的。你刚才根本没有提特种快递的事。"

看着他显身手真是件有趣的事——如果他显身手的对象是别人的话。

她的嘴张得老大，牙齿闪着漂亮的光泽，一看就是在一杯玻璃溶液里泡了一整夜的成果。就在这时，她突然发出一声粗厉的叫声，把围裙往脑袋上一掀，随即冲出了房间。

他看着她冲出去的那扇门。那是在拱门的另一头。他笑了。一个非常疲倦的微笑。

"干净利落，而且一点儿也不花哨，"我说，"下次你来唱黑脸。我不喜欢对老太太扮黑脸——哪怕她们是爱扯谎的长舌妇。"

他的脸上依然挂着微笑。"老把戏。"他耸耸肩。"警察工作。哎。她开始讲的是实话，因为她了解实情。可实话讲起来不够酣畅，听起来不够刺激。于是她试着添油加醋了一番。"

他转过身去，我们一起走出房间，进了门厅。后堂传来一阵微弱的啜泣声。对于某个耐性很好的男人而言——他如今早已离世——这曾经是一招制敌的武器（也许吧）。对我而言，这不过就是一个老太婆的啜泣声，但它也并不令我心情愉悦。

我们静悄悄地走出了这栋房子，关前门的时候轻手轻脚的，确保网格门没有发出砰的一声响。兰德尔戴上帽子，叹了口气。然后他耸耸肩，镇静地摊开那双冷静的、保养良好的手，摊得很舒展。这时我们还能听到一声声若有若无的啜泣在后堂响起。

邮递员的背影已经在街面上走开两栋房子远了。

“警察工作。”兰德尔平静地说，压低了嗓子，撇了撇嘴。

我们穿过两栋房子间的空地，来到隔壁家门前。弗洛里安太太还没有把洗过的衣服收进去。一件件衣物在侧院里的钢丝绳上抖动着，看上去又硬又黄。我们走上台阶，揿响门铃。没人应答。我们敲了敲门。没人应答。

“上次门是开着的。”我说。

他试着开门，一边用身体小心翼翼地遮掩住手头的动作。这次门锁了。我们走过门廊，沿着远离老八卦的那一侧绕到了房子的后面。后门廊上有一道挂着门钩的网格门。兰德尔敲了敲门。里面没有一点儿动静。他转身走下两级几乎掉光油漆的木头台阶，沿着杂草丛生的废弃车道找到一间木质车库，推开车库大门。门吱呀一声开了。满满一车库的破烂。几只破旧的老式大箱子——它们甚至不值得劈开了做柴火。生锈的园艺工具、旧罐头盒子，多得数不过来，一箱一箱地搭在那里。门两边的墙角里各有一只胖大滚圆、漂漂亮亮的黑寡妇蜘蛛坐在邋遢简易的蜘蛛网里。兰德尔捡起一块木头，心不在焉地把它们弄死。他关上车库大门，沿着长满野草的车道从远离老八卦的那一侧回到房子前面，走上门前的台阶。他又是揿门铃，又是敲门，可还是没人应答。

他慢吞吞地退了回来，扭头望了一眼街对面。

“后门是最容易对付的，”他说，“隔壁的老母鸡这会儿不会管我们的。她扯了太多谎了。”

他走上屋后的两级台阶，干净利落地将一把刀片插进门缝，挑起门钩。我们就这样溜进了网格门廊。门廊里面堆满了罐头盒子，有些罐头里面全是苍蝇。

“天啊，这样的生活方式！”他说。

后门很容易对付。一把五分钱的万能钥匙打开了门锁。可门后面还上了门闩。

“这可不妙，”我说，“我猜她已经跑了。不然她是不会锁得这么严实的。她是个马大哈。”

“你的帽子比我的旧，”兰德尔说。他瞅了一眼后门上面的玻璃门板。“借我用一下，我来推开玻璃。还是说我们应该干得干净利落些？”

“踹门吧。这里没人在乎。”

“瞧好了啊。”

他后退两步，然后猛地冲向门锁，飞起一脚，腿与地面平行。有样东西不紧不慢地裂开了，门开了道几英寸宽的缝。我们用力把门推开，从油地毡上捡起一根豁了口的铸铁，礼貌地将它放在硅化木滴水板上，和九只空杜松子酒瓶摆在一起。

厨房间里，苍蝇正嗡嗡地往紧闭的窗户上撞。里面一股恶臭。兰德尔站在地板正中央，仔细打量着这地方。

接着他迈着轻盈的步伐穿过那扇双开弹簧门——他没有用手去碰，而是用脚趾顶在门下方，把门往后推到刚好打开的位置。卧室的模样和我记忆中的差不多。收音机关上了。

“那是一台挺不错的收音机，”兰德尔说，“要花不少钱。如果真是花钱买来的话。这里有样东西。”

他单膝跪下，视线与地毯平齐。然后他走到收音机的侧面，用脚碰碰一根松脱的电源线。插头出现在了我们眼前。他弯下腰，研究起收音机正面的旋钮来。

“没错，”他说，“又大又光滑。这个做法就很聪明。你没法从电灯的电源线上提取指纹，对不对？”

“把它插进去，看看开关有没有开。”

他把手伸过去，将插头插进踢脚板上的插座里。灯随即亮了。那东西嗡嗡了一阵子，接着一阵响亮的声浪突然从喇叭里迸发出来。兰德尔猛地扑向电缆，一把将它拔了出来。那声音立刻消失了。

他直起身来的时候，两眼里冒着光。

我们快步走进卧室。杰西·皮尔斯·弗洛里安太太斜躺在床上，穿着一件皱巴巴的居家棉便服，脑袋挨着床脚竖板的一头。床的角柱被某样苍蝇喜欢的东西染黑了。

她已经死了好一阵子了。

兰德尔没有碰她。他低头凝视着她，过了半晌，这才把目光转向我，像狼一样露出了牙齿。

“挂在她脸上的是脑浆，”他说，“这似乎是这个案子的主题曲。只不过，这回完成任务的是一双手。可是——我的天啊，这是怎样的一双手啊。看看她脖子上的淤青，看看指印的间距。”

“你自己看吧。”我说。我转过身去。“可怜的纳尔蒂。这下可不只是黑鬼谋杀案了。”

31

一只乌黑发亮，长着一颗粉红脑袋和粉红斑点的甲虫沿着兰德尔那光滑的办公桌桌面慢吞吞地往前爬，一面四处挥舞着两根触须，像是在探测风力，准备起飞。它边爬边左摇右摆，像是个拿了太多包裹的老太婆。一个无名警察坐在另一张桌子上，对着一部安了话筒扩音器的老式电话机压低了嗓子说个不停——他的声音因此听起来就像是有人在隧道里窃窃私语。他说话的时候两眼半闭，一只有疤痕的大手搁在他面前的桌子上，食指和中指的指节间夹着一支燃着的香烟。

那只甲虫在兰德尔的桌子上爬到了头，接着一头冲进了空气中。它背部着地，落在地上，无力地在空气中挥舞着几条疲乏的瘦腿，接着开始装死。没人在乎，于是它又挥起了腿，最后终于挣扎着翻了过来。它拖着沉重的步子缓缓爬进一个角落，没有目标，也无处可去。

墙上的警局扩音器里这时传出了一条简讯：四十四街以南的圣佩德罗街发生了一起劫案。劫匪是一名身穿暗灰色套装、头戴灰色毡帽的中年男子。他最后一次被人看见时正沿着四十四街向东逃窜，随后躲进了两栋房子中间的夹缝。“接近他时要小心，”广播员说，“嫌犯持有一把点三二口径左轮手枪，并在南圣佩德罗街 3966 号劫持了一名希腊餐厅店主。”

一声模糊的咔哒声过后，这名广播员下线了，接着另一名广播员又接过话筒，开始播报一份被盗车辆清单，嗓音缓慢单调，每项内容都要重复两遍。

门开了，兰德尔拿着一沓信纸大小的文件走了进来，上面的内容都是用打字机打好的。他轻快地穿过房间，隔着桌子在我对面坐下，然后把几张东西推到我面前。

“签字吧，一共四份。”他说。

我于是在四份文件上签了字。

那只粉甲虫碰到了房间的一处墙角；它伸出触须，寻找适合起飞的地点。它似乎有一点儿泄气。它沿着踢脚板朝另一个角落进发。我点了一支烟，那个对着话筒扩音器说话的警察突然站起身来，走出了办公室。

兰德尔坐在椅子上，身子向后一靠，模样和平常一模一样：他永远是那么镇定，那么从容，时刻准备着凶相毕露或是好言好语——一切都视情况所需。

“我要告诉你一些事情，”他说，“只要你别再继续玩儿头脑风暴就行。只要你别再到处乱窜、出谋划策就行。只要你看在耶稣的分儿上，在这件事情上就此罢手就好。”

我等着他继续。

“垃圾堆里没有指纹，”他说。“你知道我说的是哪座垃圾堆。那人用拔掉电源线的方法关掉了收音机，可一开始把音量开得老大的也许是她本人。这是显而易见的。醉鬼喜欢吵吵嚷嚷的收音机。如果一个人戴上手套实施谋杀，那他也可以用同样的方式把收音机关掉。可凶手采用的并不是这种方式。那个女人的脖子被人拧断了。在那家伙开始左一下右一下砸她的脑袋之前，她就已经死了。既然这样，那他为什么还要左一下右一下地砸她的脑袋呢？”

“我洗耳恭听。”

兰德尔皱了皱眉。“他也许不知道自己已经拧断了她的脖子。她惹得他很恼火。”他说。“这是我的推理。”他露出一个苦涩的微笑。

我吐出一口烟，挥手把烟雾从面前扇开。

“那么，她为什么惹得他那么生气呢？当初他在弗洛里安的店里因为俄勒冈州的那起银行劫案被抓起来以后，警局支付了一笔丰厚的赏金。这笔钱付给了一名滑头律师——此人如今已经死了——可弗洛里安两口子也许分到了一杯羹。或许马洛伊隐隐猜到了这一点。或许他了解得一清二楚。又或许他只是想要从她嘴里逼问出实情。”

我点点头。这分析值得你点头。兰德尔继续往下说：

“他只掐了她的脖子一次，他的手指没有打滑。如果我们抓住了他，我们也许能通过指印的间距证明掐住她脖子的正是他的双手。但也说不准。医生估计凶案发生在昨天晚上，而且时间挺早的。至少是在电影晚场的时间段吧。到目前为止，我们不能确认马洛伊昨晚去过那栋房子，没有一个邻居看到他。可这案子看起来确实像是马洛伊干的。”

“没错，”我说，“就是马洛伊。不过，他也许并不是有意要杀她。他只是太强壮了。”

“这一条帮不上他什么忙。”兰德尔阴郁地说。

“我想也是。我只是想指出，马洛伊在我看来不像是个杀手。如果被逼入绝境，他会杀人——可他不会为了取乐或是为了谋财杀人；而且他通常不杀女人。”

“这一点很重要吗？”他用干巴巴的语气问道。

“也许你见多识广，知道什么重要，什么不重要。我是不知道。”

他瞪着我，瞪了许久，警局广播员因此有了足够的时间又播出了一条简讯，内容还是关于发生在南圣佩德罗街上那家希腊餐厅的劫案。嫌犯目前已被拘留。事后证明，他是一名十四岁的墨西哥男孩，手中武器是一把水枪。目击证人可真够不靠谱的。

兰德尔等到广播员打住后才继续往下说道：

“今天早上我们处得挺友好。让我们继续把友好保持下去。回家去吧，躺下来好好休息一下。你看上去病殃殃的。马里奥特被谋杀的案子就让我和警局来处理吧，我们也会找到驼鹿马洛伊，顺带解决其他问题的。”

“在马里奥特的事情上，我是拿了钱的，”我说，“我把事情给搞砸了。现在格雷尔太太雇用了我。你想要我怎么着——就此退休，靠我的身上的脂肪过活吗？”

他又拿眼睛瞪着我。“我知道。我也是人。他们给你们这帮伙计发了执照，这当然意味着他们指望你们拿着执照做点事情，而不只是把它们挂在办公室的墙上。可另一方面，随便哪个发了脾气的代理警监都能让你玩完儿。”

“有格雷尔夫妇在我背后撑腰，那可就不一样了。”

他想了想这句话。他怎么也不乐意承认我的话也许有那么一点儿道理。于是他皱起眉头，叩了叩桌子。

“我这么说只是为了让我们理解彼此，”他停顿了片刻后继续说道，“如果你要在这个案子上捣蛋，你会有麻烦。说不定你这次能从麻烦当中脱身。我不知道。可一点一点的，你会在这个部门里积累起一堵敌意的墙，以后你想再做任何工作都会难上加难。”

“每个私家侦探都要面对生活中的每一天——除非他只接离婚的案子。”

“你不能接谋杀案。”

“你已经说了你想说的话了。我也听你说了。我不指望自己出了这个门以后能完成连一个庞大的警察部门都完成不了的壮举。如果我有了一些个人的小小想法，那它们也不过如此而已——小小的，个人的。“

他隔着桌子慢慢地探过身来。他那几根瘦削的指头不安分地在桌子上哒哒地叩个不停，就像那几枝一品红嫩芽叩着杰西·弗洛里安家的前墙。他米灰色的头发在闪光。他冷静镇定的双眼直直地与我的眼睛对视。

“我们继续吧，”他说，“接着把剩下的那点事儿讲完。亚姆瑟外出旅行了。他的妻子——兼秘书——不知道，或不愿意说他去了哪里。那个印第安人也消失了。你是否要对此二人提出控告？”

“不。我无法证明控告的内容属实。”

他看上去松了一口气。“他老婆说她从没有听说过你。至于那两个贝城警察——如果他们真是的话，他们超出了我的管辖范围。有一件事我非常确定——亚姆瑟和马里奥特之死无关。塞在那几支香烟里的名片只是栽赃。”

“索德伯格大夫呢？”

他两手一摊。“整栋房子里的人都跑光了。地检官办公室的人悄悄地摸了过去。事先完全没有联系贝城方面。房门上了锁，里面空无一人。他们当然还是进门了。那些家伙逃跑前匆匆忙忙地试图掩盖痕迹，可里面还是有指纹——许多指纹。要梳理完我们取得的证据得花上一周时间。他们此刻正在处理一个壁式保险柜。里面也许有麻药——以及其他东西。我的猜测是，索德伯格应该有协助堕胎、治疗枪伤、更改指纹或是非法使用麻药的违法记录——不是本地的，而是别的地方的。如果他的行为触犯了联邦法令，那我们就能得到许多帮助了。”

“他说他是一名医生。”我说。

兰德尔耸耸肩。“也许曾经是。又也许他一直没被定罪。棕榈泉附近的一个家伙直到今天还在行医，可他五年前曾在好莱坞被指控贩卖麻药。他的罪行昭然若揭，可保护伞起了作用。他逃脱了。还有什么事情让你发愁？”

“你对布伦特的了解——有什么能跟我讲的吗？”

“布伦特是个赌徒。日进斗金。而且不费吹灰之力。”

“好吧，”我说完便开始起身，“这听上去很合理。可这并没有让我们离这个杀死马里奥特的珠宝抢劫团伙更近一步。”

“我不能什么话都跟你讲，马洛。”

“我不指望你这么做，”我说，“顺便说一句，杰西·弗洛里安告诉过我——在我第二次见到她的时候——她曾经在马里奥特家里做过女佣。这就是为什么他一直寄钱给她。有什么证据能支持这一点吗？”

“有。马里奥特的保险柜里有几封她寄来的信，她在信中感谢了他，而且说了同样的事。”他看上去像是马上要发脾气了。“现在，你能不能看在上帝的分儿上回家去，不要再管闲事了？”

“他这么用心地保留这些信件，真是温情啊，你说呢？”

他抬起眼睛，直到目光停留在我的头顶上。然后他垂下眼睑，遮住了半个虹膜。他就这样看着我，足足看了漫长的十秒钟。然后他微笑了。他今天可真是太爱笑了，用光了整整一周的配额。

“我对此有一个猜测，”他说，“它听上去很疯狂，可这是人性。马里奥特的生活状况决定了他是个时时感受到威胁的人。所有的坏蛋都是赌徒——或多或少；所有的赌徒都很迷信——或多或少。我认为杰西·弗洛里安就是马里奥特的幸运符。只要他照料好她，他自己就不会有事儿。”

我扭过头去，寻找那只粉脑袋的虫子。他已经尝试过了房间的两个角落，此刻正沮丧地掉头挪向第三个角落。我走过去，用手将它拾起，带着它回到桌旁。

“看，”我说，“这个房间离地面有十八层楼。这只小虫子一路攀登，爬到了这里，就是为了交个朋友。我。我的幸运符。”我把那只虫子小心翼翼地叠进手帕较柔软的一角，然后把手帕塞进口袋。兰德尔的眼睛瞪得像铜铃，嘴巴抽了一下，但没有吐出一个字。

“不知道马里奥特又是谁的幸运符。”我说。

“不是你的，伙计。”他的声音十分尖酸——冰冷又尖酸。

“估计也不是你的。”我的声音平淡无奇。我走出房间，带上房门。

我乘快达电梯下楼，来到位于斯普林街的入口，然后沿着市政厅的前门廊走出大楼；我走下几级台阶，来到花坛边。我把那只粉甲虫小心翼翼地放在了一株灌木后面。

搭计程车回家的路上，我一直在想：它又要花多长时间才能再度爬进凶杀组办公室呢。

我从公寓楼后面的车库里取出我自己的车，在好莱坞吃了点午饭，然后朝北城进发。对于山下的海滩而言，这是一个美丽凉爽，阳光明媚的午后。我在第三大街处驶离了阿尔盖洛大道，直奔市政厅而去。

32

对于这么繁荣的一座小城而言，这栋楼的样子真是够寒酸的。它看上去更像是从南方的“圣经地带”搬来的。一道挡土墙挡住了楼前的草坪——此刻草坪里面长的大多是狗牙草——不让草长到街面上去，一群流浪汉不受打扰地在墙头上坐成长长的一排。这栋楼有三层高，楼顶上有一座老旧的钟塔，钟塔里面依然悬着一口钟。遥想当年，在嚼烟叶依然是时尚的那些美好岁月里，他们也许会在召集义务救火队的时候敲响这口钟。

开裂的走道和正门前的台阶通向一扇敞开的双开门，门后面一小撮显然是专在市政厅打点疏通关系的家伙无所事事地站在那里，等着发生点儿什么，好让他们能从中捞到点儿什么。他们全都有着饱饱的肚子、细心的双眼、像样的衣服、廉价的礼仪。他们给我让开了一条四英寸宽的通道。

进门后，出现在我眼前的是一条长长的、昏暗的走廊，走廊的地板一定还是在麦金利总统宣誓就职的那天拖的。一块木头指示牌指向警局问讯台。一个穿制服的男人坐在一台小小的专用电话交换机后面打盹儿，交换机嵌在一张木头柜台的一头里面，柜台上满是划痕。那里还有一个脱了上衣的便衣，身上的老式六响左轮枪像消防栓一样顶着肋骨。此人从晚报上抬起一只眼睛，一口痰啐进离他十尺远的痰盂，打了个哈欠，说了句局长办公室上楼朝后走。

二楼比一楼要亮堂些也干净些，可依然既算不上亮堂也算不上干净。走廊快到头时，我看到临海的一侧有一扇门，门上面写着：约翰·韦克斯，警察局长。请进。

房间里面有一排木制的矮栏杆，栏杆后面，一个穿制服的男人正在用两只手指和一只拇指敲打字机。他接了我的名片，打了个哈欠，说了句他来瞧瞧，然后费力地拖着沉重的步伐穿过一扇红木门，门上标着“约翰 · 韦克斯，警察局长，私人专用”。过了一会儿他再次现身，为我拉开了围栏上的门。

我跨了进去，随手关上办公室内间的门。这里凉爽宽敞，三面开窗。一张着色木桌摆放的位置非常靠后，就像墨索里尼的桌子，你必须穿过一大片广袤的蓝色地毯才能来到桌子前面，在此过程中一道锐利的目光会仔仔细细地打量你。

我在桌子前面停下了脚步。桌面上有一块牌子，上面用浮凸的斜体字写着：约翰 · 韦克斯，警察局长。我想我也许最终能记住这个名字。我看着桌子后面的这个人。他的头发里可没有乱草。

他是一个矮矮的胖墩儿，一头粉色的短发，头发下面露出一张油光发亮的粉色头皮。他长着一双贪婪的小眼睛，眼睑很厚，眼珠子不安分得就像一对跳蚤。他穿着一套浅黄色的法兰绒正装，下面是一件咖啡色的衬衫和一条相同颜色的领带，手上戴着一只钻戒，翻领上别着一只镶着钻石的社团徽章，一块手帕挺括地露出了合乎规范的三个角，但是它们从外衣贴胸口袋里伸出的距离却略微超出了规范要求的三英寸。

他用一只胖乎乎的手捏着我的名片。他读过上面的文字后，把名片翻转过来，看了看背面，发现那里是一片空白，于是又读了一遍正面文字，这才把它放在桌子上，又在上面压了一件做成猴形的铜制镇纸，就好像他要确保这张名片不会弄丢似的。

他朝我伸过来一只粉色的大爪子。我将它物归原主后，他指了指一把椅子。

“请坐，马洛先生。这么说，我们多多少少是同行。我能为你做些什么？”

“一点小麻烦，局长。你只需眨眼的工夫就能替我解决掉，如果你乐意的话。”

“麻烦，”他温和地说，“一点小麻烦。”

他在椅子上转过身去，跷起粗粗的大腿，若有所思地朝六扇两两成双的窗户中的一对投去凝视的目光。这个动作让我看到了手纺的莱尔棉线袜和英国拷花皮鞋，鞋面红得就像在波特酒里腌过似的。算上我看不到的其余物什，不算他皮夹里的钱，他身上这些东西得值五百美元。我猜他的老婆一定很有钱。

“麻烦，”他说着，语气依然温和，“在我们这座小城里是闻所未闻的，马洛先生。我们的城市很小，但非常、非常干净。从我的西窗望出去，我能看见大西洋。再没有比这更干净的了，对不对？”他没有提那两条赌博游轮正漂在黄铜色的海面上，只见桅杆，不见船身，刚好就在法定的三英里界限之外。

我也没有提这件事。“没错，局长。”我说。

他又把胸脯挺高了两寸。“从我的北窗望出去，我能看到熙熙攘攘的阿尔盖洛大道和可爱的加利福尼亚山麓，构成前景的则是一块块棒极了的小商业区——你在这世上再找不到比这更棒的商业区了。从我的南窗望出去——我现在就正朝这个方向望着呢——我能看到世上最漂亮的小游艇码头——再没哪个小游艇码头能胜过这个了。我这里没有东窗，但如果有的话，我就能看到一片能让你羡慕到眼红的居民区。不，先生：麻烦在我们这座小城里是一件难得一遇的东西。”

“我想我随身带来了我自己的麻烦，局长。至少带了一部分来。你手下有没有一个叫加尔布雷思的人，一位便衣警司？”

“哦，是的，我想我有，”他边说边拿眼睛扫视四周，“他怎么了？”

“那你有没有一位这般模样的手下？”我向他描述了另外一个人，也就是那个少言寡语、个头挺矮、留着小胡子、用大头棒打晕我的人。“他很可能和加尔布雷思是搭档。有人叫他‘布莱恩先生’，但那听上去像个假名。”

“恰恰相反，”胖局长用胖子所能摆出的最一本正经的口气说，“他是我的警探分局局长。布雷恩警督。”

“我能在你的办公室里见见这两个伙计吗？”

他拿起我的名片，又看了一遍，然后放下。他挥了挥一只绵软无力、油光发亮的手。

“除非你能给我一个更好的理由。”他圆滑地说。

“我想我做不到，局长。你是否碰巧认识一个叫朱尔斯·亚姆瑟的男人？他自称是一名精神咨询师。他住在谥林高地区的一座山顶上。”

“不认识。再说谥林高地也不在我的辖区内。”局长说。他此刻的眼神表明，他的思绪已经飘到了别的地方。

“这正是事情蹊跷的地方，”我说，“你瞧，我因为一位客户的关系上门拜访这位亚姆瑟先生。亚姆瑟先生以为我这是在敲诈他。也许干他这行的都很容易产生这样的想法。他有一个凶悍的印第安保镖，这家伙我可对付不了。于是这印第安人把我摁住，亚姆瑟用我自己的枪把我一顿痛殴。接着他又叫来了两个警察。这两个人碰巧就是加尔布雷思和布莱恩先生。我的话有没有引起你一星半点的兴趣？”

韦克斯局长非常轻柔地用两只手拍打着桌子。他眯起眼睛，几乎要闭上了，但还留着一条缝，冷静的目光闪闪发亮，透过两片厚厚的眼睑中间的那道缝隙径直射向我。他一动不动地坐着，似乎在聆听。然后他睁开眼睛，露出微笑。

“后来呢？”他问我，彬彬有礼得就像斯托克俱乐部里的保镖。

“他们搜了我的身，开车把我带走，在一处山坡上把我扔下车，又趁我下车的时候用大头棒把我打晕了。”

他点点头，就好像我刚才说的是世界上最自然的事情。“而这一切都发生在谥林高地，”他温和地说。

"没错。"

"你知不知道我觉得你是个什么样的人？"他从桌子后面稍稍往前一探身，但探得不多，因为他的肚子在碍事。

"一个骗子。"我说。

"门在那边。慢走不送，"他边说边用左手小指指了指门。

我没有动弹。我依然紧盯着他。等到他气急败坏得要去按警报器的时候，我开口了："我俩不应该犯同样的错误。你以为我是个无足轻重的小私家侦探，想要撼动十倍于我自身重量级的对手，想要控告一名警官，而且就算那件事是真的，这位警官也有办法把事情收拾得妥妥贴贴，确保我拿不出证据来。可这根本就不是这么回事儿。我不打算提出任何控告。我认为，发生这样的误会是很正常的。我要和亚姆瑟算账，我要你手下的这位加尔布雷思帮我。这事儿就不用麻烦布雷恩先生了。我今天来这里，背后也不是没有人。我身后可站着几位要人。"

"他们站得离你有多远？"局长边问边自以为机灵地吃吃笑着。

"埃斯特街862号有多远？那里是梅文·洛克里奇·格雷尔先生的住址。"

他的脸刷得一下变了，变得如此彻底，就好像坐在他那把椅子上的是另一个人。"格雷尔太太碰巧是我的客户。"我说。

"去把门锁上，"他说，"小伙子，你比我年轻——拧一下门锁把手——你长着一张诚实的面孔，马洛。"

我起身锁上了门。等我沿着蓝地毯回到桌子前面的时候，局长已经拿出了一瓶看上去很上档次的酒，外加两只玻璃杯。他又往吸墨纸上扔了一把豆蔻籽，再满满地斟上两杯酒。

我们一饮而尽。他砸开了几粒豆蔻籽，我们默默地咀嚼着，相对而视。

"味道很正。"他说。他又斟了两杯酒。这回轮到我来砸豆蔻籽了。

他把果壳从吸墨纸上扫到了地下，然后微笑着把身子往后一靠。

“好了，说来听听吧，”他说，“你正在替格雷尔太太做的这件事和亚姆瑟有关系吗？”

“这里存在着某种关联。不过，你最好先确认一下我说的是实话。”

“没错。”他说完便伸手抓起了电话。然后他从背心里掏出一个小本子，开始查找号码。“竞选赞助人，”他边说边使了个眼色。“市长千叮万嘱，要我礼数周全。啊，找到了。”他收起本子，拨了一个号。

他在管家那里遇到的麻烦同我之前的经历一模一样。他的耳朵一下子红了。最后，他终于和她说上了话。他的耳朵依然通红。她一定对他挺不客气。“她想和你说话。”他说着就从这张宽桌子的那头把电话推了过来。

“我是菲尔。”我边说边狡黠地朝局长使了个眼色。

电话那头传来一阵镇定又挑逗的大笑。“你跟那个死胖子在一起做什么？”

“我们正在这里小酌两杯呢。”

“你非得跟他一起喝吗？”

“目前看来，是的。业务需要。我刚才在说，有没有什么新鲜事儿？我猜你知道我说的是什么。”

“不知道。你知不知道，我的棒小伙儿，你前天晚上把我晾了一个钟头？你觉得我是那种能受得了如此怠慢的姑娘吗？”

“我遇到麻烦了。今晚怎么样？”

“让我瞧瞧——今晚——天啊，今天星期几啊？”

“我最好还是给你打电话吧，”我说，“我也许没法赴约。今天是星期五。”

“骗子。”又是一阵轻柔沙哑的笑声。“今天是星期一。同样的时间，同样的地点——这次不许再骗人了，行吗？”

“我最好还是给你打电话吧。”

“你最好给我来。”

“我没法确定。我还是打电话给你吧。”

“不好俘虏是吧？也许我这么费尽心思是在犯傻。”

“事实上，你的确是在犯傻。”

“为什么？”

“我是个穷人，可我用自己的方式付账。而我的方式也许不像你想要的那样软。”

“该死，要是你到时候不来——”

“我说了，我会打电话给你的。”

她叹了口气。“男人都一样。”

“女人也都一样——在经历了头九个之后。”

她又骂了我一句，然后挂断了电话。局长的一对眼珠子从眼眶里突出来好长一截，就好像是安在高跷上似的。

他用颤抖的手斟满两杯酒，把其中一杯推给我。

“原来是这么回事。”他若有所思地说。

“她丈夫不介意，”我说，“所以你用不着把这件事记下来。”

他喝酒的样子像是内心受到了伤害。他动作迟缓、顾虑重重地又砸开几个豆蔻籽。我们就这样大眼瞪小眼地对饮着。这时局长令人遗憾地把酒瓶和杯子收了起来，啪的按下通讯盒上的一个开关。

“叫加尔布雷思上来，如果他在的话。如果他不在，想办法替我联系上他。”

我起身拧开门锁，再重新落座。我们没有等太久。边门外响起了敲门声，局长应了一声，海明威随即步入房间。

他迈着坚实的步子走到桌前，在桌子的一头停住，带着坚韧又谦卑的神情得体地望着局长。

“这位是菲利普·马洛先生，”局长友好地说，“一位从洛城过来的私家侦探。”

海明威一扭头，幅度刚好使他能够看见我。如果他以前见过我的话，那他的脸绝没有表现出任何迹象。他伸出一只手，我也伸出一只手，然后他的目光又回到了局长身上。

“马洛先生讲了一个挺奇怪的故事，”局长用狡诈的口吻说，就像挂毯后面的黎塞留，“故事和一个叫亚姆瑟的男人有关，此人在谧林高地有一处房子。他好像是个看水晶球的巫师。事情似乎是这样的：马洛上门去见他，你和布莱恩刚好在同一时间也出现了，然后就发生了某种争执。我忘了细节了。”他望着窗外，神情就像是一个忘了细节的人。

“某种误会，”海明威说，“我以前从没有见过这个人。”

“事实上，确实发生了某种误会，”局长用梦幻般的语调说，“虽然无足轻重，但依然是个误会。马洛先生认为这件事无关紧要。”

海明威又看了看我。他的脸依然像一件石雕。

“事实上，他甚至对误会本身不感兴趣，”局长继续如梦如幻地说，“不过，他有兴趣再去拜访这位住在谧林高地的亚姆瑟。他希望能有人陪他一起去。他想到了你。他希望能有人确保他得到公正的对待。亚姆瑟先生似乎有一名非常强悍的印第安保镖，马洛先生稍稍有些怀疑自己在没有帮助的情况下控制局面的能力。你认为你能找到这个亚姆瑟的住址吗？”

“可以，”海明威说，“但谧林高地越界了，局长。这只是算我私下里帮您的朋友一个忙吗？”

“你可以这么说，”局长边说边看着左手大拇指，“当然了，我们可不想做出任何没能严格遵守法律的事情来。”

“是，”海明威说，“绝不会。”他咳嗽了一下。“我们什么时候走？”

局长仁厚地看着我。“现在就行，”我说，“如果加尔布雷思先生方便的话。”

“我按命令行事。”海明威说。

局长打量着他，没有放过他脸上的每一根线条。他用目光一厘一厘地篦梳他。“布莱恩警督今天怎么样？”他边嚼着豆蔻籽边问。

“很糟糕。阑尾炎，”海明我说，“状况危急。”

局长悲哀地摇了摇头。然后他抓住椅子扶手，撑着身体站了起来。他隔着桌子伸过来一只粉色的手爪。

“加尔布雷思会照顾好你的，马洛。你尽可以放心。”

“嗯，你真是帮了我大忙，局长，”我说，“我真的不知道该怎么谢你。”

“咳！没什么好谢的。这么说吧，我总是乐于帮助一位朋友的朋友。”他朝我使了个眼色。海明威对这个眼色研究了一番，但他没有说自己从中琢磨出了什么。

我们朝门外走去，局长礼貌的低语声几乎把我们一路送到了办公室门口。房门关上了。海明威朝走道两边张望了一下，然后扭头看着我。

“你这出戏演得真好，老弟，”他说，“你一定有什么我们不知道的东西。”

33

汽车悄无声息地驶过一条安静的街道，街道两边是一户户人家。两排成拱的胡椒树在街面上方几乎枝叶相连，如此构成了一条绿色的隧道。阳光透过树冠上的树枝和稀疏的窄叶，一闪一闪的。街角处的一块路牌显示，这里是第十八街。

海明威驾着车，我坐在他身边。他开得非常慢，一脸心事重重的表情。

“你告诉了他多少事情？”他终于下定了决心，开口问道。

“我跟他说，你和布莱恩去了那里带走了我，把我扔下车，然后照着我的后脑勺来了一记闷棍。其余的事情我没告诉他。”

“你没有说二十三街和德斯坎索街路口的那地方，唔？”

“没有。”

“为什么不说？”

“我想，如果我不说的话，也许我能从你这里获得更多的合作。”

“好主意。你是真的想去谧林高地，还是说，这只是个幌子？”

“只是个幌子。我真正想要你做的就是告诉我：你们为什么要把我扔进那座稀奇古怪的房子，为什么要把我关在那里？”

海明威思考了一会儿。他思考得非常认真，脸上的肌肉在灰色的皮肤下拧成了一个个小结。

“都怪那个布莱恩，”他说，“那个一身腱子肉的矮冬瓜。我本来没想让他把你敲晕的。我也没想让你走回家——那不是我的真实想法。我只是在演戏，因为我们跟那个先知是朋友，我们算是在帮他挡开别人的骚扰。你要是知道有多少人想要骚扰他的话，你会吃惊的。”

“我会错愕的。”我说。

他转过头去。他的一双灰眼睛是两坨冰。然后他再次透过落满灰尘的挡风玻璃直视前方，继续着他的思考。

“那些老条子时不时的会手痒，非得挥上一棒子不可，”他说，“他们就是忍不住要砸开别人的脑袋。天啊，我当时吓坏了。你就像一袋水泥一样倒下去了。我狠狠说了布莱恩一顿。然后我们把你送到了索德伯格那里，因为那地方比较近，而且他是个好伙计，能照顾好你。”

“亚姆瑟知道你把我带到那里去了吗？”

“当然不知道了。那是我们的主意。”

“因为索德伯格好得没话说，因为他会照顾好我。而且也没有回扣。另外如果我提出指控的话，也没有哪个大夫会为此提供证据。这倒不是说在这座甜蜜的小城里，提出指控能有什么用处，就算我真这么干的话。”

“你这是要来硬的？”海明威若有所思地问。

“我不会来硬的，”我说，“而且你也不会——这大概是你有生以来的头一遭。因为你的饭碗稍有不慎就要不保了。你刚才在和局长对视的时候已经看到这一点了。我可不是在没有任何背景的情况下进那扇门的，至少这趟不是。”

“好吧，”海明威说完朝窗外吐了一口痰，“我从一开始就没打算来硬的，除了我那张一如既往的大嘴巴。下一个问题是什么？”

“布莱恩真的病了吗？”

海明威点点头，但他看上去并不怎么悲伤。“一点没错。前天他肚子疼，结果他们还没来得及把他的阑尾摘掉，他肚子里就炸开锅了。他还有一线生机——但希望不大。”

“我们当然非常不愿意失去他，”我说，“像他那样的伙计对任何一支警察队伍来说都是一笔财富。”

这句话海明威细细品味了一番，然后把它吐出窗外。

“行了，下一个问题。”他叹了一口气。

“你告诉了我为什么你们要把我带到索德伯格那里去。但你没有告诉我他为什么要把我在里面关上四十八个小时，锁得严严实实的，还往我身体里注满麻药。”

海明威平缓地踩下刹车，把车停在了路缘边。他的两只大手并排抵着方向盘的下缘，两只大拇指轻轻地互相揉搓着。

“我不知道。”他的声音像是从远方飘来的一样。

“我身上带着证件，表明我有私家侦探执照，”我说，“还有钥匙，一点儿钱，两张照片。如果他跟你俩不是特别熟的话，说不定他会以为我脑袋上挨的那一棒只是个障眼法，好让我进他的房子打探一番。可我猜他跟你们很熟，不会有这种想法。所以我就纳闷了。”

“继续纳闷下去吧，哥们儿。那样更安全。”

“没错，”我说，“可那样也没有满足感。”

“洛城的执法部门在你身后支持你查这件事情？”

“不尽然。”

“这回答模棱两可的。”

“我没有那么重要，”我说，“洛城的执法部门随时都可以来这里，只要他们想来——至少是其中三分之二的人员。县治安官的手下跟地方检察官的手下。我有个朋友在地检官办公室里做事。我自己也在那里干过。他叫伯尼·奥尔斯。首席调查员。”

“你把这事儿抖给他了？”

“没有。我有一个月没跟他说话了。”

“你想把事情抖给他？”

“如果这么做会妨碍我手头的这件工作，那我就不说了。”

“私人工作？”

“是的。”

“好吧，你想知道什么？”

“索德伯格实际上是干什么勾当的？”

海明威把手从方向盘上拿开，又朝窗外啐了一口。“我们正停在一条美丽的街道上，对吗？美丽的家，美丽的花园，美丽的天气。你听说了许多关于黑警察的故事，对吗？”

“偶尔听到。”我说。

“好吧，你见过多少警察能住进一条这么好的街道，有美丽的草坪和美丽的花朵？我认识四五个，都是风化组的伙计。好处全让他们捞去了。像我这样的警察只能住在有毛病的那半边城区里，蜷在一间火柴盒大小的房子里。想看看我住的地方吗？”

“这又能证明什么？”

“听着，哥们，”大个子严肃地说，“你牵住了拴在我鼻子上的绳子，可绳子也会断。警察不是为了钱才变黑的。不总是为了钱，甚至都不是经常为了钱。他们是被这个体制挟持了。他们把你带到你该去的地方，做上头要他们做的事，不然的话……还有，角落里那间漂亮的大办公室里坐着的那个家伙，一身漂亮的正装，一口清新的酒气——他以为嚼那些籽儿就能让他的口气闻上去像紫罗兰，只可惜事实并非如此——他也不是发号施令的人。你明白了吗？”

“市长是个什么样的人？”

“不管你走到哪儿，什么样的人会当市长？政治家呗。你以为他是那个发号施令的人吗？胡扯。兄弟，你知道这个国家出了什么问题吗？”

“我听说是冻结资本太多了。”

“一个人没法诚实地过活，哪怕他想这么做，”海明威说，“这就是这个国家的问题所在。你要是诚实的话，你的裤子就要给人剥掉了。你非得玩那些见不得人的把戏不可，不然你就没饭吃。许多混蛋以为，我们只需要九万个衣领挺括、提着公文包的 FBI 探子就能解决问题了。胡扯。好处费会让他们变得跟我们其他人一样。你知道我的想法是什么吗？我想我们非得把这个小小的世界重新再造一遍不可。接受道德重整运动吧。它能让你有所收获。道—重—运。它能让你有所收获。”

“如果说贝城就是运动效果的一个范例，那我还是接受阿司匹林吧。”我说。

“你也许太聪明了，”海明威温和地说，“你大概没有想到这一点，但事情也许就是这样的。你也许聪明得脑子里装不下其他东西了，除了你的聪明。我呢，我只是个笨警察。我听从命令。我有一个老婆和两个孩子，另外那些大人物说什么，我做什么。布莱恩也许能告诉你一些事情。我——我什么都不知道。”

“布莱恩确实得了阑尾炎是吧？他不会是仅仅因为手痒就朝自己的肚子上开了一枪吧？”

“别这样，”海明威抱怨道，两只手一上一下地拍着方向盘。“试着把别人往好里想吧。”

“比如说布莱恩？”

“他也是人——就像我们其他人一样，”海明威说，“他犯了罪过——可他也是人。”

“索德伯格究竟是干什么勾当的？”

“行了，我刚才已经告诉过你了。也许我看错你了。我还以为你是个能听进好话的人呢。”

“你不知道他是干什么勾当的。”我说。

海明威掏出手帕，擦了把脸。“兄弟，有件事我真的不想说出口，”他说，“可你心里头应该非常清楚：如果我知道或者布莱恩知道索德伯格在干什么见不得人的勾当，那要么我们根本就不会把你扔在那里，要么你根本就出不来了——或者是横着出来。我说的是某种真正吓人的勾当。不是那种小把戏，比如说捧着个水晶球给老太婆算命。”

“我认为他们并没有打算让我走出来，”我说，“有一种叫作东莨菪碱的药——‘真话药’，用这东西可以撬开一个人的口，而他自己却对此无知无觉。这药不是百分百管用的，就像催眠一样。可有时候管用。我认为那里面的人就在从我身上榨取信息，好弄清楚我知道些什么。但索德伯格只有在三种情况下才会从一开始就知道我可能掌握着某些或许对他不利的信息。要么亚姆瑟告诉了他，要么驼鹿马洛伊跟他说过我去见了杰西·弗洛里安，要么就是他以为警察把我送进去是在耍花招。”

海明威哀伤地凝视着我。“你太快了，我连你的影子都瞅不见了，”他说，“这驼鹿马洛伊又是个什么人？”

“一个大块头，几天前在中央大街上杀了一个男人。你们的电传上有他的消息，如果你读了的话。这会儿说不定连他的通缉令都出来了。”

“那又怎么样？”

“索德伯格在窝藏他，就是这样。我在那里看见他了，他正躺在床上读报纸呢，就在我溜出去的当晚。”

“你是怎么溜出去的？你不是给锁在里面了吗？”

“我用床里面的一根弹簧敲晕了一个护理员。我很走运。”

“那大个子看见你了？”

“没有。”

海明威一踩油门，把车子开下了路缘；他的嘴咧开了，脸上浮现出一个大大的笑容。“我们去收割吧，”他说，“你说的有道理。非常有道理。索德伯格在窝藏逃犯。我是说有钱的逃犯。他的店面非常适合干这件事。而且这买卖来钱也快。”

他踩着油门，汽车呼呼地开动起来，拐过一处街角。

“天啊，我以前当他在卖大麻烟，”他一脸憎恶的表情，“头上撑着一把可靠的保护伞。可是，天啊，那不过是小意思罢了。真是小巫见大巫。”

“听说过地下赌彩吗？那也不过是小意思——如果仅仅是一家窝点的话。”

海明威一个急转弯拐过又一个街角，摇了摇他那颗沉甸甸的脑袋。“没错。还有弹球桌、宾果房和赌马房也是一样。可是，如果把这些买卖统统加起来，控制权集中在一个伙计手里，这事情就说得通了。”

“哪个伙计？”

他又对我摆出一张木然的脸孔。他的嘴紧紧地闭着，我能看见里面的牙齿彼此咬合。我们这时开上了德斯坎索街，车头一路向东。此刻接近黄昏，街上非常安静。就在我们接近二十三大街的时候，这份宁静不知怎地被打破了几分。两个男人正研究着一棵棕榈树，仿佛是在考虑该怎么把树移走。一辆车停在索德伯格大夫的诊所附近，可车里面却空空如也。半个街区开外的地方，我能看见一个男人正在读水表。

日光将这座房子变成了一个欢乐的所在。一朵朵香水月季在前窗下紧密地聚成一片淡色的花团，三色堇则组成了一片令人眼花缭乱的色彩，围绕在一棵白金合欢树的根基周围，树上的金合欢花正在盛开。一株鲜红的攀援玫瑰在扇形的格架上含苞欲放。房前还有一圃冬香豌豆，一只铜绿色的蜂鸟正轻巧地把喙探进花心里。这座房子看上去就像是一对生活优渥、热爱园艺的老夫妇的家。午后四五点钟的阳光给它蒙上了一层刻意的、瘆人的寂静。

海明威缓缓地从房子边上驶过，一丝紧绷的微笑在他的嘴角边抽动着。他抽了抽鼻子。他拐过下一个街角，看了一眼后视镜，提高了车速。

驶过三个街区后，他又一次在路边踩下刹车，转过头来，两道冷静锐利的目光紧盯着我。

“洛城执法部门的人，”他说，“棕榈树边上的一个家伙叫唐纳利。我认识他。他们在监视那栋房子。你刚才说你没把这事儿告诉你那个在城外的朋友，是吧？”

“我是这么说的。”

“局长会很高兴的，”海明威怒气冲冲地说，“这些人上这里来突袭一家场子，事先甚至都没有顺道来跟我们打一声招呼。”

我一声不吭。

“他们抓住这个驼鹿马洛伊了吗？”

我摇摇头。“据我所知，还没有。”

“你究竟知道多少，兄弟？”他用非常温和的语调问我。

“不够多。亚姆瑟和索德伯格之间有联系吗？”

“我没听说过有这回事儿。”

“谁是这座镇子里的老大？”

一阵沉默。

“我听说一个叫莱尔德·布伦特的赌徒出了三十万美元选了个市长。我听说他拥有贝尔维迪尔俱乐部，还有漂在海上的那两条赌博游轮。”

“也许吧。”海明威礼貌地说。

“我上哪里可以找到布伦特？”

“问我干什么，朋友？”

“如果你在这座城里头的藏身点给人端了，你会往哪里逃？”

“墨西哥。”

我哈哈大笑。“好吧，你能帮我一个大忙吗？”

“非常乐意。”

“开车送我回市中心吧。”

他把车发动起来，驶离路缘，驾轻就熟地沿着林荫道朝海边驶去。回到市政厅后，车子拐了个弯，平稳地停进了警车停靠区；我钻出汽车。

“抽空过来看看我，”海明威说，“到时候你也许会见到我在倒痰盂吧。”

他伸出一只大手。“你心里头没疙瘩？”

“道德重整运动，”说完我便握了握那只手。

他笑了，嘴咧得老大。就在我要转身离开的时候，他又把我叫了回来。他小心翼翼地四处张望了一番，然后把嘴贴在我的耳朵上。

“那两条赌博游轮应该不受市、州两级的司法管辖，”他说。“在巴拿马登记的。换做是我，那里就是——”他的声音戛然而止，一双阴郁的眼睛开始透出忧虑的神色。

“我明白了，”我说。“我刚才也想到了。我不知道我为什么要费这么大的力气来让你告诉我。可这事儿没戏啊——单凭一个人是干不成的。”

他点点头，然后露出一个微笑：“道德重整运动，”他说。

34

我仰面朝天地躺在一家海滨旅馆的床上，等着天黑。这是一个临街的小房间，屋子里有一张硬板床和一张床垫，床垫比盖在上面的棉毯子只厚了一丁点。我身下的一根弹簧断了，直抵着我的左背。我躺在那里，任凭它就这么戳着我。

一盏红色的霓虹灯在天花板上映出一片刺眼的反光。等到灯光把整间屋子照得通红了，天也该黑得差不多了，我出门的时辰也就到了。门外，一辆辆汽车鸣着喇叭开过那条人称“赛车跑道”的小巷。窗下，人行道上传来悉悉索索的脚步声。空气中飘着人来人往的轻声细语。这空气透过生锈的网格门渗进屋来，闻上去有一股走味的油炸味道。远处，一个隔着老远也能听见的声音正喊着：“饿了吗，伙计们，饿了吗？上好的热狗这里有。饿了吗？”

天色渐暗。我在思考；思绪在我的头脑中磨磨蹭蹭、鬼鬼祟祟地蠕动着，就好像它正在被一双恶毒又变态的眼睛监视一样。我想起了一双没有生气的眼睛望着一片无月的夜空，眼睛下方的嘴角边挂着黑血。我想起了讨人嫌的老太婆倚在脏兮兮的床柱上被人殴打致死。我想起了一个长着亮金色头发，心中满是惶恐的男人——他并不十分清楚自己究竟为何惶恐，尽管他敏感地意识到了有什么地方不对劲儿，但他的虚荣或是他的愚蠢使他最终没能猜出究竟是哪个地方不对劲。我想到了美丽又富有的女人——她们可以为我占有。我也想到了身材苗条、充满好奇的好姑娘——她们同样可以为我占有，尽管是以一种截然不同的方式。我想到了几个警察——有狠勇的警察，他们虽然也会收受好处，但绝非彻头彻尾的坏蛋，海明威就是其中之一；有财运亨通的胖警察，嗓音像商务部发言人，比如说韦克斯局长；还有纤瘦、聪明、精悍的警察，但不论他们怎样聪明，怎样精悍，却依然不能放开手脚用干净利落的手法办一个干净利落的案子。我想到了像纳尔蒂那样阴阳怪气的老山羊——他们早已放弃了尝试。我想到了印第安人、精神大师，还有麻药医生。

我想到了许多事情。天色越来越暗。霓虹灯的刺眼红光在天花板上逐渐扩散开去。我从床上坐了起来，两脚着地，搓了搓了后脖颈。

我起身来到角落里的洗脸池边，往脸上洒了点冷水。片刻之后我感觉稍稍好了一些，但只是一丁点。我需要喝上一杯，我需要一大笔人身保险，我需要休假，我需要一座乡间私宅。而我拥有的只是一件上衣、一顶帽子和一把枪。我把它们披挂上身，出了房间。

电梯停了。走道里有股难闻的气味，楼梯扶手上蒙着一层黑灰。我走下楼梯，把钥匙扔在前台，说我要出门。一个左眼皮上长了个瘤的职员点点头，一个制服破旧不堪的墨西哥门童从全加州积灰最厚的一盆橡胶植物后面走上前来，为我拿包。可我没带包，而他身为一名墨西哥人，依然为我拉开了门，礼貌地对我微笑。

门外，狭窄的街道上冒着烟，人行道上挤满了啤酒肚。街对面，一家宾果房里生意兴隆，边上是一家摄像馆，两个水手带着姑娘正从门里往外走，他们多半刚刚拍了两张骑骆驼的靓照。热狗贩子的叫声像把斧头一样劈开了暮色。一辆蓝色的大巴士鸣着喇叭开过街道，驶向一处小圆圈形的区域——过去有轨电车就是在那里上转车台变道的。我就朝这个方向走去。

过了一会儿，我闻到了一股淡淡的海的气息，不怎么浓烈，就好像他们仅仅保留了这么一丁点味道，只是为了提醒人们：这里曾经一度是一片整洁开放的海滩，浪花拍岸，泛起白沫，海风徐徐，那时你能在这里闻到的可不止热油和冷汗。

小有轨电车沿着宽阔的混凝土人行道缓缓驶来。我跳上车，一路乘到终点站，走下车，在一张长椅上坐下；这里安静阴凉，一大团褐色的巨藻几乎就在我的脚边。海面上，两条赌博游轮的灯光已经打开。下一班电车经过的时候，我又一次坐上车，几乎是回到了我之前离开旅馆的地点。如果有人在盯我的梢，那他一定连动都没有动一下。我看是没有这样的人。在这座干净的小城里，罪犯不够多，警探们练不成神出鬼没的跟踪绝技。

黑黢黢的码头起先周身闪着微光，然后消失在了夜色和海水的黑色背景之中。你依然能闻到热油的气味，但你同样也能闻到海洋。热狗贩子喋喋不休地叫着：

“饿了吗，伙计们，饿了吗？上好的热狗。饿了吗？”

我看到他站在一个白色的烤肉架前，用一根长长的叉子挠着几根法兰克福香肠。虽然现在的时令还很早，可他的生意却非常红火。我得等上一阵子才能单独和他说上话。

“最远的那条船叫什么名字？”我用鼻尖指着远处问道。

“蒙特西托。”他用冷静镇定的目光看着我。

“一个人要是兜里有两个钱的话，能不能上那儿去逍遥一阵子？”

“怎么个逍遥法？”

我哈哈一笑，面带讥讽，一副很不好惹的模样。

“热狗，”他一遍又一遍地吆喝着，“上好的热狗，伙计们。”然后他压低了嗓子。“女人？”

“不是。我想要一个房间，舒舒服服地吹着海风，有好吃好喝的，还没有人来烦我。就像度假一样。”

他挪开了。“你说的我一个字也听不见。”说完他又吆喝开了。

他又做了几笔买卖。我不知道我为什么要在他身上费工夫。可他的那张脸看上去就像干这一行的。一对穿着短裤的年轻情侣走上前来，买了两个热狗，溜达着走远了，小伙的胳膊搂着姑娘的奶罩，两人都拿自己的热狗喂给对方吃。

热狗贩子不声不响地朝我这儿挪过来一码，上下打量了我一番。“现在我该吹一首口哨曲了：《皮卡第的玫瑰》，”说完他顿了一下，“你得掏钱。”

“多少钱？”

“五十。不能再少了。除非他们有什么事要找你。”

“这里曾经是一座美好的小镇，”我说，“一个休闲放松的地方。”

“我还以为它现在还是呢，”他拖着长腔说，“可你干吗要问我呢？”

“我不知道。”我说。我把一张一美元钞票扔在柜台上。“把它放进小朋友的储蓄罐吧，或者吹一首《皮卡第的玫瑰》。”

他一把抓起钞票，先竖着叠，再横着叠，然后又竖着叠。他把钞票放在柜台上，中指蜷在拇指后面，然后啪地一弹。折叠起来的钞票轻轻地打中了我的胸口，无声无息地落在地上。我弯下腰，捡起钞票，飞快地回头一瞥。可我身后没有一个人看起来像是警察。

我靠在柜台上，再次把一美元钞票放在上面。“别人一般不朝我扔钱，”我说，“他们朝我递钱。麻烦你也这样好吗？”

他拿起钞票，展开，铺平，用围裙擦了擦。他按下按钮打开收银机，把钞票放进抽屉。

“他们说钱不会发臭。我有时候可吃不太准。”

我一言不发。又有几个顾客和他做了买卖，转身离去。夜晚的气温降得飞快。

“要我是你，我就不会上‘王冠’，”他说，“那条船适合规规矩矩的小松鼠，他们只吃自己的松果。我看你像个条子，不过你心里头打的什么鬼主意不干我的事。我只希望你的水性还不错。”

我撇下他走开了，一边琢磨着自己一开始究竟为什么会去找他。相信直觉。相信直觉，你就等着挨揍吧。要不了多久，等你一觉醒来，你就会含着满满一嘴的直觉。就算是点一杯咖啡，你都要闭上眼睛，拿手指头往酒水单上一戳。相信直觉。

我四处溜达了一会儿，留意着身后是不是跟着什么形迹可疑的人。然后我开始四处寻觅一家没有油炸味儿的餐厅，结果找到一块紫色的霓虹灯招牌和芦苇帘后面的一家鸡尾酒吧。一个头发染成红褐色的妩媚男性正伏在一架“大平房”式三角钢琴上，充满挑逗地抚弄着琴键，一边用弄丢了半数音阶的嗓子唱着《通往星辰的阶梯》。

我将一杯干马提尼一饮而尽，然后快步穿过芦苇帘，走进餐厅。

这顿八十五美分的晚餐味道就像一只被丢弃的邮袋，为我上餐的侍者模样就像是只收二十五美分就愿意请我吃枪子儿，只收七毛五就愿意割断我的喉管，只收一个半美元就愿意把我塞在一桶混凝土里沉尸大海（包含销售税）。

35

就二十五美分的收费而言，这趟航程算是很长了。这辆水上的士——一艘老旧的敞篷汽艇，重新刷过油漆，四分之三个艇身罩上了玻璃棚——从停泊着的游艇中间滑过，接着绕过一个宽宽的石头堆——那里就是防波堤的堤尾。浪涌毫无征兆地打了上来，船身立刻像软木塞一样上下跳动。不过这时夜色还早，在这个时间点上，船上有足够的空间供我们晕船呕吐。与我同乘这条船的只有三对男女外加开船的这个男人——一位模样强悍的市民，左屁股稍稍挨着椅子边，因为他的右屁股兜里塞着一只黑皮枪套。我们刚一离岸，那三对男女就开始啃咬彼此的脸蛋了。

我回头凝望着贝城的灯火，努力放松，努力避免在将晚餐压回胃里的时候用力过度。分散的光点聚集起来，形成一条珠宝手镯，陈列在夜色的橱窗里。随后光点的亮度渐渐暗淡，变成了点点柔和的橙色微光，在浪涌的边缘上方忽隐忽现。那是一道平滑均匀的长浪，没有白浪花，起伏的幅度恰到好处，让我庆幸自己没用酒吧的威士忌来浸泡晚餐。汽艇这时沿着浪涌爬上爬下，平滑得甚至给人一种不详的预感，就像一条舞动的响尾蛇。空气中渗着寒意——那种阴冷的寒意，水手们永远无法将它从关节中驱走。描出“王冠”轮廓的霓虹灯线条在船的左侧渐渐模糊，一个个掠过海面的灰色幽灵使灯光变得黯淡；这时，突然之间，它们重又发出明亮的光芒，耀眼得就像崭新的大理石。

我们远远地躲开了这条船。从远处看，它的模样很漂亮。若有若无的乐声飘过水面，而飘过水面的乐声想不动人都不可能。“王冠”系着四条锚索，在海上平稳得就像一座码头，栈桥上灯火通明，宛如剧院遮篷。接着，这一切都渐渐消失在了远方，另一条更老旧，体型更小的船悄悄地钻出夜色，向我们靠近。它貌不惊人——一条改装过的远洋货轮，钢板上锈迹斑斑，蒙着一层浮渣，艇甲板以上的上层结构都被切除，取而代之的是两根粗短的桅杆，高度只够用来架设无线电天线。“蒙特西托”上也有灯光，音乐飘过潮湿阴暗的海面。几对痴恋着的情侣将牙齿从彼此的脖颈里拔出来，盯着那艘船，咯咯地笑。

水上的士在海面上划出一道大大的弧线，船身倾侧的幅度刚好让乘客们体验了一回惊险刺激；然后汽艇减慢船速，停在了紧贴栈桥边沿的麻绳护舷前。汽艇马达在雾中熄火又回火。一盏探照灯光束以船为圆心懒洋洋地画出一个半径约 50 码的圆圈。

的士司机把船钩挂上栈桥，一个眼睛又黑又大的小子身穿一件纽扣闪亮的蓝色晚餐服，脸上挂着一丝闪亮的微笑和一张黑帮式的嘴巴，伸手将姑娘们从汽艇里拉上栈桥。我是最后一个。他看我的眼神随意又利索，这让我对他有了几分了解。他随意又利落地撞了一下我的肩膀，这下我了解得就更多了。

“不行，”他轻声说，“不行。”

他的嗓音圆润沙哑——一个强悍的小子，却将自己从一块丝质手帕中滤了出来。他朝船夫一扬下巴。的士司机将一根短绳圈套在缆柱上，微微转动方向盘，然后爬上栈桥。他几步走到了我的身后。

“船上不能带枪，伙计。不好意思啊，哎呀呀。”晚餐服轻声细语地说。

“我愿意寄存。这只是我服装的一部分罢了。我想见布伦特，谈事情。”

他心中似乎暗暗觉得好笑。“从没听说过这个人，”他露出一个微笑，“上路吧，朋友。”

的士司机用手腕勾住我的右胳膊。

“我要见布伦特，”我说。我的声音听上去软弱无力，就像一个老太太。

“我们别争了，”黑眼睛的小子说，“这里不是贝城，甚至都不是加利福尼亚；有些聪明人说，这里甚至都不是美国。快滚吧。”

“回艇上来，”的士司机在我身后低吼，“我欠你两毛五。我们走。”

我回到了汽艇上。晚餐服看着我，脸上挂着那副沉静又油滑的微笑。我望着这张笑脸，直到它不再有微笑，不再有脸孔，不再有任何细节，只剩下一个黢黑的人影背对着栈桥上的灯光。我看着它，心中充满渴望。回去的路似乎更漫长。我没有跟的士司机说话，他也没有跟我说话。我下了船，又站在了码头上，这时他递给我两毛五分钱。

“改日再来吧，”他懒洋洋地说，“等我们腾出地方来了再拿你当皮球踢出去。”

五六个等着上船的顾客听见了他的话，直直地盯着我看。我从他们身边走过，出了浮台上那间小候船室的房门，朝向岸那头的一段平缓的台阶走去。

一个大块头、红头发的粗人从栏杆上直起身，不经意间与我撞个满怀。只见他脚踩一双脏兮兮的帆布胶底鞋，身着一条粘着柏油的裤子和一件只剩下几片破布的蓝色水手衫，脸颊上有一道自上而下的黑色条纹。

我停下步伐。他的个头太大了。他身高超我三英寸，体重超我三十磅。可此时此刻我有一种越来越强烈的冲动，想要把拳头砸进某个人的牙关间，哪怕这只会让我的胳膊麻得像根木头。

昏暗的灯光几乎完全被他遮在身后。“怎么啦，朋友？”他开口道，拖着长腔。“地狱游轮上没有肥皂？”

“快去缝你的衬衫吧，”我对他说，“你的肚皮戳出来了。”

“有人比我更惨呢，”他说，“藏在薄西装下面的那把枪有点儿往外凸啊。”

“你管这个闲事做什么？”

“老天，不做什么啊。只是好奇罢了。无意冒犯，朋友。”

“哎，那就快从我跟前滚蛋吧。”

“没问题。我只是在这儿休息。”

他挤出一丝迟缓疲惫的微笑。他的嗓音轻柔，恍惚，对于一个大个子而言实在是精致得令人诧异。这让我想起了另一个嗓音轻柔的大个子——我不知怎的喜欢上了那人。

“你的态度不对，”他悲哀地说，“就叫我‘红头’。”

“站一边儿去，‘红头’。最优秀的人也会犯错误。我这会儿感觉到一个错误正顺着我的脊背往上爬。”

他若有所思地左顾右盼了一番。他站立的位置刚好把我堵进了浮台上遮雨棚的一角。这里看样子像是只有我们两个人了。

“你想上‘蒙特’？我可以安排。只要你有理由。”

人们穿着喜气洋洋的衣服，脸上挂着喜气洋洋的神情从我们身边走过，坐进水上的士。我等着他们走远。

“这理由要多少钱？”

“五十块。你要是在我的船上流血的话，就要再加十块钱。”

我抬脚想要绕开他。

“二十五，”他轻柔地说，“你要是跟朋友一起回来的话，就收你十五。”

“我没朋友。”说完我便走开了。他没有试图拦住我。

我向右一拐，走上了水泥人行道；一辆辆小有轨电车沿着人行道来来去去，像婴儿车一样慢吞吞地挪动着，有气无力地鸣着喇叭——这声音甚至都吓不着孕妇。我在第一个码头的边上看到一间花里胡哨的宾果房，里面挤满了人。我走了进去，站在玩家们身后的那堵墙边——这里已经站着许多人了，他们都在等着空位。

我看着几个数字在电子指示器上亮起，听着庄家报出数字；我努力地想找出哪些人是赌场的托儿，但没能成功，于是转身离开。

一团巨大的蓝色散发着柏油的气味，在我身边成形。“手头没钱——还是不舍得花钱？”那个轻柔的声音在我的耳边问道。

我的目光又一次落在了他身上。他有一双你从未亲眼见过，只在书中读到过的眼睛。紫罗兰色的眼睛。近乎紫色。一双女孩子的眼睛，而且是一个可爱的女孩子。他的皮肤柔滑得就像丝绸，肤色微微发红，但永远不会晒黑。这样的皮肤实在是过于精致了。他的块头比海明威大，岁数比他小——小好多岁。尽管比起驼鹿马洛伊他的块头还是小了一些，但他看上去脚下非常灵活。他的头发红中带着一抹闪闪的金色。可除了他的眼睛，他的整张脸就像一个普通的农家小伙，没有舞台演员的那种帅气。

“你是混哪一道的？”他问我。“私家探子？”

“我干嘛要告诉你？”我没好气地说。

“我感觉你有点像，”他说，“二十五块太贵了？没有经费账户吗？”

“没有。”

他叹了口气。“反正我刚才说的也是个馊主意，”他说，“他们会把你撕成碎片的。”

“这我相信。你是混哪一道的？”

“这儿挣一块钱，那儿挣一块钱。我以前给警察做过事。他们后来把我甩了。”

“干嘛告诉我？”

他看上去吃了一惊。“我说的是真话。”

“你一定一向诚实。”

他淡淡一笑。

“认识一个叫布伦特的男人吗？”

他的脸上依然挂着那丝淡淡的微笑。宾果房里已经接连产生三位赢家了。他们的运作效率真高。一个长着一张鸟嘴脸，穿着一件皱巴巴的套装，脸颊凹陷，面色阴沉的高个子男人走到我们跟前，倚在墙上，但眼睛没有朝我们看。“红头”微微朝他一探身，对他说：“有什么事情要我们告诉你吗，朋友？”

鸟嘴脸的高个子咧嘴一笑，走开了。红头也咧嘴一笑，摇了摇那副重新靠回墙上的铁塔身板。

“我遇见过一个能把你拿下的人。”我说。

“我希望这样的人能再多些，”他神情严肃地说，“大个子可费钱了。样样东西都不合他的尺寸。他填饱肚子得多费钱，穿上衣服得多费钱，睡觉的时候脚还没法搁在床上。我的计划是这样的。你大概觉得这里不是说话的地方，可你错了。每一个经过这里的探子我都认得，剩下的那群人又都在盯着那些数字，眼里没有其他东西。我有一条装着水下排气管的船。我是说，我能借到一条。前面那里有一个没有灯光的码头。我知道“蒙特”上面的一个卸货口在哪儿，而且我能打开它。我时不时地会从那儿弄一箱货出来。甲板下面的人不多。”

“他们有探照灯和岗哨。”我说。

“我们能混进去。”

我掏出钱包，抽出一张二十和一张五块，贴在肚子上，叠得小小的。那双紫色的眼睛用貌似视而不见的目光看着我。

“单程？”

我点点头。

“十五块就行。”

“市场需求飙升了。”

一只沾满柏油的手吞下了钞票。他悄无声息地走开了；消失在门外冒着热气的夜色之中。那个长着鸟喙鼻的男人突然从我的左侧冒了出来，轻声细语地说：

“我好像认识那个穿水手衫的家伙。那人是你的朋友？我好像见过他。”

我从墙边上直起身，一言不发地从他身边走开；我出了门，向左拐了个弯，看见一个高高的脑袋在我前方一百英尺的地方从一盏路灯走向另一盏路灯。几分钟后，我拐进了两间商铺中间的一块空地。鸟喙鼻出现了，踱着步子，两眼看着地面。我走到他的身边。

“晚上好，”我说，“我能跟你赌两毛五分钱，猜猜你的体重吗？”我边说边拿身体顶住他。那件皱巴巴的上衣下面有一把枪。

他用一双不带任何感情色彩的眼睛看着我。“我非得把你逮起来不可吗，小伙子？我是上头派驻到这一带维护法律和秩序的。”

“那现在有谁在破坏法律和秩序呢？”

“你的朋友在我看来很眼熟。”

“那是应该的。他是警察。”

“啊，该死，”鸟喙鼻不紧不慢地说，“原来我是在那儿见着他的。

晚安。”

他转身沿着原路踱了回去。那个高高的脑袋消失了。可我一点儿也不操心。这小子再也不会让我操心了。

我慢吞吞地继续迈步向前。

36

我远离了路灯，远离了人行道上小有轨电车的嘀嘀嘟嘟声，远离了热油和爆米花的味道、尖叫的孩子、西洋镜前的揽客人，远离了一切，只剩下大洋的气息、在我眼前突然清晰起来的海岸线，还有拍在铺满卵石的岸上，化作片片白沫的海浪。我现在差不多是孤身一人了。嘈杂声消失在了我的身后，白热狡诈的灯光变成了一团木讷呆滞的眩光。这时，我看到一座黑色的突堤向昏暗的海面伸出一根无光的手指。一定就是这里了。我转身走上码头。

“红头”从头几根码头桩旁边的一只箱子上站起身来，仰着头对站在上方的我说：“很好。你到海边的台阶上去等着。我得去把船弄来，把它预热一下。”

“一个海滨区的警察刚才在跟踪我。就是宾果房里的那个家伙。我只好站住，跟他说了几句。”

“奥尔森。反扒窃组的。他也是个好警察。只是会偶尔自己偷一个皮夹，然后栽赃陷害，好提升他完成的逮捕数量。这实在是好得有点过分了，你说呢？”

“对于贝城而言，我看是正正好好。我们快动身吧。我看风有点儿起来了。我可不想等到雾气给刮跑了。虽说雾不大，但也能帮我们大忙。”

“这雾还能支撑一阵子，足够挡住探照灯了，”红头说，“游轮甲板上的那些家伙拿着‘汤米’冲锋枪。你到码头外面去等着吧。我一会儿就来。”

他隐没在了黑暗之中；我走上昏暗的海滩步道，两脚在滑如鱼鳞的木板上不住地打滑。步道尽头处有一道低矮肮脏的护栏。一对男女靠着护栏的一角。他们走远了，男人的嘴里骂骂咧咧的。

整整十分钟，我听着海水拍打码头桩。一只夜出的鸟在黑暗中盘旋，翅膀挥出一片淡淡的灰影，从我的视野中滑过，然后消失。一架飞机在高高的云端嗡嗡飞过。这时，远处传来马达的隆隆轰鸣，巨大的响声不绝于耳，抵得上六辆卡车引擎的声响。过了一会儿，声音渐渐减弱，然后突然完全消失了。

又过了几分钟。我回到通向海面的台阶前，小心翼翼地走下台阶，就像一只湿地板上的猫。一个黑影钻出夜幕，我听到了一阵噗噗的闷响。一个声音说：“一切就绪。上来吧。”

我上了船，挨着他在顶棚下面坐好。船平稳地滑出了码头。马达排出尾气时几乎没有任何声响，除了船体两侧的一阵阵牢骚般的冒泡声。又一次，贝城的灯火变得遥远，隔着起起落落、陌生怪异的海浪投来闪烁的微光。又一次，“王冠”那俗丽的灯光偏移到了船头的一侧——这条游轮仿佛正在那里洋洋自得，就像一个站在旋转舞台上的模特。又一次，了不起的“蒙特西托”在黑暗的太平洋面上显露出一个个舷窗，探照灯缓慢平稳地扫过船体四周，就像灯塔的光束。

“我吓坏了，”我突然说，“我吓得动弹不得了。”

“红头”减慢船速，让船平滑地顺着浪涌爬上爬下，就好像海水在下方涌动，而船却停在原地一样。他转过脸来，紧盯着我。

“我害怕死亡和绝望，”我说，“害怕漆黑的海水、溺亡之人的脸庞，还有眼窝空空的骷髅。我害怕死去，害怕化为虚无，害怕找不到一个名叫布伦特的男人。”

他咯咯直笑。“你一开始还真把我给唬住了。你真会给自己打气啊。

布伦特可能在任何地方。可能在两条船中的哪一条上，可能在他开的那家俱乐部里，可能在东边的里诺市，或者是穿着拖鞋待在家里。满意了吗？”

“我要找一个叫马洛伊的家伙——一个体型庞大的凶徒，因银行劫案在俄勒冈州立监狱里服了八年徒刑，前一阵子刚放出来。他就躲在贝城。”我把事情全都跟他说了。我告诉他的内容比我原本打算的要多得多。一定都是因为他的这双眼睛。

听我说完后，他想了一会儿，然后开了口，语速非常迟缓，吐出的字句上沾着一缕缕的雾气，就像八字胡上的汗珠。也许这让他的话听上去有了一种睿智的错觉，也许没有。

“你的话有些有道理，有些没有。有些我不太清楚，有些我清楚。如果这个索德伯格掌控着一个藏逃犯的窝点，兼卖大麻烟，还派小弟外出打劫，从眼神狂野的富有女士身上抢下珠宝，那么一个合乎情理的推断就是：他在政府部门里面有门道。但这并不意味着他知道的每一件事他们也都清楚，也不是说执法队伍里的每一个警察都知道他上头有人。说不定布莱恩知道，而被你叫作海明威的那个警察却不知道。布莱恩是个坏警察，而那个家伙只是个凶悍的警察，既不好也不坏，既不腐败也不诚实，浑身是胆又愚钝地以为——就像我——当警察是条明智的谋生之路。而这个精神大师不属于这其中的任何一类。他给自己在贝城这个最理想的市场里买了一把保护伞，并且会在迫不得已的情况下使用。你永远也不会知道像他这样的家伙在打什么主意，所以你也没法了解他有过怎样的良心愧疚，或者是他害怕什么。说不定他还有一点人情味儿，时不时地会爱上哪位主顾。那些阔太太比纸娃娃都好追。所以，关于你在索德伯格的地盘上待的那一夜，我的直觉是：布莱恩知道当索德伯格发现你的身份后，他一定会非常恐慌——他们讲给索德伯格听的故事也许就是他后来告诉你的那个，也就是他们发现你在晕头转向地四处游荡——而且他一定不知道该拿你如何是好；不论是把你放走还是把你做掉，他心里都会非常害怕。而布莱恩会等上一阵子后再次登门，借这件事情压索德伯格提高回扣比例。事情就这么简单。他们只是碰巧有了一个利用你的机会，于是就这么办了。布莱恩说不定也知道马洛的事。我可不敢说他不是这样的人。”

我一边听，一边看着探照灯缓慢地扫过海面；水上的士在船头右侧的远方来来去去。

“我不知道这群伙计是怎么一回事，”红头说，“警察的问题不在于他们太蠢、太腐败或是太凶悍，而在于他们以为仅仅因为是警察就让他们拥有了一丝以前从未有过的东西。说不定过去确实是这样的，但现在不是了。太多的聪明脑瓜早爬到他们头上去了。说到这一点，我就想起了布伦特。他并不掌管这座小城。他没这个心思。他花了一大笔钱选了个市长，这样他的水上的士可以不受干扰。如果有什么东西是他特别想要的，那他们就会双手奉上。比如说前一阵子，他的一个朋友——一个律师——因为一项酒驾的重罪给逮起来了，布伦特让人把指控减成了鲁莽驾驶。为了这件事他们甚至篡改了拘留记录簿，这本身就是一项重罪。这下你该有点概念了吧。他的买卖就是赌博，而这年头所有的黑道买卖都彼此关联。所以他说不定也经手大麻烟，或者把这笔生意交给某个手下，然后从中抽头。他有可能认识索德伯格，有可能不认识。可珠宝劫案的事绝无可能。想想这群伙计挣八千块钱有多轻松。要是有谁觉得布伦特和这件事有任何关系，那可真是要笑死人了。”

“不错，”我说，“可有一个人被谋杀了——还记得吗？”

“这事儿同样不是他干的，也不是他指使的。如果是布伦特干的，你不可能找得到尸体。你永远也没法知道某个人的衣服里面缝进了什么东西。所以为什么要冒险呢？我只收了你二十五块钱，可瞧瞧我为你做了什么吧。而以布伦特手头的财力，想想他能神通广大到什么程度吧。”

“他能指使别人杀人吗？”

红头思索了片刻。“也许吧。他说不定也这么干过。可他不是一个凶悍的家伙。这些混黑道的是一群我们以前从未见过的人。我们经常把他们想象成老式的保险箱窃贼或是惹是生非的流氓阿飞。电台里那些大嘴巴的警局官员嚷嚷着说，他们全都是黄皮耗子，他们会杀女人和婴孩，一看见警察的制服就嗷嗷求饶。他们真是蠢到家了，居然想让公众相信这种鬼话。我们这里有黄种警察，也有黄种杀手，但数量都少得可怜。至于处在顶端的这些人物，比如说布伦特——他们不是靠杀人爬到这个位置的。他们能爬上去，靠的是胆量和头脑——再说他们也没有警察的那种集体的勇猛。但他们首先是生意人。他们的行动目标是赚钱。就像其他生意人一样。有时候某个家伙会生生挡住财路。那好。做掉他。但他们在做这件事之前会考虑再三。该死，我这是在讲哪门子的课啊？”

“布伦特这样的人不会窝藏马洛伊，”我说，“马洛伊已经连杀两人了。”

“不会。除非是除了钱之外，还有某个别的原因。想回去了吗？”

“不想。”

红头挪了挪把在方向盘上的两只手。船速加快了。“不要以为我喜欢这些混蛋，”他说，“我恨他们恨到骨子里去了。”

37

探照灯的旋转光束就像一根苍白的、雾气缭绕的手指，若即若离地掠过距船一百英尺左右的浪头。这么做大概装模作样的成分居多，而不是出于任何实际目的。如果有谁企图爬上某艘赌博游轮打劫赌资的话，那他肯定需要很多帮手，而且会在凌晨四点左右动手——这个时候人群基本上已经散去，只剩下几个急红了眼的赌客，船员也都一个个困得无精打采。可即便是这样，这么做也绝不是生财的好法子。有人曾经做过一次这样的尝试。

一艘水上的士划过一道弧线停在了栈桥边，卸下乘客，然后调头朝海岸驶去。红头关掉引擎，让快艇刚好停在探照灯的搜索圈之外。要是他们一时心血来潮，把灯头抬高几英寸的话——可是他们没有这么做。光束慵懒地从前方掠过，晦暗的海水随之发出微光，紧接着我们的快艇就溜过了那道界限，迅速地靠近突出的船尾，驶过两根巨大的、表面布满浮渣的锚链。我们悄无声息地来到船体那油腻腻的钢板边，小心翼翼得就像一个要把妓女哄出大堂的酒店安保。

一道双扇铁门在我们头顶上方赫然出现，看上去高高在上，我们够不着；就算能够着，我们也推不开这么重的门。快艇刮擦着“蒙特西托”那年代久远的侧壁，涌浪不紧不慢地拍打着我们脚下的底板。一片昏暗之中，一个巨大的黑影在我身旁耸现，一根盘绕的绳索无声地向空中飞去，然后啪嗒一声挂住了，绳子的另一头落了下来，扑通一声掉进水里。红头用钩竿把绳子弄了出来，把它拉紧，然后把垂下来的那头拴在引擎罩上的什么地方。此时的雾气不多不少，刚好给一切蒙上了一层不真实的色彩。潮湿的空气冷得就像爱的余烬。

红头紧靠着我，嘴里的气息轻轻挠着我的耳朵。“这船太高了。一个大浪就能让她的螺丝在空中乱飞。可不管怎样，我们还是得爬船板。”

“我都快等不及了。”我说道，嗓音颤抖。

他把我的两只手按在方向盘上，但让方向盘完全按照他的意图转动，然后拉下油门杆，叫我把船停在原处。一道铁制爬梯用螺栓紧紧固定在船板上，梯子随着船体形成一道弧线，上面的梯级估计跟抹了油的杆子一样滑。

攀这样的梯子就像爬过政府大楼的飞檐一样让人动心。红头用力将手在裤子上擦了擦，好往上面沾点沥青，这才伸手去抓梯子。他悄无声息地把身体提离地面，哼都没哼一声，脚上的胶底鞋踩在了金属梯级上，与此同时他紧绷的身体外伸，近乎呈一个直角，以增加摩擦力。

探照灯光束的扫射范围这时已经距离我们很远了。水面上反射出来的灯光把我的脸照得如同信号弹一样显眼，可我们却啥事儿也没有。这时我的头顶上方传来一声沉闷的吱呀声，像是沉重的铰链被挪动的声音。一团微弱的淡黄色鬼火渗了出来，窜入雾气之中，旋即消失。卸货舱门的半边轮廓出现在我眼前。这扇门一定没有从里面闩上。我不知道这究竟是为什么。

一声低语——仅仅是一个声响，没有任何语意。我撇下方向盘，向上爬去。这是我这辈子经历过的最艰难的旅程。最后我气喘吁吁，呼哧呼哧地站在了一个散发着馊味的货舱内，里面到处都是包装箱、包装桶、一盘盘的绳缆，还有一堆堆生锈的链条。耗子在阴暗的角落里吱吱乱叫。那团黄色的灯光就是货舱那一头的一扇窄门里渗出来的。

红头把嘴唇贴在我的耳朵上。“我们从这里笔直向前，走到锅炉房的窄过道里。他们会有一台备用蒸汽锅炉，因为这块陈年奶酪上面肯定没装柴油机。甲板下面估计有一个人。辟作赌博房的那几层船舱里的船员全都身兼两职——发牌员、看牌手、侍者，个个如此。他们都得挂上一个听上去像是船员的头衔。到了锅炉房，我会指给你一条没有格栅封口的通风道。这条通道一直通往轮船甲板，而轮船甲板是闲人莫入的。到了那里你就尽情施展吧——只要你能保住小命。”

“这条船上一定有你的亲戚。”我说。

“这算不得什么稀奇事。你能快去快回吗？”

“我从甲板上掉到海里去的时候应该会发出一声响亮的‘扑通’，”我边说边掏出钱包。“我想这应该需要一点额外的费用。拿着。收尸的时候，把那当成是你自己的尸体。”

“你不欠我一分钱了，伙计。”

“我这是在买回程的票——虽说我肯定是用不着了。这钱你拿着，不要等着我哇哇大哭，弄湿你的衬衫。”

“到了上面还需要我帮点小忙吗？”

“我只需要一条三寸不烂之舌，可我嘴里的这条却像蜥蜴的鳞背。”

“把银子收起来，”红头说，“你已经付过我回程的钱了。我看你是吓傻了。”他抓住我的手。他的手强壮、坚毅、温暖，略微有点黏糊糊的。“我知道你吓坏了。”他低声说。

“我会克服的，”我说，“一定会的。”

他转过身去，脸的表情非常奇怪，让我在这样的灯光中看不明朗。我跟着他穿过一堆堆箱子和木桶，跨过门前高高的铁门槛，进入一条长长的、昏暗的走道，里面散发着海船的气味。穿过走廊，我们来到一个沾满滑腻腻的机油的钢格栅平台上，然后顺着一道难以抓握的钢梯往下爬。燃油器那慢吞吞的嘶嘶声这时充斥着空气，盖过了所有其他的声音。我们穿过无声的钢铁构成的山峦，转身朝那个嘶嘶声走去。

到了一处墙角，我们看见一个脏兮兮的矮个意大利佬穿着一件紫色丝质衬衫，坐在一把用铁丝把各部件绑在一起的办公椅里，在一盏没有灯罩的吊灯下，借着一根黑黢黢的食指和一副说不定是他爷爷的钢框眼镜在那里读晚报。

红头无声无息地走到他背后，轻声说道：

“嘿，矮子，家里的小崽子们都还好吗？”

意大利人咂吧一声张开嘴，连忙伸手去掏紫衬衫的前襟开口处。红头一拳打在他的下巴尖上，伸手揽住他，轻轻地把他放在地板上，然后动手把那件紫衬衫撕成碎片。

“这对他的伤害远远超过下巴尖上的那一下子，”红头轻声说，“这么做的道理在于：沿着通风道的梯子往上爬的时候，下面的人会听到许多动静。可上面的人却什么也听不到。”

他干净利落地把那个意大利人五花大绑，堵上嘴巴，把他的眼镜折叠起来，找一个安全的地方藏好，然后我们一路来到那条没有格栅的通风道前。我抬头一看，视线里除了一团漆黑，什么也没有。

“再会。”我说。

“也许你需要一点帮助。”

我像落汤狗一样抖抖身子。“我需要一个连的海军陆战队员。可眼下我要么独闯虎穴，要么就干脆拉倒。拜拜了。”

“你要去多久？”他的语气听上去依然忧心忡忡。

“不超过一个小时。”

他紧盯着我，咬着嘴唇。然后他点了点头。“有时候你确实非这么干不可，”他说，“顺道去那间宾果房一趟，如果你有时间的话。”

他步伐轻盈地走开了，走了四步，又折了回来。“那个敞开的装卸舱口，”他说，“说不定能帮你的忙。利用好这一点。”说完他便快步离开了。

38

冷空气顺着通风道直往下涌。爬到顶部似乎是一段漫长的旅程。在经历了感觉像是三个小时的三分钟后，我小心翼翼地把脑袋伸出状如牛角的通风道开口。近处的一条条蒙着帆布的小船就像是一团团模糊的灰影。黑暗中传来含糊的低语声。探照灯的光束慢吞吞地旋转着。光源似乎来自一个更高的位置，也许就在某根粗短的桅杆顶端。那上面应该还站着一个拿着汤米冲锋枪的小子，说不定还有一挺勃朗宁轻机枪。一项充满寒意的任务，一丝充满寒意的慰藉——有人居然如此贴心地忘了把一扇舱门闩上。

远处的乐声轻一阵响一阵的，就像廉价收音机的假低音喇叭。头顶上方，一盏桅顶灯投下凝望的光；几颗苦涩的星星透过高空中的层层雾气也在低头注视着我。

我爬出通风道，从肩套里抽出我的点三八，攥在手里，用袖口遮住，紧贴着肋骨。我无声无息地走了三步，屏息聆听。没有动静。含糊的说话声打住了，但不是因为我。我现在能判断声音的来源了，就在两条救生艇之间。尽管隔着夜色和雾气，但依然有足够的光线神奇地聚焦在一个硬物的黑影上——一把机关枪，架在一只高高的三脚架上，枪口越过护栏，指着下方。两个男人站在机枪旁边，一动不动，手中没有香烟，这时他们含糊不清的说话声再次响起——一阵轻声细语，我一个字也听不分明。

这低语声让我听得太久了。另一个声音在我背后清晰地响起。

"对不起，客人不允许上甲板。"

我转过身去，速度不算太快，然后定睛看着他的双手——两团模糊的亮色，手中没拿家伙。

我一边点头，一边往边上跨了一步；一条小艇的船尾遮住了我们。这人步履轻盈地跟着我，脚上的鞋无声无息地踩在潮湿的甲板上。

"我大概是迷路了。"我说。

"我看你是迷路了。"他的嗓音似乎很年轻，不是用冰冷的大理石凿出来的。"可是舱梯底部有一扇门，门上有一部弹簧锁。那可是一把好锁。以前那里是一截敞开的扶梯，只有一条链子和一块铜牌子。我们后来发现，性格活跃的朋友们总喜欢从那里跨过去。"

他把话音拖得很长，要么是想表示友好，要么就是在等待。我不知道事实究竟是哪一种。我开口道："一定有人忘了关门了。"

那颗阴影中的脑袋点了点。它比我的脑袋低了几分。

"尽管如此，你应该还是能明白我们在这件事中的处境。如果真的是有人忘了关门，那老板一定会很不高兴的。如果不是这样，那我们就很想知道你是怎么上来的了。我非常肯定你明白我的想法。”

“这想法似乎很简单。我们下楼去和他谈谈吧。”

“你来的时候有伴儿？”

“很好的伴儿。”

“你应该和他们待在一起的。”

“你知道这是怎么一回事——你一回头，就有另一个伙计请她喝酒了。”

他咯咯笑了。然后他微微点了点下巴。

我往地上一扑，一个蛙跳闪到了一边，只听见大头棒从静悄悄的空气中嗖地一声划过——一声无力的长叹。看来这个社区里的每一根大头棒都会自动朝我挥来。高个子骂了一声娘。

我开口道：“来呀，逞英雄啊。”

只听见一声清脆的咔哒声——我拉开了保险栓。

有时候，哪怕是一幕糟糕的表演也能震撼全场。高个子两脚生根似的站在那里，我能看见那根大头棒在他的腕部挥动着。刚才跟我说话的那个人不紧不慢地细细斟酌了一番。

“这玩意儿帮不上你半点忙，”他神情凝重地说，“你永远也下不了这条船了。”

“我之前想到了这一点。然后我又转念一想：我下不下得了船，你们半点也不在乎。”

又是一幕糟糕的表演。

“你想怎么着？”他轻声问道。

“我有一把声音很响的枪，”我说，“可它不一定非要发出声响。我要和布伦特说话。”

“他去圣地亚哥处理生意去了。”

“那就让我见他的副手。”

“好小子，”这个和善的伙计开口道，“行，我们下楼。进那扇门之前，你得把你的家伙收起来。”

“等到我确定我能进那扇门的时候，我会收起来的。”

他哈哈一笑，笑声轻快。“回到你的岗位上去，瘦个子。我来处理这件事。”

他懒洋洋地挪到我面前，与此同时那个高个子似乎消失在了黑暗中。

“那就跟我来吧。”

我们一前一后地穿过甲板。我们走下一段滑溜溜的、黄铜包边的台阶。台阶底下是一扇厚实的门。他打开门，看看门锁，脸上露出一个微笑，然后点点头，为我扶着门；我跨了进去，把枪收进口袋。

门咔哒一声在我们身后关上。他开口道：

“平静的夜晚——目前为止。”

一道镀金的拱门出现在我们面前，拱门后面是一间赌博房，里面的人不算太多。它看上去和任何一间赌博房都没什么差别。房间那头是一个矮小的玻璃柜台，还有几把凳子；中间是一段通往下层的楼梯，乐声就从这里一阵轻一阵响地飘了上来。我听到了轮盘赌的哗哗声。一个男人正在同一位孤零零的客人玩菲罗牌。整个房间里的人不超过六十个。菲罗牌桌上放着一大堆的黄金券，多得足够拿来开银行了。玩家是一个白发老人，对庄家表现出礼貌的专注，但仅此而已。

两个穿无尾礼服、一言不发的男人悠悠地穿过拱门，对一切都视若无睹。我就知道会这样。两人信步朝我们走来，和我在一起的那个纤瘦的矮个子等着他们走到跟前。两人穿过拱门后又走了好长一段距离，这才把手摸进口袋——当然只是为了摸香烟。

“从这里开始，我们必须进行一点小小的组织安排了，”矮个子说，“我想你不介意吧？”

“你就是布伦特。”我脱口而出。

他耸耸肩。“当然了。”

“你看上不怎么凶悍。”我说。

“希望如此。”

穿无尾礼服的那两个男人轻轻地把我往边上挤。

“进来，”布伦特说，“我们可以放开了聊一聊。”

他推开门，两个手下随即把我关进了小黑屋。

这里看上去像是个房舱，但却不是房舱。两盏安在平衡环上的黄铜吊灯在一张黑黢黢的桌子上方摇摆着；桌子不是木头的，有可能是塑料的。房间那头是两张木制双层床，木头的纹理清晰可见。两张下铺上铺了床褥，上铺上面堆着五六摞留声机唱片书。房间的一角里摆着一台庞大的组合式收音／留声机。其他的摆设包括一只红色的皮质长沙发，一条红地毯，几只放烟灰缸的托座，一把放着香烟、斟酒瓶和几只玻璃杯的小凳子，还有一个吧台，就在一个与双层床成斜对角的角落里。

“坐下。”布伦特说完便绕到了桌子那头。桌上放着许多貌似和生意有关的文件，上面有一排排的数字，肯定是用簿记机打出来的。他在一把带高背的主管椅上坐下，把椅背稍稍往后调了调，细细打量了我一番。然后他起身脱下大衣和围巾，扔在一边。接着他再度坐下。他拿起一支钢笔，挠了挠一只耳垂。他脸上露出一丝猫脸般的诡异微笑——可我喜欢猫。

他既不年轻也不年老，既不胖也不瘦。他在海边和海上待了这么久，肤色因此显得漂亮健康。他的头发是深棕色的，天生的波浪发，出海以后波浪得就更厉害了。他的前额很窄，有副聪明相，眼神中有一种微妙的杀气。这是一双透着些许黄色的眼睛。他的双手很漂亮，保养得很好，但没有被呵护得失去了个性。他的无尾礼服是深蓝色的——但这只是我的猜测，因为衣服的颜色似乎深得发黑。他的珍珠在我看来显得有些太大了，但这有可能只是我的嫉妒心在作怪。

他看了我好长一会儿，这才开口说话："他身上有把枪。"

其中一个戴着天鹅绒手套的凶悍打手用一件大概不是钓鱼竿的东西顶着我的脊柱正中央。两只手上下摸索着掏出了那把枪，然后接着搜寻其他物什。

"还有别的东西吗？"一个声音问道。

布伦特摇摇头。"现在不是时候。"

其中一个枪手把我的自动手枪推到了桌子那头。布伦特放下钢笔，拿起一把开信刀，轻轻地拨弄着吸墨纸上的那把枪。

"喂，"他轻声说，"还要我解释我在想什么吗？"

一个人飞快地出了房间，把门关上。另一个人悄无声息地站着，就好像他根本不在那里似的。

一阵长长的、轻松的沉默，不时被远处嗡嗡的人声、低沉的乐声还有下面不知哪里传来的一阵沉闷的、若有若无的震颤声所打破。

"来一杯？"

"多谢。"

那只大猩猩在小吧台上调了两杯酒。他在调酒的时候没有试图遮住杯子。他往桌子两头各摆了一杯酒，放在黑玻璃桌面上。

"抽烟吗？"

"多谢。"

"埃及烟可以吗？"

当然。

我们点上烟。我们喝着酒。这酒的味道像是上好的苏格兰威士忌。那只大猩猩没有喝酒。

"我要的是——"我开口道。

"对不起，可你要什么一点也不重要，难道不是吗？"

一丝轻柔的、猫一般的微笑，一双慵懒的、半闭的黄眼睛。

门又开了，另一个人回来了，同他一起出现的是“晚餐服”，依旧是那副尊容，包括那张黑帮嘴。他瞅了我一眼，脸色立刻变得煞白，活像生蚝肉。

“他没有过我这一关，”他撇起半边嘴角，飞快地开口道。

“他身上有枪，”布伦特边说便用开信刀拨了拨那东西，“这把枪。他刚才几乎是在用这玩意儿抵着我的后背，就在甲板上。”

“没过我这关，老板。”晚餐服说道，语速依旧飞快。

布伦特微微抬起那双黄眼睛，朝我微笑：“怎么讲？”

“把他轰出去吧，”我说，“换个地方捏死他。”

“的士司机能为我作证。”晚餐服吼道。

“五点半以后你就不在栈桥上了对吧？”

“一分钟都没离开过，老板。”

“这算不得回答。一个帝国能在一分钟之内陨落。”

“一秒钟都没有，老板。”

“给钱就能过他这关。”说完我哈哈大笑。

晚餐服像拳击手一样脚下一个平稳的滑步，拳头像鞭子一样挥了出来，眼看就要落在我的太阳穴上了。只听见砰的一声闷响，那只拳头就像在半空中融化了似的。他朝一边瘫了下去，两手努力地想巴住桌子一角，然后一个骨碌仰面朝天，躺倒在地。看到这次是别人挨了闷棍的感觉真是好。

布伦特继续对我微笑。

“希望你没有对他不公，”布伦特说，“可眼下我们还有一件事情要澄清：舱梯前面的那扇门。”

“门意外地开着。”

“你能想个别的理由吗？”

“能不能不在这么一大群人面前说？”

“那我单独和你谈。”布伦特说这话的时候，目光一直紧盯着我一人，没有看其他人一眼。

那只大猩猩架着晚餐服的腋窝，把他拖过客舱，他的搭档跟着打开了一扇内门。他们走了进去。门关上了。

“好了，”布伦特说，“你是谁，你要什么？”

“我是一名私人侦探，我想跟一个叫驼鹿马洛伊的人谈谈。”

“向我证明你是个私家探子。”

我给他看了证件。他把钱包从桌子那头推还给我，两片被海风吹黑的嘴唇还在微笑——这笑容开始有些做作了。

“我在调查一桩谋杀案，”我接着说道，“上周四晚上，一个名叫马里奥特的男人在靠近你那家贝尔维迪尔俱乐部的悬崖上被人谋杀。这桩凶案碰巧与另一桩凶案有联系：一个女人被杀，犯案的正是马洛伊——一名前科犯、银行劫匪，方方面面看都是一个凶悍的家伙。

他点点头。“我还没有问你这一切都跟我有什么关系呢。我估计你会说到这一点的。现在能不能跟我说说你是怎么上我的船的？”

“我刚才跟你说过了。”

“那不是真话，”他温和地说，“你叫马洛是吧？那不是真话，马洛。你自己心里有数。下面栈桥上的那个小子没撒谎。我挑手下的时候是很用心的。”

“你在贝城有一块地盘，”我说，“我不知道这块地盘有多大，但肯定足够满足你的需求了。一个叫索德伯格的人在那儿打理着一处地下黑窝。他涉足大麻烟生意，策划劫案，顺便窝藏几个被通缉的伙计。当然咯，他没有关系网是做不成这些事的。我想，他没有你是不行的。马洛伊之前就躲在他那里。马洛伊现在是跑了。马洛伊身高七英尺上下，这么个人可不太好藏。我看他要是能藏在一条赌博游轮上，那就妥了。”

“你头脑真简单，”布伦特轻声答道。“就算我想要藏他，那我为什么要把风险带到这里来呢？”他啜了一口酒。“毕竟，我还有另一桩生意。就算是没有这许多麻烦事，想要让水上的士业务持续顺利地运营也已经够累人的了。世界上到处都有能让一个混混藏身的地方。如果他有钱的话。你能想一个更好的假设出来吗？”

“我能，但我会把它扔进茅坑。”

“我帮不上你的忙。说说看，你是怎么上船的？”

“我懒得说。”

“那我恐怕就得让人逼你说了，马洛。”他的一口牙在黄铜船灯的照射下闪着寒光。“毕竟，这件事我是能办成的。”

“如果我愿意告诉你，你能向马洛伊传个话吗？”

“什么话？”

我伸手去抓我那只搁在桌上的钱包，从里面抽出一张名片翻过来。我收起钱包，拿起一支铅笔。我在名片背面写下了五个字，然后把名片推到桌子对面。布伦特拿起名片，看了看我写的字。“这句话对我来说没有任何意义。”他说。

“对马洛伊有。”

他身子向后一靠，两眼紧盯着我。“我读不懂你。你豁出性命到这里来，就为了给我一张名片，让我递给某个我甚至都不认识的流氓。这做法一点道理都没有。”

“确实是没有道理——除非你认识他。”

“你为什么不把枪留在岸上，按常规方式上船？”

“我头一次忘了。我知道那个穿晚餐服的狠角永远不会让我上船了。后来我撞见了一个伙计，他知道另外一条路子。”

一团新的火焰将那双黄眼睛点亮了。他微笑着，但没有说话。

“这伙计不是痞子，但他一直在海滩上四处探听消息。你的船上有一个装卸舱口，舱门上的门闩让人从里面给拉开了；船上还有一条通风道，上面的格栅被人卸了。出了通风道只需放倒一个人就能上甲板。你最好查查你的船员名单，布伦特。”

他的双唇翕动着，一片遮住了另一片。他又低头看了看名片。“这条船上没有叫马洛伊的人，”他说，“但如果你在那个装卸舱口的事情上说的是实话，那我就答应你。”

“你可以过去看看。”

他依旧低着头。“只要我有办法向马洛伊传话，我就帮你这个忙。我不知道我干吗要费这个神。”

“看一眼那个装卸舱口吧。”

他一动不动地坐了片刻，然后向前一探身，把那把枪从桌子对面推给我了。

“瞧瞧我都做了些什么吧，”他沉吟道，仿佛他此刻正孤身一人，“我打理小镇，我选市长，我腐蚀警察，我贩毒，我窝藏不法之徒，我抢劫那些快被珍珠项链勒死的老太太。我的时间真多啊。”他发出一阵短促的大笑。“时间真多啊。”

我伸手拿起枪，塞回胳膊下面的枪套里。

布伦特站起身来。“我什么都不能保证，”说这话的时候他目光镇定地看着我，“但我信你。”

“没问题。”

“为了听这么短短的一句话，你冒了好大的险啊。”

“是的。”

“好吧——”他打了个无意义的手势，然后把手伸过桌子来。

“和一个傻蛋握握手吧。”他轻声说。

我和他握了手。他的手很小，但很有力，还热烘烘的。

“你不打算告诉我你是怎么知道这个装卸舱口的吗？”

“我不能说。但告诉我这件事的那人不是痞子。”

“我能让人逼你说，”这话刚一出口，他马上就摇了摇头，“不。我信了你一次。我还会再信你一次。安安稳稳地坐着，再喝一杯吧。”

他揿下蜂鸣器开关。后面的一扇门开了，一个温文尔雅的打手走了进来。

“待在房间里。给他一杯酒，如果他想喝的话。不要动粗。”

那枚鱼雷坐了下来，平静地对我微笑。布伦特快步走出了办公室。我抽了一支烟。我喝干了杯里的酒。鱼雷又给我调了一杯。我喝下了第二杯酒，又抽了一支烟。

布伦特回来了，他在角落里洗了一遍手，然后又一次在桌子后面坐下。他朝鱼雷一点头。鱼雷无声无息地走了出去。

那双黄眼睛仔细打量着我。“你赢了，马洛。我的船员名单上有一百六十四号人。哎——”他耸耸肩。“你可以坐的士回去。没人会难为你。至于你的那条信息，我手头有几个联络人。我会联系他们的。晚安。也许我应该说声谢谢。作为一种感情的表露。”

“晚安。”说完我便起身出了房间。

栈桥上换了一个人。我乘另一艘水上的士回到岸上。我来到那家宾果房，靠着那面墙，周围是人群。

几分钟后红头也来了，和我肩并肩倚在墙上。

“挺轻松的，是吧？”红头轻声说，周围是一片喧闹的背景噪音——几个庄家正在报号。

“托你的福。他答应了。他心里开始打鼓了。”

红头左右张望了一番，然后把嘴唇稍稍往我耳边凑了凑。“找到你要找的人了？”

“没有。但我指望布伦特能想法子给他捎个信。”

红头扭过头去，又看了看那几张牌桌。他打了个哈欠，从墙边上直起身子来。那个鸟喙鼻的男人又进来了。红头走到他跟前，开腔道："嗨，奥尔森。"然后一把推开他走了过去，险些把这人撞个四脚朝天。

奥尔森朝他的背影投去怨怒的一瞥，正了正头上的帽子，然后恶狠狠地朝地上啐了一口。

他前脚刚走，我后脚也跟着出了房门，径直朝停车场走去，回到我之前停车的小道上。

我开车赶回好莱坞，把车停进车库，上楼走进公寓。

我脱掉鞋子，穿着袜子四处走动，用脚趾触摸地板。直到现在它们还是会时不时地发麻。

然后我在放下的折叠床床沿上坐下，心里琢磨着我什么时候能收到音信。这完全是瞎琢磨。他们也许要花上几个小时甚至几天时间才能找到马洛伊。也许他们永远也找不到他了，直到警察捉住他为止，如果他们真有一天能捉住他的话——我指的是活捉。

39

我拨通贝城格雷尔家电话的时候差不多是晚上十点。我本以为时间已经太晚了，大概是找不到她了，可我错了。我连过女仆和管家两关，终于在电话线那端听到了她的声音。她听上去轻松愉快，为晚上的活动做好了充分准备。

"我承诺过会给你打电话的，"我说，"现在是有点晚了，可我今天事情很多。"

"又打算放我鸽子了吗？"她的语调中多了一丝寒意。

"应该不是。这么晚了，你的司机还干活儿吗？"

"我叫他干到几点，他就干到几点。"

"那就到我这里来把我接上怎么样？我马上就要使劲往我的毕业典

礼服里钻了。”

“你真有心，”她拖着长腔说，“可我究竟该不该费这个力气呢？”亚姆瑟对她语言中枢的治疗真的非常出色——如果她的语言中枢一开始真有问题的话。

“我给你看我的那幅蚀刻画。”

“只有一幅蚀刻画？”

“我这公寓只有一个房间。”

“我听他们说过这种玩意儿，”她又拖着长腔说，然后突然换了个语调，“别那么羞羞答答。你的身材非常棒，先生。要是有人敢在这一点上胡说，千万别理他们。把你的地址再告诉我一遍。”

我把地址和房间号跟她说了。“公寓楼大门上锁了，”我说，“但我会下去把门闩拉开的。”

“很好，”她说，“这样我就用不着带撬门棒了。”

她挂断了电话，留给我的是一种奇怪的感觉，就好像我刚刚是在和一个不存在的人说话一样。

我下楼来到门厅，拉开门闩，然后回去冲了个澡，穿上睡衣，在床上躺下。我睡了过去，像是足足睡了一个礼拜。我又把自己从床上拖起来，拉开房门的门闩——这件事之前让我给忘了——然后像是踩着又硬又厚的雪堆一样走进小厨房，拿出两只杯子喝一瓶威士忌甜酒——这酒是我为了进行一次真正高端的引诱行动而专门剩下来的。

我又在床上躺了下来。“祈祷吧，”我大声说道，“除了祈祷，再没有什么可做的了。”

我闭上眼睛。房间的四面墙似乎像船舱一样有节律地震颤着，静止的空气似乎滴着湿漉漉的雾气，随着海风沙沙作响。我闻到了废弃船舱中的那股发馊的恶臭。我闻到了机油的味道，看到了一个穿紫衬衫的意大利佬在一只裸露的电灯泡下，就着他爷爷的眼镜在那里读报纸。我顺着一道通风井，不停地向上爬呀爬。我爬上了喜马拉雅山，两脚落地时站在了山巅之上，一群拿着机关枪的家伙把我团团围住。我跟一个黄眼睛的小个子说话——这双眼睛不怎的似乎特别有人情味；可他是个混黑道的，说不定还更糟。我想到了那个红头发、紫眼睛的巨人，他大概是我这辈子见过的最好的人了。

我的思绪停住了。在我那双紧闭的眼睑后面，有光在移动。我迷失在了太空中。我是个一等一的大傻瓜，刚刚从一场徒劳的冒险中返回。我是一包一百美元的炸药，爆炸时的声音就像是当铺老板的面前出现了一只一美元手表。我是一只粉头大甲虫，顺着市政厅大楼的一侧一路向上爬。

我睡着了。

我醒得很慢，很不情愿，我的眼睛盯着天花板上反射出来的灯光。房间里有什么东西在轻轻挪动着。

那东西的动作鬼鬼祟祟的，声音很轻，步子很重。我屏息聆听。然后我慢慢地转过头去，视线落在了驼鹿马洛伊身上。房间里有阴影，他就在阴影里挪动，悄无声息得就像我上次见到他时一样，手中的一把枪闪着实用高效的油黑光泽。他拳曲的黑发上扣着一顶推向脑后的帽子；他的鼻子嗅着空气，像一条猎犬。

他看着我睁开眼睛。他轻轻地走到床边，站在那里，俯视着我。

“我收到你的条子了，”他说，“所以我就来了，后面没跟尾巴。我在外面没看到警察。如果你这是在设局，那就有两个人要横着出去了。”

我在床上微微一滚身，他立刻伸手去摸枕头下面。他的脸盘依然很宽，面色苍白，那双深陷的眼睛不知怎地依然显得很温和。今晚他穿了一件大衣。衣服紧紧地贴在他身上，肩膀上的一道线缝已经绽开了，看样子是勉强套上身的。这应该是店里头最大的尺码了，但对驼鹿马洛伊来说还是不够大。

“我就指望着你能来，”我说，“没有一个警察知道这件事情。我只想见你。”

“接着讲。”他说。

他侧步挪到桌子边上，把枪放下，用力扒下身上的外套，坐进我最好、最舒服的一把椅子里。椅子咯吱作响，但没有散架。他身子慢慢地向后靠去，让枪刚好处在贴近右手的位置。他从口袋里掏出一包香烟，抖出一支，含进嘴里，整个过程中手指完全没有接触香烟。一根火柴在拇指甲上擦出一团火来。刺鼻的烟味在整个房间里弥漫。

“你没生病吧？”他说。

“只是在休息。我今天过得很不轻松。”

“门开着。等人呐？”

“一个娘们儿。”

他若有所思地凝视着我。

“她大概是不会来了，”我说，“要是来了，我就让她等着。”

“什么样的娘们儿？”

“哦，就是个普普通通的娘们儿。要是她来了，我就让她走。我宁可跟你说话。”

他的嘴角边又浮现出那若有若无的微笑。他别扭地边含着烟边喷云吐雾，仿佛是香烟太细，他那样的手指捏不自在。

“你为什么觉得我在‘蒙特’上？”他问我。

“一个贝城警察。这故事说来话长，而且里面充满了猜测。”

“贝城警察在追我？”

“这会让你不安吗？”

他又露出了那丝淡淡的微笑。他轻轻地摇摇头。

“你杀了一个女人，”我说，“杰西·弗洛里安。这是个错误。”

他思考了一下，然后点点头。“我宁可不谈这个。”他轻声说。

“可这件事给你惹了大麻烦，”我说。“我不害怕你。你不是杀人狂。你并没有打算杀她。另外一个案子——中央大道上的那个——你也许能从中脱身。可你现在拿一个女人脑袋往床柱上撞，直撞得脑浆迸裂——这种事情你是逃不掉的。”

“你可真敢冒险啊，兄弟。”他轻声说。

“就我一贯的运气而言，”我说，“我看不出冒不冒险对我来说有什么差别。你没打算杀她——对吗？”

他的眼珠转个不停。他的脑袋歪着，做出聆听的姿态。

“该是你了解自身长处的时候了。”我说。

“已经太迟了。”他说。

“你想要她告诉你一些事情，”我说。“你抓住她的脖子，用力晃她。你拎着她的脑袋往床柱上砰砰乱撞的时候，她已经死了。”

他瞪着我。

“我知道你想要她告诉你什么。”我说。

“接着讲。”

“我找到她的时候，有一个警察和我在一起。我不得不跟他说了实话。”

“说到什么程度了？”

“差不多都说遍了，”我说。“但没有提今晚。”

他瞪着我。“好吧，你怎么知道我在‘蒙特’上？”他之前已经问过我一遍了。他似乎是忘了。

“我不知道。但最简单的逃脱方式就是走水路。通过他们在贝城的窝点，你能逃上某一艘赌博游轮。从那里你就能干净利落地逃脱了。在有得力帮助的情况下。”

“莱尔德·布伦特是个好人，”他空洞地说，“我是这么听人说的。但我甚至从没和他说过话。”

“他把那张条子传给你了。”

“妈的，他可以通过十几条暗线向我传信，伙计。我们什么时候做你在名片上写的那件事？我有一种直觉：你说的是实话。不然我也不会冒险来这里了。我们去哪儿？”

他掐灭烟头，观察着我。他的黑影赫然耸现在墙上——一个巨人的影子。他个头实在太大了，看上去像是个幻影。

“你为什么觉得是我干掉了杰西·弗洛里安？”他突然问我。

“她脖子上的指印间距。还有：你需要从她那里得到某样东西，而你又强壮得足以在没有谋杀意图的情况下杀死别人。”

“那些条子把我跟这案子挂上了？”

“我不知道。”

“我想从她那里得到什么？”

“你认为：她也许知道维尔玛在哪儿。”

他沉默地点点头，继续凝视着我。

“可她不知道，”我说，“对她而言，维尔玛实在太聪明了。”

门口传来一阵轻轻的敲门声。

马洛伊微微向前一探身，面露微笑，拿起桌子上的枪。有人试了试门把手。马洛伊慢慢起身，蹲在地上，向前倾着身体，屏息聆听。然后他又回过头来，把视线从房门上转移到我身上。

我在床上坐起身来，两脚落地，站了起来。马洛伊在沉默中观察着我，身体一动不动。我走到门边上。

“是谁？”我嘴唇贴着门板问。

没错，是她的声音。“开门，小傻瓜。是温莎公爵夫人。”

“马上。”

我回头看看马洛伊。他眉头紧皱。我走到他身边，压低了嗓子说了句：“实在没法子了。钻进床后面的更衣室里等着。我来打发她走。”

他听完之后想了一想。他的表情难以捉摸。他是一个眼下没有多少东西可以失去的男人。他是一个不知畏惧为何物的男人。那副巨人般的身架里甚至天生就没有恐惧二字。最后他终于点点头，抓起帽子和大衣，悄无声息地绕过床，钻进了更衣室。门关上了，但没有关紧。

我环顾四周，寻找他留下的痕迹。除了一个烟蒂表明有人也许抽过烟外，再没有别的了。我走到正门前面，拉开门。马洛伊进门的时候又把门闩拉上了。

她站在那里，似笑非笑，穿着那件她和我说过的白色狐皮高领晚礼服。翡翠挂坠从她的耳朵上垂了下来，几乎隐没在了柔软的白色毛皮里。她的手指搁在她那只随身的小晚宴手袋上，蜷曲又柔软。

她一看见我，脸上的微笑就渐渐消失了。她上下打量着我。她的目光这时变得冰冷。

“原来如此，”她板着脸说，“睡衣和睡袍。给我看他那副可爱的小蚀刻画。我真是个大傻瓜。”

我站到一边，替她扶着门。“根本不是这样的。我正要换衣服，一个警察突然上门来找我了。他刚走。”

“兰德尔？”

我点点头。哪怕只是一个点头，撒谎终究是撒谎，可这样撒谎要容易些。她犹豫了片刻，然后从我身边走进屋里，经过时洒了香水的毛皮大衣卷起一片漩涡。

我关上门。她慢吞吞地穿过房间，木然地盯着墙壁，然后突然转身。

“让我们对彼此有个了解吧，”她说，“我不是那种随随便便的女人。我要的不是小房间里的一夜浪漫。在我生命中的某个阶段，这种浪漫我已经领受得够多了。我喜欢有格调的方式。”

“你离开前愿意喝一杯吗？”我依然靠在门上，和她隔着房间相望。

“我要离开吗？”

“你给我的感觉好像是你不喜欢这里。”

“我只是想摆明一个观点。为了达到效果，我只好稍稍庸俗了一回。我不是那种水性杨花的贱人。男人可以得到我——但不是伸伸手就行。是的，我愿意喝一杯。”

我走进小厨房，用不太沉稳的双手调了两杯酒。我端着酒走进房间，递给她一杯。

更衣室里静悄悄的，甚至连一丝呼吸声都听不到。

她拿起杯子，品了品酒，然后透过玻璃杯看着房间另一头的那面墙。“我不喜欢男人穿着睡衣迎接我，”她说，“这很好笑。之前我还是喜欢你的。我一度非常喜欢你。不过我还是能克服这个不愉快的。我已经克服许多这样的不愉快了。”

我点点头，喝了口酒。

“大多数男人都只是下流的畜生，”她说，“事实上这个世界本身就挺下流的，要我说的话。”

“有了钱一定就大不一样了。”

“没钱的时候，你会这么以为的。实际上，钱只是制造出新的问题。”她露出一丝奇怪的微笑。“然后你就会忘记旧的问题曾经有多么棘手。”

她从手袋里拿出一只金色的烟盒，我走上前，替她点烟。她吐出一团淡淡的烟云，看着它飘散，眼睛半闭。

“坐到我边上来。”她突然说。

“我们先谈一小会儿吧。”

“谈什么？哦——我的翡翠？”

“谈谋杀。”

她脸上没有任何变化。她又吐出一团烟，这次吐得更小心，更慢条斯理。“这是个讨厌的话题。非谈不可吗？”

我耸耸肩。

"林 · 马里奥特不是什么圣徒，"她说，"可我还是不愿意谈这件事。"

她冷冷地瞪了我好长一会儿，然后把手伸进打开的手袋，拿出一块手帕。

"就我个人而言，我也不相信他是某个珠宝盗窃团伙的内线，"我说，"警方假装相信这种说法，但他们装过了头。我甚至不相信他是个敲竹杠的，严格意义上讲。很有趣，是不是？"

"这有趣吗？"这声音现在变得非常非常冷了。

"嗯，怕是谈不上，"我赞同了她的看法，然后把杯中的余酒一饮而尽，"你能来这里真是太好了，格雷尔太太。可我们此刻营造的氛围似乎并不恰当。比如说，我甚至都不相信马里奥特是被某个黑帮谋杀的。我不相信他那天去峡谷那里是为了赎一条翡翠项链。我甚至都不相信那条翡翠项链失窃过。我认为，他去那条峡谷是为了让人有机会谋杀他的，尽管他自己以为他是去那里协助实施一起谋杀的。但马里奥特是一个非常蹩脚的谋杀犯。"

她身体微微前倾，脸上的微笑似乎变得有那么一点点呆滞了。突然，尽管面容没有任何改变，但她的美貌消失了。有一类女人放在一百年前会十分危险，放在二十年前还算大胆，而放在如今却只能进好莱坞B级片了——她现在看上去就像这么一个女人。

她一言不发，可她的右手却在不停地叩着手袋上的搭扣。

"一个非常糟糕的谋杀犯，"我说。"就像莎士比亚在《理查二世》的那一幕中所写的第二个谋杀犯。那伙计的心中还残存了一丁点良知，可他依然想要弄钱，直到最后都根本没有动手，因为他下不了决心。这样的谋杀犯是非常危险的，必须把他们除掉——有时候是用大头棒。"

她微微一笑。"那在你看来，他原本打算谋杀谁呢？"

"我。"

"这真的是难以置信——有人居然如此恨你。你刚才还说我的翡翠项链从未失窃过。你有任何有关这一切的证据吗？”

“我没说过我有。我只是说，我有这些想法。”

“那你为什么还要傻乎乎地说出来呢？”

“证据，”我说，“永远是一个相对的事物。它是各种可能性权衡后的压倒性结果。它同时也是你对各种可能性的第一反应。谋杀我的动机相当弱——我只是在追踪一个曾经在中央大道上一家夜店当过歌手的女人，与此同时一个名叫驼鹿马洛伊的罪犯出狱了，并且也开始寻找这个女人。也许我在帮助他。显然，找到她是有可能的，不然的话也就不值得装模做样地跟马里奥特说：必须把我杀了，而且动作要快。显然，除非如此，不然他也不会相信这话。但谋杀马里奥特的动机就强多了，而他——或者是出于虚荣，或者是爱情，或者是贪婪，或者是兼而有之——并没有预估到这点。他很害怕，但不是为自己害怕。他害怕的是自己将参与其中的这项暴力行径，他可能会因为这种参与而被定罪。但另一方面，他又要竭力保住自己的饭碗。于是他冒险了。”

我打住了。她点点头说：“很有趣。如果有人听得懂你在说什么的话。”

“有一个人确实听得懂。”我说。

我们互相盯着对方。她的右手这时又伸进手袋里了。我差不多能猜出来那只手里捏的是什么。但它此刻还没有开始往外挪。每个事件都需要时间。

“玩笑到此为止，”我说，“这里只有我们两个人。我们中的一方说的任何话都不比另一方的话分量更重。我们彼此抵消。一个从贫民窟起家的姑娘成了千万富翁的太太。在她一路向上爬的过程中，一个破衣烂衫的老太婆认出了她——也许是听到了她在广播电台里的歌声，认出了那个嗓音，于是过去瞧个究竟——这个老太婆的嘴必须堵住。可她只是个小人物，所以她知道的只有一星半点。然而，那个和她达成交易，每月付给她钱，拥有一份针对她家房子的信托契书，一旦她不守规矩，随时都可以把她一脚踢进贫民窟的人——那个人什么都知道。他是个关键人物。当然，只要没人知道这事儿，这一切都无关紧要。可是有一天，一个叫驼鹿马洛伊的狠角儿出狱了，然后开始打听他旧日的宝贝，因为这个大块头笨蛋过去爱她——现在依然爱她。这就是这件事情有趣的地方——有趣又可悲。就在这时，一个私家侦探也开始四处打探风声了。于是，整根链条上最薄弱的一环——马里奥特——不再是一件奢侈品了。他变成了一个威胁。他们会找到他，把他撬开。他就是那种小子。他一遇热就会融化。所以，在他融化之前，必须把他杀了。用一根大头棒。由你来做。”

她唯一的动作就是从手袋里抽出手来，手里握着一把枪。她唯一的动作就是拿枪口指着我，面带微笑。我唯一的动作就是一动不动。

可这还不是全部。驼鹿马洛伊从更衣室里跨了出来，那把柯尔特点四五在他毛茸茸的大爪子里就像是一件玩具。

他看都不看我一眼。他看的是卢因·洛克里奇·格雷尔太太。他向前一探身，嘴角朝她露出微笑，轻声细语地对她说：

“我说这声音怎么听着耳熟，”他说。“我听那个声音听了八年了——我八年里唯一的记忆。不过我还是喜欢你红头发的样子。你好，宝贝儿。好久不见。”

她调转枪口。

“滚开，你这个狗娘养的。”她说。

他顿时就像被定了身一般，手中的枪也垂到了一边。他这时离她还有几英尺远。他的呼吸声异常沉重。

“我从来没有往这上面想过，”他轻轻地说，“这念头刚刚忽地一下从我脑子里冒出来。是你向警察告发了我。你。小维尔玛。”

我扔出一只枕头，但慢了一步。她连开五枪，全打在了他的腹部。

子弹发出的声音不比手指伸进手套更响。

接着她调转枪口，朝我开枪，可弹匣已经空了。她猛地扑向马洛伊扔在地上的那把枪。第二只枕头我没有扔偏。我绕过床，趁她还忙着把枕头从脸上拨开的时候将她一把推开。我捡起那把柯尔特，又绕回到床那头。

他还站着，但身子开始摇晃。他的嘴角松弛，双手笨拙地捂着身体。他膝盖一弯，横着倒在了床上，面孔朝下。他的喘息声充斥着整个房间。

在她能够动弹之前，我已经把电话抓在了手里。她的眼睛变成了死灰色，就像半结冰的湖水。她冲向门口，我也没有试图阻拦。离开时她任由房门敞开着，于是我打完电话后，又走过去把门关上。我稍微拨了拨他趴在床上的脑袋，以免他窒息。他还活着，但腹部连吃五颗子弹后，哪怕是驼鹿马洛伊也活不了太久了。

我回到电话机旁，拨通了兰德尔家里的电话。“马洛伊，”我说，“在我的公寓里。格雷尔太太朝他的腹部开了五枪。我给医院打过电话了。她逃跑了。”

“这么说你到底还是要耍聪明。”说完这句话他就飞快地挂断了电话。

我回到床边。马洛伊这时靠着床跪在地上，想要站起来，一只手里捏着一大团被褥。他的脸上直冒冷汗。他的眼皮缓缓地颤动着，耳垂已经发黑。

急救车赶到时，他依然跪着，还在努力地想站起来。他们出动了四个人才把他抬上担架。

“他还有一线生机——如果子弹是点二五口径的话，”急救车医师出门前一刻对我说，“一切都取决于子弹打中了里面的什么地方。但他还有一线生机。”

“就算有，他也不会想要了。”我说。

确实如此。当晚他就死了。

40

“你真应该举办一场晚宴，”安·赖尔登边说边看着我，我俩中间隔着她家那条棕褐色的花纹小地毯，“闪闪发光的银器和水晶，亮白挺括的亚麻餐巾——如果他们现在办晚宴还用亚麻的话——烛光，女人们戴着最昂贵的珠宝，男人们打着白领结，仆人们小心翼翼地来回穿梭，手里拿着裹在餐巾里的一瓶瓶红酒；警官们穿着租来的晚礼服，看上去有一点不舒服——可是天啊，谁又能舒服的了呢——嫌犯们挂着冷冷的微笑，双手不安地动来动去；而你则坐在长桌的主位上，讲述着这一切；你徐徐道来，带着你那淡淡的、迷人的微笑，还有一口装模作样的英国口音，就像菲洛·万斯。①”

“没错，”我说，“你卖弄聪明的时候，可不可以让我手里有点东西好拿？”

她走进厨房，摇了一通冰块，然后拿着两高脚杯的酒回到房间里坐下。

“你的女友们一定都收到了可怕的酒水账单。”说完她啜了一小口酒。

“然后，突然管家昏倒了，”我说，“只是杀人犯并不是管家。他昏倒只是为了装可爱。”

我喝了一大口酒。“这个故事不是那样的，”我说，“它既不巧妙也不机智。它只是充满了阴暗与血腥。”

“这么说她逃走了？”

我点点头。“暂时逃走了。她一直没有回家。她一定有一个小小的

---

① 菲洛·万斯是美国二十世纪二三十年代一套系列侦探小说中的主人公，一度大受欢迎，他的声音和形象也曾多次走入电台和银幕。

藏身处，可以让她在里面换掉衣服，改变容貌。毕竟她生活在危险之中，就像水手。她来见我时只身一人。没有司机。她是开着一辆小车来的，事后被她丢在了数十个街区开外。”

“他们会抓住她的——如果他们真想抓的话。”

“别这么说。地区检察官王尔德挺正直的。我曾经在他手下工作过。可假使他们抓住了她，那接下来怎么办？他们面对的是两千万美元和一张可爱的脸蛋，辩护律师要么是李·法雷尔，要么是伦宁坎普。要证明是她杀了马里奥特会是件非常困难的事。他们手中的全部弹药就是一个看似可信的动机和她过去的经历——如果他们能追查清楚的话。她也许没有犯罪记录，不然的话她也就不会用这种方式来玩这场游戏了。”

“那马洛伊呢？你要是之前就把他的事情告诉我，那我立刻就能猜出她是谁。顺便问一句，你是怎么知道的？那两张照片上的女人根本就不是同一个。”

“的确不是。我怀疑甚至连弗洛里安老太太都不一定知道照片被调过包。我把那张维尔玛的假照片——就是上面写着维尔玛·瓦伦蒂名字的那张——塞到她面前的时候，她看上去有点吃惊。但她也有可能是知道的。她把这张照片藏起来的目的也许只是为了以后再卖给我。她知道这样做不会惹麻烦，因为这只是一张别的女孩儿的照片，马里奥特拿它替下了维尔玛的照片。”

“这纯粹是猜测。”

“肯定是这样的。我同样敢肯定的是马里奥特后来为什么要给我打电话，绘声绘色地向我编了一个花钱消灾，赎回珠宝的故事：因为我之前见了弗洛里安太太，向她打听维尔玛的事情。后来马里奥特被杀，这肯定是因为他是整根链条上最薄弱的一环。弗洛里安太太甚至都不一定知道维尔玛成了卢因·洛克里奇·格雷尔太太。她不可能知道。他们只花了这么点钱就把她收买了。格雷尔太太说，他们是去欧洲成婚的，她结婚时用的是真名。但他不说婚礼是在何时何地，不说她的真名，也不说她此刻身在何处。我认为他确实不清楚，但警察可不相信。”

“他为什么不说？”安·赖尔登十指交错，用手背托起下巴，一双画了眼影的眼睛凝视着我。

“他被她迷得神魂颠倒，甚至都不在乎她坐在谁的大腿上。”

“我真心希望她坐在你腿上的时候感觉还不错，”安·赖尔登尖刻地挖苦道。

“她只是在玩弄我。她有一点害怕我。她并不想杀我，因为杀一个算是半个警察的人对生意不好。当然，也许她到了最后还是会对我动杀机的，就像她本来会杀了杰西·弗洛里安一样，如果马洛伊没有替她省去了这桩麻烦事的话。”

“我敢打赌，被漂亮的金发女郎玩弄一定挺开心的，”安·赖尔登说，“虽说这里面有一点小小的风险。不过，要我说，风险通常总是存在的。”

我一言不发。

“我猜他们没法因为她杀了马洛伊起诉她，因为马洛伊手里有枪。”

“的确。她门路很广。”

那双闪着金色斑点的眼睛严肃地打量着我。“你觉得她是有意要杀马洛伊的吗？”

“她很怕他，”我说，“她八年前向警察告发了他。他似乎知道了这件事。可他不会伤害她的。他也爱她。是的，我认为她有意要杀死每一个她非杀不可的人。她要拼命保卫的东西太多了。但这种事你没法无休止地干下去。她在我的公寓里也朝我开了一枪——但枪里没子弹了。她本应该在她杀死马里奥特的那道悬崖上把我也一起做掉的。”

“他爱她，”安柔声说，“我是说马洛伊。她六年没有给他写信，他蹲大牢的时候她一次都没有去探过监，可对他来说这些都不重要。她为了赏金向警察告发了他，这对他来说也不重要。他出来以后的第一件事就是买几件像样的衣服，然后开始四处找她。可她却朝他的肚子里连射五颗子弹——她就用这种方式跟他说‘你好’。他曾亲手杀过两人，可他却爱她。这个世界啊。”

我把杯里的酒一饮而尽，脸上又露出干渴的表情。她置之不理。她接着说道：

“还有，她不得不告诉了格雷尔自己的出身，可他满不在乎。他用另一个名字出国和她结婚，卖掉了自己的电台，以此断绝任何可能认识她的人与她的联系，然后他又给了她金钱可以买到的一切，而她给了他什么呢？”

“这就难说了。”我摇了摇杯底的冰块。这动作也没有引起任何反应。“我猜她给了他一种骄傲：他，一个垂垂老矣的男人，却拥有一位年轻美丽又大胆的太太。他爱她。该死，我们干什么要谈这些呢？这种事司空见惯。不管她做什么，和谁勾搭，事情都不会因此有任何改变。他爱她。”

“就像驼鹿马洛伊，”安轻声说。

“我们开车去海边兜兜风吧。”

“你没有告诉我布伦特的事，还有那几张塞在大麻烟卷里的名片，还有索德伯格大夫，还有那条促使你踏上寻找终极答案之旅的小线索。”

“我给了弗洛里安太太一张我的名片。她在上面压过一只湿玻璃杯。一张同样的名片出现在了马里奥特的口袋里，上面有湿玻璃杯的印痕。马里奥特不是个邋遢男人。这就是一条线索——算是吧。一旦你起了疑心，那就很容易找出其他的关联——比如说，马里奥特拥有一份针对弗洛里安太太家那栋房子的信托契书，这样做就是为了让她老实。至于亚姆瑟——他是个小坏蛋。他们在纽约的一家旅馆里逮住了他，他们说他是个国际罪犯。苏格兰场有他的指纹记录，巴黎也有。至于他们究竟是怎样做到昨天或者前天动手，今天就掌握这一切的，我就不得而知了。这些朋友只要愿意，工作起来还是挺快的。我猜是兰德尔把这些信息捂了好几天了，他害怕我会乱揭他的盖子。可亚姆瑟从没有杀过任何人。索德伯格也没有。他们还没有找到索德伯格。他们认为他也有案底，但在抓到他之前还不敢确定。至于布伦特——你拿布伦特这样的人完全没有办法。他们会让他在大陪审团前出庭，但他会拒绝说一个字，依据就是宪法赋予他的权利。他反正也不必在乎自己的名声。不过贝城这里进行了一次像模像样的整顿。警察局长被开了，半数的警探被降职为巡警，一个叫‘红头’诺加德的好伙计——就是帮我登上‘蒙特西托’的那位——回到了原来的岗位上。市长负责了这次整顿，危机持续期间他每个小时都要换一次裤子。”

“你非得说这样的话吗？”

“莎士比亚风。我们开车去兜风吧。再喝一杯就去。”

“你可以喝我的。”安·赖尔登说完，起身将自己那杯碰都没碰过的酒端了过来。她站在我面前，端着酒杯，眼睛睁得大大的，透着一丝害怕。

“你真了不起，”她说。“这么勇敢，这么坚定，哪怕报酬这么少。每个人都敲你的头，掐你的脖子，砸你的下巴，往你的身体里注满吗啡，可你面对围追堵截依然锲而不舍地不断出击，直到他们全都精疲力竭。究竟是什么让你如此优秀？”

“继续，”我没好气地说，“有话快讲。”

安·赖尔登若有所思地说：“我想要一个吻，死鬼！”

41

他们花了三个月才找到维尔玛。他们不相信格雷尔既不知道她在哪儿，也没有帮助她逃跑。因此，全国上下的每一个警察和新闻记者都把所有那些她可以用金钱藏身的地方打探了个遍。可藏匿她的根本就不是金钱。尽管她的藏身方式一经发现，立刻就显得是那么理所当然。

一天晚上，一个眼光犀利如相机的巴尔的摩警探——这样的好眼力就像粉色的斑马一样世所罕见——逛进一家夜总会，听着乐队演奏，看着一个黑头发、黑眉毛的漂亮女歌手，她唱伤恋情歌的样子就像是真的发自内心。她的面容不知怎地触动了他的一根心弦，那根弦就此颤个不停。

他回到总部，调出通缉令档案，开始翻阅整堆文档。当他终于找到他要找的那份时，他盯着它看了许久。然后他正了正头上的草帽，回到那家夜总会，找到经理。他们回到舞台后面的化妆室，敲了敲其中一扇门。门没锁。警探一把推开经理，走了进去，锁上门。

他一定闻到了大麻的味道，因为她此刻就在抽大麻烟，而他对此也并不在意。她坐在一组三面镜前，打量着自己的发根和眉毛。那确实是她本人的眉毛。警探迈步穿过房间，面带微笑，将那份通缉令递给了她。

她看着通缉令上的那张面孔，目光停留的时间一定和这位警探刚才在总部里的时候一样。警探坐了下来，跷起腿，点了支烟。他有一双敏锐的眼睛，但他对业务过于专精了。他不够懂女人。

终于，她哈哈一笑，说："警官，你是个聪明的小伙子。我本以为别人记住的肯定是我的声音。一位朋友曾经凭这一点认出了我——他只是在收音机上听到了我的声音。但我已经在这家乐团里唱了一个月了——每周上广播两次——可是却没有人起半点疑心。"

"我从没有听过你的声音。"警探说完，继续微笑。

她接着说："我猜我们大概是没法就这件事达成交易的吧。你懂的，这里头的回报很可观，如果事情能做漂亮的话。"

“我不做这种事，”警探说，“对不起。”

“那我们走吧。”她说完便起身抓起手袋，又从衣架上拿了外套。她走到他身边，将外套伸到他面前，示意要他帮助自己穿上。他起身帮他拿着衣服，就像一个绅士。

她转过身去，从手袋里抽出一把枪，隔着他手中的那件外套对他开了三枪。

他们撞开门的时候，她的枪里还有两发子弹。不等他们冲过半个房间，她就已经把剩下的子弹都用了。她开了两枪，尽管第二枪一定是单纯的神经反射。她倒地之前他们抓住了她，但她的脑袋已经像一团破布一样耷拉下来了。

“那个警探活到了第二天，”兰德尔徐徐道来，向我讲述着这一切，“他趁着还能说话的时候把事情都说了。我们因此得以了解这些内情。我不明白他怎么会这么不当心，除非他心里其实还指望着她继续跟他谈交易，开一个他能接受的条件。这么一来他就心不在焉了。当然了，我并不愿意这样去揣测。”

我对他说，我估计也是这么回事。

“她直接射穿了自己的心脏——两枪都是，”兰德尔说，“我曾经听证人席上的专家说这是不可能的，可我自己心里一直清楚：这是可能的。另外这里头还有一点值得琢磨，你知道是什么吗？”

“什么？”

“她开枪打死那个警探真的是太傻了。我们永远也没法给她定罪——她有貌，有财，还有那些高价讼棍来替她编造她如何遭受迫害的故事：贫贱的小姑娘，出身贫民窟，一路攀登，终于成为富翁的太太，而那些过去认识她的秃鹫却不肯就此放过她。诸如此类的东西。天啊，伦宁坎普可以找六七个滑稽可笑的蠢老太婆在法庭上泣不成声地说，她们敲诈她已经有好些年了，而她们的讲述方式会既让你没法追究她们，又能让陪审团信以为真。她逃亡时只身一人，让格雷尔置身事外，这件事她做得聪明；但如果她在被警察抓住的时候乖乖回家，那就更聪明了。”

“哦，这么说你相信她是有意让格雷尔置身事外的。”我说。

他点点头。我继续说：“你认为她这么做有什么特定的理由吗？”

他盯着我看。“你尽管说，我都愿意听。”

“她是个杀人犯，”我说，“但马洛伊也是。而他远称不上是个十恶不赦的人。也许那个巴尔的摩警探也不像档案上说的那样纯洁。也许她看到了一个机会：不是逃走——到了这个时候，她已经厌倦了躲躲闪闪了——而是回报她遇到过的唯一一个真正给过她一次机会的男人，也给他一次机会。”

兰德尔凝视着我，嘴巴大张，眼睛里满是狐疑。

“天啊，那她也不必打死一个警察呀。”他说。

“我没说她是圣徒，甚至没说她能勉强算半个好姑娘。我永远都不会这样说她。她除非被逼入绝境，不然是不会自杀的。但当那一刻真的来临时，她确实那样做了，因此也就不必回到这里来接受审判了。仔细想想这件事。审判对谁的伤害最大？谁最无法承受这件事？官司不论是赢是输还是平局，谁会为这场表演支付最昂贵的代价？一个爱得虽不明智，但一片真心的老人。”

兰德尔尖刻地说：“这话有点煽情了。”

“的确。话刚一出口，我自己也听出来了。说不定这一切都不过是个失误。拜拜了。我的粉头甲虫回来过吗？”

他不知道我在说什么。

我乘电梯回到底楼，踏着市政厅的台阶往外走。今天的天气凉爽晴朗。你的视线能延伸到很远的地方——但维尔玛此刻的归处却远在视野之外。

RAYMOND CHANDLER

雷蒙德·钱德勒作品

THE HIGH WINDOW

高窗

〔美〕雷蒙德·钱德勒 著 唐建清 译

上海译文出版社

1

房子位于帕萨迪纳市奥克诺儿区的德累斯顿大街上。这是一幢坚固、模样很酷的大宅子，紫红色砖墙、赤褐色瓦顶，还有一道白色石饰。房子正面底层窗户用铅框固定，楼上窗户是那种乡村别墅式样的，窗户周边有许多仿洛可可式的石雕。

房子正面的围墙和开着花的灌木丛前，有一块约莫半英亩大小、碧绿的草坪，沿缓坡延伸到马路边，草地上有棵高大的喜马拉雅雪杉，雪杉四周芳草如茵，犹如一片深绿色的潮水簇拥着一块岩石。人行道和绿化带都很宽，绿化带上种着三棵白色的刺槐，颇为可观。早晨，有股浓重的夏天的味道，空中没有风，各种植物的枝叶纹丝不动。这是一个凉爽的好日子。

关于这里的住户，我只知道是一位伊丽莎白·布赖特·默多克夫人和她的家人，她要雇一位干净利落的私家侦探，这样的侦探不会把烟灰弹在地板上，从来只带一支枪。我还知道，她是一个名叫贾斯珀·默多克、有着络腮胡的老傻瓜的遗孀，他赚了很多钱，帮助社区，每逢他的周年纪念日，帕萨迪纳的报纸上就会登出他的照片，照片下标明他的生卒日期，还有这样的说明：*他一生为他人服务*。

我把车停在街上，走过铺在草地上的十几块大小不一的石块，按响了有屋檐的砖砌门廊上的门铃。房子前面，一道红砖矮墙从大门伸到车道旁。在通道的一头，水泥墩上有个脸上抹粉的小黑人，穿着白色马裤、绿色夹克，戴顶红帽子。他手持一根鞭子，脚下的水泥墩上有个拴东西的铁环。他看上去有些悲伤，仿佛他在这儿等待已久，有些气馁。

我走过去，在等人来开门的时候，拍了拍他的脑袋。

片刻，一位女仆模样的中年婆娘将前门开了八英寸的一道缝，朝我警觉地瞅了一眼。

“菲利普 · 马洛，”我说，“拜访默多克夫人，约好的。”

这位中年婆娘咬咬牙，猛地闭上眼，又猛地睁开，用一种生硬的重金属般的嗓音说：“哪一位？”

“什么？”

“哪一位默多克夫人？”她几乎对我吼叫起来。

“伊丽莎白 · 布赖特 · 默多克夫人，”我说。“我只知道这一位夫人。”

“那好吧，”她简短地说，“有名片吗？”

她仍将门开了不足八英寸，将鼻尖和一只瘦骨伶仃的手伸出门缝。我掏出皮夹，取出一张上面只有我姓名的名片，塞进那只手里。手和鼻子缩了回去，门当着我的面猛地关上了。

我想我也许应该从后门进去。我朝小黑人走去，又拍拍他的头。

“小兄弟，”我说，“你和我都得等。”

过了相当一会儿。我衔了根烟在嘴里，并没有点火。有个推着蓝白色小货车卖冰淇淋的小贩从附近经过，音乐盒里放着《稻草堆中的火鸡》[①]。一只黑色中闪着金色光泽的大蝴蝶翩翩飞来，落在身旁的一丛绣球花上，翅膀缓缓地扑腾了几下，随之慢慢飞起，在凝重而炎热的香气中摇晃着飞走了。

前门再次打开。那个婆娘说：“进来吧。”

我进了门。这是间正方形的门厅，很阴暗，有一种殡仪馆的气氛，或那么一种味道。用灰泥粉刷过的粗糙墙面上有幅挂毯，高大的侧窗外装着仿阳台的铁栅，笨重的雕花椅子上摆着丝绒坐垫、织锦靠垫，失去

---

① 《稻草堆中的火鸡》（*Turkey in the Straw*），美国民歌。

光泽的镀金流苏从椅子两边垂下来。后面是一面彩色玻璃窗，有网球场那么大。窗下是几扇挂着帘子的落地窗。这间老式厅堂，摆设陈旧，虽然干干净净但让人感到压抑。看来没人在这儿落座，也不想在这儿待着。大理石面、桌腿弯曲的桌子；金黄色的时钟；几件双色大理石的小雕像。这么一堆杂物光掸灰就得花一周时间。投了不少钱，但全浪费了。而三十年前，在富裕但低调的小城帕萨迪纳，这厅堂一定是有模有样的。

我们走出去，经过一道走廊，不一会儿，那婆娘打开一扇门示意我进去。

“马洛先生，”她进门时粗声粗气地说，随即咬咬牙离开了。

2

这是一个小房间，外面是后花园。屋内铺着难看的红棕双色地毯，布置得像个办公室。室内有着通常在一间小办公室能见到的任何东西。一位瘦削、面容憔悴、戴着玳瑁眼镜的金发姑娘坐在一张书桌后面。桌上有台打字机，左手边有张活页纸。她双手放在键盘上，但打字机里并没有纸。她看着我走进房间，表情呆板，有些做作，像是摆好了姿态等待拍照。她请我坐下，声音清晰柔和。

“我是戴维斯小姐，默多克夫人的秘书。她让我看看您的推荐信。”

“推荐信？”

“是的。推荐信。您觉得意外吗？”

我将帽子放在书桌上，把那支未点燃的香烟放在帽檐上。“你是说她让我来这儿，但她对我一点也不了解？”

她嘴唇发抖，便咬紧了嘴唇。我不知道她这样是因为害怕还是生气，或者只是勉为其难地要摆出一副正经办事、有条不紊的模样。但她看上去并不开心。

“她从加州证券银行一家分行的经理那儿知道了您的名字。但那位经理本人并不认识您。”她说。

“准备好你的铅笔。”我说。

她举起铅笔，让我看铅笔是刚削好的，并做好了准备。

我说：“第一位，那家银行的副行长，乔治 · S · 利克。他在总行办公。下一位是州议员休斯顿 · 奥格尔索普。他可能在萨克拉门托[①]，也可能在洛杉矶市政大楼他的办公室。再就是德雷福斯家的小西德尼 · 德雷福斯，还有特纳和斯韦恩，产权保险大楼的律师。记下来了吗？”

她写得很快很轻松。她点点头，并不看我。阳光在她的金发上跳跃。

“生产油井设备的弗里—克兰茨公司的奥利弗 · 弗里。公司位于工业区东九大街。还有，要是你想知道一两个警官，那便是地方检察官伯纳德 · 奥斯，以及凶案刑侦中心的卡尔 · 兰德尔探长。你觉得这些推荐人够了吗？”

“别取笑我，”她说，“我只是做别人要我做的事。”

“最好别给最后两位打电话，除非你知道其中的利害。”我说，“我没有取笑你。很热，是吧？”

“帕萨迪纳不太热。”她说着将电话簿拿出来放在桌子上，开始打电话。

当她查看电话号码并给那些人打电话时，我端详着她。她脸色苍白，是一种天然的白皙——她看上去相当健康。红棕色的金发虽不光滑但也不难看，不过，它向后梳得紧贴在窄小的脑袋上，几乎失去了一头秀发的效果。她的眉毛很细，特别平直，颜色比头发更深些，近乎栗

① 萨克拉门托（Scaramento），美国加州首府。

色。她的鼻孔有种患贫血症人的惨白。她的下巴很小、很尖，看上去不够坚毅。除了嘴唇抹了少许橘红色口红，她并没有用其他化妆品。镜片后的眼睛很大，钴蓝色，虹膜大大的，有一种朦胧的眼神。眼皮紧绷，眼睛看上去像东方人，抑或是因为脸上的皮肤天然绷得紧，这样就把眼睛往两边拉上去了。整张脸有种不协调的神经质的美，只需精心化妆一下便能楚楚动人。

她穿一件亚麻短袖连衣裙，没有任何首饰。光光的手臂上有层汗毛，还有些雀斑。

我没在意她在电话里说些什么。说的话她都用铅笔简略地写下来，轻松又熟练。打完电话，她把电话簿挂回到钩子上，站直了将亚麻连衣裙的下摆扯了扯，说：

"要是您愿意等一会儿——"说着向门口走去。

走到一半她折回来将书桌一边的上层抽屉关上。她走了。门关上了。室内寂静。窗外蜜蜂嗡嗡叫。我听到远处真空吸尘器的呜呜声。我拿起帽檐上那支未点过的烟，衔在嘴里，站起来走到书桌旁，拉开她折回来关上的那只抽屉。

这压根不关我的事。我这么做只是出于好奇。她的抽屉里有一支柯尔特小手枪，这根本与我无关。我关上抽屉，又坐了下来。

她走了约四分钟。她打开门站在门口，说："默多克夫人现在就见您。"

我们又沿着走廊往前走，她将一道双扇玻璃门推开一半，站到边上。我走进去，门在我身后关上了。

室内很暗，起初我什么也看不清，但室外的光线透过茂密的灌木丛和窗帘照进来。随之我看出这是一间阳光房，只是被外面生长的植物完全遮住了。室内铺着草织地毯，摆着苇编家具。窗前有张苇编躺椅。椅背是弯的，垫子多得足以塞满一头大象，一位妇人斜靠在躺椅上，手里拿着一只葡萄酒杯。我在看清她之前就能闻到一股浓重的酒味。随后我的眼睛习惯了室内的光线，我能看见她了。

她有张大脸和厚下巴。头发呈青灰色，烫了一种难看的波浪型。她有一个鹰钩鼻，湿润的大眼睛像两块湿漉漉的有表情的石头。脖子上系着饰带，但她那个脖子看起来更适宜穿足球衫。她穿一件浅灰色的真丝连衣裙。粗壮的手臂裸着，有些色斑。耳朵上挂着黑色耳环。她身旁有张玻璃台面的矮桌，桌子上有瓶葡萄酒。她小口喝着杯中酒，眼睛看着我，不说什么。

我站在那儿。她让我站着，而她喝光了杯中酒，将酒杯放在桌子上，又倒上酒，接着她用手帕抹抹嘴。接着开了口。她的声音有男中音的音质，听上去好像很干脆，没有废话。

"坐吧，马洛先生。请别抽烟，我有气喘病。"

我在一张苇编的摇椅上坐下，将那支未点的香烟塞到外衣口袋中的手帕里。

"我从未与私家侦探有过什么交易，马洛先生。我对他们一点也不了解。你的推荐人看来让人满意。你要多少酬金？"

"要做什么，默多克夫人？"

"这是一件非常机密的事。与警察无关。要是与警察有关，我早就叫警察了。"

"我的酬金是一天二十五美元，默多克夫人。当然还有一些别的费用。"

"收费不低。你肯定能赚不少钱。"她又喝了几口酒。我不喜欢在夏天喝葡萄酒，若有机会拒绝倒也不错。

"不多，"我说，"赚不了什么钱。当然你可以不惜代价雇侦探——就像打官司或看牙医一样。我不是一个组织。我只有一个人，我一次只接一件案子。我有风险，有时风险相当大，另外，我也并非一直有活干。

不多，我认为一天二十五美元不算太多。”

“我明白。你说的费用指什么？”

“时不时会需要一些小东西。你想不到的。”

“我倒想知道。”她尖刻地说。

“你会知道的。”我说，“所有的费用会白纸黑字写下来。要是你不喜欢，你随时可以拒付。”

“你想要预支多少？”

“一百美元就行了。”我说。

“希望如此。”她说着喝光了杯中酒，接着又将杯子倒满，甚至连嘴都没擦一下。

“像您这样的人，默多克夫人，我不必非得预支酬金。”

“马洛先生，”她说，“我是个意志坚强的女人。但别让我吓着你。因为要是你会被我吓着，你对我就没有多大用处了。”

我点点头，不想再说这个话题。

她突然笑起来，接着便打了个嗝。这嗝打得优雅柔和，既不张扬，又显得驾轻就熟。“我有气喘病。”她大大咧咧地说，“我把葡萄酒当药喝。因此我就不请你喝一杯了。”

我抬脚跷起了二郎腿。我希望这个举动不会引发她的气喘病。

“钱，”她说，“并不那么重要。我这样的女人总是要出高价的，我能料到。我希望你能值我出的价。事情是这样的。我有件相当贵重的东西被偷了。我想追回来，但我还另有要求。我不想有什么人被捕。窃贼碰巧是家里人——一位姻亲。”

她肥硕的手指转动着葡萄酒杯，说罢微微一笑。被遮去阳光的室内光线暗淡。“就是我的儿媳妇。”她说，“一个迷人的姑娘——也结实得像块橡木板。”

她看着我，眼中突然有一丝闪光。

“我有个该死的傻瓜儿子。”她说，“但我很喜欢他。一年前，他愚蠢地结了婚，未经我的同意。他这是做傻事，因为他还不能自己谋生，他没有钱，除非我给他钱，而我不是给钱很大方的人。他看中，或者说看中他的那位女士，是个夜总会歌女。她的姓名，倒也恰如其分，叫琳达·康奎斯特[①]。他们就住在这幢房子里。我们没有吵过架，因为我不允许有人在我自己的房子里跟我吵架，但我俩之间的感情并不好。我支付他们的费用，给他们每人一辆车，在衣着方面让这位女士有足够但并不过度的开销。无疑她发现这儿的生活相当无趣。无疑她发现我的儿子也相当无趣。我自己也发现他很无趣。不管怎么说，她搬走了，很突然，就在一个多星期前，没有留下联系地址，也没有说再见。”

她咳嗽起来，摸出一块手绢，擤了擤鼻子。

“失窃的。”她接着说，“是一枚金币。一枚叫做布拉什·达布隆的珍贵金币。这是我丈夫收藏中的珍品。我不关心这些玩艺儿，但他很珍惜。自从他四年前去世，我一直原封不动地保存着。东西放在楼上，在一间上锁的房间里，这房间有一套防火装置。金币保了险，但我还没有去报失。要是我能找回失物，我就不想去报失。我确信是琳达拿的。这枚金币据说值一万多美元。这是一枚样币。”

“但很难出手。”

“也许。我不知道。直到昨天我才想到这枚金币。之前我不会想到它，因为我从不去碰那些藏品，要不是洛杉矶的一个名叫莫宁斯塔的人打来电话，说他是个经销商，问是否有枚如他所说的‘默多克家的布拉什’金币出售？碰巧是我儿子接了电话。他说他不相信有人会卖这枚金币，从来没想到要卖它，但要是莫宁斯塔再打电话来，他也许可以跟我谈。那时我不便接电话，因为我休息了。那人说他会再打电话的。我儿

① 英文“康奎斯特 (Conquest)”也有“征服”、“战利品”之意。

子将这番谈话告诉了戴维斯小姐，她又告诉了我。我让她给那个人回电话。我有些好奇。”

她小口喝了点酒，用手帕按了按嘴，哼了一声。

“你为什么好奇，默多克夫人？”我问，只是想搭话。

“要是那人是个有资历的经销商，他会知道这金币是不卖的。我丈夫，贾斯珀·默多克立下遗嘱，在我有生之年，无论是贷款还是抵押，他的任何藏品都不得出售。不得让它们离开这幢房子，除非房子损毁非得迁移不可，那也只能由受托人执行。我丈夫——”她微微一笑——“似乎觉得，我应该在他活着的时候对他那些金属小玩艺多些兴趣。”

这是个好天气，户外阳光灿烂，鲜花盛开，鸟儿鸣唱。街上有车驶过，从远处传来悦耳的声响。在阴暗的室内，与这位面色严峻的妇人待在一起，闻着一股酒味，这一切似乎有些不太真实。我跷起腿，脚尖上下晃动，等待着。

“我跟莫宁斯塔通了话。他全名是以利沙·莫宁斯塔，他的办公室位于洛杉矶城区第九大道的贝尔丰特大厦。我告诉他，默多克藏品不出售，从未卖过，只要我还在，就不会卖，我说，我感到意外的是他不知道这些。他哼哼哈哈，接着问我他是否能看一下那枚金币。我说当然不行。他冷冷地说声谢谢，便挂了电话。他听上去像是个老人。所以我自己上楼去查看那枚金币，我一年没去看了。它不见了，它原本是放在一只上锁且防火的箱子里的。”

我没说什么。她又给杯子倒上酒，肥硕的手指在躺椅扶手上敲击着。“我的想法你也许能猜到。”

我说：“有关莫宁斯塔的部分也许能猜到。有人拿给他这枚金币想出售，他知道或怀疑金币的来历。这枚金币必定很珍贵。”

“他们所说的样币确实很珍贵。是的，我也这么想。”

“它怎么会失窃呢？”我问。

“这房子里的某个人偷走的，很容易。钥匙在我的包里，我的包随手放。事情轻而易举，有足够的时间拿走钥匙打开房门和柜子，再把钥匙放回来。外人有困难，但家里人不难做到。”

“明白了。但你怎能断定你儿媳妇偷走了它，默多克夫人？”

“我不能断定——如果要拿出严格的证据的话。但我相当有把握。仆人是三个女人，她们在这儿很多年了——比我嫁给默多克先生还早，我七年前才嫁给他。花匠从不进家门。我没有司机，因为我儿子或我的秘书给我开车。我儿子没有拿，首先是因为他不是那种偷母亲东西的傻瓜，其次，要是他拿走了，他可以很容易地阻止我和那位钱币经销商莫宁斯塔说话。戴维斯小姐——简直荒唐。她根本不是那种人。她太胆小了。不，马洛先生，琳达就是那种女人，不为别的，只凭怨恨就能做出这样的事来。你知道这些夜总会女郎是些什么人。”

“什么人都有——跟我们大家一样。”我说，“没有入室盗窃的痕迹吧，我想？只是偷走一枚有价值的金币的必定是一个手法娴熟的贼，不会留下马脚的。不过，也许我最好还是去看一下那个房间。”

她朝我仰起脸，脖子上青筋暴起。“我才告诉过你，马洛先生，莱斯利·默多克夫人——我的儿媳妇，拿走了布拉什金币。”

我盯着她，她也盯着我。她的目光像墙砖一样硬。我耸耸肩，不再盯着她，说：

“就算是这样，默多克夫人，你想要怎么办？”

“首先，我得要回金币。其次，我要我儿子能够毫无争议地离婚。我不想用钱去买离婚。我敢说你知道如何安排这些事情。”

她喝光了杯中酒，勉强地笑了笑。

“我多半听说过。”我说，“你说那位女士没有留下联系地址。那就是说你完全不知道她去了哪里？”

“确实如此。”

“那就是失踪了。你儿子也许知道，只是没跟你说。我得跟他谈谈。”

这张灰暗的大脸甚至板得有些狰狞了。“我儿子什么都不知道。他甚至不知道这枚金币失窃了。我什么也不想让他知道。等时机成熟，我会应付他的。之前让他置身事外。他会完全照我说的去做。”

“他并不总是这么做。”

“他的婚姻，”她不快地说，“出于一时冲动。之后他的举动尽可能像一个绅士。所以我并不担心。”

“在加州，那种一时冲动要花三天时间，默多克夫人。”

“年轻人，你要不要这份差事？”

“要是我能知道实情并按我觉得适宜的方式来处理，我就接下这个案子。要是你定下很多规矩，束缚我的手脚，我就不要这份差事。”

她神态严厉地笑笑。“这是一桩微妙的家庭事务，马洛先生。处理起来必须慎重。”

“要是你雇了我，你会看到我是如何慎重行事的。要是我没有足够的慎重，那你最好别雇我。比如，我猜想你不是想让你儿媳妇遭到诬陷。要办这种事，那我还不够慎重。”

她脸色变得像棵水煮白菜，张嘴要嚷。接着她想了想便改变了主意。她举起酒杯，将剩余的药喝掉了。

“你可以跟他谈谈，”她干巴巴地说，“我希望两年前就遇到你，在他娶她之前。”

我不太明白她最后这句话的意思，也就随它去了。她侧过身去，用钥匙在内线电话机上捣鼓了一下，听到有人回话便朝听筒吼了几句。

传来脚步声，那位有着红棕色金发的小姑娘轻巧地走进房间，她垂着头，仿佛有人会打她似的。

“给这位先生开张两百五十美元的支票。”一脸凶相的老妇人朝她吼道，“这件事你闭上嘴别乱说。”

小姑娘脸红了，一直红到脖子根。“你知道，我从不谈论您的事情，默多克夫人。”她抱怨道，“你知道我不会说的。我压根没想到要说，我——”

她低着头，转身跑出了房间。当她关门时，我抬头朝她望去。她的小嘴唇颤抖着，眼里却有着生气的目光。

“我需要那位女士的一张照片以及一些信息。”门再次关上时我说。

“看一下书桌的抽屉。”她用肥硕的灰色手指指了指，手上的戒指在暗淡的光线里一闪。

我走过去，打开苇编书桌的单只抽屉，抽屉底层只放了一张照片，我拿起来，这是一张正面照，乌黑的双眼冷冷地看着我。我拿着照片又坐下来，端详着。黑发居中松散地分开，松松地沿着饱满的额头向后梳。嘴很阔，显得坚毅，而双唇很诱人。鼻子好看，大小适中。整张脸棱角分明。脸上表情似乎缺少什么东西。过去，这东西也许叫做教养，而如今我不知道怎样称呼它了。这脸看上去过于聪明，也过于警觉，与年龄不相称。这张脸有过太多的往事，在躲避这些事的过程中它已经变得有点太精明了。然而在这种聪明的表情后面也有着一个仍然相信圣诞老人的小女孩的天真。

我朝照片点了点头，将它塞进口袋，心想仅仅一张照片，我就获得了太多的信息，即使房间里光线如此暗淡。

门开了，那个穿着亚麻连衣裙的姑娘走进来，拿着三联支票本和钢笔，用她的手臂当作书桌让默多克夫人签字。她直起腰，勉强一笑，默多克夫人朝我做了个手势，姑娘把支票撕下来递给我。她退到一旁等着。见没有什么要对她说了，她便又轻手轻脚地走出去并关上了门。

我晃晃支票让它干燥，随之折起，拿着坐下来。“关于琳达您能跟我说些什么？”

“事实上没有什么好说的。在她嫁给我儿子之前，她和一个名叫洛伊斯·马吉克——这些人给她们自己取了多漂亮的名字[1]——的女孩住在一起，她是个艺人什么的。她们在一个叫做‘悠谷夜总会’的地方工作，在文图拉大道上。我儿子莱斯利对那儿很熟悉。我对琳达的家庭或出身一无所知，她曾说她出生在苏福尔斯[2]。我猜想她有双亲。我没有兴趣去弄清楚。”

去她的没有兴趣。我可以看出她双手挖着，挖得很起劲，挖出了一捧碎石子。

“您没有马吉克小姐的地址吗？”

“没有。我从来都没有。”

“您儿子——或戴维斯小姐有可能知道吗？”

“我儿子回来时我来问他。我想他不知道。你可以问戴维斯小姐。我肯定她也不知道。”

“明白了。您认识琳达的什么朋友吗？”

“不认识。”

“也许您儿子跟她仍有联系，默多克夫人——只是没有告诉您。”

她脸又涨成了紫色。我抬起手来，脸上露出一丝让人安心的微笑。“他娶她毕竟有一年了。”我说，“他必定对她有所了解。”

“你别把我儿子卷进来。”她嚷道。

我耸耸肩，唇间流露出失望的神情。“好吧。她开走了她的车，我猜想。那辆您给她买的车？”

“一辆铁灰色的水星，1940年款，是跑车。戴维斯小姐可以给你车牌号，要是你需要的话。我不知道她是否把车开走了。”

“您知道她随身带走什么衣服、钱或珠宝了吗？”

“钱不多。她可能有几百块钱，至多了。”一丝嘲笑使她鼻子和嘴角

① 马吉克（Magic），英文中又有“魔术”、“魔力”之意。

② 苏福尔斯（Sioux Falls），美国南达科他州东南部城市。

边起了褶皱。“当然咯，除非她又找到了一个新朋友。”

“倒也是。”我说，“珠宝呢？”

“一只祖母绿钻石戒指，不值多少钱，一块镶了红宝石的浪琴白金手表，一根优质蜜蜡琥珀项链，这根项链是我自己给她的，真是愚蠢。项链上有一个钻石扣，二十六颗小钻石打磨成纸牌里的方块形状。她自然还有一些别的玩意。我从不关心那些东西。她穿着考究，但并不招摇。感谢上帝，她也不是一无是处。”

她又往杯子里倒酒，喝了，又不失优雅地打了个嗝。

“您能够告诉我的就这么多，默多克夫人？”

“这些还不够吗？”

“不很多，但眼下我不得不满足了。就我而言，要是我发现她没有偷那枚金币，这调查就结束了。对吗？”

“我们再商量吧。”她笼统地说，“她确实偷了金币。我不想让她逃脱惩罚。这你得记住，年轻人。我甚至希望你做事有些狠劲，因为这些夜总会姑娘多半有几个粗野的朋友。”

我仍然拿着那张折起来的支票，搁在两膝之间。我取出钱包，将支票放好，站起身来，去拿落在地板上的帽子。

“我不怕他们粗野。”我说，“粗野的人头脑简单。有什么进展我会向您汇报，默多克夫人。我想我会先找这个钱币商人。他听起来像是个线索。”

她看我走到门口，才冲着我后背咆哮起来：“你讨厌我，是吧？”

我回过头来朝她一笑，手搭在门把手上。“谁不讨厌呢？”

她头猛地后仰，张大嘴巴，哈哈大笑。笑声中我开门走出去，砰地一声将门关上了。我回到过道，敲敲秘书房间半开着的门，接着推开门往里看。

她在书桌上交叉双臂，头埋在手臂里。她在哭泣。她晃了晃脑袋。

抬头看着我，眼里含着眼泪。我关上门，走到她身旁，伸手搂住她瘦削的肩膀。

“高兴点。”我说，“你应该为她感到难过。她觉得她很强悍，为此弄得腰都要折了。”

小姑娘猛地起身，摆脱我的手臂。“别碰我。”她呼吸急促地说，“求您了，我从不让男人碰我。也别对默多克夫人说如此无礼的话。”

她脸色绯红，泪流满面。不戴眼镜时，她的眼睛很可爱。

我将那支久未点燃的烟塞进嘴里，点了起来。

“我——我并非蛮不讲理。”她鼻音很重地说，“但她如此羞辱我。我只是想尽力为她做事。”她又抽了抽鼻子，从她的书桌里拿出一块男人的手帕，抖开来，擦了擦眼睛。我看见在手帕下垂的角上绣着紫色的首字母L.M.。我凝望着，对着房间一角吐烟，远离她的头发。“您要什么吗？”她问。

“我要莱斯利·默多克夫人的汽车牌照号码。”

“号码是2XIIII，一辆灰色的水星敞篷车，1940年款。”

“她告诉我这是一辆跑车。”

“那是莱斯利先生的车。他们的车是同样的牌子、同样的年份、同样的颜色。琳达没有把车开走。”

“哦，你了解洛伊斯·马吉克小姐吗？”

“我只见过她一次。她以前和琳达合住一个套间。她和一位先生——瓦尼尔先生一起来这儿的。”

“他是谁？”

她低头看看书桌。“我——她只是和他同来。我不认识他。”

“好吧，洛伊斯·马吉克小姐长什么样？”

“她是个高挑的金发美女。很——很有吸引力。”

“你是说很性感？”

“嗯——”她满脸通红，“以那种很有教养的方式，你知道我的意思。”

“我知道你的意思，”我说，“但我总是不得要领。”

“我想也是。”她尖刻地说。

“知道马吉克小姐住哪儿吗？”

她摇摇头说不知道。她细心地将大手帕折起来，放进书桌的抽屉——那只放手枪的抽屉。

“这手帕脏了，你可以再弄一块。”我说。

她向后靠在椅子里，将白净的小手放在桌面上，冷静地看着我。

“我要是您，马洛先生，就不会过分地采用这种硬汉方式。至少别对我玩这一套。”

“不玩？”

“不玩。没有特别的指示，我不会再回答您的问题。我在这儿的位置是不能随便多说的。”

“我并不强硬。”我说，“只是有男子气概而已。”

她拿起一枝铅笔，在便笺簿上做了个记号。她朝我微微一笑，恢复了镇静。

“也许我不喜欢有男子气概的人。”她说。

“你是个怪人，”我说，“我还没见过你这样的人。再见。”

我走出她的办公室，把门关紧，沿着空荡荡的过道，穿过宽敞阴沉的殡仪馆似的门厅，出了前门。

太阳照耀在户外热烘烘的草地上。我戴上太阳镜，走上去，又拍了拍小黑人的脑袋。

“兄弟，比我料想的更糟。”我告诉他。

小径上石头的热气穿透了我的鞋底。我钻进车内，发动起来，离开了路边。

我后面的路边上，一辆沙黄色跑车也开动起来。我对此没有在意。

驾车者戴一顶深色的馅饼式草帽，帽上有一条色彩艳丽的印花丝带，和我一样，戴一副墨镜。

我开回城里。十几个街区后，我遇到红灯停了下来，那辆沙黄色跑车仍然跟在后面。我耸耸肩，出于玩笑，围着几条街兜了一圈。跑车保持着它的位置。我拐进一条有着成排高大漆树的街道，猛地掉头，将车停在了路边。

跑车小心地从拐角开过来。那个草帽上挂着热带风情印花丝带的是个金发男子，他并没有像我一样掉头。跑车开了过去，我开车回阿罗约萨科，去好莱坞。我小心地看了好几次，但再也没见到那辆跑车。

3

我在卡汉加大厦有个办公室，六楼，朝北的两个小房间。有一间我让门开着，耐心的来客可以坐着等候——倘若真有一位耐心的来客的话。门上有个蜂鸣器，我可以在作为私人空间的里间打开或关上这个蜂鸣器。

我看一眼接待室。里面空空荡荡，只有一股灰尘的味道。我推开一扇窗户，打开连接两个房间的门，进入里间。室内有三把硬木椅和一把转椅，一张玻璃台面的方桌，五个档案柜，其中三个空着，一本日历，墙上有装了框的营业执照，一部电话机，一只有污斑的矮柜上搁了个洗脸盆，一个帽架，地上只铺了块地毯。两扇窗户开着，纱帘飘进飘出，就像没牙老人睡着时嘴唇的蠕动。

我的办公室去年如此，前年亦这样。并不漂亮，也不花哨，但胜过海滩上的一顶帐篷。

我将帽子和外套挂在帽架上，用冷水洗了脸和手，点上一支烟，将电话簿摊开在书桌上。以利沙·莫宁斯塔的地址是西九大街 422 号贝尔丰特大厦 824 室。我把地址和电话号码记下来，伸手去拿电话，这时想起我还没有将接待室的蜂鸣器打开。我伸手到桌子的一边，按动开关，真是按得及时。有人正好推开了外间的门。

我将便笺簿反过来放在桌子上，走出去看来人是谁。这是一位瘦高个、模样很自负的家伙，穿一套热带常见的青蓝色精纺西服，黑白两色的鞋子，浅乳白色衬衫，系一条领带，露出蓝花楹图案的手帕。他戴着翻边白色猪皮手套，拿一支黑色的长烟嘴。他冲着小书桌和椅子上堆满的旧杂志、锈迹斑斑的地板以及室内寒碜的氛围皱起了鼻子。

我打开隔间的门，他侧过身来，一双梦幻般的苍白而又贴近窄鼻的眼睛打量着我。他的皮肤很有光泽，略带红色的头发顺着窄窄的脑袋向后梳，那撇细细的小胡子颜色却比头发要红得多。

他看着我，既不急躁，也不兴奋。他徐徐地吐出一口烟，带着一丝淡淡的冷笑对我说：

“你就是马洛？”

我点点头。

“我有点失望。”他说，“我倒期待看见脏脏的指甲什么的。”

“进来吧，”我说，“你可以坐下来说俏皮话。”

我给他把着门，他慢条斯理地从我面前走过，无拘无束地用中指将烟灰弹在地板上。他在书桌旁客户的椅子上坐下来，脱下右手的手套，和另一只已脱下的手套一起叠好，放在书桌上。他轻轻地将烟头从黑色的长烟嘴里嗑出来，用火柴梗戳着，直到不再冒烟，接着又装上一支烟，用一根红木色的大火柴点了火。他朝后靠在椅背上，像个穷极无聊的贵族似的微微一笑。

“都好了？”我问道，“脉搏和呼吸都正常？你不需要在额头上搭块冷毛巾什么的？”

他没有噘嘴，因为他进来时嘴就噘着。“私家侦探。”他说，“我从没见过呢。业务诡秘、收集材料。锁眼偷窥、刺探丑闻，诸如此类。”

“你来这儿有事要办，”我问，“或只是来访贫问苦？”

他笑得很勉强，好像一个胖妇人笨拙地出现在消防队员的舞会上。

“我叫默多克。对你而言，这名字或许有些意思。”

“承蒙你能来这儿。”我说着开始往烟斗里装烟丝。

他看着我往烟斗里装烟丝，慢悠悠地说：“我知道我母亲有事雇你。她给了你一张支票。”

我装好了烟丝，用火柴点燃了烟斗，吸了一口，往后靠在椅背上，朝右侧那扇开着的窗户吐出烟雾。我没说什么。

他身子略微前倾，诚恳地说：“我知道谨言慎行是你的交易的一部分，但我也不是瞎猜。一个小人物告诉了我，这个小人物就像花园里的一条虫，常被人践踏，但还是活了下来——就像我本人。我碰巧在你后头，离你不远。这样是否把事情说清楚了？”

“是的。”我说，“假如这对我有什么影响的话。”

“你受雇去找我的妻子，我猜想。”

我打了个响鼻，衔着烟斗朝他咧嘴一笑。

“马洛，”他说，语气甚至更诚恳了，“我会尽力，但我不觉得我会喜欢你。”

“我要哭了。”我说，“既愤怒又痛苦。”

“要是你能原谅我说话直白，你的硬汉行为真是让人讨厌。”

“这话从你嘴里说出来，更难听。”

他便再次往后靠着，暗淡的眼睛沉思般地望着我。他在椅子上扭动身子，想要坐得更舒服一些。许多人坐那把椅子都想坐得舒服一些。什么时候我自己也要来试试。也许这就是我时常达不成交易的原因。

“我母亲为什么要找琳达？”他慢悠悠地问，“她对她恨之入骨。我是说我母亲对琳达恨之入骨。琳达待我母亲相当不错。你对她有什么看法？”

“你母亲？”

“当然。你还没见到琳达，是吧？”

“你母亲的那个秘书，她的那份工作看来悬了。她口无遮拦。”

他猛地摇摇头。“母亲不会知道。不管怎样，母亲没有梅尔不行。她非得有个人可以让她欺侮一下。她可以对她喊叫，甚至打她耳光，但没有她就是不行。你对她有什么看法？”

“挺可爱的——按旧时的眼光来看的话。”

他皱起了眉头。“我是指母亲。梅尔只是个纯朴的小姑娘，我知道。”

“你的观察力吓我一跳。”我说。

他看来有些吃惊。他几乎忘了用指甲弹烟灰。几乎，但还差了一点。他只是小心地不让烟灰弹进烟灰缸里。

“说说我母亲。”他耐心地提醒。

“一匹勇猛的老军马。”我说，“金子般的心，只是这金子埋得很深，藏得很好。”

“但她为什么要找琳达？我不明白。还为此花钱。我母亲讨厌花钱。她认为钱是她身体的一部分。她为什么要找琳达？”

“我可不知道。”我说，“谁说她要找她？”

“什么呀，你话里有这个意思。梅尔也——”

“梅尔想入非非，她臆想出来的。见鬼，她用一块男人的手帕擤鼻子。也许是你的手帕。”

他脸红了。“别说蠢话。好了，马洛。拜托，要合乎情理，让我明白是怎么回事。我想我的钱并不多，但也会有几百块——”

“我应该给你一棒子。”我说，“另外，我也不便跟你说什么。按常规。”

“为什么，看在上帝份上！”

“别问我不知道的事情。我无法告诉你答案。也别问我知道的事情，因为我不会告诉你答案。这辈子你怎么活的？要是我这行的人接了个案子，他能对好奇的人随便回答问题吗？”

“空气中必定有很浓的火药味，”他怏怏地说，“你这行的人竟然拒绝两百美元。”

我可没有什么要说的。我从烟缸里捡起他扔掉的那根红木色火柴，察看起来。这火柴两边薄薄的，黄色，上面印着白字。**罗斯蒙特·H·理查兹之3**——后面的字烧掉了。我将火柴一折两断，并在一起扔到字纸篓里。

“我爱我的妻子。”他突然说，我看到了他白白的结实的牙齿。“这么说也许是老生常谈，却是真的。”

“说得真好听。”

他还是咧着嘴露出牙齿，仿佛是牙齿在跟我说话。“她不爱我。我不知道她究竟为什么不爱我。我们之间的关系一直有些紧张。她习惯了变动不居的那种生活。跟我们在一起，她过得相当沉闷。我们不怎么吵架。琳达是那种遇事冷静的人。但她嫁给我确实没有多少乐趣。”

“你太谦虚了。”我说。

他两眼发光，但他还是保持着沉稳的举止。

“这么说不好，马洛，也不新鲜。瞧，你看上去像个正派的家伙。我知道我母亲拿出两百五十美元不会只是找个乐子。也许并不是为琳达。也许是其他什么事。也许——”他住了口，随后又看着我的眼睛慢悠悠地说，“也许是莫尔尼。”

“也许是吧。”我高高兴兴地说。

他拿起手套，拍打着书桌，又放下来。“我遇到了困难。”他说，“但我不认为她知道这件事。莫尔尼肯定给她打了电话。他保证不说的。”

这很简单。我说：“你欠了他多少钱？”

事情并不简单。他又起了疑心："要是他给她打了电话，他会告诉她的。她也会告诉你的。"他勉强地说。

"也许不是莫尔尼，"我说，这时我很想喝上几口。"也许是厨娘为卖冰淇淋的怀上了孩子。但要是莫尔尼，你欠了多少？"

"一万两千。"他说着低下头，脸红红的。

"受到了恐吓？"

他点点头。

"让他呆一边去。"我说，"他是哪种人？恶棍？"

他抬起头来，脸上显出勇敢的神气。"我想他是个恶棍。我想他们那伙人都是恶棍。他过去在电影里演反派角色。长相不错，衣着光鲜，喜欢追逐女人。但别想歪了。琳达只是在那儿工作，跟服务员和乐手一样。要是你在找她，那你很难找到她。"

我有礼貌地笑了笑。

"为什么我会很难找到她？我想她没有被埋在后院里。"

他站起来，眼中喷出怒火。他站在那儿，略微靠着书桌，他挥动右手，干脆利落地掏出一把点 25 口径的小自动手枪，枪柄是胡桃木的。看起来跟我在梅尔的书桌抽屉里看到的那把枪差不多。黑洞洞的枪口对着我。我没有动弹。

"要是有人给琳达找麻烦，他先得找我的麻烦。"他语气坚决地说。

"那倒不会太难。你最好多备几把枪——除非你只是吓唬吓唬人。"

他把手枪放回里面的口袋。他狠狠地看了我一眼，拿起手套，开始向门口走去。

"跟你说话真是浪费时间。"他说，"你只是一味地说俏皮话。"

我说："等一下，"我站起来，走到桌子另一边。"你最好别跟你母亲说起这次见面，即便只是为了小姑娘的缘故。"

他点点头。"对于我所得到的信息而言，似乎也不值得去说。"

“你真的欠莫尔尼一万两千？”

他低下头，又抬起来，再垂下去。他说：“谁能从亚历克斯·莫尔尼那儿弄到一万两千，他必定比我聪明得多。”

我走近他。我说：“事实上，我甚至不觉得你很担心你的妻子。我觉得你知道她在哪儿。她根本不是要离开你。她只是要离开你母亲。”

他抬起头来，戴上一只手套，没说什么。

“也许她想找份工作。”我说，“挣足够的钱来养活你。”

他又低头看着地板，身子略微右侧，戴了手套的手握成拳头，朝上猛地挥了一下。我赶紧闪开，抓住他的手腕，慢慢压向他的胸口，靠在他身上。他有只脚在地上滑了一下，开始喘起气来。他的手腕很细。我一把就能握住。

我们站在那儿，互相瞪着眼睛。他喘得像个醉汉，嘴巴张开，嘴唇紧绷。他脸憋得通红。他竭力要把手抽出来，但我抓得很紧，他不得不后退一步稳住自己。此刻我们的脸凑得很近。

“你家老爹怎么没给你留点钱？”我冷笑着说，“还是你把钱都花光了？”

他咬牙切齿地说话，同时仍想把手挣脱出来。“不知道这跟你糟糕的业务有什么关系，要是你指的是贾斯珀·默多克，那他并非我的父亲。他不喜欢我，他没给我留一个子儿。我的父亲是一个名叫贺拉斯·布赖特的人，他破产了身无分文，从办公室窗户跳了下去。”

“挤你的奶倒是容易，”我说，“但你吐出的尽是稀奶。我很抱歉说你妻子挣钱养活你。我只是想让你发火。”

我放开他的手腕，向后退。他仍旧气喘吁吁。他愤怒地瞪着我，但说话的声音低下来。

“好吧，你做到了。要是你满意的话，我也该走了。”

“我在帮你的忙。”我说，“一个带着枪的人不应该轻易恼羞成怒。最好别碰枪。”

“不关你的事。”他说，“我很抱歉对你动手。就算打着了，估计也伤不着你。”

“没什么。”

他打开门走了。他的脚步声消失在走廊里。又一个怪人。我边听着他远去的脚步声，边用指关节叩着牙齿。接着我回到书桌前，看着我的便笺簿，拎起话筒。

4

电话那头的声音响了三次，才有一个女孩清脆的声音传过来，女孩嚼着口香糖说：“上午好，这儿是莫宁斯塔的办公室。”

“莫宁斯塔老先生在吗？”

“请问哪位？”

“马洛。”

“找他有事吗，马洛先生？”

“问一下他是否想买早期的美国金币。”

“请稍等。”

等的时间刚好够她去里面的办公室告知老人，有人给他打电话。接着电话咔哒一声，有人说话了。他声音干巴巴的。你甚至可以说这声音干透了。

“我是莫宁斯塔。”

“有人告诉我，您给帕萨迪纳的默多克夫人打过电话，莫宁斯塔先生。说到某块金币。”

“某块金币，”他重复道，“哦，怎么啦？”

“我猜想您希望买下默多克藏品中的这枚金币。”

“哦？您哪位，先生？”

“菲利普 · 马洛。私家侦探。我为默多克夫人办事。”

“哦。”他第三次这么说。他小心地清了清嗓子，“您要跟我说什么，马洛先生？”

“有关这枚金币。”

“但我听说这枚金币是不卖的。”

“我还是想和您谈一谈。面对面谈。”

“您是说她改变主意想卖了？”

“不是。”

“那我就不懂您的意思了，马洛先生。我们要谈什么呢？”他的声音此刻听起来有些诡秘。

我掏出王牌，潇洒地打出去。“问题是，莫宁斯塔先生，您打去电话时已经知道这枚金币是不卖的。”

“有趣。”他慢吞吞地说，“那又怎样？”

“您是行家，不会不知道这一点。众所周知，默多克藏品在默多克夫人生前是不卖的。”

“啊。”他说，“啊。”随之是沉默。接着，“那就三点吧，”他说得并不严厉，但说得很快。“我很高兴在我的办公室见到您。您也许知道办公室在哪儿。方便吗？”

“我会去的。”我说。

我挂上电话，点燃烟斗，坐在那儿望着墙。我的脸因思虑而发僵，或有什么东西使我的脸发僵。我从口袋里摸出琳达 · 默多克的照片，盯着看了一会，觉得这张脸毕竟很一般，便将照片放在桌子的抽屉里。我从烟灰缸里取出默多克的第二根火柴，察看起来。这根火柴上的文字是：**顶级，W · D · 莱特之 36。**

我将火柴扔回到烟灰缸里，琢磨着这有什么重要的。也许这是一条线索。

我从钱包里取出默多克夫人的支票，在背面签上字，填了存款单和取现金的支票，从书桌抽屉找出银行存折，用根橡皮筋扎好，放在衣服口袋里。

电话簿上没有洛伊斯·马吉克的号码。

我翻开桌子上的分类广告，抄了好几个看起来规模很大的演艺机构的号码，便给他们打电话。他们都有着清脆欢快的声音，要问一大堆问题，但他们不知道或不愿意告诉我有关洛伊斯·马吉克小姐的情况，据说她是个演员。

我将抄下来的电话名单扔进字纸篓里，给肯尼·赫斯特打电话，他是《纪事报》的罪案记者。

“你了解亚历克斯·莫尔尼的情况吗？”我先和他在电话里斗了一会嘴，接着便问他。

“经营悠谷的一家豪华夜总会和赌场，离高速公路两英里远，朝山里去的方向。过去拍过电影。是个蹩脚演员。似乎有很强的靠山。我从没听说他大白天在公开场合枪杀什么人。或者犯下此类罪案。但我也不是很有把握。”

“危险人物？”

“如果情势所迫，我觉得他会是个危险人物。那些家伙全都看过电影，知道夜总会老板应该怎么来事。他有一个保镖，性格独特。他名叫埃迪·普鲁。他身高约六点五英尺，瘦得像份诚实的不在场证明①。他有只眼睛眼珠子动不了，是在战争中受的伤。”

“莫尔尼对女人来说很危险吗？”

“别说得像个维多利亚时代的人，老兄。女人并不认为是危险。”

---

① 此语是在讽刺虚假的不在场证明大都编得天花乱坠，反倒是诚实的供述显得十分单薄。

"你知道一个名叫洛伊斯·马吉克的女孩吗?据说她是个演员。一位高个、时髦的金发女郎。"

"不知道。听上去好像我会喜欢。"

"别搞怪了。你知道一个名叫瓦尼尔的人吗?这些人都不在电话簿上。"

"不知道。但我可以问问格尔蒂·阿伯加斯特,要是你过会再打个电话来。"

"谢谢,肯尼!我会再打电话。过半小时?"

他说可以,我们便挂了电话。我锁上办公室的门,走了。

在走廊的尽头,在墙那边,有个相当年轻的金发男子,穿一身棕色西服,戴着深褐色的草帽,帽子上有褐黄两色的印花帽带,他背靠着墙在读晚报。我经过时,他打了个哈欠,折起报纸夹在腋下,站直了身子。

他和我一起走进电梯。他累得几乎睁不开眼睛。我出门来到街上,走过一个街区,去银行存我的支票,并取点现钱。之后我去了"虎尾"酒吧,坐在一间狭窄的隔间里,喝杯马提尼酒,吃着三明治。那个穿棕色西服的人站在吧台的一头,喝着可口可乐,看上去百无聊赖,摆弄着面前的几个钢镚儿,小心地将它们排列整齐。他又戴上了墨镜。这让人看不清他的面貌。

我不急不忙地吃着三明治,接着我慢吞吞地走向酒吧尽头的电话间。那个穿棕色西服的人迅速扭过头来,随即又摘掉眼镜掩饰刚才的举动。我再次拨通了《纪事报》的电话。

"听着。"肯尼·赫斯特说,"格尔蒂·阿伯加斯特说莫尔尼前不久娶了你的那位时髦的金发女郎——洛伊斯·马吉克。他不认识瓦尼尔。他说莫尔尼买下了贝尔艾尔那边的一处房产,是位于斯蒂伍德新月大道的一幢白色房子,日落大道北面约五个街区。格尔蒂说莫尔尼是从一个破产的叫亚瑟·布莱克·波帕姆的人手中买下来的，他卷入一宗邮政诈骗案。波帕姆的姓名首字母仍留在门上。格尔蒂说，他的名字也许还印在卫生纸上呢。他就是那样的人。我们知道的也就这些了。”

“够多了。谢谢，肯尼！”

我挂上电话，走出电话间，又遇见了那个戴墨镜和深褐色草帽、穿棕色西服的人，我看见他迅速地转身离去。

我转身经过一道推拉门，进入厨房，穿过厨房走进一条小巷，沿小巷走过四分之一的街区便来到停车场的后边，我的车就停在那儿。

我开车朝贝尔艾尔方向开去时，并没有沙黄色的跑车跟在后面。

5

斯蒂伍德新月大道在日落大道北边缓缓地拐了个弯，远离了贝尔艾尔乡间俱乐部的高尔夫球场。路两边是一排排有着围墙和栅栏的住宅。有些房子的围墙很高，有些很矮，有些则是观赏性的铁栅栏，有些房子比较老式，有着高高的树篱。这条路没有人行道。那个街区没有行人，甚至邮差也不走路。

下午很热，但没有帕萨迪纳那么热。花卉和阳光散发出一种令人昏昏欲睡的味道，树篱和院墙后则传来给草坪洒水的嗖嗖声，还有在安详沉静的草坪上徐徐移动的割草机那清晰的轰轰声。

我慢慢地将车开上山，注意门上的名字图案。全名是亚瑟·布莱克·波帕姆。名字缩写即 ABP[1]。几乎到山顶时我才找到，镀金的名字刻在一块黑色盾徽上，大门半开，门内是一条柏油车道。

这是一幢颇为显眼的白色房子，像是新盖的，绿化却很精美。与左

---

① ABP 即 Arthur Blake Popham 的缩写。

邻右舍相比，这房子算不上气派，至多有十多个房间，也许只有一个游泳池。围墙较矮，由砖头和混凝土砌成，墙砖之间的混凝土全露在外面，要的就是这种效果，并将墙刷成白色。墙头安了一排铁栏杆，漆了黑色。A·P·莫尔尼的名字印在门口银色的大信箱上。

我在路边停好车，沿那条柏油车道走到一道边门前，门也刷了耀眼的白漆，反射着门上彩玻顶篷的斑斓色彩。我叩响了铜色的大门环。在房子的另一边，一个司机在洗一辆凯迪拉克车。

门开了，一个目光狐疑、穿着白色外套的菲律宾人对我撇了撇嘴。我给他一张名片。

“找莫尔尼夫人。”我说。

他关上门。时间一点点过去，每当我登门拜访要人时总会遇到这种情况。水哗哗地泼在凯迪拉克上，发出一种动听的声音。那司机是矮个子，穿着马裤，打着绑腿，衬衫汗迹斑斑。他看上去像个长僵了的骑师，他侍弄那辆车时也正像个给马擦洗梳理的骑师一样，发出嘶嘶的声音。

一只红颈蜂鸟钻进门旁一丛深红色灌木中，欣长的管状花朵一阵摇曳，蜂鸟又猛地飞起，随即消失得无影无踪。

门开了，那个菲律宾人将我的名片塞还我。我没接。

“你想干吗？”

这紧绷的声音噼啪作响，就像有人在一堆蛋壳中踮着脚走过。

“想见莫尔尼夫人。”

“她不在家。”

“我给你名片时你难道不知道她不在家？”

他张开手指，让名片落到地上。他咧嘴一笑，让我看见一嘴补得很难看的坏牙。

“她告诉我时我才知道。”

他当着我的面关上门，很粗暴。

我捡起名片，走到房子一侧，那位司机正往凯迪拉克车上喷水，用一块大海绵擦洗灰尘。他眼圈红红的，一头米色的头发。一支香烟早已熄掉，却仍然叼在嘴上。

他飞快地瞟了我一眼，看来他干活并不很专心。我问道：

“老板去哪儿啦？”

那根烟在他嘴里动了动。水仍嘶嘶地喷在他的坐骑身上。

“问那房子里的人，老兄。”

“我问了。他们当我的面把门关了。”

“你伤了我的心，老兄。”

“莫尔尼夫人怎么样？”

“无可奉告，老兄。我只是在这儿干活。卖什么东西？”

我举起名片，以便让他看清楚。这次是一张商务名片。他将海绵放在踏脚板上，将水管放地上。他绕过一摊积水，用挂在车库门上的一条毛巾擦了手。他从裤兜里摸出火柴，划着了歪头点燃叼在嘴里的烟头。

他狐疑的小眼睛四下瞄了瞄，往车后走去，并朝我点点头。我走近他。

“报销点费用如何？”他小声谨慎地问。

“那得看情况。”

“五块钱我的脑瓜子就开始转动了。”

“我不愿意让你太为难。”

“十块钱我就能像四只金丝雀跟着一把夏威夷吉他唱起来。”

“我可不喜欢如此豪华的配器。”我说。

他歪了歪头，“直话直说，老兄。”

“我不想让你丢掉工作，孩子。我只想知道莫尔尼夫人是否在家。

一块钱够了吧？”

“别担心我的工作，老兄。我的位置稳得很。”

“和莫尔尼——还是和别人在一起？”

“一块钱你就想知道这些？”

“两块。”

他打量着我。“你不为他工作，是吧？”

“当然。”

“你撒谎。”

“当然。”

“给我两块钱。”他大声说。

我给了他两美元。

“她在后院和一位朋友在一起。”他说，“一位可爱的朋友。你得有个不工作的朋友和一个工作的丈夫，这就齐全了，明白吗？”他斜了我一眼。

“有朝一日你躺在水渠里也就齐全了。”

“我不会的，老兄。我不笨。我知道怎样耍弄他们。我这辈子一直和这些人打交道。”

他用手掌将两块钱摩挲了一会，吹口气，横竖折起来，塞进裤腰的表袋里。

“这只是小意思。”他说，“现在再给五块钱——”

一只相当大的金黄色长耳猎犬在凯迪拉克车旁乱窜，在潮湿的水泥地上滑了一下，随即灵巧地跑起来，又朝我扑上来，舔我的脸，跌到地上，在我的腿间跑来跑去，又坐下来，吐着舌头，不停地喘气。

我从它身上跨过去，靠在车身上，掏出手帕。

一个男人的声音传来。“回来，希斯克利夫。回来，希斯克利夫。”一条砖路上响起脚步声。

"它就是希斯克利夫。"司机酸溜溜地说。

"希斯克利夫？"

"天哪！这就是他们给那条狗起的名，老兄。"

"《呼啸山庄》？"[①] 我问。

"现在你又说胡话了。"他讥讽道，"注意——有人来了。"

他拿起海绵和水管，重新洗起车来。我从他身边走开。那条长耳猎犬又往我两腿之间钻，差点把我绊倒。

"回来，希斯克利夫。"男人的声音喊得更响了，随即一个男人的身影出现在爬满玫瑰的架子下面。

高个子，黑黝黝的，有着橄榄油一般的皮肤，眼睛黑又亮，洁白的牙齿很有光泽。留着鬓角，一小撮八字须，鬓角很长，过长了。白衬衫，口袋上绣着姓名缩写，白裤子，白鞋子。又细又黑的手腕上戴着一只有根金链子的手表。褐色的细脖子上系条黄丝巾。

他看见狗蹲坐在我的腿间，有些生气。他打了个响指。

"过来，希斯克利夫。马上过来！"

那狗大口喘着，并不动弹，相反朝我右腿更靠近些。

"你是谁？"这男人盯着我问道。

我拿出名片。橄榄色的手指接过名片。狗默默地从我腿间朝外退，朝着车头的方向，悄然无声地消失在远处。

"马洛。"那男人说道，"马洛，嗯？干什么的？一个侦探？你想干吗？"

"想见莫尔尼夫人。"

他上下打量我一番，又黑又亮的眼睛慢慢扫过，长长的眼睫毛随之忽闪。

---

① 希斯克利夫（Heathcliff）是英国作家艾米丽·勃朗特的小说《呼啸山庄》（*Wuthering Heights*）中的男主人公。

“不是告诉你她不在吗？”

“是的，但我不相信。您是莫尔尼先生？”

“不是。”

“这是瓦尼尔先生。”司机在我背后说，声音慢吞吞的，显得过于恭敬，但有种故意的傲慢。“瓦尼尔先生是这家庭的一个朋友。他常来这儿。”

瓦尼尔朝我身后看去，目光愠怒。司机走向汽车，吐出口中的烟头，显得随意而又鄙夷。

“我告诉过这位侦探老板不在家，瓦尼尔先生。”

“我明白。”

“我告诉他莫尔尼夫人和你在家。难道我说错什么了吗？”

瓦尼尔说：“你管好自己的事吧。”

司机说：“奇怪，我怎么就没想到这一点。”

瓦尼尔说：“滚开，免得我拧断你肮脏的细脖子。”

司机平静地看着他，随后走进阴暗的车库，吹起口哨来。瓦尼尔将他恼怒的目光投向我，厉声说：

“有人告诉你莫尔尼夫人不在家，但你听而不闻。这是怎么回事？换句话说，这个消息不能让你满意。”

“要是我们非得换句话说不可，”我说，“那就姑且这么说吧。”

“明白了。那你能不能说说你到底要和莫尔尼夫人谈什么？”

“我希望能够对莫尔尼夫人本人作解释。”

“问题是她不想见你。”

汽车后面的司机说：“注意他的右手，老兄。手里可能有刀。”

瓦尼尔的橄榄油皮肤变成干枯的海藻色。他转身压着声音对我说：“跟我来。”

他沿着玫瑰花架下的砖路往前走，穿过尽头的一扇白色的门。门那边是一座有围墙的花园，花坛上长满了鲜艳的时令花卉。花园里还有一个羽毛球场、一块绿茵茵的草地、一个小游泳池，池水在阳光下亮闪闪的。池子的那一头，有块铺了石板的地方，摆着蓝白两色的花园陈设：复合材料桌面的矮桌、带搁脚凳和大靠垫的躺椅，边上则是一把蓝白两色、帐篷大小的遮阳伞。

一位四肢修长、姿态慵懒的歌舞女郎模样的金发女闲适地躺在一张椅子上，脚高跷在有垫子的架子上，手边是一只冒着雾气的高脚杯，身旁有银色的冰桶和一瓶苏格兰威士忌。她懒洋洋地看我们走过草地。三十英尺远处，她看上去很有派头；十英尺远处，她的妆容看上去似乎只适宜让人从三十英尺处远观。她的嘴太宽，眼太蓝，妆太浓，弯弯的细眉无论曲线和长度都有些古怪，睫毛膏涂得那么厚，看起来就像是微型的铁栏杆。

她穿白色粗布休闲裤，赤脚踩蓝白色露趾凉鞋，脚指甲涂成猩红色，上身着白色真丝上衣，戴一条软玉项链，但并非是方形祖母绿。她的头发也像夜总会大厅一样假模假样。

在她身旁的椅子上，有一顶遮阳白草帽，帽檐宽得像一只备用轮胎，还有一条系在下巴上的白色缎带。帽檐上搁着一副绿色太阳镜，镜片大得就像甜甜圈。

瓦尼尔朝她走过去，大声说："你得把那个讨厌的红眼小司机开掉，得赶紧。要不然我随时有可能拧断他的脖子。我一走近他就会受到侮辱。"

金发女郎轻轻地咳了一下，无所谓地扬了扬手帕，说：

"坐下，别咋咋呼呼的。你的这位朋友是谁？"

瓦尼尔找我的名片，发现他手里正拿着，便扔到她腿上。她勉强捡起来，扫了一眼，又朝我看看，叹口气，用指甲叩叩牙齿。

"他很厉害吧？你应付不了，我猜。"

瓦尼尔不耐烦地看看我。“好吧，有话就说，说完走人。”

“我跟她说？”我问，“还是我跟你说，你再翻译成英语？”

金发女郎笑起来。笑声像一串银色的涟漪荡漾开来。她调皮地吐吐舌头。

瓦尼尔坐下来，点了一支金嘴的纸烟。我站在那儿看着他们。

我说：“我在找您的一个朋友，莫尔尼夫人。我了解到，她一年前跟您合住一个套间。她叫琳达·康奎斯特。”

瓦尼尔上下眨巴着眼睛。他转过头去，朝水池对面看。那条叫做希斯克利夫的长耳猎犬趴在那儿，一只眼睛翻着白眼望着我们。

瓦尼尔打着响指。“过来，希斯克利夫！过来，希斯克利夫！来这儿，先生！”

金发女郎说：“住嘴！那狗对你恨之入骨。看在上帝份上，别再虚张声势了。”

瓦尼尔大声说：“别这样对我说话。”

金发女郎咯咯地笑，眼睛温柔地望着他的脸。

我说：“我在找一个名叫琳达·康奎斯特的姑娘，莫尔尼夫人。”

金发女郎看看我，说：“你说过了。我正在想。我想我有六个月没见到她了。她结婚了。”

“您六个月没见到她了？”

“我是这么说的，大人。你想知道什么？”

“我正在做一个私人调查。”

“关于什么？”

“关于一件需要保密的事情。”

“真没想到。”金发女郎乐呵呵地说，“他在做有关一件需要保密的事情的私人调查。你听见了吗，卢？虽然闯到完全陌生的人家里，吃闭门羹，都没关系，是吧，卢？就因为他在做有关一件需要保密的事情的私人调查。”

“那您不知道她在哪儿，莫尔尼夫人？”

“难道我没这么说吗？”她的声音高了好几度。

“没说。您说您六个月没见到她了。这不是一回事，莫尔尼夫人。”

“谁告诉你我和她合住一个套间？”金发女郎大声问道。

“我从不泄露消息来源，莫尔尼夫人。”

“亲爱的，你精明得足够做个舞蹈导演了。我应该什么事情都告诉你，而你什么也不告诉我。”

“立场有所不同。”我说，“我是个雇工，得守规矩。那位女士没必要躲起来，是吧？”

“谁在找她？”

“她的家人。”

“再猜一下。她没有家人。”

“您这么说，那您肯定很了解她。”我说。

“也许我曾经了解。但这不能证明我现在还了解。”

“好吧。”我说，“答案是您知道，但您不想说。”

“答案是，”瓦尼尔突然说，“这儿不欢迎你，你越早离开，我们越高兴。”

我一直看着莫尔尼夫人。她朝我眨眨眼，对瓦尼尔说：“别这么凶，亲爱的。你很有魅力，但你骨骼小。你天生不是干粗活的。是吧，大人？”

我说：“我没想过，莫尔尼夫人。您认为莫尔尼先生能帮我忙——或愿意帮我忙吗？”

她摇摇头。“我怎么知道？你可以试试。要是他不喜欢你，他会让人收拾你。”

“我想您本人能告诉我，要是您愿意的话。”

“你怎么能让我愿意呢？”她的眼睛很诱人。

“有这些人在身边，”我说，“我能怎么做呢？”

“那倒是。”她说着从杯子中小口喝着酒，一边凝视着我。

瓦尼尔慢慢站起来。他脸色发白。他手伸进衬衣，咬着牙齿慢慢地说：“出去，无赖！趁你还能走路。”

我惊讶地看着他。“你的文雅去哪儿啦？”我问他，“别告诉我你在休闲衣服里还塞了支枪。”

金发女郎笑起来，露出一口整洁的牙齿。瓦尼尔将手伸进衬衣里的左腋，咬紧了嘴唇。他乌黑的眼睛目光既锐利又空洞，像蛇一样。

“你听清楚了。”他几乎悄悄地说，“别急于把我抛到脑后。我会像擦根火柴那样把子弹打入你的胸膛。然后把事情摆平。”

我看看金发女郎。她眼睛发光，肉感的嘴看上去急不可耐。她注视着我们。

我转过身，穿过草地往外走。半途我回头看他们。瓦尼尔站着，姿势没变，手伸进衬衣里。金发女郎仍然瞪着眼睛，嘴唇张开，但伞的阴影让人看不清她的表情，隔这么远，这表情也许是害怕，也许是兴奋的期待。

我穿过草地，经过那道白门，踏上玫瑰花架下的砖铺小路，走到尽头转身，悄然回到门口，再次看见他们。我不清楚我想看到什么，也不清楚我看到了是否会在意。

我看到的是瓦尼尔实际上趴在金发女郎身上，亲吻她。

我摇摇头，转身走了。

那个红眼睛的司机仍在忙那辆凯迪拉克。他洗好了车，正用一块大麂皮擦玻璃和车身。我走过去站在他身边。

“情况如何？”他漫不经心地问我。

“很糟糕。他们根本不把我当回事。”我说。

他点点头，像给马梳洗的马伕一样不停地发出嘶嘶的声音。

“你小心行事。那家伙有枪。”我说，“或者是假装有枪。”

司机微微一笑。“在衣服里？没有。”

“瓦尼尔这个家伙是个什么样的人？他做什么？”

司机站直了，将麂皮放在车窗口，用系在腰间的一块毛巾擦了手。

“做女人的生意，我猜想。”他说。

“和这种女人打交道是否有点危险？”

“有危险。”他认同。“不同的人对危险有不同的看法。换了我早就吓傻了。”

“他住哪儿？”

“谢尔曼橡树街。她常去那儿。她去得太多了。”

“见到过一个名叫琳达·康奎斯特的姑娘吗？高个儿，皮肤较黑，人挺漂亮，曾经是一个歌手。”

“就两块钱，老兄，你的要求还不少。”

“我可以加到五块钱。”

他摇摇头。“我不了解情况。对那个名字没有印象。来这儿的各种各样的女士，大多很光鲜。没有人介绍我认识。”他咧嘴一笑。

我掏出钱包，取出三美元放到他潮湿的小爪子里。又加上一张名片。

“我喜欢矮个子。”我说，“他们好像从不怕事。有空来串个门。”

“我会的，老兄。谢谢。琳达·康奎斯特，嗯？我会留意的。”

“再见。”我说，“怎么称呼？”

“他们叫我薛夫提[①]。我根本不知道为什么。”

“再见，薛夫提！”

“再见！他有枪——藏在衣服里？不可能。”

---

① 薛夫提（Shifty），有“狡猾”之意。

“我不知道。”我说，“他做出了这样的举动。我不是被人雇来和陌生人枪战的。”

“见鬼，他穿的那件衬衫上头只有两个扣子，我注意到。从里面掏出枪来得花一个星期。”但他的口气听起来稍微有些担心。

“我猜他只是吓唬人。”我同意他的看法。“要是你听到琳达·康奎斯特的消息，我会乐于跟你洽谈。”

“好的，老兄。”

我沿着柏油车道往回走。他站在那儿，摸着下巴。

6

我在这个街区兜着圈子，找地方停车，以便进城前去办公室一趟。

离我的大楼入口处约三十英尺远，在一家香烟店门前，路边上一辆专职司机开的帕卡德车开走了。我把车开进这个车位，熄火下车。这时我才注意到停在我前面的是一辆眼熟的沙黄色跑车。这不太会是同一辆车。这样的车有许多。没人在车里。附近也没有人戴着深褐色草帽，帽子上有棕黄两色的帽箍。

我走到靠街的一边，看了看驾驶室。没看到驾驶证。我在一只信封背面抄下车牌号，以防万一，接着进了大楼。这辆车的主人不在大厅，也不在楼上走廊里。

我进了办公室，看看地上有无信件——一封信也没有，便从放在办公室的酒瓶里喝了几口就走了。我没有时间耽搁，我得在三点前赶到城里。

那辆沙黄色跑车仍停在那儿，车里还是没人。我进了自己的车，发动起来，驶入车流之中。

我过了日落大道，上葡萄园街时，他才追上我。我径直往前开，暗自好笑，心想他躲在哪儿呢。莫非就在他自己的车后面那辆车里。我先前没有想到这一点。

我往南开向第三大街，从第三大街一路进城。沙黄色跑车在我后面一直保持半个街区的距离。我开往第七大街和格朗大街，在靠近第七大街和橄榄树大街时停了车，下去买了包烟——我其实并不需要——接着沿第七大街向东走，并不看身后。在斯普林大街，我走进大都会酒店，漫步来到那个买雪茄烟的大马蹄形柜台前，点了一支烟，随后在大厅的一张老式的棕色皮椅上坐下来。

一个穿棕色西服、戴墨镜和已经眼熟的帽子的金发男子走进大厅，他悄悄地穿过盆栽的棕榈树和灰泥拱门，来到雪茄柜台前。他买了一包香烟，站在那儿撕开包装，同时背靠柜台，目光锐利地打量着大厅。

他接过零钱，离开柜台，背靠一根柱子坐下来。他将帽子往下压压，遮住墨镜，似乎想要打个瞌睡，嘴里叼着未点燃的香烟。

我起身信步走去，在他身边一张椅子上坐下。我侧身看着他。他没有动弹。近距离观察，他的脸显得年轻，红润并饱满，脸颊上金黄色的胡须漫不经心地刮过。墨镜下，眼睫毛忽闪着。膝盖上的一只手紧张起来，抓住了裤子。右眼皮下的脸上生了粒疣子。

我擦了根火柴，让火苗凑近他的香烟。“要火吗？”

“哦——谢谢！”他颇为惊讶地说。他吸气让烟头能够点着。我晃晃火柴灭了火，将火柴扔进身边的一只沙桶里，一边等着。他说话前先斜眼瞥了我几下。

“以前我在什么地方见过你？”

“在帕萨迪纳的德累斯顿大街。今天早上。”

我见他的脸比原先更红了。他叹了口气。

“我肯定不讨人喜欢。”他说。

“孩子，你让人讨厌。”我跟了一句。

“也许是这顶帽子的缘故。”他说。

“帽子很有用。”我说，“但你并不真的需要。”

“在这个城市挣钱不容易。”他伤感地说，“你没有车就办不成事。要是你坐出租，那坐出租车的费用会把你毁了；要是你开自己的车，你又总是来不及赶到车跟前。你得紧贴着目标。”

“但你不必钻到别人的口袋里。”我说，“你是有求于我，还是只想实践一下？”

“我想我得弄清楚你是否足够聪明，值不值得跟你谈。”

“我不笨。”我说，“不跟我谈那会是莫大的遗憾。”

他朝椅子背后细心地看了下，又朝我们坐着的两边看看，随后掏出一只猪皮小钱包。他从钱包里拿出一张漂亮的新名片递给我。名片上印着：乔治·安森·菲利普斯。秘密调查。好莱坞，威尔科克斯北大街 1924 号，森杰大厦 212 室。一个格伦维尔的电话号码。名片左上角，有只睁开的眼睛，睫毛很长，眉毛弯弯地表示惊讶。

“你不能用这个。”我指着那只眼睛说，“那是平克顿[①]的标记。你在抢他们的生意。”

“去他的，”他说，“我的一点小生意对他们没什么妨碍。”

我用指甲弹了弹名片，咬咬牙将名片放进了口袋。

“你是否要一张我的名片——还是你已经有一套我的档案材料了？”

“哦，我对你很了解。”他说，“你处理格雷格森案子时，我是凡吐拉市的一名县警。”

格雷格森是俄克拉何马市的一个骗子，他的一个受骗者两年之内在美国各地追踪他，最后格雷格森神经过敏，向加油站的一个员工开枪，

---

① 平克顿（Allan Pinkerton，1819—1884）是 1850 年在美国最早建立的侦探机构之一的美国侦探，他后来组织并控制的私人武装称为“平克顿人（the Pinkertons）”。

因为那员工误把他当作了熟人。对我来说，这似乎是很久以前的事了。

我说："接着往下说。"

"今天上午在登记册上看到你的名字，我就想起来了。所以当我在进城的路上跟丢了你时，我就上门去找你了。我想进去跟你谈谈，但这么干肯定会违背保密原则的。这样我就控制不住自己了。"

又是一个怪人。一天里就碰上三个了。还不算默多克夫人，她也可能是一个怪人。

我等着，他把墨镜摘下来，擦了擦，又戴上，再次四下看了看。接着他说：

"我想，我们也许可以作个交易。如他们所说，资源共享。我看见那家伙进了你的办公室，所以我猜想他雇了你。"

"你知道他是谁吗？"

"我在查他。"他说，声音听起来平淡且沮丧。"但至今一无所获。"

"他对你做了什么？"

"哦，我在为他妻子工作。"

"离婚？"

他朝身边小心地看了看，低声说："她是这么说的。但我怀疑。"

"他们双方都想离婚。"我说，"各自想要从对方身上抓到把柄。很滑稽，是吧？"

"这种事，我并不很喜欢。有个家伙时不时地跟着我。这家伙高个子，一只眼睛有毛病。我甩掉了他，但不久我又看见他了。一个很高的家伙。像根电线杆。"

一位高个子，一只眼睛有毛病。我若有所思地吸着烟。

"跟你有关系吗？"金发男子有些焦急地问我。

我摇摇头，将烟头扔进沙桶里。"从来没见过那个人。"我看看手表。"我们最好一起把这件事再详细谈一下，但眼下我没空。我有个约会。"

"我愿意。"他说。"很愿意。"

"那让我们再聊。我办公室，我住所，或你办公室，还是别的什么地方？"

他用咬得很整齐的大拇指甲挠了一下修得很马虎的下巴。

"去我的住所吧。"他最后说。"电话簿上没有我的地址。把刚才那张名片给我。"

我把名片给他，他将名片翻过来放在手掌上，用一支小小的金属铅笔很慢地写着，舌头舔着嘴唇。他显得更年轻了。现在看上去，他至多二十岁，但他肯定二十多岁了，因为格雷格森案距今有六年了。

他放下铅笔，将名片还给我。他写在上面的地址是：法院街 128 号佛罗伦萨公寓 204 室。

我好奇地看了他一眼，"邦克山上的法院街？"

他点点头，脸一下红了。"不太理想。"他赶忙说，"我近来比较拮据。你不在意吧？"

"不，我干吗在意？"

我站起身伸出手来。他握了握便放下了，我垂下手伸进裤子口袋，用手掌擦了擦口袋里的手帕。更近地看他的脸，我能看见他上嘴唇沁出水珠，鼻翼上更是密密的汗珠。其实并不那么热。

我刚要走，随即转身弯腰凑近他的脸，说："几乎所有人都有可能开我的玩笑，但我得再确定一下，她是否就是一个身材高挑、眼神漫不经心的金发女子，嗯？"

"我并不觉得那是漫不经心的眼神。"他说。

我把脸更凑近些，说："我对你说，离婚这桩事只是胡扯。肯定另有隐情，是吧？"

"是的，"他轻声说，"而这隐情我是越想越不自在。拿着。"他从口袋里掏出什么东西放在我手里。这是一把房门钥匙。

“要是我不在家，你也不必在门厅久等。我有两把钥匙。你会什么时候来？”

“大约四点半，眼下这么觉得。你确定要给我这把钥匙？”

“是啊，我们在同一条船上。”他说着便抬头天真无邪地看着我，或者透过那副墨镜看上去貌似天真无邪。

在走廊尽头我回头看去。他平静地坐在那儿，嘴里仍叼着快要熄灭的烟头，帽子上有俗气的棕黄两色的帽箍，看上去像是《周末晚报》副刊上的一幅香烟广告。

我们在同一条船上。那我就不会欺骗他。就是如此。我有他房间的钥匙，可以进去，如同在自己家里一样。我可以穿他的拖鞋，喝他的酒，掀起他的地毯，找出藏在下面的千元大钞。我们在同一条船上。

7

贝尔丰特大厦是幢八层的楼房，并无特别之处，夹在一座出售花花绿绿廉价服装的大商场和一个带地下室的三层车库之间，那车库发出的噪声如同喂食时分的狮笼。大厦的门厅狭小阴暗，脏得就像养鸡场。大厦住户名录大多空白。只有一个人的名字我感兴趣，我已经知道这个人的名字。在名录栏对面，斜靠在人造大理石墙面上的是一个大指示牌：有楼面出租，适合烟铺。有意者请到311室接洽。

有两部敞开的笼式电梯，但似乎只有一部在工作，也不忙。电梯里有一位老人，神情呆滞，眼睛湿湿的，坐在一张木凳上，屁股下垫了一块折叠起来的麻袋布。他看上去像是内战以来就坐在那儿了，战争结束也没给他带来什么好处。

我走进电梯，对他说到八楼，他使劲将门关上，扳动开关，电梯带着我们晃晃悠悠往上升。老人呼吸急促，好像是他背着这部电梯。

我出了电梯，来到我要去的楼层，沿着过道往前走，背后老人身子探出电梯，用手指拧了一下鼻子，将鼻涕甩进一只装满垃圾的纸箱里。

以利沙·莫宁斯塔的办公室在楼层里端，对着防火门。两个房间，每间房子的磨砂玻璃上都刷着字，油漆有些剥落：以利沙·莫宁斯塔，钱币商。里头的一间写着：请进。

我转动把手，走进一间狭小的房间，这房间有两扇窗户，一张破旧的打字机小桌，几个壁柜，柜中斜槽里陈列着一些生锈的钱币，钱币下有发黄的打字标签，里头靠墙有两个棕色的文件柜，窗户没有窗帘，地上有一块沾满灰尘的灰色地毯，很破旧，要不是被绊了脚，你不会注意到地毯上的那些洞眼。

文件柜那头，在那张小打字机桌后面，一扇通向里间的木门开着。门里边，传来一些细微的声音，那是人无所事事时发出的声音。接着，以利沙·莫宁斯塔的干巴巴的嗓音传出来：

“进来，请进来！”

我走进去。里间的办公室也很小，但家具比外间多些。一只绿色的保险柜几乎挡住了前半个房间。保险柜后面是一张笨重的老式红木桌，对着进门，摆着一些厚厚的书，几本软塌塌的旧杂志，桌子上一层灰。后面的墙上，一扇窗户开了一条缝，房间里仍有一股霉味。墙边有个帽架，上面有顶油腻腻的黑呢帽。有三张高脚桌，玻璃台面，玻璃下有更多的钱币。房间中央摆着一张笨重、深色、皮革面的书桌。桌上有些常见的物品，另外还有一架珠宝商用的天平，用玻璃罩着，两把很大的镀镍放大镜，软皮便笺本上有一个珠宝商用的目镜，旁边有条皱巴巴的、沾了墨水的黄色丝绸手帕。

书桌前的转椅上坐着一位老人，穿一套深灰色西装，翻领很高，前襟有一大排扣子。有缕白头发长长的，搭到了耳朵上。脑袋正中隐约可见一块浅灰色秃顶，像是树林中突起一块岩石。耳朵里长出绒毛，长得足以逮住一只蛾子。

他有一双锐利的黑眼睛，眼袋很大，褐紫色，布满皱纹和静脉。下巴亮光光的，短而尖的鼻子看上去好像年轻力壮时举杯痛饮而现在还宿醉未醒。脖子上的胡佛式衬领压着喉结，这副领子没有哪家体面的洗衣房愿意洗涤，一条黑色的狭领带在衣领下端打了个死结，就像一只老鼠准备钻进鼠窝。

他说："我那位年轻的女士去看牙医了。您是马洛先生？"

我点点头。

"请坐！"他一只瘦手指了指书桌对面的一张椅子。我坐下来。"您有什么证件吧，我想？"

我给他名片。他看名片时我隔着桌子闻了闻。他身上有股干燥的霉味，像衣衫还算整洁的中国佬身上的味道。

他将名片正面朝下放在书桌上，两手交叉压着。他锐利的黑眼睛紧盯着我的脸。

"哦，马洛先生，我能为您做什么？"

"给我讲讲布拉什金币。"

"哦，好吧。"他说。"布拉什钱币。一种有趣的钱币。"他手抬起来，手指形成塔状，就像一个老派的家庭律师准备来解释一个虽小但复杂的问题。"相对来说，在美国所有的早期钱币中，这是最有意思，也最有价值的钱币。您想必也知道。"

"我对美国早期钱币所知甚少，您可以多讲讲。"

"是吗？"他问，"是这样吗？您想让我讲讲？"

"我就是为此来这儿的，莫宁斯塔先生。"

"这是一枚金币，大约相当于一枚二十美元的金币，大小与半美元的硬币差不多。几乎一模一样。这是1787年为纽约州铸造的。它不是造币厂铸造的。1793年才有造币厂，第一家造币厂出现在费城。布拉什金币也许是用模压工艺制造的，制造者是一个名叫埃弗雷姆·布拉什，或布拉什尔的个体金匠。后来人们通常称他为布拉什尔，而金币则叫做布拉什。我不知道为什么。”

我将一支烟塞进嘴里，点了火。我想这多少会冲淡那股霉味。“什么是模压工艺？”

“就是上下两个金属模具雕刻上图案，当然是凹雕。然后装在铅块里。中间放上金币坯件，用压模机压制。再根据重量修边和打磨。这种钱币不是滚花的。1787 年还没有滚花的机器。”

“这种造币工艺速度很慢。”我说。

他尖削、灰白的头颅点了点。“相当慢。另外，因为那时对金属表面加强硬度同时避免变形的技术还没有出现，模具会磨损，不得不时常重做。结果便是图案上出现轻微的变化，这种变化用高倍放大镜就能看出来。实际上，借助现代显微技术，可以说没有两块钱币是完全相同的。我说得清楚吗？”

“清楚。”我说，“相当清楚。这样的钱币有多少，它们是什么价格？”

他松开手指，将手放回到书桌上，轻轻地拍打着桌面。

“我不知道这样的钱币有多少。没有人知道。几百，一千，也许更多。但其中很少真正是未流通过的样币，即所谓的新币。价格有所不同，至少一两千。我得说，眼下因为美元贬值，一枚未流通的样币，如果由一个信誉好的经销商经手的话，很容易卖出一万美元，甚至更高的价格。当然，这枚金币必得有个来历。”

我说了声“哦”，慢慢吐出烟雾，用手掌挥了挥，将烟雾从那个坐在我对面的老人面前挥走。他像是个不吸烟的人。“要是没有来历或随便出手的话，能卖多少钱？”

他耸了耸肩。“意思是说，这枚钱币不是合法所得，是偷来或骗来的。但也许未必如此。珍币会在意想不到的时间出现在意想不到的地方。出现在保险柜里，出现在新英格兰老房子的某只隐蔽的书桌抽屉里。我跟你说，这种情况不常见。但时有发生。我知道一枚很珍贵的钱币，从古董商人正在修缮的一张马鬃沙发的充垫物里掉出来。这张沙发在马萨诸塞州福尔里弗的这幢房子的这个房间里摆了九十年了。没有人知道这枚钱币是怎么放进去的。但一般而言，很可能是偷来的。尤其是在这个地方。”

他茫然地看着天花板。我并不如此茫然地看着他。他像是一个能信守秘密的人——如果这是他自己的秘密的话。

他的目光缓缓地落到我身上，说：“请给五美元。”

我说：“什么？”

“请给五美元。”

“为什么？”

“别傻了，马洛先生。我对您说的这些事情在公共图书馆里都能查到，尤其是在福斯代克的钱币名册里。您特地来找我，让我花时间给您说这些。为此我收费五美元。”

“要是我不付呢？”我说。

他往后一靠，闭上了眼睛。他嘴角露出一丝微笑。“您会付的。”他说。

我付了。我从钱包中取出五美元，身子从书桌上探过去，小心地凑到他跟前。我用指尖轻抚钞票，像是抚摸一只小猫。

“五美元，莫宁斯塔先生。”我说。

他张开眼睛，看着五元钞票。他笑了。

“现在，”我说，“让我们来谈一下有人想卖给您的那枚布拉什金币。”

他眼睛睁得更大了些。“哦，有人想卖给我一枚布拉什金币？那他们为什么这么做？”

“他们需要钱。”我说，“他们不想回答太多的问题。他们知道或看出，您是此行的商人，您办公的这幢大楼是个破旧的仓库，什么事都可能发生。他们知道您的办公室在走廊的尽头，您是个老人，出于健康考虑，不太可能有贸然的举动。”

“他们似乎知道得不少呢。”以利沙·莫宁斯塔干巴巴地说。

“他们得知道他们必须知道的，以便相机行事。就和您我一样。再说这些事也不难弄清楚。”

他用小手指掏了下耳朵，掏出一小块耳屎。他随意地擦在了外套上。

“您只凭我给默多克夫人打过电话询问她的布拉什金币是否要出售，就推断出这些？”

“当然。她自己也这么想。这是有道理的。如我在电话中跟您说过的，您肯定知道这枚金币是不能卖的。要是您果真懂行的话——而我看得出来您是懂的。”

他略微欠了欠身。他并没有笑，但似有愉悦的表情，穿了胡佛衬领的人看起来就是这样子。

“有人愿意卖给您这枚金币，”我说，“在一种相当可疑的情况下。您想买下来，要是您能便宜得手并且手头有这笔钱来买的话。但您想知道这枚金币的来历。即使您很肯定金币是偷来的，您还会买下来，如果够便宜的话。”

“哦，我会买的，不是吗？”他看起来被逗乐了，但并不是乐得很开怀。

“您当然会买——即使您是一个有信誉的商人。我猜想您会买的。买下这枚金币——又买得便宜——您就能保护金币的主人或他的承保人免受彻底的损失。他们会很高兴补偿您的费用的。从来都是这么做的。”

“那默多克的布拉什金币被偷了？”他突然问。

“别说是我说的。”我说。“这是个秘密。”

这次他几乎要抠鼻屎了。他止住了自己。他只是拔了根鼻毛，身子轻微地抽搐了一下。他举起鼻毛看了看。目光又转到我脸上，说：

“您的雇主愿意出多少钱把金币赎回来？”

我朝书桌对面探过身去，朝他瞅了一眼。“一千美元。您付了多少钱？”

“我觉得您是个很精明的年轻人。”他说。接着，他皱起眉头，下巴抖了抖，胸脯一起一伏，他发出一声响，像是一只公鸡久病康复又学会了打鸣。

他在笑。

笑了一阵停住了。他的脸恢复了平静，眼睛睁开来，乌黑、锐利又机灵。

“八百美元。”他说，“八百美元买一枚未流通的布拉什样币。”他咯咯地笑起来。

“不错。金币在您手上吗？您赚两百。很合算。资金很快回笼，利润可观，谁也没有麻烦。”

“金币不在我办公室里。”他说，“您把我当傻瓜？”他从西装背心的表袋里掏出一只老式银表。他眯起眼睛看看表。“让我们说定，上午十一点。”他说。“带上您的钱再来。金币也许在也许不在这儿。要是我对您的举动感到满意，我会把事情安排好的。”

“您会满意的，”我说着站了起来。“我不管怎样会弄到这笔钱的。”

“要用过的钞票。”他几乎带着梦幻般的神情说，“可以是用过的二十元的钞票。有张五十元的钞票也不妨。”

我笑笑，起身向门口走去。途中我转身折回，两手撑在桌上，脸冲着他。

“那姑娘什么模样？”

他一脸茫然。

“那个卖金币给您的姑娘。”

他看上去更茫然了。

“好吧。”我说，“这是一个姑娘，她有帮手。这是个男人。这男人什么模样？”

他嘬了嘬嘴唇，又将手指拢成塔形。“他是个中年男人，很魁梧，大约五英尺七英寸高，重一百七十磅左右，他说他叫史密斯。他穿一件蓝外套，黑皮鞋，绿色领带和衬衣，没戴帽子。外衣口袋里有块棕色的绣花手帕。头发深褐色，有些灰白。头顶有块一美元大小的秃斑，下巴一侧有道约两英寸长的疤痕。我想在左侧。是的，在左侧。”

“不错。”我说，“右脚的袜子上有个洞？”

“我忘了脱他的鞋子。”

“您太粗心了。”我说。

他没说什么。我们只是互相对视着，既好奇又有戒心，就像一对新结识的邻居。接着，他又突然笑出声来。

我给他的五美元钞票仍在书桌靠他的那一侧。我猛地伸手抓住了钞票。

“您现在不需要了。”我说，“因为我们开始洽谈一千元的交易了。”

他一下子止住了笑声。接着他耸了耸肩。

“上午十一点。”他说，“别耍花招，马洛先生。别认为我不知道如何保护自己。”

“我希望您知道，”我说，“因为您经手的是炸药包。”

我离开了他，慢慢走过外面那间没有人的办公室，打开门，带上，但人还待在里面。外面的走廊里应该有脚步声，但他房间的气窗关着，我穿着橡胶底的鞋子也没有太大的响声。我希望他会记得这一点。我蹑着那块破地毯偷偷地走回去，摸到门后面，挤在门和那张小打字桌之间。这是一个小伎俩，但有时蛮奏效的，尤其是经过一番充满世故和狡黠的唇枪舌剑之后。即使这次不成功，我们无非就是再次互相取笑一番而已。

成功了。一时什么动静也没有，只是擤了一次鼻子。接着，房间里只有他一个人，他又像一只生病的公鸡那样，声音怪怪地笑起来。随之清了清喉咙。接着转椅发出响声，脚步走动起来。

一个灰白色的脑袋探进来，也仅仅进门两英寸而已。脑袋伸在那儿，我屏住气息。接着，这脑袋缩了回去，四只脏手指抓住门往后拉。门合起来，咔哒一声，关上了。我恢复了呼吸，将耳朵贴在门板上。

转椅又响起来。传来了拨电话的声音。我急忙走到小打字桌边，抓起电话。在线路的另一头铃声响起来。铃声响了六下。接着一个人的声音在说："喂？"

"是佛罗伦萨公寓吗？"

"是的。"

"我要 204 室的安森先生听电话。"

"别挂。我去看一下他在不在。"

莫宁斯塔先生和我都没挂电话。电话里传来嘈杂声，有电台广播大声说话的刺耳声音，那是一场棒球比赛。虽然收音机并不靠着电话机，但声音仍很嘈杂。

接着我能听见越来越近的脚步声，嗡嗡作响的话筒被人拿起来，接着有声音说：

"人不在。要留言吗？"

"我稍后再打。"莫宁斯塔先生说。

我迅速挂上电话，快步走向门口，轻轻地把门打开，就像飘雪一样悄无声息，再将门轻轻关上，紧紧压住把手，让门锁扣上的咔哒声非常轻微，即使三英尺远也听不见。

我大口地呼吸，急忙向过道那头走去，紧张得能听见自己的心跳。我按了电梯的按钮。接着我摸出乔治 · 安森 · 菲利普斯在大都会酒店大堂给我的那张名片。之前我没有认真看过。我不用看也知道地址是法院街 128 号佛罗伦萨公寓 204 室。我站在那儿，用指甲弹着名片，等着那个老人将电梯慢慢升上来，就像一辆装满碎石的卡车要来个急转弯。

现在已是下午三点五十。

8

邦克山是老城区，衰落的城区，破败的城区，充塞着骗子的城区。很久以前，它曾经是人们首选的住宅小区，现在仍然竖立着几幢精巧的哥特式大宅子，有着宽大的走廊，覆盖着圆端木瓦的围墙，凸出墙外的窗户，纺锤状的塔楼。这些大宅子现在都成了公寓，木地板满是划痕，原来很有光泽的漆面也已磨损，宽敞的楼梯日久年长，积满灰尘，又涂了劣质油漆，变得黑乎乎的。高大的房间里，憔悴的房东太太同各种房客不断吵嘴。宽大的走廊上坐着些老人，在太阳下晒着破鞋子，朝远处望呆，面相像是吃了败仗似的。

在这些老房子里面及周围，有些不干不净的餐馆和意大利人摆的水果摊，以及租金便宜的公寓和卖糖果的小店，你可以在小店里买到比那些糖果更恶心的东西。这里还有破烂的小旅馆，除了名叫史密斯和琼斯的人，没有谁会在那儿登记住宿，夜间值班的除了看门兼做拉皮条的勾当。

出入这些公寓房的女人多半年轻，但她们的脸像走了气的啤酒；而男人压低了帽檐，眼睛朝街上瞄着，笼着手点烟；也有些破落文人因抽烟太多而不停地咳嗽，银行里并没有存款；便衣警察面无表情，目光坚定；这儿还有吸毒和贩毒者；人们看上去都无所事事，也不以为然，偶尔也会有些做事的人。但他们出门早，那时高低不平的人行道上还空空荡荡，路面上只有露水。

我到这儿还不到四点半，但也早不了多少。我把车停在这条街的另一头，缆索铁路从希尔街缓缓爬上那道黄土坡。我沿着法院街朝佛罗伦萨公寓走去。这是一幢灰砖三层楼房，底层窗户与人行道一样高，外面蒙着的防盗窗已经生锈，里面拉着肮脏的网眼窗帘。大门镶了块玻璃，上面的名字残破不全，刚好还能认出。我推开门，往下走三步有黄铜栏杆的台阶，到了一个狭窄的过道，不用伸手就能碰到两边的墙。光线昏暗，门上漆着的号码也很模糊。楼梯口凹进去的地方放着一部公用电话。有块牌子：房管：106 室。过道的另一头有道门帘，门帘后有条小巷，摆着四只高大的破旧垃圾桶，阳光下成群的苍蝇嗡嗡乱飞。

我上楼去。我在电话里听到的广播仍在喋喋不休地说着那场棒球比赛。我念着门上的号码往前走。204 室在右边，播放棒球比赛的房间正好在对面。我敲敲门，没有回应，便敲得更响些。在我身后，三位道奇队球员出局，赛场观众发出阵阵呼喊声。我第三次敲门，我在口袋里摸着乔治 · 安森 · 菲利普斯先前给我的钥匙，同时透过过道尽头的窗户朝外张望。

在街的对面，有家意大利人开的殡仪馆，整洁、安静、肃穆，砖墙漆了白色，与人行道平齐。彼德罗 · 巴勒莫殡仪馆。门面上方一块霓虹招牌，招牌上一行细小的绿色字体，透出一种朴素的气息。一位穿着深色外套的高个子男人走出大门，靠在白墙上。他看上去很帅。他有着黝黑的皮肤和好看的脑袋，铁灰色的头发沿着额头向后梳。他掏出一只烟盒——远远看去，像是银色或铂金的；他用两根修长的褐色手指随意打开烟盒，挑了一支金嘴香烟。他放好烟盒，用一只很相配的打火机点了烟。他收了打火机，抱着双臂，眯着眼望呆。一动不动的烟头上，一缕轻烟在他脸前冉冉升起，那烟又细又直，就像黎明时分篝火熄灭时冒出的缕缕轻烟。

我身后，在那场广播模拟的球赛中，又一位击球手打出或打飞了球。我转身不再看高个子意大利人，将钥匙插进204室的门锁，打开走进去。

这是一个方正的房间，铺着一块棕色地毯，几乎没有家具，很寒碜。靠墙放着床，迎面有块通常让人走样的镜子，我一进门就见自己像是一个聚众吸毒溜回家的惯犯。室内有张白桦木的安乐椅，边上有件模样难看的家具，像是张两用沙发。窗前有张桌子，上面摆着一盏灯，有着带褶的灯罩。床的两边各有一扇门。

左边那扇门通一间小厨房，厨房内有一个硅化木水槽和一只三个火眼的灶具及一台旧冰箱，我推开门时，它刚好咔哒一声启动并痛苦地抖动起来。水槽里放着有人吃剩的早饭，杯子里有未喝完的饮料，水槽里还有一块烤焦的面包皮、一些面包屑，小茶碟边上有一小块溶化的黄油、一把用过的刀子和一把花岗岩咖啡壶，那壶闻上去就像热烘烘的谷仓里的麻布袋。

我沿着墙边的床退回来走向另一扇门。这扇门通一个小厅，这里可以放衣服，有张固定的五斗柜。柜上有把梳子和一把黑刷子，上面粘了几根金黄色的头发。还有一罐滑石粉、一把玻璃碎了的手电筒、一本信纸、一枝银行签字笔，吸墨纸上有瓶墨水，还有香烟和火柴，玻璃烟缸里好几个烟头。

柜子的几只抽屉里的东西一只手提箱就能装下，无非是些袜子、内衣和手帕什么的。衣架上有套深灰色西装，不新，但还行，地板上有双落了灰尘的皮鞋。

我推开卫生间的门。门开了约一英尺就推不动了。我鼻子抽了一下，我觉得我的嘴唇发干，我闻到门后有股刺鼻的苦味。我靠在门上。门又开了一些，却又弹了回来，好像有人在抵着门。我从开着的门缝处探进头去。

卫生间很狭小，所以里面那人的腿屈起来，无力地侧向一边，他的头抵着另一头的硅化木踢脚板，并不歪着，而是卡在那里。他的褐色西装有点皱，墨镜从胸袋里往外戳，几乎要掉出来。好像有谁还操心它似的。他的右手按住肚子，左手垂到地上，手心朝上，手指有些弯曲。他头部右侧、金发下有处伤口，血已凝结。他张开的嘴里满是鲜红色的血沫。

他的一条腿顶着门。我用力推门，侧着身挤了进去。我弯腰用两只手指摸摸他脖子上的大动脉。摸不到脉搏的跳动，甚至动脉都摸不到了。无声无息。皮肤冰冷。不可能冰冷。只是我的感觉。我起身，用背抵着门，手在裤兜攥紧了拳头，闻到了火药味。棒球比赛仍在进行，但隔着两扇关着的门，声音似乎十分遥远。

我站起来，低头看着他。没什么，马洛，压根没什么。这儿没你的事，没事。你甚至都不认识他。走开，赶快走开。

我离开那儿，开门走出去，经过小厅回到起居室。镜子里有张脸看着我。一张紧张和扭曲的脸。我赶紧离开，拿出乔治·安森·菲利普斯给我的房门钥匙，放在潮湿的手心里擦了擦，摆在那盏灯边上。

我转动把手开门，又转动外面的把手关上门。道奇队比分领先，七比三，第八局的上半场。一个听上去喝多了的女人正在唱《弗兰基与约翰尼》，是伦敦圆形剧场的版本，那嗓音就是威士忌也帮不了忙。一个男人低沉的声音朝她吼叫，让她别唱，但她不停地唱下去，一阵急速的脚步声，一个巴掌，一声尖叫，她停止了歌唱，而棒球比赛还在进行。

我塞了根香烟到嘴里，点了火，走下楼梯，在光线昏暗的过道，看着那个小牌子：房管：106 室。

我去看这块牌子真是犯傻。我久久地看着它，用力地咬着齿间的香烟。

我转身沿过道朝后边走去。一扇门上有块搪瓷小牌：房管。我敲敲门。

9

椅子往后推，脚步一阵忙乱，门开了。

“你是房管？”

“是的。”这是我在电话里听到的那个声音。在跟以利沙·莫宁斯塔通话。

他手里拿着一只不干不净的空玻璃杯。看上去像是有人在里面养过金鱼。他瘦高个，胡萝卜色的短头发一直长到脑门上。长而窄的脑袋装满了低劣的诡计。橙色的眉毛下瞪着一双绿幽幽的眼睛。他的耳朵很大，一阵疾风刮来也许会发出啪啪声。他有个长鼻子，显然爱管闲事。整张脸显得训练有素，知道如何保守秘密，也能像太平间里面的尸体那样不露声色。

他穿的马甲敞开着，没穿外套，露出怀表的针织表带，蓝色的袖箍上有金属扣。

我说：“安森先生去哪儿啦？”

“204 室。”

“他不在房间里。”

“我该做什么——下个蛋？”

“好主意！”我说，“你老是下蛋，还是说今天是你的生日？”

“走开！”他说，“别乱窜。”他说着就关门。他又把门打开说：“外面逛去。滚开。快滚！”觉得把话说清楚了，他又关上门。

我抵住门。他在里面顶住。这样就使我们的脸凑近了。“五美元。”我说。

这让他动摇了。他突然开门，我不得不急忙跨上一步，以免我的头撞上他的下巴。

“进来。”他说。

客厅靠墙的是张折叠床，一切都是标准摆设，甚至连带褶的灯罩和玻璃烟缸都是一样的。这个房间漆成蛋黄色。只需在墙上画几只肥大的黑蜘蛛就足以让任何人胆病发作了。

“坐吧。”他关上门说。

我坐下。我们彼此坦诚地看着对方，就像两个二手车推销员。

“喝点啤酒？”他说。

“谢谢。”

他拿来了两罐啤酒，给他拿着的那只不甚干净的杯子倒酒，又去拿来另一只同样的杯子。我说我喜欢拿啤酒罐直接喝。他把啤酒罐给我。

“十美分。”他说。

我给了他十美分。

他把钱放进背心口袋，又看着我。他拖过一把椅子坐了上去，张开他那双瘦骨嶙峋的膝盖，那只空着的手垂在中间。

“我对你的五美元不感兴趣。”他说。

“那好。”我说，“我也没想真的要给你五美元。”

“聪明人。”他说，“怎么回事？我们在这儿经营的可是一处很受尊敬的房产。从不要花招。”

“也很安静。”我说，“在楼上，你几乎可以听见一只鹰的尖叫。”

他咧嘴笑起来，但很勉强。“我不怎么爱笑。”他说。

“就像维多利亚女王一样？”我说。

“我不明白。”

“我也不指望发生奇迹。”我说。这些没意思的交谈对我有一种镇静作用，使情绪振作起来。

我掏出钱包，挑了一张名片。不是我自己的名片。上面写着：詹姆斯·B·波洛克，保险信托公司，探员。我尽量回想詹姆斯·B·波洛克什么模样，我在什么地方见过他。但我想不起来。我把名片递给这个有胡萝卜色头发的男子。

他看看名片，将名片在鼻尖上弹了弹。“犯啥事了？”他问，绿幽幽的眼睛紧盯着我。

“珠宝。”我说着挥了挥手。

他琢磨着我的话，他琢磨的时候我想要弄清楚他是否会因此不安。但看来不会。

“我们偶尔也会住进一个这样的人。”他无奈地说，“这没办法。尽管在我看来，他不像是这号人。样子很文弱。”

“也许我搞错了。”我说。我对他描述乔治·安森·菲利普斯的模样，当然是乔治·安森·菲利普斯生前的模样：穿棕色西装，戴墨镜和深褐色帽子，帽子上有棕黄两色的印花帽箍。我不知道那顶帽子去哪儿了。帽子不在那儿。他必定把帽子丢了，觉得这帽子过于招摇。他一头金发也很显眼，但总归好一点。

“听上去像不像他？”

有着胡萝卜色头发的男子一时拿不定主意。最后他点点头说像，绿幽幽的眼睛凝视着我，瘦而有劲的手抓着名片递到嘴边，名片划过牙齿，就像用一根手杖扫过一排尖桩栅栏。

“我没有想到他是个骗子。”他说，“但天哪，他们并不都是一个模样。住这儿只有一个月，要是他看上去像个不正派的家伙，根本就不会让他待这儿。”

我幸好没有当面笑话他。“趁他不在我们去他房间里看看？”

他摇摇头。“巴勒莫先生不喜欢这样。”

“巴勒莫先生？”

“他是房主。就在街对面。他拥有那家殡仪馆。拥有这幢楼以及其他许多楼房。事实上拥有这整个街区，要是你明白我的意思。”他对我努了一下嘴唇，还眨了眨右眼皮。“拉起选票来，没人能及。”

“哦，不管他是在拉选票还是在伺候死人，还是此刻在干别的什么，我们还是上楼去那房间查一下吧。”

“别惹我发火。”胡萝卜色头发的男子断然说。

“那对我来说无关紧要。”我说。“我们还是上去看看那房间。”我把空啤酒罐扔向垃圾桶，看着它弹回来，在地板上滚了很远。

胡萝卜色头发的男子突然站起来，两脚分开，拍了拍手，牙齿咬着下嘴唇。

“你说过要给我五美元。”他耸耸肩说。

“那是几小时前说的。”我说，“我重新考虑过了。我们上楼去看一下他的房间。”

“再说一遍——”他右手向屁股后摸去。

“要是你想拔枪，巴勒莫先生不会喜欢的。”我说。

“去他的巴勒莫先生！”他咆哮起来，声音突然变得很狂暴，脸也涨成了猪肝色。

“巴勒莫先生会很高兴知道你对他的态度。”我说。

“听着。”胡萝卜色头发的男人慢吞吞地说，他的手垂下来，身子往前探，脸尽量凑到我跟前。“听着。我坐在这里喝一两罐啤酒。也许三罐。也许九罐。怎么啦？我没有碍着谁。早上天就不错。看来也会有个美妙的夜晚——但你来搅和了。”他用力地挥了下手。

“我们最好上去查一下那个房间。”我说。

他攥紧两只拳头向前伸来。随即又张开两手，手指绷得很紧。他的鼻子剧烈地抽搐了一下。

“要不是为了这份工作。”他说。

我刚要张嘴。“别说了！”他叫道。

他戴上帽子，但没穿外套，拉开抽屉，取出一串钥匙，从我身边走过去开门，站在门口，朝我抬抬下巴。他的脸看上去仍很愠怒。

我们出门，经过道上楼。球赛已经结束，现在播的是舞曲。音乐很响。胡萝卜色头发的男子挑出一把钥匙插进204室的门锁。身后，在对门传来的音乐声中，一个女人突然歇斯底里地喊叫起来。

胡萝卜色头发的男子抽出钥匙，朝我咧咧嘴。他走到狭窄的过道的对面，在门上砰砰敲着。他使劲地敲了很久才引起里面的人注意。接着门猛地打开，一个瓜子脸的金发女郎对我们瞪着眼睛。她身穿猩红色休闲裤、绿色套衫，一只眼睛青肿，另一只眼睛几天前被打过。她脖子上也有瘀伤，她手上端着倒了酒的高脚杯。

“声音小一点，快点！”胡萝卜色头发的男人说，“太吵了。我不再说了。下回我直接叫警察。”

那女郎回头看一眼，冲着收音机播放的音乐大叫：“喂，戴尔！这个家伙说声音小一点！你要不要揍他？”

一把椅子吱呀一声，音乐突然停了，一个目光凶狠、皮肤黝黑的男子出现在金发女郎身后，猛地把她推到一边，脸冲着我们。他胡子拉碴的，穿着长裤、便鞋和一件汗衫。

他站在门口，鼻子哼了一声，说：

“滚开！我刚刚吃了午饭回来。午饭太糟糕了。我不想有人跟我过不去。”他醉得厉害，但似乎习以为常了。

胡萝卜色头发的男子说：“听我说，亨奇先生。收音机声音小一点，别再打闹。就是这样。”

那个叫亨奇的人说：“听着，混蛋——”说着抬起右脚重重地踩下来。

胡萝卜色头发的男子的左脚没被踩到。他瘦削的身体飞快地朝后一让，将那串钥匙扔在地上，钥匙哐啷一声碰到了204室的门上。胡萝卜色头发的男子右手一扬，抽出一根裹着皮革的金属棍来。

亨奇说声“呀”，毛茸茸的双手朝空中一抓，攥成两只拳头，茫然地击打着。

胡萝卜色头发的男子用棍子打在了亨奇的头上，那女郎又尖叫起来，将一杯酒泼到了她男友的脸上。我不知道她这么做是因为现在安全了还是纯粹泼错了对象。

亨奇脸上滴着酒，视野模糊，跌跌撞撞往里跑，随时可能绊倒撞破鼻子。折叠床正好放下来，他一下倒在床上。亨奇一条腿跪在床上，一只手伸到枕头下。

我说："小心——有枪！"

"我能对付。"胡萝卜色头发的男子咬着牙说，他空着的右手放到敞开的背心里。

亨奇双膝抵在床上。他直起一腿并转过身来，右手有把手枪，他低头看着枪，压根没有握紧，而是平放在手掌上。

"放下枪！"胡萝卜色头发的男子厉声说，随即也走进房间。

金发女郎突然扑到他背上，两条长手臂抱住他的脖子，拼命喊叫。胡萝卜色头发的男子东倒西歪，骂骂咧咧，手中的枪挥来挥去。

"揍他，戴尔！"金发女郎喊道。"狠狠揍他！"

亨奇一手撑在床上，一脚站在地上，双膝屈着，右手里的枪平放在掌心，眼睛盯着，慢慢站起来，同时低声咆哮着：

"这不是我的枪！"

我拿掉胡萝卜色头发的男子手中的枪，这枪对他没有什么好处。我退到一边，让他尽快把金发女郎从背上弄下来。过道那头的门砰的一声，有人朝我们走过来。

我说："把枪放下，亨奇！"

他抬头看看我，困惑的眼睛突然清醒了。

"这不是我的枪。"他说着把枪平端着。"我的是一把点 32 口径的柯尔特枪。"

我把他手里的枪拿走。他没有阻止我。他坐在床上，缓缓地搓着头发，皱着眉头，苦思冥想。“到底去哪儿啦——”他的声音渐渐低下去，他摇摇头，缩起身子。

我闻了闻枪筒。这支枪射击过。我卸下弹夹，从边上的小孔里数数子弹。有六颗。枪膛里还有一颗，一共七颗。这是把点 32 口径的柯尔特枪，有八颗子弹。枪射击过。要是这把枪没有新加过子弹，那它就射过一颗子弹。

胡萝卜色头发的男子现在将金发女郎从背上弄下来了。他将她摔在一张椅子上，擦擦脸上的抓伤。他绿幽幽的眼睛满是怒意。

“最好叫警察来。”我说，“这把枪射击过。是时候让你发现对面房间里有个死人了。”

亨奇愣愣地抬头看看我，声音很低但清楚地说：“兄弟，那不是我的枪。”

金发女郎啜泣起来，嘴巴张大，样子滑稽，在我看来，既出于悲伤，也过于做作。胡萝卜色头发的男子默默地走出了房间。

10

“子弹射中咽喉，这是把中等口径的手枪，用的是软头子弹。”探长杰西 · 布雷兹说。“这种枪和这种子弹就在这儿。”他用手掂了掂枪，这就是那把亨奇说不是他的枪。“子弹向上射出，也许击中了后脑勺。子弹还卡在里头。这人死了约两小时。手和脸都凉了，但身体还有余温。没有僵硬。子弹打中前被什么重击过。可能是枪柄。你们对此有什么看法？”

他屁股下面的报纸沙沙响。他脱下帽子，擦擦脸和秃秃的头顶。四周一圈浅色的头发被汗浸湿。他又戴上帽子——一顶平头巴拿马帽，被太阳晒得颜色发暗。不是今年买的帽子，也可能不是去年买的。

他是个大个子，肚子相当大，穿棕白两色皮鞋和薄袜子、黑色细条白裤子，衬衫领口敞开，露出一些姜黄色的胸毛，天蓝色上衣做工粗糙，肩膀很宽，几乎不亚于放两辆车的车库。他约莫五十岁，唯一能让人看出他是位警官的是他那双凸出的淡蓝色眼睛看人时目光警觉坚定，这目光不是存心粗鲁，但要不是警官，这样看人就难免被视为粗鲁了。眼睛下方，面颊和鼻梁之间有一大块雀斑，就像军用地图上的一片雷区。

我们正坐在亨奇的房间里，门关着。亨奇穿了衬衫，心不在焉地在系领带，粗笨的手指抖个不停。那女郎躺在床上。她用一块绿布什么的缠在头上，身边有只钱包，一件短皮袄盖在脚上。她嘴微张，脸上泪水已干，显出震惊的神情。

亨奇声音沙哑地说："要是认为那家伙是被枕头下的这支枪打死的，那好吧。看起来他就是这么死的。但这不是我的枪，无论如何你们这些家伙都不能让我说这是我的枪。"

"假设是这么回事，"布雷兹说，"那又怎样？有人拿走了你的枪，留下这一把。那何时，又如何拿走了你的枪？你的枪什么样？"

"我们三点半左右出门，去街角那家小餐馆吃点东西。"他说，"你可以去了解。我们走时肯定没有锁门。我们是那种多少要喝点的人。我猜我们免不了吵吵嚷嚷。我们还收听球赛。我猜我们出门时关了收音机。我不能肯定。你记得吗？"他看看那女郎，她躺在床上，脸色发白，一声不吭。"你记得吗，宝贝？"

那女郎既不看他，也不回答。

"她累坏了。"亨奇说，"我有把枪，柯尔特枪，32口径，跟那支枪一样，但是一把短筒手枪。一把左轮手枪，不是自动手枪。橡胶枪柄上坏了一块。三年前，一个名叫莫里斯的犹太人给了我这把枪。我们在一家酒吧一起工作过。我没有持枪许可，但我也从不把枪带在身上。”

布雷兹说：“像你这样酗酒，把枪放枕头下，迟早有人会被打死。你早就应该知道。”

“天哪，我们甚至都不认识那家伙。”亨奇说。他的领带终于打好了，打得很难看。他完全清醒了，但很虚弱。他站起来，从床头拿起外套穿上，又坐下来。我看到他手抖抖地点烟。“我们不知道他的名字。他的情况我们什么也不知道。我也许在门厅里见过他两三次，但他甚至都没跟我说话。就是这个家伙，我猜。甚至这一点我也不能肯定。”

“这就是那个住在这儿的家伙。”布雷兹说，“我现在来确认一下，那场球赛是重播吧，嗯？”

“三点开始。”亨奇说，“三点到四点半，或更晚些。我们三点半以后出的门。我们出去了大约一局半，或两局的时间。二十分钟到半小时。至多了。”

“我猜他就在你出门前被打死的。”布雷兹说，“收音机的声音几乎能把枪声盖掉。你们肯定出去时没锁门。甚至门都没关上。”

“有可能。”亨奇懒洋洋地说，“你记得吗，宝贝？”

床上的那位女郎依然不理他，甚至都不看他。

布雷兹说：“你们让门开着，或没锁上。杀手听到你们出门了。他进了你的房间，想要丢弃他的枪，看到床放在那儿，就走过去将枪塞到枕头下面——可以想象一下他的惊讶。他发现枕头下面还有一把枪。所以他就把枪拿走了。但要是他想丢弃他的枪，为什么不在杀人的地方丢呢？为什么要冒险走进另一个房间去丢枪呢？这个怪人为什么这么做呢？”

我坐在窗口那张两用沙发的一头。我也想贡献一点浅见：“假设他想把枪扔掉之前已经把自己关在了菲利普斯房间的门外？假设他因杀了人而恐慌，他发现自己在过道里，手上还拿着那把杀了人的枪。他想尽快把它扔掉。要是亨奇房间的门开着，他也听见他们出来从过道走了——”

布雷兹看了我一眼，咕哝道：“我没说这不可能。我正在考虑。”他又将注意力转到亨奇身上。“那好，要是这就是打死安森的那把枪，我们会尽量找到你的枪。我们找枪的同时，你和你女友要给予配合。你明白的，是吧？”

亨奇说：“无论如何，你手下的人都不能让我说出不一样的话来。”

“那我们就试试吧。”布雷兹温和地说，“我们不妨马上就开始。”

他站起来，转过身，将椅子上皱巴巴的报纸拂到地上。他走到门口，随后转身看着躺在床上的女郎。“你都好吧，姑娘，要不我叫位护士来？”

床上那位女郎没搭理他。

亨奇说：“我想喝酒。我就想喝酒。”

“我看着你的时候可别喝。”布雷兹说着走出门外。

亨奇走到房间另一头，将瓶口塞进嘴里咕咚咕咚地喝起酒来。他放低瓶子，看看还剩下多少，随即走向那女郎。他拍拍她的肩膀。

“醒醒，喝点酒。”他朝她吼道。

女郎盯着天花板看。她没理他，也看不出她是否听到了他的话。

“让她去，”我说，“受到惊吓了。”

亨奇把瓶里的酒喝完，将空酒瓶小心放好，又看那女郎，随后背对着她，坐下来冲着地板皱起了眉头。“天呀，我什么也想不起来了。”他喃喃地说。

布雷兹回到房间，同来的还有一个年轻的便衣侦探。“这是斯潘格勒探长。”他说。“他带你走。现在就走，嗯？”

亨奇回到床边，推推女郎的肩膀。“起来，宝贝。我们要去兜风了。”

女郎转动眼珠，头没动，缓缓地扫了他一眼。她抬起肩膀，一只手撑起身子，双腿摆到床边，站了起来，右脚踏了踏，似乎脚麻木了。

“不好受，小妞——但你知道是怎么回事。”亨奇说。

女郎将手放到嘴边，咬咬小指关节，茫然地看着他。接着她突然挥手使劲打了他一巴掌。接着她快步走出房间。

亨奇愣了很久。外面传来男人说话的喧哗声，楼下马路上来往汽车的嘈杂声。亨奇耸耸肩，挺了挺宽阔的胸脯，朝房间慢慢扫一眼，好像他意料最近不会再来，或永远不来了。随后他从那个一脸稚气的侦探面前走到门外。

那侦探也走出去。门关上了。外面的嘈杂声小了些，布雷兹和我坐在那儿，心事重重地互相看着。

11

过了一会，布雷兹不想再看我，便从口袋里摸出一支雪茄。他用刀划开玻璃纸封口，切了烟头一刀，小心地点起来，让烟头在火中转一下，移开烧着的火柴，若有所思地看着什么，吸了吸雪茄，确认已经按他的心意点着。

随后他慢慢地挥动火柴让它灭掉，伸手把它放在开着的窗户的窗台上。接着他又看着我。

“你我，”他说，“要一块干了。”

“那好啊。”我说。

“你并不这么认为。”他说，“但我们要在一块干了。并不是因为我对你突然有了好感。这是我的工作方式。一切都要清楚。一切都要合理。一切都要冷静。别像那个女人。那种女人总是找麻烦，碰到麻烦了，谁挨她最近谁就倒霉。”

“他把她的眼睛都打出黑眼圈了。”我说，“那不会让她更爱他。”

“我看出来了，”布雷兹说，“你对女人懂得很多。”

“懂得并不多，这一点有助于我的业务。”我说，“我没有偏见。”

他点点头，察看了一下烟头。他从口袋里拿出一张纸并念起来。“德尔马·B·亨奇，45岁，酒吧侍者，失业。梅贝尔·马斯特斯，26岁，舞女。我知道的就这些。我觉得他们身上不会有太多的东西。”

“你不认为他杀了安森？”我问。

布雷兹面无表情地看着我。“兄弟，我刚来呐。”他从口袋里掏出一张名片念起来。“詹姆斯·B·波洛克，保险信托公司，探员。有什么想法？”

“在这种地方不便用自己的名字。”我说，“安森也没用自己的名字。”

“这地方怎么啦？”

“一言难尽。”我说。

“我想知道的是，”布雷兹说，“你对那个死人了解多少？”

“我已经告诉你了。”

“再说说。人们告诉我这么多事情，我都糊涂了。”

“我有他的名片，他的名字是乔治·安森·菲利普斯，他说自己是个私人侦探。我去吃午饭时，他找到我的办公室。他跟在我后面到了城里，进了大都会酒店的大堂。我把他引到那儿的。我跟他打招呼，他承认他在跟踪我，说这是因为他想要知道我是否足够聪明以便做个交易。这当然是胡扯。他也许还没有打定主意要做什么，在等待什么事好让他做决定。他接了一桩业务——他说——但举棋不定，想要找人合作，也许找比他更有经验的人，要是他有什么经验的话。他的举动显示他似乎没什么经验。”

布雷兹说：“而他找上你的唯一理由是，六年前，你在凡吐拉办过一件案子，而他是那儿的一个县警。”

我说：“那正是我的说法。”

“但你不必从一而终。”布雷兹平静地说，“什么时候你有更好的说法了，你尽管说来。”

“这个说法够好了。”我说，“我是说正因其说得很糟糕，反倒可能是真的。”

他点了点他的大脑袋。

“你到底是什么意思？”他问。

“你调查过菲利普斯的办公地址了吗？”

他摇摇头，没有。

“我想你会发现，他受人雇用，是因为他很朴实。他受雇去做什么事，但这件事其实是他不喜欢的。他感到恐慌。他想有个朋友，他想得到帮助。事实是他延宕很久才找我，而他对我所知甚少，这表明在侦探界，他认识的人很少。”

布雷兹掏出手帕，又擦了擦头和脸。“但这并不说明他为什么像条迷路的小狗跟着你，而不是直接去你的办公室找你。”

“不能说明。”我说。

“你能作出解释吗？”

“不能。没法解释。”

“哦，那你怎样才能作解释呢？”

“我已经解释了我所知道的原因。他还没有决定是否要跟我说。他在等时机以便作出决定。我决定跟他实话实说。”

布雷兹说：“那是一个很简单的解释。简单得让人厌恶。”

“你也许是对的。”我说。

“就因为你们在那家酒店大堂的谈话，这家伙，这个你从未见过的陌生人，就邀请你去他的住所，还把他的钥匙给你。因为他有话要跟你说。”

我说：“是的。”

“那他为什么不当场跟你说。”

“我有个约会。”我说。

“业务上的？”

我点点头。

“明白了。你在办什么事？”

我摇摇头没有回答。

“这是桩谋杀案。”布雷兹说，“你必须得告诉我。”

我再次摇头。他有些生气。

“你得说。”他绷着脸说。

“抱歉，布雷兹。”我说，“但根据事情的发展，我觉得没这个必要。”

“你当然知道我能够把你当作重要证人关起来。”他随意地说。

“什么理由？”

“理由是，你发现了尸体，你给了这儿的房管一个假名字，另外，你没有对你和死者的关系作出令人满意的说明。”

我说：“你打算把我关起来？”

他不怀好意地笑笑。“你想叫律师？”

“我认识好几位律师，但没有专门的律师。”

“你个人认识几位行政长官？”

“一位也没有。我是说，我同其中三位说过话，但他们也许不记得我。”

“但你在市长办公室或这类机构有很好的关系，不是吗？”

“你详细说说。”我说。“我很想知道。”

“噢，伙计，”他认真地说，“你肯定有些朋友。肯定有。”

“我在警长办公室有个好朋友，但我不想把他卷进来。”

他扬了扬眉毛。“为什么？你也许需要朋友。要是我们了解的什么警察说句好话，会对你很有帮助。”

"他只是我的私人朋友。"我说,"我不能骑在他背上。要是我有了麻烦,对他也没有好处。"

"那凶杀案办公室呢?"

"认识一个叫兰德尔的人。"我说,"要是他还在凶杀刑侦中心的话。我在办一件案子时跟他有过接触。但他不是很喜欢我。"

布雷兹叹了口气,抖抖脚,弄得他扔在地上的报纸沙沙响。

"这都是实话——还是你只是在耍小聪明?我是说所有重要的人物你都不认识?"

"实话实说。"我说,"但实话实说就是我的聪明。"

"和盘托出并非聪明。"

"我并不这么认为。"

他用一只长满雀斑的大手捏紧下巴。当他放下手时,脸上有些红印,那是手指用力留下的。我看着这些红印慢慢消掉。

"你为什么不回家去,却要在这里碍手碍脚?"

我点点头站起来,走向门口。布雷兹在我背后说:"把你家里的地址留给我。"

我说了地址。他写了下来。"再见!"他咄咄逼人地说,"别出城。我们要做个证词——也许今天晚上。"

我走出门外。楼梯口有两个便衣警察。对面房间的门开着,还有人在里面采指纹。楼下,我在过道里遇到了另外两个警察,分别在过道的两头。我没有见到那位胡萝卜色头发的男子。我走出大门。有辆救护车从路边开走。马路两边围了些闲人,但比起有些地方,看热闹的人并不是很多。

我沿着人行道走。有人抓住我的手臂,问:"出什么事啦,伙计?"

我甩开他的手,既没说话,也没看他,径直朝我停车的地方走去。

12

我回到办公室时已是晚上六点三刻，我开了灯，捡起地上的一张纸。这是绿羽快递的一份通知，说有个包裹到了，等我的电话，白天晚上随时可以送来。我将通知放在桌上，脱下外套，打开窗户。我从书桌的深抽屉里取出剩半瓶的老泰勒威士忌，喝了一口，在口里含了一会。随后我坐下来，握着凉凉的瓶颈，心想做一个凶案警察会是什么感觉：看到躺在地上的尸体满不在乎，也不必溜出门时擦干净门把手，不必考虑说太多会伤害客户，说太少会伤害到自己。但我还是不喜欢做个警察。

我拿起电话，看看通知上的电话号码，拨了过去。他们说我的包裹马上可以送来。我说我等着。

此刻窗外渐渐暗下来。汽车来往的喧哗声也轻了些，从窗户里透进来的空气还没有夜里的那份清凉，却有白日将尽时灰尘、汽车尾气和晒烫了的墙与人行道冒出的热气的味道，还有远处众多餐馆发出的食物味道。要是你有个猎狗的鼻子，也许就能闻到从好莱坞山上那些住宅区飘来的一股特别的公猫味，那是在炎热的天气里桉树发出的气味。

我坐着抽烟。十分钟后，有人敲门，我开了门，一个戴制服帽的男孩让我签了字，交给我一个方形小包裹，宽不过两英寸半，甚至更小。我给了男孩一毛硬币，听见他吹着口哨朝电梯走去。

标签上有我的名字和地址，是用墨水写的，很像打字机打出来的，比一般字体更大更细。我割断了把标签系在包裹上的绳子，拆开薄薄的牛皮纸。包在里面的是一只薄薄的廉价纸盒，纸盒上糊着牛皮纸，用橡皮图章盖了“日本制造”的字样。这种盒子你在日本商店就能看到，用来放一些雕刻的小动物或小件玉制品。盖子盖得很紧。我打开后看见里面垫着薄纸和棉絮。把薄纸和棉絮拔开，我看到一枚金币，约莫半美元硬币大小，闪着光泽，仿佛刚从造币厂出来。

向上的一面有只展翅的雄鹰，胸前有面盾牌，左翼刻着缩写字母E.B.。雄鹰四周有一圈小珠镶边。在小珠镶边与金币的光滑圆边之间刻着**合众为一**①的字样。底部刻着年份1787。

我将金币翻个面放在手上。它沉甸甸、凉阴阴的，我的手掌感到一丝湿气。另一面的图案是太阳升起或落于一座山顶，再就是两圈看上去像是橡树叶的图案，再就是几个拉丁字：NOVA EBORACA COLUMBIA EXCELSIOR②。在此面的底部，几个字体更小些的大写字母拼出了那个名字：**布拉什**。

我看着这枚布拉什金币。

盒子或薄纸里没有别的什么，纸下面也没有。手写的姓名和地址对我没有什么意义。我不知道谁用这种字体写字。

我往一只空烟袋里装了些烟丝，将金币用棉絮裹好，再用橡皮筋扎紧，塞进烟袋，上面又塞了些烟丝。我拉上烟袋拉链，放进我的衣袋。我将牛皮纸、绳子、纸盒和标签锁进一个文件柜，再坐下，给以利沙·莫宁斯塔拨电话。电话那头铃声响了八次。没人接。我没想到会是这样。我挂了电话，在电话本里查以利沙·莫宁斯塔家里的电话，但无论洛杉矶还是边远的几个城镇都没有他家的电话。

我从书桌里拿出腋下手枪套，系在身上，往枪套里装了一支点38口径的柯尔特自动手枪，戴上帽子，穿上外套，关上窗户，将威士忌喝掉，关了灯，刚要拉开办公室的门，电话铃响了。

这铃声听起来有种不祥之兆，倒不是铃声本身，问题出在听这铃声

---

① “合众为一”原文是拉丁文“E PLURIBUS UNUM”，为美国的国家箴言。

② NOVA EBORACA（意为“纽约”）COLUMBIA（意为“美国”）EXCELSIOR（意为“更高”）。最后一词为州的座右铭。

的耳朵。我站在那儿，紧张得身体有些僵硬，嘴唇绷紧，似笑非笑。关着的窗外，霓虹灯闪烁着。空气停滞。外面走廊上也很安静。黑暗中的铃声不停地响，气势汹汹。

我走回去，倚着桌子接电话。只听咔嗒一下，除了线路的嗡嗡声，别无其他。我按下挂断键，在黑暗中站着。我一手拿着电话筒，另一只手放在按下去的挂断键上。我不知道我在等什么。

电话又响起来。我喉咙里咕咚一下，忙将听筒贴近耳朵，但没说话。

我们都沉默不语，我们两个，也许隔着几英里远，手里握着听筒，呼吸急促，但什么都听不到，甚至呼吸声也听不到。

似乎过了很久，远处传来轻微的声音，模糊而又单调：

“你要倒霉了，马洛。”

接着又是咔哒一声，线路嗡嗡响起来，我挂上电话，走出办公室。

13

我开车朝西上了日落大道，心不在焉地过了几个街区，不清楚是否有人想跟踪我，接着将车停在一家杂货店附近，走进店内的电话间。我投了个五分硬币，让接线员接通帕萨迪纳的一个号码。她告诉我要投多少钱。

接电话的声音生硬而冷漠。“这里是默多克夫人家。”

“我是菲利普 · 马洛。请默多克夫人听电话。”

那人让我等着。一个轻柔但很清晰的声音说：“是马洛先生吗？默多克夫人现在休息了。能告诉我有什么事吗？”

“你不该告诉他的。”

“我——告诉谁？”

“你用他的手帕擦眼泪的那个蠢家伙。”

“你竟敢这么说？”

“没错。”我说，“现在让我和默多克夫人说话。我必须跟她说话。”

“好吧。我试试。”这个轻柔而清晰的声音消失了，我等了很长时间。他们多半得把她扶起来靠在枕头上，从她的灰爪子中夺过酒瓶，将听筒塞给她。电话那头突然传来清嗓子的声音。听起来就像一列货车穿过一个隧道。

“我是默多克夫人。”

“您能否认出我们今天上午谈的那件东西，默多克夫人？我是说您能否从一些相似的东西里把它认出来？”

“哦——有和它相似的东西吗？”

“肯定有的。据我所知有几十个，上百个。无论如何有几十个。当然我不知道它们都在哪儿。”

她咳嗽。“我其实对它了解不多。我想我认不出来。但既然这样——”

“那正是我想到的，默多克夫人。要辨认出来就得追溯它的来历，一直回溯到您手里。至少得让人信服。”

“是的。我想是这样的。怎么？你知道金币的下落了？”

“莫宁斯塔声称他见过。他说有人想卖给他——正如您怀疑的。他不愿买。他说卖家不是女的。那不能说明问题，因为他对我详细叙述的那个人的样子，可能是他编造的，也可能是他认识的某个人。所以那个卖家也许是个女人。”

“明白了。但现在这已经不重要了。”

“不重要了？”

“不重要。你还有什么要通报的？”

“还有个问题。您认识一个叫乔治·安森·菲利普斯的金发小伙子吗？长得相当结实，穿一件棕色外套，戴一顶像猪肉馅饼那样的深色帽子，帽箍是灰色的。这是他今天的装束。他自称是个私人侦探。”

“我不认识。我干吗要认识？”

“我不知道。他似乎和这件事有些关系。我觉得他就是那个想要卖金币的人。我走后，莫宁斯塔想要跟他联系。我摸回他的办公室偷听到了。”

“你什么了？”

“我摸回去。”

“别耍嘴皮了，马洛先生。还有什么吗？”

“有的，我同意付给莫宁斯塔一千美元赎回那块金币。他说他花八百美元买下的……”

“我能问的话，你打算从哪儿弄到这笔钱呢？”

“噢。我就这么一说。这个莫宁斯塔是个机灵鬼。也只能这么对他说。而且您也会付这笔钱的。我不想劝您这么做。您还是可以去警察局。但要是您不找警察的话，这就是您拿回金币唯一的办法——把它买回来。”

尽管我不知道我到底想要说什么，但要不是她用一种像海豹叫似的声音止住我的话，我可能会像这样没完没了地一直说下去的。

“现在这些完全没必要了，马洛先生。我决定放弃这件事。这块金币已经回到我手上了。”

“等一会儿。”我说。

我将听筒放在架子上，打开电话间的门，将头探出去，呼吸着杂货店里的空气。没有人注意我。穿着淡蓝色工作服的店主正隔着柜台和人聊天。店里的伙计在水池里洗玻璃杯。两个穿休闲裤的女孩在玩弹球机。一个穿黑衬衫，系着淡黄领带的瘦高个在翻阅架子上的杂志。他不像个枪手。

我把电话间的门拉上，拿起听筒，说：“一只老鼠咬我的脚。现在没事了。您说您拿回了金币。真不简单。怎么拿回来的？”

“我希望你不至于太失望。”她用她那种生硬的男中音说。“情况有些复杂。我也许会作解释，也许什么也不说。明天上午你到我家里来吧。既然我不希望再进行这项调查，你可以将预付金当作全部酬金。”

“让我先把事情弄清楚。”我说。“您真的拿到了金币——而不仅仅是个承诺？”

“当然不只是承诺。我累了。所以，要是你——”

“等等，默多克夫人。事情不会那么简单。有些事情发生了。”

“明天上午你再告诉我吧。”她严厉地说，说完便挂了电话。

我推开门出了电话间，用僵硬的手指点上烟。我返回店堂。此时只剩下店主一人。他在用一把小刀削铅笔，很专注，还皱着眉头。

“你这支铅笔已经削得很尖了。”我对他说。

他抬起头来，有些吃惊。玩弹球机的女孩看看我，也很吃惊。我走过去，在柜台后的镜子里看看自己。我看上去也一副吃惊的模样。

我在一张凳子上坐下来，说：“双份威士忌，纯的。”

柜台里的人看来很吃惊。“抱歉，这儿不是酒吧，先生。你可以在烟酒柜台买一瓶。”

“这么说这儿是酒吧。”我说，“我意思是这儿不是。有事让我很震惊。我有些头昏脑涨。给我来杯咖啡，淡一点，再来块薄薄的火腿三明治，加一只隔夜面包。算了，还是不吃为好。再见。”

我从凳子上下来，向门口走去，店里出奇地安静。那个穿黑衬衫、系黄领带的男子手拿着《新共和》杂志，用讥讽的眼神看着我。

“你应该丢下这种无聊的东西，来些硬的，比方说，三流黄色杂志什么的。”我纯粹出于好意告诉他。

我走出门去。背后有人说：“好莱坞到处都是这种怪人。”

14

起风了，让人有种干燥紧绷的感觉。风吹树梢，小巷里的弧光灯摇晃着，投下阴影，犹如起伏的熔岩。我掉过车头，向东开去。

那家当铺在圣莫尼卡，靠近威尔科克斯，一个安静的老式小区，经受着时间之潮的温和的冲洗。正面的窗户里，摆着你可以想到的各种物品，从放在小木盒中的一套钓鳟鱼用的苍蝇鱼钩到一架轻便管风琴，从折叠童车到四寸镜头的肖像相机，从裹在褪色丝绒里的长柄眼镜到点44口径的柯尔特单动手枪，这种类型的枪仍在为西部治安官生产，他们的前辈教他们如何用击锤扣动扳机和射击。

我走进店铺，一只风铃在头顶叮铛响起来，某人拖着脚挪了过来，在店堂深处擤了一下鼻子，脚步声近了。一个犹太老人在柜台后走过来，戴一顶高高的黑色无沿便帽，隔着圆框眼镜朝我微笑。

我掏出烟袋，取出布拉什金币，放在柜台上。靠街的窗玻璃干净明亮，我感觉像赤身裸体似的。这里没有那种放着好看的痰盂的小隔间，小隔间有门，需要的话可以关起来锁上。

犹太人拿起金币放在手上。“金币，是吧？你也许是个私囤黄金者。”他眨眨眼睛说。

“二十五美元。”我说，“老婆和孩子饿着肚子呢。”

“是啊，很可怕。从重量上看，像是金的。只有金子，也许还有白金才这么重。”他在一架小天平上随手称了称。“是金的。”他说，“所以你要十美元？”

“二十五美元。”

“花二十五美元，我拿它怎么办？也许卖掉它？它所含金子也许值个十五美元。好吧，十五美元。”

“你的保险柜安全吧？”

“先生，在这一行，我们有用钱能买到的最好的保险柜。无需担心。十五美元，怎么样？”

“开票吧？”

他边用铅笔填写，嘴里边念叨。我说了我的真实姓名和地址。好莱坞，布里斯托尔北大街 1634 号，布里斯托尔公寓。

“你住在那个地区，还来借十五美元。”犹太人悲哀地说。他撕下给我的一半票据，并数钱给我。

我走到街角的一家杂货店，买了一个信封，借了笔，将当票寄到我住的地方。

我感到饿了，内心也空空的。我去葡萄园街吃饭，之后开车回城。风还在刮，天气更干燥了。我手中握着的方向盘好像沙子般咯手，我的鼻腔也干涩紧绷。

大楼里这儿那儿地亮起了灯。第九大街和希尔大街交界处那家青铬色的服装商店已是灯火辉煌。在贝尔丰特大厦，有些窗户有灯光，但开灯的窗户不是很多。坐在电梯里的还是那个耕马似的老人，坐在折叠起来的麻袋布上，眼睛直直地看着前方，眼神空洞，几乎迷失在历史中。

我说：“我想你不知道我能在哪儿找到这幢楼的主管吧？”

他慢慢转过头来，眼睛看着我身后。“我听说在纽约，他们让电梯开得嗖嗖地，三十层楼一下就上去了。高速度。那是在纽约。”

“去他的纽约。”我说，“我喜欢这儿。”

“开这种快家伙的人必定是个好手。”

“别跟自己过不去啦，老爹。那些小妞不过按按电钮，说‘早上好，某某先生’，要不就在汽车镜里看她们的美人痣。而像这样一辆 T 型老爷车[1]，是个男人才开得起来呢。满意了吧？”

“我一天工作十二个小时。”他说，“很高兴能干上这份活儿。”

“别让工会听见你的话。”

“你知道工会能干啥？”我摇摇头。他告诉了我。接着，他把眼睛往下移，几乎投到我身上了。“之前我在哪儿见过你？”

“我要找大厦主管。”我温和地说。

“年前他摔坏了眼镜。”老人说，“我觉得好玩。几乎笑起来。”

“是的。晚上这个时候，我能在哪儿找到他？”

他稍微直接一点地看着我。

“哦，你要找大厦主管？他在家，不是吗？”

“当然，也许。或者去看电影了。但他家在哪儿？他叫什么名字？”

“你有事？”

“是的。”我手在口袋里捏成了拳头，尽量避免大喊大叫。“我想要知道一个租户的地址。这个租户的家庭住址电话簿里没有。我是说他不在办公室时他住在哪儿。你知道我的意思，就是他家在哪儿。”我伸出手，在空中做了个姿势，慢慢写出一个字：家。

老人说：“哪个租户？”这次问得如此直接，不免让我感到意外。

“莫宁斯塔先生。”

“他不在家。还在办公室。”

“你肯定？”

“我当然肯定。我不太注意人。但他和我一般年纪，所以我记得他。他还没下楼。”

我进了电梯，说：“八楼。”

他费劲地拉上门，我们慢慢地往上升。他不再看我。当电梯停下，

---

① T 型车是福特公司 1908 年推出的一款早期车型，被认为是世界上第一辆面向大众的汽车。

我走出去时，他也没有跟我说话或看我。他只是茫然地坐在那儿，弯腰驼背地坐在垫了麻袋的木凳上。当我走到过道拐角时，他还是默默地坐在那儿。脸上依然毫无表情。

过道尽头，有两个房间亮着灯。我能看到的只有这两个房间亮着。我在门外停下，点了支烟，听听，但我听不到任何声响。我推开写着“请进”字样的那扇门，进入有小打字机桌的那间狭窄的办公室。那扇木门依然微开着。我走过去，敲敲门，叫了声：“莫宁斯塔先生。”

没人回答。很安静。甚至没有呼吸的声音。我后脖子上的汗毛竖了起来。我侧身进了门。房间的顶灯照在珠宝商用的天平的玻璃罩上，照在皮面书桌四边抛了光的木框上，照在书桌的一个侧面上，照在一只两侧有松紧带的方头黑皮鞋上，鞋子上方是一只白棉袜。

这只鞋的角度不对劲，指向天花板的一角。腿的其余部分在大保险柜的侧面。我走进房间里，感觉好像趟过污泥浊水。

他身体弯曲，仰天躺在地上。孤零零的，毫无气息。

保险柜的门敞开着，一串钥匙挂在第二道锁上。一只金属抽屉已经拉出。抽屉里是空的。原先可能是有钱的。

房间里其余东西好像都没有动过。

老人的口袋也被翻开，但我没动他，只是弯下腰，用手背碰了碰他发灰发紫的脸。就像碰到了青蛙的肚子。血从他额头一侧渗出，这是他遭到打击的地方。但这次空气中没有火药味，他皮肤发紫表明他死于心脏骤停，也许因为震惊或恐惧。但这仍然是谋杀。

我走的时候没有关灯，擦了擦门把手，沿着消防楼梯走到六楼。我毫无来由地念着过道两边门上的名字。H·R·蒂格尔，牙科实验室；L·普雷德菲尔，公共会计师；道尔顿和里斯，打字服务；E·J·布拉斯科维茨大夫，名下有一行小字：脊椎按摩师。

电梯咯吱咯吱上来了，那老人没看我。他的脸和我大脑一样，一片茫然。

我在街角给救护中心打了个电话，没说名字。

15

骨制的红白棋子，列队准备开战，每局开始时，它们看上去总是那么敏捷、能干和复杂。现在是晚上十点，我在家，嘴里叼着烟，手边一杯酒，心里只想着两桩凶杀案和伊丽莎白·布赖特·默多克夫人怎样拿回了她的布拉什金币，而金币却在我手里。

我打开莱比锡出版的一本有关棋赛的小书，翻到凶狠的后翼弃兵那一局，移动白兵至后位，这时门铃响了。

我绕过小桌，从橡木办公桌的活动翻板上拿起那把点38口径的柯尔特手枪，走到门口，拿枪的手垂下来放在右腿旁。

“哪位？”

“布雷兹。”

我回到办公桌，将枪放好，随后去开门。布雷兹站在门口，看上去依然高大和随意，但有些疲倦。那个一脸稚气，名叫斯潘格勒的年轻侦探跟在他身后。

他们迫使我退回房间，但似乎并非故意这么做，斯潘格勒关上门。他年轻而又明亮的眼睛不停地忽闪，而布雷兹更老辣的眼神则久久地盯着我的脸，接着，经过我身边，向两用沙发走去。

“各处看看。”他撇着嘴说。

斯潘格勒离开门，穿过房间去小餐室，探头朝里看，又走回来进了客厅。卫生间的门咯吱一声，他的脚步声往远处去了。

布雷兹摘下帽子，擦一下头发几乎掉光的头顶。远处，门打开又关上。那是衣柜。斯潘格勒回来了。

“这儿没人。”他说。

布雷兹点点头，坐下来，把巴拿马帽放在边上。

斯潘格勒看见办公桌上的枪。他说：“我能看一下吗？”

我说：“你们俩真够呛！”

斯潘格勒走到枪那儿，拿枪口凑近鼻子，闻一下。他取下弹夹，退出枪膛里的子弹，把这颗子弹压进弹夹。他将弹夹放在桌子上，端起枪，让亮光一直照到枪膛底部。他眯着眼朝里看。

“有点灰尘。”他说，“不太脏。”

“你想要什么？”我说，“红宝石？”

他没理我，看着布雷兹说：“我看这把枪二十四小时内没有射击过。我敢肯定。”

布雷兹点点头，咬咬嘴唇，眼睛仍端详着我的脸。斯潘格勒利落地将枪装好，放在边上，走开并坐下来。他叼了支烟点上，满足地吐着烟雾。

“我们很清楚它不会是一把点 38 口径的长膛手枪。”他说，“那家伙能打穿一堵墙。子弹也不可能留在人的脑袋里。”

“你们这些家伙在说什么呀？”我问。

布雷兹说：“例行公事。谋杀案。你坐下。放松点。我好像听见这儿有人说话。也许是隔壁房间。”

“也许。”我说。

“你总是在桌子上放把枪？”

“有时也放在枕头下。”我说，“或者挎在腋下。或者放在办公桌的抽屉里。有时我干脆想不起来我随手放哪儿了。这对你有什么帮助吗？”

“我们来这儿不是要动粗的，马洛。”

“很好。”我说，“所以你们不经我的同意便搜查我的房间，动我的物品。要是你们动粗会怎么做——把我打倒，用脚踢我的脸？”

"去你的！"他说着对我一笑。我也朝他笑笑。我们都笑了。接着布雷兹说："能用一下你的电话吗？"

我指了指电话机。他拨了个号码，和一个叫莫里森的人说起话来："我是布雷兹，这个号码是——"他看了下电话机底座，报了号码——"就现在。这个号码是一个名叫马洛的人的。五分钟或十分钟，行。"

他挂了电话，回到两用沙发那儿。

"我打赌你猜不出我们为什么来这儿。"

"我总是等待兄弟们光临。"我说。

"谋杀案不是游戏，马洛。"

"谁说是游戏？"

"你的举动不像是游戏？"

"我没意识到。"

他看着斯潘格勒，耸了耸肩。接着他看看地上。随后他慢慢抬起头来，好像脑袋很重。他又看看我。我此时坐在棋桌旁。

"你喜欢下棋？"他看着棋子问。

"下得并不多。偶尔无聊时下上一局，动动脑子。"

"棋不是要两个人下吗？"

"我按那些被记录并出版的比赛棋谱下。有很多关于下棋的书。有时我下棋来思考问题。恰当地说，并不只是下棋。我们干吗说下棋？喝点？"

"现在不喝。"布雷兹说，"我跟兰德尔说起你。他对你记得很清楚，与发生在海边的一起案件有关。"他动动搁在地毯上的脚，好像脚也很累。他那张见老的方脸有了皱纹，因劳累而发灰。"他说你不会去杀人。他说你是个好人，很诚实。"

"他很友好。"我说。

"他说你会煮咖啡，早上起得有点晚，很会聊天，我们应该相信你说的事情，假如我们能有五个独立的证人来证明的话。”

“去他的。”我说。

布雷兹也点点头，好像我说的正是他要我说的。他没有笑容，也不强硬，只是个大块头做着自己的工作。斯潘格勒头靠在椅子上，眼睛半闭，看着吐出的烟雾。

“兰德尔说我们应该提防你。他说你不像你自己想得那么聪明，但你是个多事的人，你这样的人比一个聪明人麻烦得多。这就是他说的，你懂的。在我看来你还行。我喜欢什么事情都清清楚楚。这就是为什么我要对你说这些。”

我说这是他的好意。

电话铃响了。我看看布雷兹，但他没有动，所以我拿起话筒接电话。这是个女孩的声音。我觉得有点耳熟，但想不起来是谁。

“是菲利普·马洛先生吗？”

“是我。”

“马洛先生，我遇到麻烦了，很大的麻烦。我很想见到你。我什么时候能见你？”

我说：“你是说今天晚上？你是哪位啊？”

“我叫格拉迪斯·克莱恩。我住在兰帕特的诺曼底旅馆。你什么时候——”

“你是说你要我今天晚上去你那儿？”我边问边想这是谁的声音。

“我——”电话咔哒一下，没声音了。我拿着话筒坐在那儿，皱着眉头，望着布雷兹。他一脸平静，毫无兴趣。

“有个女孩说她遇到了麻烦。”我说，“电话断了。”我把话筒放在电话机上。那两个警官不响也不动。一声不吭，一动不动。

铃声又响了，我拎起话筒说：“你要和布雷兹说话，是吧？”

“是的。”这是一个男子的声音，听上去有些吃惊。

“说吧，耍花招啊。”我说着从椅子上站起来，走进厨房。我听到布雷兹简单说了几句便放下了话筒。

我从厨房壁橱里拿出一瓶四玫瑰威士忌和三只杯子。我从冰箱里拿了冰块和姜汁汽水，调了三杯威士忌，放在托盘上端出去，将托盘放在布雷兹坐着的两用沙发前的一张鸡尾酒桌上。我端起两杯酒，递给斯潘格勒一杯，另一杯我自己拿着坐到椅子上。

斯潘格勒拿着酒不知所措，手指捏着下嘴唇，看着布雷兹，想知道他能否喝这杯酒。

布雷兹怔怔地看着我。接着他叹了口气。随后他端起酒杯尝了尝。又叹口气，他摇摇头，侧过脸去，微微一笑；一个人很想喝酒时，你给他一杯——这酒恰到好处，他只要喝上一口，就不啻看到了一个更洁净、更温暖、更明亮的世界。布雷兹这时的情形就是这样。

“我猜想你脑子转得挺快，马洛先生。”他说着往后靠在两用沙发背上，完全放松下来。“我现在想，我们能一起来谈正经事了。”

“不是那种谈法。”我说。

“嗯？”他皱紧了眉头。斯潘格勒坐在椅子上身子前伸，眼睛明亮而专注。

“让一个来路不明的女人给我打电话，说些废话，这样，你们就能说，她们说了她们在什么时间什么地方听出了我的声音。”

“这女孩叫格拉迪斯·克莱恩。”布雷兹说。

“她告诉了我这个名字。我从未听说过她。”

“好吧。”布雷兹说，“好吧。”他摊开手掌。“我们尽量不做违法的事情。我们希望你也别做。”

“别做什么？”

“别做违法的事情。比如对我们有所隐瞒。”

“我为什么不能对你们有所隐瞒，如果我想隐瞒的话？”我问，“你们又不付我薪水。”

“哎，别这么强硬，马洛。”

“我没强硬。我也不知道怎么强硬。我很清楚不能对警察强硬。来吧，实话实说，别再搞打电话那种骗局了。”

“我们在处理一桩谋杀案。”布雷兹说，“我们得全力以赴。你发现了尸体。你和那个家伙说过话。他让你来他的房间。他把钥匙给了你。你说你不知道他为什么找你。也许你需要点时间才能想起来。”

“言下之意，我先前在说谎？”我说。

布雷兹疲惫地笑了笑。“你想必知道，面对谋杀案，人们通常会说谎。”

“麻烦在于，你们怎样知道我什么时候不再说谎？”

“当你说话合乎情理时，我们就会满意了。”

我看看斯潘格勒。他探着身子，屁股几乎要离开椅子了。他的样子像是要跳起来。我想不出他为什么要跳起来，所以我猜想他必定很兴奋。我又看布雷兹。他没啥兴奋，就像墙上的一个洞。他肥厚的手指间夹着一支玻璃纸包装的雪茄，他正用一把小刀划玻璃纸。我看他把玻璃纸撕掉，修一下烟头，再小心地在裤子上擦一下刀，然后收起来。我看他擦了根火柴，小心地点烟，将烟在火焰上转动一下，拿开仍然烧着的火柴，吸着雪茄，直到确定雪茄已经点着。接着，他将火柴晃灭，放在鸡尾酒桌玻璃桌面上撕下的玻璃烟纸边上。接着，他身子后仰，拉拉一只裤腿，悠闲地吸起烟来。他点烟的每个动作和在亨奇家时一模一样，无论他在哪儿点烟，动作也多半这样。他就是那样的人，这种人是危险的。不会像一个绝顶聪明的人那么危险，但比一个像斯潘格勒这样容易兴奋的人要危险得多。

“我之前从未见过菲利普斯，”我说，“他说他曾在凡吐拉见过我，这并不可信，因为我不记得见过他。我见他的情况已经告诉过你。他跟踪我，我便当面质问他。他要跟我谈话，他给了我钥匙，我就去了他的房间，敲门没人答应，就用钥匙打开进了房间——他让我这么做的。他死在了里面。有人报了警，经由一系列跟我没关系的事件或事故，亨奇的枕头下发现了一把枪。射击过的一把枪。这些我告诉过你，全都是真的。”

布雷兹说：“当你发现他时，你下楼去找管理员——那个叫帕斯莫尔的家伙，让他跟你一起上楼，但没告诉他死人的事。你给了帕斯莫尔一张假名片，开口扯起了珠宝。”

我点点头。“遇到帕斯莫尔那样的人，像那样的公寓，小心为妙。我对菲利普斯感兴趣。我想帕斯莫尔也许能告诉我有关菲利普斯的一些情况——要是他不知道他已经死了的话；而要是他知道警察很快会来盘问他，他多半不愿意告诉我什么。事情就是如此。”

布雷兹喝了一点酒，抽了几口烟，说：“我想要弄清楚的无非如此。你刚才告诉我们的每一件事可能都是事实，然而，你也可能没对我们说实话。要是你明白我的意思。”

“关于什么？”我问。我完全明白他的意思。

他拍拍膝盖，抬起头平静地看着我。

“关于这个。你在办一件事。我们不知道这是什么事。菲利普斯扮演了一个私人侦探的角色。他也在办一件事。他跟踪你。除非你告诉我们，否则我们怎么知道他办的事与你办的事没有某种联系呢？要有联系，这就是我们的事了。是吧？”

“那只是看待此事的一种方式。”我说，“但并非只有这一种方式，这也不是我的方式。”

“别忘了这是一桩谋杀案，马洛。”

“我没忘。但你也别忘了，我在这儿混已经很久了，超过十五年了。我见过许多的谋杀案。有些破了，有些没破，有些可以破但没破。其中有两三个案件破错了。有人拿了钱代人受过，这种事总会有人知道，或受到强烈质疑。但睁一眼闭一眼。避重就轻。这种事有过，虽然不是经常发生。想一下卡西迪这样的案件。我猜想你还记得，是吧？”

布雷兹看看表。“我累了。”他说，“让我们忘了卡西迪案。让我们围绕菲利普斯案。”

我摇摇头。“我想指出一点，这是很重要的一点。就看一下卡西迪案。卡西迪是个有钱人，百万富翁。他有个成年的儿子。有天晚上，家里叫来了警察，小卡西迪仰面躺在地上，满脸是血，脑袋上有个弹孔。他的秘书躺在隔壁的卫生间，脑袋抵着卫生间的另一扇通向客厅的门，左手手指间有支烟，已经熄灭，只剩一小截烟头，将手指间的皮肤也烧焦了。右手边有把枪。他也是头部中弹，但并非贴着脑袋打的。此人喝了很多酒。两人死亡四小时了，家庭医生三小时前到的。现在，你对卡西迪案件有什么看法？”

布雷兹叹口气。“与酗酒有关的谋杀和自杀。那个秘书发酒疯打死了小卡西迪。我在报上或其他材料上读到过。这就是你要我说的吗？”

“你在报上读到的，”我说，“但事实并非如此。更重要的是你知道这不是事实，地方检察官知道这不是事实，而地方检察官的调查员却在几小时内撤销了这个案件。没有进行验尸。但城里每个报道案件的记者和每个了解这一案情的警察都知道，这是卡西迪开的枪，也正是卡西迪喝醉了，而秘书想要制止他，没成功，最后想躲开他，但行动不够快。卡西迪的伤口是贴着脑袋打的，而秘书的伤口则不是。秘书是左撇子，他被枪击时左手还夹着根烟。即使你是右撇子，也不会把烟换到另一只手里，不会随意夹着烟杀人。《无敌警探》[①] 中的人物会这么干，但富翁的秘书不会。四个小时，家人和家庭医生没有报警，他们在干吗？一旦作

---

① 《无敌警探》（*Gang Busters*）是美国三四十年代的一档热门广播节目，1942 年拍摄成电影。

了安排，调查只是表面文章。为什么不对有火药味的手作检验？因为你们不想要真相。卡西迪是个大人物。但这也是一桩谋杀案，不是吗？”

“那两个人都死了。”布雷兹说，“谁对谁开了枪又有什么关系呢？”

“你就没有想过，”我问，“卡西迪的秘书也可能有一个母亲或一个妹妹或一个爱人——或三者都有？她们也有骄傲、信念，也有对死者的爱，而死者竟成了一个酗酒的偏执狂，就因为他老板的父亲有万贯家财？”

布雷兹慢慢举起杯子，慢慢将酒喝光，慢慢放下杯子，慢慢将杯子放在鸡尾酒桌的玻璃桌面上。斯潘格勒僵硬地坐着，在有些僵硬的笑意中，瞪着眼睛，张着嘴巴。

布雷兹说：“说说你的观点吧。”

我说：“除非你们这些人能信守承诺，否则我不会坦诚相见，除非你们这些人能始终被信任，在任何时间任何情况下，寻求真相并发现真相，无论后果如何——除非这样，否则我有权利听从我的良心，尽可能保护我的客户。除非我能肯定，你们不会伤害他，如同你们不会伤害事实真相。要不你们可以把我拖到能让我说话的人面前。”

布雷兹说：“听起来你倒有点像一个尽量守住良心的人。”

“算了！”我说，“让我们再喝一杯。然后你们可以说一下那个你们叫来跟我在电话上说话的女孩。”

他微微一笑。“那是个住在菲利普斯隔壁的妞儿。有天晚上她听到有个人在门口跟他说话。她是个引座员，白天上班。所以我们想也许她能听出你的声音。没有其他意思。”

“那是什么样的声音？”

“很难听的声音。她说她不喜欢这样的声音。”

“我猜想这就是为什么你想到了我。”我说。

我拿起三只杯子去了厨房。

16

等我到了厨房，我发现我忘了哪只杯子是谁的了，所以我只好把杯子都洗了一下，擦干，开始再调些酒，这时，斯潘格勒走过来，站在我背后。

“放心。”我说，“今天晚上我没用任何毒药。”

“别跟那位老人胡搅蛮缠。”他冲着我的脖子轻轻说，“他的手段超乎你的料想情况。”

“谢谢你的好意。”

“哦，我倒想了解一下那个卡西迪案。”他说，“似乎挺有趣的。多半是我小时候的事情。”

“很久以前的事了。”我说，“其实没有这回事。我只是开个玩笑。”我将酒杯放在托盘上，端回到客厅，放到他们面前。我拿着自己的酒杯回到棋桌后的座位上。

“又一个花招。”我说，“你这位助手溜到厨房，在我背后提出忠告，要我小心你的手段，而且你料到了我绝没料到你竟有这样的手段。他的脸也相得益彰。友好、坦诚，容易脸红。”

斯潘格勒挨着椅边坐下来，脸红红的。布雷兹随意地看看他，不露声色。

“关于菲利普斯，你发现了什么？”我问。

“是的。”布雷兹说。“菲利普斯。哦，乔治 · 安森 · 菲利普斯是个可怜虫。他认为自己是个侦探，但看起来他似乎没法让别人认可他。我和凡吐拉的警察局长谈过。他说，乔治是个和蔼的人，也许太和蔼了，做不了好警察，即使他有头脑。他照别人说的去做，也能做得很好——前提是别人告诉他哪只脚先迈出去，要走几步，走哪条路，诸如此类。但他没有什么长进，你明白我的意思。他那种警察，至多逮个偷鸡贼什么的，还得碰巧让他看见那家伙偷鸡，碰巧让那家伙逃走时跌倒，头撞到柱子什么的，晕了过去。否则的话，事情就会有点棘手，乔治会跑回来请求指示。哦，这让局长不胜其烦，不久就让乔治走人。”

布雷兹又喝了口酒，用铁铲一般的大拇指指甲刮了刮下巴。

“之后，乔治在斯米的一家杂货店工作，老板是一个叫萨克利夫的人。这是一家赊售商店，每位顾客有个小本子，乔治让这些小本子弄得很头疼。他会忘了把商品写下来，或者写错了本子，有些顾客会让乔治更正，有些顾客乐得乔治忘了记账。这样，萨克利夫觉得乔治也许干其他事更合适，乔治就来洛杉矶了。他攒了些钱，不多，但足够他申请一份执照，他交了保证金，租了一间办公室。我去过那里。他和人合租办公室，只有一张自己的办公桌。那个合租人据说卖圣诞节贺卡。名叫马什。要是乔治有客户来，马什就按事先说好的去散步。马什说他不知道乔治住哪儿，乔治也没有什么客户。我是说，马什不知道他在办公室谈过什么业务。但乔治在报纸上登过广告，他也许有个看了广告来找他的客户。我猜他有客户，因为一星期前，马什在他的桌子上发现一张字条，乔治要外出几天。那是他的最后一次得知乔治的消息。原来乔治去了法院街，用安森的名字租了一个套间，就在那儿被杀。目前我对乔治知道的情况就这些。让人难过的一桩案件。”

他神态平静地看着我，举起了酒杯。

“那广告怎么说？”

布雷兹放下酒杯，从皮夹里取出一张纸片，放在鸡尾酒桌上。我走过去拿起纸片。上面写着：

为什么要烦恼？为什么要怀疑或困惑？为什么要因猜疑而痛苦？可向冷静、谨慎、可靠和守信的侦探咨询。乔治·安森·菲利普斯。格伦维尔 9521。

我把纸片放回到桌上。

“写得并不差，许多人事广告都这样。”布雷兹说，“看来并不是专门瞄准有钱人的。”

斯潘格勒说：“办公室的姑娘为他写的广告。她说她忍不住想笑，但乔治认为写得挺漂亮。《纪事报》好莱坞大道办事处。”

“你查得挺快。”我说。

“我们了解情况并不困难。”布雷兹说，“只有你的情况是例外。”

“亨奇怎么样？”

“跟亨奇没关系。他和那个姑娘在进行饮酒派对。他们会喝一会酒，唱一会歌，打一会架，听听广播，有时出去吃点东西，要是他们想得起来的话。我猜他们的派对持续几天了。幸好被我们打断了。姑娘两眼被打肿了。接下去亨奇也许会扭断她的脖子。世界上亨奇这样的流浪汉多得是——那样的女孩也很多。”

“那把亨奇说不是他的枪怎么样？”

“就是这把枪。我们还没找到子弹，但找到了弹壳。就在乔治的身体下，检查过了。我们还打了几发，比较射击和撞针的痕迹。”

“你觉得有人故意把它塞到亨奇的枕头下？”

“当然。亨奇为什么要开枪打死菲利普斯？他不认识菲利普斯。”

“你怎么知道？”

“我知道。”布雷兹双手一摊说，“瞧，有些事你知道，因为这些事白纸黑字，清清楚楚。还有些事你也知道，因为这些事合乎情理，必定如此。你不会开枪杀人时弄出很大的声音，引起对你的注意，又始终把枪塞在枕头下面。那姑娘整天和亨奇在一起。要是亨奇杀了人，她不会不知道。而她什么也不知道。要是她知道，她就会泄露出来。对她来说，亨奇算什么？不过在一起鬼混罢了。瞧，忘了亨奇吧。那个开枪的家伙听到收音机很大的声音，知道这会盖过枪声。但他还是先把菲利普斯打晕，把他拖进卫生间，关上门，再开枪。他没有喝醉。他做事很专注，很谨慎。他走出去，关上卫生间的门，收音机关了，亨奇和那姑娘出门去吃饭。事情的经过就是这样。”

“你怎么知道收音机关了？”

“有人告诉我的。”布雷兹平静地说，“还有人住在那幢楼里。知道收音机关了，他们出去了。动静很大。杀手走出房间，亨奇房间的门开着。肯定是这样，否则他也不会想到进亨奇的房间。”

“住公寓的人不会出去不关门的。尤其在这样的小区。”

“醉鬼会这样。醉鬼粗心大意。他们心不在焉。他们一次只想着一件事。门开着——也许只是一条缝，但开着，杀手进去将枪藏在床上，却在那儿发现另一把枪。他拿走了那把枪，就想嫁祸于亨奇。”

“你可以查那把枪。”我说。

“亨奇的枪？我们会查的，但亨奇说他不知道编号了。如果我们找到那把枪，我们可能会有所发现。但我不能肯定。我们拿到的这把枪，我们会去查，但你知道会有怎样的结果。你作了很大的努力，以为找到头绪了，然而，线索断了。一条死胡同。你还能想到什么也许我们知道会对你的业务有所帮助的事情吗？”

“我累了。”我说，“脑子不够用了”

“刚才你还用得不错呢。”布雷兹说，“关于卡西迪案。”

我没说什么。我又装了一袋烟，但烟斗太烫不能点。我把它放在桌子上凉一凉。

“说真的，”布雷兹慢吞吞地说，“我不知道你是怎么回事。我看不出你在对杀人案故意隐瞒。我也不相信你真的知道得那么少。”

我还是没说什么。

布雷兹探身在烟灰缸里捻雪茄，把火灭掉。他喝光了酒，戴上帽子，站了起来。

“你还要沉默多久？”他问。

“我不知道。”

“让我帮你一下。我给你点时间，等你到明天中午，还有十二个小时多。在这之前我还读不到验尸报告。在此期间你可以和当事人谈谈并决定说出真相。”

“要是超过期限呢？”

“超过期限，我就去见刑侦队长，告诉他有个名叫菲利普·马洛的私人侦探知情不报，妨碍了我对一桩谋杀案的调查，或者说我断定他就是杀手。怎么样？我想他会马上把你弄到警局，让你吃点苦头。”

我说：“啊哈。你检查过菲利普斯的办公桌了吗？”

“当然。一个很爱整洁的年轻人。抽屉里什么也没有，除了一小本日记。日记里也没有什么，除了记一些琐事，如他怎样去海滩，或者带女孩去看电影，她并不热心什么的。还有他在办公室坐着，没有业务。有一次，他对洗衣房很恼火，写了一整页。大部分日记只有三四行字。只有一件事较为特别。所有的日记都是用印刷体写的。”

我说：“印刷体？”

“是的，用钢笔和墨水写成印刷体。不是那种为掩饰而写的很粗的大写字母。而是那种工整、秀气的印刷体，好像这家伙写起来得心应手，跟写其他字体一样。”

“他在给我的名片上并没有用那种字体写字。”我说。

布雷兹想了一会。接着他点了点头。“真的，也许是这样。日记封面上没有任何名字。也许他用印刷体写字只是自得其乐。”

“就像佩皮斯①的速记？”我问。

“什么意思？”

---

① 佩皮斯（Samuel Pepys，1633—1703），英国日记作家。

“那人用自己发明的速记写日记，这是很久以前的事了。”

布雷兹看看斯潘格勒，后者正站在他的椅子前，舔着杯子里的最后几滴酒。

“我们还是走吧。”布雷兹说，“这家伙又要编个卡西迪案了。”

斯潘格勒将杯子放下，他们两个向门口走去。布雷兹停下脚步，手搭在门把手上，侧身看着我。

“你认识一位高个子金发女人吗？”

“我得想想。”我说，“我希望认识。有多高？”

“挺高。我不知道到底有多高。就是和高个子男人在一起也算高。一个名叫巴勒莫的意大利人拥有法院街上的那幢公寓。我们到马路对面的殡仪馆去找他。殡仪馆也是他的。他说他看见一个高个子金发女人三点半左右走出公寓楼。管理员帕斯莫尔说他想不起来楼里有高个金发女人。那个意大利人说她是个美人。我觉得他说得没错，因为他对你的描述相当到位。他没有见到这位高个金发女人进公寓楼，只看到她从公寓楼出来。她穿休闲裤、运动夹克，系着头巾。但她一头金黄色头发仍有不少从头巾下露出来。”

“我不认识。”我说，“但我刚想起一件事。我曾在信封上写下菲利普斯的驾照号码。这也许会让你查到他以前的住址。我去拿。”

他们站在那儿，我从卧室的外衣里拿出那只信封。我把信封递给布雷兹，他看了写在上面的号码，随后塞进了他的皮夹。

“你刚刚才想起来，嗯？”

“是的。”

“好吧。”他说，“好吧。好吧。”

他们两个沿着过道走向电梯，还挥挥手。

我关上门，走进房间，端起几乎没有喝的那第二杯酒。酒已经走味。我端到厨房，从瓶子里又倒了一些。我端着杯子站在那儿，看着窗外的桉树，柔软的树梢在暗蓝色的空中摇动。看来又起风了。北边的窗户在风中砰砰作响，大楼的外墙也发出低沉的撞击声，像是粗电线拍打着墙面。

我喝了口酒，后悔浪费了新加的威士忌。我将酒倒进水池，拿了一只新杯子，喝了几口冰水。

还有十二个小时来理顺这团乱麻，可我甚至都无法理解我陷入了怎样的境况中。要么查个水落石出，要么把客户说出来，让警察去找她和她全家。聘了马洛，却招来了警察。为什么要烦恼？为什么要怀疑和困惑？为什么要因猜疑而痛苦？去向斗鸡眼、粗心大意、畸形脚、浪荡的侦探咨询吧。菲利普·马洛，格伦维尔 7537 号。见到他，你就见到了城里最好的警察。为什么要绝望？为什么要孤独？给马洛打电话，马洛立马就到。

这么做无济于事。我回到客厅，拿起放在棋桌上凉着的烟斗，点上火。我慢慢地吸着，但感到仍有一股橡胶的焦味。我放下烟斗，站在房间中央，拨弄着下嘴唇。

电话铃响了。我拎起话筒吼了起来。

“马洛吗？”

这声音低沉刺耳。这种低沉刺耳的声音我之前听见过。

“是的。”我说，“不管你是谁，有话直说。我招惹谁啦？”

“也许你是个聪明人。”那低沉刺耳的声音说，“也许你乐于给自己弄些好处。”

“多大的好处？”

“五百美元的好处。”

“很不错。”我说，“要我做什么？”

“别找麻烦。”这声音说，“要不要谈谈？”

“哪儿？何时？和谁谈？”

“悠谷夜总会。莫尔尼。你什么时候去都行。”

“你是谁？”

电话里传来咯咯的笑声。“进门就说找埃迪·普鲁。”

电话咔嗒一声断了。我也挂上电话。

我把车开出车库，朝卡文加山口开去时，已差不多是晚上十一点半了。

17

过了山口，往北二十英里，一条两边是鲜花草地的大道通向山脚。它经过五个街区就到头了——这儿没有一幢屋房。路的尽头，一条弯曲的柏油路进入一片丘陵。这就是悠谷。

第一座小山的山坡上，路边有一幢低矮、瓦顶的白色建筑。它有着带屋檐的门廊，上面有块牌子，写着：悠谷巡逻队。通往山坡的大门开着，正中央竖着一块白色的方牌子，反光的金属小球组成一个“停”字。另一盏泛光灯照亮了牌子前面的一段路面。

我停了车。一个穿制服、佩一颗星、皮套子里有枪的男子看了下我的车，接着看看架子上的一块木板。

他朝汽车走来。“晚上好！我没有你的车牌号。这是私人车道。找人吗？”

“我去夜总会。”

“哪一家？”

“悠谷夜总会。”

“8777。这是我们这儿对它的称呼。你是说莫尔尼先生的夜总会？”

“是的。”

“我猜你不是会员。”

“不是。”

“我得登记一下。找个会员或住在山谷里的人。这儿都是私人产业，你知道吧？”

“没人擅自闯入，嗯？”

他笑了。“没人擅自闯入。”

“我叫菲利普·马洛。”我说，“我找埃迪·普鲁。”

“普鲁？”

“他是莫尔尼先生的秘书或什么的。”

“请等一下。”

他走到门口，说了些什么。另一个穿制服的人在里面，他拨了内线电话。我身后又来了辆车，按着喇叭。从巡逻队办公室开着的门里传出打字机的噼啪声。刚才跟我说话的那个人看了下按喇叭的那辆车，挥手让它进去了。车从我身边驶过，很快没入黑暗中。这是一辆绿色的长型敞篷轿车，三位花枝招摇的女郎坐在前排，都叼着香烟，扬起眉毛，一副满不在乎的神态。轿车一个转弯就不见了。

那个穿制服的又来到我身边，将手搭车门上。“行了，马洛先生。请找一下夜总会管理员。往右一英里，那儿有个亮灯的停车场，墙上有号码。就是8777这个号码。请找一下那儿的管理员。”

我说：“我为什么要找他？”

他很平静、很有礼貌，也很坚定。“我们必须知道你到底要去哪儿。悠谷的保安工作很严密。”

“要是我不去找他呢？”

“你跟我开玩笑？”他的声音严厉起来。

“不开玩笑。我只是要弄清楚。”

“巡警就会去找你。”

“你们共有多少巡警？”

“对不起。”他说，“往右一英里左右，马洛先生。”

我看看他挎在屁股上的手枪和别在衬衫上的特制的徽章。“人们把这个称为民主。”我说。

他看看我身后，随之朝地上啐了一口，一只手放在车窗沿上。“也许你还有同伙。”他说，“我认识约翰 · 里德[①] 俱乐部的一个家伙。就是在博伊尔高地那边。”

“同志[②]。”我说。

“革命的麻烦在于，”他说，“革命总是落到错误的人手里。”

“说得好。”我说。

“话说回来，”他说，“他们会比生活在这儿的一群有钱的冒牌货更有错吗？”

“也许哪天你自己也会住到这儿来。”我说。

他又啐了一口。“即使他们一年付我五万美元，让我睡觉时穿着薄绸睡衣，脖子上再挂一串粉色珍珠，我也不会住在这儿。”

“我可不愿意给你这个价。”我说。

“你随时都可以给我。”他说，“白天晚上都行。你给我这个价，看看能让你得到什么。”

“好吧，我现在得走了，去找夜总会的管理员。”我说。

“告诉他吐自己左裤腿上。”他说，“告诉他是我说的。”

“我会告诉他的。”我说。

身后又来了辆车，按着喇叭。我开车走了。不一会，那辆豪华轿车按着喇叭把我逼到路边，经过时发出犹如落叶的沙沙声。

这儿风不大，山谷的月亮很明亮，黑色的阴影看上去像是被刀刻出

---

① 此处可能指美国记者约翰 · 里德（John Reed，1887—1920），他同情俄国革命，著有《震撼世界的十天》（*Ten Days That Shook the World*）。

② 原文为俄语“tovarich”，相当于英文“comrade”。

来的。

靠近弯道，整个山谷在眼前铺展开来。坡上坡下有成百上千的白色房子，成千上万亮着灯的窗户，繁星低垂，但考虑到这儿的巡警，星星也不敢靠得太近。

夜总会面对马路的是一片白墙，没有大门，底层也没有窗户。紫罗兰色霓虹灯显示的数字小而亮：8777。其他什么也没有。房子一边，在一排排有灯罩、光线往下的路灯下面，有几排汽车停在平整的黑色柏油路面用白线划出的停车位上。穿着整洁制服的服务员在灯光下来来往往。

路绕到夜总会后面。那儿有个很深的门廊，有玻璃和金属架起来的顶篷，但灯光有些暗。我下了车，拿到一张上面有车牌号的登记卡，带着登记卡走到一张坐着一个工作人员的小桌子旁，将登记卡放在他面前。

“我是菲利普·马洛。”我说，“来找人。”

“谢谢，马洛先生。”他写下姓名和车牌号，将登记卡还给我，顺手拿起电话。

一个穿着白色亚麻双排扣保安制服，戴着金色肩章和有金黄色宽带的帽子的黑人为我打开门。

大堂看起来像一家高档音乐厅。有许多的灯具和闪光物体，许多的布景，许多的服饰，许多的音响，仿佛全明星阵容，原创剧情，震惊四座。在漂亮柔和的光线的映照下，四周的墙似乎无限地往上延伸，消失在柔和的群星闪烁的空中。走在地毯上，仿佛没穿长筒胶靴涉水而行。后面是一个独立式弧形楼梯，金属和白色珐琅的宽大阶梯铺着地毯，徐徐而上。在餐厅门口，一位胖乎乎的领班神定气闲站在那儿，裤子上有一道两英寸宽的缎条，腋下夹着一叠烫金菜谱。他这种人的脸就可以从彬彬有礼的微笑变为凛冽的愤怒，而脸部肌肉纹丝不动。

左边是酒吧入口。那儿光线较暗，也较安静，一个酒吧侍者在玻璃器皿微弱的亮光中像蛾子一样移动。一位美丽的高个金发女郎穿一身像海水蓝色、撒满金粉的衣服，从女士洗手间出来，一边涂着唇膏，一边哼着歌朝拱道走去。

拱道那儿传来伦巴舞曲的音乐，她微笑着，有节奏地点头。一个脸膛红润、眼睛发亮、手臂上搭条白色披肩的矮胖男子在等她。他肥硕的手指抓住了她赤裸的手臂，色眯眯地看着她。

一个穿着桃红色中国旗袍的女招待走过来，接过我的帽子，对我的衣着不以为然。她的眼睛就像奇怪的罪孽。

一个卖香烟的女孩从楼梯上下来。她头发上插一根白鹭羽毛，衣服十分单薄，一条赤裸的长腿涂成银色，另一条涂成金色。她脸上摆出一副不屑的神态，好像跟她约会非得早早预约不可。

我走进酒吧，在一张塞了绒毛的皮革位子上坐下。这儿，玻璃杯发出轻微的叮当声，灯光柔和，人们轻声低语，谈情说爱，或生意来往，或其他适合在这种场合谈论的话题。

一位高个貌俊，身着精制的灰色外套的男子突然从墙边的一张小桌旁站起，走到吧台那儿，开口骂一个酒吧侍者。他声音很大地骂了很久，用词恶毒，一般是这样一位高个貌俊、服装考究的人骂不出来的。所有人不再说话，默默地看着他。他的声音刺穿了柔和的伦巴舞曲，好像铁铲铲进了柔软的白雪。

酒吧侍者静静地站着，看着那个骂人者。侍者有卷曲的头发，皮肤洁净温润，眉距宽而眼神拘谨。他没走动也没说话。高个男子住了口，慢慢走出去。除了侍者，大家都看着他离去。

侍者沿着吧台慢慢地走到我坐着的那头，站在那里，眼睛看着别处，脸上没有表情，只是有些苍白。接着他转身对我说：

“先生，什么事？”

“我想找一个叫埃迪·普鲁的人。”

“是吗？”

“他在这儿做事。”我说。

“在这儿做什么事？”他的声音很平稳，干巴巴的，像干燥的沙子。

“我只知道他在老板手下做事。你应该明白我的意思。”

“哦，埃迪·普鲁。”他喃喃地说着，并用桌布慢慢地擦着吧台。“贵姓？”

“马洛。”

“马洛。边喝边等？”

“来杯干马提尼吧。”

“一杯马提尼，干的，很干很干。”

“好吧。”

“您用勺子还是用刀叉吃？”

“切碎了。”我说，“我咬着吃。”

“去上学的路上吃。”他说，“要把橄榄给您放在书包里吗？”

“用它砸我的鼻子。”我说，“要是这让你感觉好些的话。”

“谢谢您，先生！”他说，“一杯干马提尼。”

他刚转身从我这儿走开，随即又折回来，身子靠着吧台，说：“我把酒弄错了。那位先生告诉我这件事。”

“我听见了。”

“他告诉我这件事，就像有身份的人告诉你这种事时那样。就像大牌导演喜欢指出别人的小毛病那样。您听见的。”

“是的。”我说，心想这话要扯多久啊。

“他要让别人听见——这位绅士做到了。所以我过来，可以说冒犯了你。”

“我知道。”我说。

他竖起一根手指，若有所思地看着。

“就是这样。”他说，“一个十足的陌生人。”

“这是因为我棕色的大眼睛。”我说，“它们看上去很温和。”

“谢谢，朋友！”他说完转身走了。

我看见他在吧台一头打电话。接着看见他在调酒。当他拿着酒回来时，一切正常了。

18

我端着酒走向靠墙的一张小桌，坐下来，点了支烟。五分钟过去了。我没注意到，音乐已经换了曲子。一个女子在唱歌。她是个女低音歌手，音色丰满，声音很动听。她唱着《黑眼睛》这首歌。身后的乐队似乎要入眠似的。

她唱完时，响起热烈的掌声，还有口哨声。

坐在隔壁桌子的一位男子对他女友说：“他们将琳达·康奎斯特弄回乐队来了。我听说她同帕萨迪纳的一个有钱人结了婚，但这不是真的。”

女友说：“声音不错。要是你喜欢女歌手的话。”

我刚要站起来，一个影子落在桌面上，有人站到了我面前。

此人是个大个子，脸上有伤疤，右眼干瘪无神，眼珠子动也不动，像瞎子一样目光呆滞。他身材很高，不得不弯腰将手搭在我对面的椅背上。他站在那儿打量着我，不说什么，我坐着，一边抿着最后一点酒，一边听那个女低音歌手唱另一支歌。客人似乎喜欢这种老掉牙的音乐。也许他们都厌倦了在他们工作的地方事事都得赶工提前的状态。

“我是普鲁。”此人用沙哑的嗓门低声说。

“我想也是。你想找我谈谈，我想找你谈谈，我也想找那个唱歌的女子谈谈。”

“那我们走吧。”

酒吧往里走有扇锁着的门。普鲁开门让我进去，我们进门踏上左边铺着地毯的楼梯。到了一条长廊，两边的门关着。走廊尽头，有个明亮的星状物被一扇网格屏风挡着。普鲁敲敲屏风旁的一扇门，推开，站在一边让我进去。

这是一间舒适的办公室，并不很大。落地窗前，靠墙脚有一张放了软垫的固定座位。一个穿白色礼服的男子站着，背对着房间，看着窗外。他头发灰白。室内有个镀铬的黑色大保险柜，几个文件柜，一个放在架子上的地球仪，一个内置式小吧台，一张常见的、笨重的办公桌，后面有把常见的高背皮椅。

我看着桌子上的摆设。所有的东西都是上档次的黄铜制品。一盏黄铜台灯，黄铜笔架和铅笔盘，黄铜玻璃烟缸，缸边上有黄铜小象，开信封用的黄铜刀，铜盘上有把黄铜水壶，黄铜包角的吸墨纸盘。铜花瓶中插一枝黄铜色的香豌豆花。

看来他很喜欢铜制品。

站在窗口的男子转过身来，我看出他年近五十，浅灰色的头发柔软浓密，一张好看的大脸盘并无特别之处，除了左颊有道疤痕，看上去像是一个深深的酒窝。我记得这个酒窝。不然我就已经忘记这个人了。我想起很久以前我在电影上见过他，至少十年前。我不记得是部什么电影，也忘了他在电影里扮演什么角色，只记得那张黝黑但好看的大脸盘及这道疤痕。那时，他的头发还是黑的。

他向办公桌走去，坐下来，拿起开信封的刀，用刀尖轻轻地拨动着大拇指。他面无表情地看看我，说：“你是马洛？”

我点点头。

“坐下吧。”我坐了下来。埃迪·普鲁坐在靠墙的一把椅子上，向后仰着身子。

“我不喜欢私家侦探。”莫尔尼说。

我耸耸肩。

“我不喜欢他们有很多理由。”他说，“我无论何时何地都不喜欢他们。我不喜欢他们打扰我的朋友。我不喜欢他们纠缠我的妻子。”

我没说什么。

“我不喜欢他们询问我的司机，或粗暴地对待我的朋友。”

我没说什么。

“总之，我就是不喜欢他们。”他说。

“我多少有点明白你的意思了。”我说。

他脸有点红，眼睛发亮。“另一方面，”他说，“我眼下可能用得着你。你若跟我合作，你会得到好处。这想法不错。你少管闲事就会得到好处。”

“我会得到多大的好处呢？”我说。

“你会得到时间与健康。”

“我好像在哪儿听到过这样的话。”我说，“我只是想不起来谁说的了。”

他放下开信封的刀，打开办公桌的一扇柜门，拿出一只雕花玻璃瓶来。他从瓶子里倒了一些液体在杯子里，喝下去，塞好塞子，把玻璃瓶放回办公桌。

“在我的行业里，”他说，“愣头青多得很。想做愣头青的人更是一大把。你管你的事，我管我的事，这样，我们都没有麻烦。”他点了一支烟，他的手有点儿抖。

我看看房间那头靠墙斜坐着的那位高个子，他就像乡村小店里的一个闲人。他只是坐在那儿，懒得动弹，长长的手臂垂着，有着皱纹的灰脸上毫无表情。

“有人曾说起跟钱有关的事情。”我对莫尔尼说，“那是为啥？我知道为什么有人会出言不逊。那是你认为你能吓唬我。”

“这样跟我说话，”莫尔尼说，“你的背心很可能会缝上铅扣子。”

“真想不到！”我说，“可怜的老马洛背心上缝了铅扣子！”

埃迪·普鲁嗓子眼里发出一声干巴巴的喉音，那也许就是他的笑声。

“至于说到我管我的事，别管你的事，”我说，“很可能我的事和你的事缠到一起了。尽管这不是我的错。”

“最好别有这种事。”莫尔尼说，“怎么会呢？”他抬了下眼皮，很快又垂下了。

“好吧，举个例子：你这儿的硬汉打电话给我，想要把我吓死。之后，那天晚上的电话又说起五百块钱，要我开车到这儿跟你见面，说这对我有好处。再举个例子，还是那个硬汉或跟他相似——略有不同——的什么人跟踪我的一个同行，这位同行今天下午在邦克山被枪杀了。”

莫尔尼把香烟从嘴里拿开，眯着眼睛看了一下烟头。每个动作，每个姿势，都像是出自某个电影目录。

“谁被枪杀了？”

“一个叫菲利普斯的同行，一个年轻的金发小伙子。你不会喜欢他。他是个私家侦探。”我对他描述了一下菲利普斯。

“我从未听说过他。”莫尔尼说。

“再举个例子，就在他被枪杀之后，有人看见一位不住在那儿的高个金发女郎从那幢公寓里出来。”我说。

“什么高个金发女郎？”他的声音有些变化。声音中有种紧张。

“我不知道。她被人看见了，那个看见她的人说可以认出她来，如果再次看见她的话。当然，她不一定与菲利普斯被杀有关系。”

“这个叫菲利普斯的人是个私家侦探？”

我点点头。“我跟你说过两遍了。”

“他为什么被杀，怎样被杀？”

“他在他的住所里被击昏并枪杀。我们不知道他为什么被杀。要是我们知道为什么，我们也就可能知道谁杀了他。情况似乎就是这样。”

“我们？”

“警察和我本人。我发现他死了。所以我得留在现场。”

普鲁将他斜坐着的椅子的前腿轻轻地放落在地毯上，同时看着我。他好看的眼睛有种我不喜欢的昏昏欲睡的神情。

莫尔尼说：“你对警察说了些什么？”

我说：“说得很少。我猜想，从你先前对我说的那些开场白来看，你知道我在找琳达·康奎斯特。莱斯利·默多克夫人。我找到她了。她在这儿唱歌。我不知道为什么要对此保守秘密。在我看来，你妻子或瓦尼尔先生可以跟我说出实情。但他们没有。”

“我妻子愿意对一个私家侦探说的话，”莫尔尼说，“少得可以塞进蚊子的眼睛里。”

“无疑她有她的道理。”我说，“然而这已经不重要了。事实上，我是否见康奎斯特小姐不是很重要。我只是想跟她说几句话，要是你不介意的话。”

“要是我介意呢？”莫尔尼说。

“我猜我不管怎样会同她说上几句。”我说。我从口袋里摸出一支烟，用手指转动着，并不无欣赏地看着他浓而黑的眉毛。他眉毛的形状漂亮，曲线优美。

普鲁咯咯地笑起来。莫尔尼看看他，皱起眉头，又看看我，依然皱着眉头。

“我问你对警察说了什么。”他说。

“我对他们说得不多。这个叫菲利普斯的人让我去见他，他暗示他牵涉到一桩他不喜欢的案件中，需要帮助。等我到了那儿，他却死了。这些我告诉了警察。他们不相信就这么简单。也许并非这么简单。明天中午之前我得说清楚。所以我想把情况弄清楚。”

“你来这儿是浪费时间。”莫尔尼说。

“我想是有人叫我来这儿的。”

“你可以随时走。”莫尔尼说，“或者你可以为我做点什么——为五百美元。不管怎样，再跟警察谈话时别把埃迪和我扯进去。”

“要我为你做什么？”

“你今天上午去我家里了。你应该知道做什么。”

“我不受理离婚的业务。”我说。

他脸色发白。“我爱我妻子。”他说，“我们才结婚八个月。我不想离什么婚。她是个好姑娘，一般来说，她知道分寸。但我觉得她眼下在玩危险的游戏。”

“什么危险？”

“我不知道。这正是我要弄清楚的。”

“让我把话说清楚。”我说，“你是想雇我——还是想让我放掉手上的事？”

普鲁靠着墙又咯咯了一声。

莫尔尼又倒了些白兰地酒，很快灌下去，脸上又有了血色。他没有回答我。

“让我把另一件事也说清楚。”我说，“你不介意你妻子跟人厮混，但你不愿意她和一个叫瓦尼尔的人厮混。是这样吗？”

“我信任她的内心。”他慢慢地说，“但我不信任她的判断。可以这么说。”

“你要我去抓这个叫瓦尼尔的人的把柄？”

“我要弄清楚他想干什么。”

“哦。他干什么事了吗？”

“我想是的。我不知道是什么事。”

“你认为他干了——或者你想要认为他干了？”

他不露声色地看了我一会，随后拉开桌子中间的抽屉，伸手拿出一张折起来的纸扔给我。我接过来把纸打开。这是一张复写的付款通知单。卡尔—威斯腾牙科供应公司，及一个地址。单据上有：30磅克尔牌白硅石，15.75美元，还有25磅瓦尔特牌阿尔巴石，7.75美元。外加税金。单据是开给H·R·蒂格尔的，预订零售。还用橡皮图章盖了付讫的章。单据一角的签名是：L·G·瓦尼尔。

我把单据放在办公桌上。

“那天晚上他在这儿的时候，这张纸从他口袋里掉下来。”莫尔尼说，“约十天前。埃迪用他的大脚踩住了纸，瓦尼尔没注意到他丢了单据。”

我看看普鲁，又看看莫尔尼，再看看我的大拇指。“这跟我有什么关系吗？”

“我想你是个聪明的侦探。我觉得你能发现其中的奥秘。”

我又看看这张纸，折起来放进我的皮夹。“我想它多半有些意思，否则你不会把它给我。”我说。

莫尔尼走到墙边那个镀铬的黑色保险柜前，打开。他拿着五张新的百元钞票回来，像摸到一手牌似的摊在手掌上。他把钞票放平，轻轻地摸一下，再放在我面前的桌子上。

“这是你的五百块钱。”他说，“让瓦尼尔离开我的妻子，会再给你这么多。我不关心你怎么做，我也不想知道你怎么做。去做便是。”

我用手指拨了下这些崭新的钞票。随后把它们推开。“等我——要是我能够——把事办妥的话，再付我钱吧。”我说，“能和康奎斯特小姐说上几句就是我今晚的酬金了。”

莫尔尼没有碰这钱。他拿起方瓶，又给他自己倒了杯酒。这次他也给我倒了一杯，隔着桌子推给我。

“至于说到菲利普斯谋杀案，”我说，“埃迪也曾跟踪过菲利普斯。你想告诉我为什么吗？”

“不。”

“麻烦在于，像这样的案件，消息可能来自于别的什么人。一旦一件凶案上了报，天知道会有什么东西给抖落出来。要真是这样，你就会怪我了。”

他盯着我看了一会，说：“我不这么认为。你进来时，我有点儿不礼貌，但你表现得相当不错。我就冒个险吧。”

“谢谢！”我说，“你能告诉我你为什么让埃迪给我打电话并恐吓我吗？”

他目光下垂，手指敲着桌面。“琳达是我的老朋友。今天下午，小默多克来这儿看她。他告诉她你在为默多克老太太做事。她告诉了我。我不知道发生了什么。你说你不接手离婚的事，那老太太雇你就不是为这种事。”他说到最后时抬起眼睛凝视着我。

我也凝视着他，等待着。

“我想我就是那种讲朋友义气的人。”他说，“不愿意他们受侦探骚扰。”

“默多克欠你一笔钱，是吧？”

他皱了下眉头。“我不想谈论这种事。”

他把酒喝了，点点头站起来。“我会让琳达跟你谈谈。把你的钱收起来吧。”

他走到门口出去了。埃迪·普鲁伸直了腰，站起来，莫名其妙地朝我微微一笑，跟着莫尔尼走了。

我又点了支烟，再看一眼那张牙科供应商的账单。我心里隐约想起了什么。我走向窗户，站在那儿朝山谷看去。一辆汽车沿着上山的弯道驶向一座有着塔楼的大宅子，塔楼部分用了玻璃砖，映出塔楼后面的灯光。汽车的前灯扫过大宅，随即拐向车库。车灯熄灭了，山谷也似乎暗了下来。

此刻很安静，也有点凉。下面什么地方传来跳舞的音乐声。声音有点朦胧，听不出是什么舞曲。

琳达 · 康奎斯特从我背后那扇开着的门走进来，随手关上门，站在那儿看着我，眼中有股冷冷的目光。

19

她看上去跟照片既像又不像。她有张大而冷艳的嘴，短鼻子，大而冷峻的眼睛，黑头发由中间分开，露出一道宽宽的白线。她在裙子外面罩了件白色外套，衣领竖起来。她双手插在外衣口袋里，嘴里叼着一支烟。

她看上去见老，眼神更严厉，嘴唇也似乎忘了怎样微笑。她唱歌的时候，嘴唇会有笑容，那是一种表演性的不自然的笑。而下了台。那嘴唇就显得很薄，闭得很紧，一副生气的模样。

她走到办公桌旁，站着往下看，好像在清点那些黄铜饰品。她看见那个雕花玻璃瓶，就拔掉瓶塞，给自己倒了一杯酒，手腕一抖就喝下肚了。

"你是叫马洛的那个人吧？"她看着我问。她将屁股抵着桌角，腿交叉着。

我说我就是叫马洛的那个人。

"总的来说，"她说，"我相当肯定我一点都不会喜欢你这种人。所以，有话直说，说完走路。"

"这地方让我喜欢的是，一切都那么典型。大门口的巡警，门上的灯光，卖香烟及接待处的姑娘，那个胖乎乎油腻腻色眯眯的犹太人和那个高挑华丽无聊的歌舞女郎，衣冠楚楚、酗酒并粗鲁无礼咒骂酒吧招待员的导演，带枪而沉默的男人，有柔软的灰白头发、三流影片作派的夜总会老板，再加上你——身材修长，光彩照人的伤恋女歌手，漫不经心、满脸讥讽、声音沙哑、话语尖刻。”

她说：“是这样吗？”随手将烟塞进嘴里，悠悠地吸了一口。“怎么不说那个满口过时的俏皮话、笑容可掬的爱管闲事者呢？”

“还有为什么我要来找你谈话呢？”我说。

“不知道。为什么？”

“她想拿回去。赶紧。得赶快，否则就麻烦了。”

“我想——”她刚要说又闭嘴了。我看她咬着烟，沉着脸，想掩饰突然产生的好奇心。“她想拿回什么？”

“布拉什金币。”

她抬头看看我，点点头，想起来了——让我觉得她想起来了。

“哦，是布拉什金币。”

“我打赌，你全忘了。”我说。

“哦，没忘。我见过几次。”她说，“你说她想拿回去。你是说她认为我拿了金币？”

“是的。就是这样。”

“她是个肮脏的老骗子！”琳达·康奎斯特说。

“仅仅是猜想并不至于让你成为骗子。”我说，“只是有时你会猜错。她错了吗？”

“我干吗要拿她那块讨厌的旧金币？”

“哦——这块金币值很多钱呢。她认为你可能缺钱。我觉得她不是个太慷慨的人。”

她笑了，一种勉强的轻蔑的讪笑。“是的。”她说，“伊丽莎白·布赖特·默多克夫人说不上慷慨大方。”

“也许你拿走金币只是出于某种怨恨。”我试探着说。

“也许我应该抽你耳光。”她在莫尔尼的黄铜金鱼缸里灭了烟头，用开信封的刀漫不经心地将烟头挑起来，丢进垃圾桶里。

“那谈一下更重要的事情吧。”我说，“你会跟他离婚吗？”

“给两万五千美元，”她看着别处说，“我会乐意跟他离婚。”

“你不爱那个男人了，嗯？”

“你在伤我的心，马洛。”

“他还爱着你。”我说，“毕竟你嫁给了他。”

她懒洋洋地看着我。“先生，别认为我没有为那个错误付出代价。”她又点了支烟。“但一个女孩得生活。而生活并不总是像看上去那么容易。所以一个女孩会犯错误，嫁给一个不合适的男人和不合适的家庭，在那儿找不到她想要的东西。安全感，或其他什么的。”

“而她这么做并不是出于丝毫对爱情的需求。”我说。

“我不想做一个愤世嫉俗的人，马洛。但事实也许会让你大吃一惊：有许多女孩嫁人就是找个家，尤其在这种灯红酒绿的地方，女孩得尽可能拒绝那些只是来寻欢作乐的人。”

“你有了个家，但你放弃了。”

“得到这个家代价太高。那个泡在酒里的老骗子提的条件太苛刻。作为一个客户，你觉得她如何？”

“我有过更糟糕的客户。”

她从嘴唇上弄走一根烟丝。“你注意到她怎么对待那个姑娘了吗？”

“梅尔？我注意到她欺负那个姑娘。”

“还不只是欺负。她几乎把姑娘逼疯。那姑娘受过某种惊吓，老家伙就利用这个情况完全控制了姑娘。当着众人，她对姑娘大喊大叫，但私下场合，她会摸摸姑娘的头发，跟她轻声细语地说话。而她像个受宠若惊的孩子。”

“我不是很明白。”我说。

“这孩子爱上了莱斯利，但她对此并不清楚。感情上她似乎只有十岁。总有一天，这个家庭会发生可笑的事情。我庆幸我不在那儿了。”

我说：“你是个聪明的姑娘，琳达。你坚强，有见识。我猜想，你嫁给他的时候，你以为你可以有丰厚的进账。”

她撇了撇嘴。“我以为至少可以度个假。结果连这个也没有。那是个精明而无情的女人，马洛。无论她让你做什么，都不是她嘴上说的那一套。她又在搞什么鬼了。你小心点。”

“她会杀掉一两个人？”

她笑了。

“不是开玩笑。”我说，“有两个人被杀了，至少其中的一个和这块金币有关系。”

“我不明白。”她平静地看着我，“你是说谋杀？”

我点点头。

“你把这些都告诉莫尔尼了？”

“告诉了他其中的一桩谋杀。”

“你跟警察说了？”

“也说了其中的一桩。同一桩。”

她把眼睛移到我脸上。我们互相注视着。她看上去脸色有点苍白。可能是累了。我觉得她比之前更苍白了些。

“这都是你编的。”她咬着牙齿说。

我笑着点点头。她似乎放松了些。

“那布拉什金币呢？”我说，“你没有拿。好吧。那离婚这件事呢？”

“这不关你事。”

“不关我事。好吧，谢谢跟我说话。你认识一个叫瓦尼尔的人吗？”

"认识。"她的脸现在僵住了。"不熟。他是洛伊斯的一个朋友。"

"好朋友?"

"他迟早会丧命的。"

我说:"有这种可能。这家伙有问题。人们提到他的名字就会表现得冷若冰霜。"

她注视着我没说什么。我想她脑子里正在动什么念头,但即便如此,她也不会说出来。她平静地说:

"莫尔尼肯定会把他杀了,要是他不放开洛伊斯的话。"

"得了吧。洛伊斯自己乐得出墙。这谁都能看出来。"

"也许亚历克斯就未必能看出来。"

"瓦尼尔跟我办的案件没有关系。他和默多克一家也没有来往。"

她朝我撇了下嘴,说:"没有来往?我来告诉你。我这么做并非为了什么。我只是个心里藏不住话的人。瓦尼尔跟伊丽莎白·布赖特·默多克很熟。他很少到她家里去,我在那儿的时候,他只去过一次,但他经常打电话。我接过几次电话。他总是找梅尔。"

"哦——那很有趣。"我说,"找梅尔?"

她弯腰熄灭烟头,再次将烟头挑起来扔进垃圾桶里。

"我累了。"她突然说,"你走吧。"

我站了一会,看着她,心里还有些问题。然而我说:"那晚安,谢谢!祝你好运!"

我走出去,她还站在那儿,双手插在白色外套的口袋里,眼睛看着地上。

等我回到好莱坞,已是凌晨两点。我将车停好,上楼来到我的房间。风停了,但空气中仍充满了沙漠般的干燥气息。房间里很闷,布雷兹的烟头使得空气更污浊。我开窗让空气流通,一边脱衣,将口袋里的东西掏出来。

掏出来的东西中有张牙科供应商的账单。它就是那张开给H·R·蒂格尔的付款单，购买30磅克尔牌白硅石和25磅瓦尔特牌阿尔巴石。

我拿来放在客厅桌子上的电话簿，找蒂格尔的电话号码。此时混乱的记忆突然清晰起来。他的地址是西九大街422号。贝尔丰特大厦的地址就是西九大街422号。

当我从以利沙·莫宁斯塔的办公室出来，悄悄走后面的楼梯到贝尔丰特大厦六楼时，其中一扇门上写的就是H·R·蒂格尔牙科实验室。

但就是平克顿人也得睡觉，马洛现在比平克顿人更需要睡觉。我上了床。

20

在帕萨迪纳，这天和前一天同样闷热，德累斯顿大道上的那幢深红色砖墙的大宅子和前一天同样阴沉，那个立在拴马桩旁边的小黑人也和前一天同样忧郁。同样的蝴蝶停在同样的绣球花上——或看上去是同样的；同样浓郁的夏日花香萦绕着这个早晨，同样牢骚满腹粗嗓门的中年人听到铃声来开了门。

她带着我沿着同样的过道走到同样不见阳光的阳光房。屋子里，伊丽莎白·布赖特·默多克夫人坐在同样的苇编躺椅上，我进去时，她正在从看上去同样的酒瓶里给自己倒上一杯，尽管这瓶酒多半是孙子辈了。

女佣关了门，我坐下来，将帽子放在地板上，就像昨天一样；默多克夫人同样冷冷地看了我一眼，说：

“怎么样？”

“情况不妙。”我说，“警察在找我。”

她看上去并不慌张，就像一大块牛肉似的。“哦。我原先觉得你挺能干的呢。”

我没有理睬。“昨天上午，我从这里走了之后，有个开跑车的人跟踪我。我不知道他在这儿干嘛，也不知道他怎么到这儿来的。我以为他跟着我到了这儿，但我觉得不太可能。我摆脱了他，但他又出现在我办公室门外。他又跟上了我，所以我让他解释为什么这么做，他说他需要帮助，让我到邦克山他住的地方去跟他谈谈。在见过莫宁斯塔先生之后我去了，我发现这个人已经被杀死在洗手间的地上。”

默多克夫人抿了一小口酒。她的手也许有些抖，但屋内的光线太暗，我不能肯定。她清清嗓子。

“说下去。”

“他叫乔治·安森·菲利普斯。一个金黄头发的小伙子，有点笨。他说自己是个私人侦探。”

“我从来没有听说过他。”默多克夫人冷冷地说，“据我所知，我从来没有见过他，我对他一无所知。你认为我雇他来跟踪你？”

“我不知道怎么说。他建议我们联手，他给我的印象是，他在为您家里的什么人做事。他当然没有这么说。”

“他没有为我家里做事。你完全可以放心。”这个男中音般的嗓音像岩石一样坚定。

“我觉得您对家里人的了解并非如您想得那么多，默多克夫人。”

“我知道你已经盘问过我的儿子——我并没有让你这么做。”她冷冷地说。

“我没有盘问他。他盘问我。或者说试图盘问我。”

“这个我们以后再谈。”她生硬地说，“那个你发现被枪杀的人怎么回事？你因为他而被警察盯上了？”

“当然是这样。他们要知道他为什么跟踪我，我在办什么案子，他为什么要跟我联系，他为什么邀请我去他住处，以及为什么我要去。但那只是部分原因。”

她把酒喝光，又给自己倒了一杯。

“您的哮喘怎么样？”我问。

“不好。”她说，“继续说你的事。”

“我见了莫宁斯塔。这我在电话里告诉过您。他假装没有拿到那枚布拉什金币，但他承认有人向他出售，并说他可以得到它。如我告诉您的。然而您告诉我，金币已经回到您手里，事情就是这样。”

我等待着，心想她会告诉我金币如何拿回来的，但她只是端着酒杯，一脸阴沉地凝视着我。

“所以，我和莫宁斯塔先生商定一笔交易，为这枚金币付他一千美元——”

“你无权做这样的事情。”她叫了起来。

我点头表示同意。

“也许我只是跟他开个玩笑。”我说，“我知道我在跟自己开玩笑。不管怎样，在您电话中告诉过我之后，我想要跟他联系，告诉他这笔交易中止了。除了办公室的电话，电话簿中没有他家的电话。我就去了他的办公室。时间相当晚了。开电梯的人说他还在办公室。他仰面躺在地上，死了。他死于头部遭到重击和惊吓，这很显然。老人易遭不测。凶手也许并不想杀死他。我叫了急救中心，但没有留下我的名字。”

“你做得聪明。”她说。

“是吗？我只是为自己考虑，但我并不认为这么做是聪明的。我只是想善待别人，默多克夫人。我希望您能够理解。但几小时内有两人被杀，两具尸体都是我发现的。两个受害者都和——某种程度上——您的布拉什金币有关。”

“我不理解。另一个——那个小伙子也与此有关？”

“是的。我没有在电话中告诉过您吗？我想我告诉过您。”我皱起眉头，回想有没有告诉过她。我想起是告诉过她的。

她平静地说：“这有可能。我对你说的没有太注意。你瞧，金币已经拿回来了。你似乎有点醉了。”

“我没醉。我只是有点震惊，但我没醉。您听了这些倒很平静。”

“你要我怎么做？”

我深吸了口气。“我已经牵涉到一起凶杀案里，因为发现了尸体并报了警。我现在可能和另一件凶案有关系，因为我发现了尸体而没有报警。后者对我来说更严重。甚至事情发展到这个地步，今天中午之前，我得说出我客户的名字。”

“那是背信泄密。”她说，在我看来，她太沉得住气了。“你不会这么做，我肯定。”

“我希望您能把那该死的酒杯放一放，设法弄清楚目前的处境。”我对她厉声说。

她看来有些吃惊，把酒杯挪开——约四寸的距离。

“菲利普斯这个人，”我说，“有私人侦探的执照。我怎么那么凑巧发现他死了？因为他跟踪我，我就质问他，他请我去他的住处。当我到他那儿的时候他已经死了。这些情况警察都知道。他们甚至可能相信了。但他们不相信菲利普斯和我的关系只是巧合。他们认为菲利普斯和我之间有更深的关系，他们非要知道我在干什么，为谁干。清楚了吗？”

“你会有办法走出困境的。”她说，“当然，我意料这会再花我一点钱。”

我感到鼻子被捏住了似的。嘴里发干。呼吸不畅。我又深深地吸了一口气，再次向坐在我对面苇编躺椅上的那一大团肥肉诉说，而她看来就像一个拒绝贷款的银行行长那样镇定自如。

“我为您工作。”我说，“此刻，这个星期，今天。我希望下个星期能为别人工作。再下个星期又为另一个人工作。为此，我得和警察搞好关系。他们不必喜欢我，但他们得确信我没有欺骗他们。假设菲利普斯不知道布拉什金币的事，再假设他虽然知道，但他的死和金币没有关系。即使如此，我仍然得告诉警察我对他了解的情况。而他们得盘问他们想盘问的任何人。这些您难道不明白吗？”

“难道法律没有给你保护客户的权利？”她大声说，“如果没有这个权利，那人们雇侦探有什么用？”

我站起来绕着椅子走了一圈，又坐下来。我身子前倾，双手按住膝盖骨，用力挤，直到指关节发酸。

“无论法律是什么，它总是一种博弈与妥协，默多克夫人。和其他很多事情是一样的。即使我有保持沉默的权利——拒绝说什么——并且这次蒙混过关，那我的事业也完蛋了。我会被视为一个找麻烦的家伙。他们无论如何总可以逮住我。我重视您的事，默多克夫人，但这不足以要为您流血丧命。”

她又端起杯子把酒喝光。

“你似乎把整个事情都搞糟了。”她说，“你没有发现我的儿媳妇，也没有发现我的布拉什金币。但你却发现了跟我毫无关系的几个死人；你把事情弄成这样，而我必须告诉警察我所有的私事，为的是帮你免去因你自己的无能而造成的麻烦。这就是我明白的情况。要是我说错了，不妨纠正我。”

她又倒了杯酒，猛喝了一口，引起一阵剧烈的咳嗽。她手颤抖着把杯子放在桌子上，酒泼了出来。她身子往前一伸，脸色发紫。

我忙站起来，跑过去，使出足以撼动市政厅的气力猛拍了一把她那结实的后背。

她发出一长声哀号，艰难地吸了口气，不再咳嗽。我按了录音电话机上的一个键，有人来接电话，声音很粗很响，我对着话机说：“给默多克夫人端一杯水来，要快！”随手挂了电话。

我又坐下来，看着她缓过气来。当她呼吸平稳正常时，我说：“您并不强悍，您只是以为自己强悍。长期以来，您和那些害怕您的人生活在一起。等您见到警察时，您就明白了。那些小伙子才是专业的。您不过是一个被宠坏的外行。”

门开了，女佣拿来一壶冰水和一只玻璃杯。她把它们放在桌子上，走了出去。

我给默多克夫人倒了一杯水，递到她手里。

“慢慢喝，别大口。您不会喜欢水的味道，但水不会伤害您。”

她小口喝，接着喝了半杯水，她把杯子放下，擦擦嘴。

“真没想到，”她声音刺耳地说，“在所有我能够雇用的侦探中，我偏偏找了一位到我自己家里来欺负我的人。”

“现在说什么都晚了。”我说，“我们没有多少时间了。我们的事情怎么对警察说？”

“警察跟我无关。根本无关。要是你把我的名字告诉他们，我将把这看作是无耻的背信弃义。”

这又使我退回到了起点。

“谋杀改变了一切，默多克夫人。您不能对谋杀案置之不理。我们得告诉他们您为什么要雇我，雇我做什么。他们不会在报纸上加以公布，这您知道。我是说，要是他们相信了，他们就不会这么做。当然，他们不会相信您雇我去调查以利沙·莫宁斯塔只是因为他打来电话，要买下那枚金币。他们可能不知道您没法出售那枚金币，即使您想出售的话，因为他们可能不会从那个角度去想问题。但他们不会相信您雇个私家侦探只是去调查一个可能的购买者。您怎么说？”

“那是我的事情，不是吗？”

“不。您不能如此来打发警察。您得满足他们：您是真诚、坦率的，没有隐瞒什么。只要他们认为您有所隐瞒，他们就不会善罢甘休。给他们一个合理可信的解释，他们就会心满意足地走开。而最合理可信的解释始终是实话实说。还不愿说出实情吗？”

“不愿。”她说，“但说不说似乎没有什么不同了。我们必须告诉他们我怀疑我儿媳妇偷了金币，但我弄错了？”

“这样更好。”

“告诉他们金币拿回来及怎样拿回来了？”

“这样更好。”

“这会让我很难堪的。”

我耸了耸肩。

“你是个冷酷的家伙。”她说，“你是冷血动物。我不喜欢你。我很后悔遇到了你。”

“我也是。”我说。

她伸出肥肥的手指按了个键，对着话机叫道：“梅尔，让我儿子马上来这儿。你也和他一起来。”

她放开键，将粗短的手指并拢，双手重重地拍了下大腿。她阴沉沉的眼睛望着天花板。

她声音平静而悲伤地说：“我儿子拿走了金币，马洛。我儿子。我的亲生儿子！”

我没说什么。我们坐在那儿看着对方。几分钟后，他们两个进来，她大声让他们坐下。

21

莱斯利·默多克穿一件绿色的便装，头发看上去湿湿的，好像刚洗了澡。他弓着腰坐在那儿，眼睛看着脚上的白色鹿皮鞋，一边玩着手上的戒指。他没有叼那支黑色的长烟嘴，没有了烟嘴，他看上去有些孤单。甚至他的胡须比起他在我办公室里时也要萎靡一些。

梅尔·戴维斯看上去还是前一天那个样子。也许她的样子始终不变。她红棕色的头发还是梳得很紧，玳瑁边眼镜看上去还是那么大而空旷，那双眼睛还是那么茫然。她甚至穿的还是那件无袖亚麻连衣裙，没有任何饰品，甚至耳环也没有。

我有种似曾相识的奇怪感觉。

默多克夫人小口喝着酒，平静地说：

“来吧，儿子。告诉马洛先生有关金币的事。恐怕这事得告诉他。”

默多克立马抬头看我一眼，随即又垂下眼睛。他嘴抽搐了一下。当他说话的时候，他的声音单调平淡，显得无精打采，像是有人经过激烈的良心挣扎之后作忏悔似的。

“如我昨天在你的办公室告诉过你的一样，我欠下莫尔尼一大笔钱。一万两千块。我后来否认了，但这是真的。我确实欠了钱。我不想让母亲知道。他逼我还钱。我想我最终还得告诉她，但我很软弱，此事一再拖延。一天下午，趁她睡觉和梅尔出门的机会，我用她的钥匙打开柜子，拿走了金币。我把金币给莫尔尼，他同意收下金币作为抵押，因为我对他说明，除非他能说出金币的来历，证明拥有的合法性，否则他有了金币也换不来一万两千块钱。”

默多克接着说：“莫尔尼给了我一张收据，收据说明他同意将金币作为抵押品，不经同意不能转卖。大致是这个意思。我也不知道这收据是否合法。当那个叫莫宁斯塔的人打来电话问起这块金币时，我马上怀疑莫尔尼在设法卖掉它，或至少考虑卖掉它，并设法从了解珍币的人那儿为这块金币估价。我感到很害怕。”

他抬起头，朝我做了个怪脸。也许这就是有人感到害怕时的脸。接着，他掏出手帕擦擦额头，手里拿着手帕坐在那儿。

“当梅尔告诉我说，母亲雇了一个侦探——梅尔不应该告诉我，但母亲答应不为此责备她——”他看了看他母亲。老妇人板着脸，样子很冷酷。小姑娘仍然凝视着他的脸，似乎不担心受到责备。他继续说：“那时我肯定她发现丢了金币，她为此雇了你。我并不真的相信她雇你是为了找琳达。我一直知道琳达在哪儿。我去了你的办公室，看我能有什么发现。我没有多少收获。昨天下午我去见莫尔尼，把这些情况告诉了他。起初他当面嘲笑我，但等到我告诉他，甚至我母亲出售这块金币也会破坏贾斯珀的遗嘱，要是我告诉她金币的下落，她肯定会让警察去找他，这时他才态度有所松动。他站起来，走到保险柜前，取出那块金币，一言不发就给了我。我归还了收据，他把收据撕了。所以，我把金币拿回家，对母亲坦白了。”

他停止了叙述，又擦了擦脸。那个小姑娘的眼睛随着他手的动作上下移动着。

在随后的沉默中我说：“莫尔尼威胁你了吗？”

他摇摇头。“他说他需要那笔钱，他要用钱，让我最好早点还给他。但他没有威胁我。他很正派，真的。在这样的情况下。”

“这事发生在哪儿？”

“在悠谷夜总会，他的私人办公室里。”

“埃迪·普鲁在吗？”

小姑娘将眼睛从他脸上移开，看着我。默多克夫人闷声闷气地说：“埃迪·普鲁是谁？”

“莫尔尼的保镖。”我说，“我昨天没有完全浪费时间，默多克夫人。”我看看她的儿子，等待着。

他说：“没有，我没有见到他。当然，见面我能认出他来。你只要见他一次就能记住他。但他昨天不在那儿。”

我说：“就这些吗？”

他看看他的母亲。她严厉地说：“这还不够吗？”

“也许够了。”我说，“现在金币在哪儿？”

“你期待它在哪儿？”她大声说。

我几乎想告诉她，就想看她跳起来。但我忍住了。我说：“这么看，这事儿就结了。”

默多克夫人沉着脸说：“吻你的母亲，儿子，走吧。”

他顺从地站起来，走过去吻她的额头。她拍拍他的手。他低着头走出去，轻轻地关上门。我对梅尔说：“我觉得你最好把他说的记下来，就按他说的，打出一份来，让他在上面签字。”

她看上去很惊惶。老妇人吼叫道：

“她当然不会做这类事情。回去工作，梅尔。这事儿我要你进来听听。但要是我再抓到你违背我对你的信任，你知道会有什么结果。”

小姑娘站起来，瞪着闪亮的眼睛朝她笑笑。“哦，好的，默多克夫人。我再也不会了。不会了。您可以相信我。”

“我希望如此。”老妖婆咆哮道，“去吧！”

梅尔轻手轻脚地出去了。

两大颗泪珠从默多克夫人的眼眶里流出，顺着大象皮一般的面颊慢慢往下，滑到肉乎乎的鼻翼两侧，再滴到嘴唇上。她摸索着找出一块手帕，把眼泪擦掉，再擦擦眼睛。她放下手帕端起酒杯，语气平稳地说：

“我很爱我的儿子。马洛先生。很爱他。这让我很伤心。你觉得他必须要把这件事告诉警察吗？”

“我希望他别说。”我说，“他说了他们也未必相信。”

在昏暗的光线中，她的嘴啪的一声张开，露出白色的牙齿。她合上嘴巴，闭得紧紧的，低头皱眉地看着我。

“你这么说是什么意思？”她厉声说。

“就是这个意思。这故事不像是真的。它过于简单，听上去像是编的。这故事是他自己编的还是您想出来让他说的？”

“马洛先生，”她恶狠狠地说，“你可是踩在薄冰上啊！”

我摆摆手。“咱们不都在一起吗？好吧，就当它是真的。莫尔尼会否认，我们就又回到了起点。莫尔尼必定会否认，因为不否认的话，就把他牵扯到两桩谋杀案里了。”

“究竟哪些东西听起来不像是真的呢？”她大声问。

“莫尔尼——一个有后台，受保护和有影响的人，为什么要让自己牵涉进两桩不起眼的谋杀案里，只是为了躲开一件微不足道的事情，比如卖掉一件抵押品？在我看来，这是说不通的。”

她瞪着眼睛，没说什么。我对她笑笑，因为她第一次对我说的有了兴趣。

“我找到了您的儿媳妇，默多克夫人。我觉得有些奇怪：您儿子，他完全受您控制，竟然没有告诉您她在哪儿。”

“我没问他。”她小声地说，就她而言，这样说话是很难得的。

“她又回到了原来的地方，在悠谷夜总会唱歌。我跟她谈过。某种程度上，她是个相当坚强的女孩。她不怎么喜欢您。她出于怨恨拿走了那枚金币——我觉得这不是不可能的。我觉得更有可能的是，莱斯利知道或发现了这件事，就编了那个故事来保护她。他说他很爱她。”

她笑了。笑得不好看，笑得有点不对劲，但总归是笑。

“是的。”她温和地说，“是的，可怜的莱斯利。他会那么做。在那种情况下——”她住了口，笑得更明显了，甚而有点欣喜的感觉，“在那种情况下，我亲爱的儿媳妇可能与谋杀案有牵连了。”

她为这个想法有点沾沾自喜，我看了她一会。“您希望这样？”

她点点头，还是笑着，陶醉在这个想法里，之后才听出我话音中的粗暴。于是她脸绷了起来，嘴紧闭着。她咬牙切齿地说：

“我不喜欢你说话的腔调。一点也不喜欢。”

“这不怪您。”我说，“我自己也不喜欢。我什么都不喜欢。我不喜欢这幢房子，不喜欢您，不喜欢这儿压抑的气氛，不喜欢那个姑娘苦巴巴的脸和您那个笨蛋儿子，不喜欢这个案子，不喜欢我不知道的实情和有人对我说的谎言——”

她开始喊叫起来。她一脸怒气，眼珠子气得乱转，目光中充满了憎恨：

“出去！马上离开这幢房子！一刻也别耽搁！出去！”

我站起来，从地毯上拿起帽子，说：“我很高兴我能离开。”

我厌倦地看了她一眼，走到门口，开门走了出去。我轻轻关门，僵硬的手抓住把手，咔哒一声让门锁轻轻扣上。

这么做无缘无故。

22

身后传来脚步声，有人叫我的名字，我一直走到客厅中央。我停步，转过身来，让她能够赶上。她上气不接下气，眼睛几乎要从镜片后跳出来，从高窗射入的一缕阳光照在她红棕色的头发上，发出奇特的光彩。

“马洛先生？请停步！请别走。她需要您。她真的需要您！”

“我讨人厌。今天上午你嘴唇上涂了唇彩。看上去很不错。”

她抓住我的袖子。“请别走！”

“去她的！”我说，“让她跳河吧，马洛也会生气的。让她尽管去跳河，没人拦她。无需动脑子，也别磨蹭。”

我低头看着她拉住我袖子的手，在手上拍了拍。她马上松开，眼神显得很震惊。

“请别走，马洛先生。她有麻烦了。她需要您的帮助。”

“我也有麻烦了。”我叫道，“我麻烦一大堆呢。你哭什么呀？”

“哦，我真的喜欢她。我知道她粗暴、蛮横，但她心很善。”

“去她的善心！”我说，“我不指望跟她亲密到体验她那颗善心的程度。她是个有张胖脸的老骗子。我已经受够她了。我觉得她确实有麻烦，但我不想刨根问底。我需要她自己开口对我说。”

“哦，我肯定，只要您有点儿耐心——”

我无意识地用手揽住她的肩膀。她跳开三英尺远，眼中露出恐慌的目光。

我们站在那儿，眼睛盯着对方，喘着大气，我跟往常一样张着嘴，她嘴巴抿得紧紧的，苍白的小鼻孔颤动着。她脸色苍白，好像是笨拙的化妆的结果。

“瞧你，”我慢慢地说，“你小时候遇到过可怕的事吗？”

她马上点了点头。

“有人或有什么事吓着你了？”

她又点点头。她小而白的牙齿咬着下嘴唇。

“以后你就一直这样？”

她只是站在那儿，脸色惨白。

“听着，”我说，“我不会做什么来吓你，永远不会。”

她眼里噙着泪水。

“要是我碰到了你，”我说，“也就像碰到了一把椅子或一扇门而已，说明不了什么。明白了吗？”

“是的。”她终于挤出了两个字，满含泪水的眼里仍是掩饰不住的恐慌。“是的。”

“这我就放心了。”我说，“我没事。别为我担心。现在来说说莱斯利。他的心思在别的地方。你知道他人挺好——就我们对他的了解而言。对吧？”

“哦，是的。”她说，“是的，确实。”在她眼里，莱斯利是优秀人物。而在我眼里，他只是一摊鸟屎。

“现在来说说那位老酒鬼。”我说，“她粗暴，她厉害，她觉得她能够为所欲为，她对你大声训斥，但她对你基本上还是不错的，是吧？”

“哦，她对我不错，马洛先生。我就是想告诉您——”

“当然。那现在你为什么还害怕呢？这个伤害过你的人，他还没有走开？”

她手伸到嘴边，咬着大拇指指肚，眼睛越过手指看着我，好像趴在阳台上看着外面。

“他死了。”她说，“他从——从——窗口跌下去了。”

我伸出右手让她别说了。“哦，那个家伙。我听说过他。忘了他，行吗？”

“不行。”她说着郑重地摇了摇头。“我忘不了，我似乎根本忘不了。默多克夫人总让我忘了他，她跟我长谈过几次让我忘了，谈了好久，但我就是忘不了。”

我大声说：“要是她闭上她那张胖嘴，闭上好久，事情会好得多。她就是要你忘不了。”

她看上去很吃惊，也很难过。“哦，不会这样。”她说，“我是他的秘书。她是他的妻子。他是她的第一个丈夫。她当然也忘不了。她怎么能忘呢？”

我抓抓耳朵。这话似乎有点含糊其词。她此刻表情漠然，从中我唯一能够读出的只是她并没有意识到我在那里。我是从什么地方传来的一个声音，但不是一个实体的人。几乎就是她自己头脑里的一个声音。

这时我有了个奇特但不怎么可靠的念头。“听着，”我说，“你有没有遇到过什么人对你有那种影响？某个人比其他人有更大的影响？”

她朝室内四下张望。我也跟着她看去。椅子下没人，也没有人从门或窗户对我们偷窥。

“我为什么要告诉您？”她呼吸急促地说。

“你可以不说。只是想知道你的感觉。”

“您能保证不告诉任何人——世界上的任何人，甚至不告诉默多克夫人吗？”

“告诉谁也不告诉她。”我说，“我保证。”

她张开嘴，脸上露出一丝有趣而包含信赖的微笑，然而，出问题了。她的喉咙冻结起来。她发出嘎嘎的声音。事实上是牙齿咯咯响。

我想要帮她一把，但又担心碰到她。我们站着。什么也做不了。我们站着。我就像蜂鸟的一只闲置的鸟蛋般毫无用处。

接着，她转身跑了。我听到走道上她的脚步声。我听到一扇门关上了。

我对此束手无策。我心想是否有谁能为此做点什么。

我走回到那扇镶着玻璃的门前，敲敲门，推开门，将头探进去。默多克夫人还是如我离开时那样坐着。她似乎压根就没有动过。

“谁把那姑娘吓得没命似的？”我问。

“离开我的房子。”她咬着两片厚嘴唇说。

我没动。她接着声音嘶哑地嘲笑我。

“你觉得你自己是个聪明人吧，马洛先生？”

“噢，我并没有那么自满。”我说。

“那你就自己去找吧？”

“费用您付？”

她耸了耸她厚重的肩膀。“有可能。要看情况。谁知道呢？”

“您什么也没买到。”我说，“我还是要去和警察谈。”

“我什么也没买，”她说，“我也什么也不用付。除了要回那枚金币。用那点我已经付给你的钱拿回了金币，我很满意。现在你走吧。你让我烦了。讨厌极了。”

我关上门，转身往回走。门里没有啜泣声。很安静。我又往前走。

我走出了这幢房子。我站在那儿，听着灿烂的阳光炙烤着草地。后面有辆汽车发动起来，一辆灰色的水星从房子的一侧沿着车道开过来。开车的是莱斯利·默多克。他看见了我就停了车。

他下了车，快步向我走来。他衣冠楚楚；此刻他穿的是奶油色的料子外衣、休闲裤，都是新的；黑白色皮鞋，鞋尖擦得很亮，黑白小方格的运动衫，黑白色的手帕，奶油色衬衫，没系领带。鼻子上架着一副绿色的太阳镜。

他站在我身边，用一种又低又怯的声音说：“我猜你认为我是个坏蛋。”

“就因为你讲的那个关于金币的故事？”

“是的。”

“那一点也不影响我对你的看法。”我说。

“哦——”

“你要我说什么？”

他不以为然地耸了耸那副衣料剪裁得当的肩膀。傻气的红棕色小胡子在阳光下闪闪发亮。

“我想我愿意让人喜欢。”他说。

“抱歉，默多克。我喜欢你的是你对妻子的那份心意。如果那是真实的话。”

“哦。你不认为我说的是实话？我是说，你认为我之所以那么说只是为了保护她？”

“有可能。”

“明白了。”他往长烟嘴里装了支烟，烟嘴是从那块手帕里拿出来的。“好吧——我想我能确定你不喜欢我。”绿色太阳镜后面眼睛的转动依稀可见，如同深水池中游动的鱼。

“这是个愚蠢的话题。”我说，“毫无意义。对我们俩都一样。”

他用火柴点烟，吸了起来。“明白了。”他平静地说，“请原谅我的冒昧。”

他转身向他的汽车走去，上了车。我走之前看着他开车离去。随后，我走过去，离开前拍了拍那个黑人小男孩的头。

“孩子，”我对他说，“这幢房子里只有你脑子没问题。”

23

警察局墙上的喇叭嗡嗡响着，一个声音说：“总台，测试。”咔嗒一声，声音停了。

探长杰西·布雷兹伸了个大懒腰，打着哈欠说：“晚了几小时，是吧？”

我说：“是的。但我给你留了话，说我会晚到。我得去看牙医。”

“坐下吧。”

他在室内一角有张小办公桌，桌上比较零乱。他在桌后靠墙角坐着，左边是一扇大窗，没拉窗帘，右边墙上挂了一个大日历，大约齐眼高。已经过去的日子细心地用软质的黑铅笔划去，这样，布雷兹只要看一眼日历就知道这是哪天。

斯潘格勒坐在旁边一张稍小但更整洁的桌前。桌上有绿色的吸墨纸、一个石质笔架、一个小的黄铜日历以及一个鲍鱼壳，壳里满是烟灰、火柴梗和烟头。斯潘格勒手里拿着一把蘸水笔，朝墙边一只坐垫有毡的一面投去，就像墨西哥刀客朝目标掷刀一样。他投得并不准。那些笔没有戳进垫子里去。

这个房间有着这种房间惯有的味道：疏远、无情，既不很脏，也不干净，没有人情味。给警局一幢新楼，不出三个月，全部的房间就都会有这种味道。这里必定有某种道理。

一位报道纽约警察的记者曾写道，你一旦走进警局管辖区内，你就显然走出了这个世界，进入了一个法外之地。

我坐下来。布雷兹从口袋里摸出一支玻璃纸包着的雪茄，那套程序便开始了。我看着他按部就班地进行，一成不变，丝毫不差。他吸着烟，晃灭火柴，轻轻地放入一只黑色的玻璃烟灰缸里，说："哎，斯潘格勒。"

斯潘格勒转过头来，布雷兹转过头去。他们对视而笑。布雷兹拿雪茄指着我。

"瞧他出汗了。"他说。

斯潘格勒挪动脚步，转身看我出汗。即使我在出汗，我也不知道。

"你们两位可爱得就像一对打飞了的高尔夫球。"我说，"你们到底怎么做到的？"

"少说俏皮话。"布雷兹说，"今天上午有点忙吧？"

"有点。"我说。

他仍然微笑着。斯潘格勒也微笑着。布雷兹似乎在品尝什么东西，他不愿意咽下去。

最后，他清清嗓子，摸了下长满雀斑的大脸，头再转一点，这样，他不用对着我但可以看见我。他用一种模糊空洞的声音说：

"亨奇招了。"

斯潘格勒转身看着我。他坐在椅边上，身子前倾，嘴巴张开，一副沾沾自喜甚或有点下流的样子。

我说："你们用什么对付他——一把大镐？"

"不是。"

他们俩都不说话，只是看着我。

“一个喔普[1]。”布雷兹说。

“一个什么？”

“小伙子，你高兴了吧？”布雷兹说。

“你们想告诉我呢，还是就坐在哪儿得意洋洋地看我怎么高兴？”

“我们想看别人高兴。”布雷兹说，“这样的机会不多。”

我往嘴里塞了支烟，上下晃动着。

“我们用一个喔普对付他。”布雷兹说，“一个叫巴勒莫的喔普。”

“哦。有件事你知道吗？”

“什么？”布雷兹问。

“我刚想到警察的对话是怎么回事。”

“什么？”

“他们认为每一句出口的话都是隽言妙语。”

“而每一个逮到的坏蛋都是好坏蛋。”布雷兹平静地说，“你想知道呢还是你只想说俏皮话？”

“我想知道。”

“那事情是这样的。亨奇醉了。我是说他骨子里醉了，而不只是一般的醉。醉透了。几星期来，他就靠酒过日子。他不吃也不睡。生活里只有酒。他已经到了这个程度，酒没把他喝醉，反而让他清醒。酒是他在现实世界里最后的支撑。当他走到这一步，你把他的酒拿掉，不给他什么东西支撑，他就是只迷失方向的布谷鸟了。”

我没说什么。斯潘格勒稚气的脸上仍是那种不怀好意的表情。布雷兹弹弹雪茄，并没有烟灰落下来，他又将雪茄塞进嘴里，继续说下去。

“他精神有问题，但我们并不想抓什么有精神问题的人。这一点我们是很清楚的。我们要的是没有任何精神方面问题记录的人。”

---

① “喔普（wop）”，美国俚语，常指美国移民中的意大利人。

“我还以为你们肯定亨奇是无辜的呢。”

布雷兹不置可否地点点头。“那是昨天晚上的事。也许我开了点玩笑。然而到了夜里，砰，亨奇疯了。他们便把他弄到医院，注射了鸦片。监狱医生打的。这事你我两个知道。记录上没有鸦片。明白了吗？”

“很清楚。”我说。

“好吧。”他看上去对我的回答有所怀疑，但他热衷于自己的话题，无暇顾及我的话。“今天上午，他没事了。鸦片还有作用，这家伙脸色苍白，但安静多了。我们去看他。你怎么样，小子？你需要什么吗？随便什么东西？我们乐于给你去弄。他们在这儿待你不错吧？你知道这一套的。”

“我知道。”我说，“我知道这一套。”

斯潘格勒样子难看地舔舔嘴唇。

“就这样，过了一会，他开口，只说了‘巴勒莫’。巴勒莫就是马路对面那个喔普的名字，他拥有那家殡仪馆和那幢出租公寓，还有别的产业。你记得吗？你应该记得的。他曾说过有个高个金发女郎。都是胡扯。那些喔普整天就想着高个金发女郎。满脑子都是，成打成打的。但巴勒莫是个重要人物。我到处打听。他赢得了那儿的选票。他不是个能听人摆布的家伙。好吧，我并不想去摆布他。我对亨奇说，‘你是说巴勒莫是你的一个朋友？’他说，‘去找他吧。’所以，我们回到这儿，给巴勒莫打电话，巴勒莫说他就来。不错。他很快来了。我们的谈话是这样的：亨奇想要见你，巴勒莫先生。我不知道为什么。他是个可怜的家伙，巴勒莫说。一个好人。我想他没事。他想要见我，那很好。我见他。我单独见他。警察别在场。我说，好吧，巴勒莫先生，我们就去了医院，巴勒莫和亨奇说话，没有人旁听。过了一会，巴勒莫走出来，他说，好了，警官。他招认了。我也许得付钱请律师。我喜欢这个可怜的家伙。就是喜欢。他走了。”

我没说什么。沉默了一会。墙上的喇叭宣读一份公告，布雷兹抬起头，听了十多分钟，随后就不去理会了。

“所以，我们就带了个速记员去，亨奇说出了内情。菲利普斯曾向亨奇的女友调情。那是前天，在过道。亨奇在房间里，他看见了，但菲利普斯进了自己的房间，在亨奇出来前关上了门。但亨奇很恼火。他一拳打在女友的眼睛上。但那没有让他满足。他闷闷不乐，酒性上来了。他自言自语：那个家伙不可以跟我的女友调情。我得给他一个教训让他记住我。所以，他就留意菲利普斯。昨天下午，他看见菲利普斯回自己的房间。他让女孩去散步。她不想去散步，所以亨奇就又打了她的另一只眼睛。她去散步了。亨奇敲菲利普斯房间的门，菲利普斯开了门。亨奇对此有些吃惊，但我告诉他，菲利普斯在等你。不管怎样，门开了，亨奇走进去，告诉菲利普斯他怎么想以及要怎么做，菲利普斯很害怕，拔出枪来。亨奇打了他一棍子。菲利普斯倒下了，亨奇还不满足。把人一棍子打倒了，你还想干吗？不满足，不算复仇。他捡起地上的枪，他醉醺醺的，就想得到满足，菲利普斯抓住他的脚脖子。亨奇不知道他为什么这么做。他脑子糊涂了。他把菲利普斯拖到洗手间，用他自己的枪结果了他。你喜欢这个故事吗？”

“喜欢的。”我说，“但亨奇得到什么满足了呢？”

“哦，你知道醉鬼是怎么回事。不管怎样，他结果了他。这不是亨奇的枪，你瞧，但他又不能用这把枪来伪造自杀。这样做他得不到任何满足。所以，亨奇把枪拿走，放到他的枕头下面，将他自己的枪扔掉了。他没有告诉我们丢哪儿了。也许给了某个狐朋狗友。接着他找到了那个女孩，他们去吃饭了。”

“真是奇妙！”我说，“将枪放在枕头下。我怎么也想不到这一招。”

布雷兹坐在椅子上往后靠，眼睛看着天花板。斯潘格勒听完这个故事的精彩部分，在椅子上扭过身去，抓起几枝蘸水笔，朝那只垫子掷去。

“可以这么来看。”布雷兹说，“这个伎俩有什么效果？看一下亨奇是怎么玩的。他醉了，但他很聪明。他找到那把枪，在菲利普斯尸体被发现前就把枪拿出来。我们先想到，一把枪在亨奇的枕头下，这把枪杀了人——不管怎样开过枪——随后，我们就看见了那具尸体。我们相信了亨奇的说法。听起来很有道理。我们怎么能想到会有这样的傻瓜像亨奇这么做呢？这不可思议啊。所以，我们相信有人把枪放到了亨奇的枕头下，并将亨奇的枪拿走扔掉了。假设亨奇扔掉的是那把打死人的枪，而不是他自己的枪，他会有更好的处境吗？如果事情真是那样，我们肯定会怀疑他。那样的话，他就无法让我们产生最初对他的那些想法。而他实际的做法就让我们认为，他是个没有恶意的醉鬼，出去门都不关，有人就把枪丢给了他。”

他等着，嘴巴微张，一只长了很多雀斑的手举着雪茄，淡蓝色的眼睛微微露出得意之色。

“好吧，”我说，“不管怎样，要是他打算招认，这就没有什么不同了。他准备认罪换取宽大吗？”

“当然。我想是这样。我猜巴勒莫会设法让他以过失杀人的罪名从轻发落的。当然我并不能肯定。”

“巴勒莫为什么要帮他开脱呢？”

“他有点喜欢亨奇。巴勒莫是个我们摆布不了的人物。”

我说：“我明白了。”我站起来。斯潘格勒眼睛发亮地侧身看着我。“那女孩怎么样？”

“一声不吭。她很聪明。我们对她无计可施。这可是细致的活儿。不能动手动脚，是吧？无论你做什么，这总是你的事。明白我的意思吗？”

“这女孩是高个金发女郎。”我说，“不再年轻，但还是高个金发女郎。尽管只是一个。也许巴勒莫不在乎。”

“见鬼，我没这么想。”布雷兹说。他想了想，但又放弃了。“此路不通，马洛。她不够档次。”

“收拾一下，醒醒酒，还真难说。”我说，“所谓档次，很容易在酒精里溶解掉的。你找我就这件事吗？”

“我想是这样。”他抬起雪茄对着我。“倒不是我不想听你的故事。但我想，事已如此，我也没有绝对的权力非要你讲。”

“你真坦率，布雷兹。”我说，“你也是，斯潘格勒。祝你们俩好运！”

他们看着我走出去，两人都微张着嘴。

我下楼到了宽敞的大理石前厅，出门将我的车从警察局停车场开出来。

24

彼得罗·巴勒莫先生坐着，室内除了一张红木卷盖式书桌，还有一幅宗教三联画，镶着镀金的框架，还有一个黑檀和象牙的大十字架——这房间看上去就像一个维多利亚时代的客厅。房间里还有一张马蹄形沙发，几把有漂亮椅套的红木雕花椅子。灰绿色的大理石壁炉架上摆着一只镀金时钟，墙角一只落地大摆钟懒洋洋地走着，大理石台面、弧形桌腿的椭圆形桌上，玻璃罩下有几枝蜡花。地毯很厚实，织着许多碎花图案。甚至有一个柜子专门放小摆设，里面有许多小玩意儿：细瓷小杯子、玻璃和瓷器工艺品、象牙和花梨木的零星物品、彩绘碟子、一套美国早期的天鹅形盐瓶，诸如此类。

窗户上挂着长长的挑花窗帘，但房间朝南，光线很亮。街对面，我可以看见乔治·安森·菲利普斯被杀的那个房间的窗户。街上阳光灿烂，非常安静。

那个有着黝黑皮肤、漂亮的铁灰色头发的高个意大利人看了我的名片，说：

“我很忙。你有什么事，马洛先生？”

“我就是昨天发现街对面有人被打死的那个人。他是我的一个朋友。”

他瞪着冷冷的黑眼睛，默默地看着我。“你告诉卢克的不是这个名字。”

“卢克？”

“他为我管理那幢房子。”

“我跟陌生人不多说什么，巴勒莫先生。”

“那好。你要跟我说，嗯？”

“你是个有身份、有地位的人。我能跟你说。你昨天看见我了。你对警察描述了我的形象。很准确，他们说。”

“是的，我看见了。”他面无表情地说。

“你昨天看见一位高个金发女郎从那儿出来。”

他打量着我。“不是昨天。两三天前。我昨天告诉警察的。”他又长又黑的手指啪的一声。“那些警察，呸！”

“你昨天看见什么陌生人了吗，巴勒莫先生？”

“有人从后门进出。”他说，“二楼也有楼梯到后门。”他看了看手表。

“那就没什么了。”我说，“今天上午你见亨奇了。”

他抬起眼睛，懒洋洋地从我脸上扫过。“警察告诉你的，嗯？”

“他们告诉我你让亨奇招了。他们说他是你的一个朋友。当然，他们不知道好到什么程度。”

“亨奇招了，嗯？”他笑了，突如其来的灿烂的微笑。

“只是亨奇并没有杀人。”我说。

“没有？”

“没有。”

“很有意思。说下去，马洛先生。”

“他的招认多半是胡扯。你出于某种理由让他招认的。”

他站起来，走到门口，喊道：“托尼！”

他又坐下来。一个矮短身材、长相凶狠的喔普走进房间，看看我，在墙边一张直背靠椅坐下来。

“托尼，这个人是马洛先生。瞧，这是名片。”

托尼接过名片又坐下来。“你仔细看看这个人，托尼。记住他，嗯？”

托尼说：“交给我吧，巴勒莫先生。”

巴勒莫说：“你的一个朋友，嗯？好朋友，嗯？”

“是的。”

“那不妙。是的。那不妙。我告诉你。朋友就是朋友。所以我告诉你。但你不要告诉别人。别告诉该死的警察，嗯？”

“不告诉。”

“那是个承诺，马洛先生。那是不能忘掉的。你不会忘吧？”

“不会忘。”

“托尼，他不会忘记你。明白吗？”

“我给你承诺了。你告诉我的就我们俩知道。”

“那很好。好吧。我来自一个大家庭。许多兄弟姐妹。一个兄弟很坏。几乎和托尼一样坏。”

托尼笑笑。

“好吧，这个兄弟要保持低调，就在街对面。他得走了。好吧。那地方尽是警察。日子不好过。问太多的问题。对生意不利。对这个坏兄弟也不利。明白吗？”

“明白。”我说，“我明白了。”

“好吧，这个亨奇不坏，但是个可怜的家伙，酗酒，没有工作。付不出房租，但我有钱。所以我说，瞧，亨奇，你招认了吧。你是个病人，病了两三个星期。你上法庭。我给你雇律师。你说什么招认，见鬼去吧。我醉了。该死的警察受骗了。法官放了你，你回到我这儿来，我照顾你。好吗？所以，亨奇说好吧，便招认了。就是这样。”

我说：“两三个星期后，那个坏兄弟离开这儿，不知去向，警察就会对菲利普斯被杀案不了了之。是这样吧？”

“是的。”他又笑了。一种灿烂的微笑，就像死亡之吻。

“那就照顾亨奇吧，巴勒莫先生。”我说，“但有关我朋友的事，这并不能帮我什么忙。”

他摇摇头，再次看看表。我站起来。托尼也站了起来。他并非要做什么事，但站起来会更好。动作可以更快。

“跟你们这些人打交道的麻烦在于，”我说，“你们总是把什么都弄得很神秘。咬一片面包都要输个密码。要是我去警察局，把你们跟我讲的话告诉他们，他们会当面嘲笑我的。我也会跟着他们一起笑。”

“托尼不爱笑。”巴勒莫说。

“世界上满是不爱笑的人，巴勒莫先生。”我说，“你应该知道。你给许多这样的人安排了归宿。”

“这是我的业务。”他说着使劲耸了一下肩。

“我会信守承诺。”我说，“但万一你起了疑心，也别想着把你的业务做到我身上来。因为在城里我的地盘，我也是个有人缘的人，要是这业务做到托尼身上了，那就完全由店家买单了。无利可图。”

巴勒莫笑起来。“很好。”他说，“托尼。一个葬礼——店家买单。好吧。”

他站起来，伸出一只手，这手热乎乎的，很有力。

25

在贝尔丰特大厦门厅，那唯一的电梯里亮着灯，折叠的麻袋布上，还是那位水泡眼的老人一动不动地坐在那儿，仿佛是“被遗忘的人”[①]的一个象征。我走进去，对他说声“六楼”。

电梯摇晃着慢慢往上升。电梯停在了六楼，我走出去，老人身子从电梯里探出来，吐了口痰，声音沉闷地说：

“怎么回事啊？”

我一下子转过身来，就像旋转台上的一个假人。我凝视着他。

他说：“你今天穿了灰色外套。”

“是的，穿了灰的。”我说。

“看上去不错。”他说，“我喜欢你昨天穿的蓝色外套。”

“说下去。”我说，“都说出来。”

“你坐到八楼。”他说，“两次。第二次比较晚。你又下到六楼。之后不久，那些穿蓝制服的人就都来了。”

“他们现在还在吗？”

他摇摇头。他的脸上全无表情。“我什么也没有对他们说。”他说，“现在要说也太晚了。他们不把我吃了才怪呢。”

我说：“为什么？”

“我为什么不告诉他们？去他们的！你对我很礼貌。很少有人对我这样。见鬼！我知道你跟那桩杀人案并非没有关系。”

“我得说你错了，”我说，“完全错了。”我拿出一张名片给他。他从口袋里摸出一副金属架眼镜，架在鼻子上，将名片放在一尺开外。他慢慢地读着名片，嘴唇嚅动着，眼睛从眼镜上方看着我，又把名片递还给我。

“最好留着。”他说，“免得我不小心丢了。你的生活很有趣，我猜。”

“有趣也不有趣。你叫什么？”

---

① 20 世纪 30 年代美国总统罗斯福以此指代大萧条的受害者们。

“格兰迪。就叫我波普吧。谁杀了他？”

“我不知道。你看到有人上去或从那儿下来吗？看上去不是这幢楼的人或你觉得眼生的人？”

“我没太注意。”他说，“我碰巧注意到你了。”

“比如一位高个金发女郎，或者一个瘦长、留着鬓角的男人，约莫三十五岁样子。”

“没有。”

“那有人上下楼总得坐你的电梯吧。”

老人点点头。“除非他们走消防楼梯。他们可以下楼走到外面的小巷子，那儿有扇带插销的门。当事人可能走后门进来，但电梯后面有楼梯通到二楼。从二楼可以走消防楼梯。没人能看见。”

我点点头。“格兰迪先生，你能收下一张五元钞票吗——完全不是作为贿赂，而是作为一个真诚的朋友表达的敬意？”

“孩子，我要是如此冒失地收下一张五元钞票，那亚伯·林肯的胡须就会冒汗了。”

我给了他一张五元钞票。我给他之前看了一眼钞票。不错，五元钞票上果然有林肯的头像。

他将钞票折小，放到了口袋里。“你真是个好人。”他说，“我希望你千万别以为我是个贪财的人。”

我摇摇头，沿着过道一边走，一边看那些名字：E·J·布拉斯科维茨大夫，脊椎按摩师；道尔顿和里斯，打字服务；L·普雷德菲尔，公共会计师；四扇门上是空白。莫斯邮政服务公司。又是两扇门上空白。H·R·蒂格尔，牙科实验室。位置和两层楼上莫宁斯塔的办公室差不多，但房间的格局不一样。蒂格尔的房间只有一道门，他的房间和隔壁别人的房间之间有一大面墙。

门把手扭不开。我敲敲门。没有回应。我敲得更重些，还是没有回应。我走回到电梯间。电梯仍然停在六楼。波普·格兰迪看着我走来，好像从来没见过我似的。

“你了解H·R·蒂格尔吗？”我问他。

他想了想。“身材魁梧、上了年纪、穿着随便、指甲很脏，跟我一样。我想起来，今天还没有见过他呢。”

“你觉得管房子的人会让我进他的办公室看看吗？”

“他是个计较的人。我觉得不妥。”

他慢慢地转过头去，看了看电梯的厢壁。在他的头顶上方，一个大金属环上挂着一把钥匙。一把通用钥匙。波普·格兰迪又把头转回来，从凳子上站起来说：“我得去趟厕所。”

他走了。他身后的门一关上，我就拿下那把钥匙，回到H·R·蒂格尔的办公室，打开门，走进去。

室内是一间没有窗户的前厅，为了省钱，家具很简陋。两把椅子，杂货店低价买来的一只烟灰缸座台，商场廉价区淘来的一盏落地灯，一张桌面有污垢的木桌，上面有几本旧画报。门在我身后关上，室内很暗，只有从门上镶嵌的磨砂玻璃透进来一点儿光。我拉了下落地灯的拉链开关，走向用墙分隔的里间的门。门上写着：H·R·蒂格尔，私人办公室。门没有锁。

里间是一间方方正正的办公室，东边有两扇窗户，没挂窗帘，窗台很脏。有把转椅，两把直背椅，都是杂色硬木的，还有一张近于方形的办公桌。桌上只有一本旧记事簿、一个便宜的笔架和一只圆形的玻璃烟灰缸，里面有雪茄烟灰。办公桌抽屉里有一些沾了灰尘的衬纸、一些夹子、橡皮筋、铅笔头、几支钢笔、一些生锈的笔尖、用过的吸墨纸、两张没用过的两分面值的邮票、几张印刷信笺、信封和账单。

字纸篓里丢满了垃圾。我几乎花了十分钟时间仔细地翻捡。最后我弄明白了一件我已经十分肯定的事情：H·R·蒂格尔作为一个牙科技师，经营一些小业务，为城里一些生意不好的牙医做些实验室工作，那种牙医通常在没有电梯的商场二楼有个简陋的诊所，他们既没有技术，也缺乏设备做实验室工作，他们会把活送到和他们一样寒碜的人那儿，而不是送到高效但不讲情面的实验室去，因为那些实验室根本不会给他们赊账。

我找到一样东西。一张煤气账单上有蒂格尔的住址：托伯曼大街1354B 号。

我站起来，将垃圾放回纸篓里，走到写着“实验室”的木门前。门上有把新的耶尔锁，楼里的通用钥匙打不开。这也没办法。我拉灭外间的落地灯，走了出去。

电梯又下楼了。我按了铃，当电梯上来时，我侧身从波普·格兰迪身边经过，悄悄将钥匙挂回他头顶上方的环上。环叮当一声碰到了电梯的厢壁。他微微一笑。

“他走了。”我说，“肯定是昨晚走的。肯定带了不少东西。他的桌子都清理过了。”

波普·格兰迪点点头。“带了两只箱子。虽然我并未注意到。通常只带一只箱子。我猜想他是给人送货去了。”

“送什么货呢？”电梯吱吱嘎嘎往下降的时候我问。只是没话找话说。

“假牙啊，尽管装上一点也不舒服。”波普·格兰迪说，“给我这样的可怜的老家伙装。”

“你不会注意到的，”当电梯在门厅费劲地打开时，我说，“没人会注意到，五十英尺高处一只蜂鸟的眼睛是什么颜色。你注意不到的。”

他微微一笑。“他干了什么？”

“我想去他家里找到答案。”我说，“我觉得他很可能远走高飞了。”

“我倒想和他换个位置。”波普·格兰迪说，“即使他只是去了旧金山，并在那儿被逮住。我也愿意和他换个位置。”

26

托伯曼大街。一条宽敞但灰蒙蒙的大街，在皮科街后面。1354B 号是楼上的一家住户，朝南，整幢房子是黄白色的建筑。门口有个门廊，另一边标着 1352B。楼下几家住户的门构成直角，中间隔着宽敞的门廊。我一直按着门铃，即使我肯定不会有人来开门。但这样的住宅总会有一个邻居隔着窗户偷窥。

果然，1354A 号的门开了，一个矮小、眼睛很亮的妇人在门口看着我。她的黑头发洗过，卷曲的头发上别满了发夹。

“您找蒂格尔太太？”她声音尖尖地问。

“蒂格尔先生或蒂格尔太太都行。”

“他们昨天晚上出发去度假了。他们收拾行李，很晚才走的。他们要我让人别送牛奶和报纸了。他们走得很急，多半是临时决定的。”

“谢谢！他们开的是什么车？”

她身后传来某部爱情连续剧里令人伤心的对话，就像一块潮湿的抹布打在我脸上。

眼睛很亮的妇人说：“您是他们的朋友吗？”声音中透出的怀疑，如同收音机里表白的过火一样显而易见。

“没关系。”我生硬地说，“我们只是要我们的钱。总能知道他们开的是什么车。”

妇人竖起头，仔细听着。“那是伯拉·梅。”她苦笑着对我说，“她不想和迈尔斯医生去跳舞。我猜想她不愿意。”

“噢。”我说着去找我的车，开回好莱坞。

办公室里没人。我打开里面房间的门，推开窗户，坐了下来。

又一天即将结束，空气沉闷，令人倍感疲惫，大街上回家的车辆发出很大的声响，办公室里的马洛小口地喝着酒，浏览白天送来的信件。四张广告；两份账单；圣罗莎的一家旅馆寄来的一张漂亮的彩色明信片，去年我为一件案子曾在那家旅馆住过四天；一封索萨利托的一个名叫皮博迪的人寄来的长信，字打得很难看，信上转弯抹角地说，他能根据嫌疑人的笔迹看出此人内心的情感特征，并依据弗洛伊德和荣格的理论进行分类。

信里还附了一个贴了邮票并写好地址的信封。我撕下邮票，将信和信封扔掉，这时，我眼前似乎出现一个形象：一个可怜的长头发老家伙，戴顶黑呢帽，系个黑领结，在书房的窗前，佝偻的身子颤颤巍巍，门外飘来一股火腿煮白菜的味道。

我叹息一声，将信封捡起来，又拿一只新信封写上名字和地址，将一美元的纸币折好塞进信封，在纸上写了“这是最后的捐献”。我签上名字，封好信封，贴上邮票，又倒了一杯酒。

我装好烟丝，点上烟斗，坐着抽烟。没有人来访，没有人打来电话，没有什么事发生。没有人在意我是死了还是去了得克萨斯的厄尔巴索。

汽车的噪音渐渐平息。夜色更浓。西边的上空可能有片红色。一路之隔的街区里，霓虹灯早早地亮起，斜斜地挂上屋顶。巷子里一家咖啡店墙上的换气扇单调地掀动着。一辆卡车装满了货物，倒车出去，轰隆隆地朝大街开去。

这时，电话铃响了。我拿起听筒，有声音说：“马洛先生吗？我是肖先生。在布里斯托尔。”

“是我，肖先生。你好吗？”

“我很好，谢谢，马洛先生。也希望你很好。这儿有位年轻的女士想要进你的公寓。我不知道为什么。”

“我也不知道，肖先生。我没有这样的安排。她说了姓名了吗？”

“哦，说了。她叫戴维斯。梅尔·戴维斯小姐。她——怎么说呢？——有点歇斯底里。”

“让她进去吧。”我马上说，“我十分钟就到。她是一位客户的秘书。这完全是业务上的事。”

“当然。噢，好吧。我要——陪她吗？”

“随你便吧。”我说着挂了电话。

经过盥洗室开着的门，我从镜子里看见了一张兴奋而又刻板的脸。

27

当我用钥匙打开门时，肖已经从长沙发上站起来了。他个子高，戴眼镜，因为秃顶，耳朵看起来就像是从头上滑落下来的。他脸上挂着呆板而有礼貌的微笑。

女孩坐在棋桌后边我的安乐椅上。她不声不响，只是坐在那儿。

“哦，你回来了，马洛先生。”他打了个招呼，“是的，当然。戴维斯小姐和我聊了一会，很有趣。我告诉她我原来是从英国来的。她没——没告诉我她从哪儿来。”他边说边向门口走去。

“你做得不错，肖先生。”我说。

“不客气。”他声音尖细地说，“不客气。我正想走。我的晚餐，也许——”

“你帮了我的忙，”我说，“我很感谢。”

他点点头，走了。门关上后，他不太自然的灿烂的微笑似乎还停留在屋内，就像一只笑脸猫。

我说：“你好！”

她说：“您好。”她的声音相当平静，相当严肃。她穿一件淡褐色的亚麻外衣和裙子，戴一顶宽边低顶草帽，有道棕色的丝绒帽檐，同她鞋子及亚麻布包的颜色很相称。帽子相当不羁地斜戴着，对她来说，这颇不寻常。她没戴眼镜。

除了脸，她看上去一切正常。首先，她的眼神很慌乱。眼珠子四周全是眼白，看人直直的。眼球转动时，显得僵硬，你似乎可以听到咯吱咯吱的声音。嘴角紧紧抿着，只是上唇的唇尖翘起，露出门牙，好像嘴唇被一条线牵拉着。当嘴唇翘得过于厉害时，整个下巴都会抽搐起来，而抽搐停止时，她的嘴就会紧紧闭上，这时这一过程就会慢慢地重新开始。此外，脖子也好像不对劲，以致她的头扭向一边，歪了约四十五度。这时她的脖子一抖，头便又滑回到原初的位置。

上述这两个动作，再加上她身体僵直，双手紧扣，放在膝上，以及直勾勾的眼神，不免让人神经紧张。

办公桌上有个烟丝罐，办公桌与她坐的椅子之间是张棋桌，摆着一盒棋子。我从口袋里掏出烟斗，绕过去从烟丝罐里拿烟丝装烟斗。我隔着棋桌从她面前走过。她的包放在棋桌上。我走过时她差点要跳起来，随即又恢复原样。她甚至勉强地笑了笑。

我装好烟斗，擦了根纸梗火柴，点上烟斗，拿着灭了的火柴站在那儿。

“你没戴眼镜。”我说。

她开口了。声音平静、沉着。“哦，我在屋里或读书时才戴。眼镜在我包里。”

“现在你在屋里。”我说，“你应该戴起来。”

我伸手去拿包。她没有动。她没看我的手。她看着我的脸。我略微侧身把包打开。我拿出眼镜盒，从桌子上推给她。

“戴上吧。”我说。

“哦，好的，我就戴上。”她说，“但我得把帽子脱下，我想……”

“好啊，把帽子脱掉。”我说。

她脱下帽子，放在膝盖上。她想起要戴眼镜，就忘了帽子。她拿眼镜时，帽子掉到了地上。她戴上眼镜。她的模样好多了，我觉得。

她做这些事时，我从她包里取出手枪，悄悄放进我的屁股口袋里。我觉得她没有看见我这么做。这枪看上去就像前一天我看见放在她书桌右边最上面抽屉里的那把点 25 口径的柯尔特自动手枪。我走到长沙发那儿，坐下来说："好啦，我们在这儿见面了。现在我们干吗呢？你饿了吗？"

"我去了瓦尼尔先生家里。"她说。

"哦。"

"他住在谢尔曼橡树区。艾斯卡米罗公路的尽头。真正的尽头。"

"差不多，可能吧。"我随口说道，想要吐出一个烟圈，但没有成功。我脸上的一根神经像电线一样颤动。我不喜欢这样。

"是的。"她声音沉着地说，上嘴唇依然做着上翘和落下的动作，下巴依然抽搐着。"那儿很安静。瓦尼尔先生在那儿住三年了。之前，他住在好莱坞山上，在钻石街。他和人合住，但瓦尼尔先生说，他们处得不好。"

"我也这么觉得。"我说，"你认识瓦尼尔先生多久了？"

"我认识他八年了。我对他不是很了解。我得时常给他——送一个小包去。他要我亲自送去。"

我试着再吐个烟圈。没戏。

"当然，"她说，"我从来没有喜欢过他。但我害怕他会——我害怕他——"

"但他没做什么。"我说。

她脸上第一次有了自然的表情——惊讶。

"没做什么。"她说，"我是说，他实际上没做什么。但他穿着睡衣。"

"有点懒散。"我说，"穿着睡衣整天无所事事。哦，有些人就是走运，是吧？"

“唔，那你得知道些事情。”她严肃地说，“一些能让别人付你钱的事情。默多克夫人待我很好，不是吗？”

“那是当然啦。”我说，“你今天给了他多少钱？”

“只是五百美元。默多克夫人说她只能拿得出这么多钱了，她实际上连那么多都不怎么拿得出。她说到此为止。不能再这样下去了。瓦尼尔先生总是答应下不为例，但他从没做到。”

“这是他们的行为方式。”我说。

“所以只有一件事可做。实际上我很久以前就知道了。这都是我的错，默多克夫人对我这么好。反正这也不会比我已经做过的更糟了，是吧？”

我抬起手，使劲揉自己的脸，安抚那根神经。她忘了我没有回答她的问题，又说了下去。

“所以我就做了。”她说，“他穿着睡衣躺在那儿，身边有杯酒。他眼睛瞟着我。他甚至没有起来让我进去。但门上有把钥匙。有人在门上留下了钥匙。这是——这是——”她的声音在喉咙里堵住了。

“这是开门的钥匙。”我说，“所以你能够进去。”

“是的。”她点点头，又差点笑起来。“实际上做起来并不费事。我甚至想不起来听到了什么声音。但当然肯定会有声音。相当大的声音。”

“我想是这样。”我说。

“我走得离他相当近，这样我不会打不准。”她说。

“瓦尼尔先生做什么了？”

“他根本没做什么。他只是那么瞟着我。哦，那就是事情的经过。我不想回到默多克夫人那儿去，再给她添麻烦。也给莱斯利添麻烦。”说到这个名字，她压低了声音，若有似无，随之她的身体一阵抖动。“所以我来这儿。”她说，“我按门铃，您不在，我找到办公室，请管理员让我进门等您。我知道您会明白发生了什么。”

“你在那儿的时候，碰了房子里什么东西？”我问，“你都能想起来吗？我是说，除了房门。你只是从门口进去再出来，没有碰房子里的任何东西？”

她想了想，下巴不再抽搐。“哦，我想起一件事来。”她说，“我把灯关了。在我离开之前。就一盏灯。这盏灯灯光朝上，灯泡很大。我把它关了。”

我点点头，对她笑笑。马洛，笑一下，开心点。

“什么时候——多久以前？”

“哦，就在我来这儿之前。我开车来的。我开了默多克夫人的车。就是那辆您昨天问起的车。我忘了告诉您，她离开时没有开这辆车。还是我告诉过您？没有，我现在想起来我没告诉过您。”

“让我们明确一下。”我说，“不管怎样，开车到这儿半小时。你来这儿近一小时。你离开瓦尼尔的房子差不多是五点半。你把灯关了。”

“对的。”她又点点头，神态活泼起来。能记起来她很高兴。“我把灯关了。”

“你想喝一杯吧？”我问她。

“哦，不。”她相当用力地摇摇头。“我从不喝酒。”

“你不介意我喝一杯吧？”

“当然不介意。我为什么要介意？”

我站起来，好奇地看了她一眼。她嘴唇依然上翘，头依然晃动，但我想已经不那么厉害了。这是慢慢平息下来的节奏。

很难知道这种情况要持续多久。可能她说得越多，情况越好。没人知道从惊吓中恢复过来要多长时间。

我说：“你家在哪儿？”

“怎么——我和默多克夫人一起住。在帕萨迪纳。”

“我是说你老家。你是哪儿人？”

“我父母住在威奇托。”她说，“但我不想去那儿——不想。我时常会写信，但我几年没见他们了。”

“你父亲做什么？”

“他开了家小狗小猫的医院。他是个兽医。我希望他们别知道。那一次的事他们也不知道。默多克夫人没跟别人说。”

“也许他们不必知道。”我说，“我还想喝一杯。”

我从她椅子背后去厨房，倒了酒，胡乱调了一杯。我一口气把酒喝了，从屁股口袋里拿出手枪，看到枪的保险关着。我闻了闻枪口，取出弹夹。枪膛里有颗子弹，但这种枪一旦弹夹取出，就不能发射了。我把枪拿好朝枪膛里看。那颗子弹尺寸不对，卡在了枪膛里。子弹像是点32口径的。而弹夹里的子弹尺寸正好，点25口径。我把枪装好，回到客厅。

我没听到声响。她刚朝前滑落，瘫倒在椅子前，压在那顶漂亮的帽子上。她身体冰凉凉的。

我扶了她一下，摘下她的眼镜，确信她没有咬到舌头。我把手帕折起来塞进她嘴里，以防她醒来时咬伤舌头。我走到电话前，给卡尔·莫斯打电话。

“医生，我是菲尔·马洛。你还在看病人吗？”

“看完了。”他说，“正要走。有麻烦了？”

“我在家里。”我说，“布里斯托尔公寓408号，要是你忘了的话。我这儿有个姑娘，她晕倒了。我不怕她晕倒，但我怕她醒来时可能发作。”

“别让她喝酒。”他说，“我马上就去。”

我挂了电话，在她身边跪下来。我开始给她按摩太阳穴。她张开眼睛。嘴唇又翘起来。我把手帕从她嘴里抽出来。她抬头看着我，说：“我去过瓦尼尔先生的家。他住在谢尔曼橡树区。我——”

“你愿意让我扶你起来，躺到长沙发上去吗？你认识我——马洛，到处问傻问题的大笨蛋。”

“您好。”她说。

我扶她起来。她身体僵硬地靠着我，但不说话。我扶她到长沙发上，将她的裙子拉直盖住腿，在她头下垫了只枕头，把她的帽子捡起来。帽子已经压扁了。我尽可能把它恢复原样，放在书桌边上。

她侧身看我做这些事。

“您叫警察了吗？”她柔和地问。

“还没有。”我说，“我还没有时间。”

她看上去很惊讶。我不能肯定，但我觉得她看上去有点不快。

我打开她的包，背着她将枪放回包里。我放枪时，还看了看包里其他东西。一些常见的物品；两三块手帕、一管唇膏、银红色的珐琅粉盒、一些纸巾、一只装了些硬币和纸钞的钱包，没有香烟，没有火柴，没有戏票。

我拉开后面口袋的拉链。里面装着她的驾照和一叠大钞，十张五十美元。我翻了一下，没有一张是新钞。这些钞票用橡皮筋扎住，外面包着纸。我把纸拆开来，读上面的字。字是用打字机打的，很清晰，写着当天的日期。这是一张普通的收据，如果签上字，就意味着收到了五百美元，“分期付款”。

现在看来，似乎不再会有签字了。我将钞票和收据放进我的口袋。我拉上包，朝长沙发看去。

她看着天花板，脸部又出现了之前的动作。我进了我的卧室，拿了条毯子盖在她身上。

随后我去厨房又倒了杯酒。

28

卡尔·莫斯是个犹太人，人高马大，留着希特勒式的小胡子，有双凸眼睛，神情安然。他将帽子和皮包放在椅子上，走过去，低头看着漠然躺在长沙发上的姑娘。

“我是莫斯医生。”他说，“你怎么样？”

她说：“您不是警察？”

他弯下腰，搭她的脉搏，随后站在那儿观察她的呼吸。“哪儿不舒服，小姐——”

“戴维斯。”我说，“梅尔·戴维斯小姐。”

“戴维斯小姐。”

“我没什么不舒服。”她说，眼睛盯着他。“我——我甚至不知道为什么躺在这儿。我想您是警察。您知道，我杀了个人。”

“哦，这是人常有的冲动。”他说，“我杀了十多个了。”他并没有笑。

她翘起嘴唇，头转向他。

“你知道你不必这样。”他颇为亲切地说，“你精神有些紧张。你添油加醋，小题大做。要是你愿意的话，你是可以控制的。”

“我能吗？”她低声问。

“要是你愿意的话。”他说，“你不必这么做。在我看来，没什么了不得。你没什么不舒服，嗯？”

“没有。”她摇摇头。

他拍了拍她的肩膀，便向厨房走去。我跟在后面。他屁股靠着水池，冷冷地看着我。“怎么回事？”

“她是一个客户的秘书。帕萨迪纳的默多克夫人。这个客户相当粗暴。约八年前，有个男人对梅尔大献殷勤。详情我不清楚，后来——我不是说马上——但差不多那个时候，他从窗户上跌了下去或跳了下去。从此，她不能让任何男人碰到她——我是说，哪怕无意之中碰到她都不行。”

“呵呵。”他那双凸眼睛仍然盯着我的脸。“她认为他是因为她才从窗户跳下去的吗？”

“我不知道。默多克夫人是这个男人的孀妇。她又结了婚，她第二个丈夫也死了。梅尔和她住在一起。那个老妇人对待她就像粗暴的家长对待一个调皮的孩子。”

“我明白了。心理退化。”

“你说什么？”

“感情上受到惊吓，潜意识里试图逃回到童年。要是默多克夫人老是指责她，又不太过分，那就会加重这种倾向。将童年期的顺从等同为童年期的保护。”

“我们非得要作这种探究吗？”

他平静地朝我笑笑。“瞧，伙计，那个姑娘明显神经过敏。部分是诱发，部分是故意的。我是说，她实际上很享受这种状态。即便她没有意识到她很享受。然而，这在眼下并不重要。杀人是怎么回事？”

“一个名叫瓦尼尔的人住在谢尔曼橡树区。那家伙似乎在进行敲诈。梅尔时不时得给他送钱。她很怕他。我见过那家伙。一个坏蛋。今天下午她去了那儿，她说她开枪杀了他。”

“为什么？”

“她说她不喜欢他用眼睛瞟着她。”

“用什么杀了他？”

“她包里有把手枪。别问我为什么。我不知道。但要是她开了枪，也不是那把。那把枪的子弹卡在膛里。那样子是无法开枪的。那把枪也没有开过。”

“这对我来说太深奥了。”他说，“我只是个医生。你要我为她做什么？”

“还有，”我不理会他的问题接着说，“她说灯开着，而这是大夏天下午约五点半。她说那个家伙穿着睡衣，房门上插着钥匙。他没有起来给她开门。他只是坐在那儿瞟着她。”

他点点头说："哦。"他朝两片厚嘴唇中间塞了支烟，点上火。"要是你期待我告诉你她是否真的认为她开枪杀了他，我做不到。根据你的叙述，我猜那家伙中了枪。是这样吗？"

"兄弟，我不在那儿。但这一点似乎很清楚。"

"要是她真认为她开枪杀了他，不只是在演戏——上帝，这种人真表演起来可不得了！——那表明这不是她突如其来的想法。你说她带了枪。所以也许真不是心血来潮。她可能有犯罪情结。想要受惩罚，想要为一桩实际或想象的过失赎罪。她没病，她没疯。"

"她不想再回帕萨迪纳。"

"哦。"他严肃地看着我。"有家人吗？"

"在威奇托。父亲是个兽医。我会给他打电话，但她今天晚上得待在这儿。"

"我不知道该怎么办。她能信任你，在你的房间里过夜吗？"

"她是自愿来这儿的，不是勉强。所以我想她会待在这儿的。"

他耸了耸肩，用手指摸摸他又粗又黑的胡须。"好吧，我来给她服些镇静剂，我们把她弄上床。你可以在屋里踱步，跟自己的良心较量。"

"我得出门。"我说，"我得去那儿，看看到底发生了什么。她不能一个人待在这儿。一个男人，即使是医生也不能把她弄上床。找个护士来。我会去别的地方睡觉。"

"菲尔·马洛，"他说，"你真是个老古板。好吧。我留在这儿等护士来。"

他回到客厅，给护士中心打电话。随后又给他妻子打电话。他打电话时，梅尔在沙发上坐起来，两只手拘谨地抱住膝盖。

"我不明白为什么灯会开着。"她说，"房间里根本不暗。不暗。"

我说："你父亲姓什么？"

"威尔伯·戴维斯医生。为什么？"

“你想吃点什么吗？”

卡尔·莫斯站在电话机那儿对我说：“明天再吃东西吧。最好是睡一觉。”他打完电话，把话筒挂好，去拿他的包，回来时手里有几粒黄色胶囊和一些棉花。他倒了杯水，将胶囊递给她，说：“咽下去。”

“我没病，是吧？”她抬头看着他说。

“咽下去，孩子，咽下去。”

她接过胶囊，放进嘴里，端过水来喝。

我戴上帽子走了出去。

坐电梯下楼的时候，我想起她包里并没有钥匙，所以我在底层门厅停下，穿过门厅出去，走向布里斯托尔大街。那辆车不难找。它随便停在离路边两英尺远的地方。这是辆灰色的水星敞篷车，车牌号是2X1111。我记得这是琳达·默多克的车牌号。

一个皮质钥匙包挂在车锁上。我上车发动起来，看到油量充足，便开走了。这是辆轻快的小车。过了卡文加山口，它就像只鸟长上了翅膀。

29

我压根没想到，四个街区的路程，艾斯卡米罗公路竟有三个急转弯。路面狭窄，每个街区差不多平均五幢房子，路边是草木杂乱的褐色山丘，这个季节，除了鼠尾草和常绿灌木，什么也没有。在第五也是最后一个街区，艾斯卡米罗公路朝左拐个小弯，一头撞向山脚，呜呼哀哉。这最后一个街区有三幢房子，两幢隔路相对，另一幢在路尽头。这就是瓦尼尔的房子。我的车灯照出那钥匙仍在门上。

这是一幢狭小的英国式平房，有高高的屋顶，前面是一排有铅框的窗户，一侧是车库，车库旁停着一辆拖车。新升的月亮静静地照在小块草坪上。一棵大橡树紧挨着前廊。房子里没有灯，至少从前面看起来没有灯光。

从地形看，白天客厅里亮灯似乎不是不可能。除非是上午，不然这房子总有点暗。作为一处爱巢自有其道理，但作为一个敲诈者的住处，我不以为然。猝死哪儿都会发生，但在瓦尼尔身上显得轻而易举。

我开进这幢房子的车道，又倒过头来把车开出去，开到路口，把车停在那儿。我沿着马路往回走，因为没有人行道。前门是包着铁皮的橡木做的，接合处刨成斜面，没有门把手，只有插销。钥匙插在锁孔里。我按了门铃，夜晚的门铃声像是从远处的空房子里传来的。我绕过橡树，用笔形电筒朝车库门缝里照进去。那里有辆车。我走到房子后面，看到一个荒芜的小花园，用碎石围了一道矮墙。另有三棵橡树，一棵橡树下有一张桌子和几把金属椅。围墙一角有个烧垃圾的桶。我用电筒照了照拖车，随后回到房子前面。拖车里不像有人。车门锁着。

我打开前门，将钥匙留在锁孔里。我不想在这儿玩什么花招。已经发生了的就让它发生吧。我只是想确认一下。我进门后在墙上摸灯的开关，找到一个，便把它打开。墙上的几对壁灯光不强，但照亮了整个房间，我看到了梅尔说起的那盏大落地灯以及其他东西。我走过去将灯打开，再回来将壁灯关掉。那盏落地灯有个大灯泡，倒装在一只精美的玻璃碗中。它有三种不同强度的光。我将按钮开关按了一遍，先后出现了三种不同的光。

这个房间前后贯通，后面有门，右边有道拱门，里面是个小餐厅。拱门的帘子拉了一半，织锦帘子很厚实，浅绿色，不是新的。左边墙的中间有个壁炉，两边是书架，书架并不是固定的那种。房间的两角摆着长沙发，室内还有一张金色椅子、一张粉色椅子、一张棕色椅子以及一张金色和棕色的蒙着椅套、带脚凳的椅子。

脚凳上搁着穿黄色睡裤的两条腿，脚踝裸着，脚上是深绿色的山羊皮拖鞋。我的眼睛顺着脚，慢慢地、小心地往上看去。一件深绿色花绸睡袍，系着带穗子的腰带。腰带上睡袍敞开，可以看见睡衣口袋上绣的字母。口袋里有块折好的手帕，露出白色亚麻手帕坚挺的两个角。蜡黄色的脖子，脸歪着，朝着墙上的一面镜子。这张脸果然瞟着眼。

左臂和手摊在膝盖和椅子之间，右臂从椅子上垂下来，指尖碰到了地毯。碰到的还有一把小左轮手枪的枪柄，这是把点32口径的短筒手枪，几乎没有枪管。右边的脸抵着椅背，但右肩因流血而呈现深褐色，右袖有血迹。椅子上也有，有很多的血。

我觉得他头的位置很不自然。某个敏感的人可能不愿看到他右边的脸。

我抬起脚，轻轻地将脚凳稍微往边上推一下。那穿着拖鞋的脚后跟在凳面上勉强地移动，而并不跟着脚凳一起动。这家伙已经僵硬了。所以我弯下身子，碰了碰他的脚踝。双倍的冰凉。

他右手边的桌子上，有喝了半杯、早已走味的酒。烟缸里满是烟灰和烟头。有三个烟头上沾着口红。很鲜艳的大红色。多半是金发女郎会用的那种口红。

另一把椅子旁边还有只烟缸。有许多烟灰和火柴，但没有烟头。

房间里有相当浓重的香水味，混杂着死人的气味。香水味尽管盖不住死人的味道，但依然迟迟不愿离去。

我察看了这房子的其他地方，开灯又关灯。有两间卧室，一间摆着浅色家具，另一间的家具是红枫木的。那间有浅色家具的房间似乎没人住。漂亮的浴室贴了棕褐色和紫红色的瓷砖，淋浴小隔间有扇玻璃门。厨房不大。水池里有很多瓶子。很多瓶子，很多杯子，很多手指印，很多证据。也可能没有，视情形而定。

我回到客厅，站在中间，尽可能用嘴呼吸，心想，要是把这个案件报上去，情况会怎么样。报告这个案件，并说我就是发现莫宁斯塔死了的那个人，然后溜之大吉。情况会不妙，很不妙。马洛，报告了三起凶杀案。那些死人差不多要堆到马洛的膝盖了。无论自己怎么解释，都不合理，逻辑上说不通。但那还不是最糟糕的。我一旦开口，我就不再是个自由的侦探了。那我现在所做的，我所发现的就会到此为止了。

卡尔·莫斯可能因医生的身份，在一定程度上愿意保护梅尔。或者他会觉得从长远考虑，让她把所有的心事一吐为快，不管这是什么样的心事，会对她更有好处。

我又回到那张蒙着椅套的椅子那儿，咬着牙齿，抓住他的头发，将他的头从椅背处拉开。子弹从太阳穴射入。这情形可能是自杀。但路易斯·瓦尼尔这样的人不会自杀。一个敲诈者，即使是个受到恐吓的敲诈者，也相信自己有力量，并喜欢这种感觉。

我让他的头回到原来的位置，弯腰在地毯上擦擦手。弯腰时我看到瓦尼尔手边那张桌子的下层架子下露出一幅镜框的框角。我用手帕把镜框拿出来。

玻璃已经破了。镜框是从墙上掉下来的。我可以看到那颗小钉子。我可以猜到镜框是怎么掉下来的。有人站在瓦尼尔的右边，甚至靠着他，这个他认识且并不害怕的人突然掏出手枪，朝他的右侧太阳穴开枪。随后，受到血或射击冲击力的惊吓，杀手朝后一跳，靠着墙，将镜框碰下来了。镜框的一角落到地上，弹到桌子下面。杀手太小心或太害怕而没有去拿。

我看看镜框。这是一幅小小的画，并不特别。画中一个穿紧身衣裤的人，袖口有花边，一顶丝绒圆帽上插着根羽毛，从窗户里探出身子，显然在对楼下的什么人叫喊。楼下的情景不在画中。这是幅彩色翻制品，而它翻制的原画本身就无甚价值。

我在房间里到处察看。还有其他的画，几幅相当漂亮的水彩画，几幅版画——如今看来很老派的版画，还是说并非版画？一共有五六幅。

好吧，也许这家伙喜欢这幅画，然而为什么？一个男人从高高的窗户探出身去。很久以前。

我看看瓦尼尔。他对我根本没有帮助。一个男人从高高的窗户探出身去，很久以前。

起初，这个想法的产生很随意，我几乎没有注意，差点弃之不顾了。就像一片羽毛轻飘飘的。又如雪花落地。一扇高高的窗户，一个男人探出身去——很久以前。

这个想法水到渠成了。就像电焊，火星四射嘶嘶作响。很久以前从一扇高窗——八年前——一个男人探身——探得太多——一个男人跌下去——跌死了。一个名叫贺拉斯·布赖特的男人。

“瓦尼尔先生，”我不无赞赏地说，“你演得太妙了！”

我把画翻过来。背面写着日期和钱的数目。日期几乎长达八年，钱的数目大多是五百美元，几笔七百五十美元，两笔一千美元。还有一行小字写的总数。总数是一万一千美元。瓦尼尔先生没有收到最后一笔付款。钱到来前他死了。以八年计，这不是一笔巨款。瓦尼尔先生的主顾很能讨价还价。

镜框底板是用留声机的铁针钉在镜框上的。有两枚铁针已经掉了。我设法将底板弄松。在底板和照片之间有一只白色信封。信封封了口，信封上没写字。我撕开信封。信封里有两张四方的照片，一张底片。这些照片都是一样的。照片上一个男人大幅度探身窗外，嘴张开，喊着什么。他的双手放在窗框边的墙砖上。他身后有一个女人的脸。

他是一个瘦瘦的黑发男子。他的脸不是很清晰，他身后那个女人的脸也看不太清。他探身窗外，喊叫着什么。

我拿着照片，注视着。眼下我还看不出什么。我知道它意味着什么。我只是不知道为什么。但我看了又看。过了一会，觉得有什么东西不对劲。这东西很细微，但很关键。那个男子手的位置，靠着安置窗框的墙角。这双手没有抓着任何东西，没碰着任何东西。只是他手腕的里侧靠着砖砌的墙角。这双手是在空中。

这个男人不是探出身去，而是正在跌落。

我把照片放进信封，把底板折起来，连同信封塞进我的口袋。我把镜框、玻璃和照片藏在衣橱的毛巾下面。

刚把这些事做完，一辆汽车停在房子外面。路上响起脚步声。

我赶紧躲进拱门的帘子后面。

30

前门开了，又轻轻地关上。

一时很安静，就像人在冷空气里呼出的气息，接着一声凄厉的尖叫，随之是一阵绝望的哀号。

随后是一个男人愤怒的声音，说："马马虎虎，不怎么样，再试试。"

女人的声音说："我的上帝，这是路易斯！他死了！"

男人的声音说："我也许错了，但我还是觉得这儿太臭了。"

"我的上帝！他死了，亚历克斯。做些什么——看在上帝份上——做些什么吧！"

"好啊。"亚历克斯·莫尔尼硬邦邦的声音说，"我应该做。我应该让你看起来就像他一样。浑身是血。我应该让你一样去死，一样冰凉，一样腐烂。不，我不必那么做。你已经这样了。一样的烂。结婚八个月，和那样一个家伙鬼混，对我不忠。我的上帝！我怎么会想到和你这个荡妇结婚？"

他说到最后几乎是在吼叫了。

那女人又发出一阵哀号。

"别磨蹭了。"莫尔尼怨恨地说，"你以为我为什么把你带到这儿来？

你别骗人了。盯了你几个星期了。你昨晚在这儿。今天我来过这儿了。这儿的一切我都看到了。香烟上你的口红，你喝过的杯子。我现在就能想到你那副样子，坐在他椅子的扶手上，揉他油腻腻的头发，趁他色眯眯时重重给他一下。为什么？”

“哦，亚历克斯——亲爱的——别说这么可怕的事情了。”

“早年的莉莲·吉许[①]。”莫尔尼说，“好一个莉莲·吉许。别这么痛苦了，亲爱的。我得知道这事是怎么做的。你以为我干吗来这儿？我已经一丝一毫都不在乎你了。别装模作样了，亲爱的，别装模作样了，我珍贵的天使般的金发杀手。但我得在乎我自己，在乎我的声誉和我的生意。比如，你擦掉枪上的指纹了吗？”

沉默。接着是一记耳光的声音。那女人哀哀地哭起来。她受了伤，伤得很重。灵魂深处受伤。她表现得恰到好处。

“行了，天使。”莫尔尼吼道，“别来这一套。我拍过电影。我是个演戏行家。别再演了。你要告诉我这是怎么回事，否则我要拖着你的头发在这屋里满地爬。现在——你把枪上的指纹擦了吗？”

她突然笑了起来。一种不自然的笑，但笑得清脆响亮。接着，她不笑了，同样很突然。

她的声音在说：“擦了。”

“你用过的杯子呢？”

“擦过了。”回答得很平静，很冷漠。

“你将他的指纹弄到枪上了吗？”

“弄了。”

他默默地想了会。“这也许骗不了他们。”他说，“想要令人信服地将一个死人的指纹弄到一把枪上几乎是不可能的。然而——你还擦掉了其

---

① 莉莲·吉许（Lillian Gish，1893—1993），美国好莱坞影星。

他什么指纹？”

“没有什么。哦，亚历克斯。请别这么无情。”

“打住。打住！让我看看，你是怎么做的，你怎么站的，你怎么拿枪的。”

她没动。

“别在乎指纹。”莫尔尼说，“我会把指纹弄得更好。好得多。”

她慢慢地从帘子敞开的地方走过，我看到她了。她穿着浅绿色的呢子休闲裤，一件浅黄褐色便装，露出针脚，一条绣着金蛇的猩红色头巾。她的脸上满是泪水。

“把它捡起来。”莫尔尼冲她喊叫，“做给我看！”

她在椅子旁弯下腰，起身时手里拿着把枪，龇牙咧嘴。她将枪口指向门帘敞开处，再朝着门口的所在。

莫尔尼没有动，也不吭一声。

金发女郎的手开始晃起来，枪上下摆动，像在跳舞。她嘴唇颤抖，手臂往下垂。

“我做不到。”她喘着气说，“我应该朝你开枪，但我做不到。”

手松开了，枪砰的一声掉到地上。

莫尔尼很快从门帘敞开处走过去，将她推到一边，用脚将枪踢回原处。

“你做不到？”他沉着声说，“你做不到。现在你瞧。”

他抽出一块手帕，弯腰又把枪捡起来。他压了一下什么，仓门打开了。他右手伸进口袋，捏了颗子弹出来，用手指将子弹推进弹仓。他将这个动作重复了四次，啪地将仓门关上，又打开，将弹仓旋转一下，对准一个特定的位置。他将枪放在地上，松手，抽出手帕，站起来。

“你不能朝我开枪。”他冷笑着说。“因为枪里什么也没有，只有一个空弹仓。现在枪又装上了子弹。弹仓的位置也对了。这枪打过一枪。枪上有你的指纹。”

金发女郎一动不动，失神的眼睛看着他。

“我忘了告诉你，”他轻声说，“我之前把枪擦过了。我想这会让你的指纹更好地印在上面。我相当肯定指纹印上去了——但我觉得我还想更肯定一些。明白吗？”

那姑娘平静地说：“你想把我交出去？”

他背对着我。穿着黑色衣服。呢帽压得很低。所以我看不到他的脸。但我可以感觉到他说话时恶毒的面容。

“是的，天使，我想把你交出去。”

“明白了。”她边说边漠然地看看他。她那张轮廓勾勒得过于分明的歌女脸上突然有了一种自尊的神情。

“我想把你交出去，天使。”他拖腔拖调慢悠悠地说，好像很享受他的这一举动。“有人会为我感到难过，有人会嘲笑我，但这不会对我的生意造成任何损害。丝毫没有损害。我干的这一行真是奇妙。一点丑闻无关紧要。”

“所以我现在对你只有宣传价值了。”她说，“当然，你也就远离可能被怀疑的危险了。”

“确实如此。”他说，“确实如此。”

“我的动机是什么呢？”她问，神态依然平静，依然不卑不亢，语气如此严肃又轻蔑，他有些摸不着头脑。

“我不知道。”他说，“我不在乎。你和他在搞什么鬼。埃迪跟踪你到邦克山的一条街上，你在那儿跟一个穿棕色外套的金发男子见面。你给了他什么东西。埃迪丢下你，跟踪那家伙到了附近的一幢公寓楼。他想跟下去，但感觉被发现了，只得放弃跟踪。我不知道怎么回事。虽然我知道一件事。在那幢公寓楼，昨天一个名叫菲利普斯的小伙子被枪杀。这件事你知道些什么吗，亲爱的？”

金发女郎说：“我对此一无所知。我不认识叫菲利普斯的什么人，再说，我不会心血来潮跑进去对什么人开枪。”

“但你对瓦尼尔开枪，亲爱的。”莫尔尼几乎温柔地说。

“哦，是的。”她慢吞吞地说，“当然。我们正在讨论我的动机。你想出来了吗？”

“你可以和条子们去讨论。”他突然恶声恶气地说，“说这是情人的争吵。你爱怎么说就怎么说。”

“也许，”她说，“他喝醉时看上去有点像你。也许这就是动机。”

他“噢”了一声，又吸了口气。

“更好看。”她说，“更年轻，肚子没那么大。但同样讨厌的是自鸣得意的傻笑。”

“噢。”莫尔尼说，他感到痛苦。

“这么说行了吧？”她温柔地问他。

他上前一步，挥起拳头。这一拳打在她一边的脸上，她跌倒，坐在了地上，一条长腿伸着，手捂着脸，蓝莹莹的眼睛朝上看着他。

“也许你不应这么做。”她说，“也许我现在不愿意做这件事了。”

“你会做的，没问题。你别无选择。你很容易脱身。这我知道。凭你的长相。但你要把这件事做完，天使。你的指纹在枪上。”

她慢慢站起身，手仍捂着脸。

随后她笑了。“我一开始就知道他死了。”她说，“我的钥匙在门上。我愿意进城去，说我杀了他。但你光滑洁白的爪子别再碰我——要是你想让我说的话。是的，我愿意去找警察。我觉得跟他们在一起比跟你在一起安全得多。”

莫尔尼转过身来，我看见他脸色发白阴沉，下巴上的疤痕抖动着。他从门帘敞开处走了过去。前门开了。金发女郎仍然站了一会，回头朝尸体看了一眼，身体微微发抖，随之从我视野中消失了。

门关了。路上响起脚步声。之后汽车门开了又关上。汽车发动并开走了。

31

过了很久我才从藏身处出来，站着朝客厅又四处打量一下。我走过去捡起手枪，很仔细地把指印擦掉，又把枪放下来。我从桌子上的烟缸里捡起三个沾了口红的烟头，带到浴室，丢入马桶用水冲走了。随后我找有她指纹的另一只杯子。并没有找到。我把那只有半杯酒的杯子拿到厨房，冲洗了一下，用块毛巾擦干净。

之后就是令人不快的事情。我跪在椅子旁的地毯上，拾起枪，放在那只垂在那儿的僵硬的手里。指纹不太好按。但那也是指纹，且不是洛伊斯 · 莫尔尼的指纹。这把枪有个格子图案的橡胶柄，左边镙钉下缺了一块橡胶皮。上面按不了指纹。那就在枪管右侧按个食指指纹，在扳机上按两个指纹，在弹夹后的枪身左侧按个拇指纹。足够了。

我又打量了一下客厅。

我把灯调暗一些。灯光仍然照在死人那张蜡黄的脸上。我打开前门，将钥匙拔出来，擦去指纹，又插回锁孔。我关上门，擦了擦插销，朝那辆停在街区的水星汽车走去。

我开车回好莱坞，停下锁上车门，开始沿着人行道走，经过布里斯托尔楼前停着的一些汽车。

黑暗中有人在车里叫我，声音压低了但还是刺耳。叫我的名字。埃迪 · 普鲁的那张漠无表情的长脸露出来，他坐在一辆小帕卡德车的方向盘后面。车里只有他一个人。我靠着车门，往里看着他。

“有何发现啊，大侦探？”

我扔掉火柴，朝他脸上喷了口烟。我说：“昨天晚上你给我的那张牙科材料供应商的账单是谁丢下的？瓦尼尔，还是别的什么人？”

“瓦尼尔。”

“我拿它有什么用——猜测那个叫蒂格尔的人有什么样的生活？”

“我不喜欢蠢蛋。”埃迪·普鲁说。

我说：“他为什么放在口袋里又丢了？要真是他丢的，那你为什么不还给他？换句话说，既然我是个蠢蛋，就跟我说说，为什么某人见到一张牙科材料供应的账单就会这么兴奋，还要设法找个私家侦探。尤其是像亚历克斯·莫尔尼这样不喜欢私家侦探的人。”

“莫尔尼是个有头脑的人。”埃迪·普鲁冷冷地说。

“他那种人就是那句俗话的来由：‘像演员一样无知。’”

“不说这个。你难道不知道他们用这些牙科材料做什么吗？”

“知道。我弄清楚了。他们用阿尔巴石来做牙模和牙套。这是种很硬很精细的材料，能够做得很精巧。另一种材料——白硅石，常用来高温熔解掉蜡模中的蜡，因为白硅石非常耐高温而不会变形。我说得没错吧？”

“我猜你知道他们怎样镶金牙。”埃迪·普鲁说，“我猜你知道，嗯？”

“我今天研究了两个小时。我成了行家。这对我又有什么用？”

他沉默了一会，随后说：“你没有看报？”

“偶尔看看。”

“你可能没有看到，但第九大道贝尔丰特大厦的一个叫莫宁斯塔的老家伙被干掉了，就在H.R.蒂格尔办公室楼上两层。你没读到吧，嗯？”

我没有答理他。他盯着我看了一会，随后伸手拉了离合器，汽车发动起来，他调整了一下坐姿。

“没人比你更笨的了。”他温和地说，“没人。祝你晚安！”

车驶离路边，下山朝弗兰克林开去。我朝远去的汽车微微一笑。

我回到公寓，用钥匙开了门，将门推开一点，随后轻轻地敲了敲门。房间里有人走动。门被一个模样健壮的女孩拉开了，她穿着白色的护士服，戴着黑色条纹帽。

“我是马洛。我住在这儿。”

“进来，马洛先生。莫斯先生告诉了我。”

我轻轻地关上门，我们低声说话。“她怎么样？”我问。

“她睡了。我来的时候她已经迷迷糊糊了。我是莱明顿小姐。我对她的情况了解不多，只知道她体温正常，脉搏还是有点快，但已慢下来了。我觉得是精神紊乱。”

“她发现一个人被杀。”我说，“这可把她吓坏了。她睡得沉吗？我能否进去拿点东西去旅馆？”

“哦，可以的。只是你动作轻点。她可能不会醒，要是她醒了，也没有关系。”

我走过去，将一些钱放在桌子上。“家里有咖啡、熏肉、鸡蛋、面包、番茄汁、橙子，还有酒。”我说，“还需要什么就得打电话了。”

“我已经看过你的食品了，”她笑着说，“足够撑过明天早餐了。她会待在这儿吗？”

“那得听莫斯先生的。我觉得她一旦身体适合就应该尽早回家。家比较远，在威奇托。”

“我只是个护士。”她说，“但我觉得她只要夜里睡个好觉就不会有什么问题。”

“夜里睡个好觉，再换个伴。”我说，但莱明顿小姐未必明白其中的意思。

我沿过道走去，朝卧室瞥了一眼。他们让她穿了我的一套睡衣。她几乎仰面躺着，一只手伸在被子外面。睡衣的袖子卷起约莫六英寸。袖管下的小手捏成拳头。她脸看上去紧绷、苍白，但还算平静。我在壁橱里摸到一只手提箱，往里面装了一些零用物品。我离开房间时再看一下梅尔。她眼睛睁开，直直地看着天花板。随后双眼移动来看我，嘴角还浮现出淡淡的一丝微笑。

“哈啰。”声音很微弱，这声音表明她知道自己躺在床上，身边有护士，有必需的物品。

“哈啰。”

我走过去，站在床边低头看她，脸上显出轻松的笑容。

“我没事。”她低声说，“我好了。不是吗？”

“当然好了。”

“我睡的是您的床吧？”

“没关系。我的床不会咬你。”

“我不害怕。”她说，一只手移向我，手心向上，期待相握。我握住它。“我不怕您。没有女人会怕您，是吧？”

“这是你的感觉，”我说，“我想这是你对我的恭维。”

她眉开眼笑，接着又严肃起来。“我对您说了谎，”她低声说，“我——我没有对谁开枪。”

“我知道。我去过那儿。忘了吧。别去想它。”

“人们总是让我忘记不愉快的事情。但永远忘不掉。我是说，让人这么做真是愚蠢。”

“好吧。”我说，假装受了伤害。“我愚蠢。再睡一会怎么样？”

她头转过来，盯着我的眼睛。我在床边坐下来，握着她的手。

“警察要来了？”她问。

“不来。别太失望了。”

她皱了皱眉头。“您一定觉得我是个大傻瓜。”

“嗯——也许吧。”

她眼睛噙着眼泪，泪珠从眼角流出，慢慢流下面颊。

“默多克夫人知道我在哪儿吗？”

“还不知道。我打算去告诉她。”

“你必须告诉她——所有的事吗？”

“是的，为什么不呢？”

她头转过去，“她会理解的。”她轻轻地说，“她知道我八年前做的那件可怕的事情。那件特别可怕的事情。”

“当然。”我说，“这就是为什么她一直给瓦尼尔钱。”

“哦，天哪！”她说着另一只手也伸出被子，抓住我握着的那只手，两手紧紧地扭在一起。“我希望您不必知道。我希望您别知道。除了默多克夫人，没人知道。我父母从不知道。我希望您别知道。”

护士过来站在门口，严肃地看着我。

“我想她不能作这种交谈，马洛先生。我觉得你现在应该走了。”

“瞧，莱明顿小姐，我认识这个小女孩两天了，而你只认识她两小时。这么做对她有好处。”

“这可能引起病情再次——呃——发作。”她避开我的眼睛严肃地说。

“好吧，如果她要发作的话，现在发作岂不更好？因为你在这儿，可以应付。你去厨房给自己弄杯酒喝。”

“我当班时从不喝酒。”她冷冷地说，“另外，别人也会闻出我的酒味。”

“你现在为我工作。我要求我所有的雇员都时不时地喝点酒。另外，要是你吃顿丰盛的晚餐，喝几口厨房餐柜里的餐后饮料，没人会闻到你的酒味。”

她朝我匆匆一笑，便走出了房间。梅尔听着我们的对话，好像这是严肃的戏剧演出中的一次无聊的中断。她很不高兴。

“我要把什么都告诉您。”她喘着气说，“我——”

我伸出手，放在她两只扭在一起的手上。“别说了。我知道。马洛知道所有的事情——除了怎样体面地生活。没有什么了不得。现在，你再睡觉，明天我会带你回威奇托——去看望你父母。由默多克夫人出钱。”

“啊，她真是太好了！”她叫起来，眼睛睁大，闪着光彩。“但她总是对我很好的。”

我从床边站起来。“她是个了不起的女人。”我说着低头朝她笑笑。“了不起。我现在就去她那儿，我们会一边喝茶一边很愉快地聊天。要是你现在不马上睡觉，我就不让你再坦白什么杀人的事了。”

“您很讨厌。”她说，“我不喜欢您。”她扭过头去，手缩回被子里，闭上了眼睛。

我向房门走去。走到门口，我回头瞥了她一下。她睁了一只眼，正在看我。我朝她使了个眼色，那只眼睛飞快地闭上了。

我回到客厅，朝莱明顿小姐微微一笑，拎着手提箱出门去了。

我开车到圣莫尼卡大街。当铺仍然开着。那个戴着黑色高筒无边便帽的犹太老人似乎惊讶于我如此快地就来赎回我的抵押品了。我告诉他，这就是好莱坞的做事方式。

他从保险柜里取出那只信封，撕开，拿了我的钱和当票，将那枚闪亮的金币从信封取出放在手心上。

“这么珍贵的金币，我真不舍得还给你。”他说。“手工，你知道，手工很精湛。”

“含金量一定值二十美元。”我说。

他耸耸肩笑了，我将金币放进口袋，跟他说了声晚安。

32

月光像一块白色床单铺在门前的草坪上，只有那棵杉树下的阴影如同黑色的天鹅绒。底层的两扇窗户里亮着灯，从前面看，楼上有扇窗户也有灯。我走过那些参差不齐的石块，按了门铃。

我没有看系马桩旁的那个小黑人。我今晚没拍他的头。这个玩笑似乎已经失效了。

一个我之前没有见过的白头发红脸膛的女人开了门，我说："我是菲利普·马洛。我想见默多克夫人。伊丽莎白·默多克夫人。"

她显得犹豫不定。"我想她已经睡觉了。"她说，"我觉得您不便见她。"

"现在才九点。"

"默多克夫人睡得早。"她说着要关门。

她是个和善的老妇人，我不愿用肩膀来抵门。我只是靠在门上。

"我来是关于戴维斯小姐的事。"我说，"这事很重要。你能通报一声吗？"

"我试试。"

我后退一步让她关门。

附近一棵黑乎乎的树上有鸟在叫。有辆车在街上驶过，车速过快而在拐弯时有些打滑。一个女孩的笑声从黑乎乎的街上隐约传来，仿佛是那辆疾驶而过的汽车将笑声抛洒出来的。

过了一会，门开了，那妇人说："您进来吧。"

我跟着她穿过空荡荡的前厅。有盏灯投出微弱的光来，几乎照不到对面的墙上。宅子里过于安静，空气也需要换换。我们走到厅的里头，上了一道有雕花扶手和立柱的楼梯。到了楼上另一间厅房，一扇开着的门通向里间。

我被引了进去，门在身后关上了。这是一间宽敞的客厅，有许多花布装饰，一面墙贴了浅蓝色的壁纸，有一张躺椅，落地窗开着，外面是阳台。阳台上有遮阳篷。

默多克夫人坐在一张有垫子的翼状靠背椅上，前面摆了一张牌桌。

她穿一件绗缝袍子，头发看上去有些蓬松。她一个人在玩牌。她左手有一叠牌，她放下一张，移动另一张，随后抬头看看我。

她说："怎么啦？"

我走到牌桌旁，低头看她打牌。她玩的是坎菲尔德牌①。

"梅尔在我公寓里。"我说，"她发病了。"

她看也不看地说："发病是什么意思，马洛先生？"

她又移了一张牌，随后又很快移了两张。

"像人们说的，一种癔症。"我说，"您打牌时骗不骗人？"

"要是打牌骗人就不好玩了。"她生硬地说，"但要是不骗人也意思不大。梅尔怎么回事？她以前从不这样待在外面。我对她有点担心。"

我拉了把矮椅过来，坐在牌桌对面。但这椅子太低。我站起来，另找了把合适的椅子坐下来。

"别为她担心。"我说，"我请了个医生和一个护士。她睡觉了。她去看过瓦尼尔。"

她放下手中的牌，两只皮肤发灰的大手交叉着放在桌边，眼睛盯着我。

"马洛先生，"她说，"你和我最好把话说清楚。当初找你来是我的错。那是因为我不喜欢被人玩弄——像你会说的那样，被一个像琳达这样无情无义的小东西玩弄。但要是我压根不提这件事会更好。损失那块金币要比忍受你更容易些，即使那块金币我再也弄不回来。"

"但您把金币弄回来了。"

她点点头。她眼睛凝视着我的脸。"是的。我弄回来了。你听说了怎么弄回来的。"

"我不相信这种说法。"

---

① 坎菲尔德牌（Canfield），一种单人玩的纸牌游戏。

“我也不相信。”她平静地说，“我那个傻瓜儿子为琳达背了黑锅。我觉得这很幼稚。”

“您有这种本事，”我说，“总让您自己被幼稚的人所包围。”

她又拿起牌，将一张黑色十点放在一张红桃杰克上面，这两张牌都已经摆在那儿了。随后她向一张小桌侧过身去，桌上放着她的酒杯。她喝了几口，放下酒杯，严厉地看了我一眼。

“我觉得你有些无礼，马洛先生。”

我摇了摇头。“没有无礼。只是坦率。我没有做什么对您不利的事，默多克夫人。您拿回了金币。我为您挡住了警察——至少到目前为止。我并未过问离婚的事，但我找到了琳达——您儿子一直知道她在哪儿——我不觉得她会找您麻烦。她知道她嫁给莱斯利是个错误。然而，要是您认为您不值得——”

她哼了一声，又打了张牌。她将方块 A 放在最上面。“梅花 A 被压住了，见鬼！我无法把它弄出来了。”

我说：“可以悄悄地把它弄出来。”

“劳你驾，”她很平静说，“能不能再跟我说说梅尔的事？别太洋洋自得，要是你发现了什么家庭秘密的话，马洛先生。”

“我对什么事都不洋洋自得。今天下午您让梅尔去瓦尼尔家里，带着五百块钱。”

“那又怎样？”她又倒了点酒，小口抿着，眼睛仍盯着我。

“他什么时候要这笔钱的？”

“昨天。我今天才能从银行取出钱来。怎么啦？”

“瓦尼尔八年来一直在敲诈您，是吧？是因为 1933 年 4 月 26 日发生的什么事吗？”

她眼睛深处闪过一丝恐慌的神情，但藏得很深，很微弱，好像早已在那儿，只是短暂地对我露了个面。

“梅尔对我说了一些事情。”我说，“您儿子告诉我他父亲是怎么死的。我今天查了下当时的记载和报纸。意外死亡。在他办公室楼下的街上发生了一起事故，许多人都从窗口伸出头来。他只是伸的幅度太大了。也有人以为是自杀，因为他破产了，并为他家里保了五万的人身保险。但验尸官很善良，没作深究。”

“噢？”她说。这是一种冷漠生硬的声音，既不是嘶哑的嗓音，也不是气喘声。只是一种完全冷漠和生硬的声音。

“梅尔是贺拉斯·布赖特的秘书。一个性格有点古怪的小姑娘，胆小、没有城府，心智上还是个小女孩，喜欢将自己戏剧化，对男人的想法很老派，反正诸如此类吧。我猜想他一时喝多了，对她动手动脚，把她吓坏了。”

“是吗？”声音还是那么冷漠生硬，像一根枪筒戳向我。

“她内心萌发了不良的念头。她一有机会便对他下了手。就在他向窗外探出身子的时候。对不对？”

“说明白点，马洛先生。我不怕把话说明白了。”

“天哪，您要我说得多明白？她把她雇主推出了窗外。简单地说，杀了他。还侥幸逃脱惩罚。得到了你的帮助。”

她低头看着紧紧攥着牌的左手。她点了点头。她下巴轻微地上下抖动。

“瓦尼尔有什么证据吗？”我问，“或者他只是凑巧看到发生了什么，就跟您要钱，您便时常给他钱以免闹出丑闻——还是因为您真的喜欢梅尔？”

她又打了一张牌后才回答我的问题。态度如石头般镇定。

“他说起一张照片。”她说，“但我压根不相信。他不可能拍下什么照片。要是他真的拍了，他会给我看——迟早会的。”

我说：“不，我不这么认为。这可能是一张意外拍下的照片，即使他凑巧手上正好有相机，因为要拍的是楼下大街上发生的事。但我觉得他可能不敢给您看。不管怎么说，您是个相当强硬的女人。他可能害怕您会把他给收拾了。我觉得，他这样一个骗子是会这么想的。您给了他多少钱？”

“那跟你没——”她刚要说就住了口，并耸了耸她那宽宽的肩膀。一个有力量的女人，强壮、坚强、无情，能够担当。她这么想。“一万一千一百美元，还不算今天送去的五百美元。”

“啊，您真是好心，默多克夫人。总的来说。”

她微微摆了摆手，又耸耸肩。“这是我丈夫的错。”她说，“他喝醉了，做了下流的事。我不认为他真想伤害她，但如你所说，她吓得魂不附体。我——我不能太怪她。这些年她也很自责。”

“她必须亲自送钱给瓦尼尔？”

“她是想赎罪。一种奇怪的赎罪方式。”

我点点头。“我猜想那是她的性格。后来您嫁给了贾斯珀·默多克，把梅尔留在身边，照顾她。还有别人知道吗？”

“没有。只有瓦尼尔。他肯定没告诉别人。”

“未必。我不这么认为。不过，现在一切都结束了。瓦尼尔完蛋了。”

她慢慢抬起头来，久久凝视着我。她灰白的头颅像是山顶上的一块岩石。她最终放下纸牌，双手紧紧按着桌边。指节都发白了。

我说：“我外出的时候，梅尔去我的公寓了。她要求门房让她进去。门房打电话给我，我说可以。我很快回家了。她告诉我她杀了瓦尼尔。”

室内很安静，她的呼吸声像是轻微而急速的低语。

“她包里有把枪。天知道为什么。我想是出于保护自己免受男人伤害。但有人——我猜是莱斯利——在枪膛里卡了一粒口径不对的子弹，这样枪就不能伤人了。她告诉我，她杀了瓦尼尔，说完就晕倒了。我找了我的一个医生朋友。我去了瓦尼尔的家，门上有把钥匙。他躺在一把椅子上，早已死了，尸体已冷并僵硬。梅尔到那儿之前很久就死了。她没有开枪杀他。她对我说的只是她的幻想。医生勉强对此作了解释，但我不想多说让您厌烦。我想您都明白。”

她说：“是的。我想我明白。现在怎么样？”

“她睡了，在我的公寓里。有个护士在那儿。我给梅尔的父亲打了长途电话。他要她回家。您觉得这样行吗？”

她只是凝视着我。

“他什么也不知道。”我马上说，“不论是这件事还是那件事都不知道。这我能肯定。他只是要她回家。我看我来带她走吧。现在这似乎是我的责任。我需要瓦尼尔没有拿到的最后五百美元——作为费用。”

“除此之外，还要多少？”她蛮横地问。

“别这么说。您是聪明人。”

“谁杀了瓦尼尔？”

“看起来像是自杀。他右手有把枪。太阳穴有伤口。我在的时候，莫尔尼和他妻子也去了那儿。我藏着。莫尔尼想要让他妻子背黑锅。她与瓦尼尔关系暧昧。所以，她可能认为是他杀的，或是他叫人杀的。但从现场看，像是自杀。现在警察该到那儿了。我不知道他们怎么处理。我们只需等案情水落石出。”

“瓦尼尔这样的男人，”她冷冷地说，“是不会自杀的。”

“那相当于说，梅尔这样的女孩是不会把人推出窗外的。这么说没有意义。”

我们互相凝视着，一开始双方内心里就有着某种敌意。过了一会，我将椅子往后移，走到落地窗前。我拉开窗帘，走到外面的阳台上。夜很深了，显得温柔宁静。银白色的月光清凉明晰，就像我们梦想而未曾实现的正义。

我回到室内。默多克夫人又玩起了纸牌游戏。我走到牌桌那儿看她打牌。

“您把梅花 A 弄出来了。”我说。

“我做了手脚。”她头也不抬地说。

“我还有一件事要问您。”我说，“关于这枚金币还有疑问：既然您已经拿回了金币，那两起凶案似乎也就说不通了。我想知道的是，默多克·布拉什的这枚金币是不是有什么东西可以由一个行家——如老莫宁斯塔——鉴定出来？”

她仍然坐着，并不抬头，想了想说：“是的。可能有的。铸币人的姓名缩写 E.B，在鹰的左翼上。我听说，姓名缩写通常在右翼上。我能想起来的就是这个。”

我说：“我想这就够了。您真的把这枚金币弄回来了吗？我是说，您是否仅仅是为了阻止我东寻西找而故意这么说的？”

她马上抬起头来，但又垂了下去。“金币此刻就在保险柜里。要是你能找到我儿子，他会给你看的。”

“好吧，我要说晚安了。请把梅尔的衣物理好，明天上午让人送到我的公寓去。”

她的头又迅即抬起来，瞪着眼睛。“你对这件事情的处理相当专横，年轻人。”

“把衣物打包。”我说，“送到我那里。您不再需要梅尔了——既然瓦尼尔现在已经死了。”

我俩严厉的目光久久地盯着对方。一丝古怪而生硬的微笑浮现在她的嘴角。接着，她的头垂下去，她右手抓起左手中最上面的那张牌，翻过来，看了看，加在下面一叠没有打的牌上面，随后又翻了一张，动作很轻巧，神态很平静，犹如微风中伫立不动的石柱。

我走出房间，轻轻地关上门，沿过道下楼，到底层门厅，再走过阳光房和梅尔的小办公室，走进阴暗沉闷、从不使用的客厅——身处此地，我简直觉得自己就像一具作了防腐处理的尸体。

后面的落地玻璃门开了，莱斯利·默多克走进来，站住，凝视着我。

33

他身上的便装皱巴巴的，头发也很凌乱。红色的小胡子看上去和往常一样无力。眼睛下的阴影几乎像是洞穴。

他拿着他的黑色长烟嘴，没有烟。他将烟嘴在左手掌上嗑了嗑，一副不待见我，不想看到我，不想和我说话的神情。

“晚上好。”他呆板地说，“要走了？”

“还没有。我想跟你谈谈。”

“我觉得我们之间没什么要谈的。我讨厌谈话。”

“哦，我们之间有必要谈谈。谈一下那个叫瓦尼尔的人。”

“瓦尼尔？我几乎不认识那个人。我见过他。以我对他的了解，我不喜欢他。”

“你对他的了解还不止这些。”我说。

他走了进来，在一张模样像是“谁敢坐我”的椅子上坐下来，身子朝前，左手托着下巴，眼睛看着地上。

“好吧。”他懒洋洋地说，“有话就说。我觉得你想表现一下出众的才华。没完没了地扯什么推理、直觉这一套讨厌的东西，就像书上描写的侦探那样。”

“确实，慢慢收集证据，汇总成一个清晰的模式，时不时地用我掌握的材料加以补充，分析动机和性格，得出一个出乎意料的结论，一个在此之前，包括我自己在内的所有人都没有想到的结论，最后看破红尘般地扑向那个最不可能的嫌疑人。”

他抬起头，几乎笑起来。“那他会脸色苍白如纸，口吐白沫，从右耳中掏出一把枪来。”

我在他身边坐下来，摸出一支烟。“很对，哪天我们应该来排演一下。你有一把枪？”

“没带在身上。我有一把枪。这你知道。”

“昨晚你去看瓦尼尔时带枪了吗？”

他耸耸肩，龇了龇牙。“哦，我昨晚去看过瓦尼尔？”

“我想是的。只是推论。你抽本生—赫奇斯公司的弗吉尼亚牌香烟。这种香烟掉下的烟灰保持形状。他家中的一只烟缸里有许多灰色的小卷，说明你至少吸了两根烟。但烟缸里没有烟头。因为你用烟嘴吸烟，烟嘴上吸过的烟头看起来较为特别。所以你把烟头拿走了。这么说喜欢吗？”

“不喜欢。”他声音很低。他又低头看着地上。

“那只是作一下推理。并不太好。因为可能没有任何烟头，即使有烟头并被拿走的话，也可能是因为这些烟头上面有口红。只要烟头上有一点痕迹那就能查出吸烟者用的是什么颜色的口红。你妻子有个奇特的习惯，喜欢把烟头丢进字纸篓里。”

“别把琳达扯进来。”他冷冷地说。

“你母亲还是认为琳达拿走了金币，你所谓把金币给了亚历克斯·莫尔尼只是为保护她而编造的。”

“我说了别把琳达扯进来。”他用黑色的烟嘴敲敲牙齿，发出清脆的声音，就像发电报似的。

“我也不想把她扯进来。”他说，“但我不相信你的说法则另有理由。就是这个。”我取出那枚金币，拿在手里放到他眼皮底下。

他紧盯着它。嘴咬着。

“今天上午，当你述说你的故事时，这金币就在圣莫尼卡大街的当铺里。它是由一个叫乔治·菲利普斯的准侦探寄给我的。这个头脑简单的年轻人发现自己因判断失误和急于找到工作而陷入困境。这是个有一头金发的年轻人，穿棕色外套，戴墨镜和一顶浅灰色帽子。他开一辆沙黄色旁蒂克车，几乎是新车。昨天上午，你可能看到他在我办公室外的过道上徘徊。他跟踪过我，而此前他可能跟踪过你。”

他看上去真的有些吃惊。“他为什么要跟踪我？”

我点了烟，将火柴丢进一只翡翠烟缸里，这烟缸看起来从没用过。

“我说他可能这么做。我不能肯定。他可能只是在监视这幢房子。他在这儿看见了我，我不觉得他是跟我到这儿的。”我手里仍然拿着那块金币。我低头看看金币，又翻了个面，看到刻在左翼上的姓名缩写E.B.，随后把金币收起来。“他可能在监视这幢房子，因为他受雇向一个叫莫宁斯塔的经销钱币的老头出售一枚珍币。这个经销钱币的老头不知为何怀疑这枚钱币的来历，便告诉菲利普斯，或暗示说，这钱币是偷来的。顺便说一下，他说错了。要是你的那枚布拉什金币此刻真的在楼上，那菲利普斯受雇出售的那块钱币就不是偷来的。那块钱币是伪造的。”

他双肩微微抖动了一下，好像觉得冷。但他身子没动，姿势也没变。

“我恐怕得讲一个很长的故事了。”我相当温和地说，“很抱歉。我尽可能说得简洁些。这不是个好故事，因为故事里有两起凶杀，也许有三起。一个叫瓦尼尔的人和一个叫蒂格尔的人有个想法。蒂格尔是在贝尔丰特大厦里开业的一个牙科技师，这也是莫宁斯塔所在的大厦。这想法是伪造一种稀有珍贵的金币，不致稀有得没有市场，但足够稀有得能赚大钱。他们想到的方法就是牙科技师镶金牙的方法。用同样的材料，同样的设备，同样的技能。就是说，用金子准确地复制一枚古币。方法是通过用一种叫阿尔巴石的坚硬的白色石粉做个模型，再用熔化的蜡复制这个模型，细节上尽可能完美，按他们的说法，再用另一种叫白硅石的材料将蜡币包起来，这种材料耐高温而不变形。蜡币上留下一个小口，插一根钢针，等白硅石粉包好后再把针抽出来。之后把这个白硅石铸件放在火上烤，蜡熔化后就从那个小口中流出来，留下原初模型的一个中空模具。将模具安在离心机带动旋转的坩埚上，然后通过离心力将熔化的金水注进模具。再将滚烫的白硅石铸件放在冷水里，它就开裂了，留下金质内核，附着一根金针，那是小口的遗留物。把金针修掉，把铸币在酸液里清洗一下，再抛光，经过这番处理，就有了一枚崭新的布拉什金币，纯金制造的，同原件不相上下。你听明白了吗？”

他点点头，一只手无精打采地摸了下脑门。

“这一过程所需的技能，”我继续说，“正是一个牙科技师所具备的。铸造一块流通的钱币没什么好处，即使是铸造一块金币，因为材料和人工的昂贵，价值也不大。但如果伪造一枚价格不菲的珍币还是很值得的。这就是他们所要做的事情。但他们必需一枚真币。这就是把你牵涉进来的缘故。你确实拿走了那枚金币，但并没给莫尔尼。你给了瓦尼尔。对吗？”

他眼睛看着地上，没有说话。

“放松一点。”我说，“在这种情况下，这件事情并不太可怕。我猜想他答应给你钱，因为你需要钱来付赌债，而你母亲很吝啬。但他另有手段对你进行控制。”

他迅即抬起头来，脸色苍白，眼里闪出恐惧的神情。

“你怎么知道的？”他压低了声音说。

“我查出来的。有些是别人告诉我的，有些是我研究的，有些是我猜测的。这个稍后再说。现在，瓦尼尔和他的同伙铸造了一枚金币，想要出手。他们想知道他们的货品能否经得起一个珍币行家的鉴定。所以，瓦尼尔想到雇一个新手，让他设法将那块伪币卖给莫宁斯塔老头，价格便宜，所以那老头怀疑金币是偷来的。他们找到的那个新手就是乔治·菲利普斯，他在报纸上登了个求职广告。我觉得洛伊斯·莫尔尼是瓦尼尔与菲利普斯之间的联系人，至少最初是。我不认为她参与了敲诈。有人看见她给了菲利普斯一个小包裹。这个包裹可能装着菲利普斯想要出售的那枚金币。但当他拿给莫宁斯塔老头看的时候，他遇到了麻烦。那老人了解钱币收藏和珍币的情况。他可能觉得这枚金币是真的——需要一系列检测才能鉴定出这是假货——但铸币人的姓名缩写刻在金币上则很少见，他想到这枚金币可能是默多克的布拉什金币。他打电话到这儿，想要弄清楚真实情况。这让你母亲起了疑心，果然发现金币不见了，她怀疑琳达，她讨厌琳达，所以她雇我把金币追回来，并迫使她离婚而得不到赡养费。”

“我不想离婚。”默多克急切地说，“我从没想到要离婚。她没有权利——”他没往下说，作了个绝望的手势，发出一声抽泣。

“好吧，这我知道。再说，莫宁斯塔老头吓着了菲利普斯，小伙子人不坏，就是有点笨。莫宁斯塔设法弄到了菲利普斯的电话号码。我听到老头拨了那个号码，那是他以为我走了，而我在他的办公室偷听。我出价一千美元把那枚金币买下来，莫宁斯塔接受了这个价格，认为他能够从菲利普斯那儿得到金币，他可以赚个差价，皆大欢喜。而与此同时，菲利普斯在监视这幢房子，也许想知道是否有警察进出。他看到了我，看到了我的车，从汽车登记册上知道了我的名字，凑巧的是他知道我是谁。

“他跟着我，打不定主意是否要我帮忙，最后，我在城里的一家旅馆拦住他，他含含糊糊地说他在凡吐拉的一桩案子中认识了我，那时他是那儿的一个县警。他说到他陷入的困境以及他被一个有只眼睛有毛病的高个子跟踪。那人是埃迪·普鲁，莫尔尼的保镖。莫尔尼知道他妻子和瓦尼尔关系暧昧并跟踪她。普鲁看见她和菲利普斯在邦克山法院街他的住处附近联络，就跟踪菲利普斯，最后他认为菲利普斯发现了他，而菲利普斯也确实发现了他。普鲁，或为莫尔尼工作的什么人，可能看见我去了菲利普斯在法院街的住处。因为他在电话里恐吓我，后来又让我去见莫尔尼。”

我将烟头丢在那只翡翠烟缸里，看了看坐在我对面的那个男人阴沉悲伤的脸，又说下去。下面要说的更不轻松，我的声音连我自己也觉得讨厌。

“现在要说到你了。梅尔对你说你母亲雇了一个侦探，这让你感到害怕。你猜她要查那枚金币，便急忙来到我的办公室，想要探我的口风。起初装模作样，冷嘲热讽，对妻子很挂念，也很担心。我不知道你对发现的事情是怎么想的，但你联系了瓦尼尔。你现在必须尽快拿回那枚金币给你母亲，再编个故事。你在什么地方见了瓦尼尔，他给了你金币。有可能这又是一枚伪币。他很可能藏起了那枚真币。现在瓦尼尔明白他的欺骗勾当还没开始就有破产的危险。莫宁斯塔给你母亲打电话，我被雇用了。莫宁斯塔觉察到了什么。瓦尼尔去菲利普斯的公寓，从后门溜进去，和菲利普斯摊牌，想要弄明白他是个什么态度。

“菲利普斯这时已经将这块伪币寄给我了，地址是用印刷体写的，后来发现他办公室的一本日记也是用这种字体写的，但他没告诉瓦尼尔。我是从这个事实来推断这一点的，即瓦尼尔没有想从我这儿拿回金币。当然，我不知道菲利普斯对瓦尼尔说了什么，但有可能说这件事不正当，说他知道金币的来历，说他准备去找警察或找默多克夫人。瓦尼尔拔出枪来，敲了他的头部，又向他开了枪。他搜了菲利普斯和他的房间，但没有找到金币。所以他去找莫宁斯塔。莫宁斯塔也没有那枚金币，但瓦尼尔可能认为他藏了金币。他用枪柄敲碎了他的脑壳，打开了他的保险柜，也许找到了些钱，也许什么也没找到，但至少留下一些抢劫的迹象。随后瓦尼尔溜回家，仍然感到不安，因为他没有找到那枚金币，但对一下午悄悄做的事感到满意。干脆利落地杀了两个人。就留下你了。”

34

默多克紧张地朝我看，随后目光落到他仍然握在手里的那支黑色烟嘴上。他把烟嘴塞进衬衫口袋，突然站起来，擦了擦手掌，又坐下来。他掏出一块手帕抹抹脸。

“为什么是我？”他声音低沉而紧张地问。

“你太清楚了。你也许知道菲利普斯的情况，也许不知道。这取决于你卷进去有多深。但你知道莫宁斯塔的情况。事情出了差错，莫宁斯塔被杀了。瓦尼尔不可能偃旗息鼓，期望你听而不闻。他得封住你的嘴，封得紧紧的。但他不必非得杀死你。实际上，杀你没有好处。这会丧失对你母亲的控制。她是个冷酷无情、贪得无厌的女人，但伤害你就会触怒她。她会不顾后果。”

默多克抬起眼睛。他想要露出震惊的神情，但只是显得呆滞和悚然。

“我母亲——什么——？”

“别再骗我了。”我说，“我讨厌再被默多克一家欺骗。今天晚上梅尔到我的公寓来。她现在还在那儿。她去过瓦尼尔的家，给他送钱。付给敲诈犯的钱。这钱已经断断续续付了八年了。我知道这是为什么。”

他没有动弹。双手僵硬地放在膝盖上。他的眼睛暗淡无光。那是被判决之人的眼睛。

“梅尔发现瓦尼尔死了。她来找我，说她杀了他。我们别去探究她为什么会招认别人犯下的凶杀罪。我去了现场，他昨晚就死了。他躯体已经十分僵硬。他右手边的地上有把枪。这是把我听人说起过的枪，一把属于一个叫亨奇的人的枪，他就住菲利普斯对面的房间。有人藏起了杀死菲利普斯的枪，而拿走了亨奇的枪。亨奇和他的女友喝醉了，离开房间时没关门。现在还不能证明这就是亨奇的枪，但多半是的。如果这是亨奇的枪，瓦尼尔是自杀，瓦尼尔就与菲利普斯的死有关系。另一方面，洛伊斯·莫尔尼把他与菲利普斯联系起来。如果瓦尼尔没有自杀——我不认为他是自杀的——这仍有可能把他和菲利普斯联系起来。或者也可能把别人和菲利普斯联系起来，这个人也杀了瓦尼尔。我认为这不可能，而我有理由这么认为。”

默多克的头抬起来。他突然用清晰的声音说：“是吗？”他脸上出现了不同的表情——闪闪发亮，同时又有些愚蠢。这是一个怯弱的人骄傲时的表情。

我说：“我认为你杀了瓦尼尔。”

他没有动弹，脸上仍是闪闪发亮的表情。

“你昨晚去过那儿。他让人叫你去的。他告诉你，他陷入了困境，说如果他受到法律惩罚，他要看到你也有同样的下场。他难道不是这么说的吗？”

“是的。”默多克轻声说，“正是如此。他喝多了，似乎觉得他很有力量。他几乎有些洋洋得意。他说要是他们把他弄进毒气室，我也得陪在他身边。但他说的还不止这些。”

“是的。他不想进毒气室，那时他还不明白他为什么会进毒气室，如果你闭紧嘴巴的话。所以他打出了王牌。他之所以能控制你，让你把那枚金币拿给他——即使他答应给你钱——就是有关梅尔和你父亲的事。我知道这件事。你母亲告诉我的我也大致弄清楚了。那就是他最初对你的控制，相当有力的控制。因为这会让你为自己的行为找到正当理由。但昨晚他要使出更有力的手段。所以，他告诉了你真相，说他有证据。”

他抖了一下，但脸上仍摆着一丝骄傲的神气。

“我拔枪对着他。”他说，声音几乎是快乐的。“她毕竟是我的母亲。”

“没人来跟你争夺。”

他站起来，笔直、高大。“我走到他坐着的椅子前，俯身用枪对着他的脸。他睡袍的口袋里也有把枪。他想要拿枪，但他迟了一步。我把枪拿走了。我把自己的枪放进口袋。我用另一把枪的枪口对准他的脑袋，我告诉他，要是他不把证据拿出来给我，我就会杀了他。他开始流汗，含糊地说他只是骗我的。我咔嗒一声扳开枪的击锤想进一步吓唬他。”

他停了下来，向前伸出一只手。手抖动着，但当他盯着这只手，手就不动了。他把手放下来，眼睛看着我。

“那把枪肯定锉过，或者枪机很松。它射出了子弹。我向后跳，撞到墙上，把照片碰下来了。枪的射击把我吓得往后跳，但也就没让血溅到我身上。我把枪擦干净，将他的手指按在上面，然后把枪放在他手边的地板上。他当场就死了。除了一开始喷了点血，他几乎没流什么血。这是一个意外。”

“为什么要搞砸呢？”我略带讽意地说，“为什么不处理成一桩完美的谋杀案呢？”

“那就是事情发生的经过。当然，我无法证明。但我想也许我最终横竖都得杀了他。报警怎么样？”

我站起来，耸了耸肩。

“我和警察不熟。”我说，“他们和我并非好朋友，因为他们认为我对他们保守秘密。老天知道他们没错。他们可能会找你。如果你不被发现，如果你没有留下任何指纹——即使你留下了指纹，但如果他们没有其他什么理由怀疑你，取你的指纹去检测——那他们可能压根不会想到你。如果他们发现了那枚金币的事，知道那就是布拉什金币，我不知道你会有怎样的处境。这取决于你如何对付他们。”

“要不是为了母亲的缘故，”他说，“我不会太在乎。我原本就是个失意者。”

“另一方面，”我说，并不理会他的牢骚话，“如果那把枪真的枪机很松，你找个好律师，实话实说，没有陪审团能定你的罪。陪审团不喜欢诈骗犯。”

“那太糟糕了。”他说，“因为我不会以此为自己辩护。我对诈骗也一无所知。瓦尼尔对我说如何能赚到钱，而我非常需要钱。”

我说：“呵呵。等到他们逼得你不得不说出诈骗内幕的时候，你会说的。你那位老母亲也会让你说的。要是你俩当中有一个非掉脑袋不可，那她是会说出实情的。”

“太可怕了。”他说，“这么说太可怕了。”

“关于那把枪，你是幸运的。我知道的所有人都碰过它，擦去指纹或印上指纹。我自己甚至也赶时髦地按了一个。那人的手僵硬了，按起来不容易。但我不得不按一个。莫尔尼去了那儿，让他妻子把指纹按在上面，他认为她杀了瓦尼尔，而她则可能认为是他干的。”

他只是凝视着我。我咬了咬嘴唇。感觉嘴唇就像一块玻璃那样硬邦邦的。

“好吧，我想我现在得走了。”我说。

“你是说你要放过我了？”他的声音又有一些自大的腔调了。

“我并不想告发你，如果这就是你的意思。除此之外，我什么也不能保证。要是我被牵涉进去，我会面对事实。这不涉及道德问题。我不是警察，也不是职业告密者，更不是法官。你说这是个意外。好吧，这就是个意外。我没有看到。我也没有任何证据。我为你母亲工作，我有权保持沉默，我会为她保持沉默。我不喜欢她，我不喜欢你，我不喜欢这幢房子。我特别不喜欢你的妻子。但我喜欢梅尔。她是那种有点傻、有点病态，但也很可爱的女孩。我知道过去八年在这个该死的家里她受到怎样的对待。我还知道她没有把什么人从哪个窗户推下去。这些事情说得够清楚了吧？”

他咕咕哝哝地说着，但意思并不连贯。

“我要带梅尔回家。”我说，“我让你母亲明天把梅尔的衣物送到我的公寓。为了避免她忙于玩牌而忘掉此事，你能过问一下吗？”

他默默地点了点头。随后他用奇怪的低声问道：“你就这么——这么走了？我还没——我甚至还没有谢你。一个陌生人，为我冒险——我不知道说什么。”

“我只是做我该做的事。”我说，“面带微笑和借助一定的手腕。而我真诚地希望你别再陷入困境中。晚安！”

我转身走出门外。我关上门，门锁发出轻轻的咔嗒声。一个得体的别离，尽管有那么多丑陋的事情。我最后一次走过去，拍拍那个小黑人的头，随后经过长草坪和洒满月光的灌木丛及那棵雪衫，朝停在街上的我的汽车走去。

我开车回好莱坞，买了一品脱好酒，在旅馆开了一间房。我坐在床边，看着自己的脚，喝着瓶子里的威士忌。

就像平时在卧室里喝酒一样。

我一直喝到脑子麻木，不再想什么问题，这才宽衣上床，过了一会，但也不是很快，我睡着了。

35

下午三点，公寓里有五件行李，并排放在地毯上。其中有我的黄色皮箱，因经常塞进汽车后备厢，两边有许多擦痕。还有两只漂亮的登机箱，都有写着L.M的标签。有一只仿海象皮的箱子，标签是M.D。还有一件行李是花一块多钱就能在杂货店买到的放施行用品的小皮革包。

卡尔·莫斯医生刚出门，他对我很生气，因为我耽误了他下午的忧郁症课程。而对我来说，他身上法蒂玛香水的甜味则污浊了室内的空气。我想着刚才他对我说的话，当我问他需要多久梅尔的病情才能好转。

“这取决于你对好转的理解。她的神经会始终亢奋，情绪会始终低落。她始终会呼吸稀薄的空气，嗅着白雪的味道。她生来就是完美的修女。宗教性梦想，就其狭隘、程式化的情绪和高度的纯洁而言，对她会是完美的解脱。事实上，她可能会成为一个尖酸刻薄的老处女，坐在公共图书馆的小书桌后，给图书盖日期章。”

“她没那么糟糕。”我说，但这个聪明的犹太人只是对我咧嘴一笑便走了。“而且你怎么知道她们是处女？”我冲着关上的门加了一句，但不会再有回应了。

我点了支烟，踱步到窗前，过了一会，她从公寓里的卧室走出来，站在那儿看着我，眼圈黑黑的，苍白而安详的小脸没有任何化妆，只是抹了点口红。

“脸上擦点胭脂吧。”我告诉她，“你看上去就像在渔船上待了一夜的雪姑娘。”

她就回去在脸上擦了点胭脂。她再次过来时，看到了那些行李，温柔地说：“莱斯利把他的两只手提箱借给我了。”

我说声“是啊”，朝她看去。她看上去很优雅。她穿一条低腰赭色宽松长裤，贝塔鞋，一件棕白两色印花衬衫，系一条橙色丝巾。她没戴眼镜。她淡蓝色的大眼睛中目光略微呆滞，但不比预想的更严重。她的头发梳得很平整，但对此我并不能做什么。

“我给您添了很多麻烦。”她说，“我很抱歉。”

“瞎说。我跟你父亲和母亲都谈过。他们高兴极了。他们八年里只见过你两次，他们觉得几乎失去你了。”

“我也很想见到他们。”她眼睛看着地毯说，“默多克夫人能让我走，她真是太好了。她从来不让我离开很久。”她摆着两条腿，好像穿了宽松裤不会走路似的，虽然她穿的是自己的裤子，而她以前也一定面对过这个问题。最后她两膝并拢。手捂在膝盖上。

“我们就要走了，还有什么话，”我说，“或者你还有什么要对我说，现在就说吧。因为我就要开车绕半个美国，身边还坐着一个精神崩溃的人。”

她咬着指关节，飞快地朝我瞄了几眼。“昨晚——”她说着停住了，脸红了起来。

“我们来服一点古老的迷幻药吧。”我说，“昨晚，你告诉我你杀了瓦尼尔，之后你说你没有杀人。我知道你没有。这事就算了了。”

她放下手，茫然地看着我，她平静、沉着，膝盖上的两只手也不那么紧握着了。

“早在你去之前瓦尼尔就死了。你去那儿是为默多克夫人送钱给他。”

“不——是为我。”她说，“虽然这是默多克夫人的钱。我欠她很多，不可能偿还。当然，她给我的薪水并不多，但那几乎不——”

我粗暴地说：“她给你的薪水不多，这是她惯用的伎俩，而你欠她很多难以偿还，这话确实不假。洋基队的外场手一人拿上两根棒子，才能替你奉还她所应得的全部报偿。然而，这些现在已经不重要了。瓦尼尔自杀了，因为他涉嫌一件罪恶勾当。这是确定无疑的。你的举动多少像是在演戏。你看到了镜子中死人的那张怪脸，神经受到严重惊吓，这种惊吓与很久以前的一次惊吓混杂，你又以一种扭曲的方式将其戏剧化了。”

她不好意思地看看我，有着红棕色头发的脑袋似乎认同似的点了点。

“你没有将贺拉斯·布赖特推出窗外。”我说。

她脸色陡变，异常苍白。“我——我——”她用手捂住嘴，惊恐的眼睛从手的上方看着我。

“我原本没想说，”我说，“要不是莫斯医生说这没关系，我们不妨现在就跟你说。我觉得你可能认为你杀了贺拉斯·布赖特。你有动机，有机会，我觉得你瞬间可能有过冲动，不放过这个机会。但这不是你的本性。到最后一刻，你会退缩。就在那最后一刻，可能有什么让你受到刺激，你晕了过去。他确实掉下去了，但不是你推他的。”

我收住话头，停了一刻，看着她那只手又放下去，抓住另一只手，两只手扭在一起，彼此用力地拉扯着。

“有人让你觉得是你把他推了下去。”我说，“有人是故意这么做的，只有一个女人针对另一个女人才会这么残忍。你现在看待默多克夫人，不会想到她会嫉妒——但如果那是动机的话，她有这个动机。她还有一个更可能的动机——五万美元的人身保险——那是破产后留下的全部财富。她这种女人，对儿子有着奇特而强烈的占有性质的爱。她冷漠、尖刻、不择手段，她无情地利用你，把你当作保险手段，以防瓦尼尔哪天真的翻脸。你只是她的替罪羊。要是你想脱离你已经深陷其中的这种暗淡的、情绪化的生活，你就必须认清这种状况，相信我对你说的话。我知道这并非易事。”

“这完全是不可能的，”她看着我的鼻梁平静地说，“默多克夫人一直对我很好。确实我不记得——但你不应该把人说得这么可怕。”

我拿出瓦尼尔藏在镜框背后的那个白色信封。信封里有两张照片和一张底片。我站在她面前，将一张照片放在她膝盖上。

“行了，看看吧。瓦尼尔从街对面拍的。”

她看了照片。“这是布赖特先生啊。”她说。“这照片不太清楚，是吧？那是默多克夫人——那时她是布赖特夫人——就在他身后。布赖特先生看上去吓坏了。”她好奇地看着我。

“要是他看上去吓坏了，”我说，“那你应该看看他稍后掉下去的样子。”

“他稍后怎么？”

“看吧，”我说，声音中有了一种不顾一切的意味，“这就是伊丽莎白·布赖特夫人将他第一任丈夫从他办公室窗户推下去的照片。他在跌落。看他双手的位置。他恐惧得喊叫起来。她在他身后，她的脸因气愤或别的什么而很难看。你难道还不明白吗？这就是瓦尼尔这些年作为把柄的证据。默多克一家从来没见过，从来不相信真的有照片，但真有照片，我昨晚偶然发现的，正像这照片是偶然拍下来一样。真是天理昭昭。你开始明白了吧？”

她又看了看照片便放在一边。“默多克夫人一直待我很友善。”她说。

“她拿你当替罪羊。”我说，就像一个导演面对糟糕的排练，声音既平静又着急。“她是个既精明强硬又有耐心的女人。她知道自己这种复杂的性格。她甚至会花一块钱来保住一块钱，她这种人就会这么做。我把照片给她。我想像端着猎杀大象的枪那样把照片给她，但我良好的教养阻止了我。”

“好吧，”她说，“就这样吧。”我看出她心不在焉，并不相信我所说的。“你决不能把照片给默多克夫人看。这会让她心烦意乱。”

我站起来，从她手里拿过照片，撕成碎片，扔到字纸篓里。

“我这么做，你也许会感到遗憾的。”我对她说，但并没有告诉她我还有一张照片和这张照片的底片。“也许哪天晚上——三个月——三年后——你会在夜里醒来，认识到我告诉你的这个真相。也许到那时你会希望能再次看看照片。也许我这么做也错了。也许你会非常失望地发现你其实没有杀害什么人。这很好。不管怎么说都很好。现在，我们下楼去，坐我的车，我们去威奇托去看你的父母。我不认为你打算回到默多克夫人那儿，但也许我这么想也是错的。不过，这件事我们不要再说了。不再说了。”

“我一点钱也没有。”她说。

“你有默多克夫人给你的五百美元。在我的口袋里。”

“她真是太好了。”她说。

“真见鬼了！”我说着走去厨房，动身前狠狠地喝上几口。这对我没什么好处。我恨不得爬上墙，从天花板钻出去。

36

我去了十天。梅尔的父母是木讷、和蔼和隐忍的人，住在一条僻静街道的一幢旧木屋里。当我把我觉得他们应该知道的事情大致讲了讲，他们哭了起来。他们说他们很高兴她能回家，他们会好好照顾她，他们说了很多责怪自己的话，我没有去打断他们。

当我离开时，梅尔系了一条普通的围裙在赶馅饼皮。她在围裙上擦擦手来到门口，亲了亲我便哭起来，跑回屋里，门口没有别人，直到她母亲走来，满脸亲切的笑容，看着我开车离去。

待我看着那房子从视野中消失，我有了一种奇妙的感觉，仿佛我写了一首诗，是首好诗，但我忘了，再也想不起来。

我回来后去找了布雷兹探长，问他菲利普斯一案有何进展。他们花了一番心思，再加上必不可少的运气，成功地破了案。莫尔尼夫妇根本没去报案，但有人打电话说瓦尼尔的房子里传出枪声，随即挂了电话。查验指纹的人对那把枪上的指纹摸不着头脑，所以他们检查了瓦尼尔的手，看有无火药痕迹。当他们在他手上发现了硝酸盐后，他们最终认定这是一起自杀。之后，一个在自杀调查中心工作，叫拉基的侦探想到再查一下那把枪，他发现曾有过这把枪的通报，这样的一把枪和菲利普斯被杀有关。亨奇认出了这把枪，但更有甚者，他们发现在扳机的一侧有他的半个大拇指印——一般情况下扳机是不往后扳的，这个指纹也就没有完全擦掉。

有了手上的证据和瓦尼尔的一组清晰指纹——比我按上去的那组清晰多了——他们又去了菲利普斯的公寓以及亨奇的房间。他们发现瓦尼尔的左手在亨奇的床上留下了印迹，菲利普斯卫生间的马桶冲水拉杆的下端也有他的指纹。随后他们拿着瓦尼尔的相片向附近住户打听，了解到他曾在那条小巷里出现过两次，在另一条小巷里至少出现过三次。奇怪的是，公寓楼里的人都说没见过或者不承认见过他。

他们现在缺乏的只是动机了。蒂格尔在盐湖城的被捕恰好提供了对动机的说明：他试图向一个钱币商人出售一块布拉什金币，钱币商人觉得这是枚真币，但怀疑是偷来的。这样的金币在他住的旅馆里有十几枚，其中有枚还就是真币。他把事情全告诉了他们，给他们看他用以辨认那枚真币的一个细小的记号。他不知道瓦尼尔从哪儿得到这枚金币，他们也从来没有查出来，因为报纸上有许多报道，要是这枚金币是偷来的，那金币的主人就会找上门来。而金币的主人从未现身。警察一旦确认瓦尼尔是凶手，也就不再关注他了。虽然尚有疑问，但他们还是以自杀结了案。

过了一些日子，他们也把蒂格尔放了，因为他们不认为他与谋杀有关，他们追究他的只是试图欺诈。他合法地买进金子，伪造不再流通的纽约州钱币，并不触犯联邦有关伪造的法律。犹他州拒绝对他进行起诉。

他们从不相信亨奇的招认。布雷兹说他只是利用此事对我施压，以防我隐瞒真相。他知道我不会保持沉默，要是我有了亨奇是无辜的证据。这对亨奇也没有什么好处。他们查到他和一个叫加埃塔诺·普里斯科的意大利人合伙抢劫了五家酒类专卖店，其中一次，有人被开枪打死。我从未听说普里斯科是不是巴勒莫的一个亲戚，但他们也从未抓到过他。

“怎么样？”布雷兹告诉了我这一切，或者是说这一切发生之后问我。

“有两点还不清楚。”我说，“为什么蒂格尔逃跑，为什么菲利普斯要化名住在法院街？”

“蒂格尔逃跑是因为开电梯的人告诉他，莫宁斯塔老头被杀，他感觉情况不妙。菲利普斯用安森的假名是因为信贷公司在追讨他的汽车，他实际上已经破产，走投无路。这就解释了为什么像他这样一个不错的年轻人会卷入这件一上来就觉得不正当的事情之中。”

我点点头，觉得事情可能就是如此。

布雷兹和我一起走到门口。他用手搭在我肩上并捏了一下。

“还记得那天晚上在你的公寓，你对斯潘格勒和我嚷嚷的那个卡西迪案子吗？”

“记得。”

“你告诉斯潘格勒没有什么卡西迪案子。有的——只是名字不同。我侦办这个案子。”

他的手从我肩上放下，为我打开门，微笑着看看我。

“就因为卡西迪案子，”他说，“也因为那个案子给我的感受，我有时会放过某个人，而其实他也许是不配有这个机会的。对一个像我——或像你——这样的劳工来说，不过是从那些手脚不干净的百万富翁那里拿到一点报酬而已。”

夜深了。我回到家里，换上已旧了的便服，摆好棋子，调了一杯酒，下起卡帕布兰卡棋来。这局下了五十九步。下得干脆利落，无声无息但近于完美。

棋下完后，我来到窗口站了一会儿，呼吸着夜晚的空气。随后我把酒杯拿到厨房，冲洗了一下，往杯里倒了冰水，站在水池边小口喝着，并端详镜子中我的脸。

“人生如棋。”我说。

RAYMOND CHANDLER

雷蒙德·钱德勒作品

THE LADY IN THE LAKE

湖底女人

〔美〕雷蒙德·钱德勒 著 顾真 译

上海译文出版社

1

特雷劳尔大楼自始至终都在橄榄街西侧，靠近第六大道。楼前的人行道铺的是黑白相间的橡胶砖。他们正把砖块挖起来交给市政府。一个不戴帽子、形容苍白、一副大楼管理员面相的男人，痛心地看着这项工事。

我经过他身边，穿越一条两旁林立着专卖店的拱廊，走进一间黑金相间的气派大厅。吉勒雷恩公司在七楼，临街，裹着白金色的双层玻璃弹簧门后便是了。会客厅里是中式地毯，暗银色墙面，有棱有角的精巧家具，线条分明、带基座的闪亮几何雕塑，一个高大的三角形展示柜摆在墙角。层层阶阶、方方隅隅的光亮玻璃镜上，好似汇集了天底下最别致的瓶子、盒子。这里有每个季节、每种场合用的乳液，粉霜，香皂和花露水。盛香水的，有细长的玻璃瓶，仿佛呼一口气就能吹倒，有绑着缎面蝴蝶结的浅色小瓶，活像舞蹈课上的小姑娘。精品在一只矮胖的琥珀色瓶里，量似乎很少，简单朴素。它兀立中央，齐眼高，周边空荡荡，标签上是“皇家吉勒雷恩，香水中的香槟”。来一瓶准没错。往你喉头的凹陷处滴上一滴，成对的粉色珍珠便会如夏日骤雨一般落到你身上。

远处角落里的电话转接机前，坐着个小巧匀称的金发妞。她身前有栏杆，坏人没法靠近。与门一直线的平坦桌子后面，是个高挑苗条的黑发可人儿，看斜放在桌上的凸印名牌，她叫艾德丽安·弗洛姆塞特小姐。

她身穿铁灰色套装，里面是深蓝衬衫和颜色稍浅的男式领带。胸前口袋里露出叠好的手帕，边角锋利得都能切开面包。她戴一只环扣手镯，别无多余的首饰。深色头发中分，波浪下垂，松弛却并不随便。她的皮肤光滑白皙，眉头很是严肃，乌黑的大眼睛宛如在说，若是赶上对的时间对的地点，它们是可以热乎起来的。

我把边角不带冲锋枪标志的那款低调的名片放到她桌上，要求见德雷斯·金斯利先生。她朝卡片看看，说："有预约吗？"

"没有预约。"

"没有预约，要见金斯利先生是很难的。"

我无从表示异议。

"是什么性质的事呢，马洛先生？"

"私事。"

"懂了。金斯利先生认得您吗，马洛先生？"

"不认得。他也许听说过我。你就说我是从姆吉中尉那儿来的吧。"

"那金斯利先生认得姆吉中尉吗？"

她把我的名片放在一堆新打好的信笺抬头旁。她向后一靠，一条手臂搁在桌上，用一支短小的金色铅笔轻轻敲打着。

我冲她笑笑。那电话转接机前的金发小妞竖起贝壳似的耳朵，轻浮一笑。她看样子很想玩乐，快坐不住却又没啥自信，就像屋里一只不受重视的陌生小猫。

"我是希望他俩认识，"我说，"不过最好的办法是去问问他，问了就知道了。"

她飞快地签了三个信封，免得忍不住拿笔架扔我。再说话时头也没抬。

"金斯利先生在开会。有机会我会把您的名片给他。"

我谢了她，过去坐在一把镀铬皮椅上。这椅子坐着可比看着舒服多了。时间慢慢过去，场面一片寂静。没人进出。弗洛姆塞特小姐的纤手在文件上游走，电话转接机前的那只猫咪默默窥视着，时不时发出点声响；插头插进拔出，传来轻轻的“咔哒咔哒”。

我点上一支烟，把烟灰缸台座拉到椅子旁。一分钟又一分钟蹑手蹑脚走过去，还作势叫同伴不要出声。我打量了一番这地方。那样一家公司，你看不出个名堂。也许做着几百万的生意，后屋里也许就坐着警长，椅子斜靠在保险柜上。

半小时，或者说三四支烟过后，弗洛姆塞特小姐身后的门开了，两个男人笑着后退出来。第三个男人扶住门，大笑着捧场。他们热诚地交相握完手，那俩男人穿过办公室走了。第三个男人霎时收起笑容，仿佛打娘胎里出来就没笑过。这是大高个，一身灰套装，严肃得很。

“有人找我吗？”他颐指气使地问道。

弗洛姆塞特小姐柔声说：“有位马洛先生要见您。姆吉中尉那儿来的。是私事。”

“从没听说过他。”大个子厉声说。他拿了我的名片，看都不看我一眼，径直回了办公室。充气门掣“呸噫”一声，门关了。弗洛姆塞特小姐向我投来一丝甜美的苦笑，我报以色眯眯的一瞥。我又抽了支烟，消磨掉一些时间。我是越来越喜欢吉勒雷恩公司了。

十分钟后那扇门又开了，那大佬戴了帽子走出来，哼哧着说要去剪头发。他大摇大摆，健步踏过中式地毯，走到离门大约一半距离时，突然折回，来到我的位子跟前。

“你要见我？”他喝道。

他约摸六英尺二英寸，身板结实。石头般灰色的眼睛，泛着点点寒光。一身平整的大号灰法兰绒套装，配以石灰白细条纹，穿在身上格外优雅。看他的举止，此人难以相处。

我起身。“您是德雷斯·金斯利先生吗？”

“不然你说我是谁？”

我没接茬儿，递上另一张名片，印着职务的。他夹在爪子里，阴沉着脸看了看。

“谁是姆吉？”他忿忿道。

“就是一个我的相识。”

“真不得了啊。”他说道，一边回头瞥了眼弗洛姆塞特小姐。她喜欢他这样。非常喜欢。“关于他，还有什么可透露的吗？”

“嗯，他们管他叫紫罗兰姆吉，”我说，“因为他总吃紫罗兰香味的小块润喉糖。他很魁梧，一头柔软的银发，可爱的小嘴儿生来就是亲小毛头的。最近一次见他时，他的打扮是整洁的蓝套装、宽头棕色皮鞋和灰色霍姆堡毡帽①，他正用一支欧石南短烟斗抽鸦片。”

“我不喜欢你的做派。”金斯利的声音硬得你都能在上面敲开一只巴西果。

“不打紧，”我说，“没非要你喜欢。”

他往后一挺，仿佛我在他鼻子底下放了条死了一星期的鲭鱼。片刻之后，他背转身去，回过脸来说道：

“就给你三分钟。也真是天晓得。”

他火急火燎踩着地毯往回走，经过弗洛姆塞特小姐的桌子，猛拉开门，甩到我脸上。他这样，弗洛姆塞特小姐也喜欢，不过我觉得，这会儿她的眼底正藏着一抹狡黠的笑意呢。

2

那是一间不折不扣的独用办公室。狭长、昏暗、安静，开着冷气，窗户紧闭，灰色软百叶帘半合，挡住七月的刺眼日光。灰窗帘搭配灰地毯。墙角有只银黑两色的大保险箱和一排低矮的档案盒，极为协调。墙

---

① 一种帽边卷起帽顶有纵向凹形的软毡帽。

上是一个老者的大幅彩照，他尖尖的鹰钩鼻，蓄八字胡，穿硬翻领。衣领里挤出的喉结，看着比多数人的下巴颏还硬。照片下的金属板写着：马修·吉勒雷恩先生，1860—1934。

德雷斯·金斯利在市价八百块的大班台后面轻快地踱了几步，一屁股坐进一张高背皮椅里。他从镶铜的红木烟盒里取了支细雪茄，剪好后用胖墩墩的台式打火机点上。他从从容容。无所谓我的时间。点好火，他往后一靠，吐出一小口烟，开口道：

“我是个生意人。没工夫闲晃。看你的名片，你是个持照侦探。拿点证明出来吧。”

我掏出皮夹，递给他几样证明。他看了看，把东西扔过桌面。装着执照复印件的假象牙套掉在了地上。他也懒得道歉。

“我不认识姆吉，”他说，“我认识彼得森警长。我要找个可靠的人来办一件事。大概你就是那个人。”

“姆吉就在警长辖区下的好莱坞分局里，”我说，“你可以查的。”

“不必了。我想你靠得住，不过别跟我耍滑头。记住，我雇用谁，谁就是我的人。他要完全按我说的做，口风还得紧。不然立马滚蛋。清楚了吗？但愿我没有太难伺候。”

“何必现在就把话说死呢？”我说。

他皱皱眉头。他厉声问道：“怎么收费？”

“一天二十五，额外费用另算。汽油钱嘛，一公里八分。”

“荒唐，”他说，“太贵了。一天十五，一口价。够多了。油费我按里程给，讲道理，照规矩办。但不准乱兜风。”

我吐出一小团灰色烟雾，用手扇了扇。我不说话。看我不说话，他好像有点吃惊。

他从桌上靠过来，用雪茄指着我。“我还没雇你呢，”他说，“但要是我用你了，这活儿就得绝对保密。不能跟你的警察朋友谈起。听明白了吗？”

“您究竟要办什么事，金斯利先生？”

“计较什么？你各种侦探工作都做，不是吗？”

“不是都做。只接光明磊落的。”

他逼视着我，目不转睛，嘴巴紧闭。灰眼睛里的神色难以捉摸。

“比方说我不接离婚的生意，”我说，“对于生客，我要收取一百块订金。”

“好，好，”他说道，声音突然柔和起来，“好，好。”

“至于你是不是太难伺候，”我说，“刚开始，大部分客户不是一把鼻涕一把泪，就是大吼大叫要让我知道谁才是老板。但到头来，他们通常都很通情达理——如果人还活着的话。”

“好，好，”他重复道，声音依旧柔和，继续盯着我，“很多客户都会没命吗？”

“知道怎么做人就不会。”

“来支雪茄吧。”他说。

我接过雪茄，放进口袋。

“我要你找到我妻子，”他说，“她失踪一个月了。”

“好，”我说，“我会找到你妻子的。”

他双手轻拍桌面。他死死盯着我。“相信你会的。”他说。说完他咧嘴笑了。“四年来，还没人敢跟我这么说话。”他说道。

我没作声。

“管他妈的呢，”他说，“不赖。相当不赖。”他用一只手掌捋了捋浓密的深色头发。“她跑了一整个月了，”他说，“从我们山上的木屋走的。靠近狮角。你知道狮角吗？”

我说我知道狮角。

“我们那地方离村庄三英里，”他说，“有一部分在一条私人道路上方。盖在一个私人湖上。叫小鹿湖。为了改善环境，我们仨建了个水坝。那块地是我与另外两人共有的。很大，但没开发，当然短期内也不会开发了。我的朋友都有木屋，我也有一间，一个叫比尔·切斯的人和他老婆免费住另一间，照看那地儿。他是个残疾退伍军人，拿抚恤金。那边的情况就是这样。我妻子是五月中旬过去的，下来过两次度周末，按理说六月十二日该来参加聚会，可就此失踪了。我再也没见过她。"

"之后你做了些什么？"我问。

"没有。啥也没做。我甚至没去那儿。"他等着，想叫我问为什么。

我说："为什么？"

他把椅子往后推，打开一个上了锁的抽屉。他拿出一张折好的纸，递过来。我展开一看，是份电报。六月十四日上午九点十九分，从埃尔帕索发出。收件人德雷斯·金斯利，地址比弗利山庄卡尔森大道965号，内容是：

"正去墨西哥办离婚[①]，会与克里斯结婚，祝好运再见　克丽斯特尔"

我把电报放在我这一边的桌上，他忙递来一张极为清晰的大幅快照，高光纸上是一男一女坐在海滨沙滩，头顶遮阳伞。男的穿条泳裤，女的则是一罩奔放的白色鲨皮呢浴袍。她是个苗条的金发妞，年轻、匀称，面带微笑。男的是个壮硕的黑皮肤帅小伙，漂亮的肩膀和双腿，乌亮的头发，洁白的牙齿。六英尺高，一看就专干拆散别人家庭的事。手臂紧拥你入怀，一脸聪明相。他手握一副墨镜，对镜头露出老练自如的笑容。

"那便是克丽斯特尔，"金斯利说道，"那个是克里斯·莱弗瑞。这对狗男女尽可以一块儿苟且，一块儿见鬼去吧！"

我把照片放在电报上。"行，出了什么岔子呢？"

---

① 因为方便、快捷、便宜，当时许多美国人去墨西哥办理离婚手续。

“那边没有电话，”他说，“她要下山来办的也不是什么要紧事。所以我接到电报后并没怎么上心。这电报只不过稍微让我有点惊讶。克丽斯特尔跟我多年前就完蛋了。她过她的，我过我的。她自己有钱，还不少。大概两万块一年吧，她家族控股的公司在得克萨斯出租油田，挺肥的。她外面耍得起劲，我知道莱弗瑞只是姘头之一。她真会嫁给他，这我有点想不到，因为那家伙专爱搞女人。不过到那时为止，并没啥不对劲的地方，明白吗？”

“然后呢？”

“太平了两礼拜。然后圣贝纳迪诺的普里斯科特酒店联系我，说他们车库里有辆登记在我住址上的克丽斯特尔·格蕾丝·金斯利名下的‘帕卡德快马’无人认领，该怎么办。我叫他们先保管着，寄了张支票去。那也没啥大不了。我估摸他们离了州还没回来，如果真是开车走的，坐的是莱弗瑞的车呗。可前天，我在这边街角的运动家俱乐部门口碰到莱弗瑞了。他说他不知道克丽斯特尔去了哪里。”

金斯利扫我一眼，伸手拿了酒瓶和立在桌上的两个彩色杯子。他倒了两杯酒，推过来一杯。他举着酒杯，背着光，缓缓说道：“莱弗瑞说他没有跟她一块儿走，已经两个月没见到她了，其间没有跟她有过任何形式的联系。”

我说：“你信他？”

他点点头，皱着眉，喝完酒把杯子推到一旁。我尝了尝我那份。是苏格兰威士忌。不是上等的苏格兰威士忌。

“要说我信他，”金斯利道，“——也许我信错了——那不是因为他这家伙很可信。根本不是。而是因为这狗娘养的实在不是块好料，他认为上完朋友老婆，到处吹嘘，光彩着呢。要是能当面捅我一刀，通知我我老婆跟他跑了，给我一记闷棍，我想他甭提会有多得意呢。我了解这些个种马，对这一匹更是熟透啦。他为我们跑过一段时间业务，总惹麻烦。勾搭办公室员工，不消停。再说了，埃尔帕索来的电报明摆着呢，我都告诉他了，他又怎么会觉得撒谎值当呢？”

“你太太没准一脚把他蹬了呢，”我说，“伤害了他的卡萨诺瓦[①]情结。”

金斯利脸色好看了一点，但很有限。他摇摇头。“我还是倾向于相信他，”他说，“你得证明我是错的。要你帮忙，部分是因为这个。不过还有非常烦人的另一方面原因。我在这儿有份好工作，但工作是不讲人情的。我承受不住丑闻。要是我老婆跟警方扯上干系，我就得赶紧走人。”

“警方？”

“我妻子除了别的消遣，”金斯利悒悒道，“还喜欢从百货商店里顺东西。我想这只是她喝得太狠之后的某种‘夸大妄想’，但事情就是发生了，我们还在经理办公室里狠狠吵过几架。目前为止，我还能阻止他们备案指控，可那样的事要是出在没人认得她的外地城市——”他抬起手掌，啪一声落在桌面上，“嗯，搞不好就得蹲牢房了，是不是？”

“她被采过手印吗？”

“她从未被逮捕过。”

“我不是那个意思。大型百货公司有时候会压下扒窃的指控不上报，条件是你得给他们指纹。这能威慑业余扒手，还能在他们的安保协会建立一份偷窃狂的档案。指纹达到一定数目，他们就要跟你算总账了。”

“就我所知，没有那样的事。”他道。

“行，我想暂时我们基本可以抛开扒窃的角度了，”我说，“要是她被捕了，警方就会查她的底细。即便警察让她用‘简 · 多伊’[②]登记姓名，他们也很可能联系到你。再说当她发现自己遇上了困难时，也会大喊大

---

① 贾科莫 · 卡萨诺瓦（1725—1789），极富传奇色彩的意大利浪荡公子，常与唐璜相提并论。

② 诉讼程序中对不知姓名的女当事人假设的称呼。

叫救命。”我敲了敲那张蓝白两色的电报，“一个月前的了。要是这段时间里你担心的事确实发生了，现在案子也该结了。若是初犯，她挨一顿训，判个缓刑，就会放出来的。”

他又给自己满上一杯，缓解忧虑。“你让我好受些了。”他说。

“有太多其他的可能，”我说，“可能她就是跟莱弗瑞走的，后来掰了。可能她跟某个别的男人走了，电报是唬人的。可能她一个人走，或者跟个女人走。可能她喝断片儿了，被关在某家私人疗养院里接受治疗。可能她摊上了什么我们不知情的麻烦。可能她遭到了暴行。”

“老天，别那么说。”金斯利惊叫。

“为什么别？你不得不加以考虑。我对金斯利太太有了非常模糊的概念——她年轻、漂亮、鲁莽、放荡。她酗酒，几杯下肚就要做危险的事。她跟在男人屁股后面转，跟陌生人鬼混，到头来那可能是个骗子。说得对吗？”

他点点头，“一个字都不错。”

“她一般带多少钱？”

“她喜欢带足了。她有自己的银行和账户。拿到多少钱都可以。”

“有孩子吗？”

“没孩子。”

“你帮她理财吗？”

他摇头。“她就没理过财——只知道存支票、取钱然后花钱。她一个子儿都没用来投资过。我肯定没从她的钱里捞着一丝好处，如果你是那个意思的话。”他顿了顿，又说道：“别以为我没试过。人心是肉长的，眼巴巴每年看着两万大洋白白打了水漂，换来的只有宿醉和克里斯·莱弗瑞之流的姘头，真的没劲透了。”

“你跟她的银行熟络吗？能不能拿到她过去几个月开支票的明细？”

“他们不肯告诉我。之前想到可能有人勒索她，我试着去要过一次。

吃了闭门羹。”

“我们能拿到的，”我说，“没准非拿到不可。就是说我们得去趟失踪人口局。你不乐意去吧？”

“乐意去的话，我也不要你来了。”他说。

我点点头，把物证归拢来放进口袋。“这事儿还可以从很多角度切入，我一时还看不出来，”我说，“不过首先，我会去跟莱弗瑞谈谈，然后跑一趟小鹿湖，查问查问。我需要莱弗瑞的地址。给你山上负责的人写个条子吧。”

他从桌上拿了张信笺，写好了递过来。上面写着：“亲爱的比尔：见信如晤。菲利普·马洛先生想参观地产。请带他去我的木屋，尽力协助。你的　德雷斯·金斯利。”

我折好纸条，塞进他趁我读的当儿开好地址的信封里。“那边的其他木屋怎么样？”我问。

“今年还没人上去过。一位在华盛顿的政府部门，另一位在莱文沃斯堡呢。他们的妻子跟在身边。”

“莱弗瑞的地址给我吧。”我说。

他看着我头顶上方的某处。“在贝城。我能找到那所房子，可地址忘了。弗洛姆塞特小姐可以给你的，我想。她无须知道你要地址干吗。她说不定会问起。你还要一百块，你说过。”

“不打紧的，”我说，“说要一百，不过是为了煞煞你的威风。”

他咧嘴一笑。我起身，停在桌子旁盯着他。片刻过后，我说：“你没有隐瞒什么，是吧——重要的全说了？”

他看看自己的拇指。“没有。毫无隐瞒。我很担心，我想知道她在哪里。担心得要命。如果有什么线索，随时打我电话，白天晚上都行。”

我说我会的，我们握了握手，我原路返回，走出阴凉的狭长办公室，门外，弗洛姆塞特小姐优雅地端坐桌前。

“金斯利先生说你能给我克里斯·莱弗瑞的地址。”说完我看着她的脸。

她慢条斯理伸手拿了一本棕色皮面通讯录，翻页查找。开口时，她的声音冰冷紧张。

“我们记的地址是贝城牵牛星街 623 号。电话是贝城 12523。莱弗瑞先生已经离职一年多了。也许搬家了。”

我谢过她，继续朝大门走。在门口我回瞥了她一眼。她坐着，纹丝不动，双手紧扣在桌上，茫然注视前方。她的面颊烧起两朵红晕。她的眼神冷漠而忿懑。

这让我觉得，想到克里斯·莱弗瑞，她并不愉快。

3

牵牛星街位于一道深谷尽头的 V 字形边沿上。北边是海湾清凉湛蓝的茫茫水域，漫及马利布市上方的岬角。南边，贝城的海滩小镇以海滨公路之上的峭壁作底，铺展开来。

那是条短街，不过三四个街区，走到尽头，高耸的铁栅栏围着一座大庄园。透过栅栏上的镀金尖铁，我能看到树和灌木，零星草坪，部分蜿蜒的车道，但目光所及，不见屋宇。牵牛星街靠内陆一边的房子保养得好，面积还很大，但靠峡谷一边的那少数稀稀拉拉的平房就无甚可观了。铁栅栏前的半个短街区只有两栋房子，分立街道两旁，几乎是正对着。小的那栋是 623 号。

我驱车驶过房子，沿街道尽头的半圆形砖石路掉了头，回来停在莱弗瑞家旁边的空地上。他的房子傍坡向下而建，宛若爬藤攀附，前门比路面稍低，屋顶上有露台，卧室在地下室，车库像是台球桌的底袋。一株绯红色的九重葛靠着正面的墙窸窣作响，前门小径的扁平石块边缘布满朝鲜苔藓。门窄窄的，装有栅栏，顶部是个桃尖拱。栅栏下方有个铁门环，我敲了敲。

没有动静。我揿揿门边的电铃，听得屋内不远处铃声在响，可还是没动静。我又在门环上下功夫。仍旧不行。我回身迈上小径，一路走到车库，使劲抬起库门，直到看见里面停着一辆白色胎壁轮胎的小汽车。我回到大门口。

一辆光鲜的凯迪拉克小跑车从路对面的车库里开了出来，倒车，调头，驶过莱弗瑞的房子，放慢速度，一个戴茶色眼镜的瘦子警惕地看着我，仿佛我无权待在那儿。我冷冷回瞪了他一眼，他这才自顾走了。

我再次迈下莱弗瑞家门前的小径，又敲了一阵门环。这次有了结果。门上的小窗打开了，透过栅栏出现在我眼前的还真是一位人物：眸子清亮，相貌堂堂。

“你可真吵死人了。”一个声音道。

“是莱弗瑞先生吗？”

他说他正是莱弗瑞，有何贵干。我往护栅里递进一张名片。一只大手接过名片。那对棕色的眼眸又泛起晶光，那个声音道：“很抱歉。今天不需要侦探。”

“我为德雷斯 · 金斯利工作。”

“你俩都去死吧。”说完他砰地关上了小窗。

我撑在门边的电铃上，得空的那只手抽出一支雪茄，刚在木门框上擦燃火柴，门猛然开了。一个穿着浴裤、沙滩拖鞋，裹着白色毛巾布浴袍的大个子向我走出来。

我从电铃上移开手指，冲他咧嘴一笑。“怎么着？”我问他，“怕了？”

“倒是再按铃啊，”他说，“看我不把你扔到街对面去。”

“别孩子气啦，”我对他说，“你心里很清楚，我要跟你谈谈，你也要跟我谈谈。”

我从口袋里掏出那份蓝白相间的电报，举到他明亮的棕色眼睛前，他悒悒地读了，咬咬嘴唇，咆哮道：

“噢，看在上帝分上，那就进来吧。”

他撑开门，我往里走过他身旁，进入一间昏暗宜人的房间：样子颇昂贵的中式地毯，高背椅，几盏白色鼓形灯，角落里一大台凯普哈特留声机[①]，一张又长又宽、夹杂深棕色条纹的浅褐色马海毛沙发床，带有铜罩的壁炉，炉架上方是白色木质装饰。罩子后面有火烧着，部分被一大枝熊果树花挡住了。那花黄了好几处，但依旧漂亮。托盘上放着一瓶翡特 69[②] 和几只杯子，玻璃台面的矮脚胡桃木圆桌上则搁着一只铜冰桶。这房间直通屋后，尽头处是一个平拱门，通过它能看到三扇窄窗和向下的楼梯顶端的几英尺白色铁栏杆。

莱弗瑞甩上门，坐到沙发床上。他从锻银烟盒中取出一支烟，点上，烦躁地看着我。我在他对面坐下，打量了他一番。照片上展现出的好相貌，果然一点不打折扣。躯干非常棒，大腿也令人赞叹。他的眼珠是栗色的，眼白则是浅浅的灰白色。头发相当长，鬓角处带几分卷。棕色的皮肤，毫无松弛迹象。他确实有一副健美的身板，但在我看来也仅此而已。我能理解女人看了他是会尖叫的。

“为什么不告诉我们她在哪儿？”我说。“最终我们总会查出来的，如果你现在说了，我们也就不来烦你了。”

“要烦到我，一个私家侦探还差点儿。”他说。

“不，不差了。一个私家侦探能烦到任何人。他执着，而且习惯了受冷落。别人出钱，他出时间。这些时间与其花在别的事上，还不如用来烦你。”

“听着，”说着他凑过来，一边用香烟指着我，“我知道电报上说什

---

① Capehart 是二十世纪三十年代最高级的留声机品牌之一。

② 一种苏格兰威士忌。

么，但尽是骗人的。我并没同克丽斯特尔·金斯利跑去埃尔帕索。我很久没见过她了——比发电报的日期久远得多。我跟她压根没联络过。这些我都对金斯利说了。”

“他又不是非得信你。”

“我骗他做什么呢？”他一脸讶异。

“你怎么就不会骗他呢？”

“听着，”他一本正经道，“你可以这么想，不过你不认识她。金斯利管不住她。他要不喜欢她的做派，补救办法又不是没有。这帮霸道的丈夫让我犯恶心。”

“你若是没同她去埃尔帕索，”我说，“她干吗要发这电报呢？”

“我一头雾水。”

“这就是你不老实了。”我说。我指指壁炉里的熊果树花：“这是你在小鹿湖采的？”

“这周围的山上多得是。”他轻蔑地说。

“这边的花不一样。”

他笑了。“五月的第三个星期，我去过那儿。如果你非要知道不可。我估计你查得出来。那是我最后一次见到她。”

“你就没想过娶她？”

他吐了口烟，在烟雾缭绕中道：“想过，是的，她有钱。钱总是有用的。但这么个赚法太吃力了。”

我点点头，但什么也没说。他看看壁炉里的熊果树花，向后一靠，往空中吐了口烟，对我露出喉部健硕的线条。片刻之后，见我依旧不发一言，他焦躁起来。他低头扫了一眼我给他的名片，道：

“所以你靠替人挖掘丑事过活？生意不错吧？”

“没啥可吹嘘的。东赚一点，西赚一点。”

“都是不干不净的钱吧。”他说。

“哎，莱弗瑞先生，我们没必要吵嘴。金斯利认为你明知道他太太的下落，却不肯告诉他。不是存心使坏，就是另有图谋。”

“哪种情况他更乐意呢？”这棕色脸庞的美男子嗤笑道。

“他不在乎，只要有个准信儿就成。他根本不在乎你跟她一起做了什么、去了哪里，或者她是否同他离婚。他只是想确认一切太平，她没有遇上任何麻烦。”

莱弗瑞来了兴致。“麻烦？什么样的麻烦？”他舔了一圈棕色的嘴唇，咂摸着这个词语。

“也许你不知道他寻思的那种麻烦。”

“说吧，”他语带挖苦地恳求道，“我还就乐意听听那些个我不了解的麻烦。”

“真有你的，”我对他说，“没空谈正事，倒有闲情耍嘴皮子。要是你觉得因为你同她一道越过境，我们就会抓住这点不放，那就错了。”

“滚犊子吧，聪明人。你得证明我付了路费，不然什么问题也说明不了。”

“电报总能说明些问题的。”我固执地说。好像我之前已经说过这句话了，还说了好几遍。

“也许只是个恶作剧。她一肚子这种小花招。都很愚蠢，有些还挺恶毒。”

“我看不出这次有什么用意。”

他小心地将烟灰弹在玻璃桌面上。他低着头迅速瞄了我一眼，目光旋即扫向别处。

“我放了她鸽子，”他缓缓道，“那也许是她报复我的手段。有个周末我本该上那儿去的。我——受够她了。”

我说：“嗯——哼。”说完定定注视了他好一阵。“这话我不爱听。要是你说确实跟她去了趟埃尔帕索，起了争执才散伙的，我会更乐意些。

能那样告诉我吗？”

他结结实实脸红了，晒黑的肤色也藏不住。

“见鬼了，”他说，“说了我哪儿也没跟她去。哪儿也没去。记不住吗？”

“等我相信了我自然会记住。”

他屈身掐灭香烟。他从容起身，一点不慌，拉紧睡袍的带子，走到沙发床另一头。

“行了，”他的声音清晰而紧张，“走吧你。出门不送。我听够你那套逼供的废话了。你在浪费我时间，还有你自己的——如果你的时间多少还值点钱的话。”

我起身，冲他咧咧嘴。“值得不多，但有人愿意花钱买就是了。你们该不会是，比方说啊，在某家百货商店里闹了不愉快吧——袜子或者珠宝柜台前什么的。”

他审慎地看看我，眉心紧锁，抿起嘴。

“我不明白。”他说，可那声音里有心事。

“我想知道的就那么多，”我说，“感谢你的聆听。顺便问一句，你干哪行呢——在离开金斯利之后？”

“这他妈干你什么事？”

“不干什么事。不过我当然能查出来。”说完我朝门口挪了一点，没多远。

“暂时啥也不干，”他冰冷地说，“差不多随时可能接到海军的任命。”

“干那个你应该很在行。”我说。

“是。再见，包打听。也别费心回来了。我不会在家的。”

我走到门口去拉门。海边潮气重，门槛有点粘住了。待门打开，我回头看他。他站在那儿，眯着眼，熊熊霹雳火在沉默中燃烧。

“也许我非回来不可，”我说，“不过不光是为了跟你插科打诨。到时是因为我有所发现，得来找你商量。”

“所以你还是认为我在撒谎。”他粗鲁地说。

“我认为你心里藏了事。我阅人无数，还能看不出来？你的心事也许跟我无关。如果有关，或许你得再把我扔出去一次了。”

“很荣幸，”他说，“下次带个人来开车送你回家。免得你屁股着地，跌得脑袋开花。”

接着，他无缘无故往脚跟前的地毯上啐了一口。

我一怔。这就好比看着他蜕去虚伪的外衣，露出胡同串子的真容；或者好比听到表面娴雅的淑女开口吐脏字。

“再会，帅气的猛男。”我说。他还站在原地。我关门，得使把劲才能合上，随后走上通往街道的小路。我站在人行道上，看着对面的房子。

4

那是座宽阔的房子，进深较浅，玫瑰色的粉饰灰泥墙褪了色，变成粉笔画似的宜人浓浅，窗框则饰以暗绿色。屋顶铺着绿瓦，浑圆、粗粝。大门深深地嵌在镶有五彩瓷砖的门框里，门前是一方小花园，再往前是一面灰泥矮墙，墙顶上的铁栏杆已经被海边的潮气腐蚀。墙外左边是个车库，可以停三辆车，有扇门开在院子里边，一条水泥小道通向房子侧门。

大门的立柱上嵌着块铜牌，写道：“艾伯特·S. 阿尔默，M.D.[①]”

正当我站在那儿紧盯街对面时，先前看到过的那辆黑色凯迪拉克隆隆作响着从街角开过来了。它放慢速度往外一扫，想腾出空间转进车

---

① “Medicinae Doctor”的简称，即医学博士。

库，却发现我的车挡了道，便开到路的尽头，在那装饰性铁栏杆前的空地掉了头。它慢慢行驶回来，停进对面车库空着的第三个车位。

那个戴墨镜的瘦子沿人行道走向房子，提着只双把手的医药包。走到一半他放慢脚步盯着我。我向我的车走去。他在屋前拿出钥匙，一边开门，一边又朝我看过来。

我钻进克莱斯勒，坐着抽烟，盘算是否值得雇个人来盯莱弗瑞的梢。最后决定算了，就眼下的情况看，没必要。

靠近阿尔默医生方才进去的那扇侧门，矮窗的帘子动了动。一只瘦削的手拨开窗帘，我瞥见镜片的反光。窗帘开了好一阵，才又落下。

我沿路望向莱弗瑞的房子。从这个角度我能看见他家的门廊连接两段阶梯：一段上了漆的木质阶梯通往一条倾斜的水泥道，另一段水泥阶梯一路通达下方铺了路的巷子。

我又看了看对面阿尔默医生的房子，懒懒地想着他是否认识莱弗瑞，如若认识，熟不熟。很可能认识，毕竟这个街区就这两幢房子。不过身为医生的他不会告诉我有关莱弗瑞的任何事。就在我这么看着的时候，刚才被拨开的窗帘彻底拉了开来。

之前遮得严严实实的三扇窗，中间那扇没了遮掩。窗后站着阿尔默医生，他朝我看过来，消瘦的脸上眉头紧锁。我把烟灰弹出车窗，他突然转身坐到桌前。他的面前摆着那只双把手医药包。他僵硬地坐着，轻敲提包旁的桌面。他的手伸向电话，碰了碰却又缩了回去。他点上一支烟，猛烈地甩着火柴，随后大步走向窗口，继续盯着我看。

如果这称得上有趣，那仅仅是因为他是个医生。常理来说，医生是最缺乏好奇心的。光他们实习期间听到的秘密，就够受用一辈子了。阿尔默医生似乎对我感兴趣。不止感兴趣，简直费脑筋。

我探下手准备转动车钥匙点火，莱弗瑞家的前门却打开了，于是我抽回手，重新靠上椅背。莱弗瑞轻快地走上门前小路，往街上瞟了一眼，拐进车库。他还是刚才我见他时的穿着。手臂上挂着粗毛巾和船用毛毯。我听见车库门被抬起来，接着是车门一开一关，再接着是汽车发动的摩擦声和哧哧声。车倒上通向街道的斜坡，白色蒸汽从车尾倾泻而出。那是辆小巧玲珑的蓝色敞篷车，顶篷后折，莱弗瑞乌黑油亮的头顶正好高出一点。他戴着一副漂亮的护目墨镜，白色的镜脚非常宽。敞篷车飞驰而去，在街角优美地打了个弯。

这回轮不到我去凑热闹。克里斯托弗·莱弗瑞先生这是要去茫茫太平洋海边，躺在阳光里秀身材，让姑娘们大饱眼福。

我把注意力拉回阿尔默医生身上。他正打电话，嘴巴没动，听筒握在耳边，抽着烟等待。接着他身子向前一凑，就像听筒里有了回音那样。听完他挂断电话，在面前的簿子上写下了什么。接着桌上出现了一本黄色侧边的大厚书，他翻到大概中间的位置。他一边这么做，一边往窗外扫了一眼，目光直指我的克莱斯勒。

他在书里找到了想查的地方，俯身去看，只见烟一口接一口喷射到空中，在书页上方缭绕。他又写了点什么，拿开书，再次抓起听筒。他拨号，等待，飞快地说起话来，压低脑袋，夹烟的手悬空比划着。

他打完电话，挂上听筒。他向后一靠，若有所思地坐着。他低头凝视桌面，却不忘每半分钟向窗外看上一眼。他在等待，而我莫名其妙地奉陪他等。医生总要打很多电话，跟很多人交谈。医生也会向窗外张望，医生也会皱眉头，医生也会显出不安，医生也会心事重重神色紧张。医生不过是凡人，注定要经年累月，同悲伤斗得死去活来，跟我们所有人一样。

但这一位的举止中，却有某些地方令我好奇。我看看表，决定该吃点什么了。我又点了支烟，没挪地儿。

静静地大约过了五分钟。一辆绿色轿车飞驰过街角，驶进这段路。车停泊在阿尔默医生的屋前，车顶高高竖起的无线电天线颤了颤。下来了个土黄色头发的大块头，他走到阿尔默医生家大门前。他按响门铃，屈身在台阶上划亮一根火柴。他环顾四周，目光落定在街对面我坐的位置。

门开了，他走进屋子。一只看不见的手并拢了阿尔默医生书房的窗帘，封住了房间。我坐在那儿，盯着光线下变暗的窗帘衬里。一分一秒，又过了一段时间。

屋门又开了，大块头悠然走下台阶，穿过大门。他把烟蒂往远处一弹，揉揉头发。他耸了下肩，捏捏下巴颏，斜穿过马路。他的脚步在周遭的静谧中显得从容而渺远。他身后，阿尔默医生家的窗帘又打开了。阿尔默医生站在窗前，看着。

一只长满雀斑的大手出现在我手肘搭靠着的车窗窗台上。悬在上方的是一张大脸，刻满深深的皱纹。那男人的眼睛是金属般的蓝色。他定定地看了看我，开口了，嗓音低沉嘶哑。

“等人呢？”他问。

“不知道啊，”我说，“我像吗？”

“我要问几个问题。”

“得，我要倒霉了，”我说，“演半天哑剧就为了这个。”

“什么哑剧？”他湛蓝的眸子透出不友好的目光，锐利地狠狠瞪了我一眼。

我用香烟指了指街对面。“那个神经兮兮的家伙，还有电话。大概先是从汽车俱乐部弄到了我的名字，再查分类电话簿，叫来了警察。什么事？”

“给我看看你的驾照。”

我也瞪了他一眼。“你们这帮家伙从来不鸣警笛吗——还是说耍横就是你们唯一的身份标志？”

“要是到了我非耍横不可的地步，你小子会知道的。”

我探身转动车钥匙，踩下离合器。点上火了，发动机空转起来。

“关掉发动机！”他蛮横地说，一脚踏在车门踏板上。

我关掉发动机，靠上座椅，看着他。

“妈的，”他说，“你想让我拉你出来摔到地上？”

我拿出钱包递给他。他抽出假象牙套子，看了看我的驾驶证，又把套子翻过来，看了下我另一张执照的复印件。他轻蔑地把执照塞了回去，递还给我钱包。我收好了。他掏出一个蓝金两色的警徽。

“德加莫，中尉警探。”他道，声音低沉粗鲁。

“很高兴见到你，中尉。”

“免了吧。说说你干吗在这儿窥探阿尔默的房子。”

“我并没有像你说的那样窥探阿尔默的房子，中尉。我从没听说过阿尔默医生，也想不出任何理由要窥探他的房子。”

他转头啐了口唾沫。今天我撞上的尽是爱啐唾沫的。

“那你在搞什么鬼？我们不喜欢偷看的人，这镇子上没这种人。”

“真的吗？”

“是的，没错。所以赶紧的，招了吧。除非你想去局里走一趟，坐在强光下招供。”

我没作答。

“那女人的爸妈雇你的？”

我摇摇头。

“上一个想干这事的小子被抓去修路了，宝贝。”

“好去处啊，”我说，“但愿我猜得出来是怎么回事。他想干啥？”

“敲竹杠。”他淡淡地说。

“可惜我不知道怎么下手，”我说，“他看起来还挺容易敲的。”

“这么说话你可落不着好。”他说。

“行，”我说，“这么说吧。我不认识阿尔默医生，从没听说过他，我对他也毫无兴趣。我来这儿看一朋友，顺便看看风景。如果我还有别的事，那也跟你无关。如果这么解释你还不满意，那最好的办法就是回局里去请示你的头头。”

他那只踩在踏板上的脚重重地动了下，神色犹豫。“句句属实？”他缓缓问道。

“句句属实。”

“该死，那家伙是神经病，”他突然说道，回头看看那幢房子。“该去看医生。”他笑了，笑声里没有半点愉快。他挪开踏板上的脚，揉揉硬直的头发。

“走吧——走远点，”他说，“去别处待着，免得惹麻烦。”

我再次起动。发动机空转时我说道：“阿尔·诺加德近来可好？”

他盯着我。“你认识阿尔？”

“是啊。几年前我和他在这儿办过案——那时候警察局长是瓦克斯。”

“阿尔调去宪兵队了。真羡慕他啊。”他苦涩地说道。他迈步走开，旋即又转过身来。“走吧，走远点，趁我还没改变主意。”

他脚步滞重地穿过马路，再次走进阿尔默医生家的大门。

我踩下离合器，开走了。回城的路上，思绪万端。进进出出，时断时续，就像阿尔默医生那双神经质的手在窗帘边缘扯拉。

回到洛杉矶我吃罢午饭，走上山地大楼，去办公室看看可有什么信件。我给金斯利去了电话。

“见到莱弗瑞了，”我告诉他，“他说了一堆烂话，不过倒不像是骗人。我试着激了他一下，但没啥结果。我还是倾向于认为他们吵翻了，而他呢，还是想和好的。”

“那他一定知道她的去向。”金斯利道。

“可能吧，不一定。对了，我在莱弗瑞家那条街遇上了桩怪事。那条街就两幢房子。另一幢是阿尔默医生家。”我把那桩怪事跟他简要讲了讲。

听完他沉默了片刻，说道："是艾伯特·阿尔默医生吗？"

"是又怎样？"

"他当过一阵克丽斯特尔的医生。来过家里几次，因为克丽斯特尔——嗯，喝多了。我觉得他有点太着急给她打针了。他太太——我想想看，好像出过什么事。噢对，她自杀了。"

我说："什么时候？"

"记不得了。很久以前的事。我跟他们完全没来往。现在你准备怎么办？"

我对他说我准备去狮湖，虽然现在动身有点晚。

他告诉我时间绰绰有余，山上的天要晚一个钟头才会黑。

我说那便好。我们挂了电话。

5

下午的日头把圣贝纳迪诺炙烤得直冒火星。空气热得能让舌头烫出泡来。我喘着气驶过热浪，半路停车去买了一品脱酒，以免还没到山上人就晕了，随后才开始攀上通向克雷斯特莱恩的斜坡。十五英里的路程爬高了五千英尺，可还是热得不行。开了三十英里的山路，我看到了高大的松林，到了一处叫"汩汩流泉"的地方。这里有一家简陋的壁板屋小店和一个加油站，但对我已然天堂。从此便是一路凉爽。

狮湖水坝两头和中间各有一个全副武装的警卫。沿途第一个警卫要我经过水坝前先关闭车窗。水坝一百码开外的地方，一根绳子系着软木浮子，不让游船靠近。除了这些细枝末节，战争没有给狮湖带来任何影响。

小舟在湛蓝的湖面上荡漾，安着舷外发动机的划艇噗噗作响，快艇像活泼的孩子般爱表现，扬起大条大条的飞沫，在一小片水域里打着转，艇上的姑娘们尖叫着，手放在水里拖曳。在快艇留下的尾流中，波动着那些花两美元买了准钓证的人的倒影，他们正巴望钓几条难吃的鱼上来回点本钱。

一路过去，途经一段突露的花岗岩，便降入几片粗糙的草地，上面长着残剩的野鸢尾、白色和紫色的羽扇豆、喇叭花、耧斗菜、薄荷，还有沙漠中常见的扁萼花。高峻的松树刺向晴空。山路再一次下降，到达与湖面水平的高度，人烟映入眼帘。一大群姑娘身穿艳丽的宽松长裤，头戴网兜、方巾和发垫，脚踩开孔很大的凉鞋，露出丰满雪白的大腿。骑自行车的人小心翼翼、摇摇晃晃地在公路上行驶，时不时有个焦躁的伙计骑着电动摩托车突突驶过。

距离村庄一英里，公路便连接了另一条蜿蜒拐回山里的小路。公路标识下方有块粗糙的木牌，上面写着：小鹿湖，1.75 英里。起初的一英里，斜坡上散落着小木屋，之后便没有了。不久，眼前延伸出另一条很窄的小路，又出现了一块木牌：小鹿湖。私人道路。禁止入内。

我把克莱斯勒开上小路，谨慎地缓缓绕过裸露的花岗石，途经一处小瀑布，穿过迷津般的黑橡树、铁树、熊果树和一片寂静。一只蓝背鸟在树枝上呱呱乱叫，一只松鼠朝我嚷嚷，用爪子愤怒地敲开怀中的一颗松果。一只红顶啄木鸟停止了啄树皮，愣在原地用珍珠似的小眼睛看着我，随后闪到树干后面用另一粒眼珠看我。我来到一扇由五根木板条钉成的大门前，又是一块牌子。

我驶过大门，沿路在树林中逶迤了几百码，下方忽地出现一个椭圆形小湖，深深掩映在树木、岩石和野草中，宛若蜷曲叶片上的一颗凝露。湖的这一头是一个简陋的水泥水坝，顶上拦了一条绳子当扶手，旁边立着一架老旧水车轮。不远处是个就地取材的松木搭建的小屋，连树皮都未刨去。

湖对面是一大间俯临湖水的红杉木屋子，从路上过去挺远，翻过水坝去则较近。更远处又是两间木屋，遥相隔开。三间屋子都关着门，阒无人声，窗帘紧合。大的那间装有橙黄色软百叶窗，一扇十二窗格的窗户面朝湖光。

从水坝看出去，湖的那一头似乎有一个小码头和一个环状凉亭。一块翘曲的木牌上刷着几个白色大字：基尔代尔营地。我搞不懂为什么要把营地建在这种地方，所以下车向最近的木屋走去。屋子后面有斧头落地的声响。

我敲敲屋门。斧头声停了。有个男人大声答应着。我坐到一块石头上，点了一支烟。屋子拐角传来脚步声。凌乱的步伐。一个脸孔粗陋、肤色黝黑的男人拎着一柄双刃斧出现了。

他身材健硕，个头不高，走路一瘸一拐，每跨一步，右腿会稍稍踢出去，脚在地上划着浅浅的弧形。他下巴上胡子又黑又浓，一双坚毅的蓝眼睛，灰白的鬈发盖住了耳朵，看来很久没理发了。他穿蓝色粗斜棉布裤子，蓝色衬衣领口敞着，露出棕色的粗壮脖颈。他嘴角叼着一支烟。一开口就听得出是城里的大老粗：

“干吗？”

“是比尔·切斯先生吗？”

“正是。”

我站起身，从口袋里摸出金斯利写的纸条，递给他。他乜斜眼看了一眼纸条，便步履沉沉进了屋，回来时鼻梁上架了副眼镜。他仔仔细细读完条子，又从头过了一遍。他把纸条放进衬衣口袋，扣上袋盖搭扣，伸出手。

“幸会，马洛先生。”

我们握手。他的手掌粗得像木锉刀。

“想看看金斯利的木屋，啊？很乐意带你去。天哪，他该不是想把屋子卖了吧？”他定定望着我，朝湖对面戳出大拇指。

“有可能啊，”我说，“在加州样样都能卖。”

“真这样？那屋子是他的——红杉木的那间。屋里的墙壁是有节疤的松木，合成屋顶，石头地基石头走廊，整套卫生淋浴设备，一水的软百叶窗，大壁炉，还有主卧里的煤油炉——兄弟啊，春秋两季都用得上——‘朝圣者牌’煤气木柴两用炉，统统一等一的货。花了大概八千块，这么一笔钱就造了间山里的小木屋啊。山上还有专门的水库供水。”

“那有没有电灯和电话？”我问道。想显得热络点罢了。

“电灯当然有。没电话。暂时弄不到。要装，你得花大价钱引电话线。”

他坚定的蓝眼睛看看我，我也看看他。他一脸雨打风吹，却像个酒鬼。皮肤粗糙黑亮，青筋暴突，眼神熠熠放光。

我说：“现在那儿有人住吗？”

“没。金斯利太太几个星期前来过。下山了。随时可能回来，我猜。金斯利先生没说吗？”

我一副吃惊的样子。“干吗？她也跟屋子一起卖掉吗？”

他脸色一沉，仰头猛然大笑。他的狂笑像拖拉机的回火声，炸碎了林间的寂静。

“老天，真是糟透了！”他喘着气说，“她也跟屋子一起——”他发出又一声轰鸣，然后嘴巴就像只夹子似的紧闭了。

“是，那是间很棒的屋子。”他说，审视着我。

“床舒服吗？”我问。

他凑上来，笑了。“你大概嫌自己的脸太平整是吧？”他说道。

我张嘴盯着他。“那种想法，”我说，“可从来没有过。”

“我怎么会知道床舒不舒服呢？”他吼道，说着略略弯腰，形势所需时，他好狠狠给我一记右钩拳。

“我不知道你怎么就会不知道，”我说，“我也不逼你。我自己能查出来。”

“哟呵，”他忿忿道，“以为我碰上探子会认不出来？我在全国哪个州没跟他们过过招？打了就跑呗。滚你的，伙计。滚他金斯利的。原来他给自己雇了个探子来这儿看我有没有穿他的睡衣，啊？听着，老弟，也许我是腿脚不灵便，但要找女人——”

我伸出一只手，但愿他不会把我的手掌扯下来丢到湖里去。

“你想歪了，”我对他说，“我不是来查你的私生活的。我从没见过金斯利太太。我是今天早上才第一次见的金斯利先生。你到底怎么回事？”

他垂下眼睛，狂躁地用手背摩擦嘴巴，仿佛想自残。接着他把手举在眼前，紧紧攥拳，又松开，凝望手指出神。那五指在微微作抖。

“抱歉，马洛先生，”他缓缓说道，“昨晚我是在屋顶过的夜，酒还没醒呢，六亲不认的。我在这儿独自待了一个月了，只好跟自己说话。摊上了件事儿。”

“喝一杯能好些吗？”

他锐利地盯着我，两眼放光。“你带了？”

我从口袋里抽出一品脱装的黑麦威士忌，举起酒瓶，好让他看到瓶盖上的绿色标签。

“难为情啊，”他说，“真他妈难为情。我去拿俩杯子来，等下我？还是你想进屋喝？”

“就在外面吧。风景不错。”

他摆动那条僵直的腿，走进小屋。回来时，拿着两只小扁玻璃杯。他坐到我身边的石头上，透着汗臭。

我打开金属盖，给他满上，自己则倒了一小杯。我们碰杯，喝起来。他用舌头细细品味着，一抹暗淡的笑容微微照亮了他的脸庞。

“真是好酒，”他说，“我也不知道怎么了，怨气那么大。大概是老这么孤零零待在这儿，人会抑郁。没个伴儿，没好朋友，没老婆。”他顿了顿，转过脸去补了一句：“尤其是没老婆。”

我凝望着那一小潭湛蓝的湖水。悬岩之下，一束光打在水面上，缓缓扩大的一圈圈涟漪中，有条鱼冒出头来。轻风过林，不时拨动松树梢，宛若温柔的涛声。

“她离开了我，”他缓缓说，“一个月前她离开了我。星期五，六月十二日。那一天我忘不了。”

我僵住了，但还不至于僵到没法给他的空杯子倒满酒。六月十二日那个星期五不正是金斯利太太本该进城参加派对的日子吗？

“这不关我的事，”我说，“但如果能让你感觉好些——”

他急切地点点头。“两个人相逢在公园长凳上，开始谈论上帝。你有没有注意过这种场面？人们不会找最要好的朋友谈上帝。”

“我知道。”我说。

他喝了口酒，望向湖对面。“她是个好女孩，”他柔声说，“嘴上有点不饶人，但真是个好女孩。一见钟情呐，我和缪丽尔。一年零三个月前，我在里弗赛德的一家酒吧遇见了她。在那样的酒吧里，通常是见不到缪丽尔这种女孩的，但就是让我给遇上了。我们结婚了。我爱她。我知道自己差劲。我是个大烂人，配不上她。”

我挪了一下身子，让他知道我还在听，但没发一言，生怕煞了风景。我坐着，手里的酒一滴未动。我想喝酒，可有人拿我当日记簿的时候可喝不下去。

他继续伤感道：“但你也知道婚姻是怎么回事——谁都一样。过了一阵，像我这么个坏种，就不安分了。想跟别人来一腿。也许很恶心，但就是这么回事儿。”

他看看我。我说我听明白他的意思了。

他仰头喝完了第二杯酒。我把酒瓶递给他。一只蓝鲣鸟飞上一棵松树，在树枝间跳来蹦去，既不抖动翅膀，也不停下来稳住身体。

“是啊，”比尔·切斯说，“这些山里人都有点疯癫癫，我也差不多了。我在这好端端的，不用付房租，每个月有张不赖的养老金支票，其中一半是我买战争公债的分红，还娶了个人见人爱、白白净净的金发姑娘。原来我一直是个神经病，自己却还不知道。我竟然去了那儿。”他狠狠指着湖对面的红杉木小屋。在傍晚的日光下，它渐趋牛血的红色。“就在屋前的园子里，”他说，“就在窗下。那个花里胡哨的小婊子，在我眼里就是根烂稻草。老天爷啊，男人有时候真是蠢到家了。”

他第三杯酒下肚，把瓶子在石头上放稳。他从衬衫口袋里拈出一支烟，在拇指甲上划燃火柴，一口接一口吞吐起来。我张着嘴呼吸，安静得像躲在窗帘后头的贼。

“妈的，”最后他说道，“你准会想，要是我非要偷腥，好歹也该离家稍远点，至少换换口味吧。可那小骚货连路子都是一样的。跟缪丽尔一样，她也是个金发妞，身材、体重相仿，类型相同，连眼睛的颜色都差不多。但兄弟，其实她俩差别多大啊。漂亮，没错，在别人眼里顶多不分上下，对我就更不用说了，连缪丽尔的一半都及不上。唉，那天早上我在那儿烧垃圾，像平时一样忙活自己的事。她来到小屋后门，穿的是半透明的睡衣，超薄，你都能看到贴在衣服后面的粉红奶头。她的声音懒懒的，不怀好意：‘喝一杯吧，比尔。这么美的早晨，别忙坏了。’而我呢，酒瘾正发作，便去厨房拿了。我喝了一杯又一杯，不知怎么的就进了屋。我越靠近她，她的眼神就越勾人。”

他顿了顿，冷峻地扫了我一眼。

“你刚问我那儿的床舒不舒服，我恼了。你是随便问问。只是我记得太多了。好吧——我睡过的那张床很舒服。”

他不说话了，我也不接茬，由他的话在半空悬浮。语句缓缓飘落，留下一片岑寂。他屈身从岩石上拿走酒瓶，出神端详着。他似乎在做思想斗争。威士忌打赢了，百战百胜。他拿起瓶子猛灌几口，随后拧紧瓶盖，煞有介事。他拾起一颗石子，弹进湖中。

“那天我翻过水坝回来，”他慢腾腾地说，声音里已满是醉意，“潇洒活络得不行。心想这就算得手了，瞒过了。我们男人难免在小事上犯点错，对吧？根本瞒不过。啥也瞒不过。我听着缪丽尔说话，她连嗓门都没提高。可她说的关于我的那些话，我简直从没想过。噢是的，我瞒得可真叫好啊！”

“所以她抛下你走了。”看他不吱声了，我说道。

“那天晚上。我都不在家。没脸醒着，非得把自己灌个烂醉。我跳进福特车，开到湖北面同几个跟我一样的无赖厮混，喝得昏天黑地。那也没让我感到好些。大约凌晨四点，我回到家，缪丽尔走了，收拾了东西走了，啥也没留下，只看到梳妆台上的一张纸条和枕头上的一点面霜。”

他从破烂的皮夹里抽出一张陈旧的纸片，递过来。那是张从笔记本上撕下来的蓝格纸，一行铅笔字写道：

“对不起，比尔，但我宁愿去死也不想跟你过下去了。缪丽尔。”

我把纸条还给他。“那边怎么样了呢？”我问，朝湖对面使了个眼色。

比尔·切斯捡了块扁平的石头，想打水漂到对岸，结果没成功。

“没怎么样，”他说，“同一天晚上，她也收拾好下山了。我再没有见过她。我不想再见到她。整整一个月缪丽尔音信全无，一点消息都不捎来。她在哪儿我压根不知道。也许跟别的男人在一块儿吧。但愿他比我对她好。”

他站起身，从口袋里掏出钥匙，晃了晃。“你要是想穿过去看看金斯利的小屋，尽管跟我来。谢谢你听我的肥皂剧。也谢谢你的酒。给。”他拿起酒瓶，把余下的还了我。

6

我们沿坡走到湖岸边，踏上逼狭的水坝顶。比尔·切斯摆动他僵直的坏腿，在我身前领路，一边抓着安在铁柱上的绳子扶手。有一阵，湖水缓缓打着旋，没过水泥地。

“等早上我用水车放点出去，”他回头说道，“那要命的玩意儿也就派派这用场。三年前一家电影公司搭的。他们拍了部片子。湖那边的小码头也是他们建的。造的大多数东西都被拆掉拖走了，但金斯利叫他们把码头和水车轮留了下来。算是让这地方有了点情调。”

我跟随他走上一段厚重的木台阶，到了金斯利小屋的门廊前。他打开房门，寂静的屋里很暖和。门一关，简直要说热了。阳光透过百叶窗洒进来，细细的横条阴影打在地上。起居室进深很深，明亮，装潢考究：印度地毯，有衬垫、金属包边的山区家具，印花棉布窗帘，素色硬木地板，很多盏灯，还有一个嵌入式小吧台，一角放着几只圆凳。房间拾掇得整洁干净，不像是主人匆忙离去的样子。

我们走进卧室。其中两间的床是一样的，另一间则是一张大双人床，米色床单上用绒线绣着紫红色花纹。这间是主卧，比尔·切斯说。一张抛光木质梳妆台上放着翡翠绿搪瓷和不锈钢洗漱用品、首饰，还有零星的各式化妆品。几只润肤霜的瓶子贴着吉勒雷恩公司的波浪状金色标签。房间的一整面墙都是装有滑门的壁橱。我移开一扇橱门，朝里略加张望。似乎尽是些那种在旅游景区穿的女人衣服。看我把衣服翻来摸去，比尔怪别扭的。我移上橱门，拉开底下放鞋的深抽屉。里面至少装了半打簇新的鞋子。我一把推上抽屉，直起身来。

比尔·切斯一动不动杵在我前面，下巴颏戳出来，粗糙的手掌纠成一团团，贴在屁股上。

“你看女人衣服干吗？”他气呼呼地问道。

“我自有道理，”我说，“比如，金斯利太太离开这里后并没有回家。打那以后她丈夫就没见过她。他不知道她的去向。”

他放下拳头，手在身侧缓缓扭动。“就说是探子吧，”他咆哮道，“第一眼猜的错不了。本来不想跟你说那些话的。小老弟，我对你是敞开了说的。啥也没藏着掖着。小老弟，我又不傻！”

“你对我交心，我当然也敬你。”我说道，绕过他进了厨房。

里面有绿白相间的大号多用灶，漆过的黄色松木水槽，水电廊里装了自动热水器，敞开在厨房远端的是一间亮堂的早餐室，窗户很多，桌上摆着一套奢华的塑料餐具。壁架上搁着各种颜色的碟子、杯子和一套白镴餐盘，煞是艳丽。

一切都井井有条。滴水板上没有脏杯子脏盘子，也没有东倒西歪、沾了污渍的玻璃杯和空酒瓶。没有蚂蚁，没有苍蝇。不管金斯利太太活得多放荡不羁，出门前倒能把家里收拾干净。我还以为会邋遢得像格林尼治村[①]里的那些屋子呢。

我回到起居室，又走到屋前的门廊里，等候比尔·切斯锁门。待他锁好门，一脸怒容地转头看我，我开口道：

“我没求你把心窝子掏出来剥给我看，不过我也没让你塞回去。金斯利没必要知道他太太勾引你，除非还有很多内情我暂时没看出来。”

“你见鬼去吧。”他说，脸上的怒气丝毫没有消散。

“行啊，我见鬼去。有没有可能你太太和金斯利的太太是一道走的？”

“我不明白。”他说。

“当时你去借酒消愁，她俩也许干了一架，掐完和好后抱头痛哭。金斯利太太没准带你老婆下山了。她要走总得有工具，对吧？”

---

① 位于美国纽约市曼哈顿区，聚居了很多作家、艺术家，以其豪放不羁的波希米亚气氛著称。

这想法听起来挺蠢，他却够当真的。

“不会。缪丽尔不会跟别人抱头痛哭。他们只会听凭她流眼泪。再说就算她想趴在谁的肩膀上哭，也不会找那些小骚货。车的话，她自己是有辆福特的。她开不惯我那辆，因为我一边腿不灵便，操控装置改装过。”

“就是闪过这个念头罢了。”我说。

“如果再有这种念头，就让它们闪过拉倒。”他说。

“对着第一次见的人能那么掏心掏肺，没想到一碰就要跳。”我说。

他向我走近一步。“想找茬儿？”

“听着，哥们儿，”我说道，“我是千方百计把你往好里想。帮我一把，行吗？”

他深呼吸了片刻，放下手，无助地摊开手掌。

“小老弟，随便谁跟着我，一下午都不会无聊了，”他叹口气，“想绕过湖走回去吗？”

“当然，只要你腿支撑得住。”

“早支撑过许多回了。”

我们并肩上路，重新成了好哥俩。我俩就这样走完了五十码长的整段路程。道路高出湖面一截，在峻石间东躲西闪，宽则仅容一辆车通过。大概在离湖对岸还有一半路的位置，岩石地基上建了另一间小木屋。第三间尚在湖尽头的远处，脚下已几乎是平地了。两间屋都关着，看样子是许久没人居住了。

过了一两分钟，比尔 · 切斯说：“那个骚到骨子里的浪荡货跑了？”

“好像是的。”

“你到底是正牌警探还是就是个单干的？”

“就是个单干的。”

“她跟别的男人跑啦？”

“要我说可能性很大。”

“准是那样。错不了。金斯利应该能猜出来。她朋友很多。”

“在这儿？”

他没回答。

“其中有没有一个叫莱弗瑞的？”

“我又不认识。”他说。

“这都不是什么秘密了，”我说，“金斯利太太从埃尔帕索发电报来说她和莱弗瑞要去墨西哥。”我从兜里掏出电报，拿给他看。他不慌不忙从衬衫口袋里摸出眼镜，停下脚步看起来。他把电报还给我，收好眼镜，凝望着湛蓝湖光的远处。

“你之前对我说了那么多，也该让你掌握点小机密。”我说。

“莱弗瑞来过一次。”他缓缓说道。

“他承认几个月前见过金斯利太太一回，兴许就是在这儿吧。他说打那以后再没见过她。我们不知道该不该信他。没理由信他，也没理由不信。”

“那么他俩这会儿不在一起吧？”

“他说不在一起。”

“我觉得她不会为结婚这类事小题大作，”他平静地说，“去佛罗里达度个蜜月更像她的作风。”

“可你没法给我什么确切信息吗？你有没有看见或者听见什么准信儿？”

“没有，”他说，“再说就算有，我也不见得会说。我是卑鄙，但还不至于那么卑鄙。”

“行，多谢配合。”我说。

“我没欠你的情，”他说道，“见你的鬼去，你们这些天杀的狗侦探，统统见鬼去！”

“怎么又来了。”我说。

此时我们走到了湖的尽头。我丢下他，独自走上小码头。我靠在码头边缘的木栏上，发现先前看到的凉亭不过是面朝水坝、竖起成钝角的两堵墙壁。墙上悬着约摸两英尺宽的房檐，好比加了顶盖。比尔·切斯从我身后走过来，靠在我旁边的栏杆上。

“并不是说我就不感谢你的酒。”他说。

“嗯。湖里有鱼吗？”

“有些鳟鱼，都是他娘的老油条。没有新进来的。我不太钓鱼。随它们是死是活。抱歉我又爆粗口了。”

我咧嘴笑笑，靠在栏杆上低头盯着宁静深邃的湖水。低头仔细看时，湖水是绿色的。水里有动静，有个淡绿色的东西在快速游移。

“那是爷爷，”比尔·切斯道，“看那老畜生的身材。吃那么胖真该害臊。”

水下面似乎有层平地。我搞不懂那用来干吗，便问他。

“坝没建起来时，那本是上下船的地方。水坝让水平面提升很多，老码头就淹了六英尺深了。”

一根磨破的绳子一端系着艘平底船，一端拴在码头的桩子上。船几乎是静止地浮在水上，但又并非纹丝不动。空气安宁、平静而和煦，一派城市里难得的清寂。我愿在那儿待上好几个钟头，什么也不做，把德雷斯·金斯利和他老婆还有他老婆的男友一股脑儿抛到九霄云外去。

突然，我身边一阵剧烈骚动，伴随着比尔·切斯的声音：“快看那儿！”他这一嗓犹如山间的雷鸣。

他粗糙的手指深深嵌进我手臂上的肌肉，直到我痛得再也受不了才作罢。他的身体在栏杆上远远探出去，着了魔似的盯着下面，原本晒得黝黑的脸，此时竟也生生透出白来。我循着他的目光，望向那没在水底的平台。

在那座淹没的绿色木架边缘，有个东西懒洋洋从暗处飘了出来，停顿片刻，又飘回木板底下，看不见了。

那东西像极了人的手臂。

比尔·切斯僵硬地挺直起来。他一声不响转过身，踏着沉重的步伐沿码头往回走。他在一堆乱石前俯下身，大喘气。我听到他急促的喘息声。他拣出一块大石头，举到齐胸高，迈步回到码头上。那石头起码一百磅重。他脖子上的肌肉，裹着紧绷的棕色皮肤股股暴突，犹如帆布下拉直的绳子。他牙关紧咬，气息从齿缝里一抽一吐，嘶嘶作响。

他走到码头口，稳住身体，举起石块。石头在空中悬了片刻，他的眼睛死死盯住下方，打量着。他口齿不清地惨叫一声，身子猛地前倾，抵住颤动的栏杆，将那块有力的大石向水里砸去。

水溅得比我们人还高。石头垂直沉下，结结实实砸在水底木板的边缘，几乎跟我们看到那东西飘进飘出的位置毫厘不爽。

湖水剧烈涌动了一阵，波纹渐渐扩散，淡入远景，一圈挨一圈，越来越小，中心冒着几丝泡沫。水下隐隐传来木板断裂的声响，这声音似乎是经过好久才传进我们耳朵。突然，一块老旧的烂木板戳出了水面，参差不齐的一端足足有一英尺裸露在外，随即啪的一声瘫倒，飘向远处。

湖底复归清澈。有什么东西在水里动，但不是木板。它缓缓上升，漫不经心得无以复加——一个形状扭曲的长条形黑色物什，一边升起，一边懒懒地在水中翻卷。破水面而出时，那东西随意轻松，不慌不忙。我看到毛衣，湿透了，黑的；皮外套，比墨水还黑；宽松的长裤。我看到鞋子和两只鞋子间鼓起的什么恶心东西，还有裤腿的翻边。我看到一头暗金色的鬈发，故意似的在水里草草挺直半刻，旋即又绕成一团。

那东西又翻滚了一下，登时露出一条胳膊，恰好高出水面分毫。胳膊尽处是一只肿胀的手掌，也不知是长在哪头怪物身上。接着脸出现了。鼓胀的一团灰白色烂肉，没有面目，没有眼睛，没有嘴巴。一块灰色面疙瘩，一头披人发的恶煞。

一根颇有分量的绿宝石项链戴在原本是脖子的地方。未经打磨的大块绿宝石一半嵌在肉里，由某种亮闪闪的东西连接在一起。

比尔·切斯紧握扶栏，指节颗颗膨出，绷得一点没了褶皱。

“缪丽尔！”他的嗓子沙哑了，“乖乖，老天爷啊，那是缪丽尔！”

他的声音仿佛很遥远，仿佛是翻过了山，穿越了寂静的茂密树林才传到我的耳畔。

7

透过木棚的窗户，我看到长台一头堆满了蒙尘的文件夹。上半扇门是玻璃的，印着几组油墨斑驳的字。警察局长。消防队长。镇警长。商会。玻璃底端的角上系着 USO① 的牌子和红十字会标志。

我进了屋。一边角落里是个大腹取暖炉，长台后面的另一角则摆了张卷盖书桌。墙上贴着一大张蓝色的辖区地图，旁边的木板上有四个钩子，其中一个挂着块麦基诺厚呢毯，磨破了，打了许多补丁。文件夹旁边还有一个长台，上面照例是弹簧笔、所剩无几的吸墨纸和沾了黏稠污迹的墨水瓶。书桌旁的那面墙上刻满了数字，都是些电话号码，看来是要跟这木棚长相厮守了。笔迹很幼稚。

书桌后面的木扶手椅上坐着一个男人。他两腿一前一后搁在木板上，像在滑雪。左腿挨着一只痰盂，大得都能盘进整条水管。他后脑勺罩一顶汗渍斑斑的斯泰森毡帽，两只光秃秃的大手扣在肚子上，十分别扭，往下是腰带，束一条卡其布裤子，早已给刷洗得很薄了。他

---

① “United Service Organizations”（劳军联合组织）的缩写。

的衬衣与裤子很相称，只不过褪色得更厉害。衬衣纽扣一径扣到脖子，没戴领带。他的头发是棕褐色的，只有鬓角是踩脏了的雪的颜色。他左边屁股坐得更低，因为右边屁股口袋塞了只枪套，一把点四五左轮手枪露出半英寸枪托，嵌在背部敦实的肌肉里。他左胸上的星形徽章有一个角折了。

他耳朵很大，眼神友善，嘴里缓缓嚼着。模样凶悍得能赶上一只松鼠，但远没那么战战兢兢。从哪方面看我都很喜欢他。我靠在长台上，瞅瞅他，他也瞅瞅我，点点头，吐出半品脱烟草色的唾液。那黏液顺着他的右腿落进痰盂的水中，发出恶心的声响。

我点上一支烟，四顾寻找烟灰缸。

“地上就行，小子。”那友好的大块头说道。

“你是巴顿警长？”

“警官兼代理警长。法律管得着的事儿，这里我说了算。至少能干到选举。这次有几个好小伙子跟我竞选，没准我就输了。工资八十块钱一个月，包住，提供木柴和电。在这犄角旮旯的山区，不算小数目了。”

“没人能赢得了你，”我说，“你要出大名啦。”

“怎么说？”他漠然问道。那痰盂又遭了殃。

“前提是小鹿湖也归你管。”

“金斯利的地方。当然能管。那边有麻烦了，小子？”

“湖里有具女尸。”

这下他彻底震惊了。他松开手掌，挠着一边耳朵。他抓住扶手站起来，灵巧地一蹬，身下的椅子就向后挪了。站直了，他其实很魁梧健壮。之前是因为他乐呵呵的，才让人觉得他胖。

“我认识？”他不安地问。

“缪丽尔·切斯。你应该认识。比尔·切斯的太太。”

“噢，我认识比尔·切斯。”他的声音坚定了几分。

“像自杀。她留了张纸条，听口气只是离家出走。不过也有可能是遗书。样子挺惨。看那情形，在水里泡了很久，总有个把月了。”

他挠挠另一边耳朵。“怎么回事呢？”这会儿他的眼睛在仔细观察我的脸，缓慢而冷静，但观察着。他好像一点不急于切入正题。

“一个月前他俩吵了一架。比尔去了湖的北岸，离开了几小时。回到家他发现缪丽尔走了。从此再没见过她。”

“知道了。你是谁呢，小子？”

“我叫马洛。是从洛杉矶赶过来查看这地方的。金斯利写了条子让我找比尔·切斯。他带我在湖边转了转，又走上那个电影公司建的小码头。我俩正靠着栏杆朝水里看，那淹了的木板平台，也就是以前的船码头下面竟有个手臂一样的东西在起伏。比尔扔了块大石头下去，尸体就浮上来了。”

巴顿看着我，肌肉纹丝不动。

“你看，警长，我们是不是最好跑一趟？那家伙受了刺激，快疯了。他一个人在那儿呢。”

“他身边有多少酒？”

“我走的时候没剩多少了。本来我有一品脱，不过我们边聊边喝，差不多完了。”

他走到卷盖书桌前，打开抽屉。他拿出三四个瓶子，举到光亮处照照。

“这宝贝儿还没怎么动过呢，”他说，拍拍其中一瓶，“弗农山庄。应该能镇住他了。县里不给我钱买应急的酒，我只好东弄一点西弄一点。自己不喝。始终不明白为啥有些人离不了这劳什子。”

他把酒瓶塞在左边屁股口袋里，锁上书桌，抬起长台的折板。他在门玻璃内侧贴了张卡片。出门时我瞄了一眼，上面写着：二十分钟后回来——也许吧。

“我开车去找霍利斯医生，”他说，“很快就回来接你。那是你的车？”

“是的。”

“那等我回来，你就跟上吧。”

他钻进一辆车。车装了警笛、两盏红色聚光灯、两盏雾灯和红白双色防火板；一只崭新的空袭警报器安在车顶；后座搁了三柄斧头、两大卷粗绳子和一只灭火器；脚踏板支架上放着备用的罐装汽油、润滑油和水；搁架上的备用轮胎连一根绳子，绑着另一个备胎；坐垫里的填料都戳出来了，尽是肮脏的一团团；车身所剩不多的油漆上足足积了半英寸的灰。

挡风玻璃右下角有张白色卡纸。上面用粗体写着：

“投票人，注意！继续选吉姆·巴顿当警长吧！他老了，没法再找工作了。”

他调转车头，沿街开走了，扬起一阵盘旋的白色灰尘。

8

他在公交车站街对面的白框架建筑前停下车。他走进白楼，不久带了个男人出来。那男的坐进放着斧头和绳子的车后座。警车原路开回来，我尾随上去。我们驶上主干道，沿途尽是宽松长裤、运动短裤、法式套衫、打结的大手帕、隆起的膝盖和艳红的嘴唇。我们就在缝隙间穿行。出了村庄，我们开上灰尘弥漫的山冈，停在一间小屋前。巴顿轻按警笛，一个身穿褪色蓝布工装的男人开了门。

“上车，安迪。有事。”

蓝布工装阴着脸点点头，一闪身，进了屋。出来时戴了一顶浅灰色猎狮帽。巴顿腾挪到一边，把驾驶座让给他。他三十来岁，黑黢黢的，手脚灵活。模样有点脏，有点营养不良，本地人往往这样。

我们向小鹿湖进发，一路上我吃的灰尘都能用来做一炉馅饼了。在那扇五根木条的门前，巴顿下车替我们开了道，我们继续赶路，终于抵达目的地。巴顿又下了车，走到湖边，向对岸的小码头望去。比尔·切斯赤膊坐在地上，脸埋在手里。他身旁湿漉漉的木板上，有个东西直挺挺躺着。

“我们可以再过去一点。”巴顿说。

两辆车继续向前，行至湖的尽头。一行四人下车走向码头，比尔·切斯背对着我们。医生停下脚步，手帕捂住嘴一阵猛咳，随后看着手帕，若有所思。他瘦骨嶙峋，两眼暴突，一张苦瓜脸病恹恹的。

那挺直的东西是个女人，她卧倒在木板上，胳臂下面有条绳子。比尔·切斯的衣服扔在一边。他那条膝盖扁平、有伤疤的坏腿向前伸出，另一条腿则曲着，他的额头靠在上面。身后有人走近，他却不动也不抬头看一眼。

巴顿从屁股口袋里拔出那瓶一品脱装的“弗农山庄”，拧开盖子递上去。

“痛快喝吧，比尔。”

空气里有股恶心难闻的气味。比尔·切斯好像并未察觉，巴顿和医生也没反应。那个叫安迪的男人从车里拿了张土黄色的毯子盖在尸体上。接着，他沉默着走到一棵松树下，吐了。

比尔·切斯深饮了一大口，愣愣坐着，手里的酒瓶抵住光秃的膝盖。他说起话来，声音僵硬而沉闷。他不看任何人，没有明确的说话对象。他谈起那天的争吵和吵完后发生的事，却不说引发事情的缘由。他没提金斯利太太，甚至都没有轻描淡写地随口带过。他说我离开后，他弄了条绳子，脱掉衣服，跳进水里把东西捞了上来。他先把它拖上岸，再驮到码头。他不知道为什么要这么做。之后他又下了一趟水。他不必告诉我们为什么。

巴顿拈了片烟草放进嘴里，默默嚼着，平静的眼神里只有空无。接着，他牙关紧闭，俯身扯掉盖尸体的毯子。他小心翻转尸体，仿佛生怕一碰就碎。午后将尽，阳光照在那根嵌进死人浮肿脖颈里的绿宝石项链上，一闪一闪。石头切得很粗糙，黯淡无光，看着像皂石或仿真玉石。连接项链两头的是一条带鹰爪搭扣的镀金链子，搭扣上缀满小钻石。巴顿挺起宽阔的后背，在黄褐色的手绢上擤了擤鼻子。

“你怎么看，医生？”

“什么怎么看？”那突眼睛的男人厉声说。

“死因和死亡时间。”

“别他妈犯傻，吉姆·巴顿。”

“一点儿看不出来，嗯？”

“就凭看那玩意儿？老天啊！”

巴顿叹了口气。“是像淹死的，”他承认，“但有时候也不好说。之前有过几个案子，受害人是被人用刀或者毒药或者什么东西杀死的，他们会把他浸在水里，伪造死因。”

“这儿类似的情况很多？”医生凶恶地问道。

“对天发誓，打我管事儿起，这儿就出过一桩凶杀，”巴顿说道，眼角余光扫着比尔·切斯，“北岸米彻姆老爹的案子。他在希迪峡谷有间小屋，夏天跑去一处老砂矿淘金，说贝尔托普附近山谷里有人帮衬。晚秋时，人们有一阵子没见到他。后来下了场大雪，他家屋顶半边塌了。我们赶过去想把屋顶撑起来一点，心想老爹估计是下山过冬，谁都没告诉。探矿老手的做事风格嘛。唉老天啊，老爹他根本没下山。他躺在床上呢，一把引火的斧头，大半截都嵌进后脑勺啦。我们始终没查出是谁干的。有人猜测他忙活了一夏天，准藏着一小袋金子呢。”

他深沉地看看安迪。那戴猎狮帽的舔着一颗牙齿，说道：

“我们当然知道是谁干的。盖伊·波普干的。只不过我们发现米彻姆老爹时，盖伊已经在九天前得肺炎死了。”

“十一天。”巴顿说。

“九天。”戴猎狮帽的说。

“都过去六年了，安迪。爱怎么说都行，小子。你怎么就咬定是盖伊·波普干的呢？”

“我们在盖伊屋里找到了三盎司的小金粒，还有一些泥土。盖伊的地里从来没有出过比沙子大的金粒。老爹那儿却发现了好多次金粒，都是一本尼威特[①]重的。”

“好吧，就是这么回事儿，”巴顿茫然对我笑笑，“人总有健忘的时候，对吧？再仔细也没用。”

“条子那一套！”比尔·切斯厌恶道。他套上裤子，重新坐下穿鞋子和衬衫。穿好后他站起身，伸手拿了酒瓶痛饮一番，小心翼翼地把瓶子放在木板上。他猛地向巴顿伸出一双毛茸茸的手腕。

“你们这帮家伙就是这么想的。拷上我，完事儿。”他粗声粗气道。

巴顿没理会，走到栏杆前，向下张望。“怪了，尸体会在这位置，”他说，“这会儿是没啥水流，但有水流的时候，是冲向水坝的。”

比尔·切斯放下手腕，静静道：“她自己干的，你个蠢货。缪丽尔水性很好。她潜到水里，游到木板下面，直接把水吸进肚里。只能这样。没别的法子。”

“我可不这么觉得，比尔。”巴顿温和地答道。他的眼神空荡荡，像新买的盘子。

安迪摇头。巴顿看着他，狡黠一笑。“又挑刺儿，安迪？”

“是九天，我告诉你。刚倒推过。”那戴猎狮帽的男人悒悒道。

医生一挥手臂，摸着脑袋走开了。他用手绢捂着嘴又咳了一阵，还

---

① 英美金衡单位，1 本尼威特合 1.555 克。

像之前一样，深情地注视着手绢。

巴顿朝我眨眨眼，向栏杆外吐了口痰。“咱讨论这件事吧，安迪。”

“拖着死人去水下六英尺深，你试过吗？”

“没有，倒真没试过，安迪。那为什么不能用绳子呢？”

安迪一耸肩。“用绳子的话，尸体上会有痕迹。要是都暴露到这分上了，还瞎起劲掩盖个啥啊？”

“时间问题，”巴顿说，“另有些事得安排。”

比尔·切斯吼了他们一顿，伸手操起地上的酒。看着那一张张认真的山里人面孔，我不知道他们究竟在想什么。

巴顿心不在焉道：“听说有张纸条来着。”

比尔·切斯从钱包里翻出那张折叠的横线纸条，抖开来。巴顿接过纸条，慢慢读着。

“好像没日期嘛。”他评论道。

比尔·切斯严肃地摇摇头。“没有。她一个月前走的。六月十二日。”

“之前离开过你一回，是吧？”

“没错，”比尔·切斯逼视着他，“我喝醉了，跟一个妓女混在一块儿。就在去年十二月下第一场雪之前。她走了一个礼拜，回来时花枝招展的。说她刚好有事得出去一阵，住以前一起在洛杉矶工作的一个姑娘那儿。”

“那人叫什么名字？”巴顿问。

“从没跟我说起，我也从来不问。缪丽尔的事我一向不干涉。”

“当然。那次留了纸条吗，比尔？”巴顿平和地问道。

“没有。”

“这条子看着有点旧啊。”说着，巴顿举起纸条。

“在身边带了一个月，”比尔·切斯气冲冲说道，“谁告诉你她之前出走过？”

“忘了，”巴顿说，“在这种地方嘛，你是知道的。出点什么事，很少能逃过大伙眼睛。只有夏天也许好些，会来很多外乡人。”

有一晌，大家都没说话，随后巴顿漫不经心道：“你说她是六月十二号走的？还是你认为她走了？你说当时湖对面的人也在这儿？”

比尔·切斯看看我，脸色又阴沉下来。“问这包打听吧——要是他还没有把事情一五一十都告诉你。”

巴顿根本不看我。他望着小鹿湖远处山峦的轮廓。他柔声说：“马洛先生什么也没告诉我，比尔。只说了尸体是怎么浮上来的，死的人是谁。还有像你认为的那样，缪丽尔走了，留下这张你给他看过的纸条。我想这都没什么不对，你说呢？”

又是一阵沉默。比尔·切斯低头盯着几英尺外盖了毯子的尸体。他握紧拳头，一大滴眼泪流下面颊。

“当时金斯利太太在，”他说，“她是同一天下的山。另外几间小屋里没有人。佩里和法夸尔两家这一年都不在山上。”

巴顿点点头，没吭声。半空中悬着一个真空地带，一触即发，仿佛有件什么事，人人心知肚明，却不必道破。

比尔·切斯暴跳如雷：“抓我进去吧，你们这些狗娘养的！没错就是我干的！我溺死她的。她是我的姑娘，我爱她。我是个烂人，做了半辈子烂人，往后也改不了了，但我仍然爱她。也许你们这些家伙不会懂。也不必去弄懂了。抓我进去吧，他妈的！”

没有人说一句话。

比尔·切斯低头看他结实的棕色拳头。他凶恶地向上一挥拳，使尽全身力气打在脸上。

“你们这些狗娘养的杂种。”他低声说，刺耳地喘着气。

他的鼻子慢慢流出血来。他站着，血流过嘴唇，流过嘴角，一直流到下巴。一滴血缓缓落在他的衬衣上。

巴顿静静说道："要带你下山问几个问题。这你是知道的。我们没有控告你犯了什么事，但那儿的人得跟你谈谈。"

比尔·切斯迟钝地说："我能换下衣服吗？"

"当然。你跟他去，安迪。顺便看看能不能找来什么东西，把他在这儿搞到的东西包一包。"

他们沿着湖边的小路走了。医生清清嗓子，远眺湖面，叹了口气。

"你准备用我的救护车把尸体运下去，是吧吉姆？"

巴顿摇头。"不。县里紧巴巴的，医生。直接运下去吧，应该会比你叫救护车来便宜。"

医生气呼呼走开了，扭头说道："葬礼也要我出钱的话，开口就是了。"

"这话说的。"巴顿叹气道。

9

印第安岬酒店是一幢棕色建筑，就在新建的舞厅对面街角。我在酒店前泊好车，去盥洗室洗了脸和手，梳掉头发里的松针，随后走进毗连大堂的餐厅。整个地方人多得要溢出来，男的穿着休闲夹克，满口酒气；女的尖声大笑，指甲涂得血红，指节污垢斑斑。经理是一个低成本打造的硬汉，外套也不穿，叼着支烂雪茄，正戒备地巡视房间。收银台前，一个灰白头发的男子鼓捣着一台小无线电，收听战争新闻。机器的杂音多得好比土豆泥里的水分。房间深处的角落里，一支五人乡村管弦乐队在演奏。他们穿着不合身的白夹克和紫衬衫，一边拼命吹打，誓要压倒酒吧间的喧闹声，一边在缭绕的烟雾和醉醺醺的呓语中呆滞地笑着。狮角的夏天，美好的时节，热火正朝天。

我狼吞虎咽下一份所谓的套餐，喝了一杯白兰地，止住反胃的冲动，出门走上大街。天还大亮，但有些霓虹灯已经开了。各种声响交织着，撼得傍晚摇晃不已：汽车喇叭欢快的闹腾声，孩子的尖叫声，保龄球的碰撞声，投分球台的滚球入洞声，打靶场里点二二步枪轻快的火药爆裂声，点唱机疯狂的高歌声，而在这片喧嚣的掩映下，快艇在湖面上刺耳地轰鸣，漫无目的却又豁出性命似的疾行。

我的克莱斯勒里坐着一个穿黑色便裤的棕头发女孩，苗条、严肃。她抽着烟，正同一个坐在车踏板上的度假农场牛仔说话。我绕到车另一边，坐进去。那牛仔一提牛仔裤，跑了。那女孩没动。

"我是波蒂·凯佩尔，"她乐呵呵地说，"白天是这儿的美容师，晚上在《狮角旗》报社工作。不好意思，坐你车里了。"

"没关系，"我说，"你是想就这么坐着还是想让我开你去什么地方？"

"这条路往前开一段会安静些，马洛先生。要是您愿意赏脸跟我谈谈。"

"你在这儿的内线真够强的。"说完我发动了汽车。

我一路驶过邮局，到达一处街角，标着"电话"字样的蓝白双色箭头指向通往湖边的窄径。我转上小径，开过电话局——那是一间小木屋，门前有带围栏的小草坪。待又经过一间小屋，我在一棵高大的橡树下停了车。树枝张牙舞爪，横跨整段路面，足足衍伸到五十英尺开外。

"这儿成不，凯佩尔小姐？"

"是太太。不过叫我波蒂就行了。大家都这么叫。挺好。很高兴认识你，马洛先生。我知道你打好莱坞来，那座罪恶之城。"

她伸出一只有力的棕色手掌，我握了握。天天用波比大头针给丰满的金发女郎束头发，她那一握仿佛卖冰人的钳子。

"我见过霍利斯医生了，"她说，"聊了缪丽尔·切斯。我想你能给我点详细情况。听说是你发现了尸体。"

"其实是比尔·切斯发现的。我正好跟他在一起。你跟吉姆·巴顿谈过了？”

“还没。他下山了。反正他也不会向我透露很多。”

“他要去参加重选，”我说，“而你是记者。”

“吉姆当不来政客，马洛先生，而我也很难称得上记者。我们这份小报就是外行的小打小闹。”

“嗯，你想知道什么？”我敬她一支烟，为她点上。

“告诉我事情的来龙去脉就行。”

“我带着德雷斯·金斯利的介绍信来这儿看他的地产。比尔·切斯领我参观，跟我聊天，告诉我他太太出走了，还给我看她留下的纸条。我身边刚好有瓶酒，他一口气喝完了。他心情很低落。喝了酒他放松了一些，但还是孤独，很想说话。事情就是那样。我不认识他。绕过湖尽头回去时，我们走到码头上，比尔看到水里的木板下有只手臂漂出来。原来正是缪丽尔·切斯的手臂。大概就是这样了。”

“听霍利斯医生说她在水里泡了很久。烂得不成人样了什么的。”

“是的。他说她已经死了整整一个月。没道理不这样认为。那就是张自杀的遗言。”

“对此可有什么怀疑，马洛先生？”

我斜眼看她。蓬松的棕头发下面，一双沉思的黑眼眸朝我望来。暮霭沉落得非常缓慢。只感到阳光的色泽微微起了变化。

“对这类案子，我想警察总会有所怀疑的。”我说。

“你呢？”

“我的意见微不足道。”

“姑且说来听听？”

“今天下午我第一次见到比尔·切斯，”我说，“他给我的印象嘛，是个急性子，而他也说自己不是什么圣人。但他似乎很爱他太太。要说他明知道他太太烂在码头下面的水里，还能在附近晃悠一个月，走出屋子晒晒太阳，面朝平静的蓝色湖水，由近到远眺望一番，心里头装着水下的猫腻和事情的经过，而且是他把尸体放那儿的——我是不能想象的。”

“我也不能，”波蒂·凯佩尔柔声说，“谁都不能。不过我们心里明白，这种事以前有过，将来也会再有。你是做房地产的，马洛先生？”

“不是。”

“那我能问问你是做哪行的吗？”

“还是不说了吧。”

“这就相当于是说了，”她说，“再说霍利斯医生把你的全名告诉吉姆·巴顿了。我们办公室有洛杉矶的人名地址录。我可跟谁也没提起噢。”

“你太好了。”

“而且，要是你不乐意，”她说，“我就不会跟人说。”

“我怎么回报你？”

“不必，”她说，“完全不必。我不敢说自己是个很好的记者。我们也不会刊登任何让吉姆·巴顿难堪的内容。吉姆是好人中的好人。不过你已经开工了，对吗？”

“别乱下结论，”我说，“我对比尔·切斯一点兴趣都没有。”

“对缪丽尔·切斯也没有兴趣？”

“我干吗要对缪丽尔·切斯感兴趣呢？”

她小心地在仪表板下面的烟灰缸里掐灭了烟。“随你怎么说吧，”她说，“不过有件小事你大概乐意想一想，如果你还不知道的话。大约六个礼拜前，打洛杉矶来了个叫德·索托的警察——一个老流氓，那叫一个粗鲁啊。我们不待见他，也没有向他透露太多。我是指报社的我们仨。他带了张照片，说在找一个叫米尔德里德·哈维兰的女人。说是警方办案。那是张寻常的照片，快照给放大的，不是警方用的正规照片。他说他得到消息，那女的就住这儿。照片上的女人很像缪丽尔·切斯。

头发似乎是浅红的，发型也跟她在这儿梳的很不一样，而且眉毛都拔成了窄窄的弧形，这让人的容貌改变很大。但那人就是很像比尔·切斯的太太。”

我笃笃轻敲着车门，过了片刻说道：“你对他说了什么？”

“什么也没说。一来，我们不能确定。二来，我们不喜欢他的态度。三来，就算我们能确定，并且喜欢他的态度，我们可能也不愿意由着他去骚扰缪丽尔。何必没事找事儿呢？人人都做过后悔莫及的事。拿我说吧。我以前——嫁给过雷德兰兹大学的一个古典语言教授。”她轻声一笑。

“你的故事也可以登报了啊。”我说。

“没错。但在这儿我们都是普通人。”

“这个德·索托见了吉姆·巴顿吗？”

“当然，肯定见了。吉姆没提。”

“他向你出示警徽了没？”

她想了想，摇摇头。“印象中没有。他说什么，我们就想当然接受了。他那副样子，确实很像城里五大三粗的警察。”

“要我说，就因为他那副样子，他才有可能不是警察。有谁对缪丽尔提起过这家伙吗？”

她犹豫了，静静朝挡风玻璃外看了良久，随后转过脸来点点头。

“我。关我屁事，对不？”

“她怎么说？”

“啥也没说。她滑稽地微微一笑，有点尴尬，好像我开了个蹩脚的玩笑，随后走开了。不过我真的从她的眼睛里看到一丝奇怪的神情，一闪而过。你对缪丽尔·切斯仍旧没有兴趣吗，马洛先生？”

“干吗要有呢？今天下午来这儿之前，我从没听说过她。真的。我也从没听说过米尔德里德·哈维兰这么个人。送你回镇子？”

“噢，不必了，谢谢。自己走就行。就几步路。非常感谢。我只盼比尔别摊上麻烦。尤其是这么难办的麻烦。”

她下了车，一只脚还没落地。她甩头一笑。“他们说我是个很棒的美容师，”她说，“但愿是真的。记者的活儿，我干得真烂。晚安。”

我说晚安。她渐渐走入夜色之中。我坐在车里看着她，直到她走上大街，一拐弯不见了。我跨出克莱斯勒，向电话公司那栋土里土气的房子走去。

10

身前，一头戴着皮质狗项圈的雌驯鹿悠然穿过小路。我拍拍她粗糙多毛的脖子，走进电话公司。一个穿便裤的小姑娘坐在小桌前，埋头翻查本子。她报给我打到贝弗利山的话费标准，为我兑好硬币。电话亭在门外，紧挨着房子正面的墙。

“希望你喜欢那儿，”她说，“安静，舒服。”

我把自己关进亭子。花九十美分，我能跟德雷斯·金斯利说上五分钟。他在家，电话很快接通了，但线路里尽是山里的杂音。

“在那儿有什么发现吗？”他问我。一听那声音，就知道他已三杯下肚，又雄赳赳气昂昂起来了。

“发现多了去了，”我说，“可都不是我们需要的。你是一个人吗？”

“怎么了？”

“我无所谓。不过我知道我要说什么。你不知道。”

“好吧，不管了，说吧。”他说。

“我跟比尔·切斯谈了很久。他很孤独。他太太抛下他走了——一个月前。他们吵了一架，他跑出去买醉，回到家时她不见了。她留下一张条子，说宁可死也不跟他过了。”

“比尔大概是喝得有点多。”金斯利的声音很邈远。

“等他回到家，两个女的都走了。他不知道金斯利太太去了哪里。莱弗瑞五月里来过，但之后就不来了。这点莱弗瑞自己也承认。当然咯，莱弗瑞可能趁比尔出去喝酒的时候又上了一次山，但这样做没有什么意义，而且那样的话，下山的就应该是两辆车。我原先认为有可能金太太和缪丽尔·切斯是一道离开的，只是缪丽尔自己也有一辆车。不过，虽然这个念头价值不大，却也被后来的事态发展推翻了。缪丽尔·切斯压根没走。她跑到你那个私人小湖里去了。今天刚浮上来。我在场。”

“老天爷啊！”金斯利的声音惊恐得恰到好处，“你是说她投湖自杀了？”

“也许吧。她留下的也许是遗书。自杀或者离家出走，都说得通。尸体卡在码头下方淹没水中的老码头下面。当时我们正站在码头上朝水里看，是比尔发现那儿有只手臂在荡。他把尸体拖上了岸。他们拘捕他了。那可怜的家伙整个儿垮了。”

“老天爷啊！”金斯利又说了一遍，“想想他也会的。是不是看上去是他——”他说到一半没声了，话务员插话让我再加四十五美分。我投进两个二十五分的硬币，线路通了。

“看上去是他什么？”

一时间非常清晰，金斯利的声音说道：“看上去是他谋杀了她？”

我说：“很像。吉姆·巴顿，当地的警长，看到那纸条没写日期，不太高兴。好像之前缪丽尔离开过他一次，也是因为某个女人。巴顿似乎怀疑比尔手里的是以前的纸条。不管怎么说吧，他们已经把比尔带去圣贝纳迪诺审讯了，死人则送去验尸了。”

“那你觉得是怎么回事呢？”他缓缓问道。

“嗯，发现尸体的是比尔自己。他没必要带我走近那码头。缪丽尔原本可能在水里再待上很久，甚至永远。纸条旧也不奇怪，因为一直放在钱包里，比尔时不时摩挲，看着那行字伤心。写纸条往往容易不留日期。要我说，像那样的条子多半是没有日期的。写的人通常很匆忙，没工夫顾到日期。”

“人准是死了很久了。眼下他们能发现什么？”

“我不清楚他们设备怎么样。他们应该能验出她是不是溺死的。还有尸体上有没有浸泡和腐烂都无法抹去的暴力伤痕。他们能查出她是不是被枪杀或者被刀捅死的。如果喉部的舌骨断了，他们就能初步认定她是被掐死的。我们主要的问题是我得说明来此地的原因。审案时我得作证。”

“糟糕啊，”金斯利咆哮道，“糟透了。现在你打算怎么办？”

“回家路上我准备跑一趟普里斯科特酒店，看看有啥收获。你太太和缪丽尔·切斯关系好吗？”

“应该吧。多数时间，克丽斯特尔都很随和。我几乎不认识缪丽尔·切斯。”

“你认识一个叫米尔德里德·哈维兰的人吗？”

“谁？”

我重复了一遍那个名字。

“不认识，”他说，“我有什么理由应该认识这么个人？”

“我每问你一个问题，你就反问一个。”我说，“不，你没有什么理由应该认识米尔德里德·哈维兰。尤其是既然你几乎不认识缪丽尔·切斯。我明儿早再打给你。”

“打吧，”他说，犹豫了一下，“对不住啊，让你摊上这么个麻烦。”他补充道，接着又支吾起来，说了句晚安便挂了。

电话铃立马又响了，长途话务员语速飞快，说我多放了五分钱。我说看到这种小洞就想往里塞东西。她听了不太高兴。

我跨出亭子，用力吸了几口空气。小路尽处，那头戴皮圈的驯鹿堵住了围栏的缺口。我使劲想把她推开，结果她靠在我身上就是不让路。于是我翻过围栏，回到车上，折返村庄。

巴顿的指挥所里有盏吊灯亮着，但木棚空无一人，那张“二十分钟后回来”的卡片还紧贴在门玻璃内侧。我继续开，经过码头，到了一处废弃海滩的边缘。几艘小汽船和快艇还在平滑的湖面上瞎晃荡。湖对岸，微小的山坡上立着一些玩具似的小屋，星星点点的小黄灯逐渐亮起。山脊上方，一颗明星低悬在东北的天空，独自辉耀。一只鸫鸟站在百英尺高的松树顶端，静等天色转黑，好唱响他晚安的歌。

没过多久，天色够黑了，他唱完一曲，飞上天，转眼消失在看不见的深处。我把香烟弹进几英尺外静止的水中，爬回车里，发动引擎向小鹿湖方向驶去。

11

出入那条私家道路的大门上了挂锁。我把克莱斯勒停到两棵松树间，爬过大门，沿着路牙子蹑行，直到小湖的水光突然在我脚边荡漾。比尔·切斯的小屋黑漆漆。苍白的花岗岩露头上，映着另一边三间小屋支离突兀的阴影。淌过坝顶的涓涓细流闪着微光，几乎是无声地流下水泥斜坡，落进小溪中。我听了听，听不到一丝别的声音。

切斯家的正门锁上了。我绕到屋后，发现后门上挂了一把恶形恶状的锁。我贴着墙走，摸了摸窗纱。都很紧实。高一点的地方倒是有扇窗没装窗纱。那是扇农舍里常见的双开小窗，就在北墙的中间。也锁了。我静静站着，又听了一阵。没有风，树安静得如同它们的影子。

我试着用刀片在小窗的中缝里划了几下。没用。锁闩一动不动。我靠在墙上，思考片刻，接着猛地抓起一块大石头，朝两面窗格中间砸去。伴随着一声裂响，锁闩迸出了干枯的木窗格。窗开了，后摆进一片漆黑中。我在窗台上撑起身体，勉力把一只麻木的腿甩上去，慢慢挪进窗口。我翻身下地，进了屋。从那么高的地方爬下来，我不禁一边转身一边嘀咕了几句，又听起动静来。

一道刺目的手电光正对我的眼睛照过来。

一个异常冷静的声音道："我要是你，就在这儿歇下脚，小子。你准累坏了。"

手电照得我靠在墙上动弹不得，活像只被人捏死的苍蝇。手电关了。吉姆·巴顿坐在桌边的一只莫里斯椅[①]上。一条带流苏的围巾搭在桌子一端，碰到他的膝盖。他还是当天下午那身装束，惟添了紧身皮外套。那外套从前准也新过，大概得是格罗弗·克利夫兰头一届任期[②]的时候。他手里就拿着那支手电。他的下巴徐徐动着。

"东西也砸了，窗也爬了，你还想干吗，小子？"

我拖出一只椅子，跨坐上去，手臂靠着椅背，环顾屋内。

"我有个想法，"我说，"一度显得很不赖，但现在看来还是忘掉拉倒吧。"

那屋子比外面看上去要大。我破窗而入的是起居室。里面摆了几件朴素的家具，松木地板上铺着一块碎呢毯子，尽处的墙前是一只圆桌，靠放着一对椅子。透过敞开的房门，一只黑色大厨灶露出一角。

巴顿点点头，他端详着我，眼里并无恶意。"我听到有车来，"他说，"知道必然是往这儿的。不过你脚底功夫相当可以。我一点都没听见。我开始对你有点儿感兴趣了，小子。"

我没说话。

---

① 一种早期的靠背扶手椅。最初由威廉·莫里斯的商行改进设计，因此得名。

② 格罗弗·克利夫兰（Grover Cleveland）担任过两届美国总统（1885—1889，1893—1897）。

“希望你不介意我叫你‘小子’，”他说，“我不该这么随便的，但习惯了，改不了啊。没一大把白胡子，没关节炎，在我眼里就都是‘小子’。”

我说他想到叫我什么就是什么。我这人不敏感。

他笑了。“洛杉矶的电话簿上记了一堆侦探，”他说，“但叫马洛的只有一个。”

“怎么想到要去查的？”

“或许可以称之为查人底细的好奇心吧。而且比尔·切斯对我说你是什么警探。你又懒得告诉我。”

“我本该抽出时间来告诉你的，”我说，“让你心烦了，抱歉。”

“我没有心烦。我可没那么容易心烦。你带证件了吗？”

我拿出钱包，拉拉杂杂给他看了一通。

“行，你身子骨棒，干这行正合适，”他说，“脸上也是高深莫测。我猜你是想搜查这屋子。”

“是的。”

“我已经好好翻过一遍了。刚回去就直奔这儿来。这么说吧，我在指挥所门外停顿了一分钟，就过来了。不过，恐怕我不能让你搜。”他挠挠耳朵。“这么说吧，我也吃不准能不能让你搜。告诉我谁派你来的？”

“德雷斯·金斯利。找他太太。她一个月前跑了。从这儿出发的。所以我也从这儿开始。她应该是跟一个男人跑的。那男的否认了。我觉得会在这儿查到点什么线索。”

“有了吗？”

“没有。可以确定，她到了圣贝纳迪诺，然后是埃尔帕索。往后线索就断了：不过我才入手呢。”

巴顿站起身，打开屋门。松林的刺鼻气息涌进来。他朝门外啐了口痰，重新坐好，抓了抓斯泰森毡帽下的灰棕色头发。他这种难得不戴帽子的头，脱掉帽子未免不堪入目。

“你对比尔·切斯一点没有兴趣？”

“完全没有。”

“你们这伙人大概接不少离婚的生意吧，”他说，“相当龌龊的活儿，在我看来。”

我由他说去。

“金斯利不愿请警察帮忙找他老婆，是吗？”

“不大愿意，”我说，“他太了解她了。”

“你说的这些都没法解释为什么要搜比尔的屋子。”他睿智地说道。

“我就是一四处打听的主儿。”

“鬼话，”他说，“你总能找个比这强点的借口吧。”

“那就算我对比尔·切斯有兴趣好了。但只是因为他碰上麻烦了，而且落得很惨——尽管他确实不是东西。如果他杀了他太太，这屋里就有东西能佐证那种可能。如果他没杀，也有东西可以证明。”

他侧着头，像只警惕的鸟。“比如说呢？”

“衣服、私人首饰、梳妆用品，一个女人准备一去不回时会随身携带的任何东西。”

他慢慢向后靠去。“可她没走，小子。”

“那么东西应该还在。可如果东西还在，比尔就该发现她没带走。他理当知道她没离开。”

“干他娘的，这两种情况都挺糟的。”他说。

“可如果比尔杀了她，”我说，“那他就得把她若是离家出走会带着的东西都给处理掉。”

“你估摸他会怎么处理，小子？”昏黄的灯光把他的一侧脸照成了古铜色。

“听说缪丽尔·切斯自己有辆福特。除了那车，我预计他会把能烧的都烧掉，没法在树林里烧掉的则埋起来。东西沉湖里可能不保险。但他没法把车给烧了或者埋了。那车他能开吗？”

巴顿神情讶异。“当然。他右腿膝盖弯不了，所以用起脚刹来不灵便。但他能靠手刹对付过去。比尔自己那辆福特的特别之处就在于刹车踏板装在变速杆左边，靠近离合器，这么一来，他便能用一只脚踩两处了。”

我把烟灰抖进一个蓝色小罐头。看上面的金色小标签，罐头里原本装的是橘子蜜。

“要把车处理掉是他的大难题，”我说，“不管他开去哪儿，总得回来啊。他可不愿意人家看到他回来。要是他直接把车扔街上呢，比如圣贝纳迪诺，很快车就会被发现并确定车主。那种情况他也不会想看到。最好的办法是脱手给走私车贩子，可他不一定认识这么个人。所以他八成就把车藏在从这儿步行就能到的树林里。而步行就能到就说明不远。”

“口口声声说不感兴趣，思路倒是门儿清，”他冷冷说道，“那这下你知道车藏在树林里了。接下来呢？”

“他必须得考虑到车可能被人发现。林子虽然荒僻，可不时会有巡警和樵夫进去。要是车被发现了，最好缪丽尔的东西出现在车里。这会给他两条出路——都算不上无懈可击，但至少不是死路。一，不知道是谁杀了缪丽尔后把东西放在车上，一旦凶案为人知晓，就能牵连比尔。二，缪丽尔确实是自杀的，但故意将东西搁在车上，栽赃比尔。报复性自杀。”

巴顿镇定自若地细心思索了一番。他走到门口，再次减轻喉头的负担。他坐下来，又抓抓头发。他看着我，眼神里是十足的怀疑。

“第一种情况有可能发生，像你说的那样，”他承认道，“但只是有可能。我想不到有谁会那么做。还有那张纸条，这一点得给个解释。”

我摇头。“假设比尔手里的是上一回的纸条。假设缪丽尔确实如他所想，是出走了。没留纸条。一个月过去，太太全无音信，他也许会很着急，心里没底，就把纸条翻出来了，觉得缪丽尔万一有个三长两短，也好自保。他没有提及这点，但说不定念头是有的。”

巴顿摇头。他觉得这假设不靠谱。我也觉得。他慢吞吞说：“至于你的另一个猜想，简直荒唐！自杀不算，还要摆东西栽赃别人杀了你，完全不符合我对人性的简单理解。”

“那你对人性的理解也太简单了，”我说，“因为这种事是有过的，而一旦出了这种事，几乎总是女人干的。”

“不，”他说，“我五十七了，疯子见得多了，但没个屁用。我倒倾向于缪丽尔是打算要走的，纸条也是写了的，但还没来得及脱身，就被比尔截住了，他一红眼，就要了缪丽尔性命。然后他就得做我们上面说到的那些事了。”

“我没见过她，”我说，“所以完全不清楚她可能会做些什么。比尔说他俩是一年前在里弗赛德的某个地方遇上的。那之前，她兴许有段又长又复杂的历史。她是个什么样的女孩？”

“打扮好了是个很漂亮的金发小妞。差不多总是顺着比尔。挺安静，有点什么事不会写在脸上。比尔说她有脾气，我是一点看不出来。比尔的臭脾气我倒领教过好几回。”

“那你说她长得像不像一个叫米尔德里德·哈维兰的人的照片？”

他的嘴停止了咀嚼，抿得几乎密不透风。随后他又非常缓慢地嚼起来。

“干他娘的，”他说道，“今晚上床前，我得好好看看床底下。确保你没躲在那儿。这消息你是从哪儿听来的？”

“一个叫波蒂·凯佩尔的女孩儿告诉我的，人很好。她业余给报纸干活，采访了我。她刚巧提到，有个叫德·索托的洛杉矶警察拿照片到处找人看。”

巴顿打了一下他厚实的膝盖，肩膀向前弓去。

“那件事上我做错了，”他严肃地说，“我犯了个错误。那大老粗拿照片给镇上差不多每个人都看了，最后才轮到我。这让我有点不痛快。是有些像缪丽尔，但还不够像，不管怎么看都没法确定。我问为什么要找她。他说是警方要人。我说我就是警方；乡下人嘛，说话粗鲁了点。他说他接到的命令就是找到那个女人，别的一概不知。也许他不该那样打断我的话。我便告诉他，我认识的人里，没有同他那张小照相像的。我大概不该那样说。”

这平静的大块头朝天花板角落茫然笑着，随后低下双眼，死死盯着我。

“你要能帮我保守这个秘密，我会感激不尽，马洛先生。你的推测也相当有道理。你以前去过库恩湖吗？”

“从没听说过。”

“往后大概一英里，”他说，拇指在肩膀上方朝后一指，“那儿有条狭窄的林间小道转向西边。你沿路开就是了，到看不见树为止。再往后的一英里，路会上升大约五百英尺，库恩湖就到了。那一小片地方，景色很好。人们偶尔会去那边野餐，但不是经常。很费轮胎。那儿有两三个长满芦苇的浅湖。背阴的角落里，现在都积着雪呢。那里有很多手伐的原木旧屋子，打我记得起，就快塌了，还有一栋坍倒的大木板房，差不多十年前是蒙特克莱尔大学用作夏令营营地的。已经很久没人用了。这房子背湖而建，用的是很重的木料。房子后面是间洗衣房，锅炉都生锈了，边上还有个带滚轴滑门的木柴棚。本来是当车库造的，结果他们用来放柴火了，禁猎期间会锁门。这儿的人会偷的东西很少，柴火是其中一种，不过也就是从柴堆上偷拿一点，撬锁是不可能的。我猜你知道我在木柴棚里找到了什么。”

“我以为你去圣贝纳迪诺了。”

“改主意了。好像不该让比尔和后座上他太太的尸体一块坐车下山。所以我叫来了医生的救护车运送尸体，派安迪同比尔一道走。估摸着我应该四处多看几眼，再把情况上报给警长和验尸官。”

“缪丽尔的车在木柴棚里。”

“没错。车上还有两个手提箱。装了衣服，而且我看装得有点匆忙。女人衣服。问题是，小子，外地人是不会知道那地方的。”

我同意他的看法。他把手伸进外套斜侧口袋里，掏出一小卷绵纸。他在手心里打开绵纸卷，摊平手掌。

“看看这个。”

我上前看了看。绵纸上是一条纤细的金链子，带把极小的锁，跟链子的一环差不多大。金链被剪断了，锁完好。那条链子长约七英寸。链子和绵纸上都沾了白色粉末。

“你猜我是在哪儿找到这个的？”巴顿问道。

我拈起链子，想把断裂的两头接上。接不上。对此我没有发表意见，只舔舔一根手指，蘸上点粉末尝了尝。

“在细砂糖罐头或者盒子里找到的。”我说，“这链子是根脚链。有些女的从来不脱下来，像结婚戒指一样。脱下这根链子的人没有钥匙。”

“你有什么想法？”

“没啥特别的，”我说，“比尔没道理把链子从缪丽尔脚踝上割下来，却不动她脖子上的绿项链。缪丽尔也没道理自己割断自己的脚链——就当她钥匙丢了——再把链子藏起来等人找到。除非她的尸体首先被发现，不然人们不会查那么细致，链子也就找不到了。如果链子是比尔割下来的，他肯定会把它扔进湖里。但如果缪丽尔想留下这链子，并且不让比尔找到，那藏在这么个地方就说得通了。”

这回巴顿显得颇困惑。“怎么说？”

“因为这是个女人藏东西的地方。细砂糖是用来做蛋糕酥皮的。男人不会去看那种地方。能找到这链子，您可真机灵，警长。”

他略带羞涩地咧嘴一笑。“呸，我把糖盒碰翻了，糖洒出来了，”他说，“要没这出，估计我是找不到的。”他把绵纸重新卷好，轻轻放回口袋。他站起身，一副斩钉截铁的神态。

“你待在这儿还是回镇上去，马洛先生？”

“回去。等你来找我问话。我想你会的。”

“这得看验尸官，当然。去把你砸开的窗关好吧，我关灯锁门。”

我按他说的做了。他吧嗒打开手电，关上灯。我们走到门外，他推推屋门，确认锁上了。他轻轻合上纱门，站着，面朝月光下的湖水，眺望对岸。

“我不觉得比尔是故意杀她的，”他伤感道，“他可以在根本不是有意的情况下活活掐死一个姑娘。他那双手劲儿很大。出了事就只好想法遮掩，有多少脑子用多少脑子。我很痛心，可这不能改变事实和可能的结果。那是简单自然的，而简单自然的事情最后往往是正确的。”

我说：“要我说，他该逃跑才对。我不明白他待在这儿怎么受得了。”

他朝熊果树丛浓重的黑影里吐了口痰，缓缓道：“他有笔政府给的抚恤金，要是跑了，那钱也没了。而当事到临头，没有退路，非承受不可的时候，大部分男人是承受得住的。就像现在他们在世界上干的那些勾当那样。行了，跟你说晚安。我准备再走去那小码头，在月光里站一会儿，伤感伤感。这样的夜晚，我们却要想谋杀的事儿！”

他匆匆走进树影里，自己也成了一道影子。我站在那儿，直到看他不见，随后走回到上锁的大门前，翻过去。我钻进车，原路返回，去找个藏身之处。

12

离大门三百码的地方，一条窄径撒满去年秋天的棕色栎树叶，蜿蜒过一块花岗岩大石，路看不见了。我沿小径前行，在露头的乱石上颠簸着开了五六十英尺，绕一棵树调头停下车，面向来时路。我熄灭车灯，关掉引擎，静坐等待。

半小时过去了。没有烟抽，半小时好像很久。我远远听见一辆汽车发动引擎，声音越来越响，前灯的白光扫过下方的道路。声响渐渐消失在远处，车开走后，一股干燥压抑的尘土味儿在空中徘徊了片刻。

我下车，走回大门口，又来到切斯的小屋前。这回用力一推，弹簧窗就开了。我再度爬进去，落地站稳，伸出带来的手电，穿过房间找到台灯。我点亮台灯，静听片刻，听不到声响，便走进厨房。我点亮水槽上方的吊灯。

炉边的木柴箱里整齐地堆放着劈好的木柴。水槽里没有脏兮兮的碟子，炉子上也没有臭烘烘的茶壶。不管比尔·切斯内心孤独与否，他把家里倒打理得井井有条。厨房的一扇门通向卧室，卧室有扇很窄的门，里面是间小厕所，显然是新近加出来的。看那干干净净的色罗提衬板就知道了。厕所里没有什么线索。

卧室里有张双人床，一只松木梳妆台——上方挂着面圆镜，一个衣柜，两把直背椅，一个铁皮废纸篓。地上铺着两块椭圆形的碎呢毯子，分别在床的两侧。墙上用图钉钉着一组从《国家地理》上撕下来的地图。梳妆台有道傻气的红白色荷叶边。

我在几只抽屉里搅了一通。一只仿皮首饰盒没带走，里面装了各式各样俗气的假珠宝。还有女人用来抹脸涂指甲修眉毛的常用品，要我说，数量好像太多了点。但那只是猜测。衣柜里男人女人衣服都有，都不是很多。其中有件比尔的格子衬衫，鲜艳得很，配套的衣领上过浆，笔挺。在角落里一张僵硬的绵纸下面，我发现了一点不大好的东西。一条似乎是全新的桃色蕾丝边丝绸衬裙。这年头，随便哪个神志清楚的女人都不会落下丝绸衬裙的。

看来情况对比尔·切斯很不利。我想知道巴顿会怎么看。

我回到厨房，搜了一遍水槽旁边和上面的开放式搁架。上头摆满了日常必需品的听听罐罐。细砂糖放在一只裂了一角的方形棕色盒子里。巴顿试图把撒开来的糖擦干净。糖旁边是盐、硼砂、小苏打、玉米淀粉、红糖等等。里面都可能藏着东西。

从一根断裂的两头无法接上的脚链上切下来的东西。

我闭上眼睛，随意一指，结果手指停留在小苏打盒上。我从木柴箱后面抽出一张报纸，展开，把苏打粉倒出来。我用一把勺子搅了搅粉末。这盒苏打好像多得有点不像话，不过再多也只有苏打而已。我把报纸折成漏斗，将苏打装了回去，拿硼砂开刀。除了硼砂没别的。事不过三。我试了试玉米淀粉。扬起好一阵细密的粉尘，可淀粉里同样啥也没有。

远处一阵脚步声吓得我整个人都僵了。我一拉线灭掉灯，闪避回起居室，伸手摸台灯开关。当然已经来不及了。脚步声又起了，轻柔，谨慎。我脖子上的汗毛都竖起来了。

我在黑暗里静候，左手拿着手电。长得要命的两分钟缓缓过去。我时而呼吸，时而屏息。

不会是巴顿。他会走到门前，开门叫我滚。那轻声的脚步小心翼翼，好像一会儿向这儿一会儿向那儿，走两步，停顿许久，再走两步，又停顿许久。我溜过房间，到门口，悄然转动门把手。我一把拉开门，猛地将手电戳出去。

手电照射下，一双眼珠泛出金光。只见什么东西跳了开去，后面的树丛里传来一阵轻快的蹄子落地声。原来只是一头好奇心太重的鹿。

我重新关上门，在手电光引领下回到厨房。那道小小的圆光落在细砂糖盒子的正中央。

我再次打开灯，拿起盒子，把糖尽数倒在报纸上。

巴顿找得还不够细致。找到了一样东西，他就以为到此为止了。他好像没注意到应该还有些别的。

那堆精细的白色粉末里出现了另一卷白绵纸。我抖去纸卷上的砂糖，打开。里面包着一颗极小巧的金心，跟女人的小指甲差不多大。

我一勺勺将细砂糖舀回盒子，拿起盒子放回搁架，把报纸揉成一团扔进火炉里。我回到起居室，打开台灯。借着这更亮的光，勉强可以不靠放大镜看清那颗小金心背后刻的字。

是手写体。内容如下："艾尔给米尔德里德。一九三八年六月二十八日。献上我全部的爱。"

艾尔给米尔德里德。某个艾尔送给米尔德里德的。米尔德里德·哈维兰就是缪丽尔·切斯。缪丽尔·切斯死了——在一个叫德·索托的警察来找她的两个礼拜之后。

我站在那儿，握着那颗心，搞不懂这跟我在办的事有什么关系。搞不懂，连一丝一毫的头绪也没有。

我把金心重新包好，离开木屋，开车回村子。

赶到巴顿办公室的时候，他正在打电话。门锁上了。我只好等他打完电话。过了一会儿，他挂上电话，来开了门。

我进屋走过他身旁，把绵纸卷放到他的柜台上，打开来。

"你检查细砂糖检查得不够仔细。"我说。

他看看那颗小金心，看看我，走到柜台后面，从书桌上拿了一把廉价放大镜。他认真读了金心背后的字。他放下放大镜，朝我皱眉头。

"早该知道你要是想搜查屋子，总得搜了才死心，"他声音粗哑地说，"你不会给我惹麻烦吧，小子？"

"你早该注意到那链子的两头接不上。"我对他说。

他悲伤地看着我。"小子，我没你那么好的眼神。"他用他壮实粗钝的手指将那颗心推来推去。他注视着我，不发一言。

我说："如果你心里在想，那根脚链让比尔心生妒忌，我也是——前提是他见过那链子。但算我随口说说吧，我倾向于认为他从来没见过链子，也从没听说过米尔德里德·哈维兰。”

巴顿缓缓说道：“看来我还欠那个叫德·索托的家伙一句对不起，是吧？”

“要是你还会碰到他的话。”

他又眼神空洞地盯了我许久，我与他四目相对。“别告诉我，小子。”他说，“让我自己猜。你对这事儿准是有了全新的看法。”

“没错。比尔没杀他太太。”

“没杀？”

“是的。她是被某个旧相识杀害的。那人一度不知她的去向，后来又找到她了，却发现她嫁了人，很不乐意。那人知道这个村子——就像成百上千不住在这里的人一样——也知道有个好地方可以藏车和衣服。那人心怀恨意却能掩饰。他说服缪丽尔跟他走，等一切就绪、纸条写好，一把抓住她的喉咙，给她一个了断后，把缪丽尔放进湖里，逃走了。觉得怎么样？”

“嗯，”他颇有见地道，“这把事情给弄得有点复杂，你不觉得吗？不过你说的那些倒都不是没有可能。条条在理。”

“等你听厌了，吱个声儿。我还会有新发现的。”我说。

“我敢打包票你还会有的。”他说道。打我俩遇见起，这是他头一次大笑。

我又道了一次晚安，走出门外。他还在那儿绞尽脑汁思考，费力得好像一个要把树桩挖出来的农夫。

13

十一点左右，我到了圣贝纳迪诺。我开到坡底，停在普里斯科特酒店旁一个画对角线的停车位上。我从后备厢里扛出行李箱，刚走了三步路，一个下身镶边裤子，上身白衬衫，打着黑领结的服务生就从我手里一把拉走了箱子。

值班的接待员是个圆脑袋的秃子，对我、对任何事都不感兴趣。他半披着一套白色亚麻衣服，一边打哈欠一边递给我笔。他望着远处，仿佛在追忆童年。

我和服务生坐四轮电梯来到二楼，转了几个弯走过几排房间。越走越热。服务生打开房门，那房间小得像是给孩子住的，只有通风井上开了一扇窗户。空调的进风口在天花板一角，跟一块女式手绢差不多大。上面系的一小段丝带有气无力地飘动着，不过是为了表示还是有风的。

那服务生高高瘦瘦、面色蜡黄、年纪不小，态度冷得就像肉冻里的一片鸡肉。他把嘴里的口香糖盘了一圈，将我的箱子放到椅子上，抬头瞧瞧窗户的铁栅，立定看着我。他的眼睛水汪汪的。

“也许我应该要一美元的房间，”我说，“这间好像有点太紧巴巴了。”

“我看能弄到一间就算你走运了。这时节镇子都快挤爆啦。”

“给我俩拿点干姜水、杯子和冰块来。”我说。

“我俩？”

“我的意思是，如果你正好也是爱喝两口的。”

“这么晚了，我想可以冒个险。”

他出去了。我脱下外套、领带、衬衣和汗衫，门敞着，我在温热的穿堂风里走来走去。风里有炽热的铁腥味。我侧身挤进卫生间——那种卫生间就是这个样子——往身上浇不太凉的凉水。我的呼吸顺畅了一点，这时候那懒洋洋的高个服务生端着托盘回来了。他关上门，我拿出一瓶黑麦威士忌。他调了两杯酒，我们看着酒杯照例虚伪地笑笑，喝起来。我脖子后面沁出的汗珠沿脊柱流着，等我放下杯子，已经快沾湿袜子了。但我还是觉得好多了。我坐在床上，看着那服务生。

“你能待多久？”

“待着干吗呢？”

“回忆。”

“我记性烂透了。”他说。

“我想用我自己那套办法，”我说，“花掉点钱。”我从屁股口袋里抽出钱包，把皱巴巴的钞票在床上一字排开。

“失礼了，”服务生说道，“我还以为你是警探呢。”

“别傻了，”我说，“哪里见过警探用自己的钱独自打牌玩儿的？你可以叫我‘查事儿的’。”

“有意思，”他说，“喝了酒脑筋就清楚了。”

我给了他一美元。“好好想。我能叫你休斯敦来的得州大块头吗？”

“阿马里洛来的，”他说，“无所谓。你觉得我的得州拖腔怎么样？我自己听了犯恶心，但发现大家挺喜欢的。”

“拖你的呗，”我说，“别人又不会损失一块钱。”

他咧嘴一笑，利落地把折叠的钞票放进裤腰上的表袋里。

“六月十二日那个星期五，你在干吗？”我问他，“傍晚和晚上。那天是星期五。”

他啜了一口酒，思索起来，一边轻轻摇晃酒杯里的冰块，含着口香糖咽下酒精。“就在酒店里，六点到十二点的班头。”

“那天有个苗条漂亮的金发女人入住，一直待到赶去坐埃尔帕索的晚班火车。我想她一定坐了那列车，因为星期天早上她已在埃尔帕索。来时她开一辆帕卡德快马，车主是比弗利山庄卡尔森大道965号的克丽斯特尔·格蕾丝·金斯利。她也许就是用这名字登记入住的，或者其他名字，也可能压根没登记。她的车还停在酒店车库里。我想跟为她办入住和离店手续的服务员谈谈。行的话再给你一美元——考虑下吧。”

我从那堆陈列品里又拿出一美元。随着一阵毛毛虫打架的声音，钱进了他的口袋。

“办得到。”他平静地说。

他放下杯子，离开房间，关上门。我喝完杯中酒，又倒了一杯。我走进卫生间，又用温水擦起身来。正擦着身，墙上的电话响了，我侧身挤进卫生间和床之间的逼仄空隙，接起听筒。

那个得州腔说道：“给她办入住的是索尼。上个礼拜参军了。另一个我们管他叫莱斯的服务员给她办的离店。他在。”

“好的。叫他赶紧上来，行吗？”

我手上正摆弄着第二杯酒，在考虑喝第三杯，敲门声来了。开门一看，是个绿眼睛的小个子，贼头贼脑，一张姑娘似的小嘴紧绷着。

他几乎是跳着舞进来的，站定了看我，隐隐冷笑了一声。

“喝酒吗？”

“当然。”他冷冷道。他满上一大杯，加了点干姜水，一口气将兑好的酒缓缓喝尽，在光滑、小巧的嘴唇间塞进一支烟，一边从口袋里掏出火柴，一边“啪”地点上火。他吐一口烟，继续盯着我。他并不直视床上的钱，眼角余光却已然扫到。他衬衫上方绣的不是数字，而是“领班”二字。

“你是莱斯？”我问他。

“不是，”他说。“我们这儿不欢迎侦探，”他又说道，“我们不雇用侦探，也不想同为别人办事的侦探纠缠不清。”

“谢谢，”我说，“那就没事儿了。”

“嗯？”那只小嘴不快地撇了撇。

“走人吧。”我说。

“我以为你想见我。”他嗤笑道。

“你是服务生的领班？”

“正是。”

“我想请你喝一杯。我想给你一块钱。给。”我把钱递出去，“谢谢你上来。”

他收下钱放进口袋里，一句感谢的话也没有。他原地不动，鼻孔里缓缓袅出青烟，眯着眼，目露凶光。

“这儿我说了算。”

“你能说多少取决于你有多少分量，”我说，“所以你说不了太多。酒也喝了，钱也拿了，现在你可以滚了。”

他轻快而紧张地一耸肩，转过身去，无声无息走出了房间。

四分钟后，又传来一阵敲门声，非常轻。那个高个服务生咧嘴笑着进来了。我从他身边走开，坐回床上。

“我想，你不喜欢莱斯吧？”

“不大喜欢。他满意吗？”

“我想是的。你知道领班都是什么样的。非得分一杯羹才罢休。也许你可以叫我莱斯，马洛先生。”

“所以是你经手她离店的。”

“不，都是骗人的。她从来就没办入住手续。但我记得那辆帕卡德。她给了我一美元叫我帮她停好车，在她出发去坐火车前照管她的东西。她在这儿吃的晚饭。在这镇子上，给一块钱就能让人家记住你。大家也在说呢，这车怎么停了这么久。”

“她什么模样？”

“一身衣服有黑有白，主要是白的，戴一顶巴拿马草帽，上面系着黑白相间的带子。像你说的那样，她是个漂亮的金发女人。后来她叫了辆出租车去了车站。她的包是我提上车的。包上有姓名缩写，可抱歉我记不得了。”

“我很高兴你记不得，”我说，“那是大好事。喝一杯吧。她多大年纪？”

他洗了洗另一个杯子，给自己调了一小杯。

“这年头，女人的岁数可太难看出来了，”他说，“我想她大概三十，可能超过一点也可能不到一点。”

我从外套里掏出克丽斯特尔和莱弗瑞在海滩上的照片，递给他。

他定定地看了看相片，又把它从眼前拿开，闭上了眼。

“你不用上法庭作证。”我说。

他点点头。“我也不想去。这些金发小女人都是一个模子刻出来的，换一换衣服、光线或者化妆，就全一样或者说全不一样了。”他迟疑片刻，盯着照片。

“你在想什么？”我问道。

“在想照片里的男人。他到底来没来过呢？”

“继续。”我说。

“我想这男的在大厅里同她说过话，还一起吃饭了。是个人高马大的英俊家伙，身材好得像敏捷的轻重量级拳击手。他俩一块儿上的出租车。”

“你确定？”

他看了一眼床上的钱。

“行，什么价你才肯说？”我不耐烦地问。

他僵住了，放下照片，拿出口袋里的那两张钞票扔在床上。

“谢谢你的酒，”他说，“你去死吧。”他向门口走去。

“噢坐下吧，别一碰就跳！”我大吼。

他坐下，怔怔地看着我。

“别他妈一股子南方人脾气，”我说，“我跟酒店服务生打了多年交道了。要是碰上个不耍花招的，当然好。但你不能指望我非要指望碰上个不耍花招的。”

他慢慢咧开嘴笑了，轻快地点点头。他重新拿起照片，从照片上方朝我看过来。

“这男的照片拍得好，”他说，“比那位夫人清楚多了。但还有另一件事也让我记住了他。我有印象那位夫人不太乐意他在大厅里明目张胆走近她身边。”

我想了想，最后觉得这也不能说明什么问题。他也许迟到了，或者早前哪次约会他没来。我说道：

“总有理由的。你有没有注意到她戴了什么首饰？戒指、耳坠，随便什么显眼或者贵重的东西？”

他没注意到，他说。

“她头发是长是短，是直发是波浪还是拳曲，天生的金发还是漂白的？”

他大笑。“嗬，这最后一点你看不出来，马洛先生。就算是天生金发她们也想让颜色更浅些。至于其他的，我记得头发相当长，是时兴的款式，发梢微微往里弯，笔直笔直的。但我有可能记错，”他又看了一眼照片，“照片上她把头发向后扎起来了。啥也看不清。”

“这就对了，”我说，“我问你那些只是要确定你没有观察过度。看到太多细节的人就跟什么也没看到的人一样，都是不可靠的目击者。差不多总有一半是编造的。目前看来，你没有纰漏。非常感谢。”

我把那两块钱还给他，还加了五美元当添头。他谢过我，喝完酒，轻声走了。我喝完我那杯，又洗了把身子，决定与其睡在这狗窝里还不如开车回家。我穿好衬衣和外套，拎包下楼。

那贼眉鼠眼的红脑门领班是大厅里唯一的服务员。我把包拿到前台，他却没有起身接过去。那圆脑袋秃头侍者拿了我的两美元，连瞧都不瞧我一眼。

“花两块钱在这阴沟洞里住一晚，”我说，“真还不如免费睡垃圾桶呢，又好又通风。”

那侍者打了个哈欠，半天才有反应，灵机一动道：“早上三点这儿就很凉快啦。从那时起到八点，甚至九点，是相当舒服的。”

我擦了擦脖子上的汗，踉踉跄跄向车子走去。大半夜的，竟连车座都是热的。

我回到家是两点四十五，好莱坞简直是冰箱。连帕萨迪纳都感受到了凉爽。

14

我梦见自己沉在冰冷的绿色湖水深处，手臂下挟着一具死尸。那死尸一头金黄长发，在我面前飘荡。一条巨大的鱼游来游去，眼睛暴突，身体肿胀，亮闪闪的鳞片上沾满腐物，像个老色鬼般斜睨着。就在我即将憋不住气的时候，臂下的死尸竟活了过来，从我身边游走了。我同那鱼奋力搏斗，而死尸在水里一圈一圈翻滚着，它的长发随之打旋。

醒过来时，我发现自己咬了一嘴的床单，双手紧抓床头的骨架，使劲拉扯着。松开床架，放下手，我的肌肉一阵疼痛。我起身，在屋里踱步，点了一支烟，赤脚蹭蹭地毯。抽完烟，我回到床上。

再醒来已是九点钟。阳光照在我脸上。屋里挺热。我冲了澡，刮了胡子，稍微穿了两件衣服，在吃饭间里做了吐司、鸡蛋和咖啡当早餐。正要吃完的当儿，有人敲门。

我嚼着满嘴吐司去开了门。来客是个身材消瘦、一脸严肃的人，一身朴素的灰色套装。

“弗洛伊德 · 格雷尔，中尉，中央警探局的。”说完他进了屋。

他伸出一只干巴巴的手，我握了握。他以他们那一行的惯有姿势在一张椅子边缘坐下，手里转动着帽子，用他们那一行的惯有眼神静静凝视我。

“我们接到圣贝纳迪诺打来的电话，说狮湖出了事。有女人淹死了。

发现尸体的时候，你好像就在现场。”

我点点头，说：“来点咖啡？”

“不了，谢谢。两个钟头前吃过早饭了。”

我端起咖啡，在他对过坐下。

“他们叫我们调查下你，”他说，“向他们提供点你的情况。”

“当然可以。”

“于是我们就查了。就我们看来，你好像挺清白的。发现尸体时，恰好有个干你这行的人在场，有点巧啊。”

“我就这样，”我说，“走运。”

“所以我觉得要来向你问声好。”

“太好了。很高兴认识你，中尉。”

“有点巧啊，”他点着头，重复道，“这么说来，你是去那儿办事？”

“就算是去办事，”我说，“就我所知，那事儿也和那淹死的姑娘没关系。”

“但你也不能肯定吧？”

“在一桩案子了结前，你总是不能很肯定它有哪些结果，对吧？”

“那是。”他又把帽檐在指尖转了转，像个羞怯的牛仔。他的眼里却没有丝毫羞怯。“我想有个数：要是这案子碰巧出现了你说的那些结果，你会让我们知道的。”

“这点我希望你可以放心。”我说。

他舌头一顶，下唇鼓起来。“要是你能在希望之外再提供点别的，我们会很高兴。你暂时还不想说？”

“暂时巴顿不知道的东西我也是不知道的。”

“谁？”

“狮湖的警长。”

那一本正经的瘦子耐着性子笑笑。他按响一个指节，略作停顿，说道："圣贝多[①]的地方检察官想跟你谈谈——在死因调查讯问之前。但不会很快。现在他们正在想办法取指纹。我们借了个技术人员给他们。"

"挺棘手的。人死了很久了。"

"一直是这么干的，"他说，"之前他们在纽约研究出了这套办法，那边三天两头在打捞浮尸。他们从手指上切下小块儿皮肤，涂上一种硬化剂，制成印记。这惯用的法子足够好使。"

"你们是觉得这女人有什么前科吗？"

"呃，我们向来会取尸体的指纹，"他说，"你该知道这点。"

我说："我不认识那位女士。要是你认为我认识，所以才会在那儿，那就全想错了。"

"可你不愿意说你当时究竟为啥去那儿。"他不依不饶。

"所以你觉得我在骗你。"我说。

他用骨头突出的食指转了转帽子。"你误会了，马洛先生。我们什么也没有觉得。我们所做的是调查和发现。刚才那些都是惯例。你该知道的。你在这块儿待了够久的，"他起身，戴上帽子，"要是你有事非得出镇，请告诉我。我会很感激的。"

我说我会的，送他到门口。出门时，他低了低头，忧伤地浅浅一笑。我目送他无精打采地飘过走廊，按下电梯按钮。

我回到吃饭间，想看看还有没有咖啡。还有三分之二杯。我加了奶油和糖，端着杯子走到电话机前。我拨了市中心警察总局的电话，要总机转警探局，找弗洛伊德·格雷尔中尉。

电话那头的声音说："格雷尔中尉不在办公室。别人行吗？"

"德·索托在吗？"

"谁？"

---

① "圣贝纳迪诺"的简称。

我又说了一遍名字。

“请问他的警衔和部门？”

“便衣之类吧。”

“别挂。”

我等着。过了一会儿，那个粗声粗气的男人声音回来了，说道：“开什么玩笑呢？我们名单里没有德·索托这么个人。你是哪位？”

我挂上电话，喝完咖啡，拨了德雷斯·金斯利办公室的电话。冷静干练的弗洛姆塞特小姐说他刚进办公室，二话不说就帮我接通了。

“嗯，”他说，新的一天刚开始，他的声音洪亮而强势，“你在酒店有什么发现？”

“她确实去了酒店。而且莱弗瑞和她在那儿碰过头。告诉我消息的服务生主动说出来的，都不用我套话。他俩吃了晚饭，坐一辆出租车去了火车站。”

“嗯，我就该知道他在骗人，”金斯利缓缓道，“印象中，听到我提到那封埃尔帕索发来的电报时他很吃惊。我把这印象放得太大了。还有别的吗？”

“没了。今儿一早有个警察找上门来，照例盘查了一阵，提醒我别不让他知道就擅自离开。想查出我干吗去狮湖。我没告诉他，而且既然他都不知道有吉姆·巴顿这么个人，显然巴顿没有告诉任何人。”

“吉姆会尽力把握好分寸，”金斯利说，“昨天晚上你为什么问起我一个名字——米尔德里德还是别的什么的？”

我告诉了他，长话短说。我跟他说缪丽尔·切斯的车和衣服找到了，还有在哪儿找到的。

“看起来对比尔很不利啊，”他说，“库恩湖我也知道，但从来没想到要拿那间旧柴棚派用场——我都不晓得原来那边有间旧柴棚。不光是看起来不利，简直像比尔预谋的。”

“我不同意。假使那人对乡下足够熟悉，他想都不用想就会选择这样一个合适的藏东西的地方。他能选择的距离非常有限。”

“也许吧。现在你准备怎么办？”他问。

“当然是再去会一会莱弗瑞。”

他同意是该那么做。他补充道：“这枝节，惨归惨，但确实跟我们无关，对吧？”

“无关，除非你太太知道些什么。”

他的声音变刺耳了，说：“听着，马洛，我想我能理解你们侦探的直觉喜欢把所有事系成一个结，但别走火入魔了。生活根本不是那样——我所了解的生活不是。最好还是把切斯家的事儿留给警察解决，专心处理金斯利家的事儿。”

“好的。”我说。

“我不是要仗势压你。”他说。

我热诚地大笑起来，道了晚安，挂上电话。我穿好衣服，走到地下室取克莱斯勒。我再一次向贝城出发。

15

我驶过与牵牛星街交界的十字路口，一径开到能望见峡谷尽头的另一个交叉路口，停在一个带人行道和木围栏的半圆形泊车场地。我在车里坐了一会儿，思考着，一边眺望大海，欣赏从山丘流向海洋的蓝灰色瀑布。我在做思想斗争，究竟是要拿一根羽毛轻轻挠莱弗瑞呢，还是继续动粗放狠话。我拿定主意：来软的不会有什么损失。如果那样不起作用——我想也不会有作用——就顺其自然，把家具砸个稀巴烂。

山上的房子下面，铺在半山腰外缘的走道空无人烟。往下，下一条山路上，两个孩子正向山坡高处掷回旋镖，掷完追出去，伴着寻常的推搡和互相谩骂。再下面有座房子，包围在树丛和红砖围墙之中。后院的绳子上晾着几件衣服，两只鸽子在屋顶的斜坡上频频点头。一辆蓝棕相间的巴士开过砖头房前面的路，在门前停下，一个老老头缓慢而小心地走下车，在路上稳稳站定，用有力的手杖叩了几下地面，迈步爬上山坡。

空气比昨天清新。早晨一片安宁。我把车停在原地，向牵牛星街623号走去。

软百叶窗放了下来，遮蔽住前窗。那地方一派慵懒气色。我踩着朝鲜青苔迈下台阶，使劲按门铃，发现门并没有关严实。像大多数门一样，它在门框里下沉了，锁板下沿的弹簧有点松动。记得前一天我离开时，已经不太紧了。

我稍微一推，只听轻轻一声“喀嚓”，门往里动了。屋内很昏暗，但西窗有光照进来。没人应门铃。我没有再按。我又把门推开一点，走进屋去。

房间里有股静寂的温暖气息，那气息属于晨光将尽却仍未开张的屋子。靠沙发床的圆桌上，那瓶翡特69几乎空了，旁边又是满满一瓶静候开启。铜质冰桶的底部有一点水。两只用过的杯子，半虹吸管碳酸水。

我把门恢复原样，站在那儿听。要是莱弗瑞不在，我正好趁机搜搜这地方。我手里没有他多少把柄，但让他不敢报警大概足矣。

时间悄然过去。在壁炉架上电子钟枯燥的嗡嗡声里，在紫苑大道上远远传来的汽车喇叭声里，在绵延过峡谷的山麓上空飞机蜂鸣声里，在厨房冰箱突然的晃动和隆隆声里，时间过去了。

我又往屋里走了一点，站定了四下细看，听着动静。什么也听不见，还是只有那些属于这屋子却跟屋里的人毫无关系的声响。我沿地毯朝后面的拱门走去。

拱门边沿，楼梯往下的地方，一只戴手套的手出现在白色金属扶栏的斜坡上。那只手出现了，停住了。

手一移，先看见的是一顶女帽，随后是她的头。那女人轻轻拾级而上。她完全上来了，转身穿过拱门，似乎还是没看到我。她身材苗条，看不出年纪，一头棕色的乱发，嘴唇红得一塌糊涂，颧骨上抹了太多胭脂，还涂了眼影。她穿一身蓝花呢衣服，配上那顶死死贴在脑袋侧面的紫帽子，样子真糟糕极了。

她看到我了，既不停下脚步，表情也没有丝毫变化。她缓缓走进房间，右手伸了出来。她的左手戴着我刚才在扶栏上见过的棕色手套。右边那只手套呢，此时正裹着一把小型自动手枪的枪托。

接着她停下了，身体向后一弯，嘴里发出一声短促的哀鸣。她咯咯笑起来，一阵高度紧张的笑。她拿枪指着我，沉着地走过来。

我一直盯着枪，没有喊叫。

那女人走近了。等到近得可以同我说悄悄话了，她用枪指着我的肚子，开口道：

“我只想拿到房租。这地方好像打理得不赖。没什么损坏。他向来是个正派、整洁、细心的房客。我只是不想让他欠房租欠太久。”

一个声音紧张而可怜的家伙礼貌地说道：“他欠了多久啊？”

“三个月，”她说，“二百四十块。布置得这么好的房子，八十块钱一个月合情合理。之前来收租也遇上点小麻烦，但临了总是很顺利的。今天早上他答应给我支票的。电话里说的。我是说他今天早上答应给我的。”

“电话里说的，”我说，“今天早上。”

我趁她不注意偷偷挪了挪身子。我是想再靠近点，好从内侧猛地挥拳，把她握枪的手砸向外面，随后趁她还没来得及把枪扳回原位瞄准我，飞快地扑上去。这一招我一向用得不太成功，但有时你非得试试。

眼下就到了试一试的时候。

我挪了大约六英寸，可距离还不足以让我发动第一次进攻。“你是房东？”我没有正眼瞧手枪。我心存一线希望，微微一线希望：她不知道自己正用枪指着我。

“呃，当然。我是福尔布鲁克太太。你以为我是谁？”

“啊，我想你大概是房东，”我说，“你说到房租什么的。但我不知道你的名字。”又是八英寸。干得真漂亮。这种机会浪费掉就太丢人了。

“能不能问一句，你又是谁？”

“我只是来催车款的，”我说，“房门就开了一丝丝，我好比是硬挤进来的。不知道怎么回事。”

我摆出一副来催讨车款的信贷公司业务员的表情。有几分强硬劲儿，却随时准备露出灿烂的笑容。

“你是说莱弗瑞先生还拖欠了车款？”她问道，颇担心的样子。

“一点点。数额不大。”我安慰她道。

这时我完全准备好了。距离够得到，我的手脚应该也很利索。只需对准手枪内侧，干脆利落地朝外挥一拳。我开始从地毯上抬起左脚。

“你知道，”她说，“这枪莫名其妙。我在楼梯上找到的。又脏又油，对吧？那可是张雪尼尔灰地毯，很漂亮。相当贵。”

说完她把枪交给了我。

我去接枪，手僵硬得像个鸡蛋壳，可以说同样一碰就碎。我接过枪。她一脸恶心地嗅了嗅握枪托的那只手套。她重启话头，像先前一样胡诌起大道理来。我的膝盖一松，释然了。

“唉，对你来说当然容易多了，”她说道，“车，我是说。实在不行，你可以直接把车拖走。可要拖走一栋配备了好家具的房子就没那么容易了。要赶走一个住客既费时间又费钱。容易闹得不愉快，东西给弄坏了，有时候是故意的。这地板上的毯子花了我不止二百块，二手的。只是条黄麻毯，但色彩很漂亮，你说呢？不说的话你绝不会知道它只是黄麻的，二手的。不过那也很荒唐，因为毯子一旦用过了就算二手的了。我是走过来的，为政府节约轮胎。本来也能在半道坐公交车，但那鬼东西吧，等来等去等不到我要的方向。”

我几乎没听清她说了什么。就像海角之外迸溅的浪花，看不见。我的注意力在那把枪上。

我卸下弹盒。空的。我把枪转过来，朝枪膛里张望。也是空的。我嗅了嗅枪口。一股火药味。

我把枪放进口袋。是把六发的点二五口径自动左轮手枪。子弹空了。射空的，而且时间并不太久。但也不是半小时之内开的枪。

“枪开过吗？”福尔布鲁克太太乐呵呵问道，“我当然是希望没有啦。”

“怎么着？应该开过吗？”我问她。声音是沉静的，头脑却仍在跃动。

“呃，枪搁在楼梯上，”她说，“毕竟，人常常开枪嘛。”

“太有道理了，”我说，“但说不定莱弗瑞先生兜里有个窟窿呢。他不在家，是吧？”

“噢，不在，”她摇摇头，一脸失望，“我觉得他不太像话。说好给我支票的，我还走过——”

“你什么时候打他电话的？”

“呃，昨天晚上。”她皱起眉头，不喜欢我问个不休。

“他准是被谁叫出去了。”

她盯住我那两只棕色的大眼睛中间的某个位置。

“听着，福尔布鲁克太太，”我说，“咱就别在这儿打哈哈了，福尔布鲁克太太。倒不是我不乐意。也不是我想说这个。可该不是你开枪打了他吧——因为他拖欠你三个月的房租？”

她非常缓慢地坐到椅子沿上，舌尖在唇间那道红色隙缝里滑动着。

“呃，这想法真吓死人啦，”她怒道，“我觉得你也不太像话。你是不是说这枪没有开过？”

“是把枪就开过。是把枪就装过子弹。这一把现在没有装弹。”

“呃，那么——”她做了个不耐烦的手势，闻了闻她油腻腻的手套。

“好吧，我想错了。说笑罢了。莱弗瑞先生出去了，你在房子里上下转了一圈。身为业主，你有钥匙。对不对？”

“我不是要来捣乱的。”她咬着手指说，“也许我不该这么做。但我有权来看看东西保管得怎么样。”

“嗯，你看过了。你确定他不在吗？”

“我没看过床底下和冰箱里，”她冷冷道，“按铃他没反应，我就跑到楼梯顶上喊了几嗓子。然后走到下面的过道里，又喊了喊。我甚至连卧室都张望过。”她低下眉眼，害羞似的，一只手掌在膝盖上扭动着。

“好，就是这样。”我说。

她欢快地点点头。“对，就是这样。你说你叫什么来着？”

“万斯，”我说，“菲洛·万斯。”

“你为哪家公司工作，万斯先生？”

“我暂时没有工作，”我说，“要看警察局长什么时候又有迈不过的坎儿。”

她看起来吓了一跳。“可你说你是来催车款的。”

“那只是兼职，”我说，“临时的工作。”

她站起身，注视着我。她的声音冷冰冰，说道：“那样的话我想你最好立马离开。”

我说：“我想，你不介意的话，我来先四处看一看。也许有什么东西你看漏了。”

“我觉得没这必要，”她说，“这是我的房子。现在就离开吧，我会感激你的，万斯先生。”

我说："要是我不离开，你就要找人来赶了是吧？还是坐下吧，福尔布鲁克太太。我很快看一圈就好。这把枪，你知道，有点怪。"

"可我都说了，在楼梯上找到的，"她气呼呼地说，"别的我什么都不知道。我对枪一无所知。我——我这辈子从来没开过枪。"她打开一只蓝色大包，扯出一条手绢，吸了吸鼻子。

"这是你的一面之词，"我说，"我又不是非得相信。"

她伸出左手，一副可怜巴巴的模样，像是《东林怨》[①]中那个犯了错的妻子。

"噢！我就不该进来！"她哭喊道，"我闯祸了。我知道。莱弗瑞先生会很生气的。"

"你不该的，"我说，"是让我发现枪里没子弹。在那之前一切都在你掌控之中。"

她跺了跺脚。这场面就差这一幕。这下齐活了。

"哎哎，你这十足的讨厌鬼！"她大叫道，"你倒是碰我一下试试！你倒是再靠近一步试试！我一分钟也不想再跟你在这屋里待下去了！你怎么敢这么无礼——"

她话说半截儿，像扯断一根橡皮筋一样，声音在半空中噎住了。她低下头，拿着紫色帽子和全部家当，奔向门口。经过我身边时，她伸出一只手，像是要挡开我，但她离得不够近，我没动。她猛地拉开门，冲出去，上了通向街道的小路。门慢慢关上了，透过关门声，我听见她急促的脚步声。

我把一只手指甲横在牙齿上，用指节敲打下巴尖听着动静。四下寂然，没什么可听的。一把六发自动手枪，子弹全射光了。

---

① 《东林怨》(East Lynne，1861) 是英国维多利亚时代畅销书作家亨利·伍德夫人的代表作，曾被多次改编成电影，其中 1931 年由弗兰克·劳埃德执导的版本获得奥斯卡最佳影片奖提名。

“这地方，”我大声说道，“总有点很不对劲。”

屋里现在似乎安静得不正常。我踩着杏黄色的地毯，穿越拱门，走到楼梯顶。我在那儿又站了片刻，再次留神听着。

我耸耸肩，轻声走下楼梯。

16

低处的走廊两头各有一扇门，中间是相邻的两扇。其中一扇后面是个日用织品壁橱，另一扇锁着。我走向廊道尽处，探头看到一间窗帘拉拢着的卧室，像是闲置的。我走回廊道另一头，跨进第二间卧室。房间里有宽敞的大床、淡咖啡色地毯、带尖角的浅色木质家具，梳妆台上是一面花式边框镜子，镜子上方则是一盏细长的荧光灯。角落里，一条水晶猎狗立在镜面的桌上，旁边是只盛放香烟的水晶盒。

梳妆台上香粉撒得到处都是。废纸篓上搭挂着的毛巾有深色的口红印记。床上并排两只枕头，表面的凹坑可能是有人靠过后留下的。一只枕头下面隐隐露出一条女式手绢。两套纯黑睡衣横在床脚。空气中残留着西普香水的气味，浓郁得颇有些过头。

真想知道福尔布鲁克太太看到这些时是怎么想的。

我转身照了照橱门上的长镜子。橱门漆成了白色，装着水晶把手。我捏着手绢拧开把手。这柏木内壁的橱里几乎挂满了男人衣服，透着一股花呢料子的宜人香气。但橱里不只有男人的衣服。

还有一身定制的黑白色女式套装，白色为主。套装下方是一双黑白相间的鞋子，上方的衣架挂着一顶有黑白丝带的巴拿马草帽。还有别的女人衣服，但我没细看。

我关上橱门，走出卧室，手里攥着手帕，准备迎接更多门把手。

紧挨日用织品壁橱的门，那扇锁着的门，准定是浴室。我摇了摇门，还是紧锁着。我俯下身，看到门把手中间有道短小的条形口子。这下我明白了，门是靠按下内侧把手中央的按钮上锁的，而往那道条形小口插进一把不带榫槽的金属钥匙，锁就开了，以防有人昏倒在浴室，或是有孩子不小心把自己锁住了，大吵大闹。

这种备用钥匙应该藏在日用织品橱的顶层，但那里并没有。我插进刀片试了试，可太薄了。我走回卧室，从梳妆台上拿了把扁平的指甲锉刀。成了。我打开浴室门。

一件浅黄色男式睡衣丢在一个彩色篮子上。地上有双绿色平底拖鞋。脸盆边缘放着一把安全剃刀，一管面霜摘了盖子。浴室的窗紧闭着，空气里有一股很异样的刺鼻气味。

浴室地面的尼罗绿瓷砖上落着三颗铜光锃亮的空弹壳，窗户的毛玻璃上有个圆整的小孔。往左，窗户往上一点的石灰墙面有两处刮痕，油漆后面见了白，有什么东西，比如说子弹，钻进了墙里。

浴帘是绿白两色的油绸，挂在铬环上。帘子屏蔽了淋浴间的入口。我拉开帘子，铬环发出一阵微弱的刮擦声，不知怎的，竟响亮得不堪入耳。

弯腰时，我感到脖子吱嘎响了一下。没错，他就在那儿——没有别的地方可去了。他蜷缩在角落里，头上是两个亮闪闪的水龙头，铬质莲蓬头里流出水来，缓缓滴落在他的胸膛上。

他的腿弓着，却是松弛的。他赤裸胸膛上的两个弹孔呈深蓝色，都紧靠他的心脏，都能要人性命。血似乎已被水冲走了。

他的眼睛里有种异样的明亮而期盼的神色，仿佛闻见清晨的咖啡香，立刻就要走出来。

办得真干净利落。你刚刮完脸，脱掉衣服准备冲澡，正紧贴浴帘屈身调节水温。你身后的门开了，有人走了进来。那人看来是个女的。她有把枪。你朝枪看了看，她就开枪了。

她连开三枪都没打中。这么近的距离，似乎不可能，但事实就是如此。也许这种情况一天到晚发生。是我见识太浅了。

你无处可逃。如果你是那种家伙，如果你受过训练，倒可以猛扑向她，赌一把。可俯身对着水龙头，抓着闭合的浴帘，你站不稳。如果你毕竟是普通人，也容易有点吓呆了。所以无处可逃，只能退避进淋浴间。

那便是你的去处。你拼命往深处躲，可淋浴间是方寸之地，瓷砖墙会挡住你的去路。这会儿你退无可退，背靠最后一面墙。你没有余地，你也没有生路。又是两声枪响，也可能是三声，你缓缓滑到墙根，你的眼里，如今甚至都不再有恐惧。不过是死人的空洞目光。

她伸手进来关掉淋浴器。她锁上浴室的门。离开屋子的半道上，她把射空的枪丢在楼梯的地毯上。她会担惊受怕。那也许是你的枪。

说得对吗？最好对。

我俯身拉拉他的胳膊。冰块也不至于更凉、更僵。我走出浴室，没锁门。现在没必要锁了。只会增加警察的工作量。

我走进卧室，从枕头底下抽出手绢。小小的一块亚麻布，荷叶边绣着红色。角上缝着两个首字母，红色的。A.F.

“艾德丽安·弗洛姆塞特。”我说。我笑了。相当恐怖的笑。

我甩甩手绢，想甩掉点西普水的香气。我叠好手绢，包上纸巾，放进口袋。我上楼回到起居室，在靠墙的桌子里一通乱翻。里头并没藏着什么耐人寻味的信件、电话号码，或者可疑的文件夹。或者说即便有，我也没找到。

我看了看电话机。电话在壁炉旁靠墙的一张小桌上。线很长，这么一来，莱弗瑞先生就能仰卧沙发床，光滑的棕色嘴唇间叼着香烟，身旁的桌上放着爽口的一大杯酒，绰有余裕地同女友悠然做一番长谈。一场自在而慵懒，带着挑逗与调笑，既不过于隐晦也不过于直白的交谈，应该是他喜欢的类型。

这一切也都已化作云烟。我离开电话机，走到门口；调节好锁，方便再次进来；把门关紧，用力往门槛上抬了抬门板，直到锁发出“咔哒”一声。我走上小道，站在阳光里，看着对过阿尔默医生家。

没有人叫嚷或是冲出门来。没有人按响警笛。一切都静谧都和煦都安宁。没什么好大惊小怪的。不外乎马洛又发现了一具尸体。目前为止，他干得相当出色。人送外号“一日一凶杀·马洛”。他走到哪，灵车就跟到哪，好帮着收尸。

一个挺好的家伙，坦诚直接。

我返回十字路口，上车，发动，倒车，离开了那地方。

17

运动俱乐部的服务生三分钟后就回来了，点头让我跟他走。我们坐电梯到四楼，转过一个墙角，他把我带到一扇半开的门前。

“左拐，先生。尽量轻点儿。有些会员正睡觉呢。”

我走进俱乐部图书馆。玻璃门后面放着书，中央的长桌上摆着杂志，屋里还挂着一幅打着灯光的俱乐部创始人画像。可好像睡觉才是正经事。凸在外面的书橱将房间分成若干小隔间，小隔间里有宽敞、柔软得无法想象的高背皮椅。在一些椅子上，老头子们正平静地打盹，高血压让他们的脸色透着紫红，微皱的鼻子里发出微弱轻盈的鼾声。

我攀上几英尺高的台阶，蹑手蹑脚左转。德雷斯·金斯利在房间深处尽头的最后一间隔间里。两张椅子并排放着，面朝墙角。其中一个椅背上，露出小半截他的黑色大脑袋。我轻轻坐进空着的那张椅子里，朝他点点头。

“说话轻点儿，”他说，“这房间是睡午觉的。又怎么了？当初我雇你是为了省麻烦，不是给我乱上添乱。你害我取消了一次重要的约会。”

“我知道，”我说，脸朝他凑过去。他身上有酒气，挺好闻。“那女人枪杀了他。”

他一下抬起眉毛，脸顿时铁板一块。他紧咬牙齿。他轻轻呼吸着，一只大手在膝盖骨上搓捻。

“接着说。”他道，声音小得像一粒弹珠。

我从椅背上回头看了看。离我们最近的老家伙睡得正酣，随着他呼气吸气，脏兮兮的鼻毛前后摇摆。

“莱弗瑞家没人应门，”我说，“门稍微开了一点。可我记得昨天是关紧了的。推开门，房间里很黑，有两只用过的酒杯。屋里很安静。过了一会儿，一个自称‘福尔布鲁克太太’的黑瘦女人从楼下走了上来，戴手套的手里握着一把枪。说枪是在楼梯上捡的。说她是来追讨拖欠了三个月的房租的。用钥匙进的屋。看样子她趁机四下瞄了瞄，检查了一遍屋子。枪到手后，我发现不久前刚开过火，但我没告诉她。她说莱弗瑞不在家。激了她半天，终于把她气走了。她也许会叫警察，但可能性大得多的结果是她就这样走了，晕头转向，忘记了整件事——除了房租。”

我停了下来。金斯利朝我转过头来，因为紧咬着牙关，他下颚的肌肉鼓了起来。他眼里满是懊丧。

“我下楼了。有不少前一夜女人留宿的痕迹。睡衣、扑粉、香水等等。浴室锁了，但我给弄开了。地上有三颗空弹壳，墙上有两个弹孔，窗户上一个。莱弗瑞在淋浴间里，赤条条，死了。”

“我的天哪！”金斯利低声叹道，“你的意思是他昨晚留一个女人过了夜，结果那女人今天早上在浴室里开枪杀了他？”

“那你倒说说我是什么意思？”我问道。

“小声点儿，”他抱怨道，“当然，我很吃惊。为什么是在浴室？”

“你自己小声点儿，”我说，“为什么不是在浴室？你还能想到一个人更加完完全全失去防备的地方吗？”

他说：“你并不知道有个女人杀了他。我是说，你不确定，对吧？”

“对，”我说，“是不确定。也可能某个人用一把小枪杀完人，故意仔细打光子弹，伪造成像女人干的。浴室靠近山坡底，面朝空地，在那里开枪，我想不在屋里的人是怎么也不容易听见的。当时跟他过夜的女人兴许已经走了——没准压根就没什么女人。现场可能是伪造的。说不定杀他的人正是你。”

“我要杀他干吗？”他的声音都在颤抖了，手用力捏着两个膝盖。“我是个文明人。”

这点似乎也不值得一辩。我说：“你太太有枪吗？”

他朝我投来一副紧张而痛苦的表情，声音空洞地说：“老天爷啊，老弟，你不会真那么认为吧！”

“说吧有没有？”

他吞吞吐吐道：“是的——她有。一把小型自动手枪。”

“你在当地买的？”

“我——我根本不是买的。几年前在三藩市的一场派对上，我从一个醉鬼那里搞来的。当时他拿着枪到处乱挥，觉得这样很好笑。我一直没还给他。”他捏着下巴，指关节都白了才放手。“他没准连枪怎么丢的、什么时候丢的都不记得了。就是一典型的醉鬼。”

“这也差不多太顺当了吧，”我说，“你能认出这把枪吗？”

他费劲地想了想，伸出下巴，半闭着眼。我又从椅背上回头看了看。有个老老头打呼打得差点从椅子上翻下来，把自己弄醒了。他咳嗽了一阵，用枯瘦干瘪的手挠挠鼻子，从背心里摸出一只金表。他冷冷地眯眼看了一眼时间，收好表，又睡了。

我伸手从口袋里掏出枪，放到金斯利手上。他痛苦地低头盯着它。

“我不知道，”他缓缓道，“像是像，但我分不清。”

“侧面有序列号。”我说。

“没人会记得枪的序列号。”

“不记得最好，”我说，“不然我就要有心事了。”

他的手握到枪上。他把枪放到屁股旁边。

“卑鄙小人，”他说，“估计他把克丽斯特尔给甩了。”

“我不明白，”我说，“你动机不足，因为你是个文明人。但她的动机是足的。”

“不是同样的动机，”他厉声道，“而且女人比男人冲动。”

“好比猫比狗冲动？”

“怎么说？”

“某些女人要比某些男人冲动。只能这么说。你要想事情是你太太干的，咱得有更好的动机才行。”

他转过头来与我对视着，眼里没有半点笑意。嘴角已经咬出了白色的牙印。

“我觉得现在好像不是开玩笑的时候，”他说，“我们不能让警察拿到这把枪。克丽斯特尔有许可证，枪注册过。他们会知道号码，哪怕我不知道。不能让他们拿到。”

“可福尔布鲁克太太知道枪在我这儿。”

他固执地摇摇头。“只好赌一把了。是的，我知道你在冒险。我不打算让你白帮忙。如果现场看上去他可能是自杀，我会叫你把枪放回去。不过听你的说法，不是那样。”

“不是。那得他一开始连着三枪打不中自己才行。可就算你多给我十块钱，我也不能掩盖一桩谋杀。枪必须送回去。”

“我想的可不止这个数，”他不动神色道，“我想的是五百块。”

“你花这么多钱想换来什么？”

他凑过来。他的眼神严肃、冷峻，却并不锐利。“莱弗瑞家里，除了手枪，还有没有什么东西能表明最近克丽斯特尔去过？”

“一条黑白连衣裙，一顶像贝纳迪诺的服务生说她戴着的那种帽子。还有一打我不清楚状况的东西。几乎肯定会有指纹。你说她的指纹没被采样过，但并不意味着他们就不会拿她的指纹去核对。她家卧室里会有许许多多。小鹿湖的木屋里也是。还有她的车里。”

“我们应该把车弄——”他开腔道。我打断他。

“没用的。别的地方多得是。她用哪种香水？”

他愣了片刻，神色茫然。“噢——皇家吉勒雷恩，香水中的香槟，”他呆板地说，“以前也用过一款香奈儿。”

“你的那玩意儿是什么味道？”

“是种西普香水。檀木香的西普水。”

“那边的卧室里全是这味道，”我说，“我闻着像便宜货。不过我也不懂。”

“便宜？”他说，我的话刺痛了他的心，“天哪，便宜？一盎司我们要卖三十块呢。”

“好吧，那玩意儿闻着更像三块钱一加仑。”

他把手重重地放到膝盖上，摇摇头。“我是在谈钱，”他说，“五百块。立刻就能开支票。”

我任由他的话像跟粘了土的羽毛般打着旋飘落到地上。身后一个老头儿颤巍巍站起来，乏力地摸索着走出房间。

金斯利凝重地说：“我雇你是保护我，让丑闻远离我，有需要时，也保护我妻子。不怪你，但避免丑闻的机会已经完全错过。现在的问题是我妻子要丢脑袋。我不信她打死了莱弗瑞。不信，但我也说不出理由。一条都说不出。就是有这个信念。她甚至可能昨晚去了他家，这把枪甚至正是她的。但不能证明人是她杀的。对待别的东西她粗心大意，对待枪没准也一样。落到谁的手里都有可能。”

“那边的警察可不会挖空心思去抱你一样的信念，”我说，“要是之前跟我打交道的那位很能代表他们的作风，他们只会挑出头号嫌疑人，开始挥舞棍棒。等他们查看过情况，你太太一准儿是头号嫌疑人啊。”

他用力摩擦着手掌根。他的惨相带几分戏剧性，真正的悲惨往往如此。

“我陪你去趟莱弗瑞家吧，”我说，“一眼看去，现场简直太标准了。她留下了别人看她穿过的衣服，也许都能查到。她把枪落在楼梯上。会傻成那样，难以想象。”

“有点儿同情心吧。”他疲倦地说。

“但这些不能说明什么。”我说，“因为我们是从推测的角度看问题的，而冲动或仇恨驱使下犯了罪的人，直接干完就走了。我听到的一切都表明她是个鲁莽的蠢女人。现场的哪个环节都看不出人为设计的迹象。所有迹象都表明完全缺乏人为设计。不过就算那边没有一件东西指向你太太，警方也会把她跟莱弗瑞联系在一起。他们会调查他的背景，他的朋友，他的女人。查案过程中，你太太的名字必然会被提及。到时候，他们发现她已经失踪一个月了，准会乐呵呵坐直身子，摩擦起满是老茧的手掌。他们当然还会查手枪的来路，要是枪是她的——”

他的手摸向椅子，在身旁找枪。

“不，”我说，“他们非拿到枪不可。马洛我兴许是个很机灵的家伙，就个人而言，也很喜欢你，但不能冒险去藏匿一把杀过人的手枪这样的关键性证物。我的一举一动，必须建立在你太太是明显的嫌疑人的基础之上，哪怕这种明显可能是误导人的。”

他又哼哼了几声，伸出拿着枪的大手。我接过枪，放了起来。随后我又拿出枪，说：“借下你的手帕。我不想用我的。我也许会被搜身。”

他递给我一条挺括的白色手帕，我小心地将手枪擦了个遍，放进口袋。我把手帕还给他。

“我的指纹不打紧，”我说，“但我不想你的也在上面。我能做的只有这个。回莱弗瑞家，原处放好枪，叫警察。配合他们工作，该怎么着就怎么着。必须老实交代。我在那儿干吗，为什么去的。最坏的情况是他们找到你妻子，证实人是她杀的。最好的情况是他们先我很多找到她，给我余地使尽浑身解数证明人不是她杀的，就是说，最终证实行凶者另有其人。你敢赌一把吗？”

他缓缓点头。他说：“好——五百块的赏金不变。证明克丽斯特尔没杀他就行。”

“这钱我没指望挣，”我说，“你现在可能也明白了。弗洛姆塞特小姐跟莱弗瑞熟吗？不上班的时候？”

他的脸抽筋似的绷紧了。他握起拳头重重砸在大腿上。他没说话。

“昨天早上我问她莱弗瑞住址的时候，她样子有点奇怪。”我说。

他缓缓吁出一口气。

“像留下了苦涩的回味，”我说，“像经历过破灭的爱情。我是不是太直接了？”

他的鼻孔微微颤动，进出的气息响了片刻。随后他放松下来，平静道：

“她——她跟他相当熟——一度。她这个姑娘，怎么高兴就怎么来。莱弗瑞吧，我猜，是个很有魅力的家伙——在女人眼里。”

“我必须跟她谈谈。”我说。

“为什么？”他简慢地问道。他脸颊上泛起一块块红晕。

“别管为什么。问各种人各种问题，是我的工作。”

“那跟她谈吧，”他别扭地说，“其实她认识阿尔默一家。她认识阿尔默的太太，自杀的那个。莱弗瑞也认识。那可能跟这件事有联系吗？”

“我不知道。你爱上她了，是不是？”

“如果可以，我明天就娶她。”他生硬地说。

我点点头，站起来。我别转脑袋，目光扫过房间。这会儿屋里几乎空了。远端尽头，两个龙钟老朽还在打呼吹泡泡。软椅上的其他老头儿已摇摇晃晃离开，回到清醒时忙活的各种事务里去了。

“只有一件事，”我说，低头看着金斯利，“出了凶杀案不及时叫警察，他们就会抱有敌意。这次已经耽搁了，而且还会耽搁一阵。我打算赶去莱弗瑞家，就当是今天第一次拜访。我想只要不理会那个叫福尔布鲁克的女人，就能办成。”

“福尔布鲁克？”他几乎不知道我在说什么，“谁他妈是——噢，对对，记起来了。”

“好啦，别记了。我差不多可以肯定，他们永远不会听到她啰里八嗦。她不是那种会自愿跟警察有任何来往的人。”

“我懂了。”他说。

“那就请你务必把事情处理好。受到盘问之后，你才能知道莱弗瑞死了，我才会获准跟你联系——他们知道的就这么多。别掉进陷阱。要是你上当了，我就没法查明真相了。得去蹲大狱。”

“你到了他家可以打我电话——在你叫警察前。”他明智地说道。

“我知道。不过称我的心还是别打吧。他们要做的头一桩事就是检查通话。而要是我从别的地方打给你，那我索性承认来这儿见过你得了。”

“懂了，”他又说了一遍，“放心交给我处理吧。”

我们握了握手。我离开了，他还站在原地。

18

运动俱乐部在街角，穿过马路，再走半个街区就是特雷劳尔大楼。我穿过去，向北走到门口。他们已经铺好了玫瑰色的混凝土，取代之前的塑胶人行道。路边搭起了围栏，只留一条狭窄的木板走道。空当里挤满了午餐归来的办公室员工。

吉勒雷恩公司的接待室看起来甚至比前一天还空。还是那个轻浮的金发妞，缩在角落里的电话转接机后面。她扫了我一眼，我朝她行了个神枪手的礼——挺出食指指着她，下面三根手指后折，拇指上下摆动，仿佛一个西部杀手连发数枪。她纵情大笑，却没笑出声。这比她一整个礼拜经历的事儿都好玩。

我指指弗洛姆塞特小姐的空桌子，金发妞点点头，插进一个插座，说起话来。门开了，弗洛姆塞特小姐曼妙的身姿摇了出来。她走到桌前，坐下，冷冷的眼神期待地看着我。

"来啦，马洛先生？恐怕金斯利先生不在。"

"我就是从他那儿来的。我俩在哪儿谈比较方便？"

"谈？"

"我要给你看点东西。"

"噢，是吗？"她若有所思地端详着我。也许有很多男人想要给她看东西，献上一幅蚀刻画啥的。换一个时间，我也忍不住要试试运气的。

"有事，"我说，"金斯利先生的事。"

她起身，打开栅栏里的门。"那不如去他办公室谈吧。"

我们进了屋。她撑着门让我先走。经过她身边时，我闻了闻。檀香。我说：

"皇家吉勒雷恩，香水中的香槟？"

她浅浅一笑，撑住门。"就凭我那点薪水？"

"我根本没在说你的薪水。你不像是需要自己掏钱买香水的姑娘。"

"是的，说得没错，"她说，"要是你想听实话，我讨厌在办公室里搽香水。他逼我的。"

我们走到那间昏暗的长办公室深处，她在办公桌那头的椅子上坐下。我坐在前一天的位置。我们互相看了看。她今天一身棕黄，颈前有褶裥花边。她的样子温暖了几分，可依然不是燎原之火。

我敬她一支金斯利的香烟。她接过去，用他的打火机一点，靠上椅背。

“我们没必要浪费时间拐弯抹角，”我说，“现在你已经知道我是谁、我是干吗的了。如果说昨天早上你不知道，那只是因为他喜欢当老大。”

她低头看了看搁在膝盖上的手，抬起眼睛，几乎是羞涩地笑了。

“他是个大好人，”她说，“虽然总喜欢装出一副雷厉风行的样子。说到底，整件事里只有他被耍了。你要是知道那小婊子害他受了多少苦——”她一甩香烟，“得了，我大概还是不说的好。你来见我是为什么事？”

“金斯利说你认识阿尔默一家。”

“我认识阿尔默太太。是这样的，我见过她几回。”

“在哪儿见的？”

“一个朋友家里。怎么说？”

“莱弗瑞家？”

“你不是要侮辱人吧，马洛先生？”

“我不知道你对‘侮辱’的定义是什么。我准备就事论事，外交手腕那一套就免了吧。”

“很好，”她轻轻点头，“是在克里斯·莱弗瑞家，没错。我以前会去那儿——偶尔去去。他办鸡尾酒派对。”

“那么，莱弗瑞也认识阿尔默一家——或者阿尔默太太。”

她脸上泛起极浅的红晕。“是的。很熟。”

“还有很多别的女人——也很熟。这点我吃准了。金斯利太太也认识阿尔默太太吗？”

“认识，比我熟。她们直接叫对方名字。阿尔默太太过世了，你知道。大约一年半前，自杀了。”

“有什么疑点吗？”

她扬起眉毛，但在我看来，这表情是装的，好像因为我问了那个问题，她得做做样子。

她说道：“你特别提出这个问题，有什么特别的理由吗？我是说，那件事跟——跟你现在正经手的有什么关系吗？”

“我认为没有。我还是不知道两者有什么关联。可昨天，就因为我看了看阿尔默医生的房子，他就叫来了警察。他查我的驾驶证，发现了我是谁。我不过是去了趟那儿，那警察就对我很疑神疑鬼。他不知道我在干吗，我也没告诉他我去找过莱弗瑞。但阿尔默医生知道。他在莱弗瑞家门前见过我。他为什么觉得有必要报警呢？那个警察又为什么会自作聪明地告诉我上一次想敲诈阿尔默的人最后成了修路的囚犯呢？那警察又为什么问我是不是她的亲属——指的是阿尔默太太的亲属，我猜——雇的我？如果你能回答这些问题中的任何一个，我或许就能知道那是否同我手头的事有关了。”

她思索了片刻，一边想，一边朝我投来匆匆的一瞥，便又看向别处了。

“我只见过阿尔默太太两次，”她缓缓道，“不过我想我能回答你的问题——所有的。我刚说了，最后一次见她是在莱弗瑞家里，当时有很多人在场。喝了很多酒，都在大嚷大叫。有妇之夫和有夫之妇抛下另一半出来逍遥。那天有个名叫布朗威尔的男人喝得烂醉。听说他现在去海军了。他嘲弄阿尔默太太，拿她丈夫的工作打趣。好像是说他拎着一盒子注射针头整晚到处跑，给当地酗酒的流氓阿飞用药，免得他们一大早就神志恍惚。弗洛伦斯·阿尔默说她不关心她丈夫的钱是怎么来的，只要他有的挣、她有的花就行了。她也醉了，就算清醒着，我料想她也不是善茬儿。是那种性感风骚、引人注目的女人，整日哈哈笑，在椅子上四仰八叉，露出一大截儿大腿。一头很淡的金发，肤色红润，一双大得不像话的婴儿蓝眼睛。好啦，布朗威尔叫她别担心，说那永远是个好勾当。花不到十五分钟进出病人家，跑一趟就能赚十到五十个子儿不等。但就有一件事他挺困扰，他说，不跟黑道打交道，一个医生怎么能搞到那么多麻醉品。他问阿尔默太太是不是有很多道上的好汉去她家吃饭。阿尔默太太拿起一杯酒甩到了他脸上。”

我咧嘴笑了，可弗洛姆塞特小姐没笑。她在金斯利硕大的镶铜玻璃烟灰缸里按灭了香烟，严肃地看着我。

“太活该了，”我说，“搁谁不揍他？要是拳头够大够硬，就甩拳头了。”

“是的。几个礼拜后，有人发现弗洛伦斯·阿尔默深夜死在了车库里。车库门锁着，汽车发动机在转。”说到这儿，她微微润了下嘴唇，“是克里斯·莱弗瑞发现她的。在他早上天知道几点钟回来的时候。她身穿睡衣躺在水泥地上，一条毯子盖着她的头也盖着汽车的排气管。阿尔默医生出去了。这件事报纸上没有什么相关内容，只说她突然死了。消息封得很死。”

她扣紧的手抬起了一点，又缓缓落到膝上。我说：

“有什么不对头吗？”

“都觉得有隐情，但人们总会这么想。过了一段时间，我听到一些消息，据说是真相。我在藤蔓街遇见了这个布朗威尔，他请我跟他喝一杯。我不喜欢他，可正好有半个小时空闲。我们坐在列维酒吧深处，他问我记不记得那天拿酒泼他的那位宝贝儿。我说记得。接下来的对话差不多就是这样。我记得很清楚。

“布朗威尔说：‘我们的好朋友克里斯·莱弗瑞现在发了，什么时候缺女朋友了，就去捞一笔钱。’

“我说：‘我太不明白。’

“他说：‘见鬼，是你不想明白吧。那个叫阿尔默的女人死的那晚，她在卢·康狄的场子里玩轮盘赌输了个精光。她发脾气，说轮盘被人做了手脚，大吵大闹的。康狄没法子，几乎是把她拽进了办公室。他打医生专线找阿尔默，过了一会儿，医生赶到了。拔出一刻不得闲的小注射针给她来了一下。之后他走了，让康狄送她回家。好像是有人得了急病。于是康狄把她送回了家，诊所里有个护士来了，是医生打电话叫的。康狄扶她上楼，护士帮她上了床。康狄回去照看生意了。所以她肯定是睡下了，可就在那天晚上，她爬起来，下楼走到自家车库，用一氧化碳自杀了。这事你怎么看？’布朗威尔问我。

“我说：‘这事我压根不知道。你是怎么知道的？’

“他说：‘当地他们称作报纸的那破烂玩意儿，里面有个记者我认识。没有审问，也没有尸检。就算有化验吧，也没有公布任何信息。那边没有正规的验尸官。殡仪员轮流担任代理验尸官，一个礼拜一次。他们自然对那帮政客俯首帖耳。在一个小镇，有门路的人想操纵这样一件事，很容易。而康狄当时门路多的是。他不想调查的事儿闹大，医生也不想。”

弗洛姆塞特小姐停下来了，等着我说点什么。看我不说话，她继续道：“我猜你知道布朗威尔是怎么看这一切的。”

“当然。阿尔默干掉了他太太，然后花钱让康狄把事情摆平了。某些正派得贝城压根追不上的小城镇里，也有过这样的事情。但故事你还没说完，对吧？”

“没有。好像阿尔默太太的父母雇了个私家侦探。他负责那片区域的守夜，事实上是那晚到现场的第二个人，仅次于克里斯。布朗威尔说他准掌握了某些情报，可始终没机会利用。他因为酒驾被捕了，还判了刑。”

我说：“说完了？”

她点点头。“要是你觉得我记得太清楚了，别忘了，记别人的对话是我工作的一部分。”

“我的想法是，没必要归纳出那么多东西。我看不出这事跟莱弗瑞有什么必然的联系，哪怕是他发现了死者。你那个喜欢嚼舌头的朋友布朗威尔似乎觉得这件事给了某些人勒索医生的机会。但总得有证据吧，尤其是你要勒索的人已经脱离了警方的怀疑。”

弗洛姆塞特小姐道：“我也这么想。而且我总觉得敲竹杠这类下三滥的招儿不太符合克里斯·莱弗瑞的性格。我能告诉你的大概就这么多了，马洛先生。我得出门了。”

她准备起身。我说：“还没完呢。有点东西给你看。”

我从口袋里掏出莱弗瑞枕头下那块洒过香水的小手帕，俯身把手帕扔在她面前的桌子上。

19

她看看手帕，看看我，拿起一支铅笔，用带橡皮的一端把那一小块亚麻布推来推去。

“上面洒了什么？”她问道，“灭蝇剂？”

“某种檀香水吧，我觉得。”

“廉价的合成品。说‘难闻’已经算客气了。你为什么要我看这块手帕呢，马洛先生？”她靠回椅背，用坚定冷酷的眼神逼视着我。

“我是在莱弗瑞家里找到的，在他床上的枕头下面。手帕上有姓名的缩写。”

她不碰手帕，只用铅笔的橡皮头一撩。她阴着脸，略有些紧张。

“上头是绣了两个字母，”她的声音冷冷的，带着怒气，“刚巧跟我的姓名缩写一样。你是这个意思吧？”

“没错，”我说，“他说不定认识半打姓名首字母相同的女人。”

“所以到头来你还是要恶心人。”她平静道。

“就说这是不是你的手帕吧？”

她犹豫了。她把手伸向桌子，镇定自若地又拿了一支烟，用火柴点上。她慢慢摇熄火柴，看着火苗在木棍上蠕动。

“是的，是我的，”她道，“准是我落在那儿的。很久了。我可以向你保证，我可没有把手帕塞到他枕头下面去。这就是你想知道的吧？”

我一言不发。她补充道：“他肯定把手帕借给了别的女人——那女人正好喜欢这种香味。”

“我在头脑里想象过那个女人的样子，”我说，“跟莱弗瑞不是很般配。”

她的上唇撇了一下。是一抹长长的上唇。我喜欢长长的上唇。

“我认为，”她说，“你应该把你头脑里克里斯·莱弗瑞的形象再好好研究一下。他在你眼里若是留下过任何一点有教养的印象，那纯粹是碰巧。”

“这么说一个过世的人可不太好。”我说。

有那么一刻，她只是坐在那儿，看着我，好像我什么也没有说，她在等我开口。一阵颤抖缓缓袭向她，先是在她的喉头，再传遍她的周身。她攥紧拳头，香烟折弯了。她低头看了看，手臂猛地一扭，把烟扔进烟灰缸里。

“他被枪杀在淋浴间里，”我说，“看样子像是某个在他家过夜的女人干的。当时他正在刮胡子。那个女人把枪留在了楼梯上，这手绢留在床上。”

她在椅子上稍稍挪了下。她的眼神，现在是彻底的空洞。她的脸冷酷得如同雕塑。

“你在等我提供相关的情况？”她忿忿道。

“听着，弗洛姆塞特小姐。我也想把这一切处理得圆滑、恭敬、细致。我希望用你这样的人喜欢的方式来玩一把牌。可没人允许我那么做——客户不允许，警察不允许，我的对手也不允许。每次我充当好人，不管多努力，临了总是碰一鼻子灰，还把人得罪了。”

她点点头，仿佛只能勉强听到我的声音。“他什么时候死的？”她问道，随即又微微颤抖起来。

“我想是今天早上。他起床不久。我说了他当时刚刮完胡子，正要冲澡。”

“那时候，”她说，“应该已经很晚了。我从八点三十分就一直在这儿。”

“我没认为是你杀了他。”

“十分感谢，”她说，“可这确实是我的手帕，对吗？虽然不是我平时用的香水。但我看警察对香水的品质——或者任何别的东西——不会很敏感。”

“不会——私家侦探也一样，”我说，“你觉得这很有意思吗？”

“天哪。”说完，她重重地把手背抵在嘴上。

“凶手朝他开了五六枪，”我说，“只打中两枪。他被逼到了淋浴间的角落里。场面非常恐怖，我得说。对方有极大的怨恨。不然就是心肠狠得要命。”

“他很容易招人恨，”她木然道，“可恶的是，也很容易招人爱。女人——哪怕是正派女人——会在男人身上犯下可怕的错误。”

“你的意思就是你曾经以为你爱上了他，但早就不爱了，而且并没有杀他。”

“是吗？”这会儿她的声音轻飘、干涩，如同她在办公室里违心搽的香水一样，“相信你会保守秘密。”她短促地苦笑了一声。“死了，”她说，“那个可怜、自大、下贱、龌龊、英俊、不忠的家伙。死了，没温度了，结束了。是的，马洛先生，我没有杀他。”

我等候着，给她时间缓缓神。过了片刻，她静静地说：“金斯利先生知道吗？”

我点头。

“警察当然也知道了。”

“还没有。至少我没有告诉他们。我发现了莱弗瑞。他家的大门没关严实。我进去了。发现了他。”

她捏起笔，又戳戳手帕。“金斯利先生知道这块香薰手帕吗？”

“除了你我，还有放手帕的人，没人知道。”

“谢谢你，”她干巴巴地说，“也谢谢你认为我不是凶手。”

“你有种孤冷高贵的气质，我喜欢，”我说道，“但别做过了头。你觉得我应该怎么想呢？难不成这样：我从枕头下面摸出手帕，闻了闻，拿在手里说：‘好，好，艾德丽安·弗洛姆塞特小姐的姓名缩写什么的。弗洛姆塞特小姐准认识莱弗瑞，也许关系还很亲密。随口说说吧，譬如跟我这颗肮脏的小脑袋所能想象的一样亲密。那就是亲密得一塌糊涂啦。可这明明是廉价的合成檀香，而弗洛姆塞特小姐不会用廉价香水。这手帕在莱弗瑞枕头下面，而弗洛姆塞特小姐从来不把手帕放到男人枕头下面。所以这件事跟弗洛姆塞特小姐绝对无关。只是错觉。’”

“噢闭嘴。”她说。

我咧嘴笑了。

“你觉得我是什么样的女孩？”她突然问道。

“我来得太迟了，没法告诉你。”

她脸红了，但这次很娇羞，整张脸都红了。她又说道：“你对凶手是谁有想法吗？”

“想法不少，但仅仅是想法而已。恐怕警方会觉得凶手不难确定。莱弗瑞的衣柜里挂着几件金斯利太太的衣服。等他们了解完全部情况——包括昨天小鹿湖发生的事——只怕他们直接就要取手铐抓人了。他们首先得找到她。但这对他们来说不难。”

“克丽斯特尔·金斯利，”她茫然道，“看来连她也不肯放过他。”

我说：“不一定。凶手可能出于完全不同的动机，我们还一无所知。说不定是个阿尔默医生那样的人。”

她匆匆抬眼一看，摇摇头。“说不定的，”我坚持道，“我们完全拿不出反证。他昨天很紧张，按说没什么可害怕的。不过，当然了，并不是只有犯了罪的人才提心吊胆。”

我起身，指尖轻敲桌子边缘，低头看着她。她的脖子很迷人。她指指手帕。

“这个怎么办？”她呆滞地问。

“如果是我的，我会把上面的廉价香味洗掉。”

“这手帕一定说明什么问题，不是吗？也许说明很多问题。”

我笑了。“我觉得它根本不说明任何问题。女人总是乱丢自己的手帕。像莱弗瑞这么个家伙会收集那些手帕，藏在抽屉里，再放上檀香囊。他也可能把手帕出借，享受某个姑娘看到其他姑娘姓名缩写时的反应。我敢说他就是那种下流坯。再见了，弗洛姆塞特小姐，谢谢你跟我聊。”

我刚准备走，又停下脚步，问她：“那位透露所有消息给布朗威尔的当地记者，你听到名字了吗？”

她摇头。

“那阿尔默太太父母的名字呢？”

“也没听到。不过我也许能帮你查到。我愿意试试。”

“怎么查？”

“这类东西通常会出现在讣告里，对吧？洛杉矶的报纸上一准会有讣告的。”

"那就太感谢了。"我说。我伸出一根手指划过桌子边缘，从侧面看她。白如象牙的脸庞，乌黑迷人的双眸，头发亮得不能再亮，黑得堪比最深的夜。

我转身迈出办公室。电话转接机后面的金发小妞满怀期待地看过来，小巧的红唇微张，盼着我再同她寻开心。

开心早寻完了。我朝门外走去。

20

莱弗瑞家门前没有警车，人行道上没有闲杂人等，我推开大门，屋里也闻不到雪茄或香烟的味道。透进窗户的阳光没了，一只苍蝇在酒杯上方盘桓，轻声嗡嗡叫。我走到屋子尽头，倚靠在通往楼下的栏杆上。他家一点没变动。四下寂然，只听见楼下的浴室里隐约传来轻轻的滴水声，落在死人的肩膀上。

我走到电话前，在号码簿上查找警察局的号码。我拨了电话，一边等人接听，一边从口袋里掏出手枪，挨着电话机放到桌上。

通了，一个男声说道："贝城警察局——我是斯穆特。"我说："牵牛星街 623 号发生一起枪击。住的人名叫莱弗瑞。他死了。"

"牵牛星街 623 号。你是谁？"

"我叫马洛。"

"你正在屋子里？"

"没错。"

"不要碰任何东西。"

我挂了电话，坐在沙发床上，等候着。

没有等很久。远处传来警笛声，随着阵阵轰鸣，逐渐变响。轮胎在街角一声刺耳的呼啸，警笛的哀号渐褪入金属的咆哮，随后归于寂静，只是轮胎在屋前又尖利地响了一下。贝城警察倒是节约轮胎。人行道上响起脚步声，我走到门口，打开屋门。

两个制服警察闯进来。他们有着警察惯有的魁梧身形、日晒雨淋的面孔和多疑的眼睛。一个帽子下面有枝康乃馨，插在右耳背后。另一个年纪大些，头发有点白，阴沉着脸。他们站定了，警惕地看着我。年纪大的那位简短地说：

“行，人在哪里？”

“楼下的浴室里，浴帘后面。”

“你跟他待在这儿，艾迪。”

他飞快穿过房间，没了踪影。留守的那位死死盯着我，从嘴角挤出一句话：

“千万别耍花招，哥们儿。”

我坐回沙发床。那警察扫视着房间。楼下有响动，有脚步声。跟我一块儿的警察突然看到了电话桌上的手枪。他猛扑过去，像个前场的拦球手[①]。

“这把是杀人的枪？”他几乎叫了起来。

“我想是这样。枪开过了。”

“哈！”他朝手枪俯下身子，咧嘴对我露出牙齿，手摸向配枪皮套。他手指轻轻一弹，打开了盖口上的嵌钉。他握住那把黑色左轮手枪的枪托。

“你说什么？”他吼道。

“我想是这样。”

“非常好，”他嗤笑道，“实在是非常好。”

“也没那么好吧。”我说。

---

① 指橄榄球比赛中负责拦住带球者的拦球队员。

他趔趄着后退了一点。他看我的眼神小心翼翼。“你干吗开枪杀他？”他咆哮道。

“我也是想了又想。”

“哟，碰上个自作聪明的家伙。”

“我们暂且坐下，等凶杀重案组的人来吧，”我说，“我先不作辩护。”

“别跟我来这套。”他说。

“我哪套也没想跟你来。如果人是我杀的，我不会待在这儿。我不会打电话报警。你也不会看到这把手枪。办案别太拼命啦。你接触这案子还没到十分钟。”

他眼里流露出委屈的神色。他摘下帽子，那枝康乃馨掉在地上。他弯腰，捡起花夹在指间盘弄一阵，扔进了火炉隔栏。

“最好别这样，”我对他说，“他们或许会把这个当成线索，浪费很多时间。”

“哎呀见鬼，”他附身从隔栏后面捡回康乃馨，放进口袋，“你什么都知道，是不是，哥们儿？”

另外那个警察上楼梯回来了，面色凝重。他站在地板中央，看看腕表，在笔记本上记了一笔，随后把软百叶窗帘拉到一边，望向窗外。

先前跟我待在一起的那位说道：“现在我能看了吗？”

“让他躺着吧，艾迪。我们做不了什么。叫验尸官来了吗？”

“我想重案组会派验尸官来的。”

“是的，没错。韦伯上尉会接手，他什么事都喜欢亲力亲为。”他看着我，说道：“你是叫马洛的那位？”

我说我是叫马洛的那位。

“是个精明的家伙，什么都知道。”艾迪说。

年长的那位茫然看看我，茫然看看艾迪，随即发现了电话桌上的枪，眼神的茫然顿时一扫而光。

"对，那就是凶器，"艾迪道，"我没碰。"

另一个点点头。"今天重案组可不大迅速。你跟死者什么关系，先生？朋友吗？"他朝地上伸出拇指。

"昨天才见他第一面。我是洛杉矶来的私家侦探。"

"噢，"他极其机警地看了我一眼。另外那个警察也看着我，眼里是深深的怀疑。

"天哪，说明整件事要变得一团糟了。"

那是他说的头一句明白话。我亲切地朝他咧嘴一笑。

年长的那个警察又看了看窗外。"街对面是阿尔默家，艾迪。"他说。

艾迪上前跟他一起看。"可不就是，"他说，"你可以看门牌。对了，楼下那家伙没准是——"

"闭嘴。"说完，另外那位放下百叶窗。他们双双转过身，木然盯着我。

一辆车沿街驶向这边，停下后，车门一响，小路上传来脚步声。年长的那个警察打开房门，走进来两个便衣男子。其中一个我见过。

21

先进来的那位，在警察里算是个子小的。中等岁数，瘦削脸庞，一副永远疲倦的表情。他鼻子很尖，微微偏向一边，好像在拱什么东西的时候挨了别人一肘子。他的蓝色馅饼帽[①]端端正正戴在脑袋上，露出灰白的头发。他穿一身暗褐色套装，双手插在上衣侧袋里，手指搭在缝口。

他身后是德加莫，那个大块头警察——土黄色头发，锃亮的蓝眼

① 一种帽顶呈凹形、帽缘上翻的硬质毡帽。

睛，恶狠狠、轮廓分明的脸。看不得我站在阿尔默医生家门前的那位。

那俩制服警员看着小个子，碰了碰帽檐。

“尸体在地下室，韦伯上尉。似乎开始几枪没打中，最后吃了两枪。死了挺久了。这位名叫马洛。是洛杉矶来的私家侦探。我没进一步询问他的情况。”

“做得很对。”韦伯轻快地说。他有副多疑的声线。他多疑地扫了一眼我的脸，淡淡一颔首。“我是韦伯上尉，”他说，“这位是德加莫中尉。我们要先看一下尸体。”

他们往房间深处走去。德加莫看了看我，从没见过我似的，便跟上他了。他们走下楼梯，开警车来的哥儿俩中年长的那个也跟去了。叫艾迪的那个警察和我互相打量了一会儿。

我说：“街对面就是阿尔默医生家，对吧？”

他脸上顿时没了表情。本来也就没什么表情。“是的。怎样？”

“不怎样。”我说。

他沉默了。楼下传来模糊不清的说话声。那警察竖起耳朵听了听，语气变得更加友好：“记得那事儿？”

“一点点。”

他笑了。“他们解决得一干二净。”他说，“包好了藏在架子后面。浴室壁橱最上面一层架子，不站在椅子上是够不着的。”

“这样啊。”我说，“搞不懂为什么。”

他一本正经看着我：“是有充分理由的，哥们儿。别以为没有道理。你跟这个莱弗瑞很熟吗？”

“不熟。”

“找他有事？”

“有点事问他。”我说，“你认识他？”

那个叫艾迪的摇摇头。“不认识。只记得这幢房子里有个人那天晚上发现阿尔默的老婆死在了车库里。”

“那时候这里住的兴许不是莱弗瑞呢？”

“他在这儿住了多久？”

“不知道。”我说。

“大概快一年半了吧。”那警察思索着说，“洛杉矶的报纸有相关报道吗？”

“‘各县要闻’版面上有一小段。”我说，纯粹是不想让嘴巴闲着。

他挠挠耳朵，听着动静。有上楼的脚步声。艾迪板起脸来，跟我拉开距离，挺起身子。

韦伯上尉匆忙走到电话机前，拨通号码说起话来，随后把听筒从耳边拿开，回头看着。

“艾尔，这礼拜轮到谁代班验尸？”

“埃德·加兰。”大个子呆板地说。

“叫埃德·加兰，”韦伯对电话里说，“让他立即过来。通知摄影小组马上动身。”

他搁下电话，厉声吼道：“谁动过这把枪？”

我说：“我。”

他走上来，踮起脚跟在我面前晃动，还伸出他那又小又尖的下巴戳向我。他手里托着一条手帕，小心地把枪放在上面。

“别动犯罪现场发现的凶器，你连这点也不晓得吗？”

“当然晓得，”我说，“但我动它的时候还不知道出了事。我并不知道枪开过。枪就放在楼梯上，我以为是谁落下的。”

“听着还挺像，”韦伯忿忿道，“干你们那行的，得准备很多这套东西吧？”

“很多哪套东西？”

他还是死死盯着我，并不作答。

我说："要不要我来跟你讲讲事情的经过？"

他像只小公鸡般怒气冲冲。"我怎么问，你就乖乖怎么答。"

我对此不表态。韦伯猛一转身，对那俩穿制服的说："你俩可以回车上去，向调度汇报了。"

他们敬了个礼，出去了，一边轻轻带上门，等锁卡住，便跟其他人一样恼火地发现门关不紧。韦伯一直细耳听着，等车开走了，他冷酷无情的眼睛才转回我身上。

"给我看看你的身份证件。"

我把钱包递给他，他在里面翻了一阵。德加莫坐在椅子上，跷起二郎腿，茫然盯着天花板。他从口袋里摸出一根火柴，把一端放到嘴里嚼着。韦伯将钱包还给我。我接下收好。

"干你这行的人总会惹不少麻烦。"

"不一定。"我说。

他抬高了嗓门。原本他的嗓门就够高了。"我说他们惹过不少麻烦，就是惹过不少麻烦。有一点你得搞清楚，在贝城你别想有机会惹事。"

我没作答。他朝我戳出一根食指。

"你是大城市来的，"他说，"你以为你很厉害，你以为你很聪明。放心吧。我们对付得了你。我们地方是小，但五脏俱全。我们这儿不搞政治斗争那一套。我们办事直来直往，办事干脆利落。别为我们担心，先生。"

"我很放心，"我说，"我没什么不放心的。我只是想稳稳当当赚点钱罢了。"

"别跟我油腔滑调，"韦伯说，"我不吃这一套。"

德加莫把视线从天花板移下来，曲起一根食指，盯着指甲。他用昏昏欲睡的声音说道：

"对了，头儿，楼下那家伙叫莱弗瑞。他死了。我有点认识他。他就好寻花问柳。”

“那又怎样呢？”韦伯厉声说着，视线并没有离开我。

“从整体情况看，这案子涉及一个女人，”德加莫说，“你知道这些私家侦探在忙活什么。离婚呗。与其把他吓傻了，不如让他出把力。”

“要是我吓着他了，”韦伯道，“我倒乐得知道呢。可我一点也没看出来。”

他走到前窗，用力拉开软百叶窗。屋里暗了那么久，猛地有阳光洒进来，简直晃眼睛。他脚后跟着地跃到我面前，戳出一根又细又糙的手指，道：

“说。”

我说：“我为洛杉矶的一个生意人做事。他不想事情太声张，所以雇了我。一个月前，他妻子不见了，过后来了封电报，说她跟莱弗瑞跑了。可我的主顾几天前在城里见过莱弗瑞，他不承认。我的主顾觉得他没撒谎，于是担心起来。似乎那位太太非常乱来。她也许跟坏人混在一起，陷入了麻烦。我为此特来找莱弗瑞，但他说没有跟她私奔。我半信半疑，可后来我得到了确凿的证据：那位太太据信离开她居住的山上小屋的那晚，莱弗瑞和她在圣贝纳迪诺的酒店见过面。掌握了这点，我便又上门来找莱弗瑞交涉。按了门铃没人应，门却微微开着。我走进屋，四下看了看，发现那把枪后，把房子搜查了一遍。我找到了他。就是现在这个样子。”

“你没有权利搜查房子。”韦伯冷冷地说。

“当然没有，”我同意道，“但我也不太可能放过这机会呀。”

“雇你的那个人叫什么名字？”

“金斯利。”我告诉了他比弗利山庄的地址。“他在橄榄街的特雷劳尔大楼经营着一家化妆品公司。吉勒雷恩公司。”

韦伯看看德加莫。德加莫懒洋洋地在一个信封上写着。韦伯回头看我，说："还有呢？"

"我去了趟金斯利太太住过的山上小屋。那地方叫小鹿湖，离狮角不远，从圣贝纳迪诺往山里开上四十六英里就到了。"

我看看德加莫。他正慢悠悠写着。他的手停顿了片刻，好像是僵在半空中，接着落到信封上又写起来。我继续道：

"大约一个月前，帮金斯利看管山上房子的人跟他妻子吵了一架。大家都认为她离家出走了。昨天才发现她是淹死在湖里了。"

韦伯几乎闭上了眼睛，身体压在脚后跟上摇晃着。他以几近温柔的语气问道："你告诉我这个干吗？是在暗示某种联系吗？"

"在时间上是有联系啊。莱弗瑞去过那里。其他方面的联系我一概不知，但我想最好提及一下。"

德加莫一动不动坐着，看着前方的地板。他紧绷着脸，看起来比平时更凶恶。韦伯说：

"淹死的那个女人是自杀的？"

"自杀或者他杀。她留了张道别的条子。不过她丈夫已经作为嫌疑人被捕了。他姓切斯，名比尔。他妻子叫缪丽尔·切斯。"

"我不要听那些，"韦伯厉声喝道，"我们就来谈谈这里发生过什么。"

"这里没发生什么，"我看着德加莫，说道，"我来过这儿两次。第一次来，跟莱弗瑞谈了，没啥进展。第二次来，没跟他谈，也没啥进展。"

韦伯缓缓道："我要问你一个问题，希望你老实回答。你不会乐意回答的，但与其以后答复，不如趁现在。你知道我终究是会得到答案的。问题是这样的。你已经搜查过这幢房子了，而且我料想你搜得很彻底。有没有发现什么东西让你觉得金斯利的妻子来过这儿？"

"这问题不公平，"我说，"得目击者才能给出结论。"

"我要一个回答，"他令人生畏地说，"这不是在法庭上。"

"回答是：是的。"我说。"楼下的柜子里挂着女人的衣服，跟别人向我描述的金斯利太太在圣贝纳迪诺同莱弗瑞见面时的穿着吻合。不过那些描述并不准确。一套黑白的衣服，白色为主，还有一顶扎着黑白缎带的巴拿马草帽。”

德加莫用手指“吧嗒”弹了一下捏着的信封。“对你的主顾来说，你准是个很得力的手下，”他说，“把一个女人牵扯进这幢出了凶杀案的房子，而这个女人恰恰是有跟莱弗瑞私奔之嫌的。头儿，我觉得我们没必要大老远去找凶手了。”

韦伯目不转睛盯着我，脸上的表情极少，也可以说没有，只有一种一触即发的警惕。对于德加莫的话，他心不在焉地点点头。

我说：“我想你们警察也不是一帮该死的傻子。衣服是裁缝做的，很容易追查。我为你们节省了一个小时，说了这么多，也许都没花一通电话的时间。”

“还有别的吗？”韦伯不耐烦地问。

还没等我回答，一辆车停到了门外，接着又来一辆。韦伯蹦跳着去开了门。进来三个男人。一个男的矮小、鬈发，另一个男的壮硕得像头牛，两人都拎着沉重的黑色皮箱。他俩身后是个瘦高个，穿着深灰色套装，打着黑色领带。他眼睛明亮，毫无表情。

韦伯一指那个鬈发男人，说道：“在楼下浴室里，布索尼。我需要整幢屋子里的大量指纹，尤其那些看起来是女人留下的。这活儿得花不少时间。”

“全交给我好了。”布索尼咕哝道。他和那个牛一样壮的男人穿过房间，向楼下走去。

“有具尸体等你处理，加兰。”韦伯对第三个男人说。“我们下去看一下。你安排车了吗？”

眼睛明亮的男人略一点头，跟着另外两人同韦伯一道下了楼。

德加莫把信封和笔放到一边。他木愣愣盯着我。

我说："我是不是该谈谈我俩昨天的对话——还是说那事儿是一桩私人业务？"

"随你怎么谈，"他说，"保护公民是我们的职责。"

"还是你谈吧，"我说，"关于阿尔默的案子，我想了解更多。"

他的脸渐渐红了，眼神里透着难为情。"你说过你不认识他。"

"昨天是不认识，也对他一无所知。打那以后，我听说了莱弗瑞认得阿尔默太太，她是自杀的，莱弗瑞发现了她的尸体，还有莱弗瑞至少是有敲诈阿尔默医生的嫌疑——或者说有敲诈他的条件。而且你那俩开警车来的同事似乎对阿尔默家就在街对面这点很感兴趣。其中一个说那案子解决得一干二净，反正是类似的字眼。"

德加莫了无生气地缓缓道："我要把那混账的警徽摘掉。他们就会嚼舌头。天杀的蠢杂种。"

"看来没有那回事了。"我说。

他看着烟。"没有哪回事？"

"说是阿尔默谋杀了他妻子，但后台够硬，把事情搞定了。所以没有那回事。"

德加莫一下蹿起来，走到我跟前俯下身子。"再说一遍。"他慢慢说道。

我重复了一遍。

他张开手掌，给了我一耳刮子。我的脑袋狠狠地甩了出去。脸上又热又肿。

"再说一遍。"他柔声说。

我又重复了一遍。他大手一掴，又把我的脑袋拍向一边。

"再说一遍。"

"不说了。事不过三。怕你打不着。"我抬起一只手，摸摸面颊。

他站在那里，弯下腰来，龇牙咧嘴的，湛蓝的眼睛里露出兽性逼人的凶光。

“不管什么时候，跟警察这样说话，”他说，“你知道会有什么后果。再要有下次，我的手就不是平摊着扇你耳光了。”

我紧咬嘴唇，抚摸着脸颊。

“再多插手我们的事，当心一觉醒来躺在巷子里，一群野猫看你好戏。”他说。

我什么也没说。他走到一边重新坐下，喘着粗气。我放下揉脸的手，伸出去，一点点活动手指，紧紧攥起拳头。

“我会记住的，”我说，“这两样都记在账上。”

22

我回到好莱坞，上楼走进办公室的时候，已经是傍晚了。楼里空空荡荡，走廊寂静无声。一扇扇门敞开着，里面是拿着吸尘器、干拖把和抹布的保洁女工。

我用钥匙打开办公室的门，顺手拿起投信口前的信封，看都不看就往桌上一扔。我掀起窗户，探出头去，看着早早亮起的霓虹灯，闻着小巷通风管里飘上来的隔壁咖啡馆温暖、诱人的香气。

我脱掉外套，坐到桌前，从很深的抽屉里拿出常备在办公室的酒，给自己倒了一杯。不见起色。我又倒了一杯，还是一样。

这会儿韦伯应该见到金斯利了。双方应该已经表达过对他妻子的忧虑，至少就快聊到那点了。事情对他们来说已有定论。两个龌龊下流坯的下流风月债，爱得太深，醉得太多，走得太近，最后以狂暴的恨意、残杀的冲动和一方的死亡而告终。

我觉得这有点过于简单了。

我伸手拿起信封，撕开封口。没有贴邮票。内容是：“马洛先生：

弗洛伦斯·阿尔默的父母是尤斯塔斯·格雷森夫妇，现居南牛津街640号罗斯摩尔·阿姆斯公寓。我照电话簿上的号码打过去核实过了。你的艾德丽安·弗洛姆塞特。”

一笔优雅的字，正如写下它们的那只优雅的手。我把信推到一旁，又喝了一杯。我开始有点没那么暴躁了。我把桌上的东西推来推去。我感到手掌又黏又烫又笨拙。我用一根手指划拉过桌角，看着扬起的那道尘埃。我看看指尖，抹掉了沾在上面的灰。我看看手表。我看看墙壁。我什么也不看了。

我收好酒瓶，走到台盆前冲洗杯子。弄好后，我洗了洗手，放冷水冲了把脸，照起镜子来。左脸颊不红了，但看着有点肿。不严重，但足以令我再度心生懑闷。我梳了梳头发，看着其中夹杂的丝丝灰白。已经有不少白头发了。头发下面是张病恹恹的脸。我一点也不喜欢这张脸。

我回到桌前，重读了一遍弗洛姆塞特小姐的纸条。我把纸条在玻璃台面上抹平，闻了闻，又抹了几下，折好，放进外衣口袋。

我纹丝不动坐在那儿，听着夜晚在敞开的窗户外静静生长。逐渐逐渐，我与这夜一道，沉静了下来。

23

罗斯摩尔·阿姆斯公寓是一座深红色砖头砌成的暗沉建筑，依一个巨大的前庭而建。楼里，镶有华美边纹的大厅静悄悄，装点着盆栽植物，狗窝一般大的鸟笼中养了只百无聊赖的金丝雀，旧地毯散发出灰尘味，久放的栀子花香气腻人。

格雷森夫妇住北翼五楼临街的房间。他们一起坐着，那房间好像故意装修成二十年前的样子。屋里摆着臃肿的、加了软垫的家具，门上安了卵形的黄铜把手，硕大的墙，挂一面镀金边框的镜子，窗前是大理石台面的桌子，窗户边缘饰有暗红色的华贵褶缀。透过空气里的烟味，我还闻出来他俩晚饭吃了羊排和花椰菜。

格雷森太太是个丰满的女人，当年也许拥有一对婴儿蓝的眼睛。戴了这么些年眼镜，她的双眸已然暗淡，失却了光泽，还略微暴突。她一头白发弯弯曲曲。她脚踝交叉，坐着补袜子。她的脚将将碰到地面，膝上放着一只大缝纫筐。

格雷森是个高大、驼背的黄脸男子，耸起的肩膀，猪鬃似的眉毛，几乎看不到下巴。他上半张脸要你谈正经事。下半张脸完全就是在送客。他戴双光眼镜，正烦躁地啃着一份晚报。他是个执业会计师，看派头完全符合。他手指上甚至还沾着墨渍，敞开的背心的口袋里插着四支笔。

他仔仔细细读了第七遍我的名片，上下打量着我，缓缓道：

“你来见我们有何贵干，马洛先生？”

“我很想了解一个叫莱弗瑞的男人的情况。他住在阿尔默医生家对面。你们女儿本是阿尔默医生的妻子。莱弗瑞是发现你们女儿的人——她去世那晚。”

我掂量了半天说出最后一句后，他俩都像猎狗发现了猎物的踪影一样。格雷森看看他妻子，她摇摇头。

“我们不想谈这个，”格雷森立刻说道，“太折磨人了。”

我等了片刻，跟他俩一样，露出哀戚的神色。随后我说道：“我不怪你们。我不愿揭你们的伤疤。但我想联系一下你们雇来调查此事的人。”

他们又互相看了看。这次格雷森太太没摇头。

格雷森先生问道：“要干吗？”

“我最好透露点我的情况。”我告诉了他们别人雇用我的目的，但没提金斯利的名字。我说前一天在阿尔默家门前撞见了德加莫。听到这里，他俩又互使了个眼色。

格雷森机敏地说：“不知我的理解对不对？你不认识阿尔默医生，从来没有正式跟他见过面，但因为你待在他家门前，他就报了警。”

我说：“没错。不过我在他家门前待了至少一个小时。我是说，我的车停在那儿。”

“很奇怪。”格雷森说。

“我得说，那是个很神经质的人，”我说，“德加莫问我，我是不是她的亲属——意思是你们女儿的亲属——雇来的。看来他仍旧没有安全感——你说呢？”

“对什么没有安全感？”说话的时候他都不看我。他重新慢悠悠点上烟斗，用一支粗大的金属笔摁实烟丝，再次点燃。

我耸耸肩，没有作答。他飞快扫了我一眼，看向别处了。格雷森太太不看我，鼻孔却在颤动。

“他怎么知道你是谁呢？”格雷森突然问道。

“记下车牌，打电话给汽车俱乐部，在通讯录上查到了名字。至少我们平常这么做，而且我透过窗户看到他做了其中某些动作。”

“所以说警察是替他办事的。”格雷森道。

“不一定。如果那次他们犯了错，现在他们就会想掩盖事实。”

“犯错！”他几乎是尖声笑了出来。

“好吧，”我说，“谈这问题很痛苦，但来点新鲜空气没什么害处。你们一直觉得是阿尔默杀害了她，对吧？所以才雇了那个警探——私家侦探。”

格雷森太太抬起头扫了一眼，边又埋头翻卷起另一双补过的袜子。

格雷森不说话。

我说：“是不是有什么证据，还是只不过是你们不喜欢他？”

“有证据，”格雷森愤懑道，声音突然变清晰了，仿佛终于决定聊聊此事，“一定有。我们的人说了有。但我们始终没拿到。证据在警察手里。”

“听说他们设套害你们的人被捕了，还因为酒驾进了牢房。”

“你听到的没错。”

“但他没告诉你们他掌握了什么？”

“没有。”

“这可不大妙，”我说，“听起来有点像这家伙还没有决定究竟是要用那情报来帮助你们呢，还是去敲医生的竹杠。”

格雷森又看了一眼他妻子。她平静地说：“印象中塔列先生不是那种人。他是个文雅谦逊的小个子。不过看人总有看错的时候，我知道。”

我说：“所以他名叫塔列。这是我希望你们告诉我的其中一点。”

“还有什么？”格雷森问道。

“怎样才能找到塔列——还有，是什么在你们的头脑里打下了怀疑的基础。肯定本来就有由头，否则除非他明确表示他有证据，不然你们不会雇他的。”

格雷森严肃地淡然一笑。他把手放到尖细的下巴上，用一根黄黄的手指摸了摸。

格雷森太太说道：“麻醉剂。”

“她没有拐弯抹角，”格雷森立马开口了，仿佛那个词是盏绿灯，“阿尔默医生之前是，无疑现在还是一个‘麻醉剂医生’。我们女儿跟我们说得一清二楚。他在场时也照样说。他听了很不高兴。”

“请问你说的‘麻醉剂医生’是什么意思呢，格雷森先生？”

“意思是这医生的主要服务对象是那些镇日酗酒、放浪形骸、处于神经崩溃边缘的人。他们需要长期注射镇静剂和麻醉剂。终于有天，有医德的医生不愿继续提供治疗，除非送他们去戒毒所。但阿尔默医生之流不是那样。只要有钱进账，只要那个病人还活着，大体上清醒，哪怕在麻醉剂里越陷越深，不可救药，他就不会罢手。确实是赚钱的行当，”他正色道，“但我想，对医生而言也是很有风险的。”

“毫无疑问，”我说，“但干那来钱快啊。你认不认识一个叫康狄的？”

“不认识。知道他是谁。弗洛伦斯怀疑他就是阿尔默麻醉剂的来源。”

我说：“有可能。他应该不会愿意亲自开太多药房的。你们认识莱弗瑞吗？”

“从没见过。他是谁我们也知道。”

“有没有想过莱弗瑞有可能勒索阿尔默？”

他从没想过这点。他伸手轻拍头顶，又摸摸脸，随后放到瘦骨嶙峋的膝盖上。他摇头。

“没有。为什么这么说？”

“他是第一个发现尸体的，”我说，“塔列觉得不对劲的地方莱弗瑞一定也注意到了。”

“莱弗瑞是那种人吗？”

“不知道。他没有明显的收入来源，没有工作。他场面上混得挺多，尤其跟女人。”

“有这种可能，”格雷森说，“做那类事，总能神不知鬼不觉。”他苦笑了一下。“我在工作中碰到过相关的蛛丝马迹。无担保的贷款，长期未偿清的账款。表面看来毫无价值的投资，可投下钱的人不像是会做这类无价值的投资的。明明早该注销的坏账却没有注销，生怕引来所得税税务人员的调查。噢是的，安排那类事很容易。”

我看看格雷森太太。她的手一刻没停。她都补好十来双袜子了。格雷森先生瘦骨嶙峋的大长腿准是很费袜子。

“塔列出什么事了？受诬陷了？”

“我认为这是肯定的。他妻子很伤心。她说他在酒吧里喝的酒被人下了药，同他喝酒的是个警察。她说当时警车就停在街对面，候着他，随时出发。他立马被逮捕了。到了监狱，对他的审问也是草草了事。”

“这也不能说明太多问题。都是他被捕后告诉他太太的。说出那类话是自然而然的事。”

“好吧，我很不愿把警察想得那么不正派，”格雷森说，“可这种事常发生，人人都知道。”

我说：“要是他们确实弄错了你们女儿的死因，便不想让塔列揭露真相。不少人可能因此丢饭碗。如果他们认为他其实是想敲竹杠，自然不会太在意怎么对待他。塔列现在在哪儿？总而言之，如果有确凿的证据，他要么已经掌握，要么有了线索，知道该寻找什么了。”

格雷森道：“我们不知道他在哪里。他给判了六个月，但早过了刑期。”

“他妻子怎么样了？”

他看了一眼他妻子。她简略地说：“贝城威斯特莫尔街1618号二分之一栋。我和尤斯塔斯给她汇过一点钱。她过得不好。”

我在纸条上记下地址，靠上椅背，说：

“今天早上，有人在莱弗瑞的浴室里枪杀了他。”

格雷森太太粗胖的手在缝纫筐上静止了。格雷森呆坐着，手握烟斗停在张开的嘴巴前。他轻声清了清嗓子，仿佛死者就在眼前。他那管黑色的旧烟斗缓缓移回齿间，慢得无以复加。

“我们当然不敢说，”他话说一半停了下来，向空中吐了一小口白烟，接着说道，“阿尔默医生跟那个有什么干系。”

“我倾向于认为他有，”我说，“他无疑住得非常近便。警方觉得是我主顾的妻子杀了莱弗瑞。他们的理由很充分，不过先得找到她。可但凡阿尔默跟案子有牵连，那一准儿是你们女儿的死引起的。所以我才想方设法找相关的东西。”

格雷森说：“杀过一次人的人，干第二次的时候他的犹豫只有第一次的四分之一。”他说话的腔调好像对此深有研究。

我说：“好吧，也许是的。那你说他第一次的动机是什么呢？”

“弗洛伦斯性子太野，”他悲伤地说，“是个又野又倔的姑娘。铺张浪费，不断结交些神神秘秘的新朋友，话说太多、嗓门太大，总是装疯卖傻。这样一位妻子，很可能会给像阿尔默那样的人招来风险。但我不认为这是主要动机，你说呢，莱蒂？”

他朝妻子看看，她却不看他。她把一根编结针插进毛线团里，不言语。

格雷森叹了口气，接着道：“我们有理由确信他和诊所里的护士有染，而弗洛伦斯威胁他说要把他的丑事扬出去。这他肯定忍不了，对吧？有了一桩丑事，下一桩也就不远了。”

我说：“那他是怎么杀的人呢？”

“用吗啡，当然了。他总是备着的，总是在派用场。他是使用吗啡的行家。趁她受到药力，深度昏迷，他就把她抱进车库，启动汽车引擎。没有验尸，你知道。但就算验了尸，结论也不过是那天晚上她注射了毒品。”

我点点头，他满意地往后一靠，一只手掠过头顶，抚过面颊，缓缓落到瘦削的膝盖上。对这个问题，他好像也做过不少研究。

我看着他们。这对老夫妻静静坐在那儿，女儿离世的一年半来，头脑里始终浸染着仇恨的毒汁。要真是阿尔默枪杀了莱弗瑞，他们会很高兴。他们会很乐意。那会让他们从头暖到脚。

我略作停顿，说：“很多东西，是因为你们想相信，才会觉得是真的。她自杀的可能性总是存在的，他们想方设法遮掩，一方面是为了保住康狄的赌场，一方面是以免阿尔默不得不在听证会上面对质问。”

“胡扯，”格雷森厉声道，“人就是他杀的。趁我女儿在床上熟睡的时候。”

“那只是你的猜想。没准她长期服用麻醉药。没准她已经对药物形成抗性。那样一来，药效就不会持久。可能她半夜起来，照照镜子，却看见魔鬼伸手指着她。这种事情是有的。”

“我觉得你占用我们的时间够久了。”格雷森道。

我起身。我感谢了他俩，朝门口走了一码，说道：“塔列被捕后，你没有采取进一步的行动？”

“见过一个名叫里奇的助理律师，”格雷森嘟哝道，“毫无收获。他说他的事务所没有介入的正当理由。不过大概一个月后，康狄的场子倒是关了。可能也算一个结果吧。”

“说不定是贝城警方扔的烟幕弹。如果你知道往哪儿去找，就会在别的地方找到康狄。一家一当都周全着呢。”

我重新动身走向门口，格雷森却从椅子上缓缓立了起来，拖着步子穿过房间，迈到我身后。他蜡黄的脸红了。

“不是有意冒犯，”他说，“我想我和莱蒂对待这件事的做法是不太妥当。”

“我觉得你俩都很有耐心，”我说，“还有哪个局内人的名字我们没提到吗？”

他摇摇脑袋，回头看他妻子。她的手一动不动捏着一只搁在托架上缝补的袜子。她的头微微侧向一边。她的姿势是在听，对象却不是我们。

我说：“根据我听到的事情经过，那天晚上是阿尔默诊所的护士帮阿尔默太太上床的。会不会就是很可能跟阿尔默医生有染的那个护士？”

格雷森太太突然插话道：“等一下。我们从没见过那个女孩。但她的名字很美。给我一分钟。”

我们等了她一分钟。“米尔德里德什么的。”说到这里她“喀嚓”一咬牙。

我深吸一口气。“格雷森太太，是不是米尔德里德·哈维兰？”

她粲然一笑，点点头。“没错，就是米尔德里德·哈维兰。你不记得了吗，尤斯塔斯？”

他不记得。他看着我俩，活像匹走错了家门的马。他打开房门，说：“有什么关系吗？”

“你说塔列是个小个子，”我继续见缝插针，“他不会——比如说——气势汹汹地跟人争吵打架吧？”

“噢，不可能，”格雷森太太道，“塔列先生身材不高，中等年纪，头发是棕色，说话很斯文。他脸上心事重重的。我是说，看起来总是在犯愁。”

“看来他好像没法不犯愁。”

格雷森伸出瘦削的手，我握了握。像是在跟毛巾架握手一样。

“如果能逮住他，”说着他紧紧咬住烟斗柄，“回来时带上账单。我是说，如果能逮到阿尔默，当然。”

我说我知道他指的是阿尔默，但账单是不会有的。

我沿着安静的过道走回去。自动电梯里铺着红色毛绒地毯。毯子透出陈旧的芳香，那味道，就像三个寡妇在喝茶。

24

威斯特莫尔街上的是座木板平房，在一栋大房子的后面。小平房看不到门牌号，前面那栋的大门旁印刻着“1618”，牌子后面是一盏昏暗的灯。窗下铺着一条水泥小道，通向后面的房子。那平房有个小小的门廊，就放了一把椅子。我跨上门廊，按响门铃。

铃声没有响很久。纱窗背后的门开了，屋里没点灯。黑暗里一个哀怨的声音道：

"谁啊？"

我朝黑暗里说："塔列先生在家吗？"

那声音顿时没了生气也没了语调。"谁找他？"

"一个朋友。"

那个坐在黑暗中的女人嗓子里发出模糊的声响，这可能是她的一种消遣方式。也可能她只是在清清嗓子。

"好吧，"她说，"这次是多少钱？"

"不是来催账的，塔列太太。我想你是塔列太太吧？"

"噢，走吧，别来烦我，"那个声音说，"塔列先生不在。他没来过。也不会来了。"

我鼻子贴着纱窗，想细看屋内情况。能看到家具的大概轮廓。传来声音的位置也微微显出一张卧榻的形状。一个女人躺在上面。她似乎是仰卧着，正望向天花板。一动不动。

"我病了，"那个声音说，"我的麻烦够多了。走吧，让我好好待着。"

我说："来之前我刚和格雷森夫妇谈过。"

屋里沉默了片刻，但没有动静，随后是一声叹息："我从没听说过他们。"

我倚在纱窗的门框上，回头望了一眼小路外的街道。街对面有辆车亮着停车指示灯。沿途还有别的车。

我说："不，你听过的，塔列太太。我为他们工作。他们还在坚持呢。你怎么想？不想讨回什么东西吗？"

那个声音说："我想静静待着。"

"我想打听点情况，"我说，"我会弄到手的。能安安静静拿到，那最好。安静不了，就只好闹大了。"

那个声音道："又是个警察，嗯？"

"你知道我不是警察，塔列太太。格雷森夫妇不会跟警察说话。打电话问他们便是了。”

“我从没听说过他们，”那个声音说，“就算认识，我也没装电话。走吧，警察。我病了。病了一个月了。”

“我叫马洛，”我说，“菲利普·马洛。我是洛杉矶的私人侦探，跟格雷森夫妇谈过了。我掌握了一些东西，但想同你丈夫谈谈。”

卧榻上的女人隐约笑了一声，我几乎都没听到。“你掌握了一些东西，”她说，“听起来挺耳熟。天哪，真耳熟啊！你掌握了一些东西。乔治·塔列也掌握了一些东西——想当初。”

“他可以重新弄到手的，”我说，“只要他出对牌。”

“如果必须付出那样的代价，”她说，“你可以立马把他排除在外。”

我只好靠在门框上，挠挠下巴。身后的街上有人打开了手电筒。我不明所以。手电筒又灭了。似乎在我的车附近。

长沙发上影影绰绰的苍白人脸移动了下，消失了。变成了头发。那女人把脸转向了墙壁。

“我累了。”她说。对着墙说话，声音很闷。“累死了。走吧，先生。行行好，走开吧。”

“一点小钱能不能帮上忙？”

“你没闻到雪茄的烟味吗？”

我嗅了嗅。没闻到一丝雪茄烟味。我说：“没有。”

“他们来过。待了两个钟头。老天，我厌倦了这一切。走！”

“听着，塔列太太——”

她在沙发上翻了个身，不清不楚的人脸又出现了。我几乎可以看见她的眼睛，但仍看不真切。

“你给我听着，”她说道，“我不认识你。也不想认识你。我没什么可以告诉你的。就算有，也不想说。我在这地方生活，先生，如果你觉得这还算‘生活’的话。不管怎样，我顶多只能活成这样了。我只想太平点、安静点。你走吧，别烦我了。”

“让我进屋，”我说，“我们可以谈一谈。我想我能给你看——”

她突然又翻了个身，脚砸到地板上。声音里闷烧起了怒火。

“你要再不走，”她说，“我就要拼老命喊了！现在就滚！滚！”

“行，”我赶忙说，“我把名片插在门里。这样你就不会忘记我叫什么。没准你会改变主意。”

我拿出名片，塞进纱窗的缝隙里。我说：“好了，晚安，塔列太太。”

没有回应。她的眼睛穿过房间盯着我，在黑暗里隐隐发亮。我迈下门廊，沿小路走回街上。

街对面，那辆亮着停车灯的车里发动机在轻轻地响。每个地方，千万条街道上的千万辆车里，发动机都在轻轻地响。

我钻进克莱斯勒，点火启动。

25

威斯特莫尔是条南北向的街道，在城市比较破落的一边。我向北行驶。在下一个街角，我颠簸着轧过了几段废弃的城际铁路，又开进了一排废品站。木围栏后面，旧汽车的破烂残骸恶形恶状地堆放着，活似一片现代战场。月影下，成堆生锈的零部件连绵起伏。废墟叠得足有屋顶那么高，小街小巷穿插其间。

后视镜里有车前灯的光亮。益发亮了。我踩下油门，从口袋里掏出钥匙，打开储物箱。我拿出点三八手枪，紧贴大腿放在车座上。

废品站更远处是座砖厂。窑房的大烟囱没有冒烟，高高耸立在荒地之上。一堆堆黑色砖头，一幢看不到标示的低矮木房，空空荡荡，没有行人，没有灯光。

后面的车跟了上来。警笛声略有些异样，低沉的哀鸣划破黑夜。警笛声向东，荡过一座废弃高尔夫球场的边界；向西，穿过砖厂。我稍稍加速，可不顶用。后面那辆车飞快追了上来，一盏巨大的红色探路灯登时照亮了整条马路。

那车与我并驾齐驱，作势要超越。我放慢速度，稳住，在警车后面猛一转弯，走一个 U 字，差半英寸就要擦到它了。我踩下油门，反向加速。后方传来齿轮粗粝的嘎嘎声和发动机的怒号，通红的探照灯光蔓延到了砖厂的几英里开外。

不顶用。他们跟在后面，又迅速追了上来。我并没有逃跑的想法。我想开回到有人家的地方，好让人听了动静跑出门，见证，或许能记住眼下这一幕。

我失败了。警车再一次并排靠了上来，一个满怀敌意的声音喊道：

“停车！不然我们就一枪爆你个窟窿眼！”

我把车驶向路边，踩下刹车。枪则放回储物柜，甩上柜门。警车一颠一颠靠过来，刚好停在我左前轮的挡泥板前面。一个胖子咆哮着摔门走出来。

“听见警笛，你还不明白？滚出来！”

我下了车，头顶月光，站在车旁边。那胖子手里有枪。

“执照拿出来！”他的吼叫坚硬冰冷得堪比铁锹的刀锋。

我掏出执照，递过去。车里坐在另一个警察，他从方向盘后面悄然走出来，绕到我身旁，接过执照。他用手电筒一照，看了起来。

“叫马洛，”他说，“见鬼，这家伙是个私人侦探。想想看吧，库内。”

库内道：“仅此而已？那估摸我用不着这个了。”他把枪插回皮套，揿好皮盖的搭扣。“估摸我挥挥手就能治他，”他说，“估摸搞得定。”

另一个说：“时速五十五英里。毫无疑问，喝过酒了。”

“闻一闻这杂种的口气。”库内说道。

另外那个警员靠过来，礼貌地瞥了我一眼：“我能闻闻你的口气吗，侦探？”

我呼出一口气给他闻。

“好，”他审慎地说，“他没喝。这点必须承认。”

“说是夏天，今晚还挺冷。请这小伙子喝一杯吧，多布斯警官。”

“这主意不赖。”多布斯说。他回到车上，拿出一个半品脱的酒瓶。他举起瓶子。还剩三分之一。“算不上什么好酒。”他说。他把酒递上来。“向你致意，哥们儿。”

“我不想喝酒。”我说。

“别这么说，”库内嘀咕道，“我们会误会的，还以为你想在肚子上留几个脚印呢。”

我接过酒瓶，拧开盖子，嗅了嗅。瓶里的液体闻着像威士忌。纯威士忌。

“你们不能总是来这招。”我说。

库内说：“现在是八点半。写下来，多布斯警官。”

多布斯走到车前，身子探进去在他的报告书上记了一笔。我举起瓶子，对库内道：“非喝不可？”

“那倒不是。让我朝肚子上来几脚也是可以的。”

我举起酒瓶，紧闭喉咙，喝了满满一口威士忌。库内扑上来，朝我肚子上狠狠揍了一拳。我嘴里的酒喷了出来，不禁弯下腰，呛得要命。酒瓶掉了。

我附身去捡瓶子，却看见库内肥硕的膝盖往我脸上踢来。我跨到一边，挺起身子，用尽浑身力气一拳砸向他的鼻子。他忙用左手捂脸，他哀嚎起来，他伸出右手要掏枪。多布斯从旁冲向我，手臂向低处一甩。警棍打在我左膝盖窝上，腿登时动不了了。我一屁股跌到地上，咬着牙，吐着威士忌。

库内把手从脸上拿下来，一看，都是血。

“天哪，”他的声音粗哑可怖得不成样子，“见血了。我的血！”他发出一声嘶吼，摆脚踢我的面门。

我打了个滚，拼命闪躲，脚踢到了我的肩膀上。那地方挨这么一下也够我受的了。

多布斯挤到我俩中间，说：“差不多了，查理。还是别把事儿搞豁边了。”

库内拖着脚后退了三步，坐到警车的踏脚板上，仰起头。他摸出手帕，轻轻擦着鼻血。

“给我一分钟就好，”他的声音从手帕后面传来，“就一分钟，哥们儿。就那么一分钟。”

多布斯说：“安静点。差不多了。到此为止吧。”他缓缓一挥警棍，插到大腿一侧。库内从踏脚板上站起来，踉跄着往前走。多布斯伸手抵住他胸口，轻轻推了推他。库内想要打掉挡路的手。

“我得见到血，”他沙哑地说，“这点血还太少。”

多布斯连忙说：“别闹了。安静点儿。目的已经达到了。”

库内转身费力地向车另一边挪着身子。他靠在车上，边用手帕擦脸边喃喃不休。多布斯对我说：

“起来，哥们儿。”

我站起身，摸摸膝盖窝。腿部神经突突地跳着，像只暴躁的猴子。

“上车，”多布斯道，“我们那辆。”

我走过去，钻进警车。

多布斯说：“你开另一辆，查理。”

“我要把他的车撞个稀巴烂。”库内咆哮道。

多布斯从地上捡起酒瓶，往围栏外一扔，钻进车，坐到我旁边。他发动引擎。

“你会吃亏的，”他说，“你不应该揍他的。”

我说："怎么就不应该呢？"

"他是个好人，"多布斯说，"就是有点闹腾。"

"可这人没劲，"我说，"一点劲也没有。"

"别对他直说。"多布斯道。警车开始动了。"他会伤心的。"

库内摔门钻进克莱斯勒，点上了火。他让齿轮转得嘎嘎响，仿佛要拆了一家一当。多布斯把车稳稳调了个头，沿着砖厂重新一路向北。

"你会喜欢我们的新监狱的。"他说。

"我算犯了什么事？"

他思考片刻，单手握盘，舒缓地操控着车，顺便看看后视镜里库内有没有跟好。

"超速，"他说，"拒捕。H.B.D.[①]。"H.B.D.是警察的行话，"酒驾"的意思。

"那腹部遭到猛击、肩膀挨踢、在人身威胁下被迫喝酒、被人用枪恐吓、手无寸铁却受到警棍的击打，该怎么说呢？这些，你就不能多提两句？"

"哎呀别提了，"他倦怠地说，"你以为我很乐意干这种事情吗？"

"我本以为他们在整顿这座城市，"我说，"我本以为他们做到了——一个正经人夜里可以不用穿防弹衣上街。"

"他们整顿了一部分，"他说，"他们不想整顿得太干净。生怕把不义之财都给吓跑了。"

"最好别这么说话，"我说，"你会丢饭碗的。"

他笑了。"滚他们的蛋吧，"他说，"再过两个礼拜我就参军了。"

这件事在他那儿已经了结。没有任何意义了。于他，事情理当如此。他甚至并不感到难堪。

---

① 即"had been drinking"的缩写。

26

那片牢房几乎是簇新的。钢铁墙上和门上刷的战舰灰油漆依然泛着崭新的光泽，只是有两三处烟草色的唾沫斑痕煞了风景。顶灯嵌在天花板里，罩着厚实的毛玻璃。牢房一侧放了两个床位，有个男人在上铺呼呼大睡，裹了条深灰色的毯子。看他睡那么早，也闻不到酒气，而且选了与人方便的上铺，我断定他是老住客。

我坐到下铺。他们缴了我的枪，但没有搜我的口袋。我拿出一支烟，摸了摸膝盖窝火辣辣的包。疼痛感一路传到了脚踝。我喷在外套正面的威士忌散发着恶臭。我把衣服举到面前，吐出烟熏了熏。烟升腾起来，缭绕在天花板上那一方透出灯光的玻璃周围。监狱似乎安静极了。在监狱别的位置，远远的某个地方，有个女人在弄出刺耳的声响。我这里安静得犹如教堂。

且不论那女人身在何处，她突然尖叫了起来。那叫声又尖又细，不太真实，有点像月光下的狼嚎，但没有狼嚎那种哀恸的升调。过了一会儿，叫声止住了。

我抽完两支烟，把烟蒂扔在屋角的小便池里。上铺的人还在打鼾。我只能看到他戳在毯子外面的潮湿而油腻的头发。他趴着睡觉。他睡得很香。他可真有能耐。

我又坐到床铺上。床板是一根根扁平的钢条，上面盖着又薄又硬的褥垫。两条灰毯子整整齐齐叠在一旁。这是个相当不错的牢房。就在新建的市政厅的十二楼。贝城是个相当不错的地方。住在那儿的人都这么觉得。我要是住在那儿，可能也会这么觉得。可以看见秀丽的蓝色海湾、海边峭壁、游艇港口和幽僻街道上的一幢幢房子：老房子静静拥在老树下，新房子门前是修剪得宜的青草地、金属丝围栏和栽种在路边绿化带的小树苗。我认识一个住在第二十五街的妞儿。街是条不错的街。妞儿也是个不错的妞儿。她喜欢贝城。

她不会去想老城际铁路南边的阴郁沼泽地上一路延展开去的墨西哥人和黑人的贫民窟。也不会去想峭壁南面的沙滩边那些下等酒吧和坐在安静得过头的酒店大堂里、从报纸上方探出小小的妖冶脸蛋留意过客的姑娘，更不会去想宽阔人行道上那些扒手、赌徒、骗子、瞄准醉汉下手的小偷、男妓和基佬。

我走到房门边站定。对面没有人在闹腾。监区的灯枯冷而沉寂。这监狱生意够烂的。

我看了一眼手表。九点五十四分。这时候应该回家，穿上拖鞋，玩一局象棋。这时候应该满上一大杯凉爽的酒，悠然自得抽几口烟斗。这时候应该搁起腿坐着，什么也不想。这时候应该看累了杂志，打起哈欠来。这时候应该好好做一个人，做一家之主，彻底闲下来，休息，呼吸夜晚的空气，重整脑筋，迎接明天。

一个穿蓝灰相间监狱制服的男人沿过道走过来，念着房间号。他走到我那间前面，打开房门，冷冷注视着我——他们觉得，脸上永远永远永远都必须是这副表情。我是警察，哥们儿，我可不好糊弄，小心点儿，哥们儿，不然我们就要修理你了，叫你满地找牙，哥们儿，别老那副德行，哥们儿，老实交代吧，哥们儿，跟我来，别忘了我们不好糊弄，我们是警察，对付你这种小流氓，我们想怎么玩就怎么玩。

“出来！”他说。

我迈出牢房，他把门重新锁上，大拇指一个示意，我便跟他一路走向宽阔的钢铁大门。他打开门锁，我们走进去，他重新锁好门，钥匙在硕大的钢质钥匙圈上动听地叮当作响。走了一阵，我们又通过一扇钢铁门，门外侧涂成了木头的颜色，内侧则是战舰灰。

德加莫站在长桌边，正跟内勤队长说话。

他转过亮闪闪的蓝眼睛，看着我道："还好吧？"

"很好。"

"喜欢我们的牢房？"

"我很喜欢你们的牢房。"

"韦伯上尉想跟你谈谈。"

"很好。"我说。

"除了'很好'你就没别的词儿了？"

"暂时没有，"我说，"待在这儿，没有。"

"你有点瘸嘛，"他说，"踩着什么了？"

"是啊，"我说，"踩到根警棍。它蹿起来就咬我左边的膝盖窝。"

"太糟了，"德加莫眼神木然地说，"去管财物的人那儿把东西拿回去吧。"

"东西在，"我说，"没有没收。"

"好吧，那很好。"他说。

"可不，"我说，"很好。"

那位内勤队长抬起他邋里邋遢的头，注视我俩良久。"如果真想看好东西，"他说，"你该去看看库内那只爱尔兰小鼻子。一鼻子一脸的，就像华夫饼上的糖水。"

德加莫心不在焉地说："怎么？他跟人打架了？"

"我没问，"内勤队长道，"也许那根警棍也蹿起来咬他了吧。"

"你一个内勤队长，他妈话太多了。"德加莫说。

"一个内勤队长总是他妈话太多，"内勤队长说道，"也许正因为这样他才不是重案组的中尉。"

"你看到我们现在的样子了，"德加莫说，"整一个快乐的大家庭。"

"满脸堆笑，"内勤队长道，"张开手臂热情欢迎，却一手捏一块石头。"

德加莫朝我一扭头，我俩往门外走。

27

韦伯上尉坐在办公桌后面，他尖尖的鹰钩鼻朝我一点，说："坐下。"

我在一张圆背木扶手椅上坐下，向外松了松左腿，因为椅面有点扎人。那是间靠角落的办公室，宽敞、干净。德加莫坐在桌子一边，跷起二郎腿，若有所思地摸摸脚踝，望着窗外。

韦伯接着道："麻烦是你自找的，吃苦头了吧。你在居民区开到时速五十五英里，警车鸣笛叫你停下，红色的探照灯也亮了，你偏偏还要逃。停了车骂骂咧咧，还把一位警官的脸打伤了。"

我什么也没说。韦伯从桌上拈起一根火柴，一折二，一抬手扔向身后。

"还是说他们在撒谎——老样子？"他问。

"我没看过他们的报告书，"我说，"也许我是在居民区超速了吧，或者说至少是在市内。警车原本停在我做客的人家门外。我一把车开走，就跟了上来，当时我并不知道那是辆警车。我觉得莫名其妙，又不喜欢那车的样子。我便开快了点，不过我就是想跑到灯光好一点的地方。"

德加莫转过眼睛，冷峻而空洞地盯着我。韦伯不耐烦地用力咬咬牙。

他说："后来你知道那是警车了，可在那段路中间调了半个头，还是想溜。没错吧？"

我说："是的。得开诚布公地稍微谈一谈，容我解释。"

"我不怕开诚布公地稍微谈一谈，"韦伯说，"在开诚布公方面，我算得上半个专家。"

我说："抓我的那俩警察把车停在乔治·塔列妻子的家门前。他们到得比我早。乔治·塔列之前是当地的一个私家侦探。我想见他。德加莫知道我为什么要见他。”

德加莫从口袋里摸出一根火柴，静静嚼着软的那头。他点点头，面无表情。韦伯没看他。

我说：“你可真蠢，德加莫。你做的每件事都蠢，做法也蠢。昨天在阿尔默医生家门前你找我麻烦的时候，明明没啥可耍横的，你非要耍横。明明没啥能让我好奇的，你非要勾起我的好奇。你甚至非要卖几个破绽，告诉我要是心痒难耐，有什么法子能满足我的好奇。其实要保护你的朋友，你只需闭紧口风，等我行动。而我原本是不会行动的，你原本是可以免去这一切的。”

韦伯说：“你说了这么多，跟你在威斯特莫尔街 1200 号附近被捕有什么关联吗？”

“抓我准定跟阿尔默的案子有关，”我说，“乔治·塔列之前在调查那桩案子——直到他因为酒驾被捕。”

“噢，我可从来没碰过阿尔默的案子，”韦伯厉声道，“我也不知道是谁捅了尤里乌斯·恺撒第一刀。别岔开话题，成吗？”

“我没岔开话题。德加莫了解阿尔默的案子，他不乐意别人谈论那个。开警车的那哥俩也心知肚明。要是我没去见调查阿尔默案的侦探的妻子，库内和多布斯没理由会盯上我。他俩刚开始追的时候，我没超速。我想逃跑是因为我很清楚见了塔列的妻子会挨揍。德加莫早提醒过我。”

韦伯扫了德加莫一眼。德加莫那双锐利的蓝眼睛直视前方，看着对面的墙。

我说：“是库内先逼我喝酒，我正喝着，他却来揍我的肚子，我喷出酒来，弄得前襟都是，一股味道，我这才打伤了他的鼻子。你一定不是第一次听到这种把戏了，上尉。”

韦伯又折断一根火柴。他靠在椅背上，看着绷紧的小小指节。他又看了一眼德加莫，说道："要是你今天当上了警察局长，也该知会我一声吧。"

德加莫说："见鬼，就是跟这狗探子闹着玩的。开开玩笑。一个人要是开不起玩笑——"

韦伯说："是你派库内和多布斯去的？"

"嗯——是的，是我派去的。"德加莫道，"我觉得我们没必要容忍这些私家侦探。他们跑到我们这儿来，没事找事兴风作浪，就为了混口饭吃，从几个老蠢驴那儿狠狠敲一笔。这样的人需要好好教训一下。"

"你就是这么看的？"韦伯问道。

"我就是这么看的。"德加莫说。

"我不知道像你这样的人需要什么，"韦伯说，"眼下我觉得你需要透口气。想不想透口气，中尉？"

德加莫缓缓张开嘴："是要赶我走？"

韦伯突然附身向前，他尖利的下巴仿佛正划破空气，宛若巡洋舰的艏踵。"帮个忙行吗？"

德加莫缓缓起身，面颊上晕起两摊深红。他一只手用力往桌上一拍，看着韦伯。这一阵沉默，气氛有点紧张。他说：

"好吧，上尉。不过你是在犯糊涂。"

韦伯没有回答他。德加莫走到门口，出去了。等门关上，韦伯才开口。

"是不是按照你的线索，可以把一年半前的阿尔默案件和今天发生在莱弗瑞家的枪击联系起来？还是这不过你放的烟幕弹，其实你根本知道是金斯利的老婆杀了莱弗瑞？"

我说："莱弗瑞还没死的时候，他就跟那事儿有联系了。这联系比较粗糙，可能不太紧密。但足以引发人的思考。"

"我对这案子的调查，可能要比你想象的彻底些，"韦伯冷冷道，"虽然我没有亲自经手阿尔默太太的命案，也没有领导侦缉工作。哪怕你昨天早上还不认识阿尔默，到现在准也听过许多关于他的事了。”

我把从弗洛姆塞特小姐和格雷森夫妇那儿听到的都一五一十告诉了他。

“所以你的意见是莱弗瑞有可能讹诈阿尔默医生？”临了他问道。“而且那跟枪杀案有联系？”

“谈不上意见。就是一种可能。要是这点都会视而不见，那我也没法干这行了。莱弗瑞和阿尔默的关系，如果有的话，要么梁子结得很深、势不两立，要么是互相认识而已，甚至都不认识。只有一点我很有把握：他俩从没跟对方说过话。但要是阿尔默太太的案子没有猫腻，为什么看到有人对此表现出兴趣就紧张兮兮？塔列正在调查这案子时因为酒驾被捕，那可能是巧合。我盯着阿尔默的房子看，他就报警了，而在我有机会第二次跟莱弗瑞谈之前，他被枪杀了，那都可能是巧合。但今晚你们的两个人去监视塔列家，如果我露面，便找我麻烦——有所准备、积极主动，并且心想事成——那绝不可能是巧合。”

“这点我承认。”韦伯道，“那事儿我会追究的。你想提交指控吗？”

“生命有限，我可不想把时间用来指控警察袭击我。”我说。

他眉头一皱。“那一切到此为止，就算买点教训吧，”他说，“据我所知，他们都没有把你登记入册，只要你乐意，随意可以回家。我要是你，就把莱弗瑞的案子，还有它同阿尔默的案子之间万一存在的些许联系，都交给韦伯上尉办。”

我说：“还有同昨天在狮角的山湖里捞出来的一个名叫缪丽尔·切斯的女人之间万一存在的些许联系？”

他挑起眉毛：“你那样认为？”

“只是你可能不知道她也叫缪丽尔·切斯。假使你认识她，大概会记得她叫米尔德里德·哈维兰，她在阿尔默医生的诊所里当过护士。阿尔默太太死在车库的那晚，正是她照顾上床睡觉的，而如果当时有人下了黑手，也只有她知道内情。后来她不知是被人收买还是遭了恐吓，很快就离开了城里。”

韦伯拿起两根火柴，喀嚓折断。他那双冷酷的小眼睛死死盯着我的脸。他一言不发。

“就在那时候，”我说，“出现了一个真正的根本性巧合，在整件事中，那是我唯一愿意承认的巧合。这个米尔德里德·哈维兰在里弗赛德的一家酒吧里认识了一个叫比尔·切斯的男人，出于个人原因，她同他结了婚，跟他住到了小鹿湖。小鹿湖的主人呢，恰恰有个跟莱弗瑞走得很近的老婆，而阿尔默太太的尸体正是莱弗瑞发现的。这件事我称之为真正的巧合。不可能是别的，但却是根本性的，非常关键。别的事件都源于这一巧合。”

韦伯从桌后站起来，到饮水机前喝了两纸杯水。他把杯子慢慢捏瘪，揉成一团，扔进饮水机下面的棕色金属篓子里。他走到窗前，立定俯瞰海湾。那年半灯火管制还没开始，游艇港口灯火通明。

他缓步走回桌前，坐下了。他捏捏鼻子。他在做思想斗争。

他慢条斯理道：“非要把那案子跟一年半之后发生的事搅和在一起，我不明白有什么鬼意义。”

“好吧，”我说，“谢谢你给我那么多时间。”我起身要走。

“你的腿疼得不行？”看我屈身揉腿，他问道。

“疼极了，不过好些了。”

“警察这一行，”他几乎是温柔地说，“有很大的问题。跟政治很像。得是最拔尖的人才能干好，但这行当吸引不了最拔尖的人。所以我们选搭档选手下只能凑合——于是就会发生这类事。”

“我知道，”我说，“一直都知道。我不怨谁。晚安，韦伯上尉。”

“等一下，”他说，“再坐一下。如果我们要牵涉进阿尔默的案子，那就把它摆到明处，好好看一看。”

“是时候有人这么做了。”我说。我重新坐下。

28

韦伯静静道：“可能在某些人的眼里，我们这儿就是一窝坏蛋。他们可能觉得，要是有人杀了他妻子，便会打电话给我：‘嗨，上尉，我这儿死了个人，前面的房间里一团糟。我手上呢，还有五百块闲着呢。’然后我回答：‘好说。啥都别动，我拿条毯子立马就来。’”

“没那么糟糕。”我说。

“你晚上去塔列家，找他有什么事？”

“他掌握了一些证据，跟弗洛伦斯·阿尔默的死有关。阿尔默太太的父母雇塔列追查此事，可他始终没有告诉他们得到了什么证据。”

“你认为他会告诉你？”他挖苦我。

“只能试试看呗。”

“还是说，只是因为德加莫太嚣张你才想还以颜色？”

“也是一部分原因吧。”

“塔列是个敲诈老手，”韦伯轻蔑道，“不止一次了。能不跟他打交道最好。我这就告诉你他手上有什么。他从弗洛伦斯脚上偷了一只鞋。”

“鞋？”

他淡淡一笑。“就是一只鞋。后来在他家里搜到的。是一只绿色的天鹅绒轻便舞鞋，跟上镶了点小水钻。是在好莱坞一个专做戏装鞋服的人那儿定做的。对了，你不问问我这只舞鞋有什么要紧的吗？”

“这只舞鞋有什么要紧的呢，上尉？”

“她有两双一模一样的舞鞋，一起定做的。好像那也没什么稀罕。备着，以防鞋子穿旧或者碰上某个醉酒的莽汉趴到女士的腿上来。”他顿了顿，浅浅一笑。“其中一双似乎从没穿过。”

“我好像有点懂了。”我说。

他往后一靠，笃笃敲着椅子扶手。他等我开口。

“从阿尔默家边门通向车库的是条粗糙的混凝土小路，”我说，“相当粗糙。假设她不是自己走的，而是被人抱进去的。假设那个抱她的人帮她穿上了舞鞋——其中一只拿的是新鞋子。”

“然后呢？”

“假设在莱弗瑞给出诊中的阿尔默医生打电话的当儿，塔列注意到了这一点。所以他拿了那只新鞋，觉得它是弗洛伦斯死于他杀的证据。”

韦伯点点头。“要是他不动那只鞋，等警察去发现，那确实是证据。他一旦拿了，那东西只能证明他是个小人。”

“给她的血液做过一氧化碳测试了吗？”

他把手掌平摊在桌上，低头看着。“做过了，”他说，“血里是有一氧化碳。而负责调查的警察认为，死者的体征也对得上。没有打斗的迹象。他们认定阿尔默医生没有杀害他妻子。他们也许弄错了。我觉得案子查得有点粗浅。”

“谁是负责人？”我问。

“我想你知道答案。”

“警察赶到后，没有发现少了只鞋吗？”

“警察赶到时，鞋子并没有少。你一定记得，在警方接到报警前，莱弗瑞先给阿尔默医生打了电话，他便连忙回家了。关于那只失踪的鞋子的事，都是塔列自己告诉我们的。他有可能把那只新鞋从屋里偷了出来。边门没锁。女佣睡了。问题是他不像是会知道有只新鞋可以拿。我不敢说他想不出这种鬼点子。他是个鬼鬼祟祟的小滑头。但我不明白他怎么会知道舞鞋的事儿。”

我们坐在那儿，看着对方，思索起来。

“除非，”韦伯缓缓说道，“我们可以假定这个阿尔默的护士是塔列的同伙，两人合谋敲阿尔默一笔。有可能的。有些迹象支持这种看法。更多的迹象则是反证。你断言山里淹死的姑娘就是这个护士，有什么具体原因吗？”

“原因有两个，分开来看都不够有说服力，可放在一起，就很像回事了。一个礼拜前，有个模样举止都挺像德加莫的粗鲁家伙去过山里，拿了张照片给别人看。照片上是米尔德里德·哈维兰，跟缪丽尔·切斯颇有几分相似。头发、眉毛等等都不一样，可就是挺像。大家都没怎么帮他。他自称‘德·索托’，说是洛杉矶的警察。话传到缪丽尔·切斯耳朵里，她显得很害怕。如果那人真是德加莫，这点就很容易站住脚了。另一个原因是在切斯家的糖罐里藏了根有心形吊坠的金脚链。脚链是在她死后才发现的，那时她丈夫也已被捕。那颗心的背面刻着：艾尔给米尔德里德。一九三八年六月二十八日。献上我全部的爱。”

“那可能是另一个艾尔和另一个米尔德里德啊。”韦伯说。

“别骗自己啦，上尉。”

他身子往前一探，伸出食指，仿佛把空气戳出了一个窟窿。“你究竟想得出什么结论？”

“我想得出的结论是金斯利的妻子没有枪杀莱弗瑞。他的死跟阿尔默太太的案子有关。跟米尔德里德·哈维兰有关。可能跟阿尔默医生也有关。我想得出的结论是金斯利太太之所以失踪，是因为有什么事把她吓坏了，而她知错也好不知错也罢，她并没有杀害任何人。要是我能查明真相，就能挣到五百块。理所应当得试一下。”

他点点头。“当然。如果我能看到充分的理由，我是可以助你一臂之力的。我们还没找到那个女人，但时间还短。不过我没法帮你算计我的手下。”

我说：“我听到你叫德加莫‘艾尔’。但我想的其实是阿尔默医生。

他名叫艾伯特。”

韦伯看着大拇指。“可他又没跟那姑娘结过婚，”他静静说道，“德加莫结过。我敢说她把德加莫折腾惨了。他身上的很多缺点都是这么来的。”

我一动不动呆坐着。过了片刻，我说：“真是头一回听说，我开始有新的发现了。她是个什么样的姑娘？”

“精明、圆滑，不是善茬儿。对付男人有一套。让他们都拜倒在她的裙下。你要是敢说她不好，那个大笨蛋当下就能把你脑袋拧掉。她要跟他离婚的，但德加莫对她念念不忘。”

“德加莫知道她死了吗？”

韦伯默然坐了好一会儿才说：“完全没听他提起。可如果确实是同一个人，他怎么忍得住呢？”

“他始终没在山里找到她——据我们所知。”

我起身靠在桌子上。“嗨，上尉，你不是在开玩笑吧？”

“不是。句句属实。有些男人是那样的，而有些女人就是有本事把男人变成那样。如果你认为德加莫去找她是要伤害她，那真是喝醉酒在说胡话了。”

“我从来就没真的那么想，”我说，“只是一种可能，因为德加莫对那边的乡下很熟。杀害那姑娘的凶手也很熟。”

“这些话都只有你知我知，”他说，“还望不要外传。”

我点点头，但没有向他保证。我又说了句晚安，便离开了。他目送我一点点走出房间。他的神情落寞又伤心。

我的克莱斯勒停在大楼旁的警局停车场里，钥匙插在点火器上，挡泥板也都好端端的。库内撂了狠话，却食言了。我驱车回到好莱坞，走上布里斯托尔的公寓楼。已经很晚，将近午夜了。

绿色和乳白色相间的走廊里没有一点声响，除了某间房里隐隐传来电话铃。铃声响个不停，我走得离家门口越近，它就越发响亮。我打开房门。是我的电话在响。

我在黑暗中穿过房间，走到贴着一侧墙壁摆放的橡木桌子前。电话就在桌子的搁架上。在这之前，准已经响了至少十次了。

我拿起听筒，说了声“喂”。那头是德雷斯·金斯利。

他的声音又紧张又尖利又不自然。“老天爷啊，你究竟去哪儿了？”他怒喝道。“我都整整找了你四个钟头了！”

“好吧。这会儿我在了，”我说，“出什么事了？”

“我有她的消息了。”

我紧紧握着听筒，缓缓吸了口气，再把气缓缓呼出去。“接着说。”我说。

“我就在附近。五六分钟后到你那儿。准备好动身。”

他挂了电话。

我站在那儿，听筒半悬在我的耳朵和基座间。随后我慢慢挂了电话，看着刚才握听筒的那只手。它半张着，僵硬地握着空拳，仿佛还捏着听筒。

29

一阵谨小慎微的夜半敲门声响了起来，我走过去打开门。金斯利人高马大，穿了一件米色的设得兰羊毛运动服，围着一条黄绿相间的围巾，塞在松垮翻起的领子里。一顶透着暗红的棕色翻檐帽拉得低过额头，帽檐下面，那双眼睛仿佛属于一头病恹恹的动物。

弗洛姆塞特小姐一起跟来了。她穿着便裤趿着拖鞋，上身是深绿色的外套，没戴帽子，头发泛出邪恶的光泽。她的耳坠是一对小小的人造栀子花，一上一下，一边耳畔花开两朵。随着她飘然而至的，还有“皇家吉勒雷恩，香水中的香槟”。

我关上门，示意他俩找位子坐，说道：“喝一杯也许有点用。”

弗洛姆塞特小姐坐在扶手椅上，腿交叠着，四下找起烟来。她找到了一支，随性地一挥手，点上烟，朝天花板一角露出冷冷的微笑。

金斯里站在地板中央，焦躁地虎着牙，恨不得吞掉自己的下巴。我走到外面的吃饭间，调了三杯酒，拿进屋来递给他们。我端着自己那杯坐到象棋桌旁的椅子上。

金斯利说：“你到底干吗去了？腿又是怎么了？”

我说：“一个警察踢了我。贝城警局送我的礼物。这是他们那儿的常规服务。至于我去了哪里——因为酒驾进了班房。看看你这副表情，好像我很快又要回去了似的。”

“我不明白你在说些什么，”他说，“一句也听不懂。没时间开玩笑了。”

“行啊，不开就是了，”我说，“你听到了什么消息？她在哪儿？”

他一边拿着酒杯坐下，一边屈起右手手指，伸进外套。抽出来的是一只狭长的信封。

“你得把这个拿给她，”他说，“五百块。她想要更多，但我只能筹到这些了。我在一家夜总会套现了一张支票。不容易办。她必须出城。”

我说：“出什么城？”

“她就在贝城的某处。我不知道具体位置。她会在第八街阿奎罗大道的孔雀酒吧见你，或者那附近。”

我看了一眼弗洛姆塞特。她仍旧盯着天花板一角，好像就是出来兜风的。

金斯利摆手一掷，信封落在象棋桌上。我看了看信封里面。确实是钱。他的这部分话至少不假。我把信封搁在那张嵌有咖啡色和浅色镀金方块图案的精美小桌上。

我说："她为什么不能取自己的钱呢？随便哪家酒店都可以用支票结账。大多数还能帮她兑现。她的银行账户被关了还是咋的？"

"没法详说，"他说，"她有麻烦了。我不知道她是怎么知道自己有麻烦的。除非广播里已经放出逮捕令了。有吗？"

我说不知道。我没什么空听警方发布命令。听活生生的警察说话都来不及。

金斯利道："嗯，她现在不能冒险去兑现。之前没问题。可现在不行了。"他缓缓抬起眼睛，用我见过的最空洞的眼神盯着我。

"行吧，确实讲不通的时候也不能硬来，"我说，"那么她就在贝城。你跟她通过话了吗？"

"没有。弗洛姆塞特小姐跟她通的话。她打了电话到办公室。当时刚下班，可海滨来的那个警察——韦伯上尉，跟我在一起。弗洛姆塞特小姐自然一句话也不想让她说。她叫她再打来。她不愿留下电话让我们打过去。"

我看了看弗洛姆塞特小姐。她的眼睛不再盯着天花板了，而是对准了我的头顶。她的眼神里空无一物，如同垂下的帘幕。

金斯利继续道："我不想同她说话。她也不想同我说话。我不想见到她。我想莱弗瑞就是她杀的。韦伯看起来对此非常确定。"

"这不能说明任何问题，"我说，"他说的跟他想的都不一定在同一个层面。我觉得你妻子并不知道警察在找她。现在早没人听警方的短波电台解闷了。说来她后来回电了。然后呢？"

"当时都快六点半了，"金斯利说，"我们只好坐在办公室里等她的电话。你来跟他说吧。"他转头看着那姑娘。

弗洛姆塞特小姐道："我在金斯利先生的办公室里接了电话。他就坐在我旁边，但没说话。她要求把钱送到孔雀酒吧，还问由谁来送。"

"她听起来害怕吗？"

“一点儿也不。完全冷静。要我说，冷静得像块冰。她讲得很清楚。她明白一定会有个她不见得认识的人拿钱去。她好像知道德里——金斯利先生不会亲自去。”

“叫他德里就行，”我说，“我猜得到你在说谁。”

她淡淡一笑。“每小时过十五分左右，她都会去孔雀酒吧。我——我想你去应该合适。我把你的样子跟她说了。你会戴着德里的围巾。这点我也说了。他在办公室放了几件衣服，这条围巾就是从里面拿的。够显眼的了。”

她讲完了。那围巾的颜色就像是往一摊蛋黄上扔了几只绿色的肥腰子，戴着它进酒吧，好比推了辆红白蓝三色手推车，确实显眼。

“她那木鱼脑袋能想出这招不容易啊。”我说。

“没时间开玩笑了。”

“这话你说过了，”我告诉他，“想当然认为我会去那儿把逃逸用的钱送给一个我明知警察在追捕的人，你脸皮也是真够厚的。”

他一只手在膝盖上扭动，脸也变了形，龇牙咧嘴笑着。

“我承认这是有点过分，”他说，“那么，行不行？”

“这么一来，我们仨都成了事后从犯。她的丈夫和她丈夫的秘书开脱起来也许不会太难，可到时我可是要吃不了兜着走啊。”

“跑这么一趟，我不会亏待你的，”他说，“而且我们也成不了从犯，如果她啥都没干。”

“我愿意那样想，”我说，“不然我也不会在这里跟你说话了。另外，要是我断定她是凶手，我会向警方告发的。”

“她不会跟你说话的。”他说道。

我伸手拿了信封放进口袋。“她会的，如果还想要这个。”我看了眼腕表。“立马动身的话，也许能赶上一点十五。一小时接一小时下来，店里的人准已经把她记得很牢了。这也是好事。”

“她头发染成了深棕色，”弗洛姆塞特小姐说，“这多少能帮你认出她来。”

我说：“但没法让我认为她就是个无辜的旅行者。”我喝完酒，站起来。金斯利一口吞下他那杯，起身，解下围巾递给我。

“警察怎么会来找你麻烦的？”他问道。

“当时我正在利用弗洛姆塞特小姐好心提供的某些情报。我开始寻找一个之前调查阿尔默案、名叫塔列的人。后来我便进了班房。塔列家受到了监控。塔列就是格雷森夫妇雇的侦探，”我补充道，一边看着那肤色略深的高挑女孩，“你应该可以把来龙去脉告诉他。我现在没工夫细说了。你俩想在这儿等我？”

金斯利摇摇头：“去我那儿，等你电话。”

弗洛姆塞特小姐站起来，打了个哈欠。“不了。我累了，德里。我准备回家睡觉。”

“你陪着我，”他急促地说，“你在，我还不至于发疯。”

“你住哪儿，弗洛姆塞特小姐？”我问。

“日落广场布莱森大楼。716 室。怎么了？”她若有所思地看着我。

“以后可能有事来找你。”

金斯利一脸严峻，带着怒气，可眼睛还是一头病了的动物的眼睛。我戴好他的围巾，去吃饭间关灯。回来时他俩已经站到了门口。金斯利的手臂勾着她的肩膀。她看起来非常疲倦，无聊透了。

“好了，我当然希望——”他话说一半，匆匆迈开一步，伸出手来，“你是个诚实可靠的人，马洛。”

“走吧，赶紧的，”我说，“走远点。走得远远的。”

他怪异地看了我一眼。他俩出去了。

我等着，直到听见电梯上来、停住，门开了又关，电梯往下走了才回屋。随后我也出门了，走楼梯去了车库，再次叫醒我的克莱斯勒。

30

孔雀酒吧开在临街的位置，旁边的礼品店橱窗里摆着满满一搁架水晶动物，在街灯的照射下熠熠生辉。酒吧的正面是玻璃砖块砌成的，墙内嵌有一只彩色玻璃孔雀，散发着柔和的光。我走进去，绕过一面中国屏风，放眼看了看吧台，随后坐在一间雅座朝外的位子上。灯光是琥珀色的，皮具是中国红，每间雅座都有考究的塑料桌子。一间里四个大兵正闷闷不乐地喝啤酒，目光有些呆滞，显然是连喝酒都喝厌了。他们对面一间里，两个姑娘和两个花里胡哨的男人发出这地方唯一的声响。我没看到接近我头脑中克丽斯特尔·金斯利形象的人。

一个眼神邪恶、脸像根被啃过的骨头的干瘦服务生把一块印有孔雀图案的餐巾放到我面前的桌上，还端来了一杯百加得鸡尾酒。我抿了一小口，看了眼酒吧挂钟的琥珀色钟面。刚过一点十五分。

跟两个姑娘坐一起的其中一个男人突然站了起来，昂首阔步出了门。只听另一个男人道：

“你干吗非要骂他？”

传来一个姑娘尖细的嗓音：“骂他？乖乖。谁让他耍流氓！”

那个男人抱怨道：“好吧，那你也不是非得骂他，对吗？”

一个大兵突然瓮声瓮气笑起来，随后用棕色的手掌抹去了笑容，又喝了一点啤酒。我摸摸膝盖窝。还是又烧又肿，但已经不怎么麻了。

一个长着黑色大眼睛、身材矮小的白皮肤墨西哥男孩手拿报纸进来了。他一路小跑，匆匆奔过一间间雅座，想赶在酒保轰他出去前卖掉几份报纸。我买了一份，从头到尾浏览了一遍，想看看有没有值得关注的谋杀案。并没有。

我叠好报纸，抬起头，这时一个穿着墨黑色便裤、黄色衬衫和灰色长外套，身材苗条的棕头发女孩不知从哪儿走了出来，看都不看我就过去了。我想看清楚她的脸到底是似曾相识，抑或不过是准已经见过一万次的消瘦、生硬、漂亮的标准类型。她绕过屏风，出了正门。两分钟后，那个墨西哥小男孩回来了。他飞快瞥了一眼酒保，旋即站到我面前。

“先生。”他说道，大眼睛里透着狡黠。他向我打了个手势，又小跑着溜出去了。

我把酒一口喝完，跟上他。那穿灰外套、黄衬衫和黑便裤的姑娘正站在礼品店前，盯着橱窗。我出门时，她的眼珠动了动。我走过去站到她身旁。

她又看了看我。她的脸苍白而疲惫。她的头发比深棕色更深。她看向别处，对着窗玻璃说话。

“请把钱给我。”她呼出的气让平板玻璃结上了一层水汽。

我说：“我得知道你是谁。”

“你知道我是谁，”她轻声说，“带了多少？”

“五百。”

“不够，”她说，“差远了。快点给我。我在这儿等人来都等了半辈子了。”

“哪儿说话方便？”

“我们没必要说话。把钱给我，往另一边走就是了。”

“没那么简单。我跑这趟是冒了很大风险的。作为补偿，我好歹应该知道出了什么事，自己的处境又怎样。”

“滚你的，”她尖刻地说，“他为什么不亲自来？我不想说话。我只想走，越快越好。”

“你并不想他亲自来。他很清楚，你连跟他通个电话都不愿意。”

“没错。”她不耐烦道，摇了摇头。

“但你必须跟我谈谈，”我说，“我可没他那么好打发。要么跟我谈，要么跟警察谈。没别的选择。我是个私家侦探，我也得给自己留后路。”

“行啊，他可真有能耐，”她说，“私家侦探什么的。”她的声音里带着低声的讥笑。

“他尽力了。对他来说，知道该怎么做并不容易。”

“你想谈什么？”

“谈你，你干了些什么、去了哪里，还有你的打算。诸如此类。小事情，不过很重要。”

她朝商店橱窗上吐出一口气，静静看着自己呼吸结成的水汽慢慢消失。

“我还是觉得，”她的声音依然冷酷而空洞，“你把钱给我，让我自己处理问题，那样比较好。”

“不行。”

她又讥诮地瞥了我一眼。她烦躁地耸耸外套里的肩。

“很好，如果非要那样的话。我住在格兰纳达公寓，第八街朝北两个街口。618 室。给我十分钟，我想一个人过去。”

“我有车。”

“我想一个人走。”她迅速转身走了。

她走回街角，穿过大街，消失在一排胡椒树下的路上。我坐到车上，给了她十分钟时间，随后点火发动。

格兰纳达公寓是建在街角的一栋丑陋的灰色大楼。入口处的平板玻璃门齐马路高。我驶过街角，看到一个乳白色的球体上写着“车库”字样。沿斜坡开进车库，眼前出现一排排停好的车辆，悄然无声里透出阵阵刺鼻的橡胶味。一个瘦高瘦高的黑人从玻璃围成的办公室里走出来，打量着我的车。

“在这儿停一小会儿多少钱？我要上楼。”

他不怀好意地斜睨了我一眼。“有点晚了，老板。车还得好好刷一下。一块钱。”

“什么意思？”

“一块钱。”他木愣愣地说。

我下了车。他给我一张票据。我给了他一块钱。不用我问，他就说电梯在办公室后头，男厕所旁边。

我坐上六楼，逐个数门牌号，听着一片寂静，闻着走廊尽头飘进来的海风。这住处够体面的了。哪栋公寓楼里都会住进一些快乐的小姐。这么一来，那瘦高个黑人要一块钱就说得通了。小伙子真有眼力价。

我走到 618 室的门口，在外面稍许站定，轻轻叩门。

31

她还穿着那件灰外套。她从门口退后站定，我越过她，走进四四方方的房间。里面靠墙放了一对单人床和精简至极的几件家具。窗前的桌子上有盏小台灯，发出昏黄的光。桌后的窗开着。

她说：“那么坐下说吧。”

她关好门，穿过房间，在一张昏暗的波士顿摇椅上落座。我坐到一张厚实的沙发床上。沙发床一头有个门洞，挂着暗绿色布帘。帘子后面是更衣室和浴室。另一头是扇关着的门。应该是间小厨房。屋内格局就是这样了。

那姑娘交叉起脚踝，头靠在椅背上，粘了小珠子的睫毛下，一双眼睛看着我。她的眉毛又细又弯，跟头发一样是棕色。那是一张安静、神秘的脸庞。生就这样一张脸的女人，不像是会做太多无谓表情的。

“你跟金斯利口中的样子，”我说，“很不一样。”

她抿了抿嘴唇。没说话。

“还有莱弗瑞口中吧，”我说，“这恰恰说明我们会跟不同的人说不同的话。”

“我没工夫聊这些，”她说，“你到底要知道什么？”

“他雇我找你。我一直找到现在。这大概你是知道的。”

“是的。他办公室的甜姐儿在电话里跟我说了。她说送钱来的人叫马洛。她说了围巾的事。”

我解下围巾，叠好，往口袋里一塞。我说：

“我对你的行动稍有了解。知道得不多。我知道你把车留在了圣贝纳迪诺的普里斯科特酒店，而且跟莱弗瑞在那儿碰过头。我知道你从埃尔帕索发来过电报。当时你做了些什么？”

“我只想你把他送来的钱给我。我不明白我的行踪跟你有什么关系。”

“我没必要跟你争辩，”我说，“就说你想不想拿到钱吧。”

“好吧，我们是去了埃尔帕索，”她说，声音疲倦极了，“那时候我考虑嫁给他。所以发了那封电报。你看过电报了？”

“是的。”

“嗯，后来我改主意了。我叫他回家，离开我。他跟我吵了一架。”

“那他离开你回家了？”

“对。为什么不呢？”

“之后你做了什么？”

“我去了圣巴巴拉，在那儿住了一些日子。事实上是一个多礼拜。然后去了帕萨迪纳。然后去了好莱坞。然后就到了这儿。没了。”

“其间你一直一个人？”

她犹豫了一下，说道：“是的。”

“没跟莱弗瑞再见面——一次都没有？”

“他回家后就没见过。”

“你是出于什么考虑呢？”

“什么什么考虑？”她的声音有点尖。

“到处跑却音讯全无，你出于什么考虑？难道你不知道他会很心焦？”

“噢，你说我丈夫啊，”她冷淡地说，“我想我并不很担心他。他以为我在墨西哥，对吗？至于是什么考虑——好吧，我只是得把事情理出个头绪。我的生活成了无可救药的一团乱麻。我得找个地方独自待着，想办法收拾干净。”

“在那之前，”我说，“你在小鹿湖待了一个月，想理清头绪却毫无进展。是不是？”

她低头看看鞋，又抬头看看我，认真地点点头。棕色的波浪头发顺着两颊向前起伏。她抬起左手，把发丝往后一捋，用一根手指轻按着太阳穴。

“我好像需要找个新地方，”她说道，“不见得非得是有意思的地方。是陌生的地方就成。没有人际交往。一个我可以独自静静待着的地方。比如一家旅馆。”

“那你头绪理得怎么样了？”

“不太顺利。但我不会回到德雷斯·金斯利身边了。他想让我回去？”

“我不知道。你为什么来这儿，来这个莱弗瑞居住的城市？”

她啃咬着指节，从手掌上面看看我。

“我想再见见他。他把我脑子搅乱了。我不爱他，但——好吧，也许在某方面是爱的。不过我觉得我并不想嫁给他。这说得通吗？”

“这部分是说得通的。但有家不待、老是住在邋遢的旅馆里，说不通。据我了解，你俩各过各的已经很多年了。”

“我必须一个人过，好——好把事情理出头绪，”她有点绝望地说，又狠狠咬了咬指节，“把钱给了我就走好吗？”

“没问题。马上。但你后来离开小鹿湖有没有别的理由？比如说，跟缪丽尔·切斯有关？”

她看起来很吃惊。但看起来吃惊谁都可以。“老天啊，还能有什么理由呢？那个整天冷着张脸的臭女人——跟我有什么关系？”

“我以为你可能跟她有过争执——因为比尔。”

“比尔？比尔·切斯？”她似乎更吃惊了。几乎吃惊得过了头。

“比尔说你勾引他。”

她一仰头，发出一阵尖细而空灵的大笑。“老天爷，那个黑不溜秋的酒鬼？”她的脸突然冷静下来。“发生什么事了？干吗神秘兮兮？”

“他或许是个黑不溜秋的酒鬼，”我说，“警方认为他更是个杀人犯。杀了自己的妻子。她淹死在湖里。一个月后才被人发现。”

她舔了舔嘴唇，把头歪到一边，死死盯着我。一时很安静，谁也不说话。太平洋的潮湿海风悄然潜入，围绕着我俩。

“我倒不是太惊讶，”她缓缓说道，“终于还是到了这一步。他们有时闹得很凶。你是不是觉得这跟我离开那儿有关系？”

我点头。“有一定可能。”

“两者没有任何联系，”她一本正经道，反复摇起头来，“就是我告诉你的理由。没有别的。”

“缪丽尔死了，”我说，“淹死在湖里。她死了你没有很高兴？”

“我几乎不认识她，”她说，“真的。她挺孤僻。毕竟——”

“你大概不知道她从前在阿尔默医生的诊所里工作吧？”

她这下是彻底困惑了。“我从没去过阿尔默医生的诊所，”她慢吞吞说道，“很久以前他来我家出过几次诊。我——你到底在说什么？”

“缪丽尔·切斯的真名叫米尔德里德·哈维兰，原先在阿尔默医生的诊所里当过护士。”

“这巧合真是太离奇了，”她讶异地说，“我知道比尔是在里弗赛德认识她的。他俩怎么认识的、当时是怎样的情形，还有她从哪里来，我一概不清楚。阿尔默医生的诊所，嗯？但也不一定能说明什么，对吧？”

我说："没错。我想那真就是个巧合。无巧不成书嘛。但你知道我为什么非要跟你谈。缪丽尔被人发现淹死了，你却不知去向，而缪丽尔的真实身份是米尔德里德·哈维兰，一度跟阿尔默医生有联系——莱弗瑞也是，但联系的方式不同罢了。当然咯，莱弗瑞就住在阿尔默医生家的街对面。他，我是说莱弗瑞，有没有可能从别的地方认识缪丽尔？"

她想了想，轻轻咬了咬下唇。"他在小鹿湖看到过缪丽尔，"她最后说道，"他不像是之前见过她的样子。"

"像他那种家伙，"我说，"很可能其实见过。"

"我不觉得克里斯同阿尔默医生有什么来往，"她说，"他认识阿尔默医生的太太。我想他压根不认识医生本人。所以他大概也不认识阿尔默医生诊所里的护士。"

"行，看来说了这么多也没啥用得上的，"我说，"但你能明白我为什么得跟你谈谈。现在我应该能把钱给你了。"

我拿出信封，起身放到她膝盖上。她由它搁在那儿。我重新坐下。

"这个角色你演得非常好，"我说，"六神无主的无辜女人，带点强硬带点怨恨。人们对你的看法真是大错特错。他们一直以为你是个鲁莽的小白痴，没有头脑也没有自制力。他们错得太离谱。"

她注视着我，眉毛抬了起来。她一言不发。接着一抹微笑牵起了她的嘴角。她伸手拿了信封，在膝盖上拍了拍，放到一边的桌上。她自始至终注视着我。

"你演福尔布鲁克太太演得也很好，"我说，"现在回想起来，好像稍有点过火。但当时真把我蒙住了。那顶紫帽子，跟金发很搭，但戴在一头棕色乱发上简直没法看；脸上的妆化得一塌糊涂，好像一只扭伤的手腕在黑暗里乱抹的；还有神经质的怪异举止。都很好。而当你那样把枪放到我手上时——我深信不疑了。"

她傻笑两声，把手塞进外套深深的口袋里。她的脚跟敲着地板。

“可你干吗要回去呢？”我问道。“大白天的，干吗要在上午冒这个风险？”

“所以你认为是我杀了克里斯·莱弗瑞？”她轻声道。

“不是认为。是知道。”

“我干吗还要回去？你想知道这个？”

“说真的我并不在乎。”我说。

她笑了。尖细、冰冷的笑。“他拿走了我所有的钱，”她说，“榨干了我的积蓄。掏得一干二净，连钢镚儿也不放过。所以我才回去的。根本没有风险。我知道他的生活习惯。其实回去才更保险。比如说，帮他把牛奶和报纸拿进屋。碰到这种情况，人们会乱了方寸。我不会，我不懂为什么要乱。只要方寸不乱，就会保险得多。”

“知道了，”我说，“那么你肯定是前一天晚上打死他的。这点我早该想到，虽然也没啥要紧的。他当时在刮脸。但一脸黑色络腮胡又交了女朋友的人有时候是临睡前刮胡子的，是吧？”

“有这个说法，”她几乎是欢快地说道，“那你下一步究竟准备怎么样呢？”

“我还真没见过像你这么冷血的小婊子，”我说，“怎么办？当然是向警方告发你。我会很乐意。”

“我看不见得。”她提着嗓子一个字一个字说道，简直要哼起歌来。“你搞不懂我为什么给你那把没子弹的枪。为什么不呢？我包里还有一把呢。你看。”

她的右手从外套口袋里伸出来，用枪指着我。

我咧嘴笑了。也许称不上世上最真挚的笑容，但笑了是不假的。

“我从来不喜欢这种场面，”我说，“侦探跟凶手狭路相逢。凶手拔出枪，指着侦探。凶手把悲伤的故事一五一十说了出来，打定主意，说完就要取侦探的性命。就这样浪费了许多宝贵的时间，哪怕到头来凶手真的杀了侦探。只是凶手从来不会这样。总会碰巧有什么事让凶手杀不成侦探。神仙也不喜欢这场面。他们总会想办法搞破坏。”

“可这一次，”她柔声道，起身轻轻踩着地毯向我走来，“让我们来点不一样的吧。就当我什么都没跟你讲，什么都没发生，让我真的杀了你？”

“我还是不喜欢这场面。”我说。

“你好像并不害怕嘛，”说完，她慢悠悠舔了舔嘴唇，非常轻柔地走向我，地毯上听不到一点脚步声。

“不害怕，”我撒谎道，“三更半夜的，那么安静，窗还开着，枪一响动静就大了。跑到街上要好一段路，你枪法又不行。你可能会打不中我。打莱弗瑞时你就偏了三次。”

“起来。”她说。

我站了起来。

“这次太近了，不会打不中。”她说。她把枪口抵住我的胸膛。“你看。这下就不会打不中了吧？现在别动。把手举在肩膀两侧，一动都别动。只要你动一点儿，枪就会走火。”

我把手举在肩膀两侧。我低头看了看枪。我的舌头有点打结，但还能动弹。

她的左手在我身上摸索了一阵，没找到枪。她放下左手，咬了咬嘴唇，注视着我。枪口嵌进我的胸膛。“现在你得转过身去。”她说道，礼貌得像个帮你量尺寸的裁缝。

“你做事总有点欠缺，”我说，“你显然不太会玩枪。你离我太近了；还有句话我本来不想说的——可还是新手的老问题，保险栓没开。这件事你也忘了。”

于是她开始两件事一起做。一边深深后退一步，一边用拇指摸保险栓，眼睛则始终没离开我的脸。两件事都相当容易，一秒钟就能做完。

但她不喜欢我来指手画脚。她不喜欢我的思想凌驾其上。这短暂的困惑颇令她不快。

她气呼呼地咕哝了一声，我见机放下右手，猛地拉过她的脸撞到我胸口上。我左手猛击她右手的手腕，用手掌根狠狠压她的拇指。枪从她手里掉到了地上。她的脸在我胸口上扭动，我想她是要尖叫。

然后她试图踢我，终于失去了仅剩的一点平衡。她伸手挠我。我抓住她的手腕，扭向她背后。她很强壮，可我比她强壮得多。于是她决定抬起一条腿，把整个人的分量压到那只揪住她脑袋的手上。光凭一只手我吃不住这重量。她一点点蹲下，我只好跟她一起下地。

我俩在沙发床旁边的地上发出一阵模糊的扭打声和粗重的鼻息，这时就算地板咯吱响了一声，我也没听到。但门帘的金属环好像在杆子上刺耳地刹了个车。我不确定，也来不及考虑这个问题。我的左侧突然出现了一个人影，就在身后，但看不太清楚。我知道那儿站着个男人，而且是个彪形大汉。

后面的事我就不知道了。我眼前突然迸出一团火光，紧接着是一片黑暗。我连被打都不记得了。只记得火光和黑暗，而在黑暗降临之前，是一刹那剧烈的恶心。

32

我闻到杜松子酒的味道。不是淡淡透出来，好像冬天的早晨我起床前喝上四五杯提神的那种，而是好比整个太平洋装的都是酒，我一个猛子跳下甲板，扎进海里。我头发里眉毛里有酒，下巴上面下面也有。衬衣上也都是。我闻上去就像只死蛤蟆。

我外套不见了，正仰面躺在谁家的地毯上，旁边是那张沙发床。我看着一幅画框里的画。画框是廉价木料打的，上了漆；画面里赫然露出半截淡黄色高架铁路，一台锃亮的黑色机车牵引着一列普鲁士蓝皮火车。透过铁路下高大的拱洞，能看到一大片黄色海滩，到处是游泳的人和条纹遮阳伞。三个女孩撑着纸伞结伴向上走，一个穿得鲜红，一个淡蓝，还有一个碧绿。沙滩外弯弯曲曲的海湾蓝得不讲道理。它沐浴在阳光里，星星点点散布着弧形的白帆。沿海湾内陆的曲线，三道山岭高耸连绵，颜色各异：金色、赤褐色和淡紫色。

画面下方印着一行粗体字：**坐蓝皮火车看法国里维埃拉**。

这句子出现得可真是时候。

我疲惫不堪地伸出手，摸了摸后脑勺。感觉鼓鼓的。一碰就一阵剧痛，从头痛到脚底心。我呻吟起来，一边呻吟一边骂骂咧咧——出于仅剩的那点职业骄傲。我小心地慢慢翻过身，看着翻下来的壁挂床床脚——是对床中的一张，另一张还在墙上。漆木上的花饰图案很眼熟。那幅画之前一直挂在沙发床上方，我却压根没注意。

在我翻身的时候，一只方形酒瓶从我胸口“咣当”滚落到地上。是无色的透明玻璃瓶，空了。要说一只瓶子能装下我身上这么些酒，好像不大可能。

我用膝盖支起身体，四肢着地撑了一会儿，嗅闻着，像只吃不下饭却又不肯罢休的狗。我伸长脖子动了动头。疼。我又把头转了几下，还是疼。我爬起来，却发现自己没穿鞋子。

我的鞋扔在壁炉板旁，草率到了极点。我疲乏地穿上鞋。现在我成了个老头。我正走下最后一段绵长的山路。可我的牙还剩下一颗呢。我用舌头舔了舔它。好像没有酒味。

“会让你们统统偿还的，”我说，“总有一天，会让你们统统偿还。有你们好受的。”

我看到打开的窗户旁的桌子上放着台灯。看到厚实的绿色沙发床。看到遮住门洞的绿帘子。绝不要背对绿色帘子坐。总会招来不好的结果。总会出点岔子。这话我是对谁说的来着？一个拿枪的姑娘。一个面无表情、把自己的金发染成了棕发的姑娘。

我四顾寻找她。她还在那儿。她躺在那张放下来的单人床上。

她赤条条，只穿了一双褐色袜子。头发蓬乱。她脖颈上满是淤青。她的嘴张着，舌头肿得都装不下了。她眼珠暴突，眼白已然不是白色。

她裸露的肚皮上有四道恶狠狠的抓痕，皮开肉绽，白色上映着绯红。抓得很深很猛，是四个充满怨毒的指甲留下的。

沙发床上乱堆着衣服，多数是她的。我的外套也在里面。我从里面理出我的外套，穿好。我的手在翻检的时候，有什么东西在下面清脆地响了一下。我抽出一只长信封，钱还在。我把信封放进口袋。马洛，五百块。希望钱一分没少。好像也没什么别的可希望的了。

我踮起脚轻轻走着，如履薄冰。我弯腰摸了摸膝盖窝，想知道到底哪个最疼——膝盖，还是弯腰摸膝盖时我的脑袋。

走廊里传来滞重的脚步声，还有刺耳的嘀咕。脚步停了。一只拳头重重地砸在门上。

我站在那儿，斜眼看着门板，紧紧抿住嘴。我等着有人开门走进来。有人拧门把，可没人进屋。敲门声又响了一阵，停了，几个声音又犯起嘀咕。脚步声远了。不知道去叫经理拿钥匙开门要多久。没多久。

来不及让马洛从法国里维埃拉逃回家。

我走到绿帘子前把它拨开，朝通向浴室的一条又短又黑的走道里探看。我走进浴室，打开灯。地上铺了两块防滑毯，浴缸沿上叠着一条地巾，浴室一角有一扇卵石纹路的玻璃窗。我关好浴室门，站上浴缸边缘，慢慢打开窗。这里是六楼。没装纱窗。我伸出头去，看着外面的漆黑一片，勉强瞥见一条两旁栽了树的街道。我扭头一看，发现隔壁套间的浴室窗户相距不过三英尺。一头壮硕的山羊要跳过去完全不成问题。

问题是一个伤痕累累的私家侦探能不能做到，如果能，又会造成什么后果。

后面，好像有个遥远而低沉的声音在念警察的经文："开门！不然我们就把门踢开了！"真让人笑掉大牙。他们不会把门踢开的，因为踢门的话脚吃不消。警察都很爱护脚。自己的脚差不多是他们唯一爱护的东西。

我从搁架上抓了条毛巾，卸下窗户的两半，缓缓站上窗台。我把一半身子甩到隔壁浴室的窗台上，一边抓牢那扇开了的窗的窗框。如果隔壁的窗没锁，我将将儿能把它推开。但窗锁了。我挪动一条腿，往窗闩上的玻璃狠狠踢去。声音大得在里诺[①]都能听到。我用毛巾裹住左手，伸进窟窿里打开锁闩。下面的街上有辆车驶过，可没人朝我喊叫。

我推开破窗，爬上另一边的窗台。手上的毛巾掉了，在黑暗里飘扬着，远远落到大楼两翼中间一块狭长的草地上。

我从窗户翻进了隔壁浴室。

33

我爬进黑漆漆的屋子，在黑暗里摸索到一扇门，打开，听着动静。借着北窗泻进来的月光，我看到卧室里有两张单人床，铺好了空着。床不是挂壁式的。这是间更大的套间。我走过床边，打开另一扇门，进了起居室。两间房间都关得严实，有股霉味。我摸到一盏台灯，点亮。我伸出一根手指在木桌边缘抹了抹。积了薄薄一层灰，平时一尘不染的房间没人住了，门窗一直紧闭着就会这样。

房间里有一张兼做阅览书籍用的餐桌，一台扶手椅收音机，一个煤斗形状的摊书架，一个大书橱，里面的书护封都还在；一只深色的木五

① 美国内华达州西部城市。

斗橱，橱里放着一根虹吸管、一个雕花玻璃酒瓶，还有四只条纹杯子倒置在印度黄铜托盘上。旁边的折叠银相框里装着两张照片——年纪不大的一对中年男女，都是健康的圆脸和愉快的双眼。他俩从相框里看着我，好像根本不介意我待在那儿。

我闻了闻那瓶酒，是威士忌，便尝了一点。这下头更痛了，身体的其他部分却都有所好转。我打开卧室的灯，翻箱倒柜起来。其中一个橱里有男装，很多，是定做的。一间外套的口袋内侧缝了一张标签，说衣服主人名叫 H.G. 塔尔伯特。我走到衣柜前，四下翻找，找到了一件柔软的蓝衬衫，对我而言小了点。我拿着衬衫走进浴室，脱掉了身上那件，洗了脸擦了前胸，还用湿毛巾抹了抹头发，随后穿好蓝衬衫。我搽了不少塔尔伯特先生的强效生发水，又用他的发刷和梳子把头发整饬好。现在，即便我身上还有酒气，也只是淡淡的了。

衬衫最上面的纽扣扣不上，我便又在衣柜里翻了一阵，找出一根深蓝色绉丝领带，系到脖子上。我重新穿好外套，照了照镜子。这副打扮，在晚上的这个点，哪怕对于塔尔伯特先生那样严谨——从穿衣风格推断——的人来说，也有点太整洁了。太整洁，太清醒。

我把头发稍稍弄乱，放松领带，回去拿起威士忌酒瓶，尽量不让自己过于清醒。我点上一支塔尔伯特先生的烟，祝愿塔尔伯特先生和太太，不管他俩是谁，能比我走运。但愿我还有命来拜访他们。

我走到起居室那扇连接走廊的门前打开门，探出身子在门洞里抽烟。我觉得这样不管用。可总比等他们发现我破窗翻去了隔壁，追过来好些。

走廊不远处有个男人在咳嗽，我又往前伸了伸脑袋，他正看着我。他疾步走上来，是个干练的小个子，身上的警服熨得很平整。他红头发，一双赤金色的眼睛。

我打了个哈欠，懒洋洋问道："出什么事了，警官？"

他审慎地盯着我。“你隔壁出了点事。听到什么了吗？”

“我想我听到有人敲门。我刚回家不久。”

“有点晚啊。”他说。

“晚不晚因人而异吧，”我说，“隔壁出事了，嗯？”

“一位女士，”他说，“认识她吗？”

“应该见过。”

“嗯，”他说，“你应该看看她现在的样子……”他用手抓住喉咙，眼睛一瞪，发出难听的咯咯声。“成了这样，”他说，“你啥也没听到，啊？”

“没注意到有啥动静——除了敲门声。”

“好的。怎么称呼？”

“塔尔伯特。”

“等一分钟，塔尔伯特先生。一分钟就好。”

他沿走廊走下去，朝一个透着光线的门洞里探进身子。“噢，中尉，”他说，“隔壁那家有人。”

一个高大的男人走了出来，在门口立定，目光扫过走廊，直直看着我。一个有着赭色头发和很蓝很蓝的眼睛的高大男人。德加莫。这下可完美了。

“他是住隔壁的，”那个衣着整洁的小个子颇有见地道，“名叫塔尔伯特。”

德加莫直勾勾看着我，可从他尖刻的蓝眼睛里压根看不出他以前见过我。他沿走廊静静靠近我，用一只强壮的手抵住我胸口，将我推进屋内。等他把我推到离门五六英尺远了，便朝身后说道：

“进屋来，关上门，矮子。”

那小个子警察走了进来，关好门。

“他在耍花招，”德加莫慢悠悠地说，“拿枪对着他，矮子。”

矮子啪嗒翻开皮带上的黑色枪套，一眨眼的工夫就拿出了他的点三八。他舔舔嘴唇。

“好家伙，”他轻声说着，还吹了几下口哨，“好家伙。你是怎么知道的，中尉？”

“知道什么？”德加莫问，始终与我四目相对，“你刚才打算干什么，伙计——下楼买份报纸——看她真的死了没有？”

“好家伙，”矮子说，“奸杀犯。他扒掉那女孩的衣服，活活掐死了她，中尉。你是怎么知道的？”

德加莫没作答。他只是站在那儿，踮起脚跟微微晃动着身体，毫无表情的脸花岗石般冷酷。

“嗬，人准定就是他杀的，”矮子突然开口道，“闻闻这屋里的空气，中尉。这地方已经好几天没通风了。再看看书架上的灰。壁炉台上的钟都不走啦，中尉。他进屋走的是——给我一分钟看一下好吗，中尉？”

他出了起居室，走进卧室。我听到他在四下摸索。德加莫木头人似的站着。

矮子回来了。“从浴室窗户进来的。浴缸里有碎玻璃。还能闻到一股恶心的杜松子酒味。你记得我们走进隔壁那间时那股酒味吗？还找到一件衬衫，中尉。像是用杜松子酒洗的一样。”

他举起衬衫。空气里立马满是酒味。德加莫朝衣服茫然看了一眼，往前一步，使劲扯开我的外套，看着我身上的衬衫。

“我知道他干了什么，”矮子说，“他偷了屋子主人的衣服。你都看出来了是吧，中尉？”

“是的。”德加莫抬起手抵住我的胸口，又慢慢放下。他俩讨论着我，仿佛我是一块木头。

“搜他的身，矮子。”

矮子绕到我另一边，在我身上摸来摸去找枪。“身上没东西。”他说。

“我们带他从后门走，”德加莫说，“只要韦伯还没来，人就算我俩抓到的。里德那个笨蛋翻遍鞋箱都找不到一只蛾子。”

“这案子没派你来，”矮子迟疑地说，“我听说你被剥夺执法权什么的了吧？”

“既然连执法权都被剥夺了，”德加莫问，“我还能失去什么？”

“我会失去这套警服。”矮子说。

德加莫消沉地看着他。那小个子警察脸红了，他明亮的赤金色眼睛里透出不安。

“好吧，矮子。去报告里德吧。”

那小个子警察舔舔嘴唇。“你开口就行，中尉，我听你的。我不一定得知道你被剥夺执法权了。”

“我俩亲自把他带下去，就我俩。”德加莫道。

“好，没问题。”

德加莫用手指戳着我的下巴。“奸杀犯，”他轻声说，“哎，真是想不到！”他朝我淡淡一笑，他那张血盆大口只有嘴角末梢动了动。

34

我们出了房间踏上走廊，朝618室相反的方向走去。光从仍旧开着的门里洒出来。两个便衣站在门外用手兜着吸烟，仿佛有风似的。屋里有争吵声。

我们拐过走廊转角，来到电梯。德加莫打开电梯井远处的防火门，我们一层接一层迈下楼梯，楼道里回响着脚步声。走到一楼，德加莫停住了，手捏门把静静听着。他扭头看过来。

“你有车？”他问我。

“在地下停车库里。”

“那就好办了。”

我们继续拾级而下，走进幽暗的地下室。那瘦长的黑人从小办公室里出来，我把停车证交给他。他偷瞄了一眼矮子身上的警服。他没作声。他指指克莱斯勒。

德加莫爬进驾驶座。我坐到他旁边，矮子则钻进后座。我们驶上斜坡，开进车库外的夜色里，吹着潮湿的凉风。一辆大车从两三条马路开外冲过来，亮着一对大红的探路灯。

德加莫朝窗外啐了一口，猛地把车调转方向。“那准是韦伯，”他说，“奔丧又来晚了。咱从他鼻子底下溜过去了，矮子。”

“我觉得那样不太好，中尉。不太好，说实话。”

“别垂头丧气的，小伙子。你或许可以就此回重案组。”

“我还是保住这身衣服和饭碗吧。”矮子说。他很快就泄气了。

德加莫猛踩油门，开过十个街区，随后稍微放慢了速度。矮子不安道：

“我想你很清楚自己在做什么，中尉，但这不是去局里的路啊。”

“没错，”德加莫说，“打从头就不是，对吗？”

他降下车速，慢悠悠拐上一条住宅区街道，一块块整饬的小草坪后面建着一栋栋整饬的小房子。他轻踩刹车，把车靠上路牙子，停在街区中段。他手臂一挥，搁在椅背上，转过头看着矮子。

“你觉得是这家伙杀了她吗，矮子？”

“那你说说。”矮子紧张地说。

“带手电筒了吗？”

“没有。”

我说：“在左边的挂袋里。”

矮子摸找了一阵，随着喀嚓的金属声，手电筒亮起一束白光。德加莫说：

“看看这家伙的后脑勺。”

光束移了移，又停住了。我听到那小个子在我背后呼吸，感到气息喷在我的脖子上。有什么东西摸索了几下，碰在我头上的大包上。我咕哝了一声。灯灭了，街上的黑暗再次涌了进来。

矮子说："他大概受了棍棒的猛击，中尉。我不明白。"

"那姑娘也是，"德加莫道，"虽说不明显，但确实有伤痕。她被人用棒子打昏，那样一来，凶手就能在杀害她之前扒掉她的衣服，抓破她的身体。所以伤口会流血。然后她被活活掐死。这一切没弄出半点声响。怎么会有声响呢？屋里也没有电话。谁报案的，矮子？"

"我他妈怎么知道？一个家伙打来电话，说有个女人在第八街格兰纳达公寓 618 室被杀了。你来的时候，里德还在找摄影师呢。前台说是个嗓音沙哑的人，可能是装出来的。根本没留名字。"

"那好吧，"德加莫说，"如果是你杀了那姑娘，你会怎么离开现场？"

"走出去呗。"矮子说。"干吗不呢？嗨，"他突然朝我怒喝，"你为什么不那样？"

我没作答。德加莫毫无语调地说："你不会爬出六楼的浴室窗户，再打碎玻璃，钻进另一间很可能里面有人在睡觉的陌生公寓的浴室，对吧？你不会装成那间屋的主人，也不会浪费时间叫警察，对吧？该死，那姑娘可能在那儿躺一个礼拜才被发现。那么好的逃跑机会，你不会故意放过，对吧，矮子？"

"应该不会，"矮子谨慎地说，"我想我根本不会报警。但是这些色情狂做事很古怪，中尉。不是我们这样的正常人。这家伙可能有同伙，而那个同伙把他打昏了，想陷害他。"

"别告诉我最后那一点是你自己想出来的，"德加莫咕哝道，"搞了半天，我们坐在这里，那个知道所有答案的家伙跟我们一块儿坐着却一言不发。"他转过他那颗大脑袋，盯着我。"你在那儿干吗？"

"想不起来了，"我说，"头上那要命的一下把我打断片儿了。"

“我们来帮你想，”德加莫说，“我们带你去几英里外的山上，到了那儿，你可以静一静，看几眼星星，好好想。你会统统想起来的。”

矮子说：“那边不是说话的地方，中尉。我们为什么不直接回局里，按规章制度办事？”

“去他的规章制度！”德加莫说。“我喜欢这家伙。我想跟他来一次愉快的长谈。稍微劝劝他就好了，矮子。他只是害羞罢了。”

“我完全不想那么做。”矮子说。

“那你想怎么做，矮子？”

“我想回局里去。”

“没人拦你，小子。你想走着去？”

矮子沉默了一会儿。“没错，”最后他轻声道，“我想走着去。”他打开车门，迈上路缘。“我想你该知道我得把一切都报上去吧，中尉？”

“对，”德加莫说，“告诉韦伯我正找他呢。他下次买汉堡，就别算我一份了。”

“我听不懂这一套。”那小个子警察说。他用力关上车门。德加莫踩下离合器，发动引擎，没过两条横马路就开到了四十迈。进了第三个街区开到五十迈。上了大道他放慢速度，向东转，缓缓游弋，不再超速行驶。两边间或有迟归的车辆，但总体说来，世界处在清晨寒冷的寂静之中。

过了一会儿，我们出了城，德加莫开口道：“听听你怎么讲吧，”他轻声说，“也许我们能把事情弄明白。”

车攀上一道长长的山坡，又一点一点开下山冈，道路在退伍军人医院那一块块庭院似的场地间蜿蜒。那座高耸的三重枝形电灯在夜晚飘来的海滩雾气里散着光晕。我开口了。

“夜里金斯利来了我的住处，说接到他妻子的电话。她急需钱。他们要我把钱带给她，不管她到底怎么了，先帮她摆脱麻烦再说。我的想法有点不一样。他们告诉她怎么认出我来，而我要在一个钟头过十五分的时候到第八街和阿奎罗街的孔雀酒吧见她。随便哪个钟头。”

德加莫缓缓道：“她要逃跑，那就说明她做了非跑不可的事，比如杀了人。”他轻轻抬起手，又让手重新落到方向盘上。

“他们接到她电话好几个钟头后，我去赴约了。他们告诉我她头发染成了棕色。她经过我身边，出了酒吧，但我并不认识她。从没见过她真人。我只见过她一张看起来很不错的快照，虽然拍得不错，但跟真人还是不太像。她让一个墨西哥小孩儿喊我出去。她想要钱，不想谈话。我要她讲出真相。最后她眼看没法守口如瓶，便告诉我她住在格兰纳达公寓。她让我等上十分钟再跟去。”

德加莫说：“好腾出时间安插打手。”

“确实有个打手，但我吃不准她是否知情。她不想我过去，不想说话。但她应该知道不听到一些解释，我是不肯交出钱来的，所以她的不情愿有可能是假装的，想让我觉得自己正掌控局面。她很能装。我早发现了。不管怎样，我过去了，我俩也谈了。她讲的尽是废话，直到我们谈起莱弗瑞遭枪杀的事。她一下子思路清楚得要命。我对她说我准备向警方告发她。”

韦斯特伍德村渐渐隐没在我们的北面，除了一家通宵加油站和远处公寓楼窗户里的零星灯光，尽是黑暗。

“于是她拔出枪，”我说，“我想她是当真要开枪，可她离我太近了，我便一下夹住了她的头。正当我俩扭打在一起时，有人从一块绿帘子后面走了出来，狠狠给了我一下。我醒过来时那女人已经死了。”

德加莫慢慢地说：“你有没有看一眼打你那人的样子？”

“没有。我感觉到，或者说略略瞄到那是个男人，块头很大。这东西在沙发床上，跟衣服一块儿。”我从口袋里抽出金斯利那条黄绿相间的围巾，往他膝盖上一挂。“我看到金斯利昨晚早些时候戴着呢。”我说。

德加莫低头看着围巾。他把围巾拿到仪表盘灯下。“这东西一时半会儿忘不了，”他说，“猛地跳出来，扎眼得很。金斯利，嗯？好，难以置信。后来呢？”

“有人敲门。我头还晕着，不大清醒，还有点慌张。我浑身湿淋淋都是酒，鞋子和外套都被扒了，那副样子外加身上的气味，没准真有点像扯掉女人衣服再勒死她的那种人。所以我爬浴室窗户跑了，尽量把自己弄弄干净，往后的事你都知道了。”

德加莫说：“你爬进去后干吗不静静躺着？”

“有什么用呢？我想哪怕是贝城的警察也用不了多久就能发现我逃走的路线。要说还有一线生机，我就该趁他们还没察觉，赶紧走。要是那儿没有认识我的人，我还是有很大机会逃出那楼的。”

“不见得吧，”德加莫说，“但你这么想我能理解，试试总没损失。那你认为这里的动机是什么？”

“金斯利为什么要杀她——如果确实是他干的？这不难回答。她欺骗了他，给他带去很多麻烦，危及他的事业，眼下她又杀了个男的。另外，她有钱，而金斯利想娶另一个女人。他可能担心她能靠钱逍遥法外，就此拿他当了笑柄。即便她逍遥不了，吃官司，她的钱金斯利还是一分都沾不上边。他必须跟她离婚才能摆脱她。这里头杀人的动机多得是。而且他发现有机会让我当替罪羊。虽然难以成功，却能造成混乱和拖延。要是凶手都觉得自己会败露，也就没那么多命案了。”

德加莫道：“依然有可能是别人干的，完全没想到的某个人。就算金斯利真去见过她，凶手还是可能另有其人。莱弗瑞也可能是别人杀的。”

“你喜欢那样想也可以。”

他转过头来。“我根本无所谓喜欢。但要是我破了这案子，就能应付局里的指责。要是破不了，我就只好求人带我出城了。你说我笨。好吧，我是笨。金斯利住哪儿？我有一项本事就是知道怎么让人开口。”

“比弗利山庄卡尔森路 965 号。你往北转，开到那排小丘，过五个街区就是。他家在左边，就在日落大道下面。我没去过，但知道门牌号的顺序。”

他把那条黄绿相间的围巾递给我。“先塞你口袋里，到时一下甩到他面前。”

35

那是一栋黑色屋顶的二层白楼。皎洁的月光打在墙上，仿佛一层新刷的涂料。正面的窗户下半截围了精致的铁栅栏。大门侧开在一堵突出的墙的一隅。目力所及，窗内都黑着。

德加莫下了车，走在绿化带旁回头看着，目光扫过车道望向车库。他走下车行道，屋角挡住了他的身影。我听到车库门打开，接着砰地一声，门又合上了。他又出现在屋角，朝我摇摇头，穿过草地走到门口。他伸出拇指按门铃，另一只手变戏法似的从口袋里摸出一支烟，塞在唇间。

他转身点上烟，火柴光将他的脸照出清晰的轮廓。过了一会儿，门上的排风扇里亮起灯光。猫眼打开了。我看到德加莫举起警徽。慢悠悠，不情愿似的，门开了。他进了屋。

他走了四五分钟。好几扇窗户后面灯亮了，随后灯又灭了。等他走出屋，正踱回车上时，排风扇里的灯熄灭了，整栋房子就像我们刚看见它时那样漆黑一片。

他站在车边抽烟，低头看着一旁弯弯曲曲的街道。

“车库里有辆小车，”他说，“厨师说车是她的。没金斯利的影儿。他们说自打今天早上就没见过他。所有房间我都看过了。看来他们说的是实话。韦伯和指纹采集员傍晚前来过，主卧里还到处是扑粉呢。韦伯应该会采了指纹跟在莱弗瑞家找到的作比对。他没告诉我有什么收获。他会去哪儿——金斯利？”

“去哪儿都有可能，”我说，“路上，酒店里，洗着土耳其浴放松自己的神经。但我们得先从他女朋友那儿入手。她名叫弗洛姆塞特，住在日落广场布莱森大楼。离城区有点远，靠近布洛克－威尔榭大厦。”

“她是干吗的？”德加莫问道，一边坐到方向盘后面。

“上班时间，她是金斯利办公室大门的看守；下了班，她帮金斯利暖手。但她不是那种坐在办公室里的花瓶。她有头脑也有气质。”

“眼下的情况，她可以派上大用场了。”德加莫说。他朝威尔榭驶去，我们再次往东转。

二十五分钟后，我们到了布莱森大楼。那是栋白色拉毛粉饰高楼，前院里立着磨旧的街灯和高高的枣椰树。入口在大楼前端的 L 形部分里，走上大理石台阶，穿过摩尔式的拱道便是。底下的大堂宽敞得过分，地毯也蓝得过分。四周到处是阿里巴巴故事里的那种油篓[①]，也是蓝色，大得简直能装进老虎。服务台后面有个夜班接待员，你要是摸一把他那对八字须，手指准会扎出血来。

德加莫疾步跑过服务台，冲向一部敞着门的电梯。一个倦怠的老头坐在电梯旁的椅子上，等待来客。接待员像条小猎狗似的扑上来一把揪住德加莫的背。

“稍等。您求见何人？[②]”

德加莫转过身来，疑惑地看着我。“他说‘求见何人’？”

“是，不过别跟他较真，”我说，“有这种说法。”

---

① 当指《阿里巴巴与四十大盗》故事中强盗藏身的油篓，详见《天方夜谭》。

② 原文作“Whom did you wish to see？”这里的“whom”是非常正规的用法，口语中通常用“who”代替。译文难以传达，特此说明。

德加莫舔舔嘴唇。“我知道有，”他说，“我一直搞不懂哪里学来的。听着，老兄，”他对接待员说，“我想去716室。有意见吗？”

“当然有，”接待员冷冰冰说道，“通报来客时间已过，现在可是——”他抬起胳臂，利索地一翻手腕，看了看戴在内侧的窄小长方形手表，“可是早上四点二十三分。”

“我料到了，”德加莫说，“所以我不准备劳烦你。你明白了吗？”他从口袋里掏出警徽，举起来，让灯光打在金色和蓝色的瓷釉上。“我是警局的中尉。”

接待员耸耸肩。“明白了。但愿没出什么岔子。那我这就去通报。怎么称呼？”

“德加莫中尉和马洛先生。”

“716室。是弗洛姆塞特小姐家。稍等。”

他走到玻璃屏后面，过了好一会儿，我们听见他讲起电话来。他回到我们跟前，点点头。

“弗洛姆塞特小姐在家。她等你们上去。”

“那我就放心了，”德加莫说，“别多事打电话叫你们楼里的探子尾随我们。我对探子过敏。”

接待员冷冷地一笑，我们走进电梯。

七楼阴凉而安静。走廊仿佛有一英里长。我们终于在一扇门前停下脚步，门上一圈镀金叶子中间贴着镀金的数字：716。门旁有个象牙色按钮。德加莫按了一下，屋里响起铃声，门开了。

弗洛姆塞特小姐在睡衣外面套了一件蓝色棉袍。脚上是一双小巧的高跟植绒拖鞋。她那头蓬松的黑发很迷人，拭去冷霜的脸庞化了淡妆，恰到好处。

我们走过她身边，踏进一间相当逼仄的房间。屋里摆着几面雅致的椭圆形镜子和罩有蓝色花缎的灰色古董家具。不像是公寓楼里的陈设。

她在一张狭长的双人沙发上坐下，往后一靠，静静等待来人开口。

我说话了："这位是贝城警局的德加莫中尉。我们在找金斯利。他不在家。我们觉得你或许能告诉我们去哪儿找他。"

她说话时没看我。"急吗？"

"是的。出事了。"

"出什么事了？"

德加莫直截了当道："我们只想知道金斯利在哪里，婆娘。我们没时间从头讲起。"

"我想你最好告诉我，马洛先生。"

"我带着钱过去了，"我说，"我如约见到了她。我去她租住的公寓跟她谈话。结果被一个躲在帘子后头的男人打了。我没看见那人。等我醒来，她已经被杀了。"

"被杀了？"

我说："被杀了。"

她闭上俏丽的双眼，可人的嘴角微微收起。她轻快地一耸肩，站了起来，迈开修长的腿走到一张大理石面的小桌前。她从带浮雕图案的小银盒里拈出一支烟点上，眼神空洞，盯着桌面。她手里的火柴摇得越来越慢，直至全然停止，可火苗还在燃烧，她把火柴杆扔进烟灰缸。她转过身，背对桌子。

"大概我应该尖叫啥的吧，"她说，"我好像对此并没有什么感觉。"

德加莫说："眼下我们对你的感觉没什么兴趣。我们想知道的是金斯利在哪里。你可以告诉我们，也可以不告诉。不管哪种你都不必在意我的态度。自己决定就好。"

她轻声对我说："这位中尉是贝城的警官？"

我点点头。她慢悠悠转向他，轻蔑的神情里透着不卑不亢，令人动心。"那样的话，"她说，"他就跟一个叽里呱啦的醉鬼没啥区别，不配待在我屋里。”

德加莫冷冷看着她。他咧嘴一笑，穿过房间，窝进一张羽绒大靠背椅里扒开两条长腿。他朝我挥挥手。

“得，她就交给你了。想知道什么，我都能让洛杉矶的弟兄们帮忙，可等我把事情都解释给他们听，已经是下下个星期二了。”

我说：“弗洛姆塞特小姐，如果你知道他在哪里，或者他动身去了哪里，请告诉我们。必须找到他，这点你是能明白的。”

她平静地说：“为什么？”

德加莫仰面大笑。“这小妞厉害，”他说，“她大概觉得我们应该瞒着金斯利他老婆被人杀了。”

“她比你想的还要厉害。”我告诉他。他沉下脸来，咬着大拇指。他傲慢地上下打量着她。

她说：“就因为必须告诉他？”

我从口袋里拿出那条黄绿相间的围巾，抖开来，举到她面前。

“这是在她被杀害的公寓里找到的。我想你见过。”

她看看围巾，看看我，眼神始终是漠然的。她说：“你可真会要求别人毫无保留地信任你啊，马洛先生。而你说到底自己算不得是个非常聪明的侦探。”

“是那样，”我说，“我要你毫无保留。至于我到底有多聪明，你是根本不了解的。”

“好玩，”德加莫插嘴道，“你俩还唱起双簧来了。就差身后的杂耍班子了。但现在——”

她打断他的话茬儿，好像他压根不存在。“她怎么死的？”

“被勒死的，一丝不挂，身上尽是抓痕。”

“德里不会干那种事的。”她小声说道。

德加莫咂巴了一下嘴唇。“没人知道另一个人会干出什么事来，小妹。在这点上你得相信警察。”

她仍旧不看他。她还是用平静的语调发问道：“你想知道离开你那儿后我俩去了哪里，他有没有送我回家——那类东西？”

“是的。”

“因为如果他送了我的话，就没有时间跑去海滩附近杀她了？是这么回事吧？”

我说：“很大程度上可以这么说。”

“他没有送我回家，”她缓缓道，“我俩离开你那儿没过五分钟，我自己在好莱坞大道打的车。之后我就没见过他。估计是回家了。”

德加莫说：“通常情况下，姘头给男朋友找起不在场证明来，可要比你卖力。但什么样的人都有，对吧？”

弗洛姆塞特小姐对我说：“他想送我回家，可又远又不顺路，而且我俩都累了。我向你坦白，是因为知道这跟案子一点关系都没有。如果我觉得有关，就不告诉你了。”

“所以他是有时间的。”

她摇头。“我不知道。我不知道那需要多少时间。我不知道他怎么知道该去哪里找。我不知道，他老婆也没告诉过我。她电话里没说。”她乌黑的眼睛跟我对视着，探寻着，搜索着。“你就是想让我这样毫无保留对吗？”

我叠好围巾，放回口袋里。“我们想知道他现在在哪里。”

“我没法告诉你们，因为我不清楚。”她始终盯着那围巾。围巾进了口袋，她的眼神也停在了那里。“你说你被打了。意思是被打昏了？”

“是的。那人躲在帘子后面。至于是谁，我们还是云里雾里。当时她用枪指着我，我忙着想把枪夺过来。毫无疑问，莱弗瑞是她枪杀的。”

德加莫突然站起来：“你故事倒是讲得溜，伙计。”他气呼呼地嘟哝着：“但完全是白费口舌。走吧！”

我说："稍等。还没完呢。假设他有块心病，弗洛姆塞特小姐，搅得他天天不得安宁。今天晚上他看起来就是那样的。假设他心里头有些事情我们不了解——或者说我不了解——他现在觉得应该有个了断了。他会希望找个僻静的去处，想想该怎么办。你觉得会不会是这样？"

我不说了，等她的反应，一边用余光看着德加莫不耐烦的样子。过了片刻，那姑娘声调平板地说："他不会逃跑躲起来的，因为他没啥可逃也没啥可躲的。但他有可能想独自待上一阵，思考思考。"

"去个陌生的地方，找家旅馆，"说着我想起在格兰纳达公寓听到的故事，"或者还要僻静得多的去处。"

我四顾寻找着电话机。

"在卧室里，"弗洛姆塞特说。我要找什么，她立马明白了。

我穿过房间，走进尽头处的一扇门。德加莫紧跟在我身后。卧室是象牙和白玫瑰的色调。一张大床，床脚没有竖板，枕头上睡出一个圆圆的凹坑。湿漉漉的洗漱用品摆满嵌在墙内的梳妆台，上方是面镶边的镜子。透过一扇门，能看到浴室里桑葚色的瓷砖。电话机在床头柜上。

我坐在床沿上，轻轻拍了拍弗洛姆塞特小姐的头睡过的地方，拎起听筒，拨长途。接通接线员后，我请他转狮角的吉姆·巴顿，要本人听，有急事。我把听筒放回基座，点上烟。德加莫阴着脸低头看我，岔开腿站着，粗野蛮横，毫无倦容，像是随时要翻脸。"什么意思？"他咕哝道。

"等着瞧。"

"这事儿谁做主？"

"是你说交给我的。我在——除非你想让洛杉矶警方做主。"

他在拇指指甲上划亮了一根火柴，看着它一点点燃烧。他使劲吹了一大口气，火苗并没有熄灭，只是东扭西歪。他扔掉那根火柴，拿出另一根，塞到牙缝里嚼着。片刻之后，电话响了。

“接通狮角的电话了。”

那头传来巴顿昏昏欲睡的声音。“喂？这里是狮角的巴顿。”

“这里是洛杉矶的马洛，”我说，“还记得吗？”

“当然记得你，小子。不过我还在打瞌睡呢。”

“帮我个忙，”我说，“虽然我说不出你干吗要帮我。亲自或者派人去一趟小鹿湖，看看金斯利在不在那里。别让他看见你。你或许会在小屋前认出他的车，或者看到灯亮着。别让他离开。发现后立马回我电话。我赶过去。可以吗？”

巴顿说：“他要走的话，我没理由拦他啊。”

“会有一位贝城的警官跟我一起去，他要向金斯利询问一桩谋杀案的情况。不是你那桩谋杀案，是另一桩。”

电话里沉寂了半晌，间或有一阵杂音。巴顿说：“你不是在耍滑头吧，小子？”

“不是。坦布里奇 2722，尽快给我回电。”

“大概要花上半个钟头。”他说。

我挂上电话。一看德加莫在咧嘴笑。“那小妞给你打了什么我看不懂的暗号？”

我从床上站起来。“没有。我只是在想办法分析金斯利的心理。他不是什么冷血杀手。不管有什么深仇大恨，现在火气也该消了。我想他可能会跑去自己眼中最安静最偏僻的地方——为了平复心情罢了。几个小时后他没准就会自首。赶在他那么做之前先找到他，对你来说好像比较好。”

“万一他自杀就没戏了，”德加莫冷冷道，“像他那样的人很容易走那条路。”

“你得先找到他才能阻止他。”

“没错。”

我们回到起居室。弗洛姆塞特小姐从小厨房里探出头来，说正在煮咖啡，问我们要不要。我们喝了点咖啡，围坐着，仿佛在火车站送朋友。

二十五分钟后，巴顿的电话来了。说金斯利的小屋里灯亮着，屋旁停着一辆车。

36

我们在阿尔汉布拉吃过早饭，我给车加了油。我们驶出七十号公路，超过一辆又一辆卡车，进入绵延不断的牧区。车是我在开。德加莫窝在一角，郁郁寡欢，双手深深插在口袋里。

眼前成排粗壮笔直的橘树飞掠过去，犹如疾转的车轮辐条。我听着轮胎磨地的嘎嘎声，感到又累又倦，毕竟睡得太少，情绪波动又太大。

我们到了圣迪马斯南边的坡脚下，开上那条漫漫长坡便是山脊，下山就到波莫纳市了。这里是多雾地区的最尽头，往后便是半沙漠区域，那里早上的太阳明亮、干涩得一如陈年雪利酒，中午则如火炉般灼烫，到了晚上温度骤降，好比砖头倏地从天而落。

德加莫嘴角插了根火柴，简直是嗤笑着说道：

“韦伯昨晚让我吃瘪了。他说他在跟你谈话啥的。”

我不作声。他看看我，又看向别处了。他一只手朝外挥着。“这鬼地方白送我我都不要住。大清老早的，空气已经臭了。”

“很快就到安大略了。等转上山麓大道，你会看到全世界最美的五英里银桦树。”

“看到的全是消防龙头我也分不出来。”德加莫说。

我们到了城中心，在欧几里得大街向北转，沿着那条美轮美奂的干道行驶。德加莫对那些银桦树一顿奚落。

片刻之后他说："那湖里淹死的是我的女人。自打听说她死了，我脑子就一直是乱的。眼前尽是血红。要是切斯那家伙落到我手里——"

"你惹的麻烦够多了，"我说，"她杀了阿尔默的老婆，可你不抓她。"

我直视着挡风玻璃。我知道他的头动了一下，眼睛死死盯着我。我不知道他的手在干吗。也不知道他脸上的表情。过了良久，他开口了。他的话从嘴角的牙缝里挤出来，一边挤一边在闹别扭似的。

"你是有点疯了还是咋的？"

"没有，"我说，"你也没疯。你再清楚不过，弗洛伦斯·阿尔默并没有下床走到车库去。你知道她是被人抱去的。所以塔列才偷走她的舞鞋，那只鞋从来没有沾过水泥地，这些你都知道。你也知道阿尔默在康狄的赌场里给他老婆胳臂上打了一针，那一针刚刚好，丝毫没有过头。给胳臂打针他拿手，好比你揍起流落街头的穷光蛋来驾轻就熟。你知道阿尔默没有用吗啡杀妻，而且就算他想杀她，最不可能采取的办法就是打吗啡。但你知道杀她的另有其人，阿尔默只是把她抱进车库放在地上——严格说来，人还活着，还能吸进一氧化碳，可从医学上讲，跟死了没气儿了没啥区别。你统统知道。"

德加莫轻声说道："老弟，你是靠什么本事才活这么久的？"

我说："靠的是不常上当受骗，也敢跟职业流氓叫叫板。只有小人才会像阿尔默那样心狠手辣，只有心事重重、吓破胆的小人才见不得日光。严格说来，他甚至很可能有谋杀之嫌。我看问题始终没解决干净。真要他证明她当时已陷入无可救药的深度昏迷的话，那可有的他好受了。但至于谁是实际意义上的真凶，你知道是那个姑娘下的手。"

德加莫笑了。那笑声很刺耳，令人心烦，不仅阴沉，更是空洞。

我们开到山麓大道，再次向东转。天气应该还算凉爽，可德加莫却在流汗。他没法脱外套，因为腋下别着枪。

我说："米尔德里德·哈维兰那姑娘跟阿尔默有一腿，他太太心知肚明。她威胁过阿尔默。这是她父母告诉我的。米尔德里德·哈维兰那姑娘是用吗啡的行家，也知道有需要时哪里能弄到，又该用多大的剂量。安顿弗洛伦斯·阿尔默睡下后，房间里就只剩她俩了。她便利用这一完美的时机往针管内注上四五格令[①]药，找准阿尔默之前留下的针眼给那个丧失意识的女人打针。她死的时候，阿尔默或许还在出诊，等他回家才发现死人。这下是他的难题了。他必须设法解决。没人会相信是别人下药害死了他老婆。除非了解事情的来龙去脉。可你是了解的。要我相信你不了解，那先得让我相信你比我原先认为的还要笨上几倍。你帮那姑娘掩盖。你还爱着她。你故意吓跑她，她不在城里，便没了危险，断了联系，可你帮着掩盖她的罪行。你对那起凶杀案不管不顾。你都是为了她。你为什么去山里找她？”

“我怎么会知道去哪里找的？”他厉声道。“这一点也请解释一下，你不会嫌麻烦吧？”

“一点不麻烦，”我说，“比尔·切斯整天醉醺醺，脾气又差，还邋里邋遢，她受不了了。但她得弄到钱才能跟他离婚。她觉得有把握：既然阿尔默有把柄在她手里，可以借机敲一笔。她便给他写信要钱。阿尔默要你去跟她谈谈。至于她的新名字、详细情况、住在哪儿或过得怎样，则一概没告诉阿尔默。一封收信人是米尔德里德·哈维兰的信会寄到狮角。她只管去要就是了。可信没寄来，也没人想到她就是米尔德里德·哈维兰。你就拿着一张旧照片，像往常那样横行霸道，结果那里的人根本不买你的账。”

德加莫刺耳地说：“谁告诉你她管阿尔默要钱的？”

“没谁。我总归要根据眼前的事，自己琢磨点出来。如果莱弗瑞和金斯利太太知道缪丽尔·切斯的本来身份，暗中有所透露，你就会知道

---

① 英美制最小重量单位，1 格令等于 0.0648 克。

去哪儿找她，也知道她现在用的名字。这些你并不知道。所以说线索只能来自那地方唯一知道她真实身份的人，就是她自己。我这才猜测她给阿尔默写过信。”

“好吧，”他最后说道，“就当你没说过。现在已经无所谓了。要是进监狱，我也认了。事情再来一次，我还是会那么做。”

“无所谓了，”我说，“我又不是要狠狠咬谁一口。连你也不想咬。告诉你这个，主要是想让你别把明明不是金斯利犯的事儿硬往他身上套。要真是他干的，再套不迟。”

“所以你才告诉我的？”他问。

“没错。”

“我以为大概是你对我恨之入骨。”他说。

“我已经不恨你了，”我说，“恨意都消了。我恨起一个人来会恨透，但不会恨太久。”

此时我们正穿过葡萄园区，那开阔的浅棕色葡萄园区沿着斑驳的山麓一侧延展开去。不一会儿我们到了圣贝纳迪诺，我径直穿城而去，不做片刻停留。

37

到了海拔五千英尺的克雷斯特莱恩，天气并未转暖。我们停车喝了啤酒。回到车上，德加莫从腋下的皮套里掏出枪，端详着。那是一把点四四枪身的点三八口径史密斯威森，后座力堪比点四五，有效射程更远得多，是一大祸害。

“枪用不着的，”我说，“他又高又壮，但不是那种喜欢动粗的人。”

他把枪插回皮套，嘟哝了几声。我们已经不说话了。话都说完了。我们在蜿蜒的山路上打着弯，沿白色护栏围起的陡峭边沿行驶，有些地方装的是卵石护墙和粗重的铁链。我们穿行过高耸的栎树，向上攀爬。渐渐栎树生得不那么高了，松树却是越来越高。我们终于到达了狮湖尽头的水坝。

我停下车，哨兵把枪往身前一斜，迈到我车窗前。

“通过水坝前，请先关上所有车窗。”

我回手摇上我这一边的后车窗。德加莫举起警徽。“算了吧，老弟。我是警察。”他还是老一套说辞。

哨兵无动于衷，木然瞪着他。“请关上所有车窗。”他的语气丝毫没变。

“滚犊子，”德加莫说，“滚犊子吧，小兵鬼头。”

“这是规定。”哨兵说道。他下巴上的肌肉微微鼓起。麻木的灰色眼睛盯着德加莫。“规矩又不是我定的，先生。把窗摇起来。”

“我让你往湖里跳你也去吗？”德加莫讥讽道。

那哨兵说：“没准会去的。我这人胆子小。”他抬起粗糙的手拍拍来复枪的枪膛。

德加莫转身关上了他那一边的窗。我们穿过水坝。中途有个哨兵，另一头还有一个。最先遇上的那个哨兵肯定发信号提醒过他俩了。他们警惕地死死看着我们，一点不友好。

我继续前进，开过花岗岩的乱石堆，下坡穿越牧牛的粗粝草场。还是昨天一样的艳丽便裤、小短裤和农家方巾，一样的轻柔微风、金色阳光和湛蓝天空，一样的松针清香，一样的凉爽适意的山间夏日。可昨天是一百年前了，包裹在时间的结晶中，仿佛琥珀中的一只苍蝇。

我拐上通往小鹿湖的路，在大石头间周旋着，驶过那道潺潺流动的小瀑布。金斯利的山庄大门敞开，巴顿的车朝着湖的方向停在路上，可从那个角度看不到湖的。车里没人。挡风玻璃上还是那块纸板：**“投票人，注意！继续选吉姆·巴顿当警长吧！他老了，没法再找工作了。”**

近旁是辆破烂小客车，头朝另一个方向停着。客车里现出一顶猎狮帽。我停在巴顿的车后面，锁上车门，走出来。安迪下了客车，站定了木愣愣盯着我俩。

我说："这位是贝城警局的德加莫中尉。"

安迪说："吉姆刚翻过山脊。他等着你们呢。早饭都一口没吃。"

我们踏上通向山脊的路，安迪则回到了客车里。山脊远处，路陡然降下，通往那片蓝色小湖。湖对岸金斯利的小木屋好像了无生气。

"就是那片湖。"我说。

德加莫低头看着湖面，不说话。他狠狠耸了耸肩，只说了句："走，去抓那个杂种！"

我们又走了一段，看见巴顿从一块石头后面站起来。他还是戴着那顶旧旧的斯泰森毡帽，穿着卡其布裤子，衬衫扣到粗壮的脖子上。他左胸上的星徽仍旧折着一只角。他的下巴徐徐动着，嚼得津津有味。

"很高兴又见面了。"说话时，他看的不是我，而是德加莫。

他伸出手，握了握德加莫结实的爪子。"上回见你，中尉，你用了别的名字。你大概会管那叫'秘密行动'。说来我对你的态度也不好。抱歉。其实照片上的人是谁我一直是有数的。"

德加莫点点头，没吭声。

"可能我当时长个心眼儿，按规矩办事，就可以省掉很多麻烦，"巴顿说，"也许能挽救一条性命。我觉得很后悔，不过还是得说，我不是那种后悔个没完的人。我们坐吧，你说说我们现在该怎么办。"

德加莫说："金斯利的老婆昨晚在贝城被人杀了。我得跟他谈谈这事儿。"

"你是说你怀疑金斯利？"巴顿问道。

"这还用说！"德加莫嘟哝道。

巴顿摸摸脖子，望向湖对岸。"他压根没出屋子。可能还在睡觉。

清早我偷偷去小屋边转了转。有收音机在响，还听见摆弄酒瓶酒杯的声音。我就远远守着他。做得对吗？”

“这就过去吧。”德加莫道。

“你带枪了吗，中尉？”

德加莫在左臂下面拍了拍。巴顿看我。我摇头，没枪。

“金斯利说不定也有枪，”巴顿说，“我不希望你一枪把他打死在这儿，中尉。发生枪战就更没我的好果子吃了。本地没有这种交际活动。看你的样子，应该可以飞快夺下他的枪。”

“如果你说的是立马让他枪落地，我倒是有不少招儿，”德加莫道，“但我要那家伙好好交代。”

巴顿看看德加莫，看看我，又看着德加莫，歪头朝一边吐出一挂长长的烟草色唾沫。

“我知道得太有限了，就这么去见他不合适吧。”他固执地说。

于是我们坐到地上，把事情一五一十告诉他。他默默听着，眼皮都不眨一下。最后他对我说：“我觉得你替人工作的路子很怪。要我说，两位老弟完全被误导了。我们过去看看吧。我走前头——万一全让你俩说中了；金斯利真有枪，急了眼。我肚子大。目标也大。”

我们从地上站起来，开始绕长长的湖岸走。走到那个小码头时，我说：

“他们验尸了吗，警长？”

巴顿点头。“确实是溺死的。他们说，他们对死因没有疑问了。没有刀痕，没有枪伤，头什么的也没有撞破。身上有伤痕，但太多，也就看不出个所以然来了。那具尸体，操作起来可不大容易啊。”

德加莫脸色煞白，气呼呼的。

“大概我不该说这个的，中尉，”巴顿温和地加了一句，“听了不好受。知道你跟那位夫人熟。”

德加莫说：“我们过去吧，该怎么做就怎么做。”

我们沿着湖岸一点点走到金斯利的小屋前。我们踏上厚重的石阶。巴顿轻手轻脚穿过门廊，到了门口。他拉了拉纱门。没上插销。他拉开纱门，又推了推门。也没锁。他合上门，捏住门把旋动着，德加莫则握住纱门拉开。巴顿一推门，我们进了屋。

德雷斯·金斯利深深靠在壁炉边一张大椅子里，闭着眼。他身旁的桌子上，有一只空酒杯和一只几乎空了的威士忌瓶子。一屋子酒味。酒瓶边的碟子里堆满烟蒂。烟蒂垛上是两只挤扁的空烟盒。

屋里的窗都紧闭着。已经闷热起来了。金斯利穿着羊毛衫，脸色泛红，神色凝重。他打着鼾，双手松弛地悬在扶手外，指尖碰到地板。

巴顿上前几步，站到离他几英尺的地方，低头默默看了他半晌才开口。

“金斯利先生，”他说道，声音冷静沉着，“我们得跟你谈一下。”

38

金斯利打了个惊颤，睁开眼，眼珠转了转，头却不动。他看一眼巴顿，又看一眼德加莫，最后看着我。他的眼神昏昏沉沉，却又顿时透出锐利的光芒。他在椅子里缓缓坐起，两手上下摩挲着面颊。

“我睡着了，”他说，“睡着几个钟头了。我大概醉得六亲不认了吧。至少我本来不想喝那么醉的。”他放下手，由它们垂荡着。

巴顿说：“这位是贝城警局的德加莫中尉。他得跟你谈谈。”

金斯利草草扫了德加莫一眼，转过眼来盯着我。待他再开口时，他的声音清醒平静，疲倦得要命。

“这么说你让他们抓到她了？”他说。

我说：“我倒是想，可办不到。”

听到这个，金斯利琢磨了片刻，看着德加莫。巴顿没关门。他拉起屋子正面的两块软百叶帘，又把窗也打开了。他坐到窗边的一张椅子上，双手交叠在肚子上。德加莫站着，低头怒视金斯利。

“你妻子死了，金斯利，”他蛮横地说，“就当你是刚刚听说吧。”

金斯利注视着他，舔了舔嘴唇。

“他还一副无所谓的样子？”德加莫说。“把围巾拿给他看。”

我掏出那条黄绿相间的围巾，晃了晃。德加莫大拇指一戳。“是你的吗？”

金斯利点头。他又舔舔嘴唇。

“落下这玩意儿，你可真不小心。”德加莫说。他的喘息声有点重。他歪着鼻子，鼻孔到嘴角间是一道道深深的皱纹。

金斯利很小声地说：“落在哪儿？”他几乎没看那条围巾。他也没看我一眼。

“贝城八号街的格兰纳达公寓。716 室[①]。想起来了吗？”

金斯利这才缓缓抬起眼睛跟我对视。“她住那儿？”他喘着气说。

我点头。“她不想让我过去。她不跟我谈，我就不给她钱。她承认杀了莱弗瑞。她拔出枪想把我也崩了。有人躲在帘子后面，出来打昏了我，我来不及看清楚模样。我醒过来时，她死了。”我把她是怎么死的和尸体是什么样子告诉了他。也把我都做了些什么和别人对我做了什么告诉了他。

他听我说话，脸上的每股肌肉都绷着。看我说完了，他朝围巾茫然指了指。

“这跟你说的有什么关系呢？”

“中尉认为这条围巾可以证明你就是当时躲在屋里的那个人。”

---

① 原文如此。按前文，此处应该是 618 室。

金斯利思索着。他对暗示的反应好像有点慢。他往后一仰，头靠在椅背上。“接着说，”临了他说道，“估计你知道自己在说什么。我是横竖听不懂。”

德加莫说：“行啊，装傻是吧？看你能落着什么好。你先讲讲昨晚把你小老婆送回家后去干什么了吧。”

金斯利平和地说：“如果你指的是弗洛姆塞特小姐，我没送她回家。她叫的士走的。我本来自己回家，但改主意了。我来了这儿。跑这么一趟，呼吸点夜晚的空气，静一静，应该能让我舒服点。”

“你们听听！”德加莫嘲笑道，“你怎么就不舒服了？”

“一直以来有太多烦心事了。”

“见鬼，”德加莫说，“像勒死你老婆，把她肚子抓得尽是伤那样的小事不会让你太烦心，对吧？”

“小子，你不该说这些，”巴顿的声音突然跳到幕前，“这样说话就不对了。你还没有拿出像样的证据呢。”

“没有？”德加莫丑陋的脑袋登时转向他，“那围巾怎么说，胖子？不算证据？”

“你又没有靠它证明什么——反正我是没听出个门道来，”巴顿平静地说，“再说我也不胖，穿得厚罢了。”

德加莫厌恶地别过头去。他指了指金斯利。

“这么说你压根没有去贝城啰？”德加莫粗声粗气道。

“没去。去干吗？事情都交给马洛了。我也不明白你为什么拿围巾说事。那是马洛戴着的。”

德加莫纹丝不动站着，面露凶相。他慢吞吞转过身，向我投来冰冷的怒视。

“我不懂了，”他说，“老实说，不懂。不会是有人在诓我吧？是你吗？”

我说："我只是告诉你围巾是在那屋里找到的，还有晚上早些时候我看到金斯利戴着。听到这些你好像就满意了。也许我本该加一句，后来这围巾给我戴了，方便约我见面的姑娘辨认。"

德加莫从金斯利身前退后几步，靠在壁炉那一头的墙上。他用左手拇指和食指扯着下唇。右手无力地在身侧荡着，手指微微弯曲。

我说："跟你说了，我只见过金斯利太太的一张快照。我俩中的一个得确保能认出另一个来。戴上那条围巾就足够好认了。其实我见过她一面，虽然我去见她时还不知道。但我也没有立马认出她来。"我转向金斯利。"福尔布鲁克太太。"我说。

"我记得你说福尔布鲁克太太是房东。"他缓缓答道。

"当时她是那么说的。当时我也信以为真了。没理由不信啊。"

德加莫清了清嗓子。他的眼神有点狂躁。我跟他说了福尔布鲁克太太和她那顶紫色帽子，她神经兮兮的举止，还有她又是怎么把那把打光了子弹的手枪交给我的。

我说完后，他小心地说："我没听到你对韦伯说这些。"

"是没对他说。我不想承认三个小时前进过那屋子。也不想承认在报警之前我已经把事情禀报金斯利了。"

"看来我们得好好跟你算笔账，"德加莫冷冷一咧嘴，"老天呐，我可真是个傻帽。你给了这狗侦探多少钱帮你掩盖，金斯利？"

"他的常价，"金斯利面无表情地对他说，"要是他能证明我妻子没有杀莱弗瑞，再加五百块。"

"可惜这钱他是挣不到了。"德加莫讥笑道。

"别犯傻了，"我说，"挣都挣到了。"

屋里沉寂了下来。是那种一触即发的沉寂，仿佛只待一声惊雷，随时爆裂。终究没有爆裂。依然是沉寂，滞重而牢固地横亘在那里，好像一堵墙。金斯利在椅子上挪了挪，过了良久，他点点头。

“这点没人比你更清楚了，德加莫。”我说。

巴顿的表情就跟一块木头差不多。他静静看着德加莫。他完全不看金斯利。德加莫看着我两眼之间的一点，仿佛看的并不是这屋里的东西。倒不如说是在看极其遥远的物事，比如溪谷外的一座山峦。

似乎过了很久，德加莫轻声开口道：“我不懂这话怎么说。我对金斯利太太一无所知。想来想去我都从来没见过她——直到昨晚。”

他眼皮微微下垂，深沉地看着我。我要说什么他心知肚明。我到底说了出来。

“昨晚你没见过她。因为她一个多月前就死了。因为她溺死在小鹿湖里了。因为你在格兰纳达公寓见到的女尸是米尔德里德·哈维兰，而米尔德里德·哈维兰即缪丽尔·切斯。既然金斯利太太的死远在莱弗瑞被枪杀前，所以莱弗瑞并不是金斯利太太杀的。”

金斯利在椅子扶手上握紧了拳头，但他没有出声，一点声音也没有。

39

又是一阵压抑的沉寂。倒是巴顿打破了沉默，他谨慎地缓缓说道：“这是种大胆的推论罢了，对吧？难道你觉得比尔·切斯会认不出自家老婆？”

我说：“人在湖里泡了一个月，穿了他老婆的衣服戴了他老婆的破首饰，湿透的金发还跟他老婆的很像，脸又几乎难以辨别了，他还认得出来？他凭什么会疑心呢？她留下了一张很可能是自杀遗言的纸条。她离家出走了。他俩有过争吵。她的衣服和车也不见了。她离开家的一个月里，毫无音信。他完全不知道她去了哪儿。这时这具穿着缪丽尔衣服的尸体从水里浮起来了。是一个跟他老婆身材相仿的金发女人。当然会有不吻合的地方，要是真有人怀疑这里面有偷梁换柱的话，这些破绽是能够被人查出来的。但没有理由怀疑。大家以为克丽斯特尔·金斯利还活着。她跟莱弗瑞私奔了。她的车留在圣贝纳迪诺。她从埃尔帕索给她丈夫发了电报。在比尔·切斯的认识里，她各方面都好端端的。他根本没有想到她。从哪方面讲，他都不会把她考虑进去。怎么想得到呢？”

巴顿说：“这点我也应该想到的。但就算一时想到了，估计也差不多立马就打消了。看起来太牵强啦。”

“表面上看，是的，”我说，“但仅仅是表面上。假设那尸体一年都没浮出湖面，或者除非有人专门打捞，压根没浮出来。缪丽尔·切斯不见了，没人会花很多功夫找她。我们可能再也没有这个人的消息了。金斯利太太的情况不一样。她有钱，有交际，还有个心焦的丈夫。会有人寻找她，最后确实如此。但要找也不会很快，除非出了什么引发怀疑的事。没准等一切水落石出，好几个月已经过去了。或许会往湖里捞人，但要是追踪她的足迹后，发现她其实离开湖下山了，甚至大老远跑去圣贝纳迪诺，再坐火车往东了，那还去水里打捞就不太可能了。就算真被捞了上来，尸体也极有可能无法准确识别。比尔·切斯被捕了，说他有杀妻嫌疑。说不定连罪也快定了，湖中女尸这档子事儿，就此完结。克丽斯特尔·金斯利还是找不着，成了未解之谜。到头来大家想当然觉得她出意外死了。但没人会知道她死在哪里，什么时候死的，又是怎么死的。要不是莱弗瑞，我们现在也不会坐在这里谈这件事了。莱弗瑞是整件事的关键。克丽斯特尔·金斯利被假定离开普里斯科特酒店的那晚，莱弗瑞就在那儿。他看到一个开着克丽斯特尔·金斯利的车，穿着克丽斯特尔·金斯利的衣服的女人，他当然知道她的真实身份。但他不必知道有什么蹊跷。他不必知道那些是克丽斯特尔·金斯利的衣服，也不必知道那女人把克丽斯特尔·金斯利的车停在酒店车库了。他只要知道碰见缪丽尔·切斯就行了。剩下的事缪丽尔会办好。”

我停了下来，等着他俩说点什么。没人说话。巴顿坐着纹丝不动，他肉鼓鼓光秃秃的手惬意地抱着肚子。金斯利仰靠着，眼睛半闭，也不动。德加莫靠着壁炉边的墙，脸色煞白，紧张而漠然，这个冷酷阴鸷的大块头，城府极深。

我接着说。

“如果缪丽尔·切斯冒充克丽斯特尔·金斯利，那就是她杀了她。很简单。好，我们来理一理。我们知道她是谁，她又是怎样一个女人。嫁给比尔·切斯前，她已经杀过人了。她本来是阿尔默医生诊所的护士，也是他的同谋，她杀死阿尔默太太的手段实在巧妙，阿尔默只好帮她遮掩。她还嫁给过贝城的一名警察，那人也是个大笨蛋，拼命帮她逃脱法网。她把男人制得服服帖帖的，能让他们心甘情愿跳火坑。我认识她时间短，看不出她为什么有那么大的本事，但看她的前科，我没瞎说。很好，谁挡她的道她就杀谁，这回是金斯利太太挡了她的道。这点我本来不想提的，但现在也没多大关系了。克丽斯特尔·金斯利也有点本事让男人甘愿跳火坑。她迷倒了比尔·切斯。切斯的老婆岂是逆来顺受的人？再说了，她也厌倦透了这里的生活——毫无疑问——想远走高飞。但她缺钱。她试图从阿尔默那儿讹，所以德加莫才到山里来找她。她有点怕了。德加莫是那种你永远拿他不准的家伙。她确实拿他不准，没错吧，德加莫？”

德加莫的脚在地上挪了挪。“你的时间不多了，伙计，”他狰狞地说，“趁着还能说话，把你那点小聪明都拿出来吧。”

“米尔德里德也不是真的非要克丽斯特尔·金斯利的车啊衣服啊证件啊什么的，但用场还是派上了。她的钱一准儿帮了不少忙。金斯利说过，她喜欢随身带很多钱。而且她一定有些可以换来钱的珠宝首饰。这一切让杀害她变得合理又有利可图。动机确定了，我们来说说方法和时机。

“时机简直再合适不过了。她跟比尔吵了一架，比尔便出去买醉了。

她了解自家男人，知道他会醉成什么样，又会在外头待多久。她需要时间。时间至关重要。她必须假定是有时间的。不然整件事就砸了。她得打包好自己的衣物，开车运到库恩湖藏起来，因为衣服什么的得消失。她得走路回来。她得杀掉克丽斯特尔·金斯利，给她穿上缪丽尔的衣服，把她沉到湖底。这些都需要时间。至于怎么杀的，我猜是先把她灌醉或打昏，再溺死在这屋子的浴缸里。这符合逻辑，也不难办到。她是护士，知道怎么处理尸体这类东西。她会游泳——听比尔说，水性还很好。溺死的人会沉下去。她要做的，就是将尸体领去深水选一个位置放好。对于一个会游泳的女人来说，这一切都是力所能及的。做完后，她穿上克丽斯特尔·金斯利的衣服，从她的其他家当里取其所需，开着克丽斯特尔·金斯利的车走了。开到圣贝纳迪诺，她遇上了第一个麻烦——莱弗瑞。

“莱弗瑞认出她是缪丽尔·切斯。我们没有证据和理由说他没认出来。他在这儿见过她，这次碰面时，没准他正又在来的路上呢。她肯定不想让他上山来。他只会发现木屋锁了，但他说不定会跟比尔聊几句。按她的计划，比尔不能知道她究竟有没有离开小鹿湖。那样一来，要是尸体被发现，比尔就能认出来。所以她立马勾引起莱弗瑞来，这并非难事。莱弗瑞这人，至少有一点我们可以确定：三天两头要搞女人。越多越好。像米尔德里德·哈维兰那样的机灵女孩，要拿下他太容易了。于是她把他忽悠上了路。她带他去了埃尔帕索，避开他发了份电报。最后她把他忽悠回了贝城。可能她也是没办法。他想回家，她又不放心让他离得太远。因为莱弗瑞对她有威胁。光莱弗瑞就能毁了克丽斯特尔·金斯利已经离开小鹿湖的所有迹象。一旦警方开始搜寻克丽斯特尔·金斯利的下落，必然会查到莱弗瑞的头上。那时候莱弗瑞的命已经一钱不值了。他一开始的否认人家不会相信，后来确实是这样，但等他把整件事和盘托出，人家总是会信的，因为有据可查。于是搜寻工作开始了，我刚找莱弗瑞谈过，当晚他便被枪杀在自家浴室里。相关情况差不多就是这样，只剩一点：第二天早上她为什么要回莱弗瑞家。杀人凶手好像是会这么做的，没啥特别稀奇。她说他拿了她的钱，但我并不相信。我觉得更可能是她认为他自己有点钱藏在家里，或者她想等头脑清醒些再去收拾下现场，确保一切妥当，没出岔子；也可能就像她说的那样，是去把报纸和牛奶拿进屋的。都有可能。她回去撞见了我，便演了场戏，把我嘴巴堵得严严实实。”

巴顿说：“是谁杀了她，小子？你该不会要说是这位大忙人金斯利干的吧？”

我看看金斯利，说道：“你说过，你没有亲自跟她通电话。那弗洛姆塞特小姐呢？她确定电话那头是你太太的声音？”

金斯利摇头。“不见得。要那样蒙她太难了。她只说她的声音好像变了，很低沉。当时我没起疑心。到这儿来之前，我一直没觉得有什么不对。等我昨天进了屋，才感到事情有蹊跷。屋里太干净太整洁太井井有条了。克丽斯特尔不会打理成这样。卧室里会丢得全是衣服，屋子里会到处是香烟屁股，厨房里会乱放着酒瓶酒杯。脏碟子、蚂蚁和苍蝇都不会少。我以为可能是比尔的老婆收拾的，可转念一想，那天她应该不会。她跟比尔吵得不可开交，不管她后来是被杀的还是自杀的，都顾不上来打扫。我就这么困惑地翻来覆去想，最后也没想出个门道来。”

巴顿从椅子上站起来，走到屋外的门廊里。他用那块黄褐色的手帕抹着嘴，又回到屋里。他重新坐了下来，因为右边屁股别着枪套，便向左侧着身，好舒服一点。他若有所思地看着德加莫。德加莫倚着墙，严肃而僵硬，像座石雕。他的右手还是悬荡在身侧，手指弯着。

巴顿说：“我还是没听到是谁杀了缪丽尔。是这场戏还没结束？还是说凶手还有待查证？”

我说：“凶手是一个认为她非死不可的人，是一个对她由爱生恨的人，是一个身为警察、不愿让她继续杀人继续逍遥法外，却又不配当警察、不忍逮捕她让一切水落石出的人。一个像德加莫那样的人。”

40

德加莫挺直身子，惨然笑笑。他右手一个利落的动作，熟练地掏出枪来。他手腕没使劲，所以枪指着他面前的地板。对我说话时他并不看我。

“记得你没带枪吧，”他说，“巴顿倒是有枪，但恐怕等他拔出来已经来不及了。关于最后那个猜测，大概你还有些小证据要说说。还是说那点无关紧要的小证据就不劳你继续解释了？”

“一点小证据，”我说，“不多。但会渐渐变大。凶手是一个在格兰纳达公寓绿帘子后头站了半个多小时的人——而且不发出半点声响，只有监视嫌犯的警察能做到。是一个带了金属棍的人。是一个不用看我后脑勺就知道我头上吃过一棍子的人。你对矮子说过，记得吗？是一个知道被害人也挨过一棍的人，可那道伤口明明看不太出来，他当时时间有限，也不可能对尸体观察得细致入微。是一个扒光她的衣服，抓得她遍体鳞伤的人——你只对害你的个人生活陷入万丈深渊的人，才会产生这种施虐狂一样的仇恨。是一个现在指甲里的血迹和皮屑数量就足够化学师拿去检验的人。你肯定不敢让巴顿看看你右手的指甲吧，德加莫。”

德加莫把枪抬高了一点，笑着。苍白的笑容，嘴豁得很开。

“那我又是怎么知道去哪儿找她的呢？”他问道。

“她走出，也可能是走进莱弗瑞家的时候，叫阿尔默看见了。所以他才那么紧张，所以他看见我在附近，立马打电话给你。至于你究竟是怎么跟踪去她住处的，我不晓得。我觉得那没啥难的。你可以躲在阿尔默家里，跟踪她，或者跟踪莱弗瑞。对于警察来说，就是例行公事罢了。”

德加莫点点头，默然站了片刻，思索着。他的脸令人生畏，可闪闪发亮的蓝眼睛里透着光，简直是饶有兴味。无可挽救的大难降临到这屋里，空气闷热而沉重。他却好像比我们都轻松。

“我想离开这儿，”他最后说，“也许不太远，但省得落在一个乡巴佬警察手里。有意见吗？”

巴顿静静说道：“办不到，小子。你知道我得拘捕你。都还没板上钉钉呢，但我也不能让你走。”

“你的大肚皮真不错，巴顿。我的枪法也不错。你想什么招儿来抓我？”

“想半天了都，”巴顿说着，胡乱抓了抓后脑勺上帽子下面的头发，“没想出什么妙招儿来。我不想肚子挨枪子儿。可我也不能由着你在我的地盘拿我当猴耍。”

“放他走吧，”我说，“他跑不出这山。所以我才把他带过来的。”

巴顿冷静地说：“抓他可能会受伤。那可不合适。如果非要有人冒险，我来吧。”

德加莫咧嘴一笑。“你可真是个好人，巴顿，”他说，“这样吧，我把枪放回去，我俩肉搏。那个我也拿手。”

他把枪塞回腋下。他垂下手臂站着，下巴微微前倾，注视着。巴顿缓缓咀嚼着什么，暗淡的双眼迎着德加莫逼人的眼神。

“我是坐着，”他发着牢骚，“怎么样都没你快啊。我只是打肿脸充胖子。”他哀戚地看着我。“你到底干吗非要惹祸惹到这儿来？这不凭空给我添乱吗？瞧瞧我现在多惨！”他听起来又痛苦又迷茫又无力。

德加莫微微一仰头，大笑起来。一边还在笑，一边右手猛地一动，再次掏出枪来。

我根本没看到巴顿动。只听得他的边疆科尔特手枪一声轰鸣，响彻整间屋子。

这一枪打得德加莫的手臂直挺挺地歪到一边，那把粗重的史密斯威森掉了出去，“砰”一声撞在他身后一节一节的松木墙壁上。他甩甩自己麻木的右手，惊讶地低头看着枪。

巴顿缓缓起身。他慢悠悠踱到房间那头，把枪踢到一张椅子下面。他悲伤地看了一眼德加莫。德加莫正吮掉指节上的点点血迹。

“你卖了个破绽给我，”巴顿伤心地说，“你不该卖破绽给我这样的人。我打枪时你还在娘胎里呢，小子。”

德加莫朝他点点头，挺起脊背，走向门口。

“别那样。”巴顿平静地对他说道。

德加莫还在走。他到了门口，推开纱门。他回头看着巴顿，脸变得煞白煞白。

“我要离开这儿，”他说，“想挡我，只有一个办法。再见，胖子。”

巴顿纹丝不动。

德加莫走出门外。他沉重的步伐踏过门廊，又踏过台阶。我走到窗前，向外张望。巴顿还是没动。德加莫走下台阶，走上那座小水坝的顶。

“他在穿过水坝，”我说，“安迪有枪吗？”

“就算有，他也不见得会开枪，”巴顿平静地说，“他啥都不知道，干吗要开枪呢？”

“好吧，真该死。”我说。

巴顿叹了口气。“他不该对我卖那样一个破绽的，”他说，“本来我是一点没辙的。还他个人情。不值一提。也帮不上他多大忙。”

“他是杀人犯啊。”我说。

“不是那种杀人犯，”巴顿说，“你车锁了吗？”

我点头。“安迪在跑去水坝另一头，”我说，“德加莫拦住了他。正和他说话。”

“也许他会开安迪的车吧。”巴顿悲伤地说。

“好吧，真该死。”我又说了一遍。我回头看金斯利。他双手捂脸，低头盯着地板。我扭头看窗外。德加莫翻过小丘，不见了。安迪正横穿水坝走过来，一边不时回头看。远处传来汽车的发动声。安迪抬头望了望小屋，便转身沿着水坝奔回去了。

发动机的声响渐渐消失了。完全静下来后，巴顿说：“行，我们还是回办公室打几个电话吧。”

这时，金斯利突然起身去厨房拿回来一瓶威士忌。他给自己倒了浓浓一大杯，站着喝完了。他朝酒杯摆摆手，迈着沉重的脚步走了出去。我听见床垫弹簧的吱嘎声。

巴顿和我静静走出了小屋。

41

巴顿刚打完电话，通知封锁公路，便接到了负责守卫狮湖大坝的中士的电话。我们出门坐上巴顿的车，安迪在横穿村庄的湖边公路上开得飞快，沿着湖岸回到了路尽头的大坝。大坝对面，那位中士在指挥部旁的一辆吉普车上向我们招手。

中士挥挥手臂，吉普车开动了，我们跟着他在公路上行驶了几百英尺，来到峡谷边缘，几个士兵正向下张望。有几辆车停在那里，一群人拥在士兵周围。中士下了吉普车，巴顿、安迪和我钻出警车，走到中士边上。

“哨兵让那家伙停车，他就是不停，”中士说道，他的声音里透着怨恨，“丫的还差点把哨兵撞飞。桥中间的哨兵跳得快才躲开了。这一头的哨兵忍无可忍。他叫那家伙刹车。那家伙还是拼命往前开。”

那中士嚼着口香糖，朝谷底望去。

“碰到这种情况，按规定可以开枪，”他说，“那哨兵只好开枪了。”他指指那道陡坡路肩上的车辙，“他就是从这里冲下去的。”

一百英尺深的谷底，一辆小客车撞在一块巨型花岗石的侧面，摔得稀烂。几乎是底朝天，微微倾斜着。有三个人在下面。他们奋力搬动车身，终于把什么东西抬了出来。

那东西原本是一个男人。

RAYMOND
CHANDLER

雷蒙德·钱德勒作品

THE LITTLE SISTER

小妹妹

〔美〕雷蒙德·钱德勒 著 宋玲 译

上海译文出版社

1

鹅卵石花纹的玻璃门上刻着几个斑驳的黑字："菲利普·马洛……侦探事务所。"这扇略显寒酸的门位于一条略显寒酸的走廊尽头，所处的大楼在那个铺着瓷砖的厕所成为文明基础的年头还算是全新的。这扇门上了锁，隔壁的另一扇门上也挂着相同的标识，却没上锁。推门而入——屋里除了我之外，还有一只巨大的青蝇。可你要是从堪萨斯州的曼哈顿来的，那就别进来。

初春时节，我们在一个阳光明媚的夏日清晨抵达了加利福尼亚，此时高山的浓雾还未弥漫。雨已经停了。群山仍旧是一片翠绿，好莱坞山中的峡谷里，你还能看见高山上的积雪。皮草商店正在卖力吆喝他们的年度清仓货。以提供十六岁处女为特色的妓院生意兴隆。比弗利山庄内的蓝花楹开始抽出嫩芽。

我跟着那只青蝇足足转悠了五分钟，等待它降落。可它就是不想降落。它只想在空中翻腾，嗡嗡地唱着《丑角》[①]的序曲。我的苍蝇拍举在半空中，一动不动，随时准备拍过去。明亮的阳光照在桌子的一角，留下了一块光斑。我知道，它迟早是会停落在那儿的。可当它真的停落时，我起初甚至都没瞧见。嗡嗡声终止了，它就落在了那里。接着，电话响了。

我伸出左手，小心翼翼地去够电话机。我缓缓地举起听筒，柔声说道："劳驾请稍等。"

我将听筒轻轻地放在棕色的便条簿上。它还在那儿，亮晶晶地泛着蓝绿色，浑身充满了罪恶。我深吸了一口气，猛地一挥拍。它的残骸飘落到了房间的另一边，落在了地毯上。我走上前去，捏着它尚且完好的翅膀捡了起来，扔进了废纸篓中。

“感谢您的耐心等待，”我对着电话说。

“是侦探马洛先生吗？”电话里传来一个微弱的、相当慌张的小女孩似的声音。我回答说我就是侦探马洛。“你的调查怎么收费，马洛先生？”

“你想要我做什么？”

声音更尖锐了。“电话上我说不清。这——这是非常机密的。特地来你办公室之前，我得大概了解——”

“一天四十块，其他费用另算。除非是那种一次性收费就能完成的活儿。”

“太贵了，”细小的声音响起，“那么，大概要花几百美元了，可我的工资少得可怜——”

“你现在在哪儿？”

“嗯，我在一家药店，就在你的办公楼旁边。”

“你可以省下一毛钱了。电梯是免费的。”

“再说一遍好吗？”

我重复了一遍刚才的话。“上来吧，让我见见你，”我又加了一句。“要是你陷入与我一样的窘境，我会给你出个好主意——”

“我得了解一下你的情况，”细小的声音语气无比坚定。“这是一件非常微妙的事，而且非常私密。我不能告诉任何人。”

“要是那么微妙的话，”我说，“也许你需要一位女侦探。”

“天哪，我不知道哪里有，”停顿片刻，“可我觉得一个女侦探不会

---

① 意大利歌剧作曲家莱翁卡瓦洛的代表作。

管用。你看，奥林住在一个乱糟糟的社区，马洛先生。至少我觉着是挺乱的。旅社经理是个非常讨人厌的家伙，满身酒气。你喝酒吗，马洛先生？”

“好吧，既然你提到了——”

“我可不会愿意雇用一个喝酒的侦探，哪怕一滴也不成。我甚至都不赞成抽烟。”

“请问我剥只橘子可以吗？”

我听见电话那头猛地抽了口气。“你也许讲话可以更绅士一点，”她说。

“那你最好去大学俱乐部试试，”我告诉她，“我听说那儿还剩下几个绅士，可我不确定他们是否会任你摆布。”说着我就挂断了电话。

这是朝着正确方向迈进了一步，虽然还走得不够远。我本应该锁上门，把自己藏在办公桌底下。

2

五分钟后，我用作接待室的那半个办公室门外响起了门铃。我又听见了门关上的声音。接着，便是一片寂静。那扇门半掩着。我仔细倾听，觉得有人刚才向另一间办公室里探头张望，没进门就离开了。紧接着木板上又传来了一阵轻轻的敲门声，而后，出于同样的目的，又发出了那种咳嗽声。我从办公桌后站起身来，向外望去。她就在那里。她无需张口，我就能知道她的身份。她看上去比任何人都像麦克白夫人。她是一个小巧玲珑、打扮得干干净净，又显娇气的女孩，一头精心梳理过的棕色秀发，还戴着一副无框眼镜。她身上的衣服很合身，肩上背着那种看起来很别扭的方形包包，让人想起慈光会的修女带着急救箱奔赴伤员。柔顺的棕色秀发上的帽子仿佛是过早从她母亲头上摘下来的。她素面朝天，既没涂唇膏，也没有珠宝装饰。无框眼镜让她看起来像是个图书管理员。

“电话上是没办法交谈的，”她犀利地说。“你应该为自己感到羞愧。”

“我只是太自负了，不善表达，”我说，“进来吧。”我为她开着门，随后搬了把椅子给她。

她坐在了椅子边缘两英寸处，说：“要是我跟扎格史密斯医生的一个病人这么说话，就别想保住饭碗了。他非常挑剔我跟病人说话的方式——哪怕是最难缠的病人。”

“那老小子怎么样了？自从上次我从车库顶上摔下来后就没见过他了。”

她看起来很惊讶，一脸严肃地说：“当然，你肯定认识扎格史密斯医生。”她的舌头无精打采，舌尖从双唇间探出，徒劳地搜索着什么东西，结果一无所获。

“我认识一位乔治·扎格史密斯医生，”我说，“在圣罗莎。”

“哦，不。这位是阿尔弗雷德·扎格史密斯医生，在曼哈顿。堪萨斯的曼哈顿，你知道的，不是纽约的曼哈顿。”

“那肯定是另外一个扎格史密斯医生，”我说，“你叫什么名字？”

“我不确定我愿意告诉你。”

“那你只是在浏览橱窗吗，嗯？”

“我想你可以这么说。要是我必须向一个彻头彻尾的陌生人倾诉我的家庭事务，至少我也得有权决定他是不是我可以信任的人。”

“有人告诉过你，你是个可爱的小妖精吗？”

无框眼镜后的双眸不停地闪烁。“我希望没有。”

我伸手抓来一只烟斗，填上烟草。“‘希望’这个词并不准确，”我说，“摘掉帽子，给自己找一副那种彩色边框的时髦眼镜。你知道，就是那种斜框的，颇具东方色彩的——”

“扎格史密斯医生不会允许这样的事发生，”她快速插话道。接着她又问：“你真的这么觉得吗？”面色微微泛红。

我划着一根火柴凑近烟斗，向着对面喷出一口烟。她不由得向后一缩。

“要是你雇我，”我说，“我就是你雇用的人。是我，就是我。假如你想在这件事上找些门外汉，那你就是疯了。我挂了你的电话，可你还是跑来了。所以，你需要帮助。你叫什么名字？出了什么事？”

她只是瞪着我。

“看，”我说，“你来自堪萨斯的曼哈顿。上次我背诵《世界年鉴》时，那里还是个离托皮卡[①]不远的小城。人口大约一万两千。你在阿尔弗雷德·扎格史密斯医生手下干活，正在寻找一个叫奥林的人。曼哈顿是个小城。没错。堪萨斯的大部分地方都是那样。关于你我已经掌握了足够的信息，能够挖掘你整个家族的历史了。”

“可你为什么想要这么做呢？”她一脸困惑地问。

“我？”我说，“我不想。我烦透了别人告诉我历史。我就坐在这儿，因为我没地方可去。我不想工作。我不想要任何东西。”

“你的话太多了。”

“没错，”我说，“我的话太多了。孤独的人总是话很多。他们要么喋喋不休，要么压根不说话。我们可以开始谈正事了吗？你看起来不像那种会去找私家侦探的人，尤其是你不认识的私家侦探。”

“我知道，”她低声说，“奥林绝对会怒气冲冲，母亲也会暴跳如雷的。我就是从电话簿中找到你的名字——”

“出于什么原则？”我问，“眼睛闭着还是睁开的？”

她盯着我看了片刻，仿佛我是某个怪胎。“七和十三，”她低声答道。

---

① 堪萨斯州的首府。

“怎么讲？”

“马洛有七个字母，”她说，“菲利普·马洛有十三个字母。[①] 七和十三——”

“你叫什么名字？”我几乎咆哮道。

“奥法梅·奎斯特。”她眯了眯眼睛，好似要哭一般。她告诉我“奥法梅”如何拼，没有空格。“我和母亲住在一起，”她继续说着，声音越来越急促，仿佛她要为我的时间而付费。“我的父亲四年前去世了。他是个医生。我的哥哥奥林本来也要做一个外科医生，可后来他读了两年医科转向工程学了。一年前，奥林来到海湾城[②]的加州西部飞机公司工作。其实他不必去的。他在威奇托[③]有一份不错的工作。我猜，他或许是想出来到加利福尼亚去闯闯。大部分人都这样。”

“几乎人人都想，”我说，“假如你要戴无框眼镜，你至少要配得上。”

她咯咯一笑，手指在桌面上划出一条线，低着头说：“你是说，那种斜框的眼镜让人看起来像东方人？”

“嗯哼，现在来聊聊奥林吧。我们已经知道他到了加利福尼亚，知道他来到了海湾城。我们能为他做什么？”

她思索了片刻，眉头紧蹙。接着她打量着我的脸庞，仿佛正在下定决心似的。随后，她的话就如连珠炮一般：“奥林总是会定期给我们写信。可是最近半年来，他只给母亲写了两封信，给我写了三封。最后一封信还是几个月以前的。母亲和我非常担心。于是我趁休假过来探望他。他以前从没离开过堪萨斯。”说到这儿，她顿了顿，问：“你不打算做些笔记吗？”

我哼了一声。

---

① 菲利普·马洛的英文名是 Philip Marlowe，共十三个字母。
② 此处指的是旧金山昵称。
③ 堪萨斯州中南部城市。

“我以为侦探都会把事情写在小笔记本上的。”

“我负责讲笑话，”我说，“你负责讲故事。你趁休假出来了，然后呢？”

“我给奥林写过信，说我要过来，可他没回信。于是，我从盐湖城发了一封电报，可他还是没回音。所以，我唯一能做的就是前往他的住处。可真是千里迢迢啊。我搭了一辆公交车，来到了海湾城，找到爱达荷街 449 号。”

她再次停了下来，重复了地址，我仍然没有记下来。我就坐在那里看着她：她的眼镜，柔顺的棕发，傻乎乎的小帽子，未染豆蔻的十指，不抹口红的小嘴，还有那小小的舌尖在苍白的双唇间忽进忽出。

“也许你不知道海湾城，马洛先生。”

“哈，”我说，“关于海湾城我唯一知道的是，每次去那儿我都要买一顶新的头盔。你想让我把你的故事讲完吗？”

“什——么？”她双目圆睁，透过眼镜就像在深海鱼缸里看到的一对眼睛。

“他搬家了，”我说，“你不知道他搬到哪里去了。你担心他此刻正住在豪华酒店的顶楼，过着纸醉金迷的日子，身穿一件貂皮大衣，浑身散发着有趣的香水味。”

“我的老天！”

“还是我太粗俗了吗？”我问道。

“求你了，马洛先生，”她最终说，“我觉得奥林身上不会发生这种事。要是奥林听到你这么说，你会觉得很遗憾。他抠门得要命。可我知道出事了。那只是一栋便宜的出租公寓，我压根不喜欢那个经理。是那种让人讨厌的男人。他说，奥林好几周以前就搬走了，他不知道奥林搬去了哪儿，他也不关心。他唯一想要的就是一点儿杜松子酒。我都不知道奥林为什么会住在这样的地方。”

“你刚才说一丁点杜松子酒吗？”我问。

她一下脸红了。“那经理是这么说的。我只是转述给你听。”

“好吧，”我说，“继续说下去。”

“嗯，我打电话给他上班的地方，就是加州西部飞机公司，你知道的。他们说，他跟不少人一样，已经被解雇了，他们只知道这些。于是，我又去了邮局，询问奥林是否变更了地址。他们称无法提供我任何信息。这是违反规定的。我把情况告诉他们，那个人说，好吧，如果我是他妹妹，他就去查查看。随后，他进去查看了一下，回来说没有。奥林没有变更过地址。于是，我开始有点儿害怕了。他可能遭遇了车祸或别的不测。”

“你想过去警察局询问一下吗？”

“我不敢去问警察。奥林不会原谅我的。他最顺利的时候也够苦的了。我们家——”她犹豫了再三，那双眼睛背后隐藏了她所不希望的东西。她屏住呼吸继续说道，“我们家不是那种普通家庭——”

“你看，”我疲倦地说，“我们现在讨论的不是个顺手牵羊的小贼，而是一个遭遇车祸撞击后失忆或是严重受伤而无法说话的家伙吗？”

她冷冷地瞥了我一眼，眼神似乎不太友善。“要真是这种情况，我们会知道的，”她说，“每个人口袋里都能找到证明身份的东西。”

“有时候，口袋里空空如也。”

“你打算吓唬我吗，马洛先生？”

“要想吓唬你，我肯定束手无策。你觉得他可能遇到了什么事？”

她伸出纤细的食指放在唇边，用舌尖小心翼翼地碰了碰指尖。“我觉得，要是我知道这点就不会来找你了。寻找他，你会怎么收费？”

我沉默了很久没有回答，接着，我说：“你是说单干，不泄露给别人吗？”

“是的，我就是指单干，不泄露给别人知道。”

“嗯哼。那就要看情况了。我告诉你我的价码。”

她双手合拢放在桌子边缘，用力绞着双手。那是我所见过的最没有意义的手上动作。“我觉得你是个侦探，你能够马上找到他，”她说。“我可能最多只负担得起二十美元。我还得付这里的一日三餐、住宿费用和回程的火车票，你知道，旅馆贵得离谱，还有火车上的食物——”

“你住在哪家旅馆？”

“我——我不想告诉你，要是不介意的话。”

“为什么？”

“我就是不想说。我非常害怕奥林发脾气。不过，我可以经常打电话给你，对吗？”

“嗯哼。只是奎斯特小姐，除了奥林会发脾气之外，你到底在害怕什么？”我看着烟斗熄灭，又划了一根火柴，举到烟斗的凹处，望着对面的她。

“吸烟斗是种很邋遢的习惯吗？”她问。

“或许吧，”我说，“不过，要我放下它二十美元可是不够的。而且，不要试图回避我的问题。”

“你不能这么对我说话，”她勃然大怒道，“吸烟斗就是一种邋遢的习惯。我母亲从不让我父亲在家里抽烟，哪怕在他中风后的最后两年里也是。他有时会拿着空烟斗干坐着。但她的确不喜欢他这么做。我们欠了一大笔债，她说，她可没闲钱给他买没用的东西，比如烟草。教堂可比他更需要烟草。”

“我有点明白了，”我缓缓地说，“在你们家这样的家庭里，其中某个成员成了害群之马。”

她霍地站起身，一把抓过她的急救包。“我不喜欢你，”她说，“我想我不打算雇你。如果你暗示奥林犯了错，那么我可以向你保证，我们家的害群之马不是奥林。”

我眼皮都没动一下。她一转身，冲向门口，刚握住门把手，又再次转过身冲了回来，突然嚎啕大哭起来。我对此情此景的反应，好比一条吃饱了的鱼放弃鱼饵。她掏出自己的小手帕，拭了拭眼角。

“现在我推测你会打电话报警了，”她哽咽道，“曼哈顿报纸会打听所有消息，刊登我们家的丑闻。”

“你不必有此猜测。别再折磨我的感情了。让我看看他的照片。”

她匆匆忙忙抛下手帕，从包里摸索出了其他东西。她把东西递给办公桌对面的我。一个信封。薄薄的，里面可能有几张快照。我没有打开看。

“从你的角度来描述一下他。”我说。

她凝神思考了片刻，这让她有机会动了动她的眉毛。“去年三月，他当时二十八岁，有一头浅色的棕发，颜色比我的还要淡一些，留着一个大背头，一双浅蓝色的眼睛。他很高，超过六英尺。不过体重大约只有一百四十磅。他有点瘦骨嶙峋的感觉，以前留着一点金色的胡须，不过母亲让他刮掉了。她说——”

“不用告诉我。牧师需要用它来填充一个靠垫。”

“你不能这么说我母亲，”她大嚷道，脸色因为怒气而惨白。

“哦，别犯傻了。你身上有很多我不知道的事。不过，你现在可以别再装成一朵复活节百合了。奥林身上有什么特殊的标志吗，比如胎记或是伤疤，抑或是胸口上文有《诗篇》第二十三篇的文身？别不好意思。”

“咳，你不必对着我大吼大叫。你干吗不看看照片？”

“他大概穿着衣服。毕竟，你是他妹妹。你应该知道。”

“不，他没有，”她紧张地说。“他的左手有一个小伤疤，原来那里有个脂肪瘤。”

“他有什么习惯？除了不抽烟、不喝酒、不和姑娘约会之外，平时还靠什么来消遣？”

“为什么——你怎么会知道？”

“你母亲告诉我的。”

她微微一笑。我开始纳闷，她自己是否有爱好。她拥有一口雪白的贝齿，却没有刻意张大嘴巴。这点不容易。“你真傻啊，”她说，“他博览群书，拥有一台价格不菲的照相机，他喜欢用它来偷拍别人。有时，别人会很生气。可奥林说，人们应该看看他们自己真正的模样。”

“希望这永远不要发生在他身上，”我说，“是哪种照相机？”

“那种镜头非常精密的微型相机。几乎在任何光线下都能拍照。一台徕卡。”

我打开信封，取出几张小照片，图像非常清晰。“这些是那台相机拍的吗？”我说。

“哦，不。这是菲利普拍的，菲利普·安德森，是我之前交往过一阵的男孩。”她顿了顿，叹口气说：“我想，这才是我来这儿的真正原因，马洛先生。只是因为你也叫菲利普。”

我“嗯”了一声，不过隐约感觉有点儿感动。“后来菲利普·安德森怎么样了？”

“可我们在说奥林——”

“我知道，”我打断她，“菲利普·安德森怎么样了？”

“他还在曼哈顿。”她一扭脸，目光投向一侧。“母亲非常讨厌他。我猜你知道是怎么回事。”

“没错，”我说，“我知道是怎么回事。你要是想哭的话就哭吧。我不会责备你的。我只是刀子嘴豆腐心。”

我盯着两张照片。其中一张照片上的人正低头看，没多大用。另外一张相当清楚，上面是一个骨瘦如柴的高个子，长着一对细小的眼睛，嘴唇偏薄，下巴尖尖的。要是你忘了擦掉鞋上泥土，这样的男孩会提醒你。我把照片放在一边，望着奥法梅·奎斯特，试图在她脸上发现些什么，哪怕在这样遥远的距离。可我做不到。没有丝毫的血缘共性，当然，这绝对说明不了什么。永远说明不了什么。

“好吧，”我说，“我会前往调查一下。可你应该能猜到发生了什么。他身处一座奇怪的城市。他的收入不错。也许比他一生中任何时候赚得都多。他遇到了之前从未见过的一类人。那绝不是堪萨斯的曼哈顿这样的城市——相信我，绝不是，我了解海湾城。于是他放弃了培训，又不想让家人知道。他会摆平一切的。”

她只是默默地望了我片刻，接着摇摇头说：“不。奥林不是会这样做的那种人，马洛先生。”

“任何人都会，”我说，“尤其是像奥林这样的家伙。那种小城里貌似虔诚的家伙，一辈子生活在母亲的管束、牧师的劝导之下。来到这里他很孤独。他赚到了钱。他想花钱买些甜蜜温馨和五光十色，并不是那种从教堂的东窗照射出来的光线。我倒不是反对这些。我的意思是，他已经受够了这一切，对吗？”

她默默地点了点头。

“于是，他开始了游戏，”我继续说，“可他并不知道怎么玩。那也需要经验。他的生活里充满了荡妇和酒精，他的所作所为对他来说就像是偷了主教的内裤。说到底，这家伙都二十九了，要是他想学坏，那是他的事儿。过不了多久，他就会把错误归咎于别人。”

“我不想相信你，马洛先生，”她缓缓地说。“我不希望母亲——”

“刚才你说过二十美元，”我打断她的话。

她一脸震惊。“我现在就得付钱吗？”

“在堪萨斯的曼哈顿是什么规矩呢？”

“曼哈顿可没有私家侦探。只有常规的警力。其实，是我觉得我们那儿没有。”

她的手再次伸进工具包中摸索，扯出一个红色的零钱包，从中取出一些纸币，钱都分别整齐地折叠起来。三张五美元和五张一美元。钱包里似乎所剩无几了。她半举着钱包，所以我看清了里面是空的。接着，她在桌子上摊开几张纸币，一张一张叠好，推到我面前。动作缓慢而悲伤，仿佛她正在溺死一只最宠爱的猫咪。

“我给你开张收据，”我说。

“我不需要收据，马洛先生。”

“我需要。你不肯给我你的名字和地址，因此我需要留一张有你名字的单据。”

“派什么用？”

“用来证明我是你的代理人。”我拿来收据簿，开了收据，举起本子让她在副本上签字。可她不愿意。过了一会儿，她不情不愿地拿起铅笔，在副本上用工整的秘书字体写下了“奥法梅·奎斯特”。

“还是不留地址？”我问。

“我不想留。”

“那就随时打电话给我。我家里的电话也在电话簿上。布里斯托公寓，428号房。”

“我不太可能来拜访你，”她冷冷地说。

“我还没邀请你呢，”我说，“要是你愿意的话，四点钟打给我。我可能会有所发现，也可能没有。”

她站起身，“我希望母亲不会认为我做错了，”她边说，边用苍白的指甲点了点嘴唇。“我是指到这儿来。”

“只求你别再告诉我任何你母亲讨厌的事了，”我说，“只要略过这部分。”

“哎呀，真是的！”

“别再说‘哎呀，真是的’。”

“我觉得你是个非常粗鲁的人，”她说。

“不，你不是这么认为的。你认为我很可爱。而我认为你是个迷人的小骗子。你觉得我不会为了什么二十美元接下这个案子，对吗？”

她镇定地瞥了我一眼，突然冷酷地瞪着我。“那又是为什么？”还没等我回答，她又说：“因为空气里弥漫着春天的味道？”

我仍旧未回答。她的脸微微泛红。接着她咯咯一笑。

我不忍心告诉她，我只是因为太无聊、无所事事才接了她的案子。也许也是因为春天到了。她眼眸中所蕴含的某些东西却比堪萨斯的曼哈顿更沧桑。

“我觉得你非常善良——真的，”她温柔地说。随后她迅速转身，几乎是跑着离开了办公室。她的脚步沿着外面的走廊发出轻微、尖利的“嗒嗒”声，就仿佛父亲试图享用第二块馅饼时，母亲敲打餐桌边缘所发出的声音。而他身无分文，一无所有，就坐在堪萨斯的曼哈顿门廊里的一张摇椅中，嘴里叼着他的空烟斗。在门廊上的摇椅中摇来摇去，又慢又轻，因为那时你已经中风，只能摇得又慢又轻。嘴里叼着烟斗。没有烟草。除了等待，无所事事。

我把奥法梅·奎斯特来之不易的二十美元装进了一个信封，写上她的名字后扔进了抽屉。我可不喜欢身怀“巨款”到处乱跑。

3

你可能很久以前就知道海湾城，却不知道爱达荷街。你可能知道许多爱达荷街，却不知道爱达荷街 449 号。前方街区的地面高低不平，几乎成了泥地。歪歪扭扭的栅栏隔开了街道对面崎岖不平的人行道，里面是一座木材厂。再往前半个街区，一道废弃的支线铁轨一直延伸进两扇用铁链紧锁的高大木门，门似乎已经有二十年都不曾开启了。小男孩们用粉笔在木门和栅栏上画满了涂鸦。

449号的门廊不深，也未上过漆，上面凌乱地放着五把用铁丝和木头、藤条缠成的摇椅，周围散发着海滩的湿气。矮窗上的绿色百叶窗只放下了三分之二，而且破烂不堪。前门边上有一个巨大的告示牌，上面印有“客满”的字样。那牌子应该是很久以前的东西了，上面已经褪色，还沾着斑斑驳驳的污点。大门通向一条长廊，往里走到三分之一处有一段楼梯。右侧有一个窄架，旁边用锁链挂着一支不褪色铅笔。窄架上面还有一个按钮和一个黄黑色告示牌，上面写着：“经理”，由三枚完全各异的图钉钉着。对面的墙上还装着一部付费电话。

我按了门铃。附近某处传来了声音，不过没人来应门。我又按了一次。还是没有动静。我摸索着走进一扇门，上面挂着一块黑白色金属告示牌，写着“经理”。我敲了敲门，又踢了一脚。不过似乎没人在意我踢它。

我走出了屋子，绕到一侧，那里有一条狭窄的水泥路，通向边门。此处看上去好像就是经理室。屋里其他地方都是房间了。小门廊上有一个脏兮兮的垃圾桶，还有一个装满了酒瓶的木盒子。纱窗后面，屋子的后门大敞着。里面黑漆漆的。我把脸贴在纱窗上往里瞧。透过里间边门门廊处敞开的大门，我看见一把直背椅上搭着一件外套，椅子上坐着一个头戴帽子、身穿衬衫的男人。他是个小个子。我看不清他在干什么，不过他似乎正坐在一张嵌入式早餐桌的一头，那是一个早餐角。

我狠狠敲打着纱窗。那个人没有理会。我敲得更重了。这回他的椅子向后一歪，向我露出一张苍白的面孔，嘴里叼着一支烟。“干啥？”他咆哮道。

“找经理。”

“不在，朋友。”

“你是谁？”

"关你什么事？"

"我要一间房。"

"客满了，朋友。你大字不识吗？"

"我恰好不这么觉得，"我说。

"哦？"他那张干瘪丑陋的嘴继续叼着烟，他用指甲弹去了烟灰。"去你妈的。"

他向前歪了歪椅子，继续做自己的事儿。

我走下门廊时故意发出了声响，然后又悄悄返回去。我小心翼翼地用手摸索着纱门，它上了钩子。我用一把折叠刀的刀刃抬起了钩子，缓缓把它拉出了钩眼。这个过程只发出了轻微的嘀嗒声，可是后面厨房里却传出了更大的叮叮当当的声响。

我走进了屋子，穿过边门门廊，进入了厨房。小个子男人手忙脚乱，还没注意到我。厨房里有一个三眼灶煤气炉，几个架子上堆满了油腻腻的碗碟，残缺不全的冰箱，还有一个早餐角。早餐角的桌子上摆满了钱币。大部分是纸币，不过也有硬币，各种面值。小个子男人正在点钱，将它们码堆，然后记账。他不时地舔舔铅笔，却没有放下叼在嘴里的香烟。

那张桌子上肯定有好几百美元。

"收租日？"我和善地问。

小个子男人猛地转过身。一时间，他脸上露出微笑，一言不发。露出这种微笑的男人心里可不会笑。他从嘴里拿开烟蒂，扔在地上，用脚踩灭。他从衬衫里又取出一支烟，塞在脸上的同一个地方，开始摸索火柴。

"你干得漂亮，不声不响地进来了，"他愉快地说。

没有找到火柴，他在椅子上随意地转过身，伸手去摸外套口袋。某件重物撞到了椅子上。还没等重物掏出口袋，我便抓住了他的手腕。

他身子用力向后倾，外套口袋向我露了出来。我一把抽掉了他身下的椅子。

他重重地坐在了地板上，脑袋撞上了早餐桌的边上。可他还不死心，试图踢我的下阴。我拽着他的外套向后退去，从口袋里掏出一把他刚才在玩弄的点三八口径手枪。

“别坐在地上发愣，”我说。

他缓缓地站起来，假装头晕眼花的模样。一只手在衣领后摸索，突然银光一闪，他的手臂冲我袭来。他可真是只好斗的小公鸡！

我用他的枪从一侧击打他的下巴，他再次坐在了地上。我一脚踩在他拿刀的手上。他的脸庞因痛苦而扭曲，可还是一声不吭。于是，我把小刀踢到角落。这是一把又长又薄的刀，看起来锋利异常。

“你真不害臊，”我说，“对一个只是来找个住处的人动刀动枪。哪怕在这年头，也是犯规了。”

他将受伤的手臂搁在两膝之间，用力挤压，口中吹着口哨。下巴那一击似乎没有伤着他。“好吧，”他说，“好吧，我还不够厉害。拿着钱滚吧。不过可别指望我们会放过你。”

我看着桌上那些收集的小额、中额纸币和那些硬币。“看你身上带这么多家伙，肯定是生意遇到不少阻力，”我对他说。我穿过了里间的门，推了推。门没有锁。我转过身。

“我会把枪放在信箱里，”我说，“下次记得看看谁按门铃。”

他还在温柔地吹口哨，举着他的手。他眯着眼睛，若有所思地望了我一眼，接着把钱都扫进了一只寒酸的公文包里，搭上搭扣。他脱下帽子，整了整，又得意地戴回后脑勺，冲我温和爽快地一笑。

“别管那把枪了，”他说。“城里到处是旧铸铁厂。不过刀子你可以留给克劳森。我是花了好一番工夫才磨成那样的。”

“也用它干了不少活儿？”我说。

“可能吧。”他随意地向我弹了一手指。“也许我们很快会再见的。那时我会有个伙伴。”

“到时叫他穿一件干净衬衫。”我说，“也借你一件吧。”

“天哪，天哪，”他的嘴里骂骂咧咧。“别蹬鼻子上脸。”

他低调地走过我身边，从后门廊走下木头台阶。他的脚步在大街上嗒嗒作响，直到渐渐消失。这声音与奥法梅的高跟鞋在我办公室走廊上响起的咔哒声非常相似。不知怎么的，我有种空落落的感觉，好像算错了王牌。完全不知道为什么。也许和那个小个子身上冷酷的特质有关。没有啜泣，没有威吓，只是微笑，吹着口哨，低低的声音，还有那难以忘怀的双眼。

我走上前捡起那把刀。刀刃狭长而圆薄，就像一把平整圆滑的圆锉刀。刀柄是用质地轻盈的塑料制成，和刀刃连成一体。我握着刀柄，啪地投向餐桌。刀刃插入木头中，轻轻地颤抖着。

我深吸了口气，再次滑下一端的刀柄，用力从木头里起出刀刃。一把古怪的刀，其中的设计和用途都让人不悦。

我打开厨房另一端的门，一手拿着枪和刀，走了进去。

这是一间有壁床的客厅，壁床平放着，床上凌乱不堪。有一张软坐垫椅，扶手上烧了个洞。一张高大的橡木书桌靠墙摆放在前窗边上，斜拉的桌门仿佛老式的地窖门。旁边摆着一张长沙发，上面躺着一个人。他的双脚荡在沙发末端，脚上穿着疙疙瘩瘩的灰色短袜。他的脑袋偏离枕头有两英尺远。枕套的颜色惹人注意。他的上半身套着一件白色的衬衫和一件破破烂烂的灰色毛线衫。他张着嘴，脸上的汗水亮晶晶的，呼吸时就像一台老式的、气缸漏气的福特车。他一边的桌子上搁着满满一盘的烟蒂，其中有些像是手工烟卷。地板上有一瓶几乎没动过的杜松子酒，还有一个杯子貌似盛着咖啡，但肯定是有些日子了。房间里到处是杜松子酒的气味，空气混浊，可也有一种大麻烟的熟悉味道。

我打开一扇窗，为了让肺吸收一些新鲜空气，我把前额抵着纱窗，向外张望。两个孩子正沿着木材厂的栅栏骑自行车，时不时地停下来研究一下边界周围的厕所涂鸦艺术。小区里一片寂静，连条狗都没有。街角处旋起一阵灰尘，好像一辆车刚刚驶过。

我走向写字桌，里面有一本入住登记簿，我细细浏览，直到发现了“奥林 · P · 奎斯特”的名字，那笔迹锋利而又一丝不苟，名字边上有人用铅笔加上了数字 214。我继续翻阅登记簿直到最后一页，不过再没有发现有人入住 214 房了。有一个名叫 G · W · 希格斯的家伙入住了 215 房。我合上桌上的登记簿，走向沙发。那个男人止住了鼾声，右臂甩到身前，仿佛以为自己在演讲一般。我俯下身去，用拇指和食指紧紧捏住他的鼻子，将毛线衫塞进他的嘴巴。他停下了打呼，猛地睁大眼睛。呆滞的双眼中布满了血丝。他奋力挣脱我的手。当我确定他已完全清醒时，我松开了手，捡起那满满一瓶的杜松子酒，取来酒瓶边上的玻璃杯倒了一些。我把酒杯递给那个男人。

他迫不及待地要抢过酒杯，急切之情犹如一个母亲抢过分别已久的孩子。

我突然拿开酒杯，问：“你是经理吗？”

他那黏糊糊的舌头舔了舔嘴唇，说：“杯——杯——”

他试图抢夺酒杯。我把杯子放在他面前的桌子上。他双手小心翼翼地握住酒杯，浇了一脸的黄汤。接着他开怀大笑，把酒杯朝我扔来。我接了个正着，把杯子又倒扣在桌上。那个男人仔细地打量我，不过并不认真。

“你想怎么样？”他沙哑的嗓音里透出怒气。

“是经理吗？”

他点点头，几乎晕倒在了沙发上。“我一定是喝醉了，”他说，“只有那么一丁点儿醉了。”

"还不赖，"我说。"你还有呼吸。"

他双腿垂到地上，勉强坐起身。他突然咯咯乐了起来，东倒西歪地走了三步，又蹲下趴在地上，爬了几步，试图去啃一条椅腿。

我把他拉起来，迫使他再度直起身子，将他放在那张扶手烧焦了的软坐垫椅上，又为他倒了一杯"良药"。他喝了之后，浑身瑟瑟发抖，不过双眼似乎立刻恢复了理智和精明。他这种酒鬼都会有片刻平衡的真实感。你永远猜不到他什么时候会有这种感觉或是会持续多久。

"你他妈的是谁？"他咆哮道。

"我在找一个名叫奥林·P·奎斯特的人。"

"嗯？"

我又重复了一遍。他双手搓了搓脸，简明扼要地回答说："搬走了。"

"什么时候搬走的？"

他挥了挥手，几乎从椅子里跌倒，又朝另外一个方向挥了挥手，好保持平衡。"让我喝一杯，"他说。

我又倒了一杯杜松子酒，举到他难以够着的地方。

"给我，"他迫切地说。"我不高兴了。"

"我唯一想要的是奥林·P·奎斯特现在的地址。"

"让我想想，"他狡猾地说，故意绕开我举着的酒杯。

我将酒杯放在地上，掏出一张名片给他。"这也许会帮你集中精神，"我对他说。

他眯起眼睛仔细瞧了瞧，嗤之以鼻，将名片一折再折，托在手掌上，朝它啐了一口，向身后抛去。

我将杜松子酒递给他。他说了声"祝你健康"便一饮而尽，严肃地点点头，然后将杯子也向身后抛去。杯子沿着地板上滚了一会儿，嘭的一声撞上了踢脚板。那个男人突然轻而易举地站了起来，向天花板伸出大拇指，握紧拳头，用舌头和牙齿发出了尖锐的声音。

“滚蛋，”他说，“我也是有朋友的。”他盯着墙上的电话，然后又狡猾地望着我。“我会叫十几个人来招呼你的，”他冷笑着说。我一言不发。“不信吗，嗯？”他大吼一声，勃然大怒。我摇了摇头。

他走向电话机，从钩子上一把摘下听筒，拨了五位数字。我望着他。1–3–5–7–2。

那一系列动作让他暂时筋疲力尽。他垂下听筒，重重地靠在墙上，坐在了一边的地板上。他将听筒靠近耳边，对着墙壁怒吼：“我要跟医生讲话。”我静静地听着。“文斯！医生！”他气呼呼地大嚷道。他甩了甩听筒，扔到了一边。他双手撑着地，开始绕着圈儿爬。他看到我时，不由得又惊又怒。他再次颤颤巍巍地爬起来，伸出手来，说：“让我喝一杯。”

我取来掉在地上的玻璃杯，从杜松子酒瓶中倒了一些。他接过酒杯那派头就像一位醉醺醺的公爵遗孀，然后挥洒自如地喝了个精光，镇定自若地走向沙发，一头躺倒，还把酒杯垫在脑袋下当枕头。眨眼之间便睡着了。

我把电话听筒放回了挂钩，再次扫视了一眼厨房，摸了摸沙发上的男人身上，从他口袋里摸出了几把钥匙。其中有一把万能钥匙。通向走廊的门装了一把弹簧锁，我固定了锁头，以便能返回，接着就登上了楼梯。我走到半路停下来，在一个信封上写下了“医生——文斯，13572”。也许这是一条线索。

我沿着楼梯向上走，房子里一片寂静。

4

经理这把经过多次打磨的万能钥匙悄无声息地打开了214房的门。我推开门，房里有人。一个身形魁梧健壮的男人正俯身对着床上的手提箱，背对着门口。衬衫、袜子和内裤都摊在床罩上，他正在悠然自得地打包行李，用单调低沉的声音吹着口哨。

房门铰链吱吱作响时，他顿时僵住了。他飞速向床上的枕头下伸手。

“对不起，”我说。“经理说这间房没人住。”

他的脑袋光秃秃的，像一颗葡萄。他身上穿着深灰色法兰绒长裤，蓝衬衫上是透明的塑料背带。他的双手从枕头下抽了出来，摸了摸脑袋，然后又放下来。他转过身来，原来他不是秃子。

头发看起来很自然，光滑的棕发，没有分头路。他从下往上瞪着我。

“你倒是敲敲门呢，”他说。

他的嗓音浑厚，宽阔谨慎的脸庞显得很圆润。

“我干吗要敲门呢？如果经理说房间是空的？”

他心满意足地点点头。眼中的怒气消失了。

虽然没有邀请，我还是向房间里走。一本打开的黄色杂志面朝下放在手提箱边上。一支雪茄在绿色的烟灰缸里冒着烟。房间打理得井井有条，相对于整栋房子来说，这里还算干净。

“他肯定以为你已经搬走了，”我说，试图表现自己的善意和了解真相的天赋。

“刚入住半个小时，”那个男人说。

“好吧，不介意我四下看看吧？”

他干巴巴地笑了笑。“刚进城没多久，是吗？”

“怎么了？”

“刚来这儿，是吗？”

“怎么了？”

“喜欢这房子和小区吗？”

“不喜欢，”我说，“房间看起来还不赖。”

他咧嘴一笑，露出了一颗烤瓷牙，明显比他的其他牙齿要白得多。

“你在这儿看了多久了？”

“刚开始看，”我说，“哪来这么多问题？”

“你逗我发笑，”男人嘴上这么说，却没有笑。“在这个城里你不用找房子。大家都是看也不看直接抢的。这个小地方挤得要命，只要我现在告诉别人这儿有个空房间，马上就能得到十块钱。”

“太糟了，”我说，“一个名叫奥林·P·奎斯特的人告诉我这间房是空的。那么，你就剩下一张十元钞票了。”

“是吗？”他的眼睛眨也不眨。肌肉纹丝不动。我仿佛一直是在对一头海龟讲话。

“别跟我耍横，”男人说，“我可不是好惹的。”

他从绿色玻璃烟灰缸中捏起一支雪茄，吐了一口烟。透过烟雾，我看见了一对冰冷灰色的双眼。我抽出一支香烟，用下巴颏蹭了蹭。

“惹你的人会有什么下场？”我问他。“让他抓住你的假发？”

“你敢取笑我的假发，”他凶巴巴地说。

“真对不起，”我说。

“房子外面有‘客满’的牌子，”男人说，“那你为什么还来这里找空房间呢？”

“你没听清楚这个名字，”我说。“奥林·P·奎斯特。”我将名字拼给他听。即便如此，他看起来仍然很不高兴。一阵死一般的寂静。

他猛地一转身，将一叠手帕塞进行李箱内。我向他凑近了些。待他转过身时，脸上似乎露出了警惕。不过他的脸打一开始就是这样。

“是你的朋友吗？”他随便一问。

“我们是发小，”我说。

“很沉默的家伙，”男人轻松地说，“我过去常和他在一块儿。在加州西部飞机公司上班，是吗？”

“不错，”我回答。

“哦，他辞职了？”

“被炒了。”

我们继续望着对方，但仍然没有什么结果。我们俩这辈子为了看到奇迹都干了不少事儿。

他将雪茄放回面前的烟灰缸，坐在了床沿上，旁边是他打开的行李箱。我向里面瞧了一眼，发现一把自动手枪的方形枪柄从一堆乱七八糟的短裤里露了出来。

“这个奎斯特已经离开十天了，”他若有所思地说道。“所以，他仍然以为房间是空的，啊哈？”

“根据登记簿，它确实是空的，”我说。

他鄙夷地哼了一声。“楼下那个醉鬼大概一个月都没看过登记簿了。那么——等等。”他的目光一凛，一只手在行李箱周围随意摸索，随手拍了拍手枪附近的衣物。当那只手挪开时，手枪便不见了。

“我一早上都晕晕乎乎的，否则我早该知道了，”他说。“你是个侦探。”

“好吧，就算我是。”

“找我干吗？”

“没事，只是好奇你为什么住这间房。”

“我是从走廊对面的 215 房搬过来的。这间房比较好。就这么简单。满意了？”

“非常满意，”我一边说，一边盯着那只随时可能接近手枪的手。

“是哪一类侦探？城里的？让我看看证件。”

我没有答话。

“我觉得你拿不出证件。”

“即便我向你出示，你也会说那是假的，你就是那种人。那么，你就是希格斯。”

他一脸惊讶。

“乔治 · W · 希格斯，”我说，“在登记簿上有，215 号房。你方才告诉我，你是从 215 号房搬过来的。”我四下打量着房间。“要是这里有块黑板，我可以写给你看。”

“严格来说，我们没必要斗嘴，”他说，“当然，我就是希格斯。很高兴认识你。你叫什么？”

他伸出了手。我与他握了握手，不过似乎并非是我期待已久的一刻。

“我叫马洛，”我说，“菲利普 · 马洛。”

“你知道吗，”希格斯彬彬有礼地说，“你是个他妈的大骗子。”

我哈哈大笑。

“我可不吃你嬉皮笑脸这一套，老弟。你有何贵干？”

我掏出钱包，递给他一张我的工作名片。他仔细看过后，用名片边缘敲了敲他那颗烤瓷牙。

他沉吟道：“他大概去了哪儿。没跟我讲。”

我说：“你的语法跟你的假发一样松松垮垮。”

“你要是知道好歹的话，就别打趣我的假发。”他咆哮道。

“我不会吃了它，”我说，“我还没饿到那分上。”

他向我走近一步，右肩一沉。脸上怒火中烧，嘴角向下耷拉着。

“别揍我。我有保险，”我对他说。

“哦，见鬼。又一个疯子。”他耸耸肩，嘴角又恢复了正常。“你究竟想干什么？”

“我要找这个奥林 · P · 奎斯特。”我说。

“为什么？”

我没有回答。

过了一会儿，他说：“好吧。我本人是个安分守己的人，所以我才搬出来了。”

“也许你不喜欢大麻烟。”

“这个，”他空洞地说，“还有其他事。这就是为什么奎斯特走了的原因。让人尊敬，就像我一样。我想，有几个粗鲁的男孩威胁了他。”

“我明白了，”我说。“所以他没有留下转递地址。他们为什么威胁他？”

“你刚才提到了大麻烟，不是吗？他会不会去总部了？”

“在海湾城吗？”我问道，“他为什么要大费周章？好吧，谢了，希格斯先生。走了很久吗？”

“不久，”他说。“不，不是很久。只是有段日子了。”

“你做什么营生的？”我问他。

“营生？”他看起来很受伤。

“是啊，你靠什么来圈钱？你怎样谋生？”

“你误会了，老兄。我是一个退休的验光师。”

“所以你有一把点四五口径的手枪吗？”我一指行李箱。

“别跟我耍嘴皮子，”他板着脸说。“这是家里传下来的。”他再次低头看了看名片。“你是私家侦探吗？”他若有所思地说。“你平时都接些什么活儿？”

“所有算得上正当的活儿，”我回答道。

他点点头。“‘算得上’是个灵活的词儿。‘正当’也是。”

我恶毒地瞥了他一眼。“你说得很对，”我赞同道。“我们找个安静的午后来讨论一下它们的定义吧。”我一伸手倏地抽走了他指间的名片，塞进了我的口袋。“耽误你的宝贵时间了，”我说。

我走出门，关上了门，站在门口侧耳倾听。我不知道想听见什么。可无论是什么，我都一无所获。我有种感觉，他正站在我刚刚离开的地方，盯着我离开的门口。我经过走廊时发出了些声响，最后站在了楼梯口。

一辆汽车从房子前方开走了。某一扇门关上了。我悄悄折回215房，用万能钥匙开了门。我悄无声息地关上门，上了锁，就在里面静静地等待。

5

过了还不到两分钟，乔治·W·希格斯先生走出了门。他悄悄地走出来，要不是我一直在倾听着这个动作，我也会错过的。我听见门把手转动时发出的轻微的咔嗒声。接着传来缓慢的脚步声。随后门轻轻地被关上了。脚步声消失了。远处隐约传来楼梯吱吱嘎嘎的声响。没有动静。我打开215的房门，沿着走廊再次来到了楼梯口。下面有人正在小心翼翼地推门。我低头看见希格斯走进了经理室。他关上了房门。我等待里面传出说话声，却是一片寂静。

我耸了耸肩，返回了215房。

房间里到处是有人住过的痕迹。床头柜上有一个小收音机。床上一片凌乱，下面放着一双鞋，还有一件旧浴袍挂在那破破烂烂的、垂下的绿色百叶窗上，以防外面有人偷窥。

我看着这一切，仿佛其中饱含深意，然后，退回到了走廊，锁上了房门。接着，我又来到了214房朝圣。此刻房门未上锁。我小心翼翼、耐心仔细地搜索了整个房间，却没有发现任何能与奥林·P·奎斯特扯上关系的东西。我原本也不指望有所发现。确实没有理由。不过你照例还是得搜查看看。

我下了楼，在经理室门外倾听，没有动静，于是我走进去将钥匙放在桌子上。莱斯特·B·克劳森在沙发上侧躺着，脸朝墙壁，睡得不省人事。我检查了桌子，发现一本旧账簿，似乎与租金收入和支出有关，没有其他发现。我再次看了看登记簿。上面没有更新，不过沙发上那家伙大概可以说明一切。奥林 · P · 奎斯特已经搬走了。有人接着住进了他的房间。有人替希格斯登记了。那个在厨房里数钱的小个子男人在社区里混得不错。他身上带着手枪和匕首，是咄咄怪事，不过在爱达荷街绝不会招来非议。

我伸手取来桌子边听筒上的海湾城黄页。我觉得要筛选出名字里恰好有“医生”或“文斯”，而且电话号码是 13572 的家伙并不会很费事。首先，我翻阅了一遍登记簿。我打一开始就该这么做。奥林 · 奎斯特登记的那页被人撕掉了。乔治 · W · 希格斯，真是个小心翼翼的男人。非常谨慎。

我合上登记簿，再次望着对面的莱斯特 · B · 克劳森，腐臭的空气里混着甜得发腻的杜松子酒味，还有其他什么气味，不由令人皱起鼻子。我刚到这儿时，脑海中第一次闪过了某个念头。像克劳森这样的醉鬼不应该鼾声如雷吗？他应该打呼声震天，气息抑扬顿挫。可他压根没发出任何声响。一条棕色的军毯搭在他的肩膀上，还盖住了半个脑袋。他看上去非常惬意平和。我站在他对面，低头看去。毯子和他的颈后有个不太自然的突起部分。我动了动毯子。一把方形的黄色木柄插在了莱斯特 · B · 克劳森的颈后。木柄上的一侧上印有“克鲁姆森五金公司谨赠”的字样。木柄的位置恰好位于枕骨突起处的下方。

这是一把冰锥的木柄……

我以每小时三十五英里的速度悄然离开了社区。到了城市边上，一只青蛙跳了出来。我进了一个室外电话亭，打电话报了警。

“海湾城警察局，我是穆特，”一个怒气冲冲的声音说道。

我说：“爱达荷街 449 号，在经理室，那个人名叫克劳森。”

“嗯？”那个声音说。“我们要怎么做？”

“我不知道，”我答道。“我有一点糊涂。不过那个人名叫莱斯

特 · B · 克劳森。明白了吗？”

“那又怎么样？”怒气冲冲的声音断然说道。

“验尸官会知道的，”说完，我挂了电话。

6

我开车回到了好莱坞，把自己锁在办公室里，专心研究那本海湾城黄页。我花了一刻钟就找到了那个电话是 13572、名叫文森特 · 拉加迪医生的人，他自称是一名神经科专家，家和办公室都在怀俄明大街。根据我地图上的显示，那里算不上最好的住宅区，但也不算差。我把黄页锁进了写字桌里，下楼去街角的杂货店买了三明治和咖啡，在电话亭里给文森特 · 拉加迪医生打了个电话。是一个女人接的电话，我费了番工夫才找到了拉加迪医生本人。他接起电话时，声音很不耐烦。他说他非常忙，此刻正在为病人做检查。凡我知道的医生哪个不是呢。我问他认识莱斯特 · B · 克劳森吗？他说从没听说过他。我这么问目的何在？

“今天早上克劳森先生试图打电话给你，”我说。“那时他醉得厉害，话都说不清。”

“可我不认识什么克劳森先生，”医生用冷酷的声音回答道。他现在似乎倒没那么匆匆忙忙了。

“好吧，没关系，”我说。“我只是想确定一下。有人用冰锥扎进了他的颈后。”

一阵沉默后。拉加迪医生突然变得异乎寻常地客气。“有人报警了吗？”

“这个自然，”我说。“不过这与你无关——除非那就是你的冰锥。”

他突然发问：“你是哪位？”语气温和。

“希格斯，”我说。“乔治 · W · 希格斯。我刚从那里搬出来。我可不想掺和进这种事里。我只是估摸着克劳森试图打电话给你——这是他死之前的事，你知道——你可能会有兴趣。”

“很遗憾，希格斯先生。”拉加迪医生说，“可我不认识克劳森先生。我从没听说过克劳森先生或是跟他有任何联系。我对人名的记性特别好。”

“嗯，好吧，”我说。“你现在也见不着他了。不过也许有人会想知道他打电话给你的原因——除非我忘记透露了这条信息。”

又是一阵死一般的沉默。拉加迪医生说：“对此我实在无话可说。”

我说：“我也是。我也许会再打给你。请别误会我，拉加迪医生。这可不是恐吓。我只是个需要朋友、困惑不解的小人物。我觉得医生——就像是一个牧师——”

“我会随时为你服务，”拉加迪医生说。“需要咨询我的话，请不要客气。”

我挂断电话。如果文森特·拉加迪医生诚实可靠的话，他现在就会打电话给海湾城警察局，报告他们这件事。如果他没有报警的话，说明他有问题。查清这点也许有用，也许没用。

7

四点，我写字桌上的电话响起了刺耳的铃声。

“你找到奥林了吗，马洛先生？”

“还没有。你在哪里？”

“怎么了，我在药店里，就在——”

“上来吧，别装玛塔·哈里[①]了，”我说。

---

① 荷兰舞女，历史上最富传奇色彩的女间谍之一。

“你就不会对人礼貌些吗？”她厉声说道。

我挂断电话，灌了一杯老浮尔士德威士忌，振奋起精神迎接来访者。正当我在大口饮酒时，我听见了走廊传来了她的脚步声。我起身向前，打开了门。

“这边请，别让人瞧见了。”我说。

她故作端庄地坐下，静静等待着。

“我所能发现的，”我告诉她说，“就是爱达荷街上的破旅馆里有人兜售大麻。是那种大麻烟。”

“哦，真恶心，”她说。

“人生在世，总会有好有坏，”我说。“奥林肯定很机灵，威胁说要报警。”

“你的意思是，”她用那种小女孩的语气说，“他们为了这个可能伤害他？”

“嗯，很有可能他们最初只是恐吓他。”

“哦，他们吓不倒奥林，马洛先生。”她斩钉截铁地说，“要是有人逼他，他只会更难缠。”

“不错，”我说。“不过我们说的情况不一样。只要方法得当，你能够吓唬住任何人。”

她顽固地噘着嘴说：“不，马洛先生。他们吓不倒奥林的。”

“好吧，”我说。“那么他们没有恐吓他。比如说他们卸下了他的腿，然后用它们来敲打他的脑袋。他会怎么做——写信给商业促进会[①]？”

“你在取笑我，”她温文尔雅地说道。她的声音冷冰冰的，犹如寄宿公寓的肥皂。“这些就是你一整天干的活儿吗？只是发现了奥林已经搬走、那块儿是个糟糕的社区吗？这些我已经调查过了，马洛先生。我以

① 成立于1912年，一些私人特许经销商组成的公司，由商业促进委员会统一领导，目的是促进建立公平有效的市场，以便买卖双方建立互信。

为你是一个侦探，还有——”她的声音越来越弱，剩下的话消失在了空气中。

“我做的要比这些多一点，”我说，“我给了房东一点儿杜松子酒，翻阅了登记簿，还跟一个名叫希格斯的男人交谈过。乔治 · W · 希格斯。他头上戴着假发。我估计你大概还没见过他。他住在，或者是曾经住在奥林的房间。因此，我觉得也许——”这回轮到我的声音越来越弱。

她瞪着那双玻璃镜片后的淡蓝色眼睛，直勾勾地看着我。她的嘴巴小巧、结实又紧绷，双手绞着放在桌子上，前面是她那只巨大的方形包，她全身僵硬，坐得笔挺，一脸端庄不可侵犯的样子。

“我付了你二十美元，马洛先生，”她冷冷地说。“我明白，那是一天工作的报酬。可对于我来说，你似乎并没有完成一天的工作量。”

“的确没有，”我说。“不错，但是一天还没结束。别为那二十块钱唠叨了。你要是愿意的话可以收回去。我碰都没碰过。”

我打开抽屉，取出了她的钱，推到了桌子对面。她看着钱，不过没动。她的视线慢慢抬起，与我四目相对。

“我不是这个意思。我知道你在尽力，马洛先生。”

“仅凭我所了解的情况。”

“可是我所知道的已经和盘托出了。”

“我不这么认为，”我说。

“好吧，我确定我无法改变你的想法，”她刻薄地说，“毕竟，要是我已经掌握了我所希望得知的信息，我就不会来请你调查了，不是吗？”

“我没有说你已经知道了你想知道的一切，”我回答她，“关键是，为了替你工作，我还没有掌握我所想知道的一切。而你告诉我的并不合理。”

“哪里不合理？我已经告诉了你真相。我是奥林的妹妹。我想我清楚他是什么样的人。”

“他在加州西部飞机公司工作了多久？”

“我跟你说过，他大约是一年前离开家乡来到加利福尼亚的。他很快找到了工作，因为他离开家乡前就是干这行的。”

“他隔多久会写信回家？在他停止寄信之前。”

“每周。有时会隔得更久一些。他会轮流写信给母亲和我。当然，这些信都是给我们两个的。”

“信上说些什么？”

“你是指他写了什么？”

“你以为我是什么意思呢？”

“好吧，你别凶我。他会写写他的工作、工厂和那边的人，偶尔会写写他看过的演出。或是关于加利福尼亚。他还写过教堂的事。”

“没提到过女孩们吗？”

“我觉得奥林不怎么喜欢女孩子。”

“一直住在同一个地方吗？”

她点点头，一脸疑惑。

“他什么时候开始不再写信了？”

这个问题令她思考了片刻。她双唇紧闭，指尖在下嘴唇中间按了按。最后她终于开口道：“大约三四个月以前。”

“他最后一封信是几月几号？”

“恐怕——我说不上具体日期了。不过就像我说的，三四——”

我朝她挥挥手。“信上有什么异样的地方吗？说了什么古怪的事或是隐瞒了什么古怪的事？”

“哦，不。与其他家书没有两样。”

“在这个地方你们有什么朋友或亲戚吗？”

她奇怪地瞪了我一眼，刚想要说什么，却猛地摇了摇头说：“没有。”

“好吧。现在我来告诉你哪里有问题。我会跳过你对我隐瞒你的住处这一点，因为你也许是担心我会手臂下夹着一夸脱的烈酒冲过来调戏你。”

“这么说话可不是非常有礼貌，”她说。

“我说不来礼貌的话，我不是个好人。按照你的标准，任何一个没有至少三本祈祷书的人都不会是好人。可我的好奇心重。眼下最奇怪的是你居然不害怕。无论是就你个人而言，抑或是你的母亲。你应该害怕得要死才对。”

她纤细紧绷的手指死死地将包包抓在胸前。“你是说他出事了？”她的声音越来越弱，化作了一种悲伤的低语，像是殡葬业主在向死者家属要定金一般。

“我不知道有没有出事。不过我要是你的话，清楚奥林的为人，知道他写信来，之后突然中断，我才不会坐等到夏天休假才跑来问一堆问题。我可不会绕过警察，他们可是有专门找人的机构，反而去找一个你闻所未闻的独行侠，请求他为你大海捞针。我也不明白你亲爱的老母亲怎么能定定心心地坐在堪萨斯的曼哈顿家中，一周一周地为牧师缝补内裤。没有收到奥林的信。没有消息。她唯一做的就是深深地吸口气，然后接着缝补另外一条内裤。”

她一下子蹦了起来。“你真是个讨人厌的家伙，”她气愤地说。“我觉得你很邪恶。你竟敢说我母亲和我毫不担心。你怎么敢这样说。”

我将二十元的纸币向桌子的另一侧又推了推。“你担心的是二十美元的价值，亲爱的，”我说。“并非是向我隐瞒的事。我觉得我真不想知道。把这一大张折叠的纸币放回你的工具包里，忘记见过我的事。明天你也许还想借给另外一个侦探呢。”

她气急败坏地合上包，压在钱上。“我永远不会忘记你的粗鲁，”她咬牙切齿地说，“这世界上还没人这么跟我说话过。”

我站起身，从桌子的一头溜达过来，“别想太多了。你也许会喜欢我的方式。”

我突然向前伸手，摘掉了她的眼镜。她向后退了半步，几乎要跌倒，我下意识地一手抱住了她。她双目圆睁，双手抵住我的胸膛，用力推开我。我仿佛是在被一只猫咪用力推搡。

“要是没有眼镜的话，这双眼睛可真漂亮，”我一本正经地说。

她松弛了下来，头向后一仰，双唇微微张开。“我猜你对所有的委托人都来这一套，”她温柔地说。此时，她的双手垂至身体两侧。她的包重重地敲在了我的腿上。她全身的重量都倚在了我的手臂上。要是她希望我松手的话，她给我的暗示则完全相反。

“我只是不想让你失去平衡，”我说。

“我知道你是细心的人。”她的身体愈加放松了。她的头回了过来，上眼皮耷了下来，不时颤抖几下，双唇张得更开了。嘴上浮现出一抹挑衅似的微笑，似乎与生俱来。“我估计你以为我是故意这么做的，”她说。

“故意怎么做？”

“摔倒，差一点。”

“好吧——”

她的一只手臂忽然搂住我的脖子，使劲将我拽向她。于是，我吻了她。抑或是啃了她一口。她狠狠地用嘴唇压了我好一会儿，接着温柔而舒缓地在我怀里扭动挣扎。她如释重负地叹了口气。

“要是在堪萨斯的曼哈顿，你这样会被逮捕的，”她说。

“要是这也算正义的话，我光在那儿就会被逮捕。”我说。

她咯咯一笑，用指尖戳了戳我的鼻尖。“我以为你喜欢随便的女孩儿，”她抬起头斜视着我。“至少你不必去抹掉口红印了。也许下回我会涂些口红。”

“也许我们最好坐在地上，”我说，“我的手臂酸了。”

她又咯咯笑了起来，优雅地挣脱了我。“我猜你会认为我有许多接吻经验，”她说。

“哪个女孩不是呢？”

她点点头，垂着头瞥了我一眼，只见睫毛遮住了她大半个眼睛。“哪怕在教堂聚会上也会有接吻游戏的，”她说。

“或者是根本没有教堂聚会。”我说。

我们俩都面无表情地互望着对方。

“好吧——”最后她开口道。我将眼镜还给她。她戴上眼镜，打开包，照着一面小镜子，然后又在包里摸索着，手上捏着什么东西。

“我很抱歉，我很小气，”她说，将什么东西压在我桌上的便条簿下面。她又露出了一个浅浅的、虚弱的微笑，然后大步走向门口，打开了门。

“我会给你打电话，”她亲昵地说。出门后，走廊上传来了哒哒哒的声音。

我走上前，移开便条簿，将压在下面那张皱巴巴的纸币摊开铺平。这算不上一个吻，不过似乎我有机会再挣到二十块钱了。

我还没来得及开始担心莱斯特·B·克劳森先生，电话铃响了。我心神不宁地去接电话。我听见一个生硬的嗓音，低沉而浑厚，仿佛有人在用窗帘或是某人长白的胡须勒住他。

“你是马洛吗？”电话那头说。

“请讲。”

“你有保险箱吗，马洛？”

我受够了一整个下午都表现得彬彬有礼，“别问了，有屁快放。”我说。

“我问你一个问题，马洛。”

“我不回答，”我说。“就像这样。”我伸手去按电话机的挂机按钮，同时另一只手去摸索一支香烟。我知道他立马就会打回来。这种傲慢自负的家伙总是这样。他们还没用上退场白。当电话铃再次响起时，我便开门见山。

“如果要谈生意就直说。还没付佣金之前，要称呼我先生。”

“别那么火冒三丈，朋友。我遇上了麻烦，我需要帮助。我要找个安全的地方藏一件东西。只要几天，不会很久。你可以赚笔外快。”

“有多少？”我问。“有多快？”

“一百块钱。你就等在那儿。我正帮你捏着呢，热乎乎的。”

“我听见它在喵喵地叫，”我说。“在哪儿等着？”那个声音我听了两遍，一遍传入我的耳中，还有一遍在我的脑海中回响。

“凡努斯旅馆332房。敲门声两长两短。别敲得太响。就像拍电影一样。你最快——”

“你想让我保管什么？”

“等你到了再说。我说了，我很着急。”

“你叫什么名字？”

“找332房就行了。”

“谢谢你打来电话，”我说。“再见。”

“嘿，等等，笨蛋。不是你想象的赃物，不是毒品，不是翡翠坠子。对我来说恰好值一大笔钱——对别人来说一文不值。”

“旅馆里有保险箱。”

“你就想穷死吗，马洛？”

“为什么不？洛克菲勒也是穷死的。再次再见。”

电话里的声音突然变了。卸下了伪装，声音变得刺耳，语速飞快：“海湾城的那些小事怎么样了？”

我没吱声。只是静静等待。电话那头传来模糊的嘲笑声。“想想，这可能是你感兴趣的，马洛。在332房。迈开步子，快快行动起来。”

电话“咔哒”一声，我挂断了。不知怎么，一支铅笔滚落下了写字桌，掉在一条桌腿上的玻璃玩意儿上，折断了笔尖。我捡起铅笔，把它放进固定在窗框边上的波士顿卷笔刀里，慢慢仔细地转动着，将铅笔削得光滑均匀。我将铅笔放在桌子上的文具盒里，掸掉手上的笔屑。我是世界上最有空的人。我望向窗外，没看见什么，也没听见什么。

随后，我更是毫无缘由地看见了奥法梅·奎斯特那张除去眼镜的脸庞，光滑整洁，精心修饰，金发高高地盘在前额上，一条发辫盘在中央。还有一对性感的眼睛。她们都有性感的眼睛。我尝试想象着一个特写镜头下，某个来自完全开放的罗曼诺夫酒吧、充满阳刚之气的男性正在狂吻着这张脸。

我花了二十九分钟来到了凡努斯旅馆。

8

很久以前，这里有一度必定是富丽堂皇的。可现在辉煌不再了。雪茄的味道还残留在大厅里，就像天花板上的镀金漆一样显得污迹斑斑，长皮椅里的弹簧绵软无力。随着岁月的侵袭，大理石桌面已经泛黄。不过地毯倒是新的，看上去硬邦邦的，就像客房服务员的臭脸。我从他身边经过，悠闲地踱步来到角落的香烟柜台，放下两毛五，买了一包骆驼牌香烟。柜台后的女孩一头稻草色的秀发，脖子修长，眼神倦怠。她把香烟放在我面前，又加了一包火柴，然后把我的找零扔进了标有“社区募捐感谢你”字样的投币盒里。

“你会希望我这么做的，对吗？”她耐心地微笑着说。“你会希望我把这些零钱捐给那些贫困可怜、缺胳膊少腿的孩子，对吗？”

“假如我不想呢，”我说。

“我抠出七分钱来，”女孩说，“倒也不麻烦。”她拖着低低的嗓音说道，就像一条湿浴巾一般湿润地抚摸着你。我又往里面塞了两毛五。于是她向我粲然一笑，嘴巴都合不拢了。

“你真好，”她说。“我看得出你是个好人。很多人到这里来就为了调戏姑娘。想想看，只要花七分钱，就可以调戏。”

“现在这里谁值班？”我问她，没搭她的话。

“有两个人。”她缓慢而优雅地拨弄着后面的头发，露出了鲜红鲜红的指甲。“哈迪先生值夜班，弗莱克先生值日班。现在是白天，所以是弗莱克先生在当班。”

“我在哪里能找到他？”

她探过身子，我闻到了她秀发的香味，那长着半英寸指甲的手向电梯一指。“沿着那条走廊，就在门房间边上。你会看到门房间，因为那半截门上有镀金的‘门房’二字。只是那半截门有点向里折，所以我估计你也许会找不到。”

“我会找到的，”我说。“哪怕我得在脖子上装一个铰链。弗莱克长什么样？”

“嗯，”她说，“他有点儿矮胖，留着八字胡。很结实的那种，只是个头不太高。”她的手指慵懒地划过柜台，放在了我不费力就能碰到的地方。“他可不是很有趣，”她说。“干吗找他？”

“公事，”说着我便走开了，趁她还没掐住我的脖子之前。

我走到电梯时回头看了她一眼。她在我身后注视着我，脸上的表情她可能称之为若有所思。

门房间位于通向温泉街那条走廊的半当中。里面的门是半敞开着的。我四下打量了下门口，接着进了门。

一个男人坐在一张布满灰尘的小桌子前，桌上摆放着一个巨大无比的烟灰缸和其他一些小玩意。他个子不高，却粗壮结实。鼻子下方长着约一英寸长的黑色胡碴。我坐在了他的对面，将一张名片放在桌上。

他波澜不惊地拿起名片，看了一眼，又翻过名片看了一下背面，同样也毫无兴趣的样子。名片背面没有字。他从烟灰缸里捏起一支抽了一半的雪茄，点火时几乎烧到了他的鼻子。

“有什么麻烦？”他向我咆哮道。

“没有麻烦。你是弗莱克吗？”

他不愿回答，目光坚定地望了我一眼，这也许隐藏、也许暴露了他的想法，这取决于他是否有东西要隐藏。

“想要了解一位客人的情况，”我说。

“叫什么？”弗莱克不动声色地问。

“我不知道他在这里登记的名字。他住 332 房。”

“他来这里之前叫什么名字？”弗莱克问。

“我也不知道。”

“好吧，他长什么样？”弗莱克此刻起了疑心。

他重新看了我的名片，不过并没有增加他的信息。

“据我所知，我从没见过他。”

弗莱克说：“我肯定是累坏了，我没明白。”

“他打了个电话给我，”我说，“他想要见我。”

“我也没阻止你啊？”

“瞧，弗莱克。干我这行经常会跟人结怨。你应该明白这点。这家伙想要干什么事，叫我立马过来，还没告诉我他的名字，就挂断电话了。我认为在我去他那儿之前，我得做点小小的调查。”

弗莱克将叼在嘴里的雪茄取出，耐心地说：“我现在心情很糟糕。我还是没明白。对我来说什么都不重要了。”

我从桌子上探过身去，缓慢而清晰地对他说：“整件事极有可能会演变成将我骗进一家旅馆的房间，然后把我干掉，再悄悄地退房。你不会希望在你的旅馆里发生这样的事件吧，对吗，弗莱克？”

“就算我在意，”他说，“你以为你就有那么重要吗？”

“你吸那玩意儿是因为你喜欢还是因为你觉得吸它很有派头？”

“一星期赚四十五块，”弗莱克说，“我还抽得起更贵的吗？”他死死地瞪了我一眼。

“没要你报销，”我说，“没有交易。”

他悲愤地咕哝了一声，疲惫不堪地站起身，走出了房间。我点了根自己的烟，静静等待着。不一会儿他就回来了，在桌子上放下一叠登记卡片。“G · W · 汉布尔顿医生，加利福尼亚的艾尔森特罗”这些字是用钢笔写的，字迹稳重圆实。服务员在上面还登记了其他内容，包括房间号和日期。弗莱克伸出手指点了点卡片，他的指甲急需修剪，或是洗刷。

“下午 2 点 47 分到的，”他说。“就是今天。账单上没有别的，只有一天的房费。没有电话。什么都没有。这是你要找的人吗？”

“他长什么样？”我问。

“我没见过。你以为我会站在前台的边上，在他们登记时给他们都拍个照？”

“谢了，”我说，“G · W · 汉布尔顿医生，艾尔森特罗。非常感谢。”我把登记卡片递还给了他。

“还有什么要告诉我的吗，”我出门时弗莱克说，“别忘了我在哪儿谋生。如果你称之为谋生的话。”

我点点头，走出了门。总是有这样的时候，你遇见的每个人都是笨蛋。你开始照照镜子，暗自纳闷。

9

332 房位于大楼的后面，靠近消防通道。走廊里混合着一股旧地毯、家具护理油，还有那些默默无闻、单调乏味的生命所散发出来的味道。位于消防软管下方的沙桶里积了好些天的烟蒂和雪茄蒂。一台收音机通过敞开的气窗迸发出刺耳的音乐。通过另一个气窗，人们正在为了什么事捧腹大笑。来到走廊尽头的 332 房，这里安静许多。

我根据指示，敲门时两长两短。里面没有动静。我感到疲惫不堪，仿佛自己一辈子都在廉价旅馆里敲门，却没人搭理。我又试了试。随后我转动门把手，走进了房门。只见一把挂着红色纤维牌的钥匙插在里面的钥匙孔中。

右侧是一段短小的过道和浴室。过道尽头可以看见一张床的上半部分，一个男人身穿衬衫和裤子，躺在床上。

我开口道："汉布尔顿医生吗？"

那个人没有答话。我走过浴室门口，来到他面前。一阵香水味扑面而来，我随即转身，不过还是慢了一步。浴室里有一个女人站在那儿，手上拿着条毛巾遮住了大半张脸，只露出深色的太阳眼镜。她戴着一顶有点灰蒙蒙的翠雀蓝色宽檐草帽。帽檐下一头蓬松的浅色金发。蓝色的耳钉潜藏于后面的阴影中。那副太阳眼镜是那种白色镜框、侧边扁平的款式。她的裙子与帽子搭配得相得益彰。裙子外面的刺绣或人造丝外套敞开着。她戴了一副长手套，右手上握着一把手枪。白骨手柄，看上去像是把点三二口径的手枪。

"转过身去，双手放在身后。"她透过毛巾说。隔着毛巾，她的声音含糊不清，就像那副深色眼镜一般，我对她完全没有印象。这不是那个在电话上同我交谈的声音。我没挪动。

"别以为我在闹着玩，"她说。"我只给你三秒，照我说的做。"

"你就不能拖到一分钟吗？我喜欢看着你。"

她用那把小手枪比划了一个威胁我的动作。"转过身去，"她厉声喝道，"要快。"

"我也喜欢你的声音。"

“好吧，”她的语气紧绷而危险，“如果你想要这种方式的话，我就成全你。”

“别忘了你是一位淑女，”我说着转过身，双手抱头，枪口对准了我的后颈。几乎连呼吸都喷到了我的皮肤上。香水的味道很优雅，不是很浓烈、很强硬的那种。手枪突然移开了，一片白色的火焰一下子在我眼前炸开了。我咕哝一声，身体向前倒下，突然迅速向后一抓。我的手碰到了一条穿尼龙丝袜的长腿，可又脱手了，真可惜。感觉这像是一条美腿。击打在脑袋上的另一拳马上驱散了这份喜悦，我发出了一个绝望男人会发出的那种嘶哑的吼声。我瘫倒在了地上。门开了，钥匙咔哒作响，然后门关上了。钥匙转动后，一片寂静。

我挣扎着爬起来，走进浴室。我从架子上取下一条毛巾，浸在冷水里，擦洗自己的脑袋。这感觉就像是被一只鞋跟打中了。那肯定不是枪托。只出了一点儿血。我洗干净了毛巾，站在原地轻拍伤口，纳闷自己为什么没有尖叫着去追她。不过我看到了洗手盆上方打开的药柜。一罐爽身粉被撬开了，撒得架子上到处都是。一管牙膏被切开了。有人在找什么东西。

我回到了短小的过道，试了试房门。房门被人从外面上锁了。我弯下腰，透过钥匙孔仔细查看。不过那是一把安全锁，外面和里面的钥匙孔高度不相同。那个戴白框深色太阳镜的女孩不太了解旅馆。我扭动里面的弹簧锁，便开了外面的锁，打开门后，我望着空空如也的走廊，再次关上了门。

接着，我走向躺在床上的那个男人。直到现在他都没有动弹过，原因是显而易见的。

走过那短小的过道，房间豁然开阔了，透过几扇窗，夕阳的光线倾斜地射入房内，几乎照到了床上，停在了那个男人的脖子下方。阻碍光线的是个蓝白相间、闪闪发亮的圆形东西。他相当舒适地半侧着脸躺在那儿，双手垂在身体两侧，鞋子掉在了地上。他的一侧脸枕在枕头上，似乎非常放松。他戴着一顶假发。上一次我同他交谈时，他的名字是乔治 · W · 希格斯。现在他成了 G · W · 汉布尔顿医生。首字母相同。这倒也没什么要紧。我不会再跟他交谈了。周围没有血迹。一丁点血迹都没有，这是一次极罕见、漂亮、专业的冰锥刺杀。

我摸了摸他的脖子。尚有余温。正在此时，太阳光从冰锥柄移向了他的左耳。我转过身，仔细检查了房间。电话盒被人打开了。基甸版《圣经》扔在一边的角落里。有人搜过了写字桌。我走近一个衣柜，向里面查看。里面有些衣服，还有一个我曾经见过的行李箱。我没有找到任何貌似重要的线索。我从地上捡起一顶软檐呢帽，放在写字桌上，然后走进了浴室。现在的关键点在于用冰锥刺杀了汉布尔顿医生的人是否找到了他们想要的东西。他们的时间非常有限。

我小心翼翼地搜查了浴室。我移开了马桶水箱的盖子，放干了水。里面没有东西。我向下窥视了溢流管，没有发现任何另一头绑着小物件的垂线。我又搜查了梳妆台，除了一个旧信封，别无他物。我松开纱窗的钩子，摸了摸外面的窗台底下。我捡起地上的基甸版《圣经》，又翻了一遍。我检查了三幅画的背面，研究了地毯的边缘。地毯是被牢牢地钉在墙根的，大头钉的凹陷处聚集了一点灰尘。我趴在地上，检查了床底。同样一无所获。我站在一把椅子上，查看了灯罩。里面积了许多灰和死蛾子。我仔细查看了床铺。床是由专业人员铺的，铺完之后就没动过。我摸了摸死者脑袋下的枕头，然后又从柜子里拿出了另外一个枕头，检查其边缘。还是一无所获。

汉布尔顿医生的外套挂在一把椅子的椅背上。我把外套里外摸了个遍，心里明白这是最不可能有所发现的地方。有人用刀划开了内衬和垫肩。外套里有火柴，几支雪茄，一副深色太阳镜，一条未使用的廉价手帕，海湾城电影院票根，一把小梳子，一包没拆封的香烟。我在灯光下瞧了瞧，没有被人拆开过的痕迹。我拆开了包装，撕掉盒盖，将里面全部掏空，除了香烟，没有其他东西。

现在只剩下汉布尔顿医生自己了。我将他轻轻扳正，手伸进他的裤子口袋。里面有些零钱，另一条手帕，一小卷牙线，火柴，一串钥匙，以及折成豆腐块的公交车时刻表。一个猪皮钱包里放着一些邮票、第二把梳子(这家伙可真爱惜他的假发)、三小包白色粉末以及七张名片，上面印着"G · W · 汉布尔顿医生，加利福尼亚州艾尔森特罗，塔斯廷大楼，门诊时间上午九点到十二点，下午两点到四点，需预约。电话：艾尔森特罗 50406"。除此之外，没有驾照、社保卡、保险卡，没有一点能证明其真实身份的东西。钱包里有一百六十四美元。我把钱包放回原处。

我从桌上拿起汉布尔顿医生的帽子，检查了防汗带和缎带。缎带结已经被人用刀尖挑断，带子垂着。缎带结里没藏东西，也看不出有拆掉再缝上的痕迹。

关键就在这儿。如果杀手知道他们要找的是什么，那东西肯定是能够藏在书、电话盒子、牙膏或是帽子的缎带里的。我返回浴室，再次看了看自己的头部。伤口仍然在渗出滴滴的血迹。我再用冷水冲洗，用卫生纸擦干，然后将纸扔进马桶冲掉。我回到房间，站在那里，对着汉布尔顿医生低头看了一会儿，心想他究竟有什么过失。他似乎是个精明的家伙。此刻，阳光移到了房间的远端，远离床铺，缩到了一个满是灰尘的悲哀角落。

突然，我咧嘴一笑，迅速俯下身子，嘴角依旧挂着那不合时宜的笑容，扯下了汉布尔顿医生的假发，将它由里向外一翻。得来全不费工夫。有一张橘黄色的纸片用透明胶粘在了假发的衬里上，外面用一块方形的玻璃纸保护着。我扯下了纸片，翻过来一看，这是一张写了号码的提货单，属于海湾城照相馆。我把它塞进我的钱包，小心翼翼地把假发放回死者光秃秃的脑袋上。

我离开房间时没有锁门，因为我没有办法上锁。

走廊上的气窗仍然传出收音机刺耳的声音，夹杂着那夸张而醉醺醺的笑声回荡在整个走廊上。

10

在电话里，海湾城照相馆的人说："是的，希格斯先生，你的照片已经洗好了。六张放大的光面照片。"

"你们几点关门？"我问。

"哦，大概还有五分钟就要关门了。我们早上九点开门。"

"那我早上再来取照片。谢了。"

我挂断电话，手下意识地伸到出币口，找到了别人的硬币。我步行来到一个快餐店，用那些硬币给自己买了杯咖啡，坐在那里独自享用，听着外面大街上汽车喇叭乱鸣。是时候回家了。喇叭声响起，汽车呼啸而过。老式的刹车发出刺耳的声响，人行道上传来单调沉闷的脚步声。五点半刚过。我喝完咖啡，填了一管烟斗，悠闲地走过了半个街区来到凡努斯旅馆。在旅馆的写字间，我将那张橘黄色的提货单折好，塞进一个旅馆专用信封，上面写上自己的地址。我贴上了特快专递的邮票，然后丢进了电梯间旁边的邮筒。接着，我又来到了弗莱克的办公室。

我再次关上了他的门，坐在了他对面。弗莱克似乎没有挪动过一丝一毫。他仍然在愁眉苦脸地叼着雪茄，眼神依然一片空洞。我拿起桌子边上的火柴，重新点燃了我的烟斗。他愁眉紧锁。

"汉布尔顿医生没有应门，"我说。

"嗯？"弗莱克茫然地望着我。

"332 房那个家伙？记得吗？他没有开门。"

"我该怎么做——要为难我？"弗莱克问。

"我敲了好几次门，"我说，"没有回应，我以为他在洗澡或是有别的事，尽管我没有听到里面有任何动静。我离开了一会儿后，再次回来敲门。还是没有反应。"

弗莱克瞅了一眼从马甲里掏出来的怀表，"我七点下班，"他说。"天哪，还有整整一小时，还不止。孩子，我饿了。"

"照你的方式来处理吧，"我说，"没问题。你得保持体力。我让你对332房的客人产生兴趣了吗？"

"你说他不在里面，"弗莱克恼火地说。"那又怎么样？他不在而已。"

"我可没说他不在。我是说，他没有来应门。"

弗莱克身子向前探来。他非常小心地将雪茄灰移开，放到烟灰缸中。"说下去。我开始有兴趣了，"他不急不慢地说。

"也许你想上楼去看看，"我说。"也许你不曾见过一流的冰锥刺杀。"

弗莱克双手搁在椅子的扶手上，使劲绞着坚硬的木头。"老天，"他痛不欲生地叫道，"老天。"他站起身来，打开桌子抽屉，取出一把黑色大手枪。只见他咔哒一声打开枪膛，看了看子弹，斜着眼瞄了瞄枪管，又将弹筒复位。他解开马甲的纽扣，把手枪塞在里面的腰带里。遇到危急情况，不到一分钟，他就能全副武装。他果断戴上帽子，大拇指向门口一戳。

我们悄无声息地来到了三楼，穿过走廊。一切都如原样，周围没有什么异样的声响。弗莱克匆匆跑到了332房门口，出于习惯，用力敲了敲门。接着他又试了试门把手。他回头望着我，嘴角有些抽搐。

"你说房门没有锁，"他抱怨道。

"我可没这么说。虽然刚才是没锁的。"

"可现在是锁上的，"弗莱克说着，从一长串钥匙中拆下一把。他开了锁，上下打量着过道。他旋转门把手时动作很轻，没有发出声响，将门开了几英寸。他侧耳倾听着。里面没有任何动静。弗莱克退后几步，掏出腰间的黑色手枪。他从门锁上拔出钥匙，一脚把门踢开，又稳又狠地举起手枪，活像警匪片里的强盗。“走，”他嘴角迸出一个字。

越过他的肩膀，我看见了汉布尔顿医生躺在原处，不过在门口看不见冰锥的柄。弗莱克探身向前，小心翼翼地逼进房间。他走到浴室门口时，从门缝处向里张望，然后猛地推开门，直到它撞到了浴缸。他走进浴室，随后又出来，一步步走进了房间，他是一个不会冒险、高度警惕的男人。

他试了试拉开柜门，端起枪，猛地一拉。柜子里没有嫌犯。

“看看床底下，”我说。

弗莱克迅速弯腰，看了看床底。

“地毯下面，”我说。

“你要我吗？”弗莱克凶巴巴地说。

“我只是喜欢看你工作。”

他弯下腰看着死者，仔细研究那把冰锥。

“有人锁了门，”他冷笑一声，“除非是你撒谎说它没锁。”

我没有回答。

“我猜大概是警察，”他缓缓地说。“这回瞒不住了。”

“这不是你的错，”我说。“高级旅馆也会发生这种事。”

11

那个一头红发的实习生填写了到院前死亡证明，将他的铁笔[①]夹在白夹克的口袋里。他啪地合上本子，脸上隐隐露出笑容。

---

① 刻写誊印蜡纸用的笔。

“依我之见，是枕骨突起处正下方的脊髓被刺穿，”他谨慎地说，“一个非常脆弱的部位，只要找得准的话。我想你是知道的。”

克里斯蒂·弗伦奇警探大吼道，“你以为我是第一次见到这种事吗？”

“不，我想不是，”实习生回答说。他最后迅速地瞟了一眼死者，转身走出了房间。“我会打电话给验尸官，”他扭头说道，随后关上了门。

“僵硬程度对于那些菜鸟来说，就好比一盘加热过的卷心菜，”向着关上的门，克里斯蒂·弗伦奇刻薄地说。他的搭档是一个名叫弗雷德·贝福斯的警察，此刻正单膝跪在电话盒旁。他已经用毛刷掸去上面的散粉，寻找指纹，此时正透过一枚小小的放大镜查看一块污迹。他摇了摇头，然后从连接电话盒的螺丝上捡起了什么东西。

“灰色棉质的殡仪员手套，”他一脸厌恶地说。“批发价大约四分钱一副。上面有很多指纹。他们肯定是在电话盒里找东西，是吗？”

“显然是可能藏在这里的某件东西，”弗伦奇说。“我不指望指纹了。这种冰锥刺杀是专业活儿。我们过一会儿会找来专家。现在就迅速浏览一遍。”

他掏了掏死者的口袋，把里面的东西都一一放在床上——放在那具安静、苍白的尸体旁边。弗莱克坐在靠窗的一把椅子上，愁眉苦脸地望着窗外。副经理来了，忧心忡忡的模样，一言不发就走开了。我倚靠在浴室的墙上，拨弄着手指。

弗莱克突然开口说：“我看冰锥杀人多半是娘儿们的把戏。冰锥随处都能买到，十分钱一把。要是图省事，你可以把它藏在吊袜带里，就这么吊着。”

克里斯蒂·弗伦奇扫了他一眼，眼神里带着一种好奇。贝福斯说：“你都跟哪种娘儿们混啊，宝贝？现在的丝袜可贵了，娘儿们宁愿在丝袜里塞一把锯子。”

“我没想到这点，”弗莱克说。

贝福斯说："让我们来思考吧，甜心。这需要训练有素。"

"没必要这么损吧。"弗莱克说。

贝福斯摘下他的帽子，鞠了一躬道："你不能剥夺我们的小小乐趣，弗莱克先生。"

克里斯蒂·弗伦奇说："另外，女人会一而再再而三地刺。她甚至都不知道该刺几下。很多雏儿都不知道。这次无论是谁干的，他都是个高手。他一下就刺中了脊髓。还有一样——你得不知不觉地下手。那就意味着现场不止一个人，除非他被下了药，或者杀手是他的朋友。"

我说："我不明白他怎么会被下药的，如果他就是那个给我打电话的人。"

弗伦奇和贝福斯齐刷刷地望向我，都挂着一脸的无奈和厌烦。"如果，"弗伦奇说，"你既然不认识这个家伙——据你所说——就有一丝可能你无法识别他的声音。还是我过于抠细节了？"

"我不知道，"我说。"我可没读过你的粉丝来信。"

弗伦奇咧嘴一笑。

"别跟他瞎耗了，"贝福斯对弗伦奇说。"留着到'星期五早晨俱乐部'[①]演讲用吧。她们那些鼻子发光的老女人会特别欣赏高明的谋杀分析。"

弗伦奇卷了支烟，在椅背上擦着一根粗头火柴点着了烟。他叹了口气。

"这种技巧最早出现在布鲁克林，"他解释道，"桑尼·莫·斯坦的手下特别精通这种手法，可他们做得过火了，就没有一块他们不曾染指的干净空地。于是他们到了这儿，干了这些。真搞不懂他们为什么这么做。"

---

① 洛杉矶的一幢历史建筑，建于 1923 年，也是同名的女性俱乐部地址所在。

“也许是因为我们这里空地比较多，”贝福斯说。

“不过说也奇怪，”弗伦奇说，仿佛说梦话一般。“去年二月，威皮 · 莫耶找人在富兰克林大道上干掉斯坦时，杀手用的是手枪。莫肯定够受。”

“我打赌，所以他们把他脸上的血冲掉后，看见他脸上失望的表情。”贝福斯评论道。

“威皮 · 莫耶是谁？”弗莱克问。

“他是组织里仅次于莫的二号人物，”弗伦奇说。“那很可能是他主使的。倒不一定是他亲自动的手。”

“为什么不是？”弗莱克恶狠狠地问。

“你们这些家伙从不读报纸吗？莫耶现在可是绅士呢。他结识的都是上流社会的人。他都取了另外一个名字。至于桑尼 · 莫 · 斯坦遇害时，莫耶正因为赌博抽老千被我们拘捕，不过我们没有确凿的证据，反而给了他一个完美的不在场证明。不管怎样，正如我所说，他现在是一位绅士，绅士可不会拿着冰锥到处扎人。他们会雇人动手。”

“你们有没有捉到莫耶的什么把柄？”我问。

弗伦奇眼神犀利地望着我。“怎么？”

“我只是有个想法。不过还不够成熟，”我说。

弗伦奇缓缓地打量我。“就当是我们关起门来的悄悄话吧，”他说，“我们甚至都没法证明抓到的人是不是莫耶。不过别对外泄露消息。知道这消息的应该只有他本人、他的律师、地方检察官、警方、市政府以及其他两三百人吧。”

他将死者的空钱包在大腿上拍了一下，然后坐在床上。他随意地靠在尸体的腿上，点燃一支烟，随手一指。

“好了，杂耍的时间到此为止了。弗雷德，我们有以下这些发现。首先，这位客人不太聪明。他以 G · W · 汉布尔顿医生的名字登记，名片上印着艾尔森特罗的地址和电话号码。只要花两分钟就能证实是否有这样一个地址或电话号码。聪明人不会这么门户大开。其次，这个家伙肯定不是很富。他一共有叠得整整齐齐的十四美元，还有大约两块钱的零钱。钥匙圈上没有汽车钥匙、保险箱钥匙或房门钥匙。他只有一把行李箱的钥匙，还有七把耶尔万能钥匙，而且是最近才打造的。我估计，他是在打旅馆的主意。你觉得这些钥匙会在你们这破地方用得上吗，弗莱克？”

弗莱克走上前来，瞪着这些钥匙。“有两把大小一样，”他说，“光看形状我还说不准。如果我想要一把万能钥匙，我得从办公室里拿。我身上只有普通的钥匙。如果客人不在，我就用它开门。”他从口袋里掏出一把钥匙，一条长链子上的钥匙，仔细比较。他摇摇头，说：“不加工的话用不上，得锉掉不少。”

弗伦奇把烟灰弹到手掌上，一口气吹掉了。弗莱克又坐回到了他窗边的椅子上。

“其次，”克里斯蒂·弗伦奇宣称，“他没有驾照或任何身份证明。他的外衣都不是在艾尔森特罗买的。他有点像个骗子，不过看他的打扮不像是会开空头支票。”

“你没见过他平时什么样，”贝福斯插嘴道。

“这家旅馆破破烂烂，也不适合行骗，”弗伦奇继续说道，“这里已经臭名远扬了。”

“等等！”弗莱克大叫道。

弗伦奇做了个手势打断他，“这个城区的每一家旅馆我都了解，弗莱克。我就是吃这口饭的。只要五十块钱，我就能随时在这家旅馆的任何一间房里办一场脱衣舞会，配上法国装饰。你当我傻吗？你赚你的钱，我过我的日子。别耍我。好吧。这位客人有件害怕保管的东西。这意味着他知道有人在追杀他，正在逼近。所以他想出一百块钱让马洛替他保管。可他身上没有这么多钱。于是，他肯定是在筹划让马洛跟他赌一局。看来那东西不是偷来的珠宝，估计是个半合法的东西。对吗，马洛？”

“你可以去掉这个‘半’字，”我说。

弗伦奇微微一笑。“那么他拥有的东西可能是可以平摊或是卷起来——放在电话盒、帽子缎带、《圣经》或一罐爽身粉里。我们不清楚东西是否已经被发现。但我们的确知道当时时间很紧迫。不会超过半个小时。”

“如果的确是汉布尔顿医生打电话的话，”我说。“你得自己来证明。”

“倘若是有其他可能性的话就说不通了。杀手不会急着让别人找到它，他们怎么会叫别人到他的房间来？”他转身朝向弗莱克。“能查出他的访客身份吗？”

弗莱克沮丧地摇了摇头。“你甚至都不必经过前台就能到达电梯。”

贝福斯说：“也许这就是他来这儿住的原因之一，另外就是这里有家的感觉。”

“不错，”弗伦奇说。“干掉他的人可能进进出出都没有人盘问过。他唯一要知道的就是他的房间号。以上就是我们了解的所有情况了。是吗，弗雷德？”

贝福斯点点头。

我说：“还不是全部。这是一顶漂亮的假发，不过终究只是顶假发。”

弗伦奇和贝福斯都猛地转过身来。弗伦奇走上前，小心翼翼地移开了死者的头发，然后吹了声口哨。“我刚才还在纳闷那个该死的实习生在傻笑什么呢，”他说，“那个混蛋提都没提。知道我看到了什么吗，弗雷德？”

“我只看见一个没头发的家伙，”贝福斯回答说。

“也许你从没见过他这副模样，他是麦尔威·马斯顿。以前是给艾斯·德沃尔跑腿的。”

“为什么这么肯定，”贝福斯咯咯直笑。他俯下身子，轻轻地拍了拍死者的秃头。“你最近怎么样，麦尔威？我都快忘了有多久没见你了。可你认识我，伙计。一天是笨蛋，一辈子都是。”

躺在床上摘下假发的男人，看上去衰老、僵硬又缩成一团。黄色的死亡面具渐渐在他的脸上浮现出坚硬的线条。

弗伦奇冷静地说：“好吧，我心里的石头总算落地了。从此不用再为这小子没日没夜地奔波了，见他的鬼去吧。”他把假发盖在死者的一只眼睛上，然后从床上站起来。“这儿没你们的事了，”他对弗莱克和我说。

弗莱克站起身。

“感谢这件谋杀案，亲爱的，”贝福斯告诉他，“以后还有的话，别忘了叫我们。虽然服务不够好，但动作够麻利。”

弗莱克走过短过道，猛地拉开了门。我跟着他出去了。在走向电梯的路上，我们俩没有说话。电梯下去时也没人开口。我跟他一起走到他那间小办公室，跟着他进了门，然后把门关上。他似乎很惊讶。

他在写字桌前坐下，伸手去拿电话。“我得向副经理汇报一下，”他说。“你有事吗？”

我把一支烟在手指间卷了卷，划了根火柴点燃它，缓缓地向桌对面吐了口烟。“一百五十美元，”我说。

弗莱克那迷你、专注的眼睛瞬间变得滴溜滚圆，一脸空洞的表情。“别在这儿开涮，”他说。

“已经有楼上那两个喜剧演员的表演在前，我的笑话又算什么。不过我可不是在开玩笑。”我的手指“咚咚”地敲打桌子边缘，耐心等待着。

弗莱克小胡子上的嘴唇上沁出了细小的汗珠。“我还有事要做，”他说，这回他的声音更为嘶哑。“继续敲下去吧。”

“小个子挺厉害的，”我说，“我搜查汉布尔顿医生身上时，他的钱包里有一百六十四块现金。他答应给我一百作为定金，记得吗？而现在，还是那个钱包，里面只有十四块钱了。我的确是没有锁上他的房门。给房门上锁的另有其人。弗莱克，是你锁的门。”

弗莱克抓住椅子的扶手，狠狠地挤压。他的声音仿佛来自井底：“你没有一丁点证据。”

“要我试试吗？”

他从腰带上拔出枪，放在面前的桌子上。他低头注视着枪，后者并没有向他传达任何信息。他再次抬头望着我，声音断断续续地说：“五十—五十—是吗？”

我们之间沉默了片刻。他掏出自己那只破旧的钱包，摸索了一会儿。他取出了一把钞票，将纸币摊在桌上，分成两叠，将一叠推向我这边。

他弓着背坐在椅子上，盯着桌子的一角。过了很久，他叹了口气。他将两叠钞票归拢，推向了我这一边。

“这钱对他没用了，”弗莱克说。“拿走钱跑路吧。我会记得你，伙计。你们这些家伙让我恶心到家了。我怎么知道你没有拿走他的五百块呢？”

“我会全部拿走的。杀手也会。为什么要留下十四美元呢？”

“那么我为什么要留下十四美元呢？”弗莱克问，声音疲惫，手指沿着桌子边缘缓缓地移动。我拿起钱，数了数，又扔回给他。

“因为干你这行的一眼就看穿他了。你知道他至少带了房租，还有几块零钱。警察也会这样想。拿去，我不要这钱。我要点别的。”

他目瞪口呆地望着我。

“把钱收好，”我说。

他伸手去取钱，塞进钱包里。“你想要什么？”他的眼睛虽小，却若有所思。他的舌头把下唇顶得突出来了。“我觉得你似乎也没什么资格谈条件。”

“你可能有点弄错了。如果我会返回楼上向克里斯蒂·弗伦奇和贝福斯告密的话，说我先前在那里搜过死者的身，的确我是会被训斥一顿，不过他会知道我不是心里有鬼，有所隐瞒。他会明白在幕后的暗处，我有一个试图要保护的委托人。我会面对他们的强硬姿态和虚张声势，可你要领教的就不止如此了。”说完这些，我静静地观察着他额头上沁出的汗珠，正闪着微光。他狠狠地咽下了口水，眼神呆滞。

“我们别绕圈子了，打开天窗说亮话吧，”他说。突然，他残忍地一笑。“你是晚到一会儿来掩护她的，是吗？”那肆意的轻蔑表情又再次回到了他的脸上，虽然相当缓慢，却非常愉悦。

我掐灭了香烟，又抽出了第二支，缓慢地完成所有这徒劳的、挽回面子的点烟动作，扔掉火柴，将烟吹向了另一侧，然后深深地吸了一口气，仿佛这个又小又破的办公室是一座高耸的山峰，俯瞰着波涛起伏的大洋——这是我这行那老掉牙的表演。

“好吧，”我说。“我承认，那是个女人。我也承认，他死的时候，她肯定在楼上，如果你听了满意的话。我猜，她只是过于惊慌才逃走的。”

“哦，那当然，”弗莱克阴险地说。那肆意的轻蔑表情始终都挂在脸上。“或者也有可能她已经有一个月没用冰锥杀人了。感觉有点生疏了。”

“可她怎么会有他的钥匙？”我自言自语道。“又为什么要把钥匙放在桌上？为什么不干脆一走了之，什么都不动呢？假如她真的觉得必须要锁门呢？为什么不把钥匙放在一个沙瓶里，然后找地方埋了呢？或者带走钥匙，找地方扔了。为什么要这么处理钥匙，让人将她和这个房间联系在一起？”我低下了眼睛，恶狠狠地瞪了弗莱克一眼。“当然，除非有人看见她离开了房间——手上拿着那把钥匙——并跟着她出了旅馆。”

“那人为什么要这么做？”弗莱克问。

“因为目击她的人可以立即进入房间。他有一把钥匙。”

弗莱克抬头朝我眨巴眨巴眼睛，又迅速垂了下去。

“他一定会跟着她，”我说，“他肯定看见她将钥匙扔在桌上，溜达出了旅馆。他肯定跟了她有一段路。”

弗莱克讥讽道：“你还有什么王牌？”

我俯下身子，将电话拉向我这边，说：“我最好还是叫克里斯蒂过来处理，我越想越害怕。也许她的确杀了人。我可不能包庇杀人犯。”

我拿起听筒。弗莱克那只潮乎乎的爪子猛地按在我的手上。电话在桌子上弹了一下。“别打，”他的声音几乎是在抽泣。“我跟踪她到了停在街上的一辆车前。记下了车牌。老天爷啊，伙计，让我喘口气吧。”他的手指在口袋里一阵摸索。“知道我干这份工作赚多少钱吗？除去香烟雪茄钱，就不剩仨瓜俩枣的。稍等一下。我记得——”他低下头，在几个旧信封里来回找了几次，终于选了一个扔给我。“车牌号，”他疲倦地说，“希望你会满意，我甚至都记不得这是什么东西了。”

我低头看着信封。上面用潦草的笔迹记录了一个车牌号。字体难看，字迹模糊不清，一看就是马路上有人手上拿着纸笔匆忙间写下的。6N333，加州 1947。

“满意了吗？”弗莱克的声音响起。或者说声音是从他的嘴里发出的。我撕下车牌号，将信封扔还给他。

“4P327，”我看着他的眼睛说，那里头没有闪光。没有嘲讽或隐瞒的迹象。“可我怎么知道这不是别人的汽车车牌？”

“你只能相信我了。”

“描述一下那辆车，”我说。

“凯迪拉克敞篷，不是很新，车篷翻起，大概是 1942 年的车型。有点灰蓝色。”

“那个女人什么样？”

“你那些钞票想买不少情报，是吗，大侦探？”

“是汉布尔顿医生的钞票。”

他一龇牙，“好吧，是个金发美女。白色外套上有些彩色的针脚。蓝色的宽檐草帽。深色太阳镜。身高大约五英尺二英寸。身材就像康诺弗[①]公司旗下的模特。”

“要是没戴太阳镜，再见面时你能认出她吗？”我谨慎地问。

他佯装思考。随即摇了摇头，说不能。

“那个车牌是什么来着，弗莱基[②]？”我冷不防地冒出一句。

“哪个车牌？”他说。

我探过身躯，将香烟灰落在他的枪上。我继续盯着他的眼睛。可我知道，他输了。他似乎也知道这点。他伸手去拿他的枪，吹掉烟灰，将它放回抽屉里。

“去呀，滚出去，”他咬着牙说。“告诉警察我搜过了尸体。那又怎么样？最多就是丢了饭碗。也许还会蹲班房。那又怎么样？出来了又是一条好汉。小弗莱基不用再担心咖啡和油煎饼了。别以为戴个太阳镜就能骗过小弗莱基。我看过很多电影，才不会认不出那只性感小猫呢。要是问我那个宝贝儿这一阵是否还会露面我只能说，她是个生人——谁知道呢——”他趾高气扬地斜视着我——“这段日子她需要个保镖，在她身边照顾周到，保护她避免遇到麻烦。有人熟门熟路，而且价格合理……怎么了？”

我的脑袋歪向一侧，身子向前倾，正在倾听。“我想我听见了教堂的钟声，”我说。

---

① 美国早期的模特经纪公司之一。

② 弗兰克的昵称。

“这儿附近没有教堂，”他不屑地说。“是你的聪明脑瓜裂了缝吧。”

“只有一声，”我说。“非常缓慢，我想是丧钟。”

弗莱克听着我的话，“我什么都没听见。”他犀利地说。

“哦，你不会听见的，”我说。“全世界只有你一个听不见。”

他坐在那儿，用那双邪恶的、半睁半合的小眼睛瞪着我，他那脏兮兮的胡子闪闪发光。他的一只手在桌子上毫无意义地扭动着。

我留下他一个人在那里苦想，他的那些想法可能和他本人一样渺小、丑陋、令人恐惧。

12

那套公寓位于多黑尼大道上，从日落大道沿着山坡往下就是。它实际上是两幢楼，前后排列，由一个铺着地板的露台连接，露台上面有一个喷泉，拱门上还建了一个房间。仿大理石门厅前有几个信箱和门铃。十六个信箱上有三个没写姓名。写着姓名的看过后没有任何印象。这个活儿还需要多辛苦一点。我试了试前门，发现上锁了，看来还需要更辛苦一点。

门外停着两辆凯迪拉克、一辆林肯大陆和一辆帕卡德。两辆凯迪拉克的颜色和车牌都不相符。马路对面，有个穿着马裤的家伙正四仰八叉地躺在一辆蓝旗亚中，双脚靠在车门上。他正抽着烟，抬头望着苍白的、要与好莱坞保持距离的繁星。我走上陡峭的山坡来到大道，向东走过一个街区，走进一个像烤箱一样令人窒息的电话亭，拨了一个叫皮奥瑞亚·史密斯的号码，别人这么叫他是因为他结巴——这是另一个我还没时间解开的小谜团。

“梅维斯·韦尔德，”我说。“电话号码。我是马洛。”

“当－当－当然，”他说。“梅－梅－梅维斯·梅维斯·韦尔德吗？

你要她的电话号码？”

“多少钱？”

“要－要－要十块－块－块钱，”他说。

“算我没说，”我说。

“等－等－等等！我是不应该泄露她们这些宝－宝－宝贝的电话号码的。我只是个管道具的，这可是有风险的。”

我等待片刻，把自己呼出的气又吸回去。

“地址自然也有，”皮奥瑞亚抱怨道，都忘了结巴。

“五块钱，”我说。“我已经有地址了。别讨价还价了。如果你以为自己是这行里唯一兜售未登记号码的小混混的话——”

“稍等，”他疲惫地说着，去拿他的小红本了。他是个特殊的结巴，只有心平气和的时候才会口吃。他回来后，把电话号码告诉了我。当然是克雷斯特维尤①的号码。如果在好莱坞你没有一个克雷斯特维尤的电话号码，你就一文不值。

再次拨号时，我打开了这个钢和玻璃构成的小笼子，放进来一些新鲜空气。电话响了两下，一个慵懒性感的声音传了出来。我又把门关上了。

“你好呀，”那个声音很柔和。

“我找韦尔德小姐。”

“方便的话请告诉我是哪位找韦尔德小姐。”

“我有几张剧照，怀蒂让我今晚送来。”

“怀蒂？怀蒂是谁，阿米哥②？”

“他是摄影棚里的首席剧照摄影师，”我说。“你连这个都不知道吗？请告诉我是哪间公寓，我自己上去。我离你们那儿就几个街区。”

---

① 佛罗里达州一城市，以高档住宅区闻名。

② 西班牙语，意为“朋友”。

“韦尔德小姐正在洗澡。”她哈哈大笑说。我猜从她那儿听起来就像是银铃般的笑声。我这边听起来就像有人在收拾平底锅。“当然要请你带上剧照。我肯定，她迫不及待地想要看看剧照。公寓房间号是十四号。”

“你也会在那儿吗？”

“当然，还用说吗？你为什么这么问？”

我挂了电话，蹒跚着走出电话亭，投入新鲜空气之中。我下了山。那个穿马裤的家伙还在蓝旗亚车附近转悠，其中一辆凯迪拉克开走了，两辆别克敞篷停在了前头。我按了十四号的门铃，穿过露台，聚光灯照着鲜红的金银花。另一盏灯俯射在一个巨大的装饰水池上，里面到处是肥肥的金鱼和静静的荷叶，这样的晚上，荷叶层层叠叠。另外还有几张石椅和一架秋千。这地方看起来并不是价格不菲，只不过那年头，到处都贵。公寓在二楼，宽敞的楼梯口对面有两扇门，十四号便是其中之一。

门铃响起，一个高个子、黑皮肤、身穿短马裤的女孩过来开门。“性感”不足以赞美她。马裤的颜色就像她的秀发，乌黑的。她穿着一件白色丝质衬衫，一条猩红色丝巾松垮垮地围着脖子。丝巾的颜色比不上她鲜艳欲滴的双唇。她用一把金色的小镊子夹着一支细长的棕色香烟。捏着镊子的手指珠光宝气。她的黑发从中间分开，头皮上雪白的中分线一直延伸到头顶后。两条乌亮的粗辫子分别垂在她那修长的棕色脖子两侧。每根辫子上都扎着一只猩红色的小蝴蝶结。不过她早就不是个小女孩了。

她目光犀利，低头看着我那空空如也的双手。剧照一般是不会小到可以放在口袋里的。

我说：“韦尔德小姐在吗？”

“你可以把剧照给我。”对方的声音冷冰冰的，慵懒而又居高临下，可是眼睛却不住地打量别处。要对付她看来跟理发一样不容易。

“只能当面交给韦尔德小姐。抱歉。”

“我说过了，她正在洗澡。”

“我可以等。”

“你确定你有剧照吗，阿米哥？”

“当然确定，怎么了？”

“你是——？”她的声音停在了第二个字上，仿佛一阵气流突然刮起了一根羽毛。随即，又轻轻地飘起、旋转、升腾，她的嘴角缓缓浮现出一抹若有若无的微笑，那是无声的邀请，好像一个孩子试图捡起一片雪花。

“你新拍的电影棒极了，冈萨雷斯小姐。”

她的微笑如闪电般一闪而过，换了一副面孔。出于喜悦，整个人挺得笔直，生机勃勃。“哦，不过很糟糕，”她容光焕发，“真是相当的讨厌，你这个油嘴滑舌的男人。你明明知道那部片子糟糕透顶。”

“对我来说，有你在的电影一点都不差劲，冈萨雷斯小姐。”

她站在离门不远的地方，招手叫我进去。“我们来喝一杯吧，”她说。“好好喝一杯。我喜欢听奉承话，无论多么虚假。”

我走进了门。要是有人用枪抵在我的腰上，我也不会惊讶。她站在那儿，我得推开她的胸脯才能穿过那道门。她身上的味道就像月光下的泰姬陵一样柔美。她关上门，一路扭动着走向一个移动小吧台。

“苏格兰威士忌？还是来一杯鸡尾酒？我会调一种非常难喝的马蒂尼，”她说。

“威士忌就好，谢谢。”

她把酒倒在两只可以插进小雨伞的玻璃杯里。我坐在一把印花棉布的椅子上，环顾四周。这是个老式的房间。房间里有个假壁炉，里面通着圆木状煤气炉，装饰着大理石壁炉架，墙上的粉刷有几处剥落了，还挂着几幅色彩鲜艳、不值一钱的涂鸦之作。还有一架老式的黑色斯坦威钢琴，上头总算没有恶俗地摆上一条西班牙方巾。许多封面鲜亮、看上去很新的书散落各处。角落里还放着一把枪托雕工精美的双筒猎枪，枪筒上绑了一只白色丝绸蝴蝶结。好莱坞式的幽默。

这位穿马裤的黑美人递给我一杯酒，轻巧地坐在我的椅子扶手上。“你愿意的话，可以叫我德洛丽丝，”她说着，豪饮了一大口酒。

“谢谢。”

“那我该怎么称呼你？”

我咧嘴一笑。

“当然，”她说，“我非常清楚，你是一个该死的骗子，你的口袋里根本没有剧照。我倒并非想要打探你的隐私。”

“是吗？”我小口啜饮着威士忌。“只是韦尔德小姐是在洗什么澡？老式的肥皂浴，还是加阿拉伯香料的那种？”

她晃了晃金色小镊子上吸剩的香烟。“也许你想帮她洗。浴室就在那边——穿过拱门，右转。门很可能没上锁。”

“这么容易得手就算了，”我说。

“哦，”她再次对我报以灿烂的微笑。“你在生活中喜欢挑战有难度的事。那我一定要表现得不那么平易近人，对吗？”她优雅地从椅子扶手上挪开，丢掉香烟，腰弯得幅度之大，我能看清她的臀线。

“别麻烦了，冈萨雷斯小姐。我是来办公事的，可没有想过要强奸任何人。”

“没有吗？”她的笑容越来越柔和、慵懒，而且——没有更好的词来形容的话——充满挑逗性。

“不过，我他妈的正在为此努力。”

“你真是个有趣的混蛋，”她说着耸了耸肩，穿过拱门，拿来了半夸脱苏格兰威士忌和水。我听见一阵温柔的敲门声传来，还有一个声音：

“亲爱的，来了个男的，说有一些摄影棚的剧照要给你。人不错，也挺帅的，还有下面的宝贝儿。”①

接着，一个我曾经听过的声音尖锐地响起：“闭嘴，你这个小婊子。我马上就出来。”

冈萨雷斯嘴里哼哼唧唧地穿过拱门回来了。她的酒杯空了，再次走到吧台。“你没喝酒，”她大叫道，眼睛看着我的酒杯。

“我吃过饭了。我的胃只有两夸脱的容量。我听得懂一点西班牙语。”

她一甩头。“吓到你了吗？”她的眼珠直打转，肩膀像是在跳扇子舞一般动了动。

“我可不容易被吓到。”

“可你听见我的话了？圣母啊。我非常抱歉。”

“我确信。”我说。

她又给自己倒了一杯酒。

“没错，我很抱歉，”她叹了口气。“我确实这么觉得。有时我不确定。有时我又根本不在乎。把人搞糊涂了。我所有的朋友都告诉我，我过于直白了。我真的吓到你了，是吗？”她再次坐在了椅子扶手上。

“没有，不过我知道什么会吓到我，如果我希望受惊吓的话。”她懒洋洋地去拿身后的杯子，俯身向我凑近。

“可我不住这儿，”她说。“我住在贝尔西别墅。”

“一个人吗？”

她的手轻轻扫过我的鼻尖。接下来，我发现她坐在了我的大腿上，还试图咬下我的一块舌头。“你真是个会逗人开心的混蛋，”她说。她的嘴巴火辣辣的，无与伦比。双唇就像干冰一样灼人。她的舌头在我的牙齿间游走，双眸又大又黑，露出周围的眼白。

---

① 原文为西班牙语。

“我累极了，”她在我的耳边呢喃。“我筋疲力尽，疲倦极了。”

我感觉她的手伸进了我的前胸口袋。我用力推开她，可她拿走了我的钱包。她哈哈大笑，闪到一边，甩开钱包，那犹如小蛇般灵敏的手指翻遍了里面的东西。

“很高兴你们俩已经认识了，”一个冷冰冰的声音从另一边响起。梅维斯·韦尔德站在拱门处。

她的头发随意地披散着，蓬松凌乱，脸上也未施粉黛。她只穿了一件睡袍，双腿裸露，趿着一双银绿色小拖鞋。她的眼神空洞，嘴唇露出鄙夷之情。无论戴不戴太阳镜，她与旅馆里的女孩就是同一个人。

冈萨雷斯飞快地扫了她一眼，合上我的钱包，扔给了我。我接住钱包，放在一边。她悠闲地走到桌边，拿起一个有长肩带的黑包，挂在肩上，向门口走去。

梅维斯·韦尔德没动，也不看她。她只是望着我。不过她的脸上没有任何表情。冈萨雷斯打开门，看看外面，掩上门又转过身来。

“名字叫菲利普·马洛，”她对梅维斯·韦尔德说，“你不觉得人还不错吗？”

“我觉得你不必费事去问人家名字，”梅维斯·韦尔德说。“你跟人家不是刚认识吗？”

“我知道了，”冈萨雷斯温柔地回答。她一转身，向我微微一笑。“如此优雅地骂一个女孩是妓女，你不这样认为吗？”

梅维斯·韦尔德不搭话，她的脸上始终没有表情。

“至少，”冈萨雷斯再次拉开门，心平气和地说：“我最近还没有跟任何带枪的男人上过床。”

“你确定没记错吗？”梅维斯·韦尔德的语气没有丝毫变化。“打开门，宝贝。今天是我们该倒垃圾的日子。”

冈萨雷斯慢慢地回头望着她，视线相齐，目光中仿佛有把刀子。随后，她的唇齿间轻轻地哼了一声，猛地拉开门，“砰”的一声摔门而去。这噪音甚至没让梅维斯·韦尔德的眼睛眨一下，她深蓝色的眼珠继续盯着我。

“现在，请你也这么做——就是声音轻点儿，”她说。

我掏出一块手帕，擦了擦脸上的口红印。这颜色看起来就像血，鲜血的颜色。“任何人可能都会碰上这事，”我说。“我没招惹她，是她招惹的我。”

她迈步走到门口，用力打开门，“走吧，宝贝，挪动双腿。”

“我来这儿是有公事，韦尔德小姐。”

“是的，我可以想象。出去。我不认识你。我也不想认识你。如果真的要认识，也不是此时此刻。”

“时间、地点和爱侣从来凑不齐，”我说。

“什么意思？”她翘起下巴试图把我赶出门，不过即使她是个演员，动作也没演到家。

“勃朗宁，那位诗人，可不是自动手枪[①]。不过我感觉你更喜欢自动手枪。”

“听着，小个子，要我打电话给经理来把你像只篮球一样踢下楼去吗？”

我走上前，将门关上。她还不肯放弃，虽然没有真的踢我，但确实是在努力克制自己。我试图不动声色地让她从门边移开，不过她丝毫不动。她站在原地，一手抓着门把手，蓝黑色的双眼充满了怒火。

“如果你要跟我站得这么近，”我说，“也许你最好穿上些衣服。”

她缩回手，用力一甩。这个耳光的声音跟冈萨雷斯小姐摔门的声音很相似，不过让人有刺痛感。而且还让我想起了脑后的一个痛处。

---

① 马洛说的勃朗宁，是指英国诗人罗伯特·勃朗宁。有一款自动手枪也以勃朗宁命名。

“我弄疼你了吗？”她温柔地说。

我点点头。

“那很好。”她身子向后一退，又抽了我一个耳光，只会比刚才更疼。“我觉得你最好亲我，”她吸了口气。她的双眸清澈、澄明又楚楚动人。我随意地低头一看，她的右手捏成了非常专业的拳头，用来揍人也不嫌小。

“相信我，”我说。“我不能亲你只有一个原因，否则哪怕你手上有那把黑色的小手枪，或是你床头柜上的铜手铐都挡不住我。”

她彬彬有礼地微笑着。

“我也许恰巧是在为你工作，”我说。“而且我也不是每次看到一双美腿就会魂不守舍的。”我低头看着她的腿，连尽头的内裤也一览无遗。她拢了拢睡袍，转身走向了小吧台，甩甩头发。

“我无拘无束，皮肤白皙，芳龄二十一，”她说。“什么招数我没见过，我想我都见过。要是我没有吓到你，那么舔你，还是勾引你，我他妈的怎么做才能收买你？”

“嗯——”

“别说，”她突然打断我的话，手上拿着一只玻璃杯，转过身。她一饮而尽，甩了甩蓬松的头发，露出一个浅浅的笑容。“当然是，钱。我怎么这么笨，早没想到呢。”

“钱会管用，”我说。

她厌恶地撇了撇嘴，声音却依然充满热情。“多少钱？”

“哦，一百块钱可以开工。”

“你可真便宜啊。一个廉价的小混蛋，是吗？一百块，一百块在你的圈子里算得上钱吗？”

“那就两百。我靠这笔钱就能退休了。”

“还是太便宜了。当然是每个礼拜两百吧。装在一个干净漂亮的信封里？”

“你可以不用信封。我喜欢直接拿现钱。”

“只是花这笔钱我能得到什么，我迷人的小侦探？我非常确定你是什么人，不是吗？”

“你会得到一张发票。谁告诉你我是个侦探？”

她飞快地瞪了我一眼，再次开始了她的表演。“一定是这股气味。”她啜饮了一口酒，凝视着我，脸上带着鄙夷的淡淡微笑。

“我开始觉得你在自说自话了，”我说。“我一直纳闷，究竟是怎么了。”

我一闪身。几滴液体溅到了身上。玻璃杯在我身后的墙上碎了。碎片无声无息地落在了地上。

“用上这招，”她十分镇定地说，“我相信我肯定用尽了我全部的女性魅力。”

我走上前，捡起了我的帽子。“我从没认为是你杀了他，”我说。“可是要我不说出你在场，总得有个原因吧。要是有足够的佣金让我站稳脚跟就更好了。另外再透露足够的信息，让我能心安理得地接受这笔佣金。”

她从盒子里拿起一支烟，抛到空中，轻而易举地用嘴接住，然后不知从哪里变出了火柴，点燃了香烟。

“我的天，难道我杀了人吗？”她问。我还拿着那顶帽子，这样子看起来很傻。我不知道为什么。于是我戴上帽子，向门口走去。

“我相信你买得起回家的车票，”充满鄙夷的声音在我身后响起。

我没有回答，只是继续向前走。当我正准备开门时，她说：“我也相信，冈萨雷斯小姐给了你她的地址和电话号码。你应该可以从她那里套到任何东西——包括你跟我说的——钱。”

我松开门把手，快步穿过房间。她还站在原地，嘴角挂着的微笑没有丝毫变化。

“看，”我说。“你会觉得很难相信。不过，我到这里来，脑中有个古怪的念头：你也许是个需要帮助的女孩——而且很难找到一个可以依靠的人。我估计，你去旅馆房间是为了付勒索金之类的。事实是，你只身前去，冒着被人认出的危险——你也确实被一个私家侦探认出来了，而那家伙的职业操守可能比一张又破又旧的蜘蛛网还不靠谱——根据这种种情形判断，你大概是陷入了你们好莱坞那些要命的丑闻之中了。不过你没有陷入任何麻烦，你刚刚上场，在小型聚光灯下，表演着每一个无聊业余的动作，就像你在最无聊的B级片①里的表演一样——如果那称得上是表演的话——”

“闭嘴，”她咬牙切齿道，“闭嘴，你这个贼眉鼠眼、敲诈成性的偷窥狂。”

“你不需要我，”我说。“你不需要任何人。你他妈的这么聪明，这张能说会道的嘴可以把你从保险箱里救出来。好吧。去吧，将自己救出来。我不会阻止你，就是别想说给我听。我会忍不住大哭，想不到像你这样一个天真无邪的小女孩居然会有这么多心眼。你伤害了我，亲爱的。就像玛格丽特·奥布莱恩②。”

我走向门边时，她既没有移动，也没有喘气，当我打开门时，她也没有反应。我不知道为什么。情况不大妙。

我走下楼梯，穿过庭院，出了前门，差点撞上一个瘦弱、黑眼珠的男人，他站在那儿点烟。

“对不起，”他轻声说，“恐怕我挡了你的道。”

我绕开他走，接着我注意到他举起的右手上拿着把钥匙。我毫无来

① 指低预算拍出来的影片，普遍布景简陋、道具粗糙，影片常缺乏质感，剧情趋于公式化，没有良好的品质。

② 玛格丽特·奥布莱恩（1937—），美国著名女演员，童年时就曾出演多部电影。

由地伸手一把抢来钥匙，看到上面的号码牌，是十四号，梅维斯·韦尔德的公寓。我顺手把钥匙扔进了灌木丛后。

“你不需要这个，”我说。“那儿的门没锁。”

“当然，”他说，脸上浮现出奇怪的笑容。“我真傻。”

“是的，”我说。“我们都是傻瓜。跟那个荡妇搅在一起的都是傻瓜。”

“我可不会这么说，”他轻轻地回答，那双悲伤的小眼睛注视着我，面无表情。

“你不必，”我说。“我就是替你说的。抱歉，我会帮你找到钥匙的。”说着我走到灌木丛后，捡起钥匙递给了他。

“非常感谢，”他说。“顺便问一句——”他顿了顿，我也顿住了。“我希望没有打断一场有趣的争吵，”他说。“我不想这么做。不是吗？”他微微一笑。“嗯，韦尔德小姐是我的普通朋友，我可以自我介绍一下吗？我叫斯蒂尔格雷夫。我们以前在哪儿见过吗？”

“不，没有见过，斯蒂尔格雷夫先生，”我说。“我叫马洛，菲利普·马洛。我们根本不可能见过面。而奇怪的是，我从未听说过你，斯蒂尔格雷夫先生。不过我也根本不在乎，哪怕你的名字叫威皮·莫耶。”我不知道自己为什么这么说。这名字会脱口而出的唯一原因是我曾听人提起过。他的脸上闪过一丝奇异的神情。他那静默的黑眼珠奇怪地瞪着我。他从嘴里取出香烟，看着烟头，轻轻地掸掉了烟灰，虽然也没多少烟灰掉下来，低着头说：“威皮·莫耶？奇怪的名字。我从没听过这个名字。我应该认识他吗？”

“除非你酷爱冰锥，”我说着离开了他。我走下台阶，来到我的车前，上车前回头看了看。他还站在那儿，低头看着我，香烟还叼在嘴边。我看不清他的脸上是何表情。我回头看着他时，他没挪动，也没有任何动作。他甚至都没转身，只是站在原地。我上了车，驾车而去。

13

我沿着日落大道向东驶去，不过并没有回家。到了拉布雷亚，我向北驶去，然后折向高地，出了恰赫恩戈山口，向下驶上万特乐大道，经过斯蒂迪奥城、休曼橡林市和恩西诺市。这趟旅途一点不寂寞，路上一直很热闹。开快车的男孩们驾驶着精简版的福特车在车流中穿梭，几乎就要撞上前车的挡泥板，不过终究没撞上。疲惫不堪的人们驾驶着小轿车紧紧握住方向盘，左闪右躲，艰难地驶向西部和北部，赶回家吃饭，晚上读读报纸体育版，收听喋喋不休的广播，还有被宠坏了的孩子们和哭个不停、唠叨个没完的愚蠢妻子。我经过一片五光十色的霓虹灯，后面是经过装饰的门面，肮脏的汉堡包店在霓虹灯下看起来金碧辉煌。

圆形的汽车餐厅如同马戏团一般热闹，活跃挑剔的服务生，漂亮的收银员，油腻腻的厨房简直可以毒死一只癞蛤蟆。巨大的两用货车一路颠簸着从威明顿和圣佩德罗而来，开上塞普尔维达大道，驶向山脊路，然后在红绿灯处以低挡爬坡，发出的轰鸣声仿佛动物园里狮子的嘶吼。

恩西诺市的背后有一两处灯光透过崇山密林闪闪发亮。那是电影明星的住宅。电影明星，呸！都是情场老手。稳住，马洛，今晚你有些不通人情。

空气渐渐转凉。高速路越开越窄。此时路上车辆稀少，连车灯都觉得刺眼。斜坡沿着粉壁墙逐渐升高，坡顶上，从海洋吹来的绵绵不断的微风在夜色中肆意起舞。

我在千橡市附近一家餐馆吃了晚饭。味道差，但便捷。吃完就滚，生意实在太好了。先生，我们可等不及你再续一杯咖啡。你在浪费我们赚钱的空间。看见那些绳子后面排队的人了吗？他们要吃饭。不管怎么样，他们是非吃不可。上帝才知道他们为什么想在这儿吃。他们在家里做的罐头食品都比这儿好吃。他们只是焦躁不安，就像你一样。他们要开着车，找个地方去转转。只好让那些开黑店的混混来喂饱他们了。你又来了，马洛，今晚你可不通人情啊。

我付了账，把车停在一家酒吧门口，点了一客纽约牛排，上面浇了一杯白兰地。为什么叫纽约牛排呢，我想。底特律才是他们制造切割工具的地方。我踏入夜晚的空气之中，大家都不知道该在这夜色中做什么。不过好些人大概在尝试，他们在一个劲儿地转悠。

接着我驶上了奥克斯纳德捷径，沿着大海往回开。那些大型的八轮卡车和十六轮卡车正向北行驶，一切都笼罩在橘黄色的灯光中。道路右侧宽广浩瀚的太平洋的波涛拍打着海岸，就像一个下了班的清洁女工拖着沉重的步伐回家。没有月亮，一片寂静，连海浪声都没有。没有味道，也没有大海那粗犷伟岸的味道。加利福尼亚的海洋。加利福尼亚，到处是百货商店。应有尽有，又一无所有。又来了。你今晚真不通人情，马洛。

好吧。我为什么要有人情味呢？我原本坐在那间办公室里，玩弄着一只死苍蝇，突然冒出个从堪萨斯的曼哈顿来的小家伙，用皱巴巴的二十块钱骗我去找她哥哥。她哥哥听起来像个无赖，不过她想要找到他。于是，紧紧抓着这笔巨款，我屁颠屁颠地来到了海湾城，一路上疲惫不堪，以至于站着就打瞌睡。我遇见了不少好人，有的脖子上插着冰锥，有的没插。我离开了，自己也完全摸不着头脑。接着，她过来要回了那二十块钱，吻了我一下，又把钱还给我，因为我还没干完一天的活儿。

后来我去见了汉布尔顿医生，艾尔森特罗来的退休（怎么会）验光师，结果又遇上了那种新型的颈部装饰。我没有告诉警察实情，我搜查了客人的假发，在警察面前装模作样。为什么？这回我是为谁冒这掉脑袋的危险？有一双性感眼睛和许多门钥匙的金发美女？一个来自堪萨斯的曼哈顿的女孩？我所知道的是，有些事并不能只看表面，那迟钝衰退却一向可靠的直觉告诉我，如果大家继续照现在手上的牌玩下去，有人会输得血本无归了。可这关我什么事？好吧，我该怎么办？我知道吗？我何曾知道过？我们别钻牛角尖。你今晚真不通人情，马洛。也许我永远或是从来不曾通过人情。也许我是灵媒唤来的阴质，拥有私家执照，在阳间开业。也许我们在这寒冷的、或明或暗的世界里都会变成这样，因为这里发生的事永远是错的。

马里布。那里有更多的电影明星。更多的粉色和蓝色浴缸。更多毛茸茸的床。更多香奈儿 5 号。更多林肯大陆和凯迪拉克。更多迎风飘拂的秀发和太阳镜，更多的装腔作势和精心变过的声音，以及更多堕落的道德。现在，请稍等。很多善良的人在电影行业工作。你的态度不正确，马洛。你今晚真不通人情。

我还没到洛杉矶就闻到了它的味道。它闻起来有股腐臭味，仿佛一间住人的房间关闭了太长时间。可五颜六色的灯光戏弄了你。那些灯光令人目眩神迷。真应该为发明霓虹灯的人竖一座纪念碑。十五层楼高，坚硬的大理石。这家伙还真是会无中生有。

于是我去看了一场电影，里面当然少不了梅维斯 · 韦尔德的出演。在这些光影合同中，每个人都笑得太多，说得太多，而且也心知肚明。女人们总是爬上一段长长的回旋楼梯去换衣服。男人们则必定从昂贵的盒子里取出刻着姓氏首字母的香烟，啪地打开昂贵的打火机，互相点烟。服务生驼着背，托着放满了饮料的托盘，穿过阳台来到一个跟休伦湖[①]一样大，但要清澈得多的游泳池边。

男主角是个一脸和气的三流演员，魅力四射，只是有些过时了。女明星是个脾气暴躁、深色皮肤的女人，目中无人，有几个糟糕的特写看

---

① 北美五大湖中的第二大湖。

得出，她在拼命把自己从四十五岁往回拉。梅维斯·韦尔德演的是女二号，头戴围巾。她的演技不错，但她还可以好上十倍。不过，她要是真的比现在好上十倍，为了保护女主角，她的一半镜头就会被剪掉。这是我见过的最精彩的走钢丝。好吧，不过从现在开始，她要走的不会是钢丝了。她要走的是琴弦，而且很高，下面也不会有任何保护网。

14

我回办公室是有原因的，一封装有橘黄色提货单的快件应该已经送到了。大楼里大部分的窗户都是黑漆漆的，但偶尔也有一两扇窗户是亮着的。除了我以外，还有其他行业的人在熬夜加班。电梯员从喉咙深处冒出句“您好”，接着把我载上了楼。走廊的灯照亮着敞开的大门，保洁女工还在清扫虚度一天的残余垃圾。我在一个拐角处转弯，经过一台哼哼唧唧的吸尘器，走进自己黑暗的办公室后，我打开了窗。我无所事事地坐在办公桌前，连思考都停止了。没有快件。整个大楼的噪声，除了那台吸尘器，仿佛都流向了外面的街道，消失在数不胜数的车轮之中。外面过道某一处有个男人开始优雅娴熟地吹着口哨——是《莉莉·马莲》[①]的曲子。我知道那个人是谁。那个检查办公室门是否上锁的值夜人。我扭亮了桌上的台灯，他经过时并没有敲我的门。他的脚步声离远了，接着传来一个不同的声音，类似一种沙沙声。另外一间上了锁的办公室蜂鸣器直响。那肯定是快递。我走出门外去取件，结果却不是。

一个身穿天蓝色裤子的胖子正在关门，那种笃定的派头只有胖子身上才有。他不是一个人，不过我首先看到的是他。他是个大块头，腰圆

---

① 二战时期前线士兵中最流行的歌曲，最初是在德军中流行。

膀阔。年纪不轻，长得一般，却很耐看。他下身穿着天蓝色华达呢宽松长裤，上身配一件双色的休闲夹克，那颜色放在一头斑马身上都嫌咋呼。淡黄色衬衫的领子敞得很开，仿佛他的脖子就快伸出来了。他的长相并不令人讨厌，硕大的脑袋上点缀着一定数量的淡淡的橙红色头发。他的鼻梁断过，不过接得还不错，虽然也不是什么高档货色。

跟着他的是个骨瘦如柴的家伙，眼睛通红，还抽着鼻子。年纪约莫二十岁，五英尺九英寸高，瘦得跟把笤帚似的。他的鼻子、嘴巴和双手都在抽搐，看起来很不快的样子。

大个子男人友好地笑笑，说："马洛先生，没错吧？"

我说："还能是谁？"

"现在来谈生意，有点太晚了，"大个子说着，张开双手，几乎遮住了半个办公室。"我希望你不要介意。该不会你的生意排满了吧？"

"别开玩笑了。我的神经可受不了，"我说。"这个瘾君子是谁？"

"进来，阿尔弗雷德，"大个子对他的同伴说。"别这么扭扭捏捏的。"

"他娘的。"阿尔弗雷德说。

大个子转过身平静地对我说："这帮流氓怎么整天说这些？这不好笑，不幽默，没有任何意义。真是个大麻烦，这个阿尔弗雷德。我刚帮他戒了毒，你知道，至少是暂时的。向马洛先生问好，阿尔弗雷德。"

"去他的，"阿尔弗雷德说。

大个子叹了口气，"我叫托德，"他说。"约瑟夫·P·托德[①]。"

我没吭声。

"没事，笑吧，"大个子说。"我已经习惯了，一辈子都用这个名字。"他向我走来，伸出手。我握了握他的手。大个子看着我的眼睛高兴地笑了。"来吧，阿尔弗雷德，"他头也不回地说。

---

① "托德"原文为 Toad，也是"癞蛤蟆"的意思。

阿尔弗雷德做了一个貌似很不起眼的动作，结果一把沉甸甸的手枪对准了我。

“小心点，阿尔弗雷德，”大个子说着一把握紧我的手，力气之大简直可以弄弯一根横梁。“还不到时候。”

“他娘的，”阿尔弗雷德说。手枪指着我的胸口。他的手指紧紧扣在扳机上。我注意到他的手指越来越紧了。我心里非常清楚他在哪一刻会扣动扳机，释放击锤。这是曾发生在某一部拙劣的大烂片中的情景，绝不会发生在我身上。

自动手枪的击锤发出干巴巴的咔哒声，什么事都没发生。阿尔弗雷德气呼呼地咕哝一声，垂下了手枪，放回原处。他再次开始抽搐。他拿枪的动作一点也不紧张。我纳闷他到底戒的是哪门子毒。

大个子放开了我的手，亲切的笑容仍然挂在他那张健康的大脸盘上。

他拍了拍口袋。“弹匣在我这儿，”他说。“阿尔弗雷德最近不太靠谱。这个小杂种可能会向你开枪。”

阿尔弗雷德坐在一张椅子上，靠着墙翘起椅子，张大嘴巴在喘气。

我悬着的心总算又放下了。

“我打赌他吓着你了，”约瑟夫·P·托德说。

我感觉舌尖上咸咸的。

“你也不是这么狠嘛，”托德说着，用一根肥肥的手指戳我的肚子。

我人一退，避开那根手指，看着他的眼睛。

“开个价？”他几乎是彬彬有礼地问。

“到我的会客室来，”我说。

我转过身背对着他，穿过门走进了另一间办公室。这真是不容易，可我做到了。一路上我都在出汗。我绕到桌子后面，平静地站在原地等待托德先生跟进来。那个瘾君子一边抽搐一边跟在他身后。

“你这儿有没有连环画？”托德问。“给他看，让他消停会儿。”

“坐下，”我说，“我来找找。”

他的手伸向椅子扶手。我猛地拉开抽屉，手伸进去摸到了卢格手枪的枪托。我缓缓地拿出枪，看着阿尔弗雷德。阿尔弗雷德都没瞧我一眼。他正在研究天花板的角落，尽量不看自己的嘴。

“这就是我逗笑的办法，”我说。

“你用不上这把枪，”大个子真心实意地说。

“那好吧，”我说，声音像是从别人嘴里发出的，远远地从一堵墙后传来。我好不容易才听清自己的话。“如果用得着的话，我手上就有，而且这把是上了膛的。要我证明给你看吗？”

大个子看起来很紧张。“我很遗憾你这么说，”他说。“我已经习惯了阿尔弗雷德，有时候都忘了他的存在。也许你是对的。也许我应该管管他。”

“没错，”我说。“今天下午来这儿之前你就该管管他了。现在已经太晚了。”

“等等，马洛先生。”他伸出手来。我拿卢格枪狠狠砸在他的手上。他速度很快，不过还不够块。我用手枪上的瞄准器砸伤了他的手背。他捂着手吮吸伤口，大叫：“嘿，别这样！阿尔弗雷德是我的外甥。我妹妹的孩子。我得照看他。他连只苍蝇都不会伤害，不骗你。”

“下次你来的时候，我会准备一只苍蝇不让他伤害的，”我说。

“何必这样呢，先生，请别这样。我有一个不错的小提议——”

“闭嘴，”我说。我缓缓地坐下，脸上烧得通红。我连话都说不清了，感觉有点醉醺醺的。我缓慢而沉重地说：“我的一个朋友告诉我，有个家伙就是像这样糊弄他的。他就像我一样坐在桌前。他有一把枪，也跟我一样。有两个男人在桌子的另外一侧，就像你和阿尔弗雷德这样。在我这边的这个男人开始发火，控制不住自己。他开始颤抖，气得一句话也说不出。他手上有一把枪。于是，二话不说，在桌子底下开了两枪，就打在了你的肚子上。”

大个子吓得脸都绿了，想要起身，不过又改了主意。他从口袋里掏出一条鲜艳的手帕，抹抹脸。“你是在电影里看到的，”他说。

“的确，”我说。“不过拍电影的那个人告诉我他是打哪儿来的灵感。那可不是在电影里。”我把卢格枪放在面前的桌子上，用一种更加自然的语气说：“你得小心点用武器，托德先生。拿把军用点四五口径的手枪指着别人的脸，天知道会让人多紧张——尤其是他又不知道枪是不是上了膛。我刚才可足足紧张了有一分钟。吃过午饭后我还没打过吗啡呢。”

托德用他那双细小的眼睛打量着我。那个瘾君子站起身，走向另一把椅子，把它踢翻，坐下后，用他那油腻腻的脑袋抵着墙。但他的鼻子和双手一直抽搐个不停。

“我听说你是条硬汉，”托德缓缓地说，眼神冷酷而警惕。

“你听错了。我是个非常敏感的家伙。有个风吹草动，我就会崩溃。”

“是的，我明白。”他盯着我看了很久，不说话。“也许是我们搞错了。不介意我把手放在口袋里吧？我没带枪。”

“好吧，”我说。“要是看到你试图拔枪，我可能会欣喜若狂的。”

他皱了皱眉，接着缓缓掏出一个扁扁的猪皮钱包，从里面抽出一张簇新的一百元纸币。他把纸币放在玻璃台面的边缘，随后又抽出一张一百元，接着一张接一张地抽出了三张。他小心翼翼地将纸币沿着桌子整齐地连成了一排。阿尔弗雷德将椅子放平，嘴巴颤抖地盯着钱看。

“五张百元大钞，”大个子说。他叠好钱包，放在一边。我仔细观察着他的一举一动。“什么都不用做，只要不多管闲事。明白吗？”

我只是望着他。

“你不要去找任何人，”大个子说。“你什么人也找不到。你没时间为任何人干活。你什么都没看见、什么都没听见。你什么事都不用沾，五张百元大钞就是你的了，可以吗？”

办公室里除了阿尔弗雷德抽鼻子的声音，一片安静。大个子半转过脑袋，对他说：“安静点，阿尔弗雷德。我们离开后我会给你打一针。安分点。”他再次吮吸了手背的伤口。

“有你当榜样应该不难，”我说。

“你娘。”

“词汇有限，”大个子对我说。“非常有限。同意吗，嗯？”他指了指钱。我拨弄着卢格枪的枪托。他的身体向前凑近。“放松点，行吗。这很简单。这是定金。你收下它什么都不用做。什么都不需要你做。如果你在相当长一段时间里不插手，事后你还会得到一笔数目相同的钱。就这么简单，不是吗？”

“我这是为了谁不插手？”我问。

“为了我。约瑟夫 · P · 托德。”

“你是干哪行的？”

“你可以称我业务代表。”

“除了这个我自己也能想出来的抬头，我还能怎么称呼你？”

“我愿意帮一个不想给别人惹麻烦的人，我就是这么个人。”

“那我该怎么称呼那个可爱的角色？”我问。

约瑟夫 · P · 托德把那五张百元大钞叠在一起，边角小心地对齐，然后推向桌子另一侧。“你可以称他是一个破财消灾的人，”他说。“不过，如果情势所迫，他也不介意见点血。”

“他的冰锥活儿怎么样？”我问。“我看得出，他的点四五口径手枪玩得很差。”

大个子嚼着下唇，然后用粗糙的食指和拇指扯出下唇，轻轻地咬着内侧，就像一头奶牛在咀嚼着它反刍的食物。“我们的话题不是冰锥，”

他最终开口了。“我们谈论的是你也许正泥足深陷，害了自己。可是，如果你安分守己，你只要坐在家中，钱就会送上门来。”

“那个金发女郎是谁？”

他若有所思地点了点头。“也许你已经陷得太深了，”他叹了口气。“也许现在谈生意为时已晚了。”

过了片刻，他俯身向前，温柔地说：“好吧。我会回去和我的老板确认，看看他想怎么样。也许我们还是有生意可谈的。在得到我的回音之前，请不要轻举妄动。行吗？”

我默许了。他把手按在桌子上，缓缓地站起身，注视着我刚才压在记事簿上的手枪。

“你可以留下这些钞票，”他说。“走吧，阿尔弗雷德。”他转过身，步伐坚定地走出了办公室。

阿尔弗雷德斜睨着他，突然扑向桌上的钱。那把自动大手枪也神奇地出现在了他干柴般的右手上。他像条鳗鱼一般哧溜一下来到了桌边。他用枪指着我，左手去拿钱，然后塞进了他的口袋里。他向我咧嘴一笑，笑容平静冷酷而又空洞洞的，接着他点点头走开了，显然他一刻也没注意到我的手上也拿着一把枪。

“走吧，阿尔弗雷德，”大个子从门外扯着嗓子喊道。阿尔弗雷德溜出门，消失了。

外间的门打开又关上。脚步声在走廊外响起。接着一片寂静。我坐在那儿细细回味，试图理清思绪，弄清楚这究竟是纯粹的闹剧还是一种威胁的新方式。

五分钟后电话响了。

一个厚重而欢快的声音响起：“哦顺便说一句，马洛先生，我猜你认识谢里 · 巴卢，对吗？”

“不认识。”

“就是谢里顿·巴卢，有限公司。那个大经纪人？你有空该去查查他。”

我拿着电话沉默了片刻，接着说：“他是她的经纪人吗？”

“也许是，”约瑟夫·P·托德说，顿了顿，又道，“我估计你知道，我们只是几个小角色，马洛先生。就是这样。只是几个小角色。有人想要调查一些关于你的事。这似乎是最简单的方法。可现在，我不那么确定了。”

我没答话。他挂了电话。几乎同时，电话再次响了起来。

一个充满诱惑的声音说：“看来你不是很喜欢我呀，阿米哥？”

“我当然喜欢。只是别老是咬我。”

“我在贝尔西别墅的家里，我很寂寞。”

“打电话给应召公司吧。”

“别这样，这可怎么聊。这可是一桩极端重要的生意。”

“我想是的。不过这不是我参与的生意。”

“那个荡妇——她怎么说我的？”她不屑地说。

“没什么。哦，她叫你‘穿马裤的提哇纳[①]妓女’，你不会介意吧？”

这话逗乐了她。银铃般的笑声持续了好一会儿。“你总是妙语连珠，是这样吗？不过你看，当时我还不知道你是个侦探。这可大不一样呢。”

我本来可以告诉她这是大错特错。我只是说：“冈萨雷斯小姐，你说到了生意，是哪种生意，如果你不是在要我的话？”

“你想发一笔财吗？很大一笔？”

“你的意思是不用挨枪子儿吗？”我问。

我听见电话那头传来了吸气声。“是的，[②]”她若有所思地说。“这一点也需要考虑。不过你是这么勇敢，这么强壮，这么——”

---

① 提哇纳，墨西哥最西北的城市，临美国边境，位于圣地亚哥市以南。

② 原文为西班牙语。

“早上九点我会在办公室等着，冈萨雷斯小姐。我会更勇敢一点。现在可否请你允许我——”

“你有约会？她漂亮吗？比我漂亮？”

“老天啊，”我说。“你整天就在想这一件事吗？”

“见你的鬼去吧，亲爱的，”她说完便重重地挂断了电话。

我关上了灯，离开了办公室。走在走廊的半道上，我遇见一个正在查看门牌号的男人。他的手上有封快递。于是，我只能返回办公室，将快递锁进保险箱。正在这时，电话铃又响了。

我没管电话，这一天已经受够了。我不在乎了。这个电话可能是穿着——或是没穿——透明睡衣的“示巴女王”[①]打来的，我太累了，实在顾不上，脑袋就像一桶湿漉漉的沙子。

我走向门口时，电话仍然在响。没用的。我得回去。直觉战胜了疲倦。我拿起了听筒。

奥法梅·奎斯特叽叽喳喳的尖细声音响起：“哦，马洛先生，我可找了你好久。我吓坏了。我——”

“早上再说，”我说，“现在办公室关门了。”

“求你了，马洛先生——就因为我之前发了点脾气——”

“早上再说。”

“可我告诉你，我必须见你。”声音还没到吼的程度。“这非常重要。”

“嗯哼。”

她抽了抽鼻子。“你——你吻了我。”

“我后来还吻了别人呢，技术更好，”我说。见她的鬼去吧。所有的女人都见鬼去吧。

“我有奥林的消息了，”她说。

---

① 《圣经》人物，因仰慕以色列国王所罗门的才华与智慧，不惜纡尊降贵，前往以色列向所罗门王提亲。

我一时愣住了，接着哈哈大笑。“你这个狡猾的小骗子，”我说。“再见。”

“可我真的收到了。他打电话给我的，就在我现在待的地方。”

“很好，”我说。“那么你根本不需要请侦探。而哪怕你的确请了，你自己家里就有个比我更出色的侦探。我甚至都找不到你的住处。”

短暂的沉默后，她还想继续与我交谈。她不让我挂断电话。我只能继续说：

“我写信告诉过他我会住在哪里。”最后她说。

“嗯哼。只是他没收到那封信，因为他搬走了，没有留下转递地址。还记得吗？等我不这么累的时候，你再继续编吧。晚安，奎斯特小姐。你也不用告诉我你的住处了，因为我现在不替你工作了。”

“很好，马洛先生。我现在打算报警。可我觉得你不会希望我这么做的。我觉得一定不希望。”

“为什么？”

“因为这其中有件谋杀案，马洛先生。谋杀是个非常危险的字眼儿——你不觉得吗？”

“去报警吧，”我说。“我会等着。”

我挂了电话，抄起一瓶老浮尔士德威士忌走出了门。我把酒灌下喉咙的速度绝对不能用慢来形容。

15

这回她兴冲冲地来到办公室。动作幅度很小，可是速度很快，而且态度坚决。脸上挂着那种浅浅的、灿烂的微笑。她沉稳地放下包，端坐在客户椅上，保持着笑容。

“你愿意等我真好，”她说。“我打赌你还没吃晚餐吧。”

“错，”我说。“我吃过晚餐了。我现在正在喝威士忌。你不赞成喝威士忌，是吧？”

“我当然不赞成。”

“那太好了，”我说。“我希望你没有改变主意。”我把酒瓶放在桌上，又给自己倒了一杯。我啜了一小口，越过杯口得意地瞟了她一眼。

“如果你继续喝下去，我要说的话你根本没法听。”她厉声道。

“关于你提到的谋杀，”我说。“是我认识的人吗？我看得出，你没有遇害——现在还没有。”

“请你不要这么吓唬人好吗？这不是我的错。在电话上你怀疑我，所以我必须说服你。奥林确实给我打电话了。可他不愿告诉我他人在哪里、在干什么。我不知道原因。”

“他想要你自己去调查，”我说。“他在锻炼你的性格。”

“这一点都不好笑，甚至都算不上俏皮。”

“不过你得承认，这很危险，”我说，“谁被杀了？难道这也是个秘密？”

她拨弄了一会儿她的包，这还不能克服她的尴尬，因为她没有觉得尴尬。不过这足以引得我又喝了一杯威士忌。

“旅馆里那个可怕的男人被杀了。叫什么来着，我忘了他的名字。”

“让我们都忘了吧，”我说。“就让我们合作一次吧。”我把威士忌酒瓶放进桌子抽屉里，站起身来。“你瞧，奥法梅，我没有问你是怎么知道这些的，还有奥林是怎么知道这一切的，或者他是真的知道吗。你已经找到了他。这正是你要我做的事，或者说是他找到了你，反正都一样。”

“这不是一回事，”她大叫道。“我还没有真正地找到他。他不告诉我他的落脚之处。”

“好吧，如果这是他最后的去处，倒也不用责怪他。”

她的嘴唇紧绷，露出了厌恶之色。“实际上他什么都不会告诉我。”

“只告诉了你谋杀，”我说。“之类的琐事。”

她笑得上气不接下气，“我这么说是为了吓吓你。我的意思不是有人被杀了，马洛先生。你的声音听起来如此冷漠疏远。我以为你不会再帮我了。还有——好吧，可是我成功了。”

我深深地吸了几口气，低头看着自己的手。我缓缓地舒展手指，接着站起身，一言不发。

“你在生我的气吗？”她羞涩地问，一边用指尖在桌子上画圈。

“我应该抽你耳光，”我说。“别再装天真了，否则我要抽的就不只是你的脸了。”

她倒吸了一口凉气。“怎么，你敢！”

“这句台词你用过，”我说。“你用得太多了。闭上嘴，然后他妈的滚出去。你觉得我很享受担惊受怕吗？哦——还有这个。”我猛地拉开抽屉，取出她的二十美元，扔在她面前。“把这钱拿走。捐给医院或是研究所。放在这里弄得我寝食难安。”

她的手不自觉地伸向了钱。眼镜后面的眼睛惊讶得瞪得滚圆。“天哪，”说着她优雅地开始收拾皮包。“我还真不知道你会这么容易被吓住，我以为你很坚强。”

“那只是装的，”我咆哮着绕到桌子那侧。她在椅子上向后靠，尽量离我远些。“我只有对你这样指甲留得不太长的小女孩才很凶。其实我骨子里就是一个草包。”我抓住她的手臂，将她从椅子上拎了起来。她的头向后仰，嘴唇张开。我这一天可真是艳福不浅。

“可你会为我找到奥林的，是吗？”她喃喃低语。“这就是个谎言。我告诉你的一切都是谎言。他没有打过电话。我——我什么都不知道。”

“香水，”我边说边嗅。“怎么了，你这个小可爱。你在耳垂后抹了香水——都是为了我！”

她略微点了点那娇小的下巴，眼神迷离。“摘了我的眼镜，”她呢喃道，“菲利普。我不介意你偶尔喝一点威士忌。真的，我不在乎。”

我们的脸只相距六英寸。我不敢将她的眼镜摘掉。也许我会对着她的鼻子猛揍一拳。

“是的，”我说话的声音就像满嘴薄脆饼干的奥逊 · 威尔斯[①]一般。“我会为你找到他的，甜心，要是他还活着的话。而且是免费的。不用花一毛钱。我只向你要一件东西。”

“是什么，菲利普？”她温柔地问道，双唇微微张得更开了。

“你们家的害群之马到底是谁？”

她猛地挣脱我，犹如一只受惊的小鹿，面无表情地瞪着我。

“你说过奥林不是你们家的害群之马，记得吗？特别强调了一下。你提到你的姐姐利拉时，几乎是一闪而过，好像这个话题恶心人似的。”

“我——我不记得说过这些，”她缓缓地说。

“所以我只是纳闷，”我说。“你的姐姐利拉在拍戏时用什么艺名？”

“戏？”她的声音很含糊。“你是指电影吗？怎么，我从没说过她拍电影。我从没这样说过她。”

我咧嘴投给她一个诚挚的微笑。她突然大发雷霆。

“我姐姐利拉的事儿你少管，”她向我啐了一口。“你别用那恶心的话玷污利拉。”

“什么恶心的话？”我问。“或者我应该试着猜猜看吗？”

“你满脑子都是女人和酒，”她尖叫道。“我恨你！”她冲到门口，用力拉开门，走了出去。她几乎是奔跑着穿过走廊。

我又绕回桌边，瘫坐在椅子上。真是个非常奇怪的小女孩。真的非常奇怪。过了一会儿，电话铃又响个不停，意料之中的事。响到第四下

① 奥逊 · 威尔斯（1915—1985），美国著名导演、制片人，电影天才。

时，我一手撑着脑袋，一手去摸索电话，胡乱抓住听筒凑到耳边。

“麦金利殡仪馆。”我说。

一个女人的声音响起：“什——么——么？”接着爆发出一阵尖笑声。这是1921年时警察吸烟室里的一个笑话。太刻薄了，像蜂鸟的喙一样。我熄了灯回家去了。

16

第二天早上八点四十五分，我把车停在了距离海湾城照相馆几个门面的地方。我吃完了早餐，心情平和，鼻梁上架了一副太阳眼镜在浏览本地报纸。我已经翻遍了洛杉矶的报纸，其中并没有刊登关于凡努斯旅馆或其他旅馆的冰锥案。甚至都没出现“市区旅馆神秘死亡案”的标题，更别提具体的姓名或凶器了。《海湾城日报》还不至于忙到没时间报道谋杀案。他们把这条新闻放在头版，就在肉价的旁边。

本地男子被刺于爱达荷街出租公寓

昨天晚些时候，警方接到一通匿名电话后火速赶往爱达荷街某处，该地址位于西曼斯－兰辛公司的木材厂对面。警方发现出租公寓的经理，四十五岁的莱斯特·B·克劳森死于公寓的沙发上，警方进入公寓时房门未锁。克劳森的颈部被人刺入一把冰锥，经过初步检查，法医弗兰克·L·克劳迪宣称，克劳森饮酒过量，死前可能已经失去知觉。警方称，现场没有打斗痕迹。

警探摩西·马格拉尚接手该案后，立即讯问了出租公寓中的几位下班回来的租客，不过至今尚未发现任何线索。在接受记者采访时，法医克劳迪说，克劳森有可能是自杀，不过伤口的位置已经排除了这一可能。对出租公寓的登记簿进行检查后证明其中一页在最近被人撕去。马格拉尚警探在讯问了租客之后表示，一名身材魁梧的中年褐发男子曾几次出现在出租公寓的走廊上，没有人知道他的姓名或职业。在仔细检查过所有房间后，马格拉尚进一步表示，其中一个房客近期刚搬走，而且非常仓促。然而，由于住宿登记簿的缺损、此住宅区的臭名昭著，再加上无人能准确描述这名失踪男子的外貌，追踪此人的工作变得非常棘手。

“目前我还不知道克劳森遇害的原因，”马格拉尚昨夜晚些时候宣布。“不过我之前已经密切观察过他一段时间。我知道他许多的同伴。这是个复杂的案子，但我们会侦破它的。”

这是一篇精彩的报道，马格拉尚的名字只不过提到了十二次，还有两次是在照片说明中。报纸的第三版上有一张他的照片，他正握着一把冰锥，一边若有所思地盯着它看，一边皱紧眉头。报纸上还刊登了一张爱达荷街 449 号的照片——比实际景象美化了不少，以及一张盖着床单、躺在沙发上的尸体的照片，照片上马格拉尚警探严肃地指着它。还有一张市长坐在办公桌后的特写，十足的官僚表情，配上一篇他就战后的犯罪问题接受的采访报道。他说的话正是一个典型市长会说的——和缓地引用了 J · 埃德加 · 胡佛[①]的评论，只是其中多了些语法错误。

八点五十七分，海湾城照相馆开门了，一个上了年纪的黑人开始打扫人行道，将垃圾扫进水沟里。上午九点，一个衣冠楚楚、戴了副眼镜的年轻人打开门上的锁，我带着 G · W · 汉布尔顿医生粘在假发内侧的橘黄色的提货单走进了照相馆。

我将提货单和一些钱交给那个衣冠楚楚的年轻人时，他打量了我一眼，随后交给我一个信封，里面装着一小卷底片和六张由底片放大了八

---

① 约翰 · 埃德加 · 胡佛（1895—1972），美国联邦调查局由调查局改制之后的第一任局长，任职长达三十七年。

倍的光面照片。他虽然没说话，但他看我的眼神表明他记得我不是那个来冲底片的人。

我走出了照相馆，坐到车里，仔细检查着战利品。照片上是一个男人和一个金发美女坐在一家餐厅的圆形卡座中，面前摆放着食物。他们都抬起头，仿佛当时注意力突然被什么所吸引，还未来得及做出反应，照相机的快门已经按下了。从光效来看，当时显然没有使用闪光灯。

这个女孩就是梅维斯·韦尔德。那男人是个小个子，皮肤黝黑，面无表情。我不认识他。我没道理认识他。厚厚的皮椅上印着小小的舞者图案，所以那家餐厅的名字就叫“舞者”。这更加让人摸不着头脑了。没有得到餐厅经理的允许，任何试图在那里拍照的狗仔队都会被狠狠揍一顿，一路滚回好莱坞大道和葡萄藤大道去。我估计，这肯定是偷拍伎俩，就像他们拍摄露丝·斯奈德[①]在电椅上的照片一样。他可能将迷你相机绑在领口下，镜头正好从敞开的外套衣领里露出来，另外在口袋里放个快门遥控钮。不难猜出拍摄照片的人是谁。奥林·P·奎斯特先生的动作肯定又快又稳，还能若无其事地离开现场。

我将照片放在马夹的口袋里，手指碰到了一张皱巴巴的纸。我掏了出来，上面写着：“文森特·拉加迪医生，海湾城怀俄明大街965号。”那是同我在电话上通话的文斯，就是莱斯特·B·克劳森可能试图联系的人。

一个上了年纪的警察正沿着停车线踱步，用黄色粉笔画出轮胎位置。他告诉我怀俄明大街在哪儿，于是我开车过去。这是一条贯穿全城的街道，远离商业区，与两条以数字为名称的街道平行。965号是一栋灰白色的木板房，位于街角。大门上一块铜牌上写着：文森特·拉加

① 露丝·斯奈德（1895—1928），美国人，被指控谋杀丈夫而被判处死刑。在执行死刑时，摄影师汤姆·霍华德将徕卡相机绑在脚腕上，秘密拍下了照片。

迪，医学博士，营业时间：上午十点至十二点，下午两点半至四点。

这栋房子显得安静而气派。一个女人带着一个倔强的小男孩正走上台阶。她看了眼门牌，又望了眼别在翻领上的怀表，嘴里犹豫不决地默念着。小男孩谨慎地四下环顾，接着在她的脚踝上踢了一下。她缩了一下，但声音仍然很有耐心：“乖，约翰尼，你可不能踢费恩阿姨，”她的语气很柔和。

她打开门，拽着这只小猴子进去。十字路口的斜对角是一幢巨大的白色殖民地时代的房子，柱廊上有顶棚，但小得和房子不成比例。前院的草坪上安装了探照灯反射镜。门前的过道两旁盛开着娇艳的玫瑰。柱廊上方挂着一块巨大的黑底银字的牌子：花环安乐屋。我纳闷，从前窗望出去看见对面的殡仪馆时，拉加迪医生到底作何感想。也许这使他行医更谨慎。

我拐过十字路，开车返回了洛杉矶，上楼到办公室查看我的信件，同时将我从海湾城照相馆得来的战利品锁进了坑坑洼洼的绿色保险箱——除了一张照片。我坐在桌子前，透过放大镜仔细研究着照片。照片经过放大，加上放大镜，细节部分倒还清楚。坐在梅维斯 · 韦尔德身边那个又黑又瘦、面无表情的男子面前的桌子上放着一份晚报：《新闻纪事报》。我能看清上面的新闻标题：“轻重量级拳击选手比赛中受伤身亡。”只有午报或晚些时候的体育版才会使用这样一个标题。我将电话拉向自己，手刚挨着电话听筒，铃声便响了起来。

“马洛吗？我是城里警察局的克里斯蒂 · 弗伦奇。今天上午有什么消息吗？”

“除非你的电传打字机出故障了。我已经看过一份海湾城的报纸了。”

“是的，我们已经知道，”他随口说道，“听起来好像是同一个家伙干的吧，是吗？同样的首字母、同样的描述、同样的作案手法，而且时间似乎也对得上。我真他妈希望这不是意味着桑尼 · 莫 · 斯坦那帮人又重操旧业了。”

“如果是他们，他们可换了门技术，”我说。“我昨天翻阅了他们的资料。斯坦那帮人过去都是把受害者捅得满身窟窿。其中一个受害者身上有一百多处刺伤。”

“他们可能有长进了，”弗伦奇有些避重就轻地说，好像他不想谈论这个话题。“我打电话来是因为弗莱克。昨天下午起见过他的影子吗？”

“没有。”

“他溜了，没去上班。旅馆打电话给他的女房东，对方说他昨晚就打包走人了。不知去向何方了。”

“我没见过他，也没他的消息，”我说。

“我们那具尸体身上只有十四块钱，你不觉得蹊跷吗？”

“是有点，不过你自己说过原因。”

“我只是随便说说罢了。我自己也不信了。弗莱克要么是吓破了胆，要么就是得了一笔钱。或者是他看见了什么不能说的事，有人花钱堵住了他的嘴，否则就是他动了客人的钱包，留下十四块钱放着好看。”

我说：“两种情况都有可能，也有可能两种情况同时成立。不管是谁，如此彻底地搜查房间，绝不是为了钱财。”

“为什么不是？”

“因为这位汉布尔顿医生打电话给我求助时，我曾向他建议过旅馆的保险箱。可他不感兴趣。”

“这种人是不可能会雇你来帮他保管钱的，”弗伦奇说。“他不可能会雇你为他保管任何东西。他想要你保护他或是他想找个同伴——也许只是个送信人。”

“抱歉，”我说。“我刚才说的，正是他的原话。”

“可你赶到那里时，看见他已经死了，”弗伦奇拖长了语气随意说道，“你还没来得及给他一张名片。”

我紧紧地握着听筒，快速回想在爱达荷街的寄宿公寓里与希格斯的对话。我看见他两指夹着我的名片，低头看着，然后我看到自己一把从他的手里夺过名片——趁他还未抓牢以前。我深吸一口气，然后徐徐吐出。

“还没，”我说。“别再装神弄鬼地吓唬人了。”

“他有一张，老兄。折了两折塞在他裤子的表袋里。我们起初遗漏了它。”

“我给过弗莱克一张名片，”我嘴硬道。

一阵沉默。我能听见周围的说话声以及打字机的噼啪作响。最后弗伦奇干巴巴地说：“好极了，再见。”他突然挂断了电话。

我缓缓地将电话放回筒架，活动活动我抽筋的手指。我低头注视着面前桌上的照片。它所告诉我的一切就是：有两个人，其中一个我认识，在“舞者”餐厅吃午饭。照片里桌子上的报纸告诉了我日期，或者会告诉我日期。

我打电话给《新闻纪事报》，请求转到体育版。四分钟后，我在记事簿上写道：“里奇 · 贝洛，当红的年轻轻重量级拳击手，2 月 19 日半夜于姐妹医院去世，死因是前一晚在好莱坞军团体育馆打拳击擂台时受伤所致。《新闻纪事报》的午间体育版在 2 月 20 日报道了这条新闻。”

我再次拨了同一个号码，请求转到市区版的肯尼 · 海斯特。他以前是个犯罪报道记者，我认识他很多年了。我们东拉西扯聊了一分钟，随后我说：

“桑尼 · 莫 · 斯坦被杀，是谁为你跑的新闻？”

“托德 · 巴洛。他现在去了《快邮报》。怎么了？”

“如果可以的话，我想知道细节。”

他说他会去资料室取来文档，再打电话给我，结果十分钟后他回电了。“他的头部中了两枪，在他的车里，在富兰克林大道离贝尔西别墅约两个街区。时间，大约晚上 11 点 15 分。”

“日期呢，2 月 20 日，”我说，“是吗？”

“对，正是。没有目击者，没有逮捕任何嫌犯，只是询问了警方按例会查的赌徒、失业的拳击手和其他一些惯犯。有什么不对吗？”

“那个时候他是不是有个同伙也在城里？”

“这里没有提到。叫什么名字？”

“威皮 · 莫耶。我的一个警察朋友说起一个好莱坞的阔佬当时涉嫌在押，后来由于缺少证据被释放了。”

肯尼说：“稍等。我想起来了——是的。有个叫斯蒂尔格雷夫的家伙，是‘舞者’餐厅的老板，应该是个赌徒之流。人不错，我见过他。那是一出闹剧。”

“怎么说，闹剧？”

“有个耍小聪明的家伙向警方告密，说他就是威皮 · 莫耶，于是他们拘押了他十天，等待克利夫兰的回音。克利夫兰警局置之不理。斯坦被杀肯定跟他没关系。斯蒂尔格雷夫那一整周都被关着。完全没有联系。你的警察朋友肯定是三流杂志看多了。”

“他们都是这样，”我说。“所以他们只会耍嘴皮子。多谢，肯尼。”

我们道别后挂了电话，我靠着椅背坐在那儿，看着我的照片。过了一会儿，我拿出剪刀，剪下了有报纸头条标题的那部分。我把两部分照片分别放进两个信封，连同记事簿上那张纸一起放进我的口袋里。

我拨了梅维斯 · 韦尔德的高级住宅的电话。铃声响了几下后，一个女人接起了电话。这是一个我以前可能听过，也可能没听过的疏远、正式的声音。那声音说：“你好？”

“我是菲利普 · 马洛。韦尔德小姐在吗？”

“韦尔德小姐要到晚上很晚才回来。你不介意留个口信吧？”

“事关重大。我在哪里可以找到她？”

“我很抱歉。我并不知道。”

“她的经纪人知道吗？”

“有可能。”

“你能肯定你不是韦尔德小姐本人吗？”

“韦尔德小姐不在。”她挂断了电话。

我坐在那里，倾听着声音。起初我以为是她，后来我觉得不是。我思考得越久就越糊涂。我下楼来到停车场，开车离开了。

17

在“舞者”餐厅的露台上，几只早起的鸟儿正准备喝它们的午餐饮料。二楼临街的一面是透明玻璃，前面撑出了遮阳篷。我向前驾驶，开过了驶向日落大道的弯道，在一幢四方形两层楼建筑的街对面停下了车，这幢玫红色的砖房有几扇小小的白色铅制的凸窗，前门处还有一座希腊式门廊，从街对面看起来，就像一个古色古香的锡制门把手。门的上方是扇形窗户，上面一本正经地嵌着“谢里顿·巴卢公司”几个黑色的木头字母。我锁好车，穿过街道来到前门。这扇漆成白色的门又高又宽，锁眼大得足以穿过只老鼠。这个锁眼里面是一把真正的锁。我伸手去摸门环，可这家人似乎也预料到了这点。门环跟门是连成一体的，只是个装饰。

于是，我拍了拍廊上一根有细长凹槽的白色柱子，打开门，径直走入占了建筑物整个前部的接待室。里面摆着深色的仿古家具，还有许多椅子和靠垫包了类似印花棉布的长椅。窗边挂着蕾丝窗帘，旁边的印花棉布盒子与风格相似的家具相得益彰。地上铺了一块花地毯，有一群要见谢里顿·巴卢先生的人正巴巴地等候着。

其中有些人欢欣鼓舞，充满了希望。有些人似乎已经待了好多天。

一个身材矮小、皮肤黝黑的女孩在角落里拿着手帕抽泣。没人注意到她。我从好几个不错的角度欣赏了她的侧影之后，这伙人才认定我不是来采购也不是在这里工作的人。

一个外表冷酷的红发女郎慵懒地坐在一张亚当式写字台[①]前，正在对着一部纯白色电话机讲话。我走上前去，她用那双蓝眼珠冷冷地白了我几眼，随后就盯着屋顶的飞檐。

“不，”她对电话那头说。“不，很抱歉。我恐怕这不管用。实在、实在太忙了。”她挂了电话，在一张单子勾掉了什么，接着又冷酷地打量起我来。

“早上好。我想见巴卢先生，”我说。我将自己的名片放在桌上。她捏着名片的一角，乐出声来。

“今天？”她和蔼可亲地询问道。“还是本周？”

“一般需要等多久？”

“有人已经等了六个月，”她小心翼翼地说。“能找别人帮忙吗？”

“不行。”

“很抱歉。这不可能。下次再来拜访，好吗？感恩节前后。”她穿着一件白色毛料裙，紫红色的丝绸衬衫上罩了件短袖黑色天鹅绒外衣。她的头发如同炽热的夕阳，她戴着黄宝石手镯、黄宝石耳环，以及盾形的黄宝石宴会戒指。她的指甲颜色与衬衫颜色完全一致。她看上去仿佛花了好几个礼拜才打扮妥当。

“我必须要见他，”我说。

她再次看了我的名片，粲然一笑。“大家都是这样，”她说。“嗯——那个——马洛先生。看看这些可爱的人吧。他们每个人都是打两个小时前办公室一开门就来到这儿等候了。”

---

① 由罗伯特·亚当和詹姆士·亚当开创的家具与建筑的新古典主义风格。

"我有很重要的事。"

"毫无疑问。如果我可以问一下的话，是关于哪方面的？"

"我想兜售一点小道消息。"

她从一只水晶盒子里抽出一支烟，然后用水晶打火机点燃。"兜售？你的意思是换钱——在好莱坞？"

"也许吧。"

"哪一类小道消息？别担心会吓到我。"

"有点下流，那个——怎么称呼——小姐，"我扭过脖子去看她桌上的铭牌。

"海伦·格雷迪，"她说。"好吧，一点含蓄的色情没什么坏处，不是吗？"

"我可没说是含蓄的。"

"简而言之就是敲诈。"她叹了口气。"你他妈的为什么不从这里滚出去呢，伙计？在我派一群肥头大耳的警察追捕你之前？"

我坐在她桌上的一角，抓了几把她喷出的烟，再吹进她的头发。她愤怒地往边上一躲。"滚开，蠢货。"她的声音尖锐得几乎可以刮掉油漆。

"哦，哦。你那典型的布尔茅尔学院[1]口音哪儿去了？"

她头也没回，尖声尖气地叫道："范恩小姐。"

一个身材高挑、举止优雅、皮肤黝黑的女孩抬头望来，眼神傲慢无礼。她刚从一扇装饰成彩绘玻璃窗的暗门中走出来。黑皮肤女孩走到近前，格雷迪小姐把我的名片递给她："斯平克。"

范恩小姐带着名片返回了彩绘玻璃窗。

"坐下歇歇吧，大个子，"格雷迪小姐对我说。"你可能得等上一整个礼拜。"

---

① 美国宾夕法尼亚州著名的女校，七所"女校常春藤"中的一员。

我在一张包着印花棉布的翼式靠背椅上坐了下来，椅背比我的头足足高出八英寸。坐在里面让我觉得缩头缩脑的。格雷迪再次对我微笑，是那种边缘磨得锋利的笑容，然后再次俯身去听电话。

我四下环顾。角落里的小女孩停止了哭泣，正在一脸漠然地化妆。一个相貌出众、个头很高的家伙挥起一只优雅的手臂，盯着他的腕表，然后不急不慢地站起身。他将一顶浅灰色霍姆堡毡帽①吊儿郎当地戴在脑袋一侧，检查了一下他的黄色麂皮手套和银质包头手杖，然后慢悠悠地踱向一头红发的接待小姐。

“巴卢先生已经让我等了两个小时，”他语气冰冷，声音却甜蜜富有磁性，显然是经过许多训练。“我不习惯为了见谁等两个小时。”

“很抱歉，福蒂斯丘先生。巴卢先生今天早上实在太忙了。”

“我很抱歉没法开张支票给他，”优雅的高个男人语气不屑，略带疲惫。“可能这是他唯一会感兴趣的事。由于无法——”

“请稍等，亲爱的。”红发女郎拿起电话，说：“喂？……除了戈尔德温还有谁这么说？你就不能找个正常点的家伙吗？……好吧，再试试。”她啪地放下电话。高个子男人一动不动。

“由于无法会面——”他接着刚才的话头，仿佛从未被打断，“我想留个简短的口信给他。”

“请说，”格雷迪告诉他，“我会想办法为你传达的。”

“代我向他致意，就说，他就是只不要脸的艾鼬。”

“换成臭鼬吧，亲爱的，”她说。“他不懂英国词汇。”

“那就换成臭鼬，双倍的臭鼬，”福蒂斯丘告诉她。“另外再加一点硫黄味，还有最廉价的妓院香水味。”他整了整帽子，在镜子前瞟了眼自己的侧影。“我祝你日安，去他妈的谢里顿 · 巴卢公司。”

---

① 男用软毡帽，帽边狭窄呈卷形，帽顶有纵向凹坑。

这个高个演员昂首阔步、风度翩翩地走出门，用他的手杖开了门。

“他怎么了？”我问。

她满脸同情地望着我。“比利 · 福蒂斯丘？他没事。他没有得到任何角色，于是就每天来，照例表演一遍。他估计也许会有人看见他，喜欢他的演技。”

我慢慢地合上嘴。就算你在好莱坞住了很久，也不一定能亲眼见到电影里的演员。

范恩小姐穿过那扇暗门，出现在面前，朝我努努嘴。我经过她身边向里走去。“这边，右手第二间。”她注视着我穿过走廊，来到了第二扇门前，门是开着的。我走进房间，关上了门。

一个胖墩墩的白发犹太人坐在书桌后，笑眯眯地看着我。“你好，”他说。“我是莫斯 · 斯平克。有何贵干，老兄？放松一下，来支烟？”他打开一个貌似行李箱的东西，呈给我一根足有一英尺长的香烟，套在一根私人用的玻璃管里。

“不，谢谢。”我说。“我抽普通的烟。”

他叹了口气。“好吧。理解。我们瞧，你叫马洛，对吗？马洛。马洛。我听说过有个叫马洛的人吗？”

“大概没有，”我说。“我从没听说过一个叫斯平克的家伙。我要求见一个叫巴卢的人。这个名字读起来很像斯平克吗？我不是在找斯平克。而且，悄悄说一句，让这个叫斯平克的人见鬼去吧。”

“反犹太吗？”斯平克说。他大手一挥，手上的淡黄色钻戒仿佛黄色交通灯一般。“别这样，”他说。“坐下来，冷静一下。你不认识我。你也不想认识我。好吧，我没有生气。在这样一个圈子里，你得做到不惹人生气。”

“巴卢，”我说。

“现在清醒点，伙计。谢里 · 巴卢是个大忙人。他一天工作二十小时，哪怕这样，他还总是有很多事做不完。坐下来，跟小斯平克聊聊。”

“你在这里管什么？”我问他。

“我负责他的安全，伙计。我要保护他。谢里这样的人物不是想见就能见的。我为他甄选对象。我和他是一回事——在某种程度上，你懂的。”

“可能我超出了你所指的程度，”我说。

“有可能，”斯平克欣然赞同。他剥掉了一个铝制私人雪茄盒外面厚厚的胶带，轻轻地抽出了雪茄，仔细查看它的生产标志。“我不会否认。为什么不展示一下？让我们了解一些。到现在为止，你都是在虚张声势。我们这儿这种人太多了，已经行不通了。”

我看着他剪掉雪茄头，点燃那支貌似价格不菲的雪茄，“我怎么知道你不会出卖他？”我狡猾地问。

斯平克的细小眼睛眨了眨，我吃不准，不过里面含着眼泪。“我出卖谢里·巴卢？”他压低了嗓门，断断续续地说，就像在主持一个六百美元包办的葬礼。“我？我宁可出卖自己的母亲。”

“这招对我也行不通，”我说。“我从没见过你母亲。”

斯平克将他的雪茄搁在边上形状如同鸟池的烟灰缸上。他挥了挥双臂。悲伤正在吞噬他。“哦，伙计。该怎么说呢，”他悲痛地说。“我对谢里·巴卢的爱好比对我的父亲一般。甚至更胜于此。我的父亲——好吧，不谈了。来吧，伙计。有点人情味。给点旧时的信任和友谊吧。跟小斯平克讲讲吧，如何？”

我从口袋里掏出一只信封，扔到他面前的书桌上。他从里面抽出唯一一张照片，严肃地凝视着它。他把照片放在桌上，抬头望着我，又低头看看照片，再次抬头望我。“好吧，”他呆呆地说，声音里突然没了他刚才提到的旧时信任和友谊。“这有什么特别的吗？”

“要我告诉你这个女孩是谁吗？”

“这男的是谁？”斯平克打断我。

我沉默不语。

“我问你这男的是谁？”斯平克几乎是在向我咆哮。“快说吧，混蛋，快说。”

我还是不吭声。斯平克缓缓地去拿电话，那双坚定冷酷的眼睛还盯着我的脸。

“继续，打电话，”我说。“打给城里，找凶案组的警探克里斯蒂·弗伦奇。那又是一个很难说服的年轻人。”

斯平克的手从电话机上挪开。他缓缓起身，拿着照片走出门外。我等待着。外面日落大道上车辆在远处来往穿梭，千篇一律。时间一分一秒安静地坠入井中。斯平克刚点燃的雪茄冒出的烟在空气中缭绕，而后便被吸进了空调的通风口。我望着墙上数不清的签名照片，都是签给谢里·巴卢的，致以对方永恒的爱意。我估计，既然他们出现在斯平克的办公室，想来都是些过气的明星。

18

过了一会儿，斯平克走回来，向我打了个手势。我跟随他沿着走廊穿过双开门，来到了一间接待室，里面有两个秘书。经过她们身边，又穿过了一扇扇装有黑色厚玻璃、镂刻着银色孔雀的双开门。每当我们走近一扇门时，它都会自动打开。

我们走下三级铺着地毯的台阶来到一个办公室，里面除了游泳池之外，应有尽有。房间有两层楼高，周围是一个放满书架的平台。角落里摆放着一架斯坦威演奏钢琴，许多玻璃和漂白木家具，还有一张有羽毛球场那么大的桌子、椅子、沙发等。一个男人躺在一张沙发上，没穿外套，衬衫敞开着，围了一条夏尔凡围巾，黑暗中你凭着咕噜声就能发现他。他的眼睛和额头上盖了一块白毛巾，一个机灵的金发女郎正在他身边桌上的一银盆冰水里绞着另一块毛巾。

这个男人身材挺拔匀称，一头黑色的卷发，白色毛巾下覆盖着一张坚毅的棕色脸庞。一条手臂垂在地毯上，指间夹着一支烟，飘出一缕缕白烟。

金发女郎敏捷地换了块毛巾。沙发上的男人咕哝了一声。斯平克说："就是这小子，谢里。名字叫马洛。"

沙发上的男人抱怨道："他想怎么样？"

斯平克说："嘴严得很。"

沙发上的男人说："那你带他来干什么？我累了。"

斯平克说："嗯，你知道的，谢里。有时候不得不这么做。"

沙发上的男人说："你刚才说他那个好听的名字是什么来着？"

斯平克转向我："你现在可以说说你的目的了。爽快点，马洛。"

我一言不发。

过了片刻，沙发上的男人缓缓地抬起夹着香烟的手。他疲惫地把香烟塞到嘴里吸着，那股无限慵懒的劲头如同破败城堡里的没落腐朽的贵族一般。

"我在跟你说话呢，伙计。"斯平克粗暴地说。那个金发女郎又换了一块毛巾，眼神呆滞。房间里的寂静如同烟味一般刺鼻。"好吧，蠢货，快说吧。"

我掏出了自己的骆驼牌香烟，点燃后，拿了一张椅子坐下。我伸出双手，注视着它们。大拇指时不时地上下抽搐。

斯平克的声音突然变得无比暴怒："谢里可没时间陪你一整天。"

"那他剩下的半天怎么过？"我听见自己的声音。"坐在一张白色丝绸沙发上，让人给他涂脚指甲油？"

那个金发女郎猛地转过身来瞪着我。斯平克张大了嘴巴，直眨巴眼睛。沙发上的男人慢慢举起手伸向眼睛上的毛巾一角。他扯开大半毛巾，露出了深褐色的眼睛盯着我。然后毛巾又轻轻地盖回了原处。

“这里可容不得你撒野，”斯平克语气强硬。

我站起身，说：“我忘了把我的祈祷书带来。我这是第一次知道上帝是按佣金收费的。”

一时间没人说话。金发女郎又换了一块毛巾。

沙发上盖着毛巾的男人从容说道：“亲爱的，都他妈的从这儿滚出去。除了这位新朋友。”

斯平克眯着眼睛狠狠地瞪了我一眼。金发女郎默默地离开了。

毛巾下疲惫不堪的声音说道：“我的好奇心已经持续得够久了，再下去我就对这事儿没兴趣了。快滚吧。”

“好的，老板，”斯平克说。他不情不愿地退下去了。他在门边停了停，又向我发出了一次无声的怒吼，接着便消失了。

沙发上的男人听到关门的声音后，便说：“多少钱？”

“你又不想买。”

他把毛巾从额头推开，扔到一边，缓缓地坐起身。他穿上搁在地毯上的定制碎石纹镂花皮鞋，一只手探到前额。他虽然看起来疲倦不堪，倒也不是耽于酒色的样子。他从什么地方摸索出另一支烟，点燃后，透过烟雾愁眉苦脸地望着地板。

“说下去，”他说。

“我不明白你为什么在我身上花这些工夫，”我说。“但我相信你足够聪明，知道你自己买不到任何东西，而且你也清楚还会有人来买的。”

巴卢拿起刚才斯平克放在他旁边一张狭长矮桌上的照片。他懒洋洋地伸出一只手。“毫无疑问，剪掉的那部分才是精华所在。”

我从口袋里掏出一个信封，将剪掉的那一角递给他，瞅着他将两部分拼在一起。

“用一枚放大镜就能看清楚报纸上的头条，”我说。

“我桌子上就有一枚。请帮我拿来。”

我走过去，从他桌上拿了放大镜。“你习惯了各种服务，不是吗，巴卢先生？”

“我都会付钱的。”他透过放大镜仔细端详着照片。“我似乎看过那场拳击比赛。他们应该好好照顾这些男孩。”

“就像你对你的客户所做的，”我说。

他放下放大镜，向后一靠，冷静从容地盯着我。

“这就是那个‘舞者’餐厅的老板，名叫斯蒂尔格雷夫。当然，这女孩是我的一个客户。”他做了个模糊的手势，向我示意坐在一张椅子上。“马洛先生，你想要多少？”

“交换什么？”

“所有的照片和底片。你的工作。”

“一万，”我边说边看着他的嘴巴，只见他的嘴角微微一笑，相当愉快。

“这还需要多一点解释，不是吗？我只看见两个人在公共场所就餐。对我的客户的名誉来说几乎构不成威胁。我估计你打的就是这个主意吧。”

我咧嘴一笑。“你买不到任何东西，巴卢先生。我可以用底片再印一张照片，用照片再做一张底片。如果这张快照是某个物证的话，你永远不知道你是否已经毁掉了它。”

“对于一个敲诈者来说，这倒也不是什么花言巧语，”他脸上仍然保持着微笑。

“我一直纳闷为什么人们会满足敲诈者的要求。他们买不到任何东西。哪怕他们真的支付了敲诈金，也只会一而再再而三地被敲诈。到最后，又回到了原点。”

“眼前的恐惧，”他说，“总是凌驾于未来的恐惧。那种戏剧化感情的基本要素是，局部总是超过整体。如果你在银幕上看见一个魅力四射的大明星处于危险状态，出于你心理的一部分，感情的那部分因素，你会为她担心。尽管如此，你的理智明白，她是电影明星，不会遇到危险。如果悬念和恐吓没有战胜理智，那戏剧化效果就会微乎其微了。”

我说：“说得非常对，我想。”然后，我对着骆驼牌香烟的烟雾吹了口气。

他的眼睛眯起来一点。“至于能否真正地买到什么，如果我向你付了一大笔钱，却没有拿到我想要的东西，我会派人好好照顾你的。把你揍成肉泥。等你出院的时候，如果你到时还有雄心壮志的话，可以试试报警抓我。”

“我遇到过这种事，”我说。“我是个私家侦探。我明白你的意思。你对我说这些干吗？”

他哈哈大笑，发出一阵深沉舒畅的笑声。“我是个经纪人，伙计。我的经验告诉我，卖家手上总有张王牌。可我们不谈什么一万。她没这么多钱。她现在每周只能赚一千，虽然我承认，她离这一大笔钱很近了。”

“这可会让她的事业停滞不前啊，”我说着，指了指照片。“没有高收入，没有带水下灯的游泳池，没有上等的貂皮大衣，没有霓虹灯广告牌上的名字，一切都化为乌有了。”

他鄙夷地大笑起来。

“好吧，要是我把这个拿给城里的警察看呢？”我说。

他止住了笑声，眼睛眯起来，压低嗓门问：

“他们为什么会感兴趣？”

我站起身来。“我觉得我们谈不成生意，巴卢先生。你是个大忙人，我会自己出去的。”

他从沙发上站起来，舒展四肢，身高六英尺二英寸左右。他是个非常强壮的男人，走上前来，站得离我很近。他的深褐色眼睛里闪着些许金光。“让我们看看你到底是谁，伙计。”

他伸出手来，我把打开的钱包放在上面。他看了看我的执照复印件，从钱包里掏出了几样东西，扫了一眼，然后把钱包还给了我。

“如果你真的把你的小照片给警察看，会怎么样？”

“我首先会把这个与他们正在侦查的——昨天下午发生在凡努斯旅馆的案件——联系起来。我会通过那个女孩——她不肯跟我谈——联系案件，这就是我来跟你谈的原因。”

“她昨晚告诉我了。”他叹了口气。

“告诉了你多少？”我问。

“她说一个名叫马洛的私家侦探试图强迫她雇用他，理由是，有人在市区的一家旅馆看见了她，而那家旅馆不巧距离一起凶杀案的发生地很近。”

“多近？”我问。

“她没说。”

“呸，她当然不会说。”

他从我身边走开，来到角落里一个高大的圆柱形容器边。他从里面许多细短的马六甲手杖中抽出一根。他开始在地毯上走来走去，手杖敏捷地在他的右脚边挥动。

我再次坐下，掐灭了香烟，深深地吸了口气。“这只会发生在好莱坞，”我嘟囔了一句。

他灵敏地向后一转，扫视了我一眼。“你说什么？”

“明明正常的人偏要拿着根耍猴棍在屋子里漫步，以为在皮卡迪利街上呢。”

他点点头。“我是从米高梅一个制片人身上学来的毛病。一个迷人的家伙，有人是这么跟我说的。”他停下了步子，用手杖指着我。“你他妈的把我逗乐了，马洛。真的是这样。你太直率了。你正在把我当成一把铁锹，把你从麻烦里挖出来。”

“这话有几分道理。不过，我深陷的麻烦与你客户即将面临的麻烦相比，根本不值一提，倘若我没有多次让自己深陷泥潭。”

他纹丝不动地站了一会儿。接着，他将手杖一扔，走向酒柜，旋开了两个半瓶的酒瓶。他向两只白兰地酒杯里倒了些酒，端起其中一只递给我。接着他又走回去，取了自己那杯。他拿着酒杯坐在了沙发上。

“阿马尼亚克酒①，”他说。“如果你了解我，你会欣赏这种奖励。这玩意儿可稀罕着呢。德国佬把大部分都洗劫一空了。我们的高级军官得到了剩下的这些。这是给你的。”

他举起酒杯，嗅了嗅，浅浅地啜了一口。我把自己那杯一口气灌进了嘴里。味道类似于上等的法国白兰地。

巴卢看起来一脸震惊。“我的上帝，你得小口小口品，可不是这么一大口地吞下去。”

“我就习惯一口吞，”我说。“抱歉。她也告诉过你，如果有人不守口如瓶的话，她就会遇到很多麻烦。”

他点点头。

“她提议过怎么让我守口如瓶吗？”

“我感觉，她倾向于借助某种不客气的手段。于是我尝试用一种介乎威胁和贿赂之间的方法。我们街上有专门保护电影明星的全班人马。显然他们没能吓唬住你，贿赂得也不够。”

“他们吓唬得我够呛，”我说。“我他妈的差点拿卢格枪向他们开枪了。那个拿着点四五口径手枪的瘾君子真会演戏。至于钱够不够，完全

① 一种干白兰地酒。

取决于如何给我。”

他又啜了一口阿马尼亚克酒。他一指面前两张拼接在一起的照片。

“我们谈到你要把这个交给警察。然后呢？”

“我想我们还没谈到这么远。我们谈到了为什么她向你透露了这些事而没有向她的男朋友透露。我前脚离开他后脚就到了。他有自己的钥匙。”

“显然她就是没说。”他眉头紧皱，低头望着他的阿马尼亚克酒。

“很好，”我说。“要是那家伙没有钥匙，我会觉得更好。”

他非常忧伤地抬起头看着我。“我也是。我们都这么觉得。不过娱乐行业总是这样——任何一种娱乐行业。如果这些人过的不是紧张、相对混乱的生活，如果他们的感情不是如此失控——好吧，那么他们就无法捕获这稍纵即逝的情绪，并把它们刻在几英尺长的胶片上或展示在舞台上。”

“我讲的不是她的恋爱生活，”我说。“她没必要同一个通缉犯混在一起。”

我指了指照片。“拍照片的人现在失踪了，到处找不到他。他有可能死了。另外两个住在同一个地址的人也死了。其中一个死前不久还想兜售这些照片。她亲自去了他所在的旅馆拿货。凶手也来了。她没拿到货，凶手也没拿到。他们不知道照片在哪儿。”

“而你知道？”

“我很幸运。我见过他没戴假发的样子。也许这些都不是我所说的证据。你都可以反驳。何必费事呢？有两个人遇害了，也许是三个。她冒了很大的风险。为什么？她想得到那张照片。拿到它值得冒风险。还是要问为什么？这只不过就是某一天两个人在共进午餐而已。那一天莫·斯坦在富兰克林大道上被人开枪打死了。还是那一天一个名叫斯蒂尔格雷夫的演员关在监狱中，因为警方收到消息，说他是克利夫兰一个

名叫威皮 · 莫耶的通缉犯。警方的记录上是这么写的。可照片证明，他不在监狱里。这张照片还指明了他的身份。她清楚这点，而且他还有她家的钥匙。”

我顿了顿，我们目光坚定地对视了一会儿。我说：

“你真的不希望警察拿到照片，对吗？输赢或平手，他们都会严厉抨击她。当一切结束时，无论斯蒂尔格雷夫是否是威皮 · 莫耶、莫耶是否杀死了斯坦，或他是杀了人还是凶案发生那天他碰巧在监狱外，这些都不重要了。如果他能逃过这一劫，人们肯定会认为其中有猫腻。她则无法幸免于难。在公众眼里，她就是一个匪徒的女友。就你的生意来说，她算是彻彻底底地完蛋了。”

巴卢一时间沉默不语，面无表情地凝视着我。“你来这儿目的是什么？”他温和地问。

“这很大程度上取决于你，巴卢先生。”

“你真正想要的是什么？”此时，他的嗓音变得尖细刻薄。

“就是我向她要而无法得到的东西。让我有貌似合理的权利来代表她的利益、为她服务，直到我认为我难以推进为止。”

“通过隐瞒证据吗？”他咄咄逼人地问。

“如果这的确是证据的话。警方除非诬陷韦尔德小姐，否则是不会有任何进展的。也许我能。他们不会费力去尝试的；他们才无所谓。可我会。”

“为什么？”

“可以这么说，这是我赖以谋生的方式。我也许会有其他动机，但这一点就足够了。”

“你的价码是多少？”

“你昨晚已经给我了。我当时没接受，现在我会接受了。附带一封签字雇用我调查试图敲诈勒索你客户的委托书。”

我拿着空酒杯站起身，走上前将它放在了桌子上。我俯身时，听见一阵轻微的嘶嘶声。我绕到桌子后面，猛地拉开一个抽屉。一台钢丝录音机从里头的架子上滑了出来。马达还在运转，钢丝正稳稳地从磁带轴一端转向另一端。我望着对面的巴卢。

“你可以关掉机器，带走录音机，”他说。“出此下策，你也不能怪我。”

我移动开关倒带，钢丝倒回去，速度很快，根本看不清。机器发出一阵刺耳的噪音，就像两个娘娘腔在为一块丝绸争吵不休。钢丝渐渐松开了，机器停止转动。我取下磁带轴，扔进了我的口袋里。

“另一个留给你，”我说。“我只能冒一次险了。”

“对自己相当自信，不是吗，马洛？”

“但愿如此。”

“按下桌子末端的按钮，好吗？”

我照做了。黑色的玻璃门打开，一个皮肤黝黑的女孩拿着一个速记本走了进来。

巴卢看也没看她一眼，自顾自地开始口述。“写给菲利普·马洛先生的信，写上地址。亲爱的马洛先生：本经纪公司在此雇用您调查一起试图敲诈我公司一名客户的案件，其中细节已经口头向您转述。费用为每天一百美元，定金五百美元，请于本信函副本上签收认可。等等等等。好了，艾琳。请速速去办。”

我给了女孩我的地址，她便离开了。

我从口袋里掏出磁带轴，放回抽屉。

巴卢跷起二郎腿，盯着闪闪发亮、上下抖个不停的鞋尖。他伸手去撸撸那深色的卷发。

“如今啊，”他说，“我就要犯错了，这是我们这行人最害怕犯的错。我即将同一个我信任的人做生意，可我太他妈的精明了，无法信任他。

你最好留着这个。”他递给我剪成两半的照片。

五分钟后，我离开了。我距离它三英尺时，玻璃门自动打开了。我经过两个秘书，沿着走廊，穿过斯平克办公室敞开的门。里面悄然无声，可我能闻出他的雪茄烟味。在接待室里，似乎还是原来那些人坐在印花棉布的椅子上。海伦 · 格雷迪向我报以她妩媚的笑容。范恩小姐对我也是满脸堆笑。

我和老板一起待了四十分钟。这让我变得如同按摩师墙上的脊椎解剖图一般花里胡哨了。

19

坐在半圆形玻璃办公桌后面的值班警卫放下电话，在便条本上草草记了几笔。他撕下这张便条，从那不到一英寸宽的细缝里塞出来，玻璃没有碰到桌子的顶部。他的声音通过安装在玻璃板上、有一个金属圈的对讲装置传了出来。

“笔直走到走廊尽头，”他说，“你会看到庭院中间有一个饮水龙头。乔治 · 威尔逊会在那里接你。”

我说：“多谢。这是防弹玻璃吗？”

“当然啦。怎么了？”

“我只是好奇，”我说。“我还从没听说过有人一路横扫，闯进电影圈的呢。”

有人在我身后窃笑。我一转身看见一个穿着休闲裤，耳后别了一朵康乃馨的女孩。她正痴痴地发笑。

“哦，哥们儿，如果只需要一把枪的话。”

我走向一扇橄榄绿的门，上面没有门把手。随着一阵嗡嗡声，我按照指示推开了门。里面是一条橄榄绿的走廊，空荡荡的墙壁，最远端有一扇门。一个捕鼠器。如果你走进去，不怀好意，他们还能够制伏你。远处的门发出相同的嗡嗡声，然后“咔嗒”一声打开了。我纳闷警卫是怎么知道我已经来到门口了。于是，我抬头一看，发现他的眼睛正从一面歪歪扭扭的镜子里瞪着我。我碰到门时，镜子里的影像就自动消失了。他们考虑得很周详。

正值炎热的午后，外面小庭院里的向日葵欣欣向荣，还有一条铺了瓷砖的过道，中间有个池子和大理石的座椅。饮水龙头在大理石座椅的边上。一个上了年纪、衣着不俗的男人正倚靠在大理石座椅上，三只深褐色的拳师犬正在鼓捣一些茶香玫瑰海棠。他神色紧张，却透着安逸的满足感。我走近时，他没有瞧我。其中一只最大的狗，在他裤腿旁的大理石座椅上撒了泡尿。他俯身拍了拍它长着坚硬短毛的脑袋。

“你是威尔逊先生吗？”我问。

他抬起头茫然地看着我。那只中号的拳师犬一路小跑过来，凑近嗅了嗅，然后也跟着第一只撒尿了。

“威尔逊吗？”他慵懒的声音里透着一丝无精打采。“哦，不。我不叫威尔逊。难道我应该叫这个名字？”

“对不起。”我走向饮水龙头，按出一道水流拍打脸。当我用手帕擦拭脸庞时，最小的那只拳师犬来到大理石座椅旁完成了它的任务。

那个不叫威尔逊的男人动情地说：“总是按照一模一样的次序做。真让我着迷。”

“做什么？”我问。

“撒尿，”他说。“这似乎是资历的问题。秩序井然。首先是梅西。她是母亲。接着是麦克，比约克宝宝年长。总是一样的次序。甚至在我的办公室也是。”

“在你的办公室？”我说，这话让我感觉愚蠢至极。

他对我皱了皱苍白的眉毛，从嘴里取出一支纯棕色雪茄，咬掉一端，吐到池子里。

“这样对鱼儿可不好，”我说。

他上下打量着我。“我养的是拳师犬。去他妈的鱼。”

我估计，这就是好莱坞。我点燃一支烟，坐在长凳上。“在你的办公室，”我说。“好吧，每天都有新主意，是吗？”

“在桌子的角落里。总是在那儿撒尿。快把我的秘书逼疯了。她们说，渗到地毯里去了。现在的女人都怎么回事？我从不担心。喜欢得很。你要是喜欢狗，连它们撒尿的样子都爱看。”

其中一只狗把一株成熟的海棠丢在他脚边的瓷砖过道中央。他捡起来，扔进了池子。

“我猜，园丁会头疼，”他再次坐下时评论说。“哦，好吧，要是他们不满意，他们总能——”他突然停下，望着一个身材苗条、穿着黄色裤子的送信女孩，为了经过庭院她故意绕道而行。她飞快地斜视了他一眼，很有节奏感地扭着臀部离开了。

“你知道这行出了什么问题吗？”他问我。

“没人知道，”我说。

“性泛滥，”他说。“时间、地点合适的话倒还行。可我们现在整得车载斗量，难以前行，都没过了脖子。都快变成捕蝇纸了，黏糊糊的。”他站起身道：“我们的苍蝇也太多了。很高兴认识你，你叫——”

“马洛，”我说。“恐怕你不认识我。”

“我不认识任何人，”他说。“记忆退化了。见过太多人。我叫奥本海默。”

“朱利斯·奥本海默？”

他点点头。“不错。来支雪茄。”他递给我一支。我把自己的烟给他看。他顺手把雪茄扔进了池子里，皱着眉。“记忆退化了，”他悲伤地说。

“浪费了五十美分。真不该这样。”

“这个工作室是你的吗？”我说。

他心不在焉地点点头。“蛮好省下一支雪茄的。省了五十美分等于省下了多少？”

“五毛，”我边说边纳闷，他在他妈的讲什么呀。

“这一行不是这样的。在这行里，省下五毛，你账面上的资产就有五美元。”他顿了顿，对三只拳师犬做了个动作。它们停下了正在鼓捣的东西，全都望着他。“只顾赚钱，”他说。“这很容易。来吧，孩子们，回妓院去。”他叹了口气。“一千五百家电影院，”他补充了一句。

我的脸上肯定又现出了愚蠢的表情。他向庭院一挥手。“一千五百家电影院就是你需要的一切。他妈的有远见可比饲养纯种的拳师犬简单多了。全世界只有拍电影这一行可以犯尽错误而照样赚钱。”

“肯定世界上也只有在这一行，你能养三只狗对着你的办公室桌子撒尿。”我说。

“可你必须有一千五百家电影院。”

“这样一来，入行的门槛就有点高，”我说。

他看起来很高兴。“不错，这就是困难的地方。”他的眼神越过修剪齐整的绿色草坪，停留在开阔广场一侧的一栋四层楼建筑。“那边所有的办公室，”他说。“我从来不去。总是在重新装修。一看到他们在套房里布置的东西，我就恶心。世界上最贵的人才。他们想要什么就给什么，要多少钱就给多少。为什么？根本没有理由。只是习惯。一点都不影响他妈的他们做什么或他们怎么做。只要能给我一千五百家电影院。”

“你不会希望别人引用你的这些话吧，奥本海默先生？”

“你是报纸记者？”

“不是。”

“那太糟了。只是我真希望见到有人能把这个生活中简单基本的事实登上报纸。”他顿了顿，不屑地哼了声。“没人登，没人敢。来吧，孩子们！”

那只叫梅西的大狗，跑过来站在他身边。中号的那只停止了对海棠的蹂躏，一路小跑至梅西边上。那只小不点约克，依次排在边上，然后随着一阵突如其来的灵感，向奥本海默的裤腿边抬起一条后腿。梅西不经意地挡住了它。

“瞧见了吗？”奥本海默眉开眼笑。“约克试图插队。梅西不会允许的。”他弯下腰，拍拍梅西的脑袋。它温顺地抬头望着他。

“自家狗的眼睛，”奥本海默沉吟道。“是世界上最难忘的东西。”

他踱步沿着铺瓷砖的小道走向行政楼，三只狗在他身边镇静地小跑同行。

“马洛先生？”

我一转身，这才发现一个黄棕色头发的高个子已经悄悄来到我身后，他的鼻子活像拉着吊环的胳膊肘。

“我是乔治·威尔逊。很高兴认识你。我想你认识奥本海默先生吧。”

“刚才一直在跟他说话。他告诉我如何经营电影生意。似乎一切的关键在于一千五百家影院。”

“我在这里工作了五年，还从没和他说过话呢。”

“因为还没有合适的小狗向你撒尿。”

“也许你是对的。那么，我能为你做什么，马洛先生？”

“我想见梅维斯·韦尔德。”

“她在片场，正在拍一部电影。”

“我能在片场见她一会儿吗？”

他面露犹疑。“他们给了你哪种通行证？”

“我想，只是普通的通行证。”我递给他看。他仔细看了看。

“巴卢派你来的。他是她的经纪人。我想我们可以安排。在12号摄影棚。现在就要去吗？”

“如果你有时间的话。”

“我是公关人员，就是专门干这个的。”我们沿着铺瓷砖的过道走向两幢大楼的角落。两幢楼之间的一条水泥车道通向后院和片场。

“你刚才在巴卢办公室吗？”威尔逊问。

“刚打那儿来。”

“我听说，那可是一个规模很大的机构。我曾想过自己干这行，可实在太苦了。”

我们经过好几个穿制服的警卫，接着拐进两个片场之间的一条狭窄的小巷。巷子中间一个红色的信号灯正在旋转，一扇标着“12”的门上亮着一盏红灯，红灯上面的铃发出有规律的声响。威尔逊在门边上停下了。另一个靠着椅背的警卫向他点点头，上下打量我，脸上渐渐露出死气沉沉的灰暗表情，仿佛水箱中的浮垢。

那铃声和信号灯停止了，红灯暗了下去。威尔逊拉开一扇沉重的大门，我从他身边走进去。里面还有一扇门，其中似乎是日落之后的漆黑一片。随后，我看见远处角落里集中的灯光。除此之外，巨大的摄影棚显得空旷无比。

我们向着灯光处走去。我们渐渐靠近时，地板上好像铺满了粗粗的黑色电缆。还有好几排折叠椅，密密匝匝的移动化妆间，门上写着姓名。我们不是从正门进摄影棚的，现在只能看见木头背景，两边各有一个大银幕。两台背投投影仪在一边嘶嘶作响。

一个声音大吼道：“开拍。”顿时铃声大作。两台银幕上出现翻滚的波浪。另一个冷静点的声音说：“请注意自己的位置，我们得结束这段小插曲的拍摄。一切就绪，开拍。”

威尔逊死死站住，碰了碰我的手臂。演员的声音不知从哪里冒了出来，既不大声，也不清晰，一阵无关紧要、毫无意义的低语。

其中一个银幕突然一片空白，响起了一个温柔、波澜不惊的声音："停。"铃声又响起，可以听见一阵移动的声音。威尔逊和我继续向前走。他在我的耳边悄悄说："要是内德·甘蒙午饭前拍不好这场戏的话，他准会揍托兰斯的鼻子。"

"哦，托兰斯在这儿？"迪克·托兰斯当时是个二流明星，是好莱坞里半红不紫的一类男演员，没人想用他，可是因为没有更好的选择，到头来很多人还是不得不选他。

"迪克，喜欢在片场来回跑吗？"那个冷静的声音问，此时我们来到了片场的拐角处，看清了场景——一艘游艇靠近船尾的甲板处。现场有二女三男。其中一个中年男子，穿着运动衫，倚靠在躺椅上。还有一个穿着白衣服，一头红发，看起来像是游艇的船长。第三个是个业余的游艇驾驶员，戴着顶漂亮的帽子，身穿蓝色夹克、配有金色纽扣，底下穿着白皮鞋、白裤子，一副桀骜不驯的样子。这就是托兰斯。年纪小一点的女孩是个黑美人；苏珊·克劳利。另外一个就是梅维斯·韦尔德。她穿着一件湿漉漉的白色鲨鱼皮游泳衣，显然是刚刚上船。一个化妆师正在往她脸上、手臂以及金发发梢上喷水。

托兰斯没有答话。他突然转身，瞪着摄影机。"你以为我不知道自己的台词吗？"

一个穿着灰衣服的白发男子从阴暗的背景中走上前，来到灯光下。他拥有一对热情似火的黑眼睛，不过他的声音里却没有一丝温度。

"除非是你故意改台词，"他说，目光坚定地盯着托兰斯。

"这也是可能的，因为我不习惯在背投屏幕前表演，那玩意儿总是在一幕还没拍完的时候就没了底片。"

"你这抱怨也有道理，"内德·甘蒙说。"问题是，他只有两百十二英尺的胶片，这是我的错。要是你能这一场戏拍得快一点儿——"

托兰斯哼了一声。“要是我能拍得快一点儿。也许有人能说服韦尔德小姐爬上船的速度快一点，只要比建造这艘该死的游艇速度稍快一点就行。”

梅维斯·韦尔德鄙夷地扫了他一眼。

“韦尔德的时间算得正好，”甘蒙说。“她的表演也恰到好处。”

苏珊·克劳利优雅地耸耸肩。“我感觉她可以再稍快一点，内德。已经不错了，不过还能更好。”

“要是能做得更好，亲爱的，”梅维斯·韦尔德心平气和地告诉她，“有人也许会称之为表演。你不会希望自己的电影里发生这种事，对吗？”

托兰斯哈哈大笑。苏珊·克劳利转过身，怒气冲冲地瞪着他。“有什么好笑的，十三号先生？”

托兰斯的脸顿时冷若冰霜。“再叫一遍？”他几乎是从牙缝里吐出这几个字。

“老天啊，难道你不知道吗，”苏珊·克劳利惊讶地说。“他们叫你十三号先生，因为只要是你接下个角色，就意味着前面有十二个人已经拒绝了它。”

“我明白了，”托兰斯冷冷地说，接着再次爆发出一阵大笑。他转身面向内德·甘蒙。“好吧，内德。现在每个人都发泄完了，也许我们可以达到你的要求了。”

内德·甘蒙点点头。“没有一点装腔作势也不能消除误会。好了，一切就绪，我们开始。”

他返回摄影机边上。助手喊道：“开拍。”片场按部就班地进行拍摄。

“卡，”甘蒙说。“洗出毛片。大家休息吃午餐吧。”

演员们走下一段粗糙的木头台阶，向威尔逊点头示意。梅维斯·韦尔德最后才走出来，停下来穿上毛巾布浴袍和一双沙滩鞋。她看见我时，突然站在了原地。威尔逊向前一步。

“你好，乔治，”韦尔德小姐说着，直勾勾地盯着我。“要我帮忙吗？”

“马洛先生想跟你说几句，可以吗？”

“马洛先生？”

威尔逊犀利地扫了我一眼。“来自巴卢办公室。我以为你认识他。”

“我也许见过他。”她仍然盯着我。“什么事？”

我没吭声。

过了一会儿，她说：“多谢，乔治。最好去我的化妆室，马洛先生。”

她一转身，走去了片场的远端。靠着墙有一个绿白相间的化妆室。门上的姓名写着“梅维斯·韦尔德”。到门口时，她转过身，小心翼翼地四下环视。接着，她那对迷人的蓝眼睛盯着我的脸。

“现在，马洛先生？”

“你的确记得我吗？”

“我相信如此。”

“我们是继续上次中断的话题——还是重新开始呢？”

“有人让你进来的。是谁？为什么这么做？你需要解释清楚。”

“我在为你工作。巴卢已经付了定金，还拿了收据。”

“多么周到啊！假设我不想要你为我工作呢？无论你是干什么的。”

“好吧，随便你，”我说。我从口袋里掏出“舞者”餐厅的照片，递给她。她定定地看了我好久，垂下眼睛。然后她看着自己和斯蒂尔格雷夫在卡座的快照，表情严肃，一动不动。接着，她非常缓慢地伸出手，摸了摸脸颊一侧湿漉漉的卷发。她微微地颤抖了。她伸出手，拿起照片。她凝视照片，眼睛再次缓缓地垂下了。

“然后呢？”她问。

“我有底片和其他几张照片。你会拿到它们的，如果你有更多时间，也知道去哪里找的话。或者他还活着能把照片卖给你的话。”

“我有点冷，”她说。“我得吃点午餐。”她将照片递给我。

“你有点冷，你得吃点午餐，”我说。

我感觉她脖子上的脉搏在跳动。不过光线不是太好。她淡淡一笑。无聊贵族的范儿。

“我看不出这葫芦里卖的什么药，”她说。

“你在游艇上待的时间太长了。你的意思是，我认识你，也认识斯蒂尔格雷夫，这照片上有什么玄机，足以让人送我一个钻石项圈？”

“好吧，”她说。“是什么玄机？”

“我不知道，”我说。“不过，如果查出这点会让你甩掉这副公爵夫人德性的话，我一定会查出来。同时，你还觉得冷，还是得吃点午餐。”

“你等的时间太长了，”她安静地说。“你没什么要出售的。大概除了你的命以外。”

“我会贱卖的。因为我爱上了一副深色太阳镜、一顶翠雀蓝色草帽，还有脑袋上一个被高跟鞋砸出来的伤口。”

她的嘴巴抽搐着，仿佛要开口大笑。不过她的眼睛里却不含笑意。

“更别提那三个耳光了，”她说。“再见，马洛先生。你来得太晚了。实在太晚了。”

“是对我——还是对你来说？”她转过身，去打开化妆室的门。

“我想是对我们俩来说。”她快步走入房间，没关门。

“进来后关上门，”她的声音从化妆室里传出。

我走进化妆室，关上了门。这不是一间华丽定制的明星化妆室。严格来说只是个杂物室。一张破破烂烂的沙发，一把安乐椅，一张小梳妆台上有一面镜子和两个灯，梳妆台前放着一把直背椅，一个托盘上放着咖啡。

梅维斯·韦尔德俯身把一台圆形取暖器插上电源。接着她抓过一条毛巾，使劲搓她湿漉漉的头发。我坐在沙发上等着。

“给我一支烟。”她把毛巾扔在一边。我为她点烟时，她的眼睛紧紧注视着我的脸。“你觉得我们在游艇上的即兴表演怎么样？”

“恶毒。”

“我们都很恶毒。比其他人多一些笑容，就是这样。演艺圈嘛，非常廉价，向来如此。曾几何时，演员们从后门进场。大部分人还是如此。压力大、时间紧，勾心斗角，随时会爆发令人讨厌的小场景。其实一点意义都没有。”

“张牙舞爪地说话。”我说。

她直起身子，指尖划过我的脸颊一侧，就像烧红的烙铁一般灼人。“马洛，你能赚多少钱？”

“每天四十美元，额外费用另算。这是要价。我收取二十五美元，我已经收得很少了。”我想起了奥法梅那皱巴巴的二十美元。

她用手指再次划过我的脸颊，我只是没有干预。她从我身边走开，坐在椅子上，将浴袍拉拉紧。取暖器使得小房间暖和起来了。

“二十五美元一天，”她惊讶地问。

“寂寞的小钱。”

“它们寂寞吗？”

“像一座灯塔一样寂寞。”

她跷起腿，灯光下，她苍白皮肤泛出的冷光充满了整个房间。

“那么问我问题吧，”她说，并不想去遮住她的大腿。

“斯蒂尔格雷夫是谁？”

“一个我认识多年的男人。我也喜欢他。他家资丰厚，拥有一两家餐厅。他从哪里来——我倒是不知道。”

“不过你跟他很熟。”

“你为什么不直接问我是否跟他睡过？”

“我不问那种问题。”

她哈哈大笑，弹掉烟灰。“冈萨雷斯小姐会乐于告诉你的。”

“去他的冈萨雷斯小姐。”

“她皮肤黝黑，美貌多情。而且非常、非常善良。”

“就跟一个邮箱一样，独一无二，”我说。“见她的鬼去。关于斯蒂尔格雷夫——他曾经陷入过麻烦吗？”

“谁不曾陷入过呢？”

“与警方有关。”

她的眼睛略天真地睁大了一点。她的笑声似银铃一般，有点过于夸张。“别开玩笑了。这个人的身价有几百万呢。”

“他是怎么赚到的？”

“我怎么会知道？”

“好吧。你不知道。香烟快烧到你的手指了。”我身体向前探去，将烟蒂从她手中取过。她的手便摊开放在赤条条的腿上。我用指尖戳了戳她的手掌。她把手从我这里移开，握成了拳头。

“别这样，”她激动地说。

“怎么了？我小时候，常常对女孩子这么做。”

“我知道。”她的呼吸有点急促。“这让我觉得非常年幼无知、有点淘气。而我现在已经不再年幼无知了。”

“那么，你真的不知道斯蒂尔格雷夫的事。”

“我希望你能下定决心，到底是要对我逼供还是向我求爱。”

“我心里没有想过这些，”我说。

沉默片刻之后，她说：“我真的得吃点东西了，马洛。我还要工作一下午。你不会希望我在片场晕倒吧，对吗？”

“只有明星才来这一套。”我站起身，“好吧，我就走。别忘了我在为你工作。要是我觉得你杀了人，我就不会为你工作了。可你当时在现场。你冒了很大的风险。那里有你迫切想要得到的东西。”

她从一处地方抽出照片，咬着嘴唇，盯着看。她头也不抬，目光向上移去。

“不太可能是这个。”

“这是他藏得死死的一件东西，以至于没人找到。可它到底有什么用？你和一个名叫斯蒂尔格雷夫的男人在‘舞者’餐厅的卡座里，除此以外没有什么了。”

“什么也没有。”

“所以，这肯定与斯蒂尔格雷夫有关——或是与日期有关。”

她的眼睛倏地一下再次回到照片上。“没有什么能证明日期，”她飞快地说。“即使这意味着什么。除非是在那剪掉的一半——”

“给你。”我将剪掉的一半递给她。“不过你需要一个放大镜。给斯蒂尔格雷夫看看。问问他这是否意味着什么。或者问问巴卢。”

我走向化妆室的出口。“你别一厢情愿地认为日期可以做手脚，”我扭头说道。“斯蒂尔格雷夫可不会这样认为。”

“马洛，你的证据是不切实际的。”

“真的吗？”我回头望着她，没有笑。“你真的这么认为？哦，不，你不是的。你去了现场。那个人被谋杀了。你有一把枪。他是个有名的骗子。我的发现会让警方希望将我保护起来的。因为这其中充满了动机，好比海洋里充满了盐一样。只要警方找不到，我的执照就还保得住。只要别人找不到，我就不会遭人用冰锥暗算。你现在还会说我这一行酬劳过高吗？”

她只是坐在那儿，望着我，一只手搁在膝盖骨上，使劲挤压。另外一只手正局促不安地搁在椅子扶手上，每根手指都在移动。

我要做的就是转开门把手，走出门外。我不明白这么做为什么如此困难。

20

我办公室门外的走廊上人来人往，一如往常，我打开门，走入小会客室那一片沉闷的寂静中，依然感觉自己被投入了一口已经干涸了二十年之久的枯井之中，没人愿意再回到那里。空气中悬浮的发霉灰尘的气味，仿佛一篇足球比赛的采访，枯燥乏味。

我打开里间的门，里面是同一股沉闷的空气，家具镶板上也积着相同的灰尘，还有那已经破碎的对安逸生活的期许。我打开窗户，旋开收音机。起初声音太响了，我将它调至正常音量时，电话响了起来，那声音仿佛已经持续了好一会儿。我摘了帽子，拿起听筒。

也差不多是她再次跟我联系的时候了。她冷酷紧凑的声音说："这回我的确是认真的。"

"说下去。"

"我之前撒谎了。可我现在没撒谎。我的确是与奥林联系过。"

"继续。"

"你不相信我。我从你声音里听得出来。"

"你从我的声音里听不出任何东西。我是个侦探。你怎样跟他联系的？"

"从海湾城打电话来的。"

"稍等。"我把听筒搁在沾有棕色污迹的便条簿上，点燃我的烟斗。不慌不忙。谎言总是需要耐心的。我再次拿起听筒。

"我们已经玩过这一套了，"我说。"你这种年纪不该这么健忘。我认为扎格史密斯医生不会高兴的。"

"请别打趣我。这事很严肃。他收到了我的信。他去了邮局，取回了自己的信件。他知道我打算待在哪儿，也知道我什么时候到的。所以，他打电话过来了。他和一个在那里认识的医生住在一起，为他干些活儿。我告诉过你，他读过两年医科。”

“医生有名字吗？”

“是的，一个很有趣的名字，文森特·拉加迪医生。”

“稍等。有人在敲门。”

我小心翼翼地放下电话，仿佛它很脆弱，是玻璃丝做的。我掏出一块手帕，擦了擦手掌，握电话的那只。我站起身，走到嵌入式衣橱前，在满是裂纹的镜子里照照脸。是我没错。我的表情紧巴巴的，生活节奏太快了。

文森特·拉加迪医生，怀俄明大街965号。“花环安乐屋”的斜对面。街角的木板房。静谧、漂亮的社区。是已故的克劳森的朋友。也许。他不承认，但还是有可能。

我返回电话机旁，故作镇静，“怎么拼？”我问。

她拼给我听——轻松而准确。“那就没事了，不是吗？”我说。“各归各位——堪萨斯的曼哈顿怎么说来着。”

“别再嘲笑我了。奥林遇上了很多麻烦。有些——”她的声音有点颤抖，呼吸略微有点急促，“有匪徒在追杀他。”

“别傻了，奥法梅。海湾城里可没有匪徒。他们都是电影里演的。拉加迪医生的电话号码是多少？”

她把号码报给了我。号码没错。我不敢说线索已经越来越多、真相逐渐浮出水面，可至少这些线索看起来都像是同一幅拼图的碎片，都是我所寻找或得到的。

“请你到那儿看看他，帮助他。他害怕，不敢离开那个房子。毕竟，我确实付给过你钱。”

“我还给你了。”

“嗯，可我又给你了。”

"你所提供的东西，似乎不是我想要的。"

一阵沉默。

"好吧，"我说。"好吧。如果我能这么久都有空的话。我现在自身都难保了。"

"为什么？"

"光说谎，不说实话。麻烦总会找上门。我可不像某人那么走运。"

"可我没有撒谎，菲利普。我没有撒谎。我要发狂了。"

"深呼吸，然后发狂，这样我就能听见了。"

"他们会杀了他，"她平静地说。

"文森特·拉加迪医生这段时间在做什么？"

"他当然不知道。求你了，请你立刻赶过去。我这里有地址。稍等片刻。"

然后那个小铃铛响了，走廊尽头的那个小铃铛响了，声音不大，不过你最好还是听得见。不管外面还有什么噪音，你最好听得见。

"黄页里能找到，"我说。"凑巧的是，我正好有本海湾城的黄页。四点钟的时候再打给我。或者五点。最好还是五点打。"

我迅速挂断电话，站起身，关闭收音机，里面播报的内容一句也没听。我再次关上窗户，然后拉开抽屉，取出卢格枪，佩在身上。我把帽子扣在头上。出门时，我又向镜子里照了照自己的脸。

我的样子就仿佛下定决心要去开车跳崖一般。

21

"花环安乐屋"里刚刚举办完一场葬礼。一辆巨大的灰色灵车正等候在边门。许多汽车堵在街道两侧，文森特医生的诊所一边并排停着三辆黑色的轿车。人们从葬礼教堂从容不迫地走下台阶，来到街角，进入他们的汽车里。我在距离三分之一街区的地方等着。汽车没有开动。接着，三个男人和一个蒙着严严实实的面纱、一身黑衣的女人走了出来。他们半拖着她进了一辆大型商务车。殡仪馆老板走来走去，优雅地打着手势、扭动着身子，犹如肖邦音乐的尾声一般优美流畅。他镇定的灰色脸庞，长得足以在脖子上绕两圈。

临时请来的抬棺人将棺材抬至边门外，专业人员则在那里搭把手，减轻重量，然后将棺材“哧溜”一下滑入灵车的后备厢，分量轻得就像一平底锅的黄油卷。鲜花开始堆得像个小土丘。玻璃门关闭了，这个路段的汽车纷纷发动引擎。

过了不久，所有车都离开了，只剩下马路对面的一辆轿车，殡仪馆老板在回去数钱的路上嗅了嗅一棵蔷薇。随着脸上一抹灿烂的笑容，他逐渐消失在了他那幢整洁的、殖民地风格建筑的门廊里，世界再次陷入了一片静谧和空旷。那辆剩下的轿车还没开动。我沿路行驶，然后掉头转弯，停在了那辆车的后面。司机身穿蓝色哔叽料上衣，一顶软帽的帽尖闪闪发亮。他正在早报上做填字游戏。我往鼻梁上架了一副半透明太阳镜，慢悠悠地经过他身边，向拉加迪医生的诊所走去。他没有抬头。距离诊所几码时，我摘下太阳镜，佯装用手帕擦拭镜面。我用其中一个镜片照见了他，他还是没有抬头。只是一个做填字游戏的家伙。我又将太阳镜戴上鼻梁，来到了拉加迪医生诊所的前门。

门上的标牌写着：“进门请按铃。”我按了门铃，不过门没开。我原地等待着。又按了一次铃。继续等待。里面一片寂静。这时，门非常缓慢地开了一条缝，一个身穿白色制服、面无表情的瘦个子向外望着我。

“很抱歉，医生今天不接诊。”她向我的太阳镜眨眨眼。她不喜欢太阳镜。她的舌头在嘴巴里不安地搅动着。

“我是来找一位奎斯特先生，奥林 · P · 奎斯特。”

“谁？”她双眼中露出了一阵隐隐约约的震惊。

“奎斯特（Quest）。Q 是 Quintessential 的 Q，U 是 Uninhibited 的 U，E 是 Extrasensory 的 E，S 是 Subliminal 的 S，T 是 Toots 的 T。五个字母拼在一起，就是‘寻找’。”[①]

她瞪着我，仿佛我刚从海底回来，胳肢窝下夹着一条溺死的美人鱼。

“对不起。拉加迪医生不——”

话音未落，一双隐形的手将她推到一边，一个皮肤黝黑、神情焦虑的瘦子站在了半开着的门口。

“我是拉加迪医生。请问，有何贵干？”

我递给他一张名片。他看了看，又望着我。他脸色苍白，表情痛苦扭曲，就像是在等待世界末日降临。

“我们通过电话，”我说。“关于一个名叫克劳森的男人。”

“请进，”他飞快地说。“我不记得了，先进来再说。”

我进入了室内，房间里一片黑暗，百叶窗是拉上的，窗户紧闭。里面黑漆漆、冷飕飕。

那个护士退后，坐在一张小桌子后。这原来是一个普通的客厅，原先曾是深色的家具如今被漆成了浅色，这一点从这栋房子大概的房龄可以看出来。一道方形拱门将客厅和餐厅一分为二。还有几把安乐椅和一张摆着几本杂志的桌子。这似乎是——一个在私人住所行医医生的接待室。

护士面前的电话响了。她吓了一跳，伸手去接时又停住了。她盯着那部电话机，过了一会儿，电话铃声停止了。

“你提到的那个名字是？”拉加迪医生客气地问我。

“奥林·奎斯特。他的妹妹告诉我，他正在为你干些活儿，医生。

---

① 奎斯特的英文是 Quest，意为“寻找”，而后面这五个英文单词的意思分别是“典型的”、“不受限制的”、“超感觉的”、“潜意识的”、“年轻姑娘”。

我已经找了他好些天。昨晚，他给她打电话了。她说，就是从这儿打的电话。”

“这里没人叫这个名字，”拉加迪医生彬彬有礼地回答。“以前也没有。”

“你一点不认识他？”

“从没听说过。”

“我搞不懂他为什么要这么告诉他妹妹。”

护士悄悄地用手按了按双眼。桌上的电话再次嗡嗡作响，令她不由蹦了起来。“别接，”拉加迪医生头也不回地说。

我们默默等待。电话铃响时，大家都习惯等着。过了一会儿，铃声止住。

“你还不回家吗，沃森小姐？这里没你的事了。”

“谢谢，医生。”她坐在原地没动，低头看着桌子。她揉了揉眼睛，闭上后，眨了眨又睁开。她绝望地摇了摇头。

拉加迪医生转向我说：“去我的办公室好吗？”

我们穿过另一扇通向走廊的门。我简直如履薄冰。房子里充满了不祥的预兆。他打开一扇门，领我进入一间曾是卧室的房间，不过现在一点也看不出是间卧室。这是一个五脏俱全的小型诊疗室。透过敞开的门可以看见一部分检验室。角落里一台消毒器正在使用，里面煮着一大堆针头。

“有许多针头，”我总会突发奇想。

“请坐，马洛先生。”

他走到桌子后坐下，拿起一把又长又窄的裁纸刀。

他那忧伤的眼睛平视着我。“不，我不认识什么奥林·奎斯特，马洛先生。我不明白为什么世界上会有个叫奥林·奎斯特的人说他待在我这里。”

"躲人。"我说。

他抬了抬眉毛。"躲谁？"

"躲避某些可能想在他脖子后面插上一把冰锥的家伙。由于他的徕卡相机有点太快了。在别人想要保持隐私时拍到了他们的照片。或者也有可能是因为别的事，比如兜售大麻，他学聪明了。我没有兜圈子吧？"

"是你把警察招来的，"他冷冷地说。

我没有吭声。

"是你打电话给我，问我是不是认识克劳森的。我说了我不认识。"

"可这不是实话。"

"我没有义务向你透露信息，马洛先生。"

我点点头，抽出一支烟，点燃了。拉加迪医生瞥了一眼手表。他转动椅子，关闭了消毒器。我望着这些针头。许多针头。以前我在海湾城跟一个煮针头的家伙有过节。

"地点在哪里？"我问他。"游艇码头吗？"

他拿起一把面目邪恶的裁纸刀，银色刀柄形似一个裸女，他用刀戳了戳大拇指鼓出的部分，手指上渗出一滴深红色的鲜血。他将手指凑近嘴，舔了舔。"我喜欢鲜血的味道，"他温和地说。

这时，远处传来一阵开门关门的声音。我们俩都在侧耳倾听。房子前台阶上传来了离开的脚步声。我们在细细地听。

"沃森小姐回家了，"拉加迪医生说。"房子里只剩咱们俩。"他沉思片刻，再度舔了舔拇指。他小心翼翼地把裁纸刀搁在桌上的便条簿上。"哦，关于游船码头的问题。"他补充道。"毫无疑问，你想到了墨西哥附近。那个和大麻有关的案件——"

"我想的已经不是大麻了。"我再次盯着那些针头。他顺着我的视线望去，耸了耸肩。

我说："为什么有这么多针头？"

"关你的事吗？"

"不关我的事。"

"不过你似乎希望有人回答你的问题。"

"我只是随便一说，"我说。"静观其变。这栋房子里要出事。有东西在角落里斜着眼看我。"

拉加迪医生舔去大拇指上的又一滴血。

我狠狠地盯着他。这并不能让我看穿他的灵魂。他很安静、忧郁、封闭，双眼中充满了生活的不幸。可他还是十分温文尔雅。

"让我来告诉你一个关于针头的故事，"我说。

"请吧，"他再次拿起了那把又长又窄的裁纸刀。

"别这样，"我尖声说。"这让我直起鸡皮疙瘩，就像在抚摸蛇一样。"

他轻轻地放下刀，微微一笑。"我们似乎总是在兜圈子，"他说。

"马上说到重点了。关于针头。好多年以前，我接过一个案子，来到这里调查，认识了一个名叫阿拉莫的医生，家住牵牛星街。他的行医习惯很古怪。晚上带着一大箱皮下注射器针头出诊——一切准备就绪。装得满满的一箱子。他的疗法很奇特。酒鬼、有钱的瘾君子、过于激动的人群——这种人可比正常人想象的多多了——常常把自己逼得难以放松。失眠症——还有其他所有无法冷静的神经衰弱患者，不得不服用小药片，在手臂上注射，以此渡过危机。可过了一阵，危机又卷土重来了。这对医生来说真是门好生意。阿拉莫就是为他们解决危机的医生。现在可以说出来了，他大约一年前去世了。死于他自己的药物。"

"你觉得，我可能继承了他的衣钵？"

"某人会这么觉得。只要有病人，医生就不会失业。"

他看起来比之前更加疲惫不堪。"我觉得你是个混蛋，我的朋友。我不认识阿拉莫医生。我也没有干过他那种勾当。至于针头——这点小事得说说清楚——在今天的医疗专业中是频繁使用的，经常用于这种无害的药剂，比如维他命注射。针头会钝，一钝就会刺痛病人。因此，在一天之中，有人可能会使用十几个针头。不过没有一针是注射毒品的。”

他慢慢地抬起头注视着我，眼神专注，充满了鄙夷之色。

“我可能弄错了，”我说。“昨天我在克劳森那里闻到了大麻烟味儿，又看到他拨你的号码——直呼你的名字——这一切大概让我得出了错误的结论。”

“我治疗过毒品上瘾的病人，”他说。“哪个医生没治疗过呢？这完全是在浪费时间。”

“他们有时会自行治愈。”

“他们可能拿不到毒品了。在极度痛苦之后，最终他们可以摆脱毒瘾。那不是治愈他们，我的朋友。这样做并没有消除造成他们染上毒瘾的神经或情感上的缺陷。这样只是让他们变成迟钝消极的人，坐在太阳底下、交互绕动拇指，最终无聊空洞地死去。”

“那真是相当草率的结论啊，医生。”

“你先提起这个话题的。我已经说完了。我要换一个话题。你可能注意到了这栋房子里有某种压抑的气氛。哪怕你戴着那副可笑的太阳镜，现在大可以摘去了。戴着太阳镜，你看着也丝毫不像加里·格兰特[①]。”

我摘了太阳镜。自己完全忘了这码事。

“警察来过这儿，马洛先生。一个正在调查克劳森案件、名叫马格拉尚的警探。他会很高兴见到你的。我要给他打电话吗？我肯定，他会回来的。”

“去吧，打电话给他，”我说。“我只是在去自杀的路上顺便经过

---

① 加里·格兰特（1904—1986），美国著名影星，出演过的经典电影有《美人计》、《捉贼记》、《西北偏北》等，是著名电影大师希区柯克的御用男主角之一。

这里。”

他的手伸向电话，不过却鬼使神差般地被裁纸刀拽回了一边。他又拿起刀，似乎就是放不下它。

“你可以用它杀人，”我说。

“轻而易举，”他微微一笑。

“在脖子后一英寸半就够了，正中央，枕骨突起处。”

“用冰锥会更好，”他说。“尤其是一把短冰锥，一端磨得很锋利，不会折断。要是错过了脊髓，就不会致命。”

“那么需要一点医学知识吗？”我掏出一包寒酸的骆驼牌香烟，从玻璃纸中剥开一根烟。

他继续微笑，非常淡然、悲伤的笑。这种笑容不属于一个满心恐惧的男人。“那会管用的，”他温柔地说。“任何一个相对机灵的人都能在十分钟里掌握这个技术。”

“奥林·奎斯特学过好些年的医，”我说。

“我说了，我不认识叫这个名字的人。”

“是的，我知道你说了。我不太相信你。”

他耸耸肩。可他的眼睛总是瞟向裁纸刀的刀柄。

“我们真是一对极品，”我说。“就坐在这儿，正大光明地聊天，仿佛我们对世事毫不关心。因为我俩在日落前就要锒铛入狱了。”

他再次抬起了眉毛，我继续道：

“对你来说，因为克劳森知道你的名字，你可能是他生前最后一个跟他说过话的人。对我而言，因为一直在做一个私家侦探永远不会侥幸成功的事。隐藏证据，隐藏线索，发现尸体却不去向海湾城那些可爱、廉洁的警察报告。哦，我完蛋了。彻底完蛋了。可我似乎不在乎。或者是我恋爱了。我似乎就是不在乎。”

“你肯定喝多了，”他缓缓地说。

“只不过是香奈儿5号，还有香吻，泛着白光的修长双腿，蓝色眼睛中略带嘲笑的邀请。就是这些天真无邪的东西。”

他的神色比刚才更悲伤了。“女人会狠狠地削弱男人，不是吗？”他说。

“克劳森。”

“一个无可救药的酒鬼。你可能知道他们是怎么回事。他们不停地喝啊喝，也不吃饭。日积月累，维他命缺失造成了精神错乱的症状。对他们来说只有一件事要做。”他转过身，盯着消毒器。“针头，更多的针头。他们让我觉得肮脏不堪。我是索邦大学①毕业的。可我却在一个脏乱的小镇上为一群腌臜的小人行医。”

“为什么？”

“因为许多年前发生的事——在另一个城市。别打听太多，马洛先生。”

“他用了你的名字。”

“这是某一个阶层人们的习惯。有一度演员尤其如此。骗子也是。”

“哦，”我说。“那么一切就只是如此吗？”

“只是如此。”

“那么，警察来这儿没有因为克劳森的事纠缠你。你只是害怕很久以前在别处发生的某件事。或许那甚至是爱情。”

“爱情？”他口中缓缓吐出两个字，暗自品尝其中滋味，直到最后，脸上浮现出一抹苦涩的笑容，仿佛开枪之后空气中飘浮的火药味。他耸耸肩，从公文格后面拽过一个烟盒推向桌子另一侧的我。

“那么不是爱情，”我说。“我正试图解读你的心事。一个索邦大学的高材生，在一个脏乱的小镇上为一群腌臜的小人行医。我很了解。那么

① 索邦大学（La Sorbonne）为巴黎大学前身，在巴黎大学成立后，变成巴黎大学的一个学院，“索邦”亦成为巴黎大学的代名词。

你在这里干什么？你在对克劳森这样的人干什么？这是为了什么，医生？毒品、堕胎，还是你碰巧是某个炎热的东部城市里为一群黑帮工作的医生？”

“比如说？”他淡淡一笑。

“比如说克利夫兰。”

“一个非常大胆的假设，我的朋友。”现在他的声音冷若冰霜。

“真他妈大胆，”我说。“不过像我这种智力有限的人倾向于把已知的事实归类。虽然经常出错，但只是我的职业病。如果你想听的话，我可以说说。”

“我在听呢，”他再次拿起裁纸刀，轻轻地戳着桌子上的便条簿。

“你认识克劳森。有人用一把冰锥非常娴熟地杀了克劳森，他遇害时我在房子里，正在楼上和一个名叫希格斯的骗子说话。希格斯很快离开了，还带走了登记簿上、记录奥林·奎斯特姓名的一页纸。那天下午晚些时候，希格斯在洛杉矶被人用冰锥杀害了。有人搜过了他的房间。当时有个赶来跟他做交易的女人在现场。她没拿到东西。我有更充裕的时间搜索。我得手了。假设一：克劳森和希格斯是被同一人所杀，不一定是出于相同理由。希格斯被害是因为他硬要分一杯羹，还把别人挤了出去。而克劳森被害是因为他是个满嘴胡言乱语的醉汉，可能知道了谁有可能要杀希格斯。到这里还行吧？”

“我一丁点也不感兴趣，”拉加迪医生说。

“可你在听。我猜，纯粹是出于礼貌。好吧。现在我发现了什么呢？一张电影王后和一个前克利夫兰黑帮大佬的照片，后者应该拘押在县监狱中，也是同一天，这个前克利夫兰黑帮大佬曾经的哥们在洛杉矶的富兰克林大道上遭人枪杀。他怎么会拘押在狱呢？有人告发了他的真实身份，不管你多么讨厌洛杉矶警察，可他们的确是拼命想要把东部来的黑帮大佬赶出城外。是谁告的密？是这个被捕的家伙自己泄的密，因为他的前搭档很麻烦，一定要除掉，而事发之时待在监狱里可是个绝佳的不在场证明。”

“一派胡言，”拉加迪医生疲惫地笑了。“简直是天方夜谭。”

“当然。事情出纰漏了。警方不能证实他是前黑帮头目。而克利夫兰的警方不感兴趣。洛杉矶警方释放了他。可如果他们见过这张照片，他们就不会放人了。因此照片成了最好的敲诈工具，首先可以敲诈前克利夫兰的黑帮头目，如果的确是他的话；其次，可以敲诈电影明星，因为她在公共场所和他在一起。这照片可以让一个好人大发横财。希格斯不算好人。下一段。假设二：我一直在找的那个男孩，奥林·奎斯特，拍了这张照片，用康泰时或徕卡相机，没用闪光灯，被拍对象也毫无察觉。奎斯特有一台徕卡相机，喜欢这么折腾。当然，在这种情况下，他的动机更商业化。问题是，他怎么会有机会拍照？答案是，这个电影明星是他的妹妹。她会允许他过来跟她说话。他失业了，急需用钱。很有可能她给了他一些钱，提出条件让他远离自己。她不想跟自己的家庭有瓜葛。这还是一派胡言吗，医生？”

他闷闷不乐地盯着我。“我不知道，”他慢慢开口道。“开始有点可能性了。可你为什么要把这个相当危险的故事告诉我呢？”

他从烟盒里拿过一支香烟，随手扔给我。我接住烟，仔细看了看。埃及烟，椭圆形、胖鼓鼓的，对我的血液来说味道过于重了。我没点燃，只是用两指夹着，注视着他那双深色忧郁的双眼。他点燃了自己那支，紧张不安地吐了一口烟。

“我现在就说说你与其中的关联，”我说。“你认识克劳森。你说是职业上的原因。我告诉他我是侦探，他立马就试图打电话给你：他醉得厉害，没法说话。我记下了号码，后来告诉你他死了。为什么？要是你没有私心，你就会报警。可你没有。为什么？因为你认识克劳森，你可能还认识他的某个房客。两者都无法证实。下一段。假设三：你认识希格斯或奥林·奎斯特，或者两者都认识。洛杉矶警察无法确认前克利夫兰黑帮大佬的身份——我们给他取个新名字吧，就管他叫斯蒂尔格雷夫。可是有人肯定能确定——要是那张照片值得为此杀人的话。医生，你曾经在克利夫兰行过医吗？”

“当然没有。”他的声音似乎是从远方传来的。他的眼神也同样缥缈。他的嘴唇微微张启，恰好叼住他的烟。他纹丝不动。

我说：“电话局有一整房间的电话簿，包括全国各地的。我去查过你。”

“在克利夫兰市中心一幢办公楼里有一套公寓，”我说。“如今——却在一个海滨小镇上偷偷摸摸地行医。你可能想要改名——可你不能，还要保住你的执照。有人策划了整起事件，医生。克劳森是无赖，希格斯是笨蛋，奥林·奎斯特是个一肚子坏水的流氓。但可以利用他们。你不能直接对付斯蒂尔格雷夫，否则你都活不到再次刷牙的时候。你可以操纵这些走卒——可以牺牲的走卒。好吧——我们开始谈到点子上了吗？”

他淡淡地一笑，靠在椅背上，叹了口气。“假设四呢，马洛先生？”他几乎是在喃喃低语。“你这个十足的傻瓜。”

我咧嘴一笑，伸手去掏火柴点燃他的这支胖鼓鼓的埃及烟。

“另外，”我说，“奥林的妹妹打电话给我，告诉我他在你这儿。我承认，我的很多观点分开看都很牵强。可它们合起来似乎的确是有点针对你。”我悠闲地吞云吐雾。

他望着我，他的脸庞似乎开始上下浮动，逐渐模糊，消失，又复原。我感到胸口一紧，大脑似乎运转缓慢，如同乌龟赛跑。

“这是怎么了？”我听见自己含糊的声音。

我双手撑在椅子扶手上，使劲站起来。“很傻，是吗？”我说着，香烟还在嘴中，继续吸。“很傻”不能形容，得发明一个新词。

我跌下了椅子，两条腿似乎灌满了水泥。我张嘴说话时，声音似乎从一团棉花里传出。

我松开了椅子扶手，伸手去抓香烟。我几次没抓着，然后勉强碰到。它摸起来不像香烟，倒像是大象的后腿，锋利的指甲刺入了我的手掌。我甩开自己的手，大象抽走了它的后腿。

这时，一个模糊、高大的身影转过身站在了我面前，仿佛一头骡子在我胸口踢了一脚。我一屁股坐在了地上。

“一点氰化钾，”一个声音通过越洋电话说。“不会致命，甚至没什么危险。只会让人放松……”

我试图从地板上站起来。你有时候也应该试试。不过得先找人把地板钉住才行。我脚下的地板不断地转圈。过了一会儿似乎稳定了些。我勉强从四十五度起身，支撑身体，试图迈步。水平面上仿佛有个类似于拿破仑之墓的玩意。那是个相当好的目标。我向那边走去。我的心怦怦直跳，几乎难以呼吸了，就像踢完足球后气喘吁吁的样子。你觉得自己的呼吸永远无法恢复正常了。永远，永远，永远如此。

可那玩意儿不再是拿破仑之墓了。那是海面上的木筏，上面坐着一个人。我曾经在哪里见过他。一个好人。我们关系不错。我向他走去，可肩膀撞到了墙壁，令我天旋地转。我试图抓住什么东西，可除了地毯一无所有。我怎么会在那儿倒下？问也白问。这是秘密。每次你提问，他们只会把你的脸按在地板上。好吧，我开始在地毯上爬行。我只是用我原来的双手和膝盖趴在地上。根本没有感觉。我向一堵黑色的木墙爬去。或者那可能是黑色的大理石。还是拿破仑之墓。我对拿破仑做过什么吗？他为什么老是把我挤向他的墓呢？

“需要一杯水，”我说。

我听见了回声。不是回声。没人说话。也许我没说过话。也许这只是我仔细思考的一个主意。氰化钾。那是你在爬行穿过隧道时要担心的几个较长的词。他说，不会致命。好吧，很有趣。你可能会称之为半致命。菲利普·马洛，三十八岁，一个声名狼藉、拥有执照的私家侦探，昨晚背负一架大钢琴、爬过巴隆纳排水管时遭到警方逮捕。在大学城警局接受讯问时，马洛声称，他正要把这架钢琴送给某个傻乎乎的印度王公。被问到为什么他的靴子上有马刺时，马洛称，客户的机密神圣不可侵犯。于是马洛遭到拘押调查。某警探称，警方尚不便透露任何信息。被问到钢琴是否走音时，某警探宣称，他在三十五秒之内弹了一首华尔兹舞曲，就他所知，钢琴里没有琴弦。他暗示说，里面另有他物。某警探出其不意地说，十二小时之内将会向媒体发布一份完整声明。据猜测，马洛试图掩盖一具尸体。

黑暗中，一张脸庞向我飘来。我改变方向，走向那张脸。可那时已经是傍晚了。太阳下山了。夜幕很快降临。脸庞消失了。没有墙壁，没有桌子。接着地板也没有了，最后一切都没有了。

连我也消失了。

22

一只巨大的黑猩猩将它那大黑爪放在我的脸上，试图把爪子推到我的脖子后。我将它的爪子推了回去。在相持中，我总是输家。接着我意识到，它是想阻止我睁眼。

我还是决定要睁开眼睛。其他人都这么做，我为什么不呢？我使尽全身力气，缓缓地直起背，活动活动大腿和膝盖，把手臂当绳子一样甩了甩，然后睁开我那巨沉无比的眼皮。

我望着天花板，平躺在地板上，我的职业时不时地会将我置于这样的姿势。我转了转脑袋，肺部僵硬，嘴里发干。这房间正是拉加迪医生的接诊室。同样的椅子，同样的桌子，同样的墙壁和窗户。周围悬浮着一种紧闭式的寂静。

我半蹲着站起来，手撑在地上，甩了甩脑袋。我的头进入水平螺旋状态，大约螺旋下降了五千英尺后，我放慢速度，慢慢停了下来。我眨了眨眼。同样的椅子，同样的桌子，同样的墙壁。只是不见了拉加迪医生。

我舔湿了嘴唇，发出不会吸引人注意的含糊声音。我站了起来，如同一个托钵僧一般晕头转向，又像一台破旧的洗衣机一样虚弱无力，缩着身子，仿佛一只獾，又像山雀一般腼腆，跟一个装着条义肢的芭蕾舞舞者一样成功无望。

我摸索着来到桌子后面，一屁股陷进拉加迪的椅子里，双手在他的器皿中颤颤巍巍地寻找一瓶貌似解药的东西。没有结果。我又站起身。我就像一头死去的大象，难以站稳。我跌跌撞撞地在药柜中翻找，找到一个闪闪发光的白色搪瓷杯，里面装着别人迫切需要的东西。最终，感觉似乎是在一个筑路工队里混了四年时间一样，我的小手抓了大约六盎司的酒精。我拧开瓶盖，闻了闻。是酒精，正如标签上所写的。我现在只需要一个玻璃杯和一点水。一个好人应该能够找到这些。我穿过门，来到检查室。空气中仍然飘着熟透了的桃子的香味。我撞开门口的双层门，穿过其中，停下来仔细看看眼前的一切。

当时，我很清楚，那台阶是通向下方走廊的。我精疲力竭地靠在墙上，侧耳倾听。

一阵缓慢、拖沓的脚步声，每一步之间都有一阵停顿。起初，脚步声还偷偷摸摸的。接着，它们似乎非常疲劳。这是一个正试图走向他最后一把扶椅的老人。我们俩都是如此。于是，我莫名地想到了远在堪萨斯曼哈顿的门廊上的奥法梅父亲，他手里拿着冷冰冰的烟斗，静静走向他的安乐椅，然后坐下，视线越过门前的草坪，节约地吸上一口烟斗——无需火柴和烟草，也不会弄脏客厅的地毯。我为他摆好椅子。在门廊尽头的阴影中，九重葛开得正盛，我扶他坐下。他抬起头，未瘫痪的半边脸对着我，向我致谢。他向后靠去时，指甲刮过椅子的扶手。

指甲刮蹭着，可却不是刮在任何一把椅子的扶手上。这是真实的声音。近在咫尺，在一扇紧闭的门外——从检查室通向走廊的门。一阵微弱稀薄的刮蹭，可能是一只幼猫想要进门。好吧，马洛，你是个年迈的动物爱护者。走过去把小猫放进来。我起身，扶着整洁的检查床一端的金属环和上面干净漂亮的毛巾。刮蹭声停下了。门外可怜的小猫咪，正迫不及待想进来。我眼眶中蓄着的泪水，从布满皱纹的脸颊滚落。我的手离开了检查床，顺利地走了四码来到门口。我的心扑通扑通直跳。肺部仍然有那种感觉，仿佛已经储存了多年。我深深地吸了口气，握住门把手，开了门。直到最后一刻，我才想到应该去拿枪。可惜我只是想到，却没来得及拿。我是那种喜欢灵光一现的家伙，于是再仔细地查看了一下。我本应该松开门把手。这似乎像是一个很大的行动。可我反而转动了把手，打开了门。

他用四根白蜡似的弯钩状手指撑在门框上，他的眼睛凹得很深，淡淡的灰蓝色，睁得很大。它们望着我，却没有看我。我们脸与脸之间仅仅相距数英寸，双方的呼吸在空中相遇。我的呼吸急促，他的呼吸仿佛远方的低语，尚未开始颤动。鲜血从他嘴里涌出，流过他的下巴。我不知怎么低头看去。鲜血从他的裤腿缓缓流出，沾湿了鞋子，又从鞋上不急不慢地淌到地板上。这里已然成了一个小池塘。

我看不出他哪里中枪了。他的牙齿咯咯作响，我觉得他想要说话，或试图要说话。不过那是他唯一发出的声音。他停止了呼吸。他的下巴松弛了。接着那颤动声开始了。当然，那根本不是颤动声，绝不是。

橡胶底鞋在门槛和地毯之间的油毡上发出吱吱的刺耳声。苍白的手指从门框上滑落。男人的身体开始扭动，双腿难以支撑它的重量，两腿分开。他的身躯在空中倒下，就像大浪中的游泳者，向我扑来。

与此同时，他刚才被遮住的另一条手臂伸向前来，触电似的一扫，似乎完全不受人力控制。我上前接住他时，那条手臂搭在了我的左肩。仿佛一只蜜蜂叮在了我的肩胛骨之间。除了刚才我一直拿着的酒精瓶外，似乎还有什么东西砰地掉在了地上，撞到了墙角。

我咬紧牙关，双脚分立，托住他的腋下。他的分量简直有五个人那么重。我向后退了一步，试图将他撑起来。感觉像是要支起倒下的树。我跟他一起倒下了，他的头撞到了地板。我无能为力。我的一部分身体根本使不上力。我把他的身体扳直一点，从他身边离开。我双膝着地爬起来，弯下腰仔细听。颤动声停止了。一阵沉寂。接着是一声压抑的叹息，静悄悄、懒洋洋，从容不迫。又一阵沉寂。接着还是一声慢悠悠的叹息，疲倦而安详，仿佛夏日微风拂过频频摇曳的玫瑰。

他的面容以及面容之下都出现了变化，那种难以名状总是发生在令人困惑、难以捉摸的时刻，层层舒展，又回到了多年以前的纯真年代。此刻这张脸隐约有种内在的滑稽感，嘴角几乎向上翘起了。这一切都很愚蠢，因为我他妈的很清楚——如果我还有意识的话，奥林 · P · 奎斯特不是那种坏小子。

远处传来警笛的呼啸声。我还跪在地上，仔细倾听。呼啸声渐渐远去。我站起身，走向前，从边窗向外望去。“花环安乐屋”前又在举行一场葬礼。街上再次停满了车。人们缓缓地向高处走去，经过一丛丛树玫瑰。步速非常缓慢，男士们手里拿着帽子，过了很久才来到这个小小的殖民风格的门廊。

我放下窗帘，走回来，拿起酒精瓶，用我的手帕拧开盖子，搁在边上。我已经不嗜酒了。我再次弯下腰，肩胛骨之间如蜜蜂蜇刺的疼痛提醒我，还有别的东西需要捡起。一个白色圆形的手柄紧靠在护壁板边上。是一把不到三英寸长、一端锉尖的冰锥。我拿起它对着光仔细看，注视着那针一般锐利的锥尖。上面可能有，也可能没有我的一丝淡淡的血迹。我伸出一根手指轻轻地搁在锥尖边上。没有血。锥尖非常锋利。

我用手帕擦了很多东西，接着弯腰，将冰锥放在他的右手手掌上，在地毯暗淡的绒毛映衬下，冰锥发出白色的光泽。这看起来太过刻意了。我摇了摇他的手臂，使得冰锥从他的手上滚落到地上。这时，我想起搜查一下他的口袋，可另一只比我更冷酷的手已经要这么做了。

在一阵突如其来的恐惧下，我翻找了自己的口袋。什么也没少。甚至连卢格枪也还在我的手臂下。我拔出枪，闻了闻。枪没有打过，不用看我也能知道。要是挨了卢格枪的子弹，你不可能走这么远。

我跨过门口暗红色的血池，朝走廊里看看。房子里仍然静悄悄的，仿佛在默默等待。我沿着血迹往回走，来到了一间装修得仿佛密室的房间。里面有一张两用沙发和一张桌子，上面放着一些书和医学期刊，烟灰缸里有五个椭圆形的烟蒂。沙发腿边上一个闪闪发光的金属物竟是一枚弹壳——点三二口径自动手枪。我在桌子底下又找到一枚。我将它们放进口袋里。

我走出门外，上了楼梯。上面有两间卧室，都有人住。其中一间已经被收拾得一件衣服也不剩。一个烟灰缸里发现了更多拉加迪医生的椭圆形烟蒂。另一个房间里放着奥林·奎斯特寒酸的衣橱，他备用的西装和外套整齐地挂在衣橱里，衬衫、袜子和内裤也同样整齐地放在其中一个抽屉里。在后面衬衫的下面，我发现了一台光圈 2.0 的徕卡相机。

我原封不动地离开了房间，回到楼下，那个死者无知无觉地躺在那里。我又顽固地擦了几个门把手，在前面房间的电话前，我犹豫不决，最终还是没有动它，离开了。我仍然能走动，这一点非常有力地证明了善良的拉加迪医生还没有杀人。

人们还在慢吞吞地沿着人行道向着街对面殡仪馆那个古怪而迷你的殖民地风格的门廊走去。屋内一架管风琴正发出哀鸣。

我来到房子的转角，钻进自己的车里，开车离开了。我行驶缓慢，用尽力气深深地吸气，可似乎还是得不到足够的氧气。

海湾城的边界在距离大洋四公里处戛然而止。我把车停在了最后一家药店门口。又是时候轮到我打匿名电话了。快来处理尸体，伙计们。我是谁？只是个总能撞见尸体的幸运男孩。还很谦虚。别指望我会说出名字来。

我望着药店，然后透过厚玻璃板向里张望。一个歪戴着眼镜的女孩正在读杂志。她长得很像奥法梅·奎斯特。我的喉咙一下紧了起来。

我踩下离合器，开走了车。首先她有权利了解，合法还是非法。而我早已超越法律的界限之外了。

23

我手拿钥匙站在办公室的门口。接着我悄无声息地来到另一扇门前，那扇总是锁着的门，站在那里，侧耳倾听。她也许已经等在那儿了，在那歪戴着的眼镜后，她的眼睛闪闪发亮，那张湿漉漉的樱桃小嘴随时等待着有人亲吻它。我不得不将告诉她一件远比她想象得困难的事，片刻之后，她便会离开，我将永远见不到她。

我没听见任何声音，我返回正门，开了锁，捡起邮件，带进办公室，随手扔在办公桌上。里面没有什么会令我感到更困难了。我离开那儿，来到另一扇门前，拉开门闩，过了好久，我才打开门，向外望去。一片寂静和空虚。我的脚边有一张对折的纸。一定是从门外塞进去的。我捡起来，打开一看。

“请打我公寓的电话。十万火急。我务必要见你。”签名是 D。

我拨通了贝尔西别墅的电话，找冈萨雷斯小姐接电话。请问是哪位？请稍等片刻，马洛先生。嘟，嘟。嘟，嘟。

“哈啰。”

"今天下午口音有点重了。"

"啊，你是，阿米哥。我在你那个有趣的小办公室里等了老半天。你能过来一趟跟我谈谈吗？"

"不可能。我在等一个电话。"

"好吧，那我过去可以吗？"

"关于什么事呢？"

"在电话上我无可奉告，阿米哥。"

"来吧。"

我坐在那儿，等待电话响起。可它没动静。我望向窗外。大街上人声鼎沸，隔壁咖啡店厨房里的通风管道中洋溢着蓝碟特餐的香味。时间流逝，我身子前倾，一手托着下巴，凝视着那山墙的芥末黄色的石膏，上面仿佛有一个将死男人的模糊影子，手上拿着一把短冰锥，感觉自己肩胛骨之间被刺的地方隐隐作痛。好莱坞改变无名小卒的本事实在了得。它可以让本该为卡车司机熨衬衫的邋遢村妇成为一个艳光四射的皇后；让原本要带着饭盒上班的某个发育过度的孩子成为笑容灿烂、洋溢着男性魅力的英雄；让你从一个大字不识一箩的汽车外卖员变成国际知名的交际花，嫁了六个百万富翁，人生最后堕落乏味到觉得唯一的刺激是去勾引一个穿着一条汗淋淋内裤的家具搬运工。

通过远程遥控，他们甚至能操纵一个小城市的老实人，比如奥林·奎斯特，只要几个月时间，就能让他脱胎换骨，变成一个冰锥杀人犯，把他原本简单的缺点变成连环杀手必备的虐待狂气质。

她只花了十多分钟就赶到了。我听见开门关门的声音，我来到接待室，她果然在那儿，典型的美国栀子花。她直勾勾地盯着我，眼睛黑暗深沉，不带一丝笑意。

她一身黑衣，就像前天晚上穿的，只是这回是一套量身定做的套装，一顶宽大的黑色草帽潇洒地斜戴着，白色丝绸衬衫的领子外翻，叠在了夹克的领子之上。她棕色的喉部柔软灵活，双唇鲜红，仿佛一辆崭新的消防车。

“我等了好久，”她说。“我还没吃午饭。”

“我已经吃了，”我说。“吃的是氰化物。非常可口。我的脸色看起来不那么发青了。”

“整个上午我都没心情说笑，阿米哥。”

“你不必跟我说笑，”我说。“我是在自娱自乐。我刚演了一场令人捧腹大笑的好戏。我们进去谈吧。”

我们进了那间闭门思考的内室，坐了下来。

“你总是穿黑衣服吗？”我问。

“的确是。不过我脱掉衣服时，会更加刺激的。”

“你一定要像个妓女一样说话吗？”

“你不了解妓女，阿米哥。她们是最可钦可佩的人。当然，除了那些非常低贱的妓女。”

“不错，”我说。“谢谢你告诉我。我们要讨论的当务之急是什么？跟你上床并不是当务之急。随便哪一天都行。”

“你的心情很糟糕。”

“是的。我的心情很糟糕。”

她从包里取出一支细长的棕色香烟，小心翼翼地用那把金色的镊子夹好，等着我为她点燃。我没有这么做，于是她用一个金色的打火机自己点了烟。

她戴着黑色的长手套，拿着这个小玩意，幽黑深邃的双眼凝视着我，眼里不含一丝笑意。

“你想跟我上床吗？”

“大部分人都想。可我们暂时先把性爱抛在脑后吧。”

“在我眼里，生意和性爱可没有严格的区分，”她平静地说。“你不能羞辱我。性爱是一张我用来抓住傻瓜的网。有些傻瓜十分有用，而且慷慨大方。偶尔有一个是危险的。”

她若有所思地顿了顿。

我说：“如果你是在等着我透露，我知道某人的身份——好吧，我是知道。”

“你能证明吗？”

“也许不能。警察也不能。”

“警察，”她鄙夷地说，“永远不会说出他们知道的一切。他们总是不能证明他们可以证明的一切。我猜你知道，去年二月他在监狱里关了十天。”

“是的。”

“难道你不觉得奇怪他没有申请保释吗？”

“我不知道他们指控他的罪名是什么。如果有重要人证的话——”

“难道你不认为他可以将罪名改成可保释的吗——如果他真的想这么做的话？”

“我没想这么多，”我撒谎道。“我不认识这个男人。”

“你从没跟他说过话吗？”她不经意地问，有点太过于随意了。

我没答话。

她立刻哈哈大笑。“昨天晚上，阿米哥。就在梅维斯·韦尔德的公寓外。我就坐在马路对面的一辆车里。”

“我可能意外撞见了他。就是那个家伙吗？”

“你根本瞒不了我。”

“好吧。韦尔德小姐对我相当粗鲁。我伤心地离开了。接着我就遇到了这个手上拿着钥匙的意大利佬。我把钥匙从他手上夺过来，扔进了后面的灌木丛。后来我向他道歉，为他捡回了钥匙。他似乎也是个不错的小家伙。”

"非——常不错。"她拖长了声音说。"他也是我的男朋友。"

我嘟哝了一声。

"尽管这似乎很奇怪，不过我对你的爱情生活真他妈的一点没兴趣，冈萨雷斯小姐。我估计你的男朋友横跨各个领域——从斯坦到斯蒂尔格雷夫。"

"斯坦？"她柔声问。"斯坦是谁？"

"克利夫兰的黑帮头目，去年二月在你的公寓楼前遭人枪击。他在那里有一套公寓。我想，你也许遇见过他。"

她发出了一阵银铃般的清脆笑声。"阿米哥，总还有我不认识的男人。哪怕是在贝尔西别墅。"

"报道说，他在两个街区以外遭枪击，"我说。"我更喜欢就发生在公寓楼前的说法。你当时探出窗外，正好目击了经过。你瞧见了凶手逃跑，恰好在一个街灯下，他转过了身，灯光捕捉到了他的脸，要不是老头子斯蒂尔格雷夫，就见鬼去吧。你看见他的小丑鼻子，认出了他，事实上，他头上还顶着停有几只鸽子的高礼帽。"

她没有笑。

"你会更喜欢那种情况，"她幽幽地说。

"那样我们会赚更多钱。"

"可斯蒂尔格雷夫还在牢里，"她微笑着说。"即使他不在牢里——即使，比方说，我碰巧跟某个叫查莫斯的医生很熟，他当时是县监狱的医生，他告诉我，在一个秘密时刻，他允许斯蒂尔格雷夫去看牙医——当然是在狱警的陪同下，不过那狱警是个通情达理的人——就在斯坦遭枪击的那天——即使这一切碰巧都是真的，难道使用这些信息敲诈斯蒂尔格雷夫，不是一种很糟糕的方式吗？"

"我讨厌说大话，"我说，"可我不怕斯蒂尔格雷夫——或者像他这样的来一打也没关系。"

“可我害怕，阿米哥。在这个国家，目击一起黑帮行凶案件是很危险的。不，我们不会敲诈斯蒂尔格雷夫。对于斯坦先生的事，我们只字不提，此人我可能认识，可能不认识。梅维斯 · 韦尔德是一个知名黑帮分子的密友，有人在公共场合看见他们在一起，知道这些就足够了。”

“我们要证明他是一个知名黑帮分子，”我说。

“我们做不到吗？”

“怎么做？”

她嘴一噘，表示失望。“可我敢肯定，你过去这些天一直在这么做。”

“为什么？”

“我有自己的理由。”

“你保密的话，它们对我就毫无意义了。”

她将棕色的雪茄烟蒂丢进我的烟灰缸。我俯过身，用铅笔头挤灭了烟蒂。她用戴着长手套的手指轻轻碰了碰我的手。她的笑容令我瞬间清醒了。她身子向后靠，跷着腿。她的双眸中开始闪现点点亮光。真是很久没调情了——对她而言。

“爱情是一个如此乏味的词，”她沉吟道。“我很惊讶，爱情诗歌中英语语言如此丰富，却还能接受这样一个苍白无力的词。它没有生命力，没有余韵。它使我想起夏天穿着百褶裙的小姑娘，脸上挂着粉色的微笑，害羞的声音，可能还有最不合适的内裤。”

我一声不吭。她毫不费力地变换语速，再次变得一本正经。

“从现在起，梅维斯每部电影可以进账七万五千美元，最终能加到十五万美元。她已经开始走红了，势不可挡。除非是爆出一桩丑闻。”

“那么有人应该告诉她斯蒂尔格雷夫的身份，”我说。“你为什么不说？顺便问一句，假如我们真的有了这些证据，我们敲诈韦尔德时，斯蒂尔格雷夫会袖手旁观吗？”

“他一定会知道吗？我认为她不会告诉他。实际上，我认为她都不会跟他再扯上什么关系了。不过这与我们无关——只要我们找到证据。只要她知道我们有证据。”

她戴着黑色长手套的手伸向她黑色的包，突然停住了，轻轻敲打着桌子的边缘，然后手缩回来放在大腿上。她没有看着包，我也没有。

我站起身。“我也许碰巧要向韦尔德小姐负点责。想到过这点吗？”

她只是微微一笑。

“如果真是这样，”我说，“你难道不觉得你他妈的是时候滚出我的办公室了吗？”

她双手搁在椅子扶手上，开始起身，依然笑脸盈盈。她还没来得及转身，我抢先拿了她的包。她瞪着我，满眼怒火，朝我“呸”了一声。

我打开包翻了个遍，找到一个看着有点眼熟的白色信封。我从信封里甩出了“舞者”餐厅拍的照片——那两部分照片现在粘贴在另外一张纸上。

我合上包，扔给对面的她。

此刻她已经站起来了，咬牙切齿，异常沉默。

“有趣，”我说着在光面照片上折了四分之三英寸。“如果这不是伪造的，他是斯蒂尔格雷夫吗？”

银铃般的笑声再度蹦了出来。“你真是个滑稽的人物，阿米哥。你真的是。我不知道还有你这样的人呢。”

“战前的存货，”我说。“我们这样的人日益稀缺。你从哪儿弄到的照片？”

“在梅维斯·韦尔德化妆间中她的手袋里拿来的。当时她在片场。”

“她知道吗？”

“她不知道。”

“我纳闷她是从哪里弄到的。”

“从你那里。”

“胡说八道。”我的眉毛略抬高了几英寸。“我会从哪里弄来呢？”

她那戴着长手套的手伸向桌子对面。她的声音冷冰冰的。“请还给我。”

“我会还给梅维斯·韦尔德。我不愿这么说，冈萨雷斯小姐，可我到哪儿都不会是个敲诈者。我就是缺乏这种迷人的性格。”

“还给我！”她厉声说。“要是你不——”

她突然停下了。我正瞪着她说完那句话。她光滑的脸庞浮现出一种鄙夷的神情。

“非常好，”她说。“算我看错人了。我以为你很聪明，可现在看得出你只不过又是一个愚蠢的私家侦探。这间破烂的小办公室，”她向四周挥了挥手，“还有你这里过的寒酸的日子——这一切都应该告诉我，你是哪种大傻瓜。”

“的确是，”我说。

她缓缓地转过身，走向门口。我绕过写字台，她让我为她开门。

她缓步走出门外。她走路的方式可不是在读商业学校时学到的。

她沿着走廊，头也不回地走了。她走路的姿态很美。

门砰的一声撞上了气动闭门器，只听“咔嗒”一声门轻轻地关上了。似乎过了很久门才关上。我伫立看着它，仿佛以前从未见过门关上一般。于是，我转身走回我的写字桌，电话铃响了。

我拿起电话，应声回答。是克里斯蒂·弗伦奇。“马洛吗？我们想在总部见你。”

“立刻吗？”

“越快越好，”他说着挂了电话。

我从便条簿下抽出那张粘在一起的照片，将它与其他几张一起放在保险箱里。我戴上帽子，关上窗。不用再耽搁了。我看着手表上秒针的绿色针尖。离五点还有好一会儿。秒针绕着表盘一圈一圈地转，就像一个挨家挨户敲门的推销员。指针指在四点十分。你认为她这会儿就该打电话来了。我脱下外套，解下肩带枪套，将它和卢格枪锁在桌子抽屉里。警察可不喜欢你在他们的地盘上带枪。即使你有权利带一把。他们希望你去的时候态度谦卑，手上拿着帽子，声音低沉而彬彬有礼，眼神空洞。

我再次看着手表，静静聆听。今天下午这栋大楼似乎很安静。过了一会儿，周围将会一片寂静，之后灰拖把女士拖沓的脚步声将会在走廊中响起，她会挨个转转门把手。

我又将外套穿上，锁了里间的门，关掉电铃，出门来到走廊上。而这时，电话铃响了。我冲进门时几乎撞断了门上的铰链。不错，正是她的声音，不过那语调我从未听过。一种冷酷和谐的语调，不是平淡、空洞或是死气沉沉的，甚至也不是孩子气。只是一个我不认识的女孩的声音，可我的确认识。她还没说三个字，我就明白这熟悉的声音意味着什么。

“你叫我打电话我才打来的，”她说。“不过你不必告诉我任何事。我去了那儿。”

我双手握着电话。

“你去了那儿，”我说。“是的，我在听。然后呢？”

“我——借了一辆车，”她说。“我把车停在街对面。那里停了很多车，你不会注意到我的。那里有一家殡仪馆。我没有跟踪你。你出来的时候，我试图跟在你后面，可我压根不认识那边的路。我跟丢了。于是我回来了。”

“你为什么回来了？”

“我真的不知道。我觉得你从那房子里出来的时候，看上去有点可笑。或许只是我的感觉而已。他是我哥哥，就是如此。于是我折返回去，按了门铃。没人来应门。我觉得这也很可笑。也许我有心灵感应或是其他类似的能力。突然之间，我似乎一定要进入那栋房子。我不知该怎么进去，可我必须要进去。”

“我就是这样，”我说道，这是我的声音，可有人一直在打磨我的舌头。

“我报了警，告诉他们我听见有枪声，”她说。“警察来了，其中一个通过窗户进去了。接着他让另外一个警察进来。过了一会儿，他们让我进去。后来他们不放我走了。我只得告诉他们一切，告诉他们他是谁，还有我撒谎说听见了枪声，但我很害怕奥林出了事。我也只能把你供出来了。”

“没关系，”我说。“要是有机会跟你说的话，原本我也是想亲自报告警方的。”

“对你来说有点棘手，是吗？”

“是的。”

“他们会逮捕你吗？”

“可能会。”

“你就让他躺在地板上。断气了。我猜，你是迫不得已。”

“我自有道理，”我说。“虽然听起来不怎么令人信服。这对他来说没有区别。”

“哦，你总是有自己的理由，”她说。“你非常聪明。什么事你都有理。好吧，我猜，你也会打电话给警察告诉他们你的理由。”

“不见得。”

“哦，是的，你会的，”那个声音说，声音里透着一股我无法解释的喜悦之情。“你当然会。他们会让你打的。”

“我们别为此争论了，”我说。“我这行里，有人竭尽所能去保护客户。有时会做得有点儿过分。而我就是这样。我已经将自己置于他们的威胁之中。但并非完全是为了你。”

“你就让他躺在地上，断气了，”她说。“我不在乎他们怎么对付你。如果他们把你送进监狱，我认为我会希望他们这么做的。我深信你会非常勇敢地面对。”

“当然，”我说。“一如既往的愉悦笑容。你瞧见他手里的东西了吗？”

“他手里什么都没有。”

“好吧，就在他手边上。”

“什么都没有。根本没有任何东西。是什么样的东西？”

“很好，”我说。“我很高兴听到这些。好吧，再见。现在我要去城里的警局总部了。他们想要见我。祝你好运，要是再也见不到你的话。”

“最好还是留着自己的好运吧，”她说。“你也许用得上。而我不会想要的。”

“我已经为你尽力了，”我说。“也许如果你一开始就多给我一些信息的话——”

我话还未说完，她便挂断了电话。

我轻轻地将电话放回“摇篮”①，俨然把它当成一个婴儿。我掏出一块手帕，擦了擦手掌。我走到洗脸盆前，洗了洗双手和脸庞。我将冷水泼到脸上，用毛巾狠狠地擦干，盯着镜子。

“你可是冲下了悬崖，”我对着镜中的脸说。

24

房间的中央摆着一张黄色的橡木长桌。桌子边缘坑坑洼洼布满了香烟烫出的痕迹。桌子后面是一扇窗，斑斑驳驳的玻璃上罩着铁丝网。坐

① 原文为 cradle，既指“听筒架”，也是“摇篮”的意思。

在桌子后面的还有警探弗雷德·贝福斯，他的面前杂乱无章地摊着一堆文件。桌子尽头是一个结实的大块头，坐在一把扶手椅上向后仰靠，翘起两条椅腿，他的脸我隐约有些熟悉，好像以前在报纸上见过。他的下巴长得像一条公园里的长凳，两排牙齿间夹着支木匠铅笔的笔头。他似乎醒着，在喘气，不过除此之外，他只是坐着而已。

桌子的另外一侧有两张卷盖式书桌和另一扇窗。其中一张书桌靠在窗边。一个橘色头发的女人正在书桌旁的打字机上输入一份报告。另一张书桌正对着窗户，克里斯蒂·弗伦奇坐在一张往后倾斜的转椅上，两只脚搁在书桌的一角。他正向敞开的窗外望去，那里视野辽阔，能够看见警察局停车场和广告牌的背面。

“坐那儿吧，”贝福斯手一指说。

我坐在一把没有扶手的直背橡木椅上，正对着他。这把椅子很旧了，哪怕是新的也很丑。

“这位是海湾城警局的摩西·马格拉尚警探，”贝福斯说。“他同我们一样不喜欢你。”

摩西·马格拉尚警探从嘴里拿出铅笔，望着圆鼓鼓的八角形铅笔头上的牙齿印。随后，他又注视着我。他的眼睛缓缓地打量我，审视我，记录我。他一言不发，将铅笔又塞回了嘴里。

贝福斯说：“也许我是个同性恋，可对于我来说，你的魅力还不如一只海龟。”他半转身体面向角落里一个正在打字的女人。“米莉。”

她抛下打字机，取来一本速记本。“姓名是菲利普·马洛，”贝福斯说。“要是你够细心的话，马洛的洛结尾有个 e。[①] 驾照号码是多少？”

他回头看着我。我告诉了他。那个橘色女王头也不抬地奋笔疾书。要说她那张脸简直能让时间停止，那对她可能是种侮辱。可绝对会让一

① 马洛的原文 Marlowe，结尾是 e。

匹脱缰的野马停下。

“现在，如果你心情还不错的话，”贝福斯说，“可以从头说起，把昨天你隐瞒的所有信息都交代一下。可不要有所保留。只要如实道来。我们掌握了足够的材料来核实你提供的信息。”

“你希望我做一份陈述？”

“非常完整的陈述，”贝福斯说。“嗯哼？”

“这份陈述是要出于自愿，而非强制？”

“是的。都是如此。”贝福斯咧嘴一笑。

马格拉尚目光坚定地盯着我看了片刻。橘色女王回过身去继续打字。这会儿还不需要她。三十年的操练已经让她能够完美地掌握时机。

马格拉尚从他的口袋里掏出一只磨损严重的猪皮手套，戴在右手上，活动活动手指。

“这是干什么？”贝福斯问他。

“我经常咬指甲，”马格拉尚说。“很有趣，只咬我的右手指甲。”他抬起迟缓的目光凝视着我。“有些家伙比其他人更为自愿，”他懒洋洋地说。“他们告诉我，这跟性格有关系。我认识些性格上不那么自愿的人，他们在变得自愿之后，连续几周每隔十五分钟就要去上厕所，似乎憋不住尿。”

“难以想象，”贝福斯惊讶地说。

“还有些家伙说话只能嘶哑着嗓子小声说，”马格拉尚继续说道。“就像用脖子过度缓解攻击而晕晕乎乎的拳击手。”

马格拉尚看着我，似乎该轮到我了。

“还有一类人根本上不了厕所，”我说。“他们努力尝试。一连三十小时坐在像这样的一把椅子上，然后一头跌倒在地，脾脏或是膀胱破裂。他们过于配合了。日出之后，水箱放空，你会发现他们死在黑暗的角落里。也许他们本来应该去找大夫的，但你永远没法算计一切，是吧，警探？”

“我们在海湾城差不多可以算到一切，”他说。“如果我们有可以算计的线索。”他的下巴颏上有一块块坚硬的肌肉。双眼泛红，恶狠狠地瞪着我。

“我可以跟你谈一笔不赖的生意，”他注视着我。“很不赖。”

“我确信你可以，警探。我在海湾城过得很开心——在我清醒的时候。”

“我会让你在很长一段时间里保持清醒的，宝贝。我说到做到，我会特别关注的。”

克里斯蒂·弗伦奇慢慢地转过头来，打了个哈欠。“你们海湾城的警察为什么都这么强硬？”他问。“难道是泡在盐水里长大的还是怎么着？”

贝福斯吐出舌头，露出舌尖，舔了舔嘴唇四周。

“我们一直就是这么强硬，”马格拉尚说，眼睛都不看着他。“我们喜欢强硬。尤其是看到这种性格的丑角，我们更来劲。”他转过身背对我。“那么你就是那个打电话报告克劳森死讯的大善人了吧。你当时手边正好有一部公用电话，对吗，甜心？”

我没吭声。

“我在跟你说话呢，甜心，”马格拉尚说。“我问了你一个问题，甜心。我提问时要得到回答。明白吗，甜心？”

“继续问，你会自己回答的，”克里斯蒂·弗伦奇说。“也许你不喜欢那个答案，也许你会他妈的如此强硬，必须用那只手套把你自己砸晕。试试看吧。”

马格拉尚挺直了身子。他双颊上的红晕如同五角硬币那么大，隐隐泛着光。

“我到这里来是为了寻求合作，”他慢吞吞地告诉弗伦奇。“要嘲笑的话，我可以回家找。从我老婆那儿找。我可不希望有人在我身上耍花招。”

“你会得到合作的，”弗伦奇说。“只是别再用那三十年代的对白来出风头。”他将椅子转过来，看着我。“让我们开门见山吧，就当调查刚刚开始。我知道你所有的观点，我不做评判。关键是，你是想坦白交代，还是作为一名重要证人[①]被警方登记在案呢？”

“问你的问题吧，”我说。“如果你们不喜欢我的答案，你们可以将我登记在案。要是将我登记在案，我就要去打个电话。”

“很对，”弗伦奇说，“如果我们把你登记在案的话。可我们不必这样做。我们可以对你做巡回审判[②]，这可很费时间。”

“还能吃到罐装咸牛肉大杂烩，”贝福斯幸灾乐祸地插嘴道。

“严格来讲，这是不合法的，”弗伦奇说。“可我们一直是这样做的，也许就像你做的一些不该做的事一样。在这种情况下你会说自己是合法的吗？”

“不会。”

马格拉尚发出了低沉的怒吼声，“哈！”

我看着对面又重新关注速记本的橘色女王，她沉默安静，一脸漠然。

“你要保护委托人，”弗伦奇说。

“也许吧。”

“你的意思是，你的确有一位委托人。她出卖了你。”

我默然。

---

① 重要证人的英文是 Material Witness，它是指掌握了重要证据的人，也就是，对定案有决定性影响的证人。

② 美国历史上的一个法律术语，出现在地广人稀的美国西部。当时的法官每周或每月会在各个城镇开庭，如今，巡回法官已经很少见了，不过“巡回法庭”这个词却保留了下来。

“名字是奥法梅·奎斯特，”弗伦奇一边说一边注视着我。

“问你的问题吧，”我说。

“爱达荷街上究竟发生了什么事？”

“我去那里寻找她的哥哥。他搬走了，她说，她离家来到这里为了看他。她很担心。那个经理，克劳森，醉得不省人事，胡言乱语。我查看了登记簿，发现另一个男人搬进了奎斯特的房间。我跟这个男人谈了谈。他对我说的毫无用处。”

弗伦奇伸出手，从桌上抓起一支铅笔，轻轻地敲击自己的牙齿。“后来又见过这个人吗？”

“是的。我告诉他我的身份。我返回楼下时，克劳森已经死了。有人从登记簿中撕下了一页纸，正是有奎斯特名字的那页。接着我就报了警。”

“但你没在周围逗留？”

“我对克劳森的死一无所知。”

“但你没在周围逗留，”弗伦奇重复了一句。马格拉尚的喉咙里发出了粗野的吼声，一下将铅笔扔到了房间对面。我看见它从墙壁弹开，滚落到地板上，慢慢停下。

“没有错，”我说。

“在海湾城，”马格拉尚说，“单这条我们就可以要了你的命。”

“在海湾城，你们可以因为我戴了一条蓝领带就要了我的命，”我说。

他慢慢站起身来。贝福斯斜眼望着他，说道：“让克里斯蒂来接手吧。总要换换人。”

“我们可以为此吊销你的执照，”弗伦奇的语调毫无变化。

“就当我已经被吊销了执照吧，”我说。“我一向不喜欢这门生意。”

“于是你回到了自己的办公室。然后呢？”

“我向客户报告。接着一个家伙打电话叫我去一趟凡努斯旅馆。他正是我在爱达荷街上与之说话的那个人，可是名字不同。”

“你本来可以告诉我们这些的，不是吗？”

“要是我说了，我就不得不对你们和盘托出。这将会违反我的雇用协议。”

弗伦奇点点头，敲了敲他的铅笔。他缓缓说道：“一起谋杀案可以消除这样的协议。两起谋杀案则应该成倍消除。而两起手段相同的谋杀案，更应该三倍地消除。你看起来状态不妙，马洛。你看上去很糟。”

“在我的客户看来，我都不太妙，”我说，“尤其是经过了今天的事之后。”

“今天出了什么事？”

“她告诉我，她的哥哥从这位医生的住所给她打了电话。拉加迪医生。她的哥哥身处险境。我心急火燎地赶过去帮助他。拉加迪医生和他的护士关了办公室的门。他们表现得仿佛惊弓之鸟。警察去过那儿。”我盯着马格拉尚。

“又是你打的电话，”马格拉尚咆哮道。

“这次不是我，”我说。

“好吧，继续说，”弗伦奇顿了顿说。

“拉加迪医生说他不认识什么奥林·奎斯特。他把护士打发回家。他塞给我一支掺了麻药的香烟，我晕过去了一会儿。我醒来后发现自己独自在屋子里。其实那时我并不是独自一人。奥林·奎斯特，或者说是奄奄一息的他，正在抓门。我一开门，他便跌倒在地，死了。凭着最后一丝力气，他试图用一把冰锥扎我。”我动了动肩膀，脖子有些僵硬酸疼，仅此而已。

弗伦奇狠狠盯着马格拉尚。他摇了摇头，可弗伦奇继续盯着他。贝福斯轻轻地吹着口哨。起初我听不出是什么曲子，后来我听出来了，是

"老人摩西之死"[1]。

弗伦奇转过头来，缓缓说道："尸体周围没有发现冰锥。"

"我把它留在了原地，"我说。

马格拉尚说："看样子我应该再把手套戴上。"他用手指用力扯着手套。"有人是个该死的骗子，而那人不是我。"

"好吧，"弗伦奇说。"好吧。我们别这么夸张。假如那孩子手上的确有一把冰锥，那也不能证明那就是他的。"

"磨短了，"我说。"很短。从手柄到尖部三英寸长。这不是从五金店里买来的那种。"

"他为什么想要扎你？"贝福斯脸上浮出轻蔑的笑容问道。"你是他的朋友。你赶到那儿是因为答应了他妹妹保护他的安全。"

"我只是挡在他和光线之间的某个东西，"我说。"有东西移动了一下，可能是个人，可能是伤害他的那个人。他奄奄一息地站着。我以前从没见过他。如果他见过我，那也许是在我不知情的情况下。"

"那可能是一段美好的友谊，"贝福斯叹了口气说。"当然，除了那把冰锥。"

"他手上握着冰锥，试图扎我，这其中可能隐含深意。"

"比如说？"

"他这种情况下会有本能的反应。他不会发明新技术。他刺中了我的肩胛骨一下，是一个垂死之人的最后一击。要是他身体正常的话，没准儿他会刺在别处、刺得更深。"

马格拉尚说："我们还要跟这只猴子闹腾多久？你用人类的方式与他对话。让我用自己的方式说吧。"

"警监不喜欢这样，"弗伦奇随口说。

---

① 美国传奇爵士乐手路易斯·阿姆斯特朗创作的歌曲。

“去他的警监。”

“警监不喜欢乡下警察说去他的，”弗伦奇说。

马格拉尚咬牙切齿，下巴的线条都泛白了。他眯起的眼睛闪闪发光。他用鼻子深深地吸了口气。

“感谢合作，”他说着站起身。“我要走了。”他绕过桌角，在我身边停了下来。他伸出左手，再次拧着我的下巴。

“会再见的，甜心。在我的地盘。”

他用手套的套口在我的脸上甩了两次。纽扣刺得我脸生疼。我抬起手，揉了揉下嘴唇。

弗伦奇说：“看在老天的分上，马格拉尚，坐下，让这家伙把话说完。把你的手拿开。”

马格拉尚回头看着他说：“你觉得你能命令我吗？”

弗伦奇只是耸耸肩。过了片刻，马格拉尚用那只大手搓了搓他的嘴，踱步回到了自己的位子，弗伦奇说：

“让我们听听你对这一切的看法，马洛。”

“此外，克劳森大概在抽大麻，”我说。“我在他的住处闻到了大麻烟的味道。我到那儿时，一个结实的小个子正在厨房数钱。他有一把枪和一把锋利的细圆锉刀，两样东西他都试图用来对付我。我从他身上拿走了它们，接着他就离开了。他可能是送信的。不过，克劳森醉得很厉害，你都不会再相信他的话。那个送信的以为我是个侦探。那些人不想克劳森被捕。从他身上套出话很容易。他们一察觉到屋子周围有侦探的味道，克劳森就得消失。”

弗伦奇看着马格拉尚。“你明白吗？”

“有可能是那样，”马格拉尚勉强说。

弗伦奇说：“假设情况是如此，这与那位奥林·奎斯特有什么关系呢？”

“谁都可能会抽大麻，”我说。“如果你觉得寂寞无聊，郁郁寡欢，又没有工作，大麻是很诱人的。可一旦你抽上了瘾，你就会产生偏见，变得麻木不仁。大麻会以不同的方式影响不同的人。对有些人来说，它会让人粗暴，而对另一些人，它会让人无所顾忌。假设，奎斯特试图要勒索某人，并威胁报警。很有可能这三起谋杀都与大麻集团有关。”

“可这与奎斯特有一把一端挫尖的冰锥无关啊，”贝福斯说。

我说：“根据这位警探所说的，他身上并没有一把冰锥。所以，肯定是我想象出来的。不管怎么样，他可能是捡起来的。也许是拉加迪医生诊所里的标准设备。他身上有什么线索吗？”

他摇了摇头。“迄今为止还没有。”

“他没有杀了我，可能他没有杀任何人，”我说。“奎斯特告诉他妹妹——根据她所说——他为拉加迪医生工作，可是一些黑帮分子在追杀他。”

“这位拉加迪，”弗伦奇说着，用一支钢笔的笔尖戳戳他的便条簿，“你怎么看他？”

“他以前在克利夫兰行医。在市中心，规模很大。他躲藏在海湾城肯定有他的原因。”

“克利夫兰，嗯？”弗伦奇拖长声音，望着天花板一角。贝福斯低头看着他的报纸。马格拉尚说：

“也许是个人流医生。我已经盯着他有一阵子了。”

“哪只眼盯的？”贝福斯婉转地问他。

马格拉尚脸一红。

弗伦奇说：“大概是那只没盯着爱达荷街的眼睛。”

马格拉尚猛地直起身子。“你们这些臭小子别自以为聪明，我们只是小城镇的警力，人手不足，有时还得兼个差。不过我喜欢大麻那条线。这可能会减轻我不少工作量。我现在就去调查。”

他大步迈向门口，然后离开了。弗伦奇目送着他。贝福斯亦是如此。门关上后，他们俩面面相觑。

“我打赌他们今晚会再次进行搜捕的，”贝福斯说。

弗伦奇点点头。

贝福斯说：“在一家洗衣房楼上的公寓里。他们会来到海滩上，抓三四个流浪汉，把他们藏在公寓里，接着，搜捕之后，他们会挨个出现在记者面前。”

弗伦奇说：“你的话太多了，弗雷德。”

贝福斯咧嘴一笑，沉默了。弗伦奇对我说：“你猜想他们在凡努斯旅馆里要找的是什么东西？”

“满满一箱子大麻烟的提货单。”

“不赖，”弗伦奇说。“那再想想，那东西藏在了哪儿？”

“我想过，我和希格斯在海湾城谈话时，他没有戴假发。在自己住的地方不用戴。不过，他躺在凡努斯旅馆的床上时却戴着假发。也许不是他自己戴的。”

弗伦奇说：“然后呢？”

我说：“藏一张提货单倒是个不错的地方。”

弗伦奇说：“可以用一段透明胶带粘在里面。真是好主意！”

一阵沉默。那位橘色女王又专注于打字了。我盯着自己的指甲。它们可能不怎么干净。停顿片刻后，弗伦奇缓缓地说：

“我从来不认为你是清白的，马洛。继续想想，拉加迪医生怎么会向你提起克利夫兰的？”

“我费了点心调查过他。医生要是想继续行医，就不会更名改姓。冰锥让你想到了威皮·莫耶，而威皮·莫耶在克利夫兰出没，桑尼·莫·斯坦也在克利夫兰出没。冰锥杀人很独特，这的确不假，但这总是把冰锥没错。你自己说过，那些家伙可能已经学乖了。这些团伙总会有个医生背景的人帮忙。”

“非常大胆，”弗伦奇说。“几乎没有联系。”

“要是我能缩小这之间的联系，有什么好处吗？”

“你能吗？”

“我能试试。”

弗伦奇叹了口气。“奎斯特小姑娘没问题，”他说。“我在堪萨斯和她母亲谈过。她真的是到这儿寻找她哥哥的。她也的确是雇你来做这事儿。她告诉了你详细的信息，就某种程度而言。她怀疑哥哥卷入了违法的事。你在这笔生意上赚了点钱吗？”

“不多，”我说。“我把费用还给她了。她没什么钱。”

“那样的话，你不必付所得税了，”贝福斯说。

弗伦奇说：“让我们做个了结吧，下一步交给地方检察官。我了解恩迪科特，要等到下周二，由他决定怎么处理。”他向门口做了个手势。

我站起身，问道：“我可以待在城里不走吗？”

他们懒得回答这个问题。

我只是站在原地望着他们。两肩之间的冰锥伤口在刺疼，周围的肌肉很僵硬。脸上和嘴边被马格拉尚那猪皮手套擦碰到的地方疼得很。我仿佛在深水中。一片黑暗、混沌，嘴里充满了咸味。

他们仍旧坐着，回望着我。橘色女王正敲击着她的打字机。警察之间的谈话对她来说吸引力还不如舞蹈编导看见白花花的长腿。他们拥有从容淡定、饱经风霜的脸庞，那是属于在恶劣条件下的健康之人才有的。他们的眼神一如既往，阴沉、灰暗，如同结了冰的水一般。抿得紧紧的嘴，眼角处坚毅的细纹，冷酷空洞的目光，虽然谈不上残忍，但也绝非善类。呆板的制服，穿起来毫无格调，却带着一种目中无人的感觉。这些男人生活清贫却又自傲于手中的权力，时时刻刻要让人们感觉到这种权力，强加于你，狞笑着看着你局促不安，眼神冷酷却不带恶意，无情却也偶发慈悲。你期待他们是什么样的人呢？文明对他们毫无意义。他们眼中的文明就是失败、污泥、残渣、偏差以及令人恶心的一切。

“你为什么还站在那儿？”贝福斯尖刻地问。“想要我们给你一个深情的湿吻吗？没有俏皮话回嘴了吗？太糟糕了。”他的声音渐渐拖成了一种单调的嗡嗡声。他皱了皱眉，伸手从桌上拿来一支铅笔。只见他手指敏捷地一用力，铅笔啪的一声断成了两截，他伸出手掌托着两截铅笔。

“我们能给你的时间[①]就这么多了，”他冷淡地说，脸上没有一丝笑容。“滚出去，把事情了结清楚。你他妈的以为我们为什么会放你走？马格拉尚给了你个台阶下，好好利用吧。”

我举起了手，揉了揉嘴唇。我的嘴里牙齿太多了。

贝福斯低头看着桌子，拿起一份报纸，开始读了起来。克里斯蒂·弗伦奇把椅子转回去，双脚搁在桌子上，双眼凝视着窗外的停车场。橘色女王停止了打字。整个房间里突然陷入了一阵厚重的沉默之中，仿佛一个塌陷的蛋糕。

我走出了门，离开这沉默，犹如在水中艰难前行。

25

办公室又空空荡荡了。没有长腿黑发的女子，没有戴着斜框眼镜的小姑娘，没有目露凶光、衣着整齐的黑人。

我在桌边坐下，注视着光线渐渐变暗。回家的喧嚣逐渐消失。外面的霓虹灯广告牌隔着大道相互炫耀。还有些事尚未完成，但我不知道是

---

① 此处原文 break 既有“休息时间”也有“折断”的意思。

什么事。无论是什么事，都是毫无意义的。我整理了桌子，倾听着一只木桶摩擦走廊地面瓷砖的声音。我把文件放入抽屉中，立起笔座，取出一块抹布，擦净玻璃后又擦了擦电话。昏暗的灯光下，电话机黑漆漆的，油光可鉴。今晚它不会再响了。没有人会再给我打电话。不会在此时此刻。也许以后也不会了。

我将沾了灰尘的抹布叠好，向后仰靠在椅子上，静静地坐着，没有抽烟，甚至没在思考。我是个一片空白的男人。我没有表情，没有意义，没有个性，连名字都没有。我不想吃东西。我连酒都不想喝。我就是被揉得皱皱巴巴扔在废纸篓里的昨天的日历页。

于是，我将电话机拉向自己面前，拨了梅维斯·韦尔德的号码。电话响了又响。一共响了九声。真是铃声大作，马洛。我猜没人在家。没人为了你在家。我挂了电话。你现在想打给谁？难道你哪里有个朋友会想听见你的声音？不。没有人。

让电话响吧，求你了。让我有个人可以打电话吧，让我再次回归人类吧。哪怕是个警察打来的。哪怕是马格拉尚。没有人喜欢我。我只是想离开这颗冰冻的星球。

电话响了。

“阿米哥，”对方说。“有麻烦了。大麻烦。她想见你。她喜欢你。她觉得你是个老实人。”

“在哪儿？”我问。这算不上一个问题，只是我发出的声响。我叼着一个冰冷的烟斗，把头撑在手上，对着电话机沉思。好歹有个能说话的声音了。

“你会来吗？”

“要我和一只病鹦鹉[①]坐一块儿我也来。上哪儿去？”

---

① “病鹦鹉”从 as sick as a parrot 引申而来，即“很伤心”、“很失望”的意思。

"我来接你。十五分钟后我会到你楼下。我们要去的地方可不好走。"

"回来怎么办？"我问，"还是说我们不用操心？"

可她已经挂断了电话。

来到楼下的杂货店午餐柜台，我还有时间灌了两杯咖啡和一个夹了两片人造培根和融化乳酪的三明治，那味道就像是干涸的水池底部淤泥中的死鱼。

我疯了。可我很喜欢。

26

来的是一辆黑色敞篷的水星汽车，轻巧的顶篷收上去了。当我向车门探过身时，德洛丽丝·冈萨雷斯从皮座椅上哧溜一下滑了出来。

"你来开车吧，阿米哥。我真的不喜欢开车。"

杂货店的灯光照亮了她的脸庞。她又换了一身衣服，不过仍旧是一身黑，除了那件火红色的衬衫。休闲裤，配着一件宽松的外套，像男式的休闲夹克。

我靠在车门上。"她为什么不给我打电话？"

"她不能。她没有你的号码，而且她没时间。"

"为什么？"

"似乎因为某人正好离开了办公室一会儿。"

"她是从哪里打的电话？"

"我不知道那条街的名字。不过我能找到她的房子。这就是我来的原因。请上车，我们要快一点了。"

"也许吧，"我说。"也许我还是不该上车。年纪大了，又患有关节炎，凡事得多加小心。"

"还是那么爱耍嘴皮子，"她说。"真是个奇怪的男人。"

"能要的时候就要，"我说，"我就是个顶着一个脑袋瓜的普通人——时常绞尽脑汁。通常就像现在这样。"

"你今晚会向我求爱吗？"她柔声问道。

"这又是一个开放性问题。大概不会。"

"不会浪费你的时间的。我不是那种合成的美女，皮肤粗糙得可以在上面划火柴。那些以前在洗衣房工作的女人，一双瘦骨嶙峋的大手，尖锐的膝盖，还有那毫无魅力的乳房。"

"只要半个小时，"我说，"我们先把性爱放一边。那玩意儿虽然很棒，就像巧克力圣代。不过，总有一刻，你宁愿抹脖子也不愿要那玩意儿。我想，也许我最好抹脖子。"

我绕到汽车另一侧，钻进驾驶座里，发动了引擎。

"我们向西走，"她说，"穿过比弗利山后再开一段路。"

我挂上挡，绕过街角，向南驶向日落大道。德洛丽丝抽出一支细长的棕色香烟。

"你带枪了吗？"她问。

"没有。我要带枪干吗？"说话时，我的左臂紧紧压着安全带里侧的卢格枪。

"也许没带更好吧。"她把香烟夹在金色的小镊子上，用一个金色打火机点燃了烟。印照着她脸庞的火光似乎被她那深邃黝黑的眼睛所吞没。

我向西驶上了日落大道，将自己陷入三条赛车道，司机们无所事事、漫无目的地向前行驶着。

"韦尔德小姐陷入哪种麻烦了？"

"我不知道。她只说是有麻烦，她非常害怕，她需要你。"

她开始从座位上向我靠近。

"待在你的座位上，"我说。"我得驾驶这辆老爷车。"

“你不想我靠在你肩上吗？”

“别在这辆车上。”

我在费尔福克斯停下车，绿灯亮起让一辆车左转。后面的车猛按一阵喇叭。我再次启动汽车后，刚才在后面的那辆车超了上来，与我们平行，一个穿着运动衫的胖子大吼道：

“哇，滚回去弄张吊床睡觉吧。”

说完他便猛地一超车，害得我只能刹住车。

“我以前很喜欢这个城镇，”我说，只是为了说些什么，省得自己胡思乱想。“很久以前。威尔希尔大道两旁绿树成荫。比弗利山是一座乡村小镇。韦斯特伍德都是光秃秃的山，土地出让金只要一千一百美元，还没人愿意接手。那时好莱坞就是城市边际的一片木屋。洛杉矶只是一个又干又晒的大城市，里面到处是丑陋的、毫无风格的建筑，可是这里的人却心地善良、与世无争。气候棒极了，现在的人只有眼馋的份。人们过去常睡在外面的门廊上。一小撮自以为知识分子的人过去称这里为美国的雅典。当时还谈不上这么好，可也绝不是现在这样一个闪耀着霓虹灯的贫民窟。”

我们驶过了拉谢内加，来到了日落大道的弯道处。“舞者”餐厅里灯火通明。露台上挤满了人。停车场就像一团密密麻麻的蚂蚁趴在一块熟透了的水果上。

“现在我们有了餐厅老板斯蒂尔格雷夫这样的人物，也有像刚才把我挤出去的胖子那样的家伙。我们有大把的钞票，有神枪手，有抽佣金的人，有花钱如流水的阔少，还有来自纽约、芝加哥、底特律——还有克利夫兰——的流氓。这里有他们经营的豪华餐厅和夜店，他们开的酒店和公寓楼，以及一帮住在里面的骗子流氓和女劫匪。奢侈品交易，男同性恋装潢设计师，女同性恋服装设计师，一个冷酷大城市的一帮乌合之众，毫无个性可言，就像一个一次性纸杯。在景色如画的郊区，亲爱的老爹正在一扇落地窗前阅读着体育版新闻，脚上没穿鞋，自认为是上层社会的人，因为他拥有一个三车位的车库。妈妈则在她的公主衣柜前，试图给一只手提箱上漆。孩子夹着电话打给一串高中女孩，操着一口不纯正的英语，说要在化妆包中带上避孕套。”

“所有的大城市都是这样，阿米哥。”

“真正的城市有些与众不同的东西，淤泥底下总有某种独特的骨架。洛杉矶拥有好莱坞——同时也憎恨它。它应该觉着自己真他妈的走运。如果没有好莱坞，洛杉矶就是个邮购城市。目录里的一切商品都可以在别处找到更好的。”

“你今晚太刻薄了，阿米哥。”

“我遇到了些麻烦。我坐在你身边驾驶着这辆车的唯一原因就是，我遇到了很多麻烦，而再添一点小麻烦就像添些糖霜一样。”

“你做错事了吗？”她一边问，一边探过身子向我凑近。

“嗯，只是找到了几具尸体，”我说。“就看是从什么角度看了。警察不喜欢由我们这些外行来处理工作。他们有他们自己的一套。”

“他们会怎么对付你？”

“他们有可能会把我赶出城，可我才不在乎。别这么挤我。我需要这只手来换挡。”

她气呼呼地挪开了身子。“我觉得你这人真难相处，”她说。“在洛斯特峡谷路右转。”

过了一会儿，我们经过了大学。此刻，城市里的灯光都亮起，一望无际的灯光顺着斜坡向南延伸，遥远得似乎没有边际。头顶上一架飞机正低空飞行，发出嗡嗡的低鸣，它的两个信号灯忽明忽灭。到了洛斯特峡谷路，我向右沿着通向贝尔艾尔的大门行驶。道路开始崎岖向上。那里车很多；车灯沿着蜿蜒的白色水泥墙，发出刺眼的光线。一阵微风拂过小路。那是野生鼠尾草的味道，间杂着刺鼻的桉树香气，还有静谧的尘土的气息。窗户在山坡上隐隐泛光。我们经过了一幢巨大的两层楼白色房屋，价值不下七万美元，房前亮着灯的广告牌上写着："凯安梗"。

"下个路口右转，"德洛丽丝说。

我转了弯，道路变得越来越狭窄陡峭。墙后有几幢房子，还有茂密的灌木丛，什么都瞧不见。接着我们来到了一条岔路，一辆亮着红色车灯的警车停在那里，岔路的右侧有两辆以直角停着的汽车。一个手电筒在上下晃动。我减慢车速，与警车并排停下。两个警察正在车里抽烟。他们没有动。

"出什么事了？"

"阿米哥，我一点也不知道。"她的声音里有种掩盖退缩的感觉。也许她有点害怕，可我不知道她在怕什么。

一个拿着手电筒的高个子男人绕到汽车一侧，将光线对着我，接着放下了手电筒。

"今晚此路不通，"他说。"要去什么地方吗？"

我踩下刹车，伸手去取德洛丽丝从手套箱里拿出来的手电筒。我啪地打开手电，照向这个高个子。他穿着貌似昂贵的休闲裤，运动衫的口袋上有几个大写字母，一条波点围巾围在脖子上。他戴着一副玳瑁框眼镜，一头油光光的波浪黑发，看起来就跟他妈的好莱坞一模一样。

我回答说："有什么说法吗——或者说你是执法者？"

"法律就在那儿，要是你想跟他们谈谈的话。"他的音调里透出一种轻蔑。"我们只是老百姓，就住在这儿。这是一个住宅区。我们想要沿着这条路继续开。"

一个手拿猎枪的男人从暗处走来，站在高个子旁边。他用左臂的臂弯夹着猎枪，枪口向下。可他看起来并不像是拿着枪唬人的样子。

"行个方便吧，"我说。"我没什么图谋不轨的计划，只是想去个地方。"

“什么地方？”高个子冷冷地问。

我转向德洛丽丝问：“什么地方？”

“是山上的一栋白房子，山上很高的地方。”她说。

“你们上那儿打算干什么？”高个子问。

“住在那儿的人是我的朋友，”她没好气地回答。

他用手电照在她脸上看了一会儿。“你看上去很时髦，”他说。“不过我不喜欢你的朋友。我们不喜欢在这种住宅区里开赌场的家伙。”

“我不知道什么赌场，”德洛丽丝尖刻地说。

“警察也不知道，”高个子说。“他们甚至都不想查。你的朋友叫什么，亲爱的？”

“这不关你的事。”德洛丽丝厉声说道。

“快回家织袜子去，亲爱的，”高个子说。他又朝向我。

“今晚此路不通，”他说。“你现在知道原因了。”

“你以为你说了算吗？”我问道。

“要改变计划光靠你可不行。你应该看看我们的评税额。当我们要求执法时，那些在巡逻车里的猴崽子——市政厅里还有更多——只会袖手旁观。”

我松开车门，并把车门推开。他向后退去，让我下车。我走向巡逻车。车上的两个警察正懒洋洋地往后靠坐着。他们的扩音器声音已经调得很低，只能隐约听见低沉的声音。其中一个家伙正在有节奏地嚼着口香糖。

“撤去路障让市民通过这条路怎么样？”我问他。

“没有上头的命令，伙计。我们来这儿是为了维护治安。要是有人想闹事，我们会插手。”

“他们说，从那边上去有家赌场。”

“他们说，”那个警察说。

“你不相信他们？”

“我根本没这种尝试的念头，伙计，”他说着，向我身后吐了口痰。

“假设我有急事要上去呢？”

他面无表情地望着我，一边打了个哈欠。

“多谢了，伙计，”我说。

我返回水星车，掏出皮夹，递给那个大高个一张名片。他用手电筒一照，说：“怎样？”

他啪地灭了手电筒，一声不吭。他的脸色在黑暗中渐渐显出苍白的轮廓。

“我在处理公事。对我而言是重要的公事。让我进去，也许你们明天就用不着路障了。”

“你就吹吧，朋友。”

“你看我是那种会有钱去光顾一家私人赌场的人吗？”

“她也许是，”他瞟了德洛丽丝一眼。“她也许是带你来当保镖的。”

他转身对着那个带枪的男人。“你看呢？”

“就冒一次险吧。只有他们两个人，而且都没醉。”

高个子再次打开了手电筒，向一边来回横扫了几下。一辆汽车启动了引擎。路障中的一辆车倒车退到了路肩上。我钻进了车里，启动水星引擎，从中间的缝隙穿过去，从后视镜中看到，那辆车又再次回到了原位，关闭了远光灯。

“这是唯一一条进出的路吗？”

“他们觉得是，阿米哥。其实还有一条私家小路，只是要穿过别人的庄园，得绕过山谷。”

“我们差点通不过，”我告诉她。“不过还不算最糟糕。”

“我知道你会有办法的，阿米哥。”

“有股臭味，”我不怀好意地说。“不是野紫丁香。”

“真是个多疑的男人。你都不想吻我吗？”

“你本应该在路障那儿用用这一套。那个高个子家伙看起来很寂寞。你可以把他引到灌木丛那里去。”

她用手背抽了我一个嘴巴。“你这个狗娘养的，”她随口说道。“不介意的话，下个路口左转。”

我们向上爬了个坡，道路忽然驶到了尽头，前面是一个围了一圈石灰石的黑色宽圆环。正前方是铁丝网，里面有一扇大门，门上的标牌写着：私家道路，不得擅入。大门开着，门柱上的一条铁链一端挂着一把挂锁。我开车绕过一片夹竹桃，来到一个停车场，前面是一幢狭长低矮的白色房屋，屋顶贴砖，角落里有一个四车位的车库，上面是个有围墙的阳台。车库的两扇宽门都紧闭着。房子里没有亮光。一轮明月高悬，映照的泥灰墙上隐隐显出蓝光。几扇低窗都放下了百叶窗。四个满满当当的垃圾箱在台阶底下排成一排。有个大垃圾桶倒立着，里头空无一物。还有两只钢桶，里面塞了些报纸。

房子里悄无声息，没有生命迹象。我停下水星汽车，关闭车灯，熄了引擎，静静地坐着。德洛丽丝挪到了汽车一角。座椅似乎在颤抖。我伸过手去，碰了碰她。她浑身发抖。

“怎么了？”

“出——出去，求你了，”她的牙齿似乎在打颤。

“你还好吗？”

她打开了她那侧的车门，跳出车外。我从我这侧下车，门也来不及关，钥匙还在锁眼中。她绕到了车尾处，当她靠近我还未碰到我时，我就几乎能感到她在颤抖。接着她突然向我扑来，紧紧贴着我的身体，她的手臂勾住了我的脖子。

“我真傻，”她温柔地说。“他会为此杀了我——就像杀了斯坦那样。吻我。”

我吻了她。她的双唇又干又烫。“他在里面吗？”

“是的。”

“还有谁在？”

“没有人了——除了梅维斯。他也会杀了她的。”

“听着——”

“再吻我一次。我的日子不多了，阿米哥。出卖这样一个男人，离死也不远了。”

我把她推开，动作很温柔。

她倒退了几步，迅速举起了右手。此刻，她的手上多了一把手枪。

我盯着那把枪。高悬的明月下，手枪闪耀着一种暗亚的光芒。她平举着手枪，手不再颤抖了。

“要是我扣下扳机，我会获得他的信赖，”她说。

“他们在下面会听见枪声的。”

她摇摇头，说：“不会，中间还隔着一座小山。我认为他们听不见，阿米哥。”

我以为她扣动扳机时，手枪会震一下。如果我恰好在那个时刻倒地的话——

我没有把握。我没有吭声。舌头在嘴巴里肿胀。

她继续以一种柔和、慵懒的声音说道：“斯坦的死无所谓。我本来会亲手杀了他，痛痛快快地。那个烂货。死亡没什么了不起，杀人也没什么了不起。不过，引诱别人去死——”她顿了顿，好像是哽咽了。“阿米哥，出于某种奇怪的原因，我很喜欢你。我不应该胡言乱语。梅维斯把他从我身边抢走，可我不想让他杀了她。这个世界上到处都是有钱的阔佬。”

“他似乎像是个善良的小家伙，”我说，同时仍然注视着那只举枪的手。此刻，它没有一丝震颤。

她不屑地大笑道：“他当然是，这就是为何他这么厉害。你以为你够狠了，阿米哥。与斯蒂尔格雷夫一比，你就是只软柿子。”她放低了手枪，此时我该一跃而起。我还是没有把握。

“他曾杀过十几个人，”她说。“每次都脸带微笑。我认识他很久了，在克利夫兰就认识他了。”

“用冰锥吗？”我问。

“要是我把枪给你，你会替我杀了他吗？”

“要是我答应，你会相信吗？”

“会。”山下某个地方传来了汽车声，但似乎还远隔千里，毫无意义，就像巴西丛林中猴子的怪叫声一样，与我没有关系。

“如果不得不这么做的话，我会杀了他，”我说着舔了舔嘴唇。

我向后靠了靠，膝盖微曲，再次准备一跃而起。

“晚安，阿米哥。我穿黑色衣服，因为我美丽而邪恶——而且我输了。”

她把枪递给我。我接了过来，拿着枪站在原地。又沉默了片刻，我们俩谁都没动。她微笑着，一甩脑袋，跳进了车里。她发动引擎，砰地关上了车门。她任由引擎轰鸣，坐在车里望着我。此刻她脸上露出了一抹微笑。

“刚才我的演技不错吧？”她柔声说。

汽车猛地倒退，轮胎在沥青路面上滑过，发出刺耳的声音。车灯闪起。汽车绕了个弯，经过夹竹桃丛后消失了。车灯向左转弯，车开上了一条私家小路。车灯消失于树林中，车声在树蛙拖长了的“呱呱”声中渐渐淡去。然后什么声音都没有了，有一阵子万籁俱寂。周围没有任何光线，除了那轮古老而疲倦的月亮。

我退出枪里的弹匣。里面有七发子弹。后膛里还有一发。少了两发。我闻了闻枪口。有人开过枪，因为它被清理过了。也许，开了两枪。

我又推回弹匣，将枪平放在手掌上。这是一把白色骨质枪柄、点三二口径的枪。

奥林·奎斯特中了两枪。我在房间地板上捡到的两枚弹壳正是点三二口径的。

昨天下午，在凡努斯旅馆332号房间里，一个脸上遮着条毛巾的金发美女正是用一把白色骨柄的点三二口径手枪指着我的。

对于这些巧合你可能会想得太多，你也可能想得不够。

27

我踩着橡胶鞋底穿过停车场，来到车库，试图打开那两扇宽门中的一扇。那门没有把手，因此一定是有一个开关可以操控。我摆弄着一支迷你手电筒，照在四周，却没有发现任何开关。

我离开车库，向垃圾桶方向摸去。木头台阶向上通向一个侧门。我不觉得那扇门出于为我着想会不上锁。门廊下还有另外一扇门。这扇门未上锁，里面一片漆黑，还透出成捆的桉树木气味。我进屋后关上了门，再次打开那支小手电筒。角落里有另一段楼梯，旁边有一台类似小型升降机的东西。这玩意儿还不足以笨到让我使用[①]。我开始走上楼梯。

远处有什么东西发出嗡嗡声。我停下了脚步。嗡嗡声也停止了。当我再次移动时，那声音没有再出现。我上楼来到一扇没有把手的门前，与门平行。又是个小机关。

不过，我找到了这扇门的开关。那是一块镶在门框上的长方形活动

① 小型升降机的英文是dumb waiter，英语中dumb有“愚笨”的意思。

板。有许多脏兮兮的手都碰过它。我用力按了一下，只听门“咔嗒”一声从门闩上滑开了。我轻轻地推开门，动作轻柔得仿佛一个年轻的实习医生在为他的第一个宝宝接生一般。

里面是一条走廊。透过放下百叶窗的窗户，月光照到了炉子的白色一角以及炉子上镀铬的烤盘。这个厨房大得足以容纳一个舞蹈班。一道敞开的拱门贴了瓷砖冲着天花板，里面通向管家餐具室。一个水斗，一台靠墙摆放的冰箱，还有不少制作饮料的电器，没人用过。你选好毒药，按下按钮，四天后，你醒来时发现自己躺在一个重新装修过的客厅中的按摩台上。

管家的餐具室尽头，是一扇双开门。进门后，是一个黑漆漆的饭厅，还有一个敞开式的透明休息室，月光如同洪水穿过闸口般一泻千里。

一条铺着地毯的过道不知通向何方。另一道扁平的拱门上，一段楼梯的飞拱扶摇直上，陷入黑暗之中，它的上方可能是玻璃砖和不锈钢材料，闪烁着微光。

最后，我来到了应该是卧室的地方。房间里拉着窗帘，一片黑暗，不过让人感觉很大。室内的黑暗相当厚重，我的鼻子有点抽搐，闻到了一股迟迟不散的味道——不久前有人来过这里。我屏住了呼吸，侧耳倾听。大老虎可能正在黑暗中窥视我。或是那些手持冲锋枪、脚板扁平的家伙，正张大嘴巴轻轻地呼吸着。也有可能既没有人在，也没有事会发生，我只是在错误的地点产生了过多的想象。

我缓缓摸到了墙边，寻找电灯开关。那里总会有一个电灯开关。每家每户都有。通常在你走进房间的右侧。走进一间黑暗的房间，你需要灯光。好吧，在一个适合的高度、适合的位置，你会找到一个电灯开关。可这间房间没有。这是一幢与众不同的房子。房子里门的把手和灯的位置都很古怪。这次的小机关也许是什么异想天开，比如从 A 调唱到高音 C 调，或是踏在地毯下面一个扁平的按钮上，也许你只要开口说“要有光”，然后捡起一个麦克风，将声音振动转化成低功率电脉冲，变压器会将其增强至足够电压，形成一个安静的水印开关。

那个晚上我产生了心灵感应。我是一个在黑暗中需要伙伴并会为此不惜代价的人。腋下的卢格枪和手中的点三二口径手枪让我无比坚强。双枪马洛，来自西奈德峡谷①的小子。

我放松绷紧的嘴唇，大声说道：

“你好，这里有人需要侦探吗？”

没有反应，甚至连类似回声的声音都没有。我的声音渐渐隐没，就像一颗疲惫的脑袋砸在了天鹅绒枕头上。

这时，琥珀色的灯光在飞檐后渐渐升起，环绕着这个巨大的房间。灯光缓缓地变亮，仿佛是由剧场里的控制台在操控一般。厚重的杏黄色窗帘遮住了窗户。

墙壁也是杏黄色。远端一个吧台偏向一侧，略微延伸到餐具室的斜对面。还有一个凹室，里面放了几张小桌子和带衬垫的椅子。周围有落地灯、几把软椅和双人沙发，还有些卧室里的一般装备。地板中央还摆着几张用布包裹的长桌。

毕竟路障那里的家伙们不是吃素的。不过，赌场早就关闭了。房间里了无生气，空空如也。不过，并非彻底没人。

一个身穿浅咖啡色皮大衣的金发女子正倚靠在一张古董椅边上。她双手插在大衣的口袋里。头发蓬松地披着，脸色不是那么惨白，因为灯光不是白色的。

“你自己好吗，”她的声音死气沉沉。“我仍然觉得你迟到了。”

---

① Cyanide Gulch，爱达荷州一峡谷名。

“为什么事要早到呢？”

我向她走去，行动总是令人愉悦。即便在此时，在这样一个过于安静的房子里。

“你有点可爱，”她说。“我原来不觉得你可爱。你找到了入口。你——”她的声音顿了顿，喉咙里的话噎住了。

“我要喝一杯，”停了一会儿，她说。“否则我也许会晕倒。”

“真是一件漂亮的大衣，”我说，此时我站在了她面前。我伸出手去摸了摸大衣。她没动，嘴唇一张一翕，不住地颤抖。

“石貂皮，”她喃喃自语道。“四万美元租的。为了拍电影。”

“这也是电影的一部分吗？”我指了指这个房间。

“这部电影，对我来说，将终结所有电影。我——我需要喝一杯。要是我试图走——”那清晰的声音渐渐低沉、消失了。她的眼皮上下抖动。

“继续，晕倒吧，”我说。“我会第一时间接住你的。”

她挣扎着露出微笑，紧闭双唇，硬撑着保持站立。

“为什么我迟到了？”我问。“为什么事要早到呢？”

“挨枪子迟到了。”

“哼，我一整晚都在期待这个。冈萨雷斯小姐带我来的。”

“我知道。”

我伸出手，又摸了摸貂皮。四万美元的货手感不错，哪怕是租来的。

“德洛丽丝会失望透顶的，”她说，嘴唇四周有些泛白。

“不会。”

“她把你陷入了困境——正如她对付斯坦一样。”

“她刚开始也许打算这么做。可她改变了主意。”

她哈哈大笑。这是一种声嘶力竭的、愚蠢的大笑，仿佛一个孩子在茶会的游戏室里盛气凌人一样。

“你对付女孩子还真有一套，”她低声说。“你他妈的怎么做到的，棒极了？用下了药的香烟？绝不可能是因为你的衣服、金钱或是魅力。你身上一点都没有。你不年轻，也不英俊。你已经过了巅峰状态——”

她的语速越来越快，就像引擎上的调节器坏了一样。到最后，她就喋喋不休地说个没完。当她终于住口时，一声精疲力竭的叹息飘浮在寂静之中，她双膝一软，笔直向前倒在我的怀里。

假如这是一场戏，那简直是天衣无缝。也许我的九个口袋里都有枪，可它们对我的用处就好比生日蛋糕上的九根粉色的小蜡烛一般可笑。

不过什么都没有发生。没有狠角色手上拿着自动手枪在暗处窥视我。没有斯蒂尔格雷夫对我微笑，那种淡淡的、冷漠的杀手式的微笑。没有身后鬼鬼祟祟的脚步声。

她靠在我的怀里，软弱无力，就像一条湿答答的茶巾，倒是没有奥林·奎斯特那么重，也没那么死气沉沉，不过重得足以令我的膝关节疼痛不已。我将她的头从我胸口移开时，她的眼睛合上了。她的呼吸难以察觉，微启的双唇有点发青。

我的右手伸至她的膝下，把她抱到一张金色的沙发上，将人放平。我站起身子，走到吧台边。吧台角落里有一部电话，但我找不到入口进去拿酒瓶。于是，我从上方翻过吧台，找到一瓶貌似酒的瓶子，上面有银蓝色的商标和五颗星。酒塞已经松了。我把深色刺鼻的白兰地倒入一只不匹配的玻璃杯中，然后翻过吧台走回去，还带上了酒瓶。

她躺在沙发上，一如我离开时的模样，只是眼睛睁开了。

“拿得动杯子吗？”

她可以，只需一点帮助。她喝了白兰地，将杯壁紧紧地贴在嘴唇上，仿佛她想要稳稳拿住玻璃杯。我见她向杯中呼气，杯子里罩上了一层水汽。她的嘴角缓缓绽放出笑容。

“今晚很冷，”她说。

她把双腿垂在沙发边上，双脚置于地板上。

“再来点，”说着她伸出了酒杯。我往里倒了些。“你的酒呢？”

“没喝。没有酒精，我的情绪都大起大伏了。”

喝完第二杯，她的身体开始颤抖。不过，嘴唇发青的症状已经消失，不再像红灯一样显眼了，眼角细小而深刻的皱纹也舒展了。

“你的情绪怎么起伏了？”

“哦，好多女人都要用手臂勾着我的脖子，在我怀里晕倒，要我亲吻，诸如此类的。对于像我这样一个穷困潦倒又没有游艇的侦探，这两天真是艳福不浅。”

“没有游艇，”她说。“我恨这些，我从小就生活在富贵之中。”

“不错，”我说。“你是含着凯迪拉克长大的。我都能猜到你的出生地。”

她眯起了眼睛。“你猜得到吗？”

“你知道这是个公开的秘密，不是吗？”

“我——我——”她突然顿住了，做了一个无助的手势。“今晚我对不出任何台词。”

“这是彩色电影的对白，”我说。“你怯场了。”

“我们难道不像一对疯子在说话吗？”

“我们可以恢复理智。斯蒂尔格雷夫在哪儿？”

她定定地看着我。她伸出空酒杯，我接了过来，直接往杯子里或是往别的地方倒酒，双眼仍然不错神地望着她。她也没有挪开视线。这之间，仿佛过了非常非常漫长的一分钟。

“他来过这儿，”她最后开口了，语速之慢，仿佛她必须逐字逐字地发明新词。“我可以抽支烟吗？”

“香烟摊上的不介意吧，”我说。我抽出两支烟，塞在嘴里点燃了。我俯下身子，把一支烟塞在她那深红色的双唇中间。

“没有什么比这更粗野了，”她说。“也许除了蝴蝶之吻[①]吧。”

“性爱是个好东西，”我说。“尤其是当你不想回答问题的时候。”

她断断续续地吹着气，眨眨眼，然后抬起手调整一下香烟。这么多年过去了，我永远无法把一支香烟塞到一个女孩嘴中所希望的位置。

她的头一甩，柔顺蓬松的头发披落在脸颊上，看着我心中有多么震撼。此刻所有的苍白都消退了。她的双颊有点儿泛红。不过她双眸之后有什么东西在凝视等待着。

“你非常善良，”她说，此时我不想做任何刺激性的举动。“以你们这种人的标准来看。”

我也不吃这一套。

“可我真的不知道你是哪种人，不是吗？”她突然大笑起来，不知怎么流下一滴泪，泪滴滑过她的脸颊。“我所知道的是，你也许会善待任何一种人。”她漫不经心地取出香烟，把手凑近嘴边，咬了一口。“我这是怎么了？我喝醉了吗？”

“你在拖时间，”我说。“但我还没确定，你究竟是在拖时间让某人赶来——还是拖时间让某人逃走。不过也有可能只是受惊过度后灌了白兰地的原因。你是个小女孩，想要躲进你母亲的围裙里哭泣。”

“不是在我母亲怀里，”她说。“我宁愿对着一只集雨桶哭泣。”

“这暂且不提。那么，斯蒂尔格雷夫在哪儿？”

“无论他在哪儿，你都应该庆幸。他必须杀了你，或者说他认为必须杀了你。”

“你要我来这儿的，不是吗？你这么喜欢他吗？”

她将烟灰从手背上吹走。一片烟灰吹进了我的眼睛里，我眨了

---

① 指两人脸部亲昵地靠在一起时，其中一人的眼睫毛，随着眼睛的眨动，轻轻地刷拂在另外一人的脸颊上，或者是两个人额头面对面地凑在一起，双方的睫毛互相刷拂。

眨眼。

“我是喜欢他，”她说，“曾经。”她将手垂下放在膝盖上，伸出手指，仔细琢磨起指甲来。她的目光缓缓向上看去，头一丝不动。“那似乎是一千年前的事了，我遇见了一个善良安静的小家伙，他知道在公众场合该有怎样的行为举止，也不会在镇里的每家酒馆流连。不错，我喜欢他。我很喜欢他。”

她抬起手凑近嘴边，咬了一下指节。接着，她将这只手塞进皮衣的口袋里，掏出一把白柄的自动手枪，与我的那把一模一样。

“最终，我用它来喜欢他，”她说。

我走上前，从她手里拿过手枪。我闻了闻枪口。没错。两把枪都开过火。

“难道你不拿块手帕把它包起来吗？就像电影里他们的做法。”

我把枪放进我另外一个口袋，里面能找到一些有趣的烟草末和一些只能生长在比弗利山市政厅东南坡的种子。这也许会让警方的化验师乐上好一会儿了。

28

我咬住唇角看了她一分钟。她也注视着我。我在她脸上看不出表情变化。于是，我扫视着房间。我掀起一张长桌上的防尘罩。下面陈列着一个轮盘赌具，不过缺少轮盘。桌子底下则空无一物。

“试试那把上面有木兰花图案的椅子，”她说。

她没有转过头来示意，我只能自己去找。令人惊讶的是，我花了很长时间才找到。这是一把高背安乐椅，被印花棉布套覆盖着，这种椅子以前是用来隔开点燃烛煤时产生的气流而设计的，尤其当你蜷缩在椅子里时。

椅子的背面对着我。我轻轻地、缓慢地走向它。它几乎是对着墙壁。即便如此，这似乎也很可笑，因为我从吧台返回的时候也没有瞥见他。他靠在椅子的一角，头向后仰。他戴的康乃馨红白相间，看上去很新鲜，仿佛是卖花姑娘刚刚别在他的翻领上似的。他的眼睛半睁半合，就如同通常情况下尸体的眼睛一样。它们瞪着天花板角落里的一点。子弹穿透了他那件双排扣夹克的外侧袋。这一枪是某个了解心脏位置的人所开。

我摸了摸他的脸颊，尚有余温。我抬起他的手，任由其垂下。绵软无力，就像某人的手背一般。我伸手摸了摸他脖子上的主动脉。他的身体里已经没有血液流动了，夹克上沾了少量血迹。我在自己的手帕上擦了擦双手，站在那里低头看着他那张安静的小脸，看了好一会儿。我所做的或未做的一切，正确和错误的一切——都白费了。

我走回去，坐在她身边，握了握膝盖骨。

“你期待我怎么做？”她问。“他杀了我的哥哥。”

“你哥哥不是好人。”

“他不必杀了他。”

“有人得这么做——而且要快。”

她的眼睛突然睁得很大。

我说：“你难道从没怀疑过，为什么斯蒂尔格雷夫没有追杀过我，为什么昨天他让你去凡努斯旅馆而他却不去？你也从没怀疑过，一个像他这样一个神通广大、久经沙场的人从没有试图夺回那些照片，无论他用什么手段？”

她没有回答。

“你知道这些照片存在有多久了？”我问。

“好几周了，大概有两个月。就在——在那次我们共进午餐的几天后，我收到了一封信。”

“在斯坦遇害之后。”

“不错，正是如此。”

“你想过是斯蒂尔格雷夫杀了斯坦吗？”

“没有，我为什么要这么想？直到今晚，我才想到了。”

“你拿到照片后发生了什么？”

“我哥哥奥林打电话给我，他说他丢了工作，身无分文了。他想要钱。他没提照片的事。他不必提。只有一次照片可能拿走。”

“他怎么知道你的号码的？”

“电话号码？你是怎么知道的？”

“花钱买的。”

“好吧——”她含糊地摆了摆手。“为什么不报警，一了百了。”

“稍等片刻，接下来又怎么样了？还有更多的照片呢？”

“每周寄来一张。我把照片给他看了。”她向那把印花布套椅做了个手势。“他很不高兴。我没告诉他奥林的事。”

“他肯定早就知道了。他善于查清底细。”

“我想是的。”

“不过却没查到奥林的藏身之处，”我说。“否则他不会等这么长时间。你什么时候告诉斯蒂尔格雷夫的？”

她把视线从我身上挪开。手指揉搓着她的手臂。“今天，”她用一种疏远的声音说道。

“为什么是今天？”

她的气息哽住了，“求你了，”她说。“别问我这么多徒劳的问题。别折磨我。你什么都做不了。我想就是在——在我打电话给德洛丽丝的时候。不是现在。”

我说：“好吧。似乎有一些你不明白的事。斯蒂尔格雷夫知道拍照片勒索钱的幕后黑手是谁——是一大笔钱。他迟早知道，那个勒索者终会现身。那正是斯蒂尔格雷夫所等待的。他毫不关心照片本身，除非因为你的缘故。”

“他当然证明了这一点，”她疲倦地说。

“以他自己的方式，”我说。

她的声音在我听来带着冷若冰霜的镇定从容。“他杀了我哥哥。他自己告诉我的。这个匪徒终于现出原形了。你在好莱坞遇见的都是可笑的人，不是吗——包括我在内。”

“你曾经很爱他，”我残忍地说。

她的脸颊上现出红晕。

“我不爱任何人，”她说。“我要是爱上别人就彻底完蛋了。”她飞快地扫了一眼那张高背椅。“昨晚开始我不再爱他。他向我问到你的事，你的身份等等。我告诉了他。我告诉他，我得承认，那个男人死在那儿的时候，我就在凡努斯旅馆。”

“你打算向警察报告吗？”

“我打算告诉朱利斯·奥本海默，他知道该如何处理。”

“即使他不知道，他的手下也会知道怎么处理，”我说。

她没有笑，我也没有。

“要是奥本海默没法处理，我在电影界就算完了，”她平淡地补充道。“现在我在哪一行都完了。”

我掏出一支烟，点燃了。我给她一支，她没接。我没有慌乱。时间似乎已经失去了对我的掌控。所有的一切似乎都对我没有影响了。我精疲力竭了。

“对我来说，你跳跃得太快了，”片刻后我开口道。“你去凡努斯旅馆时还不知道斯蒂尔格雷夫就是威皮·莫耶。”

“不知道。”

“那你去那儿是为了什么？”

“去把那些照片买回来。”

“这说不通。当时那些照片对你没有意义。上面只是你和他共进午餐。”

她凝视着我，紧紧地眯起眼，而后又双目圆睁。“我不会哭的，”她说。“我说了，我不知道。可当时他在牢里，我必须掌握一些关于他的事——一些他不想让人知道的事。我猜他曾经敲诈勒索，但不至于杀人害命。”

我“嗯哼”了一声，起身再次绕到高背椅边上。她的目光缓缓移动，注视着我。对着死去的斯蒂尔格雷夫，我俯下身子，摸了摸他左侧腋下。腋下的枪套里有一把枪。我没碰它。我走回来，再次坐在她对面。

“要搞定这一切得花不少钱，”我说。

她第一次露出了笑容。那是一个浅浅的微笑，但毕竟是笑了。“我没有很多钱，”她说。“所以这没门。”

“奥本海默有钱。对他来说你现在可是价值连城。”

“他不会冒险的。如今有太多人在找电影界的麻烦，他会承担损失，然后在六个月里忘得一干二净。”

“你说你会去找他的。”

“我是说，如果我遇上了麻烦，而实际上我是冤枉的，那我会去找他。可我现在不是冤枉的。”

“巴卢呢？你在他眼里也是价值不菲的。”

“我对任何人都一文不值，别想了，马洛。你是好意，可我了解这些人。”

“那就征求我的意见，”我说。“所以你派人来找我。”

“好极了，”她说。“你来解决，亲爱的，还得免费。”她的声音再次变得冷漠而空洞。

我过去坐在她身边的长沙发上。我抓住她的手臂，将她的手从皮衣的口袋里抽出来，紧紧握住。尽管穿着皮衣，她的手却几乎是冰冷的。

她的头转过来，直直地盯着我。她微微摇了摇头。“相信我，亲爱的，我根本不值——哪怕是上床。”

我把她的手翻过来，扳开手指。它们僵硬而又抗拒。我逐一扳开她的手指，抚摸她的手掌。

“告诉我你为什么带着枪。”

“枪？”

“不要想，直接回答我。你是打算杀了他吗？”

“为什么不呢，亲爱的？我以为我对他很重要。我有点儿虚荣。他愚弄了我。斯蒂尔格雷夫这种人把谁都不当回事。所以，梅维斯·韦尔德这种人再也不把任何人当回事了。”

她将手抽走，淡淡地一笑。“我本来不应该将那把枪给你。要是我杀了你，我也许已经脱身了。”

我掏出枪，递给她。她接过枪，迅速站起身。那把枪指着我，那浅浅的、疲倦的微笑再次浮现在她嘴角。她的手指紧紧抵住扳机。

“瞄得高一点，”我说。“我穿着防弹衣。”

她放下枪，垂向身侧。一时间，她只是站在原地瞪着我。接着，她把枪抛到长沙发上。

“我想我不喜欢这个剧本，”她说。“我不喜欢这台词。这不是我的风格，要是你明白我的意思。”

她哈哈大笑，低头看着地。她的鞋尖在地毯上来回蹭。“我们聊得很愉快，亲爱的。电话就在吧台尽头。”

“多谢，你记得德洛丽丝的电话号码吗？”

“为什么打给德洛丽丝？”

我还没回答，她就告诉了我号码。我沿着房间走到吧台尽头的电话上拨号。又是老一套。晚安，贝尔西别墅，请问哪位找冈萨雷斯小姐。

请稍等片刻，嗡，嗡，接着出现了一个迷人的声音：“你好？”

“我是马洛。你是真的打算让我陷入困境吗？”

“阿米哥，可我很高兴听见你的声音，”她说。“我真是高兴极了。”

“是吗？或者不是？”

“我——我不知道。有可能吧，我很难过我会这么想。我非常喜欢你。”

“我这里有点小麻烦。”

“他——”停顿了良久。公寓电话。小心点。“他在那儿吗？”

“嗯——某种程度上看是的。他在，可他又不在。”

我这次的确真真切切听见了她的呼吸。一阵倒吸的叹气，几乎是一声口哨。

“还有谁在那儿？”

“没人。只有我和我的家庭作业。我想问你要点东西。这至关重要。告诉我真相。今晚你给我的那玩意是从哪儿来的？”

“怎么了，是他的。他给我的。”

“什么时候。”

“傍晚的时候。怎么了？”

“具体点？”

“大约六点，我想。”

“他为什么要给你这个？”

“他要我来保管。他总是带着一把。”

“为什么要你来保管？”

“他没说，阿米哥。这个男人的办事风格向来如此。他自己不经常做解释。”

“注意到什么反常的事吗？尤其是关于他给你的东西。”

“怎么——不，我没注意到。”

“是的，你注意到了。你注意到，有人开过枪了，里面有燃烧的火药味。”

“可我没——”

“是的，你注意到了。就像那样。你感到纳闷。你不想留着它，你也没留着它。你把它还给了他。不管怎样你就是不喜欢它。”

一阵沉默。她最终开口说：“当然。可他为什么想要我来持有？我的意思是，如果他真的给了我一把枪。”

“他没告诉你原因。他只是试图扔给你一把枪，而你没有拿。记住了吗？”

“这是我必须要说的事？”

“不错。[1]”

“我这么做安全吗？”

“你什么时候顾虑过安全了？”

她柔声大笑道：“阿米哥，你真是太了解我了。”

“晚安，”我说。

“稍等，你还没告诉我发生了什么事。”

“我甚至不曾给你打过电话。”

我挂了电话，转过身。

梅维斯·韦尔德正站在房间中央注视着我。

“你的车在这儿吗？”我问。

“是的。”

“走吧。”

“去干吗？”

“回家，就这么简单。”

---

① 原文为西班牙语。

“你不能就这么逃走，”她温柔地说。

“你是我的客户。”

“我不让你这么做，是我杀了他。你为什么要被卷进来？”

“别磨蹭了。你离开的时候走后门，别走德洛丽丝带我来的那条路。”

她直勾勾地盯着我，以一种紧张的声音重复道：“可是我杀了他。”

“你说的话我一个字都听不见。”

她的牙齿紧紧咬住了下嘴唇，残忍地咬着不松。她似乎呼吸困难。她牢牢地站在那里。我走近她，用一根手指的指尖碰了碰她的脸颊。然后我用力压了压，观察那白点渐渐变红。

“如果你想知道我的动机，”我说，“这与你无关。我欠了警方的。在这局牌中，我出老千了。他们知道，我也知道。我只是给他们一次机会重整旗鼓。”

“好像有人必须要给他们这个机会似的，”她说着，霍然转身走开了。我望着她走向拱门，期待她回过头来。她径直走了出去，头也没回。过了好久，我听见一阵呼呼的嘈杂声。接着只听得重重的砰一声——车库门打开了。一辆汽车驶出了一段距离。汽车的引擎在空转，顿了顿之后，呼呼杂声又响起。

四周安静之后，汽车的引擎声越来越远，渐渐消失。此刻我听不到任何声音。房子中的寂静围绕在我身边，层层叠叠，犹如罩在梅维斯·韦尔德肩上的皮外套上的松褶一般。

我把那瓶白兰地拿到吧台，翻身进去。我在一个小水斗中冲洗了玻璃杯，将酒瓶放回架子上。这回我找到了暗藏的开关，在电话机对面一侧打开了门。我回到了斯蒂尔格雷夫的尸体处。

我掏出德洛丽丝给我的枪，擦拭干净，让他绵软的小手握住枪柄，握紧后任其松手。那把枪砰的一声掉在地毯上。位置看起来很自然。我没考虑指纹。他很久以前就知道不要在任何一把枪上留下指纹。

此刻剩下了三把枪。我掏出他枪套里的那把枪，走到吧台处，将它放在吧台下的架子上，用一块毛巾裹着。卢格枪我没动过。另外一把白柄自动手枪在我手上。我试图判断之前开枪的距离。应该超过烧焦皮肤的距离，但可能只是超过一点点。我站在离他三英尺之外的地方，开了两枪，子弹擦过他身边，平和地嵌入墙壁里。我把椅子拖出来，面向房间。我把小手枪放在轮盘赌桌的防尘罩上。我摸了摸他脖子一侧的大块肌肉，那里通常是最先僵硬的地方。我无法辨别那里是否开始变硬。不过他的皮肤比刚才要凉。

现在可没有他妈的充裕的时间来胡闹了。

我走向电话机，拨通了洛杉矶警局的号码。我请警局接线员接通克里斯蒂·弗伦奇。重案组传来一个声音说他已经回家了，有什么事。我说这是他期待的一个私人电话。他们好不情愿地给了我他家的电话号码，倒不是因为他们在乎什么，而是因为他们无论何时都讨厌提供任何东西给别人。

我拨了号码，是一个女人接听的，她尖叫着他的名字。而他的声音却从容淡定。

“我是马洛。你在干什么呢？”

“在给孩子念笑话。他该睡觉了。什么事？”

“记得昨天在凡努斯旅馆里你说，任何人要是能提供给你威皮·莫耶的线索，就能交到你这个朋友。”

“没错。”

“我需要一个朋友。”

他听起来并不感兴趣。“你有什么关于他的线索？”

“我猜测，这两人是同一个人，斯蒂尔格雷夫。”

“太多猜测了，小子。我们就是这么想才把他关进了牢里。这没有什么价值。”

“有人向你们密报。其实这是他自己爆的料。所以斯坦被人干掉的那晚，他才会出现在你们知道的地方。”

“这只是你的假设——还是有证据？”他的声音里有一丝松弛。

“要是有人从监狱医生那里得到许可外出，你能查到吗？”

电话那头一阵沉默。我听见一个孩子咕哝的抱怨声和一个女人的说话声。

“这种事发生过，”弗伦奇沉重地说。“我不敢肯定。那是一道很严格的手续。他们会派警卫看住他。他连警卫也买通了？”

“那只是我的假设。”

“暂且搁置一旁吧。还有其他的吗？”

“我在斯蒂尔伍德高地。在一幢他们建来做赌场的大房子里，当地居民不喜欢这里。”

“我看到过。斯蒂尔格雷夫在那儿？”

“他在这里，我一个人和他在一起。”

又是一阵沉默。小孩大吵大闹，我想我听见了一记耳光的声音，孩子哭得更凶了。弗伦奇在对什么人大吼。

“让他听电话，”最后弗伦奇说。

“今晚你反应有点慢，克里斯蒂。我为什么会打电话给你呢？”

“不错，”他说。“我真蠢。那儿的地址是什么？”

“我不知道。不过是在斯蒂尔伍德高地、塔路的尽头，电话号码哈尔戴尔 9–5033。我会等你。”

他重复了一遍号码，缓缓说：“这回你可别溜，嗯？”

“总得有这么一次。”

电话咔哒一声，我也挂了电话。

我穿过房子折回去打开灯时，发现了它们——出现在楼梯顶端的后门。停车场上有个探照灯。我打开了这个灯，走下台阶，经过了夹竹桃从。那扇私家的大门如之前一般敞开。我关上了门，用锁链勾住，咔哒一下上了锁。我原路返回，走得很慢，抬头望向月亮，呼吸着夜晚的空气，倾听树蛙和蟋蟀的叫声。我走进房子里，找到了前门，打开了上面的灯。前面有一大片停车场地，还有一块种着玫瑰的圆形草坪。但你必须沿着房子溜到后面逃走。

这地方是个死胡同，除了一条穿过邻近土地的车道。我好奇是谁住在那儿。在一条穿过树林的道路尽头，我可以看见一栋宅邸的灯光。某个好莱坞的大腕，或许是，某个湿润的香吻的魔力，还有香艳场景的渐渐模糊。

我走进屋里，摸摸我刚才开过的那把枪。已经冷却了。斯蒂尔格雷夫已经开始出现决意不再醒来的死相。

没有警笛声。但最终可以听到有车开上山来，我出门相迎，我和我美丽的梦。

29

他们果然到了，眨巴着他们那坚毅平和的大眼睛，目光中流露出警觉和怀疑。

“好地方，”弗伦奇说。“客人在哪儿？”

“在那儿，”贝福斯不待我回答就接口道。

他们一刻不耽误地进入了房间，来到他面前，低头望着他，神情严肃。

“死了，你说是不？”贝福斯评论说，开始表演了。

弗伦奇弯下腰，用拇指和食指捏住扳机环捡起了地板上的那把枪。他的视线撇向一侧，然后用力扳过他的下颚。贝福斯则用一支铅笔滑入枪管一端，捡起了另外一把白柄手枪。

“我希望，指纹都在该在的地方，”贝福斯说。他嗅了嗅，说：“哦，是的，这个宝贝已经用过了，你那把怎么样，克里斯蒂？”

“开过枪，”弗伦奇说。他又闻了闻，“不过有一段时间了。”他从口袋里掏出一个袖珍手电筒，向黑枪的枪管里照了照。“是几个小时以前。”

“在海湾城，怀俄明大街上的一栋房子里，”我说。

他们不约而同地把头转向我。

“猜测吗？”弗伦奇慢悠悠地问。

“是的。”

他走向罩着防尘罩的桌子，将手枪搁在上面，离另一把有些距离。“最好立刻做好标记，弗雷德。它们是两把一模一样的枪。我们两个都要签字。”

贝福斯点点头，在口袋里摸索一番，然后拿出几张绑线标签。这玩意儿警察都随身带。

弗伦奇回到我身边。“我们不要再猜测了，直接说说你知道的部分。”

“今晚一个我认识的女孩打电话给我说，我的一个客户在山上有危险——来自他的危险。”我向椅子上的尸体努了努嘴。“那个女孩开车把我送上来的。我们通过了路障。很多人看见了我们俩。她把我放在了房子的后面，然后回家了。”

“叫什么名字？”弗伦奇问。

“德洛丽丝 · 冈萨雷斯，家住贝尔西别墅公寓，位于富兰克林大道。她是拍电影的演员。”

“哦哦，”贝福斯说着，翻了翻眼睛。

“你的客户叫什么？是同一个人吗？”弗伦奇问。

“不是，那完全是另外一个人。”

“有名字吗？”

“还没有。”

他们一脸严肃苍白的表情瞪着我。弗伦奇的下巴几乎抽搐了一下。肌肉疙瘩出现在他的颌骨两侧。

“新规矩吗，哼？”他轻声说。

我说，“对外公布总要有个协议。地方检察官想必会同意这一点的。”

贝福斯说，“你太不了解地方检察官了，马洛。对外公布对他来说算什么，就像我嚼吧嚼吧几颗嫩豌豆。”

弗伦奇说：“无论怎样，我们都不会给你任何保证。”

“她没有名字，”我说。

“我们总有办法能查到的，小子，”贝福斯说。“干吗要走这常规的一套，给我们大家都添麻烦呢？”

“不要对外公布，”我说。“除非正式起诉。”

“你不可能侥幸逃脱的，马洛。”

“他妈的，”我骂道，“这家伙杀了奥林·奎斯特。你把那支枪带回市区，检查一下击中奎斯特的子弹。在你们把我逼上绝路之前，至少能通融我这么一点吧。”

“我不会冤枉你的，”弗伦奇说。

我没吭声。他盯着我，双眼充满冷酷的恨意。他的嘴唇慢慢张开，声音很厚重：“他中枪时你在这儿？”

“不在。”

“那谁在这儿？”

“他在，”我望着死去的斯蒂尔格雷夫那头。

“还有谁？”

“我不想对你撒谎，”我说。“我不想告诉你任何我不想说的事——除非是答应我的条件。我不知道他中枪时有谁在这儿。”

“你抵达时有谁在场？”

我没有回答。他慢慢地转过头去，对贝福斯说：“把他铐上，反手。”

贝福斯犹豫了一下。接着他从左边屁股口袋里拿出一副钢手铐，向我走来。“把手放在背后，”他以一种机械的声音说。

我照做了。他“咔哒”一声把我上了铐。弗伦奇缓缓走近，站在我面前。他的眼睛半开半闭，眼圈周围的皮肤因疲倦而显得灰暗。

“我打算发表一段小演讲，”他说。“你不会喜欢听的。”

我沉默不语。

弗伦奇说：“宝贝，我们的实际情况是这样的。我们是警察，大家都恨我们恨得牙痒痒，仿佛我们没有很多麻烦，我们还得应付你。我们似乎被人欺负得还不够，被那些坐在要人办公室里的、市政厅的家伙、白天的老板、晚上的老板、商会，还有坐在饰有镶板的办公室里的市长阁下，他的办公室比整个重案组的三间寒酸的办公室加起来还要大四倍。我们似乎去年不必在这三间连椅子都不够的办公室里处理一百十四起凶杀案。我们把生命浪费在翻捡肮脏的内衣、辨别腐烂的牙齿。我们爬上黑漆漆的楼梯去抓一个吸了一肚子鸦片的持枪小流氓，我们也不总能抓住他们，我们的妻子整夜整夜地等我们回来吃晚饭，我们回到家的时候太他妈的累了，吃不香、睡不好，甚至都读不动报纸上关于我们的谣言。于是，我们住在一条廉价街道的廉价房子里，在黑夜里失眠，听着街区里酒鬼打闹取乐。就在我们要躺下时，电话响了，我们得起来，一切从头来过。我们做的总是错的，一向如此。一次都没对过。如果我们要人招供，就把他揍个半死，他们和一些奸诈的律师在法庭上会叫我们盖世太保，我们弄错语法时，他们就嘲笑我们。要是我们犯了错，他们就会把我们扔到贫民窟，我们在美好凉爽的夏夜，将酒鬼们从阴沟里带走，被妓女们大吼大叫，还要从穿着佐特套装[①]的混蛋手里夺下匕首。不过这一切都不会让我们真正开心。我们还得对付你。”

---

① 流行于 20 世纪 40 年代的男装，裤管宽大、上衣长而宽松、肩宽。

他停下了，深深地吸了口气。脸上似乎因为汗水而有点发亮。他的上半身向前倾。

“我们还得对付你，”他重复道。“我们还有带私家执照的骗子，隐瞒信息，藏在角落里故意掀起灰尘让我们碰一鼻子灰。我们还有你，隐藏证据、设下连傻子都骗不过的陷阱。你不会介意我称你为他妈的廉价钥匙孔偷窥狂，对吧，宝贝？”

“你希望我介意？”我问他。

他挺直了腰板。“我希望，”他说。“毫无疑问，是的。”

“你说的有些话是事实，”我说。“可不是全部。任何一个私家侦探都想和警察合作。有时要弄清楚是谁在制定游戏规则很难。有时候他们不信任警方，有一定理由。有时候他无意中陷入困境，不得不过早地放弃。他通常宁愿做一笔新买卖。他想要混口饭吃。”

“你的执照被吊销了，”弗伦奇说。“从现在起。那个问题就不会再困扰你了。”

“是不是吊销了，得等委员会通知我，而不是在那之前。”

贝福斯幽幽地说：“我们继续吧，克里斯蒂，这个暂且不谈。”

“我是准备继续下去，”弗伦奇说，“用我的方式。这家伙脑子还没开窍。我在等他开窍。这个巧舌如簧的家伙。别告诉我你的小聪明用光了，马洛。”

“你希望我说的是什么呢？”我问他。

“猜猜，”他说。

“今晚你简直要吃人了，”我说。“你想把我一劈二。但你需要个借口。你想让我给你这个借口？”

“也许管用，”他从牙缝里蹦出了几个字。

“站在我的立场，你会怎么做？”我问他。

“我无法想象自己如此下贱。”

他舔了舔上嘴唇的唇点，右手自然垂在身侧。他的手指在下意识地捏紧、松开。

“放松，克里斯蒂，”贝福斯说。“歇一歇。”

弗伦奇没有动。贝福斯过来，横在我们之间。弗伦奇说：“让开，弗雷德。”

“不。”

弗伦奇一拳狠狠地打在他的下巴颏上。贝福斯踉跄着向后倒退，将我也撞倒在地。他的膝盖颤抖，弯着腰，不住咳嗽。他保持那个姿势，慢慢摇了摇头。过了一会儿，他咕哝一声站了起来。他转过头，盯着我，咧嘴一笑。

“这是种新的三级伤残了，”他说。“警察之间掐架，嫌犯在一边观察，痛苦得精神分裂。”

他抬起手，摸了摸下巴的角度。已经有些肿了。他咧着嘴，不过眼睛仍然有点儿模糊。弗伦奇站在原地不动，保持沉默。

贝福斯拿出一包香烟，晃了晃抽出一支，然后把这包烟递给弗伦奇。弗伦奇看了看香烟，又望向贝福斯。

“都十七年了，”他说。“连我的妻子都恨我。”

他举起那只空着的手，轻轻拍了拍贝福斯的脸颊。贝福斯不住地笑。

弗伦奇说：“我揍的是你吗，弗雷德？”

贝福斯说：“没有人揍我，克里斯蒂。我不记得有人揍我。”

弗伦奇说：“松开他的手铐，把他带上车。他被捕了。如果你觉得有必要的话，把他铐在栏杆上。”

“没问题，”贝福斯走到我身后。手铐松开了。“来吧，宝贝。”

我死死盯着弗伦奇。他看着我，仿佛我是张墙纸。他的眼睛似乎根本没有在看我。

我穿过拱门，离开了这栋房子。

30

我从来不知道他叫什么，对于一个警察而言，他的身量过于矮小单薄，不过他的确是个警察，一半是因为他人在那儿，一半是因为他从桌子一侧探过身体去取牌时，我能看见他腋下的皮枪套以及一支警用点三八口径手枪的枪托。

他的话不多，不过每当他开口，就会发出迷人的声音，一个湿润柔软的声音。他的微笑温暖了整个房间。

“好牌，”我看着扑克牌对面的他。

我们正在玩双人坎菲尔德牌①，或者说是他在玩。我只是在那儿看着他，看着那小巧洁净的手伸过桌子，摸了张牌，然后轻巧地移开，放在边上。他摸牌时，稍稍噘起双唇，哼着不成调的曲子，声音低沉而柔和，就像是一台对自己能力还未有十足把握的新引擎。

他微微一笑，将一张红九放在一张黑十上。

“你业余时间做些什么？”我问他。

“我经常弹弹钢琴，”他说。“我有一架七英尺的斯坦威钢琴。弹的最多的是莫扎特和巴赫的曲子。我有一点老派。大部分人觉得那些曲子很沉闷。可我不觉得。”

“绝好的牌，”我说着，将一张牌放在旁边。

“你会惊讶，莫扎特的一些曲子有多难，”他说。“当你听人出色地弹奏时，会以为很简单。”

“谁能出色地弹奏？”我问。

“施纳贝尔②。”

---

① 一种纸牌游戏。

② 亚瑟·施纳贝尔（1882—1951），美籍奥地利钢琴家、作曲家和音乐教育家。

"鲁宾斯坦[1]？"

他摇摇头。"太沉重。太情绪化。莫扎特只是音乐。不需要演奏家的诠释。"

"我打赌，很多跟你谈过的人一定会认罪，"我说。"喜欢这份工作吗？"

他移开另一张牌，略微弯曲一下手指。他的指甲发亮，但很短。你看得出他是一个喜欢活动双手，用双手做些细微动作的人——这些小动作没有任何特殊含义，犹如天鹅绒一般顺滑轻盈。它们令他有一种能优雅处理微妙关系的感觉，但绝非软弱。莫扎特，好吧。我看得出来。

此时大约是五点三十分，纱窗外的天空露出了曙光。角落里的卷盖式书桌关上了盖子。这还是我前一天下午来过的房间。桌子的尽头摆着方方正正的木匠铅笔——海湾城的马格拉尚警探把它丢向墙壁后有人捡起来放回了原处。克里斯蒂·弗伦奇坐过的扁平桌子现在已经积满了烟灰。一个抽过的雪茄蒂附着在一个玻璃烟灰缸的边缘。一只飞蛾围绕着头顶那盏有垂绳开关的电灯直转——灯上覆着的白绿色玻璃罩现在还可以在乡间旅馆里看见。

"累了吗？"他问。

"累趴下了。"

"你犯不着把自己卷进这些精心策划的阴谋中。我实在看不出有什么必要。"

"没必要向一个男人开枪吗？"

他的脸上泛起了那温暖的微笑。"你从没向人开过枪。"

"你凭什么这么说？"

"常识——加上很多在这里坐陪的经验。"

---

① 安东·鲁宾斯坦（1887—1982），俄罗斯犹太人，作曲家、钢琴家。

“我猜你的确喜欢这份工作，”我说。

“这是夜班。白天我可以练琴。我已经干了十二年了，见过许多有趣的人进进出出。”

恰在此时，他又抽出一张 A。我们几乎又成了死牌。

“很多人招供吗？”

“我不记录口供，”他说。“我只是负责营造气氛。”

“为什么放弃？”

他向后一靠，用牌边轻轻敲打着桌子的边缘，再次浮现出那个笑容。“我没有放弃任何东西，我们很久以前就锁定你了。”

“那么他们抓我是为了什么？”

他不会回答这个问题。他转头看看墙上的钟。“我想我们现在可以吃点东西了。”他站起身，走向门口，半开了门，向外面的人轻声说了几句话。然后他又折回，再次坐下，看着我们刚才打了一半的牌。

“没有用，”他说。“还剩三张牌，我们就是死局。重新来过怎么样？”

“要是从没开始打过就好了，我不玩牌。我下棋。”

他猛地抬头看了我一眼。“干吗不早说？我也更偏爱下棋。”

“我偏爱喝些热的黑咖啡，苦得发涩。”

“随时可以，不过我不能保证咖啡跟你以往喝的一样。”

“见鬼，我在哪儿都喝……好吧，如果我没有射杀他，那么是谁干的？”

“估计这正是令他们恼火的地方。”

“他们应该庆幸有人把他射杀了。”

“可能他们是庆幸，”他说。“不过他们不喜欢这种处理方式。”

“个人认为，这是你看到过的最干净利落的活儿。”

他默默地看着我。两手将牌拢成一堆，他把牌铺平，全部翻向正面，迅速发成两叠。纸牌像一道水流从他的手中倾泻而出，快得令人眼晕。

“如果你出枪也这么快的话，”我开口道。

牌流中断了。没有看到明显的动作，一把手枪就取代了纸牌。他用右手轻轻地举着枪，指向房间里远处的角落。突然，它消失了，纸牌再次开始倾泻。

“你在这里真是大材小用了，”我说。“你应该去拉斯维加斯。”

他拿起其中一堆牌，飞快地洗牌、切牌，然后发给我一副老K最大的黑桃同花[①]。

“弹斯坦威比较安全，”他说。

门开了，一个穿制服的男人端着一个托盘进来了。

我们吃了罐装的碎牛肉粒，喝了些热咖啡，不过味道很淡。此时已经是天光大亮了。

八点一刻时，克里斯蒂·弗伦奇进来了，帽子搭在后脑勺上，眼睛下的黑眼圈乌黑。

我的视线离开他，转向了桌子对面的小个子男人。可他不在那儿了。扑克牌也不在了，只剩下一把整齐放在桌子前的椅子和我们刚才吃过的碟子堆放在托盘上。一时之间，我有一种毛骨悚然的感觉。

此时，克里斯蒂·弗伦奇绕过桌子，猛地抽出椅子坐下，一手托着下巴。他脱了帽子，揉揉头发。他用那坚毅郁闷的眼神盯着我。我再次回到了警察国度。

31

“地方检察官九点想见你，”他说。“在那之后，我估计你就可以回

① 即五张牌同一花色，其中最大的是老K。

家了。就是说，如果他不拘留你的话。我很抱歉你得一整夜坐在那把椅子上。”

“好吧，”我说。“我需要锻炼。”

“不错，再回到最佳状态，”他说。他闷闷不乐地盯着托盘里的碟子。

“抓到拉加迪了？”我问他。

“没有。他到底只是个医生。”他的眼睛瞟向我。“他在克利夫兰行医。”

我说：“我不喜欢这么顺利。”

“你什么意思？”

“小奎斯特向斯蒂尔格雷夫敲竹杠，于是，出于纯粹的偶然，他在海湾城遇到了一个能够证明斯蒂尔格雷夫真实身份的人。那真是太顺利了。”

“你是不是忘记了什么？”

“我累得都快忘了自己的名字。忘了什么？”

“我也是，”弗伦奇说。“得有人告诉他斯蒂尔格雷夫是谁。拍下照片时，莫·斯坦还没被人干掉。因此，如果不知道斯蒂尔格雷夫的身份，这照片又有什么用？”

“我估计韦尔德小姐知道，”我说。“奎斯特是她的哥哥。”

“你这是胡扯，朋友。”他露出了一个疲倦的笑容。“她也会帮着她的哥哥去敲诈男朋友和她自己吗？”

“我投降。也许那照片只是个意外。他另外一个妹妹——正是我的客户——他喜欢采风，越自然的照片越好。要是他活得够长，一定会因为轻微过失而遭起诉。”

“因为谋杀而遭起诉，”弗伦奇冷漠地说。

“哦？”

“马格拉尚还是找到了那把冰锥。他只是不想承认你是对的。”

“应该远远不止如此。”

“是的，不过也不必提了。克劳森和麦尔威·马斯顿都有前科。那个孩子死了。他有一个令人尊敬的家庭。他身上有点坏毛病，又交上了狐朋狗友。没有必要为了证明警方能够破案而去毁了他家的名声。”

“你真是体贴人心啊。那斯蒂尔格雷夫呢？”

“那不归我管。”他开始起身。“一个匪徒死于非命，通常后续调查会持续多久？”

“就跟头版新闻的热度一样，”我说。“不过，这里涉及一个身份的问题。”

“不用。”

我瞪着他。“你什么意思，不用？”

“就是不用。我们十分肯定。”他现在站了起来。他用手指梳梳头发，整整领带和帽子。从他的嘴角发出一个低沉的声音：“私下里说——我们总是十分肯定，只是苦于没有证据。”

“多谢，”我说。“我自己心里有数。那几把枪怎么样了？”

他突然不动了，低头看着桌子。他的视线慢慢地与我相交。“它们都属于斯蒂尔格雷夫，而且他有持枪证。从另一个县的县警办公室证实。别问我原因。它们之中——”他顿了顿，抬头看着我头顶上的墙面——“有一把杀了奎斯特……与杀死斯坦的是同一把枪。”

“哪一把？”

他无力地笑笑。“弹道组的人要是把两把搞混了而我们又不知道，那就够呛了。”他说。

他等待着我接话。我却无话可说。他打了个手势。

“那么，再见了。你知道，这无关私人恩怨，但我真希望地方检察官剥了你的皮——细细长长地一条条剥下。”

他转身走出了门外。

我也可以离开，不过我只是坐在那里，凝视着桌子对面的墙壁，仿佛已经忘了如何站起来。过了一会儿，门开了，那个橘色女王进来了。她打开卷盖式书桌，从她那不可思议的头发上摘下帽子，那面光秃秃的墙上有个光秃秃的钩子，她把外套挂在上面。她打开身边的一扇窗，掀开打字机，将纸卷入。然后，她看着对面的我。

“在等人吗？”

“我住这儿，”我说。“待了一整晚。”

她定定地望了我一会儿。“你昨天下午也来过，我记得。”

她转向她的打字机，十指飞快地开始敲击键盘。她身后那扇敞开的窗户传来的猫叫，充斥着停车场。天空一片白亮，烟雾不多，会是艳阳高照的一天。

橘色女王桌上的电话响了。她讲话的声音模糊不清，接着挂断了电话。她再次望着对面的我。

“恩迪科特先生在办公室等你，”她说。“认识路吗？”

“我曾经在那儿工作过，尽管不是为他工作。我被炒了。”

她看着我，脸上一副典型的市政厅官员的表情。一个声音似乎从哪里传来，但绝不是从她口中发出的：

“戴上一只湿手套去揍他的脸。”

我从她身边经过，低头看着那头橘色的头发。发根处有不少白发。

“刚才是谁说的？”

“是墙壁，”她说。“墙壁会说话。是路过这儿下地狱的死人发出的声音。”

我轻手轻脚地走出房间，关上挨着墙壁的门，尽量不发出噪音。

32

你穿过双开门，门里面是一台专用交换分机系统和服务台，边上坐着一个看不出年龄的女人，世界各地的市政办公楼里都能看见她们。她们永远不曾年轻，也永远不会老去。她们相貌平平、没有魅力、毫无风格。她们不必取悦他人。她们很安全。她们很文明，但缺乏教养和智慧，有见识，却从不对任何事情感兴趣。当人类用生命换取生存、用雄心换取安稳时，就会变成她们这样的人。

越过服务台可以看见玻璃隔开的小房间一字排开。另外一侧是候客室，一排坚硬的座椅统一面向一方，对着小隔间。

大约一半的椅子上都坐着等候的人，他们脸上是已经苦候多时的表情，而且预计还得久等一阵。大部分人衣着寒酸。有一个是从牢里放出来的，穿着劳动布工作服，旁边有个看守。还有一个白脸的小孩，体型像个轱辘，一双病恹恹的眼睛空洞无神。

那一排小单间的后面，有一扇门上写着“塞威尔 · 恩迪科特地方检察官”。我敲敲门，进入了一个通风的要人大办公室。一个很漂亮的房间，有老式的、带衬垫的黑色皮革椅，墙上挂着前任地方检察官和州长的照片。微风徐徐抖动着四扇窗户上的网眼窗帘。高架子上立着一台风扇，呜呜作响，无精打采地缓缓旋转着。

塞威尔 · 恩迪科特坐在一张深色的扁平桌子后面，瞧着我走进来。他指了指对面的一张椅子。我坐下来。他是个又高又瘦的人，一头蓬松的黑发，手指纤长。

“你是马洛？”他的声音里有一丝南方人的软糯味道。

我觉得这个问题他并不需要一个回答。我只是静静等待。

“你的处境不妙，马洛。前途暗淡哪。你隐瞒谋杀案的证据，这是妨碍司法公正。你会为此坐牢的。”

“隐瞒了什么证据？”我问。

他从桌上拿起一张照片，皱紧眉头。我望着对面的另外两个人。他们并排坐在一起。一个是梅维斯·韦尔德，她戴着那副有白色宽蝴蝶结的深色太阳镜。我看不见她的脸，可我觉得她正盯着我看。她的脸上没有笑容，非常安静地坐在那儿。

坐在她边上的男人穿着一套具有天使气息的淡灰色法兰绒西装，翻领上别着一朵康乃馨，大得跟一朵大丽花似的。他在抽一根印有字母图案的香烟，将烟灰掸落在地上，完全忽略手边的烟灰缸架。我认识他，以前在报纸上见过他的照片。李·法瑞尔，全国最炙手可热的金牌律师。他一头白发，可是双目炯炯有神。他那棕褐色的皮肤是室外暴晒的结果。看样子，与他握个手都得价值一千美元。

恩迪科特向后一靠，用他那修长的手指敲打着椅子扶手。他彬彬有礼地转向梅维斯·韦尔德。

“你和斯蒂尔格雷夫的交情如何，韦尔德小姐？”

“很熟。他在很多方面都非常有魅力。我真不敢相信——”她难过得说不下去，只能耸耸肩。

“你愿意出庭作证，证明这张照片拍摄的时间地点吗？”他翻过照片给她看。

这时法瑞尔冷漠地说：“请稍等。这就是马洛先生被认为隐瞒的证据吗？”

“是我在提问，”恩迪科特尖锐地说。

法瑞尔笑笑说：“好吧，万一答案是肯定的话啊，这照片就不能当作证据。”

恩迪科特轻声说：“你愿意回答我的问题吗，韦尔德小姐？”

她从容不迫地回答：“不愿意，恩迪科特先生，我没法证明这张照片是什么时候或者什么地方拍摄的。我都不知道有人拍了这张照片。”

“你只需要看一下照片就可以知道，”恩迪科特暗示道。

“我只知道，我从照片上看到了什么，”她告诉他。

我咧嘴笑笑。法瑞尔眨巴着眼看看我。恩迪科特从他的眼角瞄到了我的笑。“你觉得有什么好笑的？”他厉声对我说。

“我整晚没睡，脸皮好像一直在往下耷拉，”我说。

他严厉地看了我一眼，再次转向梅维斯·韦尔德。

“你能解释一下吗，韦尔德小姐？”

“恩迪科特先生，有很多人拍过我的照片。在许多不同的地方、和不同的人在一起的照片。我曾和斯蒂尔格雷夫还有其他人。在‘舞者’餐厅共进午餐、晚餐。我不明白你要我说什么。”

法瑞尔心平气和地插了一句：“要是我理解得不错，你想要韦尔德小姐做你的证人，用这张照片把事件的前后联系上。那要以何种诉讼进行呢？”

“那不关你的事，”恩迪科特不客气地说。“昨晚有人枪杀了斯蒂尔格雷夫。凶手可能是个女人。韦尔德小姐有嫌疑。我很抱歉这么说，但似乎是有这种可能性。”

梅维斯·韦尔德低头看着她的双手，手指绞着一只白手套。

“好吧，我们假设一场诉讼，”法瑞尔说。“在诉讼中，这张照片是你的物证——如果你能证明的话。可你办不到。韦尔德小姐也不会为你们证明。她只知道照片上能看到什么，其他人也能看到。你们必须找一个能够证明照片拍摄时间、拍摄地点和拍摄方式的证人，将案件串联。否则，我会提出抗议——假如我碰巧是辩方律师。我甚至可以请来专家，证明这张照片是伪造的。”

“我肯定你办得到，”恩迪科特干巴巴地说。

“唯一能帮你们作证的人就是拍照的那个人，”法瑞尔不急不慢地继续说道。“我知道他已经死了。我怀疑那就是他遇害的原因。”

恩迪科特说：“这张照片就是确凿的证据，表明在某个时间、地点，斯蒂尔格雷夫不在牢里，因此他就失去了杀害斯坦的不在场证明。”

法瑞尔说：“只有当它被引入法庭作为证据时，它才算是证据，恩迪科特。看在老天的分上，我可不是要教你法律。你懂法。忘了那张照片吧。它什么都证明不了。没有报纸敢刊登的。没有法官会承认它是证据，因为没有合适的证人能够证明。如果这就是马洛隐瞒的证据，那么，从法律角度来讲，他根本不算隐瞒证据。”

“我没有打算因谋杀而审判斯蒂尔格雷夫，”恩迪科特干巴巴地说。“可我确实有点感兴趣是谁杀了他。神奇的是，警察局也对此感兴趣。我希望我们的兴趣没有冒犯你。”

法瑞尔说：“没什么会冒犯我。这也是我为什么有今时今日的地位。你确定斯蒂尔格雷夫是遭人杀害的吗？”

恩迪科特只是盯着他。法瑞尔轻松地说：“我知道现场找到了两把枪，都属于斯蒂尔格雷夫。”

“谁告诉你的？”恩迪科特犀利地问。他皱着眉，身体前倾。

法瑞尔将香烟扔进烟灰缸架，耸了耸肩。“见鬼，这些消息迟早要透出去的。其中一把枪杀了奎斯特和斯坦。另外一把杀了斯蒂尔格雷夫。也是近距离射击。我承认，这些人通常不会选择轻生。但这还是有可能发生的。”

恩迪科特郑重地说：“毫无疑问。感谢你的建议。那碰巧是错的。”

法瑞尔微微一笑，沉默了。恩迪科特缓缓转向梅维斯·韦尔德。

“韦尔德小姐，这间办公室——或者说它的现任至少——不倾向于以某种曝光他人的代价来寻求出人头地，尤其是这种曝光可能是致命的。我的职责是，决定是否有人应该因这些谋杀案而受到审判、起诉，如果证据充分的话。我的职责并非是要通过挖掘隐私毁了你的职业生涯——你不巧正好是某个人的朋友，而此人尽管从未定罪或是因为任何罪行而遭到起诉，却无疑曾是个犯罪组织的匪徒。我认为，关于这张照片，你对我还不够坦白，但我现在不会深究。我询问你是否射杀了斯蒂尔格雷夫，这没有多大意义。但我得问你，你是否知道任何可能杀死他的凶手的信息？”

法瑞尔立刻接过话头说：“信息，韦尔德小姐——不仅仅是怀疑。”

她直视恩迪科特说：“不知道。”

他站起身，鞠了个躬。“今天就到这儿吧。感谢你们前来。”

法瑞尔和梅维斯·韦尔德站起身，而我却没动。法瑞尔说：“你要召开一次记者发布会吗？”

“我想这事交给你吧，法瑞尔先生。应付记者媒体，你总是很有一套。”

法瑞尔点点头，走去开门。他们便出了门。她出门时似乎没有看我，不过有东西轻轻地拂到了我的颈后。可能是无心的。她的手套。

恩迪科特注视着门关上。他看着桌子对面的我。“法瑞尔是你的代理律师吗？我忘了问他。”

“我雇不起他。所以我只能任人宰割。”

他淡淡地一笑。“我让他们占尽了上风，然后通过折磨你挽回我的尊严，嗯？”

“我阻止不了你。”

“你对你的做事方式不至于很自豪吧，马洛？”

“我开头就错了，之后就只能自作自受了。”

“难道你不认为你对法律有一定的义务吗？”

“是的——如果法律跟你一样的话。”

他苍白修长的手指插进蓬乱的黑发里。

“这种答案我有很多，”他说。“它们听起来都千篇一律。公民就是法律。在这个国家，我们至今没有明白其中的含义。我们把法律当成敌人。我们是个憎恨警察的国度。”

“要改变这点还有很多要做，”我说。“双方都是。”

他探过身子，按下蜂鸣器。“不错，”他轻声说。“会的。看来有人得跨出第一步。谢谢你过来。”

我出门后，一个秘书从另一扇门进去了，手上抱着厚厚一叠文件。

33

刮完胡子，吃了第二顿早餐后，我感觉好多了，不像憋在铺满刨花的小猫窝里这么难受了。我上楼走进办公室，开了门锁，嗅了嗅这第二次吸入的空气以及灰尘的味道。我打开一扇窗，吸了一口隔壁咖啡店飘来的煎炸味儿。我在书桌前坐下，用指尖感触着桌上的细沙。我填了一管烟斗，点燃，向后靠在椅子上，四下环顾。

“你好，”我说。

我只是对着办公室的设备讲话，三个绿色的文件盒、破旧的地毯、我对面的客户专用椅、天花板上的那盏灯以及里面至少死了六个月的三只飞蛾。我是在对鹅卵石玻璃门、脏兮兮的木制品、桌子上的钢笔和那台心力交瘁的电话机讲话。我是在对鳄鱼身上的鳞片讲话，那条名叫马洛的鳄鱼，我们这个繁荣小社区的私家侦探。不是这个世界上最聪明的家伙，但却是最廉价的。他发家时廉价，完蛋时会更廉价。

我伸手往下摸索，拿出一瓶老浮尔士德威士忌放在桌上。瓶里只剩三分之一的酒了。老浮尔士德。这是谁给你的，伙计？这是绿牌[①]货，你的身份可配不上。一定是某个客户的。我曾经有一个客户。

---

① 威士忌中的精品，精选十五年以上的大麦芽威士忌调制而成。

这令我想到了她，也许潜意识里对她的思念更强。电话铃响了，那个有趣严谨的细小声音正如她第一次给我打电话时一样。

“我在那个电话亭里，”她说。“要是你现在一个人，我就过来。”

“嗯哼。”

“我估计你在生我的气，”她说。

“我不生任何人的气。只是累了。”

“哦，是的。你累了，”她那紧张细小的声音说。“但我还是要过来。我不在乎你是不是生气。”

她挂了电话。我拔出酒瓶的木塞，凑近闻了闻。我不由打了个激灵，舒服多了。任何时候，我一闻威士忌就会打颤，无可救药了。

我把酒瓶放在一边，起身去打开隔间的门。我听见她的脚步声沿着走廊传来。在哪儿我都能听出这些急促轻快的脚步声。我打开门，她走近我，害羞地望着我。

全消失了。斜框眼镜、新发型、那顶小巧时髦的帽子、香水和精致的妆容。假珠宝、口红，还有一切的一切，都不见了。她又回到了第一天早晨出现时的模样了。同样的棕色定制服装、同样的方形皮包、同样的无框眼镜、同样拘谨而小家子气的微笑。

“是我，”她说。“我要回家了。”

她跟着我进入了私人会客室，一本正经地坐下，我还是以老样子坐在那儿，注视着她。

“回曼哈顿，”我说。“想不到他们竟然放你走。”

“我也许还要回来的。”

“你负担得起？”

她略带尴尬地笑了笑，随即说：“不会花我一分钱的。”她抬手扶了扶那副无框眼镜。“这副感觉很糟，”她说。“我喜欢另一副。不过扎格史密斯医生绝不会喜欢。”她把包放在桌子上，用指尖沿着桌上划了一条线。这同第一次见面时也是一样。

“我记不清是不是把二十美元还给你了，”我说。“我们推来让去好几次，到最后我都忘了。”

“哦，你还给我了，”她说。“谢谢你。”

“确定吗？”

“钱的事我从来不会搞错。你还好吗？他们伤了你吗？”

“警察？没有。对付我可不是他们想象的这么轻松。”

她一脸惊讶，天真得很。接着她的眼神一亮。“你肯定勇敢极了，”她说。

“纯粹运气，”我说。我拾起一支铅笔，摸了摸笔尖。笔尖坚硬而锐利，如果有人要写字的话再适合不过。我不需要。我伸手探过去，将铅笔穿进包的肩带，然后把包扯向自己。

“别碰我的包，”她马上说，伸手去抓包。

我咧嘴一笑，将包拽到自己手上。“好吧。可这么可爱的一个小包，真像你。”

她身子向后一靠，双眼中流露出隐约的忧虑，她莞尔一笑。“你觉得我可爱——菲利普？我太平凡了。”

“我不这么看。”

“是吗？”

“见鬼，真不是。我觉得你是我遇见过的最与众不同的女孩之一。”我抓着肩带晃了晃包，将它放在桌子的一角。她的视线牢牢盯着它，她舔舔嘴唇，继续对我微笑。

“我打赌你认识的女孩数不胜数，”她说。“为什么——”她低头，再次用指尖在桌子上划了什么——“为什么你没有结婚？”

我想到了所有可能的答案。我想到了所有我喜欢到足以谈婚论嫁的女人。不，不是全部，只是其中一些。

“我想我知道答案，”我说。“但听起来很老套。那些我可能想要娶的人——嗯，我没有她们想要的东西。其他人你又没必要娶。你只要勾引她们——如果她们还没有先下手的话。”

她的脸一下红到了耳朵根。

“你这么说简直太可怕了。”

“对有些漂亮的姑娘也是这样，”我说。“不是你说的，是我说的。拿你来说，也不会很难钓到。”

“求你别这么说！”

“好吧，是不是呢？”

她低头看着桌子。“我希望你告诉我答案，”她缓缓说道，“奥林出什么事了，我完全糊涂了。”

“我告诉过你，他可能学坏了。你第一次来的时候，记得吗？”

她慢慢点了点头，仍然红着脸。

“异常的家庭生活，”我说。“性格非常内向的家伙，高度的以自我为中心。从你给我的照片上看，他仿佛就像要从上面呼之欲出，死死地瞪着你。我不想跟你玩心理学，但我推测，他是那种会彻底失控的类型——一旦他失控的话。接下来，就是你们家庭中那种对金钱的渴望——除了一个人是例外。”

她现在对我微笑着。如果她觉得我指的是她，那就是扯淡了。

“我有个问题想问你，”我说。“你父亲以前结过婚吗？”

她点点头，承认了。

“那就对了。利拉是你同父异母的姐姐。这样就说得通了。多告诉我一些情况。毕竟我为你做了不少事，几乎是义务劳动。”

“你拿过报酬了，”她尖锐地说。“很多钱。利拉给的。别指望我叫她梅维斯·韦尔德。我不会叫的。”

“你不知道我会得到报酬。”

“好吧——”一阵停顿，她的目光又转向了她的包——“可你的确得到报酬了。”

“好吧，跳过这个话题。你为什么不告诉我她是谁？”

“我觉得耻辱。母亲和我都感到耻辱。”

“奥林不这么觉得。他很享受。”

“奥林吗？”她再次望着她的包时，出现了一小段时间的沉默。我开始对那只包感到好奇了。“但他离开很久了，我估计他已经适应了。”

“当然了，拍电影没那么糟。”

“但不止是那样，”她的语速很快，下嘴唇一翻，牙齿都暴露无遗，双眼之中似乎燃起了火花，可渐渐地熄灭了。我又划了根火柴凑近烟斗。我太累了，没有流露任何情绪，哪怕我有些情绪。

“我知道。不管怎样，我多少能猜到。奥林是怎样发现斯蒂尔格雷夫的线索的？——连警察都没有查到。”

“我——我不知道，”她缓缓地说，似乎在字斟句酌，仿佛一只行走在篱笆上的猫。“可能跟那个医生有关吗？”

“哦当然，”我说着露出一个温暖的微笑。“他和奥林不知什么时候交上了朋友。也许是两人都对利器感兴趣。”

她向后靠在椅背上。她的小脸很瘦，此刻看来棱角分明。她的眼神中有一丝警觉。

“你现在真恶心，”她说。“你时不时地就要这样。”

“真可惜，”我说。“我一个人的时候，性格和蔼可亲，漂亮的包包。”我伸手去拉包，把它拽到我面前，啪地打开包。

她猛然从椅子上跳起，扑向我。

“放下我的包！”

我直勾勾地盯着她那副无框眼镜。“你想回到堪萨斯的曼哈顿的家，对吗？今天？你买好了票，打包好了行李？”

她嗫嚅着嘴唇，再次缓缓地坐下。

“好吧，”我说。“我不是要阻止你。我只是好奇，你从这笔生意里赚了多少钱？”

她开始哭了。我打开包，翻查里面的东西。里面一无所有，直到我摸到了背面的拉链袋，我拉开拉链，手伸进去摸索。那里有一沓簇新的纸币。我把钱掏出来，一张一张点。一千美元。全都是簇新的钞票。真不错。不多不少一千美元。不错的旅费。

我向后靠在椅背上，敲打着桌上的这沓钞票。此时她默默坐着，双眼含泪，注视着我。我从她的包里拿出一块手帕，抛给对面的她。过了一会儿，她的喉咙里发出一种轻柔迷人的抽噎声。

“利拉给我的钱，”她温柔地说。

“你用的凿子[①]有多大？”

她只是张大了嘴巴，一滴眼泪淌过脸颊，流进了嘴里。

“算了，”我说。我把钱放回到她的包里，合上包盖，推向桌子另一边给她。“我猜，你和奥林都属于那种人，能够说服自己，相信自己所做之事都是正确的。他能敲诈他的姐姐，然后一帮小混混识破了他的花招，把东西从他身边抢走，于是他只能偷袭他们，用一把冰锥刺入对方的颈后，干掉他们。可能那晚他都没醒过。你也会做同样的事。利拉没有给你那些钱。是斯蒂尔格雷夫给的，为了什么？”

“你真肮脏，”她说。“你太邪恶了。你怎么敢对我说这样的话？”

“是谁向警方告密说拉加迪医生认识克劳森？拉加迪以为是我干的。其实是你。为什么？为了把那个不带你玩的哥哥逼出来——因为那时他已经走投无路，躲在了外面。我想看看他写回家的信。我打赌，那些信的内容肯定耐人寻味。我猜得出其中的苦心钻营。监视着他的姐姐，试

---

① 原文为 chisel，本意为“凿子”，俚语中也有“诈骗”的意思。

图用他的徕卡相机把她的一举一动全部拍下来，而那个善良的拉加迪医生则躲在幕后等待着分成。你雇我是为了什么呢？”

“我不知道，”她平静地说。她又擦了擦眼睛，将手帕放在包里，振作精神，准备离开。“奥林从未提到过我的名字。我甚至不知道他已经丢了照片。但我知道，他拍了照片，它们价值不菲。我开始有些明白了。”

“明白什么？”

“奥林没有亏待我。他有时候抠门极了。他可能会自己吞了所有钱。”

“他为什么前天晚上给你打电话？”

“他害怕，拉加迪医生对他不满意了。照片不在他手上，落到了其他人手里。奥林不知道是谁拿走了照片。但他很害怕。”

“在我手上。现在还在，”我说。“在保险箱里。”

她的头慢慢转过去，望着保险箱。她试探着用指尖抹了抹嘴唇，然后回过头来。

“我不相信你，”她说，她看着我的眼神就像猫看着老鼠洞。

“跟我平分了那一千块怎么样，照片给你。”

她想了想。“我不能把钱给你用来换取本不属于你的东西，”她微笑着说。“请把照片给我。求你了，菲利普。利拉应该拿回它们。”

“用多少钱来换？”

她皱紧眉头，看起来很受伤。

“她现在是我的客户，”我说。“不过背叛她也不算件很糟的买卖——只要价格合适。”

“我不信在你手上。”

“好吧。”我起身，走向保险箱。一转眼，我就拿着个信封回来了。我把照片和底片倒在桌子上——我这侧的桌子。她低头看着它们，伸手去拿。

我抢先抓起了照片，合拢在一起，抽出一张照片以便她能看到。她伸手来抢，我往后一退。

“这么远我看不清，”她抱怨道。

“凑近点得花钱。”

“我从没觉得你是个无赖，”她一脸正经地说。

我没吭声，重新点燃了我的烟斗。

“我可以让你交给警察，”她说。

“你试试。”

突然她语速飞快地说：“我不能把这钱给你，真的，我不能。我们——好吧，母亲和我欠了不少债，因为父亲的缘故，而且房子还欠着贷款。”

“你卖给了斯蒂尔格雷夫什么换来这一千美元？”

她的嘴巴张得很大，形容丑陋。她抿了抿嘴唇，紧紧地闭上嘴。这张紧张坚毅的小脸，我曾经见过。

“你有一件东西能卖，”我说。“你知道奥林的下落。对于斯蒂尔格雷夫来说，这个消息值得上一千美元。很好猜。这只是一个把证据串联的问题。你不会明白。斯蒂尔格雷夫去了那儿，杀了他。他为了这个地址付给你钱。”

“利拉告诉他的，”她的声音仿佛从远处传来。

“利拉说，是她告诉他的，”我说。“如果有必要，她会告诉全世界，是她告诉他的。正如她会告诉全世界，是她杀了斯蒂尔格雷夫——如果只有那一条出路的话。利拉是那种随性而至的好莱坞宝贝儿，没有非常严格的道德标准。不过一旦要追究真相时，她有自己的原则。她不是那种会用冰锥杀人的人。她也不是那种会赚取昧心钱的人。我希望你心里开心。”

她从椅子边上站开，向后退了几步。然后咯咯大笑。

“谁能证明？”她近乎尖叫着说。“活着的人还有谁能证明这点？你吗？你算什么东西？一个廉价的骗子，无名小卒。”她的声音渐渐变成了一阵刺耳的大笑声。“为什么二十美元就能买通你。”

我的手上还捏着那张大照片。我划了根火柴，把底片扔进烟灰缸，瞬间烧成了灰烬。

她呆呆地僵立在那儿，感到一阵恐惧袭来。我开始把照片撕成碎片，对着她咧嘴一笑。

“一个廉价的骗子，”我说。“好吧，你指望什么。我可没有什么兄弟姐妹可以出卖。所以我出卖我的客户。”

她站在原地不动，眼中充满怒火。我撕完了照片，将碎纸片在烟缸中点燃。

“我后悔一件事，”我说。“没能看见你回到堪萨斯的曼哈顿与亲爱的老母亲重逢。没能看见你们为了分这一千美元打得头破血流。我打赌那一定是场好戏。”

我拿一支铅笔戳了戳碎纸，让它继续燃烧。她缓缓地，一步一步，走向桌子，眼睛盯着那堆在冒烟的碎照片。

“我会报警，”她喃喃低语。“我会告诉他们很多事。他们会相信我的。”

“我会告诉他们是谁射杀了斯蒂尔格雷夫，”我说。“因为我认识那个没杀他的人。他们也许会相信我。”

那个小脑袋猛地一抬，镜片一闪，一双眼睛隐没在了白光后。

“不必担心，”我说。“我不会这么做的。这对我没什么损失，别人却会损失惨重。”

电话响了，她一下蹦了起来。我转过身，去拿听筒，脸对着听筒说：“你好。”

“阿米哥，你还好吗？”

电话那头的背景里有个声音。我回头一看，只见门咔嗒一下关上了。房间里只剩我一个人了。

“你还好吗，阿米哥？”

“我很累，我一整晚没睡。除了——”

“那个小家伙打电话给你了吗？”

“小妹妹？她刚才还在这儿。她带着赃物在回曼哈顿的路上。”

“赃物？”

“她从斯蒂尔格雷夫那里得到的零用钱，告发她哥哥的酬劳。”

一阵沉默，接着她郑重地说：“你怎么会知道，阿米哥。”

“就像我知道自己正靠着桌子坐，手里拿着这个电话一样。就像我知道我听见了你的声音。虽然不这么确定，但就像我知道谁射杀了斯蒂尔格雷夫一样确定。”

“你对我说这些有点傻，阿米哥。我也并非毫无缺点。你不该这么信任我。”

“我犯过错，但这次不是。我已经烧了所有的照片。我试图卖给奥法梅。她出价不够高。”

“你一定是在开玩笑，阿米哥。”

“是吗，跟谁开玩笑？”

她银铃般的笑声从电话线里传了过来。“你想带我去吃午饭吗？”

“也许吧。你在家？”

“是的。①”

“我过一会儿就来。”

“我非常高兴。”

我挂了电话。

---

① 原文为西班牙语。

演出结束了。我坐在空荡荡的剧院里。帷幕落下，我能隐约看到投影于舞台上的情节。不过有些演员已经模糊、虚幻了。首当其冲的就是小妹妹。过不了几天，我就会忘记她的长相。因为在某种程度上，她是如此虚幻，我想到了她返回堪萨斯的曼哈顿，回到她亲爱的老母亲身边，带着放在她皮包里那一小沓厚厚的、簇新的一千美元。由于好几个人遇害，她得到了这笔钱，不过我觉得这不会困扰她很久。我想到早晨她前往办公室——那个男的名字叫什么来着？哦，是的。扎格史密斯医生——在他到来以前掸尽灰尘，整理候客室里的杂志。她戴着无框眼镜，穿着一条普通的裙子，素面朝天，举止娴静优雅。

“扎格史密斯医生现在要见你，嗖嗖夫人[①]。”

她会面带微笑拉开门，嗖嗖夫人从她身边经过走进去，扎格史密斯医生则会坐在他的办公桌后，穿着一件白大褂，听诊器挂在脖子上，专业至极。他面前有一个文件格，便签簿和处方簿干净整齐地放在一边。扎格史密斯医生无所不知。你没法糊弄他。他了若指掌。他看着一位病人时，心里知道，即将要问的问题答案不过是一种形式罢了。

当他看着他的接待小姐，奥法梅·奎斯特，他眼里出现的是一位年轻恬静的小姐，穿着合体，符合一个医生诊所的着装要求，没有红指甲，没有夸张的妆容，一切会冒犯老派顾客的特征都没有。一位理想的接待小姐，奎斯特小姐。

扎格史密斯医生，如果他会想到她的话，一定是洋洋自得。他将她打造成现在的样子。她完全符合医生的要求。

很有可能他还没有同她调过情。也许在那些小镇上人们不会这样做。哈，哈！我也长在一个小镇上。

---

① Mrs. Whoosis，发音与 whoosh（“嗖嗖”）相似。

我换了个位置，看一眼手表，终究还是从抽屉里拿出了那瓶老浮尔士德威士忌。我闻了闻，酒味很浓郁。我给自己倒了一杯纯威士忌，举起酒杯对着灯光。

“好吧，扎格史密斯医生，”我大声说道，仿佛他就坐在桌子的另外一侧、手里拿着酒杯一般。“我跟你不太熟，你根本不认识我。我通常不相信给陌生人忠告这种事，但我曾在短时间里频繁地接触过奥法梅·奎斯特小姐，所以我不得不打破原则了。倘若那个小女孩想从你身上得到任何东西，立刻给她。千万别磨磨蹭蹭或是抱怨自己的所得税和你的各项支出。只要记得满脸堆笑，痛痛快快付钱就好。千万别陷入任何有关所属问题的讨论。让那个小女孩开心，这就是最主要的事。祝你好运，医生。诊所里千万别放鱼叉。”

我一口气喝了半杯酒，等待着酒精温暖我的身体。当身体暖和了，我喝完了剩下的酒，把酒瓶放在一边。

我敲打着烟斗，把冰冷的烟灰倒出来，从一个皮制的保湿烟盒里取出烟丝，重新装填。这个烟盒是我的一个仰慕者送的圣诞礼物，那个仰慕者正好与我同名，简直巧得诡异。

我填完烟斗后，不慌不忙、小心翼翼地点燃，然后出门，沿着走廊走，心情愉悦，就像一个猎虎归来、颇有收获的英国人。

34

贝尔西别墅虽然陈旧，却经过翻修。它的大堂应该配上漂亮的印度橡胶树，可实际装饰的却是玻璃砖、飞檐灯、三角玻璃桌，给人的总体感觉，就像是由一个疯人院里逃出来的疯子重新装修的一样。整体的配色是由胆汁绿、亚麻籽膏药的棕色、人行道的灰色和猴子屁股的蓝色组成。这就像开裂的嘴唇一样令人不安。

小小的前台空空荡荡，后面的镜子有可能是透明的，所以我没有打算偷偷摸摸地爬上楼。我按了铃，一个松松垮垮的大胖子从墙后冒了出来，对我笑了笑，露出湿润柔软的嘴唇和蓝白色的牙齿，眼睛亮得古怪。

“我找冈萨雷斯小姐，”我说。“我叫马洛。她在等我。”

“嘿，是的，当然，”他说着摆了摆手。“是的，当然。我现在就打电话上去。”他的声音也在摆动。

他拿起电话机，往里面咕噜了几句，然后又放下了。

“是的，马洛先生。冈萨雷斯小姐说直接上楼就行。412 房。”他咯咯一笑。“可我估计你早知道了。”

“我现在才知道，”我说。“顺便问一句，去年二月你在这儿了吗？”

“去年二月？去年二月？哦，是的。去年二月我在这儿。”他的发音准确无误。

笑容从他这张胖乎乎的脸上瞬间消失了。“你是个警察？”他的声音此刻变得又细又尖。

“不是。如果你不介意的话，你的裤子拉链开了。”

他惊慌失措地低头，用那双几乎颤抖的双手拉上了拉链。

“嘿，多谢，”他的身体探过低矮的前台。“不是发生在前面，”他说。“不是，差不多快到下一个转角处。”

“当时他住这儿，是吗？”

“我还是不谈这个为好，不谈为好。”他的小手指滑过下嘴唇。“你问这个干吗？”

“只是为了让你说话。你要更小心点，伙计。我从你的呼吸里闻到了。”

他的脸一下子红到了脖子根。“如果你是在暗示我一直喝——”

“只是茶而已，”我说。“不过不是从杯子里。”

我转过身去，他沉默不语。我到达电梯时，回头一看。他站在原地，双手平放在桌子上，伸长脖子望着我。即使从远处看，他似乎还在颤抖。

电梯是自助式的。四楼漆成冷酷的灰色，地毯很厚。412 房的边上有个门铃，里面传来了轻柔的铃声。房门一下子打开了。那双美丽深沉的黑眼睛看着我，鲜红的嘴唇对着我笑。黑色休闲裤搭配火红色衬衫，就跟昨晚一样。

“阿米哥，”她柔声说。她伸出手臂，我抓住她的手腕，向内合拢，双掌相抵。我同她玩了一会儿拍手游戏。她的眼神中同时充满了慵懒与热情。

我放开她的手腕，用手肘顶上了门，溜过了她身边，就像第一次相遇时一样。

“你应该为它们买保险，”说着我摸了其中一个。它是真的。乳头坚挺得像枚红宝石。

她放声大笑，心花怒放。我继续走进去，四下环顾。房间里漆成了浅灰色和灰蓝色。虽然不是她的风格，但很漂亮。假壁炉里有个壁炉芯，周围有足够的桌椅和台灯，不过也不多。角落里有个精致的小酒柜。

“你喜欢我的小公寓吗，阿米哥？”

“别说什么小公寓。那听起来像妓女的住处。”

我没有看她。我不想看她。我坐在一张沙发床上，一只手搓了搓额头。

“只睡了四个小时，喝了几杯酒，”我说。“我又会对你胡说八道了。此刻，我也没有力气说正事了。可我必须要说。”

她过来坐在我边上。我摇摇头。“坐那儿。我确实得说正事。”

她坐到了对面去，用那对严肃的黑眸望着我。“那好吧，阿米哥，你想怎样都行。我是你的女人——至少我会很高兴做你的女人。”

“当初在克利夫兰的时候你住哪儿？”

“克利夫兰？”她的声音非常柔和，几乎像是低语。“我说过我曾经住在克利夫兰吗？”

“你说你在那里认识了他。”

她回忆起来了，然后点点头。“那时我结婚了，阿米哥。怎么了？”

“你当时的确住在克利夫兰吗？”

“是的，”她温柔地说。

“你是怎么认识斯蒂尔格雷夫的？”

“那些年，认识一个黑帮人物是很有面子的事。我觉得，这算是另一种颠倒的势利眼吧。只要经常去那些他们据说会去的地方，要是够幸运，也许某个晚上——”

“你让他钓上你了。”

她爽快地点点头。“让我们这样说，是我钓上了他。他是个很不错的小个子男人。真的，很不错。”

“那位丈夫怎么样？你的丈夫。或是你都不记得了？”

她微微一笑。“这个世界的大街小巷上挤满了被抛弃的丈夫，”她说。

“这难道不是事实吗？你满大街都能发现这些人，哪怕在海湾城也不例外。”

这话没有收到任何效果。她礼节性地耸耸肩。“我对此毫不怀疑。”

“甚至有可能是索邦大学的毕业生。甚至可能在一个无名小镇上行医，蹉跎岁月。满怀着希望而等待。这是我想收回的一个巧合。其中有一丝诗意。”

礼貌的微笑持久地挂在她那张可爱的脸上。

“我们扯得太远了，”我说。“从未这么远过。我们应该缩小一点范围。”

我低头看着自己的手指。我的脑袋隐隐作痛。我甚至还没发挥四成水准。她递给我一个水晶烟盒，我取了一支烟。她用金镊子为自己夹了一支烟，从另外一个烟盒里拿的。

“我想试试你那种，”我说。

“可大部分人觉得墨西哥烟草太凶了。”

“只要它是烟草就行，”我边说边望着她。我打定主意。“算了，你说得对。我不会喜欢的。”

“这段附加表演，”她小心地问，“是什么意思？”

“前台接待是个吸大麻的瘾君子。”

她缓缓点头。“我警告过他，”她说。“好几次了。”

“阿米哥，”我说。

“怎么？”

“你不太说西班牙语，是吗？也许你不怎么懂西班牙语。一句‘阿米哥’都用烂了。”

“我希望，我们不要像昨天下午那样，”她缓缓地说。

“我们没有。你身上唯一跟墨西哥有关系的就是那个把单词以及某种小心翼翼的说话方式，却给人一种印象，某人在说一种他（她）不得不学的语言。比如他们说‘do not’，而不说‘don’t’，诸如此类的细节。”

她没有回答。她轻轻吐了口烟，微微一笑。

“我在城里遇到大麻烦了，”我继续说。“显然韦尔德小姐理智地报告了她的老板——朱利斯·奥本海默——他摆平了。为她找来了李·法瑞尔。我觉得他们并不认为是她射杀了斯蒂尔格雷夫。但他们认为我知道凶手是谁，他们不再喜欢我了。”

“那你知道吗，阿米哥？”

“在电话上告诉你了，我知道。”

她定睛瞧了我很长时间。“我当时在场。”她唯一一次发出了干涩凝重的声音。

“真是非常奇怪，真的。小妹妹想要看看赌场。她从没见过那样的东西，曾经在报纸上——”

“她住在这儿——和你一起？”

“不在我的公寓，阿米哥。在这儿一间我为她找的房间里。”

“难怪她不肯告诉我了，”我说。“但我猜你还没来得及教她做生意。”

她微微一蹙眉，拿着棕色的香烟凭空晃了晃。我看见烟雾在平静的空气中写下了难以辨认的字符。

“求你了。她想要去那栋房子，于是我打电话给他，他说来吧。我们到那儿时，他喝醉了。我以前从没见他喝醉过。他哈哈大笑，一条手臂勾着小奥法梅，告诉她，她已经妥妥地挣到了她的钱。他说他有东西给她，于是他从口袋里掏出皮夹，外面用一块什么布裹着，然后递给她。她打开后，发现皮夹中间有个洞，上面沾着血迹。”

“这可不太妙，”我说。“我甚至不会称之为个性。”

“你太不了解他了。”

“确实，继续说。”

“小奥法梅拿着钱夹，盯着它，然后瞪着他，她惨白的小脸十分平静。接着她谢过了他，打开皮包将钱夹放进去，而我觉得——这一切都很奇怪——”

“一声尖叫，”我说。“我会晕倒在地的。”

“——不过她却从包里掏出一把枪。这是那把他给梅维斯的枪，我觉得。很像那把——”

“我很清楚那把枪是什么样的，”我说。“我把玩过。”

“她转过身，一枪将他打死。非常戏剧化。”

她将棕色的香烟塞回嘴里，对着我微微一笑。一个古怪而又相当疏远的微笑，仿佛她正在思考某件遥远的事。

“你让她对梅维斯·韦尔德坦白了，”我说。

她点点头。

“梅维斯本来不会相信你，我猜。”

“我不愿冒险。”

“不是你给了奥法梅一千美元吧，对吗，亲爱的？为了让她坦白？那个小姑娘为了一千美元什么都肯干。”

“我不想回答，”她一本正经地说。

“不，因此，昨晚你匆匆忙忙带我赶来时，已经知道他死了，没有什么好害怕的，拿枪的那出戏也只是装模作样。”

“我不喜欢以上帝自居，”她柔声说。“出了状况，不管怎么样，我知道你会救出梅维斯。没有其他人能办到。梅维斯打定主意要一力承担。”

“我最好喝一杯，”我说。“我要晕过去了。”

她一下子跳起来，走向那个小酒柜。她回来时手上拿了几大杯苏格兰威士忌和水。她递给我一杯，我尝了一口，她的视线越过酒杯盯着我。味道很棒。我多喝了一些。她再次陷入椅子里，伸手去拿她的金镊子。

“我把她赶走了，”我最终说道。“我是说梅维斯。她告诉我她射杀了他。她拿着那把枪。跟你给我的那把一模一样。你可能没留意，你的那把枪开过火。”

“我对枪支懂得不多，”她温柔地说。

“当然。我数了数里面的弹壳，假设原先里面是装满子弹的，发射了两发。奎斯特是被一把点三二口径的自动手枪射中两次。相同的口径。我在那间密室中捡起了空弹壳。”

“在哪儿，阿米哥？”

开始有些刺耳了。太多的“阿米哥”了，多得受不了。

“当然了，我不可能知道这是同一把枪，不过这值得一试。反正只会混淆一下视听，让梅维斯有喘息的机会。所以，我把他身上那把枪调了包，将他那把放在吧台后面。他的枪是一把黑色的点三八口径手枪，更像他会携带的，如果他的确带枪的话。即便是格子纹路的枪柄，你也可能会留下指纹，不过如果是一把象牙枪柄的话，你更容易在左侧留下大量指印。斯蒂尔格雷夫不会携带这种枪。”

她的双眼圆睁，眼神空洞而迷惑。“我恐怕我还没有听得很明白。”

“如果他要杀一个人，他一定会下手干净利落，让他彻底死去，确定无疑。可是那个家伙站了起来，还走了几步。”

她的眼中一瞬间闪过了什么东西，立刻消失了。

“我还想说他甚至还说了几句，”我继续说。“不过他没有。他的肺部都是血，他在我的脚边死了。就在那儿。”

“可那是哪儿？你还没告诉我是在哪里——”

“我必须说吗？”

她从酒杯里啜饮了一口，微微一笑，放下酒杯。我说：

“小奥法梅告诉他地址时你也在场。”

“哦，是的，当然我在。”复原得漂亮。干净利落。不过她的笑容看起来更疲惫了。

“只是他没有去，”我说。

她的香烟在半空中定住了。这就是一切真相。别无其他。香烟慢慢地向她的嘴边移去。她优雅地吐了口烟。

“这就是从始至终的问题，”我说。“我就是不愿正视这个最简单的事实。斯蒂尔格雷夫就是威皮·莫耶，这是确凿无疑的，不是吗？”

“可能性极高。这点可以证明。”

“斯蒂尔格雷夫改邪归正后，表现不错。然后，这个斯坦跑来骚扰他了，想分点油水。我只是猜测，但这就是事情的起因。好吧，斯坦必须得去。斯蒂尔格雷夫不想杀害任何人——他从未因杀人罪而受到起诉。克利夫兰的警察部门出来逮捕他。没有悬而未决的指控。没有谜案——除了他在一定程度上与一个犯罪集团有关联。但他不得不摆脱斯坦。于是他故意让自己入狱。后来，他通过贿赂监狱医生离开了监狱，他杀了斯坦后，马上又返回了狱中。杀人事件曝光后，那个让他离开监狱的人就要逃之夭夭，湮灭所有可能证明他曾经出狱的记录。因为警方很快会前来询问。”

“合情合理，阿米哥。”

我审视着她，企图找到破绽，可惜没有丝毫破绽。

“到目前为止一切顺利。但我们必须要为这个家伙的聪明才智而鼓掌。他为什么让警方将他在狱中关了十天？答案一，让他自己有一个不在场证明。答案二，因为他知道，他的真实身份迟早要曝光，那么为什么不给警方时间去接受呢？那样一来，这一带任何一个黑帮小子完蛋，警方就不会一直揪住斯蒂尔格雷夫不放、在他的头上乱加罪名。”

“你喜欢这个想法，阿米哥？”

“是的。不妨这样想，为什么就在他出狱干掉斯坦的那天、他会在一个公共场所吃午餐？如果真是他干的，为什么小奎斯特会恰巧在周围按下快门，拍下那张照片？斯坦要是没有被杀，这张照片就构不成任何证据。我喜欢人们走运，可这实在是太过走运了。另外，即便斯蒂尔格雷夫不知道有人拍下了他的照片，他也知道奎斯特的身份。一定知道。奎斯特自从丢了工作后，也许在那之前，就一直向他的姐姐要钱。斯蒂尔格雷夫有她公寓的钥匙。他肯定了解一些她弟弟的事。结论就是，斯蒂尔格雷夫要杀斯坦哪天晚上都行，就是不会选在那个晚上——就算他原本有这种打算。”

“现在轮到我来问你是谁杀的，”她彬彬有礼地问。

“某个认识斯坦、能够接近他的人。某个已经知道照片被拍下、知道斯蒂尔格雷夫身份、知道梅维斯·韦尔德马上要大红大紫、知道她与斯蒂尔格雷夫的关系将是丑闻，可是如果斯蒂尔格雷夫能被栽赃为杀害斯坦的凶手，那么这段关系将是危险一千倍的人。认识奎斯特，因为他曾去过梅维斯·韦尔德的公寓，在那里见过他，把他玩弄于股掌之间，他就是那种毫无招架之力的小伙子。此人知道那两把骨柄、点三二口径的枪登记在斯蒂尔格雷夫名下，虽然他只是买来送给几个女孩子的，如果他自己身上带枪，那肯定不会是登记过、会追踪到他的一把枪。此人还知道——”

“够了！”她的声音似一把刀子般刺进我的耳膜，但这既不是惊吓也不是愤怒。“请你不要说了！我一分钟都忍受不了了。你现在就走！”

我站起身。她向后倚靠，喉咙上的脉搏跳了一下。她容貌精致，皮肤黝黑，死气沉沉。没有东西会碰她，连法律也不会。

“你为什么杀了奎斯特？”我问她。

她霍地站起身，走近我，再次微笑。“两个原因，阿米哥。他非常疯狂，最终他可能会杀了我。另外一个原因，绝不是——绝对不是——为了钱。是为了爱。”

我正准备当着她的面哈哈大笑。可我没有。她一脸严肃。简直不可思议。

“无论一个女人有多少情人，”她柔声说，“总有一个是她无法承受拱手让人的。斯蒂尔格雷夫就是这样一个情人。”

我只是凝视着她那双迷人的黑眼睛。“我相信你，”我最后开口道。

“亲亲我，阿米哥。”

“老天啊！”

“我离不开男人，阿米哥。可我爱的那个男人死了。是我杀了他。那个我不愿与人分享的男人。”

“你等了很久。”

"我会有足够耐心——只要有希望。"

"哦，疯子。"

她露出了一个随意、美丽而又十分自然的笑容。"对此你无能为力，亲爱的，除非你想彻底毁了梅维斯·韦尔德。"

"昨晚她证明了她想要毁掉自己。"

"如果她不是在演戏的话。"她眼神犀利地看着我，笑道："心痛了，是吗？你爱上了她。"

我缓缓地说："这有点傻。我可以在黑暗中与她坐在一起，握着她的手，可能持续多久呢？过不了一会儿，她就会飘进一个纸醉金迷、云香鬓影的世界。她就不再是个真实存在的人了。只是从音轨中传出的一个声音，银幕上浮现的一张脸孔。我想要的不止于此。"

我向门口移去，不过没有背对着她。我可不想挨上一枪。我觉得她更喜欢这样对我——而且拿我毫无办法。

我开门时回头看了一眼。窈窕、黝黑、迷人、笑脸盈盈。散发着性感。完全超越了我能想象的任何世界上的道德法则。

她天生就是个尤物。我悄悄地走出门外。就在我关门时，她的声音非常柔和地传来。

"亲爱的[①]——我很喜欢你。真可惜。"

我关上了门。

35

大堂的电梯门打开时，一个男人正站在那里等电梯。他又高又瘦，帽子压得很低，遮住了他的眼睛。天气暖和，可他却穿了一件薄大衣，

① 原文为西班牙语。

领子竖起。他的下巴垂得很低。

“拉加迪医生，”我轻声叫道。

他扫了我一眼，露出一副陌生的样子。他走进电梯，电梯上升。

我穿过前台，按了铃。那个松松垮垮的大胖子出来了，肥厚的嘴上挂着痛苦的笑容。他的眼睛不这么明亮。

“把电话给我。”

他从下面取来电话，放在桌子上。我拨打了麦迪逊 7911。声音传来：“这里是警察局。”这是紧急小组。

“贝尔西别墅，好莱坞富兰克林和吉拉德大道交叉口。有一个正在被重案组的弗伦奇和贝福斯警探通缉、名叫文森特·拉加迪医生的人刚刚上了 412 房。我是菲利普·马洛，一名私家侦探。”

“富兰克林和吉拉德大道，请在原地等待。你有枪吗？”

“是的。”

“如果他试图逃跑就抓住他。”

我挂了电话，擦了擦嘴。那个胖子倚靠在柜台上，眼圈发白。

他们来得很快——但还不够快。也许我本来应该截住他的。也许我的直觉已经知道了他会干什么，故意放任他去干的。有时当我情绪低落时，我会找理由说服自己。不过这实在太复杂了。这他妈的整起案子就是这样。每次我要采取显然应该采取的行动时，我都不得不停下来绞尽脑汁地思考如何才能不影响某个我有所亏欠的人。

他们破门而入时，他坐在沙发上，把她抱在胸前。他的目光浑浊，嘴唇上有血泡。他咬了舌。

她的左胸下方火红色衬衫上紧紧地插着一把我曾经见过的、银色手柄的刀。刀柄的形状酷似一个裸女。德洛丽丝·冈萨雷斯小姐的眼睛半睁着，嘴唇上隐隐挂着一抹幽灵般的挑逗的微笑。

“希波克拉底的微笑[①],”救护车上的实习医生说，叹了口气。“在她脸上看上去挺美的。”

他瞥了一眼对面的拉加迪医生，如果还能从他的脸部来判断的话，他什么也看不见、听不见了。

“我猜有人的梦碎了,”实习医生说。他弯下腰，合上了她的眼睛。

① 希波克拉底（约前460—前377），被西方尊为“医学之父”的古希腊著名医生，欧洲医学奠基人。此处“希波克拉底的微笑”也指“痉笑”，即一个人的笑容由于脸部肌肉受伤而呈现的痉挛的状态。

RAYMOND CHANDLER

雷蒙德·钱德勒作品

THE LONG GOODBYE

漫长的告别

〔美〕雷蒙德·钱德勒 著 宋佥 译

上海译文出版社

1

我的目光第一次落在特里·伦诺克斯身上的时候，他正坐在一辆停在舞者俱乐部门外高台下的劳斯莱斯银魂里，喝得醉醺醺的。停车场服务生已经把车开了出来，此刻却还在用手把住敞开的车门，因为特里·伦诺克斯的左脚依然在车外晃荡，就好像他忘了自己的这只脚一样。他的脸看上去很年轻，但头发却是骨白色的。从他的眼神中你可以看出他已经酩酊大醉了，但除此以外他看上去和其他任何一个穿着无尾礼服，在一家只为这一种用途存在的夜店里花了太多银子的棒小伙子别无二致。

坐在他身边的是一个姑娘。她的头发带着一抹漂亮的深红色，嘴角上挂着一丝冷冷的微笑，肩上的一件蓝色貂皮大衣几乎都要让那辆劳斯莱斯显得不足为奇了。几乎，但还差了那么一点儿。世上没有什么东西真能做到这一点。

这服务生属于那类司空见惯的人物——外强中干，他穿着一件白色外套，衣服正面用红字绣着这家餐馆的名字。他的耐性已经快到头了。

“我说，先生，”他的声音中透着一丝怒气，“您能不能把尊腿抬进车里去，好让我把车门给关上？还是说您要我一直扶着门，好让您从车里掉出来？”

那姑娘瞪了他一眼，这目光应该能从他脊背里往外戳出至少四英寸来。可这也没能吓得住他。在舞者俱乐部里，他们需要面对的各色人等会让你产生一种幻灭感：花在打高尔夫球上的大把银子在改善人格方面收效甚微。

一辆低车身的进口敞篷跑车滑进了停车场，一名男子钻出车厢，用车上的点烟器点了一支长卷烟。他穿着一件套头格子衬衫，一条黄色便裤，脚踩一双马靴。他信步走过时留下一串烟云缭绕的痕迹，眼睛看都不看那辆劳斯莱斯。也许他觉得那车已经过时了。他走到通向高台的台阶下，驻足掏出一副单片眼镜抵在眼前。

那姑娘忽然用千娇百媚的声音说："我有一个好主意，亲爱的。我们要不叫辆出租车去你家，把你的那辆敞篷车开出来怎么样？今晚我们开车去蒙特西托的海边兜风是再适合不过的了。我知道有人在湖边办舞会呢。"

那白发小伙儿礼貌地说："真抱歉，可那辆车我已经没有了。我迫不得已把它给卖了。"从他的嗓音和吐字判断，你根本想不到他今晚喝过比橘子汁更凶的东西。

"卖了，亲爱的？你这是什么意思？"她的身体沿着座位从他身边一路溜开，而她的声音远比她的身体溜得更快。

"我是说我迫不得已，"他答道。"为了换饭钱。"

"哦，我明白了。"现在就是把一份意式冰激凌放在她身上也不会化掉了。

服务生这下能给这白发小子准确定位了——低收入群体。"听着，伙计，"他说，"我得帮人停车了。下次再见吧——如果有下次的话。"

他任凭车门自行敞开。那醉汉随即从座位上滑了下来，一屁股坐在了柏油马路上。于是我走上前去帮了他一把。现在想来，去管一个醉汉的闲事恐怕永远都是个错误。即使他知道你在帮忙，即使他喜欢你，他还是免不了要猛地一下戳中你的门牙。我架着他的胳膊，帮他站了起来。

"非常感谢，"他礼貌地说。

那姑娘已经溜到了方向盘后面。"他喝多了的时候总是这么一口该死的英国腔，”她用不锈钢一般的声音说。“谢谢你扶了他一把。”

“我来把他扶到后座上去，”我说。

“很抱歉。我约会要迟到了。”她踩下离合器，劳斯莱斯开动了起来。“他就是条丧家犬，”她接着说道，脸上挂着冰冷的微笑。“也许你可以帮他找个家。他受过训的，不会在家乱撒尿——基本上不会吧。”

劳斯莱斯飞快地沿着门口的车道开上日落大道，向右拐了个弯儿，然后就不见了。服务生回来的时候我正望着她的背影，手上还架着这个男人。他这时已经睡熟了。

“哎，这样也好，”我对那白制服说道。

“可不是吗，”他冷嘲热讽地说。“干吗要让一个醉汉来糟践它呢？看那漂亮的曲线。”

“你认识他？”

“我听到那妞儿管他叫特里。除了这个，他对我来说和奶牛屁股没什么区别。不过我来这里只有两个礼拜。”

“帮我把车开过来好吗？”我把停车票递给了他。

等到他把我的奥尔斯开过来的时候，我已经感觉像是提着一袋子铅块了。白制服帮我把他扶进前排座位。这位顾客睁开一只眼，谢过我们后，又一头睡过去了。

“他是我碰见过的最有礼貌的醉汉，”我对白制服说。

“他们大小形状各不相同，教养做派也五花八门，”他说。“可他们全都是流浪汉。看起来这位像是做过整容手术。”

“没错。”我给了他一美元，他说了声谢谢。整容手术的事情他一点没说错。我这位新朋友的右脸僵硬泛白，上面有接缝线一般的细微疤痕。疤痕处的皮肤像是泛着光泽。整容手术——而且相当的大刀阔斧。

“您打算拿他怎么着？”

“带他回家，让他清醒清醒，好告诉我他住在哪里。”

白制服朝我咧嘴一笑。“好吧，傻瓜。要是换做我，我就把他扔在臭水沟里，然后该上哪儿上哪儿。这些酒鬼只会给人惹麻烦，还一点都不好玩。我有一套关于这些东西的哲学。如今的竞争这么激烈，你平时得养精蓄锐，才能在干架的时候保护好自己。”

“看得出来，你在这方面干得非常成功。”

他一脸困惑，接着恼羞成怒，可这时我已经钻进车里，发动引擎了。

当然，他说对了一半。特里 · 伦诺克斯是给我找了不少麻烦。可毕竟，我就是干这一行的。

那年我住在月桂谷区亚卡大道上的一栋房子里。那是在死巷子里的一座小宅，坐落在半山腰上，一长段红杉木台阶通向前门，沿途是一小片桉树林。屋里配了家具，房东是一个去了爱达荷州，打算和寡居的女儿住上一阵的妇人。房租很便宜，部分是因为房东希望能够在回家前只需提前很短的时间通知我，部分是因为这段台阶。她年纪大了，每次回家都要面对这些台阶已经让她力不从心了。

我想方设法让这个醉汉爬上了台阶。他非常乐意配合，但他的腿就像是橡胶做的，他还总是不停地在一句道歉的话语说到一半的时候就突然睡了过去。我打开房门，把他拖进屋里，让他在长沙发上摊开身子，往他身上扔了一条小毯子，然后就任由他重返梦乡去了。他像头虎鲸一样打了一小时的鼾。然后突然之间他醒了过来，要求上洗手间。回来的时候他目不转睛地盯着我看，眯着眼，要求知道自己究竟在什么地方。我告诉了他。他说自己名叫特里 · 伦诺克斯，住在韦斯特伍德的一间公寓里，家里没有人在等他。他的声音清澈，吐字清晰。

他说他现在能消受一杯清咖啡。我拿来一杯，他小心翼翼地抿着，茶碟紧贴着茶杯托在手里。

“我是怎么来这里的？”他边问边打量着四周。

"你在'舞者'门前的一辆劳斯车里醉过去了。你女朋友把你甩了。"

"的确如此，"他说。"她这么做是完全正确的。"

"你是英国人？"

"我在那里生活过。但我不是在那里出生的。如果我现在能叫辆出租车的话，那我就告辞了。"

"已经有一辆在等着了。"

下台阶的时候，他是自己爬下去的。去韦斯特伍德的路上，他没有多说什么，只是说我真是太好心了，给我添麻烦了，真是抱歉。这话他也许已经对太多人说过太多遍了，就像是自动从他嘴里冒出来的一样。

他的公寓狭小闷热，没有半点儿温情，就像是他今天下午刚刚搬进来似的。一张绿色的硬沙发前放着一张咖啡桌，桌上有一瓶半空的苏格兰威士忌，一碗化了的冰块，三只空汽水瓶，两只玻璃杯，一只玻璃烟灰缸，里面装满了烟蒂，有些上面有口红印，有些没有。这里没有一张照片，没有一件不论是哪种类型的私人物品。这就像是一间旅馆客房，有人租下它来，为的就是开个会，告个别，喝两杯，聊会儿天，再野合一场。它不像是住人的地方。

他请我喝一杯。我说谢谢，不必了。我没有坐。我离开的时候，他又谢了我一次，不过语气既不像是感谢我为他爬了一座山，也不完全是轻描淡写。他有一点颤抖，有一点害羞，但却礼貌得不得了。他站在敞开的房门后面，直到自动电梯升了上来，我也走了进去。哪怕他一无所有，但他至少还有礼貌。

他没有再提那个姑娘；他也没有提自己没有工作，没有前途，身上最后一个美元也已经付给了"舞者"，只为了一个高档靓妹，而她甚至不愿意多停留一分钟来确保他不会让巡警给扔进牢房，或是被某个凶悍的出租车司机从身上碾过去，再被抛到一片空地上。

乘电梯下楼的时候，我突然有一种冲动，想要回去把那瓶苏格兰威士忌从他跟前拿走。可这不关我的事，而且这么做也没有用处。他们总能想办法弄到酒，只要他们铁下心来。

我开车回家，一路上咬着嘴唇。我应该是条硬汉的，可这家伙身上的某样东西触动了我。我不知道那究竟是什么，除了他的白发、疤脸、清澈的声音，还有礼貌。也许这些就已经足够了。我没有任何同他再度碰面的理由。他只不过是一条丧家犬，就像那姑娘说的。

2

我再次见到他的时候是在感恩节后的那个星期。好莱坞大街两边的各家商店里这时开始堆满了各种价格虚高的圣诞节垃圾，各家报纸也开始扯着嗓门吆喝：你要是不早早地完成圣诞大采购，那可就大事不妙了。可不管怎样，大事总归要不妙的；它从来就没有妙过。

我在距我办公室所在的大楼大概三个街区远的地方看见一辆并排停靠的警车，车上的两个条子正盯着人行道上一家商店橱窗边的某样东西。那件“东西”就是特里·伦诺克斯——或者说是他的残留物——而那丁点可怜的残留物看起来也不怎么光鲜。

他正倚着一家店铺的门面。他必须找样能倚靠的东西。他的衬衫脏兮兮的，领子敞着，半边露在夹克外面，半边没有。他的鼻子皱缩成一团。他的皮肤极度苍白，那几条狭长的疤痕因此几乎都消失不见了。他的眼睛就像是雪堆里戳出来的两个洞。很明显，巡逻车的两个条子就要对他下手了，于是我赶紧走上前去，一把拉住他的胳膊。

“直起身来，给我走，”我装出凶巴巴的模样对他说，然后偷偷地对他使了个眼色。“你能走吗？是不是喝高了？”

他迷茫地打量着我，然后挤出了他那个半边脸的小小微笑。“我之前喝过，”他低语道。“眼下我猜我只是有一点——腹中空空。”

“好吧，但你的脚得挪挪了。你眼看就要给扔进醉鬼牢了[①]。”

他努力了一下，然后任由我扶着他从人行道上的流浪汉中间走过，来到路缘边上。那里停着一辆出租车，我一把拉开车门。

“他先走，”出租车司机边说边拿大拇指戳戳前面的一辆出租车。这时他扭过头来，看见了特里。“如果他肯走的话，”他又补充了一句。

“情况很紧急。我朋友病了。”

“没错，”司机说。“他可以换个地方去生病。”

“五块钱，”我说。“快快露出你那美丽的笑容吧。”

“哦，那好吧，”他说着便把手中一份封面上画着个火星人的杂志插在了后视镜后面。我把手伸进车里，拉开车门，把特里·伦诺克斯扶了进去，这时那辆巡逻车的阴影遮蔽了另一侧的车窗。一个灰发警察钻出车门，走上前来。我绕过出租车迎了上去。

“就耽误你一分钟，老弟。这里什么情况？那位衣物上有污迹的先生真是你的一位密友吗？”

“我们亲密得足以让我判定他需要一位朋友。他没喝醉。”

“出于财务上的原因，毫无疑问，”警察说。他伸出一只手，我把驾照放了进去。他看了看，递还给我。“噢噢，”他说。“一个私家探子在接客户。”他的音调变了，换上了一副凶巴巴的口吻。“这也让人对你有了几分了解，马洛先生。他呢？”

“他名叫特里·伦诺克斯。他是拍电影的。”

“很好。”他把身子探进出租车里，紧盯着坐在后排角落里的特里。“我得说，他有一阵子没有工作了。我得说他有一阵子没在屋里睡觉了。我甚至得说，他是个盲流子，因此我们恐怕得把他请进去了。”

---

① 醉鬼牢，指在美国专门拘押醉汉的囚区或场所。

“你的逮捕完成记录该没有少到这种程度吧，”我说。“在好莱坞不至于如此。”

他还在看着特里。“你的朋友叫什么，伙计？”

“菲利普·马洛，”特里慢吞吞地说。“他住在月桂谷，亚卡大街。”

警察把脑袋从窗户缝里抽了出去，转身打了个手势。“你说不定是刚刚告诉他的。”

“说不定是，可我没有。”

他瞪了我一两秒钟。“这次我就信了你，”他说。“别再让他上街了。”他钻进警车，呼啸而去。

我回到出租车里。我们穿过三个街区多一点的距离，来到我的停车位前，换上了我自己的车。我掏出一张五美元的钞票给司机。他拘谨地瞥了我一眼，摇了摇头。

“就按计价表给吧，伙计。或者你愿意的话，付我一块钱也就地道了。我自己也潦倒过。在弗里斯科。那会儿也没有一辆出租车愿意拉我。那真是个铁石心肠的地方。”

“三藩市，”我机械地说。

“我管那儿叫弗里斯科，”他说。“让那些少数族裔见鬼去吧。谢了。”他接过一美元后便离开了。

我们去了一家免下车餐厅，那里的汉堡包做得还不至于连狗都不愿意吃。我喂了特里·伦诺克斯两个汉堡和一瓶啤酒，然后开车带他回家。那段台阶对他依然是个挑战，可他咧咧嘴，喘着气，爬了上去。一个小时过后，他洗浴修面完毕，看上去又像个人样了。我们端着两杯非常温润的酒坐了下来。

“算你走运，居然还记得我的名字，”我说。

“我用心记的，”他说。“我还查过你的联系方式呢。我本该这样做的。”

“那你为什么不给我打个电话呢？我一直住在这里。我还有间办公室。”

“为什么要麻烦你呢？”

“看起来你反正是非得麻烦某个人不可了。看起来你不像是有很多朋友的样子。”

“噢，我有朋友，”他说。“算是朋友吧。”他转着桌面上的玻璃杯。“开口求人帮忙可不太容易——尤其是当这一切都只能怪你自己的时候。”他抬起眼睛，露出一个倦怠的微笑。“也许我哪天真能把酒给戒了。他们都说这是能做到的，对不对？”

“要三年。”

“三年？”他看上去像是大吃了一惊。

“一般说来，是要这么久。那是一个完全不同的世界。你得让自己习惯一组相对黯淡的色彩，一类相对安静的声音。你得考虑到旧习复发。你过去熟识的所有朋友现在都会显得有一点点奇怪。你甚至都不会再喜欢他们中的大多数了，而他们也不会太喜欢你了。”

“这变化应该说不算大，”他说。他扭过头去，看着码头。“我有一只两百美元的手提箱寄存在好莱坞汽车站。要是我能把它弄出来的话，我就去买一只便宜的箱子，把寄存的那只给当了，弄来的钱就够我坐巴士去维加斯了。我能在那儿找一份工作。”

我一言不发。我只是点头，坐在那里，摆弄着我的那杯饮料。

“你在想我为什么没有早一点想到这个主意，”他轻声说。

“我在想，这桩事情背后藏着些和我没有半点关系的东西。你确定能找到工作吗，还是说那只是你的心愿？”

“确定无疑。一个跟我在部队里很熟的伙计在那儿开了一家挺大的俱乐部——水龟俱乐部。当然咯，他算半个混黑道的——他们全都是——可另外那一半却是个好人。”

“我可以出车费，再额外多给你一点。但我希望这笔钱不至于是肉包子打狗。最好是先跟他通个电话。”

“不必了，谢谢。兰迪·斯塔尔不会让我失望的。他从未让我失望过。再说，那只手提箱能当五十美元。我有经验。”

“听着，”我说，“你需要多少，我来出。我不是什么豆腐心肠的大傻蛋。所以我给你什么，你就拿着，然后给我好好地混。我只希望不要再为你烦心了，因为你扯动了我心里的某种感觉。”

“真的吗？”他低头看着玻璃杯，小口抿着饮料。“我们只见过两次，两次你都对我够意思得不得了。什么样的感觉？”

“就是我下次见到你的时候，你会陷入更大的麻烦，就连我也没法拉你出来了。我不知道自己为什么会有这样的感觉，可我就是有。”

他用两只指尖轻轻抚过右脸颊。“也许是因为这个。它确实会让我显得有点阴森，我想。可这是一处荣誉伤疤[1]——或者至少是其造成的结果。”

“不是这么回事。我根本不在意那种东西。我是个私家侦探。你是一个我不必解决的问题。可这问题依然存在。管这叫直觉吧。或者，如果你想要十二分文雅的话，就叫它个性感知吧。也许‘舞者’门前的那个姑娘不只是因为你喝醉了才甩你的。也许她心里也起了某种感觉。”

他淡淡一笑。“我和她曾经结过婚。她的名字叫西尔维娅·伦诺克斯。我是图她的钱才和她结婚的。”

我站起身来，皱起眉头瞪着他。“我给你弄点炒蛋来。你需要吃东西。”

“等一等，马洛。你在想，为什么我穷困潦倒，西尔维娅钱多得用不完，而我却不能问她借点钱来花。你听说过自尊吗？”

---

① 荣誉伤疤，指在战场上英勇负伤后留下的疤痕。

“我快笑死了，伦诺克斯。”

“是吗？我的尊严是很独特的。那是一个一无所有者的尊严。要是我惹你烦了，那我道歉。”

我出门走进厨房，做了份加拿大培根配炒鸡蛋，外加咖啡和吐司。我们坐在早餐角里吃了起来。这在我这栋房子建成的那个年代里是标配。

我对他说，我得去办公室了，回来的路上会帮他把手提箱提出来。他给了我行李票。他的脸上现在有了一点血色，眼睛在头颅里陷得也没有那么深了——它们刚才深得像是你得把手伸进去才摸得着一样。

出门前，我把威士忌放在了沙发前的桌子上。“拿出你的尊严来待它，”我说。“另外，给维加斯那边打个电话，就算帮我个忙吧。”

他只是微笑，然后耸了耸肩。下台阶的时候，我的心里依然堵得慌。我不知道这是为什么，就像我不知道为什么一个男人情愿饿得半死，在大街上晃悠，也不愿意把自己的衣服拿出去当一样。不论他信奉的规则是怎样的，他确实是按这样的规则行事的。

那只手提箱是你这辈子见过的最让人目瞪口呆的物件。箱子的材质是漂白的猪皮，新的时候一定是奶白色的；上面的配件是金子做的。这东西一定是英国制造的，就算你能在这里买到，价钱大概也更接近八百美元，而不是两百。

我砰的一声把箱子放在他面前。我看了看鸡尾酒桌上的那瓶酒。他滴酒未碰。他神志跟我一样清醒。他抽着一支烟，但不是特别适应。

“我给兰迪打过电话了，”他说。“他很生气，因为我先前没有给他打过电话。”

“要找人帮忙，还是得找陌生人，”我说。“西尔维娅送你的礼物？”我指了指手提箱。

他看着窗外。“不。这箱子是我在英格兰得到的，远在我遇到她之前。确实是很久以前了。我想把它留在你这里，如果你能借我一只旧箱子的话。”

我从钱包里掏出五张二十块来，放在他面前。“我不需要抵押。”

“根本不是这么回事儿。你不是开当铺的。我只是不想带着它去维加斯。再说，我也不需要这么多钱。”

“好吧。钱你拿着，手提箱我来保管。不过我这房子很容易被偷的。”

“没关系，”他满不在乎地说。“真的没关系。”

他换了身衣服，五点半左右我们在莫苏家吃了晚饭。没有喝酒。他在卡哥上了巴士，我则开车回家，一路上思绪飘忽不定。他的空手提箱还摆在我的床上，刚才他就在那里打开箱子，取出东西，塞进了我的一只轻飘飘的箱子里。他的箱子还配有一把金钥匙和几把锁，钥匙就插在其中一把锁里。我把空箱子锁上，将钥匙系在提手上，然后把箱子放进衣橱的最上面一格。凭手感箱子里面不见得真的空无一物，可这不关我的事。

这是一个平静的夜晚，房间里比往常似乎更显得空空荡荡。我摆开王车后卒，跟斯泰尼茨[①]下了一局法兰西防御。他用四十四步战败了我，可我也让他出了一两把冷汗。

第三十九步时，电话响了，说话的是一个我之前听到过的声音。

“是菲利普 · 马洛先生吗？”

“没错。我是马洛。”

“马洛先生，我是西尔维娅 · 伦诺克斯。上个月的某天晚上，我们曾在‘舞者’门前有过一面之缘。我后来听说，您非常好心地送了特里回家。”

---

① 威廉 · 斯泰尼茨（1836—1900），奥地利（后入美国籍）国际象棋大师。

“确实如此。”

“我猜您大概知道我和他已经不是夫妻了，但我还是有一点为他担心。他退掉了自己那套在韦斯特伍德的公寓，但好像没有人知道他现在在哪儿。”

“我们相遇的那天晚上，我已经注意到了你有多为他担心。”

“听着，马洛先生。我和这个男人有过一段姻缘。我不是特别同情醉鬼。也许我当时有点不近人情，也许我那时手头有急事。你是个私家侦探，如果你愿意的话，这一切都可以用职业眼光来看待。”

“现在什么眼光都不需要了，伦诺克斯太太。他已经上了一辆开往拉斯维加斯的巴士。他在那儿有一位朋友，那人愿意给他一份工作。”

她的语气蓦然间拨云见日。“噢——去拉斯维加斯？他还真有情啊。那是我们结婚的地方。”

“我看他是忘了，”我说，“不然他就该去别的地方了。”

她没有挂断电话，而是哈哈一笑。撩人、轻巧的笑。“你对客户总是这么粗鲁吗？”

“你不是客户，伦诺克斯太太。”

“指不定哪天就是了。谁知道呢？那我们就说，对你的女友吧。”

“我的回答不变。这伙计穷困潦倒，又脏又饿，身无分文。你要有心的话，完全可以去找他。他那时不想从你这儿拿一分钱，现在大概也不想从你这儿拿一分钱。”

“关于这一点，”她冷冷地说，“你不可能有半点了解。晚安。”她挂上了电话。

她的话真是太对了，而我真是错得离谱。可我当时不觉有错。我只是很恼火。她要是早半个小时打电话来的话，说不定我的火气就足以让我把斯泰尼茨杀个落花流水了——只是他已经死了五十年了，而那盘棋局也只是某本棋谱里的。

3

离圣诞节还剩三天的时候，我收到了拉斯维加斯银行开出的一张面值为一百美元的银行本票，后面还附了一张写在旅馆信纸上的便条。他向我道了谢，祝我圣诞快乐、万事如意，说他希望能够很快和我再见面。重磅消息在附言里。“西尔维娅和我就要开始度第二次蜜月了。她说，请不要因为她想再试一次而怪罪她。”

余下的故事我是在报上社会版块的某个八卦专栏里读到的。我不常读这类东西，只有在我把其他栏目都讨厌了个够的时候才会翻到这里。

“亲爱的读者们，在得知特里与西尔维娅·伦诺克斯在拉斯维加斯破镜重圆的消息后，本报记者激动不已。众所周知，西尔维娅是称雄旧金山与佩布尔比奇的百万富翁哈兰·波特的小女儿。她正着手让马塞尔·杜豪与让娜·杜豪以当今最最前卫、最最时髦的风格重新装修她那套位于恩西诺的豪宅——从屋顶到地窖。柯特·韦斯特海姆——西尔维娅的前任——把这座只有 18 个房间的小棚屋作为结婚礼物送给了她，如果你们还记得的话。那柯特上哪儿去了呢，你也许会问？还是说你根本不在乎？移驾圣特罗佩斯了[①]，而且我听说是永久性的。候驾的是一位血统非常、非常纯正的法国女公爵，膝下还有两个可爱至极的小天使。哈兰·波特对于两人再婚有什么看法，你也许会问？那你就只能去猜了。波特先生从不接受采访。你们还能找到比这更独家的报道吗，亲爱的读者们？”

我把报纸扔进角落，打开电视机。在欣赏过了社会版块狗仔队的呕吐物后，甚至连摔跤手们看上去都俊俏了起来。不过那些事情可能不

---

① 圣特罗佩斯位于法国的里维埃拉，是富翁的消暑天堂。

假。既然已经上了社会版块，那它们最好是真的。

我在脑海里想象着那座 18 个房间的小棚屋里堆着波特家的几百万美元，更不用提杜豪夫妇以最最时髦的亚生殖崇拜象征主义风格打造的室内装潢了。但我完全想象不出特里 · 伦诺克斯穿着百慕大短裤在其中一座游泳池边闲庭信步，一边用无线电话吩咐管家冰镇香槟、烧烤松鸡的模样。我也没有理由去如此想象他。如果这家伙想要做条让人指指戳戳的毛毛虫，这完全不关我的事。我只是不想再见到他了。但我知道，我会的——哪怕仅仅是因为他那只该死的镀金猪皮手提箱。

这是一个三月的傍晚，五点左右，天下着雨。就在这时，他走进了我那间破破烂烂的脑力工场。他看上去像是变了个人：老成，非常清醒、严肃，而且镇定自若。他的模样像是一个已经学会了从容面对各种明枪暗箭的人。他穿着一件乳白色的雨衣，戴着手套，没戴帽子，一头白发就像飞禽胸口的羽毛一样柔顺。

"我们找家清静的酒吧喝上一杯吧，"他说，口气就像是他之前只是走开了十分钟似的。"当然，那是在你有时间的情况下。"

我们没有握手。我们之前也从没有握过。英国人不像美国人那样整天握手。虽说他不是英国人，但他还是染上了一点他们的习气。

我答道："我们还是去我那里拿上你的手提箱吧。那东西一直让我有点操心。"

他摇摇头。"你要是愿意替我保管的话，我会感激不尽的。"

"为什么？"

"只是我的一个心愿。你介意吗？它与我曾经并非一无是处混吃等死的那段过去有着某种联系。"

"真是有病，"我说。"但这不关我的事。"

"如果你是在担心那箱子是偷来的话——"

"那也不关我的事。我们去喝你刚才说的那酒吧。"

我们去了维克多酒吧。他开着一辆深褐色的“木星爵卫”，车上装了一个薄薄的帆布遮雨车篷，下面的空间刚好只够坐我们两个人。车里面是灰白色的皮质椅套，还装点着像是银制的小附件。我算不上是汽车迷，可是这辆该死的车确实让我流了几滴口水。他说这车能瞬间加速到六十五码。车上配了一根矮墩墩的变速杆，高度只及他的膝盖。

“四速的，”他说。“他们还没有为这样的宝贝发明出自动挡来呢。可你也不需要自动挡。上坡的时候你也可以直接挂到三挡启动；路上开车的时候你最多也只能挂到三挡了。”

“结婚礼物？”

“不过是个小意思——送这种礼物的时候她只会轻描淡写地说一句‘我碰巧在橱窗里看见了这个小玩意儿’。我算得上是个给宠坏的孩子了。”

“真幸福，”我说。“如果这样的生活没有代价的话。”

他飞快地瞥了我一眼，然后把视线转回到被雨水打湿的路面上。双雨刷轻柔地在挡风玻璃上嗖嗖掠过。“代价？任何事情都有代价，伙计。你是不是觉得我不幸福？”

“不好意思。我说错话了。”

“我有钱了。谁他妈的想要幸福？”他的嗓音里有一种我之前从未听到过的悲伤。

“你喝酒的习惯怎么样了？”

“优雅得体得无懈可击了，老朋友。不知怎的，我好像管得住这个老毛病了。不过，谁知道呢？”

“也许你从来就不是一个真正的酒鬼。”

我们坐在酒吧吧台的一角里，喝着兼烈酒。“这儿的人不知道该怎么调这个酒，”他说。“他们说的兼烈就是酸橙汁或者柠檬汁加金酒，再兑一丁点甜的或是苦的。真正的兼烈是一半金酒兑一半罗斯柠檬汁，不添任何别的东西。这酒可以把马提尼甩开十条街。”

“我对酒不那么讲究。你和兰迪·斯塔尔处得怎么样？干我这行的都知道他是个狠角儿。”

他身子往后靠了靠，脸上一副若有所思的表情。“我猜他的确是个狠角儿。我猜他们全都是狠角儿。可是他表面上并不显山露水。我还可以跟你说几个同在好莱坞黑道场上混的伙计，他们一看就是那样的人。兰迪可不想这样。在拉斯维加斯，他是一个合法的生意人。下次你去那里的时候，你可以去见见他。他会跟你成哥们儿的。”

“不太可能。我不喜欢流氓。”

“那只不过是一种难听的叫法罢了，马洛。我们现在的世界就是这样的。两场世界大战给了我们这样一个世界，我们也将把它维系下去。兰迪、我，还有另外一个伙计曾经一起经历过一点小麻烦。这在我们之间建立了一种纽带。”

“那你在需要帮助的时候为什么不去找他呢？”

他一口气喝干了杯里的酒，朝侍者打了个手势。“因为他无法拒绝。”

侍者又拿了两杯酒来。我说：“这话在我听来纯粹是空话。如果这家伙真的碰巧欠你点儿什么的话，那你就站在他的位置上想想。他会很乐意能有一个机会来还你这个人情的。”

他慢吞吞地摇了摇头。“我知道你说得对；再说，我也的确问他讨了一份工作。可那一阵子我是真的干了活儿的。至于说问他要照顾、要施舍，那我可不干。”

“可你却愿意向一个陌生人讨这两样东西。”

他直视我的眼睛。“陌生人可以只管自己走路，假装没听见。”

我们喝了三杯兼烈（不是双杯分量的），他一点反应也没有。这点酒足以让一个真正的酒鬼酒兴大发了。如此看来，他的酒瘾说不定真的治好了。

喝完酒后，他开车送我回办公室。

“我们八点十五分开晚宴，”他说。“只有百万富翁办得起这样的晚宴。可如今，也只有百万富翁的仆人忍受得了这样的晚宴。各式各样有趣的客人都会赶来赴宴。”

从此以后，他几乎养成了每天五点左右过来串门的习惯。我们并不是每次都去同一家酒吧，不过我们去维克多的频率确实最高。这地方对他而言也许有某种不为我知晓的意义。他一次都没有喝高过，这让他自己也很吃惊。

“这毛病一定就像是疟疾，”他说，“要么不发，要么就一发不可收拾。没事儿的时候，你会觉得自己像是从来没有犯过这病似的。”

“有件事我真搞不懂：一个像你这样的上层人士干吗要和一个私家探子喝酒呢？”

“你这是在谦虚吗？”

“不。我只是有点疑惑。我还算是个容易交朋友的人，可我们生活在不同的世界里。我甚至不知道你们住在哪里，只知道那是在恩西诺。我猜，你的家庭生活还算完满吧。”

“我没有家庭生活。”

我们又喝起了兼烈。酒吧里这时空空荡荡的。只有零星的几个嗜酒如命的老酒鬼像往常一样分散地坐在吧台前的凳子上，开始把自己灌倒。这类人总是动作异常缓慢地伸手去拿面前的第一杯酒，一面紧盯着自己的手，以免碰翻任何东西。

“我不明白你的意思。还是说你没打算让我明白？”

“‘大制作，没剧情’，就像电影界的那些人说的那样。我猜西尔维娅还算幸福，尽管那并不见得是因为和我在一起。在我们这个圈子里，这并不十分重要。你如果不用工作，也不用考虑花销的话，你就不愁没有事情做。虽说这些事并不怎么有趣，但有钱人从来就不懂什么叫有趣。他们也从来没有找到过乐趣。他们从来不做真正有难度的事情，除非那是勾引别人的老婆——可这种欲求和水管工的老婆渴望给客厅装一条新窗帘的心情相比就苍白得可怜了。”

我一言不发。我让他说个够。

“我基本上就是在消磨时间，”他说，“时间真难磨啊。打一小会儿网球，打一小会儿高尔夫，再游一小会儿泳，骑一小会儿马，还有那件妙不可言的乐事：看着西尔维娅的朋友们拼命支撑到午饭时间，然后开始向他们的宿醉发起进攻。”

“你去维加斯的那天晚上，她说过她不喜欢醉鬼。”

他笑了笑，扬起半边嘴角。我对他脸上的疤痕已经习惯了，平时甚至都不会注意到这一点，除非是某种神色的变化突出了有疤的那半边脸上的僵硬表情。

“她说的是没钱的醉鬼。有钱的醉鬼就只是酒量太大而已。就算他们在游廊上呕吐了，反正也有管家来收拾残局。”

“你不应该选择这样的生活。”

他仰起脖子，将杯里的酒一饮而尽，然后站起身来。“我得开溜了，马洛。再说，我已经让你觉得烦了——老天在上，我都觉得自己烦了。”

“我没觉得你烦。我受过训，知道该怎么倾听别人。我迟早会搞明白你为什么情愿做一条宠物贵宾犬的。”

他轻轻地用一只指尖拂过脸上的疤痕，脸上现出一丝若隐若现的微笑。“你应该问的是，她为什么想要把我留在身边，而不是我为什么想要待在那里，耐心地坐在我的锦缎垫子上，等着她来拍我的脑袋。”

“你喜欢锦缎垫子，”我边说边起身同他一道出门。“你喜欢丝绸毯子，喜欢摇铃，喜欢等着管家带着谦恭的微笑出现在你面前。”

“也许吧。我是在盐湖城的一家孤儿院里长大的。”

我们出了门，走进困倦的夜色。他说他想散步。我们来的时候开的是我的车；这次我动作够快，终于抢先买了一回单。我看着他消失在视线之外。就在他渐渐隐没在淡雾之中的时候，他的白发在一家店铺橱窗的灯光下蓦然一闪。

我更喜欢他烂醉如泥、穷困潦倒、饥肠辘辘、筋疲力尽，但却傲骨铮铮时的样子。但也不好说。也许我只是喜欢那种优越感。他为这些事情给出的理由很让人费解。干我这行的都知道，有些时候应该直接发问，有些时候则应该小火慢炖，直到锅盖自己被顶开。每个有手段的警察都知道这一点。这就像是下棋或拳击中的一步妙招：有些人你得步步紧逼，让他们失去平衡；有些人你只需把他们堵在角落里，然后等着他们自己打败自己。

要是我那天就问他的话，他也许当时就把自己的人生经历向我和盘托出了。但我甚至从没有问过他的脸是怎么给人砸坏的。如果我问了，他也跟我说了，那这也许就能挽救几条人命。但也只是也许，没有保证。

4

我们最后一次在酒吧里喝酒是在五月份。那天比平常要早些，刚刚过四点。他看上去很累，人似乎瘦了，但他环顾四周时脸上却慢慢地绽开了一丝愉快的微笑。

“我喜欢酒吧在傍晚刚刚开门时的样子。这时，屋里的空气依然凉爽清洌，一切都亮闪闪的，酒吧招待照了最后一回镜子，瞧瞧自己的领带正不正，头发光不光溜。我喜欢酒吧后排架子上那些摆得整整齐齐的酒瓶，还有闪闪发亮的高脚杯和那种期待的感觉。我喜欢看着那伙计调出当晚的第一杯鸡尾酒，然后把酒杯放在挺括的衬垫上，再在旁边放上一小块叠得整整齐齐的餐巾。我喜欢慢慢地品酒。当晚的第一杯宁静的酒，在一家宁静的酒吧里——这真是妙不可言。”

我表示赞同。

“酒就像爱情，”他说。“初吻是魔法，次吻是亲密，三吻便是例行公事了。三吻之后，你要做的就是脱掉姑娘的衣服。”

“这难道不是好事吗？”我问道。

“这当然是一种高度的兴奋，但却是一种不纯粹的感情——审美意义上的不纯粹。我并不想对性嗤之以鼻。性是必要的，而且并不一定丑陋。可你总是得小心翼翼地去营造它。让性显得光鲜迷人可是桩要花大价钱的买卖，而且一分钱都不能少花。”

他环顾四周，打了个哈欠。“我最近睡得不好。这里不错。可是过一会，那些醉汉就要把这地方挤满了，到时候满屋子都是他们的嚷嚷和傻笑；那些该死的娘们儿也要开始搔首弄姿、挤眉弄眼了，她们还喜欢一边叮叮当当地摆弄该死的手镯，一边抛出预先打好包的风骚魅力。但再过一会儿，她们的魅力就会散发出一阵淡淡的，却毋庸置疑的汗馊味儿了。”

“放松些，”我说。“她们也是人，她们会出汗，她们会脏，她们也得上厕所。你以为她们是什么——在玫瑰色的薄雾中起舞的金蝴蝶吗？”

他喝干了杯里的酒，把杯子头朝下捏在手里，看着一滴酒在杯口慢慢成形，然后颤抖着滴落。

“我为她难过，”他慢吞吞地说。“她是个十足的坏女人。也许我以某种说不清道不明的方式喜欢着她。将来总有一天她会需要我的，到那时我就是她身边唯一一个不会欺骗她的人了。但也有可能到时候我会放手的。”

我只是看着他。“你把自己卖了个好价钱，”我沉默了片刻后说道。

“没错，我知道。我是个软弱的人，没有胆量，没有野心。我抓住了一只黄铜戒指，当我发现它不是金子做的时候，我大吃一惊。我这种人的一生中只有一个辉煌时刻，那就像是在高高的秋千上荡出的一道完美的弧线。此后，他的余生便只有一个目标了，那就是千万别从人行道上跌回阴沟里。”

“干吗说这话？”我掏出烟斗，开始填烟丝。

“她吓坏了。她吓得动弹不了了。”

“为什么？”

“我不知道。我们现在不怎么说话了。也许是被她家老头子吓的。哈兰·波特是个铁石心肠的混球。表面上一副维多利亚式的道貌岸然。可他骨子里残忍得就像盖世太保。西尔维娅是个婊子。他知道这一点，他也恨这一点，但他却无可奈何。所以他就等着，观望着：一旦西尔维娅掉进丑闻的烂摊子，他就会把她撕成两半，再把那两半埋在相距千里的两个坑里。”

“你是她丈夫。”

他举起空酒杯，狠狠地砸在桌沿上，发出砰的一声响。吧台招待瞪着他，但没说话。

“没错，哥们儿。没错。当然了，我是她丈夫。登记册上是这么说的。我就是那三级白色台阶、一扇绿色大门，外加那只黄铜门环——叩它的时候你只需叩出一声长音，两声短音，然后女仆就会把你领进那间收费一百美元的妓院。”

我直起身来，往桌子上扔了一张钱。“你的话实在太多了，”我说，“而且你说自己也说得实在太多了。回头见。”

我撇下他一个人坐在那里，径直出了门。借着酒吧里昏暗的光线，我依稀能分辨出他脸上的惊愕与苍白。他在我身后喊了一句什么，但我没有停步。

十分钟后，我后悔了。但是十分钟后，我已经不在那里了。他此后再没有到办公室来过。一次都没有。我戳中了他心里的痛处。

此后的一个月，我都没有再见到过他。他再次出现的时候是在一个清晨。这天早上五点，天刚蒙蒙亮，一阵接一阵的门铃声就把我从床上拖了起来。我步伐沉重地穿过走廊和客厅，过去开门。他站在那里，看上去像是一个星期没睡觉了。他身上披了件轻薄的宽大衣，衣领竖着，大衣下的身体似乎在颤抖，头上一顶深色的呢帽向下压得很低，遮住了他的眼睛。

他手里握着一把枪。

5

那把枪不是指着我的。他只是那么握着它。那是一把中口径的自动手枪，外国牌子，肯定不是柯尔特，也不是萨维奇。就凭他那张苍白疲惫的脸、脸上的疤痕、竖起的衣领、下压的帽子，还有那把手枪，他活脱脱的就像是从某部老掉牙的黑帮片里走出来的一样。

“赶快开车送我去提华纳，我要赶一架十点十五分开的飞机，”他说。“我有护照和签证，万事俱备，只差一辆车了。出于某种原因，我不能搭从洛杉矶发出的火车、汽车或是飞机。付你五百美元的出租车费够了吗？”

我站在门后面，没有做出让他进门的动作。“五百块，外加你手里的那家伙？”我问道。

他漫不经心地低头瞧了一眼那把枪，然后把它放进口袋里。

“这东西也许可以用来自卫，”他说，“对你而言。我不需要。”

“进来吧，”我让开身子，他上气不接下气地进了门，瘫坐在一把椅子上。

客厅里光线很暗，因为房东有意让茂密的灌木丛枝遮住了窗户。

我开了一盏灯，问他要了一支烟。我点上烟。我低头盯着他看。我弄乱了我那头已经凌乱的头发。我咧开嘴，脸上挂出那副我最拿手的疲惫笑容。

“该死的，就不能让我在睡梦中度过这么一个美好的早晨吗？十点十五分，是吧？那时间还多着呢。咱们去厨房，我来煮点咖啡。”

“我碰着大麻烦了，福尔摩斯。”“福尔摩斯”——这还是他第一次这么叫我。可这确实跟他进门的方式、他的穿着，还有他手里的这把枪挺般配。

“这将是多么美好的一天啊。微风习习。你能听见街对面的那几棵老桉树在说悄悄话，怀念着在澳大利亚的旧日时光——那时，袋鼠们在树枝下跳跃，考拉们你背着我，我背着你。没错，我刚才就大致猜到你有麻烦了。我先灌几杯咖啡下肚，然后我们再聊。我刚起床的时候总有一点点头晕。让我们同哈金斯先生还有杨先生一起商讨一下①。”

“听着，马洛，现在不是时候——”

“别害怕，老伙计。哈金斯先生和杨先生是两位佼佼者。他们创立了哈金斯-杨咖啡。这是他们毕生的事业，他们的骄傲与喜悦。总有一天，我会看着他们得到自己应得的认可。到目前为止，他们得到的只有钱。我敢打赌，钱绝对没法让他们满足。”

我留下这串妙语陪伴他，出门进了后堂的厨房。我拧开热水龙头，把咖啡壶从架子上拿了下来。我先打湿滤杆，然后把咖啡粉填进壶的上半部分，这时水已经冒气了。我往壶的下半部分里灌上水，把它放在火上烧。然后我把壶的上半部分叠在上面，拧了一拧，好让上下结合紧密。

这时他从房间里追了出来。他倚在门道上，等了片刻，然后侧身挤

---

① 哈金斯-杨是一个咖啡品牌。

进早餐角，溜进了座位。我从架子上拿下一瓶“老爷爷”威士忌，用一只大玻璃杯给他倒了一小杯的量。我知道他现在需要大杯子。即便如此，他也用上了两只手才把杯子举到嘴边。他把酒咕咚咕咚地灌下肚去，砰的一声放下杯子，然后身子往椅背上一靠，发出咯吱一声响。

“我差点没晕过去，”他咕哝道。“就像是一周没有睡觉似的。昨晚我根本就没合眼。”

咖啡壶差不多就要冒泡了。我把火关小，看着水位逐渐上升，然后在玻璃管底部上下浮动。我把火微微调大，刚好让水通过玻璃管，再迅速把火关小。我搅拌了一下咖啡，把盖子盖上。我将定时器设定在三分钟。马洛可是个有条不紊的家伙。没有什么能干扰他煮咖啡的技法。哪怕是一个亡命徒手里的那把枪也不能。

我又给他倒了一小口酒。“你就给我坐在那儿，”我说。“什么也别说。坐着。”

他用单手搞定了第二杯酒。我在卫生间里匆匆洗了把脸，回来的时候定时器的铃声刚好响起。我关掉火，把咖啡壶放在桌上的一张草垫上。我干吗要不厌其烦地跟你们说这些？那是因为，屋里紧张的气氛将每一件微小的事情都放大为一种表演，一个清晰的、无比重要的动作。正是在这种极端敏感的时刻，你所有的无意识动作——不论多么根深蒂固，不论多么习惯成自然——都成为了一个个独立的意志行为。你就像是一个患了小儿麻痹症之后重新学习走路的人。你不会将任何一件事情视作理所当然——我说的是“任何一件”。

咖啡全都流了下来，空气像往常那样，带着嘶嘶声钻了进去，咖啡先是冒泡，然后安静了下来。我取下咖啡壶的上半部分，把它放在水槽盖板托座内的滴水板上。

我倒出两杯咖啡，给他的那杯里加了一小口酒。“你喝黑咖啡，特里。”我给自己这杯加了两块方糖和一点奶精。这时我开始摆脱那种状态了。我不记得自己是怎么打开冰箱，拿出奶精盒的了。

我在他对面坐下。他到现在为止一动也没动过。他倚着早餐间的一角，身体僵硬。突然，他的脑袋一垂，没有任何征兆地落在了桌子上：他开始抽泣。

他完全没有注意到我把手伸了过去，从他的口袋里掏出了那把枪。那是一把七·六五口径的毛瑟枪——一件完美的工艺品。我嗅了嗅枪口。我弹出弹匣——满的。枪膛是空的。

他抬起头，看着咖啡，慢慢地喝了一点，眼睛没有看我。“我没有朝任何人开过枪，”他说。

“嗯——至少最近没有。不然的话，你还得清洁枪膛。我不大相信你用这把枪打过谁。”

“那就让我来告诉你吧，”他说。

“等一等，”我在不被咖啡烫着的情况下，用最快的速度喝光了杯里的咖啡，然后又添了一杯。“是这样的，”我说。“你在告诉我事情的时候，一定要非常小心。如果你真的想要我开车送你去提华纳，那你千万不能告诉我两件事情。第一——你在听我说吗？”

他微微点点头。他正目光呆滞地看着我头顶上方的墙壁。他的疤痕今天早上显露出深深的青紫色。他的皮肤此刻近乎惨白，可那几道疤痕却显得比他的肤色更刺眼。

“第一，”我慢慢地重复道，“如果你从事了任何一种犯罪行为，或者是任何法律机构认为是犯罪的行为——当然，我说的是严重的犯罪行为——那你千万不能告诉我。第二，如果你了解任何关于此类犯罪行为的重大信息，那你同样也不能告诉我。不然的话，我就不能开车送你去提华纳了。听明白了吗？”

他看着我的眼睛。他的目光已经聚焦，但眼中无神。他的胃里已经有了咖啡。他的脸上没有血色，但他很镇定。我又给他倒了些咖啡，然后还是往里面加了点酒。

“我跟你说了，我遇到麻烦了，”他说。

“我也听到了。我不想知道那究竟是怎样的麻烦。我还得保住饭碗，保住执照呐。”

“我可以拿枪顶着你，”他说。

我咧嘴一笑，把枪推到桌子对面。他低头看了看枪，没有去碰。

“你没法一路拿着枪把我顶到提华纳去，特里。你也没法拿枪顶着我过边界，更没法顶着我上飞机。我是个偶尔会和枪打交道的人。我们就暂且撇开枪不谈吧。要是我事后告诉警察，说我被你吓得屁滚尿流，只好任你摆布的话，那我在警察眼里的形象可就妙极了。当然，前提是我有任何事情要告诉警察的话——对此我暂且表示怀疑。”

“听着，”他说，“她的房门要到中午甚至更晚的时候才会有人来敲。用人不敢在她头天夜里晚睡的情况下打扰她。主宅后面有一间大客房，离主宅有一点距离，配有独立的车道、车库和其他设施。西尔维娅是在那里过夜的。女仆最后肯定会在那里找到她的。”

我皱了皱眉。“看来我得非常小心地考虑我该问你什么问题，特里。她晚上难道没有可能不在家里过夜吗？”

“她的衣服肯定扔得屋里到处都是。她从不挂衣服。女仆一看便知道，她只在睡衣外面披了件睡袍便出了房门。所以她只可能去了那间客房。”

“那可不一定，”我说。

“她只可能去了客房。天啊，你以为他们不知道那间客房里的事情？仆人们总是能知道。”

“别说了，”我说。

他用一根手指从没受过伤的那半边脸上用力压过，留下一道红红的印痕。“在客房里，女仆会发现——”

“西尔维娅烂醉如泥、动弹不得、不省人事、手脚冰凉，”我用一串刺耳的词语描述道。

“喔——”他想了一想。好好地想了一想。“当然，”他补充道，“就是这样。西尔维娅不是酒鬼。可她如果真的喝过了头，那结果将是十分戏剧性的。”

“那我们就不用再多说什么了，”我说。“基本上不用了。我刚刚想到一件事。我们上次在一起喝酒的时候，我对你有点粗暴——我撇下你，一个人走了，如果你还记得的话。你那天都快把我烦死了。事后想想，我明白了你其实只是想通过自嘲减轻心中的失败感。你刚才说你有护照和签证。申请去墨西哥的签证可是需要点时间的。他们可不愿意把随便什么人都放进去。所以，你筹划逃跑应该有些时间了。我之前就在想，不知你还能坚持多久。”

“我猜我心里有种模糊的使命感，觉得我必须待在她身边，因为她对我的需求也许不仅仅是拿我当个门面来糊弄她家老头子，让他不要盯她盯得太紧。顺便说一句，我半夜里给你打过电话的。”

“我睡得很死。我肯定没听见。”

“然后我去了一家洗土耳其浴的地方。我在里面待了几个钟头，洗了蒸汽浴、冷水浴、淋浴，做了按摩，然后在里面打了两个电话。我把车停在了拉布雷阿街和方廷街路口，然后从那里走了过来。没有人见到我拐进你这条街。”

“那两通电话和我有关吗？”

“一通电话是打给哈兰·波特的。老头子昨天飞到帕萨迪纳去了——生意上的事。他一直没来过我们家。我为了找到他，费了好大周折。但最后他终于跟我通话了。我对他说：对不起，但我要走了。”说这话的时候，他的目光微微斜向一边，望着水槽上方的窗户和那丛摩挲着纱窗的黄钟花。

“他什么反应？”

“他很难过。他祝我好运。问我需不需要钱。”特里哈哈大笑，笑声尖刻。“钱。这永远是他字典中的头一个字。我说我的钱够了。然后我给西尔维娅的姐姐打了电话。她的反应也差不多。就是这些。”

“我要问你一件事，”我说。“你究竟有没有在那间客房里撞见她跟别的男人在一起？”

他摇摇头。“我从没有去捉过奸。要捉的话，那也肯定不是什么难事。那从来就不是难事。”

“你的咖啡凉了。”

“我不想喝了。”

“好几个男人，是不是？可你还是回心转意，同她再婚了。我知道她确实挺风骚的，可是——”

“我告诉过你，我是个没用的人。天啊，我第一次究竟为什么会离开她？打那以后，为什么我每一次见到她都会把自己灌得烂醉？为什么我宁可在穷困潦倒中打滚，也不愿问她要钱？她已经结过五次婚了——不算跟我结的这两次。而她只要勾勾小指头，这五个男人中的每一个都愿意回到她身边——而且不单单是图那百万美钞。”

“她确实挺风骚的，”我说。我看了看表。“再问一句，为什么你非得十点十五分赶到提华纳呢？”

“那趟航班上总有空位。一般人都愿意坐‘康妮’①，那样只需七个小时就能飞到墨西哥城，这样一来自然就没人坐 DC-3 这样的小飞机翻山越岭了。再说了，‘康妮’不停我要去的地方。”

我站起身来，倚着水槽。“现在，让我来总结一下，别打断我。今天早上，你在情绪十分激动的状态下跑来找我，想让我开车送你去提华

① “康妮”指的是洛克希德公司的星座型客机，一种四引擎的螺旋桨飞机。

纳赶一架上午的飞机。你口袋里有一把枪，但我完全有可能没看到。接着你对我说，你一直在尽己所能地隐忍着这样的生活，但你现在忍无可忍了。你发现你的妻子喝得烂醉，边上睡着一个男人。你走出门，去了一家土耳其浴室消磨时间，一直待到上午。这时你给你妻子的两位血缘最近的亲属打了电话，和他们说了你的打算。至于你要去哪儿，这不关我的事。你身上有进入墨西哥的合法文件。你怎么去也不关我的事。我们是朋友，你要我做什么我就做什么，我不会去多想。再说了，我又有什么理由要多想呢？你又没塞钱给我。你有你自己的车，但你情绪太不稳定了，没法自己开车。那也不关我的事。你是个很情绪化的伙计，你还在战争中受过重伤。我想我现在就应该去找到你的车，把它塞进随便哪里的一间车库藏起来。”

他把手伸进衣服里，将一只皮钥匙包从桌子对面推了过来。

“这故事听上去如何？”他问道。

“取决于是谁在听。我还没说完呢。你什么也没拿，除了你身上的这套衣服和你从老丈人那里拿的一点钱。你把她送给你的一切都留在了那里，包括你停在拉布雷阿街和方廷街路口的那辆漂亮的豪车。你想要走得干干净净、清清爽爽，只拿你为了上路非拿不可的东西。好吧，这个故事能让我信。现在，我该刮个胡子，换上衣服了。”

“你为什么要帮我，马洛？”

“趁我刮胡子的时候喝一杯吧。”

我出了门，留下他一个人缩成一团，坐在早餐间的角落里。他头上还戴着帽子，身上还披着那件轻薄的宽大衣。但他整个人看上去多了几分生气。

我走进洗手间，剃了胡须。就在我回到卧室开始打领带的时候，他走了进来，站在门道里。“我刚才把杯子洗了，以防万一，”他说。“但我脑子里还是在想这件事。也许你最好还是打电话叫警察吧。”

“要打你自己打。我没什么要跟他们说的。”

“你想要我打吗？”

我猛地转过身去，狠狠地瞪了他一眼。“真该死！”我几乎冲着他吼了起来。“耶稣在上，你能不能不要再提这件事了？”

“我很抱歉。”

“那是当然的。像你这样的家伙总是抱歉，而且总是抱歉得太迟。”

他转身沿着走廊回到客厅去了。

我换好衣服，锁上通向后堂的隔门。等到我回到客厅的时候，他已经倒在一把椅子里睡着了，脑袋歪在一侧，脸上像是被放干了血色，整个身体都疲惫得松弛开了。他看上去可怜极了。我碰了碰他的肩膀，他慢慢地醒了过来，仿佛从他方才栖身的梦乡回到我的身边要走很远很远的路。

我先等他回过神来，这才开口说：“手提箱怎么办？你那只白色猪皮箱还放在我衣柜最上面一层呢。”

“里面是空的，”他无精打采地说。“再说了，那只箱子太引人注意。”

“你要是一件行李都不带，那反倒更引人注意。”

我回到卧室，站在衣橱里面的梯凳上，把那只白色猪皮箱从最高层的搁板上拽了下来。天花板上，通往阁楼的那扇四方的活门正好顶着我的脑袋，于是我把活门推开，把手尽可能地往里伸，将他那只皮钥匙包扔在了一根落满灰尘的系梁或者其他什么梁后面。

我拿着那只手提箱爬了下来，拂去灰尘，往里塞了些东西：一件从未穿过的睡衣、牙膏、一支备用的牙刷、两条廉价的毛巾和浴巾、一包棉手帕、一管十五美分的剃须膏，还有一把买一整盒刀片时送的剃须刀。没有一样是用过的，没有一样有标记，没有一样会引人注意，只是如果这些东西是他自己的话，那就更好了。我又往里面添了一瓶还裹着包装纸的波旁威士忌。我锁上手提箱，把钥匙插在了上面的一把锁里，然后提着箱子回到前厅。他这时又睡着了。我打开房门（开门的时候没有惊醒他），提着箱子下到车库，将它放进敞篷车的前排座位后面。我把车开了出来，锁上车库门，转身爬上台阶回去叫醒他。我锁好房门，这才与他动身出发。

我一路开得很快，但没有快到吃罚单的程度。一路上我们几乎没有说话。我们也没有停车吃东西。时间不多了。

边检人员没跟我们多说什么。我把车开上提华纳机场所在的那座平顶山上，然后挨着机场办事处停下车，坐在那里等着特里取票。DC-3 的螺旋桨已经开始缓缓转动了，但这样的速度只是为了让引擎保持温度。一个穿着灰制服、身材高大的万人迷飞行员正在同聚在一起的四个人聊天。其中一人身高六英尺四左右，手里提着一只枪囊。他身边站着一个穿便裤的姑娘，一个小个头的中年男子，还有一个高个儿的灰发女人——和她站在一起，那个中年男人就像是个小萝卜头。三四个明显是墨西哥人的家伙也站在旁边。看来，这些就是这架飞机要承担的全部载荷了。舱门前已经放下了舷梯，但似乎没人急着上去。这时，一个墨西哥乘务员走下舷梯，站在那里候着。他们似乎没有扩音装备。那几个墨西哥人踩着台阶上了飞机，可飞行员还在同那几个美国人聊天。

我旁边停着一辆车身庞大的帕卡德。我钻出敞篷车，瞄了一眼那辆车的车牌号。也许终有一天，我会学会少管闲事的。就在我把脑袋缩回来的时候，我瞧见那个高个儿女人正盯着我这边看。

这时特里穿过尘土飞扬的碎石路走了过来。

“全妥了，”他说。“我该在这里对你说再见了。”

他伸出手。我握了握。他现在看上去气色还不错，就是很疲惫，疲惫得就像是从地狱里爬上来的一样。

我从我那辆奥尔斯里拎出那只猪皮箱，放在碎石路面上。他怒气冲冲地瞪着它。

“我跟你说过，我不要了，”他没好气地说。

“这里面有满满一品脱烈酒，特里。还有几件睡衣什么的。全都没做过标记。你要不想要，打开来看看。或者把它扔了。”

“我有我的理由，”他生硬地说。

“我也有我的。”

他突然露出了一个微笑。他提起手提箱，用另一只手使劲儿地捏了捏我的胳膊。“好吧，哥们儿。你是老大。另外请你记住，如果哪天日子混不下去了，尽管向我开口。你不欠我一分钱。我们只是在一起喝了几杯酒，彼此处得挺友好，而我又在那里不停地说着我自己的事。我在你的咖啡罐里留了五张百元大钞。别对我生气。”

“你真不该这么做。”

“反正我手头的钱我到死连一半都花不光。”

“祝你好运，特里。”

那两个美国人开始踩着舷梯登机了。这时一个身材五短三粗，长着一张大黑脸的家伙从办公楼的大门里走了出来，朝着这边又是挥手，又是指指点点。

“登机吧，”我说。“我知道你没有杀她。所以我才会来这里。”

他突然做出了像是准备面对风暴的姿态。他的整个身体都绷紧了。他慢慢地转过身，回头望着我。

“对不起，”他平静地说。“但这件事你说错了。我接下来会慢慢地朝飞机走过去。你有充足的时间拦住我。”

他迈开步子。我看着他。办公楼门口的那个家伙在等待，但似乎并不太着急。墨西哥人很少会着急。他弯下腰，拍拍那只猪皮箱，朝特里咧嘴一笑。然后他站到一边，让特里从那扇门里走了出去。不一会儿特里从另一边的一扇门里钻了出来——那里是入关时海关人员把守的地方。他穿过碎石路，来到飞机边上，步伐依旧缓慢。这时他停下脚步，朝我这边望了过来。他既没有向我示意，也没有向我挥手。我也没有向他作任何表示。然后他爬上了飞机，舷梯随即收起。

我钻进奥尔斯，发动引擎，倒车后一打方向盘，穿过了半个停车场。那个高个子女人和那个矮个子男人还在停机坪上。女人抽出一块手帕挥舞着。飞机开始朝停机坪的另一头滑行，扬起漫天尘土。到了尽头处，飞机拐了个弯，马达加速旋转，发出隆隆轰鸣，机身开始向前作缓慢加速运动。

一团团尘土在飞机身后升腾。然后飞机起飞了。我看着它缓缓升入强劲的气流中，然后消失在了东南方向那片裸露的蓝天中。

我走了。边卡上的那些人全都看也不看我一眼，仿佛我的脸同钟表的指针一样意义甚微。

6

从提华纳回到家要开好长的一段路，这一定是全美国最乏味的一段公路旅程。提华纳无趣得要命；那儿的人除了钱什么都不要。那儿的孩子会悄无声息地溜到你的车边，睁着一双惆怅的大眼睛望着你，对你说“一个钢镚儿，先生，求求您了”，然后在接下来的一句话中拼命向你推销他们的妹妹。提华纳不是墨西哥。每一座边境小镇都只是边境小镇，就像每一片码头区都只是码头区一样。圣地亚哥？世界上最美的码头之一，里面除了海军和几艘渔船之外，什么都没有。到了晚上，那里就是仙境。浪涌的声音就像老奶奶哼摇篮曲一样温柔。可马洛现在得回家面对烂摊子了。

北上的公路就像水手的号子一样单调。你穿过一座小镇，翻过一座小山，经过一段海岸，然后再穿过一座小镇，翻过一座小山，经过一段海岸。

我到家的时候是下午两点，他们已经在一辆黑色小轿车里等我了，车上没有警局牌照，没有红灯，只有一架复合天线，可并不只有警车会装这玩意儿。我爬台阶爬到半当中的时候，他们从车里钻了出来，朝我大叫。叫我的人是一对典型的警探，穿着典型的套装，迈着典型的步态：一种冷硬的从容，就好像整个世界都在屏息等待着他们来发号施令。

“你是不是叫马洛？我们要跟你谈谈。”

他在我眼前飞快地晃了一下警徽。就算他手里拿的是一张虫害防治员证，我也看不出来。他留着一头灰白的金发，看上去很难缠。他的搭档则高大、帅气、衣冠楚楚，身上透着股定位精准的恶意：一个受过教育的打手。两人都瞪着一双明察秋毫、伺机而动的眼睛，一双耐心、谨慎的眼睛，一双冷静、透着鄙夷的眼睛，一双警察的眼睛。他们在警校的毕业典礼上就练成了这样一双眼睛。

“我是格林警司，中央局凶杀组的。这位是代顿警探。”

我爬上台阶，拿钥匙开了门。你不用跟大城市的警察握手。那样近距离的接触对他们而言太近了一些。

他们在起居室里就座。我打开窗户，听到微风的细语。问话由格林主持。

“有一个叫特里 · 伦诺克斯的男人。认识他，对吗？”

“我俩偶尔在一起喝上一杯。他住在恩西诺，娶了个阔太太。我从没有去过他家。”

“偶尔，”格林说。“偶尔究竟是个什么频率？”

“这是一种模糊的表达方式。而我要的就是这份模糊。‘偶尔’可以是一周一次，也可以是两个月一次。”

“见过他老婆吗？”

“见过一次，一面之缘，在他们结婚前。”

“你最后一次见到他的时间和地点呢？”

我从茶几上拿起一只烟斗，往里面填上烟丝。格林向前一探身，凑到我跟前。那个高个儿小子则向后一仰，手里握着一支圆珠笔，笔头悬在一本红边的便笺簿上方。

“接下来我应该说：‘问这些干什么？’而你则回答说：‘只有我们才有资格提问题。’”

“既然如此，那你就只管回答我们的问题吧，好吗？”

我点上烟斗。烟叶有一点点返潮。我费了一点时间外加三根火柴才把它点着。

“我的时间一度很宽裕，”格林说。“但我刚才在等你的时候已经用掉了大半。所以，拜托你说话利落点儿。我们知道你是谁。你也知道，我们来这里不是为了请你吊我们的胃口。”

“我只是在思考，”我说。“我俩一度频繁光顾维克多酒吧，偶尔也去‘绿灯笼’，还有‘牛与熊’——那家店在日落大道的尽头，店里的陈设拼命模仿英国酒馆——”

“不要拖延时间。”

“谁死了？”我问道。

代顿警探开口了。他的声音硬朗、成熟，透着一股“别拿我当傻瓜”的意味。“你只管回答问题，马洛。我们只是在进行一次常规调查。你只需知道这么多。”

也许我此刻有些疲惫易怒。也许我心里感到了一丝不安。我甚至无需认识这个家伙，就能在心里点燃对他的恨意。哪怕我只是在餐厅里隔着大堂望见他一眼，我也会生起一种踢飞他牙齿的欲望。

“省省吧，伙计，”我说。“这种废话你还是留给少年犯罪局吧。就连他们也会觉得这话傻得可笑。”

格林咯咯直笑。代顿的脸上没有起任何明显的变化，但他突然间看起来像是增加了十岁的年龄和二十岁的凶相。从他鼻孔中喷出的气息发出微弱的嘶嘶声。

“他通过了律师考试，”格林说。“你糊弄不了代顿的。”

我慢慢地站起身来，走到书架边上，抽出一本包着封面的《加利福尼亚州刑法典》。我把那本法典举到代顿面前。

“麻烦你找出那一节规定我必须回答问题的条款来好吗？”

他绷紧了身体，一动不动。他打算狠狠地给我一拳，我俩都心知肚明。但他先要等待时机。也就是说，他不清楚自己一旦做出违规的举动，格林是否会帮他。

他开口了：“每一位公民都必须配合警方，以一切方式配合，甚至是通过身体上的行动，尤其是通过回答任何警方认为必要的问题，如果这个问题不会让他本人受牵连的话。”说这话的时候，他的声音坚定、爽朗、平稳。

“事情的结果往往是这样的，”我说。“一般是通过直接和间接的恐吓达成的。但法律根本没有规定这样一种义务。没有人有义务告诉警方任何事情，不论何时何地。”

“喂，闭嘴，”格林不耐烦地说。“你心虚了，你自己知道。坐下。伦诺克斯的老婆被人谋杀了。在两人位于恩西诺的宅邸边的一间客房里。伦诺克斯溜了。我们怎么也找不到他。所以，我们眼下正在找的是一个谋杀案嫌犯。这下你满意了吧？”

我把那本书扔在一把椅子上，转身回到沙发里，和格林隔着桌子面对面。“那你们干吗来找我？”我问道。“那座房子我连边都没挨过一下。我跟你们说过了。”

格林拍着大腿，从上到下，从下到上，一面静静地朝我咧着嘴笑。代顿坐在椅子上，一动不动。他的眼神啃噬着我。

“因为你的电话号码出现在了他房间里的一本便笺簿上，而且是在过去的 24 小时内被人用笔写上去的，”格林说。“那是一本约会便笺簿，昨天的那页被撕去了，但你可以在今天这页上看到昨天写字时留下的印记。我们不知道他去了哪儿，为什么要走，什么时候走的。不过，当然咯，我们可以问。”

“为什么是在客房里？”我问道，尽管我并不指望他回答。但他居然回答了。

他的脸微微一红。“她好像经常上那儿去。晚上。有来客。用人们可以透过树丛看到那里的灯光。经常有车来来去去，有时候是深夜，有时候更晚。任谁都有忍无可忍的时候，对不对？别哄自己了。伦诺克斯就是我们要找的人。他在大约凌晨一点钟的时候上那边去了。管家碰巧看到了。过了二十分钟左右，他一个人回来了。然后就没有动静了。灯一直亮着。到了今天早上，伦诺克斯没影了。管家去了那间客房。那娘们儿倒在床上，身上赤条条的，像条美人鱼。另外，再让我告诉你一件事：那管家甚至都认不出她的脸了。她可以说已经没有脸了。被人用一尊青铜的猴子小铸像砸得稀烂。”

“特里·伦诺克斯干不出这样的事情来，”我说。“没错，她是给他戴绿帽子了。可这也不是什么新鲜事。她一直在给他戴。他们之前离过婚，后来又复婚了。我想，这事情确实让他不开心，可他为什么要现在才发狂呢？”

“这个问题无人知道答案，”格林耐心地说。“可这种故事一直都在上演。男人忍啊忍，忍啊忍，最后终于忍不住了。说不定他自己也不知道他为什么会这样，为什么会在那一刻变成疯子。他只知道他发疯了，有人死了。因此，我们就有事情做了。所以，让我们问你一个简单的问题吧。别再胡闹了，不然我们把你请进去。”

“他不会告诉你的，警司，”代顿阴阳怪气地说。“他读过那本法律书了。就像许多读过一本法律书的人一样，他以为所有的法律都在那本书里面。”

“你只管记笔记，”格林说，“别浪费你的脑子了。如果你记得好，我们说不定会让你在警局派对上唱《亲爱的妈妈》。”

“去你妈的，警司，希望我这么说不算冒犯你的警衔。”

“你俩打一架吧，”我对格林说。“等他趴下的时候我来扶住他。”

代顿小心翼翼地把便笺簿和圆珠笔放到一边，然后站起身来，两眼放着光。他径直走了过来，在我面前站定。

“起来，机灵鬼。我上过大学，但这并不意味着我要容忍你这样的蠢蛋在那里胡说八道。”

我站了起来。他挥拳打中我的时候，我身子还没有站稳。他先是一记漂亮的左勾拳，接着是右勾拳。铃声叮当作响，但不是开饭铃。我重重地跌坐在椅子上，摇了摇脑袋。代顿还站在那里。此刻他正面露微笑。

“我们再试一次，”他说。“刚才你没准备好。这很不应该。”

我瞅瞅格林。他正低头看着大拇指，好像是在研究指甲。我既没有动作，也没有开口，而是等着他抬头看我。如果我这时再站起来，代顿还会请我吃拳头的。也许他不管怎样都要再请我吃拳头。但如果我站起来，他敢再给我一拳，那接下来我就会把他打得满地找牙，因为他挥拳的动作表明，他是一个照本宣科的拳击手。他拳头的落点都非常精准，但他需要打出许多拳才能把我放倒。

这时格林开口了，语气近乎有些心不在焉：“干得漂亮，比利小子。你正正好好遂了他的愿。这下他更有理由闭紧嘴巴，一言不发了。”

然后他抬起头，语气温和地说：“再问你一遍，这次是要作笔录的，马洛。你最后一次见到特里·伦诺克斯的时间、地点，你们谈了什么，还有你刚刚是从哪里回来的。说——还是不说？”

代顿很放松地站在那里，重心保持着完美的平衡。他的眼里这时闪着柔和愉悦的光。

“还有一个伙计你们就不管了吗？”我问道，眼睛看也不看他。

“哪里还有一个伙计？”

“躲在干草堆里，客房里的那位。没穿衣服。你们该不是说，那位女士上那儿去是为了玩单人跳棋的吧？”

“事情得一件件来——我们先找到那位丈夫。”

“好吧。我只希望等你们抓到一只替罪羔羊的时候，不会因为嫌麻烦就不去找他了。”

“你闭嘴，我们要把你请进去了，马洛。”

“作为一名重要证人？”

“重要证人你个头。作为一名嫌犯。涉嫌在凶案发生后协助凶手。帮助另一名嫌犯逃匿。我猜你一定是把那家伙送到什么地方去了。而此时此刻，一个猜想就足够了。我们的头儿最近脾气很火爆。他了解规章守则，但他有时候很健忘。所以，你大概就要有罪受了。不管用什么办法，我们都要从你嘴里套出证词来。你越是不肯说，我们就越是肯定我们需要你的证词。”

“这些话对他来说就是一通狗屁，”代顿说。“他了解规则。”

“这些话对任何人来说都是一通狗屁，”格林冷静地说。“但这么说就是管用。放聪明点吧，马洛。我马上要对你亮红牌了。”

“行啊，”我说。“亮吧。特里·伦诺克斯是我的朋友。我在他身上投入了一大笔感情投资，数额很大，所以我不会因为区区一个警察叫我如实招来就让这笔投资泡汤。你大概是掌握了一些对他不利的证据，说不定远远超出了你刚才告诉我的那些。比如说，作案动机、作案机会，还有他案发后开溜的事实。你说的这条动机其实不是什么新闻，而且早就不成立了，甚至可以说是他俩间达成的一项协议。我不欣赏这种协议，但他就是这样的人——有点软弱，但非常温和。你剩下的理由也站不住脚：如果他已经听说了她的死讯，那他马上就明白了自己是你们的活靶子。如果陪审团要召开死因调查讯问，而且他们传唤了我的话，那我就只能回答他们的问题了。但我不必回答你们的问题。我能看出你是个好人，格林。就像我能看出你的搭档就是个拿着警徽当令箭的权力狂。如果你真想让我摊上大事儿，那就让他再来打我。我这次肯定要掰断他那支该死的铅笔。”

格林站了起来，一脸难过地看着我。代顿一动不动。他是那种一次性的硬汉。现在是他的中场休息时间，他得先好好自我表彰一番。

“我来打个电话，”格林说。“但我知道我会得到什么样的回复。你已经是只病鸡了，马洛。一只病得要死的鸡。你给我滚开，别挡我的道。”最后一句话是对代顿说的。代顿转身退了下去，顺道拾起了便笺簿。

格林穿过房间，来到电话机前，慢吞吞地拾起话筒——他那张普普通通的脸被长年累月、没有回报的苦差折磨得满是褶子。这就是这些警察最让人讨厌的地方。你都已经打定主意要和他们不共戴天了，这时你突然又遇见了一个向你展露出人性一面的警察。

警监发话说：把我请进去，而且不用客气。

他们给我戴上手铐。他们没有搜查住宅——这一点做得似乎有点马虎。也许他们是觉得，老奸巨猾如我者，肯定不会在家里藏任何会给自己带来危险的东西。这件事他们猜错了。因为他们只要稍加用心，就不难发现伦诺克斯的车钥匙包。等到那辆车被找到的时候——这是迟早的事——他们就能找出其中匹配的那把，进而确认他曾一度和我在一起了。

但事情后来的发展证明，就算他们找到了那只钥匙包也没有关系。警方一直都没有发现那辆车。它肯定是在夜间的什么时候被人偷了，然后那人很可能把车开到了艾尔帕索，在那里给它配了新钥匙，伪造了配套的文件，最后将它送往墨西哥城里的黑市。这是一种很常规的操作手法。通常，赃款最终会以海洛因的形式流回美国。这就是黑帮眼中的“睦邻政策”吧。

7

那一年，主管凶杀案的是一个叫格里戈利厄斯的警监。此人属于那类如今已日渐稀少，但远未灭绝的警察，他们的破案手段就是亮瞎眼的灯泡、包着软皮的铁棍、脚踹人腰，膝顶下体、拳打太阳穴、棍击脊椎。六个月后，他在大陪审团面前被指控作伪证，随后被警局解雇，审判撤销，最后在他自己位于怀俄明州的农场上被一匹高大的种马践踏至死。

但此时，我就是任他宰割的鱼肉。他坐在桌子后面，脱了外衣，袖子几乎卷到了肩膀上。他的脑袋秃得就像一块砖，腰身就像所有肌肉发达但入了中年的壮汉一样，开始变得越来越粗。他的眼睛发灰，就像鱼眼。他那只大鼻子上，暴突的毛细血管纵横交错。此刻他正在喝咖啡，而且声响不小。他那双粗壮的大手上，浓密的汗毛布满了手背。一簇簇灰白的毫毛从他的耳孔里往外钻。他笨手笨脚地在桌子上摸寻着什么，眼睛看着格林。

格林开口道：“头儿，我们只抓住他一条把柄：他什么也不肯告诉我们。那个电话号码把我们引到了他那里。他之前开车出去了，但他不肯说去了哪儿。他跟伦诺克斯挺熟的，但他不肯说他们最后一次见面是在什么时候。”

“他以为他是条汉子，”格里戈利厄斯冷冷地说。“我们能让他改变想法。”他说这话的语气似乎表明，他根本不在乎用什么法子。也许他确实不在乎。没人能在他面前充硬汉。“现在事情的关键在于，地方检察官在这个案子上闻到了报纸头条即将铺天盖地的气息。这不能怪他，毕竟我们都知道那姑娘的老爹是谁。我想，我们最好替这位伙计掏掏鼻孔。”

他看我的眼神就好像我只是一个香烟屁股，或是一把空椅子。我只是碰巧在他视线上的某样东西，无法引起他的任何兴趣。

代顿恭恭敬敬地说：“很明显，他采取这种态度就是为了造成一种他可以顺理成章拒绝开口的局面。他刚才援引法规对抗我们，还故意惹毛我，逼得我给了他一拳。我的做法违规了，警监。”

格里戈利厄斯阴沉地看了他一眼。“如果这个小阿飞都能惹毛你，那你也太不经惹了吧。是谁把手铐解开的？”

格林说是他解的。“重新铐上，”格里戈利厄斯说。“铐紧点儿。帮他打起点精神来。”

格林重新给我铐上手铐——或者说正要给我铐上。“反手铐，”格里戈利厄斯吼道。于是格林将我反手铐住。我这时正坐在一把硬椅子上。

“再紧点儿，”格里戈利厄斯说。“让手铐吃进肉里去。”

格林又铐紧了一点。我的双手开始发麻。

终于，格里戈利厄斯的目光落在了我的脸上。“现在你可以开口了吧。说得利落点儿。”

我没有理会他。他身子向后一仰，咧嘴一笑。他的手慢慢地伸向咖啡杯，握住杯子。他朝我微微一俯身，手里的杯子一抖，但我已经抢先一步，侧身从椅子里滑了出去。我重重地摔在地上，肩膀着地，身子打了个滚儿，慢慢地爬了起来。我的手这时已经麻木得一点知觉都没有了，手铐以上的臂部开始刺痛。

格林帮我坐回到椅子里。椅背和部分椅座被咖啡泼得湿漉漉的，但大半杯咖啡都浇到了地上。

“我不喜欢咖啡，”格里戈利厄斯说。“他身手挺敏捷的。动作挺快，反应迅速。”

所有人都一言不发。格里戈利厄斯用那对鱼眼珠子把我上下打量了一番。

“先生，在我们这儿，私家探子的执照和一张名片没有任何区别。现在，让我们给你记供词吧，你先口头说一遍。我们一会儿再写下来。说完整点。给我们完整描述一下——呃——你从昨晚十点以后到现在的行踪。我说的是‘完整描述’。我们局里正在调查一桩谋杀案，头号嫌犯去向不明。你和他有关联。那家伙抓到他老婆在给他戴绿帽子，然后把她的脑袋砸成了一团没了形状的血肉、骨头和浸透血水的头发。凶器还是我们的老朋友：青铜小雕塑。不是原件，不过依然好用。你要是以为随便哪个该死的私家探子都能靠援引法律条文过这一关，先生，那你可就有的苦头好吃了。全国上下没有哪支警察队伍能靠法典完成任务。你脑袋里有信息，我要把它掏出来。你当然可以说不，我当然也可以不相信你。但你甚至连不都没有说。你没法跟我装哑巴，朋友。半毛钱的用处都没有。我们开始吧。”

“能不能请你把我的手铐摘掉，警监？”我问道。“我是说，如果我给你供词的话？”

“也许吧。说简短点儿。”

“如果我跟你说，我在过去的二十四小时内没有见到过伦诺克斯，没有跟他说过话，也不知道他可能去了哪里——这能让你满意吗，警监？”

“也许吧——如果你能让我相信的话。”

“如果我告诉你我曾经在何时、何处见到过他，但并不知晓他杀了人，也不知道有犯罪行为发生，更不知道他此刻可能在哪里，这大概不能让你满意吧？”

“如果你能提供更多细节，那我也愿意听听。比如说：时间、地点、他的相貌、你们谈了什么、他打算去哪里。这些信息说不定最终能带来点成果。”

“以你目前给我的待遇，”我说，“最终的成果可能就是让我自己变成从犯。”

他下巴上的肌肉凸了起来。他的眼睛像脏冰块。“你想怎样？”

“我不知道，”我说。“我需要法律咨询。我愿意合作。我们能不能找一个地方检察官办公室的人过来？”

他发出一声短促刺耳的大笑。笑声转瞬即逝。他慢吞吞地站起身，从桌子那头绕了过来。他俯下身，凑近我，一只大手按在桌子木头上，露出微笑。接着，他在表情没有任何变化的情况下，挥拳打中了我的头颈侧部——他的拳头就像是一块铁。

这一拳的力道扩散了八到十英寸远——不会更远了。我的脑袋几乎都被他打飞了。一口苦水渗进我的嘴里，里面还混杂着血的味道。我什么都听不见了，除了我脑袋里的嗡鸣。他朝我弯下腰来，脸上还挂着微笑，左手还按在桌子上。他的声音听起来就像是从远方飘来的一样。

“我以前还算个狠角儿，但如今我老了。你好好吃我一拳，先生，你只能从我这儿拿到这一样东西了。我们在市局监狱那边招了几个小子，但他们其实更适合去捆牲口。也许我们不该招他们的，因为他们不是代顿这种规规矩矩、温情似水的娘娘腔拳手。他们也不像格林这样，家里有四个孩子外加一座玫瑰花园。他们的人生追求另一种乐趣。大千世界，无奇不有嘛；再说了，如今劳动力也很短缺。现在，对于自己接下来要说什么——如果你愿意说的话——你还有什么异想天开的想法吗？”

“只要手铐还在，我就不说，警监。”甚至连挤出这样几个字都让我一阵抽痛。

他身子朝我弯得更低了，我能闻到他的汗馊味，还有腐败的气息。接着他直起身子，绕过桌角回到座位前，将他那只结实的屁股重重地沉进座位里。他拿起一把三角尺，拇指拭过一条尺边，仿佛那是刀刃。他看着格林。

“等什么呢，警司？”

“等命令。”格林用沙哑的嗓音挤出这样几个字，就好像他讨厌听见自己的声音似的。

“还用我说吗？你是个老手了，档案里是这么说的。我要一份详细描述过去二十四小时内此人行踪的口供。可以往前追溯得再早一点，但二十四小时是起码的。我要知道他在这段时间内的每一分钟都在干什么。我要这份口供上有签字、有连署、有复核。而且我要在两个小时之内拿到。然后，我要他重新坐回这里来，身上干干净净，整整齐齐，不留痕迹。还有一件事，警司。”

他顿了一下，两眼紧盯着格林——这样的目光可以瞬间把一只刚刚出炉的烤土豆给冻住。

“——下次如果我再要问嫌犯几个礼貌的问题，我不希望你站在那里，一副生怕我把他耳朵揪掉的表情。”

“是，长官。”格林朝我转过身来。“我们走，”他粗声粗气地说。

格里戈利厄斯朝我龇了龇牙。他的牙齿该刷刷了——好好刷刷。“临走前有什么话要说吗，哥们儿？”

“是的，长官，”我礼貌地回答道。“你也许是无心的，但你其实帮了我一个忙。代顿警探也有功劳。你们帮我解决了一个难题。没人喜欢出卖朋友，但我甚至连敌人都不会卖给你们。你不但是头狂暴的金刚，你还是个无能的警察。你不知道该怎么进行一场简单的调查。我刚才正在犹疑不决，最终作出哪种决定就看你把我往哪个方向推了。可你非得趁我毫无反抗能力的时候虐待我，朝我脸上泼咖啡，请我吃拳头。从现在起，我甚至不会告诉你现在是几点了，哪怕你自己的这面墙上就挂着钟。”

不知出于何种原因，他静静地坐在那里，一动不动，任凭我说完。

接着他咧嘴一笑："你就是个朝警察吐口水的小瘪三，我的朋友。我把你看透了，私家探子，你就是个朝警察吐口水的小瘪三。"

"有些地方的警察并不招人吐口水，警监。但在那些地方，你是当不上警察的。"

这句话他也挨下了。我猜他承受得了。他大概已经挨了不知多少比这难听得多的骂人话了。这时他桌子上的电话响了。他看了电话一眼，做了个手势。代顿敏捷地绕过桌角，拾起话筒。

"格里戈利厄斯警监办公室。我是代顿警探。"

他听着电话那头。一丝微妙的愁容将他那对帅气的眉毛锁在了一起。他轻声回复道："请稍等片刻，长官。"

他将话筒伸到格里戈利厄斯面前。"是奥尔布赖特局长，长官。"

格里戈利厄斯的脸沉了下来。"是吗？那个自以为是的混蛋想干吗？"他接过话筒，在手里拿了片刻，把脸上的表情抚平。"局长，我是格里戈利厄斯。"

他听着话筒。"是的，他在我的办公室里，局长。我在问他几个问题。他不配合。非常不配合……您说什么？"一副狂暴的怒容突然将他的脸拧成了一个个阴沉的结。他额头上的血管变黑了。可他的声音却没起丝毫变化。"如果这是一个直接下达的命令，局长，那它应该通过探长下达……当然，我在证实之前会执行命令的……当然……不，绝对没有。没人动过他一根指头……是，长官。马上。"

他把话筒放回底座。我似乎看到了他的手在微微颤抖。他抬起眼睛，目光从我的脸上划过，落在了格林身上。"把手铐摘了，"他用平得像根直线的语调说。

格林解开了手铐。我搓着手，等待着血液循环开始后的针刺感。

"把他押进县局拘留所，"格里戈利厄斯慢吞吞地说。"以谋杀嫌犯的身份。地方检察官把这个案子从我们手里挖走了。我们这里的司法体系真是太妙了。”

大家全都一动不动。格林站在我边上，呼吸沉重。格里戈利厄斯抬眼看看代顿。

“等什么呢，娘娘腔？要我奖励你一个冰激凌吗？”

代顿差点没噎住。“您还没有给我命令，头儿。”

“叫我长官，该死的！要叫我头儿，至少得有警司头衔。你不行，小子。你不行。出去。”

“是，长官。”代顿快步走出了房门。格里戈利厄斯吃力地从椅子上站了起来，走到窗户边上，背对着房间站在那里。

“行了，咱们走吧，”格林对着我的耳朵咕哝道。

“在我把他那张脸踹扁之前，快把他从这里弄出去，”格里戈利厄斯对着窗户说。

格林走到门口，把门拉开。我正要从门里出去，格里戈利厄斯突然吼了一声：“等等！把门关上！”

格林关上门，背靠门板。

“你，过来！”格里戈利厄斯对我吼道。

我一动不动。我站在那里，看着他。格林也一动不动。一阵可怕的沉默。然后，格里戈利厄斯脚步异常缓慢地穿过房间，站在我面前，和我脸对着脸。他那双大手插在口袋里，身子以脚后跟为支点前后摇晃着。

“没动过他一根指头，”他压低声音说，好像是在自言自语。他的眼睛冷漠空洞。他的嘴巴抽搐着。

接着，他对着我的脸啐了一口。

他退开了。“可以了，谢谢。”

他转身回到窗户边上。格林重新把门打开。

我出了门，伸手去掏手帕。

8

重罪分区里的三号囚室有两张铺位，火车卧铺式的，不过拘留所里的嫌犯并不多，因此这间囚室就是我一个人的了。重罪分区里的嫌犯待遇都挺好。你能领到两条毯子（既不脏也不干净），外加一张高低不平、两英寸厚的床垫，用来铺在交错的金属横档上。牢房里有一只抽水马桶、一个洗脸池，还有纸巾和粗得磨手的灰肥皂。分区里打扫得很干净，没有消毒剂的味道。都是模范犯人的功劳。这里总是有源源不断的模范犯人。

狱警们会把你好好打量一番——他们都有一双睿智的眼睛。除非你是个醉鬼，或是个神经病，或是你表现得像是这两类人中的一类，否则他们是不会把你的火柴和香烟收走的。预审之前，你可以穿自己的衣服；之后你得穿监狱发的牛仔布装，不能打领带，不能扎皮带，不能系鞋带。你只能坐在床上等着，没有别的事情好做。

醉鬼牢里的待遇可就没有这么好了。没有铺位，没有椅子，没有毯子，什么都没有。你要么躺在水泥地板上，要么坐在马桶上，吐在你自己的大腿上。那里真是惨不忍睹。我亲眼目睹过的。

尽管现在是白天，可天花板上的灯依然亮着。分区的钢制大门里侧，靠近窥视孔的地方围着一圈钢条，像是一个筐。灯光的控制开关在铁门外面。每天晚上九点钟熄灯。没人从门里进来，也没人过来说一个字。这时你也许一句话正说到半当中，或是正在看报纸、翻杂志。没有开关的“咔嗒”，没有任何预警——一片漆黑。而你只能在这团漆黑中挨到夏日的黎明，在此期间无事可做，唯有睡觉（假如你睡得着）、抽烟（假如你有烟好抽），还有思考——假如你能想到任何不会让你感觉比什么都不想更糟糕的思绪。

一个进了拘留所的人是没有个性的。他只是一个小小的归类放置问题，外加报告上的几条记录。没人在乎谁爱他，谁恨他，他长什么样，他的人生是怎样度过的。没人对他作出任何反馈，除非他惹麻烦了。没人虐待他。他们对他的唯一要求就是安静地走进那间属于他的牢房，并且在进去以后继续保持安静。这里没有任何东西需要他反抗，没有任何东西会让他暴跳如雷。狱警们都是安安静静的男人，没有敌意，也没有施虐狂倾向。你在书上读到的那些个桥段——犯人们大叫大嚷，捶打着铁窗，拿调羹弹拨铁栏杆，警卫们拿着棍棒冲过来——这些都是大牢里的故事。一座好的拘留所是世界上最安静的地方。你如果在半夜随便走过所里的一片分区，透过铁栏杆往囚室里张望的话，你会看见一具裹着毯子缩成一团的身躯，或是一头蓬发，或是一双空洞的眼睛。你也许还会听见鼾声。如果你在里面待得足够久，兴许还能听见噩梦中的声响。拘留所里的生活总是处在一种悬而未决之中，没有目的，也没有意义。在另一间囚室中，你也许会看到一个人既没有入睡，也没有尝试入睡。他正坐在自己那张铺位的床沿上发愣。他也许会看你，也许不会。你看着他。他一言不发，你也一言不发。这里没有什么可交流的。

分区的一角里也许还有一扇钢门，这扇门通向指认间。这里的一面墙是漆成黑色的金属丝网。你背后的那面墙上有身高刻度线。头顶上亮着泛光灯。你通常会在早上被带到那儿去，正好赶在值夜岗的警监下班之前。你背靠刻度线站好，刺眼的灯光直射下来，金属丝网后面却是一片黑暗。但那里站着许多人呐：警察、侦探，还有那些个市民——他们或是被抢了，或是被打了，或是被人拿枪指着被一脚踹下了自己的车，或是被骗子骗光了一生的积蓄。你既看不到，也听不到他们。你只能听见夜岗警监的声音。他的声音清晰响亮地在你的耳中回荡。他会让你通过各种测试项目，就好像你是一条马戏团里的狗。他疲惫、悲观、强悍。他是一名舞台经理，指导着史上上演时间最久的一出戏，但他对这出戏早已失去了兴趣。

“喂，你，站直了。收腹。下巴收进去。肩膀向后张。脑袋放平。直视前方。左转。右转。归位，面向正前方，双臂伸直。掌心向上。掌心向下。袖口卷起来。没有明显疤痕。暗棕色头发，有少许灰发。棕色眼睛。身高六英尺一英寸半，体重约一百九十磅。姓名：菲利普·马洛。职业：私人侦探。呵呵，很高兴见到你，马洛。可以了。下一个。”

感激不尽，警监。非常感谢您能抽空接待我。您忘了叫我张开嘴巴了。我嘴里有几颗很不错的镶牙，还有一颗非常高档的陶瓷假牙。价值八十七美元的瓷套假牙。你忘了检查我的鼻孔了，警监。那里面可是有不少疤痕组织供你观察。鼻隔膜手术留下的——那家伙，真是个屠夫！我动手术那会儿花了整整两个钟头，听说他们如今二十分钟就搞定了。我是打橄榄球的时候受的伤，警监——我本想阻挡一个落踢球，结果犯了个小小的失误。我挡住的不是球，而是那家伙的脚——在他踢飞了球之后。罚退十五码——手术后的第二天，他们从我鼻子里一英寸一英寸地往外拽出来的那条血淋淋、硬邦邦的布条也有那么长。我没吹牛，警监。我只是告诉你一些事情。细节是关键。

第三天，一名县警在早上八九点钟的时候打开了我这间囚室的铁门。

“你的律师到了。把手里的烟头灭了——不许扔地上。”

我把它冲下了马桶。他领着我来到会议室。一个高个儿、苍白的黑发男人站在那里，望着窗外。桌子上放着一只鼓鼓囊囊的公文包。他转过身来，等门关上后，这才在一张橡木桌的另一边坐下，挨着他的公文包。这是一张伤痕累累的桌子——它一定是从诺亚方舟上搬下来的。诺亚当年也是从别人那儿转手买下它的。我的律师打开一只锻银烟盒，将它放在面前，然后上下打量了我一番。

“请坐，马洛。要来支烟吗？我叫恩迪科特。休厄尔·恩迪科特。根据指令，我将代理你的案子，且无需你支付任何费用。我猜你一定很想从这儿出去，对不对？”

我坐了下来，拿了一支烟。他举着打火机为我点烟。

“很高兴见到你，恩迪科特先生。我们以前见过——在你当地方检察官的时候。”

他点点头。“我不记得了，不过这是有可能的。”他淡然一笑。“我不太适合那个职位。我猜我的血液里少了一点老虎的狠劲儿。”

“谁指派你的？”

“这我不方便讲。如果你愿意让我担任你的辩护律师，费用你不用操心。”

“我猜这意味着他们已经抓住他了。”

他只是直直地盯着我。我吸了一口烟。这烟是那种带过滤嘴的高档货，味道就像经过棉絮过滤的高空中的雾。

“如果你指的是伦诺克斯，”他说，“——当然，也只有这一种可能——那么，答案是‘没有’。他们还没有抓住他。”

“为什么要这么神秘兮兮的呢，恩迪科特先生？干吗不肯说是谁派你来的？”

“我的上级不希望透露姓名。这也是他的特权。你愿意接受我吗？”

“我不知道，”我说。“如果他们还没有抓住特里，那为什么还要把我捏在手里呢？没人问过我一个问题，没人靠近过我。”

他皱了皱眉，低头看着他那几根修长白皙的手指。“地区检察官斯普林格亲自负责这个案子。他也许太忙了，还没空审问你。但你将获得一次提讯和一场预审的机会。我可以利用人身保护令的诉讼程序让你获得保释。你大概知道那是条什么法律。”

“我是以涉嫌谋杀的名义被收押的。”

他不耐烦地耸耸肩。“那名头只是个箩筐罢了，什么都能往里填。他们本可以把你转押到匹兹堡的，或者给你安上十几项罪名中的任何一项。警方的真正意思可能只是案发后协助主犯。你把伦诺克斯送到什么地方去了，对不对？”

我没有吭声。我把那支寡淡无味的香烟扔在地上，抬脚踩了上去。恩迪科特又耸耸肩，皱了皱眉头。

“就算是你送他的吧——这只是为了展开下面的推论。要证明你是从犯，他们先得证明动机。在这个案子中，这就意味着要证明你知晓有犯罪行为发生，而且知晓伦诺克斯是一名逃犯。这样的案子是肯定能申请到保释的。当然，你真正的身份是一名重要证人。但根据本州法律，一个人不能以重要证人的身份被拘押在监狱里，除非有法庭指令；另外，也只有在一名法官宣布此人为重要证人后，他的这一身份才能成立。但执法人员总是能找到法子做他们想做的事。”

“没错，”我说。“一个叫代顿的警探揍了我。一个叫格里戈利厄斯的凶杀组警监朝我泼咖啡，在我脖子上狠狠砸了一拳，力道大得可以让动脉爆裂——你瞧，这里直到现在还肿着呢。后来，警察局长奥尔布赖特打来一个电话，他不得不打消了把我交给他的拷问小组蹂躏的计划，于是便朝我脸上吐了一口唾沫。你说得对，恩迪科特先生。执法小子们总是能为所欲为。”

他不悦地看了看手表。“你到底想不想保释？”

“谢谢你，但我想我还是不要保释了吧。一个凭保释走出铁门的家伙在公众眼里已经被打上‘有罪’的标签了。如果他后来逃过了一劫，那也是因为他请了一个聪明律师。”

“你这么想可就太傻了，”他不耐烦地说。

“好吧，我是很傻。不然的话，我就不会在这里了。如果你跟伦诺克斯有联系，告诉他别替我操心。我不是因为他进来的。我是因为我自己进来的。没什么可抱怨的。这是我自己的选择。我既然入了这一行，那就必然会有各色人等带着各自的麻烦来找我解决。有的是大麻烦，有的是小麻烦，但终究是他们不想去找警察解决的麻烦。要是随便哪个戴着警徽的打手都可以把我倒挂起来，放空我的胆子，那他们以后还会来找我吗？”

“我懂你的意思了，”他慢吞吞地说。“但是，我得纠正你一点。我跟伦诺克斯没有联系。我几乎不认识他。我是一名法院人员，跟所有的律师一样。如果我知道伦诺克斯在哪儿，我就不能向地方检察官隐瞒这一信息。我能做的最多是在和他进行一次面谈之后，再同当局约定一个时间和地点将他交出。”

“除了他，没有别人会费这力气派你来帮我。”

“你这是在说我撒谎吗？”他弯下腰，在桌子底下揿灭了烟蒂。

“我好像记得，恩迪科特先生你是弗吉尼亚人。在我们这个国度里，人们似乎都对弗吉尼亚人有一种历史情结。我们把他们看作是美国南部骑士精神与荣誉感的典范。”

他微微一笑。“你过奖了。只可惜事实并非如此。可我们扯这些是在浪费时间。如果你当初脑子里还存有一丝理智的话，你就应该告诉警方说，你已经有一个礼拜没见着伦诺克斯了。要说真话，你尽管在法庭宣誓后再说。没有哪条法律禁止你对警察撒谎。他们对谎话也有心理准备。比起你拒绝向他们开口，对他们撒谎反倒会让他们高兴得多。前者是在公然挑战他们的权威。你这么干，究竟是为了什么？”

我没有回答这个问题。我真的自己也不知道答案。他起身拿起帽子，啪的一声合上烟盒，揣进口袋里。

“你非但不敷衍一下，还非得跟他们唱高调，”他冷冷地说。“又是坚守你的权利，又是引述法律。你怎么能这么天真呢，马洛？亏你还是个吃这碗饭的人。法律不是正义。法律只是一部非常不完善的机器。

如果你一个不错地按对了所有按键，而且碰巧撞了大运，那么正义也许会在它吐出的答案中现身。法律的初衷仅仅是一部机器，一种机制。我看你是不打算接受帮助了。那我就告辞了。你要是改了主意，可以再联系我。”

“我打算在这里再坚持一两天。如果他们逮住了特里，他们就不会在乎他是怎么逃走的了。他们唯一在乎的就是演好这出审判大戏。哈兰·波特的女儿被谋杀这件事已经在全国上下成了头条新闻了。一个像斯普林格这样乐于讨好公众的家伙可以拿这场演出当踏脚板，一举登上总检察官的宝座，再顺势坐进州长的交椅，再顺势——”我打住了，让剩下的话不言自明地飘浮在空中。

恩迪科特的嘴角缓缓浮现出一个嘲弄的微笑。“我认为，你可能不太了解哈兰·波特先生，”他说。

“如果他们捉不住伦诺克斯，他们也就不会想知道他是怎么逃走的了，恩迪科特先生。他们只会想把这件事尽快忘掉。”

“看来你把这整件事情都想了个透啊，是不是，马洛？”

“我有的是时间。关于哈兰·波特先生，我只知道他身家上亿，还坐拥着九家或是十家报社。这样的宣传力你说如何？”

“宣传力？”他的声音冰冷冰冷的。

“是啊。目前为止还没有报社的人采访过我呐。我本想借着这件事在报上好好弄出点动静来呢。那样肯定能拉到不少生意。私家探子宁可蹲进监狱，也不肯出卖兄弟。”

他走到门口，伸手扭动门把。“你真逗，马洛。在某些方面，你幼稚得很。没错，一亿美元是能买到无尽的宣传力。可我的朋友，一亿美元如果运用得当的话，也能买到无尽的沉默。”

他拉开门，走了出去。一名县警随即走了进来，把我带回重罪分区里的三号囚室。

“有了恩迪科特，估计你是不会在我们这儿待太久了，”他把我锁进去的时候，友好地说了这么一句。我回答说，希望他的话能应验。

9

前半夜的当班县警是一个金发的大个子，肩膀厚实，脸上挂着一副大大的、友好的笑容。此人已到中年，早已在心中磨平了怜悯与愤怒。他只想轻轻松松地混满八个钟头，脸上的神情似乎是在说，他摊上的肯定都是轻松事。他打开了我面前的铁门。

“有人找你。地检官办公室的人。睡不着，是吧？”

“现在对我来说还有点早。几点了？”

“十点十四分。”他站在门口，将囚室仔细察看了一番。一条毯子铺在下铺上，另一条被我叠成了枕头。垃圾桶里有两张用过的纸巾，洗脸池的池沿上有一小团卫生纸。他满意地点点头。“里面有什么个人物品吗？”

“只有我。”

他任由囚室的铁门开着。我们沿着一条静静的过道走到电梯边，乘电梯下到收押登记台前。一个穿灰制服的胖男人站在登记台边上，抽着一只玉米穗烟斗。他的指甲很脏，他拿鼻子凑上去闻了闻。

“我是地检官办公室的斯普兰克林，”他用凶巴巴的语气对我说，“格兰兹先生要你上楼。”他伸手从身后掏出一副手铐。“我们来试试这副的尺寸。”

狱警和登记员咧开了嘴，朝他开怀一笑。“怎么啦，斯普兰？怕他在电梯里把你揍晕是吧？”

“我不希望再有麻烦了，”他没好气地说。“已经有个家伙从我手里溜走过了。他们把我的屁股踹烂了。伙计，我们走吧。”

登记员朝他推过来一张表格，他用花体在上面签了字。“我从不冒不必要的风险，”他说。“在这座镇子里，谁也说不清楚下一分钟会摊上什么事儿。”

这时，一名巡警领进来一个醉汉——他的一只耳朵血淋淋的。我们朝电梯走去。“伙计，你有麻烦了，”斯普兰克林在电梯里对我说。“一堆大麻烦。”这话似乎给他带来了一种莫名的满足感。“在这座镇子里，你一不留神就会惹上许许多多的麻烦。”

电梯操作员转过头来，朝我使了个眼色。我咧嘴一笑。

“别想玩儿花样，伙计，”斯普兰克林口气严厉地对我说。“我开枪打死过一个人。他想逃跑。他们把我的屁股踹烂了。”

“你的屁股生生不息，是吧？”

这话让他想了一会儿。“没错，”他说。“不管怎样，他们还是要踹烂你的屁股。这座镇子真不好混。没一点规矩。”

我们出了电梯，穿过地检官办公室的双扇门，进了房间。电话总机已经停机了，只单独接入了几根夜间的电话线。等候区的椅子上空无一人。有两间办公室还有灯光。斯普兰格林拉开一扇门，出现在我面前的是一个亮着灯的小房间，里面有一张桌子，一个档案柜，一两把硬椅子，还有一个体格粗壮的男人。此人生着一张线条生硬的下巴和一双愚钝的眼睛，还有一张红脸膛。此刻他正把什么东西塞进桌子下面的抽屉里。

“你应该敲门的，”他冲着斯普兰克林吼道。

“对不起，格兰兹先生，”斯普兰克林结结巴巴地说。“我的心思全在这个犯人身上了。”

他一把将我推进办公室。“要我把手铐摘掉吗，格兰兹先生？”

“我都不知道你一开始干吗要给他戴手铐，”格兰兹很不高兴地说。他看着斯普兰克林解开我腕上的手铐。他要在葡萄串般大小的钥匙串中找到开手铐的这把，这很是费了他一番力气。

“行了，出去，”格兰兹说。“等在外面，一会儿把他带回去。”

“可我好像已经下班了，格兰兹先生。”

“我什么时候说你下班了，你才能下班。”

斯普兰克林脸一红，挪着他那只肥屁股从门里挤了出去。格兰兹凶狠地目送着他离去，等到门一关上，又将同样的目光转向我。我拉过一把椅子来坐下。

“我没叫你坐，”格兰兹吼道。

我从口袋里掏出一根散烟塞进嘴里。“我也没叫你抽烟，”格兰兹咆哮道。

“我可以在自己的囚区里抽烟。凭什么在这儿不能抽？”

“因为这是我的办公室。这里我说了算。”一股浓烈的威士忌酒味从桌子对面飘了过来。

“再干一杯吧，”我说。“那玩意儿能让你平静下来。我们进来的时候好像打扰到你了。”

他往后一仰，重重地靠在椅背上。他那张脸变成了深红色。我划着一根火柴，点上烟。

漫长的一分钟过去后，格兰兹轻声开口了：“好吧，硬骨头小子。你是条汉子，对不对？有件事情你知道不？犯人们进来的时候都是各种尺寸，各种形状，可等到他们出去的时候，却只剩下一种尺寸，一种形状了：小小的，蔫蔫的。”

“你找我做什么，格兰兹先生？另外，你如果想动那瓶酒的话，就当我不存在好了。我自己有时候也会抿上一小口，尤其是在我紧张疲劳、工作过度的时候。”

“你好像对于你目前深陷其中的这摊子麻烦不怎么在意嘛。”

“我没觉得我现在有麻烦。”

“我们等着瞧。此时此刻，我需要你给我做一份完完整整的口供。”他用一根手指轻轻敲了敲一台录音设备，那东西就放在他桌子旁边的支座上。“我们现在做录音，明天找人誊写成稿。如果副警长对你的口供满意的话，他也许会当即释放你，只要你保证不出城。我们开始吧。”他按下了录音机开关。他的声音冰冷、果决，拿出了十二分的狠劲儿。可他的右手却在不停地朝桌子下面的抽屉挪去。他还年轻，鼻子上本不该有突出的静脉，可他就是有了。他眼白的色泽看上去也很不健康。

“我已经受够了，”我说。

“受够什么了？”他厉声问道。

“冷硬的小不点儿们坐在冷硬的小办公室里，说着冷硬的小词儿——结果全是废话。我已经在重罪区里待了56个小时了。没人随便摆布我，没人想要证明他不好惹。他们根本不必证明。需要的话，他们随时可以让你吃不了兜着走。另外，我为什么在这里？因为我以嫌疑人的身份被收监了。这他妈的到底是一种怎样的司法体制？一个人就因为没回答警察的问题，结果就被塞进了重罪牢。他有什么证据？便笺簿上的一个电话号码。他把我关起来又是为了证明什么呢？不为了什么，除了证明他有权力这么干。现在，你又弹起了同样的老调：你要让我感受一下，在这个你管它叫办公室的雪茄盒里，你行使着多么大的权力。你派那个担惊受怕的婴儿保姆大半夜的把我带到这里来。你以为独自一人沉思56个小时就会把我的脑子变成浆糊吗？你以为我会趴在你的大腿上哭，求你摸摸我的头，因为我在这所大大的监狱里实在是太孤独了吗？行了，格兰兹。喝杯酒，来点人情味儿吧；我愿意把你的表现仅仅看做是在履行公事。可麻烦你在开始之前，先把手里的大棒子放下。如果你真不好惹，那你就不需要它了；如果你需要它，那你就没有不好惹到能随意摆布我的程度。”

他坐在那里，一边听，一边看着我。然后他阴沉地咧嘴一笑。“一篇漂亮的演讲，”他说。“现在，既然你已经把这通屁话排出体外了，我们就开始录口供吧。你是愿意回答指定的问题，还是愿意按自己的思路讲？”

“我真是对鸟弹琴啊，”我说。“只听见枝下微风习习。我什么也不打算供。你是个律师，你知道我有权利不开口的。”

“没错，”他冷静地说。“我了解法律。我也了解警察的工作。我在给你一个洗清自己的机会。如果你不想要，那我也没意见。我明天上午十点就可以提讯你，给你安排一场初审。你也许能申请到保释，尽管我会反对，但就算这样，条件也会是很严苛的，而且要花你不少钱。这就是第二种玩法。”

他低头看着桌子上的一份文件，读了一遍，然后把它面朝下翻转过来。

“以何种罪名？”我问道。

“第三十二条。事后从犯。这是一项重罪。最多可以让你在圣昆丁监狱里待五年。”

“你们最好还是先抓住伦诺克斯，”我谨慎地说。格兰兹抓到了我的某些把柄，我从他的姿态中能感觉得到。我不知道他究竟抓到了多少，但他肯定是抓到了。

他仰靠在椅背上，拿起一支钢笔，缓缓地在掌间揉搓着。然后他笑了。他正在享受这一刻。

“伦诺克斯可不是个容易藏匿的人，马洛。就大部分人而言，要辨认出他们，你得有一张照片，而且还得是一张清晰的照片。可如果这人的半边脸上全是疤痕，那情况就大不一样了。更何况他还有一头白发，尽管年龄还没过 35 岁。我们已经找到了 4 名目击证人，也许还能找到更多。”

“目击什么？”我的嘴里尝到了苦涩的味道，就像格里戈利厄斯警监揍我时的感觉。这让我想起了我的脖子依然肿痛。我轻轻地揉了揉那个地方。

“别装傻了，马洛。一名圣地亚哥高等法庭的法官和他的太太碰巧在机场送别搭乘那架飞机的儿子和儿媳。四个人都看见了伦诺克斯，法官太太还看到了他进机场时搭乘的那辆车，以及和他在一起的那人是谁。这场游戏你输定了。”

“干得漂亮，”我说。“你是怎么找到他们的？”

“在广播和电视上插播特别简讯。我们只是详尽地描述了一下他的外貌特征。然后法官就打来电话了。”

“听上去有戏，”我客观公正地评论道。“可单单这一条证据是不够的，格兰兹。你还得抓住他，证明他犯了谋杀罪。然后你还得证明我当时知道他犯了罪。”

他拿手指弹了弹那页电报的背面。“我想我还是喝一杯吧，”他说。“最近老是加夜班。”他拉开抽屉，拿出一瓶酒和一只小玻璃杯，放在桌子上。他满满地倒了一杯，一饮而尽。“不错，”他说。“这下好多了。不好意思，我没法请你喝一杯，因为你是一名在押人员。”他塞好瓶口，把酒瓶推开，但并没有推远——只要一伸手他还能够到。“嗯，没错，我们是要证明几件事情，就像你刚才说的那样。可是，伙计，我们好像已经拿到他的供状了。这下你麻烦大了，是不是？”

一根小小的却冰冷的手指顺着我的脊骨一路往上摸，就像是一条凉凉的虫子在蠕动。

“那你干吗还要我的供词？”

他咧嘴一笑。“我们喜欢把案卷做得滴水不漏。伦诺克斯将被带回国内受审。我们需要尽可能地拿到所有材料。比起你犯下的这桩事（这回我们打算放你一马——如果你乖乖配合的话），我们想从你嘴里套出的这点东西真不算什么。”

我瞪着他。他摆弄了一会儿文件。他坐在椅子里转过身去，盯着那瓶酒，用掉了一大半的意志力才打消了伸手去抓的冲动。“也许你想听听完整的剧本，”他突然说，一边向我投来一个很不着调的坏笑。“嗯，真聪明。为了向你证明我不是在开玩笑，我就念给你听吧。”

我朝桌子对面探过身去，他以为我是要抢他的那瓶酒，于是一把将酒瓶拿走，放回抽屉里。我其实只是想往他的烟灰缸里扔一只烟头。我往后一仰，回到原位，又点了一支。他语速飞快地开始了讲述。

“伦诺克斯在墨西哥的马萨特兰市下的飞机；那是一个航空枢纽，城市人口在三万五千左右。他消失了两三个钟头。接着，一个黑发、深肤、身上还有许多疑似刀疤的高个儿男子用西尔瓦诺·罗德里格斯这个名字订了一张前往托雷翁的机票。他的西班牙语不错，可对于一个顶着墨西哥名字的人来说还不够好。作为一个深肤色的墨西哥人，他又太高了。飞行员举报了他。托雷翁的警察动作太慢了。墨西哥警察的工作热情并不太高。他们最擅长的就是朝人开枪。等到他们动手的时候，那人已经包了一架飞机，飞往一个叫奥塔托克兰的小山城了——那是一个不太上档次的夏季度假村，边上有一个湖。那架包租飞机的飞行员曾经在得克萨斯作为一名战斗机飞行员接受过训练。他英语说得很好，可伦诺克斯假装听不懂。”

“如果那真是伦诺克斯的话，”我插了一句。

“等等，傻瓜。那就是伦诺克斯。我们接着往下讲。他在奥塔托克兰下了飞机，在那儿的旅馆登记入住，这次用的名字叫“马里奥·德·赛瓦”。他带了一把枪—— 一把 7.65 毫米口径的毛瑟手枪。当然啦，这在墨西哥也不算什么。可那名飞行员觉得这家伙不太对劲，于是便和当地执法部门聊了聊。他们开始监视伦诺克斯。他们还和墨西哥城那边核对了一下信息，接着他们就动手了。”

格兰兹捡起一把尺子，拿它当瞄具观瞄了一番。这个动作毫无意义，只是让他能避免看到我。

我开口道："嗯—哼。你的那位包机飞行员真个是聪明小子，待客户真是太厚道了。这个故事编得糟透了。"

他突然抬眼看着我。"我们要的是，"他干巴巴地说，"一场迅速的审判，还有他承认犯下二级谋杀的有罪辩护——对此我们打算接受。有些浑水我们最好不要去蹚。毕竟，这案子牵扯到的是一个有权有势的豪族。"

"你说的是哈兰·波特。"

他微微点了点头。

"依我看，这么做实在是太窝囊了。斯普林格可以靠这个案子大红大紫的。该有的元素这里头全有了。性、丑闻、金钱、美丽但不忠的妻子、在战争中负伤的英雄丈夫——我想，他的伤疤就是这么来的——天啊，这案子可以连续几周占据报纸头版的。全国上下每一家小报都会如饥似渴地围上来。可我们却打算只让它昙花一现。"他耸耸肩。"好吧，如果头儿想要这么干，那自然是他说了算。你到底做不做口供？"他朝那台录音设备转过身去——从刚才到现在，这机器一直在轻轻地嗡鸣着，前面的小灯也一直亮着。

"把它关了，"我说。

他忽地转过身来，恶狠狠地瞪了我一眼。"你喜欢待在牢里？"

"这里还不算太糟糕。你见到的并不是最最有头有脸的人，可谁他妈的真喜欢见有头有脸的人呢？做人要讲道理，格兰兹。你现在是要逼我告密啊。也许我是有点固执，甚至有点感情用事，但我也很实际。假设你现在不得不雇一个私家探子——是的，是的，我知道你讨厌这种假设——就当你此刻除此下策，别无他途了吧。你愿意雇一个出卖了朋友的人吗？"

他瞪着我，眼中全是恨意。

“另外，我还有几点想法。难道你不觉得，伦诺克斯的遁术有些太容易被识破了吗？如果他想要被抓住，那他根本不必费这么多周折。如果他不想被抓住，那他决不至于笨到会跑到墨西哥去伪装成墨西哥人。”

“那又怎样？”他此刻完全是在对我咆哮了。

“那也就是说，你不过是喂了我一堆你自己编出来的胡话罢了；那也就是说，根本就没有什么把头发染黑的罗德里格斯，也没有什么出现在奥塔托克兰的马里奥·德·赛瓦；那也就是说，你根本就不知道伦诺克斯此刻在哪里，就像你不知道黑胡子船长把宝藏埋在了哪里一样。”

他又拿出了那瓶酒。他给自己倒了一杯，一饮而尽，动作和刚才一样。他慢慢地放松了下来。他坐在椅子里转过身去，伸手关掉了录音设备。

“我真想上法庭审你，”他咬牙切齿地说。“我最喜欢痛揍你这种自作聪明的小子了。这档子烂事会在你的账上记很久很久的，机灵鬼。它会陪你走路，陪你吃饭，陪你睡觉。等到下次你再越界的时候，我们就会用这件事让你生不如死。但是现在，我不得不做一件让我呕吐的事情。”

他笨重地伸手把桌子上那份页面朝下的文件拉到自己面前，翻过来在正面上签了字。一个人写下自己名字时的样子总是很容易辨认的。这时他的动作会与平常不同。签完字后，他站起身，迈开大步从桌子后面绕了出去，一把推开他这间小鞋盒的活门，大声唤着斯普兰克林。

那个胖子跑了进来，身上一股狐臭味。格兰兹把文件交给了他。

“我刚才签署了你的释放令，”他说。“我是一名公务员，有时我必须履行一些令人不快的职责。你想不想知道为什么我要在上面签字？”

我站了起来。“如果你愿意告诉我的话。”

“伦诺克斯案已经结了。伦诺克斯案已经被一笔勾销了。今天下午，他在自己的旅馆房间里写好一份完完整整的供状后开枪自杀了。那家旅馆就在奥塔托克兰，如我刚才所说。”

我站在那里，眼前一片迷茫。透过眼角的余光，我瞥见格兰兹慢慢地往后退去，就好像他觉得我也许会揍他似的。也许我那一刻的模样确实有点吓人。很快他又回到了桌子后面，斯普兰克林抓住了我的胳膊。

“行了，走吧，”他像是在发牢骚似的开口道。“我也想偶尔能有一个晚上是回家过的呢。”

我跟着他出了房间，把门关上。关门的时候我的动作很轻，仿佛那扇门的后面有人刚刚离世。

10

我翻出我的个人财物单复印件，交了上去，然后签字收下了原件。我把我的个人物品放回口袋里。这时，一个人正懒懒散散地把身子倚在登记台的一头上，看见我转身往外走，他直起身体，跟我搭腔。他身高六英尺四英寸，瘦得像跟铁丝。

“需要搭车回家吗？”

在惨淡的光线中，他看上去既年轻又衰老，神情疲惫又玩世不恭，可他并不像骗子。“多少钱？”

“免费。我是《洛杉矶日报》的朗尼·摩根。我正好要下班了。”

“哦，负责蹲点守候警察的，”我说。

“这周临时顶一下。市政厅才是我平时的负责区域。”

我们走出大楼，在停车场里找到了他的车。我抬头仰望天空。天上有星星，但到处都有刺眼的灯光。这是一个凉爽怡人的夜晚。我深深地吸了一口气，然后钻进汽车。他开车离开了那个地方。

“我住得很远，在月桂谷那边，”我说。“随便找个地方把我放下就行。”

“他们开车把你请进去，”他说，“可他们不操心你怎么回家。这个案子很是吸引我的视线——以一种令人反胃的方式。”

“这案子似乎已经完结了，”我说。“今天下午，特里·伦诺克斯开枪自杀了。至少他们是这么说的。是的，他们是这么说的。”

“自杀得真是时候啊，”朗尼·摩根边说边透过挡风玻璃凝望着前方。汽车静静地沿着沉寂的街道徐徐行驶。“正成全了他们苦心建造的那堵墙。”

“什么墙？”

“有人在伦诺克斯案的四周建了一堵墙，马洛。你是个聪明人，肯定能看出这点来，对吗？这案子没有得到它应得的曝光度。区检官今晚离城前往华盛顿，去参加什么大会了。近几年来最耀眼的媒体聚光灯打在了他身上，他却转身离去了。为什么？”

“问我没用。我这几天都被放在地牢里雪藏着呢。”

“因为有人开了一个他无法拒绝的价码，这就是原因所在。我说的不是像一袋子钞票这么粗俗的价码。有人向他许诺了一件对他而言十分重要的东西，而与该案相关的所有人中，只有一人有实力做出这样的许诺——那姑娘的父亲。”

我脑袋向后一仰，倚着车厢的一角。“这听起来有点不可思议，”我说。“他怎么搞定整个新闻界呢？哈兰·波特是拥有好几家报业公司，可他的竞争对手怎么办？”

他瞟了我一眼，眼神中满是笑意，然后继续专心致志地把他的方向盘。“你干过新闻业这一行吗？”

“没有。”

“拥有报纸和出版报纸的都是有钱人。有钱人都属于同一家俱乐部。没错，这里头是有竞争——围绕发行、采访区域和独家报道的激烈竞争。前提是，这种竞争不会损害所有人的声望、权益和地位。否则的话，一个大盖子就会从天而降，把整件事情给捂住。而在这个案子中，我的朋友，大盖子就已经落下了。朋友，伦诺克斯案如果充分发酵的话，可以靠它卖掉整吨整吨的报纸。所有的猛料这里头都齐了。这场审判会把全国上下的特写记者全都吸引过来的。只可惜，那场审判永远不会发生了，因为伦诺克斯在好戏揭幕之前就退场了。就像我刚才说的那样，他的退场时机把握得真好——对于哈兰·波特及其家族而言。”

我坐直身子，严肃地盯着他。

“你是说，这起自杀是有人在搞鬼？”

他撇撇嘴，嘴角现出一丝嘲讽。“也许伦诺克斯只是在自杀的过程中接受了某种帮助。也许他稍稍尝试了一下拘捕。墨西哥警察的手指总是发痒，随时准备扣扳机。如果你愿意打个小赌的话，我敢跟你赌一件事：事后没人能有机会数他身上的子弹眼儿。”

“我认为你错了，”我说。“我很了解特里·伦诺克斯。他很久以前就已经自我放弃了。如果他们活捉了他，把他带回国，他肯定会任凭他们摆布的。他会认罪，作过失杀人罪的有罪辩护。”

朗尼·摩根摇摇头。我知道他接下来要说什么——果不其然。“没门儿。如果他是用枪杀的她，或者只是砸开了她的脑瓜，那还有这种可能。可这样的残暴手法可就一点戏都没有了。她的脸被砸成了肉酱。二等谋杀罪是他能争取到的最轻罪名，而这已经足以引起一场轩然大波了。”

“也许你说得对。”

他又看了我一眼。“你说你了解这位伙计。你认为这里头有鬼吗？”

“我累了。今晚我脑子不太好使。”

一阵漫长的沉默。终于，朗尼·摩根又轻声开口了：“如果我是一个真正的天才，而非一名二流报人，那我也许会说，她其实根本就不是他杀的。”

“这确实是一种思路。”

他往嘴里塞了一根香烟，在仪表盘上擦着一根火柴，[1] 把烟点上。他静静地抽着烟，瘦削的脸上双眉紧锁。这时我们已经进了月桂谷，我告诉他在哪里拐下大道，在哪里拐进我住的那条街。汽车加大马力爬上山坡，然后在我门前的那段红木台阶跟前停了下来。

我钻出车厢。“谢谢你今晚送我一程，摩根。进来喝一杯怎么样？”

“改日吧。我猜你现在大概想独处一会儿。”

“我独处的时间已经够长的了。实在是太长了。”

“你这会儿要跟一个朋友告别，”他说。“你为了他，任凭他们把你扔进小黑牢里，所以他肯定是你的朋友。”

“谁说我是为了他？”

他淡然一笑。“我不能让事情见报并不意味着我心里没谱，朋友。拜拜了。回头见。”

我关上车门，他调转车头，驶下山坡，渐行渐远。我看着他的尾灯消失在拐角处，这才爬上台阶，拾起门口的报纸，开门进了这间空荡荡的屋子。我打开所有的电灯，打开所有的窗户。房间里闷极了。

我煮了点咖啡，喝了几口，从咖啡罐里掏出那五张百元美钞。他把这五张钞票紧紧地卷成一个卷，贴着罐壁塞进了咖啡豆中。我手里端着一杯咖啡，来回踱步，一会儿打开电视，一会儿关上，一会儿坐下，一会儿起身，一会儿又坐下。我把刚才堆在前门台阶上的那叠报纸从头到尾全读了一遍。伦诺克斯案开始声势很大，但到了那天早上却已经后继乏力了。报上登了一幅西尔维娅的照片，但没有特里的，下面还跟了一张我自己的快照，我都不知道这张照是怎么拍下来的。“洛城私探被羁押并接受审讯。”我还看到一张大幅照片，拍的是伦诺克斯一家在恩西诺的宅邸。这是一栋尖屋顶林立的仿英式建筑，光是清洗上面的窗户估

---

① 早期的火柴大多为万能火柴，即火柴头可以在任何粗糙表面上摩擦点燃。

计就得花上一百美元。房子建在一处占地两英亩的土丘上，这在洛杉矶可算得上是一大片地产。那栋客房的照片也见了报；它看上去就像是主建筑的微缩版，四周被树篱环绕。这两张照片都是从远处拍摄的，随后做了放大剪裁的加工处理。报上称作“死亡之屋”的那间房间却没有相应的照片。

我之前在拘留所里的时候，已经读过所有这些东西了，但此刻我却用一双截然不同的眼睛将它们重新阅读审视了一遍。它们只告诉了我一件事：一个富有美丽的姑娘被谋杀了，而媒体却被彻底排除在了事件之外。这么说，那只幕后的大手从一开始就在施加影响了。那些负责犯罪新闻的伙计们一定在咬牙切齿呢，可他们就算咬碎牙齿也徒劳。这也确实说得通。如果特里在她被杀的当晚和他那位身在帕萨迪纳的岳父通过电话，那么在警方得知此事之前，豪宅现场肯定已经布置了一二十个安保了。

可有件事情却无论如何也说不通：凶手居然以这样的方式将她殴打致死。我绝不会相信特里能干出这样的事情来。

我关了灯，坐在一扇敞开的窗户边。窗外，灌木丛中，一只知更鸟唧啾数声之后，自我陶醉了一番，这才安静下来，准备过夜。

我的脖子里痒痒的，于是我刮了脸，洗了澡，然后上床休息。我仰卧在床上，仔细听着，仿佛我能从远处的黑暗中听到一个声音，一个平静耐心的声音，能够让一切水落石出。我没有听到这样的声音，但我知道：我会听到的。没人会向我解释伦诺克斯案。也没有任何一种解释足以拨开迷雾。凶手已经坦白，而且命归黄泉。甚至连讯问的程序都免了。

正如《日报》的朗尼·摩根所言：他死得太是时候了。如果特里·伦诺克斯真杀了自己的妻子，他的死自然是件好事。他们不必再审判他了，也就不必让所有那些令人不快的细节曝光了。如果他没有杀她，那他的死也同样是件好事。死人是世界上最好的替罪羊。他永远也不会开口反驳。

11

第二天早上，我又刮了个脸，换上衣服，像往常一样开车去市中心，把车停在了老地方；如果说停车场管理员这时碰巧已经得知我如今成了个重要的公众人物，那他掩饰得真是滴水不漏。我爬上楼梯，穿过走廊，掏出钥匙开了我那扇门。一个黝黑沉稳的家伙在一旁看着我。

"你就是马洛？"

"怎么了？"

"别跑开，"他说。"有个人想见你。"他把像橡皮膏一样贴在墙上的后背剥了下来，懒洋洋地走开了。

我走进办公室，拾起地上的邮件。更多的邮件被晚班清洁女工放在了办公桌上。我先打开窗户，然后划开一只只信封，把不要的信件扔掉，最后留下来的寥寥无几。我接通了连接另一扇门的蜂鸣器，装满烟斗点上，坐在那里，等着有人来喊救命。

我带着某种超然的情感想着特里·伦诺克斯。他已经朝记忆深处越退越远了——白发，疤脸，软弱又可亲，带着他那种奇特的自尊。我不想评判他或是分析他，就像我从未问过他是如何受的伤，或是他如何跟一个像西尔维娅这样的女人结的婚。他就像是一个你在客轮上偶遇、渐渐熟稔，但从未真正了解的人。接着，他消失了，就像那个同船的旅伴在码头上对你说完"再见伙计，保持联系"一样，但你知道你不会联系他，他也不会联系你。你很可能今生今世都不会再见到那个伙计了。就算你见到了，他也会像是完完全全变了个人一样，不过就是又一个和你同乘一辆社团包车的扶轮社会友。最近生意如何？哦，还行。你气色不错。你也一样。我最近长了不少肉。我们不全都是这副德行吗？还记得那趟搭乘“弗兰肯尼亚”号（管它叫什么呢）的旅程吗？哦，当然记得，那次旅行棒极了，不是吗？

呵呵，确实棒极了。你都快无聊死了。你当时之所以找这个家伙说话，是因为周围实在是没有一个能让你起谈兴的人了。也许我跟特里·伦诺克斯的故事就是这样的。不，不完全是。我拥有他的一块碎片。我在他身上投入了金钱和时间，还有在牢里蹲的那三天，更不用提我下巴上挨的那一拳和我脖子上受的那一击了——每次我吞咽的时候，都能感受到它的余威。如今他死了，我甚至都没法把那五百块钱还给他了。这让我很难受。最让你难受的永远是那些小事情。

蜂鸣器和电话同时响了。我先接了电话，因为门铃意味着有人走进了我那间罐头盒大小的等候室。

“您是马洛先生吗？恩迪科特先生想和您通话。请稍等。”

电话接通了。“我是休厄尔·恩迪科特，”他说，就好像他那个该死的秘书刚才没有把他的大名灌进我耳朵似的。

“早上好，恩迪科特先生。”

“听说他们把你放出来了，我很高兴。我猜你后来大概是明智地放弃了抵抗。”

“我不懂明智。我只有驴脾气。”

“我猜你的麻烦大概就到此为止了。但假如事情有变，你又需要帮助，记得找我。”

“怎么会呢？那伙计已经死了。光是证明他曾经来找过我这一件事就够他们受的了。接下来，他们还得证明我当时明知有犯罪行为发生；再接下来，他们还要证明他当时已经犯罪，或是一名逃犯。”

他清了清喉咙。“也许吧，”他谨慎地说，“但你还不知道他留下了一份完整的认罪书。”

“我知道了，恩迪科特先生。此时此刻，我正在和一名律师通话。不知我是否能冒昧地提醒一句：这份认罪书的真实性与有效性也需要得到证明？”

“恐怕我现在没时间和你进行法律讨论了，”他生硬地说。“我现在正要飞往墨西哥，履行一项令人伤悲的任务。你大概猜得出我的任务是什么。”

“没错。这取决于你的当事人是谁。你没有告诉过我，你应该记得。”

“我的记性很好。那么，再见了，马洛。我向你提供帮助的承诺不变。但在此之前，我还是先向你提供一条小小的建议吧：别太笃定了，谁也说不准你是不是真没事儿了。你入了一个危险的行当。”

他挂上了电话。我小心翼翼地把话筒放回底座。我静坐了片刻，手依然放在话筒上，阴沉着脸。然后我把那副怒容从脸上抹去，起身拉开了那扇通向我那间等候室的连通门。

一个男人坐在窗边，刷刷地翻着一本杂志。他穿着一件蓝灰色的正装，上面的淡蓝色格子图案浅得几乎已经看不出了。他交叉的双脚上套着一双鹿皮靴式样的黑鞋，上面只开了两个穿鞋带的孔眼，因此穿起来几乎和便鞋一样舒服，你也不会每次只走一个街区的路就把袜子磨穿了。他贴胸口袋里的白手帕叠得方方正正，一副太阳镜从后面露了个头出来。他留着一头浓密的波浪发，发色很深。他的皮肤晒得黝黑。此刻他正抬起头，用一双鸟眼般的明目看着我；纤细的小胡须下，两片嘴唇蜷成一个微笑。一条深红色的领带在他那件白得晃眼的衬衫上打出一个棱角分明的领结。

他把杂志扔在一旁。“这些小破杂志上登的都是些什么垃圾啊，”他说。“我刚才在读一篇关于科斯特洛[①]的文章。哈，他们对科斯特洛真是

① 弗兰克·科斯特洛（1891—1973），纽约著名的黑道人物。

了若指掌。就像我对特洛伊的海伦了若指掌一样。”

“我能为你做些什么？”

他匆匆打量了我一番。“踩着红滑板车的人猿泰山，”他说。

“什么？”

“你，马洛。踩着红滑板车的人猿泰山。他们让你吃了不少苦头？”

“有那么两回吧。这跟你有什么关系？”

“在奥尔布赖特跟格里戈利厄斯谈过之后？”

“不是。是在那之前。”

他微微一点头。“好小子，居然搬出奥尔布赖特压那个死胖子。”

“我在问你话呢：这跟你有什么关系？再说了，我也不认识奥尔布赖特，我没请他帮任何忙。你觉得他会帮我的忙吗？”

他用阴沉的目光盯着我，然后缓缓起身，动作优雅得就像一头黑豹。他穿过房间，朝我的办公室里望了一眼。他朝我一甩头，接着便走了进去。他是那种不论走到哪里都能反客为主的人。我跟着他进了办公室，把门关上。他站在办公桌边四下张望了一番，像是被眼前的景象逗乐了。

“你真是不上档次啊，”他说。“太不上档次了。”

我走到桌子后面，等着他接着往下说。

“你一个月挣多少钱，马洛？”

我没理他，只管点我的烟斗。

“七百五顶多了，”他说。

我把燃尽的火柴丢进烟灰缸，吐了一口烟。

“你是条可怜虫，马洛。你是个不值一提的小骗子。你比一粒灰还小，得拿放大镜才看得见。”

我一言不发。

“你的感情很廉价。你整个人都很廉价。你跟一个伙计成了哥们儿，一起吃了两杯酒，扯了几句笑话，他兜里空空的时候你塞给他两张钱，然后你的心就被他俘虏了。就像一个读了《弗兰克·梅里维尔》[1]的小学生。你没胆，没脑，没关系，没见识，所以你摆出一副做作的姿态来，还指望别人被你感动得稀里哗啦。踩着红滑板车的人猿泰山。”他挤出一个小小的、疲倦的笑容。“依我看，你就是个一钱不值的废物。”

他从桌子对面探过身来，反手轻轻地拍了一下我的脸，动作随意又充满蔑视，但并不是真的要打疼我；整个过程中，那丝小小的微笑一直停留在他的脸上。可我依然一动不动。他慢吞吞地坐了回去，一只胳膊肘撑着桌子，他那只棕色的手托着棕色的下巴，那双亮晶晶的鸟眼凝视着我，眼眸子里面除了晶晶亮之外，什么也没有。

“知道我是谁吗，廉价货？”

“你的名字叫门奈德兹。道上的小子们管你叫门迪。你的生意在日落大道那一片。”

“哈？我怎么这么出名？”

“我哪知道。你一开始好像是在一家墨西哥妓院里拉皮条。”

他从口袋里掏出一只金烟盒，用一只金打火机点了一支棕色的香烟。他喷出一口呛人的烟气，点了点头。他把那只金烟盒放在桌子上，用指尖轻轻地抚弄着。

“我是个大坏蛋，马洛。我挣很多钱。我得挣很多钱，才能疏通那些我得疏通的关系，这样我才能继续挣很多钱，然后继续疏通那些我得疏通的关系。我在贝尔艾尔有一处房子，值九万美元，然后为了把那个地方打理好，我又花掉的钱已经不止那个数了。我有一个标致的金发老婆，还有两个在东区那头读私立学校的孩子。我老婆光身上的钻石就值十五万，衣服皮草又值七万五。我有一个管家、两个女仆、

① 弗兰克·梅里维尔，一套系列廉价低级小说中的主人公。

一个厨子、一个司机，这还不算那只整天跟着我的猴子。不管我走到哪儿，我都是宠儿。一切都是最好的：最好的美食、最好的美酒、最好的酒店套房。我在佛罗里达还有一座房子，外加一艘游艇，上面配了五个船员。我有一辆宾利、两辆凯迪拉克、一辆克莱斯勒旅行车，还给我家儿子弄了一辆名爵。再过两年，我家女儿也会有一辆的。你有什么？”

“我没多少宝贝，”我说。“今年我总算有一栋安身的房子了——我一个人住。”

“没有女人？”

“只有我自己。除此以外，我的全部所有都摆在你眼前了，外加银行里的一千两百美元存款和几千美元的债券。满意了吗？”

“你接过的所有活儿当中，挣钱最多的一次得了多少？”

“八百五。”

“天啊，一个人怎么能如此廉价？”

“行了，别打击我了，你究竟找我干什么？”

他掐灭了那支吸了一半的香烟，随手又点了一支。他向后一仰，靠在座椅上，撇嘴看着我。

“当年我们仨在同一个散兵坑里啃军粮，”他说。“那里冷得像地狱，周围到处都是雪。我们只能吃罐头。冷罐头。偶尔有大炮弹落下，更多的是迫击炮弹。我们的脸都冻蓝了；我是说，真的是冻蓝了——我、兰迪·斯塔尔，还有这个特里·伦诺克斯。一发迫击炮弹正正好好落在了我们仨中间，但不知怎的没有爆炸。那些德国佬可狡猾了。他们有一种非常变态的幽默感。有时候你以为那是哑弹，可三秒钟过后，你才发现那不是哑弹。特里抓起那枚炮弹跳出散兵坑，这时兰迪和我还站在那里发呆呢。我是说：伙计，他身手真快。就像个一流的传球手。他脸朝下扑倒在地，把那东西扔了出去，结果炮弹在空中开了花。大部分弹片都从他头顶上飞了过去，可有一大片击中了他的脸颊。就在那时，德国佬发起了进攻，紧接着我们就撤了。”

门奈德兹打住了，一双黑眼睛向我投来沉稳雪亮的目光。

“谢谢你的故事，”我说。

“你还算开得起玩笑，马洛。你这人还行。兰迪和我一起合计了一番，最后认定特里·伦诺克斯挨的那一下子足以把任何人的脑子炸开花。在后来很长的一段时间里，我们都以为他死了，可实际上他没死。德国佬抓住了他。他们花了一年半的时间给他做整容。他们干得不错，可之前他们把他伤得太重了。我们花了好多钱才得到这个消息，然后又花了好多钱才找到了他——战后我俩在黑市上挣了大把的钱，所以我们付得起。特里救了我们的命，而他得到的全部回报就是半张新脸，一头白发，而且人也变得神经兮兮的。回家后，他开始喝酒，时不时地被警察请进去，精神状态也垮了。他心里面似乎藏着件什么事情，可我们一直都没能弄明白那究竟是什么事。紧接着，他就跟这个富家女结了婚，一时间春风得意，可后来又离婚了，整个人又跌进了谷底，接着又复婚了，然后她就死了。兰迪和我根本没法帮他的忙。他不让我们帮他，除了我们在维加斯帮他找的那份短工。等到他遇到大麻烦的时候，他也不来找我们，而是去找一个像你这样的廉价货，一个在警察面前被呼来喝去的家伙。然后，他就死了，甚至都没来跟我们说再见，没有给我们一个报答他的机会。我在墨西哥那边有关系，本可以让他从此隐姓埋名的。我本可以眨眼之间就把他弄出国的，比扑克高手出老千的速度还快。可他却哭着喊着去找你。这让我非常不爽。你——一个廉价货，一个在警察面前被呼来喝去的家伙。”

“警察可以把任何人呼来喝去。你想要我怎么做？”

“你就此打住就行，”门奈德兹硬邦邦地说。

“在什么事情上就此打住？”

“在伦诺克斯案上就此打住，别想再从中捞钱或是捞名声了。这事情结束了，就此了结了。特里死了，我们也不想让他再受打扰了。这伙计遭罪已经遭得够多了。”

“一个多愁善感的流氓头子，”我说。

“说话小心点，廉价货。说话小心点。‘门迪’门奈德兹不跟你费口舌。他只下达命令，你照办就行。想捞钱，你还是另找门路吧。听明白了吗？”

他站起身来。会谈已经结束了。他拾起手套。那是一副雪白的猪皮手套，看上去就像他从未戴过一样。门奈德兹先生真是衣冠楚楚啊。可表象之下却是一个很不好惹的狠角儿。

“我没打算从中捞名声，”我说。“也没人说过要给我钱。他们又有什么理由、为了什么要来给我钱呢？”

“别开玩笑了，马洛。你可不是因为有魅力才被他们在牢里留了三宿的。你领到了好处。我不想说是从谁那儿领的，但我心里有数。而我所说的这位东家手头有的是这类好处。伦诺克斯案就此了结了，这件事到此结束，哪怕是——”话说到一半，他突然打住了，用他那双猪皮手套轻轻拍打着桌沿。

“哪怕是特里没有杀她，”我说。

他脸上浮出的惊讶就像廉价婚戒上的镀金一样薄。“我倒是宁可相信你这句话，廉价货，可这完全说不通。再说了，就算它说得通——但既然特里希望事情是这个样子，那它就得是这个样子。”

我一言不发。过了片刻，他缓缓地咧嘴一笑。“踩着红滑板车的人猿泰山，”他拖着长腔慢吞吞地说。“好一条硬汉。那我就来在他身上踩个遍吧。一个花三五个铜板就能雇来的伙计，谁都不把他放在眼里。没钞票、没家庭、没前途，啥也没有。拜拜了，廉价货。”

我一动不动地坐在那里，牙关紧锁，盯着他那只放在桌角的金烟盒。我感到苍老又疲惫。我慢慢地站起身来，伸手去拿那只烟盒。

“你忘了这个，”我边说边从桌子后面绕了出来。

“这玩意儿我有半打呐，”他冷笑道。

我走到他身边，把烟盒伸到他面前。他漫不经心地伸手来拿。“来半打这个怎么样？”话音刚落，我便瞄准他的小肚子用尽全力狠狠地给了他一拳。

他“哎哟”了一声，弯下腰去，烟盒落在了地上。他背靠着墙，两手抽筋似的来回乱摸，一面喘着粗气，费力地把空气吸进肺里。汗珠从他头上冒了出来。他费尽九牛二虎之力，这才动作迟缓地直起身来，再度直视着我的眼睛。我伸出手，用一根手指拂过他的下颌骨。他一动不动，没有作出任何回应。最后他那张棕脸上终于挤出了一丝微笑。

“没想到你有这样的胆子，”他说。

“下次记得带把枪来——不然就别叫我廉价货了。”

“我手下有一个拿枪的伙计。”

“下次带他一起进来。你会用得上他的。”

“要对你发脾气可不太容易，马洛。”

我用脚把那只金烟盒拨到一边，弯腰捡起来递给他。他接过烟盒，揣进口袋里。

“我真搞不懂你，”我说。“我不明白你为什么费了半天工夫跑到这里来，只是为了没完没了地笑话我。然后你的表现就开始有些单调了。所有的硬汉都挺单调的。就像是握着一把同花顺跟人打牌。你什么都有了，又什么都没有。你仅有的动作就是坐在那里，欣赏自己。难怪特里不愿意找你帮忙。那就像是找一个妓女借钱。”

他用两根手指轻轻地按着肚子。“你这么说话，我很遗憾，廉价货。你嘴皮子似乎是要过头了。”

他走到门口，打开门。门外靠墙站着一个保镖，见状直起身子，扭过头来。门奈德兹朝他一甩头。那保镖走进办公室，站在那里，面无表情地看着我。

“好好瞅瞅他，奇科，”门奈德兹说。“确保你下回能认出他来——只是为了以防万一。你跟他也许哪天会再碰上的。”

“我已经瞅见他了，老大，”这位镇定自若、面色黝黑、双唇紧闭的伙计用那种不说废话的腔调回答道——他们都喜欢摆出这样的腔调来。“我摆得平他。”

“别让他打到你的肚子，”门奈德兹说完，阴沉地咧嘴一笑。“他的右勾拳可不是闹着玩儿的。”

那保镖只是对着我冷笑。“他根本近不了我身。”

“好啦，拜拜了，廉价货，”门奈德兹朝我丢下这句话后便走了出去。

“回头见，”保镖酷酷地对我说。“我叫奇科·阿戈斯蒂诺。我想你会了解我的。”

“就像了解一张脏报纸，”我说。“下次记得提醒我不要往你的脸上踩。”

他下巴上的肌肉鼓了起来。然后他猛地一转身，跟着他的老板出去了。

气动门慢慢地闭合了。我竖起耳朵，却听不见他们穿过走廊的脚步声。他们走路轻得像猫。以防万一，一分钟后我又一次打开门，朝外面张望。但走廊里已经空无一人了。

我回到桌前坐下，纳闷了一小会儿：一个像门奈德兹这样在当地还算挺有分量的黑道头子究竟为什么要在百忙之中亲自踏进我的办公室，警告我少管闲事呢？而就在几分钟前，我刚刚从休厄尔·恩迪科特那里接到了一条类似的警告，尽管后者的措辞截然不同。

我左思右想，依然不明就里，于是转念一想：不如就让巧事更巧吧。于是我抓起听筒，一个电话打到了拉斯维加斯的水龟俱乐部——菲利普·马洛要求与兰迪·斯塔尔进行一场直接通话。结果没戏。斯塔尔先生出城去了，我要不要另找别人？我才不要呢。我甚至都不那么急切地非要找斯塔尔说话。那只是一时的心血来潮。他离我很远，应该打不到我。

此后的三天里一直太平无事。没人请我吃拳头或是吃子弹，也没人打电话来告诫我少管闲事。没人雇我寻觅他们失踪的女儿、出轨的太太、消失的珍珠项链，或是下落不明的遗嘱。我只是坐在那里，望着墙壁。伦诺克斯案平息得就跟它诞生得一样突然。官方举行了一次简短的死因讯问会，没有传唤我。讯问选在了一个一反常规的时间举行，之前没有发布通知，也没有陪审团参与。验尸官直接将自己的判定结论登记入册了：西尔维娅·波特·韦斯特海姆·迪·乔尔乔·伦诺克斯死于丈夫特伦斯·威廉·伦诺克斯对其谋杀企图的实施，后者已于案发后死于本验尸官办公室的管辖范围之外。也许记录中还收录了一份供词。也许它的真实可靠性已经得到了验尸官的认可。

西尔维娅的尸体随即就被交付家属安葬了。他们用飞机把她运往北方，葬在了家族墓室里。媒体没有得到邀请，也没有人愿意接受采访——尤其是哈兰·波特先生，他也从来没有接受过采访。想要见到他的难度大概和求见达赖喇嘛不分伯仲。百万富翁们的生活方式都奇怪得很，他们永远躲在大群仆人、保镖、秘书、律师，还有毕恭毕敬的经理们组成的人墙后面。也许他们也要吃饭、睡觉、剪头发、穿衣服。但你永远都没法确定。你读到或听到的有关他们的一切都经过了一帮公关人员的加工——这群伙计拿着高薪来替他们创造并维护一种可以接受的人格，一个简单、干净、鲜锐的形象，就像一根消过毒的针。它不一定非要是真的。它只要同所有的已知事实相吻合就行，而那些已知事实你用手指头就能数得过来。

到了第三天的下午，临近傍晚时，电话铃响了，对方是一个自称叫霍华德·斯宾塞的男人，说他代表纽约的一家出版社，来加利福尼亚州出短差，还说他有一个问题想找我解决，希望我明天上午能在利兹-贝弗利酒店的吧台和他碰面。

我问他究竟是什么样的问题。

“一个非常棘手的问题，”他说，“但完全合乎职业道德。如果我们没有达成协议，我自然也会因为占用了你的时间而给你补偿。”

“谢谢，斯宾塞先生，但这就不必了。是我了解的某个人向你推荐了我吗？”

“应该说是了解你的某个人——包括你最近那次小小的违法经历，马洛先生。我得说，正是这件事引起了我的兴趣。当然，我的关注点和那起悲剧事件毫无关系。只是——哎，我们还是到时候边喝边聊吧，在电话上谈事情不方便。”

“你真的想跟一个蹲过牢房的家伙混在一起吗？”

他哈哈大笑。他的笑声和他的嗓音都挺令人愉悦的。他说话的方式就是纽约人在流行弗莱布许腔[①]之前的那种口音。

“从我的角度来看，马洛先生，这反倒是一项加分。我说的并不是——请允许我补充一句——你蹲过拘留所这件事，而是——我是否可以这么说——你的口风似乎非常非常的严，哪怕在面对压力的情况下也依然如此。”

这家伙说话喜欢用插入语，就像一部很装腔的小说。至少他在电话里是这样的。

“好吧，斯宾塞先生，我明早会来的。”

他谢过我后便挂了电话。我此刻很想知道是谁帮我做了推销？我觉得有可能是休厄尔·恩迪科特，于是打电话给他，想问个明白。可他整

① 弗莱布许是纽约市政区下辖的一个社区，当时居民多为爱尔兰裔、意大利裔与犹太裔的工人阶层。

整一星期都不在城里，现在依然没有回来。这也没什么大不了的。哪怕是干我这一行的，偶尔也会碰到一个满意的客户。而我此刻需要工作，因为我需要钱——至少我那时以为我需要，直到我当晚回家的时候收到了一封信件，里面夹了一张麦迪逊的肖像①。

12

那封信就塞在我门前那段台阶下面的信箱里，信箱做成了红白相间的鸟舍式样，顶部那只和摇杆相连的啄木鸟翘了起来，可即便如此我原本也不打算朝里面张望一眼，因为从来没有我的信件寄到这里来过。可那只啄木鸟的鸟喙最近不见了。木头是新近折断的。一定是哪个机灵的小鬼在砰砰乱放他的"原子枪"。

信封上有西班牙文的"航空邮件"字样，上面覆盖着密密麻麻的墨西哥邮票和墨西哥文字。要不是因为"墨西哥"最近老是在我的脑子里晃悠，我原本不一定认得出来这都是些什么东西。邮戳上的字我看不出来。那章是人工盖上去的，印盒里的墨一定好久没添了。信件很厚。我爬上台阶，在起居室里坐下，开始读信。这个傍晚似乎格外寂静。也许，一封死人的来信本身就包裹在寂静之中吧。

信的开头没有日期，也没有开场白。

> 此刻我正置身一家不太干净的旅馆，坐在一间房间的二楼窗台边。这家旅馆位于一座叫作奥塔托克兰的小镇子——一个临湖的小山城。我身边的窗台下就有一个邮箱，一会儿等小服务生端着我要的咖啡进来的时候，他就会帮我把这封信寄掉，在把信投进邮箱之

---

① 这指的是一张面值为5000美元的联邦储备银行券，上面印有詹姆斯·麦迪逊的肖像。

前还会把它举在半空中，好让我看个清楚。一旦他完成了这项任务，他就会得到一张一百比索的钞票，这对他来说可是一大笔钱了。

干吗要这么费劲呢？因为门外有人看着呐——一个肤色黝黑的家伙，脚下一双尖头鞋，身上一件脏衬衫。他在等待。我不知他在等什么，可他不让我出门。但这并无大碍，只要这封信能寄出去。我要你拿着这张钱，因为我不需要它了；再说了，当地的这帮宪兵肯定会将它中饱私囊的。我不是要拿它和你做什么交易。就请把这看做是一份歉意吧——之前给你添了这么多麻烦，不好意思了；另外，这也是我向一位为人正派的朋友致敬的一点表示。一如既往，我又一次地在每一步上都走错了，但至少我手里还有那把枪。凭我的直觉，我相信你已经在某一件事情上得出了结论。我有可能会杀她——也许我真杀了她，但我绝不可能做出那样的事情来。那份残忍是我骨子里所没有的。所以，这里头肯定有什么地方非常不对劲。可这已经无关紧要了。现在，最重要的事情是避免一桩既无必要，也无意义的丑闻。她的父亲和姊妹从没有伤害过我。他们还得生活，而我已经对自己厌恶透顶了。西尔维娅并没有把我变成废物——在此之前，我就已经是个废物了。至于她为什么要嫁给我，我没法给你一个非常清楚的回答。我想，这只是她一时的心血来潮吧。但至少，她死得年轻，死得美丽。那些人都是在胡说八道。他们说：有钱人永远都能保护好自己，还说：他们的世界里永远都只有黄金岁月。我和他们一起生活过；他们只是群生活无聊又孤独的人。

我已经写好了供认书。我的心中既有三分恶心，又有十二分的恐惧。你在书里读到过这类情境，但你没有读到过这种真实的感觉。当这一切发生在你身上时，当你仅有的一切就是口袋里的这把枪时，当你在一个陌生的国度里，在一家肮脏的小旅馆中被逼入绝境，而你的眼前只有一条出路时——相信我，朋友，这件事情没有任何戏剧化的或是带来解脱的成分，只有彻头彻尾的肮脏、可憎、灰暗与阴森。

所以，就请忘掉这件事，忘掉我吧。但在此之前，请先去维克多酒吧替我喝一杯兼烈。另外，下次你煮咖啡的时候，给我倒上一杯，往里面兑点“波旁”威士忌，再给我点上一支烟，放在杯子边上。做完了这一切后，请你忘掉这整件事情。特里·伦诺克斯完结了，出局了。所以，我在这里向你道再见了。

有人在敲门。我猜那一定是小服务生来送咖啡了。如果不是的话，接下来就有一场枪战了。通常来讲，我喜欢墨西哥人，但我不喜欢他们的监狱。拜拜了。

特里

信读完了。我把信纸重新折好，放回信封里。一点没错，敲门的就是那个送咖啡来的小服务生。不然的话，我也就读不到这封信了。至少，信里面不会夹着那张麦迪逊的肖像了。一张麦迪逊的肖像值五千美元呐。

它此刻就平放在我眼前的桌面上，绿花花、挺括括的。我之前从没有见过一张这种面额的钞票。许多在银行工作的人都没有见过。兰迪·斯塔尔还有门奈德兹这种人很有可能会用这种钞票做生意，但如果你想去一家银行要上一张，那他们肯定没有。他们得先从联邦储备银行那里替你申请一张，也许得花上好几天。全美国只有一千张这样的钞票在流通。我的这张散发着一圈漂亮的光晕，仿佛有它在手，我就拥有了几分为我独享的私人阳光。

我坐在那里，许久地看着它。最后我把它放回信封，去厨房煮了那杯咖啡。不管这算不算多愁善感，总之我按他的要求做了。我倒了两杯咖啡，往他的那杯里加了点波旁，放在他那天早上坐过的位置前面的那侧桌面上。我为他点了支烟，放在杯子边上的烟灰缸里。我看着热气从咖啡杯中袅袅升起，看着香烟将一缕细细的烟雾送入空中。窗外，黄钟花间，一只鸟儿正在闹个不停，一面自言自语地低声啁啾着，偶尔飞快地拍打一下翅膀。

咖啡不再飘热气，香烟不再冒烟雾，只是烟灰缸沿上的一截熄灭的烟头。我把它丢进水槽下面的垃圾桶里。我把咖啡倒了，把杯子洗了收好。

我要做的就是这些了。对于五千美元而言，这点事情似乎太少了。

我又磨蹭了一会儿，然后去看了一场晚场电影。片子一点意义也没有。我几乎没有看清银幕上发生了什么。对我而言它只是一堆噪音和一张张大脸。之后我回到家，摆了一局非常乏味的西班牙开局——这同样一点意义也没有。于是我上床睡觉。

但没有睡着。凌晨三点，我在地板上走来走去，听着哈恰图良①在拖拉机厂里开工。他管这叫小提琴协奏曲。我管这叫出了故障的风扇皮带——见他的鬼去吧。

一夜未眠对我而言就像胖子邮递员一样罕见。要不是霍华德·斯宾塞先生跟我在利兹-贝弗利酒店有约，我这就灌下一瓶酒，把自己喝晕了事了。另外，下次我如果再见到一个彬彬有礼的家伙在劳斯莱斯银魂里烂醉如泥，我肯定会朝多个方向迅速撤离的。世上最致命的陷阱就是你为自己设下的那个。

13

上午十一点钟，我正坐在餐厅副楼进门右手边的第三个卡座里。我背靠着墙，这样我能见到每一个进出的人。这是一个清朗的上午，没有

① 哈恰图良（1903—1978），苏联作曲家，他的小提琴协奏曲创作于1940年代。

雾霾，甚至连层云也没有。窗外，游泳池从酒吧的玻璃板墙面边上开始向外延伸，直到餐厅的那一头，水面在阳光的照射下亮得晃眼。一个身材火爆、穿一件细纹呢泳装的姑娘正顺着梯子爬上跳板。我看着她大腿和泳装间的那一溜雪白的皮肉。我色眯眯地看着。接着她就消失在了视线之外——悬挑的屋顶遮住了她。片刻之后，我看见她迈着一步半的步法从跳台上一跃而下，溅起一片高高的水花，水花遮住了太阳，筑成一道几乎可以和姑娘本人媲美的艳丽彩虹。接着她又沿着梯子爬了上来，解开头上那顶白泳帽，摇摇脑袋，让她那头漂染的金发披散开来；然后她扭着屁股，走到一张白色的小桌子边上，紧挨着一个伐木工身坯的人坐下——后者穿着一条白色的粗细纹布裤子，戴着墨镜，皮肤被晒成了色调完全均匀的深棕色，这说明他只可能是酒店雇来在游泳池边巡逻的保安。只见他探过身来，拍着她的大腿。她张开大嘴，活像一只消防水桶，接着便大笑起来。这彻底掐灭了我对她的兴趣。我听不到她的笑声，但她像拉开拉链一样张开两排白牙的时候，脸上的那个大洞对我来说已经足够了。

酒吧这里是空空荡荡的。和我隔着三个卡座的地方坐着一对骗子，他们正努力地向彼此兜售“二十世纪福克斯”的作品，不过用的不是现钞，而是夸张的手势。桌上的一部电话将两人隔开，每隔两三分钟，他们就会上场比试一番，看看究竟是谁在电话里给扎纳克[①]出了一个好点子。他们年轻、黝黑、热切，充满活力，打电话时调动的肌肉力量抵得上我扛着一个胖子爬上四层楼梯的费力劲儿了。

一个一脸哀伤的伙计坐在吧台前的高脚凳上，正跟酒吧招待说着什么，后者一面擦着玻璃杯，一面听着，脸上挂着一副塑料假笑——通常，当人们试图强压住大吼一声的冲动时，便会挤出这样的笑容来。那

---

① 达里尔·F·扎纳克（1902—1979），美国制片人，创立二十世纪福克斯电影公司。

位顾客人到中年，衣冠楚楚，但显然喝多了。他很想说话——但即便他不是那么想说话，他也根本停不下来。他很礼貌、很友好，就我听到的那几句话而言，他的吐字似乎也不算太含糊，但你知道他每天早上一觉醒来，手里面就攥着酒瓶子，只有等到晚上坠入梦乡后才会放手；他的整个余生也都将如此，这就是他的人生。你永远不会知道他是怎么变成这样的，因为就算他对你讲了，那也不会是事实。那至多只是一段扭曲的记忆，而他以为那就是事实。世上每一间安静的酒吧里都有一个像他这样一脸哀伤的男人。

我看了看表：这位重量级的出版界人士已经迟到将近二十分钟了。我打算再等半个钟头，然后就走。一味的迁就客户是绝对不行的。如果他能随意摆布你，那他就会认为其他人也可以，而这绝不是他雇用你的理由。眼下，我并不那么急着要接活儿，因此我大可不必听凭一个东海岸来的猪头把我当下人。不就是个装模作样的高管吗？——坐在八十五楼的一间镶着护墙板的办公室里，面前一排按钮，一台内部通话机，还有一位身穿“哈蒂·卡内基”职业女装特款的女秘书，睁着一双美丽的、含情脉脉的大眼睛。这就是那种整天叫你“九点整准时到”，自己却过了两个钟头，这才乘着一杯双份“吉布森”的酒力姗姗来迟的老板。要是你没有乖乖坐在那里，脸上挂着愉悦的微笑，那他保准会因管理能力受挫而怒火攻心、口吐鲜血，非得去阿卡普尔科的海滩上静养五周才能雄风再起。

那位上了年纪的酒吧招待轻轻地飘到了我跟前，目光柔和地瞟了一眼我那杯淡淡的威士忌兑水。我摇了摇头，他点了点那颗一头蓬乱白发的脑袋；就在这时，一个梦走了进来。刹那间，我恍惚觉得酒吧里似乎鸦雀无声，那对骗子似乎停下了骗术，高脚凳上的那个醉汉似乎也不再嘟嘟囔囔，仿佛一个指挥家刚刚用指挥棒轻轻一叩乐谱架，然后举起了手臂，双手正悬停在半空中，引而不发……

她身材苗条，相当高挑，身穿一件定制的白色亚麻裙，颈上一条黑白两色的圆点围巾。她的发色是童话公主的那种浅金色。她头戴一顶小巧的帽子，那头浅金的秀发就像一只归巢的小鸟一样依偎其中。她的眼睛是那种罕见的亮蓝色，长长的睫毛色泽浅得近乎苍白。只见她穿过走道来到桌边，伸手摘下一只长手套，那名老侍者连忙替她拉开桌子——这世上永远不会有哪个侍者用这样的姿态来替我拉桌子。她入了座，将那副手套塞在手提包的提手下面，微微一笑，向他道谢——这个笑容是如此温柔，如此完美又纯洁，那老侍者几乎当场就动弹不得了。她又用低低的嗓音向他吩咐了一句什么。他转身离去，脚步匆匆，身体前倾。这是一个肩负着人生使命的男人。

我直直地盯着她看。她发现了我直直的眼神，目光抬升了半英寸，我登时就飘离了地面。但不论我飘到了何处，我自始至终都屏着呼吸。

这世上除了金发女郎，还是金发女郎；如今，这个词儿简直都成了个玩笑。所有的金发女郎都有自己的绝活儿，除了那些金属发色的妞儿——说她们是金发，不如说头发漂染过的祖鲁黑妞是金发，而且她们的气质柔和得就像人行道路砖。小可爱型的金发女郎会喊喊喳喳，唧唧啾啾，高挑挺拔的金发女郎会用射着冷光的蓝眼睛拒人于千里之外。有的金发女郎会用那种仰视的目光看着你，身上散发着迷人的气味，眼睛扑闪扑闪的，倚着你的胳膊，每次你送她回家的时候，她总是非常非常地疲倦。她总爱做那个无助的手势，还总是犯那个该死的头痛病，你简直都想给她一拳；你唯一庆幸的是，你总算是在为她投入过多的时间、金钱和希望之前看穿了这个头痛病的把戏。她的头痛是永远不会好的——这件武器永不生钝，而且同刺客的长剑还有卢克丽霞[①]的毒药一样致命。

---

① 卢克丽霞·博尔贾（1480—1519），出身贵族，文艺复兴时期的艺术资助人，常被指控对她的敌人下毒。

有的金发女郎没有主见、容易上钩、欢饮无度，她们根本不在乎穿的是什么——只要那是貂皮，也根本不在乎上哪儿去——只要那是“星光露台”，而且有干香槟供应。有的金发女郎个头小小，精神抖擞，愿意做你的哥们儿，喜欢自己买单；她们充满阳光，头脑清楚，精通柔道，能够一个过肩摔放倒一名卡车司机，最多只会因此漏掉《星期六评论》上某篇社论中的一个句子。有的金发女郎面色苍白如纸，就像患了某种虽非致命，但几难治愈的贫血症。她无精打采，身形缥缈，说话的声音轻轻的，像是并不来自这个世界；你根本摸不着她，因为首先：你也并没有想要摸她的欲望；其次：她正在读《荒原》或是但丁的原著，要不就是卡夫卡或克尔恺郭尔，也有可能是在钻研普罗旺斯语。她崇尚音乐，聆听纽约爱乐乐团演奏的亨德米特作品时，她能告诉你六把低音古提琴中的哪一把慢了四分之一拍。我听说托斯卡尼尼也有这本事。他俩正好可以凑成一双。

最后，还有那类惊艳绝伦的金发尤物，能够历经三任黑帮大佬的兴衰，再先后嫁给数位百万富翁，每人向她交出一百万美元，最后坐拥俯瞰安提比斯海角的一栋淡玫瑰色的别墅、一辆配有司机与副司机的阿尔法-罗密欧豪华轿车，外加一屋子过气的贵族友人，她对待他们总是温情脉脉又心不在焉，就像一位老公爵跟管家道晚安时的姿态。

但走道对面的这个梦却不属于我刚才所说的任何一类，她甚至都不属于她们的那个世界。她无法归类，像山泉一样悠远清澈，像泉水的色泽一样难以捉摸。就在我依然直直地盯着她时，一个声音在我的胳膊肘边响起：

“真是对不住。我向你道歉。都是它惹的祸。我叫霍华德·斯宾塞。不用说，你是马洛。”

我扭过头去看他。他人到中年，体态肥胖，穿着打扮似乎表明此人从不在衣服上面花心思，但他脸刮得很干净，稀疏的头发向后梳着，被他煞费苦心地平摊在两耳间颅距奇大的脑壳上。他穿着一件花哨的双排扣背心，这种衣服你几乎从来不会在加利福尼亚看到，除非是穿在一个到此一游的波士顿人身上。他戴着一副无框眼镜，手上拍着一只破破烂烂、老狗一般的公文包——这显然就是刚才他口中的“它”。

“三份新鲜出炉的手稿，篇幅都能成书。小说。要是我们在能腾出手来退稿之前就把稿子弄丢了，那可就太让人尴尬了。”他朝那个老侍者打了个手势，后者刚刚在那个梦面前放了一大杯绿茵茵的什么东西，转身退了回来。“我爱死金酒兑橙汁了。这口味确实有点傻。你愿意陪我来一杯吗？太好了。”

我点点头，那个老侍者飘走了。

我指着那只公文包说：“你怎么知道你要退稿呢？”

“但凡这些稿子有一点可取之处，它们就不会由作者本人亲手递到我的旅馆了。某家纽约的代理会抢先挖到它们的。”

“那你干吗还要收下呢？”

“一方面是为了避免伤害感情。另一方面是为了那千分之一的概率——所有的出版人都梦寐以求着那千分之一。但最主要的原因是，你参加了一场鸡尾酒会，被介绍给各式各样的人，其中几个写了小说，而你此刻半醉半醒，心中刚好充满了对全人类的慈悲与博爱，于是你说，你很乐意看看稿子。就这样，稿子被递到了你的旅馆里，速度快得令你心头一紧，于是你不得不强打精神，将它翻阅一遍。但我想，你对出版人和他们的麻烦并无太多兴趣。”

侍者端来了酒水。斯宾塞伸手抓起他的那杯，咕咚一声灌下一大口。他没有注意到走到对面的那个梦幻女孩。我抓住了他全部的注意力。他是一个合格的接头人。

“如果工作需要，”我说，“我可以时不时地读上一本书。”

“我们最重要的一位作者就住在这里，”他不经意地说，“也许你读过他的东西。罗杰·韦德。”

“嗯—哼。”

“我明白你的意思了，”他哀伤地微微一笑，“你不怎么看得上历史题材的浪漫小说。可这类书现在都卖疯了。”

“我没什么意思，斯宾塞先生。我读过他的一本书。我觉得那纯粹就是满纸胡言。我这么说有问题吗？”

他咧嘴一笑。“哦，没有问题。许多人和你观点一致。但问题的关键在于，眼下他的书本本畅销。考虑到当前的经营成本，每个出版人手头都得有两个这样的作家才行。”

我望着对面的那个梦幻女孩。她刚刚喝完了她那杯柠檬汁（管它是什么呢），此刻正瞥着她那只袖珍腕表。酒吧里的人这时多了一些，但还不算十分吵闹。那两个骗子不再手舞足蹈，高脚凳上那个独语的醉汉身边多了几个伙计。我回头看着霍华德·斯宾塞。

“这和你眼下的麻烦有关系吗？”我问他。“我是说，这个叫韦德的伙计。”

他点点头。他认认真真地快速打量了我一番。“跟我说说你自己吧，马洛先生。我是说，如果这个请求不至于让你觉得反感的话。”

“说什么呢？我是一个有执照的私家侦探，在这里也干了有一阵子了。我是一条独狼，未婚，中年将至，没什么钱。我蹲过不止一次大牢，不接离婚案。[①]我爱酒、爱女人、爱下棋，还有其他几样爱好。警察们不太喜欢我，但我也认识两个跟我合得来的。我从小在这里长大，出生在圣罗莎[②]，父母双亡，没有兄弟姐妹，因此如果哪天我在某条黑黢黢的小巷子里叫人给做掉了——干我这一行的，人人都有可能碰着这样的事情；事实上，如今的许多人不论干的是哪一行，甚至是哪一

① 在那个年代，正派的从业人员不接离婚案。

② 圣罗莎是加利福尼亚州的一个市。

行都不干，都有可能碰着这样的事情——没人会觉得眼前一黑、天旋地转的。”

“我明白了，”他说，“可这并没有提供我想知道的信息。”

我将那杯金酒兑橙汁一饮而尽。我不喜欢它的味道。我对他咧嘴一笑。“我还有一件事情没说，斯宾塞先生，我口袋里揣着一张麦迪逊的肖像。”

“一张麦迪逊的肖像？恐怕我不——”

“就是一张五千美元的票子，”我说，“我总是随身带着它。我的护身符。”

“我的天啊，”他压低嗓子说，“这么做难道不十分危险吗？”

“那句话是谁说的来着？——超出某个限度之后，所有的危险都难分伯仲了。”

“我想这话是沃尔特·白芝浩说的，他指的是高空建筑作业。”接着他又咧嘴一笑：“不好意思，但我是一名出版人。你这人不错，马洛。我打算冒险信你一回，不然的话，你肯定会叫我滚蛋的，对不对？”

我也对着他咧嘴一笑。他招呼侍者过来，又点了两杯酒。

“事情是这样的，”他小心翼翼地开口道。“我们在罗杰·韦德那里碰上了大麻烦。他写不完一本书了。他失去了文字驾驭能力，这背后必有隐情。这家伙的精神似乎崩溃了。狂饮无度，乱发脾气，还时不时地一连失踪好几天。就在前一阵子，他还把他老婆扔下台阶，让她带着五根摔断的肋骨躺进了医院。他俩之间并没有通常意义上的那种麻烦——事实上，是什么麻烦都没有。这伙计就是一喝酒便撒野。”斯宾塞身子向后一仰，目光阴郁地望着我。“我们一定得让他把那本书写完不可。我们实在是太需要这样一本书了。某种意义上讲，我的饭碗可就全靠它了。可我们需要的不仅仅是这些。我们想要拯救一位才华横溢的作家，他的潜能远远超出了他迄今为止取得的成就。我不知道他碰上了怎样的大麻烦。我这次来，他甚至都不肯见我。我知道这听上去像是精神分析师干的活，但韦德太太可不这么想，她坚信他的神志完全清醒，但不知什么烦心事把他折磨得要死要活——比如说，一个敲诈勒索者的出现。韦德夫妇已经结婚五年了。某桩往事的幽灵也许此刻回头找上了他。那甚至有可能是——这只是我的胡乱猜想——一起致命的肇事逃逸事故，现在不知什么人抓住了他的把柄。我们不知道那究竟是什么事。我们想要知道。我们也愿意花大价钱来摆平这桩麻烦。如果真的是因为他的健康出了问题，那就没什么好说的了。如果不是的话，那我们一定能找到答案。在此期间，我们必须保护韦德夫人。下次他说不定就会要她的命。谁知道呢。”

第二轮的酒水送上来了。我没碰我那杯，而是看着他咕咚一口，将他手中的那杯喝干了一半。我点了一支烟，直直地盯着他。

“你想要的不是侦探，”我说。“你想要一个魔法师。我能有什么办法？要是我恰好在正确的时间出现在正确的地点，要是凭我的身手能摆平他的话，我也许能一拳头把他揍晕，扔到床上。但我非得在场不可。这概率只有百分之一，你懂的。”

“他块头跟你差不多，”斯宾塞说，“可他的状态远比不上你。另外，你可以一直在场的。”

“这可不好讲。醉汉都挺机灵的。他保准会挑一个我不在场的时间来撒酒疯的。我入这一行可不是为了做男护士的。”

“我们要的不是男护士。罗杰·韦德可不是那种愿意接受男护士的人。他是一个失去自控能力的天才，靠着给一群笨蛋写垃圾文字，他赚了太多太多的钱。但对一名作家而言，唯一的救赎就是写作。如果他的心底里还有任何闪光的东西，它会在这个过程中浮出水面的。”

“好吧，这家伙抓住了我的心，”我没精打采地说，“他棒极了。而且他还十分危险。他心中藏着一个罪恶的秘密，因此只能借酒浇愁。可他不是我擅长处理的麻烦，斯宾塞先生。”

“我明白了。”他看了一眼手表，紧锁的双眉将他的脸拧成一团，让他顿时老了十岁、小了一圈。“哎，我只是问问你，你别在意。”

他伸手抓起那只鼓鼓囊囊的公文包。我看着走道对面的梦幻女孩，她正准备起身离开。那个白发侍者拿着账单飘到她跟前，她给了他几张钱和一个迷人的微笑，他的表情就像是刚刚跟上帝握过手一样。她补了补口红，戴上白手套，那个侍者将桌子拉开半个房间，好让她款款步出。

我瞥了一眼斯宾塞。他正皱着眉头垂眼望着桌沿上的空杯子，那只公文包就搁在他的膝盖上。

“好吧，”我说，“我会去瞧瞧那个家伙，掂掂他的斤两的，如果你真要我这么干的话。我还会找他老婆聊聊。但我猜他会把我踢出房门的。”

一个不属于斯宾塞的嗓音突然开口道：“不，马洛先生，我想他不会这么做的。恰恰相反，我想他说不定还会喜欢上你。”

我抬头望着一双紫罗兰色的眼睛，她正站在桌子的另一头。我站起身来，歪歪扭扭地倚靠着卡座的椅背——当你没法从缝隙里溜出去的时候，就只能用这种别扭的姿势站着。

“您不用站起来，”她说话的音质就像他们勾勒夏日的云朵时用的那种软毛画笔，“我知道我应该先向你道歉，但我真的很希望在做自我介绍之前能有机会先观察你一番。我叫艾琳·韦德。”

斯宾塞没好气地说：“他不感兴趣，艾琳。”

她嫣然一笑。“我不同意。”

我猛地将自己从恍惚之中拖回现实。我这时依然摇摇晃晃地站在那里，大张着嘴，喘着气，就像一个神魂颠倒的女学生，她真是一个性感尤物。当她站在你跟前的时候，你简直无法动弹。

“我没说我不感兴趣，韦德太太。我只是说，或者我想说，我觉得自己帮不上忙，要是我随随便便接下了这活，说不定我就犯下了一个天大的错误。说不定我会捅出大娄子来。”

这时她的神情变得十分严肃，笑容消失了。“你决定做得太快了。你不能凭一个人做了什么来评判他。如果你非要评判不可，那评判的标准应该是他是怎样的人。”

我茫然地点点头。因为我恰恰是这样看待特里·伦诺克斯的。他一文不值，除了他在散兵坑里展现过的那转瞬即逝的英勇一刻——如果门奈德兹在这件事情上没撒谎的话——但事实本身根本描绘不出一个完整的故事。他这个人，你根本没法不喜欢上他。你在一生当中，又能遇到几个你能如此评价的人呢？

“而你也正是凭着这一点才能了解他，”她柔声细语地添了一句。“再见了，马洛先生。如果你改了主意的话——”她飞快地打开手提包，递给我一张卡片——“另外，谢谢你今天能来。”

她朝斯宾塞点点头，走了出去。

我目送着她步出酒吧，穿过四面是玻璃窗的副楼去往餐厅。她的仪态优美极了。我看着她在通向大堂的拱廊下转了个弯。她转弯时，她的白色亚麻裙最后一次在我眼前闪现。然后我放松肌肉，滑回卡座里，伸手去抓那杯金酒兑橙汁。

斯宾塞一直在看着我。他的眼神中透着一丝锐利的光芒。

“干得漂亮，”我说，“但你真应该时不时地看上她一眼。那样的一个梦，在你对面坐了二十分钟，可你居然都不正眼瞧她一下。”

“我真傻，对不对？”他想笑，可笑不出来。他不喜欢我看她的眼神。“大家对私家侦探都有些十分奇怪的想法。想到要把其中一个请进你自己的家门——”

“别想把你眼前的这个请进你的家门，”我说，“要我看，你还是先编个别的故事吧。鬼才相信有人会把那个尤物扔下楼梯，摔断她的五根肋骨呢，不管他是喝醉了还是清醒着。”

他的脸红了，双手紧紧抓住公文包。“你觉得我在撒谎？”

“那又有什么关系呢？你反正是得逞了。你似乎是对那美人儿有点意思。”

他猛地站起来。“我不喜欢你的语气，”他说，“我恐怕也不太喜欢你。帮我个忙，就当我啥也没说吧。我想这点钱应该可以弥补你损失的这点时间了。”

他往桌子上甩了一张二十，然后又添了点留给侍者的小费。他静立了片刻，低头紧盯着我。他目光如炬，一张脸依然涨得通红。“我是个已婚男人，还有四个孩子，”他很突兀地说了一句。

“恭喜你。”

他喉咙里短促地咕哝了一声，然后转身就走。他走得挺快。我目送了他一小会儿，然后就不再看他。我喝光了我手中的那杯酒，掏出烟盒，晃了晃，甩出一根，塞进嘴里点着。老侍者走上前来，看着桌上的钱。

“先生，您还要点别的什么吗？”

“不用了。这钱全归你。”

他慢吞吞地拾起那张钱。“这是张二十美元的钞票啊，先生。那位绅士一定是弄错了。”

“他识字。我说了，这钱全归你。”

“那我自然是感激不尽。先生，如果你确定——”

“非常确定。”

他连连点头，拿起钱走了，但脸上依然挂着疑虑。酒吧里这时热闹了起来。一对身材苗条的轻佻少女走了过来，一面莺声燕语，一面挥手。她们认识坐在前面的那两个骗子。一声声“亲爱的”和红红的指甲开始在空中飞扬。

我叼着半根烟，沉着脸，对着空气发呆，然后起身离开。我转身去拿我那盒烟的时候，不知什么东西从后面狠狠地撞了我一下。这一撞可来的真是时候。我忽地一下转过身去，出现在我眼前的是一个屁股宽宽的万人迷，身披一件松松垮垮的法兰绒上衣。他像一个明星那样伸开一条胳膊，咧开大嘴笑得灿烂，就像一个从没有丢过一单买卖的推销员。

我抓住那条伸开的胳膊，拽着他在原地转了半个圈。“我说，你这是怎么了？莫非是你的魅力太大，这走道窄得装不下了？”

他一把抽出胳膊，开始来硬的了。“小子，别玩花样。我可以让你的下巴脱臼。”

“哈—哈—哈，”我说，“你说不定可以去给扬基队当中场手，拿一根长棍面包打出本垒打呢。”

他握紧了一只肉乎乎的拳头。

“亲爱的，想想你的美甲吧，”我提醒他道。

他努力地控制住情绪。“该死的，你这自以为聪明的家伙，”他冷笑道。“下次再找你算账，等我的烦心事儿少点的时候。”

“会有那样的时候吗？”

“够了，你丫闭嘴，”他吼了一句。“再敢耍一句贫嘴你就等着装假牙吧。”

我朝他咧嘴一笑。“记得给我打电话，伙计。但你得加强一下对话技巧。”

他的脸色忽然由阴转晴，他笑了。“你是拍片子的吗，老兄？”

“我只拍他们挂在邮局墙上的那种片子①。”

“我等着看你的大头照，”说完他就走开了，脸上依然挂着大大的笑容。

这么干非常傻，但我至少把那种感觉从心头赶走了。我走过副楼，

---

① 美国警方习惯在邮局里张贴通缉令。

穿过酒店大堂来到大门口。我在门前停下脚步，戴上太阳镜。直到我钻进车里，我才想起来要看一眼艾琳·韦德给我的那张卡片。这是一张镌版印制的卡片，但算不得正式的名片，上面只有一行地址和一个电话号码：罗杰·斯特恩斯·韦德太太，悠谷路 1247 号，(电) 悠谷 5–6324。

我了解悠谷那边的很多情况：过去，他们曾一度在那里私设关卡、控制进出，建立了一支私人警察部队，一家卡西诺赌场就开在湖滨，里面还有一群价格不菲的烟花女子；但如今，我知道那里已经变了模样。卡西诺赌场关门后，低调隐秘的资本接管了那个地块儿。低调隐秘的资本把那里变成了地产商的乐园。一家俱乐部拥有湖面以及湖滨的土地，如果他们不愿让你加入俱乐部，你就不能去湖里玩。如果说“独家专享”这个词比单纯意义上的昂贵只多出了一层意思的话，这里就是那层意思的最好诠释。

把我放进悠谷就像往“香蕉船”[①] 里放一只小洋葱一样不搭。

那天下午晚些时候，霍华德·斯宾塞给我打了个电话。他克服了情绪，跟我说了声对不起，说他没有控制好局面，又问我有没有重新考虑过这件事。

“如果他请我的话，我会去见见他的。不然的话，没门。”

“我明白了。你能拿到一大笔额外的奖金——”

“听着，斯宾塞先生，”我不耐烦地说，“钱买通不了命运。如果韦德太太害怕那个家伙，她可以搬出去，那是她的问题。没人可以一天二十四小时保护她免遭丈夫的伤害。你在这世上找不到那样的保护。但你想要的还不止这些。你想知道那家伙的神经究竟为何脱轨，又是如何脱轨、何时脱轨的，然后排除故障，好让他不要再犯毛病——至少在他写完那本书之前不要再犯。可这件事取决于他。如果他真的非

① 香蕉船是一种西式甜点，通常由香蕉和冰激凌组合而成。

常想写那本该死的书，那他就会在完成之前暂时把酒瓶子放开。你想要的实在太多了。”

“这两件事是分不开的，”他说。“这其实是一个问题，但我想我能理解。这类活儿对于你来说过于微妙了一些。好吧，再见了。今晚我就飞回纽约了。”

“一路顺风。”

他谢过我后挂上了电话。我忘了告诉他，我把那二十美元给了侍者。我本想回他一个电话告诉他的，但我猜他已经够可怜的了。

我关上办公室的房门，动身前往维克多酒吧去喝一杯兼烈酒，就像特里在信里求我做的那样。但我改了主意。我这会儿没有那么多愁善感了。我改道去了劳里酒吧，喝了一杯马提尼，嚼了几块上肋，外加一块约克郡布丁。

我回到家，打开电视，看了几场拳击赛。比赛一点儿也不好看，就是一群舞蹈演员跑来客串的——他们本该去阿瑟·莫里[①]那儿应聘的。他们只会轻轻地来个刺拳，然后上下闪躲，要不就是虚晃一枪，想让对方失去平衡。所有人的拳头都轻飘飘的，力道甚至都叫不醒他们打盹儿的祖母。观众嘘声一片，裁判不停地拍掌给他们鼓劲儿，可他们还是在那里左摇右摆，跳来跳去，有气无力地挥着左刺拳。我换了个频道，看了一集犯罪片。场景是在一只大衣柜里面拍的，几张过于眼熟的面孔一脸倦容，而且算不上漂亮。对白连“花押字”工作室[②]都看不上眼。里面的警探有一个黑人男仆做丑角，可这根本没有必要——他自己就是个丑角。插播的广告能让一头用铁丝网和碎酒瓶喂大的山羊反胃。我关了电视，抽了一支长长的、清凉的、烟丝密实的

---

① 阿瑟·莫里（1895—1991），美国舞蹈教练、商人，许多舞蹈工作室都以他的名字命名。

② “花押字”工作室（1930—1953），专拍低制作的西部片和犯罪片。

香烟。这让我的喉咙很是舒服。烟纸里装着上好的烟草，我忘了看一眼是什么牌子的了。就在我准备钻进被窝的时候，凶杀侦探组的格林警司给我打来了电话。

“几天前，他们把你的朋友伦诺克斯埋在了他丧命的那座墨西哥小镇里。我想着或许应该告诉你一声。一名代表死者家属的律师去那儿料理了后事。这次你挺走运，马洛。下次你再想要帮哪个伙计逃出国门的时候，请三思。”

“他身上总共有多少个弹孔？”

“你说什么？”他没好气地吼了一句。之后他沉默了半晌。最后他用过于谨慎的语气回答道：“我得说，只有一个弹孔。通常一颗子弹就足够了，如果它轰掉了那个人的脑袋。律师带回了一组指纹，还有他口袋里的每一样东西。你还有什么想问的吗？”

“有，但你不会告诉我的。我想知道是谁杀了伦诺克斯的老婆。”

“老天爷呀，格兰兹没有告诉你他留下了一份完整的供认状吗？况且报纸上也登了，你难道都不读报纸了吗？”

“谢谢你打电话给我，警司。你真是太好了。”

“听着，马洛，”他怒气冲冲地说，“你要是对这个案子有什么稀奇古怪的想法，别说出来，不然你就是在自找麻烦。这个案子完结了，终了了，锁进放了樟脑丸的档案柜了。这对你来说可真是走了狗屎运。根据本州法律，案发后协助罪犯可以判五年刑。另外，再让我告诉你一件事。我当警察这么多年，有件事我再清楚不过了：把你送进大牢的并不总是你做了什么，而是这件事在法庭上可以被打扮成什么模样。晚安。”

他啪地挂上了电话。我放下话筒，心里想：良心不安的正派警察总是会表现出一股戾气。可腐败的警察也会。其实每个人都会这样，包括我。

14

第二天早上，门铃响起的时候，我正在把爽身粉从耳垂上抹掉。我走到门口，拉开门，迎接我的视线的是一双紫罗兰色的眼睛。这次她穿了一条棕色的亚麻裙，系着一条鲜红色的围巾，既没有戴帽子，也没有戴耳环。她面色略有些苍白，但不像是刚被人扔下楼梯的样子。她给了我一个踌躇的微笑。

“我知道我不该来这儿烦扰你的，马洛先生。你也许还没吃早餐。但我不太愿意去你的办公室，更不愿意在电话里讨论私事。”

“没事。请进，韦德太太。想要来杯咖啡吗？”

她走进起居室，在长沙发上落座，目不斜视。她将手提包平放在大腿上，端坐时两腿并拢。她这副模样很是循规蹈矩。我推开窗户，拉起百叶窗帘，从她面前的茶几上拿起一只脏兮兮的烟灰缸。

“谢谢。请给我清咖，不加糖。”

我走出房间，进了厨房，往一只绿色的金属托盘上铺了一张纸餐巾。它看上去廉价得就像一只赛璐珞假领子。我把它团成一团扔掉，找出一条用来和叠成三角形的餐巾配套的流苏餐巾。这些都是这栋房子自带的，就像里面的大多数家具一样。我摆出两只“沙漠玫瑰”咖啡杯，斟上咖啡，端着托盘走进起居室。

她抿了一口。“味道真不错，”她说，“你真会煮咖啡。”

“上一次有人跟我一起喝咖啡的时候正是在我进班房前，”我说。“我猜你知道我蹲过班房，韦德太太。”

她点点头。“当然知道。他们怀疑你协助他逃亡，对不对？”

“他们没有这么说。他们在他房间里的一本便笺簿上找到了我的电话号码。他们问了我几个问题，我没有回答，主要是他们提问的方式吧。但我想你对这些怕是没有什么兴趣。”

她小心翼翼地放下杯子，身子向后一靠，对着我微笑。我递给她一支烟。

“谢谢，我不抽烟。我当然对这件事情感兴趣了。我们的一位邻居认识伦诺克斯夫妇。他一定是疯了，才干出这种事来。他听上去根本不像是那种人。”

我往一只斗牛犬烟斗里添上烟丝，打火点着。“我也这么想，”我说。“他准是疯了。他在战争中受过重伤。可如今他死了，案子也结了。我想你来这里不是为了谈这件事的吧。”

她慢慢地摇了摇头，“他是你的朋友，马洛先生。对这件事你一定有非常执着的看法。另外我想，你也是一个意志坚定的人。”

我把烟斗里的烟草夯实，重新点上。我故意放慢手头动作，目光趁机越过烟斗，细细观察着她。

“您瞧，韦德太太，”我终于开口道，“我的看法毫无意义。这种事天天都在发生。最不可思议的人犯下了最不可思议的罪行。善良的老太太毒死了一家人。没有犯罪记录的正派小子犯下了多起持枪抢劫与枪击案件。二十年来职业生涯洁白无瑕的银行经理结果却是贪污惯犯。作品成功、广受大众喜爱，表面上看快乐又幸福的小说家却酗酒成性，还把太太送进了医院。我们甚至都不知道什么会把我们最好的朋友惹毛。”

我本以为这话会让她怒从心起，可她却只是紧闭双唇，眯起了眼睛。

“霍华德 · 斯宾塞不该告诉你这件事的，”她说，“这都怪我自己。我当时不知道该离他远点。从那以后，我学到了一件事情：面对一个贪杯的男人，你千万不能试图阻止他。可我想，这件事用不着我来教你。”

“你肯定没法靠嘴巴拦住他，”我说。“如果你走运的话，而且胳膊还使得出劲儿的话，你也许能阻止他伤害自己或他人。但就连要做到这一点也得凭运气。”

她无声地拿起咖啡杯和茶托。她的双手十分可爱——她身上没有一处不可爱。她的指甲轮廓秀美，光润亮泽，若有若无地涂着一抹淡淡的指甲油彩。

“霍华德有没有告诉过你，他这次没能见到我丈夫？”

“他说了。”

她喝完了咖啡，小心翼翼地把杯子放回托盘中。她又摆弄了一小会儿调羹，这才开了口，眼睛始终没有抬起来看我。

“他没有告诉你原因，因为他也不知道。我很喜欢霍华德，但他是那种经理人，总想掌控一切。他自认为很有执行力。”

我一言不发，等着她往下说。又是一阵沉默。她飞快地抬眼向我投来一瞥，却又再度将视线移开。然后，她用非常轻柔的嗓音接着说道：“我丈夫已经失踪三天了。我不知道他此刻在哪里。我来这里就是为了请你找到他，把他带回家。哎，这种事已经不是头一回了。有一次，他自己开着车子，一路跑到了波特兰，然后在一家旅馆里病倒了，只能请来一个医生帮他醒酒。他居然一个人跑到了那么远的地方，而且路上没有惹出什么麻烦来，这真是一个奇迹。他那时已经三天没吃东西了。还有一次，他去了长滩[①]的一家土耳其浴场——瑞典人在那里开了好几家提供结肠灌洗服务的场所，这浴场就是其中一家。最近的一次，他去了一家私人开设的小疗养院，那地方的名声似乎也不是很好。那一次距离现在还不到三周。他不肯告诉我那地方叫什么，也不肯说它在哪里，只是说他接受了一个疗程，现在好了。可他面色惨白，虚弱不堪。我瞥见一眼那个送他回家的男人。那是一位高个子的年轻人，穿着一套花里胡哨的牛仔装，你通常只会在舞台上或是彩色歌舞片中看到这样的服饰。他在私家车道上放罗杰下车后，便飞也似的倒车开溜了。”

---

① 长滩是加利福尼亚州西南部的一座港口城市。

“那说不定是一家度假牧场，”我说。“有些无聊的牛仔会掏出手头的每一个子儿来，买上一套那样的花哨行头。女人们都被他们迷得神魂颠倒。这就是她们上那儿去的目的。”

她打开手提包，掏出一张折好的纸来。“我带了一张五百美元的支票给你，马洛先生。你愿意收下这笔定金吗？”

她把那张折好的支票放在了桌子上。我看着它，但没有伸手。“为什么？”我问道。“你说他已经失踪三天了。那些诊所一般需要三到四天时间来给一个人醒酒，再给他喂点吃的。难道他这次不会和以往一样自己回来吗？还是说这次情况有变？”

“他快经受不起这样的折腾了，马洛先生。他这样下去会送命的。他出走的间隔越来越短了。我很担心。我不只是担心；我吓坏了。这很不正常。我俩结婚五年了。罗杰一直喝酒，但不是一个精神变态的酒鬼。这里头有什么地方很不对劲。我想要你找到他。昨晚我只睡了不到一个钟头。”

“知不知道他为什么喝酒？”

那双紫罗兰色的眼睛沉着地望着我。她今天上午看上去有一点柔弱，但绝对称不上无助。她咬着下嘴唇，摇了摇头。“莫非是因为我？”她终于开口道，声音低得像是耳语。“男人们总是会对妻子感到厌倦。”

“我只是个业余的心理学家，韦德太太。干我这一行的都得懂一点心理学。要我说，他更有可能是对他创作的这类作品感到厌倦了。”

“这很有可能，”她平静地说。“我想，所有作家都会遇到这样的瓶颈期。的确，他好像是怎么也完不成手头的这本书。可他又没有缺钱到要靠这本书的稿费来交房租的地步。我觉得这算不得一个充分的理由。”

“他清醒的时候是个怎样的人？”

她微微一笑。“呃，我的看法是很有偏向性的。我认为，他真的是一个很好的人。”

“那他喝醉的时候呢？”

“糟透了。聪明、冷酷、残忍。总是把恶言恶语当成诙谐俏皮。”

“你漏掉了‘有暴力倾向’。”

她挑起了那双茶色的眉毛。“只有过一次，马洛先生。这件事情已经被人说得够多的了。我本人根本不想告诉霍华德·斯宾塞。是罗杰自己告诉他的。”

我起身在屋子里兜了一圈。今天将是炎热的一天。我这会儿已经感觉有些热了。我扭了扭一扇窗户上的百叶窗，遮住了阳光。随后，我决定对她直话直说。

“昨天下午，我在名人录里查到了他。他今年四十二岁，娶你之前没有婚史，你俩没有孩子。他出身于一个新英格兰家庭，上过安杜佛学院和普林斯顿大学。他参过战，服役记录很拿得出手。他写了十二部厚厚的男欢女爱加刀光剑影的历史小说，本本都登上了畅销书榜。他一定赚了大把大把的钱。如果他真对妻子感到厌倦了，那他似乎应该是那种会挑明想法，提出离婚的人。如果他在跟另一个女人鬼混，那你似乎也该知道；至少，他不必用喝得酩酊大醉来证明心中的愧意。如果你们是五年前结的婚，那他当时应该是三十七岁。要我说，他那时差不多已经了解了男人对女人能够了解到的一切了。我说‘差不多’，因为没人在这件事情上真能了解到百分百。”

我顿了一下，定睛看她，发现她在对我微笑。我没有伤害到她的感情。于是我接着往下说。

“霍华德·斯宾塞猜测——我不知道他如此猜测的依据何在——罗杰·韦德之所以行为反常，是因为发生在你们结婚以前的一桩陈年往事此刻回来向他索债了，由此带来的打击超出了他的承受能力。斯宾塞认为他有可能遭到了敲诈勒索。如果有这回事，你会有所察觉吗？”

她慢慢地摇了摇头。“如果你是说，我能否在罗杰向某人支付大笔款项的时候有所察觉——那么，我的回答是否定的。我从不插手他的财务。他可以在我不知晓的情况下转出一大笔钱。”

“好吧。我不了解韦德先生，所以我不知道他在被人敲竹杠的时候会作何反应。如果他性情暴烈，说不定他会拧断某人的脖子。如果那个秘密——不管那是什么——可能会损害他的社会或职业声誉，甚或（在最极端的情形下）会引来执法人员，那他也许会花钱消灾——至少是在一定的时间内。但现在说这些一点用都没有。你想要我找到他，你很担心，你不只是担心。那么，我该怎么去找他呢？我不要你的钱，韦德太太。至少现在不要。”

她又一次把手伸进手提包，这回她拿出了两张黄纸。它们看上去像是折好的信笺副页，其中一张似乎被揉过。她将两张纸捋平后递给我。

“一张是我在他的书桌上找到的，”她说。“当时是深夜，或者说是凌晨。我知道他一直在喝酒，我也知道他没有上楼来。凌晨两点左右，我下楼去看看他是否还好，或者说，是否相对而言还算好——比如说，醉倒在地板上或是沙发上或是别的什么地方。可他已经不见了。另一张纸起初在废纸篓里，或者更确切地说，是挂在了篓沿上，没有掉进去。”

我先看了那张没有揉过的纸，上面只有一小段打字机打出的文字，内容如下：“我没兴趣爱上我自己，这世上也没有其他人值得我去爱了。签名：罗杰（F·斯科特·菲茨杰拉德）韦德。又及：这就是为什么我没有完成《最后一个大亨》[①]。”

“这话你读得懂吗，韦德太太？”

“他不过是在装腔作势。他一直很崇拜斯科特·菲茨杰拉德。他说，菲茨杰拉德是自柯尔律治以来最伟大的一位醉鬼作家（柯尔律治嗑药）。注意他的字迹，马洛先生。干净、均匀，没有错误。”

---

① 《最后一个大亨》是F·斯科特·菲茨杰拉德的最后一部作品，未完成。

“我注意到了。大多数人喝醉的时候连自己的名字都写不利落。”我又展开那张揉过的纸。又是几行打字机打出的文字，同样没有错误，字迹均匀。这段话内容如下：“我不喜欢你，V 大夫。但此时此刻，你就是那个我需要的人。”

不等我将目光从信笺上抬起，她就又开了口。“我不知道 V 大夫是谁。我们也不认识哪个大夫是以 V 作姓名首字母的。我猜罗杰上次去的那家诊所就是归他所有的。”

“那个牛仔是什么时候带他回家的？你丈夫有没有提到过任何名字——哪怕是地名？”

她摇了摇头。“没有。我查了电话号码簿，里面有几十个姓名以 V 字母打头的各路医生。另外，这个 V 也不一定代表那人的姓。”

“他很有可能根本就不是医生，”我说。“这就引出了另一个问题：现金。合法从业的医生是会接受支票的，但江湖郎中一定不肯。支票可以成为证据。另外，那种人肯定开价不菲。他们家提供的食宿肯定贵得惊人。更不用说那针管里的药了。”

她看上去一脸困惑。“针管？”

“所有的地下诊所都用麻药伺候客人。这是最简单的处置方式：让他们呼呼睡上十到十二个钟头，等到他们醒了，就全都变成好孩子了。但无证使用麻药会让山姆大叔接你进去吃牢饭。所以这收费可就高得离谱了。”

“我明白了。罗杰也许手头有几百美元。他总是在书桌里放上那么多钱。我不知道他为什么要这样。我以为这只是他的某种怪癖。可现在，那里一分钱都没有了。”

“好吧，”我说。“我会努力搜寻 V 大夫的。我不知道究竟该怎么找，但我会尽力的。支票请你拿走吧，韦德太太。”

“为什么？这钱难道不该由你——”

“以后再说吧，多谢了。另外，我更愿意从韦德先生手里拿到这钱。他肯定不会喜欢我的做法的。”

“可如果他人不舒服，又很无助——”

“那他本应给自己的医生打电话，或者请你打电话的。但他没有。这就意味着，他不想打。”

她把那张支票塞回手提包，站起身来，脸上布满了愁云。“我们的医生拒绝治疗他，”她凄凄地说。

“这里有好几百位医生呐，韦德太太。其中的任何一位都至少愿意治疗他一次，大多数医生甚至还会同意治疗他一段时间。如今的医疗业是一个竞争十分激烈的行业。”

“我明白了。你自然是说得很对。”她缓缓地走到门口，我跟在她身边。我替她拉开了门。

“你完全可以自己打电话叫来一位医生的。为什么你没有这么做？”

她转身直面我，目光如炬，眼里隐约闪烁着一丝泪光—— 一个可人儿，我绝没有看错。

“因为我爱我的丈夫，马洛先生。我愿意做我能做的一切来帮助他。但我也清楚他是个怎样的人。如果每次他多喝了几杯的时候我都打电话叫医生来，那我很快就不会再有丈夫了。你不能像照顾一个喉咙发炎的孩子那样对待一个成年男人。”

“如果他是个酒鬼的话，你完全可以这样做。很多时候，你只能这样做。”

她紧挨着我站在那里。我闻到了她身上的芳香——或者说是以为自己闻到了。那不是用喷雾器喷上去的香水。也许那只是夏日的气息。

“就算他确实有一段不光彩的过去，”她一个字一个字地挤出了这句话，仿佛每个字的回味都异常苦涩，“甚至是一段触犯法律的过去，我也不会因此大惊失色。但我绝不会帮助任何人去挖掘它。”

“可霍华德·斯宾塞反倒可以雇我来挖掘？”

她脸上缓缓地展开一个微笑。“你真以为我不知道你会对霍华德保持缄默吗，就像你对那些警察那样？你——一个宁可坐牢，也不愿出卖朋友的男人？”

“多谢褒奖，但那不是我蹲班房的原因。”

她沉默了片刻，然后点点头，说了声再见，踩着红木台阶朝坡下走去。我目送着她钻进汽车——一辆车身纤细的灰色捷豹，看上去很新。她驱车行至街道的尽头，在那里的回车道上掉转车头。下坡的时候，她又一次从我眼前经过，她的一只手套朝我挥了一下。接着那辆小汽车就嗖的一下拐过弯道，消失不见了。房子前面有一丛红夹竹桃，正挨着一段前墙。我听见树丛里传来一阵扑腾声，接着一只小嘲鸫开始焦躁地唧啾。我看见它紧紧抓住树冠上的一根枝条，拍打着翅膀，似乎身体就要失去平衡了。这时，从墙角处的柏树上传来一声尖利刺耳、表示警告的鸣叫。唧啾声戛然而止，那只小胖鸟安静了下来。

我进了屋，撇下它独自学习它的飞行课程。就连鸟儿们也得学习。

15

不论你自认为有多聪明，你也总得有一个可以下手的地方才行：一个名字、一个地址、一片社区、一段背景、一处环境……总之，一条或多或少可以提供参照的线索。而我手头上此刻只有一张皱巴巴的黄纸，上面是一段打字机打下的文字：“我不喜欢你，V大夫。但此时此刻，你就是那个我需要的人。”这条线索可以让我把搜寻范围精确定位到整个太平洋，让我花上一个月的工夫，一个名字一个名字地核对七八家县级医疗协会的名单，最后落得一个大大的零蛋。在我们这座小镇里，江湖郎中就像豚鼠一样生生不息。在以市政厅为圆心，方圆

100 英里的区域内共有八个县，每个县的每一座镇子里都有医生，有些是真医生，有些是持有邮购执照的机械工，具备挖鸡眼或是在你的脊椎骨上跳大神的行医资格。在那些真医生当中，有人事业成功，有人相对贫穷，有人谨守职业操守，有人则在心里挣扎着是否要将操守卖掉。一个出手阔绰、具有酒精中毒引起的震颤性谵妄早期症状的病人对于许多没有跟上维他命和抗生素潮流的老家伙而言，可谓天降横财。但没有线索就意味着无从下手。我没有线索，艾琳·韦德也没有，或者不知道自己有。但即便我找到了一个符合描述，而且首字母是 V 的医生，到头来这个 V 大夫也可能只是罗杰·韦德凭空杜撰出来的。这串铿锵作响的胡言乱语也许只是在他发酒疯的时候，碰巧窜入了他的脑海。就像他搬出斯科特·菲茨杰拉德来只是在用一种不同寻常的方式说再见罢了。

在这种情形下，小人物只能设法从大人物嘴里套话。于是，我给我认识的一个人打了个电话。此人在“卡恩代理”里工作，那是一家时髦的代理行，位于贝弗利山上，专为有钱的主顾提供保护——“保护”意味着介于合法和非法之间的各项服务。此人名叫乔治·彼得斯，他说他能给我十分钟时间——如果我动作够快的话。

他们的办公室设在一栋糖果粉色的四层大楼里，占据了半个二楼层面。这种大楼的电梯门全凭电子眼自动开启，走道里安静又凉爽，停车场里的每一个车位上都标着车主的名牌，大堂里的药剂师整天开安眠药开到手腕脱臼。

大门的外侧是浅灰的底色，上面印着金属凸字，干净利落、棱角分明，如同新打的刀子：**卡恩代理有限公司总裁：杰拉尔德·C·卡恩。**下面是一行小字：入口。这简直就像是一家信托投资公司。

进了门，我来到一间陈设丑陋的小接待室，但那种丑陋是刻意为之的，而且造价不菲。家具是猩红色与深绿色的，墙面是单调的火车皮绿，上面挂着几幅画，画框的颜色比墙面还要深上三个色阶，画面中是几个穿着红外套、骑着高头大马的伙计，胯下的马儿疯了似的想要跃过高高的栅栏。房间里还摆着两面无框镜，色泽是一种淡淡的，但让人恶心的粉红。抛光的白桃木桌上摆着几本最新一期的杂志，每一本都套着透明塑料封皮。看来再多的颜色也吓不倒装修这间房间的伙计。他也许穿着一件辣椒红的衬衫，一条桑葚紫的长裤，一双斑马纹的鞋子，身边是一只朱丹红的抽屉，上面用漂亮的柑橘黄印着他的姓名首字母。

可这整间房间不过是摆摆样子罢了。卡恩代理的客户每天至少要付一百美元，所以他们理所当然地要求上门服务。他们可不会坐在接待室里等着。卡恩以前当过宪兵上校，是一个白里透粉的大块头，硬得像木板。他曾经跑来招我入伙，可我那时还没有走投无路到这种地步。这世上要成为一名混球有一百九十种办法，卡恩已将它们悉数掌握。

一扇玻璃隔门移开了，一名接待员从门后面望着我。她有着一副铁质的笑容和一双能一眼看清你屁股兜里有几张钱的眼睛。

"早上好。要帮忙吗？"

"请帮我找乔治·彼得斯。我叫马洛。"

她在柜台上摊开一本绿皮封面的簿子。"您和他有约吗，马洛先生？我在预约清单上没看到您的名字。"

"是一件私事。我就想和他在电话里聊两句。"

"明白了。您的姓怎么拼，马洛先生？另外，您的名是什么？"

我告诉了她。她在一份狭长的表格上记了下来，然后把表格塞进一只打卡钟。

"你这是要吓唬人吗？"我问她。

"我们这里非常关注细节，"她冷冰冰地说。"卡恩上校说，你永远不知道最微不足道的事情什么时候会变得至关重要。"

"这话反过来说也行，"我说，可她没有理解。她弄完了手头的文书工作，然后抬起头来说：

“我会向彼得斯先生通报您的来访。”

我回了句：感激不尽。一分钟后，镶板墙上的一扇门开了，彼得斯朝我招手，把我引进一条让人联想起军舰的蓝灰色走廊，走廊两边是一间间看上去像牢房的小办公室。彼得斯的这间办公室天花板上装着隔音层，房间里面摆着一张铁灰色的桌子和两把配套的椅子，一台搁在灰色支架上的录音机，一台电话，还有一套颜色如四壁与地板的笔具，墙上挂着两张镶了镜框的照片，一张是穿着军装的卡恩，头戴宪兵帽，另一张是穿着便服的卡恩，坐在一张书桌后面，一脸不可捉摸的神情。同样镶着镜框挂在墙上的还有一段标语式的铭文，用钢字镌刻在灰色的背景板上。铭文如下：

卡恩代理的每一名探员在任何时间任何地点的穿着、谈吐与举止都符合绅士标准。本条规定没有例外条款。

彼得斯两个箭步穿过房间，将一张照片挪开。照片后面的墙体里面嵌着一只灰色的拾音器话筒。他把话筒拽了出来，拔下一根电线，又把它推回原位，再用照片把它遮好。

“要不是因为那个混球眼下正在外面帮一个演员搞定酒驾罪名的话，”他说，“我现在就已经丢饭碗了。所有的麦克风开关都在他自己的办公室里。他在整个场子里都装了窃听器。那天早上我还向他建议说，他应该在接待室里装一台藏在双向镜后面的红外线微缩胶卷摄像机。他不太喜欢这个主意，也许只是因为那是别人想出来的。”

他在一张灰色的硬椅子里坐下。我盯着他看。他是一个手脚笨重的长腿男人，长了一张瘦骨嶙峋的脸，发际线已经开始后移了。他的皮肤看上去饱经风霜，皱皱巴巴的，像是一个经常出门在外，风里来、雨里去的伙计。他的眼窝深陷，上唇长长的，快赶得上他的鼻子了；只要他一咧嘴笑，他的下半边脸顿时就被两条从鼻孔一直延伸到两边嘴角（中间隔着他那张大嘴）的鸿沟吞没了。

“你怎么受得了呀！”我问他。

“坐下，伙计。屏住呼吸，压低嗓子，另外给我记住：一名卡恩探员对于像你这样不入流的私家探子来说，就像托斯卡尼尼之于街头手风琴手的猴子。”他顿了一下，咧嘴一笑。“我受得了，因为我根本不在乎。干这活儿来钱挺快，等到什么时候卡恩把这里当成了战时他在英格兰统管的那家最高戒备级别的监狱，把我当成了在里面服刑的犯人，我就领了支票走人。你这是碰上什么麻烦了？我听说你前一阵子遭了些罪。”

“关于那件事我没啥好抱怨的。我想看一眼你的一份文件——是有关那些‘秘窗小子’的。我知道你有。艾迪·多斯特从这里退伙以后跟我说过。”

他点点头。“对于卡恩代理来说，艾迪可能有一点点过于敏感了。你说的那份文件是头号机密。在任何情况下，任何机密信息都不应当被泄露给外人。我这就去拿。”

他出了门，我呆呆地望着一只灰色的废纸篓，一块灰色的油地毡，还有书桌吸墨台的灰色皮包角。彼得斯返回时，手里拿着一只灰色的卡纸文件夹。他把文件夹在桌上放下后打开。

“老天在上，你们这地方就没有一样东西不是灰色的吗？”

“学校的颜色，老朋友。这就是代理行的精神。是的，我有一样东西不是灰的。”

他拉开书桌下面的一只抽屉，掏出一支八英寸长的雪茄来。

“厄普曼至尊 30 号雪茄，”他说。“一位英格兰老先生送给我的。他在加利福尼亚待了四十年了，说话还是纯正的英国腔。清醒的时候，他不过就是个有点脂粉气的老头，浑身上下散发着一种肤浅的魅力；

对于这一点我倒并不介意，因为大部分人根本就没有半点魅力可言，管它是肤浅还是深沉——比如说，卡恩。他的魅力大得就像炼钢工人的内裤。不清醒的时候，这位客户常常犯一个怪毛病：他会开一张支票到一家从来没有听说过他的兑付行。事后他总能把钱补上，在我的悉心关照下，到目前为止他还没有进过牢房。于是他就给了我这支雪茄。不如我们现在就一起来抽上一口，就像两个正在策划实施一场大屠杀的印第安酋长？”

“我不抽雪茄。”

彼得斯哀伤地看着那支硕大的雪茄。“我也不抽，”他说。“我曾经动过把它送给卡恩的念头。可这根本不是一个人抽的雪茄，哪怕那个人是卡恩也不行。”他眉头一皱。“你猜怎么着？我发现自己今天老是在说卡恩。我一定是有点紧张了。”他把雪茄放回抽屉，看着那只打开的文件夹。“我们这是要从这里面找什么呐？”

“我正在找一个手头阔绰的老酒鬼，此人品位高端，而且有的是钱来满足这样的品位。到目前为止，他还没有尝试过开空头支票。至少我是没有听说过。他有一点暴力倾向，他太太很为他担心。她猜测他正躲在某家帮人醒酒的黑诊所里，可她不能确定。目前我们掌握的唯一线索就是一行胡言乱语，里面提到了一个 V 大夫。只有这一个首字母。我要找的这个人目前已经失踪三天了。”

彼得斯若有所思地凝视着我。“三天也不算太久啊，”他说。“有什么可担心的？”

“如果我先找到他，我就能领到报酬。”

他又看了我一眼，然后摇摇头。“我还是不明白，可这没有关系。以后再说吧。”他开始一页页地翻阅那份文件。“这事儿不太好办，”他说。“这些人来来去去，行踪不定。单单一个首字母算不上什么重大线索。”他从文件夹里抽出一张纸来，又翻了几页，抽出了第二张，最后是第三张。“这里面有三个对号的，”他说。“阿莫斯·瓦利大夫，整骨医生。在阿尔塔迪纳有一家大诊所。出一趟夜诊收五十美元（至少以前是这样）。手下有两名登记注册的护士。前几年跟州麻醉品局那边有过一场麻烦，上交过处方记录。这份信息好像已经有段时间没有更新过了。”

我记下了名字和他在阿尔塔迪纳的地址。

“接下来是莱斯特·武卡尼奇大夫。耳鼻喉科医生，好莱坞大道上的斯托克韦尔大楼。这伙计挺有两把刷子的。他基本上是在办公室接诊，似乎特别擅长治疗慢性鼻窦炎。这类业务的流程非常简洁明了。你进了门，只要说自己有窦性头痛，他就会替你清洗鼻窦。当然，首先他会用奴佛卡因替你做局部麻醉。但如果他觉得你看着顺眼，那他就不一定非用奴佛卡因了。明白了吗？”

“明白了。”我把这人也记了下来。

“真有趣，”彼得斯又读了几页，接着说道。“显然他在备货方面要费些周折。因此我们的武卡尼奇大夫时常去墨西哥的恩塞奈达寻寻觅觅，然后坐私人飞机飞回来。”

“如果他总是亲自出马去弄麻药的话，那我猜他干这一行是干不久的，”我说。

彼得斯想了一会儿，然后摇了摇头。“我不敢苟同。他只要不是太贪心，就可以一直干下去。唯一能对他构成真正威胁的是某位心怀不满的客户——不好意思，我是说‘病人’——但他也许知道该如何处置此类情况。他在那间办公室里已经连续从业十五年了。”

“你究竟是从哪儿弄来这些信息的？”我问他。

“我们是一家有组织的机构，老伙计，不是像你这样的独狼。有些信息是我们从客户本人那里得来的，还有些是我们从内部搞到的。卡恩从来不怕花钱。只要他愿意，他还是挺擅长交际的。”

“他一定会爱死我俩这场对话的。”

“让他见鬼去吧。我们今天的最后一位选手是一个叫瓦伦杰的男人。为他的材料做归档的那位探员早就走了。好像有一位女诗人在瓦伦杰位于赛普尔韦达谷的农场上自杀了。他为作家和那些想要远离尘嚣、寻求同路人的朋友开办了一处艺术村。收费标准并不算高。他听上去像是个遵纪守法的好公民。他管自己叫 doctor，但并不行医。也有可能是个博士。坦率地讲，我不知道为什么他的资料会在这里。除非是这起自杀事件当中有蹊跷。”他拿起一份贴在一张空白页上的新闻简报。“没错，吗啡过量。没有迹象表明瓦伦杰知道这件事情。”

“我喜欢瓦伦杰，”我说，“我非常喜欢他。”

彼得斯啪的一声合上文件夹。“就当你什么都没看见过，”他说。他站起身来，离开了房间。等到他回来的时候，我已经起身准备离开了。我张口准备谢他，但他只是摆摆手。

“听着，”他说，“你要找的人有几百个地方可以藏身。”

我说：“这我知道。”

“顺便说一句：我听说了一点有关你的朋友伦诺克斯的消息，你也许会感兴趣。五六年前，我们的一个人在纽约遇到过一个同伦诺克斯的特征描述完全吻合的伙计。但他说，那家伙的名字不叫伦诺克斯，而是叫马斯顿。当然，他有可能是搞错了。那家伙整天喝得醉醺醺的，所以这事情很难说。”

我说：“我猜那不是同一个人。他何必要换名字呢？他有一份可以核查的参战记录。”

“这我就不知道了。我们的那个人目前在西雅图。等他回来了，你可以找他聊聊，如果你感兴趣的话。他叫阿什特费尔特。”

“谢谢你为我做的一切，乔治。这可真是漫长的十分钟啊。”

“说不定哪天我会需要你帮忙的。”

“卡恩代理，”我说，“从不需要任何人的任何帮助。”

他用大拇指做了一个粗鲁的手势。我撇下他一个人坐在他那间金属灰色的小牢房里，穿过等候室离开了那里。现在这间房间看起来漂亮多了。在经历牢房的洗礼之后，这些刺眼的色彩可真是神来之笔啊。

16

在赛普尔韦达谷谷底的公路边上竖着两根黄色的方门柱。门柱中间是一扇半开的五栏木门。屋口上方用铁丝悬着一块标牌：**私家道路，闲人莫入**。这里的气息温暖静谧，充斥着桉树散发出的公猫味道。

我下了公路，从路口处拐了进去，沿着一条绕着山肩的碎石路往前开；我爬上一段缓坡，翻过一道山脊，沿着山体的另一侧下了车，开进一道浅谷。山谷里很热，比公路上要热十到十五度。这时我发现，眼前的这条碎石路到了头，在前方形成了一条环道，将一片草地围在中间，草地的四周摆着一圈用石灰水粉刷过的石块。我的左侧是一个放空了水的游泳池，再没有什么比一个放空了水的游泳池更空荡荡的了。游泳池的三面邻接一片残败的草坪，草坪上星星点点地散落着几张红木躺椅，椅垫全都褪了色，全没了样子。它们曾经五彩缤纷：蓝的、绿的、黄的、橙的、赭红的。它们的绲边绽开了好多处，钉扣也松脱了，留下一个个鼓起的大包。游泳池的第四面是一个网球场的铁丝围栏。空池子的上方还悬着一块跳水板，板身弯得不成样子，看上去完全没了弹性，上面的衬垫破得七零八落，金属附件也锈迹斑斑。

我开上环道，在一栋屋顶上铺着木瓦、前廊宽敞的红木建筑前停了车。入口处装着双层的纱门。大个儿的黑苍蝇趴在纱门上打盹儿。一条条小径从一片尽管常青但永远蒙着灰尘的加利福尼亚橡树林中穿过，树丛间沿着山坡零星散落着几间乡村小木屋，其中一些完全被遮掩住了。我能看到的那几间都散发着破败荒废的气息。它们的门紧闭着，窗户被拉上的厚粗布窗帘遮得严严实实。你几乎都能感受到窗台上那层厚厚的积灰。

我熄了引擎，两手放在方向盘上，坐在那里听动静。四周鸦雀无声。这地方就像金字塔里的法老那样，没有一丝生气，只是那两扇纱门后边的正门敞着，昏暗的房间里面有影子在动，这时，我听到一阵轻轻的、音调精准的口哨曲，一个男人的身影出现在纱门后面，将门推开，悠悠地走下台阶。他的亮相可真是抢眼。

他戴着一顶黑色的加乌乔的扁帽，下巴下面系着布帽带。他穿着一件一尘不染的白丝绸衬衫，领口敞着，手腕上紧绷着一副腕套，往上则是一对蓬松的袖口。他的脖子上系着一条黑色的流苏围巾，打结的位置很是头重脚轻，一头很短，另一头长得都快到他的腰了。他腰上围着一条黑色的宽饰带，下面是一条黑裤，臀部很紧，漆黑如炭，侧边上缝着金线，一直延伸到松松垮垮、开了衩的喇叭裤脚，衩口两边缝着金色的纽扣。他的脚上蹬着一双漆皮软舞鞋。

他走下最后一级台阶，停下脚步看着我，还在用口哨吹着小曲儿。他柔软灵活得就像一根鞭子。他瞪着一双我所见过的最大、最空洞的眼睛——烟青色的眼睛，上面是一对长长的、柔滑如丝的睫毛。他的五官精巧完美，却并不显得阴柔。他的鼻子很直，有那么点窄，但并不太窄，他的嘴帅气地噘着，下巴上有条美人沟，一对小耳朵漂亮地贴着脑袋。他的肤色是那种太阳永远晒不红的苍白。

他左手放在臀部上，摆了个姿势，右手在空中划过一道优美的弧线。“你好，”他说，“天气真不错，不是吗？”

“这里对我来说太热了。”

“我就喜欢热。”这句话直截了当，一锤定音，讨论就此结束。我喜欢什么他根本不屑一顾。他在一级台阶上坐下，不知从哪里掏出一把长长的指甲锉，开始锉指甲。“你是银行的？”他问道，头也不抬一下。

“我要找瓦伦杰大夫。”

他停下了手头的活计，遥望暖意洋洋的远方。“他是谁？”他问道，语气当中没有丝毫兴趣。

“这地方是他的，你可真是惜字如金啊，是不是？就好像你真不知道似的。”

他又开始锉指甲了。“你听说的那些都是假的，宝贝儿。这地方现在归银行啦。他们取消了这里的地产收回权，要不就是交给第三方托管了。细节我记不得了。”

他抬头看着我，表情像是从不知细节为何物的人。我钻出我那辆奥尔斯，靠着热烘烘的车门，但我很快就挪了窝，另找了一处透气的地方。

“哪家银行？”

“你不知道，你就不是他们的人，你不是他们的人，你就不该来这里。上路吧，宝贝儿。滚得利索点。”

“我要找瓦伦杰大夫。”

“这场子不营业了，宝贝儿。那块牌子上说得清清楚楚，这是一条私家车道。哪个明尼苏达佬忘了锁门了。”

“你是门卫吗？”

“差不多吧。别再问问题了，宝贝儿。我的脾气可不太稳定。”

“你发飙的时候会干什么？和一只小黄鼠跳探戈吗？”

他猛地站了起来，动作优雅。他微笑了一分钟——一个空洞的微笑。

“看来，我非得把你扔回你那辆小破车了，”他说。

“待会儿再说吧。现在我该上哪儿去找瓦伦杰大夫呢？”

他将那把指甲锉塞进衬衫口袋里，另一样东西出现在了他的右手里。眨眼的工夫，一副亮闪闪的指节铜套已经套上了他的一只拳头。他颧骨上的面皮绷得更紧了，那双烟青色的大眼深处燃烧着一团火。

他悠悠地朝我走过来，我后退一步，拉开距离。他继续吹着口哨曲，但哨声尖利刺耳。

“我们不一定非要打架，”我对他说。“我们没什么事要靠打架来解决。再说了，说不定你会撕破那条漂亮的裤子。”

他的动作快如闪电。他一个平滑的箭步向我冲来，左手猛地挥出一击。我料到他会出刺拳，脑袋早已远远地躲开了，但他的真正目标却是我的右腕，而且他得手了。他的握力也很了得。他猛地一拽，让我失去平衡，戴指节铜套的那只手一个上击拳，划过一道弧线向我奔来。要是后脑勺上挨一记重拳，那我可就歇菜了。如果我往后缩，那他就会打中我的侧脸或是肩膀下面的上臂。那我要么会废掉一条胳膊，要么会废掉半张脸，具体是哪种结果，全凭天意了。在这样的形势下，我只有一件事情可以做。

我选择了后缩，顺带从后面绊了他的左脚一下，然后猛地抓住他的衬衫，听到了布料撕裂的声音。不知是什么击中了我的后脖颈，但那不是金属。我一个急转身闪到了左边，他侧身翻倒，落地时轻盈得像只猫，还不等我恢复半点平衡，他就已经站起来了。他咧嘴笑着。他很享受这一切。他热爱自己的工作。他飞快地向我扑来。

这时，不知从哪里传来一声吼，发话的是一个中气十足的大嗓门儿：“厄尔！马上给我收手！马上！你听到了吗？”

加乌乔[①]小子收了手，咧开嘴，脸上浮现出一个有点让人反胃的笑容，手上嗖地做了个动作，那副指节铜套便立刻消失在了那条围在裤腰上的宽饰带里。

我转过身去，看见一个穿着夏威夷衬衫，身坯厚重结实的矮子正脚步匆匆地沿着一条小径朝我们这边赶来，一边挥舞着双臂。来到我们跟

---

① 加乌乔牧人，居住于南美大草原上，多为西班牙人和印第安人的混合血统。

前时，他已经有点气喘吁吁了。

“你疯了吗，厄尔？”

“别再这么说了，大夫，”厄尔柔声说道。他随即又微笑了一下，转过身去，走到房子前面的台阶上坐下。他摘下那顶平顶帽，掏出一把梳子，开始梳他那头浓密的黑发，脸上一副心不在焉的神情。没过两秒钟，他又轻轻地吹起了口哨曲。

那个穿着花哨衬衫的粗壮男人就这么站在那里看着我。我也站在那里看着他。

“这里是怎么回事？”他低吼道。“这位先生，你是谁？”

“我叫马洛。我在找瓦伦杰大夫。那个你管他叫厄尔的小伙子想要玩游戏。我猜是因为今天太热了吧。”

“我就是瓦伦杰大夫，”他语气庄重地说，然后扭过头去。“进屋去，厄尔。”

厄尔慢吞吞地起了身，向瓦伦杰大夫投去若有所思的一瞥，像是在仔细打量他，那双烟青色的大眼里看不出丁点喜怒哀乐。接着他走上台阶，拉开纱门。一群黑压压的苍蝇恼怒地嗡嗡乱飞，直到房门关上才重又在纱门上落定。

“马洛，对吗？”瓦伦杰大夫重新把注意力转回到我身上。“我能如何为你效劳，马洛先生？”

“厄尔说你这边停业了。”

“没错。我正在等待完成某些司法手续，然后就可以迁出了。这里现在只有厄尔和我两个人。”

“我很失望，”我说，脸上也作出失望的表情。“我还以为你这里收留了一个叫韦德的男人呢。”

他的眉毛抬了两下——富勒毛刷公司应该会对这双眉毛感兴趣。“韦德？我认识的某个人也许确实叫这个名字——这名字很常见——可他为什么要待在我这里呢？”

“接受治疗。”

他皱了皱眉。这样一双眉毛皱起来真是让人叹为观止。“先生，我是一个医生，但已经不执业了。你所说的究竟是哪种治疗？”

“那伙计是个酒鬼，时不时地就会跳出他那把摇椅，然后不知去向。有时他会靠自控力回家，有时别人会把他送回家，还有些时候他就要靠我们去找了。”我掏出一张名片递给他。

他看完名片后，一脸的不悦。

“那个厄尔是怎么回事？”我问他。“他以为自己是范伦铁诺①吗？”

他又动了动眉毛。这双眉毛让我着迷。长达一英寸半的眉梢纯天然地鬈曲成卷。他松了松那副肉乎乎的肩头。

“厄尔一点也不坏，马洛先生。他只是——有时候——有点爱做梦。这么说吧——他生活在一个游戏世界中。”

“随你怎么说吧，大夫。从我的角度来讲，他玩儿得有点粗暴了。”

“啧啧，马洛先生，你肯定是夸张了。厄尔喜欢穿上各种行头。他在那方面有点孩子气。”

“你的意思是说，他是个疯子，”我说。“这地方像是个疗养院，不是吗？或者说曾经是？”

“根本不是。关门之前，这里曾是一个艺术村。我为艺术家们提供膳食、住宿、锻炼与娱乐设施，还有最重要的一样东西——远离尘嚣。而且我的收费不贵。艺术家们，如你所知，不是什么有钱人。我所说的‘艺术家’当然包括了作家、音乐家，等等等等。对于我来说，这曾经是份很有满足感的工作——但那些日子已经过去了。”

这句话说出口时，他的脸上现出哀伤的神情，两道眉毛从眼角垂

---

① 范伦铁诺（1895—1926），美国默片时代的著名偶像派男演员，以英俊性感著称，绰号“拉丁情人”。

了下来，几乎垂到了嘴边。它们只需再长长一丁点，就可以伸进他的嘴里了。

“这我知道，”我说，“文件里面都提到了。我还知道你们这里以前发生过一起自杀案。麻药过量，对吧？”

他那两道下垂的眉毛竖了起来。“什么文件？”他厉声问道。

“我们手头有一份文件，大夫，专门记录那些个我们称作‘秘窗小子’的伙计。进了他们的场子，你要是突然撒起了酒疯，可没法从窗里跳出去。就是些小小的私人疗养院，专治酒鬼、瘾君子，还有轻度的躁狂症患者。”

“这类场所必须取得法律部门的许可，”瓦伦杰大夫没好气地说。

“没错。至少理论上是这样的。有时候，他们会忘了这茬事儿。”

他僵硬地挺直了身子。这家伙这样看起来挺有几分威严。“你这样含沙射影是在侮辱人，马洛先生。我不知道为什么我的名字会在你提到的这样一份名单上。我只能请你离开了。”

“我们再回过头来谈谈韦德吧。说不定他来这里用的是化名？”

“这里只有厄尔和我，没有第三个人。现在，如果你不介意的话——”

“我想四处看看。”

有时，你能把他们气得七窍生烟，诱使他们说出一句漏嘴的话。可瓦伦杰大夫不吃这套。他依然庄重威严。他的眉毛和他的人一样。我朝房子那边看去。这时从屋里面飘来一阵音乐声——是舞曲，隐约还掺杂着打响指的声音。

“我猜他是在那里面跳舞呢，”我说。“是探戈。我敢跟你打赌：他正在那里面一个人独舞。好小子。”

“你到底走不走，马洛先生？还是说，我得叫厄尔来协助我将你驱离我的地界？”

"好吧，我走。别生气，大夫。那上面只有三个人的名字是V打头的，而你看上去是最有希望的一个。那是我们手头唯一一条真正的线索——V大夫。消失前，他在一张纸上草草写下了这几个字：V大夫。"

"这一片肯定有几十个V大夫呐，"瓦伦杰大夫语气平稳地说。

"哦，没错。可我们那份关于'秘窗小子'的文件上却没有几十个。打扰了，大夫。厄尔让我有点不安。"

我转身走到我那辆车跟前，钻了进去。我刚关上车门，瓦伦杰大夫已经站在了我身边。他把头伸了进来，脸上露出友善的神情。

"我们不需要争吵，马洛先生。干你们这一行的，时不时地就要做一回不速之客，这我理解。可为什么厄尔会让你不安呢？"

"你显然在他的事情上撒了谎。而当一个谎言现身的时候，它肯定还会有同伴。这伙计是个躁狂抑郁症患者，对不对？眼下他正处在亢奋状态。"

他默默地瞪着我。他表情凝重但不失礼貌。"我身边有许多有趣味、有才华的人，马洛先生。他们并不见得都像你这样头脑清醒。有才华的人往往有些神经质。但就算我有这个意愿，我也没有治疗精神病和酗酒者的设施条件。除了厄尔，我也没有其他员工，而他很难胜任照顾病患的工作。"

"那么他能胜任什么呢，大夫？跳泡泡舞[①]不算。"

他斜倚着门，压低了嗓子，像是在说悄悄话。"厄尔的父母是我的朋友，马洛先生。厄尔总得有人照看，而他们已经不在了。厄尔必须过一种安宁的生活，远离城市的喧嚣与诱惑。他性格很不稳定，但基本上不会伤害别人。如你所见，我不费吹灰之力就能控制住他。"

"你真有勇气，"我说。

---

① 泡泡舞是一种类似于脱衣舞的色情舞蹈，起源于三十年代。

他叹了口气。他的双眉微微摇曳，就像一只满腹狐疑的昆虫在摆动触须。“这于我是一种牺牲，”他说。“一种非常沉重的牺牲。我原以为厄尔可以在这里帮我干活。他打得一手好网球，游泳跳水的模样都像一位冠军，还能整夜整夜地跳舞。他几乎每时每刻都是魅力的化身。但偶尔，会有——事故发生。”他挥了挥宽大的手掌，像是要把痛苦的回忆推到脑后去。“最终我要么就得放弃厄尔，要么就得放弃我这里的事业。”

他举起两只手掌，把它们摊开，翻转过来，然后任由它们垂落在身体两侧。他的两眼湿润了，里面饱含泪水。

“于是我把这里卖了。”他说。“这片静谧的小山谷会成为一片房地产开发项目。这里会出现人行道、路灯柱、踏滑板车的孩子，还有嗡嗡作响的收音机；甚至还会有”——他发出一声悲凉的长叹——“电视机。”他挥手做了一个大大的手势。“希望他们能饶过那几棵树，”他说。“但我猜他们不会的。取而代之的会是一根根沿着山脊竖立起来的电视天线，但我相信，到那时厄尔和我已经远去了。”

“再见了，大夫，我的心为你流血。”

他伸出手来。那只手潮湿，但坚定。“感谢你的同情与理解，马洛先生。很遗憾我不能帮助你寻找斯莱德先生。”

“是韦德。”我说。

“对不起，是韦德，没错。再见了，祝你好运，先生。”

我发动汽车，按原路沿着碎石道往回开。我有点难过，但没有难过得像瓦伦杰大夫希望的那样。

我出了大门，沿着公路弯道往前开，直到出了大门那头的视线范围，才停下车。我钻出汽车，沿着路缘往回走，直到我刚好能从竖着铁丝网的地界这里看到那扇大门。我站在那里的一棵桉树下等着。

五分钟过去了，这时一辆汽车沿着那条私家车道朝那边开去，轮胎卷起碎石。它停在了我这个方位的视线之外。我又往灌木丛深处退了几步。我听到吱呀一声响，然后是门闩重重的咔嗒声和链条的当啷声。那辆车的马达又发动了起来，汽车沿着原路开了回去。

我等到引擎声完全消失，这才钻回我那辆奥尔斯，调转车头，面朝回镇子的方向。经过瓦伦杰大夫那条私家车道路口的时候，我看到大门上已经有挂锁和铁链把守了。今天的参观时间已经结束，谢谢。

17

我开了二十多英里路，回到镇子里吃午饭。我一边吃，一边愈发觉得自己揽下的这桩活儿愚蠢透顶。像我这样子折腾是铁定找不着人的。我能遇到像厄尔和瓦伦杰大夫这样有趣的人物，但我遇不着我要找的那个人。我这是在一场没有回报的游戏中浪费轮胎、浪费汽油、浪费口舌、浪费精力。你甚至都没有在轮盘赌的黑二十八上押最小限注。怀揣三个 V 字母打头的名字，我能够成功找到这伙计的概率就像我在一场双色子赌博中打败“希腊人尼克”[①] 的概率一样的。

不管怎样，第一次尝试总归是错的，总归是一处死胡同，总归是一条看似很有希望，但却毫不留情地在你面前炸开花的线索。可他不该把韦德说成斯莱德的，他是个聪明人。他不会那么健忘的，就算他真忘了，他也不该胡诌。

也许吧，但谁知道呢。他俩也并没有认识很久。我端着咖啡，心里想着武卡尼奇和瓦利两位大夫。去不去呢？他俩应该能消磨掉大半个下午。然后我就可以给悠谷的韦德公馆打电话了，电话那头会告诉我说，他们的一家之主已经回到了住所，一切安好——暂时如此。

---

① “希腊人尼克”是当年一个著名的职业赌徒。

这个武卡尼奇大夫很好找。只要沿着公路穿过五六个街区就是了。可瓦利大夫却远在天边，躲在了阿尔塔迪纳的群山之中，那将是一段漫长、燥热、无聊的公路旅程。去不去呢？

我最终选择了去，出于三个有力的理由：一、多了解一点这些游走在黑白两道之间的人总归是好的。二、目前，我能给彼得斯替我搞到的那份文件做出的唯一增补就是一连声的感谢。三、反正我也没有别的事情可做。

我付了账，把车留在原处。沿着大街的北侧，步行前往斯托克韦尔大楼。这是一栋老式的建筑，入口处有一个雪茄柜台，还有一台启动起来一抖一抖地、就是不愿平稳运行的手动电梯。六楼的过道很窄，房门上安着毛玻璃镶板。这栋楼比我自己的那栋还要老、还要脏，楼里挤满了牙医、门庭冷落的“基督教科学”治疗师、你希望你的对手会雇的那种律师，还有那种勉强度日的大夫和牙医。技术不怎么精湛，设施不怎么干净，精力也不怎么够用，总共三美元，请付钱给护士；都是些疲惫、沮丧的伙计，完全清楚自己的地位，清楚他们能招揽到怎样的病人，也清楚能从他们身上榨出几个钱来。不接受赊账。医生在坐诊，医生已离开。您这颗臼齿松得厉害，卡廷斯基太太。如果您想用这种新型的丙烯酸填料的话——这玩意儿一点都不比金牙差，我可以帮你镶，只收你十四美元。麻醉剂要额外收两美元，如果你要用的话。医生在坐诊，医生已离开。总共三美元，请付钱给护士。

在这样一栋大楼里，会有几个真正赚大钱的家伙，可他们看起来并不显山露水。他们融入了这破旧的背景中，这对他们而言是一种保护色。兼职参与保释保证书买卖勾当的滑头律师（所有应当被罚没的保释金当中只有约百分之二最终被上缴国库）。打着各种幌子来解释室内陈设的非法堕胎医生。麻药贩子，伪装成泌尿医师、皮肤科专家，或任何一科需要频繁治疗病患、频繁实施局部麻醉的大夫。

莱斯特·武卡尼奇有一间十分简陋的候诊室，里面坐着十几个人，个个一脸病容。他们的模样难分彼此。他们的脸上没有什么特征。你很难把一个掩盖得很好的吸毒者同一个素食主义会计区分开来。我足足等了三刻钟，病人们从两扇门里进入诊室。一个精力充沛的耳鼻喉科大夫可以同时处理四个病患，只要他有足够的空间。

终于，我进入了诊室。我坐在一张棕色的皮椅里，旁边是一张桌子，桌面上铺了一条白毛巾，上面摆着一套工具。一个消毒柜靠着墙，在那里咕咚咕咚冒泡。武卡尼奇大夫风风火火地走了进来，身披一件白大褂，额头上绑着一面小圆镜。他在我面前的一张凳子上坐下。

"窦性头痛，对不对？严重吗？"他看着护士拿给他的一份文件。

我说，严重极了。头晕目眩的，尤其是早上起床的时候。他严肃地点点头。

"很典型，"他说，将一只玻璃盖扣在一样像是自来水笔的东西上。

他把那东西推进我嘴里。"请闭上嘴唇，但不要咬合牙齿。"他一边说着，一边伸手关掉了电灯。房间里没有窗户，一只排风扇不知在哪里发出低沉的嗡嗡声。

武卡尼奇大夫取出玻璃试管，重新把灯打开。他谨慎地看着我。

"完全没有充血，马洛先生。如果您有头痛，那这不是鼻窦炎造成的。我大胆猜测一句，您一生当中从未有过严重的鼻窦疾病，我发现您过去曾做过鼻隔膜手术。"

"是的，大夫。打橄榄球的时候让人踢了一脚。"

他点点头。"那里面有一小片骨突，应该切除掉，可这也不足以妨碍呼吸呀。"

他坐在凳子上，身子后仰，扶着膝盖。"您究竟希望我为您做些什么呢？"他是一个瘦脸男人，面色苍白得乏味。他看上去就像是一只得了肺结核的白老鼠。

“我想和你聊聊我的一位朋友，他情况很糟糕。他是一位作家。钱很多，但精神状况很差。他需要帮助。他一连几天都靠酒精度日。他需要来一点点加料。他自己的医生已经不愿意配合了。”

“您说的‘配合’到底是什么意思？”武卡尼奇大夫问道。

“这家伙不过是需要偶尔打上一针，好镇定下来。我还以为咱俩说不定能谈得拢呢。我可不缺钱。”

“对不起，马洛先生。我不处理这类问题。”他站了起来。“要我说，这样的治疗方式实在是很马虎。你的朋友可以咨询我，如果他愿意的话。但他身上最好有一样果真需要治疗的毛病。请付十美元，马洛先生。”

“别装了，大夫，你在那份名单上。”

武卡尼奇大夫靠着墙，点了一支烟。他在给我时间。他吐了一口烟，看着烟。我却递给了他一张名片。他看了看。

“什么名单？”他问道。

“秘窗小子。我想你可能已经知道我这位朋友了。他名叫韦德。我猜你大概正把他藏在什么地方的一间白色的小屋里呢。这家伙离家出走了。”

“你这蠢货，”武卡尼奇大夫对我说道。“我才不卖‘四日戒酒灵’之类的垃圾便宜货呢，再说它们根本就不灵。我也没有什么白色小屋，我也不认识你说的这位朋友——就算他果真存在的话。请付十美元——现金——现在就付。还是说你情愿我打电话叫警察，举报你向我讨要麻醉品？”

“那敢情好，”我说，“打吧。”

“出去，你这小阿飞。”

我从椅子上站起身来。“看来我犯了个错误，大夫。上一次这家伙恶习不改、畏罪潜逃的时候，他躲藏在一个姓名以V字打头的大夫那里。那是一次绝密的行动。他们深更半夜把他接走，等到他过了酒疯劲儿以后，又以同样的方式把他送回来，接着立马开溜，甚至都等不及看他走进房门。因此，当他再度越狱，过了好一阵子也没回来的时候，我们自然会查阅文件，寻找线索。我们找到三个姓名以V字打头的大夫。”

“很有趣，”他说，脸上挂着一丝隐喻的微笑。他还在给我时间。“您筛选的依据是什么？”

我紧盯着他。他的右手轻轻地上下抚摸着左上臂的内侧。他的脸上蒙了一层细细的汗珠。“不好意思，大夫。我们的行动细节是机密。”

“对不起，失陪了。我还有一个病人正——”

他让后半句话悬在了半空中，径直出了门。他离开后，一名护士从门洞里探进头来，瞥了我一眼，又消失不见了。

过了一会儿，武卡尼奇大夫迈着愉快的步伐悠悠地走了进来。他脸上挂着微笑，神情很放松，两眼亮闪闪的。

“咦？你还在这里？”他看上去十分惊讶，要不就是装得挺像。“我还以为我们这次小小的会面已经结束了呢。”

“我这就走，我还以为你刚才是要我等一会儿呢。”

他咯咯笑了。“你知道吗，马洛先生？我们生活在一个非凡的时代里。你只需出五百美元，我就能让你拖着几根断骨住进医院。真好笑，对不对？”

“我肚子都要笑破啦，”我说。“大夫，你是不是朝自己的静脉上扎了一针？天啊，瞧你这笑眯眯的样儿！”我起身朝门外走去。

“回头见，朋友，”他快活地说，“别忘了我的十美元，付钱给护士。”

我出门的这会儿工夫，他走到一台对讲机前面，朝里面说了一句什么。候诊室里还是那十二个人，或者是十二个和他们一模一样的人正一脸病容地坐在那里。护士尽职地出现在了我面前。

“总共十美元，马洛先生。本诊所只接受即时现金支付。”

我踏入满地板的脚中间朝门口冲去，她一下子从椅子里跳了起来，飞奔着从桌子后面绕了出来。我一把将门拉开。

“你拿不到钱又怎样？”我问她。

“你马上就知道了，”她愤怒地说。

“当然。你只是在尽你的职责。我也是。等我走了，你抽空瞅一眼我的名片，就知道我的职责是什么了。”

我抬脚走了出去。候诊室里的病人用谴责的目光看着我。怎么能用这种方式对待大夫呢。

18

阿莫斯·瓦利大夫那边的情况迥然不同。他拥有一栋古老的大房子，周围是一片古老的大花园，还有一棵古老的大橡树给他遮阴。这是一栋巨大的木结构建筑，门廊的屋檐上雕着精巧的涡卷装饰，门廊的白栏杆有着刻有凹槽纹的立柱，就像老式三角钢琴的支脚。几个上了岁数的人颤巍巍地坐在门廊上的长椅里，身上裹着毯子。

入口处的大门是双层的，上面有彩色玻璃镶板。里面的门厅宽敞阴凉，镶木细工地板光亮可鉴，上面一块地毯也没有铺。阿尔塔迪纳这地方夏天很热，这里深陷在群山之中，凉风直接从头顶上飞了过去。八十年前，当地人学会了如何造房子来适应这种气候。

一个穿着挺括白衣的护士接过了我的名片，过了一会儿，阿莫斯·瓦利大夫同意接见我了。他是一个秃顶的大个子，脸上挂着开心的微笑。他那件白大褂一尘不染，他那双绉胶底的鞋走起路来悄然无声。

“我能为您做些什么，马洛先生？”他有一副疏解病痛、抚慰心灵的好嗓子，嗓音圆润柔和。大夫来了，没什么可担心的，一切都会好起来的。他颇有那种关怀病人的阳光气度——浓浓的，抹了蜜的，一层叠着一层。他棒极了——可他也像一副铠甲一样坚硬、难对付。

“大夫，我在找一个叫韦德的男人—— 一个离家出走的阔绰酒鬼。他的过往经历表明，他不是选择一位有医术的大夫，而是藏进了一家隐秘的地下诊所。我手头的唯一线索就是这三个 V 字打头的大夫，你是我的第三个 V 大夫。还有：我这会儿有点心灰意冷了。”

他宽厚地笑了。“我只是你的第三个，马洛先生？洛杉矶这一片外加周边地区少说也有一百个名字以 V 打头的大夫吧。”

“没错，可诊所里有‘秘窗小屋’的就没那么多了。我注意到你这里的楼上就有几间，在房子的侧翼。”

“都是些老人，”瓦利大夫哀愁地说道——就连这哀愁也圆润柔和。“孤独的老人、郁郁寡欢的老人，马洛先生。有时——”他做了一个颇具表现力的手势：先是向外划出一道圆弧，然后停在了半空中，再缓缓落下，就像一片枯叶飘然落地。“我这里不治疗酗酒者，”他毫不含糊地补充道。“现在，如果你不介意的话，我就——”

“不好意思，大夫。我之所以找上门来，只不过是因为你恰好在我们的名单上。也许是有人弄错了。那上面说，两三年前你和州麻醉品局的人有过一场麻烦。”

“是吗？”他看上去一脸困惑，接着恍然大悟。“啊，是的，是我的一个助手，我当时很不明智地雇用了他。虽然时间很短。他严重辜负了我的信任。是的，的确如此。”

“我听说的那件事不是这样的，”我说。“我猜是我听错了。”

“那你听说的事情是怎样的呢，马洛先生？”他依然在用微笑和甜美的嗓音给我全方位的款待。

“我听说，你被迫上交了你的麻醉品处方记录。”

这话让他微微一怔。他脸上并没有显出怒容来，可那迷人的亲和力已经被剥去了几层。他的一双蓝眼睛闪着冰冷的微光。“您这条奇异的信息源自何处？”

"一家大型侦探代理行，他们有条件收集建立这方面的信息档案。"

"就是一群不上档次的敲诈勒索者，这一点毫无疑问。"

"他们可上档次了，大夫。他们的基础收费标准是每天一百美元，掌门人是一位前宪兵上校。他可看不上小钱，大夫。他只做大买卖。"

"看来我得找他好好谈谈了，"瓦利大夫冷冷的语气中透着厌恶。"他叫什么？"瓦利大夫的阳光气度到头了。接下来将是阴冷的黑夜。

"机密，大夫。您不用放在心上。这不过是他们的日常工作罢了。您对韦德这个名字真的没有任何印象吗？"

"我想你能找得着出去的路，马洛先生。"

一部小电梯的铁门在他身后开启。一名护士推着轮椅走了出来。瓦利大夫轻声说道：

"老人。患病的老人。孤独的老人。别回来了，马洛先生。你会把我惹火的。发起火来，我的模样可不是很好看。我甚至可以说是很不好看。"

"没问题，大夫。打扰了。你这座等死小屋真温馨。"

"你说什么？"他上前一步，朝我逼近——最后一层蜜糖涂层也被剥去了。他脸上柔和的线条此刻硬得像山脊。

"怎么啦？"我问道。"我知道我要找的人不在这里了。我在这儿根本找不到一个还有一丝力气反抗的人。患病的老人。孤独的老人。你自己说的，大夫。没人要的老人，可有的是钱，还有一群如狼似虎的继承人。他们中的大多数估计会被法庭认作是无行为能力者。"

"我快要发火了，"瓦利大夫说。

"清淡的饮食，轻量的镇定剂，严格的治疗。把他们推到外面晒太阳，把他们放回床上睡觉。窗户上钉上些木条，以防他们还有一丝一毫的脾气。他们爱你，大夫，他们中的每一个。临终时，他们紧握着你的手，看见了你眼中的哀伤——真实的哀伤。"

"那当然了，"他从喉咙里发出一声低吼。他的双手此刻握成了拳头。我这时应该见好就收了。但他实在让我恶心。

"毫无疑问，"我说。"没人乐意失去一位付钱大方的主顾。尤其是一位你甚至都不必取悦的主顾。"

"这件事总得有人做，"他说。"这些悲哀的老人总得有人去照顾，马洛先生。"

"粪坑也总得有人去掏。仔细想想，那反倒是一份体面正派的工作。再会了，瓦利大夫。哪天我觉得自己的工作太肮脏了，我想想你就会情绪大好的。"

"你这混账东西，"瓦利大夫从他那两排宽宽的大白牙中间挤出了这句话。"我应该敲断你的背。我的工作是一项可敬的职业中的一个可敬的分支。"

"是的，"我厌倦地看着他。"这我知道，只是这份工作散发着死亡的气息。"

他没有冲我挥拳头，于是我转身离开他，朝外面走去。走到那扇宽大的双层门前时，我回头看了他一眼。他一动不动。他还有工作要做。他得把蜜糖一层层地重新抹好。

19

我驾车回到好莱坞，感觉就像是一小截被嚼烂的绳子。现在时间还早，没到吃饭的点，闷热的天气也让我没有胃口。我打开办公室里的电扇。电扇没能让空气凉爽一丝一毫，但至少搅起了一点动静。窗外，大街上的车流吵个不停。我脑袋里的各种思绪黏成了一团，就像粘蝇纸上的许多只苍蝇。

打了三枪，全部脱靶。我什么都没干成，只是见了一个又一个的医生。

我给韦德家里打了个电话。一个说话带着点墨西哥口音的家伙接起电话说，韦德太太不在家。我说，那我找韦德先生。那个声音说，韦德先生也不在家。我留了名字。他毫不费力地记下了。他说自己是男仆。

我又给卡恩代理的乔治·彼得斯打了个电话。说不定他还认识其他的大夫。可他不在。我留了一个假名和一个真实的电话号码。一个钟头慢吞吞地爬过，像一只有气无力的蟑螂。我是遗忘沙漠里的一粒沙。我是一个双枪牛仔，一不留神打光了子弹。开了三枪，三枪脱靶。我真讨厌三这个数字。你拜访了 A 先生。一无所获。你拜访了 B 先生。一无所获。你拜访了 C 先生。还是一无所获。一周之后，你发现其实你该找的是 D 先生。只是那时你根本不知道他的存在，而等到你知道的时候，客户已经改了主意，叫停了这场调查。

我将武卡尼奇大夫和瓦利大夫从清单上划掉了。瓦利太有钱了，才懒得去搭理酒鬼呢。武卡尼奇大夫是个不成气候的小混混，敢在自己的办公室里做静脉注射麻药这样的高危动作，他的助手肯定知道。至少有些病人知道。只要有一个不满意的主顾打一通电话，他就完蛋了。韦德不管是喝晕了，还是清醒着，都不会靠近他这种人的。他也许不是世界第一聪明人——许多成功人士都远远谈不上是思维上的巨人——但他也不至于蠢到去跟武卡尼奇大夫胡来。

唯一可能的人选就是瓦伦杰大夫。他有场地，有隐蔽条件。他大概也有耐心。可赛普尔韦达谷距悠谷有很长一段路程。他们的联络点在哪儿，他们又是怎么认识彼此的？另外，如果瓦伦杰拥有那片地产，还找到了一个买主，那他的家底还挺厚实的。想到这里，我有了一个主意。我给我认识的一个在产权公司工作的伙计打了个电话，查询那块地的产权状况，电话无人接听。产权公司下班了。

于是我也下班了。我开车去了魔沼城的鲁迪烧烤吧，向晚宴司仪报上了我的大名，然后在一张高脚凳上等待着那个庄严时刻的到来，面前是一杯酸威士忌，耳畔是马雷克·韦博的华尔兹。过了一会儿，我终于可以荣幸地入场品尝一块鲁迪那“闻名世界”的索尔兹伯里牛排了，其实也就是一块汉堡碎牛肉饼，放在一块灼黑的厚木板上，周围是一圈烤成褐色的土豆泥，搭配着煎过的洋葱圈和什锦沙拉——男人们在餐馆里会一言不发地把它们乖乖吃下肚去，可如果他们的老婆在家想让他们吃下一盘这样的东西，那他们保准会大吼大叫。

吃完晚饭，我开车回家。就在我打开正门的时候，电话铃响了。

“我是艾琳·韦德，马洛先生。你留言要我找你的。”

“我只是想知道你那头有没有发生点什么。我今天一整天都在看医生，一个朋友都没有交到。”

“不好意思，没有消息。他还是没有踪影。我不能不焦急万分。现在我猜，你又要告诉我你也无一所获。”

她的声音低沉沮丧。

“咱们这个县地方大，人又多，韦德太太。”

“到今晚可就是四整天了。”

“没错，可四天也不算太久。”

“对我来说，已经够久的了。”她沉默了半晌。“我这几天一直在思考，努力想从记忆中找到点什么，”她接着往下说道。“我肯定能找到点什么，某种线索或是某段回忆。罗杰平常会滔滔不绝地谈起各种各样的事情。”

“你对瓦伦杰这个名字有印象吗？”

“恐怕没有。为什么这么问。”

“你说过，有一次一个打扮成牛仔模样的高个年轻人将韦德先生送回了家，如果你再次见到他，韦德太太，你能认出这个高个年轻人吗？”

“我想我或许认得出来，”她有些迟疑地说道，“如果我们见面的情形与上次相同的话，但我当时只瞥见了他一眼。他叫瓦伦杰吗？”

“不是，韦德太太。瓦伦杰是一个身材壮硕的中年人，经营着——或者更确切地说，是经营过——一家位于赛普尔韦达谷的度假牧场。他手下有一个穿得花里胡哨的漂亮小子，名叫厄尔。瓦伦杰自称大夫。”

“棒极了，”她热情洋溢地说。“你不觉得自己摸对了方向吗？”

“我心里比一只落汤猫还要怯呢。等我有消息了再给你打电话吧。我只是想要确认罗杰是不是还没有回家，另外还想问问你有没有回忆起什么确凿的线索。”

“恐怕我帮不上您什么大忙，”她哀伤地说道。“您任何时间都可以给我打电话，不管有多晚。”

我说我会的，然后我们各自挂上了电话。这次我拿出一把枪和一只三节电池的手电筒，随身带上。这是一把轻巧结实的短管点三二手枪，配平头子弹。瓦伦杰大夫的棒小伙儿厄尔，除了指节铜套，也许还有其他玩具，果真如此的话，以他的疯脑瓜，他多半会掏出来玩的。

我再度驾车驶上公路，胆有多大，油门就踩多狠。这是个月黑之夜，等到我冲到瓦伦杰大夫的领地大门前时，天肯定已经黑下来了。黑暗正是我想要的。

大门上依然有铁链和挂锁把守。我开车从旁经过，又往前开了好一段，才在公路上停下车来。树下依然有些微光，但这光不会持续太久。我翻过那扇门，沿着山坡向上爬，想要找到一条步行小道。山谷远处似乎传来鹌鹑的叫声，一只哀鸠在大声抗议生活的种种不幸。这里根本没有步行小道，要不就是我没找到，于是我返回车道，沿着碎石路面的边缘往前走。桉树变成了橡树，我越过山脊，看到远处有星星点点的灯光。我花了三刻钟从游泳池和网球场后面一步一步地向山上爬，直到我能俯瞰车道尽头的那栋主建筑为止。楼里亮着灯火，我能听到乐声从那里飘出。在远处的树林间，又有一间小屋里有灯光。林间还遍布着许多间黢黑的小屋。这时我正沿着一条小道往前走，突然，主建筑后面亮起了一盏探照灯。我登时止住了脚步。那盏探照灯并不在搜索什么，光束只是径直指向正下方，在后门廊和外面的空地上照出了一个大光圈。这时，一扇门砰地开了，厄尔走了出来，这下我知道自己找对了地方。

厄尔今晚演的是牛仔，上次送罗杰·韦德回家的也是一个牛仔。厄尔在转绳圈。他穿着一件缝了白线的深色衬衫，脖子上宽松地系了一条圆点花纹围巾。他腰上扎着一条宽皮带，上面挂了许多银饰，还有一副手工制作的皮枪套，里面插着两把象牙柄的手枪。他穿着精致的马裤和一双崭新的马靴，马靴上绣着白色的十字花纹。他脑后戴了一顶白色的墨西哥宽边帽，一条像是编制的银绳从衬衫上飘垂下来，两头没有系住。

他独自一人站在白色的探照灯下，绕着自己的身体前后左右地转着绳圈，一会儿把脚伸进绳圈，一会儿把脚抽出来——一个没有观众的演员，一个高挑、修长、英俊的花样牛仔，独自一人上演大戏，热爱着舞台上的每一分钟。“双枪厄尔”，科奇斯县一霸。他就属于那种马背上的旅游农场，那里的话务女郎都穿着马靴去上班。突然，他听到了一个声响，或者是装作听到了。绳圈掉在了地上，他的两只手飞快地从枪套里抽出双枪，大拇指钩住击铁，枪口对准前方。他凝视着黑暗中的什么东西。我不敢动。那两把该死的枪里说不定有子弹。可探照灯晃住了他的眼睛，他什么也看不见。他把枪插回皮套中，捡起绳索，随意地将它盘起，转身返回屋里。灯光消失了，我也消失了。

我穿过树林，绕过主建筑，靠近山坡上那间亮着灯的小屋。屋里面悄无声息。我来到一扇遮着窗帘的窗户前，朝里面张望。灯光来自一只床头柜上的一盏台灯。一个男人仰面躺在床上，身体放松，胳膊伸在被单外面，露出睡衣袖口，两眼大睁，盯着天花板。他看上去块头很大。阴影遮住了他的半张脸，但我看得出他脸色苍白，好久没刮胡子了，而且他胡子生长的时间正好与某人失踪的时间吻合。他的十指张开，一动不动地伸在床沿外。他看上去像是接连几个小时没挪过窝了。

我听到屋子的另一边传来脚步踩在小道上的声音。一扇纱门吱呀一声开了，紧接着瓦伦杰大夫那厚实的身影出现在了门口。他拿着一大杯看上去像是番茄汁一样的东西。他打开一盏落地灯。他那件夏威夷衬衫泛着黄光。床上的那人瞧都不瞧他一眼。

瓦伦杰大夫将玻璃杯放在床头柜上，拖了把椅子过来，在床边坐下。他拿起那人的一只手腕，把了把脉。“你现在感觉怎么样，韦德先生？”他的声音友善又关切。

床上的那人既没有回答他，也没有看他。他还是紧盯着天花板。

“行啦行啦，韦德先生。咱别生气嘛。你的脉搏比正常值略快，但除此以外——”

“家家，”床上的男人突然开口道，“告诉这人，如果这混球知道我的身体状况，那他就不用再拿这种问题来烦我了。”他的声音悠扬清澈，但语调却满是怨气。

“家家是谁？”瓦伦杰大夫很有耐心地问道。

“我的代言人，她就在那边的墙角上头呢。”

瓦伦杰大夫抬头去看。“我只看到一只小蜘蛛，”他说。“别演戏了，韦德先生，跟我你不需要演戏。”

“家隅蛛，就是最常见的跳蛛，伙计。我喜欢蜘蛛。它们几乎从不穿夏威夷衬衫。”

瓦伦杰大夫舔了舔嘴唇。“我没空陪你玩，韦德先生。”

“家家可不好玩。”韦德慢慢地转动脑袋，仿佛头里装着铅块，然后轻蔑地盯着瓦伦杰大夫。“家家只会来真的。她会悄悄地接近你。趁你不注意，她还会迅捷无声地跳跃前进。不一会儿，她就进入攻击距离了。她纵身作出最后的一跃，然后你就被吸干了，大夫。干干的。家家不吃你，她只吸你的汁儿，直到你只剩下一张皮。如果你还打算继续穿那件衬衫，大夫，那我敢说，那个时刻很快就要来临啦。”

瓦伦杰大夫往椅背上一靠。“我要五千美元，”他心平气和地说。“什么时候我能拿到手？”

“你已经拿到了六百五十块，”韦德没好气地说，“外加我口袋里的找零。待在这种窑子里还他妈的能花多少钱？”

“一点小钱，不足挂齿，”瓦伦杰大夫说。“我告诉过你，我的费率上涨了。”

“但你没说你的费率涨到威尔逊山巅上去了。”

“别跟我兜圈子了，韦德，”瓦伦杰大夫冷冰冰地说。“你现在没资本跟我玩花样。而且，你还辜负了我的信任。”

“我还真不知道你信任过谁呢。”

瓦伦杰大夫轻轻地拍着椅子扶手。“你深更半夜地给我打电话，”他说，“那时你真是山穷水尽了。你说我要是不来，你就要自杀了。我本不想来的，你知道为什么。我没有在这个州行医的资质。我正想尽办法在失掉一切之前把这块地产卖掉。我得照顾厄尔，他的毛病又快发作了。我跟你说过，这得花你一大笔钱。你依然坚持要这样，于是我就去了。我要五千美元。”

“我当时被烈酒灌晕了，”韦德说。“你不能指望别人兑现那种情况下作出的承诺。你已经赚得够狠的了。”

“还有一件事，”瓦伦杰大夫慢悠悠地说，“你跟你老婆说了我的名字。你告诉过她，我要上门来把你接走。”

韦德看上去一脸惊讶。“根本没有的事儿，”他说。“我连见都没见她。她当时在睡觉。”

“那就是你在别的场合说的。一个私家侦探来这里打听过你了。他不可能找到这里来的，除非是有人告诉过他。我把他打发走了，可他说不定还会回来。你现在必须回家去，韦德先生。但首先，我要我的五千美元。”

“你显然不是世界上最聪明的人，对不对，大夫？要是我老婆知道我在哪儿，那她干吗还要雇私家侦探呢？她完全可以自己来嘛——如果她真有那么在乎我的话。她还可以带上我们家的男仆——坎迪。趁着你那个‘蓝小子’还在犹豫今天该演哪部电影的当儿，坎迪就已经把他切成碎片了。”

“你有一张贱嘴，韦德。还有一脑子贱贱的想法。”

“我还有一把贱贱的美元呢，五千块。来拿啊。”

“你给我写张支票，”瓦伦杰大夫不容分辩地说。“现在，马上。然后你就可以穿衣服了，厄尔会送你回家的。”

“支票？”韦德几乎笑出声来。“没问题，我会给你开张支票的。很好。你打算怎么兑现？”

瓦伦杰大夫无声地微微一笑。“你以为你可以发指令让银行止付，韦德先生。可你办不到。我会确保你办不到的。”

“你这一肚子坏水的死胖子！”韦德冲着他大吼起来。

瓦伦杰大夫摇了摇头。“在某些事情上，我确实是这样。但不是在所有事情上。同大多数人一样，我是个矛盾复杂的人。厄尔会开车送你回家的。”

“不行。那小子让我起鸡皮疙瘩，”韦德说。

瓦伦杰大夫动作轻柔地站起身来，伸手拍了拍床上那人的肩膀。“对我而言，厄尔完全没有威胁。我有的是控制他的办法。”

“比如呢？”房间里传来了第三个人的声音，紧接着厄尔穿着他那套罗伊·罗杰斯的行头从门里走了进来。瓦伦杰大夫转过头去，面带微笑。

“别让那个疯子靠近我，”韦德吼道——他的声音里头一次显露出了恐惧。

厄尔将双手搁在那条华丽的皮带上，面无表情。一声轻轻的呼哨从他齿间飘了出来。他慢慢地走进房间。

“你不该说那句话的，”瓦伦杰大夫赶忙说道，然后向厄尔转过身去。“行了，厄尔。韦德先生由我自己来应付。我来帮他穿衣服，你下楼去把车开到小屋这里来，离门口越近越好。韦德先生还很虚弱。”

“他马上就要更虚弱了，”厄尔用哨音般的尖嗓子说道。“让开，肥仔。”

“行了，厄尔——”他伸手抓住那个帅小子的胳膊——“你该不会想回卡马里奥[1]吧？只要我说一句话，你就——”

剩下的话他没能吐出口。厄尔猛地将胳膊从他手中抽出，右手一挥，一道金属的冷光闪过——那只披着铜甲的拳头砸在了瓦伦杰大夫的下巴上。他一下子栽倒在地，就像心脏被子弹射穿了一样，倒地的声响震动了整间屋子。我迈开步子向门口跑去。

我冲到门前，用力将门拽开。厄尔忽地转过身来，身体微微前倾，两眼紧盯着我，不像是认出了我的样子。他的嘴唇后面发出冒泡似的声响。他飞快地向我冲来。

我一把抽出手枪，在他眼前晃晃。可他就像是没看到一样。要么他那两把枪里没子弹，要么就是他完全忘记了它们的存在。他只要有这副指节铜套就够了。他完全没有止步的意思。

我开了一枪，子弹从床那头的那扇敞开的窗户飞了出去。小房间里的枪声似乎比它原本的声响还要大得多。厄尔猛地停在了原地，蓦地扭过头去看窗帘上的那个弹孔。他又转过头来看着我。他脸上慢慢地有了表情，然后咧嘴一笑。

---

① 卡马里奥是位于南加利福尼亚州的州立精神病院。

“你想怎么样？”他爽朗地问我。

“脱掉指节铜套，”我开口道，一面直视着他的眼睛。

他诧异地低头看着自己的那只手。他脱下那只重量级拳套，漫不经心地将它扔在角落里。

“还有那条双枪皮带，”我说。“手不要摸枪，只许解搭扣。”

“枪里没子弹的，”他微笑着说道。“天啊，它们甚至都不是真枪，只是舞台道具。”

“解皮带。快点。”

他看着我手中那把短管点三二。“这是真家伙？哦，当然是了。窗帘。对，窗帘。”

床上那人这时已经不在床上了。他摸到了厄尔身后。他飞快地伸手抽出一把亮闪闪的手枪。厄尔可不喜欢这样。他脸上的神色显露了这一点。

“别碰他，”我生气地说。“把那东西放回去。”

“他说得没错，”韦德说。“这只是两把玩具枪。”他向后退去，将那把闪着光的手枪放在了桌子上。“耶稣啊，我真是虚弱得就像一只断胳膊。”

“解掉皮带，”我第三次命令道。一旦你和厄尔这种人干上了，你就非得坚持到底不可。不要废话，简简单单的，还有：千万别改主意。

他终于照做了，态度还很友好。然后，他手拿着皮带走到桌子边上，拿起另一把枪，将它插进枪套，然后又把皮带重新系在身上。我没管他。直到这时，他才注意到背靠着墙瘫倒在地的瓦伦杰大夫。他关切地叫了一声，快步穿过房间走进盥洗室，返回时手里拿着一玻璃罐水。他径直将水朝瓦伦杰大夫的脑袋上浇了下去。瓦伦杰喷出一口水来，翻了个身，开始呻吟，然后用一只手捂住下巴。接着他开始试图站起身来。厄尔伸手帮他。

“不好意思，大夫。我一定是没看清是谁就发飙了。”

“没关系，骨头没断，”瓦伦杰说，一面挥手让他走开。“去把车开过来，厄尔。别忘了开下面那把挂锁的钥匙。”

“开车过来，没问题。这就去。挂锁钥匙。明白。这就去，大夫。”

他吹着口哨出了房间。

韦德坐在床沿上，看上去颤巍巍的。“你就是他刚才说的那个侦探？”他问我。“你是怎么找到我的？”

“不过就是问了几个知道这种事情的人，”我说。“你要是想回家的话，最好还是把衣服穿上。”

瓦伦杰大夫倚着墙，摩挲着下巴。“我来帮他穿，”他声音含混地说。“我所做的全部工作就是帮助别人，而他们给我的全部回报就是一次次地让我受伤。”

“我完全清楚你的感受，”我说。

我转身离开，撇下他俩去完成穿衣大业。

20

他俩出来的时候，车子就在门口，厄尔却已经走了。他停下车，关了车灯，一言不发地转身朝主屋走去，嘴里还在吹口哨，像是在回忆着一支他依稀记得的曲调。

韦德小心翼翼地钻进后座里，我挨着他就座。瓦伦杰大夫开车。他的下巴和脑袋说不定依然疼得厉害，可他脸上并没有显露出来，嘴上也没有说一个字。我们翻过山脊，一路下坡，来到碎石路的尽头。厄尔刚才已经下来打开门锁，将铁门拉开了。我告诉了瓦伦杰我自己的车停在哪里，他开到我那辆车边上停下。韦德钻进我的车，一言不发地坐着，两眼望着空气。瓦伦杰下了车，绕到他那侧的车门边上，语气轻柔地跟他说话。

“韦德先生，我的那五千美元呢？你答应我要开支票的。”

韦德身子向下一滑，脑袋枕在椅背上。“我考虑一下吧。”

“你答应过我的。我现在就要。”

“瓦伦杰，‘胁迫’这个词的意思是——以伤害作为威胁。我现在有人保护了。”

“我喂你饭吃，给你洗澡，”瓦伦杰不依不饶。“我半夜跑来接你。我保护了你，治疗了你——至少暂时是这样的。”

“那也不值五千美元啊，”韦德冷笑道。“你从我兜里掏走的钱已经够多的了。”

瓦伦杰不肯善罢甘休。“我在古巴那边应该会有客户，韦德先生。你是个有钱人。你应该帮助其他遭遇困境的人。我要照顾厄尔。要想抓住这个机会，我需要一笔钱。我会如数偿还你的。”

我开始尴尬地坐立不安。我想抽烟，可我怕烟味会让韦德恶心。

“你会如数偿还个头，”韦德不耐烦地说。“你活不到那一天了。不知哪天晚上，‘蓝小子’就把你杀死在睡梦中了。”

瓦伦杰后退开去。我看不到他脸上的表情，但他的声音变得又冷又硬。“这世上还有另外一些比这更不愉快的死法，”他说。“我想你的结局就将是其中之一。”

他走回自己的汽车边，钻了进去。他驾车驶入他那扇铁门，然后消失在了视线之外。我倒车出去，调转车头，朝市内方向驶去。等到我开出去一两英里路的时候，韦德对我咕哝道：“我有什么理由要给那个肥仔五千美元？”

“没有任何理由。”

“可为什么拒绝了他之后，我却感觉自己像个混蛋？”

“没有任何理由。”

他微微偏过头来，刚好能看得到我。“他像照顾宝宝一样照顾我，”

韦德说。“他几乎都不敢让我独自待在屋里，生怕厄尔会进来揍我。他也掏空了我兜里的每一个角子。”

“说不定是你让他掏的。”

“你在帮他说话？”

“行了，”我说。“我只是在收钱办事。”

接下来的几英里路，我俩都没有说话。我们驶过一片市郊城区的边缘时，韦德再度开了口。

“我看我还是给他这五千块吧。他破产了。那块地被银行止赎了。他一分钱都拿不到手。这一切都是因为那个神经病。他干吗要这么做？”

“我哪里知道。”

“我是个作家，”韦德说。“我应该能理解别人的行为动机。可我却根本不理解任何人的任何举动。”

我拐了个弯，驶上谷口，爬上一段坡后，整片山谷的点点灯火全都在我们的眼前铺展开来，一眼望不到头。紧接着又是一段下坡路，然后我们开上了通往文图拉的那条西北方向的公路。又过了一会儿，我们穿行在了恩西诺的街区中。我停车等红灯时候，抬头遥望山上高处的那片灯光——豪宅都建在那里，伦诺克斯夫妇曾经在其中的一幢中生活过。我们继续向前驶去。

“出口匝道就在前面了，”韦德说。“你知道吗？”

“我知道。”

“顺便说一句，你还没告诉我你叫什么。”

“菲利普 · 马洛。”

“这名字好。”这时他的声音突然一变：“等等。你就是那个过去经常和伦诺克斯混在一起的家伙？”

“没错。”

他坐在车厢里的暗处紧盯着我。我们经过了恩西诺主街上的最后一片房子。

“我认识他，”韦德说。“点头之交吧。但我从没见过他。那真是桩离奇事件。那些个警察对你不怎么客气，对不对？”

我没搭他的话。

“你大概是不想谈这件事，”他说。

“也许吧。你为什么会对这事儿感兴趣？”

“老天，我可是作家啊。这里面肯定有故事。”

“今晚就算了。你肯定还很虚弱。”

“好吧，马洛。好吧。你不喜欢我。我明白了。”

我们来到出口匝道前，我一打方向盘，汽车沿着匝道朝地势较低的群山开去，群山中间的那道峡谷就是悠谷。

“我既不喜欢你，也不讨厌你，”我说。“我不认识你，你太太要我找到你，把你带回家。等到把你送到家门口的时候，我的任务就完成了。至于她为什么挑中了我，我说不上来。但就像我刚才说的，我只是拿钱办事。”

我们绕过山侧，开上一条路面更宽、更坚实的公路。

他说他的家就在一英里外，在道路的右侧。他把门牌号码报给了我，这我已经知道了。尽管身子骨还那么羸弱，可他那张嘴却一刻不停地在说话。

“她打算付你多少钱？”他问道。

“我们还没讨论过。”

“付你再多钱都是远远不够的。我对你感激不尽。你干得真漂亮，哥们儿。我不值得你费这么大劲儿。”

“那仅仅是你今晚的感受。”

他哈哈大笑。“你猜怎么着，马洛？我说不定会喜欢上你的。你是个混球儿——就像我。”

我们来到了他家门口。那是一栋两层的小楼，屋顶和墙面全用木饰板覆盖，房前有一道小柱廊，一片长长的草坪从门口延伸到白篱笆内侧的一排浓密的灌木丛前。柱廊里亮着灯。我把车开进车道，紧挨着车库停下。

“你能自己走进家门吗？”

“没问题。”他钻出汽车，“你不进来喝一杯，坐一会儿吗？”

“今晚不必了，谢谢；我就坐在这里，等到你进门为止。”

他呼吸沉重地站在那里。“好吧，”他简慢地说了一句。

他转过身，小心翼翼地沿着铺了石板的小径走到正门前，他在一根白柱上靠了一会儿，然后推了推门。门开了，他走了进去。门没有关上，灯光泄了出来，洒在绿草坪上。突然，屋里传来一阵激动的话语声，我发动汽车，我跟随着倒车灯的亮光开始把车倒出车道。我听见有人在唤我。我抬起头，看到艾琳·韦德站在敞开的门洞里。我继续倒车，她开始朝我跑来。我不得不停下。我关了车灯，钻出汽车。她迎了上来，我开口道：

“我应该过来叫你的，但我害怕把他一个人留在车里。”

“当然。你遇到了不少麻烦吧？”

“唔，比揿响门铃要稍许困难一些。”

“进屋吧，从头到尾讲给我听。”

“他应该上床休息了。等到明天他又会生龙活虎的。”

“坎迪会照料他就寝的，他今晚不会喝酒的，如果你担心的是这个的话。”

“想都没想。晚安，韦德太太。”

“你一定累了，你不想喝一杯吗？”

我点了一支烟。自我上一次尝到烟草起，似乎已经过去几周了。我陶醉在这烟云之中。

"我能吸一口吗？"

她凑近我，我把香烟递给她。她抽了一口，咳嗽起来。她笑着把烟递还给我。"我完全是个业余爱好者，如你所见。"

"你认识西尔维娅·伦诺克斯，"我说。"这就是你雇我的原因吗？"

"我认识谁？"她听上去像是不知道我在说什么。

"西尔维娅·伦诺克斯。"那支烟现在已经回到了我的嘴里。我一口接一口地吸着。"噢，"她说，"那个——被谋杀的姑娘。不，我和她没有私交。我只是知道她是谁。我没有跟你说过吗？"

"不好意思，我已经忘了你跟我说过什么了。"

她依然静静地站在那里，紧挨着我，一袭白裙映衬着她修长高挑的身材。敞开的门洞里透出了灯光，拂过她的刘海，让她发出柔和的微光。

"你为什么要问我这件事是否与我——用你的话讲——雇用你有关？"我没有立刻回答这个问题。于是她又添了一句："是不是罗杰跟你说过他认识那姑娘？"

"我向他报上姓名后，他说了几句关于那案子的事情。他没有马上把我跟那件事儿联系起来，但之后他想起来了。他的话可真多，半数都被我忘了。"

"我明白了，我得进去了，马洛先生，看看我丈夫是不是有什么需要。如果你不愿意进屋的话——"

"让我把这个留给你吧，"我说。

我拉住她，把她拽向我，让她的头微微后仰。我狠狠地吻了她的双唇。她没有反抗，也没有回应。她默默地抽出身来，站在那里，看着我。

"你不该这么做的，"她说。"这么做是错的。而你是个好人。"

"没错，是的。错得离谱，"我附和道。"可我已经做了整整一天忠诚乖巧的好猎犬了——我被某人施了咒，踏上了一趟我这辈子从事过的最愚蠢的冒险，结果事情的发展就像是有人写好了剧本似的。你猜怎么着？我看你从一开始就知道他在哪里——或者至少是知道瓦伦杰大夫的名字。你就是想让我和他搅和上，拉上关系，让我有一种照看他的责任感。还是说我疯了？”

“当然是你疯了，”她冷冷地说。“这是我听到过的最荒唐的胡扯。”她开始转过身去。

“等等，”我说。“那个吻不会留下疤痕。你只是心里头觉得它会。另外，别再跟我说我是个好人了。我宁可做混蛋。”

她蓦然回首。“为什么？”

“如果我没有在特里·伦诺克斯面前善心大发的话，他现在应该还活着。”

“是吗？”她轻声问道。“你凭什么这么肯定？晚安，马洛先生。感谢你做的一切，除了一件事。”

她沿着草坪的边缘走回屋去。我看着她走进房门，门关上了，门廊里的灯灭了。我朝着空气挥挥手，开车离去。

21

第二天早上我起得很迟，因为前一夜我刚刚挣了一大笔钱。我多喝了一杯咖啡，多抽了一支烟，多吃了一片加拿大培根，最后第一百次发誓我再也不用电剃须刀了。就这样，这终于让这天恢复正常状态。我十点左右到的办公室，收了几封杂七杂八的邮件，然后划开信封，任凭信纸躺在桌上睡觉。我将窗户推开一道大缝，让夜里沉积悬浮在沉闷空气、屋子四角、百叶窗板条中的尘灰味散发出去。一只死飞蛾展开翅膀躺在桌子一角。窗台上一只翅膀如破纸的蜜蜂正沿着木条爬行，一边发出疲惫微弱的嗡嗡声，仿佛知道这对翅膀完了，它完了，它已经执行了太多次的飞行任务，这一次再也飞不回蜂窝了。

我知道这将是荒唐的一天，每个人都会遇到这样的日子。没有大客户滚滚而来，只有松掉的轮子——脑子卡在牙床上的野狗、找不到坚果的松鼠、永远漏了一个齿轮的机械工。

第一位来客是一个粗鲁的金发大块头，名叫库森宁，或是别的什么芬兰名字，他将一只硕大的臀部塞进客户专座里，将两只布满老茧的宽大手掌放在我的桌子上，告诉我说，他是一名挖掘机操作员，住在卡尔弗市，住他隔壁的那个混蛋婆娘想要毒死他的狗。每天早上，他放狗出去，在后院里放风之前，都得把那地方彻彻底底地搜索一遍，寻找隔壁扔在土豆藤上面的肉丸，他到目前为止已经找到九个了，上面都撒满了一种绿乎乎的粉末，他知道那是一种含砷的除草剂。

“我要你守在那里，抓她个现行，要多少钱？”他盯着我，两眼眨都不眨，就像水缸里的一条鱼。

“你为什么不自己去抓？”

“为了生计，我非得工作不可，先生。光是来这儿问你，我一小时就损失了四块两毛五呢。”

“找找警察？”

“我找过警察了。他们大概要到明年的什么时候才有工夫来管呢。眼下他们正忙着讨好米高梅电影公司呢。”

“动物保护协会？爱狗者协会？”

“那都是些什么人？”

我跟他解释了爱狗者协会。他一点儿也不感兴趣。他听说过动物保护协会。他们最好能滚多远就滚多远。他们眼里没有比马更小的动物。

“门牌上写着你是个侦探，”他暴躁地说。“行了，那就赶快出去侦查吧。你要是能抓住她，就给你五十块钱。”

“对不起，”我说。“我现在忙得很。在你后院的鼹鼠洞里躲上两个星期也不算我该做的事——哪怕是给我五十美元也不行。”

他满脸怒容地站起身来。“大人物，”他说。“有钱不赚，是吧？懒得伸手去救一条小狗狗的性命。去你的吧，大人物。”

“我自己也有麻烦事，库森宁先生。”

“我要是抓住了她的话，非拧断她该死的脖子不可。”他说。我丝毫不怀疑他会这么做的。他可以把大象的后腿都拧下来。“这就是我为什么要别人来做这件事。就因为有车开过的时候小狗狗会叫。整天垮着脸的死老太婆。”他抬脚朝门口走去。

“你确定她是想要毒那条狗吗？”我冲着他的背影喊道。

“当然，我当然确定了。”他走到半道才回过味儿来。然后他忽地一下转过身来。“你再说一遍试试看，伙计。”

我只是摇了摇头。我不想和他打架。他说不定会拿我的脑袋撞桌子。他哼了一声，出去了，出门时几乎把门板拽了下来。碟子里的下一道菜是一个女人，既不老，也不年轻，既不干净，也不脏，一脸穷相，衣着寒酸，牢骚不停，笨头笨脑。跟她合租的那个女孩——在她看来，所有外出打工的女人都是女孩——在偷她荷包里的钱。这里一块，那里五毛，但积少成多。她估摸自己总共损失了将近二十美元。这她可承担不起。她也承担不起搬家的费用。她更承担不起雇侦探的酬金。她以为我会愿意打电话吓唬那位室友一下，不提名字。

她花了二十几分钟，才把这些讲给我听。她一边讲，一边不停地揉着手袋。

“你认识的任何人都可以做这件事，”我说。

“是的，可你毕竟是侦探。”

“我的执照没有授权我去威胁我根本不认识的人。”

“我会告诉她，我来见过你了。我不用说是针对她，只是说你在调查这件事。”

“我要是你的话，就不会这么做。如果你提了我的名字，她也许会给我打电话。她真这么做了，我就会告诉她真相。”

她站起身来，重重地把那只破包按在肚子上。“你不是绅士，”她尖声说。

“这里什么地方写着我非得做绅士？”

她嘴里嘟囔着出去了。

午餐后，我又接待了辛普森·艾德尔瓦斯先生。他还有一张名片来证明身份。他是一家缝纫机经销店的经理。他是一个一脸倦容的小个子男人，年纪在四十八岁到五十岁上下，小手小脚，身穿一件袖口过长的灰色正装，白色的硬领前面打着一条黑色菱形图案的紫领带。他沉稳地挨着椅子边坐下，用一双哀伤的黑眼睛看着我。他的头发也是黑色的，浓密粗硬，里面看不出有一丝灰发。他留着一撇修剪整齐、微微泛红的小胡子，要是不看他的手背，你有可能会当他只有三十五岁。

“叫我辛普[①]，”他说，“每个人都这么叫我。我活该被人这么叫。我是一个犹太人，娶了一个非犹太女人——二十四岁，光彩照人。她之前就逃跑过好几次。”

他掏出一张她的照片，递给我看。也许在他看来她光彩照人，在我看来她就是个邋邋遢遢的大块头女人，像头母牛，长着一张干瘪的小嘴。

“您遇到了什么麻烦事，艾德尔瓦斯先生？我不接离婚案。”我想要把照片还给他。他摆摆手。“顾客对我来说永远是先生，”我添了一句，“至少是在他对我撒了几十个谎之前。”

他微微一笑。“我没有必要撒谎，这不是离婚案。我就是想要梅布

---

① 辛普（simp）是笨蛋的意思，恰好又与辛普森谐音。

尔回来。可她不肯回来，直到我去找她。也许她把这当成是一种游戏。”

他很有耐心、不羞不恼地跟我说了她的事情，她喝酒，她乱搞，以他的标准她不是一个很好的妻子，可他从小到大接受的教育也许也太严格了一些。他的心胸宽得就像一座大房子，他说他爱她。他从不把自己想象成是什么白马王子，他只是一个可靠的工薪族，按时把工资领回家。他俩有一个共同账户。她把钱全提空了，可他对此早有准备。他完全猜得出她是跟谁跑的，如果他没弄错的话，那男人肯定会把她的钱骗光，然后把她抛弃。“他叫克里根，”他说，“门罗·克里根。我不是想要敲打天主教徒。坏犹太人也很多。这个克里根以前上班的时候是个理发师。我也不是要敲打理发师。可许多理发师都是氓流子、赛马赌棍。不怎么可靠。”

“等到她钱被人卷光的时候，她不就来找你了吗？”

“她会非常羞愧的，她也许会伤害自己。”

“你这是要寻找‘失踪人口’，艾德尔瓦斯先生。你应该去局子里填报告。”

“不。我不是要敲打警察，我不想这么干，梅布尔也许会受到羞辱。”

这个世界上似乎到处都是艾德尔瓦斯先生不想敲打的人。他掏出几张钱放在桌子上。

“两百美元，”他说。“定金。我要按我的方式来处理。”

“她还会跑的。”我说。

“没错。”他耸耸肩，两手轻轻一摊。“可她才二十四岁，而我都快五十了。你还能指望怎样？过一阵子她会收心的。麻烦是，没孩子。她没法怀孩子。犹太人想要有家庭，梅布尔知道。她感到很耻辱。”

“您真是个乐于宽恕的男人，艾德尔瓦斯先生。”

“嗨，我不是基督徒，”他说。“我不是要敲打基督徒，你能理解的。可我在这一点上是认真的。我不只是说说而已，我还会去做。噢，我差点忘了最重要的事情。”

他掏出一张明信片，从桌子那头推了过来，紧挨着那两百块钱。“这是她从火奴鲁鲁岛寄来的。火奴鲁鲁那边可烧钱了。我的一个舅舅以前在那儿开了一家珠宝店。他现在退休了，住在西雅图。”

我再次举起那张照片。“我得找人来帮忙，”我对他说。“还有，我得把这张照片复印几份。”

“我来这里之前就知道你会这么说，马洛先生。所以我是有备而来的。”他拿出一只信封，里面还有五张相同的照片。“我还有克里根的照片，但只是一张快照。”他从另一只口袋里又掏出一只信封递给我。我看着克里根。他长着一张圆滑的骗子脸，对此我一点儿也不吃惊。克里根的快照有三张。

辛普森 · 艾德尔瓦斯先生又给了我一张名片，上面有他的名字、住址、电话号码。他说，他不希望花太多钱，但如果我需要更多资金，他愿意立刻回应，他希望能尽快从我这里得到消息。

“如果她还在火奴鲁鲁的话，两百块应该差不多了，”我说。“我现在需要一份对这两人外貌特征的详细描述，我要把它写进电报。身高，体重，年龄，肤色，任何明显的疤痕或其他易于识别的标记，她离家时穿的衣服、拿的东西，她把账户提空前里面有多少钱。如果你以前经历过这种事，艾德尔瓦斯先生，你应该知道我要什么。”

“我对这个克里根有一种奇怪的感觉。让我很不舒服。”

我又花了半个小时从他嘴里挤牙膏，把信息记录下来，然后他安静地起身，安静地与我握手，鞠了一躬，然后安静地离开了办公室。

“告诉梅布尔，一切都好，”他出门时对我说。

事情的发展果然毫无新意。我拍了一份电报给火奴鲁鲁的代理行，紧接着又寄了一封航空邮件，里面有照片和其他电报里遗漏的信息。他们找到了她，她此刻正在一家豪华酒店里给女服务员打下手：擦浴缸、擦卫生间地板，诸如此类的事情。克里根的做法恰如艾德尔瓦斯先生所料：趁她睡着的时候，卷走她的钱财，逃之夭夭，只留给她一张酒店账单。她当了一只戒指——克里根没能拿走，因为他不想诉诸暴力——得来的钱够付酒店账单，但不够她回家的车马费。于是艾德尔瓦斯跳上飞机，奔她而去。

她实在是配不上他。我寄给他一张账单，要价二十美元，外加一份长电报的费用。那家火奴鲁鲁的代理行拿走了那二百美元。办公室保险柜里有一张麦迪逊的肖像坐镇，我不在乎自己定价过低。

就这样，我的私家侦探生涯又翻过了一天。算不上典型的一天，但也不算完全非典型。至于为什么我还要干这一行，没人说得上来。你发不了财，你也常常得不到什么乐趣。时而你会挨一顿痛揍，时而会有子弹朝你飞来，时而你还会被扔进大牢。折腾好一阵子之后，你会精疲力竭。每过两个月，你就会决定放弃，趁你两腿还迈得开步子，脖子还架得稳脑袋的时候再找一份踏实的工作。这时，门铃响起，你打开连通等候室的内门，发现门口出现了一张新的脸孔，带着一个新的麻烦、一肚子新的苦水和一笔少得可怜的钱。

“请进，× × 先生，我能为你做什么？”

他来这里肯定有一个理由。

三天后，接近傍晚的时候，艾琳 · 韦德给我打了个电话，邀请我第二天晚上去他们家喝一杯。他们要请几个朋友来喝鸡尾酒。罗杰想要当面好好谢谢我。另外，我是否愿意给她寄一份账单？

“你不欠我什么了，韦德太太。我为你效的那点犬马之劳已经得到了报偿。”

“我在这件事上表现得这么传统，一定显得很傻气。”她说。“如今一个吻似乎没有什么大不了的。你会来的，对不对？”

“我想是的。尽管这样做很不明智。”

“罗杰的状态好起来了。他在写作。”

“很好。”

“你的口气今天听起来很凝重。我想你的生活态度一定非常严肃。”

“偶尔会这样吧，怎么啦？”

她轻轻一笑，说了声再见，挂上了电话。我在座位上坐了一会儿，心中怀着严肃的生活态度。

接着我又绞尽脑汁地搜寻着一件好笑的事情，好让我开怀大笑几声。可这两种法子都不管用，于是我从保险柜里拿出特里·伦诺克斯的告别信，又从头到尾读了一遍。这下我想起了我还没去维克多酒吧喝那杯他要我替他喝的兼烈酒呢。现在时辰正好，酒吧里还很安静，他肯定会喜欢这样的，如果他还能与我同去的话。我想着他，心中涌起一丝淡淡的哀伤，还有一分颦眉的苦楚。我走到维克多酒吧门前的时候，差一点没有进去。差一点，但毕竟是差一点。他的钱我拿得太多了。他让我做了一回傻瓜，但他至少为此出了大价钱。

22

维克多酒吧里很安静，进门的时候，你几乎能听见温度下降的声音。一只高脚凳上坐着一个女人，身穿一件黑色的定制女装，在这个时节，那只可能是某种奥纶之类的合成纤维材质。她一个人坐在那里，面前放着一杯淡绿色的饮料，抽着一根长长的翡翠烟嘴里的香烟。她的脸上有一种微妙的热切，这种表情有时会显得神经质，有时会流露出性饥渴，有时只不过是节食过度的产物。

我在离她两个位置远的高脚凳上坐下，吧台招待朝我点了点头，但没有微笑。“一杯兼烈酒，”我说，“不要加苦酒。”

他在我面前铺开一小块餐巾，两眼一直看着我。“你知不知道，”他用愉悦的嗓音说道，“那天晚上我听到你跟你的朋友在讲话，于是我就弄了一瓶罗斯牌酸橙汁。结果你们再也不来了，直到今天晚上我才打开它。”

“我的朋友到外地去了，”我说。“麻烦给我一杯双份的。多谢你这么费心。”

他走开了。那个黑衣女子飞快地瞥了我一眼，然后低头看着自己的杯子。“这一片儿很少有人喝这种东西。”她的声音非常轻，一开始我都没意识到她是在跟我说话。这时她的目光再度朝我这边投来。她有一双大大的黑眼睛，她的指甲红艳艳，我以前从未见过这么红的指甲。可她看上去并不像是一个等人搭讪的女子，她的声音里也没有一丝“来呀”的意味。“我是说兼烈。”

“一个伙计让我喜欢上了这种酒，”我说。

“他一定是个英国人。”

“为什么？”

“酸橙汁。这玩意儿是标准的英国味儿，就像水煮鱼配一勺吓人的鳀鱼汁，红得就像厨师自己的血滴了上去一样。要不然他们怎么叫酸橙佬[①]呢。我是说英国人——不是说鱼。”

“我还以为那是一种热带饮料呢，像是一种炎热气候的产物。比如说，马来亚。”

“也许你说得对，”她又一次把头扭开。

吧台招待将酒放在我面前。加了酸橙汁后，酒水现出一种淡淡的、绿中带黄的朦胧色彩。我品了一口。味道又甜又冲。黑衣女子观察着我。然后，她朝我举杯。我们对饮。这时我才知道她喝的也是这种酒。

接下来的那一步就该是老生常谈了，所以我一直都没有跨出，我只

---

① 酸橙佬（limey）是美国人对英国人的贬称。因为十九世纪英国水兵经常饮用酸橙汁兑朗姆酒。

是坐在那里。“他不是英国人，”过了片刻我说道。“我猜，战争期间他也许在那里待过。我们曾经时不时地就会来这里一趟。我们爱赶早，就像现在这样。趁着那群大老粗还没有闹翻天的时候。”

“这个钟点确实很舒心，”她说。“这可能是酒吧里唯一一个让人舒心的钟点了。”她喝光了杯中酒。“也许我认识你的这位朋友，”她说。“他叫什么？”

我没有立刻回答她。我点了一支烟，看着她把那只翡翠烟嘴里的烟蒂抠了出来，然后又装了一支烟进去。我把打火机伸到她跟前。“伦诺克斯，”我说。她谢过我，用锐利的目光飞快地瞥了我一眼。然后她点了点头。“是的，我跟他很熟，也许太熟了一些。”

吧台招待飘了过来，扫了一眼我的酒杯。“再来两杯，跟刚才一样，”我说。“再给我一个卡座。”

我从高脚凳上起身下来，站在那里等。她也许会爆出点猛料来，让我大吃一惊，也许不会。我并不特别在意。在这个过于性饥渴的国度里，一个男人和一个女人偶尔也可以抛开床帏之事面对面聊聊。要么是这样，要么就是她以为我正蠢蠢欲动。要真是这样的话，那就让她见鬼去吧。她犹豫了一下，但只有片刻工夫。她拾起一副黑手套和一只金边金扣的黑色绒面革包，穿过过道，走进角落里的一张卡座，一言不发地坐下。我隔着小桌子在她对面坐下。

“我叫马洛。”

“我叫琳达·洛林。”她平静地说。“你挺多愁善感啊，是不是，马洛先生？”

“就因为我进来喝了杯兼烈？那你自己呢？”

“我大概就是喜欢兼烈吧。”

“我大概也是。可那样的话，这事情就有点太巧了。”

她不置可否地朝我微笑了一下。她戴着一对翡翠耳环和一枚翡翠领针。它们看上去像是真翡翠，因为我注意到了它们的切割方式——平滑的斜面切边。即便是在酒吧昏暗的灯光下，它们也闪烁着由内而外的微光。

“这么说，你就是那个人，”她说。

吧台招待端来酒水，摆在桌上，等他走了，我才开口道：“我不过就是碰巧认识特里·伦诺克斯，挺喜欢他，偶尔和他一起喝一杯罢了。这是我俩之间的秘密私交，是一场意外的友谊。我没有去过他家，也不认识他太太。我就在停车场里见到过她一次。”

“这件事不像你说得那么简单，对不对？”

她伸手去拿酒杯，她戴着一只镶有钻石底座的翡翠戒指，旁边一圈窄窄的铂金箍宣告她已经结婚了。我估摸她的年龄在三十五到三十七岁之间。

“也许吧，”我说，“那家伙一度让我烦心，他现在还让我烦心。你呢？”

她倚在一只胳膊肘上，抬头看着我，神情中没有任何特别的意味。“我刚才说了，我太了解他了。正因为如此，所以我不会过度解读他的遭遇。他有一位有钱的太太，靠着她锦衣玉食。而她要求的唯一回报就是别打扰她。”

“这要求听上去挺合理，”我说。

“别冷嘲热讽了，马洛先生，有些女人就是那样，她们自己也控制不住。他又不是一开始不知道是怎么回事。他如果非要尊严不可，没人留他。他根本没必要杀她。”

“我同意你的看法。”

她挺直了身子，目光凌厉地看着我。她的嘴噘了起来。“然后他就跑了，如果我听说的事情是真的，是你帮助他逃跑的。我猜，你对此还很自豪。”

“我才不呢，”我说。“我这么做只是为了钱。”

“这一点儿也不好笑，马洛先生。坦率地说，我不知道我为什么要坐在这里跟你喝酒。”

“想在这件事情上改主意并不难，洛林太太。”我伸手抓起酒杯，将杯中酒一饮而尽。“我还以为，关于特里你说不定能说出点我不知道的东西呢。我没兴趣推测特里·伦诺克斯为什么把他老婆的脸砸成了一团血淋淋的海绵。”

“你这话直接得有点残忍了，”她生气地说。

“你不喜欢这几个字眼？我也不喜欢。要是我相信他真的干出了这种事来，那我就不会在这里喝兼烈了。”

她瞪着我。过了片刻，她慢吞吞地开口道：“他自杀了，还留下一份完整的供认状。你还要什么证据？”

“他有一把枪，”我说。“在墨西哥，仅凭这一点就足以惹得某个神经过敏的警察请他吃子弹了。许多美国警察大开杀戒的方式也如出一辙——有些仅仅因为房门开得不够快就朝门后面送了颗子弹。至于供认状，反正我没见过。”

“不用说，肯定是墨西哥警察伪造的，”她毫不客气地嘲讽道。

“可他们不知道怎么伪造，尤其在奥塔托克兰这样的小地方。不，供认状很可能是真的，可这不足以证明他杀害了妻子，至少对我而言这不足以证明。在我眼里，这只证明了一件事：他当时走投无路了。面对那样的处境，像他那样的人——你尽管说他软弱、没用、多愁善感，只要你高兴——也许会决定帮助他人免遭镁光灯的痛苦洗礼。”

“这理论真是妙极了，”她说。“一个人拿枪口对着自己的脑袋或是有意往别人枪口上撞，难道只是为了避免一场小小的丑闻？西尔维娅已经死了。至于她的姐姐和父亲——他们完全能照顾好自己。有钱人，马洛先生，总能保护好自己。”

“好吧，他的动机我猜错了。也许这整件事情我都猜错了。一分钟前我让你烦得要命，你要不要我现在就走——好让你继续喝你的兼烈？”

她突然莞尔一笑。“对不起。我开始觉得你是认真的了。我刚才以为，你只是想拼命为你自己辩护，而不是为特里。可不知怎的，我现在觉得那并不是你的意图。”

“一点没错。我干了件蠢事，为此吃了苦头。多少吃了一点吧。我不否认他的供认状替我免除了更大的苦头。要是他们把他带了回来，送他上法庭，我猜他们也会给我定一条罪状的。那样的话，我至少会被罚得倾家荡产。”

“更不用说你的执照要吊销了，”她冷冰冰地说。

“也许吧。要是在过去，随便一个心情不好的警察都可以让我歇菜。现在，情况略有不同了。你能在州执照管理委员会面前得到一次听证机会，那些伙计可是对市局警察不怎么感冒。”

她抿了一口酒，慢吞吞地说：“平心而论，你不觉得这样的结果是最好的吗？没有审判，没有耸人听闻的大字标题，没有各种仅仅是为了让报纸热卖而生造出来的捕风捉影、恶意中伤，却丝毫不顾及事实真相、公平精神或无辜者的情感。”

“我刚才不就是这么说的吗？你还挖苦说我的理论妙极了。”她向后一仰，脑袋枕着卡座椅背上沿的弧线。“我认为荒唐的是说伦诺克斯自杀就是为了达到这个目的，不是说不开庭审判对所有人不好。”

“我得再来一杯，”说完我朝侍者招招手。“我感到脖颈后面有一丝冰冷的寒气。你该不会碰巧跟波特家族沾亲带故吧，洛林太太？”

“西尔维娅·伦诺克斯是我妹妹，”她简单明了地说道。“我还以为你知道了呢。”

侍者飘了过来，我向他传达了我急切的要求。洛林太太摇摇头，说她不要了。侍者一走开，我便开口道：

“那老头——不好意思，是哈兰·波特先生——把这件事捂得这么紧，我甚至都不敢百分百确定特里的太太真有一个姐姐。”

“你肯定是在夸张。我父亲恐怕没有那么大的能量，马洛先生——而且肯定没有那么冷血。我承认，他对个人隐私有一些非常古板的观念。他甚至从不接受自家报纸的采访。他从未上过照片，从不发表演说，旅行的话大多是坐汽车或是搭乘配有自家机组人员的私人飞机。可尽管如此，他还是挺有人情味的。他喜欢特里。他说特里每天二十四小时都是一位绅士，不像有的客人，只能装十五分钟的人样——从进门开始计时，到第一杯鸡尾酒下肚截止。”

“他最后犯了一点小错。可怜的特里。”

侍者端着我的第三杯兼烈一路小跑过来。我尝了尝味道，然后坐在那里，一只手指搭着玻璃杯圆底的边沿。

“特里的死对他打击很大，马洛先生。你又开始冷嘲热讽了。拜托不要这样。父亲知道这件事在某些人看来似乎发生得太巧了。他真心希望特里在事发后能就此消失。如果特里当时向他寻求帮助，我想他一定会帮忙的。”

“怎么能这样呢，洛林太太。他的亲生女儿被人谋杀了。”

她没好气地做了个手势，冷冷地看着我。

“接下来的话听起来恐怕会让人觉得有点太直接了。父亲很久以前就对妹妹彻底失望了。两人见面的时候，他几乎不跟她说话。如果他能把心里话说出来——他到现在都没有说，以后也不会说——我相信他一定会和你一样，对于特里有一肚子的疑惑。可现在特里死了，再去想这些还有什么用呢？一场空难、一场火灾或是一场高速公路车祸也有可能夺走他们的性命。如果她注定有此一劫，那倒还不如就是现在。再过个十年，她就会变成一个整日发情的丑婆子，就像你如今——或是前几年在好莱坞派对上看到的那些个让人反胃的女人。国际社交圈里的渣滓。”

一股怒火突然冲上我的脑门，我也不知道这究竟是为什么。我站起身来，视线越过我们这个卡座。邻座上没有人。再旁边的那个座位上坐着一个孤零零的伙计，安安静静地在那里读着报纸。我扑通一声坐下，一把推开酒杯，身子往桌子对面一探。还好我脑子还算清醒，知道要把嗓子压低。

“老天在上，洛林太太，你到底想对我说什么？说哈兰·波特是一个温柔可爱的老好人，想都不会想到要对某个与政界有瓜葛的地区检察官施加影响力，让他在凶案调查上头蒙一块黑布，好让这场凶案永远不会得到真正的调查？说他对于特里是否真的有罪也满腹疑惑，却又不准任何人动一根手指来找出真凶？说他没有动用自家报纸的政治影响力，没有动用银行账户，也没有动用那九百个整日绞尽脑汁地想要抢在他自己都还没有想清楚要怎么办的时候就揣摩出他旨意的人？说他没有安排一位听话的律师去往墨西哥——没有第二个人陪同，没有地检官办公室的人，没有市局警官——确认特里的的确确是给自己的脑袋来了一发枪子儿，而不是被某个只是为了寻乐子的印第安人用一把冒烟的枪干掉的？你家老头身家上亿，洛林太太。我不确定这笔钱他是怎么弄来的，但我百分百确定要挣来这样的钱，他非得给自己打造一个神通广大的关系网不可。他可不是什么软心肠。他是一个铁硬的硬汉。如今，你非得做一个这样的人，才挣得来那样的大钱。另外，你还得跟一些不那么光明磊落的家伙做生意。你也许不会见他们，也不跟他们握手，可他们却躲在幕后，和你做着生意。”

“你是个傻瓜，”她愤怒地说。“我受够你了。”

“哦，当然啦。我奏不出你爱听的那种音乐。我再告诉你一件事儿吧。西尔维娅丧命的当晚，特里跟你家老头儿谈过话。谈了什么？你家老头儿跟他说了什么？‘老伙计，你就乖乖地跑去墨西哥，朝自己脑袋开一枪吧。不要把家里的事情闹出去嘛。我知道我家女儿是个荡妇，也知道那一打醉鬼个个都有可能突然发飙，把她漂亮的小脸蛋儿砸成个大坑。可那是个意外，老伙计。那家伙清醒过来的时候一定会后悔的。你之前一直过着好日子，现在该是还债的时候了。我们的要求是保住波特家族那芬芳如紫丁香的声名。她之所以跟你结婚，就是为了要一个幌子。现在她死了，这恰恰是她最需要这个幌子的时候。你就是幌子。如果你现在消失，并且永不出现，那一切都好。但如果你被人发现了，那你就完了。咱们停尸房见。'”

“你真的以为，”这个黑衣女人用夹着干冰的语气问道，“我父亲会这样说话？”

我向后一仰，放肆地大笑起来。“我们可以再稍稍打磨一下字眼，如果这能让你好受一点的话。”

她收拾好了东西，滑出了座位。“我想给你一句警告，”她缓慢而凝重地对我说，“一句非常简单的警告。如果你认为我父亲是那样的人，并且四处散播你刚才向我透露的那些个想法，那你在这座城市里的职业生涯——不论是你当前的行当，还是任何一个行当——恐怕都会极其短暂，终结的方式也一定会非常突兀。”

“太好了，洛林太太，太好了。我从警察嘴里听到了这句警告，从黑社会嘴里听到了这句警告，从富家女嘴里也听到了这句警告。他们的措辞各有不同，但意思只有一个：放手吧。我来这里只是为了喝一杯兼烈，因为这是一个男人对我的请求。可现在，瞧瞧我。我一只脚已经跨进坟墓了。”

她站起身来，微微点了点头。“三杯兼烈。双份的。也许你喝醉了。”

我往桌子上放了太多的酒钱，挨着她站了起来。“而你喝了一杯半，洛林太太。干吗要喝那么多呢？难道也有一个男人请求过你，还是说这只是你自己想喝？你也开始有点管不住自己的舌头了。”

“谁知道呢，马洛先生？谁知道呢？谁又真能说清楚呢？吧台那边有个男人在观察我们。该不是你认识的某个人吧？”

我环顾四周，吃了一惊：没想到她居然能察觉。一个又黑又瘦的家伙正坐在最靠门的那张高脚凳上。

“他叫奇科·阿戈斯蒂诺，”我答道。“他是个枪手，替一个叫门奈德兹的赌场大佬干活儿。咱们过去掀翻他，跳到他身上好不好。”

“你确实喝醉了，”她飞快地抛下一句话，拔腿就走。我跟着她往外走。高脚凳上的那个家伙忽地一下转了个身，两眼看着前方。我走到和他并肩的位置，突然跨到他身后，伸手飞快地往他两只胳膊下面掏了一把。也许我确实有点喝醉了。

他恼怒地转过身来，溜下凳子。“当心点儿，小子，”他吼道。我用眼睛的余光看见她刚好在门前停下了脚步，正回头往这边瞟。

“没带枪，阿戈斯蒂诺先生？你可真够冒失的。天快黑了。万一遇上了一个凶悍的小矮人，你该怎么办？”

“滚球！”

“啊，你偷了《纽约客》里的那句词儿。”

他的嘴抽动了两下，但身体没有动作。我撇下他，跟着洛林太太出了门，来到遮阳棚下。一个灰发的黑人司机正站在那里，和负责停车场的小家伙聊着天。他抬手碰了碰帽檐，转身就走，回来的时候开来了一辆漂亮的凯迪拉克轿车。他拉开车门，洛林太太上了车。他关上车门，就像在关上珠宝盒的盒盖，然后绕到另一边的车门旁，进了驾驶座。

她摇下车窗，看着车外的我，脸上似笑非笑。

“晚安，马洛先生。一个愉快的夜晚——也许我说得不对？”

“我们狠狠吵了一架。”

“你是说你狠狠吵了一架——主要是和你自己。”

“我经常这样。晚安，洛林太太。你该不会住得离这儿很近吧？”

“不怎么近。我住在悠谷。在湖那头。我丈夫是个医生。”

“你该不会碰巧认识一个叫韦德的人吧？”

她皱了皱眉。“没错，我认识韦德夫妇。怎么啦？”

“我怎么会这么问？因为我认识的人当中只有他们俩住在悠谷。”

“我明白了。好吧，再跟你道一声晚安，马洛先生。”

她身子向后一仰，靠在椅背上，那辆凯迪拉克随即礼貌地咕隆了一声，徐徐驶离，融入了日落大道上的车流之中。

我一转身，险些和奇科·阿戈斯蒂诺撞个满怀。

“那个妞儿是谁？”他冷笑道。“还有，下次你要是再油嘴滑舌，趁早滚蛋。”

“肯定不是一个想要认识你的妞儿，”我答道。

“好吧，聪明小子。我记下车牌号了。门迪喜欢这样的细节。”

一辆汽车的车门砰的一声开了，一个个头约摸七英尺、肩宽四英尺的大个子跳下汽车，瞅了一眼阿戈斯蒂诺，然后一个箭步冲过来，单手掐住他的喉咙。

“我跟你们这群小阿飞说过多少次了：不要在我吃饭的地儿边上晃悠！”他咆哮道。

他拎着阿戈斯蒂诺摇晃了两下，一把将他甩到了街对面的一面墙上。奇科瘫倒在地，缩成一团，咳个不停。

“下次，”那个大块头吼道，“我肯定要请你吃枪子儿。相信我，小子，等到他们过来把你抬走的时候，你的手里肯定会攥着一把枪。”

奇科摇摇头，一言不发。大块头向我投来锐利的一瞥，咧嘴一笑。“美好的夜晚，”说完他就慢悠悠地踱进了维克多酒吧。

我看着奇科直起身来，恢复了几分镇定。“你的这位哥们儿是谁？”我问他。

“‘大个儿’威利·马贡，”他口齿不清地说。“一个风化组蠢蛋。他觉得自己很不好惹。”

“你是说他对这一点不是很确定？”我彬彬有礼地问道。

他眼神空洞地望了我一眼，转身走开了。我把自己的车开出停车场，启程回家。在好莱坞，一切皆有可能发生。一切。

23

一辆低车身的捷豹飞驰着绕过我面前的那座小山，然后放慢车速，免得卷起一阵花岗岩粉尘将我吞没。悠谷入口处这半英里路的路面维护很糟糕。他们好像故意如此为之，为的就是吓退那些被超级高速公路惯坏了的周日车手。我一眼瞥见一条亮丽的围巾和一副太阳镜。一只手轻松随意地向我挥着，就像一个邻居在招呼另一个邻居。这时一片尘埃飘过路面，扑在路边的灌木和被太阳烤蔫的草丛上，让那层原本就已厚厚的白色粉末又浓重了几分。我转过了那段岩石裸露的路段，路面状况旋即好了起来，一切都平整舒坦，维护良好。生机勃勃的橡树群聚在路面，仿佛正好奇地张望着来者是谁，粉头的麻雀四处蹦跳，啄食着只有麻雀认为值得啄食的东西。

这时路边出现了几棵棉白杨，但是没有桉树。接着是一片茂密的杨树林，遮掩着中间一栋白色的宅子。接着是一个在路肩上牵着一匹马走着的姑娘。她穿着牛仔裤和一件花哨的衬衫，嘴里嚼着一根细枝。那匹马看上去浑身燥热，但还没有冒汗沫，那姑娘正温柔地轻声安慰着它。一道粗石墙后面，一个园丁正推着一台割草机修建一片起伏不平的巨大草坪；远处，草地的尽头处是一个带柱门廊，隶属一栋威廉斯堡殖民地时期风格的宅第——豪宅级别的大洋房。不知是谁在什么地方用三角钢琴弹奏着左手练习曲。

接着，这一切都从我眼前一晃而过，热烈夺目的粼粼湖光映入眼帘，我开始留意门柱上的号码。我只见过韦德家一次，而且还是在夜色里。这房子白天看上去不像晚上那么大。私家车道上停满了车，于是我在路边上停了车，迈步走了进去。一个白外套的墨西哥男仆为我开了门。这是个身材修长匀称、相貌堂堂的墨西哥人，身上的外套十分贴身。看样子，这是一位每周能领五十块钱、不用累死累活当牛做马的墨西哥人。

“下午好，先生，”他开口道，然后咧嘴一笑，好像他刚刚捉弄了我一把似的。“敢问尊姓大名？”①

“马洛，”我答道，“你这是在跟谁装腔呢，坎迪？我俩通过电话，记得吗？”

他咧嘴一笑，我进了门。屋里还是老一套的鸡尾酒会，大家都在扯着嗓门嚷嚷，没人在听别人，每个人都两眼放光，手里紧紧攥着一大杯酒，仿佛那是生命之源；有人满面红光，有人面色苍白，大汗淋漓——这全都取决于他们灌了多少酒下肚，还有个人的酒量。就在这时，艾琳·韦德突然出现在我旁边，身着一件淡蓝色的衣装，看上去一点儿不赖。她手里也托着一只酒杯，但看上去那只是一个道具。

“真高兴你能来，”她语气庄重地说。“罗杰想在书房见你。他讨厌鸡尾酒会。他此刻正在工作。”

“哪怕外面这么闹腾？”

“他好像从来不怕吵闹。坎迪会为你端酒水过来的——或者，如果你情愿去吧台的话——”

“我就去吧台吧，”我说。“关于那天晚上的事情，我很抱歉。”

她微微一笑。“我想你已经道过歉了。小事一桩。”

“可不是嘛——小事一桩。”

---

① 这两句话的原文都是西班牙语。

她让脸上的笑容保持了一会儿，好有足够的时间冲我点点头，随后便转身走开了。我一眼瞥见了那个吧台，就在那边的角落里，紧挨着一扇巨大的落地窗。这种地方的周围总是人头攒动。我迈步穿过房间，尽量不和任何人撞个满怀，刚走到半道，突然听到有人开口道："噢，是马洛先生啊。"

我转过身去，看到洛林太太正坐在沙发上，紧挨着一个模样古板的男人。此人戴一副无框眼镜，下巴上有一块黑斑，可能是山羊胡。她手里托着一杯酒，一副百无聊赖的神情。他则双臂交叠坐在那里，板着面孔。

我走上前去。她冲我微笑，向我伸出手来。"这是我丈夫——洛林大夫。爱德华，这位是菲利普 · 马洛。"

山羊胡敷衍地看了我一眼，然后愈发敷衍地冲我点点头。除此之外他身体没有任何动作。他似乎正在为某些更有价值的事情节约能量。

"爱德华很累，"琳达 · 洛林说。"爱德华总是很累。"

"大夫们一般都是这样，"我说。"我能为你拿杯喝的吗，洛林太太？还有你，大夫？"

"她已经喝得够多的了，"那男人说道，眼睛看都没看我俩。"我什么也不想喝。我越是看那些喝酒的人，就越是庆幸我自己不喝。"

"回来吧，小示巴，"洛林太太如梦如幻地说。①

他转过身去，看了她一眼。我转身离开，朝吧台走去。在丈夫身边，琳达 · 洛林仿佛变了一个人。她的嗓音里透着一股刀锋似的尖利，神色中多了一分讥讽，而这两样东西她即便是在动怒的时候也不曾用在我身上。

---

① 《回来吧，小示巴》是一部 1950 年上映的电影，男女主角是一对婚姻不幸福的夫妻，丈夫是一名参加了戒酒班的酗酒者，"小示巴"是妻子的一条失踪的小狗。

站在吧台后面的是坎迪。他问我想喝点什么。

“这会儿什么都不用，多谢了。韦德先生想见我。”

“他现在有事，先生。[①] 非常忙。”

我猜我大概是不会喜欢坎迪了。我刚看了他一眼，他连忙又添了一句：“不过我会去瞧瞧的。我去去就回，先生。”

他灵巧地在人群中分出一条路来，不一会儿工夫就又回来了。“好吧，伙计，我们走，”他开开心心地说。

我跟着他沿着宅第的纵向穿过房间。他打开一扇门。我走了进去，他在我身后关上门，外面的嘈杂声一下子小了许多。这是一间位于屋角的房间，宽敞、凉爽、安静，有落地窗，窗外有玫瑰，一边的窗户上还装了一台空调机。我能看到湖水，还能看到韦德摊开手脚躺在一张淡黄色的皮质长沙发上。一张漂白的大木桌上放了一台打字机，打字机边上是一堆黄色的纸张。

“马洛，你能来真好，”他懒洋洋地说。“随便坐吧。刚才喝了两杯？”

“还没呐。”我坐了下来，看着他。他的面色还是有点苍白憔悴。“写作进展如何？”

“挺好，只是我太容易疲劳了。四天的宿醉这么难消，真是遗憾。通常我宿醉过后的创造力是最棒的。干我这一行的都很容易思路发僵，死板得像木头。那样的话，就写不出来好东西了。好东西都是轻轻松松一气呵成的。所有跟我的经验相左的说法，不论你是从哪本书上读到的还是从哪个人嘴里听说的，统统都是胡说八道。”

“这恐怕也得看是哪个作家了，”我说。“福楼拜写作的时候并不轻松，可他写出来的也是好东西。”

“好吧，”韦德边说边坐了起来。“这么说，你读过福楼拜，那你就是

---

① 原文是西班牙语。下文中所有用仿宋体标示的坎迪的对白都对应着西班牙语原文。

一个知识分子，一个批评家，一个文学界专家了。”他揉了揉额头。“我正在戒酒，这感觉真恨人。我恨每一个手里拿着一杯酒的人。可我还得过去，跟那些讨厌鬼微笑。他们中的每一个都知道我是个酗酒者。于是，他们开始猜测我究竟在逃避什么。某个追随弗洛伊德的混蛋让这句话被所有人都挂在了嘴边上。如今就连十岁小孩儿都知道了。要是我有一个十岁的小孩儿——幸好我没有——这小屁孩这会儿肯定也要问我：“爸爸，你喝醉的时候究竟是在逃避什么？”

“就我所知，你这种状况是最近才有的，”我说。

“最近愈发严重了，但我这人一向离不开酒瓶子。年轻的时候，遇到点不好受的状况，你挺一挺也就过去了。等到你奔四十了，可就没法再这么挺过去了。”

我身子向后一仰，点了支烟。“你见我有什么事吗？”

“你觉得我在逃避什么，马洛？”

“不知道。我没有足够的信息。再说了，每个人都有点需要逃避的事情。”

“可不是每个人都会把自己灌醉。你又在逃避什么呢？你的青春岁月，还是负疚的良心，抑或是某种自我认知：你只是一个不起眼的行当里的一个不起眼的从业者？”

“我明白了，”我说。“你想要找个人来侮辱。开火吧，哥们儿。等我感觉到疼痛时，我会告诉你的。”

他咧嘴一笑，抚弄着他那头浓密的鬈发。他伸出食指，戳了戳自己的胸膛。“马洛，你眼前的这位就是一个不起眼的行当里的一个不起眼的从业者。所有的作家都是小混混，而我就是混混里的混混。我迄今为止写了十二部畅销书，如果我有朝一日能完成桌子上的那堆大乱炖，那我说不定就能写出十三本来。你要是用大炮把它们轰到地狱里去，这十三本当中没有一本配得上那个火药钱。我在一片闲人莫进的小区里有一个可爱的家，小区属于一个闲人莫进的百万富翁。我有一个可爱的妻子，她爱我；还有一个可爱的出版人，他也爱我；而最爱我的还是我自己。我是个自我本位的混球儿，一个文学娼妓或是文学皮条客——随便你用什么词——一个彻头彻尾的卑鄙之徒。那么，你能为我做些什么？”

“什么？”

“你怎么不生气呢？”

“没什么可生气的。我只是在听你表达自我厌恶。这挺无聊的，但并不会伤害我的感情。”

他粗鲁地哈哈一笑。“我喜欢你，”他说。“我们喝一杯吧。”

“这里不行，哥们儿。只有你我两个人的时候不行。我可不想看着你喝下第一杯。没人阻止得了你，我猜也没人愿意阻止你。可我没有义务非要帮你。”

他站起身来。“我们不在这里喝。我们出去，瞧一眼这群精英人士吧。等到你手头挣够了脏兮兮的臭钱，住进了他们安居的地方，这些就是你结识的人。”

“听着，”我说。“够了。别扯了。他们跟其他人没有什么两样。”

“没错，”他语气怪怪地说，“可他们应该有所不同才是。不然的话，他们还有什么用处呢？他们可都是县里有头有脸的人物啊，却不比一帮子灌了一肚皮廉价威士忌的卡车司机好到哪儿去，甚至还比不上卡车司机。”

“够了，”我又说了一遍。“你想把自己灌倒，那就灌吧。可别拿那群人出气——他们就算把自己灌倒了，也不用躲进瓦伦杰大夫的小屋里，更不会脑袋一昏，把太太扔下楼梯。”

“没错，”他说道。突然之间，他平静了下来，一副若有所思的神情。“你通过测试了，伙计。上我这儿来住上一阵子怎么样？哪怕仅仅是待在这里，你就能让我受益匪浅。”

“我看不出我怎么能有这样的本事。”

“可我看得出。你给我待在这里就行了。一千块钱一个月，你看怎么样？我醉酒的时候非常危险。我不想成为危险人物，我也不想醉酒。”

“我阻止不了你。”

“试三个月吧。到时候我就写完这本该死的书了，远走高飞逍遥一阵子去了。我要在瑞士群山中找个地方躲起来，净化一下自己。”

“那本书，是吗？你真的非得拿这笔稿费不可？”

“不。只是一件事情我一旦开头，就非得完成不可。如果我不完成，那我就完了。我是以一个朋友的身份在请求你。你为伦诺克斯做的可比这多多了。”

我起身走到他跟前，狠狠地瞪着他。“是我让伦诺克斯送了命，先生。是我让他送了命。”

“嗨。别对我心软，马洛。”他用手在喉咙那儿比划了一道线。“我都快被身边的软心肠淹到这里了。”

“软心肠？”我问道。“还是说，仅仅是善良？”

他后退了一步，在沙发沿上绊了一下，但没有失去平衡。

“去你的，”他语气平稳地说。“没门儿，你休想。当然，我不怪你。我也有我想知道的事，有我必须知道的事。你不知道那是什么事，我也不确定我自己知道。我唯一肯定的就是**有**这么一件事，而我必须知道。”

“关于谁的？你太太？”

他的两片嘴唇叠在了一起。“我想是关于我的，”他说。“我们还是去喝一杯吧。”

他走到门口，甩开门，我们走了出去。

如果他刚才的目的就是要让我难受，那他的手段可真是高明极了。

24

他刚一拉开门，从客厅传来的声浪就在我们的脸上炸开了花。那里似乎比刚才更闹腾了，好像刚才闹得还不够似的。从这股闹腾劲儿判断，酒又过了两巡。韦德到处跟人打招呼，那些人见到他似乎也都乐呵呵的。不过，到了这个时候，就算是见到了扛着定制冰镐的“匹兹堡菲尔”①，他们也会乐呵呵的。生活不过是一场大型歌舞杂耍秀。

在去吧台的路上，我们和洛林大夫两口子打了个照面。大夫起身上前，直面韦德。他的脸上满是憎恶，神色近乎病态。

“很高兴见到你，大夫，”韦德和和气气地说。“嗨，琳达。这阵子你躲哪儿去啦？不对，这个问题好像很愚蠢。我——”

“韦德先生，”洛林的嗓音有些发颤，“我有句话要跟你说。一句非常简单，但我希望能够一锤定音的话。离我太太远点儿。”

韦德用奇怪的眼神看着他。“大夫，你累了。你也没喝酒。我来给你弄一杯吧。”

“我不喝酒，韦德先生。这你清楚得很。我来这里只有一个目的，而我也已经表述了这个目的。”

“好吧，我想我明白你的意思了，”韦德说道，声音依然很和气。“既然你是我家里的客人，那我也就不多说什么了，只想说一句：我觉得你有一点点不对劲。”

周围人群的说话声立刻小了下来。这些姑娘小伙儿的耳朵尖着呐。一场大制作的好戏。洛林大夫从口袋里掏出一副手套，捋直了，捏住指尖那头，然后狠狠地抽在了韦德的脸上。

---

① “匹兹堡菲尔”，原名哈利·斯特劳斯，1930 年代的一名臭名昭著的职业杀手，冰镐是他钟爱的凶器之一。

韦德的眼睛都没有眨一下。“带上手枪和咖啡，黎明时分见？”[1]他平静地问道。

我看着琳达·洛林。怒火将她的脸烧得通红。她缓缓起身，面对大夫。

“上帝啊，你的戏演得太过头了，亲爱的。别再扮演傻瓜了，好吗，亲爱的？还是说，你宁肯继续在这里晃悠，直到有人抽你一耳光？”

洛林忽地转过身去，举起了手套。韦德上前一步，挡在他跟前。“别激动，大夫。我们这儿都只在私下里打老婆。”

“如果你说的是你自己，那我早已有所耳闻，”洛林冷笑道。“我可不需要你来给我上礼貌课。”

“我只接受有前途的学生，”韦德说。“你那么急着要走，真遗憾。”他提高了嗓门儿。“坎迪！这位洛林大夫现在就走！”说完他忽地转身面向洛林。“你大概不懂西班牙语，大夫。那句话的意思是：门在那边，慢走不送。”他伸手一指。

洛林一动不动地瞪着他。“我警告过你了，韦德先生，”他冷冷地说。“不少在场的人都听到了我的话。我不会再警告你第二遍了。”

“千万不要，”韦德粗鲁地说。“如果你非要不可，那至少选择在某个中立区发你的警告吧。那样我能多一点采取行动的自由。对不起，琳达。但你毕竟嫁给了他。”他轻轻地揉搓着面颊上被手套结结实实抽中的地方。琳达·洛林在苦笑。她耸了耸肩。

“我们走，”洛林说。“来吧，琳达。”

她又坐了下来，伸手拿起酒杯。她瞥了丈夫一眼，眼神中满是沉默的鄙视。“你走，”她说。“你还有好几个病人要拜访，不记得了吗？”

“你跟我一起走，”他怒不可遏地说。

---

① 指决斗。

她转过身去，背对着他。他猛地伸出手来，一把捏住她的胳膊。韦德抓住他的肩膀，拽得他在原地打了个转。

“放松，大夫。有得必有失嘛。”

“你给我把手拿开！”

“没问题，你放松就好，”韦德说。“我有一个好主意，大夫。你为什么不去找一位好大夫看看呢？”

有人哈哈大笑起来。洛林身体紧绷，像一头随时准备跃起的野兽。韦德感觉到了这一点，于是潇洒地转过身去走开了。这下，洛林大夫可就下不来台了。如果他追着韦德不放，那他一定会显得比现在的模样还要傻。他唯一的选择就是离开，而他也正是这样做的。他毅然决然地快步穿过房间，两眼直视正前方，径直来到门口，坎迪正为他把着门。他跨了出去。坎迪面无表情地关上门，回到吧台后面。我走过去，问他要了杯苏格兰威士忌。我没看到韦德的去向。他凭空消失了。我也没有看到艾琳。我转过身去，背对房间，任凭那锅热油在那里嗞嗞作响，只管喝我的威士忌。

一个发色暗褐，前额上箍着一条饰带的小个子姑娘突然从我身边冒了出来，把酒杯往吧台上一搁，打了个嗝儿。坎迪点点头，又给她调了一杯酒。

小个子姑娘转向我。“你对共产主义有兴趣吗？”她问我。她眼神恍惚，一条红舌在唇间游走，仿佛是在搜寻一粒巧克力屑。“我认为每个人都应该关注共产主义，”她继续说道。“可每次你找这里的那些个男人问话，他们都只想拿爪子摸你。”

我点点头，目光越过手里的杯子，落在她的朝天鼻和被太阳晒得开裂的皮肤上。

“不过，只要他们的功夫好，我倒也并不十分在意，”她告诉我，一边伸手去拿那杯刚调制的酒。她一气喝了半杯，嘴张得磨牙都露了出来。

“别对我抱希望，”我说。

“你叫什么？”

“马洛。”

“有e还是没e？”

“有e。”①

“啊，马洛，”她吟道。“一个哀伤又美丽的名字。”她放下眼看就要见底的酒杯，然后闭上眼，仰起头，伸开双臂，差点没打中我的眼睛。她用饱含深情的语调朗诵道：

“难道就是这张面庞，召出了千艘战船，

焚毁了伊利昂的无顶塔？

甜美的海伦，用一个吻令我不朽。”②

她睁开眼睛，抓起酒杯，朝我眨眨眼。“这段写得挺不错啊，老兄。最近又有什么诗作吗？”

“最近写得不多了。”

“你可以吻我，要是你愿意的话，”她忸怩地说。

一个穿山东绸背心和开领衬衫的伙计从她身后走了上来，越过她的头顶朝我咧嘴一笑。他留着一头红色的短发，一张脸活像瘪成一团的肺。我没见过比他更丑的人了。他拍了拍那个小不点姑娘的头顶。

“来吧，小猫咪。该回家了。”

她冷不丁地朝他抛去一通怒气冲冲的责骂。“你是说，你又要给该死的球根秋海棠花浇水了？”她吼道。

“喂，听着，小猫咪——”

---

① 马洛（Marlowe）。

② 出自《浮士德博士的悲剧》，第六幕，克里斯托夫·马洛（Christopher Marlowe）著。

"把你的手拿开，你这个该死的强奸犯，"她尖叫起来，把杯子里剩下的酒水全泼在了他脸上——剩下的也并不多，不过一茶匙外加两块冰。

"上帝啊，宝贝儿，我是你丈夫，"他也冲她吼道，一面抓起一块手帕擦脸。"明白吗？你丈夫。"

她剧烈地抽泣起来，扑进他的怀里。我迈步绕过他们，离开了那里。所有的鸡尾酒会都一个样，甚至连对话都一样。

韦德的大房子这时开始像漏水一样将客人们释放进傍晚的空气中。人声渐息，汽车发动，告别声像皮球一样弹来弹去。我走到落地窗边，抬腿迈了出去，来到窗外铺着石板的露台上。地面呈缓坡向湖面倾斜，湖水平静得就像一只睡着的猫咪。湖边有一段短短的木制突码头，一条小划艇用一根白色的缆绳系在码头上。靠近对岸的水面上——说是对岸，其实也近在眼前——一只黑水鸡正在划出慵懒的弧线，就像在溜冰。水面几乎都没有因此泛起涟漪。

我在一张铝制躺椅上伸直身子躺下，点了只烟斗，静静地抽着烟，寻思着自己究竟来这儿做什么。罗杰·韦德似乎挺能自控的，只要他想自控。他面对洛林时表现得挺好。如果刚才他照着洛林的小尖下巴来上一拳头，我是一点儿也不会吃惊的。按规矩来讲，他真要那样做的话当然是失礼的，但洛林失礼失得简直就没谱了。

如果这年头规矩还有任何意义的话，那你无论如何都不该当着满屋子人的面威胁一个男人，再拿手套抽他的脸，与此同时你的妻子就站在你身边，而你就差没直说她在脚踩两只船了。考虑到他前一阵子刚刚狠灌了一通烈酒，整个人还摇摇晃晃的，韦德的表现真不赖。岂止是不赖。当然，我没看见过他醉酒的样子。我不知道他醉酒的时候是什么嘴脸。我甚至不知道他是否当真是个酒鬼。这两者之间的区别可大着呢。一个偶尔喝高的男人依然和清醒时的他是同一个人。一个酒鬼，一个真正的酒鬼，则完完全全变了个人。你根本无法对他作出任何预测，除了一点：他肯定会变成一个你以前从未见过的人。

轻盈的脚步声在我背后响起，艾琳·韦德穿过露台来到我身边，挨着一张躺椅的边沿坐下。“刚才有何感想？”她轻声问道。

“关于那位手套没戴牢的先生吗？”

“哦，不是的，”她皱皱眉，旋即哈哈大笑。“我讨厌看别人上演如此夸张的情节剧。这倒不是说他不是位好大夫。可他当着悠谷里半数男人的面演了那出戏。琳达·洛林可不是什么荡妇。她模样不像，谈吐不像，举止也不像。我不明白洛林大夫怎么会表现得好像她是荡妇似的。”

“说不定他是个戒了酒的酒鬼，”我说。“他们中的许多人都变成了清教徒。”

“有可能，”她应道，目光投向湖面。“这地方很宁静。你大概会以为作家在这里再开心不过了——如果这世上真有什么地方能让作家开心的话。”她别过头来看着我。“这么说，你就是不愿意答应罗杰的请求了。”

“那样做一点意义都没有，韦德太太。我什么也做不了。这话我以前就说过了。我没法确定能够在必要的关头在场。事实上，我只有每时每刻都在场才行。而那是不可能的，就算我没有别的事情也办不到。比如说，假设他突然发狂，那事发就只在一瞬间。而我到目前为止都没有看到任何他会发狂的迹象。在我看来，他似乎很靠谱。”

她低头看着自己的双手。“如果他能写完这本书，我想事情就会往好里发展的。”

“这我可帮不上忙。”

她抬起头，把手搭在身边那张躺椅的边沿上，身体微微向前靠了靠。“只要他觉得你行，你就行。这就是事情的关键所在。莫非你不情愿在我们家做一位领着薪水的客人？”

“他需要一位精神科大夫，韦德太太。如果你认识一位不是骗子的精神科大夫的话。”

她看上去吃了一惊。“精神科大夫？为什么？”

我把烟斗里的烟灰磕了出来，手拿烟斗坐着，等它凉了再收起来。

“你真要听一个外行的看法，那我就说啦。他觉得自己的意识里埋藏着一个秘密，一个他无法破解的秘密。那也许是关于他自己的一个阴暗的秘密，也许是关于别人的。他觉得正是这件事让他酗酒，因为他破解不了这个秘密。他也许觉得，不论发生过什么事，那都是在他醉酒的时候发生的，所以他也应该能够在醉鬼们的去处搞明白这件事——真正的醉鬼，就像他那种喝法。这就需要一个精神科大夫来帮他了。这猜测听上去还算靠谱。如果不是这样的话，那他就纯粹是因为想酗酒而酗酒了，或者是因为他控制不住自己，而那个所谓的秘密就只是他的借口。他没法继续写他那本书了，或者至少是没法完成——因为他酗酒。换句话说，这里头的假设是，他写不完这本书是因为他把自己喝晕了。而这句话也可以反着说。”

“哦，不是这样的，”她说道。“不。罗杰很有才华。我完全确信，他的巅峰之作尚未问世。”

“我跟你说了，这只是一个外行的看法。那天早上你跟我说过，他可能已经不爱自己的妻子了。这又是一句可以反着说的话。”

她朝房子那边投去一瞥，然后转过身来，背对房子。我也朝同样的方向望了一眼。韦德正站在门后面，看着门外的我们。接着他在我的注视下走到吧台后面，伸手拿了一瓶酒。

“试图插手干预是没有用处的，”她语速很快地说。“我从不这样做。从不。我想你说得对，马洛先生。我们别无他法，只能等着他自己从酒瘾中走出来。”

烟斗凉了，我把它收了起来。“既然我们现在就是在黑暗中瞎摸，那为什么不把那句话反过来说说看呢？”

“我爱我丈夫，”她简简单单地说。“也许不是小姑娘的那种爱法。但我爱他。一个女人只能做一回小姑娘。那时我爱的那个男人已经死了。他在战争中死去了。奇怪得很，他名字的首字母跟你的一样。如今这一切都已经不重要了——只是，有时我不敢相信他真的死了。他的尸体一直没有找到。可许多人都有同样的遭遇。”

她用探寻的目光看了我好长一会儿。“有时——当然了，这种情况并不多——我走进一家安静的鸡尾酒廊，或是夜深人静时一家高档旅馆的大堂，或是清晨抑或深夜时分在一条邮轮的甲板上漫步，我觉得自己或许会看到他在某个阴暗的角落里等着我。”她顿了一下，垂下目光。“这很傻。我为此感到羞愧。我们那时爱得很深——那种狂野神秘、不可思议的爱，一生当中只有一次。”

她不再说话，只是坐在那里，半是出神，半是清醒，目光投向远处的湖面。我回头望向那栋房子。韦德刚好站在那扇敞开的落地窗里面，一只手里托着一只酒杯。我又转过头来，看着艾琳。对她而言，我已经从那里消失了。我起身进了屋。韦德端着酒站在那儿，那杯酒看上去非常沉。他的眼神似乎也不太对劲。

“你跟我太太厮混得怎么样，马洛？”说这话时他嘴角抽动了一下。

“我没勾引她，如果你想说的是这个的话。”

“这恰恰是我想说的。那天晚上你吻到了她。你大概自以为是个泡妞高手呢，可你这是在浪费时间，伙计。哪怕你道行够的话也没戏——何况你不够。”

我想要从他身边绕开，可他用坚实的肩膀挡住了我的去路。“别急着走，老伙计。我们想要你待在这儿。我们家鲜有私家侦探出没。”

“而我恰是多余的那个，”我说。

他举起酒杯，喝了一口。放下杯子的时候，他挑衅地向我使了个眼色。

“你应该再给自己一点时间来增强抵抗力，”我告诉他。“全是空话，是吧？”

“行啦，教练。你可真会培养人格啊，是不是？你那么聪明，应该知道试图教育一个酒鬼是在做无用功。酒鬼是不堪教育的，我的朋友。他们只会崩溃。这一过程的一部分还挺有乐趣的。”他又从酒杯里喝了一口，几乎把它喝干了。“而另一部分可就糟糕透顶了。不过，援引好大夫洛林的一句闪亮的名言：离我老婆远点——顺便说一句，洛林真是个提着小黑包[①]的混蛋中的混蛋。是的，你肯定会扑向她。他们全都这样。你想和她睡觉。他们全都想。你想分享她的梦，嗅一嗅她那朵记忆的玫瑰。也许我也想。可那里根本没有什么可分享的，老弟——没有，没有，没有。你只是孤身一人在黑暗里摸索。”

他喝完了杯中酒，将杯子倒过来拿在手里。

“就像这杯子一样空洞，马洛。那里空无一物。我最清楚不过了。”

他把酒杯搁在吧台的桌沿上，步伐僵硬地走到楼梯边。他往上爬了几步，手扶着护栏，然后突然停下脚步，身子倚靠在上面。他低头看着我，苦涩地咧嘴一笑。

“原谅我这句毫无新意的嘲讽，马洛。你是个好人。我可不想让你遭遇任何不幸。”

“什么样的不幸？”

“也许她还没来得及施展她那摄人魂魄的魔法吧——她的初恋，那个在挪威失踪的家伙。你可不想失踪，对不对，老兄？你是我的专属私家侦探。当我迷失在赛普尔韦达谷的野性壮美之中时，是你找到了我。”他用手掌在抛光的木头扶手上划着圆圈。“你要是也把自己弄丢了

---

① 《小黑包》，一则发表于1950年的短篇科幻小说，说的是一个酗酒的医生意外捡到了一个来自未来的小黑包，包里装的是一套高度自动化的未来医疗器械。

的话，就像那个进了英国佬军队的伙计[①]，那我的心都要碎了。那家伙失踪得是如此彻底，有时我不禁在想，他究竟是否真的存在过。你会揣测，她是不是凭空创造出了这么一个人物来当作玩具？”

“我哪知道？”

他低头看着我。他的两眼之间这时现出了几道深深的沟壑，他的嘴被苦涩扭曲了。

“谁都不知道。也许她自己都不知道。宝贝儿累了。宝贝儿玩破玩具玩得太久了。宝贝儿要说再见了。”

他沿着楼梯爬了上去。

我站在那里，知道坎迪走了进来，开始收拾吧台，把酒杯放进托盘，检查酒瓶，看看里面还剩下点啥，完全没有注意到我。或者，那只是我的一厢情愿。这时他开口了：

“先生。还剩一杯好酒。浪费了，可惜。”他举起一只酒瓶。

“你喝了它。”

“感谢，先生，可我不喜欢。一杯啤酒，再多不行。一杯啤酒是我的上限。”

“聪明人。”

“一个家里有一个酒鬼就够了，”他说道，两眼紧盯着我。“我英语说得好，对不？”

“当然了，很好。”

“可我用西班牙语思考。有时我用尖刀思考。老板是我的人。他不需要任何帮助，朋友。我照顾他，明白？”

“你的表现太棒了，小流氓。”

“婊子养的[②]，”他从两排大白牙的牙缝中挤出这几个字来。他举起

---

① 1940 年，英军远征军曾在挪威与纳粹德国交战。当时，美国尚未参战。

② 一句西班牙语的脏话，“婊子”(flauta) 一词的字面意思是笛子。

放满杯子的托盘，甩上肩头，用手掌托住，一副餐厅服务生的派头。

我走到门口，推门出去，一边寻思着“笛子的儿子”这样一种表达方式怎么会在西班牙语中成了一句骂人话。我没有寻思太久。我有太多别的事情要寻思了。韦德家的问题不仅仅是瓶中物。酒只不过是一种经过伪装的反应表现。

当天夜里晚些时候，大概在九点半到十点间的样子，我拨通了韦德家的号码。铃响了八通后，我挂上了电话，可我刚把手从话筒上拿开，电话那头就打了过来。是艾琳·韦德。

“刚才有人打来电话，”她说。“某种直觉告诉我，那个人也许就是你。我刚刚准备去淋浴。”

“是我，但不是什么要紧事，韦德太太。我走的时候，他似乎有一点神志不清——我是说罗杰。我想我似乎已经对他产生了些许责任感。”

“他这会儿挺好的，”她说。“已经在床上睡熟了。我猜洛林大夫对他的刺激比他表现出来的要严重。他肯定跟你说了一大通胡言乱语吧。”

“他说他很累，想上床睡觉。在我看来，这话非常明智。”

“如果他只说了这些，那我同意。那好吧，晚安，马洛先生，谢谢你打电话来。”

“我没说他只说了这些。我说的是，他说过这些。”

她沉默了片刻，随即开口道：“每个人都时不时地会有些荒唐的想法。别把罗杰的话太当真，马洛先生。毕竟，他拥有高度发达的想象力。这也是件很自然的事。刚刚经历了上次那件事，他不该那么快就又喝酒的。请您务必忘记他说过的一切。我猜他一定对您十分粗鲁，而且还说了许多不该说的话。”

“他对我一点儿也不粗鲁。他的话非常有道理。您的丈夫是一个能够严格审视自我，认清自我的男人。这可是一种不常见的禀赋。大多数人终其一生都会把一半的精力耗费在呵护一种他们从未拥有过的尊严上。晚安，韦德太太。”

她挂上了电话，我摆好了棋盘。我装了一只烟斗，检阅了兵卒，看看他们有没有留法国胡，纽扣扣没扣紧，然后下了一场戈尔恰科夫和米聂金之间的锦标赛——七十二步，以和局告终，无坚不摧的矛遇上不可撼动的盾的一个完美范例，一场没有铠甲的战斗，一场没有流血的战争，一种对人类智力的纯粹浪费，其繁复精妙是你在广告公司之外的任何地方都见不到。

25

随后的一周风平浪静，我继续着我的生意，只是这会儿我的生意碰巧并不是特别多。一天上午，卡恩代理的乔治·彼得斯给我打来电话，告诉我说他前一阵子碰巧路过赛普尔韦达谷，出于好奇他顺便进了瓦伦杰大夫的地界看了看。可瓦伦杰大夫已经不在那儿了。六七支土地测量队正在给那片地绘图，以便分割地块作地产开发。他问了几个人，可他们都没听说过瓦伦杰大夫。

“那条可怜虫给人用信托契据把地收走了，”彼得斯说。“我查过了。为了节省时间和费用，他们出价一千块钱，买了他的放弃产权声明。这会儿，不知是谁正在把那地方分割成小块作住宅区开发呢，这生意能让他净赚一百万。这就是犯罪和生意之间的区别。做生意你得有资本。有时候我想，这可能是唯一的区别。”

“多么愤世嫉俗的话语啊，”我说，“可上档次的犯罪活动也需要资本。”

“那资本又在哪儿呢，老兄？肯定不从那些打劫外卖酒铺的伙计口袋里来。拜拜了。回头见。”

韦德给我打来电话的时候，正是周四晚上十一点差十分。他的嗓音含混，说话都不连贯，可我还是分辨出了那是他的声音。我还能听见电话那头传来短促沉重的呼吸声。

“我状况很糟，马洛。非常糟。我快把持不住自己了。能不能麻烦你马上赶过来？”

“没问题——可我得先和韦德太太说两句。”

他没有回答。只听见砰的一声响，接着是一阵死寂，随即又是一阵乒乒乓乓的闹腾。我朝话筒里喊着话，却没有应答。时间一分一秒过去。最后，随着一声轻轻的咔哒声，那头的话筒挂上了，只听见开放线路的嗡嗡声。

我在五分钟内出了门，只花了半个小时多一点点的时间就赶到了那里，我直到现在也不清楚自己是怎么做到的。我像插了翅膀似的飞过谷口，上了文图拉大道，面对红灯不管不顾地左拐弯，在卡车群中穿插躲闪，总之就是丑态尽出。我以六十码的车速通过恩西诺，车头大灯照着停靠在路边的一排汽车的车体外沿，这样万一有人突然钻出，强光也能让他当场动弹不得。我的运气好得出奇，一个人只有在对一切都满不在乎的时候才能有这样的运气。没有警察，没有警笛，没有闪烁的红灯。只有一幕幕想象中的场景——韦德家中此刻正发生着什么，而这样的想象并不十分令人愉悦。她独自一人跟一个醉酒的疯子待在家里；她躺在楼梯脚下，脖子断了；她躲在一扇上锁的门后面，某人正在门外大吼大叫，想要破门而入；她赤着脚，在月光下的路面上奔跑，一个大块头的男黑鬼举着一把切肉刀在后面紧追不舍。

可真实情况根本不是这样。当我一个急转弯，把那辆奥尔斯拐进他们家的车道时，她就站在敞开的大门后面，嘴里衔着一支烟。我下了车，踩着铺路石板朝她走去。她穿着一条宽松裤和一件开领的衬衣。她平静地看着我。如果说这里的空气中有一丝悸动的氛围，那它的源头也一定是我。

从我口中说出的第一句话就和我其余的举止一样疯癫。“我还以为你不抽烟呢。”

“什么？哦，我一般不抽。”她抽出那支烟，看了看，然后扔在地上，踩了上去。“偶尔吧。他刚才给瓦伦杰大夫打了电话。”

她的声音悠远、平和——那是一种从夜色中的水面上传来的声音。你听到是彻底的放松。

“不可能，”我说。“瓦伦杰大夫已经不住那儿了。他给我打了电话。”

“喔，是吗？我刚刚听到他在打电话，求某人赶快过来。我还以为那个人是瓦伦杰大夫呢。”

“他这会儿在哪儿？”

“他摔倒了，”她说。“他一定是椅子后仰得失去平衡了。他以前也这么干过。脑袋在什么东西上割破了。流了点血，但不多。”

“哦，那还算好，”我说。“我们可不想面对一大摊血。他这会儿在哪儿？我刚才就问你的。”

她凝重地看着我，然后伸手一指。“在那边的不知什么地方。要么是在路边，要么是在篱笆边的灌木丛里。”

我身子向前一探，两眼紧盯着她。“上帝啊，你没有去找他吗？”我这时已经认定，她其实是受惊了。然后我回头望去，目光越过草坪。我什么也没有看见，但篱笆边似乎有道浓重的黑影。

“不，我没有找他，”她相当平静地说。“你去找他。我已经受够了。我已经不止是受够了。你去找他。”

她转身走回屋里，任由门敞开着。她没有走几步路。进了门，只走了一码远，她突然就那么瘫倒在了地上。浅色的长鸡尾酒桌对面有两张长沙发，我一把抱起她，让她伸开手脚在其中一张上躺下。我为她把了把脉，感觉她的脉搏并不十分微弱，也不算紊乱。她的眼睛闭着，嘴唇发青。我留下她独自待在那里，转身出了门。

他确实在那儿，没错，就像她说的那样。他侧身躺倒在木槿投下的阴影中。他的脉搏跳得又快又重，呼吸也不太自然，后脑勺上黏糊糊的。我跟他说话，晃了晃他。我用力拍了拍他的脸。他咕哝了两声，但没有醒。我拖着他坐起来，把他的一只胳膊拽过我的肩头，背对着他将他提起，然后伸手去抓他的一条腿，但没能成功。他沉得就像一大块混凝土。我俩一起坐倒在草地上，我喘了一会儿气，又试了一次。最后，我终于用肩负法背起了他，艰难地穿过草坪，朝敞开的正门走去。这段路长得就像去了趟泰国又走回来似的。门廊前的两级台阶有十英尺高。我踉踉跄跄地走到沙发边，双膝跪地，把他往上面一推。当我再次直起身来时，我的脊椎疼得好似断裂了至少三处。

艾琳·韦德已经不在那儿了。房间里只有我一个人。此刻我真是累得够呛，也没力气去管别人上哪儿去了。我看了看他的脑袋——上面满是血污。他的头发都被血沾染得黏糊糊的。伤情看起来并不严重，但头上的创伤一向都不好说。

就在这时，艾琳站在了我的身边，用那种悠远的神情平静地看着他。

"不好意思，刚才我晕倒了，"她说。"我也不知道为什么会这样。"

"我看我们最好叫一个医生来。"

"我给洛林大夫打了电话。你瞧，他是我的私人医生。他不想来。"

"那就换个人试试吧。"

"哦，他会来的，"她说。"他不想来。但他还是会以最快的速度赶过来。"

"坎迪在哪儿？"

"今天他休息。星期四。厨子和坎迪都在星期四休息。这是我们家的惯例。你能把他扶上床吗？"

"没人帮忙可不行。最好弄一条围毯或是毛毯来。今晚很暖和，可这样的伤情很容易发展成急性肺炎。"

她说她这就去拿一条围毯来。我心想，她可真是太好了。可我当时的思维并不十分敏锐。背他进门可把我累得够呛。

我们往他身上盖了一条船用毛毯，十五分钟后，洛林大夫赶到了，全套行头一样不缺：浆过的衣领、无框眼镜，还有他那副神情，就好像被人叫来收拾一条病狗似的。

他检查了韦德的脑袋。“一处表面割伤和瘀伤，”他说。“没有发生脑震荡的可能性。我想，他的呼吸应该足以说明他的问题了。”

他伸手抓起帽子，然后拎起提包。

“替他做好保暖，”他说。“你们可以轻轻地为他清洗头部，除去血污。他睡一觉就好了。”

“我没法一个人把他背上楼，大夫，”我说。

“那就让他待在那里吧，”他用毫无兴趣的眼神看着我。“晚安，韦德太太。如你所知，我不收治酗酒者。就算我收治，你的丈夫也不会成为我的病人。我想你一定能理解这一点。”

“没人请你收治他，”我说。“我只是请你帮我把他抬进卧室，我才好给他脱衣服。”

“你是哪位？”洛林大夫冷冰冰地问道。

“我叫马洛。一星期前我来过这儿。你太太跟你介绍过我。”

“真有趣，”他说。“你又是通过什么样的渠道认识我太太的呢？”

“见鬼，那又有什么关系呢？我只不过是想要——”

“你想要什么，我一点儿都不感兴趣，”他打断了我的话。接着他转向艾琳，草率地点点头，迈步朝门外走去。我挡在他和那扇门之间，背对着门。

“稍等片刻，大夫。你一定是好久没有扫过一眼那篇叫《希波克拉底誓言》的文字了。这个人刚才给我打了个电话，我住的地方离这儿可不太近。他听上去状况很不好，于是我违反了本州的每一条交通法规，火速赶到了这里。我发现他倒在了地上，于是把他背了进来——相信我，他可不是一捧轻飘飘的羽毛。这会儿男仆不在，所以没人帮我把他扛上楼。你对眼下的情形有什么看法？”

“别挡我的道，”他咬牙切齿地说。“不然我就给县警察分局打电话，让他们派一个县警过来。作为一名职业人士——”

“作为一名职业人士，你就是一把跳蚤屎，”说完我给他让开了道。

他的脸红了——过程缓慢但清晰。他被自己的戾气呛住了。然后他推开门，跨了出去，小心翼翼地带上门。关门的时候，他朝屋里看了我一眼。那是我迄今为止碰上的最凶恶的眼神，那张脸也是我迄今为止见过的最凶恶的脸。

我从门口转过身来，艾琳正对着我微笑。

“什么东西这么好笑？”我没好气地说。

“你。你从不在乎自己对别人说什么，对不对？你不知道洛林大夫是谁吗？”

“知道——我还知道他是个什么样的货色？”

她瞥了一眼腕表。“坎迪这会儿应该回家了，”她说。“我去看看。他在车库后面有一间房间。”

她穿过一道拱门走了出去。我坐了下来，看着韦德。这位大作家这会儿继续打着呼噜。他的脸上汗津津的，可我没有把他身上的毯子拿开。一两分钟后，艾琳回来了，身边跟着坎迪。

26

墨西哥佬身穿一件黑白格子的运动衬衫，一条满是褶裥的黑色宽松裤，没系腰带，脚蹬一双黑白两色、一尘不染的鹿皮鞋。他那头浓密的黑发向后梳着，油光水滑，像是抹了发油或是发乳。

"先生，"说完，他充满讽刺意味地草草鞠了一躬。

"帮马洛先生抬我丈夫上楼，坎迪。他摔了一跤，受了点轻伤。不好意思，麻烦你了。"

"没关系，太太，"坎迪微笑着答道。

"我想我可以说晚安了，"她对我说道。"我累坏了。你需要什么，坎迪会拿给你的。"

她缓缓地上了楼。坎迪和我目送着她。

"真是个美人儿，"他神秘兮兮地对我说。"今晚你留下？"

"怎么可能！"

"真可惜。那位女士，她很孤独。"

"眼睛里别再闪贼光了，小子。我们把这位抬上床吧。"

他哀伤地看着在沙发上打呼噜的韦德。"小可怜，"他喃喃地说，听他的语气仿佛是真心实意的。"烂醉如泥。"

"他也许醉得像头猪，可他实在是一点儿也不小，"我说。"你抬脚。"

我们把他抬了起来。尽管有两个人，可他依然沉得像副铅打的棺材。到了楼上，我们沿着一层敞开的露台继续向前，经过一扇紧闭的房门。坎迪抬抬下巴朝那儿一指。

"太太在那儿，"他低语道。"你轻轻地敲门，也许她会放你进去。"

我一言不发，因为我这时还需要他。我们继续抬着这具死尸般的躯体往前走，在另一扇房门前拐了进去，把他往床上一扔。然后我一把抓住坎迪的上臂，靠近他的肩膀——这个部位被掐进肉里的指头拿住可是很疼的。我就是要让他疼。他身子抖颤了一下，接着脸沉了下来。

"你叫啥，墨仔？"

"把手拿开，"他吼道。"还有，别叫我墨仔。我可不是墨西哥来的偷渡客。我名叫胡安·加西亚·德索托·索托马约尔。我是智利人。"

"好吧，唐璜。可别在这儿不守规矩。在你谈论你的雇主的时候，别惹麻烦，别胡说八道。”

他挣脱开来，后退一步，一双黑眼睛里满是滚烫的怒火。他一只手滑进了衬衫里面，出来的时候，手里攥着一把细长的刀。他用手掌根顶着刀尖，让刀身保持平衡，眼睛看都不看。然后他突然抽手，趁着那把刀还悬停空中的当儿，一把抓住刀柄。整个过程一气呵成，看似不费吹灰之力。接着，那只手举到齐肩高度，然后突然向前一发力，那把刀嗖地划破空气，挂在了木头窗框上，刀身还在那里微微颤抖。

“当心，先生！”他的话语里夹着一声尖利的嗤笑。“还有，爪子别乱摸。谁都别想跟我乱来。”

他身姿灵巧地穿过房间，将那把刀从木头里拔了出来，往空中一抛，然后一个转身，从背后接住了它。眨眼间，那把刀又消失在了他的衬衫下面。

“漂亮，”我说道，“只是有点太花哨了。”

他大摇大摆地走到我跟前，脸上挂着嘲讽的微笑。

“另外，这么干会让你断一只手肘的，”我说。“就像这样。”

我抓住他的右腕，用力一拉，让他失去平衡，再把那只手肘拉到他身体一侧贴近后背的位置，接着把我弯曲的前臂伸到他肘关节外侧下面，往上一抬，然后发力压了上去，用我的前臂作为支点。

“用力一拉，”我说，“然后你的肘关节就裂了。一道裂缝就够了。你的飞刀绝活儿就该废上好几个月了。再稍稍加一点力，你这辈子就都完了。把韦德先生的鞋脱了。”

我放开他，他朝我咧嘴一笑。“好手段，”他说。“我会记住的。”

他朝韦德转过身去，伸手抓住他的一只鞋，然后停了下来。枕头上有一抹血迹。

“谁割伤了老板？”

“不是我，伙计。他跌了一跤，脑袋在什么东西上割伤了。伤口很浅。大夫已经来过了。”

坎迪缓缓地舒了口气。“你看见他摔倒的？”

“我来之前摔的。你喜欢这家伙，对不对？”

他没有回答我。他脱掉了那双鞋。我们帮韦德一件件地脱掉衣服，坎迪翻出了一件绿银色的睡衣。我们帮韦德换上睡衣，扶他在床上躺好，盖好被褥。他这会儿依然满头大汗，还在打呼噜。坎迪哀伤地低头看着他，油光水滑的脑袋慢吞吞地从一边摆到另一边。

“总得有人照顾他，”他说。“我去换衣服。”

“睡一会儿吧。我会照顾他的。需要你时，我会招呼的。”

他直面我。“你最好好生照顾他，”他用一种平静的语调说。“我是说‘好生’。”

他出了房间。我走进洗手间，拿了一块湿毛巾和一条厚浴巾。我稍稍让韦德翻了翻身，把浴巾铺在枕头上，然后帮他把头上的血迹洗去，动作非常轻柔，免得伤口再度流血。这时，我看到了一道清晰的浅伤，长约两英寸。没什么大不了的。洛林大夫至少在这一点上说对了。这会儿缝上伤口，他应该不觉得疼，可这真的没有必要。我找来一把剪刀，剪去碍事的头发，好往伤口上面贴上一块护创膏。然后我让他重新仰面躺好，帮他洗了脸。我看这是个错误。

他睁开了双眼，眼神起初模糊涣散，随即清晰起来，看到了站在床边的我。他的手动了起来，移到了脑袋边上，摸了一下护创膏，接着他的声音也清楚了许多。

“谁打的我？你？”他那只手摸着护创膏。

“没人打你。你跌了一跤。”

“跌了一跤？什么时候？在哪儿跌的？”

“在你打电话的地方。你给我打过电话。我听到你跌倒的。在电话那头。”

“我给你打过电话？”他缓缓地咧嘴一笑。“你真是随时待命啊，是不是，伙计？那会儿是几点钟？”

“凌晨一点多。”

“艾琳在哪儿？”

“上床休息了。她今天受够了。”

他默默地揣摩着这句话。他的眼里满是痛苦。“我有没有——”他没有再说下去，而是被刺痛般地一抖索。

“据我所知，你没有碰她。我猜你想问的就是这个。你只是晃到了屋子外头，然后在栅栏边上晕了过去。别说话了。睡觉。”

“睡觉，”他说道，轻轻地、缓缓地，像个背诵功课的孩子。“睡觉是什么？”

“也许吃一粒药对你有帮助。你这儿有吗？”

“在抽屉里。床头柜那边。”

我拉开抽屉，找到一个装着红色胶囊的塑料瓶。速可眠，1.5 格令。洛林大夫开的。那位好心的洛林大夫。开给罗杰·韦德太太的。

我晃晃药瓶，摇出两粒来，把瓶子收好，从床头柜上的一只保温瓶里倒出一杯水来。他说吃一粒就行了。他服了药，喝了点水，躺回床上，又开始两眼盯着天花板。时间一分一秒过去。我坐在一把椅子上，监护着他。他看上去全无睡意。这时他慢吞吞地开了腔：

“我记起了一件事。帮我个忙，马洛。我写了些疯言疯语，那东西我可不想让艾琳看到。那张纸就在用罩子罩起来的打字机上面。帮我撕掉它。”

“没问题。你就记起来这些？”

“艾琳没事儿吧？你确定？”

“没事儿。她就是累了。你别管了，韦德。不要多想了。我不该问你的。”

“别想了，说得轻巧。”他的声音这会儿听上去有点犯困了，像是在自言自语。“别想了，别做梦了，别再爱了，别再恨了。晚安，亲爱的王子。我再吃一粒药吧。”

我把药递给他，又给了他一点水。他重新躺下，这一次脑袋微微偏侧，眼睛正好能看到我。“听着，马洛，我之前写了点东西，我可不想让艾琳——”

“你已经跟我说过了。你一入睡，我就去办。”

“噢。多谢。有你在真好，非常好。”

又一阵良久的沉默。他的眼皮沉了起来。

“杀过人吗，马洛？”

“杀过。”

“感觉很不好，对不对？”

“有些人喜欢。”

他的眼睛闭紧了，然后又睁开了，但眼神茫然。“他们怎么能喜欢？”

我没有答话。那副眼睑又沉了下去，非常缓慢，像是剧院里徐徐落下的幕布。他开始打鼾了。我又等了一会儿。然后我调暗房间里的灯，走了出去。

27

我在艾琳的门外驻足聆听。我没听到里面有任何动静，所以我没有敲门。如果她想知道他怎么样了，那她自己看着办。楼下的客厅看上去敞亮空寂。我关掉了几盏灯。我站在靠近正门的位置，抬头看着二楼。客厅的中段部分高度与房子的整面墙高齐平，中间有横梁穿过，二楼正是靠这些横梁支撑。二楼楼面很宽，两边各有一道高约三英尺半的结实护栏，顶部与立柱都做成方形，以与横梁匹配。一道方形的拱门通向餐厅，拱门上的双开百叶门板紧闭着。我猜餐厅楼上就是用人的房间。二楼的这块区域用墙围了起来，因此应该有另一道楼梯从厨房区通向那里。韦德的房间在他那间书房的角落上方。我能看见灯光从他敞开的房门中泄了出来，反射在高高的天花板上，我因而能看见他那扇门框的顶端一英尺。

我关掉所有的灯，只留一盏落地灯，然后穿过客厅来到书房前。房门紧闭，但有两盏灯亮着，一盏是皮沙发一头的落地灯，另一盏是照着灯罩的台灯。打字机就在这盏灯下的一副粗重的支架上，旁边的桌面上放着一堆乱糟糟的黄纸。我在一把软椅上坐下，研究着这里的布局。我想知道的是，他是怎么划伤脑袋的。我坐在他的写字椅里，左手拿着电话。弹簧调得非常松。如果我后仰的时候不慎翻倒，我的脑袋也许会撞到桌角。我弄湿手帕，擦拭木头。没有血迹，那里什么都没有。桌子上有一大堆东西，包括夹在两尊铜像间的一排书，还有一只老式的方形玻璃墨水瓶。我也检查了一下这里，一无所获。这样做本来也没有什么意义，因为如果是有人把他敲晕的，凶器不一定在房间里。再说也没有人这么干。我站起身来，打开檐口灯。灯光延伸进昏暗的屋角，答案竟显而易见。一只金属方纸篓挨着墙脚侧翻在地，废纸撒了一地。纸篓自己不长脚，它一定是被人扔过去或是踢过去的。我用那块湿手帕擦了擦它尖锐的棱角。这次我得到了一抹红棕色的血迹。一切真相大白。韦德摔倒在地，脑袋撞在了废纸篓的尖锐棱角上——很可能只是擦伤——然后自己爬了起来，一脚把那个该死的东西踢到了房间那头。再简单不过了。

然后他肯定又灌下了一杯酒。酒水就摆在沙发前的鸡尾酒桌上。一瓶酒已经空了，另一瓶还剩下四分之三，一只保温壶里装着水，还有一只银碗里也有水，先前应该盛的是冰。我只看到一只玻璃杯，是特大号尺寸的。

喝完酒，他一定感觉好了一些。他醉眼蒙眬地注意到话筒不在支架上，这时他很可能已经记不起来自己刚才打过电话了。于是他走上前去，把话筒挂好。时间刚好对得上。电话会让人产生强迫症。被各类新奇装置包围的现代人爱它，恨它，怕它。可他们总是毕恭毕敬地待它，哪怕是在喝醉的时候。电话是一尊物神。

任何一个正常人在挂断电话前都会朝话筒里说一声“喂”，以防万一。可是，一个醉眼蒙眬、刚刚跌了一跤的醉汉就不好说了。再说，这个细节也并不重要。也许是他的太太挂断的——她也许听到了他跌倒的声音，还有废纸篓撞在墙上发出的那一声砰响，赶忙来到书房。就在这时，那最后一杯酒的酒力刚好应该涌了上来，他跌跌撞撞地出了房门，穿过正门前的草坪，在我发现他的地方晕了过去。有人正要来接他。这时他已经不知道那是谁了。也许是好心的瓦伦杰大夫。

到目前为止，一切都说得通。那么，他的太太在做什么呢？她控制不了他，也没法和他理论，她很可能连尝试一下都不敢。因此，她应该会打电话给别人，求他们过来帮忙。仆人不在，因此她只可能用这部电话。唔，她确实打电话给别人了。她打给了那位好心的洛林大夫。我方才以为她是在我到了之后才打的。可她没有说。

从这里开始，事情就有些蹊跷了。按道理，她应该出去找他，确定他没有受伤。在一个温暖的夏夜，他在外面躺上一会儿倒没有大碍。她拖不动他。我都使出了吃奶的力气才把他扛进屋。可你绝料不到她会站在敞开的大门口抽着烟，不知道他身在何处，除了一个大概的方位。还是说，这并没有什么可奇怪的？我不知道她和他之间发生了什么，不知道他在这种状态下有多危险，也不知道她多害怕在这时走近他。“我已经受够了，”我赶到时她这样对我说道。“你去找他。”然后她进了屋，晕倒了。

我依然想不通这件事，可这时我只能不去想它了。我只能假定，在她一次次面对这种情形，知道自己无能为力，只能听天由命后，她也就真的听天由命了。就是这样。听天由命。听任他躺在那里，直到有人带着医疗器械赶来处理他。

可我还是想不通。我同样想不通的是，她怎么能在坎迪和我扛他上楼就寝的时候撒手不管，跑进自己的房间。她说她爱这家伙。他是她丈夫，他们结婚五年了，清醒的时候他真是个大好人——这些都是她的原话。醉酒的时候，他就完全变了样，只能躲他躲得远远的，因为这时的他很危险。好吧，忘了这件事吧。可不知怎的，我就是想不通。如果她真的吓坏了，她不该站在敞开的门前抽烟的。如果她心中只有愤懑、排斥、厌恶，那她是不会昏倒的。

这里头一定还有隐情。也许是另一个女人。刚刚被她发现。琳达·洛林？也许吧。洛林大夫就这么以为，还在大庭广众之下说了出来。

我停下思绪，揭开了打字机上的罩子。那份东西就在那里——几张零散的黄色纸张，上面打了字，正是他要我销毁的那几页纸，免得让艾琳看见。我拿着它们来到沙发边，决定应该奖励自己一杯酒，好边喝边读。书房外面有一个小浴缸。我将那只高脚杯冲洗了一下，倒好一杯美酒，坐在那里秉酒夜读。我读到的是真正的狂想。

28

距离满月已过四日，一方月光照在墙上。它看着我，像一只巨大、浑浊、失明的眼睛，一只墙上的眼睛。这是个笑话。该死的蠢比喻。作家啊。每一样东西都得像另一样东西。我的脑子成了鲜奶油般的一团糊糊，但没有鲜奶油那么甜美。又是比喻。一想到我这个该死的行当，我就恶心得要吐。可我要吐总能吐的。我也许是会吐的。别逼我。给我点时间。蠕虫在我的心口里爬啊爬啊爬。我应该上床的，可一头黑暗的野兽会在那里四处爬动，沙沙作响，弓起腰背，把床底撞得砰砰响，这时我就会大吼一声，除了我自己，没有人听得见。一声梦中的吼叫，一声噩梦之吼。没什么可怕的，我不害怕，因为没什么可怕的——虽说如此，可有一次，我就像那样躺在床上时，那头黑暗的野兽就是那样对我的，它砰砰地撞着床底，结果我性高潮了。这件事让我恶心透顶，超过了之前我做过的所有那些恶心事儿。

我很脏。我要刮胡子。我的手在发抖。我在出汗。我闻得到自己身上的臭味儿。我腋下的衬衫湿了，胸口和背上的也是。我肘弯里的衣袖潮了。桌上的杯子空了。我现在得用两只手倒那东西了。也许我可以从瓶子里倒一杯出来提提神。那东西的味道真恶心。别指望它能帮我什么忙。最终，我会再也无法安稳入睡，整个世界都会在神经饱受折磨的恐惧中呻吟。好东西，是吧，韦德？再来点儿。

头两三天这东西的效果还不错，之后就只有负效果了。难受的时候，你喝一杯，能好受那么一小会儿，可代价却越来越高，而你得到的则越来越少，最终你不可避免地会走到那一步：你唯一的收获就是恶心。这时你就会给瓦伦杰打电话。没错，瓦伦杰，我来了。如今再没有瓦伦杰了。他要么去了古巴，要么死在了那个假娘们儿的床上。可怜的老瓦伦杰，竟遭遇那样的命运——死在了一个假娘们儿的床上——那种假娘们儿。行啦，韦德，起来吧，我们有地方要去。那些我们从没有去过，一旦去了就再也回不去的地方。这句话通吗？不通。好吧，这句话我不收费。此处短暂停，插播长广告。

好啦，我办到了。我起来了。真了不起。我走到沙发边上，双膝跪地，两手撑在沙发上，脸埋在手掌里——我在哭泣。然后我对天祈祷，又为此鄙视自己。三级酗酒者的自我鄙视。你究竟在向谁祈祷，你这个傻瓜？一个好人在祈祷，那是信仰。一个病人在祈祷，那他只是吓坏了。让祈祷见鬼去吧。这个世界是你创造的，你全凭一己之力，外加那点微不足道的外界帮助一手创造了它——对了，那点外界帮助也是你创造的。别祈祷了，你这个蠢货。给我站起来，拿起那瓶酒。现在再想别的已经晚了。

好吧，我拿起了那瓶酒。用了两只手。又把酒倒进了玻璃杯。几乎没有洒出来一滴。现在，我真希望自己举着杯子的时候不要呕吐。最好兑点水。现在，慢慢地举杯。悠着点儿，一次不要喝太多。一股暖意。火辣辣的。要是我能不冒汗就好了。杯子空了，又回到了桌子上。

月光表面起了一层雾，但我依然把那杯子放下，小心翼翼的，就像是在将一束玫瑰插入一只细长的花瓶。含露的玫瑰在颔首。也许我也是一朵玫瑰。天啊，我的露水也不少啊。现在，该上楼了。要不再来一小杯不兑水的，为这趟短足饯行？不行？好吧，你说了算。等我到了楼上再喝不迟。这样也算是有个盼头。如果我上楼成功，那我理所应当获得报偿。一份由我带给我自己的致意。我对我自己的爱真是妙不可言——最妙的一点是，我没有竞争者。

换段。我上了楼，又下来了。不喜欢楼上。那里的海拔高度让我的心怦怦乱跳。可我还是不停地敲着打字键。潜意识真是个魔术师。要是他的工作时间规律点就好了。楼上也有月光。也许是同一轮月亮的。月亮从来都是千篇一律的。它就像送奶工一样去了又来，可月亮的牛奶始终如一。月亮的牛奶始终——行了，伙计。你黔驴技穷了。别研究月亮的个案史了，现在不是时候。你自己的个案史都足够填满这整条该死的山谷了。

她无声无息地侧卧在床上，身体蜷缩着。在我看来，她太安静了。你睡着的时候总会发出点声响。也许她没有睡着，也许她只是想要入睡。如果我凑近点，也许就能知道答案。也有可能会跌倒在她身上。她的一只眼睛睁开了——或者是我看花眼了？她有没有看着我？没有。不然的话，她一定会坐起来对我说：你病了吗，亲爱的？是的，我病了，亲爱的。但你不要多想，亲爱的，因为这个病是我的病，不是你的病，你好好睡着，可人儿，忘了它，我身上的污秽不会玷污你，一切讨厌、灰暗、丑陋的东西都近不得你的身。

你是个白痴，韦德。三个形容词，你这蹩脚作家。耶稣基督啊，你一意识流起来，就非得连用三个形容词不可吗，你这个白痴？我掉头走下楼去，手紧抓着护栏。每走一步，我的五脏六腑就震颤一下，我用一个许诺稳住了它们。我终于回到了底楼，回到了书房，回到了沙发边，我等了一会儿，好让心跳慢下来。酒瓶子伸手可及。关于韦德的家居布置，有一件事肯定是没错的：酒瓶子永远伸手可及。没人把它藏起来，没人把它锁起来。没人会说：你是不是有点喝多了，亲爱的？你这样会生病的，亲爱的。没人会这么说。他们只会温柔地侧卧而眠，像一朵玫瑰。

我给了坎迪太多的钱。这是个错误。应该一开始只给他一袋花生的，再逐渐加码到一根香蕉。然后再给他一丁点真正不一样的东西，一步一步、不慌不忙的，永远让他充满渴望。你一开始就给他一大把真家伙，要不了多久他手头就有了资本。这里一天的生活费就够他在墨西哥舒舒服服、大手大脚地过上一个月了。而他一旦有了资本，接下来会干什么？咳，一个人只要以为自己还能弄到更多的钱，又怎么可能会有满足的那一天？也许这也没什么关系。也许我应该杀了那个眼珠贼亮的混蛋。一个好人曾经为我而死，再死一只穿白夹克的蟑螂又有什么关系？

忘了坎迪吧。扎人的针头总有办法磨钝的。那另外一个人我却永远也不会忘记。那是用绿色的火焰刻在我的心肝上的。

最好快打电话。我快失去控制了。感觉到它们在那里跳啊、跳啊、跳啊。最好在那些粉色的东西爬到我脸上之前快点叫一个人来。最好打电话、打电话、打电话。打给苏城的苏。你好，接线员，给我转长途。你好，长途，给我接苏城的苏。她的号码？没有号码，只有名字，接线员。你能看到她沿着第十街散步，在有树荫的那一侧，在高高的、伸展着大耳朵的玉米树下……好吧，接线员，好吧。别接了，我来告诉你件事——不，我来问你件事。如果你中断了我的长途电话，那谁来为吉福德在伦敦举办的那些个时髦派对买单呢？哈，你以为你的工作很体面。你以为。听着，我最好直接跟吉福德通话。给我接他的电话。他的男仆刚刚给他送茶进去。如果他不能说话，那我们就叫一个能说话的人来。

咳，我干吗要写这些东西呀？我这是在努力赶走怎样的思绪？打电话。最好赶紧打电话。感觉很糟糕，非常、非常……

就这些了。我把那几张纸折上几折，塞进胸前贴身的口袋，藏在钱夹后面。我走到落地窗边，打开窗户，跨了出去，来到外面的露台上。月光的魅力黯淡了几分。但此刻的悠谷正值仲夏，而仲夏的魅力总是那么光彩照人。我站在那里，望着凝固般的、没有色泽的湖水，陷入了沉思与疑惑。就在这时，我听到了一声枪响。

29

二楼的两扇门开着——艾琳的，还有他的。她的房间里空无一人。一阵推搡声从他的房间里传来，我一步跃进房门，看到她正弯腰伏在床前，和他扭作一团。一支泛着黑光的枪刚才朝天扣响了扳机，两只手——一只男人的大手和一只女人的小手——都紧抓着枪身不放，可谁都没有握住枪把。罗杰起身坐在床上，身体前倾，用力推着。她则身穿一件淡蓝色的居家长袍——带衬料的那种——头发全都披散在脸上。这时她用两只手抓住了枪，用力一拽，把枪从他手里夺了下来。我吃了一惊，没想到她竟有这样的气力，虽说他这时正醉眼惺忪。他向后一倒，怒目而视，喘着粗气，她退后一步，正好撞在我身上。

她站在那里，背靠着我，两手握枪，枪身紧贴着自己的身体，抽泣得上气不接下气，整个人都随之剧烈震颤着。我伸手绕过她的身体，握住了那把枪。

她猛地转过身来，仿佛直到这时才意识到我的存在。她的眼睛睁大了，靠着我的身体缩了回去。她放开了枪。那是一件笨重的武器——一把韦伯利内击锤双动扳机手枪。枪管还是热的。我用一只胳膊扶住她，把枪放进口袋，目光越过她的头顶，直视着他。所有人都一言不发。

这时他睁开眼睛，双唇又挤出了那丝倦怠的微笑。“没人受伤，”他咕哝道。“只是一颗没头的子弹飞进了天花板。”

我感觉到她的身体变僵了。接着她从我的臂弯中抽开身去。她的目光明晰清澈。我放开了她。

“罗杰，”她的声音听上去就像是病人的低语，“非得这样不可吗？”

他瞪着猫头鹰般的双眼，舔了舔嘴唇，一言不发。她走到梳妆台边，倚着台子。她的手动作机械地把头发从脸上拨开。她从头到脚打了个寒战，脑袋从左边摆到右边。“罗杰，”她又低语道。“可怜的罗杰。可怜又可悲的罗杰。”

此刻的他正仰面直勾勾地瞪着天花板。“我做了个噩梦，”他慢吞吞地说。“有人拿着刀伏在我的床前。我不知道是谁。看上去有点像坎迪。但不可能是坎迪。”

“当然不是了，亲爱的，”她温柔地说。她离开梳妆台，在床沿上坐下。她伸出手，开始抚摸他的额头。“坎迪早就睡觉去了。再说，坎迪干吗要拿着一把刀呢？”

“他是个墨西哥佬。他们都带刀，”罗杰还是用那种悠远冷漠的声音说着。“他们喜欢刀。他不喜欢我。”

“没人喜欢你，”我粗暴地说道。

她飞快地转过头来。“拜托——拜托你不要这样说话。他刚才什么都不知道。他做了个梦——”

“枪刚才是放在哪里的？”我厉声问道，两眼盯着她，全然不理会他的存在。

“床头柜。在抽屉里。”他转头迎着我的目光。抽屉里没有枪，他知道我知道。那里面有安眠药和其他一些杂物，但没有枪。

“或者在枕头底下，”他又添了一句。“我记不太清了。我开了一枪——”他抬起沉甸甸的手，向上一指——“打在那里。”

我抬头望去。没错，天花板里好像是有一个洞。我走到下面，好抬头看个确切。是的，就是弹孔的大小。从那把枪里出膛的这颗子弹足以射穿天花板，射入阁楼。我回到床边，站在那里，低头看着他，眼神阴沉。

“胡扯。你刚刚想要自杀。你没做噩梦。你在自怜自哀的大海里游泳。你的枪不是放在抽屉里的，也不在枕头底下。你刚才爬起来，拿了枪，回到床上，打算就在这里了结所有的麻烦。但你恐怕没有这个胆子。你开了一枪，并不打算打自己。然后你的妻子就跑了进来——你要的就是这个。同情与怜悯，伙计。舍此无他。甚至连你刚才的争抢都是装装样子的。她根本不可能从你手里夺下枪来，除非你是有意的。”

“我病了，”他说。“但你说得也许没错。那又有什么关系呢？”

“这关系到一件事：他们会把你关进精神病院。相信我，那里的头头就像佐治亚州劳改营看守一样富有同情心。”

艾琳这时突然站了起来。“够了，”她厉声说道。“他真的病了，你知道的。”

“他想要生病。我只是提醒他生病的代价是什么。”

“现在不是时候。”

“回你的房间去。”

她的那双蓝眼睛放着光。“你好大胆——”

“回你的房间去。除非你想要我打电话叫警察来。这类事情照理说是该报警的。”

他差点没咧嘴笑出声来。“好啊，叫警察呀，”他说道，“就像你对特里·伦诺克斯做过的那样。”

我没有理会这句话。我的目光依然在她身上。此刻的她看上去精疲力竭、弱不禁风，但美丽依旧。刚才那电光火石间的怒火消失了。我伸出一只手，搭在她的胳膊上。“没事了，”我说。“他不会再那么干了。回床休息吧。”

她望着他，目光停留了许久，这才转身出了房间。待到她的身影从敞开的门前完全消失，我这才在她刚才坐过的那侧床沿上坐下。

“再来点安眠药？”

“谢谢，不用了。我睡不睡觉都没关系。我感觉好多了。”

“我刚才对那声枪响的解读是不是正中靶心？你只是在演一出疯狂的戏码，对不对？”

“差不多吧，”他把脑袋扭开。“我感觉有点头晕目眩。”

“没人能阻止你自杀，如果你真要这么干的话。这一点我知道，你也知道。”

“没错，”他的目光依然望向别处。“你有没有按我说的去做——关于打字机上的那份东西？”

“嗯哼。你居然记得，真叫我吃惊。真是满纸的疯言疯语。滑稽的是，你字打得倒是明明白白。”

“我一向有这本事——无论是醉是醒——至少是在一定的限度内。”

“别担心坎迪了，”我说。“你要是真以为他不喜欢你，那你可就错了。我刚才说没人喜欢你，那是我说错了。我那是在刺激艾琳，故意惹她生气。”

“你为什么要那样？”

“她今晚已经晕倒一次了。”

他微微摇了摇头。“艾琳从没有晕倒过。”

“那她就是装的。”

这句话同样不怎么让他高兴。

“你那句话是什么意思——一个好人已经为你送了命？”我问道。

他眉头一皱，思考了片刻。“纯粹是瞎扯。我跟你说过了，我做了个梦——”

“我说的是你在打字机上打出了那些个胡话。”

他这时把目光投向了我，脑袋在枕头上转动了一下，仿佛分量沉得惊人。“另一个梦。”

“我再试一次。坎迪抓住了你的什么把柄？”

“够了，伙计，”说完他闭上了眼睛。

我起身关上门。“你不能逃跑一辈子，韦德。坎迪也许是个敲竹杠的，没错。再明显不过了。他甚至可以敲得温情脉脉——一面喜欢着你，一面偷你的钱。把柄是什么呢——一个女人？”

“你相信那个傻瓜——洛林，”他闭着眼睛说道。

“不完全相信。那么她的姊妹呢——已经不在人间的那位？”

某种程度上说，这其实是瞎猜，但却偏偏歪打正着。他的眼睛猛然睁开，瞪得老大。口水在他的唇间冒了个泡。

“这就是——你来这里的原因？”他缓缓地问道，声音压得很低。

“你不至于这么糊涂吧。我是应邀来你家的。你邀请我的。”

他的脑袋在枕头上辗转反侧。虽然他吃了一粒速可眠，可他显然被重重心事搅得心神不宁。他的脸上满是汗水。

“我又不是世上第一个既爱妻子又爱出轨的丈夫。别烦我了，该死的。别烦我了。”

我走进洗手间，拿了一条面巾，给他擦了脸。我对他咧嘴一笑，面带讥讽。我是个能让所有恶棍甘拜下风的恶棍。先等着一个人倒下，再一脚接着一脚地踢他。他这会儿很虚弱。他既不能抵抗，也没法反击。

“总有一天我们会在这一点上达成共识的，”我说。

“我没疯，”他说。

“你只是希望自己疯了。”

“我一直活在地狱里。”

“哦，当然啦。这显而易见。我感兴趣的是，你为什么会这样。嘿——吃了这粒药。”我从床头柜里又拿了一粒速可眠出来，再倒了一杯水。他用一只手肘把身体撑起来，伸手来抓杯子，结果足足偏了四英寸。我把杯子塞进他手里。他费力地喝了一口水，吞下了药片。然后他躺回床上，像泄了气的皮球，脸上放空了一切表情。他的鼻子看上去皱缩成一团。他几乎就像是个死人。今晚他可没法把人从楼梯上推下去了。估计今后也不行了。

我等到他的眼皮沉了下去，这才出了房间。沉甸甸的韦伯利手枪抵着我的臀部，扯着我的裤袋。我迈开步，又一次朝楼下走去。艾琳的门开着，房间里一团黑，但月光的亮度刚好勾勒出她站在门口的身影。她叫了一声，听上去像是在唤一个人名，但不是我的。我走近她。

“小声点，”我说。“他又睡着了。”

“我一直知道你会回来的，”她柔声说道。“哪怕是过了十年。”

我凝视着她。我俩当中有一个人不对劲。

“关上门，”她还是用那种好似爱抚的语调说道。“这么多年来，我一直守身如玉，只为了等你。”

我转身关上门。此刻这听上去像是个好主意。等到我再度面对她时，她已经朝我身上倒了过来。我赶忙扶住她。我非扶不可啊。她的身体紧紧地贴住我，秀发从我脸上掠过，嘴也凑了上来，等待着一个吻。

她浑身颤抖。她微启双唇，张开牙关，吐出舌头，然后手垂了下来，猛拉了一下什么东西，她身上的那件睡袍应声敞开，长袍下面的她赤裸得就如九月的黎明[①]，却又远没有那么腼腆。

“把我抱上床，”她低语道。

我照做了。我双臂环抱她，触摸到了她裸露的肌肤——柔软的肌肤，柔软、顺从的肉体。我抱起她，把她带到几步之外的床边放下。她双臂搂着我的脖子，喉咙里的声音听上去像是啭鸣。然后她身子剧烈扭动起来，一面发出呻吟。这真是要人的命啊。我欲火焚身得就像一匹种马。我眼看就要失控了。不管你走到哪里，从这样的女人身上获得这样的邀请绝对是一件稀罕事。

是坎迪救了我。一声轻轻的吱呀引得我赶忙转过身去，发现门把手在动。我连忙脱开身，扑向房门。我拉开门，冲了出去，那个墨西哥佬正飞奔着穿过走廊，跑下楼梯。跑到半道，他突然停下脚步，转身冲我不怀好意地一笑。然后他就消失了。

我回到门前，关上门——这次是站在门外。床上的那个女人发出了某种奇怪的声响，但仅此而已。只是些奇怪的声响。魔咒被打破了。

我快步下了楼，走进书房，抓起那瓶威士忌，朝嘴里猛灌，直灌到我再也咽不下去了，这才靠到墙上，喘着粗气，让酒精在我体内燃烧，直到火苗蹿进我的大脑。

晚餐后的这几个小时真是太漫长了。这段漫长的时间里，似乎没有一件事情是正常的。威士忌的酒劲儿又凶又快，我继续不停地往嘴里灌酒，直到眼前的房间像是蒙了一层雾，所有的家具似乎都摆错了地方，灯光看上去像是野火，或是热闪电。接着我就摊开手脚平躺在了皮沙发上，费力地想把酒瓶子立在胸口上——瓶子似乎空了。可它却滚了下

① 《九月的黎明》，法国画家保罗·埃米尔·查瓦斯的一幅作品，画面中央是一位迎着晨光的裸女。

去，砰的一声掉在了地板上。

那就是最后一件我清楚记得的事情。

30

一束阳光挠了挠我的一只膝盖。我睁开眼，看见一顶树冠在轻轻摇曳，背后是一片雾蒙蒙的蓝天。我翻了个身，皮革触碰着我的脸颊。一把斧头劈裂了我的头颅。我身上盖着一条小毯子。我掀开毯子，两脚着地。我气鼓鼓地瞪着一面钟。钟上的指针指着六点二十九分。

我站了起来——这需要勇气。这需要毅力。这耗去了我好大一部分内力，而我的内力已经大不如前了。多少个艰难的春秋已让我精疲力竭。

我步伐沉重地挪到小浴室里，脱去领带衬衣，用双手朝脸上、头上泼了些冷水，直到浑身湿淋淋的，这才用毛巾粗暴地擦干身体。我重新穿上衬衣，打好领带，伸手抓起夹克，口袋里的枪砰砰地撞着墙。我掏出枪，推出弹仓，将里面的弹药倒进手里——五发完好的，第六发只剩下焦黑的弹壳。我转念一想：这有什么用，反正他总还能弄到子弹。于是我又把子弹塞了回去，拿着枪走进书房，把枪放进书桌下面的一只抽屉里。

我抬起头，发现坎迪正站在门口，一身笔挺的白外套，头发向后梳着，乌黑铮亮，眼里射着凶光。

“你想来点咖啡吗？”

“多谢。”

“我把灯关了。老板还好。睡着了。我把他的门关上了。你为什么喝醉？”

“我只能如此。”

他冲我冷冷一笑。“没拿下她，对不对？给人卷着铺盖赶出来了是吧，私家探子。”

“随你怎么想。”

“今早你可不像硬汉，私家探子。你根本就不是硬汉。”

“快去把那杯该死的咖啡端来，”我冲他吼道。

“婊子养的！”

我一跃而起，抓住他的胳膊。他一动不动，只是鄙夷地看着我。我哈哈一笑，放开了他。

“你说得对，坎迪。我根本就不是硬汉。”

他转身出去了。一眨眼的工夫，他就端着一只银托盘回来了，托盘上面放着一只装了咖啡的小银壶，还有糖、奶和一块挺括的三角形餐巾。他把这些在鸡尾酒桌上摆好，收走了那只空酒瓶和剩下的酒水，又从地板上捡起另一只酒瓶。

“新鲜出炉。刚做的，”说完他就出了房门。

我喝下两杯黑咖啡。然后我试着吸了一支烟。感觉还好。我还是人类中的一员。这时坎迪又走了进来。

“你要早饭吗？”他没好气地问道。

“不用，谢谢。”

“好吧，那就快滚吧。我们不需要你在这里。”

“‘我们’是谁？”

他打开烟盒盖，大咧咧地取了一支烟。他点上烟，粗鲁地冲我吐了口烟圈。

“我照顾老板，”他说。

“你从中所得甚多吧？”

他皱了皱眉，然后点点头。“哦，没错。报酬很高。”

“还有暗地里的外快呢——封口费是多少？”

他又说起了西班牙语。“听不懂。”

“得了吧，你听得懂。你敲了他多少竹杠？我敢打赌不超过两百大洋。”

“什么？两百大洋？”

“两百块钱。”

他咧嘴一笑。“你给我两百大洋吧，私家探子，我就不告诉老板你昨天晚上从她的房间里出来过。”

“这么多钱可以买下整整一车像你这样的墨仔了。”

他只是耸耸肩。“老板生气的时候，可是很吓人的。你最好赶紧掏钱，私家探子。”

“墨仔小流氓的小把戏，”我轻蔑地说。“你摸到的都只是些不疼不痒的事情。许多男人喝醉酒了都会胡来。总之，那件事情她完全知情。你没有什么可供出售的情报。”

他的眼里划过一丝闪光。“以后别来了，硬汉小子。”

“我这就走。”

我起身绕过桌子。他挪动了一下，好保持面对我。我留意着他的手，但他今早显然没有带刀。我等着他进入我的攻击范围，然后挥手抽了他一记耳光。

“我可不会容忍一个仆人叫我婊子养的，黑皮佬。我来这里有事情要办，我想来就来。从今往后，你给我说话注意点。下次说不定你就该挨枪把子了。你可就要跟你那张漂亮脸蛋儿永远说再见了。”

他没有作出任何反应，甚至对那记耳光也一声不吭。这一巴掌再加上“黑皮佬”的雅称，对他来说一定是致命的侮辱。但这一次他只是站在那里，面无表情，一动不动。然后他一言不发地端起托盘，走了出去。

“谢谢你的咖啡，”我冲着他的背影说了一句。

他没有停步。我看着他消失在了视线中，然后伸手摸摸下巴上的胡茬，抖了抖身子，决定告辞。韦德一家子真是让我受够了。

就在我穿过起居室的时候，艾琳从楼梯上走了下来，身着一条白色的宽松裤和一件淡蓝色的衬衫，脚踩一双露趾凉鞋，一脸惊讶地看着我。“没想到你在这里，马洛先生，”她说道，仿佛她有整整一星期没见到我了，而我这时刚好上门来喝杯茶。

“我把他的枪放在桌子里了，”我说。

“枪？”接着她似乎慢慢想了起来。“哦，昨晚真是一团糟啊，是不是？但我之前以为你已经回家去了。”

我朝她走近了两步。她脖子上挂着一条细细的金项链，下面悬着一个漂亮的吊坠——白色的珐琅，上面有蓝金色的图案。那部分蓝色的釉彩看上去像一对翅膀，但没有张开。蓝色的翅膀映衬着一大块白色的珐琅和一把刺穿卷轴的金色匕首。我辨认不出上面的字来。那是某种军章。

“我昨晚喝醉了，”我说。“故意把自己灌醉的，醉态不怎么好看。我当时有点孤独。”

“你不必如此，”她说道，双目清澈得就像湖水，眼神中没有一丝欺骗。

“这个问题见仁见智吧，”我说。“我要走了，我不知道还会不会回来。那把枪的事情我已经说过了，你听到了吧？”

“你把枪放在他桌子里了。也许你最好把它放在别的地方。不过，他昨晚并没有真的打算开枪自杀，对不对？”

“这我说不上来。但下次他也许会的。”

她摇了摇头。“我不这么想。我真不这么想。你昨晚真真帮了大忙，马洛先生。我不知该怎么谢你。”

“你已经努力尝试过了。”

她双颊微红。然后她笑了。“我晚上做了一个非常奇怪的梦，”她缓缓地说，目光越过我的肩膀，投向别处。“一个我以前认识的人，也曾踏进过这栋房子。一个已经辞世十年的人。”她的手指向上游走，抚摸着那只金色的珐琅吊坠。“这就是为什么我今天戴着它。是他送给我的。”

“我也做了个奇怪的梦，是关于我自己的，”我说。“但我的梦还是不说为妙。回头告诉我罗杰的情况，需要我帮忙的话尽管说。”

她垂下目光，直视着我眼睛。“你说过你不会回来了。”

“我只是说，我不确定。说不定我到时候还是得再回来一趟。我希望没有这个必要了。这栋房子里有什么地方非常不对劲。而酒瓶子只是这麻烦的冰山一角。”

她盯着我，双眉紧锁。“此话怎讲？”

“我想你知道我在说什么。”

她仔细斟酌着这句话。她的手指还在轻柔地抚摸着那只吊坠。她不紧不慢地发出一声舒缓的长叹。“另一个女人总是会出现，”她轻声说道。“或迟或早。但那不见得就是世界末日。我们之间有误解，是不是？也许我们根本就不在说同一件事情。”

“也许吧，”我说。她依然站在台阶上——倒数第三级台阶。她的手指依然在吊坠上。她依然看上去像一个金色的梦。“尤其是在你认为那另一个女人是琳达·洛林的情况下。”

她的手从吊坠上垂了下来，站在楼梯上的双脚向下迈了一级台阶。

“洛林大夫似乎和我看法一致，”她冷冷地说。“他一定有信息来源。”

“你自己说过，他跟悠谷里的半数男性都演过那出戏码。”

“我说过吗？哦——那个时候也只有这么说才得体嘛。”她又向下迈了一级台阶。

“我还没刮胡子，”我说。

这话让她不由一怔。然后她笑了。“噢，我没想到你会向我示爱啊。”

“那你以为我会怎样，韦德太太——从你最初说服我踏上搜猎之旅的那一刻起？为什么是我——我有何德何能？”

“你没有丢掉信念，”她轻声说道，“哪怕是在相当艰难的时刻。”

“我很感动。但我认为那不是真正的理由。”

她迈下了最后一级台阶，此刻她的双目仰视着我。“那真正的理由是什么？”

“如果是的话——那这就是一个非常糟糕的理由。恐怕是世上最糟的理由。”

她眉头微微一皱。“为什么？”

“因为我所做的——这所谓的‘没有丢掉信念’——就连傻瓜也不会再做一次了。”

“你知道吗，”她轻巧地说，“这场对话正变得异常扑朔迷离。”

“你就是一个异常扑朔迷离的人，韦德太太。再见啦，祝你好运，如果你心头真有对罗杰的一丝挂念，你最好给他找一个对路的大夫——动作要快。”

她又笑了。“哦，昨晚的那场发作还算轻的。你真应该看看他重度发作时的样子。他今天下午应该就可以爬起来工作了。”

“他要能爬起来，那才叫见鬼。”

“相信我，他能。我如此了解他。”

我最后向她投出了一把直奔靶心的刀子——这句话可是相当的尖刻。

“你并不真想救他，对不对？你只是想要看上去像是在救他。”

“对着我说这样的话，”她从容不迫地说，“是一件极其恶毒的事情。”

她从我身边跨过，穿过餐厅的房门，走了出去。偌大的房间里只有我一个人了。我穿过房间，来到正门前，把自己请了出去。这是一个明亮、静僻的山谷里的一个美好的夏日早晨。这里远离城市，没有雾霾，又有低低的山脉阻隔海上的湿气。过一会儿天会热起来，但却是以一种美好、优雅、高档的方式，既不是沙漠里的那种酷热，也不是城市里的那种黏湿的热。悠谷是一处完美的居所。完美。光鲜的人儿在这里有着光鲜的家、光鲜的车、光鲜的马、光鲜的狗，甚至是光鲜的孩子。

可一个叫马洛的男人却只想从这里逃离。越快越好。

31

我回到家，冲了个澡，刮了胡子，换身衣服，觉得浑身又干净了。我弄了点早饭，吃下肚，洗了碗碟，打扫了厨房和游廊，装了只烟斗，拨通了电话接听服务的号码。啥都没有。那为什么还要去办公室呢？那里只会又有一只死蛾子又有一层灰尘在等着我。我的那张麦迪逊肖像还会待在保险箱里。我可以过去跟它玩一会儿，连同那五张挺括的百元大钞——它们至今依然散发着咖啡的味道。我当然可以啦，但我不想这么做。我的心情不知怎的很不愉快。那些钞票并不真的属于我。这笔钱是用来买什么的呢？死人有福消受旁人的忠诚吗？咳——我这是在透过宿醉的雾气看人生啊。

这又是一个似乎永无尽头的早晨。我疲惫迟钝，像只泄了气的轮胎，流逝的每一分钟都像是落进了一片虚空，发出轻轻的嗡嗡声，像是燃料耗尽的火箭。鸟儿在窗外的灌木丛里叽叽喳喳地叫着，车流无休无止地沿着月桂谷大道来来往往。通常我听不到这些声响。但此刻的我抑郁暴躁，憋着怒气，异常敏感。我决定摆脱宿醉。

通常我早上不喝酒。南加利福尼亚的气候太柔和了，人体的新陈代谢不够快，不适合这么干。但我今天调了一大杯冰酒，坐在一把安乐椅上，解开衬衫，有一眼没一眼地瞅着一本杂志，读了一篇疯狂的故事，里面讲了一个伙计，有着两种生活、两位精神病大夫，一位是人类，另一位是虫巢里的某种昆虫。这伙计不停地在两位大夫间穿梭，整篇东西疯狂得不着边际，但却有一种古怪的趣味。我小心翼翼地喝着酒，一次只抿一小口，一面观察着自己。

快到正午的时候，电话铃响了，一个声音说道："我是琳达 · 洛林。刚才我打电话到你的办公室，你的接听服务让我试试拨你家里的号码。我想见你。"

"为什么？"

"我希望能当面解释。我猜你偶尔还是会去一趟办公室的吧。"

"没错。偶尔。有钱给我吗？"

"我还没这么想过。但如果你要求酬劳的话，那我也不反对。我可以在一小时内到你的办公室。"

"好嘞。"

"你这是怎么啦？"她没好气地问。

"宿醉。不过我并没有瘫痪。我会赶到的。除非你更乐意来这里。"

"你的办公室更合适。"

"我这里挺安静的。一条死胡同，周围没邻居。"

"这话的弦外之音并不吸引我——如果我理解正确的话。"

"没人理解我，洛林太太。我扑朔迷离。好吧，我会不畏艰难朝我那个小笼子进发的。"

"非常感谢。"她挂断了电话。

我花了很久才赶到那里，因为路上我停下来吃了个三明治。我打开办公室的窗户通风，接通蜂鸣器，从连通门里伸出头去，发现她已经到了，就坐在门迪 · 门奈德兹坐过的那把椅子里，翻看着同样一本杂志。她今天穿着一件棕黄色的华达呢套裙，看上去相当优雅。她把杂志放到一边，严肃地看了我一眼，然后说道：

"你的波士顿蕨该浇水了。我看它还需要换一只大一点的花盆。气生根太多了。”

我替她拉开门。让波士顿蕨见鬼去吧。待她进了门，我松开手，让门关上，然后替她拉出那把客户坐的椅子。她像大多数人一样草草扫视了一圈办公室。我绕过桌角，来到桌子后面属于我的那一侧。

“你的经营场所并不十分气派，”她说道。“你连秘书都没有吗？”

“悲惨的生活，但我习惯了。”

“而且怕是算不上财源滚滚，”她说。

“哦，这不好说。看情况了。想不想看一张麦迪逊的肖像？”

“一张什么？”

“一张五千美元的钞票。定金。锁在我的保险箱里呐。”我起身走了过去。我扭动转盘，打开保险箱，开了里面一只上锁的抽屉，揭开一只信封，将那张钞票放在她面前。她瞪着它，一脸像是诧异的表情。

“别让这间办公室迷惑你，”我说。“我曾经在一个老伙计手下工作，他能从银行里兑现出两千万来。甚至连你家老头儿都会跟他说声你好。他的办公室不比我的强多少，只是他有点耳聋，天花板上装了那种隔音的东西。地上铺的是土黄的油地毡，没有地毯。”

她拿起那张麦迪逊的肖像，从指间抽过，翻转过来，最后又放回原位。

“你是从特里手里拿到的，对不对？”

“天啊，你什么都知道，是不是，洛林太太？”

她将那张大钞推开，皱起眉头。“他曾经有一张这样的东西。自从他和西尔维娅复婚后，他一直随身带着。他管这叫他的救急钱。他们没有在他的尸身上找到它。”

“这件事也可以有其他的解释。”

“我知道。但有多少人会随身带着一张五千美元的钞票？又有多少拿得出这么多钱的人会以这种形式付款给你？”

这个问题不值得回答。我只是点点头。她继续疾言厉色地往下说。

“还有：你又应该为了这张钞票效怎样的力呢，马洛先生？还是说，你不愿意告诉我？在你们开车前往提华纳的那趟最后的旅程中，他有充足的时间和你说话。那天晚上，你非常明确地告诉我说，你不相信他的认罪。他是不是给了你一张清单，上面列出了他太太的众多情人，而你则要从中找出凶手？”

这个问题我同样没有回答，但原因与刚才不同。

“另外，罗杰·韦德的名字会不会碰巧也在那张清单上？”她厉声问道。“如果特里没有杀妻，那么凶手一定是一个有暴力倾向且无责任能力的男人——一个疯子或野蛮的酒鬼。只有那种男人才能——引用你那令人反胃的原话——把她的脸砸成一团血淋淋的海绵。难道这就是为什么你那么殷勤地为韦德夫妇排忧解难吗——一个妈妈的好帮手，随叫随到，在他喝醉的时候过来悉心照料他，在他走丢的时候到处去找他，在他无依无助的时候去把他领回家？”

“让我纠正你几点，洛林太太。也许是特里给了我那张美丽的版画，也许不是。但他没有给我开什么清单，也没有向我提任何名字。他没有让我做任何事情，除了那一件你似乎百分百确定的事：开车送他去提华纳。我之所以和韦德夫妇扯上关系，全是因为一位急于让罗杰·韦德尽快完成手头那本书的纽约出版商。我要做的就是让他尽量保持清醒，而这又涉及到查明他是否遇到了什么特殊的麻烦，让他总是灌醉自己。如果事实的确如此，如果我能查明麻烦的缘由，那下一步就是尝试着解决麻烦。我说‘尝试’，是因为很可能这一点是办不到的。但你总得尝试。”

“我可以用一个简单句告诉你他为什么总是灌醉自己，”她用轻蔑的口吻说道。“就是因为他娶的那个有气无力的金发女郎。”

“哦，这我就不知道了，”我说。“我肯定不会管她叫‘有气无力的’。”

“是吗？真有趣。”她的眼里闪过一丝光。

我拿起我那张麦迪逊的肖像。“别过度解读了，洛林太太。我没和那位女士上床。不好意思，让你失望了。”

我走到保险箱边上，把钱在上锁的隔层里放好，重新把箱门关上，旋动转盘。

“转念一想，”她在我背后说道，“我怀疑恐怕根本就没有人和她上床。”

我回到原位，坐在桌角上。“你的话开始有些恶毒了，洛林太太。怎么回事？你该不会暗恋着我们那位酗酒的朋友吧？”

“我讨厌这样的言语，”她毫不客气地说，“真心讨厌。我猜是我丈夫出演的那愚蠢的一幕让你以为你有权这样侮辱我。不，我没有暗恋罗杰·韦德。我从没有暗恋过他——哪怕是过去那个头脑清醒、举止得当的他。如今的他就更不用提了。”

我扑通一声坐进椅子里，伸手抓起一盒火柴，两眼盯着她。她看了看表。

“你们这些有钱人真了不得，”我说。“你们总觉得自己说出口的任何话——不管有多难听——都是绝对得体的。你能当着一个你几乎不认识的男人的面嗤笑韦德和他的太太，而我一旦还你丁点颜色，我的话就成了侮辱。好吧，让我们扯下面具说丑话吧。每一个酒鬼最终都会跟一个荡妇搞在一起。韦德是个酒鬼，而你不是荡妇。你那教养良好的先生只是不经意地作出了这种暗示，以活跃鸡尾酒会上的气氛。他并不是认真的，他只是随口一说，博大家一笑。所以我们可以将你排除，去别处寻找一个荡妇。我们得找寻多远，才能找到这样一个荡妇呢，洛林太太——一个与你关系紧密到让你特意赶来这里，与我斗嘴的荡妇？这人一定非同寻常，不是吗——不然你干吗要在意？”

她一动不动地坐着，只是瞪着两眼看着我。漫长的半分钟过去了。

她的嘴角泛了白，她的双手僵硬地握着那只与裙装相配的华达呢女包。

“你并没有真的在浪费时间，对不对？”她终于说道。“这个出版商怎么偏偏就想到了要雇你呢，真是巧啊！这么说，特里没有跟你开什么名单！一个名字都没提。可这真的并不重要，对不对，马洛先生？你的直觉是不会犯错的。我能否问你一句，接下来你打算怎么做？”

“什么也不做。”

“是吗，那您的天赋不就浪费了吗！那样的话，您怎么对得起您那张麦迪逊的肖像呢？您一定总能做些什么吧。”

“这话就咱俩私下说说，”我说，“可你说话确实越来越没有新意了。这么说，韦德认识你妹妹。多谢告知，不管你的方式多么隐晦。我之前就已经猜到了。那又怎样？他不过是众多战利品中的一个罢了。剩下的话我们就不必说了。接下来，咱们也该说说你为什么想见我了。这件事刚才反倒让我们给忘了，对不对？”

她站了起来，再次看了看手表。“我有一辆车在楼下等着。我能否说动你跟我一起坐车回家，喝一杯茶？”

“继续，”我说。“要说什么就快说吧。”

“我的话听上去这么可疑吗？我有一位想要认识你的客人。”

“你家老头儿？”

“我不会这么称呼他，”她镇定地说道。

我站了起来，身子向前一探，越过桌子。“宝贝儿，你有时候还是挺可爱的。真的挺可爱。我带把枪去没问题吧？”

“你一定不会害怕一个老头儿吧。”她朝我噘噘嘴。

“怎能不怕呢？我敢打赌，你就挺怕他的——非常害怕。”

她叹了口气。“没错，恐怕我是挺怕他的。我一直害怕他。他有时候真的挺吓人的。”

“也许我最好带两把枪，”我说道，说完就后悔了。

32

这是我见过的最最了不得的房子。它的外形像一个灰色的方盒子，三层高，顶上是一个大斜度的复折式屋顶，上面间隔排列着二三十扇双层屋顶窗，窗户周围和两两间隔处点缀着许多婚礼蛋糕式的装饰花纹。正门两边各有一对双石柱，但这地方最最惹人眼球之处却是一道有着石栏杆的露天螺旋扶梯，顶上是一间塔顶房，从那里一定可以从湖的这头一直望到那一头。

停车场里的地面上铺着石板。这地方似乎还真需要一条半英里长、两旁白杨树成行的私家车道，需要一处鹿苑、一个野趣园、一个三层的露台、几百株图书室窗外的玫瑰，还有一片幽深葱绿的远景，绵延在每一扇窗外，尽头处是森林、沉默与空寂。可它有的只是一圈散石围成的墙，圈内是一块宽绰的土地，占地十到十五英亩——这在我们这个人多地少的县里可算得上是一大片地产了。车道两边是一道枝叶修剪成圆形的柏树篱，这里一丛、那里一簇的观赏树木随处可见——它们看上去不像是加利福尼亚的本地树种。肯定是进口的。不管是谁建了这个地方，他肯定是想把东海岸整个儿地拖过落基山脉。他努力了，但没能成功。

阿摩司——我们的黑人司机——在两边是石柱的正门前轻缓地停稳车，跳出车门，绕过车头，过来替洛林太太拉开车门。我先下的车，伸手帮他把着车门，又扶她下车。从我们上车的那一刻起，她几乎就没有跟我说话。她看上去又疲惫、又紧张。也许这栋厚重呆笨的建筑让她心情压抑。就算是一头呵呵傻笑的蠢驴见到这栋建筑也会心情压抑，像只哀伤的鸽子一样咕咕悲鸣起来。

“谁建的这地方？”我问她。“谁惹他生气了？”

她终于笑了。“你没见过这样的房子吗？”

“我从没到过山谷里这么深的地方。”

她领着我来到车道的另一边，伸手向上一指。“这栋房子的建造者从那间塔顶房里跳了下来，正好落在你现在站立的位置。他是一个法国伯爵，名叫拉·图雷尔；与大多数的法国伯爵不同，此人很有钱。他的太太叫拉蒙娜·德斯伯勒，家财也不可小觑。在默片时代，她一周就能挣三万块。拉·图雷尔造了这栋房子，作为家宅。他想要把这打造成缩小版的布洛瓦城堡。这个故事你肯定了解的。”

“了如指掌，”我说。“这下我想起来了。这故事上过某张周日报纸的。她离开了他，他自杀了，还留下了一份奇奇怪怪的遗嘱，对不对？”

她点点头。“他留给前妻几百万美元作车钱，用余下的资产设立了一份信托基金。一切都必须原封不动：餐桌上每晚都必须气派地摆开全套餐具；除了仆人和律师，不许任何人踏进地界一步。当然，遗嘱后来被打破了。最终这片地产被分割出去了一部分，等到我嫁给洛林大夫的时候，我父亲将它赠与我，作为结婚礼物。他肯定花了一大笔钱才把这地方整修得可以重新住人。我恨这房子。我一直恨它。”

“你不必真的住在这里，对不对？”

她疲倦地耸耸肩。“至少得住一段时间。他总得有一个女儿作出安安稳稳过日子的姿态来给他看。洛林大夫喜欢这里。”

“他肯定喜欢。像他这种在韦德家上演那番戏码的人肯定喜欢这副装腔作势的老派风格。”

她扬起眉毛。“哟，亏得你还这么感兴趣啊，马洛先生，非常感谢。可我想关于这个话题我们谈得已经够多的了。我们进门好不好？我父亲不喜欢等人。”

我们再度穿过车道，走上石阶，那扇巨大的双开门无声地开了半边，一个看上去身价不菲、极度势利眼的人物站在一边，让我们进去。这里的门厅比我住的那栋房子的所有地板面积加起来还要大，地上铺着棋盘型的镶嵌地板，后面好像有一扇彩色玻璃窗——如果窗里能透一点亮光进来的话，我也许就能看清那里是不是还有什么别的东西。我们沿着门厅继续往前走，又穿过几扇雕刻着花纹的双开门，来到一间长度至少有七十英尺的昏暗房间。一个男人坐在那里等着，一言不发。他的眼睛冰冷地注视着我们。

“我迟到了吗，父亲？”洛林太太匆匆问道。“这位是菲利普·马洛先生。这位是哈兰·波特先生。”

那个男人只是看了看我，下巴向下移动了大约半英寸。

“叫人送茶来，”他说道。“坐下，马洛先生。”

我坐下来，看着他。他也看着我，像一个动物学家看一只甲虫。所有人都一言不发。房间里鸦雀无声，直到仆人送来茶水。茶具用一只硕大的银盘托着送上来，在一张中式餐桌上放下。琳达在桌子边上坐下倒茶。

“两杯，”哈兰·波特说。“你可以在另一间房里用茶，琳达。”

“是，父亲。你的茶想怎么喝，马洛先生？”

“随便，”我说。我的声音似乎渐渐向远方飘去，越来越小，越来越孤单。

她递给那老头儿一杯茶，然后又递给我一杯。接着她无声地起身出了房间。我目送她离开。我啜了一口茶，抽出一支烟。

“不要吸烟，拜托。我有哮喘。”

我把香烟塞回烟盒。我盯着他。我不知道身家一千万是什么感觉，但他看上去似乎一点也不开心。他是一个大块头，六英尺五的身板结结实实，比例匀称。他穿着一件没加衬垫的灰色粗花呢套装。他那副肩膀看上去也不需要衬垫。他还穿着一件白衬衫，打着灰领带，没有装饰手帕。一只眼镜盒从他胸前的口袋里露了出来。眼镜盒是黑色的，和他的鞋子一样。他的头发也是黑色的，一丝灰发都没有。他将头发向一边梳开，遮住秃发的颅顶。我有一种莫名的感觉：那头发下面除了裸露的颅骨，也许什么都没有。他的眉毛又粗又黑。他的声音似乎来自一个遥远的地方。他喝茶的样子像是满怀着对手中那杯茶的厌恶。

“马洛先生，为了节约时间，我不妨将我的态度和盘托出。我认为你正在插手我的私事。如果我的看法没错，那我打算制止你。”

“我对你的私事了解太少，根本插不了手，波特先生。”

“我不同意你的说法。”

他又喝了几口茶，把杯子放在一边。他坐在一把大椅子上，身子往椅背上一靠，一面用他那双冷酷的黑眼睛把我里里外外拆解个透。

“我自然知道你是谁。也知道你靠什么营生——如果你有营生的话——还知道你是怎么和特里·伦诺克斯扯上关系的。根据我得到的报告，你帮助特里逃出了国界，对于他的认罪你满腹狐疑，此后你还主动接触了一个与我过世的女儿相识的男人。至于出于何种目的，我还没有听到解释。请给出解释。”

“如果这个男人有名字，”我说，“请给出名字。”

他微微一笑，但不像是喜欢上我的样子。“韦德。罗杰·韦德。好像算是个作家。写过几本诲淫诲盗的书，他们告诉我的，我是绝不会有兴趣拜读的。我还了解到，此人是个危险的酒鬼。这一点也许让你产生了一些奇怪的想法。”

“也许你不妨让我保留我自己的想法，波特先生。自然咯，它们并不重要，但它们是我的全部所有了。第一，我不相信特里杀妻，因为犯罪的手法残忍，而我认为他不是那种人。第二，我没有主动接触韦德。有人请求我住进他家，尽一切可能让他保持清醒，好完成一部作品。第三，如果他真是一个危险的酒鬼，那我没有看出任何这方面的迹象来。第四，我的第一次接触是应他的纽约出版商的请求，当时我根本不知道罗杰·韦德认识你的女儿。第五，我拒绝接受他的雇用，随后韦德太太又来恳求我寻找她的丈夫——他当时不知跑到哪里接受酗酒治疗去了。我找到了他，把他送回家。”

“很有条理，”他干巴巴地说。

“我的条理还没完呢，波特先生。第六——你，或是受你指使的某人派了一个叫休厄尔·恩迪科特的律师来把我弄出了监狱。他没有说是谁派他的，但我看也不会有别人了。第七，我一出监狱，就有一个叫门迪·门奈德兹的流氓过来对我耍威风，叫我别多管闲事，还声情并茂地讲述了特里曾经如何救过他还有一个叫兰迪·斯塔尔的拉斯维加斯赌棍。这故事在我听来似乎是真的。门奈德兹作出一副愤愤的样子来，怪特里之前计划逃往墨西哥的时候没去找他帮忙，而是找了一个像我这样的小混混。他——门奈德兹——动动小指头就能办到，而且办得漂亮得多。”

“我说，”哈兰·波特面带一丝阴冷的微笑说道，“你一定不会以为我结交了门奈德兹先生和斯塔尔先生吧。”

“我不知道，波特先生。我无法理解一个人怎样才能打拼出你这样的身家。接下来出场警告我远离这个案子的是你的女儿——洛林太太。我们是碰巧在一家酒吧里遇上的，我们之所以会说上话，是因为我俩都在喝兼烈酒——特里的最爱，可在本地并不常见。我不知道她是谁，直到她亲口告诉了我。我向她透露了一点我对特里的感觉，她则给了我一条点拨：如果我胆敢惹你生气，我的职业生涯将是短暂而悲惨的。你生气了吗，波特先生？”

“我生气的时候，”他冷冷地说，“你是不需要问我的。你会确凿无疑地知晓这一点。”

“我也是这么想的。打那以后，我一直在等着流氓团伙的光临，可他们至今都没有出现。警察也没有来烦我。事情完全可以不是这样的。那些人完全可以把我好好教训一番的。我想，波特先生您想要的只是安宁。可我究竟做了什么事情打搅到了您？”

他咧嘴一笑。那是一种乖戾的笑容，但依然是笑容。他将长长的、蜡黄的十指并拢，跷起二郎腿，舒舒服服地向后一靠。

“说得不错，马洛先生。是我给了你说话的机会。现在该听我讲了。你的想法完全正确：我想要的只是安宁。你与韦德一家发生的关系也许是个偶然、是个意外、是个巧合。那就继续保持这种状态吧。我是个看重家庭的男人，尽管在当下这个年代，家庭几乎是一文不值了。我的一个女儿嫁给了一个假正经的波士顿人，另一个女儿经历了一连串愚蠢的婚姻，最后嫁给了一个对她俯首帖耳的穷光蛋，此人放纵她去过一种既无价值又无道德的生活，最后却无缘无故地突然间失去自控，杀害了她。你觉得你无法接受这种说法，因为犯案手法过于残忍。你错了。他用一把毛瑟自动手枪打死了她——他亡命墨西哥时随身带着的正是这把枪。枪杀她后，他又做了接下来的事情，以掩盖弹创。我承认这很残忍，但你要记住：此人上过战场，受过重伤，经历过巨大的痛苦，也曾目睹别人受苦。他也许一开始没打算杀她。也许两人有过扭打，因为那把枪是我女儿的。那是一把小枪，但威力巨大——七点六五口径的，型号为PPK。弹头完全贯穿了她的头部，射入了一道印花棉布窗帘后面的墙体中。他们起初没有找到弹头，所以这一点也就没有见报。现在，让我们细想一下案件情形。”他突然打住了，两眼紧盯着我。“你真的那么需要吸烟吗？”

“不好意思，波特先生。我掏烟的动作是纯粹无意识的。只是习惯了。”我再次收起香烟。

“特里刚刚杀了妻子。从警方局限的视角来看，他的动机很充分。但他同样也有绝好的辩护理由——那把枪是她的，在她的掌握中，他只是试图从她手中夺下枪，但没能成功，是她开枪打死了自己。一个优秀的辩护律师本可以利用这一点大做文章的。他完全可能被判无罪的。如果他那时给我打电话，我是可以帮他的。但他为了掩盖弹道轨迹，把这起谋杀变成了血腥惨案，这下一切辩白都不可能了。他除了逃亡别无选择，而就连逃亡他也干得笨手笨脚。”

“的确如此，波特先生。但你在帕萨迪纳的时候，他一开始给你打过电话，对不对？他告诉我的。”

这个大块头男人点了点头。“我叫他赶快消失，然后我会看看我能为他做些什么。我不想知道他在哪里。这一点至关重要。我不能窝藏一个罪犯。”

“听上去不错，波特先生。”

“我是不是听到了一丝嘲讽？没关系。等到我了解了事情的细节，我就没法再做什么了。我不能容忍这样的谋杀案被送上法庭审判。坦率地说，当我得知他在墨西哥开枪自杀，并留下一份供认状的时候，我是非常高兴的。”

“这一点我能理解，波特先生。”

他的一双浓眉恶狠狠地逼向我。“小心点，年轻人。我不喜欢嘲讽。现在，你能理解我为什么不能容忍任何人再以任何方式继续调查此事了吗？你能理解我为什么动用了全部的个人影响力来确保相关调查尽可能地短暂、尽可能地不为公众所知了吗？”

“当然能——假如你确实相信是他杀了她的话。”

“当然是他杀了她。至于出于何种动机，那就是另外一回事了。这一点也不再重要了。我不是一个公众人物，我也不想做公众人物。我一向煞费苦心地避免一切公众的目光。我有影响力，但我不滥用它。洛杉矶县地检官是个有野心的人，他知趣得很，不会为了这片刻的耸人听闻断送自己的职业生涯。我看到你眼珠子里有一丝闪光，马洛先生。把它抹掉。我们生活在一个被叫做民主社会的国度里，少数服从多数。一个不错的理想——如果它真能运作起来的话。人民负责选举，但党派机器负责提名，而党派机器若想有效运转，就得花大把大把的钱。总得有人向他们提供这笔钱，而这个‘人’——不论他是个人、财团、工会，还是别的什么东西，都期望能够得到某种关照作为回报。而我和我的同类们期望得到的就是能够在体面的私密中过我们的生活。我拥有报纸，但我不喜欢它们。我把它们看做是对我们目前仅存的一点私密的永恒威胁。它们总是不停地嚷嚷着出版自由，而这就意味着——除了少数几个可敬的例外——贩卖丑闻、犯罪、性、哗众取宠、仇恨、含沙射影，以及政治与金融宣传的自由。办一份报纸就是做一桩生意，目的是通过广告收入赚钱。而广告收入取决于报纸的发行量——你知道发行量靠的是什么。”

我起身绕着椅子走了一圈。他的眼睛冷冷地关注着我。我重新坐好。我需要一丁点运气。天，我需要整车整车的运气。

“好吧，波特先生。接下来呢？”

他没在听我说话。他在冲着自己的思绪皱眉。“钱有一种奇怪的特质，”他继续说道。“钱一旦多起来，就获得了一种自我生命，甚至是一种自我意识。钱的力量会变得难以驾驭。人一直是一种贪婪的动物。人口增长、战争的巨额花费、没收性赋税的无尽压迫——这一切都使他变得越来越贪婪。普通人是疲惫又恐惧的，而一个疲惫、恐惧的人无法负担崇高的理想。他必须养家糊口。我们这个时代见证了公德与私德的骇人滑坡。你不能指望一群生活在缺乏品质中的人能拿出品质来。你没法从大规模生产中得到品质。你也不想要品质，因为品质太持久了。于是，你取而代之以款式—— 一种旨在人为产生过时的商业骗局。只有让今年出售的产品在一年之后显得过时，大规模生产才能在来年继续出售其产品。我们拥有世上最洁白的厨房和最闪亮的卫生间。可就在这间可爱、洁白的厨房里，大多数美国主妇却做不出一顿堪吃的饭食，而那间可爱、闪亮的卫生间多半只是一个容器，用来盛放除臭剂、通便药、安眠药，以及那个被称作美容业的诈骗集团提供的各类产品。我们制造着世界上最漂亮的包装，马洛先生。里面的东西却基本上是垃圾。”

他掏出一块白色的大手帕，擦了擦鬓角。我坐在那里，张着嘴，想要弄明白究竟是什么在支撑着这伙计继续生活下去。他似乎憎恶一切。

“这地方对我来说有点太暖和了，”他说道。“我习惯于凉爽一些的气候。我的话听上去越来越像一篇忘了自己究竟要立什么论点的社论了。”

“没关系，我明白你的论点了，波特先生。你不喜欢当今世界的走向，所以你动用手头的一切权力来辟出一个私密的角落，在那里你可以尽可能地按照你的记忆过上五十年前的人们在大规模生产的时代到来前所过的那种生活。你有一千万美元，而这笔钱带给你的只有烦恼。”

他捏住手帕的两个对角，将手帕拉紧，然后将它团成一团，塞进口袋里。

“还有呢？”他不耐烦地问道。

“没有了，就这些了。你不在乎是谁杀了你的女儿，波特先生。你早就对她不抱希望了。就算不是特里·伦诺克斯杀的她，真凶依然逍遥法外，你也根本不在乎。你不希望他被抓获，因为那会让丑闻重新浮出水面，接下来就会有审判，而他的辩护律师会把你的隐私炸到高高的天上去，和帝国大厦一般高——当然咯，除非他愿意行个方便，在开庭前自杀。最好是在大溪地，或是关塔那摩，或是撒哈拉沙漠的最中心。只要是去一个能让县局心疼路费开销，不愿派人去证实事发经过的地方就成。”

他突然笑了——一个大大的、粗犷的微笑，笑容中承载着相当饱满的友善。

“你想从我这里得到什么，马洛？”

“如果你是指要多少钱，那我一分不要。我不是自己要来的。是有人把我带来的。关于我是怎么遇到罗杰·韦德的，我刚才说的是实话。但他确实认识你女儿，他也确实有暴力记录，尽管我没有看出这方面的迹象。昨天晚上，这家伙试图开枪自杀。他是个受着内心折磨的男人。他有强烈的负罪情结。假如我恰好在寻找一个合理的嫌疑人，那他就是个不错的人选。我知道他只是许多人选中的一个，可他恰好是我遇见的唯一人选。”

他站了起来，站直的时候，他确确实实是一个大个子。而且看上去很不好惹。他上前两步，在我面前站定。

“我只需一通电话，马洛先生，就能吊销你的执照。别想敷衍我。我不吃这一套。”

“你只需两通电话，我就会在臭水沟中醒来，嘴啃烂泥——后脑勺不见了。”

他哈哈大笑，笑声刺耳。“这不是我的办事方式。也许在你那个奇怪的行当中，有这种想法是很自然的。我已经让你占用我太多时间了。我这就摇铃叫仆人来把你领出门。”

“不必了，”说完我便站起身来。“我来过你家了，也受过了你的训。谢谢你百忙之中抽空。”

他伸出一只手。“谢谢你能来。我觉得你还是个挺诚实的小子。别逞英雄，年轻人。逞英雄拿不到提成。”

我和他握了手。他那只手的力道就像铁钳。此刻他正慈祥地对我微笑。他是大人物，是赢家——一切尽在掌控中。

“过几天，我说不定会给你点生意做做，”他说道。“出了我家门后，别瞎想我是不是收买了政客和执法人员。我不必这么做。再见，马洛先生。再次感谢你能来。”

他站在那里，目送我走出房间。就在我把手搭在正门上的时候，琳达·洛林不知从哪个角落里冒了出来。

、

“怎么样？”她悄声问道。“你和我父亲处得如何？”

“挺不错的。他向我解释了什么是文明。我是说，是文明在他眼中的样子。他打算让文明再稍稍延续一段时间。但我最好小心点，别打搅了他的私生活。不然的话，他完全可能给上帝打个电话，取消订单。”

“你无可救药了，”她说。

“我？我无可救药了？女士，看一眼你家老头儿吧。和他比起来，我就是一个蓝眼睛的宝宝，摇着一只崭新的拨浪鼓。”

我迈步出了正门，阿摩司已经把凯迪拉克开到门外等着了。他开车把我送回了好莱坞。我想给他一美元，可他不要。我想给他买T·S·艾略特的诗集，可他说他已经有了。

33

一周过去了，我没有听到韦德夫妇的任何音讯。天气闷热潮湿，让人又酸又痛、如被针扎的雾霾一路向西延伸到贝弗利山。从马尔霍兰路的最高处，你能看到雾霾平铺开来，覆盖了整个城市，就像一片贴近地面的薄雾。置身雾霾中，你能尝到它、闻到它，两眼被它扎得生疼。所有人都在抱怨它。在帕萨迪纳——自从电影人们坏了古板的百万富翁们对贝弗利山的兴致后，他们就开始在这里隐居——市府大员们发出愤怒的尖叫。一切都是雾霾的错。如果金丝雀不愿歌唱了，如果送奶工迟到了，如果哈巴狗身上长跳蚤了，如果某个戴着上浆领的老傻瓜在去教堂的路上心脏病突发了，那这一定是雾霾的错。在我住的地方，雾霾通常清晨就散去了，而且几乎总是直到晚上才有。有时候，一整天都没有雾霾。没人知道为什么。

正是在这样的一天——那天恰好是星期四——罗杰·韦德给我打来电话。“你好吗？我是韦德。”他听上去状态不错。

“我很好，你呢？”

“我没喝酒，不好意思。挣钱真辛苦啊。我们得谈谈。我想，我欠你点钱。”

“不必了。”

“哦，那今天一起吃午饭怎么样？你一点左右能不能到我这里？”

“应该可以吧。坎迪怎么样？”

“坎迪？”他的语气十分茫然。那天晚上他一定是失去知觉了。“哦，那天晚上是他帮你抬我上床的。”

“没错。他是个挺有用处的小子——在有些时候。韦德太太呢？”

“她也挺好。她今天进城购物了。”

我们挂上了电话，我坐在那里，摇着我的转椅。我刚才应该问他书写得怎么样了。你大概总是能问一个作家他书写得怎么样了。可话又说回来，也许他对这个问题已经厌烦透了。

没过多久，我又接到了一个电话，这次是一个陌生的嗓音。

“我叫罗伊·阿什特费尔特。乔治·彼得斯叫我给你打个电话，马洛。”

“哦，没错，多谢。你就是那个在纽约认识了特里·伦诺克斯的伙计。他那会儿管自己叫马斯顿。”

“是的。他那会儿可真是个酒鬼。但我能肯定就是这伙计。你几乎不可能认错他。有天晚上，我在这边的察森餐厅里见到了他和他老婆。我当时和一个客户在一起。那位客户认识他俩。但我恐怕不能告诉你客户的名字。”

“我能理解。我猜这也已经不重要了。他那会儿的教名叫什么？”

“稍等，让我好好想想。哦，想起来了——保罗。保罗·马斯顿。还有一件事，也许你会感兴趣。他当时佩戴着一块英军服役勋章。像是英国人的光荣退役章。”

“了解了。他后来怎么样了？”

“我不知道。后来我就来西部了。等我再次见到他的时候，他也来了——娶了哈兰·波特的那个有些狂野的女儿。但这些你都已经知道了。”

“现在他俩都死了。但还是要谢谢你告诉我这些。”

“不客气。很高兴能帮忙。这些事情对你有什么意义吗？”

“完全没有，”我说道——我是个骗子。“我从没有向他打听过他自己的事情。他有一次跟我说，他是在一家孤儿院里长大的。你真的完全没有可能弄错吗？”

“老兄，就他那头白发和那张疤脸？根本不可能。我不敢说我对自己见过的每一张脸都过目不忘，但他那张脸我是绝对忘不了的。”

“他看见你了吗？”

“如果他看见了，那他并没有显露出来。在那种情形下，他这种反应是意料之中的。再说了，他也有可能根本就不记得我了。就像我刚才说的，他在纽约的时候整天喝得醉醺醺的。”

我又向他道了声谢，他回了句不客气，我俩挂断了电话。

我在思绪中沉浸了一会儿。大楼外，路面上的车流声为我的思绪做着不怎么和谐的伴奏。太吵了。炎热的夏日中，一切都是那么吵。我起身关上下半扇窗户，给凶杀科的格林警司打了个电话。他很帮忙，碰巧在办公室。

“听着，”开场白过后我说道，“我听说了特里·伦诺克斯的一些让我困惑的事情。我认识的一个伙计以前在纽约的时候认识他，当时他用的是另一个名字。你查过他的参战记录吗？”

“你们这些家伙永远不知道学乖，”格林厉声说道。“你们永远学不会老老实实管好自己的事情。这个案子已经结了，封存了，绑上铅块沉到海底去了。明白了吗？”

“我上星期跟哈兰·波特在他女儿家那栋位于悠谷的宅子里共度了半个下午。想要核实一下吗？”

“你们在一起干什么？”他没好气地问。“先假设我相信你的话。”

“谈事情。我是被请去的。他喜欢我。不经意间，他告诉了我那姑娘是被一把七点六五毫米口径的PPK毛瑟手枪打死的。你听说了这事儿吗？”

“继续。”

“那是她自己的枪，伙计。这也许就让事情起了一丁点变化。不过，请别误解我。我没在调查什么隐秘的角落。这纯属私事。他是在哪儿受的那处伤？”

格林沉默了。我听到背景中传来关门的声音。接着他悄声说道：“也许是在边境南边的什么地方跟人动刀子时受的伤。”

“咳，得了，格林，你有他的指纹。一如既往，你已经把它们送到华盛顿去了。一如既往，你也已经拿到报告了。我只想就他的参战记录问你几句话。”

“谁说他有参战记录了？”

“唔，门迪·门奈德兹就说过。伦诺克斯似乎一度救过他的命，他的伤就是那时候受的。德国人俘虏了他，给他再造了他现在的那张脸。”

“门奈德兹，是吧？你相信那个狗娘养的？你脑子真是给枪打了。伦诺克斯根本就没有参战记录。他没有用任何名字留下过任何类型的记录。满意了吗？”

“随你怎么说吧，”我说。“但我看不出门奈德兹有什么必要费那么大力气跑到我这里来，添油加醋地跟我讲一个奇遇故事，然后警告我别管闲事，因为伦诺克斯是他还有拉斯维加斯的那个兰迪·斯塔尔的哥们儿，他们不想让任何人胡闹。毕竟，伦诺克斯已经死了。”

“谁知道他那种流氓的脑子里想的是什么？”格林气鼓鼓地说。“或者他为什么这么想？也许伦诺克斯以前入过他们的伙，直到他娶了个富千金，成了个有头有脸的人物。他在斯塔尔的场子里当过一段时间的楼面经理。一个微笑，一个鞠躬，外加一件晚礼服。哄得客户开开心心的，再留神着赌场雇的那些托儿。我猜他的风度正适合这份工作。”

“他确实有魅力，”我说。“警局的人就从来用不上这种品质。非常感谢，警司。格里戈利厄斯警监最近怎么样了？”

“退休了。你不读报纸吗？”

“从来不读犯罪版块的新闻，警司。太肮脏了。”

我张口要说再见，可他生生打断了我。“阔佬先生要你做什么？”

“我们只是在一起喝了杯茶。一次社交拜访。他说他说不定会给我点生意做做。他还暗示说——只是暗示，并没有把话说透——如果哪个警察看我不顺眼，那他的未来将是十分悲惨的。”

“他家不是开警局的，”格林说。

“他承认这一点。他甚至都没有收买警察局长和地检官，他说。他们只是在他打盹儿的时候蜷伏在他的大腿上。”

“见鬼去吧，”格林说完就砰的一声挂断了电话。

当警察真是不容易。你永远不知道你可以安全地在谁的肚子上跳来跳去。

34

从公路到山湾的那段路面残破的车道在正午的热气中跳动着，车道两边焦干的土地上这里一星那里一点的灌木丛这时已被花岗岩粉尘沾染得像面粉一样白。野草的气味让人作呕。空气中吹着一股淡淡的、炙热的酸风。我脱了外套，卷起袖子，但车门太烫，没法把胳膊架在上面。一匹拴着的马没精打采地在一丛槲树下打着盹。一个棕肤的墨西哥人坐在地上，吃着卷在报纸里的什么东西。一棵风滚草懒洋洋地在路面上滚着，最后被一块露出地面的花岗岩挡住了去路。一只刚刚还在那里的蜥蜴看似一动未动，却眨眼间就消失了。

不一会儿，我已绕过山弯，开上了沥青路，进入了另一个县的地界。五分钟后，我拐进了韦德家的私家车道，停好车，踩过铺在门前的板石，揿响门铃。韦德亲自开的门，身穿一件棕白相间的短袖格子衬衫和一条淡蓝色的牛仔布宽松裤，脚踩室内拖鞋。他看上去肤色黝黑健康，状态很好。他的手上有墨迹，一侧鼻翼上有一抹烟灰。

他把我领进书房，自己在书桌后面坐好。桌上放着厚厚一摞黄色的打印稿。我把外套放在椅子上，在沙发上坐下。

“谢谢你能来，马洛。喝点什么？”

我脸上露出的神情就像是听到一个醉汉在请你喝一杯。我能感觉到。他咧嘴一笑。

“我自己来一杯可乐，”他说。

“你恢复得挺快，”我说。“我这会儿不想喝酒。我跟你一起喝杯可乐吧。”

他用脚踩了一下什么东西，不一会儿坎迪进来了。他看上去态度很不好。他身着一件蓝衬衫，打一个橙色的领结，没披白外套。下身是一双黑白双色的鞋子，一条雅致的高腰华达呢长裤。

韦德要了可乐。坎迪狠狠地瞪了我一眼，走开了。

“你的书？”我边说边指了指那摞稿纸。

“没错。糟透了。”

“我不相信。写了多少？”

“大概三分之二吧——有多少价值就不好说了。我看是值不了几个钱。你知不知道，身为一个作家，你怎么判定自己已经玩完儿了？”

“我不怎么了解作家。”我装满了烟斗。

"当他开始读自己的旧作寻找灵感的时候。这是确凿无疑的证据。我这里有五百页的打印稿，十万多字。我的书都很厚。公众喜欢厚厚的书。该死的蠢公众以为，页数越多，里面的金子也就越多。我不敢把它们全读完。我也记不得里面的一半内容了。我只是非常害怕读我自己的作品。"

"你自己看上去气色不错，"我说。"想想你那天晚上的模样，我简直不敢相信。你低估了你自己的胆气。"

"我现在需要的可不仅仅是胆气，不是许个愿就能拈来的东西。我需要的是对自己的信念。可我是个被宠坏的作家，不再有任何信念了。我有一个美丽的家，一位美丽的太太，一份美丽的销售记录。而我真正想要的却只是喝个烂醉，忘掉一切。"

他用双手托住下巴，两眼直直地盯着桌子对面。

"艾琳说我那天想要开枪自杀。情况真的有这么糟吗？"

"你不记得了？"

他摇摇头。"一片空白，只记得我摔倒了，划伤了脑袋。过了一会儿，我就在床上了。你也在。艾琳给你打的电话？"

"没错。她没说吗？"

"过去的这一个星期她都没怎么和我说话。我猜她的忍耐已经到头了。到这里了。"他用手掌往脖子上比划了一道线，紧挨着下巴。"洛林在我家上演的那出戏更是火上浇油。"

"韦德太太说那只是捕风捉影。"

"哈，我就知道她会这么说。而这句话恰恰是事实，尽管我猜她嘴上这么说，心里却不相信。那家伙只是嫉妒心重得离奇。你在角落里跟他老婆喝上两杯，说笑几声，再来个吻别，转眼他就会以为你在和她睡觉。这种心理的一个原因是，他自己没在和老婆睡觉。"

"悠谷有一点让我很喜欢，"我说，"这里的每个人都过着惬意又正常的生活。”

他皱了皱眉，这时门又开了，坎迪端着两瓶可乐和玻璃杯走了进来，斟上可乐，将一杯放在我面前，眼睛看都不看我。

“再过半个钟头开午饭，”韦德说。“那件白外套上哪儿去了？”

“今天我休假，”坎迪面无表情地说。“我不是厨子，老板。”

“弄点儿冷盘肉或是三明治就可以了，外加啤酒，”韦德说。“厨子今天休假，坎迪。我要招待一个朋友吃午饭。”

“你当他是你朋友？”坎迪冷笑道。“最好问问你老婆。”

韦德往椅背上一靠，冲他微微一笑。“说话注意点，小东西。你在我这儿从来没受过什么苦。我麻烦你的次数也不是很多，对不对？”

坎迪低头看着地板。过了一会儿，他抬起头，咧嘴一笑。“好吧，老板。我去穿白外套。我猜我会准备午饭的。”

他轻轻地转身出了门。韦德看着房门关上。然后他耸耸肩，看着我。

“我们以前管他们叫‘仆人’。如今我们管他们叫‘家政服务人员’。我在想，用不了多久，就该是他们躺在床上，我们给他们送早餐了。我给这家伙的报酬太高了。他给宠坏了。”

“工资——还是偷偷地塞钱？”

“塞什么钱？”他厉声问道。

我起身递给他几页折好的黄稿纸。“你最好读读这个。显然，你已经不记得自己求过我把它撕掉了。从你的打字机里拿的，就在罩子下面。”

他展开那几页黄纸，向后一仰，读了起来。那杯可乐在他面前的桌子上嘶嘶作响，可他视若无物。他读得很慢，眉头紧锁。读完了最后一行后，他将稿纸重新折好，一根手指沿着纸边轻轻抚过。

“艾琳看过这个吗？”他小心翼翼地问。

“我不知道。说不定看过。”

“一通胡言乱语，对不对？”

“我喜欢。尤其是一个好人为你而死的那段。”

他重又将纸展开，恶狠狠地撕成一截截长条，扔进废纸篓里。

“我想，一个醉汉大概什么都会说，什么都能干，”他慢吞吞地说。“这些文字在我看来毫无意义。坎迪没在敲诈我。他喜欢我。”

“也许你最好再醉一次。那样你说不定就能想起来你那些话是什么意思了。我们已经有过一次这样的对话了——就是枪响的那晚。我猜那瓶安眠药还让你失忆了。你的那些话听上去很清醒。可你现在却装作不记得写过我刚才给你的那几页东西了。难怪你没法再写书了，韦德。你居然还活着，这真是个奇迹。”

他往边上一伸手，拉开了桌子底下的一只抽屉。他那只手在抽屉里面摸索了一阵，最后掏出了一本三层的支票簿。他打开支票簿，抓起一支笔。

“我欠你一千美元，”他平静地说。他在支票簿里写下数字。然后是在票根上。他撕下支票，拿在手里，绕过桌子，在我面前放下。“可以了吗？”

我往后一靠，抬头看着他，没有伸手去碰支票，也没有回答他。他的脸绷得紧紧的。他的那双眼深邃又空洞。

“我猜你大概以为是我杀了她，让伦诺克斯顶缸，”他缓缓地说。“她是个荡妇，没错。可你不会仅仅因为一个女人是荡妇，就把她的脑袋砸扁。坎迪知道我有时候上那儿去。而这件事情最好玩的地方在于，我认为他并不会跟别人说。我有可能弄错了，但我认为可能性不大。”

“他说不说没多大差别，”我说。“哈兰 · 波特的朋友们不会听他的。还有，杀她用的凶器不是那个青铜家伙。她是被人用她自己的枪射穿脑袋的。”

“她也许有枪，”他说道，语调像是在做梦。“可我并不知道她是被人枪杀的。报纸上没说。”

"不知道，还是不记得了？"我问道。"是的，报纸上没说。"

"你想把我怎么样，马洛？"他的声音依然恍惚如梦，近乎轻柔。"你想要我怎么样？告诉我老婆？告诉警察？那又能有什么好处？"

"你说过，一个好人为你而死了。"

"我的意思只是说，如果他们当时真的认真启动了调查，那我本有可能被确认为一名嫌疑人的——但只是众多嫌疑人中的一名。那样我的人生也就完蛋了——从多个层面上讲。"

"我来这里不是指控你是谋杀犯的，韦德。真正让你心如蚁噬的是，你自己也不确定。你有针对自己妻子的暴力史。你一喝醉就会失忆。你说你不会仅仅因为一个女人是荡妇就砸扁她的脑袋，可这站不住脚。有人恰恰就会这么干。而那个被认作是凶手的人在我看来远远没有你的嫌疑大。"

他走到敞开的落地窗边，站在那里，眺望着窗外湖面上方闪着微光的热气。他没有回答我。他既没有动，也没有说话，如此这般僵持了两分钟，就在这时传来了一声轻轻的叩门声，坎迪推着茶具车走了进来，车上放着一条挺括的白桌布、几只有盖的银盘、一壶咖啡、两瓶啤酒。

"开啤酒吗，老板？"他站在韦德背后问道。

"给我拿一瓶威士忌来。"说话的时候韦德没有回头。

"不好意思，老板。没有威士忌。"

韦德猛地转过身来，冲他大吼，但坎迪毫不退让。他低头看着鸡尾酒桌上的那张支票，读着上面的数字，脑袋随即扭动起来。然后他抬头看着我，嘶嘶地透过齿缝冲我恶语着什么。接着他又看着韦德。

"我现在就走。今天我休假。"

他转身走了。韦德哈哈大笑。

"那我就自己去拿，"他凶巴巴地说道，然后出了房门。

我揭开一只盖子，看到几份做得漂漂亮亮的三角三明治。我拿起一份，倒了点啤酒，站着吃完了三明治。韦德拿着一瓶酒和一只玻璃杯回来了。他在沙发上坐下，倒上一大杯，哧溜一下灌进肚去。外面传来汽车驶离的声音，估计是坎迪跑了，走的是服务人员专用车道。我又拿了份三明治。

“坐下吧，自在点儿，”韦德说。“我们还有一整个下午要消磨呢。”他的脸膛已经开始放光了。他的嗓音洪亮又快活。“你不喜欢我，是不是，马洛？”

“这个问题你已经问过，我也已经答过了。”

“知道吗？你是个没心没肺的狗娘养的。为了得到你想要的，你什么都做得出来。你甚至能趁我烂醉如泥地倒在隔壁房间里不省人事的时候，跟我老婆做爱。”

“那个耍飞刀的跟你说什么你就信什么？”

他又往杯子里倒了点威士忌，举杯向着灯光。

“不是什么都信。威士忌的酒色真漂亮，对不对？醉死在一片金色的洪水中——这主意不坏。‘午夜时分，没有痛苦地就此消逝。’[①]后面一句怎么说？哦，不好意思，你不知道。太文学了。你是个条子，对不对？烦请你告诉我，你怎么会在这里？”

他又喝了几口威士忌，冲我咧嘴一笑。这时他看到了桌子上的那张支票。他伸手一把抓起，隔着玻璃杯读着上面的字迹。

“好像是开给一个叫马洛的家伙的。不知是出于何种原因，为何目的。好像我在上面签了字。我真蠢。我是个爱上当的傻瓜。”

“别演戏了，”我没好气地说。“你老婆在哪儿？”

他礼貌地抬头看着我。“等时候一到，我老婆自会回家的。那时，我肯定已经不省人事，而她就可以从从容容地款待你了。整栋房子到时

---

① 出自济慈的《夜莺颂》第六节第六句。

都听凭你的支配。”

“那把枪在哪儿？”我突然问道。

他面无表情。我告诉他说我把枪放在他桌子里了。“这会儿肯定不在那儿了，”他说。“你尽管去找。只是别偷我的钞票。”

我走到桌边，将桌子里外搜查了一遍。没有枪。有意思。也许艾琳把枪藏起来了。

“听着，韦德。我刚才问你，你老婆上哪儿去了。我觉得她这会儿该回家了。不是为了我，朋友，而是为了你。总得有人照看你，而我打心眼里不希望那个人是我。”

他茫然地瞪着眼睛。他手里还攥着那张支票。他放下玻璃杯，将支票一撕二，二撕四，四撕八，任凭碎片飘落到地板上。

“显然，金额太小了，”他说。“你的服务要价甚高。一千美元外加我太太的献身都不足以满足你。太糟糕了，因为我没法再往高里走了。除非是靠它。”他拍了拍酒瓶。

“我走了，”我说。

“可为什么？你刚才还要我回忆的。好吧——这里，酒瓶里，就是我的回忆。别走远了，哥们儿。等我喝得够高了，我就告诉你被我杀掉的每一个女人。”

“行了，韦德。我会在附近转悠一会儿的。可不是在这里。你要是想找我了，就抓把椅子往墙上摔吧。”

我出了门，任凭门敞着。我穿过那间宽大的客厅，来到户外的露台上。我拖了把躺椅，躲进屋檐下的阴凉处，伸直手脚躺在上面。湖对岸，一片蓝色的雾霭映衬着群山。海风开始渗透低矮的山脉，一路向西，荡涤空气，带走几分多余的热度，分寸把握得刚刚好。悠谷正享受着完美的夏日。一定是有人预先策划好的。天堂股份有限公司，还有“私家靓宅，非请勿进”公司。只有最上档次的人才能进。绝对不能有中欧人。只接受精英，上层人士，那些可爱的人儿。像是洛林夫妇还有韦德夫妇。纯金打造。

35

我在那里躺了半个钟头，努力抉择着下一步的行动。一方面，我想要让他喝个烂醉，看看他能不能酒后吐真言。我想，他在自己家、自己的书房里应该不会有什么大碍。他也许会再跌倒一次，但那得要好一阵子了。这家伙有酒量。再说了，酒鬼是从不会把自己弄成重伤的，虽说我不知这其中的道理。

另一方面，我又想要夺门而出，置身事外，可这种想法是从来不会被我采纳的。否则的话，我当初早就安安稳稳地待在我出生的那座小镇了，然后进了一家五金店，娶了老板的女儿，生了五个孩子，星期天早上给他们读报上的滑稽栏，他们不听话的时候敲他们的脑袋，和老婆喋喋不休地争吵着该给他们多少零花钱，什么样的电视节目能给他们看，什么样的广播节目能让他们听。我说不定还会成为有钱人——小镇上的有钱人，有一栋八房的私宅，一间车库两辆车，每个周日有烤鸡，客厅桌子上摆着《读者文摘》，老婆一头铸铁一样的电烫卷发，我自己一副硅酸盐水泥注成的脑瓜。这样的人生你拿去吧，朋友。我宁可选择这座肮脏污秽又堕落的大城市。

我起身回到书房。他还坐在那里，两眼瞪着空气，那瓶苏格兰威士忌空了大半瓶，脸上一副涣散的愁容，眼中两点黯淡的微光。他看着我，就像一匹马看着围栏外头。

“你要怎样？”

“不要怎样。你还好吗？”

“别来烦我。我肩膀上站着个小人，在讲故事给我听。”

我又从茶具车上拿了份三明治，倒了杯啤酒。我靠在他的桌子上，边啃三明治边喝啤酒。

“知道吗？”他突然问道，声音突然间清晰了许多。“我一度有一个男秘书。我口述，他打字。打发他走了。他坐在那里，等着我创作的模样让我心烦。那是个错误。应该让他留下的。肯定会有传言说我是个同性恋的。那群写书评的聪明小子（因为他们写不出任何别的东西来）肯定会听到风声，然后就开始拼命吹捧我。他们总得照顾自己的同类吧，你知道的。他们全都是娘炮——全都是，一个不漏。娘炮就是我们这个时代的艺术仲裁者，伙计。死变态如今成了大人物。”

“是吗？他可是一直都在啊，难道不是吗？”

他没有看我。他只是说个不停。但他听到了我的话。

“没错，几千年了。尤其是在所有艺术辉煌的时代。雅典、罗马、文艺复兴、伊丽莎白时代、法国浪漫主义运动——全都是这群人。娘炮到处都是。读过《金枝》吗？不，对你来说太长了。不过有删减版的。你该读的。它证明了我们的性习惯纯粹是因循传统——就像是无尾礼服配黑领结。我。我就是个性作家，可我会玩噱头，而且取向正常。”

他抬头看着我，冷冷一笑。“你知道吗？我是个骗子。我的主人公都身高八英尺，我的女主人公整天蜷起双腿仰卧榻上，屁股上都磨出了茧子。蕾丝与褶边，剑与马车，优雅与惬意，决斗与慷慨赴死。全是谎言。那些人用香水代替肥皂，满嘴都是烂牙，因为他们从来不刷牙，指甲缝里散发着陈年肉汁的馊味。法国贵族们会在凡尔赛宫的大理石走廊里对着墙角撒尿，等到你终于将那位可爱的侯爵夫人身上的几重内衣全部褪去，你注意到的头一件事情就是她该洗个澡了。我真该这么写。”

“那你干吗不写呢？”

他咯咯地笑了。“没问题，然后我就只能搬进康普顿的某套五居室了——如果我走运的话。”他弯下腰，拍了拍那瓶威士忌。“你很孤独，朋友。你需要找个伴儿。”

他站起身来，出了房间，步履还算平稳。我等待着，脑子里一片空白。一条快艇轰隆隆地从湖那头开了过来。等到它开进了视距，我才看清它船底的断阶触水，船身高高地跃出水面，后面拖曳着一块冲浪板，板上站着一位高大健壮、被阳光晒得黝黑的小伙子。我走到落地窗边，看着那条快艇一个大转弯——太快了，差点翻船。那个冲浪者单腿跳跃着试图保持平衡，随即嗖地一下被甩进了水里。快艇慢吞吞地停了下来，落水的那人懒洋洋地爬上船，再沿着牵拉索爬回去，翻身又上了冲浪板。

韦德又拿了一瓶威士忌回来了。快艇启动加速，消失在了远处。韦德把第二瓶酒挨着第一瓶放下。他重新坐下，陷入了忧思。

“天啊，你该不会要把这两瓶全喝了吧？”

他眯起眼睛看着我。“滚蛋，伙计。回家去，厨房地板该拖了。你挡着我的光了。”他的声音又含混不清了。他一定是在厨房里先喝过两杯了，一如既往。

“你要是需要我了，就叫唤一声。”

“我绝不可能自贱到需要你的地步。”

“好吧，多谢。我会待在这里，直到韦德太太回家。听说过一个叫保罗·马斯顿的人吗？”

他的脑袋慢慢地抬了起来。他的眼睛重新聚焦了，但费了些气力。我看得出他在努力夺回自控。他赢了——暂时赢了。他面无表情。

“从来没有，”他谨慎地说，语速非常缓慢。“他是谁？”

等到我再度进来查看他的时候，他已经睡着了，嘴巴张着，头发被汗水浸湿了，散发着威士忌的酒气。他的嘴唇向两边扯着，露出牙齿，像是在漫不经心地扮鬼脸，毛乎乎的舌头表面看上去又干又燥。

一瓶威士忌已经空了。桌上的杯子里剩了两英寸高的酒，另一瓶酒还剩下四分之三。我把空瓶子放在茶具车上，推着车子出了房间，然后回来把落地窗关上，再阖上百叶窗的叶片。那条快艇说不定还会开回来吵醒他。我关好书房的房门。

我推着茶具车往外走，一路进了厨房。厨房蓝白色调，宽敞通风，里面空空荡荡的。我还是觉得饿。我又吃了份三明治，喝完了剩下的啤酒，又倒了一杯咖啡喝下肚去。啤酒跑气了，不过咖啡还是热的。吃喝完毕，我又回到了露台上。快艇过了好久才又沿着湖面疾驰而来。四点钟左右，我听到了快艇引擎的轰鸣声由远及近，愈来愈响，最后变成了震耳欲聋的咆哮。真应该立法管管这种事情。也许法律早就有了，但快艇里的伙计根本就不在乎。他喜欢做一个讨厌鬼，就像我遇见的其他人一样。我走下台阶，来到湖边。

这次他成功了。开船的那人转弯减速的幅度刚刚好，冲浪板上的那个棕肤小子尽力把身体往外倾，以对抗离心力。冲浪板几乎飞离了水面，但一侧边缘依然轻轻触水。这时快艇拉正了航道，冲浪板上也依然站着一位冲浪手，两者一道沿着原路愈行愈远，就此消失不见了。快艇驶过时搅起的波浪一路冲向我脚下的岸边，结结实实地拍打在窄码头的墩柱上，泊在那里的一条小船也跟着上下跃动起来。等到我转身回屋的时候，那条船依然被一波波浪头拍打得不得安生。

我一上露台，就听见从厨房那边传来叮咚一声铃响。铃响第二遍的时候，我判定只有正门才有门铃。我穿过房间走了过去，拉开正门。

艾琳·韦德站在那里，两眼望着别处。她一边扭过头来，一边说道："对不起，我忘带钥匙了。"这时她看到了我。"哦——我还以为是罗杰或者是坎迪呢。"

"坎迪不在。今天是周四。"

她进了屋，我关上门。她把一只手袋放在两只长沙发中间的一张桌子上。她看上去冷漠又疏远。她脱下一双白色猪皮手套。

"出什么事儿了吗？"

"呃，有人在喝小酒。没什么大事儿。他在书房里的沙发上睡着了。"

"他叫你来的？"

"是的，但不是为了喝酒。他请我共进午餐。可他自己恐怕颗粒未进。"

"噢。"她缓缓地在一张长沙发上坐下。"知道吗，我先前完全忘记了今天是周四。厨子也不在。我真是太傻了。"

"坎迪临走前准备了午餐。我看我这会儿该撤了。希望我的车刚才没挡你的道。"

她莞尔一笑。"没有。路面足够宽。你不喝杯茶吗？我这会儿正要喝呐。"

"好啊。"我不知道自己干吗要这么说。我不想喝茶。可话就这么出口了。

她脱掉一件亚麻短上衣。她今天没戴帽子。"我就进去瞧一眼罗杰怎么样了。"

我看着她穿过房间，来到书房门前，将门推开。她在那里静立了片刻，然后关上房门，回到我身边。

"他还睡着。睡得很熟。我得上楼待一小会儿。我马上就下来。"

我看着她拿好短上衣、手套和手袋，走上楼梯，进了自己的房间。门关上了。我起身走进书房，想着把那瓶老酒拿开。他要是还睡着，那就不需要这东西了。

36

紧闭的落地窗让房间里又闷又热，阖上的百叶窗叶片让屋里一片昏暗。空气中有一种刺鼻的气味，还有一片过于沉重的静默。从门口到沙发只有区区十六步之遥，我只走了不超过八步，就意识到了沙发上躺着的是个死人。

他侧卧在那里，脸朝着沙发靠背，一只胳膊蜷在身体下面，另一只胳膊的前臂几乎遮住了双眼。他的胸膛和沙发靠背中间有一摊血，血泊之中横着一把韦伯利内击锤手枪。他的半边脸已成了一张染着血污的面具。

我俯身凑近他，凝视着那只大睁的眼睛、那条赤裸美艳的胳膊，就在肘弯内侧边上，我看到了他脑袋上的那个肿胀焦黑的弹孔，鲜血此刻还在汩汩地从中往外喷涌。

我任由他躺在那里。他的手腕依然有体温，但他无疑已经死了。我环视四周，寻找留言或是便条。什么都没有，除了桌上的那叠文稿。揭开套子的打字机摆在架子上。里面空空如也。除此以外，一切都看似平常无奇。不同的人准备自杀的方式也各不相同，有些是用烈酒，有些是用精致奢华的香槟晚餐。有些穿着晚会礼服，有些则一丝不挂。人们会在高墙的顶端自杀，在水沟里自杀，在洗手间里自杀，水中自杀，水上自杀，凌水自杀。他们会在谷仓里上吊，会在车库里吸毒气。这起自杀看上去一目了然。我之前没有听到枪声，因此他一定是趁我在湖边看那个冲浪手大转弯的时候开的枪。当时快艇的动静很大。至于罗杰·韦德为什么要费这个心思，那我就不知道了。也许他并不是存心的。他最终的冲动只是碰巧在快艇驶过时攫住了他。我不乐意事情成了这个样子，可没人在乎我乐意不乐意。

那张撕碎的支票依然散落在地板上，但我置之不理。他那天晚上写的那几页东西被撕成长条，扔进了废纸篓里。这些我并没有置之不理，而是把它们统统拣出来，确信自己没有遗漏片纸，这才把它们塞进口袋。废纸篓里几乎是空的，这让我的工作变得十分简单。想要搞清楚那把枪从何而来则是徒劳的。有太多地方可以用来藏匿了。他可以把枪藏在椅子里面，藏在沙发里面，或是藏在某只靠垫下面；还可以藏在地上，藏在书后面，藏在任何地方。

我出了房间，关上门，侧耳聆听。有声音，从厨房里传来的。我走了过去。艾琳系着一条蓝围裙，水壶刚好开始尖啸。她把火关小，向我投来短暂淡漠的一瞥。

“你的茶想怎么喝，马洛先生？”

“倒出茶壶就好。”

我靠着墙，掏出一根香烟，只是为了手头有点事情好做。我又掐又捏，把香烟掰成两截，将一截扔在地上。她的目光追踪着它落地的轨迹。我弯腰把它捡起来，又把两截香烟捏成一个小球。

她沏好了茶。“我一向喝茶加奶糖，”她回头对我说道。“真奇怪，我喝咖啡时却什么都不加。我是在英国学会喝茶的。他们不加糖，只加糖精。战争爆发后，他们当然就没有奶精了。”

“你在英国生活过？”

“我在那里工作过，一直待到伦敦大轰炸结束。我遇到了一个男人——但这件事我已经告诉过你了。”

“你是在哪儿遇见罗杰的？”

“在纽约。”

“在那里结婚的？”

她猛地转过身来，皱起眉头。“不，我们不是在纽约结的婚。怎么啦？”

“不过是趁着茶泡开的工夫聊两句。”

她从洗涤槽上方的窗户向外望去。从那儿她可以一直看到下面的湖水。她倚着滴水板的边沿，手上摆弄着一块叠好的茶巾。

“不能再这样下去了，”她说，“可我不知道该怎么做。也许只能把他送进一家监护机构了。可我没法想象自己做那样的事情。我必须得签一份东西，对不对？”

她一面问出这个问题，一面转过身来。

“这件事情他可以自己来做，”我说。“我的意思是，他本可以这么做的，现在晚了。”

定时器的铃响了。她再度转身面向洗涤槽，将茶水从一只茶壶里倒进另一只。接着她把第二只茶壶放上托盘，托盘上面已经摆好了茶杯。我走上前，拿起托盘，端到客厅里两只长沙发中间的桌子上。她正对着我坐下，倒了两杯茶。我伸手拿起我那杯，放在面前，等着茶凉。我看着她往自己的那杯里放了两块糖，一点奶。她尝了一口。

“你刚才那句话是什么意思？”她突然发问道。“他本可以这么做的，现在晚了——把自己送进一家监护机构，你指的是这个，对不对？”

“我想那只是句随口胡诌吧。你有没有把那把枪藏起来？我跟你说过的。就是他在楼上演了那出戏的第二天早上，你知道的。”

“藏起来？”她皱起眉头重复着我的话。“没有。我从没有干过这种事情。我不相信这样做有什么好处。你为什么这么问？”

“你今天还忘了大门钥匙？”

“我告诉过你我忘了。”

“但却没有忘记车库钥匙。而在这样的大宅里，外面的门通常都是凭主控钥匙打开的。”

“我不需要用钥匙开车库门，”她厉声答道。“用开关就行了。正门里面有一个继电器开关，你一推开关就可以出门。车库边上也有一个开关可以开那道门。通常我们都不关车库门。有时坎迪会出去关上。”

“我明白了。”

“你今天一直在说一些奇奇怪怪的话，”她的声音里带着刺。“那天早上也是的。”

“我在这栋宅子里经历了一些奇奇怪怪的事。手枪在半夜里走火；

醉鬼横卧在门前的草坪上；医生上门后却什么都不肯做；可爱的女人伸开双臂搂住我的脖子，对我说着情话，像是把我错当成了别人；外加一个耍飞刀的墨西哥男仆。那把枪的事情很让人遗憾。可你并不真爱你丈夫，对不对？我之前好像已经说过这句话了。”

她缓缓地站起身来。她面容平静得就像蛋奶糊，但她那双紫罗兰色的眼睛似乎不复先前的光彩，也少了最初的温柔。接着她的嘴唇开始颤动起来。

“是不是——是不是出了什么事？”她一字一顿地问道，目光投向书房。

我刚刚来得及点点头，她就已经拔腿跑了起来。眨眼间她就奔到了门口。她猛地推开门，冲了进去。我本以为会听到一声尖叫，可我错了。什么都没有。我感觉很糟糕。我应该先把她稳住，再小心翼翼地启动那老一套的噩耗传达流程的：准备好，您请坐，我很遗憾地告诉您，刚刚发生了一件十分严重的事情。等等等等。等到你终于走完了这整套流程，你也并没有免除任何人的任何痛苦。在很多情况下，你只是让事情变得更糟。

我起身跟着她进了书房。她跪在沙发边上，把他的头抱在胸前，身上沾满了他的鲜血。她没有发出任何声响。她的双目紧闭。她那双膝着地的身体拼命地前后摇摆着，一面紧紧抱住他。

我退了回去，找了一部电话和一本电话簿。我查到了看似离这里最近的县治安官办公室，拨了过去。远近其实并不重要，反正他们可以用无线电调派的。然后我走进外面的厨房，拧开水龙头，从口袋里掏出撕成长条的黄稿纸，冲进电动厨余粉碎器。接着我又将另一只茶壶里的茶叶倒掉。只几秒钟的工夫，那东西就消失了。我关上水龙头，切断电源。我回到客厅，打开正门，跨了出去。

这附近一定有辆巡逻车，因为不到六分钟，一位巡警就赶到了。直到我把他领进书房，她依然跪在沙发边上。他立刻赶到她身边。

“很抱歉，夫人。我理解你现在的感受，可你不应该触碰任何东西。”

她转过头去，随即赶忙站起身来。“这是我丈夫。他中枪了。”

他脱下警帽，放在桌上，然后伸手抓起电话机。

“他名叫罗杰·韦德，”她用尖利冰冷的嗓音说道。“他是位著名的小说家。”

“我知道他是谁，夫人，”县警说道，然后拨了电话。

她低头看着衣衫的前襟。“我能上楼换件衣服吗？”

“当然可以。”他朝她点点头，冲电话里说了句什么，挂上话筒，转过身来。“你说他中枪了。那意味着是另一个人朝他开的枪？”

“我认为是这个人谋杀了他，”她说这话时并没有看我，说完便快步离开了房间。

县警看着我。他掏出笔记本来。他在上面写了点什么。“我最好记下你的名字，”他用不经意的口吻说道，“还有住址。刚才就是你打的电话？”

“是的。”我报上了我的名字和住址。

“放松点，奥尔斯警督正赶过来，我们等等他。”

“伯尼·奥尔斯？”

“没错。你认识他？”

“当然啦。我认识他好久了。他以前在区检官办公室里工作。”

“那是好久以前啦，”县警说道。“他现在是凶杀组副组长，在洛杉矶县治安官办公室里工作。你是这家人的朋友吗，马洛先生？”

“韦德太太刚才的话似乎不是这个意思。”

他耸耸肩，似笑非笑。“放松点，马洛先生。你该没带枪吧？”

“今天没带。”

“我最好确认一下。”他说到做到。然后他将目光投向沙发。“在这种情境下，你不能指望太太表现得很理智。我们最好到外头等。”

37

奥尔斯是个中等个头、身材粗壮的男人，一头暗金色的头发剪得短短的，外加一双暗蓝色的眼睛。他长了两道粗硬的白眉；想当初，在那些他还戴帽子的日子里，每次他一脱帽，你总会暗暗有些吃惊——这么大一颗脑袋，远远超乎你的想象。他是一个坚忍硬派的警察，对人生有着非常灰暗的看法，但表层之下却是一个相当正直的伙计。他好多年前就该当上警监了。他已经以名列三甲的成绩通过晋升考试五六次了。但县治安官不喜欢他，他也不喜欢县治安官。

他搓着下巴走下楼梯。许多支手电筒已经在书房里照了好久了。人们进进出出。我却只是和一个便衣警探在客厅里干坐着，等待着。

奥尔斯挨着椅子边坐下，晃荡着两只手。他嘴里嚼着一支没点火的香烟。他满脸忧思地看着我。

“还记得过去的那些日子吗？当年他们在悠谷里设了一个警卫室，还有一支私家警卫部队。”

我点点头。“还有赌场。”

“没错。你阻止不了那种事。如今这整片山谷依然是私人地产。就像过去的箭头泉，还有翡翠湾。上一次我接到一个没有记者在周围上蹿下跳的案子一定是很久以前的事了。肯定有人在彼得森县治安官的耳朵边上说了悄悄话。他们把这个案子给捂了起来，不让媒体嗅到。”

“他们可真是太贴心了，”我说道。“韦德太太怎么样？”

“太放松了。她一定是吃了几粒药片。楼上有好多种药呐——甚至有德美罗。那可不是什么好东西。你的几位朋友最近运气都不怎么好，对不对？全都丢了小命。”

"我对此无可奉告。"

"开枪自杀案总是能勾起我的兴趣，"奥尔斯漫不经心地说。"太容易伪造了。他太太说是你杀了他。她为什么会这么说？"

"她这只是一种修辞的说法。"

"这里没有别人。她说你案发时知道这伙计在哪儿，知道他正在把自己灌醉，知道他前两天晚上开过这支枪，当时她还不得不跟他一番争抢，从他手里把枪夺下。那天晚上你也在。你好像没有帮上太多忙，是不是？"

"我今天下午搜过他的书桌。那把枪不在。我之前告诉过她枪在那里，还叫她把枪收起来。她现在却又说她不相信这么做能有什么好处。"

"这个'现在'又指的是什么时候呢？"奥尔斯生硬地问道。

"在她回家之后，在我给警察分局打电话之前。"

"你搜过桌子。为什么？"奥尔斯抬起双手搁在膝盖上，两眼无动于衷地看着我，好像他根本不在乎我说什么。

"他正在把自己灌醉。我觉得，把枪放在别的地方会比较好。可他那天晚上并没有真想自杀。他不过是在装样。"

奥尔斯点点头。他从嘴里掏出那支嚼过的香烟，把它扔进烟灰缸，又用一支新香烟取代了它。

"我戒烟了，"他说。"那阵子咳嗽得太厉害了。可这些该死的东西依然不肯放过我。嘴里不嚼一根，我就觉得不对劲。你当时是不是应该在他一个人的时候看着他？"

"当然不是啦。他约我出来吃午饭的。我们谈了一会儿，他对于写作进展不顺利有些抑郁。他决定借酒浇愁。你认为我应该把他手里的酒瓶子抢走？"

"我还没有开始'认为'呢。我只是在试图了解情况。你们喝了多少酒？"

“只喝了啤酒。”

“你到这里来纯属走了霉运，马洛。那张支票又是干什么的呢？就是那张他写了金额、签了字，然后又撕掉的支票。”

“他们全都想要我来这里住下，好生看着他。这里的‘全’指的是他本人、他太太，还有他的出版商——一个叫霍华德·斯宾塞的男人。他人在纽约，我猜是的。你可以去找他核实一下。我拒绝了。随后她亲自上门来找我，说她丈夫喝得烂醉、离家出走了，她很担心，请我能不能设法找到他，把他领回家。我照办了。紧接着，我又把他从自家门前的草坪上一路扛进屋，再安顿他上床休息。我根本不想掺和这摊子事，伯尼。可它却不知怎的在我前后左右冒出头来，把我裹在了当中。”

“这跟伦诺克斯的案子没有关系，是吧？”

“天啊，够啦。根本就没有什么伦诺克斯案。”

“千真万确，”奥尔斯干巴巴地说道。他捏了捏膝盖骨。一个人从前门走了进来，跟另外一个警探说了句什么，然后径直走到奥尔斯跟前。

“门外站着一个叫洛林大夫的家伙，警督。他说有人叫他来的。他是那位太太的医生。”

“让他进来。”

那警探退了回去，洛林大夫走了进来，夹着他那只挺括的黑包。他一身精纺毛料夏季西服，仪态冷静优雅。他从我身边走过，看都不看我一眼。

“在楼上？”他问奥尔斯。

“是的——在她自己的房间里。”奥尔斯站起身来。“你给她开德美罗做什么，大夫？”

洛林大夫朝他皱皱眉。“我给我的病人开我认为合适的药，”他冷冷地说。“我不需要解释这么做的理由。再者，谁说我给韦德太太开德美罗了？”

“我说的。药瓶就在那里，上面有你的名字。她在卫生间里开了家像模像样的药房。也许你不知道，大夫，但那里陈列的药品可谓应有尽有，凡是市里有的在那里都能找到。蓝药片、红药片、黄胶囊、安眠丸，还有清单上的其余所有品种。德美罗却是所有这些药物当中最糟糕的。戈林就是靠这种药片苟活的，我听说是这样的。他们捉住他的时候，他一天要吃 18 粒。陆军军医们花了三个月的工夫才控制住了他的药瘾。”

“我不知道你这些话是什么意思，”洛林用冰块般的声音说道。

“你不知道？真遗憾。蓝药片是阿米妥钠。红药片是速可眠。黄胶囊是戊巴比妥钠。安眠丸是一种掺有安非他明的巴比妥类催眠药。德美罗是一种能够快速上瘾的合成镇定剂。你就这么随随便便地把它们派发了出来，是吧？那位女士遭受着什么严重病痛的折磨吗？”

“一个酒鬼丈夫对于一个敏感的女人而言可谓非常严重的病痛了，”洛林大夫答道。

“你一直没抽出空来给他瞧瞧，是不是？真遗憾。韦德太太在楼上，大夫。感谢你的宝贵时间。”

“你很无礼，警官。我要举报你。”

“可以，悉听尊便，”奥尔斯说。“可在你举报我之前，请你先做一件事。务必让那位女士保持头脑清醒。我有问题要问她。”

“我只会严格采取对控制她的病情最有利的措施。你知道我是谁吗，顺便问一句？另外，我只想澄清一点：韦德先生不是我的病人。我不给酗酒者治病。”

“只治他们的老婆，是吧？”奥尔斯冲他厉声叫道。“是的，我知道你是谁，大夫。我的心灵正在悲悯中泣血。我是奥尔斯。奥尔斯警督。”

洛林大夫抬步上了楼。奥尔斯重新坐下，冲我咧嘴一笑。

“面对这号人的时候你得采取点外交策略，”他说道。

一个男人从书房里面冒出来，来到奥尔斯跟前——一个表情严肃的瘦子，架着眼镜，额头宽阔，看上去很有脑子。

“警督。”

“快说。”

“伤口是接触伤，典型的自杀案例，伤口组织还有气压造成的明显膨胀。死者眼球突出，也是由同样原因造成的。我认为枪体外表面上不太可能发现指纹。上面全都是血。”

“有可能是他杀吗？假设这家伙当时睡着了，或是醉倒了。”奥尔斯问他。

“当然有可能，可是没有任何这方面的迹象。那是一把韦伯利内击锤手枪。通常来讲，这种枪的击铁板扳起时很费力，扳机扣动时却很轻松。后坐力揭示了枪在现场的位置。我看不出任何与自杀说不符的地方。我预计血液酒精浓度会很高。如果读数太高的话——”他顿了一下，意味深长地耸耸肩——“那我也许会用质疑的眼光审视自杀说。”

“多谢。有人联系了验尸官吗？”

那人点点头，走了出去。奥尔斯打了个呵欠，看看手表。然后他看着我。

“你想走吗？”

“当然想啦，如果你肯放我走的话。我还以为我是嫌疑人呢。”

“过一会儿我们也许就会满足你的愿望。别跑远了，待在我们找得到你的地方，我对你的要求就这些。你以前当过警察，你知道警察是怎么干活儿的。有些案子你得快刀斩乱麻，以免证据从手头溜走。而这个案子却恰恰相反。如果这真是一起凶杀案，那么是谁想要他的命？他老婆？她不在现场。你？好吧，当时房子里就你一个人，你知道枪在哪里。完美的作案计划。万事俱备，只欠动机。另外，我们或许还得考虑一下你在这方面的老道经验。我猜想，如果你真要杀一个人，那你或许是可以把事情做得不那么明晃晃的。”

“多谢，伯尼。这一点我确实做得到。”

“用人们也不在。他们出去了。所以作案的只能是某个恰好在那个时候登门的人。这个某人还得知道韦德的枪在哪里，还得撞见他醉得睡死过去或是不省人事，还得在快艇的噪音足以掩盖枪声的那一刻扣动扳机，还得在你回到屋里之前逃之夭夭。根据我现有的信息，我根本不相信有这么个人。唯一一个有手段、有机会作案的人恰恰是那个不会利用它们的人，原因很简单：他是唯一一个具备这些条件的人。”

我起身告辞。“好吧，伯尼。我整晚都会待在家里等着的。”

“还有一件事，”奥尔斯若有所思地说道。“这位韦德是个大牌作家。大把的钱，大把的名。我本人不怎么喜欢他写的那种垃圾。你在妓院里碰到的人说不定都比他笔下的那些人物更体面。这当然只是个品味问题，与我作为一名警察的职责无关。坐拥金山的他在全国最宜居的一个地方安了一个美丽的家。他拥有一位美丽的妻子，许多朋友，远离任何烦恼。我想知道的是，究竟是什么事把这一切变成了无边苦海，逼得他只能扣下扳机？这里头肯定有什么事，我闭着眼睛都能猜到。你要是知道内情的话，最好痛痛快快地实话实说。回头见。”

我走到门口。看门的那人回头看看奥尔斯，得到了他的暗示，这才放我出去。我钻进自己的车，小心翼翼地开上草坪，绕过许多辆堵在车道上的公务车辆。到了大门口，另一名县警将我上下打量了一番，但什么都没说。我戴上墨镜，掉头朝主干道驶去。路面空空荡荡，一片平和。午后的阳光直射着一片片精心修剪过的草坪，还有草坪后面的那一栋栋奢华宽敞又大气的豪宅。

一个并非默默无闻的男人死在了悠谷的一栋宅邸里，倒在了一片血泊之中，而那片懒洋洋的静谧却丝毫没有被打破。对于报纸而言，这起事件就像是发生在西藏一样。

在公路的一个弯道处，两片地产的围墙延伸到了路肩，一辆墨绿色的警车停在那里。一名县警从车上下来，举起一只手。我停下车。他来到车窗边。

“请问，我能看一下你的驾照吗？”

我掏出钱包，敞开着递给他。

“只要驾照，拜托。按规定我不能触碰你的钱包。”

我抽出驾照，递了上去。“有问题吗？”

他朝我车里瞥了一眼，把驾照递还给我。

“没有问题，”他说道。“只是常规检查。抱歉，麻烦你了。”

他挥手放行，转身回到那辆停着的警车边。警察都这样。他们从不告诉你他们做的任何事情是为了什么。那样的话，你就发现不了他们自己也不清楚这个问题的答案了。

我开车回家，给自己买了两瓶冷饮，出去吃了晚饭，又回到家，打开窗户，敞开衬衣，等待着发生点什么。我等了很久。九点钟的时候，伯尼·奥尔斯打来电话，叫我过去，还嘱咐我路上不要停车采野花。

38

他们让坎迪坐在治安官接待室里一把靠墙的硬椅子上。他恶狠狠地注视着我从他身边经过，走进一间宽敞四方的房间——彼得森县治安官就是在这里接受觐见的，身边环绕着琳琅满目的纪念赠品，每一件都见证着公众对于他二十年来的忠诚服务如何感激涕零。四面墙壁上挂满了马的照片，彼得森治安官在每一幅照片中都屈尊现身。他那张精雕细琢的办公桌四角全是马头。他的墨水池是一只打磨光滑、安在底座上的马蹄，和它配对的另一只马蹄里装满了白沙，上面插着钢笔。每一件纪念品上都有一个金牌，讲述着这样或那样一个特别的日子。一张洁白无瑕的吸墨纸中央是一袋“杜汉公牛”烟草和一包棕色的卷烟纸。彼得森治安官自己卷烟。他完全能在马背上用单手卷烟，而且经常这么干，尤其是在他跨上一匹披挂着墨西哥马鞍、马鞍上缀满了美丽的墨西哥银饰的高头白马，在游行队列中打头阵之时。马背上的他头戴一顶墨西哥平顶宽边帽。他的骑术精湛，他的马儿总是知道该在哪一刻保持安静，又该在哪一刻耍点性子，好让治安官带着他那深不可测又平静似水的微笑，单手将它制服。治安官很能拿腔拿调。他生了一张俊朗似鹰的侧脸，下巴下面有点松垂，但他知道该怎么昂起头，不让这一点过分显现。他煞费苦心、不厌其烦地让自己出现在镁光灯前。他五十好几，他的父亲——一个丹麦人——留给了他一大笔钱。治安官的模样不怎么像丹麦人，因为他一头黑发、一脸棕肤，那副面无表情的镇定仪态就像个烟草店里的印第安人，脑瓜也像。可从没有人说过他贪赃枉法。他手下各部门里面当然出过腐败分子，他们蒙蔽了他，正如他们蒙蔽了公众，但这些腐败事件丝毫没有对彼得森治安官的声名造成影响。他依然不费吹灰之力地一次次当选，跨着白马在游行队列中打头阵，面对镜头审问嫌犯。报纸的大字标题都是这么说的。事实上，他从没有讯问过任何人。他根本不知道该如何讯问。他只是坐在桌子后面，用严厉的目光看着嫌犯，将侧脸对着镜头。闪光灯会亮起，摄像师会毕恭毕敬地谢过治安官，嫌犯嘴还没张就会被人带离，治安官则会打道回府，直奔他那片位于圣费尔南多谷的大牧场。你永远可以打那里的电话联系到他。如果你没法找到他本人，你总可以和他的某匹马聊一聊。

偶尔，某场选举中也会发生这样一幕：某个误入歧途的政客觊觎彼得森治安官的职位，竟会送给他这样一堆雅称：“靠侧影吃饭的家伙”，或是“自动烟熏的火腿”，可这种伎俩完全无效。彼得森治安官继续一次次地当选，活生生地见证着这样一个事实：在我们这个国家，哪怕你没有任何相关资质，你也可以将一个重要公职永久性地收入囊中，只要你的鼻子不去乱嗅是非，你的脸还算上照，你的嘴巴闭紧点，别乱说话就行了。除此之外，你要是还能亮出马背上的英姿，那就更是不可战胜了。

奥尔斯和我进去的时候，彼得森治安官正站在办公桌后面，摄像小子们正从另一扇门中鱼贯而出。治安官戴上了他那顶白色牛仔帽。他正在卷烟。他已经准备好打道回府了。他目光严厉地看着我。

“这是谁？”他用低沉浑厚的嗓音问道。

“他叫菲利普·马洛，头儿，”奥尔斯说。“韦德自杀的那栋房子里唯一在场的人。你要拍张照吗？”

治安官打量了我一番。“不拍了，”说完他就朝一个一头铁灰色的头发、面容疲倦的大个子转过身去。“你要是需要找我，埃尔南德斯警监，我总归在牧场。”

“是，长官。”

彼得森拿一根粗头火柴点着了烟——用大拇指划的火柴。彼得森治安官可不用打火机。他绝对是那种自己卷烟、单手点火的汉子。

他道了声晚安，出了房门。一个面无表情、一双黑眼目光凌厉的人——他的保镖——随他一起走了。门关上了。他一走，埃尔南德斯警监就走到办公桌边，坐进了治安官的那把大得出奇的椅子，角落里的一名速记机打字员把支架从墙边上往外挪了挪，好腾出操作空间。奥尔斯站在桌子一头，一副乐坏了的表情。

“好啦，马洛，”埃尔南德斯轻快干脆地说。“快说吧。”

“为什么我没有上照片？”

“治安官发话了，你听到的。”

“是的，可为什么？”我哀怨地问道。

奥尔斯哈哈大笑。“该死的，你知道为什么。”

“你是说，因为我高大、黝黑又英俊，也许会吸引读者的注意力？”

“够了，”埃尔南德斯冷冷地说。“快供述你的陈词吧。从头开始。”

我照办了，从头开始：我和霍华德·斯宾塞的面谈，我与艾琳·韦德的会面，她如何求我去找韦德，我如何找到了他，她如何请我去他们家，韦德求我做了什么，我又是如何发现他倒在木槿丛边不省人事，等等等等。速记员全都记了下来。没有人打断我。我说的全都是真的。真相，只有真相。可并非是全部的真相。至于我漏掉了什么，那就是我自己的事了。

“很好，”埃尔南德斯终于说道。“可并不完全。”这位埃尔南德斯——这可是个火眼金睛的冷面狠角儿。治安官办公室里总得有一个这样的人物。“韦德在自己卧室里开枪的那天晚上，你进过韦德太太的房间，在那儿关着门，逗留了一段时间。你在里面做什么？”

“她把我叫进去的，问我他怎样了。”

“干吗要关门？”

“韦德半睡半醒着，我不想发出任何嘈杂声。再说了，那个男仆正猫在外面偷听呐。再说了，是她叫我关的门。我当时并没有意识到这会有什么大不了的。”

“你在里面待了多久？”

“我不知道。大概有三分钟吧。”

“我认为你在里面待了两个钟头，”埃尔南德斯冷冷地说。“我的意思够明白吗？”

我看着奥尔斯。奥尔斯不知在看什么。他一如既往地嚼着一根没点着的香烟。

“你被人误导了，警监。”

“我们等着瞧。离开房间后，你下楼去了书房，然后在沙发上过的夜。也许我应该说后半夜。”

“他打电话到我家的时候，已经是晚上十点五十了。当晚我最后一次去书房的时候，早已过了两点钟了。你要愿意的话，就管那叫后半夜吧。”

“把那个男仆带进来。”埃尔南德斯说。

奥尔斯出去了，回来的时候身后跟着坎迪。他们让坎迪坐进一把椅子里。埃尔南德斯问了他几个问题，再次确认了他的姓名身份等信息。然后他开口道：“好啦，坎迪——方便起见，我们就这么叫你吧——你和马洛一道帮罗杰·韦德上床就寝之后，发生了什么？”

我或多或少已经猜到了接下来会发生什么。坎迪用一种恶毒的低语声讲述着他的故事，几乎完全没有口音。他似乎能任意开启或关闭口音，就像安了个开关似的。他的故事是这样的：他当时一直在楼下转悠，以防又有用得着他的状况；他一半时间待在厨房里，给自己弄了点吃的，一半时间待在客厅里。就在他坐在客厅里靠近正门的一把椅子上的时候，他看见艾琳站在自己房间的门口，眼看着她脱了衣服。他还看到她披了一件睡袍，睡袍下面不着一丝；看到我进了她的房间，我关上门，在里面待了好久——可能有两个钟头。他于是上了楼，竖耳聆听。他听见弹簧床垫在咯吱作响。他听见了耳语声。他的意思再清楚不过了。他说完后，毒辣地看了我一眼，扭曲的嘴角绷得紧紧的，上面写满了恨意。

“把他带出去，”埃尔南德斯说。

“等一等，”我说道。“我想问他几个问题。”

“我是这里问问题的人，”埃尔南德斯厉声道。

“你不知道该怎么问，警监。你不在场。他在撒谎，这一点他知道，我也知道。”

埃尔南德斯往椅背上一靠，拿起治安官的一支笔。他折弯了笔杆。那支笔又长又尖，是用硬马鬃做的。他一松开笔尖，笔杆便又弹回了原状。

“问吧，”他终于说道。

我面对着坎迪。“你看到韦德太太脱衣服的时候，你人在哪里？”

“我坐在正门边上的一把椅子里，”他没好气地答道。

“在正门和两张面对面的长沙发之间？”

“我刚才说的啥就是啥。”

“韦德太太在哪儿？”

“就在她自己房间的门后面。门开着。”

“客厅里当时有什么灯光？”

“有一盏灯。那盏高高的灯，他们管那叫升降落地灯。”

“二楼楼道里有灯光吗？”

“没有。她的卧室里有灯光。”

“她的卧室里有什么样的灯光？”

“很暗的光。也许是床头灯。”

“不是吊顶灯？”

“不是。”

“她脱了衣服之后——就站在房门后面，你刚才说的——披上了一件睡袍。什么样的睡袍？”

“蓝色的睡袍。很长，像是居家服。她还系了一条腰带。”

“所以说，如果你之前没有亲眼看见她脱了衣服，你就无从知道她睡袍之下穿了什么，对吗？”

他耸耸肩，神情稍稍有些不自在了。“是。没错。可我确实看见她脱了衣服。”

“你是个骗子。客厅里没有任何一处位置能让你看见她脱衣服，就算她刚好站在卧室门口，更不用说站在房间里面了——除非她走到楼道里来。可那样的话，她就看到你了。”

他只是对着我怒目而视。我朝奥尔斯转过脸去。“你见过那栋房子。

埃尔南德斯警监还没有——是吗？”

奥尔斯微微摇了摇头。埃尔南德斯皱起眉头，一言不发。

“埃尔南德斯警监，客厅里没有一处位置可以让他看见哪怕是韦德太太的脑袋，就算他站起身来——而照他的说法，他是坐着的——只要她没有迈出卧室的门槛，或是干脆就在房间里面。我个头比他高四英寸，而我刚好站在那栋房子正门里面的时候，也只能看见二楼一扇洞开房门的顶端一英尺。她只有走到门外，靠近楼道边缘，才可能被他看见他声称亲眼目睹了的那一幕。可她有什么理由要这么做呢？她又有什么理由要站在哪怕是房间门口脱衣服呢？这根本就不合情理。”

埃尔南德斯只是看着我。然后他看着坎迪。“你在里面待了多久的问题又该怎么解释呢？”他轻声问道，问题却是指向我的。

“关于这一点，纯粹就是你愿意信他还是信我了。我现在只是在讨论一个可以证明的问题。”

埃尔南德斯朝坎迪恶狠狠地骂了几句西班牙语，语速太快，我没听懂。坎迪只是一脸愠色地瞪着他。

“把他带出去，”埃尔南德斯说。

奥尔斯竖起大拇指，拉开房门。坎迪出去了。埃尔南德斯拿出一盒香烟，往嘴里塞了一支，掏出一只金色的打火机点上。

奥尔斯返身回到房间。埃尔南德斯平静地说：“我刚才只是告诉他，如果将来有死因调查讯问，他胆敢在庭上讲那个故事的话，他就会因为作伪证进圣昆丁监狱，少则一年，多则三年。他这么心如蚁噬的原因再明显不过了。又一个欲火焚身的老套案例。要是他当时在现场，而我们也有理由怀疑谋杀的话，那他本可以做一个绝好的替罪羊的——只是他应该会用刀的。我之前的感觉是，韦德的死还让他挺难过的。你有什么问题要问吗，奥尔斯？”

奥尔斯摇摇头。埃尔南德斯看着我说道：“明早再来一趟，在你的陈词上签字。到时候我们应该已经整理打印出一份完整的书面稿了。我们要在十点钟前出一份尸检报告，反正只是初步的。这样的安排你有什么不喜欢的地方吗，马洛？”

“您不介意改动一下这个问题的问法吧？您的言下之意像是在暗示这里头有什么地方是我非常喜欢的。”

“好吧，”他疲惫地说。“走吧。我要回家了。”

我站了起来。

“当然，我从没有真的信过坎迪跟我们扯的那个故事，”他说道。“我只是拿他当开瓶器了。希望你不要闹什么情绪。”

“完全没有情绪，警监。完全没有情绪。”

他们看着我出了门，没有道晚安。我走过长长的走廊，来到希尔街的入口处，钻进我自己的汽车，开车回家。

我的的确确是完全没有情绪。我感觉空洞虚脱得就像星辰之间的太空。我一到家，就给自己调了一杯带劲儿的酒，然后站在客厅里敞开的窗户边上，一边抿着酒，一边听着月桂谷大街上汹涌的车流声，望着这座巨大狂暴的城市射出刺目的光芒，笼罩在将大街拦腰截断的群山山肩之上。远处，警车与救火车的鸣笛声忽高忽低，如女巫的尖啸，彻底的宁静从来不会持续很久。一天二十四小时，总有人在逃跑，总有人在追逃。窗外，在那片上演着千宗罪的夜色中，有人在死去，在遭受摧残，被飞起的玻璃割伤，狠狠地撞上方向盘，或是身陷沉重的轮胎下。有人在被毒打、被抢劫、被扼死、被强奸、被谋杀。有人在忍受饥饿、疾病、厌倦，绝望地面对孤独、悔恨或恐惧，他们愤怒、残忍、狂乱，浑身战栗，泣不成声。一座相较而言并不特别糟糕的城市，一座富裕的、充满活力与骄傲的城市，一座迷失的、垮掉的、从里到外全是空虚的城市。

这一切全都取决于你屁股坐在哪里，取决于你自己心里记着怎样的一本账。我没有账本。我也不在乎。

我喝完了那杯酒，上床睡觉。

39

死因调查讯问是场彻头彻尾的失败。验尸官不等医学证据全部出来就匆匆上阵，因为他担心公众的注意力会在他的手中消融殆尽。他根本不用操这个心的。一个作家的死讯——哪怕是一个名头响当当的作家——从来就不会在新闻版面上停留太久，况且那个夏天它的竞争者实在太多了。一个国王退位了，另一个国王被暗杀了。一周之内，三架大飞机失事了。一家大电讯社的一把手在芝加哥他自己的汽车里被人开枪打成了碎片。二十四名囚犯在一场监狱大火中被活活烧死。洛杉矶县验尸官真不走运。他错过了生活中的那么多好事。

我走下证人席的时候，正好见到了坎迪。他咧开嘴，露出一脸灿烂恶毒的笑容——我不知道为什么——还有，他的衣着品位一如既往地稍稍好过了头：一身暗褐色的华达呢正装，搭配一件尼龙白衬衫和一只黑蓝色领结。是的，老板最近酩酊大醉了好多次。是的，楼上枪响的那天晚上，他帮忙扶老板上床的。是的，他——坎迪——最后一天离开前，老板要求他拿威士忌的，可他拒绝了。不，他对韦德先生的文学创作一无所知，但他知道老板灰心了。他不停地把稿子扔掉，然后又从废纸篓里拣出来。不，他从没有听到过韦德先生同任何人争吵。诸如此类的问答。验尸官拼命地挤他的牙膏，但挤出来的东西却很单薄。有人事先好好地辅导过坎迪了。

艾琳·韦德一身黑白两色的衣裙。她面色苍白，声音很轻但吐字清晰，就连扩音器都没法模糊这样的音色。验尸官对待她时小心翼翼得就像套了两副天鹅绒手套。他面对她说话时的腔调就仿佛他抑制不住自己嗓子中的戚戚呜咽。她离开证人席时，他赶忙起身鞠躬，她给了他一个稍纵即逝的淡淡微笑，惊得他险些被自己的口水呛着。

她朝门外走去，经过我的身边，看都不看我一眼。可就在她几乎要与我擦肩而过时，她在最后一刻将头扭过来两英寸，微微点了点头，就好像我是某个她很久以前不知在哪儿见过的人，但一时无法确切记起。

等到一切都结束了，我走到门外的台阶上时，正好撞见奥尔斯。他正在那里看着下面的车流——或者装作在看。

“干得漂亮，”他头都不回地说。“恭喜。”

“你把坎迪训练得很好。”

“不是我，小子。地检官认定那段床帏之事不能充当证据。”

“哪段床帏之事？”

他看着我。“哈—哈—哈，”他说。“我不是在说你。”他的表情随即变得疏离起来。“这类事情我已经看了许多年了。不能不让人心生厌倦。这一位却是一瓶特酿。私家老窖珍藏。只有腰缠万贯的主顾才消受得起。拜拜了，笨蛋。什么时候你穿上了二十美元一件的衬衫，一定给我打电话。我会很乐意上门来伺候你穿外套的。”

上下台阶的人流在我们周围打着漩涡。我俩只是站在那里。奥尔斯从口袋里摸出一支香烟，看了一眼，放在水泥地上，然后用脚跟将它碾作齑粉。

“真浪费，”我说。

“只是一支烟，哥们儿。又不是一条命。过一阵子也许你就会娶那姑娘，是吧？”

“滚蛋。”

他苦笑了几声。“我找对了人，却说错了话，”他阴阳怪气地说道。“你有不同意见吗？”

"没有，警督，"说完我便下了台阶。他冲着我的背影又说了句什么，但我没有停步。

我来到花朵街上的一家咸牛肉馆子。这地方很适合我现在的心境。门口上方挂着一块十分粗鲁的标牌，上面写着："只招待男人。女人和狗不得入内。"店内的服务同这块牌子一样文雅。那个为你上菜时径直把盘子朝你甩过来的侍者真的该刮刮胡子了，另外他还喜欢不经邀请，自说自话地直接从找零中扣除小费。吃食很简单，但味道很棒，他们还有一种瑞典棕啤酒，劲道丝毫不逊马提尼。

我回到办公室的时候，电话铃刚好在响。话筒里面传来奥尔斯的声音："我到你这儿来一趟。我有话要说。"

他打电话时人一定就在好莱坞分局，或者就在附近，因为二十分钟内他就赶到我的办公室了。他稳稳地坐进那把客户专享的椅子，跷起二郎腿，粗声大气地说：

"我刚才失礼了。对不起。忘了这桩事吧。"

"干吗要忘了呢？我们还是往伤口上撒把盐吧。"

"我奉陪。不过，这只是咱俩私底下的悄悄话。在有些人看来，你是个不怎么地道的家伙。我却从不记得你做过什么太过分的事情。"

"你那句二十美元衬衫的笑话是怎么回事？"

"哦，该死，我当时只是心情不好，"奥尔斯说。"我想到了波特老头。好像他传了句话给一个秘书，秘书传话给了律师，律师传话给了地检官斯普林格，斯普林格又传话给了埃尔南德斯警监：你是他的一个私人朋友。"

"他才不会费这个心思呢。"

"你见过他。他为了你专门抽出了时间。"

"我见过他，仅此而已。我不喜欢他，也许仅仅是因为嫉妒。他派人把我接去，为的是给我提点建议。他是个大块头、硬汉子，除此以外我对他一无所知。我觉得他不像是个走歪道的。”

“这世上根本就不存在什么能让你挣上一千万美元的正道，”奥尔斯说。“也许大老板认为自己的手是干净的，但在生意运作的某个环节中，总有小人物会被逼得走投无路，总有清清白白的小企业不知怎的就被人坑了，只好贱价出售；总有好人会丢工作，股价被人操纵，代理权被人以贱若尘土的价格买断，而那些抽取提成的大人物和大律师事务所的进账则以万元计，只因为他们能绕过某些人民支持而富人讨厌的法律，某些动了后者利润的法律。庞大的金山意味着庞大的权力，而庞大的权力则必然会被滥用。这就是体制。也许这是我们能够达成的最好的体制，但它绝不是洁白无瑕得像一块象牙牌香皂。”

“你这话听上去像个赤色分子，”我如此说道，只是为了气气他。

“这我可就不知道了，”他充满鄙夷地说。“还没有什么人来调查我呢。你喜欢这个自杀认定，对不对？”

“还能有什么其他的解释呢？”

“恐怕是没有了。”他把那双粗壮有力的手放在桌子上，看着手背上的一块块大褐斑。“我老了。毛发角化——他们管这些褐斑叫这个。你只有过了五十岁，才会生这种东西。我是个老警察了，老警察都是老油子。关于韦德的死，有几个地方我不太喜欢。”

“比如呢？”我往后一仰，看着他眼圈上紧绷的太阳纹。

“等你老了，你就能嗅出一场气味不太对劲的阴谋来，哪怕你知道自己拿它完全没有办法。然后你就只有坐在那里，像我现在这样说说废话。他死前没有留下任何字条，这一点我很不喜欢。”

“他喝醉了。也许他的自杀念头只是一个突如其来的疯狂冲动。”

奥尔斯抬起那双淡色的眼睛，双手从桌子上滑了下去。“我搜过他的书桌了。他给自己写了不止一封信。他写啊写啊写啊。不管是醉了还是清醒着，他都要敲那台打字机。他写的有些东西纯属疯言疯语，有些挺好笑的，还有些则透着哀伤。这伙计的心头压着一座山。他写的东西全都绕着它在兜圈子，却从不触及这桩心事本身。如果这伙计真是自我了结的，那他一定会留下一封两页纸的信。”

“他喝醉了，”我又重复了一遍。

“这对他并不产生任何影响，”奥尔斯厌倦地说。“第二处我不喜欢的地方是，他居然选择在那个房间里自杀，然后等着太太来发现自己。好吧，他喝醉了。可我还是不喜欢这一点。接下来还有一点是我不喜欢的：他扣动扳机时，那艘快艇的噪声刚好淹没了枪声。这么做对他而言有何意义呢？还是说，又是巧合？更巧的是，那位太太恰好在用人们休假的这一天忘了带正门钥匙，为了进门只得揿响门铃。”

“她也可以绕到后门那里，从那儿进屋的，”我说。

“是的，我知道。我现在讨论的只是一种情境。除了你，没有别人应门，而她还在证人席上说，她当时不知道你在房间里。韦德如果还活着的话，只会在书房里工作，那他是听不到门铃声的。他的房门隔音。用人们都不在。那天是星期四。这一点她也忘了。就像她忘了带钥匙。”

“你自己也忘了一件事，伯尼。我的车停在私家车道上。所以她知道我在——或者是别人在——在她揿响门铃之前。”

他咧嘴一笑。“我忘了，是吗？好吧，当时的画面是这样的。你在门外的湖边，快艇在隆隆作响——顺便提一句，快艇上的两个伙计是从箭头湖过来一游的，他们的船是用拖车拉过来的——韦德在书房里睡着了或是醉倒了，有人已经把他书桌里的那把枪拿走了，而她知道你把枪放在了那里，因为你上一次告诉过她。现在，我们假定她没有忘拿钥匙，假定她进得屋来，朝对面张望，看见你在屋外的湖边，又朝书房里面望了一眼，看见韦德睡着了；她知道枪在哪里，于是拿了枪，等待时机出现，然后给了他一粒枪子儿，把枪扔在现场那个我们后来看到的位置，回到室外，待了一小会儿，等到快艇开走了，这才揿响门铃，等你来开门。你有反对意见吗？”

“动机何在？”

“是啊，”他愤愤道。“这个问题我确实答不上来。如果她想要甩掉那家伙，简直是易如反掌。她把他捏在手心里了：长期酗酒，对她还实施过暴力。她能拿到一大笔离婚赡养费，还有十分可观的财产分割。完全没有动机。可不管怎么说，案发时机实在是太巧了。早五分钟，她就完全没有下手可能，除非你也涉案。”

我正要开口，他却已经举起了手。“放松点。我没想指控任何人，只是在推测。晚五分钟，结论也一样。她只有十分钟的下手时间。”

“十分钟，”我没好气地说，“这根本无法预见，更不要说预谋了。”

他往椅背上一靠，叹了口气。“我知道。你已经得到了所有的答案，我也得到了所有的答案。可我还是不喜欢这件事。真见鬼，你跟这些人搅和在一起到底在干什么呀？那家伙给你开了张一千大洋的支票，然后又撕了。你把他给气疯了，你说的。你反正也没打算要他的支票；你是不会收的，你说的。也许吧。他是不是以为你在跟他老婆睡觉？”

“就此打住吧，伯尼。”

“我没问你有没有干那事儿，我只是在问，他是不是以为你干了。”

“我还是那句话。”

“好吧，换个问题。那个墨西哥佬抓住了他什么把柄？”

“就我所知，没有。”

“那个墨佬实在是太有钱了。银行里的存款超过一千五，各种花里胡哨的衣服，还有一辆崭新的雪佛兰。”

“也许他在贩毒，”我说。

奥尔斯两手一撑，忽地一下从椅子里站了起来，对着我怒目而视。

“你小子真是够走运的，马洛。两次都让你从大麻烦下面抽身逃走了。你也许因此自信过了头。你给那些人帮了不少忙，却没有从中弄到一分钱。你也给一个叫伦诺克斯的伙计帮了不少忙，我听说是这么回事儿。你也没从那件事情当中弄到一分钱。你这样视金钱如粪土是为了哪般，朋友？你是不是存够了一大笔钱，都不用工作了？”

我站起身来，绕到桌子对面，面对着他。“我是个浪漫主义者，伯尼。我在夜里听到呼喊，就会上前查看出了什么事儿。这样做你弄不到一分钱。你则是个头脑清醒的人，你只会关上窗户，调大电视机的音量。或者你会一踩油门，跑得越远越好。别掺和别人的麻烦事。你只会因此而惹上一身的泥巴。上一次我见到特里·伦诺克斯的时候，我们一起喝了我在家里煮的咖啡，然后抽了烟。所以，我听说了他的死讯后，就跑进厨房，煮上咖啡，给他倒了一杯，再为他点上支烟，等到咖啡凉了，香烟燃尽，我向他道了声晚安。这样做你也弄不到一分钱。你却不会那么做。这就是为什么你是个好警察，而我是个私家探子。艾琳·韦德很为她的丈夫担心，于是我就动身出发，找到他，带他回家。后来他又有麻烦了，打电话给我，我立马过去，把他从草坪上扶起来扛进屋，再帮他上床，我这么干也没弄到一分钱。完全没有提成。什么都没有，除了偶尔让人把脸揍扁，被人扔进号房，或是被某个像门迪·门奈德兹那样的黑道小子威胁。没有钱赚，一分没有。我保险箱里有一张五千美元的钞票，可我没有花掉一分。一开始我还会把玩一会儿，现在我有时还会把它取出来，看上两眼。但仅此而已——一分不花。”

“肯定是假的，”奥尔斯干巴巴地说，“只是他们一般不会做这么大面额的。你这通叽里呱啦究竟是想说什么？”

“没什么。我只是想告诉你，我是个浪漫主义者。”

“你已经说过了。还有你不会因此赚一分钱。这你也说过了。”

“但我永远可以叫一个警察滚蛋。滚蛋吧，伯尼。”

“哪天你落在了我手里，被我请进了小房间，头顶上亮着大灯，你就不会叫我滚蛋了。”

“那我们就走着瞧吧。”

他走到门口，一把将门拽开。“知道吗，小子？你以为你很机灵，其实你很蠢。你是墙上的一个影子。而我则在警局里干了二十年，履历无懈可击。我知道什么时候有人在跟我耍花招，我也知道什么时候有人在隐瞒真相。自作聪明的人欺骗不了任何人，除了他自己。记住我这句话，朋友。我是过来人。”

他把头缩回了门外，撒手随门自行关上。他的鞋跟敲着走廊一路铿锵而去。直到我案头的电话铃响起，我依然能听见他的脚步声。话筒里传来一个清晰的职业嗓音：

“这里是纽约，找菲利普·马洛先生。”

“我就是菲利普·马洛。”

“谢谢。请稍等片刻，马洛先生。给您转接呼叫方。”

接下来出现的那个声音我认得。“我是霍华德·斯宾塞，马洛先生。我们都听说了罗杰·韦德的事。这真的是一个沉重的打击。我们还不了解全部的细节，但你的名字似乎牵扯其中。”

“出事的时候我在场。他当时就是喝醉了，然后给了自己一枪。韦德太太过了一会儿回到家中。仆人们都走了——周四放假。”

“你和他单独在一起的？”

“我没和他在一起。我当时在室外，就在附近转悠，等着他太太回家。”

“我明白了。好吧，我猜一场死因调查讯问应该是免不了的。”

“已经结束了，斯宾塞先生。自杀。公众关注度低得惊人。”

“真的吗？真奇怪。”用失望来形容他的语气并不确切——那更像是疑惑与惊讶。“他很有名气。我本以为——哎，别管我怎么以为了。我看我还是赶快搭飞机飞过去吧，可我下周末之前赶不过来。我要给韦德太太发封电报。我总能做点什么的，为了她——还有为了那本书。我是说，也许他已经写了不少了，我们可以另找一个人来把它写完。我猜你最终还是接下了那个活儿。”

“我没有。尽管他本人恳请过我。我直截了当地告诉他，我没法阻止他喝酒。”

“显然你连试都没试。”

“听着，斯宾塞先生。你对这整件事情完全是两眼一抹黑。你在忙着下结论之前，为什么不先了解了解情况？这倒不是说，我自己心里面没有一丁点自责。出了这种事，而你又是唯一一个在场的人时，自责大概总是免不了的吧。”

“没错，”他说。“我为我刚才的话道歉。非常不得体。艾琳太太此刻在家吗——还是说你也不知道？”

“我不知道，斯宾塞先生。你干吗不给她打个电话呢？”

“我认为她现在恐怕还不愿意和任何人说话，”他缓缓地说。

“为什么？她之前就和验尸官说过话，眼睛都没眨一下。”

他清清喉咙。“你的语气听上去并不怎么充满同情。”

“罗杰·韦德死了，斯宾塞。他一半是混蛋，另一半也许是天才。这超出了我的理解范畴。他是个自我中心的酒鬼，内心却充满了自我厌恶。他给我惹了一大堆麻烦，到头来还给我心里头添了许多的堵。我究竟有什么理由要充满同情呢？”

“我说的是韦德太太，”他不耐烦地说。

“我也是。”

“我到了以后给你打电话，”他生硬地说。“再见。”

他挂上了话筒。我也挂上了话筒。我瞪着电话机，足足愣了两分钟，一动不动。然后我把电话簿摊在桌子上，找到了一个号码。

40

我拨通了休厄尔·恩迪科特的办公室电话。一个人说他在出庭，要到下午晚些时候才会进来。麻烦我留下姓名好吗？不好。

下一个电话我打给了门迪·门奈德兹在日落大道上的那家场子。今年那地方叫作艾尔·塔帕多，名字不坏；在美洲西班牙语中，意思就是“埋藏的宝藏”，以及其他几种寓意。它过去也曾叫过别的名字——许多名字。有一年，那只是一个蓝色的霓虹灯数字，挂在日落大道上朝南的一面空无一物的高墙上。非常隐蔽的场子。没人知道那地方，除了风化组警察、黑道流氓，还有那些享用得起三十美元一顿的豪华晚餐，负担得起至高可达五万美元消费的人物——这样的服务就在楼上那间安静的大房里进行。

起初是一个啥也不知道的女人接的电话。接着是一个一口墨西哥口音的小领班。

“你想跟门奈德兹先生说话？你是谁？”

“没有名字，朋友。私人事务。”

“请稍等。”

一阵漫长的等待。这次上场的是一个狠角儿。他听上去像是透过装甲车钢板上的一道缝在跟我说话。也许那只是他自己脸上的一道缝。

“快说话。你是谁？”

“我叫马洛。”

“马洛是谁？”

“是奇科·阿戈斯蒂诺吗？”

“不是，我不是奇科。行了，快说口令吧。”

“拿你的脸下油锅吧。”

电话那头传来咯咯一笑。“等着别挂。”

最后，又一个声音终于说话了：“喂，廉价货。现在几点啦？”

“你一个人吗？”

“你可以说话，廉价货。我在过目歌舞表演的节目单。”

“你可以表演割自己的脖子，当作一个节目。”

“那我加演时又该怎么办呢？”

我笑了。他也笑了。“最近没多管闲事吧？”他问道。

“你还没听说吗？我又跟一个自杀的伙计交了朋友。他们从今往后该叫我‘死亡之吻小子’了。”

“很好笑，是吧？”

“不，一点儿也不好笑。还有，前两天下午，我跟哈兰·波特喝过茶了。”

“真不错。我自己从不喝那玩意儿。”

“他要你对我好点。”

“我从没有见过那家伙，我也不打算见。”

“他的影响力可是无处不在的。我只想要一点点信息，门迪。比如说，关于保罗·马斯顿。”

“从没听说过他。”

“你这话说得太快了。保罗·马斯顿是特里·伦诺克斯来西部前，在纽约一度使用过的名字。”

“然后呢？”

“他们在FBI的档案里查过他的指纹了。没有记录。这就意味着他没有在军队里服过役。”

“然后呢？”

“我说得还不够明白吗？要么你那通散兵坑里的传奇全都是胡扯，要么就是故事发生在另一个地点。”

“我从没说过故事发生的地点，廉价货。听我一句好话，把这整件事情都给忘掉吧。我劝过你了，你最好听我的劝。”

“哦，当然。我要是胆敢做什么不讨你喜欢的事，那我就得背上背着一辆有轨电车游到圣卡塔琳娜岛上去啦。别想吓唬我，门迪。我可是跟专业人士过过招的。你去过英国吗？”

“放聪明点，廉价货。这座镇子里，谁都可能遭遇意外。哪怕是像大个儿威利·马贡那样的壮小子。看一眼今天的晚报吧。”

“我会去买一份的，你要这么说的话。说不定上面还有我的照片呢。马贡怎么啦？”

“我刚才说了——谁都可能遭遇意外。我只知道我在报上读到的说法。好像马贡遇到了四个开一辆汽车的小子，车上挂着内华达州的牌照，马贡想要敲他们一笔竹杠。车就停在他家边上。那块内华达牌照上的车牌号大得简直不对劲。他们一定是在开玩笑。只是马贡笑不出来了，他的两只胳膊都打了石膏，他的下巴绑了三处钢线，一条腿也打了吊带。马贡再也硬不起来了。这样的事情可能也会让你碰上。”

“他惹着你了，是吧？那天我看见他在维克多酒吧门前把你手下的马仔奇科往墙上扔。我是不是该给我在县治安官办公室里的一个朋友打个电话，告诉他这件事？”

“你打吧，廉价货，”他一字一顿地说，“你打吧。”

“我还要告诉他，当时我正好和哈兰·波特的一个女儿喝完了酒出来。支持性证人——某种程度上说，难道不是吗？你是不是也想把她打得瘫痪在床？”

“听好了，廉价货——”

“你到底有没有去过英国，门迪？你、兰迪·斯塔尔，还有保罗·马斯顿，或者叫特里·伦诺克斯——管他那会儿叫什么名字？也许你们进了英国军队？在伦敦的索霍区干了点偷鸡摸狗的小买卖，给警察盯上了，想要进英国军队里避避风头？”

“等着别挂。”

我等在那里。什么都没等到，只是把我的胳膊给等酸了。我把话筒换到另一只手上。最后，他终于回来了。

“现在，你给我听好了，马洛。你要是敢把伦诺克斯案给搅出水面，你就死定了。特里是我的哥们儿，我也是有感情的。现在看来你有你的感情。那我就再多奉陪你一小会儿。我们进的是突击队。英国人的。那件事发生在挪威，在海岸线附近的一座小岛上。他们有一百万个那样的小岛。1942 年 11 月。现在，能不能请你消停下来，休息一下你那疲惫的脑瓜？”

“多谢，门迪。我会的。你的秘密在我这里是安全的。我不会告诉任何人的，除了我认识的人。”

“给你自己买一份报纸吧，廉价货。读一读，记一记。大个儿硬汉威利·马贡。在自家门口给人打残了。天啊，他从麻醉剂中苏醒的那一刻心里头该是有多惊讶！”

他挂断了电话。我下了楼，买了份报纸——门奈德兹说得一点儿没错。报上有一张大个儿威利·马贡躺在医院病床上的照片。你能看到他的半张脸和一只眼。其余的部分全是绷带。伤得很重，但并不致命。那几个小子下手的时候很当心。他们想要他活着。毕竟，他是个警察。在我们这个镇子里，黑帮从不杀警察。那样的事情他们留给毛头小子们去干。再说了，一个从绞肉机中幸存的警察比死警察的宣传效果要好得多。他最终会康复，会回到工作岗位。可从那一刻起，他身上的某样东西就消失了——意志的钢刃上那最为关键的最后一寸刃尖。他是一个活生生的案例，让所有人都明白一个道理：把那些黑道小子们逼急了将是一个错误——尤其是在你进了风化组，永远在最上档次的地方吃饭，还开着一辆凯迪拉克的情况下。

我坐在那里，沉思了一会儿，然后拨通了卡恩代理的电话，说我要找乔治·彼得斯。他不在。我留下姓名，说有急事。他应该会在五点半左右进门。

我开车去了好莱坞公共图书馆，在阅览室里问了几个问题，但找不到我想要的东西。于是我只能回到我的奥尔斯上，驱车前往市中心的大图书馆。在那儿我终于找到了它，就在一本小小的红皮书里，书是在英国出版的。我抄下了我想要的信息，开车回家。我又给卡恩代理打了个电话。彼得斯还没回来，于是我请那个话务女郎改拨我家里的电话。

我拿出棋盘，搁在咖啡桌上，摆出了一个叫做“斯芬克司”的棋局。我是从一本棋局书的衬页上看到这个棋局的，那本书的作者就是英国象棋大师布莱克本，他或许也是迄今为止棋路最为活跃多变的棋手，尽管在如今的那种冷战式棋局中，他怕是都过不了第一轮。“斯芬克司”是一个十一步棋局，其难解程度无愧于它的名号。棋局很少有超过四步或是五步的。一旦超出，解题的难度就会以几何级数激增。十一步棋局完全是一种百分百的折磨。

虽说我不经常这么干，但每当我心情阴郁到一定程度的时候，我就会摆出这个棋局，寻找一种新的解法。这是一种安安静静发疯的好办法。你甚至都不会尖叫，但尖叫会一次次地冲到你的嗓子眼。

乔治·彼得森五点四十分的时候给我打来了电话。我们寒暄了几句，交流了对死者的哀思。

“你又惹麻烦了，我明白啦，”他用欢快的声音说道。“你干吗不试着换一个安安静静的营生呢——比如说殡葬防腐师？”

“学起来太费时间了。听着，我想要成为你们代理行的客户，如果费用不太高的话。”

“那取决于你想要干什么了，老伙计。另外，你还得直接跟卡恩谈。”

“不行。”

"好吧，那就说说看吧。"

"伦敦城里到处都是我这样的人，可我根本分不清他们谁是谁。他们自称私人调查员。你们卡恩代理肯定在那边有关系。而我就只能闭着眼睛瞎找一个，然后等着被骗了。我想要一些应该不难弄到的信息，而且我马上就要。下周末之前必须弄到。"

"讲。"

"我想了解特里·伦诺克斯——或者叫保罗·马斯顿的参战记录，不论他那会儿用的是什么名字。他曾经参加过英国突击队。1942 年 11 月，他在一次突袭某个挪威岛屿的行动中受伤被俘。我想知道他来自哪个部队单位，遭遇了什么。英国陆军部应该有所有这些信息。这不是什么机密信息，至少据我所知不是。我们就说这牵扯到一个继承权问题吧。"

"你不需要私家侦探来干这个事。你直接就可以取得你想要的信息。给他们写封信就行。"

"得了吧，乔治。我大概要等三个月才能等来回信。我现在五天就要。"

"我明白你的想法了。还有别的事情吗？"

"还有一件事。他们把所有的人口记录都保存在一个叫做'萨默赛特街'的地方。我想知道他是否因任何关联事件出现在了里面——出生、婚姻、归化入籍，任何关联。"

"为什么？"

"什么叫'为什么'？我俩谁是出钱的主顾？"

"如果他的名字没有出现呢？"

"那我就进死胡同了。如果他的名字出现了，那我就要你把你们的人挖出来的所有材料都复印一份，认证之后交给我。你打算敲我多少钱？"

“这我得问卡恩了。他也许根本不接这个活儿。我们可不想要你惹上身的那种公众关注度。如果他让我来操作，你也同意不向任何人提起这层关系的话，那我估计要三百美元。以美元的标准计，英国的伙计们赚的并不多。那边的人也许会问我们要十个几尼，还不到三十美元。除此以外他还要加上一切可能发生的经费。就算合计五十美元吧，但卡恩没有二百五十块钱的利润是不会另开一个档案夹的。”

“非常专业化的收费标准。”

“哈—哈。他从没有听说过什么叫专业化的收费标准。”

“到时候给我打电话，乔治。一起吃晚饭吗？”

“罗曼诺夫饭店？”

“好吧，”我悻悻道，“如果他们愿意给我预约一张台子的话——但我怀疑没戏。”

“我们可以坐卡恩的台子。我碰巧知道他今晚有个私人饭局。他是罗曼诺夫饭店的常客。这对于做高端客户的生意可是大有好处的。卡恩在这座镇子里可是个大人物。”

“是的，没错。我认识某个人——当面认识的某个人——他只要动动小指头，就能把卡恩撺到一边去。”

“干得好，小子。我就知道你能挺得过风浪。七点钟在罗曼诺夫饭店的吧台见。告诉那个贼溜溜的领班，说你在等卡恩上校。他会给你腾出一片空来的，这样你就不用跟那些剧作家、电视演员之流的乌合之众挤在一块儿了。”

“七点钟见，”我说。

我们挂上了电话，我回到棋盘跟前。但“斯芬克司”已然不再能抓住我的心了。不一会儿，彼得森给我回电，说卡恩点头了，条件是他们代理行的名字不能和我的麻烦事有任何牵连。彼得森说，他这就发一份夜间电报去伦敦。

41

霍华德 · 斯宾塞在接下来一周的周五早上给我打来电话。他人在利兹-贝弗利酒店，想请我过去在吧台上喝一杯。

“最好就在你的房间里，”我说。

“很好，随你的便。828 号房。我刚刚和艾琳 · 韦德谈过了。她似乎已经无奈地接受了事实。她读过了罗杰留下的稿子，说她认为续写完这本书并不难。书的篇幅要比他其余的作品短很多，但这一点应该可以通过这本书的宣传效应来弥补。我猜你一定认为我们出版商都是些铁石心肠的家伙吧。艾琳整个下午都会待在家里。她自然想要见我，我也想要见她。”

“我半个钟头内赶过来，斯宾塞先生。”

他在酒店西侧租了间漂亮宽大的套房。起居室里开着高窗，窗外是一个围着铁栏杆的窄阳台。室内的家具都套在某种亮色条纹的面料中，再加上布满了花朵图案的地毯，整个房间看上去给人一种老式的风格，除了一点：所有你能用来搁酒杯的物什表面上都覆盖着一层厚玻璃板，另外我总共数到了十九个烟灰缸。酒店房间能够鲜明地体现入住房客的风度教养。利兹-贝弗利没指望它的客人们有任何教养。

斯宾塞和我握了手。“坐吧，”他说。“喝点什么？”

“什么都行，不喝也没啥。我不是非喝酒不可的。”

“我想来一杯西班牙白葡萄酒。加利福尼亚州的夏天真不适合喝酒。在纽约，你可以喝下四倍的酒量，宿醉却只有这里的一半。”

“我来一杯酸燕麦威士忌。”

他走到电话边，点了酒，然后在一张亮色条纹的椅子上坐下，取下鼻梁上的无框眼镜，用一块手帕擦拭着。他重新戴上眼镜，仔细调节了一番后，抬眼看着我。

“我看你心里头一定有什么事儿。所以你才想要在这里见我，而不是在吧台。”

“我来开车送你去悠谷。我也想见韦德太太。”

他看上去似乎有点不自在。“我不确定她想要见你，”他说。

“我知道她不想见我。所以我得借你的光。”

“那样的话，我可就做了一件非常不得体的事了，难道不是吗？”

“她亲口告诉你她不想见我的？”

“不能这么说，她并没有把话都说出来。”他清了清喉咙。“但我能感觉到她认为你应该为罗杰的死负责。”

“没错。她直接就这么说了——罗杰身亡的那天下午，她就是这么告诉那个上门来的县警的。也许她还对调查死因的凶杀组警督说过同样的话。不过，这话她并没有对验尸官讲。”

他往椅背上一靠，用一根手指挠着掌心，动作异常缓慢。那只是个心不在焉的小动作。

“你见到她又有什么好处，马洛？这件事对她而言是场可怕的经历。我想她的整个生活都已经在‘可怕’中度过好些时日了。干吗要让她重温一遍呢？难道你是想说服她，你并没有一丝一毫的疏忽？”

“她对县警说，是我杀了他。”

“她那只是一种修辞的说法。不然的话——”

门铃响了。他起身走到门边，拉开门。客房服务生端着酒水走了进来，将酒杯在桌上摆好，那动作花哨得就像是在上一套七道式的正餐。斯宾塞签了单，给了他五毛钱。那家伙拿着钱走了。斯宾塞端起他那杯雪利酒走开了，就好像他根本不想把我点的那杯酒递给我似的。我也就随它去了。

“不然怎样？”我问他。

“不然的话，她肯定会有话要对验尸官说的，难道不是吗？”他对我皱皱眉头。“我看我们这都是在说废话。你见我到底是想要怎样？”

“是你要求见我的。”

“那只是因为，”他冷冷地说，“我在纽约跟你通话的时候，你说过我结论下得太匆忙了。这在我听来也就意味着你有什么要向我解释的。说吧，你想解释什么？”

“我想当着韦德太太的面解释。”

“我不赞同。我看你还是自己安排和她见面吧。我非常尊敬艾琳·韦德。作为一名生意人，我还想拯救韦德的这部作品呢，只要我有办法。如果艾琳对你的看法就像你说的那样，那我决不能让你搭我的顺风车进她的家门。请你明些事理吧。”

“没关系，”我说。“就当我没提这事儿吧。我可以自己去见她，没有问题。我刚才只是在想，最好能有一个人作为现场证人与我同去。”

“见证什么？”他几乎要冲我吼起来了。

“你要么当着她的面听到我要说的话，要么就别听了。”

“那我不听也罢。”

我站起身来。“你大概是做了一个正确的决定，斯宾塞。你想要韦德的那本书——如果它还有救的话。你还想要做一个好人。这两个心愿都很值得称道。我的想法却与这两个愿望都不沾边。祝你好运，再见。”

他突然站了起来，朝我走来。“等一等，马洛。我不知道你心里头在想什么，但你似乎是认真的。罗杰·韦德的死因是不是有什么蹊跷？”

“根本没有蹊跷。他是被一把韦伯利内击锤左轮手枪击穿头部的。你没有读死因讯问报告吗？”

“我当然读了。”他站在那里，与我近在咫尺，看上去神色不安。“报告登在东部的报纸上了，过了两天，一篇更为详尽的报道出现在了洛杉矶各大报纸上。他当时一个人待在屋里，虽说你并没有走远。仆人们都不在——我是说坎迪和那个厨子——艾琳去市中心购物了，回到家的时候事情刚刚发生。事发当时，一条快艇刚好从湖面上驶过，引擎声非常嘈杂，淹没了枪声，所以你没能听见。”

“没错，”我说。“然后那条快艇就开走了，我从湖边返身回屋，听到了门铃声，过去开门，发现艾琳·韦德忘了带钥匙。罗杰这时已经死了。她从门口往书房里张望了一眼，以为他躺在沙发上睡着了，便上楼去了自己的房间，然后又到外面的厨房里去煮茶。过了片刻，我也往书房里张望了一眼，发现屋里没有了呼吸声，紧接着就找到了原因。然后我就及时报警了。”

“我没看出有什么蹊跷，”斯宾塞轻声说道，方才他声音中的警觉全都无影无踪了。“那把枪正是罗杰自己的，就在前一周他刚刚在自己的房间里开过一枪的。你亲眼看见艾琳把枪从他手中夺下的。他的精神状态，他的行为举止，创作带给他的抑郁——这起事件完全是各种因素激化的结果。”

“可她跟你说过那本书写得不错。他又有什么理由要因此抑郁呢？”

“那只是她的看法，你知道的。也许他写得非常糟。或者他的自我评价过低了。继续。我不是傻瓜。我知道你肚子里还有话。”

“调查此案的凶杀组警探是我的一个老朋友。他锲而不舍又嗅觉灵敏，是个精明的老警察。这个案子中有几件事情让他不喜欢。为什么罗杰没有留下字条？——他当时就是个只会写字的傻瓜。他为什么要以这样一种方式自杀，将目睹案发现场的惊魂一刻留给自己的妻子？他为什么要费那个心思，选择在我听不到枪响的那一刻自杀？她为什么会忘带房门钥匙，要进屋只好叫别人来开门？她为什么会在用人们休假的那一天把他一个人撇在家里？请记住：她说过她事先不知道我会来。如果她知道的话，这两件事就相互抵触了。”

“天啊，”斯宾塞用颤抖的嗓音惊呼道，“难道你是要告诉我，那个该死的蠢警察怀疑起艾琳来了？”

“他原本是会怀疑的，只是他想不出作案动机来。”

“真是荒唐。为什么不怀疑你？你整个下午都在。如果她要作案的话，那她只有几分钟的时间——况且她还忘了带大门钥匙。”

“我又有什么动机呢？”

他往背后一伸手，抓起我那杯酸威士忌，一饮而尽。然后他小心翼翼地放下酒杯，掏出一块手帕，擦擦嘴唇，还有刚刚被冰凉的玻璃杯弄湿的手指。他收好手帕，目不转睛地看着我。

“调查还在进行吗？”

“不好说。有一件事是肯定的。这会儿他们已经知道了他当时喝下的酒精量是否足以让他失去意识。如果是的话，那么麻烦就还没有结束。”

“而你想要和她谈谈——”他缓缓地说道，“当着一个证人的面。”

“是的。”

“这在我看来只有两种可能，马洛。要么是你吓坏了，要么是你认为她才是那个应该吓坏了的人。”

我点点头。

“究竟是哪一种呢？”他严肃地问。

“我没有吓坏。”

他看了看表。“我打心底里希望你这是疯了。”

我俩在沉默中对望了一眼。

42

穿过冷水谷一路向北，天气变得愈发燥热了。等到我们越过了山顶，开始朝着圣费尔南多谷蜿蜒下行时，那炙人的酷热更是让人气都喘不过来。我斜眼瞥了斯宾塞一眼。他还穿着一件背心，但似乎一点也没因为高温而烦躁。他有另一件重要得多的烦心事。他两眼透过挡风玻璃，直视正前方，行程中一言不发。圣费尔南多谷的上空压着一层厚厚的雾霾。从高处望去，那就像是一层地雾，紧接着，我们就已经置身其中了，这下斯宾塞终于打破了沉默。

“天啊，我还以为南加利福尼亚的气候怡人呢，”他说。“他们在干吗——焚烧废旧卡车轮胎吗？”

“到了悠谷就好了，”我安慰他道。“他们那里有海风。”

“太好了——他们除了酒鬼还有别的东西，”他说道。“就我所见到的那些个富人区里的住户而言，我认为罗杰选择在这里生活是犯了一个悲剧性的错误。作家需要环境的刺激——不是装在酒瓶里的那种刺激。这里却什么都没有，除了一片大大的、被阳光晒得黝黑的宿醉。当然，我指的是上层人士。”

我拐了个弯，放慢车速，通过悠谷入口处的那一小段尘土飞扬的道路，然后重新开上平整的路面；不一会儿，海风就现身了：习习微风透过湖对岸群山间的豁口飘忽而至。高高的喷淋器在平整的大草坪上方旋转着，水流发出嗖嗖的声响，舔舐着绿茵。这个时间点上，大多数有钱人都出门去了。这一点显而易见：一栋栋宅邸的百叶窗都阖上了，园丁的卡车就停在私家车道的正当中。很快我们就来到了韦德家门前，我猛打方向盘通过门柱，在艾琳的那辆美洲豹后面停下车。斯宾塞下了车，步履沉重地穿过门前铺设的石板，走上门廊。他刚一揿响门铃，门几乎立马就开了。坎迪站在那里，一身白夹克，一张英俊的黑脸膛，一双锐利的黑眼睛。一切正常。

斯宾塞进了门。坎迪飞快地瞥了我一眼，干脆利落地请我吃了个闭门羹。我等在那里，什么都没等到。我倚在门铃上，听见屋里叮咚作响。门忽的一声开了，坎迪咆哮着冲了出来。

“滚蛋！快消失。你肚子上想吃我一刀吗？”

“我来见韦德太太。”

“她不想见你的任何一个部位。”

“快闪开，乡巴佬。我来这里有正事。”

“坎迪！”那是她的声音，非常尖锐。

他最后怒气冲冲地瞪了我一眼，退回了屋里。我进了屋，关上门。她正站在那两张面对面的长沙发那里，挨着其中一张沙发的一头。斯宾塞立在她身侧。她看上去真是光彩夺目：一条白色的长裤，腰身非常高，一件半袖白运动衫，一块丁香紫的手帕从左胸的口袋里如花苞般露出尖尖一角。

“坎迪最近非常霸道，”她对斯宾塞说。“见到你真开心，霍华德。你能一路赶过来真是太好了。但我不知道你打算带一个人来的。”

“马洛开车送我的，”斯宾塞说。“他也想见你。”

“我想不出是为了什么，”她冷冷地说。最后她终于看了我一眼，但一周未能见我似乎并没有在她的生命中留下什么空洞。“你想说什么？”

“三言两语怕是说不清的，”我说。

她缓缓地坐下。我在另一张长沙发上坐下。斯宾塞眉头紧锁。他摘下眼镜，擦拭起来。这给他创造了一个以更加自然的姿态皱眉的机会。接着他在我那张沙发上远离我的另一头坐下。

“我之前以为你会赶过来吃午饭的，”她微笑着对他说。

“今天不行，谢谢。”

“是吗？好吧，没关系，如果你有事要忙的话。这么说，你来只是想看看那份稿子了。”

“如果你允许的话。”

“当然可以。坎迪！哦，他走开了。稿子就放在罗杰书房里的那张台子上。我去拿。”

斯宾塞站起身来。“还是我去吧？”

不等她答复，他就已经迈开步子朝房间那头走去。走开十步后，他突然停住了脚步，从她身后朝我投来紧张的一瞥。我只是坐在那里，等待着，直到她朝我转过头来，用没有任何情感的冰冷目光注视着我。

“你见我有什么事？”她毫不客气地问道。

“各种事。我看到你又戴上那个吊坠了。”

“我经常戴它。这是很久以前我一位非常亲爱的朋友送给我的。”

“是的。你告诉过我了。那是一块英国军队的徽章，对不对？”

她捏住细链的末端，将吊坠拉了出来。“这是那个徽章的工艺复制品首饰。比原件要小，用黄金和珐琅制成。”

斯宾塞回来了，他穿过房间，重新坐下，把一沓厚厚的黄稿纸在面前的一张鸡尾酒桌上挨着桌角放下，心不在焉地浏览着，两眼却一直盯着艾琳。

“能允许我近距离观察一下吗？”我问道。

她把那根链子拽过去，解开搭扣，将吊坠递给我——或者不如说是丢进我手里。然后她两手交叠在膝头，一副好奇的表情。“你怎么会这么感兴趣？这是一个军队徽章，属于一支叫做‘艺术家步兵团’的部队——一个英国地方军团。送给我这个徽章的那个男人后来很快就不在人世了。挪威，安道尔尼斯，在可怕的那年春天——1940 年。”她微笑着，用一只手做了个飞快的手势。“他爱我。”

“艾琳在伦敦经历了整场大轰炸，”斯宾塞用空洞的声音说道。“她那时没法脱身。”

我们都没有理睬斯宾塞。“而你也爱他，”我说。

她垂下眼睛，然后又抬起头来，我们的目光缠斗在了一处。“那是很久以前的事了，”她说道。“而且是在战争期间。许多奇怪的事情都发生在那个时候。”

“事情怕是没有那么简单，韦德太太。我看你似乎忘记了自己曾经就他的事情敞开过心扉。‘那种狂野神秘、不可思议的爱，一生当中只有一次。’我这是在引用你的原话。某种程度上说，你现在依然爱着他。我能拥有和他一样的姓名首字母，真是荣幸之至。我猜这也是你选中了我的一个原因。”

“他的名字和你的完全不同，”她冷冷地说。“而且他已经死了，死了，死了。”

我将那只黄金珐琅吊坠递给斯宾塞。他很不情愿地接下了。“我之前见过它，”他喃喃道。

“我来描述一下图案，你看看对不对，”我说。“一把宽刃短剑，材质为饰有金边的白色珐琅。剑尖朝下，剑身从正面穿过一对向上蜷曲的淡蓝色珐琅质翅膀，然后从背面穿过一个卷轴。卷轴上写着这几个字：‘勇者胜’。”

“好像没错，”他说。“这图案有那么重要吗？”

“她说这是一支地方军部队——艺术家步兵团的徽章。她还说，这是一个曾在那支部队服役的男人送给他的，那人后来随英军参加了1940年春的挪威战役，并殒命安道尔尼斯。”

我抓住了他们的注意力。斯宾塞目不转睛地看着我。我不是在跟鸟儿说话，他知道。艾琳也知道。她那对茶色的眉毛因为困惑而皱成一团——这样的神情可能是真实的，同时也充满着敌意。

“这是一个徽章，”我说。“它的诞生要归功于艺术家步兵团被改造，或者叫兼并，或者叫调派，或者叫——我也不知道正确的军事术语是什么——为特种航空队（SAS）下的一个单位。这个徽章直到1947年才问世。因此，不可能有人在1940年把它送给韦德太太。另外，艺术家步兵团没有在1940年登陆挪威的安道尔尼斯。舍伍德护林人和莱斯特郡义勇军——倒有可能。艺术家步兵团——不可能。我是不是在扮演讨厌鬼？”

斯宾塞将吊坠放在咖啡桌上，缓缓地把它推到了艾琳面前。他一言不发。

“你以为我搞不清楚吗？”艾琳充满鄙夷地问道。

“你以为英国陆军部搞不清楚吗？”我当即回敬她道。

“显然这里头肯定有误会，”斯宾塞和风细雨地说。

我猛地转过身去，狠狠地瞪了他一眼。“这是一种好听的说法。”

“而难听的说法就是，我是一个骗子，”艾琳用寒冰般的声音说道。“我也从未认识过一个叫保罗·马斯顿的人，从未爱过他，他也从未爱过我。他从未给过我他的军徽复制品，他从未在战斗中失踪，他从未存在过。我是自己在纽约一家专营英国奢侈品的店铺里买到这个徽章的——那里专卖各类皮革制品、手工爱尔兰粗皮鞋、军装或是校服领带、板球衫、绣有盾徽的小玩意儿，诸如此类的东西。这样的解释让你满意吗，马洛先生？”

“后一部分不错。但前一部分不正确。毫无疑问，有人告诉过你这是一个艺术家步兵团的军徽，却忘了提是哪一种军徽，或者说他也不知道。但你确实认识保罗·马斯顿，他也确实在那支部队中服过役。但那件事并非发生在1940年，韦德太太。它发生在1942年，而他那时在英国突击队中，而且那场战斗并非发生在安道尔尼斯，而是在海岸线附近的一座小岛上，突击队员们在那里展开过一场快速突袭。”

“我看我们大可不必为了这件事剑拔弩张，”斯宾塞用经理人式的腔调说道，两只手正摆弄着面前的那沓黄纸。我不知道他这是在跟我唱双簧，还是被我惹火了。他抓起一刀稿纸，用手掂着分量。

“你打算论磅收购这东西？”我问他。

他先是一怔，接着挤出一个勉强的微笑。

“艾琳在伦敦度过了一段艰难的岁月，”他说道。“有些事情难免会在记忆中被搞混。”

我从口袋里掏出一张折好的文件。“没错，”我说。“比如说，你跟谁结过婚这样的事情。这是一份经过认证的结婚证复印件。原件来自卡克斯顿大楼登记办公室。结婚日期是1942年8月。登记双方分别是保罗·爱德华·马斯顿和艾琳·维多利亚·桑普塞尔。某种程度上讲，韦德太太没有说错。根本不存在保罗·爱德华·马斯顿这么个人。那是个化名，因为在军队里你只有得到批准才能结婚。那个男人伪造了一个身份。他在军队里用的是另一个名字。我手头有他完整的从军史。大家似乎永远都搞不清一个道理：想要了解什么，尽管张嘴去问就好，这一点真是教我百思不得其解。”

斯宾塞这时彻底沉默了。他靠在椅背上，瞪大了眼睛。但不是在瞪我。他瞪的是艾琳。她也望着他，脸上挂着那种半是辩解、半是诱惑的淡淡微笑——女人们是如此擅长这种表情。

“可他已经死了，霍华德。远在我遇见罗杰之前。这件事又有什么关系呢？罗杰全都知道。我从没有弃用过我的娘家姓。在那种境况下，我只能如此。‘桑普塞尔’是印在我的护照上的。再后来，他就阵亡了——”她打住了，深吸了一口气，手慢慢地、轻轻地垂落到膝头。“都结束了，都完结了，都不复还了。”

“你确定罗杰知道？”他缓缓地问道。

“他知道一点，”我说。“保罗·马斯顿这个名字对他而言是有意义的。我问过他一次，他的眼神突然变得非常奇怪。但他没有告诉我为什么。”

她没有理睬这句话，继续对斯宾塞说道：

“当然啦，罗杰当然全知道。”现在她开始充满耐心地对着他微笑，仿佛他理解能力有些迟钝似的。她们真是有变不完的把戏啊。

“那为什么要在时间问题上撒谎？”斯宾塞冷冷地问。“为什么要把他说成是在1940年阵亡的，而事实上他却是在1942年阵亡的？为什么要戴着一个不可能是他送给你的徽章，却偏偏强调说是他送的？”

“也许我这是迷失在了一场梦境中，”她柔声说道。“或者准确地说，是一场噩梦。我的许多朋友都在大轰炸中遇难了。那些日子里，当你说晚安时，你尽量不让那听起来像是在告别。可往往那就是告别。当你向一个士兵告别时——那滋味更是苦涩。而阵亡的总是那些善良、温和的士兵。”

他一言不发。我也一言不发。她低头看着面前那件摆在桌上的吊坠。她拾起吊坠，把它重新挂回颈上的细链，然后镇定地往椅背上一靠。

“我知道我无权盘诘你，艾琳。”斯宾塞缓缓地说。“就让我们忘了这件事吧。马洛揪住军章、结婚证还有诸如此类的事情大惊小怪。有那么片刻工夫，他似乎让我起了疑心。”

“马洛先生，”她平静地对他说，“就喜欢在琐事上大惊小怪。可一旦遇到了真正的大事——比如说，拯救一条人命——他却跑到湖边看一条愚蠢的游艇去了。”

“这么说你之后再也没有见到过保罗·马斯顿，”我说。

“他已经死了，我如何见到他？”

“你并不能确信他已经死了。红十字没有出过他的死亡报告。他也有可能是被俘了。”

她突然颤抖起来。“1942 年 10 月，”她缓缓地说，“希特勒签发了一道命令：所有被俘的突击队员都将被移交给盖世太保。我想我们全都知道这意味着什么。酷刑折磨之后，化作盖世太保监狱里一个无名亡灵。”她再度颤抖起来，然后对着我喷出一股烈火：“你是一个可怕的人。你想要我重温这一切，想要因为一个无足轻重的谎话惩罚我。想象一下，假如是你曾经爱过的某个人被那些人抓住，你也知道接下来会发生什么，知道他或她一定会有怎样的遭遇，你会怎样？我因而企图构建另一种记忆——哪怕是虚假的记忆——这一点就那么奇怪吗？”

“我得喝一杯，”斯宾塞说。“我得赶快喝一杯。可以吗？”

她拍拍手，坎迪不知从哪儿飘了过来—— 一如既往。他对着斯宾塞一鞠躬。

“你想喝什么，斯宾塞先生？”

“纯苏格兰威士忌，多来点，”斯宾塞说。

坎迪走到角落里，拉开墙上的小吧台。他拿出一瓶酒放在上面，往玻璃杯里倒了许多。他返身回来，将酒放在斯宾塞面前，抬脚就要离开。

“坎迪，也许——”艾琳轻声说道，“马洛先生也想喝一杯。”

他止住脚步，看着她，面色阴沉倔强。

“不用了，谢谢，”我说。“我不喝酒。”

坎迪鼻子里哼了一声，走开了。又是一阵沉默。斯宾塞灌下了半杯酒。他点了支烟。他开始对我说话，眼睛并不看着我。

“我确信韦德太太或者是坎迪可以开车把我送回贝弗利山。或者我可以叫辆出租车。我相信你已经说完你要说的话了。”

我将那张结婚证复印件重新折好，放回口袋里。

“你确定你想要这样？”我问他。

“每个人都想要这样。”

“很好。”我站起身来。“我选择这样一种玩法大概是有些犯傻了。你是个大出版商，有一副大出版商的头脑——如果干你们这行真的需要任何头脑的话——或许你已经猜到了我到这里来不是只为了演恶人。我翻出这些陈年往事、掏自己的腰包查明事实也不只是为了拿它们缠在某人的脖子上。我之所以调查保罗·马斯顿，不是因为韦德太太戴错了军徽，不是因为她搞混了记忆中的几个日子，也不是因为她和他经历了一场战争期间的闪电婚姻。我只知道他的名字。那么，你能猜猜我是怎么知道的吗？”

“无疑是有人告诉你的，”斯宾塞没好气地说道。

“正确，斯宾塞先生。某个战后在纽约城认识他的人后来又在我们这儿的察森餐厅里见到他和他太太在一起。”

“马斯顿是个很常见的名字，”斯宾塞说，一边啜着他那杯威士忌。他侧过头去，右眼睑稍稍下垂了那么几毫米。于是我又坐下了。“就算是‘保罗·马斯顿’也算不上独特。举个例子来说，整个大纽约区的电话号码簿上就有十九个霍华德·斯宾塞。其中四个就只是霍华德·斯宾塞，没有中名首字母。”

“是的。可你认为，又有多少个保罗·马斯顿的半边脸被一枚延时迫击炮弹炸烂过，上面明显有修复性整容手术留下的疤痕和印记？”

霍华德的嘴巴张开了。他的呼吸声似乎变得很沉重。他掏出一块手帕，抹了抹太阳穴。

“你认为又有多少个保罗·马斯顿就在那场战斗中救过两个老赌棍——门迪·门奈德兹和兰迪·斯塔尔的命？他俩还在呢，他俩的记性也都不错。他们可以开口说话，只要对他们有好处。干吗还要这么夸张地表演下去呢，斯宾塞？保罗·马斯顿和特里·伦诺克斯是一个人。这一点可以证明得清清楚楚、明明白白。”

我没指望有谁会惊骇得当场跳起六尺高，再发出一声尖叫。也确实没有人这样做。然而一阵震耳欲聋如呼号的沉默却降临了。我成功了。它弥漫萦绕在我前后左右，黏稠又坚硬。厨房里，我能听见水流声。窗外的路面上，我能听见一份折叠的报纸落在私家车道上的那声沉闷的扑通，随后是报童骑着自行车离去时吹出的那轻柔的、走调的口哨曲。

这时我忽然感到脖子后面有一阵微微的刺痛。我一个激灵躲闪开来，猛地转过身去。坎迪站在那里，手中握着他那把刀。他那张暗沉的面孔僵硬如死木，可他的眼神中却有一种我之前从未见过的东西。

“你累了，朋友，”他轻声说道。“我给你弄杯酒，好吗？”

“波旁威士忌加冰，多谢，”我说。

“马上，先生。”

他把刀合上，放进他那件白夹克的侧面口袋里，脚步轻盈地走开了。

最后，我终于又将目光投向艾琳。她坐在那里，身体前倾，双手紧握在一起，头埋着，掩藏了那张脸上的表情，如果她此刻还有任何表情的话。当她终于开口说话时，声音中有一种字正腔圆的空虚，就像是报时电话的那种机械声，如果你拿着话筒一直听下去的话——人们一般很少这么干，因为没有理由如此——它就会不断地告诉你流逝的每一分、每一秒，直到永远，不带一丝一毫的音调起伏。

“我见到过他一次，霍华德。只有一次。我根本没有和他说话。他也没有和我说话。他变化太大了。他的头发全白了，他的脸——那几乎不是同一张脸了。可我当然还认识他，他当然也还认识我。就是这样。然后他就从房间里消失了，第二天他就从她家消失了。我是在洛林夫妇家见到他的——还有她。一天下午，接近傍晚。你也在，霍华德。罗杰也在。我想你也见到他了。”

“有人把我们介绍给了彼此，”斯宾塞说。“我当时就知道他娶的是谁。”

“琳达·洛林告诉我说，他就那么消失了。他没有给出任何理由。他们没有争吵。过了一阵子，那女人就和他离婚了。又过了一阵子，我听说她又找到他了。他当时穷困潦倒，不名一文。之后他们复婚了。天知道为什么。我猜是因为他实在缺钱，而且这对他而言也无所谓了。他知道我嫁给了罗杰。我们已然失去了彼此。”

“为什么？”斯宾塞问道。

坎迪一言不发地将酒摆在我面前。他看了眼斯宾塞，斯宾塞摇摇头。坎迪又飘走了。没人注意到他。他就像是中国京剧舞台上的道具师——那个在舞台上把道具搬来搬去的家伙，不论是观众还是演员全都当他不存在似的。

“为什么？”她重复道。“哦，你没法理解。我们曾经拥有过的已经一去不复返了。再也寻不回来了。看来他最终没有落到盖世太保手里。这么说总算还有一些正派的纳粹，他们没有遵守希特勒的那道关于突击队员的命令。所以他幸存了下来；他回来了。我之前总是欺骗自己说，我会再找到他的，但他还会是原来的样子——年轻、热切，洁白纯真。可当我发现他竟然娶了那个红头发婊子时——这简直令人作呕。我那时已经知道她和罗杰的事情了。我完全确信保罗也知道。琳达·洛林也知道——她自己也是个荡妇，不过还没有荡得那么彻底。她们都是一丘之貉。你问我为什么没有离开罗杰，回到保罗身边。在他投入了她的怀抱，而罗杰也投入了那同样一副来者不拒的怀抱之后？不必了，谢谢。这在我听来并不怎么有诱惑力。罗杰我可以原谅。他酗酒，他不知道自己在做什么。他为他的创作发愁，他厌恶自己，因为他不过是个雇佣文人。他是个软弱的男人，心有不甘又心灰意冷，但却可以理解。他只是个丈夫。保罗于我则要么远比这重要，要么什么都不是。最终，他什么都不是。”

我猛喝了一口酒。斯宾塞已经喝干了他那杯。他正用手指抓挠着沙发的面料。他已经忘了面前的那沓纸——那位已然彻底完结的畅销小说家的一部尚未完结的小说。

“我可不会说他什么都不是，”我应道。

她双眼抬起，茫然地看着我，然后又垂了下去。

“比什么都不是还不如，”她说道，声音中带着一丝之前未有的嘲讽。“他知道她是什么东西，可他还是娶了她。接着，他又因为她是那样的东西而杀了她，然后逃到一个地方，了结了自己。”

“他没有杀她，”我说，“你是知道的。”

她忽地站了起来，身体划过一道平滑的曲线，眼神空洞地瞪着我。

斯宾塞像是发出了一声惊叫。

“罗杰杀了她，”我说，“而你也知道这一点。”

“他告诉你的？”她轻声问道。

“他不必把话说出来。但他确实给了我几个暗示。假以时日，他迟早会告诉我的，或者会有别人告诉我。把这件事强摁在心里面正一点一点地将他折磨疯。”

她微微摇了摇头。“不，马洛先生。并不是这件心事在将他逼疯。罗杰不知道自己杀了她。他当时完全失去意识了。他知道出了事，他也努力地去回想，可他就是想不起来。事件的冲击波摧毁了他的相关记忆。也许那记忆原本终将复苏的，也许在他生命中的最后时刻，他也确实回想起来了。可在此之前，只有一片空白。在此之前，只有一片空白。”

斯宾塞用像是低吼的声音叫道：“艾琳，这样的事情根本就不可能。”

“噢，你错了，这样的事情是有的，”我说。“我就知道两个可信的案例。第一个案例是一个失去意识的酒鬼，他杀了一个他在酒吧勾搭上的女人。他用她遇害时戴着的一条围巾勒死了她，那围巾是用一只花哨的夹子系在她脖子上的。她跟他一起回了家，之后发生的事情我们并不清楚，除了一点：她死了，而他被抓的时候，领带上正别着那只花哨的夹子，而他完全不清楚自己是从哪儿弄到它的。”

“他自始至终都没有想起来过吗？”斯宾塞问道。“还是仅仅是在当时？”

“他从来没有承认过。我们也没法把他拉来问问了。他们送他进了毒气室。第二个案例是一起头部受创事件。这男人跟一个有钱的变态住在一起，就是那种喜欢收集各类初版书籍、爱好高档奢华的烹饪、在墙板后面的密室里重金打造了一间秘密图书馆的变态。这两个人后来打了一架。他们从前门打到后门，从一间房打到另一间房，把整栋房子打得一片狼藉，最后那个有钱的变态趴下了。那凶手给人抓住的时候，身上有几十处伤痕，还断了一根手指。他只知道一件事：他头痛，他找不到回帕萨迪纳的路了。他不停地兜着圈子，一次次地在同一家加油站前停下来问路。加油站里的那伙计认定他是个疯子，于是报了警。等到他下一次绕回来的时候，他们已经在那儿候着他了。”

“我不相信罗杰会是这般德行，”斯宾塞说。“他的心智和我一样正常，绝不会是精神病。”

“他醉酒的时候会失去意识，”我说。

“我当时在场。我眼看着他做了那样的事，”艾琳平静地说。

我冲斯宾塞咧嘴一笑。虽说是笑，但恐怕不是那种开心的笑，但我能感觉到自己的脸已经尽力了。

“她这就要跟我们和盘托出了，”我说道。“你听着就好。她这就要说了。她现在是情难自已了。”

“是的，一点不错，”她凝重地说道。“有些事情是我们不愿开口讲述的，哪怕那牵扯到的是我们的敌人，更不用说牵扯到我们的亲夫了。如果我不得不在证人席上当众讲述这件事，你是不会喜欢的，霍华德。你那位才华横溢、红得发紫又日进斗金的好作家会突然在人们眼中变得一钱不值。你看他平时魅力十足、迷倒众生，是不是？可那只是纸面上的。而那个可怜的傻瓜是怎样竭尽全力地去迎合这样的假象啊！那个女人对他而言仅仅是个战利品。我监视了他俩。我应该为此羞愧。这种话是我们不得不说的。可我并不真为自己做过的任何事羞愧。那令人作呕的一幕我全都看在眼里了。她用来偷情的那间客房恰好是个非常隐秘的好去处，有自己的车库，入口开在一条小巷上——死胡同，两边有大树遮蔽。最终——对罗杰这样的人而言，这是不可避免的——他不再是一个令人满意的情人了。他就是有点太贪杯了。他想要离开，可她却追出门来，大叫大嚷，身上一丝不挂，手里挥舞着一件小雕塑。她所使用的语言，其污秽与堕落是我难以启口描述的。然后她试图用那件小雕塑砸他。你俩都是男人，你们肯定知道，当一个本该是大家闺秀的女人口吐臭水沟与公共厕所的语言时，再没有什么比这样的事情更让一个男人愕然的了。他喝醉了，他之前也有过突如其来的暴力行为，这下他再犯了。他从她手中夺下了那件小雕塑。之后的事情你们都能猜到了。"

"肯定流了许多血，"我说。

"血？"她苦涩地笑出声来。"你应该见见他回到家时的样子。我奔向自己的汽车，逃离那里的时候，他只是站在那里，低头看着她。然后他弯下腰，抱起她，进了客房。我当时就知道他受了这一惊，酒便醒了一半。一个小时后他回家了。他非常安静。他看到我就在那里等他时，不由得大惊失色。可这时他的酒已经醒了。他呆若木鸡。他的脸上有血，头发里有血，外套的前襟上全是血。我把他扶进书房边的盥洗室里，帮他脱掉衣服，先擦洗了一遍他身上的血迹，再扶他上楼淋浴。我找出一只旧手提箱，下楼收拾起那堆血淋淋的衣物，塞进手提箱里。我清洗了水池和地板，又拿上一条湿毛巾出了门，确保他的车身上没有血迹。我把他的车停进车库，开着自己的车上了路。我一路开到查茨沃斯水库边，你能猜到我是怎么处置那只装满了血衣和血毛巾的手提箱的。"

她打住了。斯宾塞挠着左手的掌心。她飞快地瞥了他一眼，接着往下说道：

"我出门后，他起床喝了许多杯威士忌。第二天早上，他什么都想不起来了。也就是说，他对那件事只字不提，表现得也仿佛没有任何心事一般，有的只是宿醉。我也对此只字不提。"

"他一定纳闷过那些衣服去哪儿了，"我说。

她点点头。"我想他最终一定想到了这一点——可他没有说出口。那段时间里，那么多的事情就像是不约而同地一起发难似的。报纸上全在报道那件事，接着保罗失踪了，接着他死在了墨西哥。我怎能料到事情最后会这样？罗杰是我丈夫。他做了一件可怕的事，可她也是个可怕的女人。况且他并不知道自己做了什么。接着，这件事又从报纸上消失了，其突然一如它的出现。琳达的父亲一定在背后做了点什么。罗杰当然读了报纸，他发表的评论完全就像是从一个不过是碰巧认识当事人的无辜旁观者口中说出来的一样。”

“你不害怕吗？”斯宾塞轻声问道。

“我怕得要命，霍华德。一旦他想起来了，他说不定就会杀了我。他是个好演员——大多数作家都是好演员——也许他已经想起来了，只不过在等待时机。但我没法肯定。他也有可能——只是有可能——把整件事情永远抛在脑后了。而保罗已经死了。”

“如果他从未提起过你扔进水库的那些衣物，那就证明他已经起了疑心，”我说道。“另外，不要忘了，上回——就是他在楼上开了一枪，我看到你在从他手中夺枪的那回——他落在打字机上的那份东西里面有这么一句话：一个好人为他而死。”

“他说过这样的话？”她的眼睛睁大了，幅度刚刚好。

“他写过——用打字机写的。我销毁了那份东西，应他的请求。我以为你已经读过了。”

“我从不去读他在书房里写下的任何东西。”

“可瓦伦杰把他领走的那回，你读了他留下的字条。你甚至从废纸篓里挖出了一些东西来。”

“那是另一码事，”她冷静地说。“我那时在寻找线索，推断他的去处。”

“好吧，”我说道，身子往后一靠。“还有吗？”

她缓缓地摇了摇头，神情中有一种深深的哀伤。“我想就这些了。至少，他自杀的那天下午，也许回想起了那件事。我们永远无法知晓了。可我们难道真的想知道吗？”

斯宾塞清了清喉咙。“可马洛又该在这整场事件当中做些什么呢？把他拖进来是你的主意。是你说服他上这条船的，你知道的。”

“我那时害怕极了。我害怕罗杰，同时我又替他害怕。马洛先生是保罗的朋友，也算得上是认识他的人当中最后一个见到他的。保罗说不定告诉了他某些事情。我必须弄清楚。如果他是个危险人物，那我希望他站在我这一边。如果他找出了真相，那或许还有某种办法可以救罗杰。”

突然，出于某种我无法理解的原因，斯宾塞的面孔板起来了。他向前一探身，下巴突了出来。

“这件事情我们来搞搞清楚，艾琳。你眼前是一位已经和警察结下梁子的私家侦探。他们之前让他蹲了监狱。他据说是帮助保罗——我这么说仅仅是照搬你的说法——逃出了国门，流亡墨西哥。这是一项重罪——如果保罗是杀人犯的话。因此，如果他真的找出了真相，能够给自己脱罪的话，那他只会袖手旁观，绝不会伸出援手。你当时就是这么想的吗？”

“我很害怕，霍华德，你就不能理解这一点吗？我跟一个杀人犯住在同一个屋檐下，而且他还有可能是个疯子。大部分时间里，我都是单独和他在一起的。”

“这我理解，”斯宾塞说，依然板着面孔。“但马洛没有接下这个活儿，你依然孤身一人。接着，罗杰朝天花板开了一枪，之后的一周里，你依然孤身一人。接着罗杰就自杀了，而且巧的是，这回换成了马洛孤身一人。”

“这都没错，”她说道。“那又怎么了？事情是我能控制的吗？”

“好吧，”斯宾塞说。“只是，会不会有这样一种可能：你认为马洛很可能会发现真相，然后，鉴于那把枪已经响过一次了，干脆就把它递给罗杰，说上一句：‘嘿，老头儿，你是个杀人犯，我知道，你太太也知道。她是个好女人。她已经遭了太多罪了。更别提西尔维娅·伦诺克斯的丈夫了。为什么不做一件体面的事情，扣下扳机呢？所有人都会以为这只是一场纵酒过度引发的悲剧。那我就溜达到湖边抽支烟去啦，老头儿。祝你好运，再见。哦，枪在这里——上好膛了，全归你啦。'"

"你越来越可怕了，霍华德。我绝没有过那样的想法。"

"你对县警说过，是马洛杀了罗杰。这话该作何理解？"

她飞快地瞥了我一眼，眼神近乎羞怯。"我说出那样的话真是大错特错。我当时不知道自己在说什么。"

"或许你确实认为是马洛朝他开的枪，"斯宾塞平静地揣测道。

她的眼睛眯了起来。"哦，不，霍华德。为什么？他为什么要做那样的事情？这样的揣测太可怕了。"

"为什么？"斯宾塞打算刨根问底。"可怕在哪里？警方也有过同样的想法。坎迪给他们提供了一条动机。他说，罗杰把自己的天花板射出个洞的那天晚上，马洛在你的房间里待了两个小时——罗杰在此之前已经被人喂了几片安眠药，放上床了。"

她的脸刷地一下红到了发根。她无言地瞪着他。

"而且你当时一丝不挂，"斯宾塞粗鲁地继续说道。"坎迪就是这么告诉他们的。"

"可在死因讯问庭上——"她开始用一种支离破碎的声音说道。

斯宾塞打断了她。"警方不相信坎迪。所以他没有在死因讯问庭上说。"

"哦。"她松了口气。

"还有，"斯宾塞继续冷冷地说道，"警方也怀疑过你。这份疑心直到现在还没有打消。他们只是找不到作案动机。依我看，这下他们说不定能找到了。"

她一下子站了起来。“我看你俩最好从我的房子里出去，”她愤怒地说。“越快越好。”

“那么，你究竟是干了还是没干？”斯宾塞平静地问道，丝毫没有挪动身子，只是伸手抓起面前的酒杯，结果发现杯子空了。

“干了还是没干什么？”

“枪杀罗杰。”

她站在那里，直直地瞪着他。她脸上的红晕已经消失了，那张面孔此刻变得煞白，绷得紧紧的，上面写满了愤怒。

“我只是在跟你预演将来你会在法庭上听到的问题。”

“我出门去了。我忘了带钥匙。我只能按门铃叫人来开门。等我到家的时候，他已经死了。这一切都是已知的事实。你这是怎么啦，看在上帝的分儿上？”

他掏出一块手帕，抹了抹嘴唇。“艾琳，我进这间房已经不下二十次了。迄今为止我还没有碰见过正门在白天上锁的情况。我没说你杀了他。我只是在问你。别告诉我这不可能。想想事情的发展过程，这简直轻而易举。”

“我杀了我自己的丈夫？”她缓缓地、充满诧异地问道。

“假定，”斯宾塞依然用那种漠然的语调说道，“他确实是你的丈夫。你嫁给他的时候却已经有另一个丈夫了。”

“谢谢你，霍华德。非常感谢。罗杰的最后一本书——他的天鹅之歌——已经在你面前了。拿上它，走吧。我看你最好打电话报警，跟他们讲讲你的想法。这将为我们的友谊画上一个美好的句号。再见了，霍华德。我很累，头痛得厉害。我要回房躺下。至于马洛先生——我相信这一切都是他挑唆你的结果——我只能对他说，即便他并没有真的亲手杀死罗杰，他也毫无疑问是把他推上绝路的那只手。”

她转身就要离开。我毫不客气地发话道：“韦德太太，请稍等。我们先把这桩事儿了结了。您不必这么愤愤然。我们都只是在努力做一件正确的事情。您投入查茨沃斯水库的那只手提箱——它沉吗？”

她转过身来，瞪着我。“那是一只旧手提箱，我说过了。是的，非常沉。”

“那你是怎么把它举过水库周围那道高高的铁丝围栏的？”

“什么？围栏？”她做了一个无助的手势。“我想，在紧急情况下，一个人总会爆发出超常的气力，去做那不得不做的事情。不管怎样，我最终办到了。就是这样。”

“那里根本没有什么围栏，”我说道。

“根本没有围栏？”她机械地重复道，仿佛这是一句没有任何意义的话。

“另外，罗杰的衣服上也没有血迹。西尔维娅·伦诺克斯也不是在客房外面被杀的，而是在屋内的床上。现场几乎没有流什么血，因为她那时已经死了——被人枪杀的——等到有人用那件小雕塑把她的脸砸成一团肉酱的时候，那件凶器击打的是一个已死的女人。而死人，韦德太太，流出的血是很少的。”

她鄙夷地朝我撇撇嘴。“我猜你案发时是在场咯，”她不屑一顾地说道。

接着她就拂袖而去了。

我们目送她离开。她缓缓地上了楼梯，步履沉稳优雅，然后消失在了自己的房间中。房门在她身后关上了，轻柔但却坚决。一片沉寂。

“那道铁丝围栏是怎么回事？”斯宾塞茫然地问道。他的脑袋不住地摇晃着。他脸颊通红，满头是汗。他正在勇敢地接受一个事实，但这个接受过程对他而言并不容易。

“那只是个恶作剧，”我说道。“我从没有靠近过查茨沃斯水库，我也不知道那道围栏是什么情形。也许那周围有围栏，也许没有。”

“我明白了，”他怏怏地说。“可问题的关键在于，她也不知道。”

“她当然不知道啦。他俩都是她杀的。”

43

就在这时，传来一阵轻轻的脚步声。原来是坎迪——他就挨着沙发那头站着，看着我。他手中正握着那把弹簧刀。他一摁按钮，刀刃弹了出来。他又一摁按钮，刀刃缩回了刀柄。他的眼珠在闪闪发光。

“万分抱歉，先生，”他说道。“我错怪你了。是她杀了老板。我想我——”他打住了，那柄刀刃又弹了出来。

“不。”我站起身来，伸出手。“把刀给我，坎迪。你只是一个善良的墨西哥男仆。他们是会高高兴兴地把罪名扣在你头上的。这样的烟幕弹一定会让他们笑得合不拢嘴。你不知道我在说什么。但我知道。他们已经把事情彻底搞砸了，就算他们想要挽回局面，那也是不可能的了。再说他们也不想。他们只会从你嘴里撬出一份招供书来，动作快得甚至让你来不及报上全名。然后，三周之后的周二，你就该一屁股坐进圣昆丁监狱，开始你的无期徒刑了。”

“我告诉过你，我不是墨西哥人。我是智利人，来自瓦尔帕莱索附近的比尼亚德尔马。”

“刀，坎迪。我全都知道。你自由了。你存下了一笔钱。你家里说不定有八个兄弟姐妹。放聪明点儿，从哪儿来就回哪儿去吧。这份工作已经完结了。”

“还有许多工作呢，”他轻声说道。然后他伸出手，将那把刀放进了我手里。“为了你我才这么做的。”

我把刀塞进口袋。他抬头瞥了一眼二楼的楼道。“太太——我们该拿她怎么办？”

“不怎么办。我们什么都不办。太太很累。她已经在重压之下生活太久了。她此刻不想被人打扰。”

“我们必须报警，”斯宾塞斩钉截铁地说。

“为什么？”

“哦，天啊，马洛——我们必须这样做。”

“明天吧。收起你那沓未完成的小说，我们走吧。”

“我们必须报警。这世上还有一样叫做法律的东西。”

“我们根本不必这么做。我们手头的证据连一只苍蝇都拍不死。让执法机构去干他们自己的脏活儿吧。让律师们去解决这个案子吧。他们为另一群律师编撰了各种法条，好让这另一群律师能在又一群叫做法官的律师面前剖文解字，如此这般才会有另一群法官来发话说第一群法官错了，再由最高法院来发话说第二群法官错了。没错，这世上确实还有一样叫做法律的东西。我们都快被法律的汪洋淹没了。而它所做的一切几乎就是为律师们创造业务。要不是有律师在背后指明生意之道，你以为那些混得风生水起的黑道头子能蹦跶几天？”

斯宾塞愤怒地说：“你说的和这个案子没有丝毫关系。一个男人在这间房中被人谋杀了。他碰巧是位作家，而且是位非常成功的重要作家，可这一点也同这个案子没有丝毫关系。他是一个人，而你我都知道是谁杀了他。这世上还有一样叫做正义的东西。”

“明天吧。”

“你要是让她逃脱法网的话，那你就和她一样邪恶。我开始有点认不清你了，马洛。你当时若是警惕性够高的话，本可以救他一命的。某种程度上说，你确实让她逃脱了。在我看来，今天下午的这整场表演意义仅止于此—— 一场表演。”

“没错。一幕伪装之下的爱情故事。你也看得出来，艾琳爱我爱得如痴如狂。等到风头一过，我俩就会成婚。她手头应该是挺宽绰的。我还没从韦德家捞到一分钱呢。我快等不及了。”

他摘下眼镜，擦拭起镜片来。他抹去眼睛下方凹坑里的汗水，重新戴上眼镜，看着地板。

“对不起，”他说道。“我今天下午遭受了一次挺沉重的打击。得知罗杰自杀已经够糟糕的了。但这另一个版本的故事却让我感觉受到了羞辱——我刚刚才如梦初醒。”他抬头看着我。“我能信任你吗？”

“信任我做什么？”

“做正确的事——不论那是什么。”他俯身抱起那沓黄稿纸，夹在腋下。“算了，就当我没说吧。我看你很清楚自己在做什么。我是一个挺棒的出版人，但这件事超出了我的能力范围。我看我归根结底不过是个一本正经的老古板。”

他从我身边走过，坎迪为他让开了道，然后快步走到正门边，拉开门。斯宾塞迈步出了门，与坎迪擦肩而过时朝他微微点了点头。我也随他出了门。经过坎迪身边时，我停下了脚步，直视着他那双亮闪闪的黑眼睛。

“别耍花招，朋友，”我说。

“太太很累，”他轻声说道。“她回房休息了。没人会打扰她。我什么都不知道，先生。我什么都不记得……一切遵照您的吩咐，先生。”

我从口袋里拿出那把刀，递到他面前。他笑了。

“没人信任我，但我信任你，坎迪。”

“我也一样，先生。非常感谢。”

斯宾塞已经在车上了。我钻进汽车，发动引擎，倒车出了私家车道，然后一路把他送回贝弗利山。我在酒店的边门处把他放下车。

“回来的这一路上，我一直在想，”他下车的时候说道，“她一定是有点精神失常了。我看他们永远也不会给她定罪了。”

“他们连试都不会去试的，”我说道。“但她不知道。”

他吃力地摆弄着胳膊下面那摞黄稿纸，理顺了之后，冲我点点头。我看着他使劲推开酒店大门，跨了进去。我松开脚踩的刹车，奥尔斯悄无声息地驶离白色的路肩——这就是我最后一次见到霍华德·斯宾塞了。

我到家时天色已晚，身心俱疲。这又是一个空气凝重、夜声含混悠远的夜晚。月亮高高地悬在空中，蒙着雾霭，冷若冰霜。我在房间里踱来踱去，放了几支曲子，但耳朵几乎没有在听。我似乎听到了不知从哪儿传来的一阵有规律的滴答声，可这间房里根本就没有任何会“滴答”的东西。那滴答声就在我自己的脑海中。我是一个孤独的死囚看守，等待着行刑的那一刻。

我想起了我第一次见到艾琳·韦德时的情形，接着是第二次、第三次、第四次。但在那之后，她身上的某样东西就开始扭曲变形了。她似乎不再那么真实了。一旦你认识到一个人是谋杀犯，他的形象就会不可避免地脱离真实。有些人是出于仇恨、恐惧或贪婪而谋杀。有些狡诈的凶手会事先谋划，事后指望能全身而退。有些狂怒之下的凶手根本丧失了思考功能。还有些凶手爱上了死亡，对他们而言谋杀就是一种远期的自杀。某种程度上讲他们全都精神失常，但不是斯宾塞所说的那种失常。

当我终于上床休息时，天已经蒙蒙亮了。

一阵刺耳的电话铃声将我从睡眠的那口黑漆漆的深井中拽了出来。我在床上翻了个身，笨手笨脚地摸索着拖鞋，这才意识到自己不过睡着了两三个钟头。我感觉自己就像是在一家油腻腻的苍蝇馆子里吃下的一餐消化了一半的饭食。我的眼皮黏在了一起，我的嘴里全是沙子。我费力地两脚着地站了起来，蹒跚着走进客厅，一把抓起支架上的话筒，冲着里面说了句：“等着别挂。”

我放下电话，进了浴室，往自己的脸上泼了点冷水。窗外传来一阵“咔嚓”、“咔嚓”、“咔嚓”的声响。我茫然地朝外面看了一眼，看到的是一张面无表情的棕脸。原来是那个一周来一次的小日本园丁，我管他叫“冷酷的哈利”。他正在修剪黄钟花——以那种日本园丁修剪黄钟花的方式。你问他四遍，他会回一句：“下周。”然后他就会在早晨六点钟来到你家，在你的卧室窗外修剪黄钟花。

我擦干脸，回到电话机旁。

“谁？”

“我是坎迪，先生。”

“早上好，坎迪。”

“太太死了。”

死了。在任何一种语言中，它都是一个何其冰冷、黑暗又无声的词啊。太太死了。

“希望不是你干的。”

“我想是药干的。那种叫做德美罗的药。我想那瓶子里有四五十片。现在空了。昨晚没吃晚饭。今天早上我爬上梯子，朝窗户里面看了一眼。穿得就和昨天下午一样。我撬开纱窗。太太死了。冷得就像冰水。”

冷得就像冰水。“你打电话叫人了吗？”

“是的。给洛林大夫。他打电话叫了警察。还没赶到。”

“洛林大夫，是吧？那个永远迟到一步的男人。”

“我没有给他看那封信，”坎迪说。

“写给谁的信？”

“斯宾塞先生。”

“把信交给警察，坎迪。别让它落到洛林大夫手上。只给警察看。还有一件事，坎迪。别隐瞒任何事，别跟他们撒谎。我们昨天都在场。只说真相。这次切记：真相，全部的真相。”

一阵短暂的沉默。接着他说道："是。我明白。再见，朋友。"他挂断了电话。

我拨通了利兹-贝弗利酒店的电话，说我要找霍华德·斯宾塞。

"请稍等。我为您转接服务台。"

那头传来一个男人的声音："这里是服务台。我能如何为您效劳？"

"我刚才说了，我要找霍华德·斯宾塞。我知道这个时间有点早，但我有急事。"

"斯宾塞先生昨晚就退房了。他搭乘 8 点钟的飞机回纽约了。"

"哦，抱歉。我还不知道呢。"

我走出客厅，进了厨房，煮起了咖啡—— 一杯接一杯的咖啡。醇厚、浓烈、苦涩、滚烫、无情、堕落。困倦之人的生命之血。

两个钟头后，伯尼·奥尔斯给我打来了电话。

"好啦，聪明小子，"他说道。"快快过来受刑吧。"

44

这次的情形和上次相仿，唯一的不同是上次在夜里而这会儿是白天，另外地点换成了埃尔南德斯警监的办公室——治安官在圣芭芭拉为狂欢周开幕。在场的有埃尔南德斯警监、伯尼·奥尔斯、验尸官办公室派来的一个人、洛林大夫（他那副模样就像是在做堕胎手术的时候被人逮住一样）、一个叫劳福德的男人，还有地检官办公室派来的一个助理（一个面无表情的瘦高个儿，他的兄弟据说是中央大道区的一名地下赌彩业大佬）。

埃尔南德斯的面前摆着几页有手写字迹的便条纸——肉红色的纸质，手工毛边，上面的字是用绿墨水书写的。

"这次会议是非正式的，"等到所有人都在硬椅子上以尽可能舒服的姿势坐好了，埃尔南德斯说道。“没有速记员，没有录音设备。大家畅所欲言。维斯大夫代表验尸官，未来是否有必要举行死因调查讯问将由验尸官决定。维斯大夫？”

这是个体态肥胖、神情愉快、模样十分干练的男人。“我想是没必要了，”他说道。“所有的表象证据都指向了麻醉剂中毒。救护车赶到的时候，这个女人依然有十分微弱的呼吸，处于深度昏迷当中，所有的反射反应都消失了。到了这个阶段，抢救成功率只有不到百分之一了。她的皮肤冰凉，除非近距离检测，否则也观察不到呼吸。那名男仆以为她死了。她的真实死亡时间大约是在此之后的一个小时。据我所知，这位女士患有支气管哮喘，有间歇性的急性发作病史。德美罗是洛林大夫开给她的，作为紧急状况下的应对措施。”

“关于她服下的德美罗剂量，我们手头有任何信息或能做出任何推断吗，维斯大夫？”

“剂量足以致命，”他说道，脸上淡然一笑。“在不知道用药史的情况下，我们也就无从得知她的先天及后天药物耐受性，因此无法快速判定其个人的致命剂量。根据她的供认书，她服下了两千三百毫克的药物，四到五倍于一名非药物上瘾者的最小致死量。”他用质询的眼光看着洛林大夫。

“韦德太太没有药瘾，”洛林大夫冷冷地说。“规定的服用剂量是每次一到两粒五十毫克的药片。二十四小时内服用三到四片是我能够允许的最大剂量。”

“可你却一口气开给了她五十片，”埃尔南德斯警监说。“在家里以这么大的剂量囤积这样的药物是件挺危险的事，你说呢？这支气管哮喘有多严重，大夫？”

洛林大夫鄙夷地微微一笑。“同所有哮喘一样，发病是间歇性的。从来不会发展到我们称之为‘持续性哮喘’的阶段，也就是严重到足以让病人感觉有窒息危险的哮喘发作。”

“你有意见要发表吗，维斯大夫？”

“唔，”维斯大夫慢条斯理地说，“假设这张字条不存在，假设我们没有其他证据佐证她究竟服下了多少药片，那么这就有可能是一起意外药物过量事件。这种药的安全系数并不高。明天我们就能确定了。我的天啊，难不成你不想压下这张字条，埃尔南德斯？”

埃尔南德斯绷着脸，低头望着桌子。“我正在纳闷一件事。我还不知道麻醉剂是针对哮喘的常规治疗手段呢。真是活到老学到老啊。”

洛林脸一红。“紧急状况下的处置手段，如我所说，警监。大夫不能同时赶到所有病人身边。哮喘的发作可能非常突然。”

埃尔南德斯飞快地瞥了他一眼，然后转向劳福德。“如果我把这封信交给媒体，你们办公室会有麻烦吗？”

那个地检官助理茫然地瞥了我一眼。“这家伙在这儿干什么，埃尔南德斯？”

“我请他来的。”

“我怎么知道他不会把我们在这里说的每句话都照搬给某个记者？”

“没错，他是个大嘴巴。你早就知道了。上次你派人抓他进去的时候就领教过了。”

劳福德咧嘴一笑，清了清喉咙。“我也读过那份所谓的供认书了，”他言辞谨慎地说道。“我一个字都不相信。此人之前经历了情感透支、丧夫、药物使用、大轰炸时期高度紧张的英国战时生活、那场秘密婚姻，还有这个男人的突然归来，如此等等。毫无疑问，她内心发展出了一种负疚心理，因而试图通过一种移情作用来获得解脱。”

他打住了，举目环顾四周，但看到的只有一张张没有表情的脸。“我的话不能代表地检官。但我个人的感觉是，你的这份供认书不能成为寻求起诉的依据，即便这个女人现在还活着。”

“另外，既然已经相信了之前的一份供认书，你也就不乐意再相信第二份与之相抵触的供认书了，”埃尔南德斯挖苦他道。

“别较真，埃尔南德斯。所有的法律执行机构都得考虑公关因素。一旦这份供认书见了报，那我们可就有麻烦了。这一点毫无疑问。我们四周已经围着许多上蹿下跳的改革团体了，他们正候着这样一个机会，好往我们身上捅把刀呢。我们眼下还有一个大陪审团，你们的风化组警督上周挨的那通好打已经让他们坐立不安了——那件事大概过去十天了。”

埃尔南德斯说道：“好吧，宝贝归你啦。帮我在收据上签个字。”

他把那几页粉色的毛边纸合在一起，劳福德弯下腰，在一张表格上签了字。他拿起那几页粉纸，折了几折，放进胸前的口袋里，抬脚出了门。

维斯大夫也站了起来。他态度坚定、表情随和，似乎并没有把这件事放在心上。“韦德家的上一场死因调查讯问我们就操之过急了，”他说道。“这一次我看我们大概可以直接省掉这一步了。”

他冲奥尔斯和埃尔南德斯点点头，同洛林很正式地握了握手，出去了。洛林也要起身离去，却突然收住了脚步。

“我能否告知在座的某位利益相关者，此事的调查到此为止？”他生硬地说。

“抱歉耽误了你这么久，害得你没法待在病人们身边，大夫。”

“你还没有回答我的问题，”洛林厉声说道。“我可得警告你——”

“滚蛋，伙计，”埃尔南德斯说。

洛林大夫惊得险些一个趔趄。然后他转过身去，夹着尾巴，跌跌撞撞地溜出了房间。门关上了，过了足足半分钟，才有人开口说话，打破沉默。埃尔南德斯晃晃身子，点了一支烟，然后看着我。

“喂。”

“喂什么？”

“你还在等什么？”

“这么说，这就是结局了？了解了？玩完了？”

“告诉他，伯尼。”

“是的，这确实就是结局了，”奥尔斯说。“我原本已经准备好把她拖来讯问了。韦德没有开枪自杀。他脑子里的酒精浓度太高了。可就像我之前跟你说的那样，谋杀动机在哪里？她的供认书可能在细节上有错误，可它证明了一点：她在监视他。她知道恩西诺那间客房的布局。这个姓伦诺克斯的娘们儿把她的两个男人都从她身边夺走了。那间客房里究竟发生了什么就随你去想象了。有一个问题你忘了问斯宾塞了。韦德自己有没有一把毛瑟 PPK 手枪？是的，他有一把小毛瑟自动手枪。我们今天已经跟斯宾塞通过电话了。韦德是个醉酒后会失忆的酒鬼。这可怜的倒霉蛋要么以为自己杀了西尔维娅·伦诺克斯，要么就是真的杀了她，不然他就有理由怀疑是他妻子杀的。不论是哪种情况，他最终是会一五一十地坦白出来的。没错，他在此之前早就开始迷恋杯中物了，可他是一个有正常欲望的男人，却娶了一个漂漂亮亮的冰人儿。那墨西哥佬全都知道。几乎就没有什么事是这小混蛋不知道的。那是一个梦中女孩。她的一只脚跨进了此时此刻，可大半个身心却停留在了过去。如果说她也有欲火焚身的时刻，那把火肯定不是为她丈夫而起。明白我的意思了吗？”

我没有回答。

“你差一点就把她弄到手了，是不是？”

我依然沉默以对。

奥尔斯和埃尔南德斯同时咧开嘴，酸溜溜地笑了起来。“我俩可不是真的一点脑子都没有，”奥尔斯说。“我们知道那个讲她如何宽衣解带的故事里肯定有真实的成分。你斗嘴的时候占了他的上风，他也就由你占了上风。他当时情感上受了伤，脑子里一团乱麻；他喜欢韦德，他想要百分百确定。一旦他确定了，他就会用刀。这对他而言是私人恩怨。他从没有把韦德的秘密说出去过，是韦德的妻子说出去的；她故意把事情弄得不可收拾，就是为了搅乱韦德的脑子。这一切放在一起就都说得通了。我想，最终她对他心怀恐惧。还有，韦德从没有把她推下楼梯过。那是一场意外。她绊了一跤，那伙计想要拉住她的。这件事坎迪同样看到了。”

“这一切都无法解释她为什么要把我拖进来。”

“我可以想出几条理由。第一条是老生常谈了。每一个警察都会和它打上一百回交道。你是那条未了结的线索，那个帮助伦诺克斯逃亡的家伙，他的朋友，也许在某种程度上还倾听了他吐露的秘密。他究竟知道什么，他又告诉了你什么？他拿了那把夺走她性命的凶枪，他也知道那把枪开过火。她也许会认为他这么做是为了她。这就会让她怀疑，他知道她用过这支枪。等到他自杀了以后，她就完全确定了。那么你呢？你依然是那条未了结的线索。她想要从你嘴里套话，她有的是魅力可以施展，而眼下的局面又恰好可以用作接近你的借口。如果她需要一个替罪羊，那你就是替罪羊。你也可以说，一路上她一直在收集替罪羊。”

“你这是在假定她知道许多她不一定知道的事情，”我说。

奥尔斯将一支烟掰做两截，将其中一截塞进嘴里嚼了起来。另一半他夹在了耳朵后面。

“另一条理由是，她需要一个男人——一个高大健壮的男人，能够用孔武有力的臂膀将她紧紧地拥入怀中，让她重续旧梦。”

“她恨我，”我说。“你这是在胡说。”

“那是当然，”埃尔南德斯冷冰冰地插话道。“你拒绝了她。可她原本是能让这件事过去的。然后，你又把斯宾塞拉进来做旁听证人，这下终于彻底断了她的念想。”

“你们俩最近在看精神病医生吗？”

“天啊，你还没听说吗？他们现在整天二十四小时都缠着我们不放哪。我们组里就有两个。这已经不再是警察的工作了，而是在逐渐成为医学市场的一个分支。他们在监狱、法庭、审问室里进进出出。他们会写出长达十五页的报告，探讨某个少年犯混混为什么会抢劫一家外卖酒店、强奸一位女学生或是向高年级学生兜售大麻。再过十年，像埃尔南德斯这样的伙计就该整天埋头于罗夏墨迹测验和词联想测验，把引体向上和打靶扔在一边了。等到我们外出办案的时候，我们会提上许多个小黑包，里面装满了测谎仪和吐真剂。我们没能抓住那四个痛殴大个儿威利·马贡的捣蛋鬼，真的是太可惜了。说不定我们能逆转他们的适应不良症，让他们热爱他们的母亲。”

“我能开溜了吗？”

“到底还有哪点让你不信服？”埃尔南德斯问道，手里弹着一根橡皮筋。

“我完全信服了。这个案子结了。她死了，他们全死了。不论从哪个方面看都是一个干得漂亮又顺利的日常案件。所以说，眼下也就没什么可做的了，只有回家睡觉，忘了这事儿，就当它没发生过一样。这也就是我正打算做的。”

奥尔斯伸手从耳朵后面摘下那半截香烟，望着它，仿佛心里头正在纳闷这半截烟是从哪儿来的，然后一把将它甩到了身后。

“你究竟有什么可叽叽歪歪的？”埃尔南德斯说。“要不是她手头的枪正好都用完了，说不定她昨天就要打出十环了。”

“还有，”奥尔斯阴沉地说，“昨天的电话通信可是一切正常的。”[①]

“哦，没错，”我说。“你们一定会颠颠地跑来，然后收获一个云里雾

---

① 此话是在暗示马洛昨天没有打电话报警。

里的故事——除了几个无伤大雅的小谎，她什么都不会承认的。而今天早上，你们得到的依我看却是一份完完全全的供认书。你们没让我读它，可那如果是一封情书的话，你们就不会把地检官的人叫来了。如果你们当时就认认真真地做了伦诺克斯案的工作，总有人会挖出他的参战记录的，包括他在哪里负的伤，以及其余的完整信息。或迟或早，某根线索会将他与韦德夫妇联系起来。罗杰·韦德知道保罗·马斯顿是谁。我碰巧接触到的另一个私家侦探也知道。”

“有可能，”埃尔南德斯让了一步，“但这不是警方调查的工作方式。你不可能在一个表面证据十分确凿的案件上浪费时间，哪怕上头没有压力叫我们赶快结案，将它打入冷宫。我调查过数百起谋杀案。有些案子的所有线索都指向一致，清晰明了，完全是教科书式的。大多数案子都是这里说得通而那里说不通。可当你掌握了作案动机、作案手段、作案机会，确认嫌犯作案后逃逸、取得了一份书面的供认状，并且得知嫌犯随即自杀身亡的事实后，你只会让案子就此了结。这世上没有哪个警察局有这个人力和时间去质疑显而易见的案情。唯一一件挑战‘伦诺克斯是凶手’的事情就是某个人认为他是个好人，不可能干出这样的事情来，还有其他人一样有可能犯案。可其他人事后没有逃之夭夭，没有认罪，也没有把自己的脑袋打开花。而他干了。至于说‘他是个好人’，我看百分之六七十最后走进了毒气室、坐上了电椅，或是挂在了绞索上的杀人犯在邻居们眼中都和富勒毛刷推销员一样温和。温和、安静、教养良好，正如罗杰·韦德太太。你想读读她那封信里都写了些什么？行，读吧。我得出去一趟。”

他起身拉开一只抽屉，将一份文件夹放在桌面上。“这里头有五份直接影印件，马洛。别让我逮到你偷看。”

他迈步朝门口走去，忽然又转过头来，对奥尔斯说了一句：“你要不要跟我一起去找裴什雷克谈谈？”

奥尔斯点点头，跟着他出去了。办公室里只剩下我一个人了。我揭开了文件夹的封套，看着那几份黑底白字的影印件。我动手数了一下文件份数，手指只接触页边。总共有六份，每一份都是由几页纸夹在一起的。我抽出一份，卷起来，塞进口袋里，然后从头到尾读了一遍剩下那沓文件中的最上面一份。读完之后，我坐下来等着他们回来。过了大约十分钟，埃尔南德斯一个人回来了。他重新在桌子后面坐好，数了一遍影印件份数，然后将文件夹塞回办公桌。

他抬起眼睛看着我，不带任何表情。“满意了吗？”

“劳福德知道你有这些影印件吗？”

“我没告诉他。伯尼也没有告诉他。伯尼自己动手影印的。怎么啦？”

“如果其中一份泄露出去了会怎样？”

他微微一笑，笑容很是让人不舒服。“不会的。但如果真发生了那样的事，那肯定不是治安官办公室里的人干的。地检官办公室里也有影印设备。”

“你不太喜欢地检官斯普林格，是不是，警监？”

他看上去像是吃了一惊。“我？我喜欢所有人，甚至包括你。快滚吧。我还有工作要处理。”

我起身要走。他突然又说道：“这些天你还随身带枪吗？”

“有时候带。”

“大个儿威利·马贡随身带两把。不知道他为什么不用。”

“我猜他是以为所有人都被他吓得不敢动弹了吧。”

“也许吧，”埃尔南德斯漫不经心地说道。他拾起一根橡皮筋，在两只手的拇指间拉扯着。那根皮筋越来越长。终于，啪的一声，皮筋断了。他揉揉那只被绷断的皮筋弹到的拇指。“每个人一旦超出极限，都有绷断弦的时候，”他说。“不管他看上去是多么了不得的硬汉。回头见。”

我出了门，快步溜出了大楼。一朝是替死鬼，永远是替死鬼。

45

回到卡翁加大楼六楼我那间小得像狗窝的办公室后，我又开始用早班邮件玩起了每日例行的双杀游戏。邮箱传桌子传废纸篓——廷克传埃弗斯传钱斯。[①] 我在桌面上清理出一块空间来，将影印件展开平铺。刚才我之所以把它卷起来，就是为了避免折痕。

我又从头到尾读了一遍。她的供述细节翔实，合情合理，足以使任何一个不带先入之见的调查者信服。艾琳·韦德在一阵妒火中烧的狂怒中杀死了特里的妻子，接着又在铺垫就绪、时机成熟后杀死了罗杰，因为她确信罗杰知道。那天晚上朝他书房天花板开的那一枪就是这铺垫的一部分。有一个问题依然没有答案，而且恐怕永远也不会有答案了，那就是：为什么罗杰只是呆呆地站在原地，任她宰割？他一定早就知道了结局会是怎样。所以他干脆自暴自弃，听天由命了。语言是他的营生，他能用语言描述一切，却唯独面对这件事时只有无言的沉默。

“大夫开给我的上一批药品里还剩下四十六粒德美罗，”她写道。“现在我打算全部服下，然后上床躺着。门上锁了。很快，我就将不可救药了。这一点，霍华德，请你务必领会。我所写下的这些文字以死亡作见证人，里面字字是真。我无怨无悔——唯一遗憾的也许就是我当时没法捉奸成双，当场送他们双双入黄泉。对于保罗——也就是你所听说的特里·伦诺克斯——我心中也没有任何悔恨。他不过是我曾经爱过、嫁过的那个男人遗留下的一个空壳。于我而言他什么都不

---

① 双杀是指在棒球比赛中，一系列连贯防守动作造成两名进攻球员同时出局；球通常会在防守方的三名队员之间快速传递，封杀进攻方的击球手和跑垒者。廷克、埃弗斯与钱斯曾经是芝加哥小熊队的一组传奇式的双杀组合。

是。那天下午我见到他时——他从战争中归来后我只见过他这唯一的一次——起初我没认出他来。接着，我认出来了，他也立刻就认出了我。他本该在青春年少时陨落在挪威的皑皑白雪之中的，那个我赠给了死亡的爱人。可他却回来了，成了赌棍们的朋友，富有娼妇的丈夫——一个变质、堕落的男人，也许在过去的生活中还走过黑道。时间让一切都变得卑贱、可鄙，满面褶皱。人生的悲剧，霍华德，不在于美丽之物英年早逝，而在于他们会变得衰老，变得卑贱。这样的事不会发生在我身上。再见了，霍华德。”

我把那份影印件收进桌子里锁好。午饭时间到了，可我没有胃口。我从最里面的抽屉里掏出我那瓶办公用酒，倒了一杯，然后取下挂在桌前的电话簿，查到了《日报》的号码。我拨通了那个号，请话务女郎帮我转接朗尼·摩根。

“摩根先生直到四点钟左右才会进办公室。也许你可以试试市政厅的新闻室。”

我拨通了那里的电话。他果然在。他还清清楚楚地记得我。“我听说你最近一直清淡得很。”

“我这里有样东西要给你，如果你愿意要的话。但我估计你是不要的。”

“哦？什么东西？”

“一份承认犯下两起谋杀的自供书。”

“你在哪里？”

我告诉了他。他又问了我一些信息。我不愿意在电话中透露给他。他说他不是专门负责罪案报道的。我说他依然是个记者，供职于全城唯一一家独立报纸。他还想要争辩。

“你是从哪儿弄到这东西的？我怎么知道这值得我跑一趟？”

“地检官办公室里存有原件。他们不肯公开。这会让几件他们想锁在黑箱里的事情浮出水面。”

“我会给你打电话的。我得先跟头儿们谈谈。”

我们挂断了电话。我下楼去了杂货店，吃了一份鸡肉沙拉三明治，喝了点咖啡。咖啡煮得太久了，三明治的滋味浓郁丰富得就像从旧衬衣上扯下来的一块布。美国人什么都愿意吃，只要那东西是烘烤过的，并且用两根牙签穿在了一起，还有生菜叶从两边戳出来（有点蔫的叶子是最好的）。

三点半左右，朗尼·摩根进门来见我了。他还是那个瘦高结实、神色疲惫、面无表情的家伙，一如他开车把我从监狱送回家的那天晚上。他无精打采地同我握了手，然后开始在一只皱巴巴的香烟盒里摸来摸去。

“谢尔曼先生——我们的管理总编——说我可以见你，看看你手头有什么。”

“除非你们答应我的条件，否则不能登报。”我打开上锁的桌子，递给他那份影印件。他速读了一遍那四页纸，然后又细读了一遍。他看上去十分兴奋——兴奋得大概就像一个殡葬师接到了一单廉价葬礼的生意。

“给我电话。”

我把话机推到桌子对面。他拨了个号，等了一会儿，然后开口道：“我是摩根。让我和谢尔曼先生通话。”他又等了一会儿，又一个女声接听过后，他终于等来了他要找的人。他请对方换一条电话线回拨过来。

他挂断电话，坐在那里，话机架在大腿上，用手托着，食指摁住挂断键。这时回电的铃声响起，他将听筒举到耳边。

“就是这份东西，谢尔曼先生。”

他缓慢清晰地读了起来。读完全文后他停顿了片刻，接着又是一句："稍等，先生。"他放下电话，从桌子对面投来一瞥。"他想要知道你是怎么弄到这份东西的。"

我伸手越过桌子，将那份影印件从他手中拿走。"告诉他，我怎么弄到的压根儿不关他的事。从哪儿弄到的则又作别论了。你看看那几页纸背面的印章就一目了然了。"

"谢尔曼先生，这貌似是一份洛杉矶县治安官办公室的官方文件。我想我们可以轻而易举地验证其真实性。另外，他还开了个价。"

他又听了一会儿，接着说道："是，先生。他就在这里。"他将电话从桌子对面推了过来。"他想和你谈谈。"

话筒里传来一个简慢专横的声音。"马洛先生，你的条件是什么？请你记住，《日报》是全洛杉矶唯一一份会考虑涉足这一事件的报纸。"

"你之前并没有太多报道伦诺克斯案，谢尔曼先生。"

"我知道。但在当时，那纯粹只是一个为了制造丑闻的丑闻。谁是罪犯根本不成为问题。而我们现在面对的——假设你的文件是真实的——则完全是另外一码事了。你的条件是什么？"

"你们以影印的方式完整刊登供认书全文。要么你们就一个字都别登。"

"我们会验证文件真实性的。你明白吗？"

"我想不出你们该怎么验证，谢尔曼先生。如果你去问地检官，他要么会否认，要么会干脆把它交给城里的每一家报纸。他只能如此。如果你去问治安官办公室，他们只会把这事儿推给地检官。"

"别担心，马洛先生。我们有办法。你的条件是什么？"

"我刚刚告诉你了。"

"哦。你不想要酬劳吗？"

"我不要金钱上的酬劳。"

"好吧，我猜你知道自己要干什么。我能再跟摩根说两句吗？"

我把电话递还给朗尼·摩根。

他简短地说了几句，挂断电话。“他同意了，”他说。“这份影印件我拿走，他会去核验。然后他就会按你说的办。按原件尺寸缩小一半的话，整份自供书会占用头版的半个版面。”

我将影印件还给了他。他握着文件，捏了一把他那只长鼻子的鼻尖。“你不介意的话，我能否多嘴一句？我认为你是个彻头彻尾的大傻瓜。”

“我同意。”

“你现在改主意还不迟。”

“不用了。还记得你开车从巴士底狱把我送回家的那天晚上吗？你说我有一个朋友等待着我的告别。我从没有和他真正告别过。如果你们刊登了这份影印件，那么这就是告别了。这等待已经够久了——太久，太久了。”

“好吧，老兄，”他歪嘴一笑。“可我还是觉得你是个大傻瓜。需要我告诉你为什么吗？”

“你说吧。”

“我对你的了解超出你的想象。这就是新闻工作中最让人沮丧的一点。你总知道这么多你用不上的事情。你会变得愤世嫉俗。一旦这份自供书在《日报》上刊登出来，许多人都会很不高兴的。地检官，验尸官，一位权势遮天、能量极大、大名波特的市民，还有两个分别叫做门奈德兹和斯塔尔的黑道流氓。你说不定会进医院的，要不就是二度进宫。”

“我不这么想。”

“你愿意怎么想就怎么想，朋友。我只是在告诉你我的想法。地检官会生气，因为他把伦诺克斯案锁入了黑箱。即便伦诺克斯的自杀与自供似乎让他的做法看起来无可指摘，依然会有许多人想要知道为什么伦诺克斯——一个清白无辜的人——会写下这样一份自供；他又是怎么死的——是真的自杀，还是有人帮了他一把；为什么无人调查相关情况；这整件事为什么这么快就没了声响。还有，如果他手头掌握着这份影印件的原件，那他就会认为治安官手下的人出卖了他。”

“你们不必登出文件页背后的印章。”

“我们不会的。我们和治安官是朋友。我们认为他是个正派的人。我们不会因为他无法阻止门奈德兹这样的人而责怪他。只要所有形式的赌博都在某些地方合法，而某些形式的赌博在所有地方都合法，就没有人制止得了赌博。这份东西你是从治安官办公室里偷出来的。我不知道你是怎么得手的。想不想告诉我？”

“不想。”

“好吧。验尸官会生气，因为他在对韦德的自杀判定上犯了糊涂，地检官也在这件事情上推了他一把。哈兰·波特会生气，因为他动用了各种关系捂住的这件事情又被人揭开了。门奈德兹和斯塔尔也会生气，出于何种原因我不太清楚，但我听说他们已经警告过你了。那些伙计一旦生气，就得有人要吃苦头了。你说不定会得到跟大个儿威利·马贡一样的待遇。”

“马贡可能是块头越来越笨重，干不了这份工作了。”

“为什么呢？”摩根慢吞吞地继续说道。“因为那些伙计必须杀一儆百。如果他们费神费力地警告过你，叫你放手，你就得放手。如果你不放手，他们还任由你大摇大摆，啥事儿没有，那他们就成了软蛋。掌舵的那些狠角儿、那些大佬、那些董事，他们可不需要软蛋。他们很危险。另外，还有这个叫克里斯·马迪的人物。”

“内华达州那边差不多就是他说了算，我听说是这样。”

“你听说的没错，老兄。马迪是个好人，可他知道怎样做对内华达有好处。那些富得流油、在里诺和维加斯经营的黑道流氓都小心翼翼地避免惹马迪先生生气。否则的话，他们的税率就会陡升，警方给予他们的合作就会陡降。到了那时，东部大本营那边的大老板们就该决定做一点人事上的改变了。一个没能跟克里斯·马迪搞好关系的经营者根本就不懂正确的经营之道。快把那该死的家伙给我弄走，换一个人上。而把一个人弄走对于他们来说只有一种意思。装在一个木盒子里抬走。”

“他们从没有听说过我，”我说。

摩根皱皱眉头，胳膊上下挥舞了两下，做了一个无意义的手势。“他们不必听说你。马迪的地产就在塔霍湖内华达州那侧的湖岸边，紧挨着哈兰·波特家。说不定他俩偶尔还会打声招呼。说不定拿马迪钱替马迪办事的某个人从拿波特钱替波特办事的某个人那里听说，一个叫马洛的小混球多管闲事，还嗡嗡地惹出了好大的动静。说不定这句顺便一提的闲话就会被人一路顺便传递下去，直到洛杉矶的某间公寓里电话铃响起，一个肌肉发达的壮汉领会了电话那头的弦外之音，决定出门锻炼一下肌肉，顺便也带上三两个朋友一同锻炼。如果有人想要你的小命或是把你揍扁，那些负责执行的壮汉是不会跟你解释原因的。这对他们来说只是常规工作。你可别生我们的气啊。坐着别动就好，我们这就拧断你的胳膊。你到底要不要把这份东西收回去？”

他将影印件递到我面前。

“你知道我要什么，”我说。

摩根缓缓起身，将影印件装进贴身口袋。“也许我弄错了，”他说。“也许你知道的比我多。我无法理解像哈兰·波特这样的人是以怎样的方式看事情的。”

“怒目而视，”我说。“我见过他。可他并不愿意靠打手队来经营生意。这种做法与他心目中的理想生活方式是不相容的。”

“依我看，”摩根尖刻地说道，“打一通电话、阻止谋杀案调查，同做掉证人、阻止调查仅仅是两种不同的手法。在文明的鼻腔中，这两种手法一样的臭气熏天。回头见——希望还能有这一天。”

他飘出了办公室，就像是被一阵风吹走了似的。

46

我开车去了维克多酒吧，想着喝一杯兼烈，闲坐一会儿，等着早报的傍晚版上市。可酒吧里人多得要命，一点都不好玩。我认识的那个酒保走到我跟前，叫出了我的名字。

“你喜欢往酒里加一丁点苦味汁，对不对？”

“通常不加。但今晚就加两丁点吧。”

“我最近没见着你朋友。就是戴翡翠的那位。”

“我也没见着。”

他走开了，回来的时候端着一杯酒。我小口小口地抿着，尽量喝得慢一点，因为我不想要脸膛红红的微醺。我要么就一醉方休，要么就保持清醒。过了一会儿，我又喝了一杯。六点刚过，那个卖报的小子就溜进了酒吧。一个酒保冲他大吼，叫他滚蛋，可他还是成功地拉到了一圈顾客，然后被一个侍者一把揪住，扔了出去。我就是那些顾客中的一员。我打开《日报》，扫了一眼头版。他们说到做到了。全文都在。他们反转了影印件底色，把它变成了白底黑字，另外尺寸减半，刚好放得进上半个版面。随后的一版上登了一篇措辞很不客气的简短社论。再后面的一版上还有一篇占了半栏的文章，标题下面署名朗尼·摩根。

我喝完了杯中酒，走出酒吧，去另一家店里吃了晚饭，然后开车回家。

朗尼·摩根的文章是一篇直截了当的事实概要，文中回顾了伦诺克斯案和罗杰·韦德“自杀”案的事实与事件——所有事实依照之前的公开报道。他什么也没添加，什么也没推理，什么也没输入。这只是一篇清晰简洁、一副职业面孔的报道。社论就完全是另一码事了。文中问了好多问题——每当公职人员焦头烂额一脸窘相的时候，记者们就会向他们抛出这种问题。

九点半左右，电话铃响了，伯尼·奥尔斯说他回家的时候顺便过来坐坐。

“读过《日报》了？”他含含糊糊地问了句，不等我回答就挂断了电话。

进门后，他抱怨了一番门前的台阶，然后说他想喝杯咖啡，如果我有的话。我说我这就去煮。我煮咖啡的当儿，他在房子里闲庭信步，毫无拘束，就像在自家一样。

“作为一个可能会惹来众怒的家伙，你住的地方实在是太荒僻了，”他说。“房子后面的山那头是哪里？”

“另一条街。怎么啦？”

“只是问问。你家周围的灌木该剪剪了。”

我端了咖啡走进客厅，他大咧咧地坐下，啜了一口咖啡。他拿了我的一支烟点上，吸了一两分钟，然后掐灭烟头。“抽到一半我就不想再抽了，”他说道。“也许这都得怪那些个电视广告。它们会让你厌恶每一样它们向你推销的东西。天啊，他们肯定以为公众全都是些白痴。每次我一看见某个一身白大褂、脖子上挂着个听诊器的傻瓜手中举着一管牙膏，或是一盒香烟，或是一听啤酒，或是一瓶漱口药，或是一罐洗发水，或是一盒不知叫什么的东西，能够让一个满身肥肉的摔跤手散发出紫丁香般的体味，我都会特意做一条笔记，确保以后绝不买这样东西。哼，哪怕我真喜欢那东西，我都不会买。你读过《日报》了，是吧？”

“我的一个朋友提醒我读的。一位记者。”

“你有朋友？”他惊讶地问道。“他没告诉你他们是怎么弄到这材料的，是吧？”

“没有。根据我们这个州的法律，他也不必告诉你。”

“斯普林格气疯了。劳福德——也就是今天早上拿到这封信的那个地检官助理——说他当时没有耽搁，直接就把信交到老板手里了，可出了这样的事情不能不让人疑心窦起。《日报》刊登的貌似是原件的一份直接影印件。”

我啜了一口咖啡，不发一言。

“他活该，”奥尔斯继续说道。“斯普林格本该自己出马的。就我个人而言，我认为泄密的并不是劳福德。他也是个政客。”他木然地瞪着我。

“你来这里究竟是干什么，伯尼？你不喜欢我。我们曾经是朋友——如果说真有人能跟一个冷面警察交朋友的话。可后来咱俩的关系变了味。”

他向前一探身，面带微笑——那表情就像一条狼。“没有哪个警察乐意看到一个平民背着自己干警察该干的活儿。韦德丧命的那天，如果你当时就向我透露韦德跟那个姓伦诺克斯的娘们儿有关系，我早就把这儿事儿弄明白了。如果你向我透露了韦德太太和这个特里·伦诺克斯间的关系，我早就把她攥在手心里了——趁她还活着的时候。如果你一开始就把你知道的一切和盘托出，韦德说不定现在还活着呐。更不用提伦诺克斯了。你以为你猴精得了不得，是不是？”

“你想要我说什么呢？”

“没什么。现在说什么都太迟了。我告诉过你，自作聪明的人欺骗不了任何人，除了他自己。我直截了当、明明白白地告诉过你。这么说，你没听进去。眼下，你最聪明的做法就是出城躲躲。没人喜欢你，有两个本来就不怎么有爱心的人会用行动来表达感受。我是从一个眼线那里听说的。”

“我没那么重要，伯尼。我俩别再斗嘴了。韦德丧命之前，你根本没有介入这个案子。在那之后，这案子对你、对验尸官、对地检官、对任何人似乎都不再重要了。也许我做错了一些事。但真相最终水落石出。你本可以昨天下午对她下手的——可是凭什么样的证据呢？”

“就凭你应当告诉我们的一切有关她的情况。”

“我？就凭我背着你们干的这一切警察该干的活儿？”

他忽地站了起来。他的脸涨得通红。“好啦，聪明小子。那样的话她现在就还活着。我们可以以涉嫌谋杀的罪名对她进行立案。你想要她死，你这个混球，你自己知道。”

“我想要她好好地、认真地、平静地审视一下自己。之后她愿意做什么是她自己的事情。我想要给一个无辜的人正名。在此过程中我根本不在乎用何种手段达到这一目的，如今一切都过去后我依然不在乎。你要是想拿我怎么着的话，我是不会跑的。”

“那些个狠角儿自会收拾你的，根本不用我来操心。你以为你没那么重要，不值得他们费这个劲儿。作为私家侦探马洛，你确实没那么重要。但是，作为一个受过警告却依然不消停，还公然在报纸上朝着他们吐舌头的家伙，情况可就完全不同了。你的所作所为伤害了他们的自尊。”

“真可怜，”我说。“光是想想这件事，我的心灵就开始泣血了——借用你的表达方式。”

他走到门边，拉开门。他站在那里，望着下方的红杉木台阶、马路对面山上的树林，还有街尾的那个隆起的山坡。

“真是个安静的好地方，”他说。“安静得刚刚好。”

他走下台阶，钻进汽车，绝尘而去。警察从不告别。他们总是希望能在指认嫌犯的队列中再见到你。

47

接下来的一天里，有那么一阵子，场面看似热闹非凡。地区检察官斯普林格召开了一场早间新闻发布会，发布了一通声明。他是那种身材高大、面色红润、双眉乌黑、头发早早地就已花白的角色——这类人物总是在政坛上混得风生水起。

“我已经读过了这份据称是那位极度不幸、刚刚结束了自己生命的女人写下的自供书，这份文件可能是真实的，也可能不是，但即便是真实的，那也显然只是她意识紊乱的产物。我愿意假定《日报》公布这份文件是出于善意，尽管文中荒诞怪论与前后矛盾之处不胜枚举，恕不在此一一详列。如果真是艾琳·韦德写下了这些文字——本人下辖的办公室很快就将协同我可敬的助手——治安官彼得森的手下确认这一点是否属实——那么，我想对你们说的是，她提笔之时头脑并不清醒，握笔也不稳。此时距离这位不幸的女士发现自己的丈夫倒在血泊之中只过去了区区数周——他自己的鲜血，他自己的了断。想象一下这样一场可怕灾难之后那必不可免的惊愕、绝望与彻底的孤独！如今她在死亡的苦海中与他团聚了。此刻去惊扰死者的骨灰可有任何益处？可有任何益处，我的朋友们，除了能让一份发行量堪忧的报纸多卖出几张？毫无益处，我的朋友们，毫无益处。让我们到此为止吧。就像不朽的莎士比亚所著的那部戏剧杰作《哈姆雷特》中的奥菲利亚一样，艾琳·韦德也以一种与众不同的方式插上了她的芸香。[1] 我的政治对手们很想在这一点与众不同上大做文章，可我的朋友们和选民伙伴们不会被他们所欺骗。他们知道本届地检官一向坚定支持睿智、成熟的执法，支持心怀仁慈的司法正义，支持可靠、稳定、保守主义的政府。《日报》支持什么，我既不清楚，也无心过多关注。让开明的公众自己做出判断吧。”

《日报》用晨报版（这是份全天二十四小时覆盖报道的报纸）刊登了这通胡话；管理总编亨利·谢尔曼以一篇署名评论针锋相对地驳斥了斯

---

① 典出《哈姆雷特》第四幕。在这幕场景中，因悲痛欲绝而失去心智的奥菲利亚一面胡言乱语，一面分发各种鲜花，其中一种就是芸香（Rue），而芸香代表哀伤与悔恨，与英文单词 rue 拼写相同。随后奥菲利亚自杀身亡。

普林格。

斯普林格先生今天早上状态不错。他是个体态雄健的男人，说话时能发出浑厚悦耳的男中音。可他没有费神向我们提供任何事实。无论斯普林格先生想要在什么时间验证这份文件的真实性，我们《日报》都将竭诚协助。我们并不指望斯普林格先生采取任何行动来重启那些经他的批准或凭他的指示了结的案子，就如同我们并不指望斯普林格先生脑袋朝下倒立在市政厅的塔楼上一样。正如斯普林格先生的雄文所言：此刻去惊扰死者的骨灰可有任何益处？或者，用我们《日报》那文采稍逊的措辞来说，此刻在女谋杀犯已死之时再去找出杀人真凶可有任何益处？当然是毫无益处，除了寻得正义与事实。

另外，《日报》还想代表已逝的莎士比亚感谢斯普林格先生语带赞许地提到了《哈姆雷特》，并且基本正确（尽管并非完全正确）地引用了奥菲利亚的典故。“你必须与众不同地插上你的芸香”[①] 这句话说的不是奥菲利亚，而是由奥菲利亚说出；而她这句话的真实寓意从来就没有被我们这些才疏学浅的头脑真正参透过。可这点小错不提也罢。那句引用优美动听，有助于将水搅浑。我们也想斗胆在此引用那部经过官方认可的戏剧杰作——《哈姆雷特》中的一句台词——一句金言，却恰好是从一个败类口中说出：“谁是真有罪的，让斧钺加在他的头上吧。”[②]

中午时分，朗尼·摩根给我打来电话，问我有何感想。我说我不觉得这件事会对斯普林格造成什么伤害。

---

① 在朱生豪译本中，此句译文为：“您可以把您的芸香插戴得别致一点。”
② 出自《哈姆雷特》第四幕，此话由害死哈姆雷特父亲的国王所说。

“只有读过书的聪明人才能想明白这事儿，”朗尼·摩根说。“而他们早就已经看穿他了。我是说，那你呢？”

“我能怎样。我只是坐在这里，等待着一张十美元的钞票轻轻蹭上我的脸颊。”

“我并不是这个意思。”

“我还活蹦乱跳着。别想吓我了。我得到了我想要的。如果伦诺克斯现在还活着，他可以径直走到斯普林格跟前，朝他脸上吐唾沫。”

“你是为他这么做的。到了这会儿，斯普林格也明白这一点了。他们有一百种方法可以构陷一个他们不喜欢的人。我想不明白你费了这么多功夫究竟是图什么。伦诺克斯并不是一个堂堂正正的大丈夫。”

“那跟这件事情又有什么关系？”

他沉默了片刻，随后说道：“对不起，马洛。我这就闭上我的大嘴巴。祝你好运。”

我们按寻常的礼节互相道了别，然后挂断了电话。

下午两点左右，琳达打来了电话。“拜托，不要提名字，”她说。“我刚刚从北边的那个大湖边上飞回来。那里的某个人正因为《日报》昨晚的某篇文章大发雷霆。我的准前夫这下挨了一道晴空霹雳。我走的时候，那个可怜的家伙正在哭泣呢。他飞过去就是为了作当面汇报的。”

“准前夫——你是什么意思？”

“别傻了。这次父亲终于破天荒地同意了。巴黎是个低调离婚的绝好去处。所以我很快就要动身去那里了。如果你还有半点头脑的话，你最好是拿你在我面前显摆过的那张漂亮版画作盘缠，也踏上一段遥远的旅程吧。”

“这跟我有什么关系？”

“这是你今天问的第二个愚蠢的问题。你欺骗不了任何人，除了你自己，马洛。你知道他们是怎么猎虎的吗？”

“我怎么知道？”

“他们会把一头山羊绑在木桩上，然后埋伏起来。那头山羊的遭遇通常是很悲惨的。我喜欢你。我显然不知道为什么，但我确实喜欢你。我不愿意看到你成为那头山羊。你这么努力地去做一件正确的事情——你眼中正确的事情。”

“你真好心，”我说。“如果我伸出我的脖子，然后脖子上挨了一刀，那依然是我的脖子，我自作自受。”

“别逞英雄，你这个傻瓜，”她厉声叫道。“我俩都认识的某个人选择做了替死鬼并不意味着你也非得模仿他不可。”

“你要是打算在这儿待一阵子的话，我请你喝杯酒。”

“请我在巴黎喝吧。秋天的巴黎美极了。”

“巴黎的这杯酒我也愿意请。我听说春天的巴黎更棒呢。不过我从没去过，所以不知道是真是假。”

“按照你现在的路数，你永远也去不了了。”

“再见，琳达。希望你能找到你想要的。”

“再见，”她冷冷地说。“我一向能找到我想要的。可我一旦找到，却又不想要了。”

她挂断了电话。余下的半天里再没有发生什么。我吃了晚饭，将奥尔斯停在一家通宵汽车修理站里检修制动衬面，然后叫了辆出租车回家。街面上一如既往地空空荡荡。木头邮箱里有一张免费的肥皂券。我慢慢地爬上台阶。这是一个和煦的夜晚，空气中挂着一层淡淡的雾霭。山上的树木几乎一动不动。没有一丝风。我打开门锁，将门推开一半，然后停住了。屋里面黑黢黢的，悄无声息。但我能感觉到门后面的房间里并非空无一人。也许是哪里的弹簧嘎吱响了一声，也许是房间那头的一件白外套在我眼角里闪了一下。也许是在这样一个温暖寂静的夜晚，门后的这个房间还不够温暖，不够寂静。也许是空气中飘浮着一丝人身上的气息。也许我只是神经过敏了。

我一个侧步下了门廊，踩上空地，然后紧贴着灌木丛伏下身子。什么都没有发生。屋里没有亮灯，听力所及之处也没有任何动静。我随身带了一把枪，就在我身体左侧腰带上挂着的枪套里，枪把子朝前——一把短管警用点三八手枪。我拔出手枪，可这并没有什么用。四下里依然只有一片沉寂。我断定自己是个大傻瓜。我直起身子，抬脚正要回到正门口，就在这时一辆汽车从街角里拐了出来，飞也似的开上坡来，几乎是无声无息地停在了我家门前的那段台阶下面。那是一辆黑色的四门大轿车，线条像是凯迪拉克。那完全可能是琳达·洛林的车，只是有两点不符：车里没有一个人推开车门，而且面向我的两扇车窗全都关得紧紧的。我等待着，聆听着，紧贴灌木蹲伏着，可根本没有什么可听的，也没有什么可等的。只有一辆黑黢黢的车一动不动地停在那段红杉木台阶的脚下，车窗紧闭。如果它的马达依然在转动，那我并没有听到声响。这时，一盏红色的大探照灯咔嚓一声亮起，光柱打在房子一角过去二十英尺远的地方。接着，慢慢悠悠地，那辆大轿车往后倒去，直到探照灯可以扫过房屋的整个正面，扫过屋檐，一直向上扫去。

警察不开凯迪拉克。配着红色探照灯的凯迪拉克属于那些大佬——市长和警察局长，也许还有地区检察官。也许还有黑道流氓。

探照灯横扫过来。我伏倒在地上，但光柱依然找到了我，然后停留在我身上不动了。我是它唯一的目标。车门依然没有打开，房子里依然寂静无声，没有灯光。

突然低沉的警笛声响起，只响了一两秒钟便停了。终于，房子里灯火通明，一个身穿白色小礼服的男人走了出来，站在台阶顶上，顺着房屋外墙和灌木丛朝我这里斜眼瞥来。

“进来吧，廉价货，”门奈德兹咯咯一笑，冲我说道。“你有伴儿了。”

我本可以轻轻松松一枪正中他的。但他很快就退了回去，这下可就太迟了——哪怕我此刻还能打中他，我也没机会出手了。这时，轿车后座的一扇窗户摇了下来，我能听见车窗落下时的一声闷响。接着一把冲锋枪开火了，一串子弹落在了离我三十英尺远的陡坡上。

“行了，进来吧，廉价货，”门奈德兹站在门道里又说了一遍。“你无处可去了。”

于是我直起身，走了过去，探照灯精准地跟随着我。我把枪插回皮带上的枪套里。我跨上门前那个小小的红杉木平台，进了门，在门后面站住。房间那头坐着一个男人，跷着二郎腿，一把枪侧面朝上搁在大腿上。他长得长胳膊长腿，看上去很不好惹，他的皮肤干巴巴的，没有一点水分，像是来自一个烈日将一切都晒得发白的地方。他穿着一件暗棕色的华达呢式风衣，拉链一直向下拉开到腰部以上。他看着我，两眼和手枪都一动不动。他平静得就像月光下的一面土坯墙。

48

我盯着他看得太久了。我眼角里隐约瞥见有人影从边上闪过，紧接着我的肩头传来一阵让人发麻的剧痛。我的整条胳膊从肩膀到指尖全都失去了知觉。我扭过头去，看到了一个模样凶狠的大个儿墨西哥人。他并没有龇牙咧嘴，他只是在看着我。他那只棕手里的点四五手枪垂到了体侧。他留着小胡子，一头油腻腻的黑发朝上、朝后、超前、朝下梳得乱蓬蓬的，让他那颗脑袋显得鼓出了一大圈。他的后脑勺上戴着一顶脏兮兮的墨西哥宽边帽，颌下垂着两股皮系带，一直垂到衬衫的前襟——那是一件缝制的衬衫，正散发出阵阵汗馊味。没有什么能比一个凶悍的墨西哥人更凶悍，正如没有什么能比一个温和的墨西哥人更温和，没有什么能比一个诚实的墨西哥人更诚实，而最最重要的是，没有什么能比一个悲伤的墨西哥人更悲伤。这家伙正是那种凶悍的狠角儿。你上哪儿都再找不到比这个更凶悍的了。

我揉揉胳膊。那里现在有了一丁点针刺感，但剧痛和麻木依然没有消退。如果我此刻试图去拔枪，枪估计是会从我手中滑脱的。

门奈德兹朝这位重拳师伸出一只手，后者将手中的枪抛了过去，眼睛似乎看都没看，门奈德兹一把接住。接着他站在了我面前，脸上放着光。“你现在哪里痒，廉价货？”他的黑眼珠上下跳动着。

我只是看着他。这样的问题是没法回答的。

“我问了你一个问题，廉价货。”

我舔舔嘴唇，反问了他一句。“阿戈斯蒂诺怎么啦？我还以为他是你的枪手呢。”

“奇科软了，”他轻声说。

“他一向很软蛋——就像他的老板。”

椅子上的那人眨了眨眼。他的脸似笑非笑。那个刚刚废了我一条胳膊的狠角儿既没有动，也没有说话。我知道他在呼吸。我能闻到。

“有人撞到你胳膊了，廉价货？”

“我让一张墨西哥玉米饼给绊了一跤。”

心不在焉地，眼睛似乎都没有看我一下，他挥出枪管抽在了我的脸上。

“别跟我油腔滑调，廉价货。你现在已经过了玩这些的时候了。你已经受到了警告，而且是好言好语的警告。如果我费神费力地亲自上门叫一个伙计消停点——他就得消停点。不然的话，他就得给我趴下，而且永远站不起来。”

我能感觉到血顺着我的脸颊淌下来。我能感觉到刚才的那一击在我的颧骨中留下的那种让人发麻的剧痛。那剧痛蔓延开去，直到我的整个脑袋都疼了起来。那一击的力道并不大，可他手中的家伙砸人很痛。我这时还能说话，也没有人想要阻止我。

“你怎么会亲自动手挥拳头呢，门迪？我还以为这样的苦力活儿是留给那些收拾大个儿威利·马贡的马仔的。”

“这是个人恩怨，”他轻声说，“因为我之前出于个人理由警告过了你。马贡那件事完全是为了生意。他以为他可以对我吆五喝六——我，这个给他买衣服买车、把他的银行保险箱塞得满满的、替他付掉住房贷款的人。这些风化组的小家伙都一个德性。我甚至替他付掉了他家小孩的学校账单。你肯定会以为这混蛋总该有点感恩之心吧。可他干了什么？他走进我的私人办公室，在我的手下面前把我吆来喝去。”

“为了什么？”我问他，心底下暗暗指望他把怒气引向别人。

“因为某个喷了一头发胶的婊子说我们家的骰子里灌了铅。那个贱人好像是他众多床伴中的一个。我把她撵出了俱乐部——她进门时装在口袋里的每一个子儿我都还给了她。”

“这事儿做得似乎挺合情理的，”我说。“马贡应该知道，职业赌徒从不用下三滥的手法。他们根本不必这样。可我究竟哪儿惹着你了？”

他又打了我一下，这次是一副若有所思的神情。“你让我丢脸了。干我这一行的从不警告同一个人第二遍。哪怕那人是个硬骨头也不行。要么他乖乖地按你说的办，要么你就做不成老大。你要是做不成老大，那你也就别在江湖上混了。”

“我有种直觉：这事儿比你说的还要复杂一些，”我说。“不好意思，我拿一下手帕。”

在那把枪虎视眈眈的监视下，我掏出一块手帕，擦了擦脸上的血。

“一个小小的私家探子，”门奈德兹一字一顿地说道，“以为他可以让门迪·门奈德兹出洋相。以为他可以让我成笑料。以为他可以耍弄我——我，门奈德兹。我应该请你吃刀子的，廉价货。我应该把你切成一条一条的生肉。”

“伦诺克斯是你的哥们儿，”我说道，目光直视他的眼睛。“他死了。像条狗一样让人埋了，葬身的土堆上连个名字都没有。我为证明他的清白出了一丁点的力。这就让你丢脸了，是吗？他救过你的命，自己却没了命，而这对你而言根本就无所谓。你唯一有所谓的就是扮演大佬。你压根儿就没在乎过任何人，除了你自己。你根本就不是什么大佬，你只是嗓门儿大而已。”

他的脸僵住了，他抡圆了胳膊想要给我来第三下，这次是要铆足了气力。他的胳膊还在向后抡着，可我已经向前跨出半步，一脚踢在了他的肚皮上。

我没有思考，我没有计划，我甚至没有想过自己有多大胜算，或者我是不是真有胜算。我只是受够了他的叽叽歪歪，而且伤口生疼，还在流血；也许我这时已经被打得有点头脑不清了。

他弓起身子，倒抽了一口气，那把枪从他手中滑脱了。他拼命地伸手在地上摸寻着，一面从喉咙深处发出不自然的喉音。我一膝盖顶在他的脸上。他发出一声尖叫。

椅子上的那人哈哈大笑起来。那笑声着实让我吃了一惊。接着他站了起来，手中的枪也随着他的身体一道离开了座椅。

“别杀他，”他心平气和地说。“我们还要留着他作活饵呢。”

突然，走廊的阴影中人影闪过，接着奥尔斯从门外走了进来，眼神漠然，面无表情，平静似水。他低头看着门奈德兹。门奈德兹正跪在那里，头枕着地板。

“软蛋，”奥尔斯说道。“软得像一摊烂糊。”

“他不是软蛋，”我说。“他只是受伤了。每个人都会受伤。大个儿威利·马贡是软蛋吗？”

奥尔斯看着我。另一个男人也看着我。门口那个凶悍的墨西哥人没有发出半点声响。

“把你脸上那支该死的香烟拿开，”我冲着奥尔斯吼道。“要么抽了它，要么就别折腾它。看着你真让我恶心。你让我恶心——句号。警察全都让我恶心。”

他貌似吃了一惊。接着他咧嘴一笑。

“这是我们设的一个局，小子，”他欢快地说。“你的伤重吗？那个坏人把你的小脸蛋打坏了？咳，要我说，这都是你自找的，不过你自找的这顿打还真是没白费呢。”他低头看着门迪。门迪膝盖着地，正在慢慢地从一口井中爬出，一次只能爬几英寸。他的喘息声异常沉重。

“这小子话可真多啊，”奥尔斯说，“只要他身边没有围着三个讼棍律师帮他封紧嘴巴。”

他一把将门奈德兹提起来，让他两脚着地。门迪的鼻子在流血。他笨手笨脚地从那件白色小礼服里摸出一块手帕，按在鼻子上。他一言不发。

“你让人给卖了，宝贝儿，”奥尔斯认认真真地告诉他。“我并不怎么为马贡的事情伤心。他自作自受。可他是个警察，而像你这样的阿飞不该碰警察——永远永远不该碰。”

门迪放下手帕，看着奥尔斯。他看着我。他看着刚才坐在椅子上的那人。他慢慢地扭过头去，看着门口那个凶悍的墨西哥人。他们全都看着他。他们的脸上都没有一丝表情。突然，一把刀凭空闪现在了我眼前，接着门迪一个箭步扑向奥尔斯。奥尔斯侧跨一步避开了他，然后单手锁住他的咽喉，轻轻松松、近乎无心地将他手中的刀一掌劈落。接着奥尔斯分开双脚，直起腰，双腿微曲，将门奈德兹提离了地面，单手掐着他的脖子，就这样提着他穿过房间，将他按在墙上。过了一会儿他放下了他，但手依然没有松开他的咽喉。

“再敢碰我一指头，我一定杀了你，”奥尔斯说。“一指头。”说完他松开了手。

门迪轻蔑地朝他微笑，看看手帕，将它重新叠好，以掩盖血迹。他又用手帕按住鼻子。他低头看着那把他刚才用来抽我的枪。椅子边的那人十分随意地说了句："没上子弹——即便你能抢到手。"

"被人卖了，"门迪对奥尔斯说。"你说第一遍的时候我就听到了。"

"你要了三个打手，"奥尔斯说。"而你得到的却是内华达州的三位县警。维加斯那边的某个人不喜欢你不经请示、擅作主张的做事方式。那个'某人'想要和你谈谈。你可以跟这几个县警走，或者你也可以跟我回城区，然后被一副手铐铐在门背后。那里有两个小子很想近距离地见识你。"

"上帝保佑内华达，"门迪平静地说，然后转身再度看着门边那个凶悍的墨西哥人。接着他草草地在胸前画了个十字，跨出了正门。那个凶悍的墨西哥人跟着他出去了。随后另一个人——那个干巴巴的沙漠小子——捡起枪和刀，也随着他们出去了。他关上了门。奥尔斯一动不动地等在那里。砰的一声，门关上了，接着一辆车驶入了夜色中。

"你确定那几个流氓是县警？"我问奥尔斯。

他扭过头来，像是吃惊地看到我也在似的。"反正他们有警徽，"他不耐烦地说。

"干得漂亮，伯尼。真漂亮。你觉得他能活着走到维加斯吗，你这个铁石心肠的狗娘养的？"

我走进盥洗室，拧开冷水龙头，拿一条浸透水的毛巾按在阵阵抽痛的脸颊上。我看着镜中的自己。半边脸肿得没了样子，皮肤青紫，上面还有好多锯齿状的伤口，全都要拜那根抽中颧骨的枪管所赐。我的左眼下方也有一块变色的区域。接下来我得有好些时日没法漂漂亮亮地见人了。

这时，镜中奥尔斯的身影出现在了我的身后。他用两片嘴唇来回碾着他那支该死的香烟（烟头依旧没点着火），像一只猫在耍弄一只半死的耗子，想要逗它爬起来再逃跑一次。

“下一次，别再想着要猜透警察的心思了，”他粗声说道。“你以为我们让你偷走那份影印件只是为了寻开心吗？我们猜到了门迪会来找你算账。我们跟斯塔尔全部摊牌了。我们告诉他，我们没法在本县禁绝赌博，但我们可以让他的生意很难做，从而挖掉他的一大块利润。没有哪个黑帮流氓可以在我们的地界里殴打警察——哪怕是个坏警察——然后逃之夭夭。斯塔尔让我们相信了他跟此事无关，而且他们的组织对此事很不高兴，门奈德兹会得到教训的。因此，当门迪说他需要一帮城外的打手过来帮他收拾你的时候，斯塔尔派来了三个自己认识的伙计，开着一辆他自己的车，费用全由他出。斯塔尔是维加斯的一名警察局长。”

我转过身去，看着奥尔斯。“沙漠里的郊狼今晚要饱餐一顿了。恭喜你。警察工作真是项妙不可言、令人振奋的理想主义事业，伯尼。警察工作中的唯一问题就是从事这项工作的警察。”

“你真不走运，英雄，”他的语调突然变得冰冷又凶蛮。“你走进你自己的客厅乖乖挨打的时候，我几乎要笑出声来了。这招奏效了，小子。这是件脏活儿，也只能用肮脏的手法来做。要让这类人物开口，你得先给他们一点权力感。你伤得不重，但我们非得让他伤到你点儿不可。”

“真对不起，”我说。“让你经受了这样的痛苦，真对不起。”

他把他那张铁板一样的面孔往我眼前一凑。“我恨开赌场的，”他用粗暴的声音说道。“我恨他们，就像我恨毒贩子。他们是在迎合纵容一种同毒品一样腐化人心的疾病。你以为里诺和维加斯的那些气派宫殿提供的只是无伤大雅的娱乐？扯淡，他们瞄准的是那些小人物，那些想不劳而获的傻瓜，那个进门时口袋里揣着一信封的工资，结果输掉了下星期柴米油盐钱的小伙子。有钱的赌棍可以输掉四万大洋然后一笑了之，下次照样还来玩上几局。可有钱的赌徒成就不了大生意，伙计。真正的大买卖在于一分一毛，两毛五半块，还有偶然一遇的一块钱，甚至是五块。那些做成大生意的，他们的钱来得就像你卫生间水管里滴出的水——涓涓细流，永不停歇。任何时候、任何人想要干掉一个职业赌棍，我都举双手赞成。我喜欢这样的好事。而每当州政府从赌博业中收钱，还管那叫税收时，政府就是在为黑帮的生意添柴加火。理发师或是美容院小妹押了两块钱去赌马，这钱就是贡献给犯罪辛迪加的，这才是利润的大头所在。人们都想要一支诚实的警察队伍。可为了什么呢？为了保护那些手头有一把贵宾卡的人吗？在加州，我们有合法的赛马场，全年开动。他们合法经营，州政府抽取提成，而在赛马场押注的每一块钱都对应着在各路赌马庄家那里押注的十块钱。赛程单上往往有八九场比赛，而其中的半数——那些选手没啥分量的——往往无人关注。这时候，只要有人点个头，比赛随时可能被操纵。一名骑师只有一种办法可以赢得比赛，可他却有二十种办法能够输掉比赛，哪怕每八杆就安插一名管事在场监视也无济于事，只要那骑师有手段。这是合法的赌博，朋友，清清白白、正正经经的生意，经州府批准。所以，这样的生意完全没错，不是吗？不，我不这么看。因为这是赌博，它滋生赌棍，而当你将这一切的利害得失都通盘计算一遍后，你会发现这世上只有一种赌博：不道德的赌博。”

“感觉好受些了？”我问他，一面往伤口上敷了点白碘。

“我只是个筋疲力尽、心灰意冷的老警察。我唯一的感觉就是糟心。”

我转过身去，凝视着他。“你真算是个好警察了，伯尼，可你的想法依然大错特错了。某种意义上讲，所有的警察都一个德性。他们全都怪错了对象。有人在骰子桌上输掉了工资，那就禁止赌博。有人喝醉了，那就禁酒。有人在车祸中撞死人了，那就禁止制造汽车。有人在旅馆房间里和一个姑娘睡觉被人逮到了，那就禁止性交。有人摔下楼梯了，那就禁止盖房子。”

“行啦，闭嘴！”

“没问题，我闭嘴。我只是个普通公民。够了，伯尼。我们有黑帮、犯罪辛迪加和打手团，不是因为我们的市政厅里和立法机构里有腐败的政客还有他们的走狗。犯罪不是疾病，它只是症状。警察就像一个你有脑肿瘤却只知给你开阿司匹林的医生，只是警察可能更愿意选择包皮铁棍作为治疗手段。我们是一个庞大、粗野、富有又野蛮的民族，犯罪就是我们为之支付的代价，而有组织犯罪就是我们为组织支付的代价。它已经伴随了我们很久。有组织犯罪就是光鲜的美元那肮脏的背面。”

“那干净的一面又是什么呢？”

“我从没有见到过。也许哈兰·波特可以告诉你。我们喝一杯吧。”

“你走进那扇门的时候模样挺棒，”奥尔斯说。

“门迪朝你挥刀的时候，你的模样更棒。”

“握握手，”他说道，接着伸出一只手。

我们喝了一杯，然后他走后门出去了——他之前就是撬开后门进来的，前一天晚上他上门来的目的就是踩点。朝外开的后门往往是一栋房子最容易下手的地方，如果门板的木头已经因为老化而干枯皱缩的话。你可以敲掉铰链上的销子，接下来的工作就很简单了。奥尔斯出门的时候指给我看了门框上的一处凹痕，然后爬过房子后面的小山，回到旁边那条街上他刚才停车的地方。前门他也可以轻轻松松撬开的，可那么干就得破坏门锁。这样的手法就太明显了。

我看着他穿过树丛爬上山，手电筒的光束照着身前的路，然后消失在了坡顶后面。我锁上门，又调了一杯淡酒，回到客厅坐下。我看了看表。时间还早。我只是感觉此时距我回家的那一刻已经过去了很久。

我走到电话机边，拨号给接线员，给了她洛林家的号码。男仆问了我是谁，然后走开查看洛林太太在不在家。她在家。

“没错，我就是那头山羊，”我说道，“不过他们生擒了老虎。我受了点皮肉伤。”

“你哪天一定得讲给我听听。”她的声音听上去远在千里之外，仿佛她已经置身巴黎了似的。

“我可以边喝着酒边告诉你——如果你有时间的话。”

“今晚？哦，我得收拾东西，准备出发。恐怕今晚不行。”

“哦，我明白了。好吧，我只是以为你或许有兴趣知道这件事。之前你特意警告过我，真的是太好心了。这件事跟你家老头一点关系都没有。”

“你确定吗？”

“完全确定。”

“哦。等一等。”她走开了一会儿工夫，然后回来了，语气这下热情了许多。“也许我可以抽空喝上一杯。在哪儿？”

“你说地方。今晚我没有车开，但我可以叫辆出租车。”

“别胡说了，我来接你，不过至少得花一个小时。你家在哪里？”

我给了她地址，她挂断电话，我打开门廊里的灯，站在敞开的门前，呼吸着夜晚的气息。夜凉了。

我返身进屋，试着打电话给朗尼·摩根，可没能找到他。然后，只是为了寻个乐子，我打了个电话到拉斯维加斯的水龟俱乐部，找兰迪·斯塔尔先生。他也许根本不会接。可他接了。他说话声音很轻、十分干练，一副重要人物的派头。

“很高兴接到你的电话，马洛。特里的朋友就是我的朋友。我能如何为你效劳？”

“门迪上路了。”

“上路去哪里？”

“去维加斯，跟着三个你派去找他的打手，坐着一辆黑色的凯迪拉克大轿车，车上配了一盏红色的大探照灯还有警笛。你的车，对吗？”

他哈哈大笑。“在维加斯，就像报上的某个家伙说过的那样，我们拿凯迪拉克当拖车。你说这些干吗？”

“门迪带着两个凶悍的小子蹲在我家里候着我。他想把我打一顿——这是委婉的说法——因为报纸上登了一篇文章，而他似乎认为那是我的错。”

“是你的错吗？”

“我麾下没有报业，斯塔尔先生。”

“我麾下也没有开着凯迪拉克的凶悍小子，马洛先生。”

“也许他们是县警。”

“我说不上来。还有别的事情吗？”

“他用手枪抽了我。我踢了他的肚子，拿膝盖顶了他的鼻子。他似乎很不满意。不管怎样，我还是希望他能活着赶到维加斯。”

“我确定他会活着到这儿的，只要他是活着出发的。不好意思，恐怕我不能陪你久聊了。”

“稍等，斯塔尔。发生在奥塔托克兰的那档子见不得人的事你是不是也有份，还是说那只是门迪一个人干的？”

“你说什么？”

“别装傻了，斯塔尔。门迪不是因为他说出口的那点理由对我生气的——至少不至于气到要跑到我家候着我，准备像收拾大个儿威利·马贡那样收拾我。动机不足。他警告过我，要我别管闲事，不许再调查伦诺克斯案了。可我还是调查了，因为事情恰好就那么水落石出了。于是他就对我采取了我刚才告诉过你的这种做法。所以，这里头肯定另有原因。”

“我明白了，”他慢吞吞地说道，依然那么不温不火、轻声轻气。“你认为特里之死另有蹊跷？你认为，比如说，他没有开枪自杀，而是另有其人扣下了扳机？”

“我认为更多的内情细节能帮助我判断。他写下了一份虚假的自供书。他给我写了一封信，那封信寄出去了。旅馆里的一个侍者或是信差会帮他把信偷带出去寄掉，他是这么说的。他当时被堵在了一家旅馆里，没法出去。信里有一张大额钞票，信刚刚写完，就有人敲他的门。我想知道后来是谁进了房间。”

“为什么？”

“如果来人是信差或是侍者，特里肯定会在信末再添一句。如果是警察，这封信就不会寄出了。所以，那究竟是谁呢——为什么特里要写这样一份自供书呢？”

“不知道，马洛。完全不知道。”

“不好意思打搅你了，斯塔尔先生。”

“谈不上打搅，很高兴与你通话。我会问问门迪他是否知情的。”

“好的——如果你还能再见到他的话——在他还活着的时候。如果你见不到了——那就另寻他途吧。不然的话，另有他人会来调查此事的。”

“你吗？”他的语调突然生硬了起来，尽管依然轻声轻气。

“不，斯塔尔先生。不是我，而是另一个能够不费吹灰之力让你滚出维加斯的人。相信我，斯塔尔先生。相信我。我的话句句是真。”

“我会见到活蹦乱跳的门迪的。别操心这个，马洛。”

“我还以为这事儿你全都知道呢。晚安，斯塔尔先生。”

49

那辆车停在了我家门外，车门开了，我出门站在台阶顶上，正要朝下面招呼；可那个中年黑人司机正在那里替她扶着车门，等她下车。然后他又跟着她走上台阶，手中拿着一个小旅行包。于是我只是站在原地等着。

她爬上了台阶顶端，扭头对司机说：“马洛先生会开车送我去我下榻的旅馆，阿摩司。非常感谢你。我早上再给你打电话。”

“是，洛林太太。我能问马洛先生一个问题吗？”

“当然可以，阿摩司。”

他把那只小旅行包在门后面放下，他从我身边走过，留下我俩站在那里。

“‘我老了……我老了……我穿裤子再也不会卷裤腿了。’这话是什么意思，马洛先生？”

“没啥意思。不过是听上去顺耳罢了。”

他微微一笑。“这是《J·阿尔弗雷德·普鲁弗洛克的情歌》中的一句。这里还有一句。‘在那间女人们来了又去的房间里／谈论着米开朗基罗。’您从这句中体会到了什么吗，先生？”

“是的——我从中体会到，这家伙不怎么了解女人。”

“这也正是我的看法，先生。尽管如此，我还是非常钦佩T·S·艾略特。”

“你刚才用的是‘尽管如此’吗？”

“怎么啦——是的，马洛先生。我用得不对吗？”

“不是不对，只是别在百万富翁面前用这个词。他或许会以为你正偷偷摸摸地要请他吃个烫脚板呢[①]。”

他哀伤地笑了。“这我想都不敢想。您遭遇了一场意外吗，先生？”

“没有。这正是计划之中的。晚安，阿摩司。”

“晚安，先生。”

他返身走下台阶，我回到屋内。琳达·洛林正站在卧室正中央，环顾四周。

---

① 烫脚板是指暗中把火柴插入别人鞋缝中再点燃的恶作剧。马洛的这句玩笑是在暗示，当一个黑人司机有僭越之嫌地使用文雅词汇时，就会使他的雇主感受到某种挑战与威胁。

“阿摩司是霍华德大学的毕业生，”她说道。“你住的这地方不怎么安全——而你又是个如此不安全的人，难道不是吗？”

“这世上没有什么地方是安全的。”

“看你这张可怜的小脸。谁干的？”

“门迪·门奈德兹。”

“你对他做了什么？”

“没做什么。只是踢了他一两脚。他走进了一个陷阱。这会儿他正在去内华达州的路上，身边有三四个强悍的内华达县警给他做伴。忘了他吧。”

她在长沙发上坐下。

“你想喝点什么？”我问道。我掏出一盒香烟递给她。她说她不想抽烟。她说不管是什么酒，有喝的就行。

“我想到了香槟，”我说。“我没冰桶，可香槟是凉的。这点香槟我已经藏了好几年了。两瓶。红绶带。我猜应该还不错。我不怎么懂酒。”

“藏着等什么呢？”她问道。

“等你。”

她笑了，可眼睛依然盯着我的脸。“你的脸都给割坏了。”她伸出手指，轻轻抚摸着我的脸颊。“留着等我？这不太可能。我俩两个月前才刚刚见面的呢。”

“那就是留着等我俩见面的那一天。我这就去拿。”我拿起她那只小旅行包，抬脚朝房间那头走去。

“你这是要把包拿哪儿去啊？”她高声问道。

“这是一只过夜用的旅行包，不是吗？”

“把包放下，回这儿来。”

我照办了。她的眼睛闪亮，同时又倦意绵绵。

“这可是桩新鲜事，”她慢吞吞地说道。“非常之新鲜。”

“怎么个新鲜法？”

“你从没有动过我一指头。没有调情，没有勾引，没有咸猪手，什么都没有。我还以为你是个尖酸刻薄、凶神恶煞、冷酷无情的铁面硬汉呢。”

“我想我就是这样的——在某些时候。”

“而现在我就在你家，我猜你是打算等我们痛饮了几杯香槟之后，毫无前奏地一把抓起我，把我扔上床。我说得对吗？”

“坦率地讲，”我说，“这样的想法确实在我的意识深处蠢蠢欲动过。”

“真是不胜荣幸，但假如我不想那样呢？我喜欢你。我非常喜欢你。但这并不意味着我想和你上床。你的判断是不是下得有点过于轻率了——只因为我碰巧带了只小旅行包？”

“也许是我弄错了，”我说。我走过去，拿起她的小旅行包，把它放回正门边。“我这就去拿香槟。”

“我不想伤害你的感情。但也许你可以把香槟留给未来某个更加喜庆的时刻。”

“只有两瓶，”我说。“真正喜庆的时刻需要至少一打。”

“哦，我明白了，”她说道，突然生起气来。“我只是在你找到某个更漂亮、更有魅力的可人儿前的一个替补。非常感谢。这下你可伤害我的感情了，可我想这至少说明我待在这里是安全的，这样也好。如果你以为一瓶香槟就能让我有失检点的话，我可以向你保证：你大错特错了。”

“我已经承认错误了。”

“我是告诉过你我打算和丈夫离婚，我是让阿摩司把我在你家门前放下，我还随身带了只小旅行包，可这些并不意味着你就能轻轻松松地把我弄到手，”她依然非常生气。

“别提那只该死的旅行包了！”我吼道。“让旅行包见鬼去吧！你再敢提一句，我就把那该死的东西从门前的台阶上扔下去。我邀请你来喝一杯。我这就去厨房拿酒。仅此而已。我根本就没打算把你灌醉。你不想跟我上床。这一点我充分理解了。你根本没理由这么做。可我们还是能一起喝上一两杯香槟的，对不对？我们没必要围绕着谁会遭到诱奸、何时何地、在喝下第几杯香槟之后展开一场论战。”

“你没必要发火，”她脸颊绯红地说。

“这又是你们的另一种调子，”我厉声叫道。“我听过五十种不同的调子，它们全都让我讨厌，全都虚伪透顶，全都在话外之音中藏着一种挑逗的暗示。”

她起身来到我身旁，指尖轻轻抚过我脸上的伤口和瘀肿。“对不起。我是个疲惫又失望的女人。请对我好点。我不是贱价处理给任何人的打折品。”

“你一点儿也不疲惫，你也并不比大多数人更失望。照理说，你完全应该变成又一个浅薄放荡、从小被宠坏了的小顽童的，就像你的妹妹一样。可奇迹是，你居然没有。你们家族全部的坦诚正直和一大半的勇气胆识全都集中在了你的身上。你不需要任何人来对你好点。”

我转身出了房间，沿着过道走进厨房，从冰箱里拿出一瓶香槟，砰的一声拉开木塞，斟满两只浅浅的高脚杯，端起一杯一饮而尽。酒精带来的针刺感让泪水在我的眼眶中打着转，可我还是饮下了杯中酒。我又斟满一杯，然后将酒瓶和酒杯装上托盘，用小车推着返回客厅。

她不在那里了。那只小旅行包也不见了。我放下托盘，打开正门。刚才我并没有听到开门的声响，她也没有车了。事实上我没有听到任何声响。

这时，她的声音从我背后传来。“傻瓜，你以为我会跑了吗？”

我关上门，转过身去。她披散开了长发，赤裸的脚上套了一双拖鞋，身上披了一件日式图案、晚霞红色的丝绸睡袍。她缓缓地步向我，脸上挂着一丝羞涩得出乎意料的微笑。我举起一杯香槟递给她。她接下了，抿了两口，又递还给我。

“真不错，”她说。然后，悄无声息地，没有丝毫演戏或做作的成分，她扑进了我的怀里，用她的嘴紧贴着我的嘴，轻启两片红唇，张开两排皓齿。然后，她的舌尖触上了我的。过了许久，她的头抽了回去，但她的双臂依然搂着我的脖颈。她的眼睛闪亮如星光。

“我一直想要这样的，”她说道。“我只是不愿意被轻易得到。我也不知道为什么。也许我只是太紧张了吧。其实我根本就不是一个放荡的女人。是不是很遗憾？”

“我要是以为你是的话，那我第一次在维克多酒吧见到你的时候就该向你献殷勤了。”

她慢慢地摇摇头，脸上现出微笑。“我不这么想。这就是为什么我会在这里。”

“也许那晚不会，”我说。“那晚我们有别的事情。”

“也许你从来就没有在酒吧里向女人献殷勤过。”

“我确实很少这样干。酒吧里的灯光太暗了。”

“可许多女人去酒吧，就是等着有人来献殷勤的。”

“许多女人早上起床时，脑袋里也装着同样的想法。”

“可酒精是一种催情剂——某种程度上说。”

“医生推荐的。”

“谁提医生啦？我要我的香槟。”

我又吻了她几下。轻松愉快的工作。

“我要吻你那张可怜的小脸，”她说到做到。“你的脸滚烫，”她说。

“我剩下的部分都冰凉的。”

“不是的。我要我的香槟。”

“为什么？”

“不喝的话就全跑气啦。再说，我喜欢这香槟的味道。”

“好吧。”

“你很爱我吗？还是说，如果我跟你上床，你就会很爱我？”

“也许吧。”

“你不必非跟我上床不可，你知道的。我并不十分坚持这一点。”

“谢谢你。”

“我要我的香槟。”

“你有多少钱？”

“全部加起来？我怎么知道？大概有八百万美元吧。”

“我决定跟你上床了。”

“唯利是图的家伙，”她说道。

“香槟的钱是我付的。”

“让香槟见鬼去吧，”她说。

50

一小时后，她伸出一条赤裸的胳膊，挠着我的耳朵说：“你愿意考虑娶我吗？”

“这婚姻维持不了六个月的。”

“哎，看在上帝的分儿上，”她说，“就算维持不了，尝试一下不也很值得吗？你还能指望生活是怎样的——一份涵盖全部风险的全额险？”

“我四十二岁了。我已经被自在独立的生活给惯坏了。你也有点被惯坏了——有一点，不太多——被金钱。”

“我三十六岁了。有钱不是什么丢脸的事，为钱结婚同样也不是。大多数的有钱人都根本不配有钱，也不知道该怎么过有钱的生活。可这样的日子长不了。很快我们就会遭遇又一场战争，而等到战争结束时，每个人都将是身无分文——除了那些流氓坏蛋和骗子。而我们其他人——我们都将被税收压榨得一无所有。”

我抚弄着她的头发，盘了几缕在手指上。“也许你说得对。”

“我们可以飞到巴黎去，共度一段美妙的时光。”她用一只手肘撑起身体，低头望着我。我可以看到她眼中的闪光，但我读不出她的表情。“你反感婚姻吗？”

“一百个人当中大概能有一对神仙眷侣吧。剩下的都只是在努力维持婚姻。二十年后，男人的全部所有就只是车库里的一张工作台了。美国姑娘们都棒极了。美国太太们却太爱霸占领地了。再说了——”

“我要喝香槟。”

“再说了，”我继续说道，“这对你而言只是一段插曲。第一场离婚是一个艰难的抉择。在那之后，离婚就只是一个经济问题了。对你而言不成问题。十年后，你或许会在街上与我擦肩而过，却怎么也想不起来自己究竟在哪里见过我——假使你还能注意到我的话。”

“你这妄自尊大、自鸣得意、自信满满、油盐不进的混蛋。我要香槟。”

“这下你就会记住我了。”

“而且自负。满满的自负。虽然这会儿受了点小小的皮肉伤。你以为我会记得你？无论我嫁了多少男人，睡了多少男人，你以为我偏偏就会记得你？为什么？”

“不好意思。我这话说过头了。我这就去拿香槟。”

“我们可真是甜蜜温馨又明理的一对呀，”她语带讥讽地说。“我是个有钱的女人，亲爱的，而且日后更多的钱还会滚滚而来。我可以为你买下整个世界，只要值得。你现在有什么？回家时面对一栋空空的房子，甚至连一只猫、一条狗都没有；工作时坐进一间闷气的小办公室，干坐枯等着。就算我最后和你离了婚，我也绝不会允许你回到这样的生活中去。”

“那你打算怎么阻止我呢？我不是特里·伦诺克斯。”

“拜托。我们不要谈他了。也不要谈那根金灿灿的冰锥——那个姓韦德的女人了。也不要谈她那个可怜抑郁的酒鬼丈夫了。你想要成为唯一一个拒绝我的男人吗？这算是一种怎样的骄傲感？我已经向你献上了我所能够给予的最大恭维。我请求你娶我。”

“你已经给了我比这更大的恭维。”

她哭了起来。“你这傻瓜，你这彻头彻尾的傻瓜！”她的脸颊湿了。我能感觉到上面的泪水。“假设这婚姻持续了半年或是一年或是两年。你又有什么可失去的呢，除了办公桌上的灰尘、百叶窗上的沙土，还有你那空虚生活的寂寥？”

“你还要来点香槟吗？”

“好吧。”

我将她拉到身边，她靠着我的肩膀哭了。她不爱我，我俩都知道这一点。她并不是为我而哭。她只是在此时此刻需要落几滴眼泪罢了。

哭完后她抽身离去，我爬下床，她进了盥洗室去补妆。我拿来了香槟。她回来的时候，脸上挂着微笑。

“不好意思，我刚才失态了，”她说道。“六个月后，我甚至都不会记得你的名字。把香槟拿到客厅去吧。我想见点亮光。”

我照办了。她像刚才那样坐在长沙发上。我把香槟在她面前放下。她看着酒杯，但没有去碰。

“而我将会向你作自我介绍，”我说。“然后我们会一起喝上一杯。”

“就像今晚？”

“再也不会像今晚了。”

她举起她那杯香槟，悠悠地抿了一点，然后在长沙发上转过身来，将剩下的酒全泼在了我脸上。接着她又哭了起来。我掏出手帕，擦干自己的脸，然后替她擦了她的脸。

"我不知道我为什么会这样做，"她说。"可看在上帝的分儿上，千万别说我是个女人，而女人永远不知道自己为什么会做任何一件事。"

我又往她的杯子里倒了点香槟，冲她大笑。她悠悠地喝着，转过身去，接着便倒在了我的大腿上。

"我累了，"她说。"这次你得抱我了。"

过了一会儿，她睡着了。

第二天早上，她还睡着，我起床煮了点咖啡。我冲了个澡，刮了个脸，穿好衣服。这时她醒了。我们共进了早餐。我叫了辆出租车，把她那只小旅行包扛下台阶。

我们道了别。我看着出租车消失在视线中。我返身爬上台阶，走进卧室，将被褥一件件掀开，从头重铺了一遍。一只枕头上有一根黑色的长发。一团沉甸甸的铅块堵在了我的胃里。

法国人有一条谚语，说的就是这种感觉。那群混蛋为每一种感觉都发明了一条谚语，而他们的话永远是对的。

说一声告别就是迈入死亡一小步。

51

休厄尔·恩迪科特说他今天会工作到很晚，我可以在七点半左右上门拜访。

他的办公室位于大楼一角，地上铺着蓝地毯，屋内陈设着一张桌角精雕细刻、年代久远、显然价格不菲的红木桌；一只平常的玻璃面书架，上面摆满了暗黄色的法律书籍；几位英国著名法官的卡通形象，全是"间谍"莱斯利[①]的流行作品；还有一张奥利佛·温德尔·霍莫斯法官

① "间谍"是英国漫画家莱斯利·沃德（1841—1913）的笔名。

的大幅肖像画，孤零零地挂在南面的墙上。恩迪科特坐在一张衬着黑色皮革的椅子上。在他身边是一张打开的卷盖式书桌，里面塞满了文件。这是一间没有哪位装修师能够添加一抹柔美色调的办公室。

他穿着衬衣，面容疲惫——可他本来就是这样的长相。他还在抽他那种淡而无味的香烟。烟灰落在他解开的领带上。他那头软绵绵的黑发乱糟糟的。

我坐下后，他沉默地盯着我看了一会儿。然后他开口道："你真是个执拗的狗娘养的，没见过你这样的人。别跟我说你还在挖掘那摊烂事。"

"有件事还是让我有点心神不安。我能否猜测你当初来铁笼见我的时候，你是哈兰·波特先生的代理人？"

他点点头。我用指尖轻轻抚过那侧脸颊。伤口已经痊愈，瘀肿也消退了，但那里的一根神经一定受了伤。部分脸颊依然没有知觉。我总是忍不住伸手去摸。假以时日，知觉总归是会恢复的。

"还有你去奥塔托克兰的时候，是以一名地检官雇员的身份接受的临时委派？"

"是的，可别揪住这件事不放了，马洛。那在当时是一层很有价值的关系。但我或许过于看重它了。"

"希望现在依然是。"

他摇摇头。"不。结束了。波特先生现在通过旧金山、纽约和华盛顿的事务所处理法律事务。"

"我猜他恨我恨到骨子里去了——如果他还会想起这件事的话。"

恩迪科特微微一笑。"奇怪的是，他偏偏只责怪他的女婿——洛林大夫。哈兰·波特这样的人总得有人可责怪。他自己是绝不可能犯错的。他认为，如果洛林没有给那个女人那么多危险的药品，这一切就都不会发生了。"

“他错了。你在奥塔托克兰见到了特里·伦诺克斯的尸体，对不对？”

“我确实见到了。停在一家家具木工店的后堂里。他们那里没有像样的停尸房。那木工同时也做棺材。尸体冰冷冰冷的。我见到了太阳穴上的伤口。他的身份无可置疑——如果你在那方面还心存任何猜想的话。”

“不，恩迪科特先生，我从不怀疑这一点，因为有鉴于他的特殊情况，弄错尸体的身份几乎是不可能的。不过，他当时肯定做了一点伪装，对不对？”

“面部和手部涂暗了肤色，头发染成了黑色。可那几道疤痕依然十分明显。当然，尸体的指纹也轻而易举地同他在家里接触物品时留下的指纹做了对比验证。”

“那边的警力情况如何？”

“非常原始。那里的头头文化程度仅够读写。可他了解指纹。那里天气很热，你知道的。非常热。”他皱了皱眉，抽出口中的香烟，心不在焉地扔进一只像是巨大的仿玄武岩黑陶容器中。“他们只能从旅馆中取冰，”他添了一句。“许多冰。”他再度看着我。“没有在那儿做防腐处理。必须快刀斩乱麻。”

“你会说西班牙语，恩迪科特先生？”

“只会说几个词。旅馆经理给我做的翻译。”他微笑着说。“一个衣冠楚楚的精明人，那家伙。看上去很不好惹，不过他很礼貌，很愿意帮忙。很快一切都结束了。”

“我有一封特里寄给我的信。我猜波特先生会感兴趣的。我跟他的女儿——洛林太太提过此事。我还把信拿给她看了。信里有一张麦迪逊的肖像。”

“一张什么？”

“一张五千美元的钞票。”

他扬起眉毛。“是吗。好吧，他当然出得起这钱。他太太和他复婚的时候给了他足足二十五万美元。我知道他原本就打算去墨西哥生活的——就算没有发生后来的事情。我不知道那笔钱后来去哪儿了。那方面的事情我并不知情。”

“信在这里，恩迪科特先生，感兴趣的话你可以读读。”

我拿出那封信，递给他。他仔仔细细地读了一遍——律师们读任何东西都是用的这种态度。读完后他把信在桌上放下，往椅背上一靠，两眼瞪着空气。

“有点太文学化了，不是吗？”他轻声说。“不知道他为什么要这样做。”

“你是指他自杀了、认罪了，还是给我写了这封信？”

“当然是认罪后自杀了，”恩迪科特不耐烦地说。“他寄这封信给你是可以理解的。这样你此前——以及此后为他付出的一切至少得到了一个合理的回报。”

“有件关于邮箱的事情一直让我很困惑，”我说。“他在信中说，他窗外的街道上有一个邮箱，旅馆侍者在将信投入邮箱前会先将它高高举起，好让特里看到信确实寄出了。”

恩迪科特的眼神像是瞌睡了一般。“怎么啦？”他漠然地问道。他从一只方烟盒里又抽出一根过滤嘴香烟。我将手中的打火机伸到桌子对面，替他点上。

“奥塔托克兰这样的地方是不会有邮箱的，”我说。

“继续。”

“起初我没有想到这一点。后来我查了一下那地方的信息。那只是一个村庄。人口在一千到一千二左右。有一条路面铺了一半的街道。小镇的头头有一辆 A 型福特作为公务车。邮局在一家猪肉铺的角落里。镇上还有一家旅馆、两间酒馆，糟糕的道路，外加一座小机场。附近的山区里可以狩猎——许多人在那里狩猎。所以建了那座机场。要想上那儿去，唯一便利的交通方式就是坐飞机。”

“继续。我知道那里可以狩猎。”

“这么说，那儿的街道上居然有邮箱。就如同那里还有赛马场、赛狗场、高尔夫球场、壁球场，外加一座带彩色喷水池和露天音乐台的公园一样。”

“那他一定是弄错了，”恩迪科特冷冷地说。“也许那只是一件在他看来像是邮箱的东西——比如说，垃圾箱。”

我站起身来，伸手拿起那封信，将信纸重新叠好，放回口袋里。

“垃圾箱，”我说。“没错，就是垃圾箱。漆成墨西哥国旗的颜色——绿、白、红，上面清清楚楚地印着一条大大的标语：请维护城市的整洁。当然，用的是西班牙语。垃圾箱周围躺着七条癞皮狗。”

“别耍嘴皮，马洛。”

“不好意思，一不小心展露出了我的敏捷才思。另一个小小的疑问我已经和兰迪·斯塔尔说过了。那封信究竟是怎么寄出来的？根据信中所述，这件事是经过预谋的。这么说，有人跟他说过邮箱的事。这么说，有人撒谎了。这么说，有人最终照样把这封装了五千美元的信件寄出去了。真有趣，你不觉得吗？”

他吐出一口烟，看着烟雾越飘越远。

“你的结论是什么——为什么你要打电话给斯塔尔谈这件事？”

“斯塔尔，还有一个叫做门奈德兹的流氓——此人现在已经出局了——曾经和特里一起参加过英国军队，当过战友。他们在某些方面可不怎么地道——事实上，他们几乎在各个方面都不怎么地道。可他们依然保留着他们自己的某种自尊。我们这里的某些人出于显而易见的理由设计要把事情掩盖起来。而在奥塔托克兰，另有人出于截然不同的理由，也要把事情掩盖起来。”

“你的结论是什么？”他又问了我一遍，这次语气比刚才尖锐得多。

“你的结论是什么？”

他没有回答我。于是我感谢他能够抽空见我，起身离开。

我拉开房门时他皱着眉，但我认为那拧在一起的眉头背后是发自内心的困惑。或者他也有可能是在努力回忆旅馆窗外的街景，回忆那里究竟有没有邮箱。

又一个齿轮开始转动了——仅此而已。它整整转动了一个月，才有结果浮出水面。

之后的某个周五早晨，我看到一个陌生人在我的办公室里等着我。这是一位衣冠楚楚的墨西哥人或是其他地方的南美人。他坐在敞开的窗户边，抽着一支气味很重的棕色香烟。他个子高挑，身材非常修长，非常优雅，留着一撇整齐的黑色髭须，一头黑发比我们习惯的发型要长许多，身上是一件松散编织材质的浅黄褐色正装。他戴着一副绿色的太阳镜。见到我他礼貌地站了起来。

“马洛先生？”

“我能如何为你效劳？”

他递给我一张折好的纸片。“拉斯维加斯的斯塔尔先生有一张字条给您，先生。您会说西班牙语吗？”

“会说，可别说太快。说英语更好。”

“那就说英语吧，”他说道。“对我来说都一样。”

我接过那张纸条，读了一遍。“这张字条向你引荐西斯科·马拉诺斯——我的一位朋友。我想他能帮上你。斯。”

“我们进屋谈吧，马拉诺斯先生，”我说。

我替他拉开门。经过我身边时他身上散发出一股香水味。他的一双眉毛也实在是俊秀得太过分了。可他也许并不像他的外表那样俊秀如花，因为他的两侧脸颊上都有刀疤。

52

他在客户专享的椅子上落座，双膝交错。“我听说，你想要一些有关伦诺克斯先生的信息。”

“我只想了解最后的一幕。”

“我当时在场，先生。我在那家旅馆里供职。”他耸耸肩。“一个无足轻重的岗位，当然也只是暂时的。我当时是做白班的前台接待。”他的英语非常流利，但带着西班牙语的韵律。西班牙语——我是说美式西班牙语——有一种标志性的抑扬顿挫，而在美国人的耳中听来，这样的节奏却并不传达任何语意。那更像是海涛的起伏。

“你看上去不像是干这一行的，”我说。

“人都有遇到难处的时候。”

“是谁把这封信寄给我的？”

他将一盒香烟递到我面前。“来一根试试。”

我摇摇头。“味道太冲了，我不习惯。哥伦比亚烟我喜欢。古巴烟简直能杀人。”

他淡淡一笑，又给自己点了一支，吐出一口烟圈。这家伙的气度实在是太优雅了，我开始有点受不了他了。

“我知道那封信的事，先生。他们在门口布置警卫后——警察或是警探，用你的话说——那个男仆就不敢上楼去这位伦诺克斯先生的房间了。于是我亲自把信寄了出去。在枪响之后——你理解的。”

“你应该朝信封里面看一眼的。那里有张大额钞票。”

“信是密封的，”他冷冷地说。“El honor no se mueve de lado como los congrejos. 这句话的意思是，正直的荣誉感不会像螃蟹一样横走歪行，先生。”

“抱歉。请继续。”

“我走进房间，当着警探的面关上房门后，伦诺克斯先生左手握着一张一百比索的钞票，右手握着手枪。桌上，那封信就摆在他面前。那里还有一张纸，我没有读。我拒绝收下那张钞票。”

“这钱确实给得太多了，”我说，可他没有回应我这句揶揄。

“但他坚持要给我。于是，我最终收下了，事后给了男仆。我把信藏在餐巾下面，盛在托盘里带了出去。那警探目光凌厉地看着我。但他什么也没说。我走下楼梯，刚走到半道，就听见了一声枪响。我飞快地藏好信，返身朝楼上跑去。那警探正在拼命踹门。我用我的钥匙打开门。伦诺克斯先生已经死了。”

他用手指轻轻地抚过桌沿，叹了口气。“余下的故事无疑你已经听说了。”

“旅馆里住满了吗？”

“没有，没住满。只有六七位客人。”

“美国人？”

“两位北美人。狩猎客。”

“真正的北美白人还是移民过去的墨西哥人？”

他的指尖缓缓划过膝盖上方的浅黄褐色布料。“我认为其中一人很可能是西班牙裔。他说的是边境区的西班牙语。非常不雅。”

“他们有没有靠近过伦诺克斯的房间？”

他猛地抬起头，但那副绿太阳镜障不了我的眼。“他们为什么要这样做，先生？”

我点点头。“好吧，你能过来跟我讲讲这件事真是太棒了，马拉诺斯先生。告诉兰迪我很感激，好吗？”

“这没什么，先生。这没什么。”

“以后，如果他有空的话，不妨再派一个知道自己在说什么的人过来。”

“先生？”他的语调软了，但依然冷冰冰的。“你质疑我的话吗？”

“你们这些家伙张口闭口就是‘荣誉感’。荣誉感不过是盗贼的斗篷——有些时候。别生气。安安静静地坐着，听我换种方式讲述这件事。”

他傲慢地往椅背上一靠。

“请注意，我也只是在猜测，也许我猜错了。但我也有可能猜对。这两个美国人上那儿去是有所图的。他们乘飞机抵达小镇，伪装成狩猎者。其中一人名叫门奈德兹—— 一个赌棍。他登记入住时或许用的是另一个名字，或许不是。我不知道。伦诺克斯知道他俩在那儿。他也知道原因。他之所以给我写这封信，只是因为他良心不安。他把我当傻瓜耍了一遭，可他心地又太软，背不了这么沉重的良心包袱。于是他在信里夹了那张钞票——五千美元——因为他有的是钱，而他知道我没钱。他还故意在信末抛出一个奇怪的暗示，这招也许会奏效，也许不会。像他这样的伙计永远想要做正确的事情，却不知怎的总是南辕北辙。你说你把信送到了邮局。你为什么不把它投进旅馆前面的箱子呢？”

“箱子，先生？”

“邮箱。你们管它叫邮递员箱，我想。”

他微微一笑。“奥塔托克兰不是墨西哥城，先生。那是一个非常原始的地方。奥塔托克兰的街头安邮箱？那里没人会明白邮箱是做什么的。更没人会去收里面的信。”

我说：“哦。好吧，就当我没说。你根本没有用托盘端着咖啡送到楼上伦诺克斯先生的房间里去过，马拉诺斯先生。你也没有闯过警卫进入房间。但那两个美国人办到了。那个警探当然被买通了。其他几个人同样如此。一个美国人从背后把伦诺克斯打晕了。然后他捡起那把毛瑟手枪，拧开里面的一发子弹，取出弹头，将药筒装回枪膛内。然后他举枪对准伦诺克斯的太阳穴，扣动了扳机。这样的一枪会造成外观很吓人的创伤，但不会致命。然后伦诺克斯就被放在一张担架上，遮盖得严严实实、十分隐蔽地抬了出去。然后，当那个美国律师赶到时，伦诺克斯被喂了麻药，塞在冰堆里，停在那家兼做棺材的木工店里的阴暗一角。那个美国律师在那里见到了伦诺克斯，他当时身体冰凉，陷入了深度昏迷，太阳穴上还有一处血淋淋、黑乎乎的伤口。他看上去就像死了一样。第二天，他们往那具棺材里塞满石块，将它拖出去埋了。美国律师带着指纹和一份顶呱呱的文件回家去了。你觉得我的故事怎么样，马拉诺斯先生？”

他耸耸肩。“有这个可能，先生。这么干需要客观的金钱和影响力。如果这位门奈德兹先生同奥塔托克兰的重要人物关系密切的话——市长、旅店老板，等等等等——那就有这个可能性。”

“嗯，你说的也有可能。这是个很好的思路。这就解释了他们为什么要选择奥塔托克兰这么一个偏远的小地方。”

他浅浅一笑。“这么说伦诺克斯先生还活着，难道不是吗？”

“当然啦。自杀无疑是伪造的，用来支持那份自供书。伪造的手法必须十分高明，足以骗过一位曾经担任地区检察官的律师，但一旦被揭穿，现任地检官可就要因此而出大丑了。这个门奈德兹并不像他自认为的那样彪悍，可他却只因为我多管闲事就彪悍地用手枪狠狠抽我。所以他这么干一定有理由。如果伪造被揭穿，门奈德兹就会被卷入一场国际纠纷的风暴之中。墨西哥人就像我们一样讨厌警务执行中的腐败现象。”

“这一切都有可能，先生，我非常清楚这一点。但你这是在指责我撒谎。你说我没有进过伦诺克斯先生所在的房间，也没有取走他的信。”

“你本来就在房间里，哥们儿——你正在写那封信呐。”

他伸手摘下太阳镜。一个人眼睛的颜色是怎么也改变不了的。

“我看这会儿去喝兼烈还有点太早吧，”他说。

53

他们在墨西哥城给他做了一场绝妙的易容，可这又有什么可奇怪的呢？他们的医生、技师、医院、画家与建筑师同我们的一样棒。有时还略胜一筹。是一个墨西哥警察发明了检测残留火药中硝酸盐物质的石蜡法。他们没能给特里再造一张完美的脸，但他们做得已经够好了。他们甚至改变了他鼻子的形状，取出了一截骨头，让鼻梁变得更加扁平，更少日耳曼特征。他们没法将伤疤不留痕迹地去除干净，所以他们就干脆给他的另一侧脸也添上了两道疤痕。刀疤在拉美国家是很常见的。

“他们甚至在这里植入了一条神经，”说完他伸手摸了摸之前毁过容的那侧脸。

“我猜对了多少？”

“非常接近了。几处细节错了，但都不重要。那是一场闪电行动，有几步我们是随机应变的，我自己都不知道接下来会发生什么。按照他们的要求，我做了几件指定的事情，在身后留下清晰的踪迹让人来尾随。门迪不想让我写信给你，可我坚持这一点。他有点低估你了。他从未注意到那个邮箱的细节。”

“你知道是谁杀了西尔维娅吗？”

他没有直接回答我。“向警方告发一个女人犯了谋杀罪可不是件容易的事——就算你从来就没有把她真正放在心上过。”

“活在这个世上本来就是件挺不容易的事。哈兰·波特知道所有这一切吗？”

他又笑了。“他会让任何人知道这一点吗？我猜不会。我猜他确实以为我死了。不然的话，谁会去告诉他呢——除非是你？”

“我告诉他的全部信息可以折进一片草叶里。门迪最近怎么样了——还是说他不叫这个名了？”

“他还好。在阿卡普尔科呢。多亏兰迪，他逃过了这一劫。可那群朋友并不会对警察动粗。门迪没你想的那么坏。他还是有一颗肉长的心的。”

“蛇也有。”

“我说，我们去喝那杯兼烈怎么样？”

我没有答话，而是起身走到保险箱边。我转动旋钮，取出了那只信封，信封里装着麦迪逊肖像和五张依然散发着咖啡气味的百元美钞。我把这堆东西扔在桌子上，拣出了那五张百元钞票。

“这几张我留着。这点钱我几乎全花在了调查取证还有各种费用上。那张麦迪逊的肖像我一直很喜欢拿在手里把玩。现在它归你啦。”

我将那张大钞摆在他面前的桌沿上展开。他只是看着，没有伸手去碰。

“你留着吧，”他说。“我有的是钱。你本可以不管闲事的。”

“没错。她在谋杀了亲夫、逃脱了法网之后，说不定就会弃恶向善了。当然了，他原本就是个无足轻重的家伙。只是一个有血有肉、有头脑、有感情的活人。他也知道发生了什么，而他努力地想要接受这一切。他还写书。你说不定听说过他。”

“听着，我当时真的是别无选择，”他慢吞吞地说。“我没想要任何人受伤害。留在这里，我根本没有半点机会。一个人没法同时把各个方面都考虑周全。我吓坏了，于是就逃跑了。我还能怎么办？”

“我不知道。”

“她的性情很是疯狂。说不定她不管怎样最后都会杀了他。”

“也许吧。”

“哎，释然一点吧。我们找个安静凉快的地方去喝一杯。”

“现在没空，马拉诺斯先生。”

“我们曾经是很要好的朋友，”他怏怏地说。

“是吗？我忘了。在我的记忆中，那好像是另外两个人吧。你在墨西哥永久定居了？”

“哦，是的。我来这里甚至都不合法呢。可之前我也从来没有合法过。我告诉过你说，我出生在盐湖城。其实我出生在蒙特利尔。很快我就是墨西哥国民啦。只需要一个好律师就能办妥。我一直喜欢墨西哥。这会儿去维克多酒吧喝那杯兼烈应该算不上是冒险。”

“收起你的钱吧，马拉诺斯先生。这张钱上沾了太多的血。”

“你是个穷人。”

“你怎么知道？”

他拿起钞票，夹在修长的手指间展平，漫不经心地塞进贴身口袋里。他用雪白的牙齿咬着嘴唇——这样的白牙只有肤色棕黑的人才会有。

“你开车送我去提华纳的那天早上，我真的不可能再向你透露更多信息了。我给过你一个向警方告发我的机会。”

“我不是在生你的气。你就是那样的人。在很长一段时间里，我始终猜不透你。你行事很地道，人品也很地道，可你身上不知什么地方就是不对劲。你有你的为人准则，你也总是遵守准则，可这些准则仅仅是你个人的。它们与任何的伦理规范或道德顾忌都不相干。你是一个善良的人，因为你有一颗善良的心。可你与流氓无赖为伍时就跟你同正人君子做伴时一样开开心心——只要那些流氓英语说得还算溜，餐桌上的举止还算得体。你是一个道德上的失败主义者。我想这或许是那场战争造成的结果，但话说回来，我看你也有可能是天生如此。”

“我不明白，”他说。“我真的不明白。我想要报答你，可你却不让我报答。我当时不可能再跟你多说一个字了。你是不会容忍这样一件事的。”

“那件事并不比我听到过的任何一件事更糟糕。”

“你喜欢我身上的某些东西，我很高兴。我当时遇到了大麻烦。我碰巧认识那类知道如何处理大麻烦的人。因为很久以前发生在战场上的一件事，他们欠我一个情。也许这是我有生以来唯一一次飞快地做出了正确的决定，快得就像只耗子。在我需要他们的那一刻，他们没让我失望。而且是免费的。你不是这世上唯一一个没有标价牌的人，马洛。”

他从桌子对面探过身来，一把抓起我的一根香烟。他脸上深深的棕肤下面起了一抹不均匀的红晕，衬出了那几道疤痕。我看着他取下别在口袋上的打火机—— 一只漂亮别致的气体打火机——点着香烟。我闻到了他身上的一缕香水味。

“可你买下了大半个我，特里。只用了一丝微笑、一个点头、一次挥手，外加一间清静的酒吧里的几杯清静的酒。这一切都很美好——在它没有被打破的时候。再见了，朋友。我不想说告别。我在那个字眼尚有意义的时候已经对你说过它了。当我说出它时，它是一个哀伤、孤独、无可挽回的词。”

“我回来得太迟了，”他说。“整容手术很费时间。”

“要不是我把你惊出洞的话，你根本就不会回来的。”

他的眼中突然闪过一丝泪光。他赶忙重新戴上太阳镜。

“我说不准，”他说道。“我还没有拿定主意。他们不想要我告诉你任何事。我只是还没有拿定主意。”

“不用操心这个，特里。你身边总有人能替你来办这件事。”

“我进过突击队，老兄。你如果只是个软绵绵的娘们儿，他们才不会收你呢。我受了重伤，落在那些纳粹医生手里可一点也不好玩。这段经历改变了我。”

“这些我全知道，特里。从许多方面看，你都是个很讨人喜欢的伙计。我不是在评判你。我从没有评判过你。只是，你其实已经不在这里了。你早就走了。你穿得漂漂亮亮，身上喷着香水，我看你优雅得就像个五十美元一夜的高价妓女。”

“这只是在演戏，”他近乎绝望地说道。

“可你挺享受这场戏的，难道不是吗？”

他的嘴角垂了下去，蜷成一个苦涩的笑。他耸了耸肩——一个充满活力、极富表现力的拉丁式耸肩。

“当然了。演戏就是我的全部了。除此之外再没有别的了。这里——”他用打火机敲敲胸膛——“什么都没有了。我曾经有过，马洛。我很久以前有过。哎——我猜我们再没有什么可说的了。”

他站了起来。我也站了起来。他伸出一只瘦削的手。我握了握那只手。

“再见了，马拉诺斯先生。很高兴认识你——尽管十分短暂。”

“再见。”

他转身穿过房间，出了门。我看着那扇门关上。我听着他的脚步踩过仿大理石走廊，越走越远。过了一会儿，脚步声轻了，接着便消失了。可我依然聆听着。听什么呢？难道我希望他突然站住，转身回来，再和我说上一席话，浇灭我心中的块垒吗？哎，可是他没有回来。这就是我见到他的最后一面了。

我也再没有见到他们当中的任何一个——除了那些警察。这世上还没有发明出一种跟他们说再见的方法呢。

RAYMOND CHANDLER

雷蒙德·钱德勒作品

PULP STORIES

“低俗”小说

钱德勒短篇小说全集㊤

〔美〕雷蒙德·钱德勒 著 黄雅琴 宋玲 宋佥 译

上海译文出版社

目　录

勒索者不开枪

1

男人身上的套装是灰蓝色的——只是在玻利瓦尔俱乐部的灯光下失去了本色——高个，灰色的眼睛间距较宽，细鼻，下巴稳如磐石。嘴巴倒是透出一丝感性。头发拳曲乌黑，稍稍染上了灰白，似是一只犹疑的手所为。那身套装很衬他，就好像它也是有灵魂的，而不仅仅是一段可疑的过往。男人的名字恰巧是马洛里。

他一手持烟，手指有力、精确。另一只手平放在白色桌布上。他开口了："这些信要让您破费一万元，法尔小姐。钱不算多。"

他朝对面的女孩匆匆望去一眼；接着，他的目光穿过空荡荡的桌子，停留在了心形舞池上，色彩缤纷的灯光变幻不定，跳舞的人四处徘徊。

人满为患的舞池影响到了周围用餐的客人，汗流浃背的服务生不得不像走钢丝的杂技演员那样保持身形平衡，穿梭在餐桌之间。不过，马洛里那张餐桌周围只坐了四个人。

一位身材苗条的黑人女士灌下了一杯掺有冰水的威士忌，坐在她对面的是一位男士，湿漉漉的胡须映衬着又粗又红的脖子。女士一脸愁闷地盯着玻璃杯，摆弄起触手可及的大水瓶。更远处，两个百无聊赖的男人愁眉不展，一声不吭地抽着那种细长的雪茄烟。

马洛里说话的语气是经过深思熟虑的："一万元还算划得来，法尔小姐。"

朗达·法尔自是个美人坯子。出于今天的场合需要，她穿了一身黑，外套衣领上倒是镶了一圈白色毛皮，轻盈如蒲公英。除此之外，为了掩人耳目，她还戴了白色假头套，平添了几分少女味。眼睛是矢车菊一般的蓝，皮肤则是老派贵公子梦寐以求的那种。

她语带不快，甚至没有抬起头："简直可笑。"

"可笑什么？"马洛里问她，讶异之余还有点生气。

朗达·法尔抬起头，投向他的目光冰冷如大理石。接着，她从桌上打开的银色烟盒中抽出一支烟，安上黑色的细长烟嘴。她继续说下去："一个电影明星的情书？仅此而已。现在的公众早就不是那种穿着蕾丝连裤袜的善良老太太了。"

她那蓝紫色的双眸闪过一丝轻蔑。马洛里眼神不善地看了她一眼。

"可是，为了谈谈这些信，你来得挺快呀，"他说，"还是和一个你听都没听说过的男人。"

她挥了挥烟嘴，说："我一定是疯了。"

马洛里眼中含笑，却并未牵动双唇。"不是的，法尔小姐。你有个绝佳的理由。想要我说出来吗？"

朗达·法尔怒气冲冲地瞪着他。随后，移开目光，似是忘记了这人的存在。她抬起拿着烟嘴的手，看着它摆弄一番。这是一只纤纤玉手，还没套上戒指。一座城市里，如果漂亮脸蛋司空见惯到就像一美元一双的丝袜，那么美丽的手就是稀罕物了，如同开花的角豆树。

她别过头，瞥了眼那个眼神呆滞的女人，越过她望向舞池周围的乌合之众。乐队的演奏甜腻而单调。

"这种不入流的酒吧令我憎恶，"她语气淡漠，"它们就像盗尸者，只能在暗夜降临后存在。这些人沉迷酒色，放浪形骸，罪孽深重，绝非妄语。"她放下手，摸了摸白色衣领。"哦，是的，那些信，它们到底怎么危险了，勒索者？"

马洛里笑了。响亮的笑声掺杂着几分不悦，听来颇为刺耳。"很好，"他说，"这些信或许不算什么。就是些露骨的情话。但是，一个女学生的日记，她被人引诱，泥足深陷，还情不自禁地想要说出这一切。”

“恶心。”朗达·法尔的声音冷若冰霜。

“情书的重要性取决于收到它们的那个男人。”马洛里冷冷地说，“一个诈骗犯、一个赌徒、一个放高利贷的。所有一切都顺理成章了。这样一个家伙，你不能让人看到你和他有瓜葛——永远见不得光。”

“我和他没有瓜葛，勒索者。我有好多年没和他来往了。兰德里是个相当不错的男孩，在我认识他的时候。大多数人背后都有些故事，最好别去一探究竟。我的情况，那些事都是过去时了。”

“哦，是吗？你在唬我吧，”马洛里蓦地冷笑一声，“你要过这一关，只能求他，求他帮你把这些信取回来。”

她脑袋往后一仰。脸部似乎马上要分崩离析，变成一堆无法控制的五官部件。眼睛流露出惊声尖叫的前奏——但仅仅持续了一秒钟。

一眨眼的工夫，她就恢复了自持力。眼睛却黯然失色，灰蒙蒙的如同马洛里的眼珠那般。她异常小心地把黑色烟嘴放回桌上，手指交叉，露出发白的指关节。

“你很了解兰德里？”她的声音满是苦涩。

“或许我只是来解决麻烦，弄清真相的……我们是做交易呢，还是继续互损？”

“你从哪里弄到这些信的？”她的声音仍然强硬而痛苦。

马洛里耸耸肩。“在我们的生意里，我们不会谈这些。”

“我有理由这么问。还有别的人一直在向我兜售这该死的信。所以我才会来到这儿。我感到好奇。但我猜，你只是那伙人当中的一个，他们在恐吓我，迫使我采取行动，开出价码。”

马洛里说：“不是的；我单干。”

她点点头，声音微不可闻，似是耳语：“事情变得有趣了。或许，有些聪明人动过脑筋，私自保留了我的信件。复印件……好吧，我不会付钱的。这对我没用。勒索者，我不会和你做交易。在我看来，你大可趁着某个黑漆漆的夜晚，带着那些令人作呕的信跳下码头！”

马洛里皱了皱鼻子，又专心致志地看了看。“干得好，法尔小姐。可这事吧，没这么好办。”

她从容不迫地回道：“这倒不一定。我能做得更好。我怎么没想到带上我那把珍珠色枪柄的小手枪，那我就可以用子弹来发表意见，并且解决这一切了！不过，这样的大张旗鼓，不是我乐意见到的。”

马洛里伸出两根纤长的手指，探究似的看着。他好像被逗乐了，简直称得上高兴。朗达 · 法尔则抬手搭上毛皮领，抚弄一会儿，随即落下。

坐在不远处的男人立马起身朝他们走来。

他速度很快，步调轻盈，手上拿着的黑色软帽在腿侧摆动。一身晚装衬得他英俊潇洒。

他向朗达 · 法尔走来的当口，后者开口了：“你不会以为我是单身赴会吧？我么，我从不会一个人逛夜店。”

马洛里咧嘴笑开了。“你没必要这么做，宝贝，”他的声音干巴巴的。

男人走到桌子旁。他个子矮小，但一身黑衣显得十分利落。唇上的黑色小胡子像丝绸一样闪闪发亮，苍白的皮肤是拉丁裔求而不得的。

他靠上餐桌，从马洛里的银色烟盒里抽出一根烟，动作行云流水，还带点戏剧效果，洋洋自得地点燃了烟。

朗达 · 法尔以手抵唇，打了个哈欠。她说：“这是艾尔诺，我的保镖。他对我负责。真好，不是吗？”

她缓缓起身。艾尔诺为她穿上外套。随即，他嘴角一弯，露出忧伤的微笑。他看着马洛里，说：“嗨，宝贝。”

他眼珠乌黑，晦暗不明，炽热的光芒隐含其中。

朗达·法尔拢了拢外套，轻轻一点头，嘲讽的笑容挂在精致的唇角，闪身走上餐桌间留出的过道。她高傲地抬起头颅，面孔微微紧绷，保持着警惕，就像如临大敌的女王。并非无所畏惧，只是不屑露怯。干得漂亮。

两个百无聊赖的男人兴致盎然地看了她一眼。黑皮肤的女人还是闷闷不乐，想着怎么干掉这一大杯能放倒一匹马的酒。那个粗脖子上满是汗水的男人看上去就快一睡不醒了。

朗达·法尔踏上铺了深红色地毯的五级台阶，来到大厅，经过点头哈腰的服务生领班。她穿过挑起的金色门帘，不见了踪影。

马洛里目送她消失在视线之外，转头看向艾尔诺。他说："好吧，小流氓，你现在想怎么着？"

他说这话的语气透着侮辱，脸上还挂着冷笑。艾尔诺僵住了。戴着手套的左手弹了弹手上的香烟，烟灰落地。

"你在说笑吧，宝贝？"他立马回道。

"关于什么，小流氓？"

艾尔诺苍白的两颊现出斑斑红点。双眼眯成了两条黑线。他动了动没戴手套的右手，手指因为弯曲，小小的肉粉色指甲闪闪发光。他语气不善："关于信，宝贝。忘了它！这事就这么结了，宝贝，结了！"

马洛里看着他，带着玩世不恭的探究，手指穿过黑色卷发。他缓缓开口了："或者，我听不懂你说什么呢，小不点。"

艾尔诺哈哈大笑。金属质地的嗓音既造作又让人无法忍受。马洛里知道这种笑声，这在某些地方是枪战爆发的序曲。他瞥了眼艾尔诺小而灵巧的右手。刺耳的声音响起："你自己看着办，红肠！我应该扇你一巴掌，糊上你的嘴。"

艾尔诺面容扭曲。脸颊上的红斑触目惊心。他抬起拿着香烟的手，动作极为缓慢，滚烫的烟蒂戳向马洛里的脸。马洛里微微一别头，白色的烟头划了个弧线，落在肩头。

侧向一边的脸冰冷如水，面无表情。他说话了，似乎是换了个人，那声音像是从遥远的地方传来，听不真切：“悠着点，小流氓。你这么做会挂彩的。”

艾尔诺又响起了金属质地的造作笑声。“勒索者不开枪，宝贝，”他咆哮道，“是吗？”

“滚开！你这个肮脏的小个子意大利人！”

这些话、这轻蔑的语调点燃了艾尔诺的怒火。右手像突然发动攻击的蛇，嗖地掏出枪来。一把手枪从肩部的皮套中滑出，落入手中。接着，他一动不动地站定，怒目而视。马洛里微微前倾，双手扶住桌子的边缘，弯曲的手指抵住桌子背面。嘴角勾勒出一个似有似无的微笑。

一声尖叫姗姗而来，声音并不响，是那个黑女人发出的。

艾尔诺两颊上的潮红已经退去，剩下一片惨白。嘶吼的嗓音透露出愤怒：“好的，宝贝。我们到外边去。走啊，你……！”

三张桌子开外那两个无聊的男人中的一个突然有了动作，幅度不大。但这细小的举动并没有逃过艾尔诺的眼睛。他匆匆投去一眼，以示警告。桌子翻起，直捣腹部，他一下子被打趴在地。

这是个轻质餐桌，可马洛里不是个无足轻重的人。稀里哗啦声此起彼伏。盘子摔碎了，银器叮当作响。艾尔诺趴在地上，桌子压住了大腿。手枪落在一步开外，他正在用手够，面孔抽搐。

有那么一刻一切都静了下来，似乎眼前的场景会被永远封存在玻璃中，再无波澜变幻。黑女人又尖叫起来，声音更响。周遭乱作一团。四面八方的人纷纷站定。两个服务生举起双手，叽里呱啦说起了那不勒斯方言。一个浑身湿漉漉、被老板无良压榨的小工冲了出来，和猝死相比，他更惧怕的是领班。一个面色红润、一头黄毛的圆脸男人挥舞着一沓菜单，快步走下楼梯。

艾尔诺扯出两条腿，弯起膝盖，抓回手枪。他转了个身，骂了几句三字经。马洛里孤零零地站着，对于自己身为众人言谈的焦点并不在意，他弯下身，朝着艾尔诺脆弱的下巴结结实实地“伺候”了一拳。

艾尔诺眼神涣散。他就像个填得半满的沙包一样瘫倒在地。

马洛里仔仔细细地琢磨了他几秒钟。接着，他拾起掉在地上的烟盒，里面还有两支烟。他往嘴里塞上一支，顺手扔掉了烟盒。他从裤子口袋里摸出几张钞票，折成长条，塞给服务生。

他不疾不徐地离开了，朝五级铺了深红地毯的台阶和门口走去。

粗脖子男人睁开一只眼，眼神呆滞又谨小慎微。喝醉的女人如蒙感召，踉跄起身，珠光宝气的纤长手指抓起一碗冰块，倒在艾尔诺的腹部上，不偏不倚。

2

马洛里站在遮篷下面，胳膊下夹着软帽。门童用询问的眼神看着他。他摇摇头，绕过半圆形的私家车道，走下一段弯弯曲曲的人行道。他站在路边，在黑暗中思索。不一会儿，一辆伊索塔·弗拉西尼从他身边缓缓开过。

这是一辆敞篷汽车，即使对于好莱坞那些讲究排场的人来说，这辆车也够宽敞了。汽车穿过入口处的灯光，熠熠生辉如同齐格菲歌舞团，接着蜕变成深灰和银色。身穿制服的司机坐在方向盘后面，呆板的表情像是扑克脸，头上的司机帽赶时髦地歪向一边。后座上的朗达·法尔躲在敞篷下面，身体僵硬得像是个蜡人。

汽车悄无声息地滑下车道，穿过石墩，迷失在马路的灯光中。马洛里心不在焉地戴上帽子。

黑暗中，有什么东西让他感到如芒刺背，就在那些高大的地中海柏木之间。他猛然转身，看向枪管发出的微光。

拿枪的男人五大三粗、膀粗腰圆。毡帽软趴趴地贴在脑后，外套挡在腹部。幽暗的灯光从上方的窄窗射出，勾勒出浓眉和鹰钩鼻。他的身后还有一个人。

他说："这是把枪，伙计。它会砰砰响，把人弄死在地上。想不想试一下？"

马洛里淡漠地看着他，说："成熟点吧，条子！这算什么？"

大个子笑了。他空洞的笑声像是海浪拍打在迷雾的岩石上。语气满是嘲讽："吉姆，机灵鬼认出了我们。我们当中有一人看上去像条子。"他盯着马洛里，继续说，"我们看见你在里面揍趴了那个小个子。很爽？"

马洛里扔掉香烟，看它划过夜色。他说话了，语气谨慎："二十元能不能让你换个看法？"

"今晚不行，先生。别的时候都行，但今晚不行。"

"一张百元大钞呢？"

"不行，先生。"

"那么，"马洛里严肃地说，"真他妈该死。"

大个子又笑了，往前走近了点。身后的男人步履蹒跚地走出阴影，一只软绵绵的肥手搭上马洛里的肩膀。马洛里闪过身，脚下纹丝未动。手落空了。他说："把你的爪子放下，条子！"

另一个人吼了一声。空气中传来嗖嗖声。马洛里的左耳后方被重重地打了一下。他蹲下身子，晃晃悠悠了片刻，使劲甩了甩脑袋。视野又清晰了，他能看清人行道上的菱形花纹。他慢慢起身。

马洛里看着打了他的男人，用沙哑低沉的嗓音骂骂咧咧，他攒足力气朝身后的男人来了一下，后者的嘴巴被揍得像是融化的橡胶。

大个子说："去你妈的，吉姆！你他妈的到底在干吗？"

叫做吉姆的男人用那只又肥又软的手捂住嘴巴，咬下去。他把警棍塞进外套的侧袋。

“忘了它！”他说，“我们——继续。我要喝一口。”

他跌跌撞撞地走开。马洛里缓缓转身，擦了擦侧脸，眼睛仍然盯着他。大个子男人例行公事般挥了挥手枪，说：“走吧，伙计。我们趁着月色散散步。”

马洛里迈开步子。大个子男人紧贴在边上，叫做吉姆的男人走到另一侧。他朝着马洛里的腹部狠狠来上一拳，说：“我要来一口，麦克。我们已经占得先机了。”

大个子男人心平气和地说：“谁不想呢，软蛋？”

一行人走到休旅车旁边，车子就停在大道边上的石墩外侧。揍了马洛里的男人坐上驾驶座。大个子男人抵着马洛里上了后排座位，并在他身边坐下。手枪压在粗壮的大腿下面，帽子稍稍往后，他掏出一包皱巴巴的香烟，用左手小心翼翼地点燃。

休旅车驶出光的海洋，往东开了一段，又朝南驶下长长的坡道。这个城市的灯光像是一块无边无际的金属板。霓虹灯明灭闪烁。探照灯无精打采的光束穿过高高在上的黯然无光的云彩，来回扫荡。

“就是这么回事，”大个子说，大大的鼻孔喷出一股烟，“我们认得你。你试图把一些伪造的信件卖给那个姓法尔的小妞。”

马洛里短促地笑了声，闷闷不乐。他说：“你们这些警察打得我真疼。”

大个子直愣愣地看着他，似乎在回味他说的话。驶过的电车在他宽阔的脸庞上洒下转瞬即逝的亮光。过了一会儿，他说：“你就是那家伙。我们是在案子中知道这些事的。”

马洛里在黑暗中眯起眼睛。他牵起嘴唇，笑道：“什么案子，警察先生？”

大个子咧开嘴，又咂吧闭上。他说："或许还是由你来说比较好，机灵鬼。现在就他妈是时候了。我和吉姆没法同你耗下去，但我们的朋友没这么挑剔。"

马洛里说："要我说什么呢，警官？"

大个子摇摇头，默默地笑了笑，并未作答。休旅车驶过矗立在拉西埃内加大道中央的油井，转上一条两边种了棕榈树的幽静小道。车子停在半道，前面是一块空地。吉姆关掉引擎和车灯。接着，他从车门的袋子里取出一个扁扁的瓶子，举到嘴边，重重地叹了口气，越过肩膀把瓶子递到后面。

大个子喝了一口，晃了晃酒瓶，说："我们要在这里等一位朋友。我们说说话吧。我叫麦克唐纳——隶属于侦探局。你意图敲诈那个姓法尔的姑娘。然后她的保镖挡在了她前面。你打了他。这是常规流程，我们喜欢。不过，我们不喜欢另一部分。"

吉姆回身够威士忌酒瓶，他又喝了口，嗅了嗅瓶颈，说："这酒不怎么样。"

麦克唐纳继续说："我们藏在暗处等着你，没料到你光天化日还敢来这么一出。我们没留神。"

马洛里的一条胳膊撑在车上，抬头望向车外宁静、蓝色的星空。他说："你知道得太多了，警察先生。你也不可能从法尔小姐那里搞到消息的。没有一个电影明星会为了勒索信这档子事去警局的。"

麦克唐纳晃了晃他的大脑壳。他的眼睛在黑漆漆的车子里闪着微光。

"我们并没有说我们怎么得到消息的，机灵鬼。所以说，你并没有敲诈她，嗯？"

马洛里一本正经地答道："法尔小姐是我的一位故友。有人勒索她，但不是我。我只是有点疑惑。"

麦克唐纳立马回道："那个意大利人为什么拿枪指着你？"

“他不喜欢我，”马洛里不胜其烦，“我对他的态度也不好。”

麦克唐纳说：“胡扯。”他怒气冲天。前排的男人说：“朝他脸上来两下，麦克。就像……这样！”

马洛里向下伸了伸胳膊，又扭了扭肩膀，像是坐了太久的人。他摸到左臂下面鼓起的鲁格手枪。他缓缓开口，透出倦意：“你说我用伪造的信件进行敲诈勒索。但你怎么知道这些信是伪造的呢？”

麦克唐纳平静地说：“或许，我们知道真信在哪里。”

马洛里慢慢吞吞地说：“我也是这么想的，警察先生。”他笑了。

麦克唐纳突然有了动作，挥拳砸在他的脸上，但力道并不大。马洛里又笑了，手指小心翼翼地抚上耳后的伤口。

“她回家了吧？”他说。

麦克唐纳的声音闷闷的。“或许你他妈的就是太聪明了，机灵鬼。我想，我们待会儿就能水落石出了。”

他陷入沉默。前座的男人摘下帽子，挠了挠乱成一团的灰发。断断续续的汽车喇叭声从半个街区外的大道上传来。汽车大灯穿透马路的尽头。过了一会儿，其中两束车灯画出巨大的弧度，白光洒在棕榈树上。一个黑魆魆的庞大阴影穿过半个街区，滑到路边，在休旅车前面停下。车灯灭了。

有个男人下了车，往回走。麦克唐纳说：“嗨，斯利佩。怎么样？”

那人是瘦高个，拉低的帽子下容貌看不真切。他说话的时候有点口齿不清。他说：“没什么。没人发疯。”

“好吧，”麦克唐纳咕哝道，“别开那辆新车，开这辆破车吧。”

吉姆让到后面，在马洛里左边坐下，给他来了一肘。瘦长个钻到方向盘后面，发动引擎，又开回拉西埃内加大道，往南取道威尔谢路，再折回西面。他开得又快又鲁莽。

他们随意地闯过一个红灯，开过电影宫，大部分的灯已经熄灭，玻璃售票亭空无一人；接着穿过贝弗利山，开过城际列车的铁道。长长的山道两侧是鳞次栉比的银行大楼，排气管的声音越来越响。麦克唐纳突然开口了："该死，吉姆，我忘了搜我们宝贝的身了。你来拿会枪。"

他弯下身，凑向马洛里，酒气喷在他脸上。一只大手检查完口袋，又伸进外套内侧，再摸上屁股，最后回到左臂下方。手在那里停了片刻，摸到了皮套里面的鲁格手枪，他又摸向另一边，总算安全了。

"好了，吉姆。机灵鬼身上没有枪。"

惊讶之情如电光石火闪过马洛里脑海深处。他的眉毛拧在一起。口干舌燥。

"介意我抽支烟吗？"犹豫之后他问道。

麦克唐纳假模假式地说："小事一桩，我们怎么会介意呢，甜心？"

3

公寓建在山上，俯瞰西木区，簇新的外观看上去有点廉价。麦克唐纳、马洛里和吉姆站在楼前，休旅车转了个弯，消失了。

三人穿过安安静静的大堂，电话接线总机前面此时没人值班，他们乘电梯上了七楼。穿过走廊，在一扇门前站定。麦克唐纳从口袋里掏出钥匙，打开门。他们进去了。

屋子很新，很亮，充斥着香烟的恶臭。家具的颜色颇为俗气，油腻腻的绿色地毯上面是黄色的菱形花纹。壁炉上面搁了一些酒瓶。

两个男人坐在八角形的桌子边，手肘边上放着高脚杯。其中一人一头红发，眉毛浓密，惨白的脸上有一对深陷的眼珠。另一个的蒜头鼻又大又滑稽，眉毛几乎没有，头发的颜色让人联想到沙丁鱼罐头里面的东西。这人慢条斯理地放下扑克牌，笑容可掬地穿过房间。他的嘴巴松松垮垮的，透出善意，面容和善。

“有麻烦吗，麦克？”他说。

麦克唐纳摸了摸下巴，苦恼地摇摇头。他看着蒜头鼻男人，似乎对他心怀怨恨。蒜头鼻男人还是笑嘻嘻的。他说：“搜身了？”

麦克唐纳挤出一个冷笑，大步走向壁炉和酒瓶。他语气很冲：“机灵鬼没枪。他用脑袋干活，是个聪明人。”

他突然又穿过屋子，粗糙的手背甩上马洛里的嘴巴。马洛里纹丝不动，笑容淡淡的。他身后的长沙发是胆汁黄，上面还有丑陋的红色方块图案。他双手垂在两侧，烟味从指间飘走，融入屋内的烟雾，缭绕而上，遮蔽住了粗糙的拱顶。

“沉住气，麦克，”蒜头鼻男人说。“你们干得很漂亮。你和吉姆现在能走了。给汽车加点油，然后就离开。”

麦克唐纳开骂了：“你谁啊，还指手画脚的，大人物？我就待在这儿，直到这个诈骗犯老实交代清楚，科斯特洛。”

叫做科斯特洛的男人只是耸耸肩。坐在桌边的红发男人稍稍转了下身子，他面无表情地看着马洛里，就像一个收藏者在研究被钉死的甲虫。他从优雅的黑色烟盒中抽出一支烟，用金色打火机小心翼翼地点燃。

麦克唐纳走回壁炉边，从方瓶里倒了点威士忌到一个玻璃杯中，没加水就干了。他皱着眉头靠在壁炉上。

科斯特洛站在马洛里面前，骨节分明的修长手指弄得咯咯响。

他问：“打哪儿来的？”

马洛里精神恍惚地看着他，把烟放回嘴中。“麦克尼尔岛[①]。”似乎自己也感到好笑。

“来了多久？”

---

① 该岛位于华盛顿，岛上有座监狱。

“十天。”

“犯了什么事？”

“伪造罪。”马洛里用轻快的语气给出了信息。

“再前面呢？”

马洛里说：“我生在那儿。你难道不知道？”

科斯特洛说起话来彬彬有礼，几乎让人安心。“不——我不知道。”他说，“十天前——你来这里干吗？”

麦克唐纳甩着粗膀子穿过房间。他又扇了马洛里几巴掌，他是靠在科斯特洛肩膀上这么干的。马洛里的脸上显出红印。他前后摆动脑袋，眼中射出幽幽的怒火。

“老天，科斯特洛，这废物不是从麦克尼尔岛来的。他在玩你。”刺耳的声音响起，“机灵鬼就是个来自布鲁克林或者堪萨斯城的不入流的伪造犯——反正就是其中一个地方，那里的警察都是孬种。”

科斯特洛把手放在麦克唐纳的肩膀上，轻轻地推了推。他说：“这里不需要你，麦克。”声音扁平单调。

麦克唐纳愤怒地攥紧拳头。接着，他大笑起来，凑到马洛里面前，用脚跟碾压他的脚。马洛里说：“——该死！”他重重地倒在沙发上。

房间里的氧气都被抽空了。只有一面墙上开有窗户，厚重的网眼窗帘垂落下来。马洛里掏出手帕，擦了擦额头，拭了拭嘴唇。

科斯特洛说：“你和吉姆走吧，麦克。”声音一如既往地扁平。

麦克唐纳低下头，透过压着眉毛的刘海死死盯住他。他的脸油光可鉴。他没脱下那皱巴巴的破外套。科斯特洛甚至没有回头。过了片刻，麦克唐纳又晃到壁炉边，用手肘挤掉灰发警察的位子，一把抓过苏格兰威士忌的方瓶。

“打电话给老板，科斯特洛，”他越过肩膀发号施令，“你智商不够，没法解决这事。求你了——除了唧唧歪歪，干点正事！”他微微转向吉姆，拍拍他的后背，嘲讽道："想不想再来一杯，警察？"

"你来这里干什么？"科斯特洛又一次向马洛里发问。

"找个人。"马洛里懒洋洋地看着他。眼中的怒火已经熄灭。

"那你做事的方式可真有趣啊，伙计。"

马洛里耸耸肩。"我觉得要办成事，就要找对人。"

"或许你办砸了，"科斯特洛平静地说。他闭上眼睛，用大拇指的指甲刮了下鼻子。"世事难料。"

麦克唐纳的刺耳声音穿过密闭的房间。"机灵鬼没错，先生。他有脑子。"

科斯特洛睁开眼，越过肩膀瞥了眼红发男人。红发男人坐在椅子上，没个正形地动来动去。半开的右手随意地搁在腿上。科斯特洛又看向另一边，直勾勾地盯住麦克唐纳。

"滚出去！"他说得很快，语气阴冷，"现在就滚出去。你喝多了，我不想和你吵。"

麦克唐纳的肩膀抵在壁炉上，双手伸进西服的侧袋。皱巴巴的帽子贴在他的四方大脑壳上。吉姆，那个灰发警察，从麦克唐纳身边挪开两步，紧张兮兮地看着他，他嘴唇翕动。

"打电话给老板，科斯特洛！"麦克唐纳咆哮道，"你不能对我下命令。我不喜欢你，我不会听你的。"

科斯特洛犹豫不决，接着走到电话机边上。他抬眼盯住墙上的一处污迹。他抓起电话听筒，背对着麦克唐纳拨出号码。之后，他靠在墙上，越过酒杯朝马洛里微微一笑。等待。

"好啊……是的……科斯特洛。一切都好，就是麦克喝多了。他刺人得很……他不肯走。还不知道……是个乡巴佬。好的。"

麦克唐纳做了个动作，说："别挂……"

科斯特洛笑着挂上电话听筒，没有半点犹豫。麦克唐纳看他的眼神中射出妒忌的火焰。他朝地毯啐了一口，就在椅子和墙壁之间的角落。他说："该死。该死。这里不能打电话到蒙特罗斯。"科斯特洛不动声色地挥挥手。红发男人站起来了。他离开桌子，懒散地站在一边，脑袋微仰，这样就能透过香烟的烟雾看个分明。

麦克唐纳气急败坏地跺脚。涨红的脸庞反衬出下颌骨刚毅的白色线条。眼睛深处射出冷酷的微光。

"我猜，我们要这么玩下去了，"他道。他看似随便地把手拿出口袋，配枪如例行公事般画出一道弧线。

科斯特洛看着红发男人说："搞定他，安迪。"

红发男人身体一僵，香烟从两片苍白的嘴唇间直直地吐出，以迅雷不及掩耳之势抬手一挥。

马洛里说："还不够快。看看这个。"

他动作之快就像是没有动过。他坐在沙发上微微前倾。修长的黑色鲁格手枪已经顶上红发男人的腹部。

红发男人的手慢慢从领口垂下，空无一物。房间里一时鸦雀无声。科斯特洛看向麦克唐纳的眼神满是厌恶，他把手放在身前，掌心朝上，低头看向它们，默然一笑。

麦克唐纳说话了，缓慢、苦涩。"绑架的事儿我干得太多了，科斯特洛。我不想再参与进去。我要脱离这群没用的废物。我要赌一把，赌这个机灵鬼站在我这一边。"

马洛里站起来，朝红发男人的方向移动。当他走到一半，灰发警察吉姆发出压抑的叫声，飞身扑向麦克唐纳，抓住他的口袋。麦克唐纳看着他，脸上闪过一丝惊讶。他那宽大的左手扯住吉姆外套的领口，把他高高举起。吉姆朝他脸上挥去两拳，全都落空了。麦克唐纳咬紧嘴唇，对着马洛里叫道："看住这些家伙。"他镇定自若地把枪放在壁炉上，摸进吉姆外套的口袋，拿出用皮革编织而成的警棍。他说："你是一个臭虫，吉姆。你一直就是一个臭虫。”

说这话的时候并没有怨气，倒更像是在思考问题。接着，他抡起警棍朝灰发男人的脑袋砸去。灰发男人慢慢跪下，两只手仍然抓住麦克唐纳的外套下摆。麦克唐纳弯腰，操着警棍对着同一地方又来了一下，力道十足。

吉姆瘫软下去，倒在地上，帽子掉在一边，嘴巴张开。麦克唐纳慢慢地把警棍从一只手倒到另一只手上。一滴汗珠顺着鼻翼滴落。

科斯特洛说：“麦克，你是个粗鲁的家伙，不是吗？”他的声音空洞茫然，似乎眼前发生的事一点也提不起他的兴趣。

马洛里继续走向红发男人。他来到他身后，说：“把手举起来，打手。”

红发男人照做了，马洛里用空着的手越过他的肩头，伸进衣服内侧。他抽出皮套里的手枪，扔到身后的地板上。他又摸向另一边，拍一拍口袋。他朝后退去，绕过科斯特洛。科斯特洛没有枪。

马洛里走到麦克唐纳另一边，确保房间里的每个人都在眼皮底下。他说：“谁被绑架了？”

麦克唐纳拾起枪和威士忌酒杯。“那个姓法尔的小妞，”他说，“他们在她回家的路上劫持了她，我猜的。他们从意大利保镖那里知道了在玻利瓦尔俱乐部见面的日期，接着就计划了绑架。但我不知道他们把她带到哪里去了。”

马洛里马步扎稳，皱了皱鼻子。他随意地拿着鲁格枪，说：“你的小花招是什么意思？”

麦克唐纳语气冷酷：“先说说你的。是我给了你一次机会。”

马洛里点头称是：“你自然——是有你的理由……我受雇寻找一些属于朗达·法尔的信件。”他看向科斯特洛，后者却波澜不惊。

麦克唐纳说：“好吧，轮到我了。我觉得这中间设了局。因此，我要赌一把。我要从这次接触中找出头绪，就这些。”他挥手画了个圈，把整个房间的人还有所有事都概括进去了。

马洛里拿起玻璃杯，看看是否干净，然后倒了一点苏格兰威士忌，呷了几口，又用舌头把嘴巴周围舔了一圈。

“我们来谈谈绑票吧，”他说，“科斯特洛打电话给谁？”

“阿特金森。好莱坞的大律师。那些男孩的挡箭牌。他也是法尔小妞的律师。好小伙，阿特金森。一个寄生虫。”

“他参与了绑票？”

麦克唐纳大笑起来：“那是当然的。”

马洛里耸耸肩：“愚蠢的把戏——对他来说。”

他走过麦克唐纳，沿墙走到科斯特洛站着的地方。鲁格的枪口抵上科斯特洛的下巴，迫使他脑袋后仰贴上了粗粝的石灰墙。

“科斯特洛是个善良的老家伙，”他若有所思地表示，“他不会绑架女孩的。是吗，科斯特洛？不动声色的敲诈，或许吧，但不会来硬的。对吧，科斯特洛？”

科斯特洛双眼一白，咽了口唾沫，咬牙切齿地说：“会啊。你这人真没劲。”

马洛里说：“事情变得越来越有趣了。但你可能没法知道了。”

他抬起鲁格，朝着科斯特洛的大鼻子一侧狠狠来了一下。白色的印记随即变成红色的一圈。科斯特洛有点慌了。

麦克唐纳把近乎满满一瓶的苏格兰威士忌塞进外套口袋，说：“让我来——！”

马洛里严肃地摇摇头，眼睛盯着科斯特洛。

“太吵了。你知道这些大楼用的建筑材料。阿特金森这小子一定要去见见。擒贼先擒王——假如你有办法接近他。”

吉姆睁开眼睛，双手撑地，试图站起来。麦克唐纳提起大脚，漫不经心地踩上灰发男子的脸庞，后者又趴下了，脸上满是灰色的烂泥。

马洛里瞥了眼红发男人，走到电话机桌子旁。他把电话听筒搁在一边，用左手笨拙地拨起号码。

他开口说道："我打电话给雇用我的人……他有辆车，又宽敞跑得又快……我们要好好教训下这些小伙子。"

4

兰德里的黑色凯迪拉克大家伙无声地开上了通往蒙特罗斯的长长坡道。身处山谷之中，左侧的车灯射出幽暗的光线。空气冷冽，群星闪耀。兰德里越过座位往后看，一只手臂随意地搭在座椅背面，手臂修长，黑色外套，手上戴着白手套。

他说，这是他第三或第四次这么开口了："所以说，这是她搬起石头砸了自己的脚。妙哉，妙哉，妙哉。"

他的微笑温和、镇定。他所有的动作都温润从容。兰德里是个个子高挑、皮肤苍白的男人，一口白牙还有乌黑明亮的眼睛在苍穹的自然光之下闪闪发亮。

马洛里和麦克唐纳坐在后排座位上。马洛里一言不发；他正瞧着窗外的风景。麦克唐纳扯出苏格兰威士忌四四方方的酒瓶，却把软木塞弄落在了地上，他一边弯腰找塞子，一边嘴里赌咒发誓。他终于找到了，靠回椅背，闷闷不乐地瞧着兰德里那张在白色丝巾映衬下干净、苍白的脸蛋。

他说："你还用着高地大街那个地方？"

兰德里回答："是啊，警察，我还用着。现在不太方便了。"

麦克唐纳发起了牢骚："这他妈的真可耻，兰德里先生。"说完，他的头靠上车内装饰，闭上了眼睛。

凯迪拉克下了高速公路。司机似乎清楚自己的目的地，转弯驶入一个社区，一块块的土地上面矗立着别致的房子，绿意盎然。黑暗中传来树蛙的鸣叫，还有橘子花的芬芳。

麦克唐纳睁开双眼，凑上前去。“拐角处的那幢。”他告诉司机。

房子静静地矗立在弯道边上。屋顶铺有瓦片，入口处耸立着拱门，房门两侧各挂了一盏铁艺灯。小道边上的绿廊爬满了玫瑰花。司机关掉车灯，熟练地把车停靠在绿廊边上。

马洛里打了个呵欠，打开车门。汽车都沿着拐角停在路边。百般无聊的司机们正在吞云吐雾，香烟的微光映照在温柔、浅蓝的夜色中。

“派对，”他说，“这下好玩了。”

他下了车，目光穿过草坪，定定地站了会儿。之后，他踏上柔软的青草，转上小径，小径是用深色的砖块铺成的，这样小草只能挨着小径长了。他站定在两盏铁艺灯之间，按响了门铃。

头戴白帽、身穿围裙的女仆打开了房门。马洛里说：“抱歉打扰了阿特金森先生，但事关重大。我叫麦克唐纳。”

女仆犹豫了下，走回屋子，并没有把大门关死。马洛里漫不经心地推开大门，入眼是宽敞的走廊，地板和墙上都装饰有印度毯子。他走进屋子。

几码开外的一扇门通往一幽暗的房间，里面摆满了书，还飘出上等烟草的香味。帽子和大衣扔在四处的椅子上。屋子深处的无线电传来悠扬的舞曲。

马洛里掏出鲁格，贴着门框潜入房间。

一个身穿晚礼服的男人从大厅赶来。他身材发福，厚实的白发下面是一张精明、红润、易怒的脸。剪裁得当的肩头却无法拉回人们对他腹部的关注。浓密的眉毛几乎连成一线，微微蹙起。他脚下生风，一脸怒容。

马洛里跨出房门，那把枪捅上了阿特金森的腹部。

“你在找我。”他说。

阿特金森不动了，他叹了口气，喉咙口似乎被堵住了。他眼睛圆睁，充满震惊。马洛里把鲁格往上移了移，冰冷的枪口对上阿特金森喉咙口，就在散开的衬衣领口上方。律师半举起手臂，似乎是要扫掉那把枪。但他又老老实实地站好了，手臂停在半空。

马洛里：“别说话，只要动脑子。你被人卖了。麦克唐纳背叛了你。科斯特洛还有另外两个家伙被关在西木区。我们要的是朗达·法尔。”

阿特金森的蓝色眼睛变得晦暗不明，透不出一丝光亮。即使提起朗达·法尔的名字也没法激起更多的反应。律师抵着枪扭动起身子，说：“为什么找上我？”

“我们以为你知道她在哪儿，”马洛里的声音单调沉闷，“不过，眼下，我们先不谈这事。到外面去。”

阿特金森抖了一下，说起话来也语无伦次。“不……不，我有客人。”

马洛里冷冰冰地说：“我们想要的客人不在这儿。”手枪又加了点力。

阿特金森的表情顿时精彩纷呈。他往后退了一小步，握住枪。马洛里抿紧嘴唇，顺势转动手腕，手枪的瞄准器擦过阿特金森的嘴巴。鲜血从唇上流出。他大口喘气，脸色惨白。

马洛里：“别头脑发热，胖子，说不定你还过得了今晚。”

阿特金森转身，径直走出敞开的大门，动作僵硬，失魂落魄。

马洛里拉住他的手臂，把他推向左侧的草坪。“走慢点，先生。”马洛里的声音让人不爽。

他们绕过绿廊。阿特金森双手在前，胡乱摸到了汽车。一条长胳膊探出敞开的车门，一把抓住了他。他上了车，跌坐在位子上。麦克唐纳拍了拍他的脸颊，把他按在内饰上。马洛里也上了车，猛地关上车门。

汽车一个急转弯，扬长而去，轮胎发出刺耳的摩擦声。司机在开过一个街区之后才打开车灯。他微微转头，问："去哪儿，老大？"

马洛里："随便。开到城里去。慢慢来。"

凯迪拉克又驶上了高速公路，开始沿着坡道往下开。山谷中又亮起了星星点点的灯光，微弱的白光在道路上缓慢移动。这是车头灯射出的光线。

阿特金森在座位上直起身子，掏出手绢，按了按嘴巴。他正眼盯上麦克唐纳，镇定发问："怎么回事，麦克？敲诈？"

麦克唐纳放肆大笑之后又打起了嗝。他有点喝醉了，说起话来口齿不清："他妈的不是。有几个家伙今晚绑架了法尔这个小妞。小妞的朋友不高兴了。但你没必要知道更多的细节，不是吗，大老板？"他又笑了起来，笑声揶揄。

阿特金森的声音倒是慢条斯理："有趣……可我不愿意。"他略微抬起白发苍苍的脑袋，继续说："这些人是谁？"

麦克唐纳没搭茬。马洛里点燃香烟，全神贯注地看着指尖捏着的火柴发出的光芒。他慢悠悠地说道："这不重要，不是吗？或者你知道朗达·法尔在哪里，或者你给我们带路。好好想想，有的是时间。"

兰德里转过头，他的脸在一片漆黑中成了一团白雾。

"没什么好问的，阿特金森先生，"他语气严肃。他的嗓音镇定、温和、悦耳。戴着手套的手指轻轻叩响了椅背。

阿特金森直愣愣地注视前方，好一会儿后又靠向内饰。"我猜我一无所知，"声音透出倦意。

麦克唐纳抬手往他的脸上招呼了一拳。律师的脑袋砸在了靠垫上。马洛里开口了，语调冰冷，颇煞风景："少说点废话，警察先生。"

麦克唐纳回嘴骂完后扭过头去。汽车继续行驶。

他们已经开到谷底。不远处，机场的三色信号灯来回扫过天空。开始出现森林繁茂的坡道，黑魆魆的群山露出一个个山谷。一列火车从组霍尔隧道钻出，呼啸而下，发出冗长而尖利的声音。

兰德里对着司机说了些话。凯迪拉克转上一条泥路。司机关掉车灯，借着月色小心前行。泥路尽头是一片死气沉沉的棕色草地，低矮的灌木丛围绕四周。隐约能辨认出草地上的废旧罐头和褪色报纸。

麦克唐纳掏出酒瓶，咕嘟咕嘟灌下一大口。阿特金森嘟嘟囔囔地说："我要晕过去了。给我来口。"

麦克唐纳转身，举起瓶子，冲他吼道："滚你妈的蛋！"说完，他把酒瓶放回了外套。马洛里从车门口袋取出手电筒，打开，径直照向阿特金森的脸。他说："说吧，绑票贩。"

阿特金森双手扶膝，直勾勾地盯住手电筒的光束。眼睛毫无神采，下巴上有点血迹。他说话了。

"这是科斯特洛想出来的主意。我不知道所有细节。但假如真是科斯特洛干的，那么有个叫做斯利佩·摩根的男人一定会参与其中。他在鲍德温山上有个小木屋。朗达·法尔可能就关在那里。"

他闭上眼睛，一滴泪水在手电筒光线的照射下晶莹剔透。马洛里慢慢地说："麦克唐纳应该知道。"

阿特金森的眼睛仍然闭着，他说："我猜是的。"他语调沉闷，没有一丝感情。

麦克唐纳握紧拳头，身子一歪，又往他的脸上揍了一拳。律师痛苦地呻吟，倒向一边。马洛里挥动起手臂，手电筒的光束也跟着晃动起来。他发怒了："再来一次，我就把你揍趴下，警察先生。别给我帮倒忙。"

麦克唐纳傻笑着挪到一边。马洛里啪嗒关掉手电筒。此时开口，语气更加平静了："我想你说的是实话，阿特金森。我们会端掉斯利佩·摩根的小木屋。"

司机来了个急转弯，把车倒出去，重又驶上高速公路。

5

白色的篱笆尖桩出现了片刻，车前灯随即暗淡下来。篱笆后面，小山之上，钻井台的凄凉剪影刺向天空。关了灯的汽车缓慢前行，最终停在小屋的街对面。马路这边没有任何房子，汽车和油田之间空无一物。对面的屋子没有亮灯。

马洛里下车，走到街对面。砾石车道通往没有门的车棚，那里停着一辆休旅车。车道两边长着稀稀拉拉的杂草，车棚后面黑漆漆的土地过去可能是草坪。晾衣服的电线，小小的门廊，还有生锈的纱门。这是月光照亮的一切。

沿门廊往前，唯一一扇窗户安上了百叶窗；两道微弱的光线透过百叶窗的缝隙射出来。马洛里往回走，踩过干燥的杂草，踏上泥路，毫无声息。

他说："我们走，阿特金森。"

阿特金森笨拙地走下车，跌跌撞撞地穿过马路，似乎睡得迷迷糊糊。马洛里一把抓住他的手臂。两人无声地走上木头台阶，穿过门廊。阿特金森摸索着找到了门铃，并把它按响。屋内传来沉闷的铃声。马洛里贴在墙上，他选择的那边不会因为纱门打开而被阻挡住。

接着，房门静静地打开了，一道身影出现在纱门后面。没有开灯。律师咕哝道："是我，阿特金森。"

那人打开了纱门的挂钩。纱门朝外打开了。

"怎么了？"这个口齿不清的声音马洛里先前听到过。

马洛里一个闪身，把鲁格举在腰头。站在门口的男人转向他，马洛里立马一个踏步迎上前去，舌头和牙齿发出咯咯响声，他责备地摇摇头。

“你身上没枪，斯利佩，”他说，稍稍亮出了鲁格，“慢慢转过去，斯利佩。感觉有东西抵上你的后背，就往前走，斯利佩。我们能友好相处的。”

瘦长个举起手，转过身。他走回黑暗中，马洛里的枪抵在他的后背上。小小的起居室中弥漫着灰尘和临时起火烧饭的气味。一扇门后亮着灯。瘦高个慢慢放下手，打开了门。

赤裸裸的灯泡挂在天花板中央。一个瘦削的女人站在灯下，胳膊耷拉在身侧，身上的白色工作服脏兮兮的。了无生气的眼珠似在沉思，头上顶着一窝乱蓬蓬的铁锈色头发。她十指颤动，那是肌肉无意识的痉挛。她发出微弱的哀鸣，像是一只忍饥挨饿的猫咪。

瘦高个走进房间，靠在对面的墙上，手掌抚过墙纸，脸上露出程式化的、意味不明的笑容。

后面传来了兰德里的声音：“我来照看阿特金森的小伙伴。”

他走进房间，戴手套的手上拿着一把巨大的自动手枪。“漂亮的小屋，”他兴高采烈地补充道。

房间的角落处支了张铁床。朗达·法尔躺在上面，棕色的行军毯一直盖到下巴。白色的假发有点歪了，露出湿漉漉的金色卷发。脸色青中泛白，如同一张面具，而腮红和唇膏就显得更加鲜艳刺眼了。她在打鼾。

马洛里伸到毛毯下面，测了测她的脉搏。接着，他翻起女孩的眼皮，凑近看了看朝上翻的眼珠。

他说：“下药了。”

穿工作服的瘦削女人润了润嘴唇。“打了一针，”她畏畏缩缩地说，“没有害处的，先生。”

阿特金森一屁股坐在硬邦邦的椅子上，椅背上还搭了一条脏毛巾。律师的衬衣在灯泡下面闪闪发光。脸下侧还有没擦干净的血污。瘦高个鄙夷地看着他，手掌轻轻拍打起污迹斑斑的墙纸。麦克唐纳走进了房间。

他的脸刷地变得通红，满头是汗。他稍稍晃了下身子，一手撑在门框上。“嗨，哥们。”并没有特定的说话对象，“这次的事，我应该得到提拔。”

瘦高个不笑了。他闪向一边，手中多出了把枪。一声枪响充斥了整个房间，石破天惊。此后又是一声。

瘦高个的闪躲变成了滑倒，最后重重倒在地上。他身体摊开，似乎是漫不经心地倒在空荡荡的地毯上。他一动不动地躺着，半睁的眼睛似乎是看向麦克唐纳。瘦削女人嘴巴大张，却发不出任何声音。

麦克唐纳把另一只手也搭上了门框，身子前倾，咳嗽起来。血色涌上下巴。两手缓缓从门框上落下来。接着，肩膀一阵抽搐，像劈波斩浪的游泳者一样左右摆动，栽倒在地上。他是脸朝下着地，帽子仍然戴在头上，一截鼠灰色头发贴在脖颈上，打着凌乱的卷。

马洛里说：“两个趴下了。”他厌烦地看着兰德里，后者低头看了眼硕大的自动手枪，把它从眼前移开，塞进深色薄外套的侧袋中。

马洛里俯身，一根手指摸上麦克唐纳的太阳穴。没有心跳。他又试了试颈动脉，结果一样。麦克唐纳死了，周身仍然散发出浓烈的威士忌酒气。

灯泡下隐隐飘来一丝烟雾，那是火药的刺鼻烟味。瘦削女人趴在地上，朝门口爬去。马洛里一把抓住她的前胸，把她摔在地上。

“你待在那里就行，姐们。”他不耐烦地表示。

阿特金森的双手挪下了膝盖，互相对搓，似乎一切的感知都飞走了。兰德里俯身凑向铁床，戴着手套的手摸向了朗达·法尔的秀发。

“嗨，宝贝，”他语气轻快，“好久没见面了。”走出房间前，他说：“我把车开到马路这边来。”

马洛里看着阿特金森。随随便便地问起："阿特金森，信在谁手上？那些属于朗达·法尔的信？"

阿特金森慢慢抬起木然的脸，眯缝起眼睛，似乎灯光会刺伤它们。他的声音茫然、遥远。

"我——我不知道。科斯特洛，可能吧。我从没见过那些信。"

马洛里促狭一笑，却并不能软化脸部僵硬冰冷的线条。"假如这是真的，这他妈的不是很好笑。"他急吼吼地说道。

他俯身用棕色毛毯包裹起睡在屋角床上的朗达·法尔。抱起她的那刻，她停止了打鼾，但还是没醒过来。

6

公寓正面，有一两扇窗透出灯光。马洛里抬起手腕，看了下戴在内侧的流线型手表。指针微弱的亮光指向三点半。他朝车后喊话："给我个十分钟。然后你再上来。我先去探探路。"

公寓临街的大门被锁上了。马洛里用万能钥匙开了锁，进去之后再掩上。大堂传来些许亮光，这是楼道灯泡和电话接线总机上的小灯发出的。一个满头白发的瘦小老头坐在电话接线总机边上的椅子内，呼呼大睡，嘴巴大张，绵长哀戚的打鼾声像是一头备受折磨的动物。

马洛里信步走上铺有地毯的楼梯。到了二楼，他按下电梯按钮。电梯隆隆下降，他走进去，揿下刻有数字"7"的按钮。他打了个呵欠，眼中满是倦意。

电梯晃晃悠悠地停下，马洛里踏入明亮寂静的走廊。他在一扇灰橄榄绿的门前站定，耳朵贴上门板。万能钥匙慢慢地塞入锁孔，又慢慢转动，门被稍稍推开一二英寸。再次倾听动静之后，他走了进去。

屋里有灯亮着，一把简易椅子后面立着的灯加了红色灯罩。男子四肢张开躺在椅子中，光线就打在他脸上。他的手腕和脚踝被人用封箱带绑住。嘴巴也是如此。

马洛里关上门。他快速穿过屋子，悄无声息。椅子上的男人就是科斯特洛。略微发紫的脸色映衬着把嘴唇牢牢封住的白色封箱带。胸膛起起伏伏，大鼻子传出粗重的呼吸声。

马洛里撕下他嘴上的封箱带，用手掌根部抵上他的下巴，迫使他张开嘴巴。呼吸的频率改变了。科斯特洛的胸膛不再猛烈起伏，发紫的面色也趋向苍白。他慢慢转醒，一声长叹。

马洛里从壁炉架上拿下一瓶还没开封的一品脱装的黑麦酒，用牙齿撕开瓶盖上的金属封条。他让科斯特洛的脑袋往后仰，往他嘴里灌了些威士忌，又狠狠抽了他几下脸。呛到的科斯特洛拼命吞下威士忌，有些又从鼻孔流出。他睁开眼，慢慢有了焦距，口中喃喃有词。

马洛里穿过房间尽头的天鹅绒门帘，进入一条短走廊。第一扇门通向一间卧室，里面放着一张高低床。灯泡烧坏了，每张床上分别躺着一个五花大绑的人。

吉姆，那个灰色头发的警察仍在呼呼大睡，或者说还没有恢复意识。头上留有凝结的血污。脸部还有脏兮兮的灰泥。

红头发男人怒目圆睁，炯炯有神如钻石。嘴巴在封箱带下面嚅动，试图咬开它。他在床上翻来滚去，差点就掉下了床。马洛里把他推回到床中间，说："对不起，小流氓。游戏还在继续。"

他回到客厅，打开更多的灯。科斯特洛在简易椅子上来回折腾。马洛里取出小刀，走到他身后，割断了手腕上的封箱带。科斯特洛挣开双手，嘴里咕哝着摩擦起手背来，封箱带扯掉了手背上的汗毛。之后，他弯下腰，扯开脚踝上的束缚。他说："这会害死我的，我靠嘴巴呼吸。"他的声音散漫、平直，没有起伏。

他起身往玻璃杯中倒了两英寸高的威士忌，一口气闷掉，重新坐下，脑袋靠上椅子高耸的后背。脸上有了生气，精疲力竭的眼中目光闪烁。

他问："有什么新闻？"

马洛里从碗里舀了一勺已经化掉的冰水，皱皱眉头，直接抿了一口威士忌。指尖轻柔地摩挲着脑袋左侧，遂又放下。他坐好，点燃一支烟。

他说："有几件事。朗达·法尔到家了。麦克唐纳和斯利佩·摩根挨了枪子没命了。但这些都不是重点。我在追查一些信，就是你试图勒索朗达·法尔的那些信。"

科斯特洛抬头哼了一声，说："我没有这些信。"

马洛里说："科斯特洛，把信拿来。现在。"他把烟灰小心翼翼地掸在地毯上黄绿菱形花纹的正中间。

科斯特洛不耐烦地一动。"我没有这些信，"他还在坚持，"千真万确。我压根没见过。"

马洛里蓝灰色的眼睛异常冰冷，声音冷漠。他说："你他妈的说你不知道自己诈骗这档子事，这才是可怜又可悲……我累了，科斯特洛。我不需要托辞。如果枪管把你的大鼻子打歪了，你看上去会恶心巴巴的。"

科斯特洛举起瘦骨嶙峋的手，摩挲起嘴边因为封箱带撕扯而发红的皮肤。他瞥了一眼屋内。天鹅绒门帘轻轻动了下，似乎有微风吹过。可是室内没有风。马洛里低头注视地毯。

科斯特洛从椅子上站起来，动作缓慢。他说："墙上有暗格。我去把它打开。"

他穿过房间，来到外门所在的墙边，取下一幅画，转动内置圆形保险箱上的转盘。他打开小圆门，把手探进保险箱。

马洛里说："待着别动，科斯特洛。"

他懒洋洋地穿过房间，左手穿过科斯特洛的臂下，探入保险箱，里面还放着一把珍珠色手柄的小巧的自动手枪。马洛里的嘴唇啧啧有声，他把小手枪安置在口袋内。

“还没学乖吗，科斯特洛？”声音中透着倦意。

科斯特洛耸耸肩，走回房间。马洛里把手伸进保险箱，翻出的东西掉在地上。他单膝跪地。地上散落着一些纤长的白色信封，用回形针别住的一沓剪报，狭长、厚实的支票本，小小的照相簿，通讯录，散落的文件，黄色的银行报表并附有收据。马洛里随意地展开其中一个纤长信封，并没有多大兴致。

天鹅绒门帘又动了一次。科斯特洛僵直地站在壁炉前。一把枪探出门帘，持枪的手小巧而坚定。纤弱的身影随后现身，苍白的脸，炽热的眼——艾尔诺。

马洛里站起来，双手放在胸前，两手空空。

“举高点，宝贝，”艾尔诺声音嘶哑地说道，“再高点，宝贝！”

马洛里把手又举高了点。紧皱的前额形成一道深纹。艾尔诺踏步走进房间，脸上油光闪闪，一缕油腻腻的黑发垂在眉毛上。他僵硬一笑，露出一口牙齿。

他说：“我想，我们要在这里揍你一顿，叛徒。”

他的语气似是询问，正等着科斯特洛附和。

科斯特洛一言不发。

马洛里稍稍转了下脑袋。他感到口干舌燥。他看向艾尔诺的眼睛，死死盯住，加快了语速：“你被人出卖了，混蛋，但不是我干的。”

艾尔诺从露齿一笑变成了嘶吼咆哮，他脑袋后倾，紧扣扳机的第一节指关节变得惨白。门外传来异动，门开了。

进来的是兰德里。他手肘一推，把门抵上，又动作招摇地靠在门上，两手插在他的深色薄外套侧袋中。黑色软帽下的双眼炯炯有神、穷凶极恶。他看上去心情颇佳。他动了动陷在白色丝巾中的下巴，丝巾本是随随便便地围在脖子上。那张英俊苍白的脸庞仿佛是用古旧的象牙雕凿而成。

艾尔诺微微动了下枪，他在等待。兰德里兴高采烈地说道：“我猜你是第一个被打趴在地上的！”

闪闪发光的小胡子下面，艾尔诺嘴唇一抽。两把枪同时鸣响。兰德里左右摇晃着身躯，就像一棵被狂风击中的树木；粗笨的点四五又一次发出怒吼，因着贴身衣物的缘故稍稍减弱。

原本躲在沙发后面的马洛里一个打滚，手持鲁格，和艾尔诺正面对峙。但后者已经面无血色。

他缓缓向后倒去；轻盈的身躯似是被右手手枪的重带倒在地。他先是膝盖一软，跌倒了，又侧倒在地上。后背一弓，又松懈下来。

兰德里的左手从外套口袋中伸出来，他往前伸去，仿佛要推动某物。他缓慢地、费力地从另一个口袋里掏出那把巨大的自动手枪，一点点举起，转动的脚趾带动了整个身体，他转向科斯特洛僵直的身躯，再次扣动扳机。墙上的石灰落在科斯特洛的肩头。

兰德里暧昧一笑，说：“该死！”声音透着温柔。他两眼往上一翻，手枪脱离了软绵无力的手，掉落在地毯上。兰德里一节节倒下，流畅而优雅，他双膝跪地，摇摆了几下之后向一侧瘫软下去，几乎是无声无息地倒在地上。

马洛里看着科斯特洛，愤怒而生硬地说：“小子，你很走运嘛！”

蜂鸣器响个不停。接线总机的仪表板上亮起三盏小红灯。那瘦小的白发老头啪嗒合上嘴巴，从睡梦中挣扎着醒来。

马洛里把头扭向另一侧，疾步穿过大堂，走出公寓楼大门，走下三级大理石台阶，再穿过人行道和马路。兰德里那辆车的司机已经把车发动起来。马洛里闪身在他边上坐定，喘着粗气，用力关上车门。

“快走！”他吼道，“停到林荫大道那儿。警察五分钟后就到！”

司机看向他，问：“兰德里呢？……我听到枪响了。”

马洛里举起鲁格，迅速冷酷地命令道：“开啊，宝贝！”

挂上排挡，凯迪拉克向前蹿出，紧接着一个急转弯，司机的眼角撞在枪口上。

马洛里说：“兰德里中枪没命了。他没了温度。”他举高了鲁格，把枪口放在司机的鼻子下面。“但不是我的枪。闻闻，废物！这把枪没开过！”

“哎呀！”司机吐出两个字，一个劲地猛打方向盘，车差点就撞上了人行道。

天就要亮了。

7

朗达·法尔说：“舆论，亲爱的。只是舆论。聊胜于无嘛。我不太确定我能得到新合同，或许我会有需要。”

她深陷在椅子中，这是一间宽敞的长屋子。她慵懒地看向马洛里，蓝紫色的眼珠古井无波，她伸手取来磨砂高脚杯，啜饮一口。

房间很大。地板上的中式地毯色调暖和。房内采用了大量的柚木和红漆。金色的边线在墙头上熠熠生辉，天花板是那么的遥不可及，模模糊糊，如同夏日的黄昏。一台刻有花纹的巨大无线电传出低回的、并不真切的乐曲。

马洛里皱了皱鼻子，面色冷酷又愉悦。他说：“你是只肮脏的小老鼠。我不喜欢你。”

朗达·法尔说：“哦，不，你是喜欢我的，亲爱的。你为我疯狂。”

她粲然一笑，把香烟塞进绿玉色的烟嘴中，烟嘴的颜色倒正好和睡衣颜色一致。她伸出纤纤玉手，够向身边珍珠色的柚木矮几，按响了放在上面的传唤铃。一袭白衣、沉默不言的日本男管家走进房间，又调了几杯威士忌。

“亲爱的，你是个聪明人，不是吗？”等管家走出房间后，朗达·法尔才开口道，“你兜里装着一些信，你以为这些信肯定是我的。压根不是，先生，压根不是。”她啜了一口新调的酒。“你手里的信是假的。大概是一个月前写的。兰德里从未拥有过这些信。很早以前，他就把他的信还给我了……你拿着的只是骗人的小道具。”她的手抚上波浪卷的秀发。前一晚上的劫难似乎并未在她身上留下任何印记。

马洛里仔仔细细地端详起她，说：“宝贝，你怎么能够证明呢？”

“信纸——如果我必须证明的话。第四大道和水泉街路口有个小老头专门从事这方面的研究。”

马洛里问：“那字迹呢？”

朗达·法尔微微一笑。“字迹很容易模仿，只要你有大把的时间。或者，有人吩咐我这么说的。无论如何，这是我的说辞。”

马洛里点点头，饮了一口自己的那杯酒。他伸进内侧口袋，掏出一个扁平的信封，马尼拉纸、标准尺寸。他把信封放在膝盖上。

“为了这些伪造的信，昨晚死了四个人。”他漫不经心地提起。

朗达·法尔面色和善地看着他。“两个骗子，一个吃里爬外的警察，这已经三个人了。因为这群渣滓，我还浪费了睡觉的时间呢！当然，我为兰德里感到抱歉。”

马洛里礼貌地回敬：“你能为兰德里感到抱歉，这很好。非常好。”

她心平气和地回答：“兰德里，我有次和你提过，几年前是个相当不错的小伙，他当时正试图进入几个剧组。可他后来又选择了别的营生，这营生让他时不时地挨枪子儿。”

马洛里摸摸下巴，说：“好笑的是，他竟然不记得把信还给你了。真好笑。”

“他不在乎，亲爱的。他是那种演员，热衷表演。这给了他一个绝佳的作秀机会。他喜欢得要命。”

马洛里的脸色逐渐冷下来，露出厌恶的神情。他说：“对于我而言，这是份可靠的差事。我不太了解兰德里，但他认识我一个在芝加哥的好朋友。他给那些敲诈你的小子指了条路，而我依计行事。东窗事发之后，倒让一切变得简单了——就是动静大了点。”

朗达·法尔用亮闪闪的玲珑指甲敲打小巧的皓齿。她说：“亲爱的，你在老家到底是干什么的？是人们称作‘私家侦探’的混蛋吗？”

马洛里刺耳一笑，做了一个暧昧不明的动作，手指撸过深色卷发。“管他呢，宝贝，”他低声说，“管他呢。”

朗达·法尔投来惊讶的一瞥，随即放声大笑。“都疯了，不是吗？”她喃喃自语，继续说下去，声音冷冰冰的，“阿特金森这些年一直在敲诈我，不是这事就是那事。我弄了这些信，把它们放在他唾手可得的地方。信消失了。几天后，有个男人口气强硬地给我打来电话，并开始对我施压。我听之任之。我以为，我能稍微钳制住他，而且我们俩的名声加一起会收到正面报道，不会对我造成多大伤害。然而，事态扩大了，我害怕了。我想到找兰德里帮忙。我敢肯定他会乐意的。”

马洛里尖刻地说：“你就是一个简单、直率的孩子，不是吗？该死！”

“你不了解好莱坞的肮脏勾当，你怎么会知道呢，亲爱的？”朗达·法尔说。她的脑袋歪向一边，轻声低语。一首舞曲幽幽飘荡在静谧的空气中。“多美的旋律……它借鉴了韦伯的一首奏鸣曲……舆论的言辞总有点咄咄逼人。否则，没人会信。”

马洛里起身，拿起搁在膝头的马尼拉纸信封，扔在她的腿上。

“五千元，这是你要付的钱。”他说。

朗达·法尔往后靠去，玉腿交叠。小巧的绿色拖鞋从她赤裸的脚上滑落下来，落到地毯上，信封也落在了拖鞋边。她并不准备捡起它们。

她问："为什么？"

"我是个生意人，宝贝。要我工作，是要付我钱的。兰德里没给。五千元就是这个价。以前是对他，现在是对你。"

矢车菊的蓝色眼珠漫不经心地看着他，不再波澜不惊，她说："没门……勒索者。我在玻利瓦尔俱乐部已经和你说清楚了。你能得到我的感激不尽，但我的钱我自己会花。"

马洛里言简意赅地回答："把钱给我也他妈的是个不错的花法。"

他俯身拿起高脚杯，啜饮一口。他放下酒杯，用指甲弹了会儿杯壁。嘴角扯出一丝笑容。他点了根烟，把火柴扔进红锆石烟灰缸。

他慢条斯理地开口了："兰德里的司机当然会说出去。兰德里的朋友也会来找我。他们想知道兰德里怎么就在西木区把命给丢了。条子过段时间也会来骚扰我。总有人会把这事露出去的。昨晚死了四个人，我却安然无恙，我自然不会背弃他们。说不定我就把整件事和盘托出了。条子那边会给你带来很多上新闻的机会，宝贝。兰德里的朋友——我不知道他们会怎么做。有些事很麻烦啊，我不得不说。"

朗达·法尔猛然起身，用足尖勾起绿色拖鞋。她睁大眼睛，满是震惊。

"你会……出卖我？"她倒吸一口气。

马洛里笑了。他目光澄明，却又冷酷。顺着地板，他望向立灯洒下的光斑。语带厌烦："我他妈的凭什么要保护你？我不欠你的。你雇了我，还他妈的吝啬你的钱。我没录音，但你知道的，那些律师有多喜欢这类事。还有，兰德里的朋友会以为这是一起肮脏的栽赃，一个大好青年就这么死了。——天哪，我为什么要护着你这样一个骗子，宝贝？"

他喷出愤怒的鼻息，把烟蒂扔进红锆石烟灰缸。褐色的双颊浮现出斑斑红点。

朗达·法尔静静地站在一边，缓缓摇头。她说："没门，勒索者……没门。"声音微小而疲惫，但仰起的下巴透出坚定和无畏。

马洛里走到门口，拿起帽子。"你真的很特别，宝贝，"说着咧嘴笑了起来，"但是，你肯定没法和好莱坞的那些姑娘愉快相处！"

他突然俯身，左手托住朗达·法尔的脑袋，用力吻上了她的嘴。随后，他用指尖扫过她的脸颊。

"你是个美人坯子——在某些方面，"他说，"也是个不折不扣的谎话精。不折不扣。你没有伪造过信，宝贝。阿特金森不会中这样的圈套。"朗达·法尔弯腰拾起落在地毯上的马尼拉纸信封，翻出里面的信——一沓最近才写过字的灰色纸张，毛边，上面还印有纤细的金色花押字。她不错眼地盯着这沓纸，鼻孔翕张。

她慢慢说道："我会把钱给你送去的。"

马洛里仰起她的下巴，使她脑袋后仰。

他的声音出奇的温柔："我和你开玩笑呢，宝贝。我就是有这个坏毛病。不过，关于这些信，倒有两点有趣的地方。它们没有信封，也没有写明收信人是谁——没有。第二点，兰德里被杀的时候，这些信就在他的口袋里。"

他点点头，转身要走。朗达·法尔尖声叫道："等等！"声音中突然充满惊惧。她颓然倒在椅子上，被抽干了力气。

马洛里说："宝贝，等事情了结了，你就能收到那些信。喝一杯。"

他走了几步，回头，说："我必须走了。我和黑道大哥还有个约会……给我送点花，宝贝。野花，蓝色的，就像你的眼睛。"

他走到门拱下。门开了，又重重地关上。朗达·法尔一动不动地坐着，很久很久。

8

空气中烟雾缭绕。一群人身着晚礼服，站在门帘一边喝鸡尾酒，另一边通往游戏室。门帘之上，灯光照射在轮盘赌赌桌的一头。

马洛里的胳膊肘支在吧台上，酒保撇下两名身穿长裙的女孩，手上的白毛巾擦过光滑的木质台面，一直到他面前。他说："来点啥，老大？"

马洛里说："一小杯啤酒。"

酒保微笑着把啤酒递给他，转身去找两个女孩。马洛里喝下一口啤酒，变了变神色，望向长镜子，它能映出吧台后面的所有通道，镜子稍稍向前倾斜，因此也能照出地板，一直到远处的墙壁。墙上的门开了，身穿正餐礼服的男人走了出来。棕色皮肤的脸上布满皱纹，头发是接近钢丝的灰色。他的目光在镜中和马洛里交汇，他点头致意，随后穿过整个房间。

他说："我是马尔多纳。你能来太好了。"他的嗓音温柔、嘶哑，是属于胖子的嗓音，但他并不胖。

马洛里说："你打电话找我可不是为了交朋友。"

马尔多纳说："去我办公室吧。"

马洛里又喝了点啤酒，变了个脸色，把玻璃杯推向远处。他们穿过门，走上铺有地毯的台阶，又在半路转上另一段台阶。灯光透过开启的房门，洒向楼梯平台。他们进了有灯光的房间。

这本是一间卧室，没费多少周章被改成了办公室。灰色的墙壁，两三幅印刷品用细画框裱了起来。屋内有一个巨大的档案柜、一个质量上乘的保险箱，还有几把椅子。羊皮纸灯罩的台灯安放在胡桃木办公桌上。一个金发青年坐在办公桌一角，跷着二郎腿。他的头上戴了一顶软帽，还有一圈色彩鲜艳的饰带作为装饰。

马尔多纳说：“好吧，亨利。我要忙活了。”

金发青年呵欠连天地离开办公桌，用手挡住嘴巴，轻佻地露出手腕。手指上戴着一枚大钻戒。他笑眯眯地看着马洛里，缓缓走出房间，关上门。

马尔多纳坐上一把蓝色皮革转椅。他点燃一根细长雪茄，把雪茄盒推到木纹桌面的另一头。马洛里选了把办公桌桌角的椅子，就在门和两扇开启的窗户之间。房里还有另一扇门，但保险箱挡在前面。他点燃香烟，说：“兰德里欠我钱。五千元。有人愿意替他还吗？”

马尔多纳那双棕色的手搁在椅子扶手上，前后摇晃起转椅。“我们不是为了谈这个。”他说。

马洛里说：“好吧。那我们谈什么？”

马尔多纳眯起那阴鸷的眼珠。他的声音扁平，没有一丝波澜。“关于兰德里的死。”

马洛里把香烟放回嘴里，双手交叉搁在脑后。他嘴里一边喷着烟一边开口说话，目光注视着马尔多纳脑袋上方的墙壁。

“他骗了所有人，把自己也搭进去了。他玩得太过分，最后搞得一团糟。他是被人开枪杀死的。当他手上有枪的时候，他只能开枪杀人。那人又回敬了一枪。”

马尔多纳继续摇椅子，说：“或许你可以说得明白些。”

“当然……我可以告诉你一个故事……关于一个女孩的，她曾经写了一些信。她以为自己恋爱了。信中都是鲁莽草率的话，一个女孩敢这么做是鼓足了极大的勇气，但这对她不利。时光流逝，这些信不知怎的落到了勒索者手上。一些人开始把女孩当摇钱树。要价并不高，女孩不为所动，女孩似乎就喜欢挑硬骨头啃。兰德里认为有必要拉她一把。他有个计划，这个计划还需要另一个人，那人能穿上小礼服，咖啡勺放在咖啡杯外面，而且城里没人认识他。他找到了我。我在芝加哥开了一家小小的事务所。”

马尔多纳把椅子转向打开的窗户，双眼直视树顶。“私家侦探，哼？”他冷哼一声，“芝加哥来的。”

马洛里点头，瞥了他一眼，又望向墙上的污点。“而且业界都公认我诚实可靠，马尔多纳。当然，我最近接触的那些人会让你有不同的看法。”

马尔多纳迅速做了个不耐烦的动作，但没说话。

马洛里继续说下去：“好吧，我给这份差事制造了一点混乱，这是我第一个错误，也是最严重的失误。当敲诈变成绑架的时候，我起了点推波助澜的作用。这法子不太好。我联系上兰德里，他决定和我一起出面。我们没费多大周折就找到了女孩，把她送回家。我们还是想把那些信搞到手。我试着探口风，从那个我认定持有信件的家伙入手，有个坏小子手里拿着枪想要暗算。兰德里正巧进来，摆了个姿势，拔枪面对面干上了。他立马就死了。这倒不错，如果你欣赏这类事的话，却把烂摊子留给了我。所以，我是抱有成见的。我不得不逃离现场，整理下思绪。”

马尔多纳阴鸷的棕色眼珠闪过一丝情绪。“女孩的故事想必也颇为有趣。”他冷冰冰地说道。

马洛里吐出一口惨白的烟雾。“她被人下了迷药，什么都不知道。就算知道，她也不会说的。而且，我不知道她的名字。”

“我知道，”马尔多纳说，“兰德里的司机也和我谈过话了。所以，这事我不必麻烦你。”

马洛里心平气和地说下去：“这是外界的谣传，无关金钱。但金钱让谣传变得可笑——还他妈的肮脏。女孩没找兰德里帮忙，但他知道勒索的事儿。他曾是这些信的主人，因为信就是写给他的。按照他的跟踪计划，我们先找个地方，让那些敲诈女孩的人盯上我们。她会来的，因为她有这份胆色。她也被监视了，应该是内贼——女仆、司机，或者类似的。那些家伙想要知道我的底细，他们会劫走我，只要我没被人敲晕了脑袋，我就能知道谁是主谋。计划很好，你觉得呢？”

马尔多纳冷淡回应：“好多地方有疏漏……继续说。”

“计划开始实施，我就知道没回头路了。我硬着头皮坚持下去，因为只能这样。没过多久，又出了岔子，还是节外生枝。大个子警察本想从匪徒那里弄点不义之财花花，却临阵退缩，使那伙人陷于不利的局面。他并不介意敲诈勒索，但一起绑架案却在深夜变得一发不可收拾。对于我来说，他的反水让事情变得简单，而且不会伤到兰德里，因为这警察不是个聪明人。打死兰德里的那个人脑子也不好使，我猜。那人只是怒火攻心，以为自己的那份钱会被吞了。”

马尔多纳用棕色的双手拍了拍扶手，就像一个在谈生意的采购员忽地坐立不安起来。“为什么你觉得整件事情是这样的？”他语带讥笑地问道。

“我是动脑子的，马尔多纳。反应不够快，但我动了脑子。或许出钱雇我并不是为了让我思考，但也没和我说明。如果我知道了实情，那是兰德里倒霉。他必须估计到这点。如果我不知情，那我就是最合适的人选，一个他可以花钱搞定的可靠陌生人。”

马尔多纳心平气和地说：“兰德里有很多钱。他有些脑子。不多，算是小聪明。他不会干这种不入流的勒索勾当。”

马洛里爆发出刺耳的笑声：“于他而言，这也不算不入流，马尔多纳。他想要这个女孩。女孩离开了他，脱离了他的阶级。他爬不上去，那就只能把女孩拉下来。那些信还不足以把她拉下去。再加上绑票，老情人解救是假，勒索是真，而你们可以得到一个似模似样的故事，把事情糊弄过去。如果事情抖了出来，那她就会丢饭碗。马尔多纳，你觉得保密的代价是什么？”

“啊哈！”马尔多纳感叹了下，继续看窗外。

马洛里说：“但现在还欠着我的钱呢。出钱雇我就是为了取回信件，而我拿到了它们——从兰德里的口袋，在他被枪杀后。我希望我付出的时间能得到应有的报酬。”

马尔多纳转过椅子，手掌搭上办公桌。“把信给我，”他说，“我要看看它们值不值。”

马洛里又一次发出刺耳的笑声。他的目光变得锐利、凶狠。他说：“你的问题是你看任何人都行为不端……这些信已经散落出去，是从外面收回来的，马尔多纳。它们流落辗转，破破烂烂。”

“可爱的想法，”马尔多纳嘲笑道，“对于其他人而言。兰德里是我的搭档，我对他很是关心……所以你把这些信散播出去，我就给你钱，因为你让兰德里死了。我会在记事本上记一笔的。直觉告诉我，你已经拿到了丰厚的报酬——从朗达 · 法尔小姐那里。”

马洛里讽刺道：“我猜到你会这么说。或许，你更喜欢另一个版本的故事……女孩厌倦了兰德里的胡搅蛮缠。她伪造了一些信，把它们放在那位聪明的律师能够拿到的地方，律师把信转交给了他有时在生意场上会用到的打手。女孩写信请求兰德里的帮助，他找到了我。女孩出了更高的价码，让我把兰德里推入危险境地。我一直陪着兰德里玩，直到让他撞上一个酒鬼的枪口，那个酒鬼假装要对我开枪，却杀死了兰德里，而我则用兰德里的枪杀死了酒鬼，让一切看上去顺理成章。然后，我喝了杯酒，回家睡觉。”

马尔多纳俯身按下了办公桌边的蜂鸣器。他说：“这个故事听上去好多了。我估摸着是否该把它坐实。”

“你尽管试试，”马洛里懒洋洋地回道，“我猜，这应该不是你第一次开枪杀人。”

9

房门打开了，金发男孩慢悠悠地晃进来。他双唇张开，露出兴高采烈的笑容，依稀可见舌头。手中拿着一把自动手枪。

马尔多纳说："亨利，我忙好了。"

金发男孩关上门。马洛里站起来，慢慢朝墙壁退去。冷冷地问："现在是玩笑时间，嗯？"

马尔多纳的棕色手指捏住下巴上肉最多的地方。他言简意赅地表示："这里不会有枪响。来这里玩的都是好人家。或许你没有杀死兰德里，但我不想看见你。你挡了我的路。"

马洛里一直往后退去，直到肩膀抵上了墙壁。金发男孩皱眉向前走了一步。马洛里说："亨利，待着别动。我需要思考的空间。你的子弹或许会打中我，但也没法阻止我的枪说上两句话。噪音并不会妨碍到我。"

马尔多纳向办公桌俯下身子，眼睛瞄向一边。金发男孩放慢了速度。依旧能在双唇之间隐约看见他的舌头。马尔多纳说："我的办公桌里放了一些百元大钞。我会给亨利十张。他陪你回旅馆，甚至可以帮你打包行李。等你上了往东去的火车，他就把钱给你。假如你之后再回来，那就是另一笔交易——你等于是作弊了。"他慢慢放下手臂，打开办公桌的抽屉。

马洛里盯着金发男孩。"亨利可能在半路改变主意，"他不快地说道，"亨利看上去反复无常。"

马尔多纳站起来，手离开抽屉，把一小捆百元大钞扔在桌上。他说："我可不这么想。亨利总是按吩咐办事。"

马洛里促狭一笑。"可能我怕的就是这个，"他说。他笑得更加不自然，一口白牙在惨白的双唇之间熠熠生辉。“你说你很关心兰德里，马尔多纳。这简直是胡言乱语。你他妈压根不会担心兰德里，现在他死了。你大概就能正大光明地插手他那一半的事务，而周围的人都没法过问。这就像是敲诈勒索的勾当。你想把我踢出局，你以为可以用你的脏钱——用在刀刃上——这次花点小钱，一年后稳赚不赔。可这钱你花不出去，马尔多纳。交易没了。把信散出去也行，收回也行，没人会再付一个子儿了。”

马尔多纳清了清喉咙。他站在原地没动，身体微微前倾撑在办公桌上，那叠百元大钞就在两手之间。他舔了舔嘴唇，说：“好吧，神机妙算。为什么不呢？”

马洛里用右手拇指迅速做了一个意义丰富的手势。

“这桩交易里就我是个傻子。你是聪明人。我先来给你讲个真实的故事，直觉告诉我在这个动人的计划当中，兰德里并非孤军奋战。你也深陷其中，都陷到了你的肥脖子！……但你退居幕后，让兰德里拿着信到处晃荡。那个女孩现在可以开出价码了。不会特别高，但足够从那伙人手中拿回信，这伙人也并不打算破坏人家的百万名声，因为某个下作的赌徒想要变得衣冠楚楚……如果你不满意，你就会搞出点事，让他们学乖。你能看到最迷人的欺骗，即使好莱坞也编不出来。”

他顿了顿，瞥了眼金发男孩。“还有，马尔多纳，既然你想来一场枪战，先让那个傻瓜知道枪是怎么回事。杵在那儿的快乐骑手都忘了打开保险栓！”

马尔多纳纹丝不动。金发男孩瞅了眼枪，电光石火间，马洛里一跃而起，鲁格滑入手中。金发男孩脸上一僵，枪声响起。鲁格也发出一声枪响，它的子弹钻入墙壁，堪堪擦着金发男孩那顶色彩鲜艳的帽子而过。亨利脸色渐渐变白，又开了一枪。子弹击中马洛里后反弹在墙上，左手动弹不了了。

马洛里的嘴唇因为愤怒变得扭曲。他重新站定；鲁格枪响了两次，间隔很短。

金发男孩持枪的手一个抽搐，枪飞脱而出，撞到墙上。他双眼圆睁，张大的嘴巴发出疼痛的呻吟。他迅速转身，扭开房门，直挺挺地倒在地上，发出一声巨响。

房内的灯光倾泻在他身上。有人在喊叫。一扇房门砰然作响。马洛里看着马尔多纳，平静地说："给我过来——！我都能干掉你——好几回了！"

马尔多纳从办公桌前把手挪开，但手中已握有一把蓝色手枪。子弹打裂了马洛里面前的地板。马尔多纳像醉鬼一样步履蹒跚，手中的枪扔得远远的，仿佛那是一块烧红的金属。高举的双手在空中晃动。他看上去像是吓傻了。

马洛里说："走到我面前来，大人物！我要离开这里。"

马尔多纳从办公桌后面走出来。像是提线木偶般颤颤巍巍走来。死气沉沉的眼珠如同腐败的牡蛎。口水顺着下巴往下淌。

门口有东西一闪而过。马洛里跳到一边，朝房门漫无目的地射出一枪。可鲁格的枪声却被另一把鸟枪发出的可怕枪响盖过。灼人的刺痛击中了马洛里的右边。马尔多纳也收获了剩余的子弹。

他脸朝下撞上地板，还没落地已经一命呜呼。

一把被锯短的鸟枪落进打开的房门。大腹便便穿着衬衫的男人倒在了门口，翻滚、挣扎。口中发出闷闷的呜咽，鲜血在皱巴巴的衬衫前胸上化开。

楼下突然炸开了锅。呼喊、奔跑、刺耳的笑声，还有高声尖叫。车子发动了，轮胎在车道上发出难听的声音。客人跑远了。还有块窗玻璃碎了。人行道上传来纷乱的跑步声。

灯光照亮之处，一片死寂。金发男孩倒在地板上哼哼唧唧，门口的男人已经死了。

马洛里踉跄穿过房间，一屁股坐在办公桌旁的椅子里。他用枪托拭去眼角的汗水，胸部抵住办公桌，气喘吁吁地监视着门口的动静。

左臂传来阵痛，右腿就像十灾[①]一般痛苦。袖子底下，鲜血直淌，流到手上，最终从指尖滴落。

等了一会儿，他收回目光，看向办公桌，那叠钞票就在台灯下面。他用鲁格的枪嘴把钱拨进打开的抽屉。他尽量俯下身，关上抽屉，伤口让他疼得龇牙咧嘴。他睁开眼睛又马上闭上，如此反复几次，每次都是紧紧地合上，又突然睁得溜圆。这稍稍能帮助他理清思路。他把电话机拉过来。

楼下现在静悄悄的。马洛里放下鲁格，提起电话听筒，把它放在鲁格边上。

他大声说道："太糟了，宝贝……或许，我弄错了……那个人渣可能没那个豹子胆来伤害你……好吧……现在就要把话说清楚。"

当他拨号码的时候，谢尔曼路那绵延的山脉传来了嘹亮的警报声。

10

身穿制服的警察坐在打字机桌后面，正在对录音电话机说话，随后他看向马洛里，用拇指比了下玻璃门，说："刑事组长。私家的。"

马洛里直挺挺地从硬板凳上站起来，穿过房间，靠在墙上打开玻璃门，走了进去。

房间的地上铺着脏兮兮的棕色油布，家具既怪异又丑陋，只有政府机关才会这么干。刑事组长卡思卡特孤零零地端坐在房间当中，一边是

① 耶和华降临古埃及的十个灾祸，分别是：血灾、蛙灾、虱灾、蝇灾、疫灾、疹灾、雹灾、蝗灾、夜灾以及长子之死。

一张用了不下二十年的拉盖书桌，上面堆满了乱七八糟的东西，另一边是一张大得能打乒乓球的橡木桌。

卡思卡特是个身形魁梧、衣着邋遢的爱尔兰裔，汗津津的脸上笑开了花。本是雪白的胡子被尼古丁熏黄了中间一截。双手肉鼓鼓的。

马洛里慢慢朝他走去，分量压在一根底端贴有橡胶皮的沉甸甸的拐杖上。右腿感觉肿了一圈，还火辣辣地疼。左臂挂在黑色丝巾做成的三角巾里。胡子已经刮干净，脸色苍白，眼珠如同板岩一般漆黑。

他坐到桌子对面，顺手把拐杖搁在桌上，敲出一根香烟，点燃。随后，他漫不经心地问道："结论是什么，队长？"

卡思卡特笑得咧开了嘴。"你觉得呢，孩子？你看上去有点糟糕啊。"

"还不赖。有点棘手。"

卡思卡特点头同意，他清了清喉咙，多此一举地翻出面前的几份文件。他说："你没事了。事情搞得很大，但你没事了。芝加哥给你出具了一份以证清白的文件——清清白白。你的鲁格打死了迈克·科利斯，一个二进宫的惯犯。我会把鲁格留下来，算个念想。行吗？"

马洛里点头说："行。我搞到一把点二五，配的是警用子弹。一把神枪手的枪。没有冲击效果，不过和晚礼服更配。"

卡思卡特死死盯着他看了一分钟，接着说："鸟枪上有迈克的指纹。这把枪打死了马尔多纳。没有人为了这事吵吵嚷嚷的。金发男孩伤得不重。地上找到的自动手枪有他的指纹，这有的他烦恼一阵子了。"

百无聊赖的马洛里搓起下巴，动作缓慢。"其他人呢？"

队长抬起乱糟糟的眉毛，双眼一时失神。他说："我不知道和你有牵连的那些事。有事吗？"

"一点事也没有。"马洛里抱歉地回答，"我只是在想。"

队长直截了当地说："不要想。也不要猜，如果有人问起你……比如鲍德温山那档子事。我们的说法是，麦克唐纳在执勤的线路上被人杀死，一个名叫斯利佩·摩根的毒贩和他起了冲突。我们会给斯利佩的妻子一个最终说法，我猜她不一定会相信。麦克没有吸毒史，那晚是他执勤，他是个好小伙，正在巡逻。麦克喜欢这份工作。”

马洛里浅浅一笑，礼貌地询问：“就这样？”

“是啊，”队长说，“另一方面，那个兰德里，出了名的赌徒——他也是马尔多纳的拍档——有趣的巧合——他跑到西木区找一个名叫科斯特洛的家伙收钱，后者在东边开了个赌场。吉姆·罗尔斯顿，我们的一个手下，和他一同前往。他本不应该去，但他和兰德里很熟。金钱方面起了点纠葛。吉姆被人用警棍打破了脑袋，兰德里和另一个老千互相开枪射击。这另一个家伙我们没跟踪到。我们找到了科斯特洛，他口风很紧，而我们也没法给这个老家伙一点皮肉教训。他会因为用警棍袭击他人遭到处罚的。但我猜，他会为自己开脱罪行。”

马洛里陷入椅子里，直到头颈靠到椅背上。他朝天花板吐出一口烟，说：“前晚怎么说？说轮盘赌的轮盘自己着火，雪茄把车库地板烫了个洞？”

刑侦队长擦擦汗津津的两颊，扯出巨大的手帕擤鼻子。

“哦，那个啊，”他满不在乎地说，“有点麻烦。金发男孩——叫亨利·安森还是什么来着的——表示都是他的错。他是马尔多纳的保镖，但并不代表他会胡乱开枪杀人。这保了他的命，不过我们给他说了个更简单的故事让他冷静下来。”

队长顿了片刻，直勾勾地看着马洛里。马洛里咧嘴大笑。“当然，如果你不喜欢他的故事……”队长冷淡地加了句。

马洛里说：“我还没听过呢。我敢肯定我会喜欢的。”

“好吧，”卡思卡特声音低沉，“嗯，据这个安森说，马尔多纳按响了蜂鸣器让他进来，你和他的老板正在房里谈话。你在发牢骚，可能是关于楼下某个做了手脚的轮盘赌。桌上放着钱，安森就以为那是贿赂的钱。你死死盯着他看，他不知道你是侦探，有点慌，于是擦枪走火。你没有立马还击，但那个可怜的傻子又开了枪，并且打伤了你。之后，你打中了他的肩膀，没人愿意这么干，但换做是我，我会吓破他的胆。拿鸟枪的小伙来找茬，二话没说就开了枪，打死了马尔多纳，也帮你挡了颗子弹。我们起初以为这个小伙子是存心来找马尔多纳的，可他只是不小心闯进了房间……见鬼，我们不喜欢你开枪，你就是个陌生人，但也需要保护自己，以免被非法武器所伤。”

马洛里小心翼翼地提问：“还有地方检察官和法医呢。他们怎么说？我希望能够清清白白地离开。”

卡思卡特皱眉看着那脏兮兮的油布，自残一般地啃噬拇指。

“法医不会关心这破事的。如果地方检察官想要花招，我可以提点一些他部门留下的烂摊子。”

马洛里从桌上拿起拐杖，推开椅子，撑着拐杖站起来。“你有一群得力的警察，”他说，“我认为这里没有犯罪。”

他朝门口走去，队长在背后叫住了他：“回芝加哥？”

马洛里小心地耸了耸没有受伤的右肩。“可能先留在这里，”他说，“有家电影公司找我干活。私人敲诈。勒索啊，诸如此类的。”

队长开怀大笑起来。“棒极了，”他说，“日蚀影业是个好公司，他们待我向来不错……勒索，这活简单，是个美差。不要碰上倒霉事就行。”

马洛里郑重点头。“只是一份轻松的工作，老兄。有些娘娘腔，你明白我的意思吧。”

他继续往外走，乘上电梯，穿过大堂，走到街上。他上了一辆出租车，车里很热。昏昏沉沉中，他回到了旅馆。

（黄雅琴　译）

自作聪明的谋杀案

1

基尔马诺克的门卫身高六英尺二英寸。淡蓝色的制服，白色手套把双手衬得愈发巨大。他动作温柔地打开黄色出租车[①]车门，就像老仆抚摸一只猫。

马洛里下了车，转向红发司机。他说："乔伊，最好在街角等我。"

司机点头应是，嘴角的牙签咬进去一截，他熟练地调转车头，驶离了画白线的下车区域。马洛里穿过烈日炎炎的人行道，走进基尔马诺克宽敞阴凉的大堂。厚实的地毯隐去了所有声响。行李生双臂交叠在胸前，大理石办公桌后面的两位职员看上去一丝不苟。

马洛里来到电梯间，跨进透明玻璃的电梯，说："顶楼，谢谢。"

基尔马诺克顶层有个安静的小厅，三面墙上各有一扇紧闭的大门。马洛里走向其中一扇，按响了门铃。

德里克·沃尔登打开门。这个男人约摸四十五岁，可能再年长点，头发几近花白，原本英俊的脸因为生活放荡开始下垂。身上的休闲长袍绣有他名字的缩写，手里举着满满一杯威士忌。他有点醉了。

他闷闷不乐地含糊道："哦，是你啊。进来吧，马洛里。"

他走回套间，任凭房门开着。马洛里关上门，尾随他进了一间吊顶很高的长条形房间，房间末端是一个阳台，左侧则是一排落地窗。走出去就是露台。

德里克·沃尔登坐在靠墙的金棕色椅子里，伸直两腿搁在脚凳上。他低头看向手中摇晃的威士忌。

"想什么呢？"他问。

马洛里冷冷盯着他。过了一会儿，说："我来是为了告诉你，我要推了这份工作。"

沃尔登喝光了杯中的威士忌，把酒杯放在桌角上。他摸出一支烟，塞进嘴巴，忘了点火。

"就这事？"他的声音有些含糊，却显得无所谓。

马洛里转身走到窗边。窗开着，雨篷在风中发出啪啪声。马路上的喧嚣几不可闻。

他的声音越过肩膀传来："调查有些地方进行不下去——因为你不想让它进行下去。你心知肚明自己被勒索的原因。我却一无所知。日蚀影业牵连其中，因为在这部你制作的影片里面，他们投了很多钱。"

"让日蚀影业见他妈的鬼去。"沃尔登平静地说。

马洛里摇摇头，转身。"这不是我的立场。如果你有了麻烦，舆论没法控制，他们肯定会亏本。你找上我是因为你被要求这么做。这是浪费时间。你不会为了一丁点钱找人合作的。"

沃尔登语气不善："我会按照自己的方法处理事情，而且，我没惹上麻烦。我的买卖我做主——只要东西能卖，我就能买……而你要做的就是让日蚀影业的人相信局面得到了控制。明白吗？"

马洛里走回房间。他站着，一手搁在桌上，手边的烟灰缸丢满了烟蒂，烟蒂上面留有暗红色口红的印记。他心不在焉地看着。

"我不明白，沃尔登。"他语气冷淡。

"我以为你足够聪明能明白呢。"沃尔登冷哼一声。他歪向一边，又往杯子里倒了一点威士忌。"来一杯？"

马洛里说："不，谢谢。"

沃尔登想起嘴里的香烟，把它扔到地上。他喝了口酒。"他妈的！"

---

① 黄色出租车可以招手即停。

他啧着鼻息说，“你是个私家侦探，有人付钱给你，让你做些小事。这活很干净——就像你的行当。”

马洛里说：“这又是个我从来没听过的笑话。”

发怒的沃尔登粗暴地做了一个手势。他两眼放光，嘴角下垮，脸色阴沉。他避开马洛里的直视。

马洛里说：“我不是和你对着干，但我不是你的人。你不是那种我愿意肝脑涂地的人，不是。如果我们两个是一伙的，我会力所能及地做些事。我还是会干——但不是为了你。我不稀罕你的钱——而你呢，能在任何时候跟踪我的行迹。”

沃尔登把脚放到地上，小心翼翼地把酒杯放在手边的桌上。他的表情完全变了。

“跟踪？……我没这么做。”他咽下口水说，“我没有跟踪你。”

马洛里盯着他看。一会儿后，他点点头。“好吧。下次碰上了，我会直接把他打发走，顺便看看能不能让那人说出在为谁干活……我会找到答案的。”

沃尔登平静地说：“如果我是你，我不会这么做。你是在——是在胡闹，那些人说不定会干出卑鄙的事……我知道自己在说什么。”

“这种事不会困扰到我的，”马洛里波澜不惊，“这些人如果想要你的钱，那他们老早就作恶了。”

他举起帽子，看着它。沃尔登脸上油光可鉴。他的眼神看上病恹恹的。他想开口说些什么。

门铃响了。

沃尔登立马沉下脸，咒骂起来。他低头凝视，没有动作的意思。

“他妈的好多人不请自来，”他咆哮起来，“我的日本保镖今天正好休假。”

门铃又一次响起，沃尔登从椅子里站起来。马洛里说：“我来帮你看看。无论如何，我也脱不了干系。”

他朝沃尔登点点头，往门口走去，开门。

两个持枪男人走了进来。其中一把顶在马洛里的肋骨上，拿枪的男人急吼吼地催促道：“转身，麻利点！就像你看见的，现在是持枪抢劫。”

他肤色黝黑，面容俊朗，神情雀跃。他的脸庞如同宝石一般光亮。他笑意吟吟。

走在后面的男人身材矮小，一头黄棕色的头发，皱着眉头。黑人说：“这是沃尔登请来的侦探，诺迪。搜下身，看看身上有没有带枪。”

名叫诺迪的棕黄色头发男人把手中的短管手枪抵上马洛里的胃部，他的拍档用脚把门关上，漫不经心地冲着屋里的沃尔登走去。

诺迪从马洛里的胳膊下面搜出一把柯尔特点三八自动手枪，绕了一圈，拍拍他的口袋。他拿开自己的枪，把马洛里的柯尔特换到手上。

“里基奥，好了，这人干净了。”他的语气略带牢骚。马洛里放下手臂，转身走回房间。他若有所思地看着沃尔登，后者身子前倾，嘴巴张开，一脸专心致志。马洛里看向那个黑人劫犯，轻声说：“里基奥？”

黑人男孩瞥了他一眼。“到桌子边上去，甜心。我来发话。”

沃尔登的喉咙发出嘶哑的声音。里基奥站在他前面，兴高采烈地低头看他，手指套在扳机环里左摇右晃。

“你钱给得太磨叽了，沃尔登。太他妈磨叽了！所以我们专程跑来告诉你一声。我们跟着你的私家侦探到了这里。聪明吧？”

马洛里严肃、平静地说道：“沃尔登，这个小流氓以前是你的保镖——如果他的名字是里基奥的话。”

沃尔登默默点头，舔了舔嘴唇。里基奥朝马洛里吼道：“别卖弄你的小聪明，侦探！这话我只说一遍。”此时的里基奥目光灼热。之后，他看向沃尔登，又看了看手腕上的手表。

“现在是三点零八分，沃尔登。你的手下还有时间去银行取钱。我们给你一个小时去筹集一万元。只有一小时。我们会带上你的侦探，让他负责送钱。”

沃尔登又点点头，仍旧沉默。搁在膝盖上的双手紧紧攥住，直到关节发白。

里基奥继续说：“我们按规矩办事。否则的话，我们的营生连个踩烂的臭虫都不如。你也应该照规矩来。如果你不希望你的私家侦探在垃圾堆里醒过来。或许他再也醒不过来了。明白了吗？”

马洛里口气轻蔑：“要是他付了钱——我猜你会放了我，让我去告发你。”

里基奥没看他，继续说下去：“这也算是个答案……沃尔登，今天一万元。下周一再给一万元。除非我们遇到了麻烦……如果我们有麻烦，这麻烦也是要付出代价的。”

沃尔登摊开的双手无谓地做了一个认栽的手势。“我能筹到钱，”他急忙表态。

“太好了。这就上路。”

里基奥干脆地一点头，把枪收好。他从口袋里掏出棕色的儿童手套，戴在右手上，从黄棕色头发男人那里拿走马洛里的柯尔特。他检查了下手枪，塞到侧袋里，戴手套的手仍然握住枪。

“我们走吧，”他扬了扬脑袋，说。

一行人走出公寓。德里克·沃尔登目光黯淡地看着他们的背影。

电梯里面只有操作员一人。他们下到中层楼，穿过安静的写字间，光线透过彩色玻璃窗射进来，给人以阳光的错觉。里基奥落后马洛里半步。黄棕色头发男人紧贴在他右边。

走下铺有地毯的台阶，拱廊两侧开满了奢侈品商店，沿商铺走到尽头就是宾馆侧门。一辆棕色的小轿车停在马路对面。黄棕色头发男人坐上驾驶座，把枪压在大腿下面，踩下离合器。里基奥和马洛里坐在后排。里基奥懒洋洋地说："往东开，诺迪。我要想想。"

诺迪咕咕哝哝。"真刺激啊，"他越过肩膀发起牢骚，"光天化日地在威尔希尔大道上带着劫持的人兜风！"

"开你的车，伙计。"

黄棕色头发男人嘟嘟囔囔地把小车开离人行道，先是放慢车速，等着大道上的交通灯放行。一辆空载的黄色出租车驶离了另一边的人行道，在街区中央转了个弯，尾随在后。诺迪停车右转，继续行驶。出租车如出一辙。里基奥往后瞥了眼，并没多大兴致。威尔希尔大道上车水马龙。

马洛里靠向车背，沉吟着开了口："我们下楼时，沃尔登干吗不打电话？"

里基奥朝他一笑。他摘下帽子，扔到大腿上，右手从口袋里掏出手枪，藏在帽子下面。

"他可不希望我们对他发火动真格的，侦探。"

"所以，他就听凭两个小流氓把我带出去兜风。"

里基奥冷冷地回答："这可不是兜风。我们的生意需要你……还有，我们也不是小流氓，明白了？"

马洛里用手指搓了搓下颌。他淡淡一笑，没再说话。黄棕色头发男人迅速回头，不耐烦地问："罗伯逊路，直走？"

"是的，我还在想呢。"里基奥说。

"什么脑瓜子！"黄棕色头发男人哼道。

里基奥局促一笑，甚至露出了白牙。半个街区之外的交通灯变成了红色。诺迪让车子往前滑行了一段距离，成了停在十字路口的第一辆车。黄色出租车停在左边，稍稍落后一点。出租车的司机长了一头红发。头上的帽子歪向一边，叼着牙签的嘴巴吹出欢快的口哨。

马洛里两腿紧贴座椅底部，他把全身重量都压在了上面。后背也重重靠在椅背上。高悬的交通灯转为绿色，小轿车准备直穿马路，但一辆迅速插入的汽车想要左转，耽误了小轿车片刻时间。黄色出租车则在左边车道上向前滑行，红发司机紧靠方向盘，突然向右来了个急转弯。碾压、撕裂的声音随即传来。出租车的挡泥板把棕色小轿车的挡泥板撞得七零八落，并且锁住了小轿车的左前轮。相撞的两辆汽车停了下来。

后面的司机怒气冲冲，不耐烦地按响喇叭。

马洛里一记右拳，挥上了里基奥的下巴。左手则摸向里基奥大腿上的手枪。趁里基奥倒在角落的当口，马洛里一把抽出手枪。里基奥晃了晃脑袋，眼睛睁开又合上。马洛里从里基奥身边绕过，顺势把柯尔特藏在胳膊下。

诺迪不动声色地坐在前排。右手慢慢移向大腿下面的手枪。马洛里打开车门，跳下，关门，两步一跨，打开出租车的车门。他站在出租车旁边，看向黄棕色头发的男人。

受阻汽车的喇叭爆发出愤怒的鸣响。出租车司机跑到车头，像是在努力分开两车，车子却是纹丝不动。牙签在嘴里上下摆动。一名警察戴着琥珀色的眼镜，正好骑摩托车路过，他不耐烦地看了看现场，扭头对着出租车司机。

"到车里去，倒车，"他建议道，"找个别的地方去理论——这个十字路口别人还要用呢。"

司机咧嘴一笑，跑着绕过车头。他爬进车里，点火，一边不停按喇叭一边努力往后倒车，左手则挥手示意。马路又顺畅了。黄棕色头发男人坐在小轿车里目瞪口呆地看着一切。马洛里上了出租车，关门。

骑摩托车的警察吹响口哨，传来两声尖锐的鸣响，展开的双臂指向东西两边。棕色小轿车穿过十字路口，就像被警犬追击的猫。

黄色出租车紧随其后。过了半个街区之后，马洛里欺身向前，敲敲车玻璃。

“让他们走吧，乔伊。你逮不住他们的，我也不需要……从这里往回开正好。”

红发男人朝仪表板上的裂口仰起下巴。“小事一桩啊，头儿，”他笑道，“啥时弄点难办的给我。”

2

电话铃在四点四十分响起。马洛里躺在床上。他在梅里韦尔公寓有套房间。马洛里摸索着够向电话机，出声道：“你好。”

女孩的声音雀跃、带点做作。“我是米安娜 · 克雷。记得吗？”

马洛里从嘴中取出香烟，“是的，克雷小姐。”

“听着。请您务必过来见一见德里克 · 沃尔登。他有烦心事，现在喝得烂醉如泥。需要做点什么事。”

马洛里越过电话机看向天花板。拿着香烟的手拍打起床边的花纹。他慢悠悠地说：“他没接我电话，克雷小姐。我试着联系过他一两次。”

那边短暂的沉默。之后，声音传来：“我把钥匙放在门下。你最好来一次。”

马洛里眯起眼睛。右手手指停止了击打。他继续慢慢地说道：“我马上过来，克雷小姐。能在哪里找到你？”

“我不太确定……约翰 · 苏特罗家吧。我们会去那里的。”

马洛里说：“好的。”他听到断线的声音才挂上电话，把电话机放回床头柜。他从床的一侧坐起，阳光在墙上投下光斑，他盯着看了一两分钟。接着，他耸耸肩，站了起来。他喝干了留在电话机旁的饮料，戴上帽子，乘电梯到底楼，上了公寓门外停着的第二辆出租车。

“还是基尔马诺克，乔伊。快点。”

路上用了十五分钟。

下午的舞会刚刚结束，旅馆周围的马路一片混乱，各式轿车从三个入口向外突围。马洛里在距离半个街区的地方就下了车，穿过满面霞光、初入社交界的名媛以及她们的男伴，来到拱门入口处。他走进旅馆，从楼梯上到中层楼，穿过写字间，挤进人满为患的电梯。所有人都在顶楼之前下了电梯。

马洛里按了两遍沃尔登的门铃。接着，他弯腰查看门下。门下射出的光线被某个障碍物挡住了。他回头看向电梯指示灯，之后，他又一次弯腰，用铅笔刀从门下挑出一件东西。是把扁平的钥匙。他用钥匙开门走了进去……站住……观察……

大房间里面发生了命案。马洛里缓步走去，步调轻柔，他在倾听。灰色的眼睛透出冷酷的目光，线条锐利的下颌骨显得苍白，和棕色的两颊形成鲜明对比。

德里克·沃尔登随意地瘫坐在金棕色的椅子里。嘴巴微张。右侧太阳穴有个黑窟窿，一丝鲜血沿着侧脸蜿蜒而下，穿过头颈凹陷处，消失在衬衣柔软的领口之下。右手耷拉在厚实的地毯上。手指还勾着一把小巧的黑色自动手枪。

白天的阳光渐渐在房间里散去。马洛里静静地站着，看了德里克·沃尔登好一会儿。周围悄无声息。风停了，落地窗外的雨篷不再抖动。

马洛里从屁股口袋里取出一副山羊皮薄手套戴上。他在沃尔登的尸体边蹲下，小心地从僵硬的手指上取下手枪。是把点三二，胡桃木把手，黑漆。他把枪翻了个身，看向枪柄，嘴巴不由得抿紧。这把枪的编号被磨掉了，磨掉的痕迹在沉闷的黑漆映衬下发出微弱的闪光。他把枪放在地毯上，起身，缓步走向电话，电话放在长桌的一头，旁边的碗里放着一捧切花。

他把手伸向电话，却没有碰它，径自垂落在了身边。他站了片刻，转身，快步走回，重又拾起手枪。他滑出弹夹，取出枪膛里的弹壳，重又塞回弹夹。左手的两根手指夹起枪管，压住弹簧，扭开后膛闩，拆开手枪，拿着枪托底板走到窗口。

托柄内侧的编号还在。

他迅速把枪组装好，把空弹壳推进枪膛，弹夹装回原位，扣好扳机，再塞回德里克·沃尔登死气沉沉的手中。他脱下山羊皮手套，在小笔记本上抄下编号。

马洛里离开公寓，乘电梯下到底楼，走出了旅馆。现在是五点半，马路上有些车子已经打开了车前灯。

3

金发男人大大咧咧地打开了苏特罗家的房门。门撞上墙壁，金发男人一屁股坐在地板上——手却还搭着门把。他怒气冲冲地说："天哪，地震了啊！"

马洛里低头看他，并不觉得好笑。

"米安娜·克雷小姐在吗？或者你不知道？"他问。

金发男人爬起来，砰地关上门。一声撞击后门关上了。他大声回道："人人都在，除了教皇的小猫——他可是众望所归啊。"

马洛里点头道："你会有个很好的派对。"

他从金发男子身边走过，穿过门厅，在拱门处转弯进了一间风格老式的大房间，房间里有内嵌的中式壁橱，还有一堆寒碜的家具。里面有七八个人，个个都被酒精熏得满脸通红。

身穿短裤和绿色 polo 衫的女孩跪在地板上和一个穿着正装的男人掷骰子玩。有个戴着夹鼻眼镜的胖子正对着玩具电话口气强硬地说道：“长途电话——苏城——快点，小姐！”

无线电台传出《甜蜜的小疯狂》悠扬的乐声。

两对男女漫不经心地跳着舞，偶然撞上彼此或家具。

长得颇似阿尔·史密斯[①]的男人独自起舞，他手中拿着一杯饮料，脸上空洞无物。一个脸色苍白的高个金发女人身姿摇曳地向马洛里走来，手中的酒都洒出了杯子。她尖声叫道：“亲爱的！见到你真好！”

马洛里绕过她，走向一个橘黄色头发的女人，她刚刚进屋，两手各拿着一瓶杜松子酒。她把酒瓶放在钢琴上面，人倚在一旁，百无聊赖。马洛里走上前，询问克雷的下落。

橘黄色头发的女人从钢琴上面打开的盒子里摸出一根香烟。“外头——花园里。”女人用呆板的声音说道。

马洛里说：“谢谢，苏特罗夫人。”

她茫然地盯着马洛里。他穿过另一个拱门，进入放有柳条木家具的黑屋子。一扇门通向四周用玻璃围起来的门廊，另一扇门则通向户外，走下几级台阶，有一条小径穿过幽暗的树林。马洛里沿小径走到悬崖边，从这里可以眺望远处灯火通明的好莱坞。悬崖边上放了一条石头凳，有个女孩背对房子坐着。烟头在黑夜中发出一丝光亮。她缓缓转头，起身。

这是个皮肤黝黑的小个子女生，脆弱又精致。嘴上涂了唇膏，但屋外太暗看不清她的五官。眼睛落下了浓浓的阴影。

马洛里说：“我的车在屋外，克雷小姐。你有开车来吗？”

“没有。我们走吧。这里堕落腐朽，我也不想喝杜松子酒。”

---

① 美国政治家，民主党成员，曾两度出任纽约州州长。

他们沿小径原路绕过屋子，穿过藤蔓丛生的大门，踏上人行道，沿着栅栏一路走到出租车等着的地方。司机正靠在车上，脚后跟踩着踏板边缘。他打开车门，众人坐了进去。

马洛里说："乔伊，在杂货店那里停下，要买包烟。"

"好的。"

乔伊在方向盘后坐稳，发动汽车。汽车一路开下迂回陡峭的斜坡。沥青路面泛着些许潮气，身后的商铺传来汽车轮胎打滑的回声。

过了一会儿，马洛里问："你什么时候离开沃尔登的？"

女孩回话的时候并没有把头转向他。"三点左右吧。"

"应该是三点之后，克雷小姐。三点的时候他还活着——有人和他在一起。"

女孩发出微弱、悲伤的声音，像是低声的呜咽。接着，她柔柔地说道："我知道——他死了。"她抬起戴着手套的双手，按上太阳穴。

马洛里说："当然。别耍小聪明……我们可能——够了。"

她用缓慢、低沉的声音说道："他死了之后，我在现场。"

马洛里点点头。他没有看向女孩。汽车继续往前开，片刻之后停在了街角的杂货店前面。司机坐在原位上转身回头。马洛里看着司机，却是在和女孩说话。

"你在电话里面本该告诉我更多实情。这样我他妈的就不会惹上麻烦了。我现在他妈的可能要麻烦缠身了。"

女孩向前一冲，身子往下滑去。马洛里立马抓住她，把她扔回靠垫上。摇摇晃晃的脑袋耷拉在肩膀上，张开的嘴巴犹如漆黑的裂缝绽开在白石般的脸上。马洛里一手扶住她的肩膀，一手搭上她的脉搏。他急促、冷酷地下了命令："去卡里夜总会，乔伊。别管香烟了……参加派对总要喝一杯的——急了点啊。"

乔伊来了个急转弯，一脚踩上加速器。

4

卡里这家小小的夜总会位于通道尽头，一边是一家体育用品商店，一边是一个流动图书馆。铁栅栏门后站着一个男人，他已经放弃了门卫的职责，似乎谁进去都无所谓。

马洛里和女孩坐在硬座小包厢里，绿色的帘子用绳圈固定在两头。包厢之间用隔板隔开。房间的另一头横亘着长长的吧台，尽头摆放着投币式自动点唱机。每当室内冷清下来，酒保就会时不时地往点唱机里扔进去一枚硬币。

侍应在桌上放下两小杯白兰地，米安娜·克雷一口下肚。投下层层阴影的双眼燃起了微光。她脱下戴在右手上的黑白两色长手套，一边把玩，一边低头瞧着桌子。没过多久，侍应又端来两杯白兰地。

侍应走远后，米安娜·克雷头也不抬地开始用低沉、清晰的嗓音诉说："我不是他成打成打女人中的第一个。也不会是最后一个——还会有更多的。但他有讨人喜欢的一面。不管你相信与否，他从没有为我付过房租。"

马洛里点头，一言不发。女孩没看他，继续说下去："他是个人渣，在很多方面都是如此。清醒的时候，脾气暴躁。喝醉的时候，卑劣小人。如果醉得恰到好处，倒是一个相当不错的家伙，再说了，他仍是好莱坞最杰出的混蛋导演。透过海斯事务所，他能够搞到更多的极品尤物，比其他男人多得多。"

马洛里面无表情地回道："他过时了。漂亮女人也过时了，这些他都知道。"

女孩瞥了马洛里一眼，垂下眼睛，啜了一口白兰地。她从运动夹克衫的口袋里掏出一块小手帕，按了按嘴唇。

相邻的包厢传来喧嚣声。

米安娜·克雷说："我们在阳台上共进午餐。德里克喝醉了，他还想喝得更醉。他有心事。有什么事让他忐忑不安。"

马洛里微微一笑："可能是有人要他拿出两万元吧——你不知道这事？"

"可能吧。德里克对钱还是挺抠门的。"

"酒精花了他很多钱，"马洛里干巴巴地说，"还有那条他喜欢到处开的游艇——不比电影的线下支出少。"

女孩猛地抬起头。黝黑的眼睛闪烁着刺痛的目光。她慢慢开口说道："他所有的酒都是在恩森那达[1]买的。他亲自去买。他总是小心处理——存款。"

马洛里点点头。冷漠的笑容浮现在嘴角。他喝光白兰地，塞了一支烟到嘴里，在口袋中摸索起火柴。没用上桌上的烟嘴。

"把你的故事说完，克雷小姐。"他说。

"我们回到屋里。他拿出两瓶新买的酒，他说要一醉方休……然后我们吵了起来……我再也无法忍受。我走了。当我到家后，又开始担心起他来。我给他打电话，一直没人接。最后，我又回到公寓……用我的钥匙开门走了进去……他死在椅子上。"

过了一会儿马洛里才开口问："你在电话里面为什么不告诉我这些？"

她把手掌抵在一起，柔声说："我怕死了……而且有什么事……不对劲。"

马洛里一仰头，靠在后方的隔板上，半闭的眼睛目不转睛地盯着她。

"老套的骗局，"她说，"我都不好意思说出口。德里克·沃尔登是左撇子……我应该想到这点的，对吗？"

---

① 墨西哥城市。

马洛里温柔地回道："很多人都知道——但其中有个人疏忽了。"

马洛里看着米安娜·克雷空荡荡的手套在她的手指间绞来绞去。

"沃尔登是左撇子。"他慢条斯理地说，"那就说明他不是自杀。枪在右手上。没有挣扎的迹象，太阳穴上的伤口周围有火药灼伤的痕迹，子弹看似来自正确的角度。这就意味着，开枪打死他的人能进入房间而且走到他身边。或者说，他当时醉得动弹不得，那么在这种情况下，罪犯必须有钥匙。"

米安娜·克雷把手套推到一边。她双手握紧。"不用说得再明白了，"她尖刻地回答，"我知道，警察会认为是我干的。好吧——我没有。我爱这个可怜的、他妈的蠢蛋。你是怎么想的？"

马洛里不动声色地说："你有犯罪的可能，克雷小姐。警察会这么想，不是吗？聪明如你，还能在事后继续演戏。他们也会这么想。"

"这算不上聪明，"她讽刺道，"这是自作聪明。"

"自作聪明的谋杀！"马洛里狞笑起来。"不赖啊。"他的手指穿过一头卷发。"不，我不认为他们会把谋杀的罪名推到你头上——那些警察或许都不知道他是左撇子……直到某人在机缘巧合之下发现真相。"

他微微俯下桌子，双手搭上桌沿，似乎准备起身。眯缝的双眼若有所思地打量着女孩的脸庞。

"城里有个人能给我帮助。他是警察，是我的老朋友，不要对他的名声唧唧歪歪。或许，你愿意同我一起进城，让他听听你的故事，掂量掂量，他可以让这件案子登报的时间往后拖延几个小时。"

他询问般地看着女孩，后者戴上手套，平静地说："走吧。"

5

当梅里韦尔的电梯门关上的刹那，大个子男子放下身前的报纸，打了一个哈欠。他缓缓从角落里的靠背长椅上站起来，慢悠悠地穿过狭小安静的大堂。他走到一排电话机的尽头，挤进电话亭，塞入一枚硬币，用肥厚的食指按动号码键，嘴里念念有词地重复。

等了片刻，他俯身凑近电话筒，说："我是丹尼。在梅里韦尔。人刚进来。我刚在外面把他给跟丢了，所以回到这里等着他回来。"

他说起话来声音笨拙还带着喉音。他仔细听着电话那头的声音，点点头，一言不发地挂断了电话。他走出电话亭，往电梯间走去，顺手把雪茄烟蒂扔进了装满白沙的釉瓶中。

进了电梯后他说道："十楼。"他摘下帽子。黑色的直发因为汗而湿漉漉的，扁平的阔脸上面嵌了一对小眼珠。身上的衣服没有经过熨烫，但也没有皱巴巴。他是事务所的侦探，为日蚀影业卖命。

他在十楼出了电梯，沿着昏暗的走廊一路往前，拐了个弯，敲响了其中一扇房门。门内传来脚步声。门开了，开门的正是马洛里。

大个子走进屋里，帽子随手扔到床上，自顾自地挑了靠窗的简易椅子坐下。

他说："好啊，小子。我听说你需要帮助。"

马洛里默不作声地看了他一会儿。接着，他面带不悦地慢慢说道："或许——是为了跟踪吧。我找的是科林斯。我想，你这样的很容易被人发现。"

他转身走进浴室，出来时手上拿着两个玻璃杯。他在写字台上调完饮料，举起其中一杯。大个子喝完酒，咂吧着嘴巴，把酒杯放在窗户大开的窗台上，又从背心口袋中掏出一支圆胖的短雪茄。

"科林斯不在附近，"他说，"我么，正无聊地打发时间。所以大佬就把差事交给我了。是跑腿的事儿？"

"我不知道。可能不是。"马洛里漠不关心地回答。

"还是开车跟踪，这个我行。我把我的双人小汽车开来了。"

马洛里拿起酒杯，坐在床沿上。他笑盈盈地看着大个子。大个子咬断雪茄头，噗地吐出来。接着，他弯腰捡起雪茄头，看了看，扔出了窗外。

“迷人的夜晚啊。这么迟了，还挺暖和的。”他说。

马洛里慢悠悠地问：“丹尼，你对德里克·沃尔登熟悉吗？”

丹尼望向窗外。天空笼罩着一层薄雾，红色的霓虹灯招牌反射在附近的大楼上，如火一般。

他说：“我不明白你所谓的‘熟悉’。我见过他。我知道他是电影行当里有钱的大佬之一。”

“那么，如果我告诉你他死了，你不会大吃一惊吧。”马洛里平静地说。

丹尼慢慢转过来。雪茄仍未点燃，在他张开的嘴巴里上下滚动。他看上去只是略感兴趣。

马洛里继续说：“是个有趣的家伙。丹尼，有伙人正在勒索他。这事似乎把他逼急了。他死了——脑袋上有个窟窿，手里握着枪。事情发生在今天下午。”

丹尼微微睁大他的小眼睛。马洛里抿了口酒，把酒杯搁在大腿上。

“他的女朋友找到了他。她有基尔马诺克套房的钥匙。日本保镖不在，他也就请了这么一个助手。女孩没有透露更多细节。她给我打了电话，骗了我。我仔细检查了一遍……我也不会告诉任何人细节的。”

大个子笃悠悠地说：“看在老天的分上！老兄，警察会盯上你，把你的事搅黄了。你还脱不了干系。”

马洛里紧紧盯着他，随后他转过脑袋，看向墙上挂着的图画。他冷冷地说：“我正在做呢——而你也在帮我。我们接到了一份活儿，我们的背后有个强大的组织。这关系到一大笔钱。”

“你怎么知道的？”丹尼闷闷地问道。他看上去不太高兴。

“沃尔登的女朋友认为沃尔登不会自杀，丹尼。我也这么认为，并且我得到了一些线索。不过，我们动作一定要快，这线索对我们、对警察都有用。我本来没指望能立马进行核查，但是我得到了一个机会。”

丹尼说：“哼。别太自作聪明。我脑子转得慢。”

他擦亮一根火柴，点燃雪茄。手略微一抖，摇灭了火柴。

马洛里说：“不是自作聪明。算是个傻办法吧。杀死沃尔登的枪被磨掉了编号。但我把枪拆开来后发现里面的编号还在。警局有登记备案，这是特殊许可证。”

“所以你就去了警局，询问编号，他们也给了你，”丹尼嘲讽道，“当他们着手调查沃尔登的案子时，自然会追查枪的下落，他们就会认为你抢了风头。”他的喉咙发出刺耳的声音。

马洛里说：“别紧张，伙计。负责核查的家伙骂了我一顿。我本不必瞎操这份心的。”

“他妈的是没这必要！像沃尔登这样的家伙怎么会把手枪的编号磨掉？这可是重罪。”

马洛里喝光酒，把空杯放在办公桌上。他拿出威士忌酒瓶。丹尼摇摇头，一脸厌恶。

“就算他有枪，他或许也并不知道这事，丹尼。也有可能这枪根本不是他的。如果枪是杀手的，那这人应该是个业余玩家。职业杀手不会使用这样的武器。”

大个子慢悠悠地问道：“好吧，那你从这把手枪上得到了什么线索？”

马洛里又坐到了床上。他从口袋里挖出一包烟，点燃一根，俯身把火柴梗扔出了开启的窗户。他说：“许可证是一年前发放给《新闻纪事报》一名记者的，他名叫达特 · 布德万。这个布德万四月在拱廊火车站的斜坡上被人杀害了。他得到调任，本该离开城市，但他没有。案子一直没了结，这个布德万疑似有勒索企图——就像杰克 · 林戈被杀案[1]——他试图敲诈一个大人物。这大人物反击了，把布德万踢出了局。”

大个子深吸了口气，扔掉雪茄。马洛里一边说话一边严肃地看着他。

“我从韦斯特福斯那里得到这些信息的，他也在《新闻纪事报》工作，”马洛里说，“他是我的朋友。事情还没完。那把枪回到了布德万妻子手中——可能。她还生活在本地——肯莫尔北路。她或许会告诉我她把这把枪怎么着了……或许她厌倦了敲诈勒索，丹尼。如果她对我守口如瓶，我会让她知道，我们对她的交往略知一二。明白了吗？”

丹尼又点燃一根火柴，凑到雪茄末端。他口齿不清地说道：“要我做什么呢——等你把枪的事透露给那个女人之后，我去跟踪她？”

“对。”

大个子站起来，假装打了个哈欠。“行得通，”他嘟囔着，“可沃尔登的事为什么要暗中进行？为什么不能让警察来查案？我们在警局要留下一堆不良记录了。”

马洛里慢悠悠地说：“这事有风险。我们不知道勒索沃尔登的那伙人是谁。如果警察介入调查，这事上了头版弄得全国街知巷闻，电影公司要赔一大笔钱。”

丹尼说：“你说得沃尔登就像是瓦伦蒂诺[2]一样。该死，这家伙只是个导演。他们要做的就是把他的名字从那些还未放映的片子上面去掉。”

“他们各有打算，”马洛里说，“但或许这是因为他们没对你说。”

丹尼刺耳一笑：“好啊。但换做是我，我要让那个女朋友成为替罪羊！司法界需要的就是替罪羊。”

他绕过床，拿起帽子，戴在头上。

① 1930 年，《芝加哥论坛报》记者杰克·林戈在芝加哥的千禧车站被人开枪杀死，起初人们以为他是被人公报私仇，后来才知道他协助黑手党卡彭集团进行敲诈勒索。

② 此处指默片时代最有名的演员之一鲁道夫·瓦伦蒂诺。

“好极了，”他语带酸味地说，“我们要赶在警察知道沃尔登死讯之前查出真相。”他用手比划了下，苦笑一声，“就像电影里演的那样。”

马洛里把威士忌酒瓶放入办公桌抽屉中，随即戴上帽子。他打开门，侧身让丹尼先出去，关掉电灯。

还差十分钟就到九点了。

6

高挑的金发女人看着马洛里，女人拥有一双绿色的眼睛，瞳孔极小。看似身形未动，马洛里已经掠过女人，一抬手肘关上了房门。

他说：“我是侦探——私家侦探——布德万夫人。我想挖出点内幕，你可能知道。”

金发女人说：“我姓多尔顿，海伦 · 多尔顿。忘了布德万这档子事吧。”

马洛里笑道：“对不起。我本该知道的。”

金发女人耸耸肩，从门前走开。她沿着椅子边坐下，椅子扶手上还搁着正在燃烧的香烟。这间房被布置成了客厅，从百货商店买来的小玩意散乱地摆放在各处。两盏落地灯同时开着。地板上堆着几个荷叶边枕头，一个法国洋娃娃躺在落地灯的基座边，一排华而不实的小说书放在煤气壁炉上面。

马洛里正了正帽子，礼貌地开口了：“事情是关于达特 · 布德万生前拥有的一把手枪。它出现在了我正在处理的案子当中。我在追踪它的下落——所以就从你这里查起了。”

海伦 · 多尔顿抓住自己的左上臂。她的指甲有半英寸长。她的回答明显是在敷衍：“我不知道你在说什么。”

马洛里背靠墙壁，双眼直视她，声音咄咄逼人：“或许你还记得你曾经和达特·布德万结过婚，他4月被人打死了……还是这事太过久远你都不记得了？”

金发女人啃啮起一个指关节，她说：“聪明人，嗯？”

“除非有此必要。不过，那次手臂中弹之后，你就睡死了。”

海伦·多尔顿突然直挺挺地站起来。表情不再是暧昧不明。她咬牙切齿地问道：

“那把该死的枪怎么了？”

“它杀了一个人，就这么回事。”马洛里漫不经心地说道。

她看着马洛里。过了会儿，她开口了：“我穷得叮当响，把枪典当了。我没把它赎回来。我的前任老公每周赚六十元，却一个子儿也不会花在我身上。我身上一毛钱也没有。”

马洛里点头。“记得典当枪的那家当铺吗？”他问，“或许你还保存着当票。”

“不记得。是在主街上。那条路上都是当铺。我也没留着当票。”

马洛里说：“我就担心是这样。”

他慢慢踱步穿过房间，看了看壁炉上的书名。继续往前走了几步，停在折叠小书桌前。桌上的银边相框里面有张照片——一张快照。马洛里琢磨了会儿，缓缓转过身。

“手枪的事很糟糕，海伦。今天下午，有人用这把枪打死了一个重要的大人物。枪外壳上的编号被人磨掉了。如果你把它当了，我猜是某个强盗在当铺买下了枪，只是他不会只处理外壳上的编号。他应该知道枪内侧还有一个编号。所以买枪的不是强盗——那个被发现和枪在一起的死者也不太可能从当铺买枪。”

金发女人慢慢起身。红晕灼烧着她的两颊。她双臂僵硬地垂在身侧，喘息起来。说话既缓慢又紧张：“你不能对我妄加评论，侦探。我不想掺和到任何一件官司里面去——我的好朋友会关照我的。你最好快点滚。”

马洛里回头看了看书桌上的相框。他说：“约翰·苏特罗不应该在女人的屋里留下自己的照片啊。有人会以为他是个骗子。”

金发女人步伐僵硬地穿过房间，把相片扔进书桌抽屉，猛地关上后，双臀抵上了书桌。

“你在胡说八道，侦探。没人叫苏特罗。给我出去，求你了，看在上帝的分上？”

马洛里不怀好意地笑起来。“你就瞎扯吧，姐们！今天下午，我在苏特罗的家里看到你了。你喝得醉醺醺的，啥也不记得。”

金发女人动了一下，似乎要向他扑过去，却又停住，全身僵硬。钥匙转动，房门打开了，有个男人走了进来。他站在门口，十分缓慢地关上门。他的右手插在轻质粗花呢外套口袋中。这个男人皮肤黝黑，瘦骨嶙峋，肩膀高耸，鼻子和下巴都线条凌厉。

马洛里静静地看着他，说：“晚上好，苏特罗议员。”

男人并不理会马洛里，而是越过他看向女人。女人说话的声音都在颤抖：“这人说他是侦探。他在逼问我手枪的事儿，我曾是那把枪的主人。把他扔出去吧？”

苏特罗说：“侦探，哼？”

他从马洛里身边走过，没拿正眼瞧一下。金发女人也转过身，跌坐在椅子上。她面色灰白，双眼惊恐不定。苏特罗低头看了她一会儿，绕了一圈，从口袋里掏出一把自动小手枪。他随意地拿着手枪，指向地板。

他说：“我没有很多时间。”

马洛里说：“我刚来。”他移到门口。苏特罗严厉地说：“我们先把故事说完。”

马洛里说：“当然。”

他动作敏捷，不疾不徐地移动脚步，把房门踢开。苏特罗的手枪突然往上一指。马洛里说："别做傻事。你在这里什么事还没做呢，你知道的。"

两个男人相互对视。过了片刻，苏特罗把枪放回口袋，舔了舔嘴唇。马洛里说："多尔顿小姐曾经拥有的一把枪杀死了一个人——就在最近。但这把枪很久之前就不在她手里了。这就是我想知道的事。"

苏特罗慢慢点下头，眼中闪过异样的神情。

"多尔顿是我妻子的朋友。我不希望她受到打扰。"他冷冷地回应。

"这就对了，你不希望，"马洛里说，"但一个合法的侦探有权问一些合法的问题。我没有强行闯入。"

苏特罗慢慢对上马洛里的眼睛："好吧，但要好好对待我的朋友。我在城里混得很开，有你受的。"

马洛里点头应是。他悄悄走到门外，关上门。他听了一会儿，里面没有一丝响动。他耸耸肩，下到大堂，走下三级台阶，穿过没有电话接线总机的小门厅。出了公寓楼，他朝街边望去。这是片公寓楼小区，街道上上下下停满了汽车。迎着车灯，他朝着正在等他的出租车走去。

红发司机乔伊站在车头的马路边上。他嘴里抽着烟，眼睛盯着马路对面，显然是在看那辆深色双人大轿车，轿车是左侧靠马路。当马洛里向他走来时，他扔掉香烟，迎了上去。

他快速地说道："听着，老板。我看了一眼那车里的小子——"

轿车车门上方突然迸发出惨白的光芒。楼宇之间的枪战在马路两边上演了。乔伊倒向马洛里。双人轿车突然启动。马洛里抱着司机滚向一边，单膝支地。他试图够到自己的手枪，却做不到。双人轿车转过街角，橡胶轮胎发出尖利的长鸣，乔伊扑向马洛里一侧，翻滚着倒在人行道上，双手敲击着水泥地，痛苦嘶哑的声音从他身体的最深处吼出来。

轮胎又是一阵尖叫，马洛里猛地站起来，右手摸向自己左侧的腋窝。他放松下来，一辆小车打滑着停下来，丹尼滚下车，冲过交火区域，向他奔来。

马洛里俯向司机。公寓楼入口边上的路灯照出乔伊夹克衫正面的血迹，鲜血正透过衣服面料蔓延开来。乔伊的眼睛睁开又闭上，像垂死的鸟。

丹尼说："没必要追那辆车。太快了。"

"打电话叫救护车，"马洛里急切地说道，"这孩子遭罪了……然后，跟踪那个金发女孩。"

大个子匆忙跑回汽车，跳进车内，一溜烟转过了街角。某处的窗户打开了，有个男人冲着马路大喊大叫。一些车子也停了下来。

马洛里凑向乔伊，喃喃低语起来："放松点，老朋友……放松，小伙子……放松。"

7

负责刑事案件的警官名叫魏因卡塞尔。他有一头纤细的金发，一双冰蓝的眼睛，还有一脸的麻子。他坐在转椅里面，一条腿搁在打开的抽屉上，电话紧挨在手肘边。房间里充斥着灰尘还有雪茄的味道。

名叫罗纳根的男人是个身形笨重的侦探，灰色的头发、灰色的胡须，他正站在一扇开启的窗户边，神色忧郁地看着窗外。

魏因卡塞尔嚼着火柴，目不转睛地盯着马洛里，后者就坐在办公桌对面。他说："你最好说一下。出租车司机是做不到了。你在城里还是挺走运的，你不想用光自己的好运吧。"

罗纳根说："他冥顽不灵。他不会开口的。"说话时，他都没转过身来。

“你废话少点就能走得更远，罗尼，”魏因卡塞尔死气沉沉地说道。

马洛里微微一笑，手掌摩擦起桌边，发出了咯吱咯吱的声音。

“你要我说什么？”他问，“天暗了，我压根看不见开枪的人。车子是凯迪拉克双人轿车，没有开灯。这些我都告诉过你了，警官。”

“听上去不太对劲，”魏因卡塞尔嘟囔起来，“当中有问题。你应该察觉到是谁干的。这子弹显然是冲着你来的。”

马洛里说：“为什么？被打中的是出租车司机，不是我。司机走南闯北，或许得罪了亡命之徒。”

“就像你，”罗纳根说。他继续看着窗外。

魏因卡塞尔朝着罗纳根的后背皱了皱眉头。他平心静气地说：“车停在外面的时候，你还在楼里。出租车司机是站在车外的。如果持枪者想杀他，不用等到你出来。”

马洛里摊开手，耸了耸肩。“你的手下认为我知道是谁干的？”

“不太肯定。我们认为，你可以提供给我们一些名字用于调查。你去楼里见了谁？”

有那么一会儿，马洛里一言不发。罗纳根从窗户边走开，坐到办公桌一头，晃起了腿。平淡无奇的脸上露出嘲讽的笑容。

“说啊，宝贝，”他的声音兴致勃勃的。

马洛里把椅背向后靠去，双手插在口袋里。他若有所思地盯着魏因卡塞尔，完全不把灰发侦探放在眼里，就好像他根本不存在似的。

他说话慢悠悠的：“我在那里，是因为在处理客户的案子。你不能强迫我说出细节。”

魏因卡塞尔耸耸肩，目光冷峻地盯着他。接着，他从嘴里拿出火柴，看了看已经咬扁的一头，把它丢了。

“直觉告诉我，你的案子和这起枪击事件有关，”他语气严厉地指出，“这样秘密就会公之于众了。对吗？”

“或许吧，”马洛里说，“如果事情是这样发展的。但是，我需要和客户谈一下。”

魏因卡塞尔说：“可以。明天早晨之前，你还有机会。之后，你就要把证件交出来，放在这张桌上，明白了吧。”

马洛里点点头，起身。“相当公平，警官。”

“私家侦探知道的都是秘密。”罗纳根刻薄地说道。

马洛里朝魏因卡塞尔点点头，走出办公室。他穿过阴暗的走廊，下到底楼门厅。出了市政厅，他走下一段水泥阶梯，穿过水泉街，走向一辆停在路边的蓝色帕卡德敞篷轿车，车子不算太新。他坐上车，转过街角，穿过第二街的隧道，驶过一个街区之后，向西开去。开车的同时，他还注意着反光镜。

在阿尔瓦拉多街，他走进一家杂货店，给自己的公寓楼打了个电话。职员给了他一个电话号码。拨通之后，电话另一头传来丹尼粗重的声音。丹尼焦急地问道：“你在哪里？我把那个女人弄到我这里来了。她喝醉了酒。你快来，我们要让她说出所有你想知道的事。”

透过电话亭的玻璃，马洛里愣愣地瞧着外面。短暂停顿之后，他慢慢地说：“金发女孩？怎么办到的？”

“说来话长，兄弟。你快来，我说给你听。利夫塞南路 1454 号。知道在哪里吗？”

“我有地图，会找到的。”马洛里说话的语气一如既往。

最后，丹尼告诉他该怎么走。等解释完了，他说道：“动作快点。她现在睡着，总会醒过来的，到时就要大叫杀人啦。”

马洛里说：“你的住处应该不会惹上麻烦……我会赶过来的，丹尼。”

他挂断电话，走向车子。他从车子的边袋里拿出一品脱一瓶的波旁威士忌，长长地喝了一口。然后，他发动汽车，朝着狐狸山驶去。路上他停了两次，坐在车里思考问题。停顿之后，他又继续开车赶路。

8

公路在皮科大道转了个弯后分成了一条岔道，道路在绵延起伏的山丘上延伸，两边则是高尔夫球场。小道沿着一处球场的边界前进，隔开两者的是高耸的铁丝网。带走廊的平房星星点点散布在斜坡上。不久之后，公路顺势而下，进入了一处山谷，那里只有孤零零的一座平房，就在高尔夫球场的对面。

马洛里驶过平房，停在一株巨大的桉树下面，树木投下的阴影，撒在泛着月光的路面上。他下了车，往回走，转上一条通往平房的水泥小径。房子宽敞、低矮，正面还有农舍一样的窗户。灌木丛遮去了纱窗的一半。屋内有微弱的灯光，还有无线电广播的低语从敞开的窗户传出。

有个人影从纱窗前走过，前门开了。马洛里走进屋子前端的客厅。一个小灯泡在灯罩中发出亮光，无线电的拨盘也闪烁着幽光。月光的点点银辉洒进屋里。

丹尼没有穿外套，衬衫袖子卷起，露出粗壮的胳膊。

他说："那女人还在睡觉。等我告诉了你我是怎么把她搞到这里来的，我就去把她弄醒。"

马洛里说："肯定没被跟踪？"

"不可能。"丹尼的大手挥了下。

马洛里挑了角落里的柳条椅坐下，一边是无线电，一边是最后一扇窗户。他把帽子搁在地板上，掏出波旁威士忌酒瓶，不甚满意地看着它。

"给我们买点像样的酒来，丹尼。我累死了。饭都没吃过。"

丹尼说："我有三星马爹利。马上就来。"

他走出房间，后屋的灯光亮了起来。马洛里把酒瓶放在帽子边上，两根手指掠过前额。他在探头张望。没过多久，后屋暗了下来，丹尼拿着两只玻璃杯回来了。

白兰地清洌带劲。丹尼坐在另一把柳条椅里。在这间昏暗的房间里，他看上去越发高大、黝黑。他开始娓娓道来，用他那粗哑的声音。

“听上去挺蠢的，但管用。警察停止在周围搜查之后，我把车停在小巷子里，从后门进去。我知道那女人的公寓号码，但没见过她。我本想着先按兵不动，看看她是否会认出我。我敲了房门，没人应门。我能听见她在房里走动，一分钟后，我听见她拨打了电话。我回到大厅，试了试逃生门。门开了，我闪了进去。门是用螺栓固定的，螺栓已经松动，只要你想，那门就能打开。”

马洛里点头道：“我明白了，丹尼。”

大个子喝了口酒，下唇上上下下地摩擦着杯子边。他继续说下去。

“她在打电话给一个叫盖恩·唐纳的人。认识他吗？”

“听说过，”马洛里说，“这么说，她还吸毒。”

“她直呼其名，听上去很生气，”丹尼说，“这就是我知道的。唐纳在蝴蝶俱乐部有个场子——就在蝴蝶峡谷车道。你能在广播里听到他的乐队演出——汉克·芒恩和他的男孩们。”

马洛里说：“听过，丹尼。”

“好吧。当她挂了电话，我走到她面前。她看上去吸了毒，滑稽地挥舞着双手，根本不知道自己在干吗。我观察了一下周围，发现办公桌上放着约翰·苏特罗的相片，就是那个议员。我决定拿这事做借口。我对她说，苏特罗希望她出去避下风头，我是他的手下，会一路保护她。她信了。她疯疯癫癫的，想来点酒。我说车上有。她就拿上了自己的小帽子和外套。”

马洛里温柔地说：“就这么简单，嗯？”

“是啊，”丹尼回道。他喝光了酒，随意放下杯子。“我在车上给她喂饱了酒，让她安安静静的，我们就出来了。她一直在睡，就这么回事。你在想什么？警局里那些难缠的？”

“的确难缠，”马洛里说，“我没能完全把他们忽悠过去。”

“沃尔登的谋杀案有进展吗？”

马洛里慢慢摇了摇头。

“我猜那个日本保镖还没回家呢，丹尼。”

“想和那女人说说话吗？”

无线电广播正在播放一首华尔兹舞曲。马洛里听了片刻才回话，满是疲惫感：“我以为这就是我来这里的目的呢。”

丹尼起身，走出房间，传来开门的声音，还有闷闷的说话声。

马洛里取出藏在手臂下面的枪，放在大腿边上。

金发女人进门的时候仍然有点步履蹒跚。她环视四周，咯咯傻笑起来，修长的双手莫名地打着手势。她朝马洛里眨眨眼，站在原地左摇右晃了会儿，一屁股栽进了丹尼坐过的柳条椅内。大个子就守在她附近，斜身倚靠在靠墙摆放的长桌上。

她醉醺醺地说：“我的侦探老伙计。嗨，嗨，陌生人！给女士买杯酒怎么样？”

马洛里面无表情地注视她。他慢慢开口了：“关于手枪的事儿，有什么新想法？你知道的，就是约翰尼·苏特罗闯进来的时候，我们正在讨论的那把枪……磨掉了编号的枪……杀了德里克·沃尔登的枪。”

丹尼身形一僵，立马摸向臀部。马洛里拿起自己的柯尔特，站起来。丹尼看到枪，愣住不动了，继而放松下来。那个女孩纹丝未动，然而醉意就像枯叶一般荡然无存。脸上顿时浮现出紧张和痛苦的神色。

马洛里平静地说道：“丹尼，把手放在我看得到的地方，一切都会好的……现在，你们两个不入流的骗子该告诉我，我来这里是为了什么。”

大个子张口结舌：“天哪！你怎么回事？当你和这个女人提到沃尔登的时候，你吓到我了。”

马洛里咧嘴一笑。“好吧好吧，丹尼。或许，她压根没听说过这个人。我们快点把这个麻烦给解决了。我觉得，我就是来找茬的。”

“你他妈疯了！”大个子咆哮起来。

马洛里微微晃了晃手枪。他的后背靠上墙根，左手关掉了无线电广播。他咬牙切齿地说道：“你是叛徒，丹尼。就这么简单。你码子太大，不适合跟踪，就最近，我注意到你跟踪了我六次。而你今晚插手此事，我就相当肯定了……当你告诉我那个可笑的故事，怎么把那个女人弄出来，我就他妈的更肯定了……上帝啊，你以为像我活了这把年纪的人会相信这样的故事？来吧，丹尼，够朋友一点，告诉我你为谁工作……我可能放你一条生路……你为谁工作？唐纳？苏特罗？或者我不知道的什么人？为什么要把我骗到这里来？”

女人突然站起来，扑向马洛里。他用空着的手把她挥到地上，后者趴在地上叫起来：“抓住他，你这个大家伙！抓住他！”

丹尼没有动。“闭嘴，嗑药的女人！”马洛里不耐烦地打断她，“谁也不会捉住谁。这只是朋友间的交谈。给我起来，别耍花招！”

金发女人慢慢起身。

丹尼的脸在晦暗之中显得冷酷无情。他粗声粗气地说：“我是叛徒。是垃圾。好吧，就这样。我的营生是照顾一群临时女演员，这些女孩连对方的口红都会偷……你可以朝我开枪，如果你喜欢。”

他仍然站着没动。马洛里慢慢点了点头，又一次问道：“那人是谁，丹尼？你为谁干活？”

丹尼说：“我不知道。我打一个号码，接单子，再用相同的办法汇报任务。报酬是邮寄来的。我想在这里找到转机，可运气不佳……

我以为你不会马上到的，我并不知道街上的枪击事件……我以为我是——！”

马洛里盯着他，慢慢地说道：“你没想拖延时间——把我留在这里——对吗，丹尼？”

大个子缓缓举起手。房间里顿时寂静无声。有车停在了屋外。马达微弱的颤抖声隐没了。

一束红色的聚光灯打在纱窗上方。

光线刺目。马洛里单膝跪地，迅速安静地调整了一边的姿势。丹尼粗哑的嗓音在寂静中响起：“警察，老天！”

红光透过纱窗的细孔变成了玫红色，投射在光滑的内墙上，显得鲜活生动。女人发出呜咽的声音，霎时间脸上似乎罩上了血红的面具，随即瘫倒在地，脱离了光区。马洛里看向红光，脑袋躲在最后一扇窗户的窗框下。灌木丛的叶子在红光照射之下变成了黑色的矛头。

人行道上响起了脚步声。

刺耳的声音响起：“所有人都出来！把手举起来！”

屋内有人在走动。马洛里挥了挥手枪——徒劳无益。开关发出咔哒声，门廊上的灯亮了。不一会儿，两人还来不及避开，身穿蓝色警服的两人出现在了门廊灯的光晕中。其中一人拿着冲锋枪，另一人是长的鲁格手枪，需要使用特殊的弹药匣。

刺耳的一声。丹尼站在门边，打开猫眼。一把枪从手里冒出来，砰的一枪。

有重物哗啦啦倒在水泥地上，一个男人摇摇晃晃冲进光线，继而摇晃着后退。他双手捂住腹部。面容僵硬的警察倒地不起，滚到了人行道上。

冲锋枪火力全开，马洛里趴下身子，靠上踢脚板，脸紧贴住地板。女人在身后尖叫。

杀手用枪快速地从房间一端扫射到另一端，空气中弥漫着石灰和木片的味道。墙上的镜子落下一地玻璃碴。火药味的恶臭和石灰粉尘的馊味在互相对抗。时间似乎变得异常漫长。有东西落在了马洛里的两腿间。他双眼紧闭，脸紧紧贴住地板。

关门声和撞击声消停下来。石灰粉仍如雨点般纷纷下落。一个声音在嘶吼："哥们，怎么样了？"

另一个愤怒的声音从后方传来："快点——我们走！"

脚步声再次响起，还有拖曳的声音。匆忙的步伐。汽车引擎在轰鸣中苏醒。车门重重地合上。轮胎在砂石路上嘶鸣，引擎声越来越响，转而沉寂。

马洛里站起身。双耳嗡嗡作响，鼻孔发干。他把枪放在地板上，从内侧口袋里取出一个轻巧的手电筒，打开。微弱的光线穿过灰蒙蒙的空气。金发女人躺在地上，眼睛大睁，扭曲的嘴巴似是在咧嘴发笑。她在抽噎。马洛里俯身观察，女孩身上似乎没有伤痕。

他在房间里走动起来，找到了完好无损的帽子，只是旁边的椅子已被打坏了上半部分。波旁威士忌酒瓶也静静地躺在帽子边。他把两样东西捡起来。用冲锋枪扫射房间的男人个子高，虽然来来回回扫射了好几回，却没有降下高度。马洛里继续往外走，一直走到门口。

丹尼双膝着地，跪在门前。他前后摇晃着身子，一只手捂住另一只。鲜血从粗壮的手指指缝间滴落下来。

马洛里打开门，走出去。人行道上有血迹和弹壳。目力所及，空无一人。他站在那里，任血液像小榔头一样在脸皮下敲击。鼻子周围的皮肤针扎一样的疼。

他喝了一点威士忌，转身走进屋子。丹尼现在站起来了。他掏出手帕，缠在鲜血淋漓的手上。他看上去晕晕乎乎，烂醉如泥。站直的身体仍在摇晃。马洛里把手电筒光打在他脸上。

他问："伤得重吗？"

"不重。手中枪了。"大个子口齿不清地回道。手帕包扎的手指不太灵活。

"那金发女郎受惊失明了，"马洛里说，"那些人和你是一伙的，小子。真是好哥们。他们想要了我们三个人的命。你朝猫眼胡乱射了一枪，弄得他们紧张兮兮的。我看，这是我欠了你的，丹尼……那个杀手不咋地。"

丹尼问："你要去哪里？"

"你说呢？"

丹尼看着他。"苏特罗是你的了，"他慢慢地说道，"我的任务完成了——一干二净。他们都应该下地狱。"

马洛里穿过大门，沿着小径走到街上。他上了车，没打车灯就开走了。在转了好几个弯并且开了一段距离之后，他才打开车灯，走下车，掸净身上的灰尘。

9

银黑两色的幕布呈倒V字垂挂在两边，里面烟雾缭绕。乐队的铜管乐器透过烟雾闪烁着点点金光。食物、酒精、香水还有脂粉的香味混合在一起。舞池空荡荡的，洒下琥珀色的光斑，看上去比电影明星的浴室防滑垫大了一点点。

接着，乐队开始演奏，灯光暗淡下来，服务生领班踩上铺了地毯的台阶，手上的金色铅笔一下下敲击在裤缝的绸缎条纹上。那双狭长的眼睛了无生气，金得发白的头发柔顺地梳到后面，露出瘦骨嶙峋的前额。

马洛里说："我想见唐纳先生。"

服务生领班用金色铅笔敲敲牙齿。“他恐怕很忙。请问贵姓？”

“马洛里。告诉他，我是约翰尼·苏特罗的一个特殊朋友。”

服务生领班表示：“我尽力。”

他走到控制面板前，上面有一排按钮，还有一个小型的一体式电话机。他取下电话听筒，放在耳边，透过酒杯看着马洛里，那无动于衷的神情就像是吃饱喝足的动物。

马洛里说：“我会在门厅。”

他穿过幕布，晃荡着进了男士盥洗室。一进去，他就掏出威士忌酒瓶，喝光了剩下的酒，他一仰头，两腿叉开站在铺了地转的盥洗室中央。身穿白色短夹克的黑人身形消瘦，他朝马洛里挥挥手，忧心忡忡地说道：“这里不准喝酒，老板。”

马洛里把空酒瓶扔进手巾桶，从玻璃架上取下一条干净的手巾，擦了擦嘴唇，在水台边上放下一枚硬币，走出了盥洗室。

内门和外门之间有一段距离。他靠在外门上，从外套口袋里掏出一把四英寸长的自动手枪。他用三根手指握住手枪，藏在帽子里面，继续往外走，身侧的帽子随步伐摆动，风度翩翩。

没过多久，一头油光黑发的高个菲律宾人出现在门厅，四处张望。马洛里向他走去。服务生领班透过幕布，朝菲律宾人点点头。

菲律宾人对马洛里说：“这边走，老板。”

他们走过一条悠长、安静的走廊。乐队的演奏在身后湮灭。一扇开启的房门后露出几张无人光顾的台球桌。走廊右转之后是另一条走廊，尽头处，一些亮光从门口射出。

菲律宾人跨了半步停下，他做了一个优雅而复杂的动作，手中随后出现一把巨大的黑色自动手枪。他彬彬有礼地戳进马洛里的肋骨。

“一定要搜身，老板。这里的规矩。”

马洛里一动不动地站着，双手举起。菲律宾人搜走了他的柯尔特，扔进自己的口袋。他拍了拍马洛里其余的口袋，后退几步，把自己的手枪收入皮套中。

马洛里放下手臂，存心让帽子落在地上，本来藏在帽子里的自动小手枪此时指向了菲律宾人的腹部。菲律宾人低头看着枪，露出了震惊的笑容。

马洛里说："开个玩笑，讲西班牙语的。我来动手吧。"

他把柯尔特放回原来的地方，从菲律宾人的手臂下拿走自动手枪，卸下弹夹，弹出枪膛里的弹壳，又把空枪还给菲律宾人。

"你可以用它骗骗傻子。你待在我前面，你的老板就不会怀疑，这对谁都好。"

菲律宾人舔舔嘴唇。马洛里摸到他的另一把手枪，他们一起沿着走廊往前，走进半开的房门。菲律宾人领先一步。

这是一个大房间，四周的墙壁装饰有对角线图案的护墙板。黄色的中式地毯铺在地板上，摆放的都是上等家具，门有隔音效果，房内没有窗。高处装着几个镀金栅栏，内置的排风扇发出微弱而低沉的声音，紧绷的神经不由缓和下来。房里有四个人。没人说话。

马洛里坐在皮质沙发上，不错眼地盯着里基奥，这个温文有礼的小伙曾经把他带出沃尔登的公寓。里基奥现在被绑在高背椅上。手臂被拉到椅背后，手腕处被扎了个结实。他眼露凶光，脸上满是血污和淤痕，是被枪抡的。诺迪，那个曾和里基奥一起出现在基尔马诺克的黄棕色头发男人，正坐在角落里的凳子上抽烟。

约翰·苏特罗坐在红色皮革的摇椅里慢慢摇动，目光投向地板。马洛里走进房间的时候，他并没有抬起头来。

第四个人坐在办公桌后面，这张桌子看上去价格不菲。他有一头柔顺的棕发，从中间分开，向后梳去；薄嘴唇，棕色的眼睛泛着血丝，透出炽热的光芒。他看了看马洛里，一边坐下来一边环顾四周。接着，他开口了，瞥了眼里基奥。

“这个小流氓有点不听话。我们已经让他知道这点了。我猜，你也不会难过吧。”

马洛里短促一笑，却没有笑意。“事情顺利就好，唐纳。另一个呢？我没见他挂彩。”

“诺迪没事。他听命行事。”唐纳平静地说。他拾起一把长柄锉刀，开始锉指甲。“我和你有事要谈。这就是你来到这里的原因。你很合我的胃口——如果你没用那些私家侦探的花招多管闲事。”

马洛里微微睁大眼睛。他说：“我听着呢，唐纳。”

苏特罗抬眼看向唐纳的后脑勺。唐纳继续滔滔不绝，语调平淡、波澜不惊。

“我知道德里克·沃尔登家里发生的一切，我也知道肯莫尔街上的枪击事件。如果料到里基奥会走火入魔，我一早就会制止他。因此，我认为现在该由我把事情了结掉……当我们在这里完事后，里基奥先生就会去局里说出他的故事。”

“事情是这样的。里基奥先前为沃尔登工作，那时候整个好莱坞都一股脑儿地在找保镖。沃尔登在恩森那达买私酒——一直如此，据我所知——并且是亲自去买。没人会去惹他麻烦。里基奥抓住一次机会，找了个冠冕堂皇的借口夹带了点白粉进来，却被沃尔登逮个正着。他不希望出现丑闻，只是告诉里基奥大门在哪里。里基奥却借此敲诈沃尔登，因为照理来说，沃尔登本人也不干净，他没法扛住联邦调查局的调查。沃尔登没有立马慌了手脚，这让里基奥很不满意，于是他疯了，决定诉诸暴力。你和你的司机被牵连进去，里基奥还对你开了枪。”

唐纳笑眯眯地放下指甲锉。马洛里耸耸肩，瞥了眼菲律宾人，他正靠墙站在沙发边上。

马洛里说："我不清楚你的组织，唐纳，但我也见过世面。这故事编得很不错，行得通——只要局里再稍稍配合一下。但和事实不符。"

唐纳扬起眉毛。苏特罗开始上上下下摆弄他那油光锃亮的皮鞋头。

马洛里说："苏特罗先生怎么会牵扯进来的？"

苏特罗不再摇摇椅，他直视马洛里，迅速做了个不耐烦的动作。唐纳笑了。"他是沃尔登的朋友。沃尔登告诉了他一些事，而苏特罗知道里基奥为我工作。然而，身为议员，他不想告诉沃尔登所有他知道的事。"

马洛里冷冷地回道："唐纳，我来告诉你，你的故事哪里出了问题。少了恐惧。沃尔登害怕得都不敢出手帮我，而我那时是在为他干活……而今天下午，有个人出于恐惧，杀死了沃尔登。"

唐纳身子前倾，双眼紧缩，眼神狠厉。他双手握拳，放在身前的办公桌上。

"沃尔登——死了？"他几乎是在喃喃低语。

马洛里点头。"正中太阳穴……用点三二手枪。看上去像自杀，其实不是。"

苏特罗迅速抬手，盖在自己脸上。角落里，黄棕色头发男人在凳子上僵直了身子。

马洛里说："想不想听一个中肯的猜测，唐纳？……暂且称为猜测……沃尔登深陷毒品走私——而且不止他一人。禁酒令废除后，他就想退出。海岸护卫队不会花很多精力来监视走私酒精的船只，那么从海上运送毒品就不再有利可图。沃尔登爱上了一个女孩，这女孩也对他青眼有加，简直一个抵十个。所以，他想退出毒品交易。"

唐纳润了润嘴唇，说："什么毒品交易？"

马洛里打眼瞧他。"你怎么会知道这类事呢，对吗，唐纳？该死，当然不知道啦，这是坏小孩才干的勾当。坏小孩不喜欢沃尔登想要收手的念头。沃尔登酒喝得太多——他或许已经把这事告诉了女朋友。他们希望他用死亡的方式退出——用一把枪来终结他的生命。”

唐纳缓缓转过头，看着绑在高背椅上的男人。他十分温柔地唤道：“里基奥。”

接着，他起身绕过办公桌。苏特罗从脸上拿下手，他的嘴唇在颤抖。

唐纳站在里基奥面前。他伸出手，把里基奥的脑袋抵在椅背上。里基奥在呻吟。唐纳笑眯眯地看着他。

“我动作还是慢了。你杀了沃尔登，你——！你回到沃尔登的公寓，杀死了他。你忘了把这茬告诉我们了，宝贝。”

里基奥张开嘴，喷出一口鲜血溅在唐纳的手和手腕上。唐纳脸部一抽，向后退去，带血的手直直地伸在胸前。他掏出手帕，仔细擦干净后，把手帕扔在地上。

“把你的枪借我，诺迪。”他平静地开口，朝黄棕色头发的男人走去。

苏特罗惊得张口结舌，眼露悲伤。菲律宾高个子掏出空手枪，就好像根本不记得枪里没子弹。诺迪从右臂下拿出一把左轮手枪，递给唐纳。

唐纳接过手枪，转向里基奥。他举起了枪。

马洛里说：“里基奥没有杀死沃尔登。”

菲律宾人一个箭步冲向前，用那把巨大的自动手枪打向马洛里。手枪击中了马洛里的肩膀，一阵剧痛袭向他的胳膊。他往地上一滚，柯尔特落到了手中。菲律宾人又是一击，却没打中。

马洛里起身，一个滑步，避开攻击，使尽力气用柯尔特的枪管抡向菲律宾人脑侧。菲律宾人闷哼一声，瘫坐在了地上，眼睛周围一片惨白，他缓缓倒下，双手扒住沙发。

唐纳面无表情，稳稳地握住左轮手枪。他长长的上唇线布满了汗珠。

马洛里说：“里基奥没有杀死沃尔登。杀死沃尔登的手枪是有编号的，杀手接着还把枪塞在了死者手里。里基奥不会犯傻用一把有编号的手枪。”

苏特罗脸色刷地变白。黄棕色头发的男人爬下凳子，站在一边，右手在身侧摆动。

“谁干的？多说点，”唐纳平静地说道。

“有编号的手枪指向名叫海伦·多尔顿或者布德万的女人。”马洛里说，“那是她的枪。她告诉我，很早之前她就把枪给当了。我不相信她的话。她是苏特罗的好友，苏特罗十分讨厌我去找她，甚至用枪把我轰了出去。唐纳，你猜，苏特罗为什么这么困扰？还有，他怎么知道我要去找那个女人的？”

唐纳说：“接着说。”他平静地看向苏特罗。

马洛里朝唐纳挪了一步，没有恶意地把柯尔特枪口指向地面。

“我这就告诉你。自从我开始为沃尔登工作，我就被人跟踪了——一个笨手笨脚、身状如牛的私家侦探，隔着一英里我都能认出他来。唐纳，他被收买了。杀死沃尔登的人收买了他。他告诉那个私家侦探，有个机会能够接近我，而我也将计就计——听任他行动，识破他的诡计。他的老板是苏特罗。苏特罗杀了沃尔登——亲手杀死的。这像是一份差事。手段业余——自作聪明的谋杀。他是聪明反被聪明误——伪装成自杀案，用一把被抹去了编号的手枪，杀手以为不会留下线索，因为他不知道大多数手枪在内侧也有编号。”

唐纳挥了挥左轮手枪，指向黄棕色头发男人和苏特罗之间。他一言不发，但眼神若有所思，兴味盎然。

马洛里动了动脚掌，换了下身体重心。地板上的菲律宾人把手搁在沙发上，指甲挠过皮革表面。

“不止这些，唐纳，真是他妈的。苏特罗是沃尔登的拍档，所以他能够接近沃尔登，近到用枪抵着他的脑袋，要了他的命。一声枪响在基尔马诺克的顶层公寓是听不到的，点三二只会发出微弱的枪声。苏特罗把枪塞在沃尔登手里，自己跑路了。但他忘了沃尔登是左撇子，他也不知道手枪会留下线索。等到被他收买的私家侦探提醒他这点，而我也找到了那个女孩，他雇了一伙杀手，计划在棕榈树社区[①]的一处房屋里把我们三人灭口，万事大吉……只是这伙杀手，就像这出戏里的每件事一样，都出了岔子。”

唐纳慢慢点下头。他看着苏特罗腹部，把枪瞄向那里。

“给我们说说，约翰尼，”他声音温柔，“告诉我们你活了这把年纪怎么变聪明了——”

黄棕色头发的男人突然有了动作。他躲到办公桌后面，并在弯腰的当口，右手摸出了另一把枪。办公桌后面传来枪声。子弹穿过办公桌下方的空当，伴随着刺耳的金属声射进护墙板。

马洛里操起柯尔特，对准办公桌开了两枪。木片飞溅而出。黄棕色头发的男人在办公桌后大叫大嚷，他手握滚烫的手枪，迅速探出脑袋。唐纳摆动身躯，他的枪接连响了两下。黄棕色头发的男人再次大叫，鲜血从一侧脸颊上顺势流下。他倒在办公桌后面，没了动静。

唐纳一直退到墙边。苏特罗站起来，双手摆在腹部前方，他想大叫。

唐纳说：“好的，约翰尼。轮到你了。”

唐纳突然咳嗽起来，他靠着墙往下滑去，衣服因为摩擦发出沙沙声。他向前佝偻起身子，枪掉在地上，双手撑住地板，他仍在咳嗽。脸色发灰。

苏特罗直挺挺地站着，双手死死捂住腹部，拳曲的手指僵硬如爪子。他的眼睛暗淡无光。这是死人的眼睛。没过多久，他双膝发软，背部砸到地上。

---

① 洛杉矶西畔的一处社区，人口密度极大，品流复杂。

唐纳仍在静静地咳嗽。

马洛里快速移动到房门口，靠在门上听了听，打开房门，四处张望。他又立即关上门。

“隔音的——效果真好！”他嘀咕道。

他走回办公桌，拿起电话听筒，柯尔特被放在一边，他拨动电话号码，等了会儿，对着电话说道：“找卡思卡特警官……必须和他说话……当然，事关重大……非常重大。”

他一边等待一边用手敲击桌面，警惕的双眼环顾四周。当一个睡意蒙眬的声音从电话中传出时，他微微动了一下。

“长官，是马洛里。我在蝴蝶俱乐部，在盖恩·唐纳的私人办公室里。这里有点小麻烦，没人重伤……我为你抓到了杀死德里克·沃尔登的凶手……约翰·苏特罗干的……是的，那个议员……快点，长官……我不想和援兵起冲突，你知道的……”

他挂断电话，从桌上拾起柯尔特，放在掌心上，然后望向苏特罗。

“给我站起来，约翰尼，”他感到疲倦，“起来，告诉一个可怜的傻侦探该如何掩盖事实——聪明人！”

10

警局，橡木大桌上方的灯光亮得晃眼。马洛里的手指拂过木头，看了看，用袖口擦拭桌面。他双手托住下巴，越过橡木桌，打量起拉盖书桌上方的墙壁。房间里就他一个人。

墙上的扩音器嗡嗡作响：“呼叫在 72 区的 71W 警车……第三大街和布兰多路交汇处……在杂货店……碰到一个男人。”

门开了，卡思卡特警官走了进来，随即在身后小心翼翼地关上门。他是个瘦高个，一张阔脸湿漉漉的，胡子褪了色，手指关节突出。

他坐在橡木桌和拉盖书桌之间，拨弄起烟灰缸里已经冷却的烟斗。

马洛里抬头。卡思卡特说："苏特罗死了。"

马洛里瞪着他，说不出一句话来。

"他老婆干的。他想回家一趟。小伙子们把他看得死死的，但没人留意他老婆。她要了他的命，在他们能够采取行动之前。"

卡思卡特两次张嘴，却又欲言而止。他有一口好牙，只是脏兮兮的。

"她他妈的一个字也没说。身后藏了一把小手枪，给他喂了三颗子弹。一、二、三。她赢了，就在家里，一场演出。就这样。随后，她倒转枪口，把枪交给了那些小伙，那只手要多漂亮就有多漂亮……她到底想干吗？"

马洛里说："忏悔？"

卡思卡特瞧着他，把冷却的烟斗塞进嘴里，大声嘬起来。"让他忏悔？好吧——没有书面文件，不过……你猜她这么做的原因是什么？"

"她认识那个金发女人，"马洛里说，"她认为这是最后一次机会了。她或许知道苏特罗的那些勾当。"

警官缓缓点头。"当然，"他说，"就是这样。她认为这是最后一次机会。那为什么不用拳头呢——？地方检察官如果是个聪明人，就会判她误杀。在特哈查比待上十五个月左右就行了。就当是一次疗养。"

马洛里在椅子里动了动。他皱起眉头。

卡思卡特继续说："对于我们来说，这次走运了。你没留下污点，行政上也没有。如果她没有这么做，那所有人都要遭殃。她应该得到一份养老金。"

"她应该从日蚀影业拿到一份合同，"马洛里说，"当我接触到苏特罗时，我以为会遭受到舆论的打击。我本该亲手开枪打死他——如果他不是这么懦弱的话——如果他不是议员。"

"我可不答应，宝贝。这事留给司法机关吧。"卡思卡特发起了牢骚，“现在看上去就是这样。我想，我们不能用自杀给沃尔登结案。问题在那把有编号的枪上，我们要等到尸检报告和枪支专家的报告出来。另一方面，案子最终推到了沃尔登和苏特罗身上，但公布的结果也不能太伤人。我说得对吗？”

马洛里抽出一支烟，在两根手指间揉搓。他慢慢点燃烟，摇灭火柴。

“沃尔登并不清白，”他说，“都是毒品惹出的麻烦——但世事难料。我猜我们该心满意足了，只是有些扫尾工作。”

“还有他妈的扫尾啊，”卡思卡特一笑了之，“结局已经看到，没人能侥幸逃脱。你的老朋友丹尼会匆忙逃离，假如是我接管那个多尔顿小妞，我会把她送到门多西诺去疗养。大概能从唐纳身上挖到一点料——等他出院后再说吧。还要治治那些小混混，因为他们持枪抢劫，还伤了出租车司机，无论是谁干的，他们都不会说。他们还要考虑下自己的将来，出租车司机伤得也不是特别重。还剩下那伙杀手。”卡思卡特打了个呵欠。“那些小子一定是从旧金山来的。这里找不到这么多杀手。”

马洛里陷在椅子里。“你不来杯酒吗，头儿？”他闷闷地问道。

卡思卡特看着他。“只有一件事，”他神情严肃，“我希望告知你。枪是你损毁的，没问题吧——如果你没有破坏指纹，还有，鉴于你惹上的麻烦，你没把这事告诉我，这点你也同意吧。不过，要你在记录上作假来配合我们，连这事你都觉得没问题，那我就不是人了。”

马洛里朝他若有所思地笑笑。“你说得都对，头儿，”他谦虚地表示，“这是工作——而这是一个手下所能说的一切。”

卡思卡特用力揉搓脸颊。他眉头舒展，咧嘴笑起来。接着，他俯身打开抽屉，拿出一夸脱一瓶的黑麦酒。他把酒瓶放在桌上，按响蜂鸣器。身穿制服的大个子半个身子探进房间。

“嗨，蒂尼！”卡思卡特嚷嚷道，“把你从我抽屉里偷走的开瓶器还我。”大个子消失片刻后又回来了。

“这杯酒为了什么？”几分钟之后，警官问道。

马洛里说：“就是喝一杯。”

（黄雅琴　译）

眼　线

1

四点刚过，我逃离大陪审团，偷偷摸摸爬上后楼梯，来到芬威瑟的办公室。芬威瑟，地方法院检察官，脸部线条硬朗，轮廓分明，还有女人喜欢的灰色鬓角。他一边在办公桌上玩钢笔一边说："我以为他们信你了。甚至以为今天下午就会控告曼尼·泰嫩谋杀了香农。真要是这样，那就轮到你小心行事了。"

香烟在手指间揉搓，最后放入嘴中。"别派人跟踪我，芬威瑟先生。城里的小路我了如指掌，你的人没法近我的身。"

他看向一扇窗户。"你知道弗兰克·多尔吗？"他问，眼睛并没有看向我。

"我知道他是政坛大鳄，一个你必须留心的中间人，如果你想开个赌场或者妓院——又或者你想在城里做些正当买卖。"

"正确。"芬威瑟的回答言简意赅。他把头转向我，压低嗓音："泰嫩身上发现的罪证，出乎很多人的意料。香农曾是某家公司的董事长，据传弗兰克·多尔曾从他那里拿到过合同，如果多尔有意摆脱香农，那么这个机会不容错过。而且，我得到消息，他和曼尼·泰嫩有过交易。如果我是你，会留意他的一举一动。"

我笑了。"我就是一个小喽啰，"我说，"弗兰克·多尔可是权倾一方。但我会我行我素的。"

芬威瑟起身把手伸过办公桌。他说："我出城几天。今晚就走，如果起诉顺利通过的话。悠着点——事情若有差池，就去找伯尼·奥尔斯，他是我的项目负责人。"

我说："一定。"

互相握手之后，我离开办公室，和一个面带倦容的女子擦肩而过，她给了我一个疲惫的微笑，她看着我，用手卷起覆在后颈上的一缕蓬松的卷发。过了四点四十分，我回到办公室，在狭小的接待室门前驻足片刻，对着门看了会儿。接着，我开门进去，里面不出意外地空无一人。

房里没什么东西，除了一张红色的旧沙发、两把丑陋的椅子、一小块地毯、图书馆长桌上摆放着几本旧杂志。接待室的门总是开着，访客能进来等候——前提是我有客人，而且他们愿意等着。

我穿过会客室，打开门锁，走进自己的私人办公室。

卢·哈格端坐在木头椅子里，他坐在办公桌远离窗户的那头。亮黄色的手套紧紧攥住手杖，绿色的翻檐帽压在后脑勺上。极为柔顺的黑发从帽子下方露出来，盖在脖颈上。

"好啊。我一直在等你，"他说，笑容带着倦意。

"哎呦，卢。你是怎么进来的？"

"这门肯定没上锁。或者，我正好有把合适的钥匙。你介意吗？"

我绕过办公桌，坐到转椅上。我把帽子搁在桌上，从烟灰缸里拿起牛斗犬烟斗，开始塞烟丝。

"是你就行，"我说，"我刚才只是在想，我要换把好点的门锁。"

他抿起丰满的红唇一笑。是个俊小伙。他说："你还做买卖吗？还是下个月都会在公寓房间里和一群警察喝酒度日？"

"买卖还是做的——如果有我要做的买卖。"

我点燃烟斗，向后靠去，直视他那淡橄榄色的皮肤，还有黝黑的一字眉。

他把手杖放在办公桌上，戴着黄手套的双手紧握住玻璃杯。他抿紧嘴唇又噘起。

"我有桩小事要找你。不是大买卖。但有油水。"

我等着。

“我今晚在拉斯奥林达斯要搞点小花招，”他说，“卡纳勒的地盘。”

“香烟？”

“嗯。我觉得我要走运了——我需要一个带枪的家伙。”

我从第一格抽屉中取出没开封的香烟，滑到桌子对面。卢拿起烟，开始拆封。

我说：“什么花招？”

他烟拿到一半，又低头看去。他的举止当中总有一些我不喜欢的地方。

“我被迫停了一个月的工。生意在城里搞不下去了。禁酒令废除后，警局那些小子就一直在施压。当他们发现要靠自己的薪水过活时，就觉得那简直是噩梦。”

我说：“在这里疏通环节并不比其他地方开销大。而且，在这里，你是把钱交给一个机构。很不错啊。”

卢·哈格把香烟往嘴里塞。“是啊——弗兰克·多尔，”他吼道，“那个胖乎乎的吸血鬼——！”

我一声没吭。我早过了那个年纪，动不了人家只能逞口舌之快。我看着卢用桌上的打火机点燃香烟。他吐出一口烟，继续说：“这么说吧，这就是个笑话。卡纳勒新买了一个轮盘赌——州长办公室有人收了好处。我认识皮纳，卡纳勒的赌场领班，熟得很。那个轮盘赌是他们从我这里拿走的。它有机关——就我知道。”

“卡纳勒不知道……这听上去是像卡纳勒，”我说。

卢没看我。“卡纳勒招揽了不少人，”他说，“他弄了一个小舞池，还有一个五人的墨西哥乐队帮助顾客放松身心。他们跳会儿舞，接着去后面搞点钱，走的时候就不会觉得腻味了。”

我说：“你要做什么？”

“我猜你会把它叫做‘体系’，”他声音柔柔的，透过睫毛瞧着我。

我别开眼，环视房间。房间里有一块铁锈红的地毯，五个绿色的档案柜排成一排，上面挂了一本广告日历，角落里放着一个旧衣橱，几把胡桃木椅子，蕾丝窗帘挂在窗户上。窗帘上脏兮兮的流苏随风飘荡。一束迟暮的日光打在我的办公桌上，照射出尘埃。

“我明白你的意思了，”我说，“你以为那个轮盘赌会乖乖听你话，让你赢到足够多的钱，把卡纳勒气得发疯。你需要一个保镖，比如——我。我觉得不切实际。”

“没啥不切实际的。”卢说，“任何轮盘赌的工作都遵循一定规律。如果你真的了解轮盘赌——”

我微笑耸肩。“好吧，我不想了解。我是不太懂轮盘赌。听上去你想骗人钱财，不过，我也可能搞错了。反正这不是重点。”

“什么意思？”卢语带不善地问道。

“我不太喜欢做人家的保镖——这或许也不是重点。要我接下这笔买卖，那我就必须认为这出把戏是光明正大的。假设我无法苟同，我抛弃了你，你会陷入困境吗？又或者假设我认为万事顺遂，但卡纳勒不认同我的意见，并且生气了呢。”

“所以我需要一个打手，”卢说这话的时候，都没有牵动一丝肌肉。

我平静地回道：“可我不够强壮，无法胜任这份工作呢——我不知道——这点困扰着我。”

“忘了这茬吧，”卢说。“听你说有烦恼，真把我乐死了。”

我绽开笑容，眼瞅着他的黄色手套在桌上抹来抹去，抹来抹去。我慢悠悠地开口：“你是这世上最后一个靠你说的方法把损失的钱赚回来的人，我也是最后一个在你这么做的时候站在你身后的人。仅此而已。”

卢说：“是哦。”他弹下的烟灰有些落在了玻璃上，于是低头吹掉烟灰。他又接着说下去，就好像在说一个新话题：“格伦小姐和我一同去。

她是个高挑的红发女郎，相貌没话说。当过模特。夜总会里的万人迷类型，这样卡纳勒就不会围着我打转了。我们应付得了。我只是觉得我应该告诉你。”

我沉默了片刻，说：“你明明知道，我刚刚告诉大陪审团，我看见有人把身中数弹的阿特·香农扔在大马路上，是曼尼·泰嫩从车里探出身子，割断了他手腕上的绳子。”

卢淡然一笑。“在大时代，对于受贿者而言，一切倒来得更简单；拿到合同的人不会出现在生意场上。他们说香农做事干脆利落，能摆平董事会。这是一起卑鄙的谋杀。”

我摇头。我不想谈论这件事。我说：“卡纳勒常会吸点海洛因。还有，他可能对红发女郎没兴趣。”

卢慢慢起身，从办公桌上拿下手杖。他瞧着手指尖，一脸昏昏欲睡。接着，他朝门口走去，手里晃动着手杖。

“好吧，改天我会来看你的，”他懒洋洋地说道。

我看见他的手搭上了门把手，说：“别怒气冲冲地离开，卢。我会去拉斯奥林达斯的，如果你需要我。不过，我不想要这种钱，还有拜托——别对我念念不忘。”

他舔了舔嘴唇，也没正眼瞧我。“谢了，小子。我会悠着点。”

他走出房间，黄色的手套也从门框上消失了。

我又坐了五分钟，烟斗变得很烫。我熄灭烟斗，看了眼腕表，起身打开放在办公桌角上的小型收音机。当交流电的滋滋声消失之后，扩音喇叭传来清脆的报时声，之后有个声音响起：

“KLI现在为您播报本地晚间新闻。今天下午的重要新闻，大陪审团在今天晚些时候认定对曼亚德·J·泰嫩的指控。泰嫩是知名的院外活动集团成员，也是城中名流。这项指控出乎他很多朋友的意料，却有十分确凿的证据——”

电话铃尖锐地响起，耳中传来女孩冷冰冰的声音：“请稍等片刻。芬威瑟先生有话对您说。”

他立马就说话了。“指控成立。关照下这小子。”

我说我刚从收音机里听到消息。我们聊了会儿，他说他必须走了，要赶飞机，于是挂断了电话。

我靠在椅背上，随随便便地听着收音机的播放。我在想，卢·哈格真他妈是个大傻瓜，我能做些什么事来改变这种情况。

2

大约晚上十点，身披黄色绶带的小型管弦乐队不耐烦地演奏着一曲伦巴，没人愿意跳上一曲。木琴演奏者丢下敲击棒，顺手把烟塞进了嘴里。坐着的乐手弯腰拿起椅子下面的酒杯。

每周的星期二，这里热闹非凡。这个过时的大厅是个舞厅，当时的拉斯奥林达斯，从圣安吉洛走三十英里水路就能到，而且是必经之路。缎面护板加上枝形吊灯，大厅风采依旧。

我倚靠在吧台上，正好和乐队同一边。我晃了晃放在吧台上的一小杯巴卡第。房间中央摆放着三台轮盘赌赌桌，只有一台在开工。

酒保隔着吧台凑到我面前。

“那个红发女孩在赢钱，”他说。

我点头同意，并没有看他。“她手风正顺，”我说，“都没数过钱。”

红发女孩身材高挑。穿过她身后那些看客的脑袋，我还是能看到那头富有光泽的红铜色秀发。我还在女孩身后看到了卢·哈格油光光的脑袋。每个人似乎都在站着下注。

“我在哈瓦那见过一个马脸抢银行，”酒保说。

“哈瓦那？”出于礼貌，我重复了一遍。

“就算是个打工的穷光蛋也能出去逛逛的，先生。你不玩？”

“不在星期二。我在星期二惹上过麻烦。”

“哦？你喜欢不掺水的？我给你加点水吧，口感会好点？”

“我就喜欢不掺水的，”我说。我喝了一小口巴卡第。“每注最少下多少？”

“我不知道，先生。听老板的，我猜。”

身穿晚装的两个男人穿过房间，靠在吧台上要了苏格兰威士忌和苏打水。其中一人兴高采烈的。他用白色的丝手帕抹了把脸。

另一个人说：“她有点急了。赢了八把，输了两把，都在红色上……这是轮盘赌，伙计，轮盘赌。”

轮盘赌的赌桌排成一排，放在远处的墙边。赌桌边上安了一圈镀金的金属矮栏杆，赌徒站在栏杆外面。

中间的赌桌似乎起了争执。站在赌桌两边的六个人抓起筹码离开了。

一个清亮、礼貌，还带了点外国口音的声音响起：“如果您愿意稍等片刻，夫人……卡纳勒先生这就过来。”

我穿过房间，挤到栏杆边。身边的两名荷官头凑在一起，眼睛瞄向一边。其中一人慢慢扒拉着耙子，旁边的轮盘赌没在转动。他们都看着红发女孩。

她身穿高级定制的黑色晚礼服。雪白的肩膀精致纤细，虽谈不上美艳绝伦，也算是秀色可餐。她倚在赌桌边，正对着轮盘。长长的睫毛扑闪扑闪的。她的身前摞起了一沓钞票和筹码。

她说起话来波澜不惊，就好像这事已经说过好几次了。

“算什么蹩脚手下？开始，开始，把轮盘转起来！你拿钱的速度倒挺快，给钱就不乐意了。”

负责的荷官露出冷冰冰的笑容。他人高马大、皮肤黝黑，一脸的漠不关心。“这张赌桌无法兑付您的赌资了，”他异常冷静地说道，“卡纳勒先生或许——”他耸了耸优雅的肩膀。

女孩说道：“这是你的钱，瘦高个儿。你不想翻本吗？”

卢·哈格在她背后舔了舔嘴唇，一手搭上她的胳膊，热切的目光黏在那一沓钞票上。他柔声说道：“等等卡纳勒……”

“去他妈的的卡纳勒！我手气正旺——我要保持住状态。”

护墙板上打开了一扇门，就在靠近我的赌桌那头。一个瘦弱、苍白的男人走了进来。黑色的直发暗淡无光，额头高耸，无精打采的眼神看不见底。唇髭修剪成了几乎呈直角的细细两条，一直延续到嘴角下方一英寸处，别有一番东方情调。皮肤反射出病态的苍白。

他滑到荷官身后，站定在当中那张赌桌的桌角，他瞥了一眼红发女孩，两根手指摸了摸须脚，指甲泛出淡紫色的光晕。

他猛然一笑，就好像这辈子从没笑过。他说话的声音呆板中带着戏谑。

“如果你现在收手不玩了，你必须让我安排手下把你护送回家。我最恨看见钞票进错了口袋。”

红发女孩看着他，面色不悦。

“我有自己的护卫，卡纳勒。我不会离开的——除非你把我扔出去。”

卡纳勒说：“不走？你想干什么？”

“就赌这沓钱——黑鬼！”

喧哗变成死寂。没人发出一丝声响。哈格的脸色慢慢变成了惨白。

卡纳勒面无表情。他优雅而庄重地举起一只手，从晚礼服中摸出大皮夹，把它丢在高个荷官面前。

“一万美元，”他的声音沙哑低沉，“这是我的下限——一贯如此。”

高个荷官拿起皮夹，打开，抽出两沓平整的纸币，一扫而过之后重新合上皮夹，沿着桌边把它滑向卡纳勒。

卡纳勒没动手去拿皮夹。没有一个人有所动作，除了荷官。

女孩说："押红色。"

荷官俯身越过赌桌，小心翼翼地叠起她那堆钞票和筹码。他把女孩的赌资放在红色菱形的图案上，手滑过轮盘的弧线。

"没人反对的话，"卡纳勒说，没拿正眼瞧任何人，"这场赌局就我们两人。"

人头攒动。鸦雀无声。荷官转动轮盘，左腕轻轻一使力，小球滚入了槽沟。接着，他收回双手，放在桌边所有人都能看到的地方。

红发女孩的眼睛闪闪发亮，嘴巴慢慢张开。

小球在槽沟里面转动，穿过一个闪光的金属菱形，又滑入轮盘侧面，滚过数字卡槽。小球发出一声脆响，突然失去了动力。它翻过双零位，滑入了旁边的红色 27。轮盘静止不动了。荷官拿起耙子，慢吞吞地把两沓钞票推过赌桌，和女孩的赌资归在一起，推出了下注区。

卡纳勒把皮夹放回胸前的口袋，转身慢悠悠地从那扇门走了出去。

我松开紧紧攥住栏杆的手指，一大群人拥向了吧台。

3

卢向我走来的时候，我正坐在角落里的一张小石桌边上，无所事事地摆弄着巴卡第。小乐队弹奏的探戈曲若有若无，一对舞伴在舞池中自顾自地扭动着。

卢穿了一件奶白色大衣，领口围了一条白丝巾。精心修饰过的脸光彩熠熠。这次他戴了一副猪皮白手套，他把一只手套放在桌上，向我凑过来。

"两万两千还有的多，"他低声说，"伙计，好多钱啊！"

我说："金钱非常迷人，卢。你开什么车来的？"

"有发现不对头的地方吗？"

“那个局？”我耸肩，摆弄着玻璃杯，“我不懂轮盘赌，卢……我觉得你的小婊子家教欠缺。”

“她不是婊子。”卢说道，语气有点焦虑。

“好吧。她让卡纳勒看上去就像冤大头。什么车？”

“别克。浅青绿色，有两个车头灯，防护栏杆上也有两个小灯。”他的声音仍旧透出焦虑。

我说：“出城的时候开慢点。让我有机会跟上你。”

他挪开手套，走了。红发女孩不见踪影。我低头看了下腕上的手表。当我再次抬头时，发现卡纳勒就站在桌子对面。了无生气的双眼越过他那漂亮的胡子正看着我。

“你不喜欢我的地盘，”他说。

“恰恰相反。”

“你没玩上两把。”他是在向我陈述一个事实，而不是询问。

“必须的？”我冷谈回应。

极淡的笑容掠过他的脸。他又把身子弯下一点，说：“我以为你是侦探。一个聪明的侦探。”

“只是私人侦探，”我说。“而且不太聪明。不要被我长长的上唇给欺骗了。这是家族遗传。”

卡纳勒的手指用力地握住椅子顶部。“不要再来——千万千万。”他说起话来轻轻柔柔的，就像是在梦呓，“我不喜欢——眼线。”

我从嘴里抽出香烟，研究了会儿，再看向卡纳勒。我说：“我听说你有仇必报。干得漂亮……所以我们两清了。”

有那么一瞬，他露出了费解的神情。接着，他转身走开，双肩微微晃动。他走起路来会把脚直直地放下，再从旁边大动干戈地提起。他的走姿，还有那张脸，都有点黑人的印记。

我起身穿过巨大的白色双开门，走进昏暗的门厅，我取过帽子和大衣，穿戴整齐。我又穿过另外两扇双开门，走上开阔的游廊，游廊屋顶的边沿装饰有涡形图案。空气中升腾起海雾，房前随风摆动的蒙特利柏树也变得湿漉漉的。脚下的缓坡向前延伸了长长一段之后没入漆黑之中。迷雾遮蔽了大海。

我把车停在了屋子对面的街上。我压低帽子，悄无声息地走在覆盖住车道的潮湿苔藓上，我绕过门廊转角，身子一僵。

前面的人手里拿着把枪——但他没看我。他的枪垂在身边，压在大衣上，大手把枪衬得小巧玲珑。枪管反射出的微光冲破海雾，又和海雾融为一体。他是个大个子，正稳稳当当地站在那儿，依靠脚趾维持平衡。

我缓缓抬起右手，解开大衣上面两粒纽扣，摸进内侧，取出一把枪管长 6.5 英寸的细长的点三二手枪。我把它放进大衣口袋。

身前的男人有了动静，他把左手举到脸旁，吸了一口手中切了烟梗的香烟，火光照亮了宽大的下颌、黑洞洞的鼻孔，还有棱角分明、咄咄逼人的鼻子，那是属于好斗者的鼻子。

他丢掉香烟，用脚踩灭，接着一个腾挪闪到了我身后，几乎不动声色。我想转身，为时已晚。

传来了嗖嗖声，我熄灭了，如一道光。

4

当我醒来的时候，我又冷又湿，头也疼得厉害。右耳后侧有点瘀伤，还好没流血。我被人偷袭了。

我站起来，发现自己在离车道几码远的地方，两旁各有一棵被雾气打湿的树。鞋底有点泥浆。我被人拖下了车道，但距离车道不远。

我伸手摸进口袋，枪没了，这是当然的，但仅此而已——我发现这次远足妙趣横生。

我隔着雾气嗅了嗅，没有任何发现，就此放弃。我沿着房子空荡荡的边沿走到一排弧形的棕榈树前，那里还有一盏老式的弧光灯在嘶嘶作响，摇曳的灯光投向一个出口，从那里可以通往一条小巷，我那辆1925年产的马蒙旅行车就停在那里，我还在开这辆车做代步工具。我用毛巾擦了擦座位，之后坐上车，发动引擎，转入一条空荡荡的大马路，马路中央留下了车辙。

我从那里开上德·卡真斯大道，这条路是拉斯奥林达斯的主干道，就是以卡纳勒夜总会的建造者命名的，这是好久之前的事了。开了没多久就进了城，大楼、死气沉沉的商店、安装了夜铃的加油站，最后还有一家仍在营业的杂货店。

一辆光鲜亮丽的轿车停在杂货店门前，我把车停在它后面，下了车，看见有个没戴帽子的男人坐在柜台前面，正在同身穿蓝色工作服的店员聊天。他们俩似乎活在自己的世界当中。我动身往杂货店走去，却又停下来，瞥了眼那辆光鲜亮丽的轿车。

这是一辆别克，车身的颜色在日光下面可以算作浅青绿色。有两个车头灯，细细的镀镍防护栏杆上还安装了两个琥珀色的、椭圆形状的小灯。驾驶座边上的车窗摇了下来。我走回马蒙，取出手电筒，探进别克，扯下司机驾照，我快速用手电筒照了下，又立马关掉。

驾照上面登记的名字是路易·N·哈格。

我放好手电筒，走进杂货店。店铺一边陈列有各种酒水，蓝色制服的店员卖给我一品脱加拿大俱乐部威士忌，我从柜台上拿过酒，打开。柜台边上有十个位子，我却紧挨在没戴帽子的男人边上坐下。他从镜子里面开始打量我，一丝不苟。

我要了一杯2/3满的黑咖啡，再倒满裸麦威士忌[①]。我一口灌下，

---

① 加拿大俱乐部威士忌是用裸麦制成的。

等上一分钟，让身子暖和起来。接着，我看向那个没戴帽子的男人。

他约摸二十八岁，上身略显瘦弱，红润的面色透着健康，眼神正直坦率，两手脏兮兮的，看上去不像赚大钱的。他穿了一件金属纽扣的灰色马裤呢夹克衫，身下的裤子并不成套。

我漫不经心地低声问道："外面的车是你的？"

他一动不动地坐在那儿。镜中，他抿紧了嘴巴，双眼似乎没法从我身上挪开。

"我哥的，"他过了一会儿说道。

我说："介意来一杯吗？……你哥是我的老朋友。"

他缓缓点头，咽下口水，慢慢伸出手，终于够到了酒瓶，倒进自己的咖啡。他一干为净。接着，我看见他翻出一包皱巴巴的香烟，往嘴里塞了一支，在用拇指指甲划了两次火柴失败后，他又在柜台上划起了火柴，他装作漫不经心地吸烟，可知道这么做没用。

我靠向他，平静地说："不一定有麻烦。"

他说："啊……什么事？"

店员悄悄挨过来。我又点了杯咖啡。等我拿到咖啡后，我一直盯着店员，直到他走开，背对着我们站在酒水橱窗前。我往第二杯咖啡里掺了酒，抿了一口。我看着店员的后背说道："那辆车的主人没有兄弟。"

他身子绷紧了，转向我。"你以为这辆车是偷来的？"

"不是。"

"你不是这么想的吗？"

我说："不是。我只想听个故事。"

"你是侦探？"

"啊哈——这不是勒索，如果你因此感到困扰的话。"

他猛地拔下烟，在空空的咖啡杯里搅动勺子。

"我会因此丢了工作，"他慢慢地说道，"但我需要一百美元。我是开出租的。”

“猜到了，”我说。

他一脸惊讶，转头盯着我看。

“再来一杯，我们接着说，”我提议，“偷车贼不会把车停在主干道上，然后无所事事地坐在杂货店里。”

店员从橱窗那边走回来，一边在我们周围转悠，一边手里忙着用抹布擦咖啡壶。静得沉闷。店员放下抹布，绕过隔断，走到店后去了，他开始吹起欢快的口哨。

我旁边的男人又倒了些威士忌并喝光了酒。冲着我狡黠地点点头。“听着——我接了单生意，让我等着。有个家伙和小妞开着别克停在我边上，那家伙给了我一百美元，他要了我的帽子，并且开着我的出租车进了城。我要在这里等上一小时，然后开着他的破车去汤大道上的卡里永旅馆。我的车也会停在那里。他给了我钱。”

“他怎么说的？”我问。

“他说他们去了赌场，走运赢了一些小钱。他们担心在路上遇到麻烦。他们觉得总会有些人暗中盯着赌局。”

我从他的烟盒里抽出一支烟，用手指撸平。“这故事于我而言无伤大雅，”我说。“我能看下你的证件吗？”

他递给了我。他叫汤姆·斯尼德，是绿顶出租车公司的司机。我塞住酒瓶，放进内侧口袋，往柜台上扔了五角钱。

店员又露脸了，为我找零，兴致盎然的他晃动起零钱。

“走吧，汤姆，”我当着店员的面说，“我们去拿车。我觉得你没必要继续等在这里。”

我们走出杂货店，别克车领着我远离拉斯奥林达斯零落的灯光，穿过一个个海滩小镇，海滩附近建起了小房子，而后面山坡上的房子则更大些。偶尔有窗户透出亮光。轮胎在湿滑的水泥路上发出声响，别克护栏杆上的琥珀色小灯每次转弯时都会把灯光射向我。

我们在西马尔隆转向内陆，一路颠簸开过运河城，最终到了圣安吉洛。我们差不多花了一个小时才开到汤大道 5640 号，也就是卡里永旅馆所在地。旅馆是一栋板岩屋顶、外形不规则的大楼，附带有地下车库，楼前空地上的喷泉会在夜晚打出绿光。

绿顶出租车 No.469 就停在黑漆漆的街对面。我看不出有人使用过的迹象。汤姆·斯尼德在司机隔间里发现了他的帽子，急吼吼地坐到驾驶座上。

“没我的事了？我能走了？”他因为如释重负拔高了嗓音。

我告诉他我没问题，并且给了他我的名片。当他转过街角时，已是凌晨一点十二分。我钻进别克，开下车库的斜坡，把车留给了一个有色人种的男孩，他正慢吞吞地给车子掸灰。我上楼来到大厅。

前台是个一脸禁欲的年轻男子，借着接线总机的灯光阅读一卷《加利福尼亚州上诉裁决》。他表示卢不在屋里，晚上十一点他来接班时就不在了。我明白已是三更半夜，但这次来访至关重要，听完我的三言两语解释之后，他拨通了卢房间内的电话，没有人接。

我走出旅馆，在我的马蒙里面坐了几分钟，抽了一根烟，再喝了点加拿大俱乐部威士忌。接着，我回到卡里永旅馆，把自己锁在电话亭里。我拨通了《电讯报》，要求转到本地新闻编辑室，我要找一个名叫冯·巴林的人。

等我自报家门后，他就朝我嚷嚷起来。“你还在到处逛啊？这可真是一段奇闻异事了。我以为曼尼·泰嫩的朋友已经把你打死了。”

我说：“或许吧，听我说，你认识一个叫卢·哈格的人吗？是个赌徒。他本来有个场子，一个月前被冲掉了。”

冯·巴林表示自己和卢没有私交，但知道有这么个人。

“你周围有谁知道他底细的？”

他想了会儿。“有个杰里·克罗斯的家伙，”他说，“夜生活专家啊。你想知道什么？”

“他会去哪里庆祝，”我说。接着，我告诉了他一部分的事情，点到为止。我没有提到自己被人偷袭，还有出租车那部分。“他没在旅馆露面，”我最后说道，“我必须从他那里得到点消息。”

“好吧，如果你是他的朋友——”

“我是他的朋友，不是他那伙人的朋友，”我直截了当地回答。

冯·巴林正嚷嚷着叫人去接电话，接着他凑近电话，好声好气地对我说：“老实交待吧，伙计。老实交待。”

“好吧。但我是告诉你，不是给你的报纸供稿。我被人偷袭了，在卡纳勒的场子外面弄丢了手枪。卢和他的小妞碰见一辆出租车，和人家换了车。接着，他们就从眼皮底下消失了。我不太喜欢这样。卢没有喝得酩酊大醉，不会带着一口袋的钞票在城里乱转。就算他会这么做，那个女孩也不会允许的。她眼光老到。”

“我来看看我能做些什么，”冯·巴林说。“不一定有希望。我会给你电话的。”

我告诉他我住在梅里特广场，生怕他已经忘了。我走出旅馆，又一次坐上马蒙。我开车回家，把热乎乎的毛巾盖在脸上，捂上一刻钟。之后，我穿上睡衣，坐着喝了一杯放有柠檬的热威士忌，每隔一段时间我就给卡里永旅馆打个电话。凌晨两点半，冯·巴林打电话给我，表示运气不佳。卢没遭到抢劫，所以他没进医院，也没有出现在杰里·克罗斯能想到的所有夜总会。

凌晨三点，我最后一次给卡里永旅馆打电话。接着熄灯睡觉。

第二天早上如出一辙。我试图追踪那个红发女孩。电话簿上有二十八个格伦，其中三位是女性。一个没接电话，另外两个向我保证她们都不是红发。其中一个提出会来见我以示证明。

我刮胡子、冲淋浴、吃早饭，徒步下山走过三个街区，到达康达大楼。

格伦小姐正坐在我的小会客室里。

5

我打开另一扇门，她尾随而入，坐在那天下午卢也坐过的椅子上。我打开几扇窗，锁上会客室的大门，并划亮了一根火柴，凑向她左手持着的还未点燃的香烟，她已经摘下手套，手指上并没有戴戒指。

她穿了一件宽松上衣，下面配了一条格子花呢的短裙，外面罩了一件肥大的大衣，帽子还算合适，但一点也不时髦，暗示了生活的不如意。她没有化妆，看上去约摸三十，一脸疲态。

她拿烟的手太过稳当，这是戒备的姿态。我坐下，等着她开口。

她越过我的头，一言不发地直视墙壁。我等了片刻，给烟斗装上烟丝，吸上一分钟。接着，我起身穿过通向走廊的房门，捡起一堆从门缝里塞进来的信。

我重又在办公桌旁坐下，翻检了一遍信件，其中一封还读了两遍，就好像房里只有我一个人似的。我在做这些事的时候，并没有正眼瞧她，也没和她搭腔，但我一直在观察她。她似乎在积蓄勇气。

她终于有了动静，打开一个巨大的、黑色的高级皮包，拿出鼓鼓囊囊的马尼拉纸信封，拉掉橡皮筋，双手合十捧起信封，她脑袋向后仰去，烟灰从嘴角掉落。

她迟疑地说道："卢说过，如果遇到麻烦，你是能去找的人。我现在遇到了大麻烦。"

我看着马尼拉纸信封。"卢是我一个相当好的朋友，"我说。"我会为他做任何事，只要合理合法。有些不对的事——比如昨天晚上。我的意思是，我和卢并不总干这样的勾当。”

她把没有掐灭的香烟丢进玻璃香烟缸。晦暗的光芒突然闪过她的双眼，随即湮灭。

“卢死了。”声音相当平淡。

我拿起铅笔戳向燃烧的烟蒂，直到它熄灭。

她继续说：“卡纳勒的手下在我的公寓里面解决了他——那颗子弹像是从我那把小手枪里面射出来的。事后我翻找了一下，发现我那把丢了。我整晚和尸体待在一起……我只能。”

她突然停止了叙述，双眼一翻，脑袋一低，磕在了办公桌上。她一动不动地趴在那里，那个信封就落在松开的双手前。

我拉开抽屉，拿出一瓶酒和一个玻璃杯，往杯中倒了些酒，绕过办公桌，扶起椅子里的女孩。我把杯口抵到她的嘴边——动作十分用力，都把她弄疼了。她挣扎起来，把酒咽了下去。酒顺着她的下巴淌下来，她的眼睛恢复了生气。

我把威士忌留在她面前，重又坐下。信封的封口打开了，我看见里面的纸币，好几沓。

她开始用梦游一样的声音向我叙述。

“我们在银行换成大票面，但还是很厚一叠。这信封里有两万两千元。另外几张百元零头，我没放进去。

“卢感到不安。他猜到卡纳勒会轻而易举地找到我们。你没露面是对的，你也无能为力。”

我说：“卡纳勒在众目睽睽之下输了钱。这是个不错的广告——尽管有点损失。”

她继续说下去，好似我根本没开口说话。“我们穿城而过，看见有个出租车司机坐在自己停着的车里，卢灵机一动。他给了男孩一张百元大钞，提出自己开着出租车去圣安吉洛，而男孩则在之后把别克送到旅馆。男孩同意了，我们开到另一条路上，互相换了车。抱歉我们甩了你，不过卢说，你不会介意的。而且说不定我们可以沿途给你留下记号。

“卢没有进旅馆。我们换了一辆出租车回到我的住处。我住在霍巴特·阿姆斯，南明特街800号。那地方，你都不需要回答门卫的盘问。我们俩上楼进了屋，打开灯，两个蒙面男子从客厅和饭厅之间的隔断墙后面窜出来。其中一人又矮又瘦，另一个是个大块头，下巴有一截露出了面具，像是悬崖上突出的岩石。坏就坏在卢动了一下，大个子立马朝他开了一枪。枪声并不响，就像是断裂声，卢应声倒在地板上，再也没动弹过。”

我说：“应该就是偷袭我的两个人。我还没告诉你这事儿呢。”

她似乎没在听。她脸色苍白、一脸沉静，像石膏一样不喜不怒。“我最好再来点酒，”她说。

我给我们俩倒了点酒，我们都喝了。她继续说下去。

“他们搜了我们的身，但我们没把钱带身上。我们去过一家通宵营业的杂货店，在邮局支行里面称了重，把钱寄了出去。他们搜查了公寓，不过我们刚到家，还没时间藏东西。大个子一拳打晕了我，等我醒过来的时候，他们已经走了，只留下我还有躺在地板上的卢的尸体。”

她指了指下巴一角上的瘀痕。是有一点，但不是很明显。我在椅子里面动了动，说：“他们在路上跟丢了你们。聪明人应该会留意到路上的出租车。他们怎么知道要去哪里找你们？”

“这个问题我想了一整晚，”格伦小姐说。“卡纳勒知道我的住址。他有次曾尾随我回家，并且想要我邀请他进屋坐坐。”

“哦，”我说，“但他们为什么去你家？他们怎么进去的？”

“这不难。窗户下面有条突出的边沿，成年人可以沿着边沿一直走到安全出口。他们可能也派人守在卢的旅馆。我们料到了这点，但没想到他们会知道我的住处。”

“告诉我剩下的事，”我说。

“钱是寄到我这里，”格伦小姐解释道。“卢是个非常好的小伙子，可女孩必须保护自己。这就是为什么我整个晚上都和死去的卢待在一起。直到邮件寄到。接着，我就到这儿来了。”

我起身看向窗外。院子对面的胖女孩正在打字机上噼噼啪啪地打字。我都能听见打字的声音。我坐下，看向自己的大拇指。

“他们把枪藏起来，想要栽赃给你？”我问。

“不可能，除非在他身下。我没看那儿。”

“他们就这样放了你一马。或许根本不是卡纳勒干的。卢是不是什么都告诉你？”

她静静地摇了摇头。眼珠变成了灰蓝色，若有所思的眼神失了焦距。

“好吧，”我说。“那你要我做什么？”

她微眯起眼睛，伸出一只手，把鼓起来的信封慢慢推过办公桌。

“我不是孩子，我现在陷入了困境。但我还没输得一败涂地。我要一半的钱，我希望拿上钱，性命无忧地远走他乡。就一半。如果我昨晚打电话报了警，他们准会敲我一笔……我想，卢会愿意你拿走他的那份，如果你愿意和我共同进退。”

我说：“对于私家侦探而言，这是突然冒出的一大笔钱，格伦小姐，”我疲倦地笑了笑。“你昨晚没打电话叫警察，情况变得更糟了。不过，他们碰上任何事回答都一样。我最好过去一次，看看有什么情况，如果有的话。”

她迅速凑上前来，说：“你愿意保管这些钱吗？……你敢吗？”

“当然。我马上下楼，把钱存放在保险箱里。你能拿到一把钥匙——我们稍后再商量分钱的事。如果卡纳勒知道他必须要来见我，我觉得这是个好主意，更妙的是，你躲在一家小旅馆里面，我在那儿有个朋友——至少等我找出点眉目。”

她点头。我戴好帽子，把信封塞在皮带里面。我走出房间，告诉她左手第一格抽屉有把枪，假使她感到不放心可以拿上。

当我回来时，她似乎没有动过。但她说他给卡纳勒的场子打了电话，并给他留了一个口信，她觉得卡纳勒会明白的。

我们绕道前往位于布兰特路和 C 大道路口的洛林旅馆。路上没人袭击我们，至少我没发现有人在跟踪。

我和洛林旅馆的白班职员吉姆·多兰握了握手，把折起来的二十元塞进他手里。他把手伸进口袋，表示很乐意看到这位“汤普森小姐”不受打扰。

我离开。午间报纸并没有提到卢·哈格死于霍巴特·阿姆斯的新闻。

6

霍巴特·阿姆斯只是同一街区中的一幢公寓楼，所有楼房排成一条直线。这是一幢六层楼房，正面修成了浅黄色。街区两边的弧道停了很多车。我缓缓驶过街区，一边观察周围环境。邻居没有因为不久前发生的某事露出兴奋之色。风和日丽，停泊的汽车一成不变，似乎一切都好。

我驶进一条两边是高耸木栅栏的小巷，时不时地冒出一个破破烂烂的停车库。我把车停在挂了“出租”标牌的停车库旁，经过两个垃圾桶，踏上霍巴特·阿姆斯沿路的水泥院子。有个男人正把高尔夫球杆放进双人小汽车的后部。大堂里面，一个菲律宾人在用吸尘器吸地毯，皮肤发黑的犹太女人在接线总机后面写写弄弄。

我乘上电梯，悄悄沿着较远的走廊绕到左边最后一扇门。我敲门、等待，再敲门，最后用格伦小姐的钥匙进了房间。

地板上没有尸体。

我看到镜中的自己，镜子是一张活动床的背面，我穿过房间，朝窗外望去。下面有一条突出的边沿，以前是墙墩，一直通往安全门。就算是瞎子也能从这里爬进屋子。可我没有在灰尘当中发现任何类似脚印的痕迹。

饭厅和厨房也一无所获，除了原本就放在那里的东西。卧室铺了一块令人心情愉悦的地毯，墙壁是灰色的。角落的废纸篓周围落满了垃圾，梳妆台上有一把折断的木梳，里面残留了几缕红色的头发。壁橱里面空荡荡，除了几瓶杜松子酒。

我折回客厅，看了看身后的活动床，又站了一分钟，离开了公寓。

大堂里面的菲律宾人已经用吸尘器向前推进了两米多。我往接线总机旁边的柜台上一靠。

"格伦小姐？"

皮肤发黑的犹太女人说："524。"说完，她在熨洗清单上打了个勾。

"她不在。最近回来过吗？"

她迅速瞥了我一眼。"没注意。这钱——干吗？"

我说我是她的一个朋友，我向她表示感谢，走了。格伦小姐的公寓没有引起任何骚动，这个事实已经成立。我回到小巷，找到马蒙。

我不太相信格伦小姐的叙述。

我穿过科尔多瓦街，驶过一个街区，在一家被人遗忘的杂货店边上停下车。杂货店躲在两株巨大的胡椒树后面，一副昏昏欲睡的样子，落满灰尘的橱窗乱七八糟。角落里有一个独立的付费电话亭。一个老人充满期待地朝我走来，不过当他明白我的意图之后就走开了，他把铁制眼镜推到鼻尖，拿着报纸坐下。

我往电话里面投了一枚硬币，拨通号码，是一个女孩的声音："《电讯报》！"有点懒洋洋的。我找冯·巴林。

他来接电话的时候，已经知道是谁找他，我听见他清了清喉咙。接着，他的声音贴上话筒，清晰明了："我有消息告诉你，不过是坏消息。我感到非常抱歉。你的朋友哈格在停尸房。我们十分钟前得到的急报。"

我靠在电话亭的墙上，感到双眼疲惫不堪。我说："还有什么消息？"

"几名警察在某户人家前院还是什么地方发现了他，在西马尔隆。子弹正中心脏。事情发生在昨晚，不过出于某些原因，他们刚刚放出死者身份。"

我说："西马尔隆，嗯？……好吧，盯紧这事。我会来找你的。"

我谢过他，挂断电话，透过玻璃观察一个灰发中年男人，他走进店里，在杂志架上翻来翻去。

我又扔了一枚硬币，打给洛林旅馆，找旅馆职员。

我说："吉姆，让你的姑娘给我接通红发女孩的电话，嗯？"

我抽出一支烟，点燃，对着门玻璃吞云吐雾。烟雾撞到玻璃上，打着旋散入就近的空气中。电话连线传来咔嗒声，是接线员的声音："对不起，对方没有接听。"

"再给我接到吉姆那里，"我说。等他接起电话，我说："你能上楼一趟，看看她为什么不接电话吗？或许她是出于谨慎。"

吉姆说："一定是这样。我可以用钥匙开门进去。"

我浑身冒汗。我把电话听筒搁在搁板上，打开电话亭的门。灰发男人立马从杂志堆中抬起头，皱了皱眉头又看了下手表。烟雾散尽之后，我重又锁上门，拿起听筒。

吉姆的声音由远至近。"她不在。可能外出散步了。"

我说："嗯——可能被人绑架了。"

我放下听筒，推门而出。灰发陌生人放杂志的时候用力过猛，把它弄到了地上。他弯腰捡拾，我从他身边走过。接着，他在我身后直起身子，口气平静但不容置疑："手放下，安静点。出去找到你的车子。这是生意。”

我从眼角可以看见那个近视眼老头正偷看我们。不过，他什么也看不见，就算他能看到这么远。有东西抵在我的后背上。可能是手指，不过我觉得不是。

一辆加长的灰色轿车停在马蒙后面。后车门敞开着，一个四方脸的歪嘴男人站在边上，一条腿还搁在脚踏板上。他的右手背在身后，隐没在汽车里。

我身后的男人说道：“上你的车，往西开。第一个街角转弯，速度保持二十五码左右，不能更快。”

小小的街道阳光明媚、寂静无声，胡椒树沙沙作响。一个街区之隔的科尔多瓦街却是车水马龙。我耸耸肩，打开车门，坐到驾驶位上。灰发男人迅速在我旁边坐定，不错眼地盯着我的双手。他挥了挥右手中的短管手枪。

“小心钥匙掉出来，老兄。”

我小心行事。当我踩下启动器的时候，后车门砰地关上了，有急促的脚步声，有人上了马蒙的后座。我踩下离合器，在街角转弯，从后视镜里看见灰色轿车也转过弯来。它稍稍落后一点。

我在和科尔多瓦街平行的街上向西行驶，当我们驶过一个半街区之后，有只手从后面搭上我的肩膀，拿走了我的手枪。灰发男人左手持枪搁在左腿上，空出来的右手把我仔仔细细搜个遍。他心满意足地靠上椅背。

“好了。开上主干道，加速，”他说。“不过别动脑筋撞警车，如果你看到……或者你以为行得通，试试看啊。”

我转了两个弯，把车速提到三十五码，并保持这个速度。我们穿过一些漂亮的住宅区，两边的景致开始变少。当人烟十分稀少时，灰色轿车掉头驶回城里，消失不见了。

“这算哪门子绑票？”我问。

灰发男人哈哈大笑，摩挲起红润的宽下巴。“只是生意。大人物想和你谈谈。”

“卡纳勒？”

“卡纳勒——见鬼！我说的是*大人物*。”

我看了看车流和远处的路况，有好一会儿没开口说话。之后我说：“为什么不在公寓或者小巷子里对我下手？”

“想要确认你没被跟踪。”

“大人物是谁？”

“跳过这茬——等我们到达之后。还有什么？”

“是的。我能抽烟吗？”

在我点烟的时候，他帮我稳住方向盘。后座上的男人一直没出声。过了一会儿，灰发男人让我停下，移到边上，由他开车。

“我以前也有一辆，六年前，那时我是个穷光蛋，”他兴高采烈地说道。

我想不出一个真正的好回复，所以我就在一边抽闷烟，并且思考起事情的前因后果，如果卢是在西马尔隆被人杀掉的，杀手为什么没得到钱。但如果他真的是死在格伦小姐的公寓里，为什么会有人大费周章地把他运回西马尔隆。

7

二十分钟过后，我们来到了丘陵地带。车子开上陡峭的山路，沿着白色的水泥路一路往下，穿过一座桥，等开上第二座山坡的半山腰后就转上砂石路，路的一边隐没在胭脂栎和熊果树下。蒲苇毛茸茸的叶子在山头舒展，如同喷溅而出的水花。车轮在砂石路上嘎吱作响，转弯时还会打滑。

我们的目的地是一座带有宽阔门廊和水泥地基的山间小屋。屋后一百英尺远的山顶上，发电风车在缓缓转动。山中的冠松鸦掠过马路，急速上升，一个急转弯之后，像丢出的石子一样消失在视线范围内。

灰发男人把车停在门廊前，旁边是一辆茶色的林肯双人座汽车，他熄灭点火装置，拉下制动。他拔下钥匙，小心翼翼地收入皮套，并放进自己的口袋。

后座上的男人下车打开我这边的车门。他手里有枪。我下车。灰发男人也跟下来。我们一起走进小屋。

这是一个大房间，四周的墙壁是经过精心抛光的多结松木。我们踩在印度地毯上穿过房间，灰发男人小心地敲响房门。

有个声音叫道："谁？"

灰发男人把脸贴在门上，说："比斯利——还有您要见的人。"

房里的声音表示可以进来。比斯利开门，把我推进去，并在我身后把门关上。

这也是个大房间，墙壁是多结松木，地上是印度地毯。浮木在石头壁炉里面燃起一堆火，发出嘶嘶响声，还升起阵阵轻烟。

端坐在老板桌后面的男人就是弗兰克·多尔，那个政客。

他就是那类人，喜欢在身前放张桌子，用肥大的肚子抵住，双手摆在桌上胡乱摆弄着什么东西，看上去非常睿智。弗兰克·多尔那张胖乎乎的脸看上去脏兮兮的，一小撮白发微微翘起，眼睛虽小却透着精明，一双手小巧而精致。

我能看见的是他那身不修边幅的灰色西装，桌上还有一只巨大的黑色波斯猫。他用优雅的小手摩挲起波斯猫的脑袋，后者则抵在他手上。那根绒毛浓密的尾巴耷拉在桌边，又笔直垂下。

他说："坐下。"视线没有离开那只猫。

我坐在位子很低的皮椅里。多尔说："觉得这里怎么样？漂亮吧，嗯？这是托比，我的女朋友。我只有这个女朋友。不是吗，托比？"

我说："我喜欢这里——但不喜欢来这里的方式。"

多尔把头抬起几英寸，嘴巴微张看向我。他有一口漂亮的牙齿，但不是天生的。他说："我是个大忙人，老兄。比起唧唧歪歪讲道理，这更简单。来一杯？"

"当然要来一杯，"我说。

他用手掌温柔地抱住猫脑袋，之后把它赶走，两手撑在椅子扶手上。他努力挤了挤，脸色微微涨红，终于站起来。他步履蹒跚地走到壁橱前面，取出四四方方的威士忌酒瓶和两个带有金色纹理的玻璃杯。

"今天没冰块了，"他说，踱回办公桌边上，"只能光喝酒了。"

他倒出两杯酒，用手示意，我起身拿起自己那杯。他重新坐下。我也拿着饮料坐定。多尔用了很长时间才点燃棕色的长雪茄，他把雪茄盒朝我的方向推了推，靠上椅背，神情放松地瞅着我。

"你是那个指认曼尼·泰嫩的小子，"他说。"不管用。"

我啜了一口威士忌，是好酒。

"生活有时会变得复杂，"多尔继续说，语调平静放松。"政治——尽管乐趣多多——是个烦人的东西。你知道我。我手段够狠，我能得到想要的东西。可没多少是我想要的了，不过只要我动了念头——就一定要到手。我是不会介意方法的。"

"你名声在外，"我礼貌地回复。

多尔的眼睛闪闪发光。他找了一圈猫，用手拽住尾巴把它拖过来，又把它翻个身，给它揉肚子。那只猫似乎很享受。

多尔看着我，柔声说："你杀了卢·哈格。"

"你为什么会这么想？"我问，语气平直。

"你杀了哈格。或者说，他需要死亡——而你给了他。他是被一把点三二的手枪射中心脏一枪毙命的。你有一把点三二，而且大家都知道你喜欢用这把枪。昨晚你和哈格都在拉斯奥林达斯，你看见他赢了很多钱。你是去给他做保镖的，不过你有了更好的主意。你在西马尔隆找到他还有那个女孩，你杀了他，得到了钱。”

我喝干威士忌，起身又给自己倒了一些。

“你和那女人达成了交易，”多尔说，“不过这交易并不牢靠。她也想出了一个金点子。不过这没什么大不了的，因为警察在哈格身边发现了你的手枪。而你拿到了钱。”

我问：“有人跟踪我？”

“没有，直到我下了命令……枪还没有上交……我交友甚广，你知道的。”

我慢慢说道：“我在卡纳勒场子外面被人偷袭了。是我活该。我的枪被摸走了。我没追上哈格，再也没见到他。那个女孩今早带着一信封的钱来找我，告诉我哈格是在她的公寓里面被人杀掉的。所以钱到了我手上——是帮忙保管。我不太相信女孩的故事，不过她带来的钱多了点说服力。再说，哈格是我的朋友。我就着手调查了。”

“你应该让警察接手的，”多尔咧嘴一笑。

“有个可能是女孩被人陷害了。再说了，我或许也能赚点小钱——合法的。要做我早就做了，甚至在圣安吉洛。”

多尔用手指戳猫的脸，猫漫不经心地咬起他的手指。接着，它走开了，蹲坐在桌角上，开始舔猫爪。

“两万两千元，那小妞交给你保管了，”多尔说。“这是一个小妞会做的事？”

我看着杯中的琥珀色液体，轻轻晃动杯子。

“你得到了钱，”多尔说。“哈格死在了你的枪下。女孩跑了——不过我能把她找回来。我觉得她会是个合格的目击者，如果我们有需要的话。”

“拉斯奥林达斯是个局？”我问。

多尔喝光酒，叼着雪茄的嘴唇吐出烟雾。“当然，”他随随便便地说道。“那个荷官——叫皮纳的家伙——也是骗局的一部分。轮盘赌在双零位的地方接通了电线。老把戏。地板上有个铜按钮，皮纳用脚踩住，电线绕在大腿上，电池放在屁股口袋里。老把戏。”

我说：“卡纳勒的举动，似乎不知情。”

多尔咯咯笑起来。“他知道轮盘赌通了电线，但没想到赌场领班不是和他一伙的。”

“我讨厌皮纳这种人，”我说。

多尔潇洒地挥了挥雪茄。“有人关照他……局设得很小心，不动声色。他们没有冒险行事，只是赌钱，他们也没有把把都赢。这做不到。通了电线的轮盘赌也没这么好用。”

我耸耸肩，在椅子里挪动身子。“你知道得很多啊，”我说。“这一切都是为了胁迫我？”

他轻声笑起来。“当然不是！只是碰巧撞上了——这是最好的嫁祸方式。”他又晃了晃雪茄，一缕浅灰色的烟雾袅袅上升，掠过他那双精明的小眼睛。房间外面有模糊的谈话声。“我要让自己的顾客满意——尽管我不喜欢他们的犯罪行为。”他直白地表示。

“比如曼尼·泰嫩？”我说。“他在市政厅很活跃，知道太多事。好吧，多尔先生。你要我为你做什么？自杀？”

他哈哈大笑。肥厚的肩膀雀跃地颤抖起来。他伸出一只小手，掌心朝我。“我可不这么想，”他干巴巴地说，“换个思路，会是一笔更好的生意。我说的是公众对于香农谋杀案的看法。我不太肯定，地方法院那些没用的检察官没了你的证词就没法判泰嫩有罪——除非他们能让公众相信你是被人灭口了。”

我从椅子里站起来，俯身越过办公桌。

他说：“这是严肃的生意！”他的声音有点尖锐，接不上气来。他把手放在抽屉上，打开一半。相较于笨重的躯体，他手上的动作快得很。

我笑眯眯地看着他的手离开抽屉。我在抽屉里看到一把手枪。

我说：“我已经和大陪审团谈过话。”

多尔往后一靠，冲我微笑。“人都会犯错，”他说。“就算是聪明的私家侦探……你可以改变主意——并且白纸黑字写下来。”

我非常平心静气地回道：“不会。我立假誓——那会输得一败涂地。我被控谋杀——可能打得赢。特别是芬威瑟希望我赢。他不会伤害我这个目击者。泰嫩的案子对他来说太重要了。”

多尔平静地说：“那么，你要好好努力打赢官司，老兄。不过，就算你能成功脱罪，你也会背上污名，所以陪审团不会根据你的一家之言就判曼尼有罪。”

我缓缓伸出手，挠起猫耳朵。“两万两千元怎么办？”

“可以是你的，如果你愿意入局。总之，这钱不是我的……如果曼尼无罪释放，我会自掏腰包再加点。”

我挠起猫下巴。它开始发出咕噜噜的喉音。我把它抱起来，温柔地抱在怀里。

“多尔，是谁杀了卢·哈格？”我问，没抬头看他。

他摇头。我看着他，微笑。“你有只漂亮的猫，”我说。

多尔舔过嘴唇。“我觉得小家伙——喜欢你，”他咧嘴一笑。这个想把他给逗乐了。

我点头——把猫扔到他脸上。

哇哇大叫，双手倒是立马抬起接住了猫。猫在空中灵巧地扭动身

前爪平稳着陆。可张开的爪子划破了多尔的脸颊，就像剥开的

大叫起来。

我从抽屉里拿出枪，枪口抵上多尔的后颈，这时，比斯利和四方脸男人破门而入。

有那么一瞬间，气氛剑拔弩张。接着，那只猫挣脱了多尔的怀抱，跳到地上，钻到了办公桌下面。比斯利举起短管手枪，不过他看上去不太确定自己到底该怎么办。

我把枪管用力抵上多尔的头颈，说："弗兰克先走，伙计……我不是开玩笑。"

多尔在我面前咕哝起来。"放松点，"他朝手下吼道。他从胸前的口袋里掏出一块手帕，轻轻擦拭伤口还有脸上的鲜血。歪嘴男人悄悄挪到墙边。

我说："别以为我乐在其中，但我也不会干傻事。站着别动。"

多尔半转过头，试图越过肩膀和我说话。我看不清他的脸，无从得知他的表情，但他似乎没有受到惊吓。他说："这么做对你没好处。我能轻而易举地干掉你，如果这是我希望的。你现在是在哪里？只要你开枪，就会陷入更糟糕的局面，甚至糟过你按我的旨意行事。在我看来，这就是个僵局。"

我思考了一分钟，与此同时，比斯利看着我的神情相当愉悦，就好像这一切都是例行公事一般。另一个人就不太高兴了。我侧耳倾听，可屋子其他部分一片寂静。

多尔避开枪管，说："如何？"

我说："我要出去。我手中有枪，而且这把枪看上去在必要的时候是能伤人的。我要求不多，只要比斯利把车钥匙扔给我，另一个人把没收的枪还给我，我就会把这起绑架忘得一干二净。"

多尔懒洋洋地一耸肩，带动了两条胳膊。"然后呢？"

"好好琢磨下你的交易，"我说。"如果你能为我提供足够的保护，我或许会入伙……而且，如果你真的像你想的那样顽强，几个小时也没多大关系。”

“是个办法，”多尔咯咯笑起来，接着对比斯利说，“管好你手里的枪，把车钥匙还他。还有他的枪——今天拿走的那把。”

比斯利叹了口气，小心翼翼地把手伸进裤子。他把我的皮质钥匙包扔到桌角下。歪嘴男人抬手，缓缓伸进边袋，我也在同一时间松开了多尔。歪嘴男人掏出枪，扔在地上，把它踢过来。

站在多尔身后的我向后退去，捡起地上的钥匙和手枪，侧着身子朝房门移去。多尔眼神空洞地瞪向我。比斯利转动身子注意着我的一举一动，却在我接近房门时躲开了。另一个人都没法让自己保持安静。

我走到门边，转动门上的钥匙。多尔梦呓道：“你就像是橡皮筋上的橡胶球。走得越远，反弹越厉害。”

我说：“橡皮筋可能会有点磨损。”我穿过房门，插入钥匙，堵上房门，以防背后有冷枪射来。我只是虚张声势，它顶用，那是因为多尔默许了，仅此而已。

我走出房子，发动马蒙，转了个弯，车滑下山肩，驶上高速公路。身后没有任何动静。

当我开上混凝土高速公路大桥时，已经过了下午两点，我单手开了会儿车，抹去颈背上的汗水。

8

太平间位于明亮、安静、幽深的走廊尽头，有条岔路通往县法院大楼的主要大厅。走廊尽头是两扇门以及镶嵌有大理石的光秃秃的墙壁。一扇门的玻璃上写有“审讯室”，房内没有灯光。另一扇开着的门通向令人心情愉悦的小办公室。

一个蓝眼珠、铁锈红头发中分的男人正趴在桌上倒腾打表格。他抬头看向我，灿烂一笑。

我说："好啊，兰登……还记得谢尔比的案子吗？"

明亮的蓝眼睛忽闪起来。他起身绕过桌子，手垂在身边。"当然。我们能做点什么——"他打住话头，咬起手指。"该死！你就是那个开破车的家伙。"

我把烟头扔到走廊上。"我不是因为这事儿才来的，"我说。"至少不是这个点。有个叫卢·哈格的家伙……昨晚还是今早在西马尔隆被人枪杀，根据我得到的消息。我能看一眼吗？"

"没人能阻止你，"兰登说。

他带我穿过办公室另一头的房门，进入一个一片惨白的地方，四周是白色的瓷砖和玻璃，还有明晃晃的灯光。一堵墙边排列着两层配有玻璃窗的大铁柜。透过小洞可以看见白布包裹的物体，更远处是结了霜冻的管道。

一具盖有床单的尸体躺在头高脚低呈倾斜状的桌子上。兰登随意拉下床单，露出男人死气沉沉、平静、泛黄的脸庞。黑色长发散落在小枕头上，还有水渍洇出。半睁的双眼淡漠地望向天花板。

我凑近了去看那张脸。兰登把床单往下拉，指关节敲在胸腔上发出木头一般的空洞声响。心脏位置有一个弹孔。

"干净漂亮，"他说。

我迅速转身，掏出一根烟，在指尖摩挲。我盯着地板。

"怎么确定他的身份？"

"他口袋里的东西，"兰登说。"当然，我们查了他的指纹。你认识他？"

我说："是的。"

他用拇指指甲轻轻刮搔自己的下巴。我们走回办公室，兰登在桌子后面坐定。

他翻找起文件，从一沓纸张里面抽出一份，研究了片刻。

他说："一辆县治安官的警车在十二点三十五分发现了他，就在驶出西马尔隆的一条老路边上，距离运河有四分之一英里的距离。那里车流量并不多，但巡逻车会弯过去，留意下男女之间搂搂抱抱的事儿。"

我说："能告诉我他当时死了多久？"

"不久。尸体仍旧温热，而昨晚挺冷的。"

我把没点燃的香烟塞进嘴里，香烟随嘴唇上下抖动。"还有，我打赌你从他身上搜出了一把点三二的钢制手枪，"我说。

"你怎么知道的？"兰登立马问道。

"只是猜的。弹孔就是这样。"

他明亮的眼睛饶有兴致地看着我。我谢过他，表示还会来麻烦他，随即走出办公室，在走廊上点燃香烟。我走到电梯旁，上了其中一部，直达七楼，穿过和楼下几乎一模一样的走廊，只是这条走廊的尽头并非太平间，而是一间空荡荡的小办公室，供地方检察官的调查人员使用。我在中途打开一扇门，走了进去。

伯尼·奥尔斯一身松松垮垮的肉端坐在靠墙的办公桌旁。他就是那个项目负责人，芬威瑟曾告诉我如果遇上麻烦就来找他。他中等身材，一头金发，眉毛雪白，突出的下巴中间有一道深深的凹痕。另一堵墙边也有张办公桌，放了对硬质扶手椅，橡胶垫上有个黄铜痰盂，此外别无他物。

奥尔斯随意地向我点点头，起身插上门插销。接着，他从办公桌内拿出装有小雪茄的扁盒，点燃一支，把盒子推过办公桌，他顺着自己的鼻子盯着我瞧。我选了一把直背扶手椅坐下，稍稍向后倒去。

奥尔斯说："如何？"

"是卢·哈格，"我说。"我曾一度以为，也不一定是他。"

"他妈的你在想什么啊。我本该告诉你就是哈格。"

有人试图开门，接着门敲响了。奥尔斯不予理会。那人走远了。

我慢慢说道："他被杀时间是在十一点三十分至十二点三十五分之间。正是在这段时间内，他在被发现的地方遭人杀害，并不是那个女孩说的时间。我没作案时间。"

奥尔斯说："好吧。或许你可以证明。或许你能证明你的一个朋友没用你的枪杀人。"

我说："我的朋友不会用我的枪杀人——如果他是我的朋友。"

奥尔斯轻哼一声，酸溜溜地撇嘴一笑。他说："大多数人都这么想。因此，他才会这么做。"

我任凭椅腿落在地上，定睛瞧他。

"我能来和你说说那些钱和枪吗——那些把我牵扯进来的东西？"

奥尔斯面无表情地说："本来可以——如果你他妈的清楚有人已经说出了一切。"

我说："多尔倒不浪费时间。"

我掐灭香烟，弹向黄铜痰盂。之后，我站起来。

"好吧。现在外面还没有盯上我的眼线——我要好好想一遍，再说出我的故事。"

奥尔斯说："再坐会儿。"

我坐下。他拿下嘴里的小雪茄，用力一掷。小雪茄在棕色地毡上滚到角落里，继续燃烧。他把手臂搁在办公桌上，手指敲打起桌面。他下唇微突，抿住上唇，抵向牙齿。

"多尔可能知道你在这儿，"他说。"你之所以没在楼上的水箱里，唯一一个理由就是他们没把握，但其实更好的做法是把你干掉，碰碰运气。如果芬威瑟在选举中失利，我也会被清理出去——如果我在你身上浪费了时间。"

我说："假使他能证明曼尼·泰嫩有罪，他就不会输了选举。"

奥尔斯又从盒子里抽出一支小雪茄，点燃。他拿起办公桌上的帽子，用手指摆弄了会儿，又戴上。

“那个红发姑娘为什么要编那出故事，房里的枪声，地板上的尸体——好一出闹剧？”

“他们希望我去现场查看。他们料到我会去看下是否有栽赃的手枪——或者仅仅为了验证她的话。这能让我远离城镇热闹的区域，他们就能断定地方检察官有没有派人暗中跟踪我。”

“这只是猜想，”奥尔斯尖刻地回道。

我说：“当然。”

奥尔斯晃动起两条粗腿，脚掌牢牢地钉在地面上，双手撑住膝盖。嘴角的小雪茄一阵抖动。

“有人放弃了两万两千元，就是为了让这个童话故事更可信，这样的人我倒想认识认识，”他的语气咄咄逼人。

我又一次起身，路过他身边，朝房门走去。

奥尔斯说：“急什么？”

我转身耸肩，面无表情地看向他。“你表现得兴致缺缺，”我说。

他费力起身，疲惫地表示：“那个出租车司机极有可能是个肮脏的小骗子。不过，多尔的手下并不知道他在这件事中起到的作用。我们去把他找出来，趁着他的记忆还新鲜。”

9

绿顶出租车的车库在德维弗拉路上，梅恩路往东走三个街区就是。我把马蒙停在消防栓前面，下了车。陷在座位里的奥尔斯粗声粗气地说：“我留在这里。没准我能认出盯梢的。”

我走进空落落的巨大车库，在一片黝黯之中，锃亮的新漆冷不防溅射出些许色彩。角落辟出一间用玻璃幕墙围起来的狭小、肮脏的办公室，一名矮个男子坐在里面，后脑勺上搭着一顶窄边礼帽，胡子拉碴的下巴下面系有一根红领带。他正在把烟丝削到手心上。

我说："你是调度员？"

"是的。"

"我要找你们的一个司机，"我说。"名叫汤姆·斯尼德。"

他放下小刀和板烟，开始用双手揉搓切下的烟丝。"惹了什么麻烦？"

"不是麻烦。我是他的朋友。"

"又是朋友，哼？……他上晚班，先生……所以，我猜他在家里。伦弗鲁街 1723 号，灰湖边上。"

我说："谢了。电话？"

"没电话。"

我从内侧口袋掏出一张折叠起来的城市地图，在他眼鼻子底下摊开一角。他似乎惹恼了。

"墙上有张大的，"他吼起来，动手把烟丝塞进一个短烟斗里。

"我用惯了这张，"我说。我俯身在展开的地图上寻找伦弗鲁街。我停下动作，猛然看向戴帽男人的脸庞。"你地址说得真他妈的溜啊，"我说。

他把烟斗放进嘴里，用力啃咬，两根粗手指则伸进敞开背心的口袋。"刚才另一伙无赖已经来问过地址。"

我迅速收起地图，插进口袋，穿过房门。我跳下人行道，钻进驾驶座，发动汽车。

"我们有麻烦了，"我告诉伯尼·奥尔斯。"有人先一步拿到了那孩子的地址。可能是——"

汽车转过街角，轮胎发出尖锐的叫声，奥尔斯抓牢汽车侧边，嘴里骂骂咧咧的。我俯向驾驶盘，飞车疾驰。中央大道亮起了红灯。我一个急转弯，驶进街角的加油站，穿过加油泵，落在中央大道上，我避开车流，又来了个右转，向东驶去。

一名有色人种的交警朝我吹响哨子，试图看清我的车牌号码。我继续往前行驶。

仓库、产品市场、巨大的储气罐，又是仓库、铁轨，还有两座桥纷纷落在我们身后。我差点闯了三个红灯，又笔直闯过了第四个。在驶过六个街区之后，我听见了摩托骑警的警笛声。奥尔斯把一枚铜质五角星递给我，我把手伸出车外，转动五角星，让日光反射在上面。警笛声停止了。摩托车在我们后面又随行了十二个街区，之后驶向别处。

灰湖其实是在群山之间挖出的人工水库，位于圣安吉洛东翼。造价不菲的小道在山中蜿蜒前行，描摹出精致的弧线，路侧散落着一些寒酸的平房。

我们一头扎进山里，一路疾驰中还要看路牌。波光粼粼的湖泊被远远甩在身后，马蒙这辆老爷车在碎石土间发出精疲力竭的低吼，扬起的灰尘落在无人使用的人行道上。杂种狗蹲守在杂草中，四周是地鼠洞。

伦弗鲁街差不多在山顶。首先看见的是一幢干净整洁的小平房，一个兜尿片的小孩在房前摸摸弄弄，除了草坪上遗落的一支布线笔之外也没有其他东西。接着一段马路没了人烟。此后又是两幢房子，马路顺势而下，数个急转弯之后，驶上一段陡坡，整条街道都笼罩在了它的阴影之下。

转弯的刹那，车前响起了枪声。

奥尔斯立马坐直，说道："哦——哦！这可不是闹着玩的。"他掏出自己的配枪，打开车门。

我们的车转过弯，看见山的低洼处还有两幢房子，其间还遍布有高墙。一辆长长的灰色汽车横亘在两幢房之间的空地上。汽车的左前轮胎瘪了下去，两扇前门都大开着，就像大象的一对招风耳。

一个面色黝黑的小个男人正跪在灰色汽车的右前门后面。右手臂无力地垂在身侧，手上鲜血淋漓。另一只手正试图捡起前方水泥地上的自动手枪。

我的马蒙来了个急刹车，奥尔斯翻身摔倒。

“你给我下车！”他吼起来。

手臂受伤的男人在嘶吼，他神情放松地倒在汽车踏板上，一颗子弹从汽车后面呼啸而来，堪堪擦着我的耳朵飞过。此时我已身在马路上。灰色汽车停的角度极好，除了敞开的车门，我无法看见汽车左边的一举一动，子弹似乎是从那边射来的。奥尔斯朝车门开了两枪，我趴下，从车底看见一双脚。我开了枪，但没打中。

恰在此时，最近的那幢房子的一角传来细微但尖锐的爆裂声，一小股烟雾从路堤边的灌木丛中升腾而起。灰色汽车的玻璃碎裂了。车后的手枪发出怒吼，房子墙角的石灰弹落到灌木丛上。接着，我看见躲在灌木丛里的男子上身。他捧腹趴在地上，一把轻巧的来复枪搭在肩上。

他就是汤姆·斯尼德，那个出租车司机。

奥尔斯一边咕哝一边朝灰色汽车射击。他又朝车门开了两枪，随即掩身在引擎盖之后。车后传来更多的爆炸声。我踢走受伤男人的手枪，从他身边穿过，瞥了一眼煤气罐。我身后的男人还没来得及发现这点。

那人是个身穿棕色西装的大个子，他奋力朝两座平房之间的山口跑去。奥尔斯的手枪在咆哮。男人一个避闪，没有停步的意思。现在的奥尔斯没有任何掩体。我看见他脑袋上的帽子掉了下来。我看见他双腿叉开，一夫当关，手中的枪稳稳地握住，就好像他真的是警队一员。

不过，那个大个子已经慢慢倒下去。我的子弹打中了他的脖子。奥尔斯倒下的瞬间，奋力朝他开了两枪，枪管射出的第六和第七枚子弹正中男人的胸膛，后者的躯体扭作一团，脑侧重重地撞在路边。

我们各自从汽车一边向那人走去。奥尔斯弯腰从后面拉起那个男人。没有生命的脸庞露出放松、和蔼的表情，尽管脖子上满是鲜血。奥尔斯开始摸索他的口袋。

我向后望去，想看看另一个人在干什么。他一动不动地坐在踏板上，紧紧抱住右臂，伤口让他疼得龇牙咧嘴。

汤姆·斯尼德从路堤边爬起，朝我们走来。

奥尔斯说："这家伙叫波克·安德鲁斯。我在弹子房一带见过他。"他起身拍干净膝盖。他的左手有点脏。"是的，波克·安德鲁斯。专干杀人越货的事儿，按天、小时或周来计算。我猜他还活着——暂时。"

"偷袭我的不是这家伙，"我说。"但我被偷袭时看见过他。此外，如果红发女孩今早说的有些是真话，那很有可能就是他杀了卢·哈格。"

奥尔斯点头，走过去捡起自己的帽子。帽檐上多了个弹孔。"没什么好大惊小怪的。"他说，镇定自若地戴上了帽子。

汤姆·斯尼德站在我俩前面，小巧的来复枪僵硬地挡在胸前。他衣衫不整，脚上套了一双胶底运动鞋。他双眼放光，陷入了癫狂，身子也跟着颤抖起来。

"我知道我能搞定这些家伙！"他嚷嚷道。"我知道我能干掉他——们！"接着，他住了口，脸色发青。他缓缓倒下，扔掉了手中的来复枪，双手抱住弯曲的膝盖。

奥尔斯说："伙计，你最好找个地方躺会儿。看你的脸色，就快吐了。"

10

汤姆·斯尼德仰躺在小平房前屋的沙发床上。额上搭了一块湿毛巾。一个蜜色头发的小女孩握住他的手，坐在他身边。还有一个年轻妇人，头发的色系比小女孩深点，正坐在房间角落里，疲惫又迷恋地望着汤姆·斯尼德。

我们进屋时，屋里很热。所有的窗户关得严严实实，百叶窗也都放了下来。奥尔斯打开两扇正面的窗户，他靠窗坐下，探头望向屋外的灰色汽车。那个肤色黝黑的墨西哥人没有受伤的手腕被铐在了方向盘上。

“他们用闺女来威胁我，”汤姆·斯尼德在毛巾下面说道。“所以我疯了。他们说他们会回来带走她，如果我不配合他们演戏的话。”

奥尔斯说：“好的，汤姆。我们从头说起。”他把一支小雪茄塞进嘴里，狐疑地看着汤姆·斯尼德，并没有点烟。

我坐在一把硬质的温莎扶手椅中，低头看向廉价的新地毯。

“当时，我在看杂志，等着吃饭和上工，”汤姆·斯尼德一板一眼地回忆道。“闺女打开车门。他们上车，拿枪抵着我们，把我们带到这儿来，还关上了所有窗户。他们拉下所有的百叶窗，除了一扇，那个墨西哥人就坐在窗边观察屋外动静。他没说过一个字。大个子坐在床上，让我复述昨天的经历——复述了两遍。接着，他对我说，我必须忘记见过的人或者一同进城的人。其他的没问题。”

奥尔斯点头道：“你第一次见到这人是什么时候？”

“我没注意，”汤姆·斯尼德说。“大概是晚上十一点半，或者十一点三刻。我是凌晨一点一刻去办公室报到的，在我把出租车停在卡里永之后。从海边开到城里足足需要一个小时。我们在杂货店里聊了一刻钟，可能还更长点。”

“那就是说，你差不多是在午夜遇见他的，”奥尔斯说。

汤姆·斯尼德摇了摇脑袋，毛巾从脸上滑落下来。他把毛巾放回原位。

“嗯，不是，”汤姆·斯尼德说。“杂货店的职员告诉我，他在深夜十二点打烊。我们离开的时候，他还没关门呢。”

奥尔斯回过头来，面无表情地看向我。他又转头对着汤姆·斯尼德。“告诉我们剩下的关于那俩家伙的事儿，”他说。

“大个子告诫我，没必要对别人提这事。如果我说了，说得好，他会带着赏钱回来。说错了，他们就会来找我女儿的麻烦。”

“继续，”奥尔斯说。“他们真是废话连篇。”

“他们走了。当我看见他们走上街道，我一下子抽了。伦弗鲁街是个口袋状——烂尾工程嘛。马路沿山脉向前半英里就断了。没路下山。所以他们只能走回头路……我拿出我的点二二，我只有这把枪，我躲在灌木丛里。我第二枪打爆了汽车轮胎。我猜，那两人会以为是爆胎。后一枪射偏了，这引起了他们的警觉。他们也拔出枪。之后，我射中了墨西哥人，大个子则躲到车后面去了……就是这么回事。之后，你们来了。”

奥尔斯蜷起他粗壮的手指，朝着角落里的女孩冷酷一笑。“隔壁房子住的是谁，汤姆？”

“一个叫格兰迪的男人，无轨电车司机。他一个人住。现在是上班时间。”

“我也觉得他不在家。”奥尔斯咧嘴一笑。他起身走到小女孩旁边，摸了摸她的头。“你必须回去，提供一份证词，汤姆。”

“当然，”汤姆·斯尼德的嗓音透着倦怠。“我猜我的工作也保不住了，我昨晚把车借给了别人。”

“这我不能肯定，”奥尔斯柔声说道。“除非你的老板喜欢胆大包天的家伙来开他的出租车。”

他又摸了摸小女孩的脑袋，径直朝大门走去，打开门。我冲汤姆·斯尼德点点头，尾随奥尔斯走出了平房。奥尔斯平静地开口：“他还不知道卢死了。没必要在孩子面前说这些。”

我们走到灰色汽车边上。我们刚才从地下室拿了些袋子出来，现在把它们盖在死去的安德鲁斯身上，再用石头压住。奥尔斯瞥了眼完工的活儿，心不在焉地说道：“我要找个能打电话的地方。”

他靠上车门，看向车里的墨西哥人。墨西哥人脑袋后仰坐着，眼睛半闭，棕色的脸上露出扭曲的表情。左手腕被固定在方向盘上。

“叫什么名字？”奥尔斯不耐烦地问道。

“路易·卡德纳，”墨西哥人轻声细语地回答，眼睛并没有睁得更大。

“昨晚你们哪个盯梢的在西马尔隆干了那家伙？”

“不明白，先生。”墨西哥人呜咽道。

“别我给打哑谜，墨西哥人，”奥尔斯冷静地回道。“这会惹恼我的。”他倚在车窗上，在嘴里转动起小雪茄。

墨西哥人似乎被逗乐了，又疲惫不堪。右手上的鲜血干涸之后成了黑色。

奥尔斯说：“安德鲁斯在西马尔隆干掉了出租车里的一个男人。车上还有个女孩。我们找到了女孩。你有一线希望能证明你没有参与其中。”

墨西哥人半开的眼睛闪过一丝光芒，旋即湮灭。他微微一笑，露出一口闪白的贝齿。

奥尔斯问：“他拿枪做了什么？”

“不明白，先生。”

奥尔斯说：“真是根硬骨头啊。碰上强硬的，我就怕了。”

他从车边走开，把脚下的污泥擦在人行道上，旁边就是被袋子掩盖起来的尸体。在脚趾的擦拭下，水泥地渐渐露出承包商的名字。他大声念出来：“多尔道路建筑公司，圣安吉洛。难得啊，这胖子——竟然没参与自己的诈骗勾当。”

我站在奥尔斯身边，看向两座平房之间的山脉。那突然而至的光线是汽车挡风玻璃射出的，远处的山下，汽车正沿着灰湖的环湖公路前行。

奥尔斯问：“怎么了？”

我说："杀手知道出租车——或许——哈格的女朋友是带着赃款到达城里的。所以不是卡纳勒下手干的。卡纳勒不是那种人，任由别人带着他的两万两千元到处晃荡。红发女孩就在谋杀现场，其中必有原因。"

奥尔斯咧嘴大笑。"当然。这么做就能把你陷害进去。"

我说："有些人如此轻贱生命——两万两千元，真是不应该啊。哈格被杀了，所以我被陷害了，到我手上的钱把陷阱收得更拢了。"

"他们可能以为你会马上行动，"奥尔斯咕哝道。"这样就可以立马解决你。"

我的手指捻动香烟。"这有点蠢得过分了，甚至对我而言。现在做什么？等到月亮出来唱歌——或者下山，说些善意的小谎言？"

奥尔斯朝波克·安德鲁斯身上的袋子吐了口唾沫。他没好气地表示："这里是县的地盘。我可以把这摊麻烦事交给索拉诺县的警察分局，并且瞒上一段时间。那个出租车司机会心满意足地保守秘密。我做得够多的了，我想把墨西哥人带回审讯室亲自审问。"

"我也赞成这么干，"我说。"我猜你也瞒不了很长时间，但足以让我见到那个养猫的肥仔。"

11

当我回到旅馆的时候，已是傍晚。旅馆职员给了我一张小条，上面写着："请尽快给 F.D. 打电话。"

我上楼，喝了点酒瓶里的残酒。我打电话又叫了一品脱的酒，刮干净胡子，换了身衣服，翻出电话簿找到弗兰克·多尔的号码。他住在绿景公园湾一栋漂亮的老房子里面。

我装出高傲优雅的口音拨通了电话，我挑了把简易椅子坐下来，电话放在手肘边上。起初接电话的是个女孩，接着我听到一个男人的声音，他提起多尔先生的名字就好像这个名字会在他嘴里爆炸了似的。之后的声音如丝般光滑。又是长时间的静默，随后我听到了弗兰克·多尔本人的声音。他听上去很高兴能接到我的电话。

他说："我一直在想我们今早的面谈，我有了更好的主意。别掺和，来见我……你可以把钱一起带来。你还有时间去银行取钱。"

我说："的确如此。保险库要到晚上六点关门。但这不是我的钱。"

我听见他在咯咯咯地笑。"别傻了。钱都做了记号，我可不想告你偷钱。"

我想了一下，并不相信他的话——什么现金上面做了记号。我喝了口玻璃杯里面的酒，说："我或许愿意把钱还给钱的主人——当着你的面。"

他说："好吧——我告诉你当事方离开城里了。但我会看看我能做些什么。别耍花招，务必。"

我表示当然不会耍花招，接着挂断了电话。我喝光杯中的酒，给《电讯报》的冯·巴林打了一个电话。他说县治安官的人手似乎对卢·哈格一无所知——或者说是毫不关心。他有些恼火，我还不让他用我的故事。从他说话的口气，我推断出他还不知道灰湖的事情。

我给奥尔斯挂了电话，但没找到人。

我又给自己倒了杯酒，一口气喝下半杯，开始感到有点喝多了。我戴上帽子，改主意不再把剩下的半杯酒喝掉，下楼去拿车。黄昏是交通繁忙的时段，一家之主们纷纷驱车赶回家，和家人共进晚餐。我不太确定跟踪我的车是一辆还是两辆。无论如何，没人试图追上来，朝我扔个炸弹。

这是一幢用古旧的红砖砌成的四四方方的两层洋房，漂亮的底色，红砖砌筑的墙面顶端镶嵌有一圈白石。一辆闪闪发光的黑色豪华轿车停在别墅边上的门廊下。我沿着两边插有红旗的步道上到露台，一个身穿常礼服、面色苍白的瘦小男人把我引进了一间安静的大厅，四周是黑黢黢的古董家具，尽头的花园传来一点微光。他带我穿过大厅，又穿过呈直角的另一个大厅，礼貌地把我引进一间嵌有护墙板的书房，暮色四合，房里的灯光有些昏暗。瘦小男人走开了，留下我独自一人。

书房一头是打开的落地窗，透过窗户，一排寂静的树木映衬着黄铜色的天空。树前，有一个洒水装置在丝绒般的草坪上慢慢转动，草坪已然漆黑一片。墙上留有暗淡的油渍，一张巨大的黑色办公桌横亘在书房一头，上面摆放了好些书，几把舒适的沙发椅，一块厚重而柔软的地毯铺在两堵墙之间。空气中有淡淡的上等雪茄的气味，此外还有花园里的花香以及潮湿泥土的气息。

门开了，一个戴着夹鼻眼镜的年轻人走进来，朝我正式地轻轻一点头，随意地朝四周看了一圈，说多尔先生马上就到。他走出书房，我点燃了香烟。

没过多久，门又开了，进来的是比斯利，他笑吟吟地从我面前走过，在窗户间坐下。接着，多尔也进来了，身后跟着格伦小姐。

多尔的怀里仍抱着那只黑猫，两道靓丽的红色抓痕用火棉胶擦过后，在右脸颊上闪闪发光。格伦小姐还穿着我早上见到她时的衣服。她面色发黑、肌肉紧绷、郁郁寡欢，从我身边经过时那样子就好像从没见过我。

多尔把自己塞进办公桌后面的高背扶手椅中，又把猫放在身前。那只猫踱到桌角边上，开始例行公事般地慢慢地舔弄自己的胸毛。

多尔说："好啊，好啊。人都到了。"他高兴得笑出了声。

常礼服男人托着一盘鸡尾酒走进书房，他绕行一周，把托盘和摇杯放在格伦小姐身边的矮桌上。他退出书房，关上门，生怕会弄出声响。

我们都喝了酒，每个人看上去都郑重其事。

我说："我们都在这儿，除了两个人。我想，我们到了法定人数。"

多尔说："这话什么意思？"他的声音尖锐地响起，脑袋歪向一边。

我说："卢·哈格在太平间，卡纳勒在躲避警察。否则的话，人就齐了。所有相关人等。"

格伦小姐猛然一动，接着又放松下来，抓住椅子的扶手。

多尔咽下两口鸡尾酒，把杯子放一边，那双干净的小手在办公桌上交叠起来。面色看上去有点阴沉。

"钱，"他冷酷地说道。"现在由我保管。"

我说："既不是现在也不是任何时候。我没带来。"

多尔瞪眼瞧我，脸色微微发红。我看向比斯利。比斯利嘴里叼了根烟，双手插在口袋里，头靠在椅背上，似乎半睡半醒中。

多尔若有所思地低语："扣留，嗯？"

"是的，"我冷冷回道，"钱在我手上，那我就生命无虞。既然你让我染指了这笔钱，那就是你自己玩过火。送到手上的先机不去把握，那我就是傻瓜。"

多尔说："无虞？"他的语调当中透露出些许险恶。

我哈哈大笑。"不一定能从陷害中安然抽身，"我说。"但最后那次陷害没成功啊……我也不一定能保证不再弄丢手枪。但下次就没这么容易得手了……我也不会背后遭冷枪，你也没法提起诉讼要求抵押我的房产。"

多尔一边用手摸猫一边低眉垂眼看我。

"我们把更重要的事儿了结了吧，"我说。"谁杀了卢·哈格？"

"凭什么断定不是你？"多尔气呼呼地问道。

"我的不在场证据无懈可击。我之前没发现这个证据这么好用，可之后我知道了卢大致死亡时间。我现在清清白白的……不管有谁交出劳什子的枪，编个劳什子的童话故事……我有人证，而被派去灭口的家伙碰上了点麻烦。"

多尔不动声色地说："就这样？"

"一个杀手叫安德鲁斯，还有个墨西哥人自称路易·卡德纳。我敢说你听过这俩名字。"

"我不认识这种人，"多尔的回答单刀直入。

"那么听到安德鲁斯死了，卡德纳被逮捕了，你也不会心烦吧。"

"当然不会，"多尔说。"他们是卡纳勒的人。卡纳勒杀了哈格。"

我说："这是你的新点子喽。我觉得恶心。"

我俯身把空酒杯放在椅子下面。

格伦小姐扭头看我，她的口吻非常严肃，就好像为了人类的未来，我必须相信她说的话。

"当然——当然是卡纳勒杀了卢……至少是他派去跟踪我们的人杀了卢。"

我礼节性地点点头。"为了什么？那袋他们没得手的钱？他们没必要杀人。他们可以抓住卢，把你们两个都抓了。你安排了这次谋杀，停在路边的出租车是为了迷惑我，而不是为了糊弄卡纳勒的手下。"

她迅速抽出手，双眼闪烁着微光。我继续说下去。

"我不够聪明，可我不会指望这种尤物。究竟是谁干的？卡纳勒没有动机杀卢，除非他想要拿回被坑掉的钱。但前提条件是，他要立马知道自己被坑了。"

多尔舔过嘴唇，抖动下巴，严厉的眼神从我们其中一人扫向另一人。格伦小姐郁郁寡欢地说下去："卢知道整个计划。他和荷官皮纳合伙。皮纳需要钱跑路去哈瓦那。卡纳勒当然会明白过来，但没这么快，要不是我吵吵嚷嚷，态度蛮横。我杀了卢——但不是你想的那样。"

我弹掉一英寸长的烟灰，先前把这事都忘了。"好吧，"我冷冷地说道。"卡纳勒当了替罪羊……而且我猜，你们两个骗子以为我会担心的……万一卡纳勒发现自己被骗了，卢打算去哪？"

“他打算寻死，”格伦小姐波澜不惊地回道。“真他妈的错得离谱。而我也准备和他一起死。”

我说：“放屁！你似乎忘了我知道卢被杀的原因。”

比斯利腾地从椅子里站起来，不动声色地把右手伸向自己的左臂。“这个聪明的家伙烦到你了吧，老板？”

多尔说：“还没。让他继续说。”

我转动身体，稍稍面向比斯利。外面的天色擦黑了，洒水装置已经关闭。湿漉漉的感觉慢慢侵入房间。多尔打开雪松木盒，取出一支长长的棕色雪茄塞进嘴里，用假牙干脆利落地咬断了雪茄末端。火柴擦亮时传来刺耳的声音，接着，多尔缓慢而费力地吐出一口烟雾。

透过氤氲的烟雾，他缓缓开口：“我们把这些都忘了吧，谈谈怎么把钱给处理了……曼尼·泰嫩今天下午在牢房里上吊自杀了。”

格伦小姐突然站起来，双臂直直地垂在身边。接着，她慢慢陷进椅子里，不再动弹。我说：“有人帮他？”我突然有了动作——但又停下来。

比斯利飞速朝我投来一瞥，但我没在看他。窗户外面有一个阴影——比起黝黑的草坪以及更加漆黑的树木，这个影子要淡一些。响起空洞刺耳的枪声；一缕白烟射进窗户。

比斯利浑身一搐，半起的身躯脸朝下倒在地上，还有条胳膊压在下面。

卡纳勒跨过窗户，经过比斯利的身体，往前走了三步，他站定不动，手中是一把纤长、黝黑的小口径手枪，消音器更粗的管子在末端闪闪发光。

“都别动，”他说。“我是个一视同仁的枪手——手里的枪大象都能打死。”

他的脸白得能发光。漆黑的眼珠似乎没有瞳孔，只剩烟灰色的虹膜。

“晚上窗户开着，声音能传得很远，”他闷声闷气地说。

多尔把双手搁在办公桌上，开始打拍子。黑猫放低身子，从办公桌的一头窜到椅子下面。格伦小姐缓缓转头看向卡纳勒，就好像有个机械装置在驱动她的脑袋。

卡纳勒说：“你可能在桌上装了报警器。只要房门打开，我就开枪。看见鲜血从你那肥脖子上流出，能给我带来极大的快感。”

我右手手指在椅子扶手上动了动，那沉默的枪口突然对上我，我停下手上的动作。卡纳勒在棱角分明的唇髭掩盖下猝然一笑。

“你是个聪明人，”他说。“我猜我上过你的当。但你身上有我喜欢的东西。”

我默不作声。卡纳勒回头看向多尔，明白无误地说道：“我被你的组织吸了好长时间的血了。不过，这是另一码事。昨天，我被人坑掉点钱。这也是小事一桩。我现在遭到通缉，被认定是杀害哈格的凶手。一个名叫卡德纳的人供认是我买凶杀人……这有点过分了。”

多尔轻轻晃动身子，双肘支在办公桌上，两只小手撑住的脑袋晃动起来。燃烧的雪茄掉在地板上。

卡纳勒说：“我想拿回我的钱，我还需要脱罪——但我最想干的是让你开口说话——所以我能一枪崩了你，看着鲜血从大张的嘴巴里流出。”

比斯利在地毯上动了一下。他的手稍微摸索了一番。多尔流露出痛苦的眼神，尽量不去看他。卡纳勒全神贯注，并没有注意到他的小动作。我的手指又朝椅子扶手上方动了些，不过距离还长着呢。

卡纳勒说：“皮纳都告诉我了。我需要负责任。你杀了哈格。因为他是曼尼 · 泰嫩一案的秘密证人。地方检察官保守了秘密，在场的这位侦探也没宣扬出去。但哈格管不住自己的嘴巴。他告诉了他的女人——他的女人又告诉了你……所以谋杀就这么安排妥当了，务必要有一个动机，把嫌疑引到我身上。先是这个侦探，一计不成那就再生一计，栽赃到我身上。”

沉默。我想说些什么，但说不出话。我想也只有卡纳勒能说出话来了。

卡纳勒说：“你授意皮纳让哈格和他的小妞赢钱。这不难办到——因为我不会使用装有机关的轮盘赌。”

多尔停止了摇头晃脑。他抬起无动于衷，面色惨白的脸，缓缓转头看向卡纳勒，就像一个快要发癫痫的人。比斯利一个胳膊肘支起身体。他几乎眼睛全闭，手中的枪却奋力举起。

卡纳勒俯身向前，露出笑容。勾住扳机的手指发白的那刻，比斯利的手枪轰然作响。

卡纳勒弓起后背，直到身体变成一道僵硬的曲线。他直直向前倒去，敲到办公桌的边沿，滑倒在地上，双臂再也无法举起。

比斯利的手枪应声落地，他又一次脸朝下倒下去。他身子瘫软，手指断断续续地摸索了会儿，不再动弹。

我猛地站起来，下意识地一脚把卡纳勒的手枪踢到办公桌下面。这么干的时候，我注意到卡纳勒至少射出过一发子弹，因为弗兰克·多尔的眼神不对劲。

他一动不动地安静坐在位子上，下巴抵上胸口，一侧脸上流露出忧郁的神色。

房门被人打开了，戴着夹鼻眼镜的秘书闪进房内，瞪大眼睛。他步履踉跄地退回门边，重又把门关好。即使隔着距离，我也能听见他急促的呼吸声。

他气喘吁吁地说道：“有——有什么事？”

我感到很滑稽。接着，我意识到那个秘书可能是近视眼，从他站着的角度看过去，弗兰克·多尔没有任何异样。他可能只是例行公事来询问主人是否需要帮助。

我说："是的——不过我们能处理好。你先出去。"

他说："是的，先生。"就走出了房间。我惊得嘴都合不上。我在房里走动起来，俯身检查灰发的比斯利。他失去了意识，不过脉搏跳动正常。鲜血从一边缓缓流出。

格伦小姐杵在那里，和刚才的卡纳勒一样，一脸呆滞。她语速飞快地对我说道，声音尖锐而清晰："我不知道卢会被杀掉，但我也无能为力。他们把烙铁烙在我身上——算是一个警告。看啊！"

我看过去。她撕开衣服的正面，双乳之间被印上了丑陋的红色焦痕。

我说："好吧，姐们。这手段太下作。但我们现在必须把警察叫来，还要为比斯利叫救护车。"

我把她推向电话机，打掉紧紧攥住我胳膊的手。她还在我身后说话，微弱的声音透露出绝望："我以为他们只是把卢关在某个地方，直到审判结束。可他们把他从车里拖出去，话都没说就打死了他。之后，那个小个子开着出租车进了城，大个子把我带去山里的小屋。多尔就在那里。他告诉我你会遭到陷害。他许诺给我一笔钱，只要我配合把事情搞定；假如我把他们供了出来，我就会被折磨致死。"

我突然想到，我总是把后背暴露给别人。我猛地转身，抓起电话听筒，把枪放在办公桌上。

"听着！给我一个机会，"她发了疯似的叫道。"多尔和那个荷官皮纳一起设的局。皮纳是那个团伙中的一员，他们找到香农，干掉了他。我不能——"

我说："当然——没事的。放松些。"

这个房间，还有整个屋子似乎都静止不动了，就好像门外守着一大群人在倾听。

"这不是个坏主意，"我说，似乎时间充裕得很。"对于弗兰克·多尔而言，卢只是个小小的筹码。多尔设的局想要同时干掉我们这两个目击证人。但这个局太精细，牵扯了太多人。这种事情通常会败露。”

“卢出了状况，”她说，一手抓住衣服，“他吓坏了。他本想着在轮盘赌上面耍些花招，弥补回自己的损失。”

我说：“是啊。”我举起电话，打到警察总局。

房门重又打开，秘书持枪闯入。身穿制服的司机也拿着把枪站在他身后。

我冲着电话大声吼道：“这里是弗兰克·多尔的家。发生了谋杀案……”

秘书和司机夺门而逃。我听见大厅里回响起跑步声。我按掉电话，又打到《电讯报》的办公地点，叫冯·巴林来听电话。在我把消息告诉冯·巴林的时候，格伦小姐跳出窗户，没入一片漆黑的花园之中。

我没去追她。我并不在意她能否逃走。

我试图联络奥尔斯，但他们告诉我他仍在索拉诺。恰在此时，警笛声响彻了黑夜……

我碰上了点小麻烦，但无大碍。芬威瑟出了很大的力。整件事的始末并没有完全曝光，但足以让那些身穿两百元西装的市政厅小子脸上无光一段时日。

皮纳在盐湖城被抓住。他交代了曼尼·泰嫩案件中的另外四人。其中两人拒捕被毙，另外两人保住一命，但不得假释。

格伦小姐无罪脱险，之后再也没听到过她的音讯。能想到的就这些，此外，我必须把两万两千元上交给公共机关。我拿到两百零九元二十分充作旅费。我有时候会想，剩下的钱用到哪里去了呢。

（黄雅琴　译）

内华达气体

1

雨果·坎德利斯站在壁球球场中央，弯下庞大的身躯，左手拇指和食指小心翼翼地握住黑色的小球。他在发球线附近长拍一挥，发出一个球。

黑球击中前方墙壁的上半段，在空中画出一道缓慢、高耸的弧线，擦过白色的天花板还有电灯，无力地撞上后墙，再也没有反弹的力气。

乔治·戴尔漫不经心地挥拍出击，球拍末端撞上了水泥后墙。球应声落地。

他说："就这么回事，头儿。21 比 14。对我而言，你这个对手好得过头了。"

乔治·戴尔是个人高马大、皮肤黝黑的俊小伙，好莱坞的那种。棕色头发，身材修长，外表坚毅，看上去就是经常户外工作的。他浑身上下散发出硬朗的气质，除了那丰满柔软的嘴唇，还有牛一样的大眼睛。

"是啊。我这个对手太好了。"雨果·坎德利斯得意地笑起来。

他笑得合不拢嘴，厚实的腰向后仰去。亮涔涔的汗水淌下胸脯和腹部。他浑身上下赤条条的，除了一条蓝色短裤、一双白色羊毛袜，还有厚重的皱胶底运动鞋。灰色头发，宽阔的脸盘上嵌着小巧的鼻子和嘴巴，还有目光犀利的双眼。

"再来一局？"他问。

"才不，除非必须。"

雨果·坎德利斯怒目而视。"好吧，"他的回答很干脆。他把球拍塞到胳膊底下，从短裤里掏出烟草袋，抽出一根烟还有火柴。他手一挥，点燃了香烟，把火柴梗扔在球场中央，事后有人会去清理的。

他用力打开球场门，光着膀子，大大咧咧地沿着走廊前往更衣室。戴尔悄无声息地跟在他身后；就像一只猫，柔软、优雅，脚下没有一点动静。他俩往淋浴房走去。

坎德利斯在花洒下面唱起歌来，厚实的身板密密匝匝长满了痱子，在冲完热水后又来一场冷水浴，他喜欢这样。他悠闲地擦干身子，拿出另一条毛巾，大步跨出淋浴房，叫来黑人服务生去拿些冰块和姜汁饮料。

服务生仔细地调好饮料，说："好了，坎德利斯先生。"他手心握住一个两角五美分的硬币走远了。

乔治·戴尔已经穿好一套时髦的灰色法兰绒，他转过弯，拿起一杯饮料。

"头儿，今天到此为止了？"他眯缝起眼睛，透过饮料杯望向天花板上的电灯。

"是吧，"坎德利斯大大咧咧地说。"我待会要赶回家，好好招待那个小娘们。"他的小眼睛迅速朝戴尔瞥去一眼。

"我不开车送你回家，你不会介意的吧？"戴尔漫不经心地问道。

"是我就没问题。内奥米就麻烦了，"坎德利斯闷闷不乐地表示。

戴尔耸耸肩，嘴唇开合间是温柔的嗓音："你喜欢把人惹急了，是吗，头儿？"

坎德利斯没搭茬，也没看他一眼。戴尔安静地站在一边喝饮料，他看着大个子穿好绣有花押字的绸缎内衣，灰色花纹的紫色短袜，绣有花押字的丝质衬衫，黑白小方格的西装把整个人衬得更健壮了。

他打好紫色领带，招呼黑人服务生进来再调一杯饮料。

戴尔婉拒了第二杯，他点点头，穿过高耸的绿色储物柜，悄无声息地走远了。

坎德利斯结束穿戴，喝掉第二杯饮料，把剩下的锁进柜子，他往嘴里塞上一根粗大的雪茄烟，并让黑人为他点上。他昂首阔步地走开了，四处响起响亮的问候声。

待他离开之后，更衣室似乎一片寂静。有人在窃窃偷笑。

德尔马俱乐部，天在下雨。身穿制服的门童替雨果·坎德利斯穿上白色的束带雨衣，并为他叫来汽车。车子停在雨篷前面，他为雨果·坎德利斯打起伞，一同穿过木条地板直到路边。汽车是辆林肯豪华轿车，品蓝色的底配上黄色条纹。车牌号码 5A6。

司机立起黑色雨衣的衣领目不斜视。门童打开车门，雨果·坎德利斯一屁股坐在后座上。

“晚安，山姆。告诉他回家。”

门童碰碰帽子致意，关上车门，吩咐好司机，后者也没转过脑袋就直接点了下头。汽车行驶在雨中。

细雨斜织，间歇还有一阵狂风夹裹着雨点砸在豪华轿车的玻璃上。街角站满了企图穿过日落大道的路人，他们还要提防被积水溅着，弄脏了衣服。雨果·坎德利斯满怀同情地朝他们咧嘴笑了笑。

汽车驶出日落大道，穿过谢尔曼路，转弯向山里驶去。车开始加速，它驶上了一条林荫大道，车流稀少。

车内热得很。车窗关得严严实实，驾驶座后面的隔窗也关上了。雨果的雪茄烟令后座车厢内的空气变得越发滞重。

坎德利斯皱起眉头，伸手想要摇下车窗。把手失灵了。他换到另一边。同样没用。他动气了。他翻找起车内对讲机，要好好骂一通司机。可车内并没有设置对讲机。

车子来了个急转弯，开始一段笔直的上坡路，路的一边种满了桉树，没有房子人烟。坎德利斯感到背脊发凉，寒意从上到下冷彻脊髓。他俯身向前，挥拳砸向隔窗。司机没有回头。汽车在漫长黝黑的山路上疾驰。

雨果·坎德利斯气呼呼地扑向门把手。但车门上没有——两边都没有。雨果的阔脸上扯出一个将信将疑的病态笑容。

司机朝右边弯下腰，戴手套的手摸到了一样东西。车内顿时传来尖利的嘶嘶声。雨果·坎德利斯闻到了杏仁的气味。

起初很淡——很淡，甚至让人身心愉快。嘶嘶声还在继续。杏仁的气味越来越涩，到了取人性命的地步。雨果·坎德利斯丢下雪茄，用尽气力砸起就近的车窗。玻璃纹丝未动。

汽车已经开到山上，俯身可以望见住宅区人烟稀少的街道亮起了路灯。

坎德利斯跌坐在座位上，抬脚猛踢隔窗。这一脚再也没有踢出去。他的双眼不再睁开，脸庞扭成一团，脑袋向后倒上靠垫，垂在厚实的肩膀上。那顶白色的软毡帽在他四四方方的大脑袋上变了形。

司机朝后瞥了一眼，刹那间露出如鹰隼般瘦削的脸。他又朝右俯下身，嘶嘶声停止了。

他把车停在荒无人烟的马路边，关掉车灯。雨水落在车顶，响起沉闷的雨声。

司机下车站在雨中，他打开后车门，捏住鼻子，迅速退开。

他站了一会儿，左右看看注意路上的动静。

豪车后座上的雨果·坎德利斯一动不动。

2

芙朗辛·利坐在低矮的红色扶手椅内，旁边的小桌上面放着一个石膏碗。她刚扔掉的香烟在碗里升腾起烟雾，在温暖、沉闷的空气当中久久不愿散去。她双手交叉抱住后脑勺，烟蓝色的眼珠倦怠、勾人。赤褐色的头发散成松松垮垮的波浪，浪谷折射出蓝色的阴影。

乔治·戴尔倾身重重吻向她的朱唇。他原本炽热的嘴唇在吻下她的那刻冷得打了个哆嗦。女孩没有动弹。当他站直后，她朝他慵懒一笑。

戴尔的嗓音没有打开："听着，芙朗辛。你什么时候甩了那个赌徒，让我来资助你？"

芙朗辛·利耸耸肩，没有从脑后抽回手。"他是个彻头彻尾的赌徒，乔治，"她懒洋洋地开口道，"现今这还真算回事，而你没足够的钱。"

"我能搞到。"

"怎么弄？"她沙哑的声音慢悠悠的，如大提琴撩动了他的心弦。

"从坎德利斯那儿。我从那人身上弄到了大笔的钱。"

"说来听听？"芙朗辛·利懒懒地提议。

戴尔低头温柔一笑。他睁大眼睛，露出无辜的表情。芙朗辛·利觉得他的眼白有淡淡的杂色，看上去并不是纯白的。

戴尔挥动手上还未点燃的香烟。"大笔的钱——比如，他去年坑了一个来自里诺的流氓。那个流氓同父异母的兄弟正好在这里惹上凶杀官司，坎德利斯收了两万五千元帮他摆平。他和地方法院检察官在另一个案子上达成交易，把流氓的兄弟给顶上了。"

"那个流氓做了什么？"芙朗辛·利柔声问道。

"什么也没做。他以为坎德利斯尽了力，我猜吧。你不能总赢不输啊。"

"但他会不择手段的，如果他知道了实情，"芙朗辛·利点头说道，"那个流氓是谁，乔治？"

戴尔压低嗓音，又一次向她俯下身子。"说给你听我就是个傻子。一个叫扎帕提的人。我从没见过他。"

"也不想见到——如果你有点头脑，乔治。谢谢，不必了。我不想和你一起蹚这浑水。"

戴尔轻轻一笑，黝黑光洁的脸上露出一排整齐的牙齿。“放着我来，芙朗辛。把整桩事都忘了吧，只要记住我爱你爱得发疯。”

“给我们俩弄点喝的。”女孩说。

这间房是酒店公寓的客厅，以红白两色为主，使馆风格的装饰太过呆板。雪白的墙上绘有红色的图案，白色的百叶窗配上同色调的窗帘，白边红底的半圆地毯铺在煤气取暖器前面。腰子形状的白色书桌倚墙摆放，正处在两扇窗户之间。

戴尔走到桌边，往两个杯子里倒了点苏格兰威士忌，加上冰块和水，拿着酒杯折回房间，石膏碗里一缕烟袅袅升起。

“离开那个赌徒，”戴尔说，把酒杯递给她，“他才是会让你惹上麻烦的人。”

她抿了口饮料，点点头。戴尔从她手上拿过酒杯，在同样的位置啜饮起来，他举着两个酒杯，又一次俯身吻向女孩的唇。

通往短走廊的门上挂有红色的门帘。门帘被人稍稍掀开，露出男人的脸庞，一双灰色的眼睛冷冷地、若有所思地看着两人接吻。门帘又悄无声息地合上。

过了一会儿，门重重地关上，走廊里响起脚步声。约翰尼 · 德 · 鲁斯穿过门帘，进入客厅。此时的戴尔正在点烟。

约翰尼 · 德 · 鲁斯又高又瘦，沉着从容，身上的黑衣剪裁时髦。冷漠的灰色眼睛周围有细微的笑纹。精致的薄唇并不柔软，长下巴上有一道裂纹。

戴尔打眼瞧他，手上暧昧不明地做了个手势。德 · 鲁斯一言不发地走到书桌前，往杯子里倒了点威士忌，直接喝了起来。

他背对着两人站了一会儿，手指轻叩桌沿。接着，他转身，浅笑道：“哎呦，大家瞧呐。”他的声音轻轻的，甚至可以说有气无力，他穿过内室的门走出客厅。

这间装饰过度的宽敞卧室放了两张单人床。他走向壁橱，拿出一个棕褐色皮箱，在就近的床上打开箱子。他开始倒腾衣橱抽屉，把东西仔仔细细地叠放在箱子里，不慌不忙。他一边干活，一边轻轻地吹起口哨。

整理完毕，他猛地合上皮箱，点燃香烟。他一动不动在房间中央站了片刻。望向墙壁的灰色眼珠没有聚焦。

过了一会儿，他走回壁橱，取出一把小手枪，手枪塞在一个有两条短皮带的软皮套里。他卷起左裤腿，把皮套绑在腿上。接着，他拎起皮箱，走回客厅。

芙朗辛 · 利看见皮箱的那刻，立马眯起眼睛。

“去哪里？”她的声音低沉沙哑。

“呵呵。戴尔呢？”

“他必须离开。”

“太糟了。”德 · 鲁斯轻声说道。他放下皮箱，站在一边，冷漠的灰色眼珠在女孩的脸上逡巡，由上至下扫过苗条的躯体，又从脚踝看回赤褐色的头颅。“太糟了，”他说。“我还想在这里常常见到他呢。对你来说，我有点无聊。”

“大概吧，约翰尼。”

他弯腰提箱子，但没拿就直起了身，漫不经心地问道：“记得莫普斯 · 帕里西吗？我今天在城里见到他了。”

她双眼圆睁，又微微闭上。牙齿格格作响。颌骨的线条有那么一刻十分突出。

德 · 鲁斯的目光继续在她的脸庞和身体上流连。

“去做什么？”她问。

“我想去旅行，”德 · 鲁斯说。“我不像过去那么干劲十足了。”

“跑路喽，”芙朗辛 · 利的声音很悦耳。“我们去哪里？”

“不是跑路——是旅行，”德·鲁斯闷闷地表示。“而且，不是我们——是我。我一个人走。”

她仍旧坐着，看向男人的脸，纹丝未动。

德·鲁斯把手伸进外套，掏出一个打开像是书本的长皮夹。他把一叠纸币扔在女孩大腿上，收好皮夹。她没碰那叠钱。

“这些钱能维持你的生活，直到你有需要再找一个新玩伴，”他面无表情地说道。“我没说我不会再给你钱，如果你需要的话。”

她慢慢起身，那叠钱滑下裙子，撒在地上。她两手直直地垂在身旁，双手因为握得太紧，手背上青筋毕露。她的双眼暗如死灰。

“这就是说我们了结了，约翰尼？”

他提起箱子。她立马跨上两步，拦在男人面前，一手抵住他的外套。他静静地站在那里，双眼含笑，可嘴唇却没有一点笑意。一千零一夜香水的香味令鼻翼翕动。

“约翰尼，你知道你是什么人吗？”她沙哑的嗓音几乎含混不清。

他在等。

“容易上当的人，约翰尼。容易上当的人。”

他微微点头。“同意。莫普斯·帕里西的事上，我叫过警察。我不喜欢勒索诈骗这档子事，宝贝。为了阻止这事，我还受伤了。这都是陈芝麻烂谷子的事了。完了吗？”

“莫普斯·帕里西的事，你的确叫了警察，你以为他不知道，但他可能知道。所以你要避开他……这就是个笑话，约翰尼。我骗你的。你不是为了这个原因离开我的。”

“或许我对你厌倦了，宝贝。”

她头向后仰去，放声大笑，近似癫狂。德·鲁斯没有动摇。

“你不是个坏料，约翰尼。你心肠软。乔治·戴尔的心比你硬。上帝啊，你的心肠是有多软啊，约翰尼！”

她往后退去，死死盯住男人的脸。某些无法承受的情感落入她的眸中。

“你真是个帅小伙，约翰尼。上帝啊，你真帅。糟糕的就是你的软心肠。”

德·鲁斯没有动作，只是柔声说道：“不是柔软，宝贝——只是有点感情用事。我喜欢赌马和七张牌梭哈，把时间浪费在掷骰子上。我喜欢博运气的游戏，包括女人。不过，当我输了，我不会恼火，不会欺骗。我只是换张赌桌。回见。”

他俯身提箱，错身绕过女孩。他走过客厅，头也不回地穿过红色门帘。大门传来轻轻的关闭声。

芙朗辛·利双眼呆滞地看着地板。

3

德·鲁斯站在查特顿酒店边门的扇形玻璃棚下，他左右看了看埃若罗路，一边是灯火闪烁的威尔谢路，另一边是黑漆漆的清冷小巷。

雨柔柔地倾斜着落下。一阵雨水打进玻璃棚，湮灭了烟头的红光。他提起行李箱，沿着埃若罗路走向自己的轿车。车子停在下个路口，一辆漆黑发亮的帕卡德，车身上点缀着低调的镀铬纹路。

他停下，打开车门，一支手枪突然从车里伸出。枪抵上他的胸膛。有个尖锐的声音在说：“别动！把手举起来，甜心！”

德·鲁斯看见车内幽暗处的男人。鹰隼一般的瘦削脸庞反射出些许光线，却无法分辨出他的脸。德·鲁斯感到手枪死死抵在胸口，弄得他胸骨生疼。身后传来加快的脚步声，另一支枪也抵上了他后背。

“满意了？”另一个声音发问。

德·鲁斯松开行李箱，举起手，放在车顶上。

“好吧，”他疲倦地问。“这算什么——抢劫？”

车里的男人哈哈大笑，有只手摸上他的屁股。

“后退——慢慢来！”

德·鲁斯高举双手后退。

“不用举得这么高，废柴，”身后的男人语气不善。“举过肩膀就行。”

德·鲁斯放低双手。车里的男人走了出来，挺直身体。他的枪重又抵上德·鲁斯的胸膛，另一条长手臂在解德·鲁斯外套的纽扣。德·鲁斯向后靠去。长手臂上的手摸索起他的口袋和腋下。藏在弹簧皮套里面的点三八手枪不再是他腋下的负担。

“找到一把，查克。你那边呢？”

“屁股后面没有。”

身前的男人踱开两步，提起皮箱。

“走啊，甜心。去乘我们那辆破车。”

他们沿着埃若罗路走远了。一辆硕大的林肯豪华汽车若隐若现，这是一辆蓝色汽车，车身上有浅色条纹。鹰脸男人打开后车门。

“进去。”

德·鲁斯无精打采地弯腰跨进车厢，把嘴里的烟屁股吐进潮湿的暗夜。一股淡淡的气味袭上鼻头，那气味像是熟透了的桃子或者是杏仁。他在车里坐定。

“查克，坐他边上。”

“听着。我们都坐前面。我能应付——”

“不行。坐他边上，查克。”鹰脸男人不耐烦地表示。

查克嘟嘟囔囔地靠着德·鲁斯坐下。另一个人砰地关上门。瘦削的脸透过关上的车窗扯出一个冷笑。接着，他绕到驾驶座，发动汽车，驶离了路边。

德·鲁斯皱起鼻子，嗅一嗅可疑的气味。

汽车转过路角，向东驶上第八大街，直到诺曼底路，又沿着诺曼底路向北行驶，穿过威尔谢路以及另外几条路，爬上一段陡峭的山路，下去后就到了梅尔罗斯路。林肯豪车在细雨中悄无声息地滑行。查克板着脸坐在车角，手枪搁在膝盖上。路灯映照出一张面色红润、高傲的四方脸，一张不好对付的脸。

隔窗上面能看见司机一动不动的后脑勺。他们穿过日落大道和好莱坞，向东驶上富兰克林大道，又北转至洛菲利斯，一路向河床开去。

山路上的汽车偶尔投来白色灯光，照亮林肯车内部。德·鲁斯一刻也不放松，他在等待。当下一束灯光笔直射进来的时候，他迅速弯腰，撩起左裤腿。在刺目的光线消失前，他已经坐回原位，靠在椅背上。

查克没有动，他没注意到德·鲁斯的行径。

汽车驶下山，开到河滨大道的十字路口，随着交通灯红转绿，乌泱泱的汽车朝他们开来。德·鲁斯在静候，他在计算车头灯能持续多久。他猛地弯腰，一下掏出皮套里面的小手枪。

他又靠回椅背，把手枪压在左大腿下，正好避开查克的视线。

林肯在河滨大道上疾驰，穿过格利菲斯公园入口。

“我们要去哪，伙计？”德·鲁斯随意问道。

“省点力气，”查克吼道。“你会知道的。”

“不是抢劫，嗯？”

“省点力气，”查克又是一吼。

“莫普斯·帕里西的跟班？”德·鲁斯慢悠悠地发问。

红脸的持枪歹徒突然从膝盖上拿起枪。“我说了——省点力气！”

德·鲁斯说：“对不起，伙计。”

他从腿下抽出手枪，迅速瞄准，用左手按下扳机。手枪干脆利落地发出一声轻响——几乎微不足道。

查克大叫起来，手疼得抽搐。手枪被踢到一边，落在地上。他用左手捂住右肩。

德·鲁斯把小巧的毛瑟枪换到右手上，用力抵上查克。

“小心点，伙计，小心。两只手别惹事。现在——把枪给我踢过来——麻利点！”

查克踢动地上的大手枪。德·鲁斯快速弯腰摸到枪。鹰脸司机往后瞟了一眼，汽车一个急转弯后又往前开去。

德·鲁斯拿起那把大枪。毛瑟枪太轻，不适合用来对付恶徒。他猛地抡上查克的脑侧。查克呻吟着往前倒去，双手徒劳地抓挠。

“气体！”他有气无力地说。“气体！他会放气的！”

德·鲁斯更用力地打他。查克瘫倒在地上。

林肯离开河滨大道，驶过短桥和骑马专用道，又驶上一段脏兮兮的窄路，路的一个分岔口通往高尔夫球场。汽车驶进无边的黑色之中，两边闪过树木。车子开得很快，如同火箭一般嗖的一下从一头到了另一头，司机似乎是有意为之。

德·鲁斯稳住身形，摸索起门把手。没有。他一撇嘴，用枪砸起车窗。厚实的窗玻璃如同一道石墙。

鹰脸男人弯下腰，响起了嘶嘶声。空气里的杏仁味一下子浓了起来。

德·鲁斯从口袋里掏出手帕，捂住鼻子。司机又直起身子，他现在是弓着背开车，尽量把头低下去。

德·鲁斯用大枪近距离瞄准隔窗玻璃，司机把头歪向一侧。他闭上眼睛，转过脸，连开四枪，就像一个神经质的女人。

没有玻璃碴飞出。当他回头查看的时候，隔窗上面打出了一个参差不齐的圆洞，同一条线上的挡风玻璃出现了裂缝，但没有碎掉。

他把枪砸向圆洞边沿，试图砸下一块玻璃。即使隔了块手帕，他现在还是吸入了气体，头涨得像个气球。眼前的物体在晃动。

鹰脸司机蜷成一团，用力打开自己一边的车门，他把方向盘往反方向一转，之后利索地跳车逃离。

汽车冲上低矮的路基，稍稍打了个圈，一侧撞上了树木。车身被撞得严重变形，一扇后车门弹开了。

德·鲁斯窜出车门。身子砸在柔软的泥土上，搅动了四周的空气。他的肺呼吸到了新鲜空气。他曲肘蜷成一团，压低脑袋，拿枪的手举起。

鹰脸男人跪在十二码远的地方。德·鲁斯看见他从口袋里掏出手枪，并且举了起来。

查克的枪在德·鲁斯手里震动、嘶吼，直到打完所有子弹。

鹰脸男人慢慢弯下身子，他的躯体和暗影以及潮土融为一体。远处的河滨大道上，汽车来来往往。雨水滴滴答答地从树上滴落。格利菲斯公园的灯塔在厚重的夜空下旋转。唯余黑夜和寂静。

德·鲁斯深吸一口气，站起来。他扔掉打完了子弹的手枪，从外套口袋里拿出一个小手电筒。他把外套盖在鼻子和嘴巴上，用厚实的衣料用力地捂住脸。他走向轿车，关掉车灯，把手电筒照向驾驶座。他迅速探进车里，拧紧一个状似灭火器的铜罐的阀门。气体的嘶嘶声戛然而止。

他走到鹰脸男人边上，那人死了。口袋里剩了些零钱，纸币和银币之类，还有香烟、埃及俱乐部的火柴盒，没有皮夹，几个备用弹夹，以及德·鲁斯的点三八。德·鲁斯拿回手枪，从平摊的尸体旁站起身来。

透过洛杉矶河床的沉沉墨色，他望向格伦代尔的万家灯火。在一半远的地方，绿色的霓虹灯招牌在其他灯火的映衬下明灭闪烁：埃及俱乐部。

德·鲁斯微微一笑，转回林肯。他拖下查克的尸体，扔在潮湿的泥地上。在小手电筒的灯光照射下，查克的红脸现在发青了。死而不瞑的双眼空洞无光。他的胸膛不再起伏。德·鲁斯关掉手电筒，搜查衣服口袋。

他找到男人常带的物品，包括：皮夹，里面的驾照属于夏尔·勒格兰德，洛杉矶大都会酒店。他又找到一些埃及俱乐部的火柴，还有一把编号 809、属于大都会酒店的钥匙。

他把钥匙收进口袋，用力关上林肯的弹簧门，坐上驾驶座。引擎发动。他把汽车倒离那棵树，金属保险杠又刮擦了一次，车缓缓驶离松软的泥地，开回正道。

重新开上河滨大道后他又打开车灯，驶回好莱坞。车子停靠在肯莫尔路的胡椒树下，后面是一幢大型的砖砌公寓楼，从这里向北走半个街区就能到好莱坞大道。德·鲁斯关掉点火器，拎出行李箱。

当他走开后，公寓楼入口的灯光照在汽车前面的车牌上。他感到奇怪，为什么劫持者会使用一辆车牌号码是 5A6 的私家车。

他在杂货店里叫来一辆出租车。出租车把他带回查特顿。

4

房间内空无一人。一千零一夜香水的味道还有烟味迟迟滞留在暖和的空气中，就好像不久前还有人在屋里。德·鲁斯推门进入卧室，查看了一遍两个壁橱里的衣物、梳妆台上的物品，之后他走回红白两色的客厅，为自己倒上一杯烈酒。

他插上大门的插销，拿着饮料走回卧室，扯下脏兮兮的衣服，换上的另一套颜色更暗，剪裁更花哨。他一边喝酒，一边在敞开的柔软白色亚麻衬衫上打起黑色领带。

他擦干净毛瑟枪的枪管，重新组装完手枪，往小巧的弹夹里面补上一枚子弹，再把枪塞回腿上的皮套。他洗干净手，端着酒杯走到电话机边上。

第一个电话是打给《纪事报》。他要找城市新闻部的沃纳。

电话那头传来慢条斯理的声音："我是沃纳。请说。玩我哪。"

德·鲁斯说："克洛德，是我，约翰·德·鲁斯。帮我查下加利福尼亚牌照 5A6。"

"铁定是个该死的政客，"他慢悠悠地说完，走开了。

德·鲁斯没有动，他看向角落里那根有凹槽的白柱子。柱子上面放了一个红白两色的碗，碗里是红白两色的人造玫瑰花。他厌恶地嗤之以鼻。

沃纳的声音又传过来："林肯豪华轿车，1930 年出厂，登记在雨果·坎德利斯名下，地址是：好莱坞西区清水街 2942 号奥罗家苑。"

德·鲁斯的声音听不出弦外之意："就是机关报啊，不是吗？"

"是啊。大盖帽。目击者先生。"沃纳降低了嗓门。"约翰尼，只告诉你，不对公众开放——他们就是一群奸邪的俗人，甚至谈不上聪明；只要待上足够长的一段时间就能知道谁会被待价而沽……有料？"

"没有，"德·鲁斯轻声说。"他的车擦了我一下，没停下来。"

他挂断电话，喝干烈酒，起身又为自己倒上一杯。接着，他翻开白色桌子上的黄页，翻找出奥罗家苑的电话号码。他拨通号码。接线员告诉他雨果·坎德利斯先生出城了。

"帮我接到他套房，"德·鲁斯说。

一个冷漠的女声接起电话。"是的。我是雨果·坎德利斯的妻子。请问你是谁？"

德·鲁斯说："我是坎德利斯先生的客户，我急着要找到他。你能帮我吗？"

"我很抱歉，"那个冷漠得几乎慵懒的女声说。"我的丈夫突然被叫出城。我甚至不知道他去了哪里，我也等着今晚能听到他的消息。他之前离开了俱乐部——"

“哪个俱乐部？”德 · 鲁斯随意地问起。

“德尔马俱乐部。我是说，他离开那里后就没回家。如果你要留话——”

德 · 鲁斯说：“谢谢，坎德利斯夫人。我晚些时候或许会再给你打电话的。”

他挂断电话，渐渐露出冷笑，他一边喝着新倒的酒一边查找大都会酒店的电话号码。他打过去，要找 809 号房的查尔斯 · 勒格朗先生。

“609，”接线员随随便便地答道。“我会为你接通。”片刻之后：“没人应答。”

德 · 鲁斯谢过她，从袋里掏出有编号的钥匙，看了看上面的号码。号码是 809。

5

德尔马俱乐部的门童山姆靠在入口的浅黄色石头上，看着日落大道上疾驰而过的车流。车灯照花了眼。他感到累了，只想回家。他需要来根烟，再来一大杯杜松子酒。他希望雨能停下来。碰上下雨天，俱乐部就一片死寂。

他离开墙壁，站直了，在人行道上的凉棚下面走了一会儿，戴着白手套的大手轻轻打着拍子。他试图吹一首《溜冰圆舞曲》，不过找不准调子，换了首《卑鄙小妞》，因为根本不需要调子。

德 · 鲁斯转过赫德森街，靠墙站在门童边上。

“雨果 · 坎德利斯先生在里面吗？”他问道，眼睛没有看向山姆。

山姆失望地碰响牙齿。“不在。”

“来过？”

“先生，请问下前台。”

德·鲁斯从口袋里伸出戴了手套的双手，把一张五元纸币绕在左手食指上。

“他们知道的什么是你不知道的？”

山姆笃悠悠地咧嘴一笑，他看见纸币紧紧地缠绕在戴手套的手指上。

“这是事实，老板。是的——他来过。几乎每天都来。”

“什么时候走的？”

“差不多六点半，我猜的。”

“开着他那辆蓝色的林肯豪车？”

“当然啦。只是他不是自己开。你想问什么？”

“今天下过雨，”德·鲁斯不慌不忙地说。“雨下得很大。或许不是林肯。”

“就是林肯，”山姆开口反驳。“是我把他送上车的！除了林肯，他不开别的。”

“牌照 5A6？”德·鲁斯步步紧逼。

“是的，”山姆咯咯笑起来。“那号码就像议员的编号。”

“认识司机吗？”

“当然啦——”山姆开口说道，却又突然停下来。他用香蕉尺寸的白色手指揉搓黑色的下巴。“好吧，如果我没认出他又给自己弄了个新司机，那我就是大傻瓜。我不认识那人，相当的肯定。”

德·鲁斯把纸币条塞进山姆的大手掌里。山姆攥住钱，可他的大眼睛突然露出狐疑的神色。

“说吧，先生，你为什么要问这些问题？”

德·鲁斯说：“我花钱办事，不是吗？”

他转过街角，按原路走回赫德森街，坐上黑色的帕卡德。他驶上日落大道，朝西开至贝弗利山，然后转向丘陵地带，他开始注意街角上的路牌。清水街和一座山的侧翼平行，能看见整座城市。奥罗家苑位于帕金森街角上，是一片高档的别墅住宅区，四周用土砖砌起围墙，并铺上了红瓦。大厅位于一幢独立的大楼里，一个大型的私家车库建在帕金森街上，紧靠较长的那堵围墙上。

德·鲁斯在车库对面停好车，透过开阔的挡风玻璃观察玻璃亭，一个身穿白色连体服的值班人员两腿搁在办公桌上读杂志。他时不时地抬起头来，越过肩膀，朝看不见的痰盂吐出口痰。

德·鲁斯走下帕卡德，从远处穿过马路，再折返回来，溜进车库，值班人员没看见他。

车停成四排。两排沿白墙停靠，另外两排停在中间。有很多空位，但还有很多车子已经归位。都是体型庞大、价格不菲的新款，这需要干上两三份外表光鲜的工作。

只有一辆豪华轿车。牌照编号5A6。

车保养得很好，簇新闪亮；品蓝色的漆身配上浅黄色的点缀。德·鲁斯摘下一只手套，手停留在散热器的车盖上。冰冰冷。他又摸上轮胎，查看指尖。皮肤上面留有些许细腻的干燥粉尘。车胎纹路里面没有泥浆，只有干透了的尘土。

他沿着停成一排的黝黑车身往回走，把身体探进小办公室敞开的门。过了会儿，值班人员抬起头，几乎吓了一跳。

“看见坎德利斯的司机了吗？”德·鲁斯问。

那人摇摇头，熟练地朝铜制痰盂里面吐上一口痰。

“我上工后就没看到——三点。”

“他没去俱乐部接那个老家伙？”

“没有。我猜没有。那辆大家伙没开出去。他总是开这辆。”

“他的帽子挂在哪里？”

“谁？马蒂克？他们在树林后面有仆人宿舍。但是，我听他说起过他会把车停在某个酒店。让我想想——”那人皱起了眉头。

“大都会酒店？”德·鲁斯试探地问道。

车库值班员想了一会儿，德·鲁斯趁这当口研究起他的下巴。

“是的。我认为就是那家。我不能完全肯定。马蒂克不太开口说话。”

德·鲁斯谢过他，穿过马路，坐回帕卡德，驶向市区。

当他来到第七街和水泉街路口时，时间是九点二十五分，大都会酒店就位于此处。

这家酒店业已老旧，曾几何时也是时髦之地，可现在的经营却如履薄冰，掣肘于破产清算和声名狼藉之间。酒店里面到处都是油腻腻黑漆漆的木质护墙板、残缺的镀金镜子。低矮的大堂天花板下大梁交错，烟雾缭绕，还有一堆骗子坐在陈旧的皮质摇椅里混日子。

一个金发女人负责照看摆成马蹄形的巨大烟草柜台。她已青春不再，玩世不恭的眼神在竭力避开那些廉价约会。德·鲁斯靠上玻璃柜，帽子往后脑勺推一推，那是一头黑色的卷发。

“骆驼牌，宝贝，”他用赌徒的低沉嗓音说道。

女子把烟拍在他面前，把十五美分记入账上，又把一角硬币的找零滑到他手肘下。她凑上去，脑袋近得他能闻到秀发上的香味。

“告诉我一些事，”德·鲁斯说。

“什么？”她温柔地回答。

“查下谁住在809，不要向酒店职员透露情况。”

金发女子一脸失望。“先生，你为什么不亲自去问？”

“我太腼腆了，”德·鲁斯说。

“是啊！”

她走向电话，慵懒优雅地和对方说了几句。她回到德·鲁斯面前。

“叫马蒂克。有用吗？”

“我猜没有，”德·鲁斯说。“非常感谢。在这家漂亮的酒店里工作，感觉如何？”

“谁会说这家酒店漂亮？”

德·鲁斯笑了，他按下帽子，慢悠悠地走远了。女子双眼落寞地追随他的背影。她瘦削的手肘搁上柜台，双手撑住下巴，痴痴地望着男人。

德·鲁斯穿过大堂，走上三级台阶，走进一个开放式的电梯，那电梯晃荡了一下才开始工作。

“八楼，”他说，双手插在口袋里靠在电梯墙上。

八楼是大都会酒店最高的楼层。德·鲁斯走过一条散发出清漆味道的长走廊。尽头转弯后，迎面就是809号房。他敲响黑漆漆的木门。没人回答。他弯腰透过锁孔观察，又一次敲门。

之后，他从口袋里面掏出带编号的钥匙，打开门，走了进去。

两堵墙上的窗户是关着的。空气当中弥漫着威士忌的酒气。天花板上的灯亮着。房里有一张铜制大床，一个深色衣柜，一对棕色的皮质摇椅，样式呆板的书桌上面放了一个棕色的扁平酒瓶，这是一夸脱的四玫瑰威士忌，瓶内所剩无几，瓶盖也找不到了。德·鲁斯嗅了嗅酒瓶，臀部抵上桌沿，视线在房里逡巡。

目光扫过深色衣柜、铜床，最后停留在带门的墙上，门后透出了光线。他穿过房间，打开门。

男人面朝下倒在浴室黄棕色的木化石地板上。地上的鲜血已经黏稠发黑。男人后脑勺上有两个黏糊糊的窟窿，暗红色的血液汇成小溪，沿着脖颈流到地上。血液很早之前就停止流动了。

德·鲁斯脱掉一只手套，弯腰用两根手指抵上男人可能跳动的脉搏。他摇摇头，重新戴上手套。

他离开浴室，关上门，打开一扇窗户。他探头望出去，吸进带有雨水的潮湿空气，透过斜斜的细雨，俯视那条如同裂口一般的漆黑弄堂。

片刻之后，他关上窗，关掉浴室的灯，从衣柜第一格抽屉里拿出

"请勿打扰"的牌子，关掉天花板上的灯，走出房间。

他把牌子挂在门把手上，沿走廊折回，乘上电梯，离开大都会酒店。

6

芙朗辛·利穿过查特顿安静的走廊，喉咙一路低声哼着小曲。她的声音时断时续，自己也不知道在哼什么，手指甲涂成樱桃红的左手拎着从肩头滑落的绿色天鹅绒披风。另一只胳膊下夹着包裹好的酒瓶。

她转动钥匙，打开门，眉头猝然一皱，停住了脚步。她站着没动，试图回忆起点儿事。她还有点醉醺醺。

离开的时候灯是开着的；肯定是。可现在灯关了。当然有可能是清洁工。她走进房间，撩起红色门帘进入客厅。

取暖器的光线洒上红白两色的地毯，红光又爬上黑得闪闪发亮的东西。这黑得闪闪发亮的东西是一双鞋。那双鞋没有移动半分。

芙朗辛·利用病态的嗓音叫道："哦——哦。"提着披风的手捂上脖子，那修剪得漂漂亮亮的长指甲几乎陷进皮肤里。

有东西发出滴答声，安乐椅边上的灯亮了。德·鲁斯坐在椅子里，愣愣地看着她。

他的外套和帽子都没脱。双眸低垂，似乎载满了遥远的思绪。

他说："出去了，芙朗辛？"

她缓缓挨着半圆形沙发的边缘坐下，酒瓶放在身边。

"我醉了，"她说。"想着还是吃点东西比较好。接着，我发现我又醉了。"她拍拍酒瓶。

德·鲁斯说："我觉得，你朋友戴尔的老板被人绑架了。"他漫不经心地说出这事，似乎于他而言无关紧要。

芙朗辛·利慢慢张大嘴巴，顿时花容失色。她的脸变成了一张空洞、憔悴的面具，红晕烧得通红。她的嘴型看上去想要大叫。

过了一小会儿，嘴巴才重又合上，那张脸蛋也恢复了美貌，至于声音，像是从很远的地方传来："假如我说我不明白你在说什么，会不会好点？"

德·鲁斯还是保持着木头脸。他说："当我离开这里走到街上，有两个持枪者袭击了我。其中一人躲在我的车里。当然，他们可能早就在其他什么地方盯上了我——然后尾随我至此。"

"一定是这样，"芙朗辛·利上气不接下气。"一定是这样，约翰尼。"

他微微抬起长下巴。"他们把我塞进一辆大型林肯，一辆好车。真是一辆好车。车上的厚玻璃没法轻易打碎，还没有门把手，关得严严实实。前座放了一瓶内华达气体，氰化物，开车的家伙可以把气体放进后车厢，但自己不会受到损伤。他们带我驶出格利菲斯公园附近的路，目的地是埃及俱乐部。那里属于两县交界，在机场附近。"他顿了顿，搓了搓眉梢，继续说："他们没注意到我有时绑在腿上的毛瑟枪。司机撞坏了车子，我解放了。"

他摊开手，低头看向它们。嘴角浮现出刺眼的微笑。

芙朗辛·利说："这事和我没关系，约翰尼。"声音如同夏末一般了无生气。

德·鲁斯说："在我之前乘这辆车的家伙可能没枪。他就是雨果·坎德利斯。那辆车是替代品——相同的车型，相同的颜色，相同的车牌——但不是他的车。有人大费周章做了这些。坎德利斯离开德尔马俱乐部之后，大约在六点半上了错误的车。他的妻子说他出了城。我一个小时前和她通过电话。他的车中午以后就没有离开过车库……他的妻子可能现在已经知道他被人绑架了，也可能不知道。"

芙朗辛·利的指甲抓紧裙子，嘴唇在哆嗦。

德·鲁斯继续镇定平白地叙述下去："今晚或者下午，有人在市区的酒店里开枪打死了坎德利斯的司机。警察还没发现。有人真是不嫌麻烦啊，芙朗辛。你不会愿意卷入这种事情的，对吗，亲爱的？”

芙朗辛·利低下头，盯住地板。她的声音模模糊糊的：“我需要一杯酒。我身上有些部分快要没命了。感觉糟透了。”

德·鲁斯站起来，走到白色桌子边。他倒了一杯酒，向她走去。他站在女孩面前，手上的酒杯她够不到。

“我偶尔也会强硬一次，宝贝，当我来真格的，我就没那么容易收手了，这话是我说出口的。假如你知道点什么事，现在正是说出来的好时机。”

他把酒杯递过去。她一口喝干威士忌，灰蓝色的眼睛恢复了些许生气。她慢慢说道：“我什么也不知道，约翰尼。不是你以为的那样。但是，乔治·戴尔今天晚上向我提议共筑爱巢，于是告诉我能从坎德利斯那里搞到钱，他会威胁坎德利斯，他会说出坎德利斯干过的肮脏事，事关某个来自里诺的流氓。”

“真他妈的聪明，这些墨西哥人，”德·鲁斯说。“里诺是我的家乡，宝贝。我认识里诺所有的流氓。他是谁？”

“一个叫扎帕提的人。”

德·鲁斯低声说：“扎帕提就是埃及俱乐部的经营者。”

芙朗辛·利突然站起来，抓住他的胳膊。“别管这事，约翰尼！就当是——为了，你这次就别蹚浑水？”

德·鲁斯摇摇头，向她露出的迷人微笑一直挂在嘴角。他从胳膊上拨下女孩的手，往后退去。

“我今天在充满氰化物的车子里待了会儿，宝贝，这滋味我一点也不喜欢。我闻了内华达气体。我的子弹留在了某个持枪匪徒的身体里。这会为我招来警察，或者卷入司法纠纷。如果有人被绑票，而我报了警，那就会有另外一个肉票被杀掉，很有可能是这样。扎帕提是里诺的狠角色，这和戴尔告诉你的内容吻合，假如莫普斯·帕里西和扎帕提是一伙的，那就能解释我为什么也被牵扯进去。帕里西恨死我了。”

“你没必要一个人单打独斗，约翰尼，”芙朗辛·利绝望地说。

他还在笑，抿紧的嘴唇，庄重的眼神。“宝贝，会是我们两个人。去拿件长外套。外面还有点毛毛雨。”

她瞪眼瞧他。她伸出那只曾抓住德·鲁斯胳膊的手，僵硬地展开，手指向后弯曲。声音因为恐惧而空洞。

“我，约翰尼？……哦，求你了，别……”

德·鲁斯温柔地说：“去拿外套，宝贝。打扮得漂亮点。这或许是我们最后一次一同外出了。”

她步履踉跄地走过他身边。他轻轻地碰了下她的胳膊，握住片刻，几乎是在低语：“你不会告发我的，对吗，芙朗辛？”

她回头冷眼看向男人眼中的伤痛，喉头发出嘶哑的声音，甩动没被拉住的手臂，迅速走进卧室。

没过多久，德·鲁斯眼中的痛苦消失不见了，冷酷的笑容重又挂上嘴角。

7

德·鲁斯双目半闭，看着荷官的手指从赌桌上收回，放在桌沿上。手指圆润，指尖如葱，甚是优雅。德·鲁斯抬头看向荷官的脸。秃头，看不出明显的年龄，蓝色的眼珠透出沉静。他头上真的一根毛发也没有。

德·鲁斯又低头看荷官的手。放在桌沿上的右手稍稍撇开，袖口上的袖扣正好抵在桌沿上，荷官穿的是棕色丝绒外套，剪裁成无尾晚礼服的款式。德·鲁斯隐隐露出冷笑。

他在红色上面押了三枚蓝色筹码。这一局，小球停在黑 2 上。荷官向另外四人当中的两人付了筹码。

德 · 鲁斯把五枚蓝色筹码推出去，落在红色钻石上。接着，他把头转向左边，看见身形壮硕的金发年轻人把三枚红色筹码押在零上。

德 · 鲁斯舔过嘴唇，伸出脑袋，望向一间小房间。芙朗辛 · 利坐在靠墙的长椅上，脑袋也靠在上面。

“我觉得我得手了，宝贝，”德 · 鲁斯对她说。“我觉得我得手了。”

芙朗辛 · 利双眼放光，伸直脑袋。她从身前的矮圆桌上拿起一杯饮料。

她抿着饮料，看向地板，没搭茬。

德 · 鲁斯又回头看看金发男人。另外三个人也下好注了。荷官似乎不耐烦了，但仍保持着警惕。

德 · 鲁斯说：“为什么我押红的，你就押零，我押黑的，你就押双零？”

金发年轻人莞尔一笑，耸耸肩，没说话。

德 · 鲁斯把手放在台面上，用极低的声音说：“先生，我问了你一个问题。”

“或许我是杰西 · 利弗莫尔[①]呢，”金发年轻人咕哝道。“我喜欢做空。”

“这算什么——慢动作？”其中一名赌徒插嘴。

“阁下，请你下注，”荷官说。

德 · 鲁斯看着他说：“放手吧。”

荷官用左手转动轮盘，又用同一只手朝相反的方向弹入小球。他的右手一直搁在桌沿上。

小球停在黑 28，旁边就是零。金发男人哈哈大笑。“很接近，”他

---

① 20 世纪 20 年代纽约华尔街的传奇人物，在 1929 年股市大崩盘后，做空获得巨额利润。

说。“很接近。”

德·鲁斯检查完筹码，仔细地摞成一叠。“我下了六千元，”他说。“有点不公平啊，但我猜店里有钱。这家黑店谁开的？”

荷官慢慢露出笑容，直视德·鲁斯的眼睛。他平静地问：“你说这是黑店？”

德·鲁斯点点头。他不介意回答。

“我想你说的是黑店，”荷官说，他挪动一条腿，把重心移到这条腿上。

另外三人麻利地收拾起自己的筹码，走向房间角落的小吧台。他们点了些饮料，背靠在吧台上，欣赏起德·鲁斯和荷官的对峙。金发男人待在原地，向德·鲁斯投去嘲讽的笑。

“啧啧，啧啧，”他若有所思地说。“瞧瞧你的所作所为。”

芙朗辛·利喝完饮料，又把头靠回墙上。她垂下眼睑，扑闪着长睫毛偷偷观察德·鲁斯。

片刻之后，镶有木板的房门打开了，一个大个子走了进来，他有黑色的胡子以及浓密的黑色眉毛。荷官看向他，又把目光转回德·鲁斯，使了个眼色。

“是的，我想你说的是黑店，”他直白地重复道。

大个子用自己的手肘抵开德·鲁斯的。

“滚出去，”他冷漠地说。

金发男人在笑，他把双手放进深灰色衣服的口袋里。大个子没看他。

德·鲁斯越过台面，瞥了眼荷官，说：“我要拿回我的六千元，今天到此为止。”

“滚出去，”大个子疲惫地说，他用手肘刺入德·鲁斯的身侧。

光头荷官报以礼貌的笑容。

“你，”大个子对德·鲁斯说，“是不是要来硬的，啊？”

德 · 鲁斯看着他，露出嘲讽的惊讶神情。“好吧，好吧，你这个自以为是的家伙，”他轻声说。“尼基，干掉他。”

金发男人的右手伸出口袋，挥了挥。黑色的钢铁在明亮的灯光下闪闪发光。他朝大个子的后脑勺来了不算重的一击。大个子想扯住德 · 鲁斯，但后者灵活地避开了，从胳膊下面掏出手枪。大个子抓住轮盘赌桌的边沿，重重摔倒在地上。

芙朗辛 · 利起身，喉咙发出压抑的声音。

金发男人跳到一边，一个回转，看向酒保。后者把手放在吧台上。三个刚才玩轮盘赌的男人看得饶有兴致，根本不愿挪动。

德 · 鲁斯说：“右手中间那个纽扣，尼基。我想是铜的。”

“是啊。”金发男人绕过赌桌，把枪放回口袋。他靠向荷官，扯住他右手袖口上的第二粒纽扣，用力一拉。再一使力就拉下了纽扣，顺带扯出一条细电线。

“正确，”金发男人随意地回答。任由荷官的胳膊垂下来。

“我现在就要拿走我的六千元，”德 · 鲁斯说。“接着，我们要找你的老板谈谈。”

荷官慢慢点下头，手伸向赌桌边的筹码架。

地板上的大个子没再动弹。金发男人的右手从屁股后面的腰带里摸出一把点四五自动手枪。

他晃了晃手枪，兴高采烈地冲着所有人笑了起来。

8

他们沿着楼厅往前走，从楼厅可以俯瞰楼下的饭厅以及舞池。黄皮肤的乐队轻轻摇摆，传出含混不清的热辣爵士乐。迷蒙的乐声连带着食物的香气、烟草的香味还有汗味。楼厅很高，放眼望去就像是看到一幅用照相机拍摄的画面。

光头荷官打开楼厅角上的一扇门，头也不回地穿过去。被德·鲁斯唤作尼基的金发男人尾随而进，之后是德·鲁斯和芙朗辛·利。

这是一个小厅，天花板上洒下黯淡的灯光。小厅尽头的门像是上了漆的金属门。荷官用一根圆鼓鼓的手指按动门边上的小按钮，似是在打暗号。传出电动门一样的铃声。荷官用力一推，门开了。

里面的房间舒适惬意，兼具贼窝和办公室的功能。壁炉燃着火，右边转角处正对房门的位置摆放有一个绿色的皮质长沙发。一个男人坐在沙发上，他放下报纸，抬头的刹那，脸色顿时怒气冲冲。一个小个子，圆滚滚的脑袋，黑漆漆的圆脸。黑色的眼珠讳莫如深，像是两颗黑玉纽扣。

房间中央是一张四四方方的大书桌，一个很高的男人站在书桌一头，手里拿着鸡尾酒混合器。他慢慢转过头来，越过肩膀看见进屋的四个人，手上继续以缓和的节奏摇动混合器。坑坑洼洼的脸上有一对深陷的眼睛，发灰的皮肤已见松弛，红色的平头没有光泽也没有头路。左脸颊上有一道十字形的细疤痕，像是决斗造成的。

高个子放下鸡尾酒混合器，转身直视荷官。沙发上的男人没动。但他的不动声色隐藏着蛰伏的力量。

荷官说："我觉得这算持枪抢劫。但我没法子了。他们弄晕了大乔治。"

金发男人高兴地笑起来，从兜里掏出点四五。枪口朝向地板。

"他以为是抢劫，"他说。"你不觉得很好笑？"

德·鲁斯关上沉重的房门。芙朗辛·利从他身边走开，走到墙边上，远离壁炉。他没看她。沙发上的男人看看她，又看了看在场的所有人。

德·鲁斯平静地说："高个的是扎帕提。矮个的是莫普斯·帕里西。"

金发男人踱向房间一侧，徒留荷官站在中央，点四五指向沙发上的男人。

“当然喽，我是扎帕提，”高个子说。他饶有兴味地看了会儿德·鲁斯。

他转身拿起鸡尾酒混合器，打开盖子，把饮料倒进一个浅杯里。他喝干酒，用细麻布手帕擦拭嘴唇，又把手帕仔细地塞回胸前口袋。

德·鲁斯露出冷笑，手指抚过左边的眉毛。右手仍在夹克衫的口袋里。

“我和尼基上演了一出小小的戏码，”他说。“如果我们进来见你后，这里变得太吵，外面的小伙子们就有了谈资。”

“听上去很有趣，”扎帕提表示同意。“为什么要见我？”

“关于你让人乘的气体车，”德·鲁斯说。

沙发上的男人突然有了动静，他的手像是被蛰了一下，滑下大腿。金发男人说：“不要动……或者也可以动两下，凭你喜欢，帕里西先生，就看你要什么滋味。”

帕里西又不动了。他把手塞到又粗又短的大腿下。

扎帕提略微睁开凹陷的双眼。“气体车？”声音中透露出迷惑。

德·鲁斯走到房间中央，在荷官身边停下。他靠两脚的大拇指保持身体平衡。灰色的眼睛流露出睡意，紧绷的脸疲惫不堪，他不再年轻了。

他说：“或许有人在你的地盘上捣乱，扎帕提，但我不这么想。我说的是一辆蓝色林肯，车牌号 5A6，前排放了瓶内华达气体。你知道，扎帕提，他们用的东西在这个州属于致死物品。”

扎帕提咽下口水，喉结随之滚动。他噘起嘴唇，再用牙齿抿紧，又再次噘起。

沙发上的男人放声大笑，似乎是自得其乐。

一个刺耳的声音响起，这个声音不属于房间里的任何人："扔掉手枪，金头发的。剩下的给我举起手。"

德·鲁斯越过书桌，抬头看见墙上打开的护壁板。一支手枪露了出来，还有一只手，看不见身体和脸。房里的灯光照亮了手和枪。

枪似乎径直对准了芙朗辛·利。德·鲁斯说："没问题。"他快速举起空空如也的手。

金发男人说："应该是大乔治——其他人都留在楼下准备离开。"他摊开手，点四五掉在了身前的地板上。

帕里西迅速从沙发上站起来，从手臂下取出手枪。扎帕提也从书桌抽屉里拿出一把左轮手枪，瞄准。他冲着护壁板喊道："出去，守在外面。"

护壁板关上了。扎帕提扭头看向光头荷官，那人自从进屋后就没动过一丝一毫。

"回去干活，路易。闭上你的嘴。"

荷官点头，转身走出房间，在身后小心翼翼地关上门。

芙朗辛·利痴痴地笑起来。她抬手拢紧外套领口，房里似乎冷得很。但房里没窗，壁炉的火正烧得暖洋洋的。

帕里西吹了声口哨，快步走到德·鲁斯身边，用手中的枪击德·鲁斯的脸，打得他的脑袋向后仰去。他用左手搜查德·鲁斯的口袋，找出柯尔特手枪，又摸过两条手臂，转至身后按上屁股，最后回到前面。

他退后一点，用枪托砸向德·鲁斯的脸颊，但后者稳稳地站住了，只在硬邦邦的金属撞上脸的时候，头稍微动了一动。

帕里西又朝同样的位置来了一下。鲜血从颧骨缓缓流出。他的头有点沉，膝盖支持不住。他慢慢蹲下去，靠左手撑住地面，他晃了晃头。右手不动声色地移到左脚后。

扎帕提说："好啦，莫普斯。别嗜血如命的。我们还要从这些人的嘴里撬出一些话呢。”

芙朗辛·利又笑了，笑得更傻。她一只手抵住墙壁，笑得左摇右晃。

帕里西深吸一口气，朝后退去，黑黝黝的脸上露出喜悦的笑容。

“这一刻，我等了很长时间了，”他说。

当他离开德·鲁斯六英尺远时，某个闪着暗光的小东西从德·鲁斯的左裤腿里滑出来，落进手里。刺耳的爆破声响起，一团橘色——绿色的小火星在地板上炸开。

帕里西脑袋往后一仰。下巴下面出现了一个圆洞。圆洞瞬间变大，鲜血淋漓。他的身体开始晃动，重重地跌倒在地。

扎帕提说：“他妈的——！”他扣动扳机。

芙朗辛·利尖叫着扑向他——又抓又踢又是大叫。

左轮手枪伴随着沉闷的爆裂声开出两枪。两发子弹射进墙里，石灰咔嗒咔嗒作响。

芙朗辛·利滑到地上，靠双手和膝盖支撑。纤长的腿从裙下露出来。

金发男人单膝点地，拾回点四五，他吼道：“她中——枪了！”

扎帕提两手空空地站起来，脸上露出惊惧的神色。他的右手背上有条很长的红色抓痕。左轮手枪静静地躺在芙朗辛·利旁边的地板上。惊恐的双眼不可置信地看着那把枪。

躺在地上的帕里西咳嗽了一声，然后没了动静。

德·鲁斯站起来。小巧的毛瑟枪在他手里就像是个玩具。他的嗓音似乎是从很远的地方传来：“尼基，留心那块护壁板……”

房外没有声响，任何地方都没有。扎帕提站在桌子尽头，脸色灰白，身体僵硬。

德·鲁斯弯腰抚摸芙朗辛·利的肩膀。“还好吗，宝贝？”

她收起腿，站了起来，低头俯瞰帕里西。她的身体因为紧张和寒意而瑟瑟发抖。

“对不起，宝贝，”德·鲁斯在她背后温柔地说。“我想我是看错你了。”

他从口袋里掏出手帕，用嘴唇弄湿手帕，轻轻擦拭左脸颊，又看了看手帕上的血。

尼基说：“我猜大乔治又去睡觉了。我刚才没一枪打死他，真是个大傻帽。”

德·鲁斯微微点头，说：“是啊。整出戏演砸了。你的大衣和帽子呢，扎帕提先生？我们打算带着你出去兜兜风。”

9

德·鲁斯在胡椒树的树荫下说：“在那里，尼基。就在那里。没人动过。不过最好还是留意下四周。”

金发男人走下帕卡德的驾驶座，来到树下。他在帕卡德停靠的同一路边站了一小会儿，穿过北肯莫尔路，走向停在砖砌公寓楼前的林肯。

德·鲁斯探向副驾驶座，手臂穿过椅背，捏了捏芙朗辛·利的脸颊。“你现在就回去，宝贝——开这辆车。我回头找你。”

“约翰尼，”她攥住他的胳膊，“你要去做什么？天——哪，今晚可不可以不要寻开心了？”

“宝贝，还没完呢。扎帕提先生有事要告诉我们。我估摸着，在那辆气体车上坐会儿能帮助他振作精神。无论如何，我需要证据。”

他歪向一边，看见坐在后排角落里的扎帕提。扎帕提的喉咙发出刺耳的声音，阴影打在脸上，他双目直视前方。

尼基穿过马路回来了，一脚踩上脚踏板。

“没钥匙，”他说。“有吗？”

德·鲁斯说：“当然。”他从口袋里掏出钥匙，递给尼基。尼基转到扎帕提那边，打开车门。

“出来，先生。”

扎帕提动作僵硬地走出汽车，站在斜织的细雨中，他嘴唇翕动。德·鲁斯随后跟出来。

“宝贝，把车开走。”

芙朗辛滑到帕卡德的驾驶座上，按下启动装置。点燃的引擎发出轻柔的嗡嗡声。

“漫长的一夜，宝贝，”德·鲁斯文质彬彬地。“帮我捂热拖鞋。再帮我一个大忙，宝贝。不要打电话。”

帕卡德穿过高耸的胡椒树，沿着幽暗的街道开远。德·鲁斯看着它转了个弯。他用手肘抵住扎帕提。

“我们走吧。去坐一坐你那辆气体车的后座。我们不会喂你很多气体，因为玻璃上有个洞，不过你会喜欢上那气味的。我们可以到郊区转转。我们有一整晚的时间陪你玩呢。”

“我猜你知道这是绑架，”扎帕提语气严厉。

“我可不愿这么想，”德·鲁斯咕哝道。

三个男人不慌不忙地穿过马路。尼基打开好的那扇车门。扎帕提坐进去。尼基砰地关上门，坐上驾驶座，把车钥匙插入锁孔。德·鲁斯坐在他边上，两腿夹住气体罐。

车里还留有气体的味道。

尼基发动汽车，开到马路中央，朝北驶向富兰克林大道，再从背后绕过洛菲利斯，朝格伦代尔开去。没过多久，扎帕提探身敲响玻璃隔窗。德·鲁斯把一侧耳朵贴在尼基脑袋后面的洞上。

传来扎帕提刺耳的声音：“石头屋——城堡路——在拉克类森塔的洪水区。”

“哎呦，不过还是个笨蛋，”尼基嘟嘟囔囔的，眼睛看向前面的马路。

德 · 鲁斯点头，心事重重地说："没这么简单。帕里西死了，他会冷静下来，除非他猜到会被带出去。"

尼基说："我的话，我情愿挨顿揍，然后把嘴闭上。约翰尼，给我点根烟。"

德 · 鲁斯点燃两根烟，把其中一根递给金发男人。他往后瞥了眼坐在角落里的扎帕提的修长身影。闪过的灯光照亮他紧绷的脸，脸上的阴影因此变得更加深邃。

林肯无声地滑入格伦代尔，向上开往蒙特罗斯。从蒙特罗斯可以驶上桑兰高速公路，然后进入几乎荒无人烟的拉克类森塔的洪水区。

他们找到城堡路，沿着该路一直开到山下。几分钟之后，他们抵达了石头屋。

石头屋建在马路边上，前面有一片开阔的空地，先前可能是草坪，但现在满是沙土、小石子，以及一些大石头。马路在他们到达的目的地不远处转了个直角。更远处的马路尽头，混凝土路面被 1934 年新年那天的洪水蚕食殆尽。

尽头之外就是洪水肆虐过的土地。杂草丛生，还有很多巨型石头。最远的地方，一棵树有一半树根暴露在空气中，比洪水水位高出八英寸。

尼基停下车，关掉车灯，从汽车边袋里拿出一个镍制的大手电筒，递给德 · 鲁斯。

德 · 鲁斯下了车，手搁在打开的车门上站了会儿，手里还握着手电筒。他用另一只手从外套口袋里拿出手枪，枪管朝下垂在身旁。

"看上去像是畜栏，"他说。"我觉得不会有什么麻烦。"

他瞄了眼扎帕提，刻薄一笑，穿过沙地，走向房子。前门虚掩，地上满是沙土。德 · 鲁斯走到屋角，他尽量保持不和大门处在一条直线上。他绕过侧墙，查看用木头封住的窗户，后面没有一丝灯光。

房间后部曾是鸡舍。破烂不堪的车库里面，以前的私家车只剩下一堆废铜烂铁。后面和窗户一样被封住了。德·鲁斯在雨中静静地站着，寻思为什么前门是打开的。接着，他记起几个月前另一场洪水肆虐过，不算太糟，但足够冲开前门，再流向大山。

两幢毛坯房都已废弃，矗立在相邻的空地上，影影绰绰。在远离洪水的地方，在一块地势稍高的平地上，有一扇亮着灯的窗户。这是德·鲁斯目力所及唯一看到的亮光。

他走回屋子前部，潜进门，站在屋内倾听。过了很长时间，他才打开手电筒。

屋里没有人的气息，和室外的味道差不多。前房什么也没有，除了沙子，一些破烂家具，洪水退去后在墙上留下了黑色的线条，曾经挂画的位置还留有一点印记。

德·鲁斯穿过小厅走进厨房，地板上有个洞，那曾是洗碗槽的位置，生锈的瓦斯炉卡在洞里。他从厨房进入卧室。屋里没有一丝声响。

四四方方的卧室黑漆漆的。干掉的泥浆把地毯弄得硬邦邦的，橡皮膏一样贴在地板上。房间里面有一张铁床，弹簧已经生锈，带有水渍的床垫露出一角。

床下伸出两只脚。

这是一双大脚，穿着胡桃木棕色的翻毛皮鞋，再上面是紫红色的袜子。袜子边缘织有灰色纹路。袜子上面是黑白格纹的长裤。

德·鲁斯静静地站着，手电筒扫过双脚。嘴唇发出轻轻的吮吸声。他就这样站了几分钟，没有移动半分。之后，他把手电筒照向地板尽头，这样光线就会反射到天花板上，微弱的灯光就能照亮整个房间。

他从床上拉下床垫。然后弯腰握住床下男人的一只手。手冰冷冰冷的。他抓住两只脚踝，用力往外来，可男人体形魁梧，分量又重。

还是把他身上的床移开更容易些。

10

扎帕提把头靠在汽车座椅上，他闭上眼，把脸稍微侧过去一点。他紧紧闭住眼睛，尽量把头侧向一边，以免大手电筒的亮光射进眼皮。

尼基把手电筒凑到他脸边上，按照单调的节奏打开、关上、打开、关上。

德·鲁斯一脚踏在敞开车门的踏脚板上，透过雨幕望向远处。在漆黑的地平线上，机场灯塔闪烁出微弱的光亮。

尼基随意地说："你永远不知道如何搞定一个家伙。我曾亲眼见到一个人跪地求饶，因为警察用指甲划过他下巴上的凹痕。"

德·鲁斯闷笑起来。"这人是个狠角色，"他说。"那要想点比手电筒更好的点子出来。"

尼基的手电筒一开一关、一开一关。"我行的，"他说。"只是我不想弄脏自己的手。"

过了片刻，扎帕提在身前举起手，又慢慢放下，他开口说话了。他的嗓音低沉单调，眼睛仍旧紧闭躲避光线。

"是帕里西干了这桩绑架案。我什么也不知道，直到木已成舟。大约一个月前，帕里西带着几个支持他的流氓占了我的地盘。他用了什么法子，知道坎德利斯曾敲诈过我两万五千元，坎德利斯承诺会帮助我同父异母的兄弟摆脱谋杀官司，但后来他又把这孩子卖掉了。我没告诉过帕里西。一直到今晚之前，我都不知道他知道这些事儿。"

"他大概七点或者更晚点的时候来到俱乐部，说：'我们把你的朋友弄来了，雨果·坎德利斯。这是一桩十万美元的大买卖，转个手钱就来了。你要做的就是利用这里的赌桌把钱散出去，和其他的钱混在一起。你必须做，因为我们会给你提成——还有，如果事情败露，那这事也是发生在你的地盘上。’就这些。帕里西优哉游哉地等待手下回来。他们迟迟没出现，他忽然急了。他曾经跑出去过，到一家啤酒馆里打了个电话。”

德·鲁斯用几根手指同时捏住一根烟，送进嘴里。

他问：“谁策划这票活的？还有，你怎么知道坎德利斯在这里？”

扎帕提说：“莫普斯告诉我的。但我不知道他死了。”

尼基笑起来，迅速开关起手电筒。

德·鲁斯：“保持一分钟。”

尼基稳稳地把光束打到扎帕提苍白的脸上。扎帕提动了动嘴唇。他曾睁开过眼，暗淡无光，就像死鱼眼。

尼基说：“这里真他妈的冷。我们拿他的人头怎么办？”

德·鲁斯说：“我们把他带进屋里，和坎德利斯捆在一起。他们可以互相取暖。我们等天亮再来一次，看看他有没有啥新主意。”

扎帕提瑟瑟发抖。眼角似乎泛起了泪光。片刻的沉默后，他说：“好吧。是我策划了整件事。气体车是我的主意。我要的不是钱。我想要坎德利斯，我想要他死。就在一个星期前的周五，我的弟弟在昆丁被执行了绞刑。”

短暂的沉默。尼基念念有词了两句。德·鲁斯没有动也没有出声。

扎帕提继续：“坎德利斯的司机马蒂克也参与了。他恨坎德利斯。本来该由他开那辆假冒车，让一切看上去都正常，之后他再溜之大吉。不过，这家伙喝了太多的玉米威士忌酒，根本无法胜任，帕里西对他不放心，就把他给干掉了。让另一个小伙去开车。下雨天帮了忙。”

德·鲁斯说：“好多了——还没完呢，扎帕提。”

扎帕提迅速耸耸肩，微微睁开眼睛，他差不多是在笑。

“你他妈的到底想要什么？把两边都除掉吗？”

德·鲁斯说：“我想要你指认是谁绑架了我……算了，我自己来。”

他从脚踏板上收回腿，把烟蒂丢入暗处。他用力关上车门，坐进前排，尼基关掉手电筒，坐上驾驶座，发动引擎。

德 · 鲁斯说："尼基，找个地方我能打电话叫车的。你开着这辆车再逛上一小时，然后打电话给芙朗辛。我到时会给你递个口信。"

金发男人的头从一边慢慢地摇到另一边。"约翰尼，你是一个良友，我喜欢你。但事情发展到现在已经过火了。我要去警局报案。别忘了，在我家里的旧衬衫下面，我还藏着一张私家侦探的执照呢。"

德 · 鲁斯说："给我一个小时，尼基。就一个小时。"

汽车驶下山，穿过桑兰高速公路，又朝着蒙特罗斯的方向开始另一段下山路。过了会儿，尼基说："同意。"

11

奥罗家苑的大堂内，接待台上悬挂着冲压模型的时钟，上面显示一点十二分。大堂属于老式的西班牙风格，红黑两色的印度地毯，椅子上镶有铆钉，皮质靠垫的四角缀有皮质流苏；灰绿色的橄榄木木门用笨重的铸铁铰链固定。

职员是一个短小精干的瘦猴子，金色的唇髭上过蜡，一头金发梳成大背头。他靠在接待台上看向时钟，打着哈欠，一边用亮晶晶的指甲弹响牙齿。

临街的门打开了，德 · 鲁斯走进来。他摘下帽子，摇一摇，重又戴上，把帽檐往下压。他的目光慢慢扫过空旷的大堂，走向接待台，戴手套的手掌拍上桌面。

"雨果 · 坎德利斯是几号别墅？"他问。

职员被惹恼了。他瞄了眼钟，又看看德 · 鲁斯的脸，再回头看钟。他傲慢地笑起来，说话带有轻微的口音。

"十二点了。你希望现在被通传——在这个点？"

德·鲁斯说："不是。"

他离开接待台，朝镶有菱形玻璃的大门走去。这门看上去像是属于高级公共厕所的。

当他把手搁在门上，尖利的铃声在身后响起。

德·鲁斯越过肩膀回头看，他转身走回接待台。职员相当麻利地把手从铃上挪开。

他的声音冷酷、讥讽、傲慢："这里不是那种公寓楼，请你明白。"

德·鲁斯颧骨上的胶布变成了暗红色。他越过接待台，拎住职员夹克衫上镶了饰带的衣领，让他的胸膛靠上桌沿。

"娘娘腔，这算哪门子玩笑？"

职员脸色惨白，但乱晃的手还是按响了铃。

一个又矮又胖的男人穿着松松垮垮的衣服，戴着棕色假发，绕过桌角，伸出一根圆鼓鼓的手指，说："嗨。"

德·鲁斯放开职员，面无表情地看着胖男人外套上的雪茄烟灰。

胖男人说："我是总管。如果你想要撒泼，那可以来找我。"

德·鲁斯说："你把我要说的话给说了。我们移步到角落去。"

他们走到角落里，在一棵棕榈树旁坐下。胖男人亲切地打了个呵欠，掀起一边假发，伸手进去挠痒痒。

"我叫库瓦里克，"他说。"我有时也会揍那个瑞士人几拳。你有什么要投诉的？"

德·鲁斯说："你是个可以保守秘密的人吗？"

"不是。我喜欢谈天。在这个到处是纨绔子弟的住宅区里走动一下，真是乐趣十足。"库瓦里克从口袋里掏出半截雪茄，点烟的时候差点烧着鼻子。

德·鲁斯说："这次你要守口如瓶。"

他伸进外套内侧，取出皮夹，从里面拿出两张十元。他把纸币绕在食指上，塞进胖男人外套的外侧口袋。

库瓦里克眨巴着眼睛，一句话也没说。

德·鲁斯说："有个叫乔治·戴尔的人在坎德利斯的公寓里面。他的车停在外面，所以他应该在屋里。我想见他，但我不想通报自己的姓名。你可以把我带进去，留在我身边。"

胖男人谨慎地表示："现在有点晚了。或许他上床睡觉了。"

"就算上床，那也是上了别人的床，"德·鲁斯说。"他应该爬起来。"

胖男人站起来。"我不喜欢我现在的想法，但我喜欢你的二十元，"他说。"我这就进去，看看他们是否还没睡。你站着别动。"

德·鲁斯点头同意。库瓦里克沿墙往前走，穿过角落上的门。当他走路的时候，外套后侧露出了手枪皮套粗制滥造的方头。职员看他走远，轻蔑地瞥了眼德·鲁斯，拿出指甲锉。

十分钟过去了，十五分钟。库瓦里克没有回来。德·鲁斯突然站起来，一脸严肃地朝角落上的门走过去。接待台后面的职员身子一僵，他看向桌上的电话，但没有碰。

德·鲁斯穿过门，发现置身于有屋檐的走廊下。雨水稀稀落落地打在屋顶的瓦片上。他穿过天井，天井里面有一个椭圆形的水池，四周铺上了色彩鲜艳的马赛克。这个天井的尽头和其他天井相连。左边的远处亮着一盏窗灯。他朝那个方向走去，想着碰碰运气，当走到足够近的地方时辨别出门上的编号是 12C。

他跨上两级平整的台阶，按下门铃，铃声传到很远的地方。没有动静。过了会儿，他又按了一次，接着试图打开门。门锁住了。他觉得听到某个地方传来压抑的敲击声。

他在雨里站了片刻，绕过别墅的屋角，走下潮湿的小道来到屋后。他试了试后门，也锁上了。德·鲁斯暗暗咒骂，从胳膊下抽出手枪，把帽子压在后门的玻璃幕墙上，用枪托砸碎玻璃。玻璃碴子噼里啪啦落在屋内的地板上。

他拿开枪，把帽子戴回头上，穿过打碎的玻璃幕墙打开门锁。

厨房又大又亮，瓷砖为黄黑两色，给人的感觉是这里主要用来调酒的。两瓶翰格蓝爵，一瓶轩尼诗，三四种昂贵的提神饮料摆在铺着瓷砖的滴水板上。小厅通往客厅的门锁住了。一角放了架大钢琴，钢琴旁边的灯是亮着的。还有一盏灯连同饮料和杯子摆在矮桌上。壁炉里面的火就快熄灭了。

敲击声越来越响。

德·鲁斯穿过客厅和挂了门帘的门，走进另一条走廊，由此进入装修得富丽堂皇的卧室。敲击声是从壁橱里面传出来的。德·鲁斯打开壁橱门，看见一个男人。

他坐在地上，身后是挂在衣架上的各式各样的衣服。一条毛巾缠住他的脸。另一条则把脚踝捆在一起。手腕被捆在身后。这是个秃头，几乎和埃及俱乐部的荷官不相上下。

德·鲁斯神色凛冽地低头看他，突然咧嘴一笑，弯腰为他松绑。

男人吐出嘴里的毛巾，指天骂地。他钻进身后的衣服堆里，出来的时候手里攥着一样毛绒绒的东西。他整理好假发，戴回到头发稀疏的脑壳上。

这人就是库瓦里克，公寓总管。

他起来后仍在骂骂咧咧。他从德·鲁斯身后退开，肥脸上的笑容警惕又僵硬。他的右手摸向手枪皮套。

德·鲁斯摊开双手，说："说吧。"他在一个小巧的印花棉布的椅子里坐定。

库瓦里克定定地看了他一会儿，接着把手从枪上挪开。

"屋里有光，"他说，"所以我按了门铃。一个皮肤黝黑的高挑小伙子来开门。我在这里见过他很多次了。他是戴尔。我告诉他有人在大堂等着想悄悄见他一面，他不愿说出自己的姓名。”

“这么做真蠢，”德·鲁斯干巴巴地评论。

“还没完呢，但也快了，”库瓦里克咯咯笑起来，用嘴角撕下一块布料。“我描述了你的外貌。这事办砸了。他笑得古里古怪，让我进屋等上一分钟。我从他身边走过，他关上门，用枪抵上我的腰。他说：‘你是说他穿了一身黑？’我说：‘是的。这手枪算什么意思？’他说：‘他的眼睛是灰色的，黑发有点卷，牙齿很亮？’我说：‘是的——手枪算什么意思？’

“他说：‘就为了这个。’他用枪砸中我的后脑勺，我倒在地上，头晕眼花，但没晕过去。接着，坎德利斯他娘们出现在门口，他们把我绑起来，扔进壁橱，就这样。我听见他们在屋里忙活了一会儿，之后安静下来。在你按响门铃前，就发生了这些事。”

德·鲁斯懒洋洋、乐呵呵地笑起来。他整个人瘫坐在椅子里，举止变得慵懒、悠闲。

“他们逃走了，”他低声说。“他们得到风声。我觉得这不算明智之举。”

库瓦里克说：“我曾做过富国银行的侦探，我受得了一击。他们这是在搞啥鬼？”

“形容下坎德利斯夫人？”

“深色皮肤，大美人。如饥似渴，正如同事说的。有点憔悴，有点刻薄。他们家每过三个月就要雇一个新司机。住宅区里面，她也有一堆喜欢的小伙子。我猜揍我的也是个小白脸。”

德·鲁斯看了看手表，点头，身子前倾，起身。“我猜是时候寻找司法途径了。你在城里认不认识一些朋友，可以把一宗绑架案告诉他们的？”

一个声音响起："还没到时候呢。"

乔治·戴尔从走廊里快步走进房间，他静静地站定，手里有一把细长的消音自动手枪。他的眼睛明亮、疯狂，但握在扳机上的柠檬黄的手指还是相当的稳当。

"我们没逃走，"他说。"我们还没准备好。但这或许不是个馊主意——对于我们两个而言。"

库瓦里克胖乎乎的手摸上了手枪皮套。

自动小手枪的黑色枪管发出两声闷响。

库瓦里克外套的正面冒起一股烟。他的双手从身边弹开，两个小眼睛睁得溜圆，就像从豆荚里面蹦出的豆子。他重重地摔在墙上，依靠左侧身体静静躺下，眼睛半闭。假发调皮地歪向一边。

德·鲁斯快速看他一眼，又转头看戴尔。脸上没有任何表情，甚至一点也不兴奋。

他说："戴尔，你是个疯狂的傻瓜。你把最后一个机会给浪费了。你本来可以蒙混过关的。但这也不是你一个人的错。"

戴尔冷静地说："不。我现在算是想明白了。我不应该派人跟踪你。我这么做纯粹是找乐子。都怪我不专业。"

德·鲁斯微微点头，看向戴尔的目光称得上友善。"纯粹找乐子——是谁告诉你游戏搞砸了？"

"芙朗辛——她用了不少时间，"戴尔粗鲁地说。"我要走了，所以我回头没法和她说谢谢了。"

"不会的，"德·鲁斯说。"你出不了这个州。你也拿不到大人物的钱。你不行，你的伙伴不行，你的女人也不行。警察就会知道整桩事——马上。"

戴尔说："我们会逃掉的。我们有足够的钱，约翰尼，能用很长时间。"

戴尔的脸突然沉下来，扬起握枪的手。德·鲁斯眼睛半闭，迅速做好调整应对这突袭。小手枪没有掉下来。戴尔身后传来沙沙声，一个深色皮肤的高挑女人穿着灰色裘皮走进了房间。她戴着一顶小巧的帽子，深色的头发编成辫子垂在后颈上。她是个美人，纤瘦、野性的那种。红唇黑得如墨；脸颊上没有一点血色。

她的声音冷酷慵懒，和她紧张的神情一点也不搭调。“谁是芙朗辛？”她冷冷地发问。

德·鲁斯睁大眼睛，坐在椅子里的他身子一僵，他的右手滑向胸膛。

“芙朗辛是我的女朋友，”他说。“戴尔先生试图把她从我身边夺走。这都没问题。他是个俊小伙，他有的是本事，能有一堆女朋友。”

高挑女人脸一黑，她动怒了。她用力抓住戴尔拿枪的手臂。

德·鲁斯攥住肩膀的手枪皮套，拿出点三八。但枪声不是他发出的，也不是戴尔手中的消音自动手枪。那是一把枪管八英寸的柯尔特，响声如同引爆的炸弹。声音是从地板那里传来的，就在库瓦里克右臀边上，库瓦里克那胖乎乎的手正握着它。

枪只响了一次。戴尔似乎被一只巨型大手扔到墙上。他的头被墙撞得稀巴烂，那张俊俏的脸顿时血流满面。

他瘫软在墙上，小巧的自动手枪落在身前。深色皮肤的女人冲过去，手脚并用地趴在戴尔四肢摊开的身体前。

她拿到枪，把它举起来。脸扭成一团，牙齿咬住嘴唇，这细小尖利的牙齿微微闪光。

库瓦里克说：“我是个狠角色。我曾是富国银行的侦探。”

他的大家伙又响了一次。女人的嘴唇扯出一声尖叫。她的身体和戴尔撞在了一起，眼睛睁开、闭上、睁开、闭上。脸色煞白、茫然。

“肩部中枪。她没事，”库瓦里克说完爬起来。他敞开外套，拍拍胸膛。

"防弹背心，"他得意洋洋地表示。"但我想，我应该安安静静地躺一会儿，否则的话，他会朝我脸上来一枪的。"

12

芙朗辛·利打了个呵欠，伸出一条穿了绿色睡裤的长腿，打量起光脚穿着的小巧的绿色拖鞋。她又打了个呵欠，起身，神经质地穿过房间，走到腰子形状的桌子边。她倒上一杯酒，喝得很快，因为紧张而发抖。她神情紧绷，面容憔悴，眼神空洞；眼睛下面出现了黑眼圈。

她看向手腕上精致的小手表。凌晨四点了。她听到一记声响，手腕撑桌，迅速转身，后背靠在桌子上，她的呼吸开始变得急促，气喘吁吁。

德·鲁斯掀开红色门帘，走了进来。他站定，面无表情地看着她，慢慢脱下帽子和大衣，把它们扔在椅子上。他继续脱掉西装，解下棕色的背带，踱过去拿饮料。

他嗅了嗅玻璃杯，倒上三分之一的威士忌，一口喝干。

"所以，你还是给那个寄生虫通风报信了。"他阴沉地说，低头看向手中空荡荡的杯子。

芙朗辛·利在发抖，把头撇向一边。

"你还好吗，约翰尼？"她的声音温柔、疲惫。

"你非要打电话给那个寄生虫。"德·鲁斯用同样的语调重复了一遍。"你他妈的知道得一清二楚，他也有份参与。你宁可他逍遥法外，甚至有可能会杀了我。"

芙朗辛·利说："是的。我必须打电话给他。发生了什么事？"

德·鲁斯没说话，也没看她。他慢悠悠地放下杯子，又倒上点威士忌，并加了水，找起冰块来。寻找未果后，他开始喝起饮料，眼睛停在白色的桌面上。

芙朗辛·利说："约翰尼，世界上没有一个男的比得上你。这对他没好处，但他必须这么做，我了解他。"

德·鲁斯慢慢地说："说得漂亮。只是我也没这么好。我刚才差点死翘翘，如果没有那个喜剧演员一样的侦探，还带着特制的柯尔特、穿着防弹衣来上班。"

过了一会儿，芙朗辛·利问："你想要我离开吗？"

德·鲁斯快速向她投去一眼，又马上移开。他放下杯子，从桌边走开。他越过肩膀说："除非你告诉我真相。"

他坐在深陷的椅子里，手肘撑在扶手上，用手托住脸。芙朗辛·利看了他一会儿，走过去，坐在扶手上。她柔情似水地抬起德·鲁斯的脑袋，让它靠上椅背。她抚摸起男人的前额。

德·鲁斯闭上眼睛，全身松懈下来。他的声音听上去昏昏沉沉的。

"你在埃及俱乐部救了我一条命。所以，你有权利让那个俊小伙打我一枪，我是这么想的。"

芙朗辛·利一言不发地抚摸他的头。

"帅小伙死了，"德·鲁斯继续说下去，"那个叽叽喳喳的侦探打烂了他的脸。"

芙朗辛·利的手停顿片刻后继续抚摸他的头。

"坎德利斯夫人也牵扯进来。她似乎人见人爱。她想要雨果的钱，又想要世界上所有的男人，除了雨果。幸好——她没被打死。她说了很多。扎帕提也是。"

"是的，宝贝，"芙朗辛·利平静地回答。

德·鲁斯打了个呵欠。"坎德利斯死了。在我们行动之前他就死了。他们只想让他死。帕里西并不介意，只要拿到钱就行。"

芙朗辛·利说："是的，宝贝。"

“我会在白天告诉你剩下的事，”德 · 鲁斯口齿不清地说。“我猜，我和尼基都不会惹上官司……我们回到里诺就结婚吧……我讨厌滥交的生活……再给我倒杯酒，宝贝。”

芙朗辛 · 利没动，只是手指温柔地抚过德 · 鲁斯的额头，移至太阳穴。椅子里的德 · 鲁斯又往下沉了点，脑袋滚向一边。

“是的，宝贝。”

“别叫我宝贝，”德 · 鲁斯含含糊糊地说，“就叫我容易上当的人。”

当他熟睡后，她起身离开扶手，坐在边上。她一动不动地坐着，看着他，托住脸庞的手纤长、精致，指甲涂成了樱桃红。

（黄雅琴　译）

西班牙血盟

1

大约翰 · 马斯特斯个大、肥胖、油滑。发青的下巴剃得干干净净，粗壮的手指指关节上有小小的凹坑。棕色的头发向后梳去，他穿了一件酒红色的上衣，口袋是贴袋，还有酒红色的领带，棕色的丝衬衫。嘴巴衔着的棕色大雪茄上有红色和金色的镶边。

他皱皱鼻子，又偷偷看了眼盖着的底牌，尽量克制住笑容。他说："给我来一张，戴夫——别给我发张'市政厅'啊！"

面上一个 4、一个 2。戴夫 · 奥格肃穆地看着桌子那头那两张牌，他又低头看手里的牌。这人又瘦又高，长脸棱角分明，头发的颜色是潮湿的沙土色。他的手掌心捧着一叠牌，他慢慢翻开第一张，弹到桌子对面。是黑桃 Q。

大约翰 · 马斯特斯咧开嘴哈哈大笑，雪茄也因此抖动起来。

"付钱吧，戴夫。女士 ① 也会对上一次。"他得意洋洋地翻开底牌。一个 5。

戴夫 · 奥格报以礼貌的笑容，没有动作。压抑的电话铃在附近响起，电话放在丝质长窗帘后面，窗帘勾勒出高耸的尖拱窗户。他从嘴中拿下烟，小心翼翼地搁在烟灰缸边上，放烟灰缸的小几就在赌桌边。他把手够到窗帘后面去接电话。

他用手掩住电话筒，声音冷酷，近似耳语，之后，他听了很长时间。绿色的眼睛波澜不惊，窄脸上面没显露出任何情绪。马斯特斯不安地扭动起来，用力嚼着嘴里的雪茄。

很久之后，奥格说："好的。我们会告诉你消息的。"他挂下电话筒，把电话放回到窗帘后面。

他拾起香烟，拉拉耳垂。马斯特斯骂骂咧咧的。“老——天，你怎么啦？给我十元。”

奥格低声说：“约翰，我也有个女士。还有一张 A。”他翻开底牌，在 A 旁边露出红心 Q。“21 点。”他懒洋洋地够向马斯特斯手肘边放着的两张五元纸币，加到赌桌边的一堆钱里。

马斯特斯从嘴里扯出雪茄，在桌沿上按得稀巴烂。过了会儿，他咧嘴笑起来，笑声刺耳。

“我是个傻瓜，竟然和你玩游戏，你这该死的恶棍。”

奥格干笑着往后靠去。他拿起饮料，啜了一口，放下，叼着香烟开口说话。所有动作都笃笃悠悠，若有所思，几乎是心不在焉。他说：“约翰，我们算是聪明人？”

“是啊。我们拥有这个城市。但这又不能帮我赢了 21 点。”

“再过两个月就要选举了，是吗，约翰？”

马斯特斯皱眉看他，从袋里摸出另一支雪茄，塞进嘴里。

“那又怎么样？

“假设我们的劲敌碰上些事儿。立刻。这会是个好主意吗？”

“嗯？”马斯特斯扬起浓密的眉毛，似乎是靠了整张脸的运动。他愁眉不展地想了会儿。“这没用——如果他们没法立刻抓到杀人的家伙。该死，选民会发现是我们雇人干的。”

“约翰，你说的是谋杀，”奥格循循善诱。“我可没提谋杀。”

马斯特斯垮下眉毛，拔起了鼻毛。

“好吧，有话快说，老天，你到底怎么回事？”

奥格笑笑，吐出一个烟圈，看着它升起，散成一缕青烟。

---

① 此处指纸牌 Q。

“我刚接了个电话，”他轻声说。“多尼根 · 马尔死了。”

马斯特斯的动作很慢。他的整个躯体缓缓靠向赌桌，趴在上面。当身体没法再向前后，他伸出下巴，直到下巴上的肌肉绷紧成粗线。

“哈？”呼吸沉重。“哈？”

奥格点头，冷静得像块冰。“不过，关于谋杀，约翰，你说对了。的确是谋杀。就在半小时前，差不多吧。在他的办公室。他们还不知道是谁干的。”

马斯特斯沮丧地耸耸肩，向后仰去。他麻木地看向四周。突然开始大笑。笑声嘶吼着回旋在两人对坐的六角形小房间里，之后涌进宽敞的客厅，回声隆隆穿过迷宫一般的深色笨重家具、能照亮整条马路的立灯、两排镶了金框的巨幅油画。

奥格沉默地坐着。他慢条斯理地在烟灰缸里按灭香烟，直到没有一点火星，升起一阵浓烟。他掸去骨节分明的手指上的灰尘，等待。

马斯特斯止住了笑声，就和开始时一样突然。房间里一片寂静。马斯特斯看上去累了，往他的大脸上抹了一把。

“戴夫，我们需要做点事，”他平静地说。“我都快忘了。我们要速战速决。这是个爆炸性事件。”

奥格走到窗帘后面，拿出电话，推到纸牌散乱的桌子对面。

“好吧——我们知道该怎么办，不是吗？”他冷静地表示。

大约翰 · 马斯特斯浑浊的棕色眼睛闪现出狡黠的光亮。他舔过嘴唇，大手摸上电话。

“是啊，”声音是从喉咙里发出来的，“的确如此，戴夫。我们怎么会不知道——！”

他用勉强塞入拨号盘的粗手指拨通了电话。

2

多尼根 · 马尔的脸冷酷、干净、镇定，即使在当下。他身着一套柔软的灰色法兰绒，和衣服颜色一致的头发往后梳，露出红润、年轻的脸。额骨肌肤苍白，当他站起来的时候，一缕头发会掉下来。别处的皮肤倒是古铜色。

他仰躺在有垫子的蓝色办公椅里。放在烟灰缸里的雪茄已经灭掉，烟灰缸边缘装饰有一只铜制的猎狗。他左手垂在椅子边，右手中的枪堪堪搁在桌上。身后紧闭的大窗户洒进阳光，修剪整齐的指甲熠熠生辉。

鲜血渗出背心左侧，在灰色法兰绒上留下一摊黑色的污渍。他死透了，已经死了一段时间。

一个皮肤十分黝黑的沉默的瘦高个倚在棕色桃花木文件柜上，目不转睛地看着那个死人。他的双手插在整洁的蓝色哔叽西服口袋里。后脑勺上戴了顶草帽。不过，他的眼神和抿紧的嘴巴没有一点随意的痕迹。

一个黄棕色头发的大个子在蓝色地毯上找线索。他佝偻着背，声音含混不清："没有弹壳，山姆。"

皮肤黝黑的男人没动也没说话。另一个人站起来，打着呵欠查看椅子里的尸体。

"该死！这会爆出丑闻的。再过两个月就要选举了。伙计，这不是存心添乱嘛。"

皮肤黝黑的男人慢悠悠地说："我们曾经一起上学。我俩以前是好哥们，喜欢上同一个女生。他赢了，但我们还是好朋友，我们三人。他一直很棒……可能有点聪明过头。"

黄棕色头发在房里兜了一圈，没碰任何东西。他弯下腰，嗅了嗅桌上的枪，摇头道："没用过——这把。"他皱起鼻子，闻了闻空气。"开过空调。最高三层。还隔音。高档货。他们告诉我整栋楼是用电焊的。一枚螺钉也没有。山姆，有没有听过？”

皮肤黝黑的男人慢慢摇头。

“我在想，助手在哪里呢，”黄棕色头发继续说。“这么一个大人物身边应该不止有一个姑娘。”

皮肤黝黑的男人又一次摇头。“只有一个，我猜的。她外出吃午餐了。皮特，他是一条独狼。和黄鼠狼一样精明。本来不出几年，他就可以接管整座城市了。”

黄棕色头发转到桌子后面，人几乎趴在尸体的肩膀上。他在翻看一本皮质封面、浅黄色纸张的记事本。他慢慢开口道：“有个叫伊姆利的人应该在十二点一刻应约。记事本上只有这个约会。”

他瞄了眼手腕上的廉价手表。“一点半。早就走了。谁是伊姆利？……等等！有个助理检察官叫伊姆利。他正在竞选法官，是马斯特斯—奥格这一派的。你会不会觉得——”

传来响亮的敲门声。办公室很长，两个人想了几秒钟才判断出是三扇门中的哪扇被敲响了。黄棕色头发朝最远的门走去，同时回头说道：“可能是法医。把风声露给你最信任的新闻记者，你的饭碗就砸了。我说得对吧？”

皮肤黝黑的男人没接话。他慢悠悠地晃到桌边，微微倾身向前，轻声对尸体说：

“再见，多尼。就让一切都过去吧。我会料理好后事的，也会照顾好贝尔。”

办公室尽头的门打开了，一个活泼的男人拎着包走进来，一路小跑踩过蓝色地毯，把包放在桌上。黄棕色头发把一票人关在门外，踱回书桌边。

活泼的男人歪着脑袋，检查尸体。“两枪，”他嘀嘀咕咕。“像是点三二——坚硬的子弹。心脏附近，但没有打中。他肯定马上就没命了。一两分钟吧。”

皮肤黝黑的男人厌烦地哼了声，走到窗口，背朝房间，放眼望去是幢幢高楼的顶层，还有湛蓝的天空。黄棕色头发看见法医翻起死者的眼皮。他说：“但愿指纹专家会过来。我想用电话。这个伊姆利——”

皮肤黝黑的男人微微扭头，呆滞地笑了下。“用吧。这事马上就不算秘密了。”

“哦，我不知道，”法医说。他转动手腕，把手背贴上死者脸部的皮肤。“或许不是你想的政客的勾当，德拉盖尔。他是个英俊的死人。”

黄棕色头发用手绢小心翼翼地提起电话听筒，把它搁在边上，拨通号码，又用手绢包起电话听筒凑到耳边。

过了会儿，他收起下巴，说：“我是皮特·马库斯。叫醒探长。”他打着呵欠又等了会儿，接着换了口气说话：“探长，马库斯和德拉盖尔向您汇报，我们是在多尼根·马尔的办公室。提取指纹和拍照的人还没来……嗯？……禁止闲人靠近，等局长来？……好的……是的，他在这儿。”

皮肤黝黑的男人转过身。打电话的人向他打手势。“接电话，西班牙人。”

山姆·德拉盖尔无视那条有意垫着的手绢，接过电话听着。他的脸变得严肃起来。他平静地说：“当然，我认识他——但我和他没利益纠葛……没人在办公室里，除了他的秘书，一个姑娘。她报的警。记事本上有个名字——伊姆利，约在十二点一刻。不，我们什么东西都没碰……不……好的，马上办。”

他慢慢放下电话听筒，几乎听不见挂上电话时的咔嗒声。他的手仍旧搁在上面，又突然落下，重重地垂在身边。他用含糊的声音说：“我被叫走了，皮特。你来负责，一直到德鲁局长赶来。不能让任何人进来。白人、黑人、印第安人都不行。”

“你被叫去哪儿？”黄棕色头发怒气冲冲地吼道。

“不知道。这是命令，”德拉盖尔的声音没有任何情感。

法医停下记事本上的记录，偷眼好奇地打量德拉盖尔，眼神刁钻。

德拉盖尔穿过办公室以及隔门。外面是一间面积较小的办公室，一半拦作会客室，放了几把皮椅，还有一张搁了杂志的桌子。接待台里面是一张打字桌、一个保险柜、一些文件柜。一个娇小的皮肤黝黑的女孩坐在位子上，头埋在一团手绢里。帽子还歪斜地戴在头上。肩膀抽动，含混的抽泣声像是在喘气。

德拉盖尔拍拍她肩膀。她抬起哭得发肿的脸，扭着嘴巴看向男人。他朝着那张满是疑惑的脸笑笑，柔声说：“你给马尔夫人打过电话了吗？”

她点头，一言不发，用力的抽泣令她颤抖。他又拍了拍女孩的肩膀，在她身边站上会儿，走出房间，此时的他嘴唇抿紧，黑色的眼珠闪烁出无情的黑色幽光。

3

这幢英式大房子离那条蜿蜒的混凝土窄路有很长一段距离，窄路叫做德尼夫巷。草坪上的草长得过高，掩去了一半弯弯曲曲的石子小径。前门上有山墙，常春藤爬满了墙壁。周围的树紧紧挨着房子，使得光线有点暗，有点疏离。

德尼夫巷上的房子都千篇一律地刻意营造出随性而为的感觉。但掩藏住车道和车库的绿色高篱笆修剪之精心就好像是在给一只法国狮子狗剪毛。一大片黄色和火红色的剑兰在草坪尽头尽情盛放，和阴暗以及神秘一点也不搭边。

德拉盖尔走下茶色的凯迪拉克敞篷旅行车。汽车款式老旧，笨重、脏兮兮的。帆布顶篷搁在车后部。他戴着一顶白色亚麻帽子，深色眼镜，原本的蓝色哔叽西服换成了灰色衣服，再配一件紧身拉链夹克。

他看上去不太像是警察。没有在多尼根·马尔的办公室里像。他缓缓走上石子小径，摸上前门的黄铜门环，但没敲响，转而按响门边几乎隐藏在常春藤中的门铃。

等待是漫长的。四周十分温暖、安静。蜜蜂嗡嗡地飞过暖洋洋、亮闪闪的草坪。割草机在远处隆隆作响。

门缓缓打开，一张黑脸看着他，这是一张忧伤的脸，泪水在淡紫色的粉底上面画出两条线。黑脸局促一笑，结结巴巴地说："你好，山姆先生。当然很高兴见到你。"

德拉盖尔摘下帽子，取下深色眼镜的手在身侧摆动。他说："你好，米妮。对不起。我必须见一见马尔夫人。"

"当然，快进来，山姆先生。"

女仆让到一边，他走进铺着地砖的阴凉过道。"还没记者？"

女孩慢慢摇了摇头。她热切的棕色眼睛因为惊吓而变得呆滞。

"还没人……她也是刚回来话都没说。她只是站在那间没有阳光的阳光房里。"

德拉盖尔点头说："别告诉任何人，米妮。他们还想压一段时间，不想这么快见报。"

"啊，当然不会，山姆先生。我不会说。其他人也不会说。"

德拉盖尔朝她笑笑，皱胶鞋底悄无声息地沿着铺有地砖的走廊，走到房间后部，他转了个直角，踏上另一条相似的走廊。他叩一扇门。没人应答。他转动门把手，进入一间狭长的房间，尽管有很多窗户，房间还是很暗。树木离窗户太近，叶子打在了玻璃窗上。有些窗户拉上了印花棉布的窗帘。

站在房中央的高挑女子并没有看他。她一动不动地站着，身体僵直。她目不转睛地盯着窗户，双手紧握成拳头垂在身旁。

红棕色的头发似乎聚拢了房里所有的光线，在她冷若冰霜的娇颜上洒下柔和的光晕。她穿了一套剪裁时髦的蓝色丝绒贴袋套装。一块蓝边白手绢仔细地折放在胸袋里，就像那种纨绔子弟常用的手绢。

德拉盖尔等着双眼适应房内的昏暗。过了一会儿，女子打破沉默，用低沉沙哑的声音说："好吧……他们杀了他，山姆。他们终于杀了他。他就这么遭人恨吗？"

德拉盖尔柔声道："他的工作很凶险，贝尔。我猜，他竭尽全力保持清白，但不可避免地会树敌。"

她缓缓转过头，看着他。头发上的光线变幻不定，闪烁出金色的光芒。那双眼睛灵动、蓝得惊人。她颤抖地说："谁杀了他，山姆？他们有头绪了吗？"

德拉盖尔缓缓点头，坐到柳条椅子里，手里的帽子和眼镜搁在膝盖间来回晃动。

"是的。我们大概知道是谁干的。一个叫伊姆利的人，他是地方法院检察官的助手。"

"天哪！"女子倒吸一口气。"这座堕落的城市将变成什么样？"

德拉盖尔继续平静地说下去："就是这样——如果你确定……想知道。"

"我想，山姆。他的眼睛一直在墙上盯着我，无论我看向哪里。他要求我做些事。山姆，他对我很好很好。我们两个是有点问题，但是……这不算什么。"

德拉盖尔说："这个伊姆利正在竞选法官，其后台老板是马斯特斯—奥格集团。他四十好几，似乎和一个名叫斯黛拉·拉莫特的夜总会舞女姘居。反正拍到过他俩在一起的照片，烂醉如泥、赤身裸体。多尼得到了照片，贝尔。有人在他的桌子里面找到了照片。根据他的记事本，他和伊姆利在十二点一刻有个约会。我们猜测，两人起了争执，伊姆利开枪打死了他。”

“你找到照片了，山姆？”女子十分镇定地问。

他摇头，干笑道。“没有。如果我找到了，我猜我会扔了它们。是德鲁局长找到的——在我被踢出调查组之后。”

她的脑袋歪向山姆。灵动的蓝色眼睛睁得大大的。“踢出调查组？你——多尼的朋友？”

“是啊。别小题大做。我是警察，贝尔。无论如何，我要服从命令。”

她没吭声，也没再看他。过了一小会儿，他说：“我想拿到你们在普马湖的小屋的钥匙。我被派去那里调查，看看有什么证据。多尼会在那里开会。”

女子的脸色变了，近乎傲慢。她声音空洞。“我有钥匙。但你不会找到任何东西的。如果你要帮助他们找出多尼的污点——从而使那个叫伊姆利的人脱罪……”

他微微一笑，慢慢摇头。他的眼神深邃、忧伤。

“孩子，你在说疯话。在我这么做之前，我会先交上我的警徽。”

“我明白。”她经过他走到门边，走出房间。当她离开后，他仍一动不动地坐着，茫然地看向墙壁。脸上露出受伤的神情。他在低声咒骂。

女子回来后，走到他面前，伸出手。伴随着清脆的声响，某样东西落入了他的手掌心。

“警察，钥匙。”

德拉盖尔起身，把钥匙扔进兜里。脸上面无表情。贝尔 · 马尔走到桌边，手指划过景泰蓝的盒子，发出刺耳的声音，她从盒里取出一根香烟。背对着山姆说：“我觉得你不会交上好运的，我是这么说的。你至多找到一些勒索多尼的信。”

德拉盖尔缓缓叹了口气，站上一会儿，转身走人。“好吧，”他轻声说。他现在的声音无拘无束，就好像今天是个好日子，就好像没人被杀了。

他走到门口又转过身。“等我回来后，我来见你，贝尔。那时，你或许会感觉好点。”

她没回答也没动。手中未点燃的香烟一直僵在嘴边。德拉盖尔等上片刻继续说：“你应该知道我现在的感受。我和多尼曾亲如兄弟。我——我听说你和他过得并不愉快……我很高兴这些都是假的。但是，贝尔，别对自己太严厉。只要有我在——不会有什么难事的。”

他目光灼灼地看向她的后背，等上数秒。她一直没动也没说话，于是他走出了房间。

4

离开高速公路，陡然是一条狭窄的石头路依山坡而建，山下是一汪湖水。松树林中偶尔露出湖滨小屋的屋顶。山坡上面开凿出一个敞开式的小棚。德拉盖尔把灰扑扑的凯迪拉克停在下面，沿小径而下，直抵湖边。

湖水呈深蓝色，但不深。两三条轻舟荡漾其上，船马达在遥远的湖湾处发出突突声。他行走在两堵浓密的灌木丛墙之间，踩过地上的针叶，绕过树桩，跨上古朴的小桥，到达马尔的小屋。

小屋的外墙采用半圆形的原木，宽敞的门廊正对湖面。小屋看上去孤零零、空落落的。桥下流过的泉水潺潺绕过小屋，门廊一头向下是几块平整的大石头，溪水从中流过。到春季水位上涨时，石头就会被淹没了。

德拉盖尔走上木头台阶，从袋中取出钥匙，打开沉重的前门，他在门廊上站了会儿，点上一根烟。在经历过城市的喧嚣后，这里显得异常静谧、舒适、凉爽、空旷。一只山间的知更鸟站在树桩上整理羽毛。湖泊远处有人在拨弄四弦琴。他走进屋里。

他看到几副积满灰尘的鹿角，一张粗糙的大桌上随手扔了几本杂志，老式的电池半导体，盒形留声机，旁边是一叠凌乱的唱片。石头大壁炉旁摆了一张桌子，桌上的高玻璃杯没有清洗，还剩半瓶苏格兰威士忌。有辆车开过，在不远处停下。德拉盖尔皱眉，环顾四周，轻吐一句："抛锚了。"他感到挫败。这是徒劳之举。像多尼根·马尔这样的人是不会把关键物品留在山间小屋里的。

他又查看了两间卧室，一间临时放了两张帆布床，另一间卧室稍微好点，有一张像样的床，一件俗气的女士睡衣随意扔在上面。看上去不是贝尔·马尔的风格。

屋后的小厨房配备了一个汽油炉和一个木头炉。他用另一把钥匙打开后门，踏上和平地齐高的小门廊，边上有一大堆木材，一把双头斧定在砧板上。

接着，他看见了苍蝇。

一条木板小道沿屋子一路往下，通向下方的柴房。一道阳光穿过树木照在小道上。光线中，乌泱泱的苍蝇聚集在咖啡色、黏糊糊的东西上面。苍蝇恋恋不舍。德拉盖尔弯腰用手摸向黏稠的地方，又闻闻手指。脸色一惊。

远处的阴影里，就在柴房门口还有一摊较小的咖啡色。他迅速从口袋里掏出钥匙，找到那把能打开柴房大挂锁的。他猛地拉开门，柴房里面有一大堆木头，还没劈过的那种。木材只是随意放置，没有码整齐。德拉盖尔动手把大木块扔到边上。

他扔出一堆木头，终于能摸到底部，抓住两只穿了棉线袜的冷冰冰的脚踝，把一具尸体拖进光亮中。

这是个瘦子，不高不矮，身上的粗纹西装裁剪考究。是小号的鞋，擦得干干净净，只有一点灰尘。脸已经面目全非。恐怖的一击把脑袋砸得稀巴烂。头颅上方被劈开，脑浆和鲜血混合在一起，粘在稀疏的灰棕色头发上。

德拉盖尔迅速直起身，走回木屋，半瓶苏格兰威士忌还留在客厅桌子上。他拔去瓶塞，仰头灌酒，等上片刻后，又喝起来。

他大声吼了个“呸”。在酒精刺激神经的作用下，他颤抖起来。

他重新回到柴房，再次俯身，恰在此时，某处传来了汽车引擎发动的声音。他身子一僵。引擎声越来越响，又轻下去，最后归于平静。德拉盖尔耸耸肩，检查死者的口袋。里面空空如也。其中一个口袋本来可能有洗衣店的标牌，但被人割掉了。内侧口袋里的裁缝标签也被割断，只剩下线头。

尸体已经僵硬。他应该死了一天，不会更久。脸上凝结的鲜血黏糊糊的，还没完全干透。

德拉盖尔在尸体旁边蹲了会儿，看向湖光潋滟的普马湖，独木舟的桨远远闪出亮光。接着，他回到柴房，手脚并用，想要找到一根满是鲜血的木棍，但没找到。他折回屋子，踏上前门廊，走到门廊尽头，低头看那落差，还有水中平整的大石头。

“就是这儿，”他低声说。

苍蝇团团围住两块石头，很多苍蝇。他先前没注意到。落差有三十英寸，摔得不巧的话，足以把脑袋砸开花。

他坐在大摇椅里，一动不动地抽了几分钟烟。陷入沉思的脸显得冷峻，黑色的眼睛孤独、疏离。嘴角冷酷的笑容甚至有点讥讽。

抽完烟后，他静悄悄地穿过屋子，把尸体拽进柴房，又用木头随意垒在他身上。他锁上柴房和木屋，走回陡峭的窄路，再转上大马路，回到车边。

六点已过，当他开车离开时，太阳仍旧闪耀。

5

路旁的啤酒馆用巨大的石头柜台充当吧台。三个矮凳依次排列。德拉盖尔坐在靠门的一边，看着空啤酒杯里面的泡沫。酒保是个穿工装裤的黑皮肤男孩，眼神腼腆，头发平直。他结结巴巴地说："我——我要再给你倒——倒杯酒吗，先生？"

德拉盖尔摇头，从矮凳上站起来。"骗人的酒，小家伙，"他忧伤地说。"淡得和汽车旅馆里的金发女人一样没啥滋味。"

"波——波托拉[①]的酒，先生。这可是最——最好的。"

"哼！最糟的。你要么存心用这酒，要么是没有酒牌。再见，小家伙。"

他透过纱门望向阳光闪烁的高速公路，路面上的影子拉得很长很长。混凝土浇灌的路面上铺了一层沙砾，边上用四乘四英寸的白色栅栏隔开。那里停了两辆车：德拉盖尔的旧凯迪拉克，灰蒙蒙的结实的福特。一个穿卡其色马裤的瘦高个站在凯迪拉克旁边，研究这辆车子。

德拉盖尔掏出斗牛犬烟斗，从拉链烟草袋里取出塞满半个烟斗的烟丝，慢慢悠悠、仔仔细细地点燃，最后把火柴梗扔进角落里。他稍微板起面孔，透过纱门往外看。

瘦高个正在动手解开德拉盖尔车子后座上的帆布顶篷。他卷起一部分，低头检查车内情况。

德拉盖尔轻声打开纱门，气定神闲地迈开步子，穿过高速公路。皱胶鞋底在沙石路上发出声响，但瘦高个没有回头。德拉盖尔走到他身边。

① 加利福尼亚州的一座城市。

"我注意到你跟踪我，"他声音呆板。"这算敲诈？"

男人不疾不徐地转身。长脸一脸苦相，眼睛是海藻绿。他外套敞开，一只手正摸向左后臀，外套也被连带着掀到了后面。磨损的枪托露出手枪套，枪套是骑兵用的款式。

他上下打量德拉盖尔，笑得有点奸诈。

"这辆破车是你的？"

"你觉得怎么样？"

瘦高个把外套往后拉，露出口袋上的青铜徽章。

"先生，我是托卢卡县的狩猎监督官。我觉得现在不是猎鹿的时候，而且从来没有允许捕猎母鹿。"

德拉盖尔慢慢垂下眼，俯身看向汽车后座。一头幼鹿躺在杂物上，旁边摆着一杆来复枪。死去的动物有一双温柔的眼睛，随着生命逝去变得暗淡无光，它似乎带着温柔的苛责看向德拉盖尔。母鹿纤细的脖颈上有干掉的血迹。

德拉盖尔直起身，彬彬有礼地说："真他妈的聪明。"

"有狩猎证吗？"

"我没打猎，"德拉盖尔说。

"这没用。我看见你有杆来复枪。"

"我是警察。"

"哦——警察。嗯？有警徽吗？"

"有。"

他伸进胸前口袋，掏出警徽，用袖子擦干净，托在掌心上。瘦子狩猎监督官低头查看，舌头舔过嘴唇。

"刑事警官。嗯？城里的警察。"他的神色变得疏离、懒散。"好吧，警官。我们开你的车下山，开个十英里。接着，我再拦辆车回来。"

德拉盖尔收好警徽，小心翼翼地敲击烟斗，烟灰掉在沙石地上。他把帆布顶篷复归原位。

“被逮捕了？”他严肃地发问。

“你被逮捕了，警官。”

“走吧。”

他坐上凯迪拉克的驾驶座。瘦子狩猎监督官绕到另一边，坐在副驾驶座上。德拉盖尔把发动起来的汽车倒出来，开上高速公路平整的混凝土路面。远处的山谷如同一团浓雾。一些山顶冲破浓雾，在地平线上显得蔚为壮观。德拉盖尔开得畅通无阻，他也并不赶路。两人一声不吭地正视前方。

过了很长时间，德拉盖尔说：“我不知道普马湖附近有鹿。反正我到过的地方都没见过。”

“那边有个保护区，警官，”狩猎监督官冷静回答，直视的双眼穿过灰蒙蒙的挡风玻璃。“属于托卢卡县森林——难道你不知道？”

德拉盖尔说：“我猜我是不知道。我这辈子没开枪打过一头鹿。警察的工作没让我变得铁石心肠。”

狩猎监督官咧嘴笑起来，没搭话。高速公路穿过一座马鞍形山，接着公路右边成了陡坡。左边则开始出现一个个小山谷。有些山谷辟出了崎岖不平的山路，半是被杂草掩盖，还留有车辙。

德拉盖尔一个急转弯，突然把车开向左边，冲上一块红土干草的空地。他猛地拉住刹车。车子一个打滑，摇晃一阵后，颤颤悠悠地停住。

狩猎监督官被用力甩到右边，又撞上挡风玻璃。他骂骂咧咧，一下子蹿起来，右手搭上手枪皮套。

德拉盖尔抓住他纤瘦、僵硬的手腕，用力扭到身前。狩猎监督官的脸在棕色皮肤下变得惨白。他的左手仍在摸枪，随后松懈下来。他语气紧绷、沮丧：“你把事情搞糟了，警察。我在盐泉接到举报电话。描述了你汽车的样子，还有位置。提到里面有头母鹿的尸体。我——”

德拉盖尔松开他的手腕，解开手枪皮套的搭扣，取出柯尔特。他把枪扔出车外。

“滚出去，乡巴佬！照你先前说的去拦辆顺风车。怎么着——你靠你自己的薪水活不下去了？是你在普马湖背后打死了这头鹿，你——这个该死的骗子！”

监督官慢悠悠下了车，在地上站定，他面无表情，下颌垮下来。

“小子好样的，”他嘀嘀咕咕。“你会为自己的行为感到遗憾的，警察。我会提出控告。”

德拉盖尔滑出座位，从右手边的车门下车。他紧紧贴上监督官，一字一顿地说：“先生，或许是我错了。或许的确有人打了举报电话。但或许就是你干的。”

他把死鹿抬出车子，放在地上，看向那男人。瘦个子没动，也没去拿那把躺在草丛中离他有十二英尺远的手枪。海藻绿的眼睛阴鸷、冷酷。

德拉盖尔坐回凯迪拉克，拉下手刹，发动引擎。车子开回高速公路。监督官仍站在那里，没挪动一步。

凯迪拉克雀跃地向前驶去，驶下坡路，消失在视野中。等车开远后，监督官拾起手枪，插回皮套，从身后的灌木丛中拉出死鹿，沿着高速公路向山顶方向前进。

6

肯渥西公寓，坐在办公桌后面的女孩说：“警官，这个男人给你打了三次电话，但他不愿留下电话号码。有位女士打了两次。没留姓名和电话。”

德拉盖尔从她那里抽出三张纸，读出乔伊·奇尔的名字，还有不同的来电时间。他拿起几封信，碰了下帽子算是向前台小姐致意，进入电梯。他在四楼下来，穿过狭窄、安静的走廊，打开一扇门。他没开灯，径直走到一扇巨大的落地窗前把它打开，他站在那里看着漆黑厚重的夜空、闪烁的霓虹灯、两个街区外的欧特嘉大道上行驶的车辆射出一束束光亮。

他点燃一支烟，静静地抽掉半根。暗夜中的脸拉得更长，更加不安。最终，他离开窗户，走进一间小小的卧室，打开台灯，把衣服脱得精光。他洗了把淋浴，用毛巾擦干，换上干净的亚麻内衣，到小厨房给自己调了杯饮料。他一边喝酒一边又抽起根烟，顺道把衣服穿好。客厅里的电话在他套上手枪皮套的时候响起。

是贝尔·马尔。她的声音沙哑、含糊，似乎是哭了好几个小时。

“我很高兴能找到你，山姆。我——我先前和你说话的语气，我其实不是这个意思。我受了打击，脑子乱哄哄的，感觉自己都疯了。你懂的，是吗，山姆？”

“当然，孩子，”德拉盖尔说。“别想了。无论如何，你是对的。我去过普马湖了，我算是想明白了，我去那里是自找麻烦。”

“山姆，你现在是我的全部。你不能让他们伤害你，不是吗？”

“谁？”

“你知道的。我不傻，山姆。我知道这是个彻头彻尾的阴谋，一个肮脏的阴谋，就是为了除掉他。”

德拉盖尔紧紧攥住电话。他的嘴巴僵住了。有那么一刻，他说不出话来。接着他说道：“也可能就是现在看到的这样，贝尔。因为那些照片起了冲突。无论如何，多尼有权让这么个小子退出竞选。这不算敲诈……而且他自己手上有把枪，你知道的。”

“等你方便的时候出来见我，山姆。”声音似乎融入了所有的情感，听上去充满期盼。

他捶了下桌子，犹豫后说道：“当然……普马湖的木屋最后一次有人去是什么时候的事？”

“我不知道。我有一年没去那里了。他会去……一个人。可能是去见人。我不知道。”

他搪塞了几句，道完“再会”后挂断电话。他越过书桌直视墙壁。眼睛中升腾起亮光，一道坚毅的目光。他的脸沉下来，不再困惑。

他走回卧室拿上外套和草帽。他翻出那三张写了乔伊·奇尔名字的纸条，撕成碎片，在烟灰缸里烧成了灰。

7

皮特·马库斯，那个黄棕色头发的大个侦探坐在一张乱糟糟的小写字台边，这是一间空落落的办公室，两张一样的写字台面对面靠墙摆放。另一张桌子干净整洁，只有一块绿色吸墨垫、一个缟玛瑙的钢笔架、一个小型的黄铜日历牌，还有一个用作烟灰缸的鲍鱼壳。

靠窗的直背椅上放了一个圆形草垫，看上去就像一个靶子。皮特·马库斯左手捏着一把钢笔，右手正一支支掷向靠垫，就像一个墨西哥飞刀手。他的动作心不在焉，没有多大技巧。

房门打开，德拉盖尔走了进来。他关门，靠在上面，直愣愣地看着马库斯。黄棕色头发男人转过椅子，把后者弄得嘎吱作响，他靠上写字桌，用宽大的拇指指甲挠动下巴。

“嗨，西班牙人。旅行愉快？头儿正嚷嚷着找你呢。”

德拉盖尔轻哼一声，把一根烟塞进棕色嘴唇之间。

“皮特，照片找到的时候，你在马尔的办公室里面吗？”

“是啊，但不是我找到的。是局长。怎么了？”

“你看着他找到的？”

马库斯瞪了片刻，冷静、戒备地说："确实是他找到的，山姆。他没栽赃——如果这是你的意思。"

德拉盖尔点头、耸耸肩。"子弹有新线索？"

"有啊。不是点三二——是点二五。子弹从背心口袋那儿穿过。铜镍子弹。自动手枪，但没找到弹壳。"

"伊姆利记得捡走弹壳，"德拉盖尔直白地说，"却落下了照片，他可是为了这些照片才杀人的。"

马库斯放下双腿，倾身向前，抬起茶色的眉毛。

"可能。他们给他安了一个动机，但鉴于马尔手中的枪，他们是有预谋的。"

"脑子挺好使的，皮特。"德拉盖尔走到小窗边，向外望去。片刻之后，马库斯闷闷地说：

"你以为我啥都没干，对吗？西班牙人？"

德拉盖尔缓缓转身，走到他身旁，低头看他。

"别生气，孩子。你是我的拍档，而我被划为马尔的人。你也会牵扯进去的。你还能坐在这儿，而我则被一个拙劣的理由折腾去了普马湖，结果只是被人栽赃，在车里发现一头死鹿，一个狩猎监督官还要据此逮捕我。"

马库斯慢慢站起来，垂在身边的双手攥紧了拳头。他灰色的眼睛睁得大大的。大鼻子的鼻孔内部现出白色。

他的声音低沉而洪亮："这儿的人不会做得这么出格的，山姆。"

德拉盖尔摇头。"我也是这么认为的。不过，他们可以找个借口把我派去那里，其他部门的人来做剩下的事。"

皮特·马库斯重又坐下。他拿起一支尖头钢笔，恶狠狠地掷向圆形草垫。尖头戳中草垫，抖动两下，断裂，钢笔啪嗒掉在地上。

"听着，"他闷声闷气地说，头也没抬。"对于我来说，这就是一份工作。就是这样。讨个生活。关于警察的工作，我没有你的那些理想。只要下个命令，我就会把该死的警徽扔在——那老家伙的脸上。”

德拉盖尔俯身，一拳打上他的肋骨。“忘了这茬，警察。我有主意了。你就回家喝得醉醺醺吧。”

他开门，快步离开，穿过贴了大理石的走廊，走廊尽头豁然开阔，成了一间凹室，开有三扇门。中间一扇门上写着：“刑事组长。请进。”德拉盖尔走进一间狭小的接待室，中间由一排栏杆隔开。一个警察速记员从栏杆后面抬起头，又瞥了下里面的门。德拉盖尔打开栏杆上的门，敲响里面的门，走了进去。

大办公室里有两个人。刑事组长托德·麦金坐在笨重的办公桌后面，冷眼看着进来的德拉盖尔。他人高马大，皮肤松弛。一张长脸露出忧郁的神色。有只眼睛似乎无法直视。

办公桌一端的圆背椅子上坐着的人穿戴时髦，脚上还套着鞋套。珍珠灰的帽子、灰色的手套、乌木手杖搁在他身旁的另一张椅子上。白发浓密、柔顺，浪荡的俊脸因为经常的脸部按摩而红粉菲菲。他朝德拉盖尔微微一笑，看向他的眼神暧昧不明，几分愉悦，几分揶揄。他的香烟插在纤长的琥珀烟嘴里。

德拉盖尔坐在麦金对面。他迅速看了眼白发男人，说：“晚上好，局长。”

德鲁局长漫不经心地点点头，但没说话。

麦金身子前倾，手指在发亮的桌面上交叉，指甲看得出用嘴啃过。他平静地说：“汇报一下。有发现吗？”

德拉盖尔面无表情地盯着他。

“没有——除了在我的车里发现一头死鹿。”

麦金的脸上没有一点波澜，连一丝肌肉也没牵动。德鲁用修剪过的粉色指甲划过喉咙，舌头和牙齿发出撕裂的声音。

“小子，这样和老板说话可不聪明。”

德拉盖尔仍旧看着麦金，他在等待。麦金缓慢忧伤地说：“你的记录一向良好，德拉盖尔。你的祖父是本县最出色的警长之一。你今天的行径给你蒙上了很大的污点。你被控违反了狩猎法，干扰了一名当值的托卢卡县官员，还拒捕。有什么话要说的？”

德拉盖尔声音平板：“有违章通知单吗？”

麦金缓缓摇头。“这是内部投诉。没有正式文件。缺乏证据，我猜。”他干巴巴地笑起来，没有玩笑的意思。

德拉盖尔平静地说：“这种情况，我猜你想要我的警徽。”

麦金默默点头。德鲁说：“你反应有点快。急吼吼地顶撞人。”

德拉盖尔掏出警徽，用袖子擦亮，看着它，把它推过光滑的木质桌面。

“好吧，头儿，”他低声说。“我是西班牙血统，纯正的西班牙。不是墨西哥和黑鬼混血，也不是墨西哥和印第安人混血。我的祖父要是碰上同样的情况，他会用子弹而不是言语来解决，但这并不意味着我觉得这很有趣。我被别有用心地设计进入圈套，因为我曾是多尼根·马尔的挚友。你知道，我也知道，这点从来没对我的工作产生过影响。但是，局长和他的政坛支持者感受到了变数。”

德鲁突然站起来。“老天，你不能这么对我说话，”他嚷嚷道。

德拉盖尔慢慢露出微笑。他一言不发，也不打眼看德鲁。德鲁重新坐下来，一脸怒容，呼吸粗重。

过了一会儿，麦金把警徽扔进写字台的中间抽屉，站起来。

“你暂时被停职，德拉盖尔。和我保持联系。”他快步走出房间，穿过内门，没有回头看一眼。

德拉盖尔推开椅子，整了整头上的帽子。德鲁清了清喉咙，向他露出一个安抚的笑容：“刚才我可能有点急躁了。爱尔兰人的脾气。没有恶意。今天你学到的一课是我们所有人都该学的。或许，我可以提点你一两句？”

德拉盖尔站起来，嘴角扯出一个干巴巴的微笑，脸上其余部分还像木头似的。

“我知道你要说什么，局长。不要管马尔的案子。”

德鲁哈哈大笑，心情转好了。“说得不完全对。没有什么马尔的案子了。伊姆利已经通过他的律师承认是他开的枪，但宣称是自卫。他明早就会来自首。不，我的提点是关于其他的。回到托卢卡县，对那个监督官说声对不起。我想这就是你要做的。你可以试试，看看效果。”

德拉盖尔静悄悄地踱向走廊，打开门。接着，他回过头来，突然绽放出一个灿烂的笑容，一口白牙都露了出来。

“骗子我是一看一个准，局长。他已经为他惹出的麻烦付出了代价。”

他走出去。德鲁看见房门嗖地关上。他气得拉长脸，粉色的皮肤转成了苍白的灰色。他用力挥动拿烟斗的手，烟灰掉在挺括的裤子膝头上。

“老天，”在一片寂静中，他的声音突兀地响起，“你他妈的就是一个圆滑的西班牙人。滑得和厚玻璃板似的——不过，要在你身上打个洞，那就容易得多！”

他气得踉踉跄跄地站起来，仔细掸掉裤子上的烟灰，一只手够向帽子和手杖。指甲修剪过的手指在发抖。

8

牛顿街位于第三和第四大道之间，这个街区有各种廉价的时装店、当铺、放有老虎机的娱乐厅、简陋的旅社，旅社前面眼神鬼祟的男人从叼着香烟的嘴里吐出几个字，嘴皮都不带动一下。街区中央，一个天棚上面挂着一块木牌：斯托尔弹子房。阶梯从人行道上一路向下。德拉盖尔走下台阶。

弹子房前部几乎一片漆黑。球桌罩了一层布，球杆整齐地罗列在架子上。但房子后部传来灯光，耀眼的白光映衬着一丛丛头部和肩膀的剪影。里面吵吵嚷嚷的，在为赌局争吵、吆喝。德拉盖尔朝光源走去。

突然，像是得到了一个信号，喧哗声戛然而止，在一片寂静中传来台球清脆的碰撞声，还有母球撞上边沿的软垫发出的沉闷的撞击声，最后一击是三颗星。喧哗声又一次爆发。

德拉盖尔站在罩上布的球桌边上，从钱包里掏出一张十元纸币，又从钱包的口袋里摸出一小张贴纸。他在上面写道："乔伊在哪里？"他把纸粘在纸币上，叠了两下。他走向人群外围，慢慢挤进去，一直到球桌边。

高个面色苍白、无动于衷，棕色头发干净利落地一分为二，他一边用松香擦球杆，一边研究桌上的局面。他倾身向前，有力的白色手指摆成托架。下赌注时的喧闹声如石头坠落一般戛然而止。高个顺畅一击，轻而易举地打出了三颗星。

坐在高脚凳上的胖脸男人拉长了声音说："奇尔四十分。连得八分。"

高个又一次用松香擦拭球杆，他懒散地看向周围，瞥过德拉盖尔的眼睛没有任何暗示。德拉盖尔走到他边上，说："你自己下注，马克斯？下一击，五元。"

高个点头。"同意。"

德拉盖尔把折起来的纸币放在桌沿上。身穿条纹衬衫的青年伸手够钱。马克斯·奇尔制止了他的动作，把纸币塞进自己马夹的口袋里，他声音单调地说："押五元。"然后弯腰击出一杆。

球桌上方出现了一个干净利落的十字，差点击中。响起热烈的掌声。高个把球杆递给穿条纹衬衫的助手，说："暂停。我要上厕所。"

他穿过暗影，进入一间写有"男士"的门。德拉盖尔点起烟，看向四周牛顿街的乌合之众。马克斯·奇尔的对手同样高个、面色苍白、无动于衷，他站在记分员旁边，和记分员说话的时候也没正眼瞧他。在他们附近，一个相貌十分英俊的菲律宾人孤零零地站着，身上的茶色西装衣冠楚楚，他看上去目空一切，正在抽一根巧克力色的香烟。

马克斯·奇尔回到桌边，拿起球杆，用松香擦拭。他伸进马夹口袋，懒懒地说："兄弟，欠你五元。"他把折叠的纸币还给德拉盖尔。

他几乎马不停蹄地一杆下去，击中一排的三颗球。记分员宣布："奇尔四十四分。连得十二分。"

两个人挤出人群，朝门口走去。德拉盖尔落在他们身后，穿过罩上布的球桌，一直到台阶下。他停在那里，打开手中折叠的纸币，读出写在问题下面字迹潦草的地址。他捏起纸币，塞进口袋。

后背上有人用硬邦邦的东西抵着。响起鼻音浓重的声音，如同班卓琴一般："这枪能让人迈开步子，嗯？"

德拉盖尔鼻翼翕张，变得机警起来。借着路灯反射的光线，他抬头看向台阶，望见前面两人的腿。

"行了，"那个琴音透着阴冷。

德拉盖尔跌向一旁，同时在空中扭曲身体。出击的手臂如同游蛇。他在倒下的刹那抓住那人的脚踝。子弹没有射中他的头部，却击伤了肩膀，左臂传来一阵钝痛。呼吸沉重而灼热。有什么东西软绵绵地撞上他的草帽。近在咫尺的地方传来细微的痛苦的怒吼。他一个翻滚，扭动那个脚踝，把一只膝盖压在身下，猛扑上去。他已经站起来，敏捷如猫。他狠狠地甩出那人的脚踝。

茶色西装的菲律宾人背部着地。手中的枪颤颤巍巍。德拉盖尔从那只棕色的小手中踢掉手枪，使其滑到桌底下。菲律宾人仍躺着，他伸长脑袋，帽檐可以翻动的帽子似乎是粘在油光光的头发上。

弹子房后部，三颗星的比赛进行得风平浪静。即便有人注意到扭打声，也没人愿意移步出来查看。德拉盖尔从屁股口袋里抽出一根警棍，俯下身去。菲律宾人那张紧绷的棕脸变得畏畏缩缩。

“有很多东西要学啊。站起来，宝贝。”

德拉盖尔的声音冷酷、随意。那人勉强爬起，举起双臂，左手摸向右肩。德拉盖尔的手腕随意一挥，警棍打下了那只左手。那人轻声尖叫，就像一只饥饿的小猫。

德拉盖尔耸肩，嘴角扯出讥讽的笑容。

“持枪抢劫？嗯？好吧，黄种人，下次改个时间。我现在忙着呢。垃圾！”

菲律宾人溜到桌子之间，蜷起身体。德拉盖尔把警棍换到左手，右手摸向枪托。他就这样站了会儿，注视菲律宾人的眼睛。接着，他转身，步履飞快地爬上台阶，消失在视野中。

棕肤男人蹿到墙根，爬到球桌底下够枪。

9

开门的是乔伊·奇尔，手上磨损的短枪没有准星。他个子瘦小，不好对付，严肃的脸上露出焦虑。他需要剃下胡子，换件干净的衬衫。身后的房间里飘出一股刺鼻的牲口气味。

他放下枪，阴恻恻地笑起来，转身回到房内。

“好啊，警察。浪费你宝贵的时间来我这儿。”

德拉盖尔进屋关门。他把草帽往后推，盖在坚硬的头发上，面无表情地看着乔伊·奇尔，说：“我是不是需要记住城里每个流氓的地址？我只能到马克斯那里去搞。”

小个子骂骂咧咧地躺到床上，把枪塞在枕头底下。他双手枕住脑袋，眨眼看天花板。

“警察，能从你这儿弄张百元大钞来花花吗？”

德拉盖尔拖了把椅子到床前，倒骑上去。他掏出斗牛犬烟斗，一边慢条斯理地装烟丝，一边厌恶地看向关闭的窗户、有缺口的珐琅床挺、团成一团的脏被套、房角的洗脸盆上挂着两条脏兮兮的毛巾、空荡荡的碗柜上只有半瓶金酒，下面垫了本基甸版的《圣经》。

“躲起来了？”他问道，并没多大兴趣。

“我被通缉了。我说我被通缉了。我得到一些消息，明白？值一百美元。”

德拉盖尔慢悠悠地把烟草袋放在边上，表现得漠不关心，他把点燃的火柴举到烟斗边，好整以暇地抽起来。床上的小个子显得坐立不安，斜眼观察德拉盖尔。德拉盖尔慢悠悠地说：“乔伊，你是个搞情报的好手。我一直这么对你说。但是一百元对于警察来说是笔巨款。”

“值的，伙计。如果你对马尔的谋杀案心心念念，希望能破案。”

德拉盖尔的眼神变得坚定而冷酷，牙关紧紧咬住烟嘴。他说话了，十分冷静，十分冷酷。

“我听着呢，乔伊。我会付钱的，只要值这个价。最好是正确的。”

小个子一个翻身，用手肘支起身体。“知道床照上面和伊姆利在一起的女孩是谁吗？”

“知道名字，”德拉盖尔平静地说。“我没见过那些照片。”

“斯黛拉·拉莫特是她跳舞时用的艺名。真名是斯黛拉·奇尔。我妹妹。”

德拉盖尔双臂抱住椅背。“很好，”他说。“继续。”

“她给他设了套，警察。她从斜眼菲律宾人那里搞来几包海洛因，给伊姆利设了套。”

“菲律宾人？”德拉盖尔恶狠狠地迅速念了一遍。他现在绷紧了脸。

“是啊，一个小个子、棕色皮肤的家伙。帅小伙，衣着光鲜，卖点白粉。一个——土鳖。名字叫托里博。他们叫他卡林特 · 基德。他在斯黛拉跳舞的舞厅里有个场子。他给斯黛拉提供毒品。之后，他说服她一同设局。斯黛拉在伊姆利的饮料里面放了大量毒品，他晕了过去。她把菲律宾人放进屋子，用照相机拍下一些照片。聪明吧？……接着呢，就像一个女人会做的那样，她感到做了亏心事，把所有事一股脑儿地告诉了我和马克斯。”

德拉盖尔默默点头，动作有点僵硬。

小个子爆发出刺耳的笑声，露出一口细小的牙齿。“我是怎么做的呢？我开始跟踪菲律宾人。我在他身边如影随形，警察。一段时间之后，我跟踪他进入戴夫 · 奥格位于旺多姆的高级公寓……我猜这消息值一百元了吧。”

德拉盖尔缓缓点头，把烟灰倒在手心里，吹走。“还有谁知道？”

“马克斯。他会支持我的，只要你找对路子制住他。只是他不想介入任何一方。他从不玩这类游戏。他给了斯黛拉钱，让她跑路。那些家伙都不好对付。”

“乔伊，马克斯不可能知道你跟踪菲律宾人去了哪里。”

小个子腾地坐起来，双脚落地。他脸色愠怒。

“我没跟你开玩笑，警察。我从来不开玩笑。”

德拉盖尔平静地说：“我信你，乔伊。只是我想要更多证据。你怎么证明？”

小个子鼻子一哼。“见鬼，逼急了，人家也会生气的。要么是菲律宾人之前就为马斯特斯和奥格工作，要么是在拍完照后和他们达成了交易。之后，马尔得到照片。很明显，要不是得到了马斯特斯和奥格的默许，马尔铁定拿不到，他不知道那两人也有。伊姆利在竞选法官，他是马斯特斯和奥格的一张牌。好吧，伊姆利和他们是一伙的，但他还是个废物。正巧，这家伙喜欢杯中物，脾气也差。这点人所共知。”

德拉盖尔的双眼闪过一丝亮光。但脸上其他部位仍如木雕般。嘴里的烟斗纹丝不动，像是用水泥固定住了。

乔伊·奇尔伴着刺耳的笑声继续说下去："他们要干掉那个大人物。他们把照片交到马尔手上，但马尔不知道照片的来源。接着，伊姆利得到风声，知道谁得到了照片，是怎样的照片，就这样，马尔被人设计对伊姆利施压。伊姆利这样的人会怎么做呢？他会动手的，警察——而大约翰·马斯特斯和他的老朋友就能乐享其成，吃到煮熟的鸭子。"

"或者鹿肉，"德拉盖尔心不在焉地说。

"什么？好吧，值一百元吗？"

德拉盖尔摸到钱包，抖出钱来，在膝盖上数出几张纸币。他把钱卷成一个小卷，扔到床上。

"乔伊，我想要斯黛拉的线索。如何？"

小个子把钱塞进衬衫口袋，摇头表示："不行。你可以再找马克斯试试。我觉得她已经离开这座城市，而我，我也准备这么干，现在我也有钱了。就像我说过的，那些人不好惹——或许我的跟踪技术不咋地……有人也在跟踪我。"他站起来，打了个呵欠，加了句："来点金酒？"

德拉盖尔摇头，看着小个子走到碗柜旁，提起金酒酒瓶，往厚玻璃杯里面倒了一大杯。他喝干酒，准备把杯子放回去。

玻璃窗发出一声脆响。那声音像是一只手套轻轻拍了一下。一小块玻璃碴儿落在地毯更远处的褪色地板上，正巧就是乔伊·奇尔的脚边。

小个子一动不动地站了两三秒。接着，玻璃杯从手中滑落，弹在地上，滚到墙根边。他双腿一软，慢慢地向一侧倒去，又慢慢地在地上滚至背部着地。

鲜血缓慢地从左眼上方的枪洞里流出，淌到脸颊上。血越流越快。鲜红的窟窿洞开。乔伊·奇尔双眼空洞地看向天花板，那些事再也影响不到他了。

德拉盖尔悄无声息地滑下椅子，双手双膝撑地。他贴着床侧慢慢爬到窗户墙下，伸手探进乔伊·奇尔的衬衫。他的手指在乔伊的心脏上按了会儿，收回、摇头。他伏下身子，摘掉帽子，十分小心地探出头，直到可以从窗角看到室外的情景。

小巷对面是仓库光秃秃的高墙。墙壁高处稀稀落落地开有几扇窗，没有灯光。德拉盖尔缩回头，压低声音说："可能是消了音的来复枪。干得漂亮。"

他又向前伸出手，犹豫之下，从乔伊·奇尔的衬衫口袋里掏出纸币卷。他贴着墙壁弯腰走到门口，用手够到门上的钥匙，打开门，直起身子，迅速出门，再从外面把门锁上。

他走过肮脏的过道，跳下四级台阶，走进一间狭小的大堂。大堂里面空空荡荡，有一张写字桌，桌上有一个按铃，桌子后面没有人。德拉盖尔站在临街的玻璃门后面，望向马路对面的公寓，一些老人在门廊的摇椅上抽烟。他们看上去一派祥和。他就这样定定地看了几分钟。

他走出大楼，锐利的目光迅速扫过街区两边，他沿着停在路边的车子一直走到下个路口。走过两个街区之后，他上了一辆出租车，重新回到牛顿街上的斯托尔弹子房。

整间弹子房现在灯火通明。桌球旋转，乒乓作响，球手在烟雾缭绕中若隐若现。德拉盖尔环视一周，走向坐在收银台旁高脚凳上的圆脸男人。

"你是斯托尔？"

圆脸男人点头。

"马克斯·奇尔去哪了？"

"走了好久，老兄。他们只赌了一百。回家了，我猜。"

"他家在哪？"

圆脸男人目光闪烁地瞥了他一眼，如同闪过一缕光。

“我不知道。”

德拉盖尔把手伸进口袋，他先前总是把警徽放在那里。他垂下手臂——尽量不太快。圆脸男人咧嘴一笑。

“警察？好吧，他住在曼斯菲尔德，格兰德往西三个街区。”

10

塞费里诺·托里博，那个穿了剪裁合体的茶色西装、长相英俊的菲律宾人从电报局的柜台上收起两角三分硬币，笑眯眯地看向正在等他的一脸无聊的金发美女。

“亲爱的，这就走？”

她闷闷不乐地瞟了眼纸条。“曼斯菲尔德旅馆？二十分钟就能到——省点钱吧。”

“好啦，亲爱的。”

托里博优雅地踱出电报局。金发美人把纸条踩在高跟鞋下，回头说：“那家伙肯定是傻瓜。隔三个街区也要发电报。”

塞费里诺·托里博笃悠悠地沿着水泉街往前走，巧克力色的香烟冒出的青烟越过他干净整洁的肩头飘向后方。他在第四大街向西转弯，走过三个街区，穿过理发店，转进曼斯菲尔德旅馆的边门。他走上几级大理石台阶来到中二楼，沿着写字间的后部，跨上铺有地毯的台阶，上到三楼。他从电梯前面走过，大摇大摆地走到一条长廊的尽头，一边留意门上的编号。

他又折回到半路，在一片开阔区域坐下，那里有两扇窗朝向庭院，还放了一个玻璃台面的桌子和几把椅子。他用烟蒂重新点燃一根香烟，靠上椅背，聆听电梯的动静。

只要有电梯在这层楼面停下，他就会迅速探出身子，捕捉脚步声。

十分钟之后，脚步声如约而至。他站起来，躲到开阔区域开始的墙角处。他从右手臂下摸出一把纤长的手枪，换到右手上，紧贴在腿边。

一个满脸痘印、身材矮胖的菲律宾人穿着旅馆制服，端着一个小托盘走过长廊。托里博举起枪，嘴里发出嘶嘶声。矮胖的菲律宾人立马转身。他目瞪口呆地看着那把枪。

托里博说："废物，哪间房？"

矮胖的菲律宾人神经质地露出讨好的笑容。他靠近，指给托里博看托盘上的黄色信封。信封的透明窗口处用铅笔写有338的字样。

"放下。"托里博冷静地说。

矮胖的菲律宾人把电报放在桌上。他的双眼从来没有离开过那把枪。

"走开，"托里博说。"你把它放在门下，明白？"

矮胖的菲律宾人立马低下黑乎乎的圆脸，又露出神经质的笑容，他一溜烟地朝电梯间走去。

托里博把枪放进夹克衫的口袋里，掏出折起来的白纸。他小心翼翼地打开纸，展开左手，晃出一些闪闪发光的白色粉末，倒在拇指和食指形成的小洞里。他一个吸溜，用鼻子吸掉粉末，掏出红色的丝绸手绢，擦拭鼻子。

他定定地站了会儿。蓝色的眼珠变得呆滞，高耸的颧骨似乎绷紧了棕色的肌肤。齿间的呼吸声清晰可闻。

他拾起黄色信封，走到长廊尽头，在最后一扇门前站定，敲门。

有个声音从房里传出。托里博凑近嘴唇，用毕恭毕敬的语气高声说道："有您的信，先生。"

弹簧床嘎吱作响。脚步声踏过地板。钥匙转动，门开了。托里博恰在此时掏出了那把小手枪。门打开的刹那，他的臀部优雅地一摆，一个侧身迅速钻进空当。枪口对上马克斯·奇尔的腹部。

"往后退！"他叫道，声音恢复成了班卓琴的金属质感。

马克斯·奇尔向后退去，一直退到床边，他在床上坐下，双腿紧贴床边。床下的弹簧嘎吱作响，报纸也发出沙沙声。头路分明的棕发下，马克斯·奇尔脸色苍白，面无表情。

托里博轻轻关起门，落下锁。插上插销的那刻，马克斯·奇尔的脸色突然变得很难看。他的嘴唇开始打哆嗦，哆嗦个不停。

托里博用浓重的鼻音取笑道："你和警察说过话。嗯？一路走好。"

纤长的手枪在他手里跳动，一刻不停。一缕青烟冒出枪管。这枪响还不及铁锤钉钉子或指节叩击木头发出的声音。手枪一共响了七次。

马克斯·奇尔缓缓倒在床上。双脚还踩在地上。双眼变得空洞，嘴唇微张，泛起粉色的泡沫。松松垮垮的衬衫正面渗出几处血迹。他就这样静静地仰躺着，双眼望向天花板，两脚撑在地上，粉色的血泡在发青的嘴唇上鼓起。

托里博把枪换到左手，插到手臂下。他侧身走到床边，低头看马克斯·奇尔。一会儿之后，不再有粉色的血泡冒出，马克斯·奇尔的脸色转成了死人的平静和空洞。

托里博走回门口，开门，提脚准备离开，但眼睛仍停在床上。身后突然有了动静。

他迅速转身，抬手掏枪。有东西抡上脑袋。地板竟然在眼前倾斜，冲着面门袭来。他还没搞清状况，脸已经砸上了地板。

德拉盖尔把菲律宾人的腿踢进房里，不再挡住房门。他关上门，落锁，动作僵硬地走向床头，警棍在身边晃动。他在床边站了好一会儿。最后，他低声说："杀得片甲不留。是啊——片甲不留。"

他折回菲律宾人那里，翻过他的身体，搜查口袋。鼓鼓囊囊的钱包里面没有任何证明身份的文件，镶有石榴石的金色打火机，金色香烟盒，钥匙，金色的铅笔和小刀，红色的丝质手绢，零钱，两把枪和备用弹匣，茶色西装的内袋里还有五包海洛因。

他任由海洛因洒了一地，站起来。菲律宾人呼吸粗重，双目紧闭，一边脸颊上的肌肉在抽搐。德拉盖尔从兜里掏出一捆细电线，把菲律宾人的双手反绑在身后。他把人拽到床边，让他靠床腿坐好，用一截电线绕过脖子和床柱。他用红色的丝质手绢系紧电线。

德拉盖尔走进浴室，倒来一杯水，狠狠浇在菲律宾人脸上。

托里博一个激灵，脖子因为被电线勒住而剧烈地干呕起来。他睁开眼睛，嘴里嚷嚷个不停。

德拉盖尔收紧棕色喉咙上的电线。叫声就像被按了开关似的切断了。喉咙发出痛苦的咳嗽声。托里博的嘴角淌出口水。

德拉盖尔稍稍松了下电线，低头凑近菲律宾人的脑袋。他文绉绉、干巴巴地说道："你想和我说话，西班牙人。或许不是现在，甚至不是近期。但是，再过会儿，你会有话对我说的。"

菲律宾人转动泛黄的眼珠。他吐了口口水，抿紧双唇。

德拉盖尔冷笑。"骨头够硬的，"他柔声说。他勒住脖子后面的手绢，用力拉紧，电线陷进托里博的喉结。

菲律宾人的双腿在地上扑腾起来，整个身体突然剧烈地弹动。棕色的脸皮变成紫红色。充血的眼球从眼眶中迸出。

德拉盖尔松开电线。

菲律宾人急忙把空气吸进肺里。他垂下头，复又靠上床柱，打起冷颤。

"好的……我说，"他吸了口气。

11

当门铃响起的时候，埃伦海德 · 图米正非常小心地把一张黑 10 盖在一张红色 J 上。他舔过嘴唇，放下所有纸牌，目光穿过餐厅的拱门，落到大门上。他缓慢起身，这个男人人高马大、粗鲁蛮横，有一头蓬松的灰发和一个大鼻子。

拱门后面的客厅内，一个身材纤瘦的金发女孩躺在长沙发上读杂志，头上的台灯绘有红色的图案。她是个美人，但肌肤过于苍白，高耸的细柳眉让她的脸上总是露出震惊的表情。她放下杂志，两脚落地，看向埃伦海德 · 图米的眼神忽然露出一丝惧意。

图米无声地挥动拇指。女孩站起来，快步穿过拱门和一扇折门，进入厨房。她慢慢关上折门，避免弄出一点声响。

门铃再次响起，声音拉得更长。图米把穿了白袜子的双脚塞进毛毡拖鞋，大鼻子上架上眼镜，捎上旁边椅子上放着的左轮手枪。他捡起地上皱巴巴的报纸，随意地遮在左手的枪上。他不疾不徐地走向前门。

门打开的时候，他打着呵欠，睡眼惺忪地透过眼镜片凝视站在门廊上的高个男人。

“好吧，”他疲倦地说。“有话就讲。”

德拉盖尔说：“我是警察。我想见斯黛拉 · 拉莫特。”

埃伦海德 · 图米的胳膊像跟木头似的横在门框间，他的身子也稳稳当当地靠在门框上。一脸无趣。

“找错地方了，警察。这里没娘们。”

德拉盖尔说：“我想进去看看。”

图米兴高采烈地回答：“你想啊——想得要命啊。”

德拉盖尔迅速、平稳地从兜里抽出手枪，袭向图米的左手腕。报纸和大手枪落到门廊地上。图米的脸色少了点无聊。

“老套的手法，”德拉盖尔不耐烦地表示。“我们进去。”

图米转动左手腕，另一条胳膊从门框上挪开，使劲一拳挥向德拉盖尔的下巴。德拉盖尔的脑袋偏过四英寸。他皱起眉头，唇舌发出不以为然的声音。

图米向他冲过去。德拉盖尔一个闪身，手上的枪劈向他硕大的灰色脑袋。图米蹲下身，他一半在屋里一半在门廊上。他嘟嘟囔囔，双手稳稳撑地，试着站起来，就好像根本没遭到过袭击。

德拉盖尔踢走图米的手枪。屋里的折门发出轻响。德拉盖尔看向声源的时候，图米已经单手单膝撑地站起来。他对着德拉盖尔的腹部就是一拳。德拉盖尔咕哝着对他的头部又狠狠地来了一击。图米摇头晃脑地咆哮起来："打我是浪费时间，小子。"

他从侧翼发动攻击，抓住德拉盖尔的一条腿，把他拉到地上。德拉盖尔一屁股坐在门廊的木板上，堵住了门口。脑袋撞在门边上，一时头晕眼花。

纤瘦的金发女孩冲出拱门，手里拿着一把小巧的自动手枪。她用枪指着德拉盖尔，怒气冲冲地说："混蛋！"

德拉盖尔摇头，嘴里开始念念有词，可接着他屏住了呼吸，因为图米在掰他的双脚。图米咬紧牙关扭他的两脚，就好像这世上只剩下他一人和这双脚，而这双脚就是他自己的，他可以随心所欲地对它们做任何事。

德拉盖尔仰起头，脸色惨白。嘴巴都疼得歪了。他左手拽住图米的头发，用力往上提，直到仰起的下巴变形。德拉盖尔的柯尔特枪管炸开了他的皮肤。

图米在惯性作用下瘫软下来，倒在他两腿之间，把他扑倒在地上。德拉盖尔没法动弹。他靠右手撑住地板，尽量避免被图米的体重压垮，所以根本腾不出握枪的右手。金发女孩走到跟前，她怒目而视，脸气得发白。

德拉盖尔已经精疲力竭："别犯傻，斯黛拉。乔伊他——"

金发女孩的脸变得极不自然，眼睛也是，缩小的瞳孔闪射出癫狂之色。

“警察！”她几乎是在尖叫。“警察！老天，我恨死警察了！”

手中的枪砰然作响。回声充斥整个房间，冲出敞开的前门，最后在街对面高高耸立的栅栏上遁于无形。

似乎是高尔夫球杆狠狠击中了德拉盖尔的左脑。头痛欲裂。耀眼的光芒——这刺目的白光填满了整个世界。之后是一片漆黑。他无声地倒下，陷入无尽的黑暗。

12

当他重见光明时，眼前蒙上了一层红雾。刺痛从头部一侧蔓延到整个脸部，渗入牙齿。他试着挪动，发现舌头灼热、粗大。他想移动双手，但双手似乎离得很远，根本不再属于他。

他睁开眼睛，红雾散开了，他看到一张脸。这是一张大脸，近在咫尺，脸大如盘。肥硕，面颊光洁发青，笑容可掬的厚唇上叼着一支镶有亮边的雪茄。那张脸在低声嗤笑。德拉盖尔又闭上眼，痛意袭来，将他淹没。他昏死过去。

几秒或者是几年。他又看到那张脸，听见沙哑的声音。

“好喽，他醒过来了。真是个耐操的家伙。”

那张脸凑上来，雪茄头烧得通红。被烟呛到的他剧烈地咳嗽起来。脑袋一侧疼得快要裂开了。他感到鲜血淌下颧骨，弄得皮肤痒痒的，又流过已经凝固在脸上的血迹。

“他一头雾水了，”沙哑的声音说道。

另一个带有爱尔兰口音的声音在说话，说的话有文雅的也有淫秽的。大脸转向那个声音，吵吵嚷嚷。

德拉盖尔完全清醒过来。他看清了房间，还有房里的四个人。大脸是大约翰·马斯特斯。

纤瘦的金发女孩弓起后背，坐在长沙发一头，她一脸呆滞地盯着地面，双臂僵硬地垂在身侧，双手被靠垫挡住了。

戴夫·奥格修长的身体靠在墙上，旁边的窗户挂上了窗帘。V字形的脸显得很无聊。德鲁局长坐在长沙发另一头，磨损的台灯在他的头发上洒下银辉。他蓝色的眼睛异常明亮、专注。

大约翰·马斯特斯手里的枪闪闪发亮。德拉盖尔眨巴起眼睛，尝试站起来。一只有力的手揍上他的胸口，迫使他向后倒去。一阵恶心铺天盖地地袭来。沙哑的声音恶狠狠地说："挺住，墙头草。你找过乐子了。现在这是我们的派对。"

德拉盖尔舔唇道："给我来点水。"

戴夫·奥格离开墙壁，穿过餐厅的拱门。走回来的时候，手里多了杯水，他举到德拉盖尔的嘴边。后者喝下水。

马斯特斯说："我们欣赏你的勇气，警察。但你没有正确使用你的勇气。你这个小伙子似乎不懂别人的暗示。这太糟了。这会要了你的命。明白我的意思吗？"

金发女孩转过头，悲伤地看向德拉盖尔，遂又转开。奥格走回墙边。德鲁用手指快速且神经质地敲击自己的侧脸，就好像德拉盖尔鲜血淋漓的脑袋反倒弄疼了他的脸。德拉盖尔慢悠悠地说："杀了我只会让你死得更惨，马斯特斯。一流的傻瓜还是傻瓜。你已经莫名其妙地杀了两个人。你都没搞明白自己要掩盖的是什么。"

大个子咒天骂地，腾地举起亮闪闪的枪，接着慢慢放下，恶狠狠地斜眼看他。奥格懒散地说："放松点，约翰。让他发发牢骚。"

德拉盖尔用同样漫不经心的语气慢慢说："那边的女士是你杀掉的两个男人的妹妹。她把她的事告诉了哥哥，关于设局害伊姆利，谁拍的照片，如何暗算多尼根·马尔。你们那个菲律宾小流氓也掺和了一把。我对整桩事大致有了概念。你不能确定伊姆利一定会杀了马尔。马尔也许会杀了伊姆利。无论哪种可能都没问题。只是假如伊姆利真的杀了马尔，这案子就会立马宣扬出去。这是你的疏忽。在你还没弄明白到底发生了什么事之前，你就开始掩盖自己的罪行。”

马斯特斯凶巴巴地说：“废话，警察，废话。你在浪费我的时间。”

金发女孩把头转向德拉盖尔，又转向马斯特斯的后背。她的眼中现在满是恨意。德拉盖尔微微耸肩，继续说：“杀了奇尔兄弟，这是惯常做法。把我调离案件的侦查，设局害我，致使我暂时停职，这是惯常做法，因为你们以为我是马尔的人。但是，当你找不到伊姆利的时候，事情出现了变局——你被逼急了。”

马斯特斯的黑眼睛变得疯狂、空洞。粗大的脖子一鼓一胀。奥格离开墙壁一点距离，站得笔直。片刻之后，马斯特斯咬紧牙关，异常平静地说：“真有趣，警察。和我们说说。”

德拉盖尔用两根手指的指尖拂过血迹斑斑的脸颊，低头看手指。他的眼神深不见底，古井无波。

“伊姆利死了，马斯特斯。他死在马尔前面。”

房间里面静得出奇。没有人移动半分。德拉盖尔看见四个人震惊得呆住了。很长时间之后，马斯特斯响亮地倒吸一口气又吐出，近乎耳语地说：“说吧，警察。快点说，否则——我会——”

德拉盖尔硬生生地打断他的话，不带感情地说下去：“伊姆利当然会去见马尔。他怎么会不见呢？他不知道自己被双重设计了。只是，他是昨晚去见的马尔，而不是今天。他和马尔一同开车前往普马湖的小屋，打算用友好的方式解决这事。总之，这是一厢情愿。到了那里之后，两人起了冲突，伊姆利死了，他被马尔从门廊尽头推下去，脑袋在石头上砸开了花。他是在昨晚死掉的，就死在马尔度假屋的柴房里……好了，马尔藏起尸体，回到城里。今天，他打了电话到办公室，提起伊姆利这个名字，并把约会时间定在十二点一刻。马尔接着会怎么做呢？

当然是能拖则拖，他支开办公室里的姑娘，让她去吃午饭，把枪放在匆忙中也能够到的地方。他做好准备应对麻烦。可是，访客愚弄了他，他根本没用上枪。”

马斯特斯粗声粗气地说：“该死的，伙计，你在说笑吧。你不可能知道所有的事。”

他回头看向德鲁。德鲁面色灰白，神色紧绷。奥格离墙远了点，离德鲁近了点。金发女孩纹丝不动。

德拉盖尔的声音透出疲惫：“当然，我是猜的，但我的猜测符合事实。只可能是这样。马尔拿着枪不是玩的，他高度戒备，一切就绪。为什么他还是中枪了呢？因为来找他的是个女人。”

他举手，指向金发女孩。“凶手就是你。她爱上了伊姆利，尽管她设计陷害过他。她是个瘾君子，瘾君子都是这个德性。她既伤心又难过，于是跟踪了马尔。问她！”

金发女孩一下子站起来。她从一堆靠垫中抽出右手，露出那把小巧的自动手枪，她正是用这把枪打伤德拉盖尔的。绿色的眼珠暗淡无光、空洞无物，她直愣愣地看着。马斯特斯一个闪身，用那把亮闪闪的左轮手枪打她的手臂。

她干脆利落地朝他开了两枪。粗脖子的侧部喷射出血液，滴到外套的正面。他摇摇晃晃，左轮手枪落在德拉盖尔的脚边。整个身体朝着德拉盖尔椅子后面的那堵墙倒去，一只手臂向前伸出。手触上墙壁，随着倒下画出一道血痕。他重重地摔在地上，不再动弹。

那把左轮手枪德拉盖尔触手可及。

站着的德鲁在大呼小叫。女孩缓缓转向奥格，她似乎忽略了德拉盖尔的存在。奥格从手臂下掏出鲁格，一手挥开挡道的德鲁。自动手枪和鲁格同时爆发出怒吼。小手枪射偏了。女孩摔在长沙发上，左手攥住胸口。她转动眼珠，试图再次举起手枪。接着，她侧倒在靠垫上，左手松开，滑下胸口。裙子正面殷红一片。她的眼睛睁开，闭上，睁开，最终死不瞑目。

奥格突然把鲁格指向德拉盖尔。高度紧张之下，他眉头拧紧，咧嘴大笑。黄棕色的头发纹丝不乱，熨帖地裹在瘦骨嶙峋的脑壳上，如同画上去的一般。

德拉盖尔一连朝他开了四枪，速度之快像是机关枪发出来的。

在他倒下之前，奥格的脸已然变成一个老翁瘦削、空洞的脸，茫然的眼神像是白痴。接着，他瘦长的躯体一折为二倒在地上，鲁格仍在手上。一条腿像是没有骨头似的折叠在身下。

空气中弥散开浓重的烟火味。枪声凝固住了空气。德拉盖尔慢慢站起来，手中的左轮手枪对准了德鲁。

“你的派对，局长。这就是你想要的？”

德鲁慢慢点头，脸色煞白，战战兢兢。他咽下口水，磨磨蹭蹭地走过倒在地上的奥格尸体。他低头看了看沙发上的女孩，摇摇头。他又走向马斯特斯，单膝跪地，用手摸他。他再次站起来。

“都死了，我觉得，”他嘀咕道。

德拉盖尔说：“好极了。大个子怎么样了，那个打手？”

“他们把他的尸体处理掉了。我——我没想到他们要杀你，德拉盖尔。”

德拉盖尔微微点头。他的脸柔和下来，硬朗的线条不见了。血迹斑斑的侧脸现出了人样。他用沾湿的手绢擦拭脸庞，手绢渐渐变成了鲜红色。他扔掉手绢，手指轻轻拨弄乱成一团的头发。有些因为血污黏结在了一起。

“他们他妈的没想杀我，”他说。

屋子陷入死寂。外面也没有一点声响。德鲁听了听，再用鼻子嗅了嗅，他走到前门，向外张望。马路黑漆漆，静悄悄。他走近德拉盖尔，微笑慢慢浮现在脸上。

“的确出乎意料，”他说，“假如情况是：局长不得不自己干密探的活儿——而一个正直的警察依照计划假装被停职去帮助他。”

德拉盖尔面无表情地看着他。“这是你喜欢的玩法？”

德鲁的声音恢复了镇定。脸上重新有了血色。“这是为了部门好，老兄，还有这座城市——以及我们自己，只能这么办。”

德拉盖尔直视他的眼睛。

“我也喜欢，”他麻木地说。“如果要做——的确是这样。”

13

马库斯拉下刹车，冲着那栋有树荫的大屋子呵呵笑起来，露出艳羡之色。

“相当漂亮，”他说。“我希望可以住在这里来个悠长假期。”

德拉盖尔慢慢下车，他四肢僵硬，十分疲惫。他没戴帽子，那顶草帽夹在腋下。左侧脑壳剃去了部分头发，一块厚纱布盖在上面，用橡皮膏固定住，他缝了针。一缕坚硬的黑发翘在绷带外面，很是喜感。

他说：“是啊——但我不会久留的，傻瓜。等我。”

他走过草坪上蜿蜒的石头小径。晨曦照射下，树木在草坪上拖出长长的阴影。房子静悄悄的，百叶窗都关着，黄铜门环上的花环看不太清。德拉盖尔没有走正门。他踏上另一条窗户下的小径，沿着房侧穿过剑兰花坛。

屋后有更多的树木、草坪和鲜花，阳光和树荫也更加明显。池塘里面有睡莲和一个石头做的大牛蛙。稍远些，几把椅子以石板桌面的铁艺桌子为中心呈半圆形摆放。贝尔·马尔就坐在其中一把椅子上。

身上的黑白连衣裙宽松随意，宽边的园艺帽戴在栗色的头发上。她静静地坐在那里，穿过草坪望向远方。妆容令雪白的肌肤光彩熠熠。

她慢慢转过头，露出苦笑，指了指边上的椅子。德拉盖尔没坐下。他抽出腋下的草帽，手指拨弄起帽边，他说：“案子结束了。接着会有审讯、调查、威胁，很多人会嚷嚷着在媒体上大放厥词，诸如此类的事。报纸会连篇累牍地报道一段时间。但私下里，已经记录为结案了。你可以尝试着忘掉一切。”

女郎突然看向他，睁圆了那双灵动的蓝色眼睛，接着她又越过草坪望向远方。

“山姆，你的头很糟吗？”她柔声细语地问道。

德拉盖尔说：“不。很好……我的意思是，那个叫拉莫特的女孩开枪杀了马斯特斯——还有多尼。奥格又打死了她。我打死了奥格。都死了，《玫瑰花圈》。[①] 只是伊姆利的死法，我们还不清楚。但我觉得，现在无关紧要了。”

贝尔·马尔没抬头看他，平静地说：“但你怎么知道度假屋里的是伊姆利？报纸上说——”她顿住了，突然浑身发冷。

他木然地看着手里的帽子。“我不知道。我觉得开枪打死多尼的是个女人。所以，伊姆利极有可能是在湖边的度假屋。而且也符合他的外貌描述。”

“你怎么知道是个女人……杀了多尼？”她的声音中有一种拉长的、近似耳语的沉静。

“我就是知道。”

他走开几步，站着看向那些树。他慢慢转身，重又走回到贝尔椅子边上。他的面色非常疲倦。

“我们有过美好的时光——我们三人。你、多尼和我。生活似乎会

① 这首童谣描绘了鼠疫肆虐的场景，很多人死于鼠疫。

对人们做出龌龊的事。都过去了——所有美好的。”

她继续喃喃自语：“或许不是全部，山姆。从现在起，我们应该多见见面。”

嘴角的微笑转瞬即逝。“这是我第一次使诈，”他平静地说。“我希望是最后一次。”

贝尔·马尔微微仰起头。攥住椅子扶手的双手在清漆木头的衬托下愈发苍白。她似乎全身僵住了。

过了会儿，德拉盖尔伸进口袋，手中多出了一个金光闪闪的东西。他冷冷地低头看着。

“拿回了警徽，”他说。“再也不是纤尘不染。我看还算干净。我会尽量保持的。”他把警徽放回口袋。

女郎极为缓慢地起身，站在他面前。她仰起下巴，久久凝视他。那张脸似乎是胭脂覆盖下的白色石膏面具。

她说：“老天，山姆——我开始明白了。”

德拉盖尔没看她的脸。他越过女郎的肩膀，看向远处某个模糊的焦点。他的声音含糊、冷淡。

“当然……我知道是个女人，因为只有女人才用这么小巧的手枪。但原因不只这个。在去过度假屋之后，我就知道多尼做好准备应对麻烦了，如果凶手是男人，没这么容易先发制人开枪打死他。不过，可以设个完美的局，让人误以为是伊姆利干的。马斯特斯和奥格就以为是伊姆利，他们还接到一个律师电话，确认了这件事，还保证会在第二天早上让他去自首。所以，对于所有不知道伊姆利死讯的人而言，他们自然会认同这个结果。此外，警察不会料到一个女人会捡走弹壳。

“在我听完乔伊·奇尔的故事之后，我以为可能是拉莫特干的。然而，在我当着她的面说出这一切的时候，我改变了想法。肮脏、龌龊。从某种角度来看，她是因此而死的。虽然和那伙人在一起，我并不觉得她有多少机会活命。”

贝尔·马尔仍定定看着他。微风拂过她的一缕秀发，她身上也只有这缕头发在动。

他从远方收回视线，严肃地看了她一瞬，又转向别处。他从口袋里掏出一小串钥匙，丢到桌上。

“三件事情坐实了我的想法，那一刻我完全明白了。记事本上的内容，多尼手中的枪，消失的弹壳。然后，我全都明白了。他没有立即死去。他还有力气，并且利用这点力气耍了最后的花招——为了保护某人。记事本上的字迹有点抖。他是在中枪后才写的，那时的他孤身一人，就快死了。他想到伊姆利，于是写下他的名字混淆视听。接着，他够到写字台上的枪，拿在手里。还剩下弹壳。我之后会说到的。

“子弹是隔着写字台近距离射出来的，而写字台的另一头还放了几本书。弹壳就掉在那里，掉在多尼能够到的地方。他不可能是从地上捡起弹壳的。你的钥匙圈上有办公室钥匙。我昨晚去过那里，三更半夜的时候。我在雪茄盒里找到了和雪茄躺在一起的弹壳。没人翻过雪茄盒。人毕竟只能找到他希望找到的东西，就这样。”

他停下，擦了擦侧脸。一会儿之后，他继续说：“多尼尽其所能了——他死了。事情干得很漂亮——我会让他如愿的。”

贝尔·马尔慢慢张嘴。先是含混不清，之后的话语变得清晰明了。

“不是随随便便的女人，山姆。是和他有过关系的女人。”她在打颤。“我现在就去城里，我会坦白的。”

德拉盖尔说：“不用。我告诉过你，我会让他如愿的。城里也喜欢这个结局。绝妙的政治。整座城市摆脱了马斯特斯—奥格这伙人的魔爪。德鲁能登上巅峰，但长不了，他太弱了。所以没关系……你不用做任何事。你要做的就是多尼用尽最后的力气想让你做的。你置身事外了。再见。”

他又迅速看了眼她那惨白、颓丧的容颜。然后，转身走上草坪，走过有睡莲和石头牛蛙的池塘，沿屋侧回到车旁。

皮特 · 马库斯打开车门。德拉盖尔坐进去，把头重重靠在椅背上，身子陷进椅子里，闭上眼睛。他有气无力地说："开慢些，皮特。我的头疼得厉害。"

马库斯发动汽车，转进马路，沿着德尼夫巷缓缓驶向市区。树荫遮蔽下的房子消失在身后。高耸的树木终是将其掩盖。

等开出很远之后，德拉盖尔重新睁开眼睛。

（黄雅琴　译）

齐拉诺夜总会的枪声

1

特德·马尔文喜欢雨；喜欢雨的感觉，雨的声音，雨的气味。他走出自己的凯迪拉克汽车，在卡龙德莱特公寓大楼入口处站了片刻，蓝色山羊皮外套立起的衣领弄得耳朵痒痒的，他双手插在衣兜里，软趴趴的香烟在嘴里咂吧作响。他走进去，穿过理发店、杂货店以及香料店，香料店里摆放着一排排折射出别致光线的瓶瓶罐罐，共同奉献上一曲百老汇音乐剧的华彩终章。

马尔文绕过金色纹路的立柱，踏进铺了垫子的电梯。

“好啊，艾伯特，一场好雨。九楼。”

一脸倦意的瘦小伙有着童颜，身上的衣服为淡蓝和银色，戴了白色手套的手按住正要合上的电梯门，说：“上帝啊，你以为我不知道你去哪层，马尔文先生？”

他没看指示灯就直接按下九楼，他哗地一下拉上电梯门，冷不防地靠在电梯上，闭目养神。

马尔文停下脚步，炯炯有神的棕色眼睛向他投去犀利的目光。“怎么回事，艾伯特？病了？”

男孩露出苍白的笑容。“我连上两班了。科基病了。他生了疖子。我猜我是没吃饱。”

棕色眼睛的高个男人从兜里摸出一张皱巴巴的五元纸币，掷到男孩鼻子底下。后者瞪出眼珠，直起了身子。

“上帝啊，马尔文先生。我不是这个意思——”

“别说了，艾伯特。朋友之间谈什么钱？就当替我多吃点。”

他跨出电梯，沿着走廊往前，低声说：“傻瓜……”

奔跑的男人差点把他撞翻在地。那个人冷不防从转角处跑出来，和马尔文擦肩而过，跑向电梯。

“下楼的！”他砰地砸上正在关闭的电梯门。

马尔文看见拉低的帽子下面是张满是雨水的白脸；空洞的黑眼珠离得很近。那种奇怪的直愣愣的眼神，他见过，吸毒的家伙。

电梯如铅块一般迅速下坠。马尔文盯着那地方看了好一会儿，接着继续沿走廊前行，并转了个弯。

914的房门敞开着，女孩的身体一半在门内一半在门外。

她侧躺在地上，身上的铁灰色休闲睡衣闪出微光，一侧脸颊陷进走廊地毯，那头浓密的玉米色金发曾被用心地烫成卷发。头发纹丝不乱。她年纪轻轻，相当漂亮，应该还没死。

马尔文在她身边蹲下，触摸她的脸颊。温热的。他轻轻拨开女孩的头发，露出了伤痕。

“被打伤的。”他咬牙切齿地表示。

他抱起女孩，走过一小段门厅，进入套房的客厅，把她放在天鹅绒的长沙发上，前面摆放着煤气暖炉。

她一动不动地躺着，双目紧闭，妆容掩盖下可以看见泛青的脸色。他关上大门，环顾套房四周，接着走回门厅，从踢脚板边上捡起一件亮晶晶的东西。一把点二二自动手枪，骨质枪柄、七发子弹。他嗅了嗅手枪，把它揣进兜里，走回女孩身旁。

他从内侧胸袋掏出一个银色的大酒壶，拧开壶盖，手指掰开女孩的嘴巴，抵着她小巧的贝齿灌进一些威士忌。女孩开始作呕，脑袋挣脱出马尔文的手。眼睛睁开了，那是深深的蓝，还带了点紫色。光线射进眼中，似乎一触即碎。

他点燃香烟，站着垂眼看她。她稍稍挪动了一下。过了片刻，低声说："我喜欢你的威士忌。能再来点吗？"

他从浴室取来玻璃杯，倒入威士忌。女孩慢慢起身，摸了摸脑袋，呻吟起来。接着，她从马尔文手里接过酒杯，手腕老练地一转，酒水下肚。

"我还是喜欢，"她说。"你是谁？"

她的声音有种深沉的柔情。他喜欢这样的声音。他说："特德 · 马尔文。住 937 号房。"

"我——我刚才晕晕乎乎的，我猜。"

"呃。你被人打了，天使。"棕色的眼睛探究地看着她。嘴角浮现出笑容。

她睁圆眼睛。一丝亮光一闪而过，这是出于防卫意识。

他说："我看见那家伙了。他吸了毒。这是你的枪。"

他从兜里掏出枪，放在手心上。

"我想，我能编个睡前故事。"女孩慢条斯理地说。

"不用说给我听。如果遇到了麻烦，我或许能帮你。看情况吧。"

"看什么？"她的声音变得冷酷、尖锐。

"要看是什么样的讹诈，"他柔声道。他退出弹匣，看了眼子弹。"铜镍合金，嗯？你很懂行嘛，天使。"

"你非要叫我天使吗？"

"我不知道你的名字。"

他朝女孩咧嘴一笑，走到窗台的写字台前，把枪搁在桌上。写字台上有一个皮质相框，两张照片并列摆放。他先是随意地一瞥，但目光定住了。照片是在很多年前拍下的，深色皮肤的女人端庄大方，瘦削的金发男人眼神冷漠，僵硬的立领系上了大结领带，外套则是窄翻领。他的目光停在那个男人身上。

女孩的声音在他身后响起。"我叫琼 · 阿德里安。在齐拉诺的店里工作，表演歌舞。”

马尔文仍在看那张照片。“我和本尼·齐拉诺挺熟的，”他心不在焉地说。“这是你父母？”

他转身看向女孩。她缓缓抬头。深蓝色的眼睛里似乎流露出恐惧。

“是的。死了很多年了，”她呆呆地说。“下个问题？”

他快步走回长沙发，站在女孩面前。“好吧，”他轻声说。“我爱管闲事。那又怎样？这个城市是我的。我的父亲曾经管理过整个城市。老马库斯·马尔文，人民之友。这是我的公寓。我在这里有一套房。那个吸毒的流氓在我看来像是个杀手。我难道不该施以援手吗？”

金发女孩慵懒地看向他。“我还是喜欢你的威士忌，”她说。“我能——”

“就着酒壶喝吧，天使。能喝得快点。”他嘟囔道。

她突然站起来，脸色有点发白。“你对我说话的口气，好像我是个骗子，”她不耐烦地表示，“如果你想知道，那我就告诉你。我的男友受到威胁。他是个职业拳击手，有人想让他输掉一场比赛。现在，他们打算通过我来威胁他。你是否满意了一点点？”

马尔文捡起椅子上的帽子，取出嘴里的烟蒂，按灭在烟灰缸里。他静静地点了点头，换了个声音说：“请你原谅。”他朝门口走去。

走到半路的时候传来咯咯咯的笑声。女孩在他身后轻声说：“你的脾气好臭。还有，你忘了酒壶。”

他走回去，拿起酒壶。接着，他突然俯下身，抬起女孩的下巴，吻上了她的嘴唇。

“告诉你，天使。我喜欢你。”声音柔情蜜意。

他走回门厅，出了房间。女孩的一根手指抵上嘴唇，慢慢地扫过。脸上露出了羞怯的笑容。

2

服务员领班托尼·阿科斯塔皮肤黝黑，苗条得像个姑娘，他有一双纤细的小手，柔软的眼神，刻薄的小嘴。他站在门口说："第七排是我能搞到的最好位置，马尔文先生。这个迪肯·韦拉还不赖，杜克·塔戈会是下个轻重量级冠军。"

马尔文说："进来喝一杯，托尼。"他走到窗口，站着看外面的雨。"如果他们买他赢，"他转头加了句。

"好吧——就来一小杯，马尔文先生。"

黑皮肤男孩在谢拉顿式样的仿古写字台上就着托盘认真调酒。他把酒瓶对准光线，仔细测算刻度，又用长勺舀起冰块，酒杯发出叮叮当当的响声。他抿着酒，笑呵呵的，露出洁白的牙齿。

"塔戈是卢森堡人，马尔文先生。速度快、人聪明，两个拳头都厉害，浑身是胆，从来不会后退一步。"

"他要抵挡得住那些人的奉承马屁，"马尔文慢吞吞地说。

"好吧，他们还没喂他狮子肉呢。"托尼说。

雨水打在玻璃上。豆大的雨点砸上去，汇聚成小小的溪流，冲刷过玻璃。

马尔文说："他是个讨饭的。有特点，有相貌，但还是个讨饭的。"

托尼深深叹了口气。"我也想去看。今晚我不当班。"

马尔文慢慢转身，走到写字台前，给自己倒了杯酒。他脸色发暗，声音疲惫、懒散。

"那就去吧。有什么问题？"

"有让人头疼的事。"

"又没钱了。"马尔文几乎是吼出来的。

黑皮肤男孩透过长睫毛斜眼打量，默不作声。

马尔文攥紧左拳，复又慢慢松开，眼神愠怒。

“那就和特德说，”他叹了口气。“老好人特德。他会给钱的。他心肠软。只要和特德说。好吧，托尼，把钱拿去，给自己买两张票。”

他伸进口袋，掏出一张纸币。黑皮肤男孩似乎受到了伤害。

“上帝啊，马尔文先生，我不希望让你以为——”

“免谈！朋友之间说什么拳击票？去买两张，带上你的妞。让塔戈见鬼去。”

托尼 · 阿科斯塔收下钱。他细细端详了一会儿那个年长的男人。接着，十分温柔地说道：“我情愿和你一起去，马尔文先生。塔戈不仅在拳击场上所向披靡，他还把这层楼的一个金发美女弄到了手。914 号房的阿德里安小姐。”

马尔文身子一僵。他慢悠悠地放下酒杯，在写字台上转动它。声音略微沙哑。

“他还是个讨饭的，托尼。好了，我晚饭的时候来找你，晚上七点，你的公寓门口。”

“天啊，太好了，马尔文先生。”

托尼 · 阿科斯塔轻手轻脚地退出房，悄无声音地关上门。

马尔文站在写字台边，指尖叩响台面，双眼看向地板。他就这样站了很长时间。

“特德 · 马尔文，全美国傻瓜，”他冷酷地放声说道。“这个家伙以帮助为名玩弄花招，为迷途的女孩照亮前程。是啊。”

他喝干酒，看了眼腕表，戴上帽子，穿上蓝色山羊皮雨衣，走出房间。当他经过 914 号房时，他停下脚步，伸手想要敲门，可没有碰到门就垂下了手臂。

他慢吞吞地走向电梯，下楼找到自己的车。

《论坛报》的办公室位于第四大街和水泉街之间，马尔文在街角停下车，从员工入口进入，乘上摇摇晃晃的电梯，电梯操作员是个老头，嘴里的香烟早就灭了，他一边操作电梯一边阅读杂志，那本卷起来的刊物离他足足有六英寸远。

四楼的双开大门上写有“城市新闻编辑室”的字样。另一个老头坐在门口的小桌旁，上面放了一个通话装置。

马尔文拍了拍桌面，说：“告诉亚当斯，特德·马尔文找他。”

老头对着通话装置嘟嘟哝哝了一阵。他取下钥匙，下巴指了指大门。

马尔文穿过门，走过U字形的办公桌，然后是一排小桌子，位子上的打字员正在噼噼啪啪地打字。远处的办公室尽头，一个红发瘦高个无所事事地把两条腿搁在打开的抽屉上，脖子靠着的转椅斜得厉害，嘴里的烟斗直直指向天花板。

当马尔文站到他边上时，他只是垂下眼睛，身体的其余部分没有任何动作，他含着烟斗说：“好啊，泰迪。游手好闲的有钱人过得怎么样？”

马尔文说：“能看下你的文件里面有没有一个叫考特威的家伙？准确来说，州参议员约翰·迈尔森·考特威。”

亚当斯放下腿，坐直了身体，把自己拉回到写字台边上。他取下烟斗，朝废纸篓吐了口唾沫，说道：“那个冷冰冰的老家伙？他什么时候上过新闻？当然有。”他疲倦地站起来，继续说：“跟我走，大叔。”接着，就沿着墙往前走。

他们穿过另一排写字桌，从一个妆容艳俗的胖女孩身边走过，女孩一边打字一边对着打字的内容哈哈大笑。

他俩跨过一扇门，大房间里几乎摆满了六英尺高的文件柜，不经意形成的凹室内放了一张小桌子和一把椅子。

亚当斯在文件柜中寻寻觅觅，打开其中一个，把一个文件夹放在桌上。

“坐下来看。是什么贪污案？”

马尔文手肘支在桌子上，翻过厚厚一沓剪报。新闻千篇一律，政治题材上不了头条。考特威参议员说了这，说了那，谈到了民众福祉，开了这个会和那个会，去了这地方，又从那地方回来。全都无聊得紧。

他看着剪报上面那个白发的瘦个男人，沉着的脸上面无表情，深藏不露的眼睛里面没有亮光也没有温度。过了一会儿，他说：“有没有我可以拿走的照片？我的意思是实实在在的照片。”

亚当斯唉声叹气，伸了个懒腰，消失在文件柜后面。回来的时候手上多了一张闪着光泽的黑白狭长照片，随手扔在桌上。

“你可以留着它，”他说。“我们有许多。这家伙永世长存啊。需要我给你签个名吗？”

马尔文眯缝起眼睛端详照片，他看了很久。“是他，”他慢慢地说。“考特威结过婚吗？”

“自打我不用尿片开始就没结过，”亚当斯嘟嘟囔囔。“以后大概也不会结。话说，到底有什么秘密？”

马尔文慢慢朝他露出笑容。他掏出酒壶，放在文件夹边上。亚当斯的脸瞬间有了光彩，伸出长臂去拿酒壶。

“那么他从没有过孩子，”马尔文说。

亚当斯瞥了眼酒壶。“嗯——公开的没有，我猜。就我所知，没有。”他喝下一大口酒，擦干嘴巴，又喝起来。

“这么说，”马尔文说，“真的非常有趣。再喝点——忘了你见过我。”

3

胖子凑向马尔文的脸。他喘着粗气说：“我坐你旁边，你说比赛结果是事先商定好的？”

“是啊。韦拉赢。”

“打个赌？”

“数数你钱包里的钱。”

“钱包里的五百元正想变多点呢。”

“成交。”马尔文平淡地说。眼睛从没离开过拳击场前排座位上那颗金色的脑袋。镶了白毛皮的白色外套上面是一头如镜面般光滑的鬈发。他看不见脸，但也没必要。

胖子眨巴起眼睛，从背心内侧口袋小心翼翼地掏出一个鼓鼓囊囊的钱包。他把钱包放在膝盖边上，数出十张五十元的纸币，将后者卷起来，又把钱包塞回胸口。

“轮到你了，傻子，”他呼吸粗重。“让我们见见你的钞票。”

马尔文收回视线，掏出一叠崭新的百元大钞，手指迅速划过。他抽出五张，交出去。

“小子，这钱是从家里拿的啊，”胖子说。他的脸又凑向马尔文。“我叫斯基茨·奥尼尔。你不会溜掉吧？”

马尔文缓缓露出笑容，把钱塞进胖子手里。“你拿着，斯基茨。我是特德·马尔文。老马库斯·马尔文的儿子。我的子弹可比你跑得快——回头我们算账。”

胖子艰难地吸了一大口气，靠上椅背。托尼·阿科斯塔那双温柔的眼睛死死盯着胖子肉滚滚的手里攥住的钱。他舔过嘴唇，冲着马尔文尴尬一笑。

“哎哟，钱会弄丢的啊，马尔文先生，”他低声说。“除非——除非你知道一些内幕。”

“五百元开个赌局值了，”马尔文反驳道。

铃声响起，第六局开打了。

前五局打得平淡无奇。金发高个男孩杜克·塔戈没有用尽全力。黑皮肤的迪肯·韦拉是个四肢修长、身强体壮的波兰人，一口牙齿都坏掉了，耳朵也因多次被打伤而变形，他有体格，但没技巧，只会生硬地抱住对手，一个用力转身，两人倒在了拳台边上，仍是难分难解。他目前还抵挡得住塔戈的攻击。观众大肆嘲笑起塔戈。

凳子撤出拳台，塔戈拉了拉银黑两色的运动短裤，冲着白外套的女孩拘谨一笑。他长得很英俊，脸上没有任何伤疤。左肩上残留着韦拉的鼻血。

铃声响起，韦拉大步流星走过拳台，闪开塔戈的肩膀，冲着他就是一记左勾拳。塔戈受到的伤不止这下勾拳。他跌靠在弹力绳上，又被弹回来，抱住对手。

马尔文在黑暗中静静地微笑。

裁判轻而易举地分开两人。塔戈老实地停下动作，韦拉却打出一记直拳，只是没中。两人缠斗了一分钟，走廊传来华尔兹的乐曲。接着，韦拉全身扭动挥出一拳。塔戈似乎就在等待这个时机，等着发动攻击。他的脸上露出紧张的笑容。白外套女孩噌地站起来。

韦拉挥过去的一拳堪堪擦过塔戈的下巴，差点就把他打得步履踉跄。塔戈猛地朝着韦拉的眼睛来了一记右直拳，紧接着的左勾拳打碎了韦拉的下巴，跟上的右拳几乎打在同一部位上。

黑皮肤男孩四肢撑地，缓缓倒在拳台上，两手压在身下。当他被判输掉比赛时，全场响起了嘘声。

胖子挪动双脚，哈哈大笑起来。他说："伙计，觉得怎么样？还觉得是内定的比赛吗？"

"玩脱了，"马尔文波澜不惊地说，就像是警察对着对讲机讲话。

胖子说："再见啦，伙计。常来玩啊。"他踢了踢马尔文的脚踝，从他身边爬过去。

马尔文一动不动地坐着，双眼茫然地望向看台。拳手以及教练已经走下拳台。白外套的女孩消失在人群中。灯光熄灭，这个类似仓库结构的拳击场看上去既廉价又肮脏。

托尼·阿科斯塔在一旁坐立不安，他看见一个穿条纹外套的男人正从椅子之间捡起纸片。

马尔文突然站起来，说：“我要去和那个讨饭的谈谈，托尼。在外面的车里等我。”

他快步爬上台阶，来到大厅，穿过走廊上还没散去的观众，挤到一扇标有“闲人莫入”的灰门前。他穿过那扇门，走下一段斜坡，另一扇同样标有“闲人莫入”的门出现在面前。一个警卫站在门前，卡其色的衣服已经褪色，衣襟大开，他一手握着啤酒，另一只手则是汉堡。

马尔文的警员证一晃而过，警卫根本没看一眼就让到一边。他轻轻打着饱嗝，马尔文已然穿门而过。狭长过道的两边是标有号码的房门。门后有声音传出。左边第四扇门上用图钉钉住的标牌上写着字迹潦草的“杜克·塔戈”。

马尔文开门进去，目力不及的地方传来哗哗的水声。

空落落的狭窄房间内，身穿白色运动衫的男人坐在桌子一边，上面乱七八糟地堆满衣服。马尔文认出那人是塔戈的助手。

他说：“杜克在哪？”

运动服男人的拇指指向水声传来的地方。接着，一个男人走进房间，步履踉跄地贴向马尔文。高个，拳曲的棕发里面带点灰色。手里拿着一大杯酒。脸上因为烂醉如泥而泛出点点光泽。他的头发湿漉漉的，眼睛布满血丝。嘴角弯曲，一闪而逝的笑容没有其他深意。他口齿不清地吼道：“混蛋，给我滚。”

马尔文冷静地关上门，靠上去，手伸进敞开的蓝色雨衣，从背心口袋里掏出香烟盒。他根本没打眼看那个鬈发男人。

髪发男人突然举起空着的右手，从外套下面拔出什么东西。蓝色的钢枪在浅色外套的映衬下发出幽暗的光芒。左手酒杯洒出些液体。

“屁都没有！”他吼道。

马尔文慢吞吞地掏出香烟盒，拿在手里亮了亮相，他打开烟盒，双唇含上一根。蓝色的枪离他很近，不太有利。拿酒杯的左手在微微颤动。

马尔文随意地开口：“是啊。你该去找点麻烦。”

运动服男人离开桌子。他稳稳地站住，双眼不离那支枪。鬈发男人说：“我们喜欢麻烦。迈克，搜他的身。”

运动服男人说：“我不希望变成这样，申韦尔。看在老天的分上，放轻松。你醉得像条晃晃悠悠的摆渡船。”

马尔文说：“搜我身没问题。我没带枪。”

“不用了，”运动服男人说。“这家伙是杜克的保镖。让我来解决。”

鬈发男人说：“当然，我是喝醉了。”他傻笑起来。

“你是杜克的朋友？”运动服男人问。

“我有消息捎给他，”马尔文说。

“关于什么？”

马尔文没吭声。“好吧，”运动服男人说，失落地耸耸肩。

“迈克，你知道什么？”鬈发男人突然大声说道。“我想他——看中了我的工作。该死，就是这样。他看着就像个讨饭的。先生，你准是私家侦探吧？”枪管戳上了马尔文。

“对啊，”马尔文说。“还有，把你的手枪收回去点。”

鬈发男人微微转头，越过肩膀咧嘴笑起来。

“迈克，你知道什么？这人是侦探。他当然想要我的工作。一定是这样的。”

“把枪举高点，你这个蠢货，”运动服男人感到厌烦。

鬈发男人说着又扭过头去，抱怨道：“我是他的保镖，不是吗？”

马尔文拿着烟盒的手随意地把枪打开。鬈发男人猛然回头。马尔文凑近他，冲着他的腹部狠狠一拳，再用前臂挡开手枪。鬈发男人喘不上气来，酒水洒向马尔文的雨衣正面。酒杯在地上摔了个粉碎。蓝色的手枪脱离手心，落在角落里。运动服男人走过去拿枪。

水声不知不觉中停住了。金发拳手一边用力擦身一边走出来。他目瞪口呆地看着眼前的场景。

马尔文说：“我不再需要了。”

他推开鬈发男人，向后退去的时候，右手又朝他的下巴一记狠揍。鬈发男人摇摇晃晃地向后退去，撞上墙壁，顺势跌坐在地上。

运动服男人捡起枪，站得笔直打量马尔文。

马尔文掏出手绢，擦去雨衣正面的酒液，塔戈慢慢合上线条优美的嘴巴，开始用毛巾擦拭胸膛。一会儿之后，他说：“你到底是谁？”

马尔文说：“我以前做过私家侦探。名叫马尔文。我觉得你需要帮助。”

塔戈的脸比起离开浴室时涨红了一点。“为什么？”

“我听说有人要你输掉这场比赛，而且我认为你尽力了。可是韦拉太卑鄙。你没忍住。所以说，你惹上麻烦喽。”

塔戈慢条斯理地回答：“人们总爱不负责任地说些类似的话。”

房间里静了片刻。醉汉坐在地上眨巴眼睛，他试图站起来，但还是放弃了。

马尔文冷静地继续说：“本尼·齐拉诺是我的朋友。他是你的后台吧？”

运动服男人发出刺耳的笑声。他拆开枪，卸出子弹，把枪扔在地上。他走向房门，出去之后砰地关上。

塔戈看着关上的门，又回头看看马尔文，语速极慢地问：“你听到什么风声？”

“你的朋友琼·阿德里安和我住在公寓同一层。她今天下午被流氓打伤了。我正好路过，看见流氓逃走，于是把她扶起来。她告诉了我一点事儿。”

塔戈已经穿好内衣裤、袜子和鞋子。他从储物柜里拿出一件黑色缎子衬衫，穿上，说：“她没告诉我。”

“她不想——在比赛前。”

塔戈微微点头。接着说：“如果你认识本尼，那你说的可能是对的。我一直受到威胁。或许是有厚利诱惑，或许是水泉街的瘪三想轻松来点钱。我按照自己的方式打拳。现在，你可以出去了，先生。”

他套上黑色高腰裤，在黑衬衫上打上一根白领带。接着，他从储物柜里拿出一件饰有黑边的白色哔叽外套，穿上。黑白两色的手绢叠成三角形插在口袋里。

马尔文盯着那身打扮，朝门口稍稍挪动几步，他低头看向醉汉。

“好吧，”他说。“我知道你有保镖。我只是正好来了兴致。对不起，请便。”

他走出房间，轻轻关上门，沿着斜坡走回大厅，来到街上。他冒雨拐过楼角，踏上铺了沙砾的巨大停车场。

车灯冲他闪了闪，双门轿车在潮湿的沙砾上滑行，在他身边停下。托尼·阿科斯塔坐在驾驶座上。

马尔文坐上副驾驶的位子，说：“托尼，我们去齐拉诺那里喝一杯。”

“上帝，太好了。阿德里安小姐在那里有歌舞表演。你知道的，我和你提过那位金发女郎。”

马尔文说：“是啊。我见过塔戈了。我有点喜欢他——但我不喜欢他的穿着。”

4

格斯·奈沙卡尔有两百磅重，穿着时髦，两颊通红，眉毛就像中国花瓶上的纹饰那样精心描画过。宽肩小礼服的翻领上插了一支红色康乃馨，他时不时地嗅一嗅花香，眼睛留意着正在为顾客领座的领班。当马尔文和托尼·阿科斯塔穿过大堂拱门时，他忽地展露出笑容，伸手迎上前去。

“泰迪，怎么样？有好几人？”

马尔文说：“就我们两个。见下阿科斯塔先生。这是格斯·奈沙卡尔，齐拉诺夜总会的大堂经理。”

格斯·奈沙卡尔和托尼握手的时候并没有看他。他说：“我们看看，上次你来光顾的时候——”

“她不在城里，”马尔文说。“我们要坐在舞台附近，但不能太近。我们不跳舞。”

格斯·奈沙卡尔从领班腋下抽出一本菜单，领着他们走下五级深红色的台阶，沿着椭圆形舞池周围的桌子往前走。

两人坐定。马尔文点了黑麦威士忌以及丹佛三明治。奈沙卡尔找侍应生下单，拉出一把椅子，在桌边坐下。他掏出铅笔，在火柴盒盖内侧画上几个三角形。

“看了比赛？”他随意问道。

“就是这样？”

格斯·奈沙卡尔笑得宽容。“本尼告诉了杜克。他说你是聪明人，”他突然看了下托尼·阿科斯塔。

“托尼没问题，”马尔文说。

“好吧。帮我们个忙，行不？这事到此为止。本尼喜欢这个男孩。

他不会让他受伤的。他会保护他——真正的保护——如果他认为威胁这档子事千真万确，绝不是弹子房的瘪三想出来的玩笑。本尼每次只会支持一个拳手，他是精心挑选过的。”

马尔文点燃香烟，从嘴角呼出烟雾，平静地说：“这不关我的事，但我现在告诉你事情有点古怪。这种事情，我就要管了。”

格斯·奈沙卡尔看了他一分钟，耸肩。他说：“我希望你搞错了。”他迅速起身，沿着桌子走开。他时不时地弯腰致以笑容，和某个顾客聊上两句。

托尼·阿科斯塔温柔的眼睛闪闪发亮。他说：“老天，马尔文先生，你觉得这是流氓干的？”

马尔文点头，一语不发。侍应生摆上饮料和三明治后就走开了。乐队出现在舞池尽头的舞台上，奏响悠长的和弦，衣着光鲜、笑意吟吟的主持人滑上舞台，凑向打开的小型麦克风。

歌舞表演开始了。一排衣着暴露的女孩跑进五光十色的灯下。蜿蜒的队伍时而收紧时而展开，光溜溜的大腿闪闪发光，肚脐眼犹如小小的黑洞出现在柔白色的赤裸躯体上。

冷情的红发女郎在唱一首冷情的歌，那副嗓子似乎可以劈开柴火。重新出现的舞女穿上了黑色紧身衣，还有丝质帽子，跳的还是同样的舞步，只是列队稍有不同。

乐曲柔和下来，一个黄皮肤的高挑苦情歌手垂眼站在琥珀色的灯光下，那象牙质地的音色在吟唱一些非常久远的伤心事。

马尔文啜起饮料，就着昏暗的灯光咬下三明治。托尼·阿科斯塔年轻、严肃的脸庞在他身后模糊不清。

苦情歌手离开舞台，出现短暂空隙，所有灯光突然一齐熄灭，除了乐队谱架上方的灯，还有桌子边弧形通道入口上方暗淡的琥珀色灯光。

尖锐的叫声划破漆黑。有一个白点在屋顶下方明灭不定，落到舞台边的斜坡上。灯光照射下，众人的脸庞成了粉笔白。四处星星点点地亮着香烟的红点。四个高挑的黑人在灯光下移动，肩头抬着白色的木乃伊棺椁。他们按着一定的节奏缓缓走下斜坡。他们戴着埃及人的白色头巾，以及白色皮革的腰带，白色的凉鞋鞋带一直绑至膝盖。四肢黝黑光滑的皮肤宛如月光下的黑色大理石。

他们来到舞池中央，慢慢立起棺椁，直到棺椁的盖子向前落到地上。白布包裹的人形慢慢地、十分缓慢地向前倾倒——宛如最后一片树叶慢悠悠地从枯树上落下。人形颤颤巍巍，伴随着密集的鼓点，砰然落地。

灯光熄灭，点燃。站直的人形不停旋转，一个黑人往不同的方向转动，将白布缠绕在自己身上。白布祛尽，强光之下是一个浑身金光闪闪，四肢雪白光滑的女孩，她的胴体在空气中熠熠生辉，被四个黑人像垒球一样迅速地来回抛接。

接着，音乐转成了华尔兹，女孩翩然起舞，辗转在乌木立柱一般的黑人之间，近在咫尺，却没有一点肌肤之亲。

舞蹈结束。掌声如潮水般袭来。灯光湮灭，大厅重新陷入黑暗，之后所有的灯一齐打开，女孩和四个黑人已然人去台空。

"我敢打赌，"托尼·阿科斯塔吸了口气。"哦，打个赌。那个女孩是阿德里安小姐，对吗？"

马尔文慢吞吞地说："对啊。还有点小意思。"他又点燃支烟，四处张望。"托尼，还有个身穿黑白两色衣服的人。看样子是杜克本人。"

杜克·塔戈正站在弧形通道的一头起劲地鼓掌。脸上露出恣意的笑容，似乎喝了酒。

一条胳膊越过马尔文的肩头，摆弄起马尔文手肘边的烟灰缸。那人散发出浓重的酒气。马尔文缓缓回头，抬眼看见申韦尔汗津津的脸，就是杜克·塔戈那个醉醺醺的保镖。

“黑人还有白人妞，”申韦尔口齿不清地说。“恶心。下贱。真他妈下贱。”

马尔文悠悠一笑，稍微挪动了下椅子。托尼·阿科斯塔瞪圆了眼睛盯着申韦尔，嘴唇抿成了一条细线。

“是扮成黑人，申韦尔先生。不是真的黑人。我喜欢。”

“谁他妈的管你喜不喜欢？”申韦尔脸上的表情是想知道的。

马尔文含蓄一笑，香烟搁在烟灰缸边沿。他又把椅子拉远了点。

“还以为我想抢了你的工作，申韦尔？”

“是啊。我也欠你一巴掌呢。”他收回烟灰缸边上的手，在桌布上擦干净，握紧拳头。“就现在？”

一个侍应抓住他的胳膊，让他转了个向。

“先生，你找不到自己的桌子了？这边走。”

申韦尔拍拍侍应的肩膀，试图用另一条胳膊勾住他的脖子。“好极了，我们一起喝一杯。我不喜欢这些人。”

他们走远了，消失在桌子之间。

马尔文说：“让这地儿见鬼去吧，托尼。”他闷闷不乐地盯着乐台，眼神变得决绝。

金发女孩穿着带白毛领的白外套出现在贝壳型的舞台边上，走到背面，又在不远处现身。她沿着包厢一直走到塔戈站立的地方，钻进两间包厢之间的空隙，消失不见了。

马尔文说：“是啊。让这地儿见鬼去吧。托尼，我们走，”低沉的嗓音透露出怒气。接着又变得紧绷，极其轻柔：“不——再等等。我看见了另一个我不喜欢的人。”

那个人站在如今空空荡荡的舞池远处。他正沿着弧形的边缘穿过桌子。没戴帽子的他看上去略有不同。然而，苍白消沉的脸还是面无表情，双眼离得很近。他还年轻，不会超过三十，但已经有了谢顶的困扰。左臂下略微突起的手枪几乎不会引起别人的注意。从琼·阿德里安的套房里面逃走的就是这个男人。

他来到塔戈已经离开的弧形走道，钻进琼·阿德里安先前进入的两间包厢之间的空隙。

马尔文尖声说："在这里等我，托尼。"他推开椅子，站起来。

有人在他背后嗖地打来一拳。他一个转身，凑近申韦尔汗涔涔、笑嘻嘻的脸。

"后退，伙计，"鬈发男人大笑着打中了马尔文的下巴。

这是短促的一击，对于一个酒鬼来说还算正中位置。马尔文失去了平衡，步履踉跄。托尼·阿科斯塔像猫一样咆哮着站起来。马尔文还在晃晃悠悠，申韦尔又是一拳。只是这拳太慢，太偏。马尔文躲过攻击，挥拳狠狠击中鬈发男人的鼻子，收回时已是鲜血淋漓，他接着又把这些血悉数奉还在了申韦尔的脸上。

申韦尔摇摆着向后退了一步，一屁股坐在地板上。他一手捂住鼻子。

"托尼，看住这个家伙，"马尔文迅速发话。

申韦尔扯下最近的桌布。桌布离开桌面的同时，银器、玻璃杯以及瓷器也哗啦啦掉在地上。男人在咒骂，女人在尖叫。侍应怒气冲冲地跑过来。

马尔文几乎没有听见那两声枪响。

枪声很弱，两声之间离得很近，这是一把小口径的手枪。冲上前的侍应应声倒地，嘴巴周围登时出现一圈深陷的白色凹痕，就像是用鞭子抽出来的一样。

尖鼻的黑肤女人张嘴大叫，却发不出任何声音。枪声响起后，有那么一瞬间，没有人发出任何声响，就好像再也不会有任何声音。接着，马尔文狂奔起来。

他在翘首站立的人群中左冲右突，到达白脸男人走过的弧形通道入口处。包厢由高墙包围，推门却不高。门上露出一个个脑袋，但没有人站在通道上。马尔文踏上铺了地毯的斜坡，远处的包厢大门敞开。

穿着黑裤子的两条腿松松垮垮地倒在地上，透过大门隐约可见。黑鞋的鞋尖指向包厢。

马尔文甩开一条胳膊，冲到事发地。

男人横躺着穿过桌子一头，腹部和一侧脸庞挂在白色桌布上，左手则落在桌子和软垫椅之间。留在桌上的右手虚握住一把点四五的黑色大枪。光秃秃的脑袋在灯光下闪着幽光，手枪在一旁泛出金属油光。

鲜血从胸膛流出，刺目的红色映衬着白桌布，就像慢慢渗入吸墨纸。

杜克·塔戈站在包厢深处。白色哔叽外套的左手支在桌头。琼·阿德里安坐在他边上。塔戈茫然地看向马尔文，就好像从未见过这人。他伸出宽大的右手。

一把小巧的白柄自动手枪出现在掌心。

“我开的枪，”他口齿不清地说。“他朝我们开枪，我回击了。”

琼·阿德里安的双手绞动着手帕一角。她的脸紧绷、冷漠，但并不恐惧。双眼幽深。

“我开的枪，”塔戈说。他把小手枪扔在桌布上，手枪弹了一下，差点撞到死者的脑袋。“我们——我们离开这儿。”

马尔文一手按住横尸的男人脖颈一侧，停留了一两秒之后，收回手。

“他死了，”他说。“小老百姓惹是生非——那就成新闻了。”

琼·阿德里安直愣愣地盯住马尔文。他投去一个微笑，一手抵住塔戈的胸膛，把他往后推。

“坐下，塔戈。你们现在不能走。”

塔戈说：“好吧——可以。我开的枪，明白喽。”

“没问题，”马尔文说。“放轻松。”

此刻，人群乌泱泱地挤在他身后。他抵住人群的压力，笑盈盈地看向女孩惨白的脸色。

5

本尼·齐拉诺就像两个叠在一起的鸡蛋，小点的是脑袋，安在身体这个大鸡蛋上。两条小短腿还有套在高档皮鞋里的两只脚塞在漆黑无光的办公桌底下。他用牙齿紧紧叼住手帕的一角，并用左手拉扯，肥短的右手捂住嘴巴，阻隔住空气。说话的声音在手帕下面朦朦胧胧的。

“现在等上一分钟，伙计们。就一分钟。”

办公室一角是一张内嵌式的条纹沙发，杜克·塔戈坐在正中，两个警察各坐一边。塔戈的脸颊上有块淤青，浓密的金发乱糟糟的，黑色缎子衬衫似乎被拉扯得皱巴巴。

其中一个警察，灰发、兔唇。另一个警察黑色眼珠，头发和塔戈一样是金色的。两人看上去都怒气冲冲，金发的更甚。

马尔文跨坐在靠墙的椅子上，懒洋洋地看向坐在旁边皮摇椅里的琼·阿德里安。手帕在两手间绞作一团，她在用手帕擦拭手心。这个动作已经持续了很长时间，就好像她压根不记得自己在干吗。樱桃小嘴生气地抿紧。

格斯·奈沙卡尔靠在紧闭的大门上抽烟。

“现在等上一分钟，伙计们。”齐拉诺说。“你们没惹毛他，他也不会回击。他是个好孩子——我见过的最好的。让他喘口气。”

鲜血从塔戈嘴角渗出，沿着细流淌下翘起的下巴，在那里汇合、发光。他面无表情。

马尔文冷冷地说道：“本尼，你允许这些家伙动粗？”

金发警察咆哮起来："你还拿着私家侦探执照啊，马尔文？"

"没啥用，我这么想。"马尔文说。

"或许我们可以收回你的执照。"金发还在咆哮。

"或许你可以来一段扇子舞，警察。据我所知，你是个聪明伶俐的全能型小伙。"

金发警察嚯地起身。年纪稍长的一位说："让他去。给他一点儿空间。如果他越界了，我们就可以制住他。"

马尔文和格斯·奈沙卡尔相视露齿一笑。齐拉诺做了一个无能为力的手势。女孩透过睫毛看向马尔文。塔戈张了张嘴，噗地吐出一口血，溅在身前的蓝色地毯上。

有人在推门，奈沙卡尔挪到一边，利落地敞开大门。麦克切斯尼走进来。

刑事警官麦克切斯尼，高个，土黄色头发，四十来岁，灰白眼珠，狭窄的脸庞生性多疑。他关上门，插上钥匙，慢慢踱到塔戈前面。

"死透了，"他说。"一枪在心脏下面，一枪正中心脏。射得漂亮。"

"当你不得不开枪，那你就必须开枪，"塔戈讷讷地说道。

"谁干的？"灰发警察一边询问同伴，一边沿沙发走动。

麦克切斯尼点头。"托奇·普朗特。职业杀手。我这两年从没见过他。右手枪法很准。一个吸毒的小流氓。"

"有本事才能做这种买卖。"灰发警察说。

麦克切斯尼的长脸严肃，但不严厉。"搞到了持枪执照，塔戈？"

塔戈说："是的。本尼两周前给我弄了一张。我最近受到很多威胁。"

"听着，中尉，"齐拉诺尖声尖气地说，"有些赌徒在恐吓他，要他作弊，明白不？塔戈要先在比赛中占得上风，最后再输掉，这样他们就能大把大把地赢钱了。我告诉塔戈，或许你可以这么干一票。"

"我差点就这么做了，"塔戈闷闷不乐地表示。

“所以他们派了杀手来杀他。”齐拉诺说。

麦克切斯尼说：“我没有否定的意思。塔戈，你是怎么下的手？你的枪在哪里？”

“我屁股后面。”

“拿给我看。”

塔戈把手伸向右侧的屁股袋，迅速掏出手帕，手指似是勾住了枪管。

“口袋里的手帕？”麦克切斯尼问，“包着手枪？”

塔戈发红的大脸阴沉下来。他点头。

麦克切斯尼随意欺身向前，从对方手中抽出手帕。他凑上去，嗅了嗅，把它展开，又嗅了嗅，叠好，塞进自己的口袋。脸上没有任何表示。

“塔戈，他说了什么？”

“他说：‘我来给你带个话，废柴，这就是。’接着，他想开枪，可弹夹有点卡住。我率先拔出了枪。”

麦克切斯尼淡淡一笑，身子向后仰去，重心全压在脚后跟上，晃晃悠悠的。淡淡的笑容消失在修长鼻子的末端。他上下打量起塔戈。

“是啊，”他声音轻柔。“凭着一把点二二，我会说这他妈的真是漂亮的一枪。你这大个子倒是手脚灵活……谁受到威胁？”

“我，”塔戈说。“通过电话。”

“听得出声音？”

“应该是同一个人。我不太肯定。”

麦克切斯尼步伐僵硬地走到办公室另一头，站了会儿，端详起手工涂色的运动图画。他慢慢踱回来，朝大门走去。

“这么个人没多大意思，”他从容表示，“但我们有活要干。你们两个进城做份笔录。我们走。”

他走出房间。两个警察站起来，杜克 · 塔戈仍在两人中间。灰发男子不耐烦地说：“伙计，表现得友好点。”

塔戈反唇相讥："那我要去洗把脸。"

他们走了出去。金发警察等着琼·阿德里安走到他前面。他把门带上，冲着马尔文吼道："至于你们——疯子！"

马尔文轻声说："我喜欢他们。这是我内心向往，警察。"

格斯·奈沙卡尔哈哈大笑，他关上门，走到办公桌边。

"把我笑的，都快抖成本尼的第三个下巴了，"他说。"我们喝杯白兰地吧。"

他倒了三杯三分满的酒，举起其中一杯走向条纹沙发，他舒展开两条长腿，脑袋后仰，啜饮起白兰地。

马尔文起身，一口闷下杯中物。他掏出香烟，在指尖揉搓，两眼直勾勾地上下打量齐拉诺光洁的白脸。

"今晚的比赛，你卖了多少钱？"他柔声问道，"赌局。"

齐拉诺眨巴起眼睛，肥硕的手拂过嘴唇。"几千。就是每周的常规赛。没人会注意的，不是吗？"

马尔文把烟塞进嘴里，俯身在办公桌上，擦燃火柴。他说："如果是，那么谋杀在这个城里就会变得太过廉价。"

齐拉诺一声不吭。格斯·奈沙卡尔喝完最后一滴白兰地，小心翼翼地把空酒杯放在沙发边的软木桌上。他默默望向天花板。

过了一会儿，马尔文冲两人点了点头，穿过房间，走了出去，并在身后关上门。他穿过走廊，两边的化妆室大门敞开，黑洞洞的。穿过装有帷幕的门洞就到了舞台后侧。

前方，领班站在玻璃门边，看着外面的大雨还有身穿制服的警察背影。马尔文踏进空荡荡的衣帽间，找到自己的帽子和大衣，穿戴整齐后，站定在领班身边。

他说："我猜，你没有注意到和我同来的小孩去哪儿了？"

领班摇头，伸手开门。

“这里有四百个人——警察到来之前，有三百人急匆匆地走了。对不起。”

马尔文点头，走进雨中。穿制服的人随意地瞥了他一眼。他穿过马路，走到停车地点。车没了。他环顾马路，在雨中站了一会儿，接着朝梅尔罗斯路走去。

不消片刻便看到一辆出租车。

6

卡龙德莱特公寓车库的坡道划出一道曲线，没入半明半暗的冷冽空气中。映衬着洗刷过的白墙，这些黑乎乎的汽车看上去不太吉利，狭小办公室内的唯一一盏吊灯散发出无情的光线，照亮死寂的房子。

一个黑人大个子身穿脏兮兮的连体服，揉搓着眼睛走进房间，接着他咧嘴大笑。

“好啊，马尔文先生。你今晚是不得安宁啊。”

马尔文说：“下雨天，我总是有点疯狂。我猜我的破车不在这儿。”

“不在，马尔文先生。我一直在这里擦车，没看见你的。”

马尔文木然表示：“我把它借给了朋友。他可能把车弄坏了……”

他轻轻一弹，半美元的硬币抛入空中。他沿着斜坡来到侧路上，转身朝公寓背面走去，小巷一边是公寓车库的后墙，另一边则矗立着两幢木屋以及一幢四层砖楼。“布莱恩公寓”的字样镌刻在大门上方的乳白色球体上。

马尔文走上三级水泥台阶，试图拉门。门锁上了。他透过玻璃门板观察昏暗、无人的小厅。他掏出两把万能钥匙；第二把打开了一点。他用力拉住门，又试了第一把，恰好能有足够的空当把门闩挑开。

他走进去，看了眼没人的接待台，一块“经理”标牌放在按铃边上。

墙上挂着一个长方形木柜，分割成标上号码的小空格。马尔文绕过接待台，从最上层的空格中摸索出一本皮质登记簿。他翻过最后三页，读出上面的人名，锁定稚嫩的笔迹："托尼·阿科斯塔"，房门号是另一个人写上的。

他放好登记簿，走过自动电梯，爬上四楼。

走廊十分安静。天花板的照明装置洒下微弱的灯光。左手边最后一扇房门泄出一丝光线，照亮了气窗。这是 411 号的房门。他伸出手准备敲门，但在碰到门之前又缩了回来。

门把手上满是污渍，像是血迹。

马尔文低头一看，门前褪色的地板上面竟有一摊鲜血，已经触到了长条地毯的边缘。

手套中的手顿生冷汗。他脱下手套，稳住手，有那么一瞬间他的手僵硬得如同爪子，他慢慢晃动。锐利、紧张的视线扫过双手。

他掏出手帕，包裹住把手，慢慢转动。门没锁。他走了进去。

视线穿过房间，他很轻地叫道："托尼……哦，托尼。"

接着，他从身后关上门，锁上房门，其间手帕一直在手里。

天花板正中央垂下三根黄铜链条，吊住一个碗形灯具，光线正是从那里散发出来的。它照亮了一张定制的床、一些画、浅色家具、暗绿色的地毯、四四方方的桉木写字台。

托尼·阿科斯塔坐在写字台后面。脑袋垂在左手臂上。在他坐着的椅子下方，在椅子腿和他的两条腿之间，有一摊发光的棕色液体。

马尔文步履僵硬地穿过房间，脚踝在迈出第二步时就开始发疼。他走到写字台边，抚上托尼·阿科斯塔的肩膀。

"托尼，"他的声音朦胧、低沉、意味不明。"我的天啊，托尼！"

托尼纹丝不动。马尔文绕到他边上。抵住腹部的毛巾吸饱了鲜血，变得异常刺眼，垂落在紧闭的两腿之间。拳曲的右手倚在桌边，似要借力起身。就在脸下，压着一封笔迹潦草的信。

马尔文慢慢抽出信，举到眼前，似乎这薄薄的纸颇有分量，他读起那些歪歪扭扭的字迹。

“跟踪他……意大利人聚居区……库特街 28 号……修车行那儿……开枪打我……认为我得到……他……你的车……”

一条直线画到纸张边缘，最后变成了一个污点。钢笔落在地上。信上面有一个大拇指的血手印。

马尔文小心翼翼地把信折好，以免破坏指纹，把信收在皮夹里。他托起托尼的脑袋，微微转向自己。脖颈仍然温热；开始渐渐发僵。托尼温柔的黑眼珠死不瞑目，含有猫瞳那静谧的光芒。这是刚刚死去的人看着你的时候会有的类似眼神。

马尔文温柔地把他的脑袋搁在伸出的左臂上。他随意地站着，脑袋歪向一侧，两眼睡意蒙眬。接着，他突然挺直脖子，眼神变冷。

他脱下雨衣以及外套，卷起袖子，在屋角的盥洗盆中弄湿毛巾，走到门边。他擦干净门把手，又弯腰擦拭流到门外地板上的血迹。

他洗干净毛巾，晾起来吹干，又仔细擦手，重新套上外套。他用手帕打开气窗，从外面把门锁上，再从气窗把钥匙扔进去，听得房内发出一声脆响。

他走下楼梯，离开布莱恩公寓。天还在下雨。他走到街角，看向绿树遮阴的街区。他的汽车就在距离十字路口十二码远的地方，停得妥妥当当，车灯都熄灭了，钥匙藏在内燃机的点火装置里。他取出钥匙，用手摸了摸驾驶座。座位湿湿的，黏黏的。马尔文擦干净手，摇上玻璃，锁好车。把车留在了原地。

回卡龙德莱特公寓的路上，他没碰见任何人。斜织的大雨仍倾盆浇在空旷的马路上。

7

914的房门下面露出一丝灯光。

马尔文轻轻叩响房门，四下打量走廊，等待的间隙，戴着手套的手指抚过门板。他等了好长时间。一个疲倦的声音从木门后面传来。

“谁啊？”

“特德·马尔文，天使。我必须见你。有要紧的事儿。”

门应声而开。他看见一张疲乏惨白的脸，无光的眼珠成了蓝灰色而非紫罗兰色。眼睛下面的黑眼圈似乎是把睫毛膏揉进了皮肤。女孩有力的小手攥住门框。

“你啊，”她倦怠地说，“猜到是你。是啊……好吧，我只是想洗个澡。身上有股警察局的味儿。”

“十五分钟？”马尔文随意发问，锐利的视线却停留在她脸上。

她缓缓耸肩，点头同意。房门在他眼鼻子底下砰地关上。他穿过走廊，回到自己的房间，脱去帽子和外套，倒上一杯威士忌，然后走进浴室，从盥洗盆上方的小龙头里接了杯冰水。

他喝得不快，透过窗户俯瞰黑漆漆的大马路。时不时有辆汽车开过，两道不知来自何处的白光漫无目的地来回扫射。

他喝完酒，脱得一丝不挂，走到花洒下面。接着，他换上干净衣服，往大酒壶里重新灌满酒，放进内侧口袋，从手提箱中取出一把短管手枪，拿在手里端详了一分钟。他把枪放回手提箱，点燃一支烟，深深吸了一口。

他戴上干燥的帽子，穿上粗花呢外套，走回914号房。

房门可疑地半开着。他轻敲一下，闪进房内，把门关上，走进客厅，看向琼·阿德里安。

她坐在长沙发上，脸色焕然一新，松松垮垮的深紫色睡衣外面套了一件中式外套。一缕湿漉漉的头发耷拉在一边太阳穴上。她精致平静的面容如同浮雕的宝石，即使倦容那也是青春少艾的。

马尔文说："来一杯？"

她的动作不置可否。"行啊。"

他拿出酒杯，把威士忌和冰水掺在一起，走到长沙发边。

"他们还扣着塔戈？"

她的下巴微微前倾，盯住自己的酒杯。

"他逃走了，半路把两个警察撞到墙上。他们喜欢这家伙。"

马尔文说："关于警察，他还有得学。明天一早，照相机都会为他架设好。我能想到一些漂亮的标题，比如：知名拳手开枪也快。杜克·塔戈把人贩子送入地狱。"

女孩喝着酒。"我累了，"她说。"脚还发痒。我们来谈谈你的要紧事儿吧。"

"当然。"他翻开烟盒，拿起一支举到女孩下巴下。她摸索着接过烟，这当口男人说道："在你点烟的时候，告诉我你为什么开枪。"

琼·阿德里安的双唇抿住烟，低头凑向火柴，深吸一口，脑袋向后甩去。眼珠的色彩慢慢苏醒，抿紧的唇线划出一个浅笑。她没搭话。

马尔文看了她一分钟，酒杯在两手间交换。接着，他直勾勾地盯着地板，开口道："枪是你的——下午我在这里捡起过这把枪。塔戈说他是从屁股袋里掏出的枪，那就是全世界最慢的掏枪了。他当然有可能开了两枪，足够杀死一个人，这人竟然来不及从肩套内取出手枪。胡说八道。但是你在包里放了把枪，你知道枪手是谁，你可以搞定。这人是监视塔戈的吧。"

女孩冷淡地说："我听说你是私家侦探，还是一个政客头目的儿子。城里的人说起你，似乎有点怕你，害怕你认识的人。谁唆使你来跟踪我的？”

马尔文说：“他们不是害怕我，天使。他们只是像这样谈论，来观察你的反应，看看我是否牵涉其中，诸如此类。他们并不知道所有的事。”

“关于整件事，他们知道得已经足够多了。”

马尔文摇头。“警察绝不会相信不费吹灰之力得到的消息。精心编织的故事，他们早已司空见惯。我相信麦克切斯尼的智慧已经认定是你开的枪。他此刻已经知道塔戈的手帕是否和枪一起放在口袋里的。”

柔软的手指丢掉吸了一半的香烟。窗帘随风打了个转，吹动了烟灰缸中松软的烟灰。她慢慢开口：“好吧。我开的枪。经过了下午的事，你认为我还会犹豫吗？”

马尔文揉搓起耳垂。“我太过掉以轻心了，”他柔声道。“你不知道我心里装的是什么。有些事发生了，一些肮脏的事。你以为那个枪手是来要塔戈的命？”

“我这么认为——否则的话，我也不会开枪杀人。”

“我认为或许只是恐吓。就像另一桩恐吓。毕竟，夜总会这地方并不适合逃跑。”

她尖声道：“他们不会查这些下三滥的勾当。他本可以全身而退。他当然是要杀人。还有，我当然没有让杜克替我顶罪。他只是从我手中夺下枪，主动开了一枪。这有什么关系？我知道最后一切都会有个了结的。”

她魂不守舍地戳动仍在烟缸里面燃烧的香烟，两眼低垂。过了会儿，她似是喃喃自语：“这就是你想知道的一切？”

马尔文的目光扫向一边，头没有动，直到可以看见女孩脸颊和喉咙刚毅的曲线。他的声音闷闷的：“申韦尔牵扯其中。和我一同出现在齐拉诺夜总会的小伙子跟踪申韦尔到他的藏身处。申韦尔开了枪。他死了。他死了，天使——只是个男孩，在这幢公寓上班。托尼，一个公寓领班。警察还不知道这事。”

电梯门的叮当声穿过沉寂的走廊变得滞重。雨中的林荫大道响起凄厉的喇叭声，余音缭绕。女孩突然向前一软，倒向一边，横在马尔文膝头。她的躯体呈侧卧，背部几乎是倚着男人的大腿，眼睑跳动。眼睑上细小的蓝色血管在柔肤下面微微凸起。

他的双臂慢慢地虚抱住她，然后用力将其抬起。他扶起女孩的脸庞凑向自己，在其嘴角印下一个吻。

女孩睁开眼，茫然直视。他又用力亲了她一下，然后让她在沙发上坐直。

他平静地说：“这不简简单单是出戏，对吗？”

她跳起来，转个圈。声音低沉、紧张、愤怒。

“你这人真可怕！就像——魔鬼。你来到这里，告诉我另一个人被杀了——接着你吻了我。这不是真的。”

马尔文回答的声音单调枯燥：“任何一个男的突然爱上了另一个人的女人，他总是有点可怕的。”

“我不是他的女人，”她不耐烦地表示。“我甚至都不喜欢他——我也不喜欢你。”

马尔文耸肩。两人充满敌意地对视。女孩咬紧牙齿，用近乎粗暴的语气说：“滚出去！我没法继续和你说话。我受不了你。你能离开吗？”

马尔文说：“为什么不？”他起身，穿过房间，拿上帽子和外套。

女孩发出凄厉的抽泣声，她快步穿过房间，走到窗边，一动不动地以背示人。

马尔文看着她的后背，走到她身旁，目光停留在后颈的秀发上。他说：“你究竟是为什么不让我帮助你？我知道有问题。我不会伤害你的。”

女孩对着身前的窗帘怒吼道：“给我滚！我不需要你的帮助。离开，离得远远的。我不想再看见你——永远。”

马尔文慢悠悠地说：“我认为你需要帮助，无论你喜欢与否。写字台上相框里面的男人——我觉得我认识他。而且，我认为他没有死。”

女孩转身，面如白纸。她直勾勾地看着他的双眼。她的呼吸声变得滞重、刺耳。似乎过了很长时间，她说：“我认栽了。栽了。你没有什么可以做的。”

马尔文举起一只手，手指缓缓滑过女孩的脸颊，紧绷的下巴形成的弧线。他的眼睛闪烁着无情的棕色光芒，嘴唇含笑。一个狡猾，可以称为欺诈的笑容。

他说：“我搞错了，天使。我并不认识他。晚安。”

他穿过房间和小小的门廊，打开房门。房门开启之际，女孩攥住窗帘，慢慢用它擦拭脸庞。

马尔文没有关门。他静静地站在门口，看着两名持枪男子。

两人站得离门很近，似乎正准备敲门。其中一人身材粗笨，神情阴郁。还有一个是白化病患者，两眼血红，脑袋狭窄，被雨水弄湿的帽子下面露出雪白的头发。他有一口又细又尖的牙齿，咧嘴一笑就像只老鼠。

马尔文正要关上身后的房门，白化病人说：“别关，乡巴佬。我是说门。我们要进去。”

另一人凑上前来，左手仔仔细细地按了一遍马尔文的身体。他让到一边，说：“没家伙，不过胳膊下面有个酒壶。”

白化病人以枪示意。“退后，乡巴佬。我们也要那个娘们。”

马尔文声音呆板：“兄弟，没必要用枪。我认识你，还有你的老板。如果他想见我，我很高兴和他说说话。”

他转身走回房间，两名持枪男子紧随其后。

琼·阿德里安没有动过。她仍站在窗边，窗帘紧贴脸颊，双目紧闭，她似乎并没有听到门外的动静。

接着，她听见他们走进房间，猛地睁开了双眼。她缓缓转身，越过马尔文直视两名持枪男子。白化病人走到房间中央，一声不吭地环视四周，又进了卧室和浴室。门打开又关上。他走回来，步伐静得像只猫，他敞开外套，把帽子往后推。

“穿上衣服，小姐。我们不得不冒雨外出。行吗？”

女孩看向马尔文，他耸耸肩，微微一笑，摊开双手。

“天使，就这么着，最好听他们的话。”

她的脸上露出淡漠、轻蔑的神情，缓缓开口道：“你——你——”声音渐渐弱了下去，变成无意义的咕哝。她身形僵硬地穿过房间，走进卧室。

白化病人把香烟塞进刻薄的嘴唇，爆发出含混的笑声，似乎嘴里满是唾液。

“乡巴佬，她似乎不喜欢你啊。”

马尔文皱起眉头。他缓缓踱到写字台边，臀部靠在桌边，双眼直视地面。

“她以为我出卖了她。”他闷闷说道。

“可能就是这么回事，乡巴佬。”白化病人故意拉长了语调。

马尔文说：“最好看住她。她身上有枪。”

他的双手不经意间探向身后的写字台，轻轻敲击桌面，不动声色地合拢皮质相框，把它塞到吸墨台下面。

8

马尔文一手支在轿车后排座位中间的软垫扶手上，撑住下巴，透过有点雾气的车窗玻璃，直勾勾地看着雨水。车前灯映照出浓稠的白雾，雨点砸向车顶的声音如同远处传来的隆隆鼓声。

琼·阿德里安坐在扶手另一边的角落里。她戴了一顶黑色帽子，一缕缕丝般光滑的头发垂落在灰色外套上，比羊羔毛要长得多，但不太卷。她既不看向马尔文，也不和他说话。

白化病人坐在副驾驶座上，开车的是那个粗笨、黝黑的家伙。他们驶过一条条安静的马路，掠过一片朦胧的房屋、树木和街灯灯光。浓雾后面闪烁着霓虹灯招牌。看不见天空。

接着，汽车进入了上坡路，十字路口有一盏弧形灯，微弱的灯光照亮一块路牌，马尔文默默念出“库特街”。

他轻声说：“老兄，这里是意大利人聚居区。大老板没以前有钱了嘛。”

白化病人回头瞟了他一眼，眼里的光一闪而过。“乡巴佬，你知道就行。”

汽车放慢了速度，驶过带格子门廊的大木屋前面，墙面铺满了圆润的鹅卵石，漆黑的窗户黑洞洞的。马路对面，人行道边的砖楼上挂有一块金属标牌，上面写着：保罗·佩鲁基尼殡仪馆。

汽车来了一个大转弯，驶入铺上砾石的车道。车灯射进开启的车库，滑行到闪闪发亮的大个子殡葬车边。

白化病人不耐烦地吼道：“都给我出来！”

马尔文说：“我看我们的下站旅程也都安排好了。”

“有趣的小伙儿，”白化病人咆哮道，“机灵鬼嘛。”

“呃，我就是嘴不饶人。”马尔文慢条斯理地表示。

黝黑的男人关掉引擎，打开大手电筒，关掉车灯，下了汽车。他把手电筒光射向角落处一段狭窄的木质阶梯。白化病人说：“乡巴佬，往上走。让那女孩走在你前面。我跟在后面，我手里有枪。”

琼·阿德里安走下汽车，从马尔文身边经过，并没有打眼瞧他。她径直走上台阶，三个男人尾随其后。

阶梯尽头出现了一扇门。女孩打开门，刺眼的白光照亮了所有人。他们走进那空荡荡的阁楼，四周的结构全都暴露在外，正前方开了一扇四四方方的窗户，但涂成了黑色，关得死死的。灯泡经由一根电线垂挂在餐桌上面，一个大块头端坐在桌边，手肘边的碟子里堆满了烟头，其中两个仍旧在冒烟。

一个瘦削、合不拢嘴的人坐在床边，左手边放了把鲁格枪。地毯破破烂烂的，屋内摆放着几件家具，角落处有扇半开的墙板门，可以看见里面的马桶还有浴缸一角，四个铸铁的脚稳稳地支撑起这款式样老旧、体积庞大的浴缸。

餐桌前的男人身形高大，谈不上英俊。胡萝卜色的头发，眉毛投下浓重的阴影，凌厉的四方脸，坚毅的下巴。厚实的嘴唇粗鲁地叼着香烟。身上的衣服看上去花了他很多钱，他似乎睡过了头。

他漫不经心地瞥了眼琼·阿德里安，叼着香烟说道："姑娘，坐下。好啊，马尔文。莱弗提，把枪给我，小伙子们都给我下去。"

女孩安安静静地穿过阁楼，坐上一把木头椅。床上的男人起身，把鲁格放在餐桌上，大个子的手肘边。三人下了楼梯，任由门开着。

大个子把玩着鲁格，直勾勾地打量马尔文，语带讽刺地说："我是多尔·科南特。你可能记得我。"

马尔文随意地站在餐桌边，双腿叉开，双手插在外套口袋里，脑袋微微后仰。他半开半闭的眼睛睡意蒙眬，又冷彻心扉。

他说："记得。我帮我爸处理过你唯一一次惹上的麻烦。"

"小子，那不算麻烦。和上诉法院也没关系。"

"那么这次可能就有关系了，"马尔文随意说道，"绑架在本州可是棘手的案子。"

科南特呵呵一笑，连嘴都没打开。他神色阴晴不定，说道："我们别胡扯了。我们有买卖要谈，你知道得很清楚，这不是玩笑话。坐下——或者最好眼见为实。就在你身后的浴缸里。对啊，去看一看。接着我们再往下聊。”

马尔文转身推开墙板门，走进去。墙上安了灯泡，旁边有开关。他按下开关，俯身看向浴缸。

有那么一刻，他整个人都僵住了，连呼吸也屏住了。接着，他缓缓吐出口气，左手向后把门推上。他弯腰凑近了查看。

浴缸大得能容下一个人，现在就有一个躺在里面。他穿戴整齐，甚至还戴了顶帽子，尽管帽子一看就知道不是他本人戴上去的。他有一头浓密的棕灰色鬈发。脸上有血迹和擦伤，左眼内侧是个血窟窿。

是申韦尔，死了的他显出高大的身形。

马尔文倒吸一口气，缓缓直起身体，又突然俯下，直到能看清浴缸和墙壁之间的空隙，蓝色金属质地的东西在积尘中闪闪发亮。一把蓝色的钢枪。一把看似申韦尔的用枪。

马尔文迅速往回看一眼。没有关紧的门能看到阁楼的一部分，楼梯最上面几级，多尔·科南特安安静静放在地毯上的双脚。他慢慢地把手伸到浴缸后面，捡起手枪。弹夹内还有四发子弹。

马尔文敞开外套，把枪塞进裤腰带后束紧皮带，再次扣好外套。他走出浴室，仔仔细细地关上墙板门。

多尔·科南特隔着餐桌为他指了把椅子：“坐下。”

马尔文瞥了眼琼·阿德里安。她也在探究地打量他，在黑帽的反衬下，那张脸苍白如石头，黝黑的眼珠黯然无光。

他朝女孩做了个手势，淡然一笑。“是申韦尔先生，天使。他发生了意外——死了。”

女孩面无表情地直勾勾盯着他。接着，她剧烈地抖动起来。她又看向他，一言不发。

马尔文坐定在科南特对面的椅子上。

科南特打眼看着，又为白色的碟子添上一个烟蒂，他重新点燃一根烟，把火柴梗扔出餐桌的另一头。

他喷出一口烟，漫不经心地说："是啊，死了。你杀的。"

马尔文微微摇了摇头，笑道："不是。"

"伙计，别眨眼。你杀了他。佩鲁基尼这个意大利人住在街对面，他做殡葬生意，这块地也属于他，他现在把房子租给了那个男孩，赚点小钱。凑巧的是，佩鲁基尼也是我的朋友，帮了我很多忙。他把房子租给了申韦尔。他并不了解这人，但申韦尔付钱爽快。今晚他听到了枪声，于是把头探出窗户，看见有人正好坐进车里。他看见了车牌号码。你的车。"

马尔文再次摇头。"科南特，我没杀他。"

"证明给我看……那个意大利人立马跑过来，看见申韦尔躺在楼梯上，死透了。他把申韦尔拉上楼，放进浴缸。我猜是被鲜血淋漓的场面给弄疯了。接着，他搜了男孩的身，找到警察证，私家侦探的证件，他吓死了，打电话找我，当我听到名字时，我来了兴致。"

科南特打住不说了，定定地看着他。马尔文轻声说："你有没有听说今晚在齐拉诺夜总会发生的枪击案？"

科南特点头。

马尔文继续说："我在那儿，还有个小孩，他在公寓干活。就在枪击案发生前，这个申韦尔揍了我。小孩尾随申韦尔到了这里，他们互相开了枪。申韦尔喝醉了酒，他还担惊受怕着，我敢打赌肯定是他先开的枪。我都不知道小孩竟然有枪。申韦尔打中了他的腹部。他回到家里，死在了家中。他给我留了一张条。我留着它。"

过了会儿，科南特说："你杀了申韦尔，或者雇了男孩来干这事。至于原因嘛，他想退出你们的勒索生意。他把你出卖给了考特威。"

马尔文惊呆了。他猛地转头看向琼·阿德里安。女孩身体前倾，正眼瞧她，两颊涨红了，眼中闪过光亮。她轻声柔气地说："天使——对不起。我误解你了。"

马尔文浅浅一笑，转向科南特，说道："她还以为我是出卖者。谁是考特威？你的傀儡，那位州参议员？"

科南特的脸色有点变白。他小心翼翼地把香烟搁在碟子里，越过餐桌，冲着马尔文的嘴巴就来了一拳。马尔文连同椅子翻倒在地，脑袋撞上了地板。

琼·阿德里安立马站起来，牙齿咯咯作响。但她没有动弹。

马尔文一个打滚站了起来，并且扶起了椅子。他掏出手帕，按了按嘴巴后再次查看手帕。

楼梯上响起脚步声，白化病人的瘦削脑袋探进了屋里，手枪在更远处严阵以待。

"老板，有需要吗？"

科南特没看他就说道："出去——关上门——在外面待着！"

门关上了。白化病人的脚步声消失在楼梯上。马尔文的左手搁在椅背上，慢悠悠地前后晃动。右手仍拿着手帕。他的嘴唇肿了起来，还有了瘀青，双眼瞅向科南特手肘边的鲁格。

科南特拾起香烟，放入嘴中。他说："你大概以为我想从勒索中获得好处。不是的，老兄。我是要了结这事——所以这事会被了结掉。你要告密。我有三个小伙子待在楼下，他们正想练练手呢。咱们开始聊正经事吧。"

马尔文说："好啊——可楼下还有你的三个手下。"他把手帕塞进外套内侧，拿出来的时候多了把蓝色的手枪。他说："拿住鲁格的枪管，从桌上扔过来，扔到我够得到的地方。"

科南特没动。他眯缝起双眼。坚毅的嘴巴啐出香烟。他没碰鲁格。过上片刻后说道："你来猜猜，你会碰上啥事。"

马尔文轻轻摇头。他说："或许我并不在意呢。的确会发生些事，但我告诉你，你将一无所知。"

科南特直愣愣地看着他，还是没动。他盯了他好长时间，又端详起那把蓝色的枪。"你从哪里找到的？我的手下没搜你的身？"

马尔文说："他们搜了。这是申韦尔的枪。你的意大利朋友把枪踢到了浴缸后面。粗心大意啊。"

科南特伸出两根粗大的手指，把鲁格转了个向，推到餐桌另一头。他点点头，呆板地说："我输了。早该想到这点的。这回轮到我坦白了。"

琼·阿德里安快步穿过房间，站到餐桌的一头。马尔文越过椅子，用左手够到鲁格，滑入外套口袋，手也继续插在袋里。右手仍握着那把蓝色枪，搁在椅背上。

琼·阿德里安说："这人是谁？"

"多尔·科南特，地头蛇。约翰·迈尔森·考特威参议员是他在州参议院中的傀儡。至于考特威参议员，天使，你书桌相框里的男人就是他。那个你称为父亲的男人，你说他死了。"

女孩平静地表示："他是我的父亲。我知道他没死。我在问他要钱——十万。申韦尔、塔戈还有我。他没娶我妈，所以我是私生子。但我仍是他的亲骨肉。我有权利，他也没法抵赖。他待我母亲很薄情，连一个子儿也没留给她。他雇私家侦探跟踪了我好多年。申韦尔就是其中一个。我来到这里后结识了塔戈，申韦尔则从照片上认出了我。他记起来了。他跑去旧金山，弄了一份我的出生证明的副本。我保留着。"

她在手提包里摸索了一圈，打开内衬里的拉链小口袋，掏出一张折叠起来的纸。她把那张纸扔在餐桌上。

科南特盯着她瞧，一只手摸到那张纸，展开，研究起来。他慢悠悠地开口："这不能证明什么。"

马尔文的左手离开了口袋，也去够那张纸。科南特把它推给了他。

这是一份经过认证的出生证明副本，原文件标明的年份是 1912 年。文件上面记录了女婴的出生日期，阿德里安娜·詹妮·迈尔森，父母分别是约翰和安东尼娜·詹妮·迈尔森。马尔文把文件扔回桌上。

他说："阿德里安娜·詹妮——琼·阿德里安。科南特，这不算线索？"

科南特摇头。"申韦尔害怕了。他把风声露给了考特威。他慌了，所以躲到这里来。我猜这也是他被杀的原因。不可能是塔戈干的，他还在局子里。马尔文，我有可能是误会你了。"

马尔文愣愣地看着他，一声不吭。琼·阿德里安说："是我的错。我是那个该被骂的人。都搞砸了，我算是明白了。我想见见他，告诉他我很抱歉，他不会再听到任何关于我的消息。我希望他能做出保证，不会伤害杜克·塔戈。可以吗？"

马尔文说："天使，你可以做任何你想做的事。我有两把枪。但你为什么要等到现在？你为什么不通过司法途径找他？你也在表演歌舞秀。就算他要弄你，公众舆论也会站在你这边。"

女孩咬起嘴唇，低声说："妈妈始终不知道他的真实身份，甚至连他的姓都不知道。对于她而言，他就是约翰·迈尔森。我也是来了这里之后，碰巧在当地报纸上看见他的照片才知道。他变了，但我认出了他的脸。当然还有他的名字——"

科南特轻蔑地说："你没公开去找他，因为你知道得很清楚你不是他的孩子。你的母亲希望你是他的骨肉，这样她就可以得到一张饭票啦。考特威表示他能证明，他会这么做的，他要把你打回原形。相信我，小姐，他是那种心狠手辣的家伙，绝对不会让一件二十多年前的丑闻毁了他现在的政治前途。"

大个子用力地吐出烟蒂，继续说："我花了大把的钞票才把他推上这个位置，我要确保他待在那儿。所以我才出现在这里。小姐，别做梦了。我会施压的。你屁也捞不到，只能不停地说啊说。至于你的双枪朋友——他可能以前不知道，但他现在明白了，他是跳了个火坑。”

科南特把桌子拍得砰砰响，往后一靠，镇定地看向马尔文手中的蓝枪。

马尔文直视大个子的眼睛，非常和气地说：“科南特，今晚出现在齐拉诺夜总会的枪手——是你施压的手段？”

科南特爆发出刺耳的笑声，摇摇头。房门微微开了条缝。马尔文没注意到，他还是盯着科南特。但琼·阿德里安看见了。

她瞪大了双眼，大呼小叫地往后退，引起了马尔文的注意。

白化病人轻手轻脚地穿过房门，举着一把枪。

红眼闪着金光，咧开的大嘴爆发出放肆的笑声。他说：“这门可真是薄啊，老板。我都听见了。好不？……乡巴佬，扔掉枪，否则我把你们两个打得稀巴烂。”

马尔文微微转身，右手一松，蓝色的手枪掉在薄薄的地毯上弹了一下。他耸耸肩，张开双手，他没有看向琼·阿德里安。

白化病人缓缓向前移动，拿枪抵住马尔文的后背。

科南特起身绕过餐桌，从马尔文外套的口袋里搜出鲁格，举起它。他一言不发，连表情都没变过，就抡枪砸上马尔文的下巴。

马尔文双腿一软，摇摇晃晃地侧倒在地上。

琼·阿德里安惊声尖叫着扒拉住科南特。他把她甩到一边，把枪换到左手上，给了女孩一巴掌。

“小姐，给我住嘴。你现在啥乐子都有了。”

白化病人冲着楼梯下方招呼另外两名枪手上楼，接着他又站在那里咯咯笑。

马尔文一动不动地躺在地上。过了一会儿，科南特点上一根烟，指关节敲打起出生证明边上的桌面。他粗声粗气地说："她想见那个老家伙。好吧，她能见到他。我们一起去。有些事会变成丑闻。"他抬眼看向那个粗壮的手下。"你和莱弗提去城里，把塔戈从局子里弄出来，然后尽快把他送到参议员的家。快啊。"

两个手下跑下楼。

科南特低头看着马尔文，轻轻踢向他的肋骨，直到马尔文睁开眼睛，醒了过来。

9

汽车停在山顶上，后面是一对高耸的铸铁大门，里面是一幢别墅。别墅有扇门开着，黄色的灯光勾勒出一个身形高大的身影，那人穿着外套，帽子压得低低的。那人缓步走进雨里，双手仍插在外套口袋内。

雨滴打在他的双脚周围，白化病人靠在铁门栏杆上，上下牙齿叩得咔咔作响。大个子说："有何贵干？我能看见你。"

"赶紧的，乡巴佬，科南特先生要见你家老板。"

铁门内的人朝着潮湿的夜色啐了一口。"那又怎么样？知道几点了吗？"

科南特突然打开车门，走到铁门边上。雨声阻隔了汽车和门边的交谈。

马尔文缓缓转动脑袋，拍了拍琼·阿德里安的手。她立马推开了男人的手。

他温柔地说："你这个小傻瓜——哦，你这个小傻瓜！"

马尔文叹气。"天使，这真是欢乐时光啊。欢乐时光。"

门内的人掏出挂在长链条上的钥匙，打开了铁门，一直把铁门开到能用楔子固定住的位置。科南特和白化病人回到车边。

科南特站在雨中，脚后跟踩在踏板上。马尔文从口袋里掏出大酒壶，摸了摸壶身，看看有没有被砸出凹坑，接着拧开壶盖。他把酒壶凑向女孩，说："喝点酒，壮壮胆。"

她没搭理，也没动作。他自己喝完酒，放好，透过科南特厚实的身板看向湿淋淋的森林，那一连串亮着灯的窗户就像是悬挂在空中。

一辆汽车开上山顶，车前灯破开了潮湿的暗夜，它在马尔文的汽车后面熄了火。科南特走上前，探进脑袋，说了什么。汽车后退，转上车道，车灯的光线洒落在高墙上，消失了一会儿之后重又出现在车道顶部，如同白色的鹅卵石映衬着石头门廊。

科南特钻入私家车，白化病人一个转弯，跟着前一辆车驶上车道。最高处的水泥地停车场四周种植了柏树，一行人下了车。

台阶最上方的大门已然打开，身穿浴袍的男人站在门口。塔戈被两个男人牢牢架在中间，站在台阶的半道上。他没戴帽子也没穿外套。白色西装包裹住的魁梧身躯在两名枪手的对比下有如庞然巨物。

一行人走上台阶，进入屋内，跟随穿浴袍的管家进入一间挂满了某人先祖肖像的大厅，穿过呆板的椭圆形休息室，进入另一个大厅以及带护墙板的书房，书房内投下柔和的光线，还有厚重的窗帘和深色皮沙发。

有个男人站在气派的深色写字台后面，写字台摆在凹室中，周围是一圈书橱。他又高又瘦。那头白发浓密、健康。小小的嘴巴带着一点愤恨，黑色的眼珠深不见底，嵌在那张线条分明的脸上。他稍稍弯下腰，滚了缎边的蓝色灯芯绒浴袍包裹着这具瘦骨嶙峋的躯体。

管家关上门，科南特又打开，下巴朝两个枪手一抬，两人留下塔戈，走出了书房。白化病人踱到塔戈身后，把他推进沙发中。塔戈看上去茫然无措，傻乎乎的，脸上出现了一道污痕，双眼暴露出吸毒后遗症。

女孩快步走到他面前，说："哦，杜克——你还好吗，杜克？"

塔戈朝她眨巴眨巴眼，半咧开嘴笑起来。"所以你背叛了我，唔？别说了。我好着呢。"他的声音有点不自然。

琼·阿德里安离开他，独自坐下来，弓起后背，似乎冷得很。

高个男子冷冷地看过房里的每个人，了无生气地说："这就是勒索者——有必要半夜三更把他们都带来吗？"

科南特抖下外套，丢在立灯后面的地板上。他重新点了根烟，双腿开立站在房子中央，这是一个强壮、粗犷、自信的大个子。他说："女孩想见你，和你说声对不起，她不该动歪脑筋。穿奶白色外套的家伙名叫塔戈，是个拳手。他被牵扯进了今晚发生在夜总会的枪击案，他在局子里面还放肆乱来，于是被喂了安眠药，让他太平点。另一个人是特德·马尔文，老马库斯·马尔文的儿子。我还没搞明白他干吗搅和进来。"

马尔文干巴巴地说："州议员先生，我是私家侦探。我在这里，是为了捍卫我的客户，琼·阿德里安的利益。"他大笑起来。

女孩猛然看向他，接着又把视线转到地板上。

科南特粗声粗气地说："申韦尔，那家伙你认识的，被人打死了。不是我们下的手。这件事还要调查下去。"

高个男子冷淡地点点头。他坐回到写字台后面，拾起白色羽毛笔，用它来挖耳朵。

"科南特，你觉得该如何处理这件事？"他的声音听上去不太高兴。

科南特耸耸肩。"我是个粗坯，但这事还要走法律途径。告诉地方法院检察官，以敲诈勒索的罪名把他们投进牢里。编个故事打发新闻界，让时间冲淡一切。然后，把这几个小崽子赶出本州，警告他们永远别回来——诸如此类。"

考特威议员把羽毛笔挪到另一个耳朵边。"他们隔着老远的距离也可以作弄我。”他冷酷地表示，“我赞成来个你死我活，让他们该在哪儿待着就在哪儿待着。”

“你不能这么做，考特威，这会葬送了你的政治前途。”

“我厌倦了公众生活，科南特。我乐得退休。”高个男子嘴角一弯，浮现出浅笑。

“去你妈的，”科南特怒吼道。他一回头，不耐烦地喊道：“小姐，给我过来。”

琼·阿德里安起身，缓缓穿过房间，站到了写字台前面。

“你生的？”科南特咆哮起来。

考特威盯着女孩的脸看了好长时间，没有流露出任何的情绪。他放下手中的羽毛笔，打开抽屉，取出一张相片。他看看相片，又看看女孩，如此往复，最后冷淡地说：“照片是很多年前拍的，出奇的相似。我想我会毫不犹豫地说，这是同一张脸。”

他把照片搁在写字台上，又不急不徐地从抽屉里拿出一把自动手枪，放在了照片边上。

科南特端详着手枪，嘴巴扭作一团。他嘟嘟囔囔地说：“议员，没必要这么干。听着，你死我活的想法完全错了。我能从他们嘴里撬到更多细节，我们制得住他们。如果他们还要再玩次花招，那我们也有的是时间弄趴他们。”

马尔文微微一笑，踩过地毯，来到写字台的一头。他说：“我想看看照片。”说着，忽然俯身抽走了照片。

考特威瘦削的手落到手枪上，复又松开。他靠回椅背，只是盯住马尔文的一举一动。

马尔文端详完照片后把它放下，他温柔地对琼·阿德里安说：“回去坐下。”

她转身走回到沙发旁，百无聊赖地陷在里面。

马尔文说："我喜欢拼个你死我活的主意，州议员。这样简洁明了、直截了当，只是和科南特先生的策略南辕北辙。但没用。"他弹了下照片。"外貌只是相似而已。我认为并不是同一个女孩。耳朵轮廓不一样，而且她的耳朵位置稍低。两眼之间的距离比阿德里安小姐近，下巴线条更长。这些都是无法改变的。所以，你拿到了什么？勒索信。或许吧，不过你不能把这事牵扯到任何人身上，或者你已经这么干了。女孩的名字，纯属巧合。还有什么？"

科南特的脸色冷如磐石，嘴巴抿紧。他的声音有点颤抖："那她钱包里面的出生证明呢，聪明人？"

马尔文淡淡一笑，指尖摩挲过下巴。"我猜你是从申韦尔那里得到那张纸的？"语气中带着狡黠，"可他死了。"

科南特一脸怒容。他攥紧拳头，冲动得向前迈出一步。"为什么——你这个垃圾——"

琼·阿德里安往前一探，杏眼圆睁，瞪向马尔文。塔戈也盯着他看，嘴角挂着散漫的冷笑，眼神冷酷。考特威目不转睛地看向他，脸上没有一丝波澜。他坐了下来，轻松自在，似乎事不关己。

科南特忽然大笑起来，把手指拗得咔咔作响。"好啦，吹够了吧。"他轻蔑地冷哼道。

马尔文慢悠悠地说："我还要告诉你另一个原因，为什么根本没有你死我活一说。齐拉诺夜总会的枪声。塔戈受到威胁要输掉一场无关痛痒的拳赛。那个小流氓去过阿德里安小姐的房间，还把她打晕在了地上。你就不能动用一下你的智慧，把这一切串起来，科南特？我能。"

考特威身子突然前倾，手握住枪柄。漆黑的眼珠在冷若冰霜的脸上犹如两个窟窿。

科南特没动也没张嘴。

马尔文继续说："塔戈为什么会受到威胁，他没输掉比赛，为什么有个小流氓会尾随他到齐拉诺，而夜总会这个地方并不适合上演杀人戏码？因为在夜总会，他是和女孩在一起，而齐拉诺是塔戈的靠山，假如齐拉诺夜总会发生了任何事，警方就会先入为主地想到胁迫打假赛的故事上去，没有更多的时间思考其他。为什么要这么做。胁迫是为了掩盖谋杀。选择塔戈和女孩在一起时开枪，枪手就能杀了女孩，但看上去会让人以为塔戈才是目标。”

“他也想杀了塔戈，当然了，只是首要目标是女孩。因为她是这起敲诈勒索案背后的不安定因素，她死了，一切都没了意义，有了她，就可以进入生父确认诉讼程序，假如其他办法行不通的话。你知道她，也知道塔戈，因为申韦尔临阵退缩了，他抖出了一切。申韦尔认识那个小流氓——小流氓出现在夜总会时，我注意到了他——申韦尔知道我认出了小流氓，因为他听见我对塔戈说起过那人——之后，申韦尔想借着酒劲打我一顿，想要阻止我介入其中。”

马尔文停住不说了，他挠了挠脑袋一侧，慢条斯理，绅士范儿十足。他上下打量着科南特。

科南特说得很慢，尖酸刻薄：“我没玩花招，伙计。信不信随你——我没有。”

马尔文说：“听着。那个小流氓本可以在公寓内杀了女孩。他没有，因为塔戈没在现场，比赛还没打，那个幌子就要浪费了，他去公寓是为了近距离看下女孩，素颜的。女孩受了惊，手里举着把枪。所以他敲昏了女孩，夺路而逃。那次探路只是打个前站。”

科南特又说了一遍：“我没玩花招，伙计。”他从兜里掏出鲁格手枪，放在身侧。

马尔文耸耸肩，转头看向考特威议员。

“当然，是他做的。”他轻声说，“他有动机，但看上去又不像他的手法。他串通了申韦尔——如果出了纰漏，的确出了，申韦尔就开溜，如果警察够聪明，那么老流氓多尔·科南特就要栽进去了。”

考特威微微一笑，声音呆板：“年轻人脑子真好使，不过，很明显——”

塔戈站起来，脸色铁青。嘴唇慢慢翕动：“听上去对我不赖啊。我看我该拧断了你——他妈的脖子，考特威先生。”

白化病人咆哮道：“小流氓，给我坐下。”说着他举起了枪。

塔戈微微侧过身，冲着他的下巴就是一拳，那人被打得人仰马翻，脑袋砸在墙上。手枪也顺势脱离无力的手，滑落到地上。

塔戈一个箭步窜出去。

科南特斜眼看他，并没有动作。塔戈从他身边擦过。科南特纹丝未动。他那张大脸面无表情，眼睛眯缝成一条线，透过厚重的眼皮微微闪着光。

没人敢动，除了塔戈。考特威举起手枪，手指在扳机处泛白，手枪发出了怒吼。

马尔文敏捷地穿过房间，站在琼·阿德里安身前，把她和房内的其他人隔开。

塔戈低头看向双手，脸部扭曲着露出一个傻笑。他坐到地板上，用手捂住胸口。

考特威再次举起手枪，这次科南特有了动作。鲁格开出两枪。考特威的双手涌出了鲜血。手枪掉在书桌后面。他修长的身躯似乎要扑下去捡枪。最终，他弯成了两截，只有肩膀露出书桌桌沿。

科南特说：“站起来，拿上这个，你这个——两面三刀的家伙！”

书桌后面传来一声巨响。考特威的肩膀也看不见了。

过了会儿，科南特转到书桌后面，俯下身子，又站直了。

“他挨了一枪子，”他镇定地说，“穿过嘴巴。……我弄没了一个和蔼可亲、清白无辜的议员。”

塔戈的双手不再捂住胸口，他侧身跌倒在地板上，直挺挺地躺着。

房门唰地打开。管家站在门口，头发乱糟糟的，还打着呵欠。他想说些什么，但瞧见了科南特手中的枪，还有瘫在地上的塔戈，什么话也说不出来了。

白化病人爬起来，揉揉下巴，咬咬牙齿，晃晃脑袋。他步履蹒跚地靠墙走动，捡起自己的枪。

科南特冲他吼道："就他妈知道你是这个德性。打电话去。找值夜班的警察马洛伊——快啊！"

马尔文转身，用手挑起琼·阿德里安冰冷的下巴。

"天快亮了，天使。我看雨也停了，"他慢悠悠地说。他摸出酒壶。"喝一口吧——为了塔戈先生。"

女孩摇头，双手掩面。

很久之后响起了警笛声。

10

一脸倦意的瘦小伙身穿淡蓝和银色的衣服，那是卡龙德莱特公寓的制服，戴了白色手套的手挡住正要关闭的电梯门，说："科基的疖子好点了，但他没来上班，马尔文先生。领班托尼今早也没现身。有些人就是娇滴滴。"

马尔文站在琼·阿德里安身边，后者杵在角落里，电梯内只有他们三人。他说："这是你以为的。"

男孩涨红了脸。马尔文走过去拍拍他肩膀，说："别介意，小伙子。我整晚都在陪一个生病的朋友。拿着，再买份早餐。"

"天呐，马尔文先生，我可不是这意思——"

电梯门在九楼打开了，他们穿过走廊来到914号门前。马尔文掏出钥匙，打开门，他把钥匙插进内侧，站在门边说："睡会儿吧，睡到自然醒。把我的酒壶拿去，喝上一口。对你有好处。"

女孩走进屋子，回头说道："我不需要酒精。进屋待会儿，我有话要对你说。"

他关上门，跟随她走进房间。一道日光穿过地毯照到沙发上。他点燃香烟，愣愣地看着光线。

琼·阿德里安坐定，扔掉帽子，把头发弄得乱蓬蓬的。她沉默了片刻，接着开口了，慢条斯理，字斟句酌："你是个大好人，帮我摆脱了所有的麻烦。我不明白你为什么要这么做。"

马尔文说："我能想到一堆的理由，但却没法阻止塔戈被杀，这算是我的错。但从另一个角度看，这也不是我的过失。我没让他拧断考特威议员的脖子。"

女孩说："你以为你是硬汉，但你只是大傻帽，撞上了第一个惹上麻烦的流浪儿，你就让自己深陷其中。忘了吧。忘了塔戈，忘了我。我们两个都不值当你花上这些时间。我对你和盘托出，因为只要他们同意，我会立马走人的，我不想再见到你。再见。"

马尔文点头，看着地毯上的日光。女孩继续说："有点难开口。我说自己是流浪儿，并不是想博取同情。我被带去过很多卧室，我在很多肮脏的更衣室里脱过衣服，我常常吃不上饭，我说了太多的谎。所以我不想和你有任何牵连。"

马尔文说："我喜欢你的坦白。继续。"

她瞥了男人一眼，又看向别处。"我不是女孩詹妮。你猜到了吧。但我认识她。我们搞了一个蹩脚的姐妹组合，那时还流行女子组合表演。艾达和琼·阿德里安。我也用了她的姓。搞砸了，接着我们跑去路边卖艺，还是无人问津。她吞下毒药自杀了。我留下了她的照片，因为我知道她的故事。看着那个瘦长冷酷的家伙，想着他可能对她做过的事，我渐渐对他有了恨意。她是他的孩子啊。我从没想过她不是。我甚至给他写过信，想寻求帮助，只是一点点的帮助，以她的名义。从来没有回音。我恨他，恨得想要做些事，在她服毒自杀之后。后来，我下定决心要搏一下，于是就来到夜总会表演节目。”

她顿住不说了，手指紧紧地纠缠在一起，接着突然分开，就像是要自残。她继续说下去：“我通过齐拉诺结识了塔戈，又通过塔戈结识了申韦尔。申韦尔知道那些照片。他曾经为旧金山的一家侦探事务所工作过，被雇来监视艾达。剩下的事你都知道了。”

马尔文说：“听上去不错。我在想，为什么这事没早点发生。你是想让我以为你不贪钱？”

“不是的。我会拿走他的钱，但这不是我最想要的。我说了我是个流浪儿。”

马尔文淡然一笑，说：“天使，你并不知道什么叫流浪儿。你干了违法的事儿，然后被逮个正着。就是这样，但钱财也不能让你好过。那是脏钱。我知道。”

她抬头看向马尔文，直勾勾地看着他。他碰了碰女孩的侧脸，又瑟缩回来，说：“我知道，因为我的钱也是脏的。我父亲之所以能积累起财富，就是靠着在下水管道工程和路政工程上坑蒙拐骗，靠着特许赌场经营，靠着卖官鬻爵，还有更肮脏的呢，我敢这么说。他无所不用其极，运用政治手腕发家致富。等有了钱后，也没啥事可做了，除了守着这些钱，死后再传给我。金钱不能给我带来快乐。我总是希望钱能让我快乐，从来没发生过。因为我是他的崽子，我有他的血脉，我和他是一个模子里出来的。我比流浪儿更糟，天使。我靠坑蒙拐骗来的钱生活，我甚至不用自己动手窃取。”

他停下不说了，把烟灰弹在地毯上，正了正头上的帽子。

“想想吧，别跑得太远，因为我有的是时间，这对你没任何好处。

或许两个人一起远走高飞会来得更有意思。”

他朝门口走了几步，低头看那地毯上的阳光，又回头瞥了眼女孩，走出了房间。

房门关上后，女孩站起来，走进卧室，合衣躺在床上，全身放松下来。她直愣愣地看着天花板。过了好长时间，她露出了微笑。在微笑中，她沉沉睡去。

（黄雅琴　译）

RAYMOND CHANDLER

雷蒙德·钱德勒作品

PULP STORIES

“低俗”小说

钱德勒短篇小说全集（下）

〔美〕雷蒙德·钱德勒 著 黄雅琴 宋玲 宋佥 译

上海译文出版社

午街取货

1

一男一女缓慢步行，紧紧相依，路过一个字迹模糊的镂花广告牌，上面写着：惊喜旅馆。男人身穿一套紫色西装，油光发亮的平头上戴着一顶巴拿马草帽。他走路时悄没声地迈着外八字步伐。

女孩头戴一顶绿色帽子，一身短裙，透明丝袜，足蹬四英寸半的法式细高跟鞋。浑身散发着“午夜水仙”的香水味。

走到街角，男人凑近女孩，在她耳边低语。她一下躲开，咯咯直笑。

“要是你想把我带回家，你得买酒，斯麦勒。”

“下次吧，宝贝。身上碰巧没钱了。”

女孩的声音变得凶巴巴的。“那么走到下个街区我就跟你拜拜了，帅哥。”

“见鬼，宝贝，”男人说。

十字路口的弧光灯投射在他们俩身上。他们穿过宽阔的街道。在大街另一侧，男人一把抓住了女孩的胳膊。她用力挣脱他。

“听着，你个穷鬼！”她尖叫着说。“松开你的爪子！别在我面前装阔。去死吧！”

“你想要多少酒，宝贝？”

“很多很多。”

“我自己欠了一屁股债，哪儿来的钱？”

“你有手有脚，不是吗？”女孩嘲笑道。她不再尖叫了，再次依偎在他身边。“也许你有枪，大哥哥。有枪吗？”

“有的。不过没有子弹。”

“中央大街上的懒鬼并不知道这一点。”

“别这样，”穿紫色西装的男人咆哮道。他打了个响指，挺直了身子。“等等。我有主意了。”

他停下脚步，回头望向那个字迹模糊的镂花广告牌。女孩温柔地脱下一只手套甩过他的下巴。他闻到了手套上的香水味，“午夜水仙”。

男人再次打了个响指，在昏暗的灯光下，他咧着嘴大笑。“要是那个醉鬼还躲在道克那儿——我就有办法。等着我，嗯？”

“也许在家等你。你快去快回的话。”

“家住哪儿啊，宝贝？”

女孩盯着他。一抹微笑浮现在她饱满的嘴唇上，渐渐在嘴角隐去。一阵微风将一张报纸从沟渠中吹起，刮到了男人的腿上。他狠狠地踢开了报纸。

“东四十八街246号，卡利俄珀公寓4B房间。你多久能到？”

男人向前贴近她，手伸到背后拍拍自己的屁股。他的声音低沉、令人不寒而栗。

“等着我，宝贝。”

她屏住呼吸，点点头。“好吧，帅哥。我等你。”

男人转身走向坑坑洼洼的人行道，穿过十字路口，前往悬挂镂花广告牌的街道。他通过一扇玻璃门来到一个狭窄的大堂，一排棕色的木椅齐刷刷地靠着石灰墙。穿过椅子通向前台的空间仅能容一人通过。一个秃头黑人懒洋洋地靠在前台后，拨弄着领带上一枚硕大的绿色别针。

身穿紫色西装的黑人倚靠在柜台上，飞快勉强地微笑了一下。他非常年轻，下巴又尖又窄，额头狭长而无肉，一双凶恶的双眼目光闪烁。他客气地说：“那个嗓音嘶哑的拳击手还在吗？就是昨晚赌博的那个家伙。”

秃头服务员盯着天花板上成群的苍蝇。“没见他出去，斯麦勒。”

“我没问你这个，道克。”

“没错，他还在这儿。”

“还烂醉如泥呢？”

“应该是。还没出过门。”

“349 房间，对吗？”

“你不是去过吗？你想知道什么？”

“他昨晚把我洗劫一空了。我得找他借点钱。”

秃头面露不安的神色。这个叫斯麦勒的男人温柔地注视着他领带夹上的绿色宝石。

“滚远些，斯麦勒。没人敢在这儿撒野。我们可不是中央大道上的那些小旅馆。”

斯麦勒语气非常温和：“他是我朋友，道克。他会借我二十块的。我分你一半。”

他伸出手，摊开手掌。服务员久久地注视着他的手。接着他阴险地点点头，走到磨砂玻璃后面，然后慢慢走出来，目光迎着正对大街的正门。

他的手悬在斯麦勒的手掌上方犹豫了会儿。接到钥匙后，他揣进了那件廉价的紫色西装里。

斯麦勒的脸上闪现出一抹微笑，寒意森森。

“盯着点儿，道克——我上楼的时候。”

服务员说：“上去吧。有些客人回来得早。”他望着墙上绿色的电子钟。此刻是七点十五分。“隔墙很薄，”他又说道。

纤瘦的年轻人又飞快地对他咧嘴一笑，点点头，小心地沿着大堂来到阴暗的楼梯间。惊喜旅馆里没有电梯。

七点零一分，缉毒队卧底警探皮特·安格利奇在那张硬邦邦的床上翻了个身，瞧了一眼左腕上廉价的手表。他的双眼下黑眼圈很深，下巴上的黑色胡楂浓密厚实。他赤裸的双脚沾着地，穿着廉价的棉睡衣站起身，松了松全身肌肉，伸展四肢，绷直膝盖，弯下身子触碰到脚趾前的地板时，不由得发出一声痛苦的嘟哝。

他穿过房间，来到一个有裂口的衣柜前，拿出一夸脱廉价的黑麦威士忌，龇着牙灌了一口，然后把瓶塞推进瓶颈，用掌跟狠狠地砸了一下。

“伙计，我宿醉未醒吗，”他嘶哑着嗓子嘟囔道。

他望着衣柜镜子里的自己，盯着满脸的胡楂，还有喉咙上那道接近气管的白色粗疤。他声音沙哑，因为喉咙上挨的那颗子弹影响了声带。这是一种温柔的沙哑声，就像一个蓝调歌手的嗓音。

他脱了睡袍，一丝不挂地站在房间中央，脚趾在地毯边缘的一大块裂缝处摸索。他身板厚实，这使他看上去比实际要矮一些。肩膀削窄，鼻子有点儿厚，颧骨上的皮肤像皮革。一头又短又卷的黑发，眼神坚毅，嘴巴小巧而有型，是个反应敏捷的家伙。

他走进一间昏暗、肮脏的浴室，踏入浴缸，打开淋浴。水温吞吞的，不太热。他站在莲蓬头下，给自己擦肥皂，浑身上下都搓遍了，揉捏一下肌肉，最后冲洗干净。

他从架子上抽过一条脏兮兮的毛巾，将全身擦得发亮。

突然，从未关紧的浴室门后传来一阵微弱的声音，他不由得停下了。他屏住呼吸，侧耳倾听，又听见了声音，是木地板发出的嘎吱声，还有窸窸窣窣的布料声响。皮特·安格利奇走到门边，缓缓地拉开门。

那个身穿紫色西装、头戴巴拿马草帽的黑人正站在衣柜边上，手上拿着皮特·安格利奇的外套。他面前的衣柜上放着两把枪。其中一把是皮特·安格利奇用旧了的柯尔特手枪。房门关着，一把带着标签的钥匙掉在了门口附近的地毯上，仿佛它是从门上掉下来，抑或是从门外被推出来的。

斯麦勒任由手上的外套滑落到地上，左手拿着一只钱包。他右手举着柯尔特手枪，一脸阴笑。

“好吧，白小子。继续擦干自己吧，”他说。

皮特·安格利奇用毛巾裹着自己。他擦干身体，左手拿着湿毛巾，一丝不挂地站在那儿。

斯麦勒掏空钱夹后把它放在衣柜上，左手点着钞票。右手仍然举着枪。

“八十七块。不少钱。其中一部分是在赌桌上从我那儿赢来的，不过我要全拿走，伙计。放轻松。我跟这儿的经理是哥们儿。”

“给我留点儿，斯麦勒，”皮特·安格利奇扯着嗓子说。“这些是我的全部家当。给我留几个子儿，嗯？”他的声音厚重、粗哑，仿佛喝了酒。

斯麦勒露出闪闪发亮的牙齿，摇了摇他那细长的脑袋。“办不到，伙计。我有个约会，需要这笔钱。”

皮特·安格利奇向前迈了一小步，站住身子，局促地笑了笑。他自己的手枪枪口居然对准了他。

斯麦勒侧身来到威士忌酒瓶前，举起酒瓶。

“我也可以拿这个，对吧。我的宝贝嗜酒如命。当然了。在你裤子口袋里的都是你的，伙计。够公平吧？”

皮特·安格利奇突然向边上一跃，大约有四英尺远。斯麦勒的脸扭曲了。枪口猛地调转方向，酒瓶从他的左手脱落，狠狠砸在了他的脚上。他大声尖叫，粗野地乱踢，脚趾被地毯上的裂缝卡住了。

皮特·安格利奇拿起湿毛巾，一把甩向斯麦勒的眼睛。

斯麦勒在地上痛苦地翻滚叫嚷。接着皮特·安格利奇用坚实有力的左手捏住斯麦勒那只握枪的手的手腕。他使劲一扭，他的手往下压着斯麦勒的手，盖住枪。手枪枪口转向内侧，碰到了斯麦勒的腰。

一只坚硬的膝盖恶狠狠地顶向了皮特·安格利奇的下腹。他吸了口气，手指紧紧地扣在斯麦勒放在扳机上的手指。

枪声沉闷，被紫色西装盖住了。斯麦勒双眼翻白，窄长的下巴松垮垮地耷拉下来。

皮特·安格利奇任由他躺在地上，气喘吁吁，他弯着腰，脸色发绿。他摸到那瓶掉在地上的酒，拔掉木塞，灌了些火辣辣的烈酒。

他的脸色渐渐恢复。呼吸也平和了。他用手背抹去额头的汗水。

他摸了摸斯麦勒的脉搏。斯麦勒已经没有脉搏了。他死了。皮特·安格利奇松开手上的枪，走到门口，向走廊探寻。空无一人。门外的锁上有一把万能钥匙。他拔下钥匙，从里面锁上了门。

他穿上内衣、袜子和鞋，套上那件破旧的蓝色哔叽西装，皱巴巴的衬衫外打了一条黑色领带。他走回尸体边，从口袋里掏出一卷钞票。他在一个廉价的纤维手提箱里打包了几件零散衣物和洗漱用品，站在门口。他用铅笔将一张撕下的纸片推入左轮手枪的枪管内，换下使用过的弹匣，将弹壳用脚跟碾碎冲入了马桶中。

他从外面锁上了门，走下楼来到大堂。

那个秃头服务员瞪大眼睛望着他，随后低下了头。他的脸色变得灰白。皮特·安格利奇倚靠在柜台上，摊开手，两把钥匙叮当一声掉在了凹凸不平的木质台面上。服务员盯着两把钥匙，浑身发抖。

皮特·安格利奇的声音缓慢沙哑：“听到些奇怪的响声吗？”

服务员摇摇头，咽了下口水。

“不是黑店吧？”皮特·安格利奇说。

服务员痛苦地扭过头，转了转脖子。在顶灯的照射下，他的秃头微弱地泛着光。

“太糟了，”皮特·安格利奇说。“昨晚我登记的名字叫什么来着？”

“你从没登记过，”服务员怯生生地说。

“也许我根本没来过这儿，”皮特·安格利奇温柔地说。

“以前从没见过你，先生。”

“现在也没见过我。以后也不会见到我——认出我——对吗，道克？”

服务员转了转脖子，勉强挤出一个微笑。

皮特·安格利奇掏出他的钱包，从里面抽出三美元纸币冲他晃了晃。

“我这人喜欢这样结账，”他慢悠悠地说。“这是付 349 房间的房费——付到早上为止，是有些晚。那个你给他万能钥匙的年轻人似乎睡得正香。”他顿了顿，冷酷的双眼直勾勾地盯着服务员的脸，若有所思地补充道：“当然了，除非他的朋友想要把他挪出去。”

服务员的嘴唇上泛起了白沫。他结结巴巴地说：“他该不会——不会——”

“是的，”皮特·安格利奇说。“你指望什么呢？”

他拎着手提箱，穿过大堂走向了临街的正门，走出门外，在镂花广告牌下方站了片刻，望向中央大街那刺眼的白光。

接着他朝相反方向走去。街道上黑漆漆的，异常安静。距离午街还有四个街区。这里一整片都是黑人住宅区。

一路上他只遇见一个行人，一个戴着绿色帽子的棕皮肤女孩，穿着透明丝袜，足蹬四英寸半的高跟鞋，在一棵灰蒙蒙的棕榈树下抽烟，不时向惊喜旅馆回望。

2

午餐车是一辆没有轮子的旧餐车，停在街尾一家机械修理店和出租公寓之间的一块空地上。车身两侧刻有褪了色的金字：“贝拉·唐娜”。皮特·安格利奇踏上车尾的两级铁台阶，钻进一股油炸味之中。

身穿白大褂的黑人厨子肥硕的后背对着他。远端的矮柜台处，一个戴着廉价棕色呢帽、身穿一件寒酸的马球外套、竖起衣领的白人女孩正在啜饮咖啡，左手撑着脸颊。车里没有其他人了。

皮特·安格利奇放下手提箱，坐在一张靠门的凳子上，叫道："嗨，莫普西！"

胖厨子转过一张油光发亮的黑色脸庞，咧嘴一笑。吐出一条肥厚发蓝的舌头，在厨子两片厚嘴唇间上下摆动。

"你好？吃点啥？

"两个煎蛋，嫩一点儿，咖啡、吐司，不要土豆。"

"老爷们儿才吃这么点儿，"莫普西抱怨道。

"我酒醉才醒，"皮特·安格利奇说。

坐在柜台另一头的女孩目光犀利地看了他一眼，又瞧瞧架子上廉价的闹钟，转而又看看自己那只腕表——戴在那只戴手套的手上。她垂下头，再次盯着自己的咖啡杯。

胖厨子在平底锅里敲了两个鸡蛋，加上牛奶，将它们搅匀。"要喝一杯吗，哥们儿？"

皮特·安格利奇摇摇头。

"开车不喝酒，[①] 莫普西。"

厨子咯咯一笑。他伸手从柜台下取出一个酒瓶，在一只玻璃杯中倒了一大杯，放在皮特·安格利奇边上。

皮特·安格利奇突然抓起酒杯，猛地送入口中，灌下了一杯。

"估计我得改天开车了。"他放下空酒杯。

那个女孩站起身，沿着一排凳子走来，在柜台上放下一角钱。胖厨子砰地打开收银机，拿出一个五分硬币找零。皮特·安格利奇随意地打量着女孩。一个其貌不扬、眼神单纯的女孩，棕色的卷发披在肩头，眉

---

① 原文 driving the wagon 既有"开货车"的意思，"也有戒酒"的意思。

毛拔得干干净净，重新画上的眉毛弯曲迷人。

“没迷路吧，女士？”他的声音沙哑而迷人。

女孩摸索着打开皮包，要将五分钱放进去。听到他的话，她猛地退后几步，包掉在了地上，里面的东西撒了一地。她低头看着，双眼圆睁。

皮特·安格利奇单膝跪地，把东西都归置进包里。一个便宜的粉饼、香烟、一盒印有“主宰者俱乐部”金字的紫色火柴盒。两条花色手帕、一张皱巴巴的纸币，还有一些硬币。

他站起身，手上拿着合上的包，将她递给女孩。

“抱歉，”他温柔地说。“我想我是吓着你了。”

她发出了一声急促的呼吸声，从他手中一把夺过包，冲出餐车，消失不见了。

胖厨子的目光追随着她。“那个洋娃娃可不属于这个穷乡僻壤，”他慢慢地说。

他用盘子盛起煎蛋和吐司，用一只厚杯子倒了一杯咖啡，端到皮特·安格利奇面前。

皮特·安格利奇碰了碰食物，心不在焉地说：“独身一人，还有从‘主宰者俱乐部’拿来的火柴。那是特里默·沃尔兹的地盘。当他控制这些像她一样的女孩子时，你知道她们会有什么下场吧。”

厨子舔舔嘴唇，伸手从柜台下拿出威士忌酒瓶。他给自己倒了一点，又往酒瓶里兑了同样多的水，重新放回柜台下。

“我从来不是个心狠手辣的家伙，我也不想变成那样，”他慢慢地说。“可我实在看不惯那些白人家伙。有一天他会遭报应的。”

皮特·安格利奇踢了踢他的手提箱。

“不错。替我看着行李，莫普西。”

说完他便出去了。

凉爽的秋夜里，两三辆车疾驰而过，可人行道上空空荡荡、一片黑暗。一个值夜班的黑人沿着街道缓慢移动，正在检查一排肮脏小店的大门。街对面有一些木屋，其中有几家吵吵闹闹的。

皮特·安格利奇穿过十字路口，在距离午餐车三个街区的地方，他再次看见了那个女孩。

她紧靠在一堵墙边，一动不动。离她不远处，昏黄的灯光从一栋无电梯公寓的楼道里射出。再远处，一个小停车场的巨型广告牌几乎遮住了它的前方。不知从何处来的微弱光线触到了她的帽子，还有那件衣领竖起、寒酸的马球外套，露出了半张脸。他知道就是这个女孩。

他走进一个门廊下，远远注视着她。她抬起的手臂上折射出明晃晃的白光，是一只腕表。不远处传来一阵低沉缓慢的钟鸣，敲了八下。

灯光从后面的街角笔直地刺入街道。一辆大汽车缓缓驶来，车灯没亮。它沿着街区行驶，车窗玻璃在黑暗中闪光，油漆也闪闪发亮。

皮特·安格利奇在门廊下突然咧了咧嘴。一辆定制的杜森伯格[①]汽车，距离中央大街只有六个街区。当他听见奔跑的脚步——那叮叮当当的高跟鞋传来的一阵刺耳声音，他不由得呆住了。

女孩正沿着人行道向他跑来。那辆车还没到近前，昏暗的灯光不足以照射到她。皮特·安格利奇走出门廊，一把抓住她的胳膊，将她拖进门廊里。一把枪从他的外套里悄悄伸了出来。

女孩在他的身边喘着粗气。

杜森伯格汽车缓慢地经过门廊。没有开枪。身穿制服的司机没有减速。

“我受不了了，我害怕，”女孩在皮特·安格利奇耳边大口喘气道。接着她挣脱了他，沿着人行道朝汽车的反方向越跑越远。

---

① 美国豪华汽车品牌，由杜森伯格兄弟于 1913 年创立。

皮特·安格利奇的目光追踪着杜森伯格汽车。此时汽车行驶在挡住了停车场的一排广告牌的对面。车几乎是以爬行的速度行驶。有什么东西从它的左侧车窗里飘了出来，啪地掉在地上，发出一声闷响。汽车悄无声息地加速，一阵轰鸣地驶入了黑暗之中。在一个街区之外，汽车的车灯再次亮起。

没有动静。被丢出汽车的东西正躺在人行道的内沿上，差不多是在一个广告牌下方。

这时，女孩又折回来了，一步一迟疑，犹豫不决。皮特·安格利奇注视着她返回，没有出来。当她走到与他平行时，他温柔地说："有麻烦吗？需要人帮忙吗？"

她猛地转过身，发出一声哽咽，好像完全忘记了他的存在。她的头在黑暗中向他这边动了动。她眼波流转，闪过一丝光彩。她的下巴上也有一道白光。她的声音低沉、急促、慌张。

"你是餐车里的那个人，我见过你。"

"说吧，怎么回事——取赃款吗？"

她的头在黑暗中又向他上下动了动。

"包裹里是什么？"皮特·安格利奇吼道。"钱吗？"

她的话语很急促："你替我去拿好吗？哦，求求你了。我感激不尽。我会——"

他哈哈大笑，笑声中带着一种低沉的咆哮。"替你去拿，宝贝？我的生意也需要用钱。说吧，到底怎么回事？快说。"

她想挣脱，可他紧抓着她的胳膊不松手。他把枪收好，放进外套，用双手抓住她。她哽咽着低声说："要是我没拿到，他会杀了我的。"

皮特·安格利奇冷酷严厉地说："是谁？特里默·沃尔兹吗？"

她吓得剧烈挣扎，几乎挣脱了他的手。事情还不止如此。人行道上响起了脚步声，广告牌前出现了两条黑影。他们没有停下来捡任何东西。脚步声越来越逼近，烟蒂在黑暗中闪闪发亮。

一个声音轻轻地说：“过来这里，甜心。你想换个男朋友吗，宝贝？”

女孩缩到皮特·安格利奇背后。其中一个黑人低声淫笑着，挥挥红色的烟蒂。

“见鬼，是个白妞，”另一个连忙说。“我们闪吧。”

他们一边走，一边咯咯笑个不停。他们在街角转弯，然后便不见了踪影。

“出来吧，”皮特·安格利奇咆哮道。“待在原地。”他的声音愤怒暴躁。“哦，见鬼，就待在这儿，我去帮你把赃款拿来。”

他留下女孩，悄悄地贴着公寓楼的前脸行走。来到广告牌的边沿，他停下了，视线在黑暗中探寻，终于看到了包裹。它由深色的材料包裹着，尺寸不大，但足以被发现。他弯下腰，看了看广告牌底下。没有任何异样。

他向前走了四步，俯身捡起了包裹——毛毡布外面绑了两根粗皮筋。他静静地站在原地，仔细倾听。

主街上隐隐传来车水马龙的轰鸣声。街对面的公寓一扇玻璃门后亮着一盏灯。一扇窗开着，外面是无尽的黑夜。

身后突然传来一个女人凄厉的尖叫声。

他一惊，旋即转身，一阵强光照射在他的脸上。光是从对面那扇漆黑的窗户里射出的，白得刺眼，将他的身影牢牢地投射在广告牌上。

他的脸在强光里动了动，眨了眨眼睛。他没有挪动位置。

水泥地上响起了脚步声，广告牌末端有一个小光点照在了他的身体侧面。后面有个语气轻松地说：“别眨眼，伙计。你被捕了。”

身揣左轮手枪的警察们从广告牌两侧向他包围。水泥路远处响起了高跟鞋的鞋跟声。接下来是一片安静。一辆带红色警灯的汽车从街角驶出，冲向这群警察，皮特·安格利奇被围在中间。

那个语气随和的男人说："我是安格斯警探。如果你不介意，请把包裹给我。如果你能双手并拢一下——"

手铐冷冰冰地拷在了皮特·安格利奇的腕子上。

他仔细倾听逐渐远去的高跟鞋声，渐渐跑远了。但此刻周围有太多的噪声了。

门开了，黑人们从房子里纷纷拥出。

3

约翰·维达里身高六英尺二英寸，是好莱坞最玉树临风之人。他皮肤黝黑，气质迷人、浪漫风雅，太阳穴上有一缕奇特的白发。他肩宽臀窄，腰板就像一个英国卫兵一样，挺得笔直。他的晚礼服非常贴身，难免引人嫉妒。

他紧紧地盯着皮特·安格利奇，仿佛马上就要因为没认出他而向他道歉。皮特·安格利奇看着他的手铐，又低头看看厚地毯上自己那双破鞋，而后望向紧靠墙壁的高大报时钟。他的脸色红润，目光炯炯有神。

维达里用平和、清晰却又富于节奏的声音说："不，我以前从没见过你。"他向皮特·安格利奇微笑。

那个便衣警探安格斯，倚靠在一张精心雕刻的书桌一端，一根手指弹了一下他的帽檐。另外两个警探靠着一堵侧墙站着。第四个警探坐在一张小书桌前，一本速记本放在面前。

安格斯说："哦，我们还以为你可能认识他呢。我们从他身上套不出什么话。"

维达里抬了抬眉毛，淡淡一笑。"我真的很吃惊。"他绕了一圈收齐玻璃杯，把杯子放在一个托盘里，开始调酒。

"这样的事的确会发生，"安格斯说。

"我以为你有办法，"维达里阴阳怪气地说，往杯子里倒了苏格兰威士忌。

安格斯看着一枚指甲。"当我说他不会向我们透露任何信息，维达里先生，我指的是重要的信息。他说他名叫皮特·安格利奇，过去是个拳击手，不过已经好多年不干这行了。差不多一年前，他做了私家侦探，但现在没有接活。他在一场赌局中赢了些钱，刚才在四处溜达。这就是他为什么碰巧出现在午街。他看见你的车里扔出了一个包裹，他过去捡起来。我们可以以流浪罪逮捕他，但最多就是这样了。"

"事情可能就是这样吧，"维达里温柔地说。他一次拿了两个杯子，分两次递给四个警探，举起自己那杯，微微点头后喝了自己那杯。他喝酒时落落大方，动作异常优雅。"不，我不认识他。"他又说了一遍。"坦白说，他不像是会向我泼硫酸的人。"他一挥手。"所以，我恐怕将他带到这里——"

皮特·安格利奇突然抬起头，瞪着维达里。他冷笑道。

"真是无比荣幸，维达里。他们一般不会动用四个警察来押送犯人，前来拜访某人。"

维达里和蔼可亲地笑笑。"这里是好莱坞，"他笑道。"毕竟，我也有些名气。"

"曾经有些，"皮特·安格利奇说。"你最后一部电影简直是个灾难，你都无颜向女士们吹嘘吧。"

安格斯呆住了。维达里脸色发白。他缓缓放下酒杯，一只手垂在身体一侧。他步履轻盈地踩着地毯，来到皮特·安格利奇面前。

"那是你的看法，"他刻薄地说。"可我警告你——"

皮特·安格利奇一脸怒容。"听着，大人物。你拿出一千块钱，因为某个流氓发誓说要是你不拿出钱就要向你泼硫酸。我捡到了那一千块钱，但你那些诱人、崭新的钞票我一张也没拿。所以你拿回了钱。

可你得到了十倍的宣传效果，却没花你一个子儿。我说这真是笔划算的买卖。”

安格斯尖锐地说：“说够了吧，蠢货。”

“嗯？”皮特·安格利奇冷笑道。“我以为你想要我说的。好吧，我的意思是，我恨胆小鬼，明白吗？”

维达里狠狠吸了口气。突然之间，他握紧拳头，向皮特·安格利奇的下巴挥去。皮特·安格利奇的脑袋在他的拳头下扭了一下，眼睛闭紧，然后睁得圆滚滚的。他晃了晃身子，冷酷地说：“肘部抬高、拇指向下，维达里。你要是那样揍人，自己的手就断了。”

维达里退后几步，摇了摇头，看着自己的拇指。他的脸色不再苍白，笑容偷偷回到了脸上。

“很抱歉，”他歉疚地说。“非常抱歉。我不习惯被人羞辱。既然我不认识这个人，也许你们最好把他带走，警探。当然还是得戴着手铐。有点卑鄙，是吗？”

“告诉你的小马驹，”皮特·安格利奇说。“我可没这么容易被打趴下。”

安格斯走到他面前，拍了怕的他肩膀。“走吧，伙计。你不习惯面对好人，对吗？”

“是的，我喜欢流浪汉。”皮特·安格利奇说。

他缓缓地站起来，在地毯上拖着脚步。

靠着墙的两个警探加入到他身边，他们经过一道拱门，穿过巨大的房间。安格斯和其他人紧随其后。他们在一个小门厅里等待电梯到来。

“搞什么鬼？”安格斯厉声说。“去惹他干吗？”

皮特·安格利奇哈哈大笑。“一时冲动，”他说。“只是一时冲动。”

电梯上来了，他们乘电梯下楼，来到巨大安静的切斯特大楼的大堂。两个保安懒洋洋地靠在大理石桌子的一端，两名服务员神情紧张地站在桌子后。

皮特·安格利奇举起戴着手铐的双手，像拳击手一般致意。“怎么，还没有记者？”他冷笑道。“维达里不会喜欢这么悄无声息地处理这件事。”

“继续吹，聪明人，”一个警探打断他，扭着他的手臂。

他们穿过一条走廊，出了侧门，来到一条狭窄的街道，街道的坡度陡然下降，几乎碰到了树梢。越过树梢，远方的城市灯光仿佛一条巨幅的金色地毯，上面缝着红、绿、蓝、紫色五彩斑斓的线脚。

两辆车的引擎声响起。皮特·安格利奇被推进了第一辆车的后排座位。安格斯和另一个警察分别坐在他的两侧。汽车急速向山下驶去，在山泉路向东转弯，安静地在夜色中穿行，行驶了数英里。山泉路与日落大道交汇处，汽车向市政大厅的白色大楼驶去。在广场上，第一辆车转向洛杉矶大道，接着向南，另一辆车则继续向前。

过了一会儿，皮特·安格利奇嘴角下垂，斜视着安格斯。

“你要带我去哪儿？这不是去总部的路。”

安格斯黝黑、严肃的脸慢慢转向他。过了片刻，这个身材魁梧的警探向后一靠，在夜色中打了个哈欠。他没有回答。

汽车沿着洛杉矶大道行驶至第五大道，圣佩德罗的东面，再向南行驶，经过了多个街区，有些安静，有些喧闹。有些街区，安静的人们坐在摇摇晃晃的前廊上，还有些街区，喧嚣的年轻人，既有黑人，也有白人，在廉价的餐馆、药店和摆满老虎机的酒吧前大声咆哮、相互打趣。

在圣巴巴拉，警车再次向东转去，缓慢地沿着辅道行驶至午街。汽车开过午餐车后的街角停下了。皮特·安格利奇的神情再次紧张起来，但他一声没吭。

“好吧，”安格斯拖长了声音说。“摘下手铐吧。”

坐在皮特·安格利奇另一侧的警探从他的马夹里挖出一把钥匙，打开了手铐，愉快地把它们晃得叮当直响，然后才放回后裤袋里。安格斯推开门，钻出了车。

“出来，”他回头说。

皮特·安格利奇下了车，安格斯走到距离街灯不远的地方，停下了脚步，召唤他。他的双手在外套下游动，掏出一把枪。他温柔地说：“只能这么玩了。否则我们就得翻遍整个镇子。皮尔逊是唯一认识你的人。还记得吗？”

皮特·安格利奇拿过他的枪，慢慢摇了摇头，背对着停在街边的车，把枪塞进外套。

“我们的监视被发现了，我猜，”他缓缓说。“有一个女孩在附近徘徊，不过也许那也是常有的事儿。”

安格斯默默地看着他，过了片刻，点点头，回到了车里。车门砰地关上了，汽车在街上渐行渐远，疾驰而去。

皮特·安格利奇沿着圣巴巴拉大道来到中央大街的南端。不久，一个闪亮的广告牌映入他的眼帘，几个紫色的大字写着——主宰者俱乐部。他踏上铺着地毯的宽楼梯，向喧嚣的舞池走去。

4

女孩必须侧身穿过小舞池周围紧密相邻的桌子。她的臀部碰到了一个男人的肩部后方，他一伸手抓住了她的手，咧嘴一笑。她机械地微笑着，抽回她的手，继续走。

身着古铜色金属面料的裙子，裸露着两只胳膊，棕色的卷发浅浅地披在脖子后，她看上去很漂亮；比穿戴寒酸的马球外套和廉价的呢帽时漂亮多了，甚至比穿着恨天高、露出大长腿、上身穿得越少越好、一顶乏味的金色大礼帽放荡地别在一只耳朵后面时更漂亮。

她的面容憔悴不堪，一张娇小的脸庞妩媚、浅薄。她的眼睛瞪得很大。乐队演奏出刺耳的音乐声，伴着餐盘的碰撞声、嗡嗡的说话声以及舞池中来往穿梭的脚步声。女孩慢慢地走向皮特·安格利奇的桌子，拉出一张椅子坐了下来。

她双肘撑在桌布上，下巴搁在交叠的手背上，注视着他。

“你好，”她的声音有点儿颤抖。

皮特·安格利奇将一包香烟推到桌子对面，望着她抽出一支烟弹了弹，夹在双唇间。他划了一根火柴，她从他手上接过火柴点燃了香烟。

“来点喝的？”

“当然。”

他向那个一头小卷毛、长了一对杏仁眼的侍者打了个手势，点了两杯赛德卡鸡尾酒[①]。侍者走开了。皮特·安格利奇向后靠着椅背，低头盯着自己粗糙的指尖。

女孩非常温柔地说：“我收到了你的便条，先生。”

“喜欢吗？”他的语气随意得有些僵硬。他没有看着她。

她笑得走了调。“我们得取悦客人。”

皮特·安格利奇的视线越过她的肩膀，落在了角落里的壳形演奏台。一个男人正站在那儿抽烟，旁边有一个小麦克风。他体形魁梧，对于一个夜总会主持人来说，年纪有点大，一头银发梳得油亮平滑，长了一只大鼻子，拥有一个资深酒鬼特有的厚重肤色。他对所有人、所有一切都在微笑。皮特·安格利奇盯着他看了一会儿，观察他的视线方向。他依然语气随意地说：“但你还是会来这儿的。”

女孩呆住了，然后瘫在椅子里。“你不必羞辱我，先生。”

他的目光缓缓移向她，目光空洞地上下打量了一番。“你穷困潦倒，

---

① 用约等量的橘味酒、柠檬汁和白兰地调制而成。

一无所有，宝贝。我尝过那种滋味，所以了解这些情况。另外，今晚你可让我陷入了不小的麻烦。我还欠你一两句羞辱。”

卷发侍者回来了，将一个托盘放在桌布上，用一条脏毛巾擦了擦两只玻璃杯的杯底，放在他们面前，再次走开了。

女孩一手握着酒杯，飞快地举起，喝了一大口。她有点颤抖，放下酒杯，脸色发白。

“说点笑话，”她连忙说。“别干坐在那儿。有人在监视我。”

皮特·安格利奇碰了碰他的酒杯，非常刻意地向壳形演奏台的角落笑了笑。

“不错，我能想象。跟我说说在午街取货的事。”

她快速伸出手抓住他的胳膊。她锋利的指甲抠进了肉里。“别在这儿说，”她喘了口气。“我不知道你怎么找到我的，我不在乎。你看起来像是那种会英雄救美的人。我都吓傻了。但不能在这儿说。我会照你的吩咐做的，随便你去哪儿。只要不是在这儿。”

皮特·安格利奇将手臂从她的手里抽出来，再次向后靠去。他的眼神冰冷，但嘴下还留情。

“我明白了。是特里默要你这么做的。取货的时候他在跟踪你吗？”

她急忙点头。“我走了还不到三个街区，他就追上我了。他觉得我的戏演得不错，但当他看见你在这儿的时候就不会这么想了。你放聪明些。”

皮特·安格利奇喝着他的酒。“他朝这儿走来了，”他冷酷地说。

那个一头银发的主持人正穿越酒桌向这边移动，一边弯腰点头一边说话，朝着皮特·安格利奇和女孩的方向挤来。女孩望着皮特·安格利奇头部后方的一面镀了金的巨大镜子。她的表情突然扭曲，神色惊慌，嘴唇不由自主地颤抖起来。

特里默·沃尔兹信步走到桌子前，一只手撑在桌上。他将自己布满血丝的大鼻子凑到皮特·安格利奇面前。他的脸上现出一种温和平淡的微笑。

“嗨，皮特。自从他们埋了麦克金利以后就再没见过你。最近怎么样？”

“不好不坏，”皮特·安格利奇声音嘶哑地说。“刚刚大醉了一场。”

特里默·沃尔兹咧嘴笑了笑，转向那个女孩。她飞快地瞅了他一眼，随即移开了目光，转向了桌布。

沃尔兹的声音温柔而多情。“以前就认识这个小姑娘，还是刚刚从那队美女中挑中了她？”

皮特·安格利奇耸耸肩，看上去百无聊赖。“只想找个人陪我喝一杯，特里默。我点了她，可以吗？”

“当然。棒极了。”沃尔兹拿起一只酒杯，闻了闻。他难过地摇了摇头。“但愿我们能上些好酒。五毛钱一份的酒肯定不行。去后面我的密室里尝些正宗的好酒，怎么样？”

“我们俩一起？”皮特·安格利奇温和地问。

“就是你们俩一起。再过五分钟左右。我先去巡视一下。”

他捏了捏女孩的脸颊，潇洒地转身离去，只留下那穿着剪裁合体的西装背影。

女孩的声音厚重而绝望，她缓缓地说：“那么，你叫皮特。你肯定是想英年早逝吧，皮特。我叫托肯·韦尔。很傻的名字，不是吗？”

“我喜欢这个名字，”皮特·安格利奇温柔地说。

女孩盯着皮特·安格利奇喉咙上那个白色伤疤下的一点看。她的眼中渐渐噙满泪水。

特里默·沃尔兹在桌子间穿梭游走，四处与客人说话。他最终挤到远端的墙边，沿着墙边来到壳形演奏台，扫视现场所有人，最后目光直直地落在了皮特·安格利奇的身上。他抬起头，退到双层幕布之后。

皮特·安格利奇把椅子往后一推，站起身来。“我们走，”他说。

托肯·韦尔用颤抖的手指把香烟掐灭在玻璃烟灰缸里，喝完杯中的酒，站起身。他们向后穿过桌子，沿着舞池边来到了壳形演奏台的一侧。

幕布后通向一条昏暗的走廊，走廊两边都有门。一条简陋的红地毯覆盖着地板。墙皮已经剥落，门也破破烂烂的。

“左边到底那间，”托肯·韦尔嗫嚅道。

他们向前走去。皮特·安格利奇敲了敲门。特里默·沃尔兹的声音传来，让他们进来。皮特·安格利奇望着门站了一会儿，转过头用坚毅细小的眼睛望着女孩。他推开门，朝她做了个手势。他们进去了。

房间里不怎么明亮。一盏椭圆形小台灯的光照在了抛光的桌面上，不过简陋的红地毯上黑漆漆的，厚重的红色长窗帘遮住了外墙。空气压抑，带着一种酒精醇厚甜腻的味道。

特里默·沃尔兹坐在桌子后，双手摸着烟灰缸，上面放着一只刻花玻璃酒瓶、几个金色花纹的玻璃杯、一只冰桶和一个装着饮用水的虹吸瓶。

他微微一笑，揉搓着他大鼻子的一侧。

“自己坐，朋友们。六十九块五分之一瓶的威士忌。这是我的进价——批发价。”

皮特·安格利奇关上门，慢慢地环视房间，看到了拖地的窗帘、没有亮着的顶灯。他缓慢轻松地解开了外套顶端的纽扣。

“这儿很热，”他温柔地说。“窗帘后有窗吗？”

女孩坐在一张圆椅上，正对着沃尔兹。他非常温柔地向她微笑。

“好主意，”沃尔兹说。“去打开一扇，好吗？”

皮特·安格利奇经过桌子的一端，向窗帘走去。在经过沃尔兹的时候，他的手在外套下向上探，摸到了手枪的枪托。他轻轻地走向红色窗帘。在墙壁和窗帘之间的阴影里，窗帘下隐约露出了一双黑色方头鞋的鞋尖。

皮特·安格利奇向窗帘探去，伸出左手，猛地拉开。

靠着墙边的那双鞋是空的。沃尔兹在他身后发出干巴巴的笑声。接着，传来一个低沉冷酷的声音："举起手来，孩子。"

女孩发出一声沉闷的呼喊，算不上尖叫。皮特·安格利奇垂下手，慢慢转过身，定睛一瞧。这个黑人身形巨大，仿佛一只黑猩猩，穿着一套松松垮垮的格子西装，这令他看上去更加魁梧。他从壁橱的门里光着脚悄无声息地走了出来，右手几乎盖住了一整把巨大的黑色手枪。

特里默·沃尔兹也举着一把枪，一把萨维奇手枪。两个人静静地注视着皮特·安格利奇。皮特·安格利奇举起手，眼神空洞，小嘴紧闭。

穿格子西装的黑人踏着悠长、松散的步子向他走来，用枪抵住他的胸口，然后手伸进他的外套里，拿出了皮特·安格利奇的手枪。他把枪扔在他身后的地板上。他随手转过自己的手枪，用枪托砸向皮特·安格利奇的下巴一侧。

皮特·安格利奇蹒跚了几步，一股湿咸的血腥味涌上舌尖。他眨眨眼，压着嗓子说："我会记住你的，大个子。"

黑人咧嘴一笑。"不会很久的，伙计。不会很久。"

他再次用手枪揍了皮特·安格利奇，突然他把手枪塞进侧袋中，两只大手猛地伸出，紧紧箍住皮特·安格利奇的脖子。

"当它们犟头犟脑时，我就要捏一捏，"他的语气几近温柔。

他的拇指又粗又硬，就像门把手一样牢牢嵌入了皮特·安格利奇脖子上的动脉里。在他面前的这张脸越来越大，一张巨大幽暗的脸孔正中带着张牙舞爪的笑容。它在昏暗的灯光下摇晃，一张虚幻怪诞的脸。

皮特·安格利奇向他的脸挥了一拳，绵软无力的拳头就像一只玩具气球。拳头碰到他的脸上时没有任何感觉。大个子将他的身体扭转过来，用一只膝盖顶住他后背，令他弯腰跪在了地上。

一时间四周悄然无声，除了皮特·安格利奇的脑袋汩汩地冒血。此时，在不远处，他似乎听见一个女孩纤细的尖叫声。更远的地方，传来特里默·沃尔兹的喃喃声："放松，鲁夫，放松。"

无限的黑暗和滚烫的红色占据了皮特·安格利奇的世界。黑暗在逐渐沉寂。现在一切都静止了，甚至连血液也静止了。

黑人将皮特·安格利奇绵软的身体放到地上，一边揉搓双手一边向后退去。

"是的，我喜欢捏捏它们。"

5

穿格子西装的黑人坐在长沙发的一侧，慵懒地弹拨着一把五弦班卓琴。他巨大的脸庞庄重平静，略带一丝悲伤。他用裸露的手指缓缓拨动琴弦，头靠在一侧，嘴角叼着一个压扁的烟蒂。

他的喉咙深处正发出一种嗡嗡声。他在唱歌。

壁炉架上一只廉价电子钟显示十一点三十五分。这是一个小起居室，装满了色彩鲜艳、加有软垫的家具。一个红色的落地灯底座上摆着一堆法国娃娃，一条喜气的地毯上点缀着巨大的菱形图案，两扇带窗帘的窗户中间装了一面镜子。

后面的一扇门半掩着。旁边一扇通向走廊的门紧闭。

皮特·安格利奇平躺在地上，嘴巴张大，双臂张开。他呼吸时发出厚重的呼哧声。眼睛闭着，脸色在台灯偏红的光线下看起来泛红，仿佛发烧一般。

黑人从他的大手上放下班卓琴，站起身打了个哈欠，舒展四肢。他穿过房间，看着壁炉架上的日历。

“现在不是八月，”他厌恶地说。

他从日历上撕下一页，揉成一团扔在了皮特·安格利奇的脸上。纸团打中了这个失去知觉的男人的脸颊。他没有反应。黑人把烟蒂吐在手上，托在掌中，用指甲一弹，像纸团一样朝着同样的方向飞去。

他走了几步，俯身查看，手指触摸着皮特·安格利奇太阳穴上的一处伤痕。他用力按了按，温柔地笑了。皮特·安格利奇一动不动。

黑人站直身子，思考再三后，踢向这个昏迷不醒的男人的肋部，一脚又一脚，没有使劲。皮特·安格利奇略微动了动，发出咯咯声响，头扭向一侧。黑人看上去心满意足，丢下他，返回长沙发。他拿起班卓琴向走廊门口走去，身子靠在墙边。一个小桌子上的报纸上放着一把枪。他走进一扇半敞开的内侧门，出来时手里拿着半瓶金酒。他用手帕小心翼翼地擦拭瓶身，然后将它放在壁炉架上。

“差不多是时候了，伙计。”他若有所思地大声喊道。“你醒来时，也许会觉得难受。也许需要喝一杯……嘿，我的直觉很灵。”

他又伸手去拿酒瓶，跪下一只粗大的膝盖，把金酒倒在皮特·安格利奇的嘴和下巴上，任由酒流到他的衬衫前襟。他将酒瓶立在地板上，重新擦了擦酒瓶，把瓶塞啪地弹到长沙发底下。

“抓紧吧，白人小子，”他温柔地说。“指纹从来不管用。”

他抓过报纸，枪滑落在了地毯上，他用脚踢开枪，踢到皮特·安格利奇手够不着的地方。

他从门口仔细地研究着房间的布局，点点头，拿起班卓琴。他打开门，探出头去，又回头看看。

“再见，伙计，”他温柔地说。“我得闪了。你没什么前途了，不过就算还有也很快会结束的。”

他关上门，沿着走廊来到楼梯下了楼。关闭的门后传来一阵模糊的广播声音。公寓的大堂入口处空空荡荡。穿格子西装的黑人一哧溜钻进了大堂的黑暗角落，往一个付费电话里投入五分硬币，然后拨号。

一个低沉的声音说道："接警察局。"

黑人的双唇紧紧贴着听筒，声音里透着抱怨。

"是警察局吗？东四十八街246号卡利俄珀公寓4B房间发生了一起枪击案。明白了吗？……好吧，行动吧，警察先生。"

他立即挂断电话，咯咯一笑，跑下公寓楼的前台阶，跳上脏兮兮的小轿车。他发动汽车，向中央大街驶去。一辆闪着红色灯光的巡逻车从中央大街转到东四十八街时，他距离中央大街还有一个街区的距离。

轿车上的黑人咯咯直笑，继续行驶。巡逻车呼啸而过时，他压低嗓门哼着歌。

门锁咔哒一声响的时候，皮特·安格利奇刚刚睁开眼。他慢慢转了转头，脸上露出一抹痛苦的笑容，持续了很久，但他继续转了转头，直到他能看见房间另一头以及房间中央空无一物。他拼命将头向后仰，看清了房间的其他部分。

他向那把枪翻滚过去，握住枪。这是他自己的枪。他坐起来，机械地弹开弹匣盖。他脸上的笑容僵住了。枪里的一发子弹已经射出了。枪膛散发着火药味。

他站起身，低着头艰难地走向半掩着的内侧门。快到门口时，他仍然弯着腰，慢慢推开门。没有动静。他向一间卧室里望去，里面有两张单人床，上面铺着镶金色图案的玫瑰色缎面床单。

其中一张床上躺着一个人。一个女人。她一动不动。冷峻严肃的微笑再次回到了皮特·安格利奇的脸上。他站直了身子，轻轻地踩着脚跟走到了床边。远处的一扇门开着，通向浴室，不过里面没有声音。皮特·安格利奇低头看着床上的黑人女孩。

他屏住呼吸，缓缓地呼出一口气。女孩死了。她的眼睛半睁着，毫无生气，双手无力地垂在两侧。两条腿蜷曲着，一条腿上的透明丝袜往下缩，露出了短裙下光滑的肌肤。一顶绿色的帽子掉在地上。她穿着四英寸半的法式细高跟鞋。房间里飘着“午夜水仙”的香味。他记得她就是惊喜旅馆外的那个女孩。

她死了很久了，左胸下方那个焦黑弹孔周围的血液都凝结了。

皮特·安格利奇回到客厅，抓起酒瓶，一口气不停地喝光了酒。他站了片刻，艰难地呼吸、思索。那把枪松松垮垮地挂在他的左手上。他紧绷的小嘴几乎消失了。

他的手指在金酒酒瓶上转动，他将空瓶丢在了长沙发上，把手枪塞进腋下的枪套中，走向门口，悄悄地来到走廊上。

走廊狭长昏暗，弥漫着寒意。楼梯顶端一盏孤零零的壁灯洒下若隐若现的黄色灯光。一扇纱门通向大楼前廊的一个阳台。纱门的一角上有一抹灰色的清冷月光。

皮特·安格利奇悄无声息地下了楼来到前厅，伸手握住了玻璃门的把手。

一道红光落到了门的前方，冰冷的红色强光透过了玻璃和挡在前面的肮脏窗帘。

皮特·安格利奇躲在门板下，沿着墙壁来到一侧。他双眼迅速扫视了四周，目光落在了黑漆漆的电话亭上。

“好个圈套，”他低声说道，然后猫着腰钻进了电话亭。他缩成一团，刚刚好关上门。

门廊上响起了脚步声，前面吱呀一声打开了。咚咚的脚步声来到了走廊，然后停下了。

一个低沉的声音说：“一切正常，嗯？也许是个报假警的。”

另一个声音说：“4B 房间。不管怎么样，还是去探探究竟吧。”

脚步声来到了大厅，绕到了后面。他们好像上了楼，上面的走廊里响起了脚步声。

皮特 · 安格利奇推开电话亭的门，溜到了前门，弯下腰眯着眼看那道红光。

停在路沿的巡逻车是个黑乎乎的庞然大物。车灯照亮了坑坑洼洼的人行道。他看不见车内的情况。他叹了口气，打开门，疾步走出，但也不算太快，从前廊走下了台阶。

巡逻车上没有人，两侧的车门都敞开着。街对面的暗影小心翼翼地交叠在一起。皮特 · 安格利奇径直走向巡逻车，钻进了车里。他悄悄地关上车门，发动引擎，挂挡前进。

他开过逐渐聚拢的左邻右舍。在第一个转角处转弯后，他关闭了警灯。接着他提高车速，在街区间蜿蜒穿行，离开了中央大街，不一会儿，他又朝这个方向驶来。

此时周围已是车水马龙、人声鼎沸，他将车停在两边都是灰蒙蒙树木的街道上，离开了巡逻车。

他向中央大街走去。

6

特里默 · 沃尔兹用左手搁好听筒。他的右手中指放在上嘴唇的边缘，把嘴唇推得都变形了，又用手指慢慢揉搓牙齿和牙龈。他那浅薄苍白的双眼望着桌子对面身穿格子西装的大个子黑人。

“很好，”他的声音死气沉沉。“很好。他在警察逮捕他之前逃走了。干得漂亮，鲁夫。”

黑人最终从嘴里取出雪茄蒂，用巨大平坦的拇指和食指捏碎。

“见鬼，他完全失去知觉了，”他咆哮道。“我到中央大街前与警车擦肩而过的。见鬼，他怎么会逃掉。”

“那得由他来说，”沃尔兹冷冰冰地说。他打开桌子最顶层的抽屉，将那把笨重的萨维奇手枪放在他面前。

黑人看着这把萨维奇。他的眼神黯淡无光，就像黑曜石一般。他的嘴唇皱巴巴地紧闭着，互相摩擦。

“那小妞跟我耍花招，”他嘟囔道。“她就欠一颗子弹。好吧。这棒极了。我现在去收拾那个自作聪明的猢狲。”

他刚要起身，沃尔兹伸出两根手指碰了碰枪柄。他摇摇头，黑人又坐下了。沃尔兹开口说。

“他逃跑了，鲁夫。而你叫来警察发现了一具女尸。除非他们抓住他时他身上还带着那把枪——万分之一的概率——否则没法栽到他头上。这样一来，你成了嫌疑人。你住在那儿。”

黑人咧嘴一笑，无精打采地望着那把萨维奇。

他说：“我吓得脚底发冷。可我的脚够大，再冷也不怕。要我出去避避风头，是吗？”

沃尔兹叹了口气。他若有所思地说：“是的，我想你最好离开一段时间。从格兰岱尔走，能赶上去旧金山的晚间火车。”

黑人一脸阴郁。“旧金山不成，老板。我在那儿掐死过一个女人。她扯着嗓子哇哇直叫。旧金山不成，老板。”

“你已经有主意了，鲁夫，”沃尔兹冷静地说。他伸出一个手指搓了搓他那布满血管的鼻子一侧，然后用手掌向后抚顺他银灰的头发。“我从你棕色的大眼睛里看出来了。算了吧。我会罩着你的。把小巷里那辆车开出来。我们去格兰岱尔的路上再想想下一步。”

黑人眨了眨眼，用大手将下巴上的雪茄灰擦掉。

“最好还是将你那把闪闪发亮的大手枪留下，”沃尔兹又说道。“它需要休息。”

鲁夫手伸到身后，慢慢地从裤袋里抽出他的枪。他用一根手指把手枪推过抛光的桌面。他的眼底闪过一丝微弱慵懒的笑意。

“好的，老板，”他有点迷糊地说。

他穿过房间走到门口，开门出去了。沃尔兹站起身，踱步来到衣橱前，戴上一顶深色呢帽，穿上一件薄大衣，手上戴一副深色手套。他将萨维奇装入自己的左侧袋里，鲁夫的枪放入右侧袋。他出了房间，沿着走廊朝乐队的方向走去。

在走廊尽头，他稍稍分开幕布向外窥视。管弦乐队在演奏一支华尔兹。客人很多，相对于中央大道上的人来说，这里相对安静许多。沃尔兹叹了口气，盯着跳舞的人看了会儿，再次放下幕布。

他沿着走廊往回走，经过他的办公室来到尽头的一扇朝着楼梯的门前。楼梯底部的另一扇门通向大楼后方一条黑漆漆的小巷。

沃尔兹轻手轻脚地关上了门，靠着墙站着。轰鸣的引擎声离他越来越近，还有推杆发出的轻轻的咔哒声。小巷的一头是堵死的，另一头出去就是大楼的正面。中央大街上的灯光洒在了小巷转角的砖墙上，在那辆等候的汽车后方——一辆在黑暗中都看上去破旧不堪的小汽车。

沃尔兹的右手伸进大衣口袋，掏出鲁夫的手枪，隐藏在大衣之下。他悄无声息地走向小轿车，转到右侧车门，打开门正准备上车。

两只巨大的手突然从汽车里伸出，卡住了他的脖子。硬实的双手，力大无穷。沃尔兹的喉咙发出细微的咯咯声，他的头向后仰去，几乎一片黑暗中双眼向天空探视。

这时他的右手移动了，好像和他僵直绷紧的身体、饱受痛苦的脖子以及鼓突的双眼毫无关系。它谨慎、小心地向前移动，直到枪口压到了什么柔软的东西。然后，它小心翼翼地探索这柔软的东西，不慌不忙，似乎是为了确定到底是什么一样。

特里默·沃尔兹没有看见，他几乎也摸不到。他无法呼吸了。但他的手服从了大脑的指令，仿佛鲁夫那双可怕大手无法控制的一股独立的力量。沃尔兹的手指挤压了扳机。

那双手从他的脖子松开了，垂了下去。他倒退了几步，几乎跌倒在小巷中，肩膀撞到了远端的墙。他缓缓站起身来，往备受折磨的肺里深深地吸了口气。他开始瑟瑟发抖。

他几乎没注意到那个巨人的躯体从汽车里跌落，砰地摔倒在自己脚边。尸体躺在他的脚边，绵软无力，身形巨大，但不再具有威胁。不重要了。

沃尔兹把手枪丢在那具四肢摊开的尸体上。他轻轻地揉了会儿喉咙。他深深地、难受地大声喘着气。他的舌头在口中搅动，尝到了血腥味。他双眼疲惫地望着小巷上方那一道靛蓝色的天空。

过了一会儿，他声音嘶哑地说："我早就料到了，鲁夫……你瞧，我早就料到。"

他哈哈大笑，全身颤抖，理了理他的大衣衣领，绕过尸体上了车，关闭了引擎。他开始沿着小巷往回走向主宰者俱乐部的后门。

一个男人此时从汽车后方的阴影中走了出来。沃尔兹的左手迅速抄向他的大衣口袋中。闪着亮光的金属对准了他。他的手自然垂到了身体一侧。

皮特·安格利奇说，"猜到了那个电话会把你引出来，特里默。也猜到了你会这么做。干得漂亮。"

过了片刻，沃尔兹粗声粗气地说："他要掐死我。这是自卫。"

"当然。我们两个的脖子都被掐疼了。我的差点掐断了。"

"你想怎么样，皮特？"

"你杀了一个女孩，试图嫁祸给我。"

沃尔兹突然大笑起来，近乎疯狂地大笑。他平静地说：

"我经历的事情多了，就变得心狠手辣了，皮特。你应该了解这一点。最好别插手小托肯·韦尔的事。"

皮特·安格利奇移动了他的手枪，灯光在枪膛上闪闪发亮。他走向沃尔兹，用枪顶住他的腹部。

“鲁夫已经死了，”他温柔地说。“非常简单。那女孩在哪儿？”

“跟你有什么关系？”

“别装傻了，我可不笨。你想敲诈约翰·维达里一笔钱。我先托肯一步取走了钱。我想知道剩下的故事。”

沃尔兹静静地站在原地，任由枪顶着他的腹部。他的手指在手套里扭动。

“好吧，”他沉闷地说。“多少钱能封住你的嘴——而且保证以后也不泄密？”

“两百块。鲁夫掏走了我的钱包。”

“我会有什么好处？”沃尔兹慢悠悠地问。

“屁也没有。那个女孩我也要。”

沃尔兹彬彬有礼地说：“五百。但那个女孩不行。对一个中央大街上的流氓来说，五百块可不是一笔小数目。放聪明些，见好就收吧，其他事都忘掉。”

手枪离开了他的腹部。皮特·安格利奇敏捷地绕着他转悠，拍拍他的口袋，拿走了萨维奇，左手拿着枪打了个手势。

“成交，”他勉强地说。“朋友之间女人又算什么？给我钱。”

“得上楼去我的办公室，”沃尔兹说。

皮特·安格利奇发出短促的笑声。“最好别耍花样，特里默。带路吧。”

他们沿着楼上的走廊往回走。远处的幕布后，乐队正在演奏一支艾灵顿公爵[①]的哀伤乐曲，压抑的铜管乐器独奏出孤独单调的曲子，小

① 艾灵顿公爵（1899—1974），生于美国华盛顿特区，作曲家、钢琴家以及爵士乐队首席领班。公爵是他童年朋友给他起的绰号，他成名后，人们还是这样称呼他。

提琴在呜咽，还有那葫芦铃轻柔的撞击声。沃尔兹打开办公室的门，开了灯，走到桌子后坐下。他将帽子向后一歪，微笑着用钥匙打开一个抽屉。

皮特·安格利奇注视着他，向后伸手去锁上了门，沿着墙壁走到壁橱处，向内查看。然后，又走到沃尔兹身后挡住窗户的窗帘处。他的手上始终拿着枪。

最后他回到了桌子一头。沃尔兹将一沓零散的纸币推向他。

皮特·安格利奇没有看钞票，俯身撑在桌子一头。

“留着这些钱，把那个女孩给我，特里默。”

沃尔兹摇摇头，仍然面带微笑。

“敲诈维达里的是一千块，特里默——或者至少一千块。午街几乎是你的地盘。你有必要威胁女人去干你那脏活吗？我觉得你是握着那个女孩的什么把柄，所以她对你惟命是从。”

沃尔兹眯起了眼睛，凝视着那沓钞票。

皮特·安格利奇缓缓地说：“一个寒酸、孤独、担惊受怕的孩子。也许住在一间简陋的公寓。没有朋友，否则她不会在你这儿工作。没人会打听她的事，除了我以外。你不会金屋藏娇的，对吗，特里默？”

“拿着你的钱快滚，”沃尔兹冷冷地说。“你知道在这个地方那些低贱的人有什么下场。”

“当然了，他们一般经营夜总会俱乐部，”皮特·安格利奇温文尔雅地说。

他放下枪，伸手去拿钱。他捏紧拳头，随意地向上一翻，胳膊肘跟着往上一抬，拳头一转，精准地落在了沃尔兹的下巴颏上。

沃尔兹仿佛一袋子松松垮垮的破衣服，嘴巴大张，帽子掉在了脑袋后面。皮特·安格利奇注视着他，嘟囔道：“对我有可多好处了。”

房间里非常安静。乐队的声音从远处传来，影影绰绰，仿佛一个调低音量的收音机。皮特·安格利奇走到沃尔兹身后，将手伸进他的大衣，掏了掏他胸前的口袋。他取出一个钱包，抖落里面的钞票、驾照、持枪证以及几张保险卡。

他把东西放回钱包，愁眉苦脸地望着桌子，用拇指指甲搓着下巴。他的面前摆着一本泛着亮光的软皮记事簿。最上面的空白纸张上有书写过的痕迹。他将它拿到一侧对着光，然后拾起一支铅笔，开始在上面轻轻地涂抹。笔记渐渐显露出来。当白纸上覆满了铅笔印时，皮特·安格利奇看到：午街4623号，找雷诺。

他撕下纸，折好塞进了口袋里，拿起手枪，来到门口。他转动钥匙，从外面锁上了门，回到楼梯口，下楼来到了小巷。

那个黑人的尸体还躺在原地，在小轿车和黑漆漆的墙之间。小巷子里空空荡荡的。皮特·安格利奇弯下腰，俯身搜索死者的口袋看，找到了一卷钞票。他划了一根火柴，在昏暗的光线下点了点，从里面拿出八十七块钱，把剩下的钞票放回原处。一张撕下的纸片飘落在了路面上。纸片是从一端撕下来的，边缘参差不齐。

皮特·安格利奇缩在汽车旁边，又划了一根火柴，盯着这半张从记事簿上撕下的纸，从撕开的地方看起：……找雷诺。

他咬牙切齿，任由火柴掉落在地上。“很好，”他温柔地说。

他钻进车里，发动引擎，把车驶出了小巷。

7

门牌号码在前门的气窗上，在气窗后透出的光线照射下，显得模糊暗淡。那也是房子里唯一能从外面看到的光源。那是一栋木板房，位于街区中被警方监视的地点。正面的窗户被窗帘遮得严严实实。后面传来了喧嚣声、说笑声，还有一个黑人女孩如泣如诉的高亢歌声。

一个穿着深色衣服、戴着金边夹鼻镜的瘦高个黑人前来开门。他身后还有一扇门，关着。他站在两扇门隔成的黑箱子里。

皮特·安格利奇说：“雷诺吗？”

高个黑人点点头，一言不发。

“我是来找鲁夫留在这儿的那个女孩，白人女孩。”

高个黑人站在原地一动不动，仰头打量着皮特·安格利奇的脸。他开口说话时，嗓音中有种懒洋洋的沙哑，似乎是从其他地方传来的。

“进来，带上门。”

皮特·安格利奇进入屋内，关上了身后的外门。高个黑人打开内门。这扇门又厚又沉。门开启时，里面的喧嚣和灯光便扑面而来。一种紫红色的灯光。他穿过内门，进入了一条走廊。

紫红色的灯光从一个狭长客厅的宽阔拱门上射出。客厅内有厚重的丝绒窗帘、长沙发和扶手椅，角落里有一个玻璃吧台，一个穿白外套的黑人待在吧台后。四对男女在房间里悠闲地喝着酒；男人身材匀称，头发柔顺，女孩光着手臂，穿着透明丝袜，眉毛被拔掉后精心画过。那柔和、紫红的灯光令这一幕虚幻缥缈。

雷诺目光迷离地望着皮特·安格利奇的身后，垂下厚厚的眼睑，疲惫地说：“你说的是哪个？”

拱门后面的黑人安静地盯着他。吧台后的男人弯下腰，将双手放在吧台下。

皮特·安格利奇慢慢地把手伸进口袋里，取出一张皱皱巴巴的纸片。

“这个有用吗？”

雷诺接过纸片，看了一眼。他无精打采地从马甲口袋里拿出另一张颜色相同的纸片。他将两张纸拼在一起。他头向后一仰，望着天花板。

“谁派你来的？”

“特里默。”

“我不喜欢这一套，”高个黑人说。“他写下了我的名字。我不喜欢这一套。这可不聪明。而且我猜我得查查你的底细。”

他一转身，踏上一条笔直狭长的楼梯。皮特·安格利奇跟着他。客厅里一个年轻黑人大声地偷笑不止。

雷诺突然停住了脚步，转过身来走下楼梯，穿过拱门。他走到偷笑者的面前。

“这是正经事，”他精疲力竭地说。“没有白人来过，明白吗？”

男孩哈哈大笑说：“好吧，雷诺。”说着举起一只杯壁蒙着雾气的高脚杯。

雷诺再次上了楼梯，一边自言自语。楼上的走廊里有许多关闭的门。烈焰色的壁灯投下了暗淡的粉色灯光。在走廊尽头，雷诺掏出一把钥匙打开了门。

他站在一边。“把她带走，”他废话不多。“我这里不安置白人。”

皮特·安格利奇从他身边走过，进入了一间卧室。在远处靠近床的角落里，一盏落地灯射出橘色的灯光，床单镶着荷叶边，俗气得很。窗户紧闭着，空气混浊，令人作呕。

托肯·韦尔在床上侧躺着，面向墙壁，默默地抽泣。

皮特·安格利奇走到床边，碰碰她。她身子一闪，往后退缩。她的头猛地转过来，眼睛突出，张大嘴巴似乎要尖叫。

“嗨，还好吗，”他的声音平静、温柔。“我一直在找你。”

女孩回头瞪着他。渐渐地，她脸上的恐惧都烟消云散了。

8

《新闻报》的摄影师左手高举着闪光灯泡，弓着身子凑近他的照相机。“现在，笑一笑，维达里先生，”他说。“悲伤的笑容——能让他们喘不过气的笑容。”

维达里在椅子里转过身，摆出一个侧影。他向那个戴红色帽子的女孩微微一笑，然后脸转向照相机继续微笑。

闪光灯一闪，快门咔擦一声被按下了。

“还不赖，维达里先生。还可以更好。”

“我最近压力太大了，”维达里温柔地说。

“当然啦，脸上被泼硫酸可不是闹着玩的，”摄影师说。

戴红帽子的女孩在一旁痴笑，咳嗽了两声，然后拿起缝着红色针脚的长手套捂住嘴。

摄影师打包好他的器材。他上了点年纪，眼神忧郁，穿着光鲜的蓝色哔叽西装。他摇了摇满头灰发的脑袋，正了正帽子。

“是啊，脸上被人泼硫酸可不是闹着玩的，”他说。“好吧，我希望我们的人早上可以过来见你，维达里先生。”

“很高兴，”维达里疲倦地说。“记得告诉他们在上来之前先在大厅里打个电话给我。出去的时候，别忘了喝一杯。”

“我那不是疯了，”摄影师说。“我不喝酒。”

他将相机包背在肩上，步履沉重地走出房间。一个身穿白色外套的小个子日本人不知从哪里冒出来，带他出门，然后走开了。

“脸上被人泼硫酸，”戴红帽子的女孩说。“哈，哈，哈！”

“那肯定钻心的疼，要是一个漂亮女孩可能会这么说。我能喝一杯吗？”

“没人拦着你，”维达里吼道。

“没人能拦着我，亲爱的。”

她款款走向一张桌子，上面放着一个方形的中式托盘，调了一杯烈酒。维达里心不在焉地说：“明天早上事情就该了结了。《公报》、《新闻论坛》、三家通讯社，还有《新闻报》，真不赖。”

“简直完美，”戴红帽子的女孩说。

维达里冲她沉下了脸。“不过没有人被逮捕，”他温柔地说，“除了一个无辜的路人。你不会知道这次敲诈的内幕的，对吗，艾尔玛？”

她的笑容慵懒却冷酷。“我是那种为了区区一千块钱就出卖你的人吗？你白活了四十多岁，约翰尼[1]。我一向是个全垒打高手[2]。”

维达里站起身，穿过房间，来到一个雕花木柜前，用钥匙打开一个小抽屉，从里面取出一个巨大的水晶球。他回到自己的椅子坐下，俯身向前，双手托着水晶球，向里面凝视，神情迷茫。

戴红帽子的女孩透过酒杯的边缘望着他。她眯起双眼，眼神有点木然。

“见鬼！他又要跟亲人通灵了，”她吸了口气说。她啪的一声将酒杯放在托盘上，缓缓走到他身边弯下腰。她柔声细语，嘲讽道：“听说过老年痴呆吗，约翰尼？它们通常发生在那种四十多岁特别邪恶的人身上。他们对着花草玩具哼哼哈哈，剪纸人，玩弄水晶球……看在上帝的分上，约翰尼，别这样！你又不是白痴。”

维达里双眼直勾勾地盯着水晶球。他缓慢而深沉地呼吸着。

戴红帽子的女人向他凑得更近了。“我们去兜兜风，约翰尼，”她哄道。“我喜欢夜晚的空气。我们去呼吸呼吸新鲜空气。”

“我不想出去兜风，”维达里含糊地说。“我——我感觉到了什么。一种大祸临头的感觉。”

女孩突然身子一弯，撞了一下他手中的水晶球，球重重地砸在了地板上，随即在地毯的绒毛上迟缓地滚动。

维达里猛地站起身，脸上的表情扭曲骇人。

“我想出去兜风，帅哥，”女孩冷冷地说。“一个美好的夜晚，而你有

---

① 约翰的昵称。

② 意思是指能够达到目标，获得成功。

一辆好车。所以我想去兜风。”

维达里盯着她，目露凶光。他缓缓地笑了。凶恶的神色消失了。他伸出手，两根手指摸了摸她的嘴唇。

“我们当然会去兜风，宝贝，”他温柔地说。

他捡起水晶球，将它锁进柜子里，走进一道内侧门。戴红帽子的女孩打开一只包，用唇膏抹了抹嘴唇，抿了抿嘴，对着自己粉饼盒的镜子照了照。她拿起一件镶着红边的哔叽色粗羊毛外套，小心地穿上，将围巾似的领子甩到肩后。

维达里回来的时候穿着一件外套、戴了顶帽子，外套上披着一条带流苏的围巾。

他们穿过了房间。

“我们从后门溜出去吧，”他在门口说。“以防还有记者在外面转悠。”

“怎么了，约翰尼！”戴红帽子的女孩一脸嘲讽地扬起眉毛。“人们看到我进来，知道我在这儿。当然啦，你不希望他们以为你的女朋友留在这里过夜。”

“见鬼！”维达里粗暴地吼道，用力拉开了门。

电话铃在里间发出了刺耳的声响。维达里又骂了一句，手离开了房门，原地等待，直到身穿白色外套的小个子日本人进去接了电话。

男孩放下了电话，为难地笑了笑，做了个手势。

“您来接吧？我不明白。”

维达里返回房间，拿起听筒。他说，“哪位？我是约翰·维达里。”他等待着对方的回答。

他的手指慢慢地抓紧了电话机。他的整张脸都绷紧了，脸色发白。他缓慢而低沉地说：“请等一下。”

他把话筒搁在一边，双手放在桌上撑着身子。戴红帽子的女孩走到他身后。

“坏消息吗，帅哥？你看上去像一只洗干净的鸡蛋。”

维达里慢慢转过头，瞪着她。“他妈的给我滚出去，”他冷淡地说。

她哈哈大笑，只见他挺直了背，跨出一大步，狠狠地抽了她一个耳光。

“我说了，他妈的给我滚出去，”他以一种极其冷酷的声音重复道。

她止住了笑声，用戴着手套的手指摸了摸嘴唇。她睁大了双眼，但并没有显得十分震惊。

“怎么了，约翰尼。你就这样赶我走，”她不可思议地问。“你太可怕了，当然我会走的。”

她飞快地转身，轻轻甩了甩头，穿过房间走到门口，挥挥手走出了门外。

她挥手时维达里没有瞧她。她咔哒一声关上门出去后，维达里拿起了电话，严肃地说：“过来一趟，沃尔兹——尽快！”

他把听筒搁回电话机，原地站着，眼神空洞。接着，他又穿过内侧门，出来的时候已经脱了帽子和外套。他手上拿着一把短小厚重的自动手枪，枪口向下塞进了晚礼服的内侧袋里，再次慢慢地拿起电话，声音冷酷而坚定地说：“如果有一位安格利奇先生来见我，把他带上来。安格利奇。”他把名字拼读了一遍，小心地放下听筒，坐在旁边的一把安乐椅上。

他双臂交叉，静静地等候着。

9

穿白外套的日本男孩打开门，点了点头，面带微笑，客气地低声说道：“哦，您请进。请进。”

皮特·安格利奇拍了拍托肯·韦尔的肩头，推着她进了门，来到一个狭长漂亮的房间。在精美家具的映衬下越发显得她衣着寒酸、楚楚可怜。她的眼睛因为哭泣而红肿，嘴唇脏兮兮的。

他们身后的门关上了，小个子日本人悄悄走开了。

他们安静地走在厚实的长条地毯上，一路上经过了安静压抑的落地灯、嵌入墙壁的书架，架子上摆着成排的石膏像、象牙饰物，还有各种瓷器、玉器摆设，一面巨大的镶嵌在蓝色玻璃框里的镜子，由许多精美的亲笔签名照片环绕成一条装饰带，几张矮桌配着躺椅，高桌上摆着鲜花，还看到很多书、椅子和地毯——维达里正坐在远处，手上拿着一只酒杯，冷冷地盯着他们。

他漫不经心地移动了一下手，上下打量着女孩。

“啊，是的，警察逮住的人又来了。当然啦。有什么能为你效劳的吗？我听说他们抓错了人。”

皮特·安格利奇将一把椅子转过来些，让托肯·韦尔坐下。她缓慢而僵硬地坐下来，舔舔嘴唇，用一种近乎迷恋的眼神定定地看着维达里。

维达里的嘴角浮现出一抹彬彬有礼的厌恶。他的眼神中充满了警惕。

皮特·安格利奇坐下来，从口袋里抽出一条口香糖，打开包装，塞进了口中。他看上去疲惫不堪，神情憔悴。脖子和脸一侧还有深色的淤青。他还需要刮刮胡子。

他慢悠悠地说：“这位是韦尔小姐，就是那个本应该去取走你钱的女孩。”

维达里愣住了。一只夹着香烟的手开始不安地敲击着椅子的扶手。他注视着女孩，却一言不发。她似乎在向他微笑，接着脸刷地红了。

皮特·安格利奇说：“我经常在午街那一带出没。我了解那些唯利是图的人，知道哪些人属于那儿，哪些人不属于。今天晚上我在午街的一辆餐车上看见这个小女孩。她看起来很焦虑，一直在看表。而她不属于这一带。她离开时，我在后面跟着她。”

维达里微微点头。一簇烟灰从香烟的末端掉了下来。他心不在焉地低头看了看，再次点点头。

“她去了午街，”皮特·安格利奇说。“对一个白人女孩来说，那可是一条邪恶的街道。我发现她躲在一个门廊下。接着，一辆巨大的杜森伯格汽车在街角转弯，关了车灯，然后你的钱就被抛在人行道上了。她吓坏了。她求我去捡来。我捡到了。”

维达里没有看着女孩，平静地说：“她看起来不像是个骗子。你把她的事告诉过警方吗？我猜没有，否则你也不会来这儿了。”

皮特·安格利奇摇摇头，一边嚼着口香糖说道：“告诉警方？绝不可能。这是给我们的额外奖金。我们想拿回自己应得的那份。”

维达里突然一脸怒气，接着又平静下来。他的手不再敲打椅子扶手了。他的表情冷酷、严肃，面色苍白。他的手伸向晚礼服内侧袋中，默默地掏出一把自动手枪，手举着枪放在膝头。他微笑着向前略微一探身。

“敲诈犯，”他严肃地说，“总是非常有趣。你们的那份是多少——凭什么？”

皮特·安格利奇若有所思地看着手枪。他的下巴轻松地活动着，咀嚼口香糖。他的眼神中毫无惧色。

“安静，”他严肃地说。“安静点。”

维达里突然拿着枪恐吓道：“说，快说。我不喜欢安静。”

皮特·安格利奇点点头说：“泼硫酸的威胁只是一场梦。根本没有人威胁你。敲诈的事情只是个骗局。一场公关秀。就是这样。”他身子向后靠着椅背。

维达里的视线投向皮特·安格利奇的身后，他微微一笑，一脸木然。

特里默·沃尔兹从一扇敞开的边门溜进了房间。他的手上拿着他那把巨大的萨维奇手枪。他悄悄地走在地毯上，没有发出声响。皮特·安格利奇和那个女孩都没看见他。

皮特·安格利奇继续说，“从头到底都是一场骗局。只是一场精心的布局。猜对了吗？我当然猜对了，但是仔细想想，你们刚开始进行得这么顺利——后来又变得这么歹毒，尤其是在我出现后。这个女孩在主宰者俱乐部为特里默·沃尔兹工作。她身无分文，很容易被吓唬。所以沃尔兹派她去干这样违法的勾当。为什么？因为事先安排了她会被逮捕。那一带已经被监控了。如果她供出了沃尔兹，他会一笑置之，指出那个案发现场离他的地盘很近，而且又是那么小一笔钱，他的生意做得顺风顺水。他会指出，一个愚蠢的女孩去取钱，而他这么个聪明人会掺和这种事吗？当然不会。

“警察会对他半信半疑，你会故意拒绝控告这个女孩。如果她不说出真相，你还是会拒绝控告她，不管怎样，你终究会得到公众关注。你非常需要出名，因为你的名气正日薄西山，你想要出名，你所要付出的代价就是付给沃尔兹的酬劳——或者你以为事情就是这样。很疯狂吗？对一个好莱坞的卑鄙小人而言为了出名是不是太过了？想知道为什么联邦调查局的人没有插手这个案子？因为那些家伙会不断地刨根问底，直到查出幕后黑手，到时候你就会被控告妨碍司法公正了。这就是原因。当地警方才不在乎呢。他们习惯了电影里的骗局，打个哈欠，翻个身，又继续睡觉了。”

沃尔兹此刻已经走到房间中央了。维达里没有看向他。他看着女孩，向她微微一笑。

“现在，看看我掺和进来后事情变得多么不顺，”皮特·安格利奇说。“我去了主宰者俱乐部，跟这个女孩谈了谈。沃尔兹把我们骗进办公室，一个为他工作的大猩猩差点掐死我。醒来时，我身处一间公寓，那里有一具女尸，她被人枪杀了。而子弹是从我的手枪里射出的。枪就在我旁边的地板上，我身上都是金酒味，这时一辆巡逻车从街角呼啸而来。这位韦尔小姐则被关在午街的一家妓院里。

“怎么会有这些可怕的事？因为沃尔兹已经为你准备了一个绝妙的敲诈计划，他会吸干你的血。只要你还有一个子儿，一半都会属于他。你可能会付钱，洋洋得意，维达里。你会拥有名声，你会得到保护，可你要怎么还这笔账！”

沃尔兹正步步逼近——已经近在咫尺了。维达里突然站起身，用枪指着皮特·安格利奇的胸口。维达里的声音很细弱，像一个老人的声音。他阴沉地说：“抓住他，沃尔兹。我已经被这种事弄得紧张兮兮了。”

皮特·安格利奇都没有转身，表情木然。

沃尔兹把手枪顶住皮特·安格利奇的背。他站在那儿微笑，一边用枪顶着皮特·安格利奇的背，一边望着维达里。

“蠢货，皮特，”他干巴巴地说。“你这一晚已经够闹腾了。你早应该跑得远远的了——但我估计你就是放不下。”

维达里稍稍向一侧移动，叉开双腿，双脚平放在地上。他那英俊的面庞上泛着一种奇怪的青色，眼睛深处闪着病态的光芒。

托肯·韦尔瞪大眼睛盯着沃尔兹，眼神中充满了恐惧，眼睛里只剩下瞳孔周围的眼白。

沃尔兹说：“在这儿我无能为力，维达里。我也不想一个人把他带出去。去拿你的帽子和外套。”

维达里微微点头。他的脑袋几乎没动，眼神依旧充满病态。

“这个女孩怎么办？”他轻声问。

沃尔兹咧嘴一笑，摇摇头，枪狠狠顶住皮特·安格利奇的后背。

维达里又向边上移动了一下，再次叉开腿。笨重的手枪稳稳地拿在他手中，不过却没有瞄准任何目标。

他合上眼睛，短暂地闭了一会儿，随即又睁大了眼睛。他缓慢而谨慎地说：“跟原先计划的一样，只是太不可思议、太不择手段了，以前也经常在好莱坞发生。我只是没料到会造成死伤。我——我只是还不够卑鄙，无法继续干下去了，沃尔兹。不要一错再错了。你最好收好你的枪，离开这儿。”

沃尔兹摇摇头；脸上挤出一个奇特压抑的笑容。他从皮特·安格利奇身后退开，将萨维奇手枪稍微向一边偏了一下。

“牌已经发好，”他冷酷地说。“你只能打了。走吧。”

维达里叹了口气，身体一松。突然之间，他变成了一个孤独、凄凉的人，不再年轻。

“不，”他温柔地说。“我完了。最后一点马马虎虎的名气也没了。毕竟，这是我的戏。虽然不怎么高明，但始终是我的戏。收起枪，沃尔兹，走吧。”

沃尔兹冷若冰霜，面无表情。他的眼神变成了杀手的冷酷眼神。他又移动了一下萨维奇手枪。

“戴上——你的——帽子，维达里，”他明确无误地说。

“抱歉，”维达里说完便开枪了。

与此同时，沃尔兹的枪也开火了，两声枪响重叠。维达里向左侧摇晃了一下，转了半圈，接着再次挺直了身子。

他目光坚定地望着沃尔兹。“新手的好运气，”他说完，默默等待着。

皮特·安格利奇此刻掏出了他的柯尔特手枪，但他已经不需要了。沃尔兹慢慢倒在了他的身边。他的脸颊和布满血管的鼻子一侧压在了地毯的绒毛上。他移动了一下左臂，试图要伸到背后，但咕噜了一声之后，他就不再动弹了。

皮特·安格利奇将萨维奇手枪从沃尔兹摊开的身躯边上踢开。

维达里慢吞吞地问：“他死了吗？”

皮特·安格利奇嘟囔着，并没有回答。他望着女孩。她站起身，背靠着放电话机的桌子，因受惊而用手背捂住了嘴巴。如此自然，以至于看上去有点蠢。

皮特·安格利奇看着维达里。他难过地说："新手的好运气——是的。要是你没打中他呢？他在虚张声势，让你在这件事里陷得更深，这样你就不会供出他了。事实上，我可是他在一起谋杀案中的不在场证明。"

维达里说："抱歉……我很抱歉。"他突然坐了下来，头往后一仰，闭上了眼睛。

"上帝啊，可他真英俊！"托肯·韦尔充满敬意地说。"而且很勇敢。"

维达里将手放在了左肩，拼命压住伤口。血慢慢地从指缝中流了出来。托肯·韦尔发出了压抑的尖叫声。

皮特·安格利奇扫视了一眼房间。穿白外套的小个子日本人溜到了房间尽头，默默地站着，靠着墙身体缩成一团。皮特·安格利奇再次看着维达里。他非常缓慢地，仿佛很不情愿，说："韦尔小姐在旧金山有亲人。你可以送她回家，给她一点儿礼物。那很自然——也很正当。她背叛了沃尔兹，我才卷入了这件事。我告诉他你很聪明，他过来是为了让你闭嘴。男人之间的事。警察会一笑了之，但他们会戴着手铐笑的。毕竟，他们也出名了。骗局的事就算了。明白吗？"

维达里睁开眼睛，虚弱地说："你真的——非常大度。我会铭记在心的。"他的头耷拉了下来。

"他晕过去了，"女孩大叫道。

"是的，"皮特·安格利奇说。"给他一个香吻吧，他会突然醒过来的……这样你就会有一生的美好回忆了。"

他嚼着口香糖，走到电话旁，拿起听筒。

（宋 玲 译）

金　鱼

1

那天我垂着两条腿，无所事事。一阵猛烈的暖风吹打着办公室的玻璃，从小巷对面公寓酒店的燃油炉中升腾而起的煤烟颗粒翻腾着扑向我办公桌的玻璃台面，就像花粉飘过一片空地。

凯西·霍恩进门时，我正打算出去吃午饭。

她是一个无精打采、眼神忧伤的高个金发女子，曾经是一名女警察。在与一个名叫约翰尼·霍恩的人渣结婚后——为了让他洗心革面，她便辞职了。她没能成功改造他，可她愿意等他出狱，这样能够再次尝试。与此同时，她经营着公寓酒店的雪茄柜台，注视着这些骗子在廉价的烟雾中来来往往。她时不时地会借给其中一两个人十美元，让他逃出镇子。她就是这么面慈心软。此时，她坐了下来，打开一个闪亮的手提包，拿出一盒香烟，用我的台式打火机点燃了一支烟。她吹出一缕烟，鼻子使劲嗅了嗅。

“你听说过利安得珍珠吗？”她问。“天哪，这套蓝色哔叽西装锃亮。你银行里肯定有不少存款，瞧瞧你穿的衣服。”

“没有，”我说。“两者都没有。我从没听说过利安得珍珠，银行里也没有存款。”

“那么你也许想给自己挣笔两万五千块钱的外快。”

我点了一支她的香烟。她起身去关上窗户，一边说：“我上班时闻够了那股味儿。”

她再次坐下，继续说：

“这是十九年前的事了。他们把那个家伙关在莱温芙丝[1]十五年，现在他已经出狱四年了。从北边来的一个名叫索尔·利安得的大个子伐木工为他的妻子买下了那玩意儿——我是说珍珠——其中的两颗。它们价值二十万。”

“那还不得用个手推车去装这两颗珠子，”我说。

“我看你不太懂珍珠，”凯西·霍恩说。“决定价格的不仅是珠子的大小。不管怎么样，现在它们更值钱了，保险公司给出了两万五千块的酬劳，还不赖。”

“我明白了，”我说。“有人偷走了它们。”

“你现在呼吸点新鲜空气吧。”她把香烟扔在烟灰缸里，任由其燃烧，女士总是这样做。我替她掐灭了烟。“这就是那个家伙为什么会被关在莱温芙丝的原因，只是他们没能证明他偷了珍珠。当时有一列邮政车。他不知怎么藏在了车里，一路北上来到了怀俄明，后来他开枪打死了邮递员，清理掉了挂号信，逃走了。在逃到加拿大不列颠哥伦比亚省的时候，他终于被抓获了。但警方没有找到赃物——当时没有。他们只抓到了他。他还活着。”

“如果这是一个很长的故事的话，我们喝一杯吧。”

“日落之前我从来不喝酒。这样你就不会有剩酒了。”

“对爱斯基摩人来说太难了，”我说。“尤其是在夏天的时候。”

她看着我取出扁平的小酒瓶。接着她继续说：

“他名叫赛普——沃利·赛普。他是独自犯的案。他不会透露任何信息，一丁点细节都不会说。于是十五年后，他们允许他保释，前提是他交出所有赃物。他放弃了所有赃物，可是只有珍珠除外。”

“他藏在哪儿？”我问。“藏在帽子里？”

---

① 莱温芙丝镇，是美国华盛顿州奇兰县下属的一个城镇。

“听着，这可不只是个滑稽的故事。我有线索能找到那些珠子。”

我用手捂住了嘴，表情严肃。

“他称他从没拿过珍珠，他们似乎已经相信了，因为他们允许他保释。不过珍珠就此不见了，还有那些挂号信。”

我的喉咙开始有点发紧。我一言不发。

凯西·霍恩接续说：

“有一回在莱温芙丝，那些年里就这么一回，沃利·赛普抱住一罐白色虫胶的罐子，就像一条胖妇人的腰带一样紧紧地缠在身上。他的狱友是一个小个子，人们叫他皮勒·马多。他因为将二十元纸币撕开两半造假币待了二十七个月。赛普告诉她，他把珍珠藏在了爱达荷州的某个地方。”

我的身子向前探了探。

“开始吊起你胃口了，嗯？”她说。“好吧，听着。皮勒·马多在租我的房子，他有毒瘾，有一次他在梦中说起了这些。”

我又向后靠着椅背。“天哪，”我叫道。“实际上那笔奖金已经到手了。”

她冷冷地凝视着我。接着，她的表情缓和了。“很好，”她略带一丝绝望地说。“我知道这听起来很疯狂。这些年过去了。那些聪明人肯定已经在这件案子上绞尽脑汁，邮局的人、私家侦探等等。这个时候，一个瘾君子翻出了这件案子。但他是个善良的小个子，不知怎么，我就相信他。他知道赛普的下落。”

我说：“这都是他在睡梦中说的？”

“当然不是。可你了解我的。一个警察老女人耳朵可灵着呢。也许我是好管闲事，我猜想他以前是个骗子，我担心他重操旧业。他是现在我唯一的房客，我有时会凑到他的门前，听听他自言自语。我足够了解他才能鼓励他。他告诉了我其余的事，他想帮忙一起找到珍珠。”

我再次向前探身。“赛普在哪儿？”

凯西·霍恩微笑着，摇了摇头。“这是他不肯透露的一件事，还有赛普现在的化名，他也不肯说。不过是在北方某个地方，华盛顿奥林匹亚市[①]附近。皮勒在那儿看见过他，发现了他的踪迹，他说赛普没有发现他。”

“皮勒在这儿干什么？”我问。

“他就是在那儿被逮捕，送到莱温芙丝服刑的。你知道，一个老骗子总喜欢回到他栽跟头的地方看看。不过他现在在那儿没什么朋友。”

我又点了一支烟，倒了点儿酒。

“你说赛普已经出狱四年了。皮勒出来二十七个月了。这么长时间他都在干什么？”

凯西·霍恩睁大她那双陶瓷般的蓝眼睛，一脸痛惜。“也许你觉得他只进过一个监狱。”

“好吧，”我说。“他愿意跟我谈吗？我猜他想帮忙与保险公司的人打交道，万一真的有珍珠的话，赛普会交到皮勒手上，或者诸如此类的。是不是？”

凯西·霍恩叹了口气。“是的，他会跟你谈谈。他迫切地想跟你谈谈。他在害怕什么东西。你能现在就去吗？趁他晚上还没有吸得飘飘欲仙。”

“当然——如果你希望这样的话。”

她从包里掏出一把扁平的钥匙，在我的记事簿上写下一个地址。她缓缓地站起身。

“那是一栋联排房屋。我那侧的房子是独栋的。中间有一扇门，钥匙在我这边。这只是以防他开门闯入。”

“好吧，”我说。我往天花板上吹了口烟，注视着她。

---

① 美国华盛顿州的首府。

她走向门口，停住了脚步，又折回来了。她低头看着地板。

“我不指望能拿到很多钱，”她说。“也许一分都没有。可如果我能拿到一两千块等待约翰尼出狱，也许——”

“也许你以为他没犯毒瘾，”我说，“这就是个梦，凯西。一切都是梦。可如果不是，那能分到三分之一的奖金。”

她屏住呼吸，狠狠瞪着我，忍住泪水。她走向门口，再次停住脚步，折返回来。

“还不止，”她说。“是那个老家伙——赛普。他被关了十五年了。他付出代价了。沉重的代价。难道你不觉得卑鄙吗？”

我摇摇头。“他偷了珍珠，不是吗？他杀了一个人。他以什么谋生呢？”

“他的妻子有钱，”凯西·霍恩说。“他平时就养养金鱼。”

“金鱼？”我说。“见他的鬼去吧。”

她走出了门外。

2

上次我来灰湖区的时候，我帮助一个名叫伯尼·欧赫尔斯的地方检察官开枪打死了一个叫珀克·安德鲁斯的枪手。不过这是发生在山上的事，离湖边挺远。这栋房子在第二层，街道绕着山嘴形成一个环路。房子高高矗立在山上，前面有一堵破破烂烂的挡土墙，后面还有几块空地。

原先这是栋联排房屋，有两扇前门和两组门前台阶。其中一扇门上的格栅上钉着一块广告牌，上面写着：环路 1432 号。格栅挡住了窥视窗。

我将车停好，走上了直角台阶，经过两排石竹，再上了几个台阶，来到了广告牌的一侧。这里应该是租客的屋子。我按了门铃。没人来开门，于是我走到另一扇门门前。那边也同样没人出来。正当我在等待时，一辆灰色的道奇牌小轿车在弯道处发出了嗡嗡的引擎声。一个穿蓝色衣服、长相标致的小女孩抬头望了我一眼。我没看清车里还有什么人。我也没多心，不知道这事关紧要。

我拿出凯西·霍恩的钥匙，打开门，进入了一个密闭的、散发着香柏油气味的客厅。屋里的家具足够生活使用，网眼窗帘，一缕静谧的阳光从窗帘下透过，洒在前方。屋里还有一个迷你早餐室、厨房，后面的卧室显然是凯西的，还有一间浴室，前面另一个卧室似乎是作缝纫室用的。这间屋子的门能够通向房子的另一边。

我开了门，走进室内，像是穿过了一面镜子。一切都是相反的，除了家具。另一边的客厅有两张单人床，看上去不像有人居住的样子。

我向房子的后方走去，经过第二个浴室，敲了敲凯西卧室紧闭的门。

没人回应。我试着转动门把手，推门而入。躺在床上的小个子大概就是皮勒·马多。我最先注意到了他的脚，因为他穿着裤子和衬衫，却光着脚，双脚从床尾垂了下来。有人用绳子绑住了他的脚踝。

他的脚底板被烫得血肉模糊。尽管开着窗户，室内还是有一股皮肉烧焦的气味。还有一股烧焦的木头的气味。桌子上的电熨斗还插着电。我走上前关了电源。

我返回凯西·霍恩的厨房，在冰箱里找到一品脱布鲁克林威士忌。我喝了一点，深呼吸了一会儿，向外望着远处的空地。房子后面有一条狭窄的水泥道，绿色的木头台阶一路向下延伸到大街上。

我返回皮勒·马多的房间。一件红色细条纹的棕色西装挂在一张椅子上，口袋都外翻，里面的东西掉在了地板上。

他穿着西装的裤子，裤子口袋也被翻了出来。几把钥匙和一些零钱、一块手帕放在他旁边的床上，一个像是女士粉饼的金属小盒子旁，散落着一些闪闪发亮的白色粉末。可卡因。

他是个小个子男人，身高不超过五英尺四英寸。一头稀疏的棕发，一双巨大的耳朵。他的眼睛颜色模糊，只是那双眼睛，睁得大大的，了无生气。他的手臂被扯到一侧，一根连到床底的绳子绑住了他的手腕。

我检查他的全身，期望找到弹孔或是刀伤，然而却一无所获。除了脚上的伤，他的身上没有任何痕迹。死因肯定是休克或心脏病，抑或两者都有。他的身体还有余温，嘴里的堵布也有温度，而且潮湿。

我把自己触摸过的东西都擦拭干净，从凯西的前窗瞭望了一会儿，然后才走出房子。

下午三点半，我进入公寓酒店的大堂，走向角落里的雪茄柜台。我靠在柜台玻璃上，要了一包骆驼牌香烟。

凯西·霍恩将一包香烟弹了过来，零钱塞进了我胸前的口袋里，露出了相熟的微笑。

“嗯，你没去多久嘛，”她说着，望向旁边的一个醉汉，那人正用一个老式的燧石打火机点燃一支雪茄。

“很沉重，”我告诉她。“要有思想准备。”

她快速地转过身，将一包纸火柴沿着玻璃柜台弹向了那个醉汉。他摸索着去拿火柴，不料雪茄和火柴都掉在了地上，他生气地从地上捧起这些东西，一边走一边回头看看，仿佛在等着有人踢他一脚。

凯西望着我的后方，眼神冷酷而空洞。

“我准备好了，”她低声说道。

“你能拿到一半奖金了，”我说。“皮勒出局了。他被人谋杀了——死在他的床上。”

她的眼睛抽搐了一下。两根手指卷曲着勾着我手肘边上的酒杯。她的嘴边隐隐地泛着一层白沫。仅此而已。

“听着，”我说。“在我说完之前不要插嘴。他是死于休克。有人用一只廉价的电熨斗烫了他的双脚。不是你的熨斗，我检查过了。我推测，他很快就过去了，可能还没来得及说什么。堵布还塞在嘴里。在我去那儿之前，坦白说，我曾认为这一切都是瞎扯的。现在我不那么确定了。如果他当时神志清楚，那么我们就完了，赛普也完了，除非我能先找到他。那些家伙不择手段。如果他当时吸了毒，神志不清，那我们还有时间。”

她的头转过去，双眼望向大堂入口处的旋转门。她的脸颊上闪着白光。

“我该怎么做？”她喘口气说。

我拨弄着一盒包装好的雪茄，把她的钥匙放进盒子里。她用修长的手指自然地拿出钥匙，妥善藏好。

“你回家后就会发现他的尸体。你一无所知。别管珍珠的事，也别管我。他们来检测他指纹的时候，会知道他曾有犯罪记录。他们会以为这是寻仇报复之类的案件。”

我打开我的香烟盒，点燃一支，朝她望了片刻。她一动都没动。

“你能面对这件事吗？”我问。“如果不能，现在就讲出来。”

“当然。”她的眉毛向上耸起。“我看起来像个虐待狂吗？”

“你嫁给了一个骗子，”我严肃地说。

她一脸绯红，这正是我的目的。“他不是！他只是个该死的傻瓜！没有人会觉得我更糟糕了，警局总部的那些男孩子也不会。”

“好吧。我喜欢这样。毕竟这起谋杀不关我们的事。如果我们现在供出来，你就甭想拿到一个子儿的奖金了——即便有人曾经支付过。”

“该死的瘾君子，”凯西·霍恩泼辣地说。“哦，可怜的小矮子，”她几乎有点哽咽。

我拍拍她的手臂，尽量开心地咧着嘴笑，然后离开了公寓酒店。

3

安信保险公司在格拉斯大厦有几间办公室，三个小房间看上去规模不大。其实他们是一家大型公司，只是喜欢低调行事。

经理名叫卢丁，是一个中年秃头男子，目光温和，优雅的手指摩挲着一支带花纹的雪茄。他坐在一张巨大的、满是灰尘的桌子后面，平静地盯着我的下巴。

“卡尔马迪，是吗？我听说过你的大名。”他用一根发亮的小手指碰了碰我的名片。“有何贵干？”

我拿了一支香烟，放在手指间来回转动，压低了声音说：“还记得利安得珍珠吗？”

他的笑容越拉越长，渐渐消失了。“我不可能会忘。这起案子让公司赔了十五万美元。那会儿我还是个不知天高地厚的年轻理赔师呢。”

我说：“我有一个想法。也许很疯狂。看起来非常疯狂。可我想试试看。你们那两万五千块的奖金还有效吗？”

他咯咯地笑了。“是两万块，卡尔马迪。那部分差额我们用掉了。你是在浪费时间。”

“浪费也是浪费我的时间。那就算是两万块。我能获得多大程度的配合？”

“哪种配合？”

“能否给我开一封证明信——向你们其他分公司证明我身份的信？万一我要去美国以外的地方。万一我需要从当地警方处打听一些消息。”

“以哪种方式去美国以外的地方？”

我对他微笑。他将雪茄在烟灰缸边上轻轻敲打，也报之一笑。我们俩的笑容都不是由衷的。

“没有证明信，”他说。“纽约那边不会同意的。我们有自己的合作关系。不过你可以得到所有的配合，秘密行事。如果事成了，还有两万块奖金。当然啦，你不会成功的。”

我点燃香烟，向后靠着椅背，向天花板吹了一缕烟。

“不会吗？为什么不会？你永远得不到这些珠子。它们还在，不是吗？”

“该死的它们当然还在。如果它们还在，它们是属于我们的。不过价值二十万的珠宝不会淹没二十年之久的——该挖出来了。”

“很好。还是我自己的时间。”

他轻轻磕掉雪茄灰，垂下头看着我。“我喜欢你的模样，”他说，“即便你疯了。但我们是一家大公司。假设我现在就为你投保，接着会怎么样？”

“我投降。我会知道自己被投了保。我可是久经沙场，从未失过手。我会放弃，把自己掌握的情况告诉警方，然后回家。”

“你为什么这么做？”

我再次从桌子上方探过身去。“因为，”我缓缓地说，“那个掌握线索的家伙今天被人干掉了。”

“哦——哦。”卢丁搓了搓他的鼻子。

“不是我干的，”我补充道。

我们沉默了片刻。接着卢丁说：“你不需要什么证明信。你甚至都不会随身带着。告诉我这些事之后，你他妈的非常清楚，我可不敢开给你证明信。”

我站起身，咧嘴一笑，向门口走去。他非常迅速地站起身，绕过桌子，用那只精致的小手搭在我的臂膀上。

“听着，我知道你疯了，可是如果你找到了什么，务必瞒过警方，带到这儿来。我们需要打广告。”

“你他妈的以为我会白干？”我咆哮道。

“两万五千块。”

“我以为是两万呢。”

“两万五。你还是疯了。珍珠不在赛普手里。如果在他手里，他好多年前就来跟我们谈条件了。”

“好的，”我说。“你还有大把时间来考虑。”

我们握了握手，相视一笑，仿佛两个绝顶聪明的人自以为没有欺瞒对方，但却贼心不死。

我回到办公室时已经四点三刻了。我草草喝了几杯酒，填了一支烟斗，坐下来梳理我的思路。这时，电话铃响了。

一个女人的声音响起：“卡尔马迪吗？”一个微弱、紧张而冷酷的声音。我不认识对方。

“是的。”

“你最好来见见拉什·麦德。认识他吗？”

“不，”我撒了个谎。“我为什么要见他？”

电话上突然传来一阵银铃般冷若冰霜的笑声。“因为有个家伙的脚疼得要命，”那个声音说。

电话咔哒挂断了。我将电话放到边上，划了一根火柴，凝视着墙面，直到火焰烧伤了我的手指。

拉什·麦德是阔恩大厦的无良律师。他是个唯利是图的律师，上下疏通，编造不在场证明，任何有利可图的活儿他都接。我还没听说过他牵扯进某些重大犯罪案件，比如烫人的双脚。

4

此时，下春日街上正接近下班高峰。出租车沿着路缘慢慢向前移动，速记员早早地下班了，汽车堵在了路上，交警在阻止人们正常地转弯。

阔恩大厦门面狭小，正面是一种干巴巴的土黄色，入口处有一大箱假牙。指示牌上有号称无痛看牙的牙医名字，还有那些教你成为邮递员的人，还有的只有名字，或者只有门牌号。拉什·麦德，律师，619 房间。

我从一个颠簸的电梯轿厢里出来，看见一块肮脏的橡胶地毯上放着一只脏兮兮的痰盂，沿着一条满地是烟蒂的走廊走去，来到一块写着数字 619 的毛玻璃板下，试着转动门把手。门上了锁，我敲敲门。

一个黑影贴上了玻璃，门吱呀一声被拉开了。我望着一个长着柔软圆润下巴的矮胖子，浓密的黑色眉毛，一脸油腻，陈查理[1]式的小胡子令他的脸看上去比实际更胖。

他伸出两根被尼古丁熏黄的手指。“很好，很好，老迈的捕狗人到了。我的眼睛过目不忘。我记得，名字是卡尔马迪？”

我走进房间，等着房门吱呀一声关上。光秃秃的地上铺着棕色的油毡。房间里有一张平坦的桌子，桌子的活动盖板竖起，一个绿色的大保险箱看上去跟熟食店的包装袋一样可以防火，还有两个档案柜，三把椅子，一个嵌入式柜子，门口的角落里还有一个台盆。

“很好，很好，请坐，”麦德说。“很高兴见到你。”他在桌子后鼓捣了一阵，调整好一个突出的坐垫，坐下来。“大驾光临，很荣幸。谈生意吗？”

我坐下身，将一支烟夹在嘴里，望着他。我没说话，默默地看着他开始紧张地冒汗。他的头发上最先开始冒汗。于是他抓起一支铅笔，在吸墨纸上做了些记号。然后他飞快地扫了我一眼，再次低头看着吸墨

---

① 美国作家厄尔·德尔·比格斯笔下的一个华人探长，出现在多部电影、电视和卡通片中，是“美国观众最熟悉的 5 个中国人”之一，长着小胡子。

纸。他开口了——对着吸墨纸说：

“有想法吗？”他温柔地问。

“关于什么？”

他没有看我。“关于我们可以一起合伙做点小生意。比如说，在珠宝方面。”

“那个女孩是谁？”我问。

“嗯？什么女孩？”他仍旧低着头。

“给我打电话那个。”

“有人给你打过电话吗？”

我伸手去拿他的电话机，是老式的支架电话。我拿起听筒，拨了警察局的电话，动作非常缓慢。我心知肚明，他认得出那个号码，如同他认得出自己的帽子。

他探过身，一把将听筒挂上。“听着，”他抱怨道。“你动作太快了。打电话给警察干什么？”

我慢慢地说：“他们想跟你聊聊。解释一下你为什么会认识一个女人，她知道有个家伙脚疼得要命。”

“一定要这么做吗？”他的衣领此刻绷紧了。他猛地拉了拉。

“我是不想的。可如果你觉得我会坐在这儿让你耍我，那么就对不起了。”

麦德打开一个扁平的锡制烟盒，噗地推出一支烟叼在嘴里，那声音就像有人剖开了一条鱼。他的手摆了摆。

“好吧，”他声音低沉地说。“好吧。别发火。”

“别再跟我兜圈子了，”我咆哮道。“说点正经的。如果你有活儿要交给我，那活儿可能太脏了我没法接。但我至少会听听。”

他点点头，此刻他放松多了。他知道我在虚张声势。他喷出一口苍白的烟圈，注视着它袅袅上升。

“没错，”他平静地说。“我有时会装傻充愣。因为我们都是聪明人。卡罗尔看见你去了那栋房子，后来又离开了。没有警察来过。”

“卡罗尔？”

“卡罗尔·多诺万。我的朋友。她给你打了电话。”

我点点头。“继续说。”

他没有说下去，只是坐在那儿，严肃地看着我。

我咧嘴一笑，身体向前探过桌子一点儿，说：“这是你顾虑的原因。你不知道我去那里的原因，也不知道我离开时为什么没报警。这很容易。我想这是个秘密。”

“我们只是在互相欺骗，”麦德尖酸地说。

“好吧，”我说。“让我们来谈谈珍珠。这样是不是更容易些？”

他双眼发光，想让自己兴奋些，不过却没有这么做。他继续压低嗓门，冷酷地说：

“卡罗尔有一天晚上路上载了他一段，那个小个子。一个疯狂的小个子，身上全是雪，不过倒启发了他的思绪。他谈到了珍珠，在加拿大西北部有一个老家伙，很久以前偷了那些珍珠，至今还在他手上。只是他不肯说出那个老家伙的名字或下落。老奸巨猾。口风也紧。我不明白为什么。”

“因为他想把自己的脚烫伤，”我说。

麦德的嘴唇颤抖，头发上又冒出了细密的汗珠。

“我没下手，”他嘶哑着嗓子说。

“不是你就是卡罗尔，有什么区别？那小个子死了。他们会推测这是谋杀。你没获得想要的信息。所以我才来了。你以为我手上有你没有的信息。别想了。要是我什么都知道，我就不会来这儿了。要是你都知道了，也不会希望我来这儿。对吗？”

他慢慢地咧开嘴，仿佛很疼似的。他从椅子上挣扎着站起身，从桌子一侧拉出一个很深的抽屉，将一个造型精致的棕色瓶子放在桌上，还有两个带条纹的玻璃杯。他喃喃低语道：“对半分。就你和我。我把卡罗尔排除在外。她太他妈的辣手了，卡尔马迪。我见过狠毒的女人，可她就像装甲板上的保护层。你永远不会想要盯着她看，不是吗？”

“我见过她吗？”

“我想是的。她说你见过她。”

“哦，道奇车上的那个女孩。”

他点点头，倒了两大杯酒，放下酒瓶，站起身。“兑水吗？我喜欢兑水。”

“不用，”我说，“可你为什么算上我一份呢？我知道的信息并不比你提到的多。或者说所知甚少。肯定达不到你所需要的信息量。”

他不怀好意地透过玻璃杯望着我。“我知道我们能在哪儿找到价值五万美元的利安得珍珠，那是你报酬的两倍。分给你一份，我也没损失。你已经领先一步了，而我还得凭空摸索。要不要兑水？”

“不用兑水，”我说。

他走向嵌入式的水槽，打开水龙头，接了些水让酒杯半满，返回座位。他再次坐下，咧着嘴，举起酒杯。

我们一起喝了酒。

5

到目前为止我只犯了四个错。第一个，完全深陷其中，即便是为了凯西·霍恩的缘故。第二个，在发现皮勒·马多死后，我继续深陷其中。第三个，让拉什·麦德看出来我明白他在讲什么。第四个，是威士忌，最糟糕的一个。

即便喝下肚，这味道也怪怪的。接着，一刹那，我明白了他已经将他那杯酒换成了藏在柜子里没有下过药的一瓶，简直就像亲眼所见。

我静静地坐了片刻，指端捏着空酒杯，试图使劲发力。麦德的脸开始膨胀，朦朦胧胧，模糊不清。他望着我，陈查理式的小胡子下，嘴角颤动着露出肥腻的笑容。

我伸手从后裤袋里掏出一条揉成一团的手帕。包在里面的小短棍似乎没有露出来。麦德在外套下第一次抓了一把后，至少没有行动。

我站起身，摇摇晃晃地向前走去，啪地一下砸在他的头顶上。

他吸了口气，而后站起身。我一拳打向他的下巴。他晃了晃，一只手从外套下突然袭来，撞倒了桌子上的玻璃杯。我站直了身子，静止不动，侧耳倾听，不断克服一股汹涌、恶心的迷糊。

我走向一扇连通门，转了转门把手。门上锁了。我此时已经步履蹒跚，将一把椅子拖到入口处的门前，用椅背顶住门把下方。我背靠着门，大口喘气，咬紧牙关，大声咒骂自己。我拿出手铐，转身走向麦德。

这时，一个非常漂亮的黑发灰眸女孩走出衣柜，手上一把点三二口径手枪指着我。

她穿着剪裁合身的蓝色套装。一顶反戴的、形似飞碟的帽子耷拉在她前额。闪闪发亮的黑发垂在两侧。她的双眼是青灰色的，冷酷却又透着欣喜。她的脸庞年轻而有活力，面容精致、轮廓分明。

“很好，卡尔马迪。躺下昏睡吧。你完蛋了。”

我挥舞着短棍摇摇晃晃地向她冲去。她摇了摇头。她的脸移动了，在我眼前变得越来越大。脸部的轮廓在变幻、摇晃。她手中的枪起先看上去像一条隧道，后来又变成了一根牙签。

“别犯傻，卡尔马迪。”她说。“睡上几个小时，几小时后再来找我们。别逼我开枪。我会的。”

“他妈的，”我嘀咕道。“我知道你会的。”

“非常正确，宝贝儿。我是个特立独行的女人。很好。坐下。”

地板好像升起，磕到了我。我就像坐在一条小木筏上，漂在波涛汹涌的大海中。我双手撑在地上。我几乎摸不到地板，双手麻木了。全身都麻木了。

我试图瞪大眼睛盯着她。“哈哈！女——杀——手！”我咯咯直笑。

她的笑声寒意森森，而我几乎听不见了。此刻我的脑袋里仿佛有人在打鼓，从遥远丛林中传来的战鼓。一波又一波的光线闪过，还有黑影以及树顶上沙沙的风声。我不想躺下，可我还是躺倒了。

女孩的声音从非常遥远的地方响起，仿佛一个小精灵的声音。

“对半分，嗯哼？他不喜欢我的方式，嗯？但愿他有颗温柔的大心脏。我们会解决他的。”

我隐约感觉飘浮在了空中，似乎听见了一声闷响，可能是枪声。我希望她开枪打死了麦德，但她没有。她只是在我快不行了的时候帮了我一把——用我自己的短棍。

我再次醒来时已经是夜半时分。头顶上方有什么东西碰撞发出了一声巨响。透过敞开的窗户，越过桌子，黄色灯光射向了一栋大楼的高边墙。又撞击了一下，灯灭了。屋顶上有一块广告牌。

我从地板上起来，像从烂泥中爬出来一样。我费力地走向台盆，将水泼在脸上，感觉头重脚轻，不由得感到一阵痛苦。我挣扎着来到门口，找到电灯开关。

桌子周围散落得满地纸张，还有断成两截的铅笔、信封、一个棕色威士忌空酒瓶、烟蒂和烟灰。慌忙中清空抽屉留下的杂物。我没有费心再检查一遍。我离开办公室，乘着颤颤巍巍的电梯下楼来到大街上，走进了一个酒吧，喝了一杯白兰地，接着取车开回了家。

我换了身衣服，收拾了一个包，喝了点威士忌，接了电话。此时大约九点半。

凯西·霍恩的声音响起："那么你还没溜吗？我希望你不会走。"

"独自一人吗？"我问，仍然嘶哑着嗓子。

"是的，不过之前不是一个人。房子里到处是警察，来了好几个小时了。他们人很好，细心周到。可能是以前的仇人，他们推测。"

"现在电话线可能被监听了，"我咆哮道。"我应该去哪儿啊？"

"好吧——你知道。你的女孩告诉我的。"

"那个小个子黑皮肤女孩？非常冷酷？名叫卡罗尔·多诺万是吗？"

"她有你的名片。怎么了，难道——"

"她不是我的女孩，"我简明扼要地说。"我打赌，你肯定不假思索地就吐出了一个名字——那个北方小镇的名字。对吗？"

"是——是的，"凯西·霍恩怯懦地承认了。

我当即搭乘夜班飞机飞往北方。

真是一次愉快的旅行，只是我头疼欲裂，疯狂地想喝冰水。

6

奥林匹亚市的斯诺夸尔米酒店位于国会大道，面向着普普通通、四四方方的城市街区。我离开咖啡店，沿着一座小山坡往下走，来到普吉特海湾[①]最后、最孤独的尽头，这里映衬着一排废弃的码头。成堆的柴火填满了前面的空地，老人们在一堆堆柴火中间闲逛，或是坐在箱子上嘴里叼着烟头，他们头上的牌子写着："柴火、劈柴。免费送货。"

后面耸立着一座低矮的峭壁，北方大片的松树在灰蓝色天空的映衬下，显得郁郁葱葱。

① 隶属华盛顿州，位于美国太平洋西北区，是萨利希海的一部分。

两个老人坐在相距二十英尺的箱子上，互相装作看不见对方。我走向其中一人。他穿着灯芯绒裤子，身上仿佛是件红黑色的厚呢短大衣。那顶呢帽像是积攒了二十年的汗水。他一只手抓着一根黑色的短烟斗，而另一只满是烟垢的手缓慢、小心、入神地猛地拉扯下一根从鼻子里长出来的卷曲的长鼻毛。

我将一只箱子放在一头，坐下，填满烟斗，点燃后悠悠地喷出一团烟雾。我向水面挥了挥手，说：

“你永远想不到这里连接着太平洋。”

他望着我。

我说：“尽头——宁静、安详，就像你们的小镇。我喜欢这样的小镇。”

他继续望着我。

“我敢打赌，”我说，“在这样小镇上的人肯定认识镇上以及附近乡镇的每个人。”

他说：“你赌多少钱？”

我从口袋里掏出一枚银币。里面还有好几个。老人仔细看了看，点点头，突然从鼻子里扯出一根长鼻毛，举着它朝向亮处。

“你输定了，”他说。

我将一块硬币放在膝盖上。“附近有人喜欢养金鱼吗？”我问。

他盯着那一块钱。坐在附近的另外一个老头儿穿着工作服，脚上的鞋子没有鞋带。他也盯着那一块钱。他们俩几乎同时吐了口痰。第一个老人转过头去，扯着嗓子吼道：

“认识什么人养金鱼吗？”

另一个老头儿从箱子上蹦起来，抓起一把大斧子，将一根原木放在一端，挥舞斧头嘭的一声砍了下去，均匀地劈成了两半。他得意洋洋地看着第一个老人，大声叫道：

“我听不见。”

第一个老人说：“小聋子。”他缓缓站起身，走向一间由长短不一的破旧木板搭成的棚屋。他进去后，砰地关上了门。第二个老人任性地扔下斧头，朝着那扇关上的门啐了一口，然后走入那成堆的柴火之中。

棚屋的门开了，穿厚呢短大衣的老人探出头来。

“下水道的臭螃蟹，”他吼道，说完再次关上了门。

我将一美元放进口袋里，然后上山原路返回。我估摸着要学会他们的语言恐怕得很久。

国会大道是南北走向。一辆暗绿色的有轨电车在路上行驶，前往一个叫塔姆沃特的地方。我远远瞧见了那些政府大楼。向北延伸的街道上开着两家旅馆和一些商铺，最后出现了左右两条岔路。右侧通向塔科马和西雅图。左侧过了桥，继续走就是奥林匹克岛。

走过左右两条岔路后，街道突然变得破败不堪，沥青路面高低不平，还有一家中餐馆、一家关闭的电影院以及一家当铺。脏兮兮的人行道上突出的一块广告牌上写着“烟纸店”，下面还有两个仿佛不愿被人看到的小字：“桌球”。

我走进店里，经过一排艳俗的杂志和一个雪茄柜，柜子里还有苍蝇在乱飞。店里的左侧有个木质的长吧台，几台老虎机，还有一张孤零零的桌球台，三个孩子在摆弄老虎机，一个瘦高个正独自打桌球，他长着个长鼻子，几乎没有下巴，嘴上叼着熄灭的雪茄。

我坐在一张凳子上，吧台后一个眼神坚定的秃顶男人从一把椅子上站起身来，在一条灰色的厚围裙上抹了抹手，向我露出了他的一颗大金牙。

“来点儿黑麦威士忌，”我说。“认识一个养金鱼的人吗？”

“好的，”他说。“不认识。”

他在吧台后倒出了一点酒，将一只厚壁酒杯推向我。

“两角五分。”

我闻了闻杯子里的玩意儿，皱了皱鼻。“那句‘好的’是回答黑麦威士忌吗？”

秃顶男人举起一大瓶酒，瓶身的标签上大致写着：“迪克西奶油味纯黑麦威士忌，至少四个月陈酿。”

“好吧，”我说。“我以为是刚进的货。”

我在酒杯里兑了点水，喝了口。这味道就像一种霍乱菌培养液。我将一枚两角五分的硬币放在柜台上。酒保露出了另一侧的金牙，两只有力的大手抓着吧台，用下巴向我示意。

“你要找茬吗？”他问道，几乎是温柔的语气。

“我刚搬来，”我说。“我想买一些金鱼放在前面的窗户上。金鱼。”

酒保非常缓慢地说：“我像是认识养金鱼的人吗？”他的脸色有点发白。

那个正在打桌球的长鼻子男人将球杆放回架子上，踱步来到吧台，坐在我身边，他扔了一个五分硬币在吧台上。

“先给我来杯可乐，别搞得紧张兮兮的。”他对酒保说。

酒保经过一番努力，双手终于从吧台上掰开了。我低头看看他的手指是否在木头上压出了凹痕。他倒了一杯可乐，用玻璃棒搅了搅，啪的一声放在吧台上，深深吸了口气，然后从鼻子里呼出，嘟囔了两句，向一扇标着“厕所”的门走去。

长鼻子男人端起他的可乐，照了照吧台后方那面污迹斑斑的镜子。他的嘴角左侧抽搐了一下，传来一个模糊的声音：“皮勒还好吗？”

我捻起大拇指和食指，放在鼻子上，嗅了嗅，悲伤地摇了摇头。

“说重点，嗯？”

“好的，”我说。“可我还不知道你的名字。”

“叫我‘日落’。我总是在向西边跑。我以为他会闭紧嘴的？”

“他的确会闭紧嘴，”我说。

“你叫什么？”

“道奇 · 威利斯，来自厄尔巴索。”我说。

“住哪儿？”

“旅馆。”

他放下空玻璃杯。“我们去那儿谈吧。”

7

我们上楼来到我房间，倒了两杯苏格兰威士忌和姜汁汽水，我俩互望着对方。“日落”仔细观察着我，他的双眼相距很近，眼神冰冷，起先一点一点打量，但最终将我从头到脚看了个遍。

我啜了一口酒，等待着。最后，他嘴唇几乎没动，发出了声音：

“皮勒自己怎么没来？”

“和他来到这里却没留下的原因一样。”

“什么意思？”

“你自己琢磨吧，”我说。

他点点头，仿佛我的话有意义一样。接着：

“现在的最高出价是多少？”

“两万五。”

“胡扯。”“日落”的语气强硬，甚至粗鲁。

我向后靠去，点燃一支烟，对着敞开的窗户喷了口烟，看着一阵微风把烟吹散。

“听着，”“日落”抱怨道。“我对你完全不了解。你可能是个骗子。我只是不确定。”

“那你为什么来跟我搭话？”我问。

“你说出了那个关键词，不是吗？”

我该深入详谈了。我朝他咧嘴一笑，“不错。金鱼正是暗号，烟纸店是接头的地方。”

他面无表情，证明我猜对了。这是一个梦寐以求的突破，可即使在梦里，也掌握不了。

“那么，接下来怎么办？”“日落”询问道，一边从杯子里吸了一片冰，嘎吱嘎吱地咀嚼着。

我哈哈大笑。“好吧，‘日落’。你这么小心翼翼，我很高兴。我们这样的无聊对话可以持续几个星期。让我们开门见山吧。那个老家伙在哪儿？”

“日落”抿紧嘴，润了润嘴唇，再次抿紧。他非常缓慢地放下酒杯，右手松垮垮地搁在大腿上。我明白自己犯了个错——皮勒肯定知道那个老家伙的下落。因此，我也应该知道。

从“日落”的声音里听不出他对我的怀疑。他蛮横地说：“你的意思是我为什么不开门见山，好让你平白得到好处。绝不可能。”

“那好，这么说吧，”我咆哮。“皮勒死了。”

他的一条眉毛和一边的嘴角抽搐了一下。他的眼神比先前更加空洞了。他的声音略微有点嘶哑，类似手指摩挲干皮革的声音。

“怎么会？”

“有你们俩都不知道的对手。”我微笑着向后靠去。

一把手枪在阳光下发出一道柔和的金属光晕。我都没看清枪是打哪儿来的，这时，黑漆漆的圆形枪口已经对准了我。

“你骗错了人，”“日落”冷冰冰地说道。“我可不是软柿子，任人拿捏。”

我双手抱胸，故意将右手放在外面，让他看得到。

“如果我在骗人的话，那么我是选错了对象。可我没有。皮勒和一个女人交往，那个女的套出了他的话——在某种程度上。他没告诉她那个老家伙的下落。于是她和她的头目找到了皮勒的住处。他们用一只烧红的熨斗烫他的脚，他死于过度惊吓。”

“日落”看起来无动于衷。“我的耳朵里还有足够空间听你编故事，”他说。

“我也是，”我突然装作怒气冲天的样子大吼道。“除了说你认识皮勒以外，你他妈的说了什么有价值的话？”

他用扣住扳机的手指转动手枪，注视着它旋转。“老赛普在韦斯特波特，”他随意说道。“这对你有价值吗？”

“是的。他手上有珍珠吗？”

“我他妈的怎么知道？”他停下了旋转的手枪，将它放在大腿上。此时手枪没有指着我。“你说的对手在哪儿？”

“我希望我甩掉了他们，”我说。“我不太确定。我可以放下双手，喝一杯吗？”

“可以，喝吧。你是怎么牵扯进来的？”

“皮勒的房东是我一个朋友的妻子，我朋友在坐牢。那是一个正直的女人，可以信任。他告诉了她这些信息，而她又转达给了我——这是后来的事。”

“在他被干掉之后？你那边有几个人要分这笔钱？我必须得到一半。”

我拿起酒杯，将空酒杯推到一边。“见鬼。”

手枪抬起了一英寸，又放下。“一共几个？”他厉声说。

“三个，现在皮勒出局了。如果我们能搞定对手的话，就是三个。”

“那些烤人脚的家伙吗？小事一桩。他们是什么人？”

“男的叫拉什·麦德，一个南方的无良律师，五十岁上下，身材肥胖，留着往下弯的小胡子，头顶的黑发稀疏，身高五英尺九英寸，体重一百八十磅，没什么胆量。那个女孩叫卡罗尔·多诺万，黑色长发波波头，灰色的眼睛，很漂亮，五官精致，二十五到二十八岁的样子，身高五英尺二英寸，体重一百二十磅，最后一次被人看见时身穿蓝色套装，真够心狠手辣的。那女孩才是两人中真正难对付的。”

“日落”漠然地点点头，把枪放到一边。“要是她敢横插一杠子的话，我们会驯服她，”他说。“我家里有辆破车。我们开车去韦斯特波特看看情况。你也许可以用金鱼当幌子，慢慢接近他。他们说，他疯狂地痴迷金鱼。我会在暗中配合你。他太熟悉监狱里那套了，我身上就散发着班房的味道。”

“好极了，”我高兴地说。“我自己就是个资深的金鱼爱好者。”

“日落”伸手去拿酒瓶，倒了两指高的苏格兰威士忌，然后放下酒瓶。他站起身，将领口竖起，尽可能地向上抬起下巴，虽然他并没有下巴。

“但别出什么岔子，兄弟。这件事还是挺有压力的，就像是在丛林深处狂奔，还会遇到些麻烦。有可能就成了抢劫。”

“没问题，”我说。“保险公司的人会帮我们。”

“日落”扯了扯马甲的衣角，搓了搓他那细长的脖子后侧。我戴上帽子，把苏格兰威士忌放进我刚才坐着的椅子上的袋子里，然后去关窗。

我们向门口走去。我正要伸手去抓门把手时，门锁突然咔哒作响。我打了个手势示意“日落”贴着墙往后退。我盯着门把手看了一会儿，然后猛地打开了门。

两把枪几乎出现在同一高度，一把是小手枪——点三二口径，另一把是把大的史密斯·威森手枪。他们无法并排进入房间，于是女孩先进来了。

“好吧，高手，”她的语气干巴巴的。“奖金无上限，就看你是不是够得着了。”

8

我慢慢地退回房间。两位访客令我印象深刻，不管是哪位。我被自己的包绊了一跤，向后摔倒，重重地摔在了地板上，滚到一侧呻吟起来。

“日落”随口说道：“就是这些家伙吧，伙计们。干得漂亮！”

他们俩的视线从地上我的身上移开，我迅速松开枪套，把手枪压在身下，继续假装呻吟。

一阵沉默。我没有听到任何枪声。房间的门还大敞着，“日落”的身子还紧贴在门后的墙上。

女孩一字一句地说：“盯紧那个侦探，拉什——关上门。瘦子不会在这儿开枪。没有人会在这儿开枪。”接着，我勉强听到她又补充了一句：“用力摔门！”

拉什·麦德摇晃着向后穿过房间，同时继续用史密斯·威森手枪对准我这边。他背对着“日落”，脑子里不知转过什么念头，眼睛滴溜溜地直打转。我已经可以轻松地向他开枪了，不过剧情并非如此。“日落”两腿撑开站着，吐出舌头。那双呆板的眼睛似乎流露出了一丝笑意。

他瞪着那个女孩，女孩也瞪着他。他们俩的手枪互相指着对方。

拉什·麦德来到门口，抓住门的边缘，狠狠关上了门。我很清楚接下来会发生什么。门关上的一刹那，点三二口径的手枪就会开火。如果时机恰好，就不会有人听见枪声。那枪响会消失在重重的关门声之中。

我突然伸手，抓住了卡罗尔·多诺万的脚踝，狠狠拽了一下。

门关上了。她的枪开火了，击中了天花板。

她一转身向我踢来。“日落”那紧绷而带有穿透力的声音响起，他慢吞吞地说：“如果你们想这么玩，那就这么玩。我们奉陪到底！”他那把柯尔特手枪上的击锤咔哒一声响了。

他的声音令卡罗尔·多诺万平静了下来。她松弛了下来，将自动手枪丢到了身侧，从我身边走开时，回头恶狠狠地瞪了我一眼。

麦德转动门上的钥匙后，靠在门上，呼哧呼哧地喘着气。他的帽子斜戴着，遮住了一只耳朵，两条胶带的末端从帽檐下露了出来。

我正胡思乱想之际，大家都一动不动。外面走廊上没有脚步声，一切正常。我慢慢地用双膝撑地，将我的手枪滑向一边，然后站起身来，走向窗口。人行道上没有人朝斯诺夸尔米酒店的楼上观望。

我坐在宽边的老式窗台上，样子略显尴尬，就像一个说了脏话的牧师。

女孩向我厉声说："这家伙是你的搭档？"

我没吱声。她的脸慢慢红了，双眼通红。麦德伸出一只手，嘴里嘀咕道：

"听着，卡罗尔，现在你要听好。这样的行动不是个办法……"

"闭嘴！"

"哦，"麦德一时语塞。"好吧。"

"日落"悠闲地打量了女孩三四回。他拿着枪的手从容地靠在臀部，整个人一副悠闲自得的样子。我见过他拔枪的模样，希望那女孩不要上当。

他缓缓地说："我们听说过你们俩。你们出价多少？我甚至都不想听，但我无法容忍开枪杀人的罪行。"

女孩说："那笔钱足够四个人分。"麦德使劲地点了点他那颗大脑袋，几乎挤出了微笑。

"日落"扫了我一眼。我点点头。"那就四个人分。"他叹了口气。"但最多四个。一起去我那儿喝一杯吧。我不喜欢这里。"

"我们肯定是看上去头脑简单的人吧，"女孩阴险地说。

“杀人很简单，”“日落”慢吞吞地说。“我见过很多这样的人。所以我们得好好谈一谈。这可不是射击比赛。”

卡罗尔·多诺万从左臂上滑下一只小羊皮皮包，将点三二口径手枪塞进包里。她微微一笑。她笑起来的时候真是明艳动人。

“我下注了，”她平静地说。“我加入。你住的地方在哪儿？”

“在沃特街上。我们打算坐出租车去。”

“带路吧，老兄。”

我们走出房间，乘电梯下了楼，四个交情不错的人穿过大堂，大堂里到处挂着装饰用的鹿角、鸟类标本和镶了玻璃框的压花标本。出租车沿着国会大道行驶，经过了一个广场和一栋高大的红色公寓楼。这栋公寓坐落在这样一个镇子上，显得过于高大，除非立法机关在这儿。沿着电车轨道，还能看见远处的国会大楼以及高门紧闭的政府大厦。

人行道由一排橡树分成了两边。花园的围墙后露出了几栋稍大一些的住宅。出租车飞驰而过，转入一条通往普吉特海湾尽头的路。不一会儿，一片掩映于树林中的狭长空地上出现了一栋房子。树干后的远处是一片波光粼粼的水域。房子有一个带屋顶的门廊，一片小草坪上野草丛生。一条烂泥车道的尽头有一个车棚，一辆古董旅行车就停在棚下。

我们下了车，我付了车费。我们四人谨慎小心地目送着出租车淡出视线范围。接着，“日落”说：

“我住在楼上。楼下住着一个学校老师，她没在家。我们上楼喝一杯吧。”

我们穿过草坪来到门廊，“日落”推开一扇门，指了指向上的狭窄台阶。

“女士先。领个头，美女。这儿可不会有人关门。”

女孩冷冷地扫了他一眼，从他身边经过走上了楼梯。我第二个，接着是麦德，“日落”殿后。那个单间几乎占据了整层二楼，由于外面的树木，室内很黑。房间里有一扇天窗，一张宽大的长沙发放在倾斜的屋顶下，还有一张桌子，几把藤椅，一台小收音机以及地板中央的一个黑色炉子。

“日落”钻进一个小厨房，带着一个方形酒瓶和几个杯子出来。他给每个酒杯都倒了酒，举起一杯，剩下的几杯留在了桌上。

我们便各自坐了下来。

“日落”一口气喝完了酒，俯身将酒杯放在地板上，起身时手上握着他的柯尔特手枪。

在这突如其来的冰冷沉默中，我听到了麦德大口饮酒的吞咽声。女孩的嘴角抽搐着，仿佛随时会笑出声来。接着，她向前探了探身子，左手举起酒杯，放在她的包上。

“日落”的嘴唇慢慢地抿成了一条细薄的直线。他缓慢而小心地说：“烫脚人，对吧？烫伤了我伙伴的双脚，是吧？”

麦德呛了一口，摊开他那肉乎乎的手掌。柯尔特手枪对着他晃了晃。他将双手放在膝盖上，抓着膝盖骨。

“真是够差劲的，”“日落”继续疲惫地说。“烫别人的脚逼供，然后直接进了他同伙家的客厅。你们不会是想在这儿系上圣诞彩带吧。”

麦德结结巴巴地说：“好、好吧。你要我们怎么补偿？”

女孩浅浅地一笑，不过并没有吭声。

“日落”咧着嘴，“绳子，”他温柔地说。“用浸了水的绳子绑住你们，打上死结。接着我和我的伙伴出去抓萤火虫——这就是你们的珍珠了——接着等我们回来的时候——”他顿了顿，左手在喉咙前比划了一下。“喜欢这个主意吗？”他瞥了我一眼。

“不错，不过别大动干戈，”我说。“绳子在哪儿？”

“在衣柜里，”“日落”答道，他指了指角落里突出的把手。

我顺着他指的方向走去，经过了几堵墙。麦德突然发出一阵轻轻的呜咽，双眼一翻，身体直直地从椅子上向前倒下，昏死过去。

这突发的变故影响了“日落”。他没想到会发生这么可笑的事。他的右手猛地一转，柯尔特手枪向下指着麦德的背部。

女孩偷偷地将手伸向挎包的下方，她将包向上提了一英寸。手枪夹在一个特制的夹子上——正是那把“日落”以为放进了包里的枪，手枪在一瞬间开火了。

“日落”咳了一声。他的柯尔特手枪发出低沉的枪响，麦德刚才坐着的椅子背部掉下了一片木头。“日落”手上的枪掉落在地，他的下巴抵住胸前，眼睛还挣扎着往上看，两条长腿在身前摊开，脚跟在地板上发出了刺耳的摩擦声。他就那样瘫坐着，四肢无力，下巴顶在胸前，眼睛向上翻，像腌核桃一般死气沉沉。

我伸腿踢开多诺万小姐身下的椅子，她重重地跌倒，滚向一侧，弯曲着柔软的双腿，帽子歪到了一边。她尖叫了一声。我踩在她的手上，然后迅速移动，将手枪踢出阁楼。我前去翻找她的包——以防里面还有其他手枪。她朝我大声尖叫。

“起来，”我大吼道。

她缓缓地站起身，一边咬着嘴唇一边后退，眼神粗鲁，突然就变成了一个陷入困境、气急败坏的捣蛋鬼。她不断后退，直到贴到了墙边。她那张可怕骇人的脸庞上，一双眼睛闪闪发光。

我低头看着麦德，走向一扇紧闭的门。门后是浴室。我反转钥匙，向那女孩做了个手势。

“进去。”

她在地板上拖着僵硬的步子，经过我身前，几乎擦到了我。

“听着，私家侦探——”

我将她推进门里，砰地关上了门，转动钥匙上了锁。如果她想要跳窗的话，我并不介意。我已经在下面观察过窗户了。

我走向“日落”，摸了摸他的身体，碰到了他口袋里一串硬邦邦的钥匙。我小心翼翼地拿出钥匙，尽量避免把他从椅子上弄倒。我没有再找其他东西了。

钥匙圈上有汽车钥匙。

我再次看了一眼麦德，注意到他的手指苍白得像雪一样。我走下黑漆漆的狭窄楼梯，来到了门廊，绕到了房子的另一侧，钻进车棚底下那辆破旧的旅行车。用钥匙圈上的一把钥打开了点火锁。

汽车扑哧了好一阵才启动，我把车沿着烂泥车道倒到了路沿。我没看见也没听见房子里有任何动静。房子边上和后方那些高大的松树无精打采地抖动着树枝，透着寒意的太阳透过树枝断断续续地洒下阳光。

我驾车返回国会大道，速度要多快就有多快，路上经过广场和斯诺夸尔米酒店，过了通向大西洋和韦斯特波特的大桥。

9

汽车飞速行驶了一个小时，穿过了稀疏的林地，途中还停下加了三次水，还有一次停车是因为发动机漏油，这声音让我仿佛身处汹涌的海浪之中。白色的公路宽阔通畅，路中央画着黄线，绕过一座小山的侧面，远方一片建筑群在闪闪发光的大洋前方若隐若现，此时出现了岔路。左侧岔路的路标写着：“韦斯特波特——9 英里”，而且不是通向那些建筑物的。这条路穿过一座锈迹斑斑的悬臂桥，而后进入一片被狂风肆虐过的苹果园。

又过了二十多分钟，我终于吭哧吭哧地驶入了韦斯特波特，这是一片狭长的沙地，后面隆起的沙丘上布满了零星的小木屋。沙地的尽头是狭长的码头，码头尽处停着一排帆船，半升起的船帆拍打着孤零零的桅杆。远处的海面上有一条浮标航道，还有一条不规则的长线，那里的海水不断冲刷着隐藏在水下的沙洲。

沙洲的远端就是连接日本的太平洋了。这里是海岸线上最后一个哨点，也是人们在美国大陆所能到达的最远的西端。这里也是一个有前科的罪犯最理想的藏匿地点，带着两颗偷来的、如小土豆般大小的珍珠——前提是他没有仇人的话。

我将车停在一个小木屋前，院子里有块牌子写着："供应午餐、茶点和晚餐。"一个长着一张兔脸、满脸雀斑的小个子男人，正挥舞着草耙驱赶两只黑色的小鸡。那两只小鸡似乎把他赶了回去。"日落"的汽车还在吭哧吭哧喘气时，他转向了这边。

我下了车，穿过一扇小门，指了指广告牌。

"有午餐吗？"

他将草耙扔向小鸡，在裤子上抹了抹手，斜着眼打量我。"我老婆弄起那块牌子的，"他用一种顽皮的声音向我悄悄说道。"其实只有火腿和鸡蛋。"

"有火腿和鸡蛋就够了，"我说。

我们走进屋子。屋内摆着三张桌子，上面铺了带花纹的油布，墙上挂着几幅彩色石印画，壁炉架上一只玻璃瓶中装着一艘装备齐全的船模。我坐下来。男主人穿过一扇转门离开了，有人在朝他大吼，从厨房里传来了油锅的滋滋声。他回来时，从我身后在油布上放下了餐具和餐巾纸。

"现在喝苹果白兰地太早了，是不？"他喃喃低语道。

我告诉他这是大错特错的。他又一次走开了，回来时拿着玻璃杯和一夸特清澈的琥珀色液体。他与我一起坐下，倒上了酒。厨房里一个洪亮的男中音正演唱着"克洛伊"，声音盖过了油锅的滋滋声。

我们碰了碰杯，喝了酒，等待着火辣辣的感觉蹿上背脊。

"新来的，是吗？"小个子男人问。

我回答是的。

“大概是从西雅图来的？你开的可是一辆好车啊。”

“是西雅图。”我附和道。

“我们这儿没什么生人，”他边说，边盯着我的左耳看。“还要到别处去吧。先别否认——”话还未说完，他那如同啄木鸟般的犀利目光又射向了我的右耳。

“哦，先不否认，”我做了个夸张的手势，会心地喝了一口酒。

他俯下身子，呼吸几乎喷到了我的下巴。“见鬼，你能在码头上的任何一家鱼摊买到货，满载而归。他们就是靠抓螃蟹和牡蛎为生的。见鬼，韦斯特波特到处都是这些玩意儿。他们把成箱的苏格兰威士忌分给孩子们玩。小镇上的汽车从不停在车库里，先生。车库里都堆满了加拿大的走私烈酒，一直垒到屋顶。见鬼，码头附近有一艘海岸警卫队快艇，每周固定有一天紧盯着那些卸货的船只。每周五。总是同一天。”他眨巴眨巴眼。

我抽了一支烟，厨房里滋滋的响声以及男中音版的“克洛伊”还在继续。

“可见鬼，你应该做的不是走私烈酒的生意，”他说。

“见鬼，的确不是。我是来买金鱼的，”我说。

“好吧，”他闷闷地说。

我给我们俩又各倒了一杯苹果白兰地。“这瓶算我请的，”我说。“我还要再买两瓶带走。”

他的脸突然一亮。“你说你叫什么名字？”

“卡尔马迪。你以为我在拿金鱼跟你开玩笑吗？我是认真的。”

“见鬼，金鱼又不能赚钱，小伙子，不是吗？”

我亮出袖子。“你觉得这是件上等货。当然啦，琳琅满目的牌子是能赚钱。各种新的品牌，新的型号。我得到消息，这里某个地方有个老家伙拥有一笔真正的收藏品。也许会出手。一些他自己养的东西。”

我又倒了两杯苹果白兰地。一个体形魁梧、长胡子的女人一脚踢开转门，大声吼道：“来拿火腿鸡蛋。”

店主慌慌忙忙地跑过去，拿着我的食物回来了。我吃着食物，他仔仔细细地打量着我。过了一会儿，他猛地拍了拍桌子底下那条瘦骨嶙峋的腿。

“老华莱士，”他咯咯笑道。“当然啦，你是来找老华莱士的。见鬼，我们可不熟。他不擅长同邻里打交道。”

他从椅子上转过身，透过简陋的窗帘，他的手指向远处的山。在阳光下，山顶上一栋黄白色的房子闪闪发光。

“见鬼，那就是他住的地方。他养了一大堆，金鱼，嗯？见鬼，这简直不可思议。”

我对这个小个子男人已经没有兴趣了。我狼吞虎咽地吃完午餐，结了账，还用一美元一夸特的价格买了三夸特苹果白兰地。与店主握了握手，回到了旅行车上。

似乎不需要急在一时。拉什·麦德会醒过来，他会放了那个女孩。但他们并不知道韦斯特波特。“日落”当着他们的面没有提过这个地方。他们到达奥林匹亚市的时候还不知道这些，否则他们早就马不停蹄赶去那儿了。如果他们在酒店的房间外偷听，那他们就会知道我不是单干的。可他们冲进来时，却仿佛浑然不知。

我的时间很充裕。我驾车来到码头，到处观望。那里环境很恶劣。到处是鱼摊、酒吧，一个专供渔民的小夜总会，一个桌球房，一条拱廊下摆放着几台老虎机，还有脱衣舞表演。用作鱼饵的鱼在大木桶中扭动跳跃，那些大木桶浸泡在水中，沿着木桩绑在一起。码头上还有些游手好闲之徒，任何试图打扰他们的人都会惹上麻烦。附近我没有看到任何执法人员。

我驾车返回山上来到黄白色房子处。这栋房子孤零零地耸立在山上，距离最近的一个居民区还有四个街区。门前种着鲜花，绿色的草坪修剪整齐，还有一个岩石庭院。一个穿着棕白色相间印花裙的女人，正拿着喷枪除蚜虫。

我将破车停下，下了车，摘下帽子。

“华莱士先生住这儿吗？”

她长相标致，一脸安详、坚毅的表情。她点点头。

“你想见他吗？”她的声音平静而有力，一口标准的发音。

根本听不出是一个火车劫匪的妻子。

我把自己的名字告诉她，称我在小镇上听说他养金鱼。我对漂亮的金鱼很感兴趣。

她放下喷枪，走进房里。蜜蜂在我头上嗡嗡地飞舞，这些毛茸茸的巨大蜜蜂并不畏惧海边吹来的冷风。远处海浪拍打着沙洲，仿佛背景音乐。北方的阳光对我来说似乎阴冷刺骨，丝毫没有热量。

那个女人走到屋外，将门敞开着。

“他在楼顶，”她说。“如果你想上楼的话。”

我绕过两把简朴的摇椅，进了这个利安得珍珠大盗的家。

10

偌大的房间里到处摆着鱼缸，有支撑架上放着的双层鱼缸，有金属框架的长方形大鱼缸，有些灯从鱼缸上方射来，有些从鱼缸底下射来。玻璃上长满了一层海藻，水草则形态随意地点缀在鱼缸里，水中泛着一层幽幽的绿光。透过绿光，似彩虹般五彩斑斓的金鱼正自由自在地游弋着。

鱼缸里有一些细长条的鱼好像金镖一般，长着奇特尾巴的日本纱罗尾金鱼，还有身体像彩色玻璃般透明的玻璃旗①，长约半英寸的古比鱼，花水泡眼金鱼的斑纹就像新娘的裙子，硕大笨重的中国龙睛长着一张青蛙脸，望远镜般突出的眼睛，还长有装饰性的鳍，缓缓地在绿色的水中游动，仿佛要去进食的胖子。

房间里大部分光线来自一扇巨大的倾斜天窗。天窗下一张光秃秃的木头桌子边，站着一个憔悴的高个子男人，他的左手拿着一条正在扭动的红色金鱼，右手拿着一把背面贴着胶带的安全刀片。

他挑起灰色的宽眉看着我。他眼窝深陷，眼神灰暗模糊。我走到他身边，低头看着他手中的金鱼。

“真菌？”我问道。

他慢慢点点头。“白菌，”他说。他将金鱼放在桌上，小心翼翼地摊开它的背鳍。鱼鳍已经参差开裂，边缘部分显现一种霉腐的白色。

“是白菌，”他说，“还不算严重。我会帮这个小家伙修刮一下，不久就会恢复。我有什么能为你效劳的，先生？”

我夹了一支烟在手指上来回转动，向他微笑道。

“就像人一样，”我说。“我是指这些金鱼。它们遇到了麻烦。”

他将鱼身紧贴在木头上，刮掉鱼鳍上病变的部分。然后将鱼尾摊平，也修刮了一番。那条鱼已经停止了扭动。

“有些你能够治愈，”他说。“有些却无能为力。比如，鱼鳔病你就没法治了。”他抬头望着我。“这不会伤害它，因为你以为这会造成伤害，”他说。“你可以弄死一条金鱼，但你没法像伤害人一样伤害它。”

他放下刀片，将一支棉签浸在紫药水中，抹了抹修刮的伤口。然后他把手指伸入白凡士林的罐子里，又涂抹了一遍。他将金鱼放入房子一侧的一个小鱼缸里。金鱼在里面安详地游动，心满意足。

---

① 一种体色呈透明状的小型热带鱼，宛如X射线照射下的图片。

这个一脸憔悴的男子擦了擦双手，坐在一张凳子的边上，用那毫无生气的双眼瞪着我。他曾经有过英俊潇洒的时光，不过那是很久以前的事了。

“你对金鱼感兴趣？”他问。他的声音小心翼翼、仿佛喃喃低语，那是在监狱牢房和放风场地养成的习惯。

我摇了摇头。“并不是特别感兴趣。这只是个借口。我长途跋涉是为了来见你，赛普先生。”

他润了润嘴唇，继续瞪着我。他再次开口时，声音里充满倦意和温柔。

“我叫华莱士，先生。”

我喷出一个烟圈，用手指戳了一下。“就我的工作来说，你叫赛普。”

他向前探了探身，双手搁在瘦骨嶙峋的膝盖当中，紧紧相握。粗大的指节说明在狱中干了不少苦力活。他的脑袋微微向我倾斜，粗浓杂乱的眉毛下，那双死气沉沉的双眼寒意森森。但他的声音依旧温柔。

“一年来还没见过任何私家侦探，或是谈话。你是谁的人？”

“猜猜看，”我说。

他的声音更温柔了。“听着，侦探，我现在家庭幸福安宁。没人再来打扰我了。没人有这个权利。我直接从白宫获得假释。我养养金鱼，摆弄自己喜欢的东西。我不欠这个世界一毛钱了。我已经付出了代价。我妻子有钱，足够养活我们两个人。我唯一希望的就是不受打扰，侦探。”他突然停下，摇了摇头。“你不能把我再扯进来——绝不能。”

我没有吭声。我微微一笑，注视着他。

“没人能动我，”他说。“我直接从总统的书房得到的假释。我只是想不受打扰。”

我摇摇头，继续向他微笑。“那是你永远无法得到的——除非你妥协。”

“听着，”他温和地说。“你可能是刚刚开始调查这个案子。对你来说很新鲜，想要借此扬名立万。但对我来说，我在这个案子上耗了快二十年，还有其他人也是，他们当中有些也很聪明。他们都知道我没有拿任何不属于我的东西。从来没有过。是别人偷了。”

“那个邮递员，”我说。“肯定是。”

“听着，”他依然语气温柔。“我蹲了大牢。我知道所有的细节。我知道他们不会停止怀疑——只要还有活着的人记得这件事。我知道，他们会时不时地派些流氓来捣乱。这没问题。不会介意。那么现在，我怎么做才能把你打发回家？”

我摇着头，目光盯着他身后那条在沉默的大鱼缸中游弋的金鱼。我感觉疲惫。这栋房子里的静谧让我的脑海里闪过许多幻影，许多年前的幻影。一列火车在黑暗中穿行，一个匪徒躲在邮车上，枪口火光一闪，一个邮递员死在了地板上，一滴水从水桶上缓缓滴下，一个男人保守了十九年的秘密——几乎天衣无缝。

“你犯了一个错，”我缓缓说道。“还记得一个叫皮勒·马多的家伙吗？”

他抬起头。我看得出他正在努力回忆中。不过他对这个名字似乎没有任何印象。

“你在莱温芙丝认识的一个朋友，”我说。“一个小矮子，把面值二十美元的纸币撕成两半，将假钞的一半粘上，因为这个坐的牢。”

“是的，”他说。“我想起来了。”

“你告诉他你偷了珍珠，”我说。

我看得出他不相信我的话。“我肯定是跟他开玩笑的，”他缓缓地说，语气漠然。

“也许吧。但问题是，他可不这么认为。他前一阵子与一个伙伴来到北方，那人名叫‘日落’。他们在那里瞧见了你，皮勒认出了你来。

他开始盘算怎么让自己发笔财。可他是个瘾君子，睡觉时把秘密说了出来。一个聪明的女人、还有另一个女人和一个无良律师都得知了。皮勒被人折磨，烫了脚掌，现在一命呜呼了。”

赛普眼睛眨也不眨地盯着我看。他嘴角的皱纹越来越清晰了。

我挥了挥香烟，继续说道：

“我们不清楚他透露了多少，但那个无良律师和女孩到了奥林匹亚。‘日落’也在奥林匹亚，可惜死了。他们杀了他。我不清楚他们是否知道你在这儿。不过他们总会查到的，或者还有像他们一样的人。如果警方找不到珍珠，而且你也不试图销赃，那么他们迟早会丧失耐心。保险公司和邮局的人，你也可以摆平。”

赛普一动不动。他那指节粗大的双手紧紧地在双膝间握紧，没有挪动。他那双死气沉沉的眼睛只是瞪着我。

“但你无法摆平这些骗子，”我说。“他们永远不会罢手。总会有两三个这样的家伙，既不缺时间，又足够有钱，还足够卑鄙，对付你。他们会想方设法查到他们想要的情报。他们会抓走你的妻子，或是把你绑走带到树林里，折磨你。你不得不经历……现在，我有一个合理、公平的提议。”

“你是哪一派的？”赛普突然发问道。“我觉得你像是私家侦探，但现在我不这么肯定了。”

“保险公司的，”我说。“一场交易。奖金总共两万五千块。五千块分给那个向我传递消息的女人。她是理所应得，有权分这份。我拿一万。毕竟活儿都是我干的，危险万分。还有一万由我给你。你不能直接从中拿钱。还有问题吗？怎么样？”

“听上去很棒，”他从容地说。“只是有一样，我没有珍珠，侦探。”

我勃然大怒。这是我最后的底牌，再没有保留了。我从墙壁挪开身子站直了，把一个烟蒂丢在了木地板上，碾碎。我转身走来。

他站起身，伸出一只手。“稍等片刻，”他郑重地说，“我证明给你看。”

他走到我前面，穿过房间离开了。我凝视着金鱼，咬咬唇。我听到远方某处传来了汽车的引擎声。接着是抽屉的抽关声音，明显是在隔壁的房间。

赛普返回了金鱼室。他那柴火般的手上紧紧攥着一把柯尔特点四五手枪，闪闪发亮。手枪长得仿佛一个人的前臂一般。

他指着我说：“我的珍珠藏在这里了，一共六颗。铅珠。我能在六十码开外打中一只苍蝇。你不是私家侦探。现在站起来，滚吧——记得告诉你那些心狠手辣的朋友，我可随时准备好开枪打掉他们的牙齿，一周无休，周末翻倍。”

我没有移动。这个男人死气沉沉的双眼中透露着疯狂。我没敢移动。

“这是在虚张声势，”我缓缓说道。“我能够证明我是侦探。你以前是个骗子，现在光持有那根长棍子可就是重罪。放下枪，好好谈谈。”

我刚才听到的汽车似乎停在了外面。刹车发出了“吭哧”的声响。脚步声咔嗒咔嗒响起，上了台阶。几个突如其来的尖锐声音，还有引人注意的惊叫声。

赛普向后退了几步，停在了桌子和一个二三十加仑的大水缸之间。他向我咧嘴一笑，那是一个被逼入绝境的勇士才会挂着的清晰无畏的笑容。

“我看你的朋友赶上你了，”他慢悠悠地说。“拿出你的枪，扔到地上，趁你有时间——还有口气在。”

我还是没动。我看着他头上硬邦邦的头发，又注视着他的双眼。我知道，一旦我移动了丝毫——哪怕是照着他的指示做——他都会开枪。

他们上了楼梯。脚步声有些凝滞、拖沓，似乎还有一丝挣扎。

三个人进了房间。

11

赛普夫人走在前头，双腿僵硬，目光呆滞，双臂机械地弯曲着，双手向前伸出，仿佛要抓住什么本应在那儿的东西。她的背后有一支枪顶着，那是卡罗尔·多诺万的一把点三二口径小手枪，熟练地握在她无情的小手之中。

麦德最后一个进来。他喝醉了，因为酒精而勇敢异常，满面通红，动作粗野。他掏出史密斯·威森手枪指向我，不怀好意地盯着我。

卡罗尔·多诺万将赛普夫人推到一边。老妇人踉跄了一下，被推到了角落，双膝着地跪了下来，目光空洞。

赛普注视着多诺万。他很恼怒，因为她居然是这么个小姑娘，既年轻又漂亮。他还不适应对付这种类型的，眼瞅着他压下了火气。要是个男人进来，他保准会把对方打成窟窿眼。

这个黑皮肤、脸色苍白的小个子女孩冷冷地面对他，声音冷酷干涩：“好吧，老爹。交出枪，别剑拔弩张的。”

赛普慢慢向前俯身，目光没有离开她。他将那把巨大的柯尔特前锋者手枪放在地上。

“把枪踢开，老爹。”

赛普踢开手枪。枪滑过空荡荡的地板，滑向房间中央。

“就该这样，老前辈。你盯紧他，拉什，我去缴那个侦探的枪。”

两把枪交换了方向，那双眼神坚毅的灰色眸子现在盯上了我。麦德向赛普走近了一点，将史密斯·威森手枪指向赛普的胸膛。

女孩露出微笑，并非一个善意的笑容。“聪明男孩，嗯？你的确总是在冒险，不是吗？这下犯傻了吧，私家侦探。你也不搜搜你那位干瘦干瘦的伙伴。他的一只鞋里藏着一张小地图。”

“我不需要，”我平静地说，朝她咧嘴笑。

我试图露出一个极具感染力的笑容，因为赛普夫人正在地上挪动膝盖，一点一点地朝着赛普那把柯尔特手枪靠近。

“不过你彻底玩完了，你和你那张大笑脸。举起手来，我要拿走你的枪，先生。”

她是个姑娘，身高大约五英尺二英寸，体重约一百二十磅。不过是个姑娘家。我可是身高五英尺十一英寸半、体重一百九十五磅的男人。我举起手来，突然一拳打中她的下巴。

太疯狂了，可我必须竭尽所能地控制多诺万和麦德的行动，面对他俩的手枪威胁，还有他们的恶语相向。我一拳打中了她的下巴。

她后退了一码，手上的小手枪掉落了。一粒子弹击中了我，肋部一片灼热。她摇摇晃晃，眼看就要摔倒。她的动作缓慢，就像一部电影的慢镜头，随后她便摔倒在地。这一幕很可笑。

赛普夫人抓起柯尔特手枪，向她后背开枪。

麦德转过身，说时迟那时快，赛普趁他转身之际冲向了他。麦德向后跨一步，再次用枪对准了赛普。赛普僵住了，疯狂的狞笑再度浮现在了他那憔悴的脸庞上。

柯尔特手枪射出的子弹击中了女孩，她仿佛一扇被狂风猛击的门，向前俯冲。一片蓝色的衣料袭来，我的胸口被重重地砸了一下——是她的脑袋。当她弹开时，有一刹那我看见了她的脸，一张我之前从未见过的陌生脸庞。

接着，她在我脚边的地板上缩成一团，身躯瘦小，垂死之中，了无生气，身下一片殷红。她身后那个高挑、安静的女人双手握着还在冒烟的柯尔特手枪。

麦德朝赛普开了两枪。赛普向前跌倒时脸上还在狞笑，一头撞到了桌子一端。抹在生病金鱼身上的紫药水全部洒在了他身上。他摔倒时，麦德又开了一枪。

我猛地抽出鲁格手枪，瞄准麦德，朝着我能想到最疼而且又不会致命的地方——膝弯处——开了枪。果不其然，他仿佛被一根隐藏的电线绊倒了，直挺挺地摔倒了。他还未来得及呻吟，我就用手铐铐住了他。

我踢开满地的手枪，走到赛普夫人面前，从她手中拿走那把柯尔特大手枪。

一时间，房间里安静异常。袅袅的烟雾从天窗飘走，午后的阳光下，烟雾灰白、朦胧。我听见远处海浪澎湃之声。接着，耳边又传来了尖锐的声响。

是赛普挣扎着要说话。他的妻子匍匐着爬向他，仍然跪在地上，缩在他身旁。他的嘴唇上沾着血，嘴角泛沫。他面带微笑地望着她。他用尖锐的嗓音有气无力地说：

"龙睛鱼，海蒂——龙睛鱼。"

说完，他的脖子一软，脸上的笑容消失了。他的脑袋歪向了另一侧，搁在地板上。

赛普夫人碰了碰他的身子，接着缓缓站起身，冷静地望着我，滴泪未流。

她的声音低沉而清晰："你能帮我把他搬到床上去吗？我不喜欢他跟他们待在这儿。"

我说："当然可以。他说的是什么？"

"我不知道。我想，是在胡扯他的金鱼。"

我抬起赛普的肩膀，她抓着他的双脚，我们将他搬到卧室，放在床上。她将他的双手交叠，抱在胸前，合上双眼。她走到窗口，放下百叶窗。

"就这样了，谢谢你，"她说话时，眼睛并没有看我。"电话在楼下。"

她坐在床边的一张椅子上，头搁在床罩上，靠着赛普的手臂。

我离开了房间，关上门。

12

麦德的腿正在慢慢地流血，没有生命危险。当我用一条绷紧的手帕包扎他的膝盖时，他瞪着我，双眼之中充满恐惧疯狂之色。我估计他是肌腱断裂，也许膝盖骨碎了。以后他们要绞死他的时候，他走路可能会一瘸一拐。

我下了楼，站在门廊上注视着前面两辆车，然后视线顺着下山方向望到码头。没人能分清枪声来自何处，除非他恰巧经过此地。很有可能都没人注意到枪声。树林里的枪声大概更频繁些。

我返回房子里，看见客厅墙壁上挂着的手摇电话，但我没去碰它。我心烦意乱，点了一支烟，遥望窗外，耳边浮现着一个幽灵般的声音："龙睛鱼，海蒂——龙睛鱼。"

我回到楼上的金鱼室。麦德此刻正在痛苦地呻吟，气喘吁吁。我怎么会在意麦德这样的恶棍？

那个女孩已经完全咽气了。幸好没有一个水缸被撞坏。金鱼在绿色的水中悠然地游弋，缓慢、平和又自得其乐。它们也不会在意麦德的生死。

那只装黑色龙睛的鱼缸放在角落里，容量大约有十加仑。鱼缸里只有四条龙睛，都是大家伙，体长约四英寸，通体黢黑。其中两条正在水面上方吸氧，另外两条在底部懒洋洋地滑行。它们的身板厚实，拖着一条展开的尾巴，长着高高的背鳍，它们头冲着你时，一对望远镜般突出的眼睛令它们好像青蛙一般。

我观察着它们在鱼缸中的绿色水草里穿梭。两只红色的田螺正贴着玻璃爬行。鱼缸底部的那两条金鱼看上去比上面两条块头更大、更懒散。我非常纳闷。

两只鱼缸中间放着一把长柄的丝网过滤器。我拿起它，向鱼缸底部捞去，捉住一条大龙睛，然后将它捞出鱼缸。我在网中把它翻了个个儿，注视着它那微微泛着银色的肚皮。我看见了某条像是缝合线的东西，用手摸了摸。鱼肚皮底下有个硬块。

我将另一条金鱼也从底部捞起。同样的缝合线，同样的圆形硬块。我又把正在水面吸氧的一条金鱼捞出。没有缝合线，没有圆形硬块，而且也更难捕捉。

我把这条金鱼放回鱼缸，要查的是另外两条。我和别人一样喜欢金鱼，可生意归生意，犯罪归犯罪。我脱下外套，卷起袖子，拿起桌上背面贴着胶带的安全刀片。

这着实是件脏活。大约用了五分钟。它们就躺在我的手掌中了，直径四分之三英寸，敦实圆润，呈奶白色，散发着莹莹的微光——那是任何珠宝都不具有的。正是利安得珍珠。

我把珍珠清洗干净，用手帕包裹好，撸下袖子，重新穿上外套。我望着麦德，望着他被恐惧折磨、充满痛苦的小眼睛，直冒汗的脸。我根本不在意麦德。他是个杀手，一个恶棍。

我走出金鱼室。卧室的门仍然关着。我下了楼，摇动了电话。

“这里是韦斯特波特的华莱士家，”我说。“刚才发生了一起事故。我们需要医生，还要派警察来。你能办到吗？”

电话另一头的女孩说：“我会尽力，给你找一位医生，华莱士先生。也许要花一点时间。韦斯特波特有一位镇警察局长。让他来行吗？”

“我想可以，”我说完感谢了她，便挂断电话。在乡下安个电话毕竟是有用的。

我又点燃一支烟，坐在门廊上一把生锈的摇椅上。过了一会儿传来脚步声，赛普夫人走出了房子。她站了会儿，瞭望山下，然后坐在我身边的另一把摇椅上。她没有流泪，眼神坚定地看着我。

“我猜，你是个侦探，”她语速缓慢，踌躇不决地说。

“是的，我为投保了利安得珍珠的保险公司工作。”

她望向远方。“我以为，他在这儿能有太平日子，”她说。“不再会有人打扰他了。这里会是个避风港。”

“他本不该试图藏匿珍珠。”

她转过头来，动作迅速。她此时眼神茫然，接着又很害怕的模样。

我的手伸进口袋，掏出揉成一团的手帕，在我的手掌上打开。它们紧挨着躺在白色的亚麻布上，价值二十万美元的谋杀。

“他可以有自己的避风港，”我说。“没人希望夺走他的这一切。但他不会满足于此。”

她缓慢、迟疑地凝视着珍珠。她的嘴唇抽搐，声音沙哑。

“可怜的华利[①]，”她说。“所以你的确是找到了它们。要知道，你非常聪明。他学会怎么玩这个把戏时，已经杀死了几十条金鱼。”她抬头直视我的脸，眼底透出一丝疑惑。

她说：“我一直讨厌这个主意。你记得古《圣经》中替罪羊的故事吗？”

我摇摇头说不记得。

“把人的罪孽转嫁到羊身上，然后这头替罪羊便被驱逐到旷野之中。金鱼就是他的替罪羊。”

她向我微笑。我却没有报以笑容。

她仍然淡淡地微笑道：“你看，他曾经得到了珍珠，真品，为此吃了不少苦，让他以为将珍珠据为己有是理所当然的。但他无法从中获利，即便当他再次找到它们。他坐牢的时候，有些地标似乎变了，他再也没能找到爱达荷州那个他埋藏珍珠的地方。”

---

① 华莱士的昵称。

似乎有一根冰冷的手指正慢慢在我后脊梁上游走。我不由张开嘴，好像传出了自己的声音：

“嗯？”

她伸出一根手指，碰了碰一颗珍珠。我仍然拿着珍珠，仿佛我的手是一个钉在墙上的架子，牢固无比。

“于是，他找到了这些，”她说。“在西雅图。它们是空心的，填充着白蜡。我忘了他们是怎么叫这道工序的。它们看上去很精致。当然了，我从没看见过真正价值连城的珍珠。”

“他要这些干吗？”我嘶哑着嗓子说。

“你不明白吗？这就是他的罪孽。他必须将它们隐藏于旷野之中，就在这片旷野。他把它们藏在金鱼里。你知道吗——”她再次向我俯身靠近，眼中闪闪发亮。她的语速异常缓慢，口气非常真诚：

“有时候我在想，到了最后，最后几年的时候，他实际上已经相信自己藏的就是真的珍珠。这一切对你来说有意义吗？”

我低头看着珍珠。我的手和手帕慢慢地攥紧了。

我说：“我就是个普通人，赛普夫人。我想，替罪羊的说法有点超过了我的理解能力。我想说，他只是试图欺骗自己——就像任何一个彻头彻尾的失败者会做的那样。”

她又笑了。她笑起来的时候，超尘脱俗。而后，她微微地耸了耸肩。

“当然，你可以这么看。但是我——”她摊开手掌。“哦，好吧，现在这都无关紧要了。我可以留下它们做个纪念吗？”

“留下它们？”

“这些赝品珍珠。当然，你不必——”

我站起身，一辆敞篷福特跑车正颠簸着往山上开来。车上的男人马甲上别着一颗大星章。引擎的突突声就像动物园里某只秃顶老猩猩生气时发出的吼叫。

赛普夫人站在我身旁，怯懦地伸出手，脸上浮现一种淡淡的哀求神色。

我冲她一咧嘴，勃然大怒。

“不错，你真有一套，”我说。“我他妈的差点上当了。我刚才后背直发凉，女士！不过你倒帮了我的忙。‘赝品’这个词与你的性格不符。而且你用柯尔特手枪开枪时，手法真是又快又狠。赛普临终前的话露了馅。‘龙睛鱼，海蒂——龙睛鱼。’要是这些珠子是假货，他也不必费这个劲了。他何必这么煞费苦心地欺骗自己。”

一时间，她不动声色。接着，她脸色一变，眼神中弥漫着恨意。她努着嘴朝我啐了一口。然后，砰地摔上门，进了房子。

我把价值两万五千美元的珍珠塞进马甲口袋。我拿一万两千五百，凯西·霍恩也拿这么多。我都能想象把支票给她时她的眼神，她会把钱存银行，等待被关在昆廷监狱的约翰尼获得假释。

福特车停在了那几辆车的后面。开车的男人一边吐了口痰，一边猛拉刹车，连车门都不开，直接跳下了车。他是个穿着短袖衬衫的大块头。

我走下台阶去迎接他。

（宋　玲　译）

赤　风

1

那天夜里刮起了一阵沙漠大风。那是一股燥热的圣安娜风，从山口里喷涌而出，让你的头发打卷，心脏乱跳，皮肤刺痒。这样的夜里，每一场狂欢酒会都会以拳脚相向收场。平日里温驯的小媳妇也会摸摸菜刀的锋刃，研究起丈夫的脖颈来。一切皆有可能发生。你甚至可以在一家鸡尾酒吧里喝上一整玻璃杯啤酒。

那天夜里，我就在我那间公寓对街的一家时髦簇新的酒吧里喝啤酒。这家店刚刚开张了个把礼拜，生意惨淡。吧台后面的小伙子刚刚二十出头，看上去像是一辈子都没沾过一滴酒似的。

除我之外，整家店里只有一个客人。那是一个背对着门，坐在高脚凳上的醉鬼，面前整整齐齐地码着一摞十分的硬币，加在一起大概有两块钱的样子。他用小杯喝着纯黑麦威士忌，看上去正孤独地沉浸在一个只有他自己的世界里。

我在吧台的另一头落座，接过了我要的那杯啤酒，对小伙子说："你家的啤酒斟得够满，伙计，不拿泡沫来充数。这一点我得承认。"

"我们才刚开张哪，"小伙子说。"得慢慢积攒客源。你之前来过，是吗，先生？"

"嗯哼。"

"住在附近吗？"

"就住街对面的伯格伦德公寓，"我说。"我叫约翰·达尔莫斯。"

"多谢，先生。我叫卢·彼得罗洛。"他身子往前一靠，从乌黑锃亮的吧台对面凑近我。"你认识那个伙计吗？"

“不认识。”

“他应该回家了，我觉得。我应该叫辆出租车送他回家。他把他下周的酒都早早喝光了。”

“这样的夜里，”我说，“你就由他去吧。”

“这对他不好，”小伙子说道，一面对我怒目而视。

“黑麦威士忌！”醉汉哑着嗓子叫道，头都不抬一下。他打了个响指，没拍桌子，以免打乱那堆码好的硬币。

小伙子望着我，耸耸肩。“我该给他倒酒吗？”

“他的肚子长在谁身上？反正不在我身上。”

小伙子又给他倒了一杯纯黑麦威士忌，但我怀疑他在吧台后面偷偷往里面兑了点水，因为酒端上来的时候，他的神色内疚得就像刚刚踢了他奶奶一脚似的。那醉鬼一点儿也不在意。他从那堆硬币里取下两枚角子来，小心翼翼，无比精准，就像一位在做脑肿瘤手术的顶尖外科医师。

小伙子回到我身边，往我的杯子里添了点啤酒。窗外，沙漠风在呼号。每隔一小会儿，它就会把那扇镶了彩色玻璃的双开弹簧门吹开几英寸。那可是一扇很沉的门。

小伙子说：“首先，我不喜欢醉鬼；其次，我不喜欢他们在我这里喝醉；再次，我首先就不喜欢他们。”

“华纳兄弟可以用你这句台词，”我说。

“他们用了。”

就在这时，店里又来了一位顾客。门外，一辆车吱呀一声停住了，弹簧门开了。一个看上去有点行色匆匆的伙计走了进来。他扶住门，用一双没有表情、闪闪发亮的黑眼睛将屋里飞快地扫视了一番。他体格健壮，肤色黝黑，面孔狭长，双唇紧闭，模样挺帅。他穿着一身深色的衣服，一块白手帕从前胸口袋里腼腆地露出头来。他神色冷静，却又像是绷紧了某根神经。我猜是因为这热风吧。我自己也感受到了一点这种似是而非的冷静。

他望着醉汉的后背。醉汉正用面前的空杯子玩跳棋。新来的顾客看了看我，然后目光顺着一长排半卡座指向房间另一头。座位全都空着。他继续往里走——走过那个在座位上晃晃悠悠、自言自语的醉汉——来到吧台后面的小伙子面前，开口道：

“伙计，有没有见到过一位女士进来？个子很高，很漂亮，棕发，穿一条蓝色绉丝裙，披一件印花波蕾若短外套，戴一顶宽边草帽，上面箍一条丝绒帽圈。”他的声音紧绷着，让我很不舒服。

“没有，先生。我这里没来过这样的女士。”吧台招待说。

“多谢。纯苏格兰威士忌。上快些，麻烦了。”

小伙子把酒端给了他，那伙计付了钱，一口气把酒喝干，抬脚朝门外走去。他走了三四步，然后停住了，面对着那个醉汉。醉汉咧开嘴笑了。他不知从哪里忽地掏出一把枪来，动作快得让人只看见一团模糊的黑影。他稳稳地握着那把枪，看上去并不比我喝得更醉。那个肤色黝黑的高个子一动不动地站着，接着脑袋微微向后一缩，便又一动不动了。

门外，一辆汽车呼啸而过。醉汉手里握着的是一把点二二打靶手枪，上面装着一个大大的准星。手枪发出两声脆响，一缕淡淡的青烟袅袅升起——非常非常淡。

“再见了，沃尔多，”醉汉说。

接着他把枪指向了吧台招待和我。

黑小子花了差不多一个星期才终于倒下。他先是踉踉跄跄地走了两步，然后站住了，挥舞着一只胳膊，然后又踉跄了两步。他的帽子掉了，接着他脸朝下趴在了地上。在他终于脸着地之后，又闹腾出好大的动静，就好像他肚子里灌满了水泥似的。

醉汉从凳子了滑溜下来，将那堆硬币扫进口袋，朝门口溜去。他侧过身来，那把枪贴在体侧。我没带枪。我没想到出来买杯啤酒也需要带枪。吧台后面的小伙子一动不动，一声不吭。

醉汉用一边肩膀轻触门扉，目光一直盯着我们，然后后退一步推门出去了。门开了，一股强风夺门而入，将地上那人的头发吹了起来。醉汉说："可怜的沃尔多。我猜我让他流鼻血了。"

门砰的一声关上了。我抬脚就向门口冲去——多年的实践让我习惯于永远做出错误的抉择。不过这回，我的抉择也并不重要了。门外的汽车发出一声轰鸣，等我冲到人行道上时，只看见车后的尾灯在最近的转角处变成一团模糊的红光。我记下了车牌号，就像我挣到了我的第一笔一百万一样（开个玩笑啦）。

街道上，人流与车流来来往往，一切如常。没人表现得像是听到了枪响。大风的呼号让点二二的两声脆响听上去就像是砰砰的关门声，假如有人留意去听的话。我返身回到了鸡尾酒吧里。

小伙子依然一动不动。他只是站在那里，两手平放在吧台上，身子微微前倾，低头盯着那个黑小子的后背。黑小子也一动不动。我弯下腰，摸了摸他的颈动脉。他动不了了——永远也动不了了。

小伙子的面部表情不比一块牛腿肉更丰富，色泽也差不多。他眼神中的愤怒多于惊骇。

我点了一支烟，冲天花板吐了一口烟圈，不耐烦地说："快打电话。"

"也许他还没死，"小伙子说。

"当一个人选择了点二二时，那就意味着他绝不会犯错。电话在哪儿？"

"我没电话。不装电话，我的开销也已经够大了。天啊，我真想一脚把八百美元的费用踢飞！"

"这地方是你的？"

"在发生这件事情之前是我的。"

他脱掉白外套和围裙，从吧台里头绕了出来。“我来锁门，”说着他便掏出了钥匙。

他走了出去，掩上门，从外头拨弄着门锁，直到锁簧咔哒一声就位。我弯下腰，将沃尔多翻转过来。起初，我甚至都看不到子弹是从哪里射入的。过了一会儿我看清了。他的外套上面有两个很小的孔，就在心窝上方。他的衬衫上面有一星血迹。

那醉汉可真是无可挑剔——作为一名杀手而言。

过了大约八分钟，巡警小子们走了进来。小伙子——卢·彼得罗洛——这时已经回到了吧台后面。他又披上了那件白外套，点了点收银机里的钞票，把钱装进口袋，在一本小本子上记了账。

我挨着一张半卡座的边沿坐下，抽着烟，看着沃尔多的脸变得越来越死沉。我琢磨着那个穿印花衣的姑娘是谁，沃尔多为什么要把没有熄火的车子丢在外面，为什么他这么匆忙，那个醉汉究竟是在等他，还是碰巧在那里。

巡警小子们一身臭汗地跑了进来。两人都是那种常见的大块头警察，其中一个帽子下面插了一枝花，那顶警帽歪扣在头上。看到了地上的死人，他丢掉花，弯腰去摸沃尔多的脉搏。

“像是死了，”他说道，又把他的身子翻过来一些。“哦，没错，我看到子弹从哪儿进去的了。干净利落。你们俩看到他中枪了吗？”

我说看到了。吧台后面的小伙子没说话。我跟两个警察描述了事情经过，说凶手似乎是开着沃尔多的汽车跑掉了。

那个警察一把将沃尔多的钱包拽了出来，飞快地翻了一遍，吹了声口哨。“一大把钞票，没有驾照。”他收好钱包。“好啦，我们没有碰他，瞧见没？只是想瞧瞧能不能找到他的车牌号，好用广播通缉。”

“你们没碰他才见鬼呢，”卢·彼得罗洛说。

警察瞪了他一眼。“好吧，伙计，”他轻声说。“我们碰他了。”

小伙子拿起一只干净的高脚酒杯，擦拭了起来。在余下的时间里，他从头到尾一直在擦着那只杯子。

又过了一分钟，一辆凶杀组的快车鸣着警笛，吱呀一声停在了门外，四个男人走了进来——两个警察，一个摄影师，还有一个搞技侦的。那两个警察我都不认识。在大城市里，就算干侦探这行干了许多年，你还是会认不全所有的警察。

其中一个警察是个矮小黝黑、安静温和的男人，脸上挂着微笑，一头拳曲的黑发，一双柔和聪明的眼睛。另一个警察则是个瘦骨嶙峋、下巴老长的大个子，鼻子上青筋凸起，眼神没精打采。他的模样像是个酒鬼。他看上去很厉害，但似乎是对自己究竟有多厉害稍稍有些高估。他把我赶进了靠墙的最后一个卡座，他的搭档则带着小伙子去了前头，蓝制服的巡警们这时便离开了。那个取指纹的家伙和摄影师埋头开始干活。

一个法医进来了，只待了一会儿就气冲冲地走了，因为房间里没有电话让他呼叫运尸车。

那个矮个儿警探把沃尔多的口袋翻了个底朝天，又掏空了他的钱包，把所有东西都扔进卡座桌子上的一块大手帕里。我看到了一大把钱、钥匙、香烟、另一块手帕，差不多就这些东西了。

大个子警探把我推进卡座一头。“交代吧，”他说。“我叫卡普尼克，调查警督。”

我把皮夹摆在他面前。他看了一眼，里外翻了一遍，把皮夹扔还我，在一本本子上记了一笔。

“约翰·达尔莫斯，是吧？私家探子。你来这里有事情？”

“有——喝酒，”我说。“我就住在街对面的伯格伦德公寓里。”

“认识前面那个小伙子吗？”

“他开张后我来过一次。”

“有没有看出他身上有什么不对劲的地方？”

“没有。”

“这么个小年轻，碰上这种事情表现得似乎太淡定了，不是吗？没事，你不用发表意见。讲你的故事就成。”

我讲了——讲了三遍。一遍是为了让他记下梗概，一遍是为了让他记下细节，还有一遍是为了让他判断这是不是我事先背下来的台词。最后他说：“这小妞儿让我很感兴趣。凶手管这伙计叫沃尔多，但好像一点儿也不确定他会来这里。我是说，如果沃尔多不确定那小妞儿会上这儿来，那也就没人能够确定沃尔多会上这儿来。”

“这个见解很深刻，”我说。

他端详着我。我脸上没有笑。“听上去像是仇杀，对不对？不像是事先预谋好的。也没有策划逃脱手段，他能跑掉纯属运气。在这座城里，一般人下车时不大会不锁门。凶手当着两个有效证人的面行凶。这一点让我很不舒服。”

“我不喜欢当证人，”我说。“报酬太低了。”

他咧嘴一笑。他的牙齿看上去斑斑点点的。“凶手真喝醉了吗？”

“就凭那样的枪法？没醉。”

“我也这么想。好吧，这案子很简单。这家伙肯定有案底，还留下了一大把指纹。就算我们这儿没有他的大头照，不出几个小时我们也会查出他的身份来。他跟沃尔多有仇，但他今晚并没有打算见沃尔多。沃尔多只是进来打听一个小妞儿的下落——他跟那妞儿有个约会，但没有接上头。今晚很热，这样的大风会毁了姑娘的妆容的。她很可能找了个地方，进里头等着。这么说，凶手冲着沃尔多的心窝给了他两枪，然后逃之夭夭，根本就不在乎在场的你俩。事情就这么简单。”

“没错，”我说。

“简单得让人觉得不对劲，”卡普尼克说。

他摘下毡帽，胡乱捋了一把那头蓬乱的金发，然后把脑袋架在两只手上。他生着一张又长又凶的马脸。他掏出一块手帕。擦了把脸，又擦了后脖颈和手背。接着他摸出一把梳子，梳了梳头发——他梳过头的模样更难看了——然后重新戴好帽子。

“我只是在想，”我说。

“嗯？想什么？”

“这个沃尔多对于那姑娘的衣着打扮知道得一清二楚。所以，他今晚肯定已经见过她了。”

“那又怎样？也许他要出去撒泡尿。也许等他回来的时候，那姑娘已经走了。也许她改主意了。”

“没错，”我说。

但这根本就不是我的真实想法。我的想法是，沃尔多懂得用一种普通人根本不知道的方式来描述那姑娘的衣着。印花波蕾若短外套，蓝色绉丝裙——我甚至都不知道什么是波蕾若短外套。我也许会说那是条蓝裙，甚至是蓝丝裙，但我绝对说不出蓝色绉丝裙来。

过了一会儿，两个男人拎着一只篮子走了进来。卢·彼得罗洛还在擦拭着玻璃杯，跟那个黝黑的矮个儿警探说话。

我们几个全都去了警察局总部。

警察问讯卢·彼得罗洛的时候，他表现得挺不错。他老爹在康特拉科斯塔县里靠近安条克的地方有片葡萄园。他给了卢一千美元，让他做生意。卢就开了这家鸡尾酒吧，里里外外再加霓虹灯，总共花了正正好好八百美元。

他们放他走了，叫他不要开门营业，直到他们确信取完了指纹为止。他到处找人握手，咧嘴笑着说，估计这场凶杀案对生意还是有好处的，因为不管出了什么事，没人相信报上的报道，大家肯定会上他这儿来听他讲故事的，顺便再买上几杯酒。

“这家伙可真是不知忧愁为何物啊，”卡普尼克说。“反正是不会因为别人而忧愁。”

“可怜的沃尔多，”我说。“指纹取得怎么样？”

“有点糊，”卡普尼克气哼哼地说。“但我们会做一个分类判定，今晚电传到华盛顿去的。要是没有匹配的，你就要在楼下放照片的铁架子前面认一天照片了。”

我跟他还有他的搭档握了手——他的搭档叫伊巴拉——然后就走了。他们也还不知道沃尔多究竟是谁。他口袋里没有表明身份的物件。

2

晚上 9 点左右，我回到了我住到的那条街道。我左右张望了一番街面，这才走进伯格伦德公寓。那家鸡尾酒吧就在对街再过去一点的位置上，有一两个看客把鼻子贴在玻璃上，但并没有大群的围观者。人们看到了警察和运尸车，但不知道究竟发生了什么——除了在街角的杂货店里玩弹球机的那几个小子。他们什么都知道，就是不知道该怎么保住工作。

大风还在呼号，烫得像是从烤炉里吹出来的，尘土和碎纸屑在风中打着旋，直往墙上撞。

我走进公寓楼的门厅，乘自动电梯上了四楼。我拉开门，跨了出去，发现那里正站着一个在等电梯的高个儿姑娘。

那姑娘一头棕色的鬈发，戴一顶有丝绒帽圈和宽松蝴蝶结的宽边草帽。她生着一双蓝色的大眼睛，睫毛长得都快到下巴颏了，身上是一袭蓝裙，有可能是绉丝的，线条简约但曲线毕现，裙装外面披着一件也许是印花波蕾若的短外套。

我开口道：“你身上这件是波蕾若短外套吗？”

她冷若冰霜地瞥了我一眼，打了个手势，像是要扫去面前的一张蜘蛛网。

“是的。麻烦你——我有急事。我想——”

我没有动弹。我挡住了她进电梯的路。我们就这样瞪着彼此，她的脸一点一点地红了。

“你最好别穿着这身衣服上街，”我说。

“什么，你怎敢——”

电梯哐当一声，掉头向下了。我不知道她接下来要说什么。她的嗓音中并没有啤酒馆女郎的那种尖锐的鼻音，反倒是有一种柔和轻盈的音质，就像春雨。

“我不是要勾搭你，”我说，“你有麻烦了。他们要是坐电梯来这个楼层的话，你只有这么多时间逃离楼道了。先把帽子和外套脱了——赶快！”

她没有动弹。她的脸似乎在那副不算太浓的妆容后面微微有些发白。

“警察，”我说，“正在找你。找你这身衣服。给我个机会，我来告诉你为什么。”

她忽地转过头去，回头望着走道。这样的漂亮妞儿，我不能怪她这会儿还想再蒙我一次。

“你真无礼，不管你是谁。我是31号公寓的勒罗伊太太。我可以向你保证——”

“那你跑错楼层了，”我说。“这里是四楼。”电梯在楼下停住了。门被拽开的声音顺着电梯井传了上来。

“脱！”我厉声叫道。“赶快！”

她摘掉帽子，脱下外套，动作飞快。我一把抓住她的衣帽，团成一团塞在胳膊下面。我抓住她的手肘，拉着她转了个身，我俩一同朝着楼道深处走去。

“我住42号。就在你楼上对门。你自己选择吧。再说一遍：我不是要勾搭你。”

她又用那种飞快的手势捋了下头发，就像一只小鸟在梳理羽毛。这个动作背后有着一万年的练习实践。

“我回自己的房，”说完她夹着手包，快步走过楼道。电梯在三楼停住了。电梯一停，她也停了。她转过身来，面朝着我。

“楼梯在后面，电梯井边上，”我轻声说。

“我没有自己的公寓，”她说。

“我就知道你没有。”

“他们在找我吗？”

“是的，但明天之前他们还不会把整个街区的每块石头都翻一遍。而且那也只会发生在他们没能认出沃尔多身份的情况下。”

她瞪着我。“沃尔多？”

“噢，这么说你不认识沃尔多，”我说。

她缓缓地摇了摇头。电梯又下去了。惊恐在她那双蓝眼睛中闪烁，就像水面上的涟漪。

“不认识，”她说，紧张得透不过气来，“不管怎样，赶快带我离开这楼道吧。”

这时我俩几乎已经来到我家门前了。我把钥匙塞进锁孔，摇开门锁，用力把门朝里推开，然后伸手进去打开灯。她进了门，像一道海浪似的从我身边经过。空气中飘过檀香的味道，非常淡。

我关上门，把帽子往椅子上一扔，看着她信步走到牌桌前，桌子上还摆着一个我之前没能解出的棋局。一进房间，房门上锁，她的恐慌感立刻就消失了。

“这么说，你还会下象棋，”她说道，嗓音中充满戒备，仿佛她只是上我家来看看我的蚀刻版画。真是那样的话该有多好啊。

我俩都一动不动地站在那里，屏息聆听着远处电梯门的哐当声，以及随之而来的脚步声——

我咧嘴一笑，但笑容背后是紧张而非愉悦。我走进小厨房，笨手笨脚地摸出两只玻璃杯，忽而意识到她的帽子和波蕾若外套还夹在我胳膊下面。我走进壁床后面的梳妆室，把衣帽塞进一只抽屉里，返身回到厨房，又挖出一瓶上好的威士忌，调了两杯高杯酒。

当我端着酒走进房间时，她手中却握着一把枪。那是一把小号的自动手枪，枪柄是珍珠母贝的。我一进来，枪口就向上一蹿，猛地指向我——她的眼中充满恐惧。

我站住了，两手各端着一杯酒，开口道："也许这股热风让你也发了疯。我是一名私家侦探。我可以证明给你看，如果你允许的话。"

她微微点了点头，脸色发白。我慢慢地走了过去，在她身边放下一只酒杯，又退回去，放下我自己那杯，掏出一张没有折角的名片来。她坐了下来，左手抚平蓝裙的左膝部，握着枪的右手架在右膝上。我挨着她的酒杯摆下名片，回到我那杯酒边上坐下。

"不要让别人靠你那么近，"我说道。"如果你是认真的话。还有，你的保险忘开了。"

她的目光刷地一下垂了下去，身子打了个哆嗦，那把枪收回了包里。她一口气喝下了半杯酒，砰的一声放下酒杯，拿起那张名片。

"我一般不请别人喝那么多酒，"我说。"请不起。"

她的嘴噘了起来。"我猜你是要钱吧。"

"唔？"

她没有说话。那只手又靠近提包了。

"别忘了开保险，"我说。她的手停住了。我继续说道："这个叫做沃尔多的伙计个头挺高，像是有一米八的样子，纤瘦、黝黑，棕色的眼睛，眼珠子很亮。鼻子窄，嘴唇薄。一身深色的套装，露出一块白手帕，急着要找你。有印象吗？”

她又端起了酒杯。“原来那就是沃尔多了，”她说道。“好吧，他怎么啦？”她的嗓音里现在似乎透着一点微醺了。

“嗯，出了点蹊跷事。街对面有一家鸡尾酒吧……对了，你整晚都上哪儿去了？”

“坐在我自己的车里，”她冷冷地说。“大部分时间里。”

“你没看到对街那头乱成一团吗？”

她的眼神很想说“不”，但没能成功。她的嘴巴说道：“我知道那里出了点乱子。我看到了警察还有红色的探照灯。我猜是有人受伤了。”

“确实是有人受伤了。而这个沃尔多在此之前正在找你。就在那家鸡尾酒吧里。他描述了你的相貌和衣着。”

她的双眼此刻僵得就像一对铆钉，神情也不比铆钉更丰富。她的嘴唇开始颤抖，颤抖得一发不可收拾。

“当时我就在场，”我说，“在跟那个开酒吧的小伙子说话。酒吧里没有别人，只有一个坐在高脚凳上的醉汉，再就是那个小伙子和我本人。醉汉对周围的一切都视而不见。就在这时，沃尔多走了进来，开口打听你的下落，我们说没见过你，他就准备离开了。”

我抿了一口酒。我和所有人一样都喜欢营造戏剧效果。她的眼神像是要把我吃了。

“他正准备离开。就在这时，那个刚才对一切都视而不见的醉汉突然管他叫沃尔多，接着就掏出一把枪来。他朝他开了两枪——”我打了两下响指——“就像这样。他死了。”

我被她骗了。她冲着我哈哈大笑起来。“这么说，是我丈夫雇你来监视我的，”她说。“我早该知道这整个儿就是一场戏。你和你的沃尔多。”

我目瞪口呆地望着她。

"我从没想到他会吃醋，"她恶声恶气地说。"至少不该吃我们家前任汽车夫的醋。斯坦嘛，当然会让他有点酸溜溜的——这很自然。但约瑟夫·乔特——"

我在半空中打了个手势。"女士，咱俩当中必有一个完全搞错了状况，"我嘟囔道。"我不认识什么斯坦或是约瑟夫·乔特。所以，帮我一把吧。我甚至都不知道你有私家汽车夫。这附近的人可不怎么爱找私家汽车夫。至于丈夫嘛——是的，我们偶尔会找上一个。但只是偶尔。"

她慢吞吞地摇了摇头，手一直贴近那只提包，一双蓝眼睛闪闪发光。

"演得不够好，达尔莫斯先生。差远了。我知道你们这些私家探子。你们都是混蛋。你把我骗进自己的公寓——如果这真是你的公寓的话。说不定这公寓里住的是另一个恶心的男人，为了几块钱什么样的证词都愿意说。现在，你又想要吓唬我，然后好敲诈我——同时再从我丈夫那里拿钱。好吧，"她上气不接下气地说，"我得付你多少钱呢？"

我把手中的空杯子放在一边，往椅背上一靠。"不好意思，我得点一支烟，"我说。"我神经有些紧张。"

我点了烟，她在一旁阴沉地看着我，脸上没有畏惧——或者说，畏惧的程度还不足以揭示出任何真实的、暗藏其下的负罪感。"这么说，他叫约瑟夫·乔特，"我说道。"在鸡尾酒吧里杀了他的那家伙管他叫沃尔多。"

她微微一笑，笑容中透着憎恶，但又有点近乎包容的意味。"别废话了。多少钱？"

"你为什么要见这个约瑟夫·乔特？"

"当然是找他买下一件他从我这里偷走的东西啦。一件我恰好珍视的东西。而且，以通常的价值来衡量，那东西也很值钱。值 15000 美元。那是一个我爱过的男人送给我的。他死了。行啦！他死了！他死在了一架起火的飞机上。好啦，回去吧，把这话告诉我丈夫，你这卑鄙的小耗子！”

“嘿，我脱了衣服都有 190 磅重呐！”我嚷道。

“可你依然很卑鄙，”她也嚷道。“不劳烦你去告诉我丈夫了。我自己告诉他去。反正他说不定已经知道了。”

我咧嘴一笑。“真聪明。那还有什么等着我来发现呢？”

她抓起酒杯，将残酒一饮而尽。“这么说，他以为我要去见约瑟夫，”她冷笑道。“好吧，我确实要见他。但不是要和他上床。我不和汽车夫上床。不和一个我从门前台阶上捡来，又给了他一份工作的流浪汉上床。我用不着这样贬低自己，如果我真想找人玩玩的话。”

“女士，”我说。“你确实用不着。”

“我现在要走了，”她说道。“想拦我你就试试看。”她从提包里一把抽出那支珍珠母贝枪柄的手枪。

我咧嘴一笑，笑个不停，身子一动不动。

“哈，你这卑鄙龌龊、一文不值的小混蛋，”她怒骂道。“我怎么知道你真是个私家侦探？你说不定就是个骗子。你给我的那张名片根本说明不了什么。反正谁都可以印名片。”

“没错，”我说。“我还聪明到两年前就住进了这里，就为了等你今天搬进来的时候敲诈你，因为你没能见到一个真名叫约瑟夫·乔特，以沃尔多的化名在对街的酒吧里被人干掉的男人。你身上有钱买下这件值 15000 块的东西吗？”

“噢！你以为你可以打劫我，是吧！”

“噢！”我学着她的腔调。“我现在又成抢劫大师啦，是吧？女士，能不能拜托你把手枪的保险打开？看到一把好枪这样被人戏耍，我的职业情操很受伤。”

“你从头到脚都让我讨厌，”她说。“滚开。”

我一动不动。她也一动不动。我俩都坐着——挨得不算很近。

“你走之前，再向我透露一个秘密吧，”我恳求道。“你到底为什么要在楼下租一间公寓呢？就为了见下面那条街上的一个伙计？”

“别傻了，”她厉声道。“我没有租公寓。我撒谎了。那是他的公寓。”

“约瑟夫·乔特的？”

她急促地点点头。

“我对沃尔多的描述符合约瑟夫·乔特的特征吗？”

她再次急促地点头。

“好吧。总算弄清了一个事实。难道你还没有意识到，沃尔多中枪前描述了你的衣着——当时他正在找你——而他的描述被人转告给了警方——而警方不知道沃尔多是谁——因而正在寻找如此穿着打扮的某人来告诉他们？这几点你还不明白吗？”

她手中的那把枪突然抖动起来。她低头看看枪，目光有些迷茫，然后缓缓地把枪收进了包里。

“我是个傻瓜，”她低语道，“居然会开口跟你说话。”她瞪着我，瞪了许久，然后深深地吸了一口气。“他亲口把自己的住址告诉了我。他看上去一点儿也不心虚。我猜敲诈犯都是这个样子。他本来要在街上和我碰面的，但我迟到了。等我赶到的时候，那里已经到处是警察了。于是我就上楼来到约瑟夫的公寓门前，敲了敲门。之后我回到自己的车里，又等了一会儿。我总共上来三次。最后一次，我爬楼梯上到四楼乘电梯。我已经在三楼被人看到两次了。然后我就碰见了你。就是这样。”

“你刚才提到你有个丈夫，”我咕哝道。“他这会儿人在哪里？”

“他在开会。”

“啊，开会。”我话中带刺地说道。

“我丈夫可是个大人物。他要开许多的会。他是个水电工程师，满世界地跑。你最好弄明白了——”

“行了，”我说。“哪天我请他吃午饭，让他亲口说给我听。不论约瑟夫捏住了你的什么把柄，那把柄现在也进了坟墓。跟约瑟夫一起进了坟墓。”

她终于相信了。我之前一直以为她永远也不会相信了。“他真的死了？”她低语道。“真的吗？”

“他死了，”我说道。“死了，死了，死了。女士，他死了。”

她的整张脸一下子像馅饼酥皮一样全散了架。她的嘴并不大，但那一刻应该塞得下我的一只拳头。一片寂静中，电梯在四楼停住了。

“你要敢叫，”我厉声道，“我就让你鼻青脸肿。”

这话不好听，但很管用。她顿时清醒了过来。那张嘴就像活板门一样合上了。

我听到有脚步声沿着楼道由远及近。我们都有直觉。我举起一根手指放在唇边。现在她一动不动了。她脸上的表情像是被冻住了一般。那双蓝色的大眼睛就像眼睛下方的两团黑影一样阴沉。

热风呜呜吹着紧闭的窗户。每当圣安娜风刮起时，窗户就得关上，不管气温有多高。

楼道里传来的是一个普通男人的脚步声，听上去漫不经心的。但这双脚却在我家门外停住了，紧接着就是一阵敲门声。

我一指壁床后面的那间梳妆室。她悄无声息地站起身来，胁下紧夹着那只手包。我又指了指她的酒杯。她飞快地拿起杯子，从地毯上溜过，穿门而出，轻轻地在身后将门拉上。

我真不知道自己找上这一大堆麻烦究竟是为了什么。

敲门声再度响起。我的手背湿了。我故意让椅子吱呀一响，站起身来，打了个响亮的哈欠。然后我走到门边，拉开房门——没有拿枪。这是个错误。

3

起初我没认出他来。也许沃尔多之前也没认出他来，恰恰是出于截然相反的原因。之前在鸡尾酒吧里，他自始至终都戴着一顶帽子，而此刻帽子却不见了。之前帽檐的下端起始线恰恰就是此刻头发的上端终止线。那道泾渭分明的分界线之上，只有干硬苍白、全无汗迹的皮肤，几乎像疤痕一样刺目。他不只是突然老了二十岁。他完全变了个人。

但我认识他手中的那把枪——点二二口径的打靶手枪，上面有个大大的准星。我也认识他的眼睛。明亮、冰冷的眼睛，眼窝很浅，就像蜥蜴的眼睛。

他孤身一人。他拿枪轻轻抵在我的脸上，咬牙切齿地说："没错，是我。咱们进屋吧。"

我后退一小步，刚好让出足够的空间，便又立定不动了。这肯定正合他的心意——这样他不用怎么挪动就可以把门关上了。从他的眼中，我读出了这正是他的心意。

我并不恐慌。我只是动弹不得了。

他一关上门，就又推着我后退几步，步伐很慢，直到有什么东西抵住了我的腿肚子。他双目直视着我的眼睛。

"那是张牌桌，"他说。"哪个傻蛋在这里下象棋呐。你吗？"

我咽了一口唾沫。"我没真在下。我只是在瞎摆弄。"

"那就是说有两个人，"他的嗓音沙哑又轻柔，就好像在某次严刑逼供中，哪个条子抡着包皮铁棍照着他的气管来过一棒子似的。

"这是一道棋题，"我说。"不是一盘棋局。看看棋子。"

"我不知道。"

"好啦，就我一个人，"我说道，我的声音带着一丝恰到好处的颤抖。

“对我来说没差别，”他说。“反正我完了。那个告密的家伙早晚要把我供出去，不是明天，就是下礼拜。有啥法子呢？我只不过是不喜欢你这张脸，伙计。还有那个穿着吧台制服、一脸得意的娘娘腔，像是在福德汉姆校队之类的鬼地方打过左截锋什么的。你们这样的家伙都见鬼去吧。”

我没说话，也没动弹。那个大准星轻轻地耙过我的脸颊，近乎抚摸。那男人微微一笑。

“再说了，这么干也是应该的，”他说。“以防万一。像我这样的老犯人是不会留下清清楚楚的指纹的——哪怕是喝高了也不会。如果我没有留下清楚的指纹，那到时候会指证我的就只剩下两个目击证人了。让他们见鬼去吧。你玩完儿了，伙计。我猜你自己也清楚。”

“沃尔多怎么惹你了？”我尽量拿出我确实很想知道的口气来，而不只是想避免身子像筛糠一样打战。

“以前在密歇根抢一家银行的时候，他告了密，把我弄进去四年。他自己搞了个‘诉讼撤回’。在密歇根蹲四年大牢可不是度夏令营。那些关无期徒刑犯的州监狱保管让你老老实实的。”

“你怎么知道他会上那儿去？”我哑着嗓子问道。

“我不知道。哦，没错，我是在找他。我确实很想碰上他。前天晚上我在街上瞥见他一眼，但跟丢了。在他进门之前，我并没有在找他。但紧接着，事情就起了变化。沃尔多——这小子挺机灵。他怎么样啦？”

“死了，”我说。

“我身手还是那么棒，”他咯咯笑道，“酒醉酒醒都一样。哎，只可惜我现在靠这个挣不来钞票了。城里头的条子认出我来了吗？”

这个问题我回答得不够快。他拿枪管猛戳了一把我的喉头，我一阵窒息，几乎本能地要伸手去抓了。

“嘿，”他轻声警告我。“嘿。你没那么蠢。”

我把手缩了回去，垂在身体两侧，摊开手掌，掌心向着他。这肯定合他的心意。他没有碰我，除了用那把枪。他似乎毫不在乎我身上有没有枪。他也不必在乎——如果他心中只有一个打算的话。

他似乎对一切都毫不在乎，居然又摸回了这片街区。也许是这股热风让他着了魔。大风呼呼地撞击着紧闭的窗户，就像突堤下拍岸的浪涛。

“他们取到指纹了，”我说道。“我不知道指纹有多清楚。”

“够清楚——但达不到电传的要求。要查出名堂来，他们只好用航空邮件寄到华盛顿去，再寄回来。你来告诉我为什么我会上这儿来，伙计。”

“你在酒吧里听到了小伙子和我的对话。我告诉了他我的名字和住址。”

“你说的是我怎么来的，伙计。我问的是为什么。”他冲我微微一笑。想到这也许是我在这个世界上看到的最后一个微笑，我真心觉得他笑得实在是太难看了。

“够了，”我说。“刽子手从不让你来猜他为什么上这儿来。”

“嘿，你骨头还挺硬。等我搞定了你，我就去拜访一下那个小伙子。昨天我从警局总部一路跟回了他家，但我猜我应该先把你处理了。我从市政厅跟回了他家，就开着沃尔多租来的那辆车。从警局总部，伙计。那群滑稽的条子。你可以坐在他们的大腿上，他们也不知道该拿你怎么办。可只要你拔腿往电车上跑，他们就会掏出机关枪一阵狂扫，打死两个路人、一个窝在车里睡觉的出租车司机，外加一个在二楼拖地的保洁大妈——偏偏没打中那个他们要追的家伙。那群滑稽的蠢蛋条子。”

他扭了扭抵在我脖子上的枪口。他的眼睛比刚才更疯狂了。

“我有时间，”他说。“沃尔多租来的那辆车暂时不会有人打报告的。

他们一时半会儿也认不出沃尔多来。他聪明得很。那小子可滑头了，这个沃尔多。”

“我马上要吐了，”我说，“如果你不把这枪从我喉头拿开的话。”

他笑了，垂下枪口抵在我的心窝上。“这下满意了吗？满意了吱一声。”

我一定是不经意间说话的声音太大了。壁床边上，通向梳妆室的那扇门开了一道窄缝。先是一英寸。接着是四英寸。我看到一双眼睛，但没有望向它们。我死死地盯住眼前这个秃顶男人的双眼。我可不想要他把目光从我的眼睛上拿开。

“吓坏啦？”他轻声问道。

我抵住他的枪，开始打战。我猜他喜欢看着我打战。那姑娘从门缝里钻出来了。那把枪又握在她手中了。她要么会拔腿朝门口逃——要么会放声尖叫。不管怎样，这下玩完儿了——咱俩全玩完儿了。

“嘿，你这是想磨蹭一整夜吗？”我用发颤的声音抱怨道。我的声音听上去像是从远处飘来的，像是收音机中的一个人声，像是对街的一声叫唤。

“我喜欢这样，伙计，”他微笑道。“我就是喜欢。”

那姑娘像是飘浮在半空中一样，悄悄地飘到了他的背后。再没有什么能比她的脚步更无声无息的了。不过，这并没有什么用。他才不会跟她玩游戏呢。我好像已经认识他一辈子了，可我仅仅盯着他的眼睛看了五分钟。

“要是我叫呢，”我说。

“哈。要是你叫呢。那你就叫吧，”他边说边给了我一个杀手的微笑。

她没有靠近门。她飘到了他的正后方。

“好吧——那我就在这里叫，”我说。

仿佛收到了暗号一般，她用那支小枪狠狠地戳中了他的肋骨，没有发出半点声响。

他不可能不做出反应。这就像是膝跳反射。他的嘴猛然张开了，两只胳膊忽地一下从体侧弹起，背微微弓起。那把枪正指着我的右眼。

我伏下身子，使尽全力用膝盖猛顶他的裆部。

他的下巴掉了下来，我一拳砸了上去，仿佛我砸的是美国东西大铁路的最后一枚道钉。直到今天，每当我活动指节的时候，依然能感受到那一拳的力量。

他的枪耙过我的侧脸，但没有开火。他身子已经软了。他痛得喘着粗气，扭着身子趴了下去，左侧着地。我一脚踢在他的右肩上——狠命的一脚。那把枪从他手中弹开了，滑过地毯钻到了一把椅子下面。我听到几只棋子在我身后的地板上叮当作响。

那姑娘站在他跟前，低头看着他。紧接着，她那双阴沉恐惧的大眼睛猛然抬起，目不转睛地与我四目相对。

“我是你的了，”我说。“我的一切也都是你的了——现在，永远。”

她没有听见我在说话。她的眼睛睁得太大了，亮蓝色的虹膜下面都露出了眼白。她快步向门口退去，举着那把小枪，伸手摸到背后的门把手，拧了一把，拉开门，溜了出去。

门关上了。

她头上没戴帽子，身上没披那件波蕾若短外套。

她手里只有那把枪，枪上的保险依然没开，所以她开不了枪。

屋里这时一片沉寂，只有风声。接着我听到了他在地板上喘着粗气。他的脸惨白中透着青灰。我走到他身后，搜了他的身，看看他还有没有第二把枪，但并没有找到。我从办公桌里掏出一副店里买的手铐，把他的两只胳膊拽到胸前，将手铐咔哒一声拷在他的腕上。只要他别用太大力气晃，那副手铐应该不会开。

他那双眼睛依然在估量着我这副身板该用几号的棺材，尽管眼中写满了疼痛。他躺在地板中央，依然左侧着地——一个干瘪皱缩、扭成麻花的秃顶小个子，龇牙咧嘴，牙齿上满是斑斑点点的廉价银质补牙料。他的嘴巴看上去就像一个黑洞，他的气息就像一阵阵小波浪一样。

涌动、哽塞、停滞，然后再次涌动，进行得异常艰难。

“不好意思，伙计，”我咕哝道。“我又能怎么办呢？”

这样的话——对这样的杀手说。

我走进梳妆室，拉开衣柜抽屉。她的帽子和外套就摆在我的衬衫上。我把它们塞在下面，又把衬衫展平盖在上头。然后我走进外面的小厨房，倒了一小杯够劲儿的威士忌，一饮而尽，在那儿伫立了片刻，听着热风呼号吹打着窗玻璃。一扇车库大门砰然作响，一根架在两只绝缘体间的供电电缆拉得太松了，砰砰地抽打着楼房的侧墙，就像有人在拍打地毯。

酒精起了作用。我回到客厅，开了一扇窗。地上躺着的这伙计没有嗅到她的檀香味，但别人也许会闻到。

我又关上窗户，擦了一把手心，拨通了警局总部的电话。

卡普尼克还在那里。话筒里传来他那自以为是的声音：“喂？达尔莫斯？你先别说。我猜你是有主意了。”

“认出凶手身份了吗？”

“怕是没有，达尔莫斯。真是不好意思啦。这种事情嘛，你知道的。”

“没事。我不在乎他是谁。只请你过来一趟，把他从我家公寓的地板上给弄走。”

“我的妈呀！”紧接着他就安静了下来，压低了嗓子。“等等，嘿。等等。”我好像能听见远处隐约传来关门的声音。接着他的声音再度响起。“讲吧，”他轻声说。

“拷了手铐，”我说，“就等你来收了。我不得已用膝盖顶了他一下，不过他过会儿就没事了。他上这儿来是为了消灭一个目击证人。”

又是片刻停顿。他的声音现在甜得像浸了蜜一样。“听好了，小伙子。这里头除了你，还有谁？”

“还有谁？没人了。只有我。”

“很好，请保持，小伙子。悄悄的。好吗？”

“你以为我想要整个街区的流浪汉全都上我这儿来观光吗？”

“放松点，小伙子。放松。坐好了，坐稳了。我马上就到。什么也别碰。听明白了？”

“明白了。”我又报了一遍地址和公寓号，好替他节省时间。

我几乎能看到他那张瘦骨嶙峋的大脸在闪闪发光。我从椅子底下掏出那把点二二打靶手枪，坐在那里，手中握着枪，直到门外的楼道里响起了脚步声，接着是指节轻叩门板的哒哒声。

卡普尼克孤身一人。他飞快地堵住门道，推着我退回房间，脸上挂着绷紧的笑容，然后关上房门。他站在那里，背靠着门，手藏在外套的左襟下面——一个瘦骨嶙峋的大块头硬汉，一双没精打采、冷酷凶残的眼睛。

他垂下那双眼睛，望着躺在地上的那个男人。那小子的脖颈微微抽搐了一下。他的目光就像短匕首一样，一刀一刀地扎人——让人厌恶的目光。

“确定是这家伙？”卡普尼克的嗓音沙哑。

“确定。伊巴拉在哪儿？”

“哦，他正忙着呐。”说这话的时候他没有看我。“那是你的手铐？”

“是的。”

“给我钥匙。”

我扔给了他。他动作敏捷地在凶手身边单膝跪下，从他的腕上摘下我那副手铐，扔到一边。他从屁股兜里掏出自己那副手铐，将秃顶男人的双手扭到身后，咔哒一声将他反手拷住。

“好吧，是你——”凶手用没有半点起伏的语调说道。

卡普尼克咧嘴一笑，捏紧拳头，狠狠地一拳砸在了他的嘴巴上。他脑袋猛地往后一仰，差点没折断脖子。鲜血从他的嘴角下面一滴一滴地落下。

“弄条毛巾来，”卡普尼克命令道。

我拿来一条手巾递给他。他恶狠狠地把手巾塞进凶手的两排牙齿间，站起身来，用瘦骨嶙峋的手指搓了一把他那头乱糟糟的金发。

“行啦。说吧。”

我说了——只字不提那个姑娘。这故事听上去有点不对劲。卡普尼克看着我，一言不发。他揉了揉青筋暴突的鼻翼，然后掏出梳子，梳起了头发，跟他之前在鸡尾酒吧里面的动作如出一辙。

我走上前去，将那把枪递给了他。他漫不经心地看了一眼，把枪塞进了侧边口袋里。他的眼中闪过一种说不出的神情，嘴巴咧开，脸上绽开了一道生硬惹眼的笑容。

我弯下腰，动手捡起棋子，扔进棋盒里。我把棋盒放在壁炉架上，拉直了折叠牌桌的一条腿，瞎磨蹭了一会儿。与此同时，卡普尼克的目光一直停留在我的身上。我要的就是让他自己理清头绪。

最后。他终于理清了。“这家伙用的是一把点二二，”他说。“他之所以用这枪，是因为凭他的身手，哪怕是用这样的小枪也能把事儿给办了。也就是说，他确实身手不凡。他敲了你家的门，用这把家伙戳着你的肚子，推着你退回房间，告诉你说他上你家来就是要灭你的口——可你居然把他拿下了。而且你还没有枪。你孤身一人把他拿下了。你自己的身手也不简单啊，伙计。”

“听着，”我边说边朝门口望了一眼。我拿起一枚棋子，夹在两根手指间捻搓着。“我当时正在解一道棋题，”我说。“借此忘掉一些事情。”

“你有心事，伙计，”卡普尼克轻声说。“你该不会想要骗一个老警察吧，小子？”

“这可是抓住了一条大鱼，我把功劳送给了你，”我说。“你说你还要怎么样？”

躺在地板上的那家伙从被毛巾堵住的嘴里发出一声含混的嘟囔。汗水在他的秃顶上闪着光。

“怎么啦，伙计？你在打什么鬼主意？”卡普尼克几乎是在耳语了。

我飞快地瞥了他一眼，又把目光挪开。“好吧，”我说。“我一个人根本搞不定他，你清楚得很。他当时正拿枪顶着我呢，使起枪来更是看哪儿打哪儿。”

科普尼克闭上一只眼，另一只眼眯成一道缝，和善地冲我使了个眼色。“继续往下讲，伙计。这一点我确实也想到了。”

我又磨蹭了一阵子，想把这戏演得更真切。最后，我缓缓开口道：“刚才还有一个小子在我这里。这家伙在博伊尔岗干了一票打劫，没成。一票三脚猫的加油站劫案。我认识他家里头的人。他其实骨子里并不坏。他过来就是想问我讨张车票钱的。敲门声响起时，他就溜进了那里——”

我一指壁床边上的那扇门。卡普尼克的脑袋慢吞吞地转了过去，又转了回来。他又眨了眨眼睛。“而这小子手中有枪，”他说道。

我点点头。“他溜到了他背后。胆小鬼可不敢这么干，卡普尼克。你真的得放这小子一马。你真的不能把他牵扯进来。”

“这小子被通缉了吗？”卡普尼克轻声问道。

“他说还没有。但他害怕那是早晚的事。”

卡普尼克微微一笑。“我是凶杀组的人，”他说。“你干了啥呢，伙计？”

我指了指地上那个被塞住嘴巴、拷上手铐的男人。“是你抓住了他，对不对？”我轻声说。

卡普尼克依然在笑。一条白乎乎的大舌头伸了出来，摩挲着他肥厚的下嘴唇。“那我是怎么办到的呢？”他低语道。

“从沃尔多身上取出弹头了？”

“当然咯。点二二长弹头。一颗打中了肋骨，另一颗正中要害。”

“你是个细心的家伙。你绝不遗漏任何线索。你对我一无所知。你只是上我这儿来看看我的枪是什么型号的。”

卡普尼克站起身来，然后又在凶手身边单膝跪下。“你能听到我说话吗，伙计？”他问道，他的脸紧贴着躺倒在地的那个男人的脸。

那个男人又含混地吱了一声。卡普尼克站了起来，打了个哈欠。“谁他妈在乎他说什么？继续讲，伙计。”

“你并不指望在我这里找到什么了不得的东西，但你还是想检查一遍我的住处。你当时就在那里翻翻找找——”我指了指梳妆间——“我啥也没说，但有一点不高兴，也许吧——就在这时，传来了一阵敲门声。接着他就进来了。过了一会儿，你猫了出来，拿下了他。”

“啊。”卡普尼克咧开大嘴笑了，一口大牙差不多和马嘴里的牙一样多。“你很对路，伙计。我给了他一拳头，顶了他一膝盖，就这么拿下了他。你没有枪，这家伙冷不丁地突然袭击我，我一记左勾拳把他打下了后楼梯。行了吗？”

“行了，”我说。

“你进了城里头的局子也会这么讲？”

“是的，”我说。

“我会罩着你的，伙计。你好好待我，我待你也不会差。忘了那个小子吧。你想要上头放他一马，尽管跟我说。”

他走到我面前，伸出一只手。我握了握他的手——黏糊糊得像条鱼。黏糊糊的手心和手心黏糊糊的人都让我恶心。

“还有一件事，”我说。“你的那位搭档——伊巴拉。你没带他一起玩，难道他不会有点不高兴吗？”

卡普尼克胡乱捋了一把头发，掏出一块黄兮兮的丝质大手帕来擦了擦帽圈。

“那个意大利佬？”他嗤笑道。“让他见鬼去吧！”他逼近我，嘴里的气息喷到了我脸上。“别讲错了，伙计——关于那个咱俩共同的故事。”

他的口气很难闻。这一点也不奇怪。

4

卡普尼克在调查局长办公室里讲故事的时候，房间里一共有五个人——一个速记员、局长、卡普尼克、我，还有伊巴拉。伊巴拉坐在一把歪向侧墙的椅子上。他的帽子压得低低的，遮住眼睛，但柔和的眼神依然在帽檐下若隐若现，那副小小的、沉静的笑容挂在他那线条漂亮的拉丁式唇角边。他没有正眼看卡普尼克。卡普尼克也没有正眼看他。

门外的走廊上，卡普尼克和我拍了几张握手的照片：卡普尼克帽子戴得笔挺，一手握枪，脸上挂着坚毅果决的神情。

他们说他们知道沃尔多是谁，但没有告诉我。我不相信，因为局长的办公桌上放着一幅沃尔多的停尸照。照片照得很漂亮：他的头发梳得整整齐齐，领带打得笔挺，打在他眼睛上的光线刚好让他双目褶褶生光。没人看得出照片上的这位是个死人，心脏上面还有两个子弹孔。他看上去就像个舞厅里面的风流浪子，正犹豫着是要拿下那位金发姑娘呢还是这位红发姑娘。

我回到家的时候差不多已经是半夜了。公寓楼大门上了锁，我笨手笨脚摸索着钥匙，就在这时，一个声音从黑暗中轻轻地向我呼唤。

那个声音只说了两个字：“拜托！”但我听出了那是谁。我转过身，看到一辆深色的凯迪拉克跑车就停在装卸区边上，没开车灯。街上的灯光拂过一双女人的明眸。

我走上前。“你是个大傻瓜，”我说。

她只说了句：“进来。”

我爬进车里，她发动引擎，驾车沿着富兰克林大道开过一个半街区，又转弯上了金斯利大道。热风依然炽烈狂暴。一间公寓房开着背风的侧窗，窗户后面飘出收音机的欢快歌声。街上停了许多车，但她还是在一台闪亮簇新、挡风玻璃上贴着车商广告的帕卡德小敞篷车后面找到了一处空位。她驾轻就熟地把车开到路缘边，然后仰靠在角落里，戴着手套的双手搭在方向盘上。

此刻的她一身黑衣，近乎深褐色，头上戴着一顶傻乎乎的帽子。我闻到了她身上的檀香味。

“我之前对你不太友好，是吧？”她问道。

“你只是救了我的命。”

“发生什么了？”

“我叫了警察，跟一个我不怎么喜欢的条子扯了几个谎，把逮住凶手的功劳全送给了他——就是这样。你帮我摆平的那个家伙就是杀死沃尔多的凶手。”

“你是说——你没有跟他们提起我？”

“女士，”我又开口道，“你只是救了我的命。你还要我做什么？我准备好了，充满热情，将尽全力不辱使命。”

她一言不发，一动不动。

“没人从我口中得知你的身份，”我说。“顺便说一句，我自己也不知道。”

“我是弗兰克·C·巴萨利太太，家住弗里蒙特街212号。奥林匹亚，24596。这就是你想要的吗？”

“多谢，”我咕哝道，手上搓弄着一支干巴巴的、没点着的香烟。“你为什么要回来？”接着我用左手啪地打了个响指。“帽子和外套，”我说。“我这就上楼去拿。”

“不止是这个，”她说道。“我还想要我的珍珠项链。”

我大概是吓得一哆嗦。没有那串珍珠项链，我经历得似乎也已经够多了。

“好吧，”我说。“跟我说说你的珍珠项链。我们已经遇上了一场谋杀、一个神秘的女人、一名疯狂的杀手、一次英勇的救援，还有一位受到操纵，打了假报告的侦探。现在，我们又遇上了珍珠项链。好吧——尽管说来。”

“我本打算出 5000 美元买下这串项链的。卖家就是那个你管他叫沃尔多，我管他叫约瑟夫 · 乔特的男人。项链应该在他手上。”

“不在，”我说。“我看到了从他口袋里面掏出来的东西。一大把钱，但没有珍珠项链。”

“也许藏在他的公寓里？”

“也许吧，”我说，“据我所知，也有可能藏在整个加州除他口袋之外的任何一处地方。这样一个炙热的夜晚，巴萨利先生还好吗？”

“他还在城里开会。不然的话，我就没法过来了。”

“唔，你可以把他带上的，”我说。“他可以坐在行李厢里面的加座上。”

“哦，我表示怀疑，”她说。“弗兰克体重 200 磅，身板可厚实了。我想他不会乐意坐进行李厢的，达尔莫斯先生。”

“哎哟，我们这是在说什么呀？”

她没有接话。那双戴着手套的小手轻轻地、挑逗似的叩着纤细的方向盘圈。我把没点着的香烟扔出窗外，微微转过身去，一把搂住了她。

放手的时候，我的身体在微微颤抖。她尽可能地远离我，紧靠着她那一侧车门，抬起裹着手套的手背擦拭着红唇。我静静地坐在那里。

一时间，我俩谁都没有说话。过了一会儿，她悠悠地开了口："刚才是我想要你这么干的。但我以前并不是这个样子。直到斯坦·菲利普斯魂断蓝天后，我才变成了现在这样。要是他还活着，我现在就是菲利普斯太太了。那串珍珠是斯坦给我的。价值15000美元，他说过一次。白珍珠，四十一颗，最大的直径差不多有9毫米。我不知道重量有多少格令。我从来没有找人鉴定过，也没有拿给珠宝商看过，所以我不知道这些事情。但我爱这串珍珠——因为斯坦。我爱斯坦。这样的爱你一辈子只会有一次。你能理解吗？"

"你的名字叫什么？"我问道。

"洛拉。"

"继续往下讲，洛拉。"我又从口袋里掏出一支干巴巴的烟来，夹在指间摆弄着，好给手头找点事情做。

"项链上有一个简单的银搭扣，形状像一个双叶螺旋桨。原本雕凸饰的位置上镶着一粒小钻石。我告诉弗兰克说，这串珍珠是我自己在商店买的大路货。他看不出差别来。我敢说，想要看出名堂来确实也不太容易。你瞧——弗兰克是很爱吃醋的。"

黑暗中，她凑近了我，她的身体触到了我的身体。但这一次，我没有挪开。风在呼号，树在颤抖。我手上依然捻搓着那支烟。

"我猜你读过那篇故事，"她说道。"一位妻子和她那串价值不菲的天然珍珠项链，可她却告诉丈夫——"[①]

"我读过，"我说。

"我雇了约瑟夫。那段时间我丈夫在阿根廷。我很孤独。"

"你当然孤独了，"我说。

---

① 此处指的是毛姆的短篇小说《万事通先生》(*Mr. Know-All*)。丈夫一直以为妻子的珍珠项链是廉价货，但事实上那却是妻子的情人送给她的昂贵礼物。

“约瑟夫和我经常开车出去兜风。有时候我们会一起喝上一两杯。但仅此而已。我不会和一个——”

“你跟他说了那串珍珠的事，”我高声打断了她。“你家那位体重 200 磅的大胖子一从阿根廷回来，就把他踢出了门外——而他则拿走了那串项链，因为他知道珍珠是真的。事后，他提出以 5000 块钱的价格把项链卖还给你。”

“对，”她的回答只有一个字。“我当然不想报警。当然，在这种情况下，约瑟夫也不怕让我知道他住在哪里。”

“可怜的沃尔多，”我说。“我真有点替他难过了。这种时候碰见一位对你有意见的老朋友，真是太不凑巧了。”

我在鞋跟上打着一根火柴，点燃了香烟。热风把烟叶吹得太干了，烟燃起来就像干草一样。姑娘静静地坐在我身边，双手又搭在了方向盘上。

“这帮飞行员——追起女人来真不得了，”我说。“而你直到现在依然爱着他——或者你以为自己依然爱他。你以前把那串珍珠放在哪里呢？”

“就放在我梳妆台上的一只俄国孔雀石珠宝盒里。和其他人造珠宝放在一起。我只能如此，如果我还想戴它的话。”

“而它事实上价值 15000 块。你认为约瑟夫也许把项链藏在了自己的公寓里。31 号，对吗？”

“对，”她说。“我知道这个要求很过分。”

我推开车门，钻出汽车。“我已经领过报酬了，”我说。“我这就去看看。我那栋公寓楼里面的房门都不是特别结实。警方一旦把沃尔多的照片登上报纸，就会查出他的身份来。但今晚还不会，依我看。”

“你真是太好了，”她说。“我就在这里等你吗？”

我一只脚踏在脚踏板上，身子探进车里，两眼望着她。我没有回答她的问题。我只是站在那里，与她的明眸对视着。然后我关上车门，沿着街道朝富兰克林大道走去。

尽管狂风吹皱了我的脸，但我依然能闻到她发丝中的檀香，感受到她嘴唇的温暖。

我打开了伯格伦德公寓的大门，穿过静悄悄的门厅走进电梯，乘到了三楼。然后我轻手轻脚地走过静静的楼道，弯腰查看 31 号公寓的窗沿。屋里没有灯光。我敲了敲门——轻轻地，悄悄地，老派的私酒黑帮就是这么敲门的，脸上挂着一个大大的微笑，屁股后面有一个深不见底的口袋。没人应门。我抽出皮夹里面那片又厚又硬、像是窗玻璃一样框住驾照的赛璐珞，把它插进门锁和门框间，用力靠住门把手，把它朝门枢推。赛璐珞的边沿碰到了弹簧锁的斜面，只听见啪嗒一声、冰柱断裂般的脆响，锁开了。我推开门，走进近乎漆黑的室内。街灯星星点点地渗了进来，点亮了几个零星的显眼之处。

我关上门，打开灯，静静地站在那里。空气中有一种奇怪的味道。我一下子就闻了出来：那是黑烟叶的气味。我摸到靠窗的烟缸台边，低头看到了四只棕色的烟蒂——墨西哥或是南美的香烟。

楼上——我家的楼层——传来踩过地毯的脚步声。有人在上厕所。我听到了抽马桶的水声。我走进 31 号房的卫生间。除了一点垃圾，啥都没有。根本没有藏东西的地方。小厨房搜起来要费事些，但我也只是草草搜了一遍。我知道这间公寓里面并没有什么珍珠。我知道当沃尔多转身迎来老朋友的两粒子弹时，他正要出门，行色匆匆，而且显然心事重重。

我回到客厅，转动折叠壁床，目光越过镶着镜子的那一面，投向梳妆室，寻找这间公寓依然有人居住的迹象。随着壁床的转动，我发现我来这里寻找的不是珍珠项链。一个男人赫然出现在了我的眼前。

这是个小个子中年人，鬓角铁灰，肤色很深，穿着一身鹿毛色的套装，打一条酒红色的领带。一双匀称的棕色小手软绵绵地垂在他的身体两侧。一双穿着锃亮的尖头皮鞋的小脚几乎直指地板。

一根皮带缠住了他的脖子，把他吊在床头的金属杠上。他的舌头伸出来老长一截——我还不知道人的舌头能伸出来那么长。

他的身体微微摆动着，这模样我不太喜欢，于是我把床放了下来，让他静静地依偎在两只固定的枕头间。我没有碰他。我不碰也知道，他的身子一定冰冷冰冷的。

我绕过他，走进梳妆室，隔着手帕拉开抽屉。这地方已经空无一物了，只有一个单身男人留下的一丁点垃圾。

我走出梳妆室，开始检查那个男人。没有皮夹。肯定被沃尔多拿走扔掉了。我找到一扁盒香烟，还剩一半，上面烫着金字："蒙得维的亚，派桑杜街19号，路易斯·塔皮亚公司"[1]；一盒斯培西亚俱乐部的火柴；还有一只深色的粒纹皮枪套，枪套里面插着一支9毫米毛瑟手枪。

这把毛瑟手枪说明他是个专业人士。这下我感觉好受了些。但他显然不够专业，不然的话就不会被人赤手空拳地解决掉了，而他的那把毛瑟——一支可以打穿砖墙的手枪——还插在枪套里面动都没动过呢。

我似乎理出了一丁点头绪，但只是一丁点。四支抽过的香烟说明，屋里有过一场讨论或者一阵等待。在此过程中的某一时刻，沃尔多突然掐住小个子男人的咽喉，擒拿的手法恰到好处，几秒钟的工夫就把他掐晕了过去。那把毛瑟枪对他而言就像一根牙签一样毫无用处。然后沃尔多用皮带把他吊了起来——也许他这时已经死了。这就能解释沃尔多为何行色匆匆，为何要把公寓清空，为何急着要找那个姑娘。这就能解释他为何在鸡尾酒吧门外下车时不锁车门。

而这一切成立的前提是，确实是沃尔多杀了他，这确实是沃尔多的公寓，还有——我不是被人给耍了。

---

① 原文为西班牙语。蒙得维的亚是乌拉圭首都。

我又翻了翻他的另几只口袋。左裤袋里有一把金色的袖珍折刀和几枚银币。左屁股兜里有一块手帕，叠得方方正正，喷了香水。右屁股兜里还有一块手帕，没有叠，但很干净。右裤袋里还有四五张纸巾。一个爱干净的小家伙，不喜欢用手帕擤鼻涕。纸巾下面是一只小小的钥匙夹，上面有四把崭新的钥匙——车钥匙。钥匙夹上印着几个金字：R·K·福格尔桑有限公司赠“帕卡德车行”。

我把我找到的所有东西复位，把床收回墙上，拿手帕擦拭了一遍门把手和所有的突出物，还有平整的表面，关掉灯，把脑袋戳出门外。楼道里空无一人。我下楼走上街道，转过街角朝金斯利大道走去。那辆凯迪拉克没有挪过位置。

我拉开车门，靠在上头，她似乎也没有挪过位置。很难从她脸上读出任何表情来。事实上，我几乎什么都看不到，除了她的眼睛和下巴。但我能清清楚楚地闻到那股檀香味。

“这香水，”我说，“能把牧师逼疯……我没找到珍珠项链。”

“好吧——你尽力了，谢谢你，”她用轻柔、低沉又颤动的嗓音说。“我猜我承受得住。要不我……要不我们……或者……？”

“你回家去吧，”我说。“不管发生了什么，你以前从未见到过我。不管发生了什么。以后你可能也再也不会见到我了。”

“我不愿意——”

“祝你好运，洛拉。”我关上车门，跨了出去。

刺眼的车灯亮起，引擎隆隆启动。街角处，那辆大跑车迎着赤风，缓缓地、鄙夷地拐了个弯，消失不见了。我默默地站在路边方才停车的那块空地上。

天色这时已经黑了。刚才传出收音机乐声的那间公寓的窗户这时变成了一片空白。我站在那里，望着一辆貌似全新的帕卡德敞篷车的车尾。我之前见过这辆车——在我上楼之前，就在同一处位置，就在洛拉那辆车的前方——停在那里，一团黑影，无声无息，闪亮的挡风玻璃右下角上贴着一个蓝色的标签。

而在我的脑海中，我似乎看到了另一样东西——一串崭新的车钥匙，挂在一只钥匙夹上，钥匙夹上印着几个大字："帕卡德车行"——就在楼上，就在一个死人的口袋里。

我走到那辆敞篷车的前方，用一只小手电筒照亮了那张小蓝条。没错，就是同一家车商。商号名和广告下方，有一行用墨水手写的姓名和地址：尤金妮 · 科尔琴科，西洛杉矶阿维达街 5315 号。

这简直是发疯。我返身上楼，回到了 31 号门前，故技重施撬开房门，进门绕到壁床后面，从那位穿戴整齐、挂在那里的棕肤死人的裤兜里摸出了那只钥匙夹。5 分钟后，我回到了街上的那辆敞篷车边。钥匙咔哒一声插进了锁眼。

5

那是一栋小房子，靠近过了索泰尔区的一道峡谷，屋子前面有一圈歪歪扭扭的桉树。街对面，一场热闹的派对正在进行中，人们冲出门外，往人行道上哐哐地砸着酒瓶，一面兴致高昂地嗷嗷乱叫，就像是耶鲁队刚刚在球场上持球触地，赢了普林斯顿队一分似的。

我要找的这一户门前有一道铁丝栅栏，种着几棵蔷薇树，步道上铺了石板，车库门敞开着，里面没有停车。房子门前也没有停车。我揿响了门铃。一阵漫长的等待后，门突然间开了。

我不是她在等的那个男人。我能从她那双闪闪发亮、涂了黑眼圈的眼睛中看出这点来。但紧接着，她的眼睛中就什么都没有了。她只是站在那里，望着我——一个瘦长饥饿的黑发女人，颧骨上搽了胭脂，浓密的黑发从中间分开，一张嘴大得可以塞下夹了三层肉饼的三明治，身披一套橘红、亮金色的睡衣，脚踩一双拖鞋，露出涂成金色的趾甲。在她的耳垂下方，一对小小的教堂铜钟迎着微风，轻轻地叮当作响。她缓缓地、鄙夷地挥了挥手中的香烟，装着香烟的烟嘴长得就像棒球棒。

“嗯——嗯？怎么啦，小男人？你有事吗？你迷失方向了，回不到街对面那个美妙的派对了，诶[①]？”

“哈——哈，”我说道。“了不得的派对，对不对？不。我只是把你的车带回家了。你的车丢了，对不对？”

街对面的前庭里，有人在发酒疯，一场男女声混合四重唱将剩余的夜晚撕成了碎片，并意犹未尽地将每一块碎片尽情摧残蹂躏了一番。与此同时，这位异域风情的黑发女子几乎纹丝不动，至多只是眨了眨眼皮。

她并不美丽，甚至也谈不上漂亮，但她的举手投足似乎都在说，只要她出现在哪里，那儿就会有故事发生。

“你说了什么？”她终于开口了，嗓音柔滑得就像一片烤焦的吐司皮。

“你的车。”我指了指身后，眼睛紧盯着她。她看样子像是个会使刀子的女人。

那只长长的香烟嘴慢吞吞地垂到了她的体侧，里面的香烟掉了出来。我抬脚踩灭烟头，就这样跨入了门厅。她从我面前退开，我关上门。

这间门厅就像筒子楼公寓的长楼道。铁制支架中的壁灯发出粉红色的微光。门厅的另一头拉着道珠帘，地板上铺着一块虎皮。这地方和她很配。

“您是科尔琴科小姐？”我问道。她又一动不动了。

“是——的。我是科尔琴科小姐。你到底要怎么样？”

她此刻看我的眼神就好像我只是上门来擦窗户的，只是来的时间不太凑巧。

---

① 原文为法语 hein。

我用左手掏出一张名片来，递到她眼前。她读了读我手中的名片，脖子一分都不肯多转。“你是侦探？”她喘了一口气。

“是的。”

她先用某种咬牙切齿的语言说了句什么，然后用英语说道：“进来！这该死的风，我的皮肤都快干成绵纸了。”

“我们已经进来了，”我说。“我刚关了门。醒醒吧，娜兹莫娃[①]。他是谁？——那个小个子是谁？”

珠帘后面传来一个男人的咳嗽声。她猛地一哆嗦，就好像刚刚被牡蛎叉戳了一下似的。接着她努力挤出一丝微笑，但并不怎么成功。

“来点报酬如何，”她轻声说。“你等在这里好吗？ 10美元——很公平的开价，不是吗？”

“不是，”我说。

我慢吞吞地伸出一根手指戳向她，又添了一句：“他死了。”

她一下子蹦开三尺远，发出一声尖叫。

一把椅子发出一声刺耳的“嘎吱”；一双脚从珠帘后面咚咚地走了过来；两只大手跃入眼帘，将珠帘一把拉开。一个模样强悍的大块头金发男人站在了我们面前。他穿着一身睡衣裤，外面罩着一件紫色的长袍。一穿过珠帘，他就一动不动地站定了，两脚像生了根似的，下巴突出，无色的眼眸就像泛灰的坚冰。看这样子，他在橄榄球场上会是个很难对付的阻截手。

“怎么啦，宝贝儿？”他的嗓音结实浑厚、带着喉音，语调中刚好有那么几分花痴劲儿，证明这伙计确实是会喜欢上一个把脚指甲涂成金色的女人。

“我来是为了科尔琴科小姐的车，”我说。

---

① 艾拉·娜兹莫娃（1879—1945），俄裔女演员，1905年移居美国。此处是在讽刺这个装腔作势的俄裔女人。

“哦，那你先把帽子脱了吧，”他说。“稍微锻炼一下自己可以吗？”

我脱了帽子，向他道歉。

“好吧，”他说，一面用力地把右手插在紫袍的口袋里。“这么说，你来是为了科尔琴科小姐的车。接着往下讲。”

我挤开那个女人，朝他走去。她向后缩去，背靠着墙，手掌摊开贴在墙上——活脱脱一个中学剧团的茶花女。那只长长的烟嘴此刻空躺在她的脚趾边。

就在我离他还有六尺远的时候，大块头男人不慌不忙地开口了：“你就站在那里说话，我听得到。别激动。我这只口袋里有把枪，我可是专门费了点功夫才学会打枪的。那辆车怎么了？”

“借车的那人没法自己来还了，”我说，一面将那张还握在我手里的名片递到他面前。他只是草草瞟了一眼，便又将目光移回我身上。

“那又怎样？”他问道。

“你一向这么凶悍吗？”我问道，“还是说，只有在你披上睡袍的时候才这样？”

“他为什么没法亲自把车送来？”他问道。“别说废话。”

那个黑发女人在我身旁发出一声捂在了嘴里的叫喊。

“没事，亲爱的，”男人说。“我来应付。你进去吧。”

她无声地从我俩身边溜过，眨眼间便消失在了那道珠帘后面。

我等待了片刻。大块头男人纹丝不动。他看上去没有丝毫的不安，沉稳得就像是一只正在晒太阳的蛤蟆。

“他没法亲自把车送来，因为有人把他干掉了，”我说。“让我们来瞧瞧你怎么应付吧。”

“是吗？”他说。“你有没有带他来证明你说的话？”

“没有，”我说。“但你要是愿意打上领带，戴上礼帽的话，我这就带你过去，指给你看。”

“喂，你刚才说你是谁？”

“我什么也没说。我猜你也许识字，”我再次把名片递到他眼前。

“哦，没错，”他说。“约翰·达尔莫斯，私人调查员。哦，啊。这么说，我应该跟你走一趟，去见谁？为什么？”

“也许他偷了你们的车，”我说。

大块头点点头。“这想法有理。也许吧。那人是谁？”

“一个棕肤小个子，口袋里有你们的车钥匙，把车停在了伯格伦德公寓旁边的街角处。”

他细细揣摩了一番我的话，脸上看不出有任何窘迫的神色。“你手头有牌，”他说。“牌不多。但有几张。我猜警察局今晚该是要开聚会了。这么说，他们的活儿都是你在替他们干。”

“唔？”

“照我来看，这名片上的头衔可不就是私家侦探嘛，”他说。“门外面是不是还等着几个条子？那几位是不是太害羞了，不敢进来？”

“不，只有我一个。”

他咧嘴一笑，古铜色的皮肤上隆起一道道白脊。“这么说，你发现了一个死人，拿了他的钥匙，找到一辆车，开着车就上这儿来了——就你一个人。没有警察。我说得对吗？”

“一点不错。”

他叹了口气。“我们进去吧，”他说道。他一把将珠帘扯开，让开一道口子，让我进去。“说不定你有什么想法值得我听听。”

我从他身边走过，他转过身来，拿那只沉甸甸的口袋对着我。直到我走到他跟前，我才注意到他的脸上渗出了一粒粒汗珠。也许是热风的缘故吧，但我看不像。

我们走进了这栋房子的客厅。

我俩坐了下来，隔着一片黑黢黢的地板对望着彼此。地板上铺着几块纳瓦霍印第安人的小毯子、几块深色的土耳其小地毯，这些连同几样装着厚厚软垫的沙发桌椅，共同构成了室内的装潢组合。房间里还有一个壁炉、一架小型卧式钢琴、一扇中国屏风、一只柚木座上的中国灯笼，还有花格窗上的一副金丝网窗帘。向南的窗户敞开着。一棵树干上刷了白石灰的果树在纱窗外猛烈摇摆着，为对街传来的噪音再添了几分嘈杂。

大块头男人慢吞吞地靠坐在一把织锦软椅上，穿着拖鞋的双脚架在脚凳上。他的右手还放在我俩见面时的位置上——紧挨着他的枪。

那个黑发女人在阴影中晃悠着，一只酒瓶在"咕咚咕咚"，那对教堂铜钟在她的耳畔叮当作响。

"没事的，宝贝儿，"男人说。"一切尽在掌控中。一个人干掉了另一个人，这小伙子觉得我们或许会有兴趣听一听。坐下吧，放松点儿。"

姑娘一仰头，顺着喉咙灌下了半杯威士忌。她叹了口气，说了句"该死"，声音貌似漫不经心，然后在一只长沙发上蜷成了一团。她占满了整只沙发——那双腿尤为可观。十只金灿灿的脚指甲从那个阴暗的角落里冲我眨着眼。从那一刻起，她就再也没有发出任何声响了。

我掏出一支烟——没有吃子弹——点着，继续讲我的故事。我没有全说实话，但说了一部分实话。我跟他们说了伯格伦德公寓，说了我住在那里，说了沃尔多住在 31 号，就在我楼下，还说了我因为业务关系在监视他。

"什么沃尔多？"金发男人插嘴道。"什么业务关系？"

"先生，"我说，"难道你就没有秘密吗？"他的脸微微红了。

我跟他说了伯格伦德公寓对街的那家鸡尾酒吧，说了发生在那里的事情。但我没跟他说什么印花波蕾若短外套还有这身衣装的那位姑娘。我把她完全从故事中隐去了。

"这是一项秘密工作——我这边的，"我说，"如果你明白我是什么意思的话。”他脸又红了，咬了咬嘴唇。我继续说道：“我去了警察局一趟，没有告诉任何人我认识沃尔多。而当我判定他们当天晚上还查不出他的住址后，我就自作主张地搜了他的公寓。”

“你要找什么？”大块头男人嗓音浑浊地说。

“找几封信。顺便提一句，那里什么都没有——只有一个死人。被人勒死的，用一根皮带挂在折叠壁床的床头杠上——藏得很好。一个小个子，45 岁上下，墨西哥人，或是其他什么地方的南美人，衣冠齐整，身穿一件鹿毛色的——”

“够了，”大块头说。“我信你了，达尔莫斯。你是在跟一起敲诈案吗？”

“是的。蹊跷的是，这个小棕人的胳膊下面却插着一把大枪。”

“他口袋里该不会塞着 500 美元吧？还是说……”

“没有。但沃尔多在鸡尾酒吧里被杀的时候，兜里却揣着 700 多美元的现金。”

“看样子我低估了这个沃尔多，”大块头平静地说。“他干掉了我的人，拿走了他的报酬——有枪又怎样。沃尔多有枪吗？”

“他身上没有。”

“给我们倒杯酒，宝贝儿，”大块头说。“没错，我确确实实是低估这个沃尔多了，我还当他是那种一块钱三个的垃圾瘪三呢。”

黑发女人展开盘绕着的双腿，用苏打水和冰块给我们调了两杯酒。她又给自己弄了半杯酒，什么都不掺，重新在沙发上盘成一团。她那双乌黑闪亮的大眼睛严肃地望着我。

“来，干杯，”大块头边说边举起酒杯，向我敬酒。“我没杀人，可我这下要被起诉离婚了。就你讲的这个故事来看，你也没杀人，但你却在警察局里丢了回大丑。真见鬼！生活就是一堆大麻烦，横看竖看都一样。不过，我还有我的宝贝儿。她是个白俄，我在上海遇见她的。她其实一点危险都没有，可模样看上去就像是会为了一个钢蹦儿割断你的喉咙似的。这就是我最喜欢她的地方。你既能感受刺激，又不用冒风险。”

“你净说该死的蠢话，”姑娘冲他吐了口唾沫。

“我觉得你身手还不错，”大块头没有理她，继续说道，“作为一个到处偷窥的私家探子而言。有什么脱身之计吗？”

“有。不过，得花点小钱。”

“我猜也是。多少钱？”

“再出 500 吧。”

“该死，这热风让我干得就像爱的余烬，”俄国姑娘满腹牢骚地说。

“500 块我应该出得起，”金发男人说。“这笔钱能为我换来什么呢？”

“如果我把事儿办成了——这件事就不会牵扯到你了。如果我没办成——你就不用付钱。”

他思忖了一番。他的脸此刻布满沟壑，看上去异常疲惫。细细的汗珠在他金色的短发上闪着微光。

“这起谋杀会撬开你的嘴巴的，”他嘟囔道。“第二起谋杀，我是说。况且我还是拿不到我本来要买的东西。再说，如果我想要别人替我闭紧嘴巴，我宁可收买得直截了当些。”

“那个小棕人是谁？”我问道。

“他叫里昂 · 瓦利萨诺思，一个乌拉圭人。又一件我从国外进口的商品。我因为生意缘故要跑许多地方。他在凿子镇上的斯培西亚俱乐部上班——你知道的，就在贝弗利山边上的那一段日落大道。好像他是负责轮盘赌的。我给了他 500 块钱，让他去找这个——这个沃尔多，从他手里买回几份账单——之前科尔琴科小姐买了点东西，费用记在了我的账上，东西递到了这里来。这么干可不怎么聪明，对不对？账单我是收在公文包里的，让这个沃尔多瞅准机会偷了去。凭你的直觉，你觉得这是怎么一回事？”

我抿了一口酒，垂眼瞅着他。“你这位乌拉圭朋友大概是想分一杯羹，沃尔多听了不怎么开心。然后，这个小个子大概是以为手里的毛瑟枪能帮助他说服沃尔多——可沃尔多的身手太快了。我不敢说沃尔多是个杀手——至少他本意并非想杀人。敲诈犯很少杀人。也许他情绪失控了，也许他只是抓住这小个子的脖子掐太久了。这下他就只能跑路了。可他手头还有一场约会，而这第二场约会的赚头更大。于是他满街区的寻找这位姑娘。偏偏就在这时，他碰见了一位对他意见很大，又喝了点酒的老朋友，就这样做了枪下鬼。”

“这桩蹊跷事前前后后的巧合实在是太多了，”大块头说道。

“都是让这热风给吹的，”我咧嘴一笑。“大家今晚都不太正常。”

“我出 500 块，你却什么都不能保证？我这事儿要是给抖落出去了，你就不收我钱。是这样吗？”

“就是这样，”说完我对他微微一笑。

“不太正常，确实是不太正常，”他将手中的高杯酒一饮而尽。“那我们就一言为定。”

“还有两件事，”我轻声说道，依旧坐着，向前一倾身。“沃尔多跑路时开的那辆车就停在他被杀的那家鸡尾酒吧门外，车门没上锁，引擎也没熄火。那辆车被凶手开走了。这件事指不定会惹出更多的麻烦来。你瞧，沃尔多的东西一定都放在那辆车里。”

“包括我的账单和你的信件。”

“没错。但警察对于这样的事情一般都还是通情达理的——除非你有巨大的新闻价值。如果你没有的话，我猜我最多进局子吃几顿陈年热狗，就能蒙混过关。但如果你有的话——这就说到了第二件事上。你刚才说你叫什么来着？”

我等待了许久才等来答案。而当答案终于到来时，我并没有我原先料想的那般吃惊。突然间，一切都显得那么的合乎逻辑。

“弗兰克 · C · 巴萨利，”他说道。

又过了一会儿，那个俄国姑娘为我叫来一辆出租车。我离开时，对街的那场派对依然在尽情挑战派对所能达到的极限。我发现那栋房子的四面墙依然没有倒。真可惜。

6

我刚一打开伯格伦德公寓那扇上锁的玻璃大门，就嗅到了警察的气味。我看了一眼手表。这会儿快到凌晨 3 点钟了。在门厅的幽暗角落里，一个男人正坐在一把椅子上打盹儿，报纸遮住了他的面孔。一双大脚从椅子下面伸出来老长。报纸一角被掀开一寸，然后又落了回去。此后这个男人便再没有其他动作了。

我穿过门厅走进电梯，乘到我自己的楼层。我轻手轻脚地走过楼道，打开我那间公寓上锁的房门，把门推开，伸手去摸屋里的电灯开关。

不知何处的一根拉线开关咔哒一声响，安乐椅边的一盏落地灯发出刺眼的光芒，落地灯前面立着那张牌桌，桌面上依然散落着我的那些棋子。

卡普尼克正坐在那里，咧嘴笑着，笑容僵硬，让人很不舒服。伊巴拉——那个黝黑的小个子——坐在我左手边的屋子另一头，和卡普尼克面对面。他沉默不语，似笑非笑，和之前一模一样。

卡普尼克又露出几颗马齿一般的大黄牙，说了句：“嗨。好久不见啊。出去找姑娘啦？”

我关上门，摘掉帽子，慢吞吞地擦了擦后脖颈，擦了一遍又一遍。卡普尼克依然咧嘴笑着。伊巴拉的那双柔和的黑眼睛只是望着空气。

“坐吧，伙计，”卡普尼克拖腔拖调地说。“自在点儿，就当这里是你家吧。我们有话要好好聊一聊。天啊，我真讨厌大半夜的还要出来当侦探，”他说，“你知不知道你这里一滴酒都没有了？”

“我早该猜到了，”我说道，背靠着墙。

卡普尼克依旧咧嘴笑着。“我一直讨厌私家探子，”他说，“但我以前一直没能逮到像今晚这样的机会，来好好收拾他们当中的一个。”

他懒洋洋地伸手从椅子边上捡起一件印花波蕾若短外套，往牌桌上一扔。接着他又伸手一捞，将一顶宽边帽摆在了衣服边上。

“我敢打赌，这两样东西穿在你身上一定好看，”他说。

我抓住一把直背椅，把椅子转了个个儿，骑在上头，双臂交叠架在椅背上，望着卡普尼克。

他站起身来，动作异常缓慢——一种处心积虑的迟缓——穿过房间，站在我面前，捋着外套。突然，他抬起右手，给了我一记耳光——结结实实的一耳光。我的脸上一阵刺痛，但我没有动弹。

伊巴拉望了望墙，又望了望地板，然后继续望着空气。

“你可真丢人，伙计，”卡普尼克懒洋洋地说，“居然如此对待这么漂亮的高级货——团成一团塞在你自己的旧衬衫下面。你们这些下三滥的私家探子真让我恶心。”

他站在那里，俯视了我片刻。我没有动弹也没有说话。我直视着他那双呆滞无神的醉鬼眼。他垂在体侧的那只手握成了拳头，接着他一耸肩，转过身去，回到了安乐椅边上。

“好吧，”他说。“剩下的菜咱们待会儿再上。你是从哪儿弄到这两样东西的？”

“它们属于一位女士。”

“哎哟哟。它们属于一位女士。你可真是个没心没肺的混蛋！我来告诉你它们属于哪位女士。它们属于沃尔多在对街酒吧里到处打听的那位女士——两分钟后，他就挨了两粒让他吃不太消的枪子儿。还是说，这档子事儿让你一不小心给忘了？”

我一言不发。

“你自己对她也很好奇，”卡普尼克不依不饶地讥讽道。“可你很聪明，伙计。你骗过了我。”

“这一点并不能证明我很聪明，”我说。

他脸上突然一阵抽搐，眼看就要从椅子上起身。伊巴拉哈哈笑了，笑声突然又轻柔下来，几乎是压着嗓子。卡普尼克的目光倏地扫到了他身上，停留了好一会儿。然后他再度面对我，眼神空洞漠然。

“这黑皮佬喜欢你，”他说。“他觉得你挺好。”

伊巴拉脸上的笑容消失了，却并没有别的表情来取代它。完全没有。

卡普尼克说：“你其实一直都知道那个妞儿是谁。你也知道沃尔多是谁，住在哪里。你还知道这个沃尔多干掉了另一个家伙，正准备跑路，只是这个娘们儿也是他计划中的一部分，所以他急着要在上路前见她一面。只是他再也没机会了。一个名叫阿尔·泰西罗，从东部过来的老劫匪了结了沃尔多，也就顺带了结了这场约会。于是，你就和那个姑娘遇上了，你藏了她的衣服，让她快跑，然后把嘴巴闭得紧紧的。像你这种家伙就是靠这种办法挣钞票的。我说得对吗？”

“很对，”我说。“除了一点：我自己也是刚刚才弄清楚这些事情的。沃尔多是谁？”

卡普尼克冲我龇牙咧嘴，两团火焰在他蜡黄的脸颊上面烧得滚烫。伊巴拉低头望着地板，轻声说道：“沃尔多·拉蒂根。我们收到了华盛顿发来的电传。他只是个小毛贼，身上有几桩小案底。他曾经在底特律的一起银行劫案中负责开车。后来他供出了同伙，换取了警方的撤诉。其中一名同伙正是这个阿尔·泰西罗。他到目前为止还一个字都没有招，但我们认为对街两人的那场相会纯属巧合。”

伊巴拉的嗓音轻柔，平静，节制——对他这样的人而言，嗓音是被赋予意义的。我说了一句：“多谢，伊巴拉。我能抽烟吗——还是说，卡普尼克打算一脚把烟从我嘴里踹飞？”

伊巴拉突然微微一笑。“你可以抽烟，没问题，”他说。

“这黑皮佬真的挺喜欢你的，”卡普尼克嗤笑道。“你永远猜不透黑皮佬究竟会喜欢什么，对不对？”

我点了支烟。伊巴拉望着卡普尼克，柔声细语地说道：“‘黑皮佬’这个词——你用得有些过头了。我不喜欢这个词整天被用在我身上。”

“鬼才管你喜不喜欢，黑皮佬。”

伊巴拉又微微一笑。“你犯了一个错误，”他说道。他从口袋里掏出一把指甲锉，垂下眼睛锉起了指甲。

卡普尼克哇哇嚷道：“我一开始就嗅到了你身上有什么地方不对劲，达尔莫斯。所以，我们一辩认出这两个流氓，伊巴拉和我就想顺便过来一趟，跟你聊几句。我带来一张沃尔多的停尸照——拍得真漂亮，眼睛上面的打光刚刚好，领带笔挺，插在口袋里面的白手帕刚好露了个头。真漂亮。所以，上来之前，我们把这栋楼的经理拖了出来，让他瞅了一眼照片——不过是例行公事。结果他认出了这家伙。他在这里登记的名字叫 A · B · 赫梅尔，住 31 号公寓。所以我们就奔那儿去了，结果找到了一个死人。然后我们就围着这件事情转了一圈又一圈。没人认识他，但他缠着皮带的脖子上面有几个老漂亮的指印子，我听说跟沃尔多的手指尺码再般配不过了。”

“太棒了，”我说。“我还以为那人说不定是我杀的呢。”

卡普尼克瞪着我，瞪了许久。笑容从他脸上消失了，剩下的只有冷硬与凶暴。“没错。我们甚至还找到了一点别的东西，”他说。“我们找到了沃尔多的逃逸车辆——以及沃尔多放在车里随身卷走的几样东西。”

我嘴里喷出的烟圈变得忽紧忽慢。猛烈的风把紧闭的窗户砸得砰砰响。房间里乌烟瘴气。

“噢，我们可厉害啦，”卡普尼克嗤笑道。“我们可真没想到你有这么大的胆子。瞧瞧这个。”

他把一只瘦骨嶙峋的手伸进外套口袋里，缓缓地把一样东西举过牌桌的桌沿，拖过绿色的桌面，让它闪闪发光地铺陈在那里。那是一串白珍珠项链，上面有一个双叶螺旋桨形状的搭扣。

一粒粒珍珠在这烟雾缭绕的污浊空气中发出柔和的微光。

洛拉·巴萨利的珍珠项链。那个飞行员送给她的项链。那个已经死了的家伙，那个她依然爱着的家伙。

我盯着这串项链，一动不动。过了许久，卡普尼克用近乎庄重的语气说：“很漂亮，不是吗？现在，你愿不愿意讲个故事给我们听呢，达尔莫斯先——生？”

我站起身来，推开椅子，缓步穿过房间，低头望着那串珍珠。最大的一颗直径差不多有1厘米。每一颗都白得纯净，熠熠生辉，折射出彩虹般的光芒，色泽却又是那么温润柔和。我缓缓地把紧挨她的衣物的这串珍珠从牌桌上捧了起来。它们在我手中沉甸甸的，触感光滑又精致。

“真漂亮，”我说。“这么多的麻烦都是为了这串项链。好吧，我愿意开口了。这玩意儿一定价值连城吧。”

伊巴拉在我身后哈哈笑了。这笑声非常轻柔。“就值100美元吧，”他说。“做工精良的假珍珠——但依然是假珍珠。”

我再度捧起那串项链。卡普尼克的那双了无生气的眼睛幸灾乐祸地望着我。“你怎么知道的？”

“我懂珍珠，”伊巴拉说。“这串做得很漂亮，女人们经常会故意托人做这样的仿制品，以防万一。但这些珠子光滑得就像玻璃。真正的珍珠咬在齿间时是有砂砾感的。你试试。”

我把两三颗珍珠放在齿间，前后左右地错动牙齿，并没有真的去咬。珠子又硬又滑。

“是的。这串珠子做工很好，”伊巴拉说。“有几颗表面甚至还有小波纹，有凹面，就像真珍珠一样。”

“这样一串珍珠能值 15000 美元吗——如果这是真珍珠的话？”我问道。

“能。[①] 也许吧。不太好说。这取决于许多因素。”

“这个沃尔多还不算太坏，”我说。

卡普尼克突然站了起来，但我没有看到他挥拳。我依然在低头看着那串项链。他的拳头落在了我的侧脸上，砸中了臼齿。我一下子就尝到了鲜血的味道。我踉踉跄跄地向后退去，故意夸大了一点这一拳的力道。

“坐下，交代，你这狗杂种！”卡普尼克几乎是在对我耳语。

我坐了下来，拿出一块手帕轻轻拍着脸颊。我舔了舔口腔里面的伤口。然后我又站起身，走到一边，捡起了刚才被他从我嘴里打落的那支香烟。我在一只烟灰缸里把烟掐灭，然后重新坐好。

伊巴拉锉着指甲，举起一根手指对着灯光。卡普尼克的眉毛上渗出了点点汗珠，挂在内侧的眉梢上。

“这串珠子你是在沃尔多的车里找到的，”我说道，眼睛看着伊巴拉。“那你有没有找到什么文件？”

他摇摇头，没有抬眼。

“我愿意相信你，”我说。“事情是这样的。在沃尔多今晚跨入那家鸡尾酒吧之前，我与他从未谋面。在酒吧时我没有隐瞒任何我所知道的情况。等我回到家，我一跨出电梯，就看到这个姑娘正在等电梯，就在这儿，就在我的楼层上——印花波蕾若短外套，宽边帽，蓝色绉丝裙，装束就跟他描述的一模一样。还有，她看上去像个好姑娘。”

卡普尼克哈哈冷笑起来。我对此无动于衷。他已经被我捏在掌心里

---

① 原文为西班牙语。

了。他只需认清这一点就好了。而他也很快就会认清的。

“我知道对她而言，做一名警方证人会是怎样麻烦，”我说。“而且，我怀疑这里头还另有一些蹊跷。但我想都没想过她本人有任何不对劲的地方。她只是一个遇到了麻烦的好姑娘——而她甚至都不知道自己遇到了麻烦。于是我把她弄到了这里来。她掏出一把枪来对着我。但她并没有开枪的打算。”

卡普尼克突然坐直了身子，舔起了嘴唇。此刻他面无表情得就像一块石头了。一块湿漉漉的灰石头。他没有发出半点动静。

“沃尔多做过她的私人司机，”我继续往下说道。“他那时的名字叫约瑟夫·乔特。而她的名字是弗兰克·C·巴萨利太太。她丈夫是个大牌水电工程师。这串珍珠是以前一个伙计送给她的，她骗丈夫说这只是一串大路货。沃尔多却不知怎的得知了项链背后的罗曼史；等到巴萨利一从南美回来，炒了他的鱿鱼——因为他太帅了——他就偷走了项链。”

伊巴拉猛地抬起头，两排牙齿白光一闪。“你是说，他不知道这是串假珍珠？”

“我以为他把真珍珠给销赃了，换了一串仿冒品，”我说。

伊巴拉点点头。“也有可能。”

“他还偷走了一样东西，”我说。“他从巴萨利的公文包里偷了一样单据，能够证明巴萨利在包养情妇——藏娇的金屋就在布伦特伍德。他在同时敲诈丈夫和妻子，而夫妻二人都不知道对方的秘密。跟得上我说的吗？”

“跟得上，”卡普尼克咬紧双唇恶狠狠地说。他的脸依然是一块湿漉漉的灰石头。“有话快讲有屁快放。”

“沃尔多不怕他们，”我说。“他没有隐瞒自己的住址。这么干很傻，但也省去了许多耍花招的麻烦，如果他愿意冒险的话。那姑娘今晚带着5000美元来到这里，打算赎回她的珍珠。她没有见到沃尔多。所以她就上这儿来找他了，下楼前还故意爬了一层楼梯到四楼。所以我就这么遇见她了。所以我就带她来了这里。所以阿尔·泰西罗登门造访我，打算干掉我这个目击证人的时候，她就躲在那间梳妆室里。”我指了指通向梳妆室的那扇门。“所以她就握着她那把小手枪出来了，拿枪抵在他背后，救了我一命，”我说。

卡普尼克一动不动。他的脸上此刻露出一丝可怕的神色。伊巴拉将那把指甲锉塞进一只小皮套里，慢吞吞地装进口袋。

“讲完了？”他和和气气地问道。

我点点头。“还有一件事：她告诉了我沃尔多的房号，我溜了进去，想找到那串珍珠。结果我找到了那个死人。在他的口袋里，我找到一串车钥匙，钥匙夹来自一家帕卡德车行。而就在楼下的街道上，我发现了那辆帕卡德，于是我就把车开回了它原来的家——巴萨利的情妇那里。原来巴萨利派了一位斯培西亚俱乐部的朋友上沃尔多家去买一样东西，而他并不打算用巴萨利给他的钱付账，却想用自己的那把枪。结果沃尔多先下手为强，把他给做掉了。”

“讲完了？”伊巴拉轻声问道。

“讲完了，”我答道，一边用舌头舔舔腮帮子里面的伤口。

伊巴拉慢吞吞地说：“你要什么？”

卡普尼克的脸上一阵抽搐，抬手一拍他那条又长又硬的大腿。“这家伙真棒，”他阴阳怪气道。“他爱上了一个走上歪路的娘们儿，违反了所有的法律法规，而你居然还问他要什么？我会让他求仁得仁的，黑皮佬！”

伊巴拉缓缓地转过头去望着他。“我看你不会，”他说。“我看你会把这笔旧账一笔勾销，再满足他的一切要求。他给你上了一堂精彩的警务工作课。”

卡普尼克既没有动弹，也没有出声，就这样僵持了漫长的一分钟。

我们全都一动不动。然后卡普尼克向前一倾身，外套的前襟敞开了。一把警用佩枪的枪柄从他腋下的皮套里探出头来。

“那么，你要什么？”他问我。

“我要那张牌桌上的所有东西——外套，帽子，还有那串假珍珠。我还要你们别让某几个人的名字见报。我要得太多了吗？”

“是的——太多了，”卡普尼克用近乎轻柔的嗓音答道。只见他身子一侧，那把枪便干净利落地跃入了他的手中。他前臂架在大腿上，枪口直指我的肚子。

“要我说，你最好是在拒捕过程中肚子上吃我一颗子弹，”他说。“这样最好，因为我刚刚提交了一份报告，描述了阿尔·泰西罗的被捕过程，以及我是如何逮到他的；因为我的照片登上了今天的晨报，这会儿差不多就要和读者见面了。你最好是在有机会笑话我之前就翘辫子，宝贝儿。”

我的嘴里突然又干又燥。远处，我能听见风声隆隆，就像是大炮的鸣响。

伊巴拉的双脚在地板上挪动了一下。他冷冷地开口道：“你把这两个案子都破了，警官。作为交换，你只需给他桌子上的几样垃圾，再捂住几个名字，别让它们见报。也就是说，别让它们被地检官盯上。万一还是让他盯上了，那就算你倒霉了。”

卡普尼克说：“我更喜欢另一种办法。”他手中的那把枪泛着蓝光，沉稳得就像一块石头。“要是你不肯在这件事情上帮我的话，那你就祈祷上帝保佑吧。”

伊巴拉说：“一旦这个女人被曝光，你就成了一个胆敢在警务报告中扯谎的骗子，一个不惜欺瞒自己搭档的家伙。一周之内，总部里的伙计们就会连你的名字都不愿意提了，惟恐嘴里留下一股恶心的味道。”

卡普尼克咔嗒一声扳下了手枪的击铁，我看着他那只瘦骨嶙峋的粗手指一寸寸地扣牢扳机。我的后脖颈此刻湿漉漉得就像狗鼻子。

伊巴拉站起身来。那把枪枪口一跳，猛地指向他。他开口道："让我们来瞧瞧'黑皮佬'的胆子究竟是什么成色。我要你把枪收起来，山姆。"

他向前迈开了步子。他平稳地走了四步。卡普尼克纹丝不动，就像一个石头人。

伊巴拉又往前跨了一步，那把枪突然间瑟瑟颤抖起来。

伊巴拉平静地说："把枪收起来，山姆。只要你保持冷静别犯傻，那就一切如常。一旦你犯傻——那你就完了。"

他又上前一步。卡普尼克的嘴巴突然张大了，喘了一口粗气，接着他一下子瘫倒在椅子上，就像是脑袋上挨了一棒似的。他的眼睑耷拉了下来。

伊巴拉只一伸手，就将那把枪从他手中夺了下来，动作快得就像什么都没有发生过似的。他敏捷地后退一步，握枪的那只手垂在体侧。

"都是让这热风给闹的，山姆。让我们忘了这桩事吧，"他依旧用那平静得近乎优雅的声音说道。

卡普尼克肩膀一垂，脸埋进了手心里。"好吧，"他透过指缝说了一句。

伊巴拉步伐轻盈地穿过房间，拉开房门。他用那双慵懒的、半闭的眼睛望着我。"我也会为一个救了我一命的女人赴汤蹈火的，"他说道。"我能理解，但作为一名警察，你不能指望我认同。"

"床上的那个小个子男人叫里昂·瓦利萨诺思。他是斯培西亚俱乐部的一名赌台庄荷。"

"谢了，"伊巴拉说。"我们走吧，山姆。"

卡普尼克重重地站起身来，穿过房间，跨过敞开的前门，消失在了我的视线之外。伊巴拉紧随其后跨出门外，伸手就要关门。

"等一等。"我说道。

他缓缓地转过头来，左手搭在门把手上，那把蓝森森的枪紧靠着身体右侧垂在那里。

“我做这件事不是为了钱，”我说。“巴萨利夫妇住在弗里蒙特街 212 号。这串珍珠就由你来还给她吧。只要巴萨利的名字不见报，我就能拿到 500 块钱。这钱就捐给警察基金会吧。我没有你想得那么聪明。事情只是就这么发生了——还有，你的搭档是个混蛋。”

伊巴拉的目光越过房间，望着牌桌上的那串珍珠。他的眼睛在闪闪发光。“项链归你了，”他说。“500 块钱的事情没问题。这钱归了基金会我看也是应该的。”

他悄无声息地关上门，不一会儿，我听见了电梯门的哐当声。

7

我打开一扇窗户，把头伸进风中，看着那辆巡逻车沿着街道越开越远。大风呼呼地吹着，我任凭它吹。一幅画从墙上掉了下来，两颗棋子从牌桌上滚落。洛拉·巴萨利的波蕾若外套在风中竖起了毛料，瑟瑟发抖。

我走到外面的小厨房里，喝了点苏格兰威士忌，然后回到客厅，拨通了她的电话——尽管这时已经很晚了。

她亲自接的电话，接得很快，声音中没有半点睡意。

“是我，达尔莫斯，”我说。“你那边安全吗？”

“是的……是的，”她说。“只有我一个人。”

“我找到了一样东西，”我说。“其实是警察找到的。可你那位黑小伙子骗了你。我这里有一串珍珠。不是真正的珍珠。他把真的给卖了，我猜是这样，然后给你造了一串假的，穿在你的搭扣上。”

她沉默了许久。最后，她略有些虚弱无力地问道：“是警察找到的？”

“在沃尔多的车里。但他们不会把这件事捅出去的。我们达成了一项交易。瞧一眼今天的晨报，你就会明白个中缘由了。”

“如此看来，我也就没什么可多说的了，”她说道。“我能拿回项链的搭扣吗？”

“当然。明天下午四点，你能在绅士酒吧和我碰头吗？”

“你真是太好了，”她有些有气无力地说。“可以。弗兰克还在开会。”

“开会——开会可真是累死人啊，”我说。说完我们就道了别。

我又拨通了一个西洛杉矶的号码。他还在那里，和那个俄国姑娘在一起。

“你今早就可以把一张500块钱的支票寄给我了，”我告诉他。“收款人写警察基金会，如果你愿意的话。反正那就是这笔钱的最终去处。”

卡普尼克在晨报的第三版上露了脸——两张照片，一篇占了半栏的漂亮报道。31号公寓的那个小棕人根本没有见报。公寓行业协会的公关力量也挺强大的。

我吃完早饭便出了门，昨晚的风完全消停了。只剩下一阵阵轻柔凉爽的微风，带着一丁点雾气。灰色的天空近在眼前，惬意宜人。我驾车来到那条大街上，挑了一家最好的珠宝店，将那串珍珠平放在蔚蓝色灯光下的一块黑天鹅绒垫上。一个戴着燕子领，穿着条纹西裤的男人倦怠地低头看了看项链。

“货色如何？”我问道。

“不好意思，先生。我们这里不做鉴定。我可以给您一位鉴定师的名字。”

“别开玩笑了，”我说。“这可是荷兰货。”

他微整了一下台灯的聚焦，弯下腰，把玩了几寸串珠。

“我要一件跟这串珍珠一模一样的仿制品，穿在这只搭扣上，马上就要，”我又添了一句。

“什么，跟这串一模一样？”他头都不抬一下。“这也不是什么荷兰货。这是波希米亚货。”

“好吧。你能仿制吗？”

他摇摇头，把天鹅绒垫从眼前推开，仿佛生怕污了他的眼似的。“如果有三个月的时间，那还是有可能的。我们美国人吹制出来的玻璃不是这个样子的。如果你想要一模一样的——那至少三个月。再说了，本店也根本不会去做这样的生意。”

“像你这样眉毛挑到天上去的感觉一定棒极了，”我说。我掏出一张名片，塞到他的黑袖子下面。“告诉我一个愿意做这笔生意的人——而且不用三个月——就算不是那么像，估计也没有太大关系。”

他耸耸肩，拿了名片走开了，5分钟后回到桌前，把名片递还给我。名片的背后写着一行字。

那个中东老头儿在梅尔罗斯路上开了一家店，一家破烂古董店，橱窗里面什么都有，从折叠婴儿车到圆号，从装在褪色的长毛绒匣子里的珍珠母贝长柄望远镜到点四四特制版单动式左轮枪（直到今天他们还在为西部警长们造这款枪——这些警长的爷爷们可是真硬汉），应有尽有。

那个中东老头戴着一顶瓜皮小帽，架着一副眼镜，留着一大把胡子。他细细端详了一番我那串珍珠，哀伤地摇了摇头，说：“拿20美元来，能做得差不多像那么回事。但没法那么像，你理解的。玻璃不太好。”

“到底能有多像？”

他摊开一双粗壮的大手。“我跟你说实话吧，”他说。“恐怕是连娃娃也骗不了的。”

“动手做吧，”我说。“用这只搭扣。当然咯，换下来的珠子你也得还给我。”

“好。两点钟，”他说。

里昂·瓦利萨诺思——那个来自乌拉圭的小棕人——登上了下午的报纸。他被人发现吊死在一间无名公寓里。警方正在调查。

下午四点钟，我走进绅士俱乐部里那间清凉狭长的酒吧，轻手轻脚地走过一长排卡座，寻觅着目标，直到我看见一位独坐着的女子。她头戴一顶帽檐很宽，好像浅汤盘的帽子，身穿一件简朴贴身的棕色套装，里面是一件一本正经，好像男装的衬衫，还打了领结。

我在她身边坐下，将一个包裹沿着长椅推给她。“别打开，”我说。“事实上，你还不如把它原封不动地扔进焚化炉呢，如果你愿意的话。”

她用一双阴郁疲倦的眼睛望着我，手上转动着一只发出薄荷味的玻璃杯。“谢谢。”她的面色煞白。

我点了一杯高杯酒，侍者走开了。“读报纸了吗？”

“读了。”

“那你一定明白了这个叫卡普尼克的家伙偷走了你的功劳吧？这就是为什么他们不愿意改动那则报道，也不愿意把你牵扯进来。”

“现在这一切都无所谓了，”她说道。“谢谢你，不管怎样。拜托——拜托让我看看。”

我从口袋里一团松散的绵纸包里抽出了一串珍珠，推到她跟前。那只银质的螺旋桨搭扣在壁灯的光芒中一闪一闪地眨着眼。那一粒碎钻也在眨眼。那串珍珠则像白肥皂一样黯淡无光，甚至连大小都不统一。

“你说得没错，”她用毫无起伏的声音说道。“这不是我的珍珠。”

侍者端来了我的酒水，她灵巧地用手包遮住了那串珠子。侍者一走，她又缓缓地将珠子把弄了一遍，扔进包里，给了我一个干涩的苦笑。

“如你所说——我会留下搭扣。”

我慢吞吞地说：“你对我一无所知。昨晚你救了我的命，我们有过一瞬间的感觉，但那仅仅是一瞬间。现在你依然对我一无所知。局里有一个叫做伊巴拉的警探，那是一个好墨西哥人，警方在沃尔多的手提箱里找到这串珍珠的时候，正是他在办这个案子。万一你想要确认一下——”

她开口道：“别傻了。都结束了。那仅仅是一段回忆。我还太年轻，不该永远活在回忆中。也许这样才是最好的结果。我爱斯坦·菲利普斯——但他已经去了——去了很久了。”

我凝视着她，一言不发。

她又平静地添了一句：“今天早上，我丈夫告诉了我一件我先前不知道的事情。我们要分居了。所以，我今天实在是没有多少乐开怀的理由。”

“我深感遗憾，”我的声音听上去一点都不可信。“那么，该说的话都说完了。也许有一天我会再见到你的。也许不会。我不常在你的圈子里混。祝你好运。”

我站起身来。我们彼此对望了片刻。“你那杯酒一滴都没有喝，”她说。

“你喝吧。这薄荷味道只会让人恶心。”

我在那里静立了片刻，一只手重重地撑在桌子上。

“如果还有人来烦你，”我说，“一定告诉我。”

我出了酒吧，没有回头去看她。我钻进汽车，沿着日落大道向西驶去，一路开上海岸高速。沿途的每一座花园里都遍布着枯萎焦黑的叶片与花朵——都是热风炙烤下的受害者。

但大海似乎依旧凉爽慵懒，一如既往。我一直开到接近马利布的一处位置，停下车，越过某人竖起的一道铁丝栅栏，走到里面的一块大石头上面坐下。这会儿差不多是半潮，很快就要涨潮了。空气中有一股巨藻的味道。我望了一会儿海水，然后从口袋里掏出那串波希米亚玻璃仿珍珠，截断了一头的绳结，将珠子一颗接一颗地拨了下来。

等到所有的珠子都落入了我的左手中，我就这样捧着它们，思考了一会儿。其实并没有什么可思考的。我再清楚不过了。

“纪念斯坦 · 菲利普斯先生，”我大声说道。“不过是又一位大忽悠。”

我把她的珍珠一颗接一颗地掷入水中，抛向漂在海面上的那些海鸥。

珍珠在水中溅起了一朵朵小水花，海鸥们从水上一跃而起，冲着水花猛扑过去。

（宋　佥　译）

披着黄衣的国王

1

乔治·米勒——卡尔顿酒店的夜班审计——是一个机灵精瘦的小个子男人，嗓音轻柔低沉，好似伤恋女歌手。他冲着专用交换机话筒说话时，声音压得很低，但那双眼睛却目光锐利，闪着怒火："非常抱歉。绝不会再有下次了。我马上派人上来。"

他一把扯掉耳机，扔在交换台的按键上，快步从镶着卵石的屏风后面冲了出来，冲进酒店大堂。此刻已是凌晨一点多，卡尔顿酒店里住了三分之二的客人。大堂主厅里，三级低低的台阶之下，灯光已然黯淡，夜班勤杂工已经收拾完毕。这地方空无一人——只是一大片昏暗的家具与富丽的地毯填充的空间。远处隐约响起了收音机的声音。米勒下了台阶，快步朝声源走去，拐过一道拱门，望着一个伸直了身子躺在浅绿色长沙发上的男人，酒店里所有能拿动的靠垫似乎都被他拿来垫在了身下。他侧身躺着，睡眼蒙眬，听着两码开外的一只收音机。

米勒厉声叫道："嘿，你！你究竟是这里的私家探子还是私家懒猫？"

斯蒂夫·格雷斯慢慢地扭过头来，看着米勒。他是一个黑发的高个子，28 岁左右，长着一双沉静深陷的眼睛和一张非常温和的嘴巴。他伸出大拇指朝收音机一戳，微微一笑。"莱奥帕尔迪王，乔治。听那小号的调子。平滑得就像天使的翅膀，天啊。"

"棒极了！再上一趟楼，把他从走廊里请出去！"

斯蒂夫·格雷斯似乎吃了一惊。"什么——又来了？我还以为我早就把那几个伙计哄上床了呢。"他忽地一下双脚落地，站起身来，他至少比米勒高一英尺。

“哼，816 房可不这么说。816 房说，他又带着两个跟班开进走廊了。他穿着黄色的缎料短裤，拿着长号，他和他的朋友们正在上演即兴爵士演奏会呐。基兰登记在 811 房的一个妓女正在那儿给他们跳热舞呢。行了，快去，斯蒂夫——这次别再按下葫芦浮起瓢了。”

斯蒂夫 · 格雷斯苦笑了一下，说：“莱奥帕尔迪反正也不属于这里。我能用氯仿吗，还是说只能靠我的大头棒？”

他迈开长腿跨过淡绿色的地毯，穿过拱门，走过主厅，来到唯一的一部电梯前，电梯开着门，亮着灯。他关上门，乘着电梯来到八楼，恶狠狠地停下，抬脚迈进了走廊。

声浪像一阵突然起来的大风扑面而来，在两面墙壁间回荡着。六七扇房门洞开，愤怒的客人们披着睡袍站在门口凝视着这一幕。

“好啦，伙计们，”斯蒂夫 · 格雷斯匆匆说道。“这绝对是最后一场表演啦。放松点儿吧。”

他拐过一道弯，炙热的乐声几乎把他掀翻在地。三个男人背靠墙壁排成一排，挨着一扇开着的房门，门缝中泻出一道灯光。当中的那位——也就是长号手——身高六英尺，魁梧又优雅，留着一撇细细的小胡子。他面孔通红，两眼闪着酒后的光芒，身着一条黄色的绸缎短裤，左裤腿上用黑线绣着大大的姓名首字母——这就是他仅有的披挂了。他的躯干黝黑赤裸。

他身边的两人穿着睡袍，都是那种常见的乐队小子，有几分人模狗样，但算不得真正的帅哥。两人都喝醉了，但没有烂醉如泥。一个疯狂地摆弄着一支单簧管，另一个吹着一支次中音萨克斯管。

在他们跟前扭着身子，就着乐声尽情狂欢的是一个发色如金属的金发姑娘。她来来回回地昂首阔步，大跳特拉金舞，像喜鹊梳毛一样得意洋洋、感觉良好，弓起手臂，挑起眉毛，手指向后弯着，直到胭脂红的指甲几乎碰到了手臂。她的嗓音尖锐刺耳，带着喉音，全无调子，假得就像她的眉毛，尖得就像她的指甲。她踩着一双高跟拖鞋，披了一件黑色睡袍，腰上围着一条紫色的长腰带。

斯蒂夫·格雷斯猛地停住，手狠狠地向下一挥。“够了！”他厉声吼道。“行了。可以了。赶快收工，到此为止吧。演出结束了。滚蛋，赶快——给我滚蛋！”

莱奥帕尔迪王把长号从唇边挪开，大喝一声：“热烈欢迎私家探子！”

三个醉鬼奏出一个突突直响的音符，墙壁都随之震颤。那姑娘蠢笑起来，飞起一脚。她的拖鞋正中斯蒂夫·格雷斯的胸膛。他从半空中接住拖鞋，跳向姑娘，一把抓住她的手腕。

“来硬的，是吧？”他咧嘴一笑。“我这就先对付你。”

“抓住他！”莱奥帕尔迪大叫一声。“把他揍趴下！让这私家探子脖子着地跳支舞！”

斯蒂夫一把将那姑娘提溜起来，夹在腋下，拔腿就跑。他轻轻松松地夹着她，就像夹着一只包裹。她拼命地想要踢他的腿。他哈哈大笑着，朝一扇亮着灯的门里面飞快地投去一瞥。一双男人的拷花灰皮鞋正趴在衣柜底下。他跑过这扇门，来到第二扇亮着灯的门前，砰的一声撞了进去，一脚把门踢上，略微转身一拧锁眼里贴着标签的钥匙。几乎是在同一时间，一只拳头砸在了门上。他对此毫不在意。

他沿着短短的走道将那姑娘一路推过盥洗室，然后放开了她。她踉踉跄跄地退开，背对着衣柜，喘着粗气，两眼闪着怒火。一缕湿漉漉的、染金的头发垂荡下来，遮住了一只眼睛。她猛地摇摇头，冲他龇牙咧嘴。

“你想要我怎么逮住收容你这个流浪女呢，妹子？”

“见鬼去吧！”她啐了口唾沫。“‘国王’是我的一个朋友，明白不？你最好把爪子从我身上挪开，条子。”

“你跟那几个小子一起巡回演出？”

她又朝他啐了口唾沫。

“你怎么知道他们会在这里？”

另一个姑娘正四仰八叉地瘫在床上，脑袋冲着墙，凌乱的黑发披散在一张白脸上。她睡衣的一只裤腿被撕开了一道口子。她绵软无力地躺在那里，呻吟着。

斯蒂夫凶巴巴地说道：“噢，噢，开始上演‘落难少女衣衫不整’了。演得真失败。失败透顶了。行了，给我听好了，你们两个小丫头。你们要么上床睡觉，老老实实待到早上，要么我就把你们俩扔出去。做个决定吧。”

黑发姑娘呻吟着。金发姑娘说：“你给我从我的房间里滚出去，你这该死的探子！”

她伸手从背后抓起一柄小镜子，扔了过去。斯蒂夫弯腰一躲。镜子狠狠地砸在了墙上，掉在地上，居然没有碎。黑发姑娘在床上翻了个身，有气无力地说了句：“噢，别闹了。我病了。”

她闭着眼睛躺着，眼睑颤动着。

金发姑娘扭着屁股穿过房间，走到靠窗的一张桌子边，拿起一只玻璃杯，给自己倒了整整半杯量的苏格兰威士忌，趁着斯蒂夫没有反应过来，咕咚咕咚地灌了下去。突然她猛地咳嗽起来，扔下杯子，两手撑地跪了下去。

斯蒂夫冷冷地说：“这一下可真够你受的，妹子。”

姑娘伏在地上，摇了摇脑袋。她吐了一回，伸出胭脂红的指甲抹抹嘴。她挣扎着想要站起来，可脚却在身子底下打了个滑，她人一歪，侧着倒了下去，一眨眼的工夫就睡着了。

斯蒂夫叹了口气，走过去关上窗，插好插销。他帮那个黑发姑娘翻了个身，把她的身体放正了，从她身下抽出了床上用品，又往她脑袋下面塞了个枕头。他把金发姑娘一股脑地从地上抱了起来，扔在床上，再给两个姑娘盖好被子，被单拉到下巴颏。他打开气窗，灭了顶灯，拧开门锁。他又从外面把门反锁上，用的是挂在链子上的一把万能钥匙。

“酒店工作，”他咕哝了一句。“天啊。”

走道里现在空空荡荡的。一扇门依然洞开着，里面亮着灯光。房号是 815，和那两个姑娘隔了一个房间。一支长号从里面奏出轻柔的乐声——但对于凌晨 1 点 25 分来说还不够轻柔。

斯蒂夫 · 格雷斯拐进房间，肩膀一顶把门关上，径直走过盥洗室。房间里只有莱奥帕尔迪王一个人。

这位乐队一号正摊手摊脚地坐在一把安乐椅上，肘边搁着一只蒙着雾气的高玻璃杯。他一面吹奏，一面摇摆，手中的长号划出一道道陡急的圆弧，光影在喇叭口上跳跃。

斯蒂夫点了一支烟，吐出一口烟气，透过烟云瞪着莱奥帕尔迪，奇怪的神情中半是仰慕，半是鄙夷。

他轻声开口道；“熄灯了，黄裤子。你小号吹得很棒，长号吹得也不赖。可我们现在不需要啦。我已经跟你说过一遍了。别闹了。把那玩意儿收起来。”

莱奥帕尔迪邪笑了一下，冲他响亮地吐了个舌头，那听上去就像是恶魔的笑声。

“你算老几，”他嗤笑道。“莱奥帕尔迪想怎么吹就怎么吹，想上哪儿吹就上哪儿吹，想什么时候吹就什么时候吹。没人管得着他，探子。滚一边儿去。”

斯蒂夫弓起肩膀，靠近了这个黝黑的高个子。他颇有耐心地说：“把那个破喇叭放下，大块头。别人正要睡觉呐。这种时候他们可没什么好情绪。站在演奏台上，你是个了不起的伙计。在其他任何地方，你都只是一个兜里有点臭钱的家伙，你的臭名则从这里一路远扬到迈阿密，又弹了回来。我有工作要做，而且非做不可。再吹一下那个东西，我就把它挂在你脖子上。”

莱奥帕尔迪放下长号，拿起肘边的玻璃杯，喝了一大口酒。他的眼里闪着邪光。他又把长号举到唇边，往肺里深吸了一口气，吹出一声巨响，震得墙壁直晃。然后他突然站了起来，身手极其敏捷，猛地将乐器砸在了斯蒂夫的脑袋上。

“我从来就不喜欢私家探子，”他嗤笑道。“他们闻上去就像公共厕所。”

斯蒂夫向后退了一小步，晃晃脑袋。他不怀好意地一笑，一个箭步上前，啪地给了莱奥帕尔迪一掌。这一击看似轻飘飘的，却打得莱奥帕尔迪晃晃悠悠地一路飘过房间，瘫倒在了床脚下，屁股着地，右胳膊有气无力地搭着一只打开的手提箱，手伸了进去。

接下来的一刻，两人都一动不动。过了一会儿，斯蒂夫把长号从他身边踢开，在一只玻璃烟灰缸里掐灭了烟头。他的一双黑眼睛木然无神，但他的嘴角却绽出了一个苍白的笑容。

“你要是想找麻烦，”他说，“那我正好是从麻烦制造所里出来的。”

莱奥帕尔迪笑了，笑得很浅，很紧绷，他的右手从手提箱里伸出来时，手心里攥着一把手枪。他的大拇指扳开了保险。他稳稳地举起枪，指向斯蒂夫。

“用这个来造吧，”说完他便开了枪。

枪的怒吼在封闭的房间里似乎是一声震天动地的巨响。衣柜上的镜子碎了，玻璃碎片四处纷飞。一块银色的碎片像剃须刀片一样划开了斯蒂夫的脸颊。鲜血从皮肤上的一道窄缝里渗了出来。

他纵身跃起，扑向莱奥帕尔迪。他的右肩撞上了莱奥帕尔迪裸露的胸膛，他的左手将那把枪从他手中扫落，扫进了床底下。他敏捷地朝右边打了个滚，双膝着地爬了起来，一阵天旋地转。

他用浑浊的嗓音恶狠狠地说：“你惹错人了，哥们儿。”

他扑到莱奥帕尔迪身上，揪住他的头发，全凭一股蛮力提着他站了起来。莱奥帕尔迪又叫又嚷，在他的下巴上打了两拳。斯蒂夫咧嘴一笑，左手绞住这位乐队一号那头乌黑油亮的长发不放。他扭转手腕，那颗脑袋也跟着扭转起来。莱奥帕尔迪的第三拳打在了斯蒂夫的肩膀上。斯蒂夫抓住挥拳的那只手腕，用力一扭，乐队一号应声跪倒在地，鬼哭狼嚎。斯蒂夫再次揪住他的头发把他提溜起来，放开他的手腕，照着他的肚子就是三记凶狠的短刺拳。他又放开那头长发，同时挥出了第四拳，拳头埋进肉里，几乎没到手腕。

莱奥帕尔迪两眼一黑，双膝跪地，吐了起来。

斯蒂夫从他身边走开，去盥洗室的架子上拿了一条毛巾。他把毛巾扔到莱奥帕尔迪身上，将那只打开的手提箱一把拉到床上，动手把各种乱七八糟的东西往箱子里扔。

莱奥帕尔迪擦了把脸，站起身来，依然干呕不止。他摇摇晃晃地靠上衣柜的一头，好稳住身子。他的脸惨白得就像一张床单。

斯蒂夫·格雷斯说："穿上衣服，莱奥帕尔迪。要不你就这身打扮给我出去。对我来说都一样。"

莱奥帕尔迪跌跌撞撞地进了盥洗室，像个瞎子一样地摸着墙。

2

电梯门开启的那一刻，米勒一动不动地站在桌子后面。他的脸色煞白，写满恐慌，他那撮修剪过的黑八字须缩成了上嘴唇上面的一团黑斑。第一个走出电梯的是莱奥帕尔迪，脖子上围着围巾，手臂上搭着一件轻外套，脑袋上歪戴着一顶帽子。他步伐僵硬，身子微微前倾，目光茫然。他的脸上有一种透着绿色的惨白。

斯蒂夫·格雷斯跟着他跨出电梯，手里提着一只手提箱。接着是夜班接待员卡尔，他提着另外两只行李箱和两只黑皮的乐器箱。斯蒂夫大步走到前台跟前，凶巴巴地说："给莱奥帕尔迪先生结账——如果真有账单的话。他要退房。"

米勒隔着大理石桌子，瞪大眼睛望着他。"斯蒂夫，我——我想怕是没——"

"好吧。我就知道没有。"

莱奥帕尔迪浅浅一笑，笑得让人很不舒服，然后抬脚迈过那扇黄铜镶边的双开弹簧门出去了，接待员一直替他把着门。门外等着两辆夜间出租车。其中一辆立马苏醒了过来，开到门口的天棚边停下，接待员把莱奥帕尔迪的东西装上车。莱奥帕尔迪钻进出租车，向前一探身，脑袋凑到摇下的车窗边。他缓缓地、沙哑地说了句："我为你难过，探子。我是说'难过'。"

斯蒂夫·格雷斯后退一步，木然地看着他。出租车沿着街道越开越远，转过一个街角，消失不见了。斯蒂夫转过身去，从口袋里掏出一个两毛五的硬币，往空中一抛，然后啪的一声把它塞进接待员的手心里。

"'国王'给的，"他说，"留给你将来拿给孙子们看的。"

他返身走进旅馆，钻进电梯时看都不看米勒一眼。他径直把电梯开回八楼，穿过走廊，掏出万能钥匙进了莱奥帕尔迪的房间。他从里面把门反锁上，搬开靠墙的那张床，从床后面钻了进去。他从地毯上捡起一把点三二自动手枪，揣进口袋里，用目光将地板仔仔细细地犁了一遍，寻找弹壳。最后他在废纸篓边上找到了它，伸手捡了起来，腰依然弓着，眼睛朝废纸篓里望去。他的嘴角绷紧了。他捡起那枚弹壳，漫不经心地塞进口袋，伸出一根手指在废纸篓里翻寻着什么，最后拣出一张碎纸片来，纸片上面贴着一小条新闻纸。他又拿起废纸篓，把床推回墙边上，将纸篓里的东西一股脑地倒在了床上。几分钟后，他像玩拼图游戏那样将撕碎的纸片重新拼了起来。原来这是一张字条，而字条上的每一个单词字母都是从报纸杂志上裁剪下来再粘贴到这张纸片上的。

10万美元，最迟周四晚上交钱，莱奥帕尔迪。就是你在沙洛特俱乐部开演后的第二天。不然的话——你死定了。——她哥

斯蒂夫·格雷斯哼了一声："哈。"他把碎纸片装进一只酒店信封里，把信封塞进贴身的前胸口袋，点了一支烟。"这家伙挺有胆，"他说。"这一点我佩服——还有他的小号。"

他锁好房间，站在此刻鸦雀无声的走道里屏息聆听了一小会儿，然后走到那两个姑娘待着的房间门口。他轻轻地敲了敲门，把耳朵贴到门板上。一把椅子咯吱一响，一双脚朝门口这边走来。

"谁？"姑娘的声音冷静清醒。不是那个金发妞儿的声音。

"店家的人。我能和你谈谈吗？就一小会儿。"

"你已经在和我谈了。"

"能不能不用隔着这扇门，女士？"

"你有万能钥匙。请自便吧。"那双脚又走开了。他用万能钥匙打开门，轻手轻脚地跨了进去，再把门关上。桌上一盏顶着抽褶灯罩的台灯发出暗淡的灯光。床上的金发妞儿打着响鼾，一只手埋在那头闪亮的金属色发丝里。黑发姑娘坐在靠窗的那把椅子里，像个男人一样横架着大腿，眼神空洞地盯着斯蒂夫。

他走到她跟前，指了指她睡衣裤腿上那道长长的裂缝。他轻声开口道："你没病。你也没喝醉。睡衣是很久以前就撕坏的。你们在玩儿什么鬼把戏？想要敲诈'国王'？"

姑娘冷冷地望着他，抽了一口烟，一言不发。

"他退房了，"斯蒂夫说。"把戏玩不成了，妹子。"他像只老鹰一样观察着她，一双黑眼睛锐利沉稳地盯着她的脸。

"噢，你们这些私家探子真让我恶心！"姑娘的语气里突然升腾起

一股怒火。她忽地站起身来，从他身边走过，进了盥洗室，关上门反锁住。

斯蒂夫耸耸肩，给床上那个熟睡的姑娘搭了搭脉——突突乱跳、拖泥带水的脉搏，湿哒哒的脉搏。

“可怜又可恨的小婊子啊，”他轻声嘟囔道。

他望着摆在衣柜上面的一只紫色的大手提包，漫不经心地提起来，松开手。他的脸又绷紧了。手提包落在玻璃柜面上，发出一声沉沉的闷响，好像里面装着一坨铅块似的。他啪嗒一声解开提包的搭扣，伸手便往包里面掏。他的手指触到了一把枪的冰冷金属。他把提包完全打开，朝里面往去，一把小小的点二五自动手枪赫然呈现在眼前。同时，一张白色的纸片也吸引了他的目光。他把纸片钩了出来，举到灯光下——一张房租收据，上面有一个名字和一行地址。他把纸片塞进口袋，合上提包，站在窗边，就在这时姑娘从盥洗室里出来了。

“天啊，你还缠着我不放？”她气冲冲地嚷道。“你知道大半夜里掏出万能钥匙摸进女士闺房的酒店探子都会有什么下场吗？”

斯蒂夫漫不经心地说：“知道。他们会有麻烦。他们说不定还会挨枪子儿。”

姑娘的面孔沉了下来，眼睛却往旁边开溜了，瞟着那只紫色的提包。斯蒂夫看着她。“在旧金山认识的莱奥帕尔迪？”他问道。“他已经有两年没在这里演出过了。那时他只是范内·尤蒂戈乐队里的一个小号手——一个很不上档次的乐队。”

姑娘撇撇嘴，从他身边走过，再度坐进了窗边的椅子里。她的脸庞苍白僵硬。她没精打采地说：“布洛瑟姆认识。躺床上的就是布罗瑟姆。”

“知道他今晚要住这家酒店？”

“关你啥事？”

“我想不明白他究竟为啥要到这里来，”斯蒂夫说。“这地方太安静了。所以，我也想不明白为啥有人会到这里来敲他的竹杠。”

“找个地方想去吧。我要睡了。”

斯蒂夫说：“晚安，甜心——把门锁好了。”

一个长着一头稀疏金发和一张瘦脸的瘦子站在前台边上，用瘦削的手指敲着大理石台面。米勒依然站在台子后面，面色苍白又惊恐。那个瘦子身穿一件深灰色的套装，衣领里面露出一条围巾。他看上去像是刚从床上爬起来的。斯蒂夫走出电梯的时候，瘦子缓缓地将一双海绿色的眼睛移到他身上，等着他走到台子跟前，将一把贴着标签的钥匙扔在台面上。

斯蒂夫说：“莱奥帕尔迪的钥匙，乔治。他房间里的一面镜子报销了，地毯上面还有他的晚餐——大部分是苏格兰威士忌。”他转身面向瘦子。“您想见我，彼得斯先生？”

“出了什么事，格雷斯？”瘦子的嗓音紧绷着，仿佛做好了听到谎话的准备。

“莱奥帕尔迪和两个手下住在八楼，乐队里的其他人住五楼。五楼的那伙人上床睡觉了。两个显然是妓女的姑娘居然也在八楼登记入住了，和莱奥帕尔迪只隔了一间房。她们居然接触上了莱奥帕尔迪，于是楼道里的所有人就都享受了一场欢快喧闹的演出。我只能使出了点强硬手段，这才喊停了演出。”

“你的脸上有血，”彼得斯冷冷地说。“快点擦了。”

斯蒂夫掏出一块手帕擦了擦脸。那道血丝已经干了。“我把姑娘们塞进了房间，”他说。“那两个跟班算是识趣，躲进房间了，但莱奥帕尔迪还是认为客人们想要听他吹长号。我威胁要把长号挂他脖子上，他就把长号砸我脑袋上了。我给了他一掌，他拔出枪来，朝我开了一枪。枪在这里。”

他从口袋里掏出那把点三二自动手枪，往台子上一搁，又把空弹壳放在枪边上。“于是我请他吃了一顿拳头，把他揍清醒了，再请他滚蛋。”他补充了一句。

彼得斯继续敲着大理石台面。“一如既往，你的公关手腕真是圆滑得很啊。”

斯蒂夫盯着他。“他朝我开了一枪，”他轻声重复道。“枪。这把枪。我又不防弹。他打偏了，可万一他没打偏呢？我喜欢我现在的肚子，只有一个洞进，只有一个洞出。”

彼得斯皱起了他那双褐色的眉毛。他非常礼貌地开口道：“在我们的工资名单上，你的头衔是夜班职员，因为我们不喜欢‘私家探子’的叫法。可不管是夜班职员还是私家探子，都无权在没有事先征询我意见的情况下擅自将客人逐出酒店。这绝对不可接受，格雷斯先生。”

斯蒂夫说：“这家伙朝我开枪了，伙计。枪。明白了吗？总不能叫我挨了一枪还一声不吭吧，是不是？”他的脸色有一点发白。

彼得斯说：“还有一件事供你思考。这家酒店的控股人是哈尔西·G·沃尔特兹先生。沃尔特先生同样也是沙洛特俱乐部的所有人——而‘莱奥帕尔迪王’这周三晚上就要在那儿开演了。而这，格雷斯先生，就是为什么莱奥帕尔迪会屈尊下榻在我们这里。你知道我还有什么要对你说的吗？”

“知道。我被炒鱿鱼了，”斯蒂夫郁闷地说。

“非常正确，格雷斯先生。晚安，格雷斯先生。”

头发稀疏的金发男人走向电梯，夜班接待员把他送上了楼。

斯蒂夫看着米勒。

“大块头沃尔特，是吧？”他轻声说道。“一个厉害又聪明的家伙。这么聪明的人，不可能傻到会以为这鬼地方和沙洛特俱乐部针对的是同样的客户群。彼得斯有没有写信叫莱奥帕尔迪上这儿来？”

“我猜他写了，斯蒂夫。”米勒的嗓音低沉又忧伤。

“那为什么不把他请进一间 18 美元一晚的顶楼套房，给他一座私人阳台，让他尽情舞蹈呢？干吗把他放在一个中等价位的过渡楼层上？还有，基兰究竟为什么要让那两个姑娘离他这么近？”

米勒揪了揪那把黑黑的小胡子。“大概是为了省钱——还有省威士忌吧。至于那两个姑娘，我不清楚。”

斯蒂夫拍了柜台一掌。“哎，我给炒鱿鱼了，就因为我不让一个混账醉鬼把八楼变成妓院外加射击场。妈的！咳，不管怎样，我还是会想念这地方的。”

“我也会想念你的，斯蒂夫，”米勒柔声说道。“但不会超过一星期。从明天起，我要休一星期的假。我哥哥在克雷斯特莱思那里有一间小木屋。”

“我还不知道你有个哥哥呢，”斯蒂夫心不在焉地说。他在大理石台面上展开手掌又握紧拳头。

“他不怎么进城来。一个大块头。以前是拳击手。”

斯蒂夫点点头，从柜台上直起身来。“好吧，我不如就在这儿凑合一晚上吧，”他说。“找个地方躺着。把那把枪收起来，乔治。”

他咧开嘴，冷冷一笑，走了开去，沿着台阶步入昏暗的大堂，又穿过大堂来到放着收音机的那个房间。他用拳头将淡绿色长沙发上的几只枕头捶打成形，然后突然把手伸进口袋，掏出了他方才从黑发姑娘的紫色提包里偷来的那张纸片。那是一周房租的收据，开给一位玛里琳·德洛尔姆小姐，地址是考特街 118 号，里奇兰公寓，211 房。

他把纸片塞进钱包，站在那里，盯着沉寂的收音机。“斯蒂夫，我看你有新工作了，”他压低了嗓子说。“这桩蹊跷事怎么看怎么不对劲。”

他溜进屋子一角的一间壁橱式的电话亭，投了一个 5 分的硬币，拨通了一家通宵电台的号码。他打了四次，这才和“猫头鹰”节目的播音员清晰地通上了话。

“能不能再播一次‘莱奥帕尔迪王’的唱片《孤独》？”他问道。

“我手头的点播堆成山啦。今天已经放两遍了。您是哪位？”

“斯蒂夫·格雷斯，卡尔顿酒店的守夜人。”

“哦，一个正当班的清醒伙计。为了你，朋友，怎么都成。”

斯蒂夫回到长沙发前，打开收音机，仰面躺倒，两手搭在后脑勺下。

10分钟后，“莱奥帕尔迪王”那尖锐甜蜜、穿透耳膜的小号音从收音机里柔和地飘出，轻得近乎耳语，最后在超高八度的E音上停留了许久，久得令人难以置信。

“天啊，”唱片放完后，斯蒂夫嘟囔道，“一个竟能把小号吹成这样的家伙——也许我刚才对他确实太凶了。”

3

考特街是老城区、意佬区、黑道区、文艺区。街区坐落在邦克山顶上。在这里，你什么都能碰上，从穷困潦倒的前格林威治村民到畏罪潜逃的罪犯，从人尽可夫的小姐到领县救济金的穷汉，应有尽有。(这些穷汉住的是气派的老房子——涡卷饰的门廊，镶木的地板，大气的曲线形的白橡木、红木还有切尔卡西亚胡桃木扶栏，整天同面容枯槁的女房东斗智斗勇。)

邦克山——这里曾经是个好地方。那些昔日的好时光还留下了一份遗产——一条滑稽的小缆索铁路，叫做“天使升天”，沿着希尔街边的一道黄土堤爬上爬下。这天下午，斯蒂夫·格雷斯——车厢里唯一的乘客——在山顶上下了车，在阳光下一路前行——一个肩膀宽阔、双腿修长的高个子男人，一身剪裁合身的蓝套装。

到了考特街，他拐向西边，开始留意门牌号码。他要找的那一户是顺着街角过去的第二家，街对面就是一家红砖房的殡仪馆，上面挂着一块金字招牌："保罗·佩鲁吉尼殡仪中心"。一个黑不溜秋、面色铁灰的意大利人穿着一件常礼服，站在红砖房那扇拉着窗帘的门前，抽着雪茄，等着有人一命归西。

118号是一栋三层楼的木结构公寓楼。外面是一扇玻璃正门，用一道脏兮兮的网眼帘遮得挺严实；进门的楼道里铺着一条18英寸宽的长地毯，两边昏黄的房门上用昏黄的油漆刷着房号；楼梯则位于通向公寓楼背面的楼道中间位置。黄铜的楼梯毯压条在昏暗的楼道中发着微光。

斯蒂夫爬上楼梯，又悄悄摸回公寓楼的正面。玛里琳·德洛尔姆小姐的211房在右手边，是套位于楼房正面的房间。他轻轻地敲了敲木门，等了一会儿，又敲了两下。沉默的房门后面没有一点声响，楼道里也没有。对面的另一扇门后面，有人咳嗽起来，接着便是没完没了的咳嗽声。

斯蒂夫·格雷斯站在这半明半暗之中，纳闷着自己究竟为什么要来这里。德洛尔姆小姐随身带了一把枪。莱奥帕尔迪收到了一封威胁信，把信撕了，扔进了垃圾桶。在从斯蒂夫那里得知莱奥帕尔迪已经离开的消息后，德洛尔姆小姐半个小时后就退房了。可即便如此——

他掏出一只皮钥匙包，研究起了门锁。这把锁看上去像是很通情达理的样子。他掏出一根开锁器试了试，咔哒一声拨开锁簧，轻手轻脚地进了房间。他关上门，但没法用开锁器重新上锁。

房间里的两扇前窗都拉着窗帘，因此十分昏暗。空气中有定妆粉的味道。屋里摆着淡色的家具，一张折叠式双人床放了下来，但床是铺好的。床边一把椅子上摆着一本杂志、一只满是烟蒂的玻璃托盘、一瓶喝了一半的一品脱装威士忌，还有一只玻璃杯。两只枕头像是被人拿来做过靠背，枕头中间依然塌陷着。

梳妆台上放着一套组合式梳妆用品，既不昂贵也不廉价，里面有一把夹杂着黑发的梳子、一盘美甲用品，还有许多泼洒出来的妆粉。盥洗室里则空无一物。床后面的一只衣柜里塞着许多衣物外加两只手提箱。所有的鞋都是一个尺码的。

斯蒂夫站在床边，捏着下巴。“吐口水的金发妞儿布罗瑟姆不住这儿，”他压低了嗓子说道。“只有衣衫不整的落难少女玛里琳。”

他回到梳妆台前，拉开抽屉。就在底层抽屉里，在垫在里面的一张墙纸下面，他找到一盒点二五铜镍自动手枪子弹。他又戳了戳烟灰缸里的烟蒂。每一根上面都有口红印。他又捏了捏下巴，用手掌划了划空气，就像桨手划动船桨那样。

“走吧，”他轻声说。“你是在浪费时间，斯蒂夫。”

他走到门口，伸手去拧把手，却又突然转身回到床边，抓住床脚的栏杆将床掀了起来。

玛里琳·德洛尔姆小姐原来在家。

她侧躺在床底下的地板上面，两条长腿像剪刀一样张开着，仿佛在奔跑。一只脚上套着拖鞋，另一只脚光着。长筒袜的顶端露出一截大腿和吊袜带，粉色的皮肉里透出一抹青色。她穿着一件方形领口、米色袖子的裙装，裙子可不怎么干净。领口上方的脖颈满是紫色的瘀伤。

她的面色暗沉瘀紫，眼中幽幽地透出死亡的浊光，嘴巴大张着，整张脸都因此显得小了一圈。她的身体比冰还凉，四肢依然绵软。她至少死了两三个钟头了，至多不超过六个钟头。

那只紫色的提包就在她身边，像她的嘴巴一样大张着。斯蒂夫没有去碰地上那些从包里倾倒出来的东西。里面没有枪，也没有纸片。

他又把床放了下来，盖在她身上，然后在公寓里转了好几圈，把他碰过的每一样东西都擦了一遍，顺带还擦了许多样他记不清自己究竟碰没碰过的东西。

他站在门口听了会儿动静，然后跨了出去。楼道里依然空无一人。对门的那个男人还在咳嗽。斯蒂夫爬下楼梯，看了眼信箱，然后掉头沿着一楼的楼道走到一扇门前。

门背后的一把椅子正发出单调的吱呀声。他敲了敲门，一个女人用尖嗓子高声招呼他进来。斯蒂夫用手帕包着门把手推开门，走了进去。

房间的正中央，一个女人坐在一把老式的波士顿摇椅上，精疲力竭的身体有气无力地摊着，像是没有骨头似的。她长着一张泥灰色的脸，头发干枯稀疏，腿上套着一双灰棉长筒袜——邦克山女房东的标准尊容。她望着斯蒂夫，那双眼睛就像死金鱼眼泡一样饶有兴致。

“你是经理？”

那个女人止住了摇椅，用最大的音量尖声叫道：“嘿，杰克！有客！”接着便继续摇摆了下去。

一扇半开的内门背后，一台冰箱砰的一声关紧了，一个大块头男人拿着一听啤酒进了房间。他长了一张白面团似的痴呆脸，秃脑壳上只剩下一簇细毛，脖颈和下巴生得又粗又野，一双棕色的小猪眼和那个女人的眼睛一样木然无神。他真该刮个胡子——昨天就该刮了。一件无领衬衫在他那毛茸茸、硬邦邦的宽阔胸膛前敞开着。他还挂着两条猩红色的吊裤带，上面钉着金色的大纽扣。

他伸手将那听啤酒递到女人面前。她一把抓了过来，愤愤地说：“我都快累死了，脑子都糊涂了。”

那男人说：“是啊。你一糊涂，楼道就扫不干净了。”

女人吼道：“这楼道扫得该多干净就有多干净。”她贪婪地吮着啤酒。

斯蒂夫看了男人一眼，说：“你是经理？”

“没错。就是我。杰克·斯托扬诺夫。脱光了286磅重，还很健壮。”

斯蒂夫说：“211房里住的是谁？”

大块头男人上半身稍稍往前一靠，弹了弹吊裤带。他的眼神没有任何变化。蒙在那只大下巴上面的皮肤似乎略微绷紧了一些。“一个妞儿,”他说。

“单身?”

“来呀——问我呀,”大块头说。他伸出手,从染色木制的桌子边缘拿起一支雪茄。雪茄燃烧得很不均匀,闻上去就像是有人把门垫给点着了。他把雪茄戳进嘴里,动作生硬粗暴,仿佛他料到嘴巴不情愿接受似的。

“我正在问你呐,”斯蒂夫说。

“到外头的厨房来问我,”大块头拖着长腔说。

他转身拉开门扶着。斯蒂夫从他身边出去了。

大块头一脚把门踢上,那把摇椅依然在吱吱呀呀个不停。他拉开冰箱,拿出两听啤酒。他打开啤酒,递了一罐给斯蒂夫。

“你是条子?”

斯蒂夫喝了口啤酒,在洗碗槽上放下啤酒罐,从钱包里掏出一张崭新的名片来——那天早上刚刚印好的一张商务名片。他把名片递给那男人。

男人看过名片,搁在洗碗槽上,然后又拿起来看了一遍。“你跟那些家伙是一伙的呀,”他边喝着啤酒边没好气地嘟囔道。“她这次又玩了什么把戏?”

斯蒂夫耸耸肩,说:“似乎是老一套。‘落难少女衣衫不整’。只是这次玩脱了。”

“怎么回事?你是来搞掂事情的,对吧?肯定是小菜一碟啦。”

斯蒂夫点点头。大块头吐了口烟。“上吧,去搞掂啊,”他说。

“你不介意我们在你这儿抓个人吧?”

大块头哈哈大笑。“别扯了,兄弟,”他语气非常轻松愉快地说。“你是个私家探子。所以这是要封口呐。没问题。上吧,去封口。就算真要抓人，我也根本不在乎。你赶快行动吧。随便你怎么施展拳脚。杰克·斯托扬诺夫可不怕条子。”

斯蒂夫盯着这个男人，一言不发。大块头还在说个不停，似乎起了兴致。“再说了，”他继续说道，一边挥舞着雪茄，“我心肠可软啦。我从不会交出一个姑娘。我从不会把女人往火坑里推。”他喝完了啤酒，把空罐子扔进洗碗槽下面的一只篓子里，伸出手，大拇指慢吞吞地绕着食指和中指转圈。“除非有这个拿，”他添了一句。

斯蒂夫轻轻地说：“你的手挺大。说不定就是你干的。”

“嗯？”他那双粗硬的小棕眼沉寂了下来，紧盯着斯蒂夫。

斯蒂夫说：“没错。也许你清白得就像天使的翅膀。但生了这样一双大手，那些条子还是会围着你不放的。”

大块头朝左边稍稍挪了一步，和洗碗槽拉开了距离。他任凭右手放松地垂荡在体侧。他的嘴绷得紧紧的，那支雪茄几乎碰到了他的鼻子尖。

“你在说啥，嗯？”他厉声道。“你在跟我扯什么呢，伙计？你在——”

“够了，”斯蒂夫拖腔拖调地说。“她被人做掉了。被掐死了。就在楼上，她自己的床底下。大约是在上午十点左右，要我说的话。掐死她的是一双大手——像你这样的手。”

大块头动作漂亮地从屁股后面掏出了一把枪。那枪突如其来得好像是从他手里生出来的一样，而且一直都生在他的手里。

斯蒂夫冲着枪口皱皱眉，一动不动。大块头将他上下打量了一遍。“你是条硬汉，”他说。“我在这圈子里混了蛮久，一下子就能掂出一个人的斤两。你骨头挺硬，小子。但没有子弹硬。有话快讲。”

“我敲了她的门。没人应。那把锁很容易搞定。我进了房间。我差点没看到她，因为床是放下来的，她之前就坐在床上，读着杂志。没有打斗的痕迹。就在我打算离开前，我把床掀了起来——她就在下面。死得透透的，斯托扬诺夫先生。把枪收起来吧。你不怕条子，一分钟前你刚说过的。”

大块头低语道：“这话既对也不对。我也并不高兴碰到警察。我这里偶尔会死个把人。基本上都是自杀。你刚才对我的手有一番评论，先生。”

斯蒂夫摇摇头。“我说着玩儿的，”他说。“她的脖子上有指甲印。你的指甲都被你咬短了。你是清白的。”

大块头没有看自己的手指。他的面色苍白。他的下唇上有汗珠，黑色的胡茬里也有。他的身体依然前倾，依然一动不动。就在这时，厨房门外传来一阵敲门声，敲的是客厅和楼道间的那扇门。椅子的吱呀声停了，女人的尖嗓门儿叫了起来：“嘿，杰克，有客！”

大块头歪起脑袋。“就算是房子着火了，那个老婊子也不肯把屁股从椅子上挪下来，”他沙哑着嗓子说。

他走到门前，溜了出去，顺带把门在身后锁上。

斯蒂夫飞快地把厨房扫视了一遍。洗碗槽边上有一扇小小的高窗，下面有个收垃圾桶和包裹的活板门，但没有第二扇房门了。他伸手拿起斯托扬诺夫刚才落在滴水板上的那张名片，塞回口袋里。接着他从前胸的左口袋里掏出一把侦探特制版短管柯尔特手枪——之前他一直把它枪口朝下装在口袋里，就像插在枪套里一样。

他刚来得及掏出枪，就听见墙那头传来几声枪响——有点模糊，但依然很响——总共四声，混杂在一声轰鸣当中。

斯蒂夫后退一步，大腿伸直，踹了厨房门一脚。门纹丝不动，震得他从头顶直麻到髋关节。他骂了一句，向后一直退到厨房另一头，然后猛冲上去，用左肩使尽全力撞在门上。这回门开了。他跌跌撞撞地冲进了客厅。脸色泥灰的女人坐在摇椅上，倾着身子，脑袋歪向一边，一缕老鼠毛似的头发黏糊糊地搭在全是骨头的前额上。

“枪走火了，是吧？”她蠢蠢地说了一句。“听上去就在附近。肯定是在巷子里。”

斯蒂夫一个箭步穿过房间，一把将房门拉开，冲进了外面的楼道里。

大块头依然站着，就在楼道前面几尺的地方，面对一扇直通小巷的纱门。他的手在抓着墙。他的枪落在脚边。他的左膝一弯，扑通一下跪倒了。

一扇门突然开了，一个冷面女人朝门外张望了一眼，然后立刻把门砰的一声又关上了。门里面的收音机音量骤然变响了。

大块头站了起来，左腿在裤管里瑟瑟发抖。他双膝跪地，将那把枪抓进手里，开始朝纱门爬去。突然，他脸朝下趴在了地上，身子依然在努力地朝那个方向爬着，脸贴在了那条窄窄的长地毯上。

突然，他不爬了，一动不动了。他的身子软了，握枪的那只手张开了，枪从手中滚落到了地上。

斯蒂夫奔向纱门，冲到了外面的巷子里。一辆灰色的小轿车正全速冲向巷子的另一头。他停下脚步，稳住身子，举起枪，就在这时小轿车呼啸着转过街角，消失在了视线之外。

小巷对面另一栋公寓楼里的一个男人冲了出来。斯蒂夫向前跑着，回头冲他打了个手势，指指前方。他一边跑着，一边把枪塞回了口袋。等到他跑到巷子尽头时，那辆灰色的小轿车已经消失了。斯蒂夫快跑着绕过街角，上了人行道，然后放慢步伐，快跑变成了慢走，最后停了下来。

半个街区之外，一个男人停好了车，钻了出来，穿过人行道进了一家快餐店。斯蒂夫看着他进去，然后整了整帽子，沿着街墙走向那家快餐店。

进了门，他在吧台边坐下，点了杯咖啡。不一会儿，外面便传来了警笛声。

斯蒂夫喝完咖啡，又点了一杯，喝了。他点上一支烟，走过一段长长的下山路来到第五大街，又穿过大街来到希尔街，回到了“天使升天”的起点，然后从一个停车位里取出了他那辆敞篷车。

他驾车一路向西，过了佛蒙特，回到了他那天早上入住的一家小旅馆。

4

沙洛特俱乐部的大堂经理比尔·多克里站在没有灯光的餐厅入口处，脚跟着地摇摆着身体，打着哈欠。这会儿是生意最清闲的时间，喝鸡尾酒太晚了，用晚餐又太早，对于俱乐部的重头戏——高档赌博而言，就更是早得离谱了。

多克里是个帅气的流氓，穿着件午夜蓝的无尾礼服，别着支绛紫色的康乃馨。一头光亮的黑发下面，露出两英寸额头。他的五官很漂亮，有一点粗眉大眼，一双警觉的棕眼上面，是两排长长的、卷曲的睫毛——他平时喜欢故意垂下睫毛，遮住眼睛，引诱那些惹事的酒鬼对他动手挥拳。

一个穿着制服的门童拉开了门厅前面的正门，斯蒂夫·格雷斯走了进来。

多克里说了句“嘿哈”，叩了叩牙齿，身体重心往前挪了挪。他步伐缓慢地穿过大堂，前去迎客。斯蒂夫就站在门里面，目光扫视着门厅。门厅的天花板很高，四壁环绕着乳色玻璃，后面打着柔和的灯光。玻璃里面装饰着各式各样的蚀刻画：帆船、丛林野兽、暹罗佛塔、尤卡坦神庙。那扇门是方形的铬框，就像相框。沙洛特俱乐部确实很够档次，左边的酒吧里面传出的轻声细语也一点不吵闹。给人声做背景的是轻柔的西班牙音乐，精致得好似一把精雕细琢的扇子。

多克里走上前来，油亮的脑袋向前伸了一英寸。“能为您效劳吗？”

“‘莱奥帕尔迪王’在这里吗？”

多克里的脑袋缩回去了，兴致看上去减了几分。“那位乐队指挥？他明天晚上开演。”

“我猜他也许会在这里——排演什么的。”

“你是他的朋友？”

“我认识他。我不想找工作，也不是做歌曲推广的——如果你是这个意思的话。”

多克里又脚跟着地晃起了身子。他五音不全，莱奥帕尔迪对他来说实在没啥了不起的。他微微一笑。“刚才他就坐在酒吧里。”他用岩石般的方下巴往那儿一指。斯蒂夫·格雷斯抬脚往酒吧走去。

酒吧里的座位坐满了大概三分之一，里面温暖舒适，既不太暗也不太亮。那支西班牙小乐队就在一道拱廊里面，用装上弱音器的弦乐奏出充满诱惑的小小旋律，不像是声音，更像是记忆。这里没有舞池。只有一道长长的吧台，边上有舒适的椅子，还有几张合成材质桌面的小圆桌，彼此间保持着距离。房间的三面环绕着靠墙的长椅。侍者像飞蛾一样在桌子间穿梭。

斯蒂夫·格雷斯看到莱奥帕尔迪就坐在房间另一头的角落里，身边有一位姑娘。他的左右两边各有一张空桌子。那姑娘可真是个大美人。

她个头高挑，秀发的颜色好似尘雾之中的一团丛林火。秀发之上，一顶黑色的丝绒双尖贝雷帽以一种最为放荡不羁的角度斜戴在她的头顶，帽子上用长长的银针别着两只带圆点花纹的羽毛制成的假蝴蝶。她的裙装质地是紫红色的羊毛，搭在一只肩头上的那块蓝狐皮至少有一英尺宽。她的眼睛很大，烟蓝色的，眼神中满是倦怠。她那只戴着手套的左手正慢吞吞地转着桌面上的一只小玻璃杯。

莱奥帕尔迪面向着她，身体前倾，嘴里正说着什么。他那副肩膀裹在一件起毛的米色运动上衣中，显得非常宽大。领口之上，他的头发在棕色的脖颈上堆成一个尖儿。斯蒂夫过来的时候，他正冲桌子对面哈哈笑着，笑声中有一种自信又揶揄的意味。

斯蒂夫停下脚步，然后绕到了邻桌的后面。这个动作吸引了莱奥帕尔迪的目光。他转过头来，看上去很不高兴，接着他的两只眼睛瞪圆了，眼中闪着火光，整个身体也缓缓地转了过来，像一个发条玩具。

莱奥帕尔迪将两只漂亮的小手搁在桌子上，两手中间是一杯高杯酒。他微微一笑，然后将椅子往后一推，站起身来。他举起一根手指，摸了摸他那撮细细的小胡子，颇有些戏剧式的优雅。接着他拖着长腔开口了，但吐字却非常清晰："你这个狗娘养的！"

在不远处就座的一个男人转过头来，冲着这边怒目而视。一个正朝这边赶过来的侍者半道上怔住了，接着便掉转头去，消失在了桌子丛中。那个姑娘看了看斯蒂夫·格雷斯，然后仰靠在靠墙长椅的软垫上，舔湿了一根裸露的右手手指，开始梳理她那栗色的眉毛。

斯蒂夫站在那里，一动不动，脸颊刷地一下涨得通红。他轻声开口道："昨晚你在酒店里落了样东西。我想你应该用得着。给。"

他从口袋里掏出一张折好的纸片，递了过去。莱奥帕尔迪接下纸片，脸上依然挂着微笑，然后展开来，读了一遍。那是一页黄纸，上面贴着一张白纸的碎片。莱奥帕尔迪把纸片团成一条，丢在脚边。

他一个箭步冲向斯蒂夫，加大嗓门儿又说了一遍："你这个狗娘养的！"

刚刚扭头朝这边看的那个男人忽地站了起来，转身面向他。"我不希望有人当着我妻子的面使用这样的语言。"

莱奥帕尔迪看都不看那个男人，张口便说："你和你老婆都见鬼去吧。"

男人的脸变成了猪肝色。他边上的那个女人也站了起来，一把抓起手包和外套，转身便走。片刻犹疑之后，男人也随她而去了。这下房间里的每个人都在瞪着他。刚才消失在桌子间的那个侍者穿过门道进了门厅，步伐非常之快。

莱奥帕尔迪又向前跨了一大步，一拳砸在斯蒂夫·格雷斯的下巴颏上。这一拳打得斯蒂夫一个趔趄，后退一步，手撑在另一张桌子上，打翻了一只酒杯。他向桌子边上的那一对男女道歉。电光石火间，莱奥帕尔迪又扑了上来，拳头落在了他耳根后面。

多克里穿过门道走了进来，像分开香蕉皮一样拨开两名侍者，朝屋子这头走了过来，露出满嘴的牙齿。

斯蒂夫干呕了一下，弯腰躲闪。他转过身，口齿不清地说："等等，你这个笨蛋——我话还没说完呢——还有——"

眨眼间莱奥帕尔迪又逼了上来，一拳正中他的嘴巴。鲜血从斯蒂夫的嘴唇上渗了出来，顺着他的嘴角一路淌下，在他的下巴上闪着光。那个红发姑娘伸手抓起提包，脸气得煞白，这就要从桌子后面起身。

莱奥帕尔迪突然一个转身，走了开去。多克里伸手去拦他。莱奥帕尔迪一把将他的手拨开，脚步不停地向前走去，出了酒吧。

个头高挑的红发姑娘重又将包放回桌子上，她的手帕掉在了地上。她平静地看了斯蒂夫一眼，平静地说："趁你下巴上的血还没有滴到衬衫上，赶紧擦了吧。"她的嗓音轻柔沙哑，带着一丝颤音。

多克里板着脸走了上来，一把抓住斯蒂夫的胳膊，往上面施了点力道。"行了，喂！咱们走！"

斯蒂夫依然一动不动地站着，脚下像是生了根似的，两眼盯着那姑娘。他用手帕揩了揩嘴巴，脸上似笑非笑。多克里根本就挪不动他分毫。多克里抽回手，招呼来两名侍者，两人跳到了斯蒂夫的身后，但并没有碰他。

斯蒂夫小心翼翼地碰了碰嘴唇，看着手帕上的血迹。他转身面向身后那桌边上的那对男女，开口道："非常抱歉。我刚才没站稳。"

刚刚被他打翻酒杯的那个姑娘正用一条流苏边的餐巾擦拭着裙装。她抬头冲他微微一笑，说："这不是你的错。"

两名侍者突然从斯蒂夫身后抓住他的两条胳膊。多克里摇摇头，他们便又松了手。多克里凶巴巴地问道："你打他了？"

"没有。"

"你说了什么惹他打断你的话了？"

"没有。"

角落里的那个姑娘弯腰去捡掉落的手帕。她花了一会儿工夫。终于，她把手帕捡了起来，又溜回了桌子后面的角落里。她冷冷地开口道：

"一点不错，比尔。'国王'不过是又在展示他面对公众的温柔一面。"

多克里说了句："唔？"又粗又硬的脖颈一扭，脑袋跟着转了过来。他随即咧嘴一笑，又扭头看着斯蒂夫。

斯蒂夫严肃地说："他狠狠地给了我三拳，其中一拳还是从背后突袭，我一拳都没有回击。你看上去像是条汉子。你办得到吗？"

多克里上下打量了他一番，心平气和地说："你赢了。我办不到……滚开！"他没好气地对那两个侍者添了一句。两人走开了。多克里嗅了嗅康乃馨，平静地说道："我们这里不喜欢有人打架。"他又冲那个姑娘笑了一下，走开了，不时地跟这桌或那桌的客人说上一句话，然后穿过连通门厅的那道门出去了。

斯蒂夫揩揩嘴唇，把手帕收进口袋，站在那里，目光在地板上搜索着什么。

红发姑娘平和地说："我想我这里有你想要的东西——在我的手帕里。你坐下可好？"

她的声音中有一种勾起记忆的特质，仿佛他以前听到过这声音似的。

他与姑娘面对面坐下，坐进的正是莱奥帕尔迪刚才落座的椅子。

红发姑娘继续说道："这杯酒我请。刚才我和他在一起。"

斯蒂夫说："来杯可乐，加一丝苦酒。"这话他是对侍者说的。

侍者问："太太要什么？"

"白兰地配苏打水。白兰地少一点，谢谢。"侍者鞠了一躬，飘走了。姑娘像是被逗乐了："一杯可乐加一丝苦酒。这就是好莱坞最让我喜欢的地方。你总是可以遇到这么多神经质的家伙。"

斯蒂夫直视着她的眼睛，柔声说道："我只是偶尔才会喝上一杯。我这种人，出去喝杯啤酒，醒来时就会发现自己身在新加坡，脸上的胡子都长了一大把了。"

"这话我一个字都不信。你和'国王'认识很久了吗？"

"我昨晚才见到他的。我俩处得不太好。"

"我大概也看出来了。"姑娘哈哈笑道。她笑声也那么圆润低沉。

"把那张纸给我，女士。"

"噢，又是个没耐心的男人。时间多得是。"裹着那团黄纸的手帕紧紧地攥在她戴着手套的那只手里。她的右手中指抚弄着眉毛。"你该不是拍电影的吧？"

"天啊，不是。"

"我也不是。我，我个子也很高。漂亮男人都得踩上高跷，才能把我抱在胸前。"

侍者把酒水放在他们面前，挥动餐巾在半空中做了几个花式动作，转身走开了。

斯蒂夫平静但执拗地说："把那张纸给我，女士。"

"我不喜欢别人叫我'女士'。听上去像是条子。"

"我不知道你的名字。"

"我也不知道你的。你是在哪儿遇见莱奥帕尔迪的？"

斯蒂夫叹了口气。西班牙小乐队这会儿奏出的是忧伤的小调了，锯琴那低沉的哒哒声支配了旋律。

斯蒂夫歪着脑袋听了一会儿，开口道："E 音弦降了半度。效果非常妙。"

姑娘紧盯着他，愈发对他起了兴致。"我还真没注意到呢，"她说。"我可算是个挺有水平的歌手哩。但你还是没有回答我的问题。"

他缓缓开口道："昨晚，我还是卡尔顿酒店的私家探子。他们管我叫夜班职员，但我其实就是私家探子。莱奥帕尔迪住在酒店里，闹得太凶了。我把他赶了出去，然后就被炒鱿鱼了。"

姑娘说："啊。我开始有点明白了。他在演'我是国王'，而你在演——容我冒昧揣测一下——一位硬汉型的私家探子。"

"差不多就是这么回事。现在，能否请你——"

"你还是没有告诉我你叫什么。"

他伸手去掏皮夹，抽出了一张崭新的名片，朝桌子对面一推。趁她看名片的当儿，他啜了一口杯中的酒水。

"名字不错，"她慢吞吞地说。"但地址可不怎么好。'私家调查员'的名头就更糟了。应该叫'私家调查局'，用非常小的字体，印在左下角。"

"要多小有多小，"斯蒂夫咧嘴一笑。"现在，能否请你——"

她突然从桌对面伸过手来，将一个纸团丢在他手心里。

"当然，我没有看——当然，我很想看。希望你至少给我这样一点点信任。"她又看了一眼名片，接着说道："斯蒂夫。是的，你的办公室应该在日落大道 80 区一栋乔治王风格或者非常现代风的建筑里。弄一间套房什么的。而你的服饰应该非常爵士风。非常非常爵士风，斯蒂夫。在这座城里你要是不招摇过市，那就是白白浪费了一手同花顺。"

他朝她咧嘴一笑，一双深陷的黑眼睛中闪起了光芒。她把名片收进包里，拽了一把肩上的狐皮，喝了半杯酒。"我得走了，"她招呼来侍者，付了账单。侍者走开了，她站起身来。

斯蒂夫凶巴巴地说："坐下。"

她诧异地瞪着他。然后她坐了下来，倚着墙，眼睛依然瞪着他。斯蒂夫朝桌子对面一倾身，开口问道："你跟莱奥帕尔迪又有多熟？"

"断断续续有过几年联系。不知这跟你有什么关系。别对我颐指气使的，拜托了。我讨厌颐指气使的男人。我以前为他唱过歌，但没唱多久。跟莱奥帕尔迪在一起，你没法只为他唱歌——你应该听得懂我的意思。"

"你刚才在跟他一起喝酒。"

她微微一点头，耸了耸肩。"他明晚要在这里开演。刚才他想要说服我再为他唱歌。我说不行，可我大概是非唱不可了，至少得唱一两个星期。沙洛特俱乐部的所有人手里也握着我的工作合同——还握着那家我经常去打工的电台的合同。"

"大块头沃尔特斯，"斯蒂夫说。"他们说他是个狠角儿，但路数还挺正。我没见过他，但挺想见见的。毕竟，我还要糊口呐。给。"

他又把手伸过桌子，丢下了那团纸。"你叫——"

"德洛丽丝·开俄萨。"

斯蒂夫重复了一遍，品尝着余味。"我喜欢这个名字。我也喜欢听你唱歌。你唱歌不过火，不像那些身价不菲的伤恋女歌手。"他的眼中闪着光。

姑娘将纸团在桌子上展开，慢吞吞地读着，面无表情。读完后她平静地说："是谁撕的？"

"我猜是莱奥帕尔迪。撕碎的纸片是昨晚在他的废纸篓里找到的。他走了以后，我把碎片重新拼了起来。这家伙挺有种——要不就是他整天收到这样的东西，都已经麻木了。"

"要不就是他觉得这完全是胡说八道。"她冷静地望着张桌子对面，将那页纸重新折好，递还给他。

“也许吧。但如果他真的是我听说的那种人——那总有一封这样的东西说的是实话，而幕后的那个人可就不仅仅是要敲他一笔竹杠那么简单了。”

德洛丽丝·开俄萨说：“他就是你听说的那种人。”

“那么，一个女人要接近他应该不会很难吧——一个带枪的女人？”

她依然盯着他。“应该不难。而且所有人都会捋起袖子帮她一把的，要我说的话。如果我是你，我就会把这桩事儿给忘了。如果他需要保护——沃尔特斯可以给他远远超出警察能力的保护。如果他不需要——那谁在乎呢？反正我不在乎。我一丁点儿都不在乎。”

“你自己也是个狠角儿，开俄萨小姐——在某些事情上。”

她一言不发。她的脸色有一点发白，而且不是一般的冷硬。

斯蒂夫喝完了杯中酒，把椅子往身后一推，伸手抓起帽子。他站起身来。“谢谢你的酒，开俄萨小姐。现在我也见到你了，我就更期待能再度听你一展歌喉了。”

“你怎么突然变得这么一本正经了，”她说。

他咧嘴一笑。“再见，德洛丽丝。”

“再见，斯蒂夫。祝你好运——在侦探的道路上，我是说。如果我听说了什么——”

他转身而去，在一张张桌子间穿行而过，出了酒吧。

5

这是一个凉爽的秋夜。好莱坞和洛杉矶城的灯火冲他眨着眼。探照灯的光束搜索着无云的夜空，像是在寻找轰炸机。

斯蒂夫从停车位里取出了他那辆敞篷车，沿着日落大道一路向东。

在日落大道和费尔法克斯区路口，他买了一份晚报，靠路边停下车，读了一遍。报上只字未提考特街118号。

他继续开车前行，在旅馆边上的一家小咖啡店里吃了晚饭，然后去看了场电影。看完电影，他又买了一份家庭版的《论坛报》——一份晨报。他们上报了——两人都上了。

警方认为，掐死那个姑娘的可能是杰克·斯托扬诺夫，但姑娘生前未遭强奸。她据称是一名速记员，暂时失业在家。报上没有登她的照片。但有一张斯托扬诺夫的照片，看上去像是经过了警方的处理。警方正在寻找一名男子，就在斯托扬诺夫被枪杀前两人曾有过交谈。好几个人声称，那是一名身着深色外套的高个儿男子。这就是警方掌握的全部特征描述了——或者是他们透露出来的全部信息。

斯蒂夫咧嘴苦笑了一下，在那家咖啡店里喝了杯睡前咖啡，然后上楼回了自己的房间。现在离11点还差几分钟。就在他打开门锁的时候，电话响了。

他关上门，站在黑暗中，回忆着电话究竟在哪里。接着他径直走了过去，坐进一把安乐椅里，伸手从一张小桌子的下层搁架上抓起电话。他把一体式话机贴到耳边，说了句："喂？"

"是斯蒂夫吗？"电话里传来一个圆润、沙哑的声音，低沉，带着颤音，语气中有一丝紧张的意味。

"是的，我是斯蒂夫。我能听到你。我知道你是谁。"

一阵干巴巴的轻笑。"你到底是当侦探的料啊。看来我是要请你接下你的第一个案子了。能否请你到我这儿来一趟？地址是伦弗鲁街2412号——是北街，没有南街——方廷街过去半个街区就是了。这里是片平房大院。我的房子是后面的最后一间。"

斯蒂夫说："好的。没问题。出什么事了？"

片刻沉默。旅馆窗外的街道上响起了刺耳的车喇叭声。一辆汽车转过街角上山而去，一片白光浪头般地涌过天花板。那个低沉的声音又开口了，语速异常地缓慢：“莱奥帕尔迪。我甩不掉他。他——他在我的卧室里晕倒了。”接着是一阵细声细气的笑声，和那个嗓音根本就不协调。

斯蒂夫紧紧地攥着电话，手都攥疼了。他的牙齿在黑暗中咔哒作响。他用一种沉闷、冷淡的声音没精打采地说：“好吧。我得收你 20 美元。”

“没问题。抓紧点，拜托了。”

他挂上了电话，呼吸沉重地坐在黑暗的屋子里。他把帽子朝脑后推去，又恶狠狠地往前面一拽，哈哈大笑起来。“天啊，”他说。“这种姑娘。”

伦弗鲁街 2412 号并不完全是平房大院，而是一排六栋的平房，彼此错开。房子全都是一个朝向，但其空间布局使得没有哪两户人家的正门会彼此对视。房子后面有一堵砖墙，砖墙后面是一座教堂。屋前是一长条平整的草坪，洒满银色的月光。

正门前有两级台阶，门两边挂着灯笼，猫眼前面装着铁格栅。他敲敲门，铁格栅开了，一张姑娘的脸孔朝外张望着。那是一张橄榄形的小脸，一张双弧形的嘴巴好似丘比特之弓，两道弯眉精心修过，棕色的秀发微微拳曲。那双眼睛就像两只闪亮的新鲜栗子。

斯蒂夫丢下烟头，踩了一脚。“我找开俄萨小姐。她在等我。我是斯蒂夫·格雷斯。”

“开俄萨小姐休息了，先生，”姑娘的嘴唇撇了一下，隐约透出一丝傲慢。

“够了，丫头。你听到我说什么了。她在等我。”

格栅门砰的一声关上了。他等待着，目光顺着月光下那道窄窄的草坪朝街上望去，一脸怒容。好吧。就这么着了——哎，为了 20 块钱，在月光下开车兜一圈风也值了。

门锁咔哒一声开了，房门大敞。斯蒂夫从女仆身边走过，进了一个温暖惬意的房间，里面装点着老式的印花棉布。灯具既不旧也不新，数量充足——而且位置都恰到好处。一道嵌着镶板的铜屏风后面有一个壁炉，边上摆着一张长沙发，角落里有一台吧台式收银机。

女仆生硬地说："很抱歉，先生。开俄萨小姐忘记告诉我了。请坐。"她的声音很轻，似乎小心翼翼的。姑娘穿过房间走开了——一身短裙，纯丝长袜，细细的鞋跟有4英寸高。

斯蒂夫坐了下来，摘下帽子搭在膝盖上，绷着面孔盯着墙壁。一扇双开门吱呀一声关上了。他掏出一支烟，用两根手指揉搓着，然后不紧不慢地将它挤成一摊不成形状的白纸和乱糟糟的烟丝。他一甩手，把那团东西扔向壁炉前的屏风。

德洛丽丝·开俄萨朝他走了过来。她身穿一套绿丝绒的睡衣，腰上是一条金流苏边的长腰带。她转着长腰带的一头，似乎是要甩出一个绳套去套牛。她挤出一丝浅浅的假笑。她的脸干净得一尘不染，微微泛蓝的眼睑抽动着。

斯蒂夫站起身，看着她脚上那双绿色的摩洛哥皮革拖鞋随着她的步伐不时地从睡衣下面冒出头来。待到她近了身，他抬起眼，望着她的脸，没精打采地说了句："哈罗。"

她望着他，目光非常平稳，然后用一种唱高音般的尖细语调开了口。"我知道现在很晚了，但我猜你也许习惯了通宵熬夜。所以我想，有些事情我们必须谈谈——你请坐好吗？"

她几不可察地偏了偏头，似乎是在聆听着什么动静。

斯蒂夫说："我两点以前从不上床。你说得很对。"

她走上前，揿了揿壁炉边的一只电铃。片刻之后，女仆穿过拱门走了进来。

“拿一点冰块来，阿加莎。然后你就回家吧。已经很晚了。”

“是，小姐。”姑娘消失了。

屋子里一阵沉默，气氛紧绷得几乎尖嚎了起来，直到那高个儿姑娘从烟盒里漫不经心地抽出一支香烟，放在唇间。斯蒂夫笨拙地在鞋帮上擦着一根火柴。她将香烟一头戳进焰心，一双烟蓝色的眼睛异常沉稳地直视着他那双黑色的眼眸。她几不可察地摇摇头。

女仆拿着一只铜冰桶回来了。她抽出一只印度黄铜矮茶几，摆在长沙发前面，隔在两人中间，将冰桶搁在茶几上，接着又摆好虹吸瓶、玻璃杯、茶勺，还有一只三角瓶——这瓶子里看起来像是装了上好的苏格兰威士忌，只是瓶身上还覆盖着银丝细工，瓶口上还有一只考究的瓶塞。

德洛丽丝·开俄萨开口道：“能请你调杯酒吗？”语气非常正式。

他调了两杯酒，搅拌了一下，递给她一杯。她抿了一口，摇摇头。“太淡了，”她说。他又往里面加了一点威士忌，递还给她。“好多了，”她说，然后仰靠在长沙发的一角上。

女仆又进了房间。她那头棕色的鬈发上不羁地斜戴了一顶小红帽，身披一件用漂亮的毛皮镶边的灰外套，手上拎着一只织锦的黑包，这包的尺寸或许足以清空一只大冰箱。她说了一句：“晚安，德洛丽丝小姐。”

“晚安，阿加莎。”

姑娘穿过正门出去了，轻轻地在身后带上门。她的鞋跟沿着步道哒哒地走开了。远处，一扇车门砰的一声打开又关上，接着马达发动了起来，声音很快就愈来愈轻，渐渐消失了。这真是一片安静的社区。

斯蒂夫把酒杯搁在黄铜盘上，逼视着高个儿姑娘，冷峻地说：“这下就没她在这儿碍事了吧？”

“是的。她开自己的车回家。平常她开我的车去播音室接我回家——在我去播音室上班的日子里，比如今晚。我不喜欢自己开车。”

“行啦，那你还在等什么呢？”

红发姑娘目光沉稳地望着嵌了镶板的屏风，还有屏风后面那堆没有点着的柴火。她面颊上的肌肉在抽搐。

片刻之后，她开了口：“真奇怪，我居然打电话找了你，而不是沃尔特斯。比起你来，他更有能力保护我。只是他肯定是不会相信我的。我想，也许你能信我。我没有邀请莱奥帕尔迪来这里。据我所知——这世上只有我们俩知道他在这里。”

她的声音不知怎的让斯蒂夫一个激灵坐直了身子。

她从绿丝绒睡衣的前胸口袋里掏出一块挺括的小手帕，手一松，手帕掉在了地上。她飞快地捡起手帕，捂在嘴上。突然，无声无息的，她的身子开始像树叶一样颤抖起来。

斯蒂夫赶忙开口道：“这是怎么啦——我一只手就可以收拾那个混账。我昨晚就收拾了他——昨晚他还有把枪呢，朝我开了一枪。”

她的头转了过来。她的两眼大睁，紧盯着他。“但那肯定不是我的枪，”她声音呆滞地说。

“嗯？当然不是啦——怎么回事——”

“今晚可就是我的枪了，”她瞪着他说道。“你说过，一个带枪的女人可以轻而易举地接近他。”

他默默地瞪着她。他的脸色此刻已经煞白，他发出一声含糊的喉音。

“他没有喝醉，斯蒂夫，”她轻声说。“他死了。穿着黄睡衣——在我的床上。手里握着我的枪。你该不会以为他只是喝醉了吧——是不是，斯蒂夫？”

他猛然站了起来，突然又一动不动地僵住了，低头紧盯着她。他伸出舌头舔了舔嘴唇，过了好一会儿，这才从舌尖吐出几个字来。“我们去看看他吧，”他悄声说道。

6

那是在后屋靠左的一个房间。姑娘从口袋里掏出一把钥匙，开了门锁。桌子上有一盏昏黄的灯。百叶窗拉了起来。斯蒂夫默默地走过她身边，进了房间，脚步悄无声息。

莱奥帕尔迪就躺在那张床的正中央——一个安详沉默的大个子男人。死亡给他的面色上了一层蜡，看上去很不真实。甚至连他的小胡子似乎都是假的。他那双半睁的眼睛像大理石像一样茫然无神，仿佛从来就没有看到过这个世界。他仰面躺着，身下是床单，掀开的被褥盖在床脚上。

“国王”穿着一件黄色的丝绸睡衣，睡衣是那种方便套穿式的，领子翻起。衣服很薄，松松垮垮的。胸前的那块衣料被鲜血染成了深色——血渗进了丝布中，就像渗进了吸墨纸中一样。他裸露的棕色脖颈上有一小点血迹。

斯蒂夫盯着他，用毫无起伏的声音说道：“披着黄衣的国王。我以前读过的一本书就是这个书名。我猜他喜欢黄色。昨晚我帮他打包行李的。他其实一点也不‘黄’。[1]像他这样的家伙一般都是胆小鬼——还是说我错了？”

姑娘走到角落里，坐在一张矮脚软垫椅上，望着地板。这是一间漂亮的房间，非常现代主义，就像客厅非常休闲随性一样。屋里铺陈着一块绳绒线小地毯——淡咖啡色的；一套棱角分明的嵌饰木家具；一只漂亮的梳妆台，台面是一面镜子，下面是容膝的空隙，还有像书桌一样的抽屉。再往上看是一面方镜，方镜上方是一盏半圆柱形的冰花玻璃壁

---

① 在英文中，黄色又有怯懦的含义。

灯。角落里有一张玻璃桌，桌上放着一只水晶灵猩，还有一盏台灯，上面的圆筒灯罩是斯蒂夫这辈子见过最深的。

他把目光从这一切上面移开，重新看着莱奥帕尔迪。他轻轻地把"国王"的睡衣拉起来，检查了伤口。伤口就在心脏的正上方，焦黑的皮肤斑斑点点。血流得并不多。他的死亡就发生在刹那间。

他的右手中握着一把小小的毛瑟自动手枪，搁在床上的第二个枕头上面。

"真有艺术感，"斯蒂夫说着，指了指莱奥帕尔迪。"没错，漂亮的一笔。我猜这应该是典型的接触伤。他甚至还把睡衣拉起来了。我听说过是有人会这么干。这像是一把毛瑟 7.63 毫米手枪。确定是你的枪？"

"确定。"她眼睛依然望着地板。"枪就放在客厅的一张桌子里——没装子弹。可我家里有子弹。我不知道为什么。有人以前给我的。我甚至都不知道该怎么给枪上子弹。"

斯蒂夫微微一笑。突然，她抬起眼，看到了他脸上的笑，不禁打了个哆嗦。"我知道没人会相信我的话，"她说道。"我看我还是打电话报警吧。"

斯蒂夫心不在焉地点点头，往嘴里塞了支烟，用两片嘴唇把香烟弹上弹下——感谢莱奥帕尔迪的那一拳，他的嘴唇现在还肿着。他用大拇指指甲擦着一根火柴，吐出一小股烟柱，轻声说道："别叫警察。还没到时候。你说吧。"

红发姑娘开口道："我平时在 KFQC 电台唱歌，你知道的。一周唱三晚——是个一刻钟的汽车频道节目。今晚我正好去电台。阿加莎和我回到家时——嗯，差不多十点半了。走到门口，我想起来家里没有气泡水了，我就让她去三个街区外的外卖酒店，一个人进了门。房间里有一股奇怪的味道。我不知道那是什么东西。就好像是有几个男人之前在这里待过似的，我说不清楚。等我进了卧室——我看到的他就和现在一模一样。我看到了那把枪，赶紧过去查看，一看就知道自己这下完了。我不知道该怎么办。就算警察给我脱了罪，从今往后不管我去哪里——”

斯蒂夫毫不客气地说：“他进来了——怎么进来的？”

“我不知道。”

“继续往下讲。”

“我锁了门。然后我脱了衣服——而我的床上还躺着那个。我走进浴室，冲了个澡，想整理一下思绪——如果我还有思绪的话。离开房间的时候，我锁上门，拿走了钥匙。阿加莎这时已经回来了，但我觉得她没有看到我。嗯，我冲了澡，振作了一些。然后我喝了杯酒，就又进来给你打电话了。”

她打住了，舔湿了一根指尖，梳理起左边的眉梢来。“我能说的就是这些，斯蒂夫——能说的全说了。”

“用人都挺爱管闲事的。这个阿加莎尤其爱管闲事——不然就是我猜错了。”他走到门前，看着门锁。“我敢打赌，这房子里至少有三四把钥匙可以开这扇门。”他又走到窗户边上，摸摸窗钩，隔着玻璃低头看看纱窗。他貌似随意地回头说了一句：“‘国王’爱上你了吗？”

她的声音非常尖锐，近乎愤怒。“他从没有爱上过任何一个女人。两年前，在旧金山的时候，我在他的乐队里待过一阵，关于我俩有一些非常蠢的传闻。都是胡说八道。最近他们又旧事重提，把那桩传闻当作宣传材料喂给媒体，来为他的开演造势。今天下午我还在跟他讲，我绝不会容忍这种做法，我也绝不愿意任何人在心目中把我和他联想在一起。他的私生活污秽不堪。简直臭气熏天。那个行当里的每个人都知道这一点。而那个行当里是很难生长出香花美草的。”

斯蒂夫开口道：“你的卧室是唯一一间他没法闯入的卧室。”

姑娘的脸一下子红到了那头红发的发根。

“这话很难听，”他说。“但我得考虑到事情的各个角度。这话大致不差，对不对？”

“是的——我想是的。但也许不应该说是唯一一间。”

“去另一个房间，给你自己弄杯酒吧。”

她站起身来，隔着那张床正视着他。“我没有杀他，斯蒂夫。今晚我没有放他进这间屋子。我不知道他为什么会来这里，也不知道他有什么理由要来。你爱信不信。但这里头有什么地方很不对劲。这世上所有的男人中间，莱奥帕尔迪应该是最不可能亲手了结自己那条小命的一个。”

斯蒂夫说：“他也没有自我了结，小天使。快去弄杯酒吧。他是被人谋杀的。这件事整个儿就是有人设下的一个局——想要让大块头沃尔特斯把事情给捂住。快走吧。”

他站在那里，一声不吭，一动不动，直到客厅里传来的动静表明她确实坐在了那里。然后他掏出自己的手帕，从莱奥帕尔迪的右手中取出那把枪，将枪的表面仔仔细细地擦了一遍，又取出弹匣，也擦了一遍，再倒出弹匣里面的全部弹药，将每一颗子弹都擦干净，然后退出枪膛里面的那颗子弹，小心擦拭。他给枪重新上好子弹，放入莱奥帕尔迪那只了无生气的手中，再将他的四指并拢在枪把周围，食指拉到扳机上面。最后，他让那只手自然地落回床上。

他在被褥间一通翻找，找到了一颗抛出的弹壳，擦拭干净，放回原处。他将手帕凑到鼻子跟前，表情夸张地嗅了嗅，然后绕过床头，走到一只衣柜前面，拉开了柜门。

“你对自己的衣服可不怎么上心啊，伙计，”他轻声说。

那套毛质粗糙的米色上衣就挂在那里的一个衣钩上，下面是一条深灰色的便裤，配一条蜥蜴皮的皮带。一件黄色的丝绸衬衣和一条酒红色的领带悬挂在边上。一块和领带相配的手帕从上衣的前胸口袋里冒出四英寸来，垂荡在那里。地上放着一双瞪羚皮的灰运动鞋，还有一双不带吊袜带的短袜。紧挨着它们的是一条黄色丝绸短裤，上面绣着粗大黑体的姓名首字母。

斯蒂夫小心地在那条灰色便裤里摸索着，最后掏出来一只皮钥匙夹。他走出房间，沿着过道进入厨房。厨房后面有一扇结实的门，一只上好的弹簧锁里插着一把钥匙。他拔出那把钥匙，用手中皮夹里的那串钥匙挨个试了一遍，发现没有一把插得进，于是又把原来的那把钥匙插回去，走进客厅。他打开正门，走出门外，将门关上，看都不看蜷缩在长沙发一角上的姑娘。他又试了一圈钥匙，终于找到了开正门的那把。他开门进了房间，回到卧室，将皮钥匙夹放回裤子口袋里，然后走进客厅。

姑娘依然一动不动地蜷成一团，两眼紧盯着他。

他背对着壁炉架，吸了一口烟。“在录音室那边，阿加莎一直都和你在一起吗？”

她点点头。“好像是的。这么说，他有钥匙。你刚才就在干这个，对不对？”

“是的。阿加莎跟了你很久吗？”

“差不多一年。”

“她偷你的东西吗？小东西，我是说。”

德洛丽丝·开俄萨疲倦地耸耸肩。“那又有什么关系？她们基本上都这么干。一丁点洗面奶，一丁点香粉，一块手帕，偶尔来双长袜。是的，我想她确实偷我的东西。她们都把这多多少少看作是件合情合理的事。”

“好仆人是不会这样的，天使。”

“哎——我的作息时间有点尴尬。我晚上上班，回到家时通常都很晚。她不但是女仆，还是服装师。”

“关于她还有什么可说的吗？她吸可卡因、抽大麻吗？酗酒吗？会不会突然笑个不停？”

“没有。她跟这件事有什么关系，斯蒂夫？”

“女士，她把你的公寓钥匙卖给了某个人。这显而易见。你没有给过他钥匙，你的房东也不会给他，但阿加莎有钥匙。明白吗？”

她的目光中流露出惊骇的神色。她的嘴在微微颤抖，但幅度并不大。她的肘边放着一杯没有沾过的酒水。斯蒂夫俯身从杯中喝了一口。

她缓缓开口道：“我们这是在浪费时间，斯蒂夫。我们必须报警。现在不论是谁都帮不上忙了。这下，即便谈不上逍遥法外，清白人我也是做不成了。他们会以为这是一场情人间的争吵，我开枪杀了他，就是这样。就算我能说服他们我没有杀人，那他也是在我的床上自杀的，我的名声依然毁了。所以，我还是下定决心饮下这杯苦酒吧。”

斯蒂夫轻声说：“瞧好了。我老妈以前经常这么干。”

他举起一根手指按在嘴上，俯下身，用同一根手指的同一个部位点了点她的嘴唇。他微微一笑，说：“我们一起去找沃尔特斯——或者你自己去。他会亲手挑选警察的，而他挑中的警察绝不会扯着嗓门整夜嚷嚷，再招来一群记者坐在大腿上。他们会悄悄地溜进来，安静得就像传票送达员。沃尔特斯能搞掂的。绝对没问题。我呢，我这就去找阿加莎。我要她给我描述一下那个从她手里买钥匙的人——这就要。另外，顺便说一句，你欠我 20 块钱的上门费。可别忘了哦。”

高个儿姑娘站起身来，面带微笑。“你可真让人意想不到啊，”她说。“你怎么就这么确定他是被人谋杀的？”

“他穿的不是自己的睡衣。他的睡衣上面有姓名首字母。昨晚我帮他打包的——就在我把他轰出卡尔顿酒店之前。快点穿好衣服吧，天使——再把阿加莎的住址给我。”

他走进卧室，掀起床单盖在莱奥帕尔迪的尸身上。他让床单在那张宁静的蜡脸上方停留了片刻，然后松开手，任由床单落下。

“拜拜了，伙计，”他柔声说。“你是个混球——但你确实懂音乐。”

那是布赖顿大道上靠近杰斐逊的一栋木屋，坐落在一整个街区的小木屋当中——都是些老式的房子，带有门廊。这栋木屋门前有一条窄窄的水泥步道，月光把白色的路面染得愈发泛白了。

斯蒂夫爬上台阶，望了一眼宽敞的前窗，看见了从窗帘边缘渗出的灯光。他敲敲门。门里传来沙沙的脚步声，一个女人开了门，透过装了门钩的纱门望着他——那是一个矮胖的丑老太婆，一头拳曲的灰发，披着一件肥大晨衣的身体全无形状，脚上趿着一双松垮垮的拖鞋。一个目光浑浊、脑壳秃得发亮的男人坐在桌子边的一把柳条椅里。他双手放在大腿上，毫无目的地扭着指节。他看都没看门口这边。

斯蒂夫开口道：“我是开俄萨小姐派来的。你是阿加莎的母亲吗？”

女人没精打采地说：“俺是。但她不在家，先生。”坐在椅子上的那个男人不知从哪里掏出一块手帕，开始擤鼻子，然后阴郁地傻笑起来。

斯蒂夫说：“开俄萨小姐今晚不太舒服。她希望阿加莎能回去陪她一晚上。”

目光浑浊的男人又开始傻笑了，这次笑声尖利。女人又说：“俺们不知道她在哪儿。她不回家。孩子他爹和俺一直等她回家。她一直不回家，等得俺们都要病倒了。”

老头儿突然用又高又尖的嗓门儿厉声叫道：“她要在外面一直待到警察这次逮到她为止。”

“孩子他爹眼睛快瞎了，”女人说，“所以脾气不太好。你不进来吗？”

斯蒂夫摇摇头，手里转着帽子，像是西部片里一个害羞的牛仔。

“我真的非得找到她不可，”他说。“她会上哪儿去呢？”

“在外头跟一群缩手缩脚的小气鬼喝酒呢，”老爹咯咯冷笑道。“一群不打领带、带着绢手帕的娘娘腔。要是我还看得见，我非拿皮带把她抽晕过去不可。”他抓住椅子扶手，手背上的肌肉青筋暴起。接着他哭了起来。眼泪从他那双浑浊的老眼里涌出，顺着两颊上的白胡茬一路淌下。女人赶忙过去，从他握紧的拳头中抽出手帕，替他擦脸。然后她自己用那块手帕擤了鼻子，回到门口。

“真说不准她在哪里，”她对斯蒂夫说。“这是座大城市，先生。我真不知道。”

斯蒂夫没精打采地说：“我会再来的。如果她回家了，麻烦你留住她。你家电话号码是多少？”

“电话号码是多少，孩子他爹？”女人回头叫了一声。

“我不说，”老爹哼着鼻子说。

女人说：“我想起来了。南区 2454。你什么时候打来都行。老爹和我反正没事做。”

斯蒂夫谢过了她，转身沿着白色的步道回到街上，又沿着人行道走了半个街区，来到他刚才停车的地方。他懒洋洋地朝马路对面瞥了一眼，动身往车里钻。突然，他抓着车门的那只手停住了。他放开车门，朝边上迈开三步，站在那里望着街对面，双唇紧闭。

这个街区里的所有房子看上去都差不多，但对面的那栋却在前窗上挂了块“招租”的招牌，门前那片小草坪上还竖着一块房产广告牌。这房子本身看上去无人打理，完全是间空屋，可门前的小私家车道上却停着一辆小巧漂亮的黑色跑车。

斯蒂夫小声说了一句：“直觉。相信直觉，斯蒂夫。”

他几乎是小心翼翼地穿过落满尘土的宽阔街道，一只手伸进口袋，摸着手枪的冷硬金属。他从那辆小汽车的后面摸了上去，回头瞥了一眼街对面，然后从敞开的左侧前门车窗里望进去。

那姑娘坐在那里，仿佛还在开车，只是她的头似乎有点太偏向车厢一角了。那顶小红帽还戴在她头上，那件毛皮镶边的灰外套还裹在她身上。反射的月光照亮了她那张竭力大张的嘴巴。她的舌头伸了出来。她那双栗色的眼睛望着车顶。

斯蒂夫没有碰她。他不必碰她，也不必再凑近查看了。他知道她的脖子上必定有深深的瘀伤。

“对女人真狠啊，这些家伙。”他嘟囔道。

姑娘那只织锦的大黑包就放在她身边的座位上，像她的嘴一样大张着——就像玛里琳·德洛尔姆小姐的嘴，还有玛里琳·德洛尔姆小姐的那只紫色提包。

“没错——对女人真狠。”

他往后退开，站到车道入口边的一棵小棕榈树下。街道上空空荡荡的，被人遗弃了一般，就像关门歇业的剧院。他无声地穿过路面回到自己的车前，钻进车，驶离了这里。

就是这样了。一个姑娘，深夜独自回家，就在自家门外几户远的地方被人劫持后掐死了。非常简单。第一辆经过那片街区的巡逻警车——只要车里的小子们睡醒了一半——一看见那块“招租”的牌子，立马就会过去查看的。斯蒂夫猛踩油门，绝尘而去。

到了华盛顿街和菲格罗阿街路口，他走入一家通宵杂货店，进了屋后的一间电话亭，用力关上门。他投了五分钱，拨通了警察局总部的电话。

他让人接通了凶杀组，说：“拜托您拿支笔记下来，警官。布赖顿大道，3200 街区，西街，一栋空房子的私家车道。记下了吗？”

“嗯。怎么啦？”

“那里有辆车，一个女人死在了里面，”说完，斯蒂夫便挂上了电话。

7

卡尔顿酒店的白班领班兼副经理基兰正在值夜班，因为夜班前台米勒休假一周。这会儿已经是凌晨一点半了，生意清闲，基兰无聊极了。他老早就把能做的一切都做完了，因为他已经在酒店里干了20年了，这活儿太简单了。

夜班接待员做完了打扫工作，坐进了电梯室边上他自己的房间里。一部电梯亮着灯，开着门，一如既往。大堂已经收拾停当，灯光都已按规矩调暗。一切如常。

基兰是一个相当壮实的矮个子男人，一双清澈明亮的蛤蟆眼似乎可以在并不流露任何真实情感的情况下给人一种友好的眼神。他长着一头淡棕色的头发，只是头发少了点。他那双苍白的手交握在胸前，搁在大理石桌面上。他的身高正好能让他把体重压在桌子上，又不显得懒洋洋地趴在那里。此刻他正望着门厅对面的那面墙，可他并不真的在看那里。他已经快睡着了，哪怕他的眼睛依然大睁着。但如果夜班接待员这时躲在门后面划一根火柴，基兰马上就会发现，然后便会猛按电铃。

沿街入口处，那扇黄铜镶边的双开门被人推开了，斯蒂夫·格雷斯走了进来，身上一件翻起衣领的夏季外套，帽子压得低低的，嘴角的一支香烟冒着缕缕青烟。他看上去非常随意，非常警觉，非常放松。他溜达到前台边上，轻叩着台面。

“快醒醒！”他哼着鼻子说。

基兰的眼珠转了一英寸，开口说道：“所有外面的房间都带浴室。但绝对不允许在八楼开派对。嘿，斯蒂夫。这么说，你终于被开啦。因为做错了事。这就是生活。”

斯蒂夫说："行啦，行啦。你这边有没有招一个新的夜班保安？"

"不需要了，斯蒂夫。要我说，从来就不需要。"

"只要像你这样的酒店老油条敢把小荡妇和莱奥帕尔迪这样的人放进同一个楼层，你就永远需要保安。"

基兰半闭上眼睛，然后突然又睁大了，就像刚才一样。他冷冷地说："不是我，哥们儿。但谁都会犯错误。米勒是个好会计——但不是坐前台的料。"

斯蒂夫身子向后一靠，脸色变得异常沉静。那缕青烟几乎悬停在了烟头上。他的眼睛此刻就像黑玻璃一样。他微微一笑，笑得似乎不太坦诚。

"还有，为什么不把莱奥帕尔迪安排进 18 美元一晚的顶楼套房，非要把他放进 4 美元一晚的八楼房间呢？"

基兰还了他一个微笑。"不是我给莱奥帕尔迪安排房间的，老伙计。房间是预定的。我猜他就是要住八楼。有些家伙就是抠门。还有问题吗，格雷斯先生？"

"有。814 房昨晚空着吗？"

"那个房间待清扫，所以是空着的。下水管出了点问题。接着问。"

"是谁把它标为'待清扫'的？"

基兰那双闪闪发亮、深不可测的大眼睛转了一下，然后一动不动了，看上去十分古怪。他没有回答这个问题。

斯蒂夫说："原因在这里。莱奥帕尔迪在 815 房，两个姑娘在 811 房。中间只隔着 813。不管是谁，只要手里有总钥匙，就能进 813，把两边连通门的门闩都拉开。这样，只要 811 和 815 里的人把各自的门闩也拉开，他们就能打通出三间套的套房了。"

"那又怎样？"基兰问道。"我们给人坑走了 4 块钱，对吧？嗨，这种事情总有的，比我们更高级的酒店也碰到过的。"他的眼神这下又昏昏欲睡了。

斯蒂夫说："米勒可以办到。可是，该死，这根本解释不通。米勒不是那种人。为一块钱的小费，冒砸饭碗的风险——呸。米勒可不会为了点小钱就做皮条客。"

基兰说："好吧，警官。跟我说说你到底是怎么想的。"

"811房里的一个姑娘身上带了把枪。莱奥帕尔迪昨天收到了一封威胁信——我不知道他是在哪儿收到的，又是怎么收到的。不过，他没有被吓住。他把信撕了。我就是这么知道的。我从他的废纸篓里把碎纸片拣出来了。我猜莱奥帕尔迪的手下都退房了吧。"

"当然。他们搬去了诺曼底酒店。"

"打电话给诺曼底，要求和莱奥帕尔迪通话。他如果在那儿，肯定还在喝酒呢。估计是和一伙人在一起。"

"为什么？"基兰平和地问道。

"因为你是个好人。如果莱奥帕尔迪接了——你就挂电话。"斯蒂夫顿了一下，用力捏了一把下巴。"如果他出门了，你看看能不能问出他去了哪里。"

基兰直起身来，又久久地、平静地望了斯蒂夫一眼，走到镶着卵石的屏风后面去了。斯蒂夫一动不动地站在那里，听着动静，一只手在胁下紧紧握成拳头，另一只手无声地轻叩着大理石台面。

过了大概三分钟，基兰回来了，又把身子倚在台子上，开口道："不在。他的套房里面在开派对呢——他们开了间大套房给他——声音很吵。我跟一个还算清醒的家伙通了话。他说莱奥帕尔迪10点钟左右接了个电话——是个姑娘。他打扮臭美了一番出门去了，那家伙说的。可能要赴一场香艳的约会吧。这伙计的脑子刚好晕乎得愿意告诉我这些。"

斯蒂夫说："你真是个好哥们儿。真遗憾我不能把后面的事情告诉你。哎，我还是挺喜欢在这里工作的。况且工作也不多。”

他动身朝门口走去。基兰等着他把手搭在黄铜门把上，这才开口叫了一声。斯蒂夫转过身，慢吞吞地走了回来。

基兰说：“我听说莱奥帕尔迪朝你开了一枪。我猜这件事之前怕是没人留意，也没有人报告。我看彼得斯一开始是没有完全意识到事情有多严重，直到他亲眼看到了815房里那面镜子。要是你还愿意回来的话，斯蒂夫——”

斯蒂夫摇摇头。“谢谢你能想着我。”

“还有，听说了这件事后，”基兰接着说道，“我又想起了另一件事。两年前，一个姑娘在815房里开枪自杀了。”

斯蒂夫猛地直起身子，差点没跳起来。“哪个姑娘？”他几乎是在大喊。

基兰看上去像是吃了一惊。“我不认识。我也不记得她叫什么了。就是一个永远被人欺负的姑娘，最后终于受够了，想要死在一张干净的床上——独自一人。”

斯蒂夫伸出手，一把抓住桌对面基兰的胳膊。“酒店档案，”他尖声叫道。“剪报——上过报的事情那里面都有。我要看剪报。”

基兰紧盯着他，盯了许久。最后他说道：“不管你在玩什么游戏，小子——你都玩得够小心翼翼滴水不漏的。这一点我得承认。而我呢，我还有整整一晚上要消磨，都快无聊死了。”

他伸手越过桌子，猛按电铃。夜班勤杂工的房门开了，勤杂工穿过门厅走了过来。他冲斯蒂夫点头微笑。

基兰说：“这儿归你了，卡尔。我要在彼得斯先生的办公室里待一会儿。”

他走到保险箱跟前，拿出了里面的钥匙。

8

那间小木屋建在高高的山腰上，背靠一片茂密的树林，林中生长着公牛松、栎树和翠柏。木屋造得很结实，烟囱是石砌的，屋顶上盖满了木瓦，房体支撑得结结实实的，紧靠着山坡。在日光下，你会看到绿色的屋顶、暗棕色的侧墙，还有红色的窗框和窗帘。而在10月中旬的深山中，在一轮彻夜不落、明亮得有些诡异的圆月下，木屋的每一个细节都分外突出——除了色彩。

这栋小屋在公路的尽头，距离别的木屋至少也有四分之一英里远。斯蒂夫绕过一个弯道，朝木屋驶去，不开车灯。这时是凌晨5点钟。一确定这就是他要找的那间木屋，他立刻停车，钻出车门，无声地沿着碎石路的路边向前走去，脚下是一大片好似地毯的野鸢尾花。

路面上立着一间粗糙的松木车库，车库门前有一条小道直通木屋的门廊。车库门没锁。斯蒂夫小心翼翼地把门推开，摸索着钻进车库，从一辆汽车的一大团黑影旁溜过，伸手摸了摸车子的散热器。散热器还有余温。他从兜里掏出一支小手电筒，光束扫过车体。这是一辆灰色小轿车，落满灰尘，油剩得不多了。他啪嗒一声关掉手电，小心翼翼地关上车库门，又把那块用来挂门锁的木头推回原位，然后沿着小道向木屋走去。

拉上的红色窗帘后面有灯光。门廊很高，上面堆满了杜松木块，树皮都没有去掉。前门上有一个指按门栓，上方是一个乡村风格的门把手。

他走上门廊，脚步既不太轻也不太响，然后抬起手，喉咙里深深地吁了口气，然后敲了门。他的一只手摸了摸外套内口袋里的枪把，就摸了一下，什么也没有掏出来。

屋里的一把椅子咯吱作响，一双脚轻快地走过地板，一个声音轻轻唤道："谁？"米勒的声音。

斯蒂夫把嘴唇凑到木门边，说："乔治，是我，斯蒂夫。你已经起来啦？"

门里的钥匙转了一圈，门开了。乔治·米勒——卡尔顿酒店的夜班审计——这会儿看上去可不那么衣冠楚楚了。他下半身套一条旧裤子，上半身着一件翻领的蓝色厚毛衣，套着罗纹羊毛短袜的脚上是一双绒头呢衬里的拖鞋。那撇修剪整齐的小胡子挂在他那张苍白的脸上，像是一道弯弯的黑影。小屋的屋顶很高，屋顶的斜面之下是一道横贯房间的矮梁，两个灯泡在安在梁上的插槽里放着光热。桌上亮着一盏台灯，灯罩翘着，正好将灯光投在一把皮面软背的大安乐椅上。开放式的大壁炉里，火焰在一堆松软的余烬中懒洋洋地燃着。

米勒用他那低沉、沙哑的嗓音开口道："天啊，斯蒂夫。真高兴见到你。你是怎么找到我们的？快进来，伙计。"

斯蒂夫进了门，米勒又将门锁好。"城里人的习惯，"他咧嘴一笑。"大山里头没有人锁门。坐吧。暖暖脚。夜里外头很冷的。"

斯蒂夫说："没错。够冷的。"

他在那把安乐椅上坐下，把帽子和外套放在椅子后面那张实木桌的一头上。他身子往前一靠，伸出手去烤火。

米勒说："你到底是怎么找到我们的，斯蒂夫？我不知道——"

斯蒂夫没有看他。他平静地开口道："找你可不太容易。你昨晚告诉过我，你兄弟在这山上有一间小木屋——还记得吗？既然我没事可做，我想想倒不如开车过来蹭顿早饭。克雷斯特莱思那家酒吧里面的伙计不清楚每个人的小屋都在哪里。他只管和过路客做生意。我给一个修车的打了电话，他也不知道有什么米勒家的小屋。就在这时，我看到沿街一家放煤块和木柴的堆场亮灯了，一个小个子正要把车开出来，去圣博纳迪诺进点汽油。这家伙既是护林员，又是县警，也做木柴和汽油买卖，同时还有一大堆别的身份。一个非常聪明的小个子。我刚告诉他你家兄弟打过拳击，他马上就明白了。我就是这么找上门来的。”

米勒抓了一把小胡子。屋子后面传来弹簧床垫的吱呀声。“没错，他还在用他打拳击时的名号呢——‘加夫·塔利’。我这就叫他起来，我们一起喝杯咖啡。我猜你我是同病相怜了。老是要上夜班，睡不着觉。我压根儿还没上过床呢。”

斯蒂夫缓缓地看了他一眼，把视线挪开。他们身后，一个浑厚鲁直的声音突然响起：“加夫起床啦。你那位朋友是谁，乔治？”

斯蒂夫看似随意地站了起来，转过身去。他的目光首先落在了那男人的一双手上。他控制不住自己。这是双大手，干净倒还算干净，但却粗糙又丑陋。一处指节受过重伤。这是一个一头红发的大个子男人，披着一件松松垮垮的浴袍，浴袍下面是一套软绒布睡衣。他长着一张面无表情、皮革一般的脸孔，颧骨处布满伤痕。他的眉毛上方和嘴角处还有几处细细的白色疤痕。他的鼻子又扁又厚。他的整张脸看上去像是承受过许多副拳击手套的洗礼。只有他的眼睛与米勒隐隐有几分相似。

加夫·塔利走上前来，和斯蒂夫握手。“很高兴见到你，”他说。“我先去穿几件衣服，然后我们就从架子上拿点东西凑顿早饭。我睡够了。乔治根本就没合眼——可怜的家伙。”

他返身穿过屋子，朝他刚才现身的那扇房门走去。到了门口，他站住了，靠在一只老留声机上，把那只大手放在套着纸封套的一堆唱片后面。他就这样站着，一动不动。

米勒说：“找到工作了吗，斯蒂夫？还是说，你根本没找？”

“算是有眉目了吧。我知道我是个傻子，但我还是打算试一下进军私人代理市场。但除非我能弄出点名气来，不然折腾不出名堂。”他耸耸肩。接着，他用非常轻的声音说了一句：“莱奥帕尔迪王被人做掉了。”

米勒的嘴巴啪嗒一下张大了。他的这个表情保持了一分钟——纹丝不动，嘴巴大张。加夫·塔利倚着墙，瞪着眼，脸上没有流露出任何表情。最后，米勒终于开口了："被人做掉了？在哪里？别告诉我——"

"不在酒店里，乔治。真糟糕，是不是？在一个姑娘的公寓里。还是个好姑娘。可不是她把莱奥帕尔迪勾到那里去的。又是场谋杀伪装成自杀的老把戏——只是这次不管用了。而且，那姑娘还是我的委托人。"

米勒一动不动。那个大块头也是。斯蒂夫用肩膀靠着石砌的壁炉架。他轻声开口道："今天下午，我去了沙洛特俱乐部，向莱奥帕尔迪道歉。这么做很傻，因为我并没有理由要向他道歉。俱乐部酒吧里面有一个姑娘和他在一起。他揍了我三拳，扬长而去。那姑娘可不喜欢他的表现。我俩聊得挺欢。一起喝了杯酒。然后，到了今晚——不，昨晚——深更半夜时，她突然给我打电话，说莱奥帕尔迪在她那里，喝得大醉，她弄不走他。我就去了。只是，他没有喝醉。他死了，死在了她的床上，穿着黄睡衣。"

大块头抬起左手，粗野地往脑后捋了一把头发。米勒慢吞吞地靠在桌沿上，仿佛他害怕桌沿太锋利，会把他割伤似的。他的嘴唇在那撇修剪整齐的黑色胡髭下抽搐着。

他沙哑着嗓子说："真是糟透了。"

大块头说："哎，真该大哭一场。"

斯蒂夫说："唯一的问题是，那套睡衣不是莱奥帕尔迪的。他自己的睡衣上面有姓名首字母——大号的黑体字母。还有，他的睡衣是缎子的，不是丝绸的。尽管他手里握着一把枪——那姑娘的枪，顺便说一句——他并没有开枪射中自己的心脏。警察会鉴定这一点的。也许你俩从没听说过伦德测试法。那是一种用石蜡判断一个人最近有没有开过枪的技术手段。这起谋杀本来应该是在昨晚酒店里实施的，就在 815 房中。但就在 811 房里的那个黑发姑娘有机会接近他之前，我就已经拎着他的脖子把他赶出去了，从而破坏了这场图谋。是不是，乔治？”

米勒说：“我猜是——如果我知道你在说什么的话。”

斯蒂夫慢吞吞地说：“我认为你知道我在说什么，乔治。要是莱奥帕尔迪王是在 815 房里被人做掉的话，那可真是苍天有眼啊。因为两年前，一个姑娘正是在那个房间里开枪自杀的。一个以玛丽·史密斯为名登记入住的姑娘——可她平常使用的名字是伊夫·塔利。而她的真名叫做伊夫·米勒。”

大块头重重地靠在老式留声机上，声音浑浊地说：“也许是我还没睡醒。可这话听起来像是越来越奇怪了。我们是有一个叫伊夫的妹妹在卡尔顿酒店里开枪自杀了。那又怎样？”

斯蒂夫有些不自然地微微一笑。他接着说：“听好了，乔治。你告诉我说，基兰让那两个姑娘登记入住了 811 房。可实际上却是你登记的。你还告诉我说，莱奥帕尔迪不住豪华套房，却住进了八楼，因为他小气。他并不小气。他只是根本不在乎住哪儿，只要身边有姑娘。而你确保了他得偿所愿。你策划了这整件事情，乔治。早在莱奥帕尔迪还在旧金山的罗利酒店时，你就让彼得斯给他写信，请他过来时入住卡尔顿酒店——因为沙洛特俱乐部的所有人同时也拥有这家酒店。说得好像大块头沃尔特斯这样的家伙会在乎一个乐队领班住在哪里似的。”

米勒面色惨白，毫无表情。他的声音哑了。“斯蒂夫——看在上帝的分上，斯蒂夫，你在说什么呐？我怎么可能——”

“不好意思，小子。我曾经很喜欢和你共事。我猜我现在依然喜欢你。可我不喜欢掐死女人的家伙——或者是为了掩盖一起仇杀往女人身上抹黑的家伙。”

他的手蹭地一下抬了起来——却又停在了半空中。那个大块头发话了：“别激动——瞧瞧这个。”

加夫的那只手从唱片堆后面举了起来。一把点四五柯尔特手枪握在手中。他咬牙切齿地说："我一直以为私家探子都是群只知道揩油水的废物。看来我是小瞧你了。你倒是有几分脑子。天啊，我看你肯定也去过考特街 118 号了。对不对？"

斯蒂夫的那只空手垂落了下去。他两眼直视着那把大号的柯尔特手枪。"没错。我看到了那个姑娘——一命呜呼——你的指印嵌进了她的脖子里。他们可以检测的，伙计。故技重施掐死德洛丽丝·开俄萨的女仆绝对是一个错误。他们可以比对这两组指印，查实你的黑发女枪手昨晚就在卡尔顿酒店，然后拼合出事件的全貌。我看你只有两周时间了，如果你跑得飞快的话。我说的是'飞快'。"

米勒舔了舔干涩的嘴唇，轻声说："不用着急，斯蒂夫。一点儿都不用着急。我们的任务完成了。也许方式不太好，也不太漂亮，但这本来就不是一件漂亮的任务。莱奥帕尔迪可是混蛋中的混蛋。我们爱我们的妹妹，而莱奥帕尔迪却把她变成了娼妇。她只是一个天真的孩子，爱上了一个花哨的意大利佬，而那个意大利佬一朝发迹，就把她赶出门外，移情别恋于一个和他臭味相投的红发女歌手。他把我妹妹赶出了门，伤透了她的心，她就是这么自杀的。"

斯蒂夫尖利地说："没错——那你俩那一阵子又在忙什么呢——剪指甲吗？"

"事发那会儿我们不在。事后我们花了一番工夫才弄清楚了事情原委。"

斯蒂夫说："这么说，为了这件事夺走四条人命是值得的，对吗？那德洛丽丝·开俄萨又怎么说？她连拿莱奥帕尔迪当擦脚垫都不乐意——不论是两年前，还是后来。可你们非得把她也牵扯进来，牵扯进你们这摊叫人恶心的仇杀当中。你让我恶心，乔治。叫你那个大块头硬汉哥哥继续开他的谋杀派对吧。"

大块头咧嘴一笑，说："废话扯得够多了，乔治。去瞧瞧他身上有没有带家伙——别挡到他前面，也别绕到他身后。我这把小枪会一穿俩的。”

斯蒂夫盯着大块头手中的点四五。他的脸冷硬得就像白骨。他的双唇带着一抹浅浅的冷笑，他的眼神冰冷阴暗。

米勒穿着那双绒头呢衬里的拖鞋轻轻地走了过来。他绕过桌子一头，凑近斯蒂夫身侧，伸手拍拍他的口袋，然后退了开去，伸手一指：“在那儿。”

斯蒂夫轻声说：“我真是个傻子。我当时就可以把你拿下的，乔治。”

加夫·塔利厉声吼道：“离他远点。”

他迈着有力的步伐穿过屋子，那把柯尔特大手枪狠狠地抵在斯蒂夫的肚子上。他伸出左手，从斯蒂夫的胸前内口袋里摸出了那把侦探特制型手枪。他的目光锐利地逼视着斯蒂夫的眼睛。他将斯蒂夫的枪朝身后递出。“拿着，乔治。”

米勒接过枪，又绕过那张大桌子，站到另一头的桌角边上。加夫·塔利从斯蒂夫面前退开。

“你完了，聪明小子，”他说道。“你自己肯定也清楚。要出这座山只有两条路可走，我们需要时间。再说了，估计你也没把这事儿和别人说过。明白了吗？”

斯蒂夫站在那里，像块石头，他的脸色苍白，嘴角挂着一抹似有似无的扭曲笑容。他紧盯着大块头手中的枪，目光中隐约多了一丝困惑。

米勒说道：“一定非这样不可吗，加夫？”他的嗓子这时已经沙哑得完全破音了，没了他平常那分悦耳的低音。

斯蒂夫略微转过头去，望着米勒。“当然非这样不可，乔治。毕竟，你俩不过是一对不上档次的恶棍。一对心思歹毒的虐待狂，假扮成蒙羞少女的复仇天使。大山里的乡巴佬才相信的鬼玩意。而此时此刻，可以说你俩已经是死人了——死得都发臭了。”

加夫·塔利哈哈大笑，大拇指扳下那把大左轮枪的击铁。“快说你的临终祷词吧，伙计，”他冷笑道。

斯蒂夫冷冷地说：“你真以为你能用那玩意儿把我干掉？里面没有子弹，扼颈狂。你最好还是拿出你杀女人们的手段来对付我——用你的双手。”

大块头的眼中微光一闪，蒙上了一层疑云。接着他爆发出一阵大笑。“天啊，这笑话老得都快积上一尺厚的灰啦，”他咯咯笑道。“瞧好了。”

他将那把大枪指向地板，扣下了扳机。撞针发出一声干涩的“咔哒”——枪膛里是空的。大块头的脸孔抽搐起来。

片刻间，三个人都一动不动。接着，加夫抬起脚，缓缓地转过身去，望着自己的兄弟。他用近乎温和的声音问道：“是你吗，乔治？”

米勒舔了舔嘴唇，哽住了。他的嘴唇嚅动了好一会儿，这才说出话来。

“是我，加夫。斯蒂夫在路边下车的时候，我正站在窗边。我看到他进了车库。我知道汽车引擎肯定还是热的。我们杀的人已经够多了，加夫。太多了。所以我把你枪里的子弹拿掉了。”

米勒的大拇指扳下了侦探特制型手枪的击铁。加夫的眼球突了出来。他紧盯着那把短枪管的手枪，像是着了迷似的。突然，他一个箭步猛扑上去，手中乱舞着那把空膛的柯尔特。米勒站稳了身子，一动不动，声音含糊、像个老人似的说了一句：“再见，加夫。”

那把枪在他匀称的小手中跳了三跳。一缕青烟懒洋洋地从枪口中袅袅升起。一块烧焦的木头在壁炉中倒下了。

加夫·塔利异样地微笑着止住了脚步，纹丝不动地立定了。他手中的枪落在了脚边。他用那双粗壮的大手捂住肚子，口齿不清地缓缓说道：“没事的，小子。没事的。我猜……我猜我……”

他的声音越来越轻，支撑他身体的两条腿开始打弯。斯蒂夫无声又迅捷地向前迈了三大步，一拳砸在米勒的下巴尖上。那个大块头还没有完全倒下——他倒地的速度慢得就像一棵树。

米勒身体转着圈朝房间另一头飞去，砰的一声撞在了山墙上，一个蓝白色的装饰盘从装饰板上掉落下来，摔碎了。那把枪从他手中飞了出来。斯蒂夫猛扑上去，抢先拿到了枪。米勒蹲在地上，望着他的兄弟。

加夫·塔利垂着头，双手撑地，然后无声无息地躺下了，肚皮贴地，就像一个精疲力竭的男人。他再没有发出一点声响。

日光在窗外现身了，从红窗帘的边缘渗了进来。那截断木靠在炉壁上冒着烟，除此之外，炉中的余火就只剩下中心尚存星点红光的一堆松软灰烬了。

斯蒂夫嗓音低沉地说："你救了我的命，乔治——至少，你省去了一场枪战。我刚才冒了个险，因为我需要的是证据。你到桌子边上来，把一切都写下，签上字。"

米勒说："他死了吗？"

"他死了，乔治。你杀了他。把这件事也写下来。"

米勒轻声说："真好笑。我本想亲手了结莱奥帕尔迪的，就趁他现身楼顶的时候，让他从最高处一路落下。我只想了结他，然后坦然接受随之而来的一切。但偏偏是加夫想要把事情做得巧妙。加夫，这个一辈子从没有读过一天书，从没有躲过对手一拳头的流氓，却想要把事情做得聪明，想要耍花招。哎，也许这就是为什么他会拥有房产吧，比如考特街上杰克·斯托扬诺夫替他打理的那套公寓。我不知道他是怎么买通德洛丽丝·开俄萨的女仆的。可如今这也不重要了，对不对？"

斯蒂夫说："快去写下来。是你打电话给莱奥帕尔迪，装作是那个姑娘的，是吗？"

米勒说："是的。我这就去把一切统统写下来，斯蒂夫。我会签名的，然后你就放我走吧——放我一小时。答应我好吗，斯蒂夫？只求你让我先跑一小时。看在咱俩是老朋友的分上，这要求不过分吧，斯蒂夫？”

米勒微微一笑——一丝脆弱、鬼魅般的浅笑。斯蒂夫在那个摊开手脚躺在地上的大个子身边弯下腰，摸了摸他的颈动脉。他抬起头，说：“死透了……好吧，就让你先跑一小时，乔治——只要你把一切统统写下来。”

米勒轻手轻脚地走到一张橡木高脚五斗柜边，柜身上的黄铜饰钉早已黯淡无光。他放下那块充作写字台的折板，坐下，伸手拿起一支钢笔。他拧开一瓶墨水，动笔用他那工整、清晰的会计字体写了起来。

斯蒂夫·格雷斯在炉火前坐下，点了一支烟，凝望着余烬。那把枪握在他膝盖上面的左手中。木屋窗外，鸟儿开始歌唱。屋内，只有一片沉寂，除了钢笔的沙沙声。

9

斯蒂夫离开木屋时，太阳已经升高了。他锁上门，走过那条陡直的下坡小道，再沿着窄窄的碎石路回到车边。车库里这时已经空荡荡了。那辆灰色小轿车不见了。半英里开外，另一间小屋正冒出青烟，孤烟懒洋洋地挂在松树与橡树林枝头。他发动汽车，驾车绕过弯道，驶过两辆改造成小屋的老棚车，上了一条路中间有条纹线的主干道，爬坡向克雷斯特莱思驶去。

他在“世界边缘”酒馆前面的主街上停下车，在柜台边喝了杯咖啡，然后走到空荡荡的酒吧后面，把自己锁进了那里的一间电话亭。他让长途电话接线员查出了大块头沃尔特斯在洛杉矶的号码，然后打电话给这位沙洛特俱乐部的老板。

话筒中传来一个轻柔圆润的声音：“这里是沃尔特斯先生的公馆。”

“斯蒂夫·格雷斯。让他接电话，麻烦了。”

“请稍等。”咔哒一声过后，电话那头换了个声音，少了几分柔滑，添了许多冷硬。“谁？”

“斯蒂夫·格雷斯。我找沃尔特斯先生。”

“对不起。我好像不认识你。这会儿天还有点早啊，朋友。你有什么事？”

“他去过开俄萨小姐的公寓了吗？”

“噢。”片刻沉默。“你是那个探子。明白了。拿着别挂，伙计。”

又换了个声音——懒洋洋的，带着那么一丁点爱尔兰口音。“说吧，小伙子。我就是沃尔特斯。”

“我是斯蒂夫·格雷斯。我就是那个——”

“这些我全都知道了，小伙子。那位女士没事了，顺便说一句。我猜她这会儿在楼上睡着了。接着说。”

“我人在克雷斯特莱思——在箭头坡的坡顶上。是两个男人谋杀了莱奥帕尔迪。一个叫乔治·米勒——卡尔顿酒店的夜班审计。另一个是他的兄弟——一个叫加夫·塔利的退役拳击手。塔利死了——被他的兄弟开枪打死的。米勒逃走了，但他留给了我一份全盘认罪的供状，上面签了字，细节翔实，叙述完整。”

沃尔特斯缓缓开口道：“你是个快手，小伙子——要不就是个彻底的疯子。你最好赶快到我这儿来。他们干吗要这么干？”

“他们有个妹妹。”

沃尔特斯轻声重复道：“他们有个妹妹……这个逃走的家伙是什么情况？我们可不想让哪个乡巴佬警长或是爱出风头的县检察官来搀和——”

斯蒂夫轻声打断了他的话：“我猜你不用担心这一点了，沃尔特斯先生。我想我知道他去了哪里。”

他在酒馆里吃了早饭，不是因为他饿了，而是因为他太虚弱了。他再度钻进汽车，发动起来，沿着从克雷斯特莱思到圣博纳迪诺的那道长长的缓坡一路下行。这是一条铺好路面的宽阔大道，沿着直落下方深谷的陡坡边缘环绕盘旋。在一些十分靠近陡坡的路段上，可以看到两边有白色的护栏。

他从克雷斯特莱思往下开了两英里，就找到了他要找的地方。这处路段在山肩处有一个急转弯。好几辆车停在路边的碎石地上——几辆私家车，一辆公务车，还有一辆救援车。白护栏被撞出一个缺口，几个人正站在缺口边上，向下张望。

八百英尺下方，一辆灰色小轿车的残骸正静静地躺着，在晨光中瘪成一团。

（宋　佥　译）

惹人烦的珍珠

1

那天早上，我盯着打字机上一张白纸看了半天，思考着该如何下笔写信，除此以外，我什么都没有做，这一点倒是不假。同样真实的是，每天早上我都无所事事。但这绝不是我必须外出寻找老潘鲁德多克夫人丢失的珍珠项链的理由。我又不是个警察。

是艾伦·麦金托什给我打的电话，当然关系重大了。“你怎么样，亲爱的？”她问道。“忙吗？”

“说忙也忙，说闲也闲，”我说。“大部分时候不忙。我很好。怎么了？”

“我觉得你不爱我，沃尔特。不管怎么样，你应该找点活儿干干。你是不缺钱。有人偷了潘鲁德多克夫人的珍珠，我想要你找回来。”

“也许你以为你在跟警察局通话，”我冷冷地回应道。“这里是沃尔特·盖奇住所。我是盖奇先生。”

“好吧，你能替艾伦·麦金托什小姐传个话给盖奇先生吗，告诉他，要是半小时内他不出门的话，他将会收到一个挂号小包裹，里面是一枚订婚钻戒。”

“我求之不得呢，”我说。“那只老乌鸦还能再扑棱五十年呢。”

可她已经迫不及待地挂了电话，于是我戴上帽子下了楼，开着帕卡德汽车离开了。这是四月下旬一个怡人的上午，如果你在乎这类事的话。潘鲁德多克夫人住在卡龙德莱特公园附近一条安静宽阔的街道上。这栋房子的外观可能跟五十年前毫无二致，可是这并没有让我略微宽心一些，因为艾伦·麦金托什也许还要在里面住上五十年，除非老潘鲁德多克夫人死了，不再需要护士。潘鲁德多克先生好几年前就去世了，没有留下遗嘱，一栋乱七八糟的房产，还有一份长得数不清人数的仆从名单。

我按响了前门的门铃，门开了，有点慢，是一个身穿女仆围裙的小个子老女人来开的门，她的头顶上有一绺打结的白发。她望着我，仿佛以前从未见过我，而且现在也不想见到我似的。

“请找一下艾伦·麦金托什小姐，”我说。“我是沃尔特·盖奇先生。”

她哼了一声，一言不发，转身走进了房子的深处，来到一个玻璃门廊，里面摆满了柳条家具，弥漫着一股子埃及墓穴的味道。她离开时又哼了一声。

片刻之后，门再次开了，艾伦·麦金托什走了进来。也许你不喜欢那种高个子姑娘，她们长着蜜色的秀发，皮肤仿佛杂货店老板为自己偷偷留下的最新鲜的草莓和桃子一般。要是你不喜欢，我可真为你感到遗憾。

“亲爱的，你到底还是来了，”她说。“你真好，沃尔特。现在先坐下，我会把一切都告诉你的。”

我们坐了下来。

“潘鲁德多克夫人的珍珠项链遭窃了，沃尔特。”

“你在电话上说了。我的体温仍然正常。”

“如果你能允许专业人士猜测的话，”她说，“这可能不太正常——而且非常反常。那是一串由四十九颗匀称的粉色珍珠穿成的项链，是潘鲁德多克先生送给他夫人的金婚礼物。她近期几乎没有佩戴过，可能除了在圣诞节或是为了招待几个相熟的老朋友一起晚餐、感觉身体好些能够坐起身时才会佩戴。每年感恩节她举办晚宴招待所有的随从、朋友，还有潘鲁德多克先生留给她的老员工时，她才会戴那串项链。”

“你的动词时态有点混乱，”我说，“不过大致情况是清楚了，继续。”

“好吧，沃尔特，”艾伦说，脸上带着某些人称之为淘气的表情，“珍珠遭窃了。不错，我知道我这是第三遍这么说了，但这其中有些古怪。项链原来是放在一个旧保险箱中的皮箱子里，那个保险箱即便上了锁，我估计一个壮汉用手指也就能掰开。今天早上我要去保险箱中拿一份文件，打算问候一下那串珍珠，谁知——”

“我希望你打定主意守着潘鲁德多克夫人，不是因为她可能会把那串项链留给你，”我冷冷地说。“珍珠最适合老人和胖妞，至于高挑苗条的——”

“哦闭嘴，亲爱的，”艾伦打断道。“我当然不该等待那些珍珠——因为它们是假的。”

我狠狠吞了口唾沫，望着她。“好吧，”我说着瞥了她一眼，“我听说那个老潘鲁德多克偶尔会从帽子里变出几只斗鸡眼的兔子，[①]不过在金婚纪念日送他妻子一串假项链，这真是让我心服口服。”

“哦，别犯傻了，沃尔特！那时候珍珠的确是真的。实情是，潘鲁德多克夫人卖了项链，做了一串赝品。她的一个老朋友，加勒摩尔珠宝公司的兰辛·加勒摩尔先生为她悄悄地打点了这一切，她当然不会希望被任何人知晓。这也是为什么没有去找警察的原因。你一定会为她找回珍珠项链的，是吗，沃尔特？”

“怎么找？她卖了它们换了什么？”

“潘鲁德多克先生突然撒手人世，还没来得及为这些他长期资助的人留好后路。接着赶上了经济大萧条，几乎就没剩多少钱了，只够维持家用，支付仆人薪水——那些仆人追随潘鲁德多克夫人多年，她宁愿饿死也不会赶他们走的。”

“这是两回事，”我说。“我向她致敬。但我要找到它们得费多少劲，

① Pull some rabbits out of the hat. 形容出其不意。

而且如果它们是赝品，干吗还要去找呢？”

“好吧，这珍珠项链——我是指赝品——价值两百美元，是在波希米亚特别定制的，她现在可能买不到第二串如此高品质的赝品了。她还害怕有人会发现这是串假的，或是担心那个贼发现这是串赝品时会敲诈她。你瞧，亲爱的，我知道是谁偷了它。”

“啊？”这个字我几乎从不用，因为我觉得它不属于绅士的词汇。

“是我们几个月前雇的司机，沃尔特——一个粗鲁可怕、名叫亨利·埃克伯格的大个子。他在前天突然离开了，毫无缘由。还不曾有人离开过潘鲁德多克夫人呢。她的前一位司机上了年纪，已经去世了。可亨利·埃克伯格一声不响地离开了，我敢肯定，是他偷了珍珠。他有一次还试图吻我，沃尔特。”

“哦，是吗，”我变了声音，“试图吻你，嗯？这个大块头现在在哪儿，亲爱的？你有线索吗？他几乎不可能还在附近的街角晃悠，等着我去揍他。”

艾伦垂下纤细的长睫毛望着我——此时我四肢无力，犹如一名清洁女工背后的秀发一般柔软。

“他没有逃跑。他肯定知道这些珍珠是赝品，所以他可以从容地敲诈潘鲁德多克夫人。我打电话给介绍他来的中介公司，他已经回去过，而且再次登记等待雇用。不过他们不能提供他的住址，因为这样做违规。”

“为什么不会是其他人偷走了珍珠？比如说，一个飞贼？”

“没有其他人。仆人们没有嫌疑，每天晚上这房子锁得严严实实，像一台冰箱，也没有迹象显示有人闯入过。除此之外，亨利·埃克伯格知道珍珠藏在哪儿，因为上次她戴完之后，他瞧见我将项链放好了——就在潘鲁德多克先生的周年，潘鲁德多克夫人邀请了两位好友来共进晚餐。”

"那肯定是个盛大隆重的晚会，"我说。"好吧，我会去一趟中介公司，迫使他们说出住址。那个公司在哪儿？"

"那个公司叫艾达·托梅家政服务公司，位于东二街200区，一个令人讨厌的社区。"

"对亨利·埃克伯格来说，这个小区不会比我的小区还令人讨厌，"我说。"所以他试图吻你，是吗？"

"珍珠，沃尔特，"艾伦温和地说，"才是重点。我真的希望他还没发现珍珠是赝品，然后丢进海里。"

"要是他丢进海里了，我会让他潜水捡回来的。"

"他身高六英尺三英寸，体形魁梧，沃尔特，"艾伦忸怩着说。"当然，他可不如你英俊。"

"身材跟我差不多，"我说。"我是六英尺三英寸半。我会很高兴认识他的。再见，亲爱的。"

她抓住我的袖子。"只有一件事，沃尔特。我并不介意轻微的打斗，因为这是男子汉的风度。但你绝不能惹出乱子，把警察引来，你明白吧。虽然你孔武有力，大学里打的是右内边锋，可你就是有一个小弱点。你能答应我不再喝威士忌吗？"

"这个埃克伯格，"我说，"就是我想要的酒。"

2

位于东二街的艾达·托梅家政服务公司证明了公司名称和地址所蕴含的意义。午后的气味令人不悦，而我还被迫在里面等了一会儿。公司由一个其貌不扬的中年妇女在打理，她说亨利·埃克伯格在他们那儿登记应征司机的职位，她可以安排让他打电话给我，也可以让他来办公室进行一次面试。可当我拿出一张十元钞票放在她桌上，称在不影响公司收取合理佣金的前提下，这只是点小小的诚意，她立马松了口把他的地址告诉了我。他住在圣莫妮卡大道以西，靠近以前叫做舍曼的地方。

我片刻不停，立即驱车前往，唯恐亨利·埃克伯格会打电话来得知我即将前往的消息。这个地址是一个破破烂烂的旅馆，旁边就是城际车道，很方便，门口挨着一家中国人开的洗衣店。旅馆在二楼，楼梯上到处铺着条状腐烂的橡胶垫，用不规则的、未抛光的铜片固定着。中国人洗衣店的气味在楼梯半当中消失了，取而代之的是煤油、雪茄蒂、沉闷的空气以及油腻腻的纸袋味儿。楼梯口的木架子上有个登记台。最后一条记录是用铅笔写的，距今三周以前，书写的人手抖得非常厉害。我推测这里的经营情况很一般。

登记簿边上有一只铃，标牌上写着“经理”。我按了铃，默默等待。片刻，走廊里的一扇门开了，脚步声刷刷地向我靠近。一个男人出现在了眼前，他脚上穿着一双磨破的皮拖鞋，裤子的颜色难以名状，裤腰上两粒纽扣敞着，露出他那硕大肚子的边缘。他也穿着红色吊带裤，腋下还有其他地方的衬衫黑乎乎的，他的脸急需一次彻底的清洗和修剪。

他说：“客满了，伙计，”说完嗤笑了一声。

我说：“我不是来找房间的。我是来找一个叫埃克伯格的家伙，有人告诉我他住这儿。不过，据我观察，他没有登记。当然啦，你懂的，这是违法行为。”

“机灵鬼，”这个胖子再次讥笑说。“沿着走廊，伙计。218 房。”他用拇指示意，那拇指的颜色和大小几乎就像一个烤焦的土豆。

“能否麻烦你带个路，”我说。

“老天啊，长官大人，”他说着开始抖动他的大肚子。他的小眼睛消失在那层层叠叠的黄色脂肪中。“好吧，伙计。跟着我。”

我们走进了走廊后方的幽暗深处，来到尽头的一扇木门前，木门上还有根横档。胖子用一只手狠狠捶打房门，没有动静。

“不在里面，”他说。

“能否麻烦你打开房门，”我说。“我想进去等埃克伯格。”

“你他妈的以为自己是谁，伙计？”胖子不干不净地说。

我一下火了。他是个大块头，大概六英尺高，不过喝了不少啤酒。我来回望了望黑暗的走廊。这地方似乎是够偏僻的。

我一拳打在胖子的腹部。

他坐到了地上，打了个嗝，右腿膝盖顶住了下巴。他咳嗽了几声，眼睛里涌出了泪水。

“天哪，伙计，”他呻吟道。“你得比我小二十岁。这不公平。”

“开门，”我说。“我没工夫跟你磨嘴皮子。”

“一美元，”他说，“给两美元就没有第三个人知道。”

我从口袋里掏出两美元，一把拉起这人。他叠好两美元，拿出一把普通的万能钥匙，那玩意儿我花五美分就能买到。

“哥们儿，你这一拳，”他说。“哪儿学的？大多数大个子都肌肉发达。”他将门锁打开了。

“要是待会儿你听见里面有动静，”我说，“别管它。砸坏什么东西，都会照价赔偿的。”

他点点头，我进了房间。我进去后他就锁上了门，他的脚步声渐渐退去。一片寂静。

房间很小，简陋而又俗气。里面有一只棕色的衣柜，上面挂了一面小镜子，一把直背木椅，一把摇椅，还有一张瓷釉剥落的单人床，上面的床罩已经缝补过多次。唯一一扇窗户的窗帘上沾着点点苍蝇的痕迹，绿色的百叶窗底端也没有百叶板。角落里有个水洗槽，两条薄如纸片的毛巾挂在一边。当然，里面没有浴室，没有壁橱。架子上垂下的一个黑色物体替代了壁橱。在它后面我找到了一套最大号的灰色西装，要是我穿这套成衣的话，可能也穿得下，但我不会去穿。地上放着一双黑色的烤花皮鞋，尺码至少是十号。还有一只廉价的纤维手提箱，我自然搜了一遍，因为它没有上锁。

我也搜查了梳妆台，惊讶地发现里面的东西井井有条、干净整洁。不过里面东西不多，尤其是没有珍珠项链。房间里其他看起来可能或者不可能的地方我都搜了一遍，然而一无所获。

我坐在床边，点燃一支烟，静静等待。此刻我了然于心，亨利·埃克伯格要么是个彻头彻尾的大傻瓜，要么就是无辜的。这个房间和他留下的线索说明不了他是个从事盗窃珍珠项链这类行当的人。

脚步声逼近时，我已经抽了四支烟，比我平时一整天抽的还多。脚步声轻快迅捷，却是正大光明的。一把钥匙插进了门里，随着一声转动，门随意地敞开了。一个男人走进房间，瞪着我。

我身高六英尺三英寸，体重超过两百磅。这个男人个头高，但似乎块头不大。他穿着一套蓝色哔叽西装，就是那种除了称之为“干净”以外再无其他好处可说的衣服。一头浓密粗硬的金发，脖子就像卡通片里的普鲁士下士，肩膀宽阔，一双大手坚实有力。他的脸庞在年轻时没少挨揍。绿色的小眼睛瞥了我一眼，流露出当时我认为是邪恶的神色。我立刻看出了他不是那种可以插科打诨的人，可我并不怕他。我与他体格相仿，力量不相上下，而且我还有点小小的怀疑，他在智力上是否胜我一筹。

我从容不迫地从床上站起身，说：“我在找一个叫埃克伯格的人。”

“你怎么进来的，伙计？”声音轻松，相当浑厚，不过语气还算友好。

“这一点可以稍后再解释，”我固执地说。“我在找一个名叫埃克伯格的人。你是吗？”

“哈，”男人说，“我是个手穿身体的魔术师。一个喜剧演员。等我松开腰带。”他又向房间里走了几步，我也同样向他靠近几步。

“我叫沃尔特·盖奇，”我说。“你是埃克伯格吗？”

“给我个硬币，”他说。“我会告诉你。”

我没理会。“我是艾伦·麦金托什小姐的未婚夫，”我冷冷地说。“有人告诉我你试图强吻她。”

他又向我走近了一步，我也向他走近一步。“你、你什么意思——试图？”他嗤笑一声。

我右手猛地一抬，直勾勾地击中了他的下巴。对于我来说，这可是结结实实的一拳，可对他压根就像没事儿人一样。我接着两记左拳狠狠捅向他的脖子，再出了一次右拳，重重地落在了他那宽大的鼻子一侧。他哼哼了一下，一拳打在我的心口。

我疼得弯下腰，双手撑着地板，一阵天旋地转。当我晕得七荤八素时，索性放任自流，结果后脑勺一下子撞在了地板上。我暂时失去了平衡，当我还在盘算如何站起来时，一条湿毛巾啪地打在了脸上，我睁开了双眼。亨利·埃克伯格的脸凑得很近，带着一脸关心的神色。

“伙计，”他的声音响起，“你的肚子就跟中国佬的茶叶一样没劲。”

“拿白兰地来！”我嘶哑着嗓子喊道。“出什么事儿？”

“你被地毯上一条裂缝绊倒了，伙计。你真的要喝酒吗？”

“拿白兰地来，”我再次扯着嗓子喊，闭上了眼睛。

“我希望这别让我吓一跳，”他说。

门开了，又关上。我一动不动地躺着，努力忍住胃部的恶心。时间缓缓地流逝，仿佛戴着一层灰色的长面纱。这时，房间门开了，又再次关上，片刻后，某种坚硬的东西抵住了我的嘴唇。我咳嗽不止，不过这灼热的液体顺着我的血管在奔腾，瞬间令我恢复了力量。我坐起了身子。

“谢谢你，亨利，”我说。“我可以叫你亨利吗？”

“这不用缴税，伙计。”

我站起身来，立在他面前。他好奇地盯着我。“你看起来没事了，”他说。“你为什么不告诉我你犯恶心呢？”

“去你的，埃克伯格！”我铆足全力一拳揍在他下巴半边。他甩了甩头，眼神中似乎充满怒气。趁他还在甩头时，我又向他脸上和下巴打了三拳。

“那么你是动真格的了！”他大吼道，一把抓起床砸向了我。

我避开了床的一角，不过躲避时我移动得快了点儿，没站稳，一头撞向了窗户下的护墙板，陷进去足有四英寸深。

一条湿毛巾啪地打在脸上。我睁开双眼。

“听着，小子。你挨了两下，没力气了。也许你该试试轻量级的击打。”

“白兰地，”我扯着嗓子喊。

“你该喝点黑啤，”他拿一只玻璃杯抵住我的嘴唇，我豪饮了几大口。接着我又挣扎着爬了起来。

令我吃惊的是，床根本没动过位置。我坐了下来，亨利·埃克伯格坐在边上，拍拍我的肩膀。

“我们可以好好相处，”他说。“我从没吻过你的女朋友，虽然我想说我还是想吻她的。这就是你所烦恼的吗？”

他拿起刚才跑出去买来的一品脱酒，给自己倒了半玻璃杯的威士忌。把酒一饮而尽。

“不，还有一件事，”我说。

“说吧。不过别再伸拳头了，说定了？”

我极不情愿地答应了他。“你为什么从潘鲁德多克夫人家离职？”我问他。

他用那双金色粗眉下的眼睛瞅着我，然后又瞧着手上拿着的酒瓶。

"你会称我为'观察者'吗？"

"好吧，亨利——"

"别跟我扭扭捏捏的。"

"不，亨利，我不觉得你很英俊，但毫无疑问你够爷们儿。"

他又倒了半杯威士忌，递给我。"该你了，"他说。我毫无意识地喝下了酒。我不再咳嗽时，亨利从我手上拿走酒杯，再次倒满。他闷闷不乐地喝完酒。这时酒瓶几乎已经空了。

"假设你爱上了一个标致的女人，美若天仙。而像我这样长相的人！一个像我这样的家伙，来自饲养场，在一所农村大学里经常踢凶悍的左边锋，一切的外貌和学识都只能在记分牌上找了。除了鲸和猪头——就是你们的火车头，我跟什么都打过架，而且能轻易地打败它们。不过偶尔也会被修理。后来我找到一份工作，每天时时刻刻能看见这个美人，却知道一切都是徒劳的。你会怎么办，朋友？而我，只能辞职。"

"亨利，我想同你握个手，"我说。

他无精打采地与我握了握手。"因此我辞职了，"他说。"除此之外，我还能怎么办？"他举起酒瓶，对着光透过酒瓶望去。"伙计，你让我喝酒就出岔子了。我一喝酒就一发不可收拾了。你带够现金了吗？"

"当然，"我说。"如果你想要的是威士忌，亨利，那么这就是我们俩都需要的东西。我在好莱坞的富兰克林大道上有一套公寓，我可没有看不起你这简朴的，当然也是暂时的居所，我现在建议我们前往我的公寓，那儿地方大得多，也有更大空间能够舒展筋骨。"我轻松地挥了挥手。

"我想，你是喝醉了，"他说，绿色的小眼睛里充满欣赏。

"我还没醉，亨利，尽管我的确感受到了那威士忌的作用，非常愉快。你不必在意我说话的方式，那只是个人习惯，就像你自己那种简明扼要的言谈方式。但在我们出发之前，我希望和你聊聊另外一个相当微不足道的细节。有人授权我来寻找潘鲁德多克夫人的珍珠项链。我明白，有可能是你偷了它们。”

“孩子，你是在冒极大的风险，”亨利柔和地说。

“这是一桩生意，亨利。实话实说是最好的解决之道。那些珍珠只是赝品，所以我们应该很容易达成协议。我没有恶意，亨利，我欠你这瓶威士忌，但生意就是生意。你愿意接受50美元，归还珍珠，然后闭口不谈吗？”

亨利发出急促和悲伤的笑声，但他的声音里没有敌意，他说：“你以为我偷了一些圆石头，坐在这儿干等着一大群条子向我扑来？”

“警察并不知情，亨利，你可能不知道珍珠是赝品。把酒给我，亨利。”

他把剩下的大部分酒都倒给了我，而我兴致高昂地一饮而尽。我把杯子扔向镜子，可惜没砸中。那玻璃杯质地沉，又便宜，掉在地板上，没有摔碎。亨利·埃克伯格开心地大笑起来。

“你在笑什么，亨利？”

“没什么，”他说。“我只是在想，有人发现自己有多么蠢——还有那些圆石头。”

“你是说你没有偷珍珠，亨利？”

他又大笑，带着些许阴郁。“没错，”他说。“我的意思是没偷。我应该揍你一顿，可他妈为什么呢？任何人都会犯傻。不，我没偷什么珍珠，伙计。如果它们是赝品，我不费这个事儿。要是它们真是我看到的那位老太太脖子上戴着的那串，我绝不会躲在洛杉矶一个廉价的小窝里、等着一车一车的条子来逮我。”

我又一次抓起他的手，握了握。

“这就是我想知道的一切。”我高兴地说。“现在我平静下来了。我们去我公寓吧，想想办法找回这些珍珠。你我应该合伙，一定能够战无不胜，亨利。”

“你不是在逗我吧，嗯？”

我站起身，戴上帽子——上下还戴反了。“不，亨利。我是在给你提供一份我认为你需要的工作，还有你能喝的威士忌。我们走吧。你现在的状况能开车吗？”

“见鬼，我可没醉。”亨利一脸惊讶地说。

我们离开房间，走过黑暗的走廊。那个胖经理突然从某个模糊的阴影中出现，站在了我们面前，双手揉搓他的腹部，一双充满贪婪期待的小眼睛盯着我。“一切顺利吗？”他询问道，嘴里嚼着一根因年深日久而发黑的牙签。

“给他一块钱，”亨利说。

“为了什么，亨利？”

“哦，我不知道。就给他一块钱。”

我从口袋里抽出一张一美元的纸币，给了那个胖子。

“多谢，朋友，”亨利说。他对着那个胖子发出咯咯的笑声，敏捷地从他手指间取过纸币。“这是买那瓶酒的钱，”他补充道。“我最讨厌向人讨钱了。”

我们手挽着手走下楼梯，只剩下经理正拼命想把牙签从食管里咳出来。

3

那天下午五点，我从睡梦中醒来，发现自己正躺在自家公寓的床上，我的公寓位于好莱坞伊瓦尔街附近的富兰克林大道冰碛堡。我转了转疼得要命的脑袋，看见亨利·埃克伯格正躺在我身边，穿着裤子和汗衫。我觉得自己身上穿得也不多。边上的桌子上摆着满满一瓶的老种植园牌黑麦威士忌，是那种一夸脱瓶装的。而地上还有一个相同经典品牌的酒瓶，里面几乎一滴不剩。衣服东一件西一件，脱得满地都是。我的一把安乐椅的缎面扶手上被香烟烫出了一个洞。

我小心翼翼地起身，感觉胃部抽得生疼，下巴颏一侧似乎有些肿。除此之外，我安然无恙。当我从床边站起身时，一阵剧痛划过我的太阳穴。不过，我毫不理会，稳步向桌子上的酒瓶走去，然后把酒瓶举至双唇间。喝了一大口灼热的玉酿后，我感到如释重负。一阵欢欣鼓舞，我已经对任何冒险活动都做好了准备。我回到床边，狠狠地摇了摇亨利的肩膀。

"醒醒，亨利，"我说。"太阳就要下山了。知更鸟在呼唤，松鼠在训话，牵牛花卷起花瓣陷入了沉睡。"

像所有的战士一样，亨利·埃克伯格醒来时，捏紧了拳头。"这噼啪声是什么？"他咆哮道。"哦，是的，嗨，沃尔特。你感觉怎么样？"

"我感觉好极了。你休息得好吗？"

"当然。"他把光光的脚底板甩到地上，双手插入浓密的金发中不住地抓头。"我们昏睡过去之前还挺兴奋的，"他说。"那么我就是打了个盹。我从不一个人喝酒。你还好吗？"

"是的，亨利，我真的感觉棒极了。而且我们还有活儿要干。"

"兴奋。"他走向威士忌，不客气地大口痛饮起来。他用手掌揉了揉肚子。绿色的眼睛平静地闪耀着光彩。"我是个病人，"他说。"我得吃药了。"他把酒瓶放在桌子上，四下打量着公寓。"天哪，"他说，"我们把自己灌醉得太快，我还没来得及看清这个垃圾堆。你这小房子不错，沃尔特。天哪，一台白色打字机，还有一部白色电话。怎么回事，小子——你获得批准了？"

“只是一个愚蠢的玩意儿，亨利，”我说着，轻盈地挥了挥手。

亨利走上前，看着那台打字机和电话机并排放在我的写字台上，还有一套嵌银的办公用品，每一件东西上都镂刻着我的姓名首字母。

“挺阔绰的，嗯？”亨利说，绿色眼睛的视线转向了我。

“还凑合吧，亨利，”我低调地说。

“嗯，接下来怎么着，伙计？你有主意了，还是我们接着喝点儿？”

“不错，亨利，我的确有个想法。有你这样的人帮我，我觉得可以付诸实践。就像他们常说的，我觉得我们必须去打探小道消息。有人偷了一串珍珠项链，整个黑道上立刻会知道消息的。珍珠很难出手，亨利，我以前听说过，因为它们无法切割，只有专家才能鉴定。黑市一定会闹个天翻地覆的。我们应该不难找到某个愿意送信至合适地方的人，告诉他们我们愿意支付一笔合理的费用赎回项链。”

“你说得好听——就一个醉汉看来，”亨利说，伸手去拿酒瓶。“可你难道忘了这些石头是赝品吗？”

“出于怀旧原因，我很愿意支付赎金，没有区别。”

亨利喝了些威士忌，似乎很享受这味道，又多喝了些。他优雅地向我挥了挥酒瓶。

“只能如此——就目前情况来看，”他说。“可这个你刚才提到的黑市，要是没有为这一串玻璃珠闹个天翻地覆呢？还是我昏头了？”

“亨利，我在想黑市可能有幽默感，这个笑话传出去会相当引人注意。”

“我倒有个想法，”亨利说。“有个坏蛋发现潘鲁德多克夫人有一串牡蛎子值老钱了，于是他干净利落地把东西偷出来，屁颠屁颠地去找销赃的人。对方会捧腹大笑。而我会在桌球房里散布些流言，引起一些议论。眼下看来，这么可笑。但这个小偷会惊慌失措地将那些珠子脱手，因为这对他可是个烫手的山芋，即便那玩意只值五分钱外加营业税。但非法闯入是要判刑的，沃尔特。”

“可是，亨利，”我说，“这种情况下还有另外一个问题。如果这个贼非常笨，当然这不会有很大影响。不过万一他智力稍微有些迟钝，这就有影响了。潘鲁德多克夫人是个非常骄傲的女人，生活在这座城市里相当闭塞的区域。如果被人知晓她戴的是赝品珍珠，最要紧的是，要是有人在公共场合暗示，这些珍珠正是她丈夫送给她的金婚礼物——好吧，我肯定你领会其中的意义了，亨利。”

“小偷不会太聪明，”他边说边揉搓岩石般的下巴。接着他跷起右手大拇指，若有所思地咬了口。他望着窗户，看看房间一角，接着又盯着地板。他用眼角打量着我。

“敲诈，是吗？”他说。“有可能。可是骗子从来不会搞错他们的猎物。而且，那家伙兴许会放出消息来。沃尔特，很有可能。我不会当了我的金牙去买这样一件赃物，但还是有可能的。你打算出多少钱？”

“一百美元应该绰绰有余了，但我最高愿意出到两百，这是那串赝品的实际价值。”

亨利摇摇头，再次光顾了那瓶酒。“不。那家伙是不会为了这点钱暴露自己的。这不值得他冒险。他会扔了珠子，不露出狐狸尾巴。”

“我们至少可以试一试，亨利。”

“好，可是去哪儿？我们喝了酒情绪低落。也许我最好穿上鞋，出去跑跑，对吗？”

就在此刻，仿佛我那无声的祈祷得到了响应，一阵低沉温柔的敲门声响起了。我打开门，捡起晚报的最后一版。我再次关上门，将报纸带回房间后打开了报纸。我用右手食指碰了一下，故作神秘地对亨利·埃克伯格微笑。

“给你。我跟你打赌一整瓶老种植园牌威士忌，答案就在这份报纸的犯罪报道版面。”

“根本没有犯罪报道版面，”亨利哈哈大笑道。“这是《洛杉矶时报》。我接受你的打赌。”

我战战兢兢地打开报纸翻到第三版，尽管我在艾达·托梅家政服务公司等候时已经在早先的报纸版面上看见了我在寻找的那个标题，但我仍不确定它是否会完整地出现在晚报的版面上。不过我的信任得到了回报。它没有被撤掉，还是出现在了跟之前一样的第三栏中间。那段不太长的新闻，开头这样写道：**卢·甘德赛在珠宝盗窃案中受审**。

“听听这个，亨利，”我开始读报。

“接到匿名举报后，警方昨晚晚些时候采取行动，逮捕了路易斯·G·(卢)·甘德赛，著名的春日街上的酒馆老板。警方就近日发生在本市闭塞的西部城区的晚宴抢劫案对他进行深入讯问，据称，抢劫中，在时髦住所的女性客人在枪口威胁下被迫交出价值超过二十万美元的昂贵珠宝。甘德赛在一个小时后被释放，拒绝向记者做任何陈述。“我从来不说警察的闲话，”他低调地说。警察局中央缉盗处的威廉·诺加德副巡官宣布自己对调查结果满意，甘德赛与抢劫案没有瓜葛，匿名举报只是出于个人私怨而已。

我合上报纸，扔到了床上。

“你赢了，老弟，”亨利说，把酒瓶递给了我。我一口气喝了些，又还给了他。“现在怎么办？抓住这个甘德赛，将他绳之于法？”

“他也许是个危险人物，亨利。你觉得我们斗得过他吗？”

亨利不屑地哼了声。“呀，一个春日街上的流氓，某个手套上镶着假宝石的胖货。带我去找他。我们会把这蠢货揍个半死。不过我们喝了酒有点醉醺醺的。我们需要的也许是一品脱酒。”他对着灯仔细查看酒瓶。

“亨利，我们这会儿已经喝得够多了。”

“我们还没醉呢，不是吗？我到这儿后才喝了七杯，也许是九杯。”

“当然我们没有醉，亨利，但你喝多了，待会我们这个晚上可不容易挨。我觉得我们现在应该洗漱刮脸、穿戴整齐，而且我觉得我们应该穿着礼服。我有多余的一套西装，你穿会非常合身，因为我们俩身材几乎相当。这当然是个明显的符号，两个如此威猛的男人应该联系在同一个计划中。晚礼服会让那些小角色印象深刻的，亨利。”

“兴奋，”亨利说。“他们会以为我们是为某个大人物工作的狗腿子。这个甘德赛会吓得把他的领结都吞下去的。”

我们决定依照我说的行动起来，我为亨利准备好衣服，趁他在洗澡剃须时，我给艾伦·麦金托什打了个电话。

“哦，沃尔特，很高兴你打电话来，”她大嚷道。“你有什么发现吗？”

“还没有，亲爱的，”我说。“但我们有个想法。亨利和我正要去付诸实践。”

“亨利，沃尔特？哪个亨利？”

“怎么，当然是亨利·埃克伯格啦，亲爱的。你这么快就忘了他？亨利和我现在是铁哥们，我们——”

她冷冷地打断我。“你喝酒了吗，沃尔特？”她以一种非常疏远的声音质问我。

“当然没有，亲爱的。亨利是一个禁酒主义者。”

她犀利地哼了一声。我能在电话上清晰无误地听到这声音。“可难道亨利没有偷珍珠吗？”她沉默了一会儿后问道。

“亨利吗，宝贝？当然不是他。亨利离开是因为他爱上了你。”

“哦，沃尔特。就那个野人？我敢肯定你喝得烂醉如泥了。我再也不想跟你讲话了。再见。”她非常猛烈地挂断电话，以至于我耳中产生一阵痛感。

我坐在椅子上，手上拿着一瓶老种植园牌威士忌，纳闷无论我说什么都会被解读为冒犯或粗鲁。我无法思考任何事，只能借酒消愁，直到亨利从浴室出来，穿着一件我的褶裥衬衫，配着硬翻领，戴着黑色领结。看上去风度翩翩。

我们离开公寓时天黑了，至少我是充满希望、信心十足，尽管刚才艾伦·麦金托什在电话上的口气令我有些郁闷。

4

甘德赛先生的酒馆不难找，在春日街上亨利冲着大吼的第一辆出租车的司机带我们到了那儿。那家旅馆名叫“蓝色潟湖”，它的内部笼罩在一种令人不适的蓝光中。亨利和我步履稳健地走了进去，我们在出发去找甘德赛之前先在“曼迪的加勒比岩洞”餐厅享受了一顿相对丰盛的大餐。亨利穿的那套晚礼服仅次于我最好的那套，看上去英俊潇洒，一条白色的流苏围巾围在肩上，后脑勺上戴着一顶黑色的轻呢帽（只比我的那顶大一点儿），他穿的夏季外套的两边侧袋里各放了一瓶威士忌。

“蓝色潟湖”的吧台挤满了人，亨利和我来到后面的一个狭小昏暗的餐厅。一个穿着件脏兮兮的礼服的男人，走到我们面前，亨利向他打听甘德赛，他指了指独自坐在远处角落一张小桌子边上的一个男人。我们向那边走去。

那个独自坐着的男人就像由两个蛋组成的，一只知更鸟的蛋，立于一只鸡蛋上，上面是脑袋，下面是身子。他的身前放着一小杯红酒，一只手正在转动手指上的一颗巨大的绿宝石。他没有抬头。桌子边上没有椅子了，于是亨利用手肘撑在桌子上。

“你是甘德赛吗？”他说。

男人仍然头都不抬一下。他那浓密的黑色粗眉拧成一团，声音茫然：“没错。正是。”

“我们想跟你私下聊聊，”亨利告诉他。“找个没人打扰的地方。”

此刻甘德赛抬起头，那双扁平的黑色杏眼中充满了极端的厌倦。“怎么？”他耸耸肩问道。“似关于啥？”[①]

“关于一些珍珠，”亨利说。“一串四十九颗，颗颗匀称、粉色。”

“是你要卖——还是要买？”甘德赛询问道，他的下巴开始上下颤动，仿佛在搞笑。

“买，”亨利说。

桌边的男人默默地勾了勾手指，一个身材魁梧的服务生出现在他身边。“他们喝醉了，”他毫无生气地说。“把他们扔出去。”

服务生一把抓住亨利的肩膀。亨利随手抓住服务生的手，反手一扭。那服务生本来泛着蓝光的脸瞬间变了颜色。我无法形容，不过那脸色绝对不自然。他发出了低低的呻吟声。亨利松开手，对我说：“放一张一百块在桌上。”

我掏出钱包，从两张百元大钞中取出一张，那是我刚在冰碛堡附近的银行柜台上取的，以防万一。甘德赛凝视着钞票，向那个大个子服务生做了个手势，后者停止搓手，牢牢地放在胸前。

“这是为了什么？”甘德赛问。

“只要你的五分钟时间。”

“这似乎很有趣。好吧。”甘德赛拿过钞票，仔细叠好，放入他的马甲口袋里。接着他将双手放在桌上，用力站起身来。他步履蹒跚地走开了，看也不看我们。

亨利和我跟随他越过拥挤的桌子来到餐厅的另一边，穿过护墙板上的一道门，接着走过一条狭窄阴暗的走廊。尽头处，甘德赛开启一扇门，进入了一间点灯的房间，他站在原处手里拿着灯等候我们，椭圆的脸庞上浮现一抹严肃的笑容。我首先进去。

---

① 甘德赛可能是意大利人，英语中带有意大利语口音，因此译文故意用同音字来模拟其口音。

待亨利经过甘德赛面前进入房间后，后者出其不意地从衣服里拿出一根闪闪发亮的黑色小皮棍，重重地敲击亨利的头部。亨利向前摔了个大马趴。甘德赛以他这个体形的人能达到的最快速度关上了房门，倚靠着门，左手拿着根小棍子。此刻，他的右手上又突如其来地多了一把短小而有分量的黑色左轮手枪。

“这似乎很有趣，”他彬彬有礼地说，咯咯笑了起来。

接下来发生的事我并没有看清。前一刻亨利还趴在地上，背对着甘德赛。而后一刻，也或许是在同一刻，仿佛水中的一条大鱼一个回旋，甘德赛发出了哀嚎声。接着我瞧见亨利硬如磐石、满头金发的脑袋深深埋入了甘德赛的腹部，亨利的一双大手抓住了甘德赛毛茸茸的手腕。亨利完全直起了身子，甘德赛则高高地处于半空中，由亨利的头顶平衡他的身体，他的嘴巴扯得老大，脸上呈现深紫色。接着，亨利似乎轻微晃动了一下，甘德赛砰的一声狠狠摔在了地上，后背着地，只落得大口喘气。一把钥匙在门锁中转动，亨利站在那里用背脊顶住房门，左手同时握住棍子和手枪，同时急不可待地摸索着口袋里装的威士忌。这一切都发生在电光石火之间，我倚靠在侧墙，感觉胃部有点儿恶心。

“一个变戏法的，”亨利拖长了声音说。“一个小丑。等着，我要松开皮带。”

甘德赛滚了几圈，异常缓慢地站起身，痛苦不堪，他站在原地，摇摇晃晃，双手上上下下摸了摸脸。身上的衣服满是尘土。

“这是根短棒，”亨利说着给我看了看那根黑色小棍。“他是用这玩意儿打我的，是吗？”

“怎么，亨利，你不知道吗？”我问。

“我只是想确定，”亨利说。“你可别对埃克伯格家的人来这套。”

“好吧，你们这些家伙想怎么样？”甘德赛突兀地问道，毫无意大利语的口音。

“我告诉过你我们想要什么，大饼脸。”

“我不认识你们这些家伙啊，”甘德赛说，小心翼翼地弯下身子坐在了一张破烂的办公桌旁的木椅子上。他擦了擦脸和脖子，摸了摸身上其他地方。

“你搞错了，甘德赛。几天以前，一个住在卡龙德莱特公园附近的女士丢失了一串由四十九颗珍珠穿成的项链。一桩窃案，小菜一碟。我们公司在那些珠子上投了保。还有，我要拿回那一百块。”

他走向甘德赛，甘德赛飞快地从口袋里去取那张叠好的钞票，递给他。亨利把钱给我，我放回了钱包。

“我想我没听说过这事，”甘德赛诚惶诚恐地说。

“你用短棒揍我，”亨利说。“给我仔细听着。”

甘德赛摇摇头，畏缩着说：“我没有资助过小毛贼，也没有那种江洋大盗。你们误会我了。”

“听好了，”亨利压低声音说。“你也许听说过什么消息。”他右手两根手指夹着那根黑色小短棍在他身前挥舞。那顶略显迷你的帽子还戴在他的后脑勺上，虽然有些皱巴巴。

“亨利，”我说。“今晚你似乎包揽了所有活儿。你觉得这公平吗？”

“好吧，你来审审他，”亨利说。“这胖子吃点苦头后可爱多了。”

此时甘德赛的脸色正常了一些，目光坚定地望着我们。“保险公司的人，是吗？”他半信半疑地问。

“你说呢，大饼脸。”

“你们找过梅拉克里诺吗？”甘德赛问。

“好啊，”亨利扯着喉咙喊道，“一个骗子。一个——”我突然打断他。

“稍等，亨利，”我说，转向甘德赛，“这个梅拉克里诺是个人吗？”我问他。

甘德赛惊讶地睁大了眼睛。“当然——是个人。你们不认识他，嗯？”他那如野李般的黑色双眸中升起了阴暗的疑虑，但转瞬便消失了。

“打电话给他，”亨利说，指了指那张破烂办公桌上的电话。

“电话坏了，”甘德赛沉思片刻后拒绝了。

“那么试试短棒，”亨利说。

甘德赛叹了口气，在椅子上转动他肥胖的身躯，将电话拉到面前。他用染了墨水的指甲拨了一串号码，静静聆听。隔了一会儿，他说：“乔？……我是卢。两个保险公司的人想要参与卡龙德莱特公园那桩买卖……是的……不，是珍珠……你还没听到风声，嗯？……好吧，乔。”

甘德赛放好电话，再次从椅子里转过身来。他用一双惺忪迷离的眼睛打量我们。“没有消息。你们是为哪家保险公司工作？”

“给他张名片，”亨利对我说。

我再次掏出钱包，抽出一张我的名片。这是一张镂刻的名片，上面只有我的名字。于是我用我的口袋铅笔在名字下面写道：**伊瓦尔街附近富兰克林大道，冰碛堡公寓**。我给亨利看看名片，然后交给了甘德赛。

甘德赛念了一遍，默默地咬着手指。他的脸上突然一亮。“你们最好去见见杰克·洛勒，”他说。

亨利紧紧地瞪着他。甘德赛的眼神此刻明亮、坚定而又真诚。

“他是谁？”亨利问。

“企鹅俱乐部的老板。在日落大道上——8644号，或者是差不多的门牌号。如果有人能查出来，那一定是他。”

“多谢，”亨利平静地说。他瞥了我一眼。“你相信他吗？”

“好吧，亨利，”我说，“我觉得他还是可能会撒谎的。”

“哈！”甘德赛突然大叫。“一个骗子！一个——”

“闭嘴！”亨利咆哮道。“那是我的台词。可靠的人，是吗。甘德赛？这个杰克·洛勒？”

甘德赛奋力点头。“绝对是可靠的人。杰克·洛勒涉足所有与上层社会有关的事。只是不容易见到他的面。”

“这点不用担心。多谢，甘德赛。”

亨利把黑色棍子扔在房间的角落里，清空左手一直握着的左轮手枪的后膛。他排出子弹，然后弯下腰，把枪在地板上一滑，手枪消失在了桌子底下。他随意地抛起子弹，然后任它们四下散落在地上。

“再见，甘德赛，”他冷冰冰地说。“要是不想被人在床底下找到的话，就安分点儿。”

他打开门，我们迅速走了出去，趁“蓝色潟湖”的员工尚未插手。

5

我的车停在离街区不远的地方。我们钻进车里，亨利双手靠在方向盘上，闷闷不乐地望着前方的挡风玻璃。

“嗯，你怎么想，沃尔特？”他终于发声了。

“你要是问我的意见，亨利，我想甘德赛是在胡编乱造，只是为了打发我们。而且，我觉得他不相信我们是保险公司的人。”

“我也这么觉得，还有一条额外的证据，”亨利说。“我估计根本没有什么名叫梅拉克里诺或者杰克·洛勒的人，这个甘德赛拨了个空号，装模作样地打了一通电话。我应该回去，把他的胳膊和腿卸下来。让那死胖子见鬼去吧。”

“我们有了能够想到的最好的主意，亨利，我们要尽全力去付诸实践。现在我建议我们应该回到我的公寓，试着思考一些别的事。”

“接着就烂醉如泥，”亨利说着，发动了汽车，驶离了路沿。

“我们也许可以少喝点酒，亨利。”

“呀！”亨利嗤笑一声。“缓兵之计。我应该回去，拆了那家伙的老窝。”

尽管当时没有红绿灯，他还是把车停在了十字路口，举起一瓶威士忌放到嘴边。他正要喝时，后面有辆车上来了，撞上了我们的车，但撞得不太严重。亨利呛了一口，放下酒瓶，衣服上洒到了一些。

“城市越来越拥挤了，”他大吼道，“想喝口酒都会被某些聪明的猴子撞到手肘。”

因为我们的车还没有向前挪动，后面那辆车不知是谁在车里，一个劲儿地在按喇叭。亨利打开车门，下了车，然后又回来了。我听见声音很吵，那个高嗓门的是亨利。片刻后他回来了，钻进车里，把车开走了。

“我本应该撕掉他的脸，”他说，“可我怂了。”他快速驶过通往好莱坞和冰碛堡的道路，我们上楼来到我的公寓，手上拿着巨大的玻璃杯，坐下来。

“我们最好喝上一夸脱半的烈酒，”亨利说，他望着先前他放在桌上的两个酒瓶，边上的酒瓶空置已久。“这个主意应该过得去。”

“要是酒不够，亨利，放酒的地方还有足够存货。”我兴致高昂地干了自己这杯。

“你似乎是个正经的家伙，”亨利说。“究竟是什么让你说话这么风趣？”

“我似乎没法改变说话风格，亨利。我父母都是新英格兰传统下严苛的纯粹主义者，即使在读大学时，我都不能流利地说方言。”

亨利尝试着消化这句评论，不过我看得出，这让他的腹部仿佛重重地挨了一记。

我们就甘德赛及他可疑的建议又聊了一会儿，这样大概过了半个小时。接着，我桌上的白色电话突然铃声大作。我匆忙奔向电话，心里希望是艾伦·麦金托什打来的，希望她已经恢复了心情。可结果却是一个男子的声音，一个陌生人。言词干脆，带有一种讨厌、生硬的语气。

“你是沃尔特·盖奇？”

“我是盖奇先生。”

“好吧，盖奇先生，我知道你在黑市上找某件珠宝。”

我紧紧抓着听筒，转过身，越过电话机冲亨利挤眉弄眼。可他烦闷地给自己又倒了一大杯老种植园牌威士忌。

“的确如此，”我对着听筒说，竭力保持声音平静，虽然我的兴奋之情已经难以抑制了。“如果你说的珠宝是珍珠的话。”

“一串四十九颗，伙计。报价五千块。”

“天哪，这太扯了，”我倒吸了一口气说。“五千块买这些——”

那个声音粗鲁地打断我。“你听好了，伙计。五千块。伸出手来，数数手指。不多不少，就五千。好好想想吧。我会再给你打电话的。”

电话干巴巴地挂断了。我颤抖着将电话放回支架上。我浑身发抖，回到椅子上坐下，用手绢擦了擦脸。

“亨利，”我用一种低沉紧绷的声音说道，“奏效了。可太奇怪了。”

亨利将喝完酒的杯子放在地上。这是我第一次看见他把一只空玻璃杯放下并且不去倒酒。他用那双严厉的、一眨不眨的绿色眼睛紧紧地盯着我。

“是吗？”他温柔地说。“怎么奏效了，兄弟？”他用舌尖慢慢地舔了舔嘴唇。

“我们在甘德赛老窝里做的奏效了，亨利。有个男人刚才打电话来，问我是否在黑市上寻找珍珠。”

“老天爷啊。”他噘起嘴，柔和地吹着口哨。“那个该死的意大利佬毕竟有一手。”

“不过报价是五千美元，亨利。这似乎就很难解释了。”

“嗯？”亨利鼓起双眼，仿佛眼球就要挣脱眼眶了。“五千块买这些赝品？那家伙疯了。你说它们最多值两百块。这家伙整个是有病吧。五千块。有五千块钱，我都可以买下足够多的钻石来铺满梅·韦斯特[1]的屁股了。”

我看得出亨利似乎很迷惑。他默默地为我们俩的酒杯添上酒，我们便互相瞪着酒杯后的对方。“好吧，你究竟打算怎么办，沃尔特？”沉默了很久之后他问。

“亨利，”我坚定地说，“只能做一件事。艾伦·麦金托什的确是私下里告诉我这件事，她没有得到潘鲁德多克夫人的明确许可告诉我有关珍珠的事，我觉得我应该尊重隐私。可艾伦现在生我的气，不想跟我说话，原因是我喝了太多的威士忌，尽管我的言语和大脑仍然非常清晰。最后一回合是个非常奇怪的动态，我觉得，无论如何，我应该咨询一下我们家一个亲密的朋友。当然，最好是某个具有经营大型企业经验的人。除此之外，此人还要对珠宝懂行。亨利，的确是有这么个人，明天上午我要去拜访他。”

“老天啊，”亨利说。“你能用九个字概括一下吗，伙计。这家伙是谁？”

“此人名叫兰辛·加勒摩尔，他是第七大街的加勒摩尔珠宝公司的总裁。他是潘鲁德多克夫人的一个老朋友——艾伦经常提起他——实际上，正是这个人为她找来这串仿制的珍珠。”

“可这家伙会去报告警察的，”亨利反对道。

“我觉得不会，亨利。我认为他绝不会做任何令潘鲁德多克夫人蒙羞的事。”

亨利耸耸肩。“赝品就是赝品，”他说。“你总不能以假乱真。即便是珠宝公司的总裁也不行。”

“即便这样，提出这么大一笔钱肯定有什么缘由，亨利。我想到的唯一理由是敲诈，而且坦白讲，要我独自解决是有点儿麻烦，因为我对

---

① 梅·韦斯特（1893—1980），著名美国女演员、歌手、剧作家、性感偶像，她的职业生涯持续了七十年。她有一对非常丰满的乳房，凭着天赋身材在好莱坞红极一时。

潘鲁德多克家的背景了解不多。”

“好吧，”亨利说着叹了口气。“如果那是你的直觉，你最好就照着办，沃尔特。而我就在家待着打个盹儿，好保持体力来面对后面的累活，如果有累活的话。”

“你不会介意在这里过一夜的吧，亨利？”

“多谢，伙计，我还撑得住能回旅馆。我只要把这瓶多余的威士忌带走，帮我入睡。我可能碰巧会在上午接到一通家政公司的电话，到时就得赶紧刷牙去干活儿了。我猜我最好换了这身行头，好让我能跟普通人打成一片。”

这么说着，他走进浴室，一会儿出来时就穿上了他自己那套蓝色哔叽西装。我催促他开我的车走，可他说在他的街区不安全。然而，他倒是同意带上刚才的那件轻便大衣，小心翼翼地把一夸脱未开瓶的威士忌裹在里面，他热情地握了握我的手。

“稍等一下，亨利，”我说着掏出了钱包。我摊开一张二十美元的纸币给他。

“这是干什么？”他大吼道。

“你现在暂时没工作，亨利。今晚你干得非常漂亮，结果令人惊讶。你应该得到报酬，而我也负担得起这小小的奖励。”

“好吧，多谢，伙计，”亨利说。“不过这算是我借的。”他的声音沙哑而激动。“早上我要给你打个电话吗？”

“当然。我还想到了一件事。你觉得换一家旅馆是否合适？假设，不是由于我的失误，警方知晓了这桩窃案。他们难道不会怀疑你吗？”

“见鬼，他们会不停地追问我，”亨利说。“可他们怎么会找上门来？我可不是告密的人。”

“当然，这由你来决定，亨利。”

“好吧。晚安，朋友，可别做噩梦。”

于是他走了，我突然感到非常压抑、寂寞和空虚。尽管亨利的言语粗鲁，但是有他的陪伴，我感到非常振奋。他是个纯爷们。我从剩下的酒瓶里给自己倒了一大杯威士忌，喝得很快，心情郁闷。

酒精带来的效果使我产生了一种难以压抑的冲动，不计任何代价地想和艾伦·麦金托什说说话。我走向电话机，拨了她的号码。等了很久之后，一个疲倦的女佣接了电话。可是艾伦一听到我的名字，便拒绝来接。这令我愈发郁闷，我喝完了剩下的威士忌，浑然不觉自己在做什么。我躺到了床上，陷入了断断续续的睡眠中。

6

一阵吵闹的电话铃声吵醒了我，早晨的阳光泻入室内。此刻已经九点了，所有的灯都还亮着。我感觉到有些浑身僵硬、筋疲力尽，原来我还穿着晚礼服。不过我是个身体健康、心志坚强的人，并没有我预计的这么糟。我走去接起电话。

亨利的声音响起："你还好吗，伙计？我宿醉得不行，七荤八素的。"

"还不太糟，亨利。"

"家政公司来了通电话给我找了份活儿。我最好下去瞅一眼。我晚一些来好吗？"

"好的，亨利，务必要来。十一点我应该就能回来了，去办昨晚我跟你提过的那件事。"

"还来过别的电话吗？"

"还没有，亨利。"

"收到。回见。[①]"他挂了电话。我冲了个凉，刮了胡子，穿戴整齐。

---

① 原文是 Abyssinia，发音类似于"I'll be seeing you"。

我穿了一套棕色西装，喝了些从楼下咖啡店叫上来的咖啡。我顺便也让服务生把空酒瓶从公寓带走，给了他一块钱辛苦费。喝了两杯黑咖啡后，我再次觉得精神振奋，便开车去市中心前往加勒摩尔位于西第七大街巨大华丽的珠宝店。

这又是一个阳光灿烂的早晨，似乎很多事要在这样一个愉快的日子里各归各位。

结果，要见兰辛·加勒摩尔先生竟有点困难，我迫不得已只能告诉他的秘书这件事与潘鲁德多克夫人相关，非常机密。这条口信一送进去，我立刻被带进了一间狭长镶板的办公室，加勒摩尔先生站在远端一张巨大的桌子后。他向我伸出一只瘦骨嶙峋、粉色的手。

“盖奇先生？我相信我们没见过，是吗？”

“是的，加勒摩尔先生，我觉得我们没见过面。我是艾伦·麦金托什小姐的未婚夫——或者说直到昨晚为止。你可能知道，艾伦·麦金托什小姐是潘鲁德多克夫人的护士。我来找你是为了一件非常敏感的事，在我开口之前有必要请你保密。”

他约莫有七十五岁，又瘦又高，一丝不苟，保养得体。他有一双冷酷的蓝色眼睛，不过却挂着温暖人心的笑容。他打扮得很年轻，一身灰色的法兰绒西装，领口别了一朵红色康乃馨。

“我定过规矩，有些事我从来不做保证，盖奇先生，”他说。“我总认为这几乎是一个非常不公的要求。但如果你向我保证这件事涉及潘鲁德多克夫人，当真非常敏感、高度保密，我会为你破例。”

“的确如此，加勒摩尔先生，”我说，接着把整件事告诉了他，一丝不漏，甚至连我昨天喝了太多威士忌的事也告诉了他。

说完后，他好奇地打量着我。他那只养尊处优的手捡起一支老式的白色羽毛笔，轻轻地用羽毛挠了挠他的右耳。

“盖奇先生，”他说，“难道你猜不出他们为什么对那串珍珠索价五千美元？”

“如果你允许我猜一下，以一种非常私人的角度，我可能大胆揣测出一种解释，加勒摩尔先生。”

他把白色的羽毛转到了左耳边，点点头道：“继续说下去，孩子。”

“那些珍珠实际上是真的，加勒摩尔先生。你是潘鲁德多克夫人的老朋友——也许是青梅竹马。她把那串珍珠——她的金婚礼物，交给你去变卖——因为她出于一个慷慨的目的正急需一笔钱。可你没有变卖珍珠，加勒摩尔先生。你只是假装出手了珍珠。你自己拿出两万美元给她，把真的珍珠项链还给了她，谎称它们是在捷克斯洛伐克定做的仿品。”

“孩子，与你的言谈相比，你的脑筋更聪明些，”加勒摩尔先生说。他站起身，走向窗边看，将一幅精美的网眼窗帘拉到一边，低头望着第七大街上熙熙攘攘的街景。他回到了桌边，坐下后脸上露出一丝怀念的微笑。

“盖奇先生，你几乎都说对了，真是令人尴尬。”他说着叹了口气。“潘鲁德多克夫人是个非常骄傲的女人，否则我只要提供给她一笔两万美元的无担保贷款就行了。我正好是潘鲁德多克先生的共同遗产管理人，我知道，就当时金融市场的情况，如果不做非理性的遗产净值牺牲的话，根本是筹集不到足够的现金来照顾这所有的亲戚和随从。于是潘鲁德多克夫人变卖了她的珍珠——按照她的想法——可她坚持不让任何人得知这件事。而我正是做了你所猜测的事。这不足挂齿。我能够负担这样的举动。我一生未婚，盖奇，世人认为我是个有钱人。实际上，当时那些珍珠的价值还不到我给她的一半钱，或者是今天它们应有的价值。”

我低下头，唯恐这位仁慈的老绅士会被我的直视所困惑。

“因此，我认为我们最好能筹集这五千美元，孩子，”加勒摩尔先生立刻又以一种尖刻的声音补充道。“这个价格很低，虽然被盗窃的珍珠远远要比切割的宝石更难交易。如果我愿意高度信任你，你认为你能够完成这项任务吗？”

“加勒摩尔先生，”我的声音坚定而平静，“我对你来说完全是个陌生人，我也只是个凡夫俗子。不过我凭着对我已经去世的、备受尊敬的父母的回忆向你保证，我一定全力以赴。”

“很好，有许许多多的凡夫俗子，孩子，”加勒摩尔先生和蔼地说。“我不担心你会拿走这笔钱，因为我对艾伦·麦金托什小姐和她男朋友的了解可能比你估计得多一点。而且，这些珍珠投过保，当然，是以我的名字。保险公司应该会接手这件事。可你和你可爱的朋友迄今为止似乎进展得不错，我相信先下手为强。这个亨利绝对是个男子汉。”

“我已经非常依赖他了，尽管他的方式很野蛮，”我说。

加勒摩尔先生继续玩弄他的白色羽毛笔，接着他拿出一本巨大的支票簿，开了一张支票，写完后他仔细地吸干墨迹，越过桌子递给我。

“如果你拿到珍珠，我会让保险公司把钱还给我，”他说。“如果他们喜欢我的买卖，就不会有麻烦。银行就在街角处，我会在这里等电话。他们兑付支票之前一定会打电话给我。小心点，孩子，别受伤了。”

他再次跟我握握手，我犹豫不决。“加勒摩尔先生，你对我的信任程度之高超过了任何人，”我说。“当然，除了我父亲之外。”

“我他妈的就像个傻瓜，”他说着露出一抹特别的微笑。“我已经很久没有听到有人说话跟简·奥斯丁的小说一样了，是在取笑我吗？”

“谢谢你，先生。我知道我的语言有点儿老派。我能斗胆请你帮我一个小忙吗，先生？”

“什么事，盖奇？”

“打个电话给艾伦·麦金托什小姐，我现在正和她闹点别扭，请你告诉她我今天没有喝酒，你已经将一项棘手的任务委托给了我。”

他朗声大笑。“我很乐意，沃尔特。据我所知，她可以信任，我会告诉她事情的来龙去脉。”

我离开他后，带着支票来到银行。出纳面露疑色地看了我一眼，离开柜台许久之后，最终他不情不愿地点了一叠一百美元的纸币，仿佛那是他自己的钱一样。

我将那一沓纸币放进口袋里说：“请给我一卷两角五分的硬币。”

“一卷两角五分的硬币，先生？”他的眉毛耸动了一下。

“没错。我要用来付小费。自然，我希望将硬币裹好了带回家。”

“哦，我明白了。麻烦请给我十美元。”

我接过那卷厚实坚硬的硬币，丢进我的口袋，然后开车回了好莱坞。

亨利正在冰碛堡的大堂等我，他那双粗糙有力的手正在旋转着他的帽子。他脸庞上的皱纹看上去比昨天更深了点儿，我注意到他的呼吸中充满了威士忌的味道。我们上楼进了我的公寓，他急切地转向我。

“运气怎么样，伙计？”

“亨利，”我说，“在我们进一步开始今天的工作之前，我希望你清楚地知道，我没有喝酒。我看出来你已经沾过酒瓶了。”

“只是醒醒神，沃尔特，”他略带懊悔地说。“我去试的那份工在我赶到之前已经有人做了。有什么好消息？”

我坐下来，点燃一支烟，心平气和地注视着他。“嗯，亨利，我真的不知道我是否应该告诉你。可你昨晚对付了甘德赛，不告诉你似乎有点小气。”我犹豫了片刻，亨利瞪着我，捏了捏自己左臂的肌肉。“那些珍珠是真的，亨利。我得到指令来处理这笔交易，此刻我口袋里有五千美元现金。”

我简明扼要地说了事情的经过。

他的惊讶之情溢于言表。“乖乖！”他大声惊呼，嘴巴张得老大。“你的意思是，你从加勒摩尔那儿拿到了五千块——是这样吗？”

"完全正确，亨利。"

"孩子，"他一本正经地说，"你被那张漂亮的脸蛋迷住了，那姑娘说很多人会向警察行贿。五千块——从那个生意人那里得来——就像这样。咳，我简直吃惊得闭不上嘴，如果是真的，我就是女子俱乐部午餐中掺了蒙汗药的酒。"

而就在此刻，仿佛有人监视我进了大楼，电话铃再次响起，我一跃而起接了电话。

电话那头正是我在等待的声音之一，但并不是我最期待的人。"你考虑得怎么样了，盖奇？"

"还行，"我说。"如果能保证我得到礼遇，我愿意做这笔交易。"

"你的意思是你准备好了赎金？"

"此刻就在我口袋里。"

那个声音似乎缓缓地舒了一口气。"你会拿到你的珠子，没问题——只要我们拿到赎金，盖奇。我们干这行已经很久了，言而有信。要是我们不讲信用，很快就会传出去，没人会再跟我们做交易了。"

"是的，我愿意相信，"我说。"照你的规矩来吧，"我冷冷地说。

"仔细听好，盖奇。今晚八点整，你到太平洋帕利塞德。知道在哪儿吧？"

"当然。是日落大道上马球场西面的一个小住宅区。"

"没错。直接穿过日落大道。那里有一家药店——营业到九点。今晚八点整在那儿等一个电话。我指的是你一个人，盖奇。没有警察和壮汉。那里是偏僻的乡下，我们有办法让你前往指定地点，也有办法知道你是否独自一人。明白了吗？"

"我不是个白痴，"我反驳道。

"别用掉包计，盖奇。我们会检查赎金。别带枪。有人会搜你的身，我们有足够人手从四面八方监视你。我们知道哪辆是你的车。别自作聪明，别出纰漏，不会有伤亡。赎金是怎么准备的？”

“是一百美元的纸币，”我说。“其中一部分是新的。”

“干得漂亮。那么八点见。放聪明点，盖奇。”

耳边传来电话的咔哒声，我也挂了电话。可电话几乎是同时又响了起来。这回正是那个人的声音。

“哦，沃尔特，”艾伦大叫，“我对你这么苛刻！请你原谅我，沃尔特。加勒摩尔先生已经把一切都告诉我了，我吓坏了。”

“没什么好害怕的，”我热情地说。“潘鲁德多克夫人知道了吗，亲爱的？”

“不，亲爱的。加勒摩尔先生叫我不要告诉她。我是在第六大街上一个商店里打电话给你。哦，沃尔特，我是真的害怕。亨利会跟你一同去吗？”

“恐怕不会，亲爱的。一切都安排妥了，他们不允许。我必须只身前往。”

“哦，沃尔特！我吓坏了。我忍受不了这种焦虑。”

“没什么好怕的，”我安慰她。“这是一桩简单的商业交易。我才不是胆小鬼。”

“可是，沃尔特——哦，我会努力勇敢些，沃尔特。你会向我保证一件微不足道的小事吗？”

“不喝酒，亲爱的，”我坚定地说。“滴酒不沾。”

“哦，沃尔特！”

类似于这样的事，在这种情况下对我来说很容易，尽管对别人来说并不有趣。最后我们互相道别，以我的承诺终结了对话，我保证一见完那些骗子就尽快给艾伦打电话。

我从电话旁离开，发现亨利正满满饮下一瓶他刚从后裤袋中掏出的威士忌。

“亨利！”我发出刺耳的叫声。

他的目光越过酒瓶望着我，一脸粗野坚毅的神情。“听好，伙计，”他的声音低沉而生硬。“听完你的话，我已经明白了这个陷阱。在某个野草丛生的地方，你独自前去，他们会喂你这个老傻瓜吃下毒药，抢走你的钱，把你扔在那儿——而那些珠子还在他们手上。伙计，绝不行。我说——绝对不行！”他几乎是声嘶力竭地吼出了最后几个字。

“亨利，这是我的使命，我必须去，”我安静地说。

“嗨！”亨利哼了声。“我说不行。你是个疯子，可你私底下是个好人。我说不行。威斯康星州埃克伯格家的亨利·埃克伯格——事实上，我不妨说是密尔沃基[①]埃克伯格家的亨利·埃克伯格——说不行。他这么说的时候两只手都没闲着。”他再次从酒瓶中喝了一口酒。

“你喝得烂醉肯定帮不上忙了，”我相当刻薄地说。

他放下酒瓶，粗犷的脸庞上写满了吃惊。“喝醉，沃尔特？”他发出低沉的声音。“我听见你说喝醉了？一个埃克伯格家的人喝醉了？听着，孩子。我们相处的时间不长。也许要过三个月。三个月后，某一天，也许你准备好五千加仑的威士忌和一个漏斗，我会很乐意亲自展示给你看，一个埃克伯格家的人喝醉了是什么样。你简直不会相信的。孩子，到时整个城市就夷为平地了，只剩下些断壁残垣，当中——老天，要是我跟你相处再久一些我会习惯说英语的——当中，一片寂静，也许方圆五十里之内寸草不生。亨利·埃克伯格会平躺着，面向太阳微笑。喝醉，沃尔特。不是醉得满身恶臭，不是乡村俱乐部的那种醉法。但你可以用‘喝醉’这个词，我不会生气。”

他坐下来再次喝了口酒。我闷闷不乐地注视着地板。我没有什么好说的。

---

① 美国威斯康星州东南部港市。

"可是，"亨利说，"那是以后的事。眼下我只是在吃药。我可没得什么震颤性谵妄[①]，就像有人说的。我就是喝这个长大的。我会和你一起去，沃尔特。那地方在哪儿？"

"在海滩附近，亨利。你不能和我一起去。如果你一定要喝醉——喝醉的话，你不能和我一起去。"

"你的车很大，沃尔特。我可以藏在车后座的地毯下。这轻而易举。"

"不行，亨利。"

"沃尔特，你是个好人，"亨利说，"我要跟你一起去闯这个圈套。要多加小心，沃尔特。在我看来你太脆弱了。"

我们争论了一个小时，我的头很痛，开始感觉紧张不安，精疲力竭。就在那时，我可能犯下了一个致命的错误。我屈服于他的循循劝诱，喝了一小口威士忌，纯粹是为了医用。这下我放松了不少，我又接着喝了一大杯。上午我除了咖啡之外没有吃过别的，昨天晚上也只是稍微吃了点晚餐。又过了一个小时，亨利又喝光了两瓶威士忌，而我像一只小鸟般雀跃。一切障碍现在都消除了，我愉快地答应了亨利藏在汽车后排的地毯下，陪我前往约定地点。

我们欢乐地度过了剩下的时间，直到两点钟，我感到睡意蒙眬，躺在了床上，陷入了深沉的睡梦中。

7

当我再次醒来时，天色几乎暗了下来。我一阵惊慌，从床上起来，一阵刺痛又一次袭过我的太阳穴。然而，现在只有六点半。我一个人在

① 一种短暂的中毒性意识障碍状态，通常发生于长期饮酒突然停饮或减少饮酒量之后，有时可由抵抗力减弱如外伤、感染等因素所促发，表现为意识清晰度下降、定向力障碍。

公寓，拉伸的阴影悄悄地掠过地板。桌子上一排威士忌的空瓶非常丑陋。哪儿都看不到亨利·埃克伯格。我的心一沉，但几乎又立刻感到羞愧，我慌忙奔向椅背上挂着的夹克，手伸进胸口的内侧袋中。那一叠钞票原封不动，还在原处。犹豫了一会儿，怀着一种隐秘的内疚感，我掏出钞票，慢慢地数了一遍。一张不少。我把钱放回原处，努力想对自己缺乏信任的表现一笑置之，接着我打开灯，走进浴室，用冷水和热水交替冲了一把澡后，此刻我的大脑才再度相对清醒一些。

洗完澡，我穿上一件干净的亚麻布衣服，这时门锁突然转动，亨利·埃克伯格腋下夹着两个包好的酒瓶走进了房间。他望着我，脸上挂着真切的关心，至少我是这么认为的。

“能像你这样睡一觉就没事的人才是条真汉子，沃尔特，”他佩服地说。“我偷偷拿了你的钥匙，为了进门时不吵醒你。我得弄些吃的以及更多的酒。我独自喝了点闷酒，就像我告诉过你的，这不是我的风格，但今天是个大日子。话说回来，我们现在开始要放松点，喝些酒。在这一切结束之前，我可不能神经紧张。”

他一边说话一边拆开了一瓶酒的包装，给我倒了一小口。我满怀感激地一饮而尽，立刻感到血管中涌起一股暖流。

“我打赌你肯定翻查口袋里的那叠钞票了吧，”他咧着嘴向我笑道。

我感到自己在脸红，但没吭声。“好吧，伙计，你做得对。不管怎么样你他妈的了解亨利·埃克伯格吗？我可不是这种人。”他的手伸到背后，从裤后袋里抽出一把自动手枪。“要是这些小杂种想动真格的，”他说，“我买了五块钱的枪子儿，它们可不介意动真格。埃克伯格家的人从来没有失过准头。”

“我不喜欢这样，亨利，”我严肃地说。“这不符合约定。”

“去他妈的约定，”亨利说。“那些小杂种拿到钱，没有警察插手。我出来监督他们交出珠子，不耍什么手段。”

我看得出与他多说无益，于是我穿好衣服，做好准备离开公寓。我们每人又再喝了一杯，接着亨利把一整瓶酒揣进口袋里，我们便扬长而去。

在通往电梯的走廊里，他低声解释道："我叫了出租车等在门外，待会儿跟着你，以防那些小杂种也这样做，你可以绕过几个安静的街区，这样我能找到你。等差不多接近海滩时他们才会跟你接头。"

"这些肯定花了你不少钱，亨利，"我对他说，我们在等电梯上来时，我又从钱包中掏出二十元纸币递给了他。他勉强接过钱，最后还是折好塞进口袋里了。

我按照亨利的指示行事，沿着好莱坞大道北部的陡峭街道迂回了多次，这时我清楚无误地听见了后方一辆出租车传来的喇叭声。我将车停靠在路边，亨利下了出租车，付过车费后钻进我的车，坐在我身边。

"畅通无阻，"他说。"没有尾巴。我就这样弯着腰缩在座位下，你最好在某个地方停一下买些食物，要是我们不得不跟这些流氓动手，精神头可不能差。"

于是我向西行驶，经过日落大道，停在了一家拥挤的汽车餐厅门口，我们坐在吧台，吃了顿简单的煎蛋卷和黑咖啡。接着我们就继续上路了。我们到达贝弗利山时，亨利再次让我蜿蜒曲折地进出了一些住宅区街道，他则非常仔细地从汽车后窗观察动静。

最终完全放心后，我们驾车返回了日落大道，一路上平安无事地驶过了贝沙湾、西木区外围，最远几乎到了里维埃拉马球场。此时此刻，下面的空谷中有一片寂静之地，此处名叫曼德维尔峡谷。亨利让我往峡谷上行驶一小段距离。接着我们停下车，从他的酒瓶里喝了一点威士忌。他爬到汽车后排，在地板上蜷缩起身子，身上盖着地毯，他的自动手枪和酒瓶放在地板上，触手可及。一切就绪后，我再次启程。

太平洋帕利塞德小区的居民似乎很早就休息了。我到了那里一个也许是被称为商业中心的地方，可周围只有一家银行旁边的药店还在营业。我停好车，亨利则躲在后排的地毯下，我站在黑暗的人行道上，我细细留心，只听见一阵细碎的“咯咯”声。我走进药店，看了眼时钟，此时是七点三刻。我买了一包香烟，点了一支，在靠近电话亭的地方站好位置。

药剂师是个身材魁梧、脸色红润的男子，看不出多大年纪，店里有个小收音机，声音嘈杂，他正在收听某个愚蠢的广播剧。我要他关了收音机，因为我要等一个重要的电话。他虽然照做了，态度却很生硬，随即退到了商店后部，我看到他正透过一扇小玻璃窗恶毒地瞧着我。

就在药店的时钟显示八点还差一分时，电话亭中传出了刺耳的铃声。我冲向电话亭，将门紧紧地关上。我拿起听筒，有点颤抖，无法自已。

还是那个冷酷刺耳的声音。“盖奇？”

“我是盖奇先生。”

“你已经照我说的做了吗？”

“是的，”我说。“赎金就在我的口袋里，我是只身一人来的。”我不喜欢如此厚颜无耻地撒谎，即便对象是一个小偷，可我只得硬着头皮上了。

“那么，听好。原路返回三百英尺左右。在消防局边上有一个加油站，已经关门了，涂着绿色、红色和白色的标识。在它边上，向南有一条泥泞道路。沿着道路开四分之三英里，你会看见一道四乘四的白色围墙，几乎横跨了道路。你的车可以从左侧挤过去。然后调暗车灯，通过那条路之后，接续沿着小山坡向下行驶，来到一个周围长满鼠尾草的空谷。把车停好，关闭车灯，原地等待。明白了吗？”

“完全明白，”我冷冷地说，“一定会完全按照指示办的。”

“听着，伙计。半英里之内都没有人家，也绝不会有人出没。你有十分钟赶到那儿。从此刻开始就有人监视你。尽快赶到那儿，独自一人——否则你就要挨揍了。不要划火柴或者点烟，不要用手电筒。上路吧。”

电话挂了，我离开电话亭。我刚走到药店门外，那个药剂师几乎是冲向他的收音机，打开声音隆隆作响。我钻进汽车，启动引擎，按照指示原路返回沿着日落大道行驶。

亨利还在我身后的地板上一动不动。

我现在非常紧张，亨利喝完了带来的所有酒。我不一会儿就到了消防局，透过前车窗，我看到四个消防员在玩牌。我向右驶上那条泥泞路，经过了红绿白三色的加油站，几乎是突然之间，夜色如此沉寂，以至于我能听见四面八方的蟋蟀和树蛙叽叽喳喳的叫声，以及附近某个水塘传来的一只孤独牛蛙沙哑的嘎嘎声，尽管还有我的汽车发出的低沉的轰鸣声。

路面崎岖不平，忽而下沉，忽而又高起，远处有一扇黄色窗户。接着在我前面，漆黑无光的诡异夜色下，出现了横跨路面的模糊的白色围墙。我留意到边上的一道缺口，于是调暗车灯，小心翼翼地驶过，又向下经过一小段崎岖山路，来到一个椭圆形的空谷中，四周长满了低矮的灌木，地上到处是东倒西歪的空酒瓶、罐头和四散的报纸。然而，在这夜深人静的时候，这儿完全荒无人烟。我停下车，关闭引擎和车灯。静静坐在里面，双手握着方向盘。

我从身后没有听见亨利的喃喃声。我等了可能有五分钟，尽管似乎不止这点时间，可没有任何动静。周围非常寂静、荒凉，我觉得不开心。

最终，我身后出现了一阵微弱的声音。我回头看去，只见亨利的脸庞苍白模糊，正从地毯下窥视我。

他沙哑着喉咙低语道：“有什么异常吗，沃尔特？”

我奋力摇了摇头，他再次将地毯遮住了脸。我听见一阵微弱的嘎嘎声。

足足过了十五分钟后，我才敢再次移动。这时，等待的紧张感令我浑身僵硬。我大胆地拉开汽车门锁，踏上高低不平的地面。一片寂静。我缓缓地来回走动，双手插在口袋里。时间一分一秒地流逝。过了半个多小时，我已经急不可耐。我走到汽车后车窗处，悄声向里面说话。

“亨利，我恐怕我们已经中了一个非常拙劣的圈套。我想这只是甘德赛先生的一个低劣的恶作剧，为了报复你昨晚的举动。这儿一个人也没有，只有一条路可能通往此处。在我看来，这里绝不是个我们期待的、适合碰头的地方。”

“这——！”亨利低声道，嘎嘎声在汽车的黑暗中响起。接着一阵挪动，他从地毯中探出脸。车门靠着我的身体打开了。亨利的脑袋露了出来。他瞪大眼睛向四面八方打探。“坐在汽车的脚踏板上，”他低声说。“我要出来了。如果他们从灌木丛中向我们瞄准，那他们只能看到一个脑袋。”

我照亨利的建议做，把领子竖起，将帽檐压低遮住双眼。亨利如鬼魅般悄无声息地下了车，悄悄关上车门，站在我面前，瞄准眼前的空地。我能看到他手上枪支的微弱反光。我们就这样待了有十多分钟。

这时亨利发怒了，完全卸下了谨慎小心。“操蛋！”他大吼大叫。“你知道是怎么回事吗，沃尔特？”

“不，亨利。我不知道。”

“这只是一次试探，就是这样。一路上这些人渣监视着你，看你是否耍花样，接着又在那家药店附近监视你。我敢跟你赌一辆白金轮子的自行车，你回到那儿之后会接到个长途电话。”

“是的，亨利，既然你提到这点，我想一定是。”我悲伤地说。

“不错，孩子。那些流氓甚至还没离开城里。他可能还坐在有毛绒衬里的痰盂边上，给你打电话。明天这家伙准会再打电话给你，说一切正常，但他们得小心点儿，他们晚上还会再试试你，也许在圣费尔南多谷，价码会涨到一万块，理由是他们遇到了意外的麻烦。我应该回去扭断那个甘德赛的腿，他会看到我举着他的左腿。”

“好了，亨利，”我说。“说到底，我没有严格按照他们的指示行事，因为你坚持要和我一起来。也许他们比你想象的聪明得多。所以我认为现在最好是返回城里，希望明天还有机会再试一次。你必须向我保证不再插手了。”

“胡说！”亨利暴跳如雷。“没有我跟着，你就是羊入虎口。你是个好人，沃尔特，可你知道的手段还不如宝贝勒罗伊[①]多。这些家伙是小偷，他们有一串珠子，要是小心处理可能会给他们带来两万块的收益。他们出来迅速试探一下，但他们还是会尽其所能地榨取所有利益。我应该马上回去找那个意大利肥佬。我可以用还未发明的招数对付那个蠢货。”

“亨利，别动粗，”我说。

“哈，”亨利咆哮道。“这些家伙让我的大腿后侧疼得要命。”他左手举起酒瓶至嘴边，大口喝下。他的声音低了几度，听起来平和多了。“可以买单了，沃尔特。晚会搞砸了。”

“也许你是对的，亨利，”我叹了口气。“我必须承认，这整整半个小时来，我的胃像一片秋叶一直在翻滚。”

于是我大胆地站在他边上，顺着喉咙灌了一口火辣辣的酒。瞬间，我就振奋了起来。我把酒瓶递还给亨利，他小心地放在脚踏板上。他站在我身边，短小的自动手枪在他宽阔的手掌上上下跳跃。

“我对付那帮人不需要武器。见他的鬼去。”他的手臂一挥，将手枪

① 20 世纪 30 年代美国著名童星，十六个月大时，宝贝勒罗伊就已经签约电影公司。

扔向了灌木丛，发出一记沉闷的撞击声。他离开汽车附近，双手叉腰站在那儿，抬头望向天空。

我向前移动来到他身边，注视着他转向一侧的脸，这样在那微弱的光线下能看清楚他的脸。一阵奇怪的忧郁袭上了心头。一刹那，我已经了解了亨利，我已经非常喜欢他了。

“好吧，亨利，”最后我说，“下一步怎么办？”

“我想，打道回府。”他缓慢而遗憾地说。“好好醉一场。”他双手握拳，慢慢地晃了晃。接着他转过身来面向我。“是的，”他说。“别的都做不了。打道回府，孩子，是我们唯一能做的事。”

“且等一等，亨利，”我温和地说。

我从口袋里伸出右手。我有一双大手。右手中握着一卷我那天上午从银行换来的二角五分硬币。我的大手握着这一卷硬币绰绰有余。

“晚安，亨利，”我悄声说，说着铆足全身力气挥拳打去。“你打过我两拳，亨利。”我说，“还剩下一记重拳。”

可是亨利没有听见我的话。我的拳头裹着里面硬币的分量正中他的下巴颏。他的腿一软，身体直挺挺地向前摔倒，倒地时擦过了我的衣袖。我飞快地闪开了。

亨利·埃克伯格一动不动躺在地上，像一只橡胶手套一样绵软无力。

我略带哀伤地低头看着他，等待他还手，可他丝毫没有动过。他躺在那里，完全没有意识。我把那卷硬币放回口袋中，弯下身子凑到他身前，彻底将他搜了一遍，把他像一袋子肉那样翻来翻去，可搜了好久我才找到那串珍珠。它们缠绕在他左脚的脚踝上，外面套着袜子。

“很好，亨利，”我说，最后一次对他说话，尽管他听不见，“即便你是个小偷，你还是一个绅士。今天下午你有无数次机会能偷走赎金，让我什么都捞不着。就在刚才你还能拿走钱，当时你手上有枪，可即使那样都令你反感。你扔了枪，我们终于可以正大光明、坦诚相对了，没有干扰，没有援助。可当时你犹豫了，亨利。实际上，亨利，我认为对于一个成功的窃贼来说，你犹豫的时间太长了。但作为一个拥有公平精神的男人来说，我非常佩服你。再见，亨利，祝你好运。”

我掏出钱包，抽出一张百元大钞，小心翼翼地放进之前我看亨利装钱的口袋里。接着我回到车里，取出威士忌酒瓶，用木塞牢牢地塞住瓶口，放在他的身边——右手一够便能拿到。

我确信他醒来时会需要的。

8

回到我的公寓时已经十点多了，可我立刻走向电话机，给艾伦·麦金托什打电话。“亲爱的！”我大叫道。“我拿到珍珠了。”

我在电话上听到了她吸气的声音。“哦亲爱的，”她的声音紧张而又兴奋，“你没受伤吧？他们没有伤害你吧，亲爱的？他们收了钱就放你走了？”

“没有‘他们’，亲爱的，”我自负地说。“加勒摩尔先生的钱分文未动。是亨利一个人干的。”

“亨利！”她以一种奇怪的声音喊道。“可我想——马上过来吧，沃尔特·盖奇，告诉我——”

“我的呼吸里有威士忌的味道，艾伦。”

“亲爱的！我知道你需要它。马上过来。”

于是我再次下楼来到街上，匆忙赶往卡龙德莱特公园，不一会儿就到了潘鲁德多克夫人的住处。艾伦来到外面门廊上接我，我们在黑暗中低声说话，互相握着手，这一家子已经睡觉了。我尽可能简洁地告诉了她我的故事。

“可是，亲爱的，”她最后说，“你怎么知道是亨利干的？我以为亨利是你的朋友。打电话来的另一个人的声音是——”

“亨利曾经是我的朋友，”我略有些悲伤地说，“也是这点毁了他。至于电话上的声音，这是小伎俩，很容易安排。亨利曾离开我几次就是去安排电话了。只有一个小地方引起了我的怀疑。在我把书写有公寓地址的私人名片给甘德赛后，亨利应该传信给他的同伙，我们已经见过甘德赛并且给了他我的名片和地址。当然，由于我冒出了去拜访某个知名黑帮人物的愚蠢，或者也不是太愚蠢的主意——为了送信给他们，我们愿意赎回珍珠，亨利的机会来了。他让我以为电话口信是与甘德赛谈话后的结果，告诉他我们的难处。只不过第一个电话打到我公寓时，亨利还没有机会通知他的同伙我们已经见过甘德赛了，很明显这是一个诡计。

“于是，我想起有一辆车与我们的车追尾了，亨利曾下车教训了司机。当然，这次追尾是故意设计的，亨利有意利用这次机会，他的同伙就在车上。亨利假装对他大吼大叫，实际上成功传递了必要的信息。”

“可是，沃尔特，”艾伦听着这个解释有点不耐烦，“这是个非常小的伎俩。我真正想知道的是你怎么判定亨利拿了珍珠。”

“可是你告诉我他偷了它们啊，”我说。“你非常确定。亨利是个非常耐心的人。像他肯定会把珍珠藏在某个地方，不担心警察可能会对付他，另找一份工作，也许过一阵子，取回珍珠，不动声色地离开这个地方。”

艾伦在黑暗中的门廊下烦躁地摇了摇头。“沃尔特，”她犀利地说，“你隐瞒了什么事。你不可能确定，你也不会这么狠狠地揍亨利，除非你确定无疑。我非常了解你，你肯定知道。”

“好吧，亲爱的，”我谦虚地说，“的确还是一个小小的暗示，那些聪明人会忽视的愚蠢的细节之一。你知道，我不经常使用公寓固定电话，我不希望被律师之类的人打扰。我用的电话是私人线路，电话号码没有列入黄页。可亨利同伙打来的电话正是那个私人线路的，亨利在我公寓里待过不少时间，我当时很小心，故意没有给甘德赛先生这个电话，因为我当然没有期待甘德赛先生会打来，我打一开始就完全确信是亨利拿了珍珠，要是我能让他拿出珍珠就好了。”

“哦，亲爱的，”艾伦大叫着双手勾住我。“你真勇敢，我真心认为你实际上是一个特立独行的聪明人。你相信亨利是爱上了我吗？”

可我对这个话题没有一点兴趣。我把珍珠交给艾伦保管，此时已经很晚了，我立刻开车前往兰辛·加勒摩尔先生的住处，把整件事告诉他，归还了他的钱。

几个月后，我喜出望外地收到了一封邮戳显示是火奴鲁鲁的信，信纸用的是一种非常廉价的牌子。

好吧，伙计，你的杀手锏就是钱，我以为你没带在身上，尽管我的目标不是它。可这确实让人沮丧，让我每次刷牙的时候都会想到你，足足有一个礼拜。很糟糕的是，我不得不滚蛋，因为你是个好人，尽管有滑稽的一面。我真想现在同你喝个不醉不归，而不是在此处擦拭输油阀门，在千里之外给你写信。只有两件事我想让你知道，而且都是真实的。我的确是爱上了那位高挑的金发美女，这也是我为什么会花这么多时间在这位老夫人身上。盗窃珍珠只是当一个家伙被一位女士迷得目眩神迷时产生的许多疯狂主意之一。他们有一次将珠子放在面包盒上——那简直是犯罪。我以前曾经在吉布提为一个法国人工作过，学会了很多鉴定珍珠的知识。可是最后关头，当只剩我们俩在那灌木丛附近、百无禁忌的时候，我一时软弱，终究没能完成这场交易。告诉那个美女，你这儿有我要送她的戒指。

你永远的，

亨利·埃克伯格（化名）

又及：你知道吗，那个假装打电话给你的臭小子试图要把你塞进我马甲口袋里的百元大钞分走一半。我只能将这个笨蛋胖揍一顿。

你的，亨·埃（化名）

（宋　玲　译）

没有麻烦就没有生意

1

安娜·哈尔西是个体重约两百四十磅、一脸温顺的中年女子，身穿黑色定制套装。她的眼睛像是闪闪发亮的黑色鞋扣，脸颊仿佛牛油般柔滑，颜色也相差无几。她坐在一张黑色的玻璃桌后面，那桌子看上去像是拿破仑的坟墓似的。她抽着烟，用一个黑色烟嘴托着，那烟嘴的长度不亚于一把收好的雨伞。她说："我需要一个男人。"

我注视着她将烟灰掸落在亮闪闪的桌子表面，窗户敞开着，片片烟灰在一阵气流中盘旋着向前。

"我需要一个相貌英俊的男人，足以配得上一位格调高雅的夫人。可他还得足够强壮，能够跟一台铲土机过招。我需要一个欢场老手，同时又要像弗雷德·艾伦[①]那样口齿伶俐，更伶俐才好，要是他被一辆啤酒卡车撞了，他得觉得那是某个长腿美人用长棍面包在戳他的头。"

"小菜一碟，"我说。"你需要的是纽约扬基队、罗伯特·多纳特[②]和'游艇俱乐部男孩'[③]。"

"你可以这么说，"安娜说，"发点小财。一天二十美元，以前也是。我已经很多年不做掮客了，不过这次我是破例了。我在侦探圈顺风顺水，赚钱却不引火烧身。让我们看看格拉迪斯对你的印象如何。"

她将烟嘴颠倒个方向，轻轻敲击一台巨大的黑色镀铬信号器上的按键。"亲爱的，进来把安娜的烟灰缸倒了。"

我们等待着。

门开了，一个穿着比温莎公爵夫人还要华丽的高个金发美女慢悠悠地踱了进来。

她迎风拂柳般地穿过房间，清空安娜的烟灰缸，拍了拍她那圆润的脸颊，向我暗暗抛了个媚眼，便走出去了。

“我想她脸红了，”门关上时她说。“我猜她的脸到现在还红着呢。”

“她脸红了——而我晚上约了达瑞尔·扎纳克吃饭，”我说。“别东拉西扯了。说说事情的来龙去脉？”

“这有损一个女孩的名誉。一个红发女子，长着一双勾魂摄魄的眼睛。她是一个赌鬼的鱼饵，吊上了一个富翁的傻小子。”

“我要怎么对付她？”

安娜叹了口气。“这是个脏活儿，约翰尼。要是她有任何前科，你就挖出来，扔在她脸上。要是没有——她更有可能是来自好人家，就由你处置了。你想起来什么了，是吗？”

“我记不得上一个案子了。哪个赌徒？什么富翁？”

“马蒂·埃斯特尔。”

我刚要从椅子上站起身，又想起来近一个月生意很差，我需要钱。

我又坐下了。

“当然，你可能陷入麻烦。”她说。“我从没听说马蒂在光天化日下杀人，但他也不是善男信女。”

“没有麻烦就没有生意，”我说。“二十五块一天，最低二百五十，我就接了。”

“还得给我自己留一点，”安娜抱怨道。

“那好。城里的小工多得是。很高兴见到你精神这么好。再见，

---

① 弗雷德·艾伦（1894—1956），三四十年代美国著名的广播电台播音家、喜剧表演家、电影演员。他主持的播音节目安排恰当，选材新颖，语言犀利又不失幽默，极受听众欢迎。

② 罗伯特·多纳特（1905—1958），著名英国电影演员、话剧演员，代表作有《三十九级台阶》和《万世师表》。

③ “游艇俱乐部男孩”是活跃于美国20世纪20至30年代的一支四人歌手组合，拍过多部电影。

安娜。”

这回我站起来了。我的命不值钱，可是那点钱还是值的。马蒂·埃斯特尔的确是难缠的家伙，他的身后有帮手，还有保镖。他住的地方在西好莱坞，位于日落大道上。他不会动粗，可他要是动起粗来，就要出大事儿了。

“坐下，这是一桩买卖。”安娜嘲讽道。“我是个又老又穷、破了产的女人，勉强经营一家高端侦探公司，身材走形，病入膏肓，那就拿走我最后一个子儿，取笑我吧。”

“那个女孩是谁？”我再度坐下来。

“她的名字叫哈里特·亨特里斯①——这么看来也是一个极妙的名字。她住在艾尔·米拉诺，北西克莫街1900号楼，一个非常高档的地方。父亲三十一岁时破产，从办公室窗户跳楼。母亲去世。在寄宿学校的妹妹远在康涅狄格州。这些信息可能会有启发。”

“谁查出这些的？”

“委托人得到了一叠票据的影印件，是那个傻小子签给马蒂的，金额高达五万块。那个傻小子——他是老头收养的儿子——否认这些票据，孩子们总是这样。于是委托人让一个名叫阿波加斯特的家伙去调查这些影印件，阿波加斯特假装很擅长这类事。他说没问题，做了一番调查，可他就像我一样，太胖了，无法胜任跑腿的活儿，于是他退出了。”

“那我可以跟他聊聊吗？”

“我看可以。”安娜的下巴点了好几次。

“这位委托人——有名字吗？”

“孩子，你会有一个惊喜。你可以私下见他——马上。”

她再次轻轻敲击信号器上的按键。“请吉特先生进来，亲爱的。”

---

①“亨特里斯”原文为Huntress，意思是女猎人。

“这个格拉迪斯，”我说，“有恋人吗？”

“你就放过格拉迪斯吧！”安娜几乎是向我尖叫。“她在离婚官司里对我来说每年价值一万八千块。任何想碰她一指头的人，约翰尼·达尔莫斯，实际上都进了火葬场。”

“她总有一天要金盆洗手的，”我说。“我就不能追她吗？”

开门声终止了这场对话。在镶有木板的接待室里我没见过他，因此他肯定是一直等候在一间私人办公室里。他显然并不享受。他快步走进来，迅速关上门，然后猛地从马甲中拉出一块八角形的铂金怀表，瞪着它。一头浅色的金发，个子很高，身穿一套细条纹法兰绒套装，剪裁时髦。他的翻领上插着一小朵粉色的玫瑰花花蕾。一张精明而又冷若冰霜的脸孔，双眼下方有些许眼袋，嘴唇略厚。他拄着一根乌木拐杖，顶端嵌着银质的柱头。脚上穿着鞋罩，外表看上去有六十好几，不过我猜他实际年龄还要老十来岁。我不喜欢他。

“二十六分钟，哈尔西小姐，”他冷冰冰地说。“我的时间十分宝贵。因为珍惜时间，我才能赚这么多钱。”

“好吧，我们正试图帮你节约一些钱，”安娜拖长声音说。她也不喜欢他。“抱歉让你久等，吉特先生，可你想见见我挑选的侦探，我只能派人去请他来。”

“他看起来并不是适合我的那一类，”吉特先生说着，嫌弃地看了我一眼。“我认为一位绅士更能——”

“你不会是烟草路上的吉特先生吧，对吗？”我问他。

他慢慢向我靠近，半举起拐杖，他冷漠的双眼仿佛利爪一般将我撕碎。“你是在侮辱我吗，”他说。“我——我这种身份的人。”

“请稍等片刻，”安娜开口道。

“等什么等，”我说。“这家伙说我不是个绅士。也许对他这种身份的人来说这样说没错——可像我这种身份的人从来没有受到过别人肮脏的攻击。他配不上。当然了，除非他不是有意的。”

吉特先生挺直腰板，怒气冲冲地瞪着我。他再次拿出他的怀表，看了看。“二十八分钟了，”他说。“我道歉，年轻人。我无意冒犯你。”

“这好多了，”我说。“我早就知道你不是烟草路上的吉特先生。”

这话差点又让他发作，可他忍住了。他不太确定我是什么意思。

“趁我们在这儿，问一两个问题，”我说。“你愿意给这个叫亨特里斯的姑娘一点钱吗——作为补偿？”

“一个子儿也没，”他厉声说。“我为什么要给她？”

“这是一种默契。假设她跟他结婚。他会继承到多少钱？”

“目前，他每个月能从他母亲、我已故妻子设立的信托基金里得到一千美元。”他垂下头。“他长到二十八岁时，就会继承更多的财富。”

“你不能因为那个女孩的企图而责怪她，”我说。“至少这段时间不可以。马蒂·埃斯特尔怎么样了？有什么条件吗？”

他用一只透着紫色血管的手把他的灰色手套捏得皱皱巴巴。“债台高筑。一笔赌债。”

安娜疲倦地叹了口气，将烟灰掸落在桌子上。

“当然，”我说。“可赌徒不会让别人对自己食言的。毕竟，如果你儿子赢了，马蒂会报答他的。”

“我对这个不感兴趣，”这个瘦高个儿冷漠地说。

“是的，可试想一下马蒂坐在那儿，揣着五万块现钞。要是不值一钱，他晚上怎么睡得着？”

吉特先生看起来若有所思。“你的意思是，有人会使用暴力？”他几乎是温文尔雅地暗示道。

“这很难说。他经营的地方非常隐秘，有一帮人跟着。他要考虑自己的名声。但他身处一个骗局，他了解人们。事情会发生在——远离马蒂的住处。马蒂也不是浴室地毯，待着不动的。他会出来，四处走动。”

吉特先生再次查看了怀表，他着实生气。他啪的一声将怀表甩回马甲里。“这些都是你的事，”他严厉地说。“地方检察官是我的一个私人朋友。如果这件事超越了你的能力——”

“是的，”我告诉他。“可你照样还得纡尊降贵来拜访我们的街道。即便地方检察官在你的马甲口袋里——和那块怀表在一起。”

他戴上帽子，套上一只手套，用拐杖敲敲鞋子边缘，走向门口，打开了门。

“我只问结果，看结果买单，”他冷漠地说。“我从不欠款。我有时甚至很慷慨，尽管别人不认为我是个慷慨的人。我想我们大家能互相谅解。”

他好像眨了眨眼，然后走出门外。在自动闭门装置的气垫作用下，门缓缓地关上了。我望着安娜，咧嘴一笑。

“很可爱，不是吗？”她说。“我想从他身上赚一笔买一套鸡尾酒酒具。”

我从她身上坑了二十美元——作为预支费用。

2

我要找的阿波加斯特是约翰 · D · 阿波加斯特，他在伊瓦尔大街附近的日落大道上有间办公室。我从一个电话亭里给他打了个电话。接电话的声音很厚重。电话那头传来轻轻的喘气声，好像此人刚刚赢了一场吃馅饼大赛。

“是约翰 · D · 阿波加斯特先生吗？”

“是的。”

“我是约翰 · 达尔莫斯，一名私家侦探，现在正在调查一桩你之前接手的案子。委托人叫吉特。”

“是的，怎么？”

“我能过来跟你聊聊这件案子吗——我先吃个午饭？”

“好。”他挂了电话。我判定他是个话不多的人。

我吃了午饭，开车前往那个地方。那是在伊瓦尔大街的东面，一栋老式的两层建筑，门面的墙砖最近刚刚粉刷过。沿街有几家商铺和一家餐厅。大楼入口就是通往二楼的一段笔直的楼梯。在下面的登记簿上我看到——约翰·D·阿波加斯特，212套房。我上了楼，来到一条宽阔笔直与大街平行的走廊。一个穿着工作服的男人正站在我右手边的敞开的门口。他的额头上系着一面圆形的镜子，向后一推门，脸上带着一种迷惑的表情。他返回办公室，关上了门。

我走了另外一边，大约走了走廊一半的距离。远离日落大道那侧的一扇门上刻着——约翰·D·阿波加斯特。可疑文件核查人。私人调查员。请进。门一推就开了，通往一间没有窗户的接待室，旁边放着几把安乐椅、一些杂志和两个烟灰缸架。房间里有两个落地灯，一个吸顶灯，都亮着。另一侧的门上刻着约翰·D·阿波加斯特。可疑文件核查人。私人。地上的新地毯廉价却厚实。

我打开外面那扇门时，蜂鸣器响了，直到门关上，蜂鸣器才停响。没有任何动静。接待室里没人。里间的门没开。我走上前，听着隔板——里面没有说话声。我敲了敲门。同样没有回应。我试着去拧门把手。拧开后，我走进了房间。

这个房间有两扇朝北的窗，两侧都拉上了窗帘，遮得严严实实。窗台上积满了灰。房间里有一张桌子、两个档案柜，剩下的就是地毯和墙壁了。左侧另一扇门的玻璃嵌板上刻着：约翰·D·阿波加斯特。实验室。私人。

我想，我也许会记住这个名字。

我所待的这个房间很小。似乎对那只放在桌子边缘、肉乎乎的手来说也太小了，它一动不动，握着一支粗短的铅笔，就像那种木工的铅笔。它的腕子，光滑洁净，宛如一只碟子。衬衫袖口从外套中露出，系着袖扣，不太整洁。袖子大半垂落在桌子远处，无法看清。桌子不到六英尺长，因此他可能个头不高。我所站的地方仅仅能看见他的手和袖子末端。我悄悄地往回穿过接待室，关好门，确保无法从外面打开。我关了三只灯，回到那间私人办公室，走到桌子的另一头。

他确实很胖，胖得惊人，甚至比安娜·哈尔西还胖。此刻我能看到他的脸了——看起来就像一只篮球这么大。即使是现在，他依然脸色红润，令人喜欢。他正跪在地上，硕大的脑袋靠在桌子底下的内角处，左手平放在地上，下面压着一张黄色的纸片。五根肉鼓鼓的手指尽可能地摊开在地，露出黄色的纸片。他看上去仿佛是在用力挤压地板，实际上他并没有。真正支撑他身体的是他自己的脂肪。他曲着身子，压在自己粗壮的大腿上，身体的厚重将他支撑成如此：跪在地上，稳稳地固定着。要把他打倒需要好几个出色的阻击后卫才行。现在想这些可不太好，可我还是这么想了。我抽了点时间，抹抹自己的后脖子，虽然今天天气并不暖和。

他头发灰白，修剪得很短，脖子上的褶子就像手风琴一般。他的脚很小，许多胖子的脚都是这样，他穿了一双锃亮的黑皮鞋，此刻它们侧着斜放在地毯上，靠拢在一起，整洁而恶心。他身穿一套深色西装，西装急需清洁。我弯下腰凑上前，手指伸进他脖子上那无穷无尽的脂肪中。那儿也许有条动脉，可我找不到，他也不再需要那条动脉了。地毯上他那两只肿胀的膝盖之间，一块深色的污迹正不断地晕开——

我跪在边上，抬起那肉鼓鼓的手指，下面压着张黄色纸片。手指冰凉，可又不止冰凉，柔软，还有些黏腻。纸片是从一本便笺本上撕下来的。要是上面留下信息的话，一定会好看得多，可惜没有。上面只有模糊而无意义的符号，不是单词，甚至不是字母。他遭到枪击后试图写点什么——也许他以为他在写些什么——可他拼尽全力留下的只是些鬼画符。

这时，他的躯体垮下了，可那只胖手还牢牢地把纸片压在地板上，另外一只手则握着那支粗短的铅笔。他的躯体嵌入了他那粗壮的大腿中，就这么死去了。约翰 · D · 阿波加斯特。可疑文件核查人。私人调查员。真他妈的私人。他在电话上对我说了三次“是的”。

他此刻就在眼前。

我用手帕擦拭了门把手，关闭接待室的灯，留着外间的门，这样可以从外面锁住它，离开了走廊，离开了大楼，离开了这个街区。据我所知，没人看见我离开。

3

安娜告诉我，艾尔 · 米拉诺位于北西克莫街 1900 号楼。我把车停在经过装饰的前院附近，走向通往地下车库入口处的淡蓝色霓虹灯广告牌。我沿着安有栏杆的斜坡行走，来到一块明亮的开阔地，到处是闪闪发光的汽车，空气凉爽。一个穿戴整齐、肤色浅黑的黑人穿着一套一尘不染的连体工作服从一间透明办公室中走出，露出蓝色的袖口。他的黑发梳得滑顺无比，如同乐队指挥一般一丝不乱。

“忙吗？”我问他。

“有时忙有时闲，先生。”

“我的车停在外面需要清洗。五块钱洗一次怎么样？”

不奏效。他不是那种人。他栗色的双眼变得疑虑重重、冷漠疏远。“这样洗车真是笔好生意，先生。我可以问一下除了洗车之外还有什么要求吗？”

“有一点。哈里特 · 亨特里斯小姐的车在吗？”

他四下看了看。我瞧见他目光沿着一排闪亮的汽车游走，最后停在了一辆淡黄色的敞篷车上，就像门前草坪上的厕所这么不招人注目。

“是的，先生。在这里。”

“我想要她的公寓房间号，想找一条不经过大堂就能到那儿的路。我是一名私家侦探。”我给他看了看徽章，不过却没能逗乐他。

他露出一个我有生以来见过的最惨淡的微笑。“对一个打工的人来说，五美元是不少，先生。不过这差了点儿，不够让我去冒丢饭碗的风险。也就是差了从这儿到芝加哥的这点儿距离，先生。我建议你省下五美元，先生，去试试正常的出入模式。”

“你真是条汉子，”我说。“你长大了打算干什么——当个五英尺高的架子？”

“我已经长大成人了，先生。我今年三十四岁，婚姻幸福，有两个孩子。午安，先生。”

他转过身去。“好吧，再见，”我说。“原谅我满嘴威士忌的气味。我刚从比尤特[①]来。”

我沿着斜坡原路返回，在街上闲逛，终于来到了我一开始就该来的地方。我也许清楚五美元和一枚徽章是无法让我在艾尔·米拉诺这样的地方畅通无阻的。

那个黑人此刻大概在打电话。

大楼是一栋巨大的白色石灰泥粉刷的建筑，具有浓郁的摩尔风格，前院挂着四个硕大的、已经腐蚀了的灯笼，还有高耸的枣椰树。入口位于L形的内转角，向上的大理石台阶通往一扇拱门，外框嵌有加利福尼亚式或者洗碟盆式的马赛克图案。

一个门卫为我打开门，我走了进去。大堂倒也不大，跟扬基体育场

---

① 美国蒙大拿州西南部城市。

差不多。地上铺着浅蓝色的地毯，下面还垫有海绵橡胶。踩在地上脚感松软，我简直就想躺在上面打滚了。我晃到前台，一只手肘撑在桌上，对面瞪着我的服务员苍白消瘦，胡子长得可以卡在你的指甲下。他拨弄着胡子，望着我身后一只阿里巴巴的油壶，大得能装下一只老虎。

“亨特里斯小姐在吗？”

“我该怎么通报？”

“马蒂·埃斯特尔先生。”

这样做并没有比我在车库时的表演效果更好。他用左脚支撑，靠在什么东西上。桌子尽头一扇蓝色镀金的门打开了，一个沙色头发的大个子走了出来，马甲上还沾着雪茄灰，随意地倚靠在桌子一端，瞪着那个阿里巴巴的油壶，仿佛是在确定这到底是不是一个痰盂。

服务员提高了嗓门。“你是马蒂·埃斯特尔先生？”

“他派来的。”

“这是不是有点区别？先生，我是否可以问一下，你的名字是？”

“可以问，”我说。“但不能说。上面的命令。请见谅我这么固执，还有这些废话。”

他不喜欢我的礼貌。他不喜欢与我有关的一切。“恐怕我不能为你通报，”他冷漠地说。“霍金斯先生，我有件事能听听你的意见吗？”

那个沙色头发的男人将目光从油壶移开，沿着桌子嗖地走到我近身处。

“是的，格里高利先生？”他打了个哈欠。

“你们俩疯了，”我说。“还有你们的女士朋友。”

霍金斯咧嘴笑道。“到我的办公室来，伙计。我们看看能否让你说实话。”

我跟着他进了那个他刚钻出来的狗洞。里面足够容纳一张小桌子、两把椅子、一只及膝高的痰盂以及一盒敞开的雪茄。他屁股靠在桌边，客气地对我笑笑。

“玩得很溜嘛，是吗，伙计？我是这里的保安。说吧。”

“有时候我觉得自己玩得溜，”我说，“可有时候我又觉得仿佛烤华夫饼的铁芯，沉甸甸的。”我掏出钱包，将徽章给他看，还有我证件照的影印件。

“又是个侦探，哼？”他点点头。“你打一开始就该来找我。”

“当然，只是我从未听说过你。我想见见这位亨特里斯小姐。她不认识我，但我要和她谈点事，不会吵到大家。”

他向边上移动了一码半的距离，雪茄叼在了嘴角另一侧。他望着我右边的眉毛。“开什么玩笑？干吗要去讨好楼下的黑鬼？你经费很多吗？”

“也许吧。”

“我这人好说话，”他说。“不过我必须保护客人。”

“你的雪茄快抽完了，”我垂下头看着烟盒。我拿起两支雪茄，闻了闻，将一张叠好的十美元纸币卷在雪茄下，然后放回原处。

“真不赖，”他说。“你我可以交个朋友。你想要什么？”

“去告诉她，我是马蒂·埃斯特尔派来的。她会见我的。”

“要是拿了回扣就保不住饭碗了。”

“你不会的。可我身后还有大人物。”

“身后是多远？”

我刚想伸手去取回我的十美元，但他推开了我的手。“我就冒一次险，”他说。他伸手去取他的电话，接了814房，嘴里哼着小调。他的哼哼声听起来就像是一头生了病的奶牛在叫唤。突然他的身子前倾，脸上堆出甜蜜的笑容。他的声音缓缓流淌出来。

“亨特里斯小姐吗？我是霍金斯，保安。霍金斯。是的……就是我霍金斯。当然，你见过很多人，亨特里斯小姐。这样，在我办公室里有一位先生带了埃斯特尔的口信，想要见见你。没有你的允许，我们不能让他上去，因为他不愿意透露姓名……是的，霍金斯，这里的警卫，亨特里斯小姐。是的，他说你不认识他本人，不过我看这人还可靠……好的。多谢，亨特里斯小姐。这就让他上楼。”

他放下听筒，轻轻地拍了拍电话机。

“你就只差点儿背景音乐了，”我说。

“你可以上去了，”他迷迷糊糊地说。他心不在焉地伸手去拿雪茄盒，收好那张纸币。“真是个人精，”他温和地说。“我每次一想到那个女人，就不得不到外面溜达一圈。我们走吧。”

我们再次来到大堂，霍金斯送我到电梯，使了个眼色，让我进了电梯。

电梯门关上时，我瞧见他向入口处走去，大概是要出去溜达一圈了。

电梯里的地板上铺着地毯，墙上挂着镜子，还有间接照明。轿厢柔和地缓缓上升，就像温度计中的水银一般。电梯门静静地打开了，我漫步于被用来当做走廊地毯的青苔上，来到一扇上面刻着 814 号的房门前。我按了边上的一个小按钮，室内铃声叮当直响，门开了。

她穿着一件淡绿色的羊毛裙，头上一顶斜戴的帽子垂在耳边，活像一只蝴蝶。双眼距离略宽，中间似乎留下思考的空间。它们是一种天金石的蓝色，头发则是暗红色，仿佛一团被压制的火焰，不过仍然危机重重。她个子很高，不太可爱。脸上浓妆淡抹倒也恰如其分，手上正指着我的香烟上装着一个吸嘴，大约三英寸长。她看上去并不凶，可她仿佛已经听到了所有答案并记下了她认为自己可能以后会用得着的那些。

她冷酷地望着我。“好吧，有什么口信，棕眼睛小子？”

“我得进去说，”我说。“我从不站着讲话。”

她漠然地笑了，我挨着她的烟头，走进了一间狭长的房间，里面有大量精美的家具、窗户、窗帘等等。一块屏风后，壁炉里的火正熊熊燃烧，**瓦斯罐**上有一大块原木。这个漂亮的壁炉前有一张漂亮的玫瑰色长沙发，一条丝质的东方地毯挂在前面，边上的矮桌上摆着苏格兰威士忌，加上冰桶里的冰块，一切都让人感到宾至如归。

“你最好来一杯，”她说。“手上没有一杯酒的话，你大概也不能讲话。”

我坐下，去拿那瓶威士忌。那女孩则陷入另一张椅子中，跷着二郎腿。我想到了霍金斯在外面溜达。我能够设身处地地明白一些他的想法了。

“这么说你是马蒂·埃斯特尔派来的，”她这么说，并没有拿起酒杯。

“从没见过他。”

“我已经料到了。在耍什么花招，伙计？马蒂·埃斯特尔可是会很想听听你怎么打着他的旗号招摇撞骗的。”

“我的脚都在发抖。那你为什么放我上来呢？”

“好奇。我随时都期待像你这样的家伙。我从不回避麻烦。你是个侦探，对吗？”

我点了一支烟，点点头。“私家侦探。我想提出一个小小的交易。”

“提吧。”她打了个哈欠。

“给你多少钱你才愿意放过小吉特？”

她又打了个哈欠。“你的话让我——兴趣不大，我没法回答你。”

“别吓唬我了。老实说，你开个价？难道这是一种侮辱？”

她微微一笑。她的笑容很甜，露出整齐漂亮的牙齿。“我现在是个坏姑娘，”她说。“我不必开价。他们已经带给我了，还系着丝带。”

“那个老头有点难缠。他们说，他的水很深。①”

“水又不值钱。”

我点点头，喝了点酒。很棒的苏格兰威士忌。简直完美至极。“他的

① 此处为俚语 draws a lot of water，字面意思是“汲取了很多水”，引申为“有影响力”。

意思是，你什么都得不到，只会声名狼藉。你会深陷泥潭，没有出路。”

“难道你为他工作。”

“听起来很可笑，是吗？可能会有一个聪明的办法来解决这件事，可我此刻还没想到。你——或者你们，想要多少？”

“五万块怎么样？”

“五万块给你，还有五万块给马蒂吗？”

她哈哈大笑。“那么，你应该明白马蒂不想要我掺和他的生意。我只是考虑我这头。”

她双腿换了个方向。我在酒杯里又加了块冰。

“我考虑的是五百，”我说。

“五百？”她一脸疑惑。

“美元——不是劳斯莱斯。[1]”

她开怀大笑。“你逗我。我应该叫你去死吧，可我喜欢你那棕色的眼睛。温暖人心的棕色眼眸中点缀着金色的斑点。”

“你省省吧，我可一个子儿都没有。”

她微笑着，在双唇间夹上一支新的香烟。我上前为她点烟。她抬起头，迎着我的目光。她的双眼中闪耀着火花。

“也许我已经不需要了，”她温柔地说。

“也许这就是他花钱雇那个胖子的原因——所以你不能摆布他。”我再次坐下。

“谁雇了谁？哪个胖子？”

“老吉特雇了一个名叫阿波加斯特的胖子。他在我之前负责这个案子。你不认识吗？他今天下午被干掉了。”

我的口气很随意，等待着大吃一惊的效果，可她压根儿没反应。她

---

① 英语中“美元”(dollars) 和“劳斯莱斯”(Rolls-Royces) 发音近似。

嘴角上挑衅的笑容没有消失。她的眼神没有变化，呼吸间发出一声微弱的叹息。

“这与我有关系吗？”她平静地问。

“我不知道。我不知道是谁谋杀了他。事情发生在他的办公室，中午或是稍晚一些的时候。这可能与吉特的案子没有关系。不过发生的时机太寸了——就在我接受这件案子之后，要找机会与他面谈之前。”

她点点头。“我明白了。你认为马蒂会做这样的事。当然，你报警了吧？”

“我当然没有。”

“你在那儿错过了一些机会，伙计。”

“是的。可让我们谈谈价格，最好是不高的。因为无论警察怎么对付我，他们知道整件事——要是他们知道的话，他们对付马蒂·埃斯特尔和你下手只会更重。”

“有点敲诈的意思，”那女孩冷酷地说。“我想我可以这么说吧。别太过分了，棕眼珠。顺便问一下，你叫什么名字？”

“约翰·达尔莫斯。”

“听着，约翰。我的名字曾经上过社会名人录。我的家庭非常体面。老吉特他毁了我的父亲——所有的手段都合理合法，就是那种卑鄙小人害人的伎俩——他毁了他，我父亲自杀，母亲去世，我有个小妹妹要送回东部的学校去。也许我并不他妈的在意怎样赚钱来照顾她。也许以后某一天我也会照顾老吉特——即使我不得不与他的儿子结婚。”

“继子，收养的儿子，”我说。“根本没有血缘关系。”

“这还是会狠狠地伤害他，伙计。这男孩几年后就会得到一大笔钞票的。我会做得更绝——即便他已经在酗酒了。”

“你在他面前不会这么说，女士。”

“不会吗？看看你后面，傻帽。你早该掏掏耳屎了。”

我站起身，迅速向后转去。他站在离我约四英尺的地方。他之前从某扇门里出来，蹑手蹑脚地走过地毯，我一直忙着要小聪明，根本没有注意到他。他身材魁梧，一头金发，穿着一身粗糙的便服，开领衬衫上围了一条围巾。他脸色红润，目光闪烁，不过却没有聚焦在任何东西上。他有点儿醉得过早了。

“趁你还能走路，快滚吧，”他向我冷笑道。“我都听见了。哈丽[①]随便怎么说我都行。我喜欢。快滚，不然我打落你的牙齿叫你咽下去。”

女孩在我身后大笑。我不喜欢这笑声。我向这个大块头金发男孩走近一步。他眨了眨眼。尽管他身强体壮，却是个绣花枕头。

“揍他，宝贝儿，”那女孩冷酷的声音在我背后响起。“我喜欢看这些硬骨头弯腰求饶的样子。”

我回头向她抛了个媚眼。事实证明这么做大错特错。他大概发狂了，可他仍然能撞倒一堵墙。我正回头的时候，他揍了我。他狠狠地揍了我一拳，打在了我的下颌后端。

我往旁边打了个趔趄，试图伸直腿，不过还是滑倒在了丝质的地毯上。我头朝下向前俯冲了一会儿，脑袋毕竟不如撞上的家具这么硬实。

浑浑噩噩地过了一会儿，我瞧见他的红脸居高临下地在嘲笑我。我想我对他有点抱歉——即便在此时。

黑暗袭来，我失去了知觉。

4

我醒来时，窗外的灯光穿过房间笔直地射向我的双眼。我的后脑勺开始作痛。我摸了摸伤口，黏糊糊的。我缓缓地移动身躯，就像一只身

① 哈丽是哈里特的昵称。

处陌生房屋里的猫一样，跪在地上，直起身子，摸索到长沙发尽头矮凳上的威士忌酒瓶。不知是不是奇迹，我居然没有打碎酒瓶。倒地时，我的头撞到了一张椅子上犹如利爪的椅腿。这一下可比那小吉特的铁拳更疼。我能感觉到下颌上的痛处了，不过这些都无关紧要，不足以写在我的日记中。

我站起身来，喝了一大口威士忌，四下环顾。周围没人。房间里空空如也。周围一片寂静，唯有迷人的香水留下的余韵。有一种香水直到消失时你才会留意到，仿佛树上最后一片树叶一般。我又摸了摸头部，用手帕碰了碰那黏糊糊的伤口，看来还不值得大惊小怪，于是我又喝了一口酒。

我坐下时把酒瓶放在膝盖上，倾听着某处传来的车水马龙声渐渐远去。这是一间陈设精致的房间。哈里特·亨特里斯小姐是个漂亮的女孩。她认识了几个坏朋友，可谁又不是呢？我会批判这一类事。我又灌了一口酒。现在酒瓶里的酒比刚才少了很多。它很温柔，你几乎没有察觉到在下咽。它没有带走你一半的扁桃体，就像某些我必须喝的玩意。我又喝了很多。我的头现在不疼了。我感觉好多了。我想高唱《丑角》[①]的序曲。是的，她是个漂亮女孩。如果她在自食其力，那么她干得不赖。我支持她。她出色极了。我享用了更多她的威士忌。

酒瓶里还剩一半。我轻轻地晃了晃，把它塞进了自己的外套口袋里，把帽子随便套在头上，然后离开。我走进了电梯，没有撞到走廊两边的墙壁，飘飘忽忽地下了楼，大步流星地走进了大堂。

霍金斯，那个保安，又靠在了桌子一头，呆呆地注视着阿里巴巴的油壶。还是那个服务员，用鼻子蹭他那小巧可爱的胡子。我向他微笑。他也向我笑笑。霍金斯也向我微笑致意，我也以笑容回敬。大家

---

① 意大利歌剧，由列昂卡瓦洛创作。

都棒极了。

我第一次走前门，给了门卫二十五美分，顺着台阶飘然而下，沿着人行道走到了大街上，找到了我的车。加利福尼亚的黄昏很快落下了帷幕。这是一个迷人的夜晚。西边的启明星明亮如街灯一般，亦如生活，更似亨特里斯小姐的双眸那般璀璨，也像一瓶苏格兰威士忌。这倒提醒了我。我掏出了方形的酒瓶，小心地倒出一些，然后塞上瓶塞，又塞入口袋中。还剩下很多，足够我撑回家。

回家路上我闯了五个红灯，不过我运气还不错，没人追捕我。我把车停在公寓门口附近，靠近路沿。我乘电梯上了楼，有点艰难地打开房门，好不容易拿出了那瓶酒。我把钥匙插进门里，打开门，走进房间，摸到电灯开关。在完全精疲力竭之前，我又喝了一些我的“良药”。于是我走向厨房，去找些冰块和姜汁啤酒，准备畅饮一番。

我觉得公寓里有股怪怪的味道——一下子说不上来是什么味儿——一种药味。不是我留下的，我出门时也没有这味道。不过我觉得不必较真。我走向厨房，不过只走到半路。

他们从壁床旁边的更衣室里出来了，几乎是肩并肩——他们两个——拿着枪。那个高个子咧着嘴笑。他的帽子压得低低的，长着一张楔形脸，底下越来越小，就像一张方块 A 的下半段。一双漆黑水润的双眼，鼻子毫无血色，也许是用白蜡做的。他的枪是长筒的柯尔特护林者手枪，瞄准器已经被锉掉了。这意味着他认为他是好人。

另外一个长得像只小狈犬的流氓，一头粗硬的红发，头上没戴帽子，眼神黯淡苍白，一对招风耳，一双小脚蹬着一双脏兮兮的白色运动鞋。他手上那把自动手枪看起来太重，他无法举起，可他似乎很享受举着枪的样子。他张大嘴巴，呼哧呼哧地喘气，我刚才留意到的味道正是从他的嘴里冒出来的气流——是薄荷脑的味道。

“举起手来，你——”他说。

我举起双手。除此之外也无可奈何了。

那个小个子绕到边上，从侧面靠近我。“对我们说，我们逃不掉的，”他讥笑道。

“你们逃不掉的，”我说。

高个子继续肆无忌惮地狞笑，他的鼻子看上去仍然像是白蜡做的。小个子吐了口痰在我的地毯上。“呀！”他走近我，斜着眼，用那把大手枪戳戳我的下巴。

我下意识地躲开。一般来说，在这种情况下，我必须笑纳这种挑衅。可我感觉要比一般情况好。我打遍天下无敌手。我三下五除二，缴了他们的枪，一把掐住那小个子的喉咙，狠狠用肚子撞了他，一手捏住他那只握枪的小手，把枪打落在地。简直是小菜一碟。不费吹灰之力，除了他的呼吸比较难闻。他被打得口吐白沫，满嘴嘟嘟囔囔，咒骂不休。

那个高个子站在一边，斜视着我，但并没有开枪。他没有挪动位置。眼神似乎有点儿焦虑，我觉得，可我无暇来确定。我在那个小流氓身后，弯着腰，一手掐住他，一手抓住他的枪。可这么做错了。我本应该掏出我自己的枪。

我将他重重地推开，他踉踉跄跄地撞上了一把椅子，栽倒在地，于是便对着椅子一阵乱踢。高个子男人哈哈大笑。

“枪上没有撞针，”他说。

“听着，”我一本正经地告诉他，“我这里还有半瓶上好的苏格兰威士忌，正打算找个地儿干了它。别再浪费我时间了。你们这些臭小子想干什么？”

“枪上可没有撞针，”白蜡鼻子说。“不信试试。我从来不让弗里斯基带着上膛的家伙出门。他太冲动了。你的手臂动作很漂亮，伙计。这是我对你的评价。”

弗里斯基从地上站起来，又朝地毯吐了口痰，哈哈大笑。我将自动手枪的枪口对着地板，扣下扳机。手枪发出了干巴巴的咔嗒声，不过从枪体的平衡感来说，似乎里面是有弹匣的。

“我们不想伤害你，”白蜡鼻子说。“这次来不为了这个目的。下次就说不准了。谁知道呢？也许你是个识相的家伙。别插手小吉特的事儿了，话撂在这儿了。明白吗？”

“不。”

“你不听话？”

“不，我不明白。谁是小吉特？”

白蜡鼻子没有被逗乐。他优雅地挥了挥那把长筒点二二口径手枪。“你应该修理一下脑袋瓜子，伙计，同时，也该把你的门修一修了。真是轻而易举，弗里斯基不费吹灰之力就打开了。”

“这我知道，”我说。

“把帽子给我，”弗里斯基大声咆哮。他再次从地上爬起来，可这回他没有撞向我，而是撞向他的同伙。

“安分点，蠢货，”高个子说。“我们只是给这家伙带个口信。我们不是来揍他的。不是今天。”

“你说的！”弗里斯基大吼道，试图从白蜡鼻子手中抢夺那把点二二口径手枪。白蜡鼻子毫不费力地将他抛到一边，不过这个小插曲让我腾出空来把自动手枪换到左手，右手抽出我的鲁格手枪。他点点头，可似乎并不在意。

“他没有父母，”他悲哀地说。“我就让他跟着我混。如果他不咬你的话，就不用在意。我们现在就走了。你明白了吧。别插手小吉特的事儿。”

“现在对着你们的是一把鲁格手枪，”我说。“谁是小吉特？也许在你们离开之前，我们会叫些警察来。”

他不耐烦地笑了笑。“先生，我带着这把小口径手枪是因为我能开枪。要是你觉得你能制住我，那就试试。”

“好吧，”我说。“你认识一个叫阿波加斯特的人吗？”

“我见过很多人，”他说着，嘴边又露出一个疲倦的笑容。“也许有，也许没有。再见，伙计。保重。”

他迈步向门口走去，侧着身子向前移动，目的是始终使我处于射程之内，我也同样如此，这只是事关谁先开枪并且一击即中，抑或是否值得开枪，喝了这么多温热的威士忌我是否还能打中什么玩意儿。我放他走了。在我看来他不像是个杀手，但我可能猜错。

那个小个子男人趁我走神时，再次撞向我。他从我的左手上抢过自动手枪，哧溜一下跑到门口，往地毯上吐了口痰，溜走了。白蜡鼻子在后面掩护他——那张又长又尖的脸上，长着白色的鼻子、尖尖的下巴，一副厌倦的表情。我永远忘不了他。

他轻轻地关上门，我傻乎乎地站在原地，拿着我的枪。我听见电梯上来又下去的声音。我仍旧站在原地。马蒂·埃斯特尔不太可能找这么两个小丑来恐吓人。我思考着，不过思绪将我带到了别处。我想起了留下的半瓶威士忌，继续开我的秘密会议。

一个半小时后，我感觉好多了，不过仍然晕晕乎乎。我感到困极了。

刺耳的电话铃吵醒了我。我正在椅子上打瞌睡，结果证明这么做实在是大错特错了，因为我醒来时，发现嘴里塞着两条法兰绒毛毯，头疼欲裂，后脑勺和下巴上的伤口不会比一只雅基马的苹果更大，可是却隐隐作痛。我感觉糟透了，就像一条被截肢的大腿一样。

我爬向电话，挣扎着坐到旁边的一把椅子上，接起了电话。这声音透着冰锥般的冷漠。

“达尔莫斯先生吗？我是吉特先生。我想我们上午见过。恐怕我对你态度有点儿强硬。”

“我自己还有点僵硬呢。你儿子朝我下巴捅了一拳。我是指你的继子，或者是你的养子——不管是什么吧。”

“他既是我的继子，也是我的养子。真的吗？”他听起来颇有兴趣。“你在哪里见到他的？”

“在亨特里斯小姐的公寓。”

“哦，我知道了。”一阵突如其来的缓和，冰锥融化了。“非常有趣。亨特里斯小姐有什么说的？”

“她很喜欢，很喜欢令公子在我下巴上来一拳。”

“嗯。他为什么这么做？”

“起先她把他藏起来。他偷听了一些我们的对话。他不喜欢。”

“嗯。我一直在想，也许要她配合的话，我们得给予她一些照顾——当然，不会很多。如果我们能确定的话。”

“她要价五万。”

“我恐怕我不——”

“别耍我，”我咆哮道。“五万美元。五万块。我只提供她五百块——只是个玩笑。”

“你似乎以一种相当轻率的态度对待这整件生意，”他同样咆哮着回敬我。“我不习惯这类事，我不喜欢这样。”

我打了个哈欠。我才不在乎呢。“听着，吉特先生，我是个爱鬼混的人，可我对工作一贯认真。这件案子有一些非同寻常的角度。比如说，刚才有两个持枪男子就在这里，我的公寓，袭击了我，叫我别插手吉特的案子。我不明白为什么这件案子这么凶险。”

“老天爷！”他听起来十分震惊。“我觉得你最好立刻到我家来，我们来讨论一下具体情况。我派车来接你。你能马上过来一趟吗？”

“好的。不过我可以自己开车过来。我——”

“不，还是我派司机开车过来接你。他叫乔治；你可以绝对信任他。他应该二十分钟后到你那儿。”

“好吧，”我说。“那给我留点时间把‘晚餐’喝掉。让他把车停在肯莫尔路上的街角，正对着富兰克林大街。”我挂了电话。

我洗了个冷热水淋浴，换上干净衣服，感觉体面多了。我又喝了几杯，换了小杯，然后套上一件轻外套，下楼走到街上。

车已经等在那儿了。我看见它停在半个街区外的小路上，看上去就像新店开张时用的那种豪车。一对车前灯就像流线型火车前端的那种灯，两个琥珀色的雾灯紧紧地固定在前挡板上，一对侧灯就像普通的车前灯一样大。我走到汽车边上停下，一个男人从暗处走出来，手腕干净利落地一甩，把一支烟向身后扔去。他个子很高，体格魁梧，深色皮肤，戴着一顶鸭舌帽，穿一件俄式的束腰外衣，配有一条武装带，闪闪发光的护腿，臀部鼓鼓的，就像穿着英国军官的马裤似的。

“达尔莫斯先生吗？”他用戴着手套的食指碰了碰帽子的顶端。

“是的，”我说。“稍息。别告诉这是那个老吉特的车。”

“是其中一辆。”这是一个冷酷，却能令人振奋的声音。

他打开后车门，我上了车，陷入靠垫中。乔治钻进驾驶座，启动了这辆大轿车。汽车驶离街沿，在街角转弯处发出巨大的噪音，就像钱包里的纸钞刷刷作响。我们向西驶去。我们似乎在随波逐流，但我们经过了所有地方。我们驶过了好莱坞的心脏地带，接着是西端，然后来到日落大道，从灯红酒绿到安静凉爽的贝弗利山，直到跑马道将大路分开。

我们在贝弗利山加速，沿着山路行驶，可以瞧见远处豪宅的灯光，然后往北驶向贝沙湾。我们开始向上经过一段狭长的道路，两边是高墙，没有人行道和大门。宅邸的灯光温文尔雅地穿透了刚刚降临的夜色。一片寂静。只有轮胎摩擦混凝土发出的柔和的呜呜声。我们再次向左转，我瞥见一块写着“卡尔维洛车道”的指示牌。向上开到一半，乔治在两扇十二英尺宽的铁门处左转。接着出事了。

铁门远端两只车灯突然亮起，一阵刺耳的喇叭声响起，接着引擎声轰鸣。一辆汽车飞速冲向我们。乔治手腕一抖，身子绷直，踩下刹车，脱掉他右手的手套，一气呵成。

那辆车开走了，车灯摇曳。“他妈的酒鬼，”乔治向身后咒骂道。

可能是吧。酒鬼会开车去任何地方买醉的。可能是吧。我往下一滑，坐在汽车地板上，从我的腋下拔出鲁格枪，伸手打开保险。我一点一点打开车门，举着枪，从车窗向外张望。车灯照射到我的脸上，我忙低下头，光线移开后，才抬起头。

那辆车猛地停下了。车门忽然打开，一个人影跳了出来，手里挥舞着枪，大吼大叫。我听见声音便知道是谁了。

“举起手来，你——！”弗里斯基朝我们尖叫。

乔治把左手放在方向盘上，我再打开一点车门。路上的那个小个子上窜下跳，嚷个不停。他跳下来的那辆小型的深色汽车除了引擎声，没有发出一点声响。

“这是拦路抢劫！”弗里斯基大吼道。“出来，站好了，你们——！”

我一脚踢开车门，钻出车外，鲁格枪拿在一侧。

“你自找的！”小个子咆哮道。

我赶紧卧倒——说时迟那时快！他手上的枪喷出了火星。肯定有人给他的枪安上了撞针。我头上方的玻璃碎了一地。透过余光，在那个紧要关头本来也无暇东张西望，不过我看见乔治的动作之流畅就像水中泛起的涟漪。我举起鲁格枪，正要扣下扳机，可是我身边射出了一发子弹——是乔治开的枪。

我收起枪。现在不需要了。

那辆深色的汽车颠簸着向前行驶，发出剧烈的声响向山下驶去。汽车呼啸着开了很长一段距离，那个小个子站在路中央，在两侧墙上的灯光映照下，仍然摇摇晃晃地挣扎着，形容诡异。

他的脸上流淌着一摊黑色物质。他的手枪在水泥地上弹了几下。他小短腿弯曲着，身子扑向一边，挣扎着翻滚了几圈，接着，非常突然，一动不动了。

乔治“呀”了声，嗅了嗅自己的左轮手枪。

“好枪法。”我钻出车，打量着这个小个子男人——现在已经拧巴成一团了。他那脏兮兮的白色运动鞋在一侧车灯的照耀下闪着微光。

乔治走到我身边。“怎么了，伙计？”

“我还没开枪。我只看到你那相当帅气的拔枪射击。真是帅呆了。”

“过奖了，朋友。他们肯定是在追踪杰拉尔德先生。我通常是在这个时间把他从俱乐部送回家，在俱乐部里打桥牌输了不少，喝得酩酊大醉。”

我们走向那个小个子，低头看着他。他没有什么特别的地方，只是个已经死去的小个子，脸上嵌着一颗很大的子弹，满身是血。

“关掉一些该死的灯，”我大吼道。“我们快点离开这儿吧。”

“房子就在街对面，”乔治说话的口气很轻松，仿佛刚才打中的不是一个人，而是老虎机里的一枚镍币。

“要是你喜欢自己的工作，就别让吉特一家知道这些事。你应该明白的。我们回到我的住处，重新来过吧。”

“我明白，”他厉声说道，跳进他的大轿车里。他关上雾灯和侧灯，我坐到他旁边的副驾驶座位上。

我们笔直行驶，开始向山上驶去，越过坡顶。我回头看看破碎的玻璃窗。那是最后面的那块小玻璃，它不是防震玻璃。车上已经有一大块玻璃掉落了。要是他们认真修理的话，可以重新安上，留下些证据。我觉得这无关紧要，不过也许有关系。

在山顶上，一辆巨大的豪华轿车经过我们向下驶去。车内的顶灯亮着，仿佛置身于一个光线明亮的陈列室，一对年迈的夫妇端坐在内，行着皇室礼仪。那个男人穿着晚礼服，戴着白围巾和一顶大礼帽。女人一身貂皮大衣，全身珠光宝气。

乔治若无其事地开过他们，踩下油门，我们急速右转，进入了一条黑漆漆的街道。“还有好几个纸醉金迷的晚宴，”他拖长声音说。“我打赌他们甚至都不会报道这些事。”

“是的。我们回家喝一杯吧，”我说。“我从没有真正喜欢过杀人。”

5

我们享用着哈里特 · 亨特里斯小姐的威士忌，透过杯沿望着对方。乔治脱下帽子后看上去长得不赖。他一头乱糟糟的深褐色波浪卷发，牙齿洁白整齐。他呷了一口酒，同时轻轻叼着一支烟。他那炯炯有神的黑色眼眸中闪烁着寒光。

“耶鲁大学毕业的？”我问。

“达特茅斯学院，[1] 这跟你有关系吗？”

“一切都与我有关。现在这年头大学文凭值几个钱呀？”

“一日三餐，还有一套制服，”他慢吞吞地说。

“小吉特是什么样的人？”

“一个金发的彪形大汉，打得一手好高尔夫，自以为对付女人有一套，酒喝得够凶，可迄今为止还没喝到过呕吐不止的地步。”

“老吉特是什么样的人？”

“如果他身上没有五分的话——他很可能会给你个一角。”

“啧啧，你谈论的可是你老板。”

---

① 也是美国名校，成立于 1769 年，是美国历史最悠久的世界著名学院之一，也是闻名遐迩的私立八大常春藤联盟之一。

乔治龇牙一笑。“他可抠门了，每次脱掉帽子，他的脑袋都会发出吱呀声。我总是在冒险。也许那就是为什么我到现在还只是个司机的原因。这威士忌不错。”

我又倒了一杯，把瓶子里剩下的酒都倒完了。我再次坐下。

“你觉得那两个持枪匪徒在那儿伏击的目标是杰拉尔德先生？”

“怎么不是？我平时都是那个时间开车送他回家的。除了今天。他宿醉得厉害，很晚才出的门。你这个混蛋，你肯定知道事情的前因后果，是吗？”

“谁告诉你我是个混蛋？”

“没人，不过只有混蛋才会问他妈的这么多问题。”

我摇了摇头。“嗯嗯。我只问了你六个问题。你老板非常信任你。他肯定告诉你了。”

这个皮肤黝黑的男人点点头，无力地咧咧嘴，又呷了口酒。“整个计划非常明显，”他说。“汽车一转过弯驶上车道时，那些家伙就出动了。我估摸着，他们并不打算杀掉什么人。这只是一次恐吓。只是那个小个子是个疯子。”

我望着乔治的眉毛。那是一对漂亮的黑色眉毛，闪现着一缕好似鬃毛的光泽。

我说：“马蒂·埃斯特尔感觉不像是会选那种帮手的人。”

“当然。也许这正是他选择他们的原因。”

“你很聪明。你我可以默契配合。不过开枪打死了那个小个子蠢货，事情有点棘手。你会怎么处理？”

“静观其变。”

“好的。如果他们找到你，要检查你的枪，如果你仍然还保留那把枪的话——当然，你极可能不会保留，以我之见，这件案子会被当作一起抢劫未遂处理。这是一点。”

“什么？”乔治喝完了他的第二杯，把玻璃杯放在一边，新点上一支烟，微微一笑。

“要从前车身辨别一辆车很难——而且还是在夜里。即便所有的车灯都打开，那也可能只是一个访客。”

他耸耸肩，而后点了点头。“可如果这是一次恐吓，它的效果也一样。因为家里人会听说这件事，那老头会猜测那些家伙是谁——为什么这么做。”

“见鬼，你真的很聪明，”我钦佩地说，此时电话铃响起。

对方是一个英国男管家的声音，简明扼要，他说如果我是约翰·达尔莫斯先生的话，吉特先生想要与我说话。他立刻接了电话，语气依旧冷若冰霜。

“我不得不说，要你遵守指令真花了不少时间，”他嚷道。“还是我的司机——”

“没错，他到我这儿了，吉特先生，”我说。“不过我遇到了一点麻烦。乔治会告诉你详情的。”

“年轻人，当我想要做什么事时——”

“听着，吉特先生，我这一天过得很辛苦。你儿子一拳打在我下巴上，害得我跌倒在地，磕伤了脑袋。我摇摇晃晃地回到公寓，一副半死不活的样子，可恭候我的是两个持枪硬汉，他们叫我放手吉特的案子。我竭力支撑着，可还是觉得有点虚弱，所以别吓唬我。”

“年轻人——”

“听着，”我一本正经地说，“如果你想在这场比赛中指手画脚，那不妨自己玩吧。或者你可以给自己省下一大笔钱，雇用一个唯唯诺诺的听令官吧。我必须按自己的方式做事。今晚有条子来找过你吗？”

“条子？”他用一种讨厌的声音重复道。“你是指警察吗？”

“当然啦——我是说警察。”

“我为什么要见警察？”他几乎是咆哮道。

“半小时以前，你家门口出现了一具‘硬货’。‘硬货’的意思是‘死尸’。他个头不大。你可以把他扫进簸箕里，如果他令你困扰的话。”

“我的上帝！你是认真的吗？”

“是的。而且他还向我和乔治开枪。他认得那辆车。他肯定是被安排来对付你儿子的，吉特先生。”

一阵刺耳的沉默过后。“我以为你刚才说有一具尸体，”吉特先生的声音冷冰冰的。“现在你说他向你开枪。”

“那时他还没死，”我说。“乔治会告诉你的。乔治——”

“你立刻出发到这儿来！”他在电话上朝我大吼。“立刻，听见了吗？立刻！”

“乔治会告诉你的，”我温柔地回答，然后挂了电话——就当着他的面。

乔治冷眼瞧着我。他站起身，戴上帽子。“好吧，伙计，”他说。“也许有一天我能让你在电话上听到一个温柔似水的家伙。”说着他就朝门口走去。

“不得不如此。这取决于他，他必须做决断。”

“疯子，”乔治一边说，一边回头看去。“不要白费口舌了，私家侦探。你对我说的任何话不过就是在错误地方发出的噪音。”

他打开门，走了出去，随后关上了门。我仍然坐在原处，手里还拿着电话机，嘴巴张得老大，里面只有我的舌头和一股难闻的臭味。

我走进厨房，晃了晃威士忌酒瓶，但里面还是空空如也。我感到烦躁不安，觉得自己完蛋之前，这种困扰的感觉将挥之不去。

他们肯定是与乔治擦肩而过了。我听见电梯停止向下，而几乎同时电梯再次开上来了。坚定的脚步声沿着走廊越来越响。拳头的砸门声传来了。我走过去开了门。

一个穿着棕色衣服，另一个穿着蓝色衣服，两个人高马大、表情一脸厌烦的家伙。

那个穿着棕色衣服的家伙伸出一只满是雀斑的手，把帽子往后脑勺推了推，说："你是约翰·达尔莫斯吗？"

"是我，"我说。

他们俩大摇大摆地押着我回到了房间里。穿蓝衣的男人关上了门。棕衣男子摊开手掌，只见一枚盾形徽章，正好让我瞥见了黄金珐琅的闪光。

"芬利森，中央重案组警督，"他说。"这位是西伯德，我的搭档。我们是来办案的，可不是闹着玩的。我们听说你是个持枪的骗子。"

西伯德摘下帽子，用手掌向后拂去那花白头发上的尘土。他悄无声息地钻到了厨房里。

芬利森坐在一张椅子的边缘，用拇指的指甲轻轻弹打着下巴，他的拇指指甲方方正正，如同冰块，颜色像芥子膏一般泛黄。他的年纪比西伯德大，但不如他英俊潇洒。他像一个不修边幅的老油子警察，一副吊儿郎当的模样。

我坐了下来，说："你是什么意思，什么叫持枪的骗子？"

"我的意思是开枪射击别人。"

我点上一支烟。西伯德从厨房里出来，走进壁床后面的更衣室。

"我们知道你是个私家侦探，"芬利森语气沉重地说。

"没错。"

"拿来。"他伸出手，我交出钱包。他翻来覆去地检查了个遍，递还给我。"身上带着枪？"

我点点头。他伸出手来作势要我缴枪。西伯德走出更衣室。芬利森嗅了嗅鲁格枪，啪地退出弹匣，清空后膛，举着枪，只见弹匣通向枪管后膛的尾部，向上发出一点亮光。他低下头，斜眼瞧着枪口。他把枪递给西伯德。西伯德也同样审视着手枪。

“不会吧，”西伯德说。“干净，但不至于那么干净。不可能在一个小时里清理得这么干净。有一点灰尘。”

“没错。”

芬利森捡起掉在地毯上的子弹，将它塞进弹匣里，啪的一声将弹匣恢复原位。他把手枪递给我。我把枪塞回腋下。

“今晚出去过吗？”他简洁地问我。

“别跟我说阴谋，”我说。“我只是个跑龙套的。”

“你个滑头，”西伯德失望地说。他再次掸了掸头发，打开一个桌子的抽屉。“有趣的事件。新闻专栏可有的好写了。我喜欢这种方式——用我的皮革短棒。”

芬利森叹了口气。“今晚出去过吗，私家侦探？”

“是的。一直在进进出出。怎么了？”

他忽略了这个问题，又问：“你去哪儿了？”

“出去吃饭了。还打了一两个商业电话。”

“在哪儿？”

“很抱歉，伙计。每桩生意都有私人档案。”

“还有同伴在吗？”西伯德说着拿起乔治的玻璃杯，闻了闻。“就刚才——一个小时之内？”

“你还没这么优秀，”我刻薄地说。

“坐在豪华的凯迪拉克里兜风？”芬利森紧追不舍，深深地吸了口气。“沿着西洛杉矶？”

“坐在克莱斯勒里兜风——沿着藤蔓大街的方向。”

“也许我们最好逮捕他，”西伯德盯着自己的指甲。

“也许你们最好跳过这段侦讯过程，告诉我你们到底要打听什么。我会跟警察合作——除了他们表现出自己不受法律约束的时候。”

芬利森仔细打量着我。我刚才的话并没有对他产生任何影响。西伯德的话也没有影响他。他有一个信念，始终在小心翼翼地呵护着。

“你认识一个名叫弗里斯基·拉文的流氓吗？”他叹息道。“他以前常玩碰瓷的把戏，发现自己可以逃过处罚。这行一直干了十二年。使一把枪，行动干净利落。不过今晚七点三十分左右，他停止行动了。僵硬冰冷——脑袋上还有一颗子弹。”

“从没听说过这号人，”我说。

“我必须要看看笔记本。”

西伯德彬彬有礼地一探身。“你想要吃耳光吗？”他问道。

芬利森霍地伸出手。“住口，本。住口。听着，达尔莫斯。也许是我们误会了。我们讨论的不是谋杀。这可能是合法的。这个弗里斯基·拉文今晚在贝沙湾的卡尔维洛车道上成了具僵尸。就躺在马路正中央。没有目击者。所以我们很想了解情况。”

“好吧，”我大吼道。“这干我什么事？让那个调音师别碰我头发。他西装笔挺，指甲干净，可他太过于看重他的警徽了。”

“神经病，”西伯德说。

“我们接到一通有趣的电话，”芬利森说。“我们可没有仗势欺人。我们想找一把点四五口径的手枪看。他们还不确定到底是哪个型号。”

“他很精。他把枪丢在里维斯家的栅栏下了。”西伯德嘲笑道。

“我没有点四五口径的枪，”我说。“这么需要枪的家伙还不如拿个铁锹。”

芬利森怒视着我，同时点着他的手指。他深吸一口气，突然对我态度缓和下来。“当然，我只是个蠢货，”他说。“任何人都可以扯掉我的耳朵，可我无所谓。我们别东拉西扯了，谈点正经的。”

“西洛杉矶警局接到一通匿名电话，称有人发现这个弗里斯基的尸体。他被人发现死在了一栋豪宅的外面，那栋豪宅属于一个名叫吉特的人，他名下有多家投资公司。他不会用弗里斯基这样的家伙做打手的，这样一来就没有理由了。仆人们都没听见动静，同一街区的其他四栋宅邸的仆人也没听见声音。弗里斯基就躺在大街上，有人开车碾过了他的脚，不过他的死因是脸部中枪，子弹是点四五口径。西洛杉矶警局还没开始常规调查，就有人打电话到中央部门，告诉重案组，如果他们想要知道谁是杀死弗里斯基·拉文的真凶，去问问一个名叫约翰·达尔莫斯的私家侦探，随即又告诉了详细地址和相关信息，接着迅速挂断了电话。”

“好吧。这个家伙给我们提供消息，我压根不认识弗里斯基，但我问鉴识科的人，确定他们能查到他，差不多与此同时，我在调查这起案子时，从西洛杉矶传来了消息，情况描述得似乎非常吻合。因此我们便一起来了，警长让我们到这里来拜访一下，于是我们就来拜访了。”

“那么你们来了，”我说。“要喝一杯吗？”

“如果必要的话，我们可以搜一下屋子吗？”

“当然。那这是个重大突破——我是指那个匿名电话——如果你在上面耗六个月。”

“我们已经有了头绪，”芬利森咆哮道。“会干掉这个人渣的怀疑对象可能有一百个，其中三分之二可能会觉得把屎盆子扣在你头上正合适。那三分之二的人正是我们感兴趣的所在。”

我摇了摇头。

“一点儿都不知道，嗯？”

“只会油嘴滑舌，”西伯德说。

芬利森摇摇晃晃地站起身。“好吧，我们四处看看。”

“也许我们应该带一张搜查令，”西伯德说，他用舌尖舔了舔上嘴唇。

“我不必同这家伙争吵，是吗？”我问芬利森。“我是说，一味忍让他的冷嘲热讽、压制自己的脾气，这合适吗？”

芬利森望着天花板，冷冷地说：“他的妻子前天离开了他。他就是想出出气，就像他自己说的那样。”

西伯德脸色煞白，粗鲁地绞着指关节。他干笑了几声，站起身来。

他们忙活了半天。整整十分钟，他们忙着开关抽屉，检查架子的后方、坐垫的底部，翻开床铺，窥探冰箱，折腾得够呛。

他们回来再次坐下。“就是个疯子，”芬利森精疲力竭地说。“也许是某个家伙从黄页上找到你的名字，无中生有吧。”

“那我现在得喝一杯了。”

“我不喝酒，”西伯德吼道。

芬利森双手捂着腹部，“又不是用大碗盛酒，孩子。”

我倒了三杯酒，把两杯搁在芬利森手边。他拿起一杯喝了一半，望着天花板。“我还接到另一起谋杀案，”他沉吟道。“是你们圈子里的一个家伙，达尔莫斯。在日落大道上的一个胖子。名字叫阿波加斯特。你听过这个人吗？”

“我想他是个鉴定笔迹的专家，”我说。

“你可是在回答警方的问题，”西伯德冷冰冰地说。

“当然。警方的问题早就在上午的报纸上登过了。这个阿波加斯特身中三枪，点二二口径，目标手枪。你知道什么混混携带这种手枪吗？”

我紧紧握着玻璃杯，悠长缓慢地饮下一口。我觉得那个白蜡鼻子看上去没这么危险，可谁知道呢。

“是的，我知道，”我不急不缓地说。“有个名叫艾尔·泰瑟洛尔的杀手。可他住在佛森。他使的是一把柯尔特护林者手枪。”

芬利森喝完了第一杯酒，紧接着将第二杯也一饮而尽，站起身。西伯德也站起来，一脸不悦。

芬利森打开门，“走吧，本。”说着便出了门。

我听见走廊上响起他们的脚步声，电梯再次上升。下面的大街上一辆汽车刚刚发动，呼啸着驶入夜色之中。

“那种跳梁小丑不会杀人，”我大声说道。不过看样子他们似乎知道。

再次出门前，我等了十五分钟。其间，电话铃响了，可我没有接。

我驾车驶往艾尔·米拉诺，兜了好几圈确定没人跟踪我。

6

大堂里一切如旧。我缓步走向前台，蓝色的地毯仍然蹭着我的脚踝。还是那个脸色苍白的服务员正在将一把钥匙递给两个穿着斜纹软呢的长脸女子，这时他瞧见了我，再次把身体重心放在左脚上，柜台尽头的门弹开了，蹦出来那个色眯眯的胖子霍金斯。嘴上还叼着同样的雪茄蒂。

他赶忙走过来，这次向我露出一个温暖的微笑，挽住我的胳膊。“我正想着见你这家伙呢，”他咯咯笑道。“我们上楼去吧。”

“出什么事了？”

“什么事？”他一笑嘴咧得更大了，好比一个两车车库的大门一般。“什么事儿都没。这边请。”

他把我推进电梯，说了一声“八楼”，嗓音肥厚而欢快。电梯上行，我们出了轿厢，沿着走廊行走。我非常好奇，便任他摆布。他按响了亨特里斯小姐门口的门铃，里面的钟当当直响，门开了。我望着一个头戴圆顶窄边礼帽、身穿晚礼服、面无表情的家伙，他的右手插在上衣的侧袋里，礼帽下面的一对眉毛满是伤痕，一双眼睛则仿佛汽油箱盖子般生动。

他的嘴微微张启，“找谁？”

“老板派来一伙儿的，”霍金斯兴高采烈地说。

“什么一伙儿的？”

"我来说吧，"我接口道。"有限责任公司[①]"。

"嗯？"那对眉毛抬了抬，扬起下巴。"我希望，没人在耍我吧。"

"等等，先生们——"霍金斯开口说。

戴礼帽的人身后响起一个声音打断他。"怎么了，毕夫？[②]"

"他在锅里炖呢，"我说。

"听着，蠢货——"

"等等，先生们——"照旧。

"一切正常，"毕夫的声音向身后甩去，仿佛是一团绳子。"酒店保安带了一个家伙上来，他说他是一伙儿的。"

"把他带进来，毕夫。"我喜欢这个声音。柔顺、平静，你也许可以用一把三十磅重的锤子和一把冰冷的凿子将自己的名字刻在其中。

"进来吧，"毕夫说着站到了一边。

我们走进房间，我走在头里，接着是霍金斯，最后是毕夫在我们身后小心翼翼地转过身，仿佛一扇门。我们三个挨得很近，看上去肯定像极了一块三层的三明治。

亨特里斯小姐不在房间里。壁炉里的原木的余火已经熄灭了。空气中依然残留着一股檀香味，还混合着烟味儿。

一个男人站在长沙发的另一头，身穿蓝色的驼毛外套，领子竖起，几乎碰到了那顶黑色的可翻帽檐的帽子，两只手插在口袋里。一条围巾松松垮垮地搭在外套上。他站在那儿一动不动，嘴里叼着香烟，断断续续地冒出烟雾。他个头很高，一头黑发，举止优雅，充满危险。他没有说话。

霍金斯缓步向他走去。"这就是我跟你提起的那个家伙，埃斯特尔先

---

① Company 在英文中既有"同伙"，也有"公司"的意思。

② 原文为 Beef，也有"牛肉"的意思。后一句"他在锅里炖呢"（in a stew）是双关语，既指炖牛肉，也指焦虑不安的状态。

生，”胖子喋喋不休道。“今天早些时候来过，他说是你派来的。耍了我。”

“给他十块钱，毕夫。”

戴礼帽的男人左手不知从哪儿变出了一张纸币，推到霍金斯面前。霍金斯接过钱，脸上一红。

“太客气了，埃斯特尔先生。那就多谢了。”

“滚吧。”

“嗯？”霍金斯愣住了。

“没听见他说的吗，”毕夫恶狠狠地说。“要你从这儿滚蛋，嗯哼？”

霍金斯挺直了腰板。“我必须保护住客。先生们你们懂的。在其位，谋其职。”

“是的。滚吧，”埃斯特尔嘴唇微启。

霍金斯一转身，快步走出了房间，动作柔和。门咔哒一声轻轻地关上了。毕夫回头望向门，然后跟在我后面。

“看看他身上有家伙吗，毕夫。”

礼帽男过来检查我身上是否带着枪。他拿走了我的鲁格枪，从我身边离开了。埃斯特尔随意瞟了一眼鲁格枪，然后看着我。他的眼神中有一种冷漠的厌恶。

“名叫约翰·达尔莫斯，嗯？私家侦探？”

“怎么样呢？”我说。

“某人要把某人的脸压到某人的地板上了，”毕夫冷酷地说。

“啊，把那些胡扯的话留给电话骗子吧，”我对他说。“今天晚上我可受够了硬汉们。我说了‘怎么样呢’，这就是我说的。”

马蒂·埃斯特尔看上去有点儿被逗乐了。“见鬼，别发火。我必须要保护我的朋友，不是吗？你知道我是谁。好吧，我知道你跟亨特里斯小姐谈了些什么。我也知道一些有关于你的事，可能你以为我不知道。”

“很好，”我说。“那个肥蠢货霍金斯下午放我上来，收了我十块钱——我的身份他门儿清——他刚才又从你的铁人那儿拿了十块钱，出卖了我。把枪还给我，告诉我，你为什么要管我的闲事。”

“够了。首先，哈里特不在家。我们在等她，为了一件已经发生的事。我不能再等下去了，我得回俱乐部工作了。那么，这次你回来追查什么？”

“来找吉特家的公子。今晚有人在他的车里被枪杀了。从现在开始，他需要有人在他身后保护他。”

“你觉得这是我的行事风格吗？”埃斯特尔冷冷地问。

我走向一个橱柜，打开柜门，找到一瓶威士忌。我拧开瓶盖，从小凳子上拿起一只玻璃杯，倒了一些酒。我尝了一口，味道不错。

我四处寻找冰块，可已经没有了。冰块在冰桶里已经全部融化了。

“我问你一个问题，”埃斯特尔一本正经地说。

“问吧，我已经打定主意了。答案就是，我还没想过——不。可事情发生了。我就在那儿。我就在车上——车上坐的不是小吉特。他的父亲派人来接我去他家谈些事。”

“什么事？”

我懒得表现出吃惊。“你手上揣着那个男孩的文件，价值五万块。如果他有什么不测，情况对你可不妙。”

“我可不这么看。因为那样一来，我就拿不到我的钱了。那个老家伙不会付钱的——假设是这样。眼下，他一个月能得到一千块，可他做不了主，因为钱还在信托基金里。懂吗？”

“那么你不会干掉他，”我边说，边享用我的威士忌。“你也许是想吓唬吓唬他。”

埃斯特尔眉头紧锁。他将香烟丢在烟灰缸里，望着这一片烟雾缭绕，片刻后，他再次拿起香烟掐灭了。他摇了摇头。

“如果你打算做他的保镖，估计由我来支付你部分的酬劳了，对吗？估计。我这种圈子里的人没法面面俱到。他已经成年了，他乐意与谁交往是他自己的事。举例来说，女人的事。一个漂亮姑娘难道不应该为自己从五百万美元中分一杯羹吗？没有这种道理。”

我说：“我认为这是个绝妙的主意。你知道什么关于我的事，而我却以为你不知道？”

他微微一笑，有气无力。“你等在这里要告诉亨特里斯小姐什么事——已经发生的一件事？”

他再度有气无力地笑了笑。

“听着，达尔莫斯，任何游戏都有许多规则。我的游戏规则就是在娱乐场所的利润上，因为我需要赢下一切。是什么让我心狠手辣？”

我把一支新的香烟放在手指上转动，试图用两根手指将它绕着玻璃杯转一圈。“谁说你心狠手辣的？我听到有关你的评价都是最好的。”

马蒂·埃斯特尔点点头，无精打采地一乐。“我有许多消息来源，”他平静地说。“当我在一个人身上押了五万块时，我将倾向于多打探一些他的消息。吉特雇了一个名叫阿波加斯特的人做些调查工作。阿波加斯特今天在他的办公室遇害了——凶器是一把点二二口径手枪。这也许跟吉特的生意无关。不过，你今天去那儿时，后面有个尾巴。你没有向警方报告。这些足以让你我交朋友了吗？”

我舔了舔杯沿，点点头道：“似乎是可以。”

“从现在起，别再骚扰哈里特了，行吗？”

“好的。”

“那么我们相互理解了吧。”

“是的。”

“很好，我要走了。把鲁格枪还给他，毕夫。”

礼帽男走来，啪的一声把手枪扔在我手上，力气大得足以打断骨头。

“还不走？”埃斯特尔一边向门口走去，一边问。

“我想我还要待一会儿。等到霍金斯上来向我再要十块钱。”

埃斯特尔咧嘴一笑。毕夫走在他身前，一脸木然地来到门口，打开门。埃斯特尔走出了房间。门关上。房间里一片安静。我嗅着檀香木行将消散的香味，一动不动地站在原地，四下环顾。

有人疯了。我疯了。大家都疯了。大家凑在一起一团乱麻。马蒂·埃斯特尔，正如他所说的，他没有动机谋杀任何人，因为那么做他赚到钱的计划铁定泡汤。即便他有杀人动机，那个白蜡鼻子和弗里斯基似乎都不像他会挑选来执行任务的人。警方已经把我列入黑名单了，我的二十块经费已经花了一半，我没有足够的资本去雪茄吧台讨价还价了。

我喝完了酒，放下杯子，在房间里来回踱步，抽了第三支烟，看看手表，耸耸肩头，感觉一阵恶心。套房里的内侧门关着。我迈步走向其中一间，小吉特今天下午肯定从里面偷偷摸摸地走出来过。打开门，瞧见一间刷成象牙白和玫瑰灰的卧室。一张巨大的双人床，上面盖着织花锦缎，床脚没有竖板。内嵌梳妆台自带面板灯，化妆品在上面熠熠生辉。灯亮着。门口边上一张桌子上的小台灯也亮着。靠近梳妆台的一扇门里露出了浴室幽幽的绿色瓷砖。

我走上前，向内探视一番。镀铬，一间玻璃淋浴房，绣着首字母的毛巾挂在架子上，玻璃搁板上放着香水，浴缸底下放着浴盐，一切都那么精致整齐。亨特里斯小姐干得不错。我希望她是自己付的房租。其实不关我的事——我只是喜欢这样。

我朝客厅方向往回走，在门口处停下，再一次愉快地打量着四周，这时我发现了一些本该在一踏入房间时就注意到的东西。实际上，我注意到了空气中刺鼻的火药味，还没有完全消散。接着，我又发现了其他事。

床被人挪动过了，床头靠在了壁橱门的边缘，橱门没有关紧。是床的分量撑住了橱门不让它崩开。我走过去查看橱门崩开的原因。我的步伐缓慢，几乎走到一半，我才发现自己手上正握着把枪。

我身子紧贴着橱门，没有动静。我靠在边上，用脚猛地踢开了床，缓缓后退。

一个巨大的身躯向我袭来，我赶紧向后退去一大步，以防不测。接着几乎是毫无预兆，他现身了——几乎是斜刺里滚了出来。我又使劲顶住门，使他维持现状，观察着此人。

他仍然身材魁梧、一头金发，仍然穿着一身粗糙的便服，开领衬衫上围了一条围巾。不过这次他的脸色不再红润。

我再次退后，他从橱门后滚了出来，翻滚了几下，仿佛在冲浪的游泳者，砰的一声撞在地板上，几乎是平躺着，双眼还在注视着我。床头台灯在他的脑袋上闪着光。他那件粗糙的便服上——大约在心脏的位置——有一个烧焦了的污迹，四周黏黏糊糊。所以他终究是拿不到那五百万了。谁也拿不到一分钱，马蒂·埃斯特尔拿不到他的五万块了，因为年轻的杰拉尔德先生死了。

我回头向他藏身的壁橱望去。此时橱门大敞着。架子上吊着不少衣服，女式的漂亮衣服。他刚才一直靠在这堆衣服之中，可能双手举起，胸口顶着一把枪。接着，有人开枪杀死了他，无论是谁干的，这个人动作还不够迅速、力气也不够大，没能把橱门关上。又或者那个人惊慌失措下，随手拖过床来顶住门，便溜之大吉了。

地板上有东西闪闪发亮。我捡起一看，一把小型自动手枪，点二五口径，女式手枪，枪柄内嵌纯银和象牙镂花。我把手枪放在口袋里。感觉这也是一件搞笑的事。

我没有碰他。他和约翰·D·阿波加斯特一样，毫无生机。我留着那扇橱门敞开着，四下倾听，然后快步穿过房间走进客厅，关上了卧室房门，最后照我以前的习惯，仍旧抹去了把手上的指纹。

门锁传来了钥匙转动的咔嗒声。霍金斯又折回来了，来看看我为何迟迟不出来。他用自己的备用钥匙打开了门。

他进门时，我正在倒一杯酒。

他完全走进房间后，双脚牢牢地定住了，冷冷地扫视我。

“我看见马蒂·埃斯特尔和那小子走了，”他说。“你还没出来，所以我上来看看。我要——”

“你要对客人的安全负责，”我说。

“是的。我要对客人的安全负责。你不能待在这里了，伙计。那位住在这儿的女士不在家时，不行。”

“可马蒂·埃斯特尔和那小子却可以。”

他向我凑近了些，眼神中露出鄙夷的神色。可能他一直带着这种神情，但我直到现在才明显地注意到了。

“你不想我找茬吧，对吗？”他问我。

“不，大家都别多管闲事。喝一杯。”

“这不是你的酒。”

“亨特里斯小姐送给我一瓶。我们是朋友。马蒂·埃斯特尔和我是朋友了。大家都是好朋友。你不想交朋友吗？”

“你别忽悠我。”

“喝一杯，忘了刚才的事。”

我找了一个杯子，给他倒了一杯。他拿起酒杯。

“要是有人闻出我身上的酒味，我就说是工作需要。”他说。

“嗯哼。”

他慢慢地饮了一口，酒液在舌尖上转动。“好酒。”

“这不会是你第一次品尝吧？”

他刚又要发怒，转眼便放松下来。“见鬼，我猜你就是个骗子。”他一饮而尽杯中的威士忌，放下酒杯，用一条皱巴巴的大手帕抹了抹嘴唇，叹口气道。

“好了，”他说。“可我们现在得离开了。”

“可以走了。我猜她有一阵子不会回来了。你看见他们出门的吗？”

“她和那个男朋友。是的，走了有一会儿了。”

我点点头。我们走向门口，霍金斯送我出门，然后送我下楼，离开酒店。可他没有看到亨特里斯小姐房间里有什么。我纳闷他是否会返回房间。要是他回去的话，也许看见威士忌酒瓶他就迈不动道了。

我钻进车里，驾车回家——准备打电话给安娜·哈尔西谈谈。对我们来说——已经不存在任何案件了。

7

这回我把车停在靠近路沿的地方。我的心情很沉重。我搭乘电梯上楼，开了门，按亮电灯。

白蜡鼻子坐在我那张最好的椅子上，一支手卷的棕色香烟夹在指间，尚未点燃。他那瘦骨嶙峋的膝盖交叠着，那把柯尔特护林者手枪稳稳地搁在他的腿上。他在微笑。这可不是我见过的最迷人的微笑。

“嗨，伙计，”他拖长声音说道。“你好像还是没把门加固。只是关上了，是吗？”他慢吞吞地说道，嗓音死气沉沉。

我关上门，站在房间对面望着他。

“是你杀死了我的伙伴，”他说。

他慢悠悠地站起身，缓缓穿过房间，用那把点二二口径手枪抵住我的喉咙。尽管还在微笑，他那笑意盈盈的薄嘴唇似乎与他的白蜡鼻子一般，冷酷无情。他默默地伸手从我外套下取出鲁格枪。从今往后，我最好还是把枪留在家为妙。这个城市里的阿猫阿狗都能从我这儿拿走它。

他踱步回到房间另一头，又坐回到椅子上。“老实待着，”他语气温柔。“安分点，朋友。别乱动。你我是在出发点。时间流逝，我们在等待出发。”

我坐下，凝视着他。一只奇怪的鸟。我舔了舔干燥的嘴唇。“你告诉我说他的枪上没有撞针，”我说。

“是的。这件事他也骗了我，这个小混蛋。我叫你别插手小吉特的事了。现在他死了。我想说的是弗里斯基。很疯狂，不是吗？这样一个让我操心的傻瓜，整天跟着我，而我却让他被人干掉了。”他叹了口气，“他是我的小兄弟啊。”

“我没有杀他，”我说。

他又笑了笑。他的笑容从未停止。他的嘴角向内耷拉得更深了。

“是吗？”

他拉开了鲁格枪的保险栓，小心翼翼地放在椅子右侧的扶手上，同时手伸进口袋里。他掏出来的东西令我毛骨悚然。

一个金属管，通体黑色、外表粗糙，大概四英寸长，上面钻了好些小洞。他的左手端着护林者手枪，开始随意地将金属管拧在枪的一端。

“消音器，”他说。“我猜你们这些聪明人会说，这是唬人的。这个不是唬人的——可以开不止三枪。我可知道，是我自己做的。”

我又一次舔了舔嘴唇。“一枪就够了，”我说。“这玩意儿会阻碍操作的，它看上去像块锻铁。很可能会炸掉你的手。”

他露出了惨白的笑容，继续拧，动作缓慢、精细，拧到最后一下时，他的背往后一靠，如释重负。“这宝贝可不会。它里面塞了钢丝绒，就像我说的，开三枪没问题。接着你就得重新填充。它不会有很大的后坐力来阻碍手枪的操作。你还好吧？我希望你感觉还不错。”

“我感觉棒极了，你这个变态——，”我说。

“过一会儿，我会把你放在床上。你不会有任何感觉。我很在意自己的杀人行为。我想，弗里斯基也不会有感觉的。你下手干净利落。”

“你别犯傻了，”我嘲笑道。“那个司机用史密斯·威森点四四口径手枪杀了他。我甚至都没开火。”

“嗯哼。”

“好吧，你还是不信我，”我说。“你为什么要杀阿波加斯特？那起杀人就没什么特殊的了。他在办公桌前被人枪杀，凶器是一把点二二口径手枪，开了三枪，阿波加斯特中弹后就跌倒在地上。他对你那个卑鄙的小兄弟做过什么呢？”

他猛地抽出手枪，仍然笑容满面。“你在胡说什么，”他说。“这个阿波加斯特是谁？”

我告诉了他。我说话的节奏很慢，事无巨细地讲给他听。我告诉他很多事。他隐约看上去有些愁容。他眼神闪烁，左顾右盼，犹如一只蜂鸟般，坐立不安。

“我不认识什么叫阿波加斯特的家伙，朋友，”他悠悠地说。“从没听说过。我今天也没有开枪射击过任何胖子。”

“你杀了他，”我说。“而且你还杀了小吉特——在位于艾尔·米拉诺那女孩的公寓里。他的尸体此刻正躺在那里。你是马蒂·埃斯特尔的手下。他会对这次谋杀感到万分遗憾的。来吧，干掉我，那就三人成行了。”

他的脸僵住了。笑容最终消失了。现在他的整张脸已经面无人色了。他张大嘴巴，大口呼吸，发出一阵令人不安的声音。我能看到他的额头上渗出的汗水，微微泛光，我也能觉察到那汗水蒸腾的气息扑面而来。

白蜡鼻子非常温柔地说：“我根本没有杀害任何人，朋友。一个都没有。我不是被雇来杀人的。在弗里斯基被枪杀前，我压根没想过杀人。这是实话。”

我克制自己不去盯着那个手枪一端的金属管看。

他的眼底燃起了一团火焰，一团微弱、缭绕的火焰，似乎渐渐地愈燃愈烈。他低头望着双脚之间的地板。我环顾四周看到电灯开关，可惜离得太远了。他再次抬起头，开始慢慢地拧下消音器。他随意地拿在手上，丢回他的口袋里，然后站起身，双手各持一把枪。接着他又改变了主意。他再次坐下，快速将鲁格枪里所有的子弹退出，扔到了地板上。

他轻手轻脚地穿过房间，向我走来。“我想今天是你的幸运日，”他说。“我要去一个地方见个人。”

“我一直明白今天是我的幸运日。我总是感觉良好。”

他小心翼翼地绕过我来到门口，将门打开一条缝，然后从狭窄的门缝中钻了出去，同时再次向我微笑。

“我要去见个人，”他非常温柔地说，舌头在唇边滑动。

“还不行，”我说着一跃而起。

他拿着枪的手位于门的边缘，几乎是在门后。他无法躲开，我把他牢牢压在门边，铆足了吃奶的劲儿。太疯狂了。他给了我喘息之机，本来我只要站在原地，放他走即可。可是我也要去见个人——我想先见到他。

白蜡鼻子斜着眼，满嘴骂骂咧咧。他奋力用门后那只手挣扎。我一个躲闪，狠狠一拳打在他的下巴上。这一下足以击垮他了，他脚步踉跄，我再追加了一拳。他的脑袋重重地撞向木头门框。我听见轻微的一声“砰”，然后我揍了他第三拳。我从没有使这么大的劲揍人。

我整个人离开门口，只见他身体一瘫向我倒来——眼神空洞，双腿发软。我一把抓住他，将他的双手背到身后，任其倒地。我一边监视着他，一边大口喘气。我走到门边，他的护林者手枪还静静地躺在地上。我捡起枪，丢入口袋里——不是那个装着亨特里斯小姐手枪的口袋。他甚至都没发现这把枪。

他就在那儿躺在地上。身体单薄，毫无分量，但我还是气喘吁吁。过了一会儿，他的眼睛眨动，抬头望着我。

“真是贪心不足，”他有气无力地嘀咕。“我为什么要离开圣路易呀？”

我唰一声把手铐铐在他的手腕上，拽住他的肩头拖进了更衣室，用一根绳子绑住他的脚腕。我让他平躺在地上，他略侧着身子，鼻子一如既往的惨白，眼神空洞，嘴唇微启，仿佛在喃喃自语。一个有趣的家伙，并不算太坏，可也不是纯洁无瑕到让我必须为他痛哭流涕。

我收好我的鲁格枪，带着三把枪离开了。公寓楼外空空荡荡，没有一丝人影。

8

吉特的豪宅坐落于一个占地九到十英亩的小山丘上，一大堆殖民地时代的宽阔白色立柱、屋顶天窗，还有一个四车位的车库，周围遍布木兰花。车道的顶端有一块圆形的停车处，上面停着两辆车——一辆是我搭乘过的庞然大物，另外一辆是我曾经见过的浅黄色敞篷跑车。

我按下门铃，门铃大小就跟银币的大小差不多。门开了，一个窄肩高个、眼神冷漠、穿着深色衣服的家伙向门外打量着我。

“吉特先生在家吗？吉特先生，老吉特先生？”

“请问你是哪位？”他的口音很厚重，就像混合威士忌一样。

“约翰·达尔莫斯。我是他雇来的。也许我应该走员工通道的。”

他用一根手指勾住衣领，一脸不悦地望着我。“哦，也许吧。你可以进来。我要向吉特先生请示一下。我相信他此刻正在忙。麻烦你在门厅稍等片刻。”

“装模作样，”我说。“英国管家如今不会拿腔拿调。”

“聪明人，嗯？”他大吼道，声音仿佛从远处传来，不会超过大西洋城与霍博肯[①]之间的距离。“等着。”他说完便溜走了。

---

① 大西洋城与霍博肯都是新泽西州的城市。

我坐在一张精心雕刻的椅子上，口渴难耐。过了一会儿，管家蹑手蹑脚地返回门厅，闷闷不乐地将下巴冲着我，努了努嘴。

我们走过了漫长的走廊，走到底后豁然开朗，来到了一间巨大的阳光房。在阳光房的另一头，管家打开了一扇宽门，我经过他身边，走进了一间椭圆形房间，地上铺着一张黑色和银色交织的椭圆形地毯，地毯中央摆放着一张黑色大理石的桌子，雕刻精致的高背椅直挺挺地靠在墙边，还有一面巨大的椭圆形镜子，圆形表面让我看上去就像脑袋上湿漉漉的侏儒。房间里有三个人。

就在我进门处的对面，司机乔治腰板笔挺地站着，穿着一身服帖的深色制服，手上拿着他的鸭舌帽。哈里特 · 亨特里斯小姐则坐在那张最不舒服的椅子上，手中的杯子里还剩下一半酒水。椭圆地毯的银色边缘处，老吉特先生正试图轻松地伸展四肢，仍然受到限制，但内心愤愤。他的脸色发红，鼻子上的血管鼓鼓的。他双手插在一件丝绒便服的口袋里，里面穿着一件带褶衬衫，胸前别着一枚黑珍珠，配着黑色领结，一只漆皮的牛津皮鞋鞋带松开了。

他转过身，冲着我身后的管家大叫道："滚出去，关上那些门！我在家不见客了，明白吗？任何人都不见！"

管家关上门。估计走开了。可我没听见他离开的声音。

乔治冲我冷冷地似笑非笑，亨特里斯小姐透过她的酒杯淡淡地注视着我。"恢复得不错！"她故作正经地说。

"将我独自留在你的公寓里可真是冒险，"我告诉她。"我也许会偷走你的香水。"

"好吧，你想怎么样？"吉特冲我吼道。"事实证明你是个出色的侦探。我让你调查一件机密，你却直接跑去找亨特里斯小姐，把所有事都告诉了她。"

"这么做有效，不是吗？"

他瞪着我。他们都瞪着我。“你怎么知道的？”他咆哮道。

“漂亮姑娘我看一眼就知道她是什么人了。她到这儿来告诉你，她有一个不太喜欢的想法，让你再无忧虑。杰拉尔德先生在哪里？”

老吉特安静了下来，狠狠地逼视着我。“我仍然认为你不能胜任这份工作，”他说。“我的儿子失踪了。”

“我不是为你工作的。我为安娜·哈尔西工作。你要诉苦应该向她诉。我要自己倒杯酒，还是让你穿紫色西装的奴才来做？还有，你儿子失踪了是什么意思？”

“要我把他扔出去吗，先生？”乔治心平气和地问。

吉特对着黑色大理石桌面上一个自带虹吸管的玻璃细颈瓶和玻璃杯摆了摆手，然后目光再次注视着地毯。“别犯傻，”他厉声打断乔治。

乔治面上一红，颧骨上现出红晕。他的双唇稍显僵硬。

我给自己调了一杯酒，坐下后，一边品尝一边再次问道：“你儿子失踪了，这话什么意思，吉特先生？”

“我付了你一大笔钱，”他瞪着我，大吼大叫，满脸怒气。

“什么时候？”

他愕然无语，又望向我。亨特里斯小姐乐了。乔治怒目而视。

“我儿子失踪了，你以为我是什么意思？”他严厉地说。“我本来以为，哪怕是你，也该非常清楚了。没人知道他的下落。亨特里斯小姐也不知道。我也不知道。甚至连他可能身在何处都没人知道。”

“可我比别人聪明，”我说。“我知道。”

整整一分钟的时间，大家都静止不动。吉特面露疑色，瞪大眼睛盯着我。乔治也瞪着我。那女孩也瞪着我。她看上去一脸迷惑。而另外两人只是瞪着我。

我望着她。“如果可以说的话，请告诉我你出门去了哪里？”

她那深蓝色的眼眸清澈见底。“没有什么好隐瞒的。我们一起出去了——乘坐出租车。杰拉尔德的驾照被吊销了一个月了。太多罚单没有交。我们乘车去沙滩，就像你猜的，我想换换心情。我下定决心，我就是要做个骗子。我不是真的要杰拉尔德的钱，我想要的是复仇。因为这位吉特先生毁了我的父亲。当然，他的所作所为都是合法的，然而这并没有区别。可我把自己推到了一个无法实施复仇的位置，也没法让自己变成一个低三下四的骗子。于是，我对杰拉尔德说去找别的姑娘交往吧。他很痛心，我们吵架了。我让出租车停车，在贝弗利山下了车。之后，我返回了艾尔·米拉诺，从车库里取了我的车，赶来这儿。我是来告诉吉特先生，要他忘了这一切，别再费心叫讨厌的侦探来调查我了。”

“你说你和他搭乘出租车出去的，”我说。“那为什么乔治不为他开车呢，如果他不能亲自开车的话。”

我凝视着她，可我不是对着她在说。吉特冷冷地回答我，“乔治当然替我开车，送我往返于家里和办公室。那时候，杰拉尔德已经离家出走了。这有什么不对劲的吗？”

我转向他，说道：“是的。是有些不对劲。杰拉尔德先生身在艾尔·米拉诺。那个大楼保安霍金斯告诉我的。他回到那里等候亨特里斯小姐，霍金斯让他进入了她的公寓。霍金斯会送些顺水人情——只要十块钱就够了。他也许还待在那里呢，也许走了。”

我继续注视着他们。要同时注视他们三个人很困难。但他们一动不动，只是看着我。

“好吧——我很高兴听到这个消息，”老吉特说。“我还在担心他跑去哪里喝得酩酊大醉了呢。”

“不，他没有跑去哪里喝得酩酊大醉，”我说。“顺便说一句，你打电话寻找他下落的这些地方中，难道你就没打去艾尔·米拉诺吗？”

乔治点点头。“是的，我打了。他们说他不在那儿。看样子是这幢大楼里的保安给了接线女孩小费，让她闭紧嘴巴。”

“他没必要这么做。她给公寓打电话，而他只要不接就行了——很自然。”我注意到老吉特神情严肃，还饶有兴致。对他来说重提那件事很难，可他必须如此。

他的确这么做了。他先舔了舔嘴唇。“为什么——很自然，我想问问。”他冷酷地问。

我将酒杯放在大理石桌面上，背靠墙站着，双手自然下垂。我仍然试图望着他们——他们三人。

“我们来稍稍回顾一下这件事，”我说。“我们都非常理智地看待眼前的情况。我知道乔治只是个仆人，虽然他的身份应该不仅限于仆人。我认识亨特里斯小姐。当然了，你是货真价实的，吉特先生。那么，我们来看看已经掌握的线索。我们有很多不合逻辑的线索，但是我很聪明。不管怎样，我都要将它们穿起来。首先，马蒂·埃斯特尔有一叠票据影印件。杰拉尔德否认给过他这些影印件，吉特先生不会为此买单，可他却让一个鉴定笔迹的专家阿波加斯特去核查签名，看看笔迹是否是真的。然而它们确实是真的。如假包换。这个阿波加斯特可能还调查了其他事。这一点我就不知道了。我没法问他。我去找他时，他已经死了——中了三枪——我听说的——凶器是一把点二二口径手枪。不，我没有告诉警察，吉特先生。”

这个一头银发的高个男子看上去惊慌失措，震惊不已。他那瘦削的身躯簌簌发抖。“死了？”他喃喃低语。“被人谋杀了？”

我望着乔治。乔治依然纹丝不动。我又看着那个女孩。她安详地端坐着，默默等待，双唇紧闭。

我说：“能将他的遇害与吉特先生的案子联系起来的只有一个因素。他是遭到一把点二二口径手枪枪击的——而这个案子中有一个人携带了一把同样的手枪。”

他们聚精会神地望着我，却一片沉默。

“我一点也不清楚他为何遭到枪杀。对于亨特里斯小姐或是马蒂·埃斯特尔，他毫无威胁。他太胖了，没法到处跑。我猜测，他聪明过了头。他接下了一个鉴定笔迹的简单案件，从这条线索查到了更多超越他权限的事。他查到了他不该查的东西——他也推测了他不该推测的事——甚至他可能还进行了小小的敲诈勒索。于是，今天下午有人用一把点二二口径手枪把他灭了口。好吧，我经得起。我从没见过他。

“接着，我前去拜访亨特里斯小姐，在跟那个毛手毛脚的大楼保安周旋了一番后，我终于见到了她，并聊了一会儿。那时，杰拉尔德先生悄悄地从暗处出来，狠狠地往我下巴上揍了一拳，我摔倒在地，他又用椅子腿砸了我的脑袋。等我醒来时，这个地方已经人去楼空了。于是我便回了家。

“待我回家时，发现家里有两个人，一个是带着点二二口径手枪的男人，和他在一起的是一个名叫弗里斯基·拉文的蠢货。他有股口臭，带着一把巨型枪，现在这些都不打紧了，因为就在今天晚上，他在你府邸的门口被人枪杀了，吉特先生——他试图持枪抢劫你的车。警察知道这件事——他们特地为此来见我——因为另一个家伙，那个携带点二二口径手枪的家伙，是这个小蠢货的大哥，他以为是我开枪打死了蠢货，试图向我报仇。但这不管用。这就是前两起谋杀案件。

“现在我们来说说第三起谋杀，也是最重要的一起。我返回艾尔·米拉诺，因为对杰拉尔德先生而言，再到外面瞎转悠似乎不再是个好主意了。他好像有不少仇人。甚至今晚弗里斯基·拉文开枪时，似乎待在车里的应该是他——可当然啦，那只是个幌子。”

老吉特花白的眉毛拧成一团，一脸迷惑。乔治则毫无迷惑的神色。他一脸漠然，表情就像雪茄店门口的木头印第安人[①]一样木讷。此刻女

① 印第安人的生活与烟草密不可分，因此雪茄店门口经常放置木头印第安人作为广告宣传。

孩的脸色有点泛白，神情紧张。我紧追不舍继续说道。

“回到艾尔·米拉诺，我发现霍金斯让马蒂·埃斯特尔和他的保镖进入亨特里斯小姐的公寓去等她。马蒂有些事要告诉她——就是阿波加斯特被杀。这正好可以让她摆脱小吉特一段时间——再怎么也要等到警方调查的风声过去了。马蒂真是个思虑周全的家伙。比你想象的还要思虑周全。举例来说，他知道阿波加斯特这号人，他也知道吉特先生今天上午去了安娜·哈尔西的办公室，他还知道——可能是安娜告诉他的，这点我毫不意外——他还知道我现在正在调查这个案子。于是他尾随我来到了阿波加斯特的住处，然后就走了。后来，他从他的警察朋友那里得知阿波加斯特遭人杀害了，他明白，我没有报警。于是，他让我留在公寓里，我们不打不相识。在告诉我这些事后，他就离开了。我又再次一个人留在了亨特里斯小姐的公寓里。但这回，我漫无目的地在房间里四处查看。我找到了年轻的杰拉尔德先生，在卧室，一个柜子里。”

我快步走向那个女孩，手伸进我的口袋里，掏出那把迷你精致的点二五自动手枪，放在了她的膝上。

“以前见过吗？”

她的声音莫名地拘谨起来，但那双深蓝色的眼睛漠然地注视着我。

“不错。是我的。”

“你把它藏在哪儿的？”

“在床头边上一个小桌子的抽屉里。”

“确定吗？”

她想了想。另外两个男人都没有反应。

乔治的嘴角开始抽搐。她突然摇了摇头，脑袋撇向一边。

“不。我现在想起来了，我曾经把手枪拿出来给某个人看过——因为我不太了解枪支——后来就留在了客厅的壁炉上了。实际上，我几乎确定我这么做过。我正是给杰拉尔德看过这把枪。”

“所以，如果有人要对他不利的话，有可能在那儿能拿到手枪是吗？”

她困惑地点点头。“他在柜子里——你这是什么意思？”她的声音微弱而急促。

“你明白的。这间房间里的每个人都明白我的意思。他们知道，我向你展示这把手枪是有特殊用意的。”我从她身边走开，面向乔治和他的老板。“他当然是死了。心脏中弹——很可能就是用这把枪。手枪留在他身边。这也是为何我能发现这把枪的原因。”

老人向前迈了一步，又突然停下，勉强靠着桌子支撑身体。我无法确定，他的脸色发白了，还是他的脸色早已惨白。他呆呆地瞪着那个女孩，用极其缓慢的语速，一字一句从牙缝中蹦出来：“你他妈的是个女杀手！”

“难道不会是自杀吗？”我冷笑道。

他一扭头，弧度足以看清我。我看得出，这个想法引起了他的兴趣。他微微点头。

“不，”我说。“这不可能是自杀。”

他非常不喜欢这样的玩笑。他的脸色因为充血而通红，鼻子上的血管更突出了。女孩摸了摸膝盖上的手枪，而后一手轻轻地握着枪柄。我看见她的拇指非常轻柔地滑向保险栓。她不太了解枪支，可到底也了解得够多了。

“这不可能是自杀，”我再次拖长了声音强调道。“作为一起独立的事件——也许吧。但是却与已经发生的其他事件不相干。阿波加斯特、这栋房子外面的卡尔维洛车道、埋伏在我公寓里的歹徒，还有那把点二二口径手枪。”

我的手再次伸进口袋，拉出了白蜡鼻子的护林者手枪。我随意地将它放在左手的手掌上。“可奇怪的是，我认为不是这把点二二口径手枪——虽然它恰巧是属于那个枪手的。不错，我也抓到了那个枪手。他此刻就被绑在我的公寓里。他回来打算干掉我，可我说服他放弃了。我可是个口才出众的说客。”

“除非你演得过火了，”女孩冷冷地说，手枪稍稍抬起。

“谁杀了他再清楚不过，亨特里斯小姐，”我说。“只是事关动机和时运。马蒂·埃斯特尔不会，不会这么做。那样他就没机会捞到他的五万块钱。弗里斯基·拉文的伙伴也不会，尽管他的老板在，可我始终觉得他不是为马蒂·埃斯特尔打工。他无法进入艾尔·米拉诺去杀人，当然更不可能进入亨特里斯小姐的公寓。凶手必定是能从中有所获益的人，而且还要有机会能进入凶杀现场。好吧，谁能从中获益？杰拉尔德两年后将从信托基金中继承五百万。要是他得不到这笔钱的话，就没法继承。那么，一旦他死了，他的法定继承人就能得到这笔钱。谁是他的法定继承人呢？你们肯定会大吃一惊。你们知道吗，在加利福尼亚和一些别的州，但不包括所有的州，一个人可以自行成为法定继承人。只要收养一个有钱，但没有子嗣的人。”

这时乔治按捺不住了。他的动作如此流畅，就如同水中泛起的涟漪。史密斯·威森手枪在他手中泛着清冷的光泽，可他没有开枪。女孩手中那把小巧的自动手枪响了。鲜血从乔治棕色、厚实的手上喷出。史密斯·威森掉在了地上。他大声咒骂。她不太了解枪支——知之甚少。

“当然！”她冷酷地说。“如果杰拉尔德在那里，乔治就能毫不费力地进入公寓。他会从车库进去，身着制服的司机，搭乘电梯上楼，只需敲敲门。杰拉尔德开门时，他就会用这把史密斯·威森逼他退进房里。可他怎么知道杰拉尔德在那儿？”

我说：“他肯定是跟踪了那辆出租车。他跟我分开后，我们不知道他整晚都在哪儿。他开着辆车。警方会查出来的。乔治，你能从中分到多少？”

乔治用左手握着他的右手腕，紧紧地握住，他的面容扭曲可怖。一声不吭。

“乔治会用史密斯 · 威森逼他退进房里，”那女孩虚弱地说。“那么他会看见我放在壁炉架上的手枪。那更好办了。他会好好利用的。他会逼杰拉尔德退进卧室，离开走廊，钻进柜子，然后，悄无声息、从容不迫地将他杀害，把枪丢在地板上。”

“这些大学生都是好人。是达特茅斯还是丹尼莫拉，乔治？乔治还杀了阿波加斯特。他用一把点二二口径手枪杀了他，因为他知道弗里斯基 · 拉文的大哥有一把同样的手枪，他知道这一点，因为是他雇了弗里斯基和他的大哥去威胁杰拉尔德的——这样一来，他被人谋杀看起来就像是马蒂 · 埃斯特尔找人干的。所以这也是为什么今晚我坐在吉特的车里被人接出来了——那两个歹徒被人警告过、洗过脑，可以大胆行动。要是我顽固不化，甚至可以干掉我。可只有乔治喜欢杀人。他干净利落地开枪打死了弗里斯基，他打中了他的面部。这一枪很准，我觉得他自己认为是一次失手。”

一片沉默。

最后我望着老吉特。我一直等着他自己拔出一把枪，可他没有。他只是站在原地，张着嘴巴，一脸震惊，倚靠着黑色大理石桌子，浑身颤抖。

“我的上帝！”他喃喃道。“我的上帝啊！”

“你心中没有上帝——除了金钱。你——”

我身后门“吱呀”一声。我转过身，但其实并不需要费这个劲。一个粗犷的声音传来，那口音就像《阿莫斯和安迪》[①]中的人物一样，他说：“举起手来，伙计。”

---

① 著名的美国广播剧，剧情背景设置在纽约的黑人区哈莱姆区。后来拍成了电视剧，由两位黑人演员主演。

是那个管家，那个非常英式的管家，就站在门口，手上拿着枪，双唇紧闭。女孩手腕一翻，随手向他开了一枪，打中了肩膀周围。他连声惨叫。

“滚开，你打扰我们了，”她冷冰冰地说。

他跑开了。我们听见了一路小跑的脚步声。

“他会跌倒的，”她说。

此刻，我的右手拿着鲁格枪，一如既往地姗姗来迟。我拿着枪步步逼近。老吉特仍然抓着桌子，脸色灰白，仿佛铺路的砖块一般。他双膝微屈。乔治不屑地站在一边，用手帕裹着他那流血不止的手腕，注视着他。

“让他跌倒吧，”我说。“下面才是他该去的地方。”

他终究摔倒在地了。脑袋一歪，嘴角耷拉着。身体一侧撞到了地毯，翻滚了一下，膝盖拱起。他的嘴角淌出了些许口水，皮肤在发紫。

“去报警吧，天使，”我说。“我会看着他们。”

“好吧，”她说着站起身。“不过在你的私家侦探业务中，你肯定会需要很多帮助的，达尔莫斯先生。”

9

一只黑色的、亮晶晶的小虫子在那张伤痕累累的旧办公桌上缓慢爬行，它长了只粉色的脑袋。它步履蹒跚地爬着，仿佛一位老妇人拿着太多的包裹。来到桌边，它直挺挺地冲向前方的空中，然后背向下摔在了肮脏的棕色油毡上，几条细瘦的腿折断了，凭空扑棱，最后就装死。有个一分钟，它又伸出了腿，挣扎着翻过身子，向前翻滚，朝着房间角落晃晃悠悠地前行。

我已经在那儿待了整整一个小时，独自一人。房间中央放着一张伤痕累累的桌子，另一张则靠墙放着，垫子上有个铜痰盂，墙上挂着个警用扬声器，三只被碾碎的苍蝇，一股冷却的雪茄烟和旧衣服的气味。两把坚硬的、带棉垫的扶手椅，另外两把是光秃秃的硬椅。灯具上积的灰差不多已经见证了柯立芝[①]总统的第一届任期。

门被一把推开，芬利森和西伯德进来了。西伯德一如既往的衣冠楚楚、令人生厌，可芬利森似乎老了许多，无精打采、畏首畏尾的样子。他手上捧着一摞文件。他隔着桌子，坐在我的对面，瞪着我的眼神令人不寒而栗。

墙上的扬声器正播报一则消息，是关于一个中年黑人拦路抢劫后从十一街正在圣佩德罗向南逃窜。此人身穿灰色西装，头戴呢帽。"小心接近。这名嫌疑人携带一支点三二口径左轮手枪。完毕。"（他们抓获他的时候，他带着的是把液氨枪，穿着棕色裤子，一件破破烂烂的蓝色羊毛衫，没戴帽子，年纪大约十六岁，口袋里有三十五分钱，而且是个墨西哥人。）

"你这样的家伙总会陷入很多麻烦，"芬利森不怀好意地说。西伯德靠着墙边坐下，歪了歪帽子，遮住眼睛，打了个哈欠，看了一眼他那崭新的不锈钢手表。

"没有麻烦就没有生意，"我说。"否则我怎么赚钱？"

"你这样鬼鬼祟祟，我们应该把你关进大牢。这件案子上你赚了多少？"

"我为安娜·哈尔西工作，而她为老吉特工作。我估计我欠了一屁股债。"

西伯德向我露出了威胁性的笑容。芬利森点燃一支雪茄，舌头舔了舔一侧的裂缝，试图糊好缝，不过他吸的时候，烟还是会漏出来。他把

① 美国第30任总统。

文件推向桌子对面的我面前。

“签了这三份副本。”

我签了三份副本。

他拿回文件，打个哈欠，揉了揉他那头发灰白的脑袋。“那老家伙中风了，”他说。“没有生命危险。可什么时候能出去就不知道了。乔治·海斯特曼，那个司机，他只是一味嘲笑我们。真可惜他受伤了，否则我真想跟他较量较量。”

“他很强悍，”我说。

“不错，好吧，你现在可以滚了。”

我站起身，向他们点点头，走向门口。“好了，晚安，伙计们。”

他们俩都没搭腔。

我出了门，沿着走廊，搭晚间电梯下了楼来到市政厅的大堂。我从春日街一侧走出去，向下走过一大段空空荡荡的台阶，冷风拂面而来。我点燃一支香烟。我的汽车还停在吉特家的外面。我抬脚准备向距离半个街区对面的出租车走去。这时，一辆停着的车里传来一个刺耳的声音。

“过来这里一下。”

那是个男人的声音，生硬、粗犷。那是马蒂·埃斯特尔的声音。他正坐在一辆大型轿车中，前排坐着两个人。我走上前去。后车窗摇下来，马蒂·埃斯特尔伸出一只戴手套的手靠在车窗上。

“进来。”他推开了车门。我上了车。我太累了，懒得争执。“斯金，开车吧。”

汽车向西行驶，一路穿越黑暗，两边是几乎一片寂静的街道，干净整齐。夜晚的空气并不清新，却格外凉爽。我们驶上了一座小山，开始加速。

“他们掌握了多少？”埃斯特尔冷冷地问。

“他们没告诉我。他们还没有从那个司机身上问出什么来。”

“你没法在这个男人的地盘上判定涉及几百万美元的谋杀案。”那个叫斯金的司机头也不回地大笑道。“也许现在我连那五万块都摸不着了……她喜欢你。”

“嗯哼。那又怎么样？”

“离她远点儿。”

“我会得到什么？”

“应该说你要是不这么做，会有什么下场？”

“是的，当然，”我说。“见你的鬼，如你所愿。我累极了。”我闭上眼睛，身体蜷缩在车子的一角，就像这样睡着了。在一阵高压之后，我有时是会如此。

然而，一只手在我的肩膀上使劲摇醒了我。汽车停住了。我望出窗外，到了我公寓楼的外面。

“到家了，”马蒂·埃斯特尔说。“记住了，离她远点儿。”

“为什么送我回家？只为了告诉我这个？”

“她叫我出来找你的。所以你自由了。她喜欢你。我喜欢她。明白了吗？你可别再惹麻烦了。”

“麻烦——”我正要开口，然后又止住了。这一晚我已经烦透了这个玩笑。“谢谢送我回来，还有一句，去你的吧。”我转身走向公寓楼，上了楼。

门锁松开了，不过这回屋里没人在等候我。他们已经把白蜡鼻子带走好一会儿了。我把门开着，把窗户向上推开，电话铃响起时，我还在抽警察的雪茄蒂呢。是她的声音，冷酷，有点生硬，毫无感情，不过却有点开心。好吧，她可能是历经千辛万苦后才变成这样的。

“你好，棕眼珠。安全到家了吗？”

“你的朋友马蒂·埃斯特尔送我回家的。他叫我离你远点儿。真心真意地谢谢你，要是我还有真心的话。不过别再给我打电话了。”

“有点小害怕了，达尔莫斯先生？”

“不是。等我打给你，”我说。“晚安，天使。”

“晚安，棕眼珠。”

电话挂断了。我把电话放到一边，关上门，调低床。我脱了衣服，在冰冷的空气中，我在床上躺了一会儿。

接着我起身，喝了一杯后，冲了个澡，继续睡觉。

他们最终还是撬开了乔治的嘴，但也吐露得不多。他说，他们为了那个女孩的事起了争执，小吉特去抢壁炉上的那把手枪，乔治同他打斗中，枪响了。当然，这一切看上去都有可能——在文件上。他们没有把阿波加斯特的死归咎在他或任何人身上。他们一直没找到那把凶器，但那不是白蜡鼻子的枪。白蜡鼻子失踪了——我再也没听到过他的下落。他们没有动老吉特，因为他的中风永远无法康复了，只能平躺着，依靠护士，告诉人们他是如何在大萧条时期保住资产的。

马蒂·埃斯特尔给我打过四次电话，叫我离哈里特·亨特里斯远远的。我为这个可怜的家伙感到遗憾。他一片痴情。我和她出去过两次，有两次在家里坐坐，品尝她的威士忌。一切都很美好，只是我没有金钱、没有华服、没有时间或是风度。于是她突然离开了艾尔·米拉诺，我听说她去了纽约。

她离开时我很高兴——尽管她都没来向我道别。

（宋　玲　译）

我会等候

1

凌晨一点，那个夜间门房卡尔熄灭了温德米尔酒店大堂里三盏台灯中的最后一盏。蓝色的地毯暗淡了一两分，四周的墙壁也渐渐模糊了。椅子上坐满了影影绰绰的闲人。记忆犹如蜘蛛网，畏缩在角落中。

托尼·雷塞克打了个哈欠。他歪着脖子，侧耳倾听从广播室里传来的微弱的、咿咿呀呀的音乐声，广播室位于大堂远端一道昏暗的拱门后。他紧锁眉头，心想一点后那应该是属于他自己的广播室。那里不应该有人。那个红发女孩打扰了他的夜晚。

眉头渐渐舒展，一抹微笑浮现在他扭曲的嘴角上。他全身放松地坐着，他是个身材矮小、皮肤苍白、大腹便便的中年男子，修长细洁的手指捏着表链上系着的麋鹿齿；这修长细洁的手指属于一位心灵手巧的艺术家，指甲泛着光泽，非常有型，指关节渐渐收窄，手指末端似刮刀一般。漂亮的手指。托尼·雷塞克轻轻地揉搓收回，平静的灰色双眸中带着一丝安详。

眉头再次紧蹙。这音乐惹恼了他。他身形轻巧地站起来，不可思议，交叠的双手还放在表链上。一时间，他如释重负地向后靠着椅背，下一刻突然双腿支撑着站起身来，一动不动，于是乎这个起身的动作似乎被忽略了，成了一种错觉。

他穿着一双小巧、锃亮的皮鞋，小心翼翼地踩着蓝色地毯，来到了拱门之下。音乐声更响了，其中包含了刺耳的喇叭声，摇滚爵士乐那种疯狂、歇斯底里的节奏。声音太响了。红发女孩坐在那里，默默地注视着那巨大无线机架上有些磨损的部分，仿佛她能看见整个乐队带着固定的职业笑容，看见汗水流过他们的后背。她在一张长椅上盘腿而坐，房间里的垫子似乎都放在上面。她小心地窝在这些垫子里，就像花束裹在花匠的绵纸中。

她没有回头。她靠在那里，一只手握成小小的拳头搁在桃色的膝盖上。她穿着厚重的罗纹丝绸睡衣，上面绣着黑色的莲花花蕾。

“你喜欢古德曼①吗，克雷西？”托尼·雷塞克问。

女孩缓缓地转动明眸。那里光线昏暗，不过她紫罗兰色的双眸几乎刺眼。这双深沉的大眼睛中没有一丝犹豫。她的脸庞透露着古典美，没有表情。

她一言不发。

托尼微笑着，手指在身体两侧移动，一个接着一个，感受手指的动作。“你喜欢古德曼吗，克雷西？”他温柔地重复道。

“还不至于喜欢到热泪盈眶，”女孩平淡地说。

托尼踮起脚、摇摆着身体，看着她的双眼。深沉、空洞的大眼睛。或许曾经如此？他俯身去关闭了收音机。

“别误会我的意思，”女孩说。“古德曼很会赚钱，如今一个能恪守本分赚钱的年轻人是值得尊敬的。不过这种吉特巴舞的音乐给我的感觉像是走了气的啤酒。我喜欢其中某种浪漫的气氛。”

“也许你喜欢莫扎特，”托尼说。

“继续，逗我玩，”女孩说。

“我没逗你玩，克雷西小姐。我认为莫扎特是古往今来最伟大的人——托斯卡尼尼②则是他的代言者。”

“我以为你是个保安。”她把头靠在一个枕头上，透过睫毛注视着

---

① 本尼·古德曼（1909—1986），美国著名单簧管演奏家、爵士乐音乐家，被称为“摇摆之王”。

② 20 世纪意大利著名指挥家。

他。“给我放点莫扎特，”她又说道。

“太晚了，”托尼叹口气。“你现在听不到了。”

她再次向他抛去意味深长的一瞥。“在打量我，是吗，条子？”她大笑道，几乎喘不上气。“我犯了什么错？”

托尼露出亲昵的微笑。“没什么，克雷西小姐。一点没什么。不过你需要一些新鲜空气。你待在这个酒店已经有五天了，一直没出门。你订了一间顶楼塔景房。”

她再次大笑。“给我讲个故事。我无聊极了。”

“曾经这里有个女孩住过你的套房。她在酒店里待了整整一周，就像你一样。我是说，根本没有出过门。她几乎没跟人说过话。你猜她后来怎么样了？”

那女孩郑重地看着他，说：“她没结账就溜走了。”

他伸出那只修长细洁的手，缓缓转动，抖动手指，就像一条被折断的惰性波。“嗯哼。她下楼去取了账单，结了账。接着她告诉服务员半小时后来取她的行李。最后，她从阳台跳了下去。”

女孩略向前探身，眼神依然凝重，一手环绕着她桃色的膝盖。“你说你叫什么名字？”

“托尼·雷塞克。”

“听上去像匈牙利人。”

“嗯，”托尼说。“波兰人。”

“说下去，托尼。”

“所有的顶楼套房都带私人阳台，克雷西小姐。围栏很低，房间距离地面有十四层楼那么高。那是个月黑风高的晚上。”他的手做了最后一个动作，一个永别的动作，便放下了。“没人看见她跳下去。不过她落地时，就像一把大型手枪开火的声音。”

“接着忽悠，托尼。”她呢喃的嗓音清澈、干涩。

他露出亲昵的微笑。他那安详的灰色眼眸似乎抚平了她那波浪似的秀发。“伊芙 · 克雷西，[①]”他若有所思地说。“一个等待被光明唤醒的名字。”

“等待一个高个子黑皮肤的家伙可不妙，托尼。你不会在意原因的。我曾经与他结过婚。我也许会再跟他结婚。人的一生中可能会犯很多错。”她放在膝盖上的手慢慢打开，直到手指撑开，竭尽全力。接着手指迅速用力地合拢，昏暗的光线下，指节就像打磨光滑的骨头，隐隐发亮。“我曾经耍过他一次。我让他处在一个糟糕的境地——不是有意的。你也不会在意的。只是我欠他的。”

他轻轻地弯下身体，旋开收音机的旋钮。一支华尔兹在温暖的空气中淡淡地流淌。一支俗气的华尔兹，但到底是华尔兹。他调高音量。一阵染上阴影的旋律从喇叭中涌出。维也纳沦陷后，所有的华尔兹都染上了阴影。

女孩的脑袋靠向一侧，嘴里哼着三四个小节的曲子，突然，嘴巴紧紧闭上了。

“伊芙 · 克雷西，”她说。“曾经身处灯光之下。在一家寻欢作乐的夜店。一个低级夜总会。他们查抄了那个地方，从此便是一片黑暗。”

他面带讥讽地朝她微笑。“你在那里的时候还不是低级夜总会，克雷西小姐……那时老门房在酒店前门进进出出，胸前挂着奖章而鼓鼓囊囊，乐队经常演奏这支华尔兹。《最卑贱的人》。[②] 埃米尔 · 杰宁斯。你已经忘了吧，克雷西小姐。”

“春天，美丽的春天，[③]”她说。“不，可我从未见过。”

---

① “伊芙”(Eve) 在英文中有“节日前夕”的意思。

② 一部 1924 年的德国经典默片，无银幕解说词，完全靠镜头讲故事。该片对人物的自卑心态有极深入的刻画。该片由德国演员埃米尔 · 杰宁斯主演，杰宁斯是首位奥斯卡金像奖最佳男主角奖得主。

③《春天，美丽的春天》是美国爵士大师博比 · 哈基特的一首爵士乐。

他背对着她走了三步，转过身来。“我得上楼去锁门了。我希望没有打扰你。你现在应该睡觉了。很晚了。”

俗气的华尔兹终止了，传来了一个声音。女孩通过这个声音在讲话，“你真的想过这样的事吗——关于阳台？”

他点点头。“我也许想过，”他温柔地说。“可我不再想了。”

“不可能，托尼。”她的笑容就像一片杳无踪迹、朦朦胧胧的树叶。“过来再跟我聊聊。红头发的人不会跳楼，托尼。他们会上吊——而后消逝。”

他严肃地望着她看了一会儿，踩着地毯离开了。门房正站在通往大堂的拱门下。托尼还没有望向那边，但他知道那儿有人。他总是清楚是否有人靠近自己。他能听见青草生长的声音，就像《青鸟》[①]中的驴子一般。

门房急不可待地朝他努努嘴。他制服领子上方宽阔的脸庞看上去汗津津的、异常激动。托尼迈步向他走来，两人一起穿过拱门，来到外面昏暗的大堂中央。

“出事了？”托尼疲惫地问。

“外面有个家伙要见你，托尼。他不愿进来。我正在擦拭大门的厚玻璃，他来到我身边，一个高个子。‘把托尼找来，’他撇着嘴说道。”

托尼说：“嗯哼。”他望着门房淡蓝色的双眼。“他是谁？”

“他说他叫奥尔。”

托尼的脸上冷若冰霜。“好吧。”他拔腿就要走。

门房扯住他的衣袖。“听着，托尼。你结了仇家吗？”

托尼客气地笑了笑，脸上依然面无表情。

---

① 1940 年一部由秀兰·邓波儿主演的奇幻电影，讲述战争期间，迈蒂与蒂蒂梦想着能有快乐的自由生活，贝露恩仙女告诉他们，有一种蓝色的鸟可以给人们带来幸福，于是两个孩子便踏上了寻找青鸟的旅程。

“听着，托尼。”门房紧紧拽住他的袖子，“有辆黑色汽车停在一个街区外，在出租车的反方向。有个家伙站在汽车边上，一只脚踩在踏脚板上。那个跟我说话的家伙，穿着深色的束腰大衣，高耸的领口露出耳朵。他的帽子压得低低的，几乎看不清他的脸。他撇着嘴说‘把托尼找来’。你没结仇家吧，对吗，托尼？”

“除了信贷公司，”托尼说。“滚吧。”

他慢慢地走开，步伐略带僵硬地穿过了蓝色地毯，走上那三级浅浅的台阶来到大堂，一侧有三台电梯，另一侧是前台。现在只有一台电梯还在运行。在敞开的电梯门边上，他双手交叉，夜班服务员穿着一套整洁的、镶着银边的蓝色制服，默默站着。这个瘦削的黑皮肤墨西哥人名叫戈麦斯。一个新来的男孩，接手了夜班工作。

另一侧是前台，玫瑰色大理石，夜班服务员正小心地靠在上面。一个清秀的小个子男人，留着一小撮淡红的胡须，两颊泛红，仿佛涂了胭脂一般。他盯着托尼，用指甲戳着他的胡须。

托尼向他竖起一根僵硬的中指，另外三根手指紧紧地屈向手掌，然后弹出大拇指，收起中指，来回交替。服务员摸了摸另一侧的胡须，一脸不耐烦。

托尼经过已经歇业、黑漆漆的报摊以及通往药房的边门，出门走向镶嵌铜框的玻璃门。他在门内侧停下了，深深地吸了口气，倍感艰辛。他绷紧肩膀，推开门，投入外面那寒冷、潮湿的午夜空气之中。

街道漆黑而安静。两个街区以外的威尔希尔车水马龙，没有人影，没有异样。左边停着两辆出租车。两个司机肩并肩靠着一辆车的挡泥板，抽着烟。托尼朝着相反方向走去。那辆黑色的大汽车距离酒店门口有三分之一个街区。车灯昏暗，他差不多快走到面前时，才听见轻柔的引擎声。

一个高个身影离开了车身，朝他信步走来，双手插在高领的深色大衣中，然后他停下脚步，平静地笑了。“我忘了，我猜想你不想握手。”

“那没有任何意义，”托尼说。“握手。猴子也会握手。有什么打算，奥尔？”

“还是那个风趣的小胖子，嗯，托尼？”

“我想是的。”托尼不停地眨眼。他感到喉咙发紧。

“你喜欢回到那儿的工作吗？”

“就是混口饭吃。”

奥尔再次发出笑声。“你是个慢性子，托尼。我是个急性子。所以这是一份差事，你想抓住它。好吧。有个名叫伊芙·克雷西的女孩住在你那家安静的酒店里。把她弄出来。动作快，现在就去。”

“出什么事儿了？”

高个男人抬起头，又垂下头看看街道。后面那个坐在车上的男人微微咳嗽。“她惹上了一点麻烦。不针对她个人，不过你小心引火烧身。把她赶出来，托尼。你大概还有一个小时。”

“当然，”托尼心不在焉地说。

奥尔从口袋里伸出手，抵住托尼的胸口。他轻轻地、慵懒地推了他一下。“我可不是逗你玩的，小胖子。把她弄出来。”

“好的，”托尼的语气平淡，不带一丝起伏。

高个男人缩回了手，伸手去开车门。他打开门，正要钻进车里，仿佛一条黑影。

这时，他停下了，对车里的人说了几句，又钻出车外。他回到托尼默默站着的地方，他淡色的双眼捕捉到了街边的一点微弱光线。

“听着，托尼。你一向安分守己。你是个好哥们，托尼。”

托尼没吭声。

奥尔向他凑过身来，一个修长急迫的阴影，高领几乎碰到了他的耳朵。“这是件麻烦事，托尼。伙计们不愿碰，但我还是要告诉你。这个克雷西嫁给了一个名叫约翰尼·罗尔斯的小伙子。罗尔斯两三天前从昆廷监狱出狱了，也许是一周前。他之前因为过失杀人而坐了三年牢。是那女孩儿造成的。有一天晚上他喝醉了，开车撞倒一个老头，当时她在他身边。他没停车。她叫他去自首，或者说了类似的话。但他没去自首，所以警察逮捕了他。”

托尼说：“那太糟了。”

“这是真的，孩子。打听这些事儿就是我的职责。这个罗尔斯说得天花乱坠，说那女孩会怎么等他出狱，一切往事都不再计较了。他会直接去找她。”

托尼说：“你找他干吗？”他发出了一种干涩、劈啪的爆裂声，就像一张厚纸。

奥尔哈哈大笑。“兄弟们想见他。他在日落大道上的某个地方管理一家赌场，设下了一个诡计。他和另外一个家伙卷走了五万块。另一个家伙勉强吐出了钱，可约翰尼的两万五还没到手。混混们拿不到钱是不会善罢甘休的。”

托尼抬头望望黑暗的街道，又低下头。一辆出租车的司机把一个烟蒂抛过车顶，画出一道长弧。托尼看着烟蒂落在地上，在人行道上溅出火花。他倾听着这辆大轿车温柔的引擎声。

“我不想掺和，”他说。“我会把她弄出来。”

奥尔后退着离开他，点点头。“聪明的孩子。妈妈最近好吗？”

“还行，”托尼说。

“跟她说我问候她。”

“光问候她没有用，”托尼说。

奥尔飞快地转身，上了车。那辆车在街区中间懒洋洋地转了个圈，渐渐向街角驶去。车灯亮了，光线投射在一堵墙上。它转过街角，绝尘而去。长久不散的那股疲倦的气味飘过托尼的鼻子。他转过身，走回酒店，进了大堂。他一路走向广播室。

收音机依然咿咿呀呀作响，可那女孩已经离开了前面的长椅。挤压过的垫子镂出了她的身形。托尼伸手去触摸它们。他以为垫子上还有余温。他关上收音机，站在原地，缓缓在身前转动拇指，手掌平抵住腹部。接着他穿回大堂，走向电梯，站在一只盛满白沙的锡釉陶罐边上。那个服务员在桌子一头的毛玻璃后方嘀嘀咕咕。空气死一般寂静。

电梯间一片黑暗。托尼望着中间电梯的指针，显示在 14 楼。

“睡觉去了，”他低声说道。

电梯旁门房间的门敞开着，那个值夜班的小个子墨西哥人身着便服走了出来。他静静地用眼角余光瞥了托尼一眼，双眼是那种晒干的栗子色。

“晚安，老大。”

“嗯，”托尼心不在焉地应道。

他从马甲口袋里掏出一支细长的带花纹的雪茄，闻了闻。他慢慢地检查雪茄，用洁净的手指来回转动。雪茄一侧有个小裂缝。他不由得皱眉，将雪茄收起来。

远处传来一阵声响，仪表盘上的指针不知不觉间在铜转盘上游走。电梯井里亮起了灯，轿厢的那条直线隐入了下方的黑暗之中。电梯停住了，门一开，卡尔走了出来。

他的目光一闪，迎上了托尼的视线。他向他走来，脑袋歪着，粉色的上嘴唇薄薄地泛着亮光。

“听着，托尼。”

托尼一手迅速、狠狠地抓住他的手臂，反手一扭。他快步推着他，不过多少有点随意，下了台阶来到昏暗的大堂，将他逼进角落。他松开对方的手臂。他的喉咙再次发紧，搞不懂是为了什么。

“好吧？”他阴郁地说。“想听什么？”

门房的手伸进口袋，扯出一美元纸币。“他给了我这个，”他轻松地说。他炯炯有神的双眼望向托尼的身后。它们飞快地眨了眨。“姜汁啤酒加冰。”

“别胡扯，”托尼咆哮道。

“住在 14B 的家伙，”门房说。

“让我闻闻你的气味。”

门房听话地向他一探身。

“酒精，”托尼尖刻地说。

“他给了我一杯酒。”

托尼低头看着纸币。“没人住 14B。我的名单上没有，”他说。

“不，有人住。”门房舔了舔嘴唇，眼睛一睁一闭了好几次。“是个又高又黑的家伙。”

“好吧，”托尼生气地说。“好吧。14B 住着一个高个子、黑皮肤的家伙，他给了你一美元和一杯酒。接着呢？”

“他腋下有枪，”卡尔眨了眨眼说。

托尼微微一笑，不过他的眼中闪现着冰冷的光泽，犹如厚厚的冰块。“你送克雷西小姐去她的房间了吗？”

卡尔摇了摇头。“戈麦斯送的。我瞧见她上楼了。”

“从我眼前消失吧，”托尼一字一句地说。“别再喝客人给的酒了。”

卡尔回到他位于电梯边上的小办公室里，关上门后，他才挪动地方。他悄悄地走上三级台阶，站在前台桌子前，盯着那纹理清晰的玫瑰色大理石、缟玛瑙钢笔套装、崭新的皮相框登记卡。他抬起一只手，重重地砸在大理石桌面上。服务员从玻璃屏风后跳了出来，就像一只花栗鼠从洞里蹿出来。

托尼从胸前口袋里拿出一张纸，摊开放在桌上。“上面没有 14B 房，”他的声音阴沉。

服务员把他的胡须彬彬有礼地结成一缕。“很抱歉。他登记入住的时候，你肯定出去吃晚饭了。”

“是谁？”

“登记人是詹姆斯 · 沃特森，来自圣地亚哥。”服务员打了个哈欠。

“打听过什么人吗？”

服务员哈欠打了一半，停下来望着托尼的头顶。“怎么了，是的。他打听过一个爵士乐队。怎么了？”

“聪明、反应快、幽默，”托尼说。“如果你喜欢这种方式。”他在纸片上写了几个字，又塞进口袋里。“我要上楼去检查一下门锁。还有四套塔景房还没租出去。站起来活动一下吧，孩子。你人都快滑到桌子底下去了。”

“我知道，”服务员懒洋洋地说，打完了一个哈欠。“快去快回，老爹。我不知道要怎么打发时间。”

“你应该把嘴唇上的粉色绒毛刮掉，”托尼说着，向电梯走去。

他打开了一部漆黑的电梯，开了顶灯，将电梯开到十四楼。他把灯熄灭，走出轿厢，关上门。这个厅比其他的略小，唯一一个更小的厅在它楼下。除了电梯墙以外，这里的每面墙上都安装了一扇独立的蓝色镶板门。每扇门上都有金色数字和字母组成的门牌，周围饰有金色花环。托尼走到 14A 房，耳朵贴着镶板门。他没听见动静。伊芙 · 克雷西也许睡着了，或是在浴室，抑或是在外面的阳台。她也有可能就在房间里坐着，距离门口几英尺，盯着墙壁。好吧，他不指望能够听见她坐在房间里、盯着墙壁。他又来到 14B 房，耳朵贴着镶板门。这次可不同了，里面有声音。有个人在咳嗽，仿佛一种寂寞的咳嗽声。没有人交谈的声音。托尼按下了门边上那个小小的珍珠母贝按钮。

传来一阵不慌不忙的脚步声。一个厚重的声音透过门板。托尼没有回答，也没作声。那个厚重的声音重复了一遍问题。托尼满怀恶意、轻轻地再次按下了门铃。

詹姆斯·沃特森先生，来自圣地亚哥，此刻应该打开房门，发出一阵惊叹。可他没有。门里面只有一阵沉寂，仿佛冰川一般的寂静。托尼又一次贴着木板倾听。彻底的寂静。

他掏出一把链子上的万能钥匙，仔细地插进门锁中。他转动了钥匙，将门向内推开三英寸，拔出钥匙。接着他静静等待着。

“很好，”那个声音很刺耳。“进来把门带上吧。”

托尼推开了门，站在原地，大厅的灯光衬托出他的身形。那是个高个黑发的男子，瘦骨嶙峋，脸色苍白。他拿着一把枪，仿佛他非常了解枪支一样。

“笔直走进来，”他慢吞吞地说。

托尼通过门口，用肩膀顶上了门。他的双手没有紧贴着两侧，灵活的手指时而卷曲，时而张开。他的脸上带着淡淡的微笑。

“沃特森先生吗？”

“然后呢？”

“我是这儿的保安。”

“我很震惊。”

这个脸色苍白、多少有点帅气的高个男人缓缓地退进房间里。这是一间巨大的房间，低矮的阳台横跨了两侧。落地玻璃门冲着那个迷你、私密的露天阳台，每个塔景套房都有这样一个阳台。一个用于烧火的壁炉位于一个镶板屏风后，屏风立在一张漂亮的长椅前。一只浑浊的长酒杯立在酒店的托盘上，旁边是一把舒适的椅子。男人向椅子退去，站在椅子前方。那把闪闪发光的大手枪垂了下来，枪口指向地板。

“我很震惊，”他说。“一个小时来我一直闷闷不乐，没想到保安来按了门铃。好吧，甜心，尽管去检查一下柜子和浴室。不过她刚走。”

“你还没见到她，”托尼说。

他那漂白过的脸庞上充满了未知的线条。厚重的声音渐渐化成了咆哮。“是吗？我还没见到谁？”

“一个名叫伊芙 · 克雷西的女孩。”

男人咽了一口唾沫。他把枪放在托盘旁边的桌子上。他身子向后直直地陷入椅子中，就像一个饱受腰痛折磨的人。接着，他身子向前探，双手搁在膝盖上，露出个灿烂的笑容。“那么，她到了这儿，嗯？我还没打听过她呢。我是个谨慎小心的人。我还没打听呢。”

“她已经到了五天，”托尼说。“在等你。她一刻不曾离开过酒店。”

男人的嘴巴略微抽动了一下，露出会心的一笑。“我在北方耽误了点时间，”他平静地说。“你知道是怎么回事。拜访老友。你似乎很了解我的生意，保安。”

“不错，罗尔斯先生。”

男人猛地站起身，一手抓过手枪。他站在那里，身子前倾，双手撑住桌子，瞪着对方。“娘们儿就是多嘴多舌，”他的嗓音有点压抑，仿佛嘴里一边含着柔软的东西一边说话。

“不是娘们儿，罗尔斯先生。”

“嗯？”手枪在坚硬的木头桌面上滑动。“打开天窗说亮话吧，保安先生。我的读心术不灵了。”

“不是娘们儿，是大老爷们。带着枪的大老爷们。”

冰川般的寂静再次笼罩在两人之间。那个男人慢慢地挺直了腰板。他的脸上清洗得干干净净，不带一丝表情，不过眼神中却充满了困惑。托尼在他面前弯下腰，这个五短身材、面色苍白，神情安详友好的男人，眼神犹如林中泉水般清澈见底。

“他们永远是满腔热情——那些兄弟，”约翰尼 · 罗尔斯说着，舔了舔他的嘴唇。“总有一天，他们会成大事。那家老店永远不会歇业。”

“你知道他们是谁？”托尼温柔地说。

“也许我能猜九次。但百分之百不会有错。”

“那些爱惹事的小子，”托尼说着，浮现出一抹冷淡的笑容。

“她在哪儿？”

“就在你隔壁。”

男人走向墙壁，把枪留在桌子上。他站在墙壁前，仔细琢磨着。他向上伸手抓住阳台栏杆上的花格栅。这时，他双手放下，转过身，脸部的表情舒展了许多。他的双眼中射出一种更安详的亮光。他回到托尼身边，站在他对面。

“我发了一笔财，”他说。“伊芙寄给我一些钱，我利用在北方的关系赚了一笔。我的意思是现钱。那些爱惹事的小子说的数目大约是两万五千块钱。”他狡猾地一笑。“我只有五百块。让他们相信我的话，这会很有趣。我会这么做的。”

“你怎么用那笔钱了？”托尼冷漠地问。

“我从来没拿过，保安。别听他们瞎说。世界上只有我相信这件事。我只是上当受骗的傻瓜。”

“可我相信，”托尼说。

“他们不经常杀人。但是他们非常凶恶。”

“都是些流氓，”托尼的语气忽然变得轻蔑刻薄。“那些带枪的家伙。就是些匪徒。”

约翰尼·罗尔斯伸手去拿他的酒杯，一口喝干了酒。他放下酒杯时，冰块碰撞发出了轻脆的声响。他拿起枪，放在手掌上摆弄，然后枪口朝下，塞进了一个胸口的内侧袋中。他注视着地毯。

“你怎么会来告诉我这些事，保安？”

“我觉得你也许会放她一马。”

“要是我不呢？”

“我总觉得你会的，”托尼说。

约翰尼·罗尔斯安静地点点头。“我可以离开这儿吗？”

“你可以搭员工电梯去车库。你可以租一辆车。我会给你一张名片，你交给车库管理员。”

“你真是个有趣的小家伙。”约翰尼·罗尔斯说。

托尼掏出一个已经磨破的鸵鸟皮钱包，在一张打印的名片上草草写了几笔。约翰尼·罗尔斯看了之后，拿着卡片站在原地，轻轻地敲打拇指指甲。

“我可以把她一起带走，”他说着，眼睛眯成一条缝。

“你也可以坐在篮子里兜风，”托尼说。“我说了，她已经来这儿五天了。有人认出了她。一个熟人叫我出去，让我把她从这儿弄出去。告诉我这一切究竟是怎么回事。否则我就把你赶出去。”

“他们会喜欢的，”约翰尼·罗尔斯说。“他们会送你紫罗兰。”

“我休息的时候会对着花哭泣的。”

约翰尼·罗尔斯翻过手，凝视着手掌。

“不管怎么样，我得见她。在我走之前。就在隔壁，你说的？”

托尼随即转身，向门口走去。他扭头说道：“别耽搁太久了，帅哥。我也许会改变主意。”

男人几乎是温柔地说：“据我所知，你也可能在算计我。”

托尼没有回头。“你必须冒险一试。”

他向门口走去，出了房间。他小心翼翼地关上门，一片寂静，看了一眼 14A 房的房门，然后便钻进了黑漆漆的电梯中。他把电梯向下开到被服室那一层，走出电梯，将抵住员工电梯的篮子移走。电梯门悄悄地关上了，他用手扶着门，所以没有发出一点声音。走廊里，保安室的门开着，里面透出灯光。托尼返回他的电梯，向下来到了大堂。

玻璃屏风后那个在算账的小个子服务员不见了。托尼穿过大堂，转进了广播室。收音机再次打开了，声音轻柔。她在那儿，又蜷缩在了长椅上。扩音器对着她咿咿呀呀，那是一种模糊的声音，轻得仿佛是树木之间的沙沙的低语。她缓缓地转过头来，向他微笑。

“查完房了？我毫无睡意。所以又下来了，可以吗？”

他微笑着点点头。他坐在一张绿色的椅子上，拍打着鼓起的缎面扶手。“当然可以，克雷西小姐。”

“等待是最难熬的事了，不是吗？我希望你能跟收音机商量一下，这声音就像是在折断一块薄脆饼干。”

托尼拨弄着收音机，没找到他喜欢的频道，又将它拨回了原来的频道。

“现在所有的客人只剩下酒吧里的醉汉了。”

她再次向他微笑。

“我不打扰你了，克雷西小姐。”

“我很乐意。你是个好人，托尼。”

他定定地望着地板，后脊梁涌起了一阵奇特的感觉。他等待这种感觉消失。可它消失得很慢。然后他向后靠在椅背上，全身放松。细洁的手指扣着麋鹿牙齿。他在倾听。听的不是收音机——而是远方、未知、危险的事。也有可能只是在听车轮呼啸着驶入一个奇怪的夜晚。

“没有人是十恶不赦的，”他大声说。

女孩懒洋洋地看着他。“我遇到过两三个人，我曾经错怪了他们。”

他点点头。“不错，”他颇有见解地附和道。“我猜有些人是如此。”

女孩打了个哈欠，她那深紫罗兰色的双眸半睁半合。她舒服地依偎在垫子里。“坐一会儿吧，托尼。也许我会打个盹。”

“当然。我也没事可干。真不知道他们为什么要雇我。”

她很快睡着了，一派安宁，仿佛一个孩子。托尼十分钟里几乎没有呼吸。他只是注视着她，嘴巴微微张开。他那晶莹清澈的双眼中露出一种静静的痴迷，仿佛他注视的是一座神坛。

接着他无限小心地站起身，轻手轻脚地穿过拱门，来到大堂入口处的前台。他站在前台，聆听了一小会儿。他听见不知何处有笔尖划过的刷刷声。他转过角落，来到一排装在玻璃文件架里的内部电话面前。他拿起一部电话，让夜班接线员接车库。

电话铃响了三四次，一个男孩似的声音响起："温德米尔酒店。这里是车库。"

"我是托尼·雷塞克。那个叫沃特森的家伙，我给了他一张名片。他走了吗？"

"当然，托尼。大概半个小时以前就走了。算在你的账上吗？"

"是的，"托尼说。"算我的。多谢。回见。"

他挂了电话，挠了挠脖子。他返回前台，砰的一声拍在桌面上。那个服务员绕过屏风飘然而至，脸上挂着接待员恰到好处的微笑。不过一看到托尼，他的脸就耷拉下来了。

"还能让人好好工作吗？"他嘟哝道。

"14B 房间的员工折扣是多少？"

服务员愁眉苦脸地说："顶楼套房是没有折扣的。"

"那就编一个。那个家伙已经离开了。不是只待了一个小时吗？"

"好吧，好吧，"服务员故作轻松地说。"那么那家伙今晚没付钱就溜了。"

"五块钱能堵住你的嘴吗？"

"你的朋友吗？"

"不是。只是个醉汉，满脑子做的发财梦，身上却没有钱。"

"看来只能让他溜了，托尼。可他怎么出去的？"

"我带他坐员工电梯下去的。你睡着了。五块钱能堵住你的嘴吗？"

"为什么？"

那个磨损的鸵鸟皮钱包被掏出来，一张皱巴巴的五元纸币滑到了大理石桌面上。“他身上只有这点，”托尼随意地说。

服务员收下五块钱，一脸疑惑。“你是头儿，”他说着耸了耸肩。桌子上的电话突然尖叫起来，他伸手去接。他听了电话，然后把电话机推给托尼。“找你的。”

托尼接过电话，紧紧地抱在胸前。他的嘴靠近听筒。那是个陌生的声音，有一种金属特质。对方说话的音节毫无特征，无从辨认。

“托尼？托尼·雷塞克吗？”

“请说。”

“奥尔的口信。要听吗？”

托尼看着服务员。“行个方便，”他捂住话筒说。服务员对他浅浅地一笑，走开了。“说吧，”托尼对电话那头说。

“我们和一个住在你酒店的家伙要谈一笔小生意。他逃跑时被我们截住了。奥尔估计你会放他跑，便跟踪他，把他堵在街边。不太妙，出了意外。”

托尼紧紧地握着听筒，汗水让他的太阳穴阵阵发凉。“说下去，”他说。“后来怎么样了。”

“后来只剩下一点了。那个家伙干掉了奥尔。死了。奥尔——奥尔说跟你道别。”

托尼重重地靠在了前台。他的嘴张着，胡言乱语。

“明白了吗？”金属声音听起来不耐烦了，有点无聊了。“这家伙带着把枪。他开枪了。奥尔不会再给谁打电话了。”

托尼一个踉跄，勉强抓稳电话，底座已经在玫瑰色大理石桌面上摇晃。他的嘴巴紧紧地闭上了。

对方说：“这就是我们所知道的情况，伙计。晚安。”电话干巴巴地挂了，就像一颗石子儿扔在墙上。

托尼非常小心地把电话放回听筒架上，以免发出任何声响。他看着左手紧握的手掌。他掏出一条手帕，轻轻地擦拭手掌，用另一只手来舒展手指。接着他擦了擦额头。服务员再次从屏风后绕出来，两眼发光地望着他。

“我周五休息。告诉我那个电话号码怎么样？”

托尼向他点点头，露出一个脆弱的笑容。他把手帕放在一边，拍了拍刚才掏出手帕的口袋。他转过身，离开前台，穿过大堂入口，走下三级浅浅的台阶，经过暗影重重的大堂，穿过拱门，再次来到了广播室。他的步伐轻柔，就像在一个重症病人的房间里走路一样。他来到那把刚才坐过的椅子前，一寸一寸地低下身子坐下去。那女孩还在睡着，一动不动，保持着一种蜷曲放松的姿态——那是某些女人和所有的猫特有的。在收音机的咿呀声中，她的呼吸没有发出任何声音。

托尼·雷塞克靠着椅背，双手握着他的麋鹿齿，安静地合上了眼睛。

（宋　玲　译）

RAYMOND
CHANDLER

雷蒙德·钱德勒作品

COLLECTED ESSAYS
AND LETTERS OF RAYMOND CHANDLER

谋杀的简约之道

钱德勒散文书信集

〔美〕雷蒙德·钱德勒 著 孙灿 译

上海译文出版社

目　　录

谋杀的简约之道

无论何种形式的小说，都希望自己真实可信。老派小说现在看来生硬虚假，几近滑稽，但当年甫一读到，却并不会有这种感觉。像菲尔丁[①]和斯摩莱特[②]这样的作家，从现代角度来说似乎是写实的，因为他们笔下的角色大多狂放不羁，总能把警察远远地甩在后面。但是简·奥斯汀笔下那些乡绅生活纪事，虽然其中人物生性颇为拘谨，却也能让读者从心里觉得真实可信。现如今，社会上和情感上的虚伪之风大行其道。只要再不吝加上一味知识分子的自命不凡，那么不管是日报书评栏目上的调调，还是小俱乐部里读书讨论小组那种蠢笨热切的氛围，都唾手可得。正是这些人一手打造了当今的畅销小说——都是些靠推销工作成就的货色，归根结底是为了让势

① 亨利·菲尔丁(Henry Fielding，1707-1754)，英国小说家、剧作家，英国现实主义小说奠基人。代表作《大伟人江奈生·魏尔德传》、《汤姆·琼斯》等。

② 多比亚斯·乔治·斯摩莱特(Tobias George Smollett，1721-1771)，苏格兰作家。代表作《蓝登传》、《皮克尔历险记》等。

利眼顾客自我感觉良好，虽然不便明说。批评家都是好哥们儿，会为小说加盖封印、保驾护航。甚至还有势力庞大的幕后集团，对小说精心呵护、加以灌溉，让你觉得他们是在培育文化，其实只不过是为了卖书。只要书款结付慢了一点，你就会发现他们标榜的理想主义是什么玩意儿了。

侦探小说很少会被拿来促销，原因不一而足。这些小说通常写的是谋杀，所以缺少鼓舞人心的元素。谋杀是个体的失意，因此也就是整个种族的挫败，也许包含某些社会学意义，事实上也的确如此。但谋杀历来都不是什么新闻。如果一部推理小说像是写实作品（实属罕见），那么就必须用事不关己的语气来写，否则除了变态，谁也不想成为该书的作者或是读者。谋杀小说自说自话的腔调也让人提不起劲儿来，字里行间只顾解决和回答自己的问题，不留任何讨论的余地，唯一能探讨的，就是写作技巧是否精妙。但这一点，就算是以鉴定写作质量为生的人，考量起来也很难避免对书籍预售量的过度关注，那50万掏钱买书的读者就更不必说了。

侦探小说（也许我还是这么称呼它比较好，因为这一行当还是以英式写法为主）要想找到读者群，必须经过一个漫长的“蒸馏”过程。实际情况的确如此，而且还将长期维持现状。原因何在？值得深究。但是我没有这样的耐心。在我看来，也无需坚称侦探小说是一种至关重要、意义重大的艺术形式。世上本无“至关重要、意义重大的艺术形式”，艺术就是艺术，而且少之又少。人口的增长不会使艺术的数量增加，而只会让生产和包装艺术替代品的技术愈发娴熟而已。

然而侦探小说，哪怕是最老派的侦探小说，也很难写得好。和严肃小说比起来，个中佳作更难寻觅。二流作品比广为流传的作品活得还久，其中有些根本不该问世，却赖着不肯死，就像公园里的雕像一样，经年不倒，又乏味不堪。这对那些所谓有鉴赏能力的人来说，是件恼人的事情。他们不喜欢看到，几年前那些极富见地的重量级小说如今只能厕身图书馆“去年最受欢迎图书”架上，只有个别近视的顾客弯下身子匆匆一瞥，又快步离开。与此同时，一帮大妈在推理小说书架前你推我搡，只为抢到一本《三朵牵牛花谋杀案》或是《凹壁瓶探长援兵天降》这样的流行货色。他们同样不喜欢看到的是，“真正重要的小说”蒙尘于再版柜台，但《死神总穿黄色吊袜带》却已经出到第50版，或是印数达到10万册，遍布全国各地的书报亭，而且显然并不是以告别的姿态出现在那里。

不瞒您说，我自己也不喜欢看到这些事情发生。我在不矫情的时候也写侦探小说，而那些老不死的作品，着实是我的劲敌。如果每年有300篇高等物理论文发表出来，而且还有好几千篇其他什么类似的东西活蹦乱跳地等着被发表，更不必说还有人读它们——那么纵然是爱因斯坦，也难有用武之地。海明威曾经说过，“好作家从不和活人竞争”。然而优秀的侦探小说作家（一定还是有那么几个的）不仅要和这些不愿入土为安的死鬼竞争，还要和一大波活着的较量。而且因为这类作品的特质之一，就是书中对读者有吸引力的东西永远不会过时，因此使得角力双方难分胜负。主人公的领带也许有些不合时宜，那个满头银发的探长也许是坐着轻便双轮马车来的，而不是警笛长鸣的流线型小轿车，但到了现场要做的事情还是老一套：核对时间、查看烧焦的纸片、研究到底是谁踩坏了书房窗下开得正盛的野草莓丛。

然而我对写侦探小说产生兴趣，并没有什么见不得人的动机。在我看来，如果要写出这么多侦探小说，而且又没有什么即时回报，对批评家的赞誉也并无奢望，那就别指望作者才华横溢。从这一点来说，批评家高高挑起的眉毛和出版商下三滥的商业运作也合情合理了。大路货的侦探小说也许并不比一般性的普通小说更差，但是后者你根本见不到，因为不会出版。而大路货的——或者只是比大路货略好那么一点的——侦探小说却可以面世。不仅有人出版，而且还会小批量贩售给租书店，甚至还有人看。更有一些乐天派，还会花两美元全价买下这本书，因为它看起来崭崭新的，封面上还有一具尸体的图片。奇怪的是，这样平庸不堪、像是挤牙膏一样挤出来的大路货，虽然和真实可信毫不沾边，生硬机械，却和这类艺术形式中那些所谓的大师杰作并无云泥之别。行文也许拖沓了一点，对话稍显平淡，人物不是那么丰满，骗术也更显而易见——但它们终究是一路货色。然而其他类别的小说好坏之分是有天壤之别的，两者截然不同。但是侦探小说不论良莠，说的都是同样的事情，叙事方式也相差无几。这也是有原因的，还有原因背后的原因，向来如此。

我想只要是侦探小说，不管是传统的还是现代的，也无论是简单推理或是逻辑推理的，面临的首要问题就是：要想写出完美的作品，需要具备多种才能，但这些才能又并非一人可以掌握。头脑冷静、善于解构分析的人未必能塑造出生动的角色，写出犀利的对白，也不一定能对节奏把握得恰如其分，或是对眼见的细节运用精准。不苟言笑、逻辑缜密的人写东西的调调，简直就像一块制图板。热衷于高科技的侦探，实验室明亮簇新，但是真抱歉，我记不住他的脸。如果一个家伙能写出生动多彩的散文，那么绝对不会自找麻烦，大费周章地去破解无懈可击的不在现场犯罪证明。通晓冷门知识的大师从心理学角度来说还活在束胸衣时代。如果你对陶瓷工艺和埃及刺绣了如指掌，那么对警察肯定一无所知。如果你明白不到 2800 华氏度铂金是不会自行融化的，但是只要加上一个铅块儿，哪怕是被某双深邃的蓝眼睛随便一瞟，就会化开——那么你就不会懂得 20 世纪人们的房中术是怎么回事。假使你熟知战前法国里维埃拉地区悠闲的日子是怎样的，想把那儿作为你小说故事的发生地，那你肯定不会明白，吞下区区几片巴比妥安眠药不仅不会致命，甚至连使人入睡也很难——如果他拒不合眼的话。

每个写侦探小说的人都免不了犯错误，尽管不应该，可每个人都浑然不觉。柯南·道尔[①]犯的某些错误，简直让他的故事站不住脚。但是他毕竟敢为人先，而且夏洛克·福尔摩斯归根结底基本上只是某种态度的代表，捎带那么几十句让人过目不忘的对白。真正让我大失所望的，是霍华德·海克拉夫特[②]（所著《谋杀乐无穷》一书）所谓侦探小说“黄金时代”里的那些男男女女。那个时代距离现在并不遥远，按照海克拉夫特先生的说法是从一战之后到 1930 年左右。但是实际上直到现在，我们仍处于那个时代之中。已经出版的侦探小说中，大约有三分之二甚至四分之三的写法还在沿用由这个时代的巨擘创立、完善及雕琢的准则，就这样带着欠妥的逻辑和推理，兜售于世。这些话听起来着实严厉，但也不要大惊小怪，我就这么一说而已。让我们来看一部光耀这类文学形式门楣的作品，一部举世公认的杰作，既能把读者玩弄于股掌之间，又不至于让他们觉得自己上当受骗。这本书叫做《红房子疑案》，作者是

① 阿瑟·伊格纳修斯·柯南·道尔爵士（Sir Arthur Ignatius Conan Doyle，1859-1930），英国小说家。因成功塑造了夏洛克·福尔摩斯（Sherlock Holmes）这个侦探人物而成为侦探小说历史上最重要的作家之一。

② 霍华德·海克拉夫特（Howard Haycraft，1905-1991），美国出版商、编辑及侦探小说评论家。代表作《谋杀乐无穷：侦探小说时代》（*Murder for Pleasure*）。

A. A. 米尔恩[①]。该书被亚历山大·伍尔科特[②]（此人说话总是言过其实）称为“史上最优秀的三大悬疑小说之一”。这句话的分量可不轻。小说于1922年出版，但是因为没有时效性可言，所以也可以轻而易举地在1939年7月出版，或是稍稍改动几处，在上周出版。小说再版了13次，而且同一版式似乎就印发了大约16年。不管对于何种书籍而言，这都是罕见的。此书读起来轻松有趣，像读《笨拙》[③]周刊一样引人发笑。小说行文流畅，很能唬人，仿佛写起来也很轻松，其实不然。

小说写的是马克·阿布利特为了捉弄朋友，乔装打扮成自己哥哥罗伯特的故事。马克是红房子的主人，这是一栋典型的英国乡村住宅，房前种满了金链花，还有一间供看门人居住的小屋。煽动、唆使马克装扮成自己哥哥的人，是马克的秘书，他这么做，是因为一旦马克冒充成功，他就可以借机杀掉马克。红房子里没人见过罗伯特，只知道他浪迹澳大利亚15年，声名狼藉。人们说起过罗伯特写来的一封信，但也没人真的看见过。信上说罗伯特要来，马克暗示说这可不是什么好事。一天下午，传说中的罗伯特来了，跟几名仆从表明了身份，被带进了书房，马克（根据审讯中的证言）随后也跟了进去。之后，

---

① A.A. 米尔恩（A.A.Milne，1882-1956），英国著名剧作家、小说家、童话作家和儿童诗人。代表作《小熊维尼》。

② 亚历山大·伍尔科特（Alexander Humphreys Woollcott，1887-1943），美国文艺评论家，《纽约客》杂志评论员。

③ 《笨拙》（*Punch*）周刊是英国幽默插画杂志。

罗伯特被发现横尸于书房地板上，面部中弹。马克自不必说，已然消失得无影无踪。警察赶来，怀疑真凶定是马克，并且带走了尸体，开始着手调查，按照程序进行审讯。

米恩意识到这其中有一个非常困难的障碍，并且竭尽所能想要克服它。既然秘书想要在马克摇身一变成为罗伯特之后加害于他，那么就得让他一直演下去，最终骗过警察。既然红房子里的每个人都对马克十分熟稔，伪装就是必不可少的了。马克刮了胡子，弄糙了双手（"不像是一个保养得当的绅士的手"——证词），嘶哑着喉咙，举止粗野。但这些还不够。尸体总会落到警察手里，他们会查看尸体身上的衣服和口袋里的东西。这些地方也半点不能暴露出马克的身份。因此米尔恩使尽浑身解数，想要把马克成功地描绘成一名老到的演员，武装到内衣和袜子（秘书已经把商标都去掉了），像是一个蹩脚的演员要把全身涂得漆黑才能去演奥赛罗①一样。如果读者对这些照单全收（销售记录显示必然如此），米尔恩就可以高枕无忧了。然而，故事不管结构多么松散单薄，依然要提供给读者逻辑和推理问题。如果做不到这一点，小说就一无是处，什么也算不上。如果场景不可信，那么它连一部轻松的小说也称不上，因为毫无故事性可言。如果问题不合情理，那么就算不上是问题。如果逻辑只是幻象，那么也就无从推理。如果一旦告

---

①《奥赛罗》（*Othello*），莎士比亚四大悲剧之一，约于1603年所作，主角奥赛罗常被认为是非洲黑人，或是深肤色的摩尔人。

诉读者冒充所需的必备条件，冒充就不成立了，那么整部小说就成了无稽之谈。米尔恩倒也不是蓄意为之——他假如知道自己要面临什么样的困难，根本就不会提笔去写这部小说。他遇到了一堆足可致命的问题，却连一个也没有考虑过。漫不经心的读者也没有考虑过这些问题，他们喜欢这部小说，怎么写就怎么信。然而，探究事实真相并不是读者的职责，作者才应该是这方面的专家。这部小说的作者忽略了以下几点：

1. 验尸官召集陪审团进行正式死因调查讯问，但是尸体却并没有充分、合法的身份证明。通常只有大城市里的验尸官，才会有时在尸体身份无法验明的情况下进行讯问，如果讯问记录存在或可能存在价值的话（火灾、天灾、谋杀证据等）。但是该原因在这里却不适用，也并没有人指认尸体。有几个证人表示，该男子自称是罗伯特·阿布利特，但是这纯属推测，只有在其他证词均不与其相左的情况下才能自圆其说。辨明尸体身份是讯问的前提。即便一个人死了，也仍然享有拥有自己身份的权利。验尸官也应该尽其所能保证这种权利的实施，否则就是渎职。

2. 既然有凶手之嫌的马克·阿布利特人间蒸发了，无法自行辩护，那么在凶案发生前后他的一切行踪就显得至关重要（还包括他身上是否有钱可以跑路）。但是所有这类证据都是与凶案关系最紧密的人提供的，并且没有进一步佐证。在得到了证实之前，必然是可疑的。

3．警方通过直接调查，发现罗伯特·阿布利特在家乡的名声不怎么样。那么村里一定有人认识他。但是这些人并没有被审讯（否则故事情节就站不住脚了）。

4．警方知道此次罗伯特假定中的到访是带有威胁色彩的，而且显而易见，与谋杀案息息相关。但是他们并没有试图调查罗伯特在澳大利亚的情况，也没有查清他在那里到底是何种角色，人际关系如何，或是他究竟有没有来英国，是否有同行者（如果调查一下就会发现，罗伯特已经死了三年了）。

5．法医检查尸体的时候发现，死者的胡子刚刚刮过（露出未经风霜的肌肤），双手的粗糙也是假造的，而且死者是一个生活优渥、养尊处优的人，长期居住在凉爽地带。罗伯特是一个在澳大利亚生活了 15 年的粗人，法医是知道这一点的。要说他没有发现两者的矛盾，是不可能的。

6．死者身上的衣物没有姓名标记，口袋空空如也，标签也都除去了。但是穿这身衣服的人应该有个身份。几乎可以认定的假设是：他根本就不是自称的那个人。然而，面对如此奇怪的情况，警方却毫不作为，甚至不觉有异。

7．一位当地名人凭空消失了，而太平间里躺着的尸体与其何其相似乃尔。警方绝不可能立刻排除两者同为一人的可能性。想要证实这一点，再简单不过了。要说警方压根儿没想过，那简直是不可思议。这样一来，警察成了白痴，莽撞自大的门外汉反倒可以假模假式地一举破案，震惊世界。

侦破案件的先生名叫安东尼·吉林厄姆，看起来有些漫不经心，人挺和气，长着一对喜气洋洋的眼睛，在伦敦有间舒服的小公寓，总是一副满不在乎的神气。他办这个案子并不收取一分报酬，但总能在当地警方找不到笔记本的时候，出现在你的左右。英国警察似乎对于忍耐习以为常，因此颇能受得了他。要是他落在我们市凶杀案调查局那些汉子们手里……想到这里，我不禁打了个哆嗦。

还有些作品，尚不及此书。读《特伦特的最后一案》①（常被称为“完美的侦探小说”）时，你必须接受一个前提，那就是只要眉头微蹙就能让华尔街像只吉娃娃狗一样抖上三抖的国际金融巨头，为了将自己的秘书置于死地，而策划了自己的死亡。并且这位秘书在被逮捕之后，竟能保持着贵族般的沉默，也许身上还留存着旧时的伊顿学风吧。我自己尚且不认识多少国际金融巨头，想必这部小说的作者（倘若可能的话）所识更少。还有一部小说出自弗里曼·威尔斯·克劳夫兹②（他在不那么天马行空的时候，算是几个人当中最靠谱的一个）之手，写的是一个凶手凭借化装和分秒不差地掌握时机，成功地躲过别人的眼睛，伪装成刚被自己害死的人，在远离案发地点

---

① 《特伦特的最后一案》（*Trent's Last Case*），作者为爱德蒙·克莱里休·本特利（E.C. Bentley，1875-1956），英国作家、新闻人、诗人，“克莱里休诗体”创始者。

② 弗里曼·威尔斯·克劳夫兹（Freeman Wills Crofts，1879-1957），爱尔兰著名悬疑小说家，侦探小说“黄金时代”代表作家。

的地方复活。在多萝西·塞耶斯[①]的一部小说里，一名深夜独自在家的男子被害，机械操作的重物掉落下来将他砸死，原因竟然是他总是恰好在这个时间打开收音机，站在收音机前的同一位置，并且总是用同一个幅度躬下身子。只要差上几英寸，观众们就只能改天再来瞧好儿了。这就是俗话说的“天助我也”。如果一个凶手需要这么麻烦老天爷，那一定是入错了行当。阿加莎·克里斯蒂[②]也写过这么一出，主角是天才的赫尔克里·波洛[③]，那个五短身材的比利时人，说话像是从中小学生法语直译过来似的。波洛先生一刻不停地倒腾了半天自己脑子里那些“小小灰色细胞”之后，得出了一个结论：卧铺车厢[④]里没有一个人能独自完成这桩谋杀案，因此一定是大家合力而为，并且像拆分打蛋器一样，把整个过程破解成一个个小的环节。这种类型的小说，脑子好用的人读来保准会大跌眼镜。反而只有傻瓜蛋才能猜出结局。

同样一批作家，或是他们流派里的其他人，设计过一些比这好得多的情节。也许在什么地方，的确有那么一部作品，可

---

① 多萝西·塞耶斯 (Dorothy Sayers，1893-1957)，英国女侦探小说作家、诗人、剧作家、散文家及翻译家。

② 阿加莎·克里斯蒂 (Agatha Christie，1890-1976)，英国著名女侦探小说家、剧作家。

③ 赫尔克里·波洛 (Hercule Poirot) 是阿加莎·克里斯蒂笔下的比利时籍侦探。

④ 指阿加莎·克里斯蒂代表作《东方快车谋杀案》。

以在经历了严格检阅之后还屹立不倒。这样的作品读来一定十分有趣，虽然在阅读过程中我可能需要再翻回第 47 页加深一下记忆，看看第二个园丁究竟是什么时候把获奖的香水月季装盆的。这种故事虽然没有什么新意可言，但是也称不上过时。我提到的小说都是英国作品，仅仅因为权威部门（如果可以称其为的话）似乎觉得英国作家在写这种老套路的故事方面优人一等，而美国作家（即使是菲洛·万斯①侦探的创造者——而这可能是侦探小说历史上最傻气十足的侦探了）只能厕身第二梯队。

这种典型的侦探小说没有什么新知识，却也不会忘了旧把戏。几乎每个礼拜你都会从大开本、亮闪闪的杂志上觅得它们的踪影：插画精美，对处女的爱情及正当的奢侈品抱以适度的尊重。也许行文节奏快了一点，对白稍嫌油滑。文中人物点的多是冰镇“台克利”鸡尾酒或是“史汀格”鸡尾酒，少有陈年的波特葡萄酒。服装多为《服饰与美容》②杂志式的，陈设更像《美丽家居》杂志上的。看起来更加时髦，却不是更加真实。我们更愿意在迈阿密的旅馆和科德角③的避暑度假村消磨时光，而不再踯躅于伊丽莎白时代花园里灰暗老旧的

---

① 菲洛·万斯（Philo Vance）是美国侦探小说家范·戴恩笔下的名侦探。

② 《服饰与美容》（*Vouge*）是一本历史悠久的综合性时尚生活类杂志，由全球首屈一指的期刊出版商美国康泰纳仕集团出版发行，创刊于 1892 年。

③ 美国马萨诸塞州港湾城市。

日晷下。但是，究其根本，小心圈定疑犯的方法还是老样子。就连波丁顿·波斯特尔斯维特三世夫人当着15位鱼龙混杂的客人的面降了半个调演唱歌剧《拉克美》中《银铃之歌》高音部分的时候，是怎么完全出其不意地被人用坚硬的铂金匕首刺了一刀，也还是老调重弹。还是同样天真无邪的少女，身穿毛皮镶边的睡衣，夜半尖叫，让同伴吓得跑进跑出，再也记不清准确时间。就连第二天情绪化的沉默也是一样：大伙儿围坐着，啜饮“新加坡司令”鸡尾酒，彼此之间冷嘲热讽，而头顶大盖帽的扁平足警察在波斯地毯下面钻来钻去，找着什么。

我个人更喜欢英式风格。这种风格不是那么地不堪一击，里面的人物也恪守成规，穿着打扮、饮食用度都本本分分。故事背景也交代得更好些，读来仿佛“奶酪蛋糕庄园”确有此地，而不仅仅是镜头里的一个布景。文中会有更多漫步山野的场景，角色们的表现也更自然，而不像是通过了米高梅影业测试的商业化人物设定。英国人也许不是这个世界上最好的作家，但绝对是最一板一眼的。

这些作品都能用一句话来概括，那就是：从心智上来说算不上难题，从艺术上来说算不上小说。它们矫揉造作，对于真实的世界一无所知。它们竭尽所能想显得诚实，殊不知诚实也是一门艺术。蹩脚的作家在浑然不觉的情况下就撒了谎，尚可的作家不诚实则是因为不知道该在什么方面诚实。他认为一桩复杂的谋杀案既然能迷惑住不想逐条分析细节的懒蛋读者，也就一定能难倒警方，却殊不知警察的工作就是对付细节。把脚高高跷在桌上的小哥儿们知道，世界上最容易侦破的谋杀案是那些干得滴水不漏的。而让他们挠破头皮的，恰恰是那些案发前两分钟才起了杀心的。但是如果这类小说的作家想写出这样的案子来，那么就必须还原生活，写得原汁原味。因为做不到这一点，他们就只好装作写出来的东西才是事情的真相。这是在逃避问题——最好的侦探小说家对这一点心知肚明。

多萝西·塞耶斯在首部《犯罪故事选集》[①]的引言中写道："它（侦探小说）不会，而且也绝不可能，取得文学上的巅峰成就。"而且她在别的文章里也说过，这是因为侦探小说是一种"遁世文学"，而非"表露文学"。我不知道怎么才算"文学上的巅峰成就"：我想埃斯库罗斯[②]或是莎士比亚也不一定搞得清楚，塞耶斯小姐自己也未必知其然。如果在其他条件同等的情况下——当然永远也不可能同等——一个更强有力的主题会引发更富张力的表现。然而也有些关于上帝的书，写得非常沉闷，倒是一些关于如何本本分分讨口饭吃的书，写得恰恰

---

① 《犯罪故事选集》（*Omnibus of Crime*）由多萝西•塞耶斯汇编，于1929年出版。

② 埃斯库罗斯（Aeschylus，公元前525-前458），古希腊悲剧诗人，与索福克勒斯和欧里庇得斯一起被称为是古希腊最伟大的悲剧作家，代表作有《被缚的普罗米修斯》、《阿伽门农》、《善好者》。

很好。关键永远在于，书是谁写的，写书的人肚子里装着什么货。至于“表露文学”和“遁世文学”，这只不过是批评家的“切口”，似乎几个抽象的词语就能代表某种绝对意义。凡是用活力写就的文字，字里行间无不流露着勃勃生气。沉闷的不是题材，而是脑筋。每一个读书的人，都想通过阅读进行某种逃避。梦境的质量也许有待讨论，但做梦带来的逃避效应却已经成为了功能性需要。人们总有内心死水一潭渴望逃避的时候，这是有思想的生物生命历程的一部分，是他们和三趾树獭的区别之一。后者显然——当然也不能百分之百肯定——对于大头朝下倒挂在树枝上心满意足，连沃尔特·李普曼①的文章也不看。我并不特别迷信侦探小说才是遁世法宝，而只是觉得所有能给人带来享受的阅读都可以用以逃避，不管是希腊文、数学书、天文书还是贝内德托·克罗齐②的作品，又或是《被遗忘者日记》③。如果你不认同，那只能说明你是一个假充内行的文化人，或是生活这门艺术的菜鸟。

但我并不认为多萝西·塞耶斯小姐是想到了这些，才提笔

---

① 沃尔特·李普曼（Walter Lippmann，1889-1974），美国新闻评论家、作家。传播学史上具有重要影响的学者之一，在宣传分析和舆论研究方面享有很高的声誉。

② 贝内德托·克罗齐（Benedetto Croce，1866-1952），意大利唯心主义哲学家。

③《被遗忘者日记》全名应为《被莫森遗忘的人：1911-1913 查尔斯·特恩布尔·哈里森南极日记》（*Mawson's Forgotten Men: The 1911-1913 Antarctic Diary of Charles Turnbull Harrisson*）。

写下那篇百无一用的文章的。

我觉得真正啃噬着她的内心的是，她渐渐意识到，自己写的这种侦探小说套路乏味，连自圆其说都很成问题。小说只能充当二流文学，是因为它写的不是能让自己跻身一流文学的东西。如果她开始描写真实的人物（其实她有这个能力——她小说里的一些小角色可以为证），很快，这些人物就只能做些虚假的事情，用以满足情节所需的虚构模式。然而，一旦这些人物的所作所为不再真实，也就不复成为有血有肉的人物，而是变成了木偶、纸板做的情侣或纸塑的恶棍和侦探——两者都温文尔雅得令人难以置信。唯有那些不知真实世界为何物的作家，才会心满意足地摆弄这些道具。多萝西·塞耶斯的小说显示出，这种平庸陈腐的写法已经成了她的困扰：小说里最薄弱的环节恰恰是侦探小说的关键之笔，而写得最好的部分，即使全盘删去，也并不妨碍“逻辑与推理问题”。但是她既不愿、也不能让笔下的人物长出头脑，演绎属于自己的重重谜案。尽管这样比她自己绞尽脑汁要简单、直接得多。

《漫长的周末》① 是一部佳作，几乎涵盖了一战后十年间英国生活及风俗的各个方面。作者罗伯特·格雷夫斯② 及艾

---

① 全名为《漫长的周末：1918-1939 大不列颠社会史》（*The Long Week-End: A Social History of Great Britain 1918-1939*）。

② 罗伯特·格雷夫斯（Robert Graves，1895-1985），英国诗人、小说家、评论家及古典主义学者。

伦·霍奇[1]在书中也提到了侦探小说。他们两位就像黄金时代的装饰品一样，是老牌的“英国制造”。书中写到的侦探小说作家几乎可以和世界上其他类型的作家齐名。他们各种形式的作品都能卖出上百万册，被译成十几种文字。正是这些作家为侦探小说固定了样式、定下了规矩，并且创立了闻名遐迩的“侦探小说俱乐部”，成为英国推理小说作家竞相朝圣的地方。从柯南·道尔开始，几乎每一位重要的侦探小说作家都被此书收录在册。但是格雷夫斯和霍奇认为，在这段时期中，只有一位一流作家的作品可以称为真正的侦探小说。那就是美国作家达希尔·哈米特[2]。不管格雷夫斯和霍奇是不是传统，他们并不是守旧絮叨的二流作家鉴赏家。他们看得到世界是如何发展的，但与他们同时代的侦探小说作家却没有这个眼力。并且他们意识到，那些富有眼界和能力、可以写出真实的小说的作家是不会去写那些虚假的作品的。

哈米特的原创精神如何，即便事关重要，也尚不便定论。作为侦探小说家群体中的一员，唯独他获得了批评界的肯定，但他却不是唯一一位写出或试图写出现实的推理小说的作家。所有的文学运动莫不如此，总是挑选出某个人作为整个运动的

---

① 艾伦·霍奇（Alan Hodge，1915-1979），英国作家，是罗伯特·格雷夫斯多部作品的合著者。

② 达希尔·哈米特（Dashiell Hammett，1894-1961），美国知名侦探小说作家、剧作家、政治家，擅写“硬汉派”侦探小说。

代表，此人通常也成为了该运动的顶峰人物。哈米特的表现实属一流，但是他作品中的一切元素在海明威早期的长短篇小说中都可以瞥见踪影。而且据我所知，海明威或许也从哈米特的作品中借鉴了一二，甚或从德莱塞[①]、林·拉德纳[②]、卡尔·桑德堡[③]、舍伍德·安德森[④]及他自己身上也学到了一些东西。很长一段时期以来，有关小说语言和素材的改革都在进行，试图更加贴近真实。起源或许是诗歌——几乎所有改革都是从诗歌开始的。如果你愿意，甚至可以清晰地回溯到沃尔特·惠特曼[⑤]。哈米特将其应用到侦探小说中去，然而这种形式混杂了英式的高贵和美式的假装高贵，不堪重负，很难推进。对于哈米特写作的时候是否抱着斟酌再三的艺术目的，我表示怀疑。他只不过是靠写自己掌握的一手情报，讨口饭吃罢了。他也杜撰了一些东西——作家都得这么做，但是他的作品还是以事实为基调的，是从现实中进行杜撰。英国侦探小说家唯一了解的

---

① 西奥多·德莱塞（Theodore Dreiser，1871-1945），美国现代小说先驱、现实主义作家。

② 林·拉德纳（Ring Lardner，1885-1933），美国体育新闻记者、幽默作家。

③ 卡尔·桑德堡（Carl Sandburg，1878-1967）美国诗人、历史学家、小说家、民俗学者。

④ 舍伍德·安德森（Sherwood Anderson，1876-1941），美国小说家。

⑤ 沃尔特·惠特曼（Walt Whitman，1819-1892），美国著名诗人、人文主义者，诗歌自由体（Free Verse）开创者，代表作为诗集《草叶集》。

事实就是瑟比顿[①]和博格诺里吉斯[②]两地的说话口音。如果让他们写一写公爵大人和威尼斯花瓶，他们就没有什么切身体会了，就像那些有钱的好莱坞名角儿并不熟悉贝尔艾尔[③]自家别墅墙上的法国现代派画作，也不知道自己当矮几用的齐本德尔[④]半古条凳有什么来历。哈米特把谋杀案现场从威尼斯花瓶所在地搬到了小巷里。“小巷”一说固然不是定式，但作家的作品开始尽可能远离艾米莉·波斯特[⑤]笔下名媛应该如何啃鸡翅膀之类的东西，不失为一个好主意。他的小说从一开始（几乎到最后）就是为那些积极进取的人写的。他们对事物的阴暗面无所畏惧，身处其中也安之若素。暴力就在他们的街道上演，因此他们不会被暴力打垮。

哈米特把谋杀还给了那些让案子事出有因的人，他们索命不只是为了制造出一具尸体。他把谋杀还给了那些有手段的人，“手段”说的可不是那些手工制作的决斗手枪、毒箭或是热带鱼。他把人物原原本本地记在纸上，让他们按照常理说话和思考。他当然有自己的文体风格，但是读者们并不会觉察，

---

① 瑟比顿（Surbiton）为英格兰东南部大伦敦区萨里郡的一个城市。

② 博格诺里吉斯（Bognor Regis）是英格兰南岸西萨塞克斯郡阿朗的一处民政教区和海边度假地。

③ 贝尔艾尔（Bel-Air）为好莱坞富人区。

④ 托马斯·齐本德尔（Thomas Chippendale，1718-1779），18 世纪英国最杰出的家具设计家和制作家，被誉为“欧洲家具之父”。

⑤ 艾米莉·波斯特（Emily Post，1872-1960），美国作家，擅写礼教作品。

因为大家都觉得他所使用的语言跟这么精巧雅致的东西不沾边。读者觉得自己看了一出血肉丰满、夸张离奇的通俗剧，里面说的那些行话在他们想象中就像是自己说的。从某种程度上来说的确如此，但其实远不止如此。所有的语言都源于“说话”，而且是普通人说的话，但是当其发展为文学介质的时候，只是看起来平白如话而已。哈米特的风格至不济的时候非常程式化，读起来就像《享乐主义者马利乌斯》①的某一页。但是在其笔锋最健的时候，甚至可以无所不言。我相信这种风格并不隶属于哈米特或是其他任何人，它的形成应该归功于美国语言（甚至美国语言也不应该独占这份荣誉）。这种风格可以让作者说出不知如何表达却非说不可的事情。他的笔下没有弦外之音，也不存在回响，山外再无山。有人说他没心没肺，但是他对自己的小说最为在意的一部恰恰写的是一个男人如何对自己的朋友肝胆相照。他行文简洁，寥寥数笔，不动声色，但却一次次做到了只有最杰出的作家才能做到的事情。他写出了别人似乎从没写出过的场景。

然而他所做的这一切并没有破坏正规意义上的侦探故事。没有人可以将其破坏。大规模生产需要遵守制作工序。现实

① 《享乐主义者马利乌斯》（*Marius the Epicurean*），作者为沃尔特·佩特（Walter Pater，1839-1894），英国著名文艺批评家、作家，提倡“为艺术而艺术”的英国唯美主义运动理论家和代表人物。

主义需要作者天资过人、知识渊博、时时警醒。哈米特也许只不过是在那里或这里进行了少许收放和微调。当然，除了最蠢笨不堪或是最华而不实的作家之外，其他人对自己作品不真实性的认识都比以前有所加深。哈米特证明了一点：侦探小说也可以成为一种重要的写作形式。《马耳他之鹰》[①]可能是一部神来之作，也可能不是，但是孕育了这样一部作品的艺术形式，“理论上说来，”不可能孕育不出其他作品。一旦侦探小说写得好到了这个份上，也只有书呆子才不愿意承认它还可以好上加好。哈米特的功绩不止于此，他还让侦探小说的写作变成了一件有乐子的事情，而不只是殚精竭虑于把一系列无关紧要的线索串联起来。如果没有他，就不会有珀西瓦尔·怀尔德[②]的《验尸讯问》这种地方特色浓厚、充满奇思妙想的悬疑小说，也不会有雷蒙德·波斯特盖特[③]的《十二人的判决》那样出众的讽喻之作，抑或不会有肯尼斯·费林[④]的《心灵匕首》那样饱含充满机趣的言外之音的作品、唐纳

① 《马耳他之鹰》(*The Maltese Falcon*)，哈米特代表作之一。

② 珀西瓦尔·怀尔德 (Percival Wilde，1887-1953)，美国作家、剧作家。《验尸讯问》(*Inquest*) 为其代表作之一。

③ 雷蒙德·波斯特盖特 (Raymond William Postgate，1896-1971)，英国社会学家、作家。代表作有《十二人的判决》(*Verdict of Twelve*) 等。

④ 肯尼斯·费林 (Kenneth Fearing，1902-1961)，美国诗人、小说家。《心灵匕首》(*The Dagger of the Mind*) 是他的代表作之一。

德·亨德森[①]《鲍林先生买报记》那样喜悲参半地对凶手进行美化的作品和理查德·赛尔[②]的《拉扎勒斯七号》那样轻松有趣的好莱坞式闹剧。

现实主义风格很容易被滥用：因为写得匆忙，或是缺少觉悟，又或者是因为无力跨越“想写”和“能写”之间的鸿沟。现实主义风格也很容易被伪造：残暴并不是力量，轻浮也不是机智，充满悬念的写法也可能变得像平铺直叙的文风一样无聊，就算是写和水性杨花的金发美女调情，如果作者是满脑子只有这一件事的好色小年轻，那写出来的东西也只会乏味不堪。这样的情况太多了，搞得现在只要侦探小说的角色开口说“嗯啊”，作者就被自动归入了“山寨版哈米特”之列。

而且，还有不少人认为，哈米特写的根本不是侦探小说，而是关于几条罪恶街道的硬汉派纪事而已，只是表面上加入了一些推理元素，就像在“马提尼”鸡尾酒里加上了一枚橄榄。说这话的都是大惊小怪的老妇女——男女都有（或是不男不女），几乎包括了所有年龄段——她们总觉得凶手应该散发着木兰花的香气，也不想想谋杀本来就是一种极端残忍的行为，哪怕凶手有时候的确看起来像是公子哥儿、大学教授或是慈母般的白发老太太。还有一些正规传统推理小说的

---

① 唐纳德·亨德森（Donald Henderson，1905-1947），英国作家。《鲍林先生买报记》（*Mr. Bowling Buys a Newspaper*）是他的代表作。

② 理查德·赛尔（Richard Sale，1911-1993），美国剧本作家、导演。

拥趸已经被吓得灵魂出窍了，他们认为，如果一部侦探小说没有正式提出明确的问题，也没有围绕着这个问题布置好整整齐齐贴着小标签的线索，那么这就不是一部侦探小说。这些人会指出，比如说，《马耳他之鹰》的读者就不会关心谁杀了斯佩德的搭档阿彻（这是整部小说唯一一个明确提出的问题），因为总有其他什么事情牵绊住了他们的思绪。但是在《玻璃钥匙》① 中，虽然读者不断地被提醒，“问题是：谁杀了泰勒·亨利”，却也只是为了达到一样的效果：一种充满了动作、阴谋、各怀鬼胎和逐步丰满人物个性的效果。侦探小说该写的，就是这些东西。其余部分写来无非等同于在客厅里玩挑棒游戏。

但是这些（也包括哈米特）在我看来尚嫌不足。在谋杀案写实派高手笔下的世界里，黑帮可以统治本族，甚至整个城市。酒店、公寓和知名饭店的所有者靠开窑子赚钱。电影明星是匪帮的眼线，大厅里那个友善的男人实际上是做非法乐透生意的老板。在那个世界里，口袋里只揣着一品脱小酒的家伙锒铛入狱，法官却有一地下室的走私酒水。市长会借包庇谋杀案发财。走夜路的没一个是安全的，因为法律和秩序只是我们挂在嘴边的玩意儿，从不会真去执行。在那个世界里，就算你在光天化日之下亲眼目睹了一起拦路抢劫案，也只会乖乖闭牢嘴

---

①《玻璃钥匙》（*The Glass Key*）为哈米特的又一代表作。

巴，飞快地隐入人群，因为也许劫犯的朋友有把长枪，又或者警方不喜欢你的证词，再或者还有不择手段的辩方律师，会在开庭日对你滥加指责、恶语中伤，而陪审团都是一帮精挑细选过的傻子，带有政治背景的法官对此只是敷衍了事。

那个世界并不充满芳香，但那就是你生活的地方。那些心智坚忍、能够冷眼旁观的作家可以借此写出趣味盎然、引人发噱的作品。人死了自然不是什么趣事，但有意思的是，让他毙命的只是些无足轻重的小事，他的死亡，是我们所谓的“文明”锻造出来的。但尽管如此，仍然不够。

所有能够被称之为艺术的东西，都带有救赎的性质。也许是纯粹的悲剧，如果是高级悲剧[①]的话。又或许带着怜悯和讥讽。也可能就是一个健壮男人粗哑的笑声。但是总得有人到那些罪恶的街道上去。这个人必不能是坏人，而是道德高尚、无所畏惧的人。这种小说中的侦探必须是这样的人。他是英雄，是一切，是一个完满的人，是一个平凡却不普通的人。用句老话说，他必须是一个“正派人”，这种正派与生俱来、不可避免、不假思索，自然更不消挂在嘴上。他必须是自己的世界里最为杰出的那一个，而且放在任何一个世界里，也毫不逊色。他的私生活我不想多管，只知道他既不是太监，也不是圣徒。

① 高级悲剧（High Tragedy）指的是必须包含着人生重大意义和哲学的悲剧，有别于通俗剧。主人公被称为“悲剧英雄”（Tragedy Hero）。

引诱公爵夫人？也许吧。糟蹋黄花闺女？绝不可能。如果他一件事情做得正派，那么件件事情莫不正派。他安于清贫，否则也不会去做侦探。他是个平凡的人，否则走不进老百姓中去。他知道自己该具备什么样的品质，否则就干不好这份工作。他不取不义之财，但是如果对方狗眼看人低，他也会公正地还以颜色。他是一个独行侠，一身傲骨，希望你以礼相待，否则你一定会后悔不迭。他说起话来就像其他同龄人一样，开着呛口的玩笑，生气勃勃，又带着一点儿荒诞，对虚伪深恶痛绝，对卑鄙不屑一顾。这个人寻找幕后真相的冒险经历成就了故事本身，而且正是因为这些经历发生在这么一个适合冒险的人身上，才能称之为冒险。他似乎无所不知，让人大吃一惊，但也无可厚非，因为这些知识本就属于他的世界。

如果这样的人足够多的话，我想大家就可以放心地生活在这个世界上，而又不会觉得沉闷无聊了。

好莱坞作家

1

好莱坞容易叫人生恨，也容易招人嘲笑或是讥讽。有些最绝的讥讽，恰恰出自那些从未踏进过影棚大门的人。而有些对它嘲笑得最厉害的是以自我为中心的天才，他们离开的时候忿忿不平，却绝不会忘记领走最后一笔工资。而他们留下的，却只有坏脾气的绕梁余香，还有一个丢给疲惫不堪的写手去收拾的烂摊子。

好莱坞认为，所有的聪明脑瓜都远在纽约（因为很显然在好莱坞找不到这样的人），然而就连这个圣边也感染上了夸大其词的恶习。有位电影评论家，供职于一本还算平实的知识型周刊，近来为某部剧本写了剧评，认为这部剧本“展现了几位天资平平却拿着高达三千美元周薪的作者沉闷无聊到了何等田地”。我希望这位评论家不要跌破他的小眼镜：其实半数以上的好莱坞作家去年收入还不足一万美元，而进账稳定且接近被他鄙视地提到的那个数目的作家更是屈指可数。至于这些作家究竟是不是“天资平平”，我不得而知。在我看来这么一说似乎显得当作家很容易似的。

我并不是好莱坞的脑残粉。我在那儿工作了两年出头，虽然远不足以成为权威人物，但已足够让我对它产生彻头彻尾的厌倦之情。真是太不应该了。这么一种拥有浩阔资源和神奇技术的产业，本不该在这么短的时间里就变得了无生趣。这种艺术形式，能让除了最好的剧本之外的其他戏剧都显得不值一提、矫揉造作，也能让除了最好的小说之外的其他小说显得冗长累赘、照猫画虎，那些并不是死钻钱眼的电影实践者本不该这么快就对它生厌。一部电影的拍摄理应是一场奇妙的探险。只可惜不是。在好莱坞，拍电影就是几个俗不可耐的自大狂围在一起吵个没完——他们中有人来头不小，但几乎所有人都只会瞎嚷嚷，而且除了抢功和自夸之外做不出什么更有创意的事情来。

好莱坞是爱出风头的人的天堂。但是爱出风头的人并不创造任何东西，只会利用别人创造的东西算在自己头上。出版商和戏剧制作人也一样爱出风头，但他们沾光的对象是已经制成的作品。好莱坞的这帮风头鬼却掌控着作品制作本身——也因此跌了它的份。因为剧本才是电影的艺术基础，是它的根本，没有剧本，就成就不了电影。电影的一点一滴都源自剧本，而由之派生的东西则更多是一种应用技术，无论何等精妙，在艺术程度上都无法与剧本创作比肩。然而在好莱坞，剧本都是拿薪水的写手在制片人的监控下写出来的——也就是说，都是雇员的作品。他们对自己的手艺没有支配权，也没有决策权，甚至没有所有权，即使报酬丰厚，也几乎没有尊严可言。

我也知道，“脚本生产”的好莱坞体系的形成，有各色各样的经济原因。但我对这些原因兴味索然。电影烧钱——不假。搭影棚烧的是钱，可所有的剧作者燃烧的是他们的时间（也顺带燃尽了他们的生命、他们的希望，还有那些五光十色的人生体验，尽管其中多数充满苦痛，但正是这些苦痛，使他们走上了写作道路）——这些也都是千真万确的。制片人要考虑票房，还要负责项目的生死——亦是实情。导演如果犯了几个小错，可以幸免于难；作者哪怕遗臭万年，也可以照样每个星期赚到上千元——这些也都不假。但这些都不是重点。

至于这个体系为什么存在，而且久盛不衰，我并不感兴趣。我也不关心好莱坞是如何苦苦挣扎、保全声望的，或是它拍的那些烂片吸了多少金。我只关心一个事实：这个体系导致剧本艺术无处容身，而且只要这个体系继续存在，剧本艺术就永远也不会出现，因为这个体系的精髓就是既要利用天才又不赋予天才存在的权利。这样是行不通的，只会毁了天才，就像现在这样——趁着还有几个天才可以被毁灭。

好在天才并不多。有个爱嚼舌根子的出版商（可能是伯纳特·瑟夫[①]）说过，好莱坞作家里面，有人一个礼拜能挣两千美元，却已经十年都没什么思想闪光点了。他这话——说得太轻：好莱坞作家里面，有人一个礼拜能挣两千美元，可是从来就没有过思想闪光点，也没有写出过一幕值得搬上大银幕的场景，要是指望到通俗文学市场上卖文谋生，连两个大子儿也赚不来。好莱坞遍地都是这样的作家，虽然薪水这么高的没有几个。坦率地说，他们就是一帮没劲透了的雇佣文人，而且他们中的大多数对此心知肚明，却仍然忍气吞声地领着薪水，对这种让自己过上了比去别处都要体面的日子的产业尽可能地心怀感激。

我相信他们中间的大多数人其实也想成为比现在更好的作家，也想变得充满力量、正义感和想象力，凭借文学这种富有自由职业尊严的艺术形式过上体面的生活。但他们无非是在痴人说梦罢了，因为这样的梦根本没有理由实现。而且就算有可能实现，也绝不是现在。因为让这些作家中的翘楚（总还是有几个特例的）倾尽全力的作品成为佳作的可能性微乎其微，相比之下狮子狗变身大丹犬还更有可能：音乐剧愚蠢不堪，净是些花里胡哨的腿踢来踢去，加上几个夜总会的歌手，嚎上几嗓子；"心理学"影片情节呆板，演员如泥雕木塑，而且总带着一股挥之不去却又不明就里的热切，活像青春期女学生一般叽叽喳喳个没完；至于那些活泼精妙的喜剧（希望如此），里面演员

① 伯纳特·艾尔弗雷德·瑟夫（Bennett Alfred Cerf，1898-1971），美国出版商，兰登书屋出版公司创始人之一。

的包袱和身段同样过时，大家手里都得端着饮料，每逢门口必见男管家，浴缸边上也一定要摆上一部电话机；还有史诗巨著，男演员都像女演员反串的，而我们可爱的女明星看起来又太不谙世事了一点——要知道这个甜心半辈子都在不停地换老公啊；压轴好戏当数那些具有深刻社会意义的电影，里面每个人都很有思想，显得又成熟又真诚，人生难题也总能通过冗长的投票来化解——大家一致表决，宪法神圣不可侵犯，家园圣洁不可亵渎，而首当其冲、最为重要的，是搞好现代化厨房设备。

这些，我亲爱的读者们，可是那些身价百万的宝贝儿——“皇冠上的明珠”。大部分写剧本的男男女女们绝对难以望其项背。他们贡献出了眩目的台词和精妙的结构，结果只拍出了西部牛仔片、廉价的腰里别把枪的传奇剧、科学怪人失心疯的恐怖片，还有充斥着哭叫的金发美女和圆锯嘶吼的惊悚片。写出这些无用之材的作家，当真是不战而败。即使从纯技术角度出发，他们的作品也因为拍摄时间仓促而注定一败涂地。剧本写作难就难在要言简意赅，然后再精简至半，却仍显从容自然。这样的技术需要有试验精神，能去掉的地方决不心慈手软。那些劣质电影根本无福消受。

2

我并不是说好莱坞连一个有真本事的作家也没有。的确不多，但其他地方也一样罕有。创造力天赋就像一种稀缺商品，断货的日子里，只能苦苦等待，或是厚着脸皮模仿。很显然，我们从已经面世的畅销书作家里、从销量高达50万本的四流历史小说编纂者里、从跟糖果小贩无异的百老汇剧作家里或是从愠怒的小杂志知名写手里都找不出这样的天才，那么也就没有理由指望从躲在大银幕背后默默无闻的苦力们中间找到了。

在我看来有意思的地方无关好莱坞天才作家数量的多寡，而是他们的天才被允许创造的价值少到了何种程度。值得玩味——却也不难料想，如果你接受作家是花钱雇来写剧本的这个前提的话。其理论在于，作为作家，他们拥有特定的天赋，也接受过写剧本方面的训练，但却不能让他们独立工作，也不给他们任何决策权——其理论又在于，他们仅仅是作家而已，对怎么拍电影一无所知，既然不知道怎么拍电影，也就不知道怎么写剧本——必须让制片人来告诉他们该怎么写。

说到制片人，我还想给他们留几分薄面。虽然我和他们打交道的时候并没有这么客气，但是毕竟，他们也只不过是这个体系的奴隶罢了。而且，“制片人”这一说法的定义十分模糊。有些制片人的确位高权重，但也有些比办公室助理强不了多少，还有一些——我相信为数不多——薪水还不如手下的作家高。甚至有人说，在好莱坞一个大型制片厂里也有还不如作家混得好的制片人，不仅赚得不如作家多，声望、分量和审美能力也都比不过作家。当然了，在那么大的制片厂里，所有无法解释的事情都有可能发生，而且压根没人会注意。

以我的观点来看，制片人的个人素质其实并不是那么重要。他们中间有些是能人，待人也很亲切，但也有些素质没那么高，道德品质跟一头山羊差不多，审美趣味仅限于老虎机，行为做派就像个不知天高地厚的商店巡视员。但是说到剧本写作，就是制片人说了算了，作家要么跟他沆瀣一气，服从他的想法(如果有的话)，要么被一脚踢出去。这就意味着不管从人格上还是审美角度，作家都是制片人的从属者。如果长期接受这样的安排，哪怕是一个好作家，也会失去使其成为好作家的特质，消磨思想的锋芒，一点点变成同谋者而不是创造者，成为巴结顺从、随声附和的熟练工人，而不再是富有原创思想的匠人。

不管制片人在作家心里是怎么样的一个人，其实也都无关紧要。制片人可以随意修改、摧毁或是无视作家的作品，这个事实会让作品在构思阶段就先天不足，后天执行阶段也会变得机械呆板、了无生趣。如果完美作品是由权威机构的武断决定来定义的，那么任谁也不可能产生写出完美作品的冲动。那些从内心深处、从无尽孤独中诞生出来的东西，如何入得了马屁精委员会的法眼？那些成就了文学作品的灵动的要素，在又臭又长的剧本策划会上是决计活不下来的。好莱坞作家按照要求和规定被迫一遍又一遍地修改着自己的作品，形同刮骨，无止无休。这样的作品中，哪里还有什么文字、情感或是情势魔力可言？有些仅存的魔力，凭借另一种更为稀有的魔力，还偶可得见，顽强地活了下来，被搬到了大银幕上，没有怎么被糟蹋。正是因为还有这样罕见的奇迹存在，好莱坞屈指可数的几位好作家才忍住没有自寻短见。

好莱坞没有权利期待这样的奇迹，而且也不配拥有那些让奇迹发生的人。好莱坞关于如何成就好电影的想法非常幼稚无知，就像用侮辱和漠视对待写作天赋一样。耗费上百万美元去包装被优秀作家嗤之以鼻的剧本，这就是好莱坞所谓的“生产价值”。在好莱坞看来，拍摄一部具有回报价值的电影就是找个只会做两个表情的漂亮小妞儿换上 18 套衣服，或是搞来一个万人迷“男神”，带着一副永远酒醉不醒的样子，加上六招早已过气的表演技巧，体型像保镖，脑子像特种兵。好莱坞满怀爱意精心创作出来的，就是这些影片。真正的好电影恨不得乘其不备，从后面一巴掌拍上去。

3

这其中也有各色各样经济方面的原因。电影是一种了不起的产业，可也是一种注定失败的艺术。技术已经发展到了第三代，吸引了来自世界各地的投资，贪得无厌、欲壑难填。每年要拍出 500 部影片，否则影院就只能关门大吉，无数人饭碗不保，金融机构大厦将倾，银行家们又要准备从办公室窗户一跃而下了。就算能找得到合适的剧本，可是好莱坞连拍出 500 部影片的十分之一的人才都不具备。纵使如此，他们也得使出浑身解数、万般挣扎地硬着头皮把剩下的影片拍完，落得个血管硬化、头发花白的下场，真正的天才也随之渐渐凋萎——开心点儿的工作本可以挽救这些天才的。

这些人拍出来的虽然本质上都是些烂片，但和其他行业标准相比却收入颇丰。他们得到如此丰厚的回报，自然不是因为掌管着运营资本的金融巨头慷慨仁慈。金主有生杀予夺的权力，可以让好莱坞俯首帖耳——只要他们不在乎投资打了水漂。他们可以无视合同，一夜之间将某个制片厂的首席执行官拿下，也可以用同样的手段对付任何电影明星、制片人和导演——但这是针对个体而言。他们无法摧毁的是好莱坞体系。这个体系也许百无一用、荒诞不经，甚至充满了欺骗，但它就是一切，没有任何冷血的董事会能将其取代——不是没有尝试过，但那些爱出风头的家伙总是赢家，只用钱砸是打不垮他们的。而从长远看来——虽然还要过很长一段时间——他们永远无法战胜的是天才，甚至是写作的天才。

但我只怕这一天遥遥无期。目前没有任何迹象表明，好莱坞作家将能真正掌控自己的作品，将会拥有决定作品内容的权利（而不只是简单地拒绝写作，这是他不多的权利之一），或是即将能够决定由制片人选用的作品的价值体现方式。目前也没有任何承诺表明，最为精妙的台词、最为精当的想法、最为精彩的场景不会在导演一声令下之后被篡改或是在后期剪辑中被删除，弃之如敝屣——我这么说有个简单却又至关重要的原因，那就是不管什么电影，从艺术角度来说，其中最棒的部分总是最容易自动被忽略的。

好莱坞无意将作家打造成买票看电影的观众眼中有深度的艺术家，而是使出浑身解数，不让观众发现作家为电影艺术做出的重要贡献。不管是在海报牌上还是在报纸广告里，他的名字都印得比仅仅在片尾列表上出现一下的龙套演员还要小。而当一周近半、要缩小广告篇幅的时候，他的名字又是第一个被拿掉的。不管是口碑相传，还是广播宣传，他的名字总是提得最晚也是最少的。

我参与创作的首部影片得到了奥斯卡提名（不知道这算不算件大事），媒体评论会就在制片厂里举行，可我并没有获邀参加。还有一部叫好又叫座的影片，出自另外一个制片厂，剧本也是我写的，做推广的时候还一字不差地照搬了几句剧本里的台词，但是不管是广播、杂志、海报牌或是报纸广告，我所见所闻之处，从未发现自己的名字——要知道我的所见所闻不可谓不多。这种忽视对我个人倒是没有造成什么影响——如果你是自己写书的作家，那么好莱坞影片是否署你的名字其实并不重要。但是对那些全副身家性命都寄托在好莱坞的作家来说，这就不是无足轻重的小事了，而成了精心策划、成功实施的阴谋诡计的一部分：将职业剧作家的地位降低到拍片助理的地步，表面上对作家恭恭敬敬（如果同处一室的话），但其实根本不把他们放在眼里，而且不管作家应得的成就有多么辉煌，都会悄无声息地被扫到一边，给那些可能砸在影星、制片人、导演脑袋上的馅饼腾出位置。

4

如果以上种种所言不虚，那为什么有真本事的作家还继续留在好莱坞工作呢？显而易见的理由并不充分。并没有多少剧作家买得起贝尔艾尔别墅区带泳池的房子，太太穿得起貂皮大衣，身边跟着三个侍从，周身洋溢着疲惫天才自怜自艾的神气。钱在好莱坞能买到的东西少得可怜，无非只能让你获得生活在虚幻世界里的快乐，与很小一撮思想、言谈甚至宴饮无不与电影有关的人为伍，但那些电影多数都是烂片。还有些说不清道不明的快感，则来自瞥见那些名角儿在世界上最龌龊的小馆子里暴饮暴食。

我并不是说好莱坞比世上其他充满铜臭味的社会更加无趣或是放荡不堪：上帝知道这不可能。但为它穷尽一生打磨技艺，只是因为也许可以成就伟大艺术，似乎也不值得。我想事实上那些好莱坞的老伙计们还没有意识到其实自己所得寥寥，也没有意识到自己整日对其笑脸相迎的都是些什么无聊又自大的人，更别提还要和那些下三滥的家伙称兄道弟，所能取得的真正的成就微乎其微，占据生命的都是些华而不实的垃圾。好莱坞那种肤浅的友谊的确不坏——直到有一天你发现每个人都笑里藏刀。只有和愿意认真对待小说产业的人们共事时，作家孤寂的灵魂才能感受到一点微薄的热量。身处好莱坞会很容易让你忘记还有另外一个世界，在那个世界里，人们是自己购买日常用品的，而且如果愿意的话，是可以拥有自己的想法的。在好莱坞甚至连支票也不用自己签字——而你自己的想法也无非是你期望制片人或是制片厂总裁喜欢的那些玩意儿。

除此之外，我想也许还有希望，而且希望不止一点。冷酷的旧王朝终将灭亡，独断专行的制片人的地位已经开始动摇，头顶大帽子的导演哪怕在自己的制片厂里也早就被当作笑话看待了，再这样下去，彩色电影也救不了他。衰败的草台班子体系有望退出历史舞台，夸夸其谈的权势人物总会明白，只有作家才能写出剧本，而且只有一身傲骨、独立自强的作家才能写出好剧本，如果还用现在的手段对付他们，就等于要毁掉电影赖以生存的力量。

还有一种希望，一种强烈而美好的希望，那就是好莱坞作家自己——有能力的那些——将会意识到剧本写作不是业余选手或是半吊子作家可以胜任的，因为这些人捅了娄子只会让别人来救火。作家身为匠人的弱点给了有权阶级的自大狂可趁之机，榨干了作家的主动性、想象力和正直精神。倘若好莱坞高薪剧作家中的 1/4 能够凭借自身能力创作出一部完整有机的剧本以供拍摄，而跟制片厂之间只保留必需的交涉和讨论，保护其在演员阵容上的投资，基本保证不会有人对影片提出诽谤诉讼，监管部门也不会来找麻烦，那么制片人就会老老实实干好自己的份内工作，整合、调节各方力量，同心协力拍好影片。至于导演——老天啊，帮帮忙，看他那副趾高气扬的样子！——就只能乖乖照着剧本构想和写出的样子去拍电影，而不是把剧本改头换面，好像他才是会写的那一个。

当然，还是有这样的制片人和导演——虽然数量少得可怜——真心实意地想要迎来这样的改变，而且因为他们确有一身本领，所以并不惧怕这样的改变会对自己的地位产生影响。但是三年过去了，变化寥寥。在旷日持久、艰苦卓绝的抗争之后，各大制片厂（从今年开始小型制片厂才加入进来）被迫同意按照合理的商业道德标准来对待作家。在这场战斗中，作家与之抗争的其实并不是电影这个产业，而只是其中某些势力元素——其实也是和他们一样的雇员——直到今天，这些人还在抢占全部的荣誉和声望以及绝大部分的酬劳。只要他们还继续以电影创作者的身份鼓吹自己，那么这种情况就还将持续。

这种抗争还在继续，从某种角度来说，永远不会完结，从另一种角度来说，应当持之以恒。但是目前的局势对作家不利。如果说不存在电影剧本这种艺术形式，原因至少有一部分是缺乏可以借鉴的艺术理论和实践作品。并没有专门为剧本文学设立的图书馆，因为剧本属于制片厂，森严壁垒，不得窥见。批评理论也很匮乏，因为没有剧本评论家。倒是有人把对电影进行评论当作消遣，然而多数批评家连电影是怎么拍摄出来、怎么弄到赛璐珞胶片上的都不知道。也并没有剧本教学，因为找不到老师。如果你对电影拍摄一无所知，那么你就无法跟权威机构建议电影该如何拍摄。但如果你知道该怎么拍，那么就只能忙着埋头拍片子了。

制片厂内各个工种之间也没有交集。水平一般的——还有那些好得多的——剧本作家几乎觉察不到自己会给导演带来什么样的技术难题，而且也浑然不知有些问题连最熟练的电影剪辑师也无法解决。剧作家绞尽脑汁写出来的净是些拍不出来的东西，就算是勉强为之，也只能剪掉。写出来的对白演员念都念不出来，音效也实现不了，情绪和感情的细微变化根本无法通过镜头复制。剧作家理想中的场景必须在楼梯井或是地鼠洞里才能拍得出来，写出来的对话如死水一潭，导演被迫要从九个不同的角度来拍摄才能增加一点动感。

事实上，虽然技术知识博大精深，好莱坞会的那几招却毫无系统可言，制片厂那些新手剧作家自然想学也没有门路。别人告诉他，“要多看电影”——这就像呆呆地望着房子就能学会建筑学一样无望。然后他就被送回自己的小兔棚里，写上几幕小戏，而他的制片人会在给金发美女和酒肉朋友打电话的间隙里告诉他压根儿不应该这么写。制片人也许是对的，场景的确应该改写，至少要写对。但是首先得有人把它们写出来。制片人才不会亲自动手，因为根本写不出来。而且像他这种大忙人，大把捞金还嫌来不及，要是沾上了付费写手的知识分子穷酸气，那简直有失尊严。

我把最好的念想留到最后才说。不管我之前言论如何，好莱坞作家正在慢慢赢回自己的声望。他们中越来越多的人走到台前，成了自己权利的主宰者，成为了自己写的剧本的制片人和导演。让我们为他们增添的分量和权力感到高兴，检验艺术成果的眼光也不要极尽苛责。他们干得漂亮（而且中间有些人的确拍出了不错的片子）。作家走向台前已经成为一种趋势，而且通过在镜头前的千锤百炼，已经成为这种文学艺术传统的一部分，被广为接受。真应该普天同庆！

“他只当作家，未免屈才了”——这当是好莱坞能想到的对作家的褒扬里最中听的一句吧。

推理小说十二按

1．小说的原始设定和结局的动机必须可信，必须由合理环境下合理的人做出的合理的事情组成。要记住，“合理性”在很大程度上就是一种风格。满足了这个要求，那些唬人的结局和大量所谓“闭环”的故事就不可能出现——在这些故事里，那些最不可能成为罪犯的人被迫犯了罪，简直毫无说服力可言。类似克里斯蒂的《加莱车厢谋杀案》[1]那样精巧的舞台式布局也将无处容身：犯罪情节设置全由一系列巧合组成，怎么看也不像真的。

2．谋杀手段和侦破方法从技术层面上来说都必须能够自圆其说。不能出现万能的毒药或是不合理的药物效用，比如剂量不足以致命却害死了人之类。左轮手枪不能安消音器（根本不管用），铃绳上也不可能总盘着一条蛇（《花斑带之

---

① 《东方快车谋杀案》（*Murder on the Orient Express*）在美出版时曾用名《加莱车厢谋杀案》（*Murder on the Calais Coach*），为阿加莎·克里斯蒂代表作之一。

谜》[①])。一读到这些东西，故事立刻就从根儿上毁了。如果侦探是受过训练的警察，就必须有个警察的样子，而且要有合乎工作要求的心智和体魄。倘若他是一名私家侦探或是业余侦探，至少也应该了解必备的刑侦手法，否则只会显得自己像头蠢驴。假使像夏洛克·福尔摩斯系列故事里写的那样总把警察当傻子戏弄，不仅会让侦探取得的成就大打折扣，而且还会让读者怀疑作者在这一领域的知识水平。柯南·道尔和爱伦·坡[②]是这种艺术形式的开山鼻祖，他们和最优秀的现代作家之间的关系就好比乔托[③]之于达·芬奇。但是当代侦探小说已经不能像他们那样写了，他们作品中显示出来的蒙昧无知也不再为当今社会所容忍。而且，警察文学这种艺术形式在他们那个时候仅处于萌芽状态。《一封失窃的信》[④]只能糊弄现在的警察4分钟。柯南·道尔看起来也对苏

---

① 《花斑带之谜》(*The Speckled Band*) 为英国侦探小说家柯南·道尔创作的福尔摩斯探案故事系列中的一部。

② 埃德加·爱伦·坡 (Edgar Allan Poe，1809-1849)，美国诗人、小说家、文学评论家，以神秘故事和恐怖小说闻名于世。他是美国短篇故事的先驱者之一，又被尊为推理小说的开山鼻祖，进而也被誉为后世科幻小说的始祖。

③ 乔托·迪·邦多纳 (Giotto di Bondone，1266-1336)，意大利雕刻家、画家和建筑师，意大利文艺复兴时期的开创者和先驱者，被誉为“欧洲绘画之父”。

④ 《一封失窃的信》(*The Purloined Letter*) 为美国作家埃德加·爱伦·坡的短篇小说代表作。

格兰警场[1]的各个组织一无所知。克里斯蒂在我们这个时代还会干同样的蠢事，但时间的推移并不意味着能把错误洗白。奥斯汀·弗里曼[2]则恰恰与之相反，在他那部有关伪造指纹的小说[3]面世10年之后，警方才意识到，小说里写的可以成为事实。

3．必须对读者诚实。这虽是老生常谈，但人们却始终不解其意。重要的事实不仅决不应该被隐瞒，也同样不应该对其虚假强调，造成曲解。无关紧要的事实则不应该将其蓄意夸大，虚张声势。(这是典型的好莱坞悬疑影片常玩的把戏，利用特效摄像机的作用和剧烈的情绪变化转移观众注意力，造成虚假的恐吓效果。) 根据事实做出推论是侦探的拿手好戏，但他也应该放出足够的事实，好让读者的脑筋跟着转起来。有一种说法似乎有些道理，虽然尚无定论：凭借某种特定知识 (比如桑戴克医师[4]) 作出的推论从某种意义上说是在耍赖皮，因

---

① 苏格兰警场 (Scotland Yard) 指英国伦敦警务处总部。1829年间，英国首都警务处位于伦敦旧苏格兰王室宫殿，因此得名。

② 理查德·奥斯汀·弗里曼 (Richard Austin Freeman，1862-1943)，英国著名作家，早年从事医务工作，转行后创作了以约翰·埃文林·桑戴克为主角的系列侦探故事。

③ 应为小说《血红指印》(*The Red Thumb Mark*)，奥斯汀·弗里曼创作的“桑戴克医师”侦探系列第一部。

④ 约翰·埃文林·桑戴克医师 (Dr. John Evelyn Thorndyke) 是奥斯汀·弗里曼笔下的神探，擅长科学办案，因而树立了“科学侦探”的最佳典范。以他为主角的系列小说开创了“倒叙推理”这一新文体。

为所有好的悬疑小说都会遵守一个基础理论，那就是在故事中的某个阶段要供给读者足以找出问题答案的素材，而且这个阶段不能来得太晚。如果理解事实真相需要某种特定的科学知识，那么除非读者恰好也了解这些知识，否则就无法自行解决问题。或许奥斯汀·弗里曼也有同感，因此才开创了“倒叙推理小说”这种文体，让读者一开始就知道了问题的答案，然后就可以饶有兴味地看着侦探一步步顺藤摸瓜了。

4．人物、布景和氛围都必须真实可信，像是真实世界里的真人真事。推理小说作家能写好人物的不多，但并不代表不需要这种能力——让人一读再读难以忘怀的作品和扫了几眼便抛诸脑后的作品，区别就在这里。至于瓦伦丁·威廉姆斯[①]之流，宣称“问题大于一切”，只不过是为了掩饰自己对人物塑造的无能罢了。

5．即使去掉推理相关的部分，也必须无损故事的价值。也就是说，办案经过本身也应该是值得一读的冒险经历。

6．要达到这种效果，小说必须具有某种悬念，哪怕需要花点儿脑筋。这并不是指威胁，尤其不是指侦探必须受到严重的人身安全威胁。后者简直成了一种潮流，就像所有的潮流一样，因为彼此间的过度模仿而显出一副疲态。读者并不需要总是紧张得坐立难安。故事情节安排过犹不及，震惊太

① 瓦伦丁·威廉姆斯（Valentine Williams，1883-1946），英国记者、通俗小说作家。

多只会让人麻木。然而矛盾冲突是必要的，无论是肢体上、伦理道德上还是情感上，而且必须在字里行间始终弥漫着某种危险的元素。

7．小说必须色彩斑斓，鼓舞人心，还要适度地扣人心弦。如果风格太过沉闷，就要用大量的技术手段去弥补，然而也不是没有先例，尤其是在英国。

8．在需要的时候，小说必须能简明而又轻松把一件事情解释清楚（这也许是所有条律中最不容易遵守的一条）。最理想的结尾是：电光火石间一切真相大白于天下。而这实属难得，因为好点子太过罕见。解释过程不必求短（在银幕上除外），而且往往根本短不了，但是必须生动有趣，让读者迫不及待要看个究竟，而不能是为了摆平某个过于复杂的情节而新编一个故事，再牵扯进一堆新角色。解释过程最重要的一点就是，它并不仅仅是冗长的细枝末节的组合，因为这些东西没有任何一个普通读者能记得住。把对答案的寻找寄托在这些东西上面对读者而言是不公平的，因为这实际上又已经超越了他们对答案的控制范围。让读者记下上千个枝节，再从中选出三种具有决定性意义的，其不公平程度不啻于希望读者对化学、冶金术或是巴塔哥尼亚食蚁兽的交配习性烂熟于胸。

9．小说必须能唬得住还算有点脑子的读者。这可就出了一个大难题。有些最棒的侦探小说（比如奥斯汀·弗里曼的作品）也无法从头到尾蒙住聪明的读者，但就是让人猜不透全部的答案，也没办法自行作出逻辑论证。读者的脑筋千差万别，有些能猜出深藏不露的凶手，而有些却会被最显而易见的情节糊弄（《红发俱乐部》[①]放到今天，还能骗得过读者吗？）。不过，也没必要非得把一个推理小说的狂热爱好者愚弄到家门都不认识的地步；当然了，这也不太可能。如果推理小说就是为了坚持骗过这些人，而且对这一目的不加掩饰，那么在普通爱好者看来就会显得不知所云，连小说到底写了点儿什么都搞不清楚。但是，有些重要的故事元素又必须让最犀利的读者也无法参破。

10. 答案一旦揭晓，就一定要显得是必然结果。这是一部好的推理小说中最容易被忽视的要素，但却是所有小说最重要的元素之一。光是愚弄读者、唬住读者，或是逃避读者，都是不够的。必须让读者既拍着脑袋懊悔不迭，又对“对手”心生敬意。

11. 切忌贪多求全。如果这个故事是一桩谜案，氛围既冷静又理智，那它就不可能是暴力探险故事或是激情罗曼史。恐怖的氛围会摧毁逻辑思维能力——如果小说写的明显是普通人因为无法承受错综复杂的心理压力而犯下了杀人罪，那么就别再想笔锋突转到警方调查员的冷静分析上去。侦探不可能同一

---

① 《红发俱乐部》(*The Red-Headed League*) 是柯南·道尔创作的福尔摩斯案件中的一个短篇，讲述夏洛克·福尔摩斯从一份红发俱乐部的广告开始破获一个犯罪团伙的过程。

时间既是英雄又是祸害，杀人犯也不会既是饱受折磨的命运牺牲品，又是个五大三粗的流氓。

12. 不管方式如何，罪犯必须受到惩治，虽然不一定藉由执法完成。和当下流行的（以及来自约翰斯顿办公室[①]的）观点恰恰相反，这个要求无关道德，而只是侦查逻辑的一部分。如果案件无法告破，故事悬而未决，一定会引起众怒的。

附　　录

1. 完美的侦探小说是写不出来的。能解决完美问题的脑袋瓜子对写作这种艺术工作是无能为力的。能让达希尔·哈米特和奥斯汀·弗里曼共处一册固然好，但绝无可能。哈米特没有耐心慢条斯理，而弗里曼的叙事缺少激情。两个人捏不到一块儿去。即使是取中庸之道的多萝西·塞耶斯，如果把她的两种写法拆开来看，也根本不能和那两位作家分庭抗礼。

① 约翰斯顿办公室 (Johnston Office) 代指美国电影协会 (Motion Picture Association of America)，1922 年创立伊始被称作“美国电影制片人及发行商联合会” (Motion Picture Producers and Distributors of America)，由前邮政总长威尔·H. 海斯 (Will H Hays) 担任主席，并颁布“海斯法典”等针对电影作品的高压法令。埃里克·约翰斯顿 (Eric Johnston) 为其第三任总审查长，其在任时期的 1945-1963 年该协会也被称为“约翰斯顿办公室”。

2. 要想把一个简单的推理过程隐藏起来，最有效的方法就是把它藏在另一个推理过程中。这是文学“戏法”中的一种。你不能光靠把线索藏起来或是假造诸如“克里斯蒂”之类的人物来愚弄读者，而是要误导他去解决错误的问题。

3. 有一种说法是“没人关心尸体”。一派胡言。简直就是抛弃了一个有价值的元素。这就像是说，对你而言，你的姨妈被害就跟城市里你从未去过的地方死了一个陌生人一样。

4. 油滑的对白并不是机智。

5. 连载推理故事并不能成就好的推理小说。因为只有当你不能立刻读到下一章的时候，小说中的“幕布”才能起作用。如果以整本书的形式呈现，这些“幕布”只会带来虚假的悬念，招人反感。杂志已经开始意识到这一点了。

6. 谈情说爱几乎总是会削弱一部推理小说，因为爱情会营造一种与主题不相容的悬念，对于侦探费尽心机破解难题于事无补。出现在悬疑小说里的爱情要想行得通，就得既能给侦探找麻烦、让问题复杂化，而与此同时你又会本能地感觉到这种情感撑不到最后。真正的好侦探永远不会结婚。婚姻会让他失去超脱的气质，而这种气质正是他魅力的一部分。

7. 虽然爱情元素在畅销杂志和银幕上被大加渲染已成事实，但并不能使之成为艺术。杂志小说和电影的目标受众应当是女性。杂志才不屑于把推理作品当作艺术。任何类型的写作都不会被杂志当成艺术。

8．推理小说中的主角是侦探。一切都要紧扣他的个性。如果他的个性并不鲜明，你也就写不出什么东西来，也就更不用提写出好的悬疑小说来了。这是自然而然的。

9．罪犯不能当侦探。这是老规矩了，虽然偶尔会遭到违背，但依然和以前一样颠扑不破。原因如下：根据传统和规定，侦探是真相的追寻者。如果他已经知道了事实真相，还如何追寻？对读者而言，侦探的诚实可信是一种不言而喻的保证。

10．同样的说法也适用于第一人称叙述者是罪犯的故事。对此我还要多说两句。在我看来，第一人称叙事总是显得有些不诚实，它看似坦率，而且明明白白地记录下了侦探的一言一行，但却恰好掩盖了他的心理活动。这就引出了一个更为广义的问题：在这种语境中，诚实究竟是什么？是绝对的还是相对的？我认为，诚实永远是相对的。尽管第一人称叙事看似坦率，但总有侦探心意已决却并没有跟读者吐露的时候。他总要留些念想到大结局或是跟读者解释原委的时候。他说出了实情，却不会袒露心迹。这是不是一种约定俗成可以接受的欺骗手法呢？一定是。否则讲述自己的故事的侦探就不能抢在结局到来之前解决问题。像《长眠不醒》[①]那样几乎毫无保留的小说可谓千载难逢：收尾只用了一个动作，读者和侦探同时看见，

① 《长眠不醒》（*The Big Sleep*）是本文作者雷蒙德·钱德勒的第一部长篇小说，出版于1939年。

推理过程旋即跟上。小说只在马洛侦探在油井边递给卡门的枪上的是空包弹这一点上暂时有所隐瞒，但是就连这一点也对读者早有暗示，因为马洛说：“如果她打不中盒子——那是想当然的——她的枪子儿多半会打在车轮上，子弹绝不会弹跳到远处去。然而，她连这个也打不中了。”他没有解释原因，但是接下来的动作转瞬间就发生了，因此读者并不会感觉到侦探真的对自己有所隐瞒。

11. 谋杀犯必不能是个疯子。谋杀犯只有在法律意义上触犯了谋杀罪才能被称之为谋杀犯[①]。

12. 正如我之前所说，绝对完美的推理小说是写不出来的。何出此言？原因有二，其一我在附录第一条已经说过了。其二就是读者自己的态度。读者的类型千差万别，文化背景参差不齐。比方说，解谜爱好者会把读小说看成是作者和自己之间的一场竞赛，如果他猜到了答案，他就赢了，尽管他并不能为自己的猜想提供证明，也没有坚实、正当的理论基础。所有读者都存在这样那样的竞争心理，但是一心关注竞争的读者除了“猜答案”这个游戏之外，对小说其他的价值视而不见。还有些读者，全部的兴趣之所在就是感官刺激：虐待、酷刑、鲜血和死亡元素。当然我们每个人或多或少都对这些东西感兴趣，但是如果满脑子都是这些玩意儿，就会对所谓的“推理故事”

① 精神失常者谋杀罪名不成立。

毫不感冒，不管故事写得多么细腻入微。第三类读者对故事人物有操不完的心，问题的答案并不是她关注的重点，最让她难过的是傻乎乎的小女主角就快要在旋梯上被扭断脖子了。还有第四类，也是最重要的，那就是富有知识素养的读者。他们喜欢读推理作品，是因为这几乎是唯一一种不摆架子的小说。这种读者会细细品咂行文风格、人物刻画和曲折的情节这些写作技艺的精湛之处，而不会只是纠缠于问题的答案。没有一部小说能让所有读者皆大欢喜，因为各人的喜好是相互矛盾的。我本人作为读者来说，几乎从不会去猜测一桩谜案的答案如何，也并不觉得作者和我之间的较量有什么重要之处。老实说，我觉得这些都是低级趣味。

13. 正如我以上所说，所有的小说都有赖于某种形式的悬念。但是对“恐吓”这种极端类型的技术研究揭示出了读者或是观众奇妙的心理双重性：一方面，他们会对隐藏在门背后的东西产生恐惧；而与此同时，他们一旦发现被害对象是女主角或女主角的扮演者，心里就明白她绝对不可能被害死。即使克劳德特·科尔伯特①所饰角色命悬一线，我们也深知科尔伯特小姐绝不可能出事，原因很简单——因为她是科尔伯特小姐。既然观众对这些心知肚明，为什么还会被恐惧攫住？可能的原

① 克劳德特·科尔伯特（Claudette Colbert，1903-1996），出生于法国巴黎的美国女演员，代表作《一夜爱情》、《名士殉情记》、《红楼春怨》等。

因有很多，我在这里说两点。首先，人们对视觉影像和声音的反应，以及被描写唤起的感觉，是独立于理性思考之外的。原始的恐惧元素从未远离我们思维的表层，任何带有这些元素的东西都会在短时间内战胜理性。因此“恐吓”唤起的其实是一种古老的、非理性的情感。很少有人能无视它的影响。我想说的另外一个原因是，对于任何情节紧张的文学作品或是心理投射式作品而言，部分是大于整体的。出现在眼前的场景占据了观众的思想，没有一个普通人会试图将这个场景与整个故事结构结合起来看，而只会为眼前这一幕所左右。只有当你读完了一本书的时候，才也许会——不过也未必——把它当作一个整体来看待，由此才会对小说产生记忆。但是在阅读过程中，各个章节才是占据着主导地位的要素。情感想象带来的景象虽然转瞬即逝，但是却十分扣人心弦。

英美文风说明（非常简要，拜托）

美式风格的好处远不如它的弊端和令人生厌之处那么多，但影响却更为深远。

这种语言灵活易变，就像莎士比亚的英文一样，容易吸纳新的词汇，也容易旧词新解，或是随心所欲、自由自在地从别的语言中借鉴用法，比如说德语中的单词自由组合法以及名词、形容词作动词使用，又或者像法语的语法简化，以及对“一个”、“他”等的使用。

它的弦外之音和言外之意并没有被风格固化为某种上流社会约定俗成的“尽在不言中”——后者事实上是一种阶级语言。如果它们确实存在，它们便能传达出真实的力量。

它尤其容不下陈腐的文法。陈词滥调是很可怕的，因为哪怕像毛姆①一样优秀的作家也有可能写而不察，比如他在

① 威廉·萨默赛特·毛姆（William Somerset Maugham，1874-1965），英国小说家、戏剧家。代表作：戏剧《圈子》，长篇小说《人生的枷锁》、《月亮和六便士》，短篇小说集《叶的震颤》、《卡苏里那树》、《阿金》等。

《总结》[1]一书中就反复使用了自己最喜欢的那几个词汇，真是太要命了，几乎让读者抓狂。这些词汇多为半古之言，诸如“贫窭”、“怫郁”和“惠予”——教育程度一般的人甚至无法搞清楚哪怕其中一个词的意思。

它的影响更为感性，而非理性。它更擅长表述经历，而非观点。

它是一种大众语言，这和棒球俚语是从棒球运动员中应运而生的是一个道理。这种语言是精工细作的作家一手打造出来的，但是也能为那些受过些许教育的人所掌握。尽管它的无产阶级作家们一厢情愿，但它不是自然生长的产物。不过和美式文风的鼎盛时期相比，如今的英式文风就像是亚历山大学派的古希腊文字一般格式僵化、江河日下。

它有自己的弊端。

美式文风里的口号式流行语用得太多，不仅变得像英式流行语一样毫无意义、没人当真，而且到了病态的地步，堪比烂大街的流行歌曲。

美式俚语是作家发明的，随后又兜售给了小混混和棒球手，通常一开口听上去就很不真实。

这种语言对文化潮流的延续没有什么意识。原因有可能是传统教育的崩坏，也有可能不是。英式英语或许也会出现

---

① 《总结》（*The Summing Up*）为英国作家毛姆写于 1938 年的自传体作品，又译作《写作生活回忆》。

同样的问题。但是缺乏历史概念、教育水平低劣绝对是原因之一，因为美式英语是一种让人局促不安的语言，缺乏礼貌或自制力。

美式文风尤其喜欢故作天真，我指的是他们爱用那种脑容量特别有限的人的说话风格。在一个譬如海明威这样的天才的手里，这种风格也许的确能发挥作用，但也只是巧妙地避重就轻罢了，也就是艺术地陈述那些说话者本不会注意到的细节。但如果不是出自天才之手，就会平板无味得好像扶轮社[①]的演讲。

最后要说明的一点很有可能单纯源自对英国文化优越性的逆反心理，这种心理虽然犹抱琵琶半遮面，但却非常顽固。“我们的语言和他们的一样棒，就是语法差了点。”这种态度来自于对英国人这个群体的一无所知。其实英国人也没有几个人语法用得好的。也许的确其中有一些和同类型的美国人比起来遣词造句的正确率要高一些，但是普通英国人和美国人的语法一样烂。有些作品哪怕历史悠久，比如《农夫皮尔斯》[②]，但还是词不达意。不过，你的确不会在英国职业人士

---

① 扶轮社 (Rotary Club) 于 1905 年 2 月 23 日在美国芝加哥创立，是世界上第一个服务性社团。它聚集了世界各行业领袖与专业人士，为各种事业提供人道主义服务，倡导高道德指标，以建立诚信可靠及和平的社会。全球共有 32000 家扶轮分社，会员总人数达 120 万人。

② 《农夫皮尔斯》(*Piers Ploughman*) 是 14 世纪的英语长诗。

使用本国语言的时候发现什么低级错误。在美国就不一样了。当然，关于究竟怎么说才是对的这一点，各人观点不同，总是可以争论的。这其中自然有一定的历史原因，也有一定的现代原因。不过总得作出一些妥协，否则我们就都成了亚历山大派学究或是乡下野汉了。但是总的来说、通常看来、说白了，美国的医生、律师和校长说起话来，会让人明显地感觉到他们并没有真正地领会自己的语言，良莠不分。我不是在说他们会有意使用俚语和俗话，而是在说他们可怜兮兮地煞费苦心，想要说出世所罕见的精准语言，结果却失败得一塌糊涂。

但在英国同等人群中间，你就不会听到这种支离破碎的语法。

很明显，美国教育是一种文化上的惨败。从文化层面上来说，美国民众并没有受过良好的教育，就连职业教育也往往要在毕业离校之后再从头学上一遍。但是从另一方面来说，他们脑筋活络、思想开放，而且正因为他们的教育没有什么特别积极的价值，所以也就不会带来严格训练造成的思维僵化。他们使用语言的传统源自英式传统，就因为这一点，已经足以让美国人感到厌恶，从而导致他们使用英语的时候故意不合文法——“就是为了让忒（他）们好看。”

美国人拥有最为复杂的社会文明，世人有目共睹，但他们仍然喜欢把自己看作是俗人。换句话说，他们觉得漫画家比莱昂纳多[1]手艺更好——因为漫画家会画漫画，而漫画正是给大俗人看的。

美式文风没有抑扬顿挫。而没有抑扬顿挫的文风也就没有了调和之感。好像一柄独奏的长笛，是不完整的，不管技艺娴熟还是笨拙，都是有所欠缺的。

因为政治力量依然左右着文化，所以美式文风仍将在未来很长一段时间里对英语起着主导作用。而处于防守地位的英式文风则停滞不前，做不了什么贡献，只能酸溜溜地对他人使用英语的方式方法加以批评。美国是大规模生产之国，但对“质量”的概念才刚刚起步。美式文风带有强烈的功利主义色彩，从本质上来说是一种“下里巴人”的语言。那么这样一种语言是如何创造出杰作的呢？或者说至少是创造出和这个时代有可能诞生的杰作比肩的作品的呢？答案是：创造不出来。所有优秀的美国文学作品都出自于现在或曾经的“世界公民”之手。他们在美式文风中找到了某种表达的自由、词汇的丰富和兴趣的广泛。但要用好这些材料，他们还是得仰仗自己的欧洲品味。

最后我想说的一点是——次序有些混乱了——英文演说中声调的品质往往被忽视了。声调的品质千差万别，其中蕴含的意义数不胜数。美式英语的语调是扁平的，没有高低起伏，听

---

① 此处应指莱昂纳多·达·芬奇 (Leonardo Di SerPiero Da Vinci，1452-1519)，欧洲文艺复兴时期意大利艺术家、科学家、发明家。

来让人心生厌倦。而英式英语的声调却能让不多的词汇和更加格式化的语言包含无穷的韵味。它的语调读起来和书面语言保持自然的一致性，这就让好的英式英语成了一种阶级语言，而这恰恰也正是它的致命缺陷：使用英式英语写作的人，需要先成为一名绅士（或者也不那么绅士），才能成为一名作家。

“谋杀的简约之道”引言

有一天，某些另类的古文献爱好者也许会愿意花上一点时间，一头扎进 20 世纪 20 到 30 年代风靡一时的通俗侦探杂志故纸堆里，搞清楚这些一度流行的推理小说究竟是何时、怎样一步步从精雕细琢的尤物沦落为“下里巴人”的。做这件事的人需要有敏锐的目光和开放的头脑。通俗小说从不会奢望自己万古流芳，其中多数现在肯定已经变成了脏兮兮的棕黄色。查看这些东西的人必须有着无比开放的思想，才能透过花哨的封面、蹩脚的标题和难以忍受的广告看清这类小说真正的力量之所在：尽管已经虚假造作到了极点，但它们还是让同时代多数别的小说读起来就像是在只有老处女才愿意去的小饭馆里喝半凉不热的清汤。

我不认为这种力量完全来自于暴力，虽然在这些小说里死了太多人，而且对于他们的辞世，总是以过度的热情来描绘细节以示纪念。但这种力量也绝不来自于精妙的写作手法，谁敢尝试着这么写，就会被编辑无情地用蓝铅笔划去。力量的源泉也并非情节或人物设定上的奇思妙想，因为大部分情节都十分平庸，多数人物也都不是什么了不起的角色。也许，这些小说之所以饱含力量，是由于读者能从中嗅到故事营造出来的恐惧的气味。人物身处的世界出了岔子，在这样一个世界里，远在原子弹发明之前，文明就已经创造出了自掘坟墓的机器，学用的时候还像初次学耍机关枪的小流氓一样傻乐呵着。利润和权力操控着法律。比暗夜还要黑的东西弥散在街道上。推理小说的主题和人物变得越来越冷酷和悲观，但是对自己试图营造的效果和营造效果使用的手法却并没有失去信心。有一小撮不同寻常的批评家彼时就意识到了这一点，除此之外你还能奢望什么呢？如果碰上一般的批评家，东西送到眼前也看不出好来，只会在其名声远扬之后跟在后面做个解说罢了。

标准的侦探小说的情感基调向来都是“凶案终将败露，正义得以伸张”。技术基础相对而言总是显得无关紧要，除非到了大结局的时候。在此之前的，或多或少都只是些垫脚石而已。只有大结局才能摆平一切。《黑色面具》① 杂志上那些小说的技术基础则恰恰反其道而行之，总是场景大过情节，其用意在于“能造就好场景的情节便是好情节”。最理想的推理小说，就算没有结尾也叫人读得下去。我们这些试图写出这样的小说

① 《黑色面具》(*Black Mask*) 是创立于 1920 年的美国通俗文学杂志，雷蒙德·钱德勒本人的第一篇短篇小说《勒索者不开枪》(*Blackmailers Don't Shoot*) 也于 1933 年发表于该杂志上。

的人抱着和电影工作者同样的理念。当我初到好莱坞工作的时候，一位智慧的制片人告诉我，想把推理小说成功地改编成电影是不可能的，因为整本小说最出彩的部分在大银幕上只需要几秒钟就可以演完，这点时间只够观众伸手摘个帽子。他错了——但只是错在没选对小说。

至于硬汉派小说的情感基础，很明显，这种小说才不会相信“凶案终将败露，正义得以伸张”——除非有个人铁了心要把这件事揽在自己身上，亲历亲为，伸张正义。这类小说写的就是这样的人。他们往往不苟言笑，而且他们干的活儿——不管他们被称作警官、私人侦探或是新闻工作者——也都十分艰险。落在他们手上的活儿总是这样，俯仰皆是，至今未变。难怪关于这些人的小说总有精彩的故事元素。事情的确要发生，但是进度不应该太快，里面的角色并不需要组织关系紧密，逻辑框架也并非如此严谨刻板。但如果要追求连续性的话，这些往往就无可避免了，因为你一停下来思考就会跟不上趟。卡壳的时候，就写“一个男人从门外进来，手里举着一把枪”。这样做也许傻透了，但似乎无伤大雅。身为一名作家，如果惧怕玩过了火，就跟不敢犯错的将军一样没用。

回顾自己的小说，要是说我不曾希望它们能写得更好一点，那简直荒谬。但假如一开始写得太好，也发表不出来。倘若规则稍微松动一点，当时就有更多作品能够幸免于难。

我们中有些人使尽浑身解数，想要打破规则，但是通常都会被抓个正着、打回原形。既要冲破规则的限制，却又不能将其摧毁，这可是每一位杂志作家的梦想，只要他还不算是个无可救药的雇佣文人。在我的小说里也有些东西我想改掉或是统统去掉。这么做看似简单，但只要一试你就会发现自己根本无能为力——既不会带来明显的改善，又会毁了原本好的地方。因为当时的心境和一派天真的状态已再难找回，而以前一无所有的时候那种单纯原始的热情现如今也少了很多。作家写小说的手艺或是技法多一分，写作的需求或是欲望就会少一分。到了最后，他纵然一身本事，却什么也写不出来了。

至于这些小说的文学水平，既然已由声名卓然的出版商付梓，那么我便有权假设自己无需过分谦虚到令人生厌的地步了。我虽然是一名作家，却从不曾被那种极度的一本正经所附体，这可是写作这门手艺中令人难以忍受的特性之一。而且幸运的是，我并不觉得“前人的娱乐文学是文学，今人却只应写启智文学”，这也太势利了。在漫画的单音节幽默和贫血文人的欲言又止、犹抱琵琶之间，还有一片广阔天地，而推理小说有可能（也有可能不会）成为矗立其中的重要里程碑。有些人对任何类型的推理小说都“爱无力”。也有一些人只爱看俊男靓女的爱恨情仇（“琼斯太太，多迷人的女人！谁能想到她会拿肉锯把老公的脑袋割下来！她老公多帅啊！”）。有人觉得暴力和虐待可以互换。也有人认为侦探小说只能算是亚文学作品，仅仅是由于它没有习惯性地把自己绕在附属从句里出不来，或是乱用标点和虚拟假设语气。还有人只在疲惫和生病的时候才看侦探小说，而且从他们买书的数量来看，肯定绝大多数时间要么累着要么病着。有人是推理迷（我在之前的文章里专门讨论过这种人），还有人满脑子都是男欢女爱，烧得滚烫的小脑袋压根儿无法相信，小说里的侦探只是有几分魅力罢了，但绝不是什么卡萨诺瓦[①]。前一种人需要的是一整张格雷斯洛普庄园的平面图，书房、军火库、大厅和楼梯间都标示一清，当然还要标出通往阴森小房间的过道：正是在那个小房间里，嘴唇薄薄的男管家一言不发地擦拭着乔治王时代的银器，耳边传来死亡的低吟。而后者认为两点间最短的距离是从金发美人到床榻。

任何一个作家都无法取悦所有的读者，也没有这个必要。这本书里的小说绝对没想过在 10 到 15 年以后还能讨读者喜欢。推理小说不是那种需要顾影自怜活在过去的作品，对经典作品的狂热拥趸也敬谢不敏。也许在世的作家里没有几个能写出比《亨利 · 埃斯蒙德》[②]更好的历史小说，或是比《黄

---

① 卡萨诺瓦（Casanova，1725-1798），意大利冒险家，风流浪子。

②《亨利 · 埃斯蒙德》（*Henry Esmond*）是英国小说家威廉 · 梅克比斯 · 萨克雷（William Makepeace Thackeray，1811-1863）写于 1852 年的历史小说，以 18 世纪初英国对外战争和保王党的复辟活动为背景。

金时代》[1]更好的儿童文学作品，也写不出比《包法利夫人》[2]更为犀利的社会小品文、比《波英顿的珍藏品》[3]还要简洁优美的意识流作品和比《战争与和平》[4]或《卡拉马佐夫兄弟》[5]还要壮阔、丰满的组图式作品。但要写出比《巴斯克维尔的猎犬》[6]或是《一封失窃的信》真实可信一些的推理小说却并非难事——应该说时至今日，要想写得不比它们好都难。并不存在犯罪和侦查的“经典作品”，一部也没有。在其参考范围内，评判一部作品是否“经典”的唯一标准，就是看它是不是穷尽了所属文体的一切可能性，其他作品再难出其右。推理故事或是小说中能做到这一点的尚无其一，就连接近这个标准的

---

① 《黄金时代》(*The Golden Age*) 是英国作家肯尼斯·格雷厄姆 (Kenneth Grahame，1859-1932) 出版于1895年的儿童文学作品。

② 《包法利夫人》(*Madame Bovary*) 为法国19世纪现实主义文学大师福楼拜的成名作和代表作。

③ 《波英顿的珍藏品》(*The Spoils of Poynton*) 为美国小说家亨利·詹姆斯 (Henry James，1843-1916) 代表作之一。

④ 《战争与和平》(*War and Peace*) 是俄罗斯作家列夫·尼古拉耶维奇·托尔斯泰 (Leo Nikolayevich Tolstoy，1828-1910) 的代表作之一，自问世以来，一直被认为是世界上最伟大的小说之一。

⑤ 《卡拉马佐夫兄弟》(*Brothers Karamazov*) 是俄罗斯作家陀思妥耶夫斯基 (Fyodor Mikhailovich Dostoyevsky，1821-1881) 创作的最后一部长篇小说，常被认为是他一生文学创作的巅峰之作。

⑥ 《巴斯克维尔的猎犬》(*The Hound of the Baskervilles*) 是英国作家阿瑟·柯南·道尔的福尔摩斯探案故事代表作。

也寥若晨星。这也是那些自诩理智的家伙仍在继续攻打咱们的大本营的主要原因之一。

加利福尼亚州拉由拉市

1950年2月15日

“P. 马洛[1]的社会良知只有一匹马那么多”

致戴尔·沃伦[2]

1945 年 1 月 7 日

亲爱的沃伦：

我终于把你的信从一堆日期简直可以追溯到美国内战的邮件里翻出来了，你在《大西洋月刊》[3]上关于我战斗檄文[4]的信

① P. 马洛全名为菲利普·马洛（Philip Marlowe），是雷蒙德·钱德勒侦探系列作品的主人公，冷峻的私家侦探。

② 戴尔·沃伦（Dale Warren）曾任霍顿·米夫林（Houghton Mifflin）出版公司编辑及宣传主管。该公司曾出版过多部雷蒙德·钱德勒的作品。

③ 《大西洋月刊》（*The Atlantic Monthly*）杂志于 1857 年在美国波士顿创刊，刊登作品多为文学及文化评论。

④ 此处所指应为 1944 年钱德勒在《大西洋月刊》上发表的《谋杀的简约之道》（*The Simple Art of Murder*）。这是一篇带有硬汉派宣言性质的文章，阐述了钱德勒主要的侦探小说观，并且对传统的英式侦探小说进行了抨击。

不禁让人精神一振。千万别以为我是故意不写信给你的。我太太觉得你这样的人实属罕见，因为你给我的两封信里都未提及你实际上和出版社过从甚密。《大西洋月刊》的文章给我惹了不少麻烦。P. 马洛先生，这么一个沉湎于杯中物的俗人，从来不在执勤的时候和客户上床，现在居然也要来对我装文雅了。“搞什么鬼！”他叫着，“你难道要一直把我关在地下室里吗？既然你会写——虽然写得不怎么地——那就赶紧忙活起来，写点儿关于我的什么东西！”我能想象结果如何。我猜啊，如果我再在《大西洋月刊》上发表一篇文章，哪怕就一篇，他就该问我要鞋套和单片眼镜，甚至开始收集老白镴物件了。

吸引别人的注意力有很多严重的缺点，对于我来说，一点点就已经很要命了。人们会告诉你该怎么做事，然后你还真就这么做了。一开始我只不过想和一种迷人的新语言玩玩游戏，希望在无人注意的情况下尝试创造出一种表达方式，写出来的东西既不会太高深，可又蕴含着真正的文学作品才有的那种力量。见鬼，我才不管自己写出来的究竟是哪种故事。我之所以写惊险故事，是因为环顾四周所见之处，这是唯一一种相对诚实且不谈政党路线的写作方式。现如今，有人对我的文体评头论足，另一些人则告诉我，我有社会良知。P. 马洛的社会良知只有一匹马那么多。他有的是个人良知，而这完全是另外一回事。有些人觉得我对生活丑恶的一面写得太多。帮帮忙！他们压根儿不知道我只说出来一小部分！ P. 马洛才不关心总统是何许人也，我也一样，因为我知道他只不过是个政客。还有一只不知道什么鸟儿，也跑过来跟我说，我要是去写无产阶级小说也应该不错。恕我狭隘，我的世界里没有这种动物。就算真有这么一只鸟儿，我也是这世上对它最喜欢不起来的那一个，因为凭借多年的传统与长期的研学，我早已成为了一个彻头彻尾的势利鬼。上流社会入不了我和P.马洛的法眼，不是因为这些人喜欢洗澡又太有钞票，而是因为他们假模假式。这种情况还有很多。现在我觉得摆在面前的只有两条路，要么清楚地意识到有些简单的事情是我绝对不会去解释的，要么索性用我一直以来试图忘却的那种语言，暴风骤雨、长篇大论地把这些事情解释清楚。因为只有这么说，人们才能听得懂、听得进去。

你的朋友玛丽·拉斯韦尔[①]给我捎了个信儿。这信我是肯定要回的，但是她的作品我还一篇都没有看过，真是不好意思。我还收到过来自委内瑞拉加拉加斯的一位女士的信，问我在她来纽约的时候能不能和她交个朋友。还有一封信，是西雅图的一个姑娘写来的，仿佛隐隐约约有所暗示，说她对音乐和性爱很感兴趣，给我的感觉就是，要是我赶时间的话，去她那儿连自己的睡衣都不用带。这姑娘也许有青春痘。

雷蒙德·钱德勒

① 玛丽·拉斯韦尔（Mary Lasswell Smith，1905-1994），美国幽默小说作家。

“小说写了些什么鬼玩意，压根儿就不重要”

致查尔斯·莫尔顿[①]

加州洛杉矶36街区德雷克赛尔大道6520号

1945年12月12日

亲爱的查尔斯：

我早八辈子就该给你写信了，我想你一定怀疑我是否还在人世。有时候我自己也这么怀疑。在我研究你那两封信看有何需要我回答的问题之前，我要跟你汇报一下：我对好莱坞的猛烈开火[②]只换来了冰封般的沉寂。我觉得不管地方报纸还是商

① 查尔斯·莫尔顿（Charles Morton）时任《大西洋月刊》（*The Atlantic Monthly*）编辑。

② 此处所指应为1945年11月钱德勒在《大西洋月刊》上发表《好莱坞作家》（*Writers in Hollywood*）一文，文中对扼杀剧作家天才的好莱坞体系及剧作家受到的不公待遇进行了剖析及鞭挞。

业新闻对此都没有报道（但我也不确定）。欧文·霍夫曼[1]在他的专栏里提了一句，但是他在这儿起不到什么作用，虽然《好莱坞报道》[2]也发表他的东西。考虑到我那篇文章的主题，以及好莱坞对作者声望的无视，还有《大西洋月刊》，我有理由觉得，对这一主题的压制是应了制片厂负责宣传的头儿的要求。也许我是错的，但是我倾向于这种看法。我也拐弯抹角地听说，那篇文章反响不佳。派拉蒙影业的编剧告诉我的经纪人，那篇东西让我在派拉蒙的制片人那里没落着什么好。查理·布拉克特[3]用他过气的玩笑话写道："钱德勒的小说不够好，可他的影片又不够差劲，无法为他那篇文章开脱。"我不惜耗费了一点儿时间，想搞清楚他究竟是什么意思。他似乎认为，能对好莱坞说三道四的，要么是 (a) 在好莱坞混不下去的，要么是 (b) 好莱坞以外别的地方的名人。我本可以给布拉克特先生一个回应，告诉他，如果我的小说不够好，是不会有人请我到好莱坞来的；但如果我的小说再好上那么一点儿，我也就不会来了。当然，正如你我所知，不管风潮如何极端，够格与好莱

---

① 欧文•霍夫曼（Irving Hoffman）为《好莱坞报道》专栏作家。

②《好莱坞报道》(*The Hollywood Reporter*) 是美国娱乐界行业杂志，由威廉·R. 威尔克森（William R. Wilkerson）于 1930 年 9 月 1 日创办，最初只报道有关好莱坞的电影新闻，在 1950 年代电视普及后亦开始报道电视新闻。

③ 查理·威廉·布拉克特（Charles William Brackett，1892-1969），美国小说家、剧作家及电影制片人。

坞过招的人必须名气够响，这样才有发表意见的机会；且不能在好莱坞浸淫太久，免得主次不分；但在这儿待的时间又得够长，并且有所作为，才不会被诟病“癞蛤蟆想吃天鹅肉”。

我注意到（和《邮报》[①]不同的是）你没有打开我的读者来信。真是太可惜了，本来你可以说说这个的。信虽不多，但是有一封写得特别好，来自贝尔尼·雷[②]。还有一封是“斯塔兹·朗尼根[③]”写来的，我还没回信。他觉得我步子迈得还不够大，认为我应该把好莱坞和当下的社会问题结合起来。这就是思想深邃的人们最糟糕的地方。他们就是不让你好好说话，再戴好帽子太太平平回家去。对他们而言，任何作品都旨在展现人类为了体面高雅地传词达意所作出的努力，或是像儒勒·罗曼[④]的又一卷诗歌。当然他们也言之有理，总比沃尔

---

① 此处应指《星期六晚邮报》（*The Saturday Evening Post*）杂志，1897年创刊于美国，雷蒙德·钱德勒曾于20世纪30年代为其撰文。

② 小贝尔尼·雷（Beirne Lay Jr.，1909-1982），美国作家、航空作家及好莱坞剧作家，曾于二战期间服役于美国空军。

③ 此处指代的应为美国小说家詹姆斯·托·法雷尔（James T. Farrell，1904-1979）。詹姆斯因代表作《斯塔兹·朗尼根》三部曲（*The Studs Lonigan Trilogy*）而知名。

④ 儒勒·罗曼（Jules Romains，1885-1972），原名路易·法里古勒（Louis Farigoule），法国小说家、诗人、“一体主义”诗歌倡导者。罗曼从资产阶级人道主义出发，同情劳动群众，主张作家不仅应表现个人，塑造英雄人物形象，更应反映群众的共同命运和集体一致的心理。他还提出诗人个人的内心生活不应作为诗的题材，而群众的共同生活、人类的爱才是真正诗的题材。

科特·吉布斯[①]要正确得多。吉布斯的某些观点从智力角度来说是不健全的，他认为只要对一种艺术实践得不够好，那么它就是糟糕的艺术（我怀疑他没有读过《克拉丽莎·哈洛》[②]）。他还有些观点从社会角度和事实角度来看也都站不住脚，比如他认为一个人必须要比家里的厨子聪明。我喜欢他的作品是因为我喜欢他的表达方式。我也喜欢《纽约客》杂志的冷幽默风格，但并无意愿想要跟风。已经有太多本可自成一派的人变成了《纽约客》类型的作家。我倒想问问沃尔科特，他是不是真心认为《最后一笑》[③]、《杂耍班》[④]、《M就是凶手》[⑤]、《梅

---

① 沃尔科特·吉布斯（Wolcott Gibbs，1902-1958），美国幽默作家、戏剧批评家、编辑、剧作家及短篇小说家。自1927年起担任《纽约客》杂志专栏作家直至辞世。

② 《克拉丽莎·哈洛》（*Clarissa Harlowe*，又名《一位年轻女士的生平》）为英国十八世纪著名小说家塞缪尔·理查逊（Samuel Richardson，1689-1761）代表作，讲述了美丽娴雅的富家小姐克拉丽莎·哈洛在婚姻上的不幸遭遇，被称作是"感伤小说（Novel of Sentiment）"的源头。

③ 《最后一笑》（*The Last Laugh*，又名《最卑贱的人》（*Der Letzte Mann*）），改编自果戈理小说《外套》的德国默片，由德国无声电影大师卡尔·梅育（Carl Mayer）编剧，F. W. 茂瑙（F. W. Murnau）导演，是20世纪20年代前期诞生的室内剧电影代表作。

④ 《杂耍班》（*Variety*），1925年德国默片，是德国著名演员埃米尔·简宁斯（Emil Jannings）步入影坛后主演的第一部名作，也是德国最早期影评人出身的导演埃瓦尔德·安德烈·杜邦（Ewald André Dupont）编导的第二部作品。

⑤ 《M就是凶手》（*M.*）为1931年德国剧情惊悚电影，由弗里茨·朗（Fritz Lang）执导，彼得·罗（Peter Lorre）主演。

耶林》[1]、《荒林艳骨》[2]、《党同伐异》[3]、《小狐狸》[4]（大银幕版）和《房东小姐》[5]之类作品的艺术媒介着实比不上《亲爱的露西》[6]、《野鸽之声》[7]、《有前科的坦克瑞夫人》[8]、《狮子与老鼠》、《俄克拉何马》[9]、《亲爱的布鲁特斯》[10]、《结婚》[11]等等的媒介。如果他同意前者并不比后者差，那么我还想请问，文艺评论在艺术的发展和自修方面是否应该起到什么作用。如果确有其用，

---

① 《梅耶林》(*Mayerling*) 为 1936 年法国历史剧情电影。

② 《荒林艳骨》(*Night Must Fall*) 为 1937 年美国悬疑惊悚影片。

③ 《党同伐异》(*Intolerance: Love's Struggle Through the Ages*) 是 1916 年由大卫 · 格里菲斯 (D. W. Griffith) 执导的美国默片，被视为默片时代最伟大的作品之一。"最后一分钟营救" 的叙述手段即出自该片。

④ 《小狐狸》(*The Little Foxes*) 为 1941 年美国剧情电影，由威廉 · 惠勒 (William Wyler) 执导。

⑤ 《房东小姐》(*The More the Merrier*) 为 1943 年美国喜剧电影。

⑥ 《亲爱的露西》(*Dear Ruth*) 为 1945 年由美国剧作家诺曼 · 卡斯纳 (Norman Krasna) 创作的舞台剧。

⑦ 《野鸽之声》(*The Voice of the Turtle*) 为 1943 年由约翰 · 范 · 特鲁顿 (John William Van Druten) 创作的百老汇舞台剧。

⑧ 《有前科的坦克瑞夫人》(*Mrs. Tanqueray's Past*) 是一部源自英国剧作家亚瑟 • 温 • 平内罗爵士代表作《坦克瑞的续弦夫人》[*The Second Mrs Tanqueray* (1893)] 的戏剧作品。

⑨ 《俄克拉何马》(*Oklahoma*) 为 1943 年百老汇著名音乐剧。

⑩ 《亲爱的布鲁特斯》(*Dear Brutus*) 是英国小说家、剧作家詹姆斯 · 马修 · 巴里 (James Matthew Barrie) 创作于 1917 年的经典三幕喜剧。

⑪ 《结婚》(*Getting Married*) 是爱尔兰著名剧作家萧伯纳 (George Bernard Shaw，1856-1950) 的重要作品之一，初演于 1908 年。

那么他的意思实际上是说，他不想做影评，因为电影既差劲又无趣，然而他愿意做剧评，因为戏剧既精彩又有趣。这也许是他的特权，但绝不是一个评论家应有的观点。

假如你还想把这篇文章收入你的选集，我想指出几点有失妥当的地方，如果还来得及的话。虽然不是什么大错，但能改过来总是好的。我指的是哪些地方呢？有些可能只是排印错误而已。但有一点我不得不说，因为我实在是看不懂——从最后起倒数第九行，是这么写的："检验艺术成果的眼光也不要极尽苛责。"而实际上我写的是："不要用极尽苛责的眼光检验艺术成果。"我相信，虽然不很确定，原稿校样里就是这么写的，也许在修订稿校样里不是这样。很明显，有人无端保留了他自以为可以改进风格的想法，调换了单词的顺序。句子长度倒是没变，否则也嵌不进去。我承认，我完全被这其中体现出来的文学态度给镇住了。因为这种态度让我不禁猜想，是否在某些受雇来编辑稿件的家伙看来，他能比投稿的人写得更好？他对遣词造句、抑扬顿挫的把握所知更多？一个用有力（重音）音节结尾的分句，本意就是为了凸显它的力度，他觉得调换词序、用软弱无力的副词结尾，是把原句改得更好？有人犯了这样的错误，我并不介意。无所谓。这甚至在某种程度上是一个个人看法问题，虽然我不想苟同。但问题是，有人凭一己之意决断，认为钱德勒使用这样的词序是文风浮夸的表现，而钱德勒本人压根儿不知道在搞什么鬼，对自己浮夸的文风毫不自知。所以这个不知什么阿猫阿狗就拿起了肥肥的红铅笔大改特改，“要让钱德勒知道自己错在哪里”，改完的东西堪比《威霍肯县志》的编辑在自己的每周社论里写“巧用铁丝去除AA级鸡蛋上的鸡屎”……苍天啊！

虽然我还是对着医用肾形盘咳得死去活来，但仍旧要感谢你捎来设立哈佛尼曼奖学金[①]的那位太太的溢美之词。你的朋友戴尔·沃伦对《马耳他之鹰》的评论让我有点儿回不过神来。显然，他认为这部小说远不如《利文沃兹案》[②]（此书可以当笑话一读，要是还没看过的话）。不久前我重读了《马耳他之鹰》一书。我举手投降。这间屋子里有精神病人发病了——那准定是我。说实话，我的确能想到一些比《鹰》更好的文笔，对人生的态度更为和缓、更有温度，结尾也更加花哨。但是，天呐，如果你能找出20本大约20年前写的书，现在看来依然和《鹰》一样具有胆识和生命力，我愿意就着埃德蒙·威尔逊[③]的

---

① 尼曼奖学金（Nieman Fellowship）由美国《密尔沃基新闻报》（*Milwaukee Journal*）创办人鲁休斯·尼曼（Lucius W. Nieman）的遗孀艾格尼丝·尼曼（Agnes Wahl Nieman）于1936年捐款100万美元在哈佛大学设立。

② 《利文沃兹案》（*The Leavenworth Case*）是被誉为美国侦探小说开创者之一的安娜·凯瑟琳·格林（Anna Katharine Green，1846-1935）的代表作。

③ 埃德蒙·威尔逊（Edmund Wilson，1895-1972），美国著名评论家、随笔作家，曾任美国《名利场》和《新共和》杂志编辑，《纽约客》评论主笔。

脑袋把它们都吃下去。真的，我开始认真地考虑，到底还有没有人知道该怎么写东西？他们是不是已经彻底把这桩该死的营生和主题、意义搅和在一起了？究竟谁才是赢家？之后又能拥有多少银幕上的权力？还是说你只要不是个分子物理学家，就没文化？诸如此类。环顾四周，就没有一个会读书的人，更别提还能对作者是否会写作说出个所以然了。就连可怜的老埃德蒙·威尔逊，写起东西来像是假牙都已经戴不稳了（这话是德沃托①说的吗？），几周前也在《纽约客》杂志上阴沟里翻船。他在对马昆德②最新作品的评论中写道："辛克莱·刘易斯③的小说，不论会遭到怎样的非议，总还是出自一名作家之手——这是用想象增强了艺术感染力的作品，是藉由特定的艺术家之手对其进行着色和塑型的创造。"好的作家仅仅做到这些就够了吗？天啊，我一直认为是的，但我不知道威尔逊也知道这一点。

如果我能为你写上一篇题为《不重要性的重要性》的文章，我会用我一贯的窑子风格向你展示：小说写了些什么鬼玩意，

① 此处应指伯纳德·奥古斯丁·德沃托（Bernard Augustine DeVoto，1897-1955），美国历史学家，作家，主要研究方向为美国西部历史。

② 此处应指约翰·菲利普斯·马昆德（John Phillips Marquand，1893-1960），美国小说家。

③ 辛克莱·刘易斯（Sinclair Lewis，1885-1951），美国小说家、短篇故事作家、剧作家，1930 年获诺贝尔文学奖，是第一个获得该奖项的美国人。

压根儿就不重要。不管身处什么时代、在什么时间节点上，只有施展了文字的魔力，才能写出真正的小说。而创作的主题只不过是作家想象力的一块跳板。小说艺术——如果现在还可以这么称呼它的话——从一无所有到能够人工合成只不过经历了300年的时间，现如今已经达到了如此完美的机械化程度，区分小说家的唯一方法就是看他们写的究竟是比尤特的矿工、中国的苦力、布朗克斯的犹太人还是长岛上的股票经纪人或是其他什么东西。所有的女作家和大部分的男作家写出的东西都毫无二致，或者至少是从半打已经彻底标准化了的产品中择选一种。除去那些不可避免的细微的差异（从长远看来这些差异可谓微乎其微），这些破玩意儿用机器也能做得出来，这种情况指日可待。到最后，只剩下一些写无可写的“作家”，瞎胡搞地整些幺蛾子。

我觉得你们都疯了。我要去干我的电影事业了。说不定甚至会去当个制片人。

雷

“写作中最经久不衰的是风格”

致罗伯特·霍根夫人[1]

1947年3月8日

亲爱的霍根夫人：

感谢您文采斐然的来信。这封长信着实迷人极了。发现除我之外还有第二个人愿意写长信，不失为一桩乐事。关于你提出的问题，我就说上几句吧。我也许该说，我的第一则作品是一首诗歌。我在还很年轻的时候，曾经给英国的日报和每周评论写过大量的文章。然而，尽管我拿的稿酬并不比绝大多数人少，可日子还是过得有些拮据。因此来了这个国家以后，我就投身了商业。后来遇到大萧条，我的高薪管理者职业成了泡影，便开始写通俗小说。我之所以选择了这么一种写作形式，

① 此处或指美国新泽西一本作家杂志的编辑罗伯特·J. 霍根(Robert J. Hogan)夫人。

是因为我相信：(a) 那个时期的通俗小说里面还是有些非常坦诚直率的东西的；(b) 通俗小说的文学标准并无定式，因此有机会“边学习边挣钱”；(c) 虽然《黑色面具》杂志上刊登的小说一般都乏善可陈，但也给我带来了机会，让我既能写出好得多的作品，又不用担心没人看。

我从没给时尚杂志写过文章，只有一次例外。那篇文章投给了《邮报》，他们非常喜欢，想让我再写些同一主人公的作品。然而，尽管我的经纪人建议我走这条路（建议后来变成了叱责，到最后简直是狂怒），我却有个根深蒂固的观念，那就是这种肤浅精致的时尚写作只有在女性化的时候才显得自然，如果我写顺手了（回想一下其实并非难事，但彼时我并不这么想），最后一定会把肠子悔青。表面上看来，输家肯定是我。我写通俗小说花费的心力并不比写时尚小说要少。和我付诸的劳动相比，我的所得也少得可怜。我遵守通俗小说的写作准则，是因为真心喜欢。但我也总想有些突破，试着引入一点儿其他的写作方式。虽然没有必要，但我觉得这样一来，即使是粗通文理的读者，也可以感受到一些潜移默化的影响。不知怎么，我觉得给这些通俗小说加点儿料可以很有味道，但时尚小说就没有同样的效果。至少我做不到。末了，我算是咂摸出了其中的味道，而且现在看来很明显，那些水平高的人——比如说《大西洋月刊》的查尔斯·莫尔顿，当他们说我的任何一个中短篇小说在他们看来都比哈米特的要好时，他们其实并不是指推理、暴力或情节的质量，而恰恰就是指文章中的韵味。虽然现在我已经不再把这种小说视作心头之好，就连把它们选入文集也有些顾虑，但还是很喜欢自己曾经对其做出的尝试。

作为一名作家，我有一个癖好，同时也是一个麻烦，那就是我什么都不舍得放弃。有人说这样显得很不专业，对“断舍离”无能为力是刚入门的家伙才会犯的毛病。这些道理我也明白，但是眼下看来，我不能无视的事实是，一旦我有理由、有感觉开始写一篇东西，如果有始无终，简直罪无可赦。因为这种执念，我已经浪费了好几个月的时间。然而，自从在好莱坞工作以来，由于每天都要对故事情节和创作动机进行毫不留情的分析，我渐渐意识到，不擅情节总是对我有所制约。我就是不能对情节做出长远的规划。我总是先随自己的喜好写出东西，然后再费劲地往框架里套。这样一来构造就会显得非常奇怪，但我不管不顾，从骨子里对情节设计提不起劲儿来。

我还有一怪（我对其笃信不疑），那就是只有等写完了第一稿，你才知道整个故事到底是怎么回事。所以我总把第一稿看作是原材料。其中看起来富有生气的那些东西才属于这个故事。只要这东西站得住、走得稳，我就会把它留下来，哪怕有失熨帖也在所不惜。好故事不是修改出来的，而是提炼出来的。长远看来，写作中最经久不衰的是风格，虽然人们很少提起，甚至都不会想到。风格也是作家最好的时间投资。这项投资回报很慢，你的经纪人会嘲笑它，你的出版商会误解它，但渐渐地，那些和你素昧平生的人会让他们明白，一位给自己的写作方式打上了个人印记的作家，一定会得到回报。风格是不能强求的，我所认为的风格其实是一种个性的投射，如果没有个性，又何来投射？但即使有了个性，你也只有在把心思用在别的事情上时才能无心插柳柳成荫地将它投诸笔端。虽然有点儿讽刺，但我想正是因为如此，即使身处“人造”作家的时代，我依然坚称作家是不能够被“人造”的。光靠冥思苦想造就不了风格。再怎么编辑、润色，也不会给一个人的写作风格带来明显的改变。风格是一个人情感特质和感知素质的产物。他之所以能成为一名作家，就是因为他有能力把这些东西付诸纸上，而不像其他大多数人，尽管也有同样充沛的情感和敏锐的感知，但论将其付诸纸上的能力，却差了十万八千里。我认识好些“人造”作家。当然这种人在好莱坞遍地皆是。他们的作品通常乍一看十分老辣，很能唬人，但其实都是些空心萝卜，没人想看第二遍。反正我不看。

如果让我给写作初学者一些建议，说实话，我真的不怎么知道该怎么提一般性的建议。而你已经对如何把人们的作品市场化很有经验了，你也许——或是一定——知道得比我要多。总之，我从来没有半点运气帮助任何人在这方面取得过成功。我自己历尽千辛万苦得来的经验也只适用于持久战。

而且我相信，太过关注写作技巧恰恰正是天赋不足乃至欠缺的体现。

你真诚的，

雷蒙德·钱德勒

“那该死的小小曲别针呐，总是从指尖滑开”

致弗雷德里克·刘易斯·艾伦[①]

1948 年 5 月 7 日

亲爱的艾伦先生：

感谢你的溢美之词，也感谢你引荐了埃里克·本特利[②]。是我自己怯场了，不敢尝试。因为这种东西有可能会成为老套的互相吹捧，人们很快就厌烦了。

诚然，我也觉得本特利的戏剧综述实为高山仰止之作。我说这话（虽然我很有把握）可能会招来不满：本特利大概是

---

① 弗雷德里克·刘易斯·艾伦（Frederick Lewis Allen，1890-1954），《哈珀斯杂志》（*Harper's Magazine*）编辑，知名美国史学家，对 20 世纪前半叶美国史尤其有研究。

② 埃里克·本特利（Eric Bentley，1916- ），生于英国的美国评论家、剧作家、歌手及翻译家。

美国最好的戏剧评论家，而且可能是除玛丽·麦卡锡[①]之外美国唯一的戏剧评论家。剩下那些人只不过还算是会舞文弄墨，而主题碰巧又是戏剧罢了。他们热衷的无非是耍耍嘴皮子，借此打造个人品牌，从中牟利。他们写的东西俏皮，还能读得下去，有时候也透着一股机灵劲儿。但是至于什么是戏剧艺术，而所评剧本又和这门艺术有什么关系，他们可说不上来。

对于一名评论家来说，只想着把话说对是不够的，因为他们有时候也可能犯错。只会说出各种各样的原因也是不够的。他所要创造的，必须是一个合情合理的世界，读者就算蒙着眼睛进去，也能摸索着找到篝火旁边的那把椅子，而绝不会冷不丁碰到个拖把，擦伤了小腿。措辞再犀利、遣词再刁钻、腔调再矫揉——逗人一乐而已，却毫无裨益。他们既没有真知灼见，也揭示不出时代特性。而伟大的评论家，尽管少得可怜，却筑成了真理的家园。

在对《送冰人来了》[②]的评述中，笔力渐颓的过气评论家乔治·吉恩·内森[③]是这么写的：“这部令人翘首以盼的作品一

---

① 玛丽·麦卡锡（Mary McCarthy，1912-1989），美国作家、评论家及政治活动家。

② 《送冰人来了》（*The Iceman Cometh*）由美国现代戏剧之父尤金·奥尼尔（Eugene O'Neill）在 1939 年创作。

③ 乔治·吉恩·内森（George JeanNathan，1882-1958），美国作家、编辑、戏剧评论家。

经面世，就使我们的剧院戏剧性地重现了生机。它让绝大部分……在奥尼尔销声匿迹的12年间由他人写出的剧本看起来多少有些像湿哒哒的烂纸巾。”多好玩儿啊，又很轻松。可就这么短短两句话，便一举揭示了他整个职业生涯的华而不实。奥尼尔胡言乱语也就罢了，可一个评论家也跟着发疯，简直太上不了台面了。说他失心疯，那是客气的。更准确地说来，他只不过向大家揭示了本来只在私底下为人所知的真相：乔治·吉恩·内森在评论界的声誉并不是建立在他对自己言论的理解上的，因为显而易见的是，他现在完全不知道自己在说什么，也许以前也并不明白。他能在评论界声名鹊起，纯粹因为会在遣词造句方面抖机灵。

《送冰人来了》一剧，其实是一块试金石。如果你被它愚弄了，你就是个一看别人装腔作势就乖乖上当的十三点。整出戏不过如此，超级简单，一塌糊涂，让人一头雾水。内森写的东西，我也许一行也不该再看了。言之无物。也许以前也是一样。

近年来还有一部试金石式的作品，就是《欲望号街车》[①]。本特利狠批了它一通，麦卡锡也是。这只不过是摄影台本写得好一点的又一个奥尼尔罢了。无它。艺术水准为零。但在适应当下毫无艺术性可言的现实情况方面，倒是可以打A或

---

① 《欲望号街车》（*A Streetcar Named Desire*）为美国剧作家田纳西·威廉姆斯写于1947年的作品，获1948年普利策戏剧奖。

A+ 的高分。如果有个脑子灵光的家伙把它搬上银幕，估计不会赔钱。

对纽约的评论家太过严苛也是不对的，除非同时承认他们为生活环境所迫，只能用引人入胜的笔法写些几乎不值一写的东西。这就引导或是迫使他们养成了一套故作精妙或深奥的技巧。一旦需要，他们就能施展这套技巧，把微不足道的东西写得事关重大。这是所有成功的广告文案写作的基础。在一个并不重视“何为正确”或“为何正确”的世界里，是写不出评论的。然而剧本评论专栏——不管评论的是什么破剧本——哪怕说的都是些无关紧要的表面上的问题，却并不以此降低戏剧评论本身的重要性。这些人评论的并不是剧本，而是自己的精神世界。否则还有什么能让他们继续这套把戏呢？优秀的评论作品是以对主题的理解和评估来衡量的，而拙劣之作的衡量标准只是看它能否维持评论家的职业声望。

我觉得德沃托[①]那篇关于美国纨绔子弟饮酒习惯的文章着实精彩。曲径通幽，却又引人入胜。他揭示了一个可怕的事实，那就是当一个文明行将朽坏的时候，总能从一般意义上体面人家的生活和家庭的外围看出蛛丝马迹。当它们开始衰变为对邪恶的崇拜时，大概就病入膏肓了。或者注定如此，但这个国家除外。

---

① 伯纳德·奥古斯丁·德沃托（Bernard Augustine DeVoto，1897-1955），美国历史学家，作家，主要研究方向为美国西部历史。

奥登[1]的文章让我有些摸不着头脑。他那篇关于侦探小说的文章采用了清晰、冷静的经典写作方式，非常出色。但是为什么非要扯上我呢？我只不过是个将几篇通俗小说七拼八凑出了本书的家伙，怎么会关心侦探小说这种文体形式？我只不过想找一个借口为戏剧对白做些尝试罢了。设计情节和情境无非是为了配合对白，但其实这两点我打心眼儿里没一个在乎。我真正在乎的东西，埃罗尔·弗林[2]将其称为“乐音”，也就是他要说的台词。马洛的故事我才写了一半，刚寻摸出一点儿乐子（卡壳的时候除外），突然就冒出来这个叫奥登的家伙，跟我说，其实对犯罪环境的认真研究才是我写作的兴趣之所在。所以现在我看着自己写下的字，跟自己说：“你可记住了啊，老家伙，你写的可都是对犯罪环境的认真研究。”可我是个认真的人吗？才不是。我写的是犯罪环境吗？也没有，只不过是些稀松平常的腐化堕落，无非从惊险故事的角度夸大了一点。这不是因为我对这种故事本身有多痴迷，只是因为我非常现实，熟知游戏规则而已。

很久以前，我还在给通俗杂志写小说的时候，曾经在某个故事里写过这么一句：“他下了车，穿过洒满阳光的人行道，

---

① W. H. 奥登（Wystan Hugh Auden，1907-1973）是公认的现代诗坛名家，1907 年出生在英国，1946 年成为美国公民。

② 埃罗尔·弗林（Errol Flynn，1909-1959）是出生在澳大利亚的美国演员。

直到躲进入口处凉棚的阴影里，才觉得脸上有了一抹清水般的凉意。”小说发表的时候，这句话被删掉了，因为读者欣赏不来这样的东西：动作太磨叽。可我偏要证明他们是错的。在我看来，他们觉得自己除了动作什么都不关心，但实际上——虽然他们不知道——他们关心的并不是动作。他们真正关心的，也正是我关心的，其实是通过对话和描述所营造出的情感。让他们记忆深刻、魂不守舍的并不是诸如“一个人被杀了”，而是：他在行将断气的那一刻，想从打磨光洁的书桌上捡起一枚曲别针，但就是够不着。他脸上用着劲儿，嘴巴半张，带着一抹痛苦的微笑，似乎已经把死亡置之脑后，连死神来敲门都充耳不闻。那该死的小小曲别针呐，总是从指尖滑开。他想把它从桌子边上推下来，再就势接住。可他已经无能为力了。

致以我最友好的问候

“如何避免成为一名世故的作家”

致詹姆斯·桑德[①]

加利福尼亚州拉由拉市滨海路 6005 号

1949 年 4 月 14 日

亲爱的桑德：

约翰·麦克唐纳[②]的《移动的靶子》[③]我已读完。小说以一种奇异的方式给我留下了很深的印象。事实上，我简直可以用它作为跳板，引出一篇名为《如何避免成为一名世故的作家》的说教来。正如你所说，这是一篇“集锦”式的作品，情节素

---

① 詹姆斯·桑德 (James Sandoe)，美国图书评论家、悬疑小说学者，曾任科罗拉多大学图书管理员，是一名“钱德勒迷”。

② 约翰·麦克唐纳 (John Macdonald，1915-1983)，原名肯尼思·米勒 (Kenneth Millar)，美国悬疑小说作家。

③《移动的靶子》(*The Moving Target*) 为约翰·麦克唐纳的代表作之一，写于 1949 年。

材也是东拼西凑来的。比如，开篇的设置多少借鉴了《长眠不醒》，只不过用瘫痪的母亲取代了父亲，写的也是靠油田发财，同样带着腐坏的富豪阶级气息。那个律师朋友的反派形象则是直接从《瘦人》① 里面提取的。我个人对此倒是比较开放，觉得这也无伤大雅，毕竟所有的作家都是从模仿开始的。而且如果你想把自己的作品套进大家喜闻乐见的模子里，那么自然要以那些已经赢得了一些注意力或取得了某些成就的作品为榜样。

这本书之所以让我震惊（我想如果不是因为我觉得作者的确有两下子，也不会写这么一篇东西了），因为它给我留下的第一印象竟然是“反感至极”。全书透着一股孤高劲儿，让人觉得作者既想用推理小说中原始的暴力征服读者，又想摆明他本人颇有文化底蕴，且精于世故。写车子不用“锈迹斑斑”，而是“锈疮满面”。厕所墙上的鬼画符非要说成是“涂鸦作品”（意思就是：我们还懂意大利语哦！）。写一个人溜须拍马居然用“肛门部的亲密接触”（这是医用拉丁语，咱们棒毙了吧！）来指代。还有“时间战战兢兢地过去，像垒起一座颤巍巍的扑克筹码塔”之类。这个明喻其实用得不太成功，因为并不清楚打这个比方的意图是什么。

场景处理得很好，行文在某些方面也确实老到。作者的笔

---

① 《瘦人》（*The Thin Man*）是美国侦探小说家、“硬汉派”开创者达希尔·哈米特（Dashiell Hammett，1894-1961）的代表作之一，写于1934年。

名和另一领域某位颇有建树的小说作者[1]的大名雷同，这一点也属意料中事。但我感兴趣的是，这种字里行间、遣词造句流露出的矫情，是否真能造就更好的小说？恐未见得。只有故事设计本身同样极尽精巧世故之能事，才能和这样的写法相匹配，但那样写的话，这本书就连一千册都卖不出去。当你写“锈迹斑斑”时（或是“锈点斑斑”，我也可以勉勉强强接受“锈疹”），简明的视觉形象瞬乎间跃然纸上。但写成“锈疮满面”的时候，读者的注意力一下子从被描述的物体本身猛地转到了扭捏作态的作者身上。当然，这只是一个语言风格使用不当的小例子。我想有些作家遣词造句过于矫揉造作也实属被逼无奈，因为他们缺少天然的动物本能般的情感，所以只好以此作为弥补。他们缺乏真情实感，是文学上的阉人，所以只能靠卖弄偏门的术语证明自己的优越性。就是因为有了这样一些人，前卫杂志才得以存活。有意思的是，居然还有人试图把这样的东西带进侦探小说里来。

R.C.

---

① 此处指的是另一位名为约翰·麦克唐纳（John Dann MacDonald，1916-1986）的美国小说家，因擅写恐怖小说得名。

“写作不仅仅是因为你博览群书”

致哈米什·汉密尔顿[①]

加利福尼亚州拉由拉市滨海路 6005 号

1949 年 6 月 17 日

亲爱的吉米：

我心烦意乱得紧。似乎野心不再，没了主意。我着实什么都不想做，或者只有一部分的我还愿意做事情，另一部分则不愿。哪怕微小的成功也会带来害处，其中之一便是对成功再不关心，也失去了倾力引来注意和褒奖的劲头儿，是为憾事。我已经拜读了那些入木三分的讨论，比如《党派评论》[②] 上那些关

① 吉米·哈米什·汉密尔顿（James Hamish Hamilton，1900-1988），英国哈米什·汉密尔顿出版有限公司的创始人，因此自己也常被叫哈米什·汉密尔顿。

②《党派评论》（*The Partisan Review*）为宣扬左翼思想的纯文学刊物，于 1934 年在纽约创刊。

于艺术、文学、美好的生活、自由主义均为何物的文章，以及该如何定义里尔克[①]和卡夫卡[②]，还有埃兹拉·庞德[③]将获博林根诗歌奖[④]的八卦。但这些在我看来毫无意义。与我何干？太多优秀的作家都早已作古，这些人有何为或有何不为，又有什么要紧？一个人工作究竟是为了什么？是为了钱吗？的确。但纯粹是以一种消极的方式。没钱的确不行，然而一旦有了钱（我也不是指金山银山，只不过每年区区几千英镑罢了），你也并不会坐在桌子前面垂涎三尺地盯着，一个大子儿一个大子儿去数。每达到一个目的，就少了一个渴望有所作为的理由。我想成为一名伟大的作家吗？想拿诺贝尔奖吗？如果太费力气，那我宁愿放弃。说到底，得诺贝尔奖的那些人里面三脚猫货色太多，叫我实在激动不起来。更何况我还要去瑞典领这个奖，还得穿得人模狗样，上台发表获奖感言。诺贝尔奖值得我这么费老鼻子劲吗？见鬼去吧。又或者，就像我在海克拉夫特的《推理小说艺术》[⑤]里看

---

① 莱纳·玛利亚·里尔克（Rainer Maria Rilke，1879-1926），奥地利著名德语诗人。

② 弗兰兹·卡夫卡（Franz Kafka，1883-1924），捷克小说家，生于奥匈帝国统治时期。

③ 埃兹拉·庞德（Ezra Pound，1885-1972），美国著名诗人，意象派代表人物。

④ 博林根诗歌奖（The Bollingen Prize for Poetry）是由耶鲁大学古籍善本图书馆颁发的双年奖，旨在表彰新晋杰出的或取得终身成就的美国诗人。

⑤《悬疑小说艺术》（*The Art of Mystery Story*）由霍华德·海克拉夫特主编。

到的那些所谓的侦探小说评论文章一样，纵然林林总总——可都是些什么二流货色啊！整个行业水平都建构在对他人价值的贬损之上，不承认侦探小说是文学作品的一种，急着一棍子打死，生怕小说作者觉得自己的作品有点儿分量。这种戴着有色眼镜的评论手法，也许正源自于经典的陨落，是一种智力上的褊狭，毫无历史观可言。人们总是对像我这样的作家指手画脚："你写得不赖啊！为啥不试着写点儿严肃小说？"意思就是像马宽德①或贝蒂·史密斯②写的那种小说。这些人怕是要觉得受了大不敬的——倘若有人敢言过去十年间，一部优秀的悬疑小说作品和最好的严肃小说之间的美学差距其实并没有那么大，根本无法和严肃小说与任何一部公元前4世纪雅典派代表作之间的美学差距相提并论，更不必说把严肃小说和品达③、贺拉斯④、萨福⑤的诗作或是索福克勒

① 马宽德(John Phillips Marquand，1893-1960)，美国小说家，代表作有《已故的乔治·阿普利》(*The Late George Apley*)等。

② 贝蒂·史密斯(Betty Smith，1896-1972)，美国女作家，代表作有《一棵长在布鲁克林的树》(*A Tree Grows in Brooklyn*)等。

③ 品达(Pindar，约公元前522或518-前442或438)，古希腊诗人，有"抒情诗人之魁"之称，是希腊作家中第一位有史可查的人物。

④ 贺拉斯(Quintus HoratiusFlaccus，公元前65-前8)，古罗马诗人、批评家。

⑤ 萨福(Sappho，约公元前630或612-前592或560)，古希腊著名女抒情诗人。

斯[①]的剧作等相比了。脱离了公众品位的艺术就不是艺术，而公众品位是离不开贯穿于社会结构中的风格与特点的。奇怪的就是，这种风格似乎和优雅与人道浑不搭界。这种风格可以生存于荒蛮、肮脏的年代，而到了米尔顿·伯尔[②]、玛丽·玛格丽特·麦克布莱德[③]、“月读俱乐部”[④]、赫斯特出版[⑤]和可口可乐自动贩售机大行其道的时代，却荡然无存。艺术不是生造出来的，也不是设定严格标准、叨叨关键性的细枝末节或是运用福楼拜技法的产物。艺术应该是信手拈来的，“妙手偶得之”，甚至连作者自己都还未曾察觉。光靠多读了几本书就想写出东西来，是不可能的。

祝您万事胜意，

雷

① 索福克勒斯（Sophocles，约公元前496-前406），古希腊雅典三大悲剧作家之一。

② 米尔顿·伯尔（Milton Berle，1908-2002），美国喜剧演员。

③ 玛丽·玛格丽特·麦克布莱德（Mary Margaret McBride，1899-1976），美国电台访谈节目主持人、作家。

④ 月读俱乐部（The Book of the Month Club）创建于1926年，为美国一家邮寄订阅图书销售俱乐部，每月为顾客提供一本新书。

⑤ 赫斯特出版（Hearst Press）为美国出版巨头企业。

“马洛比你我都要高尚得多”

致约翰·豪斯曼[①]

你在《服饰与美容》杂志上发表的文章令人钦佩。写得漂亮，风格鲜明。但对我个人而言，读来觉得（用“余味”这个词也许更合适）有些沮丧，激起了我的对立情绪。它在艺术上显得居高临下，智力上显得油滑不老实，逻辑上也有所欠缺。这是你小剧院[②]情结的最后一缕呜咽。然而你说的有一点我百分之百赞成：电影，哪怕是硬汉派电影，应该说尤其是硬汉派电影，内容应该是合乎道德标准的。（因为《长眠不醒》电影版里并没有道德可言，所以你也没有意识到其实原书具有很高的道德水准，这让我有点儿生气。）本周的《时代周刊》把菲利

① 约翰·豪斯曼（John Houseman, 1988-1902），美国著名演员、制片人、导演，曾获第46届奥斯卡最佳男配角奖。

② “小剧院”或指始建于1928年的纽约“The Little Theatre”剧院。约翰·豪斯曼执导的舞台剧《海上夫人》（*The Lady from the Sea*）曾于1934年在此上演。

普·马洛称为“无耻之徒”。这绝对是一派胡言。假定他的智商不比我低（也不可能更高了），假设他谋求一己私利的机会数不胜数——这是一定的，那么他为什么还要去做这种入不敷出的工作？这个问题的答案成就了整个故事。然而这个故事却总是写得太过含蓄，言而未尽，或是言而不明。这也是所有本性诚实的人们在一个崩坏的社会里过正派日子所要承受的挣扎。这种挣扎是徒劳的，因为他毫无胜算。他可以穷困潦倒，却表现得俏皮有趣、风流倜傥，又或者他可以像好莱坞制片人一样腐化堕落、一团和气却又粗鄙不堪。因为残酷的现实摆在这里：除开几种经年累月方可擅长的技术工种之外，这个年纪的男人，要想过上丰衣足食的生活，绝脱不开某种程度的自甘堕落，也必须接受一个冷酷清晰的事实——无论何时何地，成功总是离不开坑蒙拐骗。

我写的故事表面上看来只是推理小说。我之所以不去写故事背后的故事，是因为我这个作家还不够好。但有一个事实不会改变：马洛是一个比你我都要高尚的人。我这么说不是因为鲍嘉[①]出演了马洛一角，也不是因为我创造了这个角色。这个角色压根儿不是我创造出来的——我曾经见过许许多多像他一样的人，都具备了这个角色身上的全部要素，除了集结成书所必需的几个有趣的特质。（有些人身上甚至也涵盖了这些特

① 亨弗莱·鲍嘉（Humphrey Bogart，1899-1957），美国男演员，曾在 1946 年出演《长眠不醒》电影版男主角马洛侦探。

质。）这些人都不富有，而且会一直穷下去。除此之外，他们还能怎样呢？

如果这个问题真的有了答案，那么马洛也就成了一具行尸走肉了。

爱你的，

雷

约写于1949年10月

“我想我有点儿异类”

致哈米什·汉密尔顿

加利福尼亚州拉由拉市滨海路 6005 号

1950 年 11 月 10 日

亲爱的杰米：

为什么人们会想看传记材料？有什么要紧？为什么作家需要谈论他自己这个人？一切都叫人生厌。我出生在伊利诺伊州的芝加哥，鬼知道已经是多久以前的事情了，久得我希望从没跟别人提起过到底是什么时候。我的父母双亲都是贵格派[①]教徒出身，但也只是嘴上说说。我母亲出生于爱尔兰沃

① 贵格派 (Quaker) 是基督教的一个教派，又称教友派或者公谊会，是基督教新教的一个派别。该派反对任何形式的战争和暴力，不尊敬任何人也不要求别人尊敬自己，不起誓，主张任何人之间要像兄弟一样，主张和平主义和宗教自由。

特福德，此地曾有一所知名的贵格派学校，也许现在还有。我的父亲来自于宾夕法尼亚州的一户农民家庭，也许是跟着威廉·潘恩[①]迁居此地的那批人中间的一个。我七岁的时候在一家旅店里患上了猩红热，能活下来实属万幸。对于康复期，我只记得冰淇淋和把松脱的皮肤扯下来的快乐。我在达利奇[②]住了五年，随后好些年又辗转法德两国。当时我被认为是英国人，因为我的母亲在我还未成年的时候恢复了英国国籍。所以当我回到美国的时候，资料显示我被当作是英国人。经过了漫长的斗争，甚至最终起诉了美国司法部长，我的国籍才被改了过来。法律声称未成年人是不允许放弃原国籍的，我真不明白为什么他们就是不肯接受这一点。我花了一大笔钱才把他们摆平。我在伦敦当了好多年庸庸碌碌的自由撰稿人，给老的《学术》[③]杂志写书评、散文等，也给《威斯敏斯特公报》[④]写综述和诗歌，杂七杂八的短文见于各处。"大战[⑤]"期间我于加拿大远征军第

---

① 威廉·潘恩（William Penn，1644-1718），英国房地产商、哲学家、贵格派初创期主要成员之一，宾夕法尼亚州（Pennsylvania）创立者，该州即以他的姓氏命名。

② 此处指雷蒙德·钱德勒当年就读的达利奇学院（Dulwich College），是英国著名的私立寄宿男校，位于伦敦市郊，创立于1619年。

③《学术》（*The Academy*）是一本关于文学及其他一般性话题的杂志，1869年创刊于伦敦，后几经改版及合并，于1916年停刊。

④《威斯敏斯特公报》（*The Westminster Gazette*）1896年创刊于伦敦，是一份颇具影响力的自由党报纸。

⑤ 即第一次世界大战。

一师服役，之后加入英国皇家空军，但是直至停火都还没有完成飞行训练。直到这时，我在写作方面显现的天赋都十分有限，然而就是这么一点微乎其微的天赋，还要被知识分子的臭架子所拖累。我来加州的时候，只有一个精美的衣柜和一副公立学校的口音，赖以谋生的真本事却半点没有。我当时心里是瞧不起本地人的，而且很遗憾的是，一直到今天，多少还是如此。为了糊口，我可是过了一阵苦日子。我曾经在一个杏园工作，每天要干 10 个小时，一小时才挣 20 美分。我还在体育用品商店里穿过网球拍线，每周要干 54 小时的活儿，只能赚 12 块半。我自学了记账之后，收入才像个头儿蹿得飞快的红杉树一样猛增起来。我着实讨厌做生意，尽管如此，最终我还是在好几家独立石油公司中担任过主管或是负责人。大萧条的到来结束了我的公司职业生涯。那段日子里没人请得起我。开着汽车在太平洋海岸区来回晃荡的日子里，我开始读通俗文学杂志，因为这些杂志很便宜，扔了也不心疼，况且我又绝对不愿染指那些被称为“女性杂志”的东西。《黑色面具》杂志那个时候风头正健（如果我可以称之为“风头正健”的话），我见其中一些文章虽然未经雕琢，却写得既有力度又有诚意，不禁吃了一惊。我觉得可能给这家杂志投稿不失为学写小说的好办法，而且与此同时还能赚上几个小钱。我花了五个月时间，才写出一篇 18000 字的小说，只挣了 180 美元。虽然举目望去，前路坎坷，可我从此就踏上了一条不归路。《长眠不醒》我只用了三个月时间写就，但是其中很多素材取自好几个短篇。主体已经有了，但写出来仍非易事。我总是手脚很慢。在有史以来状态最好的一个月中，我写了两个各有 18000 字的中篇，还给《邮报》写了一个短篇。这点东西对加德纳[①]来说，几天工夫就能写出来，但是对我而言可谓皇皇巨制，在此之后再也不曾有这般产量了。1943 年，我去了好莱坞，与比利 · 怀尔德[②]共事，创作《双重保险》[③]。那是一次极端痛苦的经历，很可能折了我的寿。但我从中尽我的学习能力学到了一些剧本创作方面的东西，虽说我的能力十分有限。在那之后我又和派拉蒙签了合同，为他们创作了几个电影剧本，包括一个原创剧本：《蓝色大丽花》[④]。这部小说是我从零写起的（并没有故事原型），只拍了 20 周就杀青了。当时有人告诉我，这刷新了大制作电影的一个纪录。我所有的书，除《小妹妹》[⑤]之外，全都被拍成了电影，有两部还被翻拍过。像所有或是几乎所有投奔好莱坞的作家一样，我一开始也坚信，

① 厄尔 · 斯坦利 · 加德纳（Erle Stanley Gardner，1889-1970），美国作家、律师。以侦探小说《梅森探案系列》（*Perry Mason Series*）闻名。

② 比利 · 怀尔德（Billy Wilder，1906-2002），犹太裔美国导演、制作人、编剧家，是美国电影史上最重要的导演之一。

③《双重保险》（*Double Indemnity*）是比利 · 怀尔德的导演代表作之一，雷蒙德 · 钱德勒参与编剧。属于经典黑色电影。

④《蓝色大丽花》（*The Blue Dahlia*）电影剧本由雷蒙德 · 钱德勒本人改编自自己的同名小说，获 1947 年第 19 届奥斯卡最佳原创剧本提名。

⑤《小妹妹》（*The Little Sister*）是雷蒙德 · 钱德勒代表作“大侦探马洛”系列中的第五部作品，出版于 1949 年。

一定可以在电影工作中发现什么方法，不至于让人们碰巧拥有的某些创造性天才被消磨殆尽。但就像我的前辈一样，我也发现，这只不过是一个梦。这不是任何人的错，只不过是这个产业结构的一部分。太多人想对作者的工作指手画脚。作品不再属于作者。过了一阵子，作者自己也不在乎了。也许他曾经有过激情，但稍纵即逝，还没等绽放就毁于一旦。那些提笔不能言的人偏要来告诉他该如何写作。他是遇见了一些机灵、有趣的人，也许和其中一些交上了朋友，但这只不过是他正规写作工作的附属品。文艺点儿说，聪明的剧本作者“只穿他第二好的西服”，凡事都不怎么走心。他应该带着一丝愤青范儿，但也只是一丝罢了。纯粹的愤青对好莱坞而言是个废物，对他自己而言更是如此。他应该在不费半分力气的前提下，尽量做到最好。他应该对自己的作品持有小心翼翼的坦诚态度，但千万别指望别人也会同样一丝不苟地报之以坦诚。想都不要想。等到混够了的那一天，他应该在道别的时候带上微笑，因为他知道，自己未尝不想再回来。

1946 年我混够了，就搬到了拉由拉。在那之后我已经写出了两个剧本。写其中一个的时候，我偶尔还去片厂几趟，谈一谈剧情。写另外一个的时候，我压根儿没去过片厂。我也许还会继续写剧本，而且也知道该怎么写。但我始终不会披肝沥胆，掏心掏肺。

我在 1924 年成了家，并无子嗣。别人叫我“硬汉派”作家，但在我看来并没有什么意义，只不过是一种投射罢了。我个人其实非常敏感，甚至有些羞怯。有的时候我会显得异常刻薄，咄咄逼人，但其余时间里又特别感性。我不是个擅长交际的人，因为总是很容易感到厌倦，平淡无奇在我看来就是乏善可陈，不论是人还是其他东西。我工作也是间歇性的，没有固定的时间段，只在想写的时候才动笔。而且我总是惊讶地发现，写东西的时候显得那么易如反掌，但写完了以后却精疲力竭。身为推理小说作家，我想我有点儿异类。因为美国流派的推理小说作家多数都只是粗通文理罢了，而我写的东西不仅文从字顺，还很有思想，虽然我并不喜欢这么说。乍一看，经典文学教育似乎并不能教你该怎么写出“硬汉派”小说的行话来。但我偏不苟同。只要受过经典教育，你就不会写出那些虚头巴脑的东西来，而眼下多数小说都充斥着这样的东西。推理小说作家在这个国家里不受待见，只被当作二流文人，因为他写的是推理小说，而不是具有社会重要性的废话。而在经典学派看来——哪怕是再不济的经典学派——这种态度只不过是暴发户缺乏安全感的体现。人们有时候会问我为什么不尝试着去写严肃小说，我从不跟他们理论。我甚至也不会反问“你觉得什么才是严肃小说”，因为问了也没用，他们根本就搞不清楚。他们这么问只不过是鹦鹉学舌罢了。至于什么才是重要的文学作品，我还是留给像埃德蒙·威尔逊那样叫人讨厌的肥佬来解答吧。此人获誉无数，但在我看来其中最值得推崇的就是（见

《赫卡特县编年史》[①]）能把通奸写得像列车时刻表一般无趣。

我又读了读这封信前面的一些内容，从字里行间嗅出了些傲慢的气息。我担心别人看了可能会不大舒服，但很遗憾，事实就是如此。写得都还算恰如其分。我这个人，从许多方面来说，的确是个骄傲自大的家伙。文如其人，也就不足为奇了。也许就是因为这一点激起了像约翰·迪克森·卡尔[②]和安东尼·布彻[③]之流鼠辈的无名火吧。

你永远的，

雷

---

① 指的是埃德蒙·威尔逊代表作之一《赫卡特县回忆录》（*Memoirs of Hecate County*），1946 年出版后被列为禁书，1959 年解禁。

② 约翰·迪克森·卡尔（John Dickson Carr，1906-1977），美籍推理小说家。卡尔是推理小说“黄金时期”一位重要作家，和阿加莎·克里斯蒂、艾勒里·奎因并称“黄金时期三巨头”。

③ 安东尼·布彻（Anthony Boucher，1911-1968），美国科幻、推理小说作家，评论家，编纂家。

“菲利普·马洛其人”

致 D. J. 伊伯森①

1951 年 4 月 19 日

亲爱的伊伯森先生：

你对菲利普·马洛其人如此感兴趣，真是有心了。他的出生日期不详。我想他说过自己好像是 38 岁。虽然他说这话也已经有一阵子了，但现在看起来也并不比之前年长。这一点你不得不服。他的出生地并不是中西部的某个小镇，而是加州一处名为圣罗萨的小城，从地图上看，在旧金山以北大约 50 英里的地方。圣罗萨是路德·伯班克②的家乡，并因此闻名于世。此人是个园艺学家，擅长侍弄瓜果蔬菜，一度声名远扬。

① D. J. 伊伯森 (D. J. Ibberson) 为一位英国的“大侦探马洛”迷。

② 路德·伯班克 (Luther Burbank，1849-1926)，美国园艺学家、植物学家、农业科学先驱。

还有一点可能不太为人们所知，那就是希区柯克的电影《辣手摧花》[①]也是以此地为故事背景的，大部分镜头都在此拍摄。马洛从未提及他的父母，而且显然也没有什么在世的亲戚。需要的话，小说里关于这个方面倒是可以改一改。他读了几年大学，要么是在尤金市的俄勒冈大学，要么是在俄勒冈科瓦利斯的俄勒冈州立大学。他究竟为什么要来南加州，我实在搞不清楚，不过绝大部分人终究都会这么做，虽然不是每个人都能待下来。他好像给一个保险公司当过调查员，之后又任洛杉矶县地区检察院调查员。这样的职业经历并不会让他当上警官，也不能赋予他逮捕他人的权力。他丢了饭碗的原因我可是知道得一清二楚，但原谅我不能说得太细。你只要清楚一点就够了，那就是每次他的手脚都太快，而他所在的地方管事的人最不想看到的就是他手脚太快。他的身高大约是6英尺[②]多一点，体重约莫有13.8英石[③]，发色深棕，眼睛也是棕色的，单夸一句“长得还算帅”肯定没法让他满意。我觉得他看起来一点儿都不凶。虽然他也凶得起来。如果我自己有机会选择扮演他的男星，那我想最符合我心目中他的形象的应该是加里·格兰

① 《辣手摧花》(*Shadow of a Doubt*) 为英国悬疑惊悚片导演阿尔弗雷德·希区柯克1943年的知名作品。

② 约1.83米。

③ 约87.6公斤。

特[1]。他的穿着打扮可能没多少看头。很显然，他没什么多余的闲钱能花在衣服之类的东西上面。光凭戴着一副角质镜架的太阳镜，也不会让他出多少风头。尤其是在南加州，人人时不时地都架着一副太阳眼镜。你说他总是穿着睡衣睡裤，就连夏天也不例外——我不清楚你究竟是什么意思。有谁不穿吗？莫非在你的印象里，他得穿着男式长睡衣不成？又或者你觉得大夏天里他都是光着膀子睡觉的？后者倒是有可能，虽然我们这儿到了晚上基本不会觉得热。你对他吸烟的习惯猜得很准，虽然我不认为他只钟情于骆驼牌香烟。他吸烟不认牌子。这里用烟盒不像在英国用得那么多。他绝对不会用书夹式火柴这样的安全火柴，而是要么用我们称作“厨房火柴”的大型木制火柴，要么是同样类型、只不过小一点能装在小盒子的火柴，随便在哪里一划就能着，如果气候足够干燥，在大拇指甲盖上也能划着。在沙漠里或是山区，很容易就能在大拇指甲盖上把火柴给划着，但在洛杉矶气候太潮湿了。马洛饮酒的习惯也跟你说得差不多。不过我倒是不觉得他喜欢裸麦威士忌胜过波旁威士忌。只要这酒不甜，他就喜欢喝。但如果给他端上来的是“红

① 加里·格兰特（Cary Grant，1904-1986），原名阿奇博尔德·亚历山大·里奇（Archibald Alexander Leach），英国舞台剧演员，后成为好莱坞知名电影演员，并加入美国籍。他曾担纲出演数部希区柯克电影，并因口音英美混杂、风度潇洒及英俊逼人而闻名。

粉佳人”[1]、“火奴鲁鲁”[2]这样的鸡尾酒，或是薄荷威士忌甜酒，他会认为你是在侮辱他。是的，他的确很会煮咖啡。在这里国家似乎每个人都是煮咖啡能手，而在英国则几乎不可能。他喝咖啡喜欢加奶油和糖，不加奶。他也喜欢喝不加糖的清咖。他自己做早饭吃，因为很简单，但是其他两餐都在外面吃。他喜欢赖床，但有事的时候也会偶尔早起。我们不都是这样吗？我不敢说他的国际象棋是否达到了国际锦标赛水平。我也不知道他是从哪里搞来了那本莱比锡出版的有关国际象棋锦标赛的软面小书。但是他很喜欢这本书，因为他更喜欢用欧陆法标注棋格。我也不知道他是不是喜欢打牌，压根儿就没想过这茬儿。你说“他还算是喜欢动物”是什么意思？如果你也住在公寓房里，你再喜欢动物，至多也只能是“还算喜欢”。在我看来，你似乎倾向于把我偶尔提及的东西诠释成某种固定喜好的象征。比如你说他对女人的兴趣“沉湎于肉体”，这可是你的话，不是我的。

马洛可分辨不出什么是布林茅尔口音，世界上根本就没有这码事。他那么说只不过是指代某种骄傲自负的说话方式罢了。我觉得他可能也分辨不出古董家具究竟是不是真货。而且请允许我怀疑一下众多专家在这方面的鉴别能力——如果赝品做得足够好的话。关于爱德华时代的家具和拉斐尔前派画家的

---

① 常以辛辣金酒、蛋清、石榴糖浆、君度酒及柠檬汁调配。

② 常以朗立可朗姆酒、柠檬汁、红石榴汁、菠萝汁及柠檬片调配。

作品我就不加赘述了，我都记不清你说的这些出处是哪里。但我觉得马洛对香水的品鉴能力也许并不仅限于香奈儿五号。香水只是一个符号，代表了某种昂贵却又相对内敛的东西。他喜欢所有微带辛辣的香水，但并不喜欢气味过甜或是过杂的。也许你已经注意到了，他自己也是微微带点儿辛辣味儿的那种人。他当然知道索邦神学院①，也知道它在哪儿。他自然也明白探戈和伦巴、康茄和桑巴之间的不同之处。他甚至还知道桑巴和曼巴②两者之间有何不同，虽然他不相信曼巴能干倒一匹飞驰的骏马。不过我觉得他可能不知道有一种新舞也叫“曼巴”，因为好像近期才被发明或是演化过来。

让我们看看，说到哪儿了？哦，你说他经常看电影，只是不喜欢歌舞片。你说对了。他也许是奥逊·威尔斯③的粉丝。尤其是奥逊参演由别人而非他自己执导的影片。马洛的阅读习惯和音乐爱好对我而言也是一个谜。如果我顺嘴胡诌，只怕会把他的爱好和我自己的混为一谈。如果你问我，为什么他要去当私家侦探，其实我也答不上来。很显然，有时候他宁愿自己不是个私家侦探，就像我有时候希望自己当什么都好，就是别当个作家。小说里私家侦探这个形象被塑造得活灵活现，言谈

① 索邦神学院 (Sorbonne) 为巴黎大学的前身。

② 曼巴 (mamba) 为一种非洲树眼镜蛇，有剧毒。

③ 奥逊·威尔斯 (Orson Welles，1951-1985)，是集演员、导演、编剧、制片人等多种角色于一身的美国电影天才。

举止就像确有其人。他几乎在任何方面都可以像个真人，除了一点：在真实的生活中，这样的人是不可能去当私家侦探的。发生在他身上的事情依然有可能发生的，但只能是机缘巧合的结果。通过将他塑造为一名私家侦探，我也就不用费心为他的冒险奇遇自圆其说了。

他的住处：在《长眠不醒》和几篇早期的作品里，他显然是住在一间单人公寓里的，房间里有一张壁床，可以收折到墙里，床下有一面镜子。随后他又搬到了另一处公寓房里，和《长眠不醒》中一个名叫乔·布罗迪的人物住的地方差不多。也许就是同一间公寓，因为这房子之前发生过谋杀案，所以租金特别便宜。虽然不太肯定，但是我想这处公寓房应该在四楼。房间一进门就是客厅，客厅对面是装饰阳台，装着法式落地窗。这种阳台只是好看，并不能走出去坐在里面。玄关右手边靠墙摆了一组沙发，左手边靠近公寓门口的这一侧是通往内室的门，再远一点靠墙放着一张橡木的活动翻板桌，还有一把安乐椅之类的家具。更远一点的地方，是一处拱形入口，通往厨房和小餐厅。美国公寓房里的小餐厅，或是不管什么档次的加州公寓房里的小餐厅，其实只是用拱门或是瓷器屋橱从厨房里分隔出来的一块区域，很是狭小，其实厨房本身也很小。穿过通往内室的走廊，从客厅走进来，右手边就是盥洗室的门，再笔直往前就到了卧室。卧室连带一个衣帽间。这种公寓楼里的盥洗室，淋浴装置就安在浴缸上方，还围着一圈浴帘。所有的房间都不大。这么一套带家具的公寓房，马洛搬进来的时候月租大约是 60 美元。天知道现在已经涨到什么价位了。我想都不敢想。也许 90 美元还打不住。或者更高。

说到马洛的办事处，我得找个时间再去看看，巩固一下记忆。我记得好像是在面北的一座楼里的第六层，他的办公室窗子是朝东的。但是我不太确定。就像你说的，办事处里有个接待室，有一半也是办公室模样。也许就是拿角落里那个办公室的一半地方装修成了两个接待室，不过各有各的入口，左右各有一扇门。马洛有一间自己的办公室，和他自己的接待室打通。有个连接装置，接待室门一开，他的办公室就会响起铃声。不过铃声可以用拨钮开关关掉。他现在没有、以前也从没用过秘书。其实订购一个电话应答服务是很简单的，但是我不记得小说里写到过。我也记不清他的写字台上有没有玻璃面板了，也许提到过吧。他在办公室喝的酒放在写字台的文件抽屉里——在美国办公室里，这种文件抽屉是标配（也许在英国也是一样），有两层普通抽屉那么深，本应用来放文件夹，但很少有人这么做，因为多数人都把文件夹放在档案柜里。我的脑子里总是会有很多这样的细节一闪而过。他有好些种类的枪。一开始他用的是一把德国鲁格自动手枪。他好像还有过好几把柯尔特自动手枪，但是口径大小都不超过 0.38 英寸。最后一次我听说他配备了一把史密斯 · 威森点 38 左轮手枪，枪管也许是 4 英寸的。这种枪威力很大，虽然不是有史以来最猛的，但比用铅弹的自动手枪好，就算跌落在坚硬的表面，也不会卡壳或是走火。而且近距离射击的时候，威力不输0.45英寸口径的自动手枪。虽然6英寸枪管更棒，但是带起来太不方便。其实就算是4英寸的携带也不怎么便利，警局侦探科的警察通常只带2.5英寸枪管的手枪。我目前所能告诉你的就是这些了，如果你还有其他的问题，欢迎再给我来信。问题是，你对菲利普·马洛其人似乎了解得比我还要多，也许提问的人应该是我，而不是你。

致以最诚挚的祝愿，

你永远的

“我才不在乎是谁用火钳敲晕了莫蒂默先生”

致弗雷德里克 · 丹尼[1]

1951 年 7 月 10 日

亲爱的弗雷德里克 · 丹尼：

不，我不想提名“十佳在世侦探小说作家”。我倒是不介意做个出头鸟，关键是在开始挑选十佳之前，有些基本原则是必须敲定的。比如说，这个类别中包不包括作品中少有乃至没有推理情节的悬疑小说作家？如果不包括的话，那么就会把一些表现上佳的作家排除在外，比如伊丽莎白 · 桑克塞 · 霍丁[2]，她绝对是我的最爱之一。但如果包括的话，又为什么要

---

① 弗雷德里克 · 丹尼 (Frederic Dannay，1905-1982)，美国作家。

② 伊丽莎白 • 桑克塞 • 霍丁 (Elisabeth Sanxay Holding，1889-1955)，美国小说家。

称其为侦探小说？不过夏洛特·阿姆斯特朗[①]的《恶作剧》[②]也没有什么谜案要素可言。但从另一方面来说，有些人就像谜案贩子，按部就班、计划周全、细节缜密，但其实压根儿就不会写小说。有人说，好的故事情节可以造就优秀的侦探小说。但是我却有所质疑——如果你连可信的角色或是场景都创造不出来，那么究竟能否编写出好的故事情节？如果让我列这个单子，有些一定会出现在你十佳榜单上的名字很有可能是上不了榜的。这些人在我看来乏善可陈，因为依据我的标准，他们没一个会写小说。也可能有的作家单凭一部作品就能秒杀一大堆写了二三十本书、名满天下却从文学角度来看微不足道的作家。比如朱利安·西蒙斯[③]的《二月三十一日》[④]，或是威廉·克拉斯纳[⑤]的《走在黑暗的街道上》[⑥]，又或是前面提到过的《恶作

---

① 夏洛特·阿姆斯特朗（Charlotte Armstrong，1905-1969），美国作家。

② 《恶作剧》（*Mischief*）是夏洛特·阿姆斯特朗发表于 1950 年的推理小说。

③ 朱利安·西蒙斯（Julian Symons，1912-1994），英国侦探小说作家、评论家、诗人，曾获美国侦探作家协会（MWA）颁发的"大师奖"及英国犯罪作家协会（CWA）颁发的"钻石匕首奖"。

④ 《二月三十一日》（*The 31st of February*）是朱利安·西蒙斯 1950 年的作品。

⑤ 威廉·克拉斯纳（William Krasner，1917-2003），美国推理小说作家。

⑥ 《走在黑暗的街道上》（*Walk the Dark Streets*）是威廉·克拉斯纳的首部小说作品，出版于 1949 年。

剧》，抑或是唐纳德 · 亨德森的《鲍林先生买报记》。我并不特别钟爱“硬汉派”宝贝儿们，因为他们多数是“借汽行驶”的家伙。我觉得你要是开得还不如借给你汽油的那个人远，就根本没有找人家借汽油的权利。我也不怎么待见那些“早知如此”流派[①]的姑娘们，因为我才不在乎亲爱的小露西究竟有没有被扭断脖子。好吧我说谎了——如果我有选择的话，我宁愿她的脖子被扭断。我也不喜欢那些装腔作势的周末小故事，不管是这儿的还是英国的。我才不在乎是谁用火钳敲晕了莫蒂默先生，也不在乎为什么，又或是谁把爷爷的钟调慢了二十分钟。至于弗兰克 · 法斯蒂安为什么会被锁在房间里吃蛤蟆菌？管他去。这并不是说我不喜欢解谜，比如奥斯汀 · 弗里曼我就很喜欢，钟爱有加。他的每一本小说我都读了至少两遍，尽管有些人觉得他闷得不行。我甚至对他描写的维多利亚式的爱情场景也很青睐。还有些写得非常平铺直叙的故事我也很喜欢，因为它们朴实无华，其中的推理成分是基于事实的，而不是为了糊弄读者胡编乱造出来的。我想这种作品的吸引力就在于它们的档案特性，而且如果都是事实无疑，堪称难能可贵。如果要是试图给这样的作品加上些装腔作势的炫目成分，绝对会立刻叫

① 此处指的是由美国女侦探小说家玛丽 · 罗伯茨 · 莱因哈特的代表作《螺旋楼梯》开创的“早知如此”（Had-I-But-Known）流派，即后来的“浪漫悬念小说”，为众多女性推理小说作家效仿和追随，在推理文学史上有着特殊的重要地位。

我倒足胃口。我想你面临的问题十分棘手，因为我觉得我们理应承认的一点就是，一个推理小说粉丝宁愿读一本烂书，因为总好过没有得读。人们面对皇皇巨著的时候肯定多少比较重视，但其实严格说来，作品数量多少并没有任何意义。一页作品就能暴露作家的水平，有时候一个段落就可以。那些提笔不能言的家伙可以写满一个书架，也能沽名钓誉，间或捏造出一两个情节，让他看起来比实际水平强点儿，但这些终将逝去，有名无实。所有优秀的作家都有一点魔力——除非我们苟同埃德蒙·威尔逊的说法，认为侦探小说只能算作亚文学作品，对此我本人绝不同意——我们也都需要这么一点魔力。至少我这么觉得。尽管我很清楚大众并不这么想。

你十分真诚的

“作家活着就是为了提笔写字”

致哈米什·汉密尔顿

加利福尼亚州拉由拉市滨海路 6005 号

1951 年 9 月 19 日

亲爱的杰米：

我不知道你去没去过度假牧场。我以前是从来没去过。这次我来的这一家名叫“阿丽莎尔”，宣传报道说，它在西班牙语里的意思是“一小片梧桐树林”，是一处占地 10,500 英亩的牧场的一小部分。这个牧场是加州仅有的几处西班牙独立租授地中的一处，最早属于卡里罗家族。此地气候宜人，至少一年里这个时候如此。农场位于一处内陆山谷之中，就是圣巴巴拉北部的圣伊内斯山谷，干燥得近乎于沙漠，白昼炎热，早晚与日落时分却又十分凉爽。我觉得这儿的夏天想必十分难熬。我们发现这儿有趣归有趣，却也闷得可以，物价昂贵、经营不善。不过常规的游泳池、网球场之类却又一应俱全。这儿连办公室文员都穿着马靴，女宾们早餐时穿着带铜铆钉的李维斯牛仔裤就来了，午餐时则穿着马裤，配上花里胡哨的衬衣和领巾。最理想的那种领巾好像特别窄，比一根靴带宽不了多少，从脖子前面的一个环里穿过去，耷拉在衬衣的一侧。我没问为什么要这样穿。我跟这些人还不熟。男人们也穿花衬衣，还经常变换花色。只有真正的骑手才会穿厚实的羊毛织物服装，或是长袖的尼龙、羊毛衬衣，衣服后背是收紧的。这种东西只有在爱骑马的小镇上才有的卖。我想这种地方对适合的人来说绝对是乐园：他们早上骑马，下午游泳或是打网球，然后再去酒吧里喝上几杯，就连粗制滥造又过于油腻的晚餐也能吃得兴高采烈。但是对于疲病交加因此太过挑剔的我们来说，来这儿简直是活受罪。然而，傍晚望着鹌鹑排着队淡定地从房前溜达过去，还能看见仿若寒鸦的鸟儿，也是一桩乐事。这些鸟儿我们在其他地方都未曾见过，哪怕在山里。我在那儿还读了 C．S．福雷斯特①的霍恩布洛尔②系列小说中的三部，是厚厚的口袋装订本。我之

① C. S. 福雷斯特即塞西尔·史考特·福雷斯特 (Cecil Scott “C.S.” Forester)，为塞西尔·路易斯·斯洛顿·史密斯 (Cecil Louis Troughton Smith，1899-1966) 的笔名，是一位以海战小说成名的英国小说家。

② 霍恩布洛尔 (Hornblower) 是塞西尔·史考特·福雷斯特创作的十一部系列小说的主人公。这十一部系列小说描绘了拿破仑战争期间霍恩布洛尔在皇家海军的职业生涯。

前从没看过他的作品，而且我觉得在家里的时候也看不下去。在我看来，文中操纵船只的细节、战争的雄韬伟略之类描写得都十分精彩，而且极为准确。我之前从来没有意识到，操控一艘帆船居然大有学问。但除此之外，这部小说也闷得吓人，情感水平近似于G．A．汉蒂[①]的作品。作者对角色塑造完全没有概念，尽管我知道霍雷肖·霍恩布洛尔船长很有可能被认为是角色刻画的一大伟绩，我却丝毫不能苟同。除去航海知识，福雷斯特始终未能超越时尚杂志写手的水平，而这种杂志一向为我所不喜。但是我知道福雷斯特绝对是出版商的福音，而且我可能对他的确有点儿不公平，即使从文学角度来说。可能是因为我刚读了波普斯基[②]的《私人军队》的缘故吧。

我想你应该已经看过《纽约客》对你们约翰·迪克森·卡尔的人物特写了。写得挺好，最起码不摆臭架子，和前一阵子写雷克斯·斯托特[③]的感觉差不多。看起来他像是一个可远观不可近亵的家伙。文中有一句话让我茅塞顿开。在描写了他对死亡主题的热爱和对情节设置的天赋之后，作者写了一句话，

---

① G. A. 汉蒂即乔治·阿尔弗雷德·汉蒂（George Alfred Henty，1832-1902），是一位多产的英国小说家、战地记者。

② 波普斯基（Popski）是弗拉基米尔·佩尼科夫（Vladimir Peniakoff，1897-1951）中校的诨名，他是比利时与俄国人的后裔，后移居英国，是“波普斯基私人军队”的创建者和指挥官。

③ 雷克斯·斯托特，全名雷克斯·托德亨特·斯托特（Rex Todhunter Stout，1886-1975），美国侦探小说作家，因撰写尼禄·沃尔夫系列侦探小说而举世闻名。

虽然我记不清具体怎么说，但实际意思就是：“他讨厌提笔写字。”仿佛一道电光闪过，我终于明白了为什么这个人的书我读不下去，因为讨厌写作这件事情本身的作家就好像讨厌法理的律师或是讨厌药品的医生一样，简直匪夷所思。设置情节这件事情，就算你再怎么擅长，也有可能叫人心生厌烦。但只要你靠这个吃饭，也还能硬着头皮干下去。然而，如果这个作家不喜欢动笔，文字魔力的造物没办法让他感受到丝毫快乐，在我看来根本不能称其为作家。作家活着就是为了提笔写字。其余的一切只不过是达到这个目的的辅助手段。你怎么能说自己讨厌动笔呢？有什么可恨之处呢？你还不如说一个人只喜欢劈砍木头或是打扫房间，但却厌恶白天的阳光、夜晚的清风，也不喜欢花枝摇曳或是草上的露珠、鸟儿的吟唱。怎么会有人讨厌那种能够创造出段落、句子、对白或是描绘出某种全新的东西的魔力呢？好吧，显然你可以，就算少了这种魔力你也能功成名就。但我就连想一想这种可能性，都会沮丧得要命。

致以我最美好的祝愿，

你永远的，

雷

RAYMOND
CHANDLER

雷蒙德·钱德勒作品

PLAYBACK

重播

〔美〕雷蒙德·钱德勒 著 郭贤路 译

上海译文出版社

一

电话中的嗓音似乎既刺耳又专横，但我没听清它在说什么——部分原因是我依然半睡半醒，还有部分原因是我把话筒拿反了。我拙手笨脚地转过话筒，咕哝了一声。

“你听见了吗？我说了我是克莱德·安姆尼，那位律师。”

“克莱德·安姆尼，那位律师。我以为叫这名字的律师有好几个。”

“你就是马洛，对不对？”

“对。我猜也是。”我瞅了瞅腕表。凌晨六点半，不是我状态最好的时辰。

“少跟我放肆，年轻人。”

“抱歉，安姆尼先生。但我可不是什么年轻人。我老了，人很累，而且一点咖啡都还没喝。我能为您做些什么，先生？”

“我要你八点钟去接‘超级酋长’号[①]，在乘客中认出一个姑娘，然后跟踪她，直到她在什么地方登记入住为止，然后你要立即向我汇报。清楚了吗？”

“不行。”

“为啥不行？”他厉声问。

“我掌握的信息不够，没法确定我可以接这案子。”

“我可是克莱德·安姆——”

① “超级酋长”号 (the Super Chief)：往返于洛杉矶与芝加哥的超级豪华列车，因高档的配置和优质的服务而深受好莱坞明星们的青睐，曾获得“明星列车”的美誉。该列车现已更名为“西南酋长”号 (the Southwest Chief)。——译注（本书注释均为译者所加，以下不再逐一标注）

“少来这套，”我打断了他的话，“没准我要犯歇斯底里了。你把基本情况告诉我就成。也许另找一个侦探对你更合适。我向来不是干联邦调查局特工的料。”

“哦。我的秘书弗米利耶小姐会在半小时内到你的办公室。她会把必需的信息带给你。她办事非常有效率。我希望你也是。”

“等吃完早餐我会更有效率。让她到这里来，好吗？”

“这里是哪里？”

我把我在亚卡大道上的住址报给了他，然后告诉他怎么让她找到这里。

“非常好。”他口气勉强地说，“不过，有件事我要你牢牢记清楚。那个姑娘不能知道有人在跟踪她。这非常重要。我正在给华盛顿一家非常有势力的律师事务所办事。弗米利耶小姐会预付一些开销费用，再预付一笔二百五十元的服务费给你。我希望你办事效率高一些。别再浪费时间讲废话了。”

“我会尽力而为，安姆尼先生。”

他挂断了。我挣扎起床，冲淋浴，刮胡须，喝咖啡，刚把鼻子埋进第三杯咖啡里，这时门铃响了。

“我是弗米利耶小姐，安姆尼先生的秘书。”她用一种相当俗气的口吻说。

“请进。”

她真像一只洋娃娃。她身穿一件白色束带雨衣，没戴帽子，留着一头精心呵护的淡金色秀发，脚上是一双搭配雨衣的短筒女靴，手里拿着一把塑料折叠伞。她那对蓝灰色的眼眸直瞪着我，仿佛我刚才吐出了一个肮脏的字眼。我帮她脱掉雨衣。她身上香气四溢。她有一双——就我目前所能确定的——并不难看的腿。她穿着夜用透明长袜。我相当专注地盯着它们，尤其是当她跷起双腿，拿出一支香烟要点的时候。

“克里斯汀·迪奥。”她看穿了我那昭然透亮的心思，便说，“我从不穿别的。[1] 请给我来个火。”

“今天你就多穿了不少嘛。”我说，一边为她点燃打火机。

“我不太喜欢一大早就打情骂俏。”

“那什么时候对你合适呢，弗米利耶小姐？”

她相当刻薄地冲我笑了笑，然后翻了一下手提包，扔给我一只马尼拉纸信封，“我想你会在这里面找到你需要的一切。”

“嗯——并非一切都有吧。”

“赶快干活去，你这蠢货。我已经把你打听清楚了。你以为安姆尼先生凭什么挑中你？他才没呢。选你的人是我。还有，别再盯着我的腿看了。”

我打开信封。信封里装着另一只封好的信封和两张为我开具的支票。一张，面额二百五十元，上面标着“预付金，用于预付专业服务费”。另一张的面额是二百元，上面标着“预付给菲利普·马洛的必需开销”。

“你要把开销明细报给我，要详细确切的名目。”弗米利耶小姐说，“还有，你得自己掏钱买酒喝。”

另一只信封我没拆——时机未到。“我对这案子一无所知，安姆尼凭什么认为我会接？”

“你会接的。我们不会要你做任何坏事。这一点我可以向你保证。”

“我还有什么好处？”

“哦，这个嘛，也许在某个下雨天的傍晚，我们可以一起喝上一杯，商量商量，等我不那么忙的时候。”

“你说服我了。”

---

① 此句原文“I never wear anything else”，也可按字面意思理解为“（除了长袜）我从不穿其他任何东西”，故下段中马洛会有暗含挑逗性的回应。

我打开另一只信封。里面装着一张姑娘的照片。从她的姿势里流露出一份天然的自在感，或者那是因为她面对镜头经验丰富。照片上，她有一头微暗的秀发，原本可能是红色的，还有一个光洁宽阔的额头，严肃的双眸，高耸的颧骨，由于紧张而微微张大的鼻孔，以及一张不会泄露任何事情的嘴。这是一副如工笔画般细密精致、近乎紧绷的面容，显得郁郁寡欢。

“翻过来。”弗米利耶小姐说。

照片背面是清晰打印的文字材料。

“姓名：埃莉诺·金。身高五英尺四英寸。年龄约二十九岁。头发为深红褐色，浓密，自然卷曲。腰板直挺，嗓音低沉清晰，穿着讲究但不过分。妆容保守。无明显疤痕。典型特征：进入室内时习惯转动眼珠而不是扭头。紧张时会抓挠右手掌心。左撇子，但善于掩饰。打网球爱打快球，游泳和跳水姿势优美，酒量大。无前科，但有照片存档。”

“进过局子。”我说，一边抬头看了看弗米利耶小姐。

“除了上面这些信息，别的我什么都没有。照着你的指示去做就行了。”

“没有夫姓，弗米利耶小姐。像这样一个二十九岁的大美女，几乎可以肯定是已经结过婚的。材料里却一点儿也没有提及结婚戒指或其他任何首饰。这让我觉得奇怪。”

她瞥了一眼自己的手表。“最好去联合车站①奇你的怪吧。你的时间不多了。”她站起身。我帮她穿上那件白色雨衣，然后打开房门。

“你自己开车来的？”

“对。”她出了门，走到一半又回过头，“你身上有一点我挺喜欢。你

① 联合车站（the Union Station）：即洛杉矶联合车站。该车站是加利福尼亚州洛杉矶都会圈内的铁路总站，也是南加州地区最重要的铁路枢纽。“超级酋长”号列车即在此站停靠。

不会动手动脚。而且你风度不错——从某种意义上来说。”

“动手动脚——那种把戏简直烂透了。”

“你身上还有一点我不太喜欢。猜猜是什么。”

“抱歉。不知道——我只晓得有人讨厌我活在世上。”

“我不是那个意思。”

我跟着她走下台阶，为她打开车门。这是一辆便宜货，一部“弗利特伍德”型号的凯迪拉克牌轿车。[①]她飞快地点点头，然后驱车滑下山坡。

我回屋上楼，往一只旅行袋里塞了几样东西，以防万一。

二

事情非常简单。“超级酋长”号准点进站，几乎一如既往，而目标就像一只穿着小礼服的袋鼠那样好认。除了一本平装书以外，她身上什么也没有带，遇到第一个垃圾桶时，她便扔掉了那本书。她坐下来盯着地板。她是一个不快活的姑娘，绝对是。过了一会儿，她起身向书架走去。她什么书也没挑就离开了，瞥了眼墙上的大钟，然后把自己关进一间电话亭里。她往投币孔里塞了一把银币，然后和某人通起电话。她的神情没有丝毫改变。她挂上电话，走到杂志架前，挑了一本《纽约客》，又看看自己的手表，然后坐下开始阅读。

她身穿一件午夜蓝色的定制套装，从脖颈处露出一件白衬衫，翻领上有一只宝石蓝色的别针，很可能与她的耳环是相配套的，要是我能看清她的耳朵就好说了。她的头发呈暗红色。她看起来和照片上很像，只

① 实际上，“弗利特伍德”型号的凯迪拉克牌轿车是一款价格昂贵的经典至尊车型，代表着美国通用汽车公司豪华轿车的最高品质和形象，它一直是各国政要和显赫家族出入重要场所的首选车型之一。

是身材比我预想的更高一点。她那顶深蓝色的丝带帽上垂下一截短短的面纱。她戴着手套。

过了一会儿，她起身穿过车站拱门，门外有几辆出租车在等着接客。她向左边的咖啡馆张望了一阵，转身又走进主候车厅，朝杂货店、报摊、问询台和坐在干净木质长椅上的人们瞥了几眼。售票窗口有的开着，有的关上了。她对它们不感兴趣。她重新坐下，抬头望着那面大钟。她脱下右手手套给腕表对时，那只腕表是一件没镶珠宝、朴实无华的纯铂金小玩意儿。我暗自拿弗米利耶小姐和她比了比。这个姑娘看样子既不温柔也不拘谨，更不古板，但她却让弗米利耶相形之下显得像个拉客的妓女。

这一次她也没坐多久。她站起身开始溜达。她走进庭院，又折返回来，进了那家杂货店，在书报架前待了一阵。有两件事很明显：第一，如果有人要来见她，那么约定的时间肯定不是火车进站的时间；第二，她看上去像是在两趟列车之间等候换车。她走进了咖啡馆。她在一张塑料桌面的餐桌前坐下，看了看桌上的菜单，然后便开始读她的杂志。一个女服务员走了过来，带着那杯必然会上的冰水，还有菜单。目标下了单。女服务员走开了，目标继续读杂志。时间大概是九点一刻。

我穿过拱门走出车站，来到一个搬运工面前，他正等在第一辆出租车旁边。"你给'超级酋长'号干活？"我问他。

"嗯。算是吧。"他瞥了瞥我拿在指间把玩的那一块钱钞票，兴趣不怎么大。

"我正在等华盛顿—圣迭戈直达车厢上的某个人。有人下过车吗？"

"你是说下了车不再上，取完行李那样儿的？"

我点点头。

他想了想，一边用那对机警的栗色眼睛打量着我。"有一个乘客下车了，"他终于开口道，"你那朋友长啥样儿？"

我描述了一个男人的相貌。一个有点像爱德华·阿诺德[①]的家伙。搬运工摇摇头。

“没法帮你，先生。下车那家伙根本不长那模样。你朋友很可能还在火车上。他们没必要下车。直达车厢会被拉到七十四号站台去。十一点半离开这儿。那趟火车还没准备好咧。”

“谢啦。”说完，我把那一块钱给了他。目标的行李还在火车上，我想知道的就是这个。

我回到咖啡馆，透过玻璃墙壁朝里张望。

目标还在读杂志，一边心不在焉地享用着咖啡和一个蜗形面包卷。我走进一间电话亭，给我熟识的一家车行打了电话，嘱咐他们，如果到中午我没再打来，就请他们派人把我的车开回去。这种事他们经常做，手里都有一把备用钥匙了。我出门来到车前，取出自己的旅行袋，把它放进一个收费二十五美分的寄存柜。在巨大的候车厅里，我买了一张开往圣迭戈的往返车票，然后小跑着重新赶回咖啡馆。

目标还在原地，但已不是孤身一人。有个男人坐在桌前，正笑着对她说话，只消看一眼就能明白，她认识这个人，并为此感到懊恼。他是一个加州佬，这一点从他脚上那双深红色平底拖鞋的鞋尖，身上那件淡黄色的粗布运动夹克，以及夹克下那件纽扣扣紧、没系领带的棕黄格子衬衫上就能看出来。他大约高六英尺一英寸，体型苗条，有一张瘦削、傲慢的脸和满满一口大牙。他正在手里搓弄一张纸片。

他胸前口袋里的黄手帕像一小簇水仙花似的伸出来。有件事就像蒸馏水一样透明。那姑娘不想让他待在那儿。

他继续说话，一边揉着那张纸片。最后他耸耸肩，从座位上站起

① 爱德华·阿诺德（Edward Arnold，1890—1956）：20世纪30年代至40年代美国好莱坞著名性格演员之一，善于扮演上流社会的各种人物和历史人物。参演的代表影片有《浮生若梦》《史密斯先生到华盛顿》《双雄喋血》《黑夜煞星》等。

身。他探身过去，用一根指尖滑过她的脸颊。她猛地往后一缩。接着，他把那张揉皱的纸片摊开，小心翼翼地放到她面前。他等待着，露出满脸笑意。

她的视线往下移动，速度异常缓慢。她死死地盯着那张纸片。她的手一动，想抓住它，但他的手动作更快。他把纸片收进了口袋里，脸上依然笑眯眯的。接着，他取出一个带有打孔纸页的袖珍笔记本，用一支带夹笔在上面写了些什么，然后撕下那一页，放在她面前。那一页纸她可以留着。她拿起它，读完它，把它放进钱包里。最后，她凝视着他。再到最后，她朝他绽出了笑容。我猜，她肯定是费了很大的劲儿才做到的。他探身过去，拍拍她的手，随即离开餐桌，走了出去。

他把自己关进一间电话亭，拨通电话，讲了很长一段时间。他走出来，给自己找了一个搬运工，和搬运工一起来到一个寄存柜前。他从柜子里取出一只浅牡蛎白的手提箱和一只相同颜色的旅行过夜用小手提箱。搬运工拎着它们穿过一道道房门来到停车场，跟着他走近一部光亮时髦、涂成双色的“路霸”型别克敞篷车——这种型号的敞篷车带有坚硬的金属顶盖，根本没法敞篷。搬运工将行李装进车，放在倾斜的座椅后面，收了他的钱，离开了。这个穿运动外套、带着黄手帕的家伙钻进车里，将车倒出停车位，接着刹住车，停了一阵子，戴上墨镜，点燃一支香烟。随后他就开走了。我记下了他的车牌号，然后走回车站里。

接下来的那一个钟头感觉有三个钟头那么长。那个姑娘离开了咖啡馆，在候车厅里读她的杂志。她的心思根本不在杂志上。她不停地往回翻页，看她已经读过什么。有段时间里，她根本就没在读，只是捧着杂志，眼神空洞地注视着。我买了一份早间版晚报，躲在报纸后监视着她，心里掂量着自己收获的信息。没有任何信息是确凿的事实。这只不过是在帮助我消磨时间罢了。

那个刚才和她坐在桌前的家伙，之前是从火车上下来的，因为他带着行李。他也许和她坐的是同一趟列车，而且他可能就是从她所在的车厢下车的那位乘客。她的态度让情况显得相当明朗：她不想让他待在身边；而他的想法是：这实在是太糟糕了，但如果她朝他那张纸片瞥上一眼，她就会改变主意。很明显，她的确改变了主意。因为这件事情发生在他们下车以后，而他们本可以在下车前就更加隐秘地悄悄做完此事，所以由此可以推断出，在火车上时，他手里还没有那张纸片。

就在这时，那个姑娘突然起身走到报摊前，回来时手里拿着一包香烟。她撕开包装盒，点上了一支。她吸烟的姿势笨拙难看，似乎她对此还很不习惯，而就在她吸烟的同时，她的态度好像发生了变化，变得更加轻浮艳俗、冷酷生硬，仿佛她出于某种目的，正在故意丑化自己。我望了望墙上的时钟：十点四十七分。我继续思索起来。

那张揉皱的纸片看着像是剪报。她曾想把它抢过来，他却不让她如愿。后来，他在一张白纸上写了些什么，递给她看，而她凝视了他一会儿，随即露出了微笑。结论就是：这个梦中情人在她身上抓住了什么把柄，而她不得不假装自己喜欢这件事。

下一个要点是，他之前离开过车站，去了别的什么地方，可能是去取汽车，可能是去找那张剪报，也可能是去做任何你想做的事。这就意味着，他不担心她会抛下他跑掉，而这也印证了我的想法：当时他并没有抖出自己掌握的全部信息，而是透露了其中一部分。可能是因为他自己也不太确定。得去核实一下嘛。不过现在，在向她亮出自己的底牌之后，他已经带好行李，开着一辆别克轿车离开了。因此，他不再担心自己会丢掉她。不管把他们牵扯到一起的是什么事情，这种羁绊都强大到足以继续缠住他们。

十一点零五分，我把所有这些想法统统扔到窗外，开始了一个全新的假设。我毫无进展。十一点十分，站内公共广播响起，十一号铁轨上的第七十四号站台现在准备接受前往圣安娜、欧申赛德、德尔马和圣迭戈的乘客。[1] 一大群人离开了候车厅，那个姑娘也在其中。另一大群人已经在过检票口了。我注视着她通过，然后回到电话亭。我投进一角银币，拨打了克莱德·安姆尼办公室的电话。

弗米利耶小姐接了电话，她只报出了座机号码。

“我是马洛。安姆尼先生在吗？”

她一本正经地说：“很抱歉，安姆尼先生正在出庭。我能为您留言吗？”

“我已接触目标，马上要坐火车去圣迭戈，或者是中间的某个车站。现在还说不准。”

“谢谢您。还有其他消息吗？”

“有，今天阳光不错，我们的朋友不像在流亡逃窜，倒像你一样坦坦荡荡。车站里有家咖啡馆，里面有堵玻璃墙正对着车站大厅，她就在那儿吃了早餐。刚才她和另外一百五十个人坐在候车厅里。而她本可以待在那趟火车上，藏得无影无踪的。”

“我都记下来了，谢谢您。我会尽快转达安姆尼先生。这么说，对于她要去哪里，您还没有确凿的想法咯？”

“我有一个确凿的想法。那就是：你对我隐瞒了一些事。”

她的口气陡然一变。肯定是有人刚刚离开了办公室。“听着，伙计，你是被雇来干活的。最好干你的活去，而且要干得漂亮。在这座城市里，克莱德·安姆尼可是一个能搅起滔天洪水的大人物。”

“谁说要水了，美人儿？我会直接拿啤酒开灌。你要是给我点鼓励的话，我也许能奏出更中听的音乐来。”

“你会拿到报酬的，私家侦探先生——前提是如果你肯去干活的话。

---

① 圣安娜 (Santa Ana)、欧申赛德 (Oceanside)、德尔马 (Del Mar) 和圣迭戈 (San Diego) 均为位于美国加利福尼亚州西南部的城市。

否则你就甭想。听清楚了吗？”

“这真是你对我说过最好听的话，亲爱的。再见吧。”

“听着，马洛，”她突然急切地说，“刚才我不是故意要对你说难听话。这桩案子对克莱德·安姆尼非常重要。如果他搞砸了，他可能会损失一个非常宝贵的客户。我刚才只是嗓门大了点儿而已。”

“我喜欢你这样，弗米利耶。你的大嗓门会对我的潜意识起作用。方便时我再打过来。”

我挂断电话，穿过检票口，走下斜坡道，经过差不多从这里到文图拉[①]那么遥远的距离才到达十一号铁轨。然后我爬上火车，进入一节硬座车厢，那里已经充满了飘荡的烟气，对你的喉咙十分友善，而且几乎永远会为你留下一片舒服完好的肺叶。我拿起烟斗，塞好烟叶点燃，加入到吞云吐雾的行列中。

火车启程出站，慢吞吞地穿过车站庭院和东洛杉矶背后的郊区地带，速度稍稍加快，然后在圣安娜市停了第一站。目标没有下车。在欧申赛德和德尔马也是如此。在圣迭戈，我飞快地跳下车厢，拦下一辆出租车，然后在那座带有古代西班牙建筑风格的车站外等了八分钟，等着搬运工们把行李扛出来。接着，那个姑娘也出来了。

她没坐出租车。她穿过街道绕过街角，走向一家“任君行”租车公司。过了很长一段时间，她又出来了，一脸沮丧。没有驾照就没法在“任君行”租车。我还以为她知道这个呢。

这一次她上了出租车，车子绕了一个 U 字形的弯，开始向北行驶。我的车也一样。在向司机说明跟踪任务时，我遇到了一点小麻烦。

“这种事儿书里才有，先生。在达戈[②]，我们可不搞这一套。”

---

① 文图拉 (Ventura)：美国加利福尼亚州南部城市，位于洛杉矶市西北部约六十英里处，濒临太平洋。

② 达戈 (Dago)：圣迭戈市 (San Diego) 的地方性俚语称呼。

我递给他一张五块钱的钞票，还有我的钱夹，里面是我那张长四英寸、宽二点五英寸的侦探执照影印件。他仔细地检查了一遍，对两样东西都是。他抬起头，望着街区。

“好吧，但我要汇报一下，”他说，“车辆调度员可能会通知警察局。这是我们这儿的规矩，伙计。”

“听起来这座城市才是我该住的地方，”我说，“还有，你已经弄丢了人家的行踪。那个司机在两个街区前就向左拐了。”

司机把钱夹递还给我。“还弄丢了我的左眼咧，”他简洁地回了一句，“你以为我这部双向无线电话是干吗用的？”他拿起它开始讲话。

他在阿什街左转，上了 101 号公路，我们汇入车流之中，以四十英里的时速缓缓前行。我盯着他的后脑勺。

“你一点儿也不用担心。”司机扭过头对我说，“这五块钱是小费，对吧？”

“没错。为什么说我一点儿也不用担心？”

“那个乘客要去埃斯梅拉达。那个城镇在北面，离这儿大概有十二英里远，就在海滩边上。目的地是一家名叫‘朗齐奥 · 戴斯坎萨多’的联合酒店，除非人家中途改主意——就算这样，也会有人通知我。那个名字在西班牙语里就是‘放轻松’、‘别紧张’的意思。”

“见鬼，那我根本就不需要坐出租车呀。”我说。

“你总得为这项服务买单嘛，先生。我们又不是卖食品杂货，你想退就退。”

“你是墨西哥人？”

“我们不这么叫自己，先生。我们管自己叫‘西班牙裔美国人’。我们都是在美国出生长大的。我们中间有些人几乎不再会讲西班牙语了。”

“真是太可惜了，”我说，“那可是一门非常优美的语言。”

他转过头，朝我咧嘴一笑。“你说得对啊，朋友。我非常赞同你的话。”①

我们继续开往托兰斯海滩，过了海滩后便转向岬角。司机时不时地对着无线电话讲话。他稍微转过头，刚好转到能和我说话的角度，重新开口道：

“你是不想让他们看见你吧？”

“另外那个司机呢？他会不会告诉乘客，她被人跟踪了？”

“他自个儿都还不知道咧。所以我才问你嘛。”

“超过他们，如果可以的话，赶在他们之前到酒店。我再加你五块钱。”

“小菜一碟。他甚至都不会发现我。我可以过会儿再去笑他，让他给我来瓶特卡特②。”

我们经过一座小型购物中心，接着道路变宽了，沿途一边的房子看上去价格不菲，但都是老房子，而另一边的房子看上去非常新，同样也不便宜。道路又变窄了，我们来到了一块限速二十五英里的区域。司机往右一转，蜿蜒穿过几条狭窄的街道，闯过一个停车标志，我还没来得及判断出我们正去往何处，汽车便已在一条坡道上向下滑行，驶入一道峡谷，左面的太平洋波光粼粼，远处是一片宽阔的浅滩，上面设置了两个救生站，坐落在开放的铁塔上。下到谷底，司机正要转弯驶进大门，我阻止了他。有一块大招牌，绿底金字，上头写着：朗齐奥·戴斯坎萨多。

“把车藏起来，”我说，“我要确认一下。”

他掉头开回公路上，飞快地驶过那堵灰泥墙壁的尽头，然后转进远处的一条狭窄曲折的道路，停住了。一棵扭曲多节、树干分裂的桉树遮在我们头顶。我下了出租车，戴上墨镜，漫步走上公路，斜靠在一辆印

---

① 此处的上下两句对话，原文均为西班牙语。

② 特卡特（Tecate）：墨西哥著名啤酒品牌，诞生于1943年。

有某个加油站名字的鲜红色吉普车上。一辆出租车从山坡上开下来，拐进了朗齐奥·戴斯坎萨多酒店。三分钟过去了。那辆出租车空着驶出来，掉头开回山坡上。我回到司机身边。

“423号出租车，”我说，“号码对得上吗？”

“对啦。现在还要干吗？”

“我们等着。酒店的格局是什么样子？”

“都是带车库的平房。有的装一辆车，有的装两辆。办公室在前面下边的一栋小别墅里。淡季跟旺季的生意差得很远。现在这里不景气。很可能在打半价，空房也多。”

“我们再等五分钟。然后我进旅馆登记，放行李，再找辆车租。”

他说这不难。在埃斯梅拉达有三个地方出租汽车，计时的和计程的，什么牌子的车都有。

我们等了那五分钟。现在时间刚过三点。我已经饥肠辘辘，饿得连狗粮都想偷吃了。

我跟司机结了账，目送他离开，然后穿过公路，走进酒店办公室。

三

我将一只胳膊肘礼貌地撑在柜台上，越过柜台看着那个打着圆点领结、满面春风的年轻接待员。从他身上，我又朝站在靠近侧墙的用户交换机前的那个姑娘看过去。她是那种喜欢户外生活的姑娘，化着明艳的彩妆，一头颜色略深的金色秀发扎成马尾辫，在她那颗脑袋瓜后面伸出来。不过，她有一双温柔美丽的大眼睛，每当看向那个接待员时，它们便熠熠生辉。我又回头看那小伙子，将一句骂娘话憋回嗓子眼里。用户交换机前的姑娘来回晃荡着马尾辫，也将视线投在我身上。

“我很高兴能为您展示我们现有的空房，马洛先生，”小伙子礼貌地说，“如果您决定住下来的话，您可以稍后再登记。您大概要住多长时间？”

“只要和她住的时间一样长就好，”我说，“那个穿蓝色套装的姑娘。她刚刚登过记。用的哪个名字我不清楚。”

他和交换机姑娘都盯着我看。两人的脸上带着同样的表情——怀疑加好奇。在这幅光景下，有一百种方法可以表演下去。但这一招对我来说还是头一次用。全世界里没有一家城市酒店能行得通。在这儿倒有可能奏效。这最主要是因为我压根就不在乎。

“你们不喜欢这样，是不是？”我问。

他轻轻地摇了摇头。“至少你很坦诚。”

“我已经受够了小心翼翼的日子。我被折磨得筋疲力尽了。你们注意到她左手的无名指了吗？”

“啊，没有，我没注意到。”他看看交换机姑娘。她摇摇头，眼睛一直盯着我的脸。

“没有婚戒，”我说，“再也没有了。全完了。全毁了。所有那些年月——啊，见它的鬼去吧。我已经一路跟着她从——唉，管它从哪儿呢。她甚至都不肯和我说话。我在这儿干吗？把自己弄得像个该死的傻瓜。”我飞快地转过身，擤了擤鼻子。我引起他们的注意了。“我最好还是上别的地方去。”我边说边转回身。

“你想和好，她却不愿意。”交换机姑娘轻声说。

“是的。”

“我很同情您，”小伙子说，“但是您知道这儿的规矩，马洛先生。酒店营业要特别小心。这样的情况能导致任何事发生——甚至是枪杀案。”

“枪杀案？”我惊讶地看着他，“好心的上帝啊，有人会做出那种事情？”

他把两臂撑在桌面上。“请问您打算怎么办，马洛先生？”

“我打算待在她身边——万一她需要我呢。我不会找她说话。我甚至不会去敲她的房门。不过她会知道我在这里，她也会明白为什么。我会等她。我会一直等着她。”

这一招正中姑娘下怀。我已经成功在望了。我慢慢地深吸了一口气，向胜利进军。“而且不知道为什么，我就是不喜欢带她过来那人的模样。”我说。

“没人带她过来——除了一个出租车司机。”接待员说。不过他心里很清楚我的意思。

交换机姑娘露出一丝微笑。“他不是那个意思，杰克。他是说那个替她订房的人。”

杰克说：“我差不多也猜到了，露西尔。我没那么笨。”他突然从桌上拿起一张卡片放在我面前。一张订房登记卡。角落上倾斜地写着拉里 · 米切尔这个名字。一种十分不同的笔迹在恰当的位置上签着：贝蒂 · 梅菲尔德（小姐），纽约州西查塔姆镇。然后在左上角，仍然是用拉里 · 米切尔的笔迹填着日期、时间、房价和号码。

“你真是太好心了，”我说，“这么说，她改回她的娘家姓了。当然，这是合法的。”

“任何名字都是合法的，只要不是存心诈骗。您想住在她隔壁吗？”

我睁大了双眼。或许它们还亮了一下。从未有人像我这样尽力让它们灼灼闪光。

“听着，”我说，“你们真是对我太好了。但是你们不能这么做。我不会去惹任何麻烦，但谁也说不准。如果我惹上了麻烦，你们就要丢饭碗了。”

“没关系，”他说，“总有一天我得学习长进嘛。我看您这个人不坏。只要别跟任何人说就行。”他从笔筒里取出钢笔递给我。我签了名，留了一个地址：纽约市东 61 号大街。

杰克看了一眼。“那儿离中央公园很近，对吧？”他随意地问。

“三条街再过去一点，”我说，“在列克星敦大道和第三大道中间。”

他点了点头。他知道那个地方。我顺利过关。他伸手去拿钥匙。

“我想先把行李放在这儿，”我说，“然后去找点吃的，或许再去租辆汽车。你们能帮我把行李放进房间里吗？”

没问题。他可以轻易帮我办到。他把我领到外面，抬起手指向一片小树林。只见一幢幢小别墅被木板上下覆盖，白墙绿瓦。它们都有带栏杆的走廊。他透过树丛给我指出我的房间。我向他道过谢。他正要走回办公室，这时我说：“听着，还有一件事。她知道后也许会马上退房。”

他微微一笑。“当然。我们对此也无能为力，马洛先生。许多客人只住一晚或两晚——除了在夏天。我们不指望酒店在一年中的这个时候客满。”

他继续前行，走进了办公室别墅，然后我听见那个姑娘对他说：“他挺讨人喜欢，杰克——但你不该那样做。”

我也听见了他的回答。“我讨厌那个叫米切尔的家伙——就算他是老板的朋友也一样。”

四

房间还算凑合。这里有普通的硬质沙发床，没铺坐垫的座椅，一张靠着正面墙壁的书桌，一个带内置箱柜的步入式衣帽间，一间装着好莱坞式浴缸的浴室，里面盥洗池上方的浴镜旁安装有剃须照明用的霓虹灯，另外还有一个小厨房间，里面摆着一台冰箱和一只白色火炉——是一式三组的电炉。洗碗槽上方的壁橱里摆放着足够多的餐碟和餐具。我取了一些冰块，拿出手提箱里自带的酒瓶，给自己调了杯酒，浅呷一口，然后坐在一张椅子里侧耳倾听，任凭窗户关紧，百叶窗遮得室内漆黑一片。我没听到隔壁有任何声音，随后我听到了马桶的冲水声。目标就在屋内。我喝完酒，抽了根烟，审视着隔开两个房间的那面墙上的供暖设备。它由一个金属盒子里的两只长条形磨砂灯管组成。它看起来不像能释放多少热量，不过，在衣帽间里还有一台插电式暖风机，上面带着一个恒温器和一个三相插头，电压是 220 伏。我把那台壁挂式电暖器上的镀铬格栅卸下来，然后旋转拧出那两只磨砂灯管。我从手提箱里掏出一副医用听诊器，贴在金属底座上监听。如果隔壁也有一个相似的供暖设备（而我几乎可以肯定那里会有），那么这两个房间就只隔着一块金属嵌板和一些绝缘材料——很可能只是纸一样的薄薄一层。

好几分钟我都没有听到任何声音，接着我听到有人在拨电话。监听效果十分完美。一个女人的声音说："请接埃斯梅拉达 4-1499。"

这是一个从容冷静的声音，音调中等，除了夹着几分倦意，从中几乎听不出任何情绪。这是我跟踪这么长时间以来第一次听到她的声音。

一阵漫长的停顿，接着她说："请接拉里 · 米切尔先生。"

又是一阵停顿，不过这次时间短些。随后："我是贝蒂 · 梅菲尔德，在朗齐奥 · 戴斯坎赛多酒店。"她把"戴斯坎萨多"里的"萨"字念错了。随后："贝蒂 · 梅菲尔德，我刚才说过。拜托别犯傻了。你还想让我给你拼字母不成？"

电话另一头在说着什么。她侧耳聆听。过了一会儿，她说："在 12C 号套房。你应该知道。是你订的房间……哦。我明白……嗯，好吧。我会待在这里。"

她挂断了电话。寂静。完全寂静。然后，那个声音缓慢而空洞地说："贝蒂 · 梅菲尔德，贝蒂 · 梅菲尔德，贝蒂 · 梅菲尔德。可怜的贝蒂啊。你以前曾经是一个好姑娘呢——在很久以前。"

此时，我正席地而坐，背靠墙壁，屁股下垫着一个带条纹的软垫。我小心地站起身，将听诊器搁在软垫上，然后走到沙发床边，躺在上面。再过一会儿他就要到了。她正在那儿等他，因为她不得不这样。她到这里来也是出于同样的原因。我想知道这个原因是什么。

他肯定穿着一双绉布底的鞋子，因为直到隔壁房门上的电铃响起，我都没听见任何动静。另外，他也没有开车上山来这栋别墅。我翻身下床坐在地上，拿起听诊器继续工作。

她打开房门，他进了屋，我可以想象出他说话时脸上的笑容。“你好，贝蒂。我相信，贝蒂·梅菲尔德是你的本名。我喜欢这名字。”

“这是我的本名。”她关上门。

他咯咯地笑了起来。“我看你还算聪明，想到把名字改了。不过你行李上的那些首字母是怎么回事？”

我讨厌他的话音，一如我讨厌他的笑声。那个声音高亢而兴奋，近乎洋溢着狡诈奸猾的好心情。虽说不上是嘲讽讥笑，但也很接近了。这让我咬紧了牙关。

“我猜，”她干巴巴地说，“你一开始注意到的就是这个。”

“不，宝贝儿。我一开始注意到的是你。其次是你手指上有戒痕，却没有戴结婚戒指。然后才是那些首字母。”

“别叫我‘宝贝儿’，你这敲竹杠的贱人渣。”她带着一股突如其来的无声怒意说道。

他丝毫不为所动。“我也许是个敲竹杠的，亲爱的，不过”——又一阵自负狂妄的咯咯笑声——“我可一点儿不贱哦。”

她在走动，很可能是要离他远点。“你要来一杯吗？我看见你随身带了一瓶酒。”

“没准它会让我欲火焚身哦。”

“你身上只有一样东西让我担心，米切尔先生，”姑娘冷冷地说，“你那张大嘴巴。你话说得太多，而且还相当自恋。我们最好先彼此了解一下。我喜欢埃斯梅拉达。我以前来过这儿，而且一直很想再来。你住在这里，而你又正好在那趟送我来这儿的火车上，这纯粹就算我倒霉。最倒霉的是你居然还认出了我。不过事情就是这样——我倒了霉运。”

“对我来说却是交上了好运，亲爱的。”他拖长腔调慢吞吞地说。

“也许，”她说，“只要你别让人家压力太大了。如果你那样做，这份好运就会在你眼皮子底下化为泡影。”

一阵短暂的沉寂。我在想象中可以看到，他们正四目相对。他的笑容可能变得有点紧张起来，但并不厉害。

“我要做的，”他轻轻地说，“只是拿起话筒给圣迭戈的报社打个电话。你想出风头？我可以替你张罗。”

“我到这里来，就是要躲开风头。”她痛苦地说。

他放声大笑。“当然了，一个老得都快散架的糊涂法官让你躲过了一劫，在联邦中唯一的那个州——我都查过了——只有在那儿，在陪审团判决之后还有可能改判。你已经更名改姓两次了。要是你的故事在这里上了报纸——那个故事还挺不赖呢，亲爱的——我猜你就又得更名改姓，继续远走他乡。有点儿疲于奔命，是不是啊？”

“所以我才会来这里，”她说，“所以你才会在这里。你想要多少钱？我明白，这笔钱只不过算是定金罢了。”

“我有提到过钱吗？”

“你会提的，”她说，“还有，你说话要小点声。”

“这一整幢别墅都是你的，亲爱的。进来之前我绕它走了一圈。门都关着，窗户也是，百叶窗全拉着，车库也都是空的。如果你不放心的话，我还可以去办公室里核实一下。我在这儿有很多朋友——你需要认识的人，让你生活得舒适的人。外人很难打入这座城镇的社交圈子。如果你只是站在圈外朝里面观望，那么这座城镇就乏味得要命。”

“你是怎么打入的呢，米切尔先生？”

“我老爸在多伦多是个大人物。我们俩相处得不太好，他也不让我在家附近转悠。不过他毕竟是我老爸，而且他说话还是蛮管用的，尽管掏钱叫我滚蛋的人就是他。”

她没有回应。她的脚步声走开了。我听到她在厨房里发出了一些声响，听上去像是在从制冰托盘里取冰块。一阵流动的水声响起，然后脚步声又回来了。

“我自己也想来上一杯，”她说，“或许我刚才对你的态度有些粗鲁。我累了。”

“当然，”他沉稳地说，“你累了。”一下停顿，“好吧，等你感到不累的时候再说。我看今晚七点半左右在‘玻璃屋’见好了。我会过来接你。那里吃饭很不错。还可以跳舞。安静。私密高档，如果这对你有任何意义的话。它归海滩俱乐部所有。除非他们认识你，否则他们不会给你留座。我在那儿有很多朋友。”

“价格不菲？”她问。

“有一点儿。哦，对了——这倒提醒我了。在我收到每月寄来的支票以前，你可以给我几块钱现钞。”他笑了起来，“我真让自己吃惊啊。最后我还真的提到钱了。”

“就几块钱？”

“几百块会更好。”

“我身上只有六十块——除非我现在能开个账户，或者拿几张旅行支票换现。”

“你可以去办公室里换现，宝贝儿。”

“我知道。这是五十块。我可不想把你给惯坏了，米切尔先生。”

“叫我拉里就行。对我好点儿嘛。”

“我该这么叫吗？”她的声音变了，带着一丝引诱的味道。我可以想象出在他脸上慢慢浮现的得意微笑。接着，我从一片寂静中猜测，他已经抓住了她，而她任他抓牢。最后她的声音有点含混起来，说：“够了，拉里。现在听话，快走吧。七点半我会准备好的。”

“再来一下我就走。”

不一会儿，门打开了，他又说了几句，我没听清。我起身走近窗户，透过百叶窗的板条缝隙小心地向外窥探。一棵高高的大树上亮起一盏泛光灯。树下，我看见他悠然离去，走上那道斜坡，消失不见了。我回到电暖器的嵌板旁边继续监听，一时什么动静也没听见，而我心里也不确定自己这样做是为了什么。不过我很快就明白了。

快速来回走动的脚步声，拉开抽屉的动静，上锁的啪嗒声，掀起的盖子撞在什么东西上发出的闷声。

她正在收拾行李准备离开。

我把那两根长条形磨砂灯管拧回电暖器里，将格栅装回原位，然后把听诊器放回手提箱中。傍晚开始变冷了。我套上夹克衫，站在房间中央的地板上。夜色渐浓，没有亮灯。我只是站在那里，思前想后。我可以现在去打电话汇报，到那时她可能已经上路，钻进另一辆出租车，前去搭乘另一趟火车或航班或去另外一个目的地了。她可以去她想去的任何地方，不过，如果华盛顿那边的大人物足够重视的话，总会有一个探子在车站里等着跟踪她。总会有像拉里 · 米切尔这样的人或是一个记性好的记者。总会有一丁点细小的古怪之处引人注意，也总会有人注意到它。你无法逃离自己。

我正在为一些自己讨厌的人干着鬼鬼祟祟的廉价活计，不过——当你出力干活时不都是这个样子嘛，老兄。他们付钱，你去挖粪[①]。只不过这一次，我可是能尝到粪味了。她看上去不像是荡妇，也不像是骗子。这仅仅意味着一点：比起摆出一副骗子脸或是荡妇相，这样的她做起骗子或荡妇来或许可以更成功。

---

① 原文“dig the dirt”意为“揭露别人的丑事”。此处与后一句有呼应，故采用直译。

五

我打开房门，径直走到隔壁门前，摁下那只小电铃。房内悄无动静。一丝脚步声也没有。接着，传出一下卡在凹槽里的链锁的咔嗒声，门打开了几英寸的缝隙，透出光亮却毫无人影。说话声从房门背后响起：“是谁？”

“我能问你借勺糖吗？”

“我这里没糖。”

“好吧，那么在我的支票送来之前，给我几块钱现钞，怎么样？”

一阵更长久的沉默。随后，门被拉开到链锁允许的程度，她的脸挤进缝隙，一双被阴影遮蔽的眼眸朝外凝视着我。它们就像黑暗中的两汪水潭。树上高高的泛光灯射出的光线斜照在上面，微微闪烁。

“你是谁？”

“我是你隔壁的邻居。刚才我正在打盹，被说话声吵醒了。那些声音说了一些话，让我觉得很好奇。”

“上别的地方好奇去。”

“我可以这么做，金太太——抱歉，梅菲尔德小姐——不过我不太确定，你是否真的想让我这么做。”

她没动，眼神也没动摇。我从烟盒里晃荡出一支烟，试图用大拇指推开我的芝宝打火机盖子，转动打火齿轮。你应该用单手就可以搞定。你也能办到，但过程就有点令人尴尬了。最终我搞定了它，点着了香烟，打个哈欠，然后从鼻子里喷出烟气。

“再说一遍，你要做什么？”她问。

“要是严格按照规矩来的话，我应该给洛杉矶打电话，向派我来的当事人做汇报。也许你能说服我打消这个念头。”

“上帝啊！”她激动地说，“一下午就碰上两个。一个姑娘家怎么能这么走运呢？”

“我不知道，”我说，“我一无所知。我觉得我是被人当成笨蛋耍了，不过我也吃不准。”

“等一下。”她当着我的面关上了门。她没离开多久。链锁从屋内的凹槽里抽出，房门打开了。

我缓缓步入房间，她则向后退去，与我保持距离。“你刚才听到了多少？还有，请把门关上。”

我用肩膀顶上房门，倚住门板。

“只听到一场相当不愉快的谈话的尾巴。这里的墙壁就像舞蹈演员的钱夹一样单薄。”

“你是干表演这行的？”

“恰恰相反。我干的是躲猫猫的行当。我叫菲利普·马洛。你之前见过我。”

“是吗？”她踩着碎步，谨慎地从我面前挪开，来到她打开的手提箱旁。她斜靠在一张椅子的扶手上。“在哪儿？”

“洛杉矶联合车站。我们在等着换火车，你和我。我对你感兴趣。我对你和米切尔先生之间发生的事情感兴趣——他是叫这个名字，没错吧？当时我什么也没听到，看到的也不多，因为我在咖啡馆外面。”

“那么是什么让你感兴趣了，你这可爱的大东西？”

“我刚才已经告诉你一部分原因了。另一点让我感兴趣的原因是，在你和他谈完之后，你发生了多么大的变化。我看到了你设法改变自己。那是非常刻意的举动。你把自己变成了另一个轻浮、冷硬而时髦的美人儿。为什么？”

“那我之前是什么样子？”

“一个善良、文静、有教养的姑娘。”

“那个是装出来的，”她说，“另一副模样才是我的本来面目。而这一面你还没有完全领教过呢。”她从身边抓起了一把小型自动手枪。

我瞅了它一眼。“哦，枪啊！”我说，“少拿枪来吓唬我。我一辈子都在跟它们打交道。一开始，我玩的是德林杰手枪，单发填弹，就是河船上的赌棍们喜欢带的那种。等长大一些后，我逐渐玩上了轻型运动步枪，然后是一杆 .303 口径的打靶步枪，还有其他的枪。我曾在开阔地带从九百码的射程外干翻过一头公牛。我说明一下，怕你不知道，从九百码外看过去，整个目标只有一张邮票大小。”

“很有趣的职业。”她说。

“枪从来不能解决任何问题，”我说，“它们不过是一块幕布，拉开后马上就会看到第二幕糟糕的戏码。”

她浅浅一笑，把枪转移到左手上。她用右手抓紧衬衫的衣领边缘，一个迅速果断的动作之后，衬衫被撕开了，一直拉扯到腰际。

“接下来，”她说，“但不用着急，我会把枪像这样拿回手上”——她把枪放回右手上，却握着枪管——“用枪托给我的面颊狠狠来一下。我要弄个漂亮的瘀伤。”

“然后呢，”我说，“你就拿枪摆出恰当的姿势，拉开保险，扣动扳机，而那时候我刚好浏览完体育版面上的标题栏。”

“你连冲过房间中央都来不及。”

我跷起大腿向后一靠，从椅子旁的桌面上拿起那只绿色烟灰缸，在膝盖上放平，然后用右手拇指和食指夹住我正在抽的那支香烟。

“我根本就不会冲过房间。我会像这样坐在这里，既舒服又轻松。”

“但已经半死不活了，”她说，“我开枪很准，而且这里可没有九百码那么远。”

“然后你就得向警察兜售你的故事，说明我是怎么试图攻击你，而你又是怎么自卫的。”

她一把将枪扔回手提箱，哈哈大笑起来。那笑声听起来很真诚，其中确实带着被逗乐的味道。“对不起，”她说，“你坐在那里跷着二郎腿，脑门被子弹穿了个洞，而我还要去解释为了保住贞洁我是怎么朝你开枪的——这个场面真让我有点头晕。”

她跌坐在一张椅子里，向前倾下身，用一只手托住下巴，手肘撑着膝盖。她脸庞紧绷，显得十分疲惫，那头茂密的暗红色秀发搭在脸侧，像一个框架，这使得她的脸显得比实际上要小一些。

“你到底要对我干什么，马洛先生？或者是不是应该这样问——我要为你做些什么当作回报，这样你才能什么事都不干？”

“埃莉诺·金是谁？她在华盛顿特区是做什么的？她为什么要在途中改名换姓，而且拿掉她手提箱上的首字母？这一切零零碎碎的事你都可以告诉我。很可能你不会乐意。”

“哦，我不知道。搬运工从我的行李上拿掉了那些首字母。我告诉他，我曾经有过一段不幸的婚姻，现在离婚了，有权恢复我出嫁前的名字。伊丽莎白，或是贝蒂·梅菲尔德。我说的有可能都是真话，不是吗？”

“是的。但这没有解释米切尔的事情。”

她往后一靠，放松下来。她的目光保持着警惕。“只不过是我在路上碰见的一个熟人。他当时在火车上。”

我点点头。“不过，他是开自己的车到这儿来的。他替你预订了这里的房间。这儿的人对他没有好感，但显然他和某个很有势力的人物是朋友。”

“一个在火车或轮船上认识的熟人，有时关系会发展得非常快。”她说。

“看来的确如此。他甚至感化了你，让你借给了他一笔款子。发展得非常快啊。而我的第一印象是你并没有那么在乎他。”

“好吧，”她说，“那又怎样？但实际上，我爱他爱得发疯。”她翻过手背，低头端详着自己的手掌。“是谁雇了你，马洛先生，又是为了什么？”

“一个洛杉矶的律师，遵照来自东海岸那边的指示办事。我奉命跟踪你，确认你在某地的行踪。我这么做了。不过现在你已经准备搬走了。我又得从头再来。”

“但我已经知道你在跟踪我了，”她机敏地说，“因此，以后你要继续执行任务会更困难。你是一个私家侦探吧，我猜。”

我说是的。刚才我已经把香烟掐灭了。我把烟灰缸放回桌上，站起身来。

“对我来说是更困难些，但外面还有很多其他人呢，梅菲尔德小姐。”

“哦，我敢肯定是这样，所有那些和善的小男人。其中有几个甚至还更干净些。”

“警方没有搜寻你的下落。他们要抓住你很容易。你坐的火车已经被人发现了。我甚至还拿到了你的一张照片和一段描述说明。但米切尔却可以让你乖乖地听从吩咐。钱并不是他想要得到的一切。”

我觉得她的面颊微微泛出了红晕，不过灯光现在并没有直射在她的脸上。“也许是这样，”她说，“也许我并不在乎。”

“你在乎。”

她突然站起身，走到我近前。“你干这行挣的钱不多，对不对？”

我点点头。我们现在已经靠得非常近了。

“那么，要你从这里出去，把你见过我的事忘得一干二净，得付多少？”

“从这儿出去，我分文不取。至于其他的么，我得去打份报告。”

“多少？”她说话的口气似乎是来真的，“我能付一笔可观的聘用定金给你。你们是这么叫的吧，我听说过。一个比敲诈动听得多的字眼。”

“这不是一回事。”

“它可以是。相信我，它可以就是那么回事——甚至对某些律师和医生而言也一样。我碰巧知道。”

“真够倒霉的，不是吗？”

“才不是呢，大侦探。我是这世上最走运的姑娘。我还活着。”

“我跟他们不是一伙的。别把这件事捅出去。”

“哈，真没想到啊，”她拖长腔调慢吞吞地说，“一个有良心顾虑的私家探子。跟那些海鸥说去吧，老兄。在我身上这只不过是些五彩纸屑罢了。现在赶紧滚吧，私家大侦探马洛先生，去打你那个急着要拨的电话吧。我可不碍你的事儿。”

她动身朝门口走去，但我一把抓住她的手腕，让她顺势转了个圈。扯开的衬衫下没有暴露出任何令人惊叹的赤裸胴体，只有某些部位的肌肤和一部分胸罩。你在海滩上会看到更多，比这多得多，但是你不会透过一件撕裂的衬衫看到。

我的眼神肯定有点不太正经，因为她突然弯起手指，试图用手爪挠我。

“我可不是发情的母狗，”她咬牙切齿地说，“把你的臭爪子从我身上拿开。”

我抓住她的另一只手腕，开始将她拉近。她企图用膝盖顶我的下身，但这时她已经靠得太近了。接着，她身子一软，向后仰起头，闭上了眼睛。她的双唇微启，弯成一条饱含嘲讽的弧线。这是一个凉爽的傍晚，在水边或许还会感到寒意。但在这里我不觉得冷。

过了一会儿，她用叹息般的声音告诉我，她得梳妆打扮前去赴宴。

我说：“嗯哼。”

又过了一会儿，她说，从上一次有男人解开她的胸罩到现在，已经过了很长一段时间。我们缓缓地转向两张沙发床中的一张。它们都有粉红和银白相间的条纹外罩。这些你注意到的细小的古怪之处呵。

她的眼睛睁开了，带着一丝疑惑。我审视着它们，一次看一只，因为我靠得太近，没法全部看清楚。它们看起来十分般配。

“亲爱的，”她温柔地说，“你实在是太可爱了，可我现在真的没有时间。”

我帮她封上了嘴。好像有把钥匙从外面滑进了门锁里，但我当时没怎么仔细留意。门锁发出咔哒一声，房门打开了，拉里·米切尔先生走了进来。

我们猛然分开。我转过身，只见他紧盯着我，眼角低垂，身高六英尺一英寸，显得强壮、精瘦而结实。

“我刚才想到去办公室检查一下，”他开口道，几乎心不在焉，“12B号套房今天下午租出去了，就在你进来入住后不久。我隐约觉得有点奇怪，因为这里现在有很多空房可选。于是我借来了备用钥匙。这个肌肉发达的大块头是谁，宝贝儿？”

“她告诉过你不要叫她‘宝贝儿’，记得吗？”

即使这句话对他产生了影响，他也没有表露出来。他攥紧一只骨节突出的拳头，在体侧轻轻地翻转过来。

姑娘开口了：“他是个私家侦探，名叫马洛。有人雇他来跟踪我。”

“他跟踪你就得跟得那么近？看样子我打断了一段美好的友谊啊。”

她从我身边猛缩回去，从手提箱里抓起那把手枪。“我们正在谈钱的事。”她对他说。

“这永远是个错误。”米切尔说。他脸色泛红，双眼异常明亮。“特别是在那个位置上。你不需要拿枪，亲爱的。”

他冲我使出一记右直拳，速度非常快，弹性也不错。我迎着那一拳侧身闪避，动作迅捷，冷静机智。然而，右拳并不是他的杀手锏。他也是左撇子。我应该在洛杉矶联合车站就发觉这一点的。训练有素的观察者从不放过一丁点细节。我的右勾拳没能打中他，他的左勾拳却没有落空。

这一拳打得我头直往后仰。我一时失去了平衡，他趁机从侧面冲过去，从姑娘手里夺过了那把枪。它仿佛在空中跳了一支舞，然后在他的左手上安顿下来。

“放松点，”他说，“我知道这话听上去有点老掉牙，但我可以在你身上钻个洞，再拍拍屁股走人。我真的做得到。”

“好吧，”我粗着嗓门说，“一天五十块还不能让我卖命吃枪子儿。得出七十五块才够。”

“请转身。我很高兴能看看你的钱夹。”

我朝他猛扑过去，连人带枪抓住。只有过度恐慌才会让他开枪，而他正在主场上，没有任何恐慌的必要。不过，那个姑娘可能心里没底。我从眼角里模模糊糊地瞅到，她伸出手，朝桌上的威士忌酒瓶摸去。

我从侧面钳住了米切尔的脖子。他张口狂吠。他击中了我身上的某处，不过那并不重要。我出的拳更狠，可是它没能帮我赢下那块腕表，因为就在那个时候，一头军骡在我的后脑勺上狠狠地踢了一脚。我飞过一片黑暗的海洋，越飞越远，身体越缩越小，最后在一片火海中爆炸，化为齑粉。

六

第一个感觉是，如果有人对我恶语相向，我会失声痛哭。第二个感觉是，这个房间对我的脑袋来说实在是太小了。从我的脑前到脑后长路漫漫，脑袋两侧也遥遥相隔，尽管如此左右太阳穴依然遥相呼应，你唱我和般地突突跳个不停。如今，距离已经没有任何意义了。

第三个感觉是，附近某处有种哀诉般的嗡嗡噪声一直响个不停。第四个也是最后一个感觉是，冰水正顺着我的后背流淌。一张沙发床的外罩证明我之前一直是脸朝下躺着的，如果我还有张脸的话。我轻轻地翻过身，坐起来，一阵咯噔作响的杂音传入耳鼓，然后砰地一下消失了。咯噔作响和砰然发声的是一条打结的毛巾，里面裹满了正在消融的冰块。有个特别爱我的人把它们放在了我的后脑勺上。有个不太爱我的人在我脑袋后面狠狠地砸了一下。有可能是同一个人干的。人都有喜怒哀乐嘛。

我从地上爬起来，赶紧伸手摸向臀部。钱夹还在我的左裤袋里，但扣子已经被解开了。我仔细检查了一遍。没丢任何东西。它已将其中的信息拱手让出，不过那也不再是什么秘密。我的手提箱打开着，立在沙发床脚边的置物架上。这么说，我是在自己的房间里了。

我伸手拿起一面镜子，看了看那张脸。它瞅着还挺熟悉的。我走到门前把门打开。嗡嗡的噪声变得更响了。在我正前方，一个胖男人正倚靠栏杆站着。他是一个中等身材的胖男人，身上虽然胖，却不显得松弛。他戴着眼镜，一顶暗淡的灰色毡帽下有一对大耳朵。他的大衣衣领竖起。他的双手插在大衣口袋里。从他脑袋两侧冒出的头发是蓝灰色的。他看上去很有耐力。大多数胖子都有。从我身后敞开的房门里透出的灯光在他的眼镜上反射回来。他嘴里叼着一根小烟斗，是被人们称作“玩具斗牛犬”的那种。我还有点昏昏然，但他身上有什么东西让我觉得心烦。

“晚上好。”他说。

“你有什么事吗？”

“在找一个人。不是你。”

“这里就我一个。”

“好，”他说，“谢了。”他转身背对着我，将肚皮靠在走廊的栏杆上。

我顺着走廊朝那个嗡嗡声走去。12C 号套房房门大开，灯火通明，一个穿绿色制服的女人正在使用一台真空吸尘器，噪声就是这么来的。

我走进房内，四下环视了一遍。那个女人关掉吸尘器，瞪了我一眼。“你有什么事吗？”

“梅菲尔德小姐在哪儿？”

她摇摇头。

“就是住在这间套房里的女士。”我说。

“哦，那位呀。她退房了。半小时前，”她重新打开吸尘器，“你最好去办公室问问。”她在噪声中扯着嗓门大喊，“这间套房要换客人。”

我向后伸出手关上房门。我顺着吸尘器那条黑蛇一般的电线来到墙边，一把扯掉了插头。穿绿色制服的女人生气地瞪着我。我上前递给她一张一块钱的钞票。她看上去气消了些。

“我只想打个电话。”我说。

“你自己房间里不是有电话吗？”

“别多想了，”我说，“一块钱买个方便。”

我走到电话边，拿起话筒。一个姑娘的声音说：“这里是办公室。请问您需要什么？”

“我是马洛。现在我很不高兴。”

“啊？……哦，对了，是马洛先生。我们能为您做什么吗？”

“她走了。我甚至都没机会跟她说句话。”

“哦，我很抱歉，马洛先生。”她听上去很诚恳。“是的，她离开了。我们没办法——”

“她说去哪儿了吗？”

“她付完账就走了，先生。相当突然。根本没有留下新地址。”

“和米切尔一起？”

“我很抱歉，先生。我没看见有人和她一起。”

“你肯定看见了什么。她是怎么走的？”

"坐出租车。我恐怕——"

"好吧。谢谢你。"我回到了自己的套房里。

那个中等身材的胖男人正跷着二郎腿，舒舒服服地坐在一张椅子里。

"谢谢你登门拜访，"我说，"有什么特别的事情我能帮你吗？"

"你可以告诉我拉里·米切尔在哪儿。"

"拉里·米切尔？"我仔细地想了想，"我认识他吗？"

他打开一只钱夹，抽出一张名片。他费力地站起身，将名片递给我。名片上面写着：戈布尔和格林，私家侦探，密苏里州堪萨斯市普鲁登斯大楼310室。

"你的工作肯定很有意思，戈布尔先生。"

"别跟我开玩笑，老兄。我可是很容易上火的。"

"好啊。就让我们看看你上火的样子。你会干什么呢——咬你的小胡子吗？"

"我没留小胡子，笨蛋。"

"你可以留上一副啊。我可以等你。"

这一次他飞快地站起身，动作比刚才快很多。他低头看着自己的拳头。一支手枪突然从他手心中冒出来。"你以前尝过挨枪柄砸的滋味吗，笨蛋？"

"赶紧滚开。你让我心烦。糨糊脑子的笨蛋总是惹我心烦。"

他的手颤抖起来，脸色也变得通红。他随即把枪收回腋下的手枪套里，摇摇晃晃地走向门口。"我跟你还没完。"他扭过头朝我大吼一句。

我让他这一回。不值得跟他计较。

七

过了一会儿，我下楼前往办公室。

"唉，失败了，"我说，"你们俩有谁碰巧注意到带她走的出租车司机是谁吗？"

"是乔·哈姆斯，"姑娘立即说，"在格兰德大街中央有个出租车停靠点，你在那里应该能找到他。或者你可以给电话公司办公室打电话。那家伙人挺好的。他还曾经追过我一次呢。"

"结果在从这里到帕索罗布尔斯[1]的路上追丢了。"接待员小伙子冷笑一声。

"哦，这我可不知道。你当时好像并不在场啊。"

"是啊，"他叹了口气，"你一天工作二十个小时，就为了能攒够钱买幢房子安个家。可等你攒够了钱，你的姑娘已经和另外十五个男人玩过了。"

"这个姑娘可没有，"我说，"她只是在逗你呢。每次看你的时候她都容光焕发。"

我走了出去，留下他们俩朝彼此露出微笑。

和大多数小镇一样，埃斯梅拉达也有一条主街，在街道两边，商业场所朝两个方向缓缓流动，延伸出一个街区左右的距离，然后分为几条街道，一下子就变成了住宅小区。不过，和大多数加州小镇不同的是，这里没有假门面，没有粗制滥造的廉价广告牌，没有免下车的汉堡店，没有雪茄铺或台球房，也没有在门口晃悠的街头混混。坐落在格兰德大街上的商铺，要么店面老旧狭小，但并不俗气花哨，要么装有平板玻璃、不锈钢前门和色彩鲜艳明快的霓虹灯，显得颇为现代。在埃斯梅拉达，并不是每个人都兴旺发达，并不是每个人都幸福快乐，也并不是每个人都开着凯迪拉克、捷豹或莱利牌轿车；不过，这里的富裕人群明显占有非常高的比例，销售奢侈品的商店就和贝弗利希尔

① 帕索罗布尔斯 (Paso Robles)：城市名，位于洛杉矶北部，以温泉和盛产葡萄酒闻名。

斯[1]的那些商店一样整洁昂贵，而且风格朴实得多。另外还有一点小小的差异。在埃斯梅拉达，老房子仍然显得清爽干净，有时还流露出古色古香的味道。在其他那些小镇里，老房子仅仅就是破房子而已。

我把汽车停在街区中部，电话公司办公室就在我的正前方。它当然已经关门了，但入口设在后面，而出于风格的考虑，那块壁凹的宝贵空间被故意牺牲掉，改成了两个深绿色的电话亭，仿佛是两座哨岗。街对面有一辆色泽暗淡的米黄色出租车，呈对角线斜停在路缘旁涂成红色长条的停车位里。一个头发花白的男人正坐在车中读报纸。我穿过街道向他走去。

"你是乔·哈姆斯？"

他摇摇头。"他过会儿就回来，你要坐车吗？"

"不用，谢谢。"

我从他身边走开，朝一扇商店橱窗里观望。窗内有一件棕色和米黄色相间的花格子运动衫，让我想起了拉里·米切尔。胡桃色的镂花皮鞋、进口的粗花呢大衣、领带——两条或三条，还有与之配套的衬衫，都陈列在宽敞的空间里。店面外的上方挂着一个曾经轰动一时的运动员的名字。那个名字用花体字写就，浮刻在一块作为背景的红杉木匾上，还涂上了色彩。

刺耳的铃声从一部电话中响起，那个出租车司机从车里出来，穿过人行道去接听。他说了几句，挂上电话，钻进出租车，从停车位里倒车离开了。等他走后，在一分钟的时间里，街道上空无一物。接着，两辆汽车从街道上经过；然后，一个长相好看、穿着讲究的黑人男孩和他俊俏可爱的女友顺着街区漫步走来，两人一边往橱窗里张望一边叽叽喳喳地聊着天。一个穿着酒店行李员绿色制服的墨西哥人，开着某人的克莱

---

① 贝弗利希尔斯 (Beverly Hills)：一译"贝弗利山"，美国加利福尼亚州西南部城市，好莱坞影星集居地。

斯勒纽约客轿车[①]——这辆车也有可能就是他的，谁知道呢——沿街驶来，在杂货店前停下，他走进店里，出来时手上带着一条香烟。他回头朝那家酒店开去。

另一辆带有“埃斯梅拉达出租汽车公司”名号的米黄色出租车转过街角，滑进红色停车位。一个体格健硕的壮汉戴着厚厚的眼镜下了车，他查看了一下墙上的电话，然后回到出租车里，从后视镜后面抽出一本杂志。

我溜达上前向他询问，结果他就是我要找的人。他没穿外套，两只袖子都卷到了胳膊肘上，尽管现在天气还没热到能穿比基尼。

“对。我就是乔·哈姆斯。”他往嘴里塞了根香烟，然后用一只郎森打火机点燃。

“下边儿朗齐奥·戴斯坎萨多酒店里的露西尔说，你也许能为我提供一点信息。”我斜倚在他的车上，向他摆出一副大大的、温暖的笑脸。我还不如去踢一脚路边石呢。

“关于什么的信息？”

“今天傍晚，你从他们那儿的一栋别墅里接了一单生意。房间号是12C。乘客是一个身材高挑、体型姣好的红头发姑娘。她叫贝蒂·梅菲尔德，不过她很可能没告诉你这个。”

“大多数时候他们只告诉我要去哪里。挺奇怪的，不是吗？”他朝挡风玻璃吐出一大口烟雾，看着它弥散开来，在车厢里四处飘浮。“怎么一回事？”

“我女朋友跑掉了。我们有一点小争执。都是我的错。我想告诉她我很抱歉。”

“你女朋友家住哪儿？”

---

① 克莱斯勒纽约客轿车（Chrysler New Yorker）：由美国克莱斯勒汽车公司设计的一款经典豪华轿车，1939 年问世，至 1996 年停产。

“离这儿很远。”

他没有取下香烟，而是直接用小拇指弹了弹，抖掉上面的烟灰。

“有可能这是她算计好的。有可能她不想让你知道她的去向。有可能这样是算你走运。你们在这个镇上的酒店里未婚同居，他们可以拿这个罪名逮捕你。我要承认，那可是个非常严重的罪名。”

“也有可能我是个骗子。”说完，我从钱夹里掏出一张名片。他看完后还给了我。

“好多了，”他说道，“这样就好多了。不过，这是违反公司规定的。我开这辆出租车可不仅仅是去练肌肉的。”

“五块钱有兴趣不？还是说这样也违反了规定？”

“我老头子管着这家公司。要是我骗他，他会大动肝火。并不是我不爱钱。”

墙上的电话响了。他钻出汽车，跨出三大步跑过去接。我就站在原地没动，咬紧嘴唇。他讲完又回来，钻进车里，往方向盘后一坐，整套动作一气呵成。

“得开工了，”他说，“抱歉。我大概有点迟到了。刚从德尔马赶回来，有趟七点四十七分开往洛杉矶的火车在那儿临时停靠。这里的大多数人都会到那儿去。”

他发动引擎，然后探出车窗，把烟扔在街道上。

我说：“谢谢。”

“谢什么？”他倒好车便开走了。

我又看了一眼手表。时间和距离都对得上。从这儿到德尔马有十二英里。将某人载到德尔马，在铁路站点把他或她放下车，然后掉头开回来，约莫需要一个小时。他用自己的方式把信息告诉了我。除非话里有话，否则他大可不必对我讲这些。

我望着他消失在视线之外，然后穿过大街，来到电话公司办公室门外的电话亭前。我让亭门开着，投入一角银币，拨了那个大大的0。

“我想给西洛杉矶打电话，对方付费，请帮我转接，”我给了接线员一个布拉德肖[①]的电话号码，“双方直接通话，找克莱德·安姆尼先生。我叫马洛，在埃斯梅拉达镇4–2673公用电话上。”

她接通他的时间比我向她说明的时间要短得多。他急促地接起电话。

“是马洛吗？现在差不多该是你做汇报的时候了。好——你说吧。”

“我在圣迭戈。我跟丢她了。她趁我打盹的时候悄悄溜掉了。”

“我就知道自己挑了个聪明的家伙。”他不高兴地说。

“情况没有听起来那么糟，安姆尼先生。她去哪儿了我心里大致有数。”

“对我来说‘大致有数’可不够好啊。我雇用一个人就是希望他能严格按照我的指示去做。你刚才说的‘大致有数’是什么意思？”

“你能不能把整件事的来龙去脉稍微告诉我一点，安姆尼先生？为了赶上那趟火车，这份差事我未免接得太快了些。你的秘书给了我一大堆性格资料，有用的信息却少得可怜。你也愿意让我高高兴兴地为你办事吧，安姆尼先生？”

“我以为弗米利耶小姐把该知道的事情都告诉你了，”他嘟囔着抱怨道，“我在执行华盛顿一家很有势力的律师事务所的要求。他们的委托人目前希望将身份保密。你要做的就是跟踪当事人，看她在什么地方停下来，而所谓停下来的地方，我指的不是洗手间或者汉堡店。我指的是一家酒店，公寓大楼，或者也许是她认识的人住的地方。事情就是这样。你还想要多简单？”

“我要的不是简单，安姆尼先生。我要的是背景资料。这个姑娘是谁，她来自什么地方，她到底做过什么事情，以至于有必要派我去跟

---

① 布拉德肖（Bradshaw）：美国东北部西弗吉尼亚州的一个小镇。

踪她。”

“有必要？”他对我吼道，“你是个什么东西，凭什么由你来决定做事有没有必要？找到那个姑娘，盯牢她，然后打电话告诉我她的下落。还有，要是你还想拿钱，你最好他妈的手脚利索点。我等你到明天早上十点。过了那时候，我就另外安排找人。”

“好的，安姆尼先生。”

“你现在到底在哪儿，还有你的电话号码是多少？”

“我正在四处闲逛呢。刚才我被威士忌酒瓶砸了一下脑袋。”

“是吗，那可太糟了，”他刻薄地说，“我猜你先把瓶里的酒喝光了。”

“哦，事情本来还可以更糟糕，安姆尼先生。被砸脑袋的人本来可能是你。我明早十点左右会给你的办公室打电话。别担心，人是不会跟丢的。这儿还有两个帮忙的呢。其中一个当地小伙子叫米切尔，另外一个是从堪萨斯市来的私家侦探，叫戈布尔。他带着把枪。好了，晚安，安姆尼先生。”

“等等！”他大叫一声，“等一下！你什么意思——还有两个侦探？”

“你问我什么意思？我才是问你的那个人。看样子你只分到了一部分差事。”

“等一下！你先别挂！”一阵沉默。然后他用平稳镇静的声音对我说话，口气不再咄咄逼人。“明天一早我就会联系华盛顿，马洛。如果我刚才对你扯嗓门了，我向你道歉。现在看来，我可能会得到授权，掌握一些关于这案子的更多信息。”

“好。”

“如果你想再联系我，就打到我这儿来。随时都行。任何时间都可以。”

“好。”

“那么，晚安。”他挂上了电话。

我将话筒放回挂钩上，深吸了一口气。我的头还在隐隐作痛，但晕厥感已经消失了。我吸了一口凉爽的夜风，风中掺杂着海上的雾气。我推开电话亭门走了出去，望着街对面。我刚来时那个待在停车位上的老家伙又开了回来。我溜达过街，问他去“玻璃屋”怎么走，那是米切尔曾经许诺要带贝蒂·梅菲尔德共进晚餐的地方——不管她愿不愿意。他告诉了我，我谢过他，重新穿过空荡荡的街道，爬进我那辆租来的汽车，沿着原路返回。

梅菲尔德小姐依然有可能匆匆赶上了那趟七点四十七分开往洛杉矶或某个中途小站的火车。但她更有可能根本没上火车。一个出租汽车司机载客到车站后，是不会等在那里看乘客上火车的。拉里·米切尔没那么容易动摇。如果他握有她足够多的把柄，能让她去埃斯梅拉达，那么他也有足够多的手段能将她留在那里。他已经知道了我的身份和行动任务。他不知道缘由，因为连我自己也不清楚。如果他还有半点头脑——而我相信他的头脑远远不止半点——他就会想到，只要是出租车载她走，我就能够查到她的行踪。我做出的第一个猜测是，之前他已经开车去过德尔马，将他那辆大号别克轿车停在某个隐蔽的地方，在那儿等着她的出租车开过来并卸下行李。等出租车掉头往回开以后，他就会把她接上自己的车，重新开回埃斯梅拉达。我做出的第二个猜测是，她不会向他透露任何他还不知道的事情。我是一名来自洛杉矶的私家侦探，一些不知名的秘密当事人雇用我跟踪她，我依照指令行事，然后因为试图和她靠得太近而犯了错误。这会让他心烦，因为这就意味着上场的现在不止他一个人了。不过，如果他手上掌握的把柄信息——不管那是什么——是来自一份新闻剪报的话，他就别指望能一辈子不让别人知道。只要有足够的兴趣和足够的耐心，假以时日，任何人都可以把这桩旧事给挖出来。不论是谁，但他有足够的理由雇用私家侦探，说不定就已经知道这件事了。反过来说，这也就意味着无论他对贝蒂·梅菲尔德打的什么主意，捞钱或者骗色甚或想来个人财两得，他都必须速战速决。

我沿着峡谷下行，开出三分之一英里远，看到在一小块装着灯泡照明的标识牌上，有一根箭头指向海边，上面还用书写体写着“玻璃屋”。公路蜿蜒朝下，路面两旁的悬崖上有许多房屋，从窗户内洋溢出温暖的灯光，屋外是修整过的花园、灰泥砌成的墙壁，墙上按照墨西哥传统风格镶嵌着一两块大卵石或墙砖，还嵌有少许瓷片。

我开下最后一道山冈的最后一处弯道，野生海草的气息充盈着我的鼻腔，“玻璃屋”的灯火被雾气掩映，膨胀成一团琥珀色的明亮光晕，缥缈的舞曲音乐声穿过平整的停车场隐约传来。我停好车，看不见的大海几乎就在我的脚下发出阵阵咆哮。这里没有管理员。你只要锁好车门走进屋里就行。

只有二十来辆车，不会更多。我在它们中间巡视了一遍。至少有一个直觉上的猜测得到了印证。那辆“路霸”型硬顶别克轿车的车牌号和我口袋里的一模一样。它几乎就停在入口处，在它旁边紧靠入口处的是一辆浅绿色和象牙色相间的凯迪拉克敞篷轿车，车上装有牡蛎白色的真皮座椅，一条格子呢旅行便毯被扔在前车座上以保持座位干燥，还有汽车商所能想到的所有那些小玩意，包括两架带有反射镜的大型聚光灯，一根足够在金枪鱼捕捞船上使用的超长收音机天线，一个可折叠的镀铬行李架——如果你想长途旅行并一路保持气派，就可以用它来支援后备厢；一块遮阳板，一组棱形反射镜，用来采集被那块遮阳板挡住的交通信号灯光；一台收音机，上面的旋钮多得都赶得上电气控制台了；一只点烟器，只要你把烟往上一放，它就会给你点火，还有其他那些各式各样的小玩意儿。面对它们，我不由得寻思，还要再过多久他们才会往这辆车上安装雷达、录音器材、酒吧和防空炮台。

所有这一切，我都是在一支带夹袖珍手电筒的灯光中看见的。我将手电筒移向放驾照的位置，只见车主名叫克拉克·布兰登，来自加利福尼亚州埃斯梅拉达镇的卡萨·德尔泼尼安忒酒店。

八

入口处的大厅位于顶楼，俯瞰着酒吧和一间餐室，它们分为上下两层。一条铺有地毯的弯曲楼道向下延伸通往吧台。除了那个衣帽间管理员姑娘和一个电话亭里的老年员工以外，楼上没有别人，那个老头脸上的神情仿佛在说：你们最好谁都别跟我开玩笑。

我走下楼梯来到酒吧，挤进一处狭小弯曲的空间，从这里可以将舞池一览无余。这幢建筑有一面是一扇巨大的玻璃窗。窗外除了雾气什么也没有，不过，在一个晴朗的夜晚，当月亮低垂在水面上，那会是一幅美好的景致。有一个墨西哥三人组乐队正在演奏那种墨西哥乐队一直演奏的音乐。不管他们演奏什么，听起来都是一个样。他们总是唱同一首歌，唱歌时总会发出美妙的开元音，伴有反复冗长、甜蜜动人的轻快旋律，而唱歌的人总是操着一把吉他，滔滔不绝地诉说着爱情、我的心以及一位极难打动的“琳达”女士，而且他永远留着太长太油腻的头发，当他不唱那些爱情玩意儿时，他看上去能够在一条小巷里用刀子干净利落地干出点事儿来。

舞池里有六对舞伴正在四下热舞，带着一股患关节炎的守夜人那种肆无忌惮的放纵劲头。他们中间大多数人都脸贴着脸跳舞，如果“跳舞”这个字眼合适的话。男人们身穿白色小礼服，姑娘们眨着明亮的双眸，嘴唇如红宝石般鲜艳，露出打网球或高尔夫球练就的结实肌肉。有一对舞伴没有贴着脸跳舞。那个男人喝得酩酊大醉，没法跟上舞步节拍，那个姑娘则忙于躲闪，避免自己的轻舞鞋被男人踩上，无暇分心他顾。我不必担心把贝蒂·梅菲尔德小姐跟丢了。她就在那里，和米切尔在一起，只是远远谈不上高兴罢了。米切尔咧着嘴巴，正在呲牙狞笑，他的脸上一片通红，油光闪亮，而他的两眼露出那种呆滞迟钝的目光。贝蒂扭着头，在不扭断自己脖子的前提下，尽可能离他远远的。很明显，她已经彻底受够了这位拉里 · 米切尔先生。

一个穿着绿色短夹克和侧滚绿边白长裤的墨西哥侍者走了过来，我点了一杯双份的吉布森鸡尾酒，又问他我能否来一份总会三明治[①]。他说："好的，先生。"[②]他对我灿烂一笑，然后便走开了。

音乐停住，响起一阵杂乱的鼓掌声。乐队深受感动，马上奏起另一支曲子。一个黑头发的侍者领班在餐桌之间走来走去，他看起来就像是一个巡回剧团里的赫伯特 · 马歇尔[③]，四处展露他那副亲切的笑脸，还时不时地在这里或那里停下脚步，擦拭一只苹果。然后他拉开一张椅子，坐在一个高大英俊的爱尔兰人对面，那个人的头发中间泛出缕缕灰色，显得恰到好处。他似乎是孤身一人。他穿一件黑色小礼服，翻领上别着一朵褐红色康乃馨。如果你不跟他作对的话，他似乎还是一个挺和善的家伙。在那样的距离外，在那样的光线下，除了一点以外，我没法从观察中得知更多：如果你真的要和他作对，你最好身材高大、手脚利索、坚韧冷酷，而且要抢占上风。

领班朝前倾身，对他说了些什么，接着两人便同时向米切尔和梅菲尔德小姐望去。领班一脸关切的样子，大人物则露出不怎么在乎的表情。领班站起身离开了。大人物掏出一根香烟塞进烟嘴，一个侍者点燃

---

① 总会三明治（club sandwich）：通常为三片烤面包，中间夹鸡肉或火腿或熏肉和生菜、番茄及色拉酱。

② 此句对话原文为西班牙语。

③ 赫伯特 · 马歇尔（Herbert Marshall，1890—1966）：英国著名演员，年轻时在伦敦为一个巡回剧团当业务经理，随后参加戏剧演出，1927 年在英国初登电影银幕，1932 年前往美国好莱坞继续电影表演生涯，共出演影片 50 余部，代表作有《秘密花园》《天堂里的烦恼》《面纱》等。20 世纪 30 年代至 40 年代的好莱坞著名女星们几乎都同他有过合作。

打火机凑了上去，好像他整个晚上都在等待这一机会。大人物头也不抬地说了声“谢谢”。

我的酒端了上来，我抓起酒杯，张口便喝。音乐停止，并就此打住。跳舞的舞伴们一对对分开，回到各自的餐桌前。拉里·米切尔仍然抓着贝蒂不放。他还在咧嘴狞笑。然后他开始把她拉近。他将一只手放在她的脑后。她试图挣开他。他更加用力地拉她，并低下他那张通红的面庞贴在她的脸上。她奋力挣扎，但对她来说，他实在太强壮了。他又在她脸上啃了几口。她踢了他一脚。他猛地抬起头，面露怒容。

“放开我，你这醉鬼！”她说话气喘吁吁，咬字却仍旧清晰。

他的脸上露出一副粗鄙的表情。他一把抓住她的胳膊，劲大得足以在她身上留下淤青，然后他慢慢用力，把女人硬拉过来，紧贴着他的身体，就这样搂着她。众人专注地看着，却没有人动弹。

“肿摸啦，宝贝儿，你不爱老爹了吗？”他扯着嗓门粗声问她。

我没看见她用膝盖对他做了什么，不过我猜得到，而这一下弄疼了他。他一把推开她，整张脸扭曲成野人般的狰狞模样。接着他挥起手臂，冲着她的嘴角，用手掌和手背来回扇她耳光。她的肌肤顿时泛出了血色。

她纹丝不动。接着，她用整个酒吧都听得见的声音清楚缓慢地说：“下次你再干出这种事，米切尔先生——请务必记得穿好防弹背心。”

她转身走开。他呆立在原处。他的脸色变得惨白——是因为疼痛，还是因为怒气，我说不上来。领班轻手轻脚地走上前，对他耳语了几句，还挑起眉头以示询问。

米切尔垂下双眼，看了看这个男人。然后他二话不说，拔脚就走，几乎要与他迎面相撞，领班只好一个踉跄，闪出道来。米切尔追着贝蒂，半路上还撞到了一个坐在椅子里的男人，但他也没停下来道歉。贝蒂这会儿在正对着玻璃墙的一张餐桌前坐了下来，邻桌就是那个穿黑色小礼服的大人物。他看了看她。他又看了看米切尔。他从嘴里取出烟嘴，瞧了一眼。他的脸上毫无表情。

米切尔走到桌前。“你弄疼我了，亲爱的。”他粗声喊道，“弄疼我可是很糟糕的。明白吗？非常糟糕。你要对我道歉吗？”

她站起身，从椅背上抓起一件外衣，面对着他。

“要我付账吗，米切尔先生——还是你打算拿我借你的钱去付？”

他朝后挥起一只手，准备再往她脸上扇一巴掌。她没有动。邻桌的男人动了。他一下子轻快地站起身走过来，一把抓住米切尔的手腕。

“放轻松，拉里。你喝多了。”他的嗓音沉着冷静，几乎带点被逗乐的感觉。

米切尔猛地挣开他的手腕，转过身来：“这儿没你的事，布兰登。”

“开心点儿，小老弟。我无意介入。但你最好别再对这位女士动手了，他们不会经常把客人从这里扔出去——不过这种事也是可以发生的。”

米切尔恼怒地大笑起来：“你怎么就不他妈的滚远一点呢，先生？”

大人物缓缓地说：“放松点儿，拉里，我说过了。我不会再说第二遍。”

米切尔对他怒目而视。“行啊，待会儿再见吧。”他用愠怒阴沉的声音说。他走了几步，又停住了。“越晚越好。”他半转过身，补了一句。然后他就出去了——摇摇晃晃地，但动作很快，他的眼中空无一物。

布兰登只是站在那里。那个姑娘只是站在那里。她看上去不是很确定接下来该怎么办。

她看着他。他也看看她。他露出笑意，仅仅显示出礼貌与随和，绝无引诱的意味。她没有回以微笑。

“我能为你效劳吗？”他问，“搭个便车？”接着他半转过头，“喂，卡尔。”

领班立即走了过来。

“不用结账，”布兰登说，“你知道，在有些情况下——”

“拜托，”姑娘突然口气尖锐地说，“我不想让别人替我付账。”

他慢慢地摇摇头。“这是我们酒店的规矩，”他说，“与我个人无关。不过我能送你一杯酒吗？”

她又看了他一会儿。他的表情依然淡定自在。“送？”她问。

他礼貌地笑了笑。“好吧，是端给你——如果你肯赏脸落座的话。”

这一次，他拉出自己餐桌前的那张座椅。她坐下了。就在那一瞬间，连一秒钟都没提前，领班朝乐队打了个手势，他们立即开始演奏另一支乐曲。

克拉克·布兰登先生看起来就是那种不用抬高嗓门便能呼风唤雨的人物。

过了一会儿，我的总会三明治送来了。它绝不值得吹嘘，但还能吃。我吃掉了它。我又逗留了半个小时。布兰登和那姑娘似乎相处得颇为融洽。两个人都很安静。不久他们便去跳舞了。我随即离开，坐进外面的汽车里，抽起烟来。她可能已经看见我了，尽管她没有流露出任何迹象。我知道米切尔没看见我。他刚才转身上楼时动作太快，人也被愤怒遮蔽了双眼，看不见任何东西。

十点半左右，布兰登带她走了出来，他们钻进了那辆收起顶篷的凯迪拉克敞篷轿车。我跟着那辆车，没有试图隐蔽自己，因为他们走的那条路是人们返回埃斯梅拉达镇中心的必经之路。他们要去的地方是卡萨·德尔泼尼安忒酒店，布兰登把车开下斜坡，朝车库开去。

只有一件事情要查了。我在路边的停车位上泊好车，穿过酒店大堂，来到接通房间内线的电话机前。

“请接梅菲尔德小姐。贝蒂·梅菲尔德。”

“请稍等。”——片刻的停顿——“哦，是的，她刚刚登记入住。我马上为您接通房间，先生。”

又是一阵停顿，比刚才的时间长很多。

“很抱歉，梅菲尔德小姐房间里的电话无人接听。”

我谢过接线员，挂上了电话。我飞快地离开了那里，以免她和布兰登下楼进入大堂时，我会撞见他们。

我回到自己租来的那辆车上，沿着峡谷穿透迷雾，一路开往朗齐奥·戴斯坎萨多。办公室所在的别墅好像上了锁，里面空无一人。别墅外，一团朦胧的灯光照亮了夜间服务铃的位置所在。我摸黑开到12C号套房前，将车停进车库，然后打着呵欠，一路走进我的房间。屋内又冷又湿，叫人难受。有人进来过，拿走了那张沙发床上的条纹外罩，还去掉了相配的枕套。

我脱掉衣服，将自己那颗长满鬈发的脑袋搁在枕头上，开始睡觉。

九

一阵轻轻的叩门声将我惊醒。声音非常轻，却一直响个不停。我的感觉是，它已经持续了很长时间，十分缓慢地逐渐穿透我的梦境。我翻过身，聆听动静。有人试着拧了拧门把手，随后叩门声又响了起来。我瞥了一眼自己的腕表。微弱的磷光显示出，现在已是凌晨三点多了。我双脚落地站起身，移向我的手提箱，弯腰从箱子里掏出手枪。我走到房门前，把它拉开了一条缝。

一个穿着宽松长裤的黑乎乎的人影站在外面。好像还披着风衣。头上还缠系着一条黑色围巾。是个女人。

“你想干什么？”

“让我进来——快点。一盏灯都别开。”

原来是贝蒂·梅菲尔德。我拉开房门，她像一缕雾气悄然滑进屋里。我关上门。我伸手抓起浴袍拉到自己身上。

“外头还有人吗？”我问，“隔壁房间是空的。”

“不。就我一个。”她靠着墙，急促地喘息着。我拙手笨脚地从外套里摸出一只袖珍手电筒，用一束细小的光对着四周晃了一圈，找到了电暖器开关。我把这束细小的光线照在她脸上。她眨巴着眼睛避开，抬起一只手遮挡。我把光束射向地面，顺着光走到窗前，将两扇窗户都关紧，再拉下百叶窗，将叶片旋拢。接着我才走回去，拧亮了台灯。

她倒吸了口气，随后沉默无语。她仍然斜倚着墙壁。她看起来似乎需要喝上一杯。我走出客厅来到小厨房间，往玻璃杯里倒了点威士忌，然后将杯子递给她。她摇手把它拨开，随即又改了主意，抓起酒杯一饮而尽。

我坐下来，点上一支烟，这种一如既往的机械反应，在其他人也这样时会变得十分无趣。然后，我只是坐在原处，盯住她，等待着。

我们的目光越过虚无的鸿沟撞在一起。过了一会儿，她缓缓地把手伸进风衣上倾斜的口袋里，掏出了那把枪。

“哦，不，”我说，“别再来那套了。”

她低头看着那把枪。她的嘴唇抽搐不已。她没把枪指向任何地方。她将自己推离墙壁，穿过房间，把枪搁在我的肘边。

“我见过它，”我说，“咱们是老朋友了。上次我看到它时，它还在米切尔手里。所以——”

“所以我当时才把你敲昏。我怕他会朝你开枪。”

“那就会搞砸他的全部计划——不管那些计划是什么。”

“好吧，可我不能确定。我很抱歉。很抱歉我打了你。”

“谢谢那些冰块。”我说。

“你不看看这把枪吗？”

“我已经看过了。”

“我是从卡萨酒店一路走过来的。我现在住那儿。我——今天下午才搬过去。”

“我知道。你坐出租车去德尔马火车站，想赶上一趟夜班列车，然后米切尔在那里截住了你，开车带你回来。你们共进晚餐，一起跳舞，后来还闹了点小别扭。一个叫克拉克·布兰登的男人开着他的敞篷汽车送你回了那家酒店。”

她瞪着我。“我没看见你在那儿。”她终于开口说，声音听起来像是若有所思。

“我当时就在酒吧里。当你和米切尔在一起时，你正忙着挨耳光，并警告他下次来访前要穿上防弹背心。后来你坐在布兰登的桌子旁边时背对着我。我在你离开之前就动身了，在外面等着。”

“我开始觉得你的确是个侦探了。”她轻声说。她的目光又飘向那把枪。“他从未把枪还给我，”她说，“当然我没法证明。”

“那意思是，你希望能够证明。”

“这也许会帮上点忙。这也很可能帮不了我太多。等他们查出我的身份就不会了。我猜你知道我在说什么。”

“坐下，别再磨牙了。”

她慢慢地移向一把椅子，在边缘坐下，向前倾身。她凝视着地板。

“我知道有些事情得查个水落石出，”我说，“因为米切尔已经查到了。所以我也可以查出来——如果我去试一把的话。只要他们知道有事可查，任何人都能查得出来。我现在还不知道。别人雇我做的全部事情就是跟踪和做汇报。”

她飞快地抬起头。“你已经这么做了？”

“我做过汇报，”开口前我停顿了一下，“当时我跟丢了。我提到了圣迭戈。不管怎么说，他从接线员嘴里也能知道这个。”

“你跟丢了，”她干巴巴地重复道，“不管那人是谁，他肯定很器重你。”接着，她咬咬嘴唇：“对不起。我不是有意那么说的。我正在想办法对某件事做出决定。”

“不用着急，慢慢来，”我说，“现在才凌晨三点二十呢。”

“你在嘲笑我。”

我望向墙壁上的电暖器。它什么动静也没有，但屋里的寒意似乎有所减弱，至少没有变得更冷。我决定自己也需要来上一杯，便走出客厅来到厨房，倒了一点酒。我把酒杯放下，又多倒了一些，然后回到房中。

现在她手上拿着一只人造革材质的小皮夹。她把它亮给我看。

“我这里有五千块的美国运通旅行支票——每张面值都是一百。五千块能让你干上多长时间，马洛？”

我呷了一口威士忌。我思索着，露出一副法官似的公正表情。“假设按照正常情况下的支出速度，这笔钱可以雇我全职干上好几个月。前提是，如果我碰巧有空接生意的话。”

她拿那只小皮夹在座椅扶手上轻拍几下。我能看见她的另一只手几乎要把自己的膝盖骨扯下来了。

“你可以接下这桩生意，”她说，“而且这还只是一笔定金。我出得起大价钱。我手上的钱多得你连做梦都想不到。我的前夫曾经很富有，富有得都叫人觉着可怜。我从他身上捞了足足五十万。”

她换上一副冰冷生硬的嘲讽表情，还给了我充足的时间去适应它。

“我接手的话，不用干掉任何人吧？”

“你不用干掉任何人。”

“我不喜欢你说这话的口气。”

我从侧面看了看那把枪，到现在为止，我连一根手指头都没碰过它。她可是大半夜里从卡萨酒店一路走来，把它带给我的。我没必要碰它。我盯着它看。我弯下腰来嗅了嗅它。我还是没必要碰它，但我知道我马上就会这么做了。

“那颗子弹在谁身上？”我问她。房间里的寒气渗进我的血液里。它像冰水一样流动着。

“只有一颗子弹？你怎么知道的？”

我拿起了枪。我滑出弹夹，看了一眼，又滑回去。它在枪托里发出啪的一声。

“好吧，也可能是两颗，”我说，“弹夹里有六颗。这把枪一次可以装七颗。你可以先往枪膛里上好一颗子弹，然后再往弹夹里补填一颗。当然，你也可以把所有子弹都打光，然后再往弹夹里装六颗。”

“我们这只是在随便聊聊，不是吗？”她缓缓地说，“这件事我们谁都不太想挑明。”

“好吧。他在哪儿？”

“在我房间阳台上的一张躺椅里。那一侧所有的房间都带阳台。它们中间有坚实的混凝土墙，而那些端墙——在客房或套房之间，就是说——都是朝外倾斜的。我猜，一个高空作业工人或者登山运动员有可能绕过其中一堵，但背负重物的话就不可能了。我住在十二楼。再往上，除了顶楼的地板以外，什么也没有。”她停下话头，皱了皱眉毛，然后用刚才一直紧压着膝盖的那只手做出一副无能为力的姿势。“这听起来一定感觉有点老套，”她接着说，“他只有进了我的房间才能到那儿去。可我没让他进我房间。”

“但你确定他已经死了？”

“相当确定。他死透了。像石头一样冷冰冰的。我不知道这事是什么时候发生的。我没听见任何声音。我的确是被某种动静吵醒的。但那根本不像是枪声。不管怎样，他当时已经死了。所以我不知道是什么吵醒了我。我没有立即起床。我只是躺在那儿，想着事情。我再也睡不着了，所以过了一会儿我就开灯起床，在周围走来走去，还抽了支烟。接着，我注意到，雾气散了，月光倾洒进来。不是照在楼下的地面上，而是洒在我房间的地板上。当我走出房间来到阳台上时，我还能看见楼下依然弥漫着雾气。真是冷得要命。星星看上去很大。我就在那堵墙边站着，站了好一会儿，而在此之前我甚至都没看见他。我猜这听起来挺老套——或者不像是真的。我无法想象警察会认真听我说这些话——甚至从一开始就不会。而以后呢——好吧，姑且就这么说吧。我连一丁点儿的机会都没有了——除非有人能帮我。”

我站起身，一口干掉酒杯里剩下的威士忌，然后向她走去。

“让我来告诉你两三件事。首先，你对这件事情的反应不同寻常。你不是冷酷无情，但你表现得也太冷静了。没有惊慌失措，没有歇斯底里，什么都没有。你听天由命了。其次，我听到了今天下午你和米切尔之间的全部对话。我把那些灯管取了出来”——我指了指那台壁挂式电暖器——“然后用听诊器贴着后面的那块隔板听。米切尔在你身上抓住的把柄就是你的身份，而这把柄如果上了报纸，就会迫使你重新改名换姓，躲到另外一座小镇上去。你说过，你是这世上最走运的姑娘，因为你还活着。如今一个男人死在你的阳台上，被你的枪所杀，而那个男人当然就是米切尔。对不对？”

她点点头。“没错，是拉里。”

“而你却说你没有杀他。你又说警察甚至从一开始就很难相信你的话。之后就更不会了。我的猜测是，你以前进去过。”

她依旧抬头看着我。她缓缓地站起身。我们的脸贴得很近，我们死死地盯住对方的眼睛。没有任何意味。

“五十万可是一笔大数目，马洛。你没那么难收买。在这个世上，还有很多地方能让你我过上好日子。在里约[1]，沿着海岸线有许多高层

① 里约 (Rio)：巴西东南部滨海城市里约热内卢的简称，在 1960 年以前为巴西首都。

公寓，我们可以住在其中一幢公寓里。我不知道那种生活能持续多久，但事情永远可以安排，你不觉得吗？”

我说：“你可真是个百变女郎。现在你就像个江洋大盗的女姘头。第一次见到你的时候，你是一个相当有教养的小淑女。你不喜欢像米切尔那样的梦中情人跟你求欢。然后你给自己买了包烟，抽了一根，那样子就好像它跟你有仇似的。然后你又让他搂着你——在你到这儿住下来之后。然后你当着我的面把衬衫扯破，哈哈哈，那副玩世不恭的模样，就像帕克大街上的小宝贝儿在土豪大款打道回府之后的表现。然后你又任由我搂抱你。然后你拿威士忌酒瓶砸了我的脑袋。现在你又扯什么到里约去过好日子。等我早上醒来，睡在枕边的你又会是哪一个你呢？”

“我先付五千块定金。接下去还有更多。警察连没用过的牙签都不会给你。如果你改主意了，就给我打电话。”

“为了这五千块，我要做些什么？”

她缓缓地吐出一口气，仿佛刚才渡过了一场危机。“酒店几乎就在悬崖边上。在墙脚处只有一条窄窄的过道，非常窄。悬崖下面就是岩石和大海。现在又快要涨潮了。我的阳台就在它们的正上方。”

我点点头。“有消防楼梯吗？”

“有，在车库里。起点正好在地下室的电梯平台旁边，离车库地面只有两三级台阶。但要爬上去很难，得花不少时间。”

“为了五千块，要我穿潜水服上去我都乐意。你是从酒店大堂出来的？”

“从消防楼梯。车库里有个整晚值夜班的，不过他在一辆车上睡着了。”

“你说过米切尔躺在一张躺椅上。有没有流很多血？”

她畏缩起来。“我——我没注意。我想肯定是有的。”

“你没注意？你凑上前时，近得都能发现他已经死了，像石头一样冷冰冰的。他哪里中了枪？”

“我哪儿也没看到。肯定是在他身子下面。”

“当时枪在哪儿？”

“在走廊地板上——就在他的手边。”

“是哪只手？”

她微微睁大了眼睛。“这有关系吗？我也不知道是哪只手。他有点像横躺在躺椅上，脑袋悬在一边，双腿悬在另一边。我们有必要一直说这些吗？”

“好吧，”我说，“我对这附近的潮汐和洋流一点都不懂。他也许上午就会被冲上海滩，又也许两个星期都不会出现。当然了，前提是我们得把事情办成。如果时间过得很久，他们甚至有可能不会发现他中过枪。另外我觉得有可能他永远不会被人发现。可能性不大，但还是有。这一片海域里有魣鱼①，还有其他的东西。”

“能把事情说得叫人恶心，你可真够绝的。”她说。

“唉，谁让我开了个好头呢。我还在想，会不会有自杀的可能性。要是那样，我们还得把枪放回去。他是左撇子，你知道。所以我刚才想弄清是哪只手。”

“哦。对啊，他是左撇子。你说得没错。但那不是自杀。那个满脸傻笑、自鸣得意的绅士是不会自杀的。”

“人家说，一个男人有时会干掉自己最心爱的东西。就不会是他自己？”

“这个家伙可不会，”她简洁而肯定地说，“如果我们十分幸运的话，他们很可能会以为他是自己从阳台上摔下去的。天晓得，他当

---

① 魣鱼（barracuda）：一种凶猛的掠食性热带海鱼，类似梭鱼，有带尖牙的突出下颚，体型可长至两米，是长成后可能危害人类的一种可怕鱼类。

时已经喝得够高的了。而到那时候我已经身在南美洲。我的护照仍然有效。”

“你护照上用的是什么名字？”

她伸出双手，用指尖划过我的脸颊。“你很快就会知道我的一切。别不耐烦。你会知道我身上所有那些亲密的隐私。你就不能等上一小会儿吗？”

“行。先和那些美国运通旅行支票开始亲密接触吧。现在离天亮还有一两个小时，要等雾气消散就更久了，我们还有时间。我去换衣服，你去签支票。”

我把手伸进外套，拿出一支自来水笔给她。她在台灯旁坐下，开始在支票上签下她的第二个名字。她的舌尖在齿间若隐若现。她缓慢而小心地写着。她写下的名字是伊丽莎白·梅菲尔德。

这么说，她在离开华盛顿之前就计划好要换名字了。我一边更衣一边寻思，她是否真的傻到那种地步，居然以为我会帮她处理一具尸体。

我端起酒杯走出客厅，朝小厨房间走去，顺手带上了那把枪。我任由弹簧门自己合上，然后把枪和弹夹滑进那只火炉上的蒸锅下方的托盘里。我冲洗了一下杯子，然后把它们擦干。我又回到客厅里，匆匆地换上衣服。她甚至连瞧都没瞧我一眼。

她继续签支票。等她签完，我接过皮夹，将支票拿在手上一张张翻看，确认签名无误。这一大笔钱对我来说毫无意义。我把皮夹塞进口袋，关掉台灯，然后朝门口走去。我打开房门时，她已靠在我身边。她紧紧地靠在我身边。

“偷偷溜出去，”我说，“我会在公路上接你，就在篱笆尽头那儿。”

她面朝我，微微向我倾身。“我能相信你吗？”她柔声问道。

“在某种程度上。”

“至少你很坦诚。要是我们没能处理掉它会怎样？要是有人报告听到枪声，要是他已经被人发现，要是我们走进屋去却发现那里已经挤满了警察呢？”

我只是站在原地，直视着她的面庞，没有回答。

“就让我猜猜看吧，”她异常轻柔缓慢地说，“你会立即出卖我。然后你就别想得到那五千块了。那些支票会比旧报纸还不值钱。你连一张都不敢兑现。”

我仍然一言未发。

“你这个浑蛋。”她没有抬高调门，连半个音高都没有，“为什么我偏偏还要来找你？”

我用双手捧起她的脸蛋，在她的唇上留下轻轻一吻。她一把将我推开。

“不是因为这个，”她说，“绝不是因为这个。还有一件小事情。这件事真的非常小，一点也不重要，我知道的。我曾经不得不在交了学费后才弄明白这一点。从专家教师那里。漫长、艰难、痛苦的课程，很多很多的课程。只是我真的碰巧没有杀他。”

“也许我会相信你。”

“不信就算了，”她说，“其他人谁也不会。”她转身溜过走廊，爬下楼梯。她飞快地穿过树丛。三十英尺开外，雾气隐没了她的身影。

我锁好房门，钻进租来的汽车，将它开下寂静无声的车道，经过房门紧闭的酒店办公室，只见灯光还照在那只夜间服务铃上。整个地方都在沉睡，不过，有几辆卡车正轰隆隆地穿过峡谷向上爬坡，它们满载着一座城镇赖以生存的各种物资，运输着建材、油料以及那些带着挂车和没带挂车的大型封闭式汽车。这些卡车开着防雾灯，正缓慢而吃力地沿着上山的公路行驶。

在大门外五十码远的地方，她从篱笆尽头的阴影中走出，爬进我的车里。我切换开关，打亮了我的前车灯。海面上的某个地方，一声雾号正在长鸣。头顶清朗的天空中，一组来自北岛[①]的喷气飞机编队划破苍穹，发出一阵尖厉的啸音，一段呲呲的喷气声，还有一下冲破音障的爆鸣声，没等我从仪表板下拿打火机点根香烟，它们就已经消失不见了。

那个姑娘一动不动地端坐在我身旁，两眼直视前方，一声不响。她不是在看雾气，也不是在看我们紧随其后的一辆卡车的后部。她什么都没有看进去。她只是坐在那里，姿势僵硬，由于绝望而变得冷酷无情，就像一个正在走向绞刑架的死囚。

或许就是这么回事；但如果情况并非如此，那么她就是我在很长很长一段时间里碰到的最出色的抢镜演员。

十

卡萨·德尔泼尼安忒酒店坐落在悬崖的边缘，位于一片约七英亩见方的草地和花坛的中部，在遮阳的那一面有一座中央庭院，一堵玻璃幕墙后面摆放着几张餐桌，还有一条搭着凉棚的走道穿过中庭通向入口。庭院一侧有家酒吧，另一侧有家咖啡馆，而在酒店两端是柏油路面的停车场，被六英尺高的开花灌木丛树篱遮住了一部分。停车场里泊着几辆车。悬崖下吹来的又湿又咸的海风对铬的侵蚀很厉害，但有些人就是懒得把车开进地下车库。

我把车停在了靠近车库坡道的一处停车位里，大海的波涛声离我非常近，你可以感觉到飞溅的浪花，嗅闻它的气息，品尝它的滋味。我们钻出汽车，朝车库入口走去。一条往上抬升的狭窄小径紧贴在坡道旁。一块指示牌悬挂在车库入口的中间，上面写着："下坡时请挂低速挡。请预先鸣笛。"姑娘一把抓紧我的手臂，拉住了我。

---

① 北岛 (North Island)：位于圣迭戈市，是美国圣迭戈海军基地的一部分，设有海军航空站。

"我要从大厅进去。我已经累得没法爬楼梯了。"

"行啊。反正不违法。你的房间号是多少？"

"1224。万一我们被逮到了怎么办？"

"逮到我们什么？"

"你知道是什么。把——把它翻过阳台墙壁扔下去。或是运到别的什么地方。"

"我会被绑在柱子上，脚下是座蚂蚁山。你的话我就不知道了。要看你还有多少罪证在他们手上。"

"你怎么能在早餐前说这种恶心人的话？"

她转身快速走开。我开始沿坡道下去。它就像所有地下车库的坡道一样绕了个弯，接着，我可以看见一个充当办公室的小玻璃间，里面悬挂着一盏吊灯。再往下走几步，我便能瞧见里面空无一人。我竖起耳朵，想听听有没有人正在弄车的响动，洗车平台上的冲水声，脚步声，口哨声，任何一丁点儿能透露出守夜人在哪里、在干吗的动静。在地下车库里，你确实连一丝异常微弱的动静都能听到。我什么都没听到。

我继续往下走，走到几乎跟办公室天花板平行的高度。这时，我弯下腰，可以看见几级浅浅的台阶朝上通往地下室电梯间。那里有一扇门，门上标着"通往电梯"。门上镶有玻璃嵌板，我能看见里面透出的灯光，但其他东西就看不到了。

我又走了三步，猛然僵住。那个守夜人正直愣愣地盯着我。他坐在一辆帕卡德[①]大轿车的后座里。灯光映在他的脸上，他戴着眼镜，从镜片上反射回来的光线相当刺眼。他舒服地倚靠在车子的角落里。我站在原地等他行动。他一动不动。他的脑袋枕在汽车靠垫上。他的嘴张开着。我必须知道他为什么不动弹。他可能只是在装睡，待我走出视线以

① 帕卡德（Packard）：美国 20 世纪 20 年代至 30 年代著名的豪华汽车生产商。

外才会行动。等到那时候，他就会冲过去打电话，通知酒店办公室。

随后，我又觉得这个念头很傻。他应该是直到傍晚才过来上班的，他不可能知道所有客人的长相。停车场坡道边的那条小径本来就是给人走的。现在将近凌晨四点了。不出一个小时，天就要放亮了。没有哪个酒店小偷会在这么晚的时候上门。

我径直朝那辆帕卡德轿车走去，透过车窗往里看他。车门关得死死的，所有的车窗都合上了。男人没有动弹。我伸手去抓车门把手，试着静悄悄地打开车门。他仍然一动不动。他看上去是一个肤色很浅的男人。他好像还在熟睡当中，甚至在我打开车门之前，我就能听见他的鼾声。随后，它扑面而来——一股如蜂蜜般甜美的上好大麻的浓重臭味。这家伙早就不省人事了，他正在宁静谷中神游，在那里，时间放缓，陷入停滞，整个世界是一片色彩和乐声。从现在开始的几个小时里，即使警察不过来抓捕他，把他雪藏起来，他也什么事都干不了。

我重新关好车门，走到那扇镶玻璃嵌板的门前。我穿过去，踏入一个空荡荡的小电梯间，脚下是坚硬的混凝土地板，面前是两扇空白无物的电梯门，在它们旁边，在更近处一堵厚重的房门外，就是消防楼梯。我推开门，开始爬楼。我爬得很慢。十二层楼加一层地下室，可是有不少级台阶呢。每经过一道防火门，我就记一次数，因为门上没有标楼层号码。它们又厚重又坚固，而且和台阶一样都是混凝土的灰色。等我拉开通往十二楼走廊的那道门，我已经汗流浃背，上气不接下气了。我小心翼翼地沿着走廊悄悄来到 1224 号房间的门前，试了一下门把手。它上着锁，但几乎立即就打开了，仿佛她一直在门后等着我。我进了门，走过她身边，重重地瘫倒在一张椅子里，等待呼吸平稳下来。这是一个宽敞通风的房间，带有法式落地窗，窗外便是阳台。那张双人床似乎有人睡过，或者也可能是故意弄成那样的。椅子上七零八落地挂着几件衣服，梳妆台上摆放着盥洗用品，另外还有行李。这个房间一天大概要二十块钱，单人住宿。

她将房门中的弹簧锁拧好。“有什么麻烦吗？”

“守夜人成了废物，连眼睛都不管用了。像小猫咪一样无害。”我从椅子里挣起身来，开始穿过客厅走向那扇法式落地窗。

“等一下！”她尖叫起来。我回头看看她。“没用的，”她说，“没有人能做到。”

我站在原地，等她说完。

“我还是报警吧，”她说，“不管那对我意味着什么。”

“真是个好主意，”我说，“为什么我们之前从没想到过呢？”

“你最好赶紧走，”她说，“没必要把你也卷进来。”

我一声没吭。我紧盯着她的眼睛。她几乎睁不开它们了。这要么是姗姗来迟的休克症状，要么是因为某种药物引起的。我不知道是哪一个。

“我刚才吃了两粒安眠药，”她猜到了我的想法，便开口说道，“我只是今晚再也受不了任何麻烦了。离开这里吧。求求你了。等我醒过来，我会打电话叫房间服务。待服务员一到，我就会想法子让他去阳台上，然后他就会发现——不管他会发现什么。而我就装作什么也不知道。”她咬字越来越含糊。她抖抖身子，用力搓揉自己的太阳穴。“钱的事情我很抱歉。你得把它还给我，不是吗？”

我朝她走近几步。“因为如果我不还，你就会告诉他们整个故事？”

“我也不得已啊。”她昏沉沉地说，“不然我要怎么做呢？他们一定会套出我的话。我——我太疲惫了，再也招架不住了。”

我抓紧她的手臂，摇晃着她。她的脑袋摆来摆去。“你真的确定你只吃了两粒？”

她眨着眼睛用力睁开。“是啊。我吃药从来不超过两粒。”

“那你听好。我要到外面去看看他。然后我会回朗齐奥。你的钱我先留着。你的枪也在我手上。也许他们追查不到我这里来——醒醒！听我说完！”她的脑袋又朝两边摇来晃去了。她猛地直起身体，两只眼睛也瞪大了，不过它们看起来既呆滞黯淡又孤僻冷漠。“听着。他们如果没法追查到你，那么也肯定没法追查到我头上。我在给一个律师办事，我的任务就是跟踪你。旅行支票和那把枪会去它们该去的地方。还有，你编给警察的故事连一枚木头做的五分钱假币都不值。它只会帮着害你上绞架。明白了吗？”

“明……明白，”她说，“我一点儿也不……不在乎。”

“这可不是你在说话。是安眠药的缘故。”

她向前倒下，我扶住她，带她走到床前。她一下子瘫倒在床上。我脱下她的鞋，铺开一条毛毯给她盖上，将她裹进毛毯里。她立刻沉沉地睡去了。她开始打起鼾来。我走进浴室四处摸索，在架子上找到了一瓶宁比泰[①]。它几乎是满的。瓶上写着处方号码和日期。日期是一个月前，药店在巴尔的摩。我把药瓶里的黄色胶囊统统倒进掌心里，数了数。有四十七粒，差不多把药瓶装满了。当人们用安眠药自杀时，他们会一口气整瓶吞掉——除非他们会掉几粒在地上，而他们几乎永远都会在地上掉几粒。我把药倒回瓶里，又将瓶子塞进口袋。

我折返回去，又看了看她。房间里很冷。我打开电暖器，调到适宜的温度。最后，我终于打开了那扇法式落地窗，走到外面的阳台上。外面冷得要命。这座阳台大约有十二英尺乘十四英尺见方，前部有一道三十英寸高的护墙，从那儿延伸出一排低矮的铁栏杆。你要跳下去还算简单，但你从这里意外摔下去就不可能了。阳台上有两张带填充靠垫的铝制露天躺椅，还有两只相同款式的扶手椅。与左邻隔开的那面墙就像她告诉我的那样朝外突出。我觉得，要是没有攀爬用具，甚至连一个高空作业工人都没办法绕过这面突出的墙身。阳台另一端的墙壁垂直升起，

① 宁比泰（Nembutal）：戊巴比妥钠（Pelltobarbitalum Natricum）的商标名，是一种安眠和镇静药物。

连着某处的边缘，那里肯定是楼顶上的一块露台。

两张躺椅上哪一张都没有尸体，阳台地板上也没有，哪儿都没有。我仔细检查着它们，看是否有血迹留下。没有血迹。阳台上没有任何血迹。我沿着安全护墙走了一圈。没有血迹。墙头上没有任何物体托举翻越的痕迹。我抵住墙壁站着，伸手抓住铁栏，将身子尽可能地往外探。我朝下方张望，看到自己正对着地面上的那道围墙。墙边生长着灌木丛，然后是一片狭长的草坪，接着是一条石板小径，继而又是一片狭长的草坪，再往后是一堵厚实的篱笆，周围生长着更多的灌木。我估算了一下距离。从这个高度上目测距离并不容易，但我敢说，阳台离悬崖肯定至少有三十五英尺远。篱笆外，海水拍打着半淹没的岩石，泛起一片奶油般的白沫。

粗略猜测一下，拉里·米切尔大概比我高半英寸，体重却比我轻十五磅左右。能把一具一百七十五磅重的尸体抛过栏杆，远远扔进外面的大海里——这种人还没有诞生呢。如果说一个姑娘家没意识到这一点，那几乎是不可能的。只是几乎不可能而已，千分之一的可能性大概还是有的。

我打开法式落地窗，穿进去，关好它，然后走过房间，站在那张床前。她依旧沉眠不醒。她仍然鼾声如故。我用手背轻触她的脸颊。潮乎乎的。她微微挪动，莺语呢喃。然后她叹息一声，又将头埋入枕中。没有鼾声，没有深度昏迷，没有不省人事，因此服药没有过量。

她总算跟我说了一次实话，而对其他的事情，她还是讳莫如深。

我在梳妆台最上层的抽屉里找到了她的皮包。它的背面有一个拉链口袋。我把她的那沓旅行支票放进去，然后检查其中的物品，寻找信息。拉链口袋中有一些挺括的纸币、一张圣菲县[①]的列车时刻表、那只

① 圣菲县 (Santa Fe)：位于美国新墨西哥州中部的一个县，县治及州首府是圣菲市。该名出自西班牙语，意为“神圣的信仰”。

先前放车票的小皮夹、火车票的票根，以及普尔曼式豪华列车的订座单据。从华盛顿特区到加州圣迭戈，她一直住在第十九节车厢的 E 号卧房里。没有信件，没有任何东西能确认她的身份。大概是被锁在行李箱里了。皮包里则主要都是些女人携带的物品：口红、粉盒、零钱包、几枚银币，还有几把钥匙，跟一只黄铜做的小老虎挂在一个钥匙圈上。一包看起来装得满满的香烟，封口却已经打开了。一片火柴纸板，上面的火柴只用了一根。三条没有绣上姓名首字母的手帕，一小包指甲砂锉，一柄美甲表皮刀，还有某些描眉用品，一把装在皮套里的发梳，一个装指甲油的小圆罐，一本小型通讯簿。我急切地抓起那本通讯簿。里面一片空白，根本没有用过。皮包里还有一副镶金边的墨镜，装在一只眼镜盒里，盒子上没有名字；一支自来水笔，一支金色的小铅笔，总共就这些了。我把皮包放回当初我找到它的地方。我走到桌前，拿了一张酒店的信纸和一只信封。

我用酒店里的钢笔写道："亲爱的贝蒂：非常抱歉，我还不能死呢。明天再跟你解释。拉里。"

我将纸条装进信封里封好，在信封上写下贝蒂·梅菲尔德小姐的名字，然后把信丢在地上，扮成像是从门底下塞进来的样子。

我打开门，走出去，关好门，回到消防楼梯上，然后大喊一声："见鬼去吧！"再摁铃叫电梯。电梯没来。我又摁一次，而且摁住不放。电梯终于上来了，一个睡眼惺忪的墨西哥小伙子打开电梯门，冲着我打了个哈欠，然后朝我抱歉地咧嘴一笑。我也咧咧嘴，回以微笑，但什么都没说。

面对电梯的柜台前空无一人。那个墨西哥人坐在一张椅子上，我还没走出六步远，他就又睡着了。每个人都昏昏欲睡，只有马洛除外。他夜以继日地干活，甚至连费用都不收。

我驱车开回朗齐奥·戴斯坎萨多，在那儿也没瞧见有人醒着。我眼巴巴地瞅着床铺，却还继续收拾行李——把贝蒂的枪压在最下层——拿十二块钱放进一只信封，出去时将信封连同我的房间钥匙一起塞进了办公室的门缝下面。

我把车开到圣迭戈，还掉了租来的汽车，在车站对面的一家小馆子里吃了早饭。七点十五分，我坐上一列挂有两节车厢的内燃机车，一路马不停蹄地直接赶往洛杉矶，刚好在早上十点整到站。

我乘出租车回到家，刮了胡子，冲了个澡，又吃了一顿早餐，还一边浏览了早间报纸。大约十一点钟，我给办公室打电话找克莱德·安姆尼先生，那位律师。

他亲自接了电话。弗米利耶小姐可能还没起床。

“我是马洛。我在家里。现在我能过来一趟吗？”

“你找到她了？”

“没错。你给华盛顿打过电话了吗？”

“她在哪儿？”

“我想当面告诉你。你给华盛顿打过电话没？”

“我要你先告诉我情况。今天我会非常忙。”他的嗓音尖厉刺耳，缺乏魅力。

“我半小时内就到。”我赶紧挂机，然后给我那辆奥兹[1]所在的地方打电话。

十一

像克莱德·安姆尼这样的办公室几乎到处都有。墙上镶着用蜂窝胶合板制成的方形嵌板，从适宜的角度彼此拼接，营造出一种方格棋

---

① 奥兹（Olds）：奥兹莫比尔（Oldsmobile）的简称，美国著名汽车品牌名。

盘般的效果。室内采用间接照明，地毯覆满整个房间，家具涂为浅色，座椅十分舒适，而收费则很可能高得离谱。金属窗框朝外打开，大楼背后有一块面积虽小却整洁干净的停车场，每个车位旁都摆着一块白板，上面涂写着车主的姓名。出于某种原因，克莱德·安姆尼的车位居然还空着，于是，我便把车停了进去。或许他有一个专人司机送他到办公室。这栋建筑有四层楼，外观崭新，里面全是医生和律师的办公室。

我进门时，弗米利耶小姐正在梳理自己那头淡金色的秀发，以便为辛苦忙碌的一天做好准备。我觉得她今天的穿着看起来比上回逊色一些。她放下小手镜，往嘴里塞了一支香烟。

“好啊，好啊。‘硬汉’先生亲自登门了。请问您来这里有何贵干？”

“安姆尼在等我。”

“你该叫他‘安姆尼先生’，老兄。”

“你该叫我‘小兄弟’，丫头。”

她立刻火冒三丈。“别叫我‘丫头’，你这个卑贱的探子！”

“那你就别管我叫‘老兄’，你这个无比高贵的秘书。今天晚上你要干吗？可别告诉我你又要跟四个水手一起出门鬼混。”

她两眼周围的皮肤变得更加惨白。她的手蜷成一只爪子，抓住了一块镇纸。她差一点就把它朝我扔过来了。“你这狗娘养的！”她略显尖锐地说。随后，她在通话机上摁了一个开关，待对方回应后，她说：“马洛先生到了，安姆尼先生。”

接着，她往后一靠，朝我狠狠地瞪了一眼。“我有些朋友能把你砍成小肉块，小得让你得爬上活梯才能穿鞋。”

“以前就有人想对我干这种事儿，”我说，“还费了不少力气。不过，努力不代表有天分。”

突然间，我们俩都忍不住大笑起来。门开了，安姆尼探出面孔。他点点下巴示意我进去，视线却停留在那个金发姑娘身上。

我进了屋，过了一会儿，他关上门，坐回那张巨大的半圆形办公桌后面，覆有绿色皮革面的办公桌上堆满了一摞摞重要文件。他是一个短小精悍的男人，衣着非常讲究，双腿长得太短，鼻子显得太长，头发过于稀疏。他有一双晶莹的棕色眼睛，对于一个律师来说，这让他看起来十分值得信任。

“你在跟我的秘书调情？”他问我，声音一点儿也不平静。

“不。我们只是在彼此说笑罢了。”

我在顾客椅上坐下，几乎可以说是有礼貌地望着他。

“我倒觉得她像是气疯了。”他蹲坐在那张执行副总裁规格的座椅里，露出一副强硬的表情。

“她已经排好了未来三个星期的约会，”我说，“我可没法等那么久。”

“当心点儿，马洛。死了这条心吧。她是私人财产。她才不会给你任何机会。她可不只是个可爱的花瓶，她的头脑也冰雪聪明。”

“你的意思是她‘还会’打字和速记？”

“什么叫‘还会’？”他顿时面红耳赤，“我已经听够了你的废话。你给我当心着点儿就好。千万当心。我在这座城里很有势力，够让你吃不了兜着走的。现在快给我汇报情况，少废话，讲重点。”

“你跟华盛顿那边谈过了吗？”

“你不必管我做了什么或没做什么。我只要你到目前为止的跟踪报告。剩下的是我自己的事。那个姓金的女孩现在在什么地方？”他伸手拿起了一支削尖的铅笔和一个干净的便笺本，都是上好的货色。随后他又放下铅笔，从一只黑银色相间的保温壶中给自己倒了一杯水。

“我们来做个交易，”我说，“你告诉我你为什么要找她，然后我就告诉你她在哪儿。”

“你是我的雇员，”他吼道，“我不需要告诉你任何事。”他的态度依然很强硬，但已经开始有点软化了。

“要我乐意我才肯做你的雇员，安姆尼先生。支票没有兑现，合同也没有签。”

“你已经接下案子了。定金你都收了。”

“弗米利耶小姐给了我一张二百五十块的支票作定金，还给了我二百块当开销。但我没去银行兑现它们。它们还在这儿。”我从钱夹里抽出那两张支票，放在他身前的桌面上，“你最好先留着它们，等你想好自己要找的是侦探还是马屁精，也等我想好自己是得了一份差事还是被人忽悠得两眼一抹黑再说吧。”

他垂头盯着那两张支票。他很不高兴。“你已经花过钱了。”他慢吞吞地说。

“没关系，安姆尼先生。我还有一些积蓄——那些开销也都可以扣税。我玩得也挺开心。”

“你可真够固执的，马洛。”

“也许吧，但我必须知道自己在做什么，否则我不会接这份差事。我告诉过你，那个姑娘正遭人勒索。你在华盛顿的那些朋友肯定知道是怎么回事。如果她是个骗子，那也没关系。但是我必须知道真相。而且有人给我出了更高的价码，你根本比不过。”

“为了多赚点儿钱，你就愿意见风转舵？”他愤愤地说，“那可是违反职业道德的。”

我大笑起来。“现在你倒和我谈起职业道德了。也许我们之间开始有点进展了。”

他从盒子里抽出一支烟，用一只大肚子打火机点燃，那只打火机也很高级，跟那只保温壶和那支铅笔挺般配。

“我还是不喜欢你的态度，”他低声咆哮道，“到昨天为止，我了解的事情不比你多。我想当然地以为，一家在华盛顿颇有声誉的律师事务所不会请我去做任何违反法律职业道德的事情。如果那个女孩犯了事，他们不费吹灰之力就能逮住她，既然没有，我就猜测可能是某种内部纠纷——一个离家出走的妻子或女儿，或者是一个十分重要却又不情愿合作的证人，已经置身于司法管辖权之外，法院没法再强制传唤她。所有这些都只是猜测。到了今天早上，事情有点不一样了。”

他起身走到大窗户前面，动手调整百叶窗叶片的角度，避免阳光直射在他的办公桌上。他站在那儿抽烟，朝窗外远眺，接着又走回桌边重新坐下。

“今天早上，”他继续慢吞吞地说，一边皱起眉头，露出深思熟虑的表情，“我和我在华盛顿的同行谈过，我被告知，那姑娘原来是一个有钱有势的大人物身边的机要秘书——对方没有透露那位要人的姓名——而她从他的私人档案中偷走了一些很重要而且具有危险性的文件，然后潜逃了。那些文件如果被曝光，可能会给他造成很大损失。对方没告诉我会怎么造成损失。也许他一直在纳税申报表上造假。这年头什么事都有。”

“她拿了那些东西去勒索他？”

安姆尼点点头。“那是自然而然的推测。否则拿走那些文件对她没好处。那位委托人，我们姑且叫他 A 先生吧，当时没有意识到那姑娘已经离开，直到她已经身在另一州之后才明白过来。然后他查阅了自己的档案，结果发现有些材料不翼而飞了。他不太想去找警方。他指望着那姑娘跑到足够远的地方，感到自己安全了以后，会开始和他谈判，为归还那些材料狠狠敲他一笔竹杠。他想盯牢她的下落，并且让她蒙在鼓里，然后突然出现，打她个措手不及，特别是要赶在她联系上某个厉害的律师，让他制定出一套方案能让她安全逃避诉讼之前，而对此我得遗憾地说一句，厉害的律师实在是太多了。现在你却告诉我有人在勒索她。你有什么根据吗？”

“如果你的故事站得住脚，那么可能他也有把柄能搅黄她的好戏，”我说，“也许他知道一些事情，可以把她牢牢控制住，不用再打开另一只糖果盒去引诱她。”

“你说如果故事站得住脚，”他厉声说，“这是什么意思？”

“你的故事就像一只水槽过滤网那样漏洞百出。我看你是被人耍了，安姆尼先生。像你提到的那些重要文件，一个人会把它们放在哪里保管——假如他真有必要去保管它们的话？肯定不是一个秘书能拿得到的地方。而且，除非他是在她逃走之前就丢了那些材料，否则他又怎么能一路派人跟踪她到车站呢？其次，虽然她买的是一张去加利福尼亚的火车票，但她也可以在中途任何一个地方下车。所以车上必须有人盯着她，而如果有了这么一个人，那还干吗要我在这里候她？再次，按照你的说法，这份差事是一家关系网遍布全国的大型事务所安排下来的。将任务冒险交付给一个人去做，这实在是愚蠢。昨天我就跟丢了她。我可能还会再一次跟丢她。在任何广阔地区执行一件普通的跟踪任务，最起码要安排六个侦探，而且我就是这个意思——最起码要六个。在一座真正的大城市里，则需要十二个人。一个侦探必须要吃、要睡，还要换衬衫。如果他是开车尾随跟踪，他还必须带个人手，这样他才能在找停车位时放下搭档继续跟踪。百货商场和酒店也许会有六个出口。可是这个姑娘所做的全部事情不过是在洛杉矶联合车站当着所有人的面晃悠了三小时。而你在华盛顿的那些朋友所做的全部事情不过是给你寄来一张照片，给你打个电话，然后就回去看电视了。”

“分析得非常清楚，”他说，“还有其他的吗？”他现在摆出了一张扑克脸。

“还有一点儿。为什么——如果她没料到自己会被跟踪的话——为什么她要改名换姓？如果她的确料到自己会被人跟踪，那为什么她又要暴露自己，让别人这么容易就跟上她？我告诉过你，还有两个家伙也在跟踪她。一个是从堪萨斯市来的私家侦探，名叫戈布尔。昨天他也在埃斯梅拉达。他很清楚要去哪儿找。是谁告诉他的？为了跟踪她，我还得贿赂出租车司机，让他用无线电设备查出她坐的出租车要开到哪儿去，这样我才不至于跟丢她。所以说你们为什么要雇我呢？”

“我们会说到这个，”安姆尼敷衍着，“你说还有一个人在跟踪她，另外那个人是谁？”

“一个名叫米切尔的花花公子。他在当地居住。他在火车上遇到了那姑娘。他给她在埃斯梅拉达预订了一间套房。他们之间的关系就像这样”——我伸出两根手指触在一起——“只不过，她对他是恨之入骨。他掌握了关于她的一些事情，她也因此而害怕他。他掌握的事情就是她是谁，她来自哪里，她曾经出过什么事，以及她为什么试图要用另一个名字隐藏自己。我偷听到的话足以让我知道这些事情，但还不够让我掌握确切的信息。”

安姆尼刻薄地说：“火车上当然有人盯着那姑娘。你以为你在跟白痴打交道吗？你不过就是个诱饵——用来找出她有没有任何同谋。出于你的声誉——虽然不怎么样——我曾指望你能足够卖力，好让她注意到你。我猜你应该知道什么是‘明饵’吧。”

“当然知道。‘明饵’要故意让目标发觉他，然后甩掉他，这样当目标以为自己已经安全的时候，另一个人就能继续跟踪目标。”

“你就是那只‘明饵’，”他傲慢地朝我呲牙一笑，“可是你还没有告诉我她在哪儿呢。”

我不想告诉他，但我心里清楚，我不得不说出来。在某种程度上，我已经算是接下了这项任务，而我把他的钱退还给他，只是为了能从他嘴里逼出一点信息罢了。

我伸手越过桌面，拿起了那张二百五十元的支票。“这张支票我拿走，就当接下这件案子的全部费用了，连同开销一并在内。她在埃斯梅拉达的卡萨·德尔泼尼安忒酒店，用贝蒂·梅菲尔德这个名字登记。她还身揣巨款。不过，你那家神通广大的律师事务所当然是已经知道这些情况了。”

我站起身。“谢谢你让我兜了一圈风，安姆尼先生。”

我走出屋子，关上房门。弗米利耶小姐从一份杂志上抬起头。我听见从她桌子里的某个地方传出一下模糊的咔嗒声。

“很抱歉，我刚才对你有点粗鲁。”我说，“昨晚我没睡够。”

“别提了。就当我们扯平了。再这样多练习几次，我没准会喜欢上你呢。你那种下流劲儿还挺可爱的。”

“谢谢。”我边说边向门口走去。我可不想说她看起来一副饥渴难耐的样子，不过要得到她似乎也不难，肯定不会比取得通用汽车公司的控股权更难。

我转过身把门关上。

“我猜今晚是不会下雨了，对不对？我们之前好像商量过要去喝上一杯，在某个下雨天的傍晚。如果你不那么忙的话。”

她抛给我一副被逗乐似的愉悦表情。“去哪儿？”

“由你定。”

“要我去接你吗？”

“你可真是太好了。那辆‘弗利特伍德’也许能提升我的信用状况。”

“我想的其实不是那个。”

“我也不是。”

“或许六点半左右吧。我会好好整理一下我的尼龙丝袜。”

“我正希望你会呢。”

我们的视线交汇在一起。我匆匆走出门去。

十二

六点三十分，“弗利特伍德”轰鸣着开到了我家的前门外，我打开房门，她迈上了台阶。她没戴帽子。她穿着一件肉色大衣，衣领朝上翻起，紧贴着她的淡金色秀发。她站在客厅中央，朝四周随意地打量了一下。接着，她以轻盈优美的动作脱下那件大衣，把它扔在沙发床上，坐了下来。

“我没指望你真的会来。”我说。

“不。你是那种腼腆类型的人。你很清楚我会来。我要威士忌加苏打，如果你这里有的话。”

“我有。”

我把酒水带给她，然后坐在她身旁，但还没有近到能产生什么暧昧的含义。我们轻轻碰杯，开始喝酒。

“想不想去罗曼诺夫餐厅吃晚饭？”

“然后做什么？”

“你住在哪儿？”

“西洛杉矶。我有一栋房子，在一条安静古老的街道上。它恰好归我自己。我刚才问你然后做什么，记得吗？”

“那得由你来决定，理所当然。”

“我还以为你是硬汉一条哪。你的意思是，我不用为我的晚餐付账喽？”

“跟我开这种玩笑，我应该扇你一耳光才对。”

她突然哈哈大笑起来，然后越过眼镜边框凝视着我。

“就当你刚才扇过好了。我们彼此之间有点小误会。罗曼诺夫餐厅可以等上一阵子，对吧？”

“我们可以先去西洛杉矶试试看。”

“为什么不在这里？”

“我猜这会让你离我而去。我在这里曾做过一场梦，一年半以前。这里依然保留着它的一点残片。我想让它继续留在这里。”

她飞快地站起身，一把抓起大衣。我勉强帮她穿上了它。

“对不起，”我说，“我应该之前就告诉你的。”她猛然扭过身，将脸贴近我的面庞，但我没有碰她。

“就因为你曾经做过一场梦，而且继续保留着它，你就向我道歉？我也做过许多梦，可我的那些梦都死了。我连继续保留它们的勇气都没有。”

“不完全是那么回事。我曾经有过一个女人。她很富有。她以为她想要嫁给我。那是不可能的。我恐怕再也没有机会见到她了。但是我有回忆。”

“我们走吧，”她静静地说，“让我们把那段回忆继续留在这里。我只希望我也曾经有过一段值得怀念的回忆。”

在我们迈下台阶朝那辆凯迪拉克轿车走去的路上，我还是没有碰她。她开车开得非常漂亮。一个女人一旦成为了真正娴熟的司机，她就会近乎完美。

十三

那栋房子坐落在一条蜿蜒幽静的街道上，在圣文森特大街和日落大道中间。它距离街口很远，有一条长长的车道，入口设在房屋后面，正前方还有一小块天井。她打开门锁，点亮整座房子里的电灯，然后一言不发就消失在屋里。客厅里陈设着搭配合宜的家具，给人一种舒适的感觉。我站在原地等待，直到她拿着两只高脚酒杯回来。她已经脱掉了大衣。

“你是结过婚的，当然了。”我说。

“没维持多久。我从中得到了这栋房子和一些钱，但我不是要通过这场婚姻捞到什么。他是个好人，可我们彼此并不合适。现在他死了——飞机失事——他是个喷气飞机驾驶员。这种事情每时每刻都会发生。我知道从这儿到圣迭戈的路上有个地方，那里住的都是飞行员的遗孀。”

我呷了一口酒，把酒杯放下。

我从她手中拿过酒杯，也把它放下。

“记得昨天早上你对我说别再盯着你的腿看吗？”

“我好像还记得。”

“现在阻止我试试。”

我搂住她，她无言地投入我怀中。我抱起她，带着她，不知怎么的就找到了卧室。我将她放在床上。我一点一点地剥起她的衣裙，直到我能看见两段白嫩的大腿根，在她那双裹着尼龙丝袜的修长美腿的上方。突然，她伸手拉住我的脑袋，让我紧贴在她的胸前。

“禽兽！能把光线调暗一点吗？”

我走到门前，关上房内的灯。从走廊上依然透入少许暗淡的光线。我转过身，只见她立于床边，浑身赤裸，如同刚从爱琴海中诞生的阿芙洛狄忒。她骄傲地站在那里，毫无忸怩或挑逗之态。

“该死的，”我说，“在我年轻的时候，你可以优哉游哉地为女孩子宽衣解带。如今呢，趁你还在手忙脚乱地解衣领扣子，她都已经脱光衣服躺在床上等你了。”

“好啊，解你那该死的衣领扣子吧。”

她把床罩往后拉开，在床上平躺下来，毫不遮掩自己裸露的胴体。她只不过是一个美丽的裸体女人，对自己完全没有感到一丝羞耻。

“对我的腿满足吗？”她问。

我没有回答。

“昨天早晨，”她说着，有点像在说梦话，“我说过，你有一点我很喜欢——你不会动手动脚——但还有一点让我不喜欢。你知道那是什么吗？”

“不知道。”

“就是你当时没让我像现在这样做。”

“你当时的态度不像是在鼓励我。”

“你应该是个嗅觉灵敏的侦探才对。现在请关掉所有的灯吧。”

很快，她在黑暗中开口了：“亲爱的，亲爱的，亲爱的。”她用的是那种非常特别的音调，只有一个女人在那些特别的时刻才会用。随后是一阵缓慢温柔的放松，一阵平静，一阵沉寂。

“对我的腿还满足吗？”她像说梦话似的问我。

“没有哪个男人会满足。它们会让他魂牵梦绕，不管他和你做多少次爱。”

“你这个坏蛋。你这个十足的大坏蛋。靠过来一点。”

她把头枕在我的肩上，我们现在已经靠得非常近了。

“我不爱你。”她说。

“你干吗要爱我呢？但我们还是别再挑剔这个了。有一些时刻是无可比拟的——即使它们只有片刻工夫。”

我感觉她正紧紧地、温暖地贴着我。她充满生气的身体起伏有致。她美丽的双臂紧紧地搂住我不放。

接着，黑暗中再次响起那温柔含混的叫声，之后又是一阵舒缓的平静。

“我恨你，”她说，她的芳唇紧贴在我的嘴上，“不是因为这个，而是因为完美不会出现两次，而在我们身上它到来得太快了。我以后再也不会见你了，而且我也不想和你见面。这种事要不就长长久久，要不就宁可当它从未发生过。”

“你现在就像一个冷酷无情的妓女，见过生活中太多的阴暗面了。”

“你也是。我们两个都错了。这样做没有用。吻我，再用力点。”

突然间，她从床上消失了，几乎没有发出一丝声响，没有一点动作。

过了一会儿，走廊里的灯亮了，她穿着一件长睡袍站在房门口。

“再见。”她冷静地说，“我去给你叫出租车。你到门外去等。你再也见不到我了。”

“安姆尼呢？”

“他是个既可怜又没种的蠢货。他需要有人去拍他马屁，让他自我膨胀，给他一种权力欲和征服感。我满足他。女人的身子没那么神圣，完全可以被人利用——尤其是当她在情场上已经失意的时候。”

她不见了。我起身穿好衣服，临走前又听了一会儿。我没听到任何动静。我大声叫唤，但没有人回应。我走到屋前的人行道上，这时，那辆叫来的出租车刚好停住。我回头望去。房子看上去漆黑一片。

没有人住在那里。这一切都只是幻梦。除了有人曾打电话叫来那辆出租车。我钻进汽车，被车载回了家。

十四

我离开洛杉矶，直接开上如今绕过欧申赛德的那条高速公路。我有时间整理一下思路了。

在洛杉矶和欧申赛德之间，有一条十八英里长、六车道分隔行驶的高速公路，沿途每隔一段距离就点缀着一些粉身碎骨、表皮脱落、已遭废弃的汽车，它们被抛在高高的公路坡堤下，锈成破铜烂铁，直到它们被人拖走为止。于是，我开始思索自己为什么要回埃斯梅拉达。这桩案子整个儿都不对劲，而且反正它也不关我的事了。私家侦探经常会碰到出钱太少却又想得到太多信息的委托人。你要么能得到信息，要么得不到，这得看情况。酬劳也是同样的道理。但有时你不仅会得到委托人需要的信息，还会知道太多其他的事情，包括一个关于阳台上有具尸体的故事，而当你赶去查看时，尸体却不在那里。常识说，回家去吧，忘掉这件事，反正也没钱拿。常识总是开口太晚。常识就是那个放马后炮的家伙，他告诉你，你在上个星期就应该把刹车换成新的，否则你这个星期就不会把车头撞烂了。常识就是那个周一早上的四分卫橄榄球员，如果他之前随队上场，本来就可以赢下那场球赛。但他从未上场。他只是高高地坐在观众看台上，屁股口袋里还塞着一只扁酒瓶。常识就是那个穿灰色套装的小个子男人，在算钱时从来不犯错。可是他算的永远都是别人的钱。

在岔路口，我沿着下坡开进峡谷，最后回到了朗齐奥·戴斯坎萨多。杰克和露西尔在他们平时的老位置上。我放下手提箱，倾身斜靠在柜台前。

“我留下的零钱数目对不对？”

“对的，谢谢您。”杰克说，“现在您想要回那个房间，我猜。”

“如果可以的话。”

“您为什么不告诉我们您是侦探？”

“哦，这算什么问题。”我对他露齿一笑，“侦探怎么会告诉别人自己是侦探呢？你平时也是看电视的，不是吗？”

“我有机会时才看。在这里不怎么看。”

“电视上的侦探总是很好认的。他从来不摘帽子。关于拉里·米切尔你知道些什么吗？”

“不知道。”杰克生硬地说，“他是布兰登的一个朋友。布兰登先生拥有这块地盘。”

露西尔兴奋地问：“乔·哈姆斯一切都好吗？”

“是的，谢谢。”

“那你有没有——”

“嗯哼。”

“闭嘴，小家伙。”杰克简短地说。他朝我使了个眼色，然后把钥匙推过柜台。“露西尔过的日子挺无聊，马洛先生。她被困在这里了，跟我和一部用户交换机待在一起。还有一枚丁点儿大的钻戒——它太小了，我都羞于送出手去。但是一个男人能做些什么呢？如果他爱一个姑娘，他就想让这份爱呈现在她的手指上。”

露西尔举起她的左手四处翻转，好让那颗小石头闪闪发亮。“我讨厌它，”她说，“就像我讨厌阳光、夏日、明星和满月一样。我就是这样讨厌它。”

我拿起钥匙和手提箱，离开了他们。再听一句，我就要爱上我自己了。我甚至也许会送自己一枚小小的、朴实无华的钻戒戴上。

十五

从卡萨·德尔泼尼安忒酒店1224号房间的内线电话里没有传来任何回应。我走向前台。一个表情僵硬的接待员正在整理信件。他们总是在整理信件。

“梅菲尔德小姐在这里登记入住，是不是？”我问。

他先把一封信放进信箱，然后才回我的话。“是的，先生。请问您怎么称呼？”

“我知道她的房间号。她没接我电话。你今天看到她了吗？”

他稍稍对我产生了一点关注，但我仍然不动声色。“我想没有。”他扭头瞥了一眼，“她的钥匙不在这儿。您要给她留言吗？”

“我有点担心她。她昨晚就不太舒服。也许她正在上面，病得没办法接电话。我是她的一个朋友。我的名字叫马洛。”

他上下打量着我。他的眼睛里透出几分精明。他走到在出纳室方向的一座屏风后面，和某人说了几句话。不多久他就走了回来。他面带微笑。

“我想梅菲尔德小姐并没有生病，马洛先生。她点过一份丰盛的早餐，午餐也吃了很多。她还接过好几个电话。”

“多谢，”我说，“我要给她留言。就写我的名字，还有我稍后会再打过来。”

“她可能正在外边的花园里散步，或是在下面的海滩上，”他说，“我们这里有一片温暖的海滩，被一道防波堤很好地保护着。”他朝身后的时钟瞥了一眼：“如果是的话，她也不会在那儿待很久。现在天气开始转凉了。”

“谢谢。我会再回来。”

进入酒店大厅得先上三级台阶，再经过一道拱门。有些人在大厅里只是闲坐，这些酒店休息室的忠实坐客，通常都上了年纪，一般都腰缠万贯，往往除了瞪起一双贪婪的眼睛注视人群之外什么也不干。他们就以那种方式度过自己的余生。两位神情严肃、烫发染成淡紫色的老夫人正在和一幅巨型拼图较劲，那幅拼图被放置在一张特别定制的大号纸牌桌上。更远一点的地方，一场凯纳斯特纸牌戏[①]正在进行——两个女

① 凯纳斯特纸牌戏（canasta）：一种需要两副纸牌、供二至六人玩的纸牌游戏，始于乌拉圭，在 20 世纪 40 年代风靡整个拉丁美洲。1950 年，凯纳斯特纸牌迅速风靡美国，至今依然非常流行。

人，两个男人。其中一个女人身上缀满钻石，就像许多冰块，足以给莫哈维沙漠[1]降温，而她的脸上还涂满脂粉，多得足够去粉刷一艘游艇。两个女人都叼着长长的过滤嘴抽烟。和她们在一起的那两个男人表情阴郁，一脸疲惫，很可能是因为签支票签得太累了。再远一点，有一对年轻的夫妻坐在能透过玻璃朝外远眺的位子上，手牵着手。那个姑娘的手上戴着一块钻石、一块祖母绿宝石和一枚结婚戒指，她不时地用指尖抚摸它们。她看上去有点神志恍惚。

我出门穿过酒吧，在花园里四处探寻。我沿着那条穿越悬崖顶部的小路行走，毫不费力就找到了昨晚我在贝蒂·梅菲尔德的阳台上俯身朝下张望的那处地点。我能认出那里是因为那面墙陡峭的倾斜角度。

那片海滨浴场和那道弧形的小防波堤有一百码长。从悬崖上可以沿着台阶走下去。人们在沙滩上四下躺着。有些人穿着泳衣或者泳裤，有些人则只是坐在毯子上。小孩子们在周围跑来跑去，尖声叫唤。贝蒂·梅菲尔德不在这片海滩上。

我重新走回旅馆，在休息室里坐下。

我坐着抽烟。我走到报摊前，买了一份晚报，浏览一遍后就把它扔掉了。我溜达到柜台旁。我的留言还待在1224号信箱里。我走向内线电话，打电话找米切尔。没有回应。我很抱歉。米切尔先生没有接电话。

一个女人的声音在我身后响起。“接待员说你想见我。马洛先生——”她说，“你就是马洛先生吗？”

她看上去娇嫩欲滴，就像一朵晨间的玫瑰。她穿着一条深绿色的宽松长裤，白衬衫外面罩着一件绿色风衣，还围着一条宽松的佩斯

---

① 莫哈维沙漠 (the Mojave Desert)：美国加利福尼亚州东南部的不毛之地，以莫哈维族印第安人的名字命名，地跨内华达州、亚利桑那州和犹他州。

利[1]涡旋纹花呢披肩。她那头秀发上缠着一条发带，显出一副像被风儿吹起的迷人效果。

侍者领班站在六英尺开外的地方，正竖起耳朵听着。我说："是梅菲尔德小姐吗？"

"我是梅菲尔德小姐。"

"我的车就停在外面。您现在有空去看那块地产吗？"

她看了一眼自己的腕表。"是——是的，我想可以，"她说，"我应该去换件衣服，很快就好，不过——嗯，没关系。"

"这边请，梅菲尔德小姐。"

她走到我身边。我们穿过酒店大厅。我在那里开始感到自在起来。贝蒂·梅菲尔德满怀恶意地朝那两个玩拼图的老女人瞥了一眼。

"我恨酒店，"她说，"十五年后再回这里，你会发现同样的人还是坐在同样的位子上。"

"是的，梅菲尔德小姐。你认识一个叫克莱德·安姆尼的人吗？"

她摇摇头。"我应该认识他吗？"

"海伦·弗米利耶？罗斯·戈布尔？"

她又摇了摇头。

"想喝点什么吗？"

"现在不想，谢谢。"

我们走出酒吧，一路经过步道来到汽车旁。我为她打开那辆奥兹车的车门。我把车倒出停车位，然后径直驶上格兰德大街，朝山上开去。

---

① 佩斯利 (Paisley)：英国苏格兰西南部的一座城镇，位于格拉斯哥市的西面。自 18 世纪早期以来，它就是一个纺织中心。以该城名字命名的涡旋花纹，最早出现在古巴比伦，然后传入波斯和印度，并成为印度克什米尔地区的一种特色织物图案。18 世纪中叶，拿破仑在远征埃及途中，把带有这种纹样的克什米尔披肩作为纪念品带回法国，随即风靡整个欧洲上流社会，不久后便传入英国。自 19 世纪起，佩斯利镇以运用涡旋花纹制成的羊绒披肩而闻名，世人便将这种涡旋花纹以该城名字命名为"佩斯利花纹"。

她将鼻梁上那副镶金边的墨镜往下滑了滑。“我发现那些旅行支票了，”她说，“你真是个古怪的侦探。”

我把手伸进口袋里，拿出她的那瓶安眠药。“昨晚我有点被你吓着了，”我说，“我数过这些，但我不知道瓶子里原来一开始有多少。你说你吃了两粒。我可吃不准你会不会一激动就吞了一大把下去。”

她接过瓶子塞进自己的风衣里。“昨晚我喝得有点多。酒精加上安眠药真是一个糟糕的搭配。我好像是晕过去了。仅此而已。”

“当时我可不敢确定。那玩意儿至少要吃三十五格令[①]才能致人死命。即便如此，死亡过程也得花上好几个小时。我那会儿面临着一个艰难的处境。你当时的脉搏和呼吸似乎都很正常，但也许稍后它们就会不正常了。如果我叫了医生，我难免要作一大堆解释。若是查出你服药过量，就算你终于醒过来了，医生还是会去通报重案组的那帮小子。所有的自杀企图他们都会追查。但假设我当时猜错了，你今天就不会在这里和我一起开车了。到时我又会在哪儿待着呢？”

“这只是个念头，”她说，“我不会为一个念头而担惊受怕。你刚刚提到的那些人是谁？”

“克莱德 · 安姆尼就是雇我来跟踪你的那个律师——他遵照华盛顿特区一家律师事务所的指示办事。海伦 · 弗米利耶是他的秘书。罗斯 · 戈布尔是堪萨斯市的一个私家侦探，他说他正在试图找到米切尔。”我对她描述了一下他。

她的面庞变得冷硬如石。“米切尔？他为什么会对拉里感兴趣？”

我在四号大街与格兰德大街的拐角处停下来，等一个坐电动轮椅的老傻瓜以四英里的时速往左转。埃斯梅拉达到处都是这种该死的事情。

“他为什么要找拉里 · 米切尔？”她痛苦地问，“人们就不能彼此相

---

① 格令 (grain)：英美制中最小的重量单位，最初是指一粒大麦 (grain) 的重量。一格令等于 64.8 毫克。

安无事各管各的吗？”

“别告诉我任何事，”我说，“只要继续问我一些我还不知道答案的问题就行。这对我的自卑心理有好处。我告诉过你，我已经没有更多工作要做。那我为什么还在这里呢？很简单。我对那五千块的旅行支票又感兴趣了。”

“在下个路口往左转，”她说，“我们就可以进山里去了。从那上面看风景蛮不错。另外还有很多非常漂亮的房子。”

“让它们见鬼去吧。”我说。

“而且上面还很安静。”她从夹在仪表板上的烟盒里抽出一支烟，点燃了它。

“这是两天里的第二支了。”我说，“你抽得挺凶嘛。昨天晚上我也数过你的香烟。还有你的火柴。我检查了你的口袋。当我和像那家伙一样的骗子搅在一起时，我就会有点爱多管闲事。尤其是在委托人不省人事，留下我收拾残局的时候。”

她扭头盯着我。“肯定是安眠药和酒精害的，”她说，“我当时肯定是有点不对劲儿。”

“在朗齐奥·戴斯坎萨多的时候，你的状态可是好得很哪。你就像长着铁石心肠一样。我们要飞往里约，去过奢华的日子。显然还会生活在罪恶感中。我所要做的全部事情就是把那具尸体处理掉。多让人扫兴啊！没有尸体。”

她依然盯着我，但我这时还得小心开车。我在一条林荫大道上停住，然后左转。我沿着另一条末端封闭的街道行驶，老式有轨电车的轨道还留在街面上。

“从那块招牌旁边左转上山。往下走是去学校的路。”

“是谁开的枪，又是为了什么？”

她用双手掌根按住她的左右太阳穴。“我猜肯定是我干的。我当时肯定是发了疯。它在哪儿？”

“那把枪？它很安全。万一你的梦境变成现实，我可能不得不把它交出去当证据。”

我们现在正在爬坡。我调整指针，让奥兹车保持在三挡行驶。她饶有兴趣地观看着。她四下打量着浅色真皮座椅和车里的那些小配件。

“你怎么开得起这么贵的车？你挣的钱不多，不是吗？”

“汽车现在都很贵，甚至连所谓的‘便宜货’也是。你不妨买一辆经开的车。我曾经在哪里读到过，说一个探子应该永远开一辆不起眼的普通黑色汽车，这样谁也不会注意。那家伙以前从未去过洛杉矶。在洛杉矶要引人侧目，你就得开一辆肉粉色的梅赛德斯－奔驰轿车，车顶上带有一座日光浴室，还有三个漂亮姑娘在晒日光浴。”

她咯咯一笑。

“此外，”我费劲地继续这个话题，“这也是很好的广告。也许我曾梦想过要去里约。我可以把它高价卖掉，再买辆便宜的新车。在货轮上花不了多少运费。”

她叹了口气。“哦，别再拿那个取笑我了。我今天心情不好。”

“看到你男朋友没？”

她僵坐着一动不动。“拉里？”

“你还有其他的人？”

“嗯——你也许是指克拉克·布兰登，虽然我不怎么了解他。昨天晚上拉里醉得很厉害。不——我没看见他。也许他还在睡觉。”

“他不接电话。”

道路分岔了。一条白线向左弯曲。我继续直行，没有任何特定的理由。我们驶过高坡上几幢老旧的西班牙式建筑，另一边的山坡下是一些风格非常现代的房屋。公路经过它们，向右拐出一个大弯。这里的路面看上去很新。公路开到了尽头，前面是一小片空地和一个环形交叉口。

有两座大房子隔着环形交叉口彼此相对。它们用了不少玻璃砖[①]作装饰，面朝大海的窗户上安装着绿色玻璃。这片风景实在是太美了。我足足看了三秒钟。我把车停靠在公路尽头的路边石旁，关闭汽车发动机，坐在那里。我们大概在一千英尺高的地方，整座城市在我们面前铺开，就像一张呈四十五度角拍摄的航空照片。

“他可能病了，”我说，“他可能有事出去了。他甚至有可能已经死了。”

“我告诉过你——”她开始颤抖。我从她手上接过烟蒂，放进烟灰缸里。我摇起车窗，用一条胳膊环抱住她的肩膀，拉近她的脑袋，让她靠在我的肩头。她很柔弱，毫不反抗；可她依然在颤抖。

“你是个让我感觉很舒服的男人，”她说，“但不要逼迫我。”

“储物箱里有一品脱啤酒。想来一口不？”

“好的。”

我拿出酒瓶，用单手和牙齿费劲地拉松了瓶口的铁环。我用双膝夹紧酒瓶，拔下了瓶盖。我把瓶口凑到她的唇边。她啜饮几口，打了个冷战。我把瓶盖重新盖好，将酒瓶放在一边。

“我讨厌从瓶子里喝酒。”她说。

“是啊。多没教养。我不是要向你求爱，贝蒂。我很担心。有什么想让我帮你做的事情吗？”

她沉默了片刻。然后她开口了，嗓音平稳镇定：“比如呢？你可以把那些支票拿回去。它们是你的了。我已经把它们给你了。”

“没有人会像那样子给别人五千块。这毫无道理。这就是我为什么要大老远从洛杉矶赶回来。今天一早我就开车到那儿去了。没有人会对像我这样的人甜言蜜语，说自己身上有五十万，并主动邀请我去里

---

① 玻璃砖 (glass brick)：用透明或彩色玻璃料压制成形的块状或空心盒状、体形较大的玻璃制品，一般用于装修比较高档的场所，发明于 1929 年。

约，还提供一处装满奢侈物品的豪华家居。任何人——不管是喝醉的还是清醒的——都不会那样做：就因为她梦见一个死人躺在她的阳台上，所以就要我赶紧四处行动，把他扔进大海里处理掉。等我把事情搞定以后，你又到底想让我怎么样呢——趁你在做梦的时候握住你的手吗？”

她推开我，朝车内远处的角落里靠去。“好吧，我是个骗子。我一直都是个骗子。”

我朝后视镜里瞥了一眼。一辆黑色小汽车拐进了我们身后的道路，停了下来。我看不出里面是谁或者有什么东西。接着，它猛地朝右转向，蹭着路边石往后倒，又沿着来时的原路开走了。某个家伙开错了道，发现这条路是个死胡同。

“当我沿着那些该死的消防楼梯往上爬时，”我继续道，“你吞下了安眠药，然后佯装成困得要死的样子，而过了一会儿，你真的就睡着了——我猜情况就是这样。没关系。我走到外面的阳台上。没有尸体。没有血迹。如果当时他在那里，我也许能设法把他从墙上翻过去。很困难，但并非不可能做到，如果你了解如何托举重物的话。但就算是六头训练有素的大象也无法把他抛出那么远，能让他落进海里。从那儿到围墙有三十五英尺，你得把他扔出那么远去才能让他飞过墙头。按照我的估计，像一具男尸那样重的物体，必须至少扔出五十英尺远才能确保他飞过去。”

“我告诉过你我是个骗子。”

“可你还没告诉我是为什么。让我们严肃一点吧。假设有一个男人死在了你的阳台上。你会要我怎么帮你？背着他爬下消防楼梯，把他塞进汽车，一路开进森林里的某个地方，然后把他埋起来？当周围陈尸累累的时候，你真的必须偶尔相信别人一次。”

“你拿了我的钱，”她语气平淡地说，“你还向我献过殷勤。”

“只有那样做，我才可能知道是谁发了疯。”

“你发现了真相。你应该觉得满意才对。”

“我什么也没发现——甚至连你是谁都没弄清楚。”

她恼火了。“我告诉过你，当时我神志不清，”她急匆匆地说，“担心，害怕，酒精，安眠药——为什么你就不能放过我呢？我说过我会把那笔钱还给你。你还想要得到什么？”

“我拿那笔钱干吗用？”

“你拿去就是了，”现在她朝我嚷了起来，“就这么回事儿。拿上它走人。走得远远的，远远的。”

“我觉得你需要一个好律师。”

“你这话简直是自相矛盾，”她嘲笑道，“如果他是一个好人，他就不会去当律师。”

“没错。从这几句话里可以听出来，你曾经有过一些痛苦的经历。早晚我会查出真相，要么是从你身上，要么是通过其他的一些途径。但我现在对你还是很认真的。你遇上麻烦了。不管米切尔出了什么事，实际上，你已经惹上够多麻烦了，必须去找律师证明自己的清白。你换过名字，因此你有苦衷；米切尔找你敲竹杠，因此他有动机；一帮华盛顿的事务所律师正在搜寻你，因此他们有目的。而他们的委托人也有理由委托他们去搜寻你的下落。”

我打住话头，在刚刚开始变暗的暮色中紧盯着她，想尽可能看清她的表情。山下，大海开始转成宝石般的天蓝色，不知为何，它却未能让我联想起弗米利耶小姐的双眸。一群南飞的海鸥排成还算紧凑的队伍，却不是北岛熟悉的那种紧密规整的战机队形。从洛杉矶飞来的夜间航班越过海岸下降，可以看见左右两舷的灯光，机身下的警示灯闪闪发亮，它忽而转向海面飞去，又绕了一个慵懒的圆弧，这才降落在林德伯格机场[1]内。

“原来你只是一个坏律师的托儿啊，”她咬牙切齿地说，又从我的烟盒里抓起一支烟。

“我倒觉得他不是个很坏的人。他只是对工作过于尽心罢了。但那不是重点。你对他只要贴点小钱就行。重点在于某种叫作‘拒绝泄漏内情权’的东西。一个有执照的侦探并没有这种权利。而对一个律师而言，只要他是在维护聘请自己的委托人的利益，他就会拥有这份特权。如果这个律师雇用一名侦探工作以确保那些利益，那么这名侦探也会享有那种特权。这是他能得到那种特权的唯一途径。”

“你很清楚你能用那特权干什么，”她说，“特别是雇你监视我的人正好是个律师。”

我从她手里拿过香烟，呼呼地抽了两口，又还回去。

“没关系，贝蒂。我对你已经没有用了。忘记我曾试着帮助你吧。”

“说得好听，但那只是因为你想从我身上多捞几笔。你跟他们没什么两样。我也不想要你这该死的烟。”她把烟扔出窗外，“带我回旅馆去。”

我钻出汽车，朝烟头跺了几脚。“在加利福尼亚州的山区，不能这样扔烟头，”我告诉她，“即使现在不是干燥的季节。”我钻回车里，扭动车钥匙，摁下发动机的点火按钮。我倒车转弯，重新驶上那条弯路，开向那个岔路口。在白色实线转向的上坡处，停着一辆小汽车。车里灯光全无。它有可能是空的。

我猛打方向盘，掉转车头朝我开来的原路行驶，同时轻快地打开奥兹车前部的远光灯。在我转向时，两道光束扫过那辆车。一顶帽子赶紧

---

① 林德伯格机场：圣迭戈国际机场的别名，以美国著名飞行员查尔斯·林德伯格（Charles Augustus Lindbergh，1902—1974）命名，位于距圣迭戈市中心商业区约三英里远的西北方。

遮在一张脸上，但动作不够快，未能掩住堪萨斯市的罗斯·戈布尔先生的那副眼镜、那张肥厚宽大的脸庞和那对突出的招风耳。

灯光扫过那辆车后，我沿着一条漫长的坡道向山下行驶，转了好几个平缓的弯弯。我不知道这条路通向哪里，但我心里清楚，附近所有的道路或早或晚都会到达海边。山脚下有一个丁字形的三岔路口。我转向右边，驶过几条狭窄的街道，然后开上了那条林荫大道，再向右转一次。现在我正开往埃斯梅拉达的主城区。

她一路上都没有说话，直到我抵达酒店时才重新开口。我刚把汽车停稳，她就飞快地跳出了车外。

“你在这儿等着，我去拿钱。”

“我们被人跟踪了。”我说。

“什么？——”她顿时僵住了，头微微偏向一侧。

“小汽车。你没注意到他，除非你看见了我在山顶转弯时用车灯扫过他。”

“他是谁？”她的声音听起来很紧张。

“我怎么知道？他肯定从这里就开始跟踪我们了，所以他还会回到这儿来。莫非他是个警察？”

她回了我一眼，纹丝未动，仿佛僵住了一般。她缓缓地迈出一步，随即朝我猛冲过来，好像要伸手抓挠我的脸颊。她紧紧地抓住我的双臂，试图摇动我的身躯。她的呼吸声像哨音一样尖厉。

“带我离开这儿。带我离开这儿吧，看在上帝的分上。去哪儿都行。把我藏起来。给我一点太平日子吧。去一个没有人能跟踪我、纠缠我、威胁我的地方。他发誓会对我这么做。他会追着我一直追到大地尽头，到太平洋最偏僻的岛屿——”

“到最高耸山峦的巅峰，到最孤独荒漠的深处，”我说，“某个人肯定在念一本老掉牙的旧书呢。”

她垂下双臂，任它们无力地悬在体侧。

“你的同情心比放高利贷的浑蛋多不了多少。”

“我哪儿也不会带你去，”我说，“不管是什么事情在折磨你，你都要留在这里面对它。”

我转身钻进车里。等我回头再看时，她正迈着大步飞快地走着，离酒吧门口只有一半的距离了。

十六

如果我还有任何理智，我就会拎起手提箱打道回府，把有关她的事情统统忘掉。等她对自己正在哪出好戏中的哪一幕里扮演哪个角色打定主意时，很可能我要采取任何行动就已经太晚了，或许除了因为在邮局里闲逛而遭到拘捕。

我等待着，抽了一支烟。戈布尔和他那辆脏兮兮的小破车应该会随时出现，悄悄地溜进一处停车位里。他不可能是在别的地方跟上我们的，而且，由于他知道了那么多的事情，他跟踪我们不会有其他目的，只有可能是想查出我们去过哪里。

他没有露面。我抽完那支烟，把它扔出车外，然后倒车开出去。正当我转出车道朝城里驶去的时候，我在街对面看见了他的车，靠左停在路边石旁。我继续前行，在那条林荫大道前右转，慢悠悠地开着，这样他就不会因为车跟不上我而气得发飙了。沿着这条街走一英里左右，有一个名叫“美食家”的餐厅。它有低矮的天花板，一道用来将街道隔开的红色砖墙，还有一间酒吧。入口在侧面。我停好车后便走了进去。这里还没有生意。酒保正在和侍者领班聊天，而那个领班甚至连小礼服都没穿。他身旁有一张高高的桌子，用来摆放预约名册。名册是打开的，里面写着一列人名，夜间晚些时候会用到。不过现在时间尚早。我可以找张桌子坐下。

餐厅被一道矮墙隔为两半，厅里用蜡烛照明，光线暗淡。三十个人在此就餐便会让这里显得拥挤。领班把我随意安置在一个角落里，为我点亮蜡烛。我说我想要一杯双份的吉布森鸡尾酒①。一个侍者走上前来，准备端走桌上另一边的餐具。我让他先别动，有个朋友可能会过来与我聚餐。我审视着菜单，它几乎就像这家餐厅一样大。如果我感兴趣的话，我本来可以就着手电筒翻翻它。这几乎是我见过的最昏暗的餐厅了。就算你妈妈坐在邻桌，你也有可能认不出她。

吉布森鸡尾酒送到。我隐约能分辨出酒杯的形状，杯子里似乎还有什么东西。我尝了尝，味道不算太坏。就在这时，戈布尔悄悄地滑进了我对面的座位上。在我目力所能及的视线中，他的外表几乎和前天时一模一样。我继续凝神阅读那份菜单。他们真该用布莱叶盲文打印它。

戈布尔伸手越过桌面，抓起我的那杯冰水，张口便喝。“你跟那小妞混得咋样咧？”他漫不经心地问。

“没有任何进展。为什么问这个？”

“那你俩跑山上干啥子去了？”

“我本来以为也许我们可以拥吻亲热一下。她心情不好。你关心这些干吗？我以为你要找的是一个叫米切尔的家伙。”

“真是非常搞笑。一个叫米切尔的家伙。从没听说过他，我相信你这么说过。”

“在那以后我听说过了。我还见过他。他当时喝醉了。烂醉如泥。

① 吉布森鸡尾酒（Gibson）：一款著名的开胃鸡尾酒，因美国著名插图画家查尔斯·达纳·吉布森（Charles Dana Gibson，1867—1944）而得名。19 世纪 90 年代，吉布森用插图创作了一组性感迷人的美国女孩形象，她们有着饱满的胸部、纤细的腰肢和丰满的臀部，迅速成为当时人们心目中的时尚偶像，因而被称作“吉布森女孩”。吉布森鸡尾酒由此应运而生。在这款鸡尾酒中，有两个醋渍的葱头，用小棒串起，放入杯中或置于杯沿上，代表“吉布森女孩”的两只乳房。下文中，马洛所说的杯子里的东西即指那两个葱头。

他在一个地方差点被人扔出去。”

“非常搞笑，”戈布尔说，他语带嘲讽，“那你又是怎么知道他名字的？”

“因为有人就是这样叫他的。那实在是太搞笑了，是不是啊？”

他冷笑一声。“我告诉过你，别挡我的道儿。我现在知道你是谁了。我查过你的来历。”

我点燃一支香烟，然后朝他脸上喷了一口。“滚你妈的蛋。”

“嘴硬，哼，”他嗤笑一声，“比你壮实的家伙我以前都大卸八块过。”

“报上两个名儿来听听。”

他俯身越过桌面，但就在这时，那个侍者正好过来了。

“我要波旁威士忌加纯净水，”戈布尔告诉他，“要陈年的真货。甭给我上那种酒吧里的威士忌。你也甭想愚弄我。我喝得出来。水要用瓶装水。这块儿城里的水难喝得要命。”

那个侍者只是盯着他。

“我再来一杯双份的，”我说，一边把我的酒杯推上前。

“今晚有啥好吃的？”戈布尔想知道，“我向来懒得去看这些广告牌。”他用一根手指不屑一顾地弹着菜单。

“今天的特色菜是肉糕[①]。”侍者不悦地说。

“不就是肉丁大杂烩加上一根土豆肉卷么，”戈布尔说，“那就来肉糕吧。”

侍者看了我一眼。我说肉糕我也挺喜欢。侍者走开了。戈布尔先朝身后飞快地瞥了一眼，又瞅了瞅两边，这才再次俯身越过桌面。

“你的好运气到头了，伙计，”他兴高采烈地说，“你已经逃不掉了。”

“真是太糟糕了，”我说，“逃不掉什么？”

---

① 肉糕（meat loaf）：用牛肉糜（或各种肉和其它成分混合的肉糜）堆成或模制的菜肴，通常烤制而成。

“你的好运气真的到头了，伙计。非常糟糕啊。不知是时运不济了还是咋的。抓鲍鱼的渔夫——那些穿青蛙脚蹼、戴橡皮面罩的家伙中的一个——在一块岩石下头卡住了。”

“鲍鱼渔夫卡在岩石下头？”一股寒意沿着我的背脊升起。当那个侍者端着酒水过来时，我好不容易才克制住自己伸手抓起杯子的冲动。

“非常搞笑啊，伙计。”

“你要再敢说一遍，我就砸烂你那该死的眼镜。”我低声咆哮道。

他端起他的酒啜饮一口，细细品味，思索了一会儿，然后又点点头。

“我来这儿是为了挣钱，”他沉吟道，“我可绝不想惹麻烦。要是惹出麻烦来，人就没法挣钱了。人可以不弄脏自己的手就挣到钱。懂我的意思吗？”

“对你来说，这倒很可能是一种新体验，”我说，“两方面都是。刚才你说的鲍鱼渔夫是怎么回事？”我努力想控制自己的声音，却觉得很费劲。

他往后一靠。我的眼睛现在适应了这片昏暗。我能看见他那张胖脸上露出一副被逗乐的表情。

“开个玩笑而已嘛，”他说，“我不认识什么鲍鱼渔夫。只不过昨天晚上我学会了如何念‘鲍鱼’这个词。我还是不清楚那是啥玩意儿。不过事情就是有点搞笑。我找不到米切尔了。”

“他就住在酒店里。”我又喝了一点酒，不算太多。现在不是放纵的时候。

“我也知道他就住在酒店里，伙计。我所不知道的是他现在人在哪儿。他么（没）在房间里。酒店里的人也么（没）见着他在附近。我本以为，你跟你那小妞或许会知道点儿什么。”

“那个姑娘神经错乱了，”我说，“别把她牵扯进来。在埃斯梅拉达，人们不会说‘么见着’。这种堪萨斯市的方言对这里的公共道德简直是一种冒犯。”

“得了吧，老兄。我就算想要别人教我怎么说英语，也不会去找一个叫花子样的加州探子。”他扭头大喊起来，“服务员！”

几张挂着厌恶表情的脸朝他看去。侍者过了一会儿才出现，站在那里，表情跟那几个客人一样难看。

“再来一杯。”戈布尔说，手指朝酒杯弹了两下。

“您不必对我大喊大叫。”侍者说。他拿走了杯子。

“我想要人伺候的时候，”戈布尔冲着他的背影吠道，“你们就得伺候我。”

“但愿你喜欢甲醇的味道。”我告诉戈布尔。

“我本来可以跟你好好相处的，”戈布尔满不在乎地说，“要是你长点脑子的话。”

“而且要是你还能讲点礼貌，个子再高上六英寸，有一张不一样的脸蛋和另外一个名字，举止也表现得不那么狂妄自大的话。①”

“少废话，回到米切尔身上。”他轻快地说，“还有你想在山上泡的那个漂亮妞儿。”

“米切尔是她在火车上遇见的。他对她的影响就像你对我的影响一样。他让她心里升起一团熊熊欲火，拼命想朝相反的方向旅行。”

我在浪费时间。这家伙简直是刀枪不入，脸皮厚得就和我的高曾祖父一样。

“这么说，”他冷笑道，“米切尔在她眼里只是一个火车上遇到的家

---

① 此处原文为“and didn’ t act as if you thought you could lick your weight in frog spawn”，字面意思是“不要表现得自以为能打败和你体重相同的青蛙卵”。英语中有一句形容人顽强厉害的短语“able to lick his weight in wildcats”（能打败和你体重相同的许多只野猫），马洛将短语中凶狠好斗的“野猫”（wildcats）换成完全无害的“青蛙卵”（frog spawn），暗含对戈布尔的嘲讽挖苦之意，但戈布尔显然不为所动，故马洛会有后面对他的评价。

伙，在对他有所了解后，她就不喜欢他了。所以她就抛弃了米切尔又找上了你？你刚好就在周围，真方便啊。”

侍者端来了食物。他潇洒地一挥手臂，美食便摆在我们眼前：蔬菜，沙拉，包在餐巾里的滚烫肉卷。

“要咖啡吗？”

我说我想过会儿再喝。戈布尔说他要，并想知道他的酒在哪儿。侍者说，酒正在端来的路上——他的语调暗示出，这酒会送得很慢。戈布尔尝了一口肉糕，面露惊讶之色。“见鬼，不赖嘛，”他说，“客人这么少，我还以为这地方要倒闭呢。”

“看看你的手表，”我说，“这里要到很晚才有人活动。像这种城镇就是这个样子。而且，现在也不是旅游旺季。”

“很晚就对了，”他说，嘴里还一边咀嚼着，“非常非常晚。有时候要到深夜两三点呢。人们那时候才出门拜访亲朋好友。你住在朗齐奥酒店里吧，伙计？”

我看着他，一句话也没说。

“我说得还不够明白吗，伙计？我一干起活儿来就会干到好晚。”

我什么也没说。

他抹抹嘴巴。“刚才我说到有人卡在岩石下头，你好像有点不自在。莫非是我看错了？”

我没有搭理他。

“行啊，死不开口，”戈布尔冷笑道，“我本以为，我们也许能一起干点小生意。你体格很壮，也挺能挨揍。可是你什么都不懂。你缺少干我这笔生意所要的东西。在我来的地方，你必须有点脑子才能混得下去。在这儿，你只需要把肤色晒黑，再忘记扣上衣领扣子就行了。”

“有话就给我直说。”我从齿缝里挤出这几个字。

他吃东西很快，尽管他同时也说了不少话。他把盘子从面前推开，喝了几口咖啡，然后从马甲里掏出一根牙签。

“这是一个富裕的城镇，伙计，”他慢吞吞地说，“我研究过它。我下了工夫去了解它。我和许多人谈论过它。他们告诉我，在我们这个美丽的绿色国度里，[①] 金钱并非万能的地方只剩下几处，这儿就是其中之一。在埃斯梅拉达，你必须是某个圈子里的人，否则你就什么也不是。如果你想进入某个圈子，被周围的人问候，跟那些上流人士套近乎，你就必须先有一定的阶级地位。在堪萨斯市，有个家伙从非法买卖里捞了五百万。他购置产业，分散投资，大兴土木，建造了城里最好的几幢豪宅。但他不是海滩俱乐部的成员，因为没有人请他加入。于是，他买下了它。他们知道他的身份，他们在举办筹款活动时会狠狠讹他一笔，他有下人伺候，他自己支付账单，他是一个信誉可靠的好公民。他经常举办大型派对，客人却都来自城外的穷乡僻壤，要不然就是一些乞丐、废物，一些常见的人渣，你永远能看见他们围着钱打转。而城里的那些上流人士呢？在他们眼里，他不过是个黑鬼罢了。”

这是一番漫长的演说。作这番演说时，他若无其事地瞥了我几眼，朝餐厅周围瞅了一圈，然后舒舒服服地往后靠在座椅上，剔起牙缝。

“他肯定难过死了，”我说，“他们是怎么发现他的钱从哪儿来的？”

戈布尔倾身越过小餐桌。“财政部有个大人物，他每年春天都到这里度假。他碰巧看见了‘钱’先生，而且对其底细一清二楚。话就是从他那儿传开的。你以为‘钱’先生就不会为此难过得要死么？你不了解这些地痞流氓，他们自己挣了那么多黑心钱，然后又装成正派的体面人物。他的心里在淌血啊，伙计。他发现，有些东西他用大捆大捆的钞票都买不到，这简直快要把他逼疯了。”

“你是怎么发现所有这些事情的？”

---

① 此处的“绿色”一词也可能是指美元钞票上的绿色。

“我很聪明。我四处奔走。我挖得出底细。”

“只有一件事除外。”我说。

“哪一件？”

“就算我说出来，你也不会知道。”

侍者走了过来，端上戈布尔那杯迟到的酒，然后收走了盘子。他递上菜单。

“我从不吃甜点，”戈布尔说，“滚开。”

侍者盯着那根牙签。他伸手上前，敏捷地把它从戈布尔指间弹了出来。“这里有洗手间，老兄。”他说。他把那根牙签扔进烟灰缸里，然后撤走了烟灰缸。

“明白我的意思了吧？”戈布尔对我说，“阶级地位。”

我告诉侍者，我想要一杯巧克力圣代冰激凌和一些咖啡。“把账单交给这位先生吧。”我补上一句。

“乐意效劳。”侍者说。戈布尔露出一脸厌恶的表情。侍者飘然离去。我倾身越过桌面，轻言细语地开口了：

“你是我这两天以来碰到的头号大骗子。另外我还遇到了几个美女。我认为，你对米切尔根本就没兴趣。依我看，你之前从未见过或听说过他，直到昨天你有了主意，想拿他做幌子。你是被人派来监视一个姑娘的，而且我知道是谁派了你——不是雇用你的人，而是指使你做这件事的人。我知道她为什么受到监视，我也知道如何破解困局，让她不再被人盯梢。要是你手里还有什么好牌，你最好现在就赶紧亮出来。明天恐怕就太晚了。”

他推开椅子，站起身。他在桌上丢下一张折过的、皱巴巴的纸币。他冷冷地俯视着我，上下打量着。

“大嘴巴，小脑瓜，”他说，“省省你这些废话吧，等星期四收垃圾的人来了，说给他们听去。你啥子都不明白，伙计。我看你永远也不会明白。”

他走开了，头冲着前面，显出一副挑衅的样子。

我把手伸过去，从桌上捡起戈布尔扔下的那张折过的、皱巴巴的纸币。如我所料，只有一块钱。那辆小破汽车在下山时才能冲到时速四十五英里，任何开它的家伙都会在小酒馆里吃饭。在那儿，一顿八角五分的晚饭就已经算是狂野周六夜晚的豪华大餐了。

侍者悄悄地走过来，砰地一下把账单扔给我。我付了账，并将戈布尔的那一块钱留在他的盘子里。

“谢谢，”侍者说，“那家伙是你非常亲密的朋友，嗯？”

“关键词在于‘亲密’[①]二字。”我说。

“那家伙也许很穷，”侍者宽容地说，“在这个镇上，最妙的事情之一就是，人们在这儿工作，却负担不起这里的生活。”

当我离开时，餐厅里的顾客已有二十人，嘈杂的人声开始从低矮的天花板上反弹而下。

十七

通往车库的下行坡道看起来与凌晨四点时别无二致，不过，当我转过弯道时，我能听见一阵沙沙的溅水声。玻璃间办公室里空荡荡的。有人正在什么地方洗车，但那不会是管理员。我走到通往电梯间的门前，打开它，不让它关上。我身后办公室里的蜂鸣器响了起来。我关上门，站在门外等待，只见一个穿白色长外套、身形瘦削的男子转过角落朝我走近。他戴着眼镜，皮肤呈冷燕麦粥色，凹陷的双眼中流露出一丝疲惫。他的面庞有点儿蒙古人的味道，有点儿“国境以南的

① 这是一句双关。“亲密”的英文单词为close，而这个词同时也有“吝啬”的含义。

人”[①] 的味道，有点儿印度人的味道，还有点儿肤色更深的人的味道。一头黑发在他那窄小的脑袋上显得沉闷单调。

“您要取车吗，先生？请问您贵姓？”

“米切尔先生的车在这里吗，就是那辆双色的硬顶别克轿车？”

他没有立刻回答。他的两只眼皮垂了下去。之前有人问过他这个问题。

“米切尔先生今天一早开车出去了。”

“有多早？”

他伸手去摸夹在口袋上的铅笔，口袋上用红线织着酒店的名字，铅笔就夹在那个名字上。他取出铅笔，看了它一眼。

“就在七点钟以前。我七点下班。”

“你是工作十二个小时轮一次班？现在七点才刚过呢。”

他把铅笔放回口袋里。“我八小时轮一次，不过我们轮流换班。”

“哦。你是从昨晚十一点干到今天早上七点咯。”

“没错，”他越过我的肩头，望着远处的什么东西，“现在我下班了。”

我掏出一包香烟，递给他一根。

他摇摇头。

“我只能在办公室里抽烟。”

“或者在帕卡德轿车的后座上。”

他的右手蜷曲起来，仿佛握着一把刀的刀柄。

“你的补给怎么样了？需不需要来点什么？”

他瞪着我。

“你应该问‘什么补给’才对。”我告诉他。

① “国境以南的人”(south-of-the-border)：此处应指墨西哥人，因墨西哥位于美国国境以南而得此称谓。1939 年，由美国著名演员吉恩 · 奥特里 (Gene Autry，1907—1998) 主演的西部片《国境以南》(*South of the Border*) 及其同名主题曲曾风靡一时，故事背景即发生在墨西哥。

他没答话。

“而我就会说，我指的不是烟草，”我高兴地接着说，“是用蜂蜜加工处理过的玩意儿。”

我们的视线交汇在一起，锁定对方。终于，他轻声开口问：“你是毒贩？”

“你清醒得倒蛮快的嘛，要是你今早七点真开动了的话。依我看，你应该会好几个小时不省人事才对。你脑袋里肯定有个闹钟——就像埃迪·阿卡罗[1]一样。”

“埃迪·阿卡罗，”他重复道，“哦，是啊，那个骑师，他脑袋里有个闹钟，对不对？”

“大家都这么说。”

“我们也许能做笔交易，”他冷冷地说，“你开价多少？”

办公室里的蜂鸣器响了起来。我刚才在潜意识中隐约听到了电梯在竖井里滑动的声响。电梯门开了，我之前在酒店大厅里看见的那一对牵着手的夫妇走了过来。姑娘穿着一件女式晚礼服，而小伙子身穿一件小礼服。他们并肩站着，看起来就像两个偷偷亲嘴被抓到的小孩。管理员瞥了他们一眼，离去片刻，一辆汽车发动，驶了回来。那是一辆崭新的克莱斯勒折篷轿车。小伙子把姑娘小心地扶进车里，仿佛她已然怀有身孕。管理员站在一边，把着车门。小伙子绕过车身，向他致谢，然后钻进汽车。

“从这里到‘玻璃屋’是不是很远？”他怯生生地问。

---

① 埃迪·阿卡罗（Eddie Arcaro，1916—1997）：美国著名赛马骑师，是历史上唯一在肯塔基赛马会上五次获胜的骑师，被誉为“世界上最伟大的骑师之一”。他早年的参赛生涯艰难坎坷，屡战屡败，因此在纽约长岛居住时，曾让妻子手持钟表，训练自己在脑中计时，估测赛马奔跑速度，从而掌握比赛节奏。这一绝技帮助他在 1944 年的美国贝尔蒙特赛马会上夺冠，因而被媒体称作“脑袋里有个闹钟”的人，从此他在美国家喻户晓。

"不远，先生。"管理员告诉了他们如何前往那里。

小伙子露出微笑，向管理员道谢。接着，他把手伸进口袋里，拿出一张一块钱的钞票，递给管理员。

"您本来可以叫我把车开到酒店入口附近的，普雷斯顿先生。您只需要打一个电话下来就行。"

"噢，谢谢你，不过这样也挺好的。"小伙子飞快地说。他发动汽车，小心地爬上坡道。克莱斯勒轰鸣着驶出视野，消失不见了。

"蜜月中的新婚夫妻，"我说，"他们很甜蜜。他们只是不想被人盯着罢了。"

管理员重新站在我面前，他的眼神依然无精打采。

"但我们之间没有任何甜蜜可言。"我补了一句。

"如果你是警察，就给我看看证件。"

"你以为我是个警察？"

"你是个好管闲事的浑蛋。"不管他说了什么，他的音调都完全没有改变。它冻结在降B调上。强尼 · 单调[①]。

"我都是。"我表示同意，"我是一名私家侦探。昨晚我跟踪某人来到这里。你当时就在那边的一辆帕卡德轿车里"——我指了指——"我走过去打开车门，闻到了你抽的大麻烟味。哪怕我当时从这里开走四辆凯迪拉克，你也不会翻身醒过来。不过那是你的事情。"

"开今天的价，"他说，"我不跟你争辩昨晚的事。"

"米切尔是独自离开的？"

他点点头。

"没带行李？"

"九件行李。我帮他抬上车的。他退了房。满意了？"

---

① 强尼 · 单调（Johnny One-Note）：出自1937年百老汇音乐剧《娃娃从军记》中的一首同名歌曲，讲的是一位只唱一个调子的歌唱家。

“你跟办公室核实过？”

“他有账单。都结清了，还有收据。”

“当然。带着那么一大堆行李，自然得有一个行李员跟着他。”

“是电梯服务员。七点半以前没有行李员。我抽大麻时大概是夜里一点钟。”

“哪个电梯服务员？”

“一个墨西哥小伙子，我们叫他奇科。”

“你不是墨西哥人？”

“我一部分是中国人，一部分是夏威夷人，一部分是菲律宾人，还有一部分是黑鬼。你要是我的话，准会恨死自己。”

“只剩下一个问题了。你到底是怎么瞒过别人的？我是指那些大麻。”

他朝四周扫了一眼。“我只有在感觉情绪特别低落时才抽。这他妈关你什么事？他妈的关别人什么事？没准我会被逮到，丢掉一份糟糕透顶的工作。没准我会被扔进监狱。没准我这辈子已经在蹲监狱，成天背着一间牢房，在里面混日子。满意了吗？”他现在话说得太多了。情绪不稳定的人就是这样。刚才还惜字如金，下一刻就喋喋不休。他用低沉而充满倦意的声音继续自己的独白。

“我不是在冲任何人发火。我要过日子。我要吃饭。有时我还睡觉。啥时候你过来转转，来看看我吧。我住在泼顿巷上的一幢小木屋里，地方又破又小，而那条街巷实际上只是一个小胡同。我就住在埃斯梅拉达五金公司后面。厕所在一间小棚子里。我在厨房里洗澡，就在铁皮水槽边上洗。我在一张弹簧都坏了的破沙发上睡觉。那儿所有的东西都用了有二十年。这是个有钱人的城镇。过来看看我呀。我可是住在一块有钱人的地产上。”

“你关于米切尔的故事里少了一样东西。”我说。

“哪样东西？”

“真相。”

“我会去沙发底下找找看。它可能已经有点积灰了。”

上面传来一辆汽车驶入坡道的刺耳噪声。他转过身，而我则穿过通往电梯间的门，摁下电梯按铃。他是一个性情古怪的家伙，这个管理员，非常古怪。不过，也有点意思。此外，还有点悲哀。悲哀者中的一员，失落者中的一员。

电梯过了很久才来，在它抵达前，我的身边多了一个等电梯的同伴。身高六英尺三英寸，仪表堂堂，健康强壮，男性，名叫克拉克 · 布兰登。他穿着一件防风皮革大衣，风衣下面是一件厚重的蓝色翻领毛衣，一条破旧的贝德福德灯芯绒马裤，还有一双野外工程师和土地测量员在荒郊野外才会穿的长筒皮靴，用束带系紧。他看起来就像一支钻井队的队长老大。不出一小时，他就会身着一套小礼服出现在“玻璃屋”，摆出一副酒吧老大的气派，对此我毫不怀疑，况且他可能本来就是呢。拥有大把的钞票，拥有健康的体魄，还拥有大量的时间去获得这两样东西；而且，不管他去哪儿，他都会成为那里的主人。

他瞥了我一眼。电梯抵达时，他让我先走进轿厢。电梯服务员毕恭毕敬地向他行礼。他点头致意。我们都在酒店大堂下了电梯。布兰登穿过大堂，走到前台，接待员—— 一个我以前从未见过的新人——朝他露出一个大大的微笑，并递给他一沓信件。布兰登倚在柜台一端，将信封一只接一只地撕开，然后把它们扔进身边的一只废纸篓里。大部分信件的下场都一样。我身边有个放旅游小册子的陈列架。我拿起一本小册子，点了支烟，仔细地看起来。

有一封信引起了布兰登的兴趣。他读了好几遍。我能看出来，那是一封手写的短信笺，而且写在酒店的信纸上，但我也只能看出这么多了，除非我越过他的肩头去偷窥。他拿着信站在那儿。接着，他蹲下身，从废纸篓里拾起那只信封。他审视着它。他把信塞进口袋里，沿着柜台走过去。他把信封交给接待员。

“这是有人亲自送来的。你有没有碰巧看到留下它的人是谁？我好像不认识这个人。”

接待员看了看信封，点点头。“有，布兰登先生，是一个男人在我刚上班时留下的。他是一个戴眼镜的中年胖子。穿灰色西装和轻大衣，戴灰色毡帽。不像是本地人。模样有点寒酸。一个小人物。”

“他说过要找我吗？”

“没有，先生。只是让我把便条放进您的信箱里。有什么不对吗，布兰登先生？”

“他看着像个傻瓜吗？”

接待员摇摇头。“他看起来就像我刚才说过的那样。像个小人物。”

布兰登咯咯一笑。“他想封我做摩门教的主教，让我出五十块钱。很显然，这家伙是个疯子。”他从柜台上拿起那只信封，把它装进口袋。他正要转身，接着又问：“你有没有看见拉里·米切尔？”

“自从上班后我就没见过他，布兰登先生。不过，那也只有两个小时。”

“谢谢。”

布兰登走向电梯，进了轿厢。这次他乘的是另一部。电梯服务员堆出满脸笑容，向布兰登说了些什么。布兰登没答理他，连看都没看他一眼。电梯门嗖地一下合上时，那孩子一脸伤心。布兰登皱着眉头。当他皱起眉头时，他就没那么英俊了。

我把旅游小册子放回陈列架上，向前台走去。接待员兴趣寥寥地瞥了我一眼。他的眼神说，我没有在他那里登过记。“什么事，先生？”

他是一个头发灰白的男人，举止优雅得体。

“我刚刚本来想问一下米切尔先生在不在，但我已经听到你说的话了。”

“内线电话在那边，”他抬抬下巴指向电话，“接线员会帮你连线。”

“我对此表示怀疑。”

“什么意思？”

我拉开我的夹克衫，伸手去取我的袖珍信件夹。我可以看见，当接待员瞅到我胳膊下那把手枪的圆形枪托时，他的眼神顿时呆住了。我拿出了袖珍信件夹，抽出一张名片。

“方不方便让我见见你们的大堂经理？如果你们有的话。”

他接过名片，读了一下。他抬起头看着我：“请在大厅里坐一下，马洛先生。”

“谢谢。”

还没等我从柜台前完全转过身，他便抓起了前台上的电话。我穿过拱门，在靠墙处坐下，从那里我可以望见前台。我没等太久。

那个男人有一副硬挺的腰板和一张硬挺的脸庞，一身永远也晒不黑的肤色，只会在泛红后又重新变得苍白。他的头几乎梳成了一个大背头，头发大部分都是略带红色的金发。他站在拱门下，缓缓地将大厅扫视了一遍。他看我时并没有比别人多看一眼。接着，他走过来，在我身旁的椅子里坐下。他身穿一套棕色西装，系着一个棕黄相间的领结。他的衣着十分得体。他的脸颊两侧的上方长着细细的金色鬓毛。一缕灰色夹杂在金发之间，流露出一丝优雅的味道。

“我叫杰沃南，”他说，眼睛没有看我，“我知道你是谁。我口袋里有你名片。你有什么事？”

“有个叫米切尔的男人，我正在找他。拉里·米切尔。”

“你在找他，为什么？”

“公事。我找他不行吗？”

“没人说不行。他出城去了。今天一早就走了。”

“我听说了。我有点不太明白。他昨天才回到这里。坐‘超级酋长’

号。在洛杉矶，他取了自己的车，一路开过来。而且，他已经破产了。他不得不找人借款去付饭钱。他和一个姑娘在‘玻璃屋’吃晚饭。他喝得烂醉——或者也许是装的。这让他从账单中脱了身。”

“他在这里可以签支票赊账。”杰沃南冷淡地说。他的双眼一直扫视着大厅，就好像他期望看见那些凯纳斯特纸牌戏的玩家中有人会突然拔枪干掉牌友，或者那两位在巨型拼图前的老夫人中有一人会突然开始抓扯头发。他的脸上只有两副表情——冷硬，以及更加冷硬。“米切尔先生在埃斯梅拉达很出名。”

“出名，却不受欢迎。”我说。

他转过头，冷冷地瞪了我一眼：“我是这里的副经理，马洛先生。我还身兼保安主任。我不能和你讨论本酒店客人的声誉好坏。”

“你用不着。我了解情况。我四处去打听过。我已经观察过他的言行举止。昨天晚上他向某人敲竹杠，拿到了足够多的数目，可以离开这座城市。他把行李都带走了，这是我打听到的情报。”

“是谁给你这条情报的？”问这句话时，他的表情显得很强硬。

我没有回答，试图以此让自己也显得强硬有力。“除此以外，我再给你三点猜测，”我说，“第一，昨天晚上他的床没有睡过；第二，今天某个时辰，有人曾向办公室报告，他的房间已经打扫完毕；第三，你们这里值夜班的员工中，有人今晚不会露面了。没有人帮忙的话，米切尔不可能把他所有的行李都搬出去。”

杰沃南看了我一眼，然后又缓缓地扫视了大厅一圈。“有什么东西能证明你就是名片上写着的人？谁都可以印名片。”

我取出钱夹，从中抽出一小张我的侦探执照的复印件，递给他。他只瞥了一眼就还给了我。我把它收了起来。

“我们自己有组织来对付那些逃账的家伙，”他说，“这种事时有发生——在任何酒店里都是。我们不用你帮忙。而且，我们也不喜欢大厅里有枪出现。接待员看见你的枪了。其他人也能看见。九个月前，有人曾在这里行凶抢劫。有个劫犯死掉了。我开枪打死的。”

“我在报纸上读到过，”我说，“吓得我好几天都提心吊胆的。”

“你只读到了其中一部分。接下来的一周，我们损失了四五千块的生意。客人成打成打地退房。你明白我的意思了吧？”

“我是故意让接待员看到枪托的。我一整天都在打听米切尔的下落，得到的却全是闪烁其词。如果那个男人退了房，为何不直说？谁都没必要告诉我他欠了账。”

“没人说他欠账。他的账单，马洛先生，已经全部结清了。所以，你还有什么问题？”

“我觉得奇怪，为什么他退了房这件事还得保密。”

他一脸轻蔑之色。“也没人这么说。你耳朵真不好使。我说过他出城旅行去了。我说过他的账单已经全部付清了。我没说过他带了多少行李。我没说过他已经退了房。我也没说过他带走的是他所有的行李。你从所有这些里面到底想得出什么结论？”

“是谁替他付清了账单？”

他的脸微微泛红起来：“听着，老兄，我告诉过你是他自己付的。亲自付的，就在昨晚，全部付清了，而且还预付了一个星期的房钱。我对你一直很耐心。现在该你告诉我一些事情了。你在打什么主意？”

“我没打什么主意。刚才你已经说服我了。我只是觉得奇怪，他为什么要预付一个星期的房钱。”

杰沃南浅笑起来——那丝笑意非常浅，可以管它叫作一笔微笑金额的首期付款。“听着，马洛，我在军情部门干过五年。我一眼就能看穿某人——比如就像我们正在说起的那个家伙。他预付房钱是想讨好我们，因为我们对此会更开心。这样做能够稳定关系。”

“他以前也预付过房钱？”

“该死的！……”

“小心点儿，”我打断他说，“那位拿拐杖的老绅士对你的反应很感兴趣。”

他望向大厅中央，只见一个瘦削、年迈、全无血色的男人，坐在一张十分低矮的圆背垫椅上，用戴着手套的双手撑着下巴，而那双手则撑在一根拐杖的弯柄上。他朝着我们的方向张望，眼皮连眨都不眨。

“哦，他呀，”杰沃南说，“他根本看不到这么远。他已经八十岁了。”

他站起身面对我。“好吧，你守口如瓶，”他轻声说，“你是个私家侦探，你受人委托，有命在身。我唯一的兴趣就是保护好这家酒店。下次把枪留在家里。如果你有问题，来找我就行。不要怀疑我的帮助。要是传出一些流言蜚语来，我们可不会高兴。如果我向当地警察暗示说你是个讨厌的麻烦鬼，你就会发现，他们对你可不会客气。”

“临走前，我能在酒吧里喝一杯吗？”

“先扣好你的夹克衫。”

“在军情部门待的那五年让你经验丰富啊。”我抬头看着他，钦佩地说。

“对付你应该够用了。”他简单地点点头，然后穿过拱门漫步离去，腰杆笔挺，垂肩挺胸，下巴收紧，一个硬朗、精瘦、四肢匀称的男人。一个精明熟练的老手。他已经摸透了我——从我名片上印的所有信息中把我给摸透了。

接着，我注意到，坐在矮椅上的那个老头从拐杖弯柄上抬起一只戴手套的手，弯起一根手指朝我示意。我用一根手指指着自己的胸口，用眼神发出疑问。他点点头，于是我便走了过去。

他上了年纪，没错，但离衰老虚弱、昏聩眼花还远得很呢。他的白发梳成了整齐干净的分头，鼻子又长又尖、布满血丝，一双黯淡的蓝眼珠依然锐利有神，眼睑却无力地耷拉在眼睛上方。一只耳朵里塞着助听器的塑料按钮，呈灰粉红色，和他耳朵的颜色很接近。他手上戴着的绒面革手套在腕口处翻折起来。他穿着擦得铿亮的黑皮鞋，外面套着灰色的鞋罩。

“拉把椅子过来，年轻人。”他的嗓音又细又干，如竹叶般沙沙作响。

我在他身旁坐下。他眯起眼睛看着我，嘴角上浮现出一丝微笑。“我们这位了不起的杰沃南先生曾在军情部门待过五年，这一点他肯定已经告诉你了。”

“没错，先生。在陆军的反情报队[①]，其中一个分支机构。”

“‘军情部门’这个短语本身就隐含着一种荒谬[②]。这么说，你想知道米切尔先生是怎么付掉账单的？”

我盯着他。我朝那个助听器瞅了一眼。他拍了拍胸前的口袋。“在他们发明这些玩意儿很久以前，我的耳朵就聋了。拜一个在篱笆前鬼鬼祟祟的猎人所赐。是我自己的错。我想抓住他，下手却太早了。那时我还是个小伙子。我可见不得自己戴个耳喇叭，于是我就去学了读唇术。下了一番苦功才学会的。”

“关于米切尔呢，先生？”

“我们会说到他。不要着急。”他抬起头点了点。

一个声音说：“晚上好，克拉伦登先生。”一个行李员从他身边经过，朝酒吧走去。克拉伦登的目光跟随着他。

“别理那家伙，”他说，“他是个拉皮条的。我已经花了很多很多年的时间，待在世界各地的酒店里，在酒店大堂内，在休息室和酒吧中，在门廊、露台和华丽的花园里。在我的家族里，我比所有人都长寿。我会

① 反情报队（CIC, Counter Intelligence Corps）：在第二次世界大战期间和冷战前期美国陆军最重要的情报机构之一，源自美国陆军于 1917 年组建的“情报警察部队”（CIP, Corps of Intelligence Police）。

② “军情”（Military Intelligence）中的“情报”（Intelligence）一词又有“智慧”的含义。老人这里是在讽刺军队与智慧不沾边。

继续这样当个废物、好管闲事下去，直到有一天，我被人用担架抬着送进一家医院，待在某个舒适通风的僻静房间里为止。那些穿着上浆白大褂的可怕女护士会来服侍我。我的病床会被人用手摇转轮升起来，降下去。端来的托盘上是那种难吃的医院伙食，一点爱意都没有。我要频繁地去测脉搏、量体温，在我累得想睡觉时也得这样做。我会躺在那儿，听她们浆硬的衣裙的沙沙声，橡胶鞋底踩在无菌地板上的模糊声，还要看医生的笑脸，体味那种无声无息的恐怖。不久以后，他们就会在我的身上搭起氧气帐，在我那张小小的白色病床周围拉起屏风，而我就会在甚至连自己都不知道的情况下，去做世界上任何人都不用做两次的那桩事儿。”

他缓缓地转过头，看着我。“很显然，我说得太多了。先生，你的名字是？”

“菲利普 · 马洛。”

“我是亨利 · 克拉伦登四世。我属于从前人们所称道的那个‘上层阶级’。格罗顿，哈佛，海德堡，索邦。[①]我甚至还在乌普萨拉[②]待过一年。我也记不清是为什么了。毫无疑问，那是为了让我习惯去过一种悠闲的生活。这么说，你是一名私家侦探。你瞧，我总算把话题岔开，说到除我以外的其他事情上了。”

“是的，先生。”

“你之前应该来找我要情报的。不过，当然了，你之前也不可能知道这个。”

我摇摇头。我点上一支烟，先递给亨利 · 克拉伦登先生。他含糊地

① 格罗顿 (Groton) 为美国著名中学，其余三者分别为美国、德国和法国的世界著名大学。

② 此处指乌普萨拉大学 (Uppsala University)。该校坐落在瑞典中部城市乌普萨拉市，是世界百强大学之一，始建于 1477 年，也是瑞典及整个斯堪的纳维亚半岛上最早建立的大学。

点点头，拒绝了我的好意。

“不过，马洛先生，有件事你应该肯定之前就明白。这个世界上的每一座豪华酒店里，总会有半打悠闲懒散的老家伙，男女都有，他们坐在周围，就像猫头鹰似的盯着。他们会看，他们会听，他们会交流想法，他们对任何人的任何事情都了如指掌。他们没有其他事情好做，因为在所有让人感到无聊的生活方式中，酒店生活是最了无生气的。不消说，我现在也同样让你感到无聊吧。”

“我更想听您讲讲米切尔，先生。至少今晚是这样，克拉伦登先生。”

“当然了。我自我中心，荒唐可笑，还像个女学生似的叽叽喳喳。你留意到那边儿那个健美端庄、正在玩凯纳斯特纸牌的黑发女人没有？就是戴了太多首饰、眼镜上有厚厚的金丝镶边的那个？”

他没用手去指，甚至连看都没看。但我在人群中找到了她。她有一股美人迟暮的风韵，而且她看上去有点冷硬。她就是那个浑身“冰块”、满脸“涂料”的人。

“她的名字叫玛戈·韦斯特。她离过七次婚。她手里有大把的钞票，长相也还算不错，可她就是没办法留住一个男人。她做得太过了。不过，她也不是个傻瓜。她会跟米切尔那样的男人谈情说爱，她会给他金钱并为他支付账单，但是她绝对不会下嫁给他。昨晚他们吵了一架。不管怎样，我相信她可能还是替他付了账。以前她经常这么做。”

“我以为他每个月都会从多伦多的父亲那里收到一张支票呢。不够他花的，对吧？”

亨利·克拉伦登四世投给我一丝嘲讽的微笑。“我亲爱的朋友，米切尔在多伦多根本就没父亲。没有人每个月寄支票给他。他靠女人过活。这就是他要住在像这样一家酒店里的原因。在豪华酒店里，总会有几个身家阔绰、芳心寂寞的女人。她也许不漂亮，也不太年轻，但她还有其他方面的魅力。在埃斯梅拉达的淡季，也就是大概从德尔马赛马会结束到一月中旬这段日子，在这里能捞到的好处非常少。这时候，米切尔一般就喜欢出门旅行——如果手头宽裕，他会去马约卡岛[①]或者瑞士；如果手头不阔绰，他就去佛罗里达或是加勒比群岛中的一座小岛。今年他不走运。我听说他最远只到了华盛顿。”

他飞快地瞥了我一眼。我面无表情，始终保持着彬彬有礼的模样，显得我只不过是一个年纪尚轻的家伙（从他的标准来看），对一位喜欢说话的老绅士非常礼貌罢了。

“好吧，”我说，“她替他付了酒店账单，也许是这样。但她为什么还要预付一个星期的房钱呢？”

他将一只戴手套的手搭在另一只手上。他歪了歪自己的手杖，身体也随之倾斜。他低头紧盯着地毯上的图案。最后，他一咬牙关。他已经想明白这个问题了。他重新直起身子。

“那笔钱应该是遣散费，”他干巴巴地说，“是他们之间的感情无可挽回的结局。韦斯特太太，就像那句俗话说的，已经‘忍无可忍’了。另外，在米切尔的女伴队伍里，昨天又来了一个新人，一个暗红色头发的姑娘。是栗红色，不是火红色，也不是草莓红。在我看来，他们的关系有点不寻常。两个人似乎都比较紧张。”

“米切尔会勒索女人吗？”

他咯咯地笑了起来：“他连襁褓里的婴儿都能下手。靠女人过活的男人总是在勒索她们，尽管他们也许不会用到‘勒索’这个字眼。要是他能亲手摸到她们的哪怕一张票子，他还会从她们那里偷钱。米切尔用玛戈·韦斯特的名字伪造过两张支票。他们的感情就此告吹了。毫无疑问，她有的是支票。但是除了守着它们以外，她什么事也不会做。”

① 马约卡岛（Majorca）：西班牙的巴利亚利群岛的最大岛屿，位于地中海西部，是世界著名的旅游景点。

“克拉伦登先生，我非常尊敬您，请允许我冒昧地问上一句：您究竟是怎么知道所有这些事情的？”

“她都告诉我了。她曾趴在我的肩头上哭泣，”他望向那个健美端庄的黑发女人，说，“这会儿她的样子不错，看起来就像是我在这里编瞎话。但不管怎样，我说的是事实。”

“那您为什么要告诉我呢？”

他的面庞扭曲起来，呲牙咧嘴，露出一脸相当可怕的狰狞笑容。“是我考虑不周啊。我倒是挺想自己把玛戈·韦斯特娶走的。这样就会打破旧套路。到了这把年纪，一点极小的事情都会让我觉得开心，比如，一只蜂鸟，一朵鹤望兰[①]开花的奇特方式。为什么在其生长过程中，鹤望兰的花苞在某个节点会转向一侧垂直生长？为什么花苞会那么缓慢地逐步绽放？为什么花朵总是会按照一定的精准次序慢慢成形，于是，未开放的花苞尖端状如鸟喙，和蓝色橘色的花瓣一起，长成一朵鹤望兰？到底是哪个奇怪的神明创造了这样一个错综复杂的世界，而他也许原本能让这个世界更简单呢？他是无所不能的吗？他是如何做到无所不能的？世上有那么多的苦难，几乎全部由无辜的生命承担。当母兔和它的幼崽们被雪貂逼在洞穴里，为什么它会将孩子们护在身后，情愿牺牲自己，让天敌撕碎它的喉咙？为什么？再过两星期，它甚至根本就认不出它们来。你相信上帝吗，年轻人？”

这真是转了一个大圈子，不过看情形，我必须绕这道弯。“如果您是指一个无所不知、无所不能，严格遵循世界运转之道规划万事万物的上帝，那我可不信。”

“但你应该信，马洛先生。这是一份莫大的安慰啊。我们所有人最终都会走到这一步，因为我们必须死去，化为尘土。也许对个人而

① 鹤望兰（strelitzia）：又名“天堂鸟花”或“极乐鸟花”，原产南非，因形似仙鹤昂首远望而得名。

言，那就是一切，也许又不是。关于来世，存在着许多严肃的争议。我想，要是让我在天堂跟一个刚果侏儒或中国苦力，或者黎凡特①的地毯贩子，或好莱坞制片人住在一起，那我可真的不会乐意。我是个势利鬼，我猜，而上述评论本身也很鄙俗。我也无法想象，天堂是由一个我们这里称之为‘上帝’的人物所管辖的，他和蔼可亲，还蓄着一把长长的白胡须。这些都是极其幼稚的心灵所持有的愚蠢观念。然而，你不能去质疑一个人的宗教信仰，无论它们显得有多蠢。当然了，我没有任何权利相信自己一定会进天堂。事实上，它听起来相当无趣。另一方面，我又怎么能够想象一个在受洗之前就不幸夭折的婴儿，会和一个雇佣杀手，或一名纳粹死亡营指挥官，或一位政治局委员待在地狱的同一层？多奇怪啊，虽然人类是一头肮脏的小野兽，但他最卓越的抱负，还有他最高尚的行动，他伟大无私的英雄主义情怀，他那日复一日生活在严酷世界里的持久勇气——这些东西，竟然比他在这个地球上承受的命运要好得多，这是多么奇怪的事啊。总得设法让这件事合乎情理才对吧。别跟我说什么荣誉心只是一种化学反应，或者一个人愿为另一人献出生命的举动只是在遵从一种行为范式之类的话。上帝对一只中毒痉挛的猫咪在广告牌后孤独死去会开心吗？上帝对生活残酷无情、唯有适者方可生存的状况会高兴吗？适者又是针对什么而言的呢？哦，不，完全不是这么回事。如果上帝真的像字面意义上所说的那样无所不能、无所不知，那他根本就不会自找麻烦，创造出这样一个宇宙来。没有失败的可能性就不会有成功，没有艺术材料的顽强抵抗，艺术就不会诞生。容我冒昧揣测一番：上帝也会有事事不顺的倒霉日子，而上帝面对的可是漫漫长日——这算不算是亵渎神明？”

---

① 黎凡特 (Levant)：该词源于拉丁语，意即“东方”，指地中海东部沿海地区，广义上包括从希腊经土耳其、叙利亚、黎巴嫩、巴勒斯坦到埃及的地中海沿岸地区。

“您是一位智者，克拉伦登先生。您刚才说过几句关于打破旧套路的话。”

他淡淡一笑：“你以为我陷进自己的长篇大论里找不着北了。不，先生，我没有。一个像韦斯特太太那样的女人，几乎总会嫁给这么几类人——佯装高雅的婚姻淘金汉，留连鬓胡的探戈舞蹈家，皮肤白皙、肌肉健美的滑雪教练，家道中落的法兰西与意大利贵族，以及虚有其表的中东小王子，一个比一个差劲。在最不济的情况下，她甚至会嫁给像米切尔那样的男人。要是跟我结婚，虽然她是嫁给了一个单调乏味的老东西，但至少她嫁的是一位绅士。”

“对。”

他咯咯地笑道：“这个单字表明，亨利·克拉伦登四世有点话多讨人嫌了。我不怪你。好吧，马洛先生，为什么你会对米切尔感兴趣？不过，我猜你不能告诉我原因。”

“没错，先生，我不能说。我想知道的是：他为什么刚刚回来就这么匆忙地离开？谁替他付了账单？还有，如果是韦斯特太太或是像克拉克·布兰登那样的某个有钱朋友替他付的，那又有什么必要再为他预付一个星期的房钱？”

他那对稀疏的细眉挑了起来。“布兰登只消打个电话就能轻松地为米切尔的银行账户作担保。韦斯特太太恐怕更乐意直接把钱给他，让他自己去付账。但先预付一个星期？我们的杰沃南为什么要这样跟你说？你觉得那意味着什么？”

“那意味着，米切尔身上出了什么事，而酒店不想让外人知道。那种事也许会造成某些他们讨厌的负面影响。”

“比方说？”

“我指的是像自杀和谋杀这样的事。这只是打个比方而已。你留意过吗，当一家大型酒店里有客人跳窗自杀后，人们几乎从不会提这家酒店的名字？那永远都是一家坐落在市中心或是商业区里的酒店，或者是一家远近闻名的高级酒店。而且，如果那是一个相当高档的地方，你在大堂里就永远看不到任何警察，不管楼上发生过什么。”

他的视线转向一边，我也跟着他望过去。刚才玩凯纳斯特纸牌戏的那桌人，这会儿开始散伙了。那个花枝招展、“冰块”加身，名叫玛戈·韦斯特的冷女人，跟其中一个男伴漫步离开，朝酒吧走去，她口中叼着的烟嘴向外翘起，好似船首的一根斜桅。

“然后呢？”

“那么，”我说，一边竭力稳住自己，“如果米切尔在酒店记录中保留了他的房间，不管他住的是哪一间房——”

“418，”克拉伦登平静地插嘴道，“靠海那边。淡季时要十四块一天，旺季则要十八块。”

“对一个穷困潦倒的家伙来说，那可不算便宜。不过，让我们这么说吧，他还是订了这个房间。这样一来，不管实际上发生过什么，在酒店记录里，他都只是外出离开了几天而已。昨天深夜他还醉醺醺的，难闻得像只臭鼬，今天凌晨七点前后，他就取出了自己的汽车，往车里装好了行李。挑这个时辰走人，真他妈莫名其妙。”

克拉伦登把背往后一靠，让戴着手套的双手无力地垂放下来。我能看得出，他开始感到疲惫了。“如果事情真像你想的那样，那酒店的人不是该更希望让你以为，他离开后就不会回来了吗？然后你就得上别处去找他。也就是说，如果你要找的人确实是他的话。”

我直面他黯淡的眼神。他咧嘴一笑。

“我感觉你有点不太对劲，马洛先生。我喋喋不休，却不是只为了听见自己说话的声音。无论如何，我听声音都很不自然。说话让我有个机会去观察别人，这样也不会显得粗鲁无礼。我观察过你。我的直觉——如果这个字眼正确的话——告诉我，你对米切尔的兴趣和你的真实意图并不怎么相干。否则，你也不会对这件事如此开诚布公了。”

“嗯——啊。可能是吧。”我说。在一段流畅清晰的散文段落中，这是一处糟糕的败笔。亨利·克拉伦登四世本应让我心生感激才对。可我现在连一句该死的话都说不出来了。

“现在你走吧，”他说，“我累了。我要上楼回我房间里躺一小会儿。很高兴见到你，马洛先生。”他慢慢站起身，用手杖稳住身体。他费了不少力气。我在他身旁站了起来。

“我从不跟人握手，”他说，“我的手很难看，叫人讨厌。我戴手套就是出于这个原因。晚安。如果我们没机会再见，那就祝你好运。”

他离开了，慢慢地走着，脑袋挺得笔直。我能看出来，走路对他来说不是一件轻松的事。从大厅前往拱门的两级台阶，他得先迈一步后迈一脚地往上爬，中间还要停顿休息片刻。他总是先将右脚跨出去。那根手杖在他的身体左侧重重地往下压。他穿过拱门出去了，我注视着他朝一部电梯挪动。我可以断定，这位亨利·克拉伦登四世先生是一个相当圆滑的家伙。

我一路溜达进了酒吧。玛戈·韦斯特太太正和刚才玩凯纳斯特纸牌戏的男伴之一坐在琥珀色的昏黄暗影中。侍者正在为他们摆酒具。我没太在意他们，因为在远处靠墙的小卡座里，有个我更熟悉的人。孑然一身。

她还穿着同样那身衣服，只有那条发带除外，她已经把它从头发上解开了，这会儿它正松散地挂在她的脸颊周围。

我俯身落座。侍者走上前来，我点好酒水。他走开了。从看不见的留声机里传出的音乐品味庸俗，带着迎合讨好的味道。

她微微一笑。“很抱歉，上次我对你发脾气了，”她说，“我太失礼了。”

“没关系。当时是我活该。”

“你来这里是为了找我吗？”

“也不算是。”

“那你是——哦，我忘了。”她伸手拿起皮包，将它放在腿上。她在里面胡乱翻了一阵，拿出一样小东西，越过桌子递给了我。那是一个装旅行支票的小皮夹，但对她的手掌来说还不够小，没法藏得下。“我答应过要给你这些。”

“不用。”

“拿去，你这傻瓜！我可不想让服务员看见。”

我接过那沓旅行支票，让它滑入自己的口袋。我把手伸进外套里面的口袋，从中掏出一小本收据簿。我先填好存根联，然后在收据上写下：“兹收到加利福尼亚州埃斯梅拉达镇卡萨·德尔泼尼安忒酒店的贝蒂·梅菲尔德小姐所付总额五千元的美国运通旅行支票，每张面额一百元，已经物主连署；该款项仍归物主所有，随时可供取用，直至物主与本人（即署名者）商定费用，且署名者同意接受物主雇用。”

我在这段冗长的废话后面签好名字，然后把收据簿拿给她看。

“你看一遍，然后在左下角签上你的名字。”

她接过收据簿，将它凑近灯光。

“你真让我觉得不耐烦，”她说，“你到底想证明什么？”

“我想证明的是：我很诚实，而且你也这么想。”

她接过我递出的钢笔，签好字，然后把那玩意还给了我。我撕下收据正本，交到她手里。我放好了收据。

侍者走了过来，在我面前放下酒杯。他没等我们付小费。贝蒂朝他摇摇头。他走开了。

“你怎么不问我有没有找到拉里？”

“好吧。你找到拉里了吗，马洛先生？”

“没有。他从酒店溜走了。他在四楼有个房间，跟你那间位于同一侧。几乎可以肯定就是在你下面那间。他拿了九件行李，全塞进了他那辆别克轿车里。有个在酒店里四处偷窥的家伙，名字叫杰沃南——他自称是副经理兼保安主任——他对米切尔结清账单，甚至预付了一个星期的房钱感到很满意。他一点也不担心。当然，他不喜欢我。”

“还有人会喜欢你？”

“你就喜欢——我值五千块呢。”

“哦，你个白痴。你觉得米切尔还会回来吗？”

“我刚才跟你说过，他预付了一个星期的房钱。”

她静静地呷了一口酒。“没错，你说过了。不过，那也可能有别的什么意思。”

“肯定的。就随便说说啊，打个比方，我可以这么讲，可能是那种意思——他根本没有付账，而是另外某个人替他付的。而且，那另外某个人需要时间去做某些事情——比如，把昨晚在你阳台上出现的那具尸体处理掉。前提是，如果当时的确有具尸体的话。”

“哦，别说了！”

她喝干那杯酒，掐灭烟头，丢下我和账单，起身便走。我结了账，随即穿过大厅，脑子里也想不出为什么。也许纯粹是凭着直觉在行事吧。接着，我看见戈布尔进了电梯。他似乎神情紧张。转身时他与我视线相错，或者好像是那样，但他没露出一丝认识我的迹象。电梯上楼了。

我走出酒店，钻进自己的汽车，一路开回朗齐奥·戴斯坎萨多。进屋后，我躺倒在沙发上，开始小睡。忙碌的一天啊。或许如果我休息一下，清一清脑子，我就能稍微弄明白一点自己手上的事情。

十八

一小时后，我把车停在了那家五金店的门口。它并不是埃斯梅拉达镇唯一的五金店，但只有它靠着那条名叫泼顿巷的小街。我向东走去，一边数着商店。到街角处为止，共有七家店铺，全带着平板玻璃和镀铬边框，闪闪发亮。街角上有一家服装店，橱窗里摆着几具人偶，还有一些围巾、手套和人造珠宝饰品，都陈列在照明灯下。没有标价。我绕过街角，转向南行。粗壮的桉树在人行道上茂盛生长。它们的枝条低垂下来，树干显得既坚硬又沉重，和在洛杉矶周围生长的那些高大脆弱的玩意截然不同。泼顿巷远端的角落里，有一家汽车代理行。我沿着它光秃秃的高墙行走，一路上，视线扫过残破的板条箱、成堆的硬纸盒、垃圾桶、积满尘埃的停车位、雅致美观的后院。我清点着楼房的数目。这么做很简单。没有任何问题。一座小木屋的小窗户里亮着一盏灯，在很久以前，这里曾是某人简朴的家。小屋前面有一道木质门廊，带着一截断栏杆。栏杆上曾经刷过油漆，但那是很久以前的事了，早在商铺将它吞并之前。曾几何时，这里甚至或许还有一座花园。屋顶上的木瓦已经弯翘变形。前门门板上泛出脏兮兮的芥末黄色。窗户关得死死的，需要用水管才能冲洗干净。几块玻璃后面挂着一副旧遮阳卷帘的残骸。两级台阶朝上伸向门廊，但只有一级台阶上还有踏步板。小屋的后面，在通往五金店的装卸平台的半路上，有一座以前大概是户外旱厕的简陋建筑。但我能看见，一根水管从下沉倾斜的墙面中穿进去。有钱人改造的设施，安装在有钱人的地产上。一座孤零零的贫民窟。

我跨过那级只剩下一个坑的台阶，敲响房门。这里没装门铃。无人回应。我试着拧了拧门把手。无人给门上锁。我推开它，走了进去。我有一种感觉。我在屋里会发现什么叫人恶心的东西。

一盏旧台灯在灯座上弯成钩状，纸糊的灯罩破损开裂，里面的灯泡还亮着。屋里有一张沙发，上面搁着一条脏毯子。还有一把旧藤椅，一张波士顿摇椅，以及一张盖着污迹斑斑的油布的桌子。桌面上，在一只咖啡杯旁，一份西班牙文报纸《日报》打开着，还有一只塞满烟蒂的茶托、一个脏盘子和一台小型收音机，收音机里正放着音乐。乐曲结束后，一个男人开始用西班牙语飞快地念起一则广告。我关掉了它。沉寂降临，仿佛一袋羽毛轻轻飘落。接着，从一扇半掩的门的背后，传出一只闹钟滴答走动的声响。然后是小铁链的碰撞声，扑扇翅膀的吵闹声，一个沙哑的嗓音突然喊道："是谁？是谁？是谁？"[①] 紧接着响起一阵像群猴发怒时的吱吱乱叫声。然后又是沉寂。

房间角落上方挂着一只大笼子，一只鹦鹉在里面瞪着圆眼珠恼怒地看着我。它在栖木上侧身移动，挪到尽可能远的一端。

"你好啊，朋友。"我说。

鹦鹉爆发出一阵尖厉的狂笑。

"张嘴时小心点儿，老兄。"我说。

鹦鹉横着身子走到栖木的另一端，在一只白色的杯子里啄了啄，然后轻蔑地抖落鸟喙上的燕麦片。另一只杯子里装着水。它跟燕麦片混成了一团糊糊。

"我敢打赌，你甚至没受过卫生训练。"我说。

鹦鹉死死地盯着我，拖着爪子挪来挪去。它扭过头，用另一只眼睛继续盯着我。接着，它向前倾身，尾羽一抖，用行动证明我是对的。

"笨蛋！"它嘶喊道，"滚出去！"

屋子里的某处，水珠正从漏水的龙头里滴落下来。闹钟滴答作响。鹦鹉放开嗓子模仿着滴答声。

我说："挺漂亮的嘛，小鹦哥儿。"

"你个婊子养的浑蛋。"鹦鹉回敬道。

我朝它冷笑一声，然后推开那扇半掩着的房门，走进了应该算是厨房的地带。水槽前面，地板上的油地毡已经磨穿，透过它能看见底下的厚木板。这里有一座带三个炉口、锈迹斑斑的煤气炉，一张开放式的橱

① 此处及后文中鹦鹉所说的话均为西班牙语。

架，上面摆着几只碟子和那个闹钟，角落里的支撑物上有一个用铆钉固定住的热水箱，古董级的款式，没有安全阀，所以很容易爆炸。房间里有一道狭窄的后门，关着，一把钥匙插在锁孔里，还有唯一的一扇窗户，也锁着。一只电灯泡从天花板上垂挂下来。灯泡上方的天花板四处开裂，被从屋顶漏进来的雨水弄得污渍斑斑。在我身后，那只鹦鹉漫无目的地在栖木上拖着爪子挪动，偶尔发出一下无聊的沙哑嘶叫。

镀锌的滴水板上放着一小截黑色的橡皮管，旁边是一支玻璃材质的皮下注射器，柱塞推到了顶部。水槽里还有三只又细又长的空玻璃管，小软木塞丢在一边。这种管子我以前见过。

我打开后门，踏入门外的场地，朝那个改装的简易厕所走去。它的屋顶倾斜着，正面约有八英尺高，背面则不到六英尺。门是朝外开的，里面的空间太小，没法往里开。房门已经上了锁，但门锁老旧不堪。在我面前，它没有抵抗多久。

男人粗糙的脚趾几乎碰到了地面。他的脑袋悬在高处的黑暗之中，距离撑起房梁的那根四寸宽二尺厚的木料只有几英寸远。他悬吊在一根黑色的电线上，很可能是一段电灯线。他两只脚的脚趾都朝下点向地面，仿佛他是想踮起脚尖站立。他那条土黄色牛仔裤上磨损的翻边在他脚后跟下方垂着。我伸手触碰他，花了足够长的时间确认，他的身体已经彻底冰冷，再放他下来已经毫无意义。

他下定了赴死的决心，非常确定。他站在自家厨房的水槽边，用橡皮管子绕着胳膊缠住打结，然后握紧拳头，让青筋暴跳出来，再将一整管吗啡打进了自己的血管。既然所有三只玻璃管都是空的，不难猜到，其中至少有一只应该是满的。他不可能打得不够剂量。接着，他放下注射器，解开打结的橡皮管。像这样直接打一针吗啡到血管里，要不了多久就会见效。然后他走出房间来到厕所，站在椅子上，用电线绕住自己的脖子。到那时，他应该已经头晕目眩了。他只是站在那里等待着，直到他的双膝松软无力，身体的重量解决了余下的问题。他什么也不会知道。当时他应该已经陷入长眠。

我在他面前掩上了门。我没有再回屋里去。当我沿着路边朝泼顿巷——那条美观气派的住宅街——走去时，棚屋里的那只鹦鹉听见了我的动静，尖叫起来："是谁？是谁？是谁？"

是谁呢？谁也不是，朋友。不过是黑夜里的一下脚步声罢了。

我静静地走着，离开了这里。

十九

我静静地走着，没有明确的方向，但我心里清楚，最终我会在何处止步。我一直都清楚。在卡萨·德尔泼尼安忒酒店。我走回格兰德大街，钻进我的车，漫无目的地绕了几条街区，然后像往常一样，把汽车停在酒吧门口附近的车位里。钻出车门时，我看到了停在旁边的那辆车。是戈布尔的那辆黑色小破车。他简直像邦迪创可贴一样黏人。

换作其他时候，我会绞尽脑汁地想弄清他的意图，可现在，我有一个更糟糕的问题要处理。我得去找警察报案，告诉他们有人上吊自杀了。但我真不知道该对他们说什么。我为什么去他家？因为，如果他所言不虚的话，他曾经见到米切尔一早离开。那件事为什么重要？因为我自己正在找米切尔。我想跟他开诚布公地谈谈。谈什么？至此，我的回答必然会指向贝蒂·梅菲尔德，我得解释她是谁，来自哪里，为什么要更名改姓，以前在华盛顿或者弗吉尼亚州或者其他任何什么地方出过什么事情，以至她要逃离那里。

我口袋里还装着她那沓五千元的旅行支票，而她甚至连我名义上的委托人都算不上。我被困住了，彻彻底底地。

我走到悬崖边缘，倾听海浪拍岸的涛声。我什么也看不见，除了浪花在海湾外撞碎时偶尔闪烁出的微光。海湾里，波浪不会碎裂，它们彬彬有礼地轻轻滑入，就像商店里的巡视员那样。稍后会有一轮明月当空，但它现在还没有登记入住呢。

有人站在离我不远的地方，和我一样在遥望大海。是个女人。我等她动弹。当她动起来时，我就会知道自己是否认识她。世上没有哪两个人会以相同的方式行动，正如世上没有哪两组指纹可以完全匹配。

我点上一支烟，让打火机的光亮照在我脸上。她走到了我的身边。

“你能不能别再这么到处跟着我？”

“你是我的委托人。我正试着保护你。也许在我过七十岁生日的那一天，有人会告诉我是为了什么。”

“我没请你来保护我。我也不是你的委托人。你干吗不回家去——如果你有家的话——别再惹人烦了好不好？”

“你是我的委托人——你已经付了我五千块。拿了钱我就得去做点事——即使这点事只不过是蓄蓄小胡子。”

“你真让人受不了。我给你这笔钱就是想让自己一个人待着。真受不了你。你是我见过的所有人里最让我讨厌的家伙。以前我还遇上过几个好人呢。”

“里约的那幢高层豪华公寓住宅又是怎么回事？在那里，我会穿着一身丝绸睡衣休闲度日，把玩你那头性感撩人的长发，而管家则会为我们摆上韦奇伍德瓷器和乔治王时代的银器，同时露出略显狡猾的微笑，做着那些优雅的姿势，就像一个娘炮发型师在银幕明星周围飞来飞去那样，不是吗？”

“噢，闭嘴！”

“开价不太靠谱，嗯？只是个一闪而过的念头罢了，或者，恐怕连那个都算不上。那些甜言蜜语只是花招，为了让我宰割自己的睡眠时间，急匆匆地四处寻找根本不在那里的尸体而已。”

“就从来没有人给你的鼻梁狠狠来上一拳吗？”

“常有的事，但有时候我会让他们打偏。”

我一把抓紧她。她试图从我手中挣脱，但没用指甲来掐我。我亲了她的头顶。突然间，她朝我贴近，抱紧了我，抬起她的面庞。

“好啊。来亲我吧，如果这能让你多少感到满意的话。我猜，你巴不得现在身边就有一张床。”

“我是个好人。”

“别自欺欺人了。你是个肮脏卑鄙的探子。来亲我啊。”

我亲了她。趁我的嘴贴在她嘴边，我开口说：“今晚他上吊自杀了。”

她浑身一抖，猛地从我身边弹开。“谁？”她用几乎无法耳闻的声音问。

“在这里值夜班的车库管理员。你可能从来没见过他。他在服用墨斯卡灵[①]，抽毒烟，吸大麻。但在今晚，他给自己打满吗啡，然后在他棚屋后面的厕所里上吊了。他住在泼顿巷，那条巷子就在格兰德大街后面。”

她这会儿在发抖。她倚靠在我的身上，仿佛为了不让自己摔倒。她想说点什么，但话到嘴边却变成了一阵沙哑的嘀咕声。

“就是他告诉我，米切尔今天一大早带着九件行李离开了。当时我还有点信不过他。他把他的住址告诉了我，于是，我傍晚就想过去再和他多聊一会儿。而现在，我必须去找警察，告诉他们这个情况。我该怎么跟他们说才能不提到米切尔，还有不提到你的头上呢？”

“求你了——求求你了——求求你放过我吧，别把我扯进去，”她轻声说道，“我会给你更多的钱。你想要多少钱我就给你多少。”

---

① 墨斯卡灵（mescaline，简称 mesca）：学名三甲氧苯乙胺，是一种效果强烈的致幻剂型毒品，从生长在墨西哥北部与美国西南部干旱地带的一种仙人掌的种子、花球中提取，故又称“仙人球毒碱”。

“看在上帝的分上。你给我的钱已经超过了我应得的数目。我想要的不是钱。我是想弄明白自己到底在做什么，以及为什么要那样做。你以前肯定听说过‘职业道德’这个东西吧。我的身上还沾着它的一点残屑。现在你是我的委托人吗？”

“是的。我投降。到头来他们所有人都得向你投降，不是吗？”

“才不是呢。我经常被他们耍得团团转。”

我从口袋里掏出那只装旅行支票的小皮夹，打开袖珍手电筒照着支票，然后从中撕下了五张。我重新折好皮夹，把它递给她。“我收下这五百块。这样一来就合法了。现在告诉我事情的全部经过。”

“不。你根本没必要对任何人说起那个人的事。”

“不，我得去。我必须现在就去警察局报案。我必须这么做。现在我脑子里编不出什么故事能瞒过他们，三分钟之内就会被他们识破。接着，收好你这些该死的支票——要是你再拿它们往我手里塞，小心我抽你屁股。”

她一把抓过皮夹，向酒店飞奔而去，消失在黑暗中。我只是站在原地，感觉自己像一个该死的傻瓜。我不知道自己在那里站了多久，不过最后，我把五张支票塞进口袋，疲惫不堪地回到车上，发动引擎，开往那个我清楚自己必须去的地方。

二十

有个经营小汽车旅馆、名叫弗雷德·波普的人，以前曾跟我谈起过他对埃斯梅拉达镇的看法。他上了年纪，喜欢聊天，听他说话总会让我有点收获。最不太可能帮上忙的那些人，有时会抖落出一两件事情，而这些事对我的工作却意义重大。

“俺待这块儿有三十年了，”他说，“上这儿来的时候，俺还得着干哮喘。这会儿俺倒得上湿哮喘了。俺记得，以前这镇子上特安静，老多狗都睡大马路中间儿，你就得停下车——要是你有辆车开的话——出来把它们推一边儿去。那帮畜生只会冲你翘嘴角儿，动都懒得动。星期天那光景就跟你已经埋土里似的。所有门都关得像银行保险库那么严实。去格兰德大街上走一遭，你会像停尸间里的死鬼，屁大点儿乐子都找不到。你甚至连包烟都没法买。到处都静得要命，老鼠捻须你都能听见。俺跟俺那老伴——她已经死了有十五年了——以前在俺们贴悬崖那条街的小房子里，一边玩克里比奇牌[①]，一边竖起耳朵听，没准就有啥乐呵事儿呢——比方有个老家伙拄根拐棍出来散步啥的。俺不清楚是赫尔维格一家子想让这镇子变成现在这样，还是赫尔维格老头子为了使坏才故意这么做的。那些年里他也不住在这儿啊。他是个搞农具生意的大人物。"

"更有可能的是，"我说，"他这个人够聪明，知道像埃斯梅拉达这样的地方会变成一桩包赚不赔的投资买卖。"

"没准儿吧，"弗雷德·波普说，"不管咋的，他几乎把这镇子翻了个个儿。又过了不久，他就搬过来住了——山上那些刷过灰泥、屋顶还盖层瓦片的豪华住宅，其中有一座就是他的。相当时髦。他家有带阳台的花园、大块的绿草坪和开花的矮树，还有用锻铁铸造的大门——从意大利进口的，俺听说，还有用亚利桑那大卵石铺的小路，而且他不止这么一个花园，有六个哪。他的地儿也够大，能让邻居们都离他远远的。他一天要喝上两瓶烈酒，俺还听说他是个很难应付的主顾。他有个女儿，帕特里夏·赫尔维格小姐。她以前就是个真正的小甜心，到现在都还是。

① 克里比奇牌（cribbage）：一种二至四人玩的纸牌戏，用插在有孔的计分板上的小钉计分，首先获得一百二十一分或先完成两圈记录为正的玩家即可获胜。

“到那时候，埃斯梅拉达已经开始慢慢住人进来了。一开始有很多老女人跟她们老伴——俺跟你讲，那阵子做‘白事儿’生意真是相当红火，因为那些病恹恹的老头一死，就被他们亲爱的寡妇老伴花钱埋了。那些该死的女人个个长命百岁。俺老伴却没有。”

他顿了一下，将头别开了一会儿，然后才接着说。

“那时候，从圣迭戈到这儿已经通了有轨电车，但镇上还是静悄悄的——实在是太静了。几乎没多少人生在这块儿。人们觉着生孩子这事儿有点太下流了。可战争改变了一切。如今俺们这儿有干粗活儿的汉子，有穿牛仔裤和脏衬衫上学的小混混，有搞艺术的，有乡村俱乐部里的醉鬼，还有那些个小礼品铺子，里边儿卖你一只不咋地的高球杯就要八块五毛。俺们这儿还开了许多餐厅和烟酒杂货店，但俺们还没有广告牌、弹子房或是不用下车就能吃饭看电影的地儿。去年，他们想在公园里装个投币望远镜。镇议会的议员们叫得那个山响咧，你真该好好听听。不消说，他们枪毙了那个提案，可打那以后，这地儿就再也不是什么‘鸟类庇护所’了。俺们有了像贝弗利希尔斯那样的时髦商店。还有帕特里夏小姐，她像只水獭似的，把一辈子都花在为这座城镇添砖加瓦上。赫尔维格五年前死掉了。那些医生跟他说，他必须控制自己的酒量，否则他连一年的工夫都活不过。他把医生们臭骂了一顿，然后又说，要是他不能想啥时候喝就啥时候喝，比如早上、中午或者晚上，那他就不喝，如果他再沾一滴酒，他就不得好死。他戒了酒——结果不出一年就死了。

“那些大夫因为这件事闹出了大笑话——他们总是犯像这样的糗事儿——而俺猜啊，赫尔维格小姐也因为他们而弄出了名。甭管咋的，他们都从医院里被踢出去了，这么一来，他们就没法在埃斯梅拉达混下去了。反正根本无所谓的啦。俺们这儿大概还有六十个医生呢。这个镇上有很多赫尔维格家的人，有的嫁了人改了姓，不过无论如何他们都还是一家子。有的很有钱，有的得干活糊口。俺猜，赫尔维格小姐比大多数人干得都勤快。她现在都八十六了，可人还是像骡子一样倔。她不嚼烟草，不喝酒，不抽烟，不骂脏话，也不化妆。她给城里盖了医院、私立学校、图书馆、艺术中心、公共网球场，还有上帝才知道的其他那些东西。而她还是在开一辆跑了三十年的劳斯莱斯，雇人载着她开，那破车就跟瑞士手表一样吵死人。这儿的市长跟某个赫尔维格家的人住得很近，都在山脚下，两步路就到。俺猜啊，连市政中心都是她出钱盖的，然后她又把它卖给了市政府，一块钱就卖了。她真是个了不起的女人。当然，俺们这儿也有犹太人，不过让俺跟你讲点事儿。有人说，要是你不留神的话，犹太人就会狠狠地宰你一刀，偷走你的钱财。那全是胡扯。犹太人就是喜欢做买卖；他爱做生意，但他只会在表面上耍硬罢了。骨子里，犹太商人一般都很好打交道。他有人情味儿。要是你想找那种冷血痞子扒你的皮，现在俺们这儿倒还真有一帮这样的家伙。他们会连你的骨头都一块儿剔干净，然后还要叫你再付一笔服务费。他们会抢走你死咬在牙齿中间的最后一块钱，然后瞪着你，倒好像这块钱是你从他们身上偷的。”

二十一

在赫尔维格街和奥克特街的拐角处，有一座带着现代派风格的长条形建筑，警察局就是其中的一部分。我停好车，走进警察局，心里还在盘算该如何讲述我的故事，同时我也清楚，自己现在是非说不可了。

办公室很小，却非常干净，桌前的值班警察穿着一件衬衫，上面有两道笔挺的褶痕，而他的警服似乎在十分钟前刚刚熨过。一组六只扩音器挂在墙上，正在播放全县各地的警察和治安官的汇报。桌上有一块倾斜的名牌，上面写着值班警察的名字：格利戴尔。他就像所有其他警察那样看了我一眼，等待着。

“先生，您有什么事吗？”他的嗓音平静悦耳，那副严于律己的神情，是你在最恪尽职守的警察脸上所能看到的那种。

“我必须前来报告一起死亡事件。在格兰德大街的五金店后面，一条名叫泼顿巷的小巷里有间棚屋，一个男人正吊在一个像是简易厕所的地方。他死了。完全没有救了。”

“请问您的姓名是？”他已经摁下了通话按钮。

“菲利普·马洛。我是一名洛杉矶的私家侦探。”

“您留意过那地方的门牌号吗？”

“我没看到有什么门牌号。但它就在埃斯梅拉达五金公司背后。”

“呼叫救护车，紧急情况，”他对着麦克风说，“疑似自杀事件，地点是埃斯梅拉达五金公司后面的小屋。一名男子吊在屋子后面的厕所里。”

他抬头看着我：“您知道他的姓名吗？”

我摇摇头：“不过，他是卡萨·德尔泼尼安忒酒店的车库夜间管理员。”

他在一本记事簿里飞快地翻了几页。“我们认识他。有吸食大麻的前科记录。不晓得他是怎么保住差事的，但也许他现在已经戒了，像他这种劳力在这儿挺缺。”

一名身材高大、面若磐石的警督进了办公室，他飞快地瞥了我一眼，随即又走了出去。一辆汽车发动了。

值班警察在一部小型用户交换机上轻快地摁下一个按钮。“警监，我是值班台的格利戴尔。有位菲利普·马洛先生刚才报告在泼顿巷里发生一起死亡事件。救护车已经出动。格林警督正在路上。有两部巡逻警车在现场附近。”

他听了一会儿指示，然后看着我，说：“亚历山德罗警监想和您谈谈，马洛先生。请沿着走廊过去，在右边的最后一扇门。”

在我穿过旋转门之前，他又对着麦克风说起话来。

右边最后那扇门上有两个名字。亚历山德罗警监的名牌紧钉在木门上，格林警督的名牌则插在一个可替换的夹板上。门半开着，我于是敲敲门，走了进去。

坐在桌前的男人衣着整洁干净，和那名值班警察一样。他正拿着放大镜端详一张卡片，身旁有一台录音机传出皱巴巴的、令人不悦的声音，讲述着某个枯燥乏味的故事。这位警监身高约六英尺三英寸，有一头浓厚的黑发和一身干净的橄榄色皮肤。他的警帽就放在旁边的办公桌上。他抬起头，关掉录音机，放下手中的放大镜和卡片。

“请坐，马洛先生。”

我坐下了。他一言不发地看了我好一会儿。他有一双相当柔和的棕色眼睛，但他的嘴唇线条却不柔和。

“我知道，你认识卡萨酒店的杰沃南少校。”

“我跟他打过交道，警长。我们算不上亲密的朋友。”

他淡淡一笑。“那是很难指望。他可不喜欢私家侦探在酒店里盘问他。他以前曾在陆军反情报队干过。我们现在都还称他‘少校’。这是我待过的最他妈讲礼貌的城镇。在这里，我们就是他妈的一群好好先生，但再怎么说，我们都还是警察。现在来谈谈这个塞费里诺·张的事情？”

“原来他叫这名字。我还不知道呢。”

“没错。我们认识他。我能问一下，你来埃斯梅拉达做什么吗？”

“我受雇于洛杉矶市的一位律师克莱德·安姆尼，他要我去接‘超级酋长’号并跟踪一名目标人物，直到该人在某地落脚。我没有被告知原因，但安姆尼先生说，他是在为华盛顿的一家律师事务所办事，他自己也不清楚是为什么。我接了这份差事，因为只要你不去妨碍对方，跟踪别人就不犯法。那个人最后停在了埃斯梅拉达。我又回到洛杉矶，想查清楚整件事情究竟是怎么回事。我查不出来，于是我就拿走了我觉着合理的一笔酬劳——两百五十块钱，去抵我自己的开销。安姆尼先生对我不是很高兴。”

亚历山德罗警长点了点头。“这没有解释清楚你为什么在这里，或者你和塞费里诺·张有什么关系。此外，既然你已经不为安姆尼先生工作了，除非你受雇于别的律师，否则你就没有特权。”

“如果可以的话，让我歇口气儿再说，警监。我发现有个男人在勒索，或者说是企图勒索我跟踪的对象，那个男人名叫拉里·米切尔。他平时住在卡萨酒店，或者说他曾经在那儿住过。我一直想联系上他，但我手上唯一的情报来自于杰沃南少校和这个塞费里诺·张。杰沃南说米切尔已经退了房，结清了账单，还预付了一个星期的房钱；塞费里诺·张告诉我，米切尔今天早上七点钟带着九件行李离开了。张当时的举动有点古怪，所以我才想再找他谈谈。”

“你怎么知道他住哪儿的？”

“是他告诉我的。他是个满腹牢骚的家伙。他说自己住在一块有钱人的地产上，对那里没被维护好他好像很生气。”

“解释不够好啊，马洛。”

“好吧，当时我使了点手段。他在吸大麻。我假装是个毒贩。干我这一行的，偶尔总得去骗骗人。”

“这样就好些了。不过还是缺了点什么。你的委托人的姓名——如果你知道的话。”

“这个能保密吗？”

“看情况。我们从不泄露被勒索人的姓名，除非他们要出庭。但如果这个人以前犯过罪或是被控告有罪，或者是为了逃避指控而越过州界的话，那么我作为执法人员就有义务汇报她目前的下落和她正在使用的名字。”

"她？这么说你已经知道了。那干吗还问我？我不知道她为什么逃跑。她不肯告诉我。我只知道她现在有麻烦，人还很害怕，而不知怎么的，米切尔清楚她的底细，能逼得她投降认输。"

他把手伸进抽屉，动作流畅地摸出一支烟。他把烟塞进嘴里，却没有点燃。

他又沉着地看了我一眼。

"好吧，马洛。这件事我暂时先放一放。不过，你要是挖到任何线索，必须到我这儿来通报一声。"

我站起身。他也起身并伸出手来。

"我们并不强硬。我们只是有份工作要做而已。别对杰沃南太凶。拥有那酒店的家伙在这块儿很有势力。"

"谢谢你，警长。我会尽力当个乖小孩——甚至在杰沃南面前也是。"

我沿着走廊返回。原先那名警察还坐在值班台前。他朝我点头示意。我走出警察局，步入夜色中，钻进自己的汽车。我坐在驾驶座上，双手紧紧地握住方向盘。我不太习惯警察对我这么客气，就好像我还有权利活下去似的。我呆坐在那儿，这时，那名值班警察从大门里探出头来叫道，亚历山德罗警监想再见我一下。

我走回亚历山德罗警监的办公室，他正在接电话。他朝顾客椅点点头，示意我坐下，然后继续听电话，一边飞快地做笔记，看着像是新闻记者常用的速记法。过了一会儿，他说："非常感谢。我们再联系。"

他往后一靠，用手指轻敲桌面，皱起了眉头。

"刚才从埃斯孔迪多[①]的治安分局那里传来一份报告。米切尔的车被找到了——很明显是遭人丢弃的。我想，你也许有兴趣知道。"

"是的，警监。车在哪儿？"

---

① 埃斯孔迪多（Escondido）：美国加利福尼亚州南部圣迭戈县中西部的一座城市，位于圣迭戈市北面，该地盛产葡萄和柑橘。

“离这里大概二十英里，在通往 359 号高速公路的一条乡间公路上，不过一般人不会走那条路上高速。那地方叫洛斯彭尼亚斯基多峡谷。除了裸露的岩层、荒芜的土地和一道干涸的河床，那儿什么也没有。我知道那个地方。今天上午，一个名叫盖茨的牧场主开着小卡车从那儿经过，他想找些大卵石拿去砌墙。经过时，他看到公路边停着一辆双色硬顶别克轿车。当时他对那辆别克车没怎么在意，但他注意到，那辆车完好无损，所以是有人把它停在那儿的。

“今天晚些时候，下午四点钟左右，盖茨又开回去装运另一车石头。那辆别克车还在原地。这回他停下车去看了一下。锁里没插钥匙，车门也没上锁。汽车没有任何受损的痕迹。不管怎样，盖茨还是抄下了车牌号和登记证上的姓名地址。等他回到牧场后，他给埃斯孔迪多的治安分局打了电话。那儿的警察当然知道洛斯彭尼亚斯基多峡谷。其中一个警察前去查看那辆轿车。干干净净。那个警察还设法打开了后备厢。里面空荡荡的，只有一只备用轮胎和几件工具。于是，他又返回埃斯孔迪多，给这里打来了电话。我刚才就是在一直和他通话。”

我点燃一支香烟，又递了一支给亚历山德罗警长。他摇摇头。

“有什么头绪吗，马洛？”

“不会比你多。”

“不管怎样，说来听听。”

“如果米切尔出于某种理由必须人间蒸发，而他也有朋友愿意接他的话——对这个朋友，这里没有任何人清楚他的底细——他大可以把汽车存进车库。那样就不会让任何人生疑，也不会引起车库管理人员的好奇心。他们不过就是存放了一辆车而已。米切尔的行李应该也早就放在他朋友的汽车里。”

“所以说？”

“所以说，根本就没有什么朋友。所以说，米切尔突然就消失得无影无踪了——带着他那九件行李——在一条异常荒凉、人迹罕至的公路上消失了。”

“说下去。”他的嗓音现在变得刺耳起来，流露出一丝紧张不安。我站起身。

“别恐吓我，亚历山德罗警监。我什么事都没犯。到目前为止，你对我一直很通情达理。请你不要以为我和米切尔的失踪有任何干系。我之前不清楚——到现在也还是不清楚他抓住了我的委托人什么把柄。我只知道她是一个孤独寂寞、饱受惊吓、郁郁寡欢的姑娘。等我查清楚原因——如果我真能查出原因的话，我要么会告诉你，要么不会。如果我不告诉你，你就只好把各种罪名一股脑地往我头上掀。这种事又不是头一回发生在我身上。我不会出卖别人——即使对那些好警察也是一样。”

“希望事情不会落到那步田地，马洛。希望如此。”

“我也这么希望，警长。还有，谢谢你刚才一直那样对我。”

我顺着走廊返回，朝值班台前的值班警察点头示意，然后再次钻进了汽车。我感觉自己老了二十岁。

我明白——而且我他妈的相当确定，亚历山德罗警监心里也清楚——米切尔已经死了。他不是自己开车去洛斯彭尼亚斯基多峡谷的，有人开着他的车去了那里，他的尸首则横躺在车后座的地板上。

对于这件事而言，没有其他任何的可能性了。有些事情就是事实，它们存在于统计数字中，在白纸黑字间，在录音磁带上，显而易见。还有一些事情之所以就是事实，是因为它们必须成为事实，否则就再也没有其他说法能合乎情理了。

二十二

这个念头，如同夜里突然响起的一声尖叫，实际上却无声无息。这种情况，几乎永远发生在夜里，因为暗夜时分正是危险之际。不过，以前在大白天，它也曾发生在我的身上——在那个不同寻常的清醒时刻，我会突然知道一些我根本无从知道的事情。唯一的解释只能是多年经验、长期的紧张，还有在目前的情况下，像斗牛士所说的那种“关键时刻”[①]突然又确凿地降临了。

根本没有其他理由，没有任何能说得通的理由。但我仍然把车开到朗齐奥·戴斯坎萨多酒店的入口对面，关灯熄火，然后沿着山坡向下滑行了约五十码，再用力拉起手刹。

我上坡走向酒店办公室。夜间服务铃上映着一点微光，但办公室已经关门了。现在才十点半。我绕到后面，从容地在树林中穿行。我意外地发现了两辆停泊的汽车。其中一辆是从赫兹租车公司[②]租来的，像停车收费器里的一枚五分钱镍币那样普通，没有任何车主的信息，不过，我弯下腰后，还是能看到车牌号。这辆车旁边就是戈布尔的那辆黑色小破车。似乎不久前它还停在卡萨·德尔泼尼安忒酒店。现在它却跑这儿来了。

我继续穿过树林，直到我站在自己房间下面。房内一片漆黑，没有任何动静。我异常缓慢地走上几级台阶，将耳朵贴在房门上倾听。有一阵工夫，我什么也没听见。接着，我听到一阵被压抑的呜咽声——一个男人的呜咽声，不是女人的。然后是一阵尖细低沉的咯咯轻笑。再后来则好像是一声重击。而后又归于沉寂。

我沿着台阶退回去，穿过树林走到汽车旁。我打开后备厢，取出一

① “关键时刻”(the moment of truth)：原义指西班牙斗牛士在比赛最后阶段击杀斗牛的那一瞬间。Truth 意为“真理”、“真相”，故该短语的字面意思是“真理之刻”、“真相时刻”。此处似有双关之意。

② 赫兹租车公司(The Hertz Corporation)：美国一家经营汽车租赁的大型跨国集团。最早创立于 1918 年，后于 1923 年由约翰·赫兹(John D. Hertz, 1879—1961)收购并更名，1953 年正式更名为“赫兹租车公司”。该公司现隶属于赫兹国际控股公司(Hertz Global Holdings, Inc.)旗下。

根撬胎棒。我像刚才那样小心地回到房前——这次甚至更加小心了。我又听了一阵。死寂。悄然无声。唯有夜间的静谧。我从口袋里摸出袖珍手电筒打开，朝窗户轻晃一下，然后从门前悄悄地滑开。几分钟过去了，什么也没有发生。接着，门开了一条缝。

我用肩头狠狠地撞上去，轰地一下撞开了房门。门后的男人跌跌撞撞地直往后退，然后狂笑起来。暗淡的光线中，我看见他的手枪闪过一丝微光。我操起撬胎棒砸碎了他的手腕。他厉声惨叫。我又砸碎了他的另一只手腕。我听到了手枪落地的声音。

我向后伸手摁下开关，打开了电灯。我又一脚把门踢上。

他脸色惨白，一头红发，两只眼睛死气沉沉。他的脸因为疼痛而扭曲变形，但他的双眼依然了无生气。尽管受了伤，他仍是死硬不改。

“你的狗命保不了多久了，臭小子。”他说。

“你的狗命根本就保不住了。给我滚开。”

他挣扎着笑出声来。

“趁你还有两条狗腿在，”我说，“弯膝盖跪下，趴地上——脸朝下——如果你还想留张好脸的话。”

他本想啐我唾沫，但他的喉咙呛住了。他缓缓地屈膝跪下，伸出双臂。现在他开始呻吟起来。突然间他就垮了下去。像他这种人，拿一副事先做好的纸牌耍老千时，就他妈的特别强硬。而他们也从来不知道其他耍老千的法子。

戈布尔躺在床上。他的脸上伤痕累累，遍布淤青，变得一团糟。他的鼻梁骨也被打断了。他不省人事，呼吸沉重得仿佛被人勒了个半死。

红头发的家伙还昏迷着，他的手枪就躺在身边的地板上。我抽出他的腰带，将他的脚踝绑在一起。然后，我翻过他的身体，仔细搜查他的口袋。他有一只钱包，里面装着六百七十块钱，一张署名理查德·哈维斯特的驾照，以及圣迭戈一家小旅馆的地址。他的皮夹里装着二十来家银行的编号支票，还有一大把信用卡，但没有持枪许可证。

我丢下他，任他躺在那里，自己下楼朝办公室走去。我摁住夜间服务铃的按钮，一直摁着。过了一会儿，一个身影从黑暗中走下楼来。是杰克，他穿着浴袍和睡裤。我手上还拿着那根撬胎棒。

他看起来吓了一跳。“出什么事了，马洛先生？”

“哦，没事。只不过有个小流氓躲在我房间里，等着想干掉我。另外还有一个人被揍得稀巴烂，放倒在我床上。根本没啥。也许，这种事情在这里蛮平常的。”

“我这就报警。”

“你真是太好心了，杰克。你瞧，我还活得好好的。知道你们该对这地方做什么吗？把它改造成宠物医院。”

他打开门锁，进了办公室。听到他开始向警察报告，我便回房间去了。红头发的家伙挺有种的。他已经挣扎着靠墙坐了起来。他的双眼依然死气沉沉，嘴角扭曲着，咧出一脸狞笑。我走近床头，俯下身去。戈布尔睁开了眼睛。

“我搞砸了，”他轻声说，“我没自己以为的那么厉害。在这行儿我混不下去了。”

“警察正在赶来的路上。事情是怎么发生的？”

“我钻进了圈套。没啥好抱怨的。这家伙是个杀手。我很走运。我还在喘气。他逼我开到这里。他打晕我，把我捆起来，然后离开了一会儿。”

“肯定是另外有人带他走的，戈布尔。你的车旁边停着一辆租来的车。如果他之前就把车停在了卡萨酒店那边，那他又怎么回去取车呢？”

戈布尔缓缓地转过头，注视着我。“我以为自己是个聪明的家伙。我得到了教训，明白不是这么回事了。现在我只想回堪萨斯市。小人物没法打赢大人物——永远都不可能。我猜是你救了我的命。”

就在这时，警察赶到了。

首先是两个开巡逻警车的年轻小伙。他们端庄、帅气，神情严肃，身上的制服向来整洁干净，还永远摆着一副扑克脸。接着是一名态度强硬的大块头警督。他自称霍尔兹曼德警督，是正在值勤的巡逻队长。他瞅了红发男子一眼，然后走近床边。

“叫救护车。”他扭过头简洁地说。

一个警察出门，朝警车走去。霍尔兹曼德警督在戈布尔面前弯下腰，问：“想告诉我吗？”

“红头发那家伙揍了我。他抢了我的钱。在卡萨酒店用枪顶着我。逼我开车带他来这儿。然后他又揍了我一顿。”

“为什么？”

戈布尔叹息一声，脑袋在枕头上变得松弛下来。他要么是再度陷入了昏迷，要么就是在装模作样。霍尔兹曼德警督直起身，继而转向我问：“你的故事呢？”

“我什么故事也没有，警督。躺在床上的这个人，今晚和我一起吃过晚饭。我们之前见过几面。他说他是堪萨斯市的一名私家侦探。我一直不清楚他来这里做什么。”

“那这个呢？”霍尔兹曼德警官朝红发男子随便打了个手势。那个家伙还在咧嘴傻笑，看着有点不太自然，像犯了癫痫一样。

“我以前从没见过他。我对他一无所知，只知道他带着枪在这里等我。”

“那根撬胎棒是你的？”

“没错，警督。”

刚才那个警察回来了。他走进房间，朝霍尔兹曼德警督点点头，说：“在路上。”

“所以，你随身带着撬胎棒，”霍尔兹曼德警督冷冷地说，“为什么？”

“这么说吧，我只是突然有种预感，觉得有人会在这里等着干掉我。”

“让我们试试这个说法好了：你没有什么预感，你早就知道有人在等你，而且你还知道更多内情。”

“还是让我们试试这个说法吧。你可不能管我叫骗子，除非你清楚自己在说什么。还有，你不能因为肩上有三道杠就冲我摆出一副该死的凶样儿。[①]再让我们多试一些说法好了。这家伙可能是个打手，但他的两只手腕都断了。你知道那意味着什么吗，警督？他永远别想再拿枪了。”

“那我们要以故意伤害罪指控你。”

“随你的便，警督。”

这时，救护车开来了。他们先把戈布尔抬了出去，然后实习医生给红发男子的两只手腕装上了临时夹板。他们解开了他脚踝上绑着的腰带。他看着我，哈哈大笑。

“下一次，老弟，我会想出点儿新花样——不过你干得不赖。真的不赖。”

他出去了。救护车的车门砰地关紧，轰鸣的警笛声渐渐远去。霍尔兹曼德警督这会儿也坐了下来，摘下头上的帽子。他擦了擦额头。

“我们再试一次，”他平静地说，“从头开始。就当作我们不讨厌对方，只是想互相了解一下。可以吗？”

“好的，警督。可以。谢谢你给我这个机会。”

二十三

最后，我又回到了警察局。亚历山德罗警监已经走了。我不得不再

① 在美国，警督佩戴的肩章上有三道V形条纹。

为霍尔兹曼德警督做一份口供。

“一根撬胎棒，嗯？”他若有所思地说，“先生，你这把运气赌得挺险。趁你朝他挥棒的工夫，他开枪干掉你四次都绰绰有余。”

“我看未必，警督。我用门狠狠地撞了他。我也没有把棒子抡圆了再砸。而且，或许他根本没打算朝我开枪。我猜，是有人找他干这一票的。”

他们又盘问了一些事情，然后就放了我。时间已经太晚了，在这种时候，除了上床睡觉，什么事都做不成，和人联系也不适合。不管怎样，我还是走到电话公司办公室，在两座干净的户外电话亭中挑了一座，把自己关在里头，拨通了卡萨·德尔泼尼安忒酒店的电话。

“请接梅菲尔德小姐。贝蒂·梅菲尔德小姐。1224 号房间。”

“时间这么晚了，我不能给房客打电话。”

“怎么？你的手腕被人砸断了吗？”今晚我可是个十足的坏小孩。“如果没有十万火急的事情，你以为我会打电话过来吗？”

他拨了过去。接电话时，她听起来昏昏欲睡。

“我是马洛。出了大麻烦。你是要我去你那儿，还是你到我这儿来？”

“啊？什么样的麻烦？”

“你就听我这一次吧。要我到停车场去接你吗？”

“我马上穿衣服。给我一点时间。”

我走出电话亭，驱车前往卡萨酒店。当我正在抽第三支烟，心里想着最好能喝上一杯的时候，她飞快地走近，悄无声息地来到车前，钻进车里。

“我不明白你这都是怎么回事。”她刚开口，但我立即打断了她的话头。

“只有你明白这是怎么回事。今晚你就得把事情跟我讲清楚。你也别再费神去发火了。这一招对我不管用了。”

我猛地发动汽车引擎，沿着寂静的街道一路疾驰，然后开下山坡，驶进了朗齐奥 · 戴斯坎萨多酒店，最后在树丛下停好车。她一声不吭地钻出汽车。我打开房门的门锁，点亮屋里的电灯。

“喝点东西？”

“好的。”

“你吃过药吗？”

“如果你是指安眠药的话，今天晚上我没吃。我刚才和克拉克出去了，喝了不少香槟酒。每次这样做都会让我犯困。”

我倒了两杯酒，递给她一杯。我坐下来，仰着头休息。

“抱歉，”我说，“我有点累了。每隔两三天就有这么一次，我必须坐下来歇会儿。这个缺点我一直想克服，但我已经不像以前那么年轻了。米切尔死了。”

她倒抽一口气，噎在喉咙里，手也颤抖起来。她的脸色可能也变得苍白了。我说不准。

“死了？”她的声音细若游丝。“死了？”

“哦，得了吧你。就像林肯说的，你可以欺骗所有侦探一时，也可以欺骗部分侦探一世，但你不可能——”

“闭嘴！赶紧给我闭嘴！你他妈的以为自己是个什么东西啊？”

“我只不过是一个拼命想为你帮上点忙的家伙，经验够丰富，也很理解你。我很清楚你正陷在某种麻烦中间。我想帮你从中脱身，你却一点都不领情。”

“米切尔死了。”她嗓音低沉，气喘吁吁地说，“我不是故意对你发火的。他死在哪儿了？”

“有人发现他的轿车被抛弃在一个你不知道的地方。在离这里大概二十英里远的内陆，一条人迹罕至的公路上。一个叫作洛斯彭尼亚斯基多峡谷的地方。一片荒无人烟的土地。他的车里什么也没有，找不到任何行李。就是一辆空车，被停放在几乎无人涉足的公路边上。”

她低头看着手里的酒，然后吞了一大口。“你刚才说的是他死了。”

“事情仿佛已经过了好几个星期，可实际上，就在几个小时以前，你还跑到这儿来，拿里约的高楼公寓来劝诱我帮你处理掉他的尸体。”

“但那时并没有——我是说，我当时肯定是做梦梦见——”

“女士，那天夜里，你凌晨三点跑过来找我，整个人近乎休克。你对我描述了他所在的位置，还有他躺在你那座小阳台上的躺椅里的情形。于是，我就跟你回了酒店，爬消防楼梯，一路上小心翼翼，保持着让我这份职业闻名遐迩的无限谨慎。结果呢，根本就没有米切尔，而你却躺在你的小床上，抱着你那一小瓶安眠药睡着了。”

“你就接着装吧，”她冲我喊道，“我知道你有多爱这套把戏。你当时怎么不抱着我一起睡啊？或许——我本来可以不用吃安眠药呢。”

“我们一次只说一件事情，如果你不介意的话。首先，你当时上这儿来，嘴里讲的都是实话。米切尔是死在了你房间的阳台上。但是，趁你跑到这里骗我上当的工夫，有人从那儿移走了米切尔的尸体，把他弄进了楼下他自己的汽车里，并收拾好他的行李带了下去。所有这一切都需要花时间去做。不只是要花时间。这么做还需要一个了不起的好理由才对。现在问题来了：谁会干出这种事情——目的只是为了让你避免难堪，不用向警察报告在你的阳台上有一具男尸呢？”

“哦，闭嘴！”她把酒一饮而尽，将杯子搁在旁边，“我累了。你介意让我躺在你的床上吗？”

“只要你把衣服脱了，我就不会介意。”

“行啊——我会脱的。你忙活了这么久，就是为了这个，对不对？”

“恐怕你不会喜欢那张床。戈布尔今晚在那上头被人揍了个半死——揍他的人是个职业杀手，名叫理查德·哈维斯特。他真的很凶残。你还记得戈布尔，对吗？就是那天晚上开辆黑色小破车，跟踪我们一路上山的那个胖子。”

“我不认识什么戈布尔。我也不认识什么理查德·哈维斯特。你是怎么知道所有这些事的？他们刚才就在这里——在你的房间里？”

“那个杀手是在等着干掉我。在听说米切尔那辆车的事情以后，我的心里就产生了某种预感。每一位将军和其他那些大人物都有预感，凭什么我就不能有？诀窍就在于弄清楚什么时候跟着它采取行动。今晚我很走运——或者说昨晚也是。我跟着直觉采取了行动。他手上有枪，但我手上也有一根撬胎棒。”

“你可真是条打不垮的壮汉哪，”她挖苦道，“我才不在乎那张床呢。现在就叫我脱吗？”

我走上前，一把将她猛地拎起来，使劲摇晃她。“别再胡闹了，贝蒂。就算我想占有你那漂亮的白净身子，我也不会挑你做我委托人的时候下手。我想知道你在怕什么。如果我不知道事情的经过，我又他妈的怎么去帮你？只有你能告诉我真相。”

她倒在我的怀里，开始抽泣起来。

女人拥有的防卫手段少之又少，但她们一使出自己仅有的杀手锏，就必然会创造奇迹。

我紧紧地抱住她。“你尽可以哭啊，叫啊，抽鼻子掉眼泪，贝蒂。尽情地哭吧，我很有耐心。要不是我——哎，该死的，要不是我——”

我再也说不下去了。她紧紧地贴着我，浑身颤抖不已。她抬起脸庞，将我的脑袋往下拉，直到我吻上她的芳唇。

“你有过别的女人吗？”她轻声问，话语萦绕在我的齿间。

“以前有过。”

“但你有过某个非常特别的女人吗？”

“曾经有一个，维持了一阵子。不过，那是很久以前的事了。”

“占有我吧。我是你的了——我所有的一切都是你的。占有我吧。”

二十四

一阵重重的敲门声将我从梦中惊醒。我糊里糊涂地睁开眼睛。贝蒂正紧紧地搂抱着我，让我几乎无法动弹。我轻轻地移开她的胳膊，直到自己能自由行动。她依然沉眠不醒。

我钻出被窝，抓起一件浴袍穿在身上，然后走到房门前。我没有开门。

“怎么回事？我在睡觉呢。”

“亚历山德罗警监让你马上去办公室一趟。快开门。”

“抱歉，现在不行。我得先去刮胡子、冲个澡什么的。”

“快开门。我是格林警督。”

“抱歉，警督。我就是不能开。不过等我搞定以后，我马上就过去。”

“你房间里有女人？”

“警督，像这样的问题也未免太过分了。我会赶过去的。”

我听见他的脚步声沿着门廊下去了。我听见有人大笑起来。我听见一个声音在说：“这家伙真是有钱。我倒想知道，他不上班的时候会干些什么。”

我听见警车开走了。我走进浴室，冲澡，剃须，穿好衣服。贝蒂还紧紧地抱着枕头不放。我草草写了张便条，放在我的枕头上。“警察来找我。我必须过去。你知道我的车停哪儿。钥匙在这里。”

我轻轻地走出房间，锁好门，然后找到那辆从赫兹租车公司租来的汽车。我知道钥匙会留在车里。像理查德·哈维斯特这种货色根本就不在乎钥匙。他们随身带着好几串，用来开各种各样的车子。

亚历山德罗警监看起来和昨天毫无二致。他会一直这样保持下去。有个男人和他在一起。那是一个上了年纪、表情冷硬的男人，一双眼睛令人生厌。

亚历山德罗警监点点头，示意我坐到老位子上。一个穿制服的警察走了进来，在我面前放下一杯咖啡。出门时，他咧着嘴，朝我会心一笑。

“马洛，这位是亨利·坎伯兰先生，来自卡罗来纳州的韦斯特菲尔德镇。是北卡罗来纳。我不知道他是怎么找到这儿来的，但他终归还是找上门来了。他说，贝蒂·梅菲尔德谋杀了他的儿子。”

我什么也没说。我也的确无话可说。我呷了一口咖啡，还太烫，不过味道挺好。

“想为我们做点补充吗，坎伯兰先生？”

“他是谁？”他的嗓音尖厉刺耳，就像他的表情一样锋芒毕露。

“他是一名私家侦探，叫菲利普·马洛。他住在洛杉矶，正在外出工作。贝蒂·梅菲尔德是他的委托人，所以他才会在这里。看起来，你对梅菲尔德小姐的看法比他的更激烈。”

“我对她一无所知，没有任何看法，警监，”我说，“我只是喜欢偶尔和她亲热一下。这让我感觉得到了安慰。”

“你喜欢从女杀人犯那里得到安慰？”坎伯兰冲我厉声吠道。

“好吧，我不知道她以前是个谋杀犯，坎伯兰先生。这件事我现在才听说。您愿意解释一下吗？”

“这个自称贝蒂·梅菲尔德的女人——梅菲尔德是她的娘家姓——曾是我儿李·坎伯兰的妻子。我一直不赞成他们结婚。这是在战争时期发生的又一桩蠢事。我儿子在战争中弄断了脖子，必须戴上颈托来保护他的脊柱。有一天晚上，她拿掉了他脖子上的颈托，对他冷嘲热讽，直到他忍不住朝她扑过去。不幸的是，自从回家以后，我儿子就一直喝酒喝得很凶，他们之间也曾经吵过好几次。他摔倒了，从床上跌下来。我进房间时发现，她正在试着重新把颈托戴回他的脖子上。他已经死了。”

我看了亚历山德罗警监一眼。“这些话在录音吗，警监？”

他点了点头。“一字不漏。”

“好吧，坎伯兰先生。我觉得，你还有更多的话要说。”

“那是当然。我在韦斯特菲尔德镇很有势力。我掌握着银行、主流报纸和大部分的工厂。镇上的人都是我朋友。我的儿媳被捕入狱，以谋杀罪名受审，最后陪审团判决她有罪。”

“陪审团成员都是镇上的人吗，坎伯兰先生？”

“没错。难道这有什么不对吗？”

“我不知道，先生。不过，这听起来像是你在镇上一手遮天。”

“少跟我放肆，年轻人。”

“抱歉，先生。您能接着说完吗？”

“我们州有一条特殊的法律，我相信在别的几个司法辖区中也有这样的规定。一般情况下，辩护律师可以向法官自动申请直接判决被告无罪，不经过陪审团裁定，然后法官会自动驳回这份申请。在我们州，法官有权力在陪审团的裁定出来后推翻结果，保留自己的判决。那个法官真是老糊涂了。他保留了自己的判决。当陪审团裁定她有罪后，他发表了一番冗长的讲话，宣称陪审团没能考虑到我儿子在醉酒愠怒的情况下，有可能自己从脖子上取下颈托去威胁他妻子。他说，在生活充满痛苦的情况下，什么事情都有可能发生。他还说，陪审团也没能考虑到，我儿媳当时有可能就像她供称的那样，是想把颈托重新装回我儿的脖子上。他宣布判决无效，并释放了被告。

“当时我就告诉她，是她谋杀了我的儿子，我会让她在这个世上无处安身，我说到做到。这就是为什么我会出现在这里。”

我看了警监一眼，只见他凝神直视，不为所动。我说：“坎伯兰先生，不管你自己心里怎么判决，李·坎伯兰夫人，也就是我认识的贝蒂·梅菲尔德，已经受过审判并被宣告无罪。你一直口口声声说她是凶手，这已经构成了毁谤。你付她一百万，这件事就了结了。”

他哈哈大笑，笑声听上去近乎怪异。“你这个从小地方出来的乡巴佬，”他几乎尖叫起来，“换作在我的地盘上，你会被当成流浪汉关进监狱。”

“那就付个一百二十五万吧，”我说，“我可没有你的前儿媳那么金贵。”

坎伯兰转向亚历山德罗警长。“怎么回事？”他厉声吠道，“你们这伙人全都是无赖吗？”

“你正在对一名警官说话，坎伯兰先生。”

“我他妈的才不管你是个什么东西呢，”坎伯兰怒不可遏地说，“无赖警察多了去了。”

“在你管他们叫无赖之前——最好能有点真凭实据。”亚历山德罗警长说，他几乎有点被逗乐了。接着，他点燃一支烟，喷了一口，透过烟气露出一丝微笑。

“放松点儿，坎伯兰先生。你有心脏病。我对你的病情预断不太乐观。情绪激动会对你非常不利。我以前曾经学过医。可不知怎么的，我却当上了警察。我猜，是战争打断了我的人生轨迹。”

坎伯兰站起身来。几丝唾液沾在他的下巴上。他从喉咙里发出一下低沉的响动。“你还没听到最后一段儿呢。”他咆哮道。

亚历山德罗点点头。“干警察这一行儿，最有意思的一件事就是，你永远不会听到任何事情的最后一段儿。总会有太多的问题遗留下来。你倒是想让我怎么做呢？仅仅因为你是北卡罗来纳州韦斯特菲尔德镇的一个大人物，我就要去逮捕一个已经受过审判、被无罪释放的人吗？”

“我警告过她，我不会给她一丝安宁，”坎伯兰恼怒地说，“我会追着她，直到世界尽头。我要让所有人都知道，她究竟是个什么货色！”

“她是什么货色呢，坎伯兰先生？”

“一个杀人犯。她杀了我儿子，又被一个蠢蛋法官给放了——她就是这么个东西！”

亚历山德罗警监站起身，挺直了六英尺三英寸的身板。“滚开，老兄，”他冷冰冰地说，“你惹恼我了。我这辈子遇见过各种各样的无赖。他们大多数人都是些穷困愚钝的毛孩子。这还是我头一回见识到，一个了不起的大人物居然像个十五岁的小混混一样愚蠢邪恶。也许你在北卡罗来纳州的韦斯特菲尔德镇的确是呼风唤雨，或者是你自以为如此而已。但在我管辖的这个镇子里，你连根香烟屁股都捞不到。趁我还没以妨碍公务的罪名逮捕你，赶紧给我滚蛋。”

坎伯兰几乎是跌跌撞撞地走到门前，胡乱摸索着门把手，其实房门早已敞开。亚历山德罗盯着他的背影离去。他缓缓地坐下了。

“刚才你可真够强硬的，警监。”

“这件事情让我感到难过。如果我说的话能让他反省一下自己——哦，算了，见他的鬼去吧！”

“他这种人可不会。我能走了吗？”

“可以。戈布尔不会提出指控。他今天就回堪萨斯市。我们会在这个理查德·哈维斯特身上挖一挖，不过，那又有什么用呢？我们把他抓起来关一阵子，又会有一百个像他那样的货色去干同样的差事。”

“我该拿贝蒂·梅菲尔德怎么办？”

“我隐约觉得你已经‘办’过她了，”他说，一脸扑克牌表情。

“在没弄清米切尔出了什么事之前，我可不会那么做。”我也就像他一样不动声色。

“我只知道他已经不在了。像他这种情况，我们警察是不会管的。”

我站起身。我们彼此交换了一下那种心照不宣的眼神。我出门离去了。

二十五

她还在熟睡。我进门的声音没有吵醒她。她睡觉时像一个小姑娘，悄无声息，脸上平和安详。我看了她一会儿，然后点燃一支烟，出门走进了厨房。酒店管理部门提供了美观大方、壁薄如纸、从廉价商店买来的铝制咖啡滤壶，等我把咖啡放进去过滤之后，我又回屋坐在床上。之前我离开时留下的那张便条仍然和我的汽车钥匙一起搁在枕头上。

我轻柔地摇晃着她，她睁开眼睛，眨了几眨。

“什么时候了？”她一边问，一边张开自己光裸的双臂，伸了个大大的懒腰，“上帝啊，我睡得像块木头那么沉。”

“该是你起来梳妆打扮的时候了。我泡了些咖啡。刚才我出门去了趟警察局——他们要求我去的。你公公在这座城里，坎伯兰夫人。”

她猛地挺起身，屏息凝视着我。

“在亚历山德罗警监那儿，他彻底碰了壁，警长把他赶走了。他没法伤害你。你之所以害怕全是因为这个，对吗？”

“他有没有说——说过在韦斯特菲尔德发生的事情？”

“他上这儿来说的就是这件事。他真是疯够了，竟然自己往自己身上抹黑。而且那又怎么样呢？你没做过，不是吗？像他们说的那样做过？”

“我没有。”她双眸如炬，对我炯炯放光。

“即使你做过也无所谓了——就现在来看。不过，昨天晚上你没告诉我，这让我非常不痛快。米切尔是怎么知道的？”

“他只是恰好人在那里，或是在附近的什么地方。天哪，报纸对那件事连篇累牍地报道了好几个星期。他要认出我并不难。这里的报纸难道就没有登过吗？”

“应该也有过，但可能只是从不同寻常的法律判案角度去报道的。即使有，我也没看到。这会儿咖啡应该滤好了。你喜欢怎么喝？”

“黑咖啡就好。不要放糖。”

“好吧。我这里糖和奶油都没有。你以前为什么自称埃莉诺·金？算了，不必回答我。我犯糊涂了。坎伯兰那个老家伙肯定知道你结婚前的名字。”

我走出卧室进入厨房，取下滤壶上的盖子，为我们俩各倒了一杯咖啡。我把她的那杯端给了她。我端着自己那杯坐在一张椅子上。我们目光相对，彼此又成了陌路。

她把杯子放在一边。“味道还不错。你介不介意把目光移开，好让我收拾一下自己？”

“当然不介意。”我从桌上取下一本平装书，假装读起来。这本书讲的是一个私家侦探的故事，他眼里所谓的劲爆场景不过是一个女人吊死在淋浴喷头下面，浑身一丝不挂，带有受过折磨的痕迹。看到这里，贝蒂已经进了浴室。由于手边上没有垃圾桶，我便把书扔进了废纸篓。接着，我开始思索：这世上有两种可以与之做爱的女人，一种女人会将自己毫无保留地奉献出来，她们绝顶风流，放荡不羁，以至对袒露自己的胴体毫不在意；还有一种女人，她们很有自我意识，总是想稍微遮掩一点。我记得，在阿纳托尔·法郎士写的一个故事里，有个姑娘坚持要在做爱时把长袜脱下来。穿着它们做爱让她感觉自己像个妓女。她说得没错。

当贝蒂从浴室里出来时，她看上去就像一朵初次绽放的新鲜玫瑰，她的妆容完美无瑕，她的双眸闪闪发亮，每一根秀发都梳得恰到好处。

“你愿意送我回酒店吗？我想和克拉克谈谈。”

“你爱上他了？”

“我曾以为自己爱上了你。”

“它就像夜里响起的一声尖叫，”我说，“只是一种感觉罢了。我们都别把它想得太复杂。外面厨房里还有咖啡。”

“不用了，谢谢。吃早餐之前我不想再喝了。你以前从来没有恋爱过吗？我的意思是，你对一个女人爱得够深，想和她每一天、每个月、每一年都厮守在一起？”

“我们走吧。”

“一个像你这样冷硬的人，怎么会如此温文儒雅呢？”她好奇地问。

“如果我不冷硬，我就活不到今天。如果我连温文儒雅都做不到，我就不配活在这个世上。”

我拿起她的外套，和她一起出了房间，朝我的汽车走去。返回酒店的路上，她一言不语。等我们到达酒店，我把车滑进如今我已熟悉的那座停车场里之后，我便从衣兜里掏出那五张折叠好的旅行支票，把它们递给她。

“我们一直推来推去的，希望这是最后一次，”我说，“它们都要坏了。”

她看了它们一眼，却没有收下。“我以为这是你的报酬。”她口气相当尖锐地说，

“别争了，贝蒂。你非常清楚，我不能从你这里拿钱。”

“因为昨天晚上的事？”

“什么也不因为。我就是不能拿。仅此而已。我什么事情都没帮你做成。以后你打算怎么办？你想去什么地方？现在你已经安全了。”

“我还不知道。我会想出来的。”

“你爱上布兰登了吗？”

“也许。”

“他以前是个诈骗犯。他雇了一名职业杀手去恐吓戈布尔。那个杀手还准备干掉我。你真的能爱上那种男人？”

“女人爱上的是男人，不是他的身份。而且他可能还没那个意思。”

“再见了，贝蒂。我能做的都做了，可还是不够多。”

她缓缓地伸出手，接过了支票。“我想你是发疯了。我觉得你是我碰到过的最疯狂的人。”她钻出汽车，飞快地走远了，一如既往。

二十六

我等了一会儿，好让她有时间走过大厅上楼回房，然后我自己也走进大厅，用内线电话打给克拉克·布兰登先生。杰沃南走过来，朝我恶狠狠地瞪了一眼，却什么也没说。

一个男人接起电话回应了我。是他的声音，没错。

“布兰登先生，你不认识我，虽然我们有天上午曾坐过同一部电梯。我的名字叫菲利普·马洛。我是一名从洛杉矶来的私家侦探，也是梅菲尔德小姐的朋友。如果你能给我时间的话，我想和你聊一小会儿。”

“我好像听说过你的事情，马洛。但我正准备出门。我们今晚六点左右去喝一杯，怎么样？”

“我想赶回洛杉矶去了，布兰登先生。我不会耽误你太久。”

“好吧，”他不情愿地说，“你上来吧。”

他打开房门，只见一个健硕、高大、异常强壮的男人站在我面前，状态绝佳，态度既不强硬也不柔和。他没有主动和我握手。他往旁边一站，我便进了房间。

“这里只有你一个人吗，布兰登先生？”

“当然。为什么问这个？”

“我不想让其他任何人听见我要说的话。”

“那你就说吧，有事快讲。”

他坐进一张椅子里，双脚搭在一只软垫凳上。他啪的一声打着一只金色打火机，点燃了一支金嘴香烟。好一个大人物。

“我起初到这里来，是遵照洛杉矶一名律师的指示跟踪梅菲尔德小姐，查出她落脚的地点，然后汇报回去。我不知道为什么要跟踪她，那个律师说他自己也不清楚，但他是在为华盛顿一家著名的律师事务所办事。是华盛顿特区。”

“所以你就跟踪了她。那又怎样？”

“她便和拉里·米切尔碰上了头，或者是他找上她的。他手上握着她的一些把柄。”

“他经常握着女人的把柄，很多女人，”布兰登冷冷地说，“他擅长干这个。”

“他再也干不了了，不是吗？”

他用空洞冰冷的眼神瞪着我。“你这是什么意思？”

“他再也干不了任何事情了。他已经不复存在了。”

“我听说他已经离开酒店，开自己的车走了。这跟我有什么关系？”

“你没问我怎么知道他已经死了。”

“听着，马洛，”他带着傲慢的姿势弹掉香烟上的烟灰，“这也许是因为我根本就不在乎。要说就说跟我相关的事，不然就滚出去。”

“在这里，我也和一个名叫戈布尔的人有了点牵扯，如果‘牵扯’这个字眼合适的话。他说他是堪萨斯市的一名私家侦探，身上还有张名片，不知道是不是真的。戈布尔把我惹得很烦。他一直到处跟踪我。他总是跟我说起米切尔。我不明白他到底想干什么。后来有一天，你在酒店前台收到了一封匿名信。我看见你把信翻来覆去读了好几遍，还向接待员询问是谁留了那封信。那个接待员也不清楚。你甚至还从废纸篓里拣出了空信封来看。而当你坐电梯上楼的时候，你的脸色很不好看。”

布兰登看起来开始有点焦躁不安了。他的嗓音变得尖锐起来。

“你似乎有点太多管闲事了，私家侦探先生。这一点你想过吗？”

“这是个愚蠢的问题。要是不多管闲事，我又靠什么去谋生呢？”

“趁你现在还有腿可以走路，你最好赶紧给我走人。”

我冲他大笑起来，这让他火冒三丈。他猛地站起来，几个大步便走到我面前。

“听着，臭小子。在这座城镇里，我是个相当有势力的大人物。我可不会听任你这样的二流探子摆布。滚出去！”

“你不想听剩下的部分吗？”

“我说了，给我滚出去！”

我站起身。“抱歉。我本打算和你私下解决这件事。你别以为我是想敲你竹杠——像戈布尔那样。我不会做出那种事的。但是，如果你现在赶我走——不听我把话说完——我就去找亚历山德罗警监。他会听我讲的。”

他站在那里，对我怒目而视，待了很长一段时间。接着，一丝古怪的狰狞笑容浮现在他的脸上。

“这么说，他会听你讲的。那又怎么样？我只消打一通电话就能让他调走。”

“哦，不。这一招对亚历山德罗警监不管用。他可不是软蛋。今天早上，他对亨利·坎伯兰的态度就很强硬，而亨利·坎伯兰可不习惯有人跟他来硬的，不管在任何时间、任何地点都是如此。他只用了几句侮辱人的话就把坎伯兰治得服服帖帖。你以为你能把那家伙赶走吗？跟他斗，你能活下来就算是走运了。”

“老天啊，”他说，一边还在狞笑，“我以前认识过几个像你这样的家伙。我在这里生活得太久，现在肯定是忘记外边儿还有几条硬汉了。好吧，我听你说。”

他坐回椅子上，从烟盒里又取出一支金嘴香烟，点燃了它。“来一根？”

“不用了，谢谢。理查德·哈维斯特这小子——我认为你选择他是个错误。他干起活儿来可不够好。”

“他压根儿就不行啊，马洛。压根儿就不行。只不过是个廉价的虐待狂罢了。这就是你跟外边儿失去联络的后果。你会丧失自己的判断力。他本来可以不动手就把戈布尔吓成白痴。结果，后来他又把戈布尔带到你的住处去了——真是笑死人了！好一个外行的杀手！现在你看看他，什么事儿都干不好了。他以后也许会去卖铅笔。你要不要喝一杯？”

“我不是来跟你谈这些的，布兰登。让我把话说完。在午夜时分——就是我和贝蒂·梅菲尔德开始接触，也是你把米切尔从‘玻璃屋’轰走的那天夜里（我得补充一句，那件事你干得非常漂亮）——贝蒂赶到了我在朗齐奥·戴斯坎萨多酒店的住处。我相信，那家酒店也是你的产业之一。她对我说，米切尔死在了她阳台上的一张躺椅里。她主动提出要给我巨大的好处，只要我愿意帮她处理尸体。我赶到这里，发现她的阳台上根本没有什么死人。第二天上午，这家酒店的车库夜间管理员告诉我，米切尔已经带着九件行李开车走掉了，他已经结了账，还预付了一个星期的房钱保留自己的房间。就在同一天，他的汽车被人发现抛弃在洛斯彭尼亚斯基多峡谷里。没有行李，也没有米切尔。”

布兰登恶狠狠地瞪着我，却没有吭声。

“贝蒂·梅菲尔德为什么不敢告诉我她心里怕的是什么呢？因为她曾经在北卡罗来纳州的韦斯特菲尔德镇受过审，罪名是谋杀她的丈夫。后来，法官推翻了谋杀判决，他在那个州有这种特权，并行使了它。可是，她的公公亨利·坎伯兰对她放话说，无论她走到哪儿，他都会追着她，让她永无宁日。如今，她在自己房间的阳台上发现了一具男尸。如果警方进行调查，她的来历就会全部暴露。她对此很害怕，很迷惘。她觉得自己不可能第二次交上好运。毕竟，她曾经被陪审团定过罪。”

布兰登轻声说："他的脖子折断了。他是从我这个楼顶露台的端墙上摔下去的。她不可能事先就弄断他的脖子。到外面来。我指给你看。"

我们走出房间，来到宽宽敞敞、洒满阳光的露台上。布兰登大步朝端墙走去，我把头探出端墙朝下张望，只见正下方就是贝蒂·梅菲尔德的阳台上摆着的一张躺椅。

"这堵墙不是很高，"我说，"没法确保安全。"

"我同意，"布兰登平静地说，"现在假设一下，当时他就像这样站着"——他背朝墙壁站立，墙头的高度差不多只到他的大腿中间，而米切尔也是高个子——"并且逼迫贝蒂走近，好让他抓住她，然后她用力推了他一把，结果他就摔了下去。摔下去时，他的姿势——纯粹出于巧合——恰好使他的脖子折断了。这正是她丈夫的死法。现在你还会因为那个姑娘惊慌失措而去责备她吗？"

"我想我不会责备任何人，布兰登。甚至对你也不会。"

他从墙边踱开，远眺大海，沉默了一会儿。然后他转过身来。

"只有一件事除外，"我说，"那就是你设法抛掉了米切尔的尸体。"

"嘿，这种事我怎么可能办得到啊？"

"除了做别的事情以外，你还是一名渔夫。我敢打赌，就在这间套房里面，你藏着一根又长又坚韧的钓索。你是一个身强力壮的男人。你可以下到贝蒂的阳台上，你可以把钓索绑在米切尔的胳膊下面，你也有力气把他吊下去，放在灌木丛后面的空地上。然后，你就拿着之前从米切尔口袋里找出来的钥匙，进入他的房间，收拾好他所有的行李，然后搬到楼下的车库里，或者是坐电梯，或者是爬消防楼梯下去。做完这些需要来回跑三趟。对你来说这不算什么。然后你就把他的轿车开出了车库。你很可能早就知道值夜班的管理员是个瘾君子，而且如果他知道你了解他的底细，他就不敢说出口。当时已经是后半夜了。那个车库管理员在时间上自然是撒了谎。接着，你就开车来到离米切尔的尸体尽可能近的地方，把他塞进车里，然后一路开到了洛斯彭尼亚斯基多峡谷。”

布兰登苦笑起来。“这么说，我是开着一辆车，装着九件行李，跟一个死人待在洛斯彭尼亚斯基多峡谷里咯。那我又怎么离开那里呢？”

“坐直升飞机。”

“谁会去开它呢？”

“你自己。警察现在还没怎么去调查直升飞机，但他们很快就会了，因为开直升飞机的人正变得越来越多。你可以预先做好安排，让别人先把一架直升飞机开到洛斯彭尼亚斯基多峡谷里，然后派人过去把飞行员接走。一个像你这样地位显赫的人，几乎什么事情都能做到，布兰登。”

“然后又怎么样？”

“你把米切尔的尸体和行李都装上直升飞机，然后飞到外海上，让直升飞机在靠近海面的低空中盘旋。接着，你就可以把尸体和行李都扔进海里，再驾驶直升飞机飞回原来停放的位置。这件事做得干净利落，有条不紊。”

布兰登声音沙哑地笑了起来——沙哑得过了头。笑声中包含着勉强的意味。

“你认为我会傻到为一个初次见面的女人做这些事吗？”

“哦，不。再想想吧，布兰登先生。你这样做是为了你自己。你忘了还有戈布尔。戈布尔是从堪萨斯市来的。你不也是吗？”

“是又怎样？”

“没啥。故事到此结束。但戈布尔到这里来可不是为了兜风。他也不是在寻找米切尔，除非他早就认识那家伙，他们两人一合计，觉得自己挖到了一座金矿。这座金矿就是你。可是米切尔死了，戈布尔便想单独干下去，他这只小老鼠是在跟一头大老虎作对。但你想不想解释一下，米切尔是怎么从你的露台上摔下去的？你想不想让人调查你的背景来历？有没有什么明显的事实会让警方推断，是你把米切尔从墙边推下去的？即使他们没法证明这一点，但从今往后，你在埃斯梅拉达还怎么混呢？”

他慢慢地走到露台远端的尽头，又折返过来。他站在我面前，脸上完全没有表情。

“我本来可以派人除掉你，马洛。但奇怪的是，在这儿生活了这么多年之后，我似乎不再是从前的那个我了。所以你把我难倒了。除了干掉你，我没有别的防卫手段。米切尔是个最最下流的人渣，他总是勒索女人。你的推断可能从一开始就是对的，但我不会为此而后悔。相信我，我可能也会为了贝蒂·梅菲尔德而陷入孤立无援的境地，这是有可能的。我不指望你会信，但这是有可能的。现在，我们做笔交易吧。你要多少？”

“什么多少？”

“让你不去找警察的封口费。”

“我已经告诉过你了。没关系，我分文不要。我只想弄明白事情的经过。我的推断是不是基本准确？”

“完全准确，马洛。再准确不过了。他们仍然有可能找上我。”

“也许。好吧，从现在起，我再也不会来烦你了。就像我刚才说的——我要回洛杉矶去。也许会有人给我一份廉价的差事。我总得生活下去，不是吗？”

“能跟你握个手吗？”

“不能。你雇了一名杀手。这样一来，你就不是个能跟我握手的朋友了。要不是我当时有种预感，今天我可能已经死了。”

“我没想让他去杀人。”

“但人是你雇的。再见。”

二十七

我走出电梯，杰沃南似乎正在等我。“到酒吧里来，”他说，“我想跟你谈谈。”

我们进了酒吧，在这个时段，里面还很安静。我们在靠角落的座位里坐下。杰沃南平静地说：“你觉得我是个浑蛋，是不是？”

“不。你有份工作。我也有份工作。我的工作惹恼了你。你也对我不信任。我不会因此就觉得你是浑蛋。”

“我是想保护好这家酒店。你又是想保护谁？”

“我从来都不清楚。通常，等我弄明白了，我又不知道该怎么做。我只能四处瞎碰乱撞，把自己弄得人人讨厌。有些时候我也很不称职。”

“我听说了——从亚历山德罗警监那儿。如果你不介意的话，可不可以告诉我，像这样一桩案子你能挣多少钱？”

“好吧，这次的情况有点特殊，少校。实际上，我一分钱都没挣到。”

“酒店这里会付你五千块——作为你维护酒店利益的酬劳。”

“酒店这里，指的就是克拉克·布兰登先生吧。”

“我想是这样。他是这儿的老板。”

“这几个字听上去挺不错——五千块。听起来非常不错。我会在回洛杉矶的路上再回味一番。”我站起身。

“我要把支票寄到哪里，马洛？”

“警察救助基金会一定很乐意收下它。干警察这一行挣不了多少钱。当他们遇上困难时，必须去找基金会借钱周转。没错，我觉得警察救助基金会肯定会非常感激你。”

“但你不要？”

“你曾经是陆军反情报队的少校，肯定有不少机会去收受贿赂。可现在你依然在工作。我想我该走了。”

“听着，马洛。你这是在犯傻。我要告诉你——”

“说给你自个儿听吧，杰沃南。你还有一批忠实的听众呢。祝你好运。”

我走出酒吧，钻进自己的汽车。我驱车来到朗齐奥·戴斯坎萨多酒店，取出自己的行李，然后去办公室结账。杰克与露西尔在他们平时的老位置上。露西尔对我露出了微笑。

杰克说：“您不用结账，马洛先生。上面已经交待过我了。对于昨天夜里的事情，我们向您致以诚挚的歉意。不过，现在说这些也没什么用了，对不对？”

“账单上本来是多少钱？”

“不多。大概十二块五毛。”

我拿出钱搁在柜台上。杰克看了一眼，皱起眉头说：“我说过您不用结账的，马洛先生。”

“为什么不用？房间是我住的。”

“布兰登先生他——”

“有些人永远不会学习长进，对不对？很高兴认识你们二位。请你给这笔钱开张收据。它能扣税。”

二十八

在回洛杉矶的途中，我把车速一直控制在九十迈以内。好吧，也许偶尔有那么几秒钟，我打到了一百。回到丝兰大道上后，我先将那辆奥兹挤进车库，然后去拨弄信箱。啥也没有，一如既往。我爬上一段长长的红木阶梯，打开了自己的房门。一切都是老样子。屋子里空气闷浊，光线暗淡，像往常一样毫无人气。我开了两扇窗户，在厨房里调了一杯酒。我在沙发上坐下，两眼盯着墙壁。不管我去过哪里，做过什么事情，我终究要回到这里。在一幢无谓的屋子里，在一个无谓的房间中，面对着一堵空荡荡的墙壁。

我把酒杯放在边桌上，没去碰它。对这份孤独空虚而言，酒精绝不是解药。什么都救不了我，只有那颗无欲无求、冰冷坚硬的铁石之心才行。

电话铃声开始响起。我接起听筒，懒懒地说："我是马洛。"

"是菲利普·马洛先生吗？"

"没错。"

"有一个巴黎来的电话一直在找您，马洛先生。稍后我再给您回电。"

我慢慢地放下听筒，觉得自己的手有点发抖。开车开得太快了吧，或者是因为睡眠不足。

电话在十五分钟后打来了。"从巴黎给您来电的用户正在线上，先生。如果您遇到任何问题，请和您的接线员联系。"

"我是琳达，琳达·洛林。你还记得我，对吗，亲爱的？"

"我怎么会忘呢？"

"你最近怎么样？"

"累啊——像往常一样。刚从一桩特别棘手的案子里脱身。你怎么样？"

"寂寞。因为你而寂寞。我想忘了你。但我做不到。我们共度的那个良宵多美好啊。"

"那是一年半以前的事了。而且只有一个晚上。你认为我该说什么？"

"我一直对你忠贞不渝。我也不知道为什么。这个世界上到处都是男人。可我只为你守身如玉。"

"我可没有为你守身，琳达。我以为我再也见不到你了。我不知道你希望我对你忠贞。"

“我没有那个意思。现在我也不这么想。我只想对你说，我爱你。我想求你和我结婚。你以前说过，我们的婚姻怕是连六个月都维持不了。但我们为何不给它一次机会？谁知道呢——也许它会持续一辈子。我求你了。一个女人必须怎样做才能得到她想要的男人呢？”

“我不知道，我甚至弄不明白，女人怎么会知道自己想要哪个男人。我们生活在不同的世界里。你是个富有的女人，习惯了受人骄纵宠溺。我是一个为了谋生疲于奔命的老苦工，未来难以预料，而你父亲很可能会让我连那个难以预料的未来都没法拥有。”

“你不怕我父亲。你谁也不怕。你只是怕结婚。等我父亲看到你，他就会明白你是一个真正的男人。我求你，求求你，求求你了。我在里茨饭店。我马上给你寄一张机票过去。”

我笑了。“你要给我寄机票过来？你把我看成什么人了？让我寄机票给你吧。这样一来，你还有时间回心转意。”

“可是，亲爱的，我不需要你给我寄机票啊。我有——”

“当然了。你有的是钱，买五百张机票都没问题。不过，这一张机票可是我买的。要么你就收下，要么你就别过来了。”

“我会过来，亲爱的。我会过来。用你的双臂抱紧我，紧紧地抱住我吧。我不想占有你。没人会占有你。我只想爱你。”

“我在这儿等你。我一直都在。”

“抱紧我。”

听筒里传来咔嗒一声，接着是一阵嘟嘟嘟的声音，然后线路就断了。

我伸手去拿酒杯。我环顾着空房间——现在，这里已经不再是空荡荡的了。屋子里多了一个声音，还有一名身材窈窕的可爱女子。卧室里的枕头上浮现出了一袭黑发。空气中隐约飘着一股柔和的幽香，散发自一个紧紧贴住你的女人，她的芳唇温软柔顺，双眸微闭，眼神迷离。

电话铃声再度响起。我接起听筒，说：“喂？”

“我是克莱德·安姆尼，那位律师。我好像还没从你那里收到任何令人满意的报告。我花钱雇你可不是让你自娱自乐的。我要求你立刻向我确切完整地汇报你的行动。我要求详细全面地了解清楚，自从你回埃斯梅拉达以后，你到底都做了些什么。”

“我去享受了一点清静的乐趣——花我自己的钱。”

他抬高嗓门，厉声大叫起来：“我要求你马上给我一份完整的报告，不然我会叫人吊销你的侦探执照。”

“我有个建议送给你，安姆尼先生。你干吗不给我滚远点儿？见你的鬼去吧！”

当我挂断电话时，听筒里还在传出安姆尼气急败坏的低吼。电话刚刚挂上，马上又开始响起铃声。

我几乎听不见它。空气里充盈着美妙的音乐。

RAYMOND CHANDLER

雷蒙德·钱德勒作品

THE BIG SLEEP

长眠不醒

〔美〕雷蒙德·钱德勒 著 顾真 译

上海译文出版社

图书在版编目（CIP）数据

雷蒙德·钱德勒作品：九种十册 /（美）钱德勒（Raymond Chandler）著；顾真等译.
—上海：上海译文出版社，2017.6（2024.5重印）
书名原文：Collected Works of Raymond Chandler
ISBN 978-7-5327-7527-9

Ⅰ.①雷… Ⅱ.①钱… ②顾… Ⅲ.①小说集—美国—现代 ②散文集—美国—现代
Ⅳ.①I712.15

中国版本图书馆CIP数据核字（2017）第103989号

Raymond Chandler
Collected Works of Raymond Chandler

雷蒙德·钱德勒作品（九卷十册）
[美] 雷蒙德·钱德勒/著　顾真　等/译
策划/冯涛　责任编辑/宋佥　等　装帧设计/张志全工作室

上海译文出版社有限公司出版、发行
网址：www.yiwen.com.cn
201101　上海市闵行区号景路159弄B座
苏州市越洋印刷有限公司印刷

开本 890×1240　1/32　印张 76.5　插页 60　字数 1,416,000
2017年6月第1版　2024年5月第8次印刷
印数：12,501—14,000册

ISBN 978-7-5327-7527-9/I·4599
定价（九卷十册）：498.00元

1

十月中旬的一天上午，十一点钟光景，没有阳光照耀，山脚下的空地雨色迷蒙。我一身粉蓝色套装，里面是深蓝色衬衫，打着领带，胸前的口袋里露出一角手帕，脚上是黑色拷花皮鞋和绣有深蓝色边花的黑色羊毛袜。我干净整洁，刮了胡子，毫无醉意，至于有谁知道这点，我根本不在乎。一个时髦的私家侦探该是什么样，看我就全知道了。我要去见一位身家四百万的富豪。

斯特恩伍德府进门的大厅有两层楼高。入口足以容一队印度象通过，上方一大块彩色窗玻璃，画着一个身穿黑色铠甲的骑士正在营救一位小姐，她被绑在树上，一丝不挂，只有一头长发恰好遮羞。骑士不忘礼节，打开了面罩；他拨弄着把那位小姐同树绑定的绳结，却毫无进展。我站在下面，心想若是我住在这房子里，迟早得爬上去帮他一把不可。他好像并没有真的在尽力。

大厅后面是两扇落地玻璃窗，门外一大片翠绿的草地，通往一间白色的车库。屋前，一个绑着油亮裹腿、身材瘦削的年轻黑人司机正在刷洗一辆褐紫色的帕卡德敞篷车。车库那边种了一些树装点环境，都当成贵宾犬似的细细修剪过。更远处是一座巨大的圆顶暖房。往后又是树，极目望去，看得到山麓那连绵起伏的柔顺轮廓。

大厅东边有段独立式样的楼梯，铺着瓷砖；拾级而上，是一条装有精美铁栏杆的长廊，又一块镶着传奇故事的彩色玻璃出现了。靠四周墙面，摆放着铺有红色毛绒圆坐垫的硬背大椅子。看样子，那些座椅从来没人坐过。西墙正中有个空荡荡的大壁炉，炉前的挡板是由四块铜片铰接成的。壁炉上方是座大理石炉台，角上立着丘比特像。炉台向上是一大幅油画，油画再往上是两面骑兵矛旗，破破烂烂，也不知是枪打的还是虫蛀的，交叉挂在玻璃框里。画中人一身大约墨西哥战争时期的戎装，僵硬地摆出军官的标准造型。那军官蓄着一绺匀整的黑色帝髯，两撇黑色髭须，一双炽热而锐利的眼睛黑如煤炭，通常说来，跟这种模样的人打交道总是有好处的。我心想此人可能是斯特恩伍德将军的祖父。不太可能是将军本人，哪怕我听说他早已一把年纪，可两个女儿才二十多岁，正是惹是生非的时候。

我还在盯着那双炽热的黑眼睛，身后远处楼梯下的门开了。不是管家回来了。是个女孩子。

她二十来岁，身材娇小，看上去却很强韧。穿一条浅蓝色便裤，非常适合她。她走起路来像在飘浮。她一头漂亮的褐色鬈发，比时下流行的那种发梢向内烫卷的齐肩发型要短很多。她的眼眸是蓝灰色的，看我的时候几乎毫无表情。她走到我跟前，咧嘴笑笑，露出几颗又小又尖的虎牙，跟橘子皮内衬一样白，跟瓷一样富有光泽。它们在她那两片过于紧绷的薄嘴唇间闪闪发亮。她面无血色，样子不大健康。

“个子挺高的嘛？”她说。

“我可不是故意的。”

她瞪圆了眼睛。她犯难了。她在动脑筋。连我这个刚认识她的人都看得出来，动脑筋对她而言向来是件麻烦事儿。

“还很帅，”她说，“你一准儿知道自己帅。”

我嘟哝了一声。

“你叫什么？”

“赖利，”我说，“道格豪斯[①]·赖利。”

---

① 英语中，道格豪斯 (Doghouse) 是“狗窝”的意思。

"这名字真滑稽，"她咬咬嘴唇，头别过去了一点，用余光打量着我。她眼帘低垂，等睫毛快要触到面颊才又缓缓抬起，犹如剧场的幕布。我有点知道她玩的什么把戏了。是要让我四脚朝天，仰面在地上打滚。

"你是拳击手吗？"见我没有反应，她问道。

"不算是吧。我是私家侦探。"

"私——私——"她气愤地摇摇头，在那条宽敞走廊的昏暗灯光下，她的头发泛着艳丽的色泽。"你在拿我开心。"

"嗯——哼。"

"什么？"

"走吧，"我说，"你听到我说什么了。"

"你什么也没说。你就是特喜欢捉弄人。"她竖起一根大拇指，咬了咬。那根大拇指奇形怪状的，又细又小，像多长出来的，缺了一个关节。她咬住手指，慢慢吮了起来，像婴儿吸奶嘴一样，把它在嘴里转动着。

"你可真高啊。"说完，她心中窃喜，咯咯笑着。接着，她脚也不抬，缓慢而灵巧地转过身去。她两手一垮，垂到身侧。她踮起脚尖，朝我仰靠过来。她直愣愣倒进了我的怀里。要么扶住她，要么由她在大理石地面上摔个头破血流。我抓住她的腋下，她腿一软，立马瘫倒在我身上。我只好抓紧她，托她起来。她头一贴上我的胸膛，就打着圈蹭了起来，还冲我傻笑。

"你真可爱，"她咯咯笑着，"我也可爱。"

我不做声。正在这个时候，管家刚巧不巧穿过落地窗回来了，看到我抱着她。

他对此好像无动于衷。他高大瘦削，满头银发，六十岁上下。一双蓝眼睛冷漠得无以复加。他的皮肤光滑亮洁，看动作，应该是个身强体壮的人。他缓步穿过大厅向我们走来，那女孩急忙从我怀里跳了开去。她飞奔到房间那头的楼梯脚下，像只小鹿般上去了。我还没来得及深吸一口气再呼出来，她就消失了。

管家语调平板地说：“将军现在要见您，马洛先生。”

我把下巴从胸前抬起，朝他点点头。“那人是谁？”

“卡门·斯特恩伍德小姐，先生。”

“得让她改掉这毛病。她看上去不小了。”

他恭敬地看着我，不苟言笑，重复了一遍刚才的话。

2

我俩出了落地窗，踏上一条铺红石板的光滑小径，这条小径一直绕到车库前那片草坪的最远端。眼下，车库外停着的成了一辆镀铬的黑色大轿车，那个面带稚气的司机正在擦拭它。沿小径一直走，我俩到了那座暖房的侧面，管家为我打开门，站到一旁。进门是一间前厅，暖和得就像一个文火慢烧的烤炉。他后脚进了屋，关上外间的门，打开里间的门，让我俩入内。这下是真的热了。空气浑浊潮湿，蒸汽弥漫，混杂着茂盛的热带兰花腻人的香味。玻璃墙面和屋顶都结着浓厚的水雾，大颗大颗的水珠泼溅到下面的植物上。灯光带着一种不真实的绿色，像是从鱼缸玻璃里透出来的。这地方种满了植物，整整一大片，尽是恶心的肉状叶子和犹如刚洗净的死人手指般的花梗。那股味道就像在毯子下面焖烧酒精，难闻极了。

管家带我穿行其间，尽他所能帮我避开那些要打到人脸上的湿叶子。片刻之后，我们来到了植丛中央的一块空地，头上便是圆顶。眼前，在六面旗帜围成的六边形区域中，铺着一块陈旧的红色土耳其地毯，地毯上是一部轮椅，轮椅上有个行将就木的垂垂老者，他看着我们，那双黑眼睛早已黯淡无光，却依然如炉台上方画中人的眼眸那样墨黑，那样率直。他脸的其余部分简直是一张铅制面具：毫无血色的嘴唇，尖鼻子，凹陷的太阳穴和渐渐腐烂、外翘的耳垂。包裹他细长身体的——在这样的高温下——是一条旅行毯和一件褪色的红浴袍。他的手鸟爪一般瘦骨嶙峋，松弛地交叠在毯子上，指甲呈紫色。几绺干枯的白发死死扎根于他的头皮，好比野花在不毛的岩石上奋力求生。

管家站到他面前，说："这位就是马洛先生，将军。"

那老者没动也没说话，连头都没点一下。他只是了无生气地看着我。管家把一张湿漉漉的藤椅推到我的腿肚子边，我坐了下去。他娴熟地一抄手，拿走了我的帽子。

这时老者把声音从井底一路慢腾腾提了上来，说道："上白兰地，诺里斯。你要怎么喝白兰地，先生？"

"怎样都行。"我说。

管家走进那堆讨厌的植物丛中。将军又缓缓开口了，谨小慎微地用着他的气力，仿佛失业的舞女在用她最后一双像样的袜子。

"我从前喜欢喝加香槟的。香槟要像福吉谷[①]一样冰冷，底下倒上三分之一杯的白兰地。你可以把外套脱了，先生。对身体里还有血液在流动的人来说，这里太热了些。"

我起身脱去外套，摸出一块手帕擦了擦脸、脖子和手腕背面。八月里的圣路易斯跟这儿相比何足道。我重新坐好，不由自主想掏香烟，一转念手缩了回去。那老者注意到了这个小动作，隐隐笑了。

"可以抽烟的，先生。我喜欢烟草味。"

---

① Valley Forge：美国"革命圣地"，以刺骨的严寒著称。1777 年，费城陷落，华盛顿率领败兵残将在此修整，冻死、开小差的士兵不计其数，是整个独立战争里最艰难的时光。

我点上一根，朝他喷出一大口烟，他像只鼠洞前的猎狗一样嗅着。一抹笑容若隐若现，牵起他阴暗的嘴角。

“事到如今，只好让别人代劳来放纵自己的恶习，倒也挺好，”他干巴巴地说，“你眼前的，是个纸醉金迷过后、麻木不堪的幸存者，是个双腿瘫痪、下身只剩一半的残疾人。我几乎什么也不能吃，已经无所谓睡觉不睡觉，跟醒着快没了区别。我好像基本靠高温才活着，如同一只刚出生的蜘蛛。那些兰花是建暖房的借口罢了。你喜欢兰花吗？”

“不太喜欢。”我说。

将军眯起眼睛。“它们是污秽的东西。它们的肉跟人类的肉很像。它们的香味里闻得到妓女的腐败芬芳。”

我张嘴注视着他。温和潮湿的热气像棺罩一样包围着我俩。老者点点头，他的脖子好似生怕承受不住脑袋的重量。管家推着一辆茶具车拨开植丛回来了，他给我调了一杯苏打白兰地，用一块湿毛巾裹好铜冰桶，徐徐钻进兰花丛，走了。植丛后面，门开了又关上了。

我抿了一口酒。那老者盯着我，一遍又一遍舔起嘴唇来，先缓缓描一片唇，再跨到另一片上，庄严专注得像葬礼上的殡仪员在干洗双手。

“谈谈你自己吧，马洛先生。想来我有权知道？”

“当然，不过没啥可说的。我三十三岁，上过大学，有需要的时候，也可以拽两句文。在我这行里，这种时候不是很多。我以前在地方检察官王尔德先生手下做探员。他的探长，一个名叫伯尼·奥尔斯的人打电话来说您想见我。我未婚，因为不喜欢警察的老婆。”

“你还有点玩世不恭，”老者笑了，“你不喜欢为王尔德做事？”

“我被开除了。因为违抗命令。这门功课我得了高分，将军。”

“我以前也总这样，先生。很高兴听你这么说。关于我的家庭你了解多少？”

“听说你丧偶鳏居，有两个女儿，都很漂亮，性子也都很野。一个女儿结了三次婚，最近一次嫁给了一个以前贩卖私酒的人，道上的名字是拉斯蒂 · 里根。我就听说这么多，将军。”

“有没有你听了觉得不一般的地方？”

“也许是拉斯蒂 · 里根那部分吧。不过我自己也总跟贩卖私酒的人打交道。”

他淡淡一笑，很节约力气。“我好像也是。我非常喜欢拉斯蒂。是个克朗梅尔来的爱尔兰人，卷头发、大块头，还有一双忧郁的眼睛，笑的时候嘴巴咧得跟威尔希尔大道①一样宽。第一印象觉得他也许就是你认为的那种人：一个偶然沾了‘天鹅绒’②的投机家。”

“你肯定很喜欢他，”我说，“都学会行话了。”

他把苍白干瘦的手插进毛毯边缘。我拿掉唇间的烟蒂，喝光了酒。

“他是我生命的元气——他还在的时候。他几小时几小时地陪着我，像头猪一样汗流浃背，用夸脱瓶喝酒，跟我讲爱尔兰革命的故事。他是I.R.A③的军官。他留在美国甚至是非法的。那桩婚事当然很荒唐，可能就维系了不到一个月吧。我把家里的秘密告诉你了，马洛先生。”

“秘密到我这里依然是秘密，”我说，“他后来怎么了？”

老者木然看了我一眼。“一个月前，他走了。事出突然，没有给任何人留话。没有向我道别。有点伤人，不过他是在一所乱哄哄的学校里长大的。总归会有他的音信的。其间我又遭人敲诈了。”

我说：“又？”

---

① Wilshire Boulevard：位于加州洛杉矶，商业枢纽，区域内的路段至少有 4 条车道。

② “天鹅绒”（velvet），也指投机赚得的意外之财。

③ 即爱尔兰共和军，全称为 Irish Republican Army，是谋求爱尔兰脱离英国独立的秘密组织，1936 年被爱尔兰自由邦宣布为非法组织。

他的手从毯子下面抽出来，捏着一只棕色信封。“拉斯蒂在的那阵，谁要是妄图来敲诈我，只能认栽。他来的几个月前——就是说九、十个月前吧——我给了一个名叫乔·布罗迪的人五千块，让他放过我的小女儿卡门。”

“啊。”我说。

他纤细的白眉动了动。“‘啊’是什么意思？”

“没什么。”我说。

他继续盯着我，眉头半皱。接着说道：“把信拿去仔细看一看。酒请自便。”

我从他膝盖上拿过信封，又坐下了。我擦干掌心，捏着信封翻转过来。收信人是：“加利福尼亚州西好莱坞区，阿尔塔·布雷亚新月街道3765号，盖伊·斯特恩伍德将军。”地址是倾斜的印刷体墨水字，像出自工程师之手。信封已经撕开。我打开信封，取出一张棕色名片和三条硬纸片。那是一张薄薄的棕色亚麻名片，印着金字：“阿瑟·格温·盖革先生”。没有地址。左下角有行极小的字：“珍本书和豪华版本”。我把名片翻过来。背面又是一段倾斜的印刷体字：“亲爱的阁下：虽然按照法律，随此信附上的借条无法索取，但白纸黑字，赌债的立据想必您是希望承兑的。A·G·盖革敬上。”

我看了看那几条笔挺的白纸片。是些填了墨水字的本票，有好几个日期，都是上个月，即九月上旬的。“一经要求，本人保证奉还阿瑟·格温·盖革先生或其指定方一千美元（$1000.00），无利息。款项收讫。卡门·斯特恩伍德。”

这段话像是弱智写的，字迹凌乱，七扭八歪，该画句号的地方尽是小圈。我又给自己调了杯酒，抿了一口，把证物搁在旁边。

“你的推论？”将军问道。

“还没有呢。这位阿瑟·格温·盖革是什么人？”

“我一点头绪都没有。”

“卡门怎么说的？”

“我还没问她。不打算问。要是问她，她就会不好意思地咂自己的大拇指。”

我说：“我在大厅里遇见她了。她就冲我那样。她还要坐到我大腿上来。”

他的表情丝毫没有变化。他交错的双手安详地搁在毯子边缘，待在那样的高温里，我觉得自己快成了一盆新英格兰大餐[①]，可他好像连暖和都谈不上。

“我说话得客气一点吗？”我问道，“还是随意就好？”

“我可没觉得你有什么顾忌啊，马洛先生。”

“姐妹俩常一起玩吗？”

“应该不是。她们各走各的，通向毁灭的道路也略有不同。维维安被宠坏了，挑剔、精怪，心肠很硬。卡门还是个孩子，喜欢扯掉苍蝇的翅膀。她们不讲是非，就跟只猫一样。我也不讲。斯特恩伍德家的人都不讲。接着说。”

“想必她们受过良好的教育。她们知道自己在做什么。”

“维维安上了几个嫌贫爱富的好学校，然后进了大学。卡门上了半打学校，一家比一家开明，最后跟刚入学时没啥两样。所有那些惯常的恶习，相信她俩都染上过，至今还没改掉。如果身为家长的我听起来有些歹毒，马洛先生，那是因为我的生命已危在旦夕，容不下一点维多利亚时代的虚伪了。”他的头向后一靠，眼睛闭上，又突然睁开来。“我也不必再多说，对于一个五十五岁才第一次当父亲的人，这一切都是理所当然的。”

① 美国新英格兰地区传统正餐，以腌牛肉或熏肩肉火腿搭配卷心菜和其他蔬菜烹煮而成。

我抿了一口酒，点点头。看得见他苍白瘦削的喉头有脉搏在跳动，频率却缓慢得几乎根本称不上是脉搏了。一个老人，三分之二已入了土，还坚定地相信自己撑得下去。

“你的推论？”他突然厉声发问。

“是我的话，我会付他钱。”

“为什么？”

“这是花一点小钱就能解决一大堆麻烦的问题。内情是一定有的。但没人能伤您的心，除非您现在已经伤心了。而且得许许多多骗子花许许多多时间不断讹诈您，您才会有吃亏的感觉。”

“我是有自尊心的，先生。”他冷冷地说。

“有些人就指着这点呢。捉弄你们这是最简单的办法。要么利用自尊心，要么靠警察。除非您能揭穿骗局，盖革完全可以用这些字据讨债。但他没有那么做，反而把字据寄赠给您，还承认这些是赌债；即便字据他还留着，这样也给了你辩护的机会。如果他是个恶人，他思路很清晰；如果他是个老实人，只是兼职做点贷款罢了，这笔钱应该归他。刚才说的那个让您付了五千块的乔·布罗迪是什么人？”

“某个赌徒。我记不太清了。诺里斯应该知道。我的管家。”

“两个女儿手上有钱吗，将军？”

“维维安有，但并不很多。卡门还没成年，将来能拿到母亲的遗产。我给她俩零花钱很大方。”

我说：“如果您想摆脱这个盖革，我能办到。不管他是谁，手里头有什么把柄。在付给我的酬劳之外，还会让您损失一点钱。当然您也落不着什么好处。他们这种人不是靠收买能顶事的。您已经进了他们的优质人选名录了。”

“知道了。”他耸了耸褪色红浴袍里宽阔瘦削的肩膀，“刚才你说要付他钱。现在你又说我落不着什么好处。”

“我的意思是，忍受一定程度的敲诈还是相对划算和容易的。就是这样。”

“恐怕我是个相当缺乏耐心的人，马洛先生。你怎么收费？”

“二十五块一天，外加其他开销——碰上走运的日子。”

“知道了。这价格就能除掉背上的肿瘤，好像挺公道的。这手术是个细致活儿。但愿你明白这点。你做手术的时候会尽可能不惊动病人吧？瘤子有好几个呢，马洛先生。”

我喝掉第二杯酒，抹了抹嘴巴和脸。两杯白兰地下肚，高温却不见丝毫缓解。将军朝我眨着眼睛，拽了拽毯子边缘。

“如果我觉得这家伙人还算正派，可以同他做交易吗？”

“可以。事情现在交给你全权处理。我从来不做半吊子的事。”

“我会解决他的，”我说，“让他感到大难临头。”

“相信你会的。现在得请你包涵了。我累了。”他伸手按下轮椅扶手上的电铃。电线接入深绿色木箱边蜿蜒盘绕的一根黑色电缆，兰花在箱子里生长，溃烂。他合上眼，又睁了开来，炯炯有神地盯视了片刻，一靠，舒舒服服埋进软垫里。他的眼皮再一次耷拉下来，不再关心我的存在。

我站起身，从湿漉漉的藤椅椅背上拎起外套，走进兰花丛，出了两扇门，站到屋外，深深吸了两口十月的清新空气。车库那边的司机已经不在了。管家踏着红石板路而来，脚步轻盈畅快，背挺得像块烫衣板。我缩拢身体穿上外套，看着他走过来。

走到离我两英尺时他停下了脚步，正色道：“在你离开前，里根太太想见见您，先生。至于报酬，将军吩咐我尽管按合适的数目给你开张支票。”

“怎么吩咐你的？”

他显得有点困惑，随后笑了。“啊，明白了，先生。显然您是个侦探。听他的电铃声就知道了。”

“你代他开支票？”

“我有这一特权。”

“那你应该有钱买块像样的墓地了。现在不收钱，谢谢。里根太太为什么要见我？”

他的蓝眼睛平静祥和地看了我一眼。“她对您到访的目的有所误解，先生。”

“谁告诉她我来了的？”

“从她房间的窗户看得到暖房。她看见我俩进去了。我必须告诉她您是谁。”

“我可不喜欢这样。”我说。

他的蓝眼睛顿时充满寒意。“您是想告诉我我的职责是什么吗，先生？”

“不是。只是觉得猜你到底在管哪些事很好玩。”

我们注视了对方片刻。他悒悒地瞪了我一眼，转身走了。

3

那房间太大，天花板太远，门太高，从屋子一边铺到另一边的白色地毯就像箭头湖[①]刚积起的一场雪。到处都有大穿衣镜和水晶小摆设。象牙色的家具镀了铬，窗前一码的地方，一块巨大的象牙色窗帘垂到白地毯上。白色让象牙色显得有点脏，而经象牙色一衬，白色白得好像流光了最后一滴血一样。窗户正对着渐渐阴沉的山脚。快下雨了。气压已然很低。

---

① Lake Arrowhead：南加州旅游胜地。

椅子铺了厚厚的软垫，我坐在边缘，望着里根太太。她大有看头。她能兴风作浪。她脱了拖鞋，手脚伸开躺在一张现代主义风格的卧榻上，那双穿了透明长筒丝袜的腿令我目不转睛。膝盖以下都露了出来，有一条腿更是变本加厉。膝盖颇为肉感，有浅浅的小窝。腿肚很漂亮，脚踝细长，线条优美得足以谱出一首交响诗。她身材高挑，四肢修长，看上去挺健硕。她头靠一只象牙色缎面软垫。头发又黑又挺，中分，那双炽热的黑眼眸神似大厅里的画中人。她有着标致的嘴和标致的下颌。她的嘴略带郁闷地垂着，下唇很丰满。

她在喝一杯酒。她举杯吞下一口，从杯沿上面从容冷静地打量着我。

“说来你是个私家侦探，”她说，“原来世上真的存在，我还以为只是书里才有呢。不然就是躲在酒店周围、四处窥探的油头垢面猥琐男。”

这话我全不在意，所以听过就算，没接茬儿。她把杯子放在卧榻平坦的扶手上，亮出一颗翡翠，摸了摸头发。她缓缓道：“你觉得我爸爸怎么样？”

“我很喜欢他。”我说。

“他喜欢拉斯蒂。你大概知道谁是拉斯蒂吧？”

“嗯——哼。”

“拉斯蒂有时会挺粗俗不雅，但非常真实。他给爸爸带来了很多乐子。拉斯蒂不该那样一走了之的。爸爸心里很难过，虽然嘴上不说。还是他已经说了？”

“提到了一些。”

“你不怎么爱说话是吧，马洛先生？但他想让你找到拉斯蒂，对吗？”

我在说话的间歇礼貌地注视着她。“是也不是。”我说。

“这不太能算是回答。你觉得能找到他吗？”

“我没说要去找。为什么不试试失踪人口调查局呢？他们有一个组织。这不是靠一个人能做成的事。”

“噢，爸爸不想让警方参与进来。”她隔着杯子又平和地看了我一眼，喝光酒，按了一下电铃。一个女仆从侧门走了进来。是个中年妇女，一张和蔼的长脸，面色泛黄，长鼻子，没有下巴，泪汪汪的大眼睛。她像一匹忠厚的老马，在长久的劳作后终于被主人放出去吃草了。里根太太对着她晃了晃空酒杯，她又调了一杯酒递上去，便走出了房间，一句话不说，扫都不往我这边扫一眼。

伴着关门声，里根太太开口了：“唔，那你准备怎么开始？”

“他是什么时候，又是怎么溜掉的？”

“爸爸没告诉你吗？”

我脑袋歪向一边，冲她咧嘴笑笑。她脸红了。她炽热的黑眼睛冒出怒火。“我不明白有什么可吞吞吐吐的，”她厉声道，“而且我不喜欢你的做派。”

“可你的做派我也没有爱得发狂啊，”我说，“我并没要求见你。是你叫我来的。你怠慢我也好，喝掉一整瓶威士忌当午饭也罢，我都不在乎。我不在乎你露出腿来给我看。这两条腿漂亮极了，能认识它们真荣幸。你不喜欢我的做派，我也不在乎。确实烂透了。漫漫冬夜，我常为此伤心难过。但别浪费时间试图盘问我了。”

她把杯子猛地一放，下手太重，酒洒到了靠垫上。她两条腿晃悠着沾了地，站起来，眼睛喷火，鼻孔大张。她张着嘴，皓洁的牙齿亮得刺眼。她的指关节都绷白了。

“没人跟我这么说话。”她有点口齿不清。

我坐在那儿，朝她咧着嘴笑。她徐徐合上嘴巴，低头看了看泼开来的酒。她在床沿上坐下，屈拢一只手掌托着下巴。

“天哪，你这个禽兽，偏偏又高大、黝黑、帅气！我真该搬辆别克车砸死你！”

我拿出火柴在指甲上一划，一下就燃了。我往半空里吐着烟，等待她开口。

“我讨厌专横的人，”她说，“就是讨厌。”

“你到底在害怕什么，里根太太？”

一时间，只见她的眼白增多了。接着黑色部分又渐占上风，直到瞳孔好似撑满了眼眶。她的鼻孔紧紧收着。

“他想让你办的事，”她紧张的声音里余怒未消，“根本跟拉斯蒂无关。是不是？”

“最好还是去问他吧。”

她又发起火来。“出去！滚你妈的，出去！”

我站起来。“坐下！”她呵斥道。我坐下了。我手指轻弹掌心，等待着。

“拜托，”她说，“拜托了。你能找到拉斯蒂的——只要爸爸希望你去找。”

我还是不吃这一套。我点点头，问她：“他什么时候走的？”

“一个月前的一天下午。他什么话也没留下，直接开车走了。他们在某处的一间私人车库里找到了他的车。”

“他们？”

她露出狡黠的神情。整个身体都似乎松弛了下来。她得意地朝我一笑。“原来他没告诉你啊。”她的声音都有点雀跃了，仿佛靠智慧战胜了我。或许确实如此。

“他跟我聊了几句里根先生，没错。他要见我不是为了那个。这就是你一直想从我嘴里套出来的话吧？”

“你说什么我根本不在乎。这一点我相当确定。”

我又站了起来。“那我走了。”她不说话。我走到进屋时穿过的那扇大白门前。回头一看，她正咬住嘴唇用力撕啃着，就像一只小狗在啃咬地毯的流苏边。

我出了门，走下铺瓷砖的楼梯到了大厅里，管家不知从哪里飘了过来，拿着我的帽子。我戴帽的当儿，他为我打开了大门。

“你弄错了，”我说，“里根太太并不想见我。”

他把银发苍苍的头略微一低，谦恭道：“抱歉，先生。我经常弄错事情。”他关上我背后的门。

我站在台阶上，一边吞云吐雾，一边看着下方层层低下去的花坛和修剪整齐的树，尽头是环绕庄园的一圈铁栅栏，高耸，布满镀金尖刺。一条车行道蜿蜒而下，从挡土墙通到两扇敞开的铁门前。栅栏外面的几英里山路尽是斜坡。在这片模糊不清的遥远平地上，我隐隐看到几个破旧的木头井架，斯特恩伍德家族当年就是靠底下的油田发财的。油田的大半如今已辟为公园，是斯特恩伍德将军派人拾掇干净后捐给市政府的。但少数几组油井还在生产，每天能抽满五六桶。斯特恩伍德一家早已搬到山上居住，他们再也闻不到腐臭的污水和石油的气味，却依然可以望向窗外，看看曾经的摇钱树。他们有兴致的话。我不认为他们还会想这么做。

我在一条砌砖的小路上一层接一层走下花坛，沿栅栏内侧前进，出了大门直奔我停在街头一棵胡椒树下的车。山麓下雷声大作，顶上的天空是黑紫色的。要下大雨了。空气潮湿，雨意已浓。我打开顶篷，发车进城。

她长了双美腿。这点我不得不承认。她和她父亲是两位模范公民。也许他只是在考验我；他交给我的活儿应该律师做才对。哪怕经营“珍本书和豪华版本”的阿瑟·格温·盖革果真是要敲竹杠，那活儿还是应该交给律师。除非有很多内情一时还看不出来。要说随便瞥一眼之后的感受嘛：探明真相的过程想必很好玩。

我开车去了好莱坞公共图书馆，把一本枯燥的书——《著名初版书大全》——粗略研读了一阵。读了半个小时我就饿得想吃饭了。

4

A · G · 盖革的店是个临街铺子，在靠近拉斯帕尔马斯[①]的那条大道北侧。店门开在中间，嵌得很深，橱窗上镶了铜边，后面摆着中式屏风，所以我看不见店里的样子。橱窗里有不少东方风味的旧货。我不知道那些是不是好东西，毕竟我除了没付的账单，从不收藏古玩。大门是平板玻璃做的，但我在门前依然看不太清里面，因为店里太暗了。与之毗邻的一边是一栋大楼的入口，另一边则是一家金光灿灿的信贷珠宝行。店老板站在门口，踮起脚跟晃悠着身子，一脸倦怠；他是个高大帅气的白头发犹太人，穿着修身的黑衣服，右手上戴了总该有九克拉的钻石吧。看我拐进盖革的店，他唇角一扬，露出会心的笑容。我将身后的门轻轻一带，走上铺满整个地板的蓝色厚绒毯。屋里放着几张蓝色皮安乐椅，旁边都有烟架。几套皮装书陈列在光洁的狭长桌子上，两侧由书立挡着。墙上的玻璃橱里还有另一些皮装书。是那种企业大亨会一本接一本买回去，还叫人贴上藏书票的养眼货。后面是间漆了花纹的木隔间，正中一扇门，锁了。隔间和墙面围出的角落里，有个女人坐在一张小桌后头，桌上放了一盏木雕灯笼。

她缓缓起身，婀娜地向我走来，紧致的黑套裙泛不出一丝光亮。她大腿很长，步态里透着某种在书店里难得一见的东西。她灰金色头发，淡绿眼睛，睫毛上点缀着小珠子，波浪发丝柔顺地披在耳后，乌黑硕大的纽扣耳环闪闪发光。她的指甲涂成了银色。即便穿戴光鲜，她还是会带给你这样的印象：此人一开口八成是穷酸腔。

她走近我身旁，性感得能搅乱一场生意人的饭局；她把头一歪，拨

① Las Palmas：通常指北大西洋东部西属加那利群岛港市，在此处显然不可能。文中指的当是加州中部城市弗雷斯诺 (Fresno) 下属的一个地区。

弄着一绺有点散乱却又不太散乱的柔亮鬈发。她的笑容迟疑不决，但加以争取，便能转为甜美。

“要买什么吗？”她询问道。

我把牛角镜架的墨镜戴了起来。我故意尖着嗓子，学鸟叫声说话：“你会不会刚巧有1860年的《宾虚》[①]？”

她嘴上没说“啊？”但心里是想说的。她惨然笑笑：“是初版吗？”

“第三版，”我说，“第116页上有个印刷错误。”

“恐怕——暂时没有。”

“那1840年的‘谢瓦利埃奥杜邦’[②]呢？要全套的，当然。”

“呃——暂时没有。”她的声音像小猫叫唤，刺耳地呜呜了两声。她的笑容已然挂在齿边和眉梢，不知道等这抹笑彻底掉落时，什么东西会遭殃。

“你是卖书的吗？”我用恭敬的假声问道。

她打量了我一番。笑容不见了。眼神略带敌意。站姿非常笔挺僵硬。她朝那儿面罩了玻璃的书架挥了挥银指甲。“你看里面的东西——难道像葡萄柚吗？”她挖苦道。

“噢，我对那类东西不大感兴趣，你知道的。也许带成套的复刻钢版画，彩色的两分钱，黑白的一分钱。俗气玩意儿，不稀奇的。不要。抱歉。不要。”

“知道了。”她恨不得用起重机把笑容顶回脸上去。她痛苦得像个害了腮腺炎的市参议员。“也许盖革先生会——但他暂时不在。”她的

---

① 美国作家华莱士（Lewis Wallace，1827—1905）的代表作，事实上初版于1880年。改编而成的电影1959年上映，获1960年第32届奥斯卡金像奖（最佳影片、最佳导演）。

② 指的是美国鸟类学家、美术家奥杜邦（John James Audubon，1785—1851）的七卷本巨著《美洲鸟类图谱》（*Birds of America*），由谢瓦利埃（J. B. Chevalier）和奥杜邦共同出版。

眼睛细细端详着我。要她谈珍本书，难度就跟让我摆布一群跳蚤表演差不多。

“他之后会在的？”

“恐怕得到很晚。”

“可惜，”我说，“啊，太可惜了。这些椅子挺招人喜欢，我坐会儿抽根烟吧。一下午怪没劲的。净在想我的三角学课程了。”

“是啊，”她说，“是啊，当然啦。”

我四仰八叉躺在一张椅子上，用烟架上的镍打火机点了一根烟。她仍旧站着，牙齿抵住下唇，眼里隐约有些不安。最后她点了点头，缓缓转过身，走回了角落里的桌子后面。她在台灯后面盯着我。我搭起双脚，打了个哈欠。她把银指甲伸向桌上的电话机，却并没有碰它，而是放了下去，轻轻敲打着桌面。

大约五分钟的沉默。门开了，来了个满脸饥渴的高个家伙，拿着手杖，鼻子很大；他灵巧地进了屋，用力关上身后装有闭门器的门，径直朝那个角落走了过去，往桌上放了一个包裹。他从口袋里掏出一只黄金包角的海豹皮钱包，向那个金发女郎出示了什么东西。她按了按桌上的一个电钮。那高个家伙走到隔间门前，打开刚能容身的一条缝，溜了进去。

我抽完手上的烟，又点了一根。时间缓慢地挨过去。大道上有刺耳尖利的汽车喇叭声。一辆红色的市际大轿车隆隆开过。交通灯鸣锣警示。金发女郎倚在手肘上，一只手掌拢成杯状放在眼前，注视着我。隔间的门开了，那撑着手杖的高个子溜了出来。他手里又有了个包裹，看形状是本大厚书。他走到桌前付了钱。他离开的样子跟来的时候一样：踮着脚走路，张着嘴呼吸，经过时用余光飞快地扫了我一眼。

我站起身，脱帽向金发女郎告辞，跟着他出了门。他向西边走去，手杖紧贴着右脚上方摆动着，弧度又小又急。要跟住他很容易。他的外套是鲜艳非凡的古董布料裁成，肩部非常宽阔，从衣领里戳出的脖子就像一根芹菜茎，脑袋还随着步伐摇摇晃晃。我们走过了一个半街区。走到高地大街的红绿灯前，我在他身旁立定，让他瞧见我。他先是漫不经心斜乜了我一眼，随后一怔，目光锐利起来，立马别过头去。绿灯了，我们穿过大街，又走了一个街区。他迈开他的大长腿赶路，到街角时，他在我身前二十码。他向右转了。往山上走了一百英尺，他停下了，把手杖挂在手臂上，从内侧袋里摸出一只皮制烟盒。他往嘴里塞了一根烟，擦燃火柴，一边点烟一边回头望，看到我在街角盯着他，他登时挺直了背，活像被人从身后踹了一脚。他笨拙滞重地大跨步往前走，手杖戳到了人行道上，简直要弄得尘土飞扬了。他又向左转了。等我赶到他转弯的地方，他至少领先我一整个街区。我追他追得直喘气。眼前是条林荫窄道，一边是挡土墙，另一边是三座花园平房的院落。

他不见了。我在小道上晃悠，这里那里打量着。走到第二座院子，有所发现了。那地方叫"拉 · 巴巴"，昏暗静谧，有两排树影下的平房。正中间的路两旁种了意大利柏树，都修剪得粗短敦实，有点像"阿里巴巴和四十大盗"里的油罐。第三个"油罐"后头露出一叶图案花哨的袖子，它动了一下。

我倚在路旁的一棵胡椒树上，等待着。山麓那边又响起了隆隆的雷声。南边，层峦叠嶂的乌云上映出闪电的火光。几滴试探性的雨滴打在人行道上，留下五分硬币大小的水印。没有一丝风，空气如斯特恩伍德将军的兰花暖房里一般沉静。

树后的袖管又出现了，紧接着露面的是一个大鼻子、一只眼睛和没戴帽子的几绺浅棕色头发。那只眼睛注视着我。它不见了。另一只眼睛却又像啄木鸟似的出现在了树的另一边。五分钟缓缓过去。他忍不住了。这类人都是胆小鬼。我听到一声火柴的划擦，接着响起了口哨。那模糊的人影轻快地沿着草地溜到相邻的树前。随后他走到路上，径直朝我过来，一边甩手杖一边吹口哨。刺耳的口哨声里带着不安。我抬起头，茫然看着暗沉的天空。他经过我身旁，与我相距不到十英尺，却完全没看我。现在他安全了。他把东西藏好了。

目送他的身影消失后，我迈上“拉 · 巴巴”中央的小路，扳开第三棵柏树的枝杈。我抽出一本包裹着的书，夹在腋下，离开了那地方。并没有人喝令我放下东西。

5

回到大道后，我走进一家杂货铺的电话亭，查了阿瑟 · 格温 · 盖革的地址。他住拉维恩街，是条月桂峡谷大道外的半山路。我投进硬币拨他的号码，纯为闹着玩。无人接听。我翻到分类广告栏，发现附近街区有好几家书店。

我来到的第一家店在街北，是个很大的地下楼面，专卖文具和办公用品，夹楼里胡乱摞着很多书。看来没找对地方。我穿过马路，向东走了两个街区，找到另一家。这回比较像了，是家逼仄杂乱的小店，顶天立地堆满了书，有四五个顾客正慢吞吞翻书，在崭新的书衣上留下指纹。完全没人在意他们。我用背推门挤进店里，穿过一个隔间，看见有个矮小的黑皮肤女人正在桌子后面读一本法律书。

我打开钱包扔在她桌上，让她看别在翻盖上的徽章。她看了一眼，摘下眼镜，靠在椅背上。我拿走了钱包。她的脸打扮得很精致，分明是个才智出众的犹太女人。她凝视着我，一言不发。

我说：“能否帮我一个忙，一个小忙？”

“不好说。是什么忙？”她的声音嘶哑却很顺耳。

“你知道盖革的店吗，就在街对面，往西过两个街区？”

“也许经过过吧。”

“是家书店，”我说，“不是你这种书店。你很清楚。”

她稍微撇了撇嘴，没说话。“见到盖革你认得出吗？”

“抱歉。我不认识盖革先生。”

“就是说你没法告诉我他长什么样？”

她又撇了撇嘴。“我干吗要告诉你呢？”

“没有任何原因。如果你不想，我没法强迫你。”

她朝隔间门外放眼张望了一下，又靠回椅背上。“那是警徽，对吗？”

“荣誉代表罢了。啥也算不上。就值一根便宜的雪茄。”

“明白了。”她伸手拿了一包烟，摇出一根后用嘴叼了起来。我为她点上火。她谢过我，又向后一靠，在烟雾缭绕中打量着我。她谨慎地说：

“你想知道他长什么样但并不想同他面谈？”

“他不在那儿。”我说。

“总会在的吧。那是他的店。”

“我暂时还不想跟他打照面。”我说。

她再次朝隔间门外望去。我说：“懂珍本书吗？”

“你可以考考我。”

“你这儿有没有1860年的第三版《宾虚》，第116页上有一行是重复的？”

她把法律书推到一旁，拿起竖放在桌上的一册厚书，匆匆翻阅着，找到她要的那一页后，查看了一番。“谁都不会有的，”她头也不抬地说道，“根本不存在这么本书。”

“没错。”

“你到底想说什么？”

“盖革店里的姑娘对此却一无所知。”

她抬起头。“懂了。我隐约觉得你这人有点意思。”

“我是个私家侦探，正在查一桩案子。也许我问得太多了。不知怎么的，我自己倒好像不觉得多。”

她吐出一个绵软的灰色烟圈，手指穿了进去。那烟圈顿时化成了飘渺的一缕缕游丝。她平和冷淡地说道："他四十出头，我估计。中等身高，胖乎乎的。体重一百六十来磅。肥脸，陈查理①那样的八字须，松软厚实的脖子。一身松软的肥肉。穿着考究，来去不戴帽子，假装是古董行家，其实啥也不懂。噢，对了。他左眼是颗玻璃球。"

"你去当警察一定是把好手。"我说。

她把参考书放回桌子尽头的敞开式书架上，重新在面前摊开那本法律书。"还是不当了吧。"说完，她戴上了眼镜。

我谢过她便离开了。开始下雨了。我腋下夹着那本包好的书，奔跑起来躲雨。我的车停在朝向大道的一条小路上，对面差不多就是盖革的店。跑过去时我身上已经星星点点淋湿了。我连滚带爬钻进车里，拿出手绢擦干包裹，打开来。

我知道里面会是什么，当然。一部厚重的书，装订考究，精美活字印刷，纸张上乘。书里穿插着貌似风雅的整页照片。照片和文字都污秽得难以形容。这不是本新书。前衬页上加盖了借出和归还的日期。是本专供出借的书。那原来是一家专借精美淫秽书籍的图书馆。

我把书重新包好，锁进座椅后面的箱子。这种见不得人的店堂而皇之开在大道上，似乎说明背后有不少人撑腰。我坐在那儿，浸在自己吐出的毒烟里，听着雨声，陷入了思考。

6

雨水注满了排水沟，在人行道上溅得齐膝高。大个子警察披着炮管般油亮的雨衣，乐此不疲地把咯咯傻笑的姑娘们抱过水塘。雨点重重地

---

① Charlie Chan：美国作家比格斯 (Earl Derr Biggers) 笔下的华人探长。

砸在车盖上，修补过的顶篷漏了。车底板上聚起了一汪水，正好让我搁脚。秋天下这种雨，太早了些。我费劲地穿上雨衣，冲向最近的杂货店，买了一品脱威士忌。回到车里，我一下喝了不少，为的是暖暖身子，保持注意力。我停车早就超时了，但那些警察抱姑娘吹口哨都忙不过来，没功夫管我。

尽管在下雨，或者说，正是因为下雨，盖革的店里顾客盈门。门口停着很高档的车，衣冠楚楚的客人进进出出，离开时都带着包裹。不全是男的。

大约四点钟，他出现了。一辆米色小轿车在店门口停下，他闪身下车走进店门时，我瞥见了那张肥脸和那两道陈查理式的八字须。他没戴帽子，穿着有腰带的绿皮雨衣。隔这么远，我看不到他的玻璃眼睛。一个穿无袖紧身外套的高个俊俏小伙子走出店门，把车开到旁边的小路里停好。他步行走回来时，闪亮的黑发沾上了雨珠。

一个小时又过去了。雨气氤氲的商铺灯火浸没在漆黑的街道里。有轨电车暴躁地叮当打着铃。五点五十分左右，那穿紧身外套的高个小伙子撑着伞踏出盖革的店门，走到那辆米色轿车后面。他让人把车开到门口，看盖革出来了，小伙子忙在他光秃秃的头顶上方打起伞。他收好伞，甩了甩水，递进车内。他奔回店里。我把车发动了起来。

小轿车在大道上往西行驶，害我只好左转，还结了不少仇家，其中有一个电车司机，他冒雨伸出头来痛骂了我一顿。追赶到离它只差两个街区时，我开始进入状态了。我希望盖革是在回家。有两三次我看见了他的车，在他向北转入月桂峡谷大道时我终于追上了。爬了半条坡道他左转了，驶入了一条潮湿的曲线水泥路，名叫拉维恩街。那是条窄路，一边是高高的堤岸，另一边散布着类似棚屋的房子，它们沿下坡而建，所以屋顶并不比路面高出多少。屋子正面的窗户掩映在树障和灌木中。放眼望去，尽是湿漉漉的树在滴水。

盖革亮起了灯，我却没有。我加快速度，在一个弯超了他的车，经过一座房子时还顺便记下了门牌号，开到这段路的尽头后把车转进了一条小路。他已经停车了。他的灯光从一幢小房子的车库里斜射出来；屋前有片方形的黄杨树障，刻意设计过，把正门完全挡住了。我看他撑着伞走出车库，穿过树障进去了。他好像并不觉得有人在跟踪他。屋里亮起灯。我空挡向北滑行到下一座房子，里面好像没人，但屋外并没有悬着什么牌子。我停下车，打开窗户通通风，举起酒瓶喝了几口，坐着。我不清楚自己在等待什么，但冥冥中知道要等。一分钟一分钟又慢吞吞挨过去。

两辆车开上山来，朝山顶而去。那条街似乎非常安静。六点稍过，又有几束明亮的灯光扫破暴雨。此时天已漆黑。一辆车在盖革家门前缓缓停下。灯丝逐渐暗了下去，熄灭了。车门打开，下来一个女人。她身材苗条，戴着阔边毡帽，披着透明雨衣。她穿进迷宫似的树障。隐约一声门铃，雨中透出灯光，门慢慢关上，阒无声响。

我伸手从车上的置物袋里拿出手电，走下去看了看那辆车。是辆帕卡德敞篷车，不是褐紫色就是深棕色。左边的车窗没摇上。我摸到了驾照夹，用手电一照。车主信息是：卡门·斯特恩伍德，西好莱坞区阿尔塔·布雷亚新月街道 3765 号。我回到车上，坐了又坐。车顶上的雨滴到我的膝盖上，威士忌在我的胃里灼烧。山上不再有车辆的踪影。我车前的那幢房子没亮灯。要在这一带干点坏事，似乎正合适。

七点二十分，盖革家射出一道强烈的白光，犹如一阵夏日的闪电。正当黑暗再次将它笼罩将它吞没时，一阵微弱细碎的尖叫从屋内回荡了出来，消失在雨水淋漓的树丛间。我赶紧下车，可走在半路，回声已经退散了。

那尖叫声里没有恐惧。有的是惊喜参半的语气，酒醉迷离的腔调，十足弱智的口吻。那声音令人作呕。让我想到栅栏窗户里的病床上那些身穿白衣、手脚绑着皮带的人。等我走进树障的豁口，闪身绕过遮挡前门的部分时，盖革的老窝已经复归寂静。狮口里的铁圈便是门环。我伸手抓了上去。就在这一刻，似乎有人在等信号似的，屋里传出三声枪响。好像有谁粗粝地长叹了一声。接着，忙乱中有什么软软的东西重重摔在了地上。屋里响起急骤的脚步声——有人逃跑了。

门前的马路很窄，好比架在水沟上的步行桥，为了解决围墙和堤岸边缘之间的缺口。没有走廊，没有空地，也没有路可以绕到屋后。后门开在一段从下方小巷似的街上筑起的木台阶顶上。我知道这一点是因为听见了“哒哒哒”踏下台阶的脚步声。接着突然传来汽车发动的轰鸣声。那声响很快没入了远处。好像又有一辆车发出了声响，但我不能确定。眼前的这座房子如墓穴般死寂。不必着急了。里面的东西跑不了。

我骑在车道一边的围栏上，朝挂了帘子却没有装纱幔的落地窗探出身去，透过两块窗帘中间的缺口尽量向内张望。我看到墙上的灯光和书橱的一角。我回到车道上，助跑了整条车道和一段树障，用肩膀狠狠撞上门去。加州的房子，你唯一没法走的大概就是正门。我只落得个肩膀剧痛，急火攻心的下场。我再次爬上栏杆，踹碎落地窗，用帽子裹着手，差不多拔干净了底下的碎玻璃。这下我可以把手伸进去拉开扣住窗户和窗台的插销了。剩下的事很简单。窗户顶上没有插销。锁扣开了。我翻进去，扯掉贴到脸上的帘子。

对于我是怎么进来的，屋里的两个人都毫不在意，虽然其中只有一个是死人。

7

那房间很宽敞，占足了整幢房子的宽度。天花板很低，有房梁支撑，棕色的灰泥墙上点缀着细长的中国刺绣，还有装着花纹木框的中国画、日本画。有几个矮书架，还有一条厚实的浅粉色中式地毯——一只沙龟满可以在里头待上一星期，鼻子一次都不会探到绒毛外面来。地上铺了软垫，零落的丝织品扔得到处都是，住在这幢房子里的人仿佛有个习惯：非得有东西可以伸手摩挲才行。有张低矮宽敞的卧榻，披着陈旧的玫瑰花毯。上面放着一叠衣服，其中有丁香色的蚕丝内衣。有盏带基座的雕花大台灯，另外的两盏灯则装着翡翠绿灯罩和长长的流苏。一张黑色书桌，桌角雕刻着异兽；桌后是一把光亮的黑色椅子，扶手和椅背都雕琢过，上面摆着黄色的缎子靠垫。屋里交织着各种怪味道，眼下最明显的似乎是无烟火药燃过后的刺鼻气味和令人作呕的乙醚香气。

房间一头，一处类似矮平台的地方有张高背柚木椅，卡门·斯特恩伍德小姐端坐其上，身下垫着一块流苏镶边的橘色披巾。她坐得笔挺，手放在椅子扶手上，膝盖并拢，僵直的身姿犹如埃及女神，下巴收平，小巧洁白的牙齿在微启的双唇间闪闪发亮。她双目圆睁。眼球幽深的暗蓝色已然吞没瞳孔。那是一双疯子的眼睛。她好像丧失了知觉，但失去知觉的人又不会是那种坐姿。看起来她似乎正想象自己在做什么非常重要的事，而且大获成功。她嘴里发出一串尖细的笑声，可笑归笑，她的表情毫无变化，连嘴唇也纹丝不动。

她戴着一对狭长的玉耳环。那是对精致的耳环，也许价值好几百块。除此之外，她全身上下一丝不挂。

她的身体很美：玲珑，柔软，紧致，结实，丰满。灯光下，她的皮肤焕发出珍珠般的光泽。她的腿不像里根太太的腿那样妖冶魅人，却也非常漂亮。我上下打量着她，既不觉尴尬也没起色心。在这屋里的根本算不得一个裸女。她只是个白痴。在我眼里，她从来只是个白痴。

我不看她了，把目光移向盖革。他仰天躺在地毯流苏旁的地板上，身前是一根图腾柱一样的东西。它外形像一只鹰，又大又圆的眼睛是照相机镜头。镜头正对着椅子上那个赤条条的姑娘。柱子一侧夹着一个发黑的闪光灯泡。盖革穿着带厚毛毡鞋底的中式便鞋，腿上是黑缎睡裤，上身一件中式刺绣外套，前襟沾满了鲜血。他那颗玻璃眼珠亮晶晶地对着我发光，目前看来，这是他身上最有生机的东西了。草草一看，那三枪都没有打偏。他死得很透。

我之前看到的那道闪电便源于这闪光灯泡。疯癫的尖叫声是这赤条条的傻姑娘看到亮光后的反应。三声枪响则是其他人的主意，想让事情有个出人意料的转折。就是那个走下后门台阶，砰地关上车门逃走的家伙。我可以借他的视角看清真相。

那张黑色桌子一头的红漆托盘上，摆着两只精巧的金丝玻璃杯，旁边是盛着棕色液体的大肚酒瓶。我摘掉瓶塞，嗅了嗅那液体。闻着像乙醚混合了别的什么，可能是鸦片酊。我从来没这样混合过，不过这瓶东西倒是同盖革家很搭。

我听着雨点打在屋顶和北窗上。除此没有别的声响，没有汽车声，没有警笛声，只有雨点滴答滴答响个不停。我走到卧榻前，脱掉雨衣，乱翻着那女孩的衣物。有条淡绿色的中袖粗羊毛套衫。我寻思着这件衣服我倒是可以帮她穿。内衣还是算了。倒不是故作矜持，只是看不得自己给她穿内裤扣胸罩。我把套衫拿到平台上的柚木椅子前。斯特恩伍德小姐身上也散发着乙醚味，在几英尺开外都闻得到。她还在细声细气地咯咯傻笑，嘴角的一丝涎沫顺下巴淌着。我扇了她两个耳光。她眨眨眼，不笑了。我又扇了她两下。

“快，”我声音响亮地说，“乖。咱穿衣服吧。”

她凝视着我，暗蓝色的眼睛空洞得好似面具上的孔眼。“咕咕嘟得哩。”她说。

我又掌掴了她几下。她满不在乎。挨了打，她并没有回过神来。我开始给她穿衣服。对此她也不放在心上。她由着我抬起她的手臂，还把手指张得很开，好像这样有多可爱似的。我抓着她的手穿进袖管，帮她把背后的衣服往下拉，再扶她起来。她痴笑着跌进我的怀里。我将她抱回椅子上，为她穿好鞋袜。

"我们走两步吧，"我说，"乖乖走两步。"

我们走了几步。一半时间她的耳环重重砸在我的胸口上，一半时间我俩一齐迈步，犹如一对"慢板"[①]舞者。我们走到盖革的尸体前，再返回。我让她看了看他。她觉得他很可爱，傻笑起来，很想告诉我这点，却只是咯咯笑个不停。我领着她走向卧榻，让她四肢伸展仰躺在上面。她打了两个嗝，笑了几声，睡着了。我把她的东西塞进口袋，走到那根图腾柱后面。里面确实装了照相机，但机器里找不到暗盒。我在地上四顾找了找，心想他被枪杀前没准把它拿了出来。找不到暗盒。我握住他松垮冰凉的手，稍稍翻动他的身子。仍旧找不到暗盒。这样的事态发展我不喜欢。

我走进屋子后面的过道，搜查起这幢房子来。右边有间浴室，后面是一扇锁着的门和一间厨房。厨房的窗户被人撬开了。纱窗不见了，看得到窗台上有个地方的挂钩被扯掉了。后门没锁。我由它保持原样，去过道左边的卧室里看了看。那卧室整洁、花哨、女里女气的。床上铺着镶荷叶边的罩子。三面镜子的梳妆台上放着香水，旁边是手帕、一点零钱、男士用的头刷和一串钥匙。壁橱里是男式衣服，床罩的荷叶边下方是男式拖鞋。是盖革先生的房间。我拿着钥匙串回到起居室，翻检起书桌来。抽屉很深，里面有只上锁的钢盒。我用一把钥匙打开了盒子。盒子里没什么东西，只有一本带索引的皮面本子，里面写了很多密码，正是那种倾斜的印刷体字，跟之前斯特恩伍德将军收到的一模一样。我把笔记本放进口袋，擦干净钢盒上我碰过的位置，锁好桌子，收起钥匙，关掉壁炉里的圆木形煤气炉，穿上雨衣，想叫醒斯特恩伍德小姐。可办

① 表演古典芭蕾双人舞时，女伴在男伴托扶下表演的各种缓慢优美的舞蹈动作。

不到。我拿起那顶毡帽硬戴到她头上，给她裹好雨衣，把她抱去了门外她的车里。我回到屋里，灭掉所有的灯，关上门，从她提包深处掏出钥匙，发动了那辆帕卡德。下山时我们没开车灯。不消十分钟就到了阿尔塔·布雷亚新月街道。卡门睡了一路，打着呼噜，朝我脸上喷着乙醚味的鼻息。我没法把她的脑袋从我肩上挪开。我能做的，最多就是不让它贴着我的大腿了。

8

斯特恩伍德府侧门的狭长花饰铅条玻璃窗后面透出昏暗的灯光。我在门廊下面停好帕卡德，把口袋里的东西一股脑儿清在座椅上。那女孩在角落里鼾声阵阵，帽子邋遢地斜扣着鼻子，双手松沓地垂在雨衣的褶缝里。我下车按响门铃。脚步声来得迟缓，仿佛路途遥远，快走不动了。门开了，那位站姿笔挺、银发苍苍的管家看着我。在大厅灯光的映照下，他的头发宛若一圈光轮。

他很客气："晚上好，先生。"说完看向我身后的车。他收回眼神，看着我的眼睛。

"里根太太在家吗？"

"不在，先生。"

"我想将军已经睡了吧？"

"是的。傍晚是睡觉的最佳时间。"

"里根太太的女仆呢？"

"玛蒂尔达？她在的，先生。"

"最好叫她过来。这活儿需要女人动手。去看一眼车里，你就知道为什么了。"

他往车里看了一眼，转身走回来。"明白了，"他说，"我会叫玛蒂尔达来的。”

“玛蒂尔达应该知道怎样妥善照料她。”我说。

“我们都会尽力妥善照料她的。”他说。

“我猜你是练过手的。”我说。

他没接茬儿。“好了，晚安，”我说，“交给你了。”

“很好，先生。要给您叫辆出租车吗？”

“当然不要。”我说，“其实我根本没来过这里。你看到的都是幻觉。”

听到这里他笑了。他朝我点了点头。我转身走下车道，跨出大门而去。

我沿着风雨凄厉的蜿蜒街道整整走了十个街区，头顶上的枝杈间不停淋下水来，路过庞大阴森的院落，巍然的楼宇窗户亮着，隐约看见一簇簇屋檐和三角墙，山坡的高处也有窗子亮着灯，渺远，可望不可即，仿佛森林里女巫的房子。我来到一个加油站。里头的灯光明亮得毫无必要，雾蒙蒙的玻璃后面有个服务员，他头戴白便帽，身穿深蓝防风茄克，驼着背，坐在凳子上读报纸。我都迈步朝里走了，转念一想，还是继续赶路。我已经浑身湿透。像这样的晚上，等你打到出租车保准胡子都留长了。而且这种时候坐车，司机格外记得住你。

我健步走了半个多小时，回到了盖革家门前。那里没有人，路上也没有车，只有我自己的车停在他邻居家门口。我的车凄凉得犹如丧家之犬。我从车里摸出那瓶酒，把余量的一半倒进喉咙，坐进车里点了根烟。我抽掉半根烟，一扔，又从车里出来，向盖革家走去。我打开房门，踏进静谧温暖的黑暗中，站在那儿，任由身上的水轻轻滴在地板上，听着雨声。我摸到一盏灯，点亮了。

我留意到的第一点是墙上少了两三条绣花丝绸。总数我没点过，但有几处棕色的灰泥墙面裸露了出来，很是显眼。我往前走了几步，打开另一盏灯。我看了看图腾柱。柱脚下，那条中式地毯的边缘旁本是光秃秃的地板，现在铺上了另一块毯子。那儿原本没放毯子。放的是盖革的尸体。现在，盖革的尸体不见了。

我惊呆了。我抿紧嘴唇，斜眼看图腾柱上的玻璃眼。我又在屋里四处走了一圈。一丝一毫都没有变化。盖革不在铺着荷叶边床罩的床上，也不在床底下，更不在衣柜里。他既不在厨房也不在浴室里。走廊右边那扇门还是锁着。盖革的那串钥匙里有把匹配的。进屋一看很有意思，跟盖革那间全然不同。是间粗犷质朴、阳刚十足的卧室：光洁的木地板，两块印第安风格的小地毯，两把直背椅，带花纹的深色木头梳妆台，台面上是一套男式洗漱用品和两根插在一英尺高烛台上的黑色蜡烛。床很窄，看上去硬邦邦的，盖着褐紫红色的蜡仿印花布床罩。屋里寒气逼人。我重新锁好门，用手帕擦去门把上的指纹，回到图腾柱前。我跪在地上，眯起眼端详从脚下到门口的地毯绒毛。我想我看到了两条平行辙子，像是脚后跟拖出来的。干这事儿的人是动了真格的。死人的分量可比破碎的心更沉重。

不是警察干的。是警察的话，他们保管还在屋里，摆弄着绳子、粉笔，准备好相机、扑粉，抽抽劣质雪茄，这时刚做好热身运动呢。准已经忙得热火朝天了。也不是凶手干的。他离开得太匆忙。他肯定看到那女孩了。至于那傻子能否看到他，他没法确定。估计他正在逃往远方。答案我猜不到，但要是有人希望盖革失踪而不是仅仅遭到谋杀，我倒不介意。这让我有机会确认是否真的可以排除卡门·斯特恩伍德的嫌疑。我锁好大门，上车点火，开着尾气滚滚的车回家洗了把澡，换了身干燥衣服，吃了顿迟来的晚饭。之后我坐在房间里，喝了很多热托蒂[①]，绞尽脑汁想破解盖革那本带索引的蓝色笔记本里的密码。唯一能确定的是，那是一串人名和地址，也许是顾客的。有四百多个。敲诈勒索的事

① hot toddy：白兰地或威士忌等加糖和香料用热水冲泡后的饮料。

儿肯定很多，暂且不论吧，这买卖做得也挺大。名单上的任何人都有可能是凶手。等这本册子交到警察手里，可有得他们辛苦了。

我喝了一肚子威士忌，心灰意冷地上了床；梦见一个身穿血淋淋中国式褂子的男人在追逐一个戴细长玉石耳环的女孩，我跟在他俩后面跑，举着一台没装胶卷的相机要拍照。

9

第二天早上天清气朗，阳光和煦。我醒来时觉得嘴里好像塞了一只电机操作工手套①。喝了两杯咖啡，翻了翻晨报。没有关于阿瑟·格温·盖革先生的信息。我甩着昨晚的湿衣服，想把褶皱弄平，这时候电话铃响了。是伯尼·奥尔斯，地方检察官的首席探员。就是他让我去找斯特恩伍德将军的。

“嗳，那老小子怎么样？”他开腔道。听口气就知道他刚睡了个好觉，也没怎么欠人钱。

“我昨晚喝多了，还没醒。”我说。

“啧啧！”他心不在焉地笑笑，随后转换成谨小慎微的警察口吻，有点冷淡得过了头：“见过斯特恩伍德将军了？”

“嗯——哼。”

“为他做了什么吗？”

“雨太大了。”我答道，如果这也算回答的话。

“他们家里人好像总摊上事儿。某个他们家里人的大别克车掉进里多渔轮码头那边的海里去了。”

我紧紧攥着听筒，简直要把它捏碎。连呼吸也屏住了。

---

① 原文作“I woke up with a motorman’s glove in my mouth”，显然不可能是实际的情况。此处的表达应该是在极言大量饮酒后醒来时感到的干渴。

“就是这样，”奥尔斯兴高采烈道，“一辆呱呱叫的全新别克轿车，沾了一身的沙子和海水……噢，差点忘了。车里有个人。”

我缓缓呼出一口气，我的呼吸好像就悬在嘴唇上方。“是里根？”我问道。

“啊？谁啊？噢，你是说他们家大女儿勾搭上还私奔结了婚的那个前走私酒贩吧。我从没见过他。他在那地方干吗？”

“别废话了。去那种地方，谁能真有什么可干的呢？”

“我不知道，哥们儿。正要去看看呢。想一起去吗？”

“好啊。”

“赶紧的，”他说，“我在办公室等你。”

刮完脸，穿好衣服，稍微吃了点早餐，不到一个钟头我已身在法院。我坐电梯到七楼，一径走到地方检察官下属们的那排小办公室。奥尔斯那间屋不比别人的大，不过是单人间。他的桌上没别的东西，只有一本吸墨纸、一套廉价钢笔用具、他的帽子和他的一只脚。他是个中等身材的金发男子，两道僵直的白眉，一双镇定的眼睛，牙齿养护得很好。他就像某个你在大街上擦身而过的路人。我刚巧知道他打死过九个人——其中三人一拿枪瞄准他便丢了性命，或者说，有人是这么认为的。

他站起身，把一扁盒“幕间休息”牌小雪茄放进口袋，留了一根叼在嘴里，上下颠着，脑袋后仰，视线沿鼻梁扫过来，仔细看着我。

“不是里根，”他说，“我查过了。里根是个大块头，跟你一般高，比你还重一点。是个半大孩子。”

我没说话。

“里根为什么出走？”奥尔斯问道，“你很想知道这点吧？”

“不见得。”我说。

“一个本来干贩卖私酒勾当的家伙娶了有钱人家的女儿，之后却抛下富婆，放弃几百万合法的财产——连我都不禁要想这是怎么回事。估计你觉得这是人家的秘密。”

“嗯——哼。”

“行，你就不松口吧，小伙子。我不记仇。”他绕到桌前，拍拍口袋，伸手拿帽子。

“我没在找里根。”我说。

他锁好办公室门，我们下楼走进法院的停车场，上了一辆蓝色小轿车。我们驶出日落大道，不时碰到红灯便鸣警笛冲过去。那是个凉爽的早晨，空气里的寒意恰如其分，让生活显得简单又甜蜜，如果你没有太多心事的话。但我有。

沿海岸边的高速公路走上三十英里就能到达里多，前十英里往来车辆比较多。这段路奥尔斯开了四十五分钟。最后我们在一座褪色的灰泥拱门前刹了车，我把腿迈出车厢，同他走下车。安有“二英寸乘以四英寸”[①]白色栏杆的狭长码头从拱门一路向大海伸展开去。一群人在远端探身看着什么，有个摩托骑警站在拱门下面，拦住要冲上码头的另一群人。公路两旁都停着车，这一众热衷观赏惨剧的人，有男也有女。奥尔斯向骑警出示了警徽，我俩走上码头。下了一晚上的雨，那股扑鼻的鱼腥味还是臭气熏天，丝毫没有变淡。

“车在那儿——在电动驳船上。”奥尔斯说，一边用手里的小雪茄指着。

码头末梢的桩子旁，一辆低矮的黑色驳船蜷伏着，它的驾驶舱却像拖船上的那种。甲板上有个东西在晨曦里闪闪发光，原来是辆车身涂了铬的黑色大轿车，还绑着吊索呢。锁链的吊臂向后收拢了，跟甲板齐平。轿车四周站着人。我们走下湿漉漉的台阶，上了甲板。

---

① two-by-four：指截面为 2 英寸 ×4 英寸的木材。

奥尔斯跟一个身穿绿色卡其布制服的警长和一个便衣男子打了招呼。驳船上的三个船员靠在驾驶舱前，咀嚼着烟草。其中一人正用一条肮脏的浴巾擦着湿头发。应该就是他跳进水里给车绑上吊索的。

我们将车上下打量了一番。前保险杠折了，头灯碎了一盏，另一盏撞弯了，但玻璃没碎。散热器的盖子有个大凹坑，车身的颜料和涂层伤痕累累。坐垫湿透了，黑魆魆的。轮胎倒好像都没破。

司机还瘫坐在驾驶座上，头耷拉着，与肩膀形成一个别扭的角度。他是个瘦削的黑头发孩子，不久之前准还漂漂亮亮的。如今他的脸青里透白，低垂眼皮下的双眼暗淡无神，嘴里含着沙子。额头左侧，泛白的皮肤上有块暗沉的淤青，很显眼。

奥尔斯后退两步，清了清喉咙，用火柴点燃那根小雪茄。"怎么回事？"

那个穿制服的一抬手，指了指码头末梢东张西望的人群。其中有一个人正指着那些白色栏杆上的一处大豁口。开裂的木材露出黄色的干净内里，犹如刚砍断的松木。

"从那儿穿过去的。肯定撞得很凶。雨早就停了，大概昨晚九点钟吧。撞断的木头里面是干的。说明是雨停后撞上去的。车子冲下去的位置水挺深，不然摔得更严重。但水位不会比半潮时高，不然车会漂得更远，而且应该发生在退潮的时候，不然车会撞到桥桩上。说明是昨晚十点左右。也许九点三十分吧，不会更早。今天早上小伙子们过来钓鱼时，车从水里露头了，我们就叫来驳船用吊索把车拉了上来，结果发现里面有个死人。"

那个便衣警察用脚尖摩擦了一下甲板。奥尔斯斜眼朝我看过来，手指把那根小雪茄当香烟似的摆动着。

"喝醉酒了？"他问道，也不知道究竟是在对谁说话。

之前在用毛巾擦头发的那个人走到护栏前，大声清了清嗓子，引得大家都来看他。“嘴里进沙子了，”说着他啐了一口，“没那个小子吃得多——但也不少。”

穿制服的那位说：“可能喝醉了。在大雨里一个人卖弄车技。醉鬼什么都做得出来。”

“喝醉了，见鬼，”便衣说，“手动油门杆拉下了一半，那家伙的脑袋一边被砸伤了。要我说就是谋杀。”

奥尔斯看看拿着毛巾的那位。“你怎么看，老弟？”

那个拿着毛巾的人一副很荣幸的样子。他咧嘴笑着。“我觉得是自杀，老兄。这事跟我无关，不过既然你问我嘛，我觉得是自杀。首先，那家伙开车冲下码头，车辙是笔直的。附近都能看到他的车胎印子。说明时间是下过雨后，就像警长说的那样。然后他干净利落地狠狠撞上码头，不然不会撞穿栏杆，而且右侧车身朝上落到水底。更可能翻了好几个身。所以他是加足了马力，径直向栏杆撞去的。油门杆不止下了一半。他可能是落水时伸手拉的，脑袋也可能是落水时弄伤的。”

奥尔斯说：“看得很仔细，老弟。搜过他的身了吗？”他问那警长。警长看看我，又看看靠在驾驶舱上的船员们。“得，免了吧。”奥尔斯说。

一个戴着眼镜、一脸倦容的小个子拎着一只黑包从码头上拾级走了下来。他在甲板上挑了一个干净的位置，放下了提包。接着他脱下帽子，摸摸颈背，向大海放眼凝望着，仿佛不知道自己身在何处，又是来干吗的。

奥尔斯道：“你的生意来了，医生。昨晚掉下码头的。九十点钟左右。我们就知道这么多了。”

那小个子阴着脸看了看车窗里的死人。他伸出手指碰了下死人的脑袋，端详了一番太阳穴上的瘀伤，用双手托起那颗脑袋转了两下，摸了摸他的肋骨。他抬起死人一只松弛的手掌，注视着指甲。他放掉那手掌，看着它坠落的样子。他退后几步，打开提包，拿出一本印好的

D.O.A[1] 表格，在一张复写纸上写起来。

“脖子断裂显然是死亡原因，”他边说边写，“就是说他体内不会进很多水。就是说现在他处在空气里了，应该很快就会变僵硬。最好在他变僵硬前把他从车里弄出来。等僵硬后再弄就很麻烦了。”

奥尔斯点点头。“死了多久了，医生？”

“我还不知道。”

奥尔斯机敏地看看他，从嘴里拿出那根小雪茄，转而机敏地看着它。“很高兴认识你，医生。一个验尸官如果五分钟内估不出死亡时间，我只好认输了。”

那小个子苦笑两下，把本子放进包里，笔夹回马甲上。“要是他昨晚吃了晚饭，我就可以告诉你——要是我知道他是什么时候吃的晚饭。但五分钟肯定不够。”

“他的瘀伤是怎么来的——摔的？”

那小个子又看了一眼伤痕。“我觉得不是。重击来自某样包裹住的东西。而且他还活着的时候，皮下已经出血了。”

“金属棍棒，嗯？”

“很有可能。”

验尸官点点头，从甲板上拎起包，沿着台阶走回码头了。一辆救护车正在灰泥拱门外倒车，想找一个合适的位置停下。奥尔斯看了我一眼，说道：“走吧。基本上白来了，是吧？”

我们沿码头原路返回，再次上了奥尔斯的车。他在高速公路上吃力地调了个头，顺着一条被雨洗净的三车道公路返城。连绵起伏的山丘掠过两旁，黄白相间的沙土上长满一重重粉色的苔藓。海那边，几只海鸥在空中盘旋，突然猛扑向浪花上的什么东西；很远处有艘游艇，仿佛悬

---

① 即 Dead On Arrival 的缩写，意为“病人送到时已经死亡”。

挂在天际。

奥尔斯朝我一戳下巴，说道："认识他吗？"

"当然。斯特恩伍德家的司机。昨天我在那儿见过他，当时他擦的就是这辆车。"

"倒不是要盘问你，马洛。就说他跟你那件事有没有关系吧？"

"没有。我连他名字都不知道。"

"欧文·泰勒。我怎么知道的？说来有意思。大约一年前，他因为触犯《曼恩法案》[①]蹲了班房。好像是他带着斯特恩伍德的傻女儿，年纪小的那个，逃去了尤马[②]。大女儿一路追赶，逮回了他俩，把欧文送进了大牢。第二天她却又来找地方检察官，非让他替那孩子向州检察官说情。她说那孩子要娶她妹妹，是真心的，只是她妹妹不明白。她只想着在酒吧痛快喝上几杯，给自己弄场派对。所以我们就把那孩子放了，至于他们是否还要他回去做事，我们就不管了。过了一阵华盛顿发来了他的指纹的例行报告，原来他在印第安纳州有过前科，大概六年前企图抢劫。他坐了六个月牢，关他的就是迪林杰[③]越狱的那个看守所。我们把报告交给斯特恩伍德家的人看了，可他们还是留他当司机。对此你怎么看？"

"这家人好像挺古怪的，"我说，"昨晚的事他们知道了吗？"

"没有。这就得去通知他们。"

"尽量别惊动老人吧。"

"为什么？"

"他的麻烦够多了，而且病了。"

"'麻烦'是指里根？"

① 1910 年美国国会通过的一项法案，禁止州与州之间贩运妇女。

② 美国亚利桑那州西南部城市。

③ John Dillinger (1902—1934)，美国土匪头目，多次结伙抢劫银行，1933 年被联邦调查局宣布为"头号公敌"。

我沉下脸。“之前说了，我对里根一点也不了解。我没在找里根。就我所知，没有人在操心里根。”

奥尔斯说：“噢。”他若有所思地凝望着窗外的大海，都快把车开到路外面去了。剩下的返城路上，他几乎一言不发。到达好莱坞后，他在中国戏院附近放我下了车，随后调头向西边的阿尔塔·布雷亚新月街道驶去。我找了家店，在柜台上吃了午饭，看了一眼午后的报纸，没有找到任何有关盖革的消息。

吃完饭我在大道上往西走，准备再去盖革的店里瞧一瞧。

10

那个瘦削的黑眼睛信贷珠宝商站在店门口，姿势跟昨天一模一样。看我转进盖革的店，他向我投来一模一样的会心眼神。店里看起来也是一模一样。同一盏台灯在屋角的小桌上亮着，穿着同一件黑色麂皮套裙的同一个灰金色头发姑娘从桌后站起，脸上挂着同一抹羞怯的笑容向我走来。

“是要——？”她话说半截停下了。她银色的手指甲在身侧扯动着。她的笑容背后透着些紧张。其实那根本不是笑。是一脸怪相。她以为自己在笑罢了。

“又回来了，”我快活地朗声说道，还挥了挥手里的香烟，“盖革先生今天在的吧？”

“恐——恐怕他不在。不——恐怕他不在。我想想看——你是要……”

我摘下墨镜，用它优雅地轻轻敲打着左手手腕内侧。若是一个人真能在体重达一百九十磅的同时翩然若仙，我正尽力而为。

“上次提到的那几本初版书，不过是在装装样子，”我低语道，“我说话得谨慎点。我这儿有他想要的东西。他想要了很久的东西。”

她的银色指甲越过戴着小小的乌黑纽扣耳环的一边耳朵，摸了摸头发。“噢，是销售员啊，”她说，“行——你明天来吧。明天他应该在的。”

“别装蒜啦，”我说，“我也是干这行的。”

她眯起眼睛，直到它们缩小成淡绿色的光点，就像森林里深深掩映在树影之后的一潭池水。她的手指挠着手掌心。她盯着我，急促地吐出一口气。

“他生病了？我可以上他家去，”我不耐烦道，“事儿有点急。”

“你——呃——你——呃——”她喉头哽塞住了。我觉得她简直要面朝地倒下去。她浑身颤抖，脸四分五裂，活像新娘子和的馅饼皮。她把脸慢慢拼接起来，仿佛纯粹凭借意志力在抬一件重物。那抹笑容重现了，边边角角却是破烂的。

“不行，”她喘着气说，“不行。他不在城里。那样——白搭。你不能——明天——来吗？”

我张开嘴，刚想说点什么，小隔间的门却露出一英寸的缝隙。那个身穿紧身外套的高个帅小伙向外望了望，他面色苍白、嘴唇紧闭，一见我在，迅速关上了门，但我已经看到他身后的地上有很多木箱，里面衬着报纸，散乱地装着书。一个穿着簇新工作服的男子正在箱子间忙活。是盖革的一些存货正被运走。

看门关了，我重新戴好墨镜，碰了一下帽子。“那么就明天吧。我给你张名片好了，但你也知道，我们的名片是怎么回事。”

“是，是的。我知道你们的名片是怎么回事。”她又颤抖了一小阵，明亮的嘴唇间发出轻轻的吮吸声。我出了店门，在大道上向西走到街角，再沿着马路往北走到那排店面背后的巷子。一辆两边有金属栅栏的黑色小卡车背对盖革的店停着，车上没有印字。那个一身崭新工作服的男子刚把一个箱子搬上卡车后挡板。我返回大道，在与盖革的店相邻的街区沿途发现消防栓旁停着一辆出租车。一个一脸稚气的小伙儿正坐在方向盘后面读一本恐怖故事杂志。我把头探进车窗，给他一块钱。“盯不盯梢？”

他打量了我一番。“警察？”

“私家的。”

他咧嘴笑了。“你算找对人了，老兄。”他把杂志塞在后视镜上面，我上了车。我们绕过那个街区，在盖革店铺后面的小巷对过停下车，旁边是另一个消防栓。

这时车上已经装了十来个木箱，那个穿工作服的男子关上铁栅栏门，翻起后挡板固定好，随后坐上驾驶座。

“跟着他。”我对司机说。

那穿工作服的男人发动了卡车，上下扫了一眼巷子，往另一个方向飞驰而去。他向左拐出了巷子。我们也一样。我瞥见卡车往东转上了富兰克林大街，便对司机说稍微跟紧点。他没跟紧，也可能是办不到。等我们驶上富兰克林大街时，我看到卡车在前方两个街区。之后的一段路程我们没让卡车离开视线：跟着它到了藤街又穿行而过，一路去往西大道。过了西大道，我们只见着两回那辆卡车。车来车往很多，那毛头小子跟得太靠后了。我骂着粗话说他太慢了，这时那辆遥遥领先的卡车又向北转了。他拐弯的那条路叫布列塔尼街。而当我们到达布列塔尼街的时候，卡车已经不见了。①

那毛头小伙在隔板那头说着安慰我的话，我们以四英里的时速驶上山坡，在灌木丛后面寻找那辆卡车的踪影。往上两个街区，布列塔尼街向东拐弯，在一处山岬与兰德尔街交汇。山岬上有栋白色公寓楼，正门

① 根据地图稍微对这几条街道的方位作一简要的交代：富兰克林大街（Franklin Ave）东西走向，当车由西向东行驶时，该大街先后与藤街（Vine St）和西大道（Western Ave）两条南北走向的干道相交。

开在兰德尔街，地下车库的入口却在布列塔尼街。我们驱车经过，那小伙子对我说卡车不会走远的，这时候我朝车库的拱门里看了一眼，只见那辆卡车就停在昏暗的一角，后门又打开了。

我们绕到公寓楼正门前，我下了车。大厅里没有人，也没有电话转接台。一张木桌靠墙放着，墙边的板壁上挂着许多镀金信箱。我浏览了一遍住户名字。有个叫乔·布罗迪的男子住在405室。有个叫乔·布罗迪的男子收了斯特恩伍德将军五千块，才跟卡门断掉往来，换了别的小姑娘厮混。这两人可能是同一个乔·布罗迪。我都想押注赌一把了。

我一个急转弯拐过墙角，走到铺了瓷砖的楼梯底下，眼前是电梯井。此时的电梯顶端与地板持平。电梯井旁有扇门，门上印着“车库”。我打开门，沿着促狭的台阶走进地下室。电梯门被撑开着，那个穿崭新工作服的男人正在里面堆放木箱，一边不停嘟嘟囔囔。我站到他身旁，点上一根烟，看着他。我看得他很不舒服。

过了一会儿我说道：“当心东西超重，老弟。这电梯只能装半吨货。送去哪儿？”

“布罗迪家，405室，”他嘟哝道，“你是楼管？”

“是啊。看起来是些值钱货。”

他用眼圈泛白的眼睛瞪着我。“都是书，”他吼道，“一百磅一箱，费劲啊，七十五磅重的东西就够我背的了。”

“嗯，当心东西超重，老弟。”

他往电梯里搬了六个木箱，关上门。我踏着台阶回到大厅，走到街上，坐出租车返城，去了我的办公大楼。我给了那个毛头小伙一大笔钱，他给了我一张皱巴巴的名片；只有这一回，我没有把这种东西顺手丢进电梯口旁边盛着沙子的上釉陶罐里。

七楼靠后的位置有我的一间半房间。那半间办公室一隔为二成了接待室。只有接待室的门上印了我的名字，没有别的内容。接待室的门我从来不锁，生怕有客户驾临，想坐着等我回来。

果然有客户上门。

11

她穿着棕色斑点花呢衣服，男子气的衬衫外打着领带，脚上是一双手工雕花徒步鞋。她的长筒丝袜和昨天一样薄，不过腿露出得没有那么多。她乌黑发亮的头发上戴着一顶棕色的罗宾汉式帽子。那帽子也许足足值五十块钱，但看起来就像你能单手用一张吸墨纸折出来似的。

“嗬，你终于起床了。”说着她皱皱鼻子，眼睛扫过那只褪色的大红长靠椅，那两只不成对的小安乐椅，那块亟须清洗的网眼窗帘和那张像是男童用的阅览桌。桌上放着几本正儿八经的杂志，好让这地方带点专业范儿。“我都开始这么想了：也许你是在床上干活的，跟马塞尔·普鲁斯特一样。”

“他是谁啊？”我叼起一根烟，注视着她。她脸色有点苍白，有点紧张，但看她的样子，应该是能够扛着压力做事的。

“一个法国作家，最擅长描写堕落之徒。你不会想认识他的。”

“啧，啧，”我说，“来我的‘闺房’里谈吧。”

她站起身，道：“昨天我俩相处得不太愉快。也许是我无礼了。”

“我俩都挺无礼。”我说。我打开连通两间房间的门，为她撑住门板。我们走进这套间余下的区域，屋里有赭色的地毯，已经不太新了；五个绿色文件夹，其中三个装满加州的气候信息；广告日历，印着五胞胎[①]在天蓝色的地板上滚来滚去，她们都是一身粉红连衣裙，暗褐色的

① 指的应该是加拿大的迪翁五胞胎姐妹（The Dionne Quintuplets），出生于1934年，是有史以来首例存活过婴儿期的五胞胎。在钱德勒写作《长眠不醒》的二十世纪三十年代后期，迪翁五胞胎名声很大，许多印刷品上都能看到她们的形象。

头发，那一双双机敏的黑眼睛就跟特大号的李子一般大。有三只仿胡桃木椅子，一张常见的书桌，上头摆放着常见的吸墨纸、全套钢笔用具、烟灰缸和电话机，桌后是一把常见的吱嘎作响的旋转椅子。

“你倒也不是特别讲究派头。”她说着，在属于客户的桌子那头坐了下来。

我走到信箱前，从里面拿出六个信封、两封信件和四份广告传单。我把帽子挂在电话机上，落了座。

“平克顿事务所的侦探也不讲究，”我说，“如果为人老实，在这行当里发不了财。如果你好摆派头，那说明你发财了——或者很想发财。”

“哦——你为人老实吗？”她问道，一边打开了包。她从一只珐琅烟盒里拈出一根烟，用随身携带的打火机点上了火，随后把烟盒和打火机往包里一扔，任由包口敞着。

“勉强老实着。”

“你是怎么干起这肮脏的行当来的？”

“你又是怎么嫁给一个走私酒贩的？”

“老天啊，我俩可别又吵起来啦！一早上我都在打你电话。往这儿打也往你家里打。”

“为欧文的事？”

她的脸猛地紧绷了起来。她的声音很轻柔。“可怜的欧文，”她说，“这么说事情你都知道了。”

“有个地方检察官的手下带我去过里多了。他觉得我或许知道一些内情。结果他知道的比我多。他知道欧文想娶你妹妹——一度。”

她一口一口抽着烟，不作声，用那双黑眼睛定神端详着我。“也许那不是个坏主意，”她静静说道，“他爱上她了。在我们的圈子里这种情况不多。”

“他有前科。”

她耸耸肩。随后无所谓地说：“他交友不慎。在这个充斥着犯罪的堕落国度，前科的意思就是交友不慎。”

“我不想扯那么远。”

她脱下右手手套，咬了咬食指的第一节，目不转睛看着我。“我来找你不是为了欧文。现在你觉得你能告诉我父亲为什么要见你了吗？”

“未经他同意，不能说。”

“是跟卡门有关吗？”

“连这点也不能说。”我塞好烟斗里的烟草，用火柴把它点着。她盯着那缕上升的烟看了片刻。接着她的手伸进敞开的包，拿出一只厚实的白信封。她把信封掷过书桌。

“不管怎么样，你最好还是看一下这个。”她说。

我拿起信封。收信人地址是打字机打的：西好莱坞区阿尔塔·布雷亚新月街道 3765 号，维维安·里根太太收。用的是邮政快件，邮戳显示是上午 8：35 寄出的。我打开信封，抽出一张闪亮的 4.25 英寸 ×3.25 英寸照片。里面没有别的东西。

照片上，卡门坐在盖革家平台上的高背柚木椅子上，戴着耳环，赤条条像从娘胎里刚出来。她的眼神甚至比我记忆中的样子更癫狂。照片背面是空白。我把它放回信封里。

“他们开价多少？”我问道。

“五千——换回底片和剩下的照片。交易今晚就得了结，不然他们就把那些玩意儿寄给花边小报。”

“你是怎么知道他们的要求的？”

“有个女人打我电话，大约半个钟头后，信就送来了。”

“花边小报什么的不用担心。现在谁要那么做，陪审团都不用走下陪审席就能判他们有罪。还说了别的什么？”

“非说了点别的什么不可吗？”

“没错。”

她略带困惑地注视着我。“有的。那女人说，这照片还跟一桩刑事案件有关，我最好赶紧交钱，不然我就要隔着铁窗跟我妹妹说话了。”

“这句比较有用，”我说，“什么刑事案件？”

“不知道。”

“卡门现在在哪？”

“在家。她昨晚病了。她还没起床吧，我想。”

“她昨晚出门了吗？”

“没有。我出门了，但用人们说她没出去。我去了拉斯奥林达斯，在艾迪·马尔斯的柏树俱乐部里玩轮盘赌。输了个精光。”

“这么说你喜欢玩轮盘赌。那是得输个精光。”

她交叉起两腿，点上另一根烟。“是的。我喜欢轮盘赌。斯特恩伍德家的人都喜欢玩啥输啥，比如轮盘赌，比如嫁给会抛弃妻子的男人，比如在五十八岁的年纪还参加越野赛马，结果被马踩成了终身残疾。斯特恩伍德家有钱。但那么多钱买来的只是一张眼下难以兑现的凭据。”

“昨晚欧文开着你的车干吗去了？”

“谁知道呢？他未经允许就把车开走了。他休息的日子，我们总是准许他把车开出去的，但昨晚没轮到他休息。”她一撇嘴巴，“你是觉得——”

“他知道这张裸体照吗？我怎么能下定论呢？只是不能把他排除在外。你能立马拿出五千块现金吗？”

“不能，除非告诉爸爸——或者借。也许我能问艾迪·马尔斯借。他应该对我很大方，天知道。”

“最好还是去借吧。这回你是有急用了。”

她往后一靠，手搭在椅背上。“报警怎么样？”

“好主意。但你不会报警的。”

“是吗？”

“不会。你得保护你父亲和你妹妹。你拿不准警察会查出点什么来。也许是某个他们绕不过去的问题。虽然他们查起勒索的案子来向来拼命。”

“你能帮上忙吗？”

“我想可以。但我没法告诉你为什么要帮或者怎么帮。”

“我喜欢你，”她突然说，“你相信奇迹。想在办公室里喝一杯吗？”

我打开上锁的深抽屉，拿出那瓶我在办公室喝的酒和两个小玻璃杯。我在杯子里倒上酒，我俩喝了起来。她啪嗒关上包，把椅子往后一推。

“我会弄到五千块的，”她说，“我一直照顾艾迪·马尔斯的生意。他会对我好，还有另一个原因，你不见得知道，”她朝我笑了笑，可还没等眼眉露出笑意，嘴上的笑竟已经消失了，“艾迪的金发老婆就是那个跟拉斯蒂私奔的女人。”

我什么也没说。她紧紧盯着我，加了一句：“对此不感兴趣？”

“这样一来，应该能更容易找到他了——如果我确实在找他的话。你觉得他跟这破事儿没关系是吧？”

她把空酒杯推到我面前。“再来一杯。从没见过口风像你这么紧的家伙。连一点耳边风都吹不了。”

我给小杯子倒上酒。“你已经从我这儿打听到所有想知道的东西了——知道我没在找你丈夫，你应该很高兴。”

“拉斯蒂不是坏人。就算他走过邪道，也并不是为钱。他身上有一万五千块现钞。这笔钱他称之为‘应急钱’。跟我结婚时他带着这笔钱，离我而去时还是钱不离身。不会——拉斯蒂不会干这种掉价的勒索勾当。”

她伸手拿了信封，站起身来。“我会跟你保持联系，”我说，“如果你想给我留言，就跟我家公寓楼里接电话的姑娘说好了。”

我们朝门口走去。她用信封轻轻敲着指关节，说道："你还是觉得不能告诉我爸爸——"

"我必须先去见他。"

她抽出照片，站在内侧的门口看着它。"她娇小的身材很漂亮，对吧？"

"嗯——哼。"

她稍微靠过来了一点。"你应该看看我的。"她认真地说。

"可以安排一下吗？"

她突然尖声大笑起来，半个身子出了门，随后转过头来冷冷说道："头一回见到像你这么冷血的禽兽，马洛。还是说我可以叫你菲尔[①]？"

"当然可以。"

"你可以叫我维维安。"

"谢谢，里根太太。"

"噢，去死吧，马洛。"她头也不回地走了出去。

我轻轻甩上门，手撑在门上兀自站着，眼睛盯着手。我的脸有点烫。我走回办公桌旁，藏好酒，洗干净那两只小玻璃杯，收了起来。

我拿掉电话机上的帽子，拨通地方检察官办公室的电话，找伯尼·奥尔斯。

他已经回到了自己的小天地。"嗯，我没惊动那老头，"他说，"管家说他或者女仆会告诉他的。这个欧文·泰勒住在车库楼上，我翻了翻他的东西。父母住在衣阿华州迪比克。我给那边的警察局长发了电报，让他帮忙问下他们需要我们做些什么。费用由斯特恩伍德家来承担。"

"是自杀？"我问。

"不好说。他什么纸条都没留下。他无权把车开出去。昨晚除了里

---

① "菲利普"的昵称。

根太太，每个人都在家。她去了拉斯奥林达斯，跟一个名叫拉里·科布的花花公子厮混。我查过了。我认识他们赌桌上的一个小伙儿。”

“那种豪赌你应该禁掉一些的。”我说。

“在这么个辛迪加黑帮横行的国家，我去禁赌？别孩子气啦，马洛。那小伙子头上遭棍棒击打的伤口让我想不太通。在这点上，你肯定帮不了我吗？”

我喜欢他这么说话。让我可以说不，却不必真的撒谎。我们道别后，我离开办公室，买齐了三份午后报纸，坐着一辆出租车去法院，把车从停车场里开了出来。三份报纸上都没有提及盖革。我又看了一眼他的蓝色笔记本，可那堆密码还是像前一天晚上那样难以破解。

12

拉维恩街较高一侧的树经过雨水的冲洗，叶子仿佛换上了鲜绿的新装。透过凉快的午后日光，我看到山上的陡坡，也看到凶手在黑暗中开完三枪后疾奔而下的那段台阶。下方有两幢临街的小房子。那两家人可能听到了枪声，也可能没听到。

不管是盖革家门前，还是这个街区的其他地方，都没有动静。黄杨树障碧绿、平静，屋顶上的木瓦片还是湿漉漉的。我驱车缓缓驶过，始终在思忖一件事。前一天晚上我没去查看车库。发现盖革尸体不见了的时候，我并没有真的想找到它。当时我还没准备好，去找的话太勉强。不过想让别人几天甚至几个礼拜都找不到盖革，那把他的尸体拖去车库，再拖上他的车运去洛杉矶周边那上百条荒凉偏僻的峡谷中的一条确实是个好主意。这么做要有两个前提：凶手有他的车钥匙和家门、车库的两把钥匙。这么一来，搜索范围就变小了很多，尤其是尸体消失时，他身上那串钥匙已经在我口袋里了。

我没有机会看一眼车库。门关着，还上了锁，当我走到跟树障并排的位置时，树后面竟有什么东西在动。一个女人从曲径里走了出来。她穿一件绿白相间的格子外套，柔软的金发上戴一顶小圆帽子，两眼发直地看着我的车，好像没听到它上山似的。接着她迅速一转身，不知闪到哪里去了。是卡门·斯特恩伍德，当然了。

我又往上开了一段，停好车走回来。光天化日，这么做好像在暴露自己，很危险。我穿进树障。她笔挺地站在那儿，默然靠着上锁的大门。她把一只手慢慢抬到嘴边，啃咬起奇形怪状的大拇指来。她眼睛下面有紫色的污斑，紧张不安折磨得她脸色惨白。

她朝我似笑非笑，说："你好。"声音又细又尖。"什——什么？"她的嗓门越来越低，又啃起拇指来。

"记得我吗？"我说，"道格豪斯·赖利，就是那个长得太高的家伙。记得吗？"

她点点头，一抹痴呆的笑容在脸上飞掠而过。

"我们进去吧，"我说，"我有钥匙。厉害吧？"

"什——什么——？"

我把她推到一边，拿钥匙开了门，推她进屋。我重新关上门，站在那儿闻着。阳光照射下，那地方很可怕。墙上的中国旧货，地毯，花里胡哨的台灯，柚木家具，难分难解的各种颜色，图腾柱，盛放乙醚和鸦片酊的大肚瓶——白昼里的这一切透着一股见不得人的肮脏，好比一场同性恋派对。

那女孩和我站在那儿面面相觑，她努力想保持住一丝可爱的笑容，但她的脸已经太累了，没这份耐心。所以她仍旧面无表情。她的笑转瞬即逝，犹如海水冲刷走沙滩上的痕迹，她痴呆愚蠢的空洞眼睛下是苍白的皮肤，带着粗糙的颗粒质地。一条泛白的舌头舔着嘴角。这是个被宠坏的漂亮小姑娘，脑子不太灵光，明明犯了大错，却没人采取任何措施。有钱人都去死吧。他们令我恶心。我手指间翻转着一根香烟，推开挡道的几本书，坐在那张黑色书桌的一头。我点上烟，吞云吐雾，静静看着她啃了一会儿拇指。卡门站在我面前，就像一个坏女孩站在校长办公室里。

“你在这儿干吗？”最后我问她。

她扯着外套的一块布，没有作答。

“昨晚的事，你还记得多少？”

这次她回答了——眼里升腾起狡黠的亮光。“记得什么？昨晚我病了。我在家。”

“在家个鬼啊！”

她的眼珠子飞快地上下转了转。

“在你回家之前，”我说，“在我送你回家之前。这儿。在那把椅子上，”——我指了指椅子——“坐在那块橘黄色披巾上。你肯定记得的。”

她的脖子渐渐红了。太好了。说明她是会脸红的。混浊的蓝灰色眼球下面出现了一丝白色。她用力咬着大拇指。

“你——是那个人？”她轻声说道。

“是我。你还记得些什么？”

她茫然道：“你是警察？”

“不是。我是你父亲的朋友。”

“你不是警察？”

“不是。”

她轻轻叹了口气。“什——你想知道什么？”

“是谁杀了他？”

她肩膀抽搐了一下，但表情还是毫无变化。“还有谁——知道？”

“关于盖革？我不知道。警察也不知道，否则他们已经来驻扎了。也许乔·布罗迪知道。”

这是黑暗中盲目的一击，却让她惊叫起来。“乔·布罗迪！他啊！”

接着我俩都沉默了。我管我抽烟，她管她咬大拇指。

“别自作聪明，看在上帝分上，”我催促她，“现在要的只是一点点老派的直截了当。布罗迪有没有杀他？”

“杀谁？”

“噢，老天爷啊。”我说。

她一脸委屈，下巴放低了一英寸。“是的，”她正色道，“是乔杀了他。”

“为什么？”

“我不知道。”她摇摇头，让自己相信她确实不知道。

“最近经常见他吗？”

她两手一垂，用力绞着，打成了一个个白色的小结。“就见过一两次。我恨他。”

“这么说你知道他住在哪儿。”

“是的。”

“你再也不喜欢他了。”

“我恨他！”

“那么你是愿意让他去坐牢的。”

又陷入了片刻的茫然。我催问得太紧了。要跟她的思路保持一致很难。“你愿意告诉警方凶手是乔·布罗迪吗？”

她顿时害怕得双颊通红。“当然了，我是说如果我能不让拍裸照的事抖出来的话。”我用抚慰的口气加了一句。

她咯咯笑了。这令我心生厌恶。她尖叫也好，大哭也罢，哪怕是一个猛子扎到地上昏死过去，都没问题。可她就是咯咯傻笑。她突然就觉得非常好玩。明明她在相机镜头里活像伊希斯[1]，照片也叫

---

① Isis，古代埃及司生育和繁殖的女神。

人偷走了，有人当着她的面打死了盖革，而且当时她醉得比聚会上的退伍军人还厉害，突然这一切竟成了乐趣十足的事了。所以她要咯咯笑。非常可爱。笑声益发响了，萦绕在房间四角，仿佛墙壁里乱窜的老鼠。她发起疯来。我飞快跳下书桌，走到她面前给了她一个耳刮子。

“跟昨晚一样，”我说，“我俩就是一对活宝。赖利和斯特恩伍德，俩配角，在找一个喜剧演员。”

“你的名字不是赖利，”她严肃地说，“是菲利普·马洛。你是个私家侦探。维维安告诉我的。她给我看了你的名片。”她摸着吃了我耳光的那边脸。她朝我笑笑，好像我是个好伙伴。

“行啊，你记性倒不差，”我说，“你回来是为了找照片，可你进不了屋子。对不对？”

她的头猛地一低，又抬了起来。她笑得更厉害了。

我吸引了她的目光。我也成了个滑稽可笑的傻帽。不消一分钟，我就该大叫：“噫嚯！”然后邀她一起去尤马。

“照片不见了，”我说，“昨晚带你回家前我找过。兴许是布罗迪拿走了。关于布罗迪的事你没骗我吧？”

她真诚地摇摇头。

“这事很简单，”我说，“你不需要有丝毫犹豫。别告诉任何人你来过这儿，不管是昨晚还是今天。连维维安也别说。彻底忘掉你来过这儿。交给赖利来处理。”

“你的名字不是——”她刚起了个话头就住口了，剧烈地摇着头，不知是对我说的还是自己刚想到的表示同意。她把眼睛眯得几乎只剩下黑色的一条线，薄得仿佛小餐馆托盘上的一层瓷漆。她有了一个主意。“现在我得回家了。”她说道，好像我俩刚才在喝茶聊天。

“没问题。”

我没动。她又娇媚地瞥了我一眼，朝门口走去。她刚把手放到门把上，我俩就都听到了汽车的声响。她看着我，眼里满是疑惑。我耸耸肩。车开到房子正前方，停下了。她吓得脸都歪了。一阵脚步声传来，门铃响了。卡门扭头盯着我，手紧抓门把，害怕得口水都快流出来了。门铃还在响。接着门铃声断了。门锁里有把钥匙在轻轻转动，卡门见状赶忙跳了开去，呆立一旁。门一下子开了。一个男子健步走了进来，猛地立定，静静注视着我俩，丝毫不见慌张。

13

是个穿灰色衣服的男子，一身灰，除了那双精致的黑皮鞋，还有灰色绸缎领带上那两颗犹如赌盘装饰的鲜红钻石。他的衬衫是灰色的，外面套着的双排扣法兰绒上装质地柔软、剪裁漂亮。看到卡门，他便摘下那顶灰色帽子。他的头发柔顺得仿佛用网纱筛过。他浓密的灰色眉毛透着股难以名状的放荡不羁。他长下巴，鹰钩鼻，那双深邃的眼睛总像在斜眼看人，其实是上眼睑的皮肤褶皱垂下来盖住了眼角的缘故。

他彬彬有礼地站在那儿，一只手摸着身后的门把，另一只手用帽子轻轻拍打着大腿。他看上去挺冷酷，却不是硬汉的那种冷酷。更像一个饱经风霜的骑手的那种冷酷。可他不是骑手。他是艾迪·马尔斯。

他推上身后的门，手插进缝了叠口的外套口袋，把大拇指留在外面，好让它在屋内昏暗的光线里闪闪发亮。他朝卡门笑笑。他笑起来亲切而随和。她舔了舔嘴唇，注视着他。她脸上的恐惧消散了。她也报以微笑。

“原谅我贸然闯进来，”他说，“好像没人听到门铃声。盖革先生在吗？”

我说："不在。我们不知道他在哪里。看到门开了条缝，我们就进来了。"

他点点头，用帽檐轻触着长长的下巴。"你们准是他的朋友吧？"

"就是生意上的相识。我们顺道来拿一本书。"

"一本书，嗯？"这句话他说得又快又机灵，在我看来，还带着一点心照不宣，好像他对盖革的书一清二楚。接着他看了一眼卡门，耸耸肩。

我朝门口走去。"我们这就走了。"我说。我抓住她的手臂。她正盯着艾迪·马尔斯看。她喜欢他。

"有没有话要捎带——如果盖革回来？"艾迪·马尔斯柔声问道。

"不麻烦你了吧。"

"那太遗憾了。"他的话意味深长。他灰色的双眸闪闪亮，而当我走过他身旁去开门的时候，他的眼神陡然露出寒光。他用随意的口气补了一句："这姑娘可以走了。我想同你稍微聊两句，当兵的。"

我放开她的手臂，茫然盯着他。"耍花招是吧，嗯？"他和气地说，"别白费力气了。外面的车里坐着我的两个小兄弟，我说往东他们不会往西。"

卡门在我身旁嘟囔了一声，飞快地窜出门外。她向山下奔去，脚步声旋即消失了。我没看到她的车，看来准是停在下面了。我开口道："到底他妈的——"

"噢，别骂骂咧咧了，"艾迪·马尔斯叹了口气，"这地方有点不对头。我准备查一查到底出了什么问题。你要是不想肚子上挨拳头，就照我说的做。"

"行，行，"我说，"算你厉害。"

"只在有必要的时候才厉害一把，当兵的。"他不再看我。他在屋里走来走去，眉头紧锁，注意力根本没在我身上。我透过正面窗户残碎的玻璃朝屋外望去。树障上露出一个车顶。马达在空转。

艾迪·马尔斯看到了那只大肚瓶和桌上那对金丝玻璃杯。他闻了闻玻璃杯，又嗅了嗅大肚瓶。他唇间泛起一抹厌恶的笑容。“死变态。”他语调平板地说。

他看了一眼那几本书，咕哝了两声，继续向前绕过书桌，在那根装有摄像头的小图腾柱前站定。端详完那柱子，他的目光落到了它前面的地板上。他伸脚挪开那块小地毯，敏捷地弯下腰，身体紧紧绷着。他趴了下去，单膝跪地。我看他的视线被书桌挡住了一部分。一声尖叫传来，他又站起了身。只见他的臂膀迅速探进外套里，掏出一把黑色的卢格尔手枪[①]来。他细长的棕色手指握着枪，枪口既没有对准我，也没有对准任何东西。

“有血，”他说，“那边的地板上有血，就在地毯下面。很多血。”

“是吗？”我说道，一副颇感兴趣的样子。

他哧溜一下坐进书桌后面的椅子里，曲指将那台桑葚色的电话机勾近身前，把卢格尔枪换到左手。他诡诈地蹙额看着电话机，两道灰色的浓眉拧出了交集，那只鹰钩鼻顶上的沧桑皮肤出现了深深的褶皱。“我想我们应该报警。”他说。

我上前踢了踢那块地毯。那个位置原本躺着盖革的尸体。“血是以前的，”我说，“干了的血迹。”

“那我们照样得报警。”

“为什么不呢？”我说。

他眯起了眼睛。他已然蜕去伪装，露出本性：一个衣着光鲜、手握卢格尔枪的冷血郎君。我的附和让他很不高兴。

“你到底是什么人，当兵的？”

---

① Luger：一种德国半自动手枪。

“我名叫马洛。是个侦探。”

“没听说过。那个姑娘是谁？”

“客户。盖革想给她下套，讹她一笔。我们来跟他谈谈。他不在。见门开着，我们便进来等他。是不是已经告诉过你了？”

“倒是真巧，”他说，“你们没有钥匙，门却正好开着。”

“是啊。那你的钥匙是哪里来的？”

“这关你什么事，当兵的？”

“我可以把它当作我的事。”

他不自然地一笑，向后推了推灰色头发上的帽子。“我也可以把你的事当作我的事。”

“你不会乐意的。报酬太低了。”

“好吧，聪明人。这房子是我的。盖革是我的房客。现在你还有什么可说的？”

“你结交的人可真不错。”

“我是来者不拒的。各色人等都有。”他低头扫了一眼手枪，耸耸肩，把枪塞回了腋下。“有什么好想法吗，当兵的？”

“想法很多。有人开枪打盖革。或者盖革开枪打完别人，逃走了。或者是别的两个人。或者盖革在搞某种膜拜仪式，对着那根图腾柱举行血祭。或者他晚饭准备吃鸡肉，而他偏偏喜欢在客厅里杀鸡。”

那一身灰的家伙脸色阴沉地看着我。

“我不猜了，”我说，“还是给你城里的朋友打电话吧。”

“我不明白，”他厉声道，“我不懂你这是玩的哪一出。”

“别等了，打电话叫警察吧。他们的反应肯定很激烈。”

他琢磨了一番，人没动。他一脸怪相：嘴唇收拢，紧紧包住牙齿。“我还是不明白你意思。”他有点神经质地说。

“也许今天你运道不好。我认识你，马尔斯先生。拉斯奥林达斯的柏树俱乐部。给大款们提供豪赌的地方。当地的警局你都搞得定，洛杉矶那一路也早已买通。换句话说，有保护伞。盖革干的买卖也需要那个。既然他是你房客，没准你会不时帮他一把。”

他嘴唇都白了，歪成杀气腾腾的怪模样。“盖革干了什么买卖？”

“非法租售淫秽书籍。”

他逼视着我，足足有一分钟。“有人铆上他了，”他柔声说，“这你也略知一二。今天他没在店里现身。他们不知道他在哪里。打电话过来也没人接听。我过来看看出了什么事。结果在毯子下面的地板上发现了血迹。还碰上了你和那个姑娘。”

“稍微有点站不住脚，”我说，“不过你这故事大概还是卖得出去，愿者上钩嘛。然而你漏掉了一小点。今天有人从他店里把书运走了——就是他租出去的那些好书。”

他轻快地打了个响指，说道：“我应该想到这点的，当兵的。你好像知道真相。那你觉得是怎么回事？”

“我觉得盖革被人害了。我觉得那是他的血。书正在转移出去，所以要先把盖革的尸体藏上一阵。有人正在接管盖格的买卖，需要一点时间做安排。”

“他们办不到的。”艾迪 · 马尔斯气愤地说。

“谁说的？靠你和你外面车里的那几个杀手？我们这个城市现在变大了，艾迪。最近来了一些非同寻常的狠角色。这就是人口增长酿成的苦果。”

“你的话太他妈多了。”艾迪 · 马尔斯说。他露出牙齿，急促地吹了两声口哨。门外有扇车门砰一下关上，接着是奔跑的步伐穿过树障。马尔斯一个轻巧的动作，又把枪拔了出来，指着我的胸膛。“开门。”

门把手一阵响动，有人在外面喊。我没动。卢格尔枪的枪口如同第二街上的地道入口，但我没动。我必须渐渐习惯一点：我并不是子弹打不透的金刚之身。

“你自己去开吧，艾迪。你凭什么对我吆五喝六？态度好点儿，没准我还会帮你一把。”

他僵硬地站起身，绕过桌子尽头，走向门口。他开了门，眼睛却始终盯着我。两个男人趺趺撞撞进了屋，急匆匆伸手往腋下掏。其中一个小伙子显然是打拳击的，脸色苍白，鼻子歪斜，一边耳朵像块小牛排。另外那个身材瘦长，顶着一头金发，面无表情，两只无神无色的眼睛靠得特别紧。

艾迪 · 马尔斯说：“看看他身上有没有带枪。”

那个金头发的家伙唰地拿出一把短管手枪，站在那儿，枪口对着我。那拳手慢腾腾侧身走过来，仔细搜着我的口袋。我转身任他搜，像个倦怠的美女正在展示一件晚礼服。

“没有枪。”他粗声粗气地说。

“看看他是什么人。”

那拳手伸手轻轻探进我的胸袋里，把我的钱包抽了出来。他翻开钱包，端详起里面的东西来。“名叫菲利普 · 马洛，艾迪。住在富兰克林大街的霍巴特大厦。私家侦探执照，副职警衔徽章，还有些别的东西。是个探子。”他把钱包塞回我的口袋，轻轻拍了拍我的脸，转身走了。

“走吧。”艾迪 · 马尔斯说。

那俩打手又走出屋子，关上了门。传来他们上车的动静。他们发动马达，重新让它空转起来。

“行。说吧。”艾迪 · 马尔斯厉声道。他两边眉毛的顶端弯成了两个尖角，像两座山峰抵着额头。

“我还没准备说出来呢。杀死盖革来霸占他的生意是个昏招，就算盖革已经被人杀了，我也无法肯定事情就是那样的。但我敢肯定，书现在到了谁手里，谁就知道真相，我也敢肯定，准是发生了什么事，叫盖革店里的那个金发女郎吓破了胆。至于谁得到了那批书，我有个猜想。”

“谁？”

“这就是我还没准备说出来的那部分。我有个客户，你知道的。”

他皱了皱鼻子。“那个——”他迅速掐断了话头。

“我还以为你认识那个姑娘呢。”我说。

“谁得到了那批书，当兵的？”

“还没准备说，艾迪。我凭什么要说？”

他把枪放到桌上，用张开的手掌心拍了拍。“凭这个，”他说，“我可以让你觉得不吃亏。”

“这才像话嘛。枪就算了。钱的声音一来，我耳朵总是最灵。你愿意出什么价？”

“你能为我做什么？”

“你想要办什么事？”

他狠狠捶了一下桌面。“听着，当兵的。我问你一句，你也问我一句。这样就成兜圈子了。我想知道盖革在哪里，我自有我个人的理由。我不喜欢他的买卖，也没有保护他。我正巧是这里的房东。我又不是非得立马知道真相。我相信，不管你知道了什么，这一切肯定都还没见光，要不然这鬼地方周围早有一群警察在蹲点了。你没什么可以待价而沽的东西。依我看，需要一点保护的是你自己。所以老实交代吧。”

他猜得不错，但我不打算让他知道这点。我点上一根烟，把火柴吹灭后往图腾柱上一弹。“你说得对，”我说，“如果盖革出了什么事，我就必须向警方兜底交代。这样一来，一切都公之于众，我自然没什么可以待价而沽的东西。所以你允许的话，我就告辞了。”

他久经曝晒的皮肤竟黑里透出白来。有那么片刻，他看起来卑鄙、狡诈而冷酷。他作势要举枪。我云淡风轻地补充道：“顺便问一句，马尔斯太太这两天可好？”

一度我都觉得这玩笑开得有点过头了。他的手朝着枪猝然一动，颤抖着。僵硬的肌肉绷长了他的脸。“滚，”他的声音非常轻，“你要去哪，去了之后准备干吗，我压根不在乎。但听我一句劝，当兵的。不管你有什么打算，别来招惹我，否则你会宁可你姓墨菲[①]，住在利莫瑞克。”

“啊，那倒是跟克朗梅尔离得不远，”我说，“听说你有个哥们儿就是打那儿来的。”

他俯身靠在桌子上，眼神呆滞，一动不动。我走到门口，打开门回头望着他。他的目光一直跟着我，但他瘦长的灰色身体并没动。他眼里透着恨意。我出了门，穿过树障，一径上山钻进车里。我调转车头，驱车翻过山顶。没人朝我开枪。开过几条街后我拐了个弯，熄掉火，坐了好一阵。也没人跟踪我。我往好莱坞开了回去。

14

四点五十分，我在兰德尔街那栋公寓楼的大厅入口附近停了车。一些窗户亮着灯，收音机在暮霭里呜呜地响。我坐电梯上到四楼，沿一条铺着绿色地毯、镶着乳白色墙板的过道走。通往安全出口的门开着，习习凉风透过门上的纱帘吹进过道里。

标着“405”的房门边有一个乳白色的小按钮。我在上面按了按，感觉等了好一阵。门悄无声息地开了大约一英尺。开门的人腿长腰也长，高肩膀，深棕色的眼睛，脸上毫无表情，应该是很久以前就掌握了逢人变脸之术。头发像鬈曲的钢丝，发际线很高，露出半球形的棕色额头，粗看之下，那颗脑袋仿佛装满了智慧。他阴沉的双眼冷淡地打量着我。他细长的手指扒着门的边缘。他并不说话。

---

① “墨菲”(Murphy) 是爱尔兰常见姓氏，常带有戏谑的贬义。后文的“利莫瑞克”(Limerick) 和“克朗梅尔”(Clonmel) 都是爱尔兰的城市。

我说："是盖革吗？"

看不到他脸上有任何波动。他从门背后拿出一根烟，塞进嘴里，吸了一小口。一阵阵既慵懒又轻蔑的烟扑面而来，接着一个冷漠从容的声音开口了，平板得像是法罗牌玩家发牌时的语气。

"你说什么？"

"盖革。阿瑟·格温·盖革。就是那个手里有书的家伙。"

他不慌不忙地思索着。他低眉瞥了一眼香烟的顶端。那只原本扒着门的手落了下去，不见了。看他肩膀的态势，暗处的那只手大概在做什么动作。

"不认识哪个叫这名字的人，"他说，"他住在附近吗？"

我笑笑。他看不惯我的笑容，眼里泛出恶意。我说："你是乔·布罗迪吗？"

那张棕色的脸沉了下来。"是又怎样，不是又怎样？有钱赚吗，老弟——还是纯粹逗自己玩儿呢？"

"这么说你是乔·布罗迪，"我说，"你却不认识哪个名叫盖革的人。怪事一桩啊。"

"是吗？也许是你的幽默感比较怪吧。还是留着你的怪幽默感去别处寻开心吧。"

我靠在门上，对他暧昧一笑。"你手上有书，乔。我有潜在客户名单。我们应该好好谈谈。"

他的目光没有离开我的脸。他身后的屋里有轻微的声响，好像是挂窗帘的金属环在金属杆上轻轻刮擦。他斜眼朝屋内瞟了一眼，敞开了门。

"为什么不呢？既然你说手上有些东西。"他冷冷道。他让到了门一边。我从他面前走过，进了屋。

那房间很亮堂，摆着高档家具，数量却并没有多得过头。后面那堵墙上开着落地窗，通向一个石头阳台，俯瞰着对面山脚的薄暮。落地窗不远处，西墙上有扇门关着，同一面墙靠近大门的位置还有一扇门。这最后一扇门的过梁下装着一根细细的铜杆，上面挂的毛绒帘子挡住了整扇门。

最后我看了看东墙，墙上没装门。背靠墙面中间放着一只长沙发，我坐了上去。布罗迪关好门，向一张饰有方形钉子的橡木书桌蟹行而去。书桌的下层面板上搁着一只镀金铰链的杉木盒子。他拿着盒子走到西墙的两扇门中间的安乐椅前，坐了下来。我把帽子放在长沙发上，等他开口。

“行，我在听了。”布罗迪说。他打开雪茄盒，把手上的烟蒂扔进身旁的垃圾桶。他往嘴里塞进一根细长的雪茄。“来根雪茄？”他拿起一根，在半空中朝我挥了挥。

我伸手拿烟。布罗迪从雪茄盒里抽出一把枪，指着我的鼻子。我看了一眼那把枪。是一把黑色“警察”点三八[①]。我目前还不想同它做对。

“干脆利落吧？”布罗迪说，“给我起来站一会儿。再往前走两步。趁这个时候，你可以抓紧呼吸呼吸。”他的声音是电影里硬汉的那种嗓音，带着刻意为之的冷淡。电影让他们都成了那个样子。

“啧啧，”我说话归说话，丝毫没有动，“镇上尽是动枪的，就没几个动脑子的。几个钟头前，刚有个人这样对待我；你们好像觉得只要手里有枪，世界就尽在掌握了。放下枪吧，别犯傻啦，乔。”

他的眉毛虬在了一起，下巴朝我一挺，眼里射出凶光。

“前面那个名叫艾迪·马尔斯，”我说，“听说过他吗？”

“没有。”布罗迪手里的枪还是对着我。

“要是让他知道你昨晚冒雨去了哪里，他会像赌场里扒拉筹码的人

---

① 全称“柯尔特官方警察点三八”(Colt Official Police .38)，是一款经典左轮手枪。作者在后文与其他作品中常把这种枪简称为“柯尔特”。

那样把你一下给抹了。”

“艾迪·马尔斯知道我多少底细？”布罗迪冷冷问道。不过他把枪放低到了膝盖上。

“根本不记得有你这么个人。”我说。

我们注视着彼此。我故意不去看左边门口绒毛帘子下面露出的那只尖尖的拖鞋。

布罗迪静静说道：“别误会。我并不是流氓——谨慎罢了。至于你是谁，我是一百个不知道。要我说你看着像个杀手。”

“你还不够谨慎，”我说，“盖革的那些书叫你给搞砸了。”

他缓慢地深吸一口气，又悄无声息吐了出来。随后他往后一靠，跷起二郎腿，握紧那把柯尔特搁在膝盖上。

“别骗自己说我不会动枪，那是我还没给逼急，”他说，“你想说点啥？”

“叫你那位穿着尖头拖鞋的朋友出来吧。憋了这么久的气肯定累了。”

布罗迪眼睛不离我的肚子，喊道：“出来吧，艾格尼丝。”

帘子拉开，盖革店里那个绿眼睛、灰金色头发、走路爱扭屁股的妞儿加入了我俩的交谈。她看我时眼里带着哀怨的恨意。她鼻孔收缩，眼里笼着重重阴影。她看上去极其不高兴。

“我就知道你准是个大麻烦，”她朝我厉声说，“早对乔说过，常在河边走得留心脚下。”

“他该留心的不是脚下，而是屁股后面。”我说。

“你这是在说笑话对吧？”那金发妞尖声道。

“本来是，”我说，“但现在大概不是了。”

“别插科打诨了，”布罗迪劝说道，“我布罗迪对脚下留心得很呢。开点灯吧，该打死他时我得知道朝哪儿开枪啊。”

那小妞啪嗒一下点亮一盏方形立式大台灯。她坐进台灯旁的一张椅子里，坐姿却很僵硬，好像腰带束得太紧一样。我把雪茄塞进嘴里，咬掉烟屁股。我拿出火柴点烟的时候，布罗迪的枪口紧紧瞄着我。我尝了一口烟，说道：

“我说的那份潜在客户名单是用密码写的。我还没能破解，但上面大概有五百个名字。据我所知，你有十二箱书。里面至少有五百本。应该还有很多本出借了，就说得保守点吧，算你统共有五百本。如果那份名单切实有效，算你可以让其中百分之五十的客户借一圈你的书，总共的租赁便是十二万五千次。你女朋友对此一清二楚。我只是在猜测。租金有多低廉随便你说，但总不会少于一美元一本吧。做买卖需要投入资金。靠单本一美元的租金，你能到手十二万五千块，但本钱依然在。我是说，盖革的本钱依然在你手里。仅凭这点，就足以构成杀人的动机了。”

那灰金色头发的小妞急叫道：“你疯了，你这该死的傻——”

布罗迪嘴巴一歪，朝她咬牙咆哮：“安生点儿，看在上帝分上。安生点儿！”

她勉强安静了下来，一脸愤愤然，交织着渐渐袭来的悲伤和奋力强压住的怒火。她的银指甲挠着膝盖。

“这买卖不是菜鸟能做的，”我对布罗迪说道，语气都有点温情脉脉了，“得是个像你这样的熟手，乔。你得替客户严守秘密。那些花钱借二手色情书来消遣的人往往紧张得如同找不到公共厕所的老太太似的。就我看来，敲竹杠是大错特错的。我反对那一套伎俩，坚持合法的售卖和租赁。”

布罗迪那双深棕色的眼睛圆睁，盯着我的脸上下看。他那把科尔特还在垂涎我缺一不可的生命器官。“你这人真可笑，”他没有语调地说，“谁在做这桩好买卖？”

“你呗，”我说，“几乎可以这么说。”

那金发妞一时语塞，抓了抓耳朵。布罗迪啥也没说。只是看着我。

“什么？”那小妞喊道，“你往那儿一坐，竟然要告诉我们盖革先生在一条大街上开店做那种生意？说什么疯话呢！”

我礼貌地斜睨了她一眼。“我确实是那个意思。人人都知道那种生意存在着。干那一行，好莱坞人杰地灵。如果说那类东西非存在不可，那大街上就是每个讲求实际的警察希望它存在的地方。出于同样的道理，他们喜欢有红灯区。这样一来，只要他们想，就能把你一锅端。”

“我的天，”那小妞带着哭腔道，“你就放任这个大头鬼坐在那儿侮辱我吗，乔？明明你手里拿着枪，而他就夹着根雪茄跷着大拇指！”

“说得挺好，”布罗迪说，“这家伙脑瓜清楚。给我闭上嘴，好好安静一会儿，不然我用这玩意儿帮你闭。”他四下轻轻掂着枪，姿态越来越随意。

那金发妞倒抽一口气，转过脸去对着墙壁。布罗迪看着我，诡诈地说：“你倒说说看，那批好货我是怎么弄到的呢？”

“你杀了盖革弄到的。昨晚下雨的时候。那种天气太适合开枪杀人了。问题在于你杀他时他不是一个人。要么你没注意到这点——这好像不太可能；要么你心虚，落荒而逃了。但拿走盖革相机里的底片，事后再回去藏匿他的尸体的胆量你还是有的，这么一来，你便能在警察知道有桩命案要调查之前收拾好那些书。”

“嗬！”布罗迪轻蔑道。那把柯尔特在他膝盖上颤动。他棕色的脸庞棱角分明像块木雕。“你这是在搏命啊，先生。算你运气好，我没有杀盖革。”

“就算没有杀他，你照样要倒霉，”我兴高采烈地对他说，“你注定逃不掉罪名的。”

布罗迪的声音有点沙哑。“觉得你抓住我的把柄了？”

“没错。”

“怎么说？”

“有人会像刚才那样告诉警方。说了当时有目击者。别把我当傻子，乔。”

这下他抓狂了。“那个天杀的小骚货！”他大叫，“她会的，这天杀的！她会的——就是那样！”

我往后一靠，朝他咧嘴笑笑。“好极了。我还以为她那些裸照在你手里呢。”

他一言不发。那小妞也一言不发。我给他们思考的时间。布罗迪的脸上渐渐云开雾散了，虽然脸色还有点灰。他把枪搁在椅子旁的桌上，右手却依然紧靠枪托。他把烟灰点落在地毯上，眼皮眯成一条线，明亮的眸子注视着我。

“大概你觉得我是傻瓜。”布罗迪说。

“作为骗子，不过尔尔。拿照片吧。”

“什么照片？”

我摇摇头。“昏招啊，乔。装无辜救不了你。要么昨晚你在那儿，要么你从某个去了一遭的人那里搞到了裸照。你知道她在场，因为你让你女朋友威胁里根太太说要叫她吃官司。你之所以有把握这么做，若非亲眼目睹发生了什么，便是知道手里的照片是何时何地拍的。还是老实交代吧，聪明点儿。”

“不让我赚点油水是不行的。”布罗迪说。他微微转过头，看着那个绿眼睛的金发妞。现在她那双眼睛都不绿了，只剩下一头徒有其表的金发。她没精打采得像只刚死的兔子。

“没有油水。”我说。

他苦恼地皱着眉。“那你凭什么要我交代？”

我啪地翻开钱包，让他看了眼警徽。“我在调查盖革——受一个客户所托。昨晚我就在屋外，淋着雨。我听见枪声，冲了进去。没见到凶手，但别的我都看到了。”

“然后口风闭得很紧。”他讥笑道。

我收起钱包。“是的，”我承认道，“到目前为止。照片能给我了吗？”

“关于这些书，”布罗迪说，“我还是不大明白。”

“我是从盖革的店追踪到这里的。我有个目击者。”

“那个小阿飞？”

“什么小阿飞？”

他又皱起眉头。“那个在店里打工的小子。卡车开出来后他就溜走了。艾格尼丝连他去了哪儿都不知道。”

“这条信息有用，”说着我朝他咧嘴一笑，“这一点倒令我有点担心。昨晚之前，你俩有谁去过盖革家吗？”

“连昨晚也没去过，”布罗迪厉声道，“所以是她说我开枪打死盖革的，嗯？”

“拿到那些照片的话，我没准能说服她是她弄错了。拍照前她喝了点酒。”

布罗迪叹了口气。“她恨透了我。我甩了她。没错，我得到了报酬，但不管怎样我还是只好那么做。对我这么个普通人来说，她太古怪了。”他清了清嗓子，“稍微来点油水吧。我穷得叮当响了。我和艾格尼丝得过活啊。”

“我的客户是不会给的。”

“听着——”

“交出照片吧，布罗迪。”

“噢，见鬼，”他说，“你赢了。”他站起身，把手枪塞进侧边口袋里。他左手一抬，伸进外套。他的手握住了照片，厌恶得脸都歪了。这时候，门铃响了。而且响个不停。

15

他不喜欢这阵门铃声。他虎出了上面一排牙齿，咬住下嘴唇，眉毛猛地缩拢，眉心紧皱。顿时他的整张脸透着机警、狡猾和卑鄙。

门铃依旧响个不停。我也不喜欢这阵门铃声。如果来客偏巧是艾迪·马尔斯和他的手下，那光凭我在场这一点，他们就得把我打个半死。如果是警察，这时候落到他们手里，我什么也提供不了，只能报以微笑和承诺。如果是布罗迪的某些朋友——假设他有朋友——没准他们比他还要粗野。

那金发妞也不喜欢这阵门铃声。她气势汹汹地站了起来，用一只手在空中胡乱劈着。因为神经紧张，她的脸变得又老又丑。

布罗迪一边看我，一边猛地拉开了桌上的一个小抽屉，拿出一把骨质枪柄的自动手枪。他把枪递给那女人。她走到他跟前，接过枪，人却在发抖。

“坐到他旁边去，”布罗迪怒声道，“用枪对着他，枪口低一点，离门远一点。如果他耍花招，你看情况办。我们还没输呢，宝贝。”

“噢，乔！”金发妞带着哭腔道。她走过来坐在长沙发上，挨着我，拿枪指着我的大腿动脉。我不喜欢她眼里那股蠢劲。

门铃歇了，木门上响起了一阵急促而不耐烦的敲击声。布罗迪把手伸进口袋，握着枪，走到门前用左手打开门。只见卡门·斯特恩伍德拿一把小手枪抵着他纤薄的棕色嘴唇，将他推回了屋。

布罗迪从她面前退了回来，嘴里犯着嘀咕，一脸惊恐的表情。卡门关上身后的门，既不看我也不看艾格尼丝。她紧跟布罗迪不放，舌头从齿间微微探出来。布罗迪的双手都从口袋里抽出来了，作势要她冷静。他的眉毛不由自主扭成了古怪的线条与角度。艾格尼丝调转原本对着我的枪口，朝卡门瞄去。我猛地伸出手，把手指紧紧压在她的手上，用大拇指去扳保险栓。原来本来就闭着。我没动它。对于这一阵短暂的无声扭打，布罗迪和卡门都没注意。枪到我手里了。艾格尼丝喘着粗气，从头到脚都在发抖。卡门的脸颧骨突出，好像还有伤痕，呼吸声嘶嘶作响。她的声音平板至极，开口道：

“我要我的照片，乔。”

布罗迪咽了口唾沫，强作欢笑。“没问题，孩子，没问题。”如今他的声音变得纤弱含混，同之前跟我说话时相比，犹如脚踏车对上一辆载重十吨的卡车。

卡门说：“你杀了阿瑟·盖革。我看到是你。我要我的照片。”布罗迪脸都绿了。

“嗨，等一下，卡门。”我大喊。

艾格尼丝回过了神，猛冲上来。她低下头，狠狠咬住我的右手。我又挣扎了一番，把她甩到一旁。

“听着，孩子，”布罗迪哀求道，“就听我说一句——”

那金发妞朝我啐了一口，扑向我的腿，想咬上去。我用枪砸她的头，下手并不太重，一边奋力站起来。她贴着我的腿蜷缩下去，顺势抱住了它们。我仰面倒在了长沙发上。不知是爱疯了还是怕疯了，或许两者皆有，那金发妞力气很大，也可能她本来就力气大吧。

布罗迪伸手去抓那把跟他的脸近在咫尺的小手枪。没抓到。那把枪突然“砰”的一响，尽管刺耳，声音却不大。子弹打穿了一扇折叠着的落地窗玻璃。布罗迪骇人地呻吟着，倒在地上使劲拉扯卡门的脚。她蜷作一团摔了下去，那把小手枪滑向了屋角。布罗迪膝盖撑地跳将起来，把手伸进口袋。

我又给她脑袋上来了一下，这一次不再那么温柔了。我踹开她，不让她再抱着我的腿，站起身来。布罗迪朝我使了个眼色。我给他看手里的枪。他不再老想着掏摸口袋了。

“老天啊！”他哀叫道，“可别让她杀了我啊！”

我大笑起来。我笑得像个白痴，刹也刹不住。艾格尼丝直起身子坐在地上，手掌撑着地毯，嘴巴张得很大，右眼上方挂着一绺锃亮的金发。卡门匍匐在地，依旧嘶嘶喘着气。她那把小手枪的金属枪身贴着墙角的护壁板闪闪发亮。她不顾一切地爬向墙角。

我朝布罗迪挥了挥“分配”给我的那把枪，说道：“别动，你很安全。”

我走过那匍匐前行的女孩身旁，拾起那把枪。她抬头看看我，傻笑起来。我把她的枪放进口袋，轻轻拍她的背。“起来吧，小乖乖。你都像条哈巴狗啦。”

我走到布罗迪跟前，用枪抵住他的上腹部，从他的侧边口袋里缴了他的柯尔特。这下但凡看得到的枪械都归了我。我把它们统统塞进口袋，朝他伸出手。

“交出来。”

他点点头，舔着嘴唇，眼里还是惊魂未定。他从胸袋里掏出一个鼓囊的信封，交给我。里面有一张冲洗好的底片和五张光面照片。

“保证这些就是全部？”

他又点点头。我把信封放进自己的胸袋，转过身去。艾格尼丝正靠着长沙发在捋头发。她眼里冒着蘸满恨意的绿色毒液，恨不得一口吞下卡门。卡门也站起身了，伸着手朝我走来，还在傻笑，“嘶嘶”个没完。她嘴角挂着一小团白沫。她小巧洁白的牙齿贴着嘴唇闪闪发光。

“现在可以把照片给我了吗？”她羞涩一笑，问我道。

“我来替你保管。回家去吧。”

“回家？”

我走到门口，朝外望去。夜晚的习习凉风平静地吹过走廊。门口没有兴致勃勃看热闹的邻居。一把小手枪走火打穿了窗玻璃，但这样的声响如今已不值得大惊小怪。我撑住打开的门，朝卡门一扭脑袋。她朝我走来，捉摸不定地笑着。

“回家去等我吧。”我安慰她道。

她竖起大拇指。接着她点点头，步履轻盈地经过我身旁，溜进走廊。半途中她用手指摸了摸我的脸颊。“你会照顾卡门的，是吗？”她低语道。

“放心。”

“你真可爱。”

“你看到的根本不稀奇，”我说，“我左边大腿上还纹了个跳舞的巴厘岛姑娘呢。”

她瞪圆了眼睛，说：“真淘气。”说完朝我摇摇手指。随后她低声道：“枪能还我吗？”

“还不行。晚点再说。我会带给你的。”

她突然一把勾住我的脖子，吻了上来。“我喜欢你，”她说，“卡门很喜欢你。”她飞奔着穿过走廊，欢快得像只鹪鸟。跑到楼梯口时她朝我挥了挥手，随后跑下楼梯不见了。

我回到布罗迪的屋里。

16

我走到那扇折叠着的落地窗前，瞧了瞧上半截那块被打坏的小玻璃片。子弹从卡门的枪里射出，好比有人挥起拳头，砸裂了玻璃。没有明显的弹孔。灰泥墙面上倒是有个小洞，眼尖的人还是很容易看到的。我拉上窗帘，遮住裂开的玻璃，从口袋里掏出卡门的枪。是把“银行家特别版”点二二口径左轮手枪，装凹头子弹。枪柄镶满珍珠，尾端贴了块圆形银牌，刻着："欧文赠予卡门。"原来她把他们都耍得团团转。

我把枪放回口袋，靠近布罗迪坐下，盯着他阴郁的棕色眼睛。一分钟过去了。那金发妞借一面随身镜打理着脸面。布罗迪夹着一根香烟四下摸索着，突然开口道："满意了？"

"暂时还行。你为啥找里根太太敲竹杠，而不找那老头？"

"管他要过一回。大概六七个月之前。估计他气得不轻，去报警了。"

"你为什么觉得里根太太不会把事情告诉他呢？"

他细细考虑起这个问题来，嘴里抽着烟，眼睛盯着我的脸。最后他说道："你跟她有多熟？"

"见过她两次。你跟她肯定比我熟悉多了，才敢冒险用照片去敲诈。"

"她轻描淡写地提过好几次。大概她有几处软肋不想让那老头知道。我以为她很容易就能凑到五千块。"

"有点站不住脚，"我说，"不过先不深究了吧。你没钱了是吧？"

"手里那两个钢镚儿我都摇晃了一个月了，想让它们结婚生子呢。"

"你靠什么过活？"

"做保险。我在富尔怀德大厦的普斯·沃尔格林公司有间办公室，圣莫尼卡的西大道上。"

"既然开口了，索性开到底吧。书在这屋里？"

他猛地咬住牙，挥舞起一只棕色的手。他举手投足间的自信逐渐回来了。"妈的，不在。藏起来了。"

"你先让人把书带过来，然后又立马找仓储公司来运走？"

"当然。我肯定不想让那些书直接从盖革的店里去那边，对吧？"

"你很聪明，"我敬佩地说，"店里还有什么罪证吗？"

他又露出了忧虑的神色。他急促地摇摇头。

"那很好。"我对他说。我看向那边的艾格尼丝。她已经把脸收拾干净，这时正眼神空洞地盯着墙壁，没怎么听我们的对话。一路过来，又是摸爬滚打又是担惊受怕，她已是一脸倦容。

布罗迪机警地眨眨眼睛。“怎么说？”

“照片你怎么来的？”

他面露不快。“听着，你已经得到了想要的，代价还很低。你干得很不错。现在去向你的主子要赏金吧。我清清白白。我根本不知道什么照片不照片的，是不是，艾格尼丝？”

那金发妞睁开眼睛，看着他。很难讲她眼里带着什么深意，反正不是好感。“聪明？只聪不明的家伙罢了。”说着她厌倦地“哼”了一声，“我早看透了。没有哪个家伙是从头至尾都聪明的。一个都没有。”

我冲她咧嘴一笑。“把你脑袋打得很疼吧？”

“你，还有我遇上的其他男人。”

我回头看布罗迪。他在捏指尖的香烟，伴着不时的抽动。他的手好像有点颤抖。他棕色的脸上毫无表情，平静如旧。

“我们得口径一致，”我说，“比方说，卡门没来过。这非常重要。她没来过。你们看到的是幻象。”

“嘿！”布罗迪讥笑道，“你要这么说的话，伙计，你要——”他伸出手，手掌平摊，蜷起手指，拇指在食指和中指上轻轻摩擦着。

我点点头。“可以考虑。也许会有你的一小份。但五千块就别指望了。现在可以告诉我照片哪儿来的了吧？”

“别人给我的。”

“嗯——哼。一个你在街上碰到的路人。从此再不会有交集。之前也从没有见过他。”

布罗迪打了个哈欠。“照片是从他口袋里掉出来的。”他斜着眼道。

“嗯——哼。有昨晚的不在场证明吗，面瘫？”

“当然。昨晚我就在这里。艾格尼丝跟我在一起。没错吧，艾格尼丝？”

“我又要开始为你感到难过了。”我说。

他一下瞪大了眼睛，松弛地耷拉着嘴皮，香烟粘在下唇上颤颤巍巍。

“你以为你很聪明，其实你笨得要命，”我对他说，“就算你幸免死在圣昆廷[①]，后面也有漫长的日子等着你独自煎熬。”

他嘴上的香烟猛地一抖，烟灰落在他的背心上。

“想想你能有多聪明吧。”我说。

“出去，”他突然咆哮道，“滚。我跟你聊够了。走吧。”

“行。”我起身走到那张高脚橡木桌前，从口袋里拿出他的那两把枪，并排放在吸墨纸旁边，让两根枪管完全平行。我伸手从长沙发旁的地板上拿起帽子，向门口走去。

布罗迪大喊：“嗨！”

我转身等他说话。他嘴上的烟微微颤抖，犹如弹簧上的玩偶。“一切太平，是不是？”他问道。

“哎，当然。这是个讲究自由的国家。要是你一心想蹲大狱，没人会逼你出去。就是说，只要你是本国公民。你是公民吗？”

他只是盯着我，抖动着那根烟。艾格尼丝缓缓转过头来，也盯着我看，目光与他齐平。他俩斜睨的眼神一模一样：交织着狡诈、狐疑和挫败的怒气。艾格尼丝突然抬起她的银指甲，拔下一根头发，只见她手指愤懑地一扭，把指间的发丝扯断了。

布罗迪紧张地说：“你肯定不会去找警察的，老弟。既然你在给斯特恩伍德家做事。我知道太多那家人的事了。照片你拿到了，口风该把好。走吧，别多管闲事。”

“想好了再说啊，”我说，“你叫我滚，我都在出门了你又喊住我，那

---

① 监狱名。

我不走了，现在我又得上路了。你就希望这样？”

“你没有我的把柄。”布罗迪说。

“也就区区两桩谋杀。不过是你混迹的圈子起了点小变化罢了。”

闻罢布罗迪跳了起来，其实跳了不到一英寸，却好像足有一英尺那么高。他的眼里，深棕色的眼球周围的眼白全显了出来。灯光下，他棕色的皮肤染上了一层淡绿。

艾格尼丝像头动物般发出一阵低声的啼哭，一头埋进沙发一端的软垫里。我站在那儿，欣赏着她大腿的绵长线条。

布罗迪缓缓舔了舔嘴唇，道：“坐，哥们儿。也许我还能提供点什么给你。你刚开玩笑说两桩谋杀，是什么意思？”

我靠在门上。“昨晚七点半左右，你在哪里，乔？”

他闷闷不乐地垂下了嘴皮，低头盯着地板。“我在监视一个家伙，一个有好买卖可做、没准还缺合伙人的家伙。是盖革。我时不时地监视他，看看他有没有厉害的帮衬。我估摸着他在生意上有伙伴，也可能这次的买卖搞得不像平时那样开诚布公。但他们没有去他家。进出他家的都是女人。”

“你监视得不够紧密，”我说，“不过继续说吧。”

“昨晚我就在盖革家后面的街上。雨下得很大，我坐在车里，衣服扣得严严实实。盖革家门前有辆车，还有辆车停在山上不远处。所以我才待在下边。我停车的地方再往下还有辆大别克，过了一会儿，我走过去朝车里张望了一眼。车主是维维安·里根。没有任何动静，我便走了。讲完了。”他挥了挥手里的烟。他看着我的脸，眼神上下慢慢游移。

“你说的倒可能不假，”我说，“知道那辆别克现在在哪儿吗？”

“这我怎么知道？”

“在法院的车库里。今天上午，那车刚被人从里多渔轮码头的水下十二英尺给捞上来。车里有个死人。他遭到了棍击，车冲出了码头，手刹是放下的。”

布罗迪喘着粗气。他一只脚烦躁地点着地。“老天，伙计，这事你可不能安在我头上。”他口齿不清地说。

“怎么不能？是你说的，那辆别克就停在盖革家后面。哎，开车出去的不是里根太太。是她的司机，一个名叫欧文·泰勒的小伙子开的车。他跑去那儿是要找盖革谈谈，因为欧文·泰勒很喜欢卡门，他不喜欢盖革跟卡门玩的把戏。他是走后门进屋的，身上带着撬棍和枪，进屋一看，盖革正在给卡门拍裸照。所以自然而然，他开枪了，盖革倒在了地上，逃跑时，欧文把盖革刚拍的照片的底片落下了。于是你追了上去，从他那儿弄到了照片。不然你还能怎么拿到照片？”

布罗迪舔舔嘴唇。“是的，”他说，“但这并不能说明棍击他的人是我。没错，我听到了枪声，也看到了这凶手砰砰跑下楼梯，钻进别克车里逃走了。我跟了上去。他开到峡谷尽头，在日落大道向西驶去。过了贝弗利山，他滑出了路面只好停车，我便上前假扮警察。他有枪，但没胆量，被我唬得动都不敢动。我搜了他的身，知道了他的身份。我拿走底片，完全是因为好奇。我琢磨着那东西是用来干吗的，脖子都被雨淋湿了。这时他突然冲出来把我撞翻在地。等我爬起来时他已经不见了。自此我就没见过他。”

“你怎么知道他杀的是盖革？”我粗声粗气地问道。

布罗迪耸耸肩。“估计就是他，不过我也可能弄错。等我把底片冲印出来，看到拍的内容，我就确定了七八分了。等我知道今天早上盖革没来店里，也不接电话，我就十分确定了。于是我想是时候把他的书运走，赶紧找斯特恩伍德家敲笔旅行的钱，开溜一阵子。”

我点点头。“好像说得通。也许你还真没为此杀任何人。你把盖革的尸体藏去哪儿了？”

他挑起了眉毛，咧嘴笑道：“不，不。没这回事。难道你觉得我会跑回去处理他的尸体？谁知道什么时候整车整车的警察就会呼啸而来。不可能的。”

“有人把尸体藏起来了。”

布罗迪耸耸肩。脸上还是笑嘻嘻的。他不信我的话。还没等他脸上的不信任逐渐散去，门铃又响了。布罗迪猛地蹿起来，目光锐利。他瞥了一眼桌上的枪。

“她又回来了。”他大吼道。

“就算是她，她也没有枪，”我安慰他道，“你有没有其他什么朋友呢？”

“差不多就这么一个，”他吼着，“我再也不想玩这种把人往墙角里逼的游戏了。”他健步走到桌前，拿起枪。他把枪贴紧身侧握着，往门口走去。他左手放在门把上，一转，把门打开了一英尺，身子探进门缝里，枪还是紧紧贴着大腿。

一个声音说道：“布罗迪？”

布罗迪的回话我没听清。传来两声沉闷的枪响。枪口一定是牢牢压在布罗迪身上。他靠着门向前倾，随着一声巨响，门阖上了。他的双脚推开了身后的地毯。他的左手松开了门把，手臂嘭的一声甩在地板上。他的头顶着门。他一动不动。那把柯尔特死死握在他的右手里。

我跳着穿过房间，稍微翻动他的尸体才好不容易打开门挤出去。差不多对门那屋，一个女人从门缝里眯眼往外看着。她满脸惊恐，伸出一只爪子似的手朝走廊那头指了指。

我沿着走廊飞奔起来，分明听见重重的脚步踏在铺了瓷砖的台阶上，便循声追去。追到大厅那层，只见大门正轻轻地自动关上，外面的人行道上传来“砰砰”的脚步声。我赶在门闭紧前冲了上去，一把将它推开，向外猛跑。

一个没戴帽子、穿着紧身皮衣的人影正奔跑在停当的车辆间斜向穿过马路。那人影转过身来，朝我开枪。两颗子弹狠狠打中了我身旁的灰泥墙。人影又跑了起来，闪避进两辆车之间，消失了。

一个男的走到我身边，大吼道："出什么事了？"

"有人开枪！"我说。

"老天啊！"他急忙跑进公寓楼。

我沿着人行道飞快找到我的车，上去发动。我慢慢开下路缘，往山下驶去，车速并不快。马路另一边没有其他车出现。我觉得听见了脚步声，但无法确定。我往山下开了一个半街区，在十字路口转了弯，重新上坡。我隐约听见人行道上沿途传来一阵低沉的口哨声。随后是脚步声。我把车停在另一辆停靠在人行道边的车旁，在两辆车之间悄悄下了车，压低身子，从口袋里掏出卡门那把左轮小手枪。

脚步声越来越响，口哨声继续兴致昂扬。片刻之后，紧身衣出现了。我从两辆车中间走出来，说道："借个火儿，兄弟。"

那小伙子朝我转过身，突然抬起右手伸进紧身衣里面。在枝形路灯的照耀下，他的眼睛水盈盈的。两汪漆黑的眼眸像两颗杏仁，苍白的英俊脸庞上方是黑色的鬈发，两绺尖尖的发束低垂在额头。确实长得挺帅，他就是我在盖革店里看到的那个小伙儿。

他站在那儿默默看着我，右手搭在紧身衣边缘，但还没有伸进去。我垂着胳臂，手里的枪贴在身侧。

"你肯定对你的皇后念念不忘。"我说。

"滚你的！"那小伙子轻声说。他站在停靠的车和人行道内侧的挡土墙之间，纹丝不动。

山下远远传来警笛的呜响，声音越来越近。那小伙子的脑袋循声转了过去。我迈步到他身前，把枪口紧紧对着他的身体。

"二选一，跟我走还是去警局？"我问他。

他的脸向旁边微微一转，仿佛挨了我的耳光。“你是谁？”他咆哮道。

“盖革的朋友。”

“离我远点，你个狗娘养的。”

“我这把枪虽小，小伙子，要是对准你的肚脐眼来一下，准叫你三个月没法下地。不过你会康复的。到时候你就能走着去圣昆廷那边新建的毒气室了。”

他又说了句“滚你妈”，想把手伸进紧身衣。我把枪往他的肚子上压得更用力了。他轻轻叹了口气，手从衣服里拿了出来，无力地垂在身侧。他宽阔的肩膀瘫了下去。“你想要我干什么？”他低语道。

我伸手探进他的衣服，缴了他的自动手枪。“上车，小伙子。”

我从我身旁走了过去，从身后推了他一把。他上了车。

“坐驾驶座，小伙子。你来开车。”

他轻快地坐到方向盘后面，我也上了车，坐在他旁边。我说：“先让警车开过去吧。他们会以为我们听到警笛就让道了。然后我们就调头下山。回家。”

我收好卡门的枪，用那把自动手枪抵着他的肋部。我透过车窗看了看后面。这会儿警笛声已经非常响了。路中央，两盏红灯越来越亮。灯光在眼前越变越大，浅浅融和为一，警车狂啸着飞驰而过。

“走吧。”我说。

小伙子把车调了个头，往山下开去。

“我们回家，”我说，“去拉维恩街。”

他光洁的嘴唇抽搐了一下。他驱车向西一拐，开上富兰克林大街。“你真是个头脑简单的小伙子。叫什么名字？”

“卡罗尔·伦德格伦。”他了无生气地说。

“你杀错人了，卡罗尔。乔·布罗迪并没有杀你的皇后。”

他又对我骂了三个脏字，继续开车。

17

月亮只剩下半轮，透过拉维恩街上的桉树高高的树枝间的一圈雾气，月光洒下来。山路往下，一幢地势很低的房子里高声播放着收音机。那小伙子把车转了个弯，停在盖革家门前的黄杨树障旁，熄火，坐着直视前方，两只手搁在方向盘上。盖革的树障间没有透出光来。

我说："家里有人吗，小子？"

"你应该知道。"

"我怎么会知道？"

"滚你的！"

"人就是这副样子才害得自己只好装假牙的。"

他局促地咧嘴一笑，露出了牙齿。接着他踢开门下了车。我急忙追上去。他站在那儿，拳头贴着髋部，默然看着树障上方的房子。

"好吧，"我说，"你有钥匙。我们进屋吧。"

"谁说我有钥匙？"

"别诓我，孩子。那兔爷儿给你了一把。屋里有你的房间，干净、男子气概十足。有女客来时，他就赶你出去，锁上房间。他就像恺撒，既是女人的丈夫，也是男人的妻子。以为我看不出来你和他是搞那个的人？"

怎么说我还用那把自动手枪指着他呢，他照样挥拳朝我砸来。那一拳正中我的下巴。我赶紧后退，总算没跌倒，但这一击我挨得很准。他是想狠狠给我一下的，但相公都是软骨头，不管看起来有多凶悍。

我把枪往那孩子脚边一扔，说道："也许你需要这个。"

他以迅雷不及掩耳之势弯腰去捡枪。他的动作从头到尾都很迅速。我一拳打在他的脖子侧面。他倒向一边，伸手抓枪却没够着。我重新拿起枪，扔进车里。那小伙子四肢撑地站起来，夸张地睁大眼睛斜睨着我。他咳嗽了几声，摇摇脑袋。

“你该不是想打架吧，”我对他说，“你减肥减得过头了。”

可他就是想打架。他像一架脱离弹射器的飞机般突向我，俯身朝我的膝盖擒抱过来。我横跨几步，伸手抓他的脖子，顺势夹住他的头。他的脚在泥地上拼命蹭着，勉强站住不倒，用手够我，哪儿容易疼就往哪儿打。我把他翻了个身，再举高了一点。我左手握紧右手手腕，用右边的髋骨使劲顶他，有那么片刻，我俩势均力敌。在朦胧的月光下，我俩好似僵在那儿，俨然两头奇形怪状的生物，脚刮蹭着地面，费劲地喘着大气。

这会儿，我用右前臂压着他的气管，加上了两条胳膊的力量。他的脚狂躁地在地上拖着，他不再喘气了。他被制服了。他的左脚向一边懒懒地伸开，膝盖绵软无力。我又坚持了半分钟。他瘫在我的手臂上，重得要命，差点叫我托不住。随后我松手了。他躺倒在我的脚边，昏了过去。我去车上的储物箱里拿了一副手铐，扭过他的手腕压在他背后，“喀嚓”铐上。我拎着他的腋窝把他抬了起来，费力地拖着他走到树障后面，避开街上的视线。我回到车上，往山上开了一百英尺，锁好了车。

我回来时他还在昏迷中。我打开门，把他拖进屋里，关上门。这时他开始喘气了。我开了一盏灯。他颤抖着眼皮睁开眼睛，渐渐看清楚了我。

我俯下身，有意避开他膝盖的攻击范围，说：“保持安静，不然再给你吃刚才的苦头，这次下手会更重。静静躺着，憋住呼吸。憋到你再也憋不住，然后告诉自己不呼吸要没命了，你脸色发黑，眼珠子都突出来了，你立马需要吸气，但你正被绑在椅子上，在圣昆廷那间干净整洁的小毒气室里，你一吸气，就非得拼了命地不去吸，你吸进去的不是空气，而是氰化物。如今我们国家就管这叫做安乐死。”

“滚你的。”他苦叹了一声，说道。

“你得老实交代，老弟，别以为有别的法子。我们叫你说什么，你就得说什么，不叫你说什么，你就不能说什么。”

“滚你的。”

“再说一遍，我就在你头下面放一个枕头。”

他嘴巴抽搐了两下。我任由他躺在地上，手腕靠在身后，脸颊陷进地毯里，露在外面的那只眼睛里透着动物般的机敏。我点亮了另一盏灯，迈进起居室后面的走廊。盖革的卧室好像原封不动。走廊对面的那间卧室这时已经不上锁了。我打开房门。房间里摇曳着昏暗的灯光，有檀木香味。梳妆台上并排立着两根锥形的香灰。光线来自一英尺高的烛架上两根细长的黑色蜡烛。它们立在直背椅子上，床的两头各有一根。

盖革躺在床上。之前发现不见的两条中式挂毯搭在他的身体中央，组成一个 X 形十字架[①]，刚好挡住了他血迹斑斑的外套前襟。十字架下方，他黑色睡裤里的腿僵硬地挺直着。他脚上穿着厚毛毡鞋底的拖鞋。十字架上方，他的手臂在手腕处交叉，手掌平放在肩膀上，掌心向下，手指并拢，平直地伸展着。他嘴巴闭着，那两道陈查理式的八字须不真实得像假发。他的眼睛几乎闭上了，可又没有完全闭紧。那只玻璃眼珠映着烛光，发出淡淡的光泽，朝我闪烁着。

我没碰他。我也不靠近他。他肯定像冰一样冷，像木板一样僵硬。

黑色蜡烛的蜡液从灯芯的凹口淌进了槽里。一滴一滴的黑色蜡液沿着蜡烛侧面流淌下来。房间里弥漫着的味道仿若毒气，又不太真实。我走出房间，重新关上门，回到起居室。小伙子还在地上。我静静站着，听有没有警笛声。一切都取决于艾格尼丝什么时候交代，说的是什么。

---

① 原文作“St. Andrew’s Cross”。圣安德鲁是耶稣十二使徒之一，据传被钉死在 X 形十字架上，故以其命名。

如果她提及盖革，那么警察随时会来。但她也可能憋上几个小时。她甚至有可能已经跑了。

我低头看了看那小伙子。“想坐起来吗，小子？”

他闭上眼睛，假装睡觉。我走到写字台前，抄起那台桑葚色的电话，拨通了伯尼·奥尔斯办公室的号码。他六点钟就回家了。我拨了他家里的电话。他在家。

“我是马洛，”我说，“今天早上，你的人有没有在欧文·泰勒车里找到一把左轮手枪？”

我能听到他清了清嗓子，随后我又听出来他有意不让声音显出惊讶。“这种事警方会处理的。”他说。

“如果确实找到了，枪里有三个空弹壳。”

“你究竟是怎么知道的？”奥尔斯轻声问道。

“过来吧，拉维恩街 7244 号，月桂峡谷大道旁。我告诉你子弹去了哪儿。”

“就这件事吗，嗯？”

“就这件事。”

奥尔斯道：“看好窗外，你会看到我从街角那边过来的。我觉得你这次有点鬼鬼祟祟了。”

“‘鬼鬼祟祟’这个词很不确切。”我说。

18

奥尔斯站着低头看那个小伙子。他坐在长沙发上，斜靠着墙。奥尔斯静静看着他，灰白的眉毛根根直立，刚硬圆润得好像“福勒牌刷子”推销员赠送的蔬果刷。

他问那小伙子：“你承认杀了布罗迪？”

小伙子用沉闷的声音报以那三个他最爱的字眼。

奥尔斯叹了口气，看着我。我说："用不着他承认。他的枪在我手里呢。"

奥尔斯道："希望老天爷在我每次听到这种话时都能给我一块钱。这话就那么有意思？"

"又不是为了有意思才说的。"我说。

"好吧，说得也对。"奥尔斯说。他转过身。"我给王尔德打过电话了。我们带上这个小阿飞去见他。他可以同我一辆车，你跟在后面，以防他想踹我脸。"

"你觉得卧室里的场面怎样？"

"非常不错，"奥尔斯说，"想到泰勒那孩子飞下码头死掉，我都有点高兴了。因为他干掉了那讨厌鬼，就非要我送他去死囚区，我可不乐意。"

我回到那间小卧室，吹熄了黑色蜡烛，任它们自顾冒烟。等我回到起居室，奥尔斯已经让那小伙子站起来了。那小伙子站着，一双犀利的黑眼睛怒视着他，脸色严峻而苍白得仿佛一块冷肥羊肉。

"走吧。"说着奥尔斯抓住了他的手臂，不愿意碰他似的。我关掉灯，尾随他俩走出屋子。我们分别上了车，我跟在奥尔斯警车的那对尾灯后面，驶下蜿蜒绵长的山路。但愿这是我最后一趟来拉维恩街。

地方检察官塔格尔特·王尔德住在第四街和拉法耶特公园的街角，他那座白色构架的房子车库大小，一侧建了个红沙石的停车门廊，正面是几英亩柔软起伏的草地。这是一栋那种坚固的旧式房子，过去城市不断向西扩展，它们也随之整体迁入新址。王尔德出身洛杉矶的一个古老家族，当他在这栋房子里降生时，它也许还建在西亚当斯，或者菲格罗亚街，或者圣詹姆斯公园那边呢。

路上已经停了两辆车，一辆硕大的私人轿车，一辆警车。一个穿制服的司机靠在警车的后挡泥板上，一边抽烟一边赏月。奥尔斯上前跟他说了几句，那司机看了看奥尔斯车里的小伙子。

我们来到房子前，按响门铃。开门的是一个顶着一头油光锃亮的金发的男人，他领我们进了大厅，穿过一间塞满笨重深色家具的巨大下沉式起居室，又踏入房间尽头的另一个客厅。他敲了敲一扇房门，走进去，随后帮我们撑住门。我们走进一间墙面镶了木板的书斋，尽头是敞开的落地窗，可以看到外面黑漆漆的花园和诡异的树。一股潮湿的泥土气和花香飘进窗口。墙上昏暗的大幅油画，周围摆放着安乐椅和书本，一股上等雪茄的烟味与泥土气和花香交织，弥漫在屋里。

塔格尔特·王尔德端坐在书桌后面。他是个肥硕的中年男人，一双明亮的蓝眼睛，总能摆出一副友善的表情，其实压根面无表情。他面前放着一杯清咖，左手整洁精致的手指里夹着一根带斑点的细雪茄烟。书桌一角的蓝色皮椅子里还坐着一个男的，他眼神冷峻、脸庞棱角分明，瘦得像一把耙子，冷酷得像借贷处的经理。他的脸修得整整齐齐，好像胡子刮了还不到一个钟头。他穿着一身熨得很平整的棕色套装，领带上有一颗黑色珍珠。他手指细长，略带神经质，一看就头脑敏捷。他看起来随时准备跟你干架。

奥尔斯把一只椅子拉到身旁，坐上去，说道："晚上好，克龙贾格尔。来见见私家侦探菲尔·马洛，他遇上麻烦了。"奥尔斯咧嘴笑着。

克龙贾格尔看看我，头也没点。他打量了我一番，好像看的是一张相片。随后他下巴一低，幅度大约一英寸。王尔德说："坐吧，马洛。我正要给克龙贾格尔警长派任务，不过你也知道事情是什么样的。如今这城市很大。"

我坐下，点了根烟。奥尔斯看了克龙贾格尔一眼，道："兰德尔街命案有什么发现？"

那脸庞瘦削的男人绷紧一根手指，直到关节噼啪作响。他头也不抬地说道："一具尸体，身中两颗子弹。两把没有开火的枪。在楼下的街上，我们碰上一个金发姑娘，当时她想发动一辆别人的车。她的车在旁边，同一款。她动作很慌张，所以我的手下就逮捕了她，她全交代了。这个叫布罗迪的家伙被杀的时候，她在场。声称她没有看到凶手。"

"就这些？"奥尔斯问。

克龙贾格尔稍微抬了抬眉毛。"才一个小时前出的事。你还想怎样——把凶杀过程的录像放给你看？"

"总该有凶手的特征描述吧？"奥尔斯说。

"一个身穿紧身皮衣的高个子——如果这算得上特征描述的话。"

"他就在外面我的老破车里，"奥尔斯说，"铐上了。马洛帮你们抓了他。这是他的枪。"奥尔斯从口袋里掏出那小伙子的自动手枪，往王尔德的书桌角上一放。克龙贾格尔看了一眼枪，但没伸手。

王尔德咯咯笑起来。他靠在椅背上，吞云吐雾，雪茄烟始终夹在手里。他从身着的小礼服的胸袋里拈出一块丝绸手绢，轻轻擦了擦嘴，又将它收好了。

"还有两桩命案牵涉其中。"奥尔斯说道，一边捏着下巴梢的肥肉。

克龙贾格尔的身体明显一挺。他满怀敌意的眼睛成了两个冰冷如钢的光点。

奥尔斯说："今天上午在里多码头附近的海里捞上来一辆车，里面有个死人，你听说了吗？"

克龙贾格尔说："没有。"仍旧是一脸凶相。

"车里的死人是富贵人家的司机，"奥尔斯说，"这家人因为一个女儿的事情遭到了敲诈。王尔德先生通过我把马洛推荐给了这家人。马洛事情办得很小心谨慎。"

"我就喜欢办事小心谨慎的私家侦探，"克龙贾格尔吼道，"这他妈没什么不好意思的。"

“是的，”奥尔斯道，“这他妈没什么不好意思的。我难得有机会对着一个城里的警察不好意思上一回。我倒是费了不少时间来告诉他们脚应该往哪里放，免得崴到脚踝。”

克龙贾格尔那只尖鼻子的棱角周围都泛出了白。他的呼吸在这安静的屋里发出轻柔的嘶嘶声。他轻声说道：“你没必要告诉我的人脚应该往哪里放，聪明人。”

“这事儿我们以后再谈，”奥尔斯说，“我刚才说的那个溺死在里多码头附近的司机昨晚在你的管辖区开枪杀了人。死者名叫盖革，在好莱坞大道上做淫秽书籍买卖。盖革跟外面我车里的那个小流氓住在一起。我是说‘住在一起’，如果你懂我意思的话。”

这会儿克龙贾格尔目不转睛平视着他。“听上去你很可能要带给我们一个龌龊的故事了。”他说。

“照我的经验，警察办的大多数案子都是。”奥尔斯大吼道。他向我转过来，眉毛根根直立。“你是主播，马洛。告诉他吧。”

我把事情的来龙去脉告诉了他。

有两点我没说，其中一点我暂时还不知道究竟为什么要刻意略去。我没说卡门去过布罗迪的公寓，也没说那天下午艾迪·马尔斯走访了盖革家。其他情况我都如实说了。

克龙贾格尔的眼睛始终盯着我的脸，我说话的过程中，他脸上不曾有过一丝表情。足足有一分钟，他陷入了彻底的沉默。王尔德也不说话，啜着咖啡，轻轻抽着他的花斑雪茄。奥尔斯则凝视着自己的大拇指。

克龙贾格尔缓缓靠上椅背，抬起一只脚，把脚踝放到另一边的膝盖上，用他纤细的手摩擦着踝骨。他瘦削的脸上眉头紧锁，神色凝重。他说话了，语气简直礼貌得要命：

“这么说来，你们明知道昨晚发生了凶杀案却不报警，今儿整整一天都在抓瞎，让盖革店里那小子趁机在晚上又杀了一个人。”

“就是这样，”我说，“我的处境非常艰难。也许我做得不对，但我想保护我的主顾，而且我也没有理由会想到那小伙子竟跑去找布罗迪。”

“这种事情应该交给警察考虑，马洛。如果昨晚我们就知道盖革死了，也许那些书根本不会被从盖革店里运往布罗迪家。那小子也不会追去找布罗迪，也不会杀他。就算布罗迪早晚会没命。像他那种人往往如此。但一条人命总归是一条人命。”

“没错，”我说，“等下次有哪个吓破胆的小盗小贼抱着偷来的备用轮胎在街上狂跑，你的人要开枪打死他的时候，你把这话去对他们讲。”

王尔德放下两只手，结结实实拍了一下桌子。“够了，”他厉声道，“马洛，你为什么这么确定是那个叫泰勒的小伙子杀了盖革？就算在泰勒的身上或是车里找到了打死盖革的那把枪，也不能说他必然是凶手。枪也许是别人栽赃给他的——比如说布罗迪，没准他才是真凶。”

“操作起来是可能的，”我说，“但不符合当事人的心理。需要假设太多巧合，很不符合布罗迪和他女友的性格，也违背他行动的目的。我跟布罗迪聊了很久。他是个恶人，却不是杀人行凶的那一类恶人。他有两把枪，可一把也不带在身上。他一心想插手盖革的买卖，具体情况当然都是通过那姑娘了解的。他说他在远处监视着盖革的一举一动，看有没有厉害的人帮衬他。我相信他说的话。先假设他为了夺书杀了盖革，再假设他逃跑时拿了盖革刚拍的卡门 · 斯特恩伍德的照片，随后把枪栽赃给欧文 · 泰勒，将他推入里多外面的海里，这他妈也假设得太多了些。泰勒有动机，他妒火中烧，也有杀害盖革的时机。他未经允许开走了主人家的一辆车。他当着那女孩的面杀了盖革，哪怕布罗迪嗜杀成性，也绝对做不出来。我不知道有哪个单纯图盖革钱的人会这么做。可泰勒会。那些裸照恰恰就会刺激他这么干。”

王尔德咯咯一笑，放眼朝克龙贾格尔望去。克龙贾格尔哼了一声，清了清嗓子。王尔德问道：“那藏匿尸体又是怎么回事？我想不通干吗要那么做。”

我说：“那孩子没承认，但肯定是他干的。布罗迪不会杀完盖革再回他家去。我送卡门回去的时候，那孩子肯定正好到家。像他那类人，自然害怕警察，他也许觉得，在从屋里搬走个人财物之前先把尸体藏起来为好。根据地毯上的印子判断，他把尸体拖出了大门，很可能放进了车库。接着他把自己的家当都打包搬走了。之后，在晚上的某个时候，他心生悔意，觉得自己不该那样对待自己死去的朋友，所以回去把他放到了床上。当然，这些都是猜测。”

王尔德点点头。“然后今天早上他没事人儿似的去了店里，时刻警惕着。当布罗迪把书运走后，他发现了那些书的去处，心想谁拿了书谁就是为了这个目的杀盖革的凶手。也许他对盖革和他女友的了解要比他俩认为的深入。你怎么看，奥尔斯？”

奥尔斯说：“我们会查出来的——但这并不能解决克龙贾格尔的难处。他闹心的是案子发生在昨天晚上，可他才刚刚参与进来。”

克龙贾格尔尖酸地说：“关于这方面，我想我也能找到解决的办法。”他气呼呼地瞪了我一眼，旋即又看向了别处。

王尔德一挥雪茄，说道：“看下证物吧，马洛。”我把口袋翻了个底朝天，将收获放在他桌上：三张纸条和盖革寄给斯特恩伍德将军的卡片，卡门的照片，还有那本用密码写着人名和地址的蓝色笔记本。盖革的钥匙我已经交给奥尔斯了。

王尔德看了看我交给他的东西，轻轻抽着雪茄。奥尔斯点了根小雪茄，朝天花板上平静地吐着烟。克龙贾格尔靠着书桌，看着我拿给王尔德的证物。

王尔德敲了几下那三张卡门落款的纸条，说道：“我猜这些只是诱饵。如果斯特恩伍德将军付了纸条上的金额，那他害怕的应该是更严重的事情。盖革会就此勒索得更凶。你知道他在害怕什么吗？”他看着我。

我摇摇头。

“你有没有把整件事里相关联的细节全部说出来？”

“我省略了一两个私人问题。我想把它们继续搁在一边，王尔德先生。”

克龙贾格尔说：“哈！”他激动地嗤笑起来。

“为什么？”王尔德轻声问道。

“因为我的主顾有权得到这一保护，毕竟现在才只经过大陪审团这一道。我是个有专业执照的私家侦探。我想‘私家’两字是有特定意义的。好莱坞警察分局的手上目前有两桩凶杀案，都解决了。两个凶手都抓到了。他俩各有杀人动机，各有行凶工具。敲诈勒索的事儿不该声张，至少当事人的名字不能抖搂出去。”

“为什么？”王尔德又问道。

“行啊，”克龙贾格尔冷冰冰地说，“我们很乐意为像他这个档次的私家侦探打下手。”

我说：“我给你看点东西。”我起身走出屋子，到车上拿了那本盖革店里的书。那个穿制服的司机站在奥尔斯的车旁边。那小伙子在车里，侧身倚靠在角落。

“他说了什么吗？”

“他提了个建议，”说着那警察啐了口唾沫，“我没搭理。”

我回到屋里，把书放在王尔德的桌上，打开包装。克龙贾格尔在桌子一头打电话。我进屋时，看他挂了电话又坐下了。

王尔德板着脸把书翻了一遍，合上后推给克龙贾格尔。克龙贾格尔打开书，看了一两页，迅速合上了。三两五角硬币大小的红点浮现在他的颧骨上。

我说：“看敲在环衬上的日期。”

克龙贾格尔重新翻开书，看了看日期。“嗯？”

“有必要的话，”我说，“我可以发誓这本书来自盖革的店。那个叫艾格尼丝的金发妞会承认店里到底在做什么生意。有眼力的人都看得出来，那家店只是装装样子，其中有猫腻。好莱坞的警察出于他们自己的原因允许它照常营业。我敢说大陪审团会很乐意知道究竟是哪些原因。”

王尔德咧嘴笑了。他说：“有时候，大陪审团确实会问这类令人难堪的问题——白费力气地想弄清楚我们的城市到底为什么运转成现在这副样子。”

克龙贾格尔突然站起身，戴上帽子。“在这儿我是一对三，”他厉声道，“我是凶杀重案组的。就算这个盖革在做下流文学的买卖，也不干我的事。不过这点我是预备承认的：这些事要是上了报纸，对我们确实没有任何好处。你们几个家伙究竟想怎样？”

王尔德看了看奥尔斯。奥尔斯平静地说：“我想把一个罪犯交给你。走吧。”

他站起来。克龙贾格尔凶恶地看了他一眼，昂首阔步出了门。奥尔斯跟着走了出去。门又关上了。王尔德轻轻敲了敲桌面，用他那双清澈的蓝眼睛盯着我。

“你应该能理解任何一个警察面对这样的刻意掩盖会是什么感受，”他说，“你必须一五一十都说出来——至少好让我们存档。依我看，也许有可能让两桩凶案各归各，都别牵连进斯特恩伍德将军的名字。你知道我为什么不把你的一只耳朵撕下来？”

“不知道。我还以为两只耳朵都保不住呢。”

“做这一切，你能得到什么报酬？”

“一天二十五美元，外加其他补贴。”

“那就是一天五十美元和一点油钱。”

“差不多吧。”

他把头歪到一边，用右手小指头的背面蹭着下巴颏。

“就为了这点钱，你不惜得罪警察局里一半的人？”

“我也不愿意，”我说，“但我他妈能怎么办？我在办一件案子。我靠自己的仅有的本事赚口饭吃。无非是老天爷赐给我的那一小点勇气和智慧，还有为了保护一位主顾不惜被人吆来喝去的意志。像今晚这样，不找将军商量就说这么多其实已经违背了我的原则。至于刻意有所隐瞒，你也知道，我是当过警察的。任何一座大城市里，警察都是一抓一大把。每当一个外人试图隐瞒点什么的时候，警察就反应很大，一副毅然决然的样子，但他们每隔一天就在做着相同的事情，要么帮朋友忙，要么害怕得罪稍微有点势力的人。另外，我还没收工呢。我还在办这桩案子呢。如果有必要，我还是会这么做。”

“只要克龙贾格尔不没收你的执照就行。”王尔德咧嘴笑道，“你说你隐瞒了一两件私事。很重要吗？”

“我还在办这桩案子呢。”说完，我目不转睛地直视着他的眼睛。

王尔德朝我笑笑。他的笑坦率奔放，是爱尔兰人特有的。“我来告诉你点事儿吧，孩子。我父亲是老斯特恩伍德的好友。我已经做了职务范围内允许的一切——也许远远不止——去减轻老人家的痛苦。但要长期维持这样是办不到的。他那两个女儿准定会惹上些难以平息的事，尤其是那个金发丫头。不该放任她们四处乱跑。在这点上我责备过老人家。我想他不明白如今是什么世道。趁着现在我俩开诚布公地谈话、我没必要朝你大呼小叫的当儿，还有一件事我得提一提。我敢用一美元赌加拿大一毛钱，将军担心他女婿，就是那个私酒贩子，多少参与了这起阴谋，他真正希望的是你能查明他其实并没参与。对此你怎么看？”

“我对里根的为人也有所耳闻，他听起来不太像会敲诈勒索。他明明已经衣食无忧，却又主动放弃了。”

王尔德哼了一声。“他到底无忧到什么地步你我都无从判断。如果他是条汉子，那就无忧不到哪里去。将军有没有告诉你他在找里根？”

“他对我说，他想知道里根在哪里，过得好不好。他喜欢里根，他那样连个告别也没有一走了之让他很伤心。”

王尔德往后一靠，皱起眉头。“知道了。”他的声音不一样了。他的手来回挪着桌上的物什，把盖革的笔记本放到一边，其余的证物推还给我。“这些你可以拿走，”他说，“往后我用不到了。”

19

我停好车，拐到霍巴特大厦门口的时候已近十一点。玻璃门十点钟就上锁了，所以我只好拿钥匙出来。走进去一瞧，荒寂的方形大厅里有个男人，他把一张绿色的晚报放在一盆棕榈树旁，手指轻轻一弹，一截香烟屁股飞进了种树的托盆里。他起身朝我挥舞着帽子，说道：“老板想跟你谈谈。你可让朋友们久等啦，伙计。”

我静静站着，看着他的塌鼻子和小牛排似的耳朵。

“什么事？”

“问那么多干吗？只要别惹是生非，就不会出任何岔子。”他的手在他敞开的外套顶上的钮孔旁停留了一阵。

“我身上可有警察的气味。”我说，“我累得没法说话，累得没法吃东西，累得没法思考了。但要是你认为我还有精神听艾迪·马尔斯发号施令——趁我一枪崩掉你的耳朵前赶紧拔枪吧。”

“呸！你没带枪。”他目不转睛平视着我。他钢硬的深色眉毛虬在一起，嘴角耷拉了下来。

“那是之前，”我对他说，“我不会每次都赤手空拳。”

他摆了摆左手。“好吧。你赢了。没人让我动手。他会给你打电话的。”

“我只会嫌电话来得太早。”我说。他向门口走去，经过我面前时我缓缓转过了身。他打开门，头也不回地出去了。我咧咧嘴，笑自己傻，接着去坐电梯上楼回家了。我从口袋里掏出卡门的枪，对着它乐不可支。随后我把枪彻底擦干净，用一块棉法兰绒包好，锁了起来。我给自己倒了杯酒，才喝上，电话铃响了。我坐到摆放电话的桌子旁。

“听说今晚你很厉害啊。”听筒里传来艾迪·马尔斯的声音。

“豪气，狡猾，厉害，浑身是刺。我能帮你什么忙？”

“警察去了那儿——你知道是哪儿。你把我撇清关系了吧？”

“凭啥我要那么做？”

“对我好的人我也会对他好，当兵的。对我不好的人我也不会对他好。”

“仔细听，你会听到我的牙齿在喀喀打战。”

他冷冷地笑了起来。“把我供出去了——还是没有？”

“没有。天知道为什么。可能即便没有你，事情也够复杂了。”

“谢谢，当兵的。杀他的是谁？”

“明天看报纸就知道了——也许。”

“我现在就想知道。”

“没有你得不到的东西是吧？”

“有也是有的。这就是你的回答，是吗？”

“凶手是一个你从来没听说过的人。别纠结这事儿啦。”

“如果你说的是实话，有朝一日也许我能帮你点忙。”

“挂了吧，让我睡一会儿觉。”

他又笑了。“你在找拉斯蒂·里根，对吧？”

“好像很多人觉得我在找他，其实不是。”

“如果你真要找他，我能给你些线索。有空来海滨找我。随便什么时候。我很乐意见你。”

“再说吧。”

“那到时见。”电话挂了，我手拿听筒坐着，耐着性子强压心中的狂躁。随后我拨了斯特恩伍德家的号码。铃声响了四五次，接着传来管家温文尔雅的声音：“这里是斯特恩伍德将军府。”

“我是马洛。记得我吗？上回见面差不多是一百年前了吧——还是昨天？”

“是的，马洛先生。我记得，当然。”

“里根太太在家吗？”

“是的，我相信她在。您要不要——”

我突然改了主意，打断他道：“不必了。你给她捎个话。告诉她我拿到了照片，所有的，另外，一切顺利。”

“好……好……”他的声音好像有点颤抖，“您拿到了照片——所有的——另外，一切顺利……好的，先生。请允许我说——非常感谢，先生。”

五分钟后，电话打了回来。酒我已经喝完了，之前完全忘了要吃饭，这时感到饥肠辘辘；我走出房间，任由电话铃响着。我回来时铃声还是没停。一直到十二点半，它每隔一阵都会响几下。我熄了灯，打开窗户，用一张纸堵住电话的扩音器，爬上床去。我受够斯特恩伍德家的那些事了。

第二天早上，我一边吃着鸡蛋和培根，一边把三张晨报读了个遍。正如报上刊登的新闻的通常情况，他们对事件的报道同事实之间的差距好比从火星到木星的距离。三家报纸都没有将欧文·泰勒——所谓“里多码头驾车自杀的司机”——同“月桂峡谷大道东方风情小屋凶杀案”联系起来。都没有提及斯特恩伍德家、伯尼·奥尔斯或者我。欧文·泰勒不过是“有钱人家的司机”。功劳都归了顺利解决辖区两桩命案的好莱坞分局克龙贾格尔队长。一个名叫盖革的人在他开在好莱坞大道的书店后面开办着一家电讯社，相关的利益纠纷引发了血案。布罗迪枪杀了盖革，卡罗尔·伦德格伦为了给他报仇便枪杀了布罗迪。警方已将卡罗尔·伦德格伦予以羁押。他对罪行供认不讳。他有前科——也许是他读中学时留下的。警方还拘留了一名叫艾格尼丝·罗泽尔的女子，她是盖革的秘书，案子的关键证人。

这报道写得妙。会给人以这样的印象：盖革前一晚被杀了，过了一个钟头布罗迪也被杀了，而克龙贾格尔队长点根烟的功夫就把两桩命案都解决了。泰勒自杀的报道占据了第二版的首页。有张现场的照片：电动驳船的甲板载着那辆轿车，车牌被抹掉了，踏板旁的甲板上有个什么东西躺着，周身遮了块布。说欧文·泰勒近来情绪低落，身体也不好。他家里人住在迪比克，他的尸体会运过去。不做验尸。

20

失踪人口调查局的格里高利上尉把我的名片放在他宽敞的书桌上，还调节了一下摆的位置，好让卡片边缘与桌子边线完全平行。他脑袋歪向一边，端详着名片，嘟囔了一声，在转椅上转了一圈，望向窗外半个街区之遥的法院那嵌着栅栏的窗子。他身材魁梧，眼神倦怠，一举一动像个巡夜人，缓慢而审慎。他的声音里没有语调，平板、淡漠。

“私家侦探，嗯？”说话时他根本不看我，只是看着窗外。一缕缕烟雾从悬在他犬牙上那柄熏黑的烟斗里升腾起来。“我能帮你什么忙？”

“我在为家住西好莱坞区阿尔塔·布雷亚新月街道3765号的盖伊·斯特恩伍德将军工作。”

格里高利上尉嘴角吐出一小缕烟，烟斗都不动一下。“什么工作？”

“跟你手上的工作不完全是同一件，不过我很感兴趣。我觉得你能帮到我。”

"帮你什么？"

"斯特恩伍德将军家业很大，"我说，"他是地方检察官父亲的老朋友。他要是想雇一个全职男仆为他跑腿，倒不是对警察局有什么看法。不过是花几个钱享受享受罢了。"

"你为什么觉得我正在为他办事？"

对此我没有作答。他笨重的身体在转椅上缓缓转了一圈，把他的大脚平放在遮盖地板的油毡上。常年的按部就班让他的办公室散发出一股霉味。他冷冷地盯着我。

"我不想浪费你的时间，上尉。"说完，我把椅子往后一推——推了大约四英寸。

他没动。他还是用他疲乏倦怠的眼睛注视着我。"你认识地方检察官？"

"我见过他。我为他办过一回事。我跟他的首席探员伯尼·奥尔斯很熟悉。"

格里高利上尉伸手拿起电话，对着那头咕哝道："帮我接通地方检察官办公室的奥尔斯。"

他坐着，手握搁在电话基座上的听筒。时间一刻一刻过去。他的烟斗里飘起烟雾。他的眼睛跟他的手一样，沉滞，一动不动。电话铃响了，他伸出左手捏起我的名片。"奥尔斯？……总部的艾尔·格里高利。一个叫菲利普·马洛的家伙在我办公室里。他名片上写着他是个私家侦探。他要我提供信息……是吗？他长什么样？……好的，谢谢。"

他放下电话，从嘴里拿出烟斗，用一支大铅笔的铜笔帽紧紧摁实烟草。他的动作仔细而严肃，仿佛这件事的重要性丝毫不逊于今天的任何一桩任务。他往后一靠，又目不转睛地看了我一阵。

"你想知道什么？"

"知道一下你取得的进展，如果有的话。"

听罢他思索了片刻。“里根？”最后他问道。

“当然。”

“你认识他？”

“从没见过他。都是听来的：他是个英俊的爱尔兰人，四十岁不到；以前走私过酒；他娶了斯特恩伍德将军的大女儿，夫妻俩合不来。别人告诉我他一个月前不见了。”

“将军应该觉得自己运气好才对，何必还要雇个私家侦探去茫茫人海里找他呢？”

“将军很喜欢他。这种事也正常。老人家瘫痪了，很孤独。里根之前常常坐在他旁边，陪伴他。”

“你觉得你能做的事里有什么是我们不能做的？”

“仅限于寻找里根的话，那确实是没有。但还出现了一个相当神秘的勒索事件。我想确认里根同那件事没关系。知道他在哪里或者不在哪里也许有用。”

“老兄，我倒是想帮你，但我不知道他在哪。他消失了，就是这么回事。”

“想在你们管辖下玩消失可不容易吧，上尉？”

“是不容易——但消失一阵子——还是能办到的。”他碰了碰桌子边的电铃按钮。一个中年妇女的脑袋从侧门探进来。“把泰伦斯·里根的档案拿给我，阿巴。”

门关了。格里高利上尉和我又互相看了对方一会儿，完全不说话。门又开了，那妇女将一个贴了检索标签的绿色文件夹放在桌上。格里高利上尉点头示意她出去，拿起一副看上去很重的角质镜架眼镜戴在青筋突起的鼻子上，缓缓翻阅着文件夹里的材料。我手里夹着一根烟，在指间翻来翻去。

“他是九月十六号走的，”他说，“这个日子能提供的唯一一条重要线索是那天司机放假，没人看到里根开车离开。不过当时是傍晚。四天后，我们在日落大道附近一个气派的大别墅的车库里找到了那辆车。看车库的人报了警，对失窃车辆侦查组说那辆车是别处的。那地方叫‘奥罗居’。这里头有个问题，大概一分钟之后我会告诉你。至于谁把车停到那儿的，我们没有任何发现。我们提取了车上的指纹，但哪儿都没找到跟档案中匹配的。看那车在车库里的样子，不太像跟凶杀案有牵连，虽然确实有理由怀疑出了命案。倒是比较像跟别的事有关，究竟是什么，我大概一分钟后告诉你。”

我说：“是像跟失踪人口名单上的艾迪 · 马尔斯的妻子有关。”

他面露怒色。“对。我们调查了房客，发现她住在那儿。是跟里根差不多时间走的，肯定不超过两天。有人看到她以前跟一个男人在一起，听描述那家伙蛮像里根，不过我们没有得到确凿的指认。干警察这行，要让一老太太从一排嫌疑人中指认出六个月前她站在窗前看到跑来跑去的那一个，也当然太他妈荒唐了。虽然我们可以把清晰的照片拿给酒店员工看，可他们还是确定不了。”

“这是优秀酒店员工应该具备的一大资质。”

“对。艾迪 · 马尔斯和他妻子分居了，但艾迪说，他俩关系挺好。这里面有几种可能性。首先，里根永远在衣服里装着一万五千块。他们告诉我，都是如假包换的现钞。并不是面上一张真钱，底下一捆破纸。偷窃抢劫的事时常发生，但这个里根就爱显摆，把钱带出来，好在别人紧盯的目光下数钱。也可能他根本不在乎。他老婆说里根除了膳宿和那辆她送他的帕卡德，他从来不向老斯特恩伍德要一分钱。而且他以前是个发过横财的走私犯。你把这两件事结合起来想想。”

“我糊涂了。”我说。

“嗯，我们现在讨论的是个离家出走的家伙，他口袋里装了一万五千块，大家都看在眼里。嗯，那可不是小数目。要是我有一万五千块，没准我也开溜；我还有两个念中学的孩子呢。所以第一反应就是有人要抢钱，不过抢他的钱太难，他们只好把他带到沙漠里，让他置身于仙人掌中。但我觉得这不是太说得通。里根带着手枪，操起枪来也驾轻就熟，之前一起混的也不仅仅是群脸上油腻腻的酒贩子。据我所知，在1922年还是什么时候的爱尔兰政变中，他手下有整整一支旅。像这样一个人物可不会任一伙强盗宰割。然后，看到他的车停在那间车库里，抢他钱的人就会认为他跟艾迪·马尔斯的老婆有交情，我想事实也确实如此，但这件事并不是随便哪个泡弹子房的小流氓都知道的。”

“有照片？”我问道。

“只有里根的照片。这点也很古怪。这案子有不少古怪的地方。给。”他把一张亮闪闪的照片推过桌面，我看到一张爱尔兰脸庞，那张脸上的忧伤多过欢喜，眉宇间透着拘谨而非莽撞。那既不是一张硬汉的脸，也不像是属于一个会被任何人轻易呼来喝去的人。挺拔的深色眉毛，眉骨粗壮。额头与其说高峻不如说宽阔，成簇成簇的深色头发，又短又细的鼻子，一张大嘴。下巴的线条很强健，不过对于嘴巴来说小了点。一张看起来有点紧张的脸，拥有这样一张脸的人想必行动迅捷，动起手来不会闹着玩。我把照片还给他。以后要是看到这张脸，我认得出来。

格里高利上尉敲打干净烟斗里的灰烬，重新填上烟丝，用大拇指夯实。他点上火，吐出一口烟，又开聊了。

“嗯，有些人可能知道他很喜欢艾迪·马尔斯的太太。包括艾迪本人。说来奇怪，他竟然知情。但他好像满不在乎。我们对他那段时间的行踪查得很透。艾迪当然不会因为妒忌杀人。很明显是有人想栽赃给他。”

“那取决于他有多聪明，”我说，“没准他原本只想吓吓他，结果弄假成真。”

格里高利上尉摇摇头。“如果他聪明得可以顺顺当当开赌场，绝不会傻到干这个。我懂你的意思。他装傻，故意出昏招，因为他觉得我们想不到他会那样。从警方的角度看，这是错误的。因为那样他会引来我们的反复查问，生意就做不成了。你大概认为那是高明的一招。没准我也会这么认为。但普通大众不会。他们的眼光会让他活得很苦。我已经排除这种可能了。你要是能证明我说得不对，我就把椅垫给吃了。在那之前，艾迪在我们这就是清白的。对他这类人来说，妒忌是很糟糕的杀人动机。一流的骗子都是懂生意经的。他们做事懂得讲究好策略，不会受个人情感的影响。所以这种可能性我不予考虑。”

“那什么是你考虑的？”

“那位夫人，还有里根本人。没有其他人。她之前是个金发女人，但现在应该不是了。我们没找到她的车，所以车可能被他俩开走了。他们动身得比我们早很多——足足十四天。要不是发现了里根的车，我们都接不到这案子。当然，他们那样的人我们早习惯了，尤其还是出身上流家庭的。也不用说我做的一切都必须保密。”

他向后一靠，他那硕大手掌的根部狠狠捶在椅子扶手上。

“眼下除了等待没啥可做的，”他说，“通缉令已经发出去了，但要找结果还为时过早。我们知道里根有一万五千块。那女的也有点钱，没准是不少零钱。但总有一天他俩会山穷水尽的。里根会兑现支票，留下借据，写信。他俩去了陌生的镇子，有了全新的名字，但从前的习惯是不会变的。涉及钱财的时候，这些习惯会重新表现出来的。”

“那女的嫁给艾迪·马尔斯之前是干什么的？”

“歌手。”

“你连一张她以前的职业照片都弄不到吗？”

“是的。艾迪一定有几张，可他不愿拿出来。他不想惊动她。我没法逼他。他城里有朋友，不然他也成不了现在的他。”他嘟囔道，“这里头有没有你用得上的信息？”

我说：“这两个人你谁也找不到。太平洋离得太近了。”

“刚才撂下的那句吃椅垫的狠话我不会收回。我们会找到他的。可能要花不少时间。也许要一两年。”

“斯特恩伍德将军可能活不了那么久。”我说。

“能做的我们都已经做了，老兄。要是他肯发布悬赏，花上点钱，我们也许能获得些成果。市政收入不少，可我们没有相应的经费。”他的大眼睛凝视着我，他稀疏的眉毛动了动。“你当真觉得艾迪把他俩都杀了？”

我笑了。“没有。我开玩笑罢了。我跟你想得一样，上尉。里根同一个女人私奔了，对他而言，那女人要比一个合不来的有钱妻子重要。再说了，她现在还没钱。”

“看来你见过她了？”

“是的。同那女人可以度过一个疯狂的周末，但天天在一起可就腻味了。”

他咕哝了一声，我为占用的时间和得到的信息向他道了谢，离开了。开出市政厅挺远，一辆灰色普利茅斯轿车盯了上来。我拐进一条安静的街道，给它机会赶上来。它没领我的好意，于是我甩开它，去忙自己的事了。

21

我没有去斯特恩伍德家附近。我回到办公室，坐在转椅上，跷起二郎腿偷闲。阵阵疾风从窗外吹进来，隔壁旅馆油炉的煤烟倒灌进屋，在桌面上翻滚而过，犹如风滚草飘荡过一整片空地。我思忖着要不要出门吃饭，心想生活真是乏味，但即便我去喝一杯，只怕生活也不会有起色，而且在一天的这个时候自斟自饮全无乐趣可言。我正琢磨着这件事，诺里斯打电话来了。他一副谦恭的样子，字斟句酌道，斯特恩伍德将军很不舒服，听了报纸上的某几条新闻，他认为我的调查已经告一段落。

“就盖革来说，没错。”我说，“我没枪杀他，你知道的。”

“将军并不认为是你干的，马洛先生。”

“将军对那些让里根太太忧心忡忡的照片有所耳闻吗？”

“没有，先生。肯定没有。”

“你知道将军给了我什么吗？”

“是的，先生。想必是三张纸条和一张明信片。”

“没错。我把东西还给你们。至于那些照片，我想我最好毁掉了事。”

“很好，先生。昨晚里根太太联系了您很多次——”

“我出去醉了个痛快。”我说。

“噢。我相信这很有必要，先生。将军吩咐我给您送来一张五百块的支票。这数目还满意吗？”

“慷慨之至。”我说。

“冒昧说一句，现在我们可以认为这件事了结了吧？”

“噢，当然。就像一个定时锁已经坏了的保险库，铁板钉钉了。”

“谢谢，先生。相信我们都很高兴。等将军感觉稍微好些——可能明天——他很乐意亲自谢谢您。”

“很好，”我说，“到时我过来，喝点他的白兰地，也许再加点香槟。”

“我回去好好冰上几瓶。”那老兄的声音里几乎带着一丝得意的笑。

事情就是那样。我们道别后挂了电话。隔壁咖啡店的香气随着油烟飘进窗来，却不能引起我的食欲。于是我拿出办公室里那瓶酒，喝了起来，任我的自尊心自由驰骋。

我扳手指头盘算着。拉斯蒂 · 里根放着万贯家财和娇妻不要，宁可去跟一个身份不明的金发女人浪迹天涯，而且那女的在名义上还多少算是艾迪·马尔斯的太太。他走得很突然，跟谁都没有道别，至于其中的缘由，不管怎么样的解释都是可能的。将军太好面子，或者说，在初次接见我时还太谨慎，没有告诉我失踪人口调查局已经在办这件事了。失踪人口调查局的人对此已经倦怠了，显然认为这桩事不值得操心。就算里根确确实实那么做了，那也是他的事。我同意格里高利上尉的看法：艾迪·马尔斯几乎不可能仅仅因为别人跟他的金发老婆私奔进城——他甚至同她不住在一起——就让自己卷进两桩命案里。他或许会因此颇为恼火，但生意就是生意，在好莱坞混，你得牙关紧咬，不能让路边的金发女郎脏了你的嘴。如果这里头有大钱可赚，那倒另当别论。但一万五千块对艾迪·马尔斯来说不算什么大钱。他可不是布罗迪那号小坑小骗的角色。

盖革死了，这下卡门要想喝到异国风味的特调酒，只好投奔其他臭名昭著的人物了。我不觉得她会有什么困难。她只需羞答答地站在角落里五分钟就行了。我希望下一个引她上钩的骗子技巧熟练一些，收线的时候慢慢拉动，可别再扯得太紧促了。

里根太太跟艾迪·马尔斯很熟，熟到可以开口向他借钱的程度。这很自然，如果你玩轮盘赌又总是输。任何一家赌场的老板都会在紧要关头借给老主顾钱。除了这层关系，对里根共同的兴趣也是连接他俩的纽带。里根是她丈夫，而他跟艾迪·马尔斯的妻子跑了。

而卡罗尔·伦德格伦，那个翻来覆去只会骂那句脏话的少年凶犯，即便他们不把他押在下面搁着一桶硫酸的椅子上严刑拷打，也已然要从社会上消失很久很久。他们不会拷问他的，因为他本就要提出上诉，这样县里就省钱了。请不起大律师的人都那么做。艾格尼丝·罗泽尔作为关键证人被拘留了。要是卡罗尔上诉，他们就不需要她作证了；要是他提出诉讼程序有误，他们更是会放了她。他们不想在盖革的案子上旁生枝节，可在别的问题上，他们并没有艾格尼丝的把柄。

这下就剩我了。我掩盖了一桩谋杀案，隐瞒证据超过了二十四个小时，不过我仍然“逍遥法外”，还有一张五百块的支票要送上门来。我现在的明智之举就是喝一杯，把整个烂摊子抛诸脑后。

既然确定了这是明智之举，我便打电话给艾迪·马尔斯，告诉他我打算晚上去拉斯奥林达斯跟他聊聊。我就是这么明智。

大约九点钟我到了那里，十月的皓月高高悬起，在顶层的海滩雾气里不见踪迹。柏树俱乐部在镇子的另一头，那幢大而无当的宅第原本是一个名叫德·卡岑斯避暑的居所，后来做过酒店。如今那是幢黑色的大房子，外观破破烂烂，掩映在茂密的辐射柏树丛中，它的名字便是这么来的。我看到带涡卷雕塑的巨型廊柱，分布各处的角楼，宽大窗户旁装饰着彩色玻璃，房子后面空荡荡的大马厩，整个地方弥漫着一股怀旧的败落气息。艾迪·马尔斯保持了大宅的原样，没有把它翻新成米高梅的摄影场地。路边的弧光灯喷洒似的照射到路面上，我把车一停，沿着一条通往大门的石子路走进庭院里。一个身穿双排扣制服的门卫把我领进一间昏暗寂静的大厅，一截楼梯由此向上，跨出高贵的弧度，通向漆黑的二楼。我寄放好帽子和外套，静静等待，听着笨重的双开门后面传来的音乐声和混乱的说话声。那些声音似乎离得很远，跟这房子简直不像属于同一个世界。随后，之前跟艾迪·马尔斯和拳击手一起出现在盖革家里的那个面色苍白的金发瘦子从楼梯下面的门里出来了，冲我冷冷一笑，带我顺着过道地毯一路走回他老板的办公室。

那是间四四方方的房间，嵌着很深的凸窗，石头砌成的壁炉里一堆杜松木材懒洋洋地燃烧着。炉前的护壁板是胡桃木的，镶板上搭着一条褪色的花缎台布。天花板又高又远。屋里有股冰冷的海水气味。

艾迪·马尔斯那张毫无光泽的深色书桌跟房间颇不搭调，但这屋里只怕是容不下任何一件1900年之后生产的东西。他的地毯带着种佛罗里达的土黄色。角落里有架吧台用的收音机，茶炊旁边的铜质托盘上摆着一套塞夫勒陶瓷茶具。我不懂那是给谁用的。屋角有扇门，上面安了把定时锁。

艾迪·马尔斯热络地朝我咧嘴一笑，同我握手，下巴向保险柜方向动了动。“要不是有那玩意儿，我早就被这边的强盗帮洗劫一空了，”他乐呵呵地说，“当地的警察每天早上都过来看我开箱。我跟他们有约定。”

“听你之前的意思，好像有东西要给我。”我说，“是什么？”

“急啥？喝一杯，坐一会儿。”

“一点不急。你我之间除了生意没啥可谈的。”

“等你喝到那酒，一定会喜欢上的。”他说。他调了两杯，把我那杯放到一张红色皮椅边，自己则交叉起腿靠桌站着，一只手插在那件黑蓝色晚礼服的侧袋里，拇指露在外面，指甲闪闪发亮。穿晚礼服的他比穿灰色法兰绒衣服时貌似狠一点，但看上去还是像个骑手。我们边喝酒边互相点头。

“以前来过这里吗？”他问。

“禁酒期间来过。我觉得赌博根本没意思。”

“有钱就不会，”他笑道，“今晚你应该顺便去看看。你的一个朋友正在外面玩赌盘呢。听说她手气不错。是维维安·里根。”

我抿了一口酒，拿了一根他的以花体字印着姓名缩写的雪茄。

“你昨晚的办事方式我挺喜欢，”他说，“上次你把我惹恼了，但后来我才明白你是多么正确。我俩应该和睦相处。我欠你多少钱？”

“为什么给我钱？”

“还提防着呢，嗯？总局那边的情况我有渠道知道，不然我也不会坐在这儿了。我听到的都是实际情况，不是你在报纸上看到的那些。”他朝我露出那口大白牙。

“你手里有多少？”我说。

“你不是在说钱？”

“按照我的理解，是消息。”

“关于什么的消息？”

“你真健忘，里根啊。”

“噢，那个。”天花板上的一盏铜灯射下一束光来，他在温和的灯光里挥了挥亮闪闪的指甲。“我听说你已经得到消息了。我觉得自己欠你一笔赏金。别人事儿办得好，我就要付钱，习惯了。”

“我开车到这儿来不是为了要钱。我做多少事就拿多少钱。按你的标准不多，但过得去。一次接待一个顾客是原则。你没杀里根吧？”

“没有。你觉得我杀了他？”

“我没法把你排除在外。”

他大笑起来。“你在开玩笑。”

我也笑了。“当然，我是开玩笑。我没见过里根，但我看过他的照片。你没有适合派去杀他的人手。对了，我们还在查这件事的时候，别再派揣着枪的小阿飞来找我了。我怕受不了，发起疯来把人打死。”

他透过玻璃杯看了一眼炉火，把杯子放在书桌尽头，用一块极薄的细布手帕抹了抹嘴。

“你很会说话，”他说道，“不过我敢说，你操办起事情来更是要厉害得多。你其实对里根并不感兴趣，对吧？”

“从职业上来说，没错。没人要求我对他感兴趣。不过我知道有人很想知道他的行踪。”

“那女人才不在乎呢。”他说。

“我是说她父亲。”

他又擦了擦嘴唇，接着看着手帕，仿佛觉得上面会有血似的。他聚拢起两根茂密的灰色眉毛，伸出手指摸了摸那只饱经风霜的鼻子的内侧。

"盖革想方设法勒索将军，"我说，"将军虽没亲口说，我觉得他至少有点害怕里根是幕后黑手。"

艾迪·马尔斯笑了。"哼哼。盖革对谁都来这套。那绝对是他的主意。他从那些貌似合法的人那儿拿到纸条——就是合法的，我敢说，只要他不敢去控告他们。他会给那些纸条写上花体字，然后寄出，手里一张牌都不剩。如果他下一张牌抽到 A，他就有了一个担惊受怕的主顾，正式开工。如果他没抽到 A，直接撂挑子就行了。"

"聪明的家伙，"我说，"这回他是真的撂挑子了。不仅撂挑子，命都搭进去了。你是怎么知道这一切的？"

他不耐烦地耸耸肩。"每天传来的这些消息，有一半我都巴不得求求老天别让我知道。在我这个圈子里，精力用在最差的地方就是去知道别人的事。如果你要找的只是盖革，那问题已经解决了。"

"问题解决，报酬付清。"

"对此我感到很遗憾。我希望老斯特恩伍德可以用固定薪水雇一个像你这样的大兵，专门看住他家的那俩女儿，至少让她们一星期在家待上几晚。"

"怎么说？"

他嘴巴一动，显出怒容。"她们是十足的麻烦。就说那个黑头发的吧。她在这里人见人厌。输了她就欠着，最后到我手里的就是一大把纸片，什么价位都没人肯贴现。她除了一笔零用钱自己是没钱的，老爷子遗嘱里写了什么还是未知数。赢了她就把我的钱带回去。"

"第二天晚上你就拿回来了。"我说。

"拿回来了一部分。但在一段时间内总体上我是输家。"

他真诚地看着我，好像这件事对我而言很要紧似的。我搞不懂他为什么觉得有必要告诉我这一切。我打了个哈欠，把酒一饮而尽。

"我出去看看这场子。"我说。

“好的，去吧。”他指了指保险柜门旁边的房门，“这扇门通往牌桌后面。”

“我想从赌鬼们走的地方进。”

“好的。你随意。我俩是朋友对吧，大兵？”

“当然。”我站起身，跟他握了握手。

“也许有天我能真的帮到你，”他说，“这次的所有消息你都是从格里高利那儿听来的。”

“所以他也多少算是你的人。”

“噢，没那么严重。我们只是朋友。”

我注视了他片刻，随后向我进屋的那扇门走去。开门时我回头看了他一眼。

“你没派人开着一辆灰色普利茅斯轿车跟踪我吧？”

他猛地瞪大了眼睛。他看上去有些不快。“妈的，没有。我干吗要那么做？”

“我想不出来。”说完，我出去了。我觉得他的惊讶是真情流露，可信。我觉得他甚至看上去有点忧虑，不知道为什么。

22

底下根本没有人跳舞，那支人人系着黄腰带的小型墨西哥管弦乐队却一遍又一遍地弹奏着一曲低沉、做作的伦巴，直到十点钟光景，才终于歇手。领头的乐手搓着指尖，像是在缓解疼痛，随后差不多是相同的动作，往嘴里塞进一根烟。另外四个人同时同步俯身从各自的椅子下面拿起杯子，一边抿着杯中物，一边咂嘴瞟眼睛。看他们的样子，喝的是龙舌兰。也可能是矿泉水。他们的装腔作势纯是白费功夫，就跟之前的音乐一样。根本没人在看他们。

这房间从前是舞厅，艾迪·马尔斯对它的改造止于一家赌场的必要设施。没有明亮的铬灯，没有从角顶檐板里透出的闪光，没有石英玻璃彩画，也没有风格狂野的皮椅或者锃亮的金属管道，看不到任何好莱坞夜生活场所的那种伪现代主义的滑稽场景。光来自笨重的水晶枝形吊灯，玫瑰红的墙板依然不改其玫瑰红，不过有点年久褪色、蒙尘变黑罢了，而多年前同这颜色搭配的镶木细工地板，也只有那支管弦乐队前方的一小块地方露了出来，被磨得如玻璃般光滑。其余部分都铺着厚实的老玫红色地毯，当初肯定所费不赀。地板用了好几种硬木材，从缅甸柚木到深浅不一的橡木和看着颇像红木的料子，随后颜色渐渐变淡，用了加州山区产的质地坚硬的浅色野丁香树，每一块都摆放得很巧妙，精确得像是用经纬仪测的。

这仍旧是一间漂亮的房间，如今，轮盘赌代替了昔日从容、老派的舞步。靠近另一头的墙的地方，摆着三张赌桌。一条低矮的铜栏杆把桌子连在一起，正好也成了账台管理员身前的护栏。三张赌桌都开着，但人们都围着中间那张。能看到维维安·里根黑魆魆的脑袋凑得很近——我正靠在房间另一边的吧台上，把一小杯百加得[1]在红木台面上转来转去。

酒保靠到我旁边，看着那群衣冠楚楚的人拥在中间那张桌子前。“今晚她手气真好，赢钱十拿九稳，”他说，“那个黑头发的高女人。”

“她是谁？”

“我不知道她叫什么。不过她来得挺勤快。”

“你不知道她叫什么才怪呢。”

“我只是在这儿打工，先生，”他不带一丝恨意地说，“她也是一个人。跟她一起来的男人醉倒了。他们把他带去了外面的车里。”

---

① Bacardi：一种古巴朗姆酒。

“我要带她回家。”我说。

“肯定要带啊。得，总之祝你好运吧。要不要我加点水，缓和一下巴卡第的劲道？还是保持原样就好？”

“保持原样，要的就是这力道。”我说。

“哟呵，要是我的话，索性喝咳嗽药水算了。”

这时人群分开了，两个身穿夜礼服的男子推开一条路走了出来，我在缺口里看到了她的脖子和裸露的肩膀。她穿了一件领口开得很低的暗绿色天鹅绒套裙。在这样的场合里显得过于讲究了。人群又闭合了，遮住了她，看得见的只剩下那颗黑色脑袋。那两个男的穿过房间，往吧台上一靠，点了苏格兰威士忌加苏打水。其中一人脸色泛红，很激动。他正用一块黑色镶边的手帕擦脸。他裤腿两侧的双排缎子贴边宽得都能在上面开车了。

“好家伙，从没见过接二连三这样的，”他的声音有些颤抖，“全部押红色，八胜两平。这就是轮盘赌，好家伙啊，这就是轮盘赌。”

“我看得心痒痒，”另一个说，“她押一把就是一千块。她输不了。”他俩把嘴巴伸进杯子里，飞快喝完，回去了。

“那俩小矮个说得有道理啊，”酒保慢吞吞说道，“一千块一把，嘿。我有次在哈瓦那看到一个长着马脸的老头——”

中间那张桌子突然沸反盈天，一个带着外国口音的清晰声音压过了喧闹：“请你耐心等一会儿，夫人。这桌子没法让你下注了。马尔斯先生马上就来。”

我放下酒，踩着地毯走过去。那支小型管弦乐队演奏起探戈来，声音很大。没人跳舞，也没人打算跳。我从零星几个人身边经过，他们穿着餐服、整套的夜礼服、运动衣和商务装，走到左边那张赌桌跟前。那桌子已经停了。赌桌背后站着两个管理员，正脑袋凑在一起，眼睛看向一边。其中一个把手里的耙子在空荡荡的下注格上漫无目的地前后挪着。他俩都盯着维维安·里根。

她的睫毛微抖了一下，她的脸白得反常。她站在中间那张桌子前，不偏不倚对着赌盘。她的面前有凌乱的一堆钞票和筹码。看起来是一大笔钱。她慢条斯理地回着管理员的话，冷酷、傲慢，带着怒气。

“我倒想知道，这玩意儿是哪门子的便宜货。别傻站着，把轮盘转起来，瘦高个儿。我还想来一局，桌上的钱全押上。拿别人钱的时候我看你手脚挺利索啊，怎么等到要让我赢钱了就开始哼哼唧唧了？”

管理员对她报以冷淡而礼貌的一笑，那笑容早已打发过成千上万粗人和蠢货。身材瘦高、肤色黝黑的他，公正无私的举止完美无瑕。他正色道：“这桌子没法让你下注了，夫人。您已经有一万六千块了。”

“那是你们的钱，”那姑娘嘲讽道，“不想拿回去？”

旁边有个男人想对她说点什么。她猛一转身，朝他啐了一口，他红着脸退回了人群中。围着铜栏杆那片区域另一头，墙板上有扇门开了。艾迪·马尔斯走了出来，一抹漠然的笑容凝固在脸上，他的手插在小礼服口袋里，两只拇指指甲都露在外面，闪闪发亮。他好像很喜欢这个姿势。他溜达到管理员身后，在赌桌一角站定。他的声音平静、慵懒，不像管理员那么客气。

“出了什么问题吗，夫人？”

她像是猛地向前一扑，转过脸看他。我看到她面颊的线条变僵硬了，仿佛内心正经历着难以承受的紧张。她没有作答。

艾迪·马尔斯严肃地说：“玩够了的话，你必须让我派个人送你回家。”

那姑娘脸红了。她颧骨突起，泛出了白色。接着她不着调地笑了起来，忿忿道：

“再玩一局，艾迪。统统押上，红色。我喜欢红色。那是血的颜色。”

艾迪·马尔斯淡淡一笑，点点头，把手伸进内侧的胸袋。他抽出一只角上包金的硕大海豹皮钱包，漫不经心地扔给桌子那头的管理员。“不管她下注多少，都接。”他说，“如果没人反对，这一次轮盘就专为这位女士开。”

没人反对，维维安·里根俯下身子，伸出两只手穷凶极恶地把赢的钱一股脑儿推向下注格上那颗巨大的红宝石。

管理员不慌不忙地俯身看向桌面。他数了数她的钱和筹码，叠好，把其中大部分的赌资堆成整齐的一摞，剩下的一些用耙子推出下注格。他打开艾迪·马尔斯的钱包，抽出扁扁的两叠千元大钞。他拆开一叠，点出六张钞票，跟另一叠完好的钞票归在一起，四张散钱则放回了钱包。他把钱包随手扔在一旁，仿佛那只是一盒火柴。艾迪·马尔斯没有去碰钱包。除了管理员，谁都没有动。他向左转动赌盘，手腕随意一挥，那颗象牙球便轻快地沿着上沿滚动起来。接着他抽回双手，交叠抱在胸前。

维维安的嘴唇慢慢张了开来，终于，灯光把她的牙齿照得闪闪发亮，犹如一把把刀刃。那颗小球懒洋洋地滚下轮盘坡道，在数字标示上方的镀铬脊棱上一蹦一跳。就这样过了很久，随后只听得一声刺耳的“喀嚓”，小球突然静止了。轮盘动得越来越慢，带着小球一起转。直到轮盘完全停止转动，那管理员才展开双臂。

“红色赢。”他一本正经道，不带一丝感情。那颗象牙小球停在“红25”的位置，是“双零”后面的第三个数字。维维安·里根一仰头，得意地大笑起来。

管理员抬起耙子，慢慢把那叠千元大钞推过押注区，同维维安的赌注归拢，再慢慢清空了赌盘。

艾迪·马尔斯微微一笑，收好钱包，转身穿过嵌在墙板里的那扇门，离开了房间。

一大帮子人同时松了口气，四散向吧台走去。我趁维维安还在忙着收拢赢得的钱，没来得及从桌前转身，赶紧随着人流走到了房间另一头。我出门走进大厅，从女侍那儿拿回帽子和外套，往她的托盘里丢了二十五分钱，走到屋外的门廊里。门卫赫然出现在我身旁，说道："要帮你取车吗，先生？"

我说："我就是准备散散步。"

门廊边缘的那排涡卷装饰被雾气氤湿了。雾水是从那片辐射柏上滴下来的，从此处到大洋上的峭壁，树影越来越浅，直至消失不见。不管朝哪个方向，你都只能看到区区十几英尺之外。我走下门廊台阶，散着步穿过树林，一路走了下去，直到我听得到遥远的峭壁底下传来浪涛舔舐雾气的声音。哪里都看不到一丝光亮。有时我一眼望去，一处的十几棵树清清楚楚，另一处的十几棵却又模模糊糊，再看时就只能看到雾了。我向左转身，信步踱回那条绕向他们用来停车的马厩的石子路。等到可以看清房子的轮廓时，我停下了脚步。我听到，在我身前咫尺之遥有个男人在咳嗽。

我的脚步在柔软湿润的草皮上没有发出任何声响。那男人又咳了起来，接着不知用手帕还是袖管捂住了嘴。趁他还无暇他顾，我上前两步，跟他靠得更近了。看到他了，是个站在小路边的模糊人影。我听到有动静，立刻迈到一棵树后面，蹲伏着。那男人转过来了。照理说此时他的脸应该是模糊的一摊白色。并非如此。他的脸依然漆黑一片。他戴了面具。

我躲在树后面，静观其变。

23

轻细的脚步，一个女人的脚步，沿着那条难以辨认的小径走过来。我眼前的男人往前挪了两步，仿佛倚靠着雾气。一开始我看不见那个女人，后来隐隐约约看见了。她昂首的傲慢模样好像很熟悉。那男的立刻加快脚步上前。那两个人影在雾霭中交织在一起，似乎化作了雾的一部分。经过片刻的死寂，男人开口了：

“这是一把枪，夫人。有雾的时候声音传得远。把包给我就完事儿了。”

那女的一声不吭。我向前跨出一步。突然间我竟能看到那男人帽檐上沾满雾珠的绒毛了。那女的一动不动站着。接着她的气息开始带上一种刺耳的声响，就像用锉刀在刮蹭软木。

“倒是喊啊，”那男人说，“看我不把你劈成两半。”

她没喊。她也没动。他动了一下，干冷地咯咯一笑。“还是待在这儿好。”他说。传来锁扣碰擦和摸索的声响。那男的转过身，朝我面前的树走来。他走了三四步，又笑了起来。我的记忆里好像有过这样的笑声。我从口袋里拿出烟斗，像把枪似的捏着。

我轻轻叫道：“嗨，莱尼。”

那男人死死立定，开始抬起手来。我说：“别这样。我说过永远不要做这种事，莱尼。我的枪对着你呢。”

周遭没有一点动静。站在后面小路上的那个女人没动。我没动。莱尼也没动。

“把包放到你两脚之间，小伙子，”我对他说，“慢慢来，放轻松。”

他弯下腰。我纵身一跃，趁他还没起身就到了他跟前。他贴着我直起身子，气喘吁吁。他手里是空的。

“有本事就别让我得手。”我说。我靠上去，从他大衣口袋里拿走他的枪。“总有人在给我枪，”我对他说，“我身上都装满了，腰都快直不起来了。滚吧。”

我们的呼吸交织在一起，四目相对时仿佛两只在墙上狭路相逢的公猫。我退后两步。

“走好，莱尼。别生气。你不说，我也不说。行吗？”

“行。”他口齿不清地说。

雾霭吞没了他。隐约传来他的脚步声，随后啥也听不见了。我拾起包，手伸进去摸了摸，朝小径走去。她仍旧纹丝不动站在那里，灰色皮草外套紧紧裹着脖子，没有戴手套的手上，一枚戒指微微闪光。她没戴帽子。她分开的黑色头发成了漆黑夜色的一部分。她的眼睛也是。

“干得漂亮，马洛。这下你算是我的保镖了？”她声音里略带粗哑。

“看上去是那么回事。包给你。”

她接过包。我说：“你开了车来吗？”

她笑了。“我跟一男的一起来的。你在这儿干吗？”

“艾迪·马尔斯想见我。”

“我倒不知道你俩认识。见你干吗？”

“告诉你也没关系。他觉得我在找一个他认为跟他妻子私奔的男人。”

“那你在找吗？”

“没有。”

“那你来做什么？”

“来查明他为什么觉得我在找一个他认为跟他妻子私奔的男人。”

“查明了吗？”

“没有。”

“你透露起消息来就像个电台播音员。”她说，“我想那不关我的事——即便那男人是我的丈夫。我觉得你对此并没有兴趣。”

“大家硬是认定我在找他。”

她烦躁地咬了咬牙齿。遭到持枪蒙面人的抢劫似乎对她没有造成任何影响。“好吧，带我去车库吧。”她说，“我得看一下那个陪我来的人怎么样了。”

我们沿着小径，转过一幢房子的拐角，看到前方有灯光，接着又转过一个拐角，来到一处被两盏泛光灯照得敞亮的马厩，四周有围栏。那地方还铺着砖头，下坡路的尽头是挡在中间的栅板。一辆辆车泛着光泽，一个穿棕色工装的男人从凳子上起身，迎过来。

“我男朋友还没醒吗？”维维安漫不经心地问他。

“恐怕是的，小姐。我给他盖了条毯子，摇上了车窗。他应该没事的。就是在休息。”

我们走到一辆气派的凯迪拉克跟前，那个穿工装的摇下了后车窗。一个男人邋遢地躺在宽敞的后座上，一条花格毯子拉到了下巴位置，正张着嘴打呼噜。看起来他是个很能喝的高个金发男人。

“来见见拉里·科布先生，”维维安说，“科布先生——这位是马洛先生。”

我嘟哝了一声。

“是科布先生陪我来的，”她说，“真是个出色的护花使者，这位科布先生。那么体贴。你该看看他清醒时的样子。我也该看看他清醒时的样子。总有人该看看他清醒时的样子。我是说，只为留下记录。那将成为历史的一部分，转瞬即逝的那一刻，很快湮没在时间之中，但永远不会被忘记——拉里·科布也有清醒的时候。”

“嗳。”我说。

“在那些满脑子不愉快的时候，”她用别扭的高嗓门接着说道，仿佛劫匪造成的惊吓这时才开始显山露水，“我甚至想过嫁给他。我们都有那样的时候。家财万贯，你知道的。游艇，长岛有房子，新港有房子，百慕大有房子，这里那里，也许全世界都有房子——只消喝掉一瓶上好的苏格兰威士忌就能到家。而对于科布先生来说，喝一瓶威士忌花不了多少时间。”

“嗳，”我说，“他有司机可以送他回家吗？”

“别说‘嗳’。粗俗。”她拱起眉毛看着我。那穿工装的男人狠狠咬着下嘴唇。“噢，他肯定有一个排的司机啊。没准每天早上他们都要在车库门口列队呢，纽扣锃亮，制服挺括，白手套一尘不染——体面得像西点军校出来的。”

“好吧，司机到底在哪里？”我问道。

“他今晚是自己开车来的，”那穿工装的男人说道，简直是在道歉，“我可以给他家里打电话，叫人来接他。”

维维安转身朝他一笑，仿佛他刚刚献给了她一顶钻石头冠。“那样就太好了，”她说，“你愿意吗？我真的不想科布先生就这样死掉——嘴巴都还张着。有人会认为他是渴死的。”

穿工装的男人说：“他们只消闻一闻，就不会那么想的，小姐。”

她打开包，抓出一大把钞票塞给他。“相信你会照顾好他的。”

“天哪！”那男人瞪大了眼睛，说道，“一定照办，小姐。”

“我姓里根，”她温柔地说，“里根太太。你也许还会见到我的。来得时间不长，是吧？”

“是的。”他捏着那把钞票，双手狂乱地动着。

“你会喜欢上这里的。”她说。她勾住我的手臂。“我们坐你的车吧，马洛。”

“在外面的街上。”

“完全没问题，马洛。我喜欢在雾里散个步。会碰上很有意思的人。”

“噢，得了吧！”我说。

她勾住我的手臂不放，颤抖起来。我们朝停车的地方走去，她紧紧勾了我一路。到了车子跟前她才算是不抖了。我在房子背面的一条蜿蜒的林间小路上行驶。小路尽头的德·卡岑斯大街是拉斯奥林达斯的主干道。我们掠过那一盏盏光芒四射的古旧弧光灯，片刻之后，到了一个城镇，眼前出现了楼宇、死气沉沉的商店、夜用门铃上亮着灯的加油站，最后是一家还没关门的杂货店。

“你最好先喝一杯。”我说。

她动了动下巴——不仔细看就是车座角落里苍白的一点。我斜穿到对面的路缘前，停好车。“一点清咖配上少许黑麦威士忌，管用。”我说。

“我会醉得像两个水手对饮那样，一定爽极了。”

我为她撑住车门，她贴着我下了车，发丝掠过我的面颊。我们走进那家杂货店。我在酒类柜台买了一品脱黑麦威士忌，走到座椅前，把酒放在有裂缝的大理石长桌上。

“两杯咖啡。”我说，“清咖，要浓，用今年新烘的豆子。”

“你们不能在这儿喝酒。”店员说。他穿着褪色的蓝色工作服，稍许秃顶，眼神非常诚恳，眼睛看到墙壁之前绝对不会让下巴撞上去。

维维安·里根伸手从包里掏出一盒烟，像个男人似的摇出几根。她把烟递给我。

“在这里喝酒是违法的。”店员说。

我点上烟，根本不理睬他。他从一只黯淡无光的镍壶里倒了两杯咖啡，端到我们面前。他看了一眼那瓶酒，喘着气嘟嘟囔囔，疲惫地说：“好吧，你们倒酒时我看着街上。”

他走到橱窗前站定，背对着我俩，竖起耳朵听着外面的动静。

“我的心都快跳到嗓子眼儿了，”说着，我拧开瓶子，给咖啡兑上酒，“镇上的警力实在厉害。整个禁酒期间，艾迪·马尔斯那地方一直是夜总会，每天晚上大厅里都有两个穿制服的值班——顾客要喝酒得当场买，不准自己带。”

那店员突然转身回到柜台后面，走进配药间站在一扇小玻璃窗后面。

我们抿着兑酒的咖啡。我看着咖啡壶背后镜子里的维维安的脸。那张脸紧张、苍白、美丽而狂野。她的嘴唇鲜红、冷酷。

“你有双邪恶的眼睛。”我说，“艾迪·马尔斯抓住你什么把柄了？”

她看着镜子里的我。“今天我玩轮盘赌赢了他一大笔钱——上手的赌本是昨天问他借的五千块，我都没用到。”

“他大概挺心疼的。你觉得那个响马子[①]是他派去抢你的吗？”

“什么叫响马子？”

“就是身上带枪的人。”

“你是响马子吗？”

“当然。”我笑道，“不过严格来说，响马子都是站错了队的人。”

“我始终不懂站队有没有对错之分。”

“我们跑题了。艾迪·马尔斯抓住你什么把柄了？”

“你是说控制了我之类？”

“是的。”

她撇了撇嘴。“你该聪明点，马洛。该比现在聪明得多才好。”

“将军还好吗？我从不装出一副聪明的样子。”

“不太好。今天他没有起床。你至少可以不一直追问我。”

“记得有段时间我对你的想法也是这样。将军知道多少实情？”

“可能他什么都知道。”

“诺里斯会向他汇报？”

“不。地方检察官王尔德来见过他了。你把照片都烧了吗？”

“当然。你妹妹让你很担心吧——时不时地？”

“我想她是唯一让我担心的人。我也担心爸爸，但主要是要对他瞒事情。”

“他并不抱有很多幻想，”我说，“但我想他还没有丢掉自尊心。”

“我们是他的骨肉。坏就坏在这里，”她深邃、渺远的眼睛盯着镜中的我，“我不希望他死的时候还在鄙视自己的亲骨肉。我们的血肉总是野性难驯，但并不总是那么差劲。”

---

① “响马子”原文作loogan，较为生僻，可能是来源于hooligan（译者按：Patrick Hooligan是1898年横行于伦敦东部Southwark镇的爱尔兰恶少）一词，故维维安·里根不熟悉。

“那现在呢？”

“大概你觉得很差劲吧。”

“你的血肉不差。你只是在演戏。”

她低下头。我抿了几口咖啡，给我俩又点了一根烟。“所以你开枪杀人，”她轻声说，“你是个杀人犯。”

“我？从何讲起？”

“报纸和警方把事情说得很圆。但我不会读到什么就相信的。”

“噢，你觉得是我杀了盖革——或者布罗迪——或者他俩都是我杀的。”

她一言不发。“我没必要啊，”我说，“就算是我杀的吧，而且没被人发现。那俩家伙肯定毫不犹豫想让我挨枪子儿。”

“即便如此，你内心也是个杀人犯，跟所有警察一个样。”

“噢，胡扯。”

“你就是那种阴暗、沉默、杀人不眨眼的人，好比屠夫面对砧板上的肉，冷酷无情。第一次见你时我就看出来了。”

“你有那么多见不得光的朋友，不应该这么觉得啊。”

“跟你相比，他们都是软心肠。”

“谢谢，女士。你也不是什么软柿子。”

“我们离开这个破烂地方吧。”

我付了账，把那瓶酒塞进口袋，跟她离开了。那店员还是不喜欢我。

我们驱车驶离了拉斯奥林达斯，连着经过好几个潮湿海滩边的镇子，有些状似棚屋的房子建在沙滩上，如泣如诉的海浪声就在近旁；也有些较大的房子建在后面的山坡上。零星能看到窗户里亮着黄色灯光，但大多数屋里是漆黑的。水上飘来一阵海草的味道，附在雾气之上。轮胎在湿漉漉的水泥地上发出“刷刷”的声响。整个世界都是湿的，空空荡荡。

我们快到德尔雷时，她才在离开杂货店以来第一次同我说话。她的声音很低沉，仿佛后面有什么东西在颤动。

“开去德尔雷海滩俱乐部那边。我想看看海水。就在靠左的下一条街。”

十字路口黄色信号灯在闪。我转过车头，驶下坡道。那坡道一边是高耸的峭壁，右边是几条城际公路，公路远处，底下散布着万家灯火，远在天边的地方，码头灯光星星点点，城市上空弥漫着烟霾。一路开去，雾倒是基本散了。道路先是与城际公路在悬崖下那段的起点相交，随后到了一条滨水而建的公路，旁边是一个空旷而凌乱的海滩。车都沿着人行道停放，面朝漆黑一片的大海。海滩俱乐部的灯光在几百码开外。

我靠着马路牙子踩下刹车，熄灭头灯，手搁在方向盘上坐着。在逐渐变稀的雾气里，海浪几乎悄无声息地翻滚、起沫，仿佛一缕思绪正在意识边缘努力成形。

“靠近点儿。”简直有点听不清她在说什么。

我从方向盘下面挪出身子，坐到座椅中间。她稍稍转过去了一点，像是要看窗外。随后她一声不响地任由自己往后一靠，倒进了我的怀里。她的头差点撞到方向盘。她的眼睛闭着，她的脸影绰不清。接着我看到她的眼睛睁开了，眨了眨，哪怕在黑暗中也能看到眼珠的光亮。

“抱紧我，你这畜生。”她说。

一开始，我松松垮垮地抱住了她。她的头发扎在我脸上，感觉有点毛糙。我夹紧手臂，将她抬了起来。我把她的脸慢慢托起，凑近我的脸。她的眼睑扑扇得很快，像飞蛾的翅膀。

我亲了她一下，又快又狠。接着四片嘴唇悠长缠绵地贴在一起。她的嘴唇慢慢张开了。她的身体在我怀里颤抖起来。

“杀人犯。”她柔声说，她的气息拥进了我的嘴里。

我把她越抱越紧，直到我的身子几乎要随着她一道颤抖起来。我不停吻她。过了许久，她才把脑袋移开到可以说话的距离，问我：“你住哪儿？”

“霍巴特大厦。肯摩尔附近那段富兰克林大街。”

“还没见识过呢。”

“想去？”

“想。”她喘着气说。

“艾迪·马尔斯抓住你什么把柄了？”

霎时，她的身体在我的怀里僵了，她的呼吸里带上了粗粝的杂音。她的脑袋越挪越远，停下时，她的眼睛睁得很大，眼圈煞白，盯着我。

“所以到头来是这么回事。”她沮丧地轻声说道。

“就是这么回事。亲吻的感觉很棒，但你父亲花钱雇我不是为了跟你睡觉的。”

“你个狗娘养的。”她平静地说，一动不动。

我对着她的脸大笑。“别以为我真是根冰柱子，”我说，“我既不瞎，也不是木头。我跟你下一个要勾搭上的男人一样热血澎湃。你太容易上手了——太他妈容易了。艾迪·马尔斯抓住你什么把柄了？”

“如果你再说这句话。我就要喊了。”

“随便喊。”

她猛地弹开，坐直了身体，远远躲在车子一角。

“男人就是因为这种小事吃枪子儿的，马洛。”

“其实男人吃枪子儿根本不需要原因。我俩头一次见面时，我就告诉你我是个侦探。用你漂亮的脑袋好好琢磨琢磨。我是在工作，夫人。不是闹着玩儿。”

她在包里乱摸了一阵，掏出一块手帕，咬在嘴里，别过头去。我耳边传来撕拉手帕的声音。她用牙齿慢慢撕碎了手帕，撕了一次又一次。

“你为什么觉得他手里有我的把柄？”她细声细语道，嘴里的碎布让她没法大声说话。

“他故意输给你一大笔钱，然后派了个枪杆子把钱抢回去。你并不怎么惊慌。都不感谢我帮你把钱要回来。要我说，整件事就是一出戏。不怕抬举我自己，我得说，那戏至少部分是演给我看的。”

“你觉得他想赢就赢，想输就输？”

“当然。赌注对等的情况下，五次里面有四次都可以。”

“我有没有必要告诉你我恨透你了，侦探先生？”

“你不亏欠我什么。我的酬劳付清了。”

她把那块撕烂的手帕扔出车窗。“你很能让女人开心。”

“我喜欢吻你。”

“你的头脑始终很冷静。真讨人喜欢。我应该恭喜你，还是我父亲？”

“我喜欢吻你。”

她的嗓音变成了冰冷的拖腔。“要是你还有点良心，带我离开这儿吧。我确定我想回家了。”

“不想当我的好妹妹了？”

“我要是有把剃刀，准把你喉咙割开——就想看看流出来的是什么。”

“毛毛虫的血。”我说。

我发动车，掉头往回开，穿过城际公路驶上公路，进了城，上坡往西好莱坞而去。她不跟我说话。回去的一路上，她几乎没动弹。我穿过那座深宅的重重大门，驶上通往停车门廊的车道。她猛然推开车门，不等车停稳当就跳了下去。哪怕到了这时候她也一声不吭。我看着她按完门铃站在门口的背影。门开了，诺里斯探出头来。她迅速走过他身边，不见了。门嘭的一声关了，我坐在车里看着它。

我掉头沿着车道开出去，回家了。

24

这一次，公寓楼的大厅是空的。盆栽棕榈树后面并没有拿着枪的人对我发号施令。我坐电梯到了我住的那层，伴着某扇门后面的收音机传出的低柔曲调，在走廊里前行。我需要喝上一杯，迫不及待。进门后我没有打开灯。我直奔厨房，可走到三四英尺开外时我停住了。有什么东西不对劲。空气里的什么东西，某种味道。百叶窗放下着，街上的灯火从窗户两侧漏进来，屋里的光线很昏暗。我静静站着，侧耳细听。空气里的味道是香水味，浓重得令人倒胃口。

四下没有声响，全然没有声响。我的眼睛渐渐适应了黑暗，我看到房间另一边，有些原本不应该在那儿的东西出现在我面前。我往后一退，伸出拇指摸向墙上的开关，打开了灯。

折叠床放下来了。上面有个什么东西在咯咯笑。一颗满头金发的脑袋陷在我的枕头里。两条裸露的胳臂向上屈起，手掌紧扣在那颗金发脑袋的顶上。是卡门·斯特恩伍德仰面躺在我的床上，正朝我咯咯笑。她那一头秀发在我的枕头上铺开棕色的波浪，宛若出自能工巧匠的设计。她蓝灰色的眼眸凝视着我，跟往常一样，还是让人感觉那目光是从照相机镜头后面射出来的。她笑了。她又小又尖的牙齿闪着光。

“我不可爱吗？”她说。

我走到落地灯前，按下了开关，回到原处关掉顶灯，重新穿过房间，走到牌桌前看着台灯下的那盘象棋。棋盘上是个困局，只能走六步。就像生活中的许多困局，这棋局我解不开。我落手拿起一个“马”走了一步，随后扯下帽子脱下外套，随便一丢。在此期间，床上的轻柔笑声始终没停，那声音让我想起一所老宅墙板后面老鼠的窸窣声响。

“我敢说你连我怎么进来的都猜不到。”

我抽出一根烟，眼神空洞地看着她。“我敢说我猜得到。你从钥匙孔里钻进来的，就像彼得·潘那样。”

“他是谁？”

“噢，以前在桌球房里认识的一家伙。”

她傻笑着。“你很可爱，对吗？”她说。

我话都出口了：“关于那根大拇指——”可她还是比我快。我不必提醒她的。她从脑袋后面抽出右手，一边开始吮吸大拇指，一边用圆溜溜的眼睛顽皮地看着我。

“我啥也没穿。”我抽完烟，盯着她看了一分钟后，她说道。

“老天作证，”我说，“话已经到嘴边了。我正在想该怎么开口呢。我差点就说了，你快了一步。但凡慢上一分钟，我准会先说：‘你肯定啥也没穿。’我可总是穿着橡胶鞋睡觉，生怕醒过来良心难安，得赶紧开溜。”

“你很可爱。”她搔首弄姿地稍微转了转脑袋。接着她从后脑勺下面抽出左手，抓住被子，煞有介事地停顿片刻，掀了开来。她确实啥也没穿。她躺在床上，在灯光照映下，赤裸、闪亮得犹如一颗珍珠。那天晚上，斯特恩伍德家的两位千金都想对我献身。

我揪掉残留在下唇边缘的几片烟草。

“挺漂亮的，”我说，“但我早就全看过啦。记得吗？我老是在你一丝不挂的时候找到你。”

她又傻笑了几声，重新盖上被子。“嗯，你是怎么进来的？”我问她。

“楼管放我进来的。我给他看了你的名片。我从维维安那儿偷的。我对他说，你叫我来这儿等你。我——我神出鬼没。”她的脸上泛出喜悦的光芒。

“棒极了，”我说，“楼管是这样子的。既然我知道了你是怎么进来的，说说你打算怎么出去吧。”

她咯咯笑着。“不出去——想待上很久……我喜欢这里。你很可爱。”

“听着，”我用手里的烟指着她，“别再叫我帮你穿衣服了。我累了。我对你奉献给我的一切都很感激。就是我无福消受。道格豪斯·赖利从来不会像这样让朋友失望。我是你的朋友。我不想让你失望——不管你自己怎么想。你我之间必须保持朋友关系，不该干那事儿。现在你可以做个乖丫头，穿好衣服了吗？”

她把头摇过来又摇过去。

“听着，”我继续努力劝她，“你其实对我压根没兴趣。你就是想让我看看你能淘气到什么分儿上。但你不必做给我看的。我早就知道了。我老是在——”

“把灯关掉。”她傻笑道。

我把烟扔在地上，踩灭火星。我拿出手帕，擦了擦手掌。我又做了一次尝试。

“不是怕邻居看见，”我对她说，“他们无所谓的。随便哪栋公寓楼里都有不少野鸡，多一个，房子也不会塌了。这关乎职业的尊严。知道吧——职业的尊严。我为你父亲工作。他病了，弱不经风，孤苦无助。他挺信任我，觉得我不会耍花招。请你穿上衣服好吗，卡门？”

“你的名字不是道格豪斯·赖利，”她说，“而是菲利普·马洛。你骗不了我。”

我低头看着棋盘。马的那步走错了。我把那颗棋子放回原位。马在这局棋里毫无价值。这不是属于马的一局棋。

我又看了看她。眼下她静静躺着，苍白的面颊贴着枕头，眼睛又大又黑，却空洞得犹如旱灾时的雨水桶。她的手掌虽然五指俱全，大拇指却被啃得不成了样子——她正用一只手烦躁地揪着被子。她的心里渐渐隐约生出几丝狐疑。她还没明白过来。要让女人——哪怕是讨人喜欢的女人——懂得她们的身体并非不可抗拒，实在是太难了。

我说：“我去厨房调杯喝的。要来一杯吗？”

“嗯嗯！”那双困惑、无言的深色眼睛认真地盯着我，狐疑就像一只躲在高高草丛里追踪鹩哥的猫，悄然潜入她的眼中，益发加重了。

“如果我回来时你穿好衣服了，就有喝的。行吗？”

她分开牙齿，一阵微弱的嘶嘶声从她嘴里发了出来。她没有回答我。我去小厨房里拿了点威士忌和气泡水，调了两份高杯酒①。我这儿没有“硝化甘油”或者“蒸馏的老虎气息”那类真正刺激的东西可以喝。我拿着酒杯回来时她还是没动。嘶嘶声停了。她的眼神又了无生气了。她的嘴开始对我露出笑容。接着她突然坐了起来，把身上的被褥掀得一干二净，伸出手。

“给我喝。”

“等你穿好衣服。不穿不给。”

我把两杯酒搁在牌桌上，自顾坐好，又点了一根烟。“尽管穿。我不看你。”

我转过头去。这时我听见那嘶嘶声又来了，非常急促、刺耳。我吃了一惊，赶紧重新向她望去。她赤条条坐在那儿，两手撑着床，嘴巴张开了一点，她的脸犹如剔净了肉的白骨。那嘶嘶声从她的嘴里喷涌而出，仿佛跟她毫无干系。她的眼神虽然空洞，但背后隐藏着某种东西，是我从未在女人眼里看到过的。

接着，她的嘴唇动了，非常缓慢而小心，仿佛那是两片人造嘴唇，得靠弹簧操控。

她骂了我脏话。

我不在乎。她叫我什么，随便谁叫我什么，我都不在乎。但这屋子我总得住。我只有这么一个可以称之为“家”的地方。这屋里有属于我、能勾起我思绪的一切，所有过往，所有聊以代替一个家庭的东西。不

---

① Highball：用威士忌或白兰地等烈酒掺水或汽水加冰块制成的饮料，盛在高玻璃杯内饮用。

多；一些书、照片、收音机、棋子、旧信件，诸如此类。没了。可它们装着我所有的回忆。

我再也无法忍受她待在屋里了。她骂我的话只会让我想起那些东西。

我慎重地说：“我给你三分钟穿上衣服离开这儿。如果到时你还不走，我就要赶了——扔你出去。就现在这副样子，光溜溜的。再把你的衣服扔进走廊，堆在你屁股后面。赶紧——开始吧。”

她牙齿打起战来，嘶嘶的声响又刺耳又凶残。她一甩腿下了地，伸手够床边椅子上的衣服。她开始穿衣服了。我看着她。她用对一个女人来说僵硬笨拙的手指打理着，但动作很迅速。没过两分钟她就穿戴好了。我掐表计时了。

她站在床边，手里的绿色提包紧贴着一件毛边镶边的外套。她的头上歪戴着一顶潇洒不羁的绿帽子。她站了片刻，朝我嘶嘶吐气，她的脸依旧像是剔净了肉的白骨，她的眼睛依旧空洞，却充盈着某种狂野的情绪。她快步走向门口，打开门出去了，没有说话，也没有回头看。我听到电梯摇晃着动了起来，在电梯井里滑行。

我走到窗前，拉起百叶窗帘，把窗子敞开。夜晚的空气飘进来，那股污浊的甜腻里依然滞留着汽车尾气和城市街道的味道。我伸手取来酒，慢慢喝着。楼底下的公寓大门自动关上了。静谧的人行道上传来“哒哒”的脚步声。不远处有辆车发动了。随着齿轮粗粝的撞击声，车子飞快驶入了夜色中。我回到床前，低头看着它。枕头上仍然留有她脑袋的印记，被单上的压痕则依稀现出她那具小小的邪恶躯体。

我放下空杯子，野蛮地把床上的一切扯了个稀巴烂。

25

第二天早上又下雨了。灰色的雨幕倾斜着披下来，像一片水晶珠子结成的挂帘。起床时我感到又倦又乏，站在窗前向外望着，嘴里还残留着斯特恩伍德姐妹浓烈、苦涩的味道。我了无生气，空虚得犹如稻草人的口袋。我到厨房里去喝了两杯清咖。能让你宿醉的，不光是酒精。这回是女人带给我的。女人把我恶心到了。

我刮了脸冲了澡，穿好衣服，翻出雨披，下楼朝门外望去。街对面，往北一百英尺的地方，停着一辆灰色的普利茅斯轿车。就是前一天试图跟踪我的那辆，也就是我向艾迪·马尔斯打听的那辆。车里也许是警察，如果一个警察手上有大把时间，并且愿意浪费来盯我的梢的话。也可能是某个侦探界的滑头，为了插上一脚别人的案子，正设法打探情报。也可能是百慕大主教，专程来批评我的夜生活。

我出门到后面的车库里取了车，绕道楼前经过那辆普利茅斯。里面独自坐着个小个男人。他发动汽车跟上来。看来他比较擅长开雨路。他靠得足够近，碰上短的街区我还没开出去他已经跟上来了；他又离得足够远，多数时间我俩之间总有其他车子。我一路开到大道，在我办公楼旁的停车场停了车，走出来时，我的雨衣领子竖得很高，帽檐压得很低，冰凉的雨水拍打着两者之间的我的脸。那辆普利茅斯车停在路对面的消防栓前。我走到十字路口，等绿灯亮了穿过去又踅回来，靠近人行道和停泊的车辆。那辆车没动。没人下车。我走上前，猛地拉开它靠人行道一边的车门。

一个眸子亮闪闪的小个男人缩在驾驶座的角上。我站在那儿探头看他，雨点重重拍打着我的背。他的眼睛在盘旋的烟雾后面眨了眨。他的手不安地在纤细的方向盘上拍着。

我说：“还没想好吗？”

他咽了口唾沫，他唇间的香烟一上一下动着。“我好像不认识你啊。”他紧张地小声说道。

“鄙姓马洛。就是你想方设法跟踪了两天的人。”

“我没在跟踪谁，伙计。”

“那就是这辆破车在跟踪。也许你无法控制它。随你怎么说吧。我现在要去对面咖啡店里吃个早饭，橙汁、培根配鸡蛋、吐司、蜂蜜、三四杯咖啡，再来一根牙签剔剔牙。然后我会去办公室，就在你正对面那栋楼的七楼。如果你心里有什么事困恼得受不了，来一趟聊聊吧。我今天挺闲，就是要给机关枪上点油。”

我由他眨巴着眼睛，自顾走了。二十分钟后，我正一边把保洁女工的《爱的夜晚》扔出办公室，一边打开一个粗糙的厚信封，地址是用老派的带尖头的笔迹写的。信封里有一张例行的短笺和一张淡紫色五百美元支票，写明应支付给菲利普·马洛，落款盖伊·德·布利塞·斯特恩伍德，由文森特·诺里斯代签。这个早晨于是变得很美好。我正填着银行的单子，门铃响了，我知道狭小的接待室里来了客人。是那个开普利茅斯车的小个男人。

“很好，”我说，“进来，外套脱了吧。”

我撑着门，他谨小慎微地徐徐走过我身边，谨慎得好像生怕我会往他的小屁股上来一脚。我们在桌子两边落座，面对面。他个子特别小，不到五英尺三，体重几乎及不上一个屠夫的大拇指。他有一双略显紧张的明亮眼睛，努力想显得坚定，但那副“坚定”的样子就像半块贝壳上的牡蛎。他穿一身双排扣深灰色套装，肩膀处太宽，翻领又太大。外面是一件爱尔兰花呢外套，敞着，有几个点磨损得厉害。交叠的翻领之上，一条薄软绸的领带露出了大半，溅满了雨水。

“也许你认得我，”他说，“我是哈利·琼斯。”

我说我不认识他。我把一扁听香烟推到他面前。他小巧干净的手指夹出一根，犹如一条鲑鱼咬住蝇饵。他用台式打火机点完烟，摆了摆手。

“我来过这块儿，”他说，“认识了一些本地人。以前常从胡内米角[1]运点酒过来。这行不好做啊，兄弟。坐着侦察的车，大腿上搁一把枪，屁股口袋里塞着足以堵住运煤槽的一大摞钱。好几回，还没到贝弗利山我们已经给四批警察孝敬买路钱了。这行不好做啊。”

“可怕。”我说。

他向后一靠，他那张紧绷的小嘴向天花板吐着烟。

“也许你不相信我的话。”他说。

“我也许不相信，”我说，“也许相信。话说回来，也许我没必要浪费时间做决定。你铺垫了这么多，跟我有什么关系呢？”

“是没关系。”他讪诮地说。

“这两天你一直在跟踪我，”我说，“就像一男的想勾搭某个姑娘，却又缺少最后那一丝勇气。可能你是要推销保险。也可能你认识一个叫乔·布罗迪的家伙。可能性有很多，但我手上有很多正事要忙。”

他的眼珠子突了出来，下嘴唇简直掉到了大腿上。“老天爷，你是怎么知道的？”

“我懂读心术。别憋着了，一吐为快吧。我时间有限。”

他的眼睛突然一眯，眼里的光彩几乎消失了。屋里沉寂了下来。在我窗户下方，雨不停拍打着大厦门厅那涂了柏油的平坦屋顶。他的眼睛睁大了一点，再次闪亮起来，他的声音透着深思熟虑。

“没错，我是在打探你的情况，”他说，“我有东西要卖——便宜，只要两百块。你怎么知道我认识布罗迪？”

我打开一封信读了读。说有六个月的函授课程教授提取指纹，专业人士可以给予特别的优惠。我把信扔进垃圾桶，目光回到那小个子身上。“别介意。我就是瞎猜。你不是警探。跟艾迪·马尔斯也不是一伙的。昨晚我问过他了。除了乔·布罗迪的朋友，我想不出还有谁会对我

---

① Hueneme Point：位于加利福尼亚州。

有那么大的兴趣。”

“天哪！”说着，他舔了舔下嘴唇。听我提起艾迪·马尔斯，他的脸色顿时惨白如纸。他的嘴耷拉着张了开来，那根烟有魔力似的悬在嘴角，仿佛原本就长在那儿。“呀，你在开玩笑吧！”最后他说道，脸上挂着那种你能在手术室里看到的笑容。

“好吧。算我开玩笑。”我打开另一封信。这次是要从华盛顿给我寄每日通讯，都是直接来自内部的机要消息。“艾格尼丝应该已经放出来了。”我补了一句。

“对。是她派我来的。你有兴趣了？”

“嗯——她是个金发美女嘛。”

“去你的。那天晚上你上那儿打了人——就是乔被枪杀的那晚。乔在某方面肯定掌握了一些关于斯特恩伍德家的好东西，不然他不会把赌注下在寄给他们的照片上。”

“嗯哼。他掌握了？是什么呢？”

“让你花两百块就是要买这个。”

我又把几封仰慕者的来信丢进垃圾桶，给自己新点上一根烟。

“我们准备出城，”他说，“艾格尼丝是个好姑娘。你不能欺负她。这年头，一个女人过日子不容易。”

“她对你而言块头太大了，”我说，“一个翻身就能把你闷死。”

“你那样打女人很卑鄙，兄弟。”他的语气予人的感觉似乎此事关乎尊严，让我不由盯着他看。

我说：“你说得对。我最近交友不慎。废话到此为止吧，我们来谈案子。你靠什么赚那笔钱？”

“你愿意出钱吗？”

“在什么情况下？”

“在我的情报可以帮你找到拉斯蒂·里根的情况下。”

“我又没在找拉斯蒂·里根。”

“得了吧。想听还是不想听？”

“赶紧说吧。只要我用得上，我就付钱。在我的圈子里，两百块可是能买到许多情报的。”

“艾迪·马尔斯派人弄死了里根。”他平静地说，随后向后一靠，那派头就像是刚当选了副总统。

我朝门口摆了摆手。“我都不想跟你争辩，”我说，“不愿意浪费氧气。走好不送，小个子。”

他俯身从桌上靠过来，嘴角露出白色的线条。他小心地掐灭香烟，掐了一次又一次，连看也不看一眼。同我办公室相通的一扇门内传来单调的打字机声响，敲铃，换挡，一行又一行。

“我没开玩笑。”他说

“走你的吧。别烦我。我还有事要做。”

“不，你闲着呢，”他尖刻地说，“我没那么好打发。我来这儿是为了讲我知道的那点东西，而我正在说呢。我跟拉斯蒂认识。谈不上熟，见面时我会打招呼：‘最近可好？’他有时会回我有时不回，取决于他的心情。但人是好人。我一向挺喜欢他。他很迷一个名叫莫娜·格兰特的歌女。后来她把姓氏改成了马尔斯。拉斯蒂伤了心，找了个富婆结婚了。那女人整天混迹赌场，像在家里睡不着觉似的。你对她的底细一清二楚，高个子，黑头发，如果是匹马，论模样应该也足够拿冠军了，但那种类型的女人会让男的有压力。神经紧张。拉斯蒂跟她过不下去。但老天啊，他总不会跟她爸爸的钱过不去吧？你准是这么想的。想这里根是个贪婪小人，路子却很怪。他目光长远。他总是在眺望下一个山谷。他极少原地踏步。但我觉得他根本不在乎钱。这话从我嘴里说出来，兄弟，是真心称赞。”

这小个男人到底不傻。那种花二十五分钱能找来三个的小混混根本想不到这些，更别说表达出来了。

我说："所以他逃跑了。"

"他就此开始一路逃，有可能。带着那个叫莫娜的姑娘。她不跟艾迪·马尔斯一起住，看不惯他的勾当。尤其是那些副业，像勒索钱财、偷窃车辆、藏匿东部来的通缉犯，等等。据说有天晚上里根在大庭广众下警告艾迪，要是他敢连累莫娜违法犯罪，他到时会来问候他。"

"你说的大多数都能查到案底，哈利，"我说，"你不能指望靠这些让我掏钱。"

"我来就是要说点查不到的。所以里根就走了。我一度看到他每天下午都在瓦尔迪酒馆喝爱尔兰威士忌，盯着天花板出神。他话也不多了。他时不时会给我笔赌金，而我去那儿的目的就是替普斯·沃尔格林收赌金。"

"我原以为他是干保险的。"

"门面上确实是这么写的。如果你硬逼他，我想他也是可以卖保险给你的。嗯，九月中旬那段，我再没见着里根。我并没有立刻注意到这点。这种事情你明白的。某个人在那儿时，你常看见他，后来他不在了，你虽然看不到他，但总要等出了什么事才会想起来。我是怎么想起来的呢？有天我听到有人嘲笑艾迪·马尔斯，说他老婆都跟拉斯蒂·里根跑了，自己非但不伤心，还表现得像伴郎似的。于是我把这事告诉了乔·布罗迪。乔倒是聪明。"

"他是聪明。"我说。

"不是警察那一路的聪明，但还是聪明的。他想要钱。他冒出了一个念头：要是能设法弄到那对鸳鸯的情况，他或许可以捞到双份——从艾迪·马尔斯那儿赚一次，再从里根太太那儿赚一次。乔跟那家人有点认识。"

"五千块，"我说，"不久前，他刚敲过他们这么大的竹杠。"

“是吗？”哈利·琼斯略显吃惊，“艾格尼丝应该告诉我的。碰上命定的女人了，总对你有所隐瞒也没辙。对了，乔和我留心了各大报纸却什么也没看到，所以我们知道老斯特恩伍德掩盖了真相。然后有一天我在瓦尔迪酒馆见到了拉什·卡尼诺。认识吗？”

我摇头。

“有些家伙是自以为强悍，那小伙子是实打实的强悍。马尔斯有需要的时候，他为他办事——解决麻烦。他可以喝完一杯去杀个人，杀完人再喝一杯。马尔斯不需要他的时候，他就离得远远的。而且他不住在洛杉矶。嗯，这也许能说明点问题，也许不能。也许他们已经锁定里根了，马尔斯正坐在幕后，脸上含着笑，等待时机。但也可能事情完全是另外一副样子。总之我跟乔通了气，他盯上了卡尼诺。盯梢他拿手。我就干不来。我现在透露给你的这部分内容，不收费。乔跟踪卡尼诺去了斯特恩伍德府，等卡尼诺在庄园外面停好车，他身边出现了另一辆车，里面是个姑娘。他俩聊了一会儿，乔似乎看到那姑娘把什么东西交给了卡尼诺，好像是钱。那姑娘旋即离开了。是里根太太。很好，她认识卡尼诺，而卡尼诺认识马尔斯。于是乔断定卡尼诺知道一些里根的底细，正想法给自己捞点好处。卡尼诺离开的路上，乔跟丢了。第一幕至此结束。”

“卡尼诺这人长什么样？”

“矮个，块头敦实，棕色头发，棕色眼睛，总是穿棕色衣服戴棕色帽子。甚至还有一件棕色仿鹿皮雨衣。开一辆棕色小轿车。卡尼诺先生的整个世界都是棕色的。”

“可以讲第二幕了。”我说。

“不给钱的话到此为止了。”

“我觉得这些不值两百块。里根太太嫁给了夜店里认识的一个前私酒贩子。她还会认识他这一类的其他人。她跟艾迪·马尔斯很熟。如果她认为里根出了什么事，艾迪就是当仁不让她会去找的那个人，而卡尼诺又很可能是艾迪派去处理事务的人选。你想说的就这么多对吧？”

“你愿不愿意花两百块打听到艾迪的妻子在哪里？”那小个子平静地问。

这下我的注意力全在他那儿了。我紧紧靠在座椅上，都快把扶手压断了。

“哪怕她是一个人？”哈利·琼斯加了一句，语气轻柔，又十分奸诈，“哪怕她根本从来没有跟里根私奔，现在正藏匿在离洛杉矶大概四十英里远的一个隐蔽住处——所以警方才会始终认为她跟里根一块儿跑了，你愿意为此付两百块吗，探子？”

我舔了舔嘴唇。它们尝起来又干又咸。“我想我是愿意的，”我说，“她在哪儿？”

“是艾格尼丝找到她的，”他阴鸷地说，“机缘巧合。在路上看到她开车，就想法跟踪她回了家。艾格尼丝会告诉你她在哪儿——等钱到她手里之后。”

我狠狠盯了他一眼。“你把这些告诉警察可就一分钱拿不到了，哈利。最近总局那边雇了一些厉害的打手，要是在审讯时把你弄死了，他们还有艾格尼丝呢。”

“他们可以试试看，”他说，“我没那么脆弱。”

“艾格尼丝肯定掌握了一些我之前没有留心到的东西。”

“艾格尼丝是滑头，侦探。我也是滑头。我俩都是滑头。所以为了一点钱我们尽可以出卖对方。没问题的。看你有没有本事了。”他伸手又拿了一根我的烟，干净利落地放在嘴里，跟我一样想用火柴点，可在拇指指甲上滑了两次都没点着，只好在鞋底上擦燃了。他和缓地吐着烟，视线齐平注视着我。这小个子真是有意思又难对付，我简直能把他从本垒一下扔到二垒。是个生活在大人国的侏儒。不过，他的某些方面我还挺喜欢的。

“我还一无所获呢，”他沉着地说，“我来是为了那两百块钱。还是这个价。来这儿是因为觉得不管钱能不能到手，总是找对了人。你倒抛出警察来要挟我。你该感到害臊。”

我说：“提供了这条情报，你的两百块跑不了。不过我先得去兑现。”

他站起来，点点头，把那件破旧、窄小的爱尔兰花呢外套拉紧，裹住胸膛。“好说。反正天黑更好办事。干这活得时刻警惕——跟艾迪·马尔斯那样的家伙作对。但人总得有口饭吃。最近公司业绩很惨淡。估计大佬们已经放话让普斯·沃尔格林加把劲了。你跑一趟办事处吧，在圣莫尼卡西大道上的富尔怀德大厦，靠后的428室。到时带着钱，我领你去见艾格尼丝。”

“就不能由你来告诉我吗？我见过艾格尼丝。”

“我答应了她的。”他简短地说。他扣上大衣，乐呵呵地歪戴着帽子，又点了点头，朝门口溜达过去。他出去了。脚步声在走廊里渐渐消失。

我下楼去了银行，把那张五百块的支票存好，取了两百现金。我上楼回到办公室，坐在椅子上寻思着哈利·琼斯这个人和他的故事。好像有点太巧合了。里头更多的是小说那种质朴简明，而非事实中难免的千头万绪。如果莫娜·马尔斯离格里高利上尉的辖区那么近，他应该已经找到她了。我是说，假如他真的派人去找了的话。

那天的大部分时间，我都在思索这个问题。没人来我办公室。没人给我打电话。雨一直在下。

26

七点钟，大雨稍停了片刻，但排水沟依然淹得厉害。圣莫尼卡的积水已与人行道齐平，薄薄一层雨水冲刷着路缘顶部。一个从头到脚穿着闪亮橡胶雨具的交警从湿漉漉的遮篷里走出来，艰难地蹚水前进着。我转进富尔怀德大厦时，橡胶鞋跟在人行道上狠狠打了个滑。大厅深处只有一盏吊灯亮着，灯前是一部镀金早已褪色的电梯，门没关。破损的橡胶地毯上放着一只灰暗的痰盂，显然，吐痰的人常常脱靶。暗黄色的墙上挂着一只装假牙的盒子，跟纱窗门廊里的电路箱差不多。我抖掉帽子上的雨水，看了一眼假牙盒旁的大楼住户一览表。有名字的不少，没名字的也不少，很多空缺，也可能是许多住户想要匿名。无痛牙医诊所、提供不择手段的侦探的介绍所、挤在那里等死的衰败小公司、教你如何成为一名铁路职员、无线电技工或者电影剧本作家的函授学校——如果邮政检察员没有抢先一步截杀那些邮资不足的信的话。一座藏污纳垢的大楼。在这座楼里，陈年雪茄的气味怕是最干净的味道了。

电梯里，一个老头坐在一张摇摇欲坠的凳子上打瞌睡，身下垫的破软垫内衬都绽了开来。他张着嘴，青筋突起的太阳穴在暗弱的灯光下闪闪发亮。他穿着一件蓝色制服外套，那衣服极不合身，他就像匹躲在马厩里的马。那条裤腿翻边磨损的灰裤子下面，是白色的棉袜和一双小山羊皮鞋，其中一只横搭在脚趾的老茧上。他可怜地睡在椅子上，等待客人到来。我轻轻走过他面前，在楼里那种偷偷摸摸的气氛撺掇之下，找到防火门拉了开来。防火楼梯有一个月没清扫了。乞丐睡在那儿吃在那儿，上面有残留的面包皮和油腻的报纸碎片、火柴棍，还有一只被掏空的仿皮钱包。涂得乱七八糟的阴暗墙角，扔着只乳白色的橡胶避孕套，无人理睬。好一座大楼啊。

我走进四楼的楼道里，用力吸着气。这过道跟大厅里并无不同：一样的脏痰盂和破地毯，一样的暗黄墙面，一样的一切，都能勾起你对萧条时期的回忆。我笔直向前，拐过墙角。“L · D · 沃尔格林——保险公司”的字样出现在一扇黑色的碎石花纹玻璃门上。而在第二扇黑色房门和第三扇后面亮着灯的门上，同样有这几个字。其中一扇黑色门上写着：入口。

那扇被照亮的门上的玻璃气窗开着。哈利 · 琼斯小鸟似的尖细嗓音传了出来：

“卡尼诺？……是的，我在什么地方见过你。没错。”

我呆住了。另一个声音来了。那人说话时带着粗重的嗡嗡声，像一堵墙后面有台转动的发电机。说道：“我想是这样。”那声音里隐隐透出一丝阴险。

椅子在油地毡上拖了一下，屋里传来脚步声，我头顶上的气窗嘎吱一声关闭了。一个人影在碎石玻璃门后面渐渐消失。

我回到那三扇写着“沃尔格林”的玻璃门中的第一扇。我小心地推了推门。锁着。门板在松弛的门框里动了动，显然这扇旧门装了许多年了，半风干的木材如今已然萎缩。我掏出钱包，把驾照上那片又厚又硬的赛璐珞罩子拆了下来。这是件逃过警方禁令的盗贼作案工具。我戴上手套，轻柔、怜惜地倚靠住门，将门把使劲推离门框。我把赛璐珞片插进那道大裂缝，摸索着弹簧的斜面。终于听到一声粗粝的“咔哒”，像一根小冰锥断了。我贴在门上，纹丝不动，像一条鱼懒懒地浮在水里。里面毫无动静。我转动把手，将门推入黑暗中。跟开门时一样，我小心翼翼地关上了身后的门。

出现在我面前的是一扇没有窗帘的长方形大窗户，外面的灯光照亮了它，一张书桌挡住了视线的一部分。一台带罩子的打字机在桌上慢慢现出轮廓，随后是通往隔壁的门上的金属把手。这扇门没锁。我潜入三间办公室中的第二间。雨突然接二连三打在紧闭的窗玻璃上。趁着雨声我穿过房间。通向亮着灯的那间办公室的房门开了一英寸，洒出一道弧度极陡的扇形光束。一切都很与我方便。我像只壁炉台上的猫一样走到门装有铰链的那一侧，把一只眼睛探到缝隙前，可除了木板夹角的那一点光亮，什么也没看到。

此时，那个低沉的声音兴高采烈道："可不是嘛，如果一个人对全局了如指掌，他是可以屁股不挪窝，对别人挑三拣四。所以你去见过那个私家侦探了。得，那就是你的不是了。艾迪为此挺不高兴。那侦探告诉艾迪有辆灰色普利茅斯在跟踪他。瞧，艾迪当然想知道是谁，又有什么目的。"

哈利·琼斯满不在乎地笑了一声。"这管他什么事？"

"这样可对你没好处。"

"你知道我为什么去见那侦探。我告诉过你的。为了乔·布罗迪的女朋友。她想离开，可是山穷水尽了。她觉得从那侦探手里可以弄到点钱。我没钱。"

那嗡嗡响的声音柔缓地说："凭什么给她钱？她又没啥利用价值，那些侦探是不肯拿出钱来的。"

"他可以筹钱。他认识的人有钱。"哈利·琼斯笑了——那短促的笑声透着无所畏惧。

"别跟我较劲，小个子。"那嗡嗡响的声音里带上了尖利刺耳的调子，仿佛汽车轴承里卷进了沙子。

"好吧，好吧。你知道布罗迪被杀了。就是那个神经兮兮的小子干的，但偏偏那天晚上马洛也在屋里。"

"早知道了，小个子。他把这些都向警察交代了。"

"是的——但还有你们不知道的。布罗迪试图兜售一张斯特恩伍德家小女儿的裸照。马洛提前发现了。正当他们在争吵时，那个小女儿竟然上门了——还带着把枪。她朝布罗迪开了一枪。子弹射偏了，打碎了窗户。只是那侦探没有把这个告诉警察。艾格尼丝也没有。她觉得不说的话，还有后路可退。"

"这跟艾迪会毫无关系吗？"

"你倒是说说这跟他有什么关系。"

"这个艾格尼丝跑哪儿去了？"

"没门儿。"

"告诉我，小个子。在这儿？还是在后面那间毛头小子们小赌小闹的小屋里？"

"她现在是我的女人了，卡尼诺。谁也不能叫我害自家女朋友吃苦头。"

接着他俩沉默了。我听着大雨抽打窗户。门缝里传来香烟味。我想咳嗽。我狠狠咬住手帕。

那个嗡嗡响的声音说话了，依旧挺温柔："就我所知，这个金发娘们儿不过是盖革的傀儡。交给我和艾迪接管吧。你问那侦探要了多少钱？"

"两百。"

"到手了？"

哈利·琼斯又笑了。"我明天跟他见面。我有信心。"

"艾格尼丝在哪里？"

"听着——"

"艾格尼丝在哪里？"

沉默。

"看这个，小个子。"

我没动。我没带枪。不用透过门缝看我也知道，那嗡嗡响的声音邀请哈利·琼斯看的是一把枪。不过我觉得卡尼诺先生就是秀一下他的枪罢了，不会有进一步的行动。我等待着。

"正看着呢。"哈利·琼斯勉强挤出这么一句来，仿佛他的声音难以越过牙齿。"没什么新鲜的货色。尽管开枪，看看你能有什么好处。"

"反正你是能得到一件芝加哥大衣[①]的，小个子。"

---

① "芝加哥大衣"（a Chicago overcoat）在美国"禁酒时期"（1920—1933）是"棺材"的意思。

沉默。

“艾格尼丝在哪里？”

哈利·琼斯叹了口气。“好吧，”他疲倦地说，“她在邦克山法院街 28 号的公寓楼里。301 房间。算我怕了你吧，我何苦要帮那贱女人做挡箭牌呢？”

“是不上算的。你思路很清楚。我俩一起过去跟她谈谈。我只是想弄清楚她是否口风紧，没有出卖你。如果你说的都属实，那一切搞定。你可以敲那侦探一笔，爱怎样都行。不生气吧？”

“没有，”哈利·琼斯说，“不生气，卡尼诺。”

“好极了。喝点小酒吧。有杯子吗？”此时，那个嗡嗡响的声音虚假得如同戏院女引座员的睫毛，滑溜得就像一颗西瓜籽。一个抽屉打开了。有什么东西撞了一下木头。一张椅子吱嘎一响。地板上有鞋底的摩擦声。“这可是陈年货。”那个嗡嗡响的声音说道。

传来液体汩汩流动的声响。“就像女士们说的那样，祝你貂皮大衣多得长出蛾子来。”

哈利·琼斯柔声道：“马到成功。”

我听到刺耳的咳嗽声。接着是剧烈的干呕。地上嘭地响了一下，很闷，像一只厚玻璃杯掉了下去。我紧贴雨衣的手指弯曲了起来。

嗡嗡响的声音道：“不会一杯就醉了吧，伙计？”

哈利·琼斯没有回答。吃力的喘息声响了片刻。令人窒息的死寂笼罩下来。一张椅子发出刮擦地板的声响。

“再会咯，小个子。”卡尼诺先生说道。

脚步声紧接着“咔哒”一响，我脚边的楔形光束暗了，门开了又静静关上。那脚步声从容而坚定，渐渐消失了。

我稍稍后退，走到门框另一边，将门洞开，向满屋漆黑望去，只有一扇窗户带来暗弱的光亮。书桌一角微微闪着光。桌后的椅子上隐现出一个弓背的人形。闷热的空气里有股阻滞不畅的味道，几乎可算是香气了。我走到正对走廊的门口，听了听。听到远远传来电梯的铿锵声。

我找到电灯开关，点亮天花板上三根铜链吊着的碗形顶灯。哈利·琼斯在书桌对面看着我，他的眼睛睁得很大，他的脸僵住了，在紧紧抽搐，皮肤约略透着蓝色。他顶着黑发的脑袋歪向一侧。他靠在椅背上，坐得笔挺。

在简直是遥不可及的地方，一辆有轨电车“当当当”打着铃，待那铃声穿过无数墙壁，已然微弱依稀。一个半品脱的威士忌酒瓶立在桌上，盖子摘了。哈利·琼斯的酒杯靠在书桌的脚轮前闪闪发光。另一个杯子不见了。

我用肺尖浅浅吸了一口气，俯身去看那个酒瓶。波旁威士忌的焦味中隐隐透着另一种香气，苦杏仁味。哈利·琼斯垂死时呕在了外套上。说明他是氰化物中毒。

我小心翼翼地绕过他身边，拿起挂在木窗框钩子上的电话簿。我丢下簿子，把电话机拿到离死人尽量远的位置。我拨了问询处的电话。有人接了。

“能给我法院街 28 号 301 室的电话号码吗？”

“请稍等。”那声音随着苦杏仁的味道一起飘了过来。沉默过后：“号码是温特沃斯 2528。可以在格伦道尔公寓楼的通讯录里查到。”

我谢过听筒里的声音，拨了这个号码。铃响了三次，通了。电话那头有个收音机在闹腾，随后变轻了。一个雄浑的男声说道：“你好。”

“艾格尼丝在吗？”

“这里没什么艾格尼丝，老兄。你想打的是什么号码？”

“温特沃斯 2528。”

“号儿没错，妞儿错了。很遗憾吧？”那声音咯咯笑着。

我挂了电话，重新拿起电话簿查找温特沃斯公寓楼。我拨了楼管的号码。我眼前隐隐浮现出这样的一幕：卡尼诺先生正在雨中风驰电掣，奔赴下一场死亡约会。

“格伦道尔公寓楼，我是希夫先生。”

“我是鉴证调查局的沃利斯。有没有一个叫艾格尼丝·罗泽尔的姑娘在你那儿登记？”

“你刚说你是谁？”

我又告诉了他一遍。

“如果你能告诉我你的号码，我——”

“别打哈哈了，”我厉声道，“我有急事。有还是没有？”

“不。没有。”那声音硬邦邦得像根长棍面包。

“房客里有没有一个高个子、绿眼睛的金发妞儿？”

“嘿听着，这里又不是什么小旅馆——”

“噢，别啰嗦，别啰嗦！”我用警察的语气朝他大喝，“你是想让我派缉捕队来拆了你那地儿吗？全邦克山的公寓楼我一清二楚，先生。尤其是每个房间都装了电话的那些公寓。”

“嗨，别急眼，警官。我会配合的。没错，这里是有几个金发妞儿。哪里没有呢？我没怎么注意她们的眼睛。你要找的那位是独自住吗？”

“独自，也可能还有一个矬子，大概五英尺三，一百十磅，机警的黑眼睛，穿双排扣的深灰色套装，爱尔兰花呢大衣，灰帽子。我查到她就住在301室，打电话过去却被人奚落了一顿。”

“噢，她不在那儿。301室住的是几个汽车销售。”

“谢谢，我会来一趟的。”

“别惊动，好吗？直接来我这儿行吗？”

“非常感谢，希夫先生。”我挂了电话。

我擦掉脸上的汗。我走到办公室另一头的屋角，面墙而立，用手轻拍墙面。我慢慢转过身，看着矮小的哈利·琼斯在那边的椅子上的恶形恶状。

“哎呀，你骗了他，哈利。”我大声说着，嗓音连我自己都觉得怪异，“你对他撒了谎，然后像个绅士一样喝下了氰化物。你如一只中毒的老鼠般死去，哈利，但在我眼里，你可不是老鼠。”

我必须搜他的身。这活儿令人作呕。他口袋里没有关于艾格尼丝的信息，根本没有我需要的。原本我就并不觉得会有，但我得确定才行。卡尼诺先生有可能会回来。卡尼诺先生想必是那种自信满满的绅士，不会介意回到自己的犯罪现场。

我关上灯，正要开门，电话铃声突然刺耳地响起来。我听着铃声，下巴的肌肉都拧成了结，有点疼。我只好关上门，重新打开灯，走过去接起电话。

“喂？”

是个女人的声音。是她的声音。“哈利在吗？”

“一分钟前还在的，艾格尼丝。”

听到这里，她等待了片刻。随后她缓缓说道：“你是哪位？”

“马洛，给你惹麻烦的那个家伙。”

“他人呢？”她很心急。

“他之前提供了某些消息，我来付两百块报酬。那价格依然算数。钱我带了。你在哪儿？”

“他没告诉你吗？”

“没有。”

“也许你还是问他比较好。他人呢？”

“我没法问他。你认识一个叫卡尼诺的人吗？”

电话那头的喘气声清晰得仿佛她就在我旁边。

“你想不想要那两百块？”我问道。

“我——我非常想要那笔钱，先生。”

“那么好的。告诉我应该带到哪里。”

“我——我——”她的声音越来越低，又突然惊恐地嚷道，“哈利在哪里？”

“吓坏了，落跑了。找个地方见我——随便哪里——钱我带着呢。”

“我不相信你——关于哈利的那些话。这是个圈套。”

“噢，放屁。我要是想让哈利蹲班房早就干了。来给你设圈套没有意义啊。卡尼诺不知道从哪儿知道了哈利的情况，哈利就吓跑了。你不想声张，我也不想声张，哈利更不想声张。”哈利已经没法声张了。没人能再让他说出半个字来。“你总不会觉得我是艾迪·马尔斯的跟班吧？”

“不，不。应该不是。我半个小时后见你。到布罗克斯威尔希尔[①]旁边，停车场东入口。”

“好的。”我说。

我把听筒放回基座。杏仁味的气浪再次涌了过来，接着是呕吐物的酸臭。那个矮小的死人静静坐在椅子上，不会再恐惧，不会再变化。

我离开了办公室。昏暗的走廊里没有丝毫动静。那几扇碎石花纹玻璃门后面都没有灯光。我沿着防火楼梯下到二楼，低头看了看亮着灯的电梯轿厢顶。我按下电钮。轿厢摇晃着慢慢动了起来。我继续往楼下走。待我走出大楼的时候，轿厢已经在我头顶上了。

雨势又大了起来。我走进雨中，沉沉的雨滴拍打着我的脸。直到一滴雨落在我的舌头上，我才知道我的嘴张开着，而此时嘴巴侧面的疼痛让我意识到，我的嘴不仅张得很开，还向后紧紧咧着，模仿着哈利·琼斯死去时那深深印刻在脸上的狰狞怪相。

---

① Bullocks Wilshire：洛杉矶著名百货公司。

27

“把钱给我。”

她的声音盖过了那辆灰色普利茅斯颤动的发动机声，雨滴则不断拍打着车前盖。布罗克斯威尔希尔淡绿色塔楼顶上的紫色灯光又高又远，安详而孤僻地耸立在这座黑暗、湿淋淋的城市之外。她伸出戴黑手套的手，我把钞票放了上去。她低头借着仪表盘暗弱的灯光点了点钱。提包咔哒打开，又咔哒关上了。她虚弱地呼出一口气，那气息刚到嘴边就消散了。她朝我身边靠了靠。

“我走了，警探。我要上路了。有了这笔钱我就能远走高飞，老天啊，来得真是及时。哈利怎么了？”

“跟你说他逃走了。卡尼诺不知怎的知道了他的行踪。别管哈利了。钱付了，该告诉我情报了。”

“会告诉你的。上上个礼拜天，我和乔在山麓大街上开车。当时不早了，路灯都亮了，像往常一样，到处都是车。我们驶过一辆小轿车，我看到是个姑娘在驾驶。旁边有个男的，深色头发，挺矮。那是个金发姑娘。我见过她。她是艾迪 · 马尔斯的老婆。那男的是卡尼诺。这两人，只要你见过，保管哪个都忘不了。乔开在前面跟踪起那辆车来。干那个他很拿手。卡尼诺那条看门狗是带她出门兜风来了。朝里阿利特东边开了一英里左右，路拐向了丘陵地带。往南是橘子林，可往北却啥也没有，荒凉得像地狱的后院儿，有座生产杀虫剂的氰化物工厂傍山而建。一下公路就能看到一间小小的修车和喷漆的店铺，老板名叫阿尔特 · 哈克。很可能是窝藏赃车的地方。稍远点是一幢木板房，房子再过去就只见丘陵山地、裸露的石头地表和绵延几英里的化工厂了。那就是她的藏身之处。他们打了个弯驶下公路，乔调转车头返回，发现他们拐入的正是那幢木板房所在的地方。我俩在那边坐了半个小时，看着一辆又一辆开过的车。没人走出来。眼看天色很黑了，乔只好偷偷溜过去看了一眼。他说屋里亮着灯，还开着收音机，门前就停了一辆车，就是那辆小轿车。于是我们就撤了。”

她的话告一段落，我听着威尔希尔大街上“刷刷刷”的车胎摩擦声。我说：“没准他们已经换地方了，不过你能提供的也就是这么些了——多的应该没有了。想必你是认识她的，对吧？”

“要是你见过她，第二次见面时准不会认错。再见，警探，祝我好运吧。我近来遭了不少罪。”

“可不是么。”说完，我走到马路对面上了自己的车。

那辆灰色普利茅斯向前驶去，加速猛冲转过街角，开上日落大道。引擎声渐渐远去，随之一同远去的还有金发女郎艾格尼丝，从此，她的名字不再与我有任何关系。死了三个男人，盖革、布罗迪和哈利·琼斯，如今，这个女人在雨中驾车飞驰，包里装了两百块钱，谁也不知道她的行踪。我发动汽车，开去市中心吃饭。在雨中行驶四十英里是段长路，而且我还希望把车开回来呢。

我往北过了桥，开进了帕萨迪纳，等穿过帕萨迪纳，我几乎是立刻身处橘子林中了。雨滴翻着跟头，在车前灯上溅起有力的白色水花。雨刮器来不及刷干净玻璃，视线始终很模糊。可即便是这淋漓湿透的黑暗也无法遮挡那些橘子树的完美线条，它们沿着道路滚滚而去，仿佛无穷无尽的轮辐戳进夜空。

往来车辆发出撕心裂肺的嘶嘶声，溅起污秽的泥浆水。汽车颠簸着经过一个小镇，四处尽是屠宰场和牲口棚，铁道的岔线穿梭其间。果林渐渐稀疏，越往南橘树越少，路面徐徐上升，气温转冷，北边，蜷伏的黑色丘陵离得更近了，凛冽的寒风从山麓两侧猛扫下来。过了一会儿，黑暗里依稀出现黄色的亮光，原来是两盏蒸汽灯高悬在半空中，中间有块霓虹标牌："欢迎来到里阿利特。"

那些木板房和一条宽阔的主干道远远相隔，接着突然出现了一堆店铺，透过起雾的车玻璃，我看到一爿杂货店亮着几盏灯。电影院门口的车停得跟一窝苍蝇似的，街角有家黑魆魆的银行，装了一台时钟突在人行道上方，人群站在雨里看着窗户，好像里面在演戏一样。我继续赶路。旷野再次包围了我。

命运主导了整台戏。出了里阿利特，刚过大约一英里，开进一个弯道时我上了大雨的当，跟路肩靠得太近了。伴随着一声尖利的狂啸，我的右前胎爆了。我还没来得及刹车，右后胎也爆了。车在我的紧急制动下停了，一半在人行道上，一半在路肩上，我钻了出来，打开手电照了照。两个轮胎瘪了，可备胎只有一个。赫然出现在前胎上的，是一只大号镀锌图钉扁平的屁股。

图钉在人行道上扔了一地。有人把它们往边上扫了，但扫得还不够远。

我"啪嗒"关上手电，站在那儿，吸进呼出的尽是雨水，一边看着一条旁路深处的黄色灯光。那灯光似乎是从天窗里透出来的。那天窗或许是一间修车厂屋顶上的，那修车厂的老板或许名叫阿尔特·哈克，厂子隔壁或许是幢木板房。我一缩脖子，把下巴塞进衣领，朝那亮光走去，接着又回到车上从挡杆上解下证件夹，放进口袋。我屈了屈身，探进方向盘下面。在一块特意加重的活板后面，当我坐在驾驶座上时正好在右腿下方的位置，有一个暗箱。里面放着两把枪。一把是艾迪·马尔斯的跟班莱尼的，另一把是我的。我拿了莱尼那把。它应该比我那把更有实战经验。我把它枪口朝下塞进内袋里，踏上那条旁路。

那间修车厂离公路大约一百码。正对公路的是一堵空白的侧墙。我用手电光飞快地一扫。"阿尔特·哈克——汽车修理和上漆。"我不禁暗笑，可这时眼前浮现起哈利·琼斯的脸，我笑不出来了。修车厂的门关着，但底下隐隐有一道光晕，两半门的中缝里也有一线亮光。我继续走过去。果然有幢木板房，正面的两扇窗户里有灯光，遮着窗帘。那房子跟公路离得很远，建在一片稀疏的树丛后面。门前的砾石车道上停着一辆车。车黑黢黢的，看不太清楚，但那或许是辆棕色的小轿车，属于卡尼诺先生。它蛰伏于此，平静地停在狭长的木头门廊前面。

他会让她偶尔开着这辆车出去兜兜风，他坐在旁边，也许手边还准备了枪。就是那个女人，拉斯蒂·里根本该迎娶她，艾迪·马尔斯留不住她，她却偏偏没有同里根私奔。好一个卡尼诺先生。

我费劲地走回修车厂前，用手电筒的柄砸门。回应我的是片刻垂幕般的寂静，却沉重有如雷声。屋里的灯灭了。我咧嘴笑着站在那儿，舔去唇上的雨水。我“吧嗒”打开手电，照在两扇门的正中央。我呲牙咧嘴朝那个白色光圈笑着。我要找的就是这地方。

一个声音透过门开口了，那是个粗鲁的声音：“你想干吗？”

“开门。我的车在后面的公路上，两个轮胎瘪了，备胎却只有一个。我需要帮忙。”

“抱歉，先生。我们打烊了。往西一英里是里阿利特。可以去那边试试。”

这话我可不爱听。我狠狠踹起门来。我不停踹门。另一个声音传出来了，是个嗡嗡响的声音，像一堵墙后面有台转动的小发电机。我喜欢这声音。那声音说道：“来了个狠角色，啊？开门，阿尔特。”

门闩吱嘎一响，半扇门向你打开了。我的手电短暂地照亮了一张瘦削的脸。接着有个什么亮闪闪的东西扫了下来，打落了我手里的电筒。一把枪指着我。我朝着潮湿地面上的手电筒蹲下去，把它捡起来。

那个粗鲁的声音说道：“把手电灭了，哥们儿。人就是这样挨揍的。”

我关掉手电，直起身来。修车厂里灯亮了，现出一个身穿工作服的高个男人的轮廓。他从打开的门里退后两步，枪还是指着我。

“进来吧，关好门，陌生人。看看我们能做点什么。”

我踏进屋，关上身后的门。我看了一眼那个瘦削的男人，但没看另外那个站在工作台前沉默的模糊身影。这间修车厂里弥漫着火棉涂料的味道，香甜而凶险。

“你没脑子吗？”那个瘦子责怪我道，“今天中午里阿利特有人抢了银行。”

“不好意思，”我说道，想起那群在雨里盯着银行看的人，“我可没抢。我是外地人。”

“嗯，出事儿了，”他阴郁地说，“有人说是一群乳臭未干的小阿飞干的，他们走投无路，只好躲进了山里。”

“这样的夜晚很适合躲藏，”我说，“估计图钉就是他们扔的。我的车扎到了几个。正好来照顾下你的生意。”

“你大概还没挨过别人的耳刮子吧？”那瘦子很不客气地问道。

“反正没有被你这种瘦巴巴的人揍过。”

那边重重阴影里的人用嗡嗡响的声音说道：“别恶狠狠吓唬人了，阿尔特。这家伙遇到了麻烦。你干的不就是修车这行吗？”

“谢谢。”我说。即便是此时我也没有看他。

“好吧，好吧。”那穿工作服的男人咕哝道。他把枪塞进身上一只带翻盖的口袋，咬住指关节，闷闷不乐地抬眼盯着我。火棉涂料的气味乙醚般令人直犯恶心。那一头的角落里，吊灯下停着一辆崭新的大轿车，挡泥板上搁着一把漆枪。

这时我才看了一眼那个工作台边的人。他个子不高，身板厚实，肩膀健壮。他有着冷峻的脸和冷峻的深色眼睛。他穿一件系腰带的棕色仿鹿皮雨衣，沾满了雨滴。一顶棕色帽子，潇洒地歪戴着。他背靠工作台，打量我的时候不紧不慢，神情漠然，仿佛看的是一块冷餐肉。也许人们在他眼里就是这么回事。

他上下翻动着那双深色眼珠，随后一根一根扫视起指甲，又把手指举到灯下，仔细端详起来，就像好莱坞大片教人们做的那样。他抽着烟开口了：

“瘪了俩轮胎，啊？棘手。还以为他们把图钉扫干净了呢。”

“我在弯道有点打滑。”

“你说你是外地人？”

“旅行正好经过。在去洛杉矶的路上。还有多远？”

“四十英里。这种天，显得路更长了。打哪儿来，外地人？”

“圣罗莎。”

“过来很远，啊？是塔霍湖和朗派恩那边吗？”

“不是塔霍湖。里诺和卡尔森市那一带。”

“还是很远啊。”他嘴角一弯，笑容一闪而过。

“路远也犯法吗？”我问他。

“啥？不，当然不犯法。你大概觉得我们喜欢问长问短。就是让那边的抢劫案给闹的。拿上千斤顶，把他的瘪轮胎拆过来，阿尔特。”

“我忙着呢，”那瘦子大吼，“我有活要干。还得给车喷漆啊。你也应该看到了，还下着雨呢。”

棕色衣服的男人和气地说：“天太潮湿了，喷不好的，阿尔特。动身吧。”

我说：“是右侧的前胎和后胎。你要是忙，其中一个换备胎就行了。”

“拿上两个千斤顶，阿尔特。”棕色衣服的男人道。

“哎，我说——”阿尔特咆哮起来。

棕色衣服的男人眼珠子一动，温和平静地注视着他，随后近乎羞涩地垂下了眼睛。他没说话。阿尔特像受到了一阵劲风吹拂一般，剧烈摇晃起来。他大步走到屋角，在工作服的外面套上一件橡胶雨衣，戴上雨帽。他抓起一把套筒扳手和一个小千斤顶，又推着一台千斤顶朝门口走去。

他悄然走了出去，门都没关好。大雨倾泻进来。棕色衣服的男人信步走过去关上门，又信步走回工作台前，落座的位置跟起身前完全一样。此时我本可以拿下他。只剩下我俩。他不知道我是谁。他满不在乎地瞥了我一眼，把香烟头扔在水泥地上，看也不看就踩了下去。

“我想你应该喝一杯，”他说，“把身体里面也弄湿，就扯平啦。”他从身后的工作台里拿出一瓶酒，搁在台子边缘，又在酒瓶旁边放了两个玻璃杯。他给两个杯子分别倒上一点烈酒，把一杯递过来。

我像个傀儡般走过去，接下酒杯。我的脸上还能真切感受到雨水的冰凉。修车厂里的空气本就闷热，加上滚烫涂料的味道，益发令人昏昏沉沉。

“那个阿尔特，”棕色衣服的男人说，“跟所有机修工一样。老是在忙上个礼拜就该做完的活儿。开车去办事？”

我细心嗅了嗅那杯酒。味道是对的。看他先喝了一点我才动杯子。我翻卷着舌头辨别滋味。酒里没有氰化物。我喝完了那一小杯酒，把杯子放到他旁边，走了开去。

“不完全是。”我说。我走到那辆挡泥板上放着一把大型金属漆枪、漆才上了一半的轿车前。雨点重重拍打着平坦的屋顶。阿尔特冒雨一边走，一边咒骂。

棕色衣服的男人看了一眼大轿车。“其实面板上喷一下就行了，”他漫不经心道，喝过酒，他那嗡嗡的嗓音显得更加温柔，“但车主有钱，他的司机想赚一笔。这种行当你懂的。”

我说：“比这种行当还古老的我只见过一种。”我感到嘴唇很干。我不想说话。我点了一根烟。我希望轮胎快点修好。一分钟一分钟紧张地挨过去。棕色衣服的男人和我，这两个萍水相逢的陌生人，抬眼望着对方；我俩之间，是那被害身亡的小个子哈利 · 琼斯。只是棕色衣服的男人还不知道这一点。

屋外传来吱嘎吱嘎的脚步声，门被推开了。灯光打亮了连绵不断的雨滴，将它们映照成了银色的千丝万缕。阿尔特闷闷不乐地把两个沾满泥浆的瘪胎滚进屋，踹上门，放手让一个轮胎翻倒在地。他凶恶地看着我。

“你可真会给千斤顶选地方。”他吼道。

棕色衣服的男人笑了，从口袋里掏出一卷叠在一起的镍币，在手掌心里轻轻抛着。

“别怨气那么大，”他冷冷道，“补胎吧。”

“我这不是在补吗？”

“行了，别补个胎还啰里八嗦一大堆。”

“唷！”阿尔特脱掉橡胶雨衣，摘掉雨帽，扔向一旁。他把一只轮胎举到支架上，恶狠狠地卸掉辋圈。他拆下内胎，迅速补好。他还是闷闷不乐的，大步走到我身旁的墙前，抓起一根软管给内胎充入足量空气，看胎形恢复了，他扯开管子，任由管嘴甩在粉刷过的墙壁上。

我站在那儿，看着那卷镍币在卡尼诺的手里上下起舞。浑身紧绷的紧张时刻已经过去，我放松了警惕。我转过头，看着身旁那个瘦削的机修工抬起鼓胀的内胎，撑开双臂，一只手握着一边。他烦躁地端详着内胎，瞥了一眼屋角那个镀锌大桶里的脏水，咕哝了两句。

他俩配合得一定非常出色。我没看到暗号，没看到意味深长的眼色，也没看到疑似带有特殊含义的手势。那瘦子把鼓胀的内胎高高举起，注视着。他转过半个身子，快速向前跨了一大步，猛地把内胎套过我的头和肩膀——套环正中目标。

他跃到我身后，重重压在橡胶内胎上。他用全身的重量绷住我的胸腔，把我的上臂夹紧在身侧。我的手还能动，却没法够到口袋里的枪。

棕色衣服的男人几乎是跳着穿过房间向我走来的。他握紧了手里那卷镍币。他悄然无声来到我面前，也没有表情。我俯身前倾，试图抱起阿尔特。

这时，握着那卷沉甸甸的镍币的拳头穿过了我摊开的手掌，仿佛一块石头穿透一团灰尘。只见灯光乱晃，眼前的世界虽然没有消失，却模糊不清起来，刹那间我吓呆了。他又打了我一下。我脑袋里没了知觉。那道白光更明亮了。除了极度刺眼的白光，什么都没有。接着是一片黑暗，黑暗里有个红色的东西像条显微镜下的细菌般在蠕动。随后明亮的或蠕动的东西都没了，只剩下黑暗，空无，一股劲风，还有仿若大树纷纷倒地的声响。

28

我眼前好像有个女人，离她不远的地方是盏台灯，她就坐在明亮的灯光里。另一盏灯结结实实打在我脸上，我只好重新闭上眼睛，透过睫毛勉强看她。她被照成了白金色，连她的头发都闪亮得像只银果盆。她穿一件针织连衣裙，宽大的白衣领翻了下来。她的脚边放着一只尖边角、光滑材质的提包。她在抽烟，肘边搁着一大杯浅琥珀色饮料。

我小心地动了动脑袋。疼是疼，但并不比我预期的严重。我被绑得像只行将推入烤箱的火鸡。一副手铐反铐住我的手腕，一根绳子从我背后连出来捆住我的脚踝，一路延伸到我身下的长沙发尽头。随后绳子掉了下去，看不见了。我挪了挪身子，直到确定绳子扎紧了才不动了。

我停下了这些偷偷摸摸的小动作，重新睁开眼睛，说："你好。"

那女人收回了凝视着远处某座山峰的视线。她小巧、坚定的下巴慢慢转过来。她的眼睛是山间湖水的蓝色。头顶上方，雨声还是不断噼啪作响，却又略显遥远，仿佛这是场别人遭逢的大雨。

"你感觉怎么样？"她的声音柔滑，如银铃般悦耳，跟她的头发一样美。那嗓音透着一丝清脆，就像玩偶小屋里铃铛的丁当声。这个念头一出现，我就觉得傻透了。

“很好，”我说，“有人在我的下巴上建了个加油站。”

“那你希望是什么呢，马洛先生——一束兰花？”

“一口简单的松木棺材就可以了。”我说，“把手是铜的是银的无所谓。也别把我的骨灰撒进湛蓝的太平洋。我更喜欢蚯蚓。你知道蚯蚓是雌雄同体，任何一条蚯蚓都能爱上另一条吗？”

“你有点神志不清了。”说着她严肃地盯了我一眼。

“介意把这灯给挪开吗？”

她起身走到长沙发后面。灯灭了。此时的黑暗堪称福祉。

“我倒不认为你有那么危险。”她说。她非但不矮，而且挺高的，但不是那种豆秆身材。她虽苗条，却并不干瘦。她坐回了椅子上。

“这么说你知道我的名字。”

“你睡得很沉。他们有充足的时间搜你的口袋。就差给你加防腐剂了。原来你是个侦探。”

“他们对我的了解仅限于此？”

她沉默了。烟雾从香烟上朦朦胧胧飘出来。她向半空中一挥手，驱散烟雾。她的手纤小而有致，跟如今常见的那种瘦骨嶙峋、如耕地工具般的女性手掌很不一样。

“现在几点了？”我问。

透过袅袅的烟雾，借着昏黄台灯光芒的边际，她斜眼看了看手腕。“十点十七分。你有约？”

“不出意外是有约的。这屋子是阿尔特·哈克的修车厂隔壁那间吗？”

“是的。”

“他俩在干吗——挖坟墓？”

“他们得去别处办事。”

“你是说他们留你一人在这儿？”

她又缓缓转过头来。她笑了："你看上去并不危险。"

"你大概是他们的囚犯吧。"

她听了这话好像并不吃惊。甚至有点觉得好笑。"你为什么这么觉得？"

"我知道你是谁。"

她碧蓝的眼睛敏锐地一闪，我几乎能看到那一瞥如挥剑般一扫而过。她嘴角的肌肉绷紧了。但声音却没有变化。

"那恐怕你的处境就很麻烦了。我讨厌杀人。"

"你是艾迪·马尔斯的太太吧？真丢人！"

她听了很不高兴。她怒视着我。我咧嘴一笑。"那杯你不太稀罕的酒分我一点行吗？除非你能打开这副手铐，不过我建议你还是别那么做。"

她把杯子拿了过来。酒里腾起泡沫，犹如虚幻的希望。她朝我俯下身来。她的气息柔和得好比小鹿的眼眸。我大口喝下酒。她从我嘴边拿开酒杯，看着几滴酒流下我的脖子。

她又一次俯下身来。热血开始在我周身涌动，我仿佛成了个参观新居的未来房客。

"你的脸就像块蛋奶烘饼。"

"能看就多看两眼吧。这副样子也保不住多久了。"

她迅速一转头，听着。有一刻，她的脸变苍白了。只不过是雨水滴到墙上的声音。她回到房间另一头，侧身朝我站着，微微屈身向前，低头看着地面。

"你干吗要来这儿多管闲事呢？"她静静问道，"艾迪又没得罪你。你完全清楚，要不是我躲在这儿，警察早认定是艾迪杀了拉斯蒂·里根了。"

"就是他杀的。"

她没动，姿势没有丝毫变化。她的呼吸有点急促，带着刺耳的声响。

我环顾了一下房间。有两扇门，在同一面墙上，一扇半开着。红棕相间的方格地毯，蓝色窗帘挂在窗前，墙纸上印着翠绿的松树图案。家具像是在巴士座椅上打广告的那种店里买来的。漂亮，却将人拒之千里。

她柔声道："艾迪根本没有对他怎样。我好几个月没有见到拉斯蒂了。艾迪不是那种人。"

"你不跟他过了。你一个人住。之前你住的地方的人认出了里根的照片。"

"撒谎。"她冷冷道。

我努力回想格里高利上尉有没有说过这个。可我脑袋一团浆糊。无法确定。

"而且跟你无关。"她补充道。

"整件事都跟我有关。我是受雇来查案子的。"

"艾迪不是那种人。"

"噢，原来你喜欢开赌场的。"

"只要有人赌博，就会有赌场。"

"这不过是保护性思维。犯了一次法，你就打算一条道走到黑了。你认为他只是开开赌场。我却认为他还是淫秽作品书商、诈骗犯、赃车掮客、远程控制杀人犯和收买警察的坏蛋。什么看上去对他有利，什么有钱可赚，他就干什么。别说什么灵魂高尚的黑帮老大之类，我不吃这一套。他们不可能是那样的。"

"他不是杀人犯。"她的鼻孔仿佛在冒火。

"他不会亲自动手。他有卡尼诺。卡尼诺今晚刚杀了个人，一个想帮别人逃走的无辜的矮子。"

她疲倦地笑了。

"好吧，"我怒喝道，"不信拉倒。要是艾迪真是这么个好人，我倒想跟他单独谈谈——卡尼诺不能在场。你知道卡尼诺会干些什么——打掉我的牙齿，然后因为我咕哝了两声就飞踹我的肚子。”

她收回前倾的脑袋，深沉而内敛地站在那儿，想理出个头绪。

“我觉得白金色的头发已经过时了，”我继续见缝插针，只是为了不让房间里静下来，只是为了避免去听。

“是假发，傻子。我头发还没长好。”她伸手扯掉了假发。她自己的头发剪短了，成了个假小子。她又戴好假发。

“谁把你弄成这样的？”

她一脸惊讶。“我自己啊。干吗？”

“没错。干吗要这样？”

“干吗？为了告诉艾迪，他想让我做什么我都愿意——比如躲起来。那样他就不必派人保护我了。我不会让他失望的。我爱他。”

“天哪！”我叹息道，“那你还让我在这儿跟你同处一室。”

她翻过一只手掌，盯着看。突然，她走出了房间。回来时她拿着一把菜刀。她俯身割起绑我的绳子来。

“开手铐的钥匙在卡尼诺那儿，”她喘着气说，“那个我就没什么办法了。”

她退后两步，急促地呼吸着。她割开了绳子的每一个结。

“你这人真有意思，”她说，“都到这步了，还一点正经没有。”

“我本以为艾迪不是杀人犯。”

她很快转过身去，回到台灯边的椅子前坐下，头埋进手里。我一摆腿，下地站起来。我腿麻了，路都走不稳。我左半边脸上神经的每根经脉都在跳动。我迈了一步。我还能走路。必要时，也能跑。

“我猜你是要放我走。”我说。

她头也不抬地点点头。

“你最好跟我一起走——要是你还想活命的话。”

“别浪费时间了。他随时会回来。”

"给我点根烟。"

我站在她身旁，碰了碰她的膝盖。她猛地一颤，站了起来。我俩的眼睛相距不过几英寸。

"你好，银发套姑娘。"

她往后一退，绕过椅子，从桌上飞快地拿了一包香烟。她手指戳进那包烟，拈出一根野蛮地塞进我嘴里。她的手在抖。她啪地抓起一个小巧的绿色皮质打火机，举到香烟前。我吸了一口，凝视着她如湖水般湛蓝的眼睛。趁她还近在身旁，我说道：

"是一个名叫哈利·琼斯的小矮子引我来见你的。这小矮子常常出入鸡尾酒酒吧，收几笔赌注，赚点小钱。他也打探别的情报。有次这小矮子听到了一条关于卡尼诺的消息。靠着某种办法，他和他朋友知道了你在哪里。他跑来向我兜售这情报，因为他知道——至于他是怎么知道的就说来话长了——我在为斯特恩伍德将军做事。情报到了我手里，可那小矮子落到了卡尼诺手里。他现在已经是只死鸟了①，羽毛竖起，脖子耷拉，嘴上粘着一滴血。卡尼诺杀了他。可艾迪·马尔斯不会那么干的，对吧，银发套姑娘？他从来不杀人。只会雇别人代劳。"

"出去，"她厉声道，"赶紧出去！"

她的手悬在半空，紧抓着那只绿色的打火机。手指绷得很紧。关节苍白如雪。

"但卡尼诺不知道我知道他同小矮子之间的事，"我说，"他只知道我在四处探查。"

这时她笑了。那简直是震天动地的笑。她笑得前俯后仰，仿佛一棵树遭到劲风吹拂。我听出那笑声里透着困惑，不尽是惊讶，但正如将一个全新的想法加进熟知的事物中，总有抵牾。随后我觉得我把一阵笑声

---

① "bird"（鸟）在口语里也有"人"的意思。

想得太复杂了。

“非常奇怪，”她上气不接下气地说，“非常奇怪，因为你知道——我还是爱着他。女人——”她又开始狂笑了。

我专注地听着，脑袋里咚咚作响。但其实只有雨在下个不停。“走吧，”我说，“快！”

她后退了两步，脸色严峻起来。“你给我出去！出去！你可以走去里阿利特。你能办到的——你可以闭上嘴巴——至少闭上一两个钟头。就算是报答我吧。”

“走吧，”我说，“有枪吗，银发套姑娘？”

“你知道我是不会走的。你知道的。求求你赶紧离开吧。”

我迈步往前靠近她，几乎要压在她身上。“放了我，你还准备待在这儿不走？等那个杀人犯回来跟他说很抱歉？他杀起人来就像拍死只苍蝇。当然不行。你得跟我走，银发套姑娘。”

“不。”

“假设，”我不太具有说服力地说，“你那帅气的丈夫真的杀了里根呢？或者假设是卡尼诺干的，而艾迪并不知情。就当是假设。放了我之后，你还能活多久？”

“我不怕卡尼诺。我总归是他的老板娘。”

“艾迪是一碗玉米粥，”我咆哮道，“卡尼诺可以用个勺子一点点吃光他。他对付艾迪就像猫儿去抓一只金丝雀。一碗玉米粥罢了。像你这样的姑娘爱上谁都行，就是不该爱上一碗玉米粥啊。”

“出去！”她几乎朝我啐了一口。

“好吧。”我转身背对着她，穿过那扇半开的门走进一条漆黑的过道。这时她追了上来，挤到我身前打开了大门。她朝门外下着雨的黑夜里仔细张望，听着动静。她挥手让我向前。

“再见。”她喘着气说，“希望一切都合你心意。除了一件事。艾迪没有杀拉斯蒂·里根。等他想露面的时候，你会在某个地方发现他活得好好的。”

我靠紧她，用身体把她压在墙壁上。我伸嘴贴住她的脸。我就这样对她说起话来。

“不用着急。这一切都经过预先的安排、细致的排练和精确的计算。就像一档电台节目。根本不用着急。吻我，银发套姑娘。”

她的脸被我的嘴巴贴着，冷若冰霜。她抬起手，抓住我的头，狠狠地亲了我的嘴唇。她的唇同样冷若冰霜。

我走到门外。悄无声息，门在我身后关上了。吹拂进门廊的雨点也没有她的嘴唇冷。

29

隔壁的修车厂里漆黑一片。我穿过砾石车道和一片湿漉漉的草坪。路面上流着一道道细水，汩汩地淌进道路另一边的壕沟里。帽子不见了。肯定掉在修车厂里了。卡尼诺懒得把帽子还给我。他没想到我还会用得着。我想象着他兴高采烈在雨中驾车独自归来的样子——消瘦、阴郁的阿尔特，很可能还有那辆偷来的车都被他留在了安全的地方。她爱着艾迪·马尔斯，为了保护他而躲了起来。所以，等他回来时会发现她在屋里，身旁是台灯和没有喝过的酒，而我被绑在长沙发上。他会把她的细软搬上车，仔细检查一番屋子，确保没有落下任何罪证。他会叫她出去等。她不会听到枪响。近距离作战，用一根包革铁棒照样管用。他会跟她说，就让我绑着，过会儿我会自己挣脱的。他以为她是傻子。好一个卡尼诺先生。

雨衣的前襟开着，可我手被铐住了，没法扣扣子。衣服的下摆拍打着我的大腿，像一只疲倦的大鸟的翅膀。我来到了公路上。积水映着车头灯光，汇成一个巨大的涡旋，迎送往来车辆。车胎轧过地面的刺耳声响转瞬即逝。我的车停在原地，两个轮胎都修复并且装好了，有必要的话，随时可以开走。他们什么都想到了。我上了车，侧身弯腰钻进方向盘下面，摸索着掀开暗箱的皮盖子。我找到了另外那把枪，手在雨衣下面拿着它开始往回走。整个世界渺小、封闭、黑暗。这世界里只剩下卡尼诺和我。

走到半路，两道车头灯光差点照到我。灯光很快移开了路面，我滑下陡坡，扑通一声跌进了湿漉漉的壕沟里，吃了好几口脏水。那辆车轰鸣着驶过，并未减速。我抬起头，听到车胎离开路边转上那条砾石车道时发出的刮擦声。马达歇了，车灯熄了，车门砰地关上了。我没听到房门关上的声音，但树丛间流泻出了一束束纤细的光亮，像是窗前拉开了帘子，或者过道里点上了灯。

我回到湿润的草地，踩着水走了过去。车隔在我和房子之间，枪在我身侧，恰好是我右手绕过来可以够到最远的位置，再用力一点我的左手就要被扯断了。车里黑漆漆、空荡荡，很暖和。雨水在散热器上汩汩淌着。我站在车门前朝里面眯眼看了看。钥匙插在仪表盘上。卡尼诺相当自信。我绕到车身另一边，轻手轻脚地闯过砾石道，走到窗前细听。听不到任何人说话，只有雨滴打在排水沟底部的金属弯道上发出的急促的当当声。

我继续听着。没有响亮的说话声，一切都安静而优雅。他应该正“嗡嗡”对她说话，她则告诉他，她把我放走了，我保证过不会再来追查。他不会相信我的话，正如我不会相信他的话。所以他不会在那儿待上太久。他会带着她上路。我只需等他出来就行了。

可我等不及了。我把枪换到左手，俯身抄起一把石子，朝纱窗上扔过去。这一下扔得绵软无力。只有几粒碰到了纱窗上方的玻璃，但那零星细琐的撞击声已然犹如大坝决堤。

我奔回车那边，迈上车后的踏板。这时屋里的灯已经熄了。成功了。我静静蹲伏在踏板上，等待着。还是不行。卡尼诺太狡猾了。

我直起身子，倒退着钻进车里，四下摸索着转动了车钥匙。我伸脚去够，可起动开关肯定是在仪表盘上。我终于找到了开关，一拉，车发动了。尚有余温的引擎起动了。它轻轻地，心满意足地隆隆响起来。我回到车外，蹲在后轮旁边。

我浑身发抖，但我知道这最后一招定会激怒卡尼诺。他非常需要这辆车。一扇漆黑的窗户一英寸一英寸拉下来，若非玻璃上的些许光线变化，我都不知道窗在动。突然窗里碰出火星，呼啸着传来三声前后相连的急促枪响。车玻璃裂开了花。我痛苦地尖叫起来。接着尖叫转为哀嚎。哀嚎过后是液体流淌的汩汩声，涌动的鲜血令我窒息。演得很逼真。我相当满意。卡尼诺也相当满意。我听到他在笑。他的笑响亮而震撼，一点不像他说话时的瓮声瓮气。

接着是短暂的沉寂，只剩下雨声和轻轻响着的引擎。随后屋门悄然打开了，黑夜里就此多了一块更黑的区域。一个人影警惕地出现在门洞里，脖子里绕着一圈白的东西。是她的领子。她僵着身子走到门廊里，像一个木头人。我瞥见了她银色假发上的惨白亮光。卡尼诺有条不紊地在她身后半蹲着前行。煞有介事得简直好笑。

她走下台阶。现在我能看到她苍白僵硬的脸庞了。她朝车子走来。他拿她当防御壁垒，生怕我还能朝他眼睛上吐唾沫。她的声音透过潺潺的雨声，语气极其平板地缓缓说道："我什么也看不见，拉什。车窗上都是雾气。"

他咕哝了两声，那姑娘的身体猝然一动，像是他用枪猛推了一下她的后背。她再次上前来，走近那辆没有亮灯的车。我看到他站在她身后，看到他的帽子，他的侧脸，他壮硕的肩膀。那姑娘身子一挺，尖叫起来。那声撕心裂肺的凄美叫声像一记左勾拳般震撼了我。

“我看到他了！”她叫喊道，“在车窗里！就在方向盘后面，拉什！”

他像只铅筒似的掉进了陷阱里。他粗暴地把她推到一旁，一跃而上，急切地抬起手来。又是三道火光划破黑暗。玻璃又碎了一些。一颗子弹穿了过去，射在我身旁的一棵树上。一块碎片嗖地飞到了远处。可引擎还是静静地转动着。

他身子压得很低，蹲在暗处，他的脸是一团模糊的灰色，仿佛是在那三道子弹的火光过后缓缓重现原形的。如果他拿的是一把左轮手枪，子弹可能已经打完了。也可能并没有。他开了六枪，但出门前或许重新装过弹。但愿如此。我不想他拿的是一把空枪。不过那也可能是一把自动手枪。

我说：“完了？”

他猛地转过身来。也许正派的做法是让他再开一两枪，就像老派的绅士一样。但他还举着枪，我等不及了。没时间当老派的绅士了。我朝他开了四枪，那把柯尔特勒得我肋骨疼。枪从他手里蹦了出来，仿佛被人踢了一脚。他伸出双手捂住肚子。我能听到他的手重重地拍打在身上。他就这样笔直向前倒去，两只宽大的手紧紧抓着自己。他脸朝下倒在潮湿的砾石路上。他就此再也不做声了。

银发套姑娘也不做声。她僵直地站着，任凭纷乱的雨点落到身上。我绕到车的另一边，鬼使神差地踢开了他的枪。随后我追上去，侧着身下腰把枪捡起来。这样一来，我跟她靠得很近了。她闷闷不乐地说着话，仿佛是在自言自语。

“我——我就怕你会回来。”

我说：“我们约好了的。我跟你说过一切都是安排好的。”我像个疯子似的大笑起来。

她弯下腰，摸了摸地上的卡尼诺。过了片刻，她站了起来，手里是一根细链条上的一把钥匙。

她悲伤地说："你非杀他不可吗？"

我的笑开始得突然，如今停止得也突然。她走到我身后，打开了手铐。

"是的，"她柔声道，"我想你别无选择。"

30

又是新的一天，阳光再次普照大地。

雨后，法院大楼洁白明净，失踪人口调查局的格里高利上尉从装有栅栏的二楼办公室的窗户里忧郁地向外张望着。他坐在转椅上笨拙地转来转去，用带有烫伤疤痕的大拇指摁着烟丝，冷峻地盯着我。

"这么说你又惹麻烦了。"

"噢，看来你都听说了。"

"老弟，我整天屁股不离座，看上去好像没有脑子。但我听说的东西会叫你大吃一惊。杀了这个卡尼诺挺好，但要重案组的伙计们给你发奖牌是不可能的。"

"我身边到处是打打杀杀，"我说，"我还没参加过呢。"

他耐心地笑笑。"谁告诉你那个姑娘是艾迪·马尔斯的太太的？"

我对他说了。他仔细听着，打起哈欠来。他抬起托盘似的手掌，轻轻拍打着镶金的烟嘴。"你大概觉得我早该找到她。"

"这样想很正常吧。"

"或许我是知情的，"他说，"或许我认为艾迪和他老婆想这样玩一把，那聪明的应对办法——我能想到的最聪明的应对办法——就是让他们以为自己能过关。另外，你大概觉得我放艾迪过关还有很多私人原因。"他伸出一只大手，拇指抵在食指和无名指上摩擦。

"不，"我说，"我其实并没有那样想。哪怕是发现艾迪好像对那天我俩在这儿的谈话一清二楚的时候，也没有。”

他挑起眉毛，仿佛挑眉毛很费力似的——这把戏他已经生疏了。一时间他的额头布满褶皱，等放松下来，尽是白色的纹路。我看着那一条条纹路由白转红。

“我是个警察，”他说，“只是个普通的警察。人还算正直。在一个丧失了格调的世界里，你也只能期盼一个人保持这么点正直了。今天早上我叫你过来，主要就是因为这个。我想让你相信：身为警察，我希望看到法律获得胜利。我希望看到艾迪·马尔斯那种衣冠禽兽被关进福尔森监狱，在采石场里弄断手指甲，还有那些在贫民窟长大的穷苦恶汉，犯过一次事蹲了大牢，从此可以改过自新。这些是我希望看到的。你我都活了太久，久到不相信这样的景象有朝一日会出现在我面前。不会出现在这座城市，不会出现在面积只有它一半大小的任何城市，不会出现在这广阔、青葱而美丽的国家的任何地方。因为我们根本不是这样治理国家的。”

我一言不发。他突然向后一晃脑袋，吐出烟来，看了看烟斗的咬嘴，说道：

“但这并不是说我认为艾迪·马尔斯弄死了里根，或者他有任何这么做的理由，退一步讲，就算他有理由，也不见得会这么做。我只是觉得他知道一些相关的事情，而这些事情迟早会大白于天下。把他妻子藏在里阿利特很幼稚，但一个爱耍滑头的家伙会把这种幼稚视作聪明。昨晚地方检察官问完他话之后，我把他叫到了这里。他对一切供认不讳。他说他认识的卡尼诺就是个可靠的保镖，所以他才雇用他。他不了解他的兴趣爱好，也不想去了解。他不认识哈利·琼斯。他不认识乔·布罗迪。他当然认识盖革，但很肯定地说不了解他的生意。这些你大概都听过了。”

“是的。”

“你在里阿利特干得很漂亮，老弟。没有试图掩盖实情。如今我们会把出处不明的子弹记录在案。有天你或许会再次使用那把枪。到时候你就受制于人了。”

“我昨晚那几枪打得很漂亮。”说完，我斜睨了他一眼。

他把烟丝敲了出来，深沉地低头凝视着。“那姑娘怎么样了？”他头也不抬地问道。

“我不知道。他们没有扣下她。我们做了三次陈述，一次对王尔德，一次对警察局长办公室，一次对重案组。他们把她放了。之后我就没见过她。不过我也没指望能再见她。”

“听他们说是很不错的姑娘。不像是个会干坏事的人。”

“确实是很不错的姑娘。”我说。

格里高利上尉叹了口气，抓乱了那头灰发。“只剩下一件事，”他几乎是温柔地说，“你看上去是个好人，但做事太冒失了。如果你真的想帮助斯特恩伍德家——别掺和了。”

“我想你说得对，上尉。”

“你感觉如何？”

“棒极了，”我说，“我站在好几块各式各样的地毯上被人差不多骂了一个晚上。在此之前我浑身湿透，鼻青脸肿。状态简直完美。”

“不然你还想怎样，老弟？”

“没啥别的想法。”我站起身，朝他咧嘴一笑，开始向门口走去。等我快走到的时候，他突然清了清嗓子，厉声说道：“前面的话我都白讲了是吗，嗯？你还是认为你可以找到里根。”

我转过身，直视着他的眼睛。“不，我不认为我可以找到里根。我连试都不会去试了。这下你称心了吧？”

他缓缓点了点头。接着耸了耸肩：“我也不知道自己为什么要说这个。祝你好运，马洛。随时过来。”

“谢谢，上尉。”

我下楼走出法院，从停车场取了车回到了霍巴特大厦的家里。我脱了外套躺在床上凝望天花板，听着外面往来车辆的喧闹声，看着阳光慢慢移动过天花板一角。我努力想入睡，但就是睡不着。虽然不是一天里喝酒的时间，我还是起来喝了一杯，重新躺下。还是睡不着。我脑子里仿佛有个时钟在滴答作响。我在窗沿上坐起身，把烟丝填进烟斗，大声说道：

“那个老混账肯定知道点什么。”

这斗烟抽起来苦得像碱水。我把烟斗放到一旁，重新躺下。我的思绪在虚假记忆的汪洋里漂荡，我好像在一遍又一遍做同样的事，去同样的地方，遇见同样的人，对他们说同样的话，一遍又一遍，可每一遍都像是真实的，仿佛真实发生过而且是初次发生一样。我在公路上开着车冒雨疾驰，银发套姑娘缩在角落里一言不发，所以等到达洛杉矶时我俩又变成彻底的陌生人了。我下车走进一家全天营业的杂货店，打电话给伯尼·奥尔斯说我在里阿利特杀了人，正在去王尔德家的路上，艾迪·马尔斯的妻子跟我在一起，她是目击者。我驶过寂静、被大雨洗刷得很明亮的一条条街道，到了拉法耶特公园，开进王尔德那座大木板房的停车门廊里。走廊的灯已经亮了，奥尔斯提前打过电话说我要来。我走入王尔德的书房，他穿着一件印花晨衣坐在书桌后面，脸色凝重，一根花斑雪茄一会儿在他指间转动，一会儿缓缓上升，送进他带着苦笑的嘴里。奥尔斯在场，有一个警察局长办公室派来的瘦子，他一身灰，学究气十足，模样和谈吐都像个经济学教授，不太像警察。我陈述着事情的来龙去脉，他们静静听着，银发套姑娘坐在幽暗处，双手交叠在大腿上，谁也不看。来了很多电话。还有两个重案组的人，他俩看我的样子就像我是从巡回马戏团里逃出来的某种怪兽。我又开车上路了，身旁坐着其中一个重案组的人，要去富尔怀德大厦。我们走进那房间的时候，哈利·琼斯还瘫坐在书桌后面的椅子上，死人脸上扭曲的僵硬表情和屋里酸甜的味道都没变。随行的有个验尸官，非常年轻、高大，面对这样的场面脖子上红色的汗毛根根竖起。还来了个取指纹的，看他忙成一团，我告诉他别忘了气窗上的窗闩。(他在上面发现了卡尼诺的指纹，那钟爱棕色的家伙就留下了这么一处指纹来证明我没有胡编。)

我回到了王尔德家，在一份他的秘书在另一间屋子里复印好的报告书上签字。接着门开了，艾迪·马尔斯走进来，看到银发套姑娘，他脸上陡然闪过一丝微笑，他说："你好，亲爱的。"可她没有看他也并不作答。艾迪·马尔斯精神饱满、心情愉快，身穿一套深色便装，花呢大衣外面搭着一条带流苏装饰的白围巾。然后他们走了，每个人都离开了房间，只剩下我和王尔德。王尔德用冰冷、愤怒的声音道："这是最后一次了，马洛。下次你要再这么不规矩，我就把你抓起来喂狮子，不管谁会为此伤心。"

我就这样躺在床上，看着一小块阳光沿着屋角徐徐下降，脑海里一遍又一遍重演着这些场景。这时电话铃响了。是斯特恩伍德家的管家诺里斯，声音还是那样疏远。

"马洛先生吗？我给您办公室打电话没人接，所以冒昧打到您家里来了。"

"我差不多一晚上都在外面。"我说，"还没睡。"

"原来如此，先生。方便的话，将军想今天早上见您，马洛先生。"

"等我半个小时左右，"我说，"他还好吗？"

"他卧床了，先生，不过情况不坏。"

我刮了脸，换了身衣服，朝门口走去。接着我折回去把卡门的珍珠柄左轮手枪放进口袋。阳光是那样明媚，在眼前闪烁跃动。二十分钟后，我来到了斯特恩伍德府，驱车开上坡道停在侧面的拱门下面。这会儿是十一点十五分。大雨过后，鸟儿在装点庭院的树丛间狂热地歌唱，阶梯状的草坪绿得像爱尔兰国旗，整座庄园焕然一新，仿佛是十分钟前刚建起来的。我按了按门铃。距离第一次按这个门铃已经过去五天了。我感觉像过了一年。

一个女仆开了门，带我穿过侧面的走廊进入大厅，说诺里斯先生很快就下来。大厅丝毫没有变化。壁炉台上方的画像里还是那双炽热的黑眼睛，彩色窗玻璃上的骑士仍旧解不开把那位淑女同树绑定的绳结。

几分钟之后，诺里斯出来了，他也完全没有变。那双犀利的蓝眼睛同之前一样疏远，灰里透粉的皮肤看上去又健康又安详，他的动作似乎要比实际年龄年轻二十岁。反倒是我，感觉岁月不饶人。

我们走上铺了瓷砖的楼梯，转向维维安卧室的相反方向。每走一步，这房子就愈发庞大愈发寂静。我们到了一扇巨大而老旧的门前，那门仿佛是从教堂里拆过来的。诺里斯轻轻打开门，朝里张望。随后他让到一旁，我从他面前进了屋，走过好像差不多有四分之一英里的地毯，才来到一张装有华盖的大床前——亨利八世就是死在这样一张床上的。

斯特恩伍德将军靠着枕头坐了起来。他那双毫无血色的手交叉放在被单上。在被单的映衬下，那双手呈灰色。他的黑眼睛仍旧充满斗志，脸上的其余部分却依然像一张死人脸。

“请坐，马洛先生。”他的声音带着疲惫，还有点生硬。

我把一只椅子拉到他跟前，坐下来。窗户统统紧闭着。在一天中这个时间，屋里竟是黑洞洞的。遮篷挡住了天空中照耀下来的每一丝光亮。空气里透着上了年纪的东西特有的甜味。

他一言不发地盯着我看了整整一分钟。他动了动一只手，仿佛是要向自己证明他还能动，随后又放回到了另一只手上。他有气无力地说：

“我没有让你去找我女婿，马洛先生。”

“可您心里是想的。”

“我没请你去找他。你太自作主张了。通常我想要什么会直说的。”

我什么也没有说。

“你的报酬已经付清了，”他继续冷冷说道，“这样也好，那样也罢，那笔钱都不重要。我只是觉得你辜负了信赖。当然你不是有意的。”

说到这儿他闭上了眼睛。我说：“您要见我就是为了这个吗？”

他又一次睁开眼睛，动作极其缓慢，好像他的眼皮是铅铸成的。“这句话大概惹你生气了。”他说。

我摇摇头。“您的地位在我之上，将军。这地位的差距我一丝一毫也不会僭越。考虑到您所必须忍受的，这点优越并不过分。您可以随心所欲对我说任何话，我连生气的念头都不会有的。我愿意把您的钱还给你。这对您也许不算什么。对于我却是有意义的。”

“对于你有什么意义？”

“意义在于，我的工作没有令客户满意，我拒绝报酬。就是这样。”

“你做过很多没有令客户满意的工作吗？”

“做过一些。谁都会的。”

“你为什么去见格里高利上尉？”

我往后一靠，把一条胳膊搭在椅背上。我端详着他的脸。看不出个所以然来。我不知道他问题的答案——给不出满意的答案。

我说：“我确信您把盖革写的那些纸条给我看主要是想试试我，你有点担心里根参与其中来勒索您。当时我还对里根一无所知。直到跟格里高利上尉谈过话，我才明白里根百分之百不是那种人。”

“这回答不了我刚才的问题吧？”

我点点头。“是的。回答不了您刚才的问题。我可能只是不愿承认我在凭直觉办事。那天早上我在外面那间兰花暖房里见完您，里根太太把我叫去了她屋里。她好像认为您雇我是为了找她丈夫，她好像不太乐意。不过她透露了‘他们’在某间车库里找到了他的车。所谓‘他们’，只可能是指警察。所以警察肯定掌握了一些相关的情况。如果确实如此，那这案子就该归失踪人口调查局办。当然我不知道是不是您报的案，或者是别的什么人，或者他们究竟是不是因为有人报案才发现有辆车被遗弃在车库里。不过我熟悉警察，知道只要他们掌握这些情况，就会进一步有所了解——尤其因为您的司机恰好有前科。我不知道他们还能挖掘出多少情况。这启发我想到失踪人口调查局。那天晚上我同王尔德先生在他家详细谈到了盖革和一些别的事，他当时的举止令我相信自己的判断没错。我俩单独待过一分钟，他问我您是否对我说了您在寻找里根。我说您告诉过我您希望知道他的下落，他是否安然无恙。王尔德嘴唇一抿，样子有点奇怪。这么一来我就全明白了，好比他明确说，'寻找里根'的意思是用警方的力量来寻找他。就算在那个时候，我还是尽力以'不告诉他任何他还不知道的事情'这一原则同格里高利上尉接触。"

"但你听凭格里高利上尉认为我雇你是为了寻找拉斯蒂？"

"是的。我想是这样——既然我确定是他在办案。"

他闭上了眼睛。眼皮微微抽搐了几下。他闭着眼睛说道："你觉得这合乎道德吗？"

"是的，"我说，"合乎道德。"

他又睁开了眼睛。两道犀利的黑光从那张死人脸上猛地射出来，叫人心惊肉跳。"我可能不太明白。"他说。

"或许吧。失踪人口调查局的头头可不是个空谈家。他要是只会空谈，也到不了那个位子。是个非常聪明伶俐的家伙，偏偏要装糊涂，让人以为他是个厌倦了工作、对上级唯命是从的中年人——一开始，这一招他屡试不爽。但我可不是在跟他玩挑棒游戏。在我这行里，免不了要经常虚张声势。不管我对一个警察说什么，到他那里总是要打折扣的。而对那个警察来说，我说什么都区别不大。雇我们这行的人干活，可不像雇一个洗窗工那样，只要指着八扇窗户对他说：'把它们洗干净就完事了。'您不了解为完成你托付的工作我得经历、克服和遭受多少。

我有我做事的方式。我尽全力保护您，我也许会打破一些规矩，但我之所以打破它们是为了您好。客户至上，除非他心术不正。即便那样，我也只会把工作交还给他，为他保守秘密。毕竟你没有叫我别去找格里高利上尉。”

“很难对你提出那样的要求。”他说道，带着一丝若隐若现的笑。

“嗯，我做错了什么？您的管家诺里斯好像认为盖革一死，整件案子就结束了。我可不这样看。盖革敲诈的方式令我很困惑，直到现在也是。我不是夏洛克·福尔摩斯或者菲洛·万斯[1]。我不会期待在警察搜过一遍的地方发现一个断掉的钢笔头，由此破获一整桩案子。要是您以为在侦探这个行当里有谁是靠干这种事谋生的，那是你对警察了解不够。就算他们会粗心大意，也绝不会看漏这类东西。我并不是说当他们放开手脚干活的时候，常常会真的看漏东西。但如果他们百密一疏，那忽略的会是相对稀松和模糊的东西，比如盖革那种人给您寄来欠条，叫您像个绅士那样掏钱——盖革，做着见不得光的生意，朝不保夕，依靠一个黑社会头子庇护，也至少得到了一部分睁一只眼闭一只眼的警察的消极保护。他为什么要那么做？是想看看有没有什么能向您施加压力。如果有，您就会付他钱。如果没有，您则会不予理睬，等待他下一步行动。但您确实感受到了某种压力。您放不下里根。您生怕他不再是从前的样子，他当初待在您身边，对您好，只是为了做足准备动您银行账户的脑筋。”

他开口说起话来，可我打断了他。“就算是那样，您在乎的也不是您的钱。甚至不是您的女儿。您多少已经放弃她俩了。您的自尊心依然很强，不甘被当成笨蛋耍——而且您是真的喜欢里根。”

---

① Philo Vance：S·S·范·戴恩（S.S. Van Dine，即 Willard Huntington Wright 的笔名）所著的12部犯罪小说（出版于20世纪20年代至30年代间）中的人物，擅长以心理分析进行推理破案。

屋里安静了下来。随后将军静静地说："你他妈说得太多了，马洛。我没理解错的话，你还在试图解决这个难题？"

"不，我不干了。我受到了警告。警局的人觉得我太冒失。所以我才觉得应该把钱退还给您——因为按我的标准，活还没干完。"

他微微一笑。"不干了？那可不行，"他说，"我要再付一千块请你寻找拉斯蒂。他不必回来。我连他的下落都不需要知道。人有权选择自己的生活。他抛下我的女儿，甚至突然离去，我都不怪他。也许是一时冲动。不管他在哪儿，我只想知道他是否安好。我想让他亲自向我报个平安，如果他正好需要钱，我希望他也能收下我的心意。我说清楚了吧？"

我说："是的，将军。"

他休息了片刻，瘫坐在床上，他闭着眼睛，眼皮黑黢黢的，嘴巴抿得很紧，毫无血色。他精疲力尽了。他的身体快要败下阵来。他再一次睁开眼睛，勉强朝我咧嘴一笑。

"我想我是个多愁善感的老笨驴。"他说，"一点没有军人的样子。我很喜欢那个小伙子。在我看来，他好像非常纯洁。一定是我在判断人性这方面太自负了。帮我找到他，马洛。找到他就好。"

"我会尽力的，"我说，"您现在该休息了。我都对您唠叨了半天了。"

我迅速站起身，穿过宽阔的地板走出了房间。我还没打开门他的眼睛就又闭上了。他的双手无力地搭在被单上。他远远比大多数死人看上去更像死人。我轻轻关上门，沿着二楼的过道走下楼梯，原路返回。

31

管家拿着我的帽子走了出来。我戴好帽子，说："你觉得他怎么样？"

"他其实并不像看上去那么虚弱，先生。"

"如果真那么虚弱，离入土也就不远了。里根那个家伙到底为什么会让他如此念念不忘？”

管家逼视着我，可怪就怪在脸上毫无表情。“青春，先生，”他说，“还有军人的眼神。”

“就像你的眼神。”我说。

“恕我直言，先生，跟您的眼神也并无不同。”

“谢谢。两位小姐今天早上可好？”

他礼貌地耸耸肩。

“跟我想的一样。”我说。他为我打开了大门。

我站在屋外的台阶上，眺望着下方的景致：从阶梯状的草坪和整齐的树林、花坛一直到庄园尽头的高耸的金属栏杆。目光向下移到一半的时候，我看到卡门坐在一条石凳上，双手托腮，模样又可怜又孤独。

我沿着连接草坪与草坪间的红砖台阶拾级而下。等她听见我的脚步声时，我已经近在咫尺了。她跳了起来，像只小猫似的打转。她穿的是我第一次见到她时身上穿的那条便裤。她那头金发也没变，还是带着松弛的黄褐色波浪。她脸色很白。看着我的时候，她的脸颊会泛起红晕。她的眼睛是蓝灰色的。

“很无聊？”我说。

她很不好意思地慢慢笑了，随后飞快点了点头。她低声说：“你没生我的气？”

“我还以为你在生我的气呢。”

她竖起大拇指，咯咯笑了起来。“我没有。”她咯咯一笑我就不再喜欢她了。我环顾四周。三十英尺开外的一棵树上挂着一个靶子，上面插着几支飞镖。她之前坐的石凳上还放着三四支。

“对于有钱人来说，你姐妹俩好像过得挺没劲的。”我说。

她透过长长的睫毛看着我。照她的想法，我面对这样的眼神是应该躺在地上高兴地打滚的。我说：“你喜欢掷飞镖？”

“嗯——哼。”

“这倒让我想起点事来。”我回头看着那幢房子。我挪动了三英尺，一棵树就把我挡住了。我从口袋里拿出她的那把珍珠柄的左轮手枪。“我把你的防身武器带回来了。枪我擦干净了，还装好了子弹。听我一句——等你练好了枪法再朝别人开枪。记住了吗？”

她的脸色更苍白了，她纤细的大拇指放了下去。她看了看我，又看了看我手里的枪。她眼里流露出迷恋之情。“好的。”说完她点了点头。接着突然又开口了：“教我打枪吧。”

“嗯？”

“教我怎么打枪。我会喜欢打枪的。”

“在这儿？这可是犯法的。”

她走近我身边，从我手里拿走了枪，摩挲起枪托来。她飞快地把枪塞进便裤，动作可以说有点鬼鬼祟祟的，接着四下看了看。

“我知道去哪里。”她神秘兮兮地说，“去下面的老油井那边。”她朝山下远远一指。“教我吗？”

我同她蓝灰色的眼睛对视了片刻。也可以说我看着的是一对酒瓶盖。“没问题。把枪给我，我得先看看那地方行不行。”

她微微一笑，噘起嘴来，接着摆出跟我心照不宣似的淘气模样，把枪还给了我，仿佛给我的是她房间的钥匙。我们拾级而上绕到我的车前。园圃似乎都荒了。阳光空洞得好比一个餐厅服务员领班的笑容。我俩上了车，我沿着低洼的车道向下驶去，穿过了外面的重重铁门。

“维维安在哪儿？”我问道。

“还没起床呢。”她咯咯笑着。

那一条条安静而富丽的街道刚经过雨水的洗刷，我穿梭其间，驶下山坡，先拐向拉布雷阿，再往南而去。十分钟后，我们到了她说的地方。

"到了。"她探身车窗外，指了指。

那是一条狭窄的泥路，比单根车道宽不了多少，挺像某家山麓牧场的入口。一扇装有五道栅栏的大门向后敞着，靠在一个树桩上，看上去已经多年未关了。道路两旁种满了高大的桉树，路面上尽是深深的车辙。四下很空，太阳又出来了，路上没有灰尘飞扬。之前那场雨太大了，又刚过去不久。我沿着车辙前行，说来奇怪，城市往来车辆的嘈杂声音竟很快变得只是隐约可闻了，仿佛这地方根本不属于什么城市，而是梦境中的一方远土。只见那低矮的木井架伸出沾满油污、一动不动的步进梁戳起在一根树枝上面。还看到了那连接这根和其他五六根步进梁的锈迹斑斑的旧钢缆。那些步进梁不工作了，或许已经整整一年没有动过了。油井早已不出油了。地上放着一堆油管，有个装卸平台一头塌陷了，还有半打空油桶横七竖八堆叠着。一个废水池里盛着一汪漂着油渣的臭水，在阳光照射下映出五颜六色。

"他们准备把这里建成公园吗？"我问道。

她压低下巴，眼睛朝我一闪。

"抓紧时间。那臭水池的气味能熏死一群山羊。这就是你说的地方？"

"嗯——哼？怎样？"

"漂亮。"我把车停在了装卸平台旁边。我们走了下来。我听了听。往来车辆的嗡嗡声成了远处的一张声音网，宛若蜂鸣。这地方犹如墓园般孤寂。虽然下过雨，那些桉树还是灰蒙蒙的。它们永远是灰蒙蒙的样子。一根被风吹断的树枝悬在废水池边缘，皮革似的扁平叶子垂进了水里。

我绕着废水池走了一圈，朝泵房里望了望。里面有一些垃圾，没有任何新近的活动迹象。房子外面，一个大号的木轮斜靠在墙上。看来确实是个练枪的好地方。

我回到车前。那姑娘站在车旁整理头发，一边捏着发丝举到阳光下。“给我。”说完，她伸出手来。

我掏出枪，放在她手心里。我弯下腰，拾起一只生锈的铁罐。

“现在放轻松，”我说，“五发子弹装好了。我先过去把这罐头放在那个大木轮中间的方形口子里。看到了吗？”我指了指。她狠狠点了点头，很高兴。“大概有三十英尺远。等我回到你身边后再开枪。好吗？”

“好的。”她咯咯笑着说。

我走回到废水池另一边，把铁罐放在那个木轮的中间。这靶子棒极了。如果她打不中罐头——这是肯定的，她可能会击中木轮，那子弹就不至于飞到远处去。不过，她要打的甚至不是那个木轮。

我绕过废水池，朝她走回去。当我贴着废水池边缘走到离她大约十英尺的时候，她对我露出了满口尖利的小牙齿，举起枪，嘴里开始发出嘶嘶的声音。

我呆住了，那潭死水在我背后发出阵阵恶臭。

“站住，你个狗娘养的。”她说。

枪口对准了我的胸膛。她的手似乎一点不晃。她嘴里的嘶嘶声更响了，她的脸白得像剔去血肉的骷髅。苍老、堕落，变成了野兽，而且是猛兽。

我对她笑了笑，迈步走过去。我看到她纤小的手指扣紧了扳机，指尖泛白。我走到离她六英尺左右时，她开枪了。

枪发出尖锐的噼啪声，飘渺无形，只听见阳光下短暂的轰响。我看不到烟。我再次停下脚步，朝她咧嘴笑着。

她又迅速开了两枪。没想到一枪都没打中。那把小手枪里装了五发子弹。她开了四枪。我猛冲向她。

我不想最后一枪打到我脸上，所以闪身避向一旁。她瞄了半天才给了我这一枪，丝毫不着慌。我感到一小部分火药爆炸的热气冲到了身上。

我挺起身子。“哎哟喂，不过你够可爱的。”我说。

我握着那把空枪的手剧烈颤抖起来。枪掉了出来。她的嘴唇也开始发抖。她的整张脸崩塌了。她的脑袋扭向左边耳朵，嘴唇上现出白沫。她的喘息声里夹杂着呜咽。她摇晃着快要倒下。

我及时抱住了她。她已经失去知觉了。我用双手撬开她的嘴，把一块揉成一团的手帕塞了进去。我使尽了浑身的力气才办到。我抱起她放进车里，回身拿了枪扔进口袋。我爬进驾驶座，倒好车，沿着来时途经的那条布满车辙的小道原路返回，开出大门，上山，送她回家。

卡门瘫倒在车厢角落里，一动不动。车子在通往那幢房子的车道上开到半路，她醒了。她的眼睛突然睁得很圆，透着野性。她坐了起来。

“出什么事了？”她上气不接下气地说。

“没什么。怎么了？”

“噢，肯定出了什么事。”她咯咯笑着，“我尿裤子了。”

“是人都会尿裤子的。”

她突然满脸病容地陷入了思考，呜咽起来。

32

那个和颜悦色、长着马脸的女仆带我走进二楼的会客室，只见乳白色窗帘奢华地拖曳在地上，墙与墙之间铺着白色地毯。简直是电影明星的闺房，充满魅力与诱惑，虚假得像条木头义肢。此刻，房里空无一人。我身后的门关上了，声音却轻柔得不自然，像在关一扇医院病房的门。躺椅边上停着一部带轮子的早餐车。它闪着银色的光芒。咖啡杯里有烟灰。我坐了下来，等待着。

好像过了很久门才打开，维维安走了进来。她穿着牡蛎白的家居服，有软毛做修饰，剪裁得十分宽松，好比夏日里某座世外小岛沙滩上流连的海沫。

她大步流星走过我面前，坐在了躺椅边缘。她唇间叼着一根烟，粘在嘴角。今天她的指甲是铜红色的，从根部到尖头都涂了色，连指甲根部的半月都盖上了。

“所以到头来你就是个畜生，”她轻轻说道，注视着我，“一个彻头彻尾的冷血畜生。你昨晚杀了人。别管我是怎么知道的。听人说了。现在你只好跑这儿来，还把我那不更事的妹妹吓出了毛病。”

我一言不发。她坐立难安起来。她挪到了一张靠墙的矮脚软垫椅上，头往后一靠，枕着椅背上的一只白色软垫。她向上吐出灰白色的烟，看着它慢慢升到天花板，散成一缕一缕——起初同空气还依稀可辨，后来便融为一体，渺无踪影了。她慢慢垂下眼帘，向我投来冷酷的一瞥。

“我不懂你，”她说，“谢天谢地，还好前天晚上我俩中有一个人头脑清醒。跟一个私酒贩子有过一段婚姻已经够糟了。你就不能看在上帝分上说点什么吗？”

“她还好吗？”

“噢，我想她没事。睡得很沉。她总是睡得着。你对她做了什么？”

“什么也没做。我见完你父亲，走到屋外，她就在前面。她一直在朝树上的靶子射飞镖。我走下去去见她，因为我身上有个她的东西。一把欧文·泰勒之前送她的小型左轮手枪。布罗迪被杀的那天晚上，她带着这把枪去了他家。当时我不得不把这枪从她手上拿走。这件事我没有提，所以你大概不知道。”

那双斯特恩伍德家族的黑眼睛顿时睁大了，眼神很空洞。这下轮到她一言不发了。

“看到枪回来了她很高兴，就想让我教她怎么射击。她要带我去你家以前靠它们发家致富的山下的旧油井。我们便去了。那地方可怕极了，到处都是生锈的金属、老旧的木材、静止的油井和漂浮着油腻渣子的废水池。也许这些让她心烦意乱了。我想你也去过那儿的。有点诡异。”

“嗯——是有点。”她小声说道，呼吸急促起来。

“我们到那儿后，我把一只铁罐放在一个特大的木轮上给她当靶子。这时她发病了。在我看来像是轻微的癫痫发作。”

“是的，”还是同样的微弱声音，“她不时会发病。你来见我就是为了这个吗？”

“我想你还是没告诉我艾迪·马尔斯手里有你的什么把柄？”

“什么也没有。这问题都有点把我问烦了。”她冷冷道。

“你认识一个叫卡尼诺的人吗？”

她皱起那两条漂亮的黑眉毛，思索着。“不是很清楚。好像记得这么个名字。”

“艾迪·马尔斯的保镖。都说是个厉害的彪形大汉。应该是的。要不是有位女士帮了点小忙，我已经去了他现在待的地方了——停尸间。”

“女士们似乎——”她突然愣住了，脸色煞白。“我没法拿这个开玩笑。”她简单地说。

“我没在开玩笑，如果我说话像在兜圈子，只是表象。一切都联系起来了——每一件事。盖革和他可爱的敲竹杠小伎俩，布罗迪和他的照片，艾迪·马尔斯和他的轮盘赌桌，卡尼诺和那个并没有与拉斯蒂·里根私奔的姑娘。一切都联系起来了。”

“恐怕我连你在说什么都不知道。”

“就当你不知道吧——事情是这样的。盖革先把你妹妹骗去了他那儿，这不难办到。然后用她写的几张欠条勒索你父亲，方式挺体面的。艾迪·马尔斯是幕后黑手，保护盖革，也利用他干脏活。你父亲没有付钱，而是把我找了来，说明他什么也不怕。艾迪·马尔斯想确定这一点。他抓住了你的把柄，想弄清楚有没有抓住将军的把柄。如果有，他就能轻易弄到一大笔钱。如果没有，他就只好等你分到家族的财产，暂时满足于你在轮盘赌桌上输给他的小钱，能赚一点是一点。盖革是被欧文·泰勒杀死的，泰勒深爱着你的傻妹妹，很反感盖革那样捉弄她。对于艾迪来说，这些都不值一提。他在下一盘大棋，盖革一无所知，布罗迪也一无所知，除了你、艾迪，还有一个名叫卡尼诺的壮汉外，谁都不知道内情。你丈夫不见了，艾迪知道大家都知道他跟里根之间有恩怨，所以把他妻子藏在了里阿利特，让卡尼诺看着她，这样一来，就造成了她和里根私奔的假象。他甚至将里根的车停到了莫娜·马尔斯之前住处的车库里。如果仅仅是为了转移对艾迪杀了你丈夫的怀疑的话，这一招听起来有点傻。其实并不傻。他有别的动机。他是要干一票上百万的生意。他知道里根去了哪里、怎么会不见的，可他不希望警察查出原委。他希望他们能得到一个满意的答案来解释里根为什么会不见。听得无聊了吧？”

“我听厌了，”她用麻木、疲乏的声音说道，“老天啊，我真是听厌了！”

“抱歉。我可不只是来插科打诨，表现自己有多聪明的。今天早上，你父亲说要请我找到里根，报酬是一千块。这对我来说是很大一笔钱，可我办不到。”

她的嘴巴猛地张开了。她的呼吸瞬间变得紧张、刺耳。“给我一根烟，”她口齿不清地说，“为什么？”她喉头的脉搏跳动起来。

我给了她一根烟，点燃火柴凑上去。她吸了一大口，疲倦地吐出烟来，之后她便彻底忘记了指间的香烟。那根烟她再也没有吸。

“对了，失踪人口调查局找不到他，”我说，“说明找他很难。他们办不到的我也不可能办到。”

“噢。”她的声音里透着一丝释然。

“这是一个原因。失踪人口调查局的人认为他是故意失踪的，用他们的话说，案子已经‘落幕’。他们不认为是艾迪·马尔斯杀了他。”

“谁说有人杀了他？”

“这就快说到了。”我说。

有那么一瞬间，她的脸仿佛碎成了一片片，只看得到五官，却没有轮廓，失去了控制。她的嘴巴仿佛在预热，下一步就是尖叫了。不过这状态只出现了一瞬间。斯特恩伍德家族的血统之所以优秀，一定不仅仅体现在她的黑眼睛和莽脾气上。

我站起身，抽走她指间的香烟，在烟灰缸里按灭。随后我拿出卡门的小手枪，小心翼翼地——小心得有些夸张——放到她裹着白色缎子的膝盖上。我把枪放平，歪着头退后一步，姿势就像一个布置橱窗的店员刚给模特脖子里的围巾打了个新造型，看看效果如何。

我又坐下了。她没动。她一毫米一毫米地低下眼睛，看着手枪。

“伤不了人的，”我说，“五个弹膛都空了。她把子弹打光了。她对着我打光了子弹。”

她喉头的脉搏剧烈跳动起来。她想说点什么却发不出声音。她咽了下口水。

“大概离我五六英尺，”我说，“她真是个可爱的小东西，对吧？可惜我在枪里装的是空弹。”我阴险地咧嘴一笑。“我有预感，给她机会，她会朝我开枪的。”

她好不容易才找回了自己的声音。“你这人太可怕了。”她说，“可怕。”

“是的。你是她的姐姐。对此你准备怎么做？”

“你说的话，一个字也证明不了。”

“证明不了什么？”

“她朝你开了枪。你说你跟她去了油井那边，就你俩。你说的话，一个字也证明不了。”

“噢那个啊，”我说，“我没想过要证明。我想的是另外一次——当时那把小手枪里是有实弹的。”

她的眼睛是两汪黑暗的池水，远比黑暗还要空洞。

“我想的是里根消失的那一天，”我说，“黄昏时候。他带她去了那些老油井边教她射击，他把一只罐头放在某个地方，让她瞄准罐头开枪，他则站在近处看她打靶。可她没有朝着罐头射。她调转枪头朝他开了枪，就跟今天她想朝我开枪一样，原因也相同。”

她微微一动，枪滑下了她的膝盖，掉在了地上。那是我这辈子听到过的最响的声音之一。她目不转睛看着我的脸。她低声细语起来，声音拖得很长，透着痛苦。“卡门！……仁慈的上帝啊，卡门！……为什么啊！”

“我真的有必要告诉你她为什么要朝我开枪吗？”

“是的，”她的眼神依旧很可怕，“恐——恐怕你得告诉我。”

“前天晚上我回到家时，她在我屋里。她骗楼管放她进来等我。她躺在我床上——没穿衣服。我揪着她的耳朵赶她出去了。我想里根曾经也对她做过同样的事。但你是不能对卡门那样的。”

她抿紧嘴唇，犹犹豫豫地想舔一舔。这让她有那么一刻看上去像个受惊的孩子。她的面颊线条分明起来，她缓缓抬起一只手，仿佛抬的是牵线木偶的手似的，手指僵硬地慢慢抓紧领口的白色毛绒。她紧紧抓着毛绒，裹住她的喉咙。之后她只是坐在那儿出神看着。

“钱，”她用低哑的声音说，“你应该是想要钱吧？”

“多少钱？”我尽量避免嘲笑的语气。

“一万五千块怎么样？”

我点点头。“这数目差不多。查出来就是这个数。卡门开枪打死拉斯蒂的时候他身上就装了这点钱。艾迪·马尔斯应你的请求，派卡尼诺来处理尸体，他的报酬也是这点钱。但比起艾迪盼着有朝一日可以到手的数额来，这笔钱只是个零头，对吧？”

“你个狗娘养的！”她说。

“嗯——哼。我脑子很好使。我不讲感情也无所顾忌。我只在乎钱。我是如此贪钱，为了二十五块钱一天和多数花在加油及喝酒上的其他花销，我甘愿独自研究案子的所有细节；我赌上我的整个未来，承受着警察和艾迪·马尔斯及其手下的恨意，我躲避子弹，挨铁棍暴打，还说道，非常感谢，如果你还有别的麻烦，希望能想到我，我留一张名片给你吧，万一有事呢。我做这一切就为了二十五块钱一天——也许只再要一点钱来保护一个伤心欲绝、疾病缠身的老人血液里仅存的那一丝尊严，我认为他的血不是毒液，尽管他的两个小女儿有点管不住，总还不是性变态和杀人犯。这让我成了个狗娘养的。没关系。对此我一点也不在乎。各种身材各种样子的人都用这话骂过我，包括你的小妹妹。因为我不肯跟她上床，她骂我的话比这个还难听。我从你父亲那里拿到了五百块，我并没有问他要，不过他付得起。如果我能找到里根，那就又能拿到一千块。现在你要给我一万五千块。这下我变成大亨了。有了一万五千块，我可以买一套房子、一辆新车和四套衣服。没准我甚至可以度个假，不用担心错过一桩案子。棒极了。你付这笔钱是要我干吗来着？我可以继续当狗娘养的吗？还是非得做一个绅士，就像那天晚上烂在车里的那个醉鬼一样？”

她沉默得宛若一尊石像。

“行了，”我语气沉重地接着说道，“你愿意带她走吗？让她远离这儿，带去一个有人能对付她这种类型的地方，去一个他们会阻止她接触枪支、刀械和烈酒的地方。妈的，或许她甚至能自己痊愈，你知道的。有过先例的。”

她站起身，慢慢走向窗前。乳白色的窗帘在她脚边叠成厚实的一堆。她站在层层叠叠的帘子间，望着寂静的黑色山麓。她一动不动站着，几乎跟窗帘融为一体。她的双手松弛地放在身体两侧。彻底静止的双手。她转身往回走，穿过房间，对身旁的我视而不见。等她走到我身后，她急促地喘了口气，说话了。

"他在废水池里，"她说，"早已是一具恐怖的陈尸了。是我干的。就像你说的那样。我去找过艾迪·马尔斯。卡门回家来告诉我她打死了人，活像个小孩子。她不是正常人。我知道警察会从她口中问到一切的。过不了多久，她甚至会拿这件事吹嘘。要是让爸爸知道，他立马就会报警，把来龙去脉都告诉他们。当晚他就会去世。他去世倒没什么——关键在于他去世前会怎么想。拉斯蒂不是个坏人。我不爱他。但他应该是个挺不错的人。只不过不管他这样还是那样，活着还是死了，比起瞒住爸爸，他对我而言根本不算什么。"

"所以你就放任她胡来，"我说，"惹出别的麻烦。"

"我是在争取时间。只是争取时间。当然我用了错误的方式。我以为连她自己都会把事情给忘了。我听说他们常会忘记发病时做的事。也许她已经忘记了。我知道艾迪·马尔斯要榨干我，但我不在乎。我必须寻求帮助，而我只能得到像他那种人的帮助……有些时候，我自己都不相信这一切。另外那些时候，我只好赶快喝醉了事——不管在一天中的什么时间。赶紧喝醉了事。"

"你带她走，"我说，"赶紧带她走才是真的。"

她还是背对着我。她此时的语气变得和缓了："那你准备怎么办？"

"不怎么办。我要走了。我给你三天。如果到时你离开了——很好。如果你没离开，我就去告发。别以为我是说说而已。"

她突然转过身。"我不知道该对你说什么。我不知道从哪里说起。"

"嗯。带她离开，确保每一刻都有人看着她。能保证吗？"

"我保证。艾迪——"

"忘了艾迪吧。等我休息一下，我要去见他的。我会对付艾迪。"

“他会杀了你的！”

“是啊，”我说，“可他最厉害的手下都没办到。我倒想会会其他人。诺里斯知道这一切吗？”

“他永远不会说出去的。”

“我觉得他都知道。”

我很快离开了她，走出房间，沿着铺着瓷砖的楼梯走到了大厅。离开的时候我没有看到任何人。这次没有人来给我送帽子了。屋外，亮丽的花圃看上去像是中了蛊，仿佛有愤怒的小眼睛在灌木丛后面看着我，仿佛阳光里也有某种说不清道不明的东西。我钻进车里，向山下驶去。

一旦你死了，躺在哪里又有什么关系呢？在肮脏的废水池或是高山上的大理石宝塔里？你死了，你睡去了，长眠不醒，这种事再不会叫你费心思量。对你来说，油也好，水也罢，跟风和空气并无不同。你就此睡去，长眠不醒，不在乎你死得样子有多龌龊多不堪，你又是在何处倒下的。如今，我也是这龌龊不堪的一分子了。比拉斯蒂·里根更有资格位列其中。可那位老人不必蹚这趟浑水。他可以静静躺在支着华盖的床上，把毫无血色的双手交叠在被单上，等待着。他的心是短暂而含混的低声细语。他的思绪灰暗得犹如灰烬。再过一会儿，他也会像拉斯蒂·里根一样，睡去，长眠不醒。

回城的路上，我进了一家酒吧稍作歇息，喝了两杯双份苏格兰威士忌。喝完却并没有感觉好些。这两杯酒只让我想起银发套姑娘。我再也没能见到她。